作家名から引ける
日本文学全集案内
第Ⅲ期

日外アソシエーツ

Author Index to the Contents of The Collections of Contemporary Japanese Literature

III

Compiled by
Nichigai Associates, Inc.

©2019 by Nichigai Associates, Inc.
Printed in Japan

本書はディジタルデータでご利用いただくことができます。詳細はお問い合わせください。

●編集担当● 児山 政彦／新西 陽菜／石田 翔子

刊行にあたって

　古今の代表作家・代表作品が集められた文学全集は、文学作品に親しむ時の基本資料として、図書館、家庭で広く利用されてきた。近年では、数十巻におよぶ総合的な文学全集は少なくなり、時代や地域あるいはテーマ別に編集した全集・アンソロジーが多くなった。文庫サイズや軽装版で刊行されるシリーズも多い。これらの全集類は、多彩な文学作品を手軽に読むことができる一方、特定の作品を読もうとした時、どの全集のどの巻に収録されているかを網羅的に調べるのはインターネットが普及した現在でも容易ではない。

　小社では、多種多様な文学全集の内容を通覧し、また作品名や作家名から収載全集を調べられるツールとして「現代日本文学綜覧」「世界文学綜覧」の各シリーズを刊行してきた。また、コンパクトな1冊にまとめたツール「作家名から引ける日本文学全集案内」（1984年刊）、「同　第Ⅱ期」（2004年刊）は、作家研究の基本資料・定本として図書館や文学研究者などに好評をいただいている。

　本書は「作家名から引ける日本文学全集案内」の第Ⅲ期にあたる。1997～2016年の20年間に刊行された日本文学全集・アンソロジーを収録対象とした。ある作家の作品がどの全集・アンソロジーに収載されているか一目でわかるガイドとして、本書が前版とあわせて、広く利用されることを願っている。

　　2019年6月　　　　　　　　　　　　　　　　日外アソシエーツ

凡　例

1. 本書の内容

    本書は、国内で刊行された日本文学に関する全集・アンソロジーの収載作品を、作家名から引ける索引である。

2. 収録対象

    (1) 1997（平成9）年～2016（平成28）年に刊行が完結した全集、および刊行中のもので全巻構成が判明している全集、小説・戯曲のアンソロジーに収載された作品を収録した。

    (2) 固有題名のない作品、解説・解題・年譜・参考文献等は収録しなかった。

    (3) 収録点数は、全集・アンソロジー1,643種2,387冊に収載された、8,115人の作家とその作品のべ36,978点である。

3. 作家名見出し

    (1) 原則としてそれぞれの作品の作家名を採用した。

    (2) 作家名は漢字で表記し、読みを平仮名で示した。東洋人名の読みは民族読みを片仮名で示した。適宜、採用しなかった表記からの「を見よ」参照を立てた。

    (3) 作家名には、判明する限りで生（没）年、国名（外国人作家）を付記した。

4. 作家名見出しの排列

    (1) 姓・名をそれぞれ一単位とし、その読みの五十音順に排列した。

    (2) 濁音・半濁音は清音、拗促音は直音とみなし、音引きは無視した。

    (3) アルファベットで始まるものは五十音順の末尾にABC順で排列した。

5. 作品名
   (1) 記載形式
      1) 作品名、全集名などは原本記載の通りに記載したが、一部使用漢字を常用漢字、新字体にあらためたものがある。
      2) 頭書、角書、冠称等、および原本のルビ等は、小さな文字で表示した。
   (2) 記載項目
   作品名／（共著等の作家名）
   ◇「収載図書名・巻次または巻名」／出版者／出版年／（叢書名）／原本記載（開始）頁
      ※巻名は巻次がないものに限り表示した。
   (3) 作品名の排列
      現代仮名遣いによる読みの五十音順とし、濁音・半濁音は清音、ヂ→シ、ヅ→スとみなした。拗促音は直音とみなし、音引きは無視した。欧文や記号類で始まるものは、五十音順の末尾にまとめた。同一作品の収載全集・アンソロジーが複数ある場合は、出版年順とした。

6. 収録全集・アンソロジー一覧（巻頭）
   本書に収録した全集・アンソロジーを書名の五十音順に排列し、その書誌事項を示した。

7. 作家名目次（巻頭）
   作家名見出しとその掲載ページを示した。

収録全集・アンソロジー一覧

【あ】

「愛」 SDP 2009
「哀歌の雨」 祥伝社（祥伝社文庫）2016
「愛してるって言えばよかった」 リンダブックス編集部編著，リンダパブリッシャーズ企画・編集 泰文堂 2012
「愛染夢灯籠―時代小説傑作選」 日本文藝家協会編 講談社（講談社文庫）2005
「愛憎発殺人行―鉄道ミステリー名作館」 山前譲編 徳間書店（徳間文庫）2004
「愛と癒し」 清原康正監修 リブリオ出版（ラブミーワールド大きな活字で読みやすい本）2001
「愛に揺れて」 清原康正監修 リブリオ出版（ラブミーワールド大きな活字で読みやすい本）2001
「愛の怪談」 高橋克彦編 角川書店（角川ホラー文庫）1999
「愛の交錯」 清原康正監修 リブリオ出版（ラブミーワールド大きな活字で読みやすい本）2001
「青に捧げる悪夢」 角川書店 2005
「青に捧げる悪夢」 角川書店（角川文庫）2013
「紅い悪夢の夏―本格短編ベスト・セレクション」 本格ミステリ作家クラブ編 講談社（講談社文庫）2004
「紅と蒼の恐怖―ホラー・アンソロジー」 祥伝社（Non novel）2002
「赤に捧げる殺意」 角川書店（角川文庫）2013
「赤のミステリー―女性ミステリー作家傑作選」 山前譲編 光文社 1997
「赤ひげ横丁―人情時代小説傑作選」 縄田一男選 新潮社（新潮文庫）2009
「秋びより―時代小説アンソロジー」 縄田一男編 KADOKAWA（角川文庫）2014
「悪意の迷路」 日本推理作家協会編 光文社 2016
「悪魔のような女―女流ミステリー傑作選」 結城信孝編 角川春樹事務所（ハルキ文庫）2001
「悪魔黙示録「新青年」一九三八―探偵小説暗黒の時代へ」 ミステリー文学資料館編 光文社（光文社文庫）2011
「悪夢が嗤う瞬間」 太田忠司編 勁文社（ケイブンシャ文庫）1997
「悪夢制御装置―ホラー・アンソロジー」 角川書店（角川文庫）2002
「悪夢の最終列車―鉄道ミステリー傑作選」 日本ペンクラブ編 光文社（光文社文庫）1997
「悪夢の行方―「読楽」ミステリーアンソロジー」 徳間文庫編集部編 徳間書店（徳間文庫）2016
「赤穂浪士伝奇」 志村有弘編 勉誠出版（べんせいライブラリー）2002
「アジアン怪綺」 井上雅彦監修 光文社（光文社文庫）2003
「明日町こんぺいとう商店街―招きうさぎと七軒の物語」 1〜3 ポプラ社（ポプラ文庫）2013〜2016
「あしたは戦争」 筑摩書房（ちくま文庫）2016
「アステロイド・ツリーの彼方へ」 大森望，日下三蔵編 東京創元社（創元SF文庫）2016
「仇討ち」 縄田一男編 小学館（小学館文庫）2006
「熱い賭け」 結城信孝編 早川書房（ハヤカワ文庫）2006
「アート偏愛」 井上雅彦監修 光文社（光文社文庫）2005
「アドレナリンの夜―珠玉のホラーストーリーズ」 秋元康著 竹書房 2009
「あなたが生まれた日―家族の愛が温かな10の感動ストーリー」 リンダブックス編集部編著 泰

「収録全集・アンソロジー一覧

文堂 2013
「あなたが名探偵—新企画！ 犯人は袋とじの中 19の難事件を解決しろ」 講談社（講談社文庫）1998
「あなたが名探偵」 東京創元社（創元推理文庫）2009
「あなたと、どこかへ。」 文藝春秋（文春文庫）2008
「あなたに、大切な香りの記憶はありますか？—短編小説集」 文藝春秋 2008
「あなたに、大切な香りの記憶はありますか？」 文藝春秋（文春文庫）2011
「あのころの、」 実業之日本社（実業之日本社文庫）2012
「あのころの宝もの—ほんのり心が温まる12のショートストーリー」 メディアファクトリー 2003
「あの日から—東日本大震災鎮魂岩手県出身作家短編集」 道又力編 岩手日報社 2015
「あの日、君と」 Boys ナツイチ製作委員会編 集英社（集英社文庫）2012
「あの日、君と」 Girls ナツイチ製作委員会編 集英社（集英社文庫）2012
「あの日に戻れたら」 主婦と生活社 2007
「あの街で二人は—seven love stories」 新潮社（新潮文庫）2014
「安倍晴明陰陽師伝奇文学集成」 志村有弘編 勉誠出版 2001
「甘い記憶」 新潮社 2008
「甘い記憶」 新潮社編 新潮社（新潮文庫）2011
「甘い罠—8つの短篇小説集」 文藝春秋（文春文庫）2012
「甘やかな祝祭—恋愛小説アンソロジー」 小池真理子, 藤田宜永選, 日本ペンクラブ編 光文社（光文社文庫）2004
「妖（あやかし）がささやく」 小川英子, 佐々木江利子編 翠琥出版 2015
「妖かしの宴—わらべ唄の呪い」 水木しげる監修 PHP研究所（PHP文庫）1999
「あやかしの深川—受け継がれる怪異な土地の物語」 東雅夫 猿江商會 2016
「怪しい舞踏会」 日本推理作家協会編 光文社（光文社文庫）2002
「怪しき我が家—一家の怪談競作集」 東雅夫編 メディアファクトリー（MF文庫）2011
「綾辻・有栖川復刊セレクション」 全12巻 講談社（講談社ノベルス）2007
「綾辻行人と有栖川有栖のミステリ・ジョッキー」 1〜3 綾辻行人, 有栖川有栖編・著 講談社 2008〜2012
「新走（アラバシリ）—Powers Selection」 講談社BOX編, こうもり傘イラスト 講談社 2011
「有栖川有栖の鉄道ミステリ・ライブラリー」 有栖川有栖編 角川書店（角川文庫）2004
「有栖川有栖の本格ミステリ・ライブラリー」 有栖川有栖編 角川書店（角川文庫）2001
「アリス殺人事件—不思議の国のアリス ミステリーアンソロジー」 横井司編 河出書房新社（河出文庫）2016
「不在証明崩壊（アリバイクズシ）—ミステリーアンソロジー」 角川書店（角川文庫）2000
「合わせ鏡—女流時代小説傑作選」 結城信孝編 角川春樹事務所（ハルキ文庫）2003
「暗黒のメルヘン」 澁澤龍彦編 河出書房新社（河出文庫）1998
「アンソロジー・プロレタリア文学」 1〜3 楜沢健編 森話社 2013〜2015
「異界への入口」 二上洋一監修 リブリオ出版（怪奇・ホラーワールド大きな活字で読みやすい本）2001
「いきものがたり」 山田有策, 近藤裕子編 双文社出版 2013
「異形の白昼—恐怖小説集」 筒井康隆編 筑摩書房（ちくま文庫）2013
「「いじめ」をめぐる物語」 朝日新聞出版 2015
「いじめの時間」 朝日新聞社 1997
「異色中国短篇傑作大全」 講談社 1997
「異色忠臣蔵大傑作集」 講談社 1999
「異色歴史短篇傑作大全」 講談社 2003
「偉人八傑推理帖—名探偵時代小説」 細谷正充編 双葉社（双葉文庫）2004

収録全集・アンソロジー一覧

「伊豆の江戸を歩く」　伊豆文学フェスティバル実行委員会, 伊豆新聞本社編　伊豆新聞本社（伊豆文学賞歴史小説傑作集）2004
「伊豆の歴史を歩く」　伊豆文学フェスティバル実行委員会編　羽衣出版（伊豆文学賞歴史小説傑作集）2006
「「伊豆文学賞」優秀作品集」　第3回　伊豆文学フェスティバル実行委員会編　静岡新聞社 2000
「「伊豆文学賞」優秀作品集」　第4回　伊豆文学フェスティバル実行委員会編　静岡新聞社 2001
「「伊豆文学賞」優秀作品集」　第5回　伊豆文学フェスティバル実行委員会編　羽衣出版 2002
「「伊豆文学賞」優秀作品集」　第6回　伊豆文学フェスティバル実行委員会編　羽衣出版 2003
「「伊豆文学賞」優秀作品集」　第7回　伊豆文学フェスティバル実行委員会編　羽衣出版 2004
「「伊豆文学賞」優秀作品集」　第8回　伊豆文学フェスティバル実行委員会編　静岡新聞社 2005
「「伊豆文学賞」優秀作品集」　第9回　伊豆文学フェスティバル実行委員会編　静岡新聞社 2006
「「伊豆文学賞」優秀作品集」　第10回　伊豆文学フェスティバル実行委員会編　静岡新聞社 2007
「「伊豆文学賞」優秀作品集」　第11回　伊豆文学フェスティバル実行委員会編　静岡新聞社 2008
「「伊豆文学賞」優秀作品集」　第12回　伊豆文学フェスティバル実行委員会編　羽衣出版 2009
「「伊豆文学賞」優秀作品集」　第13回　伊豆文学フェスティバル実行委員会編　羽衣出版 2010
「「伊豆文学賞」優秀作品集」　第14回　伊豆文学フェスティバル実行委員会編　静岡新聞社 2011
「「伊豆文学賞」優秀作品集」　第15回　伊豆文学フェスティバル実行委員会編　羽衣出版 2012
「「伊豆文学賞」優秀作品集」　第16回　伊豆文学フェスティバル実行委員会編　羽衣出版 2013
「「伊豆文学賞」優秀作品集」　第17回　伊豆文学フェスティバル実行委員会編　羽衣出版 2014
「「伊豆文学賞」優秀作品集」　第18回　伊豆文学フェスティバル実行委員会編　羽衣出版 2015
「「伊豆文学賞」優秀作品集」　第19回　伊豆文学フェスティバル実行委員会編　羽衣出版 2016
「泉鏡花記念金沢戯曲大賞受賞作品集」　第2回　金沢泉鏡花フェスティバル委員会編　金沢泉鏡花フェスティバル委員会 2003
「痛み」　双葉社 2012
「いつか、君へ」　Boys　ナツイチ製作委員会編　集英社（集英社文庫）2012
「いつか、君へ」　Girls　ナツイチ製作委員会編　集英社（集英社文庫）2012
「いつか心の奥へ―小説推理傑作選」　山前譲編　双葉社 1997
「偽りの愛」　清原康正監修　リブリオ出版（ラブミーワールド大きな活字で読みやすい本）2001
「伊藤計劃トリビュート」　早川書房編集部編　早川書房（ハヤカワ文庫）2015
「犬道楽江戸草紙―時代小説傑作選」　澤田瞳子編　徳間書店（徳間文庫）2005
「犬のミステリー」　鮎川哲也編　河出書房新社（河出文庫）1999
「稲生モノノケ大全」　陰之巻　東雅夫編　毎日新聞社 2003
「稲生モノノケ大全」　陽之巻　東雅夫編　毎日新聞社 2005
「命つなぐ愛―佐渡演劇グループいごねり創作演劇脚本集」　山本勝一編著　新潟日報事業社 2007
「いまのあなたへ―村上春樹への12のオマージュ」　NHK出版 2014
「ヴィジョンズ」　大森望編　講談社 2016
「ヴィンテージ・セブン」　講談社 2007
「浮き世草紙―女流時代小説傑作選」　縄田一男編　角川春樹事務所（ハルキ文庫）2002
「失われた空―日本人の涙と心の名作8選」　吉川英明編　新潮社（新潮文庫）2014
「嘘つきとおせっかい」　エムオン・エンタテインメント 2012
「嘘つきは殺人のはじまり」　日本推理作家協会編　講談社（講談社文庫）2003
「うちへ帰ろう―家族を想うあなたに贈る短篇小説集」　リンダブックス編集部編著, リンダパブリッシャーズ企画・編集　泰文堂 2013
「宇宙への帰還―SFアンソロジー」　KSS出版（KSS entertainment novels）1999
「宇宙小説」　we are宇宙兄弟！編　講談社（講談社文庫）2012
「宇宙塵傑作選―日本SFの軌跡」　全2巻　柴野拓美編　出版芸術社 1997
「宇宙生物ゾーン」　井上雅彦監修　廣済堂出版（廣済堂文庫）2000

収録全集・アンソロジー一覧

「美しい恋の物語」 安野光雅, 森毅, 井上ひさし, 池内紀編 筑摩書房 2010
「うなぎ―人情小説集」 日本ペンクラブ編, 浅田次郎選 筑摩書房（ちくま文庫） 2016
「姥ヶ辻―小説集」 作品社 2003
「海の物語」 角川書店（New History） 2001
「ウルトラQ―dark fantasy」 角川書店（角川ホラー文庫） 2004
「運命の覇者」 角川書店 1997
「運命の人はどこですか？」 祥伝社（祥伝社文庫） 2013
「永遠の夏―戦争小説集」 実業之日本社（実業之日本社文庫） 2015
「映画狂時代」 檀ふみ編 新潮社（新潮文庫） 2014
「エクスタシィ―大人の恋の物語り」 ベストセラーズ 2003
「笑壺―SFバカ本ナンセンス集」 岬兄悟, 大原まり子編 小学館（小学館文庫） 2006
「江戸味わい帖」 料理人篇 江戸料理研究会編 角川春樹事務所（ハルキ文庫） 2015
「江戸色恋坂―市井情話傑作選」 菊池仁編 学習研究社（学研M文庫） 2005
「江戸浮世風」 菊池仁編 学習研究社（学研M文庫）
「江戸川乱歩賞全集」 全18巻 日本推理作家協会編 講談社（講談社文庫） 1998～2005
「江戸川乱歩と13人の新青年」〈論理派〉編 ミステリー文学資料館編 光文社（光文社文庫） 2008
「江戸川乱歩と13人の新青年」〈文学派〉編 ミステリー文学資料館編 光文社（光文社文庫） 2008
「江戸川乱歩と13の宝石」 1～2 ミステリー文学資料館編 光文社（光文社文庫） 2007
「江戸川乱歩に愛をこめて」 ミステリー文学資料館編 光文社（光文社文庫） 2011
「江戸川乱歩の推理教室」 ミステリー文学資料館編 光文社（光文社文庫） 2008
「江戸川乱歩の推理試験」 ミステリー文学資料館編 光文社（光文社文庫） 2009
「江戸恋い明け烏」 日本文藝家協会編纂 光風社出版, 成美堂出版（発売）（光風社文庫） 1999
「江戸三百年を読む―傑作時代小説 シリーズ江戸学」 上, 下 縄田一男編 角川学芸出版（角川文庫） 2009
「江戸しのび雨」 縄田一男編 学研パブリッシング（学研M文庫） 2012
「江戸なごり雨」 縄田一男編 学研パブリッシング（学研M文庫） 2013
「江戸なみだ雨―市井稼業小説傑作選」 縄田一男編 学研パブリッシング（学研M文庫） 2010
「江戸猫ばなし」 光文社文庫編集部編 光文社（光文社文庫） 2014
「江戸の鈍感力―時代小説傑作選」 細谷正充編 集英社（集英社文庫） 2007
「江戸の爆笑力―時代小説傑作選」 細谷正充編 集英社（集英社文庫） 2004
「江戸の秘恋―時代小説傑作選」 大野由美子編 徳間書店（徳間文庫） 2004
「江戸の満腹力―時代小説傑作選」 細谷正充編 集英社（集英社文庫） 2005
「江戸の漫遊力―時代小説傑作選」 細谷正充編 集英社（集英社文庫） 2008
「江戸の名探偵―時代推理傑作選」 日本推理作家協会編 徳間書店（徳間文庫） 2009
「江戸の老人力―時代小説傑作選」 細谷正充編 集英社（集英社文庫） 2002
「江戸迷宮」 井上雅彦監修 光文社（光文社文庫） 2011
「江戸めぐり雨」 縄田一男編 学研パブリッシング（学研M文庫） 2014
「江戸夕しぐれ―市井稼業小説傑作選」 縄田一男編 学研パブリッシング（学研M文庫） 2011
「江戸夢あかり」 菊池仁編 学習研究社（学研M文庫） 2003
「江戸夢あかり」 菊池仁編 学研パブリッシング（学研M文庫） 2013
「江戸夢日和」 菊池仁編 学習研究社（学研M文庫） 2004
「江戸宵闇しぐれ」 菊池仁編 学習研究社（学研M文庫） 2005
「エール！」 1～3 実業之日本社（実業之日本社文庫） 2012～2013
「エロティシズム12幻想」 津原泰水監修 エニックス 2000
「おいしい話―料理小説傑作選」 結城信孝編 徳間書店（徳間文庫） 2007
「王侯」 国書刊行会（書物の王国） 1998
「逢魔への誘い」 徳間文庫編集部編 徳間書店（徳間文庫） 2000

収録全集・アンソロジー一覧

「大江戸事件帖―時代推理小説名作選」　細谷正充編　双葉社(双葉文庫)　2005
「大江戸殿様列伝―傑作時代小説」　細谷正充編　双葉社(双葉文庫)　2006
「大江戸猫三昧―時代小説傑作選」　澤田瞳子編　徳間書店(徳間文庫)　2004
「大江戸犯科帖―時代推理小説名作選」　細谷正充編　双葉社(双葉文庫)　2003
「大江戸「町」物語」　宝島社(宝島社文庫)　2013
「大江戸「町」物語 風」　宝島社(宝島社文庫)　2014
「大江戸「町」物語 月」　宝島社(宝島社文庫)　2014
「大江戸「町」物語 光」　宝島社(宝島社文庫)　2014
「大江戸万華鏡―美味小説傑作選」　菊池仁編　学研パブリッシング(学研M文庫)　2014
「大岡越前―名奉行裁判説話」　縄田一男編　廣済堂出版(廣済堂文庫)　1998
「大きな棺の小さな鍵―本格短編ベスト・セレクション」　本格ミステリ作家クラブ編　講談社(講談社文庫)　2009
「大坂の陣―近代文学名作選」　日高昭二編　岩波書店　2016
「大阪文学名作選」　富岡多惠子編　講談社(講談社文芸文庫)　2011
「大阪ラビリンス」　有栖川有栖編　新潮社(新潮文庫)　2014
「大崎梢リクエスト！　本屋さんのアンソロジー」　光文社　2013
「大崎梢リクエスト！　本屋さんのアンソロジー」　光文社(光文社文庫)　2014
「お母さんのなみだ」　リンダパブリッシャーズ編集部編　泰文堂　2016
「おかしい話」　安野光雅, 森毅, 井上ひさし, 池内紀編　筑摩書房　2010
「小川洋子の陶酔短篇箱」　小川洋子編著　河出書房新社　2014
「小川洋子の偏愛短篇箱」　小川洋子編著　河出書房新社　2009
「小川洋子の偏愛短篇箱」　小川洋子編著　河出書房新社(河出文庫)　2012
「沖縄文学選―日本文学のエッジからの問い」　岡本恵徳, 高橋敏夫編　勉誠出版　2003
「屋上の三角形」　主婦と生活社　2008
「贈る物語Mystery」　綾辻行人編　光文社　2002
「贈る物語Wonder」　瀬名秀明編　光文社　2002
「教えたくなる名短篇」　北村薫, 宮部みゆき編　筑摩書房(ちくま文庫)　2014
「御白洲裁き―時代推理傑作選」　日本推理作家協会編　徳間書店(徳間文庫)　2009
「おぞけ―ホラー・アンソロジー」　祥伝社(祥伝社文庫)　1999
「恐ろしい話」　安野光雅, 森毅, 井上ひさし, 池内紀編　筑摩書房　2011
「恐ろしき執念」　二上洋一監修　リブリオ出版(怪奇・ホラーワールド大きな活字で読みやすい本)　2001
「御伽草子―ホラー・アンソロジー」　水木しげる監修　PHP研究所(PHP文庫)　2001
「男たちの怪談百物語」　東雅夫監修　メディアファクトリー　2012
「男たちの長い旅」　結城信孝編　徳間書店(TOKUMA NOVELS)　2004
「男たちのら・ら・ば・い」　徳間文庫編集部編　徳間書店(徳間文庫)　1999
「男の涙 女の涙―せつない小説アンソロジー」　石田衣良選, 日本ペンクラブ編　光文社(光文社文庫)　2006
「大人が読む。ケータイ小説―第1回ケータイ文学賞アンソロジー」　第1回ケータイ文学賞主催者編　オンブック　2007
「オトナの片思い」　角川春樹事務所　2007
「オトナの片思い」　角川春樹事務所(ハルキ文庫)　2009
「躍る影法師」　日本文藝家協会編纂　光風社出版, 成美堂出版(発売)(光風社文庫)　1997
「踊れ！　へっぽこ大祭典―ソード・ワールド短編集」　安田均編　富士見書房(富士見ファンタジア文庫)　2004
「鬼火が呼んでいる―時代小説傑作選」　日本文藝家協会編　講談社(講談社文庫)　1997
「鬼瑠璃草―恋愛ホラー・アンソロジー」　祥伝社(祥伝社文庫)　2003

収録全集・アンソロジー一覧

「オバケヤシキ」 井上雅彦監修 光文社（光文社文庫）2005
「思いがけない話」 安野光雅, 森毅, 井上ひさし, 池内紀編 筑摩書房 2010
「おもかげ行燈」 日本文藝家協会編纂 光風社出版, 成美堂出版（発売）（光風社文庫）1998
「親不孝長屋―人情時代小説傑作選」 池波正太郎, 平岩弓枝, 松本清張, 山本周五郎, 宮部みゆき選, 縄田一男選 新潮社（新潮文庫）2007
「折り紙衛星の伝説」 大森望, 日下三蔵編 東京創元社（創元SF文庫）2015
「温泉小説」 富岡幸一郎監修 アーツアンドクラフツ 2006
「女」 1～2 オトナの短篇編集部編著 あの出版 2016
「女がそれを食べるとき」 楊逸選, 日本ペンクラブ編 幻冬舎（幻冬舎文庫）2013
「女城主―戦国時代小説傑作選」 細谷正充編 PHP研究所（PHP文芸文庫）2016
「女たちの怪談百物語」 東雅夫監修 メディアファクトリー 2010
「女たちの怪談百物語」 東雅夫監修, 幽編集部編 KADOKAWA（角川ホラー文庫）2014
「女ともだち」 小学館 2010
「女ともだち」 小学館（小学館文庫）2013
「おんなの戦」 縄田一男編 角川書店（角川文庫）2010
「陰陽師伝奇大全」 東雅夫編 白泉社 2001

【か】

「蚊―コレクション」 メディアワークス, 角川書店（発売）（電撃文庫）2002
「海外トラベル・ミステリー―7つの旅物語」 山前譲編 三笠書房（王様文庫）2000
「怪奇・怪談傑作集」 縄田一男編 新人物往来社 1997
「怪奇探偵小説集」 1～3 鮎川哲也編 角川春樹事務所（ハルキ文庫）1998
「怪奇・伝奇時代小説選集」 1～15 志村有弘編 春陽堂書店（春陽文庫）1999～2000
「怪獣」 国書刊行会（書物の王国）1998
「怪集 蠱毒―創作怪談発掘大会傑作選」 加藤一編 竹書房（竹書房文庫）2009
「怪獣文学大全」 東雅夫編 河出書房新社（河出文庫）1998
「怪獣文藝―パートカラー」 東雅夫編 メディアファクトリー 2013
「怪獣文藝の逆襲」 東雅夫編 KADOKAWA 2015
「怪集 蟲」 加藤一監修 竹書房（竹書房文庫）2009
「街娼―パンパン＆オンリー」 マイク・モラスキー編 皓星社 2015
「怪談―24の恐怖」 三浦正雄編 講談社 2004
「怪談累ケ淵」 志村有弘編著 勉誠出版 2007
「怪談四十九夜」 黒木あるじ監修 竹書房（竹書房文庫）2016
「怪談列島ニッポン―書き下ろし諸国奇談競作集」 東雅夫編 メディアファクトリー（MF文庫）2009
「外地探偵小説集」 満州篇 藤田知浩編 せらび書房 2003
「外地探偵小説集」 上海篇 藤田知浩編 せらび書房 2006
「外地探偵小説集」 南方篇 藤田知浩編 せらび書房 2010
「〈外地〉の日本語文学選」 全3巻 黒川創編 新宿書房 1996
「回転ドアから」 石川友也, 須永淳, 野辺慎一編 全作家協会 2015
「怪猫鬼談」 東雅夫編 人類文化社, 桜桃書房（発売）1999
「怪物園」 井上雅彦監修 光文社（光文社文庫）2009
「科学ドラマ大賞」 第1回受賞作品集 科学技術振興機構 〔2010〕
「科学ドラマ大賞」 第2回受賞作品集 科学技術振興機構 〔2011〕
「科学の脅威」 二上洋一監修 リブリオ出版（怪奇・ホラーワールド大きな活字で読みやすい本）

収録全集・アンソロジー一覧

「　　　　　」2001
「輝きの一瞬—短くて心に残る30編」　講談社(講談社文庫) 1999
「鍵」　日本推理作家協会編 文藝春秋(推理作家になりたくて マイベストミステリー) 2004
「架空の町」　国書刊行会(書物の王国) 1997
「隠された鍵」　日本推理作家協会編 講談社(講談社文庫) 2008
「拡張幻想」　大森望,日下三蔵編 東京創元社(創元SF文庫) 2012
「影」　日本推理作家協会編 文藝春秋(推理作家になりたくて マイベストミステリー) 2003
「賭けと人生」　安野光雅,森毅,井上ひさし,池内紀編 筑摩書房 2011
「翳りゆく時間」　浅田次郎選,日本ペンクラブ編 新潮社(新潮文庫) 2006
「風間光枝探偵日記」　論創社 2007
「果実」　SDP 2009
「風色デイズ」　角川春樹事務所(ハルキ文庫) 2012
「風の孤影」　桃園書房(桃園文庫) 2001
「風の中の剣士」　日本文藝家協会編纂 光風社出版, 成美堂出版(発売)(光風社文庫) 1998
「家族の絆」　椎名誠選,日本ペンクラブ編 光文社(光文社文庫) 1997
「学校放送劇舞台劇脚本集—宮沢賢治名作童話」　宮沢賢治原作,平野直編 東洋書院 2008
「河童のお弟子」　東雅夫編 筑摩書房(ちくま文庫) 2014
「金沢三文豪掌文庫」　泉鏡花記念館,徳田秋聲記念館,室生犀星記念館企画・編集 金沢文化振興財団 2009
「金沢三文豪掌文庫」　いきもの編 泉鏡花記念館,徳田秋聲記念館,室生犀星記念館企画・編集 金沢文化振興財団 2010
「金沢三文豪掌文庫」　たべもの編 泉鏡花記念館,徳田秋聲記念館,室生犀星記念館企画・編集 金沢文化振興財団 2011
「金沢にて」　双葉社(双葉文庫) 2015
「蝦蟇倉市事件」　1〜2 東京創元社 2010
「神様に一番近い場所—漱石来熊百年記念「草枕文学賞」作品集」　熊本県「草枕文学賞」実行委員会編 文藝春秋企画センター,文藝春秋(発売) 1998
「仮面のレクイエム」　日本推理作家協会編 光文社(光文社文庫) 1998
「歌謡曲だよ、人生は—映画監督短編集」　メディアファクトリー 2007
「からくり伝言少女—本格短編ベスト・セレクション」　本格ミステリ作家クラブ編 講談社(講談社文庫) 2015
「硝子の家」　鮎川哲也編 光文社(光文社文庫) 1997
「彼の女たち」　講談社(講談社文庫) 2012
「カレンダー・ラブ・ストーリー—読むと恋したくなる」　星海社編集部編 星海社(星海社文庫) 2014
「かわいい—第16回フェリシモ文学賞優秀作品集」　フェリシモ 2013
「かわさきの文学—かわさき文学賞50年記念作品集」　2009年 かわさき文学賞の会編 審美社 2009
「川に死体のある風景」　e-Novels編 東京創元社(Crime club) 2006
「川に死体のある風景」　e-NOVELS編 東京創元社(創元推理文庫) 2010
「川端康成文学賞全作品」　全2巻 新潮社 1999
「厠の怪—便所怪談競作集」　東雅夫編 メディアファクトリー(MF文庫) 2010
「玩具館」　井上雅彦監修 光文社(光文社文庫) 2001
「監獄舎の殺人—ミステリーズ！ 新人賞受賞作品集」　東京創元社(創元推理文庫) 2016
「がんこ長屋」　縄田一男選 新潮社(新潮文庫) 2013
「贋作師事件」　芦辺拓編 原書房 1999
「感じて。息づかいを。—恋愛小説アンソロジー」　川上弘美選,日本ペンクラブ編 光文社(光文社文庫) 2005

収録全集・アンソロジー一覧

「完全犯罪証明書」 日本推理作家協会編 講談社(講談社文庫) 2001
「神林長平トリビュート」 早川書房編集部編 早川書房 2009
「神林長平トリビュート」 早川書房(ハヤカワ文庫) 2012
「甘美なる復讐」 文藝春秋編 文藝春秋(文春文庫) 1998
「感涙―人情時代小説傑作選」 細谷正充編 ベストセラーズ(ベスト時代文庫) 2004
「消えた受賞作―直木賞編」 川口則弘編 メディアファクトリー(ダ・ヴィンチ特別編集) 2004
「消えた直木賞」 男たちの足音編 川口則弘編 メディアファクトリー 2005
「帰還」 井上雅彦監修 光文社(光文社文庫) 2000
「喜劇綺劇」 井上雅彦監修 光文社(光文社文庫) 2009
「危険な関係―女流ミステリー傑作選」 結城信孝編 角川春樹事務所(ハルキ文庫) 2002
「危険なマッチ箱」 石田衣良編 文藝春秋(文春文庫) 2009
「きずな―時代小説親子情話」 細谷正充編 角川春樹事務所(ハルキ文庫) 2011
「奇跡」 国書刊行会(書物の王国) 2000
「奇想天外のミステリー」 小山正編 宝島社(宝島社文庫) 2009
「奇想博物館」 日本推理作家協会編 光文社 2013
「北日本文学賞入賞作品集」 2 井上靖, 宮本輝編, 北日本新聞社編 北日本新聞社 2002
「北村薫の本格ミステリ・ライブラリー」 北村薫編 角川書店(角川文庫) 2001
「北村薫のミステリー館」 北村薫編 新潮社(新潮文庫) 2005
「鬼譚」 夢枕獏編著 筑摩書房(ちくま文庫) 2014
「奇譚カーニバル」 夢枕獏編 集英社(集英社文庫) 2000
「キネマ・キネマ」 井上雅彦監修 光文社(光文社文庫) 2002
「きのこ文学名作選」 飯沢耕太郎編 港の人 2010
「気分は名探偵―犯人当てアンソロジー」 徳間書店 2006
「気分は名探偵―犯人当てアンソロジー」 徳間書店(徳間文庫) 2008
「君を忘れない―恋愛短篇小説集」 リンダブックス編集部編著 泰文堂 2012
「君がいない―恋愛短篇小説集」 リンダブックス編集部編著 泰文堂 2013
「君が好き―恋愛短篇小説集」 リンダブックス編集部編著 泰文堂 2012
「君と過ごす季節―春から夏へ、12の暦物語」 ポプラ社(ポプラ文庫) 2012
「君と過ごす季節―秋から冬へ、12の暦物語」 ポプラ社(ポプラ文庫) 2012
「君に会いたい―恋愛短篇小説集」 リンダブックス編集部編著 泰文堂 2012
「君に伝えたい―恋愛短篇小説集」 リンダブックス編集部編著, リンダパブリッシャーズ企画・編集 泰文堂 2013
「キミの笑顔―親子の小さな5つの物語 Radio Drama CD BOOK」 TOKYO FM出版 2006
「奇妙な恋の物語」 阿刀田高選, 日本ペンクラブ編 光文社(光文社文庫) 1998
「君らの狂気で死を孕ませよ―新青年傑作選」 中島河太郎編 角川書店(角川文庫) 2000
「君らの魂を悪魔に売りつけよ―新青年傑作選」 中島河太郎編 角川書店(角川文庫) 2000
「逆想コンチェルト―イラスト先行・競作小説アンソロジー」 1〜2 徳間書店 2010
「逆転―時代アンソロジー」 細谷正充編 祥伝社(祥伝社文庫) 2000
「逆転の瞬間」 文藝春秋編 文藝春秋(文春文庫) 1998
「吸血鬼」 国書刊行会(書物の王国) 1998
「吸血妖鬼譚―ゴシック名訳集成」 学習研究社(学研M文庫) 2008
「九州戦国志―傑作時代小説」 細谷正充編 PHP研究所(PHP文庫) 2008
「9の扉―リレー短編集」 マガジンハウス 2009
「9の扉」 KADOKAWA(角川文庫) 2013
「驚愕遊園地」 日本推理作家協会編 光文社 2013
「驚愕遊園地」 日本推理作家協会編 光文社(光文社文庫) 2016
「教科書に載った小説」 佐藤雅彦編 ポプラ社 2008

収録全集・アンソロジー一覧

「教科書に載った小説」 佐藤雅彦編 ポプラ社(ポプラ文庫) 2012
「教科書名短篇 少年時代」 中央公論新社編 中央公論新社(中公文庫) 2016
「教科書名短篇 人間の情景」 中央公論新社編 中央公論新社(中公文庫) 2016
「競作五十円玉二十枚の謎」 東京創元社(創元推理文庫) 2000
「教室」 井上雅彦監修 光文社(光文社文庫) 2003
「京都愛憎の旅—京都ミステリー傑作選」 徳間書店(徳間文庫) 2002
「京都綺談」 山前譲編 有楽出版社 2015
「京都殺意の旅—京都ミステリー傑作選」 徳間書店(徳間文庫) 2001
「京都府文学全集第1期(小説編)」 全6巻 河野仁昭編集主幹 郷土出版社 2005
「京都宵」 光文社(光文社文庫) 2008
「恐怖館」 東京怪奇作家同盟編 青樹社(青樹社文庫) 1999
「恐怖症」 井上雅彦監修 光文社(光文社文庫) 2002
「恐怖特急」 阿刀田高選,日本ペンクラブ編 光文社(光文社文庫) 2002
「恐怖のKA・TA・CHI」 藤川桂介,小沢章友編 双葉社(双葉文庫) 2001
「恐怖の旅」 阿刀田高選,日本ペンクラブ編 光文社(光文社文庫) 2000
「恐怖の花」 阿刀田高選,日本ペンクラブ編 ランダムハウス講談社 2007
「恐怖の森」 阿刀田高選,日本ペンクラブ編 ランダムハウス講談社 2007
「恐怖箱 遺伝記」 加藤一編 竹書房(竹書房文庫) 2008
「恐怖ミステリーBEST15—こんな幻の傑作が読みたかった!」 ほんの森編 シーエイチシー,コアラブックス(発売) 2006
「恐竜文学大全」 東雅夫編 河出書房新社(河出文庫) 1998
「虚構機関—年刊日本SF傑作選」 大森望,日下三蔵編 東京創元社(創元SF文庫) 2008
「極光星群」 大森望,日下三蔵編 東京創元社(創元SF文庫) 2013
「キラキラデイズ」 新潮社(新潮文庫) 2014
「煌めきの殺意」 徳間文庫編集部編 徳間書店(徳間文庫) 1999
「機略縦横! 真田戦記—傑作時代小説」 細谷正充編 PHP研究所(PHP文庫) 2008
「極め付き時代小説選」 全3巻 縄田一男編 中央公論新社(中公文庫) 2004
「欣喜の風」 祥伝社(祥伝社文庫) 2016
「銀座24の物語」 文藝春秋 2001
「吟醸掌篇—召しませ短篇小説」 1 けいこう舎 2016
「近代小説〈異界〉を読む」 東郷克美,高橋広満編 双文社出版 1999
「近代小説〈都市〉を読む」 東郷克美,吉田司雄編 双文社出版 1999
「金田一耕助に捧ぐ九つの狂想曲」 角川書店 2002
「金田一耕助に捧ぐ九つの狂想曲」 角川書店(角川文庫) 2012
「金田一耕助の新たな挑戦」 角川書店(角川文庫) 1997
「近代朝鮮文学日本語作品集1901~1938 創作篇」 全5巻 大村益夫,布袋敏博編・解説 緑蔭書房 2004
「近代朝鮮文学日本語作品集1901~1938 評論・随筆篇」 全3巻 大村益夫,布袋敏博編・解説 緑蔭書房 2004
「近代朝鮮文学日本語作品集1908~1945 セレクション」 全6巻 大村益夫,布袋敏博編・解説 緑蔭書房 2008
「近代朝鮮文学日本語作品集1939~1945 創作篇」 全6巻 大村益夫,布袋敏博編・解説 緑蔭書房 2001
「近代朝鮮文学日本語作品集1939~1945 評論・随筆篇」 全3巻 大村益夫,布袋敏博編・解説 緑蔭書房 2002
「金曜の夜は、ラブ・ミステリー」 山前譲編 三笠書房(王様文庫) 2000
「グイン・サーガ・ワールド—グイン・サーガ続篇プロジェクト」 全8巻 天狼プロダクション監修 早川書房(ハヤカワ文庫) 2011~2013
「くだものだもの」 俵万智選,日本ペンクラブ編 ランダムハウス講談社 2007

収録全集・アンソロジー一覧

「靴に恋して」 ソニー・マガジンズ 2004
「クトゥルー怪異録―邪神ホラー傑作集」 学習研究社（学研M文庫） 2000
「くノ一、百華―時代小説アンソロジー」 細谷正充編 集英社（集英社文庫） 2013
「暗闇」 尾之上浩司監修 中央公論新社（C NOVELS） 2004
「暗闇を見よ」 日本推理作家協会編 光文社 2010
「暗闇を見よ」 日本推理作家協会編 光文社（光文社文庫） 2015
「グランドホテル」 井上雅彦監修 廣済堂出版（廣済堂文庫） 1999
「紅蓮の翼―異彩時代小説秀作撰」 今川徳三編 叢文社 2007
「黒い遊園地」 井上雅彦監修 光文社（光文社文庫） 2004
「黒髪に恨みは深く―髪の毛ホラー傑作選」 東雅夫編 角川書店（角川ホラー文庫） 2006
「黒田官兵衛―小説集」 末國善己編 作品社 2013
「黒の怪」 志村有弘編 勉誠出版（べんせいライブラリー） 2002
「黒門町伝七捕物帳―時代小説競作選」 縄田一男編 光文社（光文社文庫） 2015
「軍師の生きざま―短篇小説集」 末國善己編 作品社 2008
「軍師の生きざま―時代小説傑作選」 清水將大編 コスミック出版 2008
「軍師の生きざま」 末國善己編 実業之日本社（実業之日本社文庫） 2013
「軍師の死にざま―短篇小説集」 末國善己編 作品社 2006
「軍師の死にざま」 末國善己編 実業之日本社（実業之日本社文庫） 2013
「軍師は死なず」 実業之日本社（実業之日本社文庫） 2014
「警官の貌」 双葉社（双葉文庫） 2014
「経済小説名作選」 日本ペンクラブ編, 城山三郎選 筑摩書房（ちくま文庫） 2014
「警察小説傑作短篇集」 大沢在昌選, 日本ペンクラブ編 ランダムハウス講談社 2009
「芸術家」 国書刊行会（書物の王国） 1998
「激動東京五輪1964」 講談社 2015
「結婚貧乏」 幻冬舎 2003
「傑作・推理ミステリー10番勝負―名探偵のあなたへ10のミステリーの挑戦状」 永岡書店 1999
「傑作捕物ワールド―大きな活字で読みやすい本」 全10巻 縄田一男監修 リブリオ出版 2002
「結晶銀河―年刊日本SF傑作選」 大森望, 日下三蔵編 東京創元社（創元SF文庫） 2011
「決戦！ 大坂城」 講談社 2015
「決戦！ 大坂の陣」 実業之日本社（実業之日本社文庫） 2014
「決戦！ 桶狭間」 講談社 2016
「決戦川中島―傑作時代小説」 縄田一男編 PHP研究所（PHP文庫） 2007
「決戦！ 川中島」 講談社 2016
「決戦！ 三國志」 講談社 2015
「決戦！ 関ケ原」 講談社 2014
「決戦！ 本能寺」 講談社 2015
「決断―警察小説競作」 新潮社編 新潮（新潮文庫） 2006
「血闘！ 新選組」 実業之日本社（実業之日本社文庫） 2016
「決闘！ 関ケ原」 実業之日本社（実業之日本社文庫） 2015
「気配―第10回フェリシモ文学賞作品集」 フェリシモ 2007
「幻影城―【探偵小説誌】不朽の名作」 角川書店（角川ホラー文庫） 2000
「剣が哭く夜に哭く」 日本文藝家協会編纂 光風社出版, 成美堂出版（発売）（光風社文庫） 2000
「剣が謎を斬る―名作で読む推理小説史 時代ミステリー傑作選」 ミステリー文学資料館編 光文社（光文社文庫） 2005
「剣が舞い落花が舞い―時代小説傑作選」 日本文藝家協会編 講談社（講談社文庫） 1998
「剣鬼無明斬り」 日本文藝家協会編纂 光風社出版, 成美堂出版（発売）（光風社文庫） 1997
「剣俠しぐれ笠」 日本文藝家協会編纂 光風社出版, 成美堂出版（発売）（光風社文庫） 1999

収録全集・アンソロジー一覧

「剣鬼らの饗宴」 日本文藝家協会編纂 光風社出版, 成美堂出版(発売)(光風社文庫) 1998
「剣光、閃く！」 徳間文庫編集部編 徳間書店(徳間文庫) 1999
「剣光闇を裂く」 日本文藝家協会編纂 光風社出版(光風社文庫) 1997
「幻視の系譜」 東雅夫編 筑摩書房(ちくま文庫) 2013
「源氏物語九つの変奏」 新潮社(新潮文庫) 2011
「原色の想像力―創元SF短編賞アンソロジー」 全2巻 大森望, 日下三蔵, 山田正紀編 東京創元社(創元SF文庫) 2010～2012
「幻想小説大全」 北宋社 2002
「幻想水滸伝短編集」 全4巻 メディアワークス, 角川書店(発売)(電撃文庫) 2000～2002
「幻想探偵」 井上雅彦監修 光文社(光文社文庫) 2009
「幻想ミッドナイト―日常を破壊する恐怖の断片」 角川書店(カドカワ・エンタテインメント) 1997
「現代沖縄文学作品選」 川村湊編 講談社(講談社文芸文庫) 2011
「現代鹿児島小説大系」 全4巻 相星雅子, 高岡修編 ジャプラン 2014
「現代作家代表作選集」 全10巻 鼎書房 2012～2015
「現代秀作集」 河野多惠子, 大庭みな子, 佐藤愛子, 津村節子監修 角川書店(女性作家シリーズ) 1999
「現代小説クロニクル」 全8巻 日本文藝家協会編 講談社 2014～2015
「現代短編小説選―2005～2009」 日本民主主義文学会編 日本民主主義文学会 2010
「現代の小説」 1997 日本文藝家協会編 徳間書店 1997
「現代の小説」 1998 日本文藝家協会編纂 徳間書店 1998
「現代の小説」 1999 日本文藝家協会編纂 徳間書店 1999
「剣の意地恋の夢―時代小説傑作選」 日本文藝家協会編 講談社(講談社文庫) 2000
「現場に臨め」 日本推理作家協会編 光文社 2010
「現場に臨め」 日本推理作家協会編 光文社(光文社文庫) 2014
「幻妖の水脈(みお)」 東雅夫編 筑摩書房(ちくま文庫) 2013
「剣よ月下に舞え」 日本文藝家協会編纂 光風社出版, 成美堂出版(発売)(光風社文庫) 2001
「絢爛たる殺人―本格推理マガジン 特集・知られざる探偵たち」 鮎川哲也監修, 芦辺拓編 光文社(光文社文庫) 2000
「幻惑のラビリンス」 日本推理作家協会編 光文社(光文社文庫) 2001
「恋しくて―Ten Selected Love Stories」 村上春樹編訳 中央公論新社 2013
「恋しくて―Ten Selected Love Stories」 村上春樹編訳 中央公論新社(中公文庫) 2016
「恋時雨―恋はときどき泪が出る」 メディアファクトリー 2009
「恋する男たち」 朝日新聞社 1999
「鯉沼家の悲劇―本格推理マガジン 特集・幻の名作」 鮎川哲也編 光文社(光文社文庫) 1998
「コイノカオリ」 角川書店 2004
「コイノカオリ」 角川書店(角川文庫) 2008
「恋のかけら」 幻冬舎 2008
「恋のかけら」 幻冬舎(幻冬舎文庫) 2012
「恋のかたち、愛のいろ」 徳間書店 2008
「恋のかたち、愛のいろ」 徳間書店(徳間文庫) 2010
「恋の聖地―そこは、最後の恋に出会う場所。」 新潮社(新潮文庫) 2013
「恋のトビラ」 集英社 2008
「恋のトビラ―好き、やっぱり好き。」 集英社(集英社文庫) 2010
「恋みち―現代版・源氏物語」 スターツ出版 2008
「恋物語」 朝日新聞社 1998
「恋は、しばらくお休みです。―恋愛短篇小説集」 レインブックス編集部編 泰文堂 2013

収録全集・アンソロジー一覧

「恋は罪つくり―恋愛ミステリー傑作選」 ミステリー文学資料館編 光文社(光文社文庫) 2005
「高校演劇Selection」 2001 上, 下 佐々俊之, 坊丸一平, 町井陽子, 西沢周市編 晩成書房 2001
「高校演劇Selection」 2002 上, 下 佐々俊之, 坊丸一平, 町井陽子, 西沢周市編 晩成書房 2002
「高校演劇Selection」 2003 上, 下 佐々俊之, 坊丸一平, 町井陽子, 西沢周市編 晩成書房 2003
「高校演劇Selection」 2004 上, 下 坊丸一平, 町井陽子, 西沢周市, 石原哲也, 野辺由郎編 晩成書房 2004
「高校演劇Selection」 2007 上, 下 坊丸一平, 町井陽子, 西沢周市, 石原哲也, 野辺由郎編 晩成書房 2007
「高校演劇Selection」 2008 上, 下 坊丸一平, 町井陽子, 西沢周市, 石原哲也, 野辺由郎編 晩成書房 2008
「黄土の群星」 陳舜臣選, 日本ペンクラブ編 光文社(光文社文庫) 1999
「黄土の虹―チャイナ・ストーリーズ」 祥伝社 2000
「鉱物」 国書刊行会(書物の王国) 1997
「紅迷宮―ミステリー・アンソロジー」 結城信孝編 祥伝社(祥伝社文庫) 2002
「凍れる女神の秘密―本格短編ベスト・セレクション」 本格ミステリ作家クラブ編 講談社(講談社文庫) 2014
「黒衣のモニュメント」 日本推理作家協会編 光文社(光文社文庫) 2000
「極上掌篇小説」 角川書店 2006
「告白」 ソフトバンククリエイティブ 2009
「心洗われる話」 安野光雅, 森毅, 井上ひさし, 池内紀編 筑摩書房 2010
「心に火を。」 心に火をつける物語編集委員会編 廣済堂出版 2014
「誤植文学アンソロジー―校正者のいる風景」 高橋輝次編著 論創社 2015
「古書ミステリー倶楽部―傑作推理小説集」 全3巻 ミステリー文学資料館編 光文社(光文社文庫) 2013～2015
「ゴースト・ハンターズ」 尾之上浩司監修 中央公論新社(C NOVELS) 2004
「午前零時」 新潮社 2007
「午前零時―P.S.昨日の私へ」 新潮社(新潮文庫) 2009
「古典BL小説集」 笠間千浪編 平凡社 2015
「鼓動―警察小説競作」 新潮社編 新潮社(新潮文庫) 2006
「孤独な交響曲(シンフォニー)」 日本推理作家協会編 講談社(講談社文庫) 2007
「言葉にできない悲しみ」 リンダパブリッシャーズ編集部編 泰文堂 2015
「ことばの織物―昭和短篇珠玉選」 第2集 阿毛久芳, 栗原敦, 佐藤義雄, 杉浦静, 須田喜代次, 棚田輝嘉, 松澤信祐編 蒼丘書林 1998
「ことばのたくらみ―実作集」 池澤夏樹編 岩波書店(21世紀文学の創造) 2003
「こどものころにみた夢」 講談社 2008
「この愛のゆくえ―ポケットアンソロジー」 中村邦生編 岩波書店(岩波文庫別冊) 2011
「この時代小説がすごい! 時代小説傑作選」 宝島社(宝島社文庫) 2016
「この部屋で君と」 新潮社(新潮文庫) 2014
「『このミス』が選ぶ! オールタイム・ベスト短編ミステリー」 赤 宝島社(宝島社文庫) 2015
「『このミス』が選ぶ! オールタイム・ベスト短編ミステリー」 黒 宝島社(宝島社文庫) 2015
「『このミステリーがすごい!』大賞作家書き下ろしBOOK」 1～15 『このミステリーがすごい!』編集部編 宝島社 2012～2016
「このミステリーがすごい! 三つの迷宮」 宝島社(宝島社文庫) 2015
「このミステリーがすごい! 四つの謎」 宝島社 2014
「コーヒーと小説」 庄野雄治編 mille books 2016
「5分で驚く! どんでん返しの物語」 『このミステリーがすごい!』編集部編 宝島社(宝島社文庫) 2016

収録全集・アンソロジー一覧

「5分で凍る！ ぞっとする怖い話」 『このミステリーがすごい！』編集部編 宝島社（宝島社文庫） 2015
「5分で泣ける！ 胸がいっぱいになる物語」 『このミステリーがすごい！』編集部編 宝島社（宝島社文庫） 2015
「5分で読める！ 怖いはなし」 『このミステリーがすごい！』編集部編 宝島社（宝島社文庫） 2014
「5分で読める！ ひと駅ストーリー――『このミステリーがすごい！』大賞×日本ラブストーリー大賞×『このライトノベルがすごい！』大賞」 乗車編 『このミステリーがすごい！』編集部編 宝島社（宝島社文庫） 2012
「5分で読める！ ひと駅ストーリー――『このミステリーがすごい！』大賞×日本ラブストーリー大賞×『このライトノベルがすごい！』大賞」 降車編 『このミステリーがすごい！』編集部編 宝島社（宝島社文庫） 2012
「5分で読める！ ひと駅ストーリー――『このミステリーがすごい！』大賞×日本ラブストーリー大賞×『このライトノベルがすごい！』大賞」 夏の記憶西口編 『このミステリーがすごい！』編集部編 宝島社（宝島社文庫） 2013
「5分で読める！ ひと駅ストーリー――『このミステリーがすごい！』大賞×日本ラブストーリー大賞×『このライトノベルがすごい！』大賞」 夏の記憶東口編 『このミステリーがすごい！』編集部編 宝島社（宝島社文庫） 2013
「5分で読める！ ひと駅ストーリー」 冬の記憶西口編 『このミステリーがすごい！』編集部編 宝島社（宝島社文庫） 2013
「5分で読める！ ひと駅ストーリー」 冬の記憶東口編 『このミステリーがすごい！』編集部編 宝島社（宝島社文庫） 2013
「5分で読める！ ひと駅ストーリー」 猫の物語 『このミステリーがすごい！』編集部編 宝島社（宝島社文庫） 2014
「5分で読める！ ひと駅ストーリー」 本の物語 『このミステリーがすごい！』編集部編 宝島社（宝島社文庫） 2014
「5分で読める！ ひと駅ストーリー」 食の話 『このミステリーがすごい！』編集部編 宝島社（宝島社文庫） 2015
「5分で読める！ ひと駅ストーリー」 旅の話 『このミステリーがすごい！』編集部編 宝島社（宝島社文庫） 2015
「5分で笑える！ おバカで愉快な物語」 『このミステリーがすごい！』編集部編 宝島社（宝島社文庫） 2016
「コレクション私小説の冒険」 全2巻 秋山駿, 勝又浩監修, 私小説研究会編 勉誠出版 2013
「コレクション戦争と文学」 全20巻, 別巻1巻 集英社 2011～2013
「蒐集家（コレクター）」 井上雅彦監修 光文社（光文社文庫） 2004
「ゴーレムは証言せず――ソード・ワールド短編集」 安田均編 富士見書房（富士見ファンタジア文庫） 2000
「孤狼の絆」 日本冒険作家クラブ編 角川春樹事務所 1999
「こわい部屋」 北村薫編 筑摩書房（ちくま文庫） 2012
「近藤史恵リクエスト！ ペットのアンソロジー」 光文社 2013
「近藤史恵リクエスト！ ペットのアンソロジー」 光文社（光文社文庫） 2014
「こんなにも恋はせつない――恋愛小説アンソロジー」 唯川恵選, 日本ペンクラブ編 光文社（光文社文庫） 2004

【さ】

「ザ・阿麻和利―他」 比嘉美代子作, 英語劇団アカバナー訳 英宝社 2009
「三枝和子・林京子・富岡多惠子」 河野多惠子, 大庭みな子, 佐藤愛子, 津村節子監修 角川書店

（女性作家シリーズ）1999
「最後の一日―さよならが胸に染みる10の物語」 リンダブックス編集部編編著 泰文堂 2011
「最後の一日12月18日―さよならが胸に染みる10の物語」 リンダブックス編集部編編著 泰文堂 2011
「最後の一日 3月23日―さよならが胸に染みる10の物語」 リンダブックス編集部編編著 泰文堂 2013
「最後の一日 7月22日―さよならが胸に染みる物語」 リンダブックス編集部編編著 泰文堂 2012
「最後の一日 6月30日―さよならが胸に染みる10の物語」 リンダブックス編集部編編著 泰文堂 2013
「最後の恋―つまり、自分史上最高の恋。」 新潮社（新潮文庫） 2008
「最後の恋プレミアム―つまり、自分史上最高の恋。」 新潮社（新潮文庫） 2011
「最後の恋MEN'S―つまり、自分史上最高の恋。」 新潮社（新潮文庫） 2012
「彩四季・江戸慕情」 平岩弓枝監修 光文社（光文社文庫） 2012
「最新「珠玉推理」大全」 上, 中, 下 日本推理作家協会編 光文社（カッパ・ノベルス） 1998
「最新中学校創作脚本集」 2009 最新中学校創作脚本集2009編集委員会編 晩成書房 2009
「最新中学校創作脚本集」 2010 最新中学校創作脚本集2010編集委員会編 晩成書房 2010
「最新中学校創作脚本集」 2011 最新中学校創作脚本集2011編集委員会編 晩成書房 2011
「サイドストーリーズ」 ダ・ヴィンチ編集部編 KADOKAWA（角川文庫） 2015
「〈在日〉文学全集」 全18巻 磯貝治良, 黒古一夫編 勉誠出版 2006
「坂木司リクエスト！ 和菓子のアンソロジー」 光文社 2013
「坂木司リクエスト！ 和菓子のアンソロジー」 光文社（光文社文庫） 2014
「さきがけ文学賞選集」 1～5 秋田魁新報社 2013～2016
「作品で読む20世紀の日本文学」 みぎわ書房編 白地社（発売） 2008
「櫻憑き」 井上雅彦監修 光文社（カッパ・ノベルス） 2001
「酒の夜語り」 井上雅彦監修 光文社（光文社文庫） 2002
「殺意の隘路」 日本推理作家協会編 光文社 2016
「殺意の海―釣りミステリー傑作選」 山前譲編 徳間書店（徳間文庫） 2003
「殺意の時間割」 角川書店（角川文庫） 2002
「殺人哀モード」 日本推理作家協会編 講談社（講談社文庫） 2000
「殺人買います」 日本推理作家協会編 講談社（講談社文庫） 2002
「殺人格差」 日本推理作家協会編 講談社（講談社文庫） 2006
「殺人鬼の放課後」 角川書店（角川文庫） 2002
「殺人作法」 日本推理作家協会編 講談社（講談社文庫） 2004
「殺人者」 日本推理作家協会編 講談社（講談社文庫） 2000
「殺人前線北上中」 日本推理作家協会編 講談社（講談社文庫） 1997
「殺人の教室」 日本推理作家協会編 講談社（講談社文庫） 2006
「殺人博物館へようこそ」 日本推理作家協会編 講談社（講談社文庫） 1998
「颯爽登場！ 第一話―時代小説ヒーロー初見参」 新潮社編 新潮社（新潮文庫） 2004
「雑話集―ロシア短編集」 3 ロシア文学翻訳グループクーチカ編 ロシア文学翻訳グループクーチカ 2014
「座頭市―時代小説英雄列伝」 縄田一男編 中央公論新社（中公文庫） 2002
「真田忍者、参上！―隠密伝奇傑作集」 河出書房新社（河出文庫） 2015
「真田幸村―小説集」 末國善己編 作品社 2015
「砂漠を走る船の道―ミステリーズ！ 新人賞受賞作品集」 東京創元社（創元推理文庫） 2016
「砂漠の王」 安田均編 富士見書房（富士見ファンタジア文庫） 1999
「ザ・ベストミステリーズ―推理小説年鑑」 1998 日本推理作家協会編 講談社 1998
「ザ・ベストミステリーズ―推理小説年鑑」 1999 日本推理作家協会編 講談社 1999

収録全集・アンソロジー一覧

「ザ・ベストミステリーズ―推理小説年鑑」　2000　日本推理作家協会編　講談社　2000
「ザ・ベストミステリーズ―推理小説年鑑」　2001　日本推理作家協会編　講談社　2001
「ザ・ベストミステリーズ―推理小説年鑑」　2002　日本推理作家協会編　講談社　2002
「ザ・ベストミステリーズ―推理小説年鑑」　2003　日本推理作家協会編　講談社　2003
「ザ・ベストミステリーズ―推理小説年鑑」　2004　日本推理作家協会編　講談社　2004
「ザ・ベストミステリーズ―推理小説年鑑」　2005　日本推理作家協会編　講談社　2005
「ザ・ベストミステリーズ―推理小説年鑑」　2006　日本推理作家協会編　講談社　2006
「ザ・ベストミステリーズ―推理小説年鑑」　2007　日本推理作家協会編　講談社　2007
「ザ・ベストミステリーズ―推理小説年鑑」　2008　日本推理作家協会編　講談社　2008
「ザ・ベストミステリーズ―推理小説年鑑」　2009　日本推理作家協会編　講談社　2009
「ザ・ベストミステリーズ―推理小説年鑑」　2010　日本推理作家協会編　講談社　2010
「ザ・ベストミステリーズ―推理小説年鑑」　2011　日本推理作家協会編　講談社　2011
「ザ・ベストミステリーズ―推理小説年鑑」　2012　日本推理作家協会編　講談社　2012
「ザ・ベストミステリーズ―推理小説年鑑」　2013　日本推理作家協会編　講談社　2013
「ザ・ベストミステリーズ―推理小説年鑑」　2014　日本推理作家協会編　講談社　2014
「ザ・ベストミステリーズ―推理小説年鑑」　2015　日本推理作家協会編　講談社　2015
「ザ・ベストミステリーズ―推理小説年鑑」　2016　日本推理作家協会編　講談社　2016
「さむけ―ホラー・アンソロジー」　祥伝社（祥伝社文庫）　1999
「さよなら、大好きな人―スウィート&ビターな7ストーリー」　リンダブックス編集部編著　泰文堂　2011
「さよならの儀式」　大森望, 日下三蔵編　東京創元社（創元SF文庫）　2014
「さよならブルートレイン―寝台列車ミステリー傑作選」　ミステリー文学資料館編　光文社（光文社文庫）　2015
「さらに不安の闇へ―小説推理傑作選」　山前譲編　双葉社　1998
「山岳迷宮（ラビリンス）―山のミステリー傑作選」　山前譲編　光文社（光文社文庫）　2016
「サンカの民を追って―山窩小説傑作選」　河出書房新社（河出文庫）　2015
「30の神品―ショートショート傑作選」　江坂遊選　扶桑社（扶桑社文庫）　2016
「斬刃―時代小説傑作選」　長谷部史親編　コスミック出版, コスミックインターナショナル（発売）（コスミック・時代文庫）　2005
「3.11心に残る140字の物語」　内藤みか編　学研パブリッシング　2011
「幸せな哀しみの話」　山田詠美編　文藝春秋（文春文庫）　2009
「しあわせなミステリー」　宝島社　2012
「死を招く乗客―ミステリーアンソロジー」　山前譲編　有楽出版社　2015
「栞子さんの本棚―ビブリア古書堂セレクトブック」　角川書店（角川文庫）　2013
「仕掛けられた罪」　日本推理作家協会編　講談社（講談社文庫）　2008
「時間怪談」　井上雅彦監修　廣済堂出版（廣済堂文庫）　1999
「屍鬼の血族」　東雅夫編　桜桃書房　1999
「しぐれ舟―時代小説招待席」　藤水名子監修　廣済堂出版　2003
「しぐれ舟―時代小説招待席」　藤水名子監修　徳間書店（徳間文庫）　2008
「事件を追いかけろ―最新ベスト・ミステリー　サプライズの花束編」　日本推理作家協会編　光文社（カッパ・ノベルス）　2004
「事件を追いかけろ」　サプライズの花束編　日本推理作家協会編　光文社（光文社文庫）　2009
「事件現場に行こう―最新ベスト・ミステリー　カレイドスコープ編」　日本推理作家協会編　光文社（カッパ・ノベルス）　2001
「事件の痕跡」　光文社　2007
「事件の痕跡」　日本推理作家協会編　光文社（光文社文庫）　2012
「地獄の無明剣―時代小説傑作選」　日本文藝家協会編　講談社（講談社文庫）　2004

収録全集・アンソロジー一覧

「士魂の光芒―時代小説最前線」 新潮社編 新潮社(新潮文庫) 1997
「志士―吉田松陰アンソロジー」 末國善己編 新潮社(新潮文庫) 2014
「屍者の行進」 井上雅彦監修 廣済堂出版(廣済堂文庫) 1998
「死者の復活」 二上洋一監修 リブリオ出版(怪奇・ホラーワールド大きな活字で読みやすい本) 2001
「死者は弁明せず―ソード・ワールド短編集」 安田均編 富士見書房(富士見ファンタジア文庫) 1997
「私小説の生き方」 秋山駿, 富岡幸一郎編 アーツ・アンド・クラフツ 2009
「辞書、のような物語。」 大修館書店 2013
「市井図絵」 新潮社編 新潮社 1997
「自薦THEどんでん返し」 双葉社(双葉文庫) 2016
「自選ショート・ミステリー」 1~2 日本推理作家協会編 講談社(講談社文庫) 2001
「時代劇原作選集―あの名画を生みだした傑作小説」 細谷正充編 双葉社(双葉文庫) 2003
「時代小説―読切御免」 全4巻 新潮社編 新潮社(新潮文庫) 2004~2005
「時代小説傑作選」 全7巻 新人物往来社 2008
「時代小説ザ・ベスト」 2016 日本文藝家協会編 集英社(集英社文庫) 2016
「時代小説秀作づくし」 PHP研究所(PHP文庫) 1997
「時代の波音―民主文学短編小説集1995年~2004年」 日本民主主義文学会編 日本民主主義文学会, 新日本出版社(発売) 2005
「舌づけ―ホラー・アンソロジー」 祥伝社(ノン・ポシェット) 1998
「したたかな女たち」 清原康正監修 リブリオ出版(ラブミーワールド大きな活字で読みやすい本) 2001
「下浜―第2回「草枕文学賞」作品集」 熊本県「草枕文学賞」実行委員会編 文藝春秋企画出版部, 文藝春秋(発売) 2000
「七人の安倍晴明」 夢枕獏編 桜桃書房 1998
「七人の役小角」 夢枕獏監修 小学館(小学館文庫) 2007
「七人の女探偵」 山前譲編 廣済堂出版(KOSAIDO BLUE BOOKS) 1998
「七人の刑事」 山前譲編 廣済堂出版(KOSAIDO BLUE BOOKS) 1998
「七人の警部―SEVEN INSPECTORS」 山前譲編 廣済堂出版(KOSAIDO BLUE BOOKS) 1998
「七人の十兵衛―傑作時代小説」 縄田一男編 PHP研究所(PHP文庫) 2007
「七人の武蔵」 磯貝勝太郎編 角川書店(角川文庫) 2002
「七人の龍馬―傑作時代小説」 細谷正充編 PHP研究所(PHP文庫) 2010
「疾風怒濤！ 上杉戦記―傑作時代小説」 細谷正充編 PHP研究所(PHP文庫) 2008
「10分間ミステリー」 『このミステリーがすごい！』大賞編集部編 宝島社(宝島社文庫) 2012
「10分間ミステリー THE BEST」 『このミステリーがすごい！』大賞編集部編 宝島社(宝島社文庫) 2016
「失恋前夜―大人のための恋愛短篇集」 レインブックス編集部編 泰文堂 2013
「シティ・マラソンズ」 文藝春秋(文春文庫) 2013
「死神と雷鳴の暗号―本格短編ベスト・セレクション」 本格ミステリ作家クラブ編 講談社(講談社文庫) 2006
「死人に口無し―時代推理傑作選」 日本推理作家協会編 徳間書店(徳間文庫) 2009
「忍び寄る闇の奇譚」 メフィスト編集部編 講談社 2008
「しのぶ雨江戸恋慕―新鷹会・傑作時代小説選」 平岩弓枝監修 光文社(光文社文庫) 2016
「忍ぶ恋」 文藝春秋 1999
「地場演劇ことはじめ―記録・区民とつくる地場演劇の会」 江角英明, えすみ友子著 オフィス未来 2003
「紫迷宮―ミステリー・アンソロジー」 結城信孝編 祥伝社(祥伝社文庫) 2002

収録全集・アンソロジー一覧

「邪香草―恋愛ホラー・アンソロジー」 祥伝社(祥伝社文庫) 2003
「シャーロック・ホームズに愛をこめて」 ミステリー文学資料館編 光文社(光文社文庫) 2010
「シャーロック・ホームズに再び愛をこめて」 ミステリー文学資料館編 光文社(光文社文庫) 2010
「シャーロック・ホームズの災難―日本版」 北原尚彦編 論創社 2007
「十月のカーニヴァル」 井上雅彦監修 光文社(カッパ・ノベルス) 2000
「終日犯罪」 日本推理作家協会編 講談社(講談社文庫) 2004
「獣人」 井上雅彦監修 光文社(光文社文庫) 2003
「十二宮12幻想」 津原泰水監修 エニックス 2000
「12星座小説集」 群像編 講談社(講談社文庫) 2013
「12人のカウンセラーが語る12の物語」 杉原保史, 高石恭子編著 ミネルヴァ書房 2010
「12の贈り物―東日本大震災支援岩手県在住作家自選短編集」 道又力編 荒蝦夷 2011
「十年交差点」 新潮社(新潮文庫) 2016
「十年後のこと」 河出書房新社 2016
「十の恐怖」 角川書店 1999
「十夜」 ランダムハウス講談社編 ランダムハウス講談社 2006
「10ラブ・ストーリーズ」 林真理子編 朝日新聞出版(朝日文庫) 2011
「十話」 ランダムハウス講談社編 ランダムハウス講談社 2006
「主命にござる」 縄田一男編 新潮社(新潮文庫) 2015
「狩猟文学マスターピース」 服部文祥編 みすず書房 2011
「春宵濡れ髪しぐれ―時代小説傑作選」 日本文藝家協会編 講談社(講談社文庫) 2003
「小学生のげき―新小学校演劇脚本集」 低学年 1 日本演劇教育連盟編 晩成書房 2010
「小学生のげき―新小学校演劇脚本集」 中学年 1 日本演劇教育連盟編 晩成書房 2011
「小学生のげき―新小学校演劇脚本集」 高学年 1 日本演劇教育連盟編 晩成書房 2011
「小学校・全員参加の楽しい学級劇・学年劇脚本集」 低学年 小川信夫, 滝井純監修, 日本児童劇作の会編著 黎明書房 2007
「小学校・全員参加の楽しい学級劇・学年劇脚本集」 中学年 小川信夫, 滝井純監修, 日本児童劇作の会編著 黎明書房 2006
「小学校・全員参加の楽しい学級劇・学年劇脚本集」 高学年 小川信夫, 滝井純監修, 日本児童劇作の会編著 黎明書房
「小学校たのしい劇の本―英語劇付」 低学年 日本演劇教育連盟編 国土社 2007
「小学校たのしい劇の本―英語劇付」 中学年 日本演劇教育連盟編 国土社 2007
「小学校たのしい劇の本―英語劇付」 高学年 日本演劇教育連盟編 国土社 2007
「将軍・乃木希典」 志村有弘編 勉誠出版 2004
「笑劇―SFバカ本カタストロフィ集」 岬兄悟, 大原まり子編 小学館(小学館文庫) 2007
「衝撃を受けた時代小説傑作選」 文藝春秋(文春文庫) 2011
「笑止―SFバカ本シュール集」 岬兄悟, 大原まり子編 小学館(小学館文庫) 2007
「勝者の死にざま―時代小説選手権」 新潮社編 新潮社(新潮文庫) 1998
「少女怪談」 東雅夫編 学習研究社(学研M文庫) 2000
「少女の空間」 デュアル文庫編集部編 徳間書店(徳間デュアル文庫) 2001
「少女のなみだ」 リンダブックス編集部編著 泰文堂 2014
「少女物語」 朝日新聞社 1998
「小説推理新人賞受賞作アンソロジー」 1～2 双葉社(双葉文庫) 2000
「小説創るぜ!―突撃アンソロジー」 富士見書房(富士見ファンタジア文庫) 2004
「小説の家」 福永信編 新潮社 2016
「小説乃湯―お風呂小説アンソロジー」 有栖川有栖編 角川書店(角川文庫) 2013
「小説「武士道」」 縄田一男編 三笠書房 2008

収録全集・アンソロジー一覧

「『少年倶楽部』短篇選」 講談社文芸文庫編 講談社(講談社文芸文庫) 2013
「『少年倶楽部』熱血・痛快・時代短篇選」 講談社文芸文庫編 講談社(講談社文芸文庫) 2015
「少年小説大系」 22 二上洋一編, 尾崎秀樹, 小田切進, 紀田順一郎監修 三一書房 1997
「少年探偵王―本格推理マガジン 特集・ぼくらの推理冒険物語」 鮎川哲也監修, 芦辺拓編 光文社(光文社文庫) 2002
「少年の時間」 デュアル文庫編集部編 徳間書店(徳間デュアル文庫) 2001
「少年のなみだ」 リンダブックス編集部編著 泰文堂 2014
「少年の眼―大人になる前の物語」 川本三郎選, 日本ペンクラブ編 光文社(光文社文庫) 1997
「縄文4000年の謎に挑む―宮畑遺跡の「巨大柱」と「焼かれた家」 福島市宮畑ミステリー大賞作品集」 じょーもぴあ活用推進協議会編 現代書林 2016
「昭和の短篇一人一冊集成」 全5巻 結城信孝編・解説 未知谷 2008
「所轄―警察アンソロジー」 日本推理作家協会編 角川春樹事務所(ハルキ文庫) 2016
「職人気質」 縄田一男編著 小学館(小学館文庫) 2007
「植物」 国書刊行会(書物の王国) 1998
「女性ミステリー作家傑作選」 全3巻 山前譲編 光文社(光文社文庫) 1999
「ショートショートの缶詰」 田丸雅智編 キノブックス 2016
「ショートショートの花束」 1～8 阿刀田高編 講談社(講談社文庫) 2009～2016
「ショートショートの広場」 8～20 講談社(講談社文庫) 1997～2008
「書物愛」 日本篇 紀田順一郎編 晶文社 2005
「書物愛」 日本篇 紀田順一郎編 東京創元社(創元ライブラリ) 2014
「白の怪」 志村有弘編 勉誠出版(べんせいライブラリー) 2003
「白のミステリー―女性ミステリー作家傑作選」 山前譲編 光文社 1997
「史話」 凱風社 2009
「新鋭劇作集」 13～20 日本劇団協議会 2002～2009
「人外魔境」 二上洋一監修 リブリオ出版(怪奇・ホラーワールド大きな活字で読みやすい本) 2001
「進化論」 井上雅彦監修 光文社(光文社文庫) 2006
「新釈グリム童話―めでたし、めでたし?」 集英社(集英社オレンジ文庫) 2016
「人獣怪婚」 七北数人編 筑摩書房(ちくま文庫) 2000
「心中小説名作選」 藤本義一選, 日本ペンクラブ編 集英社(集英社文庫) 2008
「信州歴史時代小説傑作集」 全5巻 しなのき書房編 しなのき書房 2007
「神出鬼没! 戦国忍者伝―傑作時代小説」 細谷正充編 PHP研究所(PHP文庫) 2009
「新進作家戯曲集 ノスタルジック・カフェ―1971・あの時君は／夢も噺も一落語家三笑亭夢楽の道」 青田ひでき著, 白石佐代子著 論創社 2004
「人生を変えた時代小説傑作選」 山本一力, 児玉清, 縄田一男選 文藝春秋(文春文庫) 2010
「新世紀犯罪博覧会―連作推理小説」 新世紀「謎」倶楽部編 光文社(カッパ・ノベルス) 2001
「新世紀「謎」倶楽部」 二階堂黎人監修 角川書店 1998
「新選組興亡録」 縄田一男編 角川書店(角川文庫) 2003
「新選組出陣」 歴史時代作家クラブ編 廣済堂出版 2014
「新選組出陣」 歴史時代作家クラブ編 徳間書店(徳間文庫) 2015
「新選組伝奇」 志村有弘編 勉誠出版 2004
「新選組読本」 日本ペンクラブ編 光文社(光文社文庫) 2003
「新選組烈士伝」 縄田一男編 角川書店(角川文庫) 2003
「シンデレラ」 和佐田道子編・訳 竹書房(竹書房文庫) 2015
「人肉嗜食」 七北数人編 筑摩書房(ちくま文庫) 2001
「新日本古典文学大系 明治編」 全30巻 岩波書店 2001～2013
「人物日本剣豪伝」 1～5 学陽書房(人物文庫) 2001

収録全集・アンソロジー一覧

「人物日本の歴史―時代小説版」 古代中世編 縄田一男編 小学館（小学館文庫） 2004
「人物日本の歴史―時代小説版」 戦国編 縄田一男編 小学館（小学館文庫） 2004
「人物日本の歴史―時代小説版」 江戸編 上, 下 縄田一男編 小学館（小学館文庫） 2004
「人物日本の歴史―時代小説版」 幕末維新編 縄田一男編 小学館（小学館文庫） 2004
「新・プロレタリア文学精選集」 全20巻 浦西和彦監修 ゆまに書房 2004
「新編・日本幻想文学集成」 1～4 国書刊行会 2016
「「新編」日本女性文学全集」 全10巻 岩淵宏子, 長谷川啓監修 菁柿堂 2007～
「新・本格推理」 1～8, 別巻 二階堂黎人編 光文社（光文社文庫） 2001～2009
「新本格猛虎会の冒険」 東京創元社 2003
「深夜バス78回転の問題―本格短編ベスト・セレクション」 本格ミステリ作家クラブ編 講談社（講談社文庫） 2008
「侵略！」 井上雅彦監修 廣済堂出版（廣済堂文庫） 1998
「心霊理論」 光文社（光文社文庫） 2007
「彗星パニック」 大原まり子, 岬兄悟編 廣済堂出版（廣済堂文庫） 2000
「翠迷宮―ミステリー・アンソロジー」 結城信孝編 祥伝社（祥伝社文庫） 2003
「水妖」 井上雅彦監修 廣済堂出版（廣済堂文庫） 1998
「推理小説代表作選集―推理小説年鑑」 1997 日本推理作家協会編 講談社 1997
「好き、だった。―はじめての失恋、七つの話」 ダ・ヴィンチ編集部編 メディアファクトリー（MF文庫） 2010
「好きなのに」 リンダブックス編集部編, リンダパブリッシャーズ企画・編集 泰文堂 2013
「すごい恋愛」 リンダブックス編集部編 泰文堂 2012
「スタートライン―始まりをめぐる19の物語」 幻冬舎（幻冬舎文庫） 2010
「捨て子稲荷―時代アンソロジー」 祥伝社（祥伝社文庫） 1999
「捨てる―アンソロジー」 文藝春秋 2015
「素浪人横丁―人情時代小説傑作選」 縄田一男選 新潮社（新潮文庫） 2009
「星海社カレンダー小説」 上, 下 星海社編集部編 星海社 2012
「世紀末サーカス」 井上雅彦監修 廣済堂出版（廣済堂文庫） 2000
「成城・学校劇脚本集―成城学園初等学校劇の会150回記念」 成城学園初等学校劇研究部編 成城学園初等学校出版部 2002
「精選女性随筆集」 全12巻 文藝春秋 2012
「贅沢な恋人たち」 幻冬舎（幻冬舎文庫） 1997
「青春小説集」 青春社編 講談社（講談社文芸文庫） 2014
「青春文学集」 岩田ななつ編 不二出版 2004
「聖なる夜に君は」 角川書店（角川文庫） 2009
「生の深みを覗く―ポケットアンソロジー」 中村邦生編 岩波書店（岩波文庫別冊） 2010
「西洋伝奇物語―ゴシック名訳集成」 東雅夫編 学習研究社（学研M文庫） 2004
「世界堂書店」 米澤穂信編 文藝春秋（文春文庫） 2014
「関ケ原・運命を分けた決断―傑作時代小説」 細谷正充編 PHP研究所（PHP文庫） 2007
「絶海―推理アンソロジー」 祥伝社（Non novel） 2002
「雪月花・江戸景色」 平岩弓枝監修 光文社（光文社文庫） 2013
「絶体絶命」 結城信孝編 早川書房（ハヤカワ文庫） 2006
「絶体絶命！」 リンダブックス編集部編 泰文堂 2011
「せつない話」 2 山田詠美編 光文社 1997
「セブンス・アウト―悪夢七夜」 童夢舎編集部編 童夢舎, コアラブックス（発売）（Doumノベル） 2000
「セブンティーン・ガールズ」 北上次郎編 KADOKAWA（角川文庫） 2014
「セブンミステリーズ」 日本推理作家協会編 講談社（講談社文庫） 2009

収録全集・アンソロジー一覧

「ゼロ年代SF傑作選」　SFマガジン編集部編　早川書房（ハヤカワ文庫）　2010
「0番目の事件簿」　メフィスト編集部編　講談社　2012
「世話焼き長屋―人情時代小説傑作選」　縄田一男選　新潮社（新潮文庫）　2008
「戦国女人十一話」　末國善己編　作品社　2005
「戦国秘史―歴史小説アンソロジー」　KADOKAWA（角川文庫）　2016
「戦後占領期短篇小説コレクション」　全7巻　紅野謙介, 川崎賢子, 寺田博責任編集　藤原書店　2007
「戦後短篇小説再発見」　全18巻　講談社文芸文庫編　講談社（講談社文芸文庫）　2001〜2004
「戦後短篇小説選―『世界』1946–1999」　全5巻　岩波書店編集部編　岩波書店　2000
「戦後文学エッセイ選」　全13巻　影書房　2005〜2008
「全作家短編集」　15　全作家協会編　のべる出版企画　2016
「全作家短編小説集」　6〜12　畠山拓, 山崎文男, 佐々木敬祐, 野辺慎一編　全作家協会　2007〜2013
「[新装版] 全集現代文学の発見」　全16巻, 別巻1巻　大岡昇平, 平野謙, 佐々木基一, 埴谷雄高, 花田清輝責任編集　學藝書林　2002〜2005
「全席死定―鉄道ミステリー名作館」　山前譲編　徳間書店（徳間文庫）　2004
「戦前探偵小説四人集」　論創社　2011
「戦争小説短篇名作選」　講談社文芸文庫編　講談社（講談社文芸文庫）　2015
「センチメンタル急行―あの日へ帰る、旅情短篇集」　リンダブックス編集部編著　泰文堂　2010
「そういうものだろ、仕事っていうのは」　日本経済新聞出版社　2011
「創刊一〇〇年三田文学名作選」　三田文学編集部編　三田文学会　2010
「創作脚本集―60周年記念」　岡山高演協60周年記念創作脚本集編集委員会編　岡山県高等学校演劇協議会　2011
「葬送列車―鉄道ミステリー名作館」　山前譲編　徳間書店（徳間文庫）　2004
「蒼茫の海」　桃園書房（桃園文庫）　2001
「蒼迷宮―ミステリー・アンソロジー」　結城信孝編　祥伝社（祥伝社文庫）　2002
「空を飛ぶ恋―ケータイがつなぐ28の物語」　新潮社編　新潮社（新潮文庫）　2006
「空飛ぶモルグ街の研究―本格短編ベスト・セレクション」　本格ミステリ作家クラブ編　講談社（講談社文庫）　2013
「それでも三月は、また」　講談社　2012
「それはまだヒミツ―少年少女の物語」　今江祥智編　新潮社（新潮文庫）　2012

【た】

「第三の新人名作選」　講談社文芸文庫編　講談社（講談社文芸文庫）　2011
「代表作時代小説」　平成9年度　日本文藝家協会編纂　光風社出版, 成美堂出版（発売）　1997
「代表作時代小説」　平成10年度　日本文藝家協会編纂　光風社出版, 成美堂出版（発売）　1998
「代表作時代小説」　平成11年度　日本文藝家協会編纂　光風社出版, 成美堂出版（発売）　1999
「代表作時代小説」　平成12年度　日本文藝家協会編纂　光風社出版, 成美堂出版（発売）　2000
「代表作時代小説」　平成13年度　日本文藝家協会編纂　光風社出版, 成美堂出版（発売）　2001
「代表作時代小説」　平成14年度　日本文藝家協会編纂　光風社出版, 成美堂出版（発売）　2002
「代表作時代小説」　平成15年度　日本文藝家協会編纂　光風社出版, 成美堂出版（発売）　2003
「代表作時代小説」　平成16年度　日本文藝家協会編纂　光風社出版, 成美堂出版（発売）　2004
「代表作時代小説」　平成17年度　日本文藝家協会編　光文社　2005
「代表作時代小説」　平成18年度　日本文藝家協会編纂　光文社　2006
「代表作時代小説」　平成19年度　日本文藝家協会編　光文社　2007
「代表作時代小説」　平成20年度　日本文藝家協会編　光文社　2008
「代表作時代小説」　平成21年度　日本文藝家協会編　光文社　2009

収録全集・アンソロジー一覧

「代表作時代小説」　平成22年度　日本文藝家協会編　光文社　2010
「代表作時代小説」　平成23年度　日本文藝家協会編　光文社　2011
「代表作時代小説」　平成24年度　日本文藝家協会編　光文社　2012
「代表作時代小説」　平成25年度　日本文藝家協会編　光文社　2013
「代表作時代小説」　平成26年度　日本文藝家協会編　光文社　2014
「大密室」　新潮社　1999
「宝塚歌劇柴田侑宏脚本選」　5　柴田侑宏著　阪急コミュニケーションズ　2006
「宝塚大劇場公演脚本集―2001年4月―2002年4月」　宝塚歌劇団監修　阪急電鉄コミュニケーション事業部　2002
「宝塚バウホール公演脚本集―2001年4月―2001年10月」　宝塚歌劇団監修　阪急電鉄コミュニケーション事業部　2002
「だから猫は猫そのものではない」　吉田和明, 新田準編　凱風社　2015
「暗闇（ダークサイド）を追いかけろ―ホラー＆サスペンス編」　日本推理作家協会編　光文社（カッパ・ノベルス）　2004
「暗闇（ダークサイド）を追いかけろ」　日本推理作家協会編　光文社（光文社文庫）　2008
「匠」　日本推理作家協会編　文藝春秋（推理作家になりたくて　マイベストミステリー）　2003
「竹筒に花はなくとも―短篇十人集」　原爆と文学の会編　日曜舎　1997
「竹中英太郎」　全3巻　竹中英太郎画, 末永昭二編　皓星社　2016
「竹中半兵衛―小説集」　末國善己編　作品社　2014
「太宰治賞」　1999　筑摩書房編集部編　筑摩書房　1999
「太宰治賞」　2000　筑摩書房編集部編　筑摩書房　2000
「太宰治賞」　2001　筑摩書房編集部編　筑摩書房　2001
「太宰治賞」　2002　筑摩書房編集部編　筑摩書房　2002
「太宰治賞」　2003　筑摩書房編集部編　筑摩書房　2003
「太宰治賞」　2004　筑摩書房編集部編　筑摩書房　2004
「太宰治賞」　2005　筑摩書房編集部編　筑摩書房　2005
「太宰治賞」　2006　筑摩書房編集部編　筑摩書房　2006
「太宰治賞」　2007　筑摩書房編集部編　筑摩書房　2007
「太宰治賞」　2008　筑摩書房編集部編　筑摩書房　2008
「太宰治賞」　2009　筑摩書房編集部編　筑摩書房　2009
「太宰治賞」　2010　筑摩書房編集部編　筑摩書房　2010
「太宰治賞」　2011　筑摩書房編集部編　筑摩書房　2011
「太宰治賞」　2012　筑摩書房編集部編　筑摩書房　2012
「太宰治賞」　2013　筑摩書房編集部編　筑摩書房　2013
「太宰治賞」　2014　筑摩書房編集部編　筑摩書房　2014
「太宰治賞」　2015　筑摩書房編集部編　筑摩書房　2015
「太宰治賞」　2016　筑摩書房編集部編　筑摩書房　2016
「たそがれ江戸暮色」　平岩弓枝監修　光文社（光文社文庫）　2014
「たそがれ長屋―人情時代小説傑作選」　縄田一男選　新潮社（新潮文庫）　2008
「黄昏ホテル」　e-NOVELS編　小学館　2004
「たそがれゆく未来」　筑摩書房（ちくま文庫）　2016
「ただならぬ午睡―恋愛小説アンソロジー」　江國香織選, 日本ペンクラブ編　光文社（光文社文庫）　2004
「多々良島ふたたび―ウルトラ怪獣アンソロジー」　早川書房　2015
「立川文学―「立川文学賞」作品集」　1～6　「立川文学賞」実行委員会編纂　けやき出版　2011～2016
「タッグ私の相棒―警察アンソロジー」　日本推理作家協会編　角川春樹事務所　2015

収録全集・アンソロジー一覧

「旅を数えて」 光文社 2007
「たびだち―フェリシモしあわせショートショート」 フェリシモ文学賞編 フェリシモ, フェリシモ出版(発売) 2000
「旅の終わり、始まりの旅」 小学館(小学館文庫) 2012
「魂がふるえるとき」 宮本輝編 文藝春秋(文春文庫) 2004
「誰も知らない「桃太郎」「かぐや姫」のすべて」 明拓出版編 明拓出版 2009
「短歌殺人事件―31音律のラビリンス」 齋藤愼爾編 光文社(光文社文庫) 2003
「探偵Xからの挑戦状!」 1~3 小学館(小学館文庫) 2009~2012
「探偵くらぶ―探偵小説傑作選1946~1958」 上, 中, 下 日本推理作家協会編 光文社(カッパ・ノベルス) 1997
「探偵小説の風景―トラフィック・コレクション」 上, 下 ミステリー文学資料館編 光文社(光文社文庫) 2009
「探偵の殺される夜―本格短編ベスト・セレクション」 本格ミステリ作家クラブ編 講談社(講談社文庫) 2016
「たんときれいに召し上がれ―美食文学精選」 津原泰水編 芸術新聞社 2015
「短編工場」 集英社文庫編集部編 集英社(集英社文庫) 2012
「短篇集」 4 双葉社(双葉文庫) 2008
「短篇集」 柴田元幸編 ヴィレッジブックス 2010
「短篇小説日和―英国異色傑作選」 西崎憲訳 筑摩書房(ちくま文庫) 2013
「短編 女性文学 近代 続」 渡邊澄子編 おうふう 2002
「短編で読む恋愛・家族」 杉本和弘編 中部日本教育文化会 1998
「短編復活」 集英社文庫編集部編 集英社(集英社文庫) 2002
「短篇ベストコレクション―現代の小説」 2000 日本文藝家協会編纂 徳間書店 2000
「短篇ベストコレクション―現代の小説」 2001 日本文藝家協会編纂 徳間書店(徳間文庫) 2001
「短篇ベストコレクション―現代の小説」 2002 日本文藝家協会編 徳間書店(徳間文庫) 2002
「短篇ベストコレクション―現代の小説」 2003 日本文藝家協会編 徳間書店(徳間文庫) 2003
「短篇ベストコレクション―現代の小説」 2004 日本文藝家協会編 徳間書店(徳間文庫) 2004
「短篇ベストコレクション―現代の小説」 2005 日本文藝家協会編 徳間書店(徳間文庫) 2005
「短篇ベストコレクション―現代の小説」 2006 日本文藝家協会編 徳間書店(徳間文庫) 2006
「短篇ベストコレクション―現代の小説」 2007 日本文藝家協会編 徳間書店(徳間文庫) 2007
「短篇ベストコレクション―現代の小説」 2008 日本文藝家協会編 徳間書店(徳間文庫) 2008
「短篇ベストコレクション―現代の小説」 2009 日本文藝家協会編 徳間書店(徳間文庫) 2009
「短篇ベストコレクション―現代の小説」 2010 日本文藝家協会編 徳間書店(徳間文庫) 2010
「短篇ベストコレクション―現代の小説」 2011 日本文藝家協会編 徳間書店(徳間文庫) 2011
「短篇ベストコレクション―現代の小説」 2012 日本文藝家協会編 徳間書店(徳間文庫) 2012
「短篇ベストコレクション―現代の小説」 2013 日本文藝家協会編 徳間書店(徳間文庫) 2013
「短篇ベストコレクション―現代の小説」 2014 日本文藝家協会編 徳間書店(徳間文庫) 2014
「短篇ベストコレクション―現代の小説」 2015 日本文藝家協会編 徳間書店(徳間文庫) 2015
「短篇ベストコレクション―現代の小説」 2016 日本文藝家協会編 徳間書店(徳間文庫) 2016
「短編名作選―1925-1949 文士たちの時代」 平林文雄, 堀江晋, 斎藤順二, 五十嵐謙介編 笠間書院 1999
「短篇名作選―1885-1924 小説の曙」 平林文雄, 長沢連, 八木光昭, 加藤二郎編 笠間書院 2003
「短篇礼讃―忘れかけた名品」 大川渉編 筑摩書房(ちくま文庫) 2006
「血」 早川書房 1997
「血」 結城信孝編 三天書房(傑作短篇シリーズ) 2000
「地を這う捜査―「読楽」警察小説アンソロジー」 徳間文庫編集部編 徳間書店(徳間文庫) 2015
「近松賞」第1回 優秀賞作品集 尼崎市 2002

収録全集・アンソロジー一覧

「「近松賞」第2回」 受賞作品 尼崎市 2004
「「近松賞」第3回」 優秀賞作品集 尼崎市 2006
「「近松賞」第4回」 受賞作品 尼崎市 2008
「ちくま日本文学」 全40巻 筑摩書房（ちくま文庫）2007〜2009
「血汐花に涙降る」 日本文藝家協会編纂 光風社出版，成美堂出版（発売）（光風社文庫）1999
「血しぶき街道」 日本文藝家協会編纂 光風社出版，成美堂出版（発売）（光風社文庫）1998
「チーズと塩と豆と」 ホーム社 2010
「チーズと塩と豆と」 集英社（集英社文庫）2013
「血と薔薇の誘う夜に―吸血鬼ホラー傑作選」 東雅夫編 角川書店（角川ホラー文庫）2005
「血の12幻想」 津原泰水監修 エニックス 2000
「魑魅魍魎列島」 東雅夫編 小学館（小学館文庫）2005
「血文字パズル」 角川書店（角川文庫）2003
「チャイルド」 井上雅彦監修 廣済堂出版（廣済堂文庫）1998
「中学生の楽しい英語劇―Let's Enjoy Some Plays」 東京都中学校英語教育研究会編 秀文館 2004
「中学生のドラマ」 1〜8 日本演劇教育連盟編 晩成書房 1995〜2010
「中学校劇作シリーズ」 7〜10 青雲書房 2002〜2006
「中学校創作脚本集」 2〜3 横浜北部中学校演劇教育研究会編 晩成書房 2001〜2008
「中学校たのしい劇脚本集―英語劇付」 全3巻 日本演劇教育連盟編 国土社 2010〜2011
「忠臣蔵コレクション」 全4巻 縄田一男編 河出書房新社（河出文庫）1998
「チューリップ革命―ネオ・スイート・ドリーム・ロマンス」 イースト・プレス 2000
「超弦領域―年刊日本SF傑作選」 大森望，日下三蔵編 東京創元社（創元SF文庫）2009
「超短編アンソロジー」 本間祐編 筑摩書房（ちくま文庫）2002
「超短編傑作選」 6 創英社・出版事業部編 創英社 2007
「超短編の世界」 1〜3 創英社・出版事業部編，タカスギシンタロ監修 創英社 2008〜2011
「散りぬる桜―時代小説招待席」 藤水名子監修 廣済堂出版 2004
「鎮守の森に鬼が棲む―時代小説傑作選」 日本文藝家協会編 講談社（講談社文庫）2001
「月」 国書刊行会（書物の王国）1999
「月の舞姫」 安田均編 富士見書房（富士見ファンタジア文庫）2001
「月のものがたり―月の光がいざなうセンチメンタル＆ノスタルジー」 鈴木光司編 ソフトバンククリエイティブ 2006
「憑きびと―「読楽」ホラー小説アンソロジー」 徳間文庫編集部編 徳間書店（徳間文庫）2016
「憑き者―全篇書下ろし傑作ホラーアンソロジー」 大多和伴彦編 アスキー，アスペクト（発売）（A-novels）2000
「集え！ へっぽこ冒険者たち―ソード・ワールド短編集」 安田均編 富士見書房（富士見ファンタジア文庫）2002
「つながり―フェリシモしあわせショートショート」 フェリシモ文学賞編 フェリシモ，神戸フェリシモ出版（発売）1999
「鍔鳴り疾風剣」 日本文藝家協会編纂 光風社出版，成美堂出版（発売）（光風社文庫）2000
「妻を失う―離別作品集」 講談社文芸文庫編，富岡幸一郎選 講談社（講談社文芸文庫）2014
「罪深き者に罰を」 日本推理作家協会編 講談社（講談社文庫）2002
「吊るされた男」 井上雅彦編 角川書店（角川ホラー文庫）2001
「定本・忠臣蔵四十七人集」 双葉社 1998
「手塚治虫COVER」 エロス篇 デュアル文庫編集部編 徳間書店（徳間デュアル文庫）2003
「手塚治虫COVER」 タナトス篇 デュアル文庫編集部編 徳間書店（徳間デュアル文庫）2003
「デッド・オア・アライヴ―江戸川乱歩賞作家アンソロジー」 講談社 2013
「デッド・オア・アライヴ」 講談社（講談社文庫）2014

収録全集・アンソロジー一覧

「鉄ミス倶楽部東海道新幹線50―推理小説アンソロジー」 山前譲編 光文社(光文社文庫) 2014
「鉄路に咲く物語―鉄道小説アンソロジー」 西村京太郎選, 日本ペンクラブ編 光文社(光文社文庫) 2005
「てのひら怪談―ビーケーワン怪談大賞傑作選」 1〜2 加門七海, 福澤徹三, 東雅夫編 ポプラ社 2007
「てのひら怪談―ビーケーワン怪談大賞傑作選」 加門七海, 福澤徹三, 東雅夫編 ポプラ社(ポプラ文庫) 2008
「てのひら怪談―ビーケーワン怪談大賞傑作選」 百怪繚乱篇 加門七海, 福澤徹三, 東雅夫編 ポプラ社 2008
「てのひら怪談―ビーケーワン怪談大賞傑作選」 己丑 加門七海, 福澤徹三, 東雅夫編 ポプラ社(ポプラ文庫) 2009
「てのひら怪談―ビーケーワン怪談大賞傑作選」 庚寅 加門七海, 福澤徹三, 東雅夫編 ポプラ社(ポプラ文庫) 2010
「てのひら怪談―ビーケーワン怪談大賞傑作選」 辛卯 加門七海, 福澤徹三, 東雅夫編 ポプラ社(ポプラ文庫) 2011
「てのひら怪談―ビーケーワン怪談大賞傑作選」 壬辰 加門七海, 福澤徹三, 東雅夫編 ポプラ社(ポプラ文庫) 2012
「てのひら怪談」 癸巳 加門七海, 福澤徹三, 東雅夫編 KADOKAWA(MF文庫) 2013
「てのひら猫語り―書き下ろし時代小説集」 白泉社 2014
「てのひらの宇宙―星雲賞短編SF傑作選」 大森望編 東京創元社(創元SF文庫) 2013
「てのひらの恋―けれど、いちばん大切なあの人との記憶。」 角川文庫編集部編 KADOKAWA(角川文庫) 2014
「テレビドラマ代表作選集」 2002年版 日本脚本家連盟編著 日本脚本家連盟 2002
「テレビドラマ代表作選集」 2003年版 日本脚本家連盟編著 日本脚本家連盟 2003
「テレビドラマ代表作選集」 2004年版 日本脚本家連盟編著 日本脚本家連盟 2004
「テレビドラマ代表作選集」 2005年版 日本脚本家連盟編著 日本脚本家連盟 2005
「テレビドラマ代表作選集」 2006年版 日本脚本家連盟編著 日本脚本家連盟 2006
「テレビドラマ代表作選集」 2007年版 日本脚本家連盟編著 日本脚本家連盟 2007
「テレビドラマ代表作選集」 2008年版 日本脚本家連盟編著 日本脚本家連盟 2008
「テレビドラマ代表作選集」 2009年版 日本脚本家連盟編著 日本脚本家連盟 2009
「テレビドラマ代表作選集」 2010年版 日本脚本家連盟編著 日本脚本家連盟 2010
「テレビドラマ代表作選集」 2011年版 日本脚本家連盟編著 日本脚本家連盟 2011
「伝奇城―伝奇時代小説アンソロジー」 朝松健, えとう乱星編 光文社(光文社文庫) 2005
「天使と髑髏の密室―本格短編ベスト・セレクション」 本格ミステリ作家クラブ編 講談社(講談社文庫) 2005
「天地驚愕のミステリー」 小山正編 宝島社(宝島社文庫) 2009
「天変動く大震災と作家たち」 悪魔之介・解説 インパクト出版会 2011
「電話ミステリー倶楽部―傑作推理小説集」 ミステリー文学資料館編 光文社(光文社文庫) 2016
「東京小説」 コリーヌ・カンタン編 紀伊國屋書店 2000
「東京小説」 カンタン・コリーヌ編 日本経済新聞出版社(日経文芸文庫) 2013
「東京ホタル」 ポプラ社 2013
「東京ホタル」 ポプラ社(ポプラ文庫) 2015
「刀剣―歴史時代小説名作アンソロジー」 末國善己編 中央公論新社(中公文庫) 2016
「闘人烈伝―格闘小説・漫画アンソロジー」 夢枕獏編・解説 双葉社 2000
「同性愛」 国書刊行会(書物の王国) 1999
「童貞小説集」 小谷野敦編 筑摩書房(ちくま文庫) 2007
「塔の物語」 井上雅彦編 角川書店(角川ホラー文庫) 2000
「どうぶつたちの贈り物」 PHP研究所 2016

収録全集・アンソロジー一覧

「東北戦国志―傑作時代小説」 細谷正充編 PHP研究所（PHP文庫）2009
「透明な貴婦人の謎―本格短編ベスト・セレクション」 本格ミステリ作家クラブ編 講談社（講談社文庫）2005
「遠き雷鳴」 桃園書房（桃園文庫）2001
「時の輪廻」 二上洋一監修 リブリオ出版（怪奇・ホラーワールド大きな活字で読みやすい本）2001
「時の罠」 文藝春秋（文春文庫）2014
「ときめき―ミステリアンソロジー」 山前譲編 廣済堂出版（廣済堂文庫）2005
「時よとまれ、君は美しい―スポーツ小説名作集」 齋藤愼爾編 角川書店（角川文庫）2007
「毒殺協奏曲」 アミの会(仮)編 原書房 2016
「特別な一日」 朝山実編 徳間書店（徳間文庫）2005
「どたん場で大逆転」 日本推理作家協会編 講談社（講談社文庫）1999
「とっておきの話」 安野光雅, 森毅, 井上ひさし, 池内紀編 筑摩書房 2011
「とっておき名短篇」 北村薫, 宮部みゆき編 筑摩書房（ちくま文庫）2011
「ドッペルゲンガー奇譚集―死を招く影」 角川書店編 角川書店（角川ホラー文庫）1998
「隣りの不安、目前の恐怖」 双葉社（双葉文庫）2016
「となりのもののけさん―競作短篇集」 ポプラ社（ポプラ文庫ピュアフル）2014
「賭博師たち」 角川書店（角川文庫）1997
「怒髪の雷」 祥伝社（祥伝社文庫）2016
「扉の向こうへ」 石川友也, 須永淳, 野辺慎一編 全作家協会 2014
「ドラゴン殺し」 メディアワークス, 主婦の友社（発売）（電撃文庫）1997
「ドラマの森」 2005 西日本劇作家の会編 西日本劇作家の会 2004
「ドラマの森」 2009 西日本劇作家の会編 西日本劇作家の会 2008
「トリック・ミュージアム」 日本推理作家協会編 講談社（講談社文庫）2005
「捕物時代小説選集」 1～8 志村有弘編 春陽堂書店（春陽文庫）1999～2000
「捕物小説名作選」 1～2 池波正太郎選, 日本ペンクラブ編 集英社（集英社文庫）2006
「トロピカル」 井上雅彦監修 廣済堂出版（廣済堂文庫）1999
「十和田、奥入瀬 水と土地をめぐる旅」 管啓次郎, 十和田奥入瀬芸術祭編 青幻舎 2013

【な】

「「内向の世代」初期作品アンソロジー」 黒井千次選 講談社（講談社文芸文庫）2016
「ナイン・ストーリーズ・オブ・ゲンジ」 新潮社 2008
「19（ナインティーン）」 アスキー・メディアワークス（メディアワークス文庫）2010
「長い夜の贈りもの―ホラーアンソロジー」 まんだらけ出版部（Live novels）1999
「中沢けい・多和田葉子・荻野アンナ・小川洋子」 河野多惠子, 大庭みな子, 佐藤愛子, 津村節子監修 角川書店（女性作家シリーズ）1998
「渚にて―あの日からの〈みちのく怪談〉」 東北怪談同盟編 荒蝦夷 2016
「泣ける！ 北海道」 リンダパブリッシャーズ編集部編 泰文堂 2015
「ナゴヤドームで待ちあわせ」 ポプラ社 2016
「情けがからむ朱房の十手―傑作時代小説」 縄田一男編 PHP研究所（PHP文庫）2009
「謎」 日本推理作家協会編 文藝春秋（推理作家になりたくて マイベストミステリー）2004
「謎―スペシャル・ブレンド・ミステリー」 1～9 日本推理作家協会編 講談社（講談社文庫）2006～2014
「謎のギャラリー―最後の部屋」 北村薫編 マガジンハウス 1999
「謎のギャラリー―謎の部屋」 北村薫編 新潮社（新潮文庫）2002

収録全集・アンソロジー一覧

「謎のギャラリー――愛の部屋」　北村薫編　新潮社(新潮文庫)　2002
「謎のギャラリー――こわい部屋」　北村薫編　新潮社(新潮文庫)　2002
「謎のギャラリー特別室」　全3巻　北村薫編　マガジンハウス　1998〜1999
「謎の部屋」　北村薫編　筑摩書房(ちくま文庫)　2012
「謎の放課後――学校のミステリー」　大森望編　KADOKAWA(角川文庫)　2013
「謎の放課後――学校の七不思議」　大森望編　KADOKAWA(角川文庫)　2015
「謎の物語」　紀田順一郎編　筑摩書房(ちくま文庫)　2012
「懐かしい未来――甦る明治・大正・昭和の未来小説」　長山靖生編　中央公論新社　2001
「夏しぐれ――時代小説アンソロジー」　縄田一男編　角川書店(角川文庫)　2013
「夏のグランドホテル」　井上雅彦監修　光文社(光文社文庫)　2003
「夏休み」　千野帽子編　KADOKAWA(角川文庫)　2014
「撫子が斬る――女性作家捕物帳アンソロジー」　宮部みゆき選, 日本ペンクラブ編　光文社(光文社文庫)　2005
「ナナイロノコイ――恋愛小説」　角川春樹事務所　2003
「70年代日本SFベスト集成」　1〜5　筒井康隆編　筑摩書房(ちくま文庫)　2014〜2015
「七つの危険な真実」　新潮社(新潮文庫)　2004
「七つの黒い夢」　新潮社(新潮文庫)　2006
「七つの怖い扉」　新潮社　1998
「七つの死者の囁き」　新潮社(新潮文庫)　2008
「七つの忠臣蔵」　縄田一男編　新潮社(新潮文庫)　2016
「怠けものの話」　安野光雅, 森毅, 井上ひさし, 池内紀編　筑摩書房　2011
「涙がこぼれないように――さよならが胸を打つ10の物語」　リンダブックス編集部編著　泰文堂　2014
「涙の百年文学――もう一度読みたい」　風日祈舎編　太陽出版　2009
「逃げゆく物語の話――ゼロ年代日本SFベスト集成F」　大森望編　東京創元社(創元SF文庫)　2010
「二時間目国語」　小川義男監修　宝島社(宝島社文庫)　2008
「21世紀の〈ものがたり〉――『はてしない物語』創作コンクール記念」　岩波書店編集部編　岩波書店　2002
「21世紀本格――書下ろしアンソロジー」　島田荘司責任編集　光文社(カッパ・ノベルス)　2001
「29歳」　日本経済新聞出版社　2008
「29歳」　新潮社(新潮文庫)　2012
「二十の悪夢――角川ホラー文庫創刊20周年記念アンソロジー」　KADOKAWA(角川ホラー文庫)　2013
「20の短編小説」　小説トリッパー編集部編　朝日新聞出版(朝日文庫)　2016
「二十四粒の宝石――超短編小説傑作集」　講談社(講談社文庫)　1998
「日常の呪縛」　二上洋一監修　リブリオ出版(怪奇・ホラーワールド大きな活字で読みやすい本)　2001
「日米架空戦記集成――明治・大正・昭和」　長山靖生編　中央公論新社(中公文庫)　2003
「日本SF全集」　全6巻　日下三蔵編　出版芸術社　2009〜
「日本SF短篇50――日本SF作家クラブ創立50周年記念アンソロジー」　1〜5　日本SF作家クラブ編　早川書房(ハヤカワ文庫)　2013
「日本SF・名作集成」　全10巻　夢枕獏, 大倉貴之編　リブリオ出版　2005
「日本怪奇小説傑作集」　全3巻　紀田順一郎, 東雅夫編　東京創元社(創元推理文庫)　2005
「日本怪獣侵略伝――ご当地怪獣異異集」　洋泉社　2015
「日本海文学大賞――大賞作品集」　1〜3　日本海文学大賞運営委員会　2007
「日本近代短篇小説選」　全6巻　紅野敏郎, 紅野謙介, 千葉俊二, 宗像和重, 山田俊治編　岩波書店(岩波文庫)　2012〜2013
「日本近代文学に描かれた「恋愛」」　小野末夫編　牧野出版　2001

収録全集・アンソロジー一覧

「日本剣客伝」　戦国篇　朝日新聞出版（朝日文庫）　2012
「日本剣客伝」　江戸篇　朝日新聞出版（朝日文庫）　2012
「日本剣客伝」　幕末篇　朝日新聞出版（朝日文庫）　2012
「日本原発小説集」　柿谷浩一編　水声社　2011
「日本縦断世界遺産殺人紀行」　山前譲編　有楽出版社　2014
「日本人の手紙—大きな活字で読みやすい本」　全10巻　紀田順一郎監修　リブリオ出版　2004
「日本統治期台湾文学集成」　全30巻　中島利郎，河原功，下村作次郎監修　緑蔭書房　2002～2007
「日本の少年小説—「少国民」のゆくえ」　相川美恵子編集・解題，『文学史を読みかえる』研究会企画・監修　インパクト出版会　2016
「日本舞踊舞踊劇選集」　西川右近監修，西川右近，西川千雅編　西川会　2002
「日本文学全集」　全30巻　池澤夏樹編　河出書房新社　2014～2017
「日本文学100年の名作」　全10巻　池内紀，川本三郎，松田哲夫編　新潮社（新潮文庫）　2014～2015
「日本ベストミステリー選集」　24　日本推理作家協会編　光文社（光文社文庫）　1997
「「日本浪曼派」集」　新学社　2007
「にゃんそろじー」　中川翔子編　新潮社（新潮文庫）　2014
「女人」　縄田一男編著　小学館（小学館文庫）　2007
「人魚—mermaid & merman」　長井那智子編　皓星社　2016
「人形」　国書刊行会（書物の王国）　1997
「人形座脚本集」　人形座再発見の会編　晩成書房　2005
「人魚の血—珠玉アンソロジー オリジナル&スタンダート」　井上雅彦監修　光文社（カッパ・ノベルス）　2001
「人間心理の怪」　志村有弘編　勉誠出版（べんせいライブラリー）　2003
「人間みな病気」　筒井康隆選，日本ペンクラブ編　ランダムハウス講談社　2007
「忍者だもの—忍法小説五番勝負」　縄田一男編　新潮社（新潮文庫）　2015
「人情の往来—時代小説最前線」　新潮社編　新潮社（新潮文庫）　1997
「忍法からくり伝奇」　志村有弘編　勉誠出版　2004
「猫」　クラフト・エヴィング商會編　中央公論新社（中公文庫）　2009
「猫愛」　吉田和明，新田準編　凱風社　2008
「猫とわたしの七日間—青春ミステリーアンソロジー」　ポプラ社（ポプラ文庫ピュアフル）　2013
「ねこ！　ネコ！　猫！—nekoミステリー傑作選」　山前譲編　徳間書店（徳間文庫）　2008
「猫のミステリー」　鮎川哲也編　河出書房新社（河出文庫）　1999
「猫路地」　東雅夫編　日本出版社　2006
「猫は神さまの贈り物」　小説編　山本容朗編　有楽出版社　2014
「鼠小僧次郎吉」　国書刊行会　2012
「眠れなくなる夢十夜」　「小説新潮」編集部編　新潮社（新潮文庫）　2009
「狙われたヘッポコーズ—ソード・ワールド短編集」　安田均編　富士見書房（富士見ファンタジア文庫）　2004
「年鑑代表シナリオ集」　'01　シナリオ作家協会編　映人社　2002
「年鑑代表シナリオ集」　'02　シナリオ作家協会編　シナリオ作家協会　2003
「年鑑代表シナリオ集」　'03　シナリオ作家協会編　シナリオ作家協会　2004
「年鑑代表シナリオ集」　'04　シナリオ作家協会 年鑑代表シナリオ集編纂委員会編　シナリオ作家協会　2005
「年鑑代表シナリオ集」　'05　シナリオ作家協会編　シナリオ作家協会　2006
「年鑑代表シナリオ集」　'06　シナリオ作家協会編　シナリオ作家協会　2008
「年鑑代表シナリオ集」　'07　シナリオ作家協会 年鑑代表シナリオ集編纂委員会編　シナリオ作家協会　2009
「年鑑代表シナリオ集」　'08　シナリオ作家協会 年鑑代表シナリオ集編纂委員会編　シナリオ作家

「年鑑代表シナリオ集」 '09 シナリオ作家協会 年鑑代表シナリオ集編纂委員会編 シナリオ作家協会 2009
「年鑑代表シナリオ集」 '10 シナリオ作家協会 年鑑代表シナリオ集編纂委員会編 シナリオ作家協会 2010
「年鑑代表シナリオ集」 '11 シナリオ作家協会 年鑑代表シナリオ集編纂委員会編 シナリオ作家協会 2011
「ノスタルジー1972」 講談社 2016
「野辺に朽ちぬとも―吉田松陰と松下村塾の男たち」 細谷正充編 集英社（集英社文庫） 2015
「法月綸太郎の本格ミステリ・アンソロジー」 法月綸太郎編 角川書店（角川文庫） 2005
「呪いの恐怖」 二上洋一監修 リブリオ出版（怪奇・ホラーワールド大きな活字で読みやすい本） 2001

【は】

「牌がささやく―麻雀小説傑作選」 結城信孝編 徳間書店（徳間文庫） 2002
「俳句殺人事件―巻頭句の女」 齋藤愼爾編 光文社（光文社文庫） 2001
「俳優」 井上雅彦監修 廣済堂出版（廣済堂文庫） 1999
「バカミスじゃない!?―史上空前のバカミス・アンソロジー」 小山正編 宝島社 2007
「伯爵の血族―紅ノ章」 光文社（光文社文庫） 2007
「白刃光る」 新潮社編 新潮社 1997
「幕末京都血風録―傑作時代小説」 細谷正充編 PHP研究所（PHP文庫） 2007
「幕末剣豪人斬り異聞」 勤皇篇 菊池仁編 アスキー，アスペクト（発売）（Aspect novels） 1997
「幕末剣豪人斬り異聞」 佐幕篇 菊池仁編 アスキー，アスペクト（発売）（Aspect novels） 1997
「幕末スパイ戦争」 歴史時代作家クラブ編 徳間書店（徳間文庫） 2015
「幕末テロリスト列伝」 歴史を旅する会編 講談社（講談社文庫） 2004
「幕末の剣鬼たち―時代小説傑作選」 清水將大編 コスミック出版 2009
「初めて恋してます。―サナギからチョウへ」 主婦と生活社 2010
「はじめての小説（ミステリー）―内田康夫＆東京・北区が選んだ気鋭のミステリー」 1～2 内田康夫選・編 実業之日本社 2008～2013
「バースデイ・ストーリーズ」 村上春樹編訳 中央公論新社 2002
「爬虫館事件―新青年傑作選」 角川書店（角川ホラー文庫） 1998
「八百八町春爛漫」 日本文藝家協会編纂 光風社出版，成美堂出版（発売）（光風社文庫） 1998
「花ごよみ夢一夜」 日本文藝家協会編纂 光風社出版，成美堂出版（発売）（光風社文庫） 2001
「花月夜綺譚―怪談集」 集英社文庫編集部編 集英社（集英社文庫） 2007
「花と剣と侍―新鷹会・傑作時代小説選」 平岩弓枝監修 光文社（光文社文庫） 2009
「花ふぶき―時代小説傑作選」 結城信孝編 角川春樹事務所（ハルキ文庫） 2004
「花迷宮」 結城信孝編 日本文芸社（日文文庫） 2000
「母のなみだ―愛しき家族を想う短篇小説集」 リンダブックス編集部編著 泰文堂 2012
「母のなみだ・ひまわり―愛しき家族を想う短篇小説集」 リンダブックス編集部編著, リンダパブリッシャーズ企画・編集 泰文堂 2013
「バブリーズ・リターン―ソード・ワールド短編集」 安田均編 富士見書房（富士見ファンタジア文庫） 1999
「浜町河岸夕化粧」 日本文藝家協会編纂 光風社出版，成美堂出版（発売）（光風社文庫） 1998
「遙かなる道」 桃園書房（桃園文庫） 2001
「春はやて―時代小説アンソロジー」 縄田一男編 KADOKAWA（角川文庫） 2016
「晴れた日は謎を追って」 東京創元社（創元推理文庫） 2014
「晩菊―女体についての八篇」 安野モヨコ選・画 中央公論新社（中公文庫） 2016

収録全集・アンソロジー一覧

「判決―法廷ミステリー傑作集」 山前譲編 徳間書店(徳間文庫) 2010
「犯行現場にもう一度」 日本推理作家協会編 講談社(講談社文庫) 1997
「ハンサムウーマン」 ビレッジセンター出版局 1998
「万事金の世―時代小説傑作選」 大野由美子編 徳間書店(徳間文庫) 2006
「ハンセン病に咲いた花―初期文芸名作選」 戦前編 盾木沢編 皓星社(ハンセン病叢書) 2002
「ハンセン病に咲いた花―初期文芸名作選」 戦後編 盾木沢編 皓星社(ハンセン病叢書) 2002
「ハンセン病文学全集」 全10巻 皓星社 2002～2010
「犯人たちの部屋」 日本推理作家協会編 講談社(講談社文庫) 2007
「犯人は秘かに笑う―ユーモアミステリー傑作選」 ミステリー文学資料館編 光文社(光文社文庫) 2007
「東と西」 1～2 小学館 2009～2010
「東と西」 1～2 小学館(小学館文庫) 2012
「干刈あがた・高樹のぶ子・林真理子・高村薫」 河野多惠子, 大庭みな子, 佐藤愛子, 津村節子監修 角川書店(女性作家シリーズ) 1997
「悲劇の臨時列車―鉄道ミステリー傑作選」 日本ペンクラブ編 光文社(光文社文庫) 1998
「秘剣舞う―剣豪小説の世界」 菊池仁編 学習研究社(学研M文庫) 2002
「秘剣闇を斬る」 日本文藝家協会編纂 光風社出版, 成美堂出版(発売)(光風社文庫) 1998
「被差別小説傑作集」 塩見鮮一郎編 河出書房新社(河出文庫) 2016
「被差別文学全集」 塩見鮮一郎編 河出書房新社(河出文庫) 2016
「飛翔―C★NOVELS大賞作家アンソロジー」 中央公論新社 2013
「美少年」 国書刊行会(書物の王国) 1997
「美食」 国書刊行会(書物の王国) 1998
「美女峠に星が流れる―時代小説傑作選」 日本文藝家協会編 講談社(講談社文庫) 1999
「秘神―闇の祝祭者たち 書下ろしクトゥルー・ジャパネスク・アンソロジー」 朝松健編 アスキー, アスペクト(発売)(アスペクトノベルス) 1999
「秘神界」 現代編 朝松健編 東京創元社(創元推理文庫) 2002
「秘神界」 歴史編 朝松健編 東京創元社(創元推理文庫) 2002
「必殺天誅剣」 日本文藝家協会編纂 光風社出版, 成美堂出版(発売)(光風社文庫) 1999
「ひつじアンソロジー」 小説編 2 中村三春編 ひつじ書房 2009
「人恋しい雨の夜に―せつない小説アンソロジー」 浅田次郎選, 日本ペンクラブ編 光文社(光文社文庫) 2006
「ひと粒の宇宙」 角川書店(角川文庫) 2009
「ひとなつの。―真夏に読みたい五つの物語」 角川文庫編集部編 KADOKAWA(角川文庫) 2014
「ひとにぎりの異形」 光文社(光文社文庫) 2007
「人の物語」 角川書店(New History) 2001
「1人から5人でできる新鮮いちご脚本集」 2～3 青雲書房 2002～2003
「ひとりで夜読むな―新青年傑作選 怪奇編」 中島河太郎編 角川書店(角川ホラー文庫) 2001
「人はお金をつかわずにはいられない」 日本経済新聞出版社 2011
「人は死んだら電柱になる―電柱アンソロジー」 電柱アンソロジー制作委員会編 遠すぎる未来団 2014
「響き交わす鬼」 東雅夫編 小学館(小学館文庫) 2005
「秘密。―私と私のあいだの十二話」 ダ・ヴィンチ編集部編 メディアファクトリー 2005
「緋迷宮―ミステリー・アンソロジー」 結城信孝編 祥伝社(祥伝社文庫) 2001
「姫君たちの戦国―時代小説傑作選」 細谷正充編 PHP研究所(PHP文芸文庫) 2011
「百年小説―the birth of modern Japanese literature」 ポプラクリエイティブネットワーク編 ポプラ社 2008

収録全集・アンソロジー一覧

「100の恋―幸せになるための恋愛短篇集」 リンダブックス編集部編著 泰文堂 2010
「100万分の1回のねこ」 講談社 2015
「140字の物語―Twitter小説集　twnovel」 ディスカヴァー・トゥエンティワン 2009
「憑依」 井上雅彦監修 光文社（光文社文庫）2010
「ひらく―第15回フェリシモ文学賞」 フェリシモ 2012
「ひらめく秘太刀」 日本文藝家協会編纂 光風社出版（光風社文庫）1998
「琵琶綺談」 夢枕獏編 日本出版社 2006
「ファイン／キュート素敵かわいい作品選」 高原英理編 筑摩書房（ちくま文庫）2015
「ファン」 主婦と生活社 2009
「ファンタジー」 二上洋一監修 リブリオ出版（怪奇・ホラーワールド大きな活字で読みやすい本）2001
「ファンタスティック・ヘンジ」 変タジー同好会 2012
「妖精竜（フェアリードラゴン）の花」 安田均編 富士見書房（富士見ファンタジア文庫）2000
「不可思議な殺人―ミステリー・アンソロジー」 祥伝社（祥伝社文庫）2000
「不可能犯罪コレクション」 二階堂黎人編 原書房 2009
「ブキミな人びと」 内田春菊選, 日本ペンクラブ編 ランダムハウス講談社 2007
「福島の文学―11人の作家」 講談社文芸文庫編, 宍戸芳夫選 講談社（講談社文芸文庫）2014
「復讐」 国書刊行会（書物の王国）2000
「武芸十八般―武道小説傑作選」 細谷正充編 ベストセラーズ（ベスト時代文庫）2005
「不思議の国のアリス ミステリー館」 河出書房新社（河出文庫）2015
「不思議の足跡」 光文社 2007
「不思議の足跡」 日本推理作家協会編 光文社（光文社文庫）2011
「不思議の扉」 時をかける恋 大森望編 角川書店（角川文庫）2010
「不思議の扉」 時間がいっぱい 大森望編 角川書店（角川文庫）2010
「不思議の扉」 ありえない恋 大森望編 角川書店（角川文庫）2011
「不思議の扉」 午後の教室 大森望編 角川書店（角川文庫）2011
「ふしぎ日和―「季節風」書き下ろし短編集」 インターグロー 2015
「富士山」 千野帽子編 角川書店（角川文庫）2013
「武士道」 縄田一男編 小学館（小学館文庫）2007
「武士道切絵図―新鷹会・傑作時代小説選」 平岩弓枝監修 光文社（光文社文庫）2010
「武士道歳時記―新鷹会・傑作時代小説選」 平岩弓枝監修 光文社（光文社文庫）2008
「武士道残月抄」 平岩弓枝監修 光文社（光文社文庫）2011
「武士の本懐―武士道小説傑作選」 1～2 細谷正充編 ベストセラーズ（ベスト時代文庫）2004～2005
「藤本義一文学賞」 第1回 藤本義一文学賞事務局編 （大阪）たる出版 2016
「不条理な殺人―ミステリー・アンソロジー」 祥伝社（ノン・ポシェット）1998
「ふたり―時代小説夫婦情話」 細谷正充編 角川春樹事務所（ハルキ文庫）2010
「不透明な殺人―ミステリー・アンソロジー」 祥伝社（祥伝社文庫）1999
「吹雪の山荘―赤い死の影の下に」 東京創元社 2008
「吹雪の山荘―リレーミステリ」 東京創元社（創元推理文庫）2014
「冬ごもり―時代小説アンソロジー」 縄田一男編 KADOKAWA（角川文庫）2013
「フラジャイル・ファクトリー戯曲集」 1～2 Fragile Factory編 晩成書房 2008
「ブラックミステリーズ―12の黒い謎をめぐる219の質問」 KADOKAWA（角川文庫）2015
「ふりむけば闇―時代小説招待席」 藤水名子監修 廣済堂出版 2003
「ふりむけば闇―時代小説招待席」 藤水名子監修 徳間書店（徳間文庫）2007
「ふるえて眠れ―女流ホラー傑作選」 結城信孝編 角川春樹事務所（ハルキ・ホラー文庫）2001
「ふるえて眠れない―ホラーミステリー傑作選」 ミステリー文学資料館編 光文社（光文社文庫）

収録全集・アンソロジー一覧

```
                                              2006
「文学」   1997  日本文藝家協会編  講談社  1997
「文学」   1998  日本文藝家協会編  講談社  1998
「文学」   1999  日本文藝家協会編  講談社  1999
「文学」   2000  日本文藝家協会編  講談社  2000
「文学」   2001  日本文藝家協会編  講談社  2001
「文学」   2002  日本文藝家協会編  講談社  2002
「文学」   2003  日本文藝家協会編  講談社  2003
「文学」   2004  日本文藝家協会編  講談社  2004
「文学」   2005  日本文藝家協会編  講談社  2005
「文学」   2006  日本文藝家協会編  講談社  2006
「文学」   2007  日本文藝家協会編  講談社  2007
「文学」   2008  日本文藝家協会編  講談社  2008
「文学」   2009  日本文藝家協会編  講談社  2009
「文学」   2010  日本文藝家協会編  講談社  2010
「文学」   2011  日本文藝家協会編  講談社  2011
「文学」   2012  日本文藝家協会編  講談社  2012
「文学」   2013  日本文藝家協会編  講談社  2013
「文学」   2014  日本文藝家協会編  講談社  2014
「文学」   2015  日本文藝家協会編  講談社  2015
「文学」   2016  日本文藝家協会編  講談社  2016
```

「文学賞受賞・名作集成―大きな活字で読みやすい本」 全10巻 二上洋一監修 リブリオ出版 2004
「文学で考える〈仕事〉の百年」 飯田祐子,日高佳紀,日比嘉高編 双文社出版 2010
「文学で考える〈仕事〉の百年」 飯田祐子,日高佳紀,日比嘉高編 翰林書房 2016
「文学で考える〈日本〉とは何か」 飯田祐子,日高佳紀,日比嘉高編 双文社出版 2007
「文学で考える〈日本〉とは何か」 飯田祐子,日高佳紀,日比嘉高編 翰林書房 2016
「文学に描かれた戦争―徳島大空襲を中心に」 徳島県文化振興財団徳島県立文学書道館 2015
「文芸あねもね」 新潮社(新潮文庫) 2012
「文藝百物語」 ぶんか社 1997
「文豪怪談傑作選」 全18巻 東雅夫編 筑摩書房(ちくま文庫) 2006〜2011
「文豪さんへ。―近代文学トリビュートアンソロジー」 ダ・ヴィンチ編集部編 メディアファクトリー(MF文庫) 2009
「文豪山怪奇譚―山の怪談名作選」 東雅夫編 山と渓谷社 2016
「文豪たちが書いた怖い名作短編集」 彩図社文芸部編纂 彩図社 2014
「文豪たちが書いた耽美小説短編集」 彩図社文芸部編纂 彩図社 2015
「文豪たちが書いた泣ける名作短編集」 彩図社文芸部編纂 彩図社 2014
「文豪てのひら怪談」 東雅夫編 ポプラ社(ポプラ文庫) 2009
「文豪の探偵小説」 山前譲編 集英社(集英社文庫) 2006
「文豪のミステリー小説」 山前譲編 集英社(集英社文庫) 2008
「文士の意地―車谷長吉撰短篇小説輯」 上,下 車谷長吉編 作品社 2005
「分身」 国書刊行会(書物の王国) 1999
「文人御馳走帖」 嵐山光三郎編 新潮社(新潮文庫) 2014
「平成28年熊本地震作品集」 くまもと文学・歴史館友の会編 くまもと文学・歴史館友の会 2016
「平成都市伝説」 尾之上浩司監修 中央公論新社(C NOVELS) 2004
「ベスト本格ミステリ」 2011 本格ミステリ作家クラブ選・編 講談社 2011
「ベスト本格ミステリ」 2012 本格ミステリ作家クラブ選・編 講談社 2012
「ベスト本格ミステリ」 2013 本格ミステリ作家クラブ選・編 講談社 2013

収録全集・アンソロジー一覧

「ベスト本格ミステリ」 2014 本格ミステリ作家クラブ選・編 講談社 2014
「ベスト本格ミステリ」 2015 本格ミステリ作家クラブ選・編 講談社 2015
「ベスト本格ミステリ」 2016 本格ミステリ作家クラブ選・編 講談社 2016
「へっぽこ冒険者とイオドの宝—ソード・ワールド短編集」 安田均編 富士見書房(富士見ファンタジア文庫) 2005
「へっぽこ冒険者と緑の蔭—ソード・ワールド短編集」 安田均編 富士見書房(富士見ファンタジア文庫) 2005
「ぺらぺらーず漫遊記—ソード・ワールド短編集」 安田均編 富士見書房(富士見ファンタジア文庫) 2006
「変愛小説集」 日本作家編 岸本佐知子編 講談社 2014
「変化—書下ろしホラー・アンソロジー」 水木しげる監修 PHP研究所(PHP文庫) 2000
「ペン先の殺意—文芸ミステリー傑作選」 ミステリー文学資料館編 光文社(光文社文庫) 2005
「変事異聞」 縄田一男編著 小学館(小学館文庫) 2007
「変身」 井上雅彦監修 廣済堂出版(廣済堂文庫) 1998
「変身のロマン」 澁澤龍彦編 学習研究社(学研M文庫) 2003
「変身ものがたり」 安野光雅, 森毅, 井上ひさし, 池内紀編 筑摩書房 2010
「謀」 日本推理作家協会編 文藝春秋(推理作家になりたくて マイベストミステリー) 2003
「放課後探偵団—書き下ろし学園ミステリ・アンソロジー」 東京創元社(創元推理文庫) 2010
「冒険の森へ—傑作小説大全」 全20巻 集英社クリエイティブ編 集英社 2015〜2016
「冒険の夜に翔べ!—ソード・ワールド短編集」 安田均編 富士見書房(富士見ファンタジア文庫) 2003
「胞子文学名作選」 田中美穂編 港の人 2013
「「宝石」一九五〇—牟家殺人事件:探偵小説傑作集」 ミステリー文学資料館編 光文社(光文社文庫) 2012
「宝石ザミステリー」 1〜3 光文社 2011〜2013
「宝石ザミステリー」 2014夏 光文社 2014
「宝石ザミステリー」 2014冬 光文社 2014
「宝石ザミステリー」 2016 光文社 2015
「宝石ザミステリー」 Red 光文社 2016
「宝石ザミステリー」 Blue 光文社 2016
「暴走する正義」 筑摩書房(ちくま文庫) 2016
「法廷ジャックの心理学—本格ミステリ短編ベスト・セレクション」 本格ミステリ作家クラブ編 講談社(講談社文庫) 2011
「ぼくの、マシン—ゼロ年代日本SFベスト集成 S」 大森望編 東京創元社(創元SF文庫) 2010
「誇り」 双葉社 2010
「星明かり夢街道」 日本文藝家協会編纂 光風社出版, 成美堂出版(発売)(光風社文庫) 2000
「慕情深川しぐれ」 日本文藝家協会編纂 光風社出版, 成美堂出版(発売)(光風社文庫) 1998
「ほっこりミステリー」 宝島社(宝島社文庫) 2014
「ボロゴーヴはミムジイ—伊藤典夫翻訳SF傑作選」 高橋良平編, 伊藤典夫訳 早川書房(ハヤカワ文庫) 2016
「ホワイト・ウェディング」 SDP編・監修 SDP 2007
「本をめぐる物語—一冊の扉」 ダ・ヴィンチ編集部編 KADOKAWA(角川文庫) 2014
「本をめぐる物語—栞は夢をみる」 ダ・ヴィンチ編集部編 KADOKAWA(角川文庫) 2014
「本をめぐる物語—小説よ、永遠に」 ダ・ヴィンチ編集部編 KADOKAWA(角川文庫) 2015
「本格推理」 10〜15 鮎川哲也編 光文社(光文社文庫) 1997〜1999
「本格ミステリ」 2001 本格ミステリ作家クラブ編 講談社(講談社ノベルス) 2001
「本格ミステリ」 2002 本格ミステリ作家クラブ編 講談社(講談社ノベルス) 2002

収録全集・アンソロジー一覧

「本格ミステリ」 2003 本格ミステリ作家クラブ編 講談社(講談社ノベルス) 2003
「本格ミステリ」 2004 本格ミステリ作家クラブ編 講談社(講談社ノベルス) 2004
「本格ミステリ」 2005 本格ミステリ作家クラブ編 講談社(講談社ノベルス) 2005
「本格ミステリ」 2006 本格ミステリ作家クラブ編 講談社(講談社ノベルス) 2006
「本格ミステリー二〇〇七年本格短編ベスト・セレクション」 07 本格ミステリ作家クラブ編 講談社 2007
「本格ミステリー二〇〇八年本格短編ベスト・セレクション」 08 本格ミステリ作家クラブ編 講談社 2008
「本格ミステリー二〇〇九年本格短編ベスト・セレクション」 09 本格ミステリ作家クラブ編 講談社 2009
「本格ミステリー二〇一〇年本格短編ベスト・セレクション」 '10 本格ミステリ作家クラブ選・編 講談社 2010
「本からはじまる物語」 メディアパル 2007
「本当のうそ」 講談社 2007
「本能寺・男たちの決断―傑作時代小説」 細谷正充編 PHP研究所(PHP文庫) 2007
「本迷宮―本を巡る不思議な物語」 日本図書設計家協会 2016

【ま】

「マイ・ベスト・ミステリー」 1〜6 日本推理作家協会編 文藝春秋(文春文庫) 2007
「凶鳥の黒影―中井英夫へ捧げるオマージュ」 本多正一監修 河出書房新社 2004
「曲げられた真相」 日本推理作家協会編 講談社(講談社文庫) 2009
「魔剣くずし秘聞」 日本文藝家協会編 光風社出版、成美堂出版(発売)(光風社文庫) 1998
「誠の旗がゆく―新選組傑作選」 細谷正充編 集英社(集英社文庫) 2003
「魔術師」 井上雅彦編 角川書店(角川ホラー文庫) 2001
「魔性の生き物」 二上洋一監修 リブリオ出版(怪奇・ホラーワールド大きな活字で読みやすい本) 2001
「マスカレード」 井上雅彦監修 光文社(光文社文庫) 2002
「街角で謎が待っている」 東京創元社(創元推理文庫) 2014
「魔地図」 井上雅彦監修 光文社(光文社文庫) 2005
「街の物語」 角川書店(New History) 2001
「街物語」 朝日新聞社 2000
「松江怪談―新作怪談 松江物語」 高橋一清編 今井印刷 2015
「学び舎は血を招く」 メフィスト編集部編 講談社 2008
「魔の怪」 志村有弘編 勉誠出版(べんせいライブラリー) 2002
「幻の剣鬼七番勝負―傑作時代小説」 縄田一男編 PHP研究所(PHP文庫) 2008
「まほろ市の殺人―推理アンソロジー」 祥伝社 2009
「まほろ市の殺人」 祥伝社(祥伝社文庫) 2013
「幻の探偵雑誌」 全10巻 ミステリー文学資料館編 光文社(光文社文庫) 2000〜2002
「幻の名探偵―傑作アンソロジー」 ミステリー文学資料館編 光文社(光文社文庫) 2013
「マルドゥック・ストーリーズ―公式二次創作集」 冲方丁、早川書房編集部編 早川書房(ハヤカワ文庫) 2016
「丸の内の誘惑」 丸の内文学賞実行委員会編 マガジンハウス 1999
「丸谷才一編・花柳小説傑作選」 丸谷才一編 講談社(講談社文芸文庫) 2013
「万華鏡―第14回フェリシモ文学賞作品集」 フェリシモ 2011
「まんぷく長屋―食欲文学傑作選」 縄田一男編 新潮社(新潮文庫) 2014

収録全集・アンソロジー一覧

「見上げれば星は天に満ちて─心に残る物語─日本文学秀作選」 浅田次郎編 文藝春秋(文春文庫) 2005
「見えない殺人カード─本格短編ベスト・セレクション」 本格ミステリ作家クラブ編 講談社(講談社文庫) 2012
「味覚小説名作集」 大河内昭爾選 光文社(光文社文庫) 2016
「右か、左か」 沢木耕太郎編 文藝春秋(文春文庫) 2010
「御子神さん─幸福をもたらす♂三毛猫」 未々月音子監修 竹書房(竹書房文庫) 2010
「ミステリア─女性作家アンソロジー」 結城信孝編 祥伝社(祥伝社文庫) 2003
「ミステリ愛。免許皆伝!」 メフィスト編集部編 講談社 2010
「ミステリ★オールスターズ」 本格ミステリ作家クラブ編 角川書店 2010
「ミステリ・オールスターズ」 本格ミステリ作家クラブ編 角川書店(角川文庫) 2012
「ミステリーズ! extra─《ミステリ・フロンティア》特集」 東京創元社 2004
「ミステリ魂。校歌斉唱!」 メフィスト編集部編 講談社 2010
「M列車(ミステリートレイン)で行こう─最新ベスト・ミステリー 旅と街をめぐる傑作編」 日本推理作家協会編 光文社(カッパ・ノベルス) 2001
「ミステリマガジン700─創刊700号記念アンソロジー」 国内篇 日下三蔵編 早川書房(ハヤカワ・ミステリ文庫) 2014
「ミステリ・リーグ傑作選」 下 飯城勇三編 論創社 2007
「水の怪」 志村有弘編 勉誠出版(べんせいライブラリー) 2003
「三田文学短篇選」 三田文学会編 講談社(講談社文芸文庫) 2010
「みちのく怪談名作選」 1 東雅夫編 荒蝦夷 2010
「密室─ミステリーアンソロジー」 角川書店(角川文庫) 1997
「密室殺人大百科」 上, 下 二階堂黎人編 原書房 2000
「密室と奇蹟─J.D.カー生誕百周年記念アンソロジー」 東京創元社 2006
「密室晩餐会」 二階堂黎人編 原書房 2011
「密室+アリバイ=真犯人」 日本推理作家協会編 講談社(講談社文庫) 2002
「密室レシピ」 角川書店(角川文庫) 2002
「蜜の眠り」 廣済堂出版(廣済堂文庫) 2000
「南から─南日本文学大賞入賞作品集」 南日本新聞社編 南日本新聞社, 南日本新聞開発センター(発売) 2001
「源義経の時代─短篇小説集」 末國善己編 作品社 2004
「脈動─同人誌作家作品選」 ファーストワン 2013
「ミヤマカラスアゲハ─第三回「草枕文学賞」作品集」 熊本県「草枕文学賞」実行委員会編 文藝春秋企画出版部, 文藝春秋(発売) 2003
「宮本武蔵─剣豪列伝」 縄田一男編 廣済堂出版(廣済堂文庫) 1997
「宮本武蔵伝奇」 志村有弘編 勉誠出版(べんせいライブラリー) 2002
「妙ちきりん─「読楽」時代小説アンソロジー」 徳間文庫編集部編 徳間書店(徳間文庫) 2016
「未来妖怪」 光文社(光文社文庫) 2008
「みんなの少年探偵団」 1〜2 ポプラ社 2014〜2016
「みんなの少年探偵団」 ポプラ社(ポプラ文庫) 2016
「無人踏切─鉄道ミステリー傑作選」 鮎川哲也編 光文社(光文社文庫) 2008
「むすぶ─第11回フェリシモ文学賞作品集」 フェリシモ 2008
「娘秘剣」 細谷正充編 徳間書店(徳間文庫) 2011
「夢魔」 井上雅彦監修 光文社(光文社文庫) 2001
「メアリー・スーを殺して─幻夢コレクション」 朝日新聞出版 2016
「迷」 日本推理作家協会編 文藝春秋(推理作家になりたくて マイベストミステリー) 2003
「明暗廻り灯籠」 日本文藝家協会編纂 光風社出版, 成美堂書店(発売)(光風社文庫) 1998

収録全集・アンソロジー一覧

「冥界プリズン」 日本推理作家協会編 光文社(光文社文庫) 1999
「迷宮の旅行者―本格推理展覧会」 鮎川哲也監修, 山前譲編 青樹社(青樹社文庫) 1999
「迷君に候」 縄田一男編 新潮社(新潮文庫) 2015
「名作テレビドラマ集」 高村左文郎編 白河結城刊行会 2007
「明治深刻悲惨小説集」 講談社文芸文庫編, 齋藤秀昭選 講談社(講談社文芸文庫) 2016
「明治探偵冒険小説」 全4巻 伊藤秀雄編 筑摩書房(ちくま文庫) 2005
「明治の文学」 全25巻 坪内祐三編 筑摩書房 2000〜2003
「名城伝」 細谷正充編 角川春樹事務所(ハルキ文庫) 2015
「名探偵を追いかけろ―シリーズ・キャラクター編」 日本推理作家協会編 光文社(カッパ・ノベルス) 2004
「名探偵を追いかけろ」 日本推理作家協会編 光文社(光文社文庫) 2007
「名探偵だって恋をする」 角川書店(角川文庫) 2013
「名探偵で行こう―最新ベスト・ミステリー シリーズ・キャラクター編」 日本推理作家協会編 光文社(カッパ・ノベルス) 2001
「名探偵登場!」 山前譲編 ベストセラーズ(日本ミステリー名作館) 2004
「名探偵登場!」 講談社 2014
「名探偵登場!」 講談社(講談社文庫) 2016
「名探偵と鉄旅―鉄道ミステリー傑作選」 ミステリー文学資料館編 光文社(光文社文庫) 2016
「名探偵に訊け」 日本推理作家協会編 光文社 2010
「名探偵に訊け」 日本推理作家協会編 光文社(光文社文庫) 2013
「名探偵の奇跡」 光文社 2007
「名探偵の奇跡」 日本推理作家協会編 光文社(光文社文庫) 2010
「名探偵の饗宴」 朝日新聞社 1998
「名探偵の饗宴」 朝日新聞出版(朝日文庫) 2015
「名探偵の憂鬱」 鮎川哲也監修, 山前譲編 青樹社(青樹社文庫) 2000
「名探偵は、ここにいる」 角川書店(角川文庫) 2001
「名短篇、ここにあり」 北村薫, 宮部みゆき編 筑摩書房(ちくま文庫) 2008
「名短篇、さらにあり」 北村薫, 宮部みゆき編 筑摩書房(ちくま文庫) 2008
「名短篇ほりだしもの」 北村薫, 宮部みゆき編 筑摩書房(ちくま文庫) 2011
「名刀伝」 1〜2 細谷正充編 角川春樹事務所(ハルキ文庫) 2015
「めぐり逢い―恋愛小説アンソロジー」 結城信孝編 角川春樹事務所(ハルキ文庫) 2005
「珍しい物語のつくり方―本格短編ベスト・セレクション」 本格ミステリ作家クラブ編 講談社(講談社文庫) 2010
「近代童話(メルヘン)と賢治」 信時哲郎, 外村彰, 古澤夕起子, 辻本千鶴, 森本智子編 おうふう 2014
「麺'sミステリー倶楽部―傑作推理小説集」 ミステリー文学資料館編 光文社(光文社文庫) 2012
「もう一度読みたい教科書の泣ける名作」 学研教育出版編 学研教育出版 2013
「もう一度読みたい教科書の泣ける名作」 再び 学研教育出版編 学研教育出版 2014
「もっと厭な物語」 文藝春秋(文春文庫) 2014
「もっとすごい! 10分間ミステリー」 『このミステリーがすごい!』大賞編集部編 宝島社(宝島社文庫) 2013
「物語妻たちの忠臣蔵」 新人物往来社編 新人物往来社 1998
「ものがたりのお菓子箱」 安西水丸絵 飛鳥新社 2008
「物語の魔の物語―メタ怪談傑作選」 井上雅彦編 徳間書店(徳間文庫) 2001
「物語のルミナリエ」 井上雅彦監修 光文社(光文社文庫) 2011
「もの食う話」 文藝春秋編 文藝春秋(文春文庫) 2015
「モノノケ大合戦」 東雅夫編 小学館(小学館文庫) 2005

「紅葉谷から剣鬼が来る―時代小説傑作選」　日本文藝家協会編　講談社（講談社文庫）　2002
「モンスターズ1970」　尾之上浩司監修　中央公論新社（C NOVELS）　2004

【や】

「柳生一族―剣豪列伝」　縄田一男編　廣済堂出版（廣済堂文庫）　1998
「柳生の剣、八番勝負」　縄田一男編　廣済堂出版（廣済堂文庫）　2009
「柳生秘剣伝奇」　志村有弘編　勉誠出版（べんせいライブラリー）　2002
「躍進―C★NOVELS大賞作家アンソロジー」　中央公論新社　2012
「八ヶ岳「雪密室」の謎」　笠井潔編　原書房　2001
「殺ったのは誰だ?!」　日本推理作家協会編　講談社（講談社文庫）　1999
「山形県文学全集第1期(小説編)」　全6巻　近江正人, 川田信夫, 笹沢信, 鈴木実, 武田正, 堀司朗, 吉田達雄編　郷土出版社　2004
「山形県文学全集第2期(随筆・紀行編)」　全6巻　近江正人, 川田信夫, 笹沢信, 鈴木実, 武田正, 堀司朗, 吉田達雄編　郷土出版社　2005
「山形市児童劇団脚本集」　3　山形市児童劇団脚本集編集委員会編　山形市　2005
「山口雅也の本格ミステリ・アンソロジー」　山口雅也編　角川書店（角川文庫）　2007
「山田詠美・増田みず子・松浦理英子・笙野頼子」　河野多惠子, 大庭みな子, 佐藤愛子, 津村節子監修　角川書店（女性作家シリーズ）　1999
「闇市」　マイク・モラスキー編　皓星社　2015
「闇電話」　井上雅彦監修　光文社（光文社文庫）　2006
「闇に香るもの」　北方謙三選, 日本ペンクラブ編　新潮社（新潮文庫）　2004
「闇の旋風」　徳間文庫編集部編　徳間書店（徳間文庫）　2000
「闇夜に怪を語れば―百物語ホラー傑作選」　東雅夫編　角川書店（角川ホラー文庫）　2005
「闇夜の芸術祭」　日本推理作家協会編　光文社（光文社文庫）　2003
「『やるキッズあいち劇場』脚本集」　平成19年度　愛知県環境調査センター　2008
「『やるキッズあいち劇場』脚本集」　平成20年度　愛知県環境調査センター　2009
「『やるキッズあいち劇場』脚本集」　平成21年度　愛知県環境調査センター　2010
「誘拐―ミステリーアンソロジー」　角川書店（角川文庫）　1997
「優秀新人戯曲集」　2000　日本劇作家協会編　ブロンズ新社　1999
「優秀新人戯曲集」　2001　日本劇作家協会編　ブロンズ新社　2000
「優秀新人戯曲集」　2002　日本劇作家協会編　ブロンズ新社　2001
「優秀新人戯曲集」　2003　日本劇作家協会編　ブロンズ新社　2002
「優秀新人戯曲集」　2004　日本劇作家協会編　ブロンズ新社　2003
「優秀新人戯曲集」　2005　日本劇作家協会編　ブロンズ新社　2004
「優秀新人戯曲集」　2006　日本劇作家協会編　ブロンズ新社　2005
「優秀新人戯曲集」　2007　日本劇作家協会編　ブロンズ新社　2006
「優秀新人戯曲集」　2008　日本劇作家協会編　ブロンズ新社　2007
「優秀新人戯曲集」　2009　日本劇作家協会編　ブロンズ新社　2008
「優秀新人戯曲集」　2010　日本劇作家協会編　ブロンズ新社　2009
「優秀新人戯曲集」　2011　日本劇作家協会編　ブロンズ新社　2010
「優秀新人戯曲集」　2012　日本劇作家協会編　ブロンズ新社　2011
「夕まぐれ江戸小景」　平岩弓枝監修　光文社（光文社文庫）　2015
「幽霊怪談」　二上洋一監修　リブリオ出版（怪奇・ホラーワールド大きな活字で読みやすい本）　2001
「幽霊でもいいから会いたい」　リンダブックス編集部編　泰文堂　2014

収録全集・アンソロジー一覧

「幽霊船」　井上雅彦監修　光文社(光文社文庫)　2001
「誘惑―女流ミステリー傑作選」　結城信孝編　徳間書店(徳間文庫)　1999
「誘惑の香り」　講談社(講談社文庫)　1999
「ゆがんだ闇」　角川書店(角川ホラー文庫)　1998
「雪女のキス」　井上雅彦監修　光文社(カッパ・ノベルス)　2000
「雪国にて―北海道・東北編」　双葉社(双葉文庫)　2015
「ゆきどまり―ホラー・アンソロジー」　祥伝社(祥伝社文庫)　2000
「ゆきのまち幻想文学賞小品集」　16〜25　ゆきのまち通信企画・編集,高田宏,萩尾望都,乳井昌史選　企画集団ぷりずむ　2007〜2015
「ゆくりなくも」　シニア文学〈鶴〉編集委員会編　鶴書院　2009
「湯の街殺人旅情―日本ミステリー紀行」　山前譲編　青樹社(青樹社文庫)　2000
「夢」　国書刊行会(書物の王国)　1998
「夢」　SDP　2009
「夢を撃つ男」　日本冒険作家クラブ編　角川春樹事務所(ハルキ文庫)　1999
「夢を見にけり―時代小説招待席」　藤水名子監修　廣済堂出版　2004
「夢がたり大川端」　日本文藝家協会編纂　光風社出版,成美堂出版(発売)(光風社文庫)　1998
「許されし偽り―ソード・ワールド短編集」　安田均編　富士見書房(富士見ファンタジア文庫)　2001
「ゆれる―第12回フェリシモ文学賞作品集」　フェリシモ　2009
「宵越し猫語り―書き下ろし時代小説集」　白泉社　2015
「妖異七奇談」　細谷正充編　双葉社(双葉文庫)　2005
「妖異百物語」　1〜2　鮎川哲也,芦辺拓編　出版芸術社(ふしぎ文学館)　1997
「妖怪」　国書刊行会(書物の王国)　1999
「妖怪変化―京極堂トリビュート」　講談社　2007
「妖女」　井上雅彦監修　光文社(光文社文庫)　2004
「酔うて候―時代小説傑作選」　澤田瞳子編　徳間書店(徳間文庫)　2006
「妖髪鬼談」　東雅夫編　桜桃書房　1998
「妖美―女流ミステリー傑作選」　結城信孝編　徳間書店(徳間文庫)　1999
「妖魔ヶ刻―時間怪談傑作選」　井上雅彦編　徳間書店(徳間文庫)　2000
「妖魔を祓行―幻の巻」　角川書店(角川文庫)　2001
「吉田知子・森万紀子・吉行理恵・加藤幸子」　河野多惠子,大庭みな子,佐藤愛子,津村節子監修　角川書店(女性作家シリーズ)　1998
「吉原花魁」　縄田一男編　角川書店(角川文庫)　2009
「世にも奇妙な物語―小説の特別編」　角川書店(角川ホラー文庫)　2000
「世にも奇妙な物語―小説の特別編 再生」　角川書店(角川ホラー文庫)　2001
「世にも奇妙な物語―小説の特別編 悲鳴」　角川書店(角川ホラー文庫)　2002
「世にも奇妙な物語―小説の特別編 遺留品」　角川書店(角川ホラー文庫)　2002
「世にも奇妙な物語―小説の特別編 赤」　角川書店(角川ホラー文庫)　2003
「読まずにいられぬ名短篇」　北村薫,宮部みゆき編　筑摩書房(ちくま文庫)　2014
「蘇らぬ朝「大逆事件」以後の文学」　池田浩士編・解説　インパクト出版会　2010
「甦る「幻影城」」　1〜3　角川書店(カドカワ・エンタテインメント)　1997〜1998
「甦る推理雑誌」　全10巻　ミステリー文学資料館編　光文社(光文社文庫)　2002〜2004
「甦る名探偵―探偵小説アンソロジー」　ミステリー文学資料館編　光文社(光文社文庫)　2014
「読み聞かせる戦争」　日本ペンクラブ編,加賀美幸子選　光文社　2015
「読んで演じたくなるゲキの本」　小学生版　冨川元文本文＆カバー・イラスト　幻冬舎　2006
「読んで演じたくなるゲキの本」　中学生版　冨川元文本文＆カバー・イラスト　幻冬舎　2006
「読んで演じたくなるゲキの本」　高校生版　冨川元文本文＆カバー・イラスト　幻冬舎　2006

収録全集・アンソロジー一覧

「読んでおきたい近代日本小説選」 須田久美編 龍書房 2012

【ら】

「楽園追放rewired―サイバーパンクSF傑作選」 虚淵玄, 大森望編 早川書房(ハヤカワ文庫) 2014
「落日の兇刃―時代アンソロジー」 祥伝社(ノン・ポシェット) 1998
「らせん階段―女流ミステリー傑作選」 結城信孝編 角川春樹事務所(ハルキ文庫) 2003
「ラテンアメリカ五人集」 集英社(集英社文庫) 2011
「ラブソングに飽きたら」 幻冬舎(幻冬舎文庫) 2015
「乱歩賞作家 青の謎」 講談社 2004
「乱歩賞作家 赤の謎」 講談社 2004
「乱歩賞作家 黒の謎」 講談社 2004
「乱歩賞作家 白の謎」 講談社 2004
「乱歩の選んだベスト・ホラー」 森英俊, 野村宏平編 筑摩書房(ちくま文庫) 2000
「乱歩の幻影」 日下三蔵編 筑摩書房(ちくま文庫) 1999
「リテラリーゴシック・イン・ジャパン―文学的ゴシック作品選」 高原英理編 筑摩書房(ちくま文庫) 2014
「リトル・リトル・クトゥルー―史上最小の神話小説集」 東雅夫編 学習研究社 2009
「リモコン変化」 大原まり子, 岬兄悟編 廣済堂出版(廣済堂文庫) 2000
「量子回廊―年刊日本SF傑作選」 大森望, 日下三蔵編 東京創元社(創元SF文庫) 2010
「両性具有」 国書刊行会(書物の王国) 1998
「龍馬参上」 縄田一男選 新潮社(新潮文庫) 2010
「龍馬と志士たち―時代小説傑作選」 清水將大編 コスミック出版 2009
「龍馬の天命―坂本龍馬名手の八篇」 末國善己編 実業之日本社 2010
「零時の犯罪予報」 日本推理作家協会編 講談社(講談社文庫) 2005
「冷と温―第13回フェリシモ文学賞作品集」 フェリシモ 2010
「歴史小説の世紀」 天の巻 新潮社編 新潮社(新潮文庫) 2000
「歴史小説の世紀」 地の巻 新潮社編 新潮社(新潮文庫) 2000
「歴史の息吹」 新潮社編 新潮社 1997
「恋愛小説」 新潮社 2005
「恋愛小説」 新潮社編 新潮社(新潮文庫) 2007
「恋愛小説・名作集成―大きな活字で読みやすい本」 全10巻 清原康正監修 リブリオ出版 2004
「ろうそくの炎がささやく言葉」 管啓次郎, 野崎歓編 勁草書房 2011
「朗読劇台本集」 4～5 岡田陽編, 鈴木惇絵 玉川大学出版部 2002
「60年代日本SFベスト集成」 筒井康隆編 筑摩書房(ちくま文庫) 2013
「六人の作家小説選」 室生犀星学会編 東銀座出版社(銀選書) 1997
「ロボット・オペラ―An Anthology of Robot Fiction and Robot Culture」 瀬名秀明編 光文社 2004
「ロボットの夜」 井上雅彦監修 光文社(光文社文庫) 2000
「論理学園事件帳―本格短編ベスト・セレクション」 本格ミステリ作家クラブ編 講談社(講談社文庫) 2007

【わ】

「わが名はタフガイ―ハードボイルド傑作選」 ミステリー文学資料館編 光文社(光文社文庫)

収録全集・アンソロジー一覧

　2006
「吾輩も猫である」　新潮社（新潮文庫）2016
「別れ」　SDP 2009
「別れの手紙」　角川書店（角川文庫）1997
「わかれの船―Anthology」　宮本輝編　光文社 1998
「別れの予感」　清原康正監修　リブリオ出版（ラブミーワールド大きな活字で読みやすい本）2001
「忘れがたい者たち―ライトノベル・ジュブナイル選集」　創英社出版事業部編　創英社 2007
「忘れない。―贈りものをめぐる十の話」　ダ・ヴィンチ編集部編　メディアファクトリー 2007
「勿忘草―恋愛ホラー・アンソロジー」　祥伝社（祥伝社文庫）2003
「早稲田作家処女作集」　早稲田文学, 市川真人編　講談社（講談社文芸文庫）2012
「私小説名作選」　上, 下　中村光夫選, 日本ペンクラブ編　講談社（講談社文芸文庫）2012
「私らしくあの場所へ」　講談社（講談社文庫）2009
「私は殺される―女流ミステリー傑作選」　結城信孝編　角川春樹事務所（ハルキ文庫）2001
「罠の怪」　志村有弘編　勉誠出版（べんせいライブラリー）2002
「悪いやつの物語」　安野光雅, 森毅, 井上ひさし, 池内紀編　筑摩書房 2011
「ワルツ―アンソロジー」　結城信孝編　祥伝社（祥伝社文庫）2004
「我、本懐を遂げんとす―忠臣蔵傑作選」　縄田一男編　徳間書店（徳間文庫）1998
「我等、同じ船に乗り」　桐野夏生編　文藝春秋（文春文庫）2009
「われらが青年団　人形劇脚本集」　西善一著　文芸社 2008

【 ABC 】

「「ABC」殺人事件」　講談社（講談社文庫）2001
「AIと人類は共存できるか？―人工知能SFアンソロジー」　人工知能学会編　早川書房 2016
「Anniversary 50―カッパ・ノベルス創刊50周年記念作品」　光文社 2009
「Bluff騙し合いの夜」　日本推理作家協会編　講談社（講談社文庫）2012
「BORDER善と悪の境界」　日本推理作家協会編　講談社（講談社文庫）2013
「BUNGO―文豪短篇傑作選」　角川書店（角川文庫）2012
「C・N 25―C・novels創刊25周年アンソロジー」　C・novels編集部編　中央公論新社 2007
「Colors」　ホーム社 2008
「Colors」　青春と読書編集部編　集英社（集英社文庫）2009
「Doubtきりのない疑惑」　日本推理作家協会編　講談社（講談社文庫）2011
「Esprit機知と企みの競演」　日本推理作家協会編　講談社（講談社文庫）2016
「Fantasy Seller」　新潮社ファンタジーセラー編集部編　新潮社（新潮文庫）2011
「female」　新潮社（新潮文庫）2004
「Fiction zero／narrative zero」　講談社文芸X出版部編　講談社 2007
「Friends」　祥伝社 2003
「Fの肖像―フランケンシュタインの幻想たち」　井上雅彦監修　光文社（光文社文庫）2010
「GOD」　井上雅彦監修　廣済堂出版（廣済堂文庫）1999
「Guilty殺意の連鎖」　日本推理作家協会編　講談社（講談社文庫）2014
「Happy Box」　PHP研究所 2012
「Happy Box」　PHP研究所（PHP文芸文庫）2015
「Invitation」　文藝春秋 2010
「Joy！」　講談社 2008
「Junction運命の分岐点」　日本推理作家協会編　講談社（講談社文庫）2015
「Logic真相への回廊」　日本推理作家協会編　講談社（講談社文庫）2013

収録全集・アンソロジー一覧

「Love─あなたに逢いたい」 フジテレビ編 双葉社（双葉文庫） 1997
「LOVE & TRIP by LESPORTSAC」 日本ラブストーリー大賞編集部編 宝島社（宝島社文庫） 2013
「Love Letter」 幻冬舎 2005
「Love Letter」 幻冬舎（幻冬舎文庫） 2008
「Love or like─恋愛アンソロジー」 祥伝社（祥伝社文庫） 2008
「Lovers」 祥伝社 2001
「Love songs」 幻冬舎 1998
「Love stories」 水曜社 2004
「Magma」 噴の巻 佐藤光直, 村上玄一責任編集 ソフト商品開発研究所 2016
「MARVELOUS MYSTERY─至高のミステリー、ここにあり」 日本推理作家協会編 講談社（講談社文庫） 2010
「Mystery Seller」 新潮社ミステリーセラー編集部編 新潮社（新潮文庫） 2012
「NOVA─書き下ろし日本SFコレクション」 1～10 大森望責任編集 河出書房新社（河出文庫） 2009～2013
「NOVA+─書き下ろし日本SFコレクション」 1～2 大森望責任編集 河出書房新社（河出文庫） 2014～2015
「Play推理遊戯」 日本推理作家協会編 講談社（講談社文庫） 2011
「QED鏡家の薬屋探偵─メフィスト賞トリビュート」 メフィスト編集部編 講談社 2010
「Question謎解きの最高峰」 日本推理作家協会編 講談社（講談社文庫） 2015
「SF JACK」 日本SF作家クラブ編 角川書店 2013
「SF JACK」 日本SF作家クラブ編 KADOKAWA（角川文庫） 2016
「SFバカ本」 たいやき編 大原まり子, 岬兄悟編 ジャストシステム 1997
「SFバカ本」 白菜編 大原まり子, 岬兄悟編 ジャストシステム 1997
「SFバカ本」 たわし篇プラス 岬兄悟, 大原まり子編 廣済堂出版（廣済堂文庫） 1998
「SFバカ本」 白菜篇プラス 岬兄悟, 大原まり子編 廣済堂出版（廣済堂文庫） 1999
「SFバカ本」 だるま篇 岬兄悟, 大原まり子編 廣済堂出版（廣済堂文庫） 1999
「SFバカ本」 たいやき篇プラス 岬兄悟, 大原まり子編 廣済堂出版（廣済堂文庫） 1999
「SFバカ本」 ペンギン篇 大原まり子, 岬兄悟編 廣済堂出版（廣済堂文庫） 1999
「SFバカ本」 宇宙チャーハン篇 大原まり子, 岬兄悟編 メディアファクトリー 2000
「SFバカ本」 黄金スパム篇 大原まり子, 岬兄悟編 メディアファクトリー 2000
「SFバカ本」 天然パラダイス篇 大原まり子, 岬兄悟編 メディアファクトリー 2001
「SFバカ本」 人類復活篇 大原まり子, 岬兄悟編 メディアファクトリー 2001
「SFバカ本」 電撃ボンバー篇 大原まり子, 岬兄悟編纂 メディアファクトリー 2002
「SF宝石─ぜーんぶ！ 新作読み切り」 光文社 2013
「SF宝石─すべて新作読み切り！ 2015」 光文社 2015
「SFマガジン700─創刊700号記念アンソロジー」 国内篇 大森望編 早川書房（ハヤカワ文庫） 2014
「Shadow闇に潜む真実」 日本推理作家協会編 講談社（講談社文庫） 2014
「Spiralめくるめく謎」 日本推理作家協会編 講談社（講談社文庫） 2012
「Sports stories」 埼玉県さいたま市 2009
「Sports stories」 埼玉県さいたま市 2010
「Story Seller」 1～3 新潮社ストーリーセラー編集部編 新潮社（新潮文庫） 2009～2011
「Story Seller annex」 新潮社ストーリーセラー編集部編 新潮社（新潮文庫） 2014
「Symphony漆黒の交響曲」 日本推理作家協会編 講談社（講談社文庫） 2016
「Teen Age」 双葉社 2004

収録全集・アンソロジー一覧

「THE FUTURE IS JAPANESE」　早川書房　2012
「the Ring―もっと怖い4つの話」　リング研究会選　角川書店　1998
「THE密室―ミステリーアンソロジー」　山前譲編　有楽出版社　2014
「THE密室」　山前譲編　実業之日本社（実業之日本社文庫）　2016
「THE名探偵―ミステリーアンソロジー」　山前譲編　有楽出版社　2014
「ULTIMATE MYSTERY―究極のミステリー、ここにあり」　日本推理作家協会編　講談社（講談社文庫）　2010
「with you」　幻冬舎　2004
「Wonderful Story」　PHP研究所　2014
「X'mas Stories――一年でいちばん奇跡が起きる日」　新潮社（新潮文庫）　2016
「「Y」の悲劇」　講談社（講談社文庫）　2000

作家名目次

【あ】

あい ……………………… 1
阿井 景子 ……………… 1
阿井 渉介 ……………… 1
逢上 央士 ……………… 1
藍上 ゆう ……………… 1
あいおか 太郎 ………… 1
相川 藍 ………………… 1
愛川 晶 ………………… 1
會川 昇 ………………… 1
愛川 弘 ………………… 1
愛川 涼一 ……………… 1
相木 奈美 ……………… 1
相坂 きいろ …………… 1
相澤 彰子 ……………… 1
相沢 啓三 ……………… 1
相沢 沙呼 ……………… 1
相沢 友子 ……………… 2
相澤 虎之助 …………… 2
相澤 誠 ………………… 2
愛新覚羅 慧生 ………… 2
愛生 神治 ……………… 2
会田 晃司 ……………… 2
会田 綱雄 ……………… 2
相田 美奈子 …………… 2
相田 ゆず ……………… 2
間 零 …………………… 2
会津 史郎 ……………… 2
會津 八一 ……………… 2
相戸 結衣 ……………… 2
相藤 克秀 ……………… 3
逢時 直見 ……………… 3
藍原 貴之 ……………… 3
相星 雅子 ……………… 3
愛理 修 ………………… 3
饗庭 篁村 ……………… 3
あお ……………………… 3
青 ………………………… 3
蒼井 上鷹 ……………… 3
碧井 かえる …………… 4
蒼 隼大 ………………… 4
青井 知之 ……………… 4
青井 夏海 ……………… 4
蒼井 ひかり …………… 4
あおい まちる ………… 4

蒼井 雄 ………………… 4
葵 優喜 ………………… 4
藍井 倫 ………………… 4
青池 研吉 ……………… 5
青木 和 ………………… 5
青木 恵哉 ……………… 5
青木 憲一 ……………… 5
青木 研次 ……………… 5
青木 豪 ………………… 5
青木 淳悟 ……………… 5
青木 譲二 ……………… 5
青木 伸一 ……………… 5
青木 玉 ………………… 5
青木 知己 ……………… 5
青木 尚志 ……………… 5
青木 洪 ………………… 5
青木 正児 ……………… 5
青木 美土里 …………… 5
青木 裕次 ……………… 6
青鷺 幽鬼 ⇒ 海野十三（うんの・じゅうざ），角田喜久雄（つのだ・きくお）を見よ
青崎 有吾 ……………… 6
青島 さかな …………… 6
青島 武 ………………… 6
青田 ひでき …………… 6
あおチューリップ ……… 6
青砥 十 ………………… 6
碧野 圭 ………………… 6
青野 聰 ………………… 6
青野 季吉 ……………… 6
青野 零奈 ……………… 6
青葉 香歩 ……………… 6
青葉 涼人 ……………… 6
青水 洸 ………………… 6
青谷 真未 ……………… 6
青柳 淳郎 ……………… 6
青柳 喜兵衛 …………… 7
蒼柳 晋 ………………… 7
青柳 友子 ……………… 7
青柳 有季 ……………… 7
青山 一也 ……………… 7
青山 光二 ……………… 7
青山 二郎 ……………… 7
青山 真治 ……………… 7
青山 智樹 ……………… 7
青山 七恵 ……………… 7
青山 文平 ……………… 7

青山 瞑 ………………… 8
青山 蘭堂 ……………… 8
青山 蓮月 ……………… 8
青山 蓮太郎 …………… 8
あか ……………………… 8
赤井 一吾 ……………… 8
赤井 三尋 ……………… 8
赤井 都 ………………… 8
阿魁 竜太郎 …………… 8
赤江 瀑 ………………… 8
赤川 次郎 ……………… 9
赤川 武助 ……………… 10
赤木 純 ………………… 10
赤木 駿介 ……………… 10
赤城 たけ子 …………… 10
赤木 春之 ……………… 10
赤木 由子 ……………… 10
赤坂 憲雄 ……………… 10
赤坂 真理 ……………… 10
赤坂 好美 ……………… 10
赤崎 龍次 ……………… 10
赤沢 正美 ……………… 10
明石 海人 ……………… 10
明石 鉄也 ……………… 11
明石 裕子 ……………… 11
明科 耕一郎 …………… 11
赤瀬川 原平 …………… 11
赤瀬川 隼 ……………… 12
赤染 晶子 ……………… 12
赤月 折 ………………… 12
暁 ことり ……………… 12
我妻 俊樹 ……………… 12
赤沼 三郎 ……………… 12
赤埴 千枝子 …………… 13
赤羽 道夫 ……………… 13
赤腹 江森 ……………… 13
赤星 正徳 ……………… 13
赤星 ………………… 13
赤間 倭子 ……………… 13
赤間 幸人 ……………… 13
赤松 昭彦 ……………… 13
赤松 秀昭 ……………… 13
赤松 麟児 ……………… 13
赤嶺 陽子 ……………… 13
阿川 佐和子 …………… 13
阿川 弘之 ……………… 13
阿川 義己 ……………… 13
阿丸 まり ……………… 13

亜木 冬彦 …… 14	明 昌生 …… 22	浅見 淵 …… 27
亜木 康一 …… 14	明内 桂子 ⇒ 四季桂子（し	朝宮 運河 …… 27
阿木 燿子 …… 14	き・けいこ）を見よ	朝山 鯖一 …… 27
秋 竜山 …… 14	暁方 ミセイ …… 22	淺里 大助 …… 27
秋井 裕 …… 14	明智 抄 …… 22	あじ …… 27
明川 哲也 ⇒ ドリアン助川	明智 光雄 …… 22	阿字 平八郎 …… 27
（どりあんすけがわ）を見よ	朱野 帰子 …… 22	霞ヶ浦 武史 …… 27
秋口 ぎぐる …… 14	明野 照葉 …… 22	足柄 左右太 …… 28
秋里 光彦 ⇒ 高原英理（た	明星 麗 …… 22	葦川 晃 …… 28
かはら・えいり）を見よ	朝 滋夫 …… 22	芦川 淳一 …… 28
秋沢 一氏 …… 14	浅井 あい …… 22	芦崎 凪 …… 28
秋田 雨雀 …… 14	朝井 まかて …… 22	芦澤 明美 …… 28
秋田 穂月 …… 14	浅井 美英子 …… 22	芦沢 央 …… 28
秋田 みやび …… 15	朝井 リョウ …… 22	芦田 晋作 …… 28
秋田 禎信 …… 15	浅井 了意 …… 22	芦原 すなお …… 28
秋月 達郎 …… 15	浅尾 大輔 …… 23	葦原 青 …… 28
秋月 涼介 …… 15	朝岡 栄治 …… 23	葦原 崇貴 …… 28
秋永 幸宏 …… 15	淺香 甲陽 …… 23	芦辺 拓 …… 29
秋梨 惟喬 …… 15	淺川 継太 …… 23	あしみね えいいち …… 30
秋野 佳月 …… 15	淺川 純 …… 23	阿修蘭 …… 30
秋野 菊作 ⇒ 西田政治（に	浅木 信也 …… 23	聖城 白人 …… 30
しだ・まさじ）を見よ	浅黄 斑 …… 23	飛鳥 悟 …… 30
秋之 桜子 …… 15	朝倉 かすみ …… 23	飛鳥 髙 …… 30
秋野 鈴虫 …… 15	朝倉 卓弥 …… 23	飛鳥井 千砂 …… 30
秋満 吉彦 …… 15	浅暮 三文 …… 23	飛鳥部 勝則 …… 30
秋元 いずみ …… 15	朝来 みゆか …… 24	梓 河人 …… 31
秋元 不死男 …… 15	浅沢 英 …… 24	梓 林太郎 …… 31
秋元 正紀 …… 15	麻茂 流 …… 24	梓澤 要 …… 31
秋元 松代 …… 15	浅田 耕三 …… 24	小豆沢 優 …… 31
秋元 倫 …… 16	浅田 次郎 …… 24	あすの ゆこ …… 31
秋元 康 …… 16	阿佐田 哲也 ⇒ 色川武大	東 一歩 …… 31
秋谷 瞬 …… 16	（いろかわ・たけひろ）を	東 朔水 …… 31
秋山 亜由子 …… 16	見よ	東 しいな …… 31
秋山 香乃 …… 16	浅田 七絵 …… 25	東 信太郎 …… 31
秋山 狂一郎 …… 16	浅地 健児 …… 25	東 直己 …… 31
秋山 清 …… 16	朝凪 ちるこ …… 25	あずま 菜ずな …… 32
秋山 浩司 …… 17	朝西 真沙 …… 25	東 秀紀 …… 32
秋山 咲絵 …… 17	浅沼 晋太郎 …… 25	東 浩紀 …… 32
秋山 駿 …… 17	浅沼 康子 …… 25	東 陽一 …… 32
秋山 省三 …… 17	あさの あつこ …… 25	梓見 いふ …… 32
秋山 末雄 …… 17	浅野 一男 …… 26	安澄 加奈 …… 32
秋山 真琴 …… 17	浅野 陽久 …… 26	安曇 潤平 …… 32
秋山 瑞人 …… 17	あさの ますみ …… 26	安住 伸子 …… 32
秋吉 千尋 …… 17	浅ノ宮 遼 …… 26	安住 洋子 …… 32
秋芳 雅人 …… 17	浅原 六朗 …… 26	あせごの まん …… 32
秋吉 理香子 …… 17	朝日 壮吉 …… 26	畦ノ陽 …… 32
日日日 …… 17	朝比奈 泉 …… 26	浅生 鴨 …… 32
阿久 悠 …… 17	朝吹 真理子 …… 26	麻生 荘太郎 …… 33
芥川 比呂志 …… 17	朝間 義隆 …… 26	麻生 ななお …… 33
芥川 龍之介 …… 17	浅松 一夫 …… 26	遊部 香 …… 33
圷 健太 …… 22	朝松 健 …… 26	化野 蝶々 …… 33
阿久根 知昭 …… 22	麻見 展子 …… 27	化野 燐 …… 33

作家名目次　　　　　　　　　　　　　　　　　　　　　ありむ

安達 征一郎 ……………… 33	安部 龍太郎 ……………… 39	鮎沢 千加子 ……………… 44
安達 千夏 ………………… 33	亜紅 ……………………… 39	荒 正人 …………………… 44
安達 徹 …………………… 33	アポロ …………………… 39	荒井 恵美子 ……………… 44
足立 正生 ………………… 33	甘糟 幸子 ………………… 39	新井 紀一 ………………… 45
安達 光雄 ………………… 33	甘糟 りり子 ……………… 39	荒井 邦子 ………………… 45
安達 瑶 …………………… 33	天城 一 …………………… 40	新井 哲 …………………… 45
安達 瑶b ………………… 33	天沢 彰 …………………… 40	新井 早苗 ………………… 45
足立 良夫 ………………… 33	天沢 退二郎 ……………… 40	新井 紫都子 ……………… 45
阿段 可成子 ……………… 33	天田 愚庵 ⇒ ……………… 40	新井 志郎 ………………… 45
安壇 美緒 ………………… 33	天田 式 ⇒ 式田ティエン	新井 高子 ………………… 45
阿知波 五郎 ……………… 33	（しきた・てぃえん）を見よ	荒井 登喜子 ……………… 45
厚木 叡 …………………… 33	天地 聖一 ………………… 40	新井 信子 ………………… 45
安土 肇 …………………… 33	天沼 春樹 ………………… 40	荒井 晴彦 ………………… 45
安土 萌 …………………… 33	天音 ……………………… 40	新井 美邑 ………………… 45
吾妻 ひでお ……………… 34	天祢 涼 …………………… 40	新井 雅樹 ………………… 45
渥美 順 …………………… 34	あまの かおり …………… 40	新井 満 …………………… 45
渥美 二郎 ………………… 34	天野 純希 ………………… 40	新井 素子 ………………… 45
渥美 凡 …………………… 34	天野 忠 …………………… 40	荒居 蘭 …………………… 46
厚谷 勝 …………………… 34	天野 邊 …………………… 41	新垣 宏一 ………………… 46
阿藤 圭子 ………………… 34	天野 涼文 ………………… 41	新川 明 …………………… 46
阿藤 智恵 ………………… 34	天久 聖一 ………………… 41	荒川 貴美子 ……………… 46
阿刀田 高 ………………… 35	天宮 螢人 ………………… 41	荒川 百花 ………………… 46
花鶏 縁 …………………… 36	奄美和光園そてつ俳句会 … 41	荒川 洋治 ………………… 46
姉小路 祐 ………………… 36	雨森 零 …………………… 41	荒川 義英 ………………… 46
我孫子 武丸 ……………… 36	天谷 朔子 ………………… 41	荒木 郁 …………………… 46
安孫子 葉子 ……………… 36	あまん きみこ …………… 41	荒木 伊保里 ……………… 46
阿武 天風 ………………… 36	安萬 純一 ………………… 41	荒木 ひで ………………… 46
阿部 昭 …………………… 36	網浦 圭 …………………… 41	荒木 良一 ………………… 46
安部 いさむ ……………… 37	網野 菊 …………………… 41	亜羅叉の沙 ……………… 47
あべ 泉 …………………… 37	網野 朋子 ………………… 41	新沢 克海 ………………… 47
阿部 和重 ………………… 37	網野 友子 ………………… 41	嵐山 光三郎 ……………… 47
阿部 喜和子 ……………… 37	厳 土夫 …………………… 41	荒津 寛子 ………………… 47
安部 孝作 ………………… 37	あめの くらげ …………… 41	荒馬 間 …………………… 47
安部 公房 ………………… 37	雨の国 …………………… 41	荒畑 寒村 ………………… 47
安部 定 …………………… 38	雨宮 雨彦 ………………… 41	荒巻 義雄 ………………… 47
阿部 順 …………………… 38	雨宮 湘介 ………………… 42	荒俣 宏 …………………… 47
安部 譲二 ………………… 38	雨宮 久恵 ………………… 42	荒山 徹 …………………… 48
阿部 次郎 ………………… 38	雨宮 町子 ………………… 42	有明 夏夫 ………………… 48
阿部 伸之介 ……………… 38	飴村 行 …………………… 42	有井 聡 …………………… 48
阿部 宗一郎 ……………… 38	天羽 沙夜 ………………… 42	有賀 南 …………………… 48
安部 村羊 ………………… 38	天羽 孔明 ………………… 42	有川 浩 …………………… 48
阿部 達昭 ………………… 38	綾井 譲 …………………… 42	有坂 トヲコ ……………… 48
安部 千恵 ………………… 38	綾桜 ……………………… 42	有坂 十緒子 ……………… 48
安部 とも ………………… 38	郁風 ……………………… 42	有沢 真由 ………………… 48
阿部 知二 ………………… 38	綾倉 エリ ………………… 42	有澤 由美子 ……………… 49
阿部 襄 …………………… 38	綾崎 隼 …………………… 42	有島 武郎 ………………… 49
阿部 肇 …………………… 38	彩瀬 まる ………………… 42	有栖川 有栖 ……………… 49
阿部 牧郎 ………………… 39	綾辻 行人 ………………… 43	有田 美智恵 ……………… 51
安部 雅浩 ………………… 39	綾野 祐介 ………………… 43	有馬 二郎 ………………… 51
阿部 光二 ………………… 39	あやめ ゆう ……………… 43	有馬 結衣 ………………… 51
安倍 裕子 ………………… 39	鮎川 哲也 ………………… 43	有馬 頼義 ………………… 51
阿部 陽一 ………………… 39	鮎川 信夫 ………………… 44	有村 智賀志 ……………… 51

有村 まどか ……… 51	【い】	李 春孌 ……… 66
有本 芳水 ……… 51		李 春穆 ⇒ 李北鳴 66
有本 吉見 ……… 51		李 兆鳴 ⇒ 李北鳴（イ・ブクミョン）を見よ
有森 信二 ……… 51	李 益相 ……… 58	
有吉 佐和子 ……… 51	李 一 ……… 58	李 正子 ……… 66
有吉 玉青 ……… 52	李 人稙 ……… 58	李 貞喜 ……… 68
有味 風 ……… 52	李 元熙 ……… 59	李 泰俊 ……… 68
安房 毅 ……… 52	李 源圭 ……… 59	李 大北 ……… 69
安房 直子 ……… 52	李 源朝 ……… 59	李 泰鎔 ……… 69
泡坂 妻夫 ……… 52	李 殷相 ……… 59	李 旬洙 ……… 69
あわぢ 生 ⇒ 本田緒生（ほんだ・おせい）を見よ	李 起昇 ……… 59	李 洛奎 ……… 69
	李 基世 ……… 59	異 河潤 ……… 69
粟根 のりこ ……… 54	李 基也 ……… 59	李 孝石 ……… 69
淡谷 のり子 ……… 54	李 均 ……… 59	李 秉岐 ……… 70
安 二孫 ……… 54	李 箕永 ……… 59	李 丙璇 ……… 70
安 在鴻 ……… 54	李 吉春 ……… 59	李 煥琦 ……… 70
安 述蓮 ……… 54	李 光洙 ……… 59	李 恢成 ……… 70
安 鍾彦 ……… 54	李 光天 ……… 62	李 北滿 ……… 70
安 夕影 ……… 54	李 國榮 ……… 62	李 北鳴 ……… 71
安 碩柱 ……… 54	李 根弘 ……… 62	李 寶鏡 ⇒ 李光洙（イ・グァンス）を見よ
安 正浩 ……… 54	李 金童 ……… 62	
安 東洙 ……… 54	李 根 ……… 62	李 皓根 ……… 71
安 漠 ……… 54	李 克鲁 ……… 62	李 軒求 ……… 71
安 含光 ……… 54	李 瑾榮 ……… 62	李 美子 ……… 71
安 懷南 ……… 54	李 劍鳴 ……… 62	李 民友 ……… 71
安 英一 ……… 54	李 森奉 ……… 62	李 明孝 ……… 71
安西 篤子 ……… 54	李 箱 ……… 62	李 無影 ……… 71
安斎 徹 ……… 55	李 相日 ……… 63	李 良枝 ……… 72
安西 均 ……… 55	李 在鶴 ……… 63	李 允基 ……… 72
安西 冬衛 ……… 56	李 載明 ……… 63	李 允宰 ……… 72
安西 水丸 ……… 57	李 珍宇 ……… 63	李 允秀 ……… 72
安生 正 ……… 57	李 朝民 ……… 63	李 永錫 ……… 72
安西 玄 ……… 57	李 貞來 ……… 63	李 庸華 ……… 72
あんどー 春 ……… 57	李 珍珪 ……… 63	李 龍海 ……… 72
安童 魚春 ……… 57	李 壽昌 ……… 63	李 涙聲 ……… 72
安藤 オン ……… 57	李 順子 ……… 63	伊井 圭 ……… 72
安東 伸介 ……… 57	李 淳哲 ……… 63	伊井 直行 ……… 72
安東 次男 ……… 57	李 淳木 ……… 63	伊井 蓉峰 ……… 73
安藤 照子 ……… 58	李 承葉 ……… 63	飯尾 憲士 ……… 73
安藤 知明 ……… 58	李 碩崑 ……… 63	飯岡 秀三 ……… 73
安堂 虎夫 ……… 58	李 石薫 ……… 64	飯川 春乃 ……… 73
安藤 尋 ……… 58	李 鮮光 ……… 65	飯倉 峰次 ……… 73
安藤 美紀夫 ……… 58	李 成城 ……… 66	飯沢 匡 ……… 73
安藤 桃子 ……… 58	李 星海 ……… 66	飯嶋 和一 ……… 73
安東 能明 ……… 58	李 燦 ……… 66	飯島 一次 ……… 73
安野 光雅 ……… 58	李 昶雨 ……… 66	飯島 耕一 ……… 73
アン・レオン ……… 58	李 長啓 ……… 66	飯島 正 ……… 74
	李 周洪 ……… 66	飯島 祐輔 ……… 74
	李 春人 ……… 66	飯田 章 ……… 74
	李 春園 ⇒ 李光洙（イ・グァンス）を見よ	飯田 茂実 ……… 74
		飯田 譲治 ……… 74
		飯田 武郷 ……… 74

飯田 辰彦 ……… 74	池田 月子 ……… 79	石神 茉莉 ……… 87
飯田 豊吉 ……… 74	池田 輝方 ……… 79	石川 英輔 ……… 87
飯田 半次 ……… 74	池田 宣政 ……… 79	石川 カツ ……… 87
飯田 祐子 ……… 74	池田 信幸 ……… 79	石川 勝己 ……… 87
飯田 雪子 ……… 74	池田 勇人 ……… 79	石川 欣司 ……… 87
飯塚 ちあき ……… 74	池田 晴海 ……… 79	石川 桂郎 ……… 88
飯野 文彦 ……… 74	池田 寿夫 ……… 79	石川 彦士 ……… 88
飯星 景子 ……… 75	池田 久輝 ……… 79	石川 鴻斎 ……… 88
家田 満理 ……… 75	池田 雅之 ……… 80	石川 三四郎 ……… 88
家次 由紀恵 ……… 75	池田 満寿夫 ……… 80	石川 淳 ……… 88
伊岡 瞬 ……… 75	池田 みち子 ……… 80	石川 真介 ……… 89
五百沢 智也 ……… 75	池田 弥三郎 ……… 80	石川 精一 ……… 89
五十嵐 淳 ……… 75	池月 涼太 ……… 80	石川 大策 ……… 89
五十嵐 貴久 ……… 75	池永 陽 ……… 80	石川 たかし ……… 89
五十嵐 千代美 ……… 76	池波 正太郎 ……… 80	石川 喬司 ……… 89
五十嵐 均 ……… 76	池端 俊策 ……… 83	石川 啄木 ……… 89
五十嵐 彪太 ……… 76	池宮 彰一郎 ……… 83	石川 達三 ……… 90
五十嵐 フミ ……… 76	池宮城 積宝 ……… 83	石川 智健 ……… 90
井川 一太郎 ……… 76	井鯉 こま ……… 83	石川 友也 ……… 90
井川 香四郎 ……… 76	伊坂 幸太郎 ……… 83	石川 豊喜 ……… 91
井川 捷 ……… 76	伊坂 灯 ……… 84	石川 年 ……… 91
井川 久 ……… 76	井坂 洋子 ……… 84	石川 博品 ……… 91
壱岐 耕 ……… 76	伊澤 信平 ……… 84	石川 文洋 ……… 91
生島 治郎 ……… 76	石和 鷹 ……… 84	石川 未英 ……… 91
生田 紗代 ……… 77	井沢 元彦 ……… 84	石川 美南 ……… 91
生田 直親 ……… 77	石井 薫 ……… 84	石川 宗生 ……… 91
生田 花世 ……… 77	石居 椎 ……… 84	石倉 麻里 ……… 91
井口 朝生 ……… 77	石井 舜耳 ……… 85	石黒 達昌 ……… 91
井口 奈己 ……… 77	いしい しんじ ……… 85	石黒 渼子 ……… 91
井口 昇 ……… 77	石井 貴久 ……… 85	石坂 洋次郎 ……… 91
井口 泰子 ……… 77	石井 隆義 ……… 85	石沢 英太郎 ……… 91
井口俊英母 ……… 77	石井 哲夫 ……… 85	石沢 克宜 ……… 91
池 雪蕾 ……… 77	石井 利彦 ……… 85	石田 衣良 ……… 91
伊計 翼 ……… 78	石井 敏弘 ……… 85	伊志田 和郎 ……… 92
池井戸 潤 ……… 78	石井 廃止 ……… 85	石田 耕治 ……… 92
池内 紀 ……… 78	石井 柏亭 ……… 85	石田 祥 ……… 92
池内 奉文 ……… 78	石井 一 ……… 85	石田 千 ……… 92
池上 永一 ……… 78	いしい ひさいち ……… 85	石田 一 ……… 92
池神 泰三 ……… 78	石井 斉 ……… 85	石田 孫太郎 ……… 93
いけがみ まさこ ……… 78	石井 睦美 ……… 85	石田 道雄 ……… 93
池澤 伸介 ……… 78	石井 桃子 ……… 85	石津 加保留 ……… 93
池澤 夏樹 ……… 78	石井 康浩 ……… 86	石塚 喜久三 ……… 93
池澤 一尋 ……… 78	石井 裕也 ……… 86	石塚 京助 ……… 93
池田 和尋 ……… 78	石井 洋二郎 ……… 86	石塚 珠生 ……… 93
池田 圭一郎 ……… 78	石井 好子 ……… 86	石野 晶 ……… 93
池田 さと美 ……… 79	石井 里奈 ……… 86	石橋 臥波 ……… 93
池田 小百合 ……… 79	石浦 洋 ……… 86	石橋 直子 ……… 93
池田 蕉園 ……… 79	石垣 美智 ……… 86	石橋 政和 ……… 93
池田 進吾 ……… 79	石垣 りん ……… 87	石浜 金作 ……… 93
池田 信太郎 ……… 79	石神 悦子 ……… 87	石原 旭 ……… 94
池田 澄子 ……… 79	石上 堅 ……… 87	石原 莞爾 ……… 94
池田 星爾 ……… 79	石上 玄一郎 ……… 87	石原 健二 ……… 94

石原 純 …… 94	磯村 一路 …… 101	出射 恵 …… 104
石原 慎太郎 …… 94	磯村 善夫 …… 101	伊藤 あいりす …… 104
石原 哲也 …… 94	井田 敏行 …… 101	伊藤 朱里 …… 104
石原 藤夫 …… 94	板垣 家子夫 …… 101	いとう うらら …… 104
石原 まこちん …… 94	板垣 恵介 …… 101	伊藤 永之介 …… 104
石原 美か子 …… 94	板垣 和香子 …… 101	伊藤 香織 …… 105
石原 裕次 …… 94	板倉 一成 …… 101	伊藤 一美 …… 105
石原 吉郎 …… 94	板倉 剛 …… 101	伊藤 桂一 …… 105
井嶋 敦子 …… 95	板床 勝美 …… 101	伊藤 計劃 …… 106
石丸 桂一 …… 95	板橋 栄一 …… 101	井東 憲 …… 106
石村 通明 …… 95	伊丹 十三 …… 101	伊藤 浩一 …… 106
石牟礼 道子 …… 95	市井 波名 …… 101	伊藤 佐喜雄 …… 106
石持 浅海 …… 95	市井 豊 …… 101	伊藤 左千夫 …… 106
石本 秀希 …… 96	市川 森一 …… 102	伊藤 聡 …… 106
石森 史郎 …… 96	市川 拓司 …… 102	伊東 繁 …… 106
石山 浩一郎 …… 96	市川 團子 …… 102	伊東 潤 …… 106
石山 葉子 …… 96	市川 春子 …… 102	伊藤 潤二 …… 107
伊集院 静 …… 96	以知子 …… 102	伊東 史朗 …… 107
伊丈 カツキ …… 97	一條 明 …… 102	伊藤 整 …… 107
井代 恵子 …… 97	一条 栄子 …… 102	伊藤 整一 …… 107
石脇 信 …… 97	一乗谷 昇 …… 102	伊藤 晴雨 …… 107
石渡 アキラ …… 97	一瀬 玉枝 …… 102	伊東 聖子 …… 107
伊豆 実 …… 97	一双 …… 102	いとう せいこう …… 107
泉 和良 …… 97	一田 和樹 …… 102	伊藤 雪魚 …… 107
泉 寛介 …… 97	市野 うあ …… 102	伊藤 たかみ …… 107
泉 鏡花 …… 97	一ノ瀬 綾 …… 103	伊藤 武 …… 108
泉 さち子 …… 99	一ノ瀬 泰造 …… 103	伊藤 保 …… 108
泉 十四郎 …… 99	一戸 良行 …… 103	伊藤 痴遊 …… 108
イズミスズ …… 100	市原 麻里子 …… 103	伊東 潮花 …… 108
泉 大八 …… 100	一原 みう …… 103	伊藤 珍太郎 …… 108
泉 たかこ …… 100	五津 正人 …… 103	伊東 哲哉 …… 108
泉水 堯 …… 100	五木 寛之 …… 103	伊藤 輝文 …… 108
泉 忠司 …… 100	樹 良介 …… 103	伊藤 朋二郎 …… 108
泉 安朗 …… 100	一休 宗純 …… 103	伊藤 夏美 …… 108
泉 優 …… 100	逸古 ミナミ …… 103	伊藤 野枝 …… 108
いずみ 凛 …… 100	井辻 朱美 …… 103	伊藤 典夫 …… 108
出水沢 藍子 …… 100	一色 さゆり …… 103	伊藤 人誉 …… 108
いずみや みその …… 100	一色 次郎 …… 104	伊藤 寛 …… 109
出雲 弘紀 …… 100	一色 俊哉 …… 104	伊藤 弘成 …… 109
石動 一 …… 100	イッセー尾形 …… 104	伊藤 比呂美 …… 109
李生 …… 100	井土 紀州 …… 104	伊藤 太 …… 109
井關 君枝 …… 100	井筒 和幸 …… 104	伊藤 正福 …… 109
磯 萍水 …… 100	井筒 俊彦 …… 104	伊藤 正則 …… 109
五十川 椿 …… 100	五谷 翔 …… 104	伊藤 まさよし …… 109
磯崎 憲一郎 …… 100	一本木 凱 …… 104	伊藤 真有 …… 109
磯田 道史 …… 100	逸見 晴恵 …… 104	伊藤 美紀 …… 109
五十月 彩 …… 100	逸見 めんどう …… 104	伊藤 三巳華 …… 109
伊園 旬 …… 101	井手 孝史 …… 104	いとう やすお …… 110
石上 露子 …… 101	井出 孫六 …… 104	伊藤 靖夫 …… 110
五十日 寿男 …… 101	井出 真理 …… 104	伊藤 康隆 …… 110
磯部 浅一 …… 101	井出 幸子 …… 104	伊藤 優子 …… 110
磯部 裕之 …… 101	井出 隆 …… 104	伊東 祐治 …… 110

伊藤 章雄 …………110	井上 昭之 …………117	伊吹 亜門 …………125
伊藤 陽子 …………110	井上 荒野 …………117	井伏 鱒二 …………125
伊藤 義行 …………110	井上 円了 …………118	今居 海 …………126
伊藤 柳涯子 …………110	井上 幻 …………118	今井 絵美子 …………126
伊藤 礼 …………110	井上 賢一 …………118	今井 一隆 …………126
井戸川 寿良 …………110	井上 剣花坊 …………118	今井 将吾 …………126
イー・ドニ・ムニエ ⇒ 国枝史郎（くにえだ・しろう）を見よ	井上 こころ …………118	今江 祥智 …………126
	井上 志摩夫 …………118	今尾 哲也 …………127
	井上 淳一 …………118	今岡 清 …………127
絲山 秋子 …………110	井上 閏日 …………118	今川 徳三 …………127
伊奈 京介 …………110	井上 真一 …………118	今里 隆二 …………127
稲垣 巖 …………110	井上 伸一郎 …………118	今田 喜翁 …………127
稲垣 五郎 …………110	井上 菅子 …………118	今西 康子 …………127
稲垣 史生 …………110	井上 宗一 …………118	今野 賢三 …………127
稲垣 考人 …………110	井上 たかし …………118	今野 芳彦 …………127
稲垣 足穂 …………110	井上 剛 …………118	今邑 彩 …………127
稲垣 秀幸 …………113	井上 武彦 …………118	今村 栄治 …………128
稲川 精二 …………114	井上 立士 …………118	今村 翔吾 …………128
稲毛 恍 …………114	井上 鍈 …………119	今村 昌平 …………128
稲毛 裕美 …………114	井上 友一郎 …………119	今村 夏子 …………128
稲沢 潤子 …………114	井上 智之 …………119	今村 文香 …………128
稲田 和子 …………114	井上 信子 …………119	今村 実 …………128
稲田 好美 …………114	井上 斑猫 …………119	今村 与志雄 …………128
因幡 縁 …………114	井上 ひさし …………119	今村 力三郎 …………128
稲葉 祥子 …………114	井上 博 …………119	今唯 ケンタロウ …………128
稲葉 千門 …………114	伊野上 裕伸 …………119	任 一 …………128
稲葉 たえみ …………114	井上 史 …………119	林 兼道 …………128
稲葉 真弓 …………114	井上 真佐夫 …………119	林 光範 …………128
稲葉 稔 …………114	井上 雅彦 …………119	任 淳得 …………128
稲見 一良 …………114	井上 優 …………122	任 東爀 …………128
井並 貢二 …………114	井上 マス …………122	林 學洙 …………129
稲村 たくみ …………115	井上 満寿夫 …………122	林 華 …………129
戌井 昭人 …………115	井上 光晴 …………122	林 和 …………129
乾 敦 …………115	井上 靖 …………123	井村 哲也 …………129
乾 くるみ …………115	井上 由美子 …………124	居村 哲也 …………129
乾 信一郎 …………115	井上 祐美子 …………124	伊予 葉山 …………129
いぬい とみこ …………115	井上 夢人 …………124	伊与原 新 …………130
乾 ルカ …………115	井上 由 …………124	伊良子 清白 …………130
乾 緑郎 …………116	井上 良夫 …………124	入江 章子 …………130
狗飼 恭子 …………116	井上 良雄 …………124	入江 敦彦 …………130
犬養 健 …………117	井上 竜 …………124	入江 郁美 …………130
犬飼 六岐 …………117	猪口 和則 …………124	入江 克季 …………130
犬木 加奈子 …………117	猪熊 弦一郎 …………124	入江 鳩斎 …………130
犬塚 星司 …………117	伊野里 健 …………125	いりえ しん …………130
犬塚 稔 …………117	井下 尚紀 …………125	入江 満 …………130
犬伏 浩 …………117	猪股 聖吾 …………125	入江 悠 …………130
犬丸 りん …………117	伊波 晋 …………125	入沢 康夫 …………130
犬村 小六 …………117	伊波 敏男 …………125	入間 人間 …………131
犬山 居士 …………117	伊波 南哲 …………125	色川 武大 …………131
伊野 隆之 …………117	伊原 西鶴 …………125	岩井 志麻子 …………132
井野 登志子 …………117	井原 美紀 …………125	岩井 護 …………133
稲生 平太郎 …………117	茨木 のり子 …………125	岩井 三四二 …………133

岩石 まさ男 …… 133	禹 昌壽 …… 137	植村 正久 …… 142
岩泉 良平 …… 134	ヴァシィ章絵 …… 137	上村 佑 …… 142
岩川 元 …… 134	ヴィヴィアン佐藤 …… 137	上村 義彦 …… 142
岩川 隆 …… 134	上木 いさむ …… 137	うえやま 洋介 …… 142
岩城 裕明 …… 134	植木 枝盛 …… 137	ウェル冥土 …… 142
岩切 大介 …… 134	植草 昌実 …… 137	烏焉 …… 142
岩倉 政治 …… 134	宇江佐 真理 …… 137	宇尾 房子 …… 143
岩佐 なを …… 134	上志羽 峰子 …… 138	魚川 鉾夫 …… 143
岩佐 まもる …… 134	上田 秋成 …… 138	魚住 陽子 …… 143
岩阪 恵子 …… 134	上田 絵馬 …… 138	元 秀一 …… 143
岩崎 明 …… 134	上田 和夫 …… 138	元 道根 …… 143
岩崎 正吾 …… 134	上田 和子 …… 138	雨川 アメ …… 143
岩崎 恵 …… 134	植田 景子 …… 138	宇木 聡史 …… 143
岩崎 裕司 …… 134	上田 早夕里 …… 139	浮穴 千佳 …… 143
岩里 藁人 …… 134	植田 祥子 …… 139	宇佐美 まこと …… 143
岩下 悠子 …… 135	植田 紳爾 …… 139	宇佐美 游 …… 144
岩瀬 成子 …… 135	上田 進太 …… 139	氏家 誠弥 …… 144
岩田 賛 …… 135	上田 利夫 …… 139	氏家 浩靖 …… 144
岩田 正恢 …… 135	上田 登美 …… 139	潮 寒二 …… 144
岩田 豊雄 …… 135	上田 信彦 …… 139	牛島 春子 …… 144
岩田 宏 …… 135	植田 富栄 …… 139	宇治田 隆史 …… 144
岩田 由美 …… 135	上田 秀人 …… 139	氏原 孝 …… 144
岩谷 鍾元 …… 135	上田 広 …… 139	宇城 茂 …… 144
岩永 花仙 …… 135	上田 敏 …… 139	氏脇 健一 …… 144
岩波 三樹緒 …… 135	上田 誠 …… 139	臼居 泰祐 …… 144
岩波 零 …… 135	上田 三四二 …… 140	薄井 ゆうじ …… 144
岩野 清 …… 135	上田 美和 …… 140	臼井 吉見 …… 145
岩野 泡鳴 …… 135	上田 裕介 …… 140	雨澄 碧 …… 145
岩橋 邦枝 …… 136	上田 芳江 …… 140	宇田 菊生 …… 145
岩藤 雪夫 …… 136	上野 登史郎 …… 140	宇田 俊吾 …… 145
岩渕 幸喜 …… 136	上野 友之 …… 140	うだ ゆりえ …… 145
岩間 光介 …… 136	上野 豊樹 …… 140	宇多 ゆりえ …… 145
岩松 ヒモロギ …… 136	上野 英信 …… 140	宇多 ユリエ …… 145
岩村 透 …… 136	上野 雄一 …… 141	泡沫 虚呪 …… 145
岩本 晢 …… 136	上野 葉 …… 141	宇多川 蘭子 ⇒ 鮎川哲也
岩本 勇 …… 136	上野 陽子 …… 141	（あゆかわ・てつや）を見よ
岩本 和博 …… 136	上野 瞭 …… 141	歌鳥 …… 145
岩本 妙子 …… 136	上原 英司 …… 141	歌野 晶午 …… 145
岩本 敏男 …… 136	上原 和樹 …… 141	打海 文三 …… 146
巖本 善治 …… 136	上原 小夜 …… 141	内田 けんじ …… 146
岩森 道子 …… 137	上原 尚人 …… 142	打田 早苗 …… 146
巖谷 小波 …… 137	上原 正三 …… 142	内田 静生 …… 146
岩谷 征捷 …… 137	上原 知明 …… 142	内田 春菊 …… 146
岩谷 涼子 …… 137	上原 紀善 …… 142	内田 東良 …… 146
印 貞植 …… 137	上間 源光 …… 142	内田 花 …… 146
	植松 邦文 …… 142	内田 百間 …… 146
【う】	植松 二郎 …… 142	内田 盟樹 …… 149
	植松 拓也 …… 142	内田 守人 …… 149
	植松 三十里 …… 142	内田 康夫 …… 149
宇 桂三郎 …… 137	植松 要作 …… 142	内田 雪絵 …… 149
禹 壽榮 …… 137	上村 敦美 …… 142	内田 麟太郎 …… 149
	植村 直己 …… 142	内田 魯庵 …… 149

内館 牧子 …………149	卯山 与史武 …………155	江戸川 乱歩 …………161
内村 鑑三 …………149	浦賀 和宏 …………155	榎並 照正 …………163
内山 豪希 …………149	浦田 千鶴子 …………155	榎並 のぞみ …………164
内山 靖二郎 …………149	浦浜 圭一郎 …………155	榎木 洋子 …………164
宇津 圭 …………149	卜部 高史 …………155	榎本 滋民 …………164
雨月 行 …………149	浦野 奈央子 …………155	榎本 ナリコ …………164
空木 春宵 …………149	瓜生 卓造 …………155	榎本 真砂夫 …………164
卯月 雅文 …………150	ウルエミロ …………155	江原 一哲 …………164
宇月原 晴明 …………150	漆畑 陽生 …………155	海老沢 泰久 …………164
蔚然 …………150	漆畑 稔 …………155	蛭子 能収 …………164
内海 重典 …………150	漆原 正貴 …………155	江間 有沙 …………164
内海 俊夫 …………150	嬉野 泉 …………155	江馬 修 …………164
うつみ 宮土理 …………150	虚淵 玄 …………155	江間 常吉 …………164
内海 隆一郎 …………150	宇和 静樹 …………155	江見 水蔭 …………164
宇津呂 鹿太郎 …………150	海野 葵 …………155	絵夢 …………165
宇都 晶子 …………150	海野 十三 …………155	江村 阿康 …………165
うどう かおる …………150	海野 久実 …………156	江本 清 …………165
宇藤 蛍子 …………150	海野 弘 …………156	円城 塔 …………165
右遠 俊郎 …………150	海野 六郎 …………156	園城寺 雄 …………165
烏兎沼 宏之 …………150		円地 文子 …………165
海上 リル …………150	【え】	遠藤 晶 …………166
海原 育人 …………150		遠藤 浅蜊 …………166
宇野 亜喜良 …………151	永 六輔 …………157	遠藤 秀一郎 …………166
宇能 鴻一郎 …………151	永子 …………157	遠藤 周作 …………166
宇野 浩二 …………151	永代 美知代 …………157	遠藤 慎一 …………167
宇野 千代 …………151	江頭 麻美 …………157	遠藤 高子 …………167
宇野 なずき …………152	江賀根 …………157	遠藤 武文 …………167
宇野 信夫 …………152	江川 晃 …………157	遠藤 徹 …………167
宇野 正玖 …………152	江川 洋 …………157	円堂 都司昭 …………167
うの みなこ …………152	江口 渙 …………157	遠藤 寛子 …………167
東川 宗彦 …………152	江口 寿史 …………157	
鵜林 伸也 …………152	江口 文四郎 …………157	【お】
冲方 丁 …………152	江口 隣太郎 …………157	
生方 敏郎 …………152	江國 香織 …………157	呉 林俊 …………167
海坂 他人 …………152	江國 滋 …………158	呉 麟鳳 …………168
海月 ルイ …………152	江坂 遊 …………158	呉 相淳 …………168
海猫沢 めろん …………152	江崎 俊平 …………160	呉 時泳 …………168
うみの しほ …………153	江崎 誠致 …………160	呉 禎民 …………168
梅崎 春生 …………153	江崎 来人 …………160	呉 刀成 …………168
楳図 かずお …………153	江島 伸吾 …………160	呉 興教 …………168
梅田 晴夫 …………153	江島 寛 …………160	呉 泳鎭 …………168
梅田 飛猫 …………153	えすみ 友子 …………160	及川 和男 …………169
梅田 みか …………153	江角 英明 …………160	及川 章太郎 …………169
梅田 優次郎 …………153	枝松 蛍 …………160	及川 大渓 …………169
梅津 裕一 …………153	えど きりこ …………160	於泉 信雄 …………169
梅の家 かほる …………153	江戸 次郎 …………160	王 育徳 …………169
梅原 克文 …………153	江藤 あさひ …………161	王 育霖 …………169
梅原 公彦 …………153	江藤 淳 …………161	王 庚申 …………169
梅原 猛 …………154	江藤 伸吉 …………161	王 昶雄 …………169
梅原 満知子 …………154	えとう 乱星 …………161	翁 闇 …………170
梅原 稜子 …………154		
梅本 育子 …………154		

作家名	頁	作家名	頁	作家名	頁
王 白淵	170	大阪 圭吉	177	太田 良博	183
扇 智史	172	大坂 繁治	177	大田 良馬	183
旺季 志ずか	172	大崎 梢	178	太田井 敏夫	183
逢坂 剛	172	大崎 知仁	178	大滝 十二郎	183
王城 夕紀	173	大崎 紀夫	178	大滝 典雄	183
鶯亭 金升	173	大崎 善生	178	大竹 晃子	183
淡海 いさな	173	大沢 在昌	178	大竹 章	183
桜嵐	173	大澤 逸足	179	大竹 聡	183
大井 栄光	173	大澤 幸子	179	大竹 俊男	183
大井 三重子	173	大澤 達雄 ⇒ 金達寿(キム・タルス)を見よ		大竹 美鳥	183
大石 英司	173			大谷 朝子	183
大石 清	173	大澤 博隆	179	大谷 繞石	183
大石 圭	173	大路 和子	179	大谷 房子	183
大石 静	173	大鹿 卓	179	大谷 祐子	183
大石 直紀	173	大下 宇陀児	179	大谷 羊太郎	184
大石 久之	173	大舌 宇奈兒	180	大多和 粛夫	184
大泉 黒石	173	大嶋 昭彦	180	大多和 伴彦	184
大泉 貴	173	大島 修	180	大津 高	184
大岩 真理	174	大島 直次	180	大津 哲緒	184
大内 美予子	174	大島 渚	180	大津 光央	184
大江 健三郎	174	大島 真寿美	180	大塚 英志	184
大江 賢次	174	大島青松園火星俳句会	180	大塚 清司	184
大江 権八	174	大島青松園邱山会	181	大塚 楠緒子	184
大江 豊	174	大島青松園邱山俳句会	181	おおつか ここ	185
大岡 玲	174	大島青松園青松歌人会	181	大塚 雅春	185
大岡 昇平	174	大島青松園ひさご川柳会	181	大塚 勇三	185
大岡 信	175			大塚 礫川	185
大垣 花子	175	大島療養所患者慰安会	181	大槻 ケンヂ	185
大垣 ヤスシ	176	大島療養所藻汐短歌会	181	大津中学校演劇部	185
大門 高子	176	大城 貞俊	181	大坪 砂男	185
大上 六郎	176	大城 立裕	181	大手 拓次	185
大鴨居 ひよこ	176	大城 竜流	181	大友 義助	185
大川 一夫	176	大杉 栄	181	大友 啓史	185
大川 俊道	176	大杉 漣	181	大友 瞬	185
大河原 ちさと	176	大隅 真一	181	大伴 昌司	185
大河原 光廣	176	大角 哲寛	181	大西 功	186
大木 圭	176	大田 あさし	182	大西 科学	186
大喜多 孝治	176	太田 工兵	182	大西 夏奈子	186
おおくぼ 系	176	太田 正一	182	大西 巨人	186
大久保 悟朗	176	太田 威	182	大西 信行	186
大久保 十造	176	太田 健	182	大仁田 厚	186
大久保 昌一良	176	太田 忠司	182	大貫 政明	186
大久保 智弘	176	太田 哲則	182	大沼 忠弘	186
大熊 信行	176	太田 智子	183	大沼 珠生	186
大隈 敏	176	大田 瓢一郎	183	大沼 紀子	186
大倉 崇裕	176	太田 美砂子	183	大野 一雄	186
大倉 燁子	177	太田 道子	183	大野 倭文子	186
大倉 桃郎	177	太田 実	183	大野 尚休	186
大栗 丹後	177	太田 美穂	183	大野 敏哉	186
大河内 清輝	177	太田 裕子	183	大野 文楽	186
大河内 常平	177	太田 洋子	183	大野 林火	186
大越 保	177	太田 蘭三	183	大野沢 威徳	186

大庭 さち子 ………186	大家 学 ………191	岡田 ゆき ………195
大場 さやか ………186	大屋 幸世 ………191	岡田 恵和 ………195
大庭 武年 ………186	大柳 喜美枝 ………191	岡田 理子 ………195
大庭 鉄太郎 ………187	大藪 春彦 ………191	岡戸 武平 ………195
大場 博行 ………187	大山 功 ………191	岡野 弘樹 ………195
大庭 みな子 ………187	大山 勘助 ………191	岡野 弘彦 ………195
大庭 陽一 ………187	大山 淳子 ………191	岡野 めぐみ ………195
大庭 可夫 ………188	大山 誠一郎 ………191	岡野 玲子 ………195
大場 惑 ………188	大山 正徳 ………192	岡部 敦 ………195
大橋 乙羽 ………188	大湾 雅常 ………192	岡部 伊都子 ………196
大橋 瓢介 ………188	尾賀 京作 ………192	岡部 えつ ………196
大橋 むつお ………188	丘 季子 ………192	岡部 紗千代 ………196
大橋 恭彦 ………188	岡 生門 ………192	岡部 道男 ………196
大濱 方英 ………188	岡 俊雄 ………192	岡松 和夫 ………196
大林 清 ………188	岡 信行 ………192	丘美 丈二郎 ………196
大林 宣彦 ………188	岡 雅彦 ………192	尾神 ユウア ………196
大原 克之 ………188	岡井 隆 ………192	岡村 昭彦 ………196
大原 螢 ………188	岡内 義人 ………192	岡村 多佳子 ………196
大原 啓子 ………188	岡江 多紀 ………192	岡村 知鶴子 ………196
大原 富枝 ………188	岡倉 天心 ………192	岡村 春草 ………196
大原 久通 ………189	岡崎 二郎 ………192	岡村 寛子 ………196
大原 まり子 ………189	岡崎 雪聲 ………192	岡村 雄輔 ………196
大平 健 ………190	岡崎 琢磨 ………192	岡村 流生 ………196
大平 槇助 ………190	岡崎 始 ………193	おかもと(仮) ………196
大平 友 ………190	岡崎 弘明 ………193	岡本 一平 ………197
大平 光代 ………190	岡沢 孝雄 ………193	岡本 かの子 ………197
大平 ミホ ⇒ 島尾ミホ(しまお・みほ)を見よ	小笠原 天音 ………193	岡本 起泉 ………198
	小笠原 京 ………193	岡本 綺堂 ………198
大間 九郎 ………190	小笠原 貞 ………193	オカモト 國ヒコ ………200
大町 桂月 ………190	小笠原 幹夫 ………193	岡本 敬三 ………201
大見 全 ………190	岡島 弘子 ………194	岡本 賢一 ………201
大峰 古日 ⇒ 柳田國男(やなぎた・くにお)を見よ	岡嶋 二人 ………194	岡本 さとる ………201
	尾頭 ………194	岡本 潤 ………201
大牟田 真希 ………190	岡田 淳 ………194	岡本 太郎 ………201
おおむら しんいち ………190	岡田 英里子 ………194	岡本 文弥 ………201
大村 堯 ………190	尾形 亀之助 ………194	岡本 真知 ………201
大村 益夫 ………190	岡田 耕平 ………194	岡本 好古 ………201
大村 友貴美 ………190	岡田 早苗 ………194	岡安 伸治 ………201
大森 一樹 ………190	岡田 三郎 ………194	岡山 裕美 ………202
大森 和哉 ………190	岡田 三郎助 ………194	岡山南高校演劇部 ………202
大森 寿美男 ………190	岡田 鯱彦 ………194	おがわ ………202
大森 善一 ………190	岡田 誠三 ………194	小川 苺 ………202
大森 直樹 ………190	緒方 隆士 ………194	小川 一水 ………202
大森 望 ………191	岡田 隆彦 ………194	小川 糸 ………202
大森 風来子 ………191	岡田 利規 ………194	小川 勝己 ………202
大森 美香 ………191	岡田 智晶 ………195	小川 喜平 ………202
大森 康宏 ………191	岡田 望 ………195	小川 国夫 ………202
大家 紀代美 ………191	岡田 秀文 ………195	小川 鍵次郎 ………203
大宅 壮一 ………191	岡田 一瞳 ………195	小川 幸司 ………203
大屋 剛 ………191	岡田 睦 ………195	小川 栄 ………203
大矢 秀樹 ………191	岡田 稔 ………195	小川 雫 ………203
大矢 風子 ………191	岡田 八千代 ………195	緒川 蕳子 ………203

小川 智子 ……203	奥田 鉄人 ……209	押野 康之 ……215
小川 直人 ……203	奥寺 佐渡子 ……209	尾島 菊子 ……215
小川 直美 ……203	奥野 信太郎 ……209	尾白 未果 ……215
小川 直也 ……203	奥野 健男 ……209	小瀬 朧 ……215
小川 信夫 ……203	小熊 二郎 ……209	尾関 忠雄 ……215
小川 白山 ……203	小熊 秀雄 ……209	小田 イ輔 ……215
小川 英子 ……203	奥宮 和典 ……209	小田 神恵 ……215
小川 未明 ……203	奥村 博史 ……209	織田 作之助 ……215
尾河 みゆき ……205	奥村 吉樹 ……209	小田 仁二郎 ……216
小川 めい ……205	奥山 景布子 ……209	織田 清七 ⇒ 小栗虫太郎
小川 沐雨 ……205	奥山 里志 ……209	（おぐり・むしたろう）を
小川 雄輝 ……205	小倉 斉 ……209	見よ
小川 洋子 ……205	小椋 雅美 ……209	小田 隆治 ……216
小川 好暁 ……205	小倉 豊 ……210	織田 卓之 ……216
小川 楽喜 ……205	小栗 籌子 ⇒ 加藤籌子（か	小田 武雄 ……216
小川内 初枝 ……205	とう・かずこ）を見よ	小田 牧央 ……216
オギ ……205	小栗 健次 ……210	小田 実 ……216
荻 一之介 ……205	小栗 四海 ……210	小田 雅久仁 ……217
沖 義裕 ……206	小栗 風葉 ……210	おだ みのる ……217
オキシ タケヒコ ……206	小栗 虫太郎 ……210	小田 靖幸 ……217
荻田 安静 ……206	小河畑 愛 ……211	小田 ゆかり ……217
興田 募 ……206	長川 千佳子 ……211	小田 由季子 ……217
荻田 美加 ……206	尾崎 一雄 ……211	小田 由紀子 ……217
沖縄愛楽園愛楽園句会 ……206	尾崎 喜八 ……211	尾高 京子 ……217
沖縄愛楽園愛楽短歌会 ……206	尾崎 紅葉 ……211	おだR ……217
沖縄愛楽園梯梧琉歌会 ……206	尾﨑 士郎 ……212	越智 のりと ……217
荻野 アンナ ……206	尾崎 孝子 ……212	越智 文比古 ……217
沖野 岩三郎 ……206	尾崎 太郎 ……212	越智 優 ……217
荻野 鳥子 ……206	尾崎 秀樹 ……212	落合 恵子 ……217
荻生 亘 ……206	尾崎 放哉 ……212	落合 三郎 ⇒ 佐々木孝丸
荻世 いをら ……206	尾崎 秀実 ……212	（ささき・たかまる）を見よ
荻原 井泉水 ……206	尾崎 翠 ……212	落合 重信 ……217
荻原 規子 ……207	尾崎 豊 ……213	落合 直文 ……217
荻原 浩 ……207	尾崎 良夫 ……213	落合 正幸 ……217
奥 浩平 ……207	長田 恵子 ……213	小津 安二郎 ……217
奥 二郎 ……207	長田 午狂 ……213	乙一 ……217
緒久 なつ江 ……207	おさだ たつや ……213	尾辻 克彦 ⇒ 赤瀬川原平
奥泉 明日香 ……207	長田 弘 ……213	（あかせがわ・げんぺい）を
奥泉 光 ……207	小山内 恵美子 ……213	見よ
尾久木 弾歩 ……207	小山内 薫 ……213	乙川 優三郎 ……218
邑久高校新良田教室 ……207	長部 日出雄 ……213	音無 翠嵐 ……219
邑久光明園卯の花会 ……207	大佛 次郎 ……213	翁長 求 ……219
邑久光明園卯の花句会 ……207	小沢 章友 ……214	尾西 兼一 ……219
邑久光明園楓短歌会 ……207	小沢 かのん ……214	小貫 風樹 ……219
邑久光明園ひかり川柳	小澤 征良 ……214	小沼 丹 ……219
会 ……207	小沢 信男 ……214	小野 伊都子 ……219
億錦 樹樹 ……207	小沢 真理子 ……214	小野 圭次郎 ……219
奥田 哲也 ……208	押井 守 ……214	小野 耕世 ……219
奥田 野月 ……208	小鹿 進 ……214	小野 十三郎 ……220
奥田 登 ……208	押川 國秋 ……214	緒乃 ひろみ ……220
奥田 英朗 ……208	押川 春浪 ……215	小野 文朗 ……220
奥田 裕介 ……208	忍澤 勉 ……215	小野 允雄 ……220

小野 正嗣 …………… 220	海音寺 ジョー ………… 228	伽古屋 圭市 ………… 235
小野 泰正 …………… 220	海音寺 潮五郎 ……… 229	笠井 潔 ……………… 235
小野 るみこ ………… 220	貝原 …………………… 229	笠居 誠一 …………… 235
尾上 菊五郎 ………… 220	開高 健 ……………… 230	葛西 善蔵 …………… 235
尾上 柴舟 …………… 221	回春病院ゆうかり社 … 231	笠井 千晃 …………… 235
尾上 梅幸〔6代〕 …… 221	廻転寿司 …………… 231	葛西 俊和 …………… 235
小野川 洲雄 ………… 221	海渡 英祐 …………… 231	かさぎ ……………… 236
小野木 康男 ………… 221	海堂 尊 ……………… 231	笠置 英昭 …………… 236
斧澤 燎 ……………… 221	貝原 仁 ……………… 231	風霧 みぞれ ………… 236
小野塚 充博 ………… 221	カー・イーブン ……… 231	風越 湊 ……………… 236
小野寺 綾 …………… 221	海谷 修子 …………… 231	風空 加純 …………… 236
小野寺 公二 ………… 221	快楽亭 ブラック〔1代〕… 231	笠原 卓 ……………… 236
小野寺 史宜 ………… 221	かえるいし …………… 232	笠原 武 ……………… 236
小野村 誠 …………… 221	夏音 イオ …………… 232	笠原 庸 ……………… 236
小畑 明日香 ………… 221	加賀 淳子 …………… 232	風間 一輝 …………… 236
小畠 美津子 ………… 221	加賀 乙彦 …………… 232	風間 林檎 …………… 236
小原 真澄 …………… 221	鏡 明 ………………… 232	風巻 絃一 …………… 236
小尾 十三 …………… 221	加上 鈴子 …………… 232	風見 治 ……………… 236
帯 正子 ……………… 221	鏡 巧 ………………… 232	風見 詩織 …………… 236
大日谷 見 …………… 221	加賀美 雅之 ………… 232	風見鳥 ……………… 236
厳 二峯 ……………… 221	賀川 敦夫 …………… 232	花山 みちる ………… 236
嚴 星波 ……………… 221	かがわ とわ ………… 232	可児 佑 ……………… 236
嚴 興爕 ……………… 221	かがわ 直子 ………… 232	梶 龍雄 ……………… 236
面田 美樹 …………… 221	夏川 龍治 …………… 232	加地 尚武 …………… 236
小山田 浩子 ………… 221	柿生 ひろみ ………… 232	梶 よう子 …………… 237
小里 清 ……………… 221	垣根 涼介 …………… 232	樫井 眞生 …………… 237
折井 敏雄 …………… 222	垣花 理恵子 ………… 232	梶井 基次郎 ………… 237
織守 きょうや ……… 222	垣谷 美雨 …………… 232	梶尾 真治 …………… 238
折口 信夫 …………… 222	郭 くるみ …………… 232	梶雁 金八 …………… 239
折口 真喜子 ………… 226	岳 真也 ……………… 232	樫木 東林 …………… 239
織月 かいこ ………… 226	かく たかひろ ……… 232	梶永 正史 …………… 239
織月 冬馬 …………… 226	加来 はるか ………… 233	梶野 千万騎 ………… 239
折原 一 ……………… 226	角田 健太郎 ………… 233	加島 祥造 …………… 239
織原 みわ …………… 226	角田 諭 ……………… 233	鹿島 真治 …………… 239
小流智尼 ⇒ 一条栄子（いちじょう・えいこ）を見よ	角田 光代 …………… 233	鹿島田 真希 ………… 239
	香具土 三鳥 ⇒ 夢野久作（ゆめの・きゅうさく）を見よ	梶本 暁代 …………… 239
折多 紗知 …………… 226		樫山 隆昭 …………… 239
温 又柔 ……………… 227	角藤 展久 …………… 234	梶山 俊夫 …………… 239
恩田 陸 ……………… 227	香久山 ゆみ ………… 234	梶山 季之 …………… 239
恩知 邦衞 …………… 228	神楽 ………………… 234	嘉祥 マーシ ………… 240
オン・ワタナベ ⇒ 渡辺温（わたなべ・おん）を見よ	影 洋一 ……………… 234	柏 正甫 ……………… 240
	影山 影司 …………… 234	柏枝 真郷 …………… 240
	影山 匙 ……………… 234	柏木 節子 …………… 240
【か】	景山 セツ子 ………… 234	柏崎 恵理 …………… 240
	景山 民夫 …………… 234	柏田 道夫 …………… 240
柯 設偕 ……………… 228	景山 晴美 …………… 234	柏葉 幸子 …………… 240
櫂 悦子 ……………… 228	蔭山 満美 …………… 234	柏原 幻 ……………… 240
花衣 沙久羅 ………… 228	影山 雄作 ⇒ 青山文平（あおやま・ぶんぺい）を見よ	柏原 サダ …………… 240
甲斐 八郎 …………… 228		柏原 兵三 …………… 240
甲斐 文汀 …………… 228	影山 吉則 …………… 235	春日 武彦 …………… 240
	籠 三蔵 ……………… 235	春日井 建 …………… 240
		春日野 緑 …………… 240

かずな ……………………241	桂 文楽〔8代〕………246	金井田 英津子 …………250
数野 和夫 …………………241	桂 米朝〔3代〕………246	仮名垣 魯文 ……………250
霞 永二 ……………………241	桂 三木助〔3代〕……246	金澤 ぐれい ……………250
香住 春吾 …………………241	桂 芳久 …………………246	金沢 真吾 ………………251
香住 春作 ⇒ 香住春吾（か	桂 玲人 …………………246	金澤 正樹 ………………251
すみ・しゅんご）を見よ	葛城 輝 …………………246	金関 丈夫 ………………251
和海 真二 …………………241	桂城 和子 ………………246	金堀 常美 ………………252
香住 泰 ……………………241	門井 慶喜 ………………246	金村 龍済 ⇒ 金龍済（キム・
霞 流一 ……………………241	加藤 郁乎 ………………247	ヨンジェ）を見よ
粕谷 栄市 …………………242	加藤 薫 …………………247	金谷 祐子 ………………252
粕谷 知世 …………………242	加藤 一夫 ………………247	金山 嘉城 ………………252
加瀬 正二 …………………242	加藤 籌子 ………………247	神奈山 つかさ …………252
嘉瀬 陽介 …………………242	加藤 克信 ………………247	蟹 海太郎 ………………252
加清 純子 …………………242	加藤 清子 ………………247	金子 晃典 ………………253
風野 真知雄 ………………242	加藤 三郎 ………………248	金子 忍 …………………253
風野 涼一 …………………242	加藤 周一 ………………248	我如古 修二 ……………253
加園 春季 …………………242	加藤 秀三 ………………248	金子 兜太 ………………253
片岡 英子 …………………242	加藤 楸邨 ………………248	金子 文子 ………………253
片岡 恵美子 ………………242	加藤 春城 ………………248	金子 みすゞ ……………253
片岡 志保美 ………………242	賀東 招二 ………………248	金子 みづは ……………253
片岡 鉄兵 …………………242	加藤 澄 …………………248	金子 光晴 ………………253
片岡 まみこ ………………242	加藤 武雄 ………………248	金子 洋子 ………………256
片岡 義男 …………………242	加藤 千恵 ………………248	金子 洋文 ………………256
片桐 京介 …………………243	加藤 鉄児 ………………248	金城 一紀 ………………256
片桐 更紗 …………………243	加藤 望 …………………248	金城 幸介 ………………256
片桐 泰志 …………………243	加藤 一 …………………248	金田 光司 ………………256
片瀬 チヲル ………………243	かとう はるな …………248	金田 靖子 ………………256
片瀬 二郎 …………………243	加藤 秀俊 ………………248	金塚 悦子 ………………256
加楽 幽明 …………………243	加藤 秀幸 ………………248	金原 ひとみ ……………256
佳多山 大地 ………………243	加藤 裕明 ………………249	金平 純三 ………………256
片山 桃里 …………………243	加藤 恕彦 ………………249	金広 賢介 ………………256
片山 広子 …………………243	加藤 博 …………………249	金巻 ともこ ……………256
片山 ふえ …………………243	加藤 正和 ………………249	金松 龍済 ⇒ 金龍済（キム・
片山 龍三 …………………243	加藤 正人 ………………249	ヨンジェ）を見よ
勝 海舟 ……………………244	加藤 雅利 ………………249	金村 八峰 ⇒ 金基鎮（キム・
勝 伸枝 ……………………244	加藤 昌美 ………………249	ギジン）を見よ
勝 陸子 ……………………244	加藤 実秋 ………………249	金本 宗煕 ………………257
勝井 慧 ……………………244	加藤 幹也 ………………249	狩野 あざみ ……………257
勝栄 ………………………244	加藤 道夫 ………………249	狩野 いくみ ……………257
香月 桂 ……………………244	加藤 みどり ……………249	加納 一朗 ………………257
甲木 千絵 …………………244	加藤 みはる ……………249	加能 作次郎 ……………257
勝部 正和 …………………244	加藤 康男 ………………249	加納 朋子 ………………257
勝間田 憲男 ………………244	加藤 幸子 ………………249	加納 幸和 ………………258
勝目 梓 ……………………244	加藤 由美子 ……………249	香納 諒一 ………………258
勝本 詩織 …………………245	加藤 嘉隆 ………………249	庚春都 …………………258
勝山 海百合 ………………245	加藤 陸雄 ………………250	鹿子 七郎 ………………258
桂 英二 ……………………245	門倉 信 …………………250	鹿目 けい子 ……………258
桂 枝雀〔2代〕………245	角野 栄子 ………………250	鹿目 由紀 ………………258
桂 自然坊 …………………245	上遠野 浩平 ……………250	鹿屋 めじろ ……………258
桂 修司 ……………………246	カドマリ …………………250	樺田 ジェーン …………259
桂 唯史 ……………………246	迦都リーヌ ……………250	樺山 三英 ………………259
桂 太郎 ……………………246	金井 美恵子 ……………250	川平 朝申 ………………259

甲山 羊二 …………259	亀野 笑 …………264	川島 郁夫 ⇒ 藤村正太（ふ
鏑木 清方 …………259	亀山 春樹 …………264	じむら・しょうた）を見よ
鏑木 蓮 …………259	鴨下 信一 …………264	川島 悦子 …………274
鏑木清方夫人 …………259	加門 七海 …………264	河嶋 忠 …………274
壁井 ユカコ …………259	茅田 砂胡 …………266	川島 正 …………274
下前津 凛 …………259	萱津 宏行 …………266	川島 忠之助 …………274
鎌田 樹 …………259	萱野 二十一 …………266	川島 徹 …………274
鎌田 雪里 …………259	茅部 ゆきを …………267	川島 誠 …………274
鎌田 敏夫 …………259	香山 滋 …………267	川島 美絵 …………274
鎌田 直子 …………260	香山 末子 …………267	河島 光広 …………274
上 栄二郎 …………260	香山 光郎 ⇒ 李光洙（イ・	川島 ゆぞ …………274
上 忠司 …………260	グァンス）を見よ	川島 芳子 …………274
上泉 秀信 …………261	家弓 武志 …………270	川尻 泰司 …………274
神尾 アルミ …………261	唐 十郎 …………270	かわず まえ …………274
神尾 タマ子 …………261	柄澤 潤 …………270	川田 功 …………274
上温湯 隆 …………261	唐沢 なを虫 …………270	川田 順 …………274
神季 佑多 …………261	柄沢 斉 …………270	川田 弥一郎 …………274
神子島 妙子 …………261	柄澤 昌幸 …………270	川田 裕美子 …………274
神狛 しず …………261	辛島 驍 …………270	河竹 新七〔3代〕…………274
上小家 旭 …………262	烏本 拓 …………270	河竹 黙阿弥 …………274
神沢 栄三 …………262	狩 久 …………270	河内 佳代 …………275
上地 ちづ子 …………262	狩生 玲子 …………270	河内 仙介 …………275
神近 市子 …………262	苅米 一志 …………270	河内 実加 …………275
上司 小剣 …………262	狩俣 繁久 …………271	川戸 雄毅 …………275
カミツキレイニー …………262	迦陵頻伽 …………271	川名 倖世 …………275
神永 学 …………262	かわい あきよし …………271	川奈 由季 …………275
神沼 三平太 …………262	河合 莞爾 …………271	カワナカ ミチカズ …………275
神野 オキナ …………262	川合 三良 …………271	川西 蘭 …………275
紙舞 …………262	河井 酔茗 …………271	川野 京輔 …………275
上村 一夫 …………263	川合 ないる …………271	川野 順 …………275
神村 正史 …………263	河内 尚和 …………271	かわの 由貴 …………275
神村 実希 …………263	河岡 潮風 …………271	川端 裕人 …………275
神森 繁 …………263	川上 宗薫 …………271	川端 康成 …………275
神谷 久香 …………263	河上 徹太郎 …………271	河原 節子 …………277
神家 正成 …………263	川上 徹也 …………271	河東 碧梧桐 …………277
神谷 美恵子 …………263	川上 直志 …………271	川人 忠明 …………278
神谷 養勇軒 …………263	川上 眉山 …………271	川澄 優子 …………278
神山 和郎 …………263	川上 弘美 …………271	川邊 龍 …………278
神山 邦之 …………263	川上 未映子 …………272	川又 千秋 …………278
上山 茂子 …………263	河北 峻雄 …………272	川満 信一 …………278
神山 南星 …………263	川口 晴美 …………272	川光 俊哉 …………278
神山 光 …………263	川口 裕子 …………272	川村 邦光 …………278
神山 由美子 …………263	川口 博次 …………273	川村 幸一 …………278
香村 あゆみ …………263	川口 松太郎 …………273	川村 節 …………278
嘉村 礒多 …………264	川崎 彰彦 …………273	川村 均 …………278
かむろ・たけし …………264	川崎 七郎 …………273	河村 正明 …………278
亀井 勝一郎 …………264	川崎 信 …………273	川本 晶子 …………278
亀井 静香 …………264	川崎 草志 …………273	河原崎 純 …………278
亀井 はるの …………264	川崎 長太郎 …………273	姜 敬愛 …………278
亀尾 佳宏 …………264	川崎 洋 …………273	姜 貴男 …………278
かめおか ゆみこ …………264	川崎 牧人 …………273	簡 国賢 …………278
亀ヶ岡 重明 …………264	川崎 正敏 …………273	姜 相鎬 …………278

かん　　　　　　　　　　　作家名目次

姜 信哲 …………………278
姜 舜 ……………………278
韓 石峯 …………………279
姜 錫信 …………………279
姜 鷺郷 …………………279
観阿弥 …………………279
神吉 拓郎 ………………279
神坂 一 …………………279
神崎 京介 ………………279
神崎 恒 …………………279
神崎 照子 ………………279
神崎 英徳 ………………279
神沢 利子 ………………279
神田 茜 …………………279
かんだ かこ ……………279
神田 孝平 ………………280
神田 伯龍 ………………280
巫 夏希 …………………280
神無月 渉 ………………280
甘南備 あさ美 …………280
管野 須賀子 ……………280
菅野 清二 ………………280
菅野 雅貴 ………………280
上林 暁 …………………280
神林 周道 ………………280
神林 長平 ………………280
上林 猷夫 ………………281
蒲原 有明 ………………281
神原 孝史 ………………281
神原 拓生 ………………281
神戸 登 …………………281
かんべ むさし …………281

【 き 】

魏 清徳 …………………282
気熱家 慈雨吉 …………282
紀井 敦 …………………282
木内 石亭 ………………282
木内 錠 …………………282
木内 昇 …………………282
喜海 ……………………282
樹川 さとみ ……………282
きき ……………………282
木々 高太郎 ……………282
木々津 克久 ……………283
菊田 英生 ………………283
菊池 一郎 ………………283
菊池 和子 ………………283
菊池 寛 …………………283

菊池 三渓 ………………285
キクチ セイイチ ………285
菊地 大 …………………285
菊地 秀行 ………………285
菊地 美鶴 ………………287
菊池 幸見 ………………287
菊地 隆三 ………………287
菊池恵楓園光風俳句会 …287
菊池恵楓園檜の影短歌
　会 ……………………288
菊亭 香水 ………………288
喜国 雅彦 ………………288
菊村 到 …………………288
私市 保彦 ………………288
黄桜緑 …………………288
木皿 泉 …………………288
如月 妃 …………………288
如月 小春 ………………288
如月 光生 ………………288
如月 恵 …………………288
木地 雅映子 ……………288
岸 虹岐 …………………288
岸 周吾 …………………288
貴子 潤一郎 ……………288
岸 秀子 …………………288
岸 宏子 …………………288
貴司 山治 ………………288
貴志 祐介 ………………289
岸上 大作 ………………289
岸田 今日子 ……………289
岸田 新平 ………………289
岸田 俊子 ………………289
岸田 劉生 ………………289
岸田 るり子 ……………289
樒島 和 …………………289
木島 次郎 ………………289
岸本 佐知子 ……………289
木城 ゆきと ……………290
季瀬 くすこ ……………290
喜瀬 陽介 ………………290
木蘇 穀 …………………290
北 一輝 …………………290
規田 恵真 ………………290
木田 元 …………………290
喜田 貞吉 ………………290
北 重人 …………………290
紀田 順一郎 ……………290
紀田 祥 …………………290
木田 紀生 ………………290
北 洋 ……………………290
喜田 正秋 ………………290
希多 美咲 ………………290

喜多 南 …………………290
北 杜夫 …………………291
喜多 喜久 ………………291
北浦 真 …………………291
北江 良雄 ………………291
北大路 魯山人 …………292
北方 謙三 ………………292
北上 秋彦 ………………292
北川 あゆ ………………292
北川 歩実 ………………292
北川 千代子 ……………293
北川 冬彦 ………………293
北國 浩二 ………………294
北阪 昌人 ………………294
北沢 慶 …………………294
喜多嶋 隆 ………………294
北島 春信 ………………294
北園 克衛 ………………294
北野 薄氷 ………………294
北田 由貴子 ……………295
北田 玲一郎 ……………295
北代 司 …………………295
北詰 渚 …………………295
木谷 新 …………………295
木谷 花夫 ………………295
北野 恭代 ………………295
北野 勇作 ………………295
北野 玲 …………………296
北ノ倉 マユミ …………296
北林 透馬 ………………296
北原 亞以子 ……………296
北原 武夫 ………………297
北原 なお ………………297
北原 尚彦 ………………297
北原 白秋 ………………298
北原 秀篤 ………………298
北原 政吉 ………………298
北見 越 …………………298
北村 薫 …………………298
北村 佳澄 ………………299
北村 季吟 ………………299
北村 小松 ………………299
北村 四海 ………………299
北村 周一 ………………300
北村 想 …………………300
北村 太郎 ………………300
北村 透谷 ………………300
北村 初雄 ………………300
喜多村 緑郎 ……………300
北本 和久 ………………300
北本 豊春 ………………300
北森 鴻 …………………300

北山 猛邦 ……301	金 景熹 ……306	金 斗鎔 ……316
きたやま ようこ ……302	金 璟麟 ……306	金 杜榮 ……316
吉平 ……302	金 起林 ……306	金 東林 ……316
木塚 百川 ……302	金 吉浩 ……306	金 東仁 ……317
吉川 菜美 ……302	金 管 ……306	金 東爕 ……317
木次 園子 ……302	金 光旭 ……306	金 東煥 ……317
城戸 シュレイダー ……302	金 光均 ……306	金 東鳴 ……317
木堂 明 ……302	金 近烈 ……306	金 南天 ……317
喜納 渚 ……302	金 健 ……306	金 来成 ……317
喜納 磨佐秋 ……302	金 士永 ……307	金 夏日 ……317
木夏 真一郎 ……302	金 史良 ……307	金 波宇 ……318
鬼怒川 浩 ……302	金 相玉 ……308	金 鶴泳 ……318
衣畑 秀樹 ……302	金 相德 ……308	金 八峰 ⇒ 金基鎮（キム・ギジン）を見よ
キネオラマ ……302	金 相喆 ……308	
木野 和子 ……302	金 尚鎔 ……308	金 飛兎 ……318
木野 工 ……302	金 在喆 ……308	金 熙明 ……318
木野 裕喜 ……302	金 在南 ……308	金 炳昊 ……319
木下 訓成 ……302	金 時鐘 ……308	金 形容 ……319
木下 惠介 ……303	金 時昌 ⇒ 金史良（キム・サリャン）を見よ	金 晃 ……319
木下 順二 ……303		金 煥秀 ……319
木下 新三郎 ……303	金 重政 ……311	金 海卿 ⇒ 李箱（イ・サン）を見よ
樹下 太郎 ……303	金 鍾漢 ……311	
木下 尚江 ……304	金 鍾武 ……313	金 復鎮 ……319
木下 半太 ……304	金 振九 ……313	金 浩永 ……319
木下 古栗 ……304	金 信哉 ……313	金 鳳元 ……319
木下 昌輝 ……304	金 鎮壽 ……313	金 弘來 ……319
木下 侄子 ……304	金 晋爕 ……313	金 末子 ⇒ 香山末子（かやま・すえこ）を見よ
木下 杢太郎 ……304	金 スチヤン ……313	
木下 夕爾 ……304	金 承久 ……313	金 末峰 ……319
木葉 功一 ……304	金 素雲 ……313	金 萬夏 ……319
木原 浩勝 ……304	金 瑞奎 ……314	金 命洙 ……319
貴布 吉申 ……304	金 錫厚 ……314	金 明淳 ……319
木部 博巳 ……304	金 石範 ……314	金 文輯 ……319
木俣 修 ……304	金 西鎮 ……314	金 文煥 ……319
君島 慧是 ……304	金 声均 ……314	金 英一 ……320
君島 夜詩 ……305	金 聖七 ……314	金 龍濟 ……320
君塚 良一 ……305	金 星波 ……314	金 永鎮 ……321
黄緑 はやと ……305	金 聖珉 ……314	金 榮道 ……321
金 ×× ……305	金 達寿 ……314	金 永年 ……321
金 岸曙 ……305	金 最命 ……315	金 榮勳 ……321
金 萬益 ……305	金 蒼生 ……315	キム・リジャ ……321
金 媛 ……305	金 昌南 ……315	金 寧容 ……321
金 應熙 ……305	金 燦永 ……315	木村 曙 ……321
金 億 ……306	金 秋實 ……315	木村 功 ……321
金 玉先 ……306	金 充克 ……315	木村 巌 ……321
金 午星 ……306	金 重明 ……315	木村 恵利香 ……321
金 基鎮 ……306	金 哲 ……315	木村 恵理香 ……322
金 教喜 ……306	金 井鎮 ……315	木村 薫 ……322
金 教煥 ⇒ 金素雲（キム・ソウン）を見よ	金 大均 ……315	木村 学 ……322
	金 太中 ……315	木村 毅 ……322
金 耕修 ……306	金 台俊 ……316	木村 小鳥 ……322
金 鯨波 ……306	金 泰生 ……316	木村 重道 ……322

木村 小舟 …………… 322	清松 みゆき …………… 325	久下 ハル …………… 329
木村 正太郎 …………… 322	清本 一磨 …………… 326	草下 英明 …………… 329
木村 次郎 …………… 322	清森 和志 …………… 326	久坂 葉子 …………… 329
木村 二郎 …………… 322	吉来 駿作 …………… 326	日下部 四郎太 …………… 329
木村 荘十 …………… 322	きりゑ 薫 …………… 326	久坂部 羊 …………… 329
木村 たかし …………… 322	霧ケ峰 涼 …………… 326	草上 仁 …………… 329
木村 千尋 …………… 322	きりぎりす …………… 326	草苅 亀一郎 …………… 330
木村 哲二 …………… 322	霧舎 巧 …………… 326	草川 隆 …………… 330
木村 登美子 …………… 322	霧承 豊 …………… 326	草野 京二 …………… 330
木村 富子 …………… 322	桐谷 正 …………… 326	草野 心平 …………… 330
木村 智佑 …………… 322	霧兎 猷弥 …………… 326	草野 万理 …………… 331
木村 宣子 …………… 322	切塗 よしを …………… 326	草間 小鳥子 …………… 331
木村 久夫 …………… 322	桐野 夏生 …………… 326	草間 彌生 …………… 331
木村 迪夫 …………… 322	桐野 遼 …………… 327	草見沢 繁 …………… 331
木村 光治子 …………… 323	切原 加恵 …………… 327	草森 紳一 …………… 331
木邨 裕志 …………… 323	桐山 襲 …………… 327	久慈 瑛子 …………… 331
木村 友祐 …………… 323	桐山 喬平 …………… 327	久志 富佐子 …………… 331
木村 由樹子 …………… 323	桐生 典子 …………… 327	串田 孫一 …………… 331
木村 良夫 …………… 323	桐生 操 …………… 327	九条 武子 …………… 331
木村 浪漫 …………… 323	桐生 悠三 …………… 327	九条 菜月 …………… 331
木本 雅彦 …………… 323	吉鏡 燮 …………… 327	鯨 統一郎 …………… 331
木屋 進 …………… 323	金 光淳 ⇒ 金達寿(キム・タルス)を見よ	クジラマク …………… 332
喜安 幸夫 …………… 323		久寿 浩永 …………… 332
木山 静太 …………… 323	金 山泉 …………… 327	崩木 十弐 …………… 332
木山 捷平 …………… 323	金 子和 …………… 327	楠田 匡介 …………… 332
木山 省二 …………… 323	金 突破 …………… 327	楠野 一郎 …………… 333
伽羅 …………… 323	金 葉律子 …………… 327	楠木 誠一郎 …………… 333
邱 永漢 …………… 323	金 真須美 …………… 327	楠 悠一 …………… 333
丘 十府 …………… 324	金城 漢郎 …………… 328	葛原 妙子 …………… 333
牛耳 東風 …………… 324	金城 文興 …………… 328	久住 栄一 …………… 333
九州療養所 …………… 324	金城 真悠 …………… 328	楠見 朋彦 …………… 333
九州療養所草の花会 …………… 324		楠本 幸男 …………… 333
九州療養所檜の影会 …………… 324	**【く】**	楠谷 雄蓬 …………… 333
九条 紀偉 …………… 324		葛山 二郎 …………… 333
輝鷹 あち …………… 324	具 滋均 …………… 328	楠山 正雄 …………… 333
姜 魏堂 …………… 324	具 滋吉 …………… 328	九頭竜 正志 …………… 333
姜 信子 …………… 324	具 南順 …………… 328	久世 光彦 …………… 333
姜 裕賛 …………… 324	具 珉 ⇒ 金史良(キム・サリャン)を見よ	工藤 秋子 …………… 334
京極 夏彦 …………… 324		宮藤 官九郎 …………… 334
経塚 丸雄 …………… 324	權 惠奎 …………… 328	工藤 さゆり …………… 334
響堂 新 …………… 324	權 炳吉 …………… 328	工藤 純子 …………… 334
今日泊 亜蘭 …………… 325	久遠 平太郎 …………… 328	工藤 直子 …………… 334
清岡 卓行 …………… 325	久我 良三 …………… 328	工藤 正樹 …………… 334
清香 その子 …………… 325	九鬼 澹 …………… 328	工藤 正廣 …………… 334
清川 妙 …………… 325	岬 まりも …………… 328	工藤 実 …………… 334
曲亭 馬琴 …………… 325	鵠沼 二郎 …………… 328	工藤 庸子 …………… 334
清崎 進一 …………… 325	久語 孝雄 …………… 328	邦 正彦 …………… 334
清崎 敏郎 …………… 325	日下 唄 …………… 328	邦枝 完二 …………… 334
きよし …………… 325	日下 圭介 …………… 328	国枝 史郎 …………… 334
魚蹴 …………… 325	日下 慶太 …………… 329	国木 映雪 …………… 335
清田 政信 …………… 325		国木田 独歩 …………… 335
清原 つる代 …………… 325		国木田 治子 …………… 335

邦光 史郎 …… 335	倉田 百三 …… 341	黒川 眸 …… 348
国満 静志 …… 336	倉知 淳 …… 341	黒川 博行 …… 348
國本 鐘星 …… 336	倉橋 由美子 …… 341	黒川 裕子 …… 348
國吉 和子 …… 336	クラフト・エヴィング商	黒川 陽子 …… 348
国吉 史郎 …… 336	會 …… 343	黒木 あるじ …… 348
国吉 信 …… 336	倉光 俊夫 …… 343	黒木 謳子 …… 349
久野 あやか …… 336	倉持 れい子 …… 343	黒木 和雄 …… 351
久能 啓二 …… 336	倉本 聰 …… 343	黒木 忍 …… 351
久野 徹也 …… 336	倉本 園子 …… 343	黒木 嘉克 …… 351
久野 豊彦 …… 336	倉本 由布 …… 343	黒木 克修 …… 351
久能 允 …… 336	栗生楽泉園高原川柳会 …… 343	黒崎 薫 …… 351
久能 玲子 …… 336	栗生楽泉園高原短歌会 …… 343	黒咲 典 …… 351
久保 とみい …… 336	栗生楽泉園高原俳句会 …… 343	黒崎 視音 …… 351
くぼ ひでき …… 336	栗生楽泉園楽泉園俳句	黒崎 緑 …… 352
窪 美澄 …… 336	会 …… 343	黒崎 裕一郎 …… 352
久保 祐一 …… 337	栗木 英章 …… 343	黒沢 久子 …… 352
久保 由美子 …… 337	栗田 信 …… 343	黒沢 美貴 …… 352
窪川 稲子　⇒ 佐多稲子（さた・いねこ）を見よ	栗田 すみ子 …… 343	黒島 伝治 …… 352
	栗田 海歩瑚 …… 343	黒田 喜夫 …… 352
窪島 誠一郎 …… 337	栗田 有起 …… 343	黒田 圭兎 …… 352
久保園 ひろ子 …… 337	栗林 一石路 …… 344	黒田 研二 …… 352
窪田 精 …… 337	栗林 佐知 …… 344	黒田 広一郎 …… 353
久保田 展弘 …… 337	栗原 貞子 …… 344	黒田 三郎 …… 353
久保田 万太郎 …… 337	栗原 聰 …… 344	黒田 夏子 …… 353
久保田 明聖 …… 337	栗原 省 …… 344	黒田 史郎 …… 353
久保寺 弥代 …… 337	栗原 ちひろ …… 344	黒武 洋 …… 353
久保寺 健彦 …… 337	栗原 裕一郎 …… 344	黒戸 太郎 …… 353
久保之谷 薫 …… 337	栗本 薫 …… 344	黒沼 健 …… 353
久保山 愛吉 …… 337	栗本 志津香 …… 345	黒猫 銀次 …… 353
熊井 啓 …… 337	栗本 鋤雲 …… 345	黒埜 形 …… 353
熊谷 達也 …… 337	栗本 慎一郎 …… 345	黒葉 雅人 …… 354
隈川 清 …… 337	栗山 竜司 …… 345	黒羽 カラス …… 354
熊崎 洋 …… 337	グリーンドルフィン …… 345	黒部 亨 …… 354
熊澤 和恵 …… 337	来栖 阿佐子 …… 345	黒実 操 …… 354
熊手 竜久馬 …… 337	車谷 長吉 …… 345	黒柳 徹子 …… 354
熊本アララギ会 …… 337	胡桃沢 耕史 …… 345	黒柳 尚己 …… 354
久美 沙織 …… 338	久礼 秀夫 …… 345	黒柳 紀明 …… 354
汲田 誠司 …… 338	くれい みゆ …… 346	黒輪 土風 …… 354
汲田 冬峰 …… 338	暮安 翠 …… 346	桑井 朋子 …… 354
久米 邦武 …… 338	黒 史郎 …… 346	桑島 由一 …… 354
久米 伸明 …… 339	黒 次郎 …… 346	桑田 繁忠 …… 354
久米 正雄 …… 339	黒井 千次 …… 347	桑田 忠親 …… 354
久米 幹文 …… 339	黒岩 研 …… 347	桑原 加代子 …… 354
粂川 舞衣 …… 339	黒岩 重吾 …… 347	群司 次郎正 …… 354
蜘蛛手 緑 …… 339	黒岩 理恵子 …… 348	郡司 正勝 …… 354
蔵内 成実 …… 339	黒岩 力也 …… 348	君条 文則 …… 354
倉狩 聡 …… 339	黒岩 涙香 …… 348	
倉阪 鬼一郎 …… 339	黒江 勇 …… 348	
倉田 映郎 …… 341	黒形 圭 …… 348	**【け】**
倉田 啓明 …… 341	黒川 真之助 …… 348	
倉田 タカシ …… 341	黒川 創 …… 348	敬 蘭芝 …… 354
倉田 英之 …… 341	黒川 竜弘 …… 348	

けいこ 354
慧皇 354
敬志 354
京兆 晶 355
ゲイン, マーク 355
劇団Green Shamrock
　＆渡部園美 355
月光 洗三 355
欅館 弘二 355
玄月 355
剣先 あおり 355
剣先 あやめ 355
源氏 鶏太 355
ケン月影 355
玄侑 宗久 355
現朗 355

【こ】

呉 鬱三 ⇒ 呉天賞（ゴ・テン
　ショウ）を見よ
呉 勝浩 356
高 史明 356
高 週吉 356
高 晶玉 356
呉 濁流 356
高 青 356
呉 天賞 356
高 漢容 356
高 飛 356
呉 漫沙 356
小池 滋 356
小池 修一郎 356
小池 タミ子 356
小池 昌代 356
小池 真理子 356
小石川 358
小泉 絵理 358
小泉 喜美子 358
小泉 信三 358
小泉 セツ 359
小泉 孝之 359
小泉 武夫 359
小泉 信吉 359
小泉 秀人 359
小泉 凡 359
小泉 雅二 359
小泉 八雲 360
小泉 陽一朗 361
こーいち。 361

小出 正吾 361
小出 まゆみ 361
行 一霙 361
高 秀明 361
高 信太郎 361
黄 得時 361
耕 治人 361
黄 有才 362
甲賀 三郎 362
紅玉 いづき 362
高古堂主人 362
高齋 正 362
神坂 次郎 362
黄氏 鳳姿 363
黄氏 寳桃 363
抗子青年団 363
麹町中学校第2学年英語
　劇実行委員会 363
紅旬 新 363
高城 高 363
荒城 美鉾 363
幸田 文 363
幸田 青緑 365
合田 とくを 365
国府田 智 365
幸田 文鳥 365
幸田 真音 365
幸田 裕子 366
幸田 露伴 366
香月 日輪 367
上月 文青 367
高妻 秀樹 367
幸徳 秋水 367
郷内 心瞳 367
河野 アサ 368
高野 和己 368
紅野 謙介 368
河野 多惠子 368
河野 典生 368
鴻野 元希 369
河野 泰生 369
河野 裕 369
河野 與一 369
河野 慶彦 369
香箱 369
光明寺 祭人 369
皇民奉公会台北州支部
　芸能指導部 369
皇民奉公会台北州支部
　健全娯楽指導班 369
皇民奉公会台北州支部
　生活部 369

港夜 和馬 369
紅林 まるこ 369
小枝 美月記 370
郡 順比 370
郡 虎彦 370
郡山 千冬 370
古閑 章 370
古賀 純 370
古賀 準二 370
古賀 千穂 370
古賀 朝辰 370
古賀 宣子 370
古賀 牧彦 370
小金井 喜美子 371
古木 鐵太郎 371
黒衣 371
国語普及の栞刊行会 371
黒冬 371
告鳥 友紀 371
国分 一太郎 371
国分寺 實 371
國米 俊行 371
国民精神総動員台中州
　支部 371
古倉 節子 371
こころ 耕作 372
古今亭 志ん生〔5代〕 372
小坂 久美子 372
小酒井 不木 372
小崎 きよみ 372
小桜 ひなた 372
古沢 良太 372
越 一人 372
越谷 オサム 373
越谷 友華 373
越谷 蘭 373
越路 吹雪 373
小島 希子 373
小島 健三 373
小島 小陸 373
小島 二朔 373
児島 宗子 373
小島 泰介 373
小嶋 敬行 374
小島 達矢 374
小島 環 374
小島 信夫 374
小島 正樹 374
小島 政二郎 374
小島 水青 374
児嶋 都 374
小島 モハ 374

児嶋 和歌子 …… 375	小沼 純一 …… 379	小松 和彦 …… 385
越水 利江子 …… 375	近衛 文麿 …… 379	小松 左京 …… 385
五條 瑛 …… 375	小橋 博 …… 379	小松 重男 …… 386
古城 珠江 …… 375	小林 勇 …… 380	小松 立人 …… 387
小杉 敬吉 …… 375	小林 一茶 …… 380	小松 知佳 …… 387
小杉 健治 …… 375	小林 井津志 …… 380	小松 均 …… 387
小杉 みか …… 376	小林 エリカ …… 380	小松 広和 …… 387
小隅 黎 …… 376	小林 修 …… 380	小松 光宏 …… 387
湖西 隼 …… 376	小林 紀晴 …… 380	小松 與志子 …… 387
古銭 信二 …… 376	小林 久三 …… 380	五味 康祐 …… 387
小薗 彩香 …… 376	小林 恭二 …… 380	五味川 純平 …… 388
小薗 誠 …… 376	小林 熊吉 …… 380	こみき …… 388
五代 夏夫 …… 376	小林 栗奈 …… 380	小道 尋佳 …… 388
五代 ゆう …… 376	小林 聖太郎 …… 380	小南 堂居 …… 388
古平 宏太 …… 376	小林 清華 …… 380	小南カーティス 昌代 …… 388
小鷹 信光 …… 376	小林 節子 …… 380	小峯 淳 …… 388
小滝 ダイゴロウ …… 376	小林 多喜二 …… 380	小峰 元 …… 388
小瀧 ひろさと …… 377	小林 猛 …… 381	込宮 明日太 …… 388
小滝 光郎 …… 377	小林 恒夫 …… 381	こみや かずお …… 388
木立 嶺 …… 377	小林 剛 …… 381	小宮 民子 …… 388
小谷 真理 …… 377	小林 信彦 …… 381	古宮 昇 …… 388
児玉 花外 …… 377	小林 秀雄 …… 381	小宮 英嗣 …… 388
谺 健二 …… 377	小林 仁美 …… 381	小見山 和夫 …… 388
児玉 佐智子 …… 377	小林 弘明 …… 381	古村 智 …… 389
谺 雄二 …… 377	小林 洋 …… 382	小村 雪岱 …… 389
こっく …… 377	小林 正親 …… 382	小村 義夫 …… 389
古丁 …… 377	小林 勝 …… 382	小室 屈山 …… 389
小手鞠 るい …… 377	小林 円佳 …… 382	小室 みつ子 …… 389
後藤 一朗 …… 378	小林 麻里絵 …… 382	小室 みつ子withう
後藤 嘉一 …… 378	小林 ミア …… 382	にょーくん …… 389
後藤 薫 …… 378	木林 森 …… 382	米谷 ふみ子 …… 389
後藤 紀一 …… 378	小林 泰三 …… 382	米俵 みのり …… 389
胡堂 くるみ …… 378	小林 勇一 …… 383	小森 健太朗 …… 389
後藤 耕 …… 378	小林 雄次 …… 383	小森 淳一郎 …… 389
後藤 幸次郎 …… 378	小林 由香 …… 384	古森 美枝 …… 389
後藤 真子 ⇒ 真帆沁(まほ・しん)を見よ	小林 ゆり …… 384	こやたか 志緒 …… 389
	小林 洋子 …… 384	小柳 粒男 …… 389
後藤 利雄 …… 378	小林 義彦 …… 384	小山 いと子 …… 389
後藤 敏春 …… 378	小林 禮子 …… 384	小山 榮雅 …… 389
後藤 紀子 …… 378	小原 猛 …… 384	小山 清 …… 389
後藤 房枝 …… 378	小日向 台三 …… 384	小山 啓子 …… 390
後藤 みな子 …… 378	小檜山 博 …… 384	小山 鎮男 …… 390
五島 美代子 …… 378	小伏 史央 …… 384	小山 正 …… 390
ごとう みわこ …… 378	小舟 勝二 …… 384	小山 禎子 …… 390
後藤 みわこ …… 378	古保 カオリ …… 384	小山 龍太郎 …… 390
後藤 明生 …… 378	小堀 甚二 …… 384	是方 那穂子 …… 390
古処 誠二 …… 378	小堀 文一 …… 384	是佐 武子 …… 390
琴平 荘介 …… 379	狛江 四郎 …… 384	権 安理 …… 390
小泊 フユキ …… 379	駒崎 優 …… 384	紺 詠志 …… 390
小中 千昭 …… 379	駒沢 直 …… 385	今 官一 …… 390
小長谷 建夫 …… 379	駒田 信二 …… 385	今 東光 …… 390
小西 保明 …… 379	小松 エメル …… 385	今 日出海 …… 390

権 裕成 390	斎藤 栄 395	早乙女 勝元 400
今田 信一 390	西東 三鬼 395	早乙女 まぶた 400
近藤 侃一 391	斉藤 志恵 395	早乙女 貢 401
近藤 啓太郎 391	齋藤 茂太 395	嵯峨 大介 402
近藤 紘一 391	斎藤 準 395	佐賀 潜 402
近藤 昭二 391	斎藤 純 395	佐賀 久雄 402
近藤 たまえ 391	齋藤 仁 396	坂 りんご 402
近藤 那彦 391	齋藤 愼爾 396	酒井 嘉七 402
近藤 博 391	斉藤 節子 396	阪井 久良岐 402
近藤 史恵 391	齊藤 想 396	坂井 新一 402
近藤 真柄 392	サイトウ チエコ 396	酒井 澄夫 402
近藤 芳美 392	斉藤 てる 396	堺 誠一郎 402
今野 緒雪 392	斎藤 利雄 396	坂井 大梧 402
紺野 キリフキ 392	斉藤 俊雄 396	酒井 貴司 403
紺野 たくみ 392	斎藤 利世 396	堺 利彦 403
紺野 仲右エ門 392	斉藤 直子 396	酒井 成実 403
紺野 夏子 392	西東 登 396	坂井 信之 403
今野 敏 392	斉藤 伯好 396	阪井 雅子 403
紺屋 なろう 393	斎藤 肇 396	堺 三保 403
	斎藤 久 397	酒井 康行 403
【さ】	斉藤 ひろし 397	坂岡 真 403
	斉藤 弘志 397	坂上 恵理 403
佐井 識 393	斉藤 洋 397	坂上 弘 403
蔡 順秉 393	斎藤 史子 397	阪上 博司 403
蔡 振雄 393	斎藤 冬海 397	坂上 誠 403
崔 洋一 393	斎藤 真琴 397	榊 一郎 403
崔 龍源 393	さいとう 学 397	榊 京助 403
斎賀 琴 393	斎藤 澪 397	坂木 司 403
西岸 良平 394	さいとう 美如 397	榊 恒夫 404
斉木 明 394	斎藤 茂吉 397	榊 漠々 404
彩木 風友子 394	斉藤 友紀 398	榊 涼介 404
三枝 昂之 394	齋藤 葉子 398	榊林 銘 404
税所 隆介 394	齊藤 洋大 398	榊原 史保美 404
西条 公威 394	斎藤 吉正 398	榊原 美輝 404
西條 さやか 394	斎藤 隆介 398	榊山 潤 404
西條 奈加 394	齊藤 綾子 398	坂口 安吾 404
最相 葉月 394	斎藤 緑雨 398	坂口 みちよ 406
西條 八十 394	斉藤 倫 399	坂口 三千代 406
西条 りくる 394	才羽 楽 399	坂口 褄子 406
在神 英資 394	最果 タヒ 399	坂倉 剛 406
再生モスマン 394	柴門 秀文 399	坂崎 紫瀾 406
財津 種英 394	柴門 ふみ 399	嵯峨島 昭 406
西土 遊 394	佐江 衆一 399	サカジリ ミズホ 406
齊藤 飛鳥 395	サエキ 400	阪田 寛夫 406
斎藤 綾子 395	佐伯 一麦 400	坂月 あかね 406
斎藤 勇 395	佐伯 俊道 400	酒月 茗 406
齋藤 磯雄 395	佐伯 泰英 400	坂永 雄一 407
齊藤 衣路葉 395	冴桐 由 400	さかなかな 407
斎藤 健太 395	三枝 和子 400	坂西 志保 407
齋藤 孝 395	三枝 洋 400	嵯峨野 秋彦 407
	三枝 蠍 ⇒ 両角長彦(もろずみ・たけひこ)を見よ	嵯峨野 晶 407
		阪野 陽花 407

嵯峨の屋 おむろ ……407	桜井 文規 ……411	佐々木 裕一 ……414
坂部 つねお ……407	桜井 まふゆ ……411	佐佐木 雪子 ……414
坂巻 京悟 ……407	桜伊 美紀 ……411	佐佐木 陸 ……414
坂本 一馬 ……407	桜井 由 ……411	佐々木 林 ……414
坂本 光一 ……407	櫻井 結花 ……411	笹倉 朋実 ……414
阪本 順治 ……407	咲良色 ……411	笹沢 左保 ……414
坂本 四郎 ……407	桜木 紫乃 ……411	笹野 裕子 ……416
坂本 囃敬史 ……407	桜坂 洋 ……411	笹原 金次郎 ……416
坂本 富三 ……407	櫻田 智也 ……411	笹原 ひとみ ……416
坂本 奈緒 ……407	桜戸 丈司 ……411	笹原 実穂子 ……416
坂本 直人 ……407	桜庭 一樹 ……411	嵯々藤 士郎 ……416
坂元 宣博 ……407	桜庭 三軒 ……412	佐々部 清 ……416
坂本 誠 ……408	桜町 静夫 ……412	笹本 寅 ……416
坂本 昌穂 ……408	座光 東平 ……412	笹本 稜平 ……416
阪本 勝 ……408	迫田 紀男 ……412	笹山 量子 ……416
坂本 美智子 ……408	左近 隆 ……412	佐治 早人 ……416
坂元 裕二 ……408	佐々 成雄 ……412	佐手 英緒 ……416
坂本 与市 ……408	笹岡 利宏 ……412	笹生 陽子 ……416
坂本 竜馬 ……408	ささがに ……412	佐多 稲子 ……417
相良 敦子 ……408	笹川 佐之 ……412	佐田 暢子 ……417
相良 翔 ……408	佐々木 新 ……412	さだ まさし ……417
サガラ モトコ ……408	佐々木 悦 ……412	佐多 椋 ……417
左川 ちか ……408	佐々木 江利子 ……412	定金 伸治 ……417
佐川 光晴 ……408	佐々木 喜善 ……412	佐竹 一彦 ……417
佐川 里江 ……408	佐々木 鏡石 ⇒ 佐々木喜善 （ささき・きぜん）を見よ	佐竹 まどか ……417
沙岐 ……409		佐竹 美映 ……417
沙木 とも子 ……409	佐々木 清隆 ……413	さちよ ……417
佐木 隆三 ……409	佐々木 清美 ……413	雑談屋 ……417
鷺 六平 ……409	佐々木 邦 ……413	沙丁 ⇒ 呉漫沙（ご・まん さ）を見よ
向坂 幸路 ……409	佐々木 敬祐 ……413	
鷺沢 萠 ……409	佐々木 佐津子 ……413	佐渡 美樹 ……417
崎村 雅 ……409	佐々木 淳 ⇒ 倉知淳（くら ち・じゅん）を見よ	佐藤 愛子 ……417
崎村 裕 ……409		佐藤 亜紀 ……418
崎谷 はるひ ……409	佐々木 淳一 ……413	佐藤 有記 ……418
崎山 麻夫 ……409	佐々木 俊輔 ……413	佐藤 昱 ……418
崎山 多美 ……410	佐々木 譲 ……413	佐藤 亜有子 ……418
沙霧 ゆう ……410	佐々木 隆 ……413	佐藤 有文 ……418
佐久島 憲司 ……410	佐々木 孝丸 ……413	佐藤 一祥 ……418
朔田 有見 ……410	佐々木 禎子 ……414	佐藤 恵吹 ……418
咲乃 月音 ……410	佐々木 土下座衛門 ……414	佐藤 一志 ……418
佐久間 象山 ……410	佐左木 俊郎 ……414	佐藤 和哉 ……418
朔間 数奇 ……410	佐々木 虎之助 ……414	佐藤 巌太郎 ……418
佐久間 勉 ……410	佐々木 信子 ……414	佐藤 喜久子 ……418
サクラ ヒロ ……410	佐佐木 信綱 ……414	佐藤 欽子 ……418
さくら ももと ……410	佐々木 八郎 ……414	佐藤 久美子 ……418
桜井 亜美 ……410	佐々木 浩 ……414	佐藤 賢一 ……418
桜井 学 ……410	佐佐木 弘綱 ……414	佐藤 元気 ……418
桜井 克明 ……410	佐々木 雅博 ……414	佐藤 健司 ……418
櫻井 寛治 ……410	佐々木 味津三 ……414	左頭 弦馬 ……418
桜井 豪 ……410	佐々木 充郭 ……414	佐藤 朔 ……418
桜井 忠房 ……410	佐々木 基成 ……414	佐藤 詩織 ……418
桜井 哲夫 ……410	佐々木 ゆう ……414	佐藤 治助 ……418

佐藤 嗣麻子 … 418	佐野 史郎 … 424	沢村 凛 … 429
佐藤 駿司 … 419	佐野 孝 … 424	澤本 等 … 429
佐藤 正午 … 419	佐野 橙子 … 424	傘月 … 429
佐藤 章二 … 419	佐野 美津男 … 424	山々亭 有人 … 430
佐藤 伸 … 419	佐野 優香里 … 424	贊子 貴之 … 430
佐藤 信一 … 419	佐野 洋 … 424	三田 誠 … 430
佐藤 青南 … 419	佐野 洋子 … 425	山東 京山 … 430
佐藤 總右 … 420	砂能 七行 … 425	三野 恵 … 430
佐藤 大輔 … 420	サバ，ウンベルト … 425	三瓶 登 … 430
佐藤 孝夫 … 420	紗原 幻一郎 … 425	三遊亭 円朝 … 430
佐藤 千恵 … 420	砂原 美都 … 425	三遊亭 円遊〔3代〕… 431
佐藤 千加子 … 420	佐飛 通俊 … 425	散葉 … 431
佐藤 哲也 … 420	サブ … 425	
佐藤 藤三郎 … 420	佐分 克敏 … 425	【し】
佐藤 斗史生 … 420	寒川 光太郎 … 425	
佐藤 利行 … 420	鮫島 葉月 … 425	しいか … 431
佐藤 智明 … 420	鮫田 心臓 … 426	椎崎 篤 … 431
佐藤 奈苗 … 420	狭山 温 … 426	椎名 春介 … 431
佐藤 のぶき … 420	小夜 佐知子 … 426	椎名 誠 … 431
佐藤 典利 … 420	沙羅 双樹 … 426	椎名 葉子 … 431
佐藤 肇 … 420	皿洗 一 … 426	椎名 麟三 … 431
サトウ ハチロー … 420	漸井 宏彰 … 426	塩田 全美 … 432
佐藤 春夫 … 420	さらだ たまこ … 426	塩野 七生 … 432
佐藤 博一 … 421	沢 昌子 … 426	塩野 米松 … 432
さとう ひろこ … 421	沢井 良太 … 426	汐見 薫 … 432
佐藤 不二雄 … 421	沢木 耕太郎 … 426	塩谷 隆志 … 432
佐藤 正巳 … 421	沢木 まひろ … 426	潮山 長三 … 432
佐藤 雅美 … 421	澤口 たまみ … 426	時織 深 … 432
佐藤 真由美 … 422	澤島 忠 … 426	枝折 まや子 … 432
佐藤 万里 … 422	澤田 文 … 427	志賀 泉 … 432
佐藤 光生 … 422	澤田 育子 … 427	しか をかし … 432
佐藤 光直 … 422	沢田 義一 … 427	志賀 幸一 … 432
佐藤 モニカ … 422	沢田 教一 … 427	志賀 澤子 … 432
佐藤 泰志 … 422	沢田 五郎 … 427	志賀 直哉 … 432
さとう ゆう … 422	澤田 閨 … 427	時海 結似 … 434
佐藤 友哉 … 422	澤田 瞳子 … 427	寺家谷 悦子 … 434
佐藤 弓生 … 422	澤田 徳一 … 427	志樹 逸馬 … 434
佐藤 洋二郎 … 423	澤田 博行 … 427	四季 桂子 … 435
佐藤 善秀 … 423	澤田 ふじ子 … 427	四季 さとる … 435
佐藤 喜峰 … 423	沢田 瑞穂 … 428	志木 象 … 435
里内 和也 … 423	沢渡 咲 … 428	式 貴士 … 435
サトシ … 423	澤渡 貴彦 … 429	式田 ティエン … 435
里田 和登 … 423	澤渡 恒 … 429	式亭 三馬 … 435
里見 弴 … 423	澤西 祐典 … 429	時局對應全鮮轉向者聯盟 … 436
里見 蘭 … 423	澤野 久雄 … 429	重兼 芳子 … 436
里村 欣三 … 423	沢野 ひとし … 429	重任 雅彦 … 436
里山 はるか … 423	澤藤 桂 … 429	茂野 信一 … 436
里山 るつ … 423	澤村 伊智 … 429	シゲノ トモノリ … 436
佐中 恭子 … 423	沢村 浩輔 … 429	重松 清 … 436
真瀬 いより … 424	沢村 貞子 … 429	
真田 葉奈江 … 424	澤村 鐵 … 429	
さねとう あきら … 424	澤村 文子 … 429	

重見 一雄 ……………436	シバタ カズキ …………443	島田 淳子 ……………454
重光 寛子 ……………436	柴田 勝家 ……………443	嶋田 純子 ……………454
茂山 忠茂 ……………436	柴田 紘 ………………443	島田 荘司 ……………454
地獄熊 マイケル ………436	柴田 翔 ………………443	島田 等 ………………454
志崎 鋭 ………………436	柴田 宵曲 ……………443	島田 雅彦 ……………455
梓崎 優 ………………436	柴田 つる ……………444	縞田 理理 ……………455
獅子 文六 ……………436	柴田 哲孝 ……………444	島津 緒繰 ……………455
獅子宮 敏彦 …………437	柴田 哲良 ……………444	島津 隆子 ……………455
宍戸 レイ ……………437	柴田 天馬 ……………444	嶋津 義忠 ……………455
思想報國聯盟京城支部	柴田 友美 ……………444	島津 由人 ……………455
仁川分會 …………437	柴田 杜夜子 …………444	島中 冬郎 ……………455
下町 遊歩 ……………437	柴田 夏子 ……………444	島永 嘉子 ……………456
七佳 弁京 ……………437	柴田 道司 ……………444	島林 愛 ………………456
七字 幸久 ……………437	柴田 侑宏 ……………444	島村 静雨 ……………456
七味 一平 ……………437	柴田 よしき …………444	島村 利正 ……………456
実川 朋子 ……………437	柴田 錬三郎 …………445	島村 抱月 ……………456
紫藤 ケイ ……………437	柴野 睦人 ……………447	島村 木綿子 …………456
紫藤 小夜子 …………438	柴村 仁 ………………447	島村 ゆに ……………456
紫藤 幹子 ……………438	柴山 隆司 ……………447	島村 洋子 ……………456
品川 清 ………………438	澁川 祐子 ……………447	島元 要 ………………456
篠 綾子 ………………438	渋沢 孝輔 ……………447	島本 春雄 ……………457
紫野 貴李 ……………438	澁澤 龍彦 ……………447	島本 理生 ……………457
篠 鉄夫 ………………438	渋谷 奈津子 …………449	島守 俊夫 ……………457
志野 英乃 ……………438	渋谷 典子 ……………449	島森 遊子 ……………457
篠崎 淳之介 …………438	渋谷 真弓 ……………449	地味井 平造 …………457
篠崎 二郎 ……………438	渋谷 良一 ……………449	清水 章代 ……………457
篠田 一平 ……………438	志保 龍彦 ……………449	清水 曙美 ……………457
篠田 鉱造 ……………438	島 秋人 ………………450	清水 一行 ……………457
篠田 節子 ……………438	島 久平 ………………450	清水 絹 ………………457
篠田 仙果 ……………440	島 孝史 ………………450	清水 きよし …………457
篠田 達明 ……………440	志摩 夏次郎 …………450	清水 紫琴 ……………458
篠田 浩 ………………440	島 比呂志 ……………450	清水 信 ………………458
篠田 真由美 …………440	島 有子 ………………450	清水 晋 ………………458
篠谷 志乃 ……………441	島 洋介 ………………450	志水 辰夫 ……………458
篠埜 潔 ………………441	島内 真知子 …………450	清水 奈緒子 …………458
篠月 美弥 ……………441	島尾 伸三 ……………450	清水 朔 ………………458
東雲 鷹文 ……………441	島尾 敏雄 ……………450	清水 雅世 ……………458
東雲 長閑 ……………441	島尾 ミホ ……………452	清水 優 ………………458
篠原 勝之 ……………441	島影 盟 ………………452	清水 益三 ……………458
篠原 昌裕 ……………441	島木 赤彦 ……………452	清水 無記 ……………458
篠原 正巳 ……………441	島木 健作 ……………452	清水 芽美子 …………458
信夫 怨軒 ……………441	島倉 信雄 ……………452	清水 康江 ……………458
芝 うさぎ ……………442	島﨑 一裕 ……………452	清水 有生 ……………458
芝 精 …………………442	島崎 俊二 ……………453	清水 義範 ……………459
地場 輝彦 ……………442	島崎 藤村 ……………453	清水次郎長 …………459
芝 夏子 ………………442	島田 秋夫 ……………453	紫村 一重 ……………459
芝 憲子 ………………442	島田 功 ………………453	志村 有弘 ……………459
志馬 陸平 ……………442	嶋田 うれ葉 …………453	霜 康司 ………………459
司馬 遼太郎 …………442	島田 一男 ……………454	霜川 遠志 ……………459
芝川 武 ………………443	島田 九輔 ……………454	下川 香苗 ……………460
芝木 好子 ……………443	島田 しげる …………454	下川 渉 ………………460
柴崎 友香 ……………443	島田 尺草 ……………454	下楠 昌哉 ……………460

下河辺 譲 …460	咲 恵水 …464	白河 三兎 …469
子母沢 寛 …460	将吉 …464	素木 しづ …469
霜島 ケイ …460	上甲 宣之 …464	白沢 聡史 …469
志茂田 景樹 …461	庄司 永建 …465	白洲 正子 …469
霜多 正次 …461	庄司 薫 …465	白須賀 六郎 …470
霜月 蒼 …461	庄司 勝昭 …465	白鳥 和也 …470
霜月 信二郎 …461	庄司 卓 …465	不知火 …470
霜鳥 つらら …461	庄司 肇 …465	白縫 いさや …470
下永 聖高 …461	祥寺 真帆 …465	不知火 京介 …470
下西 啓正 …461	小路 幸也 …465	白野 佑凪 …470
下畑 卓 …461	翔田 寛 …465	白峰 良介 …470
下村 敦史 …461	正田 篠枝 …465	しりあがり寿 …470
下村 悦夫 …461	条田 念 …466	銀 雪人 …470
下村 四郎 …461	省都 正人 …466	白黒 たまご …470
下村 千秋 …461	翔内 まいこ …466	白多 仁 …470
下山 義孝 …461	庄野 英二 …466	城平 京 …470
詩森 ろば …461	庄野 潤三 …466	白鳥 省吾 …470
謝 雪漁 …461	笙野 頼子 …466	城山 三郎 …470
釈 迢空 ⇒ 折口信夫（おりくち・しのぶ）を見よ	城之内 名津夫 …466	城山 真一 …471
尺取虫 …461	笑福亭 松鶴 …466	白山 青樹 ⇒ 金東煥（キム・ドンファン）を見よ
釈聾瞽掌編妖精没子富士見英次郎耳目 …461	情報部演劇係 …466	城山 昌樹 …471
紗那 …461	相門 亭 …466	城山 眞砂樹 ⇒ 城山昌樹（しろやま・まさき）を見よ
ジャパコミ …462	松林 伯円〔2代〕 …466	
朱 朝壁 …462	冗談真実 …466	辛 仁出 …471
朱 南花 …462	白井 喬二 …467	神 薫 …471
周 金波 …462	白井 健三郎 …467	申 建 …471
重 庄太郎 …462	白井 浩司 …467	申 鼓頌 …471
十一谷 義三郎 …462	白井 春星子 …467	辛 兌鉉 …471
自由下僕 …462	白井 弓子 …467	申 南澈 …472
就実高校演劇部 …462	白井 米子 …467	秦 明燮 …472
十文字 青 …462	白石 天羽子 …467	新海 貴子 …472
守界 …462	白石 維想楼 …467	新川 はじめ …472
朱川 湊人 …462	白石 一郎 …467	新幹會東京支會々員 …472
首藤 瓜於 …463	白石 一文 …468	新宮 正春 …472
殊能 将之 …463	白石 幹希 …468	新宮 みか …473
呪淋陀 …463	白石 公子 …468	神宮寺 秀征 …473
春 光淵 …463	白石 恵子 …468	新熊 昇 …473
春園生 ⇒ 李光洙（イ・グァンス）を見よ	白石 佐代子 …468	新小田 明奈 …473
春錦亭 柳桜 …463	白石 すみほ …468	神西 清 …473
春小路 胤海 …463	白石 竹彦 …468	しんしねこ …473
春風亭 柳枝 …463	白岩 一郎 …468	新城 カズマ …473
如 佳由 …463	白家 太郎 ⇒ 多岐川恭（たきがわ・きょう）を見よ	新章 文子 …473
徐 瓊二 …463		新人 …473
徐 振宗 …463	白貝 睦美 …468	新進會 …474
城 郁子 …463	白樺 香澄 …468	伸地 裕子 …474
蕭 金鑽 …463	白壁 裕 …468	陣出 達朗 …474
城 左門 …463	白神 エマ …468	新藤 兼人 …474
葉 歩月 …463	白川 紺子 …468	進藤 小枝子 …474
城 昌幸 …463	白川 幸司 …468	進藤 壽伯 …474
	白川 道 …468	真藤 順丈 …474
	白川 光 …469	新藤 卓広 …474
	白河 久明 …469	

神野 耀雄 …… 474	杉村 顕道 …… 480	鈴木 敬盛 …… 485
新野 剛志 …… 474	椙村 紫帆 …… 480	寿々木 多呂九平 …… 485
陣野 俊史 …… 474	杉本 章子 …… 480	鈴木 強 …… 485
神保 光太郎 …… 474	杉本 香恵 …… 480	鈴木 禎一 …… 485
神保 朋世 …… 475	杉本 苑子 …… 480	鈴木 棠三 …… 485
新保 博久 …… 475	杉本 長夫 …… 481	鈴木 信太郎 …… 485
真保 裕一 …… 475	杉本 利男 …… 481	鈴木 紀子 …… 485
	杉本 正生 …… 482	鈴木 秀彦 …… 485
【 す 】	杉本 増生 …… 482	鈴木 秀郎 …… 486
	杉元 伶一 …… 482	鈴木 裕子 …… 486
垂映 …… 475	杉本 蓮 …… 482	鈴木 文也 …… 486
水月堂 …… 475	杉森 久英 …… 482	鈴木 三重吉 …… 486
水棲モスマン …… 475	杉山 早苗 …… 482	鈴木 実 …… 486
推定モスマン …… 475	杉山 文子 …… 482	鈴木 みは …… 486
水没 …… 476	杉山 平一 …… 482	鈴木 美春 …… 486
末浦 広海 …… 476	杉山 平助 …… 482	鈴木 生愛 …… 486
末永 昭二 …… 476	杉山 幌 …… 482	鈴木 睦子 …… 486
スエヒロ ケイスケ …… 476	杉山 正和 …… 482	鈴木 六林男 …… 486
末広 鉄腸 …… 476	杉山 良雄 …… 482	鈴木 めい …… 486
末松 謙澄 …… 476	杉山 理紀 …… 482	すずき もえこ …… 486
末吉 安吉 …… 476	助川 あや子 …… 482	鈴木 夜行 …… 486
周防 正行 …… 476	須吾 托矢 …… 482	鈴木 靖彦 …… 486
須賀 敦子 …… 476	朱雀 弦一郎 …… 482	鈴木 康之 …… 486
菅 慶司 …… 477	朱雀門 出 …… 482	鈴木 雄一郎 …… 486
管 啓次郎 …… 477	図子 慧 …… 483	鈴木 ゆき江 …… 486
須賀 しのぶ …… 477	錫 薊二 …… 483	鈴木 幸夫 …… 486
菅 浩江 …… 477	鈴江 俊郎 …… 483	鈴木 楽光 …… 486
透翅 大 …… 478	鈴烏 ポチ丸 …… 483	鈴木 理華 …… 486
菅沼 美代子 …… 478	鱸 安行 …… 483	薄田 泣菫 …… 486
菅野 雪虫 …… 478	鈴木 いづみ …… 483	涼原 みなと …… 487
菅原 貴人 …… 478	鈴木 英治 …… 484	進 一男 …… 487
菅原 照貴 …… 478	鈴木 和夫 …… 484	雀野 日名子 …… 487
菅原 初 …… 478	薄 風之助 …… 484	涼本 壇児朗 …… 487
菅原 治子 …… 478	鈴木 勝秀 …… 484	須田 地央 …… 487
菅原 裕二郎 …… 478	鈴木 輝一郎 …… 484	須田 刀太郎 …… 487
杉 洋子 …… 478	鈴木 清美 …… 484	須月 研児 …… 487
杉井 光 …… 478	鈴木 金次郎 …… 484	須藤 朝菜 …… 488
杉浦 茂 …… 478	鈴木 啓蔵 …… 484	須藤 文音 …… 488
杉浦 強 …… 479	鈴木 謙一 …… 484	須藤 克三 …… 488
杉浦 日向子 …… 479	鈴木 券太郎 …… 484	須藤 翔平 …… 488
杉浦 明平 …… 479	鈴木 光司 …… 484	須藤 美貴 …… 488
杉江 唐一 …… 479	鈴木 鼓村 …… 484	須永 朝彦 …… 488
杉江 征 …… 479	鈴木 五郎 …… 485	須永 淳 …… 489
杉江 松恋 …… 479	鈴木 才雄 …… 485	砂川 しげひさ …… 489
杉佐木 …… 479	鈴木 さくら …… 485	砂子 浩樹 …… 489
杉崎 恒夫 …… 479	すずき さちえ …… 485	砂場 …… 489
杉澤 京子 …… 480	鈴木 さちこ …… 485	砂原 浩太朗 …… 489
杉田 彩織 …… 480	鈴木 智之 …… 485	須並 一衛 …… 489
杉田 博之 …… 480	鈴木 しづ子 …… 485	洲之内 徹 …… 489
杉原 保史 …… 480	鈴木 淳介 …… 485	洲浜 昌三 …… 489
	鈴木 泉三郎 …… 485	隅 青鳥 …… 489
	鈴木 孝博 …… 485	角 ひろみ …… 489

住井 すゑ …………… 489	関屋 俊哉 …………… 493	添田 健一 …………… 497
墨谷 渉 ……………… 489	瀬下 耽 ……………… 493	添田 みわこ ………… 497
すみや主人 ………… 489	瀬田 一品 …………… 493	曾我 明 ……………… 497
菫 優志 ……………… 489	瀬田 万之助 ………… 493	曽我 仁 ……………… 497
巣山 ひろみ ………… 489	瀬田 玲 ……………… 493	曽我 ひとみ ………… 497
睡蓮 ………………… 490	雪枕 ………………… 493	曽我部 マコト ……… 497
駿河山人 …………… 490	瀬戸 英一 …………… 493	則 武史 ……………… 497
駿河療養所岳南短歌会 … 490	瀬戸内 寂聴 ………… 493	石 東岩 ……………… 497
駿河療養所北柳吟社 … 490	瀬戸内 晴美 ⇒ 瀬戸内寂聴	十河 慶子 …………… 497
駿河療養所窓俳句会 … 490	（せとうち・じゃくちょう）	祖田 浩一 …………… 497
諏訪 ちゑ子 ………… 490	を見よ	外薗 博志 …………… 497
諏訪 哲史 …………… 490	瀬戸口 寅雄 ………… 494	曽根 圭介 …………… 498
	瀬那 和章 …………… 494	曾根 友香 …………… 498
【せ】	瀬名 秀明 …………… 494	曽野 綾子 …………… 498
	妹尾 アキ夫 ………… 494	園 子温 ……………… 498
清家 ゆかり ………… 490	妹尾 津多子 ………… 494	園井 敬一郎 ………… 498
省斎 ………………… 490	妹尾 ゆふ子 ………… 494	園生 義人 …………… 498
成字 終 ……………… 490	芹沢 光治良 ………… 494	園田 修一郎 ………… 498
井水 伶 ……………… 490	世禮 國男 …………… 494	園田 信男 …………… 498
星唐 幾子 …………… 490	千街 晶之 …………… 494	園田 洋一郎 ………… 499
聖バルナバ医院高原村	仙川 環 ……………… 495	蘇部 健一 …………… 499
同人 ………………… 490	全生園多磨盲人会俳句	枏 ちひろ …………… 499
西方 まぁき ………… 490	部 …………………… 495	空 …………………… 499
青来 有一 …………… 491	全生病院武蔵野短歌会 … 495	空虹 桜 ……………… 499
瀬尾 こると ………… 491	千田 佳代 …………… 495	空守 由希子 ………… 499
瀬尾 つかさ ………… 491	千田 光 ……………… 495	孫 克敏 ……………… 499
瀬尾 まいこ ………… 491	仙堂 ルリコ ………… 495	宋 今璇 ……………… 499
瀬川 潮 ……………… 491	仙洞田 一彦 ………… 495	宋 全璇 ……………… 499
瀬川 ことび ………… 491	千鳥 環 ……………… 495	孫 晋泰 ……………… 499
瀬川 深 ……………… 491	仙波 龍英 …………… 495	宋 錫夏 ……………… 499
瀬川 隆文 …………… 491	せんべい猫 ………… 495	成 春慶 ……………… 499
勢川 びき …………… 491		孫 東村 ……………… 499
関 明 ………………… 491	【そ】	宋 惠任 ……………… 499
関 天園 ……………… 491		成 允植 ……………… 499
関 直恵 ……………… 491	徐 寅植 ……………… 495	
関 宏江 ……………… 491	徐 起鴻 ……………… 495	【た】
関川 夏央 …………… 492	徐 廷肇 ……………… 495	
関口 暁 ……………… 492	徐 徳出 ……………… 495	田井 吟二楼 ………… 500
関口 尚 ……………… 492	徐 恒錫 ……………… 495	醍醐 亮 ……………… 500
関口 芙沙恵 ………… 492	荘 慶記 ……………… 495	大黒天 半太 ………… 500
関口 光枝 …………… 492	草子 ………………… 495	大慈 宗一郎 ………… 500
関口 涼子 …………… 492	そうざ ……………… 496	橙 貴生 ……………… 500
石薫生 ⇒ 李石薫（イ・ソッ	痩々亭 骨皮道人 …… 496	大道 珠貴 …………… 500
クン）を見よ	左右田 謙 …………… 497	大道寺 浩一 ………… 500
関田 達也 …………… 492	草野 唯雄 …………… 497	大貧民 ……………… 500
関戸 克己 …………… 492	相馬 雨彦 …………… 497	タイム 涼介 ………… 500
関戸 康之 …………… 492	相馬 純 ……………… 497	大門 剛明 …………… 500
関根 弘 ……………… 492	宗谷 真爾 …………… 497	平 安寿子 …………… 500
関根 黙庵 …………… 492	素雲生 ⇒ 金素雲（キム・ソ	平良 一洋 …………… 500
関野 讓治 …………… 493	ウン）を見よ	平 金魚 ……………… 500

平 聡 …………501	高田 保 …………506	高橋 寛 …………511
平 繁樹 …………501	高田 延彦 …………506	高橋 洋 …………511
平 平之信 …………501	高田 英明 …………506	高橋 史絵 …………511
平 宗子 …………501	高田 昌彦 …………506	高橋 昌男 …………511
平久 祥恵 …………501	高館 作夫 …………506	高橋 まゆみ …………511
台湾教育会社会教育部 …501	高千穂 遙 …………506	高橋 三千綱 …………511
台湾総督府 …………501	高取 裕 …………506	高橋 光義 …………511
台湾総督府情報部 …………501	高梨 久 …………506	高橋 三保子 …………511
台湾総督府文教局社会	小鳥遊 ふみ …………506	高橋 睦郎 …………511
課 …………501	小鳥遊 ミル …………506	髙橋 幹子 …………512
ダ・ヴィンチ・恐山 …501	髙野 明子 …………506	高橋 泰邦 …………512
田内 志文 …………501	鷹野 晶 …………506	高橋 邑治 …………512
田岡 典夫 …………501	高野 悦子 …………506	高橋 順子 …………512
田岡 嶺雲 …………502	高野 和明 …………506	高橋 由太 …………512
高井 鷗 …………502	高野 澄 …………507	高橋 洋子 …………512
高井 忍 …………502	高野 辰之 …………507	高橋 葉介 …………512
高井 信 …………502	高野 紀子 …………507	高橋 義夫 …………512
高井 俊宏 …………502	高野 史緒 …………507	高橋 よしの …………513
高井 有一 …………502	高野 哉洋 …………507	高橋 和島 …………513
高家 あさひ …………502	高野 裕美子 …………507	高畑 啓子 …………513
高石 恭子 …………502	高野 竜 …………507	高畠 藍泉 …………513
高市 俊次 …………503	高萩 匡智 …………507	高浜 虚子 …………513
高尾 源三郎 …………503	高橋 あい …………507	高原 英理 …………513
高尾 漂一 …………503	高橋 篤子 …………507	高原 弘吉 …………514
高岡 修 …………503	高橋 悦史 …………507	高松 素子 …………514
高岡 啓次郎 …………503	高橋 治 …………507	高丸 もと子 …………514
高木 彬光 …………503	高橋 和巳 …………508	高見 順 …………514
高城 晃 …………503	高橋 克彦 …………508	田上 純一 …………514
高木 恭造 …………503	高橋 揆一郎 …………509	田上 二郎 …………514
高樹 のぶ子 …………503	高橋 菊江 …………509	高見 ゆかり …………514
鷹城 宏 …………504	高橋 菊子 …………509	高峰 秀子 …………514
高桑 義生 …………504	高橋 協子 …………509	高宮 恒生 …………514
高崎 春月 …………504	高橋 玄 …………509	髙村 薫 …………514
高崎 節子 …………504	高橋 謙一 …………509	高村 光太郎 …………515
高崎 正秀 …………504	高橋 源一郎 …………509	高村 左文郎 …………515
高崎 峯 …………504	高橋 庄次 …………510	篁 了 …………515
高階 杞一 …………504	高橋 城太郎 …………510	高持 鉄泰 …………515
高柴 三聞 …………504	高橋 新吉 …………510	高森 章 …………515
高嶋 邦幸 …………504	高橋 宗伸 …………510	高森 真士 …………515
高嶋 哲夫 …………504	高橋 たか子 …………510	高森 美由紀 …………515
高島 哲裕 …………504	高橋 知伽江 …………510	多賀谷 忠生 …………516
高島 雄哉 …………505	高橋 鐵 …………510	高谷 信之 …………516
鷹将 純一郎 …………505	高橋 徳義 …………510	高屋 緑樹 …………516
鷹匠 りく …………505	高橋 富雄 …………510	高柳 重信 …………516
高須 治助 …………505	高橋 伴明 …………510	高柳 裕司 …………516
タカスギ シンタロ …………505	高橋 直樹 …………510	高柳 芳夫 …………516
高杉 美智子 …………505	タカハシ ナオコ …………511	高山 明 …………516
高瀬 真次 …………505	高橋 尚子 …………511	高山 あつひこ …………516
高瀬 美恵 …………505	高橋 直子 …………511	高山 聖史 …………516
髙田 郁 …………506	高橋 ななを …………511	高山 貞夫 …………516
高田 義一郎 …………506	高橋 寛子 …………511	高山 樗牛 …………516
高田 崇史 …………506	高橋 ひろし …………511	高山 直也 …………516

高山 羽根子 … 516	竹内 勝太郎 … 522	竹吉 優輔 … 529
高山 浩 … 517	竹内 健 … 522	太宰 治 … 529
高山 文彦 … 517	竹内 浩三 … 522	多崎 礼 … 532
高山 凡石 … 517	竹内 志麻子 … 522	田沢 稲舟 … 532
高良 勉 … 517	竹内 正一 … 522	田沢 五月 … 532
宝子 … 517	竹内 伸一 … 522	但馬 戒融 … 532
田川 あい … 517	武内 慎之助 … 522	田島 金次郎 … 532
田川 啓介 … 517	竹内 大輔 … 522	田島 隆夫 … 532
田川 友江 … 517	竹内 智美 … 522	多島 斗志之 … 532
田木 繁 … 517	竹内 義和 … 522	田島 康子 … 532
滝 千賀子 … 517	竹内 好 … 523	田尻 敢 … 533
滝 ながれ … 517	武内 涼 … 523	田尻 實 … 533
多岐 亡羊 … 517	竹河 聖 … 523	田代 三千稔 … 533
多岐 流太郎 ⇒ 戸部新十郎（とべ・しんじゅうろう）を見よ	竹下 敏幸 … 524	多勢 尚一郎 … 533
	武田 亞公 … 524	多田 秀介 … 533
	武田 綾乃 … 524	多田 智満子 … 533
瀧井 孝作 … 518	竹田 右左之島人 … 524	多田 容子 … 533
滝上 舞 … 518	竹田 和弘 … 524	正 嘉昭 … 533
タキガワ … 518	武田 五郎 … 524	只助 … 533
多岐川 恭 … 518	武田 繁太郎 … 524	タタツ シンイチ … 533
瀧川 駿 … 519	武田 若千 … 524	唯野 子猫 … 533
瀧口 修造 … 519	武田 晋一 … 525	只野 真葛 … 533
滝口 康彦 … 519	武田 泰淳 … 525	唯野 未歩子 … 533
滝口 悠生 … 520	竹田 多映子 … 526	立川 賢 … 533
滝坂 融 … 520	武田 忠士 … 526	立木 和彦 … 534
瀧坂 陽之助 … 520	竹田 敏彦 … 526	橘 あおい … 534
滝沢 素水 … 520	武田 直樹 … 526	橘 薫 … 534
瀧澤 千繪子 … 520	竹田 真砂子 … 526	橘 真吾 … 534
滝沢 紘子 … 520	武田 八洲満 … 526	橘 千秋 … 534
滝沢 文子 … 520	武田 百合子 … 527	橘 外男 … 534
たきざわ まさかず … 520	竹田 喜義 … 527	立花 腑楽 … 534
瀧澤 美恵子 … 520	武田 麟太郎 … 527	橘 成季 … 534
滝田 十和男 … 520	竹谷 友里 … 527	立原 えりか … 534
滝田 真季 … 520	武智 弘美 … 527	立原 透耶 … 534
滝田 務雄 … 520	竹中 あい … 527	立原 正秋 … 535
滝原 満 … 520	竹中 郁 … 527	立原 道造 … 535
滝本 祥生 … 520	竹西 寛子 … 528	日明 恩 … 536
滝本 竜彦 … 520	竹之内 響介 … 528	辰嶋 幸夫 … 536
瀧羽 麻子 … 520	竹之内 静雄 … 528	龍田 力 … 536
田口 運蔵 … 520	竹之内 博章 … 528	立田 俳壇 … 536
田口 かおり … 520	武林 無想庵 … 528	辰野 九紫 … 536
田口 静香 … 520	竹久 夢二 … 528	巽 鏡一郎 … 536
田口 ランディ … 521	竹村 猛児 … 528	巽 聖歌 … 537
田久保 英夫 … 521	竹村 直伸 … 528	辰巳 隆司 … 537
拓未 司 … 521	嶽本 あゆ美 … 528	立見 千香 … 537
岳 宏一郎 … 521	竹本 健治 … 528	巽 昌章 … 537
武井 彩 … 521	嶽本 野ばら … 529	館 淳一 … 537
武井 脩 … 521	竹本 博之 … 529	タテマキコ … 537
武居 隼人 … 521	竹森 仁之介 … 529	舘 有紀 … 537
武井 柚史 … 521	竹山 広 … 529	建石 明子 … 537
竹内 郁深 … 522	竹山 文夫 … 529	立石 一夫 … 537
竹内 治 … 522	竹山 洋 … 529	立石 鉄臣 … 537

立石 富雄 ……537	田中 昌志 ……544	谷口 裕里子 ……551
盾木 氾 ……538	田中 雅美 ……544	谷口 吉生 ……551
舘澤 亜紀 ……538	田中 雅也 ……544	谷崎 潤一郎 ……551
たてない 明子 ……538	田中 満津夫 ……544	谷崎 淳子 ……552
立野 信之 ……538	田中 美佐夫 ……544	谷崎 由依 ……552
立松 和平 ……538	田中 みち子 ……545	谷田 茂 ……553
堕天 ……538	田中 康夫 ……545	谷原 秋桜子 ……553
田戸岡 誠 ……538	田中 雄一 ……545	谷村 志穂 ……553
田所 靖二 ……538	田中 陽造 ……545	谷元 次郎 ……553
田富 りんね ……538	田中 芳樹 ……545	谷屋 充 ……553
田名 うさこ ……538	田中 理恵 ……545	谷山 浩子 ……553
田中 晶子 ……538	タナカ・T ……545	種田 山頭火 ……553
田中 明子 ……538	棚瀬 美幸 ……545	種村 季弘 ……553
田中 アコ ……538	田名場 美雪 ……545	種村 直樹 ……554
田中 梅吉 ……538	田辺 青蛙 ……545	田ノ上 淑子 ……554
田中 栄子 ……538	田辺 聖子 ……546	田端 智子 ……554
田中 悦朗 ……539	田辺 剛 ……546	田端 六六 ……554
田中 京祐 ……539	田辺 貞之助 ……546	田林 まゆみ ……554
田中 きわの ……539	田辺 十子 ……546	田原 浩 ……554
田中 謙 ……539	田辺 利宏 ……547	田原 玲子 ……554
田中 健治 ……539	田辺 ふみ ……547	田部井 泰 ……554
田中 光二 ……539	田辺 正幸 ……547	玉岡 かおる ……554
田中 貢太郎 ……539	田邊 優 ……547	玉川 晶紀 ……554
田中 小実昌 ……540	田部 隆次 ……547	玉川 一郎 ……554
田中 哲 ……540	谷 敦志 ……547	玉木 愛子 ……554
田中 成和 ……540	谷 一生 ……547	玉木 重信 ……554
田中 潤司 ……540	谷 克二 ……547	田牧 大和 ……554
田中 春陽 ……540	谿 渓太郎 ……547	玉木 凜々 ……554
田中 正造 ……540	谷 幸司 ……547	珠子 ……554
田中 士郎 ……540	谷 甲州 ……547	玉城 悟 ……554
田中 秦高 ……540	谷 譲次 ……548	多磨全生園俳句会 ……554
田中 慎弥 ……540	谷 真介 ……548	多磨全生園武蔵野短歌会 ……554
田中 誠一 ……540	谷 孝司 ……548	
田中 青滋 ……541	谷 春慶 ……548	多麻乃 美須々 ……555
田中 せいや ……541	谷 英樹 ……548	田丸 久深 ……555
田中 貴尚 ……541	谷 正純 ……548	田丸 雅智 ……555
田中 隆尚 ……541	谷 瑞恵 ……548	塴水尾 真由美 ……555
田中 孝博 ……541	谷内 六郎 ……548	田宮 沙桜里 ……555
田中 健夫 ……541	谷尾 一歩 ……548	田宮 虎彦 ……555
田中 辰次 ……541	谷川 秋夫 ……548	田宮 光代 ……555
田中 千禾夫 ……541	谷川 雁 ……548	田村 晶子 ……555
田中 ちた子 ……541	谷川 俊太郎 ……548	田村 寛三 ……555
田中 哲弥 ……541	谷川 徹三 ……549	田村 史朗 ……555
田中 豊久 ……542	谷川 流 ……549	田村 泰次郎 ……555
たなか なつみ ……542	谷口 綾 ……549	田村 俊子 ……556
田中 日佐夫 ……542	谷口 幸子 ……549	田村 博厚 ……556
田中 英光 ……542	谷口 純 ……549	多無良 蒙 ……556
田中 啓文 ……542	谷口 拓也 ……549	田村 悠記 ……556
田中 大也 ……544	谷口 裕貴 ……550	田村 隆一 ……556
田中 文雄 ……544	谷口 弘子 ……550	袂 春信 ……556
田中 文雄 ……544	谷口 雅美 ……550	タモリ ……556
田中 万三記 ……544	谷口 雄三 ……551	田山 花袋 ……556

樽合歓 …… 557	千梨 らく …… 562	朝鮮文人協會 …… 570
太朗 想史郎 …… 557	知念 榮喜 …… 562	朝鮮文人報國會 …… 570
太郎吉野 …… 557	知念 正真 …… 562	千桂 賢丈 …… 570
多和田 葉子 …… 557	茅野 研一 …… 562	鄭 仁 …… 570
俵 万智 …… 557	千野 隆司 …… 562	鄭 寅燮 …… 571
団 鬼六 …… 557	千野 隆之 …… 563	鄭 人沢 …… 571
檀 一雄 …… 557	千野 帽子 …… 563	鄭 仁爕 …… 572
旦 敬介 …… 558	茅野 雅子 …… 563	鄭 義信 …… 572
弾 射音 …… 558	茅野 裕城子 …… 563	鄭 遇尚 …… 572
壇 蜜 …… 558	千葉 …… 563	鄭 玉蓮 …… 572
丹下 健太 …… 558	千葉 修 …… 563	鄭 貴文 …… 572
談洲楼 燕枝〔1代〕…… 558	千葉 暁 …… 563	全 高麗 …… 572
	千葉 淳平 …… 563	鄭 在述 …… 572
【ち】	千葉 省三 …… 563	丁 章 …… 572
	千葉 雅子 …… 563	鄭 芝溶 …… 573
崔 仁旭 …… 558	千早 茜 …… 563	鄭 秀溶 …… 574
崔 禹錫 …… 558	チャップリン竹丸 …… 563	鄭 承博 …… 574
蔡 奎鐸 …… 558	茶毛 …… 563	鄭 石允 …… 574
崔 圭倧 …… 558	張 我軍 …… 563	鄭 之璟 …… 574
崔 載瑞 …… 558	張 孤星 …… 563	鄭 昌漢 …… 574
崔 載敏 …… 558	張 德祚 …… 564	宗 秋月 …… 574
崔 貞熙 …… 559	張 赫宙 …… 564	鄭 秋江 …… 575
崔 承喜 …… 559	張 秉演 …… 565	全 澤根 …… 575
崔 淳文 …… 559	張 風雲 …… 565	鄭 泰炳 …… 575
崔 碩義 …… 560	朱 白鷗 ⇒ 朱耀翰（チュ・ヨハン）を見よ	丁 旬希 …… 575
崔 曙海 …… 560		鄭 飛石 …… 575
崔 成三 …… 560	朱 耀翰 …… 565	全 孝根 …… 575
崔 東一 …… 560	朱 永渉 …… 567	鄭 黒濤 …… 575
崔 南善 …… 560	中条 佑弥 …… 567	全 美恵 …… 575
崔 南竜 …… 560	春植 …… 567	鄭 文植 …… 575
崔 鶴松 ⇒ 崔曙海（チェ・ソヘ）を見よ	趙 宇植 …… 568	鄭 然圭 …… 575
	趙 相範 …… 568	鄭 暎惠 …… 576
崔 瀚武 …… 560	趙 晶鎬 …… 568	知里 真志保 …… 576
崔 乗一 …… 560	趙 南哲 …… 568	知里 幸恵 …… 576
崔 華國 …… 561	趙 南斗 …… 569	陳 華培 …… 576
蔡 万植 …… 561	趙 薫 …… 569	陳 舜臣 …… 576
崔 明翊 …… 561	千代 有三 …… 569	秦 瞬星 ⇒ 秦學文（チン・ハンムン）を見よ
崔 允秀 …… 561	趙 潤濟 …… 569	
近田 鳶迩 …… 561	趙 靈出 …… 569	秦 學文 …… 576
近松 秋江 …… 561	趙 演鉉 …… 569	陳 逢源 …… 577
近山 知史 …… 562	趙 容萬 …… 570	
筑紫 鯉思 …… 562	張 栄宗 …… 570	【つ】
千地 隆志 …… 562	張 健次郎 …… 570	
樗木 聡 …… 562	長 新太 …… 570	津井 つい …… 577
治々和 晃芯 …… 562	張 德順 …… 570	椎間 浩二 …… 578
治水 尋 …… 562	張 文環 …… 570	痛田 三 …… 578
秩父 明水 …… 562	張 碧淵 …… 570	司 茜 …… 578
秩父 雄峰 …… 562	鳥海 たつみ …… 570	司 修 …… 578
秩父宮 雍仁 …… 562	張氏 碧華 …… 570	司 凍季 …… 578
ちとせ ゆら …… 562	超鈴木 …… 570	司 直 …… 578
	朝鮮プロレタリア藝術同盟 …… 570	

司 葉子 ……………578	津田 和美 ……………584	坪谷 京子 ……………593
柄刀 一 ………………578	津田 せつ子 …………584	津村 記久子 …………593
塚原 渋柿園 …………579	津田 剛 ………………585	津村 秀介 ……………593
塚原 敏夫 ……………579	津田 治子 ……………585	津村 節子 ……………593
塚本 邦雄 ……………579	都田 万葉 ……………585	津村 信夫 ……………593
塚本 悟 ………………579	土 英雄 ………………585	津本 陽 ………………593
塚本 修二 ……………579	土ヶ内 照子 …………585	津山商業高校演劇部……594
塚本 青史 ……………580	土田 明人 ……………585	つゆき おくと ………594
津川 泉 ………………580	土田 耕平 ……………585	栗花落 典 ……………594
月島 淳之介 …………580	土田 茂範 ……………585	鶴 彬 …………………594
月田 茂 ⇒ 金鍾漢（キム・ジョンハン）を見よ	土田 英生 ……………585	鶴岡 征雄 ……………595
	土田 峰人 ……………585	剣 達也 ………………595
つきだ まさし ………580	土屋 北彦 ……………585	蔓葉 信博 ……………595
月並 凡庸 ……………580	土屋 隆夫 ……………585	釣巻 礼公 ……………595
つきの しずく ………580	土屋 斗紀雄 …………585	鶴見 俊輔 ……………595
月野 玉子 ……………580	土屋 望海 ……………585	鶴身 浩記 ……………595
月村 了衛 ……………580	土家 由岐雄 …………585	鶴屋 南北〔4代〕……595
築山 桂 ………………581	筒井 悦子 ……………586	
月枝見 海 ……………581	筒井 ともみ …………586	【て】
つくい のぼる ………581	筒井 麻祐子 …………586	
佃 典彦 ………………581	筒井 康隆 ……………586	出久根 達郎 …………595
佃 未音 ………………581	都築 要 ………………587	勅使川原 学 …………595
つくね 乱蔵 …………581	都築 直子 ……………587	てしま たけもと ……595
筑波 孔一郎 …………581	都筑 道夫 ……………588	手塚 治虫 ……………595
柘 一輝 ………………581	堤 清二 ⇒ 辻井喬（つじい・たかし）を見よ	手塚 太郎 ……………596
拓植 周子 ……………581		手塚 眞 ………………596
柘植 めぐみ …………581	綱島 恵一 ……………589	寺崎 知之 ……………596
つげ 義春 ……………581	綱淵 謙錠 ……………589	寺沢 淳子 ……………596
辻 章 …………………581	恒川 光太郎 …………590	寺島 明美 ……………596
辻 一歩 ………………581	庸沢 陵 ………………590	寺島 直 ………………596
辻 和子 ………………582	常見 隆滋 ……………590	寺田 瑛 ………………596
辻 邦生 ………………582	常見 隆二 ……………590	寺田 旅雨 ……………596
辻 潤 …………………582	角田 喜久雄 …………590	寺田 透 ………………596
辻 淳子 ………………582	佃 幸苗 ………………591	寺田 寅彦 ……………596
辻 辰磨 ………………582	つのだ じろう ………591	寺地 はるな …………598
辻 長風 ………………582	椿 八郎 ………………591	寺山 修司 ……………598
辻 まこと ……………582	椿 みち子 ……………591	寺山 よしこ …………600
辻 真先 ………………582	椿 實 …………………591	輝 美津夫 ……………600
辻 征夫 ………………583	津原 泰水 ……………591	照井 文 ………………600
辻井 喬 ………………583	粒来 哲蔵 ……………592	照屋 洋 ………………600
辻内 智貴 ……………583	円谷 幸吉 ……………592	天 麗 …………………601
辻堂 魁 ………………583	円谷 夏樹 ⇒ 大倉崇裕（おおくら・たかひろ）を見よ	天願 大介 ……………601
辻堂 ゆめ ……………583		典厩 五郎 ……………601
辻野 雅彦 ……………583	壺井 栄 ………………592	天津 奇常 ……………601
辻原 登 ………………583	壺井 繁治 ……………592	伝助 …………………601
津島 研郎 ……………583	坪井 正五郎 …………592	傳田 光洋 ……………601
津島 光 ………………583	坪井 秀人 ……………592	天斗 …………………601
津志馬 宗麿 …………583	坪内 逍遙 ……………592	天藤 真 ………………601
津島 佑子 ……………583	坪子 理美 ……………592	天堂 晋助 ……………601
辻村 たまき …………584	坪田 譲治 ……………592	天道 正勝 ……………601
辻村 深月 ……………584	坪田 宏 ………………592	
辻村 みつ子 …………584	坪田 文 ………………593	

天堂 里砂 … 601	戸川 貞雄 … 608	外村 繁 … 613
	戸川 昌子 … 608	渡馬 直伸 … 613
【と】	戸川 安宣 … 608	鳥羽 亮 … 613
	戸川 唯 … 608	土橋 章宏 … 613
	戸川 幸夫 … 609	土橋 義史 … 613
土井 彩子 … 601	土岐 到 … 609	戸原 一飛 … 613
土肥 英里子 … 601	土岐 淳一郎 … 609	飛 浩隆 … 613
土井 ぎん … 601	土岐 雄三 … 609	飛雄 … 614
都井 邦彦 … 602	鴇家 楽士 … 609	飛田 一歩 … 614
土井 晩翠 … 602	時枝 満景 … 609	とびたか・ろう … 614
土井 稔 … 602	時田 梓 … 609	飛山 裕一 … 614
戸石 泰一 … 602	朱鷺田 祐介 … 609	戸伏 太兵 … 614
戸板 康二 … 602	時乃 真帆 … 609	戸部 新十郎 … 614
十色 亮一 … 602	時村 尚 … 609	泊 兆潮 … 615
塔 和子 … 602	常盤 陽 … 609	富岡 多惠子 … 615
冬華 … 604	常盤 朱美 … 609	冨岡 美子 … 616
東海散士 … 604	常盤 新平 … 609	冨川 元文 … 616
堂垣 園江 … 604	常盤 奈津子 … 610	富島 健夫 … 616
峠 三吉 … 604	徳川 夢声 … 610	冨園 ハルク … 616
峠 八十八 … 604	徳澄 畠 … 610	富田 克也 … 616
東郷 隆 … 604	徳田 秋声 … 610	富田 常雄 … 616
東司 麻里 … 605	戸口 右亮 … 611	富田 誠 … 616
桐十 … 605	徳富 愛子 … 611	富永 一彦 … 616
東條 耿一 … 605	徳冨 蘇峰 … 611	富永 太郎 … 616
東條 康江 … 605	徳冨 蘆花 … 611	富ノ沢 麟太郎 … 617
藤堂 志津子 … 605	徳永 幾久 … 611	冨原 眞弓 … 617
東野 司 … 605	徳永 圭 … 611	富安 健夫 … 617
東野辺 薫 … 605	徳永 真一郎 … 611	戸村 毅 … 617
堂場 瞬一 … 605	徳永 直 … 611	友朗 … 617
東北新生園新生園慰安会 … 605	徳永 チャルコ … 612	友井 燕々 … 617
東北新生園新生編集部 … 605	篤長 宙史 … 612	友井 羊 … 617
當間 春也 … 605	徳永 敦世 … 612	友沢 晃 … 618
百目鬼 恭三郎 … 606	徳永 彌 … 612	巴田 夕虚 … 618
百目鬼 野干 … 606	毒吐きリンゴ(駒井香奈恵) … 612	友滝 勇一 … 618
堂本 正樹 … 606		朝永 潔 … 618
童門 冬二 … 606	徳山 文伯 … 612	友成 純一 … 618
塔山 郁 … 606	戸倉 正三 … 612	友成 匡秀 … 618
燈山 文久 … 607	兎月 カラス … 612	友野 詳 … 618
洵山 竜子 … 607	どこかの虫 … 612	伴野 朗 … 618
遠田 潤子 … 607	登史 草兵 … 612	土門 拳 … 619
遠野 奈々 … 607	都志 めぐみ … 612	外山 正一 … 619
遠谷 湊 … 607	戸四田 トシユキ … 612	戸山 路夫 … 619
遠山 絵梨香 … 607	戸島 竹三 … 612	豊川 善一 … 619
通 雅彦 … 607	渡島 太郎 … 612	豊崎 由美 … 619
十返 一 … 607	豊島 ミホ … 612	豊島 英治 … 619
十隠 珠子 … 607	戸田 欽堂 … 612	豊島 与志雄 … 619
戸賀崎 珠穂 … 607	戸田 巽 … 612	とよずみ かなえ … 619
戸梶 圭太 … 607	戸高 茂雄 … 613	豊田 有恒 … 619
富樫 倫太郎 … 608	十時 直子 … 613	豊田 一郎 … 620
戸川 安章 … 608	轟 … 613	豊田 一夫 … 620
	利根川 裕 … 613	豊田 穣 … 620
	外岡 立人 … 613	豊田 寿秋 … 620

| 作家名目次 | | なかそ |

豊太郎	620
豊永 青日	620
登米 裕一	620
豊福 征子	620
寅之介	620
とり・みき	621
ドリアン助川	621
鳥井 架南子	621
鳥井 及策	621
鳥井 文樹	621
鳥居 榕子	621
鳥海 永行	621
鳥飼 否宇	621
鳥潟 詔子	622
鳥越 碧	622
西島 伝法	622
土呂 八郎	622
トロチェフ, コンスタンチン	622
十和	622
十和田 操	623
永遠月 心悟	623
呑海翁	623

【な】

羅雄	623
内藤 濯	623
内藤 和宏	623
内藤 正敏	623
内藤 みか	623
内藤 了	623
内藤 零	623
ないりこけし	623
直	623
直木 三十五	623
中 勘助	624
那珂 太郎	624
那珂 良二	624
長井 彬	624
永井 恵理子	624
中井 桜洲	624
永井 荷風	625
永井 豪	626
永井 静夫	626
永井 するみ	626
永井 龍男	626
中井 紀夫	627
中井 英夫	627
中居 真麻	628

中井 正文	629
永井 路子	629
永井 陽子	629
永井 義男	629
中内 かなみ	629
永江 久美子	629
中江 灯子	630
長江 俊和	630
長尾 宇迦	630
長尾 和男	630
中尾 寛	630
仲生 まい	630
長尾 豊	630
長尾 由多加	630
永岡 慶之助	630
長岡 千代子	630
長岡 弘樹	630
中上 健次	631
中上 紀	631
中上 正文	631
中川 勇	631
中川 キリコ	631
中川 剛	631
中川 純子	631
中川 哲雄	631
中川 透 ⇒ 鮎川哲也（あゆかわ・てつや）を見よ	
仲川 友康	631
中川 将幸	631
中川 將幸	631
中川 裕朗	632
中河 与一	632
中川 洋子	632
中桐 雅夫	632
永倉 萬治	632
中倉 美稀	632
長坂 秀佳	632
長崎 謙二郎	632
中崎 千枝	632
長崎 浩	632
中里 介山	632
中里 恒子	632
中里 友豪	633
中里 友香	633
中沢 敦	633
長沢 樹	633
中沢 けい	633
中沢 啓治	633
長沢 志津夫	633
中沢 新一	633
長沢 節	634
中澤 貴史	634

中澤 秀彬	634
中澤 日菜子	634
中沢 堅夫	634
永沢 光雄	634
中沢 ゆかり	634
中路 啓太	634
中島 梓 ⇒ 栗本薫（くりもと・かおる）を見よ	
中島 敦	634
中島 栄次郎	636
永嶋 恵美	636
中島 要	636
永島 かりん	636
中島 河太郎	637
中嶋 莞爾	637
中島 京子	637
中島 国夫	637
中島 さなえ	637
長嶋 茂雄	637
中島 親	637
中島 湘煙	637
中島 住夫	637
中島 たい子	637
中嶋 隆	637
中島 丈博	637
中島 哲也	637
中島 鉄也	637
中島 俊男	638
中嶋 博行	638
長島 槙子	638
中島 操	638
中島 桃果子	638
長嶋 有	638
中島 由美子	638
中嶋 洋子	639
中島 らも	639
長島 愛生園	639
長島 愛生園川柳七草会	639
長島 愛生園長島短歌会	639
長島 愛生園萩の花会	639
長島 愛生園蕗之芽会	639
長島 愛生園蕗の芽句會	639
ながす みづき	639
永瀬 清子	640
永瀬 三吾	640
永瀬 隼介	640
永瀬 直矢	640
仲宗根 三重子	640
仲宗根 むつみ	640
中薗 英助	640
中園 健司	640
中園 倫	640

中園 裕 ……… 640	中野 良浩 ……… 645	永森 裕二 ……… 651
中園 ミホ ……… 640	長野 亘 ……… 645	中谷 いずみ ……… 651
中田 永一 ⇒ 乙一（おつい ち）を見よ	中場 利一 ……… 645	中谷 宇吉郎 ……… 651
	長浜 清 ……… 645	中屋敷 法仁 ……… 651
中田 公敬 ……… 640	中林 節三 ……… 645	中山 あい子 ……… 651
永田 絃次郎 ……… 640	中原 中也 ……… 645	中山 秋夫 ……… 651
中田 耕治 ……… 640	中原 裕美 ……… 646	永山 一郎 ……… 651
長田 多喜子 ……… 640	中原 文夫 ……… 646	中山 市朗 ……… 651
中田 直久 ……… 640	中原 昌也 ……… 646	ナカヤマ カズコ ……… 651
なかた 夏生 ……… 640	中原 涼 ……… 646	中山 可穂 ……… 651
長田 秀雄 ……… 640	仲間 創 ……… 646	中山 義秀 ……… 651
長田 穂波 ……… 640	仲俣 暁生 ……… 646	中山 七里 ……… 652
永田 政雄 ……… 641	中町 信 ……… 646	長山 志信 ……… 653
中田 雅敏 ……… 641	仲町 六絵 ……… 646	中山 士朗 ……… 653
長田 幹彦 ……… 641	中村 彰彦 ……… 646	中山 侑 ……… 653
中田 満之 ……… 641	中村 晃 ……… 647	中山 聖子 ……… 653
永田 宗弘 ……… 641	中村 うさぎ ……… 647	中山 ちゑ ……… 653
長竹 敏子 ……… 641	中村 和恵 ……… 647	中山 千夏 ……… 653
中谷 栄一 ……… 641	中村 きい子 ……… 647	中山 智幸 ……… 653
中谷 航太郎 ……… 641	中村 吉蔵 ……… 647	中山 弘明 ……… 653
中谷 孝雄 ……… 641	中村 草田男 ……… 647	中山 フミ ……… 654
中津 文彦 ……… 641	中村 邦生 ……… 647	中山 美紀 ……… 654
長塚 節 ……… 642	中村 敬宇 ……… 647	長山 靖生 ……… 654
中務 こがね ……… 642	中村 航 ……… 648	中山 佳子 ……… 654
長月 遊 ……… 642	仲村 孝志 ……… 648	永山 驢馬 ……… 654
中辻 日出子 ……… 642	中村 暁 ……… 648	長与 善郎 ……… 654
長門 虹 ……… 642	中村 樹基 ……… 649	長良 鵜一 ……… 654
長堂 英吉 ……… 642	中村 純 ……… 649	南木 佳士 ……… 654
中西 伊之助 ……… 642	中村 順一 ……… 649	奈木良 弥太郎 ……… 654
中西 悟堂 ……… 642	中村 真一郎 ……… 649	南雲 悠 ……… 654
中西 智明 ……… 642	中村 星湖 ……… 649	梨木 香歩 ……… 654
中西 のぞみ ……… 642	中村 苑子 ……… 649	名島 照葉 ……… 654
仲西 則子 ……… 642	中村 孝志 ……… 649	梨屋 アリエ ……… 654
中西 梅花 ……… 642	中村 達哉 ……… 649	那須 正幹 ……… 654
なかにし 礼 ……… 642	中村 地平 ……… 649	謎村 ……… 654
長沼 映子 ……… 642	中村 汀女 ……… 649	南津 泰三 ……… 654
中根 進 ……… 642	中村 豊秀 ……… 649	夏井 辰徳 ……… 654
長野 修 ……… 642	中村 花芙蓉 ……… 649	夏川 草介 ……… 654
中野 圭介 ⇒ 松本恵子（ま つもと・けいこ）を見よ	中村 春海 ……… 649	夏川 秀樹 ……… 654
	仲村 はるみ ……… 649	なつかわ めりお ……… 654
中野 江漢 ……… 642	中村 啓 ……… 649	夏樹 静子 ……… 654
中野 孝次 ……… 643	中村 文則 ……… 650	夏崎 涼 ……… 655
中野 重治 ……… 643	中村 ブラウン ……… 650	夏野 ……… 655
中野 逍遙 ……… 643	中村 真 ……… 650	夏野 百合 ……… 655
中野 鈴子 ……… 644	中村 正常 ……… 650	夏目 漱石 ……… 655
仲野 鈴代 ……… 644	中村 光夫 ……… 650	夏目 直 ……… 657
中野 貴雄 ……… 644	中村 稔 ……… 650	夏目 翠 ……… 657
中野 秀人 ……… 644	中村 安朗 ……… 650	夏目 侑子 ……… 657
中野 太 ……… 644	中村 豊 ……… 651	名取 佐和子 ……… 657
長野 まゆみ ……… 644	中村 義洋 ……… 651	七尾 あきら ……… 657
中野 美代子 ……… 644	中村 隆資 ……… 651	七尾 与史 ……… 657
中野 睦夫 ……… 645	中本 たか子 ……… 651	七河 迦南 ……… 657

奈々子 …………………658	新関 岳雄 …………………665	西原 健次 …………………673
七瀬 圭子 …………………658	新津 きよみ ………………665	西史 雅美 …………………673
七瀬 ざくろ ………………658	新野 哲也 …………………666	西穂 梓 ……………………673
七瀬 七海 …………………658	にいの めぐみ ……………666	西村 京太郎 ………………673
七海 千空 …………………658	新美 南吉 …………………666	西村 健 ……………………674
斜斤 ………………………658	ニウ 充 ……………………666	西村 賢太 …………………674
七森 はな …………………658	にーか ……………………667	西村 さとみ ………………674
難波 壱 ……………………659	二階堂 玲太 ………………667	西村 寿行 …………………674
ナハゼ ……………………659	二階堂 黎人 ………………667	西村 酔牛 …………………674
鍋谷 一樹 …………………659	仁木 一青 …………………667	西村 充 ……………………675
生江 健次 …………………659	仁木 悦子 …………………667	西村 武訓 …………………675
波風 立太郎 ………………659	仁木 英之 …………………668	西村 忠美 …………………675
なみっち …………………659	仁木 稔 ……………………668	西村 宏 ……………………675
波野 白跳 ⇒ 大佛次郎（お さらぎ・じろう）を見よ	肉牡丹 ……………………668	西村 風池 …………………675
	ニコル，C.W. ………………668	西村 望 ……………………675
南宮 壁 ……………………659	西 秋生 ……………………668	西村 美佳孝 ………………675
行方 行 ……………………659	西 加奈子 …………………668	西村 亮太郎 ………………675
奈良 美那 …………………659	仁志 耕一郎 ………………668	西村 玲子 …………………675
楢木野 史貴 ………………659	西尾 維新 …………………668	西本 京子 …………………675
奈良本 辰也 ………………659	西尾 正 ……………………669	西守 章憲 …………………675
成田 和彦 …………………659	西尾 雅裕 …………………669	西森 幸 ……………………675
成野 秋子 …………………659	西岡 琢也 …………………669	西森 涼 ……………………675
鳴原 あきら ………………659	西奥 隆起 …………………669	西山 樹一郎 ………………675
鳴神月 拓也 ………………659	西川 右近 …………………669	西山 繭子 …………………675
成重奇荘 …………………660	西川 喜作 …………………669	西脇 さやか ………………675
成島 出 ……………………660	西川 大貴 …………………669	西脇 順三郎 ………………675
成島 柳北 …………………660	西川 武彦 …………………669	西脇 秀之 …………………676
成瀬 あゆみ ………………661	西川 満 ……………………669	西脇 正治 …………………676
なるせ ゆうせい …………661	西川 美和 …………………669	似鳥 鶏 ……………………676
鳴海 章 ……………………661	錦 三郎 ……………………669	新田 淳 ……………………676
鳴海 丈 ……………………661	西木 正明 …………………669	新田 次郎 …………………676
鳴海 風 ……………………661	西国 葡 ……………………670	新田 泰裕 …………………677
名和 栄一 …………………661	西崎 憲 ……………………670	仁田 義男 …………………677
縄田 厚 ……………………662	西崎 蓮 ……………………670	弐藤 水流 …………………677
縄田 幹治 …………………662	西澤 いその ………………670	ニトラマナミ ……………677
南海 防人 …………………662	西沢 周市 …………………670	二宮 陸雄 …………………677
南梓 ………………………662	西澤 保彦 …………………670	二橋 文 ……………………677
南條 竹則 …………………662	西島 大介 …………………671	仁瓶 ゆき子 ………………677
南條 範夫 …………………662	西島 豪宏 …………………671	日本戦没学生記念会 ……677
難波 利三 …………………664	西島 ふる …………………671	日本プロレタリア作家同盟中央委員會書記局 …677
難波 弘之 …………………664	西嶋 亮 ……………………671	
難波 淑子 …………………664	西田 幾多郎 ………………671	日本プロレタリア文化聯盟中央協議會 ………678
南原 幹雄 …………………664	西田 豊子 …………………671	
南部 樹未子 ………………665	西田 直子 …………………671	新羽 精之 …………………678
	西田 政治 …………………671	丹羽 文雄 …………………678
【に】	西田 有希 …………………672	
	西谷 史 ……………………672	【ぬ】
新岡 優哉 …………………665	西谷 鐘治 …………………672	
新久保 賞治 ………………665	西谷 富水 …………………672	鵺彦 ………………………678
新栗 達奈 …………………665	西津 弘美 …………………673	額田 六福 …………………678
	西野 辰吉 …………………673	
	西原 啓 ……………………673	

貫井 輝	678	
貫井 徳郎	678	
布靴 底江	679	
沼田 一雅	679	
沼田 まほかる	679	
沼田 一雅夫人	679	

【ね】

根岸 鎮衛	679
猫亞 阿月	679
猫吉	679
猫田 博人（Bact.）	679
猫乃 ツルギ	679
ねこま	679
猫屋 四季	679
ねこや堂	679
ネコヤナギ	680
根来 育	680
ネザマフィ, シリン	680
ねじめ 正一	680
根多加 良	680
根室 総一	680
根室 千秋	680
根本 勲	680
根本 美作子	680

【の】

盧 森堡	680
盧 進容	680
盧 聖錫	681
盧 春城	681
盧 天命	681
野阿 梓	681
野棘 かな	681
能島 廉	681
野上 龍雄	681
野上 徹夫	681
野上 豊一郎	681
野上 弥生子	681
野川 隆	682
野川 紀夫	682
野木 桃花	682
乃木 ばにら	682
埜木 ばにら	682
乃木 希典	682
野口 雨情	682
野口 シカ	682
野口 卓	682
野口 祐之	682
野口 冨士男	682
野口 麻衣子	682
野口 米次郎	682
野口 玲	682
野坂 昭如	682
野坂 陽子	683
野坂 律子	683
野崎 歓	683
野崎 まど	683
野崎 六助	683
野澤 匠	683
野沢 尚	683
能島 龍三	684
野尻 抱影	684
野尻 抱介	684
野棲 あづこ	684
乃田 春海	684
野田 秀樹	684
野田 牧泉	684
野田 昌宏	684
野田 真理子	684
野田 充男	684
野田 康男	685
野中 ともそ	685
野中 柊	685
乃南 アサ	685
野々宮 夜猿	685
野々山 敦士	685
延原 謙	686
野辺 慎一	686
登木 夏実	686
登 芳久	686
野間 宏	686
野溝 七生子	687
野村 圭造	687
野村 胡堂	687
野村 尚吾	687
野村 敏雄	687
野村 正樹	687
野村 祐子	687
野谷 寛三	687
紀 ゴタロー	687
則武 三雄	687
法月 ゆり	688
法月 綸太郎	688
野呂 邦暢	689

【は】

波 ⇒ 金突破（きん・とつは）を見よ	
夏園 ⇒ 朱耀翰（チュ・ヨハン）を見よ	
河 嵩志	689
倍賞 千恵子	689
灰谷 健次郎	689
葉糸 修祐	689
榛原 朝人	690
南風野 さきは	690
芳賀 秀次郎	690
芳賀 檀	690
ハカウチ マリ	690
伯方 雪日	690
萩 照子	690
萩 真沙子	690
萩尾 望都	690
萩原 澄	690
萩原 あぎ	690
萩原 恭次郎	690
萩原 朔太郎	690
萩原 草吉	695
萩原 裕美子	695
萩原 由男	695
朴 元俊	695
朴 玉淳	695
朴 基采	695
朴 奎一	695
ぱく きょんみ	695
朴 麒麟	695
朴 相永	695
朴 勝極	695
朴 承杰	696
朴 石丁	696
朴 重鎬	696
朴 泰遠	696
朴 泰鎭	696
朴 東一	696
朴 南秀	696
朴 能	696
朴 魯植	696
朴 八陽	697
白 ひびき	697
朴 花城	697
朴 烈	697
朴 永善	697
朴 英熙	697
朴 永浦	698

白雨 …………698	長谷川 伸 …………703	服部 静子 …………707
獏野 行進 …………698	長谷川 卓也 …………703	服部 之総 …………707
葉越 晶 …………698	長谷川 也 …………703	服部 正 …………707
間 岩男 …………698	長谷川 如是閑 …………703	はっとり ちはる …………707
間 遠南 …………698	長谷川 博子 …………703	服部 撫松 …………707
間 羊太郎 ⇒ 式貴士(しき・たかし)を見よ	長谷川 不通 …………704	服部 まゆみ …………707
	長谷川 信 …………704	ハットリ ミキ …………708
波佐間 義之 …………698	長谷川 昌史 …………704	服部 元正 …………708
土師 清二 …………698	長谷川 順子 …………704	初野 晴 …………708
橋 てつと …………698	長谷川 穂 …………704	バード, イザベラ …………708
羽志 主水 …………698	長谷川 桃子 …………704	鳩沢 佐美夫 …………708
端江田 仂 …………699	長谷川 康夫 …………704	鳩山 一郎 …………708
橋口 いくよ …………699	長谷川 龍生 …………704	羽鳥 敦史 …………708
橋口 亮輔 …………699	支倉 凍砂 …………704	羽菜 しおり …………708
橋爪 貫一 …………699	ハセベ バクシンオー …………704	花井 愛子 …………708
橋爪 健 …………699	長谷部 弘明 …………704	花岡 大学 …………708
橋爪 彦七 …………699	秦 和之 …………704	花恋 …………708
橋部 敦子 …………699	羽田 圭介 …………704	ハナダ …………708
橋本 顕光 …………699	秦 賢助 …………704	花田 一三六 …………709
橋本 英吉 …………699	畑 耕一 …………704	花田 清輝 …………709
橋本 延見子 …………699	秦 恒平 …………705	華塚 玲 …………710
橋本 治 …………699	旗 順子 …………705	花登 筺 …………710
橋本 夏鳴 …………699	葉田 光 …………705	英 アタル …………710
橋本 喜次 …………699	秦 比左子 …………705	花房 一景 …………710
橋本 五郎 …………700	葉多 黙太郎 …………705	花房 文子 …………710
橋元 淳一郎 …………700	羽太 雄平 …………705	花村 萬月 …………710
橋本 紡 …………700	畠 ゆかり …………705	花輪 莞爾 …………710
橋本 夏実 …………700	畑 裕 …………705	花輪 真衣 …………710
橋本 尚夫 …………700	畠 祐美子 …………705	埴谷 雄高 …………710
橋本 浩 …………700	畑川 皓 …………705	馬場 あき子 …………711
橋本 裕志 …………700	畠中 恵 …………705	馬場 信浩 …………711
橋本 夢道 …………700	畠山 明徳 …………705	羽場 博行 …………711
蓮井 三佐男 …………700	畠山 拓 …………705	馬場 雄介 …………711
蓮見 圭一 …………700	畠山 弘 …………706	帚木 蓬生 …………712
蓮見 省五 …………700	畑沢 聖悟 …………706	ばばば …………712
蓮見 仁 …………700	波多野 健 …………706	葉原 あきよ …………712
蓮本 芯 …………700	畑野 智明 …………706	羽原 大介 …………712
長谷 敏司 …………700	畑野 智美 …………706	パ・パラリ …………712
馳 星周 …………701	波多野 都 …………706	浜尾 四郎 …………712
はせ ひろいち …………701	畑野 むめ …………706	浜尾 まさひろ …………712
長谷川 安佐子 …………701	波田野 鷹 …………706	浜口 志賀夫 …………712
長谷川 荒川 …………701	畑山 博 …………706	濱口 竜介 …………712
長谷川 修 …………701	蜂飼 耳 …………706	浜田 矯太郎 …………712
長谷川 賢人 …………701	八駒 海桜 …………706	はまだ 語録 …………712
長谷川 幸延 …………701	八門奇者 …………706	浜田 嗣範 …………712
長谷川 時雨 …………701	蜂谷 涼 …………706	濱田 隼雄 …………713
長谷川 修二 …………702	八覚 正大 …………706	濱田 秀三郎 …………713
長谷川 集平 …………702	初川 渉足 …………706	浜田 広介 …………713
長谷川 樹里 …………702	葉月 エイ …………706	濱地 文男 …………713
長谷川 濬 …………702	葉月 馨 …………706	濱手 崇行 …………713
長谷川 純子 …………702	服部 応賀 …………707	葉真中 顕 …………713
長谷川 四郎 …………702	服部 公一 …………707	はまも さき …………713

濱本 七恵 …………… 713	葉山 嘉樹 …………… 719	張本 勲 ……………… 723
咸 大勲 ……………… 713	早見 江堂 …………… 719	針谷 卓史 …………… 723
咸 和鎭 ……………… 713	早見 和真 …………… 719	春 みきを …………… 723
葉室 麟 ……………… 713	はやみ かつとし …… 719	春花 夏月 …………… 723
早狩 武志 …………… 714	隼見 果奈 …………… 720	春風 のぶこ ………… 723
早川 一路 …………… 714	早見 俊 ……………… 720	春川 啓示 …………… 723
早川 四郎 …………… 714	早見 裕司 …………… 720	春木 静哉 …………… 723
早川 兎月 …………… 714	速水 螺旋人 ………… 720	春木 シュンボク …… 723
早坂 暁 ……………… 714	はやみね かおる …… 720	春口 裕子 …………… 724
林 藍 ………………… 714	原 巌 ………………… 720	晴澤 昭比古 ………… 724
林 絵里沙 …………… 714	原 カバン …………… 720	晴名 泉 ……………… 724
林 乙竜 ……………… 714	原 敬二 ……………… 721	春名 トモコ ………… 724
林 京子 ……………… 714	原 宏一 ……………… 721	春永 保 ……………… 724
林 幸子 ……………… 714	原 七星 ……………… 721	春乃蒼 ……………… 724
林 譲治 ……………… 714	原 民喜 ……………… 721	春原 慶秀 …………… 724
林 翔太 ……………… 714	原 未来子 …………… 721	八峰 學人 ⇒ 金基鎮（キム・
林 大輔 ……………… 714	原 美代子 …………… 721	ギジン）を見よ
林 多一郎 …………… 714	原 洋司 ……………… 721	春山 進 ……………… 724
林 巧 ………………… 714	原 良子 ……………… 721	春山 行夫 …………… 724
林 忠由 ……………… 715	原 里佳 ……………… 721	晴居 彗星 …………… 724
林 達夫 ……………… 715	原 寮 ………………… 721	韓 遠教 ……………… 724
林 知佐子 …………… 715	原石 寛 ……………… 721	韓 銀珍 ……………… 724
林 千歳 ……………… 715	原尾 勇貴 …………… 721	韓 億洙 ……………… 724
林 てるよし ………… 715	原口 啓一郎 ………… 721	伴 かおり …………… 724
林 吨助 ……………… 715	原口 統三 …………… 721	韓 喬石 ……………… 724
林 望 ………………… 715	原口 真智子 ………… 721	韓 光炫 ……………… 725
林 八郎 ……………… 715	原子 修 ……………… 721	韓 商鎬 ……………… 725
林 久博 ……………… 715	薔薇小路 棘磨 ⇒ 鮎川哲也	韓 再熙 ……………… 725
林 房雄 ……………… 715	（あゆかわ・てつや）を見よ	韓 植 ………………… 725
林 不忘 ……………… 715	原條 あき子 ………… 722	韓 晶東 ……………… 725
林 不木 ……………… 716	原田 一身 …………… 722	韓 雪野 ……………… 725
林 芙美子 …………… 716	原田 皐月 …………… 722	韓 鐵鎬 ……………… 725
林 麻美子 …………… 717	原田 小百合 ………… 722	方 定煥 ……………… 725
林 万理 ……………… 717	原田 千寿子 ………… 722	伴 白胤 ……………… 725
林 真理子 …………… 717	原田 つとむ ………… 722	韓 暁 ………………… 725
林 万太 ……………… 717	原田 ひ香 …………… 722	伴 道平 ……………… 726
林 みち子 …………… 717	原田 裕文 …………… 722	韓 民 ………………… 726
林 泰広 ……………… 717	原田 裕之 …………… 722	韓 龍雲 ……………… 726
林 由美子 …………… 717	原田 眞人 …………… 722	韓 榮淑 ……………… 726
林田 新 ……………… 717	原田 益水 …………… 722	ハーン, ラフカディオ ⇒ 小
林田 遼士 …………… 718	原田 学 ……………… 722	泉八雲（こいずみ・やくも）
林家 正蔵〔8代〕 …… 718	原田 マハ …………… 722	を見よ
早助 よう子 ………… 718	はらだ みずき ……… 722	半谷 淳子 …………… 726
早瀬 詠一郎 ………… 718	原田 美千代 ………… 722	萬歳 淳一 …………… 726
早瀬 馨 ……………… 718	原田 実 ……………… 722	飯崎 吐詩朗 ………… 726
早瀬 玩具 …………… 718	原田 宗典 …………… 723	飯田 和仁 …………… 726
早瀬 耕 ……………… 718	原田 萌 ……………… 723	半田 浩修 …………… 726
早瀬 みずち ………… 718	原田 康子 …………… 723	番茶川柳会 ………… 726
速瀬 れい …………… 718	パラリラ …………… 723	坂東 亜里 …………… 726
羽山 信樹 …………… 718	波理井 穂津太 ……… 723	坂堂 功 ……………… 726
葉山 弥世 …………… 719	針生 一郎 …………… 723	坂東 薪左衛門 ……… 726
葉山 由季 …………… 719	針村 譲司 …………… 723	坂東 眞砂子 ………… 726

半藤 末利子 …………… 727	ひさうち みちお …………… 735	ぴぴぽえちゃん …………… 740
伴名 練 …………… 727	久生 十蘭 …………… 735	一二三 太郎 …………… 740
半村 良 …………… 727	久岡 一美 …………… 736	陽未 …………… 740
漢陽學人 …………… 728	火坂 雅志 …………… 736	氷見 裕 …………… 740
万里 さくら …………… 728	久田 樹生 …………… 737	氷室 冴子 …………… 740
	久遠 恵 …………… 737	比女 ひつじ …………… 740
【ひ】	久藤 準 …………… 737	姫野 カオルコ …………… 740
	久間 十義 …………… 737	姫野 かずら …………… 740
	久道 進 …………… 737	姫山 …………… 740
柊 サナカ ⇒ …………… 728	久山 秀子 …………… 737	火森 孝実 …………… 740
火浦 功 …………… 728	飛児 おくら …………… 737	ヒモロギ ヒロシ …………… 741
緋衣 …………… 728	菱田 信也 …………… 737	桧山 明 …………… 741
稗苗 仁之 …………… 728	菱田 智子 …………… 737	冰心女士 …………… 741
日置 浩輔 …………… 728	緋色 …………… 737	ひょうた …………… 741
比嘉 美代子 …………… 728	聖 龍人 …………… 737	玄 鎭健 …………… 741
檜垣 謙之介 …………… 728	翡翠殿 夢宇 …………… 737	玄 薫 …………… 741
日影 丈吉 …………… 728	ピスケン …………… 737	玄 民 ⇒ 兪鎭午(ユ・ジノ)を見よ
日笠 和彦 …………… 729	肥田 知浩 …………… 737	
東 健而 …………… 729	日高 紅椿 …………… 737	玄 永燮 …………… 741
東 孝一 …………… 729	氷高 昌幸 …………… 737	玄 永男 ⇒ 玄永燮(ヒョン・ヨンソプ)を見よ
東 直子 …………… 729	日高 佳紀 …………… 738	
東 雅夫 …………… 730	左手 参作 …………… 738	片 榮魯 …………… 741
東 峰夫 …………… 730	必須あみのさん …………… 738	陽羅 義光 …………… 741
東川 篤哉 …………… 730	ピッピ …………… 738	平井 和正 …………… 742
東久留米市立大門中学校演劇部 …………… 730	日出彦 …………… 738	平井 金三 …………… 742
	ビートたけし …………… 738	平井 蒼太 …………… 742
東野 圭吾 …………… 730	人見 直 …………… 738	平井 呈一 …………… 742
東原 寅燮 ⇒ 鄭寅燮(チョン・インソプ)を見よ	日向川 伊緒 …………… 738	平井 文子 …………… 743
	日向 伸夫 …………… 738	平石 亜紗実 …………… 743
東山 彰良 …………… 731	日向 蓬 …………… 738	平石 貴樹 …………… 743
東山 魁夷 …………… 731	日夏 英太郎 …………… 738	平岩 弓枝 …………… 743
東山 白海 …………… 731	日夏 耿之介 …………… 738	平尾 道雄 …………… 744
火方 網久 …………… 731	雛村 晶 …………… 738	平尾 魯僊 …………… 744
氷上 恵介 …………… 731	日野 アオジ …………… 738	平岡 啓二 …………… 744
樋上 拓郎 …………… 731	火野 葦平 …………… 738	平岡 篤頼 …………… 744
ひかり …………… 731	日野 和彦 …………… 739	平岡 陽明 …………… 744
干刈 あがた …………… 732	日野 啓三 …………… 739	平賀 白山 …………… 744
ひかるこ …………… 732	日野 草 …………… 739	平方 イコルスン …………… 744
氷川 拓哉 …………… 732	日野 光里 …………… 739	平木 さくら …………… 744
氷川 透 …………… 732	火野 良子 …………… 739	ひらさ とよひこ …………… 744
ひかわ 玲子 …………… 732	桧 晋平 …………… 739	平沢 計七 …………… 744
氷川 瓏 …………… 732	檜 擂子 …………… 739	平沢 優美 …………… 744
樋口 明雄 …………… 732	旭爪 あかね …………… 739	平瀬 誠一 …………… 744
樋口 一葉 …………… 732	日野原 康史 …………… 739	平田 篤胤 …………… 744
樋口 修吉 …………… 735	日比 嘉高 …………… 740	平田 健 …………… 745
樋口 真嗣 …………… 735	ひびき はじめ …………… 740	平田 小六 …………… 745
樋口 毅宏 …………… 735	響 由布子 …………… 740	平田 清 …………… 745
樋口 てい子 …………… 735	響野 夏菜 …………… 740	平田 俊子 …………… 745
樋口 直哉 …………… 735	日比野 碧 …………… 740	平田 弘史 …………… 745
樋口 摩琴 …………… 735	ひびの けん …………… 740	平塚 直隆 …………… 745
ひこ・田中 …………… 735	日比野 けん …………… 740	平塚 白銀 …………… 745
	日比野 士朗 …………… 740	平塚 らいてう …………… 745

平出 真一郎 …………… 745	曠野 すぐり …………… 751	福岡 俊也 …………… 755
平出 隆 …………… 745	ヒロモト 森一 …………… 751	福岡 武 …………… 755
平渡 敏 …………… 745	廣安 正光 ⇒ 安含光(アン・ハムグワン)を見よ	福岡 義信 …………… 755
平戸 廉吉 …………… 745		ふくきたる …………… 755
平沼 文甫 …………… 746	日和 聰子 …………… 751	福澤 徹三 …………… 755
平沼 奉周 …………… 746	檜和田 新 …………… 751	福澤 諭吉 …………… 756
平野 啓一郎 …………… 746		福士 恵右 …………… 756
平野 謙 …………… 746	【ふ】	福士 秀也 …………… 756
平野 小剣 …………… 746		福島 さとる …………… 756
平野 直 …………… 746		福島 千佳 …………… 756
平野 肇 …………… 747	巫 永福 …………… 751	福嶋 伸洋 …………… 756
平林 たい子 …………… 747	黄 準洪 …………… 751	福島 まさ子 …………… 756
平林 初之輔 …………… 747	黄 錫禹 …………… 751	福島 正実 …………… 756
平林 彪吾 …………… 747	黄 龍伯 …………… 752	福島 康夫 …………… 756
平松 恵美子 …………… 747	風花 雫 …………… 752	復生病院落葉社短歌会 … 756
平松 洋子 …………… 747	笛木 薫 …………… 752	福田 栄一 …………… 756
平谷 美樹 …………… 747	笛地 静恵 …………… 752	福田 和代 …………… 757
平山 敏也 …………… 748	深井 充 …………… 752	福田 清人 …………… 757
平山 瑞穂 …………… 748	深尾 須磨子 …………… 752	福田 鮭二 …………… 757
平山 夢明 …………… 748	深尾 登美子 …………… 752	福田 修志 …………… 757
平山 らろう …………… 749	深川 拓 …………… 752	福田 章二 ⇒ 庄司薫(しょうじ・かおる)を見よ
平山 蘆江 …………… 749	深川 徹 …………… 752	
蛭田 亜紗子 …………… 749	深作 健太 …………… 752	福田 卓郎 …………… 757
蛭田 直美 …………… 749	深沢 夏衣 …………… 752	福田 辰男 …………… 757
昼間 寝子 …………… 749	深沢 七郎 …………… 752	福田 恆存 …………… 757
鰭崎 英朋 …………… 749	深沢 仁 …………… 752	福田 英子 …………… 757
ヒロ …………… 749	深澤 直樹 …………… 752	福田 昌夫 …………… 757
ひろ まり …………… 749	深沢 正樹 …………… 753	福田 善之 …………… 757
広居 歩樹 …………… 749	深澤 夜 …………… 753	福田 蘭童 …………… 757
広井 公司 …………… 749	深田 久弥 …………… 753	福督 …………… 757
廣井 直子 …………… 750	深田 孝士 …………… 753	福永 恭助 …………… 758
広池 秋子 …………… 750	深田 亨 …………… 753	福永 信 …………… 758
広尾 磨津夫 …………… 750	深田 祐介 …………… 753	福永 武彦 …………… 758
廣岡 宥樹 …………… 750	深津 十一 …………… 753	福原 陽雪 …………… 758
広小路 尚祈 …………… 750	深野 佳子 …………… 753	覆面作家 …………… 758
ヒロコ・ムトー …………… 750	深堀 骨 …………… 753	覆面作家 ⇒ 小栗虫太郎(おぐり・むしたろう)を見よ
廣重 みか …………… 750	深町 秋生 …………… 753	
広島 友好 …………… 750	深町 眞理子 …………… 754	福本 和也 …………… 758
廣末 保 …………… 750	深見 豪 …………… 754	福本 真也 …………… 758
広瀬 弦 …………… 750	深海 和 …………… 754	福元 直樹 …………… 758
広瀬 心二郎 …………… 750	深見 ヘンリイ …………… 754	福本 日南 …………… 758
広瀬 正 …………… 750	深水 黎一郎 …………… 754	福家 孝志 …………… 758
廣瀬 續 …………… 750	フカミ レン …………… 754	福山 宏牛 …………… 758
広瀬 力 …………… 750	深緑 野分 …………… 754	福山 重博 …………… 758
広瀬 松吉 …………… 750	深谷 忠記 …………… 754	冨士 玉女 …………… 758
広瀬 仁紀 …………… 750	深谷 延彦 …………… 755	富士 正晴 …………… 759
廣田 希華 …………… 750	深山 顕彦 …………… 755	藤 真弓 …………… 759
弘田 喬太郎 …………… 750	蕗谷 塔子 …………… 755	藤 水名子 …………… 760
広田 淳一 …………… 750	福井 健太 …………… 755	藤 雪夫 …………… 760
広津 和郎 …………… 750	福井 晴敏 …………… 755	藤井 彩子 …………… 760
広津 柳浪 …………… 751	富久一 博 …………… 755	藤井 邦夫 …………… 760
弘中 麻由 …………… 751		藤井 貞和 …………… 760

藤井 重夫 …… 760	藤富 保男 …… 766	二ツ川 日和 …… 770
藤井 俊 …… 760	藤波 浩 …… 766	双葉 志伸 …… 770
藤井 青銅 …… 760	藤沼 香子 …… 766	双葉 十三郎 …… 770
藤井 大介 …… 760	藤野 碧 …… 766	二葉亭 四迷 …… 770
藤井 太洋 …… 760	藤野 可織 …… 766	二見 恵理子 …… 771
藤井 仁司 …… 761	藤野 千夜 …… 766	二見 晃司 …… 771
藤井 みなみ …… 761	椹野 道流 …… 767	文月 悠光 …… 771
藤井 好 …… 761	藤八 景 …… 767	ふつみ …… 771
藤枝 静男 …… 761	藤林 靖晃 …… 767	浮島 …… 771
藤枝 丈夫 …… 761	藤平 吉則 …… 767	不動 信夫 …… 771
藤枝 ちえ …… 761	藤巻 一保 …… 767	船越 百恵 …… 771
藤岡 一枝 …… 761	藤巻 久継 …… 767	船越 義彰 …… 771
藤岡 真 …… 761	藤巻 元彦 …… 767	船戸 一人 …… 771
藤岡 正敏 …… 761	富士松 加賀太夫 …… 767	船戸 与一 …… 771
藤岡 美暢 …… 761	藤見 郁 …… 767	舟橋 聖一 …… 771
藤蔭 静枝 …… 761	伏見 健二 …… 767	船山 馨 …… 772
藤掛 正邦 …… 761	伏見 完 …… 767	吹雪 舞桜 …… 772
藤川 桂介 …… 761	伏見 憲明 …… 767	夫馬 基彦 …… 772
藤川 葉 …… 762	藤宮 和奏 …… 767	文 てつ也 …… 772
藤木 靖子 …… 762	藤村 …… 767	文月 奈緒子 …… 772
藤木 由紗 …… 762	藤村 いずみ …… 767	麓 花冷 …… 772
藤木 稟 …… 762	藤村 耕造 …… 767	冬 敏之 …… 772
藤口 透吾 …… 762	藤村 正太 …… 767	冬川 文子 …… 772
藤崎 秋平 …… 762	藤村 洋 …… 768	冬木 荒之介 ⇒ 井上靖（い
藤崎 慎吾 …… 762	藤本 義一 …… 768	のうえ・やすし）を見よ
藤咲 知治 …… 762	藤本 匡介 …… 768	冬木 憑 …… 772
藤澤 さなえ …… 762	藤本 泉 …… 768	冬野 翔子 …… 772
藤沢 周 …… 763	藤本 とし …… 768	冬村 温 …… 773
藤沢 周平 …… 763	藤本 ひとみ …… 768	フラン …… 773
藤澤 清造 …… 763	藤本 松夫 …… 768	古井 由吉 …… 773
藤沢 ナツメ …… 763	冨士本 由紀 …… 768	古川 薫 …… 773
藤沢 恵 …… 764	藤森 いずみ …… 769	古川 猛雄 …… 774
藤澤 衛彦 …… 764	藤森 成吉 …… 769	古川 時夫 …… 774
藤島 一虎 …… 764	藤森 ますみ …… 769	古川 紀 …… 774
藤島 七海 …… 764	藤吉 外登夫 …… 769	古川 直樹 …… 774
藤島 誠夫 …… 764	藤原 伊織 …… 769	古川 日出男 …… 774
藤瀬 雅輝 …… 764	藤原 宰 …… 769	古川 緑波 …… 775
藤田 愛子 …… 764	藤原 審爾 …… 769	古沢 太希 …… 775
藤田 佳奈子 …… 764	藤原 月彦 …… 769	古澤 健 …… 775
藤田 薫水 …… 764	藤原 てい …… 769	古澤 雅子 …… 775
藤田 三四郎 …… 764	藤原 智美 …… 770	古沢 良一 …… 775
藤田 詩朗 …… 764	藤原 緋沙子 …… 770	古巣 夢太郎 …… 775
藤田 貴大 …… 764	藤原 正文 …… 770	古田 紹欽 …… 775
藤田 武司 …… 764	ふじわら もりす …… 770	古田 隆子 …… 775
藤田 哲夫 …… 764	藤原 遊子 …… 770	降田 天 …… 775
藤田 東湖 …… 764	フジワラ ヨウコウ …… 770	古田 莉都 …… 775
藤田 知浩 …… 764	布施 謙一 …… 770	古鳥 くあ …… 775
藤田 雅矢 …… 764	布施 辰治 …… 770	古野 まほろ …… 775
藤田 優 …… 765	布勢 博一 …… 770	古橋 智 …… 775
藤田 勇次郎 …… 765	布施 円 …… 770	古橋 秀之 …… 775
藤田 宜永 …… 765	二上 圭司 …… 770	古畑 種基 …… 775
藤谷 治 …… 766	二木 麻里 …… 770	古畑 享 …… 775

古屁 智之 …………… 776	北條 秀司 …………… 783	堀 晃 ……………… 788
古屋 賢一 …………… 776	芳地 隆介 …………… 783	堀 潮 ……………… 789
古家 嘉彦 …………… 776	坊丸 一平 …………… 783	堀 和久 …………… 789
古谷 喜史 …………… 776	保木本 佳子 ………… 783	堀 かの子 ………… 789
古山 高麗雄 ………… 776	朴 学信 …………… 783	堀 慎二郎 ………… 789
不狼児 ……………… 776	朴 湘錫 …………… 783	堀 辰雄 …………… 789
文学奉公会劇文学研究	北東 尚子 …………… 783	堀 龍之 …………… 790
部会員一同 ……… 777	北部保養院北柳吟社 … 783	堀 敏実 …………… 790
	矛先 盾一 …………… 783	堀 麦水 …………… 790
【へ】	保坂 和志 …………… 783	堀 燐太郎 ………… 790
	穂坂 コウジ ………… 783	堀井 紗由美 ……… 790
裵 雲成 ……………… 777	保坂 純子 …………… 784	堀池 重雄 ………… 790
裵 鍾奕 ……………… 777	保坂 弘之 …………… 784	堀内 興一 ………… 790
平 戸生 ……………… 777	穂崎 円 …………… 784	堀内 公太郎 ……… 790
白 信愛 ……………… 777	星 アガサ …………… 784	堀内 胡悠 ………… 791
白 世哲 ⇒ 白鉄(ペク・チョ	星 寛治 …………… 784	堀内 万寿夫 ……… 791
ル)を見よ	保志 成晴 …………… 784	堀江 敏幸 ………… 791
白 石 ……………… 777	星 新一 …………… 784	堀江 朋子 ………… 791
白 鉄 ……………… 777	星 哲朗 …………… 785	堀川 アサコ ……… 791
白 默石 …………… 778	星 雪江 …………… 785	堀川 茂進 ………… 791
白 鷗 ⇒ 朱耀翰(チュ・ヨハ	星 讓 …………… 785	堀川 正美 ………… 791
ン)を見よ	星田 三平 …………… 785	堀口 大學 ………… 792
臏皮 乱舞 …………… 778	星谷 仁 …………… 786	堀崎 繁喜 ………… 792
別所 真紀子 ………… 778	星塚敬愛園麦笛句会 … 786	堀部 利之 ………… 792
別水軒 ……………… 778	星野 朱實 …………… 786	洪 思容 …………… 792
平秩 東作 …………… 778	星野 和也 …………… 786	洪 淳昶 …………… 792
別役 実 …………… 778	星野 すぴか ………… 786	洪 奭鉉 …………… 792
紅生 姜子 ⇒ 宮野叢子(み	星野 相河 …………… 786	洪 性善 …………… 792
やの・むらこ)を見よ	星野 富弘 …………… 786	洪 海星 …………… 792
卞 春子 …………… 778	星野 智幸 …………… 786	洪 命憙 …………… 792
逸見 広 …………… 778	星野 道夫 …………… 786	洪 永杓 …………… 792
逸見 猶吉 …………… 778	星野 光浩 …………… 786	本城 雅人 ………… 792
辺見 庸 …………… 779	星野 幸雄 …………… 786	本庄 陸男 ………… 792
片理 誠 …………… 779	星野 之宣 …………… 786	本田 緒生 ………… 792
	星野 良一 …………… 786	本田 倖 …………… 793
【ほ】	細島 喜美 …………… 786	本多 秋五 ………… 793
	細田 龍彦 …………… 786	本田 親二 ………… 793
許 仁穆 …………… 779	細田 民樹 …………… 786	本多 孝好 ………… 793
許 慶子 …………… 779	細田 博子 …………… 786	本田 忠勝 ………… 793
許 俊 …………… 779	細見 和之 …………… 787	誉田 哲也 ………… 793
許 南麒 …………… 779	細谷 幸子 …………… 787	本田 博子 ………… 793
宝亀 道隆 …………… 782	細谷地 真由美 ……… 787	本田 和子 ………… 793
峯紅 ……………… 782	穂高 明 …………… 787	本田 稔 …………… 793
法坂 一広 …………… 782	穂田川 洋山 ………… 787	本田 モカ ………… 794
暮木 椎哉 …………… 782	堀田 あけみ ………… 787	誉田 龍一 ………… 794
宝珠 なつめ ………… 782	堀田 善衞 …………… 787	本調 有香 ………… 794
北條 純貴 …………… 782	穂積 驚 …………… 788	本渡 章 …………… 794
北條 民雄 …………… 782	保戸田 時子 ………… 788	本堂 平四郎 ……… 794
	骨欄 ……………… 788	凡夫生 …………… 794
	ほへみ庵 …………… 788	本間 海奈 ………… 794
	帆村 乙馬 …………… 788	本間 田麻誉 ……… 794
	穂村 弘 …………… 788	本間 浩 …………… 794

本間 真琴 …………… 794	牧野 すずらん ……… 798	松井 雪子 …………… 811
本間 祐 ……………… 794	牧野 房 ……………… 798	松浦 篤男 …………… 811
	牧港 篤三 …………… 798	松浦 茂 ……………… 811
【ま】	牧村 泉 ……………… 798	松浦 泉三郎 ………… 811
	万城目 学 …………… 798	松浦 節 ……………… 811
	間倉 巳堂 …………… 799	松浦 寿輝 …………… 811
馬 海松 ……………… 794	魔子 鬼一 …………… 799	松浦 美寿一 ………… 812
舞城 王太郎 ………… 794	まこと ……………… 799	松浦 理英子 ………… 812
前を向いて歩こう … 795	政石 蒙 ……………… 799	松尾 あつゆき ……… 812
前川 亜希子 ………… 795	正岡 子規 …………… 799	松尾 聡子 …………… 812
前川 麻子 …………… 795	正木 香î …………… 808	松尾 詩朗 …………… 812
前川 康平 …………… 795	正木 ジュリ ………… 808	松尾 芭蕉 …………… 812
前川 佐美雄 ………… 795	正木 俊行 …………… 808	松尾 未来 …………… 812
前川 生子 …………… 795	正気 不女給 ………… 808	松尾 由美 …………… 812
前川 知大 …………… 795	真樹 操 ……………… 808	松岡 あきら ………… 812
前川 誠 ……………… 795	優友 ………………… 808	松岡 和夫 …………… 813
前川 由衣 …………… 795	正宗 白鳥 …………… 808	松岡 弘子 …………… 813
前川 裕 ……………… 795	正本 壽美 …………… 808	松岡 静雄 …………… 813
前川 洋一 …………… 795	真境名 安興 ………… 808	松岡 錠司 …………… 813
前島 千恵子 ………… 795	増登 春行 …………… 808	松岡 由美 …………… 813
前田 和司 …………… 795	間嶋 稔 ……………… 808	松丘保養園白樺短歌会 … 813
前田 健太郎 ………… 795	真下 五一 …………… 808	松丘保養園俳句の会 … 813
前田 剛力 …………… 795	真下 光一 …………… 808	松丘保養園北柳吟社 … 813
前田 曙山 …………… 795	真下 飛泉 …………… 809	松川 碧泉 …………… 813
前田 司郎 …………… 795	真城 昭 ……………… 809	松木 信 ⇒ 松本馨(まつも
前田 純敬 …………… 795	増 葦雄 ……………… 809	と・かおる)を見よ
前田 茉莉子 ………… 795	眞住居 明代 ………… 809	松樹 剛史 …………… 813
前田 美幸 …………… 796	増岡 敏和 …………… 809	真継 伸彦 …………… 813
前田 六月 …………… 796	真杉 静枝 …………… 809	まつぐ ……………… 813
前田河 廣一郎 ……… 796	ますくど …………… 809	マックあっこ ……… 813
前山 博茂 …………… 796	増島 美由輝 ………… 809	松坂 俊夫 …………… 813
まえり ……………… 796	増田 俊也 …………… 809	松坂 礼子 …………… 813
真魚子 ……………… 796	増田 修男 …………… 809	松崎 水星 …………… 813
籠 讒賊 ……………… 796	増田 みず子 ………… 809	松崎 昇 ……………… 813
真壁 和子 …………… 796	増田 瑞穂 …………… 809	松崎 美弥子 ………… 813
真壁 仁 ……………… 796	枡野 浩一 …………… 809	松崎 有理 …………… 813
真木 和泉 …………… 796	升野 英知 …………… 809	まつじ ……………… 814
牧 逸馬 ……………… 796	ますむら ひろし …… 810	松下 早穂 …………… 814
槇 敏雄 ……………… 796	間瀬 純子 …………… 810	松下 信雄 …………… 814
牧 洋 ⇒ 李石薫(イ・ソック	又吉 栄喜 …………… 810	松下 雛子 …………… 814
ン)を見よ	町井 登志夫 ………… 810	松下 曜子 …………… 814
マキ ヒロチ ………… 796	町井 由起夫 ………… 810	松下 竜一 …………… 814
麻城 ゆう …………… 796	まちだ けいや ……… 810	松嶋 ひとみ ………… 814
牧 ゆうじ …………… 796	町田 康 ……………… 810	松田 青子 …………… 814
真木 由紹 …………… 796	松 音戸子 …………… 811	松田 秋兎死 ………… 814
蒔田 淳一 …………… 796	まつ はるか ………… 811	松田 清志 …………… 814
蒔田 敏雄 …………… 796	松井 今朝子 ………… 811	松田 国男 …………… 814
蒔田 俊史 …………… 797	松井 周 ……………… 811	松田 幸緒 …………… 814
牧南 恭子 …………… 797	松井 秀夜 …………… 811	松田 詩織 …………… 814
牧野 修 ……………… 797	松居 松葉 …………… 811	松田 志乃ぶ ………… 814
牧野 信一 …………… 798	松居 桃楼 …………… 811	松田 十刻 …………… 814
	松井 実 ……………… 811	松田 甚次郎 ………… 814

まつた　　　　　　　　　　作家名目次

松田 解子 …………814	松本 裕子 …………820	丸山 由美子 …………826
松田 文鳥 …………814	松本 侑子 …………820	漫沙 ⇒ 呉漫沙（ご・まんさ）を見よ
松田 正隆 …………815	松本 零士 …………820	
松田 有未 …………815	松山 善三 …………820	萬歳 邦昭 …………826
松田 芳勝 …………815	松山 幸民 …………820	万田 邦敏 …………826
松谷 健二 …………815	松山 隆治 …………820	万田 珠実 …………826
松谷 みよ子 …………815	松吉 久美子 …………820	萬暮雨 …………826
松殿 理央 …………815	松浦 静山 …………820	
松苗 あけみ …………815	円居 挽 …………820	【み】
松永 安芸 …………815	圓 眞美 …………820	
松永 延造 …………815	窓宮 荘介 …………821	三浦 明博 …………826
松永 佳子 …………815	真辺 克彦 …………821	三浦 綾子 …………826
松永 伍一 …………815	真鍋 正志 …………821	三浦 衣良 …………826
松永 ヒビキ …………815	真鍋 道尾 …………821	三浦 協子 …………826
松永 不二子 …………815	真鍋 元之 …………821	三浦 けん …………826
松長 良樹 …………815	真乃 ソロ …………821	三浦 幸太郎 …………826
松濤 明 …………815	真野 朋子 …………821	三浦 さんぽ …………826
松波 太郎 …………815	真伏 修三 …………821	三浦 しをん …………827
松野 志保 …………815	摩文仁 朝信 …………821	三浦 朱門 …………827
松原 晃 …………815	真船 均 …………821	三浦 実夫 …………827
松原 岩五郎 …………815	真船 豊 …………821	三浦 哲郎 …………827
松原 雀人 …………816	まほ 沁 …………821	三浦 大 …………828
松原 敏春 …………816	真帆 沁 …………821	三浦 真奈美 …………828
松原 直美 …………816	麻見 和臣 …………822	三浦 ヨーコ …………828
松原 仁 …………816	真実井 房子 …………822	三浦 理子 …………828
松宮 彰子 …………816	間宮 緑 …………822	御於 紗馬 …………828
松宮 信男 …………816	豆塚 エリ …………822	みか …………828
松村 英一 …………816	麻耶 雄嵩 …………822	美佳 …………828
松村 栄子 …………816	真山 雪彦 …………822	三日月 拓 …………828
松村 永渉 ⇒ 朱永渉（チュ・ヨンソプ）を見よ	まゆ …………822	三日月 理音 …………828
	黛 汎海 …………822	みかの あい …………828
松村 憲一 …………816	眉村 卓 …………822	三上 洸 …………828
松村 紘一 ⇒ 朱耀翰（チュ・ヨハン）を見よ	毬 …………823	三上 延 …………828
	真梨 幸子 …………823	三上 於菟吉 …………828
松村 進吉 …………816	丸井 妙子 …………823	みかみ ちひろ …………828
松村 俊哉 …………817	丸岡 明 …………824	三神 房子 …………829
松村 比呂美 …………817	丸岡 九華 …………824	美川 紀行 …………829
松村 やす子 …………817	丸川 雄一 …………824	三川 祐 …………829
松村 佳直 …………817	丸木 砂土 …………824	三木 愛花 …………829
松本 馨 …………817	丸亭 素人 …………824	深木 章子 …………829
松本 楽志 …………817	丸野 麻万 …………824	三木 喬太郎 …………829
松本 寛大 …………818	丸藤 時生 …………824	三木 清 …………829
松本 喜久夫 …………818	丸谷 才一 …………824	三木 四郎 …………829
松本 浄 …………818	丸山 薫 …………824	三木 聖子 …………829
松本 恵子 …………818	丸山 杏子 …………825	三木 卓 …………829
松本 健一 …………818	丸山 健二 …………826	三木 等詠 …………829
松本 幸子 …………818	丸山 聡美 …………826	三木 直大 …………829
松本 しづか …………818	丸山 昇一 …………826	三木 央 …………829
松本 清張 …………818	丸山 はじめ …………826	美木 麻里 …………829
松本 泰 …………820	丸山 眞男 …………826	三木 裕 …………830
松本 威 …………820	丸山 政也 …………826	
松本 富生 …………820	円山 まどか …………826	

（92）作家名から引ける日本文学全集案内　第III期

右来 左往 …………830	水谷 俊之 …………837	三津田 信三 …………842
みきはうす店主 …………830	水谷 美佐 …………837	光波 耀子 …………842
三木原 慧一 …………830	水谷 唯那 …………837	光野 桃 …………842
美キやま …………830	水玉 螢之丞 …………837	三羽 省吾 …………842
汀 こるもの …………830	水野 一雄 …………837	三橋 一夫 …………842
三邦 利秀 …………830	水野 次郎 …………837	三橋 敏雄 …………842
三國 礼 …………830	水野 仙子 …………837	光原 百合 …………842
三国 亮 …………830	水野 竹声 …………837	三藤 英二 …………843
三熊 花顛 …………830	水野 宏伸 …………837	満淵 正明 …………843
三雲 岳斗 …………830	水野 葉舟 …………837	美都 曄子 …………843
美倉 健治 …………830	水野 良 …………838	水戸 城仙 …………843
三坂 春編 …………830	水原 紫苑 …………838	ミトサキ …………843
三崎 亜記 …………830	水原 秀策 …………838	三友 大五郎 …………843
岬 兄悟 …………831	水見 稜 …………838	三友 隆司 …………844
岬 多可子 …………831	水村 美苗 …………838	緑川 京介 …………844
三崎 曜 …………831	水守 亀之助 …………838	緑川 聖司 …………844
美崎 理恵 …………831	水森 サトリ …………838	緑川 貢 …………844
三砂 ちづる …………832	溝口 勲 …………838	三奈 加江郎 …………844
三里 顕 …………832	溝口 さと子 …………838	南方 熊楠 …………844
三澤 未来 …………832	溝口 貴子 …………838	水上 瀧太郎 …………844
三沢 充男 …………832	美空 ひばり …………838	水上 呂理 …………844
みじかび 朝日 …………832	三田 つばめ …………838	皆川 志保乃 …………844
三島 浩司 …………832	三田 とりの …………838	皆川 博子 …………844
三島 由紀夫 …………832	ミタ ヒツヒト …………838	皆川 舞子 …………846
水池 亘 …………834	三田 誠広 …………838	皆川 ゆか …………846
水上 幻一郎 …………834	美田 羅堂 …………839	湊 かなえ …………846
水上 洪一 …………834	三谷 晶子 …………839	湊 邦三 …………847
水上 準也 …………834	三谷 智子 …………839	湊 崇暢 …………847
水上 勉 …………834	三谷 祥介 …………839	港 岳彦 …………847
水川 圭子 …………835	三谷 るみ …………839	湊 菜海 …………847
水川 裕雄 …………835	三田村 鳶魚 …………839	南 綾子 …………847
瑞木 加奈 …………835	三田村 信行 …………839	南 じゅんけい …………847
水木 京太 …………835	三田村 連 …………839	南 伸坊 …………847
水木 しげる …………835	御手洗 紀穂 …………839	南 貴幸 …………847
水生 大海 …………835	御手洗 辰男 …………839	南 達夫 …………847
水槻 真希子 …………835	御手洗 徹 …………839	南 智子 …………847
水城 洋子 …………835	道尾 秀介 …………839	南 もも …………847
水木 洋子 …………835	道林 はる子 …………840	南 桃平 …………847
水城 嶺子 …………835	道又 紀子 …………840	南 幸夫 …………847
水樹 和佳子 …………835	三井 快 …………840	南大沢 健 …………847
水沢 いおり …………836	三井 多和 …………840	南川 潤 …………847
水沢 謙一 …………836	光井 雄二郎 …………840	南沢 十七 …………847
水澤 世都子 …………836	光石 介太郎 …………840	南島 砂江子 …………848
水沢 龍樹 …………836	光岡 明 …………840	源 顕兼 …………848
水沢 雪夫 …………836	光岡 芳枝 …………840	源 静夫 …………848
水嶋 大悟 …………836	光岡 良二 …………840	源 祥子 …………848
水島 爾保布 …………836	神城 耀 …………841	源 條悟 …………848
水島 裕子 …………836	三津木 春影 …………841	水沫 流人 …………848
水田 広 …………836	水月 聖司 …………841	峰 隆一郎 …………848
水田 美意子 …………836	未月 美緒 …………841	峯岸 可弥 …………849
水谷 佐和子 …………836	光郷 輝紀 …………841	峯野 嵐 …………849
水谷 準 …………836	光瀬 龍 …………841	蓑 修吉 …………849

美濃 信太郎 ……849	宮澤 伊織 ……853	宮本 紀子 ……863
蓑田 正治 ……849	宮沢 賢治 ……853	宮本 裕志 ……863
身延深敬園渓風俳句会 …849	宮地 彩 ……856	宮本 正清 ……864
身延深敬園鷹取短歌会 …849	宮地 佐一郎 ……856	宮本 昌孝 ……864
身延深敬病院 ……849	宮地 水位 ……856	宮本 幹也 ……864
見延 典子 ……849	宮司 孝男 ……856	宮本 百合子 ……864
ミノリ・ミノル ……849	宮下 幻一郎 ……856	宮森 さつき ……864
三橋 たかし ……849	宮下 知子 ……856	宮良 ルリ ……864
三原 淳子 ……849	宮下 奈都 ……856	宮脇 俊三 ……864
三原 光尋 ……849	宮下 麻友子 ……856	明恵 ……865
三間 祥平 ……849	宮下 和雅子 ……856	明神 しじま ……865
三松 道尚 ……849	宮嶋 資夫 ……856	明神 ちさと ……865
耳目 ……850	宮島 俊夫 ……856	明神 慈 ……865
実村 文 ……850	宮島 春松 ……857	三好 一光 ……865
三村 千鶴 ……850	宮嶋 康彦 ……857	三好 修 ……865
三村 雅子 ……850	宮島 竜治 ……857	三好 京三 ……865
雅 孝司 ……850	宮田 亜佐 ……857	三好 しず九 ……865
宮 柊二 ……850	宮田 一生 ……857	三好 十郎 ……865
宮 林太郎 ……850	宮田 真司 ……857	三好 想山 ……865
宮内 勝典 ……850	宮田 そら ……857	三好 創也 ……865
宮内 寒弥 ……850	宮田 たえ ……857	三好 達治 ……865
宮内 悠介 ……851	宮田 俊行 ……857	三好 徹 ……866
宮内 洋子 ……851	宮田 登 ……857	三好 豊一郎 ……866
宮尾 登美子 ……851	宮田 正夫 ……857	三好 日生 ……867
宮岡 博英 ……851	宮武 外骨 ……857	ミーヨン ……867
宮川 健郎 ……851	宮地 嘉六 ……857	三和 ……867
宮木 あや子 ……851	宮津 弘子 ……857	美輪 明宏 ……867
宮木 喜久雄 ……851	宮寺 清一 ……857	美輪 和音 ……867
宮城 淳 ……851	宮永 愛子 ……857	三輪 チサ ……867
宮木 広由 ……852	宮西 建礼 ……858	みわ みつる ……867
宮城 道雄 ……852	宮西 達也 ……858	閔 牛歩 ……867
宮城谷 昌光 ……852	宮野 周一 ……858	閔 雲植 ……867
宮国 敏弘 ……852	宮野 叢子 ……858	閔 龍兒 ……867
三宅 エミ ……852	宮野 村子 ……858	閔 生 ……868
三宅 花圃 ……852	宮ノ川 顕 ……858	
京 利幸 ……852	宮原 昭夫 ……858	【む】
宮越 郷平 ……852	宮原 惣一 ⇒ 金聖珉(キム・	
宮越 理恵 ……852	ソンミン)を見よ	向井 亜紀 ……868
宮崎 一雨 ……852	宮原 龍雄 ……858	向井 康介 ……868
宮崎 湖処子 ……852	雅 洋 ……858	向井 成子 ……868
宮崎 修二朗 ……852	宮部 和子 ……858	向井 湘吾 ……868
宮崎 誉子 ……852	宮部 みゆき ……858	向井 豊昭 ……868
宮崎 惇 ……852	宮間 波 ……860	向井 野海絵 ……868
宮崎 直介 ……853	深山 亮 ……861	向井 万起男 ……868
宮崎 駿 ……853	宮前 和代 ……861	向井 ゆき子 ……868
宮崎 真由美 ……853	宮本 章子 ……861	向井 吉人 ……868
宮崎 充治 ……853	宮本 晃宏 ……861	麦田 譲 ……868
宮崎 裕一 ……853	宮本 正培 ……861	椋 鳩十 ……868
宮崎 有紀 ……853	宮本 常一 ……861	無下衛門 ……868
宮崎 龍介 ……853	宮本 輝 ……863	向日 一日 ……868
宮里 政充 ……853	宮本 徳蔵 ……863	
宮沢 章夫 ……853		

向田 邦子 ……869	村松 友視 ……875	最上 一平 ……880
武蔵野 次郎 ……870	村松 真理 ……876	茂木 秀幸 ……880
武者小路 実篤 ……870	村山 槐多 ……876	もくだい ゆういち ……880
夢生 ……870	村山 早紀 ……876	物集 和 ……880
無着 成恭 ……870	村山 潤一 ……876	物集 高音 ……880
無月 火炎 ……870	村山 知義 ……876	持田 敏 ……880
睦月 羊子 ……870	村山 ひで ……876	望月 絵里 ……880
武藤 直治 ……870	村山 由佳 ……876	望月 桜 ……880
宗像 和重 ……870	霧梨 椎奈 ……877	望月 誠 ……880
宗像 道子 ……870	無理下 大損 ……877	望月 羚 ……880
棟田 博 ……870	無留行 久志 ……877	元岡 正嘉 ……880
夢魅 あきと ……870	牟礼 淳 ……877	元木 國雄 ……880
村井 曉 ……870	群 ようこ ……877	本木 美優 ……881
村井 さだゆき ……870	室 鳩巣 ……877	元長 柾木 ……881
むらい みゆ ……870	室井 滋 ……877	本谷 有希子 ……881
村尾 悦子 ……870	室井 光広 ……877	本山 荻舟 ……881
村尾 慎吾 ……870	室井 佑月 ……877	物上 敬 ……881
村岡 圭三 ……870	室岩 里衣子 ……877	モブ・ノリオ ……881
村上 あつこ ……870	室生 朝子 ……877	樅山 秀幸 ……881
村上 修 ……871	室生 犀星 ……877	桃川 如燕〔1代〕……881
村上 玄一 ……871	室津 圭 ……879	桃川 春日子 ……881
村上 元三 ……871	室町 たけお ……879	ももくちそらミミ ……881
村上 多一郎 ……872	室山 恭子 ……879	百瀬 明治 ……881
村上 貴史 ……872	夢渡 渡夢 ……879	百田 宗治 ……881
村上 浪六 ……872	文 一平 ……879	森 晶麿 ……881
村上 信彦 ……872	文 藝峰 ……879	森 朝美 ……881
村上 春樹 ……872	文 哲兒 ……879	森 明日香 ……881
村上 兵衛 ……873		森 敦 ……881
村上 龍 ……873	**【め】**	森 詠 ……882
村上 了介 ……873		森 英津子 ……882
村上 るみ子 ……873	鳴弦楼主人 ……879	森 絵都 ……882
村木 直 ……873	名生 良介 ……879	森 鷗外 ……882
村木 嵐 ……873	迷跡 ……879	森 馨由 ……885
村越 化石 ……873	メイルマン ……879	森 香奈 ……885
村崎 守毅 ……873	目黒 晃 ……879	森 康作 ……885
村崎 友 ……873	目黒 考二 ……879	森 公洋 ……885
紫式部 ……873	目崎 剛 ……879	森 猿彦 ……885
村雨 貞郎 ……873	女銭 外二 ⇒ 橋本五郎（はしもと・ごろう）を見よ	森 しげ ……885
村雨 退二郎 ……873		森 春濤 ……886
村瀬 継弥 ……873	目取真 俊 ……879	森 真二 ……890
夢羅 多 ……874	目羅 晶男 ……879	森 澄枝 ……890
村田 青 ……874		森 青花 ……891
村田 和文 ……874	**【も】**	森 銑三 ……891
村田 喜代子 ……874		森 荘已池 ……891
村田 沙耶香 ……874	毛利 亘宏 ……880	杜 地都 ……891
村田 基 ……874	毛利 元貞 ……880	森 輝喜 ……891
村田 義清 ……875	萌 清香 ……880	森 奈津子 ……891
村野 四郎 ……875	萌木 美月 ……880	森 春樹 ……892
村野 独太 ……875		森 治美 ……892
村正 朱鳥 ……875		森 日向太 ……892
村松 暎 ……875		森 博嗣 ……892
村松 駿吉 ……875		森 浩美 ……893

森 万紀子 ………… 893	もりた なるお ………… 899	矢樹 純 ………… 903
森 真沙子 ………… 893	森田 博 ………… 899	八木 ナガハル ………… 904
森 まゆみ ………… 894	森田 水香 ………… 899	八木 義徳 ………… 904
森 茉莉 ………… 894	盛田 隆二 ………… 899	八木 隆一郎 ………… 904
森 深紅 ………… 895	守友 恒 ………… 899	八木原 一恵 ………… 904
森 三千代 ………… 895	守永 愛子 ………… 899	矢桐 重八 ………… 904
森 美都子 ………… 895	森永 利恵 ………… 899	八切 止夫 ………… 904
森 ゆうこ ………… 895	森野 樹 ………… 899	耶止 説夫 ⇒ 八切止夫 (や
森 由右子 ………… 895	森福 都 ………… 899	ぎり・とめお) を見よ
森 瑤子 ………… 895	守部 小竹 ………… 899	矢口 絢葉 ………… 904
森 与志男 ………… 895	森町 歩 ………… 900	矢口 慧 ………… 904
森 義隆 ………… 895	森見 登美彦 ………… 900	矢口 史靖 ………… 904
森 らいみ ………… 895	森水 陽一郎 ………… 900	矢口 泰介 ………… 904
杜 李梨 ………… 895	森村 誠一 ………… 900	矢口 知矢 ………… 904
森 禮子 ………… 895	杜村 眞理子 ………… 901	薬丸 岳 ………… 904
杜 伶二 ………… 895	森村 怜 ………… 901	八雲 滉 ………… 905
森内 俊雄 ………… 895	森本 和子 ………… 901	八坂 通武 ………… 905
森江 賢二 ………… 896	森本 ねこ ………… 901	矢崎 昭盛 ………… 905
森岡 隆司 ………… 896	森本 正昭 ………… 901	矢崎 存美 ………… 905
森岡 浩之 ………… 896	森谷 明子 ………… 901	野咲 野良 ………… 905
森岡 康行 ………… 896	守矢 帝 ………… 901	屋敷 あずさ ………… 905
森上 至晃 ………… 897	森山 一兵 ………… 901	椰子野 郷 ………… 905
森川 恵美子 ………… 897	森山 うたろ ………… 901	矢島 忠 ………… 905
森川 成美 ………… 897	森山 栄三 ………… 901	八島 徹 ………… 905
森川 潤 ………… 897	森山 啓 ………… 901	矢島 文夫 ………… 906
森川 譲 ………… 897	森山 透 ………… 901	矢島 誠 ………… 906
森川 楓子 ………… 897	森山 東 ………… 901	矢島 正雄 ………… 906
森川 茉乃 ………… 897	森山 雅史 ………… 902	矢島 麟太郎 ………… 906
森坂 よしの ………… 897	森脇 辰彦 ………… 902	屋代 浩二郎 ………… 906
森崎 東 ………… 897	諸井 佳文 ………… 902	靖 邦子 ………… 906
森崎 和江 ………… 897	両角 長彦 ………… 902	安井 多恵子 ………… 906
森重 孝昭 ………… 897	諸田 玲子 ………… 902	泰雄 ………… 906
森重 裕美 ………… 897	諸星 大二郎 ………… 903	安岡 章太郎 ………… 906
森下 雨村 ………… 897	門賀 美央子 ………… 903	安岡 由紀子 ………… 907
森下 うるり ………… 897	門前 清一 ………… 903	安川 朝子 ………… 907
森下 一仁 ………… 897	門前 典之 ………… 903	八杉 将司 ………… 907
森下 静夫 ………… 898	門田 充宏 ………… 903	安田 墩 ………… 907
森下 翠 ………… 898	文部省 ………… 903	安田 均 ………… 907
森下 征二 ………… 898	文部省音楽取締掛 ………… 903	安田 洋平 ………… 907
森嶋 也砂子 ………… 898	門馬 昌道 ………… 903	保田 與重郎 ………… 907
森田 功 ………… 898	紋屋 ノアン ………… 903	ヤスダハル ………… 907
森田 一二 ………… 898		安成 美純 ………… 907
森田 勝也 ………… 898	【や】	安原 輝彦 ………… 907
森田 季節 ………… 898		安水 稔和 ………… 907
森田 啓子 ………… 898		安室 昌代 ………… 908
森田 浩平 ………… 898	やいね さや ………… 903	矢田 挿雲 ………… 908
森田 貞子 ………… 898	八重瀬 けい ………… 903	矢田 津世子 ………… 908
森田 思軒 ………… 898	矢川 澄子 ………… 903	矢多 真沙香 ………… 908
森田 草太 ………… 898	八木 圭一 ………… 903	矢田部 良吉 ………… 908
森田 竹次 ………… 898	八木 健威 ………… 903	谷津 矢車 ………… 908
森田 たま ………… 899	八木 重吉 ………… 903	八塚 顔高 ………… 908
森田 照之 ………… 899		椰月 美智子 ………… 908

矢富 彦二郎 ……908	山形 シヅエ ……916	山崎 洋子 ……920
宿里 禮子 ……908	山上 たつひこ ……916	山沢 晴雄 ……921
柳井 寬 ……908	山上 藤悟 ……916	山路 愛山 ……921
柳井 祥緒 ……908	山川 元 ……916	山路 芳範 ……922
柳井 蘭子 ……908	山川 健一 ……916	山下 歩 ……922
矢内 りんご ……908	山川 サキ ……916	山下 悦夫 ……922
柳川 春葉 ……909	山川 方夫 ……916	山下 景光 ……922
柳 広司 ……909	山川 彌千枝 ……916	山下 清 ……922
柳 霧津子 ……909	山川 瑤子 ……917	ヤマシタ クニコ ……922
柳 宗悦 ……909	八巻 大樹 ……917	山下 定 ……922
柳迫 国広 ……909	山木 美里 ⇒ 神狛しず（かみこま・しず）を見よ	山下 紫春 ……922
柳澤 健 ……909		山下 昇平 ……923
柳澤 学 ……909	山木 野夢 ……917	山下 敬 ……923
柳田 國男 ……909	山岸 外史 ……917	山下 貴光 ……923
柳田 功作 ……913	山岸 藪鶯 ……917	山下 奈美 ……923
柳原 和音 ……913	山岸 行輝 ……917	山下 敦弘 ……923
柳原 慧 ……913	山岸 龍太郎 ……917	山下 明生 ……923
柳原 タケ ……913	山岸 凉子 ……917	山下 みゆき ……923
柳原 白蓮 ……913	山際 淳司 ……917	山下 有子 ……923
柳本 博 ……913	山際 響 ……917	山下 善隆 ……923
柳家 喬太郎 ……914	山口 海旋風 ……917	山下 芳信 ……923
柳家 小さん〔3代〕……914	山口 晃二 ……917	山下 欣宏 ……923
梁瀬 陽子 ……914	山口 さかな ……917	山下 利三郎 ……923
梁取 敏子 ……914	山口 悟 ……917	山白 朝子 ⇒ 乙一（おついち）を見よ
矢野 一也 ……914	山口 充一 ……917	
矢野 隆 ……914	山口 修司 ……917	山城 正忠 ……923
矢野 徹 ……914	山口 翔太 ……917	山世 孝幸 ……924
矢野 龍王 ……914	山口 タオ ……918	山田 あかね ……924
矢野 龍渓 ……914	山口 年子 ……918	山田 章博 ……924
矢作 俊彦 ……914	やまぐち はなこ ……918	山田 彩人 ……924
矢矧 零士 ⇒ 坂岡真（さかおか・しん）を見よ	山口 秀男 ……918	山田 榮助 ……924
	山口 瞳 ……918	山田 詠美 ……924
八筈 栄 ……914	山口 正明 ……918	山田 一夫 ……924
八尋 舜右 ……914	山口 雅也 ……918	山田 かん ……924
藪内 広之 ……914	山口 道子 ……919	山田 耕大 ……924
矢吹 みさ ……914	山口 庸理 ……919	山田 里 ……924
矢部 嵩 ……914	山口 勇子 ……919	山田 深夜 ……924
野暮 粋平 ……914	山口 幸雄 ……919	山田 静考 ……924
やーま ……914	山口 洋子 ……919	山田 太一 ……924
山藍 紫姫子 ……915	山﨑 伊知郎 ……919	山田 たかし ……925
やまうち くみこ ……915	山崎 海平 ……919	山田 知佐枝 ……925
山内 健司 ……915	山崎 佳代子 ……919	山田 智彦 ……925
山内 弘行 ……915	山崎 巌 ……919	山田 敦心 ……925
山内 マリコ ……915	山咲 千里 ……919	やまだ ないと ……925
山浦 由香利 ……915	山崎 豊子 ……919	山田 奈津子 ……925
山尾 悠子 ……915	山崎 ナオコーラ ……919	山田 野理夫 ……925
山岡 荘八 ……915	山﨑 七生 ……919	山田 春夜 ……925
山岡 響 ……915	山崎 文男 ……920	山田 美妙 ……925
山岡 都 ……916	山崎 マキコ ……920	山田 風太郎 ……925
山鹿 和恵 ……916	山崎 正一 ……920	山田 正紀 ……927
やまかがし恐竜 ……916	山崎 康晴 ……920	山田 稔 ……929
山形 暁子 ……916	山崎 友紀 ……920	山田 宗樹 ……929

八岐 次 ……………… 929	山本 周五郎 ……………… 934	由井 鮎彦 ……………… 941
山田 洋次 ……………… 929	山本 大介 ……………… 936	由比 俊之介 ……………… 941
山田 耀平 ……………… 929	山本 崇雄 ……………… 936	唯川 恵 ……………… 941
山田 吉孝 ……………… 929	山本 貴士 ……………… 936	ゆう ……………… 942
山田 涼子 ……………… 929	山本 太郎 ……………… 936	柳 美里 ……………… 942
山田山 ……………… 929	山本 直哉 ……………… 936	游 美媛 ……………… 942
やまち かずひろ ……………… 929	山本 禾太郎 ……………… 936	夕方 理恵子 ……………… 942
山蔦 正躬 ……………… 929	山本 修雄 ……………… 936	湧川 新一 ……………… 942
山手 一郎 ……………… 929	山本 肇 ……………… 936	ユウキ ……………… 942
山手 樹一郎 ……………… 929	山本 幡男 ……………… 936	結城 哀草果 ……………… 942
山手 二郎 ……………… 930	山本 宏明 ……………… 937	結城 新 ……………… 943
山寺 美恵 ……………… 930	山本 ひろし ……………… 937	優騎 洸 ……………… 943
邪魔斗 多蹴 ……………… 930	山本 弘 ……………… 937	結城 昌治 ……………… 943
山戸 結希 ……………… 930	山本 博美 ……………… 937	結城 信一 ……………… 943
山中 貞雄 ……………… 930	山本 文緒 ……………… 937	由木 星 ……………… 943
やまなか しほ ……………… 930	山本 真紀 ……………… 937	結城 はに ……………… 943
山中 智恵子 ……………… 930	山本 昌代 ……………… 937	結城 充考 ……………… 943
山中 兆子 ……………… 930	山本 眞裕 ……………… 938	柚木 緑母 ……………… 944
山中 寅文 ……………… 930	山本 水城 ……………… 938	結城 よしを ……………… 944
山中 久義 ……………… 930	山本 ゆうじ ……………… 938	結城 嘉美 ……………… 944
山中 摹太郎 ……………… 930	山本 有三 ……………… 938	遊座 守 ……………… 944
山中 峯太郎 ……………… 930	山本 幸久 ……………… 938	遊馬 足搔 ……………… 944
山成 嘉津江 ……………… 930	山本 吉德 ……………… 938	夕村 ……………… 944
山根 正通 ……………… 930	山本 芳郎 ……………… 938	ユエミチタカ ……………… 944
山野 浩一 ……………… 930	山本 良吉 ……………… 938	遊川 和彦 ……………… 944
山之内 宏一 ……………… 931	山本 留実 ……………… 938	湯川 聖司 ⇒ 緑川聖司(みどりかわ・せいじ)を見よ
山内 久 ……………… 931	山脇 千史 ……………… 938	
山内 封介 ……………… 931	夜宵 ……………… 938	湯川 恒美 ……………… 944
山ノ内 真樹子 ……………… 931	八芳 邦雄 ……………… 938	ゆき ……………… 944
山之内 正文 ……………… 931	楊 逸 ……………… 938	由起 しげ子 ……………… 944
山之内 まつ子 ……………… 931	梁 淳祐 ……………… 938	柚木崎 寿久 ……………… 944
山之内 芳枝 ……………… 931	梁 石日 ……………… 938	雪舟 えま ……………… 944
山之口 貘 ……………… 931	梁 柱東 ……………… 939	雪村 音於 ……………… 945
山之口 洋 ……………… 932	楊 美林 ……………… 939	雪柳 妙 ……………… 945
山入端 信子 ……………… 932		行多 未帆子 ……………… 945
山野辺 昇月 ……………… 932	【ゆ】	柚 かおり ……………… 945
山村 信男 ……………… 932		ゆずき ……………… 945
山村 暮鳥 ……………… 932	柳 寅成 ……………… 939	柚木 麻子 ……………… 945
山村 正夫 ……………… 932	劉 光石 ……………… 939	譲原 昌子 ……………… 945
山村 美紗 ……………… 933	兪 鎭午 ……………… 939	ユズル ……………… 945
山村 幽星 ……………… 933	兪 鎭贊 ……………… 940	由田 匣 ……………… 945
山本 厚 ……………… 933	柳 致眞 ……………… 940	柚月 裕子 ……………… 945
山本 五十六 ……………… 933	柳 致環 ……………… 941	柚刀 郁茶 ……………… 946
山本 一力 ……………… 933	庾 妙達 ……………… 941	湯菜岸 時也 ……………… 946
山本 勝一 ……………… 934	劉 影三 ……………… 941	弓場 貴子 ……………… 946
山本 鍛 ……………… 934	柳 龍夏 ……………… 941	愈 采子 ……………… 946
山本 恵一郎 ……………… 934	柳 完煕 ……………… 941	弓田 京 ……………… 946
山本 兼一 ……………… 934	湯浅 克衛 ……………… 941	弓場 剛 ……………… 946
山本 健吉 ……………… 934	湯浅 弘子 ……………… 941	夢座 海二 ……………… 946
山本 巧次 ……………… 934	湯浅 吉郎 ……………… 941	夢野 久作 ……………… 946
山本 才三郎 ……………… 934		夢野 旅人 ……………… 948
山本 茂男 ……………… 934		夢野 竹輪 ……………… 948

夢乃 鳥子 …………948	吉井 惠璃子 …………956	吉田 紀子 …………963
夢野 まりあ …………948	吉井 晴一 …………956	吉田 訓子 …………963
夢之木 直人 …………948	吉井 春樹 …………956	吉田 則子 …………963
夢枕 獏 …………948	義井 優 …………956	吉田 博 …………963
湯本 香樹実 …………949	吉井 涼 …………956	吉田 真司 …………963
尹 基鼎 …………949	よしお てつ …………956	吉田 正之 …………963
尹 孤雲 …………949	吉岡 愛 …………956	吉田 美枝子 …………963
尹 石重 …………949	吉岡 忍 …………956	吉田 満 …………963
尹 德祚 …………949	吉岡 秀隆 …………956	吉田 未有 …………963
尹 興福 …………949	吉岡 平 …………956	吉田 康弘 …………963
尹 白南 …………949	吉岡 文平 …………956	吉田 悠軌 …………963
尹 敏哲 …………949	吉岡 実 …………956	吉田 有希 …………963
	吉開 那津子 …………957	吉高 寿男 …………963
【よ】	吉上 亮 …………957	吉永 南央 …………963
	吉川 潮 …………957	吉成 稔 …………963
よいこぐま …………950	吉川 英治 …………957	吉野 あや …………963
宵野 ゆめ …………950	吉川 英梨 …………958	吉埜 一生 …………964
楊 雲萍 …………950	吉川 さちこ …………958	吉野 賛十 …………964
楊 逵 …………951	吉川 トリコ …………958	吉野 せい …………964
楊 天曦 …………951	吉川 永青 …………958	吉野 弘 …………964
葉 陶 …………951	吉川 楡井 …………958	吉野 万理子 …………964
謠堂 …………951	吉川 由香子 …………958	吉野 ゆり …………964
横井 司 …………951	吉川 良太郎 …………958	吉原 幸子 …………964
横尾 忠則 …………951	吉阪 市造 …………958	吉原 みどり …………964
横尾 優子 …………951	芳﨑 洋子 …………958	吉見 周子 …………964
横倉 辰次 …………951	吉沢 景介 …………958	吉光 伝 …………964
横関 大 …………951	吉澤 有貴 …………958	吉村 あかね …………964
横田 清 …………951	慶滋 保胤 …………959	吉村 昭 …………965
横田 順彌 …………951	吉住 侑子 …………959	好村 兼一 …………965
横田 創 …………952	吉田 篤司 …………959	芳村 香道 ⇒ 朴英熙（パク・
横田 文子 …………952	吉田 篤弘 …………959	ヨンヒ）を見よ
横田 雄司 …………952	吉田 雨 …………959	吉村 敏 …………965
横塚 克明 …………952	吉田 一穂 …………959	吉村 滋 …………966
横浜 聡子 …………952	吉田 甲子太郎 …………960	吉村 正一郎 …………966
横溝 正史 …………952	吉田 健一 …………960	吉村 達也 …………966
横光 利一 …………953	吉田 絃二郎 …………961	吉村 貞司 …………966
横森 理香 …………954	吉田 香春 …………961	吉村 萬壱 …………966
横山 悦子 …………954	吉田 小五郎 …………961	吉村 康 …………966
横山 一真 …………954	吉田 小次郎 …………961	吉本 隆明 …………966
横山 銀吉 …………954	吉田 小夏 …………961	吉本 ばなな …………966
よこやま さよ …………954	吉田 三郎 …………961	吉本 昌弘 …………967
横山 石鳥 …………954	吉田 茂 …………961	吉屋 信子 …………967
横山 拓也 …………954	吉田 修一 …………962	吉行 淳之介 …………968
横山 信義 …………954	吉田 純子 …………962	吉行 理恵 …………969
横山 秀夫 …………954	吉田 スエ子 …………962	与粋 鷗歌 …………969
横山・M.嘉平次 …………955	吉田 漱 …………962	依田 学海 …………969
与謝 蕪村 …………955	吉田 大成 …………962	依田 照彦 …………970
与謝野 晶子 …………955	吉田 利之 …………962	依田 柳枝子 …………970
与謝野 鉄幹 …………956	吉田 知子 …………962	四谷 シモーヌ …………970
吉井 勇 …………956	吉田 直樹 …………963	夜釣 十六 …………970
	吉田 直哉 …………963	淀谷 悦一 …………970
	吉田 奈都子 …………963	米内 アキ …………970

よなは　　　　　　　　　作家名目次

与那覇 幹夫 …………970
米一 和哉 ……………970
米川 京 ………………970
米澤 翔 ………………970
米澤 穂信 ……………970
米沢 嘉博 ……………971
米田 華虹 ……………971
米田 三星 ……………971
米田 誠司 ……………971
米長 邦雄 ……………971
米原 万里 ……………972
米山 公啓 ……………972
詠坂 雄二 ……………972
廉 尚爕 ⇒ 廉想渉（ヨム・サンソプ）を見よ
廉 想渉 ………………972
廉 庭權 ………………972
よもぎ ………………972
依井 貴裕 ……………972

【ら】

頼 慶 …………………972
頼 明弘 ………………972
頼氏 雪紅 ……………972
来福堂 ………………972
樂天子 ………………972
らくのたね …………972
ラザロ・恩田原 ⇒ 松本馨（まつもと・かおる）を見よ
らびっと ……………972
蘭 郁二郎 ……………972
蘭 光生 ⇒ 式貴士（しき・たかし）を見よ
藍 紅緑 ………………973
乱雨 …………………973

【り】

李 逸涛 ………………973
李 絳 …………………973
李 素峡 ………………973
リー・テツ …………973
李 蒙雄 ………………973
梨雨公 ………………973
六道 慧 ………………973
律心 …………………973
狸洞 快 ………………974

李家 漢稷 ……………974
リービ 英雄 …………974
理山 貞二 ……………974
龍 瑛宗 ………………974
隆 慶一郎 ……………975
柳 虔次郎 ……………975
劉 捷 …………………975
龍 悠吉 ………………975
龍淵 灯 ………………975
竜王町青年学級人形劇コース ………………975
龍造寺 信 ……………975
龍膽寺 旻 ……………975
龍胆寺 雄 ……………976
龍野 智子 ……………976
龍風 文哉 ……………976
リュカ ………………976
量 雨江 ………………976
寮 美千子 ……………976
領家 高子 ……………976
呂 人白 ………………976
林 輝焜 ………………976
林 敬璋 ………………976
林 秋興 ………………976
林 貞六 ………………976
林 南山 ………………976
林 博秋 ………………976

【る】

流川 透明 ……………976
るどるふ ……………976
瑠璃 …………………976

【れ】

來 在守 ………………976
令丈 ヒロ子 …………976
レフ …………………976
蓮 ……………………977
簾吉 …………………977
連城 三紀彦 …………977

【ろ】

呂 赫若 ………………978
琅 石生 ………………978

籠 信仰 ………………978
六條 靖子 ……………978
六文 誠 ………………978

【わ】

ワカ …………………978
若合 春侑 ……………978
若木 未生 ……………978
若草田 ひずる ………978
若桑 正人 ……………978
若狭 明美 ……………978
若杉 鳥子 ……………978
若竹 七海 ……………979
わかつき ひかる ……980
若林 一郎 ……………980
若林 一男 ……………980
若林 真 ………………980
若林 つや ……………980
若林 優稀 ……………980
わかはら あつこ ……980
若久 恵二 ……………980
若松 賤子 ……………980
倭神 祐子 ……………980
若山 牧水 ……………980
脇田 正 ………………980
脇山 俊男 ……………980
和久 峻三 ……………980
和久井 清水 …………981
和公 梵字 ……………981
和坂 しょう …………981
鷲尾 雨工 ……………981
鷲尾 三郎 ……………981
和喰 博司 ……………981
鷲巣 義明 ……………981
鷲羽 大介 ……………981
和田 勝一 ……………981
和田 恵子 ……………981
和田 澄子 ……………981
和田 崇 ………………981
和田 知見 ……………981
和田 信子 ……………981
和田 はつ子 …………981
和田 誠 ………………982
和田 芳恵 ……………982
和田 宜久 ……………982
渡瀬 咲良 ……………982
渡辺 あや ……………982
渡邊 一功 ……………982
渡辺 えり子 …………982

渡辺 温 …………………982
渡辺 一夫 ………………982
渡邊 霞亭 ………………982
渡辺 清 …………………982
渡辺 清仁 ………………982
渡辺 啓助 ………………982
渡辺 剣次 ………………983
渡辺 浩弐 ………………983
渡辺 聡 …………………983
渡辺 茂 …………………983
渡辺 淳一 ………………983
渡辺 順三 ………………983
渡辺 城山 ………………983
渡辺 紳一郎 ……………983
渡辺 信二 ………………983
渡邉 大輔 ………………983
渡辺 毅 …………………983
渡辺 綱 …………………983
渡邉 徳太郎 ……………984
渡辺 白泉 ………………984
渡辺 秀明 ………………984
渡辺 浩 …………………984
渡辺 裕之 ………………984
渡辺 文子 ………………984
渡辺 光昭 ………………984
渡辺 やよい ……………984
渡辺 祐司 ………………984
渡辺 容子 ………………984
渡邊 能江 ………………984
渡辺 玲子 ………………984
渡橋 すあも ……………984
渡部 園美 ………………984
亘星 恵風 ………………984
綿矢 りさ ………………984
渡会 三郎 ………………984
渡理 五月 ………………984
輪渡 颯介 ………………985
渡野 玖美 ………………985
和辻 哲郎 ………………985
和辻 照 …………………985
鰐梨 ……………………985
倭野 薫 …………………985
和巻 耿介 ………………985
藁生田 亘 ………………985
割田 剛雄 ………………985

【 ABC 】

ak2 ……………………985
Beat of blues …………985
BLANC …………………985
Boichi …………………985
C生 ……………………985
Chaco …………………985
Comes in a Box ………985
D坂ノボル ……………985
D生 ……………………985
F十五 …………………985
ganzi …………………986
i.vv.3 …………………986
IZUMI …………………986
J・M …………………986
K記者 …………………986
K.羽音 …………………986
Kay ……………………986
KAYA …………………986
km ……………………986
KSイワキ ……………986
leemin …………………986
LiLy ……………………986
L.S.生 …………………986
M ………………………986
MASATO ………………986
Mayumi ………………986
McCOY ………………986
NARUMI ………………986
nirva=laeva …………986
ORANGE TREE ………986
O・T …………………987
reY ……………………987
sainos …………………987
SNOWGAME …………987
tamax …………………987
TH生 …………………987
Tomo …………………987
TOUGARASHI ………987
X ………………………987
XYZ ⇒ 大下宇陀児（おおした・うだる）を見よ
Y・N …………………987
Yumi …………………987

【 記号類 】

15 ……………………987
24号 …………………987
417 ……………………987
@ahaharui ……………987
@aioushii ……………987
@akihito_i ……………987
@amamuta ……………988
@another_signal ……988
@ANya52lily …………988
@aquall ………………988
@Asatoiro ……………988
@BlackFox17 …………988
@bttftag ………………988
@buu_kohan …………988
@chiho_yoshino ……988
@chimada ……………988
@chocolatesity ………988
@churchdevil …………988
@Cyai_Cyai …………988
@dropletter …………988
@harayosy ……………988
@haruhill ……………988
@hedekupauda ………988
@hiro_kinako ………988
@ideimachi …………988
@in_youth ……………988
@jun50r ………………989
@kamoe1983 …………989
@kandayudai …………989
@kiyomin ……………989
@kiyosei2 ……………989
@k_you_nagi …………989
@Lico_citrus …………989
@literaryace …………989
@lotoman ……………989
@megumegu69 ………989
@mick004 ……………989
@mumei7c ……………989
@nagi_tter ……………989
@nara_kuragen ………989
@nayotaf ……………989
@negi_a ………………989
@nona140c ……………989
@oboroose ……………989
@onaishigeo …………989
@Orihika ………………990
@panda_adnap1 ………990
@ruka00 ………………990
@sakuyue ……………990
@Sasa_haru77 ………990
@schpertor_kaien ……990
@senzaluna …………990
@setugetufuka ………990
@shinichikudoh ………990
@shin1960 ……………990
@shortshortshort ……990
@silly_cats …………990
@simmmonnnn ………990
@stdaux ………………990
@takao_rival …………990
@takesuzume …………990
@terueshinkawa ……990
@ti_clocks ……………990
@tokoya ………………990
@verselef ……………990
@wacpre ………………990
@windcreator …………991
@ykdawn ……………991
@yu_oshikiri …………991
@100_m ………………991

【あ】

あい
　エア・ポケット
　　◇「むすぶ―第11回フェリシモ文学賞作品集」フェリシモ 2008 p144

阿井 景子　あい・けいこ（1932～）
　乙女
　　◇「龍馬の天命―坂本龍馬名手の八篇」実業之日本社 2010 p4

阿井 渉介　あい・しょうすけ（1941～）
　百舌
　　◇「二十四粒の宝石―超短編小説傑作集」講談社 1998（講談社文庫）p171
　列車消失
　　◇「綾辻・有栖川復刊セレクション 列車消失」講談社 2007（講談社ノベルス）p3

逢上 央士　あいうえ・おうじ（1979～）
　開けてはならない。
　　◇「5分で読める！ ひと駅ストーリー 旅の話」宝島社 2015（宝島社文庫）p167
　クリスマス・パラドックス
　　◇「5分で読める！ ひと駅ストーリー 冬の記憶西口編」宝島社 2013（宝島社文庫）p171
　走馬灯流し
　　◇「5分で読める！ ひと駅ストーリー 夏の記憶東口編」宝島社 2013（宝島社文庫）p231
　　◇「5分で驚く！ どんでん返しの物語」宝島社 2016（宝島社文庫）p133
　読書家専用車両
　　◇「5分で読める！ ひと駅ストーリー 本の物語」宝島社 2014（宝島社文庫）p139

藍上 ゆう　あいうえ・ゆう
　あなたの最終電車
　　◇「5分で読める！ ひと駅ストーリー 降車編」宝島社 2012（宝島社文庫）p167

あいおか 太郎　あいおか・たろう
　なんだろう！？vol.3
　　◇「最新中学校創作脚本集 2009」晩成書房 2009 p85

相川 藍　あいかわ・あい
　MMM
　　◇「丸の内の誘惑」マガジンハウス 1999 p7

愛川 晶　あいかわ・あきら（1957～）
　『カミのミステリー』入門編
　　◇「甦る推理雑誌」光文社 2003（光文社文庫）p383
　死への密室
　　◇「密室殺人大百科 下」原書房 2000 p13
　だって、冷え性なんだモン！
　　◇「新世紀「謎」倶楽部」角川書店 1998 p271
　納豆殺人事件
　　◇「名探偵は、ここにいる」角川書店 2001（角川文庫）p195

會川 昇　あいかわ・しょう（1965～）
　伝奇怪獣 バッケンドン登場―千葉県「南総怪異八犬獣」
　　◇「日本怪獣侵略伝―ご当地怪獣異聞集」洋泉社 2015 p163
　無情のうた―『UN-GO』第二話 坂口安吾「明治開化安吾捕物帖ああ無情」より
　　◇「極光星群」東京創元社 2013（創元SF文庫）p207

愛川 弘　あいかわ・ひろし
　孤独
　　◇「現代作家代表作選集 5」鼎書房 2013 p5

愛川 涼一　あいかわ・りょういち
　幽霊保険
　　◇「ショートショートの広場 9」講談社 1998（講談社文庫）p43

相木 奈美　あいき・なみ
　翼を夢見たあなたへ
　　◇「ひらく―第15回フェリシモ文学賞」フェリシモ 2012 p156

相坂 きいろ　あいさか・きいろ
　送り火
　　◇「ウルトラQ―dark fantasy」角川書店 2004（角川ホラー文庫）p193

相澤 彰子　あいざわ・あきこ（1962～）
　AIのできないこと、人がやりたいこと
　　◇「AIと人類は共存できるか？―人工知能SFアンソロジー」早川書房 2016 p242

相沢 啓三　あいざわ・けいぞう（1929～）
　義しき男われを嗣ぐべし―朝ぼらけ「愛の教室」にねびまさる
　　◇「同性愛」国書刊行会 1999（書物の王国）p131

相沢 沙呼　あいざわ・さこ（1983～）
　狼少女の帰還
　　◇「ベスト本格ミステリ 2014」講談社 2014（講談社ノベルス）p99
　原始人ランナウェイ
　　◇「ザ・ベストミステリーズ―推理小説年鑑 2011」講談社 2011 p33
　　◇「Shadow闇に潜む真実」講談社 2014（講談社文庫）p83
　恋のおまじないのチンク・ア・チンク
　　◇「放課後探偵団―書き下ろし学園ミステリ・アンソロジー」東京創元社 2010（創元推理文庫）p135
　フレンドシップ・シェイパー
　　◇「謎の放課後―学校の七不思議」KADOKAWA 2015（角川文庫）p5

あいさ

相沢 友子　あいざわ・ともこ（1971〜）
昨日の君は別の君 明日の私は別の私
　◇「世にも奇妙な物語―小説の特別編 赤」角川書店 2003（角川ホラー文庫）p191
結婚シミュレーター
　◇「世にも奇妙な物語―小説の特別編」角川書店 2000（角川ホラー文庫）p261
cover
　◇「太宰治賞 1999」筑摩書房 1999 p231

相澤 虎之助　あいざわ・とらのすけ（1974〜）
国道20号線（富田克也）
　◇「年鑑代表シナリオ集 '07」シナリオ作家協会 2009 p257

相澤 誠　あいざわ・まこと
栗――一幕二場
　◇「日本統治期台湾文学集成 14」緑蔭書房 2003 p347

愛親覚羅 慧生　あいしんかくら・えいせい（1938〜1957）
ニャンコはしあわせ、世界中で一番しあわせ≫大久保武道
　◇「日本人の手紙 4」リブリオ出版 2004 p163

愛生 神治　あいせい・しんじ
ある日の目覚め
　◇「ショートショートの広場 13」講談社 2002（講談社文庫）p165
ひかりを超えろ
　◇「ショートショートの広場 14」講談社 2003（講談社文庫）p173

会田 晃司　あいだ・こうじ
軍曹とダイアナ
　◇「「伊豆文学賞」優秀作品集 第3回」静岡新聞社 2000 p3
小さな骨壺
　◇「短篇ベストコレクション―現代の小説 2001」徳間書店 2001（徳間文庫）p385

会田 綱雄　あいだ・つなお（1914〜1990）
アンリの扉
　◇「新装版 全集現代文学の発見 13」學藝書林 2004 p384
会堂にて
　◇「新装版 全集現代文学の発見 13」學藝書林 2004 p387
鹹湖
　◇「新装版 全集現代文学の発見 13」學藝書林 2004 p384
狐になった女流詩人
　◇「新装版 全集現代文学の発見 13」學藝書林 2004 p393
詩集 狂言
　◇「新装版 全集現代文学の発見 13」學藝書林 2004 p391
醜聞
　◇「新装版 全集現代文学の発見 13」學藝書林 2004 p388
将軍の夜
　◇「新装版 全集現代文学の発見 13」學藝書林 2004 p391
大臣の朝
　◇「新装版 全集現代文学の発見 13」學藝書林 2004 p391
伝説
　◇「新装版 全集現代文学の発見 13」學藝書林 2004 p389
ピエロタの市長
　◇「新装版 全集現代文学の発見 13」學藝書林 2004 p392
雪
　◇「新装版 全集現代文学の発見 13」學藝書林 2004 p386
ん
　◇「新装版 全集現代文学の発見 13」學藝書林 2004 p386

相田 美奈子　あいだ・みなこ
桜太夫のふるまい
　◇「松江怪談―新作怪談 松江物語」今井印刷 2015 p20

相田 ゆず　あいだ・ゆず
人生列車
　◇「ショートショートの広場 17」講談社 2005（講談社文庫）p121
はんたい
　◇「ショートショートの広場 18」講談社 2006（講談社文庫）p42

間 零　あいだ・れい
シネマ通りに雨が降る
　◇「立川文学 4」けやき出版 2014 p11
スクラム・ガール
　◇「立川文学 2」けやき出版 2012 p331
靖国越え
　◇「立川文学 1」けやき出版 2011 p337

会津 史郎　あいづ・しろう
私は離さない
　◇「甦る推理雑誌 8」光文社 2003（光文社文庫）p279

會津 八一　あいづ・やいち（1881〜1956）
逍遙先生の臨終はもっとも静寂をきわめた≫伊達俊光
　◇「日本人の手紙 3」リブリオ出版 2004 p179

相戸 結衣　あいと・ゆい
神隠し
　◇「5分で読める！ひと駅ストーリー 冬の記憶西口編」宝島社 2013（宝島社文庫）p161
空飛ぶアスタリスク
　◇「5分で読める！ひと駅ストーリー 猫の物語」宝

島社 2014（宝島社文庫）p159
ホルマリン槽の女
　◇「5分で読める！ ひと駅ストーリー 夏の記憶東口編」宝島社 2013（宝島社文庫）p111
ミルフィーユの食べ方がわからない
　◇「5分で読める！ ひと駅ストーリー 食の話」宝島社 2015（宝島社文庫）p149

相藤 克秀　あいとう・かつひで
孫の目 じいの目
　◇「平成28年熊本地震作品集」くまもと文学・歴史館友の会 2016 p31

逢時 直見　あいとき・なおみ
吹雪の中で
　◇「ゆきのまち幻想文学賞小品集 14」企画集団ぷりずむ 2005 p145

藍原 貴之　あいはら・たかゆき
じゃんけん必勝男
　◇「ショートショートの花束 8」講談社 2016（講談社文庫）p63
宿題代行サービス
　◇「ショートショートの花束 8」講談社 2016（講談社文庫）p254

相星 雅子　あいぼし・まさこ（1937～）
おまる
　◇「現代鹿児島小説大系 1」ジャプラン 2014 p72

愛理 修　あいり・おさむ
詭計の神
　◇「新・本格推理 7」光文社 2007（光文社文庫）p431
偶然のアリバイ
　◇「新・本格推理 06」光文社 2006（光文社文庫）p395
月の兎
　◇「新・本格推理 02」光文社 2002（光文社文庫）p157
霧湖荘の殺人
　◇「本格推理 12」光文社 1998（光文社文庫）p421

饗庭 篁村　あえば・こうそん（1855～1922）
駆落の駆落
　◇「明治の文学 13」筑摩書房 2003 p72
権妻の果
　◇「明治の文学 13」筑摩書房 2003 p51
魂胆
　◇「明治の文学 13」筑摩書房 2003 p103
小説家実歴談
　◇「明治の文学 13」筑摩書房 2003 p388
新殺生石
　◇「明治の文学 13」筑摩書房 2003 p283
粋と通
　◇「明治の文学 13」筑摩書房 2003 p336
涼み台
　◇「明治の文学 13」筑摩書房 2003 p152
隅田の春
　◇「明治の文学 13」筑摩書房 2003 p328
大隠居の記
　◇「明治の文学 13」筑摩書房 2003 p382
当世商人気質
　◇「新日本古典文学大系 明治編 29」岩波書店 2005 p1
徳利の行方
　◇「明治の文学 13」筑摩書房 2003 p385
俳諧気違ひ
　◇「明治の文学 13」筑摩書房 2003 p90
人の噂
　◇「明治の文学 13」筑摩書房 2003 p4
煩悩の月
　◇「明治の文学 13」筑摩書房 2003 p252
窓の月
　◇「明治の文学 13」筑摩書房 2003 p239
走馬燈（まはりどうらう）
　◇「明治の文学 13」筑摩書房 2003 p181
水汲笊
　◇「明治の文学 13」筑摩書房 2003 p348
三筋町の通人
　◇「明治の文学 13」筑摩書房 2003 p226
ムヅカシヤ
　◇「明治の文学 13」筑摩書房 2003 p96
メカシ損
　◇「明治の文学 13」筑摩書房 2003 p272
落語の趣味
　◇「明治の文学 13」筑摩書房 2003 p343
良夜
　◇「明治の文学 13」筑摩書房 2003 p313

あお
〔親子の考察〕
　◇「人は死んだら電柱になる―電柱アンソロジー」遠すぎる未来団 2014 p108

青　あお
雪の子
　◇「ゆきのまち幻想文学賞小品集 13」企画集団ぷりずむ 2004 p163

蒼井 上鷹　あおい・うえたか（1968～）
オウンゴール
　◇「現場に臨め」光文社 2010（Kappa novels）p15
　◇「現場に臨め」光文社 2014（光文社文庫）p7
最後のメッセージ
　◇「本格ミステリ 2006」講談社 2006（講談社ノベルス）p389
　◇「珍しい物語のつくり方―本格短編ベスト・セレクション」講談社 2010（講談社文庫）p577
大松鮨の奇妙な客
　◇「ザ・ベストミステリーズ―推理小説年鑑 2005」講談社 2005 p507

あおい

◇「隠された鍵」講談社 2008（講談社文庫）p399
堂場警部補とこぼれたミルク
◇「ザ・ベストミステリーズ―推理小説年鑑 2008」講談社 2008 p37
◇「Doubt きりのない疑惑」講談社 2011（講談社文庫）p57
ひとりで大丈夫？
◇「物語のルミナリエ」光文社 2011（光文社文庫）p58
ラスト・セッション
◇「ザ・ベストミステリーズ―推理小説年鑑 2007」講談社 2007 p65
◇「ULTIMATE MYSTERY―究極のミステリー、ここにあり」講談社 2010（講談社文庫）p247
私はこうしてデビューした
◇「事件の痕跡」光文社 2007（Kappa novels）p13
◇「事件の痕跡」光文社 2012（光文社文庫）p7

碧井 かえる　あおい・かえる
バイバイほらふき
◇「かわいい―第16回フェリシモ文学賞優秀作品集」フェリシモ 2013 p66

蒼 隼大　あおい・しゅんた
冬を待つ人
◇「ゆきのまち幻想文学賞小品集 22」企画集団ぷりずむ 2013 p113

青井 知之　あおい・ともゆき
田舎の風景
◇「てのひら怪談―ビーケーワン怪談大賞傑作選 庚寅」ポプラ社 2010（ポプラ文庫）p220
お届け物
◇「てのひら怪談―ビーケーワン怪談大賞傑作選 辛卯」ポプラ社 2011（ポプラ文庫）p66
タイパーズハイ
◇「てのひら怪談―ビーケーワン怪談大賞傑作選 壬辰」ポプラ社 2012（ポプラ文庫）p158
トイレを借りに
◇「てのひら怪談―ビーケーワン怪談大賞傑作選 庚寅」ポプラ社 2010（ポプラ文庫）p88
無言の帰宅
◇「てのひら怪談 癸巳」KADOKAWA 2013（MF文庫ダ・ヴィンチ）p104
メガネの導き
◇「てのひら怪談―ビーケーワン怪談大賞傑作選 壬辰」ポプラ社 2012（ポプラ文庫）p164

青井 夏海　あおい・なつみ
大空学園に集まれ
◇「蒼迷宮―ミステリー・アンソロジー」祥伝社 2002（祥伝社文庫）p111
帰ってください―助産師探偵の事件簿
◇「ミステリーズ！extra―《ミステリ・フロンティア》特集」東京創元社 2004 p244
金環日食を見よう
◇「エール！ 1」実業之日本社 2012（実業之日本社文庫）p115

払ってください
◇「ベスト本格ミステリ 2012」講談社 2012（講談社ノベルス）p79
◇「探偵の殺される夜―本格短編ベスト・セレクション」講談社 2016（講談社文庫）p107
別れてください
◇「本格ミステリ 2003」講談社 2003（講談社ノベルス）p357
◇「論理学園事件帳―本格短編ベスト・セレクション」講談社 2007（講談社文庫）p481

蒼井 ひかり　あおい・ひかり（1982～）
アヒージョの罠
◇「5分で読める！ ひと駅ストーリー 食の話」宝島社 2015（宝島社文庫）p179
さよならジンクス
◇「5分で読める！ ひと駅ストーリー 夏の記憶東口編」宝島社 2013（宝島社文庫）p181
出奔
◇「5分で読める！ ひと駅ストーリー 本の物語」宝島社 2014（宝島社文庫）p219
その男、剣呑につき
◇「5分で読める！ ひと駅ストーリー 冬の記憶東口編」宝島社 2013（宝島社文庫）p101

あおい まち
涙ダルマが融けるとき
◇「ゆきのまち幻想文学賞小品集 17」企画集団ぷりずむ 2008 p170

蒼井 雄　あおい・ゆう（1909～1975）
狂燥曲殺人事件
◇「幻の探偵雑誌 1」光文社 2000（光文社文庫）p159
霧しぶく山
◇「幻の探偵雑誌 4」光文社 2001（光文社文庫）p221
執念
◇「幻の探偵雑誌 10」光文社 2002（光文社文庫）p261
三つめの棺
◇「甦る推理雑誌 2」光文社 2002（光文社文庫）p47

葵 優喜　あおい・ゆうき
牛になれ
◇「ショートショートの広場 17」講談社 2005（講談社文庫）p20
不細工な女
◇「ショートショートの花束 1」講談社 2009（講談社文庫）p277
よき妻
◇「ショートショートの広場 16」講談社 2005（講談社文庫）p97

藍井 倫　あおい・りん
ワールドエンド
◇「ショートショートの花束 3」講談社 2011（講談社文庫）p223

青池 研吉　あおいけ・けんきち（1914～）
飛行する死人
◇「甦る推理雑誌 1」光文社 2002（光文社文庫）p369

青木 和　あおき・かず
赤の渦紋
◇「酒の夜語り」光文社 2002（光文社文庫）p217
銀の鋏
◇「邪香草―恋愛ホラー・アンソロジー」祥伝社 2003（祥伝社文庫）p241
死人魚
◇「少女の空間」徳間書店 2001（徳間デュアル文庫）p71
チャチャの収穫
◇「玩具館」光文社 2001（光文社文庫）p107

青木 恵哉　あおき・けいさい（1893～1969）
青木恵哉遺句集 一葉（ひとは）
◇「ハンセン病文学全集 9」皓星社 2010 p166

青木 憲一　あおき・けんいち
悔心白波月夜
◇「捕物時代小説選集 5」春陽堂書店 2000（春陽文庫）p225

青木 研次　あおき・けんじ
いつか読書する日
◇「年鑑代表シナリオ集 '05」シナリオ作家協会 2006 p83

青木 豪　あおき・ごう（1967～）
ミエルヒ
◇「テレビドラマ代表作選集 2011年版」日本脚本家連盟 2011 p105

青木 淳悟　あおき・じゅんご（1979～）
江戸鑑出世紙屑
◇「文学 2014」講談社 2014 p19
言葉がチャーチル
◇「小説の家」新潮社 2016 p105
捕まえて、鬼平！
◇「名探偵登場！」講談社 2016（講談社文庫）p169
捕まえて、鬼平！―鬼平「風説」犯科帳
◇「名探偵登場！」講談社 2014 p143
日付の数だけ言葉が
◇「文学 2008」講談社 2008 p113

青木 譲二　あおき・じょうじ
大地は育む
◇「日本統治期台湾文学集成 10」緑蔭書房 2003 p91

青木 伸一　あおき・しんいち
山茱萸の花
◇「ハンセン病文学全集 8」皓星社 2006 p356
小岱の山
◇「ハンセン病文学全集 8」皓星社 2006 p495

青木 玉　あおき・たま（1929～）
ネコ染衛門
◇「にゃんそろじー」新潮社 2014（新潮文庫）p217

青木 知己　あおき・ともみ
九人病
◇「新・本格推理 05」光文社 2005（光文社文庫）p291
迷宮の観覧車
◇「新・本格推理 04」光文社 2004（光文社文庫）p15
Y駅発深夜バス
◇「新・本格推理 03」光文社 2003（光文社文庫）p311
◇「本格ミステリ 2004」講談社 2004（講談社ノベルス）p41
◇「ザ・ベストミステリーズ―推理小説年鑑 2004」講談社 2004 p95
◇「犯人たちの部屋」講談社 2007（講談社文庫）p475
◇「深夜バス78回転の問題―本格短編ベスト・セレクション」講談社 2008（講談社文庫）p63

青木 尚志　あおき・なおし
私の上に降る雪は
◇「高校演劇Selection 2005 上」晩成書房 2007 p65

青木 洪　あおき・ひろし（1908～？）
東京の片隅で
◇「近代朝鮮文学日本語作品集1901～1938 創作篇 5」緑蔭書房 2004 p283
ミィンメヌリ
◇「〈外地〉の日本語文学選 3」新宿書房 1996 p215
流々轉々
◇「近代朝鮮文学日本語作品集1939～1945 評論・随筆篇 3」緑蔭書房 2002 p155
草鞋
◇「近代朝鮮文学日本語作品集1939～1945 評論・随筆篇 3」緑蔭書房 2002 p285

青木 正児　あおき・まさる（1887～1964）
鵞掌・熊掌
◇「たんときれいに召し上がれ―美食文学精選」芸術新聞社 2015 p187
陶然亭
◇「美食」国書刊行会 1998（書物の王国）p22

青木 美土里　あおき・みどり
押入れ
◇「てのひら怪談―ビーケーワン怪談大賞傑作選 2」ポプラ社 2007 p194
◇「てのひら怪談―ビーケーワン怪談大賞傑作選 己丑」ポプラ社 2009（ポプラ文庫）p226
姉妹
◇「てのひら怪談―ビーケーワン怪談大賞傑作選 庚寅」ポプラ社 2010（ポプラ文庫）p122
背戸の家
◇「てのひら怪談―ビーケーワン怪談大賞傑作選 壬

あおき

辰」ポプラ社 2012（ポプラ文庫）p70
先祖返り
◇「てのひら怪談—ビーケーワン怪談大賞傑作選 百怪繚乱篇」ポプラ社 2008 p164
道行き
◇「てのひら怪談—ビーケーワン怪談大賞傑作選 辛卯」ポプラ社 2011（ポプラ文庫）p16

青木 裕次　あおき・ゆうじ
雪の散華
◇「ゆきのまち幻想文学賞小品集 10」企画集団ぶりずむ 2001 p120
夜咄
◇「ゆきのまち幻想文学賞小品集 9」企画集団ぶりずむ 2000 p5

青鷺 幽鬼　あおさぎ・ゆうき
⇒海野十三（うんの・じゅうざ）、角田喜久雄（つのだ・きくお）を見よ

青崎 有吾　あおさき・ゆうご
髪の短くなった死体
◇「ベスト本格ミステリ 2015」講談社 2015（講談社ノベルス）p381
もう一色選べる丼
◇「殺意の隘路」光文社 2016（最新ベスト・ミステリー）p13

青島 さかな　あおしま・さかな
生贄
◇「超短編の世界 vol.3」創英社 2011 p55
靴
◇「超短編の世界 vol.2」創英社 2009 p99
雲作り
◇「超短編の世界 vol.3」創英社 2011 p24
シンクロ
◇「超短編の世界 vol.3」創英社 2011 p140
ナマコ式
◇「超短編の世界」創英社 2008 p90

青島 武　あおしま・たけし（1961～）
光の雨
◇「年鑑代表シナリオ集 '01」映人社 2002 p413

青田 ひでき　あおた・ひでき
ノスタルジック・カフェ—1971・あの時君は
◇「新進作家戯曲集」論創社 2004 p1

あおチューリップ
「雪のまち」
◇「ゆきのまち幻想文学賞小品集 14」企画集団ぶりずむ 2005 p157

青砥 十　あおと・みつる
シンクロ
◇「超短編の世界 vol.3」創英社 2011 p141
透明な雪
◇「超短編の世界 vol.3」創英社 2011 p22

歯車の花
◇「超短編傑作選 v.6」創英社 2007 p21
指先アクロバティック
◇「超短編の世界 vol.2」創英社 2009 p55

碧野 圭　あおの・けい
わずか四分間の輝き
◇「エール！　1」実業之日本社 2012（実業之日本社文庫）p217

青野 聰　あおの・さとし
朔行する星からの便り
◇「戦後短篇小説選—『世界』1946–1999 5」岩波書店 2000 p195
まぼろしの演劇
◇「文学 2003」講談社 2003 p110

青野 季吉　あおの・すえきち（1890～1961）
半世紀の早稲田作家
◇「早稲田作家処女作集」講談社 2012（講談社文芸文庫）p9

青野 零奈　あおの・れいな
アイのうた
◇「人は死んだら電柱になる—電柱アンソロジー」遠すぎる未来団 2014 p259

青葉 香歩　あおば・かほ
青葉香歩遺句抄
◇「ハンセン病文学全集 9」皓星社 2010 p422

青葉 涼人　あおば・すずひと
なつくさ
◇「御子神さん—幸福をもたらす♂三毛猫」竹書房 2010（竹書房文庫）p181

青水 洸　あおみ・こう
こぎん
◇「ゆきのまち幻想文学賞小品集 23」企画集団ぶりずむ 2014 p142
白いカンバス
◇「ゆきのまち幻想文学賞小品集 24」企画集団ぶりずむ 2015 p51
ともしび
◇「ゆきのまち幻想文学賞小品集 20」企画集団ぶりずむ 2011 p69
無音
◇「ゆきのまち幻想文学賞小品集 25」企画集団ぶりずむ 2015 p63

青谷 真未　あおや・まみ
エステ・イン・アズサ
◇「明日町こんぺいとう商店街—招きうさぎと七軒の物語 3」ポプラ社 2016（ポプラ文庫）p101
鬼の目元に笑いジワ
◇「となりのもののけさん—競作短篇集」ポプラ社 2014（ポプラ文庫ピュアフル）p7

青柳 淳郎　あおやぎ・あつろう
好色葵小僧

◇「捕物時代小説選集 1」春陽堂書店 1999（春陽文庫）p191

青柳 喜兵衛 あおやぎ・きべえ（1904～1938）
夢の如く出現した彼
◇「幻の探偵雑誌」光文社 2002（光文社文庫）p336

蒼柳 晋 あおやぎ・すすむ
書樓飯店
◇「進化論」光文社 2006（光文社文庫）p337
聖瑞
◇「ひとにぎりの異形」光文社 2007（光文社文庫）p503

青柳 友子 あおやぎ・ともこ（1939～1991）
あのひとによろしく
◇「赤のミステリー―女性ミステリー作家傑作選」光文社 1997 p401
◇「女性ミステリー作家傑作選 1」光文社 1999（光文社文庫）p5
死を招く踊り子
◇「いつか心の奥へ―小説推理傑作選」双葉社 1997 p9
石膏の家
◇「妖美―女流ミステリー傑作選」徳間書店 1999（徳間文庫）p5
原宿ブティックの殺人
◇「七人の女探偵」廣済堂出版 1998（KOSAIDO BLUE BOOKS）p153
露天風呂の泥棒
◇「湯の街殺人旅情―日本ミステリー紀行」青樹社 2000（青樹社文庫）p143

青柳 有季 あおやぎ・ゆき
Sister Clarence―シスタークラレンス
◇「中学生の楽しい英語劇―Let's Enjoy Some Plays」秀文館 2004 p7
My Country Home―ふるさと
◇「中学校たのしい劇脚本集―英語劇付 I」国土社 2010 p202

青山 一也 あおやま・かずや
ごはんの時間 2い
◇「高校演劇Selection 2002 上」晩成書房 2002 p81

青山 光二 あおやま・こうじ（1913～2008）
小金井小次郎島抜け始末
◇「剣鬼無明斬り」光風社出版 1997（光風社文庫）p193
三州無宿・疾風の理吉
◇「血しぶき街道」光風社出版 1998（光風社文庫）p117
吾妹子哀し
◇「文学 2003」講談社 2003 p233

青山 二郎 あおやま・じろう（1901～1979）
中原が死んだ。ただただ一人の芸術家を失った≫中原中也
◇「日本人の手紙 9」リブリオ出版 2004 p57

青山 真治 あおやま・しんじ（1964～）
寒九の滴
◇「文学 2009」講談社 2009 p115
サッド ヴァケイション
◇「年鑑代表シナリオ集 '07」シナリオ作家協会 2009 p223
地上にひとつの場所を！
◇「文学 2005」講談社 2005 p225
月の砂漠
◇「年鑑代表シナリオ集 '03」シナリオ作家協会 2004 p159
夜警
◇「文学 2007」講談社 2007 p205
レイクサイドマーダーケース（深沢正樹）
◇「年鑑代表シナリオ集 '05」シナリオ作家協会 2006 p49

青山 智樹 あおやま・ともき（1960～）
消えた男
◇「宇宙塵傑作選―日本SFの軌跡 2」出版芸術社 1997 p219
激辛戦国時代―日本人の味覚に激辛が訪れたとき、歴史は動いた
◇「NOVA―書き下ろし日本SFコレクション 8」河出書房新社 2012（河出文庫）p123
夜警
◇「ロボットの夜」光文社 2000（光文社文庫）p189

青山 七恵 あおやま・ななえ（1983～）
かけら
◇「文学 2009」講談社 2009 p239
◇「現代小説クロニクル 2005～2009」講談社 2015（講談社文芸文庫）p253
鉢かづき
◇「文学 2016」講談社 2016 p54
マチコちゃんの報告
◇「いまのあなたへ―村上春樹への12のオマージュ」NHK出版 2014 p256
役立たず
◇「文学 2011」講談社 2011 p205
山の上の春子
◇「ラブソングに飽きたら」幻冬舎 2015（幻冬舎文庫）p221
ヨーの話
◇「いまのあなたへ―村上春樹への12のオマージュ」NHK出版 2014 p255

青山 文平 あおやま・ぶんぺい（1948～）
この世の果て
◇「文学 1999」講談社 1999 p46
夏の日
◇「代表作時代小説 平成26年度」光文社 2014 p225
春山入り
◇「代表作時代小説 平成25年度」光文社 2013 p59
真桑瓜

あおや

横浜
　◇「ベスト本格ミステリ 2015」講談社 2015（講談社ノベルス）p285
　◇「街物語」朝日新聞社 2000 p267

青山 瞑　あおやま・めい
帰らざる旅
　◇「甘美なる復讐」文藝春秋 1998（文春文庫）p85

青山 蘭堂　あおやま・らんどう
床屋の源さん、探偵になる
　◇「新・本格推理 7」光文社 2007（光文社文庫）p105
風変わりな料理店
　◇「新・本格推理 01」光文社 2001（光文社文庫）p29
ポポロ島変死事件
　◇「新・本格推理 03」光文社 2003（光文社文庫）p365
幽霊横丁の殺人
　◇「新・本格推理 04」光文社 2004（光文社文庫）p331

青山 蓮月　あおやま・れんげつ
句集 露七彩
　◇「ハンセン病文学全集 9」皓星社 2010 p109

青山 蓮太郎　あおやま・れんたろう
雪地蔵
　◇「藤本義一文学賞 第1回」（大阪）たる出版 2016 p61

あか
トキウドン
　◇「てのひら怪談—ビーケーワン怪談大賞傑作選 2」ポプラ社 2007 p208

赤井 一吾　あかい・いちご
この世の鬼
　◇「本格推理 11」光文社 1997（光文社文庫）p223
翼ある靴
　◇「本格推理 12」光文社 1998（光文社文庫）p395

赤井 三尋　あかい・みひろ
秋の日のヴィオロンの溜息
　◇「乱歩賞作家 黒の謎」講談社 2004 p177

赤井 都　あかい・みやこ
午後の林
　◇「超短編の世界」創英社 2008 p38
生
　◇「超短編の世界」創英社 2008 p36
灰色の道
　◇「物語のルミナリエ」光文社 2011（光文社文庫）p383
満月
　◇「超短編の世界 vol.3」創英社 2011 p52
マンホールの蓋
　◇「超短編の世界 vol.3」創英社 2011 p160

三つの願い
　◇「超短編の世界 vol.2」創英社 2009 p50
無題
　◇「超短編の世界 vol.3」創英社 2011 p61

阿魁 竜太郎　あかい・りゅうたろう
仕事熱心
　◇「ショートショートの広場 10」講談社 2000（講談社文庫）p37
望みなし
　◇「ショートショートの広場 17」講談社 2005（講談社文庫）p207

赤江 瀑　あかえ・ばく（1933〜2012）
歌のわかれ
　◇「凶鳥の黒影—中井英夫へ捧げるオマージュ」河出書房新社 2004 p11
海贄考
　◇「日本怪奇小説傑作集 3」東京創元社 2005（創元推理文庫）p341
艶刀忌—越前守助広
　◇「名刀伝 2」角川春樹事務所 2015（ハルキ文庫）p63
風
　◇「恋物語」朝日新聞社 1998 p175
金襴抄
　◇「愛の怪談」角川書店 1999（角川ホラー文庫）p119
幻鯨
　◇「人獣怪婚」筑摩書房 2000（ちくま文庫）p21
光悦殺し
　◇「京都綺談」有楽出版社 2015 p5
春喪祭
　◇「琵琶綺談」日本出版社 2006 p105
春泥歌
　◇「櫻憑き」光文社 2001（カッパ・ノベルス）p311
水翁よ
　◇「京都宵」光文社 2008（光文社文庫）p523
捨小舟
　◇「短篇ベストコレクション—現代の小説 2000」徳間書店 2000 p267
空
　◇「恋物語」朝日新聞社 1998 p171
鳥を見た人
　◇「謎—スペシャル・ブレンド・ミステリー 007」講談社 2012（講談社文庫）p89
ニジンスキーの手
　◇「幸せな哀しみの話」文藝春秋 2009（文春文庫）p65
花曝れ首
　◇「リテラリーゴシック・イン・ジャパン—文学的ゴシック作品選」筑摩書房 2014（ちくま文庫）p295
春の寵児
　◇「幻視の系譜」筑摩書房 2013（ちくま文庫）p553

火
　◇「恋物語」朝日新聞社 1998 p166
葡萄果の藍暴き昼
　◇「短歌殺人事件―31音律のラビリンス」光文社 2003（光文社文庫）p139
返書
　◇「贈る物語Wonder」光文社 2002 p142
闇絵黒髪
　◇「黒髪に恨みは深く―髪の毛ホラー傑作選」角川書店 2006（角川ホラー文庫）p225
弄月記
　◇「舌づけ―ホラー・アンソロジー」祥伝社 1998（ノン・ポシェット）p271

赤川 次郎　あかがわ・じろう（1948～）
愛される銀座
　◇「銀座24の物語」文藝春秋 2001 p59
悪夢の果て
　◇「コレクション戦争と文学 5」集英社 2011 p573
アパートの貴婦人
　◇「冒険の森へ―傑作小説大全 3」集英社 2016 p30
アムネスティを語る（佃未音）
　◇「七つの危険な真実」新潮社 2004（新潮文庫）p307
雨降る夜に
　◇「短篇ベストコレクション―現代の小説 2010」徳間書店 2010（徳間文庫）p5
いつか、猫になった日
　◇「吾輩も猫である」新潮社 2016（新潮文庫）p7
一杯のコーヒーから
　◇「さらに不安の闇へ―小説推理傑作選」双葉社 1998 p9
命の恩人
　◇「殺意の時間割」角川書店 2002（角川文庫）p7
　◇「赤に捧げる殺意」角川書店 2013（角川文庫）p117
牛に引かれてお礼まいり
　◇「煌めきの殺意」徳間書店 1999（徳間文庫）p5
襲う
　◇「江戸猫ばなし」光文社 2014（光文社文庫）p31
回想電車
　◇「短編復活」集英社 2002（集英社文庫）p7
会話
　◇「自選ショート・ミステリー」講談社 2001（講談社文庫）p9
駆け落ちは死体とともに
　◇「犯人は秘かに笑う―ユーモアミステリー傑作選」光文社 2007（光文社文庫）p283
肝試し
　◇「江戸猫ばなし」光文社 2014（光文社文庫）p7
吸血鬼の静かな眠り
　◇「屍鬼の血族」桜桃書房 1999 p239
　◇「血と薔薇の誘う夜に―吸血鬼ホラー傑作選」角川書店 2005（角川ホラー文庫）p185

五分間の殺意
　◇「甦る「幻影城」 3」角川書店 1998（カドカワ・エンタテインメント）p363
　◇「幻影城―【探偵小説誌】不朽の名作」角川書店 2000（角川ホラー文庫）p425
指揮者に恋した乙女
　◇「30の神品―ショートショート傑作選」扶桑社 2016（扶桑社文庫）p261
地獄へご案内
　◇「名探偵の奇跡」光文社 2007（Kappa novels）p15
　◇「名探偵の奇跡」光文社 2010（光文社文庫）p7
十代最後の日
　◇「十の恐怖」角川書店 1999 p335
透き通った一日
　◇「七つの危険な真実」新潮社 2004（新潮文庫）p7
絶筆
　◇「シャーロック・ホームズに再び愛をこめて」光文社 2010（光文社文庫）p7
隣の四畳半
　◇「暗闇を見よ」光文社 2010（Kappa novels）p15
　◇「暗闇を見よ」光文社 2015（光文社文庫）p7
主
　◇「江戸猫ばなし」光文社 2014（光文社文庫）p5
猫の手
　◇「二十四粒の宝石―超短編小説傑作集」講談社 1998（講談社文庫）p9
鼠、泳ぐ
　◇「代表作時代小説 平成17年度」光文社 2005 p9
呪いの特売
　◇「驚愕遊園地」光文社 2013（最新ベスト・ミステリー）p13
　◇「驚愕遊園地」光文社 2016（光文社文庫）p7
日の丸あげて
　◇「謀」文藝春秋 2003（推理作家になりたくて マイベストミステリー）p8
　◇「マイ・ベスト・ミステリー 4」文藝春秋 2007（文春文庫）p10
双子の家
　◇「謎―スペシャル・ブレンド・ミステリー 001」講談社 2006（講談社文庫）p107
二つの『血』の物語
　◇「謀」文藝春秋 2003（推理作家になりたくて マイベストミステリー）p70
　◇「マイ・ベスト・ミステリー 4」文藝春秋 2007（文春文庫）p114
不良品、交換します！
　◇「冒険の森へ―傑作小説大全 17」集英社 2015 p8
保健室の午後
　◇「ねこ！ ネコ！ 猫！―nekoミステリー傑作選」徳間書店 2008（徳間文庫）p5
三毛猫
　◇「江戸猫ばなし」光文社 2014（光文社文庫）p23
三毛猫ホームズと永遠の恋人
　◇「名探偵で行こう―最新ベスト・ミステリー」光文

三毛猫ホームズの遺失物
◇「名探偵を追いかけろ―シリーズ・キャラクター編」光文社 2004（カッパ・ノベルス）p13
◇「名探偵を追いかけろ」光文社 2007（光文社文庫）p7

三毛猫ホームズの感傷旅行
◇「名探偵と鉄旅―鉄道ミステリー傑作選」光文社 2016（光文社文庫）p7

三毛猫ホームズのバカンス
◇「名探偵登場！」ベストセラーズ 2004（日本ミステリー名作館）p5

三毛猫ホームズの無人島
◇「最新『珠玉推理』大全 上」光文社 1998（カッパ・ノベルス）p7
◇「幻惑のラビリンス」光文社 2001（光文社文庫）p7

三毛猫ホームズの幽霊退治
◇「猫のミステリー」河出書房新社 1999（河出文庫）p135

密室の毒殺者
◇「死を招く乗客―ミステリーアンソロジー」有楽出版社 2015（JOY NOVELS）p267

見果てぬ夢
◇「幻想ミッドナイト―日常を破壊する恐怖の断片」角川書店 1997（カドカワ・エンタテインメント）p9

もういいかい
◇「殺意の隘路」光文社 2016（最新ベスト・ミステリー）p43

闇夜にカラスが散歩する
◇「金田一耕助に捧ぐ九つの狂想曲」角川書店 2002 p233
◇「金田一耕助に捧ぐ九つの狂想曲」角川書店 2012（角川文庫）p233

幽霊列車
◇「文学賞受賞・名作集成 5」リブリオ出版 2004 p123
◇「無人踏切―鉄道ミステリー傑作選」光文社 2008（光文社文庫）p593

雪女
◇「雪女のキス」光文社 2000（カッパ・ノベルス）p241

ランチタイム
◇「冥界プリズン」光文社 1999（光文社文庫）p7

忘れられた姉妹
◇「ドッペルゲンガー奇譚集―死を招く影」角川書店 1998（角川ホラー文庫）p255

赤川 武助　あかがわ・ぶすけ（1906～1954）
師弟決死隊
◇『少年倶楽部』熱血・痛快・時代短篇選」講談社 2015（講談社文芸文庫）p267

武士の子
◇『少年倶楽部』熱血・痛快・時代短篇選」講談社 2015（講談社文芸文庫）p340

赤木 純　あかぎ・じゅん
邂逅
◇「日本統治期台湾文学集成 22」緑蔭書房 2007 p169

赤木 駿介　あかぎ・しゅんすけ（1929～）
独眼竜の涙―伊達政宗の最期
◇「人物日本の歴史―時代小説版 江戸編 上」小学館 2004（小学館文庫）p105

本能寺ノ変朝―堺の豪商・天王寺屋宗及
◇「本能寺・男たちの決断―傑作時代小説」PHP研究所 2007（PHP文庫）p215

柳生宗矩・十兵衛
◇「人物日本剣豪伝 2」学陽書房 2001（人物文庫）p157

赤城 たけ子　あかぎ・たけこ
窓七句集 山人・たけ子句集（駿河山人）
◇「ハンセン病文学全集 9」皓星社 2010 p140

赤木 春之　あかぎ・はるゆき
首吊地蔵
◇「捕物時代小説選集 3」春陽堂書店 2000（春陽文庫）p143

赤木 由子　あかぎ・よしこ（1927～1988）
海辺の村への慕情
◇「山形県文学全集第2期（随筆・紀行編）6」郷土出版社 2005 p88

赤坂 憲雄　あかさか・のりお（1953～）
箕作り
◇「山形県文学全集第2期（随筆・紀行編）6」郷土出版社 2005 p293

赤坂 真理　あかさか・まり（1964～）
原形質の甘い水
◇「文学 2001」講談社 2001 p144

赤坂 好美　あかさか・よしみ（1966～）
雪の音―吉良義周
◇「我、本懐を遂げんとす―忠臣蔵傑作選」徳間書店 1998（徳間文庫）p269

赤崎 龍次　あかざき・りゅうじ
丑満奇譚
◇「ショートショートの広場 19」講談社 2007（講談社文庫）p203

赤沢 正美　あかざわ・まさみ
草に立つ風
◇「ハンセン病文学全集 8」皓星社 2006 p418

投影
◇「ハンセン病文学全集 8」皓星社 2006 p296

明石 海人　あかし・かいじん（1901～1939）
明石病院時代の手記
◇「ハンセン病文学全集 4」皓星社 2003 p67

明石病院時代の日記
◇「ハンセン病文学全集 4」皓星社 2003 p75

あらしのあと
　◇「ハンセン病文学全集 7」皓星社 2004 p448
泉
　◇「ハンセン病文学全集 7」皓星社 2004 p439
ヴェロニカの手巾―ふるさとの妻へ
　◇「ハンセン病文学全集 7」皓星社 2004 p437
歌日記
　◇「ハンセン病文学全集 4」皓星社 2003 p115
丘の上の子供の家
　◇「ハンセン病文学全集 7」皓星社 2004 p434
おもひで
　◇「ハンセン病文学全集 7」皓星社 2004 p447
海人全集（下巻）
　◇「ハンセン病文学全集 7」皓星社 2004 p432
傾く地軸
　◇「ハンセン病文学全集 7」皓星社 2004 p433
今日
　◇「ハンセン病文学全集 7」皓星社 2004 p447
屈辱
　◇「ハンセン病文学全集 7」皓星社 2004 p444
黄金虫と電球
　◇「ハンセン病文学全集 7」皓星社 2004 p435
粉河寺
　◇「ハンセン病文学全集 4」皓星社 2003 p538
詩
　◇「ハンセン病文学全集 7」皓星社 2004 p447
自宅療養時代
　◇「ハンセン病文学全集 4」皓星社 2003 p62
詩と歌
　◇「ハンセン病文学全集 4」皓星社 2003 p541
鉦
　◇「ハンセン病文学全集 7」皓星社 2004 p440
白
　◇「ハンセン病文学全集 7」皓星社 2004 p445
早春幻想
　◇「ハンセン病文学全集 7」皓星社 2004 p432
沈黙
　◇「ハンセン病文学全集 7」皓星社 2004 p444
追悼詩―故山川信吉兄の霊に捧ぐ
　◇「ハンセン病文学全集 7」皓星社 2004 p441
天秤
　◇「ハンセン病文学全集 7」皓星社 2004 p443
白描
　◇「ハンセン病文学全集 8」皓星社 2006 p74
白描・白描以後より
　◇「鉱物」国書刊行会 1997（書物の王国）p111
小曲 母
　◇「ハンセン病文学全集 7」皓星社 2004 p436
病中日記
　◇「ハンセン病文学全集 4」皓星社 2003 p94
父母
　◇「ハンセン病文学全集 7」皓星社 2004 p438
冬の納骨堂
　◇「ハンセン病文学全集 7」皓星社 2004 p432
枕
　◇「ハンセン病文学全集 7」皓星社 2004 p444
宮川量先生を送る
　◇「ハンセン病文学全集 7」皓星社 2004 p442
民謡 恵みの鐘
　◇「ハンセン病文学全集 7」皓星社 2004 p436
守宮
　◇「ハンセン病文学全集 7」皓星社 2004 p443
余命
　◇「ハンセン病文学全集 4」皓星社 2003 p536
癩
　◇「ハンセン病文学全集 7」皓星社 2004 p443
癩の島
　◇「ハンセン病文学全集 7」皓星社 2004 p445
癩の憂鬱
　◇「ハンセン病文学全集 7」皓星社 2004 p448
癩は僻む
　◇「ハンセン病文学全集 7」皓星社 2004 p443

明石 鉄也　あかし・てつや（1905〜1969）
失業者の歌
　◇「新・プロレタリア文学精選集 13」ゆまに書房 2004 p235
花火と體温表
　◇「新・プロレタリア文学精選集 13」ゆまに書房 2004 p3

明石 裕子　あかし・ゆうこ
マリー
　◇「かわさきの文学―かわさき文学賞50年記念作品集 2009年」審美社 2009 p119

明科 耕一郎　あかしな・こういちろう
悪夢クラブ
　◇「ショートショートの広場 12」講談社 2001（講談社文庫）p163
幸運ローン
　◇「ショートショートの広場 11」講談社 2000（講談社文庫）p79

赤瀬川 原平　あかせがわ・げんぺい（1937〜2014）
食い地獄
　◇「もの食う話」文藝春秋 2015（文春文庫）p107
シンメトリック
　◇「戦後短篇小説再発見 4」講談社 2001（講談社文芸文庫）p116
出口
　◇「日本文学100年の名作 8」新潮社 2015（新潮文庫）p265
天と富士山―【東京】
　◇「富士山」角川書店 2013（角川文庫）p255

あかせ

赤瀬川 隼　あかせがわ・しゅん（1931〜2015）
官兵衛受難
　◇「代表作時代小説 平成11年度」光風社出版 1999 p303
　◇「愛染夢灯籠―時代小説傑作選」講談社 2005（講談社文庫）p373
犠牛の詩―西南戦争異聞
　◇「紅葉谷から剣鬼が来る―時代小説傑作選」講談社 2002（講談社文庫）p363
接吻
　◇「短篇ベストコレクション―現代の小説 2003」徳間書店 2003（徳間文庫）p253
冬支度
　◇「現代の小説 1998」徳間書店 1998 p5
夢のあかし
　◇「愛に揺れて」リブリオ出版 2001（ラブミーワールド）p5
　◇「恋愛小説・名作集成 5」リブリオ出版 2004 p5

赤染 晶子　あかぞめ・あきこ
難破
　◇「文学 2012」講談社 2012 p110

赤月 折　あかつき・おり
積む日
　◇「ゆきのまち幻想文学賞小品集 22」企画集団ぷりずむ 2013 p146

暁 ことり　あかつき・ことり
雪バス
　◇「気配―第10回フェリシモ文学賞作品集」フェリシモ 2007 p123

我妻 俊樹　あがつま・としき
相方
　◇「怪談四十九夜」竹書房 2016（竹書房文庫）p44
イガヤシ
　◇「怪談四十九夜」竹書房 2016（竹書房文庫）p52
蛾
　◇「てのひら怪談―ビーケーワン怪談大賞傑作選 庚寅」ポプラ社 2010（ポプラ文庫）p46
かえる
　◇「てのひら怪談―ビーケーワン怪談大賞傑作選 百怪繚乱篇」ポプラ社 2008 p54
　◇「てのひら怪談―ビーケーワン怪談大賞傑作選 己丑」ポプラ社 2009（ポプラ文庫）p76
柿
　◇「てのひら怪談 癸巳」KADOKAWA 2013（MF文庫ダ・ヴィンチ）p174
歌舞伎
　◇「てのひら怪談―ビーケーワン怪談大賞傑作選」ポプラ社 2007 p14
　◇「てのひら怪談―ビーケーワン怪談大賞傑作選」ポプラ社 2008（ポプラ文庫）p10
客
　◇「てのひら怪談―ビーケーワン怪談大賞傑作選 2」ポプラ社 2007 p62
　◇「てのひら怪談―ビーケーワン怪談大賞傑作選 己丑」ポプラ社 2009（ポプラ文庫）p28
浄霊中
　◇「てのひら怪談―ビーケーワン怪談大賞傑作選」ポプラ社 2007 p108
　◇「てのひら怪談―ビーケーワン怪談大賞傑作選」ポプラ社 2008（ポプラ文庫）p112
砂
　◇「てのひら怪談―ビーケーワン怪談大賞傑作選 壬辰」ポプラ社 2012（ポプラ文庫）p20
汐蜂
　◇「てのひら怪談―ビーケーワン怪談大賞傑作選 辛卯」ポプラ社 2011（ポプラ文庫）p88
父の就職
　◇「てのひら怪談―ビーケーワン怪談大賞傑作選 百怪繚乱篇」ポプラ社 2008 p58
　◇「てのひら怪談―ビーケーワン怪談大賞傑作選 己丑」ポプラ社 2009（ポプラ文庫）p124
なづき
　◇「てのひら怪談―ビーケーワン怪談大賞傑作選」ポプラ社 2008（ポプラ文庫）p172
廃屋
　◇「てのひら怪談―ビーケーワン怪談大賞傑作選 辛卯」ポプラ社 2011（ポプラ文庫）p76
プレゼントの人形
　◇「怪談四十九夜」竹書房 2016（竹書房文庫）p48
閉店後
　◇「怪談四十九夜」竹書房 2016（竹書房文庫）p36
茉莉花
　◇「てのひら怪談―ビーケーワン怪談大賞傑作選」ポプラ社 2007 p194
　◇「てのひら怪談―ビーケーワン怪談大賞傑作選」ポプラ社 2008（ポプラ文庫）p204
迷路事情
　◇「てのひら怪談―ビーケーワン怪談大賞傑作選 百怪繚乱篇」ポプラ社 2008 p56
迷路の天狗
　◇「怪談四十九夜」竹書房 2016（竹書房文庫）p40
もう一人
　◇「ショートショートの広場 13」講談社 2002（講談社文庫）p43
山彦
　◇「てのひら怪談―ビーケーワン怪談大賞傑作選 百怪繚乱篇」ポプラ社 2008 p60
百合
　◇「てのひら怪談―ビーケーワン怪談大賞傑作選 庚寅」ポプラ社 2010（ポプラ文庫）p134
笑い坊主
　◇「超短編の世界 vol.3」創英社 2011 p144

赤沼 三郎　あかぬま・さぶろう（1909〜）
悪魔黙示録
　◇悪魔黙示録「新青年」一九三八―探偵小説暗黒の時代へ」光文社 2011（光文社文庫）p95
寝台
　◇「幻の探偵雑誌 10」光文社 2002（光文社文庫）p379

人面師梅朱芳
　◇「妖異百物語 1」出版芸術社 1997（ふしぎ文学館）p57

赤埴 千枝子　あかはに・ちえこ
おじいちゃんのゴキブリ退治
　◇「ひらく―第15回フェリシモ文学賞」フェリシモ 2012 p56

赤羽 道夫　あかばね・みちお
小びんの中の進化
　◇「ショートショートの花束 1」講談社 2009（講談社文庫）p189
混み男
　◇「ショートショートの花束 2」講談社 2010（講談社文庫）p145
小さなレンズの向こう側
　◇「ショートショートの花束 8」講談社 2016（講談社文庫）p127

赤腹 江森　あかはら・えもり
妻の乳房
　◇「ショートショートの花束 5」講談社 2013（講談社文庫）p136

赤星 正徳　あかほし・まさのり
戯曲 安平城（ゼーランジヤジョウ）異聞―尊い犠牲者にね 一幕
　◇「日本統治期台湾文学集成 14」緑蔭書房 2003 p43

赤星 都　あかほし・みやこ
ひとりぼっち
　◇「てのひら怪談―ビーケーワン怪談大賞傑作選 辛卯」ポプラ社 2011（ポプラ文庫）p222

赤間 倭子　あかま・しずこ（1926～）
大石内蔵助の妻・理玖
　◇「物語妻たちの忠臣蔵」新人物往来社 1998 p9

赤間 幸人　あかま・ゆきひと
コンスタントいこう
　◇「高校演劇Selection 2001 下」晩成書房 2001 p7

赤松 昭彦　あかまつ・あきひこ
赤い糸
　◇「ショートショートの広場 13」講談社 2002（講談社文庫）p57

赤松 秀昭　あかまつ・ひであき
ある日突然
　◇「物語の魔の物語―メタ怪談傑作選」徳間書店 2001（徳間文庫）p25

赤松 麟児　あかまつ・りんじ
アナウンス
　◇「ゆきのまち幻想文学賞小品集 7」NTTメディアスコープ 1997 p68

赤嶺 陽子　あかみね・ようこ
クラゲクライシス
　◇「高校演劇Selection 2004 下」晩成書房 2004 p37

阿川 佐和子　あがわ・さわこ（1953～）
アンタさん
　◇「あなたに、大切な香りの記憶はありますか？―短編小説集」文藝春秋 2008 p87
　◇「あなたに、大切な香りの記憶はありますか？」文藝春秋 2011（文春文庫）p91
海辺食堂の姉妹
　◇「最後の恋―つまり、自分史上最高の恋。」新潮社 2008（新潮文庫）p83
拾い主からの電話
　◇「空を飛ぶ恋―ケータイがつなぐ28の物語」新潮社 2006（新潮文庫）p28
森で待つ
　◇「最後の恋プレミアム―つまり、自分史上最高の恋。」新潮社 2011（新潮文庫）p91

阿川 弘之　あがわ・ひろゆき（1920～2015）
暗い波濤
　◇「読み聞かせる戦争」光文社 2015 p211
クレヨンの絵
　◇「戦後短篇小説選―『世界』1946-1999 3」岩波書店 2000 p3
蝙蝠
　◇「コレクション戦争と文学 7」集英社 2011 p684
鮨
　◇「日本文学100年の名作 8」新潮社 2015（新潮文庫）p381
とりとめもない感想―文字について
　◇「文学 1997」講談社 1997 p191
年年歳歳
　◇「戦後短篇小説再発見 8」講談社 2002（講談社文芸文庫）p16
　◇「第三の新人名作選」講談社 2011（講談社文芸文庫）p7
野藤
　◇「歴史小説の世紀 地の巻」新潮社 2000（新潮文庫）p147
水の恵み
　◇「こどものころにみた夢」講談社 2008 p40

阿川 義己　あがわ・よしみ
リサイクル
　◇「ショートショートの広場 13」講談社 2002（講談社文庫）p79

阿丸 まり　あがん・まり
土葬
　◇「てのひら怪談 癸巳」KADOKAWA 2013（MF文庫ダ・ヴィンチ）p170
啼く魚
　◇「てのひら怪談―ビーケーワン怪談大賞傑作選 庚寅」ポプラ社 2010（ポプラ文庫）p176
水恋鳥
　◇「てのひら怪談―ビーケーワン怪談大賞傑作選 2」ポプラ社 2007 p22
　◇「てのひら怪談―ビーケーワン怪談大賞傑作選 己丑」ポプラ社 2009（ポプラ文庫）p62

あき

亜木 冬彦 あぎ・ふゆひこ（1960〜）
笑う生首
◇「金田一耕助の新たな挑戦」角川書店 1997（角川文庫）p7

亜木 康子 あぎ・やすこ
四月一日、花曇り
◇「脈動―同人誌作家作品選」ファーストワン 2013 p45

阿木 燿子 あぎ・ようこ（1945〜）
エーゲ海のように
◇「エクスタシィ―大人の恋の物語り」ベストセラーズ 2003 p227
カルメンに恋して
◇「奇妙な恋の物語」光文社 1998（光文社文庫）p217

秋 竜山 あき・りゅうざん（1942〜）
宗教違反を平気な天国
◇「70年代日本SFベスト集成 5」筑摩書房 2015（ちくま文庫）p28

秋井 裕 あきい・ゆたか
教唆は正犯
◇「新・本格推理 05」光文社 2005（光文社文庫）p221

明川 哲也 あきかわ・てつや
⇒ドリアン助川（どりあんすけがわ）を見よ

秋口 ぎぐる あきぐち・ぎぐる
ギルドの掟―盗賊を縛る
◇「狙われたヘッポコーズ―ソード・ワールド短編集」富士見書房 2004（富士見ファンタジア文庫）p93
子ども殺し
◇「ブラックミステリーズ―12の黒い謎をめぐる219の質問」KADOKAWA 2015（角川文庫）p209
のろま
◇「ブラックミステリーズ―12の黒い謎をめぐる219の質問」KADOKAWA 2015（角川文庫）p43
やましい三人
◇「ブラックミステリーズ―12の黒い謎をめぐる219の質問」KADOKAWA 2015（角川文庫）p153

秋里 光彦 あきさと・みつひこ
⇒高原英理（たかはら・えいり）を見よ

秋沢 一氏 あきさわ・ひとし
見えない光の夏
◇「立川文学 3」けやき出版 2013 p125

秋田 雨雀 あきた・うじゃく（1883〜1962）
教授の死（二幕）―第一期の黄昏
◇「新・プロレタリア文学精選集 2」ゆまに書房 2004 p97
首を斬る瞬間（一幕二場）
◇「新・プロレタリア文学精選集 2」ゆまに書房 2004 p75
序
◇「新・プロレタリア文学精選集 2」ゆまに書房 2004
颱風前後（三幕）
◇「新・プロレタリア文学精選集 2」ゆまに書房 2004 p27
土の子供（三部）
◇「新・プロレタリア文学精選集 2」ゆまに書房 2004 p198
天上の結婚（一幕）
◇「新・プロレタリア文学精選集 2」ゆまに書房 2004 p245
二個の生物
◇「新・プロレタリア文学精選集 2」ゆまに書房 2004 p287
二十一房（壹幕）
◇「新・プロレタリア文学精選集 2」ゆまに書房 2004 p142
佛陀と幼兒の死（わが幼兒の母に輿ふ）
◇「新・プロレタリア文学精選集 2」ゆまに書房 2004 p1
童話劇 雪女（吹雪の夜）
◇「新・プロレタリア文学精選集 2」ゆまに書房 2004 p170

秋田 穂月 あきた・すいげつ（1916〜）
生きて逢いたし
◇「ハンセン病文学全集 7」皓星社 2004 p492
生きて逢いたし・拾遺（遺稿）
◇「ハンセン病文学全集 7」皓星社 2004 p498
生き恥という名の証明
◇「ハンセン病文学全集 7」皓星社 2004 p498
額椽のない対話
◇「ハンセン病文学全集 7」皓星社 2004 p492
片道切符 三瀬谷駅発〇時十五分
◇「ハンセン病文学全集 7」皓星社 2004 p493
空白への招待
◇「ハンセン病文学全集 7」皓星社 2004 p429
◇「ハンセン病文学全集 7」皓星社 2004 p430
こころの痛点
◇「ハンセン病文学全集 7」皓星社 2004 p502
霜柱の賦
◇「ハンセン病文学全集 7」皓星社 2004 p496
蒼穹への招待
◇「ハンセン病文学全集 7」皓星社 2004 p429
大地の翳りの中で
◇「ハンセン病文学全集 7」皓星社 2004 p503
姉やんの土産
◇「ハンセン病文学全集 7」皓星社 2004 p501
花火残影
◇「ハンセン病文学全集 7」皓星社 2004 p505
ひなまつりによせて
◇「ハンセン病文学全集 7」皓星社 2004 p504
雪
◇「ハンセン病文学全集 7」皓星社 2004 p494

秋田 みやび　あきた・みやび
季節の巡るたびごとに
　◇「冒険の夜に翔べ！―ソード・ワールド短編集」富士見書房 2003（富士見ファンタジア文庫）p7
幸せにいたる道
　◇「集え！へっぽこ冒険者たち―ソード・ワールド短編集」富士見書房 2002（富士見ファンタジア文庫）p91
友という名のもとに―イリーナの涙
　◇「踊れ！へっぽこ大祭典―ソード・ワールド短編集」富士見書房 2004（富士見ファンタジア文庫）p287
ひとひらの歴史―魔術師を誘う
　◇「狙われたヘッポコーズ―ソード・ワールド短編集」富士見書房 2004（富士見ファンタジア文庫）p169
へっぽこ冒険者と緑の蔭―ラムリアースの森が微笑む
　◇「へっぽこ冒険者と緑の蔭―ソード・ワールド短編集」富士見書房 2005（富士見ファンタジア文庫）p285

秋田 禎信　あきた・よしのぶ（1973〜）
スペル・ブレイク・トリガー！
　◇「小説創るぜ！―突撃アンソロジー」富士見書房 2004（富士見ファンタジア文庫）p9

秋月 達郎　あきづき・たつろう（1959〜）
あいのこ船
　◇「散りぬる桜―時代小説招待席」廣済堂出版 2004 p7
蜃気楼
　◇「御伽草子―ホラー・アンソロジー」PHP研究所 2001（PHP文庫）p375
ずいずいずっころばし―茶壺
　◇「妖かしの宴―わらべ唄の呪い」PHP研究所 1999（PHP文庫）p355
月満ちて人狼たり
　◇「変化―書下ろしホラー・アンソロジー」PHP研究所 2000（PHP文庫）p331
冬虫夏草
　◇「セブンス・アウト―悪夢七夜」童夢舎 2000（Doumノベル）p235
緑の薔薇
　◇「恐怖館」青樹社 1999（青樹社文庫）p235
村重好み―耀變天目記
　◇「ふりむけば闇―時代小説招待席」廣済堂出版 2003 p7
　◇「ふりむけば闇―時代小説招待席」徳間書店 2007（徳間文庫）p5
夜叉神峠の一族
　◇「傑作・推理ミステリー10番勝負」永岡書店 1999 p157
浪漫堂の主人
　◇「傑作・推理ミステリー10番勝負」永岡書店 1999 p85

秋月 涼介　あきづき・りょうすけ（1971〜）
消えた左腕事件
　◇「蝦蟇倉市事件 2」東京創元社 2010（東京創元社・ミステリー・フロンティア）p219
　◇「街角で謎が待っている」東京創元社 2014（創元推理文庫）p247

秋永 幸宏　あきなが・ゆきひろ
レアイズム
　◇「「伊豆文学賞」優秀作品集 第14回」静岡新聞社 2011 p214

秋梨 惟喬　あきなし・これたか（1962〜）
殷帝之宝剣
　◇「ザ・ベストミステリーズ―推理小説年鑑 2011」講談社 2011 p69
　◇「Shadow闇に潜む真実」講談社 2014（講談社文庫）p193
殺三狼
　◇「砂漠を走る船の道―ミステリーズ！新人賞受賞作品集」東京創元社 2016（創元推理文庫）p75

秋野 佳月　あきの・かづき
ジンクレールの青い空
　◇「太宰治賞 2014」筑摩書房 2014 p95

秋野 菊作　あきの・きくさく
　⇒西田政治（にしだ・まさじ）を見よ

秋之 桜子　あきの・さくらこ
猿
　◇「優秀新人戯曲集 2011」ブロンズ新社 2010 p51

秋野 鈴虫　あきの・すずむし
テレビジョン
　◇「70年代日本SFベスト集成 5」筑摩書房 2015（ちくま文庫）p7

秋満 吉彦　あきみつ・よしひこ
狩野永徳の罠
　◇「立川文学 3」けやき出版 2013 p11

秋元 いずみ　あきもと・いずみ
銀の鳥
　◇「現代短編小説選―2005〜2009」日本民主主義文学会 2010 p7

秋元 不死男　あきもと・ふじお（1901〜1977）
俳句
　◇「コレクション戦争と文学 13」集英社 2011 p281

秋元 正紀　あきもと・まさのり
和志の家族
　◇「高校演劇Selection 2003 上」晩成書房 2003 p97

秋元 松代　あきもと・まつよ（1911〜2001）
ちぐはぐな話
　◇「人間みな病気」ランダムハウス講談社 2007 p185
常陸坊海尊
　◇「新装版 全集現代文学の発見 11」學藝書林 2004 p318

秋元 倫　あきもと・みち
チェロの弦
　◇「全作家短編小説集 11」全作家協会 2012 p166
秋元 康　あきもと・やすし（1956〜）
穴（遙香）
　◇「アドレナリンの夜—珠玉のホラーストーリーズ」
　　竹書房 2009 p221
噂（珠理奈）
　◇「アドレナリンの夜—珠玉のホラーストーリーズ」
　　竹書房 2009 p231
エレベーター（敦子）
　◇「アドレナリンの夜—珠玉のホラーストーリーズ」
　　竹書房 2009 p27
おばあちゃん（もえ）
　◇「アドレナリンの夜—珠玉のホラーストーリーズ」
　　竹書房 2009 p145
オルゴール（麻里子）
　◇「アドレナリンの夜—珠玉のホラーストーリーズ」
　　竹書房 2009 p95
かくれんぼ（恵）
　◇「アドレナリンの夜—珠玉のホラーストーリーズ」
　　竹書房 2009 p103
彼氏（瑠美）
　◇「アドレナリンの夜—珠玉のホラーストーリーズ」
　　竹書房 2009 p211
脅迫者（麻友）
　◇「アドレナリンの夜—珠玉のホラーストーリーズ」
　　竹書房 2009 p165
シャンプー（一美）
　◇「アドレナリンの夜—珠玉のホラーストーリーズ」
　　竹書房 2009 p59
心霊スポット（莉乃）
　◇「アドレナリンの夜—珠玉のホラーストーリーズ」
　　竹書房 2009 p155
スキューバダイビング（明日香）
　◇「アドレナリンの夜—珠玉のホラーストーリーズ」
　　竹書房 2009 p123
スープ（美樹）
　◇「アドレナリンの夜—珠玉のホラーストーリーズ」
　　竹書房 2009 p77
ドライブ（由加理）
　◇「アドレナリンの夜—珠玉のホラーストーリーズ」
　　竹書房 2009 p15
トンネル（れいな）
　◇「アドレナリンの夜—珠玉のホラーストーリーズ」
　　竹書房 2009 p39
夏休みは終わらない
　◇「夏休み」KADOKAWA 2014（角川文庫）p241
猫嫌い（麻衣）
　◇「アドレナリンの夜—珠玉のホラーストーリーズ」
　　竹書房 2009 p51
ビデオレター（花）
　◇「アドレナリンの夜—珠玉のホラーストーリーズ」
　　竹書房 2009 p191
防犯カメラ（久美）
　◇「アドレナリンの夜—珠玉のホラーストーリーズ」
　　竹書房 2009 p175
麻酔（理沙）
　◇「アドレナリンの夜—珠玉のホラーストーリーズ」
　　竹書房 2009 p87
間違い電話（希）
　◇「アドレナリンの夜—珠玉のホラーストーリーズ」
　　竹書房 2009 p5
陽子（夏海）
　◇「アドレナリンの夜—珠玉のホラーストーリーズ」
　　竹書房 2009 p67
ラジオ（佳代）
　◇「アドレナリンの夜—珠玉のホラーストーリーズ」
　　竹書房 2009 p133
理科室（優子）
　◇「アドレナリンの夜—珠玉のホラーストーリーズ」
　　竹書房 2009 p183
隣人（佐江）
　◇「アドレナリンの夜—珠玉のホラーストーリーズ」
　　竹書房 2009 p201
FAX（智美）
　◇「アドレナリンの夜—珠玉のホラーストーリーズ」
　　竹書房 2009 p113
秋谷 瞬　あきや・しゅん
再結晶
　◇「ゆきのまち幻想文学賞小品集 12」企画集団ぷり
　　ずむ 2003 p54
秋山 亜由子　あきやま・あゆこ
土蜘蛛草紙
　◇「響き交わす鬼」小学館 2005（小学館文庫）p209
秋山 香乃　あきやま・かの
誠の旗の下で—藤堂平助
　◇「新選組出陣」廣済堂出版 2014 p371
　◇「新選組出陣」徳間書店 2015（徳間文庫）p371
秋山 狂一郎　あきやま・きょういちろう
ライツヴィル殺人事件（新井素子／吾妻ひでお）
　◇「北村薫の本格ミステリ・ライブラリー」角川書店
　　2001（角川文庫）p205
秋山 清　あきやま・きよし（1905〜1988）
雨
　◇「新装版 全集現代文学の発見 別巻」學藝書林 2005
　　p510
おやしらず
　◇「新装版 全集現代文学の発見 別巻」學藝書林 2005
　　p520
かぜ
　◇「新装版 全集現代文学の発見 別巻」學藝書林 2005
　　p514
国葬
　◇「新装版 全集現代文学の発見 別巻」學藝書林 2005
　　p515

砂丘
　◇「新装版 全集現代文学の発見 別巻」學藝書林 2005 p513
詩 象のはなし
　◇「コレクション戦争と文学 12」集英社 2013 p224
白い花
　◇「新装版 全集現代文学の発見 別巻」學藝書林 2005 p519
送行
　◇「新装版 全集現代文学の発見 別巻」學藝書林 2005 p517
拍手—ニュース第一七三号
　◇「新装版 全集現代文学の発見 別巻」學藝書林 2005 p516
まひる
　◇「新装版 全集現代文学の発見 別巻」學藝書林 2005 p521
雪
　◇「新装版 全集現代文学の発見 別巻」學藝書林 2005 p511

秋山 浩司　あきやま・こうじ
　明日の湯
　◇「明日町こんぺいとう商店街—招きうさぎと七軒の物語 3」ポプラ社 2016（ポプラ文庫）p143
　猫を抱く少女
　◇「猫とわたしの七日間—青春ミステリーアンソロジー」ポプラ社 2013（ポプラ文庫ピュアフル）p153

秋山 咲絵　あきやま・さきえ
　魔法のおうち
　◇「万華鏡—第14回フェリシモ文学賞作品集」フェリシモ 2011 p38

秋山 駿　あきやま・しゅん（1930〜2013）
　想像する自由—内部の人間の犯罪
　◇「新装版 全集現代文学の発見 10」學藝書林 2004 p534

秋山 省三　あきやま・しょうぞう
　陽の残り
　◇「立川文学 4」けやき出版 2014 p155

秋山 末雄　あきやま・すえお
　因縁
　◇「ショートショートの広場 13」講談社 2002（講談社文庫）p81
　天国と地獄
　◇「ショートショートの広場 17」講談社 2005（講談社文庫）p89
　ニュース（童謡付）
　◇「ショートショートの広場 11」講談社 2000（講談社文庫）p172

秋山 真琴　あきやま・まこと
　弔夜
　◇「てのひら怪談—ビーケーワン怪談大賞傑作選 2」ポプラ社 2007 p110
　◇「てのひら怪談—ビーケーワン怪談大賞傑作選 己丑」ポプラ社 2009（ポプラ文庫）p222
　闇沼
　◇「てのひら怪談—ビーケーワン怪談大賞傑作選 百怪綠乱篇」ポプラ社 2008 p226

秋山 瑞人　あきやま・みずひと（1971〜）
　海原の用心棒
　◇「SFマガジン700 国内篇」早川書房 2014（ハヤカワ文庫 SF）p273
　おれはミサイル
　◇「ゼロ年代SF傑作選」早川書房 2010（ハヤカワ文庫 JA）p303
　◇「コレクション戦争と文学 5」集英社 2011 p221

秋吉 千尋　あきよし・ちひろ
　応募要項
　◇「ショートショートの広場 10」講談社 2000（講談社文庫）p97
　タクシー
　◇「ショートショートの広場 11」講談社 2000（講談社文庫）p70

秋芳 雅人　あきよし・まさと
　乗り移るもの
　◇「てのひら怪談—ビーケーワン怪談大賞傑作選」ポプラ社 2007 p170
　◇「てのひら怪談—ビーケーワン怪談大賞傑作選」ポプラ社 2008（ポプラ文庫）p178

秋吉 理香子　あきよし・りかこ
　リケジョの婚活
　◇「ザ・ベストミステリーズ—推理小説年鑑 2016」講談社 2016 p49

日日日　あきら（1986〜）
　かものはし
　◇「学び舎は血を招く」講談社 2008（講談社ノベルス）p201

阿久 悠　あく・ゆう（1937〜2007）
　ありし日の歌物語
　◇「少女物語」朝日新聞社 1998 p51

芥川 比呂志　あくたがわ・ひろし（1920〜1981）
　ローマ上空、おい、着陸だ！≫芥川瑠璃子・尚子・耿子
　◇「日本人の手紙 7」リブリオ出版 2004 p194

芥川 龍之介　あくたがわ・りゅうのすけ（1892〜1927）
　秋
　◇「奇妙な恋の物語」光文社 1998（光文社文庫）p317
　◇「文士の意地—車谷長吉撰短篇小説輯 上巻」作品社 2005 p138
　◇「愛」SDP 2009（SDP bunko）p181
　◇「女 1」あの出版 2016（GB）p33
　アグニの神

あくた

悪魔
- ◇「文豪怪談傑作選 芥川龍之介集」筑摩書房 2010（ちくま文庫）p93

悪魔
- ◇「文豪怪談傑作選 芥川龍之介集」筑摩書房 2010（ちくま文庫）p305

或阿呆の一生
- ◇「ちくま日本文学 2」筑摩書房 2007（ちくま文庫）p398

或旧友へ送る手記
- ◇「日本人の手紙 8」リブリオ出版 2004 p49

或日の大石内蔵助
- ◇「忠臣蔵コレクション 3」河出書房新社 1998（河出文庫）p39
- ◇「赤穂浪士伝奇」勉誠出版 2002（べんせいライブラリー）p143

家
- ◇「文豪怪談傑作選 芥川龍之介集」筑摩書房 2010（ちくま文庫）p315

池西言水
- ◇「文豪怪談傑作選 芥川龍之介集」筑摩書房 2010（ちくま文庫）p310

市村座の「四谷怪談」 附 御所五郎蔵
- ◇「文豪怪談傑作選 芥川龍之介集」筑摩書房 2010（ちくま文庫）p295

位牌
- ◇「文豪怪談傑作選 芥川龍之介集」筑摩書房 2010（ちくま文庫）p321

芋粥
- ◇「ちくま日本文学 2」筑摩書房 2007（ちくま文庫）p49
- ◇「文人御馳走帖」新潮社 2014（新潮文庫）p189
- ◇「味覚小説名作集」光文社 2016（光文社文庫）p103

海のほとり
- ◇「文豪怪談傑作選 芥川龍之介集」筑摩書房 2010（ちくま文庫）p225

英米の文学上に現われた怪異
- ◇「文豪怪談傑作選 芥川龍之介集」筑摩書房 2010（ちくま文庫）p287

おぎん
- ◇「怪奇・伝奇時代小説選集 4」春陽堂書店 2000（春陽文庫）p128

お時儀
- ◇「ちくま日本文学 2」筑摩書房 2007（ちくま文庫）p26

お狸様
- ◇「文豪怪談傑作選 芥川龍之介集」筑摩書房 2010（ちくま文庫）p323

お富の貞操
- ◇「百年小説」ポプラ社 2008 p639
- ◇「日本文学全集 26」河出書房新社 2017 p75

温泉だより
- ◇「温泉小説」アーツアンドクラフツ 2006 p30

開化の殺人
- ◇「ちくま日本文学 2」筑摩書房 2007（ちくま文庫）p211

怪例及妖異
- ◇「文豪怪談傑作選 芥川龍之介集」筑摩書房 2010（ちくま文庫）p329

影
- ◇「文豪怪談傑作選 芥川龍之介集」筑摩書房 2010（ちくま文庫）p27

かげ草
- ◇「文豪怪談傑作選 芥川龍之介集」筑摩書房 2010（ちくま文庫）p313

河童
- ◇「ちくま日本文学 2」筑摩書房 2007（ちくま文庫）p291
- ◇「河童のお弟子」筑摩書房 2014（ちくま文庫）p138, 143

河童及河伯
- ◇「文豪怪談傑作選 芥川龍之介集」筑摩書房 2010（ちくま文庫）p363

河童及河伯―「椒図志異」より
- ◇「河童のお弟子」筑摩書房 2014（ちくま文庫）p129

カルメン
- ◇「名短篇ほりだしもの」筑摩書房 2011（ちくま文庫）p151

枯野抄
- ◇「ちくま日本文学 2」筑摩書房 2007（ちくま文庫）p291

河郎の歌
- ◇「文豪怪談傑作選 芥川龍之介集」筑摩書房 2010（ちくま文庫）p319

河郎の歌―「蕩々帖」より
- ◇「河童のお弟子」筑摩書房 2014（ちくま文庫）p136

奇怪な再会
- ◇「文豪怪談傑作選 芥川龍之介集」筑摩書房 2010（ちくま文庫）p49

鬼趣
- ◇「文豪怪談傑作選 芥川龍之介集」筑摩書房 2010（ちくま文庫）p317

鬼趣図
- ◇「文豪怪談傑作選 芥川龍之介集」筑摩書房 2010（ちくま文庫）p314

凶
- ◇「文豪怪談傑作選 特別編」筑摩書房 2008（ちくま文庫）p375
- ◇「文豪怪談傑作選 芥川龍之介集」筑摩書房 2010（ちくま文庫）p269

凶（抄）
- ◇「文豪てのひら怪談」ポプラ社 2009（ポプラ文庫）p107

疑惑
- ◇「見上げれば星は天に満ちて―心に残る物語―日本文学秀作選」文藝春秋 2005（文春文庫）p61
- ◇「ペン先の殺意―文芸ミステリー傑作選」光文社 2005（光文社文庫）p37

草双紙

◇「文豪怪談傑作選 芥川龍之介集」筑摩書房 2010（ちくま文庫）p322

苦しい時は二人で一しょに苦しみましょう≫塚本文
◇「日本人の手紙 4」リブリオ出版 2004 p100

袈裟と盛遠
◇「文豪たちが書いた耽美小説短編集」彩図社 2015 p49

玄鶴山房
◇「ちくま日本文学 2」筑摩書房 2007（ちくま文庫）p262
◇「読んでおきたい近代日本小説選」龍書房 2012 p221

幻燈（「少年」より）
◇「文豪怪談傑作選 芥川龍之介集」筑摩書房 2010（ちくま文庫）p213

黒衣聖母
◇「文豪怪談傑作選 芥川龍之介集」筑摩書房 2010（ちくま文庫）p18

「骨董羹」
◇「文豪怪談傑作選 芥川龍之介集」筑摩書房 2010（ちくま文庫）p304

孤独地獄
◇「文豪怪談傑作選 芥川龍之介集」筑摩書房 2010（ちくま文庫）p208

狐狸妖
◇「文豪怪談傑作選 芥川龍之介集」筑摩書房 2010（ちくま文庫）p357

「雑筆」
◇「文豪怪談傑作選 芥川龍之介集」筑摩書房 2010（ちくま文庫）p306

詩
◇「ちくま日本文学 2」筑摩書房 2007（ちくま文庫）p452

死後
◇「夢」国書刊行会 1998（書物の王国）p27
◇「文豪怪談傑作選 芥川龍之介集」筑摩書房 2010（ちくま文庫）p250

地獄変
◇「ちくま日本文学 2」筑摩書房 2007（ちくま文庫）p83
◇「作品で読む20世紀の日本文学」白地社（発売）2008 p43

「支那の画」
◇「文豪怪談傑作選 芥川龍之介集」筑摩書房 2010（ちくま文庫）p314

「侏儒の言葉」より
◇「危険なマッチ箱」文藝春秋 2009（文春文庫）p375

呪詛及奇病
◇「文豪怪談傑作選 芥川龍之介集」筑摩書房 2010（ちくま文庫）p381

俊寛
◇「史話」凱風社 2009（PD叢書）p41

序
◇「文豪怪談傑作選 芥川龍之介集」筑摩書房 2010（ちくま文庫）p292

椒図志異
◇「文豪怪談傑作選 芥川龍之介集」筑摩書房 2010（ちくま文庫）p329

食物として
◇「文人御馳走帖」新潮社 2014（新潮文庫）p221

虱
◇「ブキミな人びと」ランダムハウス講談社 2007 p99

蜃気楼―或は「続海のほとり」
◇「人恋しい雨の夜に―せつない小説アンソロジー」光文社 2006（光文社文庫）p77
◇「文豪怪談傑作選 芥川龍之介集」筑摩書房 2010（ちくま文庫）p239

水怪
◇「文豪怪談傑作選 芥川龍之介集」筑摩書房 2010（ちくま文庫）p306

水怪―「雑筆」より
◇「河童のお弟子」筑摩書房 2014（ちくま文庫）p134

「澄江堂雑記」
◇「文豪怪談傑作選 芥川龍之介集」筑摩書房 2010（ちくま文庫）p315

西洋人（「保吉の手帳から」より）
◇「文豪怪談傑作選 芥川龍之介集」筑摩書房 2010（ちくま文庫）p218

仙人
◇「冒険の森へ―傑作小説大全 13」集英社 2016 p8

相聞一
◇「ちくま日本文学 2」筑摩書房 2007（ちくま文庫）p452

相聞二
◇「ちくま日本文学 2」筑摩書房 2007（ちくま文庫）p453

相聞三
◇「ちくま日本文学 2」筑摩書房 2007（ちくま文庫）p453

ダアク一座
◇「文豪怪談傑作選 芥川龍之介集」筑摩書房 2010（ちくま文庫）p325

大震雑記
◇「天変動く大震災と作家たち」インパクト出版会 2011（インパクト選書）p102

第七巻の序
◇「文豪怪談傑作選 芥川龍之介集」筑摩書房 2010（ちくま文庫）p293

第二巻の序
◇「文豪怪談傑作選 芥川龍之介集」筑摩書房 2010（ちくま文庫）p293

戯れに（1）
◇「ちくま日本文学 2」筑摩書房 2007（ちくま文庫）p456

戯れに（2）
◇「ちくま日本文学 2」筑摩書房 2007（ちくま文

あくた

近頃の幽霊
◇「文豪怪談傑作選 芥川龍之介集」筑摩書房 2010（ちくま文庫）p282

地上楽園
◇「超短編アンソロジー」筑摩書房 2002（ちくま文庫）p131

追憶
◇「文豪怪談傑作選 芥川龍之介集」筑摩書房 2010（ちくま文庫）p320

「てつ」
◇「文豪怪談傑作選 芥川龍之介集」筑摩書房 2010（ちくま文庫）p321

手袋
◇「ちくま日本文学 2」筑摩書房 2007（ちくま文庫）p454

「点心」
◇「文豪怪談傑作選 芥川龍之介集」筑摩書房 2010（ちくま文庫）p308

「蕩々帖」
◇「文豪怪談傑作選 芥川龍之介集」筑摩書房 2010（ちくま文庫）p319

杜子春
◇「ちくま日本文学 2」筑摩書房 2007（ちくま文庫）p165
◇「もう一度読みたい教科書の泣ける名作」学研教育出版 2013 p195

「となりのいもじ」より酒をたまはる
◇「ちくま日本文学 2」筑摩書房 2007（ちくま文庫）p455

トロッコ
◇「ちくま日本文学 2」筑摩書房 2007（ちくま文庫）p9
◇「二時間目国語」宝島社 2008（宝島社文庫）p22
◇「文豪さんへ。」メディアファクトリー 2009（MF文庫）p227
◇「もう一度読みたい教科書の泣ける名作 再び」学研教育出版 2014 p61

中州
◇「文豪怪談傑作選 芥川龍之介集」筑摩書房 2010（ちくま文庫）p326

夏
◇「ちくま日本文学 2」筑摩書房 2007（ちくま文庫）p456

七不思議
◇「文豪怪談傑作選 芥川龍之介集」筑摩書房 2010（ちくま文庫）p326

南京の基督
◇「奇跡」国書刊行会 2000（書物の王国）p171
◇「日本近代文学に描かれた「恋愛」」牧野出版 2001 p107

女体
◇「この愛のゆくえ—ポケットアンソロジー」岩波書店 2011（岩波文庫別冊）p389
◇「晩菊—女体についての八篇」中央公論新社 2016（中公文庫）p133

庭木
◇「文豪怪談傑作選 芥川龍之介集」筑摩書房 2010（ちくま文庫）p321

猫の魂
◇「文豪怪談傑作選 芥川龍之介集」筑摩書房 2010（ちくま文庫）p322

鼠小僧次郎吉
◇「悪いやつの物語」筑摩書房 2011（ちくま文学の森）p27
◇「鼠小僧次郎吉」国書刊行会 2012（義と仁叢書）p7

剥製の雉
◇「文豪怪談傑作選 芥川龍之介集」筑摩書房 2010（ちくま文庫）p324

剥製の白鳥
◇「超短編アンソロジー」筑摩書房 2002（ちくま文庫）p197

「芭蕉雑記」
◇「文豪怪談傑作選 芥川龍之介集」筑摩書房 2010（ちくま文庫）p316

鼻
◇「ちくま日本文学 2」筑摩書房 2007（ちくま文庫）p35

春の夜
◇「文豪怪談傑作選 芥川龍之介集」筑摩書房 2010（ちくま文庫）p203

雛
◇「教科書に載った小説」ポプラ社 2008 p173
◇「教科書に載った小説」ポプラ社 2012（ポプラ文庫）p155

ひょっとこ
◇「ちくま日本文学 2」筑摩書房 2007（ちくま文庫）p248
◇「とっておきの話」筑摩書房 2011（ちくま文学の森）p251

午休み（「保吉の手帳から」より）
◇「文豪怪談傑作選 芥川龍之介集」筑摩書房 2010（ちくま文庫）p221

二つの手紙
◇「文豪怪談傑作選 芥川龍之介集」筑摩書房 2010（ちくま文庫）p183

舞踏会
◇「近代小説〈都市〉を読む」双文社出版 1999 p103

船乗りのざれ歌
◇「ちくま日本文学 2」筑摩書房 2007（ちくま文庫）p455

文藝雑話 饒舌
◇「文豪怪談傑作選 芥川龍之介集」筑摩書房 2010（ちくま文庫）p273

報恩記
◇「文豪の探偵小説」集英社 2006（集英社文庫）p99

奉教人の死
◇「両性具有」国書刊行会 1998（書物の王国）p70
◇「近代小説〈異界〉を読む」双文社出版 1999 p54
◇「ちくま日本文学 2」筑摩書房 2007（ちくま文

庫）p189
- ◇「涙の百年文学―もう一度読みたい」太陽出版 2009 p240
- ◇「創刊一〇〇年三田文学名作選」三田文学会 2010 p103
- ◇「日本近代短篇小説選 大正篇」岩波書店 2012（岩波文庫）p187

埃
- ◇「文豪怪談傑作選 芥川龍之介集」筑摩書房 2010（ちくま文庫）p320

発句
- ◇「ちくま日本文学 2」筑摩書房 2007（ちくま文庫）p439

「本の事」
- ◇「文豪怪談傑作選 芥川龍之介集」筑摩書房 2010（ちくま文庫）p313

魔術
- ◇「魔術師」角川書店 2001（角川ホラー文庫）p11
- ◇「ちくま日本文学 2」筑摩書房 2007（ちくま文庫）p231
- ◇「右か、左か」文藝春秋 2010（文春文庫）p29
- ◇「文豪怪談傑作選 芥川龍之介集」筑摩書房 2010（ちくま文庫）p169
- ◇「思いがけない話」筑摩書房 2010（ちくま文学の森）p203
- ◇「冒険の森へ―傑作小説大全 8」集英社 2015 p28

魔術――一九一九（大正八）年一一月
- ◇「BUNGO―文豪短篇傑作選」角川書店 2012（角川文庫）p77

魔魅及天狗
- ◇「文豪怪談傑作選 芥川龍之介集」筑摩書房 2010（ちくま文庫）p338

蜜柑
- ◇「鉄路に咲く物語―鉄道小説アンソロジー」光文社 2005（光文社文庫）p11
- ◇「くだものだもの」ランダムハウス講談社 2007 p53
- ◇「ちくま日本文学 2」筑摩書房 2007（ちくま文庫）p19
- ◇「果実」SDP 2009（SDP bunko）p99
- ◇「心洗われる話」筑摩書房 2010（ちくま文学の森）p11
- ◇「読んでおきたい近代日本小説選」龍書房 2012 p218
- ◇「文豪たちが書いた泣ける名作短編集」彩図社 2014 p75

妙な話
- ◇「日本怪奇小説傑作集 1」東京創元社 2005（創元推理文庫）p213
- ◇「文豪怪談傑作選 芥川龍之介集」筑摩書房 2010（ちくま文庫）p9
- ◇「幻視の系譜」筑摩書房 2013（ちくま文庫）p296
- ◇「文豪たちが書いた怖い名作短編集」彩図社 2014 p109
- ◇「日本文学100年の名作 1」新潮社 2014（新潮文庫）p231

夢中遊行
- ◇「文豪怪談傑作選 芥川龍之介集」筑摩書房 2010（ちくま文庫）p323

冥途
- ◇「文豪怪談傑作選 芥川龍之介集」筑摩書房 2010（ちくま文庫）p308

桃太郎
- ◇「響き交わす鬼」小学館 2005（小学館文庫）p103
- ◇「コレクション戦争と文学 5」集英社 2011 p13
- ◇「コーヒーと小説」mille books 2016 p49

保吉の手帳から
- ◇「不思議の扉 午後の教室」角川書店 2011（角川文庫）p235

藪の中
- ◇「怪奇・伝奇時代小説選集 15」春陽堂書店 2000（春陽文庫）p234
- ◇「短編名作選―1885-1924 小説の曙」笠間書院 2003 p267
- ◇「ちくま日本文学 2」筑摩書房 2007（ちくま文庫）p145
- ◇「文豪のミステリー小説」集英社 2008（集英社文庫）p309
- ◇「京都綺談」有楽出版社 2015 p33

山吹
- ◇「ちくま日本文学 2」筑摩書房 2007（ちくま文庫）p452

郵便箱
- ◇「文豪怪談傑作選 芥川龍之介集」筑摩書房 2010（ちくま文庫）p324

幽霊
- ◇「文豪怪談傑作選 芥川龍之介集」筑摩書房 2010（ちくま文庫）p325

幽霊及怨念
- ◇「文豪怪談傑作選 芥川龍之介集」筑摩書房 2010（ちくま文庫）p368

夢
- ◇「夢」SDP 2009（SDP bunko）p69
- ◇「文豪怪談傑作選 芥川龍之介集」筑摩書房 2010（ちくま文庫）p257
- ◇「文豪怪談傑作選 芥川龍之介集」筑摩書房 2010（ちくま文庫）p307

妖婆
- ◇「呪いの恐怖」リブリオ出版 2001（怪奇・ホラーワールド）p5
- ◇「文豪怪談傑作選 芥川龍之介集」筑摩書房 2010（ちくま文庫）p111
- ◇「文豪怪談傑作選 芥川龍之介集」筑摩書房 2010（ちくま文庫）p304

龍
- ◇「いきものがたり」双文社出版 2013 p88

聊斎志異
- ◇「文豪怪談傑作選 芥川龍之介集」筑摩書房 2010（ちくま文庫）p306

六の宮の姫君
- ◇「短編で読む恋愛・家族」中部日本教育文化会 1998 p107

Ambrose Bierce
- ◇「文豪怪談傑作選 芥川龍之介集」筑摩書房 2010（ちくま文庫）p311

あくつ

The Modern Series of English Literature序文抄
◇「文豪怪談傑作選 芥川龍之介集」筑摩書房 2010（ちくま文庫）p292

圷 健太　あくつ・けんた
サルとトマトの8ビート
◇「嘘つきとおせっかい」エモン・エンタテインメント 2012（SONG NOVELS）p87

阿久根 知昭　あくね・ともあき
聞こえない声―有罪と無罪
◇「テレビドラマ代表作選集 2009年版」日本脚本家連盟 2009 p287

明 昌生　あけ・まさお
幸運
◇「ショートショートの広場 11」講談社 2000（講談社文庫）p34

明内 桂子　あけうち・けいこ
⇒四季桂子（しき・けいこ）を見よ

暁方 ミセイ　あけがた・みせい
星林
◇「十年後のこと」河出書房新社 2016 p9

明智 抄　あけち・しょう（1960～）
ハンサムウーマン
◇「蜜の眠り」廣済堂出版 2000（廣済堂文庫）p5
松茸狩りでオトナになる
◇「ハンサムウーマン」ビレッジセンター出版局 1998 p5
笑う「私」、壊れる私
◇「彗星パニック」廣済堂出版 2000（廣済堂文庫）p113

明智 光雄　あけち・みつお
末端の戦士
◇「ショートショートの広場 10」講談社 2000（講談社文庫）p47

朱野 帰子　あけの・かえるこ
初めて本をつくるあなたがすべきこと
◇「本をめぐる物語―一冊の扉」KADOKAWA 2014（角川文庫）p117

明野 照葉　あけの・てるは（1959～）
色紋様
◇「鬼瑠璃草―恋愛ホラー・アンソロジー」祥伝社 2003（祥伝社文庫）p7
かっぱタクシー
◇「紫迷宮―ミステリー・アンソロジー」祥伝社 2002（祥伝社文庫）p85
恋歌
◇「緋迷宮―ミステリー・アンソロジー」祥伝社 2001（祥伝社文庫）p107
増殖
◇「ミステリア―女性作家アンソロジー」祥伝社 2003（祥伝社文庫）p165

パパの愛情
◇「ショートショートの広場 11」講談社 2000（講談社文庫）p97

古井戸
◇「暗闇（ダークサイド）を追いかけろ―ホラー＆サスペンス編」光文社 2004（カッパ・ノベルス）p15
◇「暗闇（ダークサイド）を追いかけろ」光文社 2008（光文社文庫）p7

明星 麗　あけぼし・うらら
ドラキュラ学校
◇「小学校たのしい劇の本―英語劇付 中学年」国土社 2007 p84

朝 滋夫　あさ・しげお（1917～）
異形
◇「ハンセン病文学全集 8」皓星社 2006 p285
樹瘤
◇「ハンセン病文学全集 8」皓星社 2006 p374
生の構図
◇「ハンセン病文学全集 8」皓星社 2006 p501

浅井 あい　あさい・あい
五十年
◇「ハンセン病文学全集 8」皓星社 2006 p412
白い視界
◇「ハンセン病文学全集 8」皓星社 2006 p287
闘いのうちそと（3）婦人よ、明日のために
◇「ハンセン病文学全集 5」皓星社 2010 p351

朝井 まかて　あさい・まかて（1959～）
紛者
◇「時代小説ザ・ベスト 2016」集英社 2016（集英社文庫）p365

浅井 美英子　あさい・みえこ（1931～）
阿修羅王
◇「新装版 全集現代文学の発見 別巻」學藝書林 2005 p348

朝井 リョウ　あさい・りょう（1989～）
逆算
◇「X'mas Stories―一年でいちばん奇跡が起きる日」新潮社 2016（新潮文庫）p7
清水課長の二重線
◇「20の短編小説」朝日新聞出版 2016（朝日文庫）p9
水曜日の南階段はきれい
◇「最後の恋MEN'S―つまり、自分史上最高の恋。」新潮社 2014（新潮文庫）p113
それでは二人組を作ってください
◇「この部屋で君と」新潮社 2014（新潮文庫）p7
ひからない蛍
◇「いつか、君へ Boys」集英社 2012（集英社文庫）p71

浅井 了意　あさい・りょうい（？～1691）
安倍晴明物語（須永朝彦〔訳〕）

◇「陰陽師伝奇大全」白泉社 2001 p69
怪を語れば怪至(富士正晴〔訳〕)
◇「文豪てのひら怪談」ポプラ社 2009（ポプラ文庫）p214

浅尾 大輔　あさお・だいすけ（1970～）
ブルーシート
◇「文学 2010」講談社 2010 p127

朝岡 栄治　あさおか・えいじ
お誕生日会
◇「本格推理 15」光文社 1999（光文社文庫）p177

浅香 甲陽　あさか・こうよう
白夢 栗生楽泉園
◇「ハンセン病文学全集 9」皓星社 2010 p65

淺川 継太　あさかわ・けいた
気がかりな少女
◇「いまのあなたへ―村上春樹への12のオマージュ」NHK出版 2014 p8
通り抜ける
◇「いまのあなたへ―村上春樹への12のオマージュ」NHK出版 2014 p7

浅川 純　あさかわ・じゅん（1939～）
新年会の話題
◇「自選ショート・ミステリー 2」講談社 2001（講談社文庫）p154
世紀末をよろしく
◇「逆転の瞬間」文藝春秋 1998（文春文庫）p87

浅木 信也　あさぎ・しんや
実は、その島
◇「ショートショートの広場 17」講談社 2005（講談社文庫）p85

浅黄 斑　あさぎ・まだら（1946～）
海豹亭の客
◇「金曜の夜は、ラブ・ミステリー」三笠書房 2000（王様文庫）p223
雨中の客
◇「小説推理新人賞受賞作アンソロジー 1」双葉社 2000（双葉文庫）p65
海馬にて
◇「ザ・ベストミステリーズ―推理小説年鑑 2000」講談社 2000 p501
◇「罪深き者に罰を」講談社 2002（講談社文庫）p310
盗聴
◇「自選ショート・ミステリー」講談社 2001（講談社文庫）p124
七通の手紙
◇「ザ・ベストミステリーズ―推理小説年鑑 1999」講談社 1999 p243
◇「完全犯罪証明書」講談社 2001（講談社文庫）p319
八反田青空共栄会殺人事件
◇「不在証明崩壊―ミステリーアンソロジー」角川書店 2000（角川文庫）p5
花、携えて
◇「黒衣のモニュメント」光文社 2000（光文社文庫）p7

朝倉 かすみ　あさくら・かすみ（1960～）
アンセクシー
◇「恋のかけら」幻冬舎 2008 p55
◇「恋のかけら」幻冬舎 2012（幻冬舎文庫）p61
おめでとうを伝えよう！
◇「人はお金をつかわずにはいられない」日本経済新聞出版社 2011 p59
掛け星
◇「恋のかたち、愛のいろ」徳間書店 2008 p171
◇「恋のかたち、愛のいろ」徳間書店 2010（徳間文庫）p197
空中楼閣
◇「ノスタルジー1972」講談社 2016 p77
さようなら、妻
◇「短篇ベストコレクション―現代の小説 2016」徳間書店 2016（徳間文庫）p5
とっぴんぱらりのぷう
◇「スタートライン―始まりをめぐる19の物語」幻冬舎 2010（幻冬舎文庫）p151
ノベライズ
◇「好き、だった。―はじめての失恋、七つの話」メディアファクトリー 2010（MF文庫）p39
ふかみどりどり
◇「Colors」ホーム社 2008 p207
◇「Colors」集英社 2009（集英社文庫）p133

浅倉 卓弥　あさくら・たくや（1966～）
あなたのうしろに
◇「5分で読める！ ひと駅ストーリー 乗車編」宝島社 2012（宝島社文庫）p179
落ち屋
◇「5分で読める！ ひと駅ストーリー 夏の記憶西口編」宝島社 2013（宝島社文庫）p131
このみす大賞
◇「5分で読める！ ひと駅ストーリー 冬の記憶東口編」宝島社 2013（宝島社文庫）p231
罪過の逆転
◇「もっとすごい！ 10分間ミステリー」宝島社 2013（宝島社文庫）p199
主よ、人の望みの喜びを
◇「10分間ミステリー」宝島社 2012（宝島社文庫）p31

浅暮 三文　あさぐれ・みつふみ（1959～）
悪魔の背中
◇「午前零時」新潮社 2007 p187
◇「午前零時―P.S.昨日の私へ」新潮社 2009（新潮文庫）p217
雨
◇「アジアン怪綺」光文社 2003（光文社文庫）p547
インヴィテイション

あさこ

エレファント・ジョーク
　◇「喜劇綺劇」光文社 2009（光文社文庫）p311
お薬師様
　◇「夏のグランドホテル」光文社 2003（光文社文庫）p179
カヴス・カヴス
　◇「マスカレード」光文社 2002（光文社文庫）p323
ギリシア小文字の誕生―民たちよ、見よ。そして書き記せ。これがお前たちの求めた文字である
　◇「NOVA―書き下ろし日本SFコレクション 3」河出書房新社 2010（河出文庫）p219
參
　◇「蒐集家（コレクター）」光文社 2004（光文社文庫）p323
J・サーバーを読んでいた男
　◇「本格ミステリ 2006」講談社 2006（講談社ノベルス）p261
　◇「珍しい物語のつくり方―本格短編ベスト・セレクション」講談社 2010（講談社文庫）p381
渋谷馬鹿見之詩
　◇「ひとにぎりの異形」光文社 2007（光文社文庫）p340
新宝島
　◇「逆想コンチェルト―イラスト先行・競作小説アンソロジー 奏の1」徳間書店 2010 p254
小さな三つの言葉
　◇「酒の夜語り」光文社 2002（光文社文庫）p15
遠い
　◇「恐怖症」光文社 2002（光文社文庫）p343
夏が終わる星
　◇「物語のルミナリエ」光文社 2011（光文社文庫）p76
晩夏―ぱぴぷぺぽ一族の熱い時代
　◇「NOVA―書き下ろし日本SFコレクション 9」河出書房新社 2013（河出文庫）p37
帽子の男
　◇「教室」光文社 2003（光文社文庫）p533
よくある出来事
　◇「闇電話」光文社 2006（光文社文庫）p189
喇叭
　◇「玩具館」光文社 2001（光文社文庫）p299

朝来 みゆか　あさご・みゆか
いとこのスープ
　◇「万華鏡―第14回フェリシモ文学賞作品集」フェリシモ 2011 p120

浅沢 英　あさざわ・えい
高齢化社会
　◇「ショートショートの広場 18」講談社 2006（講談社文庫）p101

麻茂 流　あさしげ・ながれ
私たちを見つけてくださった方へ。
　◇「超短編傑作選 v.6」創英社 2007 p115

浅田 耕三　あさだ・こうぞう
首化粧
　◇「花ごよみ夢一夜」光風社出版 2001（光風社文庫）p7

浅田 次郎　あさだ・じろう（1951〜）
青い火花
　◇「鉄路に咲く物語―鉄道小説アンソロジー」光文社 2005（光文社文庫）p19
うらぼんえ
　◇「現代の小説 1997」徳間書店 1997 p175
永遠の緑
　◇「冒険の森へ―傑作小説大全 19」集英社 2015 p51
遠別離
　◇「コレクション戦争と文学 13」集英社 2011 p607
男意気初春義理事―天切り松 闇がたり
　◇「短篇ベストコレクション―現代の小説 2012」徳間書店 2012（徳間文庫）p5
オリヲン座からの招待状
　◇「現代の小説 1998」徳間書店 1998 p17
オリンポスの聖女
　◇「短篇ベストコレクション―現代の小説 2001」徳間書店 2001（徳間文庫）p319
回転扉
　◇「短篇ベストコレクション―現代の小説 2006」徳間書店 2006（徳間文庫）p497
帰り道
　◇「短篇ベストコレクション―現代の小説 2011」徳間書店 2011（徳間文庫）p5
佳人
　◇「現代の小説 1999」徳間書店 1999 p5
かっぱぎ権左
　◇「ふりむけば闇―時代小説招待席」廣済堂出版 2003 p47
　◇「ふりむけば闇―時代小説招待席」徳間書店 2007（徳間文庫）p47
切符
　◇「短篇ベストコレクション―現代の小説 2004」徳間書店 2004（徳間文庫）p5
金鵄のもとに
　◇「短編工場」集英社 2012（集英社文庫）p253
小鍛冶―小狐丸
　◇「名刀伝」角川春樹事務所 2015（ハルキ文庫）p7
琥珀
　◇「短篇ベストコレクション―現代の小説 2009」徳間書店 2009（徳間文庫）p5
五郎治殿御始末
　◇「失われた空―日本人の涙と心の名作8選」新潮社 2014（新潮文庫）p7
流離人
　◇「短篇ベストコレクション―現代の小説 2015」徳間書店 2015（徳間文庫）p5
獅子吼

◇「短篇ベストコレクション―現代の小説 2014」徳間書店 2014（徳間文庫）p5

情夜
◇「短篇ベストコレクション―現代の小説 2002」徳間書店 2002（徳間文庫）p397

スターダスト・レヴュー
◇「男の涙 女の涙―せつない小説アンソロジー」光文社 2006（光文社文庫）p107

月島慕情
◇「代表作時代小説 平成15年度」光風社出版 2003 p7

月のしずく
◇「特別な一日」徳間書店 2005（徳間文庫）p99

角笛にて
◇「短編復活」集英社 2002（集英社文庫）p25

遠い砲音
◇「感涙―人情時代小説傑作選」ベストセラーズ 2004（ベスト時代文庫）p5

ひなまつり
◇「人恋しい雨の夜に―せつない小説アンソロジー」光文社 2006（光文社文庫）p199

姫椿
◇「短篇ベストコレクション―現代の小説 2000」徳間書店 2000 p55

冬の旅
◇「短篇ベストコレクション―現代の小説 2005」徳間書店 2005（徳間文庫）p513

ボスの忘れ物
◇「二十四粒の宝石―超短編小説傑作集」講談社 1998（講談社文庫）p121

マダムの咽仏
◇「翳りゆく時間」新潮社 2006（新潮文庫）p117

地下鉄（メトロ）に乗って
◇「冒険の森へ―傑作小説大全 8」集英社 2015 p391

門前金融
◇「冒険の森へ―傑作小説大全 11」集英社 2015 p70

雪鰻
◇「コレクション戦争と文学 12」集英社 2013 p516
◇「うなぎ―人情小説集」筑摩書房 2016（ちくま文庫）p231

ラブ・レター
◇「奇妙な恋の物語」光文社 1998（光文社文庫）p7
◇「日本文学100年の名作 9」新潮社 2015（新潮文庫）p71
◇「冒険の森へ―傑作小説大全 18」集英社 2016 p195

若鷲の歌
◇「コレクション戦争と文学 3」集英社 2012 p476

阿佐田 哲也　あさだ・てつや
⇒色川武大（いろかわ・たけひろ）を見よ

浅田 七絵　あさだ・ななえ
おもいでかぞく
◇「中学生のドラマ 8」晩成書房 2010 p7

浅地 健児　あさち・けんじ
終電の幽霊
◇「ショートショートの広場 19」講談社 2007（講談社文庫）p107

体感時間
◇「ショートショートの広場 20」講談社 2008（講談社文庫）p80

朝凪 ちるこ　あさなぎ・ちるこ
現実離脱
◇「忘れがたい者たち―ライトノベル・ジュブナイル選集」創英社 2007 p69

朝西 真沙　あさにし・まさ
私都
◇「下ん浜―第2回「草枕文学賞」作品集」文藝春秋企画出版部 2000 p115

浅沼 晋太郎　あさぬま・しんたろう（1976～）
星に願いを
◇「キミの笑顔」TOKYO FM出版 2006 p29

浅沼 康子　あさぬま・やすこ
ウワサの岡本よう子
◇「ショートショートの広場 8」講談社 1997（講談社文庫）p14

あさの あつこ（1954～）
雨宿りの歌
◇「ラブソングに飽きたら」幻冬舎 2015（幻冬舎文庫）p121

厭だ厭だ
◇「短篇ベストコレクション―現代の小説 2009」徳間書店 2009（徳間文庫）p489
◇「眠れなくなる夢十夜」新潮社 2009（新潮文庫）p17

鬼娘
◇「妖怪変化―京極堂トリビュート」講談社 2007 p5

きみに伝えたくて
◇「X'mas Stories――一年でいちばん奇跡が起きる日」新潮社 2016（新潮文庫）p65

さいとう市立さいとう高校野球部雑録
◇「短篇ベストコレクション―現代の小説 2010」徳間書店 2010（徳間文庫）p469

下野原光一くんについて
◇「あの日、君と Girls」集英社 2012（集英社文庫）p7

鈴江藩江戸屋敷見聞帳 にゃん！
◇「てのひら猫語り―書き下ろし時代小説」白泉社 2014（白泉社招き猫文庫）p219

チームF
◇「風色デイズ」角川春樹事務所 2012（ハルキ文庫）p211

白球の彼方
◇「短篇ベストコレクション―現代の小説 2007」徳間書店 2007（徳間文庫）p493

フィニッシュ・ゲートから
◇「シティ・マラソンズ」文藝春秋 2013（文春文

庫）p71

浅野 一男　あさの・かずお
空中軍艦未来戦―昭和八年
◇「日米架空戦記集成―明治・大正・昭和」中央公論新社 2003（中公文庫）p20

浅野 陽久　あさの・はるひさ
交錯階段
◇「ゆきのまち幻想文学賞小品集 9」企画集団ぷりずむ 2000 p102

あさの ますみ（1977〜）
あったか弁当・おまち堂
◇「明日町こんぺいとう商店街―招きうさぎと六軒の物語 2」ポプラ社 2014（ポプラ文庫）p39

浅ノ宮 遼　あさのみや・りょう
消えた脳病変
◇「監獄舎の殺人―ミステリーズ！　新人賞受賞作品集」東京創元社 2016（創元推理文庫）p173

浅原 六朗　あさはら・ろくろう（1895〜1977）
怖しい経験
◇「文豪怪談傑作選 特別編」筑摩書房 2008（ちくま文庫）p338

朝日 壮吉　あさひ・そうきち
秋空晴れて
◇「『少年倶楽部』熱血・痛快・時代短篇選」講談社 2015（講談社文芸文庫）p294
輝く友情
◇「『少年倶楽部』短篇選」講談社 2013（講談社文芸文庫）p271

朝比奈 泉　あさひな・いずみ
e′（イーダッシュ）
◇「創作脚本集―60周年記念」岡山県高等学校演劇協議会 2011（おかやまの高校演劇）p185

朝吹 真理子　あさぶき・まりこ（1984〜）
家路
◇「文学 2011」講談社 2011 p158
きことわ
◇「現代小説クロニクル 2010〜2014」講談社 2015（講談社文芸文庫）p192

朝間 義隆　あさま・よしたか
たそがれ清兵衛（山田洋次）
◇「年鑑代表シナリオ集 '02」シナリオ作家協会 2003 p199

浅松 一夫　あさまつ・かずお（1921〜）
マキ
◇「中学生のドラマ 2」晩聲書房 1996 p85

朝松 健　あさまつ・けん（1956〜）
赤い歯型
◇「心霊理論」光文社 2007（光文社文庫）p305
生きてゐる風
◇「憑依」光文社 2010（光文社文庫）p513

応仁黄泉図
◇「魔地図」光文社 2005（光文社文庫）p37
追ってくる
◇「ふるえて眠れない―ホラーミステリー傑作選」光文社 2006（光文社文庫）p251
かいちご
◇「チャイルド」廣済堂出版 1998（廣済堂文庫）p27
木曽の裯
◇「妖女」光文社 2004（光文社文庫）p407
輝風 戻る能はず
◇「アート偏愛」光文社 2005（光文社文庫）p529
恐怖燈
◇「キネマ・キネマ」光文社 2002（光文社文庫）p329
首狂言天守投合
◇「喜劇綺劇」光文社 2009（光文社文庫）p13
黒耆
◇「江戸迷宮」光文社 2011（光文社文庫）p43
荒墟
◇「恐怖症」光文社 2002（光文社文庫）p273
◇「ザ・ベストミステリーズ―推理小説年鑑 2003」講談社 2003 p395
◇「殺人格差」講談社 2006（講談社文庫）p455
小面曾我放下敵討
◇「俳優」廣済堂出版 1999（廣済堂文庫）p423
異の葉狩り
◇「夏のグランドホテル」光文社 2003（光文社文庫）p287
この島にて
◇「進化論」光文社 2006（光文社文庫）p289
十死街
◇「十の恐怖」角川書店 1999 p243
屍舞図
◇「Fの肖像―フランケンシュタインの幻想たち」光文社 2010（光文社文庫）p73
邪曲回廊
◇「オバケヤシキ」光文社 2005（光文社文庫）p455
邪笑ふ闇
◇「獣人」光文社 2003（光文社文庫）p381
「俊寛」抄―世阿弥という名の獄
◇「時間怪談」廣済堂出版 1999（廣済堂文庫）p189
甦
◇「アジアン怪綺」光文社 2003（光文社文庫）p165
水虎論
◇「水妖」廣済堂出版 1998（廣済堂文庫）p15
聖ジェームズ病院
◇「秘神界 歴史編」東京創元社 2002（創元推理文庫）p535
尊氏膏
◇「蒐集家（コレクター）」光文社 2004（光文社文庫）p499
地下のマドンナ
◇「自選ショート・ミステリー 2」講談社 2001（講

談社文庫）p131
超自然におけるラヴクラフト
　◇「魔術師」角川書店 2001（角川ホラー文庫）p27
泥中蓮
　◇「トロピカル」廣済堂出版 1999（廣済堂文庫）p459
「西の京」戀幻戯
　◇「京都宵」光文社 2008（光文社文庫）p389
ぬっへっほふ
　◇「未来妖怪」光文社 2008（光文社文庫）p589
東山殿御庭
　◇「黒い遊園地」光文社 2004（光文社文庫）p425
　◇「ザ・ベストミステリーズ―推理小説年鑑 2005」講談社 2005 p185
　◇「仕掛けられた罪」講談社 2008（講談社文庫）p337
飛鏡の蠱
　◇「妖異七奇談」双葉社 2005（双葉文庫）p73
緋衣
　◇「伯爵の血族―紅ノ章」光文社 2007（光文社文庫）p329
ひとつ目さうし
　◇「幻想探偵」光文社 2009（光文社文庫）p445
秘法　燕返し
　◇「伝奇城―伝奇時代小説アンソロジー」光文社 2005（光文社文庫）p363
筆置くも夢のうちなるしるしかな
　◇「物語のルミナリエ」光文社 2011（光文社文庫）p418
舟自帰
　◇「幽霊船」光文社 2001（光文社文庫）p281
豊国祭の鐘
　◇「屍者の行進」廣済堂出版 1998（廣済堂文庫）p563
醜い空
　◇「怪物團」光文社 2009（光文社文庫）p69
「夜刀浦領」異聞
　◇「秘神―闇の祝祭者たち」アスキー 1999（アスペクトノベルス）p43
妖霊星
　◇「夢魔」光文社 2001（光文社文庫）p265
立華白椿
　◇「ひとにぎりの異形」光文社 2007（光文社文庫）p200
若狭殿耳始末
　◇「闇電話」光文社 2006（光文社文庫）p139
詫びの時空
　◇「教室」光文社 2003（光文社文庫）p277
麻見 展子　あさみ・のぶこ
存在のたしかな記憶
　◇「紫迷宮―ミステリー・アンソロジー」祥伝社 2002（祥伝社文庫）p291

浅見 淵　あさみ・ふかし（1899～1973）
夏日抄
　◇「戦後占領期短篇小説コレクション 2」藤原書店 2007 p151
山
　◇「早稲田作家処女作集」講談社 2012（講談社文芸文庫）p191
「山」について
　◇「早稲田作家処女作集」講談社 2012（講談社文芸文庫）p200
朝宮 運河　あさみや・うんが
赤い凧
　◇「てのひら怪談―ビーケーワン怪談大賞傑作選」ポプラ社 2008（ポプラ文庫）p72
白昼
　◇「てのひら怪談―ビーケーワン怪談大賞傑作選」ポプラ社 2007 p158
　◇「てのひら怪談―ビーケーワン怪談大賞傑作選」ポプラ社 2008（ポプラ文庫）p164
父子像
　◇「怪物團」光文社 2009（光文社文庫）p305
見あげる二人
　◇「てのひら怪談―ビーケーワン怪談大賞傑作選」ポプラ社 2007 p164
　◇「てのひら怪談―ビーケーワン怪談大賞傑作選」ポプラ社 2008（ポプラ文庫）p170
朝山 蜻一　あさやま・せいいち（1907～1979）
くびられた隠者
　◇「探偵くらぶ―探偵小説傑作選1946～1958 下」光文社 1997（カッパ・ノベルス）p7
　◇「怪奇探偵小説集 3」角川春樹事務所 1998（ハルキ文庫）p169
白日の夢
　◇「甦る推理雑誌 10」光文社 2004（光文社文庫）p93
フロイトの可愛い娘
　◇「甦る「幻影城」2」角川書店 1997（カドカワ・エンタテインメント）p143
淺里 大助　あさり・だいすけ
解氷
　◇「大人が読む。ケータイ小説―第1回ケータイ文学賞アンソロジー」オンブック 2007 p5
あじ
寂れた街
　◇「ショートショートの花束 5」講談社 2013（講談社文庫）p164
阿字 平八郎　あじ・へいはちろう
シュレディンガーの子猫
　◇「ショートショートの花束 7」講談社 2015（講談社文庫）p11
葭ヶ浦 武史　あしがうら・たけし
百人目
　◇「ショートショートの花束 5」講談社 2013（講談

足柄 左右太　あしがら・そうた
私は誰でしょう
- ◇「甦る推理雑誌 9」光文社 2003（光文社文庫）p221

葦川 晃　あしかわ・あきら
遅刻者
- ◇「ハンセン病に咲いた花―初期文芸名作選 戦後編」皓星社 2002（ハンセン病叢書）p174

芦川 淳一　あしかわ・じゅんいち（1953～）
赤い舌
- ◇「恐怖館」青樹社 1999（青樹社文庫）p95

宇宙人が殺した
- ◇「傑作・推理ミステリー10番勝負」永岡書店 1999 p61

サムライ・ザ・リッパー
- ◇「伝奇城―伝奇時代小説アンソロジー」光文社 2005（光文社文庫）p139

逃げる旗本
- ◇「幕末スパイ戦争」徳間書店 2015（徳間文庫）p271

漫画家殺人事件
- ◇「傑作・推理ミステリー10番勝負」永岡書店 1999 p133

芦崎 凪　あしざき・なぎ
首輪
- ◇「太宰治賞 2007」筑摩書房 2007 p81

芦澤 明美　あしざわ・あけみ
ぼくらのハーモニー
- ◇「小学校・全員参加の楽しい学級劇・学年劇脚本集 低学年」黎明書房 2007 p94

芦沢 央　あしざわ・よう
絵の中の男
- ◇「ザ・ベストミステリーズ―推理小説年鑑 2016」講談社 2016 p75

願わない少女
- ◇「悪意の迷路」光文社 2016（最新ベスト・ミステリー）p13

許されようとは思いません
- ◇「ザ・ベストミステリーズ―推理小説年鑑 2015」講談社 2015 p7
- ◇「ベスト本格ミステリ 2015」講談社 2015（講談社ノベルス）p347

芦田 晋作　あしだ・しんさく
朝
- ◇「超短編傑作選 v.6」創英社 2007 p72

しゃっくり
- ◇「超短編傑作選 v.6」創英社 2007 p70

芦原 すなお　あしはら・すなお（1949～）
雨坊主
- ◇「現代の小説 1999」徳間書店 1999 p217

おくどさん
- ◇「恋物語」朝日新聞社 1998 p213

ずずばな
- ◇「たんときれいに召し上がれ―美食文学精選」芸術新聞社 2015 p145

聖バレンタイン
- ◇「恋物語」朝日新聞社 1998 p208

道祖神
- ◇「恋物語」朝日新聞社 1998 p202

ひっぱり地蔵
- ◇「恋物語」朝日新聞社 1998 p217

雪のマズルカ
- ◇「ザ・ベストミステリーズ―推理小説年鑑 2000」講談社 2000 p47
- ◇「嘘つきは殺人のはじまり」講談社 2003（講談社文庫）p358

葦原 青　あしはら・せい
sprout
- ◇「躍進―C★NOVELS大賞作家アンソロジー」中央公論新社 2012（C・NOVELS Fantasia）p58

葦原 崇貴　あしはら・たかき
いえきゅぶおじさん
- ◇「リトル・リトル・クトゥルー―史上最小の神話小説集」学習研究社 2009 p16

一歳
- ◇「リトル・リトル・クトゥルー―史上最小の神話小説集」学習研究社 2009 p12

楽光師匠最期の高座『死神』の録音テープ
- ◇「てのひら怪談―ビーケーワン怪談大賞傑作選 庚寅」ポプラ社 2010（ポプラ文庫）p230

カマキラー
- ◇「てのひら怪談―ビーケーワン怪談大賞傑作選 辛卯」ポプラ社 2011（ポプラ文庫）p140

クマキラー
- ◇「てのひら怪談―ビーケーワン怪談大賞傑作選 百怪繚乱篇」ポプラ社 2008 p190

くるまれて
- ◇「新・本格推理 7」光文社 2007（光文社文庫）p221

世界を終わらす方法
- ◇「リトル・リトル・クトゥルー―史上最小の神話小説集」学習研究社 2009 p22

忠実なペット
- ◇「リトル・リトル・クトゥルー―史上最小の神話小説集」学習研究社 2009 p20

手乗りクトゥルー
- ◇「リトル・リトル・クトゥルー―史上最小の神話小説集」学習研究社 2009 p10

堀の向こうから
- ◇「てのひら怪談 癸巳」KADOKAWA 2013（MF文庫ダ・ヴィンチ）p58

三つの鐘
- ◇「リトル・リトル・クトゥルー―史上最小の神話小説集」学習研究社 2009 p18

モンシロチョウ
　◇「てのひら怪談—ビー ケーワン怪談大賞傑作選 壬辰」ポプラ社 2012（ポプラ文庫）p172
やれやれ、また魚か！
　◇「リトル・リトル・クトゥルー—史上最小の神話小説集」学習研究社 2009 p24
Radio Free Yuggoth
　◇「リトル・リトル・クトゥルー—史上最小の神話小説集」学習研究社 2009 p14

芦辺 拓　あしべ・たく（1958～）

黄金の雑誌、黄金の刻
　◇「ミステリ・リーグ傑作選 下」論創社 2007（論創海外ミステリ）p364
仮面と幻夢の躍る街角
　◇「マスカレード」光文社 2002（光文社文庫）p239
黒い密室—続・薔薇荘殺人事件
　◇「驚愕遊園地」光文社 2013（最新ベスト・ミステリー）p31
　◇「驚愕遊園地」光文社 2016（光文社文庫）p39
講談・江戸川乱歩一代記
　◇「江戸川乱歩に愛をこめて」光文社 2011（光文社文庫）p7
五瓶劇場 戯場国邪神封陣
　◇「秘神界 歴史編」東京創元社 2002（創元推理文庫）p285
五瓶劇場 けいせい伝奇城
　◇「伝奇城—伝奇時代小説アンソロジー」光文社 2005（光文社文庫）p191
裁判員法廷二〇〇九
　◇「本格ミステリー二〇〇七年本格短編ベスト・セレクション 07」講談社 2007（講談社ノベルス）p45
　◇「名探偵の奇跡」光文社 2007（Kappa novels）p43
死体の冷めないうちに
　◇「不在証明崩壊—ミステリーアンソロジー」角川書店 2000（角川文庫）p41
疾駆するジョーカー
　◇「密室殺人大百科 上」原書房 2000 p13
シミュラクラの罠
　◇「ひとにぎりの異形」光文社 2007（光文社文庫）p36
少年と怪魔の駆ける遊園
　◇「黒い遊園地」光文社 2004（光文社文庫）p265
少年は怪人を夢見る
　◇「変化—書下ろしホラー・アンソロジー」PHP研究所 2000（PHP文庫）p219
ジョン・ディクスン・カー氏、ギデオン・フェル博士に会う
　◇「密室と奇蹟—J.D.カー生誕百周年記念アンソロジー」東京創元社 2006 p5
審理（裁判員法廷二〇〇九）
　◇「名探偵の奇跡」光文社 2010（光文社文庫）p49
　◇「法廷ジャックの心理学—本格短編ベスト・セレクション」講談社 2011（講談社文庫）p67
そしてオリエント急行から誰もいなくなった
　◇「全席死定—鉄道ミステリー名作館」徳間書店 2004（徳間文庫）p127
黄昏の怪人たち
　◇「贋作館事件」原書房 1999 p243
探偵と怪人のいるホテル
　◇「グランドホテル」廣済堂出版 1999（廣済堂文庫）p39
天幕と銀幕の見える場所
　◇「世紀末サーカス」廣済堂出版 2000（廣済堂文庫）p13
　◇「大阪ラビリンス」新潮社 2014（新潮文庫）p319
読者よ欺かれておくれ
　◇「あなたが名探偵」東京創元社 2009（創元推理文庫）p235
曇斎先生事件帳—木乃伊とウニコール
　◇「本格ミステリ 2003」講談社 2003（講談社ノベルス）p69
　◇「論理学園事件帳—本格短編ベスト・セレクション」講談社 2007（講談社文庫）p89
長い廊下の果てに
　◇「ミステリ★オールスターズ」角川書店 2010 p261
　◇「ミステリ・オールスターズ」角川書店 2012（角川文庫）p307
78回転の密室
　◇「本格ミステリ 2004」講談社 2004（講談社ノベルス）p163
　◇「深夜バス78回転の問題—本格短編ベスト・セレクション」講談社 2008（講談社文庫）p239
ブラウン神父の日本趣味（小森健太朗）
　◇「贋作館事件」原書房 1999 p37
フレンチ警部と雷鳴の城
　◇「本格ミステリ 2002」講談社 2002（講談社ノベルス）p289
　◇「死神と雷鳴の暗号—本格短編ベスト・セレクション」講談社 2006（講談社文庫）p11
北元大秘記
　◇「黄土の虹—チャイナ・ストーリーズ」祥伝社 2000 p211
≪ホテル・ミカド≫の殺人
　◇「新世紀「謎」倶楽部」角川書店 1998 p79
名探偵エノケン氏
　◇「名探偵を追いかけろ—シリーズ・キャラクター編」光文社 2004（カッパ・ノベルス）p39
　◇「名探偵を追いかけろ」光文社 2007（光文社文庫）p45
輪廻りゆくもの
　◇「幻想探偵」光文社 2009（光文社文庫）p363
物語を継ぐもの
　◇「物語のルミナリエ」光文社 2011（光文社文庫）p368
森江春策の災難
　◇「探偵Xからの挑戦状！」小学館 2009（小学館文庫）p 159, 322
屋根裏の乱歩者

あしみね えいいち
コッテキ吹く男
- ◇「沖縄文学選―日本文学のエッジからの問い」勉誠出版 2003 p173

阿修蘭 あしゅうらん
マテリアルマダム
- ◇「脈動―同人誌作家作品選」ファーストワン 2013 p217

堊城 白人 あしろ・はくと
蒼月宮殺人事件
- ◇「甦る「幻影城」 1」角川書店 1997（カドカワ・エンタテインメント）p225

飛鳥 悟 あすか・さとる
丑の刻参り殺人事件
- ◇「本格推理 15」光文社 1999（光文社文庫）p107

完全無欠の密室
- ◇「本格推理 11」光文社 1997（光文社文庫）p129

死霊の手招き
- ◇「本格推理 13」光文社 1998（光文社文庫）p47

飛鳥 高 あすか・たかし（1922～）
薄い刃
- ◇「江戸川乱歩の推理試験」光文社 2009（光文社文庫）p121

犠牲者
- ◇「甦る名探偵―探偵小説アンソロジー」光文社 2014（光文社文庫）p351

孤独
- ◇「甦る推理雑誌 10」光文社 2004（光文社文庫）p163

車中の人
- ◇「江戸川乱歩の推理試験」光文社 2009（光文社文庫）p21

にわか雨
- ◇「江戸川乱歩の推理教室」光文社 2008（光文社文庫）p189

鼠はにっこりこ
- ◇「江戸川乱歩と13の宝石」光文社 2007（光文社文庫）p413

犯罪の場
- ◇「探偵くらぶ―探偵小説傑作選1946～1958 中」光文社 1997（カッパ・ノベルス）p7
- ◇「THE密室―ミステリーアンソロジー」有楽出版社 2014（JOY NOVELS）p9
- ◇「THE密室」実業之日本社 2016（実業之日本社文庫）p9

飯場の殺人
- ◇「江戸川乱歩の推理教室」光文社 2008（光文社文庫）p53

無口な車掌
- ◇「江戸川乱歩の推理教室」光文社 2008（光文社文庫）p259

落花
- ◇「江戸川乱歩の推理試験」光文社 2009（光文社文庫）p269

飛鳥井 千砂 あすかい・ちさ
神様たちのいるところ
- ◇「運命の人はどこですか？」祥伝社 2013（祥伝社文庫）p5

小寒―1月5日ごろ
- ◇「君と過ごす季節―秋から冬へ、12の暦物語」ポプラ社 2012（ポプラ文庫）p239

空の上、空の下
- ◇「大崎梢リクエスト！ 本屋さんのアンソロジー」光文社 2013 p295
- ◇「大崎梢リクエスト！ 本屋さんのアンソロジー」光文社 2014（光文社文庫）p307

タクシードライバー
- ◇「短篇ベストコレクション―現代の小説 2010」徳間書店 2010（徳間文庫）p39

隣の空も青い
- ◇「この部屋で君と」新潮社 2014（新潮文庫）p63

夜の小人
- ◇「短篇ベストコレクション―現代の小説 2015」徳間書店 2015（徳間文庫）p53

飛鳥部 勝則 あすかべ・かつのり（1964～）
穴
- ◇「憑依」光文社 2010（光文社文庫）p295

あなたの下僕
- ◇「キネマ・キネマ」光文社 2002（光文社文庫）p389

王国
- ◇「伯爵の血族―紅ノ章」光文社 2007（光文社文庫）p371

お菊さん
- ◇「玩具館」光文社 2001（光文社文庫）p13

シルエット・ロマンス
- ◇「恐怖症」光文社 2002（光文社文庫）p73

白い猫
- ◇「獣人」光文社 2003（光文社文庫）p249

辿り着けないかもしれない
- ◇「夏のグランドホテル」光文社 2003（光文社文庫）p261

デッサンが狂っている
- ◇「アート偏愛」光文社 2005（光文社文庫）p43

洞窟
- ◇「怪物團」光文社 2009（光文社文庫）p15

とりつく
- ◇「ひとにぎりの異形」光文社 2007（光文社文庫）p429

バグベア
- ◇「幻想探偵」光文社 2009（光文社文庫）p83

花切り
- ◇「教室」光文社 2003（光文社文庫）p347

番人
- ◇「黒い遊園地」光文社 2004（光文社文庫）p69

プロセルピナ
- ◇「蒐集家（コレクター）」光文社 2004（光文社文庫）p249
- ◇「ザ・ベストミステリーズ―推理小説年鑑 2005」講談社 2005 p359
- ◇「隠された鍵」講談社 2008（講談社文庫）p357

幽霊に関する一考察
- ◇「物語のルミナリエ」光文社 2011（光文社文庫）p21

呼ばれる
- ◇「マスカレード」光文社 2002（光文社文庫）p35

読むべからず
- ◇「進化論」光文社 2006（光文社文庫）p235

羅漢崩れ
- ◇「ミステリ★オールスターズ」角川書店 2010 p245
- ◇「ベスト本格ミステリ 2011」講談社 2011（講談社ノベルス）p297
- ◇「ミステリ・オールスターズ」角川書店 2012（角川文庫）p287
- ◇「からくり伝言少女―本格短編ベスト・セレクション」講談社 2015（講談社文庫）p413

梓 河人　あずさ・かわと

破壊する男（飯田譲治）
- ◇「幻想ミッドナイト―日常を破壊する恐怖の断片」角川書店 1997（カドカワ・エンタテインメント）p139

梓 林太郎　あずさ・りんたろう（1933～）

右岸の林
- ◇「不可思議な殺人―ミステリー・アンソロジー」祥伝社 2000（祥伝社文庫）p271

遭難遺体の告発
- ◇「七人の刑事」廣済堂出版 1998（KOSAIDO BLUE BOOKS）p223

避難命令
- ◇「山岳迷宮（ラビリンス）―山のミステリー傑作選」光文社 2016（光文社文庫）p5

梓澤 要　あずさわ・かなめ

しゑやさらさら
- ◇「異色歴史短篇傑作大全」講談社 2003 p57

小豆沢 優　あずさわ・ゆう

明日の行方
- ◇「全作家短編集 15」のべる出版企画 2016 p217

クイ襲撃
- ◇「回転ドアから」全作家協会 2015（全作家短編集）p437

あすの ゆこ

母さんのぐち
- ◇「ショートショートの広場 15」講談社 2004（講談社文庫）p29

東 一歩　あずま・いっぽ

句集 筏
- ◇「ハンセン病文学全集 9」皓星社 2010 p418

東 朔水　あずま・さくみ

稲荷道中、夏めぐり
- ◇「となりのもののけさん―競作短篇集」ポプラ社 2014（ポプラ文庫ピュアフル）p189

東 しいな　あずま・しいな

海に降る雪
- ◇「ゆきのまち幻想文学賞小品集 17」企画集団ぷりずむ 2008 p178

かくれんぼ
- ◇「ゆきのまち幻想文学賞小品集 14」企画集団ぷりずむ 2005 p94

誰にも似てない
- ◇「ゆきのまち幻想文学賞小品集 19」企画集団ぷりずむ 2010 p54

春彼岸
- ◇「ゆきのまち幻想文学賞小品集 16」企画集団ぷりずむ 2007 p15

もうひとつの階段
- ◇「ゆきのまち幻想文学賞小品集 20」企画集団ぷりずむ 2011 p7

雪女の肖像
- ◇「ゆきのまち幻想文学賞小品集 16」企画集団ぷりずむ 2007 p90

私の家に降る雪は
- ◇「ゆきのまち幻想文学賞小品集 25」企画集団ぷりずむ 2015 p162

東 信太郎　あずま・しんたろう

日替わり弁当五百円
- ◇「丸の内の誘惑」マガジンハウス 1999 p130

東 直己　あずま・なおみ（1956～）

立ち向かう者
- ◇「事件を追いかけろ―最新ベスト・ミステリー サプライズの花束編」光文社 2004（カッパ・ノベルス）p13
- ◇「事件を追いかけろ サプライズの花束編」光文社 2009（光文社文庫）p7

作り話
- ◇「短篇ベストコレクション―現代の小説 2004」徳間書店 2004（徳間文庫）p405

時カクテル
- ◇「宝石ザミステリー」光文社 2011 p225

猫バスの先生
- ◇「誇り」双葉社 2010 p51

街で立ち止まる時―「ススキノ探偵」シリーズ番外編
- ◇「サイドストーリーズ」KADOKAWA 2015（角川文庫）p79

拉致
- ◇「宝石ザミステリー 2」光文社 2012 p117

Bar Osamu
- ◇「男たちの長い旅」徳間書店 2004（TOKUMA NOVELS）p89

あずま 菜ずな　あずま・なずな
磯蟹
- ◇「日本海文学大賞―大賞作品集 3」日本海文学大賞運営委員会 2007 p423

東 秀紀　あずま・ひでき
長曾我部盛親
- ◇「決戦！ 大坂の陣」実業之日本社 2014（実業之日本社文庫）p161

優しい侍
- ◇「異色歴史短篇傑作大全」講談社 2003 p95

東 浩紀　あずま・ひろき（1971～）
オールトの天使―娘ときみを救うため、ぼくは時空を超えた-ひとつの火星の物語が終わる
- ◇「NOVA―書き下ろし日本SFコレクション 8」河出書房新社 2012（河出文庫）p363

火星のプリンセス―火星には酒が必要だ。人類を酩酊させる者―きみと麻理沙の娘が
- ◇「NOVA―書き下ろし日本SFコレクション 3」河出書房新社 2010（河出文庫）p235

火星のプリンセス 続
- ◇「NOVA―書き下ろし日本SFコレクション 5」河出書房新社 2011（河出文庫）p319

クリュセの魚―火星のあの夏、十一歳のぼくは、十六歳の麻理沙に恋をした-三島由紀夫賞受賞第一作
- ◇「NOVA―書き下ろし日本SFコレクション 2」河出書房新社 2010（河出文庫）p203

探求「話法」のゼロ地点―「ギートステイト」とポストセカイ系小説（桜坂洋／仲俣暁生）
- ◇「Fiction zero／narrative zero」講談社 2007 p001

時よ止まれ
- ◇「十年後のこと」河出書房新社 2016 p15

東 陽一　あずま・よういち
酔いがさめたら、うちに帰ろう。
- ◇「年鑑代表シナリオ集 '10」シナリオ作家協会 2011 p299

梓見 いふ　あずみ・いふ
墓標
- ◇「藤本義一文学賞 第1回」（大阪）たる出版 2016 p151

安澄 加奈　あずみ・かな
水沢文具店
- ◇「明日町こんぺいとう商店街―招きうさぎと六軒の物語 2」ポプラ社 2014（ポプラ文庫）p79

安曇 潤平　あずみ・じゅんぺい（1958～）
諦めのいい子
- ◇「男たちの怪談百物語」メディアファクトリー 2012（〔幽〕BOOKS）p226

怪しい来客―3
- ◇「男たちの怪談百物語」メディアファクトリー 2012（〔幽〕BOOKS）p180

危機一髪
- ◇「男たちの怪談百物語」メディアファクトリー 2012（〔幽〕BOOKS）p106

桜回廊
- ◇「男たちの怪談百物語」メディアファクトリー 2012（〔幽〕BOOKS）p52

誰が引いた？
- ◇「男たちの怪談百物語」メディアファクトリー 2012（〔幽〕BOOKS）p59

嘲笑
- ◇「男たちの怪談百物語」メディアファクトリー 2012（〔幽〕BOOKS）p150

手形
- ◇「男たちの怪談百物語」メディアファクトリー 2012（〔幽〕BOOKS）p17

燈籠流し
- ◇「男たちの怪談百物語」メディアファクトリー 2012（〔幽〕BOOKS）p131

ドッペルゲンガー
- ◇「男たちの怪談百物語」メディアファクトリー 2012（〔幽〕BOOKS）p101

私ですよ
- ◇「男たちの怪談百物語」メディアファクトリー 2012（〔幽〕BOOKS）p163

渡し船
- ◇「男たちの怪談百物語」メディアファクトリー 2012（〔幽〕BOOKS）p259

安住 伸子　あずみ・のぶこ
折れた向日葵
- ◇「12人のカウンセラーが語る12の物語」ミネルヴァ書房 2010 p261

安住 洋子　あずみ・ようこ
暁の波
- ◇「代表作時代小説 平成20年度」光文社 2008 p305

ささら波
- ◇「代表作時代小説 平成21年度」光文社 2009 p9

沙の波
- ◇「代表作時代小説 平成18年度」光文社 2006 p171

あせごの まん
克美さんがいる
- ◇「ザ・ベストミステリーズ―推理小説年鑑 2006」講談社 2006 p369
- ◇「曲げられた真相」講談社 2009（講談社文庫）p275

畦ノ陽　あぜのよう
よびんど
- ◇「てのひら怪談―ビーケーワン怪談大賞傑作選 辛卯」ポプラ社 2011（ポプラ文庫）p168

浅生 鴨　あそう・かも（1971～）
エビくん
- ◇「文学 2014」講談社 2014 p202

麻生 荘太郎　あそう・しょうたろう
寒い朝だった―失踪した少女の謎
　◇「密室晩餐会」原書房 2011（ミステリー・リーグ）p183

麻生 ななお　あそう・ななお
彼女と私
　◇「ショートショートの花束 1」講談社 2009（講談社文庫）p168

遊部 香　あそべ・かおり
彫り目
　◇「「伊豆文学賞」優秀作品集 第7回」羽衣出版 2004 p109

化野 蝶々　あだしの・ちょうちょう
カンブリアの亡霊
　◇「てのひら怪談 葵巳」KADOKAWA 2013（MF文庫ダ・ヴィンチ）p92

化野 燐　あだしの・りん（1964〜）
カナダマ
　◇「怪物團」光文社 2009（光文社文庫）p195
猫魂
　◇「猫路地」日本出版社 2006 p169
夜の鳥
　◇「京都宵」光文社 2008（光文社文庫）p169
youkai名彙
　◇「未来妖怪」光文社 2008（光文社文庫）p15

安達 征一郎　あだち・せいいちろう（1926〜）
鱶に曳きずられて沖へ
　◇「現代沖縄文学作品選」講談社 2011（講談社文芸文庫）p7

安達 千夏　あだち・ちか（1965〜）
ウェイト・オア・ノット
　◇「Lovers」祥伝社 2001 p85
鳥籠の戸は開いています
　◇「Friends」祥伝社 2003 p151
冬の鞄
　◇「文学 2011」講談社 2011 p168
ライト・マイ・ファイア
　◇「文学 2002」講談社 2002 p25

安達 徹　あだち・とおる
父と子 菅原繁蔵・寒川光太郎
　◇「山形県文学全集第2期（随筆・紀行編）6」郷土出版社 2005 p15

足立 正生　あだち・まさお
幽閉者（テロリスト）
　◇「年鑑代表シナリオ集 '07」シナリオ作家協会 2009 p95

安達 光雄　あだち・みつお
海の怪談
　◇「松江怪談―新作怪談 松江物語」今井印刷 2015 p89

安達 瑤　あだち・よう
花瓣の椿
　◇「リモコン変化」廣済堂出版 2000（廣済堂文庫）p125
ステレオタイプ・ワールド
　◇「SFバカ本 黄金スパム篇」メディアファクトリー 2000 p5
老年期の終わり
　◇「SFバカ本 ペンギン篇」廣済堂出版 1999（廣済堂文庫）p317

安達 瑤b　あだち・ようB
adachib
　◇「140字の物語―Twitter小説集　twnovel」ディスカヴァー・トゥエンティワン 2009 p21

足立 良夫　あだち・よしお
内鮮児童融合の楔子 返事の著(つ)いた日（鄭人澤／山本厚／李金童／山形シヅエ／朴相永）
　◇「近代朝鮮文学日本語作品集1901〜1938 評論・随筆篇 3」緑蔭書房 2004 p337

阿段 可成子　あだん・かなこ
誰がそう言った
　◇「てのひら怪談―ビーケーワン怪談大賞傑作選 壬辰」ポプラ社 2012（ポプラ文庫）p152

安壇 美緒　あだん・みお
光速少年
　◇「ゆれる―第12回フェリシモ文学賞作品集」フェリシモ 2009 p56

阿知波 五郎　あちわ・ごろう
科学者の慣性
　◇「甦る推理雑誌 10」光文社 2004（光文社文庫）p215

厚木 叡　あつぎ・あきら
或る往復書翰（宮島俊夫）
　◇「ハンセン病文学全集 5」皓星社 2010 p27
作家の密室―二つの癩小説についてのエテュード
　◇「ハンセン病文学全集 5」皓星社 2010 p466
続往復書翰（宮島俊夫）
　◇「ハンセン病文学全集 5」皓星社 2010 p29
灰と白
　◇「ハンセン病に咲いた花―初期文芸名作選 戦後編」皓星社 2002（ハンセン病叢書）p46

安土 肇　あづち・はじめ
咸臨丸の船匠
　◇「伊豆の江戸を歩く」伊豆新聞社 2004（伊豆文学賞歴史小説傑作集）p179

安土 萌　あづち・もえ（1951〜）
アーネスト号
　◇「幽霊船」光文社 2001（光文社文庫）p55
"海"
　◇「ショートショートの缶詰」キノブックス 2016

鏡
　◇「伯爵の血族―紅ノ章」光文社 2007（光文社文庫）p419
絆
　◇「チャイルド」廣済堂出版 1998（廣済堂文庫）p179
銀の間接
　◇「アジアン怪綺」光文社 2003（光文社文庫）p331
黒い土の記憶
　◇「恐怖症」光文社 2002（光文社文庫）p389
ケルビーノ
　◇「ロボットの夜」光文社 2000（光文社文庫）p407
死体役者
　◇「俳優」廣済堂出版 1999（廣済堂文庫）p89
十三番目の薔薇
　◇「夢魔」光文社 2001（光文社文庫）p93
水庭
　◇「水妖」廣済堂出版 1998（廣済堂文庫）p159
制服
　◇「妖魔ヶ刻―時間怪談傑作選」徳間書店 2000（徳間文庫）p9
世界のどこかで
　◇「オバケヤシキ」光文社 2005（光文社文庫）p207
その夏のイフゲニア
　◇「GOD」廣済堂出版 1999（廣済堂文庫）p13
月夜にお帰りあそばせ
　◇「帰還」光文社 2000（光文社文庫）p109
転身
　◇「変身」廣済堂出版 1998（廣済堂文庫）p483
天にまします…
　◇「秘神界 現代編」東京創元社 2002（創元推理文庫）p329
塔の中
　◇「時間怪談」廣済堂出版 1999（廣済堂文庫）p489
ネズミの穴
　◇「教室」光文社 2003（光文社文庫）p483
春の妹
　◇「屍者の行進」廣済堂出版 1998（廣済堂文庫）p31
ハロウィーンパーティの夜
　◇「ひとにぎりの異形」光文社 2007（光文社文庫）p167
陽の光、月の光
　◇「キネマ・キネマ」光文社 2002（光文社文庫）p621
深い窓
　◇「雪女のキス」光文社 2000（カッパ・ノベルス）p249
冬のアブラゼミ
　◇「物語のルミナリエ」光文社 2011（光文社文庫）p63
ぼくのピエロ
　◇「玩具館」光文社 2001（光文社文庫）p321
炎のジャグラー
　◇「世紀末サーカス」廣済堂出版 2000（廣済堂文庫）p587
ママ・スイート・ママ
　◇「侵略！」廣済堂出版 1998（廣済堂文庫）p347
ミアのすべて
　◇「蒐集家（コレクター）」光文社 2004（光文社文庫）p569
緑色の褥
　◇「トロピカル」廣済堂出版 1999（廣済堂文庫）p91
Communication Break Down
　◇「闇電話」光文社 2006（光文社文庫）p105

吾妻 ひでお　あづま・ひでお（1950〜）
時間旅行はあなたの健康を損なうおそれがあります
　◇「SFマガジン700 国内篇」早川書房 2014（ハヤカワ文庫 SF）p235
ライツヴィル殺人事件（新井素子／秋山狂一郎）
　◇「北村薫の本格ミステリ・ライブラリー」角川書店 2001（角川文庫）p205

渥美 順　あつみ・じゅん
暁の非常線
　◇「日本統治期台湾文学集成 9」緑蔭書房 2002 p249
岐路
　◇「日本統治期台湾文学集成 7」緑蔭書房 2002 p337
探偵連作小説 姿なき犯罪（美川紀行／梶雁金八）
　◇「日本統治期台湾文学集成 9」緑蔭書房 2002 p261

渥美 二郎　あつみ・じろう
本日開店
　◇「時代の波音―民主文学短編小説集1995年〜2004年」日本民主主義文学会 2005 p212

渥美 凡　あつみ・ぼん
黄昏の町
　◇「宇宙塵傑作選―日本SFの軌跡 1」出版芸術社 1997 p5

厚谷 勝　あつや・まさる
失うもの
　◇「ショートショートの広場 17」講談社 2005（講談社文庫）p100
初登校
　◇「ショートショートの広場 19」講談社 2007（講談社文庫）p126

阿藤 圭子　あとう・けいこ
フロンティア
　◇「科学ドラマ大賞 第1回受賞作品集」科学技術振興機構〔2010〕p7

阿藤 智恵　あとう・ちえ
セゾン・ド・メゾン〜メゾン・ド・セゾン
　◇「新鋭劇作集 series 14」日本劇団協議会 2003 p5
中二階な人々

◇「新鋭劇作集 series 15」日本劇団協議会 2004 p5

阿刀田 高　あとうだ・たかし（1935～）

阿漕な生業
◇「マイ・ベスト・ミステリー 1」文藝春秋 2007（文春文庫）p66

明日の新聞
◇「最新「珠玉推理」大全 中」光文社 1998（カッパ・ノベルス）p7
◇「怪しい舞踏会」光文社 2002（光文社文庫）p7

雨のあと
◇「短篇ベストコレクション―現代の小説 2005」徳間書店 2005（徳間文庫）p5

あやかしの声
◇「仮面のレクイエム」光文社 1998（光文社文庫）p7

ヴェニスと手袋
◇「短篇ベストコレクション―現代の小説 2011」徳間書店 2011（徳間文庫）p217

海の中道
◇「短篇ベストコレクション―現代の小説 2003」徳間書店 2003（徳間文庫）p5

裏窓
◇「事件現場に行こう―最新ベスト・ミステリー カレイドスコープ編」光文社 2001（カッパ・ノベルス）p13

運のいい男
◇「匠」文藝春秋 2003（推理作家になりたくて マイベストミステリー）p12
◇「マイ・ベスト・ミステリー 1」文藝春秋 2007（文春文庫）p12

笑顔でギャンブルを
◇「冒険の森へ―傑作小説大全 10」集英社 2016 p37

お梶供養
◇「奇妙な恋の物語」光文社 1998（光文社文庫）p337

恐ろしい窓
◇「自選ショート・ミステリー」講談社 2001（講談社文庫）p91

お望み通りの死体
◇「犯人は秘かに笑う―ユーモアミステリー傑作選」光文社 2007（光文社文庫）p343

甲虫の遁走曲（フーガ）
◇「冒険の森へ―傑作小説大全 17」集英社 2015 p89

仮面の女
◇「したたかな女たち」リブリオ出版 2001（ラブミーワールド）p218
◇「恋愛小説・名作集成 7」リブリオ出版 2004 p218

昨日の花
◇「短篇ベストコレクション―現代の小説 2006」徳間書店 2006（徳間文庫）p5

ギャンブル狂夫人
◇「闇に香るもの」新潮社 2004（新潮文庫）p119
◇「絶体絶命」早川書房 2006（ハヤカワ文庫）p7

銀座
◇「街物語」朝日新聞社 2000 p60

幸福通信
◇「電話ミステリー倶楽部―傑作推理小説集」光文社 2016（光文社文庫）p9

時間外労働
◇「冒険の森へ―傑作小説大全 12」集英社 2015 p17

地震対策
◇「冒険の森へ―傑作小説大全 13」集英社 2016 p29

触媒人間
◇「冒険の森へ―傑作小説大全 4」集英社 2016 p15

知らない旅
◇「ドッペルゲンガー奇譚集―死を招く影」角川書店 1998（角川ホラー文庫）p5

白い腕
◇「文豪てのひら怪談」ポプラ社 2009（ポプラ文庫）p22

すきま風
◇「短篇ベストコレクション―現代の小説 2000」徳間書店 2000 p5

スモーカー・エレジー
◇「翳りゆく時間」新潮社 2006（新潮文庫）p87

大心力
◇「現代の小説 1999」徳間書店 1999 p17

鳥瞰図
◇「金沢にて」双葉社 2015（双葉文庫）p5

透明魚
◇「人獣怪婚」筑摩書房 2000（ちくま文庫）p7

縄―編集者への手紙
◇「日本怪奇小説傑作集 3」東京創元社 2005（創元推理文庫）p315

灰色花壇
◇「現代の小説 1997」徳間書店 1997 p141

干魚（ひざかな）と漏電
◇「日本文学100年の名作 7」新潮社 2015（新潮文庫）p413

百物語
◇「闇夜に怪を語れば―百物語ホラー傑作選」角川書店 2005（角川ホラー文庫）p255

蛇
◇「恐怖の森」ランダムハウス講談社 2007 p289

本屋の魔法使い
◇「本からはじまる物語」メディアパル 2007 p53

マッチ箱の人生
◇「七つの危険な真実」新潮社 2004（新潮文庫）p51
◇「謎―スペシャル・ブレンド・ミステリー 003」講談社 2008（講談社文庫）p363

マーメイド
◇「30の神品―ショートショート傑作選」扶桑社 2016（扶桑社文庫）p53

無邪気な女
◇「恐怖特急」光文社 2002（光文社文庫）p331

迷路
◇「七つの怖い扉」新潮社 1998 p5

雪うぶめ

あとり

◇「雪女のキス」光文社 2000（カッパ・ノベルス）p257

夢一夜
◇「眠れなくなる夢十夜」新潮社 2009（新潮文庫）p7

わたし食べる人
◇「煌めきの殺意」徳間書店 1999（徳間文庫）p55
◇「おいしい話―料理小説傑作選」徳間書店 2007（徳間文庫）p27

花鶏 縁　あとり・ゆかり

モラトリアム
◇「てのひら怪談 癸巳」KADOKAWA 2013（MF文庫ダ・ヴィンチ）p60

姉小路 祐　あねこうじ・ゆう（1952～）

生きていた死者
◇「金田一耕助の新たな挑戦」角川書店 1997（角川文庫）p51

消えた背番号11
◇「密室―ミステリーアンソロジー」角川書店 1997（角川文庫）p5

審判は終わっていない
◇「ザ・ベストミステリーズ―推理小説年鑑 2000」講談社 2000 p409
◇「嘘つきは殺人のはじまり」講談社 2003（講談社文庫）p93

ダブルライン
◇「さよならブルートレイン―寝台列車ミステリー傑作選」光文社 2015（光文社文庫）p197

複雑な遺贈
◇「不透明な殺人―ミステリー・アンソロジー」祥伝社 1999（祥伝社文庫）p97

我孫子 武丸　あびこ・たけまる（1962～）

オールド・ボーイ
◇「黄昏ホテル」小学館 2004 p270

記憶のアリバイ［解決編］
◇「探偵Xからの挑戦状！　season2」小学館 2011（小学館文庫）p171

記憶のアリバイ［問題編］
◇「探偵Xからの挑戦状！　season2」小学館 2011（小学館文庫）p93

記憶の欠片
◇「逆転コンチェルト―イラスト先行・競作小説アンソロジー 奏の2」徳間書店 2010 p254

里親面接
◇「近藤史恵リクエスト！　ペットのアンソロジー」光文社 2013 p109
◇「近藤史恵リクエスト！　ペットのアンソロジー」光文社 2014（光文社文庫）p111

捨てるに捨てられないネタ
◇「0番目の事件簿」講談社 2012 p108

天秤宮―ビデオレター
◇「十二宮12幻想」エニックス 2000 p165

ドールハウスの情景
◇「エロティシズム12幻想」エニックス 2000 p73

夏 夏に散る花
◇「まほろ市の殺人―推理アンソロジー」祥伝社 2009（Non novel）p101
◇「まほろ市の殺人」祥伝社 2013（祥伝社文庫）p137

夏に消えた少女
◇「Mystery Seller」新潮社 2012（新潮文庫）p219

漂流者
◇「気分は名探偵―犯人当てアンソロジー」徳間書店 2006 p199
◇「気分は名探偵―犯人当てアンソロジー」徳間書店 2008 p237

フィギュア・フォー
◇「0番目の事件簿」講談社 2012 p95

ママは空に消える
◇「名探偵で行こう―最新ベスト・ミステリー」光文社 2001（カッパ・ノベルス）p37

ミステリ作家の妄想
◇「八ヶ岳「雪密室」の謎」原書房 2001 p153

理想のペット
◇「世紀末サーカス」廣済堂出版 2000（廣済堂文庫）p477

猟奇小説家
◇「推理小説代表作選集―推理小説年鑑 1997」講談社 1997 p111
◇「殺人哀モード」講談社 2000（講談社文庫）p313
◇「謎―スペシャル・ブレンド・ミステリー 008」講談社 2013（講談社文庫）p127

安孫子 葉子　あびこ・ようこ

うしみつどきにあいましょう
◇「山形市児童劇団脚本集 3」山形市 2005 p187

阿武 天風　あぶ・てんぷう（1882～1928）

日米戦争夢物語―明治四三年
◇「日米架空戦記集成―明治・大正・昭和」中央公論新社 2003（中公文庫）p203

阿部 昭　あべ・あきら（1934～1989）

あこがれ
◇「教科書名短篇 少年時代」中央公論新社 2016（中公文庫）p185

大いなる日
◇「コレクション戦争と文学 10」集英社 2012 p563

鵠沼西海岸
◇「戦後短篇小説再発見 6」講談社 2001（講談社文芸文庫）p149
◇「「内向の世代」初期作品アンソロジー」講談社 2016（講談社文芸文庫）p169

初心
◇「ことばの織物―昭和短篇珠玉選 2」蒼丘書林 1998 p258

人生の一日
◇「文士の意地―車谷長吉撰短篇小説輯 下巻」作品社 2005 p327

天使が見たもの
◇「少年の眼―大人になる前の物語」光文社 1997

（光文社文庫）p401
◇「右か、左か」文藝春秋 2010（文春文庫）p369
猫
◇「短篇礼讃―忘れかけた名品」筑摩書房 2006（ちくま文庫）p182
剝製の子規
◇「創刊一〇〇年三田文学名作選」三田文学会 2010 p675
日日の友
◇「「内向の世代」初期作品アンソロジー」講談社 2016（講談社文芸文庫）p197
桃
◇「謎のギャラリー―謎の部屋」新潮社 2002（新潮文庫）p21
◇「謎の部屋」筑摩書房 2012（ちくま文庫）p21
桃太郎．桃
◇「くだものだもの」ランダムハウス講談社 2007 p217

安部 いさむ　あべ・いさむ
女や～めた！
◇「高校演劇Selection 2002 下」晩成書房 2002 p57

あべ 泉　あべ・いずみ
なりひらの恋―高安の女（井上満寿夫）
◇「ドラマの森 2009」西日本劇作家の会 2008（西日本戯曲選集）p5

阿部 和重　あべ・かずしげ（1968～）
馬小屋の乙女
◇「文学 2005」講談社 2005 p15
監視者 私
◇「秘密。―私と私のあいだの十二話」メディアファクトリー 2005 p167
被監視者 僕
◇「秘密。―私と私のあいだの十二話」メディアファクトリー 2005 p173
無情の世界
◇「文学 1999」講談社 1999 p161
◇「現代小説クロニクル 1995～1999」講談社 2015（講談社文芸文庫）p249
Across The Border
◇「20の短編小説」朝日新聞出版 2016（朝日文庫）p27
RIDE ON TIME
◇「それでも三月は、また」講談社 2012 p235
Thieves in The Temple
◇「小説の家」新潮社 2016 p145

阿部 喜和子　あべ・きわこ
半島にて
◇「渚にて―あの日からの〈みちのく怪談〉」荒蝦夷 2016 p127

安部 孝作　あべ・こうさく
証明写真機
◇「てのひら怪談―ビーケーワン怪談大賞傑作選 壬辰」ポプラ社 2012（ポプラ文庫）p124

安部 公房　あべ・こうぼう（1924～1993）
赤い繭
◇「新装版 全集現代文学の発見 2」學藝書林 2002 p363
家
◇「新編・日本幻想文学集成 1」国書刊行会 2016 p53
S・カルマ氏の犯罪―壁
◇「新装版 全集現代文学の発見 8」學藝書林 2003 p366
カーブの向う
◇「新編・日本幻想文学集成 1」国書刊行会 2016 p118
クレオールの魂
◇「新編・日本幻想文学集成 1」国書刊行会 2016 p171
公然の秘密
◇「日本文学100年の名作 7」新潮社 2015（新潮文庫）p93
砂漠の思想
◇「新編・日本幻想文学集成 1」国書刊行会 2016 p161
詩人の生涯
◇「暗黒のメルヘン」河出書房新社 1998（河出文庫）p321
◇「新編・日本幻想文学集成 1」国書刊行会 2016 p41
砂の女（抄）
◇「山形県文学全集第1期（小説編）2」郷土出版社 2004 p375
探偵と彼
◇「ひつじアンソロジー 小説編 2」ひつじ書房 2009 p141
チチンデラ ヤパナ
◇「新編・日本幻想文学集成 1」国書刊行会 2016 p94
闖入者―手記とエピローグ
◇「戦後占領期短篇小説コレクション 6」藤原書店 2007 p175
◇「暴走する正義」筑摩書房 2016（ちくま文庫）p171
鉄砲屋
◇「コレクション戦争と文学 5」集英社 2011 p22
デンドロカカリヤ
◇「ことばの織物―昭和短篇珠玉選 2」蒼丘書林 1998 p137
◇「変身のロマン」学習研究社 2003（学研M文庫）p145
◇「幻視の系譜」筑摩書房 2013（ちくま文庫）p468
デンドロカカリヤ―［雑誌「表現」版］
◇「新編・日本幻想文学集成 1」国書刊行会 2016 p13
時の崖
◇「時よとまれ、君は美しい―スポーツ小説名作集」角川書店 2007（角川文庫）p81

鉛の卵
- ◇「冒険の森へ——傑作小説大全 8」集英社 2015 p54
- ◇「たそがれゆく未来」筑摩書房 2016（ちくま文庫）p331
- ◇「新編・日本幻想文学集成 1」国書刊行会 2016 p69

人魚伝
- ◇「人魚—mermaid & merman」皓星社 2016（紙礫）p185

藤野君のこと
- ◇「70年代日本SFベスト集成 5」筑摩書房 2015（ちくま文庫）p51

二人の浮浪者の話
- ◇「超短編アンソロジー」筑摩書房 2002（ちくま文庫）p203

プルートーのわな
- ◇「日本近代短篇小説選 昭和篇2」岩波書店 2012（岩波文庫）p359

変形の記録
- ◇「コレクション戦争と文学 13」集英社 2011 p131

棒
- ◇「戦後短篇小説再発見 10」講談社 2002（講談社文芸文庫）p111
- ◇「新装版 全集現代文学の発見 6」學藝書林 2003 p230

誘惑者
- ◇「日本文学全集 27」河出書房新社 2017 p423

ユープケッチャ
- ◇「戦後短篇小説再発見 16」講談社 2003（講談社文芸文庫）p110
- ◇「新編・日本幻想文学集成 1」国書刊行会 2016 p141

良識派
- ◇「教科書に載った小説」ポプラ社 2008 p113
- ◇「教科書に載った小説」ポプラ社 2012（ポプラ文庫）p103

安部 定　あべ・さだ（1905〜？）

ショセン私は駄目な女です▷恩人の夫人
- ◇「日本人の手紙 10」リブリオ出版 2004 p201

阿部 順　あべ・じゅん

桜井家の掟
- ◇「高校演劇Selection 2003 下」晩成書房 2003 p7

やっぱりパパイヤ
- ◇「高校演劇Selection 2002 上」晩成書房 2002 p51

Leaving School——振り返ることなく、胸をはって
- ◇「高校演劇Selection 2004 下」晩成書房 2004 p59

安部 譲二　あべ・じょうじ（1937〜）

カンバック
- ◇「闘人烈伝—格闘小説・漫画アンソロジー」双葉社 2000 p513

直のバカ！　もう二度とやめましょうね▷田宮光代
- ◇「日本人の手紙 6」リブリオ出版 2004 p177

プロフェッショナル・トゥール
- ◇「冒険の森へ——傑作小説大全 18」集英社 2016 p110

阿部 次郎　あべ・じろう（1883〜1959）

吹雪の話
- ◇「山形県文学全集第2期（随筆・紀行編）2」郷土出版社 2005 p120

最上河
- ◇「山形県文学全集第2期（随筆・紀行編）2」郷土出版社 2005 p106

阿部 伸之介　あべ・しんのすけ

スパイラル
- ◇「ショートショートの広場 20」講談社 2008（講談社文庫）p77

阿部 宗一郎　あべ・そういちろう

日曜随想
- ◇「山形県文学全集第2期（随筆・紀行編）6」郷土出版社 2005 p329

安部 村羊　あべ・そんよう

怪談六つ
- ◇「文豪怪談傑作選 特別編」筑摩書房 2007（ちくま文庫）p288

阿部 達昭　あべ・たつあき

白猿
- ◇「リトル・リトル・クトゥルー——史上最小の神話小説集」学習研究社 2009 p58

安部 千恵　あべ・ちえ

蟹女房
- ◇「松江怪談—新作怪談 松江物語」今井印刷 2015 p96

安部 とも　あべ・とも

和紙の花嫁衣裳
- ◇「山形県文学全集第2期（随筆・紀行編）6」郷土出版社 2005 p278

阿部 知二　あべ・ともじ（1903〜1973）

あらまんだ
- ◇「コレクション戦争と文学 18」集英社 2012 p504

思出
- ◇「戦後短篇小説選—『世界』1946-1999 2」岩波書店 2000 p3

朝鮮の作家たちへ
- ◇「近代朝鮮文学日本語作品集1908〜1945 セレクション 6」緑蔭書房 2008 p189

阿部 襄　あべ・のぼる（1907〜1980）

飛島
- ◇「山形県文学全集第2期（随筆・紀行編）5」郷土出版社 2005 p84

阿部 肇　あべ・はじめ

黒髪小学校問題 (2) むごさについて
- ◇「ハンセン病文学全集 5」皓星社 2010 p182

ライの意識革命と予防法闘争 (13) 劣等感の

克服
◇「ハンセン病文学全集 5」皓星社 2010 p166

阿部 牧郎　あべ・まきお（1933〜2019）
大阪
◇「街物語」朝日新聞社 2000 p183
サッカー交響曲
◇「現代の小説 1999」徳間書店 1999 p307
道頓堀心中
◇「代表作時代小説 平成14年度」光風社出版 2002 p263
見よ落下傘
◇「コレクション戦争と文学 14」集英社 2012 p567

安部 雅浩　あべ・まさひろ
アスタリスク
◇「高校演劇Selection 2003 下」晩成書房 2003 p113
スイッチ
◇「高校演劇Selection 2001 下」晩成書房 2001 p39
151.8
◇「高校演劇Selection 2002 下」晩成書房 2002 p27

阿部 光子　あべ・みつこ（1912〜2008）
遅い目覚めながらも
◇「現代秀作集」角川書店 1999（女性作家シリーズ）p7
心の秤
◇「コレクション私小説の冒険 1」勉誠出版 2013 p205

安倍 裕子　あべ・ゆうこ
おたくもヒキコモリ？
◇「ショートショートの広場 19」講談社 2007（講談社文庫）p45

阿部 陽一　あべ・よういち（1960〜）
五十円玉二十枚両替男の冒険
◇「競作五十円玉二十枚の謎」東京創元社 2000（創元推理文庫）p323
受賞の言葉
◇「江戸川乱歩賞全集 18」講談社 2005 p788
沈黙の青
◇「乱歩賞作家 青の謎」講談社 2004 p5
フェニックスの弔鐘
◇「江戸川乱歩賞全集 18」講談社 2005（講談社文庫）p393

安部 龍太郎　あべ・りゅうたろう（1955〜）
生きすぎたりや
◇「代表作時代小説 平成10年度」光風社出版 1998 p263
◇「地獄の無明剣―時代小説傑作選」講談社 2004（講談社文庫）p277
大坂落城
◇「決戦！ 大坂の陣」実業之日本社 2014（実業之日本社文庫）p345
男伊達
◇「武士道」小学館 2007（小学館文庫）p153

加賀騒動
◇「江戸三百年を読む―傑作時代小説 シリーズ江戸学 下」角川学芸出版 2009（角川文庫）p35
雷大吉
◇「代表作時代小説 平成13年度」光風社出版 2001 p47
鬼界ガ島
◇「源義経の時代―短篇小説集」作品社 2004 p97
霧の城
◇「代表作時代小説 平成17年度」光文社 2005 p193
孝明天皇の死
◇「幕末京都血録―傑作時代小説」PHP研究所 2007（PHP文庫）p119
斬奸刀
◇「龍馬の天命―坂本龍馬名手の八篇」実業之日本社 2010 p63
忠直卿御座船
◇「士魂の光芒―時代小説最前線」新潮社 1997（新潮文庫）p201
寺田屋騒動
◇「幕末剣豪人斬り異聞 勤皇篇」アスキー 1997（Aspect novels）p9
残された男
◇「武士の本懐―武士道小説傑作選」ベストセラーズ 2004（ベスト時代文庫）p207
伏見城恋歌
◇「歴史の息吹」新潮社 1997 p25
◇「時代小説―読切御免 2」新潮社 2004（新潮文庫）p43
◇「戦国女人十一話」作品社 2005 p197
世直し大明神
◇「人物日本の歴史―時代小説版 江戸編 下」小学館 2004（小学館文庫）p125
雷電曼陀羅
◇「勝者の死にざま―時代小説選手権」新潮社 1998（新潮文庫）p393
◇「信州歴史時代小説傑作集 4」しなのき書房 2007 p51
龍馬暗殺
◇「龍馬参上」新潮社 2010（新潮文庫）p7

亜紅　あべに
原始の感覚
◇「超短編の世界」創英社 2008 p124

アポロ
恍恋
◇「恋みち―現代版・源氏物語」スターツ出版 2008 p95

甘糟 幸子　あまかす・さちこ（1934〜）
怖ろしいあの夏の私
◇「文学 2006」講談社 2006 p171

甘糟 りり子　あまかす・りりこ（1964〜）
赤と透明
◇「本当のうそ」講談社 2007 p189

あまき

冷たい部屋
　◇「靴に恋して」ソニー・マガジンズ 2004 p213
慣れることと失うこと
　◇「あなたと、どこかへ。」文藝春秋 2008（文春文庫）p81
ペルノーの匂い
　◇「with you」幻冬舎 2004 p117

天城 一　あまぎ・はじめ（1919～2007）

圷（あくつ）家殺人事件
　◇「甦る推理雑誌 5」光文社 2003（光文社文庫）p249
エルロック・ショルムス氏の新冒険
　◇「シャーロック・ホームズの災難―日本版」論創社 2007 p197
奇蹟の犯罪
　◇「甦る推理雑誌 3」光文社 2002（光文社文庫）p197
鬼面の犯罪
　◇「硝子の家」光文社 1997（光文社文庫）p367
　◇「甦る推理雑誌 2」光文社 2002（光文社文庫）p101
急行《あがの》
　◇「名探偵と鉄旅―鉄道ミステリー傑作選」光文社 2016（光文社文庫）p65
寝台列車《月光》
　◇「葬送列車―鉄道ミステリー名作館」徳間書店 2004（徳間文庫）p109
不思議の国の犯罪
　◇「甦る名探偵―探偵小説アンソロジー」光文社 2014（光文社文庫）p125
密室作法 改訂
　◇「本格ミステリ 2005」講談社 2005（講談社ノベルス）p381
　◇「大きな棺の小さな鍵―本格短編ベスト・セレクション」講談社 2009（講談社文庫）p561

天沢 彰　あまざわ・あきら（1959～）

タイムリミット
　◇「絶体絶命！」泰文堂 2011（Linda books！）p47
もう一人いる…
　◇「絶体絶命！」泰文堂 2011（Linda books！）p315
歪んだ愛
　◇「絶体絶命！」泰文堂 2011（Linda books！）p399

天沢 退二郎　あまざわ・たいじろう（1936～）

時間錯誤―小さな劇のための下書き
　◇「新装版 全集現代文学の発見 13」學藝書林 2004 p564
竜の道
　◇「夢」国書刊行会 1998（書物の王国）p59
わが本生譚の試み
　◇「新装版 全集現代文学の発見 13」學藝書林 2004 p568

天田 愚庵　あまだ・ぐあん（1854～1904）

葬式ヲ成ス事ヲ許サズ
　◇「日本人の手紙 8」リブリオ出版 2004 p66

天田 式　あまだ・しき

　⇒式田ティエン（しきた・てぃえん）を見よ

天地 聖一　あまち・せいいち

満ち潮
　◇「ハンセン病文学全集 9」皓星社 2010 p469

天沼 春樹　あまぬま・はるき（1953～）

猫女房
　◇「猫路地」日本出版社 2006 p159

天音 あまね

愛してた人
　◇「超短編の世界 vol.3」創英社 2011 p70

天祢 涼　あまね・りょう（1978～）

父の葬式
　◇「ザ・ベストミステリーズ―推理小説年鑑 2013」講談社 2013 p9
　◇「Esprit機知と企みの競演」講談社 2016（講談社文庫）p177
楢山鍵店、最後の鍵
　◇「密室晩餐会」原書房 2011（ミステリー・リーグ）p55

あまの かおり

ゆきねこ
　◇「ゆきのまち幻想文学賞小品集 25」企画集団ぷりずむ 2015 p153

天野 純希　あまの・すみき（1979～）

異聞 巌流島決闘
　◇「妙ちきりん―「読楽」時代小説アンソロジー」徳間書店 2016（徳間文庫）p55
有楽斎の城
　◇「決戦！ 関ヶ原」講談社 2014 p105
宗室の器
　◇「決戦！ 本能寺」講談社 2015 p105
忠直の檻
　◇「決戦！ 大坂城」講談社 2015 p163
天を分かつ川
　◇「決戦！ 三國志」講談社 2015 p63
直隆の武辺
　◇「時代小説ザ・ベスト 2016」集英社 2016（集英社文庫）p63
義元の呪縛
　◇「代表作時代小説 平成26年度」光文社 2014 p249

天野 忠　あまの・ただし（1909～1993）

声
　◇「日本文学全集 29」河出書房新社 2016 p46
問い
　◇「日本文学全集 29」河出書房新社 2016 p47

天野 邊　あまの・ほとり
　自画像
　　◇「Fの肖像―フランケンシュタインの幻想たち」光文社 2010（光文社文庫）p247

天野 涼文　あまの・りょうぶん
　愛を叫ぶ声
　　◇「ショートショートの広場 15」講談社 2004（講談社文庫）p169
　生まれついた運命
　　◇「ショートショートの広場 17」講談社 2005（講談社文庫）p132
　やさしい雪に
　　◇「ショートショートの広場 13」講談社 2002（講談社文庫）p160

天久 聖一　あまひさ・まさかず（1968〜）
　恥ずかしい杭
　　◇「十年後のこと」河出書房新社 2016 p21

天宮 蠍人　あまみや・かつひと
　時計台の恐怖
　　◇「新・本格推理 02」光文社 2002（光文社文庫）p339

奄美和光園そてつ俳句会　あまみわこうえんそてつはいくかい
　句集 そてつ
　　◇「ハンセン病文学全集 9」皓星社 2010 p121
　句集 そてつ　第二輯
　　◇「ハンセン病文学全集 9」皓星社 2010 p158

雨森 零　あまもり・ぜろ（1970〜）
　首飾り（抄）
　　◇「山形県文学全集第1期（小説編）6」郷土出版社 2004 p307

天谷 朔子　あまや・さくこ
　HELLO
　　◇「てのひら怪談 癸巳」KADOKAWA 2013（MF文庫ダ・ヴィンチ）p12

あまん きみこ（1931〜）
　おにたのぼうし
　　◇「朗読劇台本集 5」玉川大学出版部 2002 p53
　きつねのおきゃくさま
　　◇「朗読劇台本集 5」玉川大学出版部 2002 p69
　白いぼうし
　　◇「くだものだもの」ランダムハウス講談社 2007 p23
　ちいちゃんのかげおくり
　　◇「もう一度読みたい教科書の泣ける名作」学研教育出版 2013 p117
　山ねこおことわり
　　◇「朗読劇台本集 5」玉川大学出版部 2002 p121

安萬 純一　あまん・じゅんいち
　イルクの秋
　　◇「新・本格推理 7」光文社 2007（光文社文庫）p565
　峡谷の檻
　　◇「密室晩餐会」原書房 2011（ミステリー・リーグ）p141

網浦 圭　あみうら・けい
　時刻表のロンド
　　◇「新・本格推理 01」光文社 2001（光文社文庫）p115
　何処かで気笛を聞きながら
　　◇「新・本格推理 05」光文社 2005（光文社文庫）p441
　夏の幻想
　　◇「本格推理 10」光文社 1997（光文社文庫）p219

網野 菊　あみの・きく（1900〜1978）
　憑きもの
　　◇「短編 女性文学 近代 続」おうふう 2002 p145
　ひとり
　　◇「戦後占領期短篇小説コレクション 3」藤原書店 2007 p29

網野 朋子　あみの・ともこ
　石長比売（いわながひめ）狂乱
　　◇「中学生のドラマ 2」晩成書房 1996 p37

網野 友子　あみの・ともこ
　黒衣聖母
　　◇「中学生のドラマ 4」晩成書房 2003 p81

巖 土夫　アム・トブ
　夜の鑑
　　◇「近代朝鮮文学日本語作品集1908〜1945 セレクション 4」緑蔭書房 2008 p334

あめの くらげ
　ゆきかがみ
　　◇「ゆきのまち幻想文学賞小品集 22」企画集団ぷりずむ 2013 p45

雨の国　あめのくに
　雨男
　　◇「ショートショートの花束 7」講談社 2015（講談社文庫）p191
　天国料理人
　　◇「かわいい―第16回フェリシモ文学賞優秀作品集」フェリシモ 2013 p44

雨宮 雨彦　あめみや・あめひこ
　泥棒
　　◇「有栖川有栖の鉄道ミステリ・ライブラリー」角川書店 2004（角川文庫）p165
　闇の底へ
　　◇「ゆきのまち幻想文学賞小品集 9」企画集団ぷりずむ 2000 p155
　指輪
　　◇「ゆきのまち幻想文学賞小品集 14」企画集団ぷりずむ 2005 p125
　連結器

あめみ

◇「ゆきのまち幻想文学賞小品集 10」企画集団ぷりずむ 2001 p147

雨宮 湘介　あめみや・しょうすけ
猫占い
◇「全作家短編小説集 6」全作家協会 2007 p184

雨宮 久恵　あめみや・ひさえ
君に残した心（工藤早桜里／横溝あすみ）
◇「最新中学校創作脚本集 2009」晩成書房 2009 p48

雨宮 町子　あめみや・まちこ（1954～）
翳り
◇「翠迷宮―ミステリー・アンソロジー」祥伝社 2003（祥伝社文庫）p309

911
◇「危険な関係―女流ミステリー傑作選」角川春樹事務所 2002（ハルキ文庫）p253

高速落下
◇「おぞけ―ホラー・アンソロジー」祥伝社 1999（祥伝社文庫）p179

私鉄沿線
◇「葬送列車―鉄道ミステリー名作館」徳間書店 2004（徳間文庫）p297

来歴不明の古物を買うことへの警め
◇「玩具館」光文社 2001（光文社文庫）p133

飴村 行　あめむら・こう（1969～）
クレイジー・ア・ゴーゴー
◇「物語のルミナリエ」光文社 2011（光文社文庫）p195

ゲバルトX
◇「怪物園」光文社 2009（光文社文庫）p453
◇「暗闇を見よ」光文社 2010（Kappa novels）p51
◇「暗闇を見よ」光文社 2015（光文社文庫）p65

爛性の楽園
◇「厠の怪―便所怪談競作集」メディアファクトリー 2010（MF文庫）p87

天羽 沙夜　あもう・さや（1968～）
帰還～Cursed Guns～
◇「幻想水滸伝短編集 4」メディアワークス 2002（電撃文庫）p13

死闘激闘黒竜島
◇「幻想水滸伝短編集 3」メディアワークス 2002（電撃文庫）p195

誓言のエンブレム
◇「幻想水滸伝短編集 3」メディアワークス 2002（電撃文庫）p13

星辰剣さま危機一髪
◇「幻想水滸伝短編集 2」メディアワークス 2001（電撃文庫）p207

燃える鉄拳！
◇「幻想水滸伝短編集 4」メディアワークス 2002（電撃文庫）p167

雷鳴の刻
◇「幻想水滸伝短編集 2」メディアワークス 2001（電撃文庫）p13

天羽 孔明　あもう・つねあき
胡蜂
◇「てのひら怪談 癸巳」KADOKAWA 2013（MF文庫ダ・ヴィンチ）p52

綾井 譲　あやい・ゆずる
冬潮
◇「ハンセン病文学全集 8」皓星社 2006 p104

綾桜　あやおう
自殺志願者の小話
◇「人は死んだら電柱になる―電柱アンソロジー」遠すぎる未来団 2014 p278

郁風　あやかぜ
こなゆき
◇「ゆきのまち幻想文学賞小品集 16」企画集団ぷりずむ 2007 p180

降る雪は花の色
◇「ゆきのまち幻想文学賞小品集 12」企画集団ぷりずむ 2003 p164

雪の時間
◇「ゆきのまち幻想文学賞小品集 20」企画集団ぷりずむ 2011 p167

わたしの恋人
◇「ゆきのまち幻想文学賞小品集 18」企画集団ぷりずむ 2009 p166

綾倉 エリ　あやくら・えり
足切り女
◇「てのひら怪談―ビーケーワン怪談大賞傑作選」ポプラ社 2007 p100
◇「てのひら怪談―ビーケーワン怪談大賞傑作選」ポプラ社 2008（ポプラ文庫）p104

禁足地
◇「てのひら怪談 癸巳」KADOKAWA 2013（MF文庫ダ・ヴィンチ）p98

故郷の思い出
◇「てのひら怪談―ビーケーワン怪談大賞傑作選 庚寅」ポプラ社 2010（ポプラ文庫）p106

パッチン留め
◇「てのひら怪談―ビーケーワン怪談大賞傑作選 庚寅」ポプラ社 2010（ポプラ文庫）p70

ライブハウスにて
◇「てのひら怪談―ビーケーワン怪談大賞傑作選 壬辰」ポプラ社 2012（ポプラ文庫）p180

綾崎 隼　あやさき・しゅん
向日葵ラプソディ
◇「19（ナインティーン）」アスキー・メディアワークス 2010（メディアワークス文庫）p151

彩瀬 まる　あやせ・まる（1986～）
赤城ミート
◇「明日町こんぺいとう商店街―招きうさぎと七軒の物語 3」ポプラ社 2016（ポプラ文庫）p245

伊藤米店
◇「明日町こんぺいとう商店街―招きうさぎと七軒の物語」ポプラ社 2013（ポプラ文庫）p93

かなしい食べもの
　◇「運命の人はどこですか？」祥伝社 2013（祥伝社文庫）p55
傘下の花
　◇「あのころの、」実業之日本社 2012（実業之日本社文庫）p173
大自然
　◇「文学 2015」講談社 2015 p205
　◇「十年後のこと」河出書房新社 2016 p27
二十三センチの祝福
　◇「文芸あねもね」新潮社 2012（新潮文庫）p41

綾辻 行人　あやつじ・ゆきと（1960～）
赤いマント
　◇「仮面のレクイエム」光文社 1998（光文社文庫）p29
悪霊憑き
　◇「川に死体のある風景」東京創元社 2010（創元推理文庫）p239
悪霊憑き―深蕗川
　◇「川に死体のある風景」東京創元社 2006（Crime club）p211
意外な犯人
　◇「綾辻行人と有栖川有栖のミステリ・ジョッキー 2」講談社 2009 p62
かえれないふたり―第3章 増殖する影
　◇「ミステリ★オールスターズ」角川書店 2010 p395
　◇「ミステリ・オールスターズ」角川書店 2012（角川文庫）p457
苦肉の策
　◇「0番目の事件簿」講談社 2012 p377
心の闇
　◇「量子回廊―年刊日本SF傑作選」東京創元社 2010（創元SF文庫）p311
再生
　◇「白鷹THEどんでん返し」双葉社 2016（双葉文庫）p5
鉄橋
　◇「悲劇の臨時列車―鉄道ミステリー傑作選」光文社 1998（光文社文庫）p105
　◇「異界への入口」リブリオ出版 2001（怪奇・ホラーワールド）p5
　◇「鉄路に咲く物語―鉄道小説アンソロジー」光文社 2005（光文社文庫）p47
遠すぎる風景
　◇「0番目の事件簿」講談社 2012 p311
特別料理
　◇「最新「珠玉推理」大全 中」光文社 1998（カッパ・ノベルス）p22
　◇「怪しい舞踏会」光文社 2002（光文社文庫）p31
　◇「短編復活」集英社 2002（集英社文庫）p65
崩壊の前日
　◇「事件現場に行こう―最新ベスト・ミステリー カレイドスコープ 編」光文社 2001（カッパ・ノベルス）p25
深泥丘奇談―切断
　◇「Anniversary 50―カッパ・ノベルス創刊50周年記念作品」光文社 2009（Kappa novels）p7
四〇九号室の患者
　◇「幻想ミッドナイト―日常を破壊する恐怖の断片」角川書店 1997（カドカワ・エンタテインメント）p53

綾野 祐介　あやの・ゆうすけ
平成十九年一月十七日の日記
　◇「リトル・リトル・クトゥルー―史上最小の神話小説集」学習研究社 2009 p116

あやめ ゆう
いつかの情景
　◇「躍進―C★NOVELS大賞作家アンソロジー」中央公論新社 2012（C・NOVELS Fantasia）p84

鮎川 哲也　あゆかわ・てつや（1919～2002）
赤い密室
　◇「甦る推理雑誌 6」光文社 2003（光文社文庫）p387
　◇「『このミス』が選ぶ！ オールタイム・ベスト短編ミステリー 黒」宝島社 2015（宝島社文庫）p217
遺書
　◇「本格推理 13」光文社 1998（光文社文庫）p453
一時一〇分
　◇「七人の警部―SEVEN INSPECTORS」廣済堂出版 1998（KOSAIDO BLUE BOOKS）p151
海彦山彦
　◇「本格推理 13」光文社 1998（光文社文庫）p445
怪虫
　◇「妖異百物語 1」出版芸術社 1997（ふしぎ文学館）p139
ガーゼのハンカチ
　◇「本格推理 13」光文社 1998（光文社文庫）p466
急行出雲
　◇「さよならブルートレイン―寝台列車ミステリー傑作選」光文社 2015（光文社文庫）p7
魚眠荘殺人事件
　◇「江戸川乱歩の推理試験」光文社 2009（光文社文庫）p281
クイーンの色紙
　◇「ミステリマガジン700 国内篇」早川書房 2014（ハヤカワ・ミステリ文庫）p171
空気人間
　◇「少年探偵王―本格推理マガジン 特集・ぼくらの推理冒険物語」光文社 2002（光文社文庫）p397
殺し屋の悲劇
　◇「本格推理 13」光文社 1998（光文社文庫）p460
酒場にて
　◇「本格推理 13」光文社 1998（光文社文庫）p472
笹島局九九〇九番
　◇「電話ミステリー倶楽部―傑作推理小説集」光文社 2016（光文社文庫）p37
蹉跌
　◇「シャーロック・ホームズに再び愛をこめて」光文社 2010（光文社文庫）p41

あゆか

サムソンの犯罪
◇「煌めきの殺意」徳間書店 1999（徳間文庫）p95

呪縛再現（後篇）
◇「甦る推理雑誌 5」光文社 2003（光文社文庫）p179

呪縛再現（挑戦篇）
◇「甦る推理雑誌 5」光文社 2003（光文社文庫）p109

白い密室
◇「THE密室―ミステリーアンソロジー」有楽出版社 2014（JOY NOVELS）p37
◇「THE密室」実業之日本社 2016（実業之日本社文庫）p39

大連鳥瞰図
◇「迷宮の旅行者―本格推理展覧会」青樹社 1999（青樹社文庫）p5

達也が笑う
◇「贈る物語Mystery」光文社 2002 p329

達也が嗤う
◇「『このミス』が選ぶ！オールタイム・ベスト短編ミステリー 黒」宝島社 2015（宝島社文庫）p9

時計塔
◇「少年探偵王―本格推理マガジン 特集・ぼくらの推理冒険物語」光文社 2002（光文社文庫）p439

どこかにミスが ポルノ作家殺人事件
◇「あなたが名探偵」講談社 1998（講談社文庫）p49

呪いの家
◇「少年探偵王―本格推理マガジン 特集・ぼくらの推理冒険物語」光文社 2002（光文社文庫）p416

薔薇荘殺人事件
◇「綾辻行人と有栖川有栖のミステリ・ジョッキー 3」講談社 2012 p255

晴のち雨天
◇「金沢にて」双葉社 2015（双葉文庫）p35

人買い伊平治
◇「鍵」文藝春秋 2004（推理作家になりたくて マイベストミステリー）p8
◇「マイ・ベスト・ミステリー 5」文藝春秋 2007（文春文庫）p10

緋紋谷事件
◇「名探偵と鉄旅―鉄道ミステリー傑作選」光文社 2016（光文社文庫）p101

不完全犯罪
◇「江戸川乱歩の推理教室」光文社 2008（光文社文庫）p65

蛇と猪
◇「甦る推理雑誌 1」光文社 2002（光文社文庫）p195

本格派作家の特長
◇「マイ・ベスト・ミステリー 5」文藝春秋 2007（文春文庫）p69

マーキュリーの靴
◇「密室殺人大百科 上」原書房 2000 p463

無人踏切
◇「無人踏切―鉄道ミステリー傑作選」光文社 2008（光文社文庫）p295

ライバル
◇「自選ショート・ミステリー 2」講談社 2001（講談社文庫）p270

鮎川 信夫　あゆかわ・のぶお（1920〜1986）

鮎川信夫詩集
◇「新装版 全集現代文学の発見 13」學藝書林 2004 p252

海上の墓
◇「新装版 全集現代文学の発見 13」學藝書林 2004 p255

神の兵士
◇「新装版 全集現代文学の発見 13」學藝書林 2004 p256

繋船ホテルの朝の歌
◇「新装版 全集現代文学の発見 13」學藝書林 2004 p253

サイゴンにて
◇「新装版 全集現代文学の発見 13」學藝書林 2004 p254

詩 死んだ男
◇「コレクション戦争と文学 13」集英社 2011 p107

死んだ男
◇「新装版 全集現代文学の発見 13」學藝書林 2004 p252

戦友
◇「新装版 全集現代文学の発見 13」學藝書林 2004 p260

喪心のうた
◇「新装版 全集現代文学の発見 13」學藝書林 2004 p259

兵士の歌
◇「新装版 全集現代文学の発見 13」學藝書林 2004 p257

鮎沢 千加子　あゆさわ・ちかこ

キオク
◇「ショートショートの広場 19」講談社 2007（講談社文庫）p116

荒 正人　あら・まさと（1913〜1979）

原子核エネルギー（火）
◇「新装版 全集現代文学の発見 4」學藝書林 2003 p366

荒井 恵美子　あらい・えみこ

泉よ、泉
◇「ゆきのまち幻想文学賞小品集 22」企画集団ぷりずむ 2013 p95

回覧板
◇「ゆきのまち幻想文学賞小品集 24」企画集団ぷりずむ 2015 p138

白い虎
◇「ゆきのまち幻想文学賞小品集 20」企画集団ぷりずむ 2011 p55

雪の殿様

◇「ゆきのまち幻想文学賞小品集 15」企画集団ぷりずむ 2006 p79

新井 紀一　あらい・きいち（1890～1966）
怒れる高村軍曹
　◇「アンソロジー・プロレタリア文学 3」森話社 2015 p60

荒井 邦子　あらい・くにこ
月夜のアリババたち
　◇「ひらく―第15回フェリシモ文学賞」フェリシモ 2012 p8

新井 哲　あらい・さとし
或女の石々
　◇「優秀新人戯曲集 2005」ブロンズ新社 2004 p81
七氏の妖女
　◇「新鋭劇作集 series 15」日本劇団協議会 2004 p71
返事
　◇「優秀新人戯曲集 2007」ブロンズ新社 2006 p159

新井 早苗　あらい・さなえ
大きなかぶ（英語の入った劇）
　◇「小学校たのしい劇の本―英語劇付 低学年」国土社 2007 p186
金のがちょう（英語の入った劇）
　◇「小学校たのしい劇の本―英語劇付 中学年」国土社 2007 p174
三つのむかしばなし
　◇「小学生のげき―新小学校演劇脚本集 中学年 1」晩成書房 2011 p199

新井 紫都子　あらい・しづこ
虫づくし
　◇「幻想小説大全」北宋社 2002 p345

新井 志郎　あらい・しろう
朝鮮詩歌集（新井美邑／小川沐雨）
　◇「近代朝鮮文学日本語作品集1908～1945 セレクション 6」緑蔭書房 2008 p99

新井 高子　あらい・たかこ
片方の靴
　◇「ろうそくの炎がささやく言葉」勁草書房 2011 p10

荒井 登喜子　あらい・ときこ
ビリーフ
　◇「全作家短編小説集 12」全作家協会 2013 p101

新井 信子　あらい・のぶこ
緑の森を求めて―二つの大地
　◇「ゆくりなくも」鶴書院 2009（シニア文学秀作選）p105

荒井 晴彦　あらい・はるひこ（1947～）
ヴァイブレータ
　◇「年鑑代表シナリオ集 '03」シナリオ作家協会 2004 p253
パートナーズ（井上淳一）
　◇「年鑑代表シナリオ集 '10」シナリオ作家協会 2011 p267
KT
　◇「年鑑代表シナリオ集 '02」シナリオ作家協会 2003 p7

新井 美邑　あらい・びゆう
朝鮮詩歌集（新井志郎／小川沐雨）
　◇「近代朝鮮文学日本語作品集1908～1945 セレクション 6」緑蔭書房 2008 p99

荒井 雅樹　あらい・まさき
祖国（平松恵美子／山田洋次）
　◇「テレビドラマ代表作選集 2006年版」日本脚本家連盟 2006 p87

新井 満　あらい・まん（1946～）
昇天式
　◇「山形県文学全集第2期（随筆・紀行編）5」郷土出版社 2005 p135
ひとみの夏休み
　◇「少女物語」朝日新聞社 1998 p67

新井 素子　あらい・もとこ（1960～）
あした
　◇「日本SF・名作集成 6」リブリオ出版 2005 p7
あたしの中の……
　◇「日本SF全集 3」出版芸術社 2013 p5
あの懐かしい蝉の声を
　◇「SF JACK」角川書店 2013 p301
　◇「SF JACK」KADOKAWA 2016（角川文庫）p297
絵里
　◇「拡張幻想」東京創元社 2012（創元SF文庫）p411
おと
　◇「短篇ベストコレクション―現代の小説 2007」徳間書店 2007（徳間文庫）p419
ゲーム
　◇「SF宝石―ぜーんぶ！ 新作読み切り」光文社 2013 p39
週に一度のお食事を
　◇「誘惑―女流ミステリー傑作選」徳間書店 1999（徳間文庫）p5
　◇「屍鬼の血族」桜桃書房 1999 p225
　◇「血と薔薇の誘う夜に―吸血鬼ホラー傑作選」角川書店 2005（角川ホラー文庫）p129
つつがなきよう
　◇「逆想コンチェルト―イラスト先行・競作小説アンソロジー 奏の1」徳間書店 2010 p162
ネプチューン
　◇「日本SF短篇50 2」早川書房 2013（ハヤカワ文庫JA）p413
ノックの音が
　◇「ひとにぎりの異形」光文社 2007（光文社文庫）p251
ライツヴィル殺人事件（秋山狂一郎／吾妻ひでお）
　◇「北村薫の本格ミステリ・ライブラリー」角川書店

2001（角川文庫）p205
林檎
◇「物語のルミナリエ」光文社 2011（光文社文庫）p429
妾は、猫で御座います
◇「吾輩も猫である」新潮社 2016（新潮文庫）p35

荒居 蘭　あらい・らん
虫の居所
◇「SF宝石―すべて新作読み切り！ 2015」光文社 2015 p240

新垣 宏一　あらがき・こういち（1913～2002）
いとなみ
◇「日本統治期台湾文学集成 6」緑蔭書房 2002 p471
お重箱
◇「日本統治期台湾文学集成 22」緑蔭書房 2007 p363
盛り場にて
◇「日本統治期台湾文学集成 6」緑蔭書房 2002 p209
砂塵
◇「日本統治期台湾文学集成 6」緑蔭書房 2002 p451
陀佛靈多
◇「日本統治期台湾文学集成 22」緑蔭書房 2007 p293
父への便り
◇「日本統治期台湾文学集成 23」緑蔭書房 2007 p416
訂盟
◇「日本統治期台湾文学集成 6」緑蔭書房 2002 p293
デング熱のこと
◇「日本統治期台湾文学集成 22」緑蔭書房 2007 p305
寅太郎
◇「日本統治期台湾文学集成 23」緑蔭書房 2007 p321
母から子へ（第一回入営を祝ふ）
◇「日本統治期台湾文学集成 23」緑蔭書房 2007 p432
辻小説　丸木橋
◇「日本統治期台湾文学集成 22」緑蔭書房 2007 p349
短篇小説　山の父親
◇「日本統治期台湾文学集成 22」緑蔭書房 2007 p333
山の火
◇「日本統治期台湾文学集成 6」緑蔭書房 2002 p373

新川 明　あらかわ・あきら
小慟哭
◇「沖縄文学選―日本文学のエッジからの問い」勉誠出版 2003 p175

荒川 貴美子　あらかわ・きみこ
復活の薬
◇「ショートショートの広場 8」講談社 1997（講談社文庫）p149

荒川 百花　あらかわ・ももか
あやめ祭の発見
◇「「伊豆文学賞」優秀作品集 第18回」羽衣出版 2015 p195

荒川 洋治　あらかわ・ようじ（1949～）
杉津
◇「日本文学全集 29」河出書房新社 2016 p70
空
◇「日本文学全集 29」河出書房新社 2016 p71

荒川 義英　あらかわ・よしひで（1894～1920）
一圓五十錢と云ふ金
◇「新・プロレタリア文学精選集 1」ゆまに書房 2004 p137
一青年の手記
◇「新・プロレタリア文学精選集 1」ゆまに書房 2004 p1
入れ代り（一幕）
◇「新・プロレタリア文学精選集 1」ゆまに書房 2004 p105
神田橋
◇「新・プロレタリア文学精選集 1」ゆまに書房 2004 p131
霧の夜明
◇「新・プロレタリア文学精選集 1」ゆまに書房 2004 p211
醒め際
◇「新・プロレタリア文学精選集 1」ゆまに書房 2004 p153
放火犯の死（劇）
◇「新・プロレタリア文学精選集 1」ゆまに書房 2004 p77
若葉の頃
◇「新・プロレタリア文学精選集 1」ゆまに書房 2004 p91

荒木 郁　あらき・いく（1888～1943）
手紙
◇「青鞜文学集」不二出版 2004 p85
道子
◇「青鞜小説集」講談社 2014（講談社文芸文庫）p54

荒木 伊保里　あらき・いほり
軽い被害ですみました
◇「平成28年熊本地震作品集」くまもと文学・歴史館友の会 2016 p33

荒木 ひで　あらき・ひで
あなたの胸の中で子どものように生きたい≫村山俊太郎
◇「日本人の手紙 4」リブリオ出版 2004 p204

荒木 良一　あらき・りょういち（1920～1973）
名笛秘曲
◇「日本怪奇小説傑作集 3」東京創元社 2005（創元推理文庫）p157

亜羅叉の沙　あらさのさ
ミユキちゃん
◇「70年代日本SFベスト集成 4」筑摩書房 2015（ちくま文庫）p257

新沢 克海　あらさわ・かつみ
ダンスモンキーの虚と実
◇「新走（アラバシリ）―Powers Selection」講談社 2011（講談社box）p37

嵐山 光三郎　あらしやま・こうざぶろう（1942～）
上様
◇「冒険の森へ―傑作小説大全 12」集英社 2015 p28
おかね座談会
◇「輝きの一瞬―短くて心に残る30編」講談社 1999（講談社文庫）p131
岡野の蛙
◇「冒険の森へ―傑作小説大全 7」集英社 2016 p15
霧隠才蔵の秘密
◇「士魂の光芒―時代小説最前線」新潮社 1997（新潮文庫）p81
◇「信州歴史時代小説傑作集 3」しなのき書房 2007 p309
◇「真田忍者、参上！―隠密伝奇傑作集」河出書房新社 2015（河出文庫）p137
シメちゃんの恋人
◇「銀座24の物語」文藝春秋 2001 p189
瘋癲老人養護ホーム日記
◇「短篇ベストコレクション―現代の小説 2002」徳間書店 2002（徳間文庫）p315

荒津 寛子　あらつ・ひろこ（1928～1957）
荒津寛子遺稿集
◇「新装版 全集現代文学の発見 別巻」學藝書林 2005 p536
喪失
◇「新装版 全集現代文学の発見 別巻」學藝書林 2005 p536
月夜
◇「新装版 全集現代文学の発見 別巻」學藝書林 2005 p539
道
◇「新装版 全集現代文学の発見 別巻」學藝書林 2005 p542
未来
◇「新装版 全集現代文学の発見 別巻」學藝書林 2005 p537

荒馬 間　あらば・かん
新・執行猶予考
◇「逆転の瞬間」文藝春秋 1998（文春文庫）p7

荒畑 寒村　あらはた・かんそん（1887～1981）
父親
◇「日本文学100年の名作 1」新潮社 2014（新潮文庫）p9
夏

◇「蘇らぬ朝「大逆事件」以後の文学」インパクト出版会 2010（インパクト選書）p10

荒巻 義雄　あらまき・よしお（1933～）
荒巻義雄インタビュー 私とノベルスの25年
◇「C・N 25―C・novels創刊25周年アンソロジー」中央公論新社 2007（C novels）p20
ある晴れた日のウィーンは森の中にたたずむ
◇「70年代日本SFベスト集成 1」筑摩書房 2014（ちくま文庫）p359
大いなる正午
◇「日本SF短篇50 1」早川書房 2013（ハヤカワ文庫JA）p283
◇「60年代日本SFベスト集成」筑摩書房 2013（ちくま文庫）p365
白壁の文字は夕陽に映える
◇「てのひらの宇宙―星雲賞短編SF傑作選」東京創元社 2013（創元SF文庫）p43
時の葦舟
◇「70年代日本SFベスト集成 3」筑摩書房 2015（ちくま文庫）p357
花嫁
◇「C・N 25―C・novels創刊25周年アンソロジー」中央公論新社 2007（C novels）p32
版画画廊の殺人
◇「匠」文藝春秋 2003（推理作家になりたくて マイベストミステリー）p100
◇「マイ・ベスト・ミステリー 1」文藝春秋 2007（文春文庫）p147
平賀源内無頼控
◇「さよならの儀式」東京創元社 2014（創元SF文庫）p281
ポンラップ群島の平和
◇「あしたは戦争」筑摩書房 2016（ちくま文庫）p389
柔らかい時計
◇「日本SF全集 2」出版芸術社 2010 p191
◇「70年代日本SFベスト集成 2」筑摩書房 2014（ちくま文庫）p221

荒俣 宏　あらまた・ひろし（1947～）
ヴェネツィアの龍使い
◇「ドラゴン殺し」メディアワークス 1997（電撃文庫）p265
恐竜レストラン
◇「恐竜文学大全」河出書房新社 1998（河出文庫）p164
植物の閨房哲学―進化論とのかかわりに向けて
◇「植物」国書刊行会 1998（書物の王国）p179
日本の風水地帯を行く―星と大地の不可思議
◇「七人の安倍晴明」桃桃書房 1998 p57
盗まれたカキエモンの謎
◇「シャーロック・ホームズの災難―日本版」論創社 2007 p51
福子妖異録
◇「陰陽師伝奇大全」白泉社 2001 p397

◇「花ごよみ夢一夜」光風社出版 2001（光風社文庫）p341
道
◇「秘神界 現代編」東京創元社 2002（創元推理文庫）p673

荒山 徹　あらやま・とおる（1961～）
何処か是れ他郷
◇「代表作時代小説 平成16年度」光風社出版 2004 p87
故郷忘じたく候
◇「代表作時代小説 平成15年度」光風社出版 2003 p345
シュニィユ―軍神ひょっとこ葉武太郎伝
◇「代表作時代小説 平成24年度」光文社 2012 p159
長州シックス夢をかなえた白熊
◇「代表作時代小説 平成25年度」光文社 2013 p327
◇「志士―吉田松陰アンソロジー」新潮社 2014（新潮文庫）p135
朝鮮通信使いよいよ畢わる
◇「代表作時代小説 平成22年度」光文社 2010 p333
鼠か虎か
◇「代表作時代小説 平成21年度」光文社 2009 p193
柳と燕―暴君最後の日
◇「伝奇城―伝奇時代小説アンソロジー」光文社 2005（光文社文庫）p481
李朝懶夢譚
◇「代表作時代小説 平成18年度」光文社 2006 p195
流離剣統譜
◇「代表作時代小説 平成19年度」光文社 2007 p37
我が愛は海の彼方に
◇「代表作時代小説 平成20年度」光文社 2008 p329

有明 夏夫　ありあけ・なつお（1936～）
川に消えた賊
◇「大阪ラビリンス」新潮社 2014（新潮文庫）p225
鯛を捜せ
◇「消えた直木賞 男たちの足音編」メディアファクトリー 2005 p401
脱獄囚を追え
◇「星明かり夢街道」光風社出版 2000（光風社文庫）p7
耳なし源蔵召捕記事―西郷はんの写真
◇「捕物小説名作選 2」集英社 2006（集英社文庫）p199

有井 聡　ありい・さとし
愛別
◇「てのひら怪談―ビーケーワン怪談大賞傑作選 辛卯」ポプラ社 2011（ポプラ文庫）p188
あじさい山
◇「てのひら怪談―ビーケーワン怪談大賞傑作選 庚寅」ポプラ社 2010（ポプラ文庫）p18
磯牡蠣
◇「てのひら怪談―ビーケーワン怪談大賞傑作選 2」ポプラ社 2007 p50

◇「てのひら怪談―ビーケーワン怪談大賞傑作選 己丑」ポプラ社 2009（ポプラ文庫）p52
母
◇「てのひら怪談―ビーケーワン怪談大賞傑作選 壬辰」ポプラ社 2012（ポプラ文庫）p236
ボランティア
◇「てのひら怪談―ビーケーワン怪談大賞傑作選 辛卯」ポプラ社 2011（ポプラ文庫）p218
三柱
◇「てのひら怪談―ビーケーワン怪談大賞傑作選 庚寅」ポプラ社 2010（ポプラ文庫）p174

有賀 南　ありが・みなみ
イエス NO
◇「本格推理 11」光文社 1997（光文社文庫）p9

有川 浩　ありかわ・ひろ（1972～）
S理論
◇「不思議の扉 午後の教室」角川書店 2011（角川文庫）p67
作家的一週間
◇「Story Seller 3」新潮社 2011（新潮文庫）p163
失恋の演算
◇「好き、だった。―はじめての失恋、七つの話」メディアファクトリー 2010（MF文庫）p7
ストーリー・セラー
◇「Story Seller」新潮社 2009（新潮文庫）p151
ヒトモドキ
◇「Story Seller 2」新潮社 2010（新潮文庫）p165
R-18―二次元規制についてとある出版関係者たちの雑談
◇「Story Seller annex」新潮社 2014（新潮文庫）p145

有坂 トヲコ　ありさか・とおこ
アチラのいいなり
◇「てのひら怪談―ビーケーワン怪談大賞傑作選 壬辰」ポプラ社 2012（ポプラ文庫）p176

有坂 十緒子　ありさか・とおこ
重ね重ね
◇「てのひら怪談―ビーケーワン怪談大賞傑作選 百怪繚乱篇」ポプラ社 2008 p180
◇「てのひら怪談―ビーケーワン怪談大賞傑作選 己丑」ポプラ社 2009（ポプラ文庫）p122
なめり、なめり、
◇「てのひら怪談―ビーケーワン怪談大賞傑作選 2」ポプラ社 2007 p172
んんーげっげ
◇「てのひら怪談―ビーケーワン怪談大賞傑作選」ポプラ社 2007 p148
◇「てのひら怪談―ビーケーワン怪談大賞傑作選」ポプラ社 2008（ポプラ文庫）p152

有沢 真由　ありさわ・まゆ
ジュンイチ君
◇「5分で読める！ひと駅ストーリー 冬の記憶西口編」宝島社 2013（宝島社文庫）p81

真紅の蝶が舞うころに
- ◇「5分で読める！ ひと駅ストーリー 本の物語」宝島社 2014（宝島社文庫）p309

ベストショット
- ◇「5分で読める！ ひと駅ストーリー 夏の記憶西口編」宝島社 2013（宝島社文庫）p161

雪色の恋
- ◇「5分で読める！ ひと駅ストーリー 旅の話」宝島社 2015（宝島社文庫）p319

有澤 由美子　ありさわ・ゆみこ

赤い舌
- ◇「つながり―フェリシモしあわせショートショート」フェリシモ 1999 p47

有島 武郎　ありしま・たけお（1878〜1923）

あなたの真情は死ぬまで私の宝です≫波多野秋子
- ◇「日本人の手紙 5」リブリオ出版 2004 p120

惜みなく愛は奪う
- ◇「愛」SDP 2009（SDP bunko）p7

火事とポチ
- ◇「文豪たちが書いた泣ける名作短編集」彩図社 2014 p35

クララの出家
- ◇「短編名作選―1885-1924 小説の曙」笠間書院 2003 p247

碁石を呑だ八っちゃん
- ◇「心洗われる話」筑摩書房 2010（ちくま文学の森）p19

小さき者へ
- ◇「百年小説」ポプラ社 2008 p335
- ◇「読んでおきたい近代日本小説選」龍書房 2012 p166
- ◇「日本近代短篇小説選 大正篇」岩波書店 2012（岩波文庫）p149
- ◇「妻を失う―離別作品集」講談社 2014（講談社文芸文庫）p33

一房の葡萄
- ◇「せつない話 2」光文社 1997 p7
- ◇「涙の百年文学―もう一度読みたい」太陽出版 2009 p60
- ◇「果実」SDP 2009（SDP bunko）p45

僕の帽子のお話
- ◇「ものがたりのお菓子箱」飛鳥新社 2008 p29

真夏の夢
- ◇「夢」SDP 2009（SDP bunko）p47

An Incident
- ◇「読んでおきたい近代日本小説選」龍書房 2012 p160

有栖川 有栖　ありすがわ・ありす（1959〜）

蒼ざめた星
- ◇「0番目の事件簿」講談社 2012 p7

開かずの間の怪
- ◇「密室―ミステリーアンソロジー」角川書店 1997（角川文庫）p41

アポロンのナイフ
- ◇「ザ・ベストミステリーズ―推理小説年鑑 2011」講談社 2011 p101
- ◇「Guilty殺意の連鎖」講談社 2014（講談社文庫）p77

あるいは四風荘殺人事件
- ◇「名探偵の奇跡」光文社 2007（Kappa novels）p103
- ◇「名探偵の奇跡」光文社 2010（光文社文庫）p123

あるYの悲劇
- ◇「「Y」の悲劇」講談社 2000（講談社文庫）p7

暗号を撒く男
- ◇「不条理な殺人―ミステリー・アンソロジー」祥伝社 1998（ノン・ポシェット）p45

女彫刻家の首
- ◇「不透明な殺人―ミステリー・アンソロジー」祥伝社 1999（祥伝社文庫）p7

怪獣の夢
- ◇「怪獣文藝の逆襲」KADOKAWA 2015（〔幽BOOKS〕）p179

怪物画趣味
- ◇「アート偏愛」光文社 2005（光文社文庫）p433

かえれないふたり―第1章 不安な旅立ち
- ◇「ミステリ★オールスターズ」角川書店 2010 p389
- ◇「ミステリ・オールスターズ」角川書店 2012（角川文庫）p449

彼方にて
- ◇「凶鳥の黒影―中井英夫へ捧げるオマージュ」河出書房新社 2004 p41

ガラスの檻の殺人
- ◇「気分は名探偵―犯人当てアンソロジー」徳間書店 2006 p3
- ◇「気分は名探偵―犯人当てアンソロジー」徳間書店 2008（徳間文庫）p6

季節がうつろう秋
- ◇「マイ・ベスト・ミステリー 6」文藝春秋 2007（文春文庫）p82

清水坂
- ◇「怪談列島ニッポン―書き下ろし諸国奇談競作集」メディアファクトリー 2009（MF文庫）p113

キンダイチ先生の推理
- ◇「金田一耕助に捧ぐ九つの狂想曲」角川書店 2002 p27
- ◇「金田一耕助に捧ぐ九つの狂想曲」角川書店 2012（角川文庫）p27

砕けた叫び
- ◇「血文字パズル」角川書店 2003（角川文庫）p7
- ◇「赤に捧げる殺意」角川書店 2013（角川文庫）p5

劇的な幕切れ
- ◇「毒殺協奏曲」原書房 2016 p171

恋人
- ◇「エロティシズム12幻想」エニックス 2000 p25

黒鳥亭殺人事件
- ◇「綾辻行人と有栖川有栖のミステリー・ジョッキー 2」講談社 2009 p13

ありす

壺中庵殺人事件
◇「大密室」新潮社 1999 p7

桜川のオフィーリア
◇「川に死体のある風景」東京創元社 2010（創元推理文庫）p309

桜川のオフィーリア―桜川
◇「川に死体のある風景」東京創元社 2006（Crime club）p271

ジャバウォッキー
◇「アリス殺人事件―不思議の国のアリス ミステリーアンソロジー」河出書房新社 2016（河出文庫）p7

震度四の秘密―男
◇「秘密。―私と私のあいだの十二話」メディアファクトリー 2005 p55

震度四の秘密―女
◇「秘密。―私と私のあいだの十二話」メディアファクトリー 2005 p61

線路の国のアリス
◇「短篇ベストコレクション―現代の小説 2014」徳間書店 2014（徳間文庫）p51
◇「殺意の隘路」光文社 2016（最新ベスト・ミステリー）p61

田中潤司語る（田中潤司／北村薫）
◇「北村薫の本格ミステリ・ライブラリー」角川書店 2001（角川文庫）p167

蝶々がはばたく
◇「どたん場で大逆転」講談社 1999（講談社文庫）p289

蕩尽に関する一考察
◇「ザ・ベストミステリーズ―推理小説年鑑 2004」講談社 2004 p239
◇「犯人たちの部屋」講談社 2007（講談社文庫）p41

二十世紀的誘拐
◇「誘拐―ミステリーアンソロジー」角川書店 1997（角川文庫）p7

201号室の災厄
◇「名探偵を追いかけろ―シリーズ・キャラクター編」光文社 2004（カッパ・ノベルス）p75
◇「名探偵を追いかけろ」光文社 2007（光文社文庫）p89

箱の中の殺意（上田信彦）
◇「有栖川有栖の鉄道ミステリ・ライブラリー」角川書店 2004（角川文庫）p247

ハードロック・ラバーズ・オンリー
◇「自選ショート・ミステリー」講談社 2001（講談社文庫）p76

火村英生に捧げる犯罪
◇「名探偵に訊け」光文社 2010（Kappa novels）p15
◇「名探偵に訊け」光文社 2013（光文社文庫）p7

比類のない神々しいような瞬間
◇「本格ミステリ 2003」講談社 2003（講談社ノベルス）p241
◇「論理学園事件帳―本格短編ベスト・セレクション」講談社 2007（講談社文庫）p317

不在の証明
◇「本格ミステリ 2002」講談社 2002（講談社ノベルス）p11
◇「天使と髑髏の密室―本格短編ベスト・セレクション」講談社 2005（講談社文庫）p11

冬 蜃気楼に手を振る
◇「まほろ市の殺人―推理アンソロジー」祥伝社 2009（Non novel）p253
◇「まほろ市の殺人」祥伝社 2013（祥伝社文庫）p347

紅雨荘殺人事件
◇「本格ミステリ 2001」講談社 2001（講談社ノベルス）p11
◇「紅い悪夢の夏―本格短編ベスト・セレクション」講談社 2004（講談社文庫）p11

本と謎の日々
◇「大崎梢リクエスト！ 本屋さんのアンソロジー」光文社 2013 p7
◇「ザ・ベストミステリーズ―推理小説年鑑 2013」講談社 2013 p43
◇「大崎梢リクエスト！ 本屋さんのアンソロジー」光文社 2014（光文社文庫）p9
◇「Symphony漆黒の交響曲」講談社 2016（講談社文庫）p49

幻の娘
◇「七つの死者の囁き」新潮社 2008（新潮文庫）p7

三国の宿にて
◇「0番目の事件簿」講談社 2012 p24

三つの日付
◇「不在証明崩壊―ミステリーアンソロジー」角川書店 2000（角川文庫）p79

未来人F
◇「みんなの少年探偵団 2」ポプラ社 2016 p5

迷宮書房
◇「本からはじまる物語」メディアパル 2007 p159

猛虎館の惨劇
◇「新本格猛虎会の冒険」東京創元社 2003 p201

望月周平の秘かな旅
◇「謎」文藝春秋 2004（推理作家になりたくて マイベストミステリー）p10
◇「マイ・ベスト・ミステリー 6」文藝春秋 2007（文春文庫）p10

やけた線路の上の死体
◇「無人踏切―鉄道ミステリー傑作選」光文社 2008（光文社文庫）p237

屋根裏の散歩者
◇「名探偵登場！」ベストセラーズ 2004（日本ミステリー名作館）p63
◇「江戸川乱歩に愛をこめて」光文社 2011（光文社文庫）p85

雪と金婚式
◇「Anniversary 50―カッパ・ノベルス創刊50周年記念作品」光文社 2009（Kappa novels）p53

夜汽車は走る
◇「悲劇の臨時列車―鉄道ミステリー傑作選」光文社 1998（光文社文庫）p9

四分間では短すぎる
◇「Mystery Seller」新潮社 2012（新潮文庫）p145
◇「驚愕遊園地」光文社 2013（最新ベスト・ミステリー）p59
◇「驚愕遊園地」光文社 2016（光文社文庫）p87
雷雨の庭で
◇「本格ミステリー二〇〇九年本格短編ベスト・セレクション 09」講談社 2009（講談社ノベルス）p259
◇「空飛ぶモルグ街の研究—本格短編ベスト・セレクション」講談社 2013（講談社文庫）p365
書く機械（ライティングマシン）
◇「自薦THEどんでん返し」双葉社 2016（双葉文庫）p47
老紳士は何故…？
◇「競作五十円玉二十枚の謎」東京創元社 2000（創元推理文庫）p245
ロジカル・デスゲーム
◇「ベスト本格ミステリ 2011」講談社 2011（講談社ノベルス）p11
◇「からくり伝言少女—本格短編ベスト・セレクション」講談社 2015（講談社文庫）p11
わらう月
◇「最新「珠玉推理」大全 上」光文社 1998（カッパ・ノベルス）p51
◇「幻惑のラビリンス」光文社 2001（光文社文庫）p75
ABCキラー
◇「「ABC」殺人事件」講談社 2001（講談社文庫）p7

有田 美智恵　ありた・みちえ
理由
◇「ショートショートの広場 17」講談社 2005（講談社文庫）p14

有馬 二郎　ありま・じろう
犯罪
◇「ショートショートの花束 4」講談社 2012（講談社文庫）p119

有馬 結衣　ありま・ゆい
秋、ふたり
◇「超短編傑作選 v.6」創英社 2007 p75

有馬 頼義　ありま・よりちか（1918〜1980）
空家の少年
◇「隣りの不安、目前の恐怖」双葉社 2016（双葉文庫）p5
お軽はらきり
◇「猫」中央公論新社 2009（中公文庫）p13
貴三郎一代
◇「冒険の森へ—傑作小説大全 18」集英社 2016 p75
三十六人の乗客
◇「死を招く乗客—ミステリーアンソロジー」有楽出版社 2015（JOY NOVELS）p69
針谷夕雲
◇「日本剣客伝 江戸篇」朝日新聞出版 2012（朝日文庫）p279
分身
◇「コレクション戦争と文学 12」集英社 2013 p141

有村 智賀志　ありむら・ちかし
ライバルの死
◇「甦る推理雑誌 8」光文社 2003（光文社文庫）p391

有村 まどか　ありむら・まどか
金平糖のふるさと
◇「ゆきのまち幻想文学賞小品集 22」企画集団ぷりずむ 2013 p134

有本 芳水　ありもと・ほうすい（1886〜1976）
少年軍事冒険小説 空中大戦争—大正二年
◇「日米架空戦記集成—明治・大正・昭和」中央公論新社 2003（中公文庫）p9
与謝野晶子
◇「芸術家」国書刊行会 1998（書物の王国）p175

有本 吉見　ありもと・よしみ
宝箱
◇「ひらく—第15回フェリシモ文学賞」フェリシモ 2012 p36
雪のとびら
◇「ゆきのまち幻想文学賞小品集 23」企画集団ぷりずむ 2014 p130

有森 信二　ありもり・しんじ
あだし野へ
◇「全作家短編小説集 10」のべる出版 2011 p7
風の街
◇「全作家短編小説集 11」全作家協会 2012 p56
交差点
◇「全作家短編集 15」のべる出版企画 2016 p224
風光
◇「扉の向こうへ」全作家協会 2014（全作家短編集）p194
火影
◇「回転ドアから」全作家協会 2015（全作家短編集）p70
愉快な客
◇「全作家短編小説集 12」全作家協会 2013 p57

有吉 佐和子　ありよし・さわこ（1931〜1984）
綾の鼓
◇「日本舞踊舞踊劇選集」西川会 2002 p79
イヤリングにかけた青春
◇「精選女性随筆集 4」文藝春秋 2012 p14
江口の里
◇「日本文学100年の名作 5」新潮社 2015（新潮文庫）p185
女二人のニューギニア（抄）
◇「精選女性随筆集 4」文藝春秋 2012 p26
関連地図
◇「精選女性随筆集 4」文藝春秋 2012 p24

キリクビ
　◇「創刊一〇〇年三田文学名作選」三田文学会 2010 p407

千姫桜
　◇「戦国女人十一話」作品社 2005 p325

適齢期
　◇「精選女性随筆集 4」文藝春秋 2012 p20

花のかげ
　◇「精選女性随筆集 4」文藝春秋 2012 p12

遙か太平洋上に 父島
　◇「精選女性随筆集 4」文藝春秋 2012 p100

まっしろけのけ
　◇「晩菊―女体についての八篇」中央公論新社 2016（中公文庫）p95

私は女流作家
　◇「精選女性随筆集 4」文藝春秋 2012 p17

有吉 玉青　ありよし・たまお（1963～）

鍵
　◇「ワルツーアンソロジー」祥伝社 2004（祥伝社文庫）p249

がまんくらべ
　◇「めぐり逢い―恋愛小説アンソロジー」角川春樹事務所 2005（ハルキ文庫）p175

堰
　◇「現代の小説 1997」徳間書店 1997 p199
　◇「輝きの一瞬―短くて心に残る30編」講談社 1999（講談社文庫）p19

Border
　◇「私らしくあの場所へ」講談社 2009（講談社文庫）p61

有味 風　あるあじ・ふう

排水口の恋人
　◇「リトル・リトル・クトゥルー―史上最小の神話小説集」学習研究社 2009 p42

安房 毅　あわ・つよし

ぬひとり
　◇「日本統治期台湾文学集成 6」緑蔭書房 2002 p93

安房 直子　あわ・なおこ（1943～1993）

小さいやさしい右手
　◇「ひつじアンソロジー 小説編 2」ひつじ書房 2009 p107

鳥
　◇「ファイン／キュート素敵かわいい作品選」筑摩書房 2015（ちくま文庫）p230

泡坂 妻夫　あわさか・つまお（1933～2009）

飯鉢山山腹
　◇「謎―スペシャル・ブレンド・ミステリー 005」講談社 2010（講談社文庫）p95

えへんの守
　◇「短篇ベストコレクション―現代の小説 2004」徳間書店 2004（徳間文庫）p47

弟の首

　◇「おぞけ―ホラー・アンソロジー」祥伝社 1999（祥伝社文庫）p329

面影蛍
　◇「人情の往来―時代小説最前線」新潮社 1997（新潮文庫）p409

隠し紋
　◇「短篇ベストコレクション―現代の小説 2010」徳間書店 2010（徳間文庫）p71

笠秋草
　◇「市井図絵」新潮社 1997 p207

固い種子
　◇「ショートショートの缶詰」キノブックス 2016 p195

蚊取湖殺人事件
　◇「事件を追いかけろ―最新ベスト・ミステリー サプライズの花束編」光文社 2004（カッパ・ノベルス）p47
　◇「あなたが名探偵」東京創元社 2009（創元推理文庫）p9
　◇「事件を追いかけろ サプライズの花束編」光文社 2009（光文社文庫）p51

桃山訪雪図
　◇「鍵」文藝春秋 2004（推理作家になりたくて マイベストミステリー）p191
　◇「マイ・ベスト・ミステリー 5」文藝春秋 2007（文春文庫）p281

からくり富
　◇「江戸浮世風」学習研究社 2004（学研M文庫）p343

願かけて
　◇「本格ミステリー二〇〇七年本格短編ベスト・セレクション 07」講談社 2007（講談社ノベルス）p107
　◇「名探偵の奇跡」光文社 2007（Kappa novels）p145
　◇「名探偵の奇跡」光文社 2010（光文社文庫）p177
　◇「法廷ジャックの心理学―本格短編ベスト・セレクション」講談社 2011（講談社文庫）p161

鬼女の鱗
　◇「傑作推物ワールド 1」リブリオ出版 2002 p201

吉備津の釜
　◇「代表作時代小説 平成19年度」光文社 2007 p337

球形の楽園
　◇「THE密室―ミステリーアンソロジー」有楽出版社 2014（JOY NOVELS）p75
　◇「THE密室」実業之日本社 2016（実業之日本社文庫）p85

凶漢消失
　◇「古書ミステリー倶楽部―傑作推理小説集 2」光文社 2014（光文社文庫）p31

金魚狂言
　◇「名探偵で行こう―最新ベスト・ミステリー」光文社 2001（カッパ・ノベルス）p69

芸者の首
　◇「極め付き時代小説選 2」中央公論新社 2004（中公文庫）p165

喧嘩飛脚
　◇「代表作時代小説 平成22年度」光文社 2010 p31
恋路吟行
　◇「俳句殺人事件―巻頭句の女」光文社 2001（光文社文庫）p241
五ん兵衛船
　◇「代表作時代小説 平成21年度」光文社 2009 p29
　◇「名探偵に訊け」光文社 2010（Kappa novels）p51
　◇「名探偵に訊け」光文社 2013（光文社文庫）p59
三郎菱
　◇「最新「珠玉推理」大全 中」光文社 1998（カッパ・ノベルス）p50
　◇「怪しい舞踏会」光文社 2002（光文社文庫）p69
静かな男
　◇「殺人博物館へようこそ」講談社 1998（講談社文庫）p237
十二月十四日
　◇「代表作時代小説 平成17年度」光文社 2005 p231
処女作と二作目
　◇「マイ・ベスト・ミステリー 5」文藝春秋 2007（文春文庫）p162
心中屋
　◇「代表作時代小説 平成11年度」光風社出版 1999 p7
新道の女
　◇「江戸の秘恋―時代小説傑作選」徳間書店 2004（徳間文庫）p187
砂蛾家の消失
　◇「謎―スペシャル・ブレンド・ミステリー 009」講談社 2014（講談社文庫）p341
砂のアラベスク
　◇「恋愛小説・名作集成 2」リブリオ出版 2004 p5
精神感応術
　◇「短篇ベストコレクション―現代の小説 2005」徳間書店 2005（徳間文庫）p401
聖なる河
　◇「輝きの一瞬―短くて心に残る30編」講談社 1999（講談社文庫）p191
雪月梅花
　◇「短篇ベストコレクション―現代の小説 2006」徳間書店 2006（徳間文庫）p49
仙台花押
　◇「代表作時代小説 平成12年度」光風社出版 2000 p395
大黒漬
　◇「江戸の爆笑力―時代小説傑作選」集英社 2004（集英社文庫）p9
ダイヤル7
　◇「電話ミステリー倶楽部―傑作推理小説集」光文社 2016（光文社文庫）p67
他化自在天
　◇「仮面のレクイエム」光文社 1998（光文社文庫）p69
飛奴
　◇「代表作時代小説 平成10年度」光風社出版 1998 p405
　◇「地獄の無明剣―時代小説傑作選」講談社 2004（講談社文庫）p483
鳥居の赤兵衛
　◇「本格ミステリ 2001」講談社 2001（講談社ノベルス）p75
　◇「透明な貴婦人の謎―本格短編ベスト・セレクション」講談社 2005（講談社文庫）p11
泥棒番付
　◇「剣よ月下に舞え」光風社出版 2001（光風社文庫）p7
菜の花や
　◇「代表作時代小説 平成20年度」光文社 2008 p353
鳴神
　◇「謎―スペシャル・ブレンド・ミステリー 006」講談社 2011（講談社文庫）p279
南蛮うどん
　◇「闇の旋風」徳間書店 2000（徳間文庫）p5
匂い梅
　◇「短篇ベストコレクション―現代の小説 2008」徳間書店 2008（徳間文庫）p67
百魔術
　◇「ザ・ベストミステリーズ―推理小説年鑑 2001」講談社 2001 p67
　◇「終日犯罪」講談社 2004（講談社文庫）p43
病人に刃物
　◇「贈る物語Mystery」光文社 2002 p241
右腕山上空
　◇「鍵」文藝春秋 2004（推理作家になりたくて マイベストミステリー）p52
　◇「マイ・ベスト・ミステリー 5」文藝春秋 2007（文春文庫）p72
夢裡庵の逃走―夢裡庵先生捕物帳
　◇「代表作時代小説 平成15年度」光文社 2003 p205
目吉の死人形
　◇「血汐花に涙降る」光風社出版 1999（光風社文庫）p351
　◇「江戸の名探偵―時代推理傑作選」徳間書店 2009（徳間文庫）p279
雪の絵画教室
　◇「密室レシピ」角川書店 2002（角川文庫）p197
妖刀時代
　◇「代表作時代小説 平成18年度」光文社 2006 p111
ヨギ ガンジーの予言
　◇「綾辻行人と有栖川有栖のミステリ・ジョッキー 1」講談社 2008 p174
連理
　◇「美女峠に星が流れる―時代小説傑作選」講談社 1999（講談社文庫）p377
わんわん鳥
　◇「自選ショート・ミステリー 2」講談社 2001（講談社文庫）p184
DL2号機事件

あわち

- ◇「甦る「幻影城」1」角川書店 1997（カドカワ・エンタテインメント）p47
- ◇「謎」文藝春秋 2004（推理作家になりたくて マイベストミステリー）p159
- ◇「マイ・ベスト・ミステリー 6」文藝春秋 2007（文春文庫）p233
- ◇「『このミス』が選ぶ！ オールタイム・ベスト短編ミステリー 赤」宝島社 2015（宝島社文庫）p213

あわぢ 生　あわぢ・せい
⇒本田緒生（ほんだ・おせい）を見よ

粟根 のりこ　あわね・のりこ
カツジ君
- ◇「てのひら怪談―ビーケーワン怪談大賞傑作選 2」ポプラ社 2007 p126
- ◇「てのひら怪談―ビーケーワン怪談大賞傑作選 己丑」ポプラ社 2009（ポプラ文庫）p140

さんぽ
- ◇「てのひら怪談―ビーケーワン怪談大賞傑作選」ポプラ社 2007 p132
- ◇「てのひら怪談―ビーケーワン怪談大賞傑作選」ポプラ社 2008（ポプラ文庫）p136

淡谷 のり子　あわや・のりこ（1907～1999）
私の幽霊ブルース―生と死と死後の霊の体験
- ◇「文豪怪談傑作選 特別編」筑摩書房 2008（ちくま文庫）p224

安 二孫　アン・イソン
朝鮮農民の爲に
- ◇「近代朝鮮文学日本語作品集1901～1938 評論・随筆篇 1」緑蔭書房 2004 p184

安 在鴻　アン・ジェホン
神州の亡びたるを歎きつゝ
- ◇「近代朝鮮文学日本語作品集1901～1938 評論・随筆篇 2」緑蔭書房 2004 p223

安 述蓮　あん・じゅつれん
永い道
- ◇「ハンセン病文学全集 4」皓星社 2003 p258

安 鍾彦　アン・ジョンオン
放浪息子―Kさんに捧ぐ（上）（中）（下）
- ◇「近代朝鮮文学日本語作品集1901～1938 創作篇 2」緑蔭書房 2004 p345

安 夕影　アン・ソギョン
漢陽秋賦 逍遙山の紅葉
- ◇「近代朝鮮文学日本語作品集1908～1945 セレクション 3」緑蔭書房 2008 p339

キーダー持つ女〔続〕
- ◇「近代朝鮮文学日本語作品集1908～1945 セレクション 6」緑蔭書房 2008 p331

夏の海
- ◇「近代朝鮮文学日本語作品集1908～1945 セレクション 3」緑蔭書房 2008 p253

安 碩柱　アン・ソクチュ
朝鮮映畫噂話
- ◇「近代朝鮮文学日本語作品集1901～1938 評論・随筆篇 2」緑蔭書房 2004 p63

安 正浩　アン・チョンホ
お地藏さん
- ◇「近代朝鮮文学日本語作品集1908～1945 セレクション 6」緑蔭書房 2008 p59

安 東洙　アン・ドンス
親愛なる兵隊さんへ
- ◇「近代朝鮮文学日本語作品集1908～1945 セレクション 6」緑蔭書房 2008 p241

安 漠　あん・ばく
朝鮮に於けるプロレタリア藝術運動の現勢
- ◇「近代朝鮮文学日本語作品集1901～1938 評論・随筆篇 1」緑蔭書房 2004 p227

安 含光　アン・ハムグワン
謙讓の精神
- ◇「近代朝鮮文学日本語作品集1939～1945 評論・随筆篇 3」緑蔭書房 2002 p95

農業生産増強を続けて―農村人の立場に於て
- ◇「近代朝鮮文学日本語作品集1939～1945 評論・随筆篇 1」緑蔭書房 2002 p427

農民への愛情論
- ◇「近代朝鮮文学日本語作品集1939～1945 評論・随筆篇 2」緑蔭書房 2002 p347

安 懷南　アン・フェナム
小説 温室
- ◇「近代朝鮮文学日本語作品集1939～1945 創作篇 3」緑蔭書房 2001 p312

安 英一　アン・ヨンイル
演出家金波宇論
- ◇「近代朝鮮文学日本語作品集1901～1938 評論・随筆篇 2」緑蔭書房 2004 p32

國民演劇の樹立
- ◇「近代朝鮮文学日本語作品集1939～1945 評論・随筆篇 1」緑蔭書房 2002 p423

朝鮮新劇運動の動向
- ◇「近代朝鮮文学日本語作品集1901～1938 評論・随筆篇 2」緑蔭書房 2004 p105

安西 篤子　あんざい・あつこ（1927～）
馬酔木
- ◇「代表作時代小説 平成9年度」光風社出版 1997 p111

井伊直弼、桜田門外に倒れる
- ◇「幕末テロリスト列伝」講談社 2004（講談社文庫）p203

烏孫公主
- ◇「黄土の群星」光文社 1999（光文社文庫）p155

鴛鴦ならび行く
- ◇「軍師の死にざま―短篇小説集」作品社 2006 p53
- ◇「軍師の生きざま―時代小説傑作選」コスミック出版 2008（コスミック・時代文庫）p67

鴛鴦ならび行く―太原雪斎

◇「時代小説傑作選 6」新人物往来社 2008 p69
◇「軍師の死にざま」実業之日本社 2013（実業之日本社文庫）p67

小野寺十内の妻・丹
◇「物語妻たちの忠臣蔵」新人物往来社 1998 p37

春日局
◇「人物日本の歴史—時代小説版 江戸編 上」小学館 2004（小学館文庫）p55

刈萱
◇「市井図絵」新潮社 1997 p65
◇「時代小説―読切御免 1」新潮社 2004（新潮文庫）p107

桔梗
◇「剣よ月下に舞え」光風社出版 2001（光風社文庫）p189

山梔子
◇「剣光、閃く！」徳間書店 1999（徳間文庫）p5

紫雲英
◇「代表作時代小説 平成12年度」光風社出版 2000 p47

百日紅
◇「江戸色恋坂—市井情話傑作選」学習研究社 2005（学研M文庫）p159

芍薬
◇「代表作時代小説 平成10年度」光風社出版 1998 p391

秋海棠
◇「花ごよみ夢一夜」光風社出版 2001（光風社文庫）p297

新選組最後の暗殺劇！ 油小路の血闘
◇「幕末テロリスト列伝」講談社 2004（講談社文庫）p119

菅沼十郎兵衛の母
◇「紅葉谷から剣鬼が来る—時代小説傑作選」講談社 2002（講談社文庫）p291

曹操と曹丕
◇「異色中国短篇傑作大全」講談社 1997 p41

壇の浦残花抄
◇「源義経の時代—短篇小説集」作品社 2004 p257

塚原卜伝
◇「人物日本剣豪伝 1」学陽書房 2001（人物文庫）p157

泣き笑い姫
◇「姫君たちの戦国―時代小説傑作選」PHP研究所 2011（PHP文芸文庫）p123

夏萩
◇「江戸恋い明け烏」光風社出版 1999（光風社文庫）p357

凌霄花
◇「人情の往来―時代小説最前線」新潮社 1997（新潮文庫）p263

残る言の葉
◇「異色忠臣蔵大傑作集」講談社 1999 p73

萩の帷子―霊州松江の妻敵討ち
◇「時代小説傑作選 4」新人物往来社 2008 p41

緋寒桜
◇「剣が舞い落花が舞い―時代小説傑作選」講談社 1998（講談社文庫）p247

風露草
◇「代表作時代小説 平成11年度」光風社出版 1999 p345
◇「愛染夢灯籠―時代小説傑作選」講談社 2005（講談社文庫）p402

守り通した家門
◇「信州歴史時代小説傑作集 1」しなのき書房 2007 p217

名君孤愁
◇「大江戸殿様列伝―傑作時代小説」双葉社 2006（双葉文庫）p7

吾亦紅
◇「鎮守の森に鬼が棲む―時代小説傑作選」講談社 2001（講談社文庫）p397

安斎 徹　あんざい・とおる

蔵王山の樹氷
◇「山形県文学全集第2期（随筆・紀行編）4」郷土出版社 2005 p230

安西 均　あんざい・ひとし （1919～1994）

朝、電話が鳴る
◇「新装版 全集現代文学の発見 13」學藝書林 2004 p380

エルパソを過ぎるときに
◇「新装版 全集現代文学の発見 13」學藝書林 2004 p377

罐詰みたいな醜聞
◇「新装版 全集現代文学の発見 13」學藝書林 2004 p380

西行
◇「新装版 全集現代文学の発見 13」學藝書林 2004 p372

実朝
◇「王侯」国書刊行会 1998（書物の王国）p73
◇「新装版 全集現代文学の発見 13」學藝書林 2004 p373

小銃記
◇「新装版 全集現代文学の発見 13」學藝書林 2004 p375

新古今集断想―藤原定家
◇「芸術家」国書刊行会 1998（書物の王国）p135
◇「新装版 全集現代文学の発見 13」學藝書林 2004 p372

天の網島
◇「新装版 全集現代文学の発見 13」學藝書林 2004 p373

遠い田舎町には
◇「新装版 全集現代文学の発見 13」學藝書林 2004 p376

日光くさいベッド
◇「新装版 全集現代文学の発見 13」學藝書林 2004 p381

詩集 花の店

あんさ

人麿
◇「新装版 全集現代文学の発見 13」學藝書林 2004 p372

詩集 美男
◇「新装版 全集現代文学の発見 13」學藝書林 2004 p373

明月記
◇「新装版 全集現代文学の発見 13」學藝書林 2004 p374

安西 冬衛　あんざい・ふゆえ（1898〜1965）

愛想
◇「新装版 全集現代文学の発見 13」學藝書林 2004 p16

あの道—一ノ早春
◇「新装版 全集現代文学の発見 13」學藝書林 2004 p15

犬は厭
◇「新装版 全集現代文学の発見 13」學藝書林 2004 p16

うそ
◇「新装版 全集現代文学の発見 13」學藝書林 2004 p16

学力
◇「新装版 全集現代文学の発見 13」學藝書林 2004 p16

菊
◇「新装版 全集現代文学の発見 13」學藝書林 2004 p18

蟻走痒感
◇「架空の町」国書刊行会 1997（書物の王国）p49

教会
◇「新装版 全集現代文学の発見 13」學藝書林 2004 p15

軍艦茉莉
◇「〈外地〉の日本語文学選 2」新宿書房 1996 p93
◇「新装版 全集現代文学の発見 13」學藝書林 2004 p12

勲章
◇「新装版 全集現代文学の発見 13」學藝書林 2004 p13

骰子
◇「新装版 全集現代文学の発見 13」學藝書林 2004 p17

櫛比する街景と文明
◇「新装版 全集現代文学の発見 13」學藝書林 2004 p17

舎
◇「新装版 全集現代文学の発見 13」學藝書林 2004 p15

シルクハツトのある卓布
◇「新装版 全集現代文学の発見 13」學藝書林 2004 p15

侵略
◇「新装版 全集現代文学の発見 13」學藝書林 2004 p14

雀
◇「新装版 全集現代文学の発見 13」學藝書林 2004 p14

澄める町
◇「新装版 全集現代文学の発見 13」學藝書林 2004 p13
◇「新装版 全集現代文学の発見 13」學藝書林 2004 p14

石油
◇「新装版 全集現代文学の発見 13」學藝書林 2004 p17

戦役
◇「新装版 全集現代文学の発見 13」學藝書林 2004 p14

測量艦 不知奈
◇「日本文学全集 29」河出書房新社 2016 p34

土耳古
◇「新装版 全集現代文学の発見 13」學藝書林 2004 p18

西風の中
◇「新装版 全集現代文学の発見 13」學藝書林 2004 p13

春
◇「〈外地〉の日本語文学選 2」新宿書房 1996 p94
◇「超短編アンソロジー」筑摩書房 2002（ちくま文庫）p34
◇「新装版 全集現代文学の発見 13」學藝書林 2004 p14
◇「新装版 全集現代文学の発見 13」學藝書林 2004 p15
◇「日本文学全集 29」河出書房新社 2016 p34

再び誕生日
◇「新装版 全集現代文学の発見 13」學藝書林 2004 p13

プロレタリヤ
◇「新装版 全集現代文学の発見 13」學藝書林 2004 p16

暴政
◇「新装版 全集現代文学の発見 13」學藝書林 2004 p16

又
◇「新装版 全集現代文学の発見 13」學藝書林 2004 p14
◇「新装版 全集現代文学の発見 13」學藝書林 2004 p15

真冬の書—Mes Cahiers
◇「新装版 全集現代文学の発見 13」學藝書林 2004 p13

村
◇「新装版 全集現代文学の発見 13」學藝書林 2004 p14

牝鶏
◇「新装版 全集現代文学の発見 13」學藝書林 2004 p14

物集茉莉
　◇『新装版 全集現代文学の発見 13』學藝書林 2004 p19
物
　◇『新装版 全集現代文学の発見 13』學藝書林 2004 p14
役
　◇『新装版 全集現代文学の発見 13』學藝書林 2004 p14
肋子
　◇『新装版 全集現代文学の発見 13』學藝書林 2004 p16
肋大佐の朱色な晩餐会
　◇『新装版 全集現代文学の発見 13』學藝書林 2004 p16

安西 水丸　あんざい・みずまる（1942～）
海の方から
　◇『銀座24の物語』文藝春秋 2001 p97
人魚の死
　◇『二十四粒の宝石―超短編小説傑作集』講談社 1998（講談社文庫）p161
ホテル・ダンディライオン
　◇『ただならぬ午睡―恋愛小説アンソロジー』光文社 2004（光文社文庫）p43

安生 正　あんじょう・ただし（1958～）
開かずの踏切
　◇『5分で読める！ ひと駅ストーリー 夏の記憶東口編』宝島社 2013（宝島社文庫）p261
白い記憶
　◇『5分で読める！ ひと駅ストーリー 冬の記憶東口編』宝島社 2013（宝島社文庫）p31
　◇『5分で驚く！ どんでん返しの物語』宝島社 2016（宝島社文庫）p183
仙境の晩餐
　◇『5分で読める！ ひと駅ストーリー 食の話』宝島社 2015（宝島社文庫）p19
　◇『5分で驚く！ どんでん返しの物語』宝島社 2016（宝島社文庫）p9
ダイヤモンドダスト
　◇『このミステリーがすごい！ 四つの謎』宝島社 2014 p151
特約条項 第三条
　◇『もっとすごい！ 10分間ミステリー』宝島社 2013（宝島社文庫）p111
　◇『10分間ミステリー THE BEST』宝島社 2016（宝島社文庫）p539

安西 玄　あんせい・げん
運心
　◇『全作家短編小説集 7』全作家協会 2008 p170
かえりみれば
　◇『全作家短編小説集 12』全作家協会 2013 p75
門出
　◇『全作家短編小説集 6』全作家協会 2007 p27
不知火
　◇『全作家短編小説集 8』全作家協会 2009 p189
たねをまいて
　◇『全作家短編小説集 10』のべる出版 2011 p17
遠い日々
　◇『全作家短編小説集 9』全作家協会 2010 p219
聖岳から
　◇『扉の向こうへ』全作家協会 2014（全作家短編集）p49
武奈ヶ岳から
　◇『回転ドアから』全作家協会 2015（全作家短編集）p404
山へ
　◇『全作家短編集 15』のべる出版企画 2016 p67

あんどー 春　あんどー・はる
回転率
　◇『ショートショートの花束 7』講談社 2015（講談社文庫）p225
肯定
　◇『ショートショートの花束 7』講談社 2015（講談社文庫）p223
国際基準
　◇『ショートショートの花束 7』講談社 2015（講談社文庫）p120
選択肢
　◇『ショートショートの花束 6』講談社 2014（講談社文庫）p240
仲間
　◇『ショートショートの花束 8』講談社 2016（講談社文庫）p140
迷惑
　◇『ショートショートの花束 8』講談社 2016（講談社文庫）p83

安童 魚春　あんどう・うおはる
迷子の練習
　◇『たびだち―フェリシモしあわせショートショート』フェリシモ 2000 p30

安藤 オン　あんどう・おん
出家せば
　◇『さきがけ文学賞選集 1』秋田魁新報社 2013（さきがけ文庫）p5

安東 伸介　あんどう・しんすけ
或る夜の西脇先生
　◇『創刊一〇〇年三田文学名作選』三田文学会 2010 p688

安東 次男　あんどう・つぐお（1919～2002）
ある静物
　◇『新装版 全集現代文学の発見 13』學藝書林 2004 p298
海戦
　◇『新装版 全集現代文学の発見 13』學藝書林 2004 p289
死刑宣告
　◇『新装版 全集現代文学の発見 13』學藝書林 2004

p290
死者の書
◇「新装版 全集現代文学の発見 13」學藝書林 2004 p288
樹木開花
◇「新装版 全集現代文学の発見 13」學藝書林 2004 p294
証人
◇「新装版 全集現代文学の発見 13」學藝書林 2004 p293
触手となった耳の歌
◇「新装版 全集現代文学の発見 13」學藝書林 2004 p292
磔像
◇「新装版 全集現代文学の発見 13」學藝書林 2004 p296
卵
◇「新装版 全集現代文学の発見 13」學藝書林 2004 p296
腐刻画
◇「新装版 全集現代文学の発見 13」學藝書林 2004 p297
蘭
◇「新装版 全集現代文学の発見 13」學藝書林 2004 p295
定本 CALENDRIER
◇「新装版 全集現代文学の発見 13」學藝書林 2004 p297

安藤 照子　あんどう・てるこ
ひとしおにお恨みに候≫桂太郎
◇「日本人の手紙 5」リブリオ出版 2004 p148

安藤 知明　あんどう・ともあき
緑のプリン
◇「「伊豆文学賞」優秀作品集 第18回」羽衣出版 2015 p191

安堂 虎夫　あんどう・とらお
神隠し
◇「はじめての小説（ミステリー）―内田康夫＆東京・北区が選んだ珠玉のミステリー 2」実業之日本社 p159

安藤 尋　あんどう・ひろし（1965～）
ココロとカラダ（玉城悟）
◇「年鑑代表シナリオ集 '04」シナリオ作家協会 2005 p271

安藤 美紀夫　あんどう・みきお（1930～1990）
露地うらの虹
◇「日本の少年小説―「少国民」のゆくえ」インパクト出版会 2016（インパクト選書）p130

安藤 桃子　あんどう・ももこ（1982～）
カウンターイルミネーション
◇「変愛小説集 日本作家編」講談社 2014 p181

安東 能明　あんどう・よしあき（1956～）
撃てない警官
◇「現場に臨め」光文社 2010（Kappa novels）p53
◇「現場に臨め」光文社 2014（光文社文庫）p59
随監
◇「ザ・ベストミステリーズ―推理小説年鑑 2010」講談社 2010 p9
◇「BORDER善と悪の境界」講談社 2013（講談社）p5
密室の戦犯
◇「地を這う捜査―「読楽」警察小説アンソロジー」徳間書店 2015（徳間文庫）p5
夜汽車
◇「短篇ベストコレクション―現代の小説 2003」徳間書店 2003（徳間文庫）p409

安野 光雅　あんの・みつまさ（1926～）
左と右
◇「超短編アンソロジー」筑摩書房 2002（ちくま文庫）p128

アン・レオン
3分間で小説を書く方法
◇「ショートショートの花束 3」講談社 2011（講談社文庫）p140

【い】

李 益相　イ・イクサン
白頭山紀行（一）～（十二）
◇「近代朝鮮文学日本語作品集1901～1938 評論・随筆篇 3」緑蔭書房 2004 p115
亡靈の亂舞
◇「近代朝鮮文学日本語作品集1901～1938 創作篇 1」緑蔭書房 2004 p123

李 一　イ・イル
燕京旅情記
◇「近代朝鮮文学日本語作品集1908～1945 セレクション 3」緑蔭書房 2008 p309
漢陽秋賦 秋の三角山
◇「近代朝鮮文学日本語作品集1908～1945 セレクション 3」緑蔭書房 2008 p335

李 人稙　イ・インジク（1862～1916）
寡婦の夢（其上）（其下）
◇「近代朝鮮文学日本語作品集1901～1938 創作篇 1」緑蔭書房 2004 p9
韓國雜感（全4回）
◇「近代朝鮮文学日本語作品集1901～1938 評論・随筆篇 2」緑蔭書房 2004 p163
韓國新聞創設趣旨書
◇「近代朝鮮文学日本語作品集1901～1938 評論・随筆篇 2」緑蔭書房 2004 p361
経學院視察團旅行記念

◇「近代朝鮮文学日本語作品集1908〜1945 セレクション 6」緑蔭書房 2008 p323
雪中惨事
◇「近代朝鮮文学日本語作品集1901〜1938 評論・随筆篇 1」緑蔭書房 2004 p11
入社説
◇「近代朝鮮文学日本語作品集1901〜1938 評論・随筆篇 2」緑蔭書房 2004 p161
夢中放語
◇「近代朝鮮文学日本語作品集1901〜1938 評論・随筆篇 2」緑蔭書房 2004 p161

李 元熙　イ・ウォニ
皇軍慰問作文佳作（崔載敏／金煥秀／李丙璇／金嫄）
◇「近代朝鮮文学日本語作品集1901〜1938 評論・随筆篇 3」緑蔭書房 2004 p357

李 源圭　イ・ウォンギュ
最近に於ける朝鮮文芸総観
◇「近代朝鮮文学日本語作品集1901〜1938 評論・随筆篇 1」緑蔭書房 2004 p185
朝鮮歌謡の史的考察
◇「近代朝鮮文学日本語作品集1908〜1945 セレクション 5」緑蔭書房 2008 p254
朝鮮歌謡の史的考察と此に現れたる時代色と地方色
◇「近代朝鮮文学日本語作品集1908〜1945 セレクション 5」緑蔭書房 2008 p245
◇「近代朝鮮文学日本語作品集1908〜1945 セレクション 5」緑蔭書房 2008 p249
朝鮮民謡の由來と此に現はれたる民族性の一端
◇「近代朝鮮文学日本語作品集1908〜1945 セレクション 5」緑蔭書房 2008 p215
朝鮮民謡の由來と民族性の一端
◇「近代朝鮮文学日本語作品集1908〜1945 セレクション 5」緑蔭書房 2008 p219
◇「近代朝鮮文学日本語作品集1908〜1945 セレクション 5」緑蔭書房 2008 p223

李 源朝　イ・ウォンジョ
朝鮮文壇の動向
◇「近代朝鮮文学日本語作品集1939〜1945 評論・随筆篇 1」緑蔭書房 2002 p99
論理的レアリズム
◇「近代朝鮮文学日本語作品集1901〜1938 評論・随筆篇 1」緑蔭書房 2004 p333

李 殷相　イ・ウンサン
時調の復興に就いて
◇「近代朝鮮文学日本語作品集1908〜1945 セレクション 5」緑蔭書房 2008 p197

李 起昇　イ・キスン
風が走る
◇「〈在日〉文学全集 12」勉誠出版 2006 p77
ゼロはん

◇「〈在日〉文学全集 12」勉誠出版 2006 p5
優しさは、海
◇「〈在日〉文学全集 12」勉誠出版 2006 p179

李 基世　イ・ギセ（1889〜1945）
朝鮮に於ける演劇の變遷―鮮人方面の
◇「近代朝鮮文学日本語作品集1901〜1938 評論・随筆篇 1」緑蔭書房 2004 p87

李 基也　イ・ギヤ
新協劇團"春香傳"の公演に寄せる（1）（3）（宋錫夏／兪鎭午／鄭寅燮）
◇「近代朝鮮文学日本語作品集1901〜1938 評論・随筆篇 3」緑蔭書房 2004 p51

李 均　イ・ギュン
戰術問題 朝鮮に於ける我々の戰術
◇「近代朝鮮文学日本語作品集1901〜1938 評論・随筆篇 1」緑蔭書房 2004 p221
朝鮮の運動
◇「近代朝鮮文学日本語作品集1901〜1938 評論・随筆篇 1」緑蔭書房 2004 p249
朝鮮の農村と農民文藝
◇「近代朝鮮文学日本語作品集1901〜1938 評論・随筆篇 1」緑蔭書房 2004 p239
日本の同志に
◇「近代朝鮮文学日本語作品集1908〜1945 セレクション 4」緑蔭書房 2008 p239
『農藝』の正體
◇「近代朝鮮文学日本語作品集1901〜1938 評論・随筆篇 3」緑蔭書房 2004 p272
農民イデオロギーの確立へ―半島の無産農民同志に叫ぶ
◇「近代朝鮮文学日本語作品集1901〜1938 評論・随筆篇 1」緑蔭書房 2004 p207
農民文藝と方言の問題
◇「近代朝鮮文学日本語作品集1901〜1938 評論・随筆篇 1」緑蔭書房 2004 p267

李 箕永　イ・ギヨン（1895〜1984）
一日も早く御凱旋を
◇「近代朝鮮文学日本語作品集1908〜1945 セレクション 6」緑蔭書房 2008 p242
プロ文學に就て①②
◇「近代朝鮮文学日本語作品集1901〜1938 評論・随筆篇 1」緑蔭書房 2004 p384

李 吉春　イ・キルチュン
一丈の…
◇「近代朝鮮文学日本語作品集1908〜1945 セレクション 6」緑蔭書房 2008 p97
岩を割る…
◇「近代朝鮮文学日本語作品集1908〜1945 セレクション 6」緑蔭書房 2008 p97

李 光洙　イ・グァンス（1892〜1950）
愛か
◇「〈外地〉の日本語文學選 3」新宿書房 1996 p21

い

◇「近代朝鮮文学日本語作品集1901～1938 創作篇 1」緑蔭書房 2004 p13

朝
◇「近代朝鮮文学日本語作品集1939～1945 創作篇 6」緑蔭書房 2001 p26

躍動半島4 新しき美
◇「近代朝鮮文学日本語作品集1939～1945 評論・随筆篇 3」緑蔭書房 2002 p244

阿部充家宛書簡
◇「近代朝鮮文学日本語作品集1901～1938 評論・随筆篇 3」緑蔭書房 2004 p344

鶯庄記
◇「近代朝鮮文学日本語作品集1939～1945 創作篇 2」緑蔭書房 2001 p31

いくつかの無駄
◇「近代朝鮮文学日本語作品集1939～1945 評論・随筆篇 3」緑蔭書房 2002 p297

一寸永興まで（一）～（七）―京元線車中にて
◇「近代朝鮮文学日本語作品集1901～1938 評論・随筆篇 3」緑蔭書房 2004 p97

短篇小説 元述の出征
◇「近代朝鮮文学日本語作品集1939～1945 創作篇 5」緑蔭書房 2001 p453

起上る農村（上）（下）
◇「近代朝鮮文学日本語作品集1939～1945 評論・随筆篇 1」緑蔭書房 2002 p419

凱旋の時は朝鮮へ私がご案内致します
◇「近代朝鮮文学日本語作品集1908～1945 セレクション 6」緑蔭書房 2008 p228

顔が變る
◇「近代朝鮮文学日本語作品集1939～1945 評論・随筆篇 3」緑蔭書房 2002 p115

家訓（続）
◇「近代朝鮮文学日本語作品集1939～1945 評論・随筆篇 3」緑蔭書房 2002 p179

家訓（未定稿）
◇「近代朝鮮文学日本語作品集1939～1945 評論・随筆篇 3」緑蔭書房 2002 p175

嘉實
◇「近代朝鮮文学日本語作品集1908～1945 セレクション 2」緑蔭書房 2008 p157

感想に代へて
◇「近代朝鮮文学日本語作品集1939～1945 評論・随筆篇 1」緑蔭書房 2002 p400

元旦〔七首〕
◇「近代朝鮮文学日本語作品集1939～1945 創作篇 6」緑蔭書房 2001 p306

菊池寛議長へ
◇「近代朝鮮文学日本語作品集1939～1945 評論・随筆篇 3」緑蔭書房 2002 p489

行者
◇「近代朝鮮文学日本語作品集1939～1945 評論・随筆篇 3」緑蔭書房 2002 p135

京釜線車中より
◇「近代朝鮮文学日本語作品集1901～1938 評論・随筆篇 2」緑蔭書房 2004 p181

京城の春（一）（二）
◇「近代朝鮮文学日本語作品集1939～1945 評論・随筆篇 3」緑蔭書房 2002 p83

迎年祈世
◇「近代朝鮮文学日本語作品集1939～1945 創作篇 6」緑蔭書房 2001 p20

江南の春
◇「近代朝鮮文学日本語作品集1908～1945 セレクション 4」緑蔭書房 2008 p76

聲
◇「近代朝鮮文学日本語作品集1939～1945 創作篇 6」緑蔭書房 2001 p26

長篇 心相觸れてこそ
◇「近代朝鮮文学日本語作品集1939～1945 創作篇 1」緑蔭書房 2001 p313

五道踏破旅行記（全35回）
◇「近代朝鮮文学日本語作品集1901～1938 評論・随筆篇 3」緑蔭書房 2004 p57

山家日記
◇「近代朝鮮文学日本語作品集1939～1945 評論・随筆篇 3」緑蔭書房 2002 p459

三京印象記
◇「近代朝鮮文学日本語作品集1908～1945 セレクション 3」緑蔭書房 2008 p451

山陽線車中より
◇「近代朝鮮文学日本語作品集1901～1938 評論・随筆篇 2」緑蔭書房 2004 p181

車中雑感
◇「近代朝鮮文学日本語作品集1901～1938 評論・随筆篇 2」緑蔭書房 2004 p180

重大なる決心―朝鮮の知識人に告ぐ（1）～（4）
◇「近代朝鮮文学日本語作品集1939～1945 評論・随筆篇 1」緑蔭書房 2002 p217

純眞なる朝鮮愛
◇「近代朝鮮文学日本語作品集1908～1945 セレクション 6」緑蔭書房 2008 p263

主張 小學校の先生方へ
◇「近代朝鮮文学日本語作品集1908～1945 セレクション 6」緑蔭書房 2008 p320

少女の告白
◇「近代朝鮮文学日本語作品集1939～1945 創作篇 5」緑蔭書房 2001 p469

小説『牡丹崩れず』休載について謹告と『妻の悩み』
◇「近代朝鮮文学日本語作品集1908～1945 セレクション 6」緑蔭書房 2008 p307

シンガポール落つ
◇「近代朝鮮文学日本語作品集1939～1945 創作篇 6」緑蔭書房 2001 p39

青年と今日
◇「近代朝鮮文学日本語作品集1939～1945 評論・随筆篇 2」緑蔭書房 2002 p361

戰争と文學

大東亞
　◇「近代朝鮮文学日本語作品集1939〜1945 創作篇 5」緑蔭書房 2001 p123

「大東亞精神の樹立」に就いて
　◇「近代朝鮮文学日本語作品集1939〜1945 評論・随筆篇 3」緑蔭書房 2002 p485

大東亞精神（上）（下）
　◇「近代朝鮮文学日本語作品集1939〜1945 評論・随筆篇 1」緑蔭書房 2002 p369

朝鮮の結婚と意見（一）
　◇「近代朝鮮文学日本語作品集1901〜1938 評論・随筆篇 3」緑蔭書房 2004 p348

朝鮮の文學
　◇「近代朝鮮文学日本語作品集1901〜1938 評論・随筆篇 1」緑蔭書房 2004 p283

朝鮮文化の將來
　◇「近代朝鮮文学日本語作品集1939〜1945 評論・随筆篇 1」緑蔭書房 2002 p109

徴兵制に寄せて
　◇「近代朝鮮文学日本語作品集1939〜1945 創作篇 6」緑蔭書房 2001 p267

冬季雜筆 歳暮雜感
　◇「近代朝鮮文学日本語作品集1908〜1945 セレクション 3」緑蔭書房 2008 p365

冬至の雨〔四首〕
　◇「近代朝鮮文学日本語作品集1939〜1945 創作篇 6」緑蔭書房 2001 p304

同胞に寄す（1）〜（8）
　◇「近代朝鮮文学日本語作品集1939〜1945 評論・随筆篇 1」緑蔭書房 2002 p199

特別寄贈作文〔無題〕
　◇「近代朝鮮文学日本語作品集1901〜1938 評論・随筆篇 2」緑蔭書房 2004 p175

内鮮一體隨想録
　◇「近代朝鮮文学日本語作品集1939〜1945 評論・随筆篇 3」緑蔭書房 2002 p125

内鮮一體と朝鮮文學
　◇「近代朝鮮文学日本語作品集1939〜1945 評論・随筆篇 2」緑蔭書房 2002 p141

内鮮青年に寄す
　◇「近代朝鮮文学日本語作品集1939〜1945 評論・随筆篇 1」緑蔭書房 2002 p195

日記より〔三首〕
　◇「近代朝鮮文学日本語作品集1939〜1945 創作篇 6」緑蔭書房 2001 p303

年頭の誓
　◇「近代朝鮮文学日本語作品集1908〜1945 セレクション 6」緑蔭書房 2008 p303

祝詞
　◇「近代朝鮮文学日本語作品集1908〜1945 セレクション 6」緑蔭書房 2008 p263

半島青年に寄す―朝鮮青年と菩薩行
　◇「近代朝鮮文学日本語作品集1939〜1945 評論・随筆篇 2」緑蔭書房 2002 p385

半島青年の決意
　◇「近代朝鮮文学日本語作品集1939〜1945 創作篇 6」緑蔭書房 2001 p299

半島の徴兵制と文化人4 御楯とならん日
　◇「近代朝鮮文学日本語作品集1908〜1945 セレクション 3」緑蔭書房 2008 p163

半島の弟妹に寄す
　◇「近代朝鮮文学日本語作品集1939〜1945 評論・随筆篇 1」緑蔭書房 2002 p259

非常時を自覺―各自が出直せ
　◇「近代朝鮮文学日本語作品集1908〜1945 セレクション 6」緑蔭書房 2008 p309

文學總督賞
　◇「近代朝鮮文学日本語作品集1939〜1945 評論・随筆篇 1」緑蔭書房 2002 p403

文學の國民性―真に日本的なる文学精神（1）〜（3）
　◇「近代朝鮮文学日本語作品集1939〜1945 評論・随筆篇 1」緑蔭書房 2002 p83

兵になれる
　◇「近代朝鮮文学日本語作品集1939〜1945 創作篇 5」緑蔭書房 2001 p115

舞鶴の乙女たち
　◇「近代朝鮮文学日本語作品集1939〜1945 創作篇 6」緑蔭書房 2001 p282

萬爺の死
　◇「近代朝鮮文学日本語作品集1901〜1938 創作篇 4」緑蔭書房 2004 p233

見知らぬ女人
　◇「近代朝鮮文学日本語作品集1908〜1945 セレクション 2」緑蔭書房 2008 p103

民謡に現はれたる朝鮮民族性の一端
　◇「近代朝鮮文学日本語作品集1908〜1945 セレクション 5」緑蔭書房 2008 p175

無佛翁の憶出（1）〜（6）
　◇「近代朝鮮文学日本語作品集1939〜1945 評論・随筆篇 3」緑蔭書房 2002 p17

無明
　◇「近代朝鮮文学日本語作品集1939〜1945 創作篇 1」緑蔭書房 2001 p81

譯詩集に寄せて
　◇「近代朝鮮文学日本語作品集1908〜1945 セレクション 5」緑蔭書房 2008 p349

山國の旅
　◇「近代朝鮮文学日本語作品集1939〜1945 評論・随筆篇 3」緑蔭書房 2002 p295

山寺の人々
　◇「近代朝鮮文学日本語作品集1939〜1945 創作篇 2」緑蔭書房 2001 p145

夢
　◇「近代朝鮮文学日本語作品集1939〜1945 創作篇 2」緑蔭書房 2001 p7

亂啼烏
　◇「近代朝鮮文学日本語作品集1939〜1945 創作篇 2」

い

　　緑蔭書房 2001 p105
わが泉
　◇「近代朝鮮文学日本語作品集1939〜1945 創作篇 6」
　　緑蔭書房 2001 p29
若き朝鮮人の願ひ（一）〜（一二）
　◇「近代朝鮮文学日本語作品集1901〜1938 評論・随筆
　　篇1」緑蔭書房 2004 p143
我が交友録
　◇「近代朝鮮文学日本語作品集1939〜1945 評論・随筆
　　篇3」緑蔭書房 2002 p99
私と國語
　◇「近代朝鮮文学日本語作品集1939〜1945 評論・随筆
　　篇1」緑蔭書房 2002 p373
我々は如何に生きて生くべきか（崔南善）
　◇「近代朝鮮文学日本語作品集1901〜1938 評論・随筆
　　篇3」緑蔭書房 2004 p347

李 光天　イ・グァンチョン
　或る子供の備忘録
　　◇「近代朝鮮文学日本語作品集1901〜1938 創作篇 2」
　　　緑蔭書房 2004 p295
　殺された風景
　　◇「近代朝鮮文学日本語作品集1908〜1945 セレクショ
　　　ン4」緑蔭書房 2008 p185
　秋風随言〔一〕〜〔四〕
　　◇「近代朝鮮文学日本語作品集1901〜1938 評論・随筆
　　　篇2」緑蔭書房 2004 p229
　病人の家
　　◇「近代朝鮮文学日本語作品集1908〜1945 セレクショ
　　　ン4」緑蔭書房 2008 p185
　無力な高唱
　　◇「近代朝鮮文学日本語作品集1908〜1945 セレクショ
　　　ン4」緑蔭書房 2008 p186

李 國榮　イ・クックヨン
　鮮童
　　◇「近代朝鮮文学日本語作品集1908〜1945 セレクショ
　　　ン6」緑蔭書房 2008 p89

李 根弘　イ・グノン
　金氏の宗教批判に對する若干の疑問
　　◇「近代朝鮮文学日本語作品集1908〜1945 セレクショ
　　　ン3」緑蔭書房 2008 p129

李 金童　イ・クムドン
　内鮮兒童融合の楔子 返事の著(つ)いた日（鄭
　人澤／山本厚／山形シヅエ／朴相永／足立良
　夫）
　　◇「近代朝鮮文学日本語作品集1901〜1938 評論・随筆
　　　篇1」緑蔭書房 2004 p337

李 根　イ・グン
　蜘蛛
　　◇「近代朝鮮文学日本語作品集1908〜1945 セレクショ
　　　ン4」緑蔭書房 2008 p368

李 克魯　イ・グンノ
　迎年祈世
　　◇「近代朝鮮文学日本語作品集1939〜1945 創作篇 6」
　　　緑蔭書房 2001 p19
　文化の自由性
　　◇「近代朝鮮文学日本語作品集1939〜1945 評論・随筆
　　　篇3」緑蔭書房 2002 p93

李 瑾榮　イ・グンヨル
　漢詩三題
　　◇「近代朝鮮文学日本語作品集1908〜1945 セレクショ
　　　ン6」緑蔭書房 2008 p37
　他郷寒苦
　　◇「近代朝鮮文学日本語作品集1908〜1945 セレクショ
　　　ン6」緑蔭書房 2008 p38
　母情
　　◇「近代朝鮮文学日本語作品集1908〜1945 セレクショ
　　　ン6」緑蔭書房 2008 p37
　落花巌花
　　◇「近代朝鮮文学日本語作品集1908〜1945 セレクショ
　　　ン6」緑蔭書房 2008 p38

李 劍鳴　イ・コムミョン
　朝鮮の女流文士
　　◇「近代朝鮮文学日本語作品集1901〜1938 評論・随筆
　　　篇2」緑蔭書房 2004 p11

李 森奉　イ・サムボン
　家の石段
　　◇「近代朝鮮文学日本語作品集1908〜1945 セレクショ
　　　ン6」緑蔭書房 2008 p62

李 箱　イ・サン（1910〜1937）
　異常ナ可逆反應
　　◇「近代朝鮮文学日本語作品集1908〜1945 セレクショ
　　　ン4」緑蔭書房 2008 p269
　異常の可逆反応
　　◇「〈外地〉の日本語文学選 3」新宿書房 1996 p88
　運動
　　◇「〈外地〉の日本語文学選 3」新宿書房 1996 p87
　巻頭言（全一四回）
　　◇「近代朝鮮文学日本語作品集1908〜1945 セレクショ
　　　ン6」緑蔭書房 2008 p271
　空腹
　　◇「〈外地〉の日本語文学選 3」新宿書房 1996 p89
　建築無限六面角体
　　◇「〈外地〉の日本語文学選 3」新宿書房 1996 p97
　　◇「近代朝鮮文学日本語作品集1908〜1945 セレクショ
　　　ン4」緑蔭書房 2008 p304
　「三次角設計図」
　　◇「〈外地〉の日本語文学選 3」新宿書房 1996 p90
　　◇「近代朝鮮文学日本語作品集1908〜1945 セレクショ
　　　ン4」緑蔭書房 2008 p283
　線に関する覚書 1
　　◇「〈外地〉の日本語文学選 3」新宿書房 1996 p90
　線に関する覚書 2
　　◇「〈外地〉の日本語文学選 3」新宿書房 1996 p91
　線に関する覚書 3
　　◇「〈外地〉の日本語文学選 3」新宿書房 1996 p92
　線に関する覚書 4（未定稿）

い

◇「〈外地〉の日本語文学選 3」新宿書房 1996 p92
線に関する覚書 5
　◇「〈外地〉の日本語文学選 3」新宿書房 1996 p93
線に関する覚書 6
　◇「〈外地〉の日本語文学選 3」新宿書房 1996 p94
線に関する覚書 7
　◇「〈外地〉の日本語文学選 3」新宿書房 1996 p96
鳥瞰図
　◇「〈外地〉の日本語文学選 3」新宿書房 1996 p87
　◇「近代朝鮮文学日本語作品集1908〜1945 セレクション 4」緑蔭書房 2008 p275
つばさ
　◇「近代朝鮮文学日本語作品集1908〜1945 セレクション 2」緑蔭書房 2008 p117
熱河略図 NO.2（未定稿）
　◇「〈外地〉の日本語文学選 3」新宿書房 1996 p97

李 相日　イ・サンイル　（1974〜）
フラガール（羽原大介）
　◇「年鑑代表シナリオ集 '06」シナリオ作家協会 2008 p163

李 在鶴　イ・ジェハク
蟻殺!!
　◇「近代朝鮮文学日本語作品集1908〜1945 セレクション 4」緑蔭書房 2008 p102
街路の詩人
　◇「近代朝鮮文学日本語作品集1901〜1938 創作篇 1」緑蔭書房 2004 p117
偶像讃美
　◇「近代朝鮮文学日本語作品集1908〜1945 セレクション 4」緑蔭書房 2008 p104
市街の謳歌
　◇「近代朝鮮文学日本語作品集1908〜1945 セレクション 4」緑蔭書房 2008 p99
涙
　◇「近代朝鮮文学日本語作品集1901〜1938 創作篇 1」緑蔭書房 2004 p75

李 載明　イ・ジェミョン
映画法の實施と朝鮮映画への影響
　◇「近代朝鮮文学日本語作品集1908〜1945 セレクション 3」緑蔭書房 2008 p139

李 珍宇　イ・ジヌ
手紙―罪と死と愛と
　◇「新装版 全集現代文学の発見 10」學藝書林 2004 p568

李 朝民　イ・ジョミン
朝鮮文壇の現状―紹介のための走り書き
　◇「近代朝鮮文学日本語作品集1901〜1938 評論・随筆篇 2」緑蔭書房 2004 p17

李 貞來　イ・ジョンネ
愛國子供隊
　◇「近代朝鮮文学日本語作品集1939〜1945 創作篇 4」緑蔭書房 2001 p205

李 珍珪　イ・ジンギュ
Ecstasy
　◇「近代朝鮮文学日本語作品集1908〜1945 セレクション 4」緑蔭書房 2008 p373

李 壽昌　イ・スチャン
啞者の三龍【小説】（羅稻香〔著〕）
　◇「近代朝鮮文学日本語作品集1901〜1938 創作篇 2」緑蔭書房 2004 p325
長編小説 血書（全二回）（李光洙〔著〕）
　◇「近代朝鮮文学日本語作品集1901〜1938 創作篇 1」緑蔭書房 2004 p227
青年の日記（一）〜（八）
　◇「近代朝鮮文学日本語作品集1901〜1938 評論・随筆篇 2」緑蔭書房 2004 p201
街（ちまた）に踊りて
　◇「近代朝鮮文学日本語作品集1901〜1938 評論・随筆篇 2」緑蔭書房 2004 p191
朝鮮文壇の紹介
　◇「近代朝鮮文学日本語作品集1901〜1938 評論・随筆篇 1」緑蔭書房 2004 p195
馬鈴薯（金東仁〔著〕）
　◇「近代朝鮮文学日本語作品集1901〜1938 創作篇 2」緑蔭書房 2004 p237
長編小説 無情（全二二四回）（李光洙〔著〕）
　◇「近代朝鮮文学日本語作品集1901〜1938 創作篇 2」緑蔭書房 2004 p7

李 順子　イ・スンジャ
現代朝鮮短歌集（金秋實）
　◇「近代朝鮮文学日本語作品集1908〜1945 セレクション 6」緑蔭書房 2008 p95

李 淳哲　イ・スンチョル
水砧集・雑詠
　◇「近代朝鮮文学日本語作品集1908〜1945 セレクション 6」緑蔭書房 2008 p80
鮮滿俳壇
　◇「近代朝鮮文学日本語作品集1908〜1945 セレクション 6」緑蔭書房 2008 p74
朝鮮人俳句會
　◇「近代朝鮮文学日本語作品集1908〜1945 セレクション 6」緑蔭書房 2008 p71

李 淳木　イ・スンモク
冬の橋
　◇「コレクション戦争と文学 17」集英社 2012 p359

李 承葉　イ・スンヨブ
微風よ
　◇「近代朝鮮文学日本語作品集1939〜1945 創作篇 6」緑蔭書房 2001 p85

李 碩崑　イ・ソクコン
観音菩薩
　◇「近代朝鮮文学日本語作品集1901〜1938 創作篇 4」緑蔭書房 2004 p191
収縮

い

　　◇「近代朝鮮文学日本語作品集1901〜1938 創作篇 4」
　　　緑蔭書房 2004 p393

李 石薫　イ・ソックン（1907〜？）
　新しき決意（上）（中）（下）
　　◇「近代朝鮮文学日本語作品集1939〜1945 評論・随筆
　　　篇 1」緑蔭書房 2002 p267
　新らしさについて
　　◇「近代朝鮮文学日本語作品集1939〜1945 評論・随筆
　　　篇 1」緑蔭書房 2002 p323
　或る雨の日の描寫
　　◇「近代朝鮮文学日本語作品集1908〜1945 セレクショ
　　　ン 4」緑蔭書房 2008 p198
　「ある午後のコーモア」
　　◇「近代朝鮮文学日本語作品集1901〜1938 創作篇 2」
　　　緑蔭書房 2004 p337
　コント 家が欲しい
　　◇「近代朝鮮文学日本語作品集1901〜1938 創作篇 3」
　　　緑蔭書房 2004 p69
　創作 移住民列車（一）〜（五）
　　◇「近代朝鮮文学日本語作品集1901〜1938 創作篇 3」
　　　緑蔭書房 2004 p149
　田舎町の初秋
　　◇「近代朝鮮文学日本語作品集1908〜1945 セレクショ
　　　ン 4」緑蔭書房 2008 p203
　讀切小説 インテリ、金山へ行く！
　　◇「近代朝鮮文学日本語作品集1939〜1945 創作篇 4」
　　　緑蔭書房 2001 p187
　京城日報「永遠の女」
　　◇「近代朝鮮文学日本語作品集1939〜1945 評論・随筆
　　　篇 3」緑蔭書房 2002 p259
　お！ 夕やけの國に！
　　◇「近代朝鮮文学日本語作品集1908〜1945 セレクショ
　　　ン 4」緑蔭書房 2008 p204
　おしろい顔
　　◇「近代朝鮮文学日本語作品集1901〜1938 創作篇 2」
　　　緑蔭書房 2004 p339
　『お…森には神秘な心が…』
　　◇「近代朝鮮文学日本語作品集1908〜1945 セレクショ
　　　ン 4」緑蔭書房 2008 p197
　歌謡と時代
　　◇「近代朝鮮文学日本語作品集1939〜1945 評論・随筆
　　　篇 3」緑蔭書房 2002 p162
　感傷
　　◇「近代朝鮮文学日本語作品集1908〜1945 セレクショ
　　　ン 4」緑蔭書房 2008 p227
　妓生に行く娘の話
　　◇「近代朝鮮文学日本語作品集1939〜1945 評論・随筆
　　　篇 3」緑蔭書房 2002 p90
　牛車は黙々と進む
　　◇「近代朝鮮文学日本語作品集1908〜1945 セレクショ
　　　ン 4」緑蔭書房 2008 p204
　「口先か心か」
　　◇「近代朝鮮文学日本語作品集1908〜1945 セレクショ
　　　ン 4」緑蔭書房 2008 p203
　京城行（一）〜（六）
　　◇「近代朝鮮文学日本語作品集1901〜1938 評論・随筆
　　　篇 3」緑蔭書房 2004 p109
　京城の街
　　◇「近代朝鮮文学日本語作品集1939〜1945 評論・随筆
　　　篇 3」緑蔭書房 2002 p303
　血縁
　　◇「近代朝鮮文学日本語作品集1939〜1945 創作篇 5」
　　　緑蔭書房 2001 p83
　國民文學の諸問題
　　◇「近代朝鮮文学日本語作品集1939〜1945 評論・随筆
　　　篇 1」緑蔭書房 2002 p305
　國民文學は國語で
　　◇「近代朝鮮文学日本語作品集1939〜1945 評論・随筆
　　　篇 3」緑蔭書房 2002 p483
　五錢の悲しみ（上）（下）
　　◇「近代朝鮮文学日本語作品集1901〜1938 創作篇 2」
　　　緑蔭書房 2004 p317
　小春
　　◇「近代朝鮮文学日本語作品集1908〜1945 セレクショ
　　　ン 4」緑蔭書房 2008 p228
　小舟の行方は？
　　◇「近代朝鮮文学日本語作品集1908〜1945 セレクショ
　　　ン 4」緑蔭書房 2008 p204
　米を購ふ話
　　◇「近代朝鮮文学日本語作品集1939〜1945 評論・随筆
　　　篇 3」緑蔭書房 2002 p88
　『ころばぬ先の杖だ！』
　　◇「近代朝鮮文学日本語作品集1908〜1945 セレクショ
　　　ン 4」緑蔭書房 2008 p198
　作家の矜持
　　◇「近代朝鮮文学日本語作品集1939〜1945 評論・随筆
　　　篇 1」緑蔭書房 2002 p405
　作家の生活擁護
　　◇「近代朝鮮文学日本語作品集1939〜1945 評論・随筆
　　　篇 3」緑蔭書房 2002 p161
　静かな嵐（第一部）
　　◇「〈外地〉の日本語文学選 3」新宿書房 1996 p176
　史北面の小作争議（一）〜（三）
　　◇「近代朝鮮文学日本語作品集1901〜1938 評論・随筆
　　　篇 3」緑蔭書房 2004 p239
　「島の娘」
　　◇「近代朝鮮文学日本語作品集1908〜1945 セレクショ
　　　ン 4」緑蔭書房 2008 p204
　主題と客題―国民文学ノート
　　◇「近代朝鮮文学日本語作品集1939〜1945 評論・随筆
　　　篇 3」緑蔭書房 2002 p189
　「初秋の空模様」
　　◇「近代朝鮮文学日本語作品集1908〜1945 セレクショ
　　　ン 4」緑蔭書房 2008 p203
　隨想三題
　　◇「近代朝鮮文学日本語作品集1939〜1945 評論・随筆
　　　篇 3」緑蔭書房 2002 p161
　絶望
　　◇「近代朝鮮文学日本語作品集1908〜1945 セレクショ
　　　ン 4」緑蔭書房 2008 p228

い

戦時下の滿洲
　◇「近代朝鮮文学日本語作品集1939〜1945 評論・随筆篇 2」緑蔭書房 2002 p401
先生たち
　◇「近代朝鮮文学日本語作品集1939〜1945 創作篇 4」緑蔭書房 2001 p353
第二の搖籃 更生への第一歩―移民村訪問記（一）〜（八）
　◇「近代朝鮮文学日本語作品集1901〜1938 評論・随筆篇 3」緑蔭書房 2004 p259
創作 樂しい葬式（上）（中）（下）
　◇「近代朝鮮文学日本語作品集1901〜1938 創作篇 3」緑蔭書房 2004 p109
旅の得失
　◇「近代朝鮮文学日本語作品集1939〜1945 評論・随筆篇 3」緑蔭書房 2002 p357
近頃風俗二三
　◇「近代朝鮮文学日本語作品集1939〜1945 評論・随筆篇 3」緑蔭書房 2002 p163
朝鮮文學通信
　◇「近代朝鮮文学日本語作品集1939〜1945 評論・随筆篇 1」緑蔭書房 2002 p168
定州ヨイコト
　◇「近代朝鮮文学日本語作品集1908〜1945 セレクション 4」緑蔭書房 2008 p227
コント 墜落した男
　◇「近代朝鮮文学日本語作品集1901〜1938 創作篇 3」緑蔭書房 2004 p69
鐵蹄屋の爺さん
　◇「近代朝鮮文学日本語作品集1908〜1945 セレクション 6」緑蔭書房 2008 p61
道議戰序曲（全3回）
　◇「近代朝鮮文学日本語作品集1901〜1938 評論・随筆篇 3」緑蔭書房 2004 p235
讀切小説 どじようと詩人
　◇「近代朝鮮文学日本語作品集1939〜1945 創作篇 4」緑蔭書房 2001 p324
人間に生れた悲哀
　◇「近代朝鮮文学日本語作品集1908〜1945 セレクション 4」緑蔭書房 2008 p197
半島の新文化といふこと
　◇「近代朝鮮文学日本語作品集1939〜1945 評論・随筆篇 1」緑蔭書房 2002 p263
半島の徴兵制と文化人2 謙譲に、誠實に
　◇「近代朝鮮文学日本語作品集1908〜1945 セレクション 3」緑蔭書房 2008 p161
東への旅（小説）
　◇「近代朝鮮文学日本語作品集1939〜1945 創作篇 4」緑蔭書房 2001 p303
引越しの話
　◇「近代朝鮮文学日本語作品集1939〜1945 評論・随筆篇 3」緑蔭書房 2002 p87
『孤りの星よ！ わが友よ』
　◇「近代朝鮮文学日本語作品集1908〜1945 セレクション 4」緑蔭書房 2008 p197

仏法僧の話
　◇「近代朝鮮文学日本語作品集1939〜1945 評論・随筆篇 3」緑蔭書房 2002 p90
扶餘紀行（1）〜（3）
　◇「近代朝鮮文学日本語作品集1939〜1945 評論・随筆篇 3」緑蔭書房 2002 p441
ふるさと
　◇「近代朝鮮文学日本語作品集1939〜1945 創作篇 3」緑蔭書房 2001 p299
古びた櫛
　◇「近代朝鮮文学日本語作品集1908〜1945 セレクション 4」緑蔭書房 2008 p235
平家蟹の敗走（一）〜（四）
　◇「近代朝鮮文学日本語作品集1901〜1938 創作篇 2」緑蔭書房 2004 p321
『鳳仙花に秋を感ずる！』
　◇「近代朝鮮文学日本語作品集1908〜1945 セレクション 4」緑蔭書房 2008 p198
「星共の戯れによろこびを汲みたい」
　◇「近代朝鮮文学日本語作品集1908〜1945 セレクション 4」緑蔭書房 2008 p204
滿洲の話
　◇「近代朝鮮文学日本語作品集1939〜1945 評論・随筆篇 3」緑蔭書房 2002 p325
水汲みの話
　◇「近代朝鮮文学日本語作品集1939〜1945 評論・随筆篇 3」緑蔭書房 2002 p89
隨筆 村の生活
　◇「近代朝鮮文学日本語作品集1939〜1945 評論・随筆篇 3」緑蔭書房 2002 p87
やつぱり男の世界だわ！　一〜三
　◇「近代朝鮮文学日本語作品集1901〜1938 創作篇 2」緑蔭書房 2004 p357
山と水は媚る（一）〜（四）―短い紀行その他
　◇「近代朝鮮文学日本語作品集1939〜1945 評論・随筆篇 3」緑蔭書房 2002 p103
創作 ユヱビンと支那人船夫
　◇「近代朝鮮文学日本語作品集1901〜1938 創作篇 3」緑蔭書房 2004 p155
雪の街を行く
　◇「近代朝鮮文学日本語作品集1908〜1945 セレクション 4」緑蔭書房 2008 p227
隣郡めぐり（一）〜（四）
　◇「近代朝鮮文学日本語作品集1901〜1938 評論・随筆篇 3」緑蔭書房 2004 p131
小説 黎明―或る序章
　◇「近代朝鮮文学日本語作品集1939〜1945 創作篇 3」緑蔭書房 2001 p315
忘れ得ぬ白濱
　◇「近代朝鮮文学日本語作品集1908〜1945 セレクション 4」緑蔭書房 2008 p227

李　鮮光　イ・ソングァン
朝鮮文壇作家の素描
　◇「近代朝鮮文学日本語作品集1901〜1938 評論・随筆篇 2」緑蔭書房 2004 p91

い

李 成城　イ・ソンソン
　韓国人と蔑まれて
　　◇「ハンセン病文学全集 4」皓星社 2003 p286
李 星海　イ・ソンヘ
　そんなに問題視することはない（全二回）
　　◇「近代朝鮮文学日本語作品集1908～1945 セレクション 5」緑蔭書房 2008 p192
李 燦　イ・チャン
　せめてよく死に
　　◇「近代朝鮮文学日本語作品集1939～1945 創作篇 6」緑蔭書房 2001 p284
李 昶雨　イ・チャンウ
　玄米パンうり
　　◇「近代朝鮮文学日本語作品集1908～1945 セレクション 4」緑蔭書房 2008 p235
李 長啓　イ・チャンケ
　印度は××と同じですか？
　　◇「近代朝鮮文学日本語作品集1908～1945 セレクション 4」緑蔭書房 2008 p172
李 周洪　イ・チュホ
　田園にて
　　◇「近代朝鮮文学日本語作品集1939～1945 創作篇 6」緑蔭書房 2001 p290
李 春人　イ・チュンイン
　カーベラの花に寄せて
　　◇「近代朝鮮文学日本語作品集1939～1945 創作篇 6」緑蔭書房 2001 p46
李 春園　イ・チュンウォン
　⇒李光洙（イ・グァンス）を見よ
李 春變　イ・チュンビョン
　木浦見學記（上）（中）（下）
　　◇「近代朝鮮文学日本語作品集1901～1938 評論・随筆篇 3」緑蔭書房 2004 p353
李 春穆　イ・チュンモッグ
　つつじ
　　◇「〈在日〉文学全集 16」勉誠出版 2006 p43
　夜行列車
　　◇「〈在日〉文学全集 16」勉誠出版 2006 p55
李 兆鳴　イ・チョミョン
　⇒李北鳴（イ・プクミョン）を見よ
李 正子　イ・チョンジャ（1947～）
　青梅雨
　　◇「〈在日〉文学全集 17」勉誠出版 2006 p329
　秋景色
　　◇「〈在日〉文学全集 17」勉誠出版 2006 p300
　秋蟬
　　◇「〈在日〉文学全集 17」勉誠出版 2006 p281
　亜麻色の裳
　　◇「〈在日〉文学全集 17」勉誠出版 2006 p322
　嵐ののち
　　◇「〈在日〉文学全集 17」勉誠出版 2006 p293
　ありなしの影
　　◇「〈在日〉文学全集 17」勉誠出版 2006 p352
　アリランの唄
　　◇「〈在日〉文学全集 17」勉誠出版 2006 p222
　　◇「〈在日〉文学全集 17」勉誠出版 2006 p227
　あわだち草
　　◇「〈在日〉文学全集 17」勉誠出版 2006 p239
　家路
　　◇「〈在日〉文学全集 17」勉誠出版 2006 p236
　異邦者
　　◇「〈在日〉文学全集 17」勉誠出版 2006 p299
　魚座
　　◇「〈在日〉文学全集 17」勉誠出版 2006 p319
　海の砂礫
　　◇「〈在日〉文学全集 17」勉誠出版 2006 p244
　　◇「〈在日〉文学全集 17」勉誠出版 2006 p254
　海の墓
　　◇「〈在日〉文学全集 17」勉誠出版 2006 p288
　オッパ
　　◇「〈在日〉文学全集 17」勉誠出版 2006 p241
　貝殻
　　◇「〈在日〉文学全集 17」勉誠出版 2006 p248
　鍵
　　◇「〈在日〉文学全集 17」勉誠出版 2006 p268
　傘
　　◇「〈在日〉文学全集 17」勉誠出版 2006 p232
　かすみ草
　　◇「〈在日〉文学全集 17」勉誠出版 2006 p237
　風の午後
　　◇「〈在日〉文学全集 17」勉誠出版 2006 p312
　髪
　　◇「〈在日〉文学全集 17」勉誠出版 2006 p265
　かわく骸
　　◇「〈在日〉文学全集 17」勉誠出版 2006 p347
　偽善者
　　◇「〈在日〉文学全集 17」勉誠出版 2006 p274
　きつね火
　　◇「〈在日〉文学全集 17」勉誠出版 2006 p297
　拒否の群れ
　　◇「〈在日〉文学全集 17」勉誠出版 2006 p274
　切り札
　　◇「〈在日〉文学全集 17」勉誠出版 2006 p273
　黒き指紋
　　◇「〈在日〉文学全集 17」勉誠出版 2006 p249
　玄界灘
　　◇「〈在日〉文学全集 17」勉誠出版 2006 p240
　権力
　　◇「〈在日〉文学全集 17」勉誠出版 2006 p272
　5月のひかり―徐俊植（ソジュンシク）の釈放

国籍
◇「〈在日〉文学全集 17」勉誠出版 2006 p290
国境
◇「〈在日〉文学全集 17」勉誠出版 2006 p225
再帰熱
◇「〈在日〉文学全集 17」勉誠出版 2006 p232
さくら列島
◇「〈在日〉文学全集 17」勉誠出版 2006 p301
挫折
◇「〈在日〉文学全集 17」勉誠出版 2006 p263
さみしき我ら
◇「〈在日〉文学全集 17」勉誠出版 2006 p276
サランへ
◇「〈在日〉文学全集 17」勉誠出版 2006 p229
「三・一」
◇「〈在日〉文学全集 17」勉誠出版 2006 p238
サンパルソン
◇「〈在日〉文学全集 17」勉誠出版 2006 p244
潮ざかい
◇「〈在日〉文学全集 17」勉誠出版 2006 p242
市街地
◇「〈在日〉文学全集 17」勉誠出版 2006 p258
自転
◇「〈在日〉文学全集 17」勉誠出版 2006 p240
しなう身
◇「〈在日〉文学全集 17」勉誠出版 2006 p250
射程
◇「〈在日〉文学全集 17」勉誠出版 2006 p262
新羅
◇「〈在日〉文学全集 17」勉誠出版 2006 p295
白き花
◇「〈在日〉文学全集 17」勉誠出版 2006 p252
蜃気楼
◇「〈在日〉文学全集 17」勉誠出版 2006 p266
スクラム
◇「〈在日〉文学全集 17」勉誠出版 2006 p349
喪失者
◇「〈在日〉文学全集 17」勉誠出版 2006 p280
騒乱の町
◇「〈在日〉文学全集 17」勉誠出版 2006 p261
タイムリミット
◇「〈在日〉文学全集 17」勉誠出版 2006 p287
たそがれ家族
◇「〈在日〉文学全集 17」勉誠出版 2006 p279
タヒャンサリ
◇「〈在日〉文学全集 17」勉誠出版 2006 p314
血
◇「〈在日〉文学全集 17」勉誠出版 2006 p223
父の朝鮮語
◇「〈在日〉文学全集 17」勉誠出版 2006 p226

ちちははの冬
◇「〈在日〉文学全集 17」勉誠出版 2006 p269

ちちははの冬
◇「〈在日〉文学全集 17」勉誠出版 2006 p230
〈地の塩〉
◇「〈在日〉文学全集 17」勉誠出版 2006 p266
朝鮮の母
◇「〈在日〉文学全集 17」勉誠出版 2006 p267
チョゴリ
◇「〈在日〉文学全集 17」勉誠出版 2006 p243
チョゴリの子
◇「〈在日〉文学全集 17」勉誠出版 2006 p307
チョーセン人
◇「〈在日〉文学全集 17」勉誠出版 2006 p222
チョンジャ
◇「〈在日〉文学全集 17」勉誠出版 2006 p245
月ケ瀬川
◇「〈在日〉文学全集 17」勉誠出版 2006 p326
梅雨
◇「〈在日〉文学全集 17」勉誠出版 2006 p234
手紙
◇「〈在日〉文学全集 17」勉誠出版 2006 p239
時の旅人
◇「〈在日〉文学全集 17」勉誠出版 2006 p286
永遠(とわ)のナグネ
◇「〈在日〉文学全集 17」勉誠出版 2006 p287
ナグネ打鈴(タリヨン)
◇「〈在日〉文学全集 17」勉誠出版 2006 p308
ナグネタリョン 永遠の旅人
◇「〈在日〉文学全集 17」勉誠出版 2006 p257
にっぽんの詩(うた)
◇「〈在日〉文学全集 17」勉誠出版 2006 p264
日本生れ
◇「〈在日〉文学全集 17」勉誠出版 2006 p338
日本人ばかり
◇「〈在日〉文学全集 17」勉誠出版 2006 p233
人間のあかし
◇「〈在日〉文学全集 17」勉誠出版 2006 p275
猫背
◇「〈在日〉文学全集 17」勉誠出版 2006 p294
葉桜
◇「〈在日〉文学全集 17」勉誠出版 2006 p335
はざま
◇「〈在日〉文学全集 17」勉誠出版 2006 p230
橋のかなた
◇「〈在日〉文学全集 17」勉誠出版 2006 p277
八月
◇「〈在日〉文学全集 17」勉誠出版 2006 p228
花冠
◇「〈在日〉文学全集 17」勉誠出版 2006 p318
母の掌
◇「〈在日〉文学全集 17」勉誠出版 2006 p224
春彼岸

い

恨(ハン)
◇「〈在日〉文学全集 17」勉誠出版 2006 p253
半チョッパリ
◇「〈在日〉文学全集 17」勉誠出版 2006 p249
人さし指の自由
◇「〈在日〉文学全集 17」勉誠出版 2006 p282
ひとりよがり
◇「〈在日〉文学全集 17」勉誠出版 2006 p271
雛罌粟
◇「〈在日〉文学全集 17」勉誠出版 2006 p338
皮膚呼吸
◇「〈在日〉文学全集 17」勉誠出版 2006 p296
昼ぼたる
◇「〈在日〉文学全集 17」勉誠出版 2006 p291
不信
◇「〈在日〉文学全集 17」勉誠出版 2006 p251
吹雪ける町
◇「〈在日〉文学全集 17」勉誠出版 2006 p281
〈冬の旅〉
◇「〈在日〉文学全集 17」勉誠出版 2006 p303
冬の花火
◇「〈在日〉文学全集 17」勉誠出版 2006 p344
ふりむけば日本
◇「〈在日〉文学全集 17」勉誠出版 2006 p270
ふるさとの林檎
◇「〈在日〉文学全集 17」勉誠出版 2006 p316
墓標
◇「〈在日〉文学全集 17」勉誠出版 2006 p324
ほろほろ鳳仙花
◇「〈在日〉文学全集 17」勉誠出版 2006 p333
鳳仙花(ポンソナ)
◇「〈在日〉文学全集 17」勉誠出版 2006 p223
鳳仙花(ポンソナ)のうた
◇「〈在日〉文学全集 17」勉誠出版 2006 p221
未完の細胞
◇「〈在日〉文学全集 17」勉誠出版 2006 p331
耳鳴り
◇「〈在日〉文学全集 17」勉誠出版 2006 p262
無念
◇「〈在日〉文学全集 17」勉誠出版 2006 p284
喪章の都市
◇「〈在日〉文学全集 17」勉誠出版 2006 p298
銛
◇「〈在日〉文学全集 17」勉誠出版 2006 p234
やさしき法律
◇「〈在日〉文学全集 17」勉誠出版 2006 p306
雪あかり
◇「〈在日〉文学全集 17」勉誠出版 2006 p260
雪雲
◇「〈在日〉文学全集 17」勉誠出版 2006 p278
雪日記
◇「〈在日〉文学全集 17」勉誠出版 2006 p345
夢彦の雨
◇「〈在日〉文学全集 17」勉誠出版 2006 p340
ゆれやすき胸
◇「〈在日〉文学全集 17」勉誠出版 2006 p289
弱虫
◇「〈在日〉文学全集 17」勉誠出版 2006 p235
四文字
◇「〈在日〉文学全集 17」勉誠出版 2006 p245
落魄の母
◇「〈在日〉文学全集 17」勉誠出版 2006 p259
隣人の手
◇「〈在日〉文学全集 17」勉誠出版 2006 p289
輪舞
◇「〈在日〉文学全集 17」勉誠出版 2006 p305
レーゾン・デートル
◇「〈在日〉文学全集 17」勉誠出版 2006 p302
忘れ得ぬもの
◇「〈在日〉文学全集 17」勉誠出版 2006 p246
「和製」の民
◇「〈在日〉文学全集 17」勉誠出版 2006 p283
渡れぬ河
◇「〈在日〉文学全集 17」勉誠出版 2006 p292

李 貞喜　イ・チョンヒ
故郷に呼びかける 故郷を空から
◇「近代朝鮮文学日本語作品集1908〜1945 セレクション 3」緑蔭書房 2008 p185

李 泰俊　イ・テジュン (1904〜?)
アダムの後裔
◇「近代朝鮮文学日本語作品集1908〜1945 セレクション 2」緑蔭書房 2008 p397
兎物語
◇「近代朝鮮文学日本語作品集1939〜1945 創作篇 4」緑蔭書房 2001 p41
孫巨富
◇「近代朝鮮文学日本語作品集1908〜1945 セレクション 2」緑蔭書房 2008 p363
第一號船の挿話
◇「近代朝鮮文学日本語作品集1939〜1945 創作篇 5」緑蔭書房 2001 p463
墨竹(たけのゑ)と新婦(はなよめ)
◇「近代朝鮮文学日本語作品集1908〜1945 セレクション 4」緑蔭書房 2008 p408
朝鮮小説界を覗く(上)(下)
◇「近代朝鮮文学日本語作品集1901〜1938 評論・随筆篇 2」緑蔭書房 2004 p131
月夜
◇「近代朝鮮文学日本語作品集1908〜1945 セレクション 2」緑蔭書房 2008 p339
陶磁のこと①〜③
◇「近代朝鮮文学日本語作品集1901〜1938 評論・随筆篇 1」緑蔭書房 2004 p399

土百姓
　◇「近代朝鮮文学日本語作品集1908～1945 セレクション 2」緑蔭書房 2008 p437
寧越令監
　◇「近代朝鮮文学日本語作品集1939～1945 創作篇 4」緑蔭書房 2001 p7
ねえやさん
　◇「近代朝鮮文学日本語作品集1908～1945 セレクション 2」緑蔭書房 2008 p415
夜道
　◇「近代朝鮮文学日本語作品集1908～1945 セレクション 2」緑蔭書房 2008 p461
侘しい話
　◇「近代朝鮮文学日本語作品集1908～1945 セレクション 2」緑蔭書房 2008 p387

李 大北　イ・デブク
漢江の勞働者より日本の學生へ
　◇「近代朝鮮文学日本語作品集1901～1938 評論・随筆篇 3」緑蔭書房 2004 p199

李 泰鎔　イ・テヨン
偶成
　◇「近代朝鮮文学日本語作品集1908～1945 セレクション 6」緑蔭書房 2008 p29

李 旬洙　イ・テンス
入選創作 とつかび
　◇「近代朝鮮文学日本語作品集1901～1938 創作篇 5」緑蔭書房 2004 p183

李 洛奎　イ・ナクキュ
私の歩んだ八十年
　◇「ハンセン病文学全集 4」皓星社 2003 p639

異 河潤　イ・ハユン（1906～1974）
海へ憧れの記
　◇「近代朝鮮文学日本語作品集1908～1945 セレクション 3」緑蔭書房 2008 p259

李 孝石　イ・ヒョソク（1907～1942）
小説 秋
　◇「近代朝鮮文学日本語作品集1939～1945 創作篇 3」緑蔭書房 2001 p162
家に帰らう
　◇「近代朝鮮文学日本語作品集1908～1945 セレクション 4」緑蔭書房 2008 p146
欧洲大戦から何を学ぶか（兪鎭午／柳致眞）
　◇「近代朝鮮文学日本語作品集1908～1945 セレクション 6」緑蔭書房 2008 p305
貝殻の匙
　◇「近代朝鮮文学日本語作品集1901～1938 評論・随筆篇 3」緑蔭書房 2004 p39
季節の落書
　◇「近代朝鮮文学日本語作品集1901～1938 評論・随筆篇 3」緑蔭書房 2004 p17
創作 銀の鱒
　◇「近代朝鮮文学日本語作品集1939～1945 創作篇 1」緑蔭書房 2001 p29
五月の空
　◇「近代朝鮮文学日本語作品集1939～1945 評論・随筆篇 3」緑蔭書房 2002 p191
こゝろの陰翳
　◇「近代朝鮮文学日本語作品集1901～1938 評論・随筆篇 3」緑蔭書房 2004 p29
里の森で
　◇「近代朝鮮文学日本語作品集1908～1945 セレクション 4」緑蔭書房 2008 p144
茶房
　◇「近代朝鮮文学日本語作品集1939～1945 評論・随筆篇 3」緑蔭書房 2002 p78
樹木について
　◇「近代朝鮮文学日本語作品集1939～1945 評論・随筆篇 3」緑蔭書房 2002 p271
　◇「近代朝鮮文学日本語作品集1901～1938 評論・随筆篇 3」緑蔭書房 2004 p45
春香傳來演の頃
　◇「近代朝鮮文学日本語作品集1939～1945 評論・随筆篇 3」緑蔭書房 2002 p15
新秋随筆 新秋
　◇「近代朝鮮文学日本語作品集1908～1945 セレクション 3」緑蔭書房 2008 p301
蕎麦の花の頃
　◇「〈外地〉の日本語文学選 3」新宿書房 1996 p98
　◇「近代朝鮮文学日本語作品集1901～1938 創作篇 5」緑蔭書房 2004 p175
素服と青磁
　◇「近代朝鮮文学日本語作品集1908～1945 セレクション 4」緑蔭書房 2008 p412
随筆 大陸の皮（1）～（4）
　◇「近代朝鮮文学日本語作品集1939～1945 評論・随筆篇 3」緑蔭書房 2002 p31
朱乙素描
　◇「近代朝鮮文学日本語作品集1939～1945 評論・随筆篇 3」緑蔭書房 2002 p117
豚
　◇「近代朝鮮文学日本語作品集1908～1945 セレクション 1」緑蔭書房 2008 p467
日本語が世界語に
　◇「近代朝鮮文学日本語作品集1939～1945 評論・随筆篇 3」緑蔭書房 2002 p483
窃まれた兒（W.B.Yeats〔著〕）
　◇「近代朝鮮文学日本語作品集1908～1945 セレクション 4」緑蔭書房 2008 p107
花
　◇「近代朝鮮文学日本語作品集1939～1945 評論・随筆篇 3」緑蔭書房 2002 p77
半島作家新人集 春衣裳
　◇「近代朝鮮文学日本語作品集1939～1945 創作篇 3」緑蔭書房 2001 p359
一つの微笑
　◇「近代朝鮮文学日本語作品集1908～1945 セレクション 4」緑蔭書房 2008 p149
蛭のやうな心

い

葡萄の蔭
◇「近代朝鮮文学日本語作品集1908～1945 セレクション 4」緑蔭書房 2008 p122

葡萄の蔓
◇「近代朝鮮文学日本語作品集1908～1945 セレクション 3」緑蔭書房 2008 p445

冬の市場
◇「近代朝鮮文学日本語作品集1908～1945 セレクション 4」緑蔭書房 2008 p117

冬の食卓
◇「近代朝鮮文学日本語作品集1908～1945 セレクション 4」緑蔭書房 2008 p119

冬の旅
◇「近代朝鮮文学日本語作品集1939～1945 評論・随筆篇 3」緑蔭書房 2002 p187

冬の森
◇「近代朝鮮文学日本語作品集1908～1945 セレクション 4」緑蔭書房 2008 p120

ほのかな光
◇「近代朝鮮文学日本語作品集1939～1945 創作篇 2」緑蔭書房 2001 p219

水の上
◇「近代朝鮮文学日本語作品集1939～1945 評論・随筆篇 3」緑蔭書房 2002 p29

緑の塔
◇「近代朝鮮文学日本語作品集1908～1945 セレクション 1」緑蔭書房 2008 p249

夜
◇「近代朝鮮文学日本語作品集1939～1945 評論・随筆篇 3」緑蔭書房 2002 p79

柳都だより
◇「近代朝鮮文学日本語作品集1939～1945 評論・随筆篇 3」緑蔭書房 2002 p77

廊下で
◇「近代朝鮮文学日本語作品集1939～1945 評論・随筆篇 3」緑蔭書房 2002 p153

老人の死
◇「近代朝鮮文学日本語作品集1908～1945 セレクション 4」緑蔭書房 2008 p147

六月の朝
◇「近代朝鮮文学日本語作品集1908～1945 セレクション 4」緑蔭書房 2008 p143

六月の朝外五篇
◇「近代朝鮮文学日本語作品集1908～1945 セレクション 4」緑蔭書房 2008 p143

ロマン
◇「近代朝鮮文学日本語作品集1939～1945 評論・随筆篇 3」緑蔭書房 2002 p80

李 秉岐　イ・ビョンキ
何事も誠意を披瀝してしやう(全二回)
◇「近代朝鮮文学日本語作品集1908～1945 セレクション 5」緑蔭書房 2008 p191

李 丙璇　イ・ビョンソン
皇軍慰問作文佳作(李元熙／崔載敏／金煥秀／金嬿)

◇「近代朝鮮文学日本語作品集1901～1938 評論・随筆篇 3」緑蔭書房 2004 p357

李 煥琦　イ・ファンギ
萉
◇「近代朝鮮文学日本語作品集1939～1945 創作篇 6」緑蔭書房 2001 p83

李 恢成　イ・フェソン（1935～）
伽倻子のために
◇「〈在日〉文学全集 4」勉誠出版 2006 p97

砧をうつ女
◇「〈在日〉文学全集 4」勉誠出版 2006 p243
◇「コレクション戦争と文学 17」集英社 2012 p623

哭
◇「日本文学100年の名作 7」新潮社 2015（新潮文庫）p331

死者と生者の市
◇「〈在日〉文学全集 4」勉誠出版 2006 p267

死者の遺したもの
◇「〈在日〉文学全集 15」勉誠出版 2006 p175

証人のいない光景
◇「コレクション戦争と文学 10」集英社 2012 p592

馬山で
◇「戦後短篇小説再発見 8」講談社 2002（講談社文芸文庫）p197

またふたたびの道
◇「〈在日〉文学全集 4」勉誠出版 2006 p5

われら青春の途上にて
◇「〈在日〉文学全集 15」勉誠出版 2006 p119

李 北満　イ・ブクマン（1908～?）
苦力（小説）（金英根〔著〕）
◇「近代朝鮮文学日本語作品集1901～1938 創作篇 2」緑蔭書房 2004 p243

タンクの出発（林和〔著〕）
◇「近代朝鮮文学日本語作品集1908～1945 セレクション 4」緑蔭書房 2008 p167

朝鮮とその守護神
◇「近代朝鮮文学日本語作品集1901～1938 評論・随筆篇 1」緑蔭書房 2004 p107

朝鮮に於ける無産階級藝術運動の過去と現在（一）（二）
◇「近代朝鮮文学日本語作品集1901～1938 評論・随筆篇 1」緑蔭書房 2004 p131

朝鮮の藝術運動—朝鮮に注目せよ
◇「近代朝鮮文学日本語作品集1901～1938 評論・随筆篇 1」緑蔭書房 2004 p105

朝鮮勞働者慰安會の記
◇「近代朝鮮文学日本語作品集1901～1938 評論・随筆篇 3」緑蔭書房 2004 p205

追放
◇「近代朝鮮文学日本語作品集1901～1938 評論・随筆篇 3」緑蔭書房 2004 p209

メーデーを迎へるに際して
◇「近代朝鮮文学日本語作品集1901～1938 評論・随筆

篇 3」緑蔭書房 2004 p208
山梨總督を迎へるに際して
　◇「近代朝鮮文学日本語作品集1901~1938 評論・随筆篇 1」緑蔭書房 2004 p121
我々の演劇の暴歴
　◇「近代朝鮮文学日本語作品集1901~1938 評論・随筆篇 3」緑蔭書房 2004 p207

李 北鳴　イ・プクミョン（1908~）
初陣
　◇「近代朝鮮文学日本語作品集1901~1938 創作篇 3」緑蔭書房 2004 p295
裸の部落
　◇「近代朝鮮文学日本語作品集1901~1938 創作篇 5」緑蔭書房 2004 p119

李 寶鏡　イ・ポギョン
⇒李光洙（イ・グァンス）を見よ

李 皓根　イ・ホグン
不安なくなる
　◇「近代朝鮮文学日本語作品集1901~1938 創作篇 2」緑蔭書房 2004 p433

李 軒求　イ・ホング
寸旅小感
　◇「近代朝鮮文学日本語作品集1939~1945 評論・随筆篇 3」緑蔭書房 2002 p47
朝鮮詩壇観
　◇「近代朝鮮文学日本語作品集1908~1945 セレクション 5」緑蔭書房 2008 p267
朝鮮における文學精神の探求、模索一~三
　◇「近代朝鮮文学日本語作品集1901~1938 評論・随筆篇 1」緑蔭書房 2004 p406

李 美子　イ・ミジャ（1943~）
荒川
　◇「〈在日〉文学全集 18」勉誠出版 2006 p300
迂闊
　◇「〈在日〉文学全集 18」勉誠出版 2006 p316
かるび屋繁昌記
　◇「〈在日〉文学全集 18」勉誠出版 2006 p301
故郷
　◇「〈在日〉文学全集 18」勉誠出版 2006 p324
しゅうさん
　◇「〈在日〉文学全集 18」勉誠出版 2006 p320
少年の日
　◇「〈在日〉文学全集 18」勉誠出版 2006 p303
食卓
　◇「〈在日〉文学全集 18」勉誠出版 2006 p314
土手下朝鮮
　◇「〈在日〉文学全集 18」勉誠出版 2006 p311
トラジ
　◇「〈在日〉文学全集 18」勉誠出版 2006 p322
夏の花
　◇「〈在日〉文学全集 18」勉誠出版 2006 p323
日曜日
　◇「〈在日〉文学全集 18」勉誠出版 2006 p305
ネクタイ
　◇「〈在日〉文学全集 18」勉誠出版 2006 p313
刃先
　◇「〈在日〉文学全集 18」勉誠出版 2006 p317
八月の海峡
　◇「〈在日〉文学全集 18」勉誠出版 2006 p321
遥かな土手
　◇「〈在日〉文学全集 18」勉誠出版 2006 p299
風変わりな小曲
　◇「〈在日〉文学全集 18」勉誠出版 2006 p310
まくわ瓜
　◇「〈在日〉文学全集 18」勉誠出版 2006 p319
街
　◇「〈在日〉文学全集 18」勉誠出版 2006 p306
三日月
　◇「〈在日〉文学全集 18」勉誠出版 2006 p304
路
　◇「〈在日〉文学全集 18」勉誠出版 2006 p309
戻りみち
　◇「〈在日〉文学全集 18」勉誠出版 2006 p312
夕暮れの手
　◇「〈在日〉文学全集 18」勉誠出版 2006 p315
夜に
　◇「〈在日〉文学全集 18」勉誠出版 2006 p308

李 民友　イ・ミヌ
朝鮮の夕の報告
　◇「近代朝鮮文学日本語作品集1901~1938 評論・随筆篇 3」緑蔭書房 2004 p281

李 明孝　イ・ミョンヒョ
朝鮮の知識人として答ふ―張赫宙氏の公開狀へ贈る
　◇「近代朝鮮文学日本語作品集1939~1945 評論・随筆篇 1」緑蔭書房 2002 p35

李 無影　イ・ムヨン（1908~1960）
釜山日報「青瓦の家」
　◇「近代朝鮮文学日本語作品集1939~1945 評論・随筆篇 3」緑蔭書房 2002 p261
宏壯（クエンジャン）氏
　◇「近代朝鮮文学日本語作品集1939~1945 創作篇 5」緑蔭書房 2001 p141
この日にして
　◇「近代朝鮮文学日本語作品集1939~1945 評論・随筆篇 1」緑蔭書房 2002 p389
坂
　◇「近代朝鮮文学日本語作品集1901~1938 創作篇 3」緑蔭書房 2004 p229
朝鮮農民を語る
　◇「近代朝鮮文学日本語作品集1939~1945 評論・随筆篇 3」緑蔭書房 2002 p453
農軍のこと

い

　◇「近代朝鮮文学日本語作品集1939～1945 評論・随筆篇3」緑蔭書房 2002 p308
農村にて―都會にある友へ (1)～(3)
　◇「近代朝鮮文学日本語作品集1939～1945 評論・随筆篇1」緑蔭書房 2002 p449
文學の眞實性―ある作家の独白 (1)～(5)
　◇「近代朝鮮文学日本語作品集1939～1945 評論・随筆篇1」緑蔭書房 2002 p301

李 良枝　イ・ヤンジ（1955～1992）
あにごぜ
　◇「〈在日〉文学全集 8」勉誠出版 2006 p93
石の聲
　◇「〈在日〉文学全集 8」勉誠出版 2006 p337
かずきめ
　◇「現代秀作集」角川書店 1999（女性作家シリーズ）p521
　◇「〈在日〉文学全集 8」勉誠出版 2006 p57
刻
　◇「〈在日〉文学全集 8」勉誠出版 2006 p133
ナビ・タリョン
　◇「〈在日〉文学全集 8」勉誠出版 2006 p5
由煕
　◇「〈在日〉文学全集 8」勉誠出版 2006 p275
来意
　◇「〈在日〉文学全集 8」勉誠出版 2006 p219

李 允基　イ・ユンギ
朝鮮志願兵奮戰
　◇「近代朝鮮文学日本語作品集1908～1945 セレクション 6」緑蔭書房 2008 p211

李 允宰　イ・ユンジェ
世界の思潮は世界思潮、國民文學は國民文學
　◇「近代朝鮮文学日本語作品集1908～1945 セレクション 5」緑蔭書房 2008 p197

李 允秀　イ・ユンス
水流レ
　◇「近代朝鮮文学日本語作品集1908～1945 セレクション 6」緑蔭書房 2008 p59

李 永錫　イ・ヨンソク
春香傳朝鮮公演を見て
　◇「近代朝鮮文学日本語作品集1901～1938 評論・随筆篇2」緑蔭書房 2004 p141

李 庸華　イ・ヨンファ
漢陽秋賦 漢江の賦
　◇「近代朝鮮文学日本語作品集1908～1945 セレクション 3」緑蔭書房 2008 p323

李 龍海　イ・ヨンヘ（1954～）
赤いハングル講座
　◇「〈在日〉文学全集 18」勉誠出版 2006 p265
家路
　◇「〈在日〉文学全集 18」勉誠出版 2006 p249
仁川（インチョン）
　◇「〈在日〉文学全集 18」勉誠出版 2006 p264
猿王
　◇「〈在日〉文学全集 18」勉誠出版 2006 p252
傾いた椅子
　◇「〈在日〉文学全集 18」勉誠出版 2006 p246
カンタービレ！
　◇「〈在日〉文学全集 18」勉誠出版 2006 p270
記憶の船
　◇「〈在日〉文学全集 18」勉誠出版 2006 p271
五月の不死
　◇「〈在日〉文学全集 18」勉誠出版 2006 p245
孤独のアニマ
　◇「〈在日〉文学全集 18」勉誠出版 2006 p244
私戰
　◇「〈在日〉文学全集 18」勉誠出版 2006 p242
伏うなかれ
　◇「〈在日〉文学全集 18」勉誠出版 2006 p248
ソウル
　◇「〈在日〉文学全集 18」勉誠出版 2006 p241
空の冬
　◇「〈在日〉文学全集 18」勉誠出版 2006 p269
鳥取
　◇「〈在日〉文学全集 18」勉誠出版 2006 p250
ひねくれた数個の穴
　◇「〈在日〉文学全集 18」勉誠出版 2006 p243
密航
　◇「〈在日〉文学全集 18」勉誠出版 2006 p253
密漁の夜
　◇「〈在日〉文学全集 18」勉誠出版 2006 p256
夜なき夜のもみじ
　◇「〈在日〉文学全集 18」勉誠出版 2006 p258

李 涙聲　イ・リュソン
朝鮮の文壇・朝鮮の文士
　◇「近代朝鮮文学日本語作品集1901～1938 評論・随筆篇1」緑蔭書房 2004 p79

伊井 圭　いい・けい
位牌
　◇「ミステリ★オールスターズ」角川書店 2010 p169
　◇「ミステリ・オールスターズ」角川書店 2012（角川文庫）p197
通り雨
　◇「本格ミステリ 2002」講談社 2002（講談社ノベルス）p401
　◇「天使と髑髏の密室―本格短編ベスト・セレクション」講談社 2005（講談社文庫）p85
魔窟の女
　◇「短歌殺人事件―31音律のラビリンス」光文社 2003（光文社文庫）p295

伊井 直行　いい・なおゆき（1953～）
泥水の激流の右岸に住むさいづち頭の子孫
　◇「文学 1999」講談社 1999 p184
ヌード・マン・ウォーキング

◇「文学 2007」講談社 2007 p69
◇「現代小説クロニクル 2005〜2009」講談社 2015（講談社文芸文庫）p47
ぼくの首くくりのおじさん
◇「戦後短篇小説再発見 4」講談社 2001（講談社文芸文庫）p237
ローマの犬
◇「文学 2003」講談社 2003 p32

伊井 蓉峰　いい・ようほう（1871〜1932）
死神の誘い
◇「文豪怪談傑作選 特別編」筑摩書房 2008（ちくま文庫）p220

飯尾 憲士　いいお・けんし（1926〜2004）
機縁
◇「文学 2004」講談社 2004 p247
蝙蝠
◇「〈在日〉文学全集 16」勉誠出版 2006 p321
崔乙順の上申書
◇「〈在日〉文学全集 16」勉誠出版 2006 p349

飯岡 秀三　いいおか・しゅうぞう
探偵実話 奇代の兇賊臺北城下を騒す
◇「日本統治期台湾文学集成 9」緑蔭書房 2002 p25
探偵物語 士林川血染船
◇「日本統治期台湾文学集成 9」緑蔭書房 2002 p9

飯川 春乃　いいかわ・はるの
十字架草
◇「ハンセン病文学全集 8」皓星社 2006 p524

飯倉 峰次　いいぐら・みねじ
いばら
◇「ハンセン病文学全集 4」皓星社 2003 p405

飯沢 匡　いいざわ・ただす（1909〜1994）
座頭H
◇「新装版 全集現代文学の発見 6」學藝書林 2003 p36
◇「十夜」ランダムハウス講談社 2006 p165
善童子
◇「剣鬼らの饗宴」光風社出版 1998（光風社文庫）p51
箒（ははき）
◇「新装版 全集現代文学の発見 11」學藝書林 2004 p288

飯嶋 和一　いいじま・かずいち（1952〜）
汝ふたたび故郷へ帰れず
◇「冒険の森へ—傑作小説大全 11」集英社 2015 p215

飯島 一次　いいじま・かずつぐ
京の茶漬—山崎烝
◇「新選組出陣」廣済堂出版 2014 p81
◇「新選組出陣」徳間書店 2015（徳間文庫）p81

飯島 耕一　いいじま・こういち（1930〜）
アメリカ交響楽（詩）
◇「コレクション戦争と文学 3」集英社 2012 p529
一回
◇「新装版 全集現代文学の発見 13」學藝書林 2004 p484
牡牛よ—わがメフィストフエレスに
◇「新装版 全集現代文学の発見 13」學藝書林 2004 p480
大きすぎる荷物
◇「新装版 全集現代文学の発見 13」學藝書林 2004 p482
帰つて来た子供たち
◇「新装版 全集現代文学の発見 13」學藝書林 2004 p483
影を背中につけた動物たち
◇「新装版 全集現代文学の発見 13」學藝書林 2004 p485
行列
◇「新装版 全集現代文学の発見 13」學藝書林 2004 p480
切り抜かれた空
◇「新装版 全集現代文学の発見 13」學藝書林 2004 p483
言葉について
◇「新装版 全集現代文学の発見 13」學藝書林 2004 p486
探す
◇「新装版 全集現代文学の発見 13」學藝書林 2004 p484
死人の髪
◇「新装版 全集現代文学の発見 13」學藝書林 2004 p481
砂の中には
◇「新装版 全集現代文学の発見 13」學藝書林 2004 p478
世界中のあわれな女たち
◇「新装版 全集現代文学の発見 13」學藝書林 2004 p478
空
◇「新装版 全集現代文学の発見 13」學藝書林 2004 p479
他人の空
◇「新装版 全集現代文学の発見 13」學藝書林 2004 p478
途
◇「新装版 全集現代文学の発見 13」學藝書林 2004 p485
見る
◇「新装版 全集現代文学の発見 13」學藝書林 2004 p484
理解
◇「新装版 全集現代文学の発見 13」學藝書林 2004 p482

飯島 正　いいじま・ただし（1902〜1996）
戸締りは厳重に
◇「幻の探偵雑誌 8」光文社 2001（光文社文庫）p163

飯島 祐輔　いいじま・ゆうすけ
いつか金だらいな日々―轟拳ヤマト外伝
◇「C・N 25―C・novels創刊25周年アンソロジー」中央公論新社 2007（C novels）p149

飯田 章　いいだ・あきら
浮寝
◇「文学 2007」講談社 2007 p31

飯田 茂実　いいだ・しげみ
「一文物語集」より『0〜108』
◇「とっておき名短篇」筑摩書房 2011（ちくま文庫）p41

飯田 譲治　いいだ・じょうじ（1959〜）
破壊する男（梓河人）
◇「幻想ミッドナイト―日常を破壊する恐怖の断片」角川書店 1997（カドカワ・エンタテインメント）p139

飯田 武郷　いいだ・たけさと（1827〜1900）
遊墨水歌
◇「新日本古典文学大系 明治編 12」岩波書店 2001 p25

飯田 辰彦　いいだ・たつひこ（1950〜）
二井宿峠・二井宿
◇「山形県文学全集第2期（随筆・紀行編）6」郷土出版社 2005 p227

飯田 豊吉　いいだ・とよよし
往生始始末記
◇「怪奇・伝奇時代小説選集 8」春陽堂書店 2000（春陽文庫）p159

飯田 半次　いいだ・はんじ
生きろ
◇「ショートショートの広場 16」講談社 2005（講談社文庫）p106

飯田 祐子　いいだ・ゆうこ
コラム「新国家、樹立？」
◇「文学で考える〈日本〉とは何か」双文社出版 2007 p138

飯田 雪子　いいだ・ゆきこ（1969〜）
宝瓶宮―あたしのお部屋にいらっしゃい
◇「十二宮12幻想」エニックス 2000 p287

飯塚 ちあき　いいづか・ちあき
わかれ
◇「ショートショートの広場 12」講談社 2001（講談社文庫）p88

飯野 文彦　いいの・ふみひこ（1961〜）
愛児のために
◇「チャイルド」廣済堂出版 1998（廣済堂文庫）p217

アナル・トーク
◇「喜劇綺劇」光文社 2009（光文社文庫）p389

生まれし者
◇「変身」廣済堂出版 1998（廣済堂文庫）p379

お迎え
◇「夏のグランドホテル」光文社 2003（光文社文庫）p219

怪魚知音
◇「玩具館」光文社 2001（光文社文庫）p383

家族が消えた
◇「時間怪談」廣済堂出版 1999（廣済堂文庫）p461
◇「死者の復活」リブリオ出版 2001（怪奇・ホラーワールド）p179

花林塔
◇「夢魔」光文社 2001（光文社文庫）p15

佐代子
◇「俳優」廣済堂出版 1999（廣済堂文庫）p119

十年目のウェディングドレス
◇「十の恐怖」角川書店 1999 p153

襲名
◇「秘神―闇の祝祭者たち」アスキー 1999（アスペクトノベルス）p9
◇「ふるえて眠れない―ホラーミステリー傑作選」光文社 2006（光文社文庫）p367

痴れ者
◇「酒の夜語り」光文社 2002（光文社文庫）p395

白い犬
◇「獣人」光文社 2003（光文社文庫）p113

侵食
◇「恐怖症」光文社 2002（光文社文庫）p183

深夜、浜辺にて
◇「幽霊船」光文社 2001（光文社文庫）p331

蟬とタイムカプセル
◇「短篇ベストコレクション―現代の小説 2008」徳間書店 2008（徳間文庫）p473

泥濘
◇「秘神界 現代編」東京創元社 2002（創元推理文庫）p207

母の行方
◇「帰還」光文社 2000（光文社文庫）p471

バン！
◇「ひとにぎりの異形」光文社 2007（光文社文庫）p366

人こひ初めしはじめなり
◇「暗闇（ダークサイド）を追いかけろ―ホラー＆サスペンス編」光文社 2004（カッパ・ノベルス）p31
◇「暗闇（ダークサイド）を追いかけろ」光文社 2008（光文社文庫）p27

一目惚れ
◇「グランドホテル」廣済堂出版 1999（廣済堂文庫）p419

双子宮―さみだれ
◇「十二宮12幻想」エニックス 2000 p65

訪問者
　◇「蚊―コレクション」メディアワークス 2002（電撃文庫）p189
観てもらえませんか？
　◇「逆想コンチェルト―イラスト先行・競作小説アンソロジー 奏の1」徳間書店 2010 p280
椰子の実
　◇「トロピカル」廣済堂出版 1999（廣済堂文庫）p433
　◇「自選ショート・ミステリー」講談社 2001（講談社文庫）p180
八つ話会
　◇「変化―書下ろしホラー・アンソロジー」PHP研究所 2000（PHP文庫）p63
楽園回帰
　◇「伯爵の血族―紅ノ章」光文社 2007（光文社文庫）p141
蠟燭取り
　◇「蒐集家（コレクター）」光文社 2004（光文社文庫）p287
私とソレの関係
　◇「怪物團」光文社 2009（光文社文庫）p391
笑ひ猿
　◇「伝奇城―伝奇時代小説アンソロジー」光文社 2005（光文社文庫）p75

飯星 景子　いいぼし・けいこ（1963～）
もう一緒に映画を観られないんだよね≫飯干晃一
　◇「日本人の手紙 1」リブリオ出版 2004 p111

家田 満理　いえだ・まり
会いたい
　◇「ショートショートの広場 19」講談社 2007（講談社文庫）p200
瓜二つ
　◇「ショートショートの広場 18」講談社 2006（講談社文庫）p81
女も、虎も……
　◇「ショートショートの花束 4」講談社 2012（講談社文庫）p198
買物上手
　◇「ショートショートの広場 14」講談社 2003（講談社文庫）p74
彼女の憂鬱
　◇「ショートショートの広場 17」講談社 2005（講談社文庫）p202
亀の恩返し
　◇「ショートショートの広場 19」講談社 2007（講談社文庫）p138
狂った時計
　◇「ショートショートの広場 16」講談社 2005（講談社文庫）p184
煙が目に沁みる
　◇「ショートショートの広場 18」講談社 2006（講談社文庫）p13
父と酒
　◇「ショートショートの広場 17」講談社 2005（講談社文庫）p90
転居通知
　◇「ショートショートの広場 17」講談社 2005（講談社文庫）p218
動機
　◇「ショートショートの広場 20」講談社 2008（講談社文庫）p243
時の値段
　◇「ショートショートの広場 13」講談社 2002（講談社文庫）p136
取り戻した人生
　◇「ショートショートの花束 4」講談社 2012（講談社文庫）p211
眠れない夜
　◇「ショートショートの広場 18」講談社 2006（講談社文庫）p106
花園の管理人
　◇「ショートショートの花束 2」講談社 2010（講談社文庫）p244
流行っている店
　◇「ショートショートの広場 18」講談社 2006（講談社文庫）p193
耳の役割
　◇「ショートショートの花束 3」講談社 2011（講談社文庫）p177
物忘れ
　◇「ショートショートの広場 18」講談社 2006（講談社文庫）p37

家次 由紀恵　いえつぐ・ゆきえ
幕の内弁当
　◇「中学校たのしい劇脚本集―英語劇付 Ⅱ」国土社 2011 p85

伊岡 瞬　いおか・しゅん（1960～）
ふたつのシュークリーム
　◇「悪夢の行方―「読楽」ミステリーアンソロジー」徳間書店 2016（徳間文庫）p5
ミスファイア
　◇「ザ・ベストミステリーズ―推理小説年鑑 2010」講談社 2010 p33
　◇「Logic真相への回廊」講談社 2013（講談社文庫）p217

五百沢 智也　いおざわ・ともや（1933～2013）
以東岳と大鳥池
　◇「山形県文学全集第2期（随筆・紀行編）5」郷土出版社 2005 p240

五十嵐 淳　いがらし・じゅん（1970～）
究極のショートショート
　◇「ショートショートの広場 18」講談社 2006（講談社文庫）p214

五十嵐 貴久　いがらし・たかひさ（1961～）
女交渉人ヒカル

いから

◇「事件の痕跡」光文社 2007（Kappa novels）p55
◇「事件の痕跡」光文社 2012（光文社文庫）p65

嗜虐
◇「紅と蒼の恐怖―ホラー・アンソロジー」祥伝社 2002（Non novel）p179

ぽきぽき
◇「暗闇（ダークサイド）を追いかけろ―ホラー＆サスペンス編」光文社 2004（カッパ・ノベルス）p59
◇「暗闇（ダークサイド）を追いかけろ」光文社 2008（光文社文庫）p63

南青山骨董通り探偵社
◇「宝石ザミステリー 2014夏」光文社 2014 p213

五十嵐 千代美　いがらし・ちよみ

レモンのしっぽ
◇「ゆれる―第12回フェリシモ文学賞作品集」フェリシモ 2009 p120

五十嵐 均　いがらし・ひとし（1937～）

愛の時効
◇「不可思議な殺人―ミステリー・アンソロジー」祥伝社 2000（祥伝社文庫）p235

金田一耕助帰国す
◇「金田一耕助の新たな挑戦」角川書店 1997（角川文庫）p83

セコい誘拐
◇「誘拐―ミステリーアンソロジー」角川書店 1997（角川文庫）p41

初島航路
◇「死を招く乗客―ミステリーアンソロジー」有楽出版社 2015（JOY NOVELS）p233

ビジター
◇「自選ショート・ミステリー 2」講談社 2001（講談社文庫）p121

五十嵐 彪太　いがらし・ひょうた

足の裏の世界
◇「超短編の世界 vol.2」創英社 2009 p58

狐火を追うもの
◇「てのひら怪談―ビーケーワン怪談大賞傑作選 2」ポプラ社 2007 p118
◇「てのひら怪談―ビーケーワン怪談大賞傑作選 己丑」ポプラ社 2009（ポプラ文庫）p166

クラゲの詩
◇「超短編の世界 vol.3」創英社 2011 p110

小春日和
◇「超短編の世界 vol.3」創英社 2011 p105

這い回る蝶々
◇「超短編の世界」創英社 2008 p54

ランデヴー
◇「てのひら怪談―ビーケーワン怪談大賞傑作選 庚寅」ポプラ社 2010（ポプラ文庫）p208

五十嵐 フミ　いがらし・ふみ（1925～）

幻の花嫁（抄）
◇「山形県文学全集第1期（小説編）6」郷土出版社 2004 p515

名月赤城山のあとさき
◇「山形県文学全集第2期（随筆・紀行編）4」郷土出版社 2005 p426

井川 一太郎　いがわ・いちたろう

コンビニ家族
◇「ショートショートの広場 20」講談社 2008（講談社文庫）p94

社霊
◇「ショートショートの広場 20」講談社 2008（講談社文庫）p256

新薬剤
◇「ショートショートの広場 12」講談社 2001（講談社文庫）p196

花を置く人
◇「ショートショートの広場 20」講談社 2008（講談社文庫）p155

ラッキースプレー
◇「ショートショートの花束 6」講談社 2014（講談社文庫）p196

井川 香四郎　いかわ・こうしろう（1957～）

桜島燃ゆ
◇「幕末スパイ戦争」徳間書店 2015（徳間文庫）p175

藁屋の歌
◇「欣喜の風」祥伝社 2016（祥伝社文庫）p7

井川 捷　いかわ・しょう

平成28年4月14日まで そして平成28年4月16日
◇「平成28年熊本地震作品集」くまもと文学・歴史館友の会 2016 p35

井川 久　いがわ・ひさし

戦後動員
◇「山形県文学全集第1期（小説編）1」郷土出版社 2004 p535

壱岐 耕　いき・こう

黒薔薇
◇「ハンセン病文学全集 8」皓星社 2006 p198

生島 治郎　いくしま・じろう（1933～2003）

頭の中の昏い唄
◇「少女怪談」学習研究社 2000（学研M文庫）p235
◇「異形の白昼―恐怖小説集」筑摩書房 2013（ちくま文庫）p175

男一匹
◇「謎―スペシャル・ブレンド・ミステリー 002」講談社 2007（講談社文庫）p23

男たちのブルース
◇「冒険の森へ―傑作小説大全 6」集英社 2016 p161

男たちはみんな死ぬ
◇「男たちのら・ら・ば・い」徳間書店 1999（徳間文庫）p5

兇悪のゴールド
◇「日本ベストミステリー選集 24」光文社 1997

（光文社文庫）p7
兇悪の門―兇悪シリーズより
◇「警察小説傑作短篇集」ランダムハウス講談社 2009（ランダムハウス講談社文庫）p351
蜘蛛の巣
◇「恐怖特急」光文社 2002（光文社文庫）p307
暗い海暗い声
◇「冒険の森へ―傑作小説大全 15」集英社 2016 p14
香肉
◇「人肉嗜食」筑摩書房 2001（ちくま文庫）p35
最後の賭け
◇「わが名はタフガイ―ハードボイルド傑作選」光文社 2006（光文社文庫）p101
惨俠
◇「鬼火が呼んでいる―時代小説傑作選」講談社 1997（講談社文庫）p7
しんどすぎる殺人
◇「冥界プリズン」光文社 1999（光文社文庫）p45
他力念願
◇「牌がささやく―麻雀小説傑作選」徳間書店 2002（徳間文庫）p323
誰…？
◇「ドッペルゲンガー奇譚集―死を招く影」角川書店 1998（角川ホラー文庫）p115
チャイナタウン・ブルース
◇「影」文藝春秋 2003（推理作家になりたくて マイベストミステリー）p112
◇「マイ・ベスト・ミステリー 2」文藝春秋 2007（文春文庫）p170
鉄の棺
◇「外地探偵小説集 上海篇」せらび書房 2006 p211
ドボンと昏睡
◇「賭博師たち」角川書店 1997（角川文庫）p21
ぶうら、ぶら
◇「恐怖の旅」光文社 2000（光文社文庫）p201
離婚調査
◇「最新「珠玉推理」大全 下」光文社 1998（カッパ・ノベルス）p7
◇「闇夜の芸術祭」光文社 2003（光文社文庫）p7

生田 紗代　いくた・さよ（1981～）
海のなかには夜
◇「コイノカオリ」角川書店 2004 p139
◇「コイノカオリ」角川書店 2008（角川文庫）p125
カノジョの飴
◇「忘れない。―贈りものをめぐる十の話」メディアファクトリー 2007 p73
金魚の死後
◇「文学 2006」講談社 2006 p17

生田 直親　いくた・なおちか（1929～）
柞の鬼殿
◇「怪奇・伝奇時代小説選集 1」春陽堂書店 1999（春陽文庫）p2

生田 花世　いくた・はなよ（1888～1970）
得たる『いのち』（感想）
◇「「新編」日本女性文学全集 4」菁柿堂 2012 p464
結婚（前号の続）
◇「「新編」日本女性文学全集 4」菁柿堂 2012 p472

井口 朝生　いぐち・あさお（1925～1999）
異本陰徳太平記
◇「剣が舞い落花が舞い―時代小説傑作選」講談社 1998（講談社文庫）p359
かつ女覚書
◇「代表作時代小説 平成12年度」光風社出版 2000 p157
◇「戦国女人十一話」作品社 2005 p79
すみだ川余情
◇「おもかげ行燈」光風社出版 1998（光風社文庫）p7
白昼の斬人剣―佐久間象山暗殺
◇「時代小説傑作選 3」新人物往来社 2008 p167
樋口一族
◇「人物日本剣豪伝 3」学陽書房 2001（人物文庫）p37
ほくろ供養
◇「江戸夢あかり」学習研究社 2003（学研M文庫）p205
◇「江戸夢あかり」学研パブリッシング 2013（学研M文庫）p205
三村次郎左衛門
◇「定本・忠臣蔵四十七人集」双葉社 1998 p110

井口 奈己　いぐち・なみ（1967～）
人のセックスを笑うな（本調有香）
◇「年鑑代表シナリオ集 '08」シナリオ作家協会 2009 p7

井口 昇　いぐち・のぼる（1969～）
少女怪獣 レッシー登場―神奈川県「女は怪獣 男は愛嬌」
◇「日本怪獣侵略伝―ご当地怪獣異聞集」洋泉社 2015 p227

井口 泰子　いぐち・やすこ（1937～2001）
蛾は踊る
◇「赤のミステリー―女性ミステリー作家傑作選」光文社 1997 p243
◇「女性ミステリー作家傑作選 1」光文社 1999（光文社文庫）p27

井口俊英母　いぐちとしひではは
替われるものならば……母の思いです≫井口俊英
◇「日本人の手紙 1」リブリオ出版 2004 p206

池 雪蕾　いけ・せつらい
『憂国志談大逆陰謀の末路』より
◇「蘇らぬ朝」「大逆事件」以後の文学」インパクト出版会 2010（インパクト選書）p105

伊計 翼　いけい・たすく
刺青
　◇「怪談四十九夜」竹書房 2016（竹書房文庫）p68
おんながいる
　◇「怪談四十九夜」竹書房 2016（竹書房文庫）p77
父親
　◇「怪談四十九夜」竹書房 2016（竹書房文庫）p64
ニュース
　◇「怪談四十九夜」竹書房 2016（竹書房文庫）p72
仏壇
　◇「怪談四十九夜」竹書房 2016（竹書房文庫）p81

池井戸 潤　いけいど・じゅん（1963〜）
銀行狐
　◇「ザ・ベストミステリーズ―推理小説年鑑 2002」講談社 2002 p291
　◇「零時の犯罪予報」講談社 2005（講談社文庫）p207
口座相違
　◇「事件を追いかけろ―最新ベスト・ミステリー サプライズの花束編」光文社 2004（カッパ・ノベルス）p77
　◇「事件を追いかけろ サプライズの花束編」光文社 2009（光文社文庫）p95
サイバー・ラジオ
　◇「乱歩賞作家 青の謎」講談社 2004 p207
スジ読み
　◇「現場に臨め」光文社 2010（Kappa novels）p85
　◇「現場に臨め」光文社 2014（光文社文庫）p103

池内 紀　いけうち・おさむ（1940〜）
毛蟲
　◇「輝きの一瞬―短くて心に残る30編」講談社 1999（講談社文庫）p59

池内 奉文　いけうち・ほうぶん
權爺さん
　◇「近代朝鮮文学日本語作品集1939〜1945 創作篇 5」緑蔭書房 2001 p47

池上 永一　いけがみ・えいいち（1970〜）
黒マンサージ―トロイメライ 琉球寓話集
　◇「代表作時代小説 平成23年度」光文社 2011 p73
サトウキビの森
　◇「妖魔ヶ刻―時間怪談傑作選」徳間書店 2000（徳間文庫）p139
モーツァルトのいる島
　◇「短篇ベストコレクション―現代の小説 2010」徳間書店 2010（徳間文庫）p537

池神 泰三　いけがみ・たいぞう
霧に、
　◇「藤本義一文学賞 第1回」（大阪）たる出版 2016 p173

いけがみ まさこ
かまちくん、わたしはゆうきがでました≫山田かまち

池澤 伸介　いけざわ・しんすけ
鼠島異変 忍法外道門
　◇「忍法からくり伝奇」勉誠出版 2004 p1

池澤 夏樹　いけざわ・なつき（1945〜）
イラクの小さな橋を渡って
　◇「コレクション戦争と文学 4」集英社 2011 p161
美しい祖母の聖書
　◇「それでも三月は、また」講談社 2012 p137
黄銅鉱と化した自分
　◇「鉱物」国書刊行会 1997（書物の王国）p167
監獄のバラード
　◇「文学 2011」講談社 2011 p21
午後の歌 ――娘に
　◇「日本文学全集 29」河出書房新社 2016 p69
人生の広場
　◇「文学 2005」講談社 2005 p113
スティル・ライフ
　◇「現代小説クロニクル 1985〜1989」講談社 2015（講談社文芸文庫）p180
難民になる
　◇「読み聞かせる戦争」光文社 2015 p251
ヘルシンキ
　◇「文学 2008」講談社 2008 p39
ホセさんの尋ね人
　◇「コレクション戦争と文学 18」集英社 2012 p607
レシタションのはじまり
　◇「ことばのたくらみ―実作集」岩波書店 2003（21世紀文学の創造）p285
連夜
　◇「日本文学全集 28」河出書房新社 2017 p193

池田 一尋　いけだ・かずひろ
赤い酒
　◇「てのひら怪談―ビーケーワン怪談大賞傑作選 辛卯」ポプラ社 2011（ポプラ文庫）p26

池田 和尋　いけだ・かずひろ
鬼女の啼く夜
　◇「てのひら怪談―ビーケーワン怪談大賞傑作選 2」ポプラ社 2007 p80
地獄の一丁目
　◇「てのひら怪談―ビーケーワン怪談大賞傑作選 百怪繚乱篇」ポプラ社 2008 p166
僕と彼女と知らない彼
　◇「リトル・リトル・クトゥルー―史上最小の神話小説集」学習研究社 2009 p46
ボコバキ
　◇「てのひら怪談―ビーケーワン怪談大賞傑作選」ポプラ社 2007 p216
　◇「てのひら怪談―ビーケーワン怪談大賞傑作選」ポプラ社 2008（ポプラ文庫）p228

池田 圭一郎　いけだ・けいいちろう
心の色

◇「つながり―フェリシモしあわせショートショート」フェリシモ 1999 p15

池田 さと美 いけだ・さとみ
海を越える
◇「泣ける！北海道」泰文堂 2015（リンダパブリッシャーズの本）p147

池田 小百合 いけだ・さゆり
赤い糸
◇「ショートショートの広場 8」講談社 1997（講談社文庫）p131

池田 蕉園 いけだ・しょうえん（1886～1917）
ああしんど
◇「文豪怪談傑作選 特別編」筑摩書房 2007（ちくま文庫）p194

池田 進吾 いけだ・しんご
赤、青、王子
◇「東と西 1」小学館 2009 p206
◇「東と西 1」小学館 2012（小学館文庫）p229

池田 信太郎 いけだ・しんたろう
嗚呼乃木将軍
◇「将軍・乃木希典」勉誠出版 2004 p7
素浪人格子
◇「捕物時代小説選集 1」春陽堂書店 1999（春陽文庫）p100

池田 澄子 いけだ・すみこ（1922～）
池田澄子十三句
◇「ファイン／キュート素敵かわいい作品選」筑摩書房 2015（ちくま文庫）p260

池田 星爾 いけだ・せいじ
石臼の唄―ダムで沈んだ村のためのレクイエム
◇「日本海文学大賞―大賞作品集 3」日本海文学大賞運営委員会 2007 p389

池田 月子 いけだ・つきこ
飛行機用
◇「むすぶ―第11回フェリシモ文学賞作品集」フェリシモ 2008 p100

池田 輝方 いけだ・てるかた（1883～1921）
夜釣の怪
◇「文豪怪談傑作選 特別編」筑摩書房 2007（ちくま文庫）p191

池田 宣政 いけだ・のぶまさ（1893～1980）
形見の万年筆
◇「『少年倶楽部』短篇選」講談社 2013（講談社文芸文庫）p66
小山羊の唄
◇「『少年倶楽部』熱血・痛快・時代短篇選」講談社 2015（講談社文芸文庫）p88

池田 信幸 いけだ・のぶゆき
解決手段
◇「ショートショートの広場 10」講談社 2000（講談社文庫）p197
不審人物
◇「ショートショートの広場 9」講談社 1998（講談社文庫）p93

池田 勇人 いけだ・はやと（1899～1965）
よごれた服にボロカバン。浅沼刺殺≫浅沼稲次郎
◇「日本人の手紙 10」リブリオ出版 2004 p177

池田 晴海 いけだ・はるみ
神様を待っている
◇「うちへ帰ろう―家族を想うあなたに贈る短篇小説集」泰文堂 2013（リンダブックス）p201
記憶の中の町
◇「最後の一日 7月22日―さよならが胸に染みる物語」泰文堂 2012（リンダブックス）p228
君といつまでも
◇「最後の一日―さよならが胸に染みる10の物語」泰文堂 2011（Linda books！）p150
最終電車
◇「センチメンタル急行―あの日へ帰る、旅情短篇集」泰文堂 2010（Linda books！）p7
桜葬
◇「最後の一日 3月23日―さよならが胸に染みる10の物語」泰文堂 2013（リンダブックス）p262
すず屋のお弁当
◇「最後の一日 6月30日―さよならが胸に染みる10の物語」泰文堂 2013（リンダブックス）p208
灰になり骨になる
◇「愛してるって言えばよかった」泰文堂 2012（リンダブックス）p140
道を照らす光
◇「最後の一日―さよならが胸に染みる10の物語」泰文堂 2011（Linda books！）p264
もう一度
◇「最後の一日12月18日―さよならが胸に染みる10の物語」泰文堂 2011（Linda books！）p266
旅情
◇「センチメンタル急行―あの日へ帰る、旅情短篇集」泰文堂 2010（Linda books！）p216
◇「涙がこぼれないように―さよならが胸を打つ10の物語」泰文堂 2014（リンダブックス）p74
六月雨日
◇「最後の一日 7月22日―さよならが胸に染みる物語」泰文堂 2012（リンダブックス）p7

池田 寿夫 いけだ・ひさお（1906～1944）
日本プロレタリア文学運動の再認識
◇「新装版 全集現代文学の発見 3」學藝書林 2003 p389

池田 久輝 いけだ・ひさき（1972～）
舞台裏
◇「タッグ私の相棒―警察アンソロジー」角川春樹事務所 2015 p111

いけた

池田 雅之　いけだ・まさゆき（1946～）
　小豆磨ぎ橋〈小泉八雲〔著〕〉
　　◇「文豪てのひら怪談」ポプラ社 2009（ポプラ文庫）p56
　　◇「松江怪談―新作怪談 松江物語」今井印刷 2015 p24
　こんな晩＜子捨ての話＞〈小泉八雲〔著〕〉
　　◇「松江怪談―新作怪談 松江物語」今井印刷 2015 p28
　死体にまたがった男〈小泉八雲〔著〕〉
　　◇「陰陽師伝奇大全」白泉社 2001 p269
　水飴を買う女＜子育て幽霊＞〈小泉八雲〔著〕〉
　　◇「松江怪談―新作怪談 松江物語」今井印刷 2015 p26

池田 満寿夫　いけだ・ますお（1934～1997）
　ミルク色のオレンジ
　　◇「愛の交錯」リブリオ出版 2001（ラブミーワールド）p212
　　◇「恋愛小説・名作集成 9」リブリオ出版 2004 p212

池田 みち子　いけだ・みちこ（1910～2008）
　百円の安眠
　　◇「現代秀作集」角川書店 1999（女性作家シリーズ）p37

池田 弥三郎　いけだ・やさぶろう（1914～1982）
　新しい出発―戸板康二の直木賞受賞
　　◇「創刊一〇〇年三田文学名作選」三田文学会 2010 p667
　異説田中河内介
　　◇「文豪怪談傑作選 特別編」筑摩書房 2008（ちくま文庫）p152

池月 涼太　いけづき・りょうた
　お寒い死体
　　◇「本格推理 15」光文社 1999（光文社文庫）p45

池永 陽　いけなが・よう（1950～）
　犬の写真
　　◇「ザ・ベストミステリーズ―推理小説年鑑 2005」講談社 2005 p161
　　◇「隠された鍵」講談社 2008（講談社文庫）p471
　蚊帳のなか
　　◇「代表作時代小説 平成24年度」光文社 2012 p183
　三センチ四方の絆
　　◇「短篇ベストコレクション―現代の小説 2004」徳間書店 2004（徳間文庫）p511
　緋色の帽子
　　◇「Colors」ホーム社 2008 p99
　　◇「Colors」集英社 2009（集英社文庫）p57

池波 正太郎　いけなみ・しょうたろう（1923～1990）
　仇討ち街道
　　◇「信州歴史時代小説傑作集 4」しなのき書房 2007 p309

　あほうがらす
　　◇「江戸夢日和」学習研究社 2004（学研M文庫）p137
　荒木又右衛門
　　◇「人物日本の歴史―時代小説版 江戸編 上」小学館 2004（小学館文庫）p71
　或る日の小兵衛
　　◇「魔剣くずし秘聞」光風社出版 1998（光風社文庫）p213
　市松小僧始末
　　◇「秋びより―時代小説アンソロジー」KADOKAWA 2014（角川文庫）p5
　命の城―沼田城
　　◇「名城伝」角川春樹事務所 2015（ハルキ文庫）p7
　色
　　◇「新選組烈士伝」角川書店 2003（角川文庫）p37
　　◇「時代劇原作選集―あの名画を生みだした傑作小説」双葉社 2003（双葉文庫）p83
　　◇「血闘！ 新選組」実業之日本社 2016（実業之日本社文庫）p7
　梅屋のおしげ
　　◇「江戸色恋坂―市井情話傑作選」学習研究社 2005（学研M文庫）p43
　雲州英雄記
　　◇「軍師の死にざま―短篇小説集」作品社 2006 p5
　雲州英雄記―山中鹿之介
　　◇「軍師の死にざま」実業之日本社 2013（実業之日本社文庫）p7
　江戸怪盗記
　　◇「江戸宵闇しぐれ」学習研究社 2005（学研M文庫）p39
　　◇「江戸の鈍感力―時代小説傑作選」集英社 2007（集英社文庫）p9
　　◇「情けがからむ朱房の十手―傑作時代小説」PHP研究所 2009（PHP文庫）p7
　おしろい猫
　　◇「大江戸猫三昧―時代小説傑作選」徳間書店 2004（徳間文庫）p91
　お千代
　　◇「世話焼き長屋―人情時代小説傑作選」新潮社 2008（新潮文庫）p7
　　◇「日本文学100年の名作 6」新潮社 2015（新潮文庫）p357
　おっ母、すまねえ
　　◇「親不孝長屋―人情時代小説傑作選」新潮社 2007（新潮文庫）p7
　男の城
　　◇「軍師の生きざま―時代小説傑作選」コスミック出版 2008（コスミック・時代文庫）p173
　鬼熊酒屋
　　◇「赤ひげ横丁―人情時代小説傑作選」新潮社 2009（新潮文庫）p189
　鬼火
　　◇「忍者だもの―忍法小説五番勝負」新潮社 2015（新潮文庫）p7
　鬼坊主の女

おれの弟
◇「たそがれ江戸暮色」光文社 2014（光文社文庫）p95
◇「夢がたり大川端」光風社出版 1998（光風社文庫）p223

女密偵女賊
◇「花ごよみ夢一夜」光風社出版 2001（光風社文庫）p399

開化散髪どころ
◇「変事異聞」小学館 2007（小学館文庫）p5

角兵衛狂乱図
◇「真田幸村―小説集」作品社 2015 p279

上泉伊勢守
◇「日本剣客伝 戦国篇」朝日新聞出版 2012（朝日文庫）p119

寛政女武道
◇「娘秘剣」徳間書店 2011（徳間文庫）p5

間諜―蜂谷与助
◇「決闘！ 関ケ原」実業之日本社 2015（実業之日本社文庫）p295

看板
◇「歴史小説の世紀 地の巻」新潮社 2000（新潮文庫）p245
◇「江戸しのび雨」学研パブリッシング 2012（学研M文庫）p5
◇「まんぷく長屋―食欲文学傑作選」新潮社 2014（新潮文庫）p7

勘兵衛奉公記
◇「武士の本懐―武士道小説傑作選 2」ベストセラーズ 2005（ベスト時代文庫）p5

基盤の首
◇「武士道切絵図―新鷹会・傑作時代小説」光文社 2010（光文社文庫）p107

逆転
◇「武士道歳時記―新鷹会・傑作時代小説」光文社 2008（光文社文庫）p165

キリンと墓
◇「コレクション戦争と文学 15」集英社 2012 p389

金太郎蕎麦
◇「江戸夕しぐれ―市井稼業小説傑作選」学研パブリッシング 2011（学研M文庫）p61
◇「江戸味わい帖 料理人篇」角川春樹事務所 2015（ハルキ文庫）p7

金太郎蕎麦―橋本左内
◇「江戸の満腹力―時代小説傑作選」集英社 2005（集英社文庫）p9

血頭の丹兵衛―鬼平犯科帳
◇「傑作捕物ワールド 7」リブリオ出版 2002 p77

剣の誓約―「剣客商売」より
◇「極め付き時代小説 1」中央公論新社 2004（中公文庫）p7

剣法一羽流
◇「秘剣舞う―剣豪小説の世界」学習研究社 2002（学研M文庫）p57

紅炎―毛利勝永
◇「軍師は死なず」実業之日本社 2014（実業之日本社文庫）p345

この父その子
◇「きずな―時代小説親子情話」角川春樹事務所 2011（ハルキ文庫）p37

ごめんよ
◇「秘剣闇を斬る」光風社出版 1998（光風社文庫）p7
◇「感涙―人情時代小説傑作選」ベストセラーズ 2004（ベスト時代文庫）p43

ごろんぼ佐之助
◇「誠の旗がゆく―新選組傑作選」集英社 2003（集英社文庫）p9

錯乱
◇「主命にござる」新潮社 2015（新潮文庫）p7
◇「この時代小説がすごい！ 時代小説傑作選」宝島社 2016（宝島社文庫）p161

真田信之の妻―小松
◇「信州歴史時代小説傑作集 5」しなのき書房 2007 p63

獅子の眠り
◇「機略縦横！ 真田戦記―傑作時代小説」PHP研究所 2008（PHP文庫）p177
◇「軍師の生きざま―短篇小説集」作品社 2008 p285

獅子の眠り―真田信之
◇「軍師の生きざま」実業之日本社 2013（実業之日本社文庫）p355

信濃大名記
◇「信州歴史時代小説傑作集 1」しなのき書房 2007 p233

不忍池暮色
◇「江戸の秘恋―時代小説傑作選」徳間書店 2004（徳間文庫）p5

縄張り
◇「剣光、閃く！」徳間書店 1999（徳間文庫）p37
◇「夕まぐれ江戸小景」光文社 2015（光文社文庫）p157

柔術師弟記
◇「武芸十八般―武道小説傑作選」ベストセラーズ 2005（ベスト時代文庫）p157

正月四日の客
◇「冬ごもり―時代小説アンソロジー」KADOKAWA 2013（角川文庫）p5
◇「しのぶ雨江戸恋慕―新鷹会・傑作時代小説」光文社 2016（光文社文庫）p133

女毒
◇「逢魔への誘い」徳間書店 2000（徳間文庫）p5

白い猫
◇「必殺天誅剣」光風社出版 1999（光風社文庫）p297

真説 決戦川中島
◇「人物日本の歴史―時代小説版 戦国編」小学館 2004（小学館文庫）p29

新選組生残りの剣客―永倉新八
◇「幕末の剣鬼たち―時代小説傑作選」コスミック出版 2009（コスミック・時代文庫）p229

いけな

新選組異聞
 ◇「新選組読本」光文社 2003（光文社文庫）p207

戦国無頼―真田ゲリラ隊
 ◇「信州歴史時代小説傑作集 3」しなのき書房 2007 p221

賊将
 ◇「幕末剣豪人斬り異聞 勤皇篇」アスキー 1997（Aspect novels）p143

蕎麦切おその
 ◇「江戸夢あかり」学習研究社 2003（学研M文庫）p261
 ◇「江戸夢あかり」学研パブリッシング 2013（学研M文庫）p261
 ◇「雪月花・江戸景色」光文社 2013（光文社文庫）p141
 ◇「がんこ長屋」新潮社 2013（新潮文庫）p7

だれも知らない
 ◇「剣が謎を斬る―名作で読む推理小説史 時代ミステリー傑作選」光文社 2005（光文社文庫）p303

智謀の人 黒田如水
 ◇「関ケ原・運命を分けた決断―傑作時代小説」PHP研究所 2007（PHP文庫）p237
 ◇「黒田官兵衛―小説集」作品社 2013 p303

梅雨の湯豆腐
 ◇「江戸めぐり雨」学研パブリッシング 2014（学研M文庫）p5

つるつる
 ◇「信州歴史時代小説傑作集 2」しなのき書房 2007 p61

出刃打お玉
 ◇「江戸なごり雨」学研パブリッシング 2013（学研M文庫）p5

疼痛二百両
 ◇「万事金の世―時代小説傑作選」徳間書店 2006（徳間文庫）p295
 ◇「たそがれ長屋―人情時代小説傑作選」新潮社 2008（新潮文庫）p7

鳥居強右衛門
 ◇「小説「武士道」」三笠書房 2008（知的生きかた文庫）p5

南部鬼屋敷
 ◇「極め付き時代小説選 2」中央公論新社 2004（中公文庫）p97

仁三郎の顔
 ◇「明暗廻り灯籠」光風社出版 1998（光風社文庫）p283

刃傷
 ◇「風の中の剣士」光風社出版 1998（光風社文庫）p229
 ◇「武士道残月抄」光文社 2011（光文社文庫）p199

梅安雨隠れ
 ◇「剣俠しぐれ笠」光風社出版 1999（光風社文庫）p7

梅安晦日蕎麦
 ◇「大江戸百華鏡―美味小説傑作選」学研パブリッシング 2014（学研M文庫）p9

箱根細工―剣客商売
 ◇「剣光閣を裂く」光風社出版 1997（光風社文庫）p375

晩春の夕暮れに
 ◇「迷君に候」新潮社 2015（新潮文庫）p115

火消しの殿
 ◇「忠臣蔵コレクション 3」河出書房新社 1998（河出文庫）p7
 ◇「大江戸殿様列伝―傑作時代小説」双葉社 2006（双葉文庫）p37
 ◇「七つの忠臣蔵」新潮社 2016（新潮文庫）p63

夫婦の城
 ◇「ふたり―時代小説夫婦情話」角川春樹事務所 2010（ハルキ文庫）p7
 ◇「女城主―戦国小説傑作選」PHP研究所 2016（PHP文芸文庫）p197

夫婦浪人―『剣客商売四 天魔』より
 ◇「素浪人横丁―人情時代小説傑作選」新潮社 2009（新潮文庫）p95

武士の紋章―滝川三九郎
 ◇「武士の本懐―武士道小説傑作選」ベストセラーズ 2004（ベスト時代文庫）p5

舞台うらの男
 ◇「花と剣と侍―新鷹会・傑作時代小説」光文社 2009（光文社文庫）p103

父中・首ふり坂
 ◇「慕情深川しぐれ」光風社出版 1998（光風社文庫）p323

蛇の眼
 ◇「捕物時代小説選集 2」春陽堂書店 2000（春陽文庫）p30

炎の武士
 ◇「決戦川中島―傑作時代小説」PHP研究所 2007（PHP文庫）p161

むかしの男
 ◇「江戸浮世風」学習研究社 2004（学研M文庫）p7

やぶれ弥五兵衛
 ◇「くノ一、百華―時代小説アンソロジー」集英社 2013（集英社文庫）p7
 ◇「決戦！大坂の陣」実業之日本社 2014（実業之日本社文庫）p363

闇の中の声
 ◇「真田忍者、参上！―隠密伝奇傑作集」河出書房新社 2012（河出文庫）p193

夢の茶屋
 ◇「江戸の老人力―時代小説傑作選」集英社 2002（集英社文庫）p9

夜狐
 ◇「血しぶき街道」光風社出版 1998（光風社文庫）p181

若き獅子
 ◇「龍馬と志士たち―時代小説傑作選」コスミック出版 2009（コスミック・時代文庫）p323
 ◇「野辺に朽ちぬとも―吉田松陰と松下村塾の男たち」集英社 2015（集英社文庫）p241

若き獅子―高杉晋作

◇「志士―吉田松陰アンソロジー」新潮社 2014（新潮文庫）p73

池端 俊策　いけはた・しゅんさく（1946～）
海峡を渡るバイオリン（神山由美子）
◇「テレビドラマ代表作選集 2005年版」日本脚本家連盟 2005 p113
帽子
◇「テレビドラマ代表作選集 2009年版」日本脚本家連盟 2009 p7

池宮 彰一郎　いけみや・しょういちろう（1923～2007）
九思の剣
◇「武士道」小学館 2007（小学館文庫）p5
けだもの
◇「江戸なみだ雨―市井稼業小説傑作選」学研パブリッシング 2010（学研M文庫）p241
仕舞始
◇「人生を変えた時代小説傑作選」文藝春秋 2010（文春文庫）p243
受城異聞記
◇「小説『武士道』」三笠書房 2008（知的生きかた文庫）p257
清貧の福
◇「士魂の光芒―時代小説最前線」新潮社 1997（新潮文庫）p273
◇「歴史小説の世紀 地の巻」新潮社 2000（新潮文庫）p307
絶塵の将
◇「代表作時代小説 平成9年度」光風社出版 1997 p159
◇「春宵濡れ髪しぐれ―時代小説傑作選」講談社 2003（講談社文庫）p87
千里の馬
◇「異色忠臣蔵大傑作集」講談社 1999 p7
その日の吉良上野介
◇「人物日本の歴史―時代小説版 江戸編 上」小学館 2004（小学館文庫）p255
武辺
◇「代表作時代小説 平成14年度」光風社出版 2002 p7
割を食う
◇「白刃光る」新潮社 1997 p281
◇「仇討ち」小学館 2006（小学館文庫）p59

池宮城 積宝　いけみやぎ・せきほう（1893～1951）
奥間巡査
◇「沖縄文学選―日本文学のエッジからの問い」勉誠出版 2003 p41
蕃界巡査の死
◇「コレクション戦争と文学 18」集英社 2012 p285

井鯉 こま　いこい・こま（1979～）
コンとアンジ
◇「太宰治賞 2014」筑摩書房 2014 p29

伊坂 幸太郎　いさか・こうたろう（1971～）
イヌゲンソーゴ
◇「Wonderful Story」PHP研究所 2014 p5
イン
◇「十夜」ランダムハウス講談社 2006 p43
逆ソクラテス
◇「あの日、君と Boys」集英社 2012（集英社文庫）p7
首折り男の周辺
◇「Story Seller」新潮社 2009（新潮文庫）p9
検問
◇「短篇ベストコレクション―現代の小説 2009」徳間書店 2009（徳間文庫）p383
◇「ザ・ベストミステリーズ―推理小説年鑑 2009」講談社 2009 p187
◇「Bluff騙し合いの夜」講談社 2012（講談社文庫）p5
合コンの話
◇「Story Seller 2」新潮社 2010（新潮文庫）p35
死神対老女
◇「ザ・ベストミステリーズ―推理小説年鑑 2006」講談社 2006 p135
◇「セブンミステリーズ」講談社 2009（講談社文庫）p5
死神と藤田
◇「ザ・ベストミステリーズ―推理小説年鑑 2005」講談社 2005 p115
◇「仕掛けられた罠」講談社 2008（講談社文庫）p51
死神の精度
◇「ザ・ベストミステリーズ―推理小説年鑑 2004」講談社 2004 p9
◇「孤独な交響曲（シンフォニー）」講談社 2007（講談社文庫）p197
彗星さんたち
◇「エール！ 3」実業之日本社 2013（実業之日本社文庫）p251
◇「ザ・ベストミステリーズ―推理小説年鑑 2014」講談社 2014 p9
太陽のシール
◇「短編工場」集英社 2012（集英社文庫）p117
小さな兵隊
◇「奇想博物館」光文社 2013（最新ベスト・ミステリー）p13
チルドレン
◇「ザ・ベストミステリーズ―推理小説年鑑 2003」講談社 2003 p569
◇「殺人の教室」講談社 2006（講談社文庫）p135
浜田青年ホントスカ
◇「蝦蟇倉市事件 1」東京創元社 2010（東京創元社・ミステリ・フロンティア）p83
◇「晴れた日は謎を追って」東京創元社 2014（創元推理文庫）p95
バンク
◇「事件を追いかけろ―最新ベスト・ミステリー サプライズの花束編」光文社 2004（カッパ・ノベルス）p113

いさか

◇「事件を追いかけろ サプライズの花束編」光文社 2009（光文社文庫）p143

一人では無理がある
◇「X'mas Stories――一年でいちばん奇跡が起きる日」新潮社 2016（新潮文庫）p113

吹雪に死神
◇「不思議の足跡」光文社 2007（Kappa novels）p15
◇「不思議の足跡」光文社 2011（光文社文庫）p7

僕の舟
◇「最後の恋MEN'S――つまり、自分史上最高の恋。」新潮社 2012（新潮文庫）p7

密使
◇「NOVA――書き下ろし日本SFコレクション 5」河出書房新社 2011（河出文庫）p371

ライフ システムエンジニア編
◇「秘密。――私と私のあいだの十二話」メディアファクトリー 2005 p139

ライフ ミッドフィルダー編
◇「秘密。――私と私のあいだの十二話」メディアファクトリー 2005 p145

ルックスライク
◇「日本文学100年の名作 10」新潮社 2015（新潮文庫）p531
◇「殺意の隘路」光文社 2016（最新ベスト・ミステリー）p93

BEE
◇「しあわせなミステリー」宝島社 2012 p5
◇「ほっこりミステリー」宝島社 2014（宝島社文庫）p7

if
◇「20の短編小説」朝日新聞出版 2016（朝日文庫）p43

PK
◇「文学 2012」講談社 2012 p116

Weather
◇「Happy Box」PHP研究所 2012 p5
◇「Happy Box」PHP研究所 2015（PHP文芸文庫）p5

伊坂 灯　いさか・とう

イネのい
◇「ショートショートの花束 7」講談社 2015（講談社文庫）p18

井坂 洋子　いさか・ようこ（1949～）

くの字
◇「文豪てのひら怪談」ポプラ社 2009（ポプラ文庫）p76

伊澤 信平　いざわ・しんぺい

梅花皮沢より飯豊山へ
◇「山形県文学全集第2期（随筆・紀行編）2」郷土出版社 2005 p46

石和 鷹　いさわ・たか（1933～1997）

絵馬の寺
◇「山形県文学全集第1期（小説編）6」郷土出版社 2004 p59

井沢 元彦　いざわ・もとひこ（1954～）

乙姫の贈り物
◇「御伽草子―ホラー・アンソロジー」PHP研究所 2001（PHP文庫）p197

京都へは電車でどうぞ
◇「京都殺意の旅―京都ミステリー傑作選」徳間書店 2001（徳間文庫）p207

猿丸幻視行
◇「江戸川乱歩賞全集 12」講談社 2001（講談社文庫）p401

修道士の首
◇「偉人八傑推理帖―名探偵時代小説」双葉社 2004（双葉文庫）p7

受賞の言葉 受賞のことば
◇「江戸川乱歩賞全集 12」講談社 2001 p832

石井 薫　いしい・かおる

大森の追憶（一）～（七）
◇「近代朝鮮文学日本語作品集1901～1938 創作篇 2」緑蔭書房 2004 p349

「バリカンを持つた紳士」
◇「近代朝鮮文学日本語作品集1901～1938 創作篇 2」緑蔭書房 2004 p343

ホームシック
◇「近代朝鮮文学日本語作品集1901～1938 創作篇 2」緑蔭書房 2004 p333

澱んだ池に投げつけた石
◇「近代朝鮮文学日本語作品集1901～1938 創作篇 2」緑蔭書房 2004 p335

石居 椎　いしい・しい

影女
◇「てのひら怪談―ビーケーワン怪談大賞傑作選 百怪繚乱篇」ポプラ社 2008 p98

おいていくもの
◇「てのひら怪談―ビーケーワン怪談大賞傑作選 百怪繚乱篇」ポプラ社 2008 p96

親子
◇「てのひら怪談―ビーケーワン怪談大賞傑作選 壬辰」ポプラ社 2012（ポプラ文庫）p216

きつね風呂
◇「てのひら怪談―ビーケーワン怪談大賞傑作選 辛卯」ポプラ社 2011（ポプラ文庫）p100

受胎
◇「てのひら怪談―ビーケーワン怪談大賞傑作選 百怪繚乱篇」ポプラ社 2008 p94
◇「てのひら怪談―ビーケーワン怪談大賞傑作選 己丑」ポプラ社 2009（ポプラ文庫）p94

大喝
◇「てのひら怪談―ビーケーワン怪談大賞傑作選 壬辰」ポプラ社 2012（ポプラ文庫）p234

でいだら
◇「てのひら怪談―ビーケーワン怪談大賞傑作選 庚寅」ポプラ社 2010（ポプラ文庫）p194

本日のみ限定品
◇「てのひら怪談―ビーケーワン怪談大賞傑作選 2」

ポプラ社 2007 p206
◇「てのひら怪談―ビーケーワン怪談大賞傑作選 己丑」ポプラ社 2009（ポプラ文庫）p44

石井 舜耳　いしい・しゅんじ
久作の死んだ日
◇「幻の探偵雑誌」光文社 2002（光文社文庫）p345

いしい しんじ（1966～）
きまじめユストフ
◇「Love Letter」幻冬舎 2005 p185
◇「Love Letter」幻冬舎 2008（幻冬舎文庫）p203
サラマンダー
◇「本からはじまる物語」メディアパル 2007 p65
しょうろ豚のルル
◇「きのこ文学名作選」港の人 2010 p347
その場小説―黄・スモウ・チェス
◇「文学 2014」講談社 2014 p193
高くて遠い街
◇「文学 2010」講談社 2010 p282
野島沖
◇「東と西 2」小学館 2010 p4
◇「東と西 2」小学館 2012（小学館文庫）p7
秘宝館
◇「文学 2016」講談社 2016 p19
ミケーネ
◇「極上掌篇小説」角川書店 2006 p5
◇「ひと粒の宇宙」角川書店 2009（角川文庫）p7
ルル
◇「それでも三月は、また」講談社 2012 p101
ろば奴
◇「小説の家」新潮社 2016 p170
T
◇「東と西 1」小学館 2009 p6
◇「東と西 1」小学館 2012（小学館文庫）p7

石井 貴久　いしい・たかひさ
海神別荘―泉鏡花作『海神別荘』より
◇「泉鏡花記念金沢戯曲大賞受賞作品集 第2回」金沢泉鏡花フェスティバル委員会 2003 p131

石井 隆義　いしい・たかよし
鰡と子供ら
◇「「伊豆文学賞」優秀作品集 第12回」羽衣出版 2009 p89

石井 哲夫　いしい・てつお
大盗伝
◇「捕物時代小説選集 2」春陽堂書店 2000（春陽文庫）p102

石井 利彦　いしい・としひこ
死期
◇「ショートショートの広場 11」講談社 2000（講談社文庫）p89
名人芸
◇「ショートショートの広場 10」講談社 2000（講談社文庫）p135

石井 敏弘　いしい・としひろ（1962～）
風のターン・ロード
◇「江戸川乱歩賞全集 16」講談社 2003（講談社文庫）p391
受賞の言葉 受賞のことば
◇「江戸川乱歩賞全集 16」講談社 2003 p710

石井 廃止　いしい・はいし
ある方法
◇「ショートショートの広場 16」講談社 2005（講談社文庫）p212
環境保護
◇「ショートショートの広場 12」講談社 2001（講談社文庫）p151
樹海
◇「ショートショートの広場 17」講談社 2005（講談社文庫）p113

石井 柏亭　いしい・はくてい（1882～1958）
山河あり（抄）
◇「山形県文学全集第2期（随筆・紀行編）2」郷土出版社 2005 p336

石井 一　いしい・はじめ
死の方舟
◇「幽霊船」光文社 2001（光文社文庫）p383

いしい ひさいち（1951～）
50円玉とわたし
◇「競作五十円玉二十枚の謎」東京創元社 2000（創元推理文庫）p406
犯人・タイガース共犯事件
◇「新本格猛虎会の冒険」東京創元社 2003 p139

石井 斉　いしい・ひとし
働きたい理由
◇「現代短編小説選―2005～2009」日本民主主義文学会 2010 p198

石井 睦美　いしい・むつみ（1957～）
グッド・オールド・デイズ
◇「それはまだヒミツ―少年少女の物語」新潮社 2012（新潮文庫）p9

石井 桃子　いしい・ももこ（1907～2008）
生きているということ
◇「精選女性随筆集 8」文藝春秋 2012 p108
伊勢屋
◇「精選女性随筆集 8」文藝春秋 2012 p88
井伏さんとドリトル先生
◇「精選女性随筆集 8」文藝春秋 2012 p129
動かなくなった祖父
◇「精選女性随筆集 8」文藝春秋 2012 p34
往来を往き来する人たち
◇「精選女性随筆集 8」文藝春秋 2012 p98
花姉
◇「精選女性随筆集 8」文藝春秋 2012 p57
黒いねこ

いしい

Kちゃん
- ◇「精選女性随筆集 8」文藝春秋 2012 p14

さらいねん
- ◇「精選女性随筆集 8」文藝春秋 2012 p84

自作再見「ノンちゃん雲に乗る」
- ◇「精選女性随筆集 8」文藝春秋 2012 p59

シャケの頭
- ◇「精選女性随筆集 8」文藝春秋 2012 p110

祖母
- ◇「精選女性随筆集 8」文藝春秋 2012 p52

太宰さん
- ◇「精選女性随筆集 8」文藝春秋 2012 p22

田中さん
- ◇「精選女性随筆集 8」文藝春秋 2012 p113

たのもしい兄
- ◇「精選女性随筆集 8」文藝春秋 2012 p91

ちょんまげと自動車
- ◇「精選女性随筆集 8」文藝春秋 2012 p49

遠い隣
- ◇「精選女性随筆集 8」文藝春秋 2012 p96

どっちがすき？
- ◇「精選女性随筆集 8」文藝春秋 2012 p94

夏の遊び
- ◇「精選女性随筆集 8」文藝春秋 2012 p12

ねえさん
- ◇「精選女性随筆集 8」文藝春秋 2012 p78

ねずみ
- ◇「精選女性随筆集 8」文藝春秋 2012 p40

母との遠出
- ◇「精選女性随筆集 8」文藝春秋 2012 p19

ひとり旅
- ◇「精選女性随筆集 8」文藝春秋 2012 p36

ぶらんこ
- ◇「精選女性随筆集 8」文藝春秋 2012 p120

ヘレン＝T
- ◇「精選女性随筆集 8」文藝春秋 2012 p16

まあちゃん
- ◇「精選女性随筆集 8」文藝春秋 2012 p124

まあちゃん行状記
- ◇「精選女性随筆集 8」文藝春秋 2012 p64

明治の終り
- ◇「精選女性随筆集 8」文藝春秋 2012 p68

もっこに揺られて
- ◇「精選女性随筆集 8」文藝春秋 2012 p105

焼きはまぐり
- ◇「精選女性随筆集 8」文藝春秋 2012 p72

雪の日
- ◇「精選女性随筆集 8」文藝春秋 2012 p31

指
- ◇「精選女性随筆集 8」文藝春秋 2012 p74

- ◇「精選女性随筆集 8」文藝春秋 2012 p82

石井 康浩　いしい・やすひろ
おわらい
- ◇「御子神さん―幸福をもたらす♂三毛猫」竹書房 2010（竹書房文庫）p19

たからもの
- ◇「御子神さん―幸福をもたらす♂三毛猫」竹書房 2010（竹書房文庫）p139

ゆうき
- ◇「御子神さん―幸福をもたらす♂三毛猫」竹書房 2010（竹書房文庫）p205

石井 裕也　いしい・ゆうや
川の底からこんにちは
- ◇「年鑑代表シナリオ集 '10」シナリオ作家協会 2011 p37

石井 洋二郎　いしい・ようじろう
文字たちの輪舞
- ◇「ろうそくの炎がささやく言葉」勁草書房 2011 p61

石井 好子　いしい・よしこ（1922～2010）
想い出のサンフランシスコ（抜粋）
- ◇「精選女性随筆集 12」文藝春秋 2012 p12

グッドラック
- ◇「精選女性随筆集 12」文藝春秋 2012 p116

千年生きることができなかったアルベルト・ジャコメッティ（抜粋）
- ◇「精選女性随筆集 12」文藝春秋 2012 p83

懐しき人びと
- ◇「精選女性随筆集 12」文藝春秋 2012 p67

母たることは
- ◇「精選女性随筆集 12」文藝春秋 2012 p102

パリで一番のお尻
- ◇「精選女性随筆集 12」文藝春秋 2012 p55

巴里の空の下オムレツのにおいは流れる
- ◇「たんときれいに召し上がれ―美食文学精選」芸術新聞社 2015 p381

舞台裏の女たち
- ◇「精選女性随筆集 12」文藝春秋 2012 p32

我が家の土鍋
- ◇「精選女性随筆集 12」文藝春秋 2012 p100

石井 里奈　いしい・りな
ママ恋
- ◇「100の恋―幸せになるための恋愛短篇集」泰文堂 2010（Linda books！）p122

石浦 洋　いしうら・よう
句集 疎林
- ◇「ハンセン病文学全集 9」皓星社 2010 p127

石垣 美智　いしがき・みち
句集 浜蟹の爪
- ◇「ハンセン病文学全集 9」皓星社 2010 p163

石垣 りん　いしがき・りん（1920〜2004）
挨拶―原爆の写真によせて
　◇「もう一度読みたい教科書の泣ける名作 再び」学研教育出版 2014 p111
崖
　◇「読み聞かせる戦争」光文社 2015 p219
くらし
　◇「日本文学全集 29」河出書房新社 2016 p52
詩 家族旅行
　◇「コレクション戦争と文学 14」集英社 2012 p103

石神 悦子　いしがみ・えつこ（1953〜）
白忌み
　◇「ゆきのまち幻想文学賞小品集 12」企画集団ぷりずむ 2003 p154

石上 堅　いしがみ・けん
妖気噴く石
　◇「鉱物」国書刊行会 1997（書物の王国）p127

石上 玄一郎　いしがみ・げんいちろう（1910〜2009）
鰓裂（抄）
　◇「文豪てのひら怪談」ポプラ社 2009（ポプラ文庫）p152
自殺案内者
　◇「新装版 全集現代文学の発見 8」學藝書林 2003 p8
魑魅魍魎
　◇「魑魅魍魎列島」小学館 2005（小学館文庫）p39
　◇「みちのく怪談名作選 vol.1」荒蝦夷 2010（叢書東北の声）p37
発作―ある青春の記録
　◇「新装版 全集現代文学の発見 10」學藝書林 2004 p310

石神 茉莉　いしがみ・まり
アイネ・クライネ・ナハトムジーク
　◇「夏のグランドホテル」光文社 2003（光文社文庫）p193
雨の夜、迷い子がひとり
　◇「未来妖怪」光文社 2008（光文社文庫）p219
音迷宮
　◇「稲生モノノケ大全 陽之巻」毎日新聞社 2005 p417
海聲
　◇「幽霊船」光文社 2001（光文社文庫）p153
海藍蛇
　◇「教室」光文社 2003（光文社文庫）p507
鏡を越えて
　◇「獣人」光文社 2003（光文社文庫）p575
前奏曲
　◇「物語のルミナリエ」光文社 2011（光文社文庫）p206
月夜の輪舞
　◇「黒い遊園地」光文社 2004（光文社文庫）p493
鳥の女
　◇「アジアン怪綺」光文社 2003（光文社文庫）p577
人魚と提琴
　◇「人魚の血―珠玉アンソロジー オリジナル＆スタンダート」光文社 2001（カッパ・ノベルス）p313
眼居
　◇「キネマ・キネマ」光文社 2002（光文社文庫）p249
迷界図
　◇「魔地図」光文社 2005（光文社文庫）p363
夢の入れ子
　◇「酒の夜語り」光文社 2002（光文社文庫）p473
夜一夜
　◇「恐怖症」光文社 2002（光文社文庫）p97
龍宮の匣
　◇「帰還」光文社 2000（光文社文庫）p431
FROGGY
　◇「マスカレード」光文社 2002（光文社文庫）p61
I see Nobody on the road.
　◇「妖女」光文社 2004（光文社文庫）p379
Rusty nail
　◇「ひとにぎりの異形」光文社 2007（光文社文庫）p207

石川 英輔　いしかわ・えいすけ（1933〜）
大江戸百物語
　◇「江戸迷宮」光文社 2011（光文社文庫）p295
ポンコツ宇宙船始末記
　◇「日本SF全集 2」出版芸術社 2010 p271
水の魔物
　◇「宇宙塵傑作選―日本SFの軌跡 1」出版芸術社 1997 p21
夢筆耕
　◇「しぐれ舟―時代小説招待席」廣済堂出版 2003 p7
　◇「しぐれ舟―時代小説招待席」徳間書店 2008（徳間文庫）p5

石川 カツ　いしかわ・かつ
老いたる母の悲しき手紙≫石川啄木
　◇「日本人の手紙 1」リブリオ出版 2004 p39

石川 勝己　いしかわ・かつみ
さよなら、クロ（平松恵美子／松岡錠司）
　◇「年鑑代表シナリオ集 '03」シナリオ作家協会 2004 p133

石川 欣司　いしかわ・きんじ
神の眼
　◇「ハンセン病文学全集 6」皓星社 2003 p341
虚構
　◇「ハンセン病文学全集 6」皓星社 2003 p347
距離
　◇「ハンセン病文学全集 6」皓星社 2003 p341
　◇「ハンセン病文学全集 6」皓星社 2003 p342
告解
　◇「ハンセン病文学全集 6」皓星社 2003 p347
失神

いしか

できそこないな話
  ◇「ハンセン病文学全集 6」皓星社 2003 p347
野っぱら
  ◇「ハンセン病文学全集 6」皓星社 2003 p346
夜更け
  ◇「ハンセン病文学全集 6」皓星社 2003 p345
驢馬の上のキリストに
  ◇「ハンセン病文学全集 6」皓星社 2003 p348

石川 桂郎　いしかわ・けいろう（1909〜1975）
「剃刀日記」より『序』『蝶』『炭』『薔薇』『指輪』
  ◇「名短篇ほりだしもの」筑摩書房 2011（ちくま文庫）p103
少年
  ◇「名短篇ほりだしもの」筑摩書房 2011（ちくま文庫）p135
蝶
  ◇「文士の意地―車谷長吉撰短篇小説輯 下巻」作品社 2005 p122

石川 彦士　いしかわ・げんし
父に見えるもの
  ◇「てのひら怪談―ビーケーワン怪談大賞傑作選 庚寅」ポプラ社 2010（ポプラ文庫）p136

石川 鴻斎　いしかわ・こうさい（1833〜1918）
茨城智雄
  ◇「新日本古典文学大系 明治編 3」岩波書店 2005 p317
茨城智雄―石川鴻斎『夜窓鬼談』（須永朝彦〔訳〕）
  ◇「美少年」国書刊行会 1997（書物の王国）p41
怨魂借体
  ◇「新日本古典文学大系 明治編 3」岩波書店 2005 p292
阿絹（おきぬ）蘇生
  ◇「新日本古典文学大系 明治編 3」岩波書店 2005 p313
花神
  ◇「新日本古典文学大系 明治編 3」岩波書店 2005 p265
果心居士　黄昏岬
  ◇「新日本古典文学大系 明治編 3」岩波書店 2005 p307
画美人
  ◇「新日本古典文学大系 明治編 3」岩波書店 2005 p279
蟻城
  ◇「新日本古典文学大系 明治編 3」岩波書店 2005 p331
狐、酒肆（さかや）を誑かす
  ◇「新日本古典文学大系 明治編 3」岩波書店 2005 p289
驚狸（小倉斉〔訳〕）
  ◇「文豪てのひら怪談」ポプラ社 2009（ポプラ文庫）p106
秦吉了
  ◇「新日本古典文学大系 明治編 3」岩波書店 2005 p330
続黄粱
  ◇「新日本古典文学大系 明治編 3」岩波書店 2005 p297
飛鼎
  ◇「新日本古典文学大系 明治編 3」岩波書店 2005 p334
夜窓鬼談（抄）
  ◇「新日本古典文学大系 明治編 3」岩波書店 2005 p263
雷公
  ◇「新日本古典文学大系 明治編 3」岩波書店 2005 p273
羅漢
  ◇「新日本古典文学大系 明治編 3」岩波書店 2005 p285
轆轤首（小倉斉〔訳〕）
  ◇「モノノケ大合戦」小学館 2005（小学館文庫）p317

石川 三四郎　いしかわ・さんしろう（1876〜1956）
『自叙伝』より
  ◇「蘇らぬ朝「大逆事件」以後の文学」インパクト出版会 2010（インパクト選書）p237
第一次世界大戦中ベルギーからの生々しい報告＞徳冨蘆花
  ◇「日本人の手紙 10」リブリオ出版 2004 p37

石川 淳　いしかわ・じゅん（1899〜1987）
秋成私論
  ◇「新装版 全集現代文学の発見 11」學藝書林 2004 p478
アルプスの少女
  ◇「戦後短篇小説再発見 10」講談社 2002（講談社文芸文庫）p16
江戸人の発想法について
  ◇「日本文学全集 19」河出書房新社 2016 p122
黄金伝説
  ◇「街娼―パンパン＆オンリー」皓星社 2015（紙礫）p10
怪異石仏供養
  ◇「怪奇・伝奇時代小説選集 7」春陽堂書店 2000（春陽文庫）p2
喜寿童女
  ◇「晩菊―女体についての八篇」中央公論新社 2016（中公文庫）p215
狐の生肝
  ◇「モノノケ大合戦」小学館 2005（小学館文庫）p195
金鶏
  ◇「冒険の森へ―傑作小説大全 10」集英社 2016

p174
小林如泥
◇「日本文学全集 19」河出書房新社 2016 p82
紫苑物語
◇「危険なマッチ箱」文藝春秋 2009（文春文庫）p9
◇「日本文学全集 19」河出書房新社 2016 p22
白峯―『雨月物語』より（上田秋成〔著〕）
◇「幻妖の水脈（みお）」筑摩書房 2013（ちくま文庫）p91
鈴木牧之
◇「日本文学全集 19」河出書房新社 2016 p100
井月
◇「怠けものの話」筑摩書房 2011（ちくま文学の森）p275
前身
◇「歴史小説の世紀 天の巻」新潮社 2000（新潮文庫）p169
曾呂利咄
◇「新装版 全集現代文学の発見 6」學藝書林 2003 p14
鷹
◇「新装版 全集現代文学の発見 2」學藝書林 2002 p275
野ざらし
◇「闇市」皓星社 2015（紙礫）p235
細谷風翁
◇「山形県文学全集第2期(随筆・紀行編) 3」郷土出版社 2005 p225
マルスの歌
◇「コレクション戦争と文学 6」集英社 2011 p608
◇「日本文学100年の名作 3」新潮社 2014（新潮文庫）p137
夢応の鯉魚（上田秋成〔著〕）
◇「変身ものがたり」筑摩書房 2010（ちくま文学の森）p105
無尽燈
◇「新装版 全集現代文学の発見 8」學藝書林 2003 p448
明月珠
◇「戦後占領期短篇小説コレクション 1」藤原書店 2007 p23
◇「創刊一〇〇年三田文学名作選」三田文学会 2010 p237
◇「コレクション戦争と文学 15」集英社 2012 p323
焼跡のイエス
◇「百年小説」ポプラ社 2008 p937
◇「コレクション戦争と文学 10」集英社 2012 p20
◇「日本近代短篇小説選 昭和篇3」岩波書店 2012（岩波文庫）p45
◇「日本文学全集 19」河出書房新社 2016 p7
山桜
◇「暗黒のメルヘン」河出書房新社 1998（河出文庫）p73
◇「櫻憑き」光文社 2001（カッパ・ノベルス）p337
ゆう女始末

◇「戦後短篇小説選―『世界』1946-1999 3」岩波書店 2000 p171

石川 真介　いしかわ・しんすけ（1953〜）
金沢・滝の白糸
◇「迷宮の旅行者―本格推理展覧会」青樹社 1999（青樹社文庫）p197

石川 精一　いしかわ・せいいち
いつかどっかの空の下―月山湖物語
◇「山形市児童劇団脚本集 3」山形市 2005 p247
声の化石が呼んでいる
◇「山形市児童劇団脚本集 3」山形市 2005 p262

石川 大策　いしかわ・だいさく
ベルの怪異（プラゴエ駐剳軍中の事件）
◇「幻の探偵雑誌 7」光文社 2001（光文社文庫）p145

石川 たかし　いしかわ・たかし
清流のほとり
◇「「伊豆文学賞」優秀作品集 第3回」静岡新聞社 2000 p63
竹とんぼの坂道
◇「「伊豆文学賞」優秀作品集 第5回」羽衣出版 2002 p3

石川 喬司　いしかわ・たかし（1930〜）
アリスの不思議な旅
◇「不思議の国のアリス ミステリー館」河出書房新社 2015（河出文庫）p55
五月の幽霊
◇「日本SF全集 1」出版芸術社 2009 p369
小説でてくたあ
◇「70年代日本SFベスト集成 5」筑摩書房 2015（ちくま文庫）p347
2001年リニアの旅
◇「自選ショート・ミステリー」講談社 2001（講談社文庫）p289
魔法つかいの夏
◇「日本SF短篇50 1」早川書房 2013（ハヤカワ文庫JA）p169
夜のバス
◇「夢」国書刊行会 1998（書物の王国）p50
◇「70年代日本SFベスト集成 4」筑摩書房 2015（ちくま文庫）p241

石川 啄木　いしかわ・たくぼく（1886〜1912）
秋風のこころよさに
◇「ちくま日本文学 33」筑摩書房 2009（ちくま文庫）p44
家
◇「ちくま日本文学 33」筑摩書房 2009（ちくま文庫）p116
郁雨（いくう）に与う
◇「ちくま日本文学 33」筑摩書房 2009（ちくま文庫）p438
石川啄木

いしか

一握の砂
◇「涙の百年文学―もう一度読みたい」太陽出版 2009 p313
◇「ちくま日本文学 33」筑摩書房 2009（ちくま文庫）p9

悲しき玩具
◇「ちくま日本文学 33」筑摩書房 2009（ちくま文庫）p84

煙
◇「ちくま日本文学 33」筑摩書房 2009（ちくま文庫）p30

札幌、しめやかなる恋のありそうな街なり≫宮崎郁雨
◇「日本人の手紙 7」リブリオ出版 2004 p45

時代閉塞の現状
◇「ちくま日本文学 33」筑摩書房 2009（ちくま文庫）p244

時代閉塞の現状〔強権、純粋自然主義の最後及び明日の考察〕
◇「明治の文学 19」筑摩書房 2002 p11

秋韷笛語（しうらくてきご）（明治三十五年）
◇「明治の文学 19」筑摩書房 2002 p30

性急（せっかち）な思想
◇「明治の文学 19」筑摩書房 2002 p4

千九百十二年日記
◇「明治の文学 19」筑摩書房 2002 p391

ソラマメを喰う女は恋に失敗するね≫宮崎郁雨
◇「日本人の手紙 2」リブリオ出版 2004 p103

手套（てぶくろ）を脱ぐ時
◇「ちくま日本文学 33」筑摩書房 2009（ちくま文庫）p69

日記Ⅰ（明治四十二年）
◇「明治の文学 19」筑摩書房 2002 p210

はてしなき議論の後
◇「ちくま日本文学 33」筑摩書房 2009（ちくま文庫）p110

飛行機
◇「ちくま日本文学 33」筑摩書房 2009（ちくま文庫）p119

墓碑銘
◇「ちくま日本文学 33」筑摩書房 2009（ちくま文庫）p112

明治四十一年戊申日誌
◇「明治の文学 19」筑摩書房 2002 p201

明治四十三年四月より（（本郷区弓町二丁目十八、喜之床（新井）方にて））
◇「明治の文学 19」筑摩書房 2002 p303

明治四十丁未歳日誌
◇「明治の文学 19」筑摩書房 2002 p108

明治四十二年当用日記
◇「ちくま日本文学 33」筑摩書房 2009 p286

明治四十四年当用日記
◇「明治の文学 19」筑摩書房 2002 p313

明治四十四年の手紙（抄）
◇「ちくま日本文学 33」筑摩書房 2009 p681

弓町より
◇「ちくま日本文学 33」筑摩書房 2009（ちくま文庫）p266

呼子と口笛
◇「ちくま日本文学 33」筑摩書房 2009（ちくま文庫）p110

林中書
◇「ちくま日本文学 33」筑摩書房 2009（ちくま文庫）p208

林中日記
◇「明治の文学 19」筑摩書房 2002 p74

忘れがたき人人
◇「ちくま日本文学 33」筑摩書房 2009（ちくま文庫）p51

我を愛する歌
◇「ちくま日本文学 33」筑摩書房 2009（ちくま文庫）p10

我等の一団と彼
◇「ちくま日本文学 33」筑摩書房 2009（ちくま文庫）p121

石川 達三　いしかわ・たつぞう（1905〜1985）

五人の補充将校
◇「コレクション戦争と文学 7」集英社 2011 p187

挫折
◇「戦後短篇小説選―『世界』1946-1999 3」岩波書店 2000 p243

石川 智健　いしかわ・ともたけ

小鳥冬馬の心像
◇「宝石 ザ ミステリー Blue」光文社 2016 p85

石川 友也　いしかわ・ともや

預り物顛末記
◇「全作家短編集 15」のべる出版企画 2016 p284

エターナル・ライフ 美術館で消えた少女
◇「全作家短編小説集 6」全作家協会 2007 p15

界隈の少年
◇「全作家短編小説集 10」のべる出版 2011 p20

ケインとミラーの間に
◇「全作家短編小説集 11」全作家協会 2012 p125

聖夜に降る雪
◇「回転ドアから」全作家協会 2015（全作家短編集）p248

たつ子の風
◇「全作家短編小説集 12」全作家協会 2013 p33

七夕の夜に
◇「扉の向こうへ」全作家協会 2014（全作家短編集）p401

ポンちゃんの抗議
◇「全作家短編小説集 9」全作家協会 2010 p139

約束

◇「全作家短編小説集 8」全作家協会 2009 p44

石川 豊喜　いしかわ・とよき
せんべい蒲団
　◇「ショートショートの広場 10」講談社 2000（講談社文庫）p110

石川 年　いしかわ・ねん
マーラ・ワラの唄
　◇「妖異百物語 2」出版芸術社 1997（ふしぎ文学館）p113

石川 博品　いしかわ・ひろし
地下迷宮の帰宅部
　◇「さよならの儀式」東京創元社 2014（創元SF文庫）p307

石川 文洋　いしかわ・ぶんよう（1938〜）
南ベトナム海兵大隊
　◇「コレクション戦争と文学 2」集英社 2012 p252

石川 未英　いしかわ・みえ
間雪
　◇「ゆきのまち幻想文学賞小品集 13」企画集団ぷりずむ 2004 p96

石川 美南　いしかわ・みな
眠り課
　◇「超弦領域—年刊日本SF傑作選」東京創元社 2009（創元SF文庫）p211
物語集
　◇「短篇集」ヴィレッジブックス 2010 p82

石川 宗生　いしかわ・むねお
吉田同名—第七回創元SF短編賞受賞作
　◇「アステロイド・ツリーの彼方へ」東京創元社 2016（創元SF文庫）p517

石倉 麻里　いしくら・まり
優布子さんのこと
　◇「むすぶー第11回フェリシモ文学賞作品集」フェリシモ 2008 p141

石黒 達昌　いしぐろ・たつあき（1961〜）
月の…
　◇「文学 2000」講談社 2000 p249
冬至草
　◇「逃げゆく物語の話—ゼロ年代日本SFベスト集成F」東京創元社 2010（創元SF文庫）p249

石黒 漢子　いしぐろ・なみこ（1916〜）
だごだごころころ（梶山俊夫）
　◇「朗読劇台本集 5」玉川大学出版部 2002 p41

石坂 洋次郎　いしざか・ようじろう（1900〜1986）
石中先生行状記—人民裁判の巻
　◇「戦後占領期短篇小説コレクション 3」藤原書店 2007 p253
海をみに行く
　◇「創刊一〇〇年三田文学名作選」三田文学会 2010 p125
　◇「三田文学短篇選」講談社 2010（講談社文芸文庫）p72
草を刈る娘—ある山麓の素描
　◇「戦後短篇小説再発見 12」講談社 2003（講談社文芸文庫）p33

石沢 英太郎　いしざわ・えいたろう（1916〜1988）
アリバイ不成立
　◇「あなたが名探偵」講談社 1998（講談社文庫）p329
献本
　◇「古書ミステリー倶楽部—傑作推理小説集」光文社 2013（光文社文庫）p117
その犬の名はリリー
　◇「隣りの不安、目前の恐怖」双葉社 2016（双葉文庫）p45
つるばあ
　◇「外地探偵小説集 満州篇」せらび書房 2003 p251
若い悪魔たち
　◇「甦る『幻影城』 3」角川書店 1998（カドカワ・エンタテインメント）p215
　◇「幻影城—【探偵小説誌】不朽の名作」角川書店 2000（角川ホラー文庫）p249

石沢 克宜　いしざわ・かつのり
進め！　ウルトラ整備隊
　◇「優秀新人戯曲集 2000」ブロンズ新社 1999 p179

石田 衣良　いしだ・いら（1960〜）
アイスドール
　◇「本当のうそ」講談社 2007 p5
ありがとう
　◇「Love Letter」幻冬舎 2005 p7
　◇「Love Letter」幻冬舎 2008（幻冬舎文庫）p7
イルカの恋
　◇「最後の恋MEN'S—つまり、自分史上最高の恋。」新潮社 2012（新潮文庫）p175
エキサイタブルボーイ
　◇「名探偵で行こう—最新ベスト・ミステリー」光文社 2001（カッパ・ノベルス）p93
　◇「冒険の森へ—傑作小説大全 18」集英社 2016 p152
おねがい
　◇「極上掌篇小説」角川書店 2006 p13
　◇「ひと粒の宇宙」角川書店 2009（角川文庫）p15
ガラスの便器
　◇「こどものころにみた夢」講談社 2008 p16
絹婚式
　◇「短篇ベストコレクション—現代の小説 2008」徳間書店 2008（徳間文庫）p5
キミドリの神様
　◇「ザ・ベストミステリーズ—推理小説年鑑 2003」講談社 2003 p201
　◇「殺人格差」講談社 2006（講談社文庫）p5
声を探しに

◇「短篇ベストコレクション―現代の小説 2004」徳間書店 2004（徳間文庫）p117

ココアとスミレ
◇「吾輩も猫である」新潮社 2016（新潮文庫）p73

再生
◇「短篇ベストコレクション―現代の小説 2007」徳間書店 2007（徳間文庫）p523

渋谷で七時
◇「空を飛ぶ恋―ケータイがつなぐ28の物語」新潮社 2006（新潮文庫）p52

真珠のコップ
◇「男の涙 女の涙―せつない小説アンソロジー」光文社 2006（光文社文庫）p69

スターティング・オーバー
◇「短篇ベストコレクション―現代の小説 2005」徳間書店 2005（徳間文庫）p57

空色の自転車
◇「短篇ベストコレクション―現代の小説 2003」徳間書店 2003（徳間文庫）p219

ダガーナイフ
◇「短篇ベストコレクション―現代の小説 2009」徳間書店 2009（徳間文庫）p453

父の手
◇「短篇ベストコレクション―現代の小説 2006」徳間書店 2006（徳間文庫）p167

伝説の星
◇「ザ・ベストミステリーズ―推理小説年鑑 2005」講談社 2005 p9
◇「隠された鍵」講談社 2008（講談社文庫）p5

跳ぶ少年
◇「いつか、君へ Boys」集英社 2012（集英社文庫）p7

ドラゴン＆フラワー
◇「恋のトビラ」集英社 2008 p5
◇「恋のトビラ―好き、やっぱり好き。」集英社 2010（集英社文庫）p7

23時のブックストア
◇「本からはじまる物語」メディアパル 2007 p181

ハート・オブ・ゴールド
◇「そういうものだろ、仕事っていうのは」日本経済新聞出版社 2011 p113

話し石
◇「七つの死者の囁き」新潮社 2008（新潮文庫）p95

蜩の鳴く夜に
◇「短篇ベストコレクション―現代の小説 2012」徳間書店 2012（徳間文庫）p45

フィンガーボウル
◇「オトナの片思い」角川春樹事務所 2007 p3
◇「オトナの片思い」角川春樹事務所 2009（ハルキ文庫）p7

ふたりの名前
◇「短編工場」集英社 2012（集英社文庫）p185

フリフリ
◇「ワルツ―アンソロジー」祥伝社 2004（祥伝社文庫）p35

本を読む旅
◇「あなたと、どこかへ。」文藝春秋 2008（文春文庫）p63

真夜中の一秒後
◇「午前零時」新潮社 2007 p233
◇「午前零時―P.S.昨日の私へ」新潮社 2009（新潮文庫）p271

夢の香り
◇「あなたに、大切な香りの記憶はありますか？―短編小説集」文藝春秋 2008 p5
◇「あなたに、大切な香りの記憶はありますか？」文藝春秋 2011（文春文庫）p7

妖精の庭
◇「男たちの長い旅」徳間書店 2004（TOKUMA NOVELS）p7

ラストコール
◇「暗闇（ダークサイド）を追いかけろ―ホラー＆サスペンス編」光文社 2004（カッパ・ノベルス）p89
◇「暗闇（ダークサイド）を追いかけろ」光文社 2008（光文社文庫）p105

ラストドロー
◇「ザ・ベストミステリーズ―推理小説年鑑 2004」講談社 2004 p393
◇「犯人たちの部屋」講談社 2007（講談社文庫）p5

リアルラブ？
◇「Love or like―恋愛アンソロジー」祥伝社 2008（祥伝社文庫）p7

伊志田 和郎　いしだ・かずお

暗闇行進曲（ダークマーチ）
◇「幻の探偵雑誌 3」光文社 2000（光文社文庫）p9

石田 耕治　いしだ・こうじ

流れと叫び
◇「コレクション戦争と文学 13」集英社 2011 p354

石田 祥　いしだ・しょう

カレー屋のインド人
◇「5分で読める！ ひと駅ストーリー 食の話」宝島社 2015（宝島社文庫）p319

キャット・ループ
◇「5分で読める！ ひと駅ストーリー 猫の物語」宝島社 2014（宝島社文庫）p139

石田 千　いしだ・せん（1968〜）

星と煉乳
◇「12星座小説集」講談社 2013（講談社文庫）p51

「夜」
◇「十和田、奥入瀬 水と土地をめぐる旅」青幻舎 2013 p55

石田 一　いしだ・はじめ（1956〜）

いちばん欲しいもの
◇「蒐集家（コレクター）」光文社 2004（光文社文庫）p89

影武者
◇「伯爵の血族―紅ノ章」光文社 2007（光文社文庫）p197

切り裂き魔の家
　◇「Fの肖像―フランケンシュタインの幻想たち」光文社 2010（光文社文庫）p151
怖い顔
　◇「俳優」廣済堂出版 1999（廣済堂文庫）p575
獣人棟
　◇「獣人」光文社 2003（光文社文庫）p629
代役
　◇「怪物團」光文社 2009（光文社文庫）p335
破滅の惑星
　◇「宇宙生物ゾーン」廣済堂出版 2000（廣済堂文庫）p225
復帰
　◇「帰還」光文社 2000（光文社文庫）p139
未知との遭遇
　◇「キネマ・キネマ」光文社 2002（光文社文庫）p15
夜のロボット
　◇「ロボットの夜」光文社 2000（光文社文庫）p131
我は伝説
　◇「世紀末サーカス」廣済堂出版 2000（廣済堂文庫）p37

石田 孫太郎　いしだ・まごたろう（1874～1936）
薄雲の猫と漱石の猫
　◇「猫愛」凱風社 2008（PD叢書）p50
　◇「だから猫は猫そのものではない」凱風社 2015 p146
エジプトでは猫は神様、日本では猫は魔物
　◇「猫愛」凱風社 2008（PD叢書）p29
　◇「だから猫は猫そのものではない」凱風社 2015 p125
自慢じゃないが猛虎一声のその虎様が親分
　◇「猫愛」凱風社 2008（PD叢書）p27
　◇「だから猫は猫そのものではない」凱風社 2015 p123
虎猫平太郎
　◇「猫愛」凱風社 2008（PD叢書）p23
　◇「だから猫は猫そのものではない」凱風社 2015 p121
猫の悪と猫の善（一）
　◇「猫愛」凱風社 2008（PD叢書）p42
　◇「だから猫は猫そのものではない」凱風社 2015 p138
猫の悪と猫の善（二）
　◇「猫愛」凱風社 2008（PD叢書）p46
　◇「だから猫は猫そのものではない」凱風社 2015 p142
猫もカイコ業界の一役者
　◇「猫愛」凱風社 2008（PD叢書）p24
　◇「だから猫は猫そのものではない」凱風社 2015 p121
俚諺を一ツ見てやろう
　◇「猫愛」凱風社 2008（PD叢書）p35
　◇「だから猫は猫そのものではない」凱風社 2015 p131

石田 道雄　いしだ・みちお
兎吉と亀吉―二幕
　◇「日本統治期台湾文学集成 11」緑蔭書房 2003 p361

石津 加保留　いしづ・かほる
紙袋の男
　◇「超短編の世界 vol.3」創英社 2011 p158

石塚 喜久三　いしづか・きくぞう（1904～1987）
纏足（チャンズウ）の頃
　◇「〈外地〉の日本語文学選 2」新宿書房 1996 p254

石塚 京助　いしづか・きょうすけ（1944～）
呂宋の日々
　◇「勝者の死にざま―時代小説選手権」新潮社 1998（新潮文庫）p35

石塚 珠生　いしづか・たまき
ふたりごっこ
　◇「ゆきのまち幻想文学賞小品集 10」企画集団ぷりずむ 2001 p151
Silent Eyes
　◇「ゆきのまち幻想文学賞小品集 7」NTTメディアスコープ 1997 p191

石野 晶　いしの・あきら
純愛
　◇「あの日から―東日本大震災鎮魂岩手県出身作家短編集」岩手日報社 2015 p461
スミス氏の箱庭
　◇「Fantasy Seller」新潮社 2011（新潮文庫）p301
ツツジとドクロ
　◇「12の贈り物―東日本大震災支援岩手県在住作家自選短編集」荒蝦夷 2011（叢書東北の声）p388

石橋 臥波　いしばし・がは
見た話、聞た話
　◇「文豪怪談傑作選 特別編」筑摩書房 2007（ちくま文庫）p300

石橋 直子　いしばし・なおこ
夜松の女
　◇「松江怪談―新作怪談 松江物語」今井印刷 2015 p6

石橋 政和　いしばし・まさかず
龍肝譚（りんどうたん）―泉鏡花作『龍肝譚』より
　◇「泉鏡花記念金沢戯曲大賞受賞作品集 第2回」金沢泉鏡花フェスティバル委員会 2003 p93

石浜 金作　いしはま・きんさく（1899～1968）
豚と緬羊
　◇「竹中英太郎 3」皓星社 2016（挿絵叢書）p227
変化する陳述
　◇「君らの魂を悪魔に売りつけよ―新青年傑選」角川書店 2000（角川文庫）p59
　◇「江戸川乱歩と13人の新青年〈論理派〉編」光文社 2008（光文社文庫）p189

いしは

石原 旭　いしはら・あさひ
はてしない物語
　◇「ショートショートの花束 3」講談社 2011（講談社文庫）p269

石原 莞爾　いしはら・かんじ（1889～1949）
一緒に地獄に行きましょう＞石原錦
　◇「日本人の手紙 6」リブリオ出版 2004 p86

石原 健二　いしはら・けんじ
海柩
　◇「リトル・リトル・クトゥルー——史上最小の神話小説集」学習研究社 2009 p66
深淵の蓋
　◇「リトル・リトル・クトゥルー——史上最小の神話小説集」学習研究社 2009 p54

石原 純　いしはら・じゅん（1881～1947）
私の嘆きを聞いて下さる機会を与えて下さい＞原阿佐緒
　◇「日本人の手紙 5」リブリオ出版 2004 p158

石原 慎太郎　いしはら・しんたろう（1932～）
青木ヶ原
　◇「文学 2001」講談社 2001 p15
院内
　◇「戦後短篇小説再発見 17」講談社 2003（講談社文芸文庫）p182
完全な遊戯
　◇「戦後短篇小説再発見 1」講談社 2001（講談社文芸文庫）p25
処刑の部屋
　◇「新装版 全集現代文学の発見 15」學藝書林 2005 p240
　◇「冒険の森へ——傑作小説大全 5」集英社 2015 p117
生死刻々
　◇「文学 2010」講談社 2010 p27
鱶女
　◇「少女怪談」学習研究社 2000（学研M文庫）p181
北壁
　◇「時よとまれ、君は美しい——スポーツ小説名作集」角川書店 2007（角川文庫）p311

石原 哲也　いしはら・てつや
たくらんけ
　◇「1人から5人でできる新鮮いちご脚本集 v.2」青雲書房 2002 p183
チェンジ・ザ・ワールド
　◇「高校演劇Selection 2003 上」晩成書房 2003 p7
ちゃぶ台の詩
　◇「高校演劇Selection 2002 下」晩成書房 2002 p107
同級生
　◇「1人から5人でできる新鮮いちご脚本集 v.3」青雲書房 2003 p165

石原 藤夫　いしはら・ふじお（1933～）
安定惑星
　◇「日本SF・名作集成 5」リブリオ出版 2005 p39
イリュージョン惑星
　◇「日本SF全集 1」出版芸術社 2009 p273
助かった三人
　◇「宇宙塵傑作選——日本SFの軌跡 1」出版芸術社 1997 p79
ハイウェイ惑星
　◇「日本SF短篇50 1」早川書房 2013（ハヤカワ文庫JA）p109
　◇「60年代日本SFベスト集成」筑摩書房 2013（ちくま文庫）p105

石原 まこちん　いしはら・まこちん（1976～）
タマママーンを探して
　◇「好き、だった。——はじめての失恋、七つの話」メディアファクトリー 2010（MF文庫）p91

石原 美か子　いしはら・みかこ
魚眼（ギョガン）パノラマ
　◇「優秀新人戯曲集 2003」ブロンズ新社 2002 p169

石原 裕次　いしはら・ゆうじ
愛はことばから始まる
　◇「全作家短編小説集 9」全作家協会 2010 p245
旭将軍木曽義仲の生涯
　◇「全作家短編小説集 8」全作家協会 2009 p140

石原 吉郎　いしはら・よしろう（1915～1977）
位置
　◇「新装版 全集現代文学の発見 13」學藝書林 2004 p396
馬と暴動
　◇「新装版 全集現代文学の発見 13」學藝書林 2004 p397
コーカサスの商業——ある報復から
　◇「新装版 全集現代文学の発見 13」學藝書林 2004 p402
最後の敵
　◇「新装版 全集現代文学の発見 13」學藝書林 2004 p404
サンチョ・パンサの帰郷
　◇「新装版 全集現代文学の発見 13」學藝書林 2004 p405
詩 葬式列車
　◇「コレクション戦争と文学 13」集英社 2011 p110
条件
　◇「新装版 全集現代文学の発見 13」學藝書林 2004 p396
葬式列車
　◇「新装版 全集現代文学の発見 13」學藝書林 2004 p397
その朝サマルカンドでは
　◇「新装版 全集現代文学の発見 13」學藝書林 2004 p398
脱走——一九五〇年ザバイカルの徒刑地で
　◇「新装版 全集現代文学の発見 13」學藝書林 2004 p400

望郷と海
　◇「コレクション戦争と文学 9」集英社 2012 p623
やぽんすきい・ぽおぐ―日本の神
　◇「新装版 全集現代文学の発見 13」學藝書林 2004 p403

井嶋 敦子　いじま・あつこ
生まれたての笑顔
　◇「ふしぎ日和―「季節風」書き下ろし短編集」インターグロー 2015（すこし不思議文庫）p181

石丸 桂子　いしまる・けいこ
祝電
　◇「冷と温―第13回フェリシモ文学賞作品集」フェリシモ 2010 p160
数ミリのためらい
　◇「ゆれる―第12回フェリシモ文学賞作品集」フェリシモ 2009 p130
タイムマシンはラッキョウ味
　◇「ひらく―第15回フェリシモ文学賞」フェリシモ 2012 p140

石村 通明　いしむら・みちあき
ライの意識革命と予防法闘争（4）癩予防法改正運動についてのわれらの反省
　◇「ハンセン病文学全集 5」皓星社 2010 p125
ライの意識革命と予防法闘争（6）評論「癩予防法改正運動についてのわれらの反省」について
　◇「ハンセン病文学全集 5」皓星社 2010 p137

石牟礼 道子　いしむれ・みちこ（1927～）
いくさ道（上）
　◇「日本文学全集 24」河出書房新社 2015 p408
いくさ道（下）
　◇「日本文学全集 24」河出書房新社 2015 p426
糸繰りうた
　◇「日本文学全集 24」河出書房新社 2015 p470
おろし底の魂を背負って上野さんは出てこられた≫上野英信
　◇「日本人の手紙 9」リブリオ出版 2004 p200
風
　◇「日本文学全集 24」河出書房新社 2015 p466
烏瓜
　◇「日本文学全集 24」河出書房新社 2015 p461
川祭り
　◇「日本文学全集 24」河出書房新社 2015 p462
五月
　◇「戦後短篇小説再発見 7」講談社 2001（講談社文芸文庫）p117
木霊
　◇「文学 1998」講談社 1998 p109
　◇「コレクション戦争と文学 14」集英社 2012 p287
拾遺一 六道御前
　◇「日本文学全集 24」河出書房新社 2015 p445

娼婦
　◇「日本文学全集 24」河出書房新社 2015 p464
新作能『不知火』
　◇「日本文学全集 24」河出書房新社 2015 p488
西南役伝説・抄
　◇「日本文学全集 24」河出書房新社 2015 p408
タデ子の記
　◇「日本文学全集 24」河出書房新社 2015 p474
七夕
　◇「現代小説クロニクル 1990～1994」講談社 2015（講談社文芸文庫）p97
便り
　◇「日本文学全集 24」河出書房新社 2015 p472
椿の海の記
　◇「日本文学全集 24」河出書房新社 2015 p5
墓の中でうたう歌
　◇「日本文学全集 24」河出書房新社 2015 p469
埴生の宿
　◇「日本文学全集 24」河出書房新社 2015 p459
水影
　◇「日本文学全集 24」河出書房新社 2015 p468
水はみどろの宮
　◇「日本文学全集 24」河出書房新社 2015 p247
ゆり籠
　◇「文学 2002」講談社 2002 p90
瓔珞
　◇「日本文学全集 24」河出書房新社 2015 p473

石持 浅海　いしもち・あさみ（1966～）
Rのつく月には気をつけよう
　◇「ザ・ベストミステリーズ―推理小説年鑑 2006」講談社 2006 p231
　◇「曲げられた真相」講談社 2009（講談社文庫）p105
陰樹の森で
　◇「本格ミステリ 2006」講談社 2006（講談社ノベルス）p333
　◇「珍しい物語のつくり方―本格短編ベスト・セレクション」講談社 2010（講談社文庫）p493
顔のない敵
　◇「本格ミステリ 2004」講談社 2004（講談社ノベルス）p199
　◇「深夜バス78回転の問題―本格短編ベスト・セレクション」講談社 2008（講談社文庫）p293
駈込み訴え
　◇「ザ・ベストミステリーズ―推理小説年鑑 2009」講談社 2009 p209
　◇「Spiralめくるめく謎」講談社 2012（講談社文庫）p53
壁の穴
　◇「ミステリーズ！ extra―《ミステリ・フロンティア》特集」東京創元社 2004 p68
玩具店の英雄
　◇「奇想博物館」光文社 2013（最新ベスト・ミステリー）p47

いしも

九尾の狐
- ◇「殺意の隘路」光文社 2016（最新ベスト・ミステリー）p123

暗い箱の中で
- ◇「本格推理 11」光文社 1997（光文社文庫）p233

黒い方程式
- ◇「拡張幻想」東京創元社 2012（創元SF文庫）p235

五カ月前から
- ◇「SF宝石―ぜーんぶ！ 新作読み切り」光文社 2013 p337

三階に止まる
- ◇「NOVA―書き下ろし日本SFコレクション 5」河出書房新社 2011（河出文庫）p167
- ◇「ザ・ベストミステリーズ―推理小説年鑑 2012」講談社 2012 p37
- ◇「Question謎解きの最高峰」講談社 2015（講談社文庫）p67

地雷原突破
- ◇「本格推理 12」光文社 1998（光文社文庫）p361

心中少女
- ◇「逆想コンチェルト―イラスト先行・競作小説アンソロジー 奏の2」徳間書店 2010 p82

ディフェンディング・ゲーム
- ◇「ミステリ魂。校歌斉唱！」講談社 2010（講談社ノベルス）p117
- ◇「名探偵に訊け」光文社 2010（Kappa novels）p63
- ◇「名探偵に訊け」光文社 2013（光文社文庫）p79

転校
- ◇「教室」光文社 2003（光文社文庫）p155

ドロッピング・ゲーム
- ◇「不可能犯罪コレクション」原書房 2009（ミステリー・リーグ）p237
- ◇「ザ・ベストミステリーズ―推理小説年鑑 2010」講談社 2010 p65
- ◇「BORDER善と悪の境界」講談社 2013（講談社文庫）p147

ナナカマド
- ◇「宝石ザミステリー 3」光文社 2013 p203

ハンギング・ゲーム
- ◇「新・本格推理 特別編」光文社 2009（光文社文庫）p231

貧者の軍隊
- ◇「ザ・ベストミステリーズ―推理小説年鑑 2005」講談社 2005 p143
- ◇「仕掛けられた罪」講談社 2008（講談社文庫）p243

未来へ踏み出す足
- ◇「本格ミステリ―二〇〇七年本格短編ベスト・セレクション 07」講談社 2007（講談社ノベルス）p123
- ◇「ザ・ベストミステリーズ―推理小説年鑑 2007」講談社 2007 p181
- ◇「ULTIMATE MYSTERY―究極のミステリー、ここにあり」講談社 2010（講談社文庫）p117
- ◇「法廷ジャックの心理学―本格短編ベスト・セレクション」講談社 2011（講談社文庫）p185

酬い
- ◇「不思議の足跡」光文社 2007（Kappa novels）p59
- ◇「不思議の足跡」光文社 2011（光文社文庫）p67

夢のかけら 麺のかけら
- ◇「麺'sミステリー倶楽部―傑作推理小説集」光文社 2012（光文社文庫）p149

利口な地雷
- ◇「本格推理 15」光文社 1999（光文社文庫）p143

石本 秀希 いしもと・ひでき

忘れられない
- ◇「てのひら怪談―ビーケーワン怪談大賞傑作選 壬辰」ポプラ社 2012（ポプラ文庫）p194

石森 史郎 いしもり・ふみお（1931〜）

理由（大林宣彦）
- ◇「年鑑代表シナリオ集 '04」シナリオ作家協会 2005 p291

石山 浩一郎 いしやま・こういちろう（1939〜）

あたしを花火に連れてって
- ◇「1人から5人でできる新鮮いちご脚本集 v.2」青雲書房 2002 p3

楽屋のハナ子さん
- ◇「1人から5人でできる新鮮いちご脚本集 v.3」青雲書房 2003 p3

四姉妹の不在証明
- ◇「高校演劇Selection 2006 上」晩成書房 2008 p91

石山 葉子 いしやま・ようこ

或る母の西南戦争
- ◇「現代鹿児島小説大系 3」ジャプラン 2014 p5

麦わら帽子の内側（抄）
- ◇「現代鹿児島小説大系 3」ジャプラン 2014 p51

伊集院 静 いじゅういん・しずか（1950〜）

朝顔
- ◇「日本文学100年の名作 10」新潮社 2015（新潮文庫）p135

嵐の去るまで…
- ◇「賭博師たち」角川書店 1997（角川文庫）p7
- ◇「熱い賭け」早川書房 2006（ハヤカワ文庫）p129

教会への坂
- ◇「現代の小説 1999」徳間書店 1999 p389

仔犬のお礼
- ◇「極上掌篇小説」角川書店 2006 p21
- ◇「ひと粒の宇宙」角川書店 2009（角川文庫）p23

忍ぶ恋
- ◇「忍ぶ恋」文藝春秋 1999 p9

上陸待ち
- ◇「短篇ベストコレクション―現代の小説 2011」徳間書店 2011（徳間文庫）p337

乳房
- ◇「文学賞受賞・名作集成 9」リブリオ出版 2004 p105

宙ぶらん
◇「短篇ベストコレクション―現代の小説 2000」徳間書店 2000 p21
パリの小鳥屋
◇「ヴィンテージ・セブン」講談社 2007 p7
ひも・紐・ヒモ
◇「忍ぶ恋」文藝春秋 1999 p103
風牌
◇「短篇ベストコレクション―現代の小説 2007」徳間書店 2007（徳間文庫）p5
二日の花
◇「別れの予感」リブリオ出版 2001（ラブミーワールド）p185
◇「恋愛小説・名作集成 8」リブリオ出版 2004 p185
螢ぶくろ
◇「短編復活」集英社 2002（集英社文庫）p105
まぶしいもの
◇「短篇ベストコレクション―現代の小説 2009」徳間書店 2009（徳間文庫）p39
麦を嚙む
◇「男の涙 女の涙―せつない小説アンソロジー」光文社 2006（光文社文庫）p167
桃の宵橋
◇「わかれの船―Anthology」光文社 1998 p31
やわらかなボール
◇「短篇ベストコレクション―現代の小説 2004」徳間書店 2004（徳間文庫）p255
リリーフ
◇「忍ぶ恋」文藝春秋 1999 p203

伊丈 カツキ　いじょう・かつき
民営化
◇「ショートショートの花束 2」講談社 2010（講談社文庫）p198

井代 恵子　いしろ・けいこ
近藤勇
◇「人物日本剣豪伝 5」学陽書房 2001（人物文庫）p263

石脇 信　いしわき・しん
イチヤの雪
◇「ゆきのまち幻想文学賞小品集 9」企画集団ぷりずм 2000 p33

石渡 アキラ　いしわたり・あきら
ぼくは音が見たい
◇「中学校創作脚本集 2」晩成書房 2001 p163

伊豆 実　いず・みのる
呪われたヴァイオリン
◇「怪奇探偵小説集 3」角川春樹事務所 1998（ハルキ文庫）p143

泉 和良　いずみ・かずよし
下界のヒカリ
◇「星海社カレンダー小説 2012下」星海社 2012（星海社FICTIONS）p217

泉 寛介　いずみ・かんすけ
竹よ
◇「「近松賞」第3回 優秀賞作品集」尼崎市 2006 p1

泉 鏡花　いずみ・きょうか（1873〜1939）
悪獣篇
◇「怪猫鬼談」人類文化社 1999 p337
浅茅生
◇「文豪怪談傑作選 泉鏡花集」筑摩書房 2006（ちくま文庫）p23
尼ヶ紅
◇「文豪怪談傑作選 泉鏡花集」筑摩書房 2006（ちくま文庫）p164
雨ばけ
◇「新編・日本幻想文学集成 4」国書刊行会 2016 p652
霰ふる
◇「文豪怪談傑作選 泉鏡花集」筑摩書房 2006（ちくま文庫）p291
遺稿
◇「文豪怪談傑作選 泉鏡花集」筑摩書房 2006（ちくま文庫）p363
印度更紗
◇「新編・日本幻想文学集成 4」国書刊行会 2016 p585
浮舟
◇「文豪怪談傑作選 特別編」筑摩書房 2009（ちくま文庫）p30
歌行燈
◇「ちくま日本文学 11」筑摩書房 2008（ちくま文庫）p328
鰻
◇「文豪怪談傑作選 特別編」筑摩書房 2007（ちくま文庫）p322
瓜の涙
◇「河童のお弟子」筑摩書房 2014（ちくま文庫）p42
絵本の春
◇「金沢三文豪掌文庫」金沢文化振興財団 2009 p3
◇「リテラリーゴシック・イン・ジャパン―文学的ゴシック作品選」筑摩書房 2014（ちくま文庫）p23
縁結び
◇「ちくま日本文学 11」筑摩書房 2008（ちくま文庫）p281
お銀小銀
◇「新日本古典文学大系 明治編 20」岩波書店 2002 p453
幼い頃の記憶
◇「文豪怪談傑作選 泉鏡花集」筑摩書房 2006（ちくま文庫）p394
海異記
◇「日本怪奇小説傑作集 1」東京創元社 2005（創元推理文庫）p21
海城発電
◇「文学で考える〈仕事〉の百年」双文社出版 2010 p8
◇「文学で考える〈仕事〉の百年」翰林書房 2016 p8

いすみ

凱旋祭
  ◇「怪獣」国書刊行会 1998（書物の王国）p120
  ◇「コレクション戦争と文学 6」集英社 2011 p43
〔怪談会〕序
  ◇「文豪怪談傑作選 特別編」筑摩書房 2007 p10
貝の穴に河童の居る事
  ◇「いきものがたり」双文社出版 2013 p148
  ◇「河童のお弟子」筑摩書房 2014（ちくま文庫）p11
「かきぬき」より「滝の白糸」
  ◇「明治の文学 8」筑摩書房 2001 p391
陽炎座
  ◇「日本文学全集 26」河出書房新社 2017 p93
河伯令嬢
  ◇「河童のお弟子」筑摩書房 2014（ちくま文庫）p64
菊あわせ
  ◇「文豪怪談傑作選 泉鏡花集」筑摩書房 2006（ちくま文庫）p257
義血俠血
  ◇「明治の文学 8」筑摩書房 2001 p3
啄木鳥
  ◇「金沢三文豪掌文庫 いきもの編」金沢文化振興団 2010 p5
狐
  ◇「両性具有」国書刊行会 1998（書物の王国）p48
茸の舞姫
  ◇「きのこ文学名作選」港の人 2010 p152
貴婦人
  ◇「新編・日本幻想文学集成 4」国書刊行会 2016 p572
鏡花氏の怪談
  ◇「文豪怪談傑作選 特別編」筑摩書房 2009（ちくま文庫）p19
金さん、岡ぼれをさせられるじゃありませんか》夏目漱石
  ◇「日本人の手紙 9」リブリオ出版 2004 p27
草迷宮
  ◇「稲生モノノケ大全 陰之巻」毎日新聞社 2003 p336
国貞えがく
  ◇「ちくま日本文学 11」筑摩書房 2008（ちくま文庫）p20
黒髪
  ◇「妖髪鬼談」桜桃書房 1998 p160
  ◇「黒髪に恨みは深く─髪の毛ホラー傑作選」角川書店 2006（角川ホラー文庫）p197
外科室
  ◇「短編で読む恋愛・家族」中部日本教育文化会 1998 p17
  ◇「日本近代文学に描かれた「恋愛」」牧野出版 2001 p89
  ◇「明治の文学 8」筑摩書房 2001 p71
  ◇「短編名作選―1885-1924 小説の曙」笠間書院 2003 p81
  ◇「魂がふるえるとき」文藝春秋 2004（文春文庫）p351
  ◇「文豪の探偵小説」集英社 2006（集英社文庫）p61
  ◇「百年小説」ポプラ社 2008 p177
  ◇「読んでおきたい近代日本小説選」龍書房 2012 p16
  ◇「小川洋子の陶酔短篇箱」河出書房新社 2014 p35
化鳥
  ◇「魔性の生き物」リブリオ出版 2001（怪奇・ホラーワールド）p5
  ◇「幻視の系譜」筑摩書房 2013（ちくま文庫）p23
  ◇「新編・日本幻想文学集成 4」国書刊行会 2016 p509
甲乙
  ◇「文豪怪談傑作選 泉鏡花集」筑摩書房 2006（ちくま文庫）p313
紅玉
  ◇「新編・日本幻想文学集成 4」国書刊行会 2016 p666
高野聖
  ◇「新日本古典文学大系 明治編 20」岩波書店 2002 p315
  ◇「変身のロマン」学習研究社 2003（学研M文庫）p29
  ◇「ちくま日本文学 11」筑摩書房 2008（ちくま文庫）p90
  ◇「変身ものがたり」筑摩書房 2010（ちくま文学の森）p193
  ◇「幻妖の水脈（みお）」筑摩書房 2013（ちくま文庫）p176
光籃
  ◇「新編・日本幻想文学集成 4」国書刊行会 2016 p656
黒壁
  ◇「文豪怪談傑作選 泉鏡花集」筑摩書房 2006（ちくま文庫）p355
笹色紅
  ◇「京都府文学全集第1期（小説編）1」郷土出版社 2005 p62
三尺角
  ◇「ちくま日本文学 11」筑摩書房 2008（ちくま文庫）p63
三尺角（さんじゃくかく）・木精（こだま）
  ◇「新日本古典文学大系 明治編 20」岩波書店 2002 p279
三文豪俳句抄（徳田秋聲／室生犀星）
  ◇「金沢三文豪掌文庫」金沢文化振興団 2009 p67
  ◇「金沢三文豪掌文庫 いきもの編」金沢文化振興団 2010 p83
  ◇「金沢三文豪掌文庫 たべもの編」金沢文化振興団 2011 p87
朱日記
  ◇「創刊一〇〇年三田文学名作選」三田文学会 2010 p15
処方秘箋
  ◇「新編・日本幻想文学集成 4」国書刊行会 2016 p538
白鷺

◇「明治の文学 8」筑摩書房 2001 p197

人妖
◇「文豪てのひら怪談」ポプラ社 2009（ポプラ文庫）p178

高桟敷
◇「架空の町」国書刊行会 1997（書物の王国）p173
◇「文豪怪談傑作選 泉鏡花集」筑摩書房 2006（ちくま文庫）p7

辰巳巷談
◇「新日本古典文学大系 明治編 20」岩波書店 2002 p163

玉川の草
◇「植物」国書刊行会 1998（書物の王国）p166

一寸怪（ちょいとあやし）
◇「文豪怪談傑作選 特別編」筑摩書房 2007（ちくま文庫）p65

通夜物語
◇「明治の文学 8」筑摩書房 2001 p89

露萩
◇「闇夜に怪を語れば―百物語ホラー傑作選」角川書店 2005（角川ホラー文庫）p67
◇「文豪怪談傑作選 特別編」筑摩書房 2009（ちくま文庫）p180

照葉（てりは）狂言
◇「新日本古典文学大系 明治編 20」岩波書店 2002 p33

天守物語
◇「ちくま日本文学 11」筑摩書房 2008（ちくま文庫）p224

二世の契
◇「新編・日本幻想文学集成 4」国書刊行会 2016 p547

人魚の祠
◇「人魚の血―珠玉アンソロジー オリジナル＆スタンダート」光文社 2001（カッパ・ノベルス）p135

蠅を憎む記
◇「ファイン／キュート素敵かわいい作品選」筑摩書房 2015（ちくま文庫）p48
◇「新編・日本幻想文学集成 4」国書刊行会 2016 p533

伯爵の釵
◇「新編・日本幻想文学集成 4」国書刊行会 2016 p599

鶉狩
◇「温泉小説」アーツアンドクラフツ 2006 p16

半島一奇抄
◇「魍魎魑魅列島」小学館 2005（小学館文庫）p139

雛がたり
◇「人形」国書刊行会 1997（書物の王国）p191
◇「ちくま日本文学 11」筑摩書房 2008（ちくま文庫）p9

琵琶伝
◇「新日本古典文学大系 明治編 20」岩波書店 2002 p1

深川浅景

◇「あやかしの深川―受け継がれる怪異な土地の物語」猿江商會 2016 p118

蛇くい
◇「被差別文学全集」河出書房新社 2016（河出文庫）p63

星あかり
◇「分身」国書刊行会 1999（書物の王国）p166

真夏の梅
◇「金沢三文豪掌文庫 たべもの編」金沢文化振興財団 2011 p12

幻往来
◇「文豪怪談傑作選 泉鏡花集」筑摩書房 2006（ちくま文庫）p62

紫障子
◇「文豪怪談傑作選 泉鏡花集」筑摩書房 2006（ちくま文庫）p87

薬草取
◇「文豪山怪奇譚―山の怪談名作選」山と溪谷社 2016 p101

夜行巡査
◇「近代小説〈都市〉を読む」双文社出版 1999 p23
◇「明治刻悲惨小説集」講談社 2016（講談社文芸文庫）p51

大和心
◇「日本の少年小説―「少国民」のゆくえ」インパクト出版会 2016（インパクト選書）p10

山吹
◇「ちくま日本文学 11」筑摩書房 2008（ちくま文庫）p183

湯島の境内
◇「ちくま日本文学 11」筑摩書房 2008（ちくま文庫）p428

湯どうふ
◇「金沢三文豪掌文庫 たべもの編」金沢文化振興財団 2011 p5
◇「文人御馳走帖」新潮社 2014（新潮文庫）p87

妖魔の辻占
◇「怪奇・伝奇時代小説選集 7」春陽堂書店 2000（春陽文庫）p124
◇「新編・日本幻想文学集成 4」国書刊行会 2016 p628

龍潭譚
◇「暗黒のメルヘン」河出書房新社 1998（河出文庫）p9
◇「近代小説〈異界〉を読む」双文社出版 1999 p7
◇「日本近代短篇小説選 明治篇1」岩波書店 2012（岩波文庫）p281

泉 さち子　いずみ・さちこ（1940～）
シングルマザー
◇「丸の内の誘惑」マガジンハウス 1999 p59

泉 十四郎　いずみ・じゅうしろう
りんご
◇「宇宙塵傑作選―日本SFの軌跡 1」出版芸術社 1997 p17

いすみ

イズミ スズ
青い灯
◇「てのひら怪談 癸巳」KADOKAWA 2013（MF文庫ダ・ヴィンチ）p18

泉 大八　いずみ・だいはち（1928～）
アクチュアルな女
◇「新装版 全集現代文学の発見 6」學藝林 2003 p364

泉 たかこ　いずみ・たかこ
たそがれのレモンパン
◇「むすぶ―第11回フェリシモ文学賞作品集」フェリシモ 2008 p111

泉水 尭　いずみ・たかし
天空からの槍
◇「新・本格推理 8」光文社 2008（光文社文庫）p307

泉 忠司　いずみ・ただし
izutada
◇「140字の物語―Twitter小説集　twnovel」ディスカヴァー・トゥエンティワン 2009 p85

泉 安朗　いずみ・やすろう
冬草
◇「ハンセン病文学全集 8」皓星社 2006 p476

泉 優　いずみ・ゆう
終わりと始まり
◇「超短編の世界 vol.3」創英社 2011 p99

いずみ 凛　いずみ・りん
つり橋わたれ
◇「小学校たのしい劇の本―英語劇付 中学年」国土社 2007 p8

出水沢 藍子　いずみさわ・あいこ（1948～）
銀花（ぎふぁ）
◇「現代鹿児島小説大系 1」ジャプラン 2014 p134
枕めし
◇「現代鹿児島小説大系 1」ジャプラン 2014 p179

いずみや みその
きみに会いに行く
◇「人は死んだら電柱になる―電柱アンソロジー」遠すぎる未来団 2014 p27

出雲 弘紀　いずも・ひろき
自由研究
◇「科学ドラマ大賞 第1回受賞作品集」科学技術振興機構〔2010〕p55

石動 一　いするぎ・はじめ
電柱
◇「人は死んだら電柱になる―電柱アンソロジー」遠すぎる未来団 2014 p172

李生 イセイ
朝鮮學生事件
◇「近代朝鮮文学日本語作品集1901～1938 評論・随筆篇 3」緑蔭書房 2004 p227

井關 君枝　いせき・きみえ
夫も戦地に散りました
◇「近代朝鮮文学日本語作品集1908～1945 セレクション 6」緑蔭書房 2008 p239

磯 萍水　いそ・ひょうすい（1880～1967）
流潅頂
◇「文豪怪談傑作選 特別編」筑摩書房 2007（ちくま文庫）p201

五十川 椿　いそがわ・つばき
ブルー、ブルー、ブルー、ピンク
◇「冷と温―第13回フェリシモ文学賞作品集」フェリシモ 2010 p56

磯崎 憲一郎　いそざき・けんいちろう
絵画
◇「文学 2010」講談社 2010 p152
◇「現代小説クロニクル 2010～2014」講談社 2015（講談社文芸文庫）p30

磯田 道史　いそだ・みちふみ
左馬助殿軍語
◇「代表作時代小説 平成21年度」光文社 2009 p111

五十月 彩　いそつき・あや
聖・ダンボールタウン
◇「ゆきのまち幻想文学賞小品集 16」企画集団ぷりずむ 2007 p158
ちょうだい兎
◇「ゆきのまち幻想文学賞小品集 15」企画集団ぷりずむ 2006 p53
津軽錦
◇「ゆきのまち幻想文学賞小品集 21」企画集団ぷりずむ 2012 p99
てぶくろ
◇「ゆきのまち幻想文学賞小品集 19」企画集団ぷりずむ 2010 p61
後の想いに
◇「ゆきのまち幻想文学賞小品集 22」企画集団ぷりずむ 2013 p142
船弁当
◇「ゆきのまち幻想文学賞小品集 20」企画集団ぷりずむ 2011 p160
ベレスタの小箱
◇「ゆきのまち幻想文学賞小品集 23」企画集団ぷりずむ 2014 p81
有ちゃん
◇「ゆきのまち幻想文学賞小品集 18」企画集団ぷりずむ 2009 p72
夢の通い路よるさへや
◇「ゆきのまち幻想文学賞小品集 23」企画集団ぷりずむ 2014 p114
諒君の三輪車
◇「ゆきのまち幻想文学賞小品集 24」企画集団ぷりずむ 2015 p32

伊園 旬　いぞの・じゅん（1965～）
首輪コンサルタント
- ◇「5分で読める！ ひと駅ストーリー 猫の物語」宝島社 2014（宝島社文庫）p229

車窓コンサルタント
- ◇「5分で読める！ ひと駅ストーリー 降車編」宝島社 2012（宝島社文庫）p157

眺望コンサルタント
- ◇「10分間ミステリー」宝島社 2012（宝島社文庫）p133
- ◇「10分間ミステリー THE BEST」宝島社 2016（宝島社文庫）p279

適温コンサルタント
- ◇「5分で読める！ ひと駅ストーリー 食の話」宝島社 2015（宝島社文庫）p209

転記コンサルタント
- ◇「5分で読める！ ひと駅ストーリー 夏の記憶東口編」宝島社 2013（宝島社文庫）p101

風船コンサルタント
- ◇「5分で読める！ ひと駅ストーリー 冬の記憶東口編」宝島社 2013（宝島社文庫）p131

立体コンサルタント
- ◇「もっとすごい！ 10分間ミステリー」宝島社 2013（宝島社文庫）p305

石上 露子　いそのかみ・つゆこ（1882～1959）
自伝落葉のくに
- ◇「「新編」日本女性文学全集 2」菁柿堂 2008 p481

しのび音
- ◇「「新編」日本女性文学全集 2」菁柿堂 2008 p478

兵士
- ◇「「新編」日本女性文学全集 2」菁柿堂 2008 p476

五十目 寿男　いそのめ・としお
蕉門秘訣
- ◇「さきがけ文学賞選集 5」秋田魁新報社 2016（さきがけ文庫）p205

磯部 浅一　いそべ・あさいち（1905～1937）
二・二六事件青年将校の家族への最期の処訓≫磯部富美子・須美男
- ◇「日本人の手紙 10」リブリオ出版 2004 p57

磯部 裕之　いそべ・ひろゆき
性病
- ◇「ショートショートの広場 14」講談社 2003（講談社文庫）p11

磯村 一路　いそむら・いつみち
僕は泣いちっち
- ◇「歌謡曲だよ、人生は―映画監督短編集」メディアファクトリー 2007 p234

磯村 善夫　いそむら・よしお
お祖父様は犬嫌い
- ◇「『少年倶楽部』熱血・痛快・時代短篇選」講談社 2015（講談社文芸文庫）p40

井田 敏行　いだ・としゆき
彼の失敗
- ◇「探偵小説の風景―トラフィック・コレクション 上」光文社 2009（光文社文庫）p95

板垣 家子夫　いたがき・かねお
鰻
- ◇「山形県文学全集第2期（随筆・紀行編）3」郷土出版社 2005 p59

紅色の靄
- ◇「山形県文学全集第2期（随筆・紀行編）3」郷土出版社 2005 p67

板垣 恵介　いたがき・けいすけ（1957～）
蹴人シュート
- ◇「闘人烈伝―格闘小説・漫画アンソロジー」双葉社 2000 p123

板垣 和香子　いたがき・わかこ
睡蓮の花
- ◇「ハンセン病文学全集 8」皓星社 2006 p329

板倉 一成　いたくら・かずなり
蒼ざめたる馬〔ラザロ―LAZARUS〕（井土紀州）
- ◇「年鑑代表シナリオ集 '07」シナリオ作家協会 2009 p184

板倉 剛　いたくら・つよし
平和の諧謔的帰結
- ◇「ショートショートの広場 15」講談社 2004（講談社文庫）p195

板床 勝美　いたどこ・かつみ
槍の穂先にて
- ◇「立川文学 5」けやき出版 2015 p11

板橋 栄子　いたばし・えいこ
オロダンナの花
- ◇「Sports stories」埼玉県さいたま市 2010（さいたま市スポーツ文学賞受賞作品集）p361

伊丹 十三　いたみ・じゅうぞう（1933～1997）
するめ
- ◇「ものがたりのお菓子箱」飛鳥新社 2008 p189

市井 波名　いちい・はめい
冬の旅人
- ◇「ゆきのまち幻想文学賞小品集 13」企画集団ぷりずむ 2004 p129

市井 豊　いちい・ゆたか（1983～）
からくりツィスカの余命
- ◇「ベスト本格ミステリ 2011」講談社 2011（講談社ノベルス）p49
- ◇「からくり伝言少女―本格短編ベスト・セレクション」講談社 2015（講談社文庫）p65

横槍ワイン
- ◇「放課後探偵団―書き下ろし学園ミステリ・アンソロジー」東京創元社 2010（創元推理文庫）p209

いちか

市川 森一　いちかわ・しんいち（1941〜）
魔笛
◇「日本舞踊舞踊劇選集」西川会 2002 p101
よっこらしょ！どっこいしょ！
◇「読んで演じたくなるゲキの本 小学生版」幻冬舎 2006 p133

市川 拓司　いちかわ・たくじ（1962〜）
さよならのかわりに
◇「本からはじまる物語」メディアパル 2007 p435
ふたり流れる
◇「こどものころにみた夢」講談社 2008 p76
ワスレナグサ
◇「忘れない。―贈りものをめぐる十の話」メディアファクトリー 2007 p9

市川 團子　いちかわ・だんこ
沖の姿
◇「文豪怪談傑作選 特別編」筑摩書房 2007（ちくま文庫）p101
北から北
◇「文豪怪談傑作選 特別編」筑摩書房 2007（ちくま文庫）p104
巳之頭
◇「文豪怪談傑作選 特別編」筑摩書房 2007（ちくま文庫）p97

市川 春子　いちかわ・はるこ（1980〜）
日下兄妹
◇「量子回廊—年刊日本SF傑作選」東京創元社 2010（創元SF文庫）p207

以知子　いちこ
青い鳥
◇「超短編傑作選 v.6」創英社 2007 p161
ミネラルウォーターで無理やりな午前4時
◇「超短編の世界」創英社 2008 p132

一條 明　いちじょう・あきら（1922〜1987）
杉野十平次
◇「定本・忠臣蔵四十七人集」双葉社 1998 p73

一条 栄子　いちじょう・えいこ（1903〜1977）
フラー氏の昇天
◇「幻の探偵雑誌 10」光文社 2002（光文社文庫）p355
ペチィ・アムボス
◇「幻の探偵雑誌 6」光文社 2001（光文社文庫）p131
無用の犯罪
◇「幻の探偵雑誌 2」光文社 2000（光文社文庫）p165

一乗谷 昇　いちじょうだに・のぼる
のっぺらぼう
◇「ショートショートの広場 16」講談社 2005（講談社文庫）p11

一瀬 玉枝　いちせ・たまえ
木喰上人
◇「紅蓮の翼―異彩時代小説秀作撰」叢文社 2007 p182

一双　いちそう
ギジ
◇「てのひら怪談―ビーケーワン怪談大賞傑作選 2」ポプラ社 2007 p224
三重
◇「てのひら怪談―ビーケーワン怪談大賞傑作選 百怪繚乱篇」ポプラ社 2008 p132
発信
◇「リトル・リトル・クトゥルー―史上最小の神話小説集」学習研究社 2009 p70
門番
◇「てのひら怪談―ビーケーワン怪談大賞傑作選 百怪繚乱篇」ポプラ社 2008 p232
◇「てのひら怪談―ビーケーワン怪談大賞傑作選 己丑」ポプラ社 2009（ポプラ文庫）p20

一田 和樹　いちだ・かずき（1958〜）
明るい暮らし
◇「ショートショートの花束 5」講談社 2013（講談社文庫）p98
おばあちゃんの眼鏡
◇「ショートショートの花束 4」講談社 2012（講談社文庫）p113
温泉宿の四つの石
◇「てのひら怪談―ビーケーワン怪談大賞傑作選 辛卯」ポプラ社 2011（ポプラ文庫）p202
希望のクーポン
◇「ショートショートの花束 5」講談社 2013（講談社文庫）p160
最悪の模倣犯
◇「ショートショートの花束 5」講談社 2013（講談社文庫）p76
サイバー空間はミステリを殺す
◇「ベスト本格ミステリ 2016」講談社 2016（講談社ノベルス）p183
死の商人
◇「ショートショートの花束 4」講談社 2012（講談社文庫）p121
素晴らしい遺産
◇「ショートショートの花束 5」講談社 2013（講談社文庫）p57
魂の存在証明
◇「ショートショートの花束 4」講談社 2012（講談社文庫）p170

市野 うあ　いちの・うあ
チカラになりたい
◇「言葉にできない悲しみ」泰文堂 2015（リンダパブリッシャーズの本）p35
母の遺影が泣き出した
◇「お母さんのなみだ」泰文堂 2016（リンダパブリッシャーズの本）p116

一ノ瀬 綾　いちのせ・あや（1932～）
夢の花
　◇「コレクション戦争と文学 14」集英社 2012 p410

一ノ瀬 泰造　いちのせ・たいぞう（1947～1973）
カンボジア報告
　◇「コレクション戦争と文学 2」集英社 2012 p360
地雷を踏んだらサヨウナラ。カンボジア戦線から≫赤津孝夫
　◇「日本人の手紙 10」リブリオ出版 2004 p208

一戸 良行　いちのへ・よしゆき
毒よりの脱出
　◇「植物」国書刊行会 1998（書物の王国）p40

市原 麻里子　いちはら・まりこ（1961～）
夢の翼
　◇「代表作時代小説 平成12年度」光風社出版 2000 p137

一原 みう　いちはら・みう
A Cinderella Story
　◇「新釈グリム童話―めでたし、めでたし？」集英社 2016（集英社オレンジ文庫）p249

五津 正人　いつ・まさと（1916～1986）
川柳句集 義眼の達磨
　◇「ハンセン病文学全集 9」皓星社 2010 p440

五木 寛之　いつき・ひろゆき（1932～）
蒼ざめた馬を見よ
　◇「コレクション戦争と文学 3」集英社 2012 p13
ウィーン物語
　◇「現代の小説 1997」徳間書店 1997 p5
カーセックスの怪
　◇「冒険の森へ―傑作小説大全 9」集英社 2016 p11
霧のカレリア
　◇「恋愛小説・名作集成 2」リブリオ出版 2004 p164
さかしまに
　◇「俳句殺人事件―巻頭句の女」光文社 2001（光文社文庫）p77
さらばモスクワ愚連隊
　◇「文学賞受賞・名作集成 8」リブリオ出版 2004 p5
私刑の夏
　◇「戦後短篇小説再発見 7」講談社 2001（講談社文芸文庫）p145
　◇「永遠の夏―戦争小説集」実業之日本社 2015（実業之日本社文庫）p481
白い卒塔婆の壁の前で
　◇「山形県文学全集第2期（随筆・紀行編）4」郷土出版社 2005 p127
裸の町
　◇「冒険の森へ―傑作小説大全 6」集英社 2016 p313
ヒットラーの遺産
　◇「ペン先の殺意―文芸ミステリー傑作選」光文社 2005（光文社文庫）p323

古本名勝負物語―随筆
　◇「古書ミステリー倶楽部―傑作推理小説集 3」光文社 2015（光文社文庫）p257
幻の女
　◇「新装版 全集現代文学の発見 16」學藝書林 2005 p412
無理心中恨返本
　◇「冒険の森へ―傑作小説大全 5」集英社 2015 p14
夜の斧
　◇「恐怖の花」ランダムハウス講談社 2007 p275
夜の角笛
　◇「わかれの船―Anthology」光文社 1998 p180
蓮如―われ深き淵より（抄）
　◇「京都府文学全集第1期（小説編）6」郷土出版社 2005 p392
悪い夏悪い旅
　◇「古書ミステリー倶楽部―傑作推理小説集 3」光文社 2015（光文社文庫）p183

樹 良介　いつき・りょうすけ
赤か青か
　◇「ショートショートの広場 19」講談社 2007（講談社文庫）p55
どっから来たの？
　◇「ショートショートの広場 17」講談社 2005（講談社文庫）p175
三つの願い
　◇「ショートショートの広場 18」講談社 2006（講談社文庫）p54
予選通過者
　◇「ショートショートの広場 18」講談社 2006（講談社文庫）p99

一休 宗純　いっきゅう・そうじゅん（1394～1481）
梅法師―『一休ばなし』より（岡雅彦〔現代語訳〕）
　◇「超短編アンソロジー」筑摩書房 2002（ちくま文庫）p49

逸古 ミナミ　いつこ・みなみ
優秀な外科医
　◇「ショートショートの広場 9」講談社 1998（講談社文庫）p111

井辻 朱美　いつじ・あけみ（1955～）
恐竜と道化
　◇「恐竜文学大全」河出書房新社 1998（河出文庫）p327
魔女猫―a fragment from "Kazamachi"
　◇「猫路地」日本出版社 2006 p99

一色 さゆり　いっしき・さゆり（1988～）
花子の生首
　◇「10分間ミステリー THE BEST」宝島社 2016（宝島社文庫）p183

一色 次郎 いっしき・じろう（1916〜1988）
東郷藤兵衛重位
　◇「人物日本剣豪伝 2」学陽書房 2001（人物文庫）p231

一色 俊哉 いっしき・としや
他人の日記
　◇「ショートショートの広場 19」講談社 2007（講談社文庫）p100

イッセー尾形 いっせーおがた（1952〜）
戯曲『テーラー』
　◇「特別な一日」徳間書店 2005（徳間文庫）p169

井土 紀州 いづち・きしゅう（1968〜）
蒼ざめたる馬〔ラザロ─LAZARUS〕（板倉一成）
　◇「年鑑代表シナリオ集 '07」シナリオ作家協会 2009 p184
朝日のあたる家〔ラザロ─LAZARUS〕（井土紀州／西村武訓／吉岡文平）
　◇「年鑑代表シナリオ集 '07」シナリオ作家協会 2009 p207
複製の廃墟〔ラザロ─LAZARUS〕（遠藤晶／森田草太）
　◇「年鑑代表シナリオ集 '07」シナリオ作家協会 2009 p193

井筒 和幸 いづつ・かずゆき（1952〜）
パッチギ！（羽原大介）
　◇「年鑑代表シナリオ集 '05」シナリオ作家協会 2006 p7
ヒーローショー（羽原大介／吉田康弘）
　◇「年鑑代表シナリオ集 '10」シナリオ作家協会 2011 p115

井筒 俊彦 いづつ・としひこ（1914〜1993）
三田時代─サルトル哲学との出合い
　◇「創刊一〇〇年三田文学名作選」三田文学会 2010 p678

五谷 翔 いつつや・しょう（1939〜）
最後の仕事
　◇「自選ショート・ミステリー 2」講談社 2001（講談社文庫）p52

一本木 凱 いっぽんぎ・がい
浪人志願
　◇「立川文学 1」けやき出版 2011 p277

逸見 晴恵 いつみ・はるえ（1949〜2010）
私、がんばります≫逸見政孝
　◇「日本人の手紙 6」リブリオ出版 2004 p221

逸見 めんどう いつみ・めんどう
運の尽き
　◇「ショートショートの広場 12」講談社 2001（講談社文庫）p119
天狗の住む山
　◇「ショートショートの広場 10」講談社 2000（講談社文庫）p121

井手 孝史 いで・たかし
かかしの寝顔
　◇「ゆきのまち幻想文学賞小品集 18」企画集団ぷりずむ 2009 p91

井出 孫六 いで・まごろく（1931〜）
飛鳥─原始共産の島
　◇「山形県文学全集第2期（随筆・紀行編）5」郷土出版社 2005 p333
『舞姫』の翳
　◇「戦後短篇小説選─『世界』1946-1999 4」岩波書店 2000 p231

井出 真理 いで・まり
幸福な部屋
　◇「テレビドラマ代表作選集 2002年版」日本脚本家連盟 2002 p269

井出 幸子 いで・ゆきこ
月の窓の四姉妹
　◇「誰も知らない「桃太郎」「かぐや姫」のすべて」明拓出版 2009（創作童話シリーズ）p127

井出 隆 いで・りゅう
ロザリオの珠につなぎて
　◇「ハンセン病文学全集 8」皓星社 2006 p484

出射 恵 いでい・めぐみ
みかん・いよかん・夏みかん
　◇「創作脚本集─60周年記念」岡山県高等学校演劇協議会 2011（おかやまの高校演劇）p65

伊藤 あいりす いとう・あいりす
ヒロシマ メモリアル（いとうやすお）
　◇「中学校たのしい劇脚本集─英語劇付 II」国土社 2011 p65
マイ ペンフレンド（いとうやすお）
　◇「中学生のドラマ 8」晩成書房 2010 p139

伊藤 朱里 いとう・あかり（1986〜）
変わらざる喜び
　◇「太宰治賞 2015」筑摩書房 2015 p25

いとう うらら
ねこタクシー4コマシアター
　◇「御子神さん─幸福をもたらす♂三毛猫」竹書房 2010（竹書房文庫）p295

伊藤 永之介 いとう・えいのすけ（1903〜1959）
総督府模範竹林
　◇「コレクション戦争と文学 18」集英社 2012 p30
濁り酒
　◇「アンソロジー・プロレタリア文学 1」森話社 2013 p98
万宝山
　◇「コレクション戦争と文学 16」集英社 2012 p13

伊藤 香織 いとう・かおり
苔やはらかに。
◇「胞子文学名作選」港の人 2013 p81

伊藤 一美 いとう・かずみ
デクノボウの住みか
◇「12人のカウンセラーが語る12の物語」ミネルヴァ書房 2010 p141

伊藤 桂一 いとう・けいいち（1917〜2016）
赤城の雁
◇「白刃光る」新潮社 1997 p147
◇「時代小説―読切御免 2」新潮社 2004（新潮文庫）p179
秋草の渡し
◇「剣の意地恋の夢―時代小説傑作選」講談社 2000（講談社文庫）p217
あの橋を渡るとき
◇「躍る影法師」光風社出版 1997（光風社文庫）p321
生き残りの大隊長
◇「現代の小説 1998」徳間書店 1998 p187
石松の故郷
◇「ひらめく秘太刀」光風社出版 1998（光風社文庫）p321
因幡の兎
◇「剣が舞い落花が舞い―時代小説傑作選」講談社 1998（講談社文庫）p311
犬曳き侍
◇「極め付き時代小説選 3」中央公論新社 2004（中公文庫）p113
馬追月夜
◇「代表作時代小説 平成13年度」光風社出版 2001 p289
絵師の死ぬとき
◇「江戸浮世風」学習研究社 2004（学研M文庫）p239
黄土の記憶
◇「コレクション戦争と文学 7」集英社 2011 p240
風車の浜吉捕物綴―風車は廻る
◇「捕物小説名作選 1」集英社 2006（集英社文庫）p269
風車は廻る
◇「傑作捕物ワールド 10」リブリオ出版 2002 p63
河鹿の鳴く夜
◇「鍔鳴り疾風剣」光風社出版 2000（光風社文庫）p231
形と影
◇「三田文学短篇選」講談社 2010（講談社文芸文庫）p208
簪
◇「八百八町春爛漫」光風社出版 1998（光風社文庫）p25
黄色い蝶
◇「江戸恋い明け烏」光風社出版 1999（光風社文庫）p69

鬼怒のせせらぎ
◇「江戸しのび雨」学研パブリッシング 2012（学研M文庫）p167
久馬の帰藩
◇「血汐花に涙降る」光風社出版 1999（光風社文庫）p323
京屋の箱入娘―風車の浜吉捕物綴
◇「代表作時代小説 平成14年度」光風社出版 2002 p365
草の声
◇「慕情深川しぐれ」光風社出版 1998（光風社文庫）p191
百日紅の寺
◇「魔剣くずし秘聞」光風社出版 1998（光風社文庫）p41
新月の夜
◇「代表作時代小説 平成11年度」光風社出版 1999 p67
背中の新太郎
◇「風の中の剣士」光風社出版 1998（光風社文庫）p259
◇「信州歴史時代小説傑作集 4」しなのき書房 2007 p285
竹光
◇「浜町河岸夕化粧」光風社出版 1998（光風社文庫）p297
旅先よりの使者
◇「夢がたり大川端」光風社出版 1998（光風社文庫）p169
旅路の縁
◇「明暗廻り灯籠」光風社出版 1998（光風社文庫）p319
小さな清姫
◇「人情の往来―時代小説最前線」新潮社 1997（新潮文庫）p431
月夜駕籠
◇「剣よ月下に舞え」光風社出版 2001（光風社文庫）p161
月夜の夢
◇「剣侠しぐれ笠」光風社出版 1999（光風社文庫）p289
逃げる甚内
◇「星明かり夢街道」光風社出版 2000（光風社文庫）p299
八十歳の周辺
◇「文学 1999」講談社 1999 p17
花菖蒲を剪る
◇「おもかげ行燈」光風社出版 1998（光風社文庫）p123
梟の夜
◇「鎮守の森に鬼が棲む―時代小説傑作選」講談社 2001（講談社文庫）p83
藤棚の下
◇「剣鬼無明斬り」光風社出版 1997（光風社文庫）p21

いとう

藤の咲くころ
◇「江戸色恋坂―市井情話傑作選」学習研究社 2005（学研M文庫）p83

螢火の初夜
◇「代表作時代小説 平成12年度」光風社出版 2000 p261

水の天女
◇「極め付き時代小説選 2」中央公論新社 2004（中公文庫）p265

柳生連也斎
◇「人物日本剣豪伝 3」学陽書房 2001（人物文庫）p145

山犬剣法
◇「信州歴史時代小説傑作集 3」しなのき書房 2007 p27

山雀
◇「秘剣闇を斬る」光風社出版 1998（光風社文庫）p91

山小屋剣法
◇「花ごよみ夢一夜」光風社出版 2001（光風社文庫）p55

山女魚剣法
◇「江戸の鈍感力―時代小説傑選」集英社 2007（集英社文庫）p43

夢の通い路
◇「代表作時代小説 平成9年度」光風社出版 1997 p309
◇「春宵濡れ髪しぐれ―時代小説傑選」講談社 2003（講談社文庫）p243

夜ごとの夢
◇「代表作時代小説 平成10年度」光風社出版 1998 p7
◇「愛染夢灯籠―時代小説傑作選」講談社 2005（講談社文庫）p68

礫撃ち
◇「秘剣舞う―剣豪小説の世界」学習研究社 2002（学研M文庫）p245

浪人妻
◇「剣が哭く夜に哭く」光風社出版 2000（光風社文庫）p125

伊藤 計劃　いとう・けいかく（1974～2009）

屍者の帝国―わたしの名はジョン・H・ワトソン。軍医兼フランケンシュタイン技術者の卵だ
◇「NOVA―書き下ろし日本SFコレクション 1」河出書房新社 2009（河出文庫）p419

セカイ、蛮族、ぼく。
◇「リテラリーゴシック・イン・ジャパン―文学的ゴシック作品選」筑摩書房 2014（ちくま文庫）p443
◇「たんときれいに召し上がれ―美食文学精選」芸術新聞社 2015 p127

A.T.D Automatic Death―EPISODE：0 NO DISTANCE, BUT INTERFACE
◇「ぼくの、マシン―ゼロ年代日本SFベスト集成 S」東京創元社 2010（創元SF文庫）p409

From the Nothing, With Love
◇「超弦領域―年刊日本SF傑作選」東京創元社 2009（創元SF文庫）p461

The Indifference Engine
◇「虚構機関―年刊日本SF傑作選」東京創元社 2008（創元SF文庫）p441
◇「コレクション戦争と文学 5」集英社 2011 p98

The Indifference Engine（Edwin Hawkes〔英訳〕）
◇「THE FUTURE IS JAPANESE」早川書房 2012（ハヤカワSFシリーズJコレクション）p345
◇「日本SF短篇50 5」早川書房 2013（ハヤカワ文庫JA）p167

井東 憲　いとう・けん（1895～1945）

地獄の出来事
◇「新・プロレタリア文学精選集 3」ゆまに書房 2004 p1

伊藤 浩一　いとう・こういち

大人の童話冬神の約束
◇「ゆきのまち幻想文学賞小品集 23」企画集団ぷりずむ刊行 2014 p66

眉かくしの女―泉鏡花作『眉かくしの霊』より
◇「泉鏡花記念金沢戯曲大賞受賞作品集 第2回」金沢泉鏡花フェスティバル委員会 2003 p173

伊藤 佐喜雄　いとう・さきお（1910～1971）

白い葬列
◇「「日本浪曼派」集」新学社 2007（新学社近代浪漫派文庫）p68

伊藤 左千夫　いとう・さちお（1864～1913）

隣の嫁
◇「美しい恋の物語」筑摩書房 2010（ちくま文学の森）p129

野菊の墓
◇「涙の百年文学―もう一度読みたい」太陽出版 2009 p210
◇「10ラブ・ストーリーズ」朝日新聞出版 2011（朝日文庫）p123

伊藤 聡　いとう・さとる

何杯食べても…
◇「ショートショートの広場 9」講談社 1998（講談社文庫）p109

伊東 繁　いとう・しげる

しげる
◇「ハンセン病文学全集 8」皓星社 2006 p32

伊東 潤　いとう・じゅん（1960～）

家康謀殺
◇「時代小説ザ・ベスト 2016」集英社 2016（集英社文庫）p403

戦は算術に候
◇「代表作時代小説 平成25年度」光文社 2013 p103

男が立たぬ

◇「決戦！ 大坂城」講談社 2015 p257
鯨のくる城
◇「代表作時代小説 平成23年度」光文社 2011 p241
国を蹴った男
◇「この時代小説がすごい！ 時代小説傑作選」宝島社 2016（宝島社文庫）p7
小才子
◇「代表作時代小説 平成26年度」光文社 2014 p105
毒蛾に刺された男
◇「代表作時代小説 平成24年度」光文社 2012 p11
覇王の血
◇「決戦！ 本能寺」講談社 2015 p5
人を致して
◇「決戦！ 関ケ原」講談社 2014 p5
ルシファー・ストーン
◇「戦国秘史―歴史小説アンソロジー」KADOKAWA 2016（角川文庫）p5

伊藤 潤二　いとう・じゅんじ（1963～）

首吊り気球
◇「吊るされた男」角川書店 2001（角川ホラー文庫）p161
長い夢
◇「妖魔ヶ刻―時間怪談傑作選」徳間書店 2000（徳間文庫）p219

伊東 史朗　いとう・しろう

どんぐりと山猫
◇「中学生のドラマ 5」晩成書房 2004 p51

伊藤 整　いとう・せい（1905～1969）

愛情がいま僕の全身を浸しています≫小川貞子
◇「日本人の手紙 4」リブリオ出版 2004 p78
ある女の死
◇「戦後短篇小説再発見 13」講談社 2003（講談社文芸文庫）p30
春日
◇「日本文学全集 29」河出書房新社 2016 p43
三度目の話
◇「短編名作選―1925–1949 文士たちの時代」笠間書院 1999 p279
生物祭
◇「日本近代短篇小説選 昭和篇1」岩波書店 2012（岩波文庫）p181
組織と人間
◇「新装版 全集現代文学の発見 4」學藝書林 2003 p488
父の死まで
◇「戦後短篇小説選―『世界』1946–1999 2」岩波書店 2000 p199
ふるさと
◇「日本文学全集 29」河出書房新社 2016 p44
幽鬼の街
◇「新装版 全集現代文学の発見 2」學藝書林 2002 p221

◇「文豪怪談傑作選 昭和篇」筑摩書房 2011（ちくま文庫）p173
若い詩人の肖像（抄）
◇「新装版 全集現代文学の発見 14」學藝書林 2005 p66

伊藤 整一　いとう・せいいち（1890～1945）

いとしき最愛のちとせどの。戦艦大和の最後≫伊藤ちとせ／伊藤淑子・貞子
◇「日本人の手紙 10」リブリオ出版 2004 p92

伊藤 晴雨　いとう・せいう（1882～1961）

井上円了氏と霊魂不滅説（抄）
◇「文豪てのひら怪談」ポプラ社 2009（ポプラ文庫）p28

伊東 聖子　いとう・せいこ

内川の流れ
◇「山形県文学全集第2期（随筆・紀行編）4」郷土出版社 2005 p187

いとう せいこう（1961～）

江戸宙灼熱繰言―六代目冥王右団次
◇「彗星パニック」廣済堂出版 2000（廣済堂文庫）p187
すれ違う香り
◇「誘惑の香り」講談社 1999（講談社文庫）p99

伊藤 雪魚　いとう・せつぎょ

強制勉強禁止法
◇「ショートショートの広場 13」講談社 2002（講談社文庫）p203
こだわり
◇「ショートショートの広場 17」講談社 2005（講談社文庫）p190
前科八犯
◇「ショートショートの広場 13」講談社 2002（講談社文庫）p106
テスト・マシン
◇「ショートショートの広場 13」講談社 2002（講談社文庫）p179
のっぺらぼう
◇「ショートショートの花束 1」講談社 2009（講談社文庫）p136
無期限マル秘
◇「ショートショートの広場 17」講談社 2005（講談社文庫）p205
若しも…
◇「ショートショートの広場 19」講談社 2007（講談社文庫）p35

伊藤 たかみ　いとう・たかみ（1971～）

からし
◇「オトナの片思い」角川春樹事務所 2007 p39
◇「オトナの片思い」角川春樹事務所 2009（ハルキ文庫）p41
花嫁の悪い癖
◇「スタートライン―始まりをめぐる19の物語」幻冬舎 2010（幻冬舎文庫）p69

いとう

伊藤 武　いとう・たけし

足跡
　◇「ハンセン病文学全集 4」皓星社 2003 p398

倶会一処
　◇「ハンセン病に咲いた花―初期文芸名作選　戦後編」皓星社 2002（ハンセン病叢書）p112

精舎
　◇「ハンセン病に咲いた花―初期文芸名作選　戦後編」皓星社 2002（ハンセン病叢書）p126

伊藤 保　いとう・たもつ（1913〜1963）

仰日
　◇「ハンセン病文学全集 8」皓星社 2006 p107

伊藤 痴遊　いとう・ちゆう（1867〜1938）

明治天皇の崩御と乃木の死
　◇「将軍・乃木希典」勉誠出版 2004 p193

伊東 潮花　いとう・ちょうか（1810〜1880）

深川七不思議（門賀美央子〔抄訳〕）
　◇「あやかしの深川―受け継がれる怪異な土地の物語」猿江商會 2016 p22

伊藤 珍太郎　いとう・ちんたろう

水に太古の民の喜びを知る
　◇「山形県文学全集第2期（随筆・紀行編）4」郷土出版社 2005 p323

伊東 哲哉　いとう・てつや

愛情が足りない
　◇「超短編傑作選 v.6」創英社 2007 p182

飴
　◇「超短編傑作選 v.6」創英社 2007 p194

会社の秘密と打ち上げ
　◇「超短編傑作選 v.6」創英社 2007 p192

帰りの足
　◇「超短編傑作選 v.6」創英社 2007 p198

看板
　◇「超短編傑作選 v.6」創英社 2007 p25

首が痛い
　◇「超短編傑作選 v.6」創英社 2007 p174

ごますり器
　◇「超短編傑作選 v.6」創英社 2007 p170

サウンドエフェクタ
　◇「超短編傑作選 v.6」創英社 2007 p186

寂しい夜
　◇「超短編傑作選 v.6」創英社 2007 p184

助けを求める声
　◇「超短編傑作選 v.6」創英社 2007 p180

たまにはまじめな話
　◇「超短編傑作選 v.6」創英社 2007 p178

似顔絵
　◇「超短編傑作選 v.6」創英社 2007 p168

日常の一コマ
　◇「超短編傑作選 v.6」創英社 2007 p188

寝耳から水
　◇「超短編傑作選 v.6」創英社 2007 p200

眠れない夜
　◇「超短編傑作選 v.6」創英社 2007 p172

不思議な本屋
　◇「超短編傑作選 v.6」創英社 2007 p190

ふわふわ
　◇「超短編傑作選 v.6」創英社 2007 p176

僕のプライド
　◇「超短編傑作選 v.6」創英社 2007 p196

三つの願い
　◇「超短編傑作選 v.6」創英社 2007 p166

伊藤 輝文　いとう・てるふみ

山峡の石橋
　◇「ハンセン病文学全集 8」皓星社 2006 p381

伊藤 朋二郎　いとう・ともじろう

句集 窓 第三歌集
　◇「ハンセン病文学全集 9」皓星社 2010 p118

伊藤 夏美　いとう・なつみ

偉人たちの憂鬱
　◇「ショートショートの広場 15」講談社 2004（講談社文庫）p41

伊藤 野枝　いとう・のえ（1895〜1923）

あなたのキッスはずいぶん冷たかった≫大杉栄
　◇「日本人の手紙 5」リブリオ出版 2004 p31

関東大震災、ひとまず無事≫柴田菊子
　◇「日本人の手紙 10」リブリオ出版 2004 p41

乞食の名誉
　◇「「新編」日本女性文学全集 4」菁柿堂 2012 p442

火つけ彦七
　◇「被差別小説傑作集」河出書房新社 2016（河出文庫）p165

伊藤 典夫　いとう・のりお（1942〜）

伊藤典夫インタビュー（青雲立志編）（鏡明〔聞き手〕）
　◇「ボロゴーヴはミムジィ―伊藤典夫翻訳SF傑作選」早川書房 2016（ハヤカワ文庫 SF）p422

インサイド・SFワールド―この愛すべきSF作家たち（下）
　◇「SFマガジン700 国内篇」早川書房 2014（ハヤカワ文庫 SF）p55

伊藤 人誉　いとう・ひとよ（1913〜2009）

穴の底
　◇「名短篇ほりだしもの」筑摩書房 2011（ちくま文庫）p235

落ちてくる！
　◇「名短篇ほりだしもの」筑摩書房 2011（ちくま文庫）p261

髪
　◇「黒髪に恨みは深く―髪の毛ホラー傑作選」角川書

店 2006（角川ホラー文庫）p25

伊藤 寛　いとう・ひろし
少女と過ごした夏
◇「てのひら怪談―ビーケーワン怪談大賞傑作選」ポプラ社 2007 p200
◇「てのひら怪談―ビーケーワン怪談大賞傑作選」ポプラ社 2008（ポプラ文庫）p210

伊藤 弘成　いとう・ひろなり
SAKHALIN（サハリン）
◇「高校演劇Selection 2005 下」晩成書房 2007 p79

伊藤 比呂美　いとう・ひろみ（1955～）
海千山千―読み解き懺悔文
◇「文学」講談社 2009 p216
おかあさんいるかな
◇「ファイン／キュート素敵かわいい作品選」筑摩書房 2015（ちくま文庫）p106
母に連れられて荒れ地に住み着く
◇「文学で考える〈日本〉とは何か」双文社出版 2007 p192
◇「文学で考える〈日本〉とは何か」翰林書房 2016 p192
山桑
◇「感じて。息づかいを。―恋愛小説アンソロジー」光文社 2005（光文社文庫）p129

伊藤 太　いとう・ふとし
パオパオの木
◇「小学校たのしい劇の本―英語劇付 中学年」国土社 2007 p138

伊藤 正福　いとう・まさとみ
宇賀神いるか（山本勝一）
◇「命つなぐ愛―佐渡演劇グループいごねり創作演劇脚本集」新潟日報事業社 2007 p63
おせんの恋（山本勝一）
◇「命つなぐ愛―佐渡演劇グループいごねり創作演劇脚本集」新潟日報事業社 2007 p91
君に会えたら聞いてみたいこと（山本勝一）
◇「命つなぐ愛―佐渡演劇グループいごねり創作演劇脚本集」新潟日報事業社 2007 p127
ゴミ捨て場に降った夢
◇「命つなぐ愛―佐渡演劇グループいごねり創作演劇脚本集」新潟日報事業社 2007 p33

伊藤 正則　いとう・まさのり
若山牧水の山ざくらの歌と酒
◇「「伊豆文学賞」優秀作品集 第8回」静岡新聞社 2005 p177

伊藤 まさよし　いとう・まさよし
はしごにされた男
◇「ショートショートの花束 5」講談社 2013（講談社文庫）p123

伊藤 真有　いとう・まゆ
この道
◇「気配―第10回フェリシモ文学賞作品集」フェリシモ 2007 p132

伊藤 美紀　いとう・みき
いっちゃんのバカ
◇「冷と温―第13回フェリシモ文学賞作品集」フェリシモ 2010 p84

伊藤 三巳華　いとう・みみか（1977～）
大きな顔
◇「女たちの怪談百物語」メディアファクトリー 2010（〔幽books〕）p148
◇「女たちの怪談百物語」KADOKAWA 2014（角川ホラー文庫）p152
大阪城の話
◇「女たちの怪談百物語」メディアファクトリー 2010（〔幽books〕）p230
◇「女たちの怪談百物語」KADOKAWA 2014（角川ホラー文庫）p234
泳ぐ手
◇「女たちの怪談百物語」メディアファクトリー 2010（〔幽books〕）p172
◇「女たちの怪談百物語」KADOKAWA 2014（角川ホラー文庫）p176
ガチョウの歌
◇「女たちの怪談百物語」メディアファクトリー 2010（〔幽books〕）p66
◇「女たちの怪談百物語」KADOKAWA 2014（角川ホラー文庫）p72
神奈川県の山で
◇「女たちの怪談百物語」メディアファクトリー 2010（〔幽books〕）p203
◇「女たちの怪談百物語」KADOKAWA 2014（角川ホラー文庫）p207
子供の頃の思い出
◇「女たちの怪談百物語」メディアファクトリー 2010（〔幽books〕）p293
◇「女たちの怪談百物語」KADOKAWA 2014（角川ホラー文庫）p300
中央線の駅
◇「女たちの怪談百物語」メディアファクトリー 2010（〔幽books〕）p93
◇「女たちの怪談百物語」KADOKAWA 2014（角川ホラー文庫）p98
廃病院
◇「女たちの怪談百物語」メディアファクトリー 2010（〔幽books〕）p121
◇「女たちの怪談百物語」KADOKAWA 2014（角川ホラー文庫）p126
プレイボーイの友達
◇「女たちの怪談百物語」メディアファクトリー 2010（〔幽books〕）p259
◇「女たちの怪談百物語」KADOKAWA 2014（角川ホラー文庫）p264
幽霊管理人
◇「女たちの怪談百物語」メディアファクトリー 2010（〔幽books〕）p29
◇「女たちの怪談百物語」KADOKAWA 2014（角川ホラー文庫）p35

いとう

いとう やすお
グッバイ・トイレクラブ
　◇「中学生のドラマ 1」晩成書房 1995 p161
コチドリの干潟（うみ）
　◇「中学生のドラマ 6」晩成書房 2006 p73
砂の記憶
　◇「中学生のドラマ 3」晩成書房 1996 p141
ヒロシマ メモリアル（伊藤あいりす）
　◇「中学校たのしい劇脚本集―英語劇付 II」国土社 2011 p65
マイ・ペンフレンド（伊藤あいりす）
　◇「中学生のドラマ 8」晩成書房 2010 p139

伊藤 靖夫　いとう・やすお
嘘
　◇「ショートショートの広場 20」講談社 2008（講談社文庫）p176

伊藤 康隆　いとう・やすたか（1956～）
夏の約束
　◇「テレビドラマ代表作選集 2003年版」日本脚本家連盟 2003 p147

伊藤 優子　いとう・ゆうこ
梅枝
　◇「ゆきのまち幻想文学賞小品集 17」企画集団ぶりずむ 2008 p141

伊東 祐治　いとう・ゆうじ
警告文
　◇「ショートショートの花束 1」講談社 2009（講談社文庫）p210

伊藤 章雄　いとう・ゆきお（1941～）
洪水と慰藉―最上川
　◇「山形県文学全集第2期（随筆・紀行編）4」郷土出版社 2005 p302

伊藤 陽子　いとう・ようこ
そのひとことで
　◇「ひらく―第15回フェリシモ文学賞」フェリシモ 2012 p18

伊藤 義行　いとう・よしゆき
わさびの味
　◇「「伊豆文学賞」優秀作品集 第5回」羽衣出版 2002 p161

伊藤 柳涯子　いとう・りゅうがいし
ふるさとを捨てて
　◇「ハンセン病文学全集 9」皓星社 2010 p397

伊藤 礼　いとう・れい（1933～）
狸を食べすぎて身体じゅう狸くさくなって困ったはなし
　◇「まんぷく長屋―食欲文学傑作選」新潮社 2014（新潮文庫）p145

井戸川 寿良　いどがわ・ひさよし
瓢箪
　◇「ショートショートの広場 16」講談社 2005（講談社文庫）p109

イー・ドニ・ムニエ
⇒国枝史郎（くにえだ・しろう）を見よ

絲山 秋子　いとやま・あきこ（1966～）
愛なんかいらねー
　◇「文学 2006」講談社 2006 p39
神と増田喜十郎
　◇「日本文学100年の名作 10」新潮社 2015（新潮文庫）p591
コノドント展
　◇「文学 2016」講談社 2016 p29
飛車と驟馬
　◇「十年後のこと」河出書房新社 2016 p33
袋小路の男
　◇「文学 2004」講談社 2004 p284
別所さん
　◇「文学 2014」講談社 2014 p242
ベル・エポック
　◇「短篇ベストコレクション―現代の小説 2005」徳間書店 2005（徳間文庫）p355

伊奈 京介　いな・きょうすけ
邪恋妖姫伝
　◇「怪奇・伝奇時代小説選集 8」春陽堂書店 2000（春陽文庫）p68

稲垣 巌　いながき・いわお（1897～1937）
俗唄三つ（小泉八雲〔著〕）
　◇「被差別文学全集」河出書房新社 2016（河出文庫）p69

稲垣 五郎　いながき・ごろう
悪侍の子―金四郎人情話
　◇「捕物時代小説選集 1」春陽堂書店 1999（春陽文庫）p133

稲垣 史生　いながき・しせい（1912～1996）
針谷夕雲
　◇「人物日本剣豪伝 3」学陽書房 2001（人物文庫）p123

稲垣 考人　いながき・たかと
土蔵
　◇「松江怪談―新作怪談 松江物語」今井印刷 2015 p8

稲垣 足穂　いながき・たるほ（1900～1977）
赤鉛筆の由来
　◇「ちくま日本文学 16」筑摩書房 2008（ちくま文庫）p55
雨を射ち止めた話
　◇「ちくま日本文学 16」筑摩書房 2008（ちくま文庫）p26
ある晩の出来事
　◇「ちくま日本文学 16」筑摩書房 2008（ちくま文庫）p21
ある夜倉庫の影で聞いた話

一千一秒物語
　◇「ちくま日本文学 16」筑摩書房 2008（ちくま文庫）p9
　◇「近代童話（メルヘン）と賢治」おうふう 2014 p43

『一千一秒物語』より
　◇「幻妖の水脈（みお）」筑摩書房 2013（ちくま文庫）p459

異物と滑翔
　◇「ちくま日本文学 16」筑摩書房 2008（ちくま文庫）p401

薄い街
　◇「架空の町」国書刊行会 1997（書物の王国）p65
　◇「コレクション戦争と文学 5」集英社 2011 p539

A感覚とV感覚
　◇「新装版 全集現代文学の発見 9」學藝書林 2004 p562

似而非(えせ)物語
　◇「ちくま日本文学 16」筑摩書房 2008（ちくま文庫）p369

煙突から投げこまれた話
　◇「ちくま日本文学 16」筑摩書房 2008（ちくま文庫）p40

横寺日記
　◇「ちくま日本文学 16」筑摩書房 2008（ちくま文庫）p213

押し出された話
　◇「ちくま日本文学 16」筑摩書房 2008（ちくま文庫）p23

追っかけられた話
　◇「文豪てのひら怪談」ポプラ社 2009（ポプラ文庫）p92

お月様をたべた話
　◇「ちくま日本文学 16」筑摩書房 2008（ちくま文庫）p56

お月様が三角になった話
　◇「ちくま日本文学 16」筑摩書房 2008（ちくま文庫）p57

お月様とけんかした話
　◇「ちくま日本文学 16」筑摩書房 2008（ちくま文庫）p15
　◇「冒険の森へ―傑作小説大全 6」集英社 2016 p10

ガス燈とつかみ合いをした話
　◇「ちくま日本文学 16」筑摩書房 2008（ちくま文庫）p32

キスした人
　◇「ちくま日本文学 16」筑摩書房 2008（ちくま文庫）p24

霧にだまされた話
　◇「ちくま日本文学 16」筑摩書房 2008（ちくま文庫）p24

銀河からの手紙
　◇「ちくま日本文学 16」筑摩書房 2008（ちくま文庫）p47

◇「ちくま日本文学 16」筑摩書房 2008（ちくま文庫）p14

黒い箱
　◇「シャーロック・ホームズの災難―日本版」論創社 2007 p193
　◇「ちくま日本文学 16」筑摩書房 2008（ちくま文庫）p53

黒猫を射ち落とした話
　◇「ちくま日本文学 16」筑摩書房 2008（ちくま文庫）p41

黒猫と女の子
　◇「文豪怪談傑作選 特別編」筑摩書房 2008（ちくま文庫）p280

黒猫のしっぽを切った話
　◇「超短編アンソロジー」筑摩書房 2002（ちくま文庫）p35
　◇「ちくま日本文学 16」筑摩書房 2008（ちくま文庫）p22

月光鬼語
　◇「ちくま日本文学 16」筑摩書房 2008（ちくま文庫）p20

月光騎手
　◇「月」国書刊行会 1999（書物の王国）p28
　◇「ショートショートの缶詰」キノブックス 2016 p141

月光密造者
　◇「ちくま日本文学 16」筑摩書房 2008（ちくま文庫）p26

荒譚
　◇「モノノケ大合戦」小学館 2005（小学館文庫）p233

黄漠奇聞
　◇「日本文学100年の名作 1」新潮社 2014（新潮文庫）p391

ココアのいたずら
　◇「ちくま日本文学 16」筑摩書房 2008（ちくま文庫）p38

ココア山の話
　◇「近代童話（メルヘン）と賢治」おうふう 2014 p63

コーモリの家
　◇「ちくま日本文学 16」筑摩書房 2008（ちくま文庫）p42

佐藤春夫を送る辞
　◇「芸術家」国書刊行会 1998（書物の王国）p203

散歩前
　◇「ちくま日本文学 16」筑摩書房 2008（ちくま文庫）p43

山ン本五郎左衛門(さんもとごろざえもん)只今退散仕る
　◇「ちくま日本文学 16」筑摩書房 2008（ちくま文庫）p265

山ン本五郎左衛門只今退散仕る
　◇「日本怪奇小説傑作集 3」東京創元社 2005（創元推理文庫）p85
　◇「とっておきの話」筑摩書房 2011（ちくま文学の森）p171

死の館にて

いなか

◇「ちくま日本文学 16」筑摩書房 2008（ちくま文庫）p181

自分を落してしまった話
◇「ちくま日本文学 16」筑摩書房 2008（ちくま文庫）p34

自分によく似た人
◇「ちくま日本文学 16」筑摩書房 2008（ちくま文庫）p49
◇「冒険の森へ──傑作小説大全 17」集英社 2015 p47

水晶物語
◇「鉱物」国書刊行会 1997（書物の王国）p34

水道へ突き落とされた話
◇「ちくま日本文学 16」筑摩書房 2008（ちくま文庫）p36

生命に就て
◇「超短編アンソロジー」筑摩書房 2002（ちくま文庫）p146

空の美と芸術に就いて
◇「ちくま日本文学 16」筑摩書房 2008（ちくま文庫）p339

第三半球物語（抄）
◇「近代童話（メルヘン）と賢治」おうふう 2014 p60

タッチとダッシュ
◇「ちくま日本文学 16」筑摩書房 2008（ちくま文庫）p392

玉子少年
◇「ちくま日本文学 16」筑摩書房 2008（ちくま文庫）p401

澄江堂河童談義
◇「戦後短篇小説再発見 10」講談社 2002（講談社文芸文庫）p26

チョコレット
◇「ちくま日本文学 16」筑摩書房 2008（ちくま文庫）p79
◇「文人御馳走帖」新潮社 2014（新潮文庫）p251

月をあげる人
◇「ちくま日本文学 16」筑摩書房 2008（ちくま文庫）p36

月から出た人
◇「ちくま日本文学 16」筑摩書房 2008（ちくま文庫）p9

月とシガレット
◇「ちくま日本文学 16」筑摩書房 2008（ちくま文庫）p14

突きとばされた話
◇「ちくま日本文学 16」筑摩書房 2008（ちくま文庫）p22

月の客人
◇「ちくま日本文学 16」筑摩書房 2008（ちくま文庫）p51

月のサーカス
◇「ちくま日本文学 16」筑摩書房 2008（ちくま文庫）p38

月夜のプロージット
◇「ちくま日本文学 16」筑摩書房 2008（ちくま文庫）p54

電燈の下をへんなものが通った話
◇「ちくま日本文学 16」筑摩書房 2008（ちくま文庫）p38

塔下の対話
◇「ちくま日本文学 16」筑摩書房 2008（ちくま文庫）p410

どうして彼は喫煙家になったか？
◇「ちくま日本文学 16」筑摩書房 2008（ちくま文庫）p64

どうして酔よりさめたか？
◇「ちくま日本文学 16」筑摩書房 2008（ちくま文庫）p52

投石事件
◇「ちくま日本文学 16」筑摩書房 2008（ちくま文庫）p11

土星が三つ出来た話
◇「ちくま日本文学 16」筑摩書房 2008（ちくま文庫）p55

友だちがお月様に変った話
◇「ちくま日本文学 16」筑摩書房 2008（ちくま文庫）p44

なげいて帰った者
◇「ちくま日本文学 16」筑摩書房 2008（ちくま文庫）p26

懐かしの七月──余は山ン本五郎左衛門と名乗る
◇「稲生モノノケ大全 陰之巻」毎日新聞社 2003 p481

ニュウヨークから帰ってきた人の話
◇「ちくま日本文学 16」筑摩書房 2008（ちくま文庫）p50

鶏（にわとり）泥棒
◇「ちくま日本文学 16」筑摩書房 2008（ちくま文庫）p69

人工戦争（バタイユアルティッシェル）
◇「コレクション戦争と文学 6」集英社 2011 p256

はたして月へ行けたか？
◇「ちくま日本文学 16」筑摩書房 2008（ちくま文庫）p36

はたしてビールびんの中に箒星がはいっていたか？
◇「ちくま日本文学 16」筑摩書房 2008（ちくま文庫）p61

はねとばされた話
◇「ちくま日本文学 16」筑摩書房 2008（ちくま文庫）p23

ハーモニカを盗まれた話
◇「ちくま日本文学 16」筑摩書房 2008（ちくま文庫）p13

春の鳥
◇「ちくま日本文学 16」筑摩書房 2008（ちくま文庫）p436

フェヴァリット
◇「ちくま日本文学 16」筑摩書房 2008（ちくま文

彗星を獲りに行った話
　◇「ちくま日本文学 16」筑摩書房 2008（ちくま文庫）p27
放熱器
　◇「ちくま日本文学 16」筑摩書房 2008（ちくま文庫）p137
ポケットの中の月
　◇「ちくま日本文学 16」筑摩書房 2008（ちくま文庫）p25
星を売る店
　◇「ちくま日本文学 16」筑摩書房 2008（ちくま文庫）p114
星を食べた話
　◇「ちくま日本文学 16」筑摩書房 2008（ちくま文庫）p28
星をひろった話
　◇「ちくま日本文学 16」筑摩書房 2008（ちくま文庫）p10
星でパンをこしらえた話
　◇「ちくま日本文学 16」筑摩書房 2008（ちくま文庫）p34
星と無頼漢
　◇「ちくま日本文学 16」筑摩書房 2008（ちくま文庫）p59
星におそわれた話
　◇「ちくま日本文学 16」筑摩書房 2008（ちくま文庫）p35
星？　花火？
　◇「ちくま日本文学 16」筑摩書房 2008（ちくま文庫）p30
星は北に拱く夜の記
　◇「美少年」国書刊行会 1997（書物の王国）p11
本が怒つた話─「シャボン玉物語」より
　◇「北村薫のミステリー館」新潮社 2005（新潮文庫）p331
真夜中の訪問者
　◇「ちくま日本文学 16」筑摩書房 2008（ちくま文庫）p49
見てきたようなことを云う人
　◇「ちくま日本文学 16」筑摩書房 2008（ちくま文庫）p45
緑の蔭─英国的断片
　◇「同性愛」国書刊行会 1999（書物の王国）p193
弥勒
　◇「新装版 全集現代文学の発見 7」學藝書林 2003 p86
雪ヶ谷日記
　◇「ちくま日本文学 16」筑摩書房 2008（ちくま文庫）p248
夜の好きな王の話
　◇「王侯」国書刊行会 1998（書物の王国）p121
リビアの月夜（Humoresque）
　◇「江戸川乱歩と13人の新青年〈文学派〉編」光文社 2008（光文社文庫）p391

流星と格闘した話
　◇「ちくま日本文学 16」筑摩書房 2008（ちくま文庫）p12
われらの神仙主義
　◇「ちくま日本文学 16」筑摩書房 2008（ちくま文庫）p350
A CHILDREN'S SONG
　◇「ちくま日本文学 16」筑摩書房 2008（ちくま文庫）p20
A HOLD UP
　◇「ちくま日本文学 16」筑摩書房 2008（ちくま文庫）p46
A MEMORY
　◇「ちくま日本文学 16」筑摩書房 2008（ちくま文庫）p17
A MOONSHINE
　◇「ちくま日本文学 16」筑摩書房 2008（ちくま文庫）p66
AN INCIDENT AT A STREET CORNER
　◇「ちくま日本文学 16」筑摩書房 2008（ちくま文庫）p46
AN INCIDENT IN THE CONCERT
　◇「ちくま日本文学 16」筑摩書房 2008（ちくま文庫）p29
A PUZZLE
　◇「ちくま日本文学 16」筑摩書房 2008（ちくま文庫）p19
A ROC ON A PAVEMENT
　◇「ちくま日本文学 16」筑摩書房 2008（ちくま文庫）p52
A TWILIGHT EPISODE
　◇「ちくま日本文学 16」筑摩書房 2008（ちくま文庫）p41
It's NOTHING ELSE
　◇「ちくま日本文学 16」筑摩書房 2008（ちくま文庫）p21
SOMETHING BLACK
　◇「ちくま日本文学 16」筑摩書房 2008（ちくま文庫）p21
THE BLACK COMET CLUB
　◇「ちくま日本文学 16」筑摩書房 2008（ちくま文庫）p43
THE MOONMAN
　◇「ちくま日本文学 16」筑摩書房 2008（ちくま文庫）p37
THE MOONRIDERS
　◇「ちくま日本文学 16」筑摩書房 2008（ちくま文庫）p39
THE WEDDING CEREMONY
　◇「ちくま日本文学 16」筑摩書房 2008（ちくま文庫）p48
TOUR DU CHAT–NOIR
　◇「ちくま日本文学 16」筑摩書房 2008（ちくま文庫）p30

稲垣　秀幸　いながき・ひでゆき
精の出る靴磨き
　◇「ショートショートの広場 13」講談社 2002（講談社文庫）p125

いなか

稲川 精二　いながわ・せいじ
エビスサマ
　◇「リトル・リトル・クトゥルー──史上最小の神話小説集」学習研究社 2009 p32

稲毛 恍　いなげ・こう
嗤い声
　◇「書物愛　日本篇」晶文社 2005 p237
　◇「書物愛　日本篇」東京創元社 2014（創元ライブラリ）p233

稲毛 裕美　いなげ・ひろみ
信じてくれますか？
　◇「ショートショートの広場 17」講談社 2005（講談社文庫）p212

稲沢 潤子　いなざわ・じゅんこ（1940〜）
星条旗とゴッホ
　◇「現代短編小説選──2005〜2009」日本民主主義文学会 2010 p87
メコンの蛍
　◇「時代の波音──民主文学短編小説集1995年〜2004年」日本民主主義文学会 2005 p258

稲田 和子　いなだ・かずこ（1932〜）
三枚のおふだ（筒井悦子）
　◇「朗読劇台本集 5」玉川大学出版部 2002 p137

稲田 好美　いなだ・よしみ
見つけたよ、愛
　◇「Love──あなたに逢いたい」双葉社 1997（双葉文庫）p29

因幡 縁　いなば・えにし
楽園のいろ
　◇「ゆきのまち幻想文学賞小品集 22」企画集団ぷりずむ 2013 p64

稲葉 祥子　いなば・さちこ
贋夢譚　彫る男
　◇「現代作家代表作選集 2」鼎書房 2012 p5
装飾棺桶
　◇「太宰治賞 2015」筑摩書房 2015 p171

稲葉 千門　いなば・せんもん
大（メジャー）への挑戦
　◇「ショートショートの広場 12」講談社 2001（講談社文庫）p230

稲葉 たえみ　いなば・たえみ
介護ロボット
　◇「ショートショートの広場 14」講談社 2003（講談社文庫）p153
ずれてる男
　◇「ショートショートの花束 1」講談社 2009（講談社文庫）p28
テレビ
　◇「ショートショートの広場 12」講談社 2001（講談社文庫）p117
内科受診
　◇「ショートショートの広場 11」講談社 2000（講談社文庫）p131

稲葉 真弓　いなば・まゆみ（1950〜）
石に映る影
　◇「文学 2006」講談社 2006 p101
浮き島
　◇「エクスタシィ──大人の恋の物語り」ベストセラーズ 2003 p159
かかしの旅
　◇「いじめの時間」朝日新聞社 1997 p207
蟹
　◇「文学 2003」講談社 2003 p220
声の娼婦
　◇「現代秀作集」角川書店 1999（女性作家シリーズ）p407
桟橋
　◇「日本文学全集 28」河出書房新社 2017 p351
漂う箱
　◇「文学 1997」講談社 1997 p97
ヒソリを撃つ
　◇「文学 2002」講談社 2002 p163
ふくろうたち
　◇「名探偵登場！」講談社 2014 p241
　◇「名探偵登場！」講談社 2016（講談社文庫）p289
もうひとりの私
　◇「少女物語」朝日新聞社 1998 p29
指の上の深海
　◇「文学 2009」講談社 2009 p168

稲葉 稔　いなば・みのる
青い光
　◇「セブンス・アウト──悪夢七夜」童夢舎 2000（Doumノベル）p187
仕立屋の猫
　◇「江戸猫ばなし」光文社 2014（光文社文庫）p47
邪鬼
　◇「伝奇城──伝奇時代小説アンソロジー」光文社 2005（光文社文庫）p273
人生胸算用
　◇「代表作時代小説 平成26年度」光文社 2014 p275

稲見 一良　いなみ・いつら（1931〜1994）
トカチン、カラチン
　◇「少年の眼──大人になる前の物語」光文社 1997（光文社文庫）p235
「密猟志願」より
　◇「狩猟文学マスターピース」みすず書房 2011（大人の本棚）p45
麦畑のミッション
　◇「冒険の森へ──傑作小説大全 13」集英社 2016 p209

井並 貢二　いなみ・こうじ
硝子
　◇「幻の探偵雑誌 8」光文社 2001（光文社文庫）

稲村 たくみ　いなむら・たくみ
苦手なもの
　◇「ショートショートの花束 2」講談社 2010（講談社文庫）p175

戌井 昭人　いぬい・あきと（1971～）
あたまに浮かんでくる人
　◇「いまのあなたへ―村上春樹への12のオマージュ」NHK出版 2014 p96
植木鉢
　◇「短篇集」ヴィレッジブックス 2010 p26
辞書ひき屋
　◇「辞書、のような物語。」大修館書店 2013 p37
すっぽん心中
　◇「文学 2014」講談社 2014 p24
その男は笑いすぎた
　◇「超短編の世界 vol.2」創英社 2009 p14
ダラホテル
　◇「東と西 2」小学館 2010 p144
　◇「東と西 2」小学館 2012（小学館文庫）p157
天秤皿のヘビ
　◇「12星座小説集」講談社 2013（講談社文庫）p149
流れ熊
　◇「いまのあなたへ―村上春樹への12のオマージュ」NHK出版 2014 p95
肉まんと呼ばれた男
　◇「十年後のこと」河出書房新社 2016 p39
にんじん
　◇「超短編の世界 vol.2」創英社 2009 p16
花
　◇「超短編の世界 vol.2」創英社 2009 p18

乾 敦　いぬい・あつし
ファレサイ島の奇跡
　◇「山口雅也の本格ミステリ・アンソロジー」角川書店 2007（角川文庫）p305

乾 くるみ　いぬい・くるみ（1963～）
五つのプレゼント
　◇「事件の痕跡」光文社 2007（Kappa novels）p81
　◇「事件の痕跡」光文社 2012（光文社文庫）p101
《せうえうか》の秘密
　◇「ミステリ魂。校歌斉唱！」講談社 2010（講談社ノベルス）p65
　◇「本格ミステリー二〇一〇年本格短編ベスト・セレクション '10」講談社 2010（講談社ノベルス）p189
　◇「凍れる女神の秘密―本格短編ベスト・セレクション 2014」講談社 2014（講談社ノベルス）p267
亡き者を偲ぶ日
　◇「古書ミステリー倶楽部―傑作推理小説集 2」光文社 2014（光文社文庫）p249
二枚舌の掛軸
　◇「本格ミステリー二〇〇九年本格短編ベスト・セレクション 09」講談社 2009（講談社ノベルス）p311
　◇「空飛ぶモルグ街の研究―本格短編ベスト・セレクション」講談社 2013（講談社文庫）p515
林雅賀のミステリ案内―故人の想いを探る
　◇「古書ミステリー倶楽部―傑作推理小説集 2」光文社 2014（光文社文庫）p270
ひいらぎ駅の怪事件
　◇「愛憎発殺人行―鉄道ミステリー名作館」徳間書店 2004（徳間文庫）p137
三つの涙
　◇「ベスト本格ミステリ 2015」講談社 2015（講談社ノベルス）p63
四枚のカード
　◇「本格ミステリー二〇〇八年本格短編ベスト・セレクション 08」講談社 2008（講談社ノベルス）p275
　◇「名探偵に訊け」光文社 2010（Kappa novels）p103
　◇「見えない殺人カード―本格短編ベスト・セレクション」講談社 2012（講談社文庫）p401
　◇「名探偵に訊け」光文社 2013（光文社文庫）p137
ラッキーセブン
　◇「ベスト本格ミステリ 2013」講談社 2013（講談社ノベルス）p277

乾 信一郎　いぬい・しんいちろう（1906～2000）
五万人と居士
　◇「犯人は秘かに笑う―ユーモアミステリー傑作選」光文社 2007（光文社文庫）p25
豚児廃業
　◇「幻の探偵雑誌 10」光文社 2002（光文社文庫）p317
ホームズの正直
　◇「シャーロック・ホームズの災難―日本版」論創社 2007 p203

いぬい とみこ（1924～2002）
子どもと文学
　◇「ひつじアンソロジー 小説編 2」ひつじ書房 2009 p44

乾 ルカ　いぬい・るか（1970～）
黒い瞳の内
　◇「殺意の隘路」光文社 2016（最新ベスト・ミステリー）p145
漆黒
　◇「奇想博物館」光文社 2013（最新ベスト・ミステリー）p69
ちゃーちゃん
　◇「暗闇を見よ」光文社 2010（Kappa novels）p73
　◇「暗闇を見よ」光文社 2015（光文社文庫）p95
モドル
　◇「ザ・ベストミステリーズ―推理小説年鑑 2009」講談社 2009 p303
　◇「Spiralくるめく謎」講談社 2012（講談社文庫）p99
モブ君
　◇「大崎梢リクエスト！ 本屋さんのアンソロジー」

いぬい

　　◇「大崎梢リクエスト！本屋さんのアンソロジー」光文社 2014（光文社文庫）p121

乾 緑郎　いぬい・ろくろう（1971〜）

隠神刑部
　　◇「妙ちきりん─「読楽」時代小説アンソロジー」徳間書店 2016（徳間文庫）p259

おかげ犬
　　◇「5分で読める！ひと駅ストーリー 旅の話」宝島社 2015（宝島社文庫）p389

影武者対影武者
　　◇「決戦！川中島」講談社 2016 p171

機巧のイヴ
　　◇「ザ・ベストミステリーズ─推理小説年鑑 2013」講談社 2013 p65
　　◇「極光星群」東京創元社 2013（創元SF文庫）p85
　　◇「ベスト本格ミステリ 2013」講談社 2013（講談社ノベルス）p331
　　◇「Esprit 機知と企みの競演」講談社 2016（講談社文庫）p125

黒いパンテル
　　◇「このミステリーがすごい！四つの謎」宝島社 2014 p61

五霊戦鬼
　　◇「決戦！大坂城」講談社 2015 p131

最後のスタンプ
　　◇「5分で読める！ひと駅ストーリー 降車編」宝島社 2012（宝島社文庫）p23
　　◇「5分で泣ける！胸がいっぱいになる物語」宝島社 2015（宝島社文庫）p53

死体たちの夏
　　◇「5分で読める！ひと駅ストーリー 夏の記憶西口編」宝島社 2013（宝島社文庫）p281
　　◇「5分で凍る！ぞっとする怖い話」宝島社 2015（宝島社文庫）p59

鷹野鍼灸院の事件簿・2─置き忘れのペイン
　　◇「『このミステリーがすごい！』大賞作家書き下ろしBOOK」宝島社 2012 p73

鷹野鍼灸院の事件簿・3─失われた風景
　　◇「『このミステリーがすごい！』大賞作家書き下ろしBOOK vol.2」宝島社 2013 p207

鷹野鍼灸院の事件簿・4─それぞれのすれ違い
　　◇「『このミステリーがすごい！』大賞作家書き下ろしBOOK vol.3」宝島社 2013 p5

鷹野鍼灸院の事件簿・5─マクワウリを刺す
　　◇「『このミステリーがすごい！』大賞作家書き下ろしBOOK vol.4」宝島社 2014 p5

鷹野鍼灸院の事件簿・7─坂道に立つ女
　　◇「『このミステリーがすごい！』大賞作家書き下ろしBOOK vol.10」宝島社 2015 p185

鷹野鍼灸院の事件簿・8─師、去りし後
　　◇「『このミステリーがすごい！』大賞作家書き下ろしBOOK vol.11」宝島社 2015 p43

鷹野鍼灸院の事件簿・9─アイスマンの呼ぶ声
　　◇「『このミステリーがすごい！』大賞作家書き下ろしBOOK vol.12」宝島社 2016 p209

抜け忍サドンデス
　　◇「もっとすごい！10分間ミステリー」宝島社 2013（宝島社文庫）p339
　　◇「10分間ミステリー THE BEST」宝島社 2016（宝島社文庫）p37

沼地蔵
　　◇「10分間ミステリー」宝島社 2012（宝島社文庫）p297
　　◇「5分で凍る！ぞっとする怖い話」宝島社 2015（宝島社文庫）p9

ピートの春
　　◇「5分で読める！ひと駅ストーリー 猫の物語」宝島社 2014（宝島社文庫）p319
　　◇「5分で泣ける！胸がいっぱいになる物語」宝島社 2015（宝島社文庫）p117

二人のクラウン
　　◇「『このミステリーがすごい！』大賞作家書き下ろしBOOK vol.9」宝島社 2015 p5

SOLITUDE
　　◇「優秀新人戯曲集 2009」ブロンズ新社 2008 p5

狗飼 恭子　いぬかい・きょうこ（1974〜）

あのキャンプ
　　◇「恋時雨─恋はときどき泪が出る」メディアファクトリー 2009（〔ダ・ヴィンチブックス〕）p51

カナブンはいない
　　◇「恋時雨─恋はときどき泪が出る」メディアファクトリー 2009（〔ダ・ヴィンチブックス〕）p19

きみの隣を
　　◇「恋時雨─恋はときどき泪が出る」メディアファクトリー 2009（〔ダ・ヴィンチブックス〕）p29

心の距離なんて実際の距離にくらべれば、─『遠くでずっとそばにいる』番外編
　　◇「サイドストーリーズ」KADOKAWA 2015（角川文庫）p137

スイートリトルライズ
　　◇「年鑑代表シナリオ集 '10」シナリオ作家協会 2011 p7

ストロベリーショートケイクス
　　◇「年鑑代表シナリオ集 '06」シナリオ作家協会 2008 p133

絶対
　　◇「恋時雨─恋はときどき泪が出る」メディアファクトリー 2009（〔ダ・ヴィンチブックス〕）p39

空に星が綺麗
　　◇「靴に恋して」ソニー・マガジンズ 2004 p151

町が雪白に覆われたなら
　　◇「あのころの宝もの─ほんのり心が温まる12のショートストーリー」メディアファクトリー 2003 p5

やさしい気持ち
　　◇「Love songs」幻冬舎 1998 p165

犬養 健　いぬかい・たけし（1896〜1960）
　明るい人
　　◇「新装版 全集現代文学の発見 別巻」學藝書林 2005 p548

犬飼 六岐　いぬかい・ろっき（1964〜）
　毒と毒
　　◇「代表作時代小説 平成25年度」光文社 2013 p35
　密使の太刀
　　◇「代表作時代小説 平成26年度」光文社 2014 p135

犬木 加奈子　いぬき・かなこ
　教室は何を教えてくれる？
　　◇「教室」光文社 2003（光文社文庫）p329

犬塚 星司　いぬづか・せいし
　しょうらい、お父さんになりたい≫山際淳司
　　◇「日本人の手紙 9」リブリオ出版 2004 p154

犬塚 稔　いぬづか・みのる（1901〜2007）
　座頭市物語
　　◇「座頭市―時代小説英雄列伝」中央公論新社 2002（中公文庫）p68

犬伏 浩　いぬぶし・ひろし
　ある映画監督の悩み
　　◇「ショートショートの花束 4」講談社 2012（講談社文庫）p203

犬丸 りん　いぬまる・りん
　ゴージャス・ムッちゃん
　　◇「憑き者―全篇書下ろし傑作ホラーアンソロジー」アスキー 2000（A-novels）p201

犬村 小六　いぬむら・ころく
　月のかわいい一側面
　　◇「星海社カレンダー小説 2012下」星海社 2012（星海社FICTIONS）p7
　　◇「カレンダー・ラブ・ストーリー―読むと恋したくなる」星海社 2014（星海社文庫）p125

犬山居士　いぬやまこじ
　見燭蛾有感（しょくがをみてかんあり）
　　◇「新日本古典文学大系 明治編 12」岩波書店 2001 p42

伊野 隆之　いの・たかゆき（1961〜）
　冷たい雨A Grave with No Name
　　◇「短篇ベストコレクション―現代の小説 2011」徳間書店 2011（徳間文庫）p281

井野 登志子　いの・としこ
　海のかけら
　　◇「北日本文学賞入賞作品集 2」北日本新聞社 2002 p333

稲生 平太郎　いのう・へいたろう（？〜1803）
　三次実録物語
　　◇「稲生モノノケ大全 陰之巻」毎日新聞社 2003 p717

井上 昭之　いのうえ・あきゆき
　追われる女
　　◇「ショートショートの広場 20」講談社 2008（講談社文庫）p148

井上 荒野　いのうえ・あれの（1961〜）
　アナーキー
　　◇「短篇ベストコレクション―現代の小説 2007」徳間書店 2007（徳間文庫）p277
　ある古本屋の妻の話
　　◇「100万分の1回のねこ」講談社 2015 p53
　犬と椎茸
　　◇「コイノカオリ」角川書店 2004 p233
　　◇「コイノカオリ」角川書店 2008（角川文庫）p211
　うそ
　　◇「短篇ベストコレクション―現代の小説 2015」徳間書店 2015（徳間文庫）p105
　帰れない猫
　　◇「ナナイロノコイ―恋愛小説」角川春樹事務所 2003 p57
　粉
　　◇「恋のかけら」幻冬舎 2008 p181
　　◇「恋のかけら」幻冬舎 2012（幻冬舎文庫）p197
　最後の島
　　◇「あの街で二人は―seven love stories」新潮社 2014（新潮文庫）p211
　サモワールの薔薇とオニオングラタン
　　◇「女がそれを食べるとき」幻冬舎 2013（幻冬舎文庫）p7
　下北みれん
　　◇「旅の終わり、始まりの旅」小学館 2012（小学館文庫）p75
　ダッチオーブン
　　◇「本当のうそ」講談社 2007 p119
　他人の島
　　◇「オトナの片思い」角川春樹事務所 2007 p173
　　◇「オトナの片思い」角川春樹事務所 2009（ハルキ文庫）p165
　時の過ぎゆくままに
　　◇「短篇ベストコレクション―現代の小説 2013」徳間書店 2013（徳間文庫）p5
　二十人目ルール
　　◇「20の短編小説」朝日新聞出版 2016（朝日文庫）p59
　野江さんと蒟蒻
　　◇「女ともだち」小学館 2010 p37
　　◇「女ともだち」小学館 2013（小学館文庫）p45
　ビストロ・チェリイの蟹
　　◇「おいしい話―料理小説傑作選」徳間書店 2007（徳間文庫）p139
　ブーツ
　　◇「最後の恋プレミアム―つまり、自分史上最高の恋。」新潮社 2011（新潮文庫）p43
　ボサノバ
　　◇「甘い記憶」新潮社 2008 p7

いのう

甘い記憶
- ◇「甘い記憶」新潮社 2011（新潮文庫）p9

骨
- ◇「あの日、君と Boys」集英社 2012（集英社文庫）p75

虫歯の薬みたいなもの
- ◇「Love Letter」幻冬舎 2005 p131
- ◇「Love Letter」幻冬舎 2008（幻冬舎文庫）p143

理由
- ◇「チーズと塩と豆と」ホーム社 2010 p56
- ◇「チーズと塩と豆と」集英社 2013（集英社文庫）p55

All about you
- ◇「Joy！」講談社 2008 p161
- ◇「彼の女たち」講談社 2012（講談社文庫）p165

井上 円了　いのうえ・えんりょう（1858〜1919）

山形県巡講第二回日誌（置賜、最上、庄内地方）
- ◇「山形県文学全集第2期（随筆・紀行編）1」郷土出版社 2005 p160

妖怪学講義（抄）
- ◇「稲生モノノケ大全 陰之巻」毎日新聞社 2003 p633

井上 幻　いのうえ・げん

喉
- ◇「怪奇探偵小説集 2」角川春樹事務所 1998（ハルキ文庫）p223

井上 賢一　いのうえ・けんいち

心理テスト
- ◇「ショートショートの花束 2」講談社 2010（講談社文庫）p207

愉快犯
- ◇「ショートショートの花束 2」講談社 2010（講談社文庫）p164

井上 剣花坊　いのうえ・けんかぼう（1870〜1934）

川柳
- ◇「コレクション戦争と文学 6」集英社 2011 p282
- ◇「アンソロジー・プロレタリア文学 2」森話社 2014 p115
- ◇「アンソロジー・プロレタリア文学 3」森話社 2015 p12

井上 こころ　いのうえ・こころ

笑うタンパク質
- ◇「優秀新人戯曲集 2006」ブロンズ新社 2005 p185

井上 志摩夫　いのうえ・しまお

大高源五
- ◇「定本・忠臣蔵四十七人集」双葉社 1998 p309

井上 淳一　いのうえ・じゅんいち（1965〜）

男たちの大和（野上龍雄）
- ◇「年鑑代表シナリオ集 '05」シナリオ作家協会 2006 p283

パートナーズ（荒井晴彦）
- ◇「年鑑代表シナリオ集 '10」シナリオ作家協会 2011 p267

井上 閏日　いのうえ・じゅんにち

パールのようなもの
- ◇「てのひら怪談 癸巳」KADOKAWA 2013（MF文庫ダ・ヴィンチ）p140

井上 真一　いのうえ・しんいち

いのちの歌〜のら犬ものがたり パートⅡ〜
- ◇「小学校たのしい劇の本―英語劇付 高学年」国土社 2007 p8

ブラックホール
- ◇「小学生のげき―新小学校演劇脚本集 高学年 1」晩成書房 2011 p29

井上 伸一郎　いのうえ・しんいちろう

聖獣戦記白い影
- ◇「怪獣文藝の逆襲」KADOKAWA 2015（〔幽〕BOOKS〕）p261

井上 菅子　いのうえ・すがこ

コスモス有情
- ◇「山形県文学全集第2期（随筆・紀行編）6」郷土出版社 2005 p75

井上 宗一　いのうえ・そういち

水曜日の子供
- ◇「新・本格推理 01」光文社 2001（光文社文庫）p151

井上 たかし　いのうえ・たかし

首
- ◇「ショートショートの広場 8」講談社 1997（講談社文庫）p27

症候群
- ◇「ショートショートの広場 9」講談社 1998（講談社文庫）p30

常識
- ◇「ショートショートの広場 8」講談社 1997（講談社文庫）p70

悩みの種
- ◇「ショートショートの広場 11」講談社 2000（講談社文庫）p109

井上 剛　いのうえ・たけし

生き地獄
- ◇「SF宝石―すべて新作読み切り！ 2015」光文社 2015 p208

間抜け
- ◇「物語のルミナリエ」光文社 2011（光文社文庫）p171

井上 武彦　いのうえ・たけひこ（1925〜2010）

黄色い微笑
- ◇「経済小説名作選」筑摩書房 2014（ちくま文庫）p323

井上 立士　いのうえ・たつお（1912〜1943）

編隊飛行（抄）
- ◇「新装版 全集現代文学の発見 14」學藝書林 2005

p456

井上 銕　いのうえ・てつ
何故に穴は掘られるか
◇「甦る推理雑誌 9」光文社 2003（光文社文庫）p309

井上 友一郎　いのうえ・ともいちろう（1909〜1997）
首
◇「浜町河岸夕化粧」光風社出版 1998（光風社文庫）p37

武田観柳斎
◇「新選組烈士伝」角川書店 2003（角川文庫）p335

淀君
◇「おんなの戦」角川書店 2010（角川文庫）p195

井上 智之　いのうえ・ともゆき
ビューロクラシー
◇「ショートショートの広場 10」講談社 2000（講談社文庫）p52

井上 信子　いのうえ・のぶこ（1869〜1958）
川柳
◇「アンソロジー・プロレタリア文学 3」森話社 2015 p268

井上 斑猫　いのうえ・はんみょう
何の音だ
◇「超短編の世界 vol.3」創英社 2011 p114

井上 ひさし　いのうえ・ひさし（1934〜2010）
握手
◇「もう一度読みたい教科書の泣ける名作 再び」学研教育出版 2014 p207

あくる朝の蟬
◇「山形県文学全集第1期（小説編）4」郷土出版社 2004 p298
◇「人恋しい雨の夜に―せつない小説アンソロジー」光文社 2006（光文社文庫）p91

江戸大納戸役 毛利小平太
◇「忠臣蔵コレクション 3」河出書房新社 1998（河出文庫）p313

大坂留守居役 岡本次郎左衞門
◇「犬道楽江戸草紙―時代小説傑作選」徳間書店 2005（徳間文庫）p129

おせん
◇「代表作時代小説 平成11年度」光風社出版 1999 p221

汚点
◇「家族の絆」光文社 1997（光文社文庫）p203

おゆき
◇「代表作時代小説 平成20年度」光文社 2008 p175

お詫びの手紙
◇「現代の小説 1997」徳間書店 1997 p11

鍵
◇「ペン先の殺意―文芸ミステリー傑作選」光文社 2005（光文社文庫）p381

極刑
◇「丸谷才一編・花柳小説傑作選」講談社 2013（講談社文芸文庫）p53

下駄の上の卵（抄）
◇「山形県文学全集第1期（小説編）5」郷土出版社 2004 p350

質草
◇「鬼火が呼んでいる―時代小説傑作選」講談社 1997（講談社文庫）p187

自転車お玉
◇「ひらめく秘太刀」光風社出版 1998（光風社文庫）p41

少年口伝隊一九四五
◇「コレクション戦争と文学 19」集英社 2011 p388

父と暮せば
◇「コレクション戦争と文学 13」集英社 2011 p285
◇「日本文学全集 27」河出書房新社 2017 p269

唐来参和（とうらいさんな）
◇「日本文学100年の名作 7」新潮社 2015（新潮文庫）p301

ナイン
◇「時よとまれ、君は美しい―スポーツ小説名作集」角川書店 2007（角川文庫）p235

鍋の中
◇「みちのく怪談名作選 vol.1」荒蝦夷 2010（叢書東北の声）p7

冷し馬
◇「冒険の森へ―傑作小説大全 7」集英社 2016 p104

平秩東作
◇「江戸夢日和」学習研究社 2004（学研M文庫）p53

みごとな音の構築
◇「山形県文学全集第2期（随筆・紀行編）5」郷土出版社 2005 p182

井上 博　いのうえ・ひろし
神隠しの町
◇「はじめての小説（ミステリー）―内田康夫＆東京・北区が選んだ珠玉のミステリー 2」実業之日本社 2013 p305

伊野上 裕伸　いのうえ・ひろのぶ
保険調査員 赤い血の流れの果て
◇「甘美なる復讐」文藝春秋 1998（文春文庫）p231

井上 史　いのうえ・ふみ
母
◇「SF宝石―すべて新作読み切り！ 2015」光文社 2015 p248

井上 真佐夫　いのうえ・まさお
傘寿
◇「ハンセン病文学全集 8」皓星社 2006 p497

井上 雅彦　いのうえ・まさひこ（1960〜）
愛されしもの
◇「玩具館」光文社 2001（光文社文庫）p449

いのう

碧い花屋敷
◇「怪物團」光文社 2009（光文社文庫）p155

青頭巾
◇「屍者の行進」廣済堂出版 1998（廣済堂文庫）p499
◇「死者の復活」リブリオ出版 2001（怪奇・ホラーワールド）p5

蒼淵家の触手
◇「ミステリ★オールスターズ」角川書店 2010 p365
◇「ミステリ・オールスターズ」角川書店 2012（角川文庫）p421

赫い部屋
◇「5分で読める！怖いはなし」宝島社 2014（宝島社文庫）p93

アシェンデンの流儀
◇「喜劇綺劇」光文社 2009（光文社文庫）p285

アフター・バースト
◇「SF宝石―ぜーんぶ！ 新作読み切り」光文社 2013 p157

阿蘭殺し
◇「伝奇城―伝奇時代小説アンソロジー」光文社 2005（光文社文庫）p331

いつもの言葉をもう一度
◇「物語のルミナリエ」光文社 2011（光文社文庫）p318

隠者
◇「ひとにぎりの異形」光文社 2007（光文社文庫）p64

飢えている刀鉈
◇「平成都市伝説」中央公論新社 2004（C NOVELS）p53

うしろへむかって
◇「進化論」光文社 2006（光文社文庫）p171

海の蝙蝠
◇「人魚の血―珠玉アンソロジー オリジナル＆スタンダート」光文社 2001（カッパ・ノベルス）p333

エレベーターの隅に
◇「文藝百物語」ぶんか社 1997 p109

遅すぎることはない
◇「闇電話」光文社 2006（光文社文庫）p57

踊り廻る犬
◇「文藝百物語」ぶんか社 1997 p64

カクテル
◇「ロボットの夜」光文社 2000（光文社文庫）p555

風が好き
◇「悪夢が嗤う瞬間」勁文社 1997（ケイブンシャ文庫）p59

カマイタチ
◇「文藝百物語」ぶんか社 1997 p31

彼と屋敷と鳥たち
◇「オバケヤシキ」光文社 2005（光文社文庫）p415

危険水域
◇「恐竜文学大全」河出書房新社 1998（河出文庫）p33

キマイラ
◇「悪夢が嗤う瞬間」勁文社 1997（ケイブンシャ文庫）p74

恐怖館主人
◇「ふるえて眠れない―ホラーミステリー傑作選」光文社 2006（光文社文庫）p289

極光
◇「幽霊船」光文社 2001（光文社文庫）p169

空中回廊
◇「蒐集家（コレクター）」光文社 2004（光文社文庫）p311

鞍
◇「夢魔」光文社 2001（光文社文庫）p545

クロノス
◇「時間怪談」廣済堂出版 1999（廣済堂文庫）p445
◇「時の輪廻」リブリオ出版 2001（怪奇・ホラーワールド）p219

劇薬
◇「俳優」廣済堂出版 1999（廣済堂文庫）p603

サイレント
◇「キネマ・キネマ」光文社 2002（光文社文庫）p289

笹色紅
◇「江戸迷宮」光文社 2011（光文社文庫）p343

流離うものたちの館と駅
◇「伯爵の血族―紅ノ章」光文社 2007（光文社文庫）p515

私設博物館資料目録
◇「心霊理論」光文社 2007（光文社文庫）p535

十針の赤い糸
◇「十の恐怖」角川書店 1999 p63

十月の映画館
◇「チャイルド」廣済堂出版 1998（廣済堂文庫）p563

書肆に潜むもの
◇「古書ミステリー倶楽部―傑作推理小説集 3」光文社 2015（光文社文庫）p141

白雪姫
◇「雪女のキス」光文社 2000（カッパ・ノベルス）p279

心霊写真と少女
◇「文藝百物語」ぶんか社 1997 p161

スクイーズ
◇「教室」光文社 2003（光文社文庫）p543

青猩猩探訪
◇「未来妖怪」光文社 2008（光文社文庫）p545

そして船は行く
◇「Fの肖像―フランケンシュタインの幻想たち」光文社 2010（光文社文庫）p171

空の淵より
◇「帰還」光文社 2000（光文社文庫）p529

太陽を喰らうもの
◇「SF宝石―すべて新作読み切り！ 2015」光文社 2015 p302

いのう

竹馬男の犯罪
◇「綾辻・有栖川復刊セレクション 竹馬男の犯罪」講談社 2007（講談社ノベルス）p3
たたり
◇「輝きの一瞬―短くて心に残る30編」講談社 1999（講談社文庫）p283
探検
◇「宇宙生物ゾーン」廣済堂出版 2000（廣済堂文庫）p497
探検家の書斎
◇「魔地図」光文社 2005（光文社文庫）p435
チェックアウト
◇「グランドホテル」廣済堂出版 1999（廣済堂文庫）p637
追悼 田中文雄さんに捧ぐ
◇「怪物團」光文社 2009（光文社文庫）p616
デザート公
◇「トロピカル」廣済堂出版 1999（廣済堂文庫）p533
デモンウォーズ
◇「モンスターズ1970」中央公論新社 2004（C NOVELS）p9
時を超えるもの
◇「SF宝石―すべて新作読み切り！ 2015」光文社 2015 p316
特別特急列車
◇「侵略！」廣済堂出版 1998（廣済堂文庫）p235
トリオソナタ
◇「逆想コンチェルト―イラスト先行・競作小説アンソロジー 奏の2」徳間書店 2010 p6
残されていた文字
◇「物語の魔の物語―メタ怪談傑作選」徳間書店 2001（徳間文庫）p77
◇「綾辻行人と有栖川有栖のミステリ・ジョッキー1」講談社 2008 p120
◇「ショートショートの缶詰」キノブックス 2016 p19
喉を鳴らすもの
◇「SF宝石―すべて新作読み切り！ 2015」光文社 2015 p286
履惚れ
◇「5分で読める！ 怖いはなし」宝島社 2014（宝島社文庫）p141
伯爵の知らない血族―ヴァンパイア・オムニバス
◇「SF宝石―すべて新作読み切り！ 2015」光文社 2015 p285
抜粋された学級文集への注解
◇「憑依」光文社 2010（光文社文庫）p345
花十夜
◇「櫻憑き」光文社 2001（カッパ・ノベルス）p169
パラソル
◇「ショートショートの缶詰」キノブックス 2016 p213
火蜥蜴

◇「さむけ―ホラー・アンソロジー」祥伝社 1999（祥伝社文庫）p193
百物語の霊たち
◇「文藝百物語」ぶんか 1997 p250
フイク・ダイバー
◇「SFバカ本 だるま篇」廣済堂出版 1999（廣済堂文庫）p319
◇「笑劇―SFバカ本カタストロフィ集」小学館 2007（小学館文庫）p297
封印されるもの
◇「SF宝石―すべて新作読み切り！ 2015」光文社 2015 p305
フェイマス・スター
◇「妖魔ヶ刻―時間怪談傑作選」徳間書店 2000（徳間文庫）p45
舞踏会、西へ
◇「マスカレード」光文社 2002（光文社文庫）p581
舞踏会の仮面
◇「変身」廣済堂出版 1998（廣済堂文庫）p493
ブラック・ジャック―「人間豹」
◇「手塚治虫COVER エロス篇」徳間書店 2003（徳間デュアル文庫）p233
蛇苺
◇「5分で読める！ 怖いはなし」宝島社 2014（宝島社文庫）p233
翻譚集 あるいは、或る都の物語
◇「アジアン怪綺」光文社 2003（光文社文庫）p605
ほえる鮫
◇「水妖」廣済堂出版 1998（廣済堂文庫）p499
ボンボン
◇「酒の夜語り」光文社 2002（光文社文庫）p279
碧の血
◇「秘神―闇の祝祭者たち」アスキー 1999（アスペクトノベルス）p177
モザイク―夏のチェックアウト
◇「夏のグランドホテル」光文社 2003（光文社文庫）p665
夜会も終わりに
◇「十月のカーニヴァル」光文社 2000（カッパ・ノベルス）p347
病をはこぶもの
◇「SF宝石―すべて新作読み切り！ 2015」光文社 2015 p292
闇仕事
◇「暗闇」中央公論新社 2004（C NOVELS）p11
闇の種族
◇「妖女」光文社 2004（光文社文庫）p497
夢見る天国
◇「GOD」廣済堂出版 1999（廣済堂文庫）p585
宵の外套
◇「京都宵」光文社 2008（光文社文庫）p459
よけいなものが
◇「贈る物語Wonder」光文社 2002 p112
横切る

いのう

◇「5分で読める！ 怖いはなし」宝島社 2014（宝島社文庫）p11

夜を奪うもの
◇「悪夢が嗤う瞬間」勁文社 1997（ケイブンシャ文庫）p170

夜、薫る
◇「獣人」光文社 2003（光文社文庫）p531

夜の聲夜の旅
◇「秘神界 歴史編」東京創元社 2002（創元推理文庫）p467

楽園に還る
◇「黒い遊園地」光文社 2004（光文社文庫）p603

蘭鋳
◇「5分で読める！ 怖いはなし」宝島社 2014（宝島社文庫）p215

離宮の主
◇「恐怖症」光文社 2002（光文社文庫）p449

レッテラ・ブラックの肖像
◇「幻想探偵」光文社 2009（光文社文庫）p293

レッドキングの復讐
◇「怪獣文学大全」河出書房新社 1998（河出文庫）p309

ロマンチスト
◇「自選ショート・ミステリー」講談社 2001（講談社文庫）p66

悪い家
◇「文藝百物語」ぶんか社 1997 p188

JINTA
◇「世紀末サーカス」廣済堂出版 2000（廣済堂文庫）p635

井上 優　いのうえ・まさる

踏み板
◇「てのひら怪談―ビーケーワン怪談大賞傑作選 2」ポプラ社 2007 p136
◇「てのひら怪談―ビーケーワン怪談大賞傑作選 己丑」ポプラ社 2009（ポプラ文庫）p114

井上 マス　いのうえ・ます

山形県小松
◇「山形県文学全集第2期（随筆・紀行編）2」郷土出版社 2005 p245

井上 満寿夫　いのうえ・ますお（1933〜）

からすのサーカス団
◇「小学生のげき―新小学校演劇脚本集 中学年 1」晩成書房 2011 p81

奇蹟の銀行
◇「ドラマの森 2005」西日本劇作家の会 2004（西日本戯曲選集）p163

なりひらの恋―高安の女（あべ泉）
◇「ドラマの森 2009」西日本劇作家の会 2008（西日本戯曲選集）p5

井上 光晴　いのうえ・みつはる（1926〜1992）

アメリカ帝国主義批判―ソウルにいる友への手紙
◇「戦後文学エッセイ選 13」影書房 2008 p110

ある勤皇少年のこと
◇「戦後文学エッセイ選 13」影書房 2008 p26

生きるための夏―自分のなかの被爆者
◇「戦後文学エッセイ選 13」影書房 2008 p122

大場康二郎
◇「戦後文学エッセイ選 13」影書房 2008 p189

涯子へ
◇「戦後文学エッセイ選 13」影書房 2008 p208

「解体」とは何か
◇「戦後文学エッセイ選 13」影書房 2008 p173

顔
◇「戦後文学エッセイ選 13」影書房 2008 p183

書かれざる一章
◇「新装版 全集現代文学の発見 4」學藝書林 2003 p242

ガダルカナル戦詩集
◇「新装版 全集現代文学の発見 15」學藝書林 2005 p98
◇「コレクション戦争と文学 15」集英社 2012 p170

錦江飯店の一夜
◇「戦後文学エッセイ選 13」影書房 2008 p222

グリゴーリー的親友
◇「戦後文学エッセイ選 13」影書房 2008 p22

掲載されぬ「三島由紀夫の死」と「国を守るとは何か」
◇「戦後文学エッセイ選 13」影書房 2008 p144

芸術の質について―新日本文学会第十一回大会における問題提起
◇「戦後文学エッセイ選 13」影書房 2008 p79

コンクリートの中の視線―永山則夫小論
◇「戦後文学エッセイ選 13」影書房 2008 p156

西海原子力発電所
◇「日本原発小説集」水声社 2011 p135

作家はいま何を書くべきか
◇「戦後文学エッセイ選 13」影書房 2008 p97

『散華』について
◇「戦後文学エッセイ選 13」影書房 2008 p168

死後の重さ
◇「戦後文学エッセイ選 13」影書房 2008 p163

詩 屍体の実験
◇「コレクション戦争と文学 12」集英社 2013 p439

小説 太地喜和子
◇「戦後短篇小説選―『世界』1946–1999 5」岩波書店 2000 p81

一九五六年秋
◇「戦後文学エッセイ選 13」影書房 2008 p196

一九八九年秋の心境
◇「戦後文学エッセイ選 13」影書房 2008 p219

一九四五年三月
◇「戦後占領期短篇小説コレクション 7」藤原書店 2007 p131

高橋和巳との架空対談
　◇「戦後文学エッセイ選 13」影書房 2008 p163
地の群れ
　◇「新装版 全集現代文学の発見 2」學藝書林 2002 p385
なぜ廃鉱を主題に選ぶか―私の内面と文学方法
　◇「戦後文学エッセイ選 13」影書房 2008 p140
夏の客
　◇「コレクション戦争と文学 19」集英社 2011 p449
人間の生きる条件―戦後転向と統一戦線の問題
　◇「戦後文学エッセイ選 13」影書房 2008 p9
『妊婦たちの明日』の現実
　◇「戦後文学エッセイ選 13」影書房 2008 p104
橋川文三との友情
　◇「戦後文学エッセイ選 13」影書房 2008 p215
埴谷雄高氏と私
　◇「戦後文学エッセイ選 13」影書房 2008 p179
フォークナーの技巧
　◇「戦後文学エッセイ選 13」影書房 2008 p50
「文学伝習所」のこと
　◇「戦後文学エッセイ選 13」影書房 2008 p200
ぺいぐゎん上等兵
　◇「戦後短篇小説再発見 9」講談社 2002（講談社文芸文庫）p146
「民芸の死」覚え書
　◇「戦後短篇小説選―『世界』1946–1999 3」岩波書店 2000 p199
モスクワのカレーライス
　◇「戦後文学エッセイ選 13」影書房 2008 p185
わたしのなかの『長靴島』
　◇「戦後文学エッセイ選 13」影書房 2008 p40
私はなぜ小説を書くか
　◇「戦後文学エッセイ選 13」影書房 2008 p65

井上 靖　いのうえ・やすし（1907～1991）

犬坊狂乱
　◇「信州歴史時代小説傑作集 2」しなのき書房 2007 p133
姨捨
　◇「新装版 全集現代文学の発見 16」學藝書林 2005 p516
考える人
　◇「山形県文学全集第1期〈小説編〉2」郷土出版社 2004 p226
　◇「名短篇、ここにあり」筑摩書房 2008（ちくま文庫）p295
真田影武者
　◇「信州歴史時代小説傑作集 1」しなのき書房 2007 p323
　◇「機略縦横！ 真田戦記―傑作時代小説」PHP研究所 2008（PHP文庫）p97
　◇「軍師の生きざま―時代小説傑作選」コスミック出版 2008（コスミック・時代文庫）p293
　◇「真田幸村―小説集」作品社 2015 p259
三ノ宮炎上
　◇「コレクション戦争と文学 15」集英社 2012 p634
漆胡樽
　◇「黄土の群星」光文社 1999（光文社文庫）p179
驟雨
　◇「少年の眼―大人になる前の物語」光文社 1997（光文社文庫）p215
聖者
　◇「歴史小説の世紀 天の巻」新潮社 2000（新潮文庫）p517
セキセイインコ
　◇「私小説名作選 上」講談社 2012（講談社文芸文庫）p265
チャンピオン
　◇「時よとまれ、君は美しい―スポーツ小説名作選」角川書店 2007（角川文庫）p143
月の光
　◇「家族の絆」光文社 1997（光文社文庫）p311
通夜の客
　◇「甘やかな祝祭―恋愛小説アンソロジー」光文社 2004（光文社文庫）p209
天目山の雲
　◇「決戦川中島―傑作時代小説」PHP研究所 2007（PHP文庫）p281
闘牛
　◇「文学賞受賞・名作集成 1」リブリオ出版 2004 p5
敦煌
　◇「冒険の森へ―傑作小説大全 1」集英社 2016 p413
謎の女（続編）
　◇「怪奇探偵小説集 1」角川春樹事務所 1998（ハルキ文庫）p213
　◇「恐怖ミステリーBEST15―こんな幻の傑作が読みたかった！」シーエイチシー 2006 p125
晩夏
　◇「教科書名短篇 少年時代」中央公論新社 2016（中公文庫）p43
人妻
　◇「魂がふるえるとき」文藝春秋 2004（文春文庫）p151
比良のシャクナゲ
　◇「京都府文学全集第1期〈小説編〉3」郷土出版社 2005 p378
補陀落渡海記
　◇「近代小説〈異界〉を読む」双文社出版 1999 p208
　◇「見上げれば星は天に満ちて―心に残る物語―日本文学秀作選」文藝春秋 2005（文春文庫）p249
　◇「日本文学100年の名作 5」新潮社 2015（新潮文庫）p349
本多忠勝の女
　◇「戦国女人十一話」作品社 2005 p173
　◇「女城主―戦国時代小説傑作選」PHP研究所 2016（PHP文芸文庫）p7
本多忠勝の女〈真田軍記〉

◇「信州歴史時代小説傑作集 5」しなのき書房 2007 p43

木乃伊考
◇「山形県文学全集第2期(随筆・紀行編) 3」郷土出版社 2005 p330

道
◇「戦後短篇小説再発見 14」講談社 2003 (講談社文芸文庫) p65

幽鬼
◇「戦後短篇小説選—『世界』1946–1999 3」岩波書店 2000 p29

夜靄
◇「幻の探偵雑誌 8」光文社 2001 (光文社文庫) p425

利休の死
◇「人物日本の歴史—時代小説版 戦国編」小学館 2004 (小学館文庫) p151

楼蘭
◇「新装版 全集現代文学の発見 12」學藝書林 2004 p444

井上 由美子　いのうえ・ゆみこ（1961～）

火垂るの墓
◇「テレビドラマ代表作選集 2006年版」日本脚本家連盟 2006 p139

マチベン
◇「テレビドラマ代表作選集 2007年版」日本脚本家連盟 2007 p113

井上 祐美子　いのうえ・ゆみこ（1958～）

隠形
◇「市井図絵」新潮社 1997 p281

玉面
◇「黄土の虹—チャイナ・ストーリーズ」祥伝社 2000 p255

潔癖
◇「異色中国短篇傑作大全」講談社 1997 p71

黒白
◇「C・N 25—C・novels創刊25周年アンソロジー」中央公論新社 2007 (C novels) p588

朱唇
◇「黄土の群星」光文社 1999 (光文社文庫) p349

僭称
◇「代表作時代小説 平成11年度」光風社出版 1999 p245
◇「愛染夢灯籠—時代小説傑作選」講談社 2005 (講談社文庫) p278

井上 夢人　いのうえ・ゆめひと（1950～）

あなたをはなさない
◇「冥界プリズン」光文社 1999 (光文社文庫) p81

妹のいた部屋
◇「ザ・ベストミステリーズ—推理小説年鑑2004」講談社 2004 p501

殺人トーナメント [解決編]
◇「探偵Xからの挑戦状！ season2」小学館 2011 (小学館文庫) p159

殺人トーナメント [問題編]
◇「探偵Xからの挑戦状！ season2」小学館 2011 (小学館文庫) p63

招霊（「妹のいた部屋」改題）
◇「犯人たちの部屋」講談社 2007 (講談社文庫) p105

セブ島の青い海
◇「探偵Xからの挑戦状！」小学館 2009 (小学館文庫) p 183, 334

バステト
◇「近藤史恵リクエスト！ ペットのアンソロジー」光文社 2013 p205
◇「近藤史恵リクエスト！ ペットのアンソロジー」光文社 2014 (光文社文庫) p207

予行演習
◇「激動東京五輪1964」講談社 2015 p127

井上 由　いのうえ・よし

出たがる
◇「てのひら怪談—ビーケーワン怪談大賞傑作選 壬辰」ポプラ社 2012 (ポプラ文庫) p174

まだだ
◇「てのひら怪談—ビーケーワン怪談大賞傑作選 辛卯」ポプラ社 2011 (ポプラ文庫) p38

井上 良夫　いのうえ・よしお（1908～1945）

A君への手紙（遺稿評論）
◇「甦る推理雑誌 3」光文社 2002 (光文社文庫) p318

J・D・カーの密室犯罪の研究
◇「幻の探偵雑誌 10」光文社 2002 (光文社文庫) p309

懐しい人々
◇「悪魔黙示録「新青年」一九三八—探偵小説暗黒の時代へ」光文社 2011 (光文社文庫) p82

井上 良雄　いのうえ・よしお（1907～2003）

芥川龍之介と志賀直哉
◇「新装版 全集現代文学の発見 1」學藝書林 2002 p582

文芸批評というもの
◇「新装版 全集現代文学の発見 1」學藝書林 2002 p564

井上 竜　いのうえ・りゅう

押入れで花嫁
◇「新走（アラバシリ）—Powers Selection」講談社 2011 (講談社box) p251

猪口 和則　いのくち・かずのり

捕鯨異聞
◇「ショートショートの花束 5」講談社 2013 (講談社文庫) p204

猪熊 弦一郎　いのくま・げんいちろう（1902～1992）

みつちゃん
◇「猫」中央公論新社 2009 (中公文庫) p35

伊野里 健　いのざと・けん
　水湧き出づる町で
　　◇「「伊豆文学賞」優秀作品集 第11回」静岡新聞社 2008 p147
井下 尚紀　いのした・なおき
　狐がいる
　　◇「てのひら怪談―ビーケーワン怪談大賞傑作選 2」ポプラ社 2007 p138
　漆黒のトンネル
　　◇「てのひら怪談―ビーケーワン怪談大賞傑作選」ポプラ社 2007 p168
　　◇「てのひら怪談―ビーケーワン怪談大賞傑作選」ポプラ社 2008（ポプラ文庫）p176
猪股 聖吾　いのまた・せいご
　狐憑き
　　◇「人間心理の怪」勉誠出版 2003（べんせいライブラリー）p115
伊波 晋　いは・しん
　言葉のない距離
　　◇「冷と温―第13回フェリシモ文学賞作品集」フェリシモ 2010 p157
伊波 敏男　いは・としお
　ヒューマニズムの虚偽（3）人間列島
　　◇「ハンセン病文学全集 5」皓星社 2010 p371
　病醜のダミアンをめぐって（2）ダミアンの沈黙
　　◇「ハンセン病文学全集 5」皓星社 2010 p414
伊波 南哲　いは・なんてつ（1902〜1976）
　逆立ち幽霊
　　◇「怪談―24の恐怖」講談社 2004 p387
　猫のお化け
　　◇「魑魅魍魎列島」小学館 2005（小学館文庫）p281
井原 西鶴　いはら・さいかく（1642〜1693）
　右京と采女―井原西鶴『男色大鑑』（須永朝彦〔訳〕）
　　◇「同性愛」国書刊行会 1999（書物の王国）p120
　紫女―井原西鶴『西鶴諸国ばなし』（須永朝彦〔訳〕）
　　◇「吸血鬼」国書刊行会 1998（書物の王国）p165
　美童長坂小輪―井原西鶴『男色大鑑』（須永朝彦〔訳〕）
　　◇「美少年」国書刊行会 1997（書物の王国）p119
　藤の奇特―井原西鶴『西鶴諸国ばなし』（須永朝彦〔訳〕）
　　◇「植物」国書刊行会 1998（書物の王国）p60
　武道伝来記（抄）（須永朝彦〔訳〕）
　　◇「復讐」国書刊行会 2000（書物の王国）p131
　夢路の風車―井原西鶴『西鶴諸国ばなし』（須永朝彦〔訳〕）
　　◇「架空の町」国書刊行会 1997（書物の王国）p112

井原 美紀　いはら・みき
　靴
　　◇「たびだち―フェリシモしあわせショートショート」フェリシモ 2000 p112
茨木 のり子　いばらぎ・のりこ（1926〜2006）
　詩 わたしが一番きれいだったとき
　　◇「コレクション戦争と文学 9」集英社 2012 p179
　東北弁
　　◇「山形県文学全集第2期（随筆・紀行編）4」郷土出版社 2005 p380
　わたしが一番きれいだったとき
　　◇「日本文学全集 29」河出書房新社 2016 p61
伊吹 亜門　いぶき・あもん（1991〜）
　監獄舎の殺人
　　◇「ザ・ベストミステリーズ―推理小説年鑑 2016」講談社 2016 p105
　　◇「ベスト本格ミステリ 2016」講談社 2016（講談社ノベルス）p309
　　◇「監獄舎の殺人―ミステリーズ！ 新人賞受賞作品集」東京創元社 2016（創元推理文庫）p223
井伏 鱒二　いぶせ・ますじ（1898〜1993）
　逸題
　　◇「日本文学全集 29」河出書房新社 2016 p33
　うなぎ
　　◇「うなぎ―人情小説集」筑摩書房 2016（ちくま文庫）p111
　追剥の話
　　◇「戦後占領期短篇小説コレクション 1」藤原書店 2007 p125
　大空の鷲
　　◇「富士山」角川書店 2013（角川文庫）p191
　温泉夜話
　　◇「温泉小説」アーツアンドクラフツ 2006 p113
　かきつばた
　　◇「新装版 全集現代文学の発見 5」學藝書林 2003 p28
　川
　　◇「文士の意地―車谷長吉撰短篇小説輯 上巻」作品社 2005 p250
　勧酒
　　◇「日本文学全集 29」河出書房新社 2016 p33
　還暦の鯉
　　◇「山形県文学全集第1期（小説編）2」郷土出版社 2004 p172
　休憩時間
　　◇「十話」ランダムハウス講談社 2006 p107
　九月十四日記―山窩の思い出
　　◇「サンカの民を追って―山窩小説傑作選」河出書房新社 2015（河出文庫）p209
　朽助のいる谷間
　　◇「危険なマッチ箱」文藝春秋 2009（文春文庫）p133
　黒い雨

いまい

鯉
- ◇「読み聞かせる戦争」光文社 2015 p155

鯉
- ◇「十夜」ランダムハウス講談社 2006 p95
- ◇「創刊一〇〇年三田文学名作選」三田文学会 2010 p138
- ◇「私小説名作選 上」講談社 2012（講談社文芸文庫）p187
- ◇「日本近代短篇小説選 昭和篇1」岩波書店 2012（岩波文庫）p37
- ◇「小川洋子の陶酔短篇箱」河出書房新社 2014 p143

さざなみ軍記
- ◇「新装版 全集現代文学の発見 12」學藝書林 2004 p212

山椒魚
- ◇「早稲田作家処女作集」講談社 2012（講談社文芸文庫）p180

「山椒魚」について
- ◇「早稲田作家処女作集」講談社 2012（講談社文芸文庫）p190

庄内竿
- ◇「山形県文学全集第2期（随筆・紀行編）3」郷土出版社 2005 p307

ジョン万次郎漂流記
- ◇「冒険の森へ—傑作小説大全 1」集英社 2016 p143

白毛
- ◇「新装版 全集現代文学の発見 6」學藝書林 2003 p22
- ◇「ものがたりのお菓子箱」飛鳥新社 2008 p165
- ◇「日本文学全集 27」河出書房新社 2017 p331

疎開記
- ◇「コレクション戦争と文学 15」集英社 2012 p377

疎開日記
- ◇「コレクション戦争と文学 15」集英社 2012 p383

朝鮮の久遠寺
- ◇「〈外地〉の日本語文学選 3」新宿書房 1996 p168

庭前
- ◇「猫」中央公論新社 2009（中公文庫）p45

猫
- ◇「にゃんそろじー」新潮社 2014（新潮文庫）p55

橋本屋
- ◇「戦後短篇小説選—『世界』1946–1999 1」岩波書店 2000 p77

病中所見
- ◇「戦後短篇小説選—『世界』1946–1999 2」岩波書店 2000 p149

貧乏性
- ◇「戦後短篇小説再発見 7」講談社 2001（講談社文芸文庫）p9

復員者の噂
- ◇「コレクション戦争と文学 9」集英社 2012 p527

吹越の城
- ◇「新装版 全集現代文学の発見 11」學藝書林 2004 p256

普門院さん
- ◇「短編名作選—1925–1949 文士たちの時代」笠間書院 1999 p291

普門院の和尚さん
- ◇「歴史小説の世紀 天の巻」新潮社 2000（新潮文庫）p153

へんろう宿
- ◇「近代小説〈異界〉を読む」双文社出版 1999 p179
- ◇「百年小説」ポプラ社 2008 p833

屋根の上のサワン
- ◇「二時間目国語」宝島社 2008（宝島社文庫）p106

幽閉
- ◇「胞子文学名作選」港の人 2013 p259

遥拝隊長
- ◇「文学で考える〈仕事〉の百年」双文社出版 2010 p116
- ◇「日本文学100年の名作 4」新潮社 2014（新潮文庫）p269
- ◇「文学で考える〈仕事〉の百年」翰林書房 2016 p116

今居 海　いまい・うみ
ぼくを乗せる電車
- ◇「ショートショートの花束 6」講談社 2014（講談社文庫）p46

今井 絵美子　いまい・えみこ
今朝の月
- ◇「花ふぶき—時代小説傑作選」角川春樹事務所 2004（ハルキ文庫）p205

待宵びと
- ◇「哀歌の雨」祥伝社 2016（祥伝社文庫）p7

今井 一隆　いまい・かずたか
温室の花
- ◇「新鋭劇作集 series 14」日本劇団協議会 2003 p53

痕—KON
- ◇「新鋭劇作集 series 16」日本劇団協議会 2004 p5

今井 将吾　いまい・しょうご
気の利くウェイトレス
- ◇「ショートショートの花束 8」講談社 2016（講談社文庫）p125

今江 祥智　いまえ・よしとも（1932〜2015）
京都
- ◇「街物語」朝日新聞社 2000 p46

三月十三日の夜
- ◇「100万分の1回のねこ」講談社 2015 p145

てんぐ山彦
- ◇「響き交わす鬼」小学館 2005（小学館文庫）p227

二宮金太郎
- ◇「それはまだヒミツ—少年少女の物語」新潮社 2012（新潮文庫）p163

招き猫異譚
- ◇「本からはじまる物語」メディアパル 2007 p29

雪
- ◇「モノノケ大合戦」小学館 2005（小学館文庫）p325

今尾 哲也　いまお・てつや
鶴屋南北の町
◇「あやかしの深川―受け継がれる怪異な土地の物語」猿江商會 2016 p182

今岡 清　いまおか・きよし（1948～）
いちばん不幸で、そしていちばん幸福な少女
　―中島梓という奥さんとの日々　連載第1回
◇「グイン・サーガ・ワールド―グイン・サーガ続篇プロジェクト 1」早川書房 2011（ハヤカワ文庫JA）p313
いちばん不幸で、そしていちばん幸福な少女
　―中島梓という奥さんとの日々　連載第2回
◇「グイン・サーガ・ワールド―グイン・サーガ続篇プロジェクト 2」早川書房 2011（ハヤカワ文庫JA）p303
いちばん不幸で、そしていちばん幸福な少女
　―中島梓という奥さんとの日々　連載第3回
◇「グイン・サーガ・ワールド―グイン・サーガ続篇プロジェクト 3」早川書房 2011（ハヤカワ文庫JA）p303
いちばん不幸で、そしていちばん幸福な少女
　―中島梓という奥さんとの日々　最終回
◇「グイン・サーガ・ワールド―グイン・サーガ続篇プロジェクト 4」早川書房 2012（ハヤカワ文庫JA）p333
いちばん不幸で、そしていちばん幸福な少女
　―中島梓という奥さんとの日々　第2部／第1回
◇「グイン・サーガ・ワールド―グイン・サーガ続篇プロジェクト 5」早川書房 2012（ハヤカワ文庫JA）p273
いちばん不幸で、そしていちばん幸福な少女
　―中島梓という奥さんとの日々　第2部／第2回
◇「グイン・サーガ・ワールド―グイン・サーガ続篇プロジェクト 6」早川書房 2012（ハヤカワ文庫JA）p271
いちばん不幸で、そしていちばん幸福な少女
　―中島梓という奥さんとの日々　第2部／第3回
◇「グイン・サーガ・ワールド―グイン・サーガ続篇プロジェクト 7」早川書房 2013（ハヤカワ文庫JA）p265
いちばん不幸で、そしていちばん幸福な少女
　―中島梓という奥さんとの日々　第2部／最終回
◇「グイン・サーガ・ワールド―グイン・サーガ続篇プロジェクト 8」早川書房 2013（ハヤカワ文庫JA）p277

今川 徳三　いまがわ・とくぞう（1919～）
麻布一ノ橋の無念―清河八郎
◇「幕末テロリスト列伝」講談社 2004（講談社文庫）p223
子酉山鵜飼の怨霊
◇「怪奇・伝奇時代小説選集 14」春陽堂書店 2000（春陽文庫）p196
真田幸村
◇「紅蓮の翼―異彩時代小説秀作撰」叢文社 2007 p5
七夕火事一件始末
◇「捕物時代小説選集 7」春陽堂書店 2000（春陽文庫）p243
本多正信
◇「紅蓮の翼―異彩時代小説秀作撰」叢文社 2007 p28
魔縁塚怪異記
◇「怪奇・伝奇時代小説選集 15」春陽堂書店 2000（春陽文庫）p262

今里 隆二　いまざと・りゅうじ
陽炎の夏
◇「本格推理 15」光文社 1999（光文社文庫）p395

今田 喜翁　いまだ・きおう
南への船出
◇「日本統治期台湾文学集成 4」緑蔭書房 2002 p333

今西 康子　いまにし・やすこ
「白描」の作者とその周辺
◇「ハンセン病文学全集 5」皓星社 2010 p574
山本鼓論
◇「ハンセン病文学全集 5」皓星社 2010 p544
ライ療養所の論理と倫理（2）故光田前園長と療養人の像
◇「ハンセン病文学全集 5」皓星社 2010 p205

今野 賢三　いまの・けんぞう（1893～1969）
女工戦
◇「新・プロレタリア文学精選集 15」ゆまに書房 2004 p1

今野 芳彦　いまの・よしひこ
嬉し悲しや一目惚れ
◇「むすぶ―第11回フェリシモ文学賞作品集」フェリシモ 2008 p148

今邑 彩　いまむら・あや（1955～2013）
吾子の肖像
◇「どたん場で大逆転」講談社 1999（講談社文庫）p207
あの子はだあれ
◇「花迷宮」日本文芸社 2000（日文文庫）p159
家に着くまで
◇「現代の小説 1997」徳間書店 1997 p205
◇「最新「珠玉推理」大全 上」光文社 1998（カッパ・ノベルス）p78
幻惑のラビリンス
◇「幻惑のラビリンス」光文社 2001（光文社文庫）p111
金雀枝（えにしだ）荘の殺人
◇「綾辻・有栖川復刊セレクション 金雀枝荘の殺人」講談社 2007（講談社ノベルス）p3
音の密室
◇「推理小説代表作選集―推理小説年鑑 1997」講談社 1997 p131

いまむ

◇「殺人哀モード」講談社 2000（講談社文庫）p177
◇「謎―スペシャル・ブレンド・ミステリー 008」講談社 2013（講談社文庫）p13

おまえが犯人だ
◇「冥界プリズン」光文社 1999（光文社文庫）p101

神の目
◇「名探偵の饗宴」朝日新聞社 1998 p225
◇「名探偵の饗宴」朝日新聞出版 2015（朝日文庫）p259

疵
◇「白のミステリー―女性ミステリー作家傑作選」光文社 1997 p201
◇「女性ミステリー作家傑作選 1」光文社 1999（光文社文庫）p75

双頭の影
◇「匠」文藝春秋 2003（推理作家になりたくて マイ ベストミステリー）p254
◇「マイ・ベスト・ミステリー 1」文藝春秋 2007（文春文庫）p381

遠い窓
◇「ザ・ベストミステリーズ―推理小説年鑑 1999」講談社 1999 p261
◇「密室＋アリバイ＝真犯人」講談社 2002（講談社文庫）p245

盗まれて
◇「殺人前線北上中」講談社 1997（講談社文庫）p301
◇「謎―スペシャル・ブレンド・ミステリー 005」講談社 2010（講談社文庫）p57

「復刊」あとがき
◇「綾辻・有栖川復刊セレクション 金雀枝荘の殺人」講談社 2007 p234

弁当箱は知っている
◇「七人の女探偵」廣済堂出版 1998（KOSAIDO BLUE BOOKS）p189

私に似た人
◇「殺人博物館へようこそ」講談社 1998（講談社文庫）p263

今村 栄治　いまむら・えいじ
同行者
◇「〈外地〉の日本語文学選 2」新宿書房 1996 p183
◇「コレクション戦争と文学 16」集英社 2012 p61

今村 翔吾　いまむら・しょうご（1984～）
蹴れ、彦五郎
◇「「伊豆文学賞」優秀作品集 第19号」羽衣出版 2016 p5

今村 昌平　いまむら・しょうへい（1926～2006）
赤い橋の下のぬるい水（天願大介／冨川元文）
◇「年鑑代表シナリオ集 '01」映人社 2002 p321

果てしなき欲望（山内久）
◇「新装版 全集現代文学の発見 6」學藝書林 2003 p518

今村 夏子　いまむら・なつこ
あたらしい娘

◇「太宰治賞 2010」筑摩書房 2010 p29

今村 文香　いまむら・ふみか
想い
◇「超短編の世界」創英社 2008 p128

今村 実　いまむら・みのる
忍びの砦―伊賀崎道順
◇「時代小説傑作選 5」新人物往来社 2008 p183
不敗の軍略―毛利元就
◇「時代小説傑作選 7」新人物往来社 2008 p197

今村 与志雄　いまむら・よしお（1925～2007）
みかんの中の楽しさ―巴邛人（牛僧孺〔著〕）
◇「超短編アンソロジー」筑摩書房 2002（ちくま文庫）p119

今村 力三郎　いまむら・りきさぶろう（1866～1954）
剺言
◇「蘇らぬ朝「大逆事件」以後の文学」インパクト出版会 2010（インパクト選書）p147

今唯 ケンタロウ　いまゆい・けんたろう
わたしが仕事を休んだ理由
◇「超短編傑作選 v.6」創英社 2007 p153

任 一　イム・イル
雪の街
◇「近代朝鮮文学日本語作品集1908～1945 セレクション 3」緑蔭書房 2008 p385

林 兼道　イム・キョムド
馭者クロヌスに寄す
◇「近代朝鮮文学日本語作品集1908～1945 セレクション 4」緑蔭書房 2008 p375

林 光範　イム・クァンボム
旋盤工の歌
◇「近代朝鮮文学日本語作品集1908～1945 セレクション 4」緑蔭書房 2008 p311

任 淳得　イム・スンドゥク
秋の贈物
◇「近代朝鮮文学日本語作品集1908～1945 セレクション 2」緑蔭書房 2008 p487
澤のいらら草に寄せて
◇「近代朝鮮文学日本語作品集1908～1945 セレクション 3」緑蔭書房 2008 p215
月夜の語り
◇「近代朝鮮文学日本語作品集1939～1945 創作篇 5」緑蔭書房 2001 p39
名付親
◇「近代朝鮮文学日本語作品集1939～1945 創作篇 4」緑蔭書房 2001 p435

任 東爀　イム・ドンヒョク
音樂の一年
◇「近代朝鮮文学日本語作品集1939～1945 評論・随筆篇 2」緑蔭書房 2002 p23

林 學洙　イム・ハクス
新しさを求めて
　◇「近代朝鮮文学日本語作品集1908〜1945 セレクション 3」緑蔭書房 2008 p381
漢陽秋賦 仁旺山
　◇「近代朝鮮文学日本語作品集1908〜1945 セレクション 3」緑蔭書房 2008 p343
京城散歩道 安國町今昔記
　◇「近代朝鮮文学日本語作品集1908〜1945 セレクション 3」緑蔭書房 2008 p281
半島ペン部隊帰る 娘子關附近
　◇「近代朝鮮文学日本語作品集1908〜1945 セレクション 6」緑蔭書房 2008 p203
戰地へのロマンチシズム―詩人の立場から
　◇「近代朝鮮文学日本語作品集1908〜1945 セレクション 6」緑蔭書房 2008 p183
半島ペン部隊報告書 北支へ使して（上）（下）
　◇「近代朝鮮文学日本語作品集1939〜1945 評論・随筆篇 1」緑蔭書房 2002 p449
網膜に映る大陸の山野
　◇「近代朝鮮文学日本語作品集1908〜1945 セレクション 6」緑蔭書房 2008 p233
夢の告別
　◇「近代朝鮮文学日本語作品集1908〜1945 セレクション 3」緑蔭書房 2008 p407

林 華　イム・ファ
朝鮮に於ける近代劇運動の終焉
　◇「近代朝鮮文学日本語作品集1901〜1938 評論・随筆篇 1」緑蔭書房 2004 p211

林 和　イム・ファ（1887〜1954）
李光洙氏の小説『無明』に就て（上）（下）
　◇「近代朝鮮文学日本語作品集1939〜1945 評論・随筆篇 1」緑蔭書房 2002 p129
いはゆる"浄められむ行為"その三
　◇「近代朝鮮文学日本語作品集1939〜1945 評論・随筆篇 3」緑蔭書房 2002 p55
過冬記
　◇「近代朝鮮文学日本語作品集1939〜1945 評論・随筆篇 3」緑蔭書房 2002 p71
漢陽秋賦 北漢連山
　◇「近代朝鮮文学日本語作品集1908〜1945 セレクション 3」緑蔭書房 2008 p319
京城散歩道 本町
　◇「近代朝鮮文学日本語作品集1908〜1945 セレクション 3」緑蔭書房 2008 p265
現代朝鮮文學の環境
　◇「近代朝鮮文学日本語作品集1939〜1945 評論・随筆篇 1」緑蔭書房 2002 p171
孤獨への愛―島木健作君へ
　◇「近代朝鮮文学日本語作品集1908〜1945 セレクション 6」緑蔭書房 2008 p158
言葉を意識する―「よき言葉」と「よくない言葉」（1）〜（4）
　◇「近代朝鮮文学日本語作品集1939〜1945 評論・随筆篇 1」緑蔭書房 2002 p75
小なるものに就いてその一
　◇「近代朝鮮文学日本語作品集1939〜1945 評論・随筆篇 3」緑蔭書房 2002 p53
初冬雑記
　◇「近代朝鮮文学日本語作品集1939〜1945 評論・随筆篇 3」緑蔭書房 2002 p53
朝鮮映畫の諸傾向に就いて
　◇「近代朝鮮文学日本語作品集1901〜1938 評論・随筆篇 1」緑蔭書房 2004 p197
朝鮮の現代文學（1）〜（3）
　◇「近代朝鮮文学日本語作品集1939〜1945 評論・随筆篇 3」緑蔭書房 2002 p31
朝鮮の詩歌と女性
　◇「近代朝鮮文学日本語作品集1908〜1945 セレクション 3」緑蔭書房 2008 p241
朝鮮文學通信
　◇「近代朝鮮文学日本語作品集1939〜1945 評論・随筆篇 3」緑蔭書房 2002 p166
冬季雜筆 冬まだ淺し
　◇「近代朝鮮文学日本語作品集1908〜1945 セレクション 3」緑蔭書房 2008 p361
春まだ遠し
　◇「近代朝鮮文学日本語作品集1908〜1945 セレクション 3」緑蔭書房 2008 p373
"文化する精神"とはなにかその四
　◇「近代朝鮮文学日本語作品集1939〜1945 評論・随筆篇 3」緑蔭書房 2002 p56
"目立たぬもの"の意義その二
　◇「近代朝鮮文学日本語作品集1939〜1945 評論・随筆篇 3」緑蔭書房 2002 p54
落葉日記 追憶は毒なり
　◇「近代朝鮮文学日本語作品集1908〜1945 セレクション 3」緑蔭書房 2008 p347

井村 哲也　いむら・てつや
A Lion Standing Against the Wind
　◇「中学校たのしい劇脚本集―英語劇付 Ⅲ」国土社 2011 p192
A Lion Standing Against the Wind―風に立つライオン
　◇「中学生の楽しい英語劇―Let's Enjoy Some Plays」秀文館 2004 p135
GAIA〜Save the Earth〜ぼくたちの地球
　◇「中学校たのしい劇脚本集―英語劇付 Ⅱ」国土社 2011 p211

居村 哲也　いむら・てつや
パブリック用の名刺
　◇「ショートショートの広場 17」講談社 2005（講談社文庫）p145

伊予 葉山　いよ・はやま
誘女
　◇「てのひら怪談―ビーケーワン怪談大賞傑作選 百怪繚乱篇」ポプラ社 2008 p154
よくある話

いよは

◇「てのひら怪談―ビーケーワン怪談大賞傑作選」ポプラ社 2007 p98
◇「てのひら怪談―ビーケーワン怪談大賞傑作選」ポプラ社 2008（ポプラ文庫）p102

伊与原 新　いよはら・しん
梟のシエスタ
◇「驚愕遊園地」光文社 2013（最新ベスト・ミステリー）p97
◇「驚愕遊園地」光文社 2016（光文社文庫）p151
浮遊惑星ホームバウンド
◇「名探偵だって恋をする」角川書店 2013（角川文庫）p101

伊良子 清白　いらこ・せいはく（1877〜1946）
鬼の語
◇「響き交わす鬼」小学館 2005（小学館文庫）p115
月光日光
◇「月」国書刊行会 1999（書物の王国）p23
漂泊
◇「日本文学全集 29」河出書房新社 2016 p14

入江 章子　いりえ・あきこ
辰砂の壺
◇「ハンセン病文学全集 8」皓星社 2006 p531
青天
◇「ハンセン病文学全集 8」皓星社 2006 p415

入江 敦彦　いりえ・あつひこ（1961〜）
アンタナナリボの金曜市
◇「物語のルミナリエ」光文社 2011（光文社文庫）p339
金繍忌
◇「Fの肖像―フランケンシュタインの幻想たち」光文社 2010（光文社文庫）p317
修羅霊
◇「憑依」光文社 2010（光文社文庫）p197
テ・鉄輪
◇「京都宵」光文社 2008（光文社文庫）p43
麗人宴
◇「怪物團」光文社 2009（光文社文庫）p353
霊廟探偵
◇「幻想探偵」光文社 2009（光文社文庫）p187

入江 郁美　いりえ・いくみ
ばななな夜
◇「高校演劇Selection 2002 下」晩成書房 2002 p7

入江 克季　いりえ・かつき
爺さんの話
◇「てのひら怪談―ビーケーワン怪談大賞傑作選 辛卯」ポプラ社 2011（ポプラ文庫）p64

入江 鳩斎　いりえ・きゅうさい
江戸珍鬼草子（菊地秀行〔訳〕）
◇「江戸迷宮」光文社 2011（光文社文庫）p287

いりえ しん
藤本事件(1)藤本事件の真実追究を阻むもの
◇「ハンセン病文学全集 5」皓星社 2010 p271
藤本事件(5)藤本松夫救援運動の発展のために
◇「ハンセン病文学全集 5」皓星社 2010 p291

入江 満　いりえ・みつる
雑草
◇「平成28年熊本地震作品集」くまもと文学・歴史館友の会 2016 p20

入江 悠　いりえ・ゆう
SRサイタマノラッパー
◇「年鑑代表シナリオ集 '09」シナリオ作家協会 2010 p97

入沢 康夫　いりさわ・やすお（1931〜2018）
愛について
◇「新装版 全集現代文学の発見 13」學藝書林 2004 p559
アパートのむすめ
◇「新装版 全集現代文学の発見 13」學藝書林 2004 p560
或る夏の夜の出来事―附 その後日譚
◇「新装版 全集現代文学の発見 13」學藝書林 2004 p560
いやだとぼくは
◇「新装版 全集現代文学の発見 13」學藝書林 2004 p558
牛を殺すこと
◇「モノノケ大合戦」小学館 2005（小学館文庫）p255
売家を一つもっています―作文のおけいこ
◇「新装版 全集現代文学の発見 13」學藝書林 2004 p561
鴉
◇「新装版 全集現代文学の発見 13」學藝書林 2004 p553
樹
◇「超短編アンソロジー」筑摩書房 2002（ちくま文庫）p189
キラキラヒカル
◇「新装版 全集現代文学の発見 13」學藝書林 2004 p554
5ノウタ
◇「新装版 全集現代文学の発見 13」學藝書林 2004 p555
倖セ ソレトモ不倖セ
◇「新装版 全集現代文学の発見 13」學藝書林 2004 p554
詩集 倖せ それとも 不倖せ
◇「新装版 全集現代文学の発見 13」學藝書林 2004 p552
失題詩篇
◇「新装版 全集現代文学の発見 13」學藝書林 2004 p552
数寄屋橋から ほうりこまれた男の唄
◇「新装版 全集現代文学の発見 13」學藝書林 2004

p556

トデ・チ失踪―トデ・チは僕・見ているのも僕・おかしいかしら
◇「新装版 全集現代文学の発見 13」學藝書林 2004 p552

2ノウタ
◇「新装版 全集現代文学の発見 13」學藝書林 2004 p554

見ていた男の唄
◇「新装版 全集現代文学の発見 13」學藝書林 2004 p557

ユウレイノウタ
◇「文豪てのひら怪談」ポプラ社 2009（ポプラ文庫）p46

夜
◇「新装版 全集現代文学の発見 13」學藝書林 2004 p554

わが出雲・わが鎮魂
◇「日本文学全集 29」河出書房新社 2016 p156

EPISODE 24.NOV.53
◇「新装版 全集現代文学の発見 13」學藝書林 2004 p556

入間 人間　いるま・ひとま（1986～）
19歳だった
◇「19（ナインティーン）」アスキー・メディアワークス 2010（メディアワークス文庫）p5

色川 武大　いろかわ・たけひろ（1929～1989）
赤い靴
◇「昭和の短篇一人一冊集成 色川武大」未知谷 2008 p215

怪しい来客簿
◇「ちくま日本文学 30」筑摩書房 2008（ちくま文庫）p32

アラビアの唄
◇「ちくま日本文学 30」筑摩書房 2008（ちくま文庫）p134

一念放棄
◇「昭和の短篇一人一冊集成 色川武大」未知谷 2008 p155

唄えば天国ジャズソング
◇「ちくま日本文学 30」筑摩書房 2008（ちくま文庫）p134

黄金の腕
◇「右か、左か」文藝春秋 2010（文春文庫）p45

大喰いでなければ
◇「ちくま日本文学 30」筑摩書房 2008（ちくま文庫）p442
◇「もの食う話」文藝春秋 2015（文春文庫）p94

おっちょこちょい
◇「昭和の短篇一人一冊集成 色川武大」未知谷 2008 p193

男の花道
◇「昭和の短篇一人一冊集成 色川武大」未知谷 2008 p237
◇「ちくま日本文学 30」筑摩書房 2008（ちくま文庫）p344

オールドボーイ
◇「昭和の短篇一人一冊集成 色川武大」未知谷 2008 p265
◇「ちくま日本文学 30」筑摩書房 2008（ちくま文庫）p307

風と灯とけむりたち
◇「ちくま日本文学 30」筑摩書房 2008（ちくま文庫）p187

喰いたい放題
◇「ちくま日本文学 30」筑摩書房 2008（ちくま文庫）p430

空襲のあと
◇「ちくま日本文学 30」筑摩書房 2008（ちくま文庫）p32
◇「日本文学全集 27」河出書房新社 2017 p99

空襲のあと（抄）
◇「文豪てのひら怪談」ポプラ社 2009（ポプラ文庫）p30

したいことはできなくて
◇「人間みな病気」ランダムハウス講談社 2007 p97

尻の穴から槍が
◇「ちくま日本文学 30」筑摩書房 2008（ちくま文庫）p49

新春麻雀会
◇「牌がささやく―麻雀小説傑作選」徳間書店 2002（徳間文庫）p5

雀
◇「小川洋子の陶酔短篇箱」河出書房新社 2014 p181

善人ハム
◇「昭和の短篇一人一冊集成 色川武大」未知谷 2008 p35
◇「ちくま日本文学 30」筑摩書房 2008（ちくま文庫）p241
◇「日本文学100年の名作 7」新潮社 2015（新潮文庫）p381

蒼
◇「戦後短篇小説再発見 18」講談社 2004（講談社文芸文庫）p87
◇「コレクション戦争と文学 13」集英社 2011 p446

たすけておくれ
◇「ちくま日本文学 30」筑摩書房 2008（ちくま文庫）p91

チョイと出ました四人組
◇「ちくま日本文学 30」筑摩書房 2008（ちくま文庫）p160

名なしのごんべえ
◇「ちくま日本文学 30」筑摩書房 2008（ちくま文庫）p72

二枚目病
◇「昭和の短篇一人一冊集成 色川武大」未知谷 2008 p89

練馬の冷やしワンタン
◇「ちくま日本文学 30」筑摩書房 2008（ちくま文庫）p430

墓
- ◇「恐怖の旅」光文社 2000（光文社文庫）p307
- ◇「恐ろしき執念」リブリオ出版 2001（怪奇・ホラーワールド）p91
- ◇「戦後短篇小説再発見 5」講談社 2001（講談社文芸文庫）p165

花のさかりは地下道で
- ◇「昭和の短篇一人一冊集成 色川武大」未知谷 2008 p57

引越貧乏
- ◇「愛と癒し」リブリオ出版 2001（ラブミーワールド）p54
- ◇「恋愛小説・名作集成 10」リブリオ出版 2004 p54

ひとり博打
- ◇「ちくま日本文学 30」筑摩書房 2008（ちくま文庫）p9

百
- ◇「家族の絆」光文社 1997（光文社文庫）p177
- ◇「川端康成文学賞全作品 1」新潮社 1999 p181
- ◇「文学賞受賞・名作集成 4」リブリオ出版 2004 p69

フウ？
- ◇「ちくま日本文学 30」筑摩書房 2008（ちくま文庫）p147

ふうふう、ふうふう
- ◇「危険なマッチ箱」文藝春秋 2009（文春文庫）p83

ふくちんれでい
- ◇「昭和の短篇一人一冊集成 色川武大」未知谷 2008 p5
- ◇「ちくま日本文学 30」筑摩書房 2008（ちくま文庫）p270

プランを変えて
- ◇「ちくま日本文学 30」筑摩書房 2008（ちくま文庫）p174

へぼくれ
- ◇「昭和の短篇一人一冊集成 色川武大」未知谷 2008 p115

星の流れに
- ◇「街娼—パンパン＆オンリー」皓星社 2015（紙礫）p125

右頰に豆を含んで
- ◇「たんときれいに召し上がれ—美食文学精選」芸術新聞社 2015 p351

ラスヴェガス朝景
- ◇「熱い賭け」早川書房 2006（ハヤカワ文庫）p315

離婚
- ◇「ちくま日本文学 30」筑摩書房 2008（ちくま文庫）p378

岩井 志麻子　いわい・しまこ（1964～）

暑い国で彼女が語りたかった悪い夢
- ◇「二十の悪夢」KADOKAWA 2013（角川ホラー文庫）p185

ある女芸人の元マネージャーの話—その1
- ◇「女たちの怪談百物語」メディアファクトリー 2010（〔幽〕books）p36
- ◇「女たちの怪談百物語」KADOKAWA 2014（角川ホラー文庫）p42

ある女芸人の元マネージャーの話—その2
- ◇「女たちの怪談百物語」メディアファクトリー 2010（〔幽〕books）p98
- ◇「女たちの怪談百物語」KADOKAWA 2014（角川ホラー文庫）p103

ある女芸人の元マネージャーの話—その3
- ◇「女たちの怪談百物語」メディアファクトリー 2010（〔幽〕books）p208
- ◇「女たちの怪談百物語」KADOKAWA 2014（角川ホラー文庫）p212

ある自称やり手の編集者の話
- ◇「女たちの怪談百物語」メディアファクトリー 2010（〔幽〕books）p297
- ◇「女たちの怪談百物語」KADOKAWA 2014（角川ホラー文庫）p308

嫌な女を語る素敵な言葉
- ◇「短篇ベストコレクション—現代の小説 2004」徳間書店 2004（徳間文庫）p383

浮き浮きしている怖い人
- ◇「5分で読める！怖いはなし」宝島社 2014（宝島社文庫）p131

兎を飼う部屋
- ◇「短篇ベストコレクション—現代の小説 2002」徳間書店 2002（徳間文庫）p19

生まれ変われない街角で
- ◇「Fの肖像—フランケンシュタインの幻想たち」光文社 2010（光文社文庫）p223

岡山の友だちの話
- ◇「女たちの怪談百物語」メディアファクトリー 2010（〔幽〕books）p234
- ◇「女たちの怪談百物語」KADOKAWA 2014（角川ホラー文庫）p238

岡山は毎晩が百物語
- ◇「闇夜に怪を語れば—百物語ホラー傑作選」角川書店 2005（角川ホラー文庫）p303

おめこ電球
- ◇「短篇ベストコレクション—現代の小説 2001」徳間書店 2001（徳間文庫）p173

女の顔
- ◇「女たちの怪談百物語」メディアファクトリー 2010（〔幽〕books）p153
- ◇「女たちの怪談百物語」KADOKAWA 2014（角川ホラー文庫）p157

暗い魔窟と明るい魔境
- ◇「怪物團」光文社 2009（光文社文庫）p591

グラビアアイドルの話
- ◇「女たちの怪談百物語」メディアファクトリー 2010（〔幽〕books）p127
- ◇「女たちの怪談百物語」KADOKAWA 2014（角川ホラー文庫）p132

校長先生の話
- ◇「女たちの怪談百物語」メディアファクトリー 2010（〔幽〕books）p177
- ◇「女たちの怪談百物語」KADOKAWA 2014（角川ホラー文庫）p181

怖がる怖い人
　◇「5分で読める！怖いはなし」宝島社 2014（宝島社文庫）p205
死神に名を贈られる午前零時
　◇「午前零時」新潮社 2007 p133
　◇「午前零時―P.S.昨日の私へ」新潮社 2009（新潮文庫）p157
溺死者の薔薇園
　◇「花月夜綺譚―怪談集」集英社 2007（集英社文庫）p9
哭く姉と嘲う弟
　◇「七つの黒い夢」新潮社 2006（新潮文庫）p193
はいと答える怖い人
　◇「5分で読める！怖いはなし」宝島社 2014（宝島社文庫）p67
必滅の南の恋の歌
　◇「with you」幻冬舎 2004 p29
憑依箱と嘘箱
　◇「憑依」光文社 2010（光文社文庫）p431
美容院の話
　◇「女たちの怪談百物語」メディアファクトリー 2010（〔幽〕books）p71
　◇「女たちの怪談百物語」KADOKAWA 2014（角川ホラー文庫）p77
魔羅節
　◇「迷」文藝春秋 2003（推理作家になりたくて マイベストミステリー）p10
　◇「マイ・ベスト・ミステリー 3」文藝春秋 2007（文春文庫）p10
淫らな指輪と貞淑な指
　◇「SFバカ本 電撃ボンバー篇」メディアファクトリー 2002 p97
満ち足りた廃墟
　◇「短篇ベストコレクション―現代の小説 2003」徳間書店 2003（徳間文庫）p23
夢想の部屋
　◇「暗闇（ダークサイド）を追いかけろ―ホラー&サスペンス編」光文社 2004（カッパ・ノベルス）p119
　◇「暗闇（ダークサイド）を追いかけろ」光文社 2008（光文社文庫）p143
夢見る貧しい人々
　◇「迷」文藝春秋 2003（推理作家になりたくて マイベストミステリー）p28
　◇「マイ・ベスト・ミステリー 3」文藝春秋 2007（文春文庫）p35
よく迷う道
　◇「勿忘草―恋愛ホラー・アンソロジー」祥伝社 2003（祥伝社文庫）p7
依って件の如し
　◇「コレクション戦争と文学 6」集英社 2011 p52
廊下に立っていたおばさんの話
　◇「女たちの怪談百物語」メディアファクトリー 2010（〔幽〕books）p264
　◇「女たちの怪談百物語」KADOKAWA 2014（角川ホラー文庫）p271

岩井 護　いわい・まもる（1929～）
首が飛ぶ―宮本武蔵vs吉岡又七郎
　◇「時代小説傑作選 2」新人物往来社 2008 p203
冬の螢
　◇「風の中の剣士」光風社出版 1998（光風社文庫）p203
螢の骸
　◇「ひらめく秘太刀」光風社出版 1998（光風社文庫）p131
雪の日のおりん
　◇「秘剣閣を斬る」光風社出版 1998（光風社文庫）p353

岩井 三四二　いわい・みよじ（1958～）
海と風の郷
　◇「代表作時代小説 平成21年度」光文社 2009 p329
刀盗人
　◇「本格ミステリ 2006」講談社 2006（講談社ノベルス）p371
　◇「珍しい物語のつくり方―本格短編ベスト・セレクション」講談社 2010（講談社文庫）p547
金丸家の関ケ原
　◇「代表作時代小説 平成24年度」光文社 2012 p207
帰蝶
　◇「戦国女人十一話」作品社 2005 p35
　◇「くノ一、百華―時代小説アンソロジー」集英社 2013（集英社文庫）p55
朽木越え
　◇「代表作時代小説 平成20年度」光文社 2008 p191
城から帰せ
　◇「代表作時代小説 平成18年度」光文社 2006 p239
敵はいずこに
　◇「決闘！関ケ原」実業之日本社 2015（実業之日本社文庫）p157
二千人返せ
　◇「代表作時代小説 平成16年度」光風社出版 2004 p363
母の覚悟
　◇「女城主―戦国時代小説傑作選」PHP研究所 2016（PHP文芸文庫）p33
不義密通一件
　◇「代表作時代小説 平成22年度」光文社 2010 p43
分散配分出入一件
　◇「代表作時代小説 平成25年度」光文社 2013 p183
菩薩修繕出入一件
　◇「代表作時代小説 平成23年度」光文社 2011 p9
蛍と呼ぶな
　◇「代表作時代小説 平成19年度」光文社 2007 p121
　◇「秋日より―時代小説アンソロジー」KADOKAWA 2014（角川文庫）p143

岩石 まさ男　いわいし・まさお
ラヂオ・ドラマ　樺山資紀
　◇「日本統治期台湾文学集成 14」緑蔭書房 2003 p71

いわい

岩泉 良平　いわいずみ・りょうへい
駅までの道
◇「超短編の世界」創英社 2008 p160
プロポーズ
◇「忘れがたい者たち―ライトノベル・ジュブナイル選集」創英社 2007 p43
僕の話を聞いてくれませんか？
◇「忘れがたい者たち―ライトノベル・ジュブナイル選集」創英社 2007 p167

岩川 元　いわかわ・げん
はじまりのさくら
◇「ホワイト・ウェディング」SDP 2007（Angel works）p5

岩川 隆　いわかわ・たかし（1933～2001）
鱗の休暇
◇「人獣怪婚」筑摩書房 2000（ちくま文庫）p63

岩城 裕明　いわき・ひろあき
優作の優
◇「新走（アラバシリ）―Powers Selection」講談社 2011（講談社box）p67

岩切 大介　いわきり・だいすけ
何か
◇「ショートショートの広場 13」講談社 2002（講談社文庫）p171

岩倉 政治　いわくら・まさじ（1903～2000）
空気がなくなる日
◇「朗読劇台本集 4」玉川大学出版部 2002 p193

岩佐 なを　いわさ・なお（1954～）
ねぇ。
◇「文豪てのひら怪談」ポプラ社 2009（ポプラ文庫）p40

岩佐 まもる　いわさ・まもる（1973～）
ウニトローダの恩返し
◇「ウルトラQ―dark fantasy」角川書店 2004（角川ホラー文庫）p73

岩阪 恵子　いわさか・けいこ（1946～）
雨のち雨？
◇「文学賞受賞・名作集成 4」リブリオ出版 2004 p149
おたふく
◇「大阪ラビリンス」新潮社 2014（新潮文庫）p289
タマゴヤキ
◇「文学 2003」講談社 2003 p191
日が傾いて
◇「文学 2000」講談社 2000 p144
ミモザの林を
◇「現代秀作集」角川書店 1999（女性作家シリーズ）p347
淀川にちかい町から
◇「文士の意地―車谷長吉撰短篇小説輯 下巻」作品社 2005 p354

岩崎 明　いわさき・あきら
かくれコート
◇「小学校・全員参加の楽しい学級劇・学年劇脚本集 中学年」黎明書房 2006 p138
真冬の幻灯屋
◇「ゆきのまち幻想文学賞小品集 16」企画集団ぷりずむ 2007 p77
れいにーでぃず奇談
◇「気配―第10回フェリシモ文学賞作品集」フェリシモ 2007 p106
Hana
◇「気配―第10回フェリシモ文学賞作品集」フェリシモ 2007 p103

岩崎 正吾　いわさき・せいご（1944～）
うば捨て伝説
◇「密室―ミステリーアンソロジー」角川書店 1997（角川文庫）p77
幽霊はここにいた
◇「吹雪の山荘―赤い死の影の下に」東京創元社 2008（創元クライム・クラブ）p51
◇「吹雪の山荘―リレーミステリ」東京創元社 2014（創元推理文庫）p59

岩崎 恵　いわさき・めぐみ
有明スノウ
◇「ゆきのまち幻想文学賞小品集 12」企画集団ぷりずむ 2003 p169

岩崎 裕司　いわさき・ゆうじ
突端の妖女
◇「優秀新人戯曲集 2007」ブロンズ新社 2006 p5
僕の言葉に訳せない
◇「優秀新人戯曲集 2004」ブロンズ新社 2003 p5

岩里 藁人　いわさと・わらじ
かえるのいえ、かえらぬのひ
◇「てのひら怪談 癸巳」KADOKAWA 2013（MF文庫ダ・ヴィンチ）p84
ザクロ甘いか酸っぱいか
◇「てのひら怪談―ビーケーワン怪談大賞傑作選 百怪繚乱篇」ポプラ社 2008 p140
巳茸譚
◇「てのひら怪談 癸巳」KADOKAWA 2013（MF文庫ダ・ヴィンチ）p78
シャボン魂
◇「てのひら怪談―ビーケーワン怪談大賞傑作選 2」ポプラ社 2007 p18
◇「てのひら怪談―ビーケーワン怪談大賞傑作選 己丑」ポプラ社 2009（ポプラ文庫）p12
白の恐怖
◇「てのひら怪談―ビーケーワン怪談大賞傑作選 辛卯」ポプラ社 2011（ポプラ文庫）p32
美醜記
◇「てのひら怪談―ビーケーワン怪談大賞傑作選 庚寅」ポプラ社 2010（ポプラ文庫）p240
真夜中の散歩
◇「てのひら怪談―ビーケーワン怪談大賞傑作選」ポ

ブラ社 2007 p136
◇「てのひら怪談―ビーケーワン怪談大賞傑作選」ポプラ社 2008（ポプラ文庫）p140

文殊の知恵の輪
◇「てのひら怪談―ビーケーワン怪談大賞傑作選 壬辰」ポプラ社 2012（ポプラ文庫）p268

岩下 悠子　いわした・ゆうこ
水底の鬼
◇「ベスト本格ミステリ 2014」講談社 2014（講談社ノベルス）p11

岩瀬 成子　いわせ・じょうこ（1950～）
竹
◇「100万分の1回のねこ」講談社 2015 p21

岩田 賛　いわた・さん（1909～1985）
絢子の幻覚
◇「探偵くらぶ―探偵小説傑作選1946～1958 中」光文社 1997（カッパ・ノベルス）p31

ユダの遺書
◇「甦る推理雑誌 10」光文社 2004（光文社文庫）p11

岩田 正恢　いわた・せいかい
冬鳥
◇「新鋭劇作集 series 13」日本劇団協議会 2002 p65

岩田 豊雄　いわた・とよお（1893～1969）
三田山上の秋月
◇「創刊一〇〇年三田文学名作選」三田文学会 2010 p643

岩田 宏　いわた・ひろし（1932～2014）
吾子に免許皆伝
◇「日本文学全集 29」河出書房新社 2016 p67

オイコフの洞窟
◇「新装版 全集現代文学の発見 13」學藝書林 2004 p503

革命
◇「新装版 全集現代文学の発見 13」學藝書林 2004 p510

北の国
◇「新装版 全集現代文学の発見 13」學藝書林 2004 p507

鋼鉄の編針
◇「新装版 全集現代文学の発見 13」學藝書林 2004 p509

さようならのバラード
◇「新装版 全集現代文学の発見 13」學藝書林 2004 p506

ショパン
◇「新装版 全集現代文学の発見 13」學藝書林 2004 p502

ふえる岩
◇「新装版 全集現代文学の発見 13」學藝書林 2004 p502

ふつうの食パン
◇「新装版 全集現代文学の発見 13」學藝書林 2004 p505

モスクワの雪とエジプトの砂
◇「新装版 全集現代文学の発見 13」學藝書林 2004 p512

岩田 由美　いわた・ゆみ（1961～）
母の死
◇「青鞜文学集」不二出版 2004 p39

岩谷 鍾元　いわたに・しょうげん（1915～2001）
若き世代の形象化
◇「近代朝鮮文学日本語作品集1939～1945 評論・随筆篇 3」緑蔭書房 2002 p353

岩永 花仙　いわなが・かせん
疫鬼
◇「文豪怪談傑作選 特別編」筑摩書房 2007（ちくま文庫）p179

海異記
◇「文豪怪談傑作選 特別編」筑摩書房 2007（ちくま文庫）p172

岩波 三樹緒　いわなみ・みきお
お弔い
◇「北日本文学賞入賞作品集 2」北日本新聞社 2002 p311

岩波 零　いわなみ・りょう
恋のおまじない
◇「ショートショートの花束 4」講談社 2012（講談社文庫）p196

肥満禁止令
◇「ショートショートの花束 3」講談社 2011（講談社文庫）p220

岩野 清　いわの・きよ（1882～1920）
愛の争闘
◇「「新編」日本女性文学全集 4」菁柿堂 2012 p204

暗闘
◇「青鞜小説集」講談社 2014（講談社文芸文庫）p108

枯草
◇「青鞜文学集」不二出版 2004 p33

岩野 泡鳴　いわの・ほうめい（1873～1920）
詩史豊太閤―薨去
◇「大坂の陣―近代文学名作選」岩波書店 2016 p3

新平民部落
◇「被差別文学全集」河出書房新社 2016（河出文庫）p133

耽溺
◇「明治の文学 24」筑摩書房 2001 p290
◇「別れ」SDP 2009（SDP bunko）p127

猫八
◇「百年小説」ポプラ社 2008 p233
◇「日本近代短篇小説選 大正篇」岩波書店 2012（岩波文庫）p227

ぽんち

いわは

◇「名短篇、さらにあり」筑摩書房 2008（ちくま文庫）p249

岩橋 邦枝　いわはし・くにえ（1934～）
逆光線
◇「戦後短篇小説再発見 3」講談社 2001（講談社文芸文庫）p52

こおろぎ
◇「文学 2001」講談社 2001 p280

岩藤 雪夫　いわふじ・ゆきお（1902～1989）
海へ行く
◇「新・プロレタリア文学精選集 8」ゆまに書房 2004 p177

ガトフ・フセグダア
◇「新装版 全集現代文学の発見 1」學藝書林 2002 p399
◇「新・プロレタリア文学精選集 8」ゆまに書房 2004 p1

闘ひを襲ぐもの
◇「新・プロレタリア文学精選集 8」ゆまに書房 2004 p79

賃金奴隷宣言（V.R.トラスト）
◇「新・プロレタリア文学精選集 8」ゆまに書房 2004 p189

吹雪
◇「新・プロレタリア文学精選集 8」ゆまに書房 2004 p123

岩渕 幸喜　いわぶち・こうき
パクパク人形
◇「小学校・全員参加の楽しい学級劇・学年劇脚本集 高学年」黎明書房 2007 p196

岩間 光介　いわま・こうすけ
幻の愛妻
◇「はじめての小説（ミステリー）—内田康夫＆東京・北区が選んだ珠玉のミステリー 2」実業之日本社 2013 p59

岩松 ヒモロギ　いわまつ・ひもろぎ
成金ワラシ
◇「ショートショートの広場 15」講談社 2004（講談社文庫）p32

岩村 透　いわむら・とおる（1870～1917）
感応
◇「文豪怪談傑作選 特別編」筑摩書房 2007（ちくま文庫）p114

死体室
◇「文豪怪談傑作選 特別編」筑摩書房 2007（ちくま文庫）p119

大叫喚
◇「文豪怪談傑作選 特別編」筑摩書房 2007（ちくま文庫）p117

不吉の音と学士会院（ラシテスキュー）の鐘
◇「文豪怪談傑作選 特別編」筑摩書房 2007（ちくま文庫）p311

岩本 哲　いわもと・あきら（1934～）
墨で塗りつぶされた学童疎開のハガキ≫岩本綾子
◇「日本人の手紙 10」リブリオ出版 2004 p98

岩本 勇　いわもと・いさむ
ガックリ
◇「ショートショートの広場 20」講談社 2008（講談社文庫）p52

岩本 和博　いわもと・かずひろ
十一月の夏みかん
◇「「伊豆文学賞」優秀作品集 第16回」羽衣出版 2013 p51

岩本 妙子　いわもと・たえこ
五橋のしま
◇「ハンセン病文学全集 8」皓星社 2006 p517

岩本 敏男　いわもと・としお（1927～）
おならのあと
◇「日本の少年小説—「少国民」のゆくえ」インパクト出版会 2016（インパクト選書）p215

巌本 善治　いわもと・よしはる（1863～1942）
巌本善治の評論より
◇「新日本古典文学大系 明治編 26」岩波書店 2002 p73

此の大沙漠界に、一人の詩人あれよ
◇「新日本古典文学大系 明治編 26」岩波書店 2002 p181

小説を読む善悪（よしあし）の事
◇「新日本古典文学大系 明治編 26」岩波書店 2002 p86

小説家の着眼
◇「新日本古典文学大系 明治編 26」岩波書店 2002 p173

小説の善悪（ぜんあく）を批評する標準（めあて）の事
◇「新日本古典文学大系 明治編 26」岩波書店 2002 p90

小説論
◇「新日本古典文学大系 明治編 26」岩波書店 2002 p86

女子と小説
◇「新日本古典文学大系 明治編 26」岩波書店 2002 p75

女流、小説を読むの覚悟の事
◇「新日本古典文学大系 明治編 26」岩波書店 2002 p95

女流小説家の本色。
◇「新日本古典文学大系 明治編 26」岩波書店 2002 p164

男女交際論
◇「新日本古典文学大系 明治編 26」岩波書店 2002 p101

非恋愛を非とす

◇「新日本古典文学大系 明治編 26」岩波書店 2002 p190

文章上の理想
◇「新日本古典文学大系 明治編 26」岩波書店 2002 p154

岩森 道子　いわもり・みちこ
伊都国・幻の鯉
◇「ミヤマカラスアゲハ―第三回「草枕文学賞」作品集」文藝春秋企画出版部 2003 p117

噴水のむこうの風景
◇「神様に一番近い場所―漱石来熊百年記念「草枕文学賞」作品集」文藝春秋企画センター 1998 p121

巌谷 小波　いわや・さざなみ（1870～1933）
秋 寂しさは君に別れて
◇「新日本古典文学大系 明治編 21」岩波書店 2005 p191

妹背貝
◇「新日本古典文学大系 明治編 21」岩波書店 2005 p159

朝鮮の併合と少年の覚悟
◇「日本の少年小説―「少国民」のゆくえ」インパクト出版会 2016（インパクト選書）p27

夏 熱きは互ひの情（こゝろ）
◇「新日本古典文学大系 明治編 21」岩波書店 2005 p179

春 長閑（のどけ）さは稚遊（おさなあそ）び
◇「新日本古典文学大系 明治編 21」岩波書店 2005 p163

冬 寒きは身を切る凩
◇「新日本古典文学大系 明治編 21」岩波書店 2005 p206

平太郎化物日記
◇「稲生モノノケ大全 陰之巻」毎日新聞社 2003 p288

岩谷 征捷　いわや・せいしょう（1942～）
コエトイ川のコエトイ橋
◇「全作家短編小説集 6」全作家協会 2007 p63

此岸の家族
◇「全作家短編小説集 7」全作家協会 2008 p27

岩谷 涼子　いわや・りょうこ
みみてん
◇「ゆきのまち幻想文学賞小品集 24」企画集団ぷりずむ 2015 p97

印 貞植　イン・チョンシク
朝鮮文人協會への要望何ケ條（1）～（4）
◇「近代朝鮮文学日本語作品集1939～1945 評論・随筆篇 1」緑蔭書房 2002 p117

【う】

宇 桂三郎　う・けいざぶろう
煙突綺譚
◇「甦る推理雑誌 4」光文社 2003（光文社文庫）p65

禹 壽榮　ウ・スヨン
映畫を見て
◇「近代朝鮮文学日本語作品集1939～1945 評論・随筆篇 3」緑蔭書房 2002 p469

授業料
◇「近代朝鮮文学日本語作品集1939～1945 評論・随筆篇 3」緑蔭書房 2002 p465

禹 昌壽　ウ・チャンス
釋迦の夢
◇「近代朝鮮文学日本語作品集1908～1945 セレクション 1」緑蔭書房 2008 p39

ヴァシィ章絵　ヴぁしぃあきえ
号泣男と腹ペコ女
◇「恋のかたち、愛のいろ」徳間書店 2008 p133
◇「恋のかたち、愛のいろ」徳間書店 2010（徳間文庫）p153

ヴィヴィアン佐藤　ういうぃあんさとう（1945～）
Zodiac and Water Snake
◇「水妖」廣済堂出版 1998（廣済堂文庫）p583

上木 いさむ　うえき・いさむ
悪魔
◇「ショートショートの広場 12」講談社 2001（講談社文庫）p91

植木 枝盛　うえき・えもり（1857～1892）
自由詞林
◇「新日本古典文学大系 明治編 12」岩波書店 2001 p95

植草 昌実　うえくさ・まさみ（1965～）
けものたち
◇「ひとにぎりの異形」光文社 2007（光文社文庫）p184

幻燈街再訪
◇「魔地図」光文社 2005（光文社文庫）p175

地下洞
◇「物語のルミナリエ」光文社 2011（光文社文庫）p125

宇江佐 真理　うえざ・まり（1949～）
青もみじ
◇「時代小説ザ・ベスト 2016」集英社 2016（集英社文庫）p229

あさきゆめみし

◇「浮き世草紙―女流時代小説傑作選」角川春樹事務所 2002（ハルキ文庫）p47
紫陽花
　「吉原花魁」角川書店 2009（角川文庫）p67
因果堀
　◇「江戸の秘恋―時代小説傑作選」徳間書店 2004（徳間文庫）p225
浮かれ節―竈河岸
　◇「世話焼き長屋―人情時代小説傑作選」新潮社 2008（新潮文庫）p41
梅匂ひ
　◇「江戸夕しぐれ―市井稼業小説傑作選」学研パブリッシング 2011（学研M文庫）p271
驚きの、また喜びの
　◇「江戸宵闇しぐれ」学習研究社 2005（学研M文庫）p337
面影ほろり
　◇「代表作時代小説 平成21年度」光文社 2009 p145
織部の茶碗
　◇「江戸なごり雨」学研パブリッシング 2013（学研M文庫）p41
がたくり橋は渡らない
　◇「江戸色恋坂―市井情話傑作選」学習研究社 2005（学研M文庫）p299
狐拳
　◇「江戸なみだ雨―市井稼業小説傑作選」学研パブリッシング 2010（学研M文庫）p171
掘留の家
　◇「しぐれ舟―時代小説招待席」廣済堂出版 2003 p45
　◇「しぐれ舟―時代小説招待席」徳間書店 2008（徳間文庫）p45
下駄屋おけい
　◇「がんこ長屋」新潮社 2013（新潮文庫）p123
恋文
　◇「ふたり―時代小説夫婦情話」角川春樹事務所 2010（ハルキ文庫）p37
雑踏
　◇「江戸しのぶ雨」学研パブリッシング 2012（学研M文庫）p199
さびしい水音
　◇「万事金の世―時代小説傑作選」徳間書店 2006（徳間文庫）p89
出奔
　◇「冬ごもり―時代小説アンソロジー」KADOKAWA 2013（角川文庫）p171
凧、凧、揚がれ
　◇「江戸夢日和」学習研究社 2004（学研M文庫）p273
ただ遠い空
　◇「合わせ鏡―女流時代小説傑作選」角川春樹事務所 2003（ハルキ文庫）p179
富子すきすき
　◇「異色忠臣蔵大傑作集」講談社 1999 p117
のうぜんかずらの花咲けば

◇「代表作時代小説 平成19年度」光文社 2007 p9
びいどろ玉簪
　◇「代表作時代小説 平成17年度」光文社 2005 p329
彼岸花
　◇「代表作時代小説 平成20年度」光文社 2008 p391
ひょうたん
　◇「大江戸万華鏡―美味小説傑作選」学研パブリッシング 2014（学研M文庫）p117
備後表
　◇「職人気質」小学館 2007（小学館文庫）p215
びんしけん
　◇「代表作時代小説 平成22年度」光文社 2010 p9
星の降る夜
　◇「撫子が斬る―女性作家捕物帳アンソロジー」光文社 2005（光文社文庫）p9
慕情
　◇「代表作時代小説 平成13年度」光風社出版 2001 p381
余寒の雪
　◇「娘秘剣」徳間書店 2011（徳間文庫）p45
我らが胸の鼓動
　◇「代表作時代小説 平成23年度」光文社 2011 p29

上志羽 峰子　うえしば・みねこ
すかんぽん
　「かわさきの文学―かわさき文学賞50年記念作品集 2009年」審美社 2009 p137

上田 秋成　うえだ・あきなり（1734～1809）
吉備津の釜
　◇「鬼譚」筑摩書房 2014（ちくま文庫）p153
白峯―『雨月物語』より（石川淳〔訳〕）
　◇「幻妖の水脈（みお）」筑摩書房 2013（ちくま文庫）p91
夢応の鯉魚（石川淳〔訳〕）
　◇「変身ものがたり」筑摩書房 2010（ちくま文学の森）p105
夢応の鯉魚―雨月物語より
　◇「変身のロマン」学習研究社 2003（学研M文庫）p23

上田 絵馬　うえだ・えま
或る晴れた日に
　◇「たびだち―フェリシモしあわせショートショート」フェリシモ 2000 p88

上田 和夫　うえだ・かずお（1928～）
乳母ざくら（小泉八雲〔著〕）
　◇「植物」国書刊行会 1998（書物の王国）p160

上田 和子　うえだ・かずこ
ステージ（谷口裕里子）
　◇「中学生のドラマ 4」晩成書房 2003 p33

植田 景子　うえだ・けいこ（1966～）
アンナ・カレーニナ
　◇「宝塚バウホール公演脚本集―2001年4月―2001年

10月」阪急電鉄コミュニケーション事業部 2002 p38

上田 早夕里　うえだ・さゆり（1964〜）
アステロイド・ツリーの彼方へ
◇「SF宝石―すべて新作読み切り！ 2015」光文社 2015 p7
◇「アステロイド・ツリーの彼方へ」東京創元社 2016（創元SF文庫）p475

石繭
◇「物語のルミナリエ」光文社 2011（光文社文庫）p355

魚舟・獣舟
◇「進化論」光文社 2006（光文社文庫）p45
◇「ぼくの、マシン―ゼロ年代日本SFベスト集成S」東京創元社 2010（創元SF文庫）p263
◇「日本SF短篇50 5」早川書房 2013（ハヤカワ文庫JA）p137

完全なる脳髄
◇「Fの肖像―フランケンシュタインの幻想たち」光文社 2010（光文社文庫）p409
◇「結晶銀河―年刊日本SF傑作選」東京創元社 2011（創元SF文庫）p73

饗応
◇「ひとにぎりの異形」光文社 2007（光文社文庫）p50

くさびらの道
◇「心霊理論」光文社 2007（光文社文庫）p275

上海フランス租界祁斉路三二〇号
◇「SF宝石―ぜーんぶ！　新作読み切り」光文社 2013 p91

真朱の街
◇「未来妖怪」光文社 2008（光文社文庫）p37

ナイト・ブルーの記録
◇「NOVA―書き下ろし日本SFコレクション 5」河出書房新社 2011（河出文庫）p13

楽園（パラディッス）
◇「SF JACK」角川書店 2013 p81
◇「SF JACK」KADOKAWA 2016（角川文庫）p91

氷波
◇「極光星群」東京創元社 2013（創元SF文庫）p49

眼神
◇「憑依」光文社 2010（光文社文庫）p371

夢見る葦笛
◇「怪物園」光文社 2009（光文社文庫）p245
◇「量子回廊―年刊日本SF傑作選」東京創元社 2010（創元SF文庫）p13

植田 祥子　うえだ・しょうこ
ダイヤモンドの指輪
◇「つながり―フェリシモしあわせショートショート」フェリシモ 1999 p77

植田 紳爾　うえだ・しんじ（1933〜）
泣きべそ女房
◇「日本舞踊舞踊劇選集」西川会 2002 p121

ベルサイユのばら2001―オスカルとアンドレ編
◇「宝塚大劇場公演脚本集―2001年4月―2002年4月」阪急電鉄コミュニケーション事業部 2002 p36

ベルサイユのばら2001―フェルゼンとマリー・アントワネット編
◇「宝塚大劇場公演脚本集―2001年4月―2002年4月」阪急電鉄コミュニケーション事業部 2002 p5

上田 進太　うえだ・しんた
テレビ
◇「ショートショートの花束 3」講談社 2011（講談社文庫）p59

上田 利夫　うえだ・としお
耳なし芳一のはなし（小泉八雲〔著〕）
◇「見上げれば星は天に満ちて―心に残る物語―日本文学秀作選」文藝春秋 2005（文春文庫）p385

上田 登美　うえだ・とみ
熊本地震
◇「平成28年熊本地震作品集」くまもと文学・歴史館友の会 2016 p21

上田 信彦　うえだ・のぶひこ（1964〜）
箱の中の殺意（有栖川有栖）
◇「有栖川有栖の鉄道ミステリ・ライブラリー」角川書店 2004（角川文庫）p247

植田 富栄　うえだ・ひさはる
雪積もる海辺に
◇「ゆきのまち幻想文学賞小品集 19」企画集団ぷりずむ 2010 p161

上田 秀人　うえだ・ひでと（1959〜）
宿場の光
◇「大江戸「町」物語 光」宝島社 2014（宝島社文庫）p7

取り立てて候
◇「遙かなる道」桃園書房 2001（桃園文庫）p51

身代り吉右衛門
◇「風の孤影」桃園書房 2001（桃園文庫）p221

無為秀家
◇「決戦！関ケ原」講談社 2014 p143

上田 広　うえだ・ひろし（1905〜1966）
指導物語―ある国鉄機関誌の述懐
◇「コレクション戦争と文学 15」集英社 2012 p279

水の柱
◇「有栖川有栖の本格ミステリ・ライブラリー」角川書店 2001（角川文庫）p317

上田 敏　うえだ・びん（1874〜1916）
海潮音
◇「日本近代文学に描かれた「恋愛」」牧野出版 2001 p143

上田 誠　うえだ・まこと
サマータイムマシン・ブルース
◇「年鑑代表シナリオ集 '05」シナリオ作家協会

2006 p169

上田 三四二　うえだ・みよし（1923〜1989）
祝婚
◇「川端康成文学賞全作品 2」新潮社 1999 p61
橋姫
◇「京都府文学全集第1期(小説編) 6」郷土出版社 2005 p144
影向
◇「戦後短篇小説再発見 5」講談社 2001（講談社文芸文庫）p208

上田 美和　うえだ・みわ
トシドンの放課後
◇「高校演劇Selection 2003 下」晩成書房 2003 p143

上田 裕介　うえだ・ゆうすけ
マルドゥック・アヴェンジェンス
◇「マルドゥック・ストーリーズ—公式二次創作集」早川書房 2016（ハヤカワ文庫 JA）p201

上田 芳江　うえだ・よしえ
焰の女
◇「コレクション戦争と文学 14」集英社 2012 p106

上野 登史郎　うえの・としろう
剣豪列伝—異説・宮本武蔵
◇「宮本武蔵伝奇」勉誠出版 2002（べんせいライブラリー）p163

上野 友之　うえの・ともゆき
先生の帰国
◇「君に会いたい—恋愛短篇小説集」泰文堂 2012（リンダブックス）p124

上野 豊樹　うえの・とよき
いまなお北にいる彼と
◇「ゆきのまち幻想文学賞小品集 9」企画集団ぷりずむ 2000 p48

上野 英信　うえの・ひでのぶ（1923〜1987）
ああセックス
◇「戦後文学エッセイ選 12」影書房 2006 p127
ある救援米のこと
◇「戦後文学エッセイ選 12」影書房 2006 p65
暗黒の記録者たち
◇「戦後文学エッセイ選 12」影書房 2006 p16
一本の稲穂
◇「戦後文学エッセイ選 12」影書房 2006 p57
桜蕾忌
◇「戦後文学エッセイ選 12」影書房 2006 p162
鬼ガ島の猿翁
◇「戦後文学エッセイ選 12」影書房 2006 p112
遠賀川
◇「戦後文学エッセイ選 12」影書房 2006 p80
担ぎ屋の弁
◇「戦後文学エッセイ選 12」影書房 2006 p160
ガリ版人生
◇「戦後文学エッセイ選 12」影書房 2006 p123
棄民政策の爪痕
◇「戦後文学エッセイ選 12」影書房 2006 p30
国のまほろば
◇「戦後文学エッセイ選 12」影書房 2006 p152
「業担き」の宿命（上野英信集5『長恨の賦』あとがき）
◇「戦後文学エッセイ選 12」影書房 2006 p224
言の葉橋
◇「戦後文学エッセイ選 12」影書房 2006 p145
この国の火床に生きて
◇「戦後文学エッセイ選 12」影書房 2006 p9
債鬼退治
◇「戦後文学エッセイ選 12」影書房 2006 p158
雑草の中
◇「戦後文学エッセイ選 12」影書房 2006 p121
シェンシェ
◇「戦後文学エッセイ選 12」影書房 2006 p114
死ぬるも地獄、生きるも地獄（上野英信集3『燃やしてつくす日日』あとがき）
◇「戦後文学エッセイ選 12」影書房 2006 p205
『写真万葉集・筑豊1』人間の山 あとがき
◇「戦後文学エッセイ選 12」影書房 2006 p180
『写真万葉集・筑豊10』黒十字 終わりに
◇「戦後文学エッセイ選 12」影書房 2006 p234
借金訓
◇「戦後文学エッセイ選 12」影書房 2006 p141
酒仙、酒を断つ
◇「戦後文学エッセイ選 12」影書房 2006 p138
スカブラの話
◇「怠けものの話」筑摩書房 2011（ちくま文学の森）p151
生活者の論理
◇「戦後文学エッセイ選 12」影書房 2006 p143
絶望の中の祖国
◇「戦後文学エッセイ選 12」影書房 2006 p23
ダマシ舟
◇「戦後文学エッセイ選 12」影書房 2006 p136
地下からの復権
◇「戦後文学エッセイ選 12」影書房 2006 p47
地底の反戦歌
◇「戦後文学エッセイ選 12」影書房 2006 p147
地の底の笑い話（抄）
◇「日本文学全集 27」河出書房新社 2017 p519
天井の雪かき
◇「戦後文学エッセイ選 12」影書房 2006 p110
天皇制の「業担き」として
◇「戦後文学エッセイ選 12」影書房 2006 p70
土呂久つづき話
◇「戦後文学エッセイ選 12」影書房 2006 p154
トンチャン

日本一
　◇「戦後文学エッセイ選 12」影書房 2006 p149
日本人の差別感覚―在日朝鮮人「国籍書きかえ」問題の背景
　◇「戦後文学エッセイ選 12」影書房 2006 p50
脱がせたひと
　◇「戦後文学エッセイ選 12」影書房 2006 p116
箸のこと
　◇「戦後文学エッセイ選 12」影書房 2006 p130
馬車馬の夢
　◇「戦後文学エッセイ選 12」影書房 2006 p37
花のナンバーワン
　◇「戦後文学エッセイ選 12」影書房 2006 p129
母なる連帯の海へ
　◇「戦後文学エッセイ選 12」影書房 2006 p53
悲願千人斬り
　◇「戦後文学エッセイ選 12」影書房 2006 p119
非国民宿舎盛衰記
　◇「戦後文学エッセイ選 12」影書房 2006 p125
百年の「業」
　◇「戦後文学エッセイ選 12」影書房 2006 p9
豚の孤独
　◇「戦後文学エッセイ選 12」影書房 2006 p61
ボタ拾い（抄）
　◇「戦後文学エッセイ選 12」影書房 2006 p110
本を買った話
　◇「戦後文学エッセイ選 12」影書房 2006 p132
目隠しの鬼（上野英信集4『闇を砦として』あとがき）
　◇「戦後文学エッセイ選 12」影書房 2006 p215
闇のみち火（上野英信集2『奈落の星雲』あとがき）
　◇「戦後文学エッセイ選 12」影書房 2006 p195
ヨウ！　色男
　◇「戦後文学エッセイ選 12」影書房 2006 p118
我が師
　◇「戦後文学エッセイ選 12」影書房 2006 p134
わがドロツキストへの道
　◇「戦後文学エッセイ選 12」影書房 2006 p104
わが廃鉱地図
　◇「戦後文学エッセイ選 12」影書房 2006 p167
私と炭鉱との出会い（上野英信集1『話の抗口』あとがき）
　◇「戦後文学エッセイ選 12」影書房 2006 p184
わたしの減税対策
　◇「戦後文学エッセイ選 12」影書房 2006 p151
私の原爆症
　◇「戦後文学エッセイ選 12」影書房 2006 p44
わたしの三・一五
　◇「戦後文学エッセイ選 12」影書房 2006 p140

笑う民には福来たる
　◇「戦後文学エッセイ選 12」影書房 2006 p163

上野　雄一　うえの・ゆういち
桃太郎
　◇「ショートショートの広場 10」講談社 2000（講談社文庫）p83

上野　葉　うえの・よう
女房始め
　◇「青鞜文学集」不二出版 2004 p143

上野　陽子　うえの・ようこ
熊本地震
　◇「平成28年熊本地震作品集」くまもと文学・歴史館友の会 2016 p22

上野　瞭　うえの・りょう（1928～2002）
きみ知るやクサヤノヒモノ
　◇「それはまだヒミツ―少年少女の物語」新潮社 2012（新潮文庫）p243

上原　英司　うえはら・えいじ
防波堤のピクニック
　◇「フラジャイル・ファクトリー戯曲集 1」晩成書房 2008 p71

上原　和樹　うえはら・かずき
あらぶる妹
　◇「てのひら怪談　癸巳」KADOKAWA 2013（MF文庫ダ・ヴィンチ）p154
靴
　◇「てのひら怪談―ビーケーワン怪談大賞傑作選　壬辰」ポプラ社 2012（ポプラ文庫）p48
マッチの家
　◇「てのひら怪談　癸巳」KADOKAWA 2013（MF文庫ダ・ヴィンチ）p64

上原　小夜　うえはら・さよ
旅立ちの日に
　◇「5分で読める！　ひと駅ストーリー　旅の話」宝島社 2015（宝島社文庫）p299
天からの手紙
　◇「5分で読める！　ひと駅ストーリー　冬の記憶東口編」宝島社 2013（宝島社文庫）p141
　◇「5分で泣ける！　胸がいっぱいになる物語」宝島社 2015（宝島社文庫）p147
蛍の光
　◇「LOVE & TRIP by LESPORTSAC」宝島社 2013（宝島社文庫）p7
ホットミルク
　◇「5分で読める！　ひと駅ストーリー　猫の物語」宝島社 2014（宝島社文庫）p309
昔の彼
　◇「5分で読める！　ひと駅ストーリー　夏の記憶東口編」宝島社 2013（宝島社文庫）p71
らくがきちょうの神様
　◇「5分で読める！　ひと駅ストーリー　乗車編」宝島社 2012（宝島社文庫）p67

うえは

上原 尚子 うえはら・しょうこ（1966～）
擬態する殺意
◇「恐怖箱 遺伝記」竹書房 2008（竹書房文庫）p66

上原 正三 うえはら・しょうぞう
台風怪獣 ヒーカジドン登場—番外編 沖縄県「ヒーカジドン大戦争」
◇「日本怪獣侵略伝—ご当地怪獣異聞集」洋泉社 2015 p281
花吹雪の下で
◇「恐怖のKA・TA・CHI」双葉社 2001（双葉文庫）p249

上原 知明 うえはら・ともあき
けいどろ
◇「中学生のドラマ 7」晩成書房 2007 p151

上原 紀善 うえはら・のりよし
おきなわの歌
◇「沖縄文学選—日本文学のエッジからの問い」勉誠出版 2003 p290

上間 源光 うえま・げんこう
古里の山
◇「ハンセン病文学全集 8」皓星社 2006 p406

植松 邦文 うえまつ・くにふみ
敬太とかわうそ
◇「「伊豆文学賞」優秀作品集 第15回」羽衣出版 2012 p5

植松 二郎 うえまつ・じろう
ふたりの漢字
◇「ゆきのまち幻想文学賞小品集 12」企画集団ぷりずむ 2003 p47

植松 拓也 うえまつ・たくや
恋人は透明人間
◇「あの日に戻れたら」主婦と生活社 2007（Junon novels）p147

植松 三十里 うえまつ・みどり
桑港にて
◇「代表作時代小説 平成16年度」光風社出版 2004 p7
虎目の女城主
◇「女城主—戦国時代小説傑作選」PHP研究所 2016（PHP文芸文庫）p77

植松 要作 うえまつ・ようさく（1931～1988）
青いリンゴ
◇「山形県文学全集第2期（随筆・紀行編）6」郷土出版社 2005 p82
黒いサクランボ
◇「山形県文学全集第2期（随筆・紀行編）6」郷土出版社 2005 p79
モモ
◇「山形県文学全集第2期（随筆・紀行編）6」郷土出版社 2005 p85

上村 敦美 うえむら・あつみ
門の向こうに—T・Tへ
◇「中学校劇作シリーズ 7」青雲書房 2002 p85

植村 直己 うえむら・なおみ（1941～1984）
ケンブリッジベイ着、君のヒザ枕に昼寝したい＞植村公子
◇「日本人の手紙 7」リブリオ出版 2004 p168

植村 正久 うえむら・まさひさ（1858～1925）
植村正久の評論より
◇「新日本古典文学大系 明治編 26」岩波書店 2002 p1
欧洲の文学
◇「新日本古典文学大系 明治編 26」岩波書店 2002 p3
自然界の豫言者 ウオルズウオルス
◇「新日本古典文学大系 明治編 26」岩波書店 2002 p45
日本の基督教文学
◇「新日本古典文学大系 明治編 26」岩波書店 2002 p30

上村 佑 うえむら・ゆう（1956～）
最後の一本
◇「5分で読める！ ひと駅ストーリー 冬の記憶東口編」宝島社 2013（宝島社文庫）p211
三冊百円
◇「5分で読める！ ひと駅ストーリー 本の物語」宝島社 2014（宝島社文庫）p189
千三百年の往来
◇「5分で読める！ ひと駅ストーリー 旅の話」宝島社 2015（宝島社文庫）p197
啼く蟬
◇「5分で読める！ ひと駅ストーリー 夏の記憶西口編」宝島社 2013（宝島社文庫）p241
僕は知っている
◇「5分で読める！ ひと駅ストーリー 降車編」宝島社 2012（宝島社文庫）p89

上村 義彦 うえむら・よしひこ
絶叫
◇「ショートショートの広場 16」講談社 2005（講談社文庫）p112

うえやま 洋介 うえやま・ようすけ
墓標
◇「恐怖箱 遺伝記」竹書房 2008（竹書房文庫）p62

ウェル冥土 うぇるめいど
墓
◇「てのひら怪談—ビーケーワン怪談大賞傑作選 庚寅」ポプラ社 2010（ポプラ文庫）p148

烏焉 うえん
カガクテキ
◇「ショートショートの花束 4」講談社 2012（講談社文庫）p95

路駐撲滅大作戦
◇「ショートショートの花束 2」講談社 2010（講談社文庫）p276

宇尾 房子　うお・ふさこ
二戸幻想
◇「姥ヶ辻一小説集」作品社 2003 p38
花ばたけは春
◇「姥ヶ辻一小説集」作品社 2003 p8

魚川 鉾夫　うおかわ・ほこお
つなひき
◇「本格推理 11」光文社 1997（光文社文庫）p337

魚住 陽子　うおずみ・ようこ（1951〜）
雨の中で最初に濡れる
◇「小川洋子の陶酔短篇箱」河出書房新社 2014 p115

元 秀一　ウォン・スイル
李君の憂鬱
◇「〈在日〉文学全集 12」勉誠出版 2006 p371
運河
◇「〈在日〉文学全集 12」勉誠出版 2006 p329
帰郷
◇「〈在日〉文学全集 12」勉誠出版 2006 p361
蛇と蛙
◇「〈在日〉文学全集 12」勉誠出版 2006 p389
ムルマジ
◇「〈在日〉文学全集 12」勉誠出版 2006 p339

元 道根　ウォン・ドグン
秋
◇「近代朝鮮文学日本語作品集1908〜1945 セレクション 6」緑蔭書房 2008 p63

雨川 アメ　うがわ・あめ
兄
◇「てのひら怪談―ビーケーワン怪談大賞傑作選」ポプラ社 2007 p42
◇「てのひら怪談―ビーケーワン怪談大賞傑作選」ポプラ社 2008（ポプラ文庫）p40
連れて行くわ
◇「てのひら怪談―ビーケーワン怪談大賞傑作選」ポプラ社 2007 p46
◇「てのひら怪談―ビーケーワン怪談大賞傑作選」ポプラ社 2008（ポプラ文庫）p44

宇木 聡史　うき・さとし
サンタとオオタの夜
◇「5分で読める！ ひと駅ストーリー 冬の記憶東口編」宝島社 2013（宝島社文庫）p161
ドライアイスの婚約者
◇「5分で読める！ ひと駅ストーリー 夏の記憶西口編」宝島社 2013（宝島社文庫）p141
ひと駅のプレゼント
◇「5分で読める！ ひと駅ストーリー 降車編」宝島社 2012（宝島社文庫）p135
ブラインドデート

◇「LOVE & TRIP by LESPORTSAC」宝島社 2013（宝島社文庫）p73
朗読おじさん
◇「5分で読める！ ひと駅ストーリー 本の物語」宝島社 2014（宝島社文庫）p289

浮穴 千佳　うけな・ちか
耳朶
◇「ショートショートの花束 3」講談社 2011（講談社文庫）p190

宇佐美 まこと　うさみ・まこと（1957〜）
異界への通路
◇「女たちの怪談百物語」メディアファクトリー 2010（〔幽〕books）p240
◇「女たちの怪談百物語」KADOKAWA 2014（角川ホラー文庫）p244
犬嫌い
◇「怪しき我が家―家の怪談競作集」メディアファクトリー 2011（MF文庫）p149
裏方のおばあさん
◇「女たちの怪談百物語」メディアファクトリー 2010（〔幽〕books）p217
◇「女たちの怪談百物語」KADOKAWA 2014（角川ホラー文庫）p221
体がずれた
◇「女たちの怪談百物語」メディアファクトリー 2010（〔幽〕books）p306
◇「女たちの怪談百物語」KADOKAWA 2014（角川ホラー文庫）p310
湿原の女神
◇「怪談列島ニッポン―書き下ろし諸国奇談競作集」メディアファクトリー 2009（MF文庫）p253
長距離トラック
◇「女たちの怪談百物語」メディアファクトリー 2010（〔幽〕books）p158
◇「女たちの怪談百物語」KADOKAWA 2014（角川ホラー文庫）p162
廃病院
◇「女たちの怪談百物語」メディアファクトリー 2010（〔幽〕books）p48
◇「女たちの怪談百物語」KADOKAWA 2014（角川ホラー文庫）p55
機織り
◇「女たちの怪談百物語」メディアファクトリー 2010（〔幽〕books）p135
◇「女たちの怪談百物語」KADOKAWA 2014（角川ホラー文庫）p140
美容師の話
◇「女たちの怪談百物語」メディアファクトリー 2010（〔幽〕books）p79
◇「女たちの怪談百物語」KADOKAWA 2014（角川ホラー文庫）p84
道で拾うモノ
◇「女たちの怪談百物語」メディアファクトリー 2010（〔幽〕books）p185
◇「女たちの怪談百物語」KADOKAWA 2014（角川ホラー文庫）p189

うさみ

安ホテル
- ◇「女たちの怪談百物語」メディアファクトリー 2010（〔幽books〕）p104
- ◇「女たちの怪談百物語」KADOKAWA 2014（角川ホラー文庫）p110

霊の通り路
- ◇「女たちの怪談百物語」メディアファクトリー 2010（〔幽books〕）p270
- ◇「女たちの怪談百物語」KADOKAWA 2014（角川ホラー文庫）p276

宇佐美 游　うさみ・ゆう（1962〜）

玉の輿貧乏
- ◇「結婚貧乏」幻冬舎 2003 p33

雪の夜のビターココア
- ◇「29歳」日本経済新聞出版社 2008 p167
- ◇「29歳」新潮社 2012（新潮文庫）p187

氏家 誠弥　うじいえ・せいや

予告
- ◇「ショートショートの広場 11」講談社 2000（講談社文庫）p170

氏家 浩靖　うじいえ・ひろやす

日常
- ◇「リトル・リトル・クトゥルー——史上最小の神話小説集」学習研究社 2009 p222

潮 寒二　うしお・かんじ

碧（あお）い眼（め）
- ◇「甦る推理雑誌 6」光文社 2003（光文社文庫）p289

蛆
- ◇「妖異百物語 2」出版芸術社 1997（ふしぎ文学館）p23

蛞蝓妄想譜
- ◇「怪奇探偵小説集 2」角川春樹事務所 1998（ハルキ文庫）p285

牛島 春子　うしじま・はるこ（1913〜2002）

ある旅
- ◇「コレクション戦争と文学 9」集英社 2012 p200

祝という男
- ◇「〈外地〉の日本語文学選 2」新宿書房 1996 p237

祝といふ男
- ◇「文学で考える〈日本〉とは何か」双文社出版 2007 p50
- ◇「文学で考える〈日本〉とは何か」翰林書房 2016 p50

福寿草
- ◇「コレクション戦争と文学 16」集英社 2012 p144

宇治田 隆史　うじた・たかし

ノン子36歳（家事手伝い）
- ◇「年鑑代表シナリオ集 '08」シナリオ作家協会 2009 p259

氏原 孝　うじはら・たかし

盲導鈴 第二部 善
- ◇「ハンセン病文学全集 9」皓星社 2010 p239

宇城 茂　うしろ・しげる

モデル病室
- ◇「ハンセン病文学全集 4」皓星社 2003 p439

氏脇 健一　うじわき・けんいち

災いの杖
- ◇「ショートショートの広場 8」講談社 1997（講談社文庫）p101

臼居 泰祐　うすい・たいすけ

存在理由
- ◇「ショートショートの花束 6」講談社 2014（講談社文庫）p123

薄井 ゆうじ　うすい・ゆうじ（1949〜）

エイラット症候群
- ◇「幽霊船」光文社 2001（光文社文庫）p181

桜子さんがコロンダ
- ◇「黒い遊園地」光文社 2004（光文社文庫）p221

酒粥と雪の白い色
- ◇「酒の夜語り」光文社 2002（光文社文庫）p571

自転車を漕ぐとき
- ◇「短篇ベストコレクション——現代の小説 2005」徳間書店 2005（徳間文庫）p119

象鳴き坂
- ◇「しぐれ舟——時代小説招待席」廣済堂出版 2003 p91
- ◇「しぐれ舟——時代小説招待席」徳間書店 2008（徳間文庫）p95

小さな部屋
- ◇「自選ショート・ミステリー 2」講談社 2001（講談社文庫）p55

恥ずかしい玉
- ◇「ひとにぎりの異形」光文社 2007（光文社文庫）p495

帆船
- ◇「二十四粒の宝石——超短編小説傑作集」講談社 1998（講談社文庫）p181

訪問者
- ◇「短篇ベストコレクション——現代の小説 2001」徳間書店 2001（徳間文庫）p197

彫物師甚三郎首生娘
- ◇「江戸迷宮」光文社 2011（光文社文庫）p233

マン・オン・ザ・ムーン
- ◇「散りぬる桜——時代小説招待席」廣済堂出版 2004 p61

みちしるべ
- ◇「ザ・ベストミステリーズ——推理小説年鑑 2002」講談社 2002 p447
- ◇「零時の犯罪予報」講談社 2005（講談社文庫）p365

無限ホテル
- ◇「夏のグランドホテル」光文社 2003（光文社文庫）p437

わらしべの唄

◇「夢を見にけり―時代小説招待席」廣済堂出版 2004 p7

臼井 吉見　うすい・よしみ（1905〜1987）
「山びこ学校」訪問記
　◇「山形県文学全集第2期(随筆・紀行編) 3」郷土出版社 2005 p189
米沢
　◇「山形県文学全集第2期(随筆・紀行編) 3」郷土出版社 2005 p181

雨澄 碧　うすみ・あおい
とある愛好家の集い
　◇「5分で読める！ ひと駅ストーリー 食の話」宝島社 2015（宝島社文庫）p269
夢の続き
　◇「5分で読める！ ひと駅ストーリー 本の物語」宝島社 2014（宝島社文庫）p119

宇田 菊生　うだ・きくお
青年劇 日の丸渡し―一幕一場
　◇「日本統治期台湾文学集成 10」緑蔭書房 2003 p201

宇田 俊吾　うだ・しゅんご
悪夢まがいのイリュージョン（春永保）
　◇「新・本格推理 03」光文社 2003（光文社文庫）p101
湖岸道路のイリュージョン（春永保）
　◇「新・本格推理 02」光文社 2002（光文社文庫）p207

うだ ゆりえ
冬女神を呼ぶ民
　◇「ゆきのまち幻想文学賞小品集 10」企画集団ぷりずむ 2001 p97

宇多 ゆりえ　うだ・ゆりえ
おいらん六花
　◇「ゆきのまち幻想文学賞小品集 17」企画集団ぷりずむ 2008 p7
シズリのひろいもの
　◇「ゆきのまち幻想文学賞小品集 15」企画集団ぷりずむ 2006 p15

宇多 ユリエ　うだ・ゆりえ
左右の天使
　◇「ゆきのまち幻想文学賞小品集 7」NTTメディアスコープ 1997 p59
BIT SNOW
　◇「ゆきのまち幻想文学賞小品集 9」企画集団ぷりずむ 2000 p76

泡沫 虚唄　うたかた・こうた
立っている
　◇「怪談四十九夜」竹書房 2016（竹書房文庫）p90
棚の裏
　◇「怪談四十九夜」竹書房 2016（竹書房文庫）p102
隣
　◇「怪談四十九夜」竹書房 2016（竹書房文庫）p85

用心しろ
　◇「怪談四十九夜」竹書房 2016（竹書房文庫）p98
呼ぶ風鈴
　◇「怪談四十九夜」竹書房 2016（竹書房文庫）p94

宇多川 蘭子　うたがわ・らんこ
　⇒鮎川哲也（あゆかわ・てつや）を見よ

歌鳥　うたどり
ビスカ氏のたちの悪いいたずら
　◇「超短編の世界」創英社 2008 p110
無垢なる羊
　◇「超短編傑作選 v.6」創英社 2007 p207

歌野 晶午　うたの・しょうご（1961〜）
永遠の契り
　◇「極上掌篇小説」角川書店 2006 p31
　◇「ひと粒の宇宙」角川書店 2009（角川文庫）p33
おねえちゃん
　◇「暗闇を見よ」光文社 2010（Kappa novels）p95
　◇「暗闇を見よ」光文社 2015（光文社文庫）p123
母ちゃん、おれだよ、おれおれ
　◇「9の扉―リレー短編集」マガジンハウス 2009 p197
　◇「9の扉」KADOKAWA 2013（角川文庫）p187
烏勧請
　◇「ザ・ベストミステリーズ―推理小説年鑑 1999」講談社 1999 p433
　◇「殺人買います」講談社 2002（講談社文庫）p126
五十年後の物語
　◇「みんなの少年探偵団 2」ポプラ社 2016 p49
死刑
　◇「マスカレード」光文社 2002（光文社文庫）p105
水難の夜
　◇「犯行現場にもう一度」講談社 1997（講談社文庫）p245
生存者、一名
　◇「絶海―推理アンソロジー」祥伝社 2002（Non novel）p75
玉川上死
　◇「事件の痕跡」光文社 2007（Kappa novels）p119
　◇「川に死体のある風景」東京創元社 2010（創元推理文庫）p11
　◇「事件の痕跡」光文社 2012（光文社文庫）p151
玉川上死―玉川上水
　◇「川に死体のある風景」東京創元社 2006（Crime club）p7
散る花、咲く花
　◇「ザ・ベストミステリーズ―推理小説年鑑 2015」講談社 2015 p33
転居先不明
　◇「ザ・ベストミステリーズ―推理小説年鑑 2004」講談社 2004 p309
　◇「孤独な交響曲（シンフォニー）」講談社 2007（講談社文庫）p327
ドア⇄ドア

うちう

◇「ザ・ベストミステリーズ—推理小説年鑑 1998」
講談社 1998 p89
◇「新世紀「謎」倶楽部」角川書店 1998 p419
◇「完全犯罪証明書」講談社 2001（講談社文庫）
p114
◇「謎—スペシャル・ブレンド・ミステリー 009」講
談社 2014（講談社文庫）p281

ドレスと留袖
◇「悪意の迷路」光文社 2016（最新ベスト・ミステリー）p53

夏の雪、冬のサンバ
◇「密室殺人大百科 下」原書房 2000 p83

二十一世紀の花嫁
◇「新世紀犯罪博覧会—連作推理小説」光文社 2001
（カッパ・ノベルス）p9

プラットホームのカオス
◇「推理小説代表作選集—推理小説年鑑 1997」講談
社 1997 p51
◇「殺人哀モード」講談社 2000（講談社文庫）p211

舞姫
◇「ベスト本格ミステリ 2015」講談社 2015（講談
社ノベルス）p173

黄泉路より
◇「ベスト本格ミステリ 2014」講談社 2014（講談
社ノベルス）p271

打海 文三　うちうみ・ぶんぞう

暴力許可証
◇「男たちの長い旅」徳間書店 2004（TOKUMA
NOVELS）p223

内田 けんじ　うちだ・けんじ

運命じゃない人
◇「年鑑代表シナリオ集 '05」シナリオ作家協会
2006 p109

打田 早苗　うちだ・さなえ（1930～）

深山紙—明るさの中に旅愁
◇「山形県文学全集第2期（随筆・紀行編） 4」郷土出版
社 2005 p394

内田 静生　うちだ・しずお

秋の彼岸
◇「ハンセン病に咲いた花—初期文芸名作選 戦前編」
皓星社 2002（ハンセン病叢書）p70

徒労
◇「ハンセン病に咲いた花—初期文芸名作選 戦前編」
皓星社 2002（ハンセン病叢書）p108

列外放馬
◇「ハンセン病に咲いた花—初期文芸名作選 戦前編」
皓星社 2002（ハンセン病叢書）p94

内田 春菊　うちだ・しゅんぎく（1959～）

今月の困ったちゃん
◇「人間みな病気」ランダムハウス講談社 2007 p135

主婦と性生活
◇「獣人」光文社 2003（光文社文庫）p87

救われるために
◇「短篇ベストコレクション—現代の小説 2000」徳
間書店 2000 p163

すてきなボーナス・デイ
◇「ブキミな人びと」ランダムハウス講談社 2007
p37

田中静子14歳の初恋
◇「人間みな病気」ランダムハウス講談社 2007 p7

電脳奥様
◇「短篇ベストコレクション—現代の小説 2002」徳
間書店 2002（徳間文庫）p27

夜の足音
◇「せつない話 2」光文社 1997 p168

立秋—8月8日ごろ
◇「君と過ごす季節—秋から冬へ、12の暦物語」ポプ
ラ社 2012（ポプラ文庫）p7

内田 東良　うちだ・とうら

大震災の雪
◇「ゆきのまち幻想文学賞小品集 22」企画集団ぷり
ずむ 2013 p39

内田 花　うちだ・はな

ファインダー
◇「ゆきのまち幻想文学賞小品集 23」企画集団ぷり
ずむ 2014 p145

内田 百閒　うちだ・ひゃっけん（1889～1971）

朝の雨
◇「新装版 全集現代文学の発見 6」學藝書林 2003 p8

一本七勺
◇「ちくま日本文学 1」筑摩書房 2007（ちくま文
庫）p333

炎煙鈔
◇「ちくま日本文学 1」筑摩書房 2007（ちくま文
庫）p285

遠洋漁業
◇「ちくま日本文学 1」筑摩書房 2007（ちくま文
庫）p273

奥羽本線阿房列車（抄）
◇「山形県文学全集第2期（随筆・紀行編） 3」郷土出版
社 2005 p162

王様の背中
◇「王侯」国書刊行会 1998（書物の王国）p118

大手饅頭
◇「文豪怪談傑作選 大正篇」筑摩書房 2011（ちくま
文庫）p118
◇「胞子文学名作選」港の人 2013 p185

大瑠璃鳥
◇「ちくま日本文学 1」筑摩書房 2007（ちくま文
庫）p376

餓鬼道肴蔬目録
◇「ちくま日本文学 1」筑摩書房 2007（ちくま文
庫）p325
◇「もの食う話」文藝春秋 2015（文春文庫）p25

風の神
◇「魍魎列島」小学館 2005（小学館文庫）p239
◇「ちくま日本文学 1」筑摩書房 2007（ちくま文

亀鳴くや
　◇「名短篇ほりだしもの」筑摩書房 2011（ちくま文庫）p163
芥子飯
　◇「たんときれいに召し上がれ―美食文学精選」芸術新聞社 2015 p375
菊
　◇「植物」国書刊行会 1998（書物の王国）p62
　◇「文豪怪談傑作選 大正篇」筑摩書房 2011（ちくま文庫）p80
饗応
　◇「ちくま日本文学 1」筑摩書房 2007（ちくま文庫）p314
梟林記
　◇「吊るされた男」角川書店 2001（角川ホラー文庫）p267
喰意地
　◇「文人御馳走帖」新潮社 2014（新潮文庫）p184
薬喰
　◇「ちくま日本文学 1」筑摩書房 2007（ちくま文庫）p306
　◇「文人御馳走帖」新潮社 2014（新潮文庫）p171
件
　◇「奇譚カーニバル」集英社 2000（集英社文庫）p63
　◇「ちくま日本文学 1」筑摩書房 2007（ちくま文庫）p24
　◇「小川洋子の偏愛短篇箱」河出書房新社 2009 p15
　◇「生の深みを覗く―ポケットアンソロジー」岩波書店 2010（岩波文庫別冊）p301
　◇「小川洋子の偏愛短篇箱」河出書房新社 2012（河出文庫）p15
　◇「いきものがたり」双文社出版 2013 p100
　◇「文豪たちが書いた怖い名作短編集」彩図社 2014 p167
　◇「日本文学100年の名作 1」新潮社 2014（新潮文庫）p245
クルやお前か
　◇「にゃんそろじー」新潮社 2014（新潮文庫）p69
雞鳴
　◇「超短編アンソロジー」筑摩書房 2002（ちくま文庫）p152
鯉
　◇「文豪怪談傑作選 大正篇」筑摩書房 2011（ちくま文庫）p87
恋しい清さんの唇のあとを枕にあてて寝よう≫堀野清子
　◇「日本人の手紙 4」リブリオ出版 2004 p46
琥珀
　◇「ちくま日本文学 1」筑摩書房 2007（ちくま文庫）p270
虎列刺（コレラ）
　◇「ちくま日本文学 1」筑摩書房 2007（ちくま文庫）p281
坂
　◇「文豪怪談傑作選 大正篇」筑摩書房 2011（ちくま文庫）p92

坂の夢
　◇「文豪怪談傑作選 大正篇」筑摩書房 2011（ちくま文庫）p120
サラサーテの盤
　◇「文士の意地―車谷長吉撰短篇小説輯 上巻」作品社 2005 p125
　◇「戦後占領期短篇小説コレクション 3」藤原書店 2007 p209
　◇「ちくま日本文学 1」筑摩書房 2007（ちくま文庫）p244
　◇「百年小説」ポプラ社 2008 p565
山東京伝
　◇「ちくま日本文学 1」筑摩書房 2007（ちくま文庫）p18
残夢三昧
　◇「文豪怪談傑作選 大正篇」筑摩書房 2011（ちくま文庫）p96
食而
　◇「文人御馳走帖」新潮社 2014（新潮文庫）p179
素人掏摸
　◇「ちくま日本文学 1」筑摩書房 2007（ちくま文庫）p396
盡頭子（じんとうし）
　◇「日本怪奇小説傑作集 1」東京創元社 2005（創元推理文庫）p223
雀の塒
　◇「ちくま日本文学 1」筑摩書房 2007（ちくま文庫）p294
草平さんの幽霊
　◇「文豪怪談傑作選 大正篇」筑摩書房 2011（ちくま文庫）p109
搔痒記
　◇「人間みな病気」ランダムハウス講談社 2007 p77
続立腹帖
　◇「復讐」国書刊行会 2000（書物の王国）p235
その一夜
　◇「コレクション戦争と文学 15」集英社 2012 p491
大宴会
　◇「ちくま日本文学 1」筑摩書房 2007（ちくま文庫）p85
着服スル根性ニアラザル也≫多田基
　◇「日本人の手紙 2」リブリオ出版 2004 p79
長春香
　◇「ちくま日本文学 1」筑摩書房 2007（ちくま文庫）p165
　◇「文豪怪談傑作選 大正篇」筑摩書房 2011（ちくま文庫）p311
「東京焼盡」より第三十八章、第五十六章
　◇「危険なマッチ箱」文藝春秋 2009（文春文庫）p273
東京日記
　◇「ちくま日本文学 1」筑摩書房 2007（ちくま文庫）p177
東京日記（抄）

うちた

- 「十夜」ランダムハウス講談社 2006 p109
- 「変身ものがたり」筑摩書房 2010（ちくま文学の森）p505

東京日記（その一）
- 「怪獣」国書刊行会 1998（書物の王国）p14

塔の雀
- 「文豪怪談傑作選 大正篇」筑摩書房 2011（ちくま文庫）p307

とおぼえ
- 「文豪怪談傑作選 大正篇」筑摩書房 2011（ちくま文庫）p120

とほぼえ
- 「名短篇、さらにあり」筑摩書房 2008（ちくま文庫）p205

蜥蜴
- 「十月のカーニヴァル」光文社 2000（カッパ・ノベルス）p155

特別阿房列車
- 「ちくま日本文学 1」筑摩書房 2007（ちくま文庫）p410

泥坊三昧
- 「ちくま日本文学 1」筑摩書房 2007（ちくま文庫）p380

蜻蛉玉
- 「ちくま日本文学 1」筑摩書房 2007（ちくま文庫）p367

長い塀
- 「ちくま日本文学 1」筑摩書房 2007（ちくま文庫）p400

日没閉門
- 「日本文学全集 28」河出書房新社 2017 p7

入道雲
- 「文豪怪談傑作選 大正篇」筑摩書房 2011（ちくま文庫）p300

猫
- 「怪猫鬼談」人類文化社 1999 p59

爆撃調査団
- 「コレクション戦争と文学 10」集英社 2012 p320

波止場
- 「ちくま日本文学 1」筑摩書房 2007（ちくま文庫）p64

バナナの菓子
- 「くだものだもの」ランダムハウス講談社 2007 p213

花火
- 「ちくま日本文学 1」筑摩書房 2007（ちくま文庫）p11
- 「日本近代短篇小説選 大正篇」岩波書店 2012（岩波文庫）p269

百鬼園日暦
- 「ちくま日本文学 1」筑摩書房 2007（ちくま文庫）p318
- 「もの食う話」文藝春秋 2015（文春文庫）p35

豹
- 「ちくま日本文学 1」筑摩書房 2007（ちくま文庫）p74

舞台の幽霊〔新続残夢三昧〕
- 「文豪怪談傑作選 大正篇」筑摩書房 2011（ちくま文庫）p102

短夜
- 「ちくま日本文学 1」筑摩書房 2007（ちくま文庫）p50

水鳥
- 「ちくま日本文学 1」筑摩書房 2007（ちくま文庫）p97

道連
- 「ちくま日本文学 1」筑摩書房 2007（ちくま文庫）p41

道連（初出バージョン）
- 「文豪怪談傑作選 大正篇」筑摩書房 2011（ちくま文庫）p73

無恒債者無恒心
- 「ちくま日本文学 1」筑摩書房 2007（ちくま文庫）p343

夢裏
- 「文豪怪談傑作選 大正篇」筑摩書房 2011（ちくま文庫）p116

冥途
- 「新装版 全集現代文学の発見 2」學藝書林 2002 p8
- 「ちくま日本文学 1」筑摩書房 2007（ちくま文庫）p80
- 「幻妖の水脈（みお）」筑摩書房 2013（ちくま文庫）p368
- 「文豪たちが書いた怖い名作短編集」彩図社 2014 p178

山高帽子
- 「ちくま日本文学 1」筑摩書房 2007（ちくま文庫）p107

ゆうべの雲
- 「戦後短篇小説再発見 10」講談社 2002（講談社文芸文庫）p9

夢路
- 「文豪怪談傑作選 大正篇」筑摩書房 2011（ちくま文庫）p113

横町の葬式
- 「文豪怪談傑作選 大正篇」筑摩書房 2011（ちくま文庫）p111

夜道
- 「文豪怪談傑作選 特別編」筑摩書房 2008（ちくま文庫）p371

夜の杉（抄）
- 「文豪てのひら怪談」ポプラ社 2009（ポプラ文庫）p154

蘭陵王入陣曲
- 「ちくま日本文学 1」筑摩書房 2007（ちくま文庫）p104

流渦
- 「ちくま日本文学 1」筑摩書房 2007（ちくま文庫）p92

流木
- 「ちくま日本文学 1」筑摩書房 2007（ちくま文

庫）p36
旅順入城式
　◇「新装版 全集現代文学の発見 2」學藝書林 2002 p10
　◇「コレクション戦争と文学 5」集英社 2011 p549
　◇「映画狂時代」新潮社 2014（新潮文庫）p271
錬金術
　◇「ちくま日本文学 1」筑摩書房 2007（ちくま文庫）p408

内田 盟樹　うちだ・めいじゅ
丈夫な身体？
　◇「ショートショートの広場 8」講談社 1997（講談社文庫）p112

内田 守人　うちだ・もりと（1900〜1982）
新万葉集と癩者の歌
　◇「ハンセン病文学全集 8」皓星社 2006 p78

内田 康夫　うちだ・やすお（1934〜2018）
碓氷峠殺人事件
　◇「名探偵と鉄旅―鉄道ミステリー傑作選」光文社 2016（光文社文庫）p187
越天楽がきこえる
　◇「迷宮の旅行者―本格推理展覧会」青樹社 1999（青樹社文庫）p9
鏡の女
　◇「はじめての小説（ミステリー）―内田康夫＆東京・北区が選んだ気鋭のミステリー」実業之日本社 2008 p255
交歓殺人
　◇「煌めきの殺意」徳間書店 1999（徳間文庫）p143
夜汽車の記憶
　◇「さよならブルートレイン―寝台列車ミステリー傑作選」光文社 2015（光文社文庫）p359
龍神の女
　◇「日本縦断世界遺産殺人紀行」有楽出版社 2014（JOY NOVELS）p189

内田 雪絵　うちだ・ゆきえ
雪だるま王国にいらっしゃい！
　◇「ゆきのまち幻想文学賞小品集 9」企画集団ぷりずむ 2000 p105

内田 麟太郎　うちだ・りんたろう（1941〜）
あしたもともだち
　◇「朗読劇台本集 4」玉川大学出版部 2002 p157
ともだちくるかな
　◇「朗読劇台本集 4」玉川大学出版部 2002 p137
ともだちや
　◇「朗読劇台本集 4」玉川大学出版部 2002 p123

内田 魯庵　うちだ・ろあん（1868〜1929）
くれの廿八日
　◇「明治の文学 11」筑摩書房 2001 p3
ステッキのカタログの序
　◇「明治の文学 11」筑摩書房 2001 p438
二葉亭四迷の一生
　◇「明治の文学 11」筑摩書房 2001 p319
文学者となる法
　◇「明治の文学 11」筑摩書房 2001 p109
　◇「新日本古典文学大系 明治編 29」岩波書店 2005 p257
萬年筆の過去、現在及び未来
　◇「明治の文学 11」筑摩書房 2001 p424
予が文学者となりし径路
　◇「明治の文学 11」筑摩書房 2001 p407
楼上雑話（抄）
　◇「明治の文学 11」筑摩書房 2001 p255

内館 牧子　うちだて・まきこ（1948〜）
ノラ猫ゴンベエ
　◇「読んで演じたくなるゲキの本 小学生版」幻冬舎 2006 p95
夢はにほへと
　◇「別れの手紙」角川書店 1997（角川文庫）p5

内村 鑑三　うちむら・かんぞう（1861〜1930）
如何にして大文学を得ん乎 続
　◇「新日本古典文学大系 明治編 26」岩波書店 2002 p335
内村鑑三の評論より
　◇「新日本古典文学大系 明治編 26」岩波書店 2002 p313
宣教師の学校に入ってはいけないよ≫内村正子
　◇「日本人の手紙 1」リブリオ出版 2004 p137
何故に大文学は出ざる乎
　◇「新日本古典文学大系 明治編 26」岩波書店 2002 p315

内山 豪希　うちやま・ひでき
おばばの決闘
　◇「ゆきのまち幻想文学賞小品集 17」企画集団ぷりずむ 2008 p115

内山 靖二郎　うちやま・やすじろう
刻まれた業
　◇「リトル・リトル・クトゥルー―史上最小の神話小説集」学習研究社 2009 p120

宇津 圭　うつ・けい
カーブミラー
　◇「てのひら怪談―ビーケーワン怪談大賞傑作選 庚寅」ポプラ社 2010（ポプラ文庫）p68

雨月 行　うづき・こう
手首は現れた
　◇「本格推理 14」光文社 1999（光文社文庫）p45
閉じこめられた男
　◇「本格推理 12」光文社 1998（光文社文庫）p9

空木 春宵　うつぎ・しゅんしょう
繭の見る夢―第二回創元SF短編賞佳作
　◇「原色の想像力―創元SF短編賞アンソロジー 2」東京創元社 2012（創元SF文庫）p15

うつき

卯月 雅文　うづき・まさふみ
六十四分間の家出
◇「ショートショートの花束 4」講談社 2012（講談社文庫）p192

宇月原 晴明　うつきばら・はるあき
赫夜島
◇「Fantasy Seller」新潮社 2011（新潮文庫）p355

蔚然　うつぜん
他的勝利（上）（下）
◇「日本統治期台湾文学集成 25」緑蔭書房 2007 p385

内海 重典　うつみ・しげのり（1915〜1999）
たけくらべ
◇「日本舞踊舞踊劇選集」西川会 2002 p153

内海 俊夫　うつみ・としお
いいぎりの原
◇「ハンセン病文学全集 8」皓星社 2006 p324
椿咲く庭に
◇「ハンセン病文学全集 8」皓星社 2006 p473

うつみ 宮土理　うつみ・みどり（1943〜）
静かな家族
◇「人の物語」角川書店 2001（New History）p5

内海 隆一郎　うつみ・りゅういちろう（1937〜2015）
生きてきた証に
◇「本からはじまる物語」メディアパル 2007 p191
鰻のたたき
◇「うなぎ―人情小説集」筑摩書房 2016（ちくま文庫）p11
おこぜ
◇「輝きの一瞬―短くて心に残る30編」講談社 1999（講談社文庫）p221
かもめ亭
◇「短篇ベストコレクション―現代の小説 2005」徳間書店 2005（徳間文庫）p369
キルトの模様
◇「短篇ベストコレクション―現代の小説 2004」徳間書店 2004（徳間文庫）p431
父の恋人
◇「短篇ベストコレクション―現代の小説 2002」徳間書店 2002（徳間文庫）p219
妻の故郷
◇「短篇ベストコレクション―現代の小説 2000」徳間書店 2000 p371
残り螢
◇「現代の小説 1999」徳間書店 1999 p287
古い手紙
◇「現代の小説 1997」徳間書店 1997 p103
目鏡橋
◇「現代の小説 1998」徳間書店 1998 p39

宇津呂 鹿太郎　うつろ・しかたろう
遺髪
◇「てのひら怪談―ビーケーワン怪談大賞傑作選 庚寅」ポプラ社 2010（ポプラ文庫）p58
携帯電話
◇「てのひら怪談―ビーケーワン怪談大賞傑作選 壬辰」ポプラ社 2012（ポプラ文庫）p150
虫除け
◇「てのひら怪談 癸巳」KADOKAWA 2013（MF文庫ダ・ヴィンチ）p90
友情の証
◇「てのひら怪談―ビーケーワン怪談大賞傑作選 辛卯」ポプラ社 2011（ポプラ文庫）p156

宇都 晶子　うと・しょうこ
日常
◇「現代鹿児島小説大系 4」ジャプラン 2014 p6

うどう かおる
グラマンの怪
◇「てのひら怪談―ビーケーワン怪談大賞傑作選 2」ポプラ社 2007 p124
◇「てのひら怪談―ビーケーワン怪談大賞傑作選 己丑」ポプラ社 2009（ポプラ文庫）p138

宇藤 蛍子　うとう・けいこ
隙間
◇「てのひら怪談―ビーケーワン怪談大賞傑作選 2」ポプラ社 2007 p188
◇「てのひら怪談―ビーケーワン怪談大賞傑作選 己丑」ポプラ社 2009（ポプラ文庫）p112

右遠 俊郎　うどお・としお（1926〜2013）
窮死
◇「時代の波音―民主文学短編小説集1995年〜2004年」日本民主主義文学会 2005 p29
私の花さか爺
◇「現代短編小説選―2005〜2009」日本民主主義文学会 2010 p45

烏兎沼 宏之　うとぬま・ひろし（1929〜1994）
オナカマとよばれる人たち
◇「山形県文学全集第2期（随筆・紀行編）5」郷土出版社 2005 p344

海上 リル　うながみ・りる
おばあちゃんの耳は、どうしてそんなに…
◇「ショートショートの広場 14」講談社 2003（講談社文庫）p190

海原 育人　うなばら・いくと
絶対不運装置―ドラゴンキラーありますその後
◇「C・N 25―C・novels創刊25周年アンソロジー」中央公論新社 2007（C novels）p476
理不尽との遭遇
◇「飛翔―C★NOVELS大賞作家アンソロジー」中央公論新社 2013（C・NOVELS Fantasia）p134

宇野 亜喜良　うの・あきら（1934～）

少女倶楽部
◇「チャイルド」廣済堂出版 1998（廣済堂文庫）p361

宇能 鴻一郎　うの・こういちろう（1934～）

甘美な牢獄
◇「異形の白昼―恐怖小説集」筑摩書房 2013（ちくま文庫）p67

鯨神
◇「冒険の森へ―傑作小説大全 7」集英社 2016 p206

群狼相食む
◇「血闘！ 新選組」実業之日本社 2016（実業之日本社文庫）p191

敬神党自刃
◇「血しぶき街道」光風社出版 1998（光風社文庫）p271

豪剣ありき
◇「誠の旗がゆく―新選組傑作選」集英社 2003（集英社文庫）p57

心中狸
◇「人獣怪婚」筑摩書房 2000（ちくま文庫）p169

姫君を喰う話
◇「人肉嗜食」筑摩書房 2001（ちくま文庫）p269

宇野 浩二　うの・こうじ（1891～1961）

因縁事
◇「被差別小説傑作集」河出書房新社 2016（河出文庫）p123

子の来歴
◇「大阪文学名作選」講談社 2011（講談社文芸文庫）p219

橋の上
◇「大阪ラビリンス」新潮社 2014（新潮文庫）p15

水上瀧太郎讚
◇「創刊一〇〇年三田文学名作選」三田文学会 2010 p655

屋根裏の法学士
◇「怠けものの話」筑摩書房 2011（ちくま文学の森）p449
◇「日本近代短篇小説選 大正篇」岩波書店 2012（岩波文庫）p207

夢見る部屋
◇「日本文学100年の名作 1」新潮社 2014（新潮文庫）p315

宇野 千代　うの・ちよ（1897～1996）

或る小石の話
◇「戦後短篇小説再発見 3」講談社 2001（講談社文芸文庫）p221

或る晩のこと
◇「超短編アンソロジー」筑摩書房 2002（ちくま文庫）p15

『生きて行く私』
◇「精選女性随筆集 6」文藝春秋 2012 p62

一ぺんに春風が吹いて来た
◇「現代小説クロニクル 1985～1989」講談社 2015（講談社文芸文庫）p240

大人の絵本
◇「謎のギャラリー特別室 3」マガジンハウス 1999 p17
◇「謎のギャラリー――謎の部屋」新潮社 2002（新潮文庫）p9
◇「謎の部屋」筑摩書房 2012（ちくま文庫）p9

おはん
◇「新装版 全集現代文学の発見 11」學藝書林 2004 p194

女としての「妄想」
◇「精選女性随筆集 6」文藝春秋 2012 p58

風もなく散る木の葉のように
◇「精選女性随筆集 6」文藝春秋 2012 p113

今日は良い一日であった
◇「創刊一〇〇年三田文学名作選」三田文学会 2010 p683

結婚生活には愛情の交通整理が必要である
◇「精選女性随筆集 6」文藝春秋 2012 p109

最短距離に縮めて
◇「精選女性随筆集 6」文藝春秋 2012 p105

小説のこしらえ方
◇「精選女性随筆集 6」文藝春秋 2012 p81

信じる
◇「精選女性随筆集 6」文藝春秋 2012 p91

男性と女性
◇「精選女性随筆集 6」文藝春秋 2012 p39

手押し車
◇「精選女性随筆集 6」文藝春秋 2012 p94

天上の花の三好さん
◇「精選女性随筆集 6」文藝春秋 2012 p55

日露の戦闘書
◇「コレクション戦争と文学 6」集英社 2011 p134

花咲婆さんになりたい
◇「精選女性随筆集 6」文藝春秋 2012 p99

二つの川端さん
◇「精選女性随筆集 6」文藝春秋 2012 p36

まだ恋愛をするか
◇「精選女性随筆集 6」文藝春秋 2012 p107

もしあのとき
◇「精選女性随筆集 6」文藝春秋 2012 p29

模倣の天才
◇「精選女性随筆集 6」文藝春秋 2012 p14

雪
◇「せつない話 2」光文社 1997 p17

よよと泣かない
◇「精選女性随筆集 6」文藝春秋 2012 p25

私の小説作法
◇「精選女性随筆集 6」文藝春秋 2012 p78

私の特技
◇「精選女性随筆集 6」文藝春秋 2012 p86

『私の文学的回想記』
　◇「精選女性随筆集 6」文藝春秋 2012 p49

宇野 なずき　うの・なずき
傷口
　◇「人は死んだら電柱になる―電柱アンソロジー」遠すぎる未来団 2014 p182

宇野 信夫　うの・のぶお（1904〜1991）
刀の中の顔
　◇「怪奇・怪談傑作集」新人物往来社 1997 p95
とわは与作の女房―新西鶴浮世草子
　◇「剣侠しぐれ笠」光風社出版 1999（光風社文庫）p345
六代目の怪談
　◇「文豪怪談傑作選 特別編」筑摩書房 2008（ちくま文庫）p211

宇野 正玖　うの・まさひさ
俯瞰する庭園
　◇「優秀新人戯曲集 2009」ブロンズ新社 2008 p209

うの みなこ
ごまあえ
　◇「ひらく―第15回フェリシモ文学賞」フェリシモ 2012 p168

東川 宗彦　うのかわ・むねひこ
喜劇 日本の牛
　◇「ドラマの森 2005」西日本劇作家の会 2004（西日本戯曲選集）p51
栗盗人（くりぬすっと）
　◇「ドラマの森 2009」西日本劇作家の会 2008（西日本戯曲選集）p37

鵜林 伸也　うばやし・しんや
ボールがない
　◇「放課後探偵団―書き下ろし学園ミステリ・アンソロジー」東京創元社 2010（創元推理文庫）p81

冲方 丁　うぶかた・とう（1977〜）
黄金児
　◇「決戦！ 大坂城」講談社 2015 p201
オーガストの命日
　◇「マルドゥック・ストーリーズ―公式二次創作集」早川書房 2016（ハヤカワ文庫JA）p363
雁首仲間―『天地明察』番外編
　◇「サイドストーリーズ」KADOKAWA 2015（角川文庫）p211
五宝の矛
　◇「決戦！ 川中島」講談社 2016 p5
純白き鬼札
　◇「決戦！ 本能寺」講談社 2015 p271
真紅の米
　◇「決戦！ 関ケ原」講談社 2014 p223
神星伝
　◇「SF JACK」角川書店 2013 p7
　◇「さよならの儀式」東京創元社 2014（創元SF文庫）p493
　◇「SF JACK」KADOKAWA 2016（角川文庫）p7
月の無い夜の天使祝詞
　◇「運命の覇者」角川書店 1997 p85
日本の改暦事情
　◇「日本SF短篇50 5」早川書房 2013（ハヤカワ文庫JA）p43
箱
　◇「蒐集家（コレクター）」光文社 2004（光文社文庫）p121
覇舞謡
　◇「決戦！ 桶狭間」講談社 2016 p5
まあこ
　◇「妖女」光文社 2004（光文社文庫）p59
マルドゥック・スクランブル "-200"
　◇「逃げゆく物語の話―ゼロ年代日本SFベスト集成F」東京創元社 2010（創元SF文庫）p189
マルドゥック・スクランブル "104"
　◇「ゼロ年代SF傑作選」早川書房 2010（ハヤカワ文庫JA）p7
メトセラとプラスチックと太陽の臓器
　◇「短篇ベストコレクション―現代の小説 2011」徳間書店 2011（徳間文庫）p157
　◇「結晶銀河―年刊日本SF傑作選」東京創元社 2011（創元SF文庫）p13

生方 敏郎　うぶかた・としろう（1882〜1969）
下女の時代
　◇「懐かしい未来―甦る明治・大正・昭和の未来小説」中央公論新社 2001 p113

海坂 他人　うみさか・たにん
やまぶき
　◇「ショートショートの広場 15」講談社 2004（講談社文庫）p25

海月 ルイ　うみづき・るい（1958〜）
炎椿
　◇「花迷宮」日本文芸社 2000（日文文庫）p277
鉄輪
　◇「緋迷宮―ミステリー・アンソロジー」祥伝社 2001（祥伝社文庫）p239
還幸祭
　◇「翠迷宮―ミステリー・アンソロジー」祥伝社 2003（祥伝社文庫）p231
翡翠色の闇
　◇「京都愛憎の旅―京都ミステリー傑作選」徳間書店 2002（徳間文庫）p89

海猫沢 めろん　うみねこざわ・めろん（1975〜）
アリスの心臓
　◇「ゼロ年代SF傑作選」早川書房 2010（ハヤカワ文庫JA）p189
呼吸
　◇「十年後のこと」河出書房新社 2016 p45
言葉使い師

◇「神林長平トリビュート」早川書房 2009 p247
◇「神林長平トリビュート」早川書房 2012（ハヤカワ文庫 JA）p275

三毛猫は電氣鼠の夢を見るか
◇「名探偵登場！」講談社 2014 p165
◇「名探偵登場！」講談社 2016（講談社文庫）p197

ワールズエンド×ブックエンド
◇「本をめぐる物語―小説は、永遠に」KADOKAWA 2015（角川文庫）p153

うみの しほ

あつあつおじやつくろうか
◇「朗読劇台本集 5」玉川大学出版部 2002 p79

梅崎 春生　うめざき・はるお（1915～1965）

赤い駱駝
◇「戦後短篇小説選―『世界』1946-1999 1」岩波書店 2000 p175
◇「見上げれば星は天に満ちて―一心に残る物語―日本文学秀作選」文藝春秋 2005（文春文庫）p345

赤帯の話
◇「教科書名短篇 人間の情景」中央公論新社 2016（中公文庫）p189

鏡
◇「戦後短篇小説再発見 16」講談社 2003（講談社文芸文庫）p9

崖
◇「コレクション戦争と文学 11」集英社 2012 p58

幻化
◇「新装版 全集現代文学の発見 5」學藝書林 2003 p426

蜆
◇「私小説の生き方」アーツ・アンド・クラフツ 2009 p41
◇「日本近代短篇小説選 昭和篇2」岩波書店 2012（岩波文庫）p181
◇「闇市」皓星社 2015（紙礫）p213

大王猫の病気
◇「猫は神さまの贈り物 小説編」有楽出版社 2014 p149

突堤にて
◇「私小説名作選 上」講談社 2012（講談社文芸文庫）p173
◇「日本文学100年の名作 5」新潮社 2015（新潮文庫）p9

猫の話
◇「謎のギャラリー特別室 1」マガジンハウス 1998 p77
◇「謎のギャラリー―愛の部屋」新潮社 2002（新潮文庫）p13

麺麭の話
◇「戦後短篇小説再発見 6」講談社 2001（講談社文芸文庫）p46

日の果て
◇「戦後占領期短篇小説コレクション 2」藤原書店 2007 p169

ルネタの市民兵
◇「コレクション戦争と文学 8」集英社 2011 p353

私はみた
◇「新装版 全集現代文学の発見 10」學藝書林 2004 p484

楳図 かずお　うめず・かずお（1936～）

蠅
◇「妖異百物語 2」出版芸術社 1997（ふしぎ文学館）p215

Rôjin
◇「たそがれゆく未来」筑摩書房 2016（ちくま文庫）p407

梅田 晴夫　うめだ・はるお（1920～1980）

荷風先生を悼む―永井荷風追悼
◇「創刊一〇〇年三田文学名作選」三田文学会 2010 p712

梅田 飛猫　うめだ・ひねこ

夜に煌めく道標
◇「幻想水滸伝短編集 1」メディアワークス 2000（電撃文庫）p261

梅田 みか　うめだ・みか

眠れる森の美女
◇「風色デイズ」角川春樹事務所 2012（ハルキ文庫）p49

梅田 優次郎　うめだ・ゆうじろう

君にサヨナラを捧げる
◇「屋上の三角形」主婦と生活社 2008（Junon novels）p133

梅津 裕一　うめつ・ゆういち

らくがき
◇「ウルトラQ―dark fantasy」角川書店 2004（角川ホラー文庫）p5

梅の家 かほる　うめのや・かおる

弁護美人
◇「明治探偵冒険小説 4」筑摩書房 2005（ちくま文庫）p39

梅原 克文　うめはら・かつふみ

二重ラセンの悪魔
◇「宇宙塵傑作選―日本SFの軌跡 2」出版芸術社 1997 p241

マン・トラップ
◇「悪き者―全篇書下ろし傑作ホラーアンソロジー」アスキー 2000（A-novels）p143

梅原 公彦　うめはら・きみひこ

キミは本物？
◇「てのひら怪談―ビーケーワン怪談大賞傑作選」ポプラ社 2007 p138
◇「てのひら怪談―ビーケーワン怪談大賞傑作選」ポプラ社 2008（ポプラ文庫）p142

大好きな彼女と一心同体になる方法
◇「てのひら怪談―ビーケーワン怪談大賞傑作選 2」ポプラ社 2007 p106
◇「てのひら怪談―ビーケーワン怪談大賞傑作選 己

丑」ポプラ社 2009（ポプラ文庫）p42

旅の忘れ物
　◇「てのひら怪談―ビーケーワン怪談大賞傑作選」ポプラ社 2008（ポプラ文庫）p54

とある民宿にて
　◇「てのひら怪談―ビーケーワン怪談大賞傑作選」ポプラ社 2007 p180
　◇「てのひら怪談―ビーケーワン怪談大賞傑作選」ポプラ社 2008（ポプラ文庫）p188

プチプチ
　◇「てのひら怪談―ビーケーワン怪談大賞傑作選 壬辰」ポプラ社 2012（ポプラ文庫）p68

マユミ
　◇「てのひら怪談―ビーケーワン怪談大賞傑作選」ポプラ社 2007 p102
　◇「てのひら怪談―ビーケーワン怪談大賞傑作選」ポプラ社 2008（ポプラ文庫）p106

梅原 猛　うめはら・たけし（1925～2019）

生霊、死霊の故郷、出羽三山
　◇「山形県文学全集第2期（随筆・紀行編）5」郷土出版社 2005 p250

仏御前と蜃気楼
　◇「時代小説秀作づくし」PHP研究所 1997（PHP文庫）p59

梅原 満知子　うめはら・まちこ（1977～）

愛しの猫
　◇「最後の一日―さよならが胸に染みる10の物語」泰文堂 2011（Linda books！）p120

思い出の一冊
　◇「最後の一日12月18日―さよならが胸に染みる10の物語」泰文堂 2011（Linda books！）p180

姑の姑
　◇「最後の一日 7月22日―さよならが胸に染みる物語」泰文堂 2012（リンダブックス）p52

父親がわり
　◇「最後の一日―さよならが胸に染みる10の物語」泰文堂 2011（Linda books！）p206
　◇「涙がこぼれないように―さよならが胸を打つ10の物語」泰文堂 2014（リンダブックス）p96

二十六年分のドライブ（辻淳子）
　◇「最後の一日―さよならが胸に染みる10の物語」泰文堂 2011（Linda books！）p238

母の絵手紙
　◇「最後の一日12月18日―さよならが胸に染みる10の物語」泰文堂 2011（Linda books！）p68

病めるときも
　◇「愛してるって言えばよかった」泰文堂 2012（リンダブックス）p50

梅原 稜子　うめはら・りょうこ（1942～）

四国山
　◇「現代秀作集」角川書店 1999（女性作家シリーズ）p321

梅本 育子　うめもと・いくこ（1930～）

熱田狐

◇「星明かり夢街道」光風社出版 2000（光風社文庫）p327

雨降花
　◇「勝者の死にざま―時代小説選手権」新潮社 1998（新潮文庫）p511

帯のわらしべ
　◇「市井図絵」新潮社 1997 p225

蚊帳のたるみ
　◇「代表作時代小説 平成14年度」光風社出版 2002 p95

恋あやめ
　◇「代表作時代小説 平成9年度」光風社出版 1997 p125
　◇「春宵濡れ髪しぐれ―時代小説傑作選」講談社 2003（講談社文庫）p57

恋売りの小太郎
　◇「代表作時代小説 平成12年度」光風社出版 2000 p273

恋のしがらみ
　◇「代表作時代小説 平成15年度」光風社出版 2003 p163

恋の身がわり
　◇「代表作時代小説 平成16年度」光風社出版 2004 p111

笹紅
　◇「代表作時代小説 平成13年度」光風社出版 2001 p341

潮風の呻き
　◇「剣が哭く夜に哭く」光風社出版 2000（光風社文庫）p287

時雨のあと（抄）
　◇「山形県文学全集第1期（小説編）3」郷土出版社 2004 p340

手燭の明り
　◇「鎮守の森に鬼が棲む―時代小説傑作選」講談社 2001（講談社文庫）p419

菅刈の庄
　◇「剣の意地恋の夢―時代小説傑作選」講談社 2000（講談社文庫）p145

俎上の恋
　◇「代表作時代小説 平成11年度」光風社出版 1999 p265
　◇「愛染夢灯籠―時代小説傑作選」講談社 2005（講談社文庫）p311

手習子の家
　◇「花ごよみ夢一夜」光風社出版 2001（光風社文庫）p317

萩灯籠
　◇「人情の往来―時代小説最前線」新潮社 1997（新潮文庫）p311

蓮のつぼみ
　◇「剣が舞い落花が舞い―時代小説傑作選」講談社 1998（講談社文庫）p221
　◇「江戸色恋坂―市井情話傑作選」学習研究社 2005（学研M文庫）p229

花菖蒲

◇「鬼火が呼んでいる―時代小説傑作選」講談社 1997（講談社文庫）p129

乱れ恋
◇「剣俠しぐれ笠」光風社出版 1999（光風社文庫）p321

卯山 与史武　うやま・よしたけ
稲生怪談の成立と百物語
◇「稲生モノノケ大全 陰之巻」毎日新聞社 2003 p666

浦賀 和宏　うらが・かずひろ
三大欲求―無修正版
◇「ミステリ魂。校歌斉唱！」講談社 2010（講談社ノベルス）p159

浦田 千鶴子　うらた・ちづこ
ペット談義
◇「ゆくりなくも」鶴書院 2009（シニア文学秀作選）p7

浦浜 圭一郎　うらはま・けいいちろう
青い月に星をかさねて
◇「玩具館」光文社 2001（光文社文庫）p537
ディレクターズ・カット
◇「キネマ・キネマ」光文社 2002（光文社文庫）p479
夢の目蓋
◇「夢魔」光文社 2001（光文社文庫）p201

卜部 高史　うらべ・たかし
赤ペンラブレター
◇「ショートショートの花束 8」講談社 2016（講談社文庫）p135

浦野 奈央子　うらや・なおこ
三人の食卓
◇「お母さんのなみだ」泰文堂 2016（リンダパブリッシャーズの本）p234

瓜生 卓造　うりゅう・たくぞう（1919〜1982）
小説山寺
◇「山形県文学全集第1期(小説編) 4」郷土出版社 2004 p118

ウルエミロ
今日の運勢
◇「ショートショートの花束 4」講談社 2012（講談社文庫）p125
ギリギリ
◇「ショートショートの花束 3」講談社 2011（講談社文庫）p67
三八
◇「ショートショートの花束 2」講談社 2010（講談社文庫）p210
十進法
◇「ショートショートの花束 2」講談社 2010（講談社文庫）p11
宝くじ
◇「ショートショートの花束 2」講談社 2010（講談社社文庫）p110

漆畑 陽生　うるしばた・はるお
思い込み
◇「ショートショートの広場 11」講談社 2000（講談社文庫）p25

漆畑 稔　うるしばた・みのる
東浦往還
◇「「伊豆文学賞」優秀作品集 第4回」静岡新聞社 2001 p111
◇「伊豆の江戸を歩く」伊豆新聞本社 2004（伊豆文学賞歴史小説傑作集）p97

漆原 正貴　うるしはら・まさたか
いのち
◇「てのひら怪談―ビーケーワン怪談大賞傑作選 2」ポプラ社 2007 p108
河童のてんぷら
◇「てのひら怪談―ビーケーワン怪談大賞傑作選 百怪繚乱篇」ポプラ社 2008 p228

嬉野 泉　うれしの・いずみ
三月来たる
◇「宇宙塵傑作選―日本SFの軌跡 1」出版芸術社 1997 p207

虚淵 玄　うろぶち・げん（1972〜）
秋葉原から飛び立つ "たんぽぽの綿毛" ―元メイド・遠藤菜乃のアキバ文化通信
◇「Fiction zero／narrative zero」講談社 2007 p033
敵は海賊
◇「神林長平トリビュート」早川書房 2009 p181
◇「神林長平トリビュート」早川書房 2012（ハヤカワ文庫JA）p201

宇和 静樹　うわ・せいじゅ
空を飛ぶ男
◇「「伊豆文学賞」優秀作品集 第14回」静岡新聞社 2011 p45

海野 葵　うんの・あおい
藤枝大祭
◇「「伊豆文学賞」優秀作品集 第16回」羽衣出版 2013 p197

海野 十三　うんの・じゅうざ（1897〜1949）
痣のある女
◇「風間光枝探偵日記」論創社 2007（論創ミステリ叢書）p147
生きている腸
◇「怪奇探偵小説集 3」角川春樹事務所 1998（ハルキ文庫）p119
昇降機（エレベーター）殺人事件
◇「甦る推理雑誌 2」光文社 2002（光文社文庫）p281
小栗虫太郎の考えていたこと
◇「甦る推理雑誌 2」光文社 2002（光文社文庫）p324
科学捕物帳

鬼仏洞事件
◇「風間光枝探偵日記」論創社 2007（論創ミステリ叢書）p187

鬼仏洞事件
◇「風間光枝探偵日記」論創社 2007（論創ミステリ叢書）p189

恐怖の廊下事件
◇「風間光枝探偵日記」論創社 2007（論創ミステリ叢書）p237

軍用鮫
◇「冒険の森へ—傑作小説大全 1」集英社 2016 p204

降伏日記
◇「文学に描かれた戦争—徳島大空襲を中心に」徳島県文化振興財団徳島県立文学書道館 2015（ことのは文庫）p135

省線電車の射撃手
◇「探偵小説の風景—トラフィック・コレクション下」光文社 2009（光文社文庫）p9

沈香事件
◇「風間光枝探偵日記」論創社 2007（論創ミステリ叢書）p281

人造人間殺害事件
◇「ロボット・オペラ—An Anthology of Robot Fiction and Robot Culture」光文社 2004 p55

宣言（小栗虫太郎／木々高太郎）
◇「幻の探偵雑誌 3」光文社 2000（光文社文庫）p116

探偵西へ飛ぶ！
◇「風間光枝探偵日記」論創社 2007（論創ミステリ叢書）p259

地球要塞
◇「あしたは戦争」筑摩書房 2016（ちくま文庫）p135

地軸作戦
◇「懐かしい未来—甦る明治・大正・昭和の未来小説」中央公論新社 2001 p311

千早館の迷路
◇「探偵くらぶ—探偵小説傑作選1946〜1958 中」光文社 1997（カッパ・ノベルス）p55

妻の艶書
◇「風間光枝探偵日記」論創社 2007（論創ミステリ叢書）p295

電気風呂の怪死事件
◇「小説乃湯—お風呂小説アンソロジー」角川書店 2013（角川文庫）p77

盗聴犬
◇「風間光枝探偵日記」論創社 2007（論創ミステリ叢書）p87

透明猫
◇「猫愛」凱風社 2008（PD叢書）p107
◇「だから猫は猫そのものではない」凱風社 2015 p74

特許多腕人間方式
◇「科学の脅威」リブリオ出版 2001（怪奇・ホラーワールド）p59

仲々死なぬ彼奴
◇「幻の探偵雑誌 10」光文社 2002（光文社文庫）p125

人間天狗事件
◇「風間光枝探偵日記」論創社 2007（論創ミステリ叢書）p213

人間灰
◇「君らの狂気で死を孕ませよ—新青年傑作選」角川書店 2000（角川文庫）p75

蜂矢風子探偵簿
◇「風間光枝探偵日記」論創社 2007（論創ミステリ叢書）p279

爬虫館事件
◇「爬虫館事件—新青年傑作選」角川書店 1998（角川ホラー文庫）p167
◇「江戸川乱歩と13人の新青年〈論理派〉編」光文社 2008（光文社文庫）p41

不思議なる空間断層
◇「幻の探偵雑誌 1」光文社 2000（光文社文庫）p131

防空小説・空行かば—昭和八年
◇「日米架空戦記集成—明治・大正・昭和」中央公論新社 2002（中公文庫）p24

麻雀殺人事件
◇「幻の名探偵—傑作アンソロジー」光文社 2013（光文社文庫）p211

街の探偵
◇「幻の探偵雑誌 3」光文社 2000（光文社文庫）p453

什器破壊業事件
◇「風間光枝探偵日記」論創社 2007（論創ミステリ叢書）p23

幽霊妻
◇「風間光枝探偵日記」論創社 2007（論創ミステリ叢書）p315

海野 久実　うんの・ひさみ

交通事故
◇「かわいい—第16回フェリシモ文学賞優秀作品集」フェリシモ 2013 p62

海野 弘　うんの・ひろし

石臼の目切
◇「江戸の老人力—時代小説傑作選」集英社 2002（集英社文庫）p57

大工と猫
◇「大江戸猫三昧—時代小説傑作選」徳間書店 2004（徳間文庫）p211

海野 六郎　うんの・ろくろう

長い物には巻かれろ
◇「ショートショートの広場 17」講談社 2005（講談社文庫）p68

【え】

永 六輔　えい・ろくすけ（1933〜2016）
「もう一度詞を書かないか」二人はそう言ってくれた≫いずみたく・中村八大
　◇「日本人の手紙 9」リブリオ出版 2004 p76

永子 えいこ
待ち合わせ
　◇「超短編の世界 vol.3」創英社 2011 p83
結び目
　◇「超短編の世界 vol.2」創英社 2009 p124
夜警
　◇「超短編の世界」創英社 2008 p100

永代 美知代　えいたい・みちよ（1885〜1968）
ある女の手紙
　◇「「新編」日本女性文学全集 3」菁柿堂 2011 p466
一銭銅貨
　◇「「新編」日本女性文学全集 3」菁柿堂 2011 p481

江頭 麻美　えがしら・まみ
心を知らぬ君のために（渡部園美）
　◇「中学校創作脚本集 3」晩成書房 2008 p127

江賀根　えがね
海水浴
　◇「てのひら怪談―ビーケーワン怪談大賞傑作選 壬辰」ポプラ社 2012（ポプラ文庫）p22

江川 晃　えがわ・あきら
神官戦士の憂鬱
　◇「集え！へっぽこ冒険者たち―ソード・ワールド短編集」富士見書房 2002（富士見ファンタジア文庫）p7

江川 洋　えがわ・ひろし
君に手を委ねているとうっとりしてしまう≫妻
　◇「日本人の手紙 6」リブリオ出版 2004 p168

江口 渙　えぐち・かん（1887〜1975）
靺鞨嵐
　◇「『少年倶楽部』熱血・痛快・時代短篇選」講談社 2015（講談社文芸文庫）p119

江口 寿史　えぐち・ひさし（1956〜）
BOXERケン
　◇「闘人烈伝―格闘小説・漫画アンソロジー」双葉社 2000 p287

江口 文四郎　えぐち・ぶんしろう（1928〜1988）
山辺蚊帳
　◇「山形県文学全集第2期（随筆・紀行編）3」郷土出版社 2005 p412

江口 隣太郎　えぐち・りんたろう
夜は朝まで
　◇「太宰治賞 2008」筑摩書房 2008 p161

江國 香織　えくに・かおり（1964〜）
あげは蝶
　◇「夏休み」KADOKAWA 2014（角川文庫）p7
アレンテージョ
　◇「チーズと塩と豆と」ホーム社 2010 p146
　◇「チーズと塩と豆と」集英社 2013（集英社文庫）p141
生きる気まんまんだった女の子の話
　◇「100万分の1回のねこ」講談社 2015 p7
おそ夏のゆうぐれ
　◇「甘い記憶」新潮社 2008 p31
　◇「甘い記憶」新潮社 2011（新潮文庫）p33
女友達
　◇「短篇ベストコレクション―現代の小説 2009」徳間書店 2009（徳間文庫）p473
　◇「てのひらの恋」KADOKAWA 2014（角川文庫）p5
蛾
　◇「Invitation」文藝春秋 2010 p7
　◇「甘い罠―8つの短篇小説集」文藝春秋 2012（文春文庫）p9
カステラ
　◇「銀座24の物語」文藝春秋 2001 p271
草之丞の話
　◇「ショートショートの缶詰」キノブックス 2016 p129
　◇「冒険の森へ―傑作小説大全 2」集英社 2016 p28
ザーサイの思い出
　◇「Friends」祥伝社 2003 p7
清水夫妻
　◇「日本文学100年の名作 9」新潮社 2015（新潮文庫）p383
焼却炉
　◇「こんなにも恋はせつない―恋愛小説アンソロジー」光文社 2004（光文社文庫）p9
寝室
　◇「文学 2005」講談社 2005 p125
　◇「現代小説クロニクル 2005〜2009」講談社 2015（講談社文芸文庫）p7
蒸籠を買った日
　◇「20の短編小説」朝日新聞出版 2016（朝日文庫）p75
前進、もしくは前進のように思われるもの
　◇「短篇ベストコレクション―現代の小説 2003」徳間書店 2003（徳間文庫）p439
そこなう
　◇「短篇ベストコレクション―現代の小説 2004」徳間書店 2004（徳間文庫）p311
突き進む娘
　◇「with you」幻冬舎 2004 p255

えくに

テイスト オブ パラダイス
◇「めぐり逢い―恋愛小説アンソロジー」角川春樹事務所 2005（ハルキ文庫）p5

デューク
◇「男の涙 女の涙―せつない小説アンソロジー」光文社 2006（光文社文庫）p97
◇「読まずにいられぬ名短篇」筑摩書房 2014（ちくま文庫）p21

テンペスト
◇「Joy！」講談社 2008 p207
◇「彼の女たち」講談社 2012（講談社文庫）p211

十日間の死
◇「ただならぬ午睡―恋愛小説アンソロジー」光文社 2004（光文社文庫）p75

ドラジェ
◇「ナナイロノコイ―恋愛小説」角川春樹事務所 2003 p3

晴れた空の下で
◇「女がそれを食べるとき」幻冬舎 2013（幻冬舎文庫）p47

ほんものの白い鳩
◇「Lovers」祥伝社 2001 p7

緑の猫
◇「いじめの時間」朝日新聞社 1997 p5

壬生夫妻
◇「短篇ベストコレクション―現代の小説 2007」徳間書店 2007（徳間文庫）p101
◇「ヴィンテージ・セブン」講談社 2007 p39

メロン
◇「くだものだもの」ランダムハウス講談社 2007 p89

夕顔
◇「ナイン・ストーリーズ・オブ・ゲンジ」新潮社 2008 p31
◇「源氏物語九つの変奏」新潮社 2011（新潮文庫）p37

亮太
◇「それはまだヒミツ―少年少女の物語」新潮社 2012（新潮文庫）p91

りんご追分
◇「翳りゆく時間」新潮社 2006（新潮文庫）p7

Cowgirl Blues
◇「Love songs」幻冬舎 1998 p193

江國滋　えぐに・しげる（1934～1997）

おい癇め酌みかはさうぜ秋の酒
◇「日本人の手紙 8」リブリオ出版 2004 p206

江坂遊　えさか・ゆう（1953～）

赤い街
◇「綾辻・有栖川復刊セレクション　仕掛け花火」講談社 2007（講談社ノベルス）p209

秋
◇「綾辻・有栖川復刊セレクション　仕掛け花火」講談社 2007（講談社ノベルス）p202

温かい椅子
◇「綾辻・有栖川復刊セレクション　仕掛け花火」講談社 2007（講談社ノベルス）p169

新しい店
◇「綾辻・有栖川復刊セレクション　仕掛け花火」講談社 2007（講談社ノベルス）p92

アヴァターラ
◇「アジアン怪綺」光文社 2003（光文社文庫）p291

あるお土産
◇「綾辻・有栖川復刊セレクション　仕掛け花火」講談社 2007（講談社ノベルス）p186

ある日の妻
◇「綾辻・有栖川復刊セレクション　仕掛け花火」講談社 2007（講談社ノベルス）p87

ある夜のメニュー
◇「綾辻・有栖川復刊セレクション　仕掛け花火」講談社 2007（講談社ノベルス）p220

一夜酒
◇「物語のルミナリエ」光文社 2011（光文社文庫）p255

浮人形
◇「夢魔」光文社 2001（光文社文庫）p135

美しく仕上げるために
◇「ひとにぎりの異形」光文社 2007（光文社文庫）p23

占う天秤
◇「綾辻・有栖川復刊セレクション　仕掛け花火」講談社 2007（講談社ノベルス）p73

おかげさま
◇「綾辻・有栖川復刊セレクション　仕掛け花火」講談社 2007（講談社ノベルス）p107

踊る男
◇「綾辻・有栖川復刊セレクション　仕掛け花火」講談社 2007（講談社ノベルス）p119

踊る細胞
◇「綾辻行人と有栖川有栖のミステリ・ジョッキー 1」講談社 2008 p108

会議中
◇「綾辻・有栖川復刊セレクション　仕掛け花火」講談社 2007（講談社ノベルス）p69

鏡の女
◇「綾辻・有栖川復刊セレクション　仕掛け花火」講談社 2007（講談社ノベルス）p21

鍵穴迷宮
◇「獣人」光文社 2003（光文社文庫）p239

家具屋の小径
◇「ショートショートの缶詰」キノブックス 2016 p11

かげ草
◇「綾辻・有栖川復刊セレクション　仕掛け花火」講談社 2007（講談社ノベルス）p34
◇「30の神品―ショートショート傑作選」扶桑社 2016（扶桑社文庫）p317

火星ミミズ
◇「宇宙生物ゾーン」廣済堂出版 2000（廣済堂文庫）p13

えさか

假面譚
◇「マスカレード」光文社 2002（光文社文庫）p281

缶詰28号
◇「ロボットの夜」光文社 2000（光文社文庫）p511

帰缶
◇「帰還」光文社 2000（光文社文庫）p321

キネマの夜
◇「キネマ・キネマ」光文社 2002（光文社文庫）p273

月光剣
◇「綾辻・有栖川復刊セレクション 仕掛け花火」講談社 2007（講談社ノベルス）p180

月光酒盛り
◇「綾辻・有栖川復刊セレクション 仕掛け花火」講談社 2007（講談社ノベルス）p38

最終楽章
◇「恐怖症」光文社 2002（光文社文庫）p465

仕掛け花火
◇「綾辻・有栖川復刊セレクション 仕掛け花火」講談社 2007（講談社ノベルス）

自転車
◇「綾辻・有栖川復刊セレクション 仕掛け花火」講談社 2007（講談社ノベルス）p174

児童販売機
◇「綾辻・有栖川復刊セレクション 仕掛け花火」講談社 2007（講談社ノベルス）p213

秀逸のメイク
◇「俳優」廣済堂出版 1999（廣済堂文庫）p225

ジルマの桟橋
◇「幽霊船」光文社 2001（光文社文庫）p145

砂書き
◇「ショートショートの缶詰」キノブックス 2016 p223

背中
◇「綾辻・有栖川復刊セレクション 仕掛け花火」講談社 2007（講談社ノベルス）p54

0号車
◇「有栖川有栖の鉄道ミステリ・ライブラリー」角川書店 2004（角川文庫）p208

たまご売り
◇「綾辻・有栖川復刊セレクション 仕掛け花火」講談社 2007（講談社ノベルス）p163

地下鉄御堂筋線
◇「綾辻・有栖川復刊セレクション 仕掛け花火」講談社 2007（講談社ノベルス）p156

つばさ君
◇「チャイルド」廣済堂出版 1998（廣済堂文庫）p403

棟梁
◇「綾辻・有栖川復刊セレクション 仕掛け花火」講談社 2007（講談社ノベルス）p126

トロピカルストローハット
◇「トロピカル」廣済堂出版 1999（廣済堂文庫）p525

虹細工
◇「綾辻・有栖川復刊セレクション 仕掛け花火」講談社 2007（講談社ノベルス）p44

二十三時四十四分
◇「妖魔ヶ刻―時間怪談傑作選」徳間書店 2000（徳間文庫）p211

猫かつぎ
◇「綾辻・有栖川復刊セレクション 仕掛け花火」講談社 2007（講談社ノベルス）p11

眠りにつく前に
◇「綾辻・有栖川復刊セレクション 仕掛け花火」講談社 2007（講談社ノベルス）p131

のびをする闇
◇「変身」廣済堂出版 1998（廣済堂文庫）p411

廃線区間
◇「綾辻・有栖川復刊セレクション 仕掛け花火」講談社 2007（講談社ノベルス）p191

箱娘
◇「綾辻・有栖川復刊セレクション 仕掛け花火」講談社 2007（講談社ノベルス）p137

花火
◇「魔術師」角川書店 2001（角川ホラー文庫）p217
◇「綾辻・有栖川復刊セレクション 仕掛け花火」講談社 2007（講談社ノベルス）p225

晴れない硝煙
◇「屍者の行進」廣済堂出版 1998（廣済堂文庫）p203

飛蝗のじいさん
◇「酒の夜語り」光文社 2002（光文社文庫）p293

開いた窓
◇「綾辻・有栖川復刊セレクション 仕掛け花火」講談社 2007（講談社ノベルス）p148
◇「綾辻行人と有栖川有栖のミステリ・ジョッキー 1」講談社 2008 p105

ふた首穴のセーター
◇「超短編アンソロジー」筑摩書房 2002（ちくま文庫）p66

二人のテレビ
◇「綾辻・有栖川復刊セレクション 仕掛け花火」講談社 2007（講談社ノベルス）p196

冬の同居人
◇「綾辻・有栖川復刊セレクション 仕掛け花火」講談社 2007（講談社ノベルス）p141

星の数ほど
◇「綾辻・有栖川復刊セレクション 仕掛け花火」講談社 2007（講談社ノベルス）p151

骨猫
◇「綾辻・有栖川復刊セレクション 仕掛け花火」講談社 2007（講談社ノベルス）p58

マイサーカス
◇「世紀末サーカス」廣済堂出版 2000（廣済堂文庫）p183

マッチ棒
◇「綾辻・有栖川復刊セレクション 仕掛け花火」講談社 2007（講談社ノベルス）p28

魔法
　◇「有栖川有栖の鉄道ミステリ・ライブラリー」角川書店 2004（角川文庫）p219
耳飾り
　◇「綾辻・有栖川復刊セレクション 仕掛け花火」講談社 2007（講談社ノベルス）p102
闇切丸
　◇「SF宝石―すべて新作読み切り！ 2015」光文社 2015 p254
遊のビックリハウス
　◇「黒い遊園地」光文社 2004（光文社文庫）p119
夢ねんど
　◇「綾辻・有栖川復刊セレクション 仕掛け花火」講談社 2007（講談社ノベルス）p62
夢の木
　◇「綾辻・有栖川復刊セレクション 仕掛け花火」講談社 2007（講談社ノベルス）p97
夜釣りをする女
　◇「綾辻・有栖川復刊セレクション 仕掛け花火」講談社 2007（講談社ノベルス）p49
臨時列車
　◇「有栖川有栖の鉄道ミステリ・ライブラリー」角川書店 2004（角川文庫）p214
　◇「綾辻・有栖川復刊セレクション 仕掛け花火」講談社 2007（講談社ノベルス）p16
留奈
　◇「水妖」廣済堂出版 1998（廣済堂文庫）p433
瑠璃色のびー玉
　◇「玩具館」光文社 2001（光文社文庫）p599
霊媒花
　◇「教室」光文社 2003（光文社文庫）p247
我が家遠く
　◇「綾辻・有栖川復刊セレクション 仕掛け花火」講談社 2007（講談社ノベルス）p112

江崎 俊平　えざき・しゅんぺい（1926～2000）
中村勘助
　◇「定本・忠臣蔵四十七人集」双葉社 1998 p98
土方歳三 残夢の剣
　◇「新選組伝奇」勉誠出版 2004 p49

江崎 誠致　えざき・まさのり（1922～2001）
小野次郎右衛門
　◇「人物日本剣豪伝 2」学陽書房 2001（人物文庫）p75
帰郷
　◇「コレクション戦争と文学 13」集英社 2011 p223
渓流
　◇「コレクション戦争と文学 8」集英社 2011 p410

江崎 来人　えざき・らいじん
お花さん
　◇「てのひら怪談―ビーケーワン怪談大賞傑作選 2」ポプラ社 2007 p90
　◇「てのひら怪談―ビーケーワン怪談大賞傑作選 己丑」ポプラ社 2009（ポプラ文庫）p58

百人腐女
　◇「てのひら怪談―ビーケーワン怪談大賞傑作選 庚寅」ポプラ社 2010（ポプラ文庫）p234
ムグッチョの唄
　◇「てのひら怪談―ビーケーワン怪談大賞傑作選」ポプラ社 2007 p22
　◇「てのひら怪談―ビーケーワン怪談大賞傑作選」ポプラ社 2008（ポプラ文庫）p18
夜寒のあやかし
　◇「てのひら怪談―ビーケーワン怪談大賞傑作選」ポプラ社 2007 p154
　◇「てのひら怪談―ビーケーワン怪談大賞傑作選」ポプラ社 2008（ポプラ文庫）p158
よんひくさんの木
　◇「てのひら怪談―ビーケーワン怪談大賞傑作選 辛卯」ポプラ社 2011（ポプラ文庫）p224

江島 伸吾　えじま・しんご
「死体を隠すには」
　◇「無人踏切―鉄道ミステリー傑作選」光文社 2008（光文社文庫）p329

江島 寛　えじま・ひろし（1933～1954）
突堤のうた（詩）
　◇「コレクション戦争と文学 1」集英社 2012 p466

えすみ 友子　えすみ・ともこ
羽田たいへん記（江角英明）
　◇「地場演劇ことはじめ―記録・区民とつくる地場演劇の会」オフィス未来 2003 p139

江角 英明　えすみ・ひであき
蒲田太平記
　◇「地場演劇ことはじめ―記録・区民とつくる地場演劇の会」オフィス未来 2003 p81
泣き畑―学童集団疎開・考
　◇「地場演劇ことはじめ―記録・区民とつくる地場演劇の会」オフィス未来 2003 p56
呑川かっぱ夜話
　◇「地場演劇ことはじめ―記録・区民とつくる地場演劇の会」オフィス未来 2003 p12
羽田たいへん記（えすみ友子）
　◇「地場演劇ことはじめ―記録・区民とつくる地場演劇の会」オフィス未来 2003 p139
六花ふるふる―新井宿義民伝異聞
　◇「地場演劇ことはじめ―記録・区民とつくる地場演劇の会」オフィス未来 2003 p96

枝松 蛍　えだまつ・ほたる
器物損壊
　◇「10分間ミステリー THE BEST」宝島社 2016（宝島社文庫）p323

えど きりこ
人見知り克服講座
　◇「ショートショートの花束 5」講談社 2013（講談社文庫）p38

江戸 次郎　えど・じろう
芦刈

◇「遠き雷鳴」桃園書房 2001（桃園文庫）p281
顔のない柔肌
◇「風の孤影」桃園書房 2001（桃園文庫）p7
鍵の女
◇「蒼茫の海」桃園書房 2001（桃園文庫）p143

江藤 あさひ　えとう・あさひ
天使たち（エンジェルズ）
◇「全作家短編小説集 7」全作家協会 2008 p210
修羅になりぬ
◇「全作家短編小説集 9」全作家協会 2010 p51
冬の蛍
◇「全作家短編小説集 10」のべる出版 2011 p32

江藤 淳　えとう・じゅん（1932〜1999）
慶子の所へ行くことにします≫府川紀子
◇「日本人の手紙 6」リブリオ出版 2004 p217
妻と私
◇「妻を失う―離別作品集」講談社 2014（講談社文芸文庫）p180
夏目漱石論―漱石の位置について
◇「創刊一〇〇年三田文学名作選」三田文学会 2010 p499
幼年時代
◇「文学 2000」講談社 2000 p109

江藤 伸吉　えとう・しんきち
池畔に立つ影
◇「怪奇・伝奇時代小説選集 7」春陽堂書店 2000（春陽文庫）p198

えとう 乱星　えとう・らんせい（1949〜2018）
影打ち
◇「伝奇城―伝奇時代小説アンソロジー」光文社 2005（光文社文庫）p11
甚助抜刀術
◇「遙かなる道」桃園書房 2001（桃園文庫）p7
宗次郎応じ返し
◇「風の孤影」桃園書房 2001（桃園文庫）p139

江戸川 乱歩　えどがわ・らんぽ（1894〜1965）
赤い部屋
◇「綾辻行人と有栖川有栖のミステリ・ジョッキー 1」講談社 2008 p49
意外な犯人
◇「ちくま日本文学 7」筑摩書房 2008（ちくま文庫）p412
一問一答〔対談〕（杉山平助）
◇「幻の探偵雑誌 4」光文社 2001（光文社文庫）p425
芋虫
◇「ひとりで夜読むな―新青年傑作選 怪奇編」角川書店 2001（角川ホラー文庫）p325
◇「恐怖の森」ランダムハウス講談社 2007 p169
◇「我等、同じ船に乗り」文藝春秋 2009（文春文庫）p103
◇「コレクション戦争と文学 13」集英社 2011 p77
◇「いきものがたり」双文社出版 2013 p128
◇「あしたは戦争」筑摩書房 2016（ちくま文庫）p295
陰獣
◇「君らの狂気で死を孕ませよ―新青年傑作選」角川書店 2000（角川文庫）p233
◇「隣りの不安、目前の恐怖」双葉社 2016（双葉文庫）p82
渦巻
◇「竹中英太郎 2」皓星社 2016（挿絵叢書）p65
映画の恐怖
◇「ちくま日本文学 7」筑摩書房 2008（ちくま文庫）p376
◇「映画狂時代」新潮社 2014（新潮文庫）p89
押絵と旅する男
◇「暗黒のメルヘン」河出書房新社 1998（河出文庫）p7
◇「ことばの織物―昭和短篇珠玉選 2」蒼丘書林 1998 p27
◇「近代小説〈異界〉を読む」双文社出版 1999 p104
◇「謎」文藝春秋 2004（推理作家になりたくて マイベストミステリー）p213
◇「怪談―24の恐怖」講談社 2004 p459
◇「マイ・ベスト・ミステリー 6」文藝春秋 2007（文春文庫）p315
◇「ちくま日本文学 7」筑摩書房 2008（ちくま文庫）p267
◇「百年小説」ポプラ社 2008 p743
◇「小川洋子の偏愛短篇箱」河出書房新社 2009 p29
◇「思いがけない話」筑摩書房 2010（ちくま文学の森）p221
◇「小川洋子の偏愛短篇箱」河出書房新社 2012（河出文庫）p29
◇「幻妖の水脈（みお）」筑摩書房 2013（ちくま文庫）p426
◇「文豪たちが書いた怖い名作短編集」彩図社 2014 p24
◇「『このミス』が選ぶ！ オールタイム・ベスト短編ミステリー 赤」宝島社 2015（宝島社文庫）p177
おじさんはこどものてがみがすきです≫横溝亮一
◇「日本人の手紙 2」リブリオ出版 2004 p38
踊る一寸法師
◇「怪奇探偵小説集 2」角川春樹事務所 1998（ハルキ文庫）p9
かいじん二十めんそう
◇「少年探偵王―本格推理マガジン 特集・ぼくらの推理冒険物語」光文社 2002（光文社文庫）p149
槐多「二少年図」
◇「美少年」国書刊行会 1997（書物の王国）p205
怪談入門
◇「乱歩の選んだベスト・ホラー」筑摩書房 2000（ちくま文庫）p7
鏡怪談
◇「分身」国書刊行会 1999（書物の王国）p243
鏡地獄
◇「贈る物語Wonder」光文社 2002 p234

えとか

隠し方のトリック
- ◇「日本怪奇小説傑作集 1」東京創元社 2005（創元推理文庫）p331
- ◇「ちくま日本文学 7」筑摩書房 2008（ちくま文庫）p238

隠し方のトリック
- ◇「ちくま日本文学 7」筑摩書房 2008（ちくま文庫）p432

火星の運河
- ◇「爬虫館事件―新青年傑作選」角川書店 1998（角川ホラー文庫）p123
- ◇「ちくま日本文学 7」筑摩書房 2008（ちくま文庫）p18

奇怪なアルバイト
- ◇「江戸川乱歩の推理試験」光文社 2009（光文社文庫）p301

奇矯な着想
- ◇「ちくま日本文学 7」筑摩書房 2008（ちくま文庫）p398

吸血鬼
- ◇「屍鬼の血族」桜桃書房 1999 p9
- ◇「血と薔薇の誘う夜に―吸血鬼ホラー傑作選」角川書店 2005（角川ホラー文庫）p237

霧にとけた真珠
- ◇「江戸川乱歩の推理試験」光文社 2009（光文社文庫）p311

群集の中のロビンソン・クルーソー
- ◇「ちくま日本文学 7」筑摩書房 2008（ちくま文庫）p393

幻影の城主
- ◇「ちくま日本文学 7」筑摩書房 2008（ちくま文庫）p385

恋と神様
- ◇「ちくま日本文学 7」筑摩書房 2008（ちくま文庫）p333

故人の二つの仕合せ
- ◇「幻の探偵雑誌」光文社 2002（光文社文庫）p326

こわいもの（抄）
- ◇「文豪てのひら怪談」ポプラ社 2009（ポプラ文庫）p64

殺人迷路（連作探偵小説第五回）
- ◇「幻の探偵雑誌 8」光文社 2001（光文社文庫）p57

残虐への郷愁
- ◇「リテラリーゴシック・イン・ジャパン―文学的ゴシック作品選」筑摩書房 2014（ちくま文庫）p45

屍を（小酒井不木）
- ◇「江戸川乱歩に愛をこめて」光文社 2011（光文社文庫）p133

死の欺瞞
- ◇「ちくま日本文学 7」筑摩書房 2008（ちくま文庫）p409

諸君は名探偵になれますか？
- ◇「江戸川乱歩の推理教室」光文社 2008（光文社文庫）p305

心理試験
- ◇「ちくま日本文学 7」筑摩書房 2008（ちくま文庫）p68
- ◇「THE名探偵―ミステリーアンソロジー」有楽出版社 2014（JOY NOVELS）p9
- ◇「『このミス』が選ぶ！オールタイム・ベスト短編ミステリー 黒」宝島社 2015（宝島社文庫）p77

精神分析医の死（大下宇陀児）
- ◇「江戸川乱歩の推理試験」光文社 2009（光文社文庫）p319

双生児―ある死刑囚が教誨師にうちあけた話
- ◇「怪奇探偵小説集 3」角川春樹事務所 1998（ハルキ文庫）p9

算盤が恋を語る話
- ◇「奇妙な恋の物語」光文社 1998（光文社文庫）p301

第一回掌篇評
- ◇「幻の探偵雑誌 8」光文社 2001（光文社文庫）p245

第二回掌篇評
- ◇「幻の探偵雑誌 8」光文社 2001（光文社文庫）p249

第三回掌篇評
- ◇「幻の探偵雑誌 8」光文社 2001（光文社文庫）p271

第四回掌篇評
- ◇「幻の探偵雑誌 8」光文社 2001（光文社文庫）p290

第五回掌篇評
- ◇「幻の探偵雑誌 8」光文社 2001（光文社文庫）p306

第六回掌篇評
- ◇「幻の探偵雑誌 8」光文社 2001（光文社文庫）p324

第七回掌篇評
- ◇「幻の探偵雑誌 8」光文社 2001（光文社文庫）p343

第八回掌篇評
- ◇「幻の探偵雑誌 8」光文社 2001（光文社文庫）p377

第九回掌篇評
- ◇「幻の探偵雑誌 8」光文社 2001（光文社文庫）p410

探偵小説の宿命について再説 乱歩氏に答える
- ◇「甦る推理雑誌」光文社 2002（光文社文庫）p456

「探偵小説の謎」
- ◇「ちくま日本文学 7」筑摩書房 2008（ちくま文庫）p398

D坂の殺人事件
- ◇「名探偵登場！」ベストセラーズ 2004（日本ミステリー名作館）p107

D坂の殺人事件―草稿版
- ◇「古書ミステリー倶楽部―傑作推理小説集 3」光文社 2015（光文社文庫）p361

毒草
- ◇「幻の探偵雑誌 5」光文社 2001（光文社文庫）

p225
名古屋・井上良夫・探偵小説
　◇「甦る推理雑誌 3」光文社 2002（光文社文庫）p301

二銭銅貨
　◇「ちくま日本文学 7」筑摩書房 2008（ちくま文庫）p29
　◇「日本文学100年の名作 1」新潮社 2014（新潮文庫）p439

日記帳
　◇「コーヒーと小説」mille books 2016 p75

二癈人
　◇「恐怖特急」光文社 2002（光文社文庫）p63

人形
　◇「人形」国書刊行会 1997（書物の王国）p195

人間椅子
　◇「ちくま日本文学 7」筑摩書房 2008（ちくま文庫）p205
　◇「右か、左か」文藝春秋 2010（文春文庫）p341
　◇「変身ものがたり」筑摩書房 2010（ちくま文学の森）p373
　◇「文豪たちが書いた耽美小説短編集」彩図社 2015 p63

人間外の犯人
　◇「ちくま日本文学 7」筑摩書房 2008（ちくま文庫）p399

「抜打座談会」を評す
　◇「「宝石」一九五〇―牟家殺人事件：探偵小説傑作集」光文社 2012（光文社文庫）p219

白昼夢
　◇「怪奇探偵小説集 1」角川春樹事務所 1998（ハルキ文庫）p27
　◇「ちくま日本文学 7」筑摩書房 2008（ちくま文庫）p9

白髪鬼
　◇「冒険の森へ―傑作小説大全 1」集英社 2016 p277

薔薇夫人
　◇「江戸川乱歩と13の宝石」光文社 2007（光文社文庫）p445

犯人は誰だ
　◇「江戸川乱歩の推理試験」光文社 2009（光文社文庫）p333

一人の芭蕉の問題
　◇「甦る推理雑誌 1」光文社 2002（光文社文庫）p444

百面相役者
　◇「ちくま日本文学 7」筑摩書房 2008（ちくま文庫）p118

ふしぎな人／名たんていと二十めんそう
　◇「少年探偵王―本格推理マガジン 特集・ぼくらの推理冒険物語」光文社 2002（光文社文庫）p37

二つの部屋
　◇「ちくま日本文学 7」筑摩書房 2008（ちくま文庫）p402

文学クイズ「探偵小説」
　◇「江戸川乱歩の推理教室」光文社 2008（光文社文庫）p9

変身願望
　◇「ちくま日本文学 7」筑摩書房 2008（ちくま文庫）p443

防空壕
　◇「探偵くらぶ―探偵小説傑作選1946～1958 上」光文社 1997（カッパ・ノベルス）p7
　◇「ちくま日本文学 7」筑摩書房 2008（ちくま文庫）p305
　◇「危険なマッチ箱」文藝春秋 2009（文春文庫）p229
　◇「コレクション戦争と文学 15」集英社 2012 p148

宝石商殺人事件
　◇「江戸川乱歩の推理教室」光文社 2008（光文社文庫）p323

まほうやしき
　◇「少年探偵王―本格推理マガジン 特集・ぼくらの推理冒険物語」光文社 2002（光文社文庫）p13

目羅博士
　◇「近代小説〈都市〉を読む」双文社出版 1999 p113
　◇「乱歩の選んだベスト・ホラー」筑摩書房 2000（ちくま文庫）p399
　◇「科学の脅威」リブリオ出版 2001（怪奇・ホラーワールド）p5
　◇「ブキミな人びと」ランダムハウス講談社 2007 p65

もくず塚
　◇「同性愛」国書刊行会 1999（書物の王国）p124
　◇「ちくま日本文学 7」筑摩書房 2008（ちくま文庫）p351

木馬は廻る
　◇「幻の探偵雑誌 2」光文社 2000（光文社文庫）p375

屋根裏の散歩者
　◇「新装版 全集現代文学の発見 16」學藝書林 2005 p94
　◇「ちくま日本文学 7」筑摩書房 2008（ちくま文庫）p141

乱歩打明け話
　◇「ちくま日本文学 7」筑摩書房 2008（ちくま文庫）p339

旅順海戦館
　◇「ちくま日本文学 7」筑摩書房 2008（ちくま文庫）p368

列車消失
　◇「ちくま日本文学 7」筑摩書房 2008（ちくま文庫）p405

論議の新展回を
　◇「甦る推理雑誌 1」光文社 2002（光文社文庫）p468

榎並 照正　えなみ・てるまさ
意識と無意識の境
　◇「幻の探偵雑誌 8」光文社 2001（光文社文庫）p461

榎並 のぞみ　えなみ・のぞみ
母の着物
◇「むすぶ―第11回フェリシモ文学賞作品集」フェリシモ 2008 p119

榎木 洋子　えのき・ようこ（1966～）
幸か不幸か
◇「チューリップ革命―ネオ・スイート・ドリーム・ロマンス」イースト・プレス 2000 p43

榎本 滋民　えのもと・しげたみ（1930～2003）
血みどろ絵金
◇「衝撃を受けた時代小説傑作選」文藝春秋 2011（文春文庫）p109

榎本 ナリコ　えのもと・なりこ
少女と少年
◇「蜜の眠り」廣済堂出版 2000（廣済堂文庫）p273

榎本 真砂夫　えのもと・まさお
大稲埕千夜一夜物語No.I 流転―殖民地に描かれた或る女の人生
◇「日本統治期台湾文学集成 7」緑蔭書房 2002 p242

江原 一哲　えばら・かずのり
教習番号9
◇「てのひら怪談―ビーケーワン怪談大賞傑作選 壬辰」ポプラ社 2012（ポプラ文庫）p104
トラック09
◇「てのひら怪談―ビーケーワン怪談大賞傑作選 壬辰」ポプラ社 2012（ポプラ文庫）p78

海老沢 泰久　えびさわ・やすひさ（1950～）
隠れ念仏
◇「代表作時代小説 平成21年度」光文社 2009 p217
辻斬り 無用庵隠居修行
◇「代表作時代小説 平成22年度」光文社 2010 p119
長い髪
◇「二十四粒の宝石―超短編小説傑作集」講談社 1998（講談社文庫）p81
光の海
◇「現代の小説 1999」徳間書店 1999 p33

蛭子 能収　えびす・よしかず（1947～）
いとしのマックス／マックス・ア・ゴーゴー
◇「歌謡曲だよ、人生は―映画監督短編集」メディアファクトリー 2007 p105
10年後は天国だったと思う
◇「十年後のこと」河出書房新社 2016 p51

江間 有沙　えま・ありさ
人工知能研究をめぐる欲望の対話
◇「AIと人類は共存できるか？―人工知能SFアンソロジー」早川書房 2016 p89

江馬 修　えま・しゅう（1889～1975）
阿片戰爭（五幕十三場）
◇「新・プロレタリア文学精選集 10」ゆまに書房 2004 p139
甲板船客
◇「新・プロレタリア文学精選集 10」ゆまに書房 2004 p1
黒人の兄弟
◇「新・プロレタリア文学精選集 10」ゆまに書房 2004 p27
その日（一幕）
◇「新・プロレタリア文学精選集 10」ゆまに書房 2004 p119
不思議
◇「新・プロレタリア文学精選集 10」ゆまに書房 2004 p99
船大工
◇「新・プロレタリア文学精選集 10」ゆまに書房 2004 p63
名譽婆さん
◇「新・プロレタリア文学精選集 10」ゆまに書房 2004 p75
山の民―蜂起
◇「新装版 全集現代文学の発見 12」學藝書林 2004 p8

江間 常吉　えま・つねきち
皇民化劇の手引 第1輯
◇「日本統治期台湾文学集成 10」緑蔭書房 2003 p295

江見 水蔭　えみ・すいいん（1869～1934）
悪因縁の怨
◇「怪奇・伝奇時代小説選集 5」春陽堂書店 2000（春陽文庫）p213
怪異暗闇祭
◇「怪奇・伝奇時代小説選集 8」春陽堂書店 2000（春陽文庫）p216
怪異黒姫おろし
◇「怪奇・伝奇時代小説選集 4」春陽堂書店 2000（春陽文庫）p137
怪談偽造の前
◇「文豪怪談傑作選 特別編」筑摩書房 2008（ちくま文庫）p126
壁の眼の怪
◇「怪奇・伝奇時代小説選集 4」春陽堂書店 2000（春陽文庫）p164
月世界跋渉記
◇「懐かしい未来―甦る明治・大正・昭和の未来小説」中央公論新社 2001 p27
死剣と生縄
◇「怪奇・伝奇時代小説選集 1」春陽堂書店 1999（春陽文庫）p166
丹那山の怪
◇「怪奇・伝奇時代小説選集 11」春陽堂書店 2000（春陽文庫）p52
女房殺し
◇「新日本古典文学大系 明治編 21」岩波書店 2005 p419
◇「明治深刻悲惨小説集」講談社 2016（講談社文芸文庫）p293

備前天一坊
　◇「捕物時代小説選集 6」春陽堂書店 2000（春陽文庫）p250

絵夢　えむ
　Fレンジャー
　◇「ショートショートの花束 4」講談社 2012（講談社文庫）p100

江村 阿康　えむら・あこう
　お化けが来るよ
　◇「てのひら怪談―ビーケーワン怪談大賞傑作選 壬辰」ポプラ社 2012（ポプラ文庫）p198

江本 清　えもと・きよし
　木像を孕む女体
　◇「怪奇・伝奇時代小説選集 15」春陽堂書店 2000（春陽文庫）p188

円城 塔　えんじょう・とう（1972～）
　(Atlas)³―地図作成局現場担当者（＝僕）連続殺人事件
　◇「NOVA―書き下ろし日本SFコレクション 10」河出書房新社 2013（河出文庫）p421
　イグノラムス・イグノラビムス
　◇「SF宝石―ぜーんぶ！　新作読み切り」光文社 2013 p63
　◇「さよならの儀式」東京創元社 2014（創元SF文庫）p457
　エデン逆行
　◇「結晶銀河―年刊日本SF傑作選」東京創元社 2011（創元SF文庫）p227
　お返事が頂けなくなってから
　◇「十年後のこと」河出書房新社 2016 p57
　<ゲンジ物語>の作者、<マツダイラ・サダノブ>
　◇「アステロイド・ツリーの彼方へ」東京創元社 2016（創元SF文庫）p241
　考速
　◇「文学 2010」講談社 2010 p15
　◇「現代小説クロニクル 2010～2014」講談社 2015（講談社文芸文庫）p7
　犀が通る―珈琲と苺トーストと鷲尾（害はないけど変な人）と英二くんと中道さんと星図と犀と―野間文芸新人賞受賞第一作
　◇「NOVA―書き下ろし日本SFコレクション 3」河出書房新社 2010（河出文庫）p163
　死して咲く花、実のある夢
　◇「神林長平トリビュート」早川書房 2009 p117
　◇「神林長平トリビュート」早川書房 2012（ハヤカワ文庫 JA）p131
　『屍者の帝国』を完成させて―特別インタビュー
　◇「NOVA+―書き下ろし日本SFコレクション 2」河出書房新社 2015（河出文庫）p353
　十二面体関係
　◇「20の短編小説」朝日新聞出版 2016（朝日文庫）
　祖母の記録
　◇「短篇集」ヴィレッジブックス 2010 p154
　手帖から発見された手記
　◇「小説の家」新潮社 2016 p221
　内在天文学
　◇「THE FUTURE IS JAPANESE」早川書房 2012（ハヤカワSFシリーズJコレクション）p77
　◇「極光星群」東京創元社 2013（創元SF文庫）p265
　バナナ剥きには最適の日々
　◇「量子回廊―年刊日本SF傑作選」東京創元社 2010（創元SF文庫）p501
　パリンプセストあるいは重ね書きされた八つの物語
　◇「虚構機関―年刊日本SF傑作選」東京創元社 2008（創元SF文庫）p169
　φ
　◇「NOVA+―書き下ろし日本SFコレクション バベル」河出書房新社 2014（河出文庫）p479
　◇「折り紙衛星の伝説」東京創元社 2015（創元SF文庫）p181
　ムーンシャイン
　◇「超弦領域―年刊日本SF傑作選」東京創元社 2009（創元SF文庫）p413
　良い夜を持っている
　◇「拡張幻想」東京創元社 2012（創元SF文庫）p447
　リアルタイムラジオ
　◇「ヴィジョンズ」講談社 2016 p161
　Beaver Weaver―海狸（ビーバー）の紡ぎ出す無限の宇宙のあの過去と、いつかまた必ず出会う
　◇「NOVA―書き下ろし日本SFコレクション 1」河出書房新社 2009（河出文庫）p295
　EnJoe140
　◇「140字の物語―Twitter小説集　twnovel」ディスカヴァー・トゥエンティワン 2009 p121
　Four Seasons 3.25
　◇「SFマガジン700 国内篇」早川書房 2014（ハヤカワ文庫 SF）p465
　Jail Over
　◇「Fの肖像―フランケンシュタインの幻想たち」光文社 2010（光文社文庫）p511
　The History of the Decline and Fall of the Galactic Empire
　◇「日本文学全集 28」河出書房新社 2017 p495
　Yedo
　◇「ぼくの、マシーン―ゼロ年代日本SFベスト集成 S」東京創元社 2010（創元SF文庫）p389

園城寺 雄　えんじょうじ・ゆう
　奇怪な再会
　◇「幻の探偵雑誌 8」光文社 2001（光文社文庫）p367

円地 文子　えんち・ふみこ（1905～1986）
　苺
　◇「味覚小説名作集」光文社 2016（光文社文庫）

p157
鬼
◇「名短篇、ここにあり」筑摩書房 2008（ちくま文庫）p335
◇「新編・日本幻想文学集成 3」国書刊行会 2016 p601
かの子変相
◇「芸術家」国書刊行会 1998（書物の王国）p215
◇「新編・日本幻想文学集成 3」国書刊行会 2016 p511
黒髪変化
◇「日本怪奇小説傑作集 2」東京創元社 2005（創元推理文庫）p351
光明皇后の絵
◇「戦後占領期短篇小説コレクション 6」藤原書店 2007 p149
二世の縁拾遺
◇「日本近代短篇小説選 昭和篇3」岩波書店 2012（岩波文庫）p143
◇「新編・日本幻想文学集成 3」国書刊行会 2016 p524
猫の草子
◇「新編・日本幻想文学集成 3」国書刊行会 2016 p631
花食い姥
◇「新編・日本幻想文学集成 3」国書刊行会 2016 p620
花の下もと
◇「日本文学100年の名作 7」新潮社 2015（新潮文庫）p67
春の歌
◇「吸血鬼」国書刊行会 1998（書物の王国）p167
◇「新編・日本幻想文学集成 3」国書刊行会 2016 p565
双面
◇「両性具有」国書刊行会 1998（書物の王国）p190
◇「新編・日本幻想文学集成 3」国書刊行会 2016 p541
冬の旅
◇「新編・日本幻想文学集成 3」国書刊行会 2016 p581
ますらを
◇「歴史小説の世紀 天の巻」新潮社 2000（新潮文庫）p439
耳瓔珞
◇「戦後短篇小説再発見 13」講談社 2003（講談社文芸文庫）p47
夕顔—『源氏物語』より（紫式部〔著〕）
◇「幻妖の水脈（みお）」筑摩書房 2013（ちくま文庫）p15

遠藤 晶　えんどう・あき
ごちそうさん
◇「優秀新人戯曲集 2004」ブロンズ新社 2003 p103
◇「フラジャイル・ファクトリー戯曲集 2」晩成書房 2008 p5

複製の廃墟〔ラザロ―LAZARUS〕（井土紀州／森田草太）
◇「年鑑代表シナリオ集 '07」シナリオ作家協会 2009 p193

遠藤 浅蜊　えんどう・あさり
専用車両
◇「5分で読める！ ひと駅ストーリー 乗車編」宝島社 2012（宝島社文庫）p243
◇「5分で笑える！ おバカで愉快な物語」宝島社 2016（宝島社文庫）p109
夏の夜の現実
◇「5分で読める！ ひと駅ストーリー 夏の記憶西口編」宝島社 2013（宝島社文庫）p231
◇「5分で笑える！ おバカで愉快な物語」宝島社 2016（宝島社文庫）p153
野良市議会予算特別委員会
◇「5分で読める！ ひと駅ストーリー 冬の記憶東口編」宝島社 2013（宝島社文庫）p121
◇「5分で笑える！ おバカで愉快な物語」宝島社 2016（宝島社文庫）p205
勇者は本当に旅立つべきなのか？
◇「5分で読める！ ひと駅ストーリー 旅の話」宝島社 2015（宝島社文庫）p329
竜殺しと出版社
◇「5分で読める！ ひと駅ストーリー 本の物語」宝島社 2014（宝島社文庫）p199

遠藤 秀一郎　えんどう・しゅういちろう
コミュピケコスとイルダルコス
◇「つながり―フェリシモしあわせショートショート」フェリシモ 1999 p115

遠藤 周作　えんどう・しゅうさく（1923～1996）
アデンまで
◇「わかれの船―Anthology」光文社 1998 p105
◇「創刊一〇〇年三田文学名作選」三田文学会 2010 p373
◇「第三の新人名作選」講談社 2011（講談社文芸文庫）p39
あまりに碧い空
◇「戦争小説短篇名作選」講談社 2015（講談社文芸文庫）p7
イヤな奴
◇「戦後短篇小説再発見 16」講談社 2003（講談社文芸文庫）p23
ヴェロニカ
◇「教科書名短篇 人間の情景」中央公論新社 2016（中公文庫）p149
海と毒薬
◇「コレクション戦争と文学 12」集英社 2013 p235
男と九官鳥
◇「戦後短篇小説再発見 5」講談社 2001（講談社文芸文庫）p59
◇「私小説名作選 下」講談社 2012（講談社文芸文庫）p116
霧の中の声
◇「幸せな哀しみの話」文藝春秋 2009（文春文庫）

p221
蜘蛛
◇「闇夜に怪を語れば―百物語ホラー傑作選」角川書店 2005（角川ホラー文庫）p27
◇「日本怪奇小説傑作集 2」東京創元社 2005（創元推理文庫）p429
◇「異形の白昼―恐怖小説集」筑摩書房 2013（ちくま文庫）p11
最後の殉教者
◇「歴史小説の世紀 地の巻」新潮社 2000（新潮文庫）p279
佐藤朔先生の思い出―佐藤朔追悼
◇「創刊一〇〇年三田文学名作選」三田文学会 2010 p726
ジプシーの呪
◇「恐怖の旅」光文社 2000（光文社文庫）p239
◇「呪いの恐怖」リブリオ出版 2001（怪奇・ホラーワールド）p153
従軍司祭
◇「戦後短篇小説選―『世界』1946-1999 3」岩波書店 2000 p45
憑かれた人
◇「ペン先の殺意―文芸ミステリー傑作選」光文社 2005（光文社文庫）p297
ニセ学生
◇「ブキミな人びと」ランダムハウス講談社 2007 p185
日本の聖女
「戦国女人十一話」作品社 2005 p223
猫
◇「にゃんそろじー」新潮社 2014（新潮文庫）p111
夫婦の一日
◇「日本文学100年の名作 7」新潮社 2015（新潮文庫）p443
札の辻
◇「文士の意地―車谷長吉撰短篇小説輯 下巻」作品社 2005 p233
松葉杖の男
◇「コレクション戦争と文学 10」集英社 2012 p523
役たたず
◇「人間みな病気」ランダムハウス講談社 2007 p57
［幽霊見参記］僕はハッキリと感じた
◇「文豪怪談傑作選 特別編」筑摩書房 2008（ちくま文庫）p12
私は見た
◇「文豪怪談傑作選 特別編」筑摩書房 2008（ちくま文庫）p27

遠藤 慎一　えんどう・しんいち
「恐怖の谷」から「恍惚の峰」へ～その政策的応用
◇「折り紙衛星の伝説」東京創元社 2015（創元SF文庫）p347

遠藤 高子　えんどう・たかこ
ガーデン
◇「フラジャイル・ファクトリー戯曲集 1」晩成書房 2008 p35

遠藤 武文　えんどう・たけふみ（1966～）
フラッシュモブ
◇「ベスト本格ミステリ 2014」講談社 2014（講談社ノベルス）p145
平和への祈り
◇「デッド・オア・アライヴ―江戸川乱歩賞作家アンソロジー」講談社 2013 p203
◇「デッド・オア・アライヴ」講談社 2014（講談社文庫）p223
レッド・シグナル
◇「ザ・ベストミステリーズ―推理小説年鑑 2010」講談社 2010 p99
◇「Logic真相への回廊」講談社 2013（講談社文庫）p83

遠藤 徹　えんどう・とおる（1961～）
嘴と痣
◇「ひとにぎりの異形」光文社 2007（光文社文庫）p408
壊れた少女を拾ったので
◇「ザ・ベストミステリーズ―推理小説年鑑 2006」講談社 2006 p309
◇「セブンミステリーズ」講談社 2009（講談社文庫）p243
なまごみ
◇「心霊理論」光文社 2007（光文社文庫）p403
はだかむし
◇「京都宵」光文社 2008（光文社文庫）p273

円堂 都司昭　えんどう・としあき
POSシステム上に出現した『J』
◇「本格ミステリ 2001」講談社 2001（講談社ノベルス）p595
◇「透明な貴婦人の謎―本格短編ベスト・セレクション」講談社 2005（講談社文庫）p449

遠藤 寛子　えんどう・ひろこ（1931～）
深い雪の中で（抄）
◇「山形県文学全集第1期（小説編）4」郷土出版社 2004 p11

【 お 】

呉 林俊　オ・イムジュン（1926～1973）
愛の詩集として（一）
◇「〈在日〉文学全集 17」勉誠出版 2006 p131
愛の詩集として（二）
◇「〈在日〉文学全集 17」勉誠出版 2006 p132
愛の詩集として（三）
◇「〈在日〉文学全集 17」勉誠出版 2006 p133
愛の詩集として（四）
◇「〈在日〉文学全集 17」勉誠出版 2006 p133

お

愛の詩集として（五）
　◇「〈在日〉文学全集 17」勉誠出版 2006 p134
愛の詩集として（六）
　◇「〈在日〉文学全集 17」勉誠出版 2006 p134
ある日の海辺で
　◇「〈在日〉文学全集 17」勉誠出版 2006 p115
ある日の画像
　◇「〈在日〉文学全集 17」勉誠出版 2006 p104
海と顔
　◇「〈在日〉文学全集 17」勉誠出版 2006 p103
海と望郷（一）
　◇「〈在日〉文学全集 17」勉誠出版 2006 p112
海と望郷（二）
　◇「〈在日〉文学全集 17」勉誠出版 2006 p113
海と望郷（三）
　◇「〈在日〉文学全集 17」勉誠出版 2006 p113
海と望郷（四）
　◇「〈在日〉文学全集 17」勉誠出版 2006 p114
海の素描（一）
　◇「〈在日〉文学全集 17」勉誠出版 2006 p129
海の素描（二）
　◇「〈在日〉文学全集 17」勉誠出版 2006 p129
海の素描（三）
　◇「〈在日〉文学全集 17」勉誠出版 2006 p130
男（一）
　◇「〈在日〉文学全集 17」勉誠出版 2006 p104
男（二）
　◇「〈在日〉文学全集 17」勉誠出版 2006 p105
母（オモニ）の歌
　◇「〈在日〉文学全集 17」勉誠出版 2006 p122
―顔―
　◇「〈在日〉文学全集 17」勉誠出版 2006 p108
画室のうた
　◇「〈在日〉文学全集 17」勉誠出版 2006 p111
黒い背広
　◇「〈在日〉文学全集 17」勉誠出版 2006 p106
残稿
　◇「〈在日〉文学全集 17」勉誠出版 2006 p127
残稿として
　◇「〈在日〉文学全集 17」勉誠出版 2006 p115
どうして四月が去れようか
　◇「〈在日〉文学全集 17」勉誠出版 2006 p109
肺魚（トダス）
　◇「〈在日〉文学全集 17」勉誠出版 2006 p107
年表
　◇「〈在日〉文学全集 17」勉誠出版 2006 p120
病床にて
　◇「〈在日〉文学全集 17」勉誠出版 2006 p135
部屋（一）
　◇「〈在日〉文学全集 17」勉誠出版 2006 p105
部屋（二）
　◇「〈在日〉文学全集 17」勉誠出版 2006 p106
―眼―
　◇「〈在日〉文学全集 17」勉誠出版 2006 p108
夜明けまえに歌う―南朝鮮への手紙にかえて
　◇「〈在日〉文学全集 17」勉誠出版 2006 p124
横浜港で
　◇「〈在日〉文学全集 17」勉誠出版 2006 p114
横浜風景
　◇「〈在日〉文学全集 17」勉誠出版 2006 p130
わがチヨソンマルに寄せる歌
　◇「〈在日〉文学全集 17」勉誠出版 2006 p116

呉 麟鳳　オ・インボン
　兎の子
　　◇「近代朝鮮文学日本語作品集1908〜1945 セレクション 6」緑蔭書房 2008 p60

呉 相淳　オ・サンスン
　一筆啓上仕り候
　　◇「近代朝鮮文学日本語作品集1939〜1945 評論・随筆篇 3」緑蔭書房 2002 p497

呉 時泳　オ・シヨン
　平和の日を念じつゝ
　　◇「近代朝鮮文学日本語作品集1908〜1945 セレクション 6」緑蔭書房 2008 p234

呉 禎民　オ・ジョンミン
　演劇の一年―職業演劇を中心として
　　◇「近代朝鮮文学日本語作品集1939〜1945 評論・随筆篇 2」緑蔭書房 2002 p15
　劇界散策記
　　◇「近代朝鮮文学日本語作品集1939〜1945 評論・随筆篇 1」緑蔭書房 2002 p447

呉 刀成　オ・トソン
　希望
　　◇「近代朝鮮文学日本語作品集1908〜1945 セレクション 4」緑蔭書房 2008 p77

呉 興教　オ・フンギョ
　我等の同志
　　◇「近代朝鮮文学日本語作品集1901〜1938 評論・随筆篇 3」緑蔭書房 2004 p206

呉 泳鎮　オ・ヨンジン（1916〜1974）
　秋―又は杞壺の散歩（兪鎭午〔著〕）
　　◇「近代朝鮮文学日本語作品集1939〜1945 創作篇 1」緑蔭書房 2001 p129
　ある映画人への手紙―映画時評
　　◇「近代朝鮮文学日本語作品集1939〜1945 評論・随筆篇 1」緑蔭書房 2002 p335
　丘の上の生活者
　　◇「近代朝鮮文学日本語作品集1901〜1938 創作篇 4」緑蔭書房 2004 p411
　かづみ
　　◇「近代朝鮮文学日本語作品集1901〜1938 創作篇 4」緑蔭書房 2004 p209

眞相
◇「近代朝鮮文学日本語作品集1901～1938 創作篇 4」緑蔭書房 2004 p27

朝鮮映畫の一般的課題
◇「近代朝鮮文学日本語作品集1939～1945 評論・随筆篇 1」緑蔭書房 2002 p315

友の死後
◇「近代朝鮮文学日本語作品集1901～1938 創作篇 4」緑蔭書房 2004 p159

婆さん
◇「近代朝鮮文学日本語作品集1901～1938 創作篇 3」緑蔭書房 2004 p221

随想 平壌の街
◇「近代朝鮮文学日本語作品集1939～1945 評論・随筆篇 3」緑蔭書房 2002 p347

及川 和男　おいかわ・かずお（1933～2019）
木島先生
◇「12の贈り物―東日本大震災支援岩手県在住作家自選短編集」荒蝦夷 2011（叢書東北の声）p44

及川 章太郎　おいかわ・しょうたろう（1967～）
ガールフレンド
◇「年鑑代表シナリオ集 '04」シナリオ作家協会 2005 p251

せかいのおわり
◇「年鑑代表シナリオ集 '05」シナリオ作家協会 2006 p211

及川 大渓　おいかわ・たいけい
稲尾武太夫（平太郎）
◇「稲生モノノケ大全 陰之巻」毎日新聞社 2003 p655

於泉 信雄　おいずみ・のぶお
日陰る
◇「ハンセン病に咲いた花―初期文芸名作選 戦前編」皓星社 2002（ハンセン病叢書）p208

療養所文芸の暗さに就いて
◇「ハンセン病文学全集 5」皓星社 2010 p7

王 育徳　おう・いくとく
過渡期
◇「日本統治期台湾文学集成 5」緑蔭書房 2002 p273

王 育霖　おう・いくりん
明日を期する者
◇「日本統治期台湾文学集成 5」緑蔭書房 2002 p237

王 庚申　おう・こうしん
青年劇 夜明けの空
◇「日本統治期台湾文学集成 10」緑蔭書房 2003 p176

王 昶雄　おう・ちょうゆう（1916～2000）
嗚呼！サイパン島
◇「日本統治期台湾文学集成 29」緑蔭書房 2007 p207

いざ勝抜かん
◇「日本統治期台湾文学集成 29」緑蔭書房 2007 p201

石田三成と王安石
◇「日本統治期台湾文学集成 29」緑蔭書房 2007 p337

海の志願兵を讃ふ
◇「日本統治期台湾文学集成 29」緑蔭書房 2007 p205

大いなる進軍
◇「日本統治期台湾文学集成 29」緑蔭書房 2007 p347

大なる創造―筆剣進軍（上）
◇「日本統治期台湾文学集成 29」緑蔭書房 2007 p345

鏡
◇「日本統治期台湾文学集成 29」緑蔭書房 2007 p159

科挙への狂態（上）（下）―支那宿命の一つ
◇「日本統治期台湾文学集成 29」緑蔭書房 2007 p307

科挙と儒教
◇「日本統治期台湾文学集成 29」緑蔭書房 2007 p325

郷土随筆集 詩の中の夢 現実的の夢
◇「日本統治期台湾文学集成 29」緑蔭書房 2007 p399

けふの日に
◇「日本統治期台湾文学集成 29」緑蔭書房 2007 p203

草は枯れども―訳詩抄
◇「日本統治期台湾文学集成 29」緑蔭書房 2007 p211

故郷の妻へに与ふ―私の書翰集より（五）
◇「日本統治期台湾文学集成 29」緑蔭書房 2007 p293

出生せる友へ―私の書翰集より（二）
◇「日本統治期台湾文学集成 29」緑蔭書房 2007 p279

初秋独嘯
◇「日本統治期台湾文学集成 29」緑蔭書房 2007 p393

書道徒然草 王昶雄・洪開源合作
◇「日本統治期台湾文学集成 29」緑蔭書房 2007 p379

棄鉢の友に与ふ（上）（下）―私の書翰集より（三）
◇「日本統治期台湾文学集成 29」緑蔭書房 2007 p283

創作とヒント
◇「日本統治期台湾文学集成 29」緑蔭書房 2007 p297

淡水河の漣
◇「日本統治期台湾文学集成 29」緑蔭書房 2007 p33

陳逢源氏の"雨窓墨滴"を読んで
◇「日本統治期台湾文学集成 29」緑蔭書房 2007

おう

p321

出戻り娘
◇「日本統治期台湾文学集成 29」緑蔭書房 2007 p29

東洋的幻想の追及—林明徳氏の新作舞踏を中心に
◇「日本統治期台湾文学集成 29」緑蔭書房 2007 p301

読書断想
◇「日本統治期台湾文学集成 29」緑蔭書房 2007 p367

亡き叔父に与ふ—私の書翰集より（一）
◇「日本統治期台湾文学集成 29」緑蔭書房 2007 p273

ニコライ堂の鐘
◇「日本統治期台湾文学集成 29」緑蔭書房 2007 p200

日本歌舞伎と支那劇の研究
◇「日本統治期台湾文学集成 29」緑蔭書房 2007 p227

春かへる
◇「日本統治期台湾文学集成 29」緑蔭書房 2007 p199

病床日記
◇「日本統治期台湾文学集成 29」緑蔭書房 2007 p355

武士道と義士精神（上）（下）
◇「日本統治期台湾文学集成 29」緑蔭書房 2007 p329

筆の向くま
◇「日本統治期台湾文学集成 29」緑蔭書房 2007 p405

舞踏界の鳳雛—淡水が生んだ林明徳君
◇「日本統治期台湾文学集成 29」緑蔭書房 2007 p351

舞踏家の友に—私の書翰集より（四）
◇「日本統治期台湾文学集成 29」緑蔭書房 2007 p289

奔流
◇「〈外地〉の日本語文学選 1」新宿書房 1996 p220
◇「日本統治期台湾文学集成 29」緑蔭書房 2007 p133
◇「文学で考える〈仕事〉の百年」双文社出版 2010 p90
◇「文学で考える〈仕事〉の百年」翰林書房 2016 p90

妄想断片
◇「日本統治期台湾文学集成 29」緑蔭書房 2007 p223

燃え上がる情熱—「厚生演劇」の公演を観る
◇「日本統治期台湾文学集成 29」緑蔭書房 2007 p341

"木蘭従軍"に就て
◇「日本統治期台湾文学集成 29」緑蔭書房 2007 p317

梨園の秋
◇「日本統治期台湾文学集成 29」緑蔭書房 2007 p9

私の訳詩抄
◇「日本統治期台湾文学集成 29」緑蔭書房 2007 p215

翁 鬧　おう・どう

歌時計
◇「日本統治期台湾文学集成 5」緑蔭書房 2002 p135

東京郊外浪人街—高円寺界隈
◇「日本統治期台湾文学集成 5」緑蔭書房 2002 p101

王 白淵　おう・はくえん（1902～1965）

愛戀の小舟
◇「日本統治期台湾文学集成 18」緑蔭書房 2003 p35

秋に與ふ
◇「日本統治期台湾文学集成 18」緑蔭書房 2003 p67

秋の夜
◇「日本統治期台湾文学集成 18」緑蔭書房 2003 p71

アンリー・ルソー
◇「日本統治期台湾文学集成 18」緑蔭書房 2003 p44

棘の道
◇「日本統治期台湾文学集成 18」緑蔭書房 2003 p5

印度人に與ふ
◇「日本統治期台湾文学集成 18」緑蔭書房 2003 p191

雨後
◇「日本統治期台湾文学集成 18」緑蔭書房 2003 p34

乙女よ！
◇「日本統治期台湾文学集成 18」緑蔭書房 2003 p32

風
◇「日本統治期台湾文学集成 18」緑蔭書房 2003 p42

ガンヂーと印度の獨立運動
◇「日本統治期台湾文学集成 18」緑蔭書房 2003 p121

供子よ！
◇「日本統治期台湾文学集成 18」緑蔭書房 2003 p26

キリストを慕ふて
◇「日本統治期台湾文学集成 18」緑蔭書房 2003 p77

空虚の絶頂に立つて
◇「日本統治期台湾文学集成 18」緑蔭書房 2003 p30

偶像の家
◇「日本統治期台湾文学集成 18」緑蔭書房 2003 p84

藝術
◇「日本統治期台湾文学集成 18」緑蔭書房 2003 p29

ゴオギヤン
◇「日本統治期台湾文学集成 18」緑蔭書房 2003 p49

胡蝶
◇「日本統治期台湾文学集成 18」緑蔭書房 2003 p41

胡蝶が私に囁く
◇「日本統治期台湾文学集成 18」緑蔭書房 2003 p47

四季
◇「日本統治期台湾文学集成 18」緑蔭書房 2003 p62

詩人
◇「日本統治期台湾文学集成 18」緑蔭書房 2003 p58

詩聖タゴール
◇「日本統治期台湾文学集成 18」緑蔭書房 2003 p92
失題
◇「日本統治期台湾文学集成 18」緑蔭書房 2003 p43
死の樂園
◇「日本統治期台湾文学集成 18」緑蔭書房 2003 p50
島の乙女
◇「日本統治期台湾文学集成 18」緑蔭書房 2003 p46
序詞〔茨の道〕
◇「日本統治期台湾文学集成 18」緑蔭書房 2003 p13
眞理の里
◇「日本統治期台湾文学集成 18」緑蔭書房 2003 p70
性の海
◇「日本統治期台湾文学集成 18」緑蔭書房 2003 p27
生の谷
◇「日本統治期台湾文学集成 18」緑蔭書房 2003 p21
生の道
◇「日本統治期台湾文学集成 18」緑蔭書房 2003 p25
生命の家路
◇「日本統治期台湾文学集成 18」緑蔭書房 2003 p82
太陽
◇「日本統治期台湾文学集成 18」緑蔭書房 2003 p39
魂の故郷
◇「日本統治期台湾文学集成 18」緑蔭書房 2003 p61
違つた存在の獨立
◇「日本統治期台湾文学集成 18」緑蔭書房 2003 p24
蝶よ！
◇「日本統治期台湾文学集成 18」緑蔭書房 2003 p69
沈黙が破れて
◇「日本統治期台湾文学集成 18」緑蔭書房 2003 p48
椿よ！
◇「日本統治期台湾文学集成 18」緑蔭書房 2003 p60
到明天―獨幕劇（左明〔作〕）
◇「日本統治期台湾文学集成 18」緑蔭書房 2003 p170
時の永遠なる沈黙
◇「日本統治期台湾文学集成 18」緑蔭書房 2003 p64
時の放浪者
◇「日本統治期台湾文学集成 18」緑蔭書房 2003 p65
時は過ぎ行く
◇「日本統治期台湾文学集成 18」緑蔭書房 2003 p74
ドン・ジヤンとカポネ
◇「日本統治期台湾文学集成 5」緑蔭書房 2002 p21
南國の春
◇「日本統治期台湾文学集成 18」緑蔭書房 2003 p79
何の心ぞ？
◇「日本統治期台湾文学集成 18」緑蔭書房 2003 p54
野邊の千草
◇「日本統治期台湾文学集成 18」緑蔭書房 2003 p28
薄暮
◇「日本統治期台湾文学集成 18」緑蔭書房 2003 p59

花と詩人
◇「日本統治期台湾文学集成 18」緑蔭書房 2003 p78
薔薇
◇「日本統治期台湾文学集成 18」緑蔭書房 2003 p51
春
◇「日本統治期台湾文学集成 18」緑蔭書房 2003 p76
春に興ふ
◇「日本統治期台湾文学集成 18」緑蔭書房 2003 p52
春の朝
◇「日本統治期台湾文学集成 18」緑蔭書房 2003 p57
春の野
◇「日本統治期台湾文学集成 18」緑蔭書房 2003 p53
晩春
◇「日本統治期台湾文学集成 18」緑蔭書房 2003 p81
向日葵
◇「日本統治期台湾文学集成 18」緑蔭書房 2003 p35
標介柱
◇「日本統治期台湾文学集成 18」緑蔭書房 2003 p83
表現なき家路
◇「日本統治期台湾文学集成 18」緑蔭書房 2003 p73
梟
◇「日本統治期台湾文学集成 18」緑蔭書房 2003 p32
二つの流れ
◇「日本統治期台湾文学集成 18」緑蔭書房 2003 p75
未完成の畫像
◇「日本統治期台湾文学集成 18」緑蔭書房 2003 p48
水のほとり
◇「日本統治期台湾文学集成 18」緑蔭書房 2003 p22
御空の一つ星
◇「日本統治期台湾文学集成 18」緑蔭書房 2003 p38
峯の雷鳥
◇「日本統治期台湾文学集成 18」緑蔭書房 2003 p63
見よ！
◇「日本統治期台湾文学集成 18」緑蔭書房 2003 p56
無終の旅路
◇「日本統治期台湾文学集成 18」緑蔭書房 2003 p55
無題
◇「日本統治期台湾文学集成 18」緑蔭書房 2003 p68
もぐら
◇「日本統治期台湾文学集成 18」緑蔭書房 2003 p20
揚子江に立ちて
◇「日本統治期台湾文学集成 18」緑蔭書房 2003 p192
夜
◇「日本統治期台湾文学集成 18」緑蔭書房 2003 p40
落葉
◇「日本統治期台湾文学集成 18」緑蔭書房 2003 p80
零
◇「日本統治期台湾文学集成 18」緑蔭書房 2003 p23
蓮花
◇「日本統治期台湾文学集成 18」緑蔭書房 2003 p30

吾が家は遠いやうで近し
- ◇「日本統治期台湾文学集成 18」緑蔭書房 2003 p71

私の歌
- ◇「日本統治期台湾文学集成 18」緑蔭書房 2003 p37

私の詩は面白くありません
- ◇「日本統治期台湾文学集成 18」緑蔭書房 2003 p19

扇 智史　おうぎ・さとし

アトラクタの奏でる音楽—あなたの曲、すごく気に入っちゃって…だから、実験に使わせてほしいんです
- ◇「NOVA—書き下ろし日本SFコレクション 9」河出書房新社 2013（河出文庫）p373

リンナチューン—鈴名鈴名鈴名。ぼくは鈴名を離しはしない
- ◇「NOVA—書き下ろし日本SFコレクション 7」河出書房新社 2012（河出文庫）p331

旺季 志ずか　おうき・しずか

知らなすぎた男
- ◇「世にも奇妙な物語—小説の特別編 赤」角川書店 2003（角川ホラー文庫）p63

ドラマティックシンドローム
- ◇「世にも奇妙な物語—小説の特別編 悲鳴」角川書店 2002（角川ホラー文庫）p11

逢坂 剛　おうさか・ごう（1943〜）

赤い鞭
- ◇「江戸の名探偵—時代推理傑作選」徳間書店 2009（徳間文庫）p7

危ない消火器
- ◇「最新『珠玉推理』大全 下」光文社 1998（カッパ・ノベルス）p32
- ◇「闇夜の芸術祭」光文社 2003（光文社文庫）p43

いその浪まくら
- ◇「士魂の光芒—時代小説最前線」新潮社 1997（新潮文庫）p347

大目小目
- ◇「代表作時代小説 平成18年度」光文社 2006 p337

おれたちの街
- ◇「現場に臨め」光文社 2010（Kappa novels）p111
- ◇「現場に臨め」光文社 2014（光文社文庫）p143

欠けた古茶碗
- ◇「ザ・ベストミステリーズ—推理小説年鑑 2004」講談社 2004 p199
- ◇「孤独な交響曲（シンフォニー）」講談社 2007（講談社文庫）p5

暗い川
- ◇「男たちのら・ら・ば・い」徳間書店 1999（徳間文庫）p63

決闘
- ◇「自選ショート・ミステリー」講談社 2001（講談社文庫）p348
- ◇「冒険の森へ—傑作小説大全 2」集英社 2016 p12

幻影ブルネーテに消ゆ
- ◇「冒険の森へ—傑作小説大全 10」集英社 2016 p136

五本松の当惑
- ◇「古書ミステリー倶楽部—傑作推理小説集 2」光文社 2014（光文社文庫）p309

五輪くだき
- ◇「市井図絵」新潮社 1997 p165
- ◇「時代小説—読切御免 2」新潮社 2004（新潮文庫）p77

再会
- ◇「タッグ私の相棒—警察アンソロジー」角川春樹事務所 2015 p207

新富士模様
- ◇「代表作時代小説 平成20年度」光文社 2008 p215

過ぎし日の恋
- ◇「ザ・ベストミステリーズ—推理小説年鑑 1999」講談社 1999 p91
- ◇「殺人買います」講談社 2002（講談社文庫）p340

相撲稲荷
- ◇「勝者の死にざま—時代小説選手権」新潮社 1998（新潮文庫）p345

その才をねたむ
- ◇「マイ・ベスト・ミステリー 2」文藝春秋 2007（文春文庫）p128

宝を探す女
- ◇「現代の小説 1998」徳間書店 1998 p396

ツルの一声
- ◇「事件の痕跡」光文社 2007（Kappa novels）p155
- ◇「事件の痕跡」光文社 2012（光文社文庫）p205

ドゥルティを殺した男
- ◇「影」文藝春秋 2003（推理作家になりたくて マイ ベストミステリー）p8
- ◇「マイ・ベスト・ミステリー 2」文藝春秋 2007（文春文庫）p10

弔いはおれがする
- ◇「ザ・ベストミステリーズ—推理小説年鑑 2002」講談社 2002 p561
- ◇「零時の犯罪予報」講談社 2005（講談社文庫）p471

悩み多き人生
- ◇「M列車（ミステリートレイン）で行こう」光文社 2001（カッパ・ノベルス）p13

八里の寝床
- ◇「男たちの長い旅」徳間書店 2004（TOKUMA NOVELS）p187

非常線
- ◇「わが名はタフガイ—ハードボイルド傑作選」光文社 2006（光文社文庫）p335

昔なじみ
- ◇「決断—警察小説競作」新潮社 2006（新潮文庫）p5

燃える女
- ◇「名探偵を追いかけろ—シリーズ・キャラクター編」光文社 2004（カッパ・ノベルス）p123
- ◇「名探偵を追いかけろ」光文社 2007（光文社文庫）p149

百舌の叫ぶ夜
◇「冒険の森へ―傑作小説大全 12」集英社 2015 p371

闇の奥
◇「殺人博物館へようこそ」講談社 1998（講談社文庫）p125
◇「謎―スペシャル・ブレンド・ミステリー 006」講談社 2011（講談社文庫）p101

雷雨の夜
◇「ザ・ベストミステリーズ―推理小説年鑑 1998」講談社 1998 p33
◇「完全犯罪証明書」講談社 2001（講談社文庫）p348

悪い手
◇「ザ・ベストミステリーズ―推理小説年鑑 2008」講談社 2008 p115
◇「Doubtきりのない疑惑」講談社 2011（講談社文庫）p357

王城 夕紀　おうじょう・ゆうき
ノット・ワンダフル・ワールズ
◇「伊藤計劃トリビュート」早川書房 2015（ハヤカワ文庫 JA）p385

鶯亭 金升　おうてい・きんしょう（1868～1954）
王子の狐火
◇「文豪てのひら怪談」ポプラ社 2009（ポプラ文庫）p32

淡海 いさな　おうみ・いさな
柱
◇「人は死んだら電柱になる―電柱アンソロジー」遠すぎる未来団 2014 p84

桜嵐　おうらん
ライバル
◇「ショートショートの広場 12」講談社 2001（講談社文庫）p62

大井 栄光　おおい・ひでみつ
〔きけわだつみのこえ〕大井栄光
◇「新装版 全集現代文学の発見 14」學藝書林 2005 p600

大井 三重子　おおい・みえこ
めもああある美術館
◇「不思議の扉 時間がいっぱい」角川書店 2010（角川文庫）p207

大石 英司　おおいし・えいじ（1961～）
神隠し谷の惨劇―サイレント・コア番外篇
◇「C・N 25―C・novels創刊25周年アンソロジー」中央公論新社 2007（C novels）p330

指名捜査官
◇「夢を撃つ男」角川春樹事務所 1999（ハルキ文庫）p7

大石 清　おおいし・きよし
もうプロペラがまわっています。兄ちゃんは征きます≫大石静恵（大野沢威徳）

◇「日本人の手紙 8」リブリオ出版 2004 p153

大石 圭　おおいし・けい（1961～）
幻臭
◇「オバケヤシキ」光文社 2005（光文社文庫）p251

拾った女
◇「妖女」光文社 2004（光文社文庫）p181

大石 静　おおいし・しずか（1951～）
恋せども、愛せども
◇「テレビドラマ代表作選集 2008年版」日本脚本家連盟 2008 p163

大石 直紀　おおいし・なおき（1958～）
お地蔵様に見られてる
◇「宝石ザミステリー Blue」光文社 2016 p237

おばあちゃんといっしょ
◇「ザ・ベストミステリーズ―推理小説年鑑 2016」講談社 2016 p7

仏像は二度笑う
◇「宝石ザミステリー Red」光文社 2016 p61

大石 久之　おおいし・ひさゆき
ゴミ地獄
◇「ショートショートの広場 10」講談社 2000（講談社文庫）p27

とおせんぼ
◇「ショートショートの広場 10」講談社 2000（講談社文庫）p242

もめごと
◇「ショートショートの広場 10」講談社 2000（講談社文庫）p62

大泉 黒石　おおいずみ・こくせき（1894～1957）
黄（ウォン）夫人の手
◇「日本怪奇小説傑作集 1」東京創元社 2005（創元推理文庫）p141

聖母観音興廃
◇「怪奇・伝奇時代小説選集 2」春陽堂書店 1999（春陽文庫）p144

火を吹く息
◇「竹中英太郎 2」皓星社 2016（挿絵叢書）p43

大泉 貴　おおいずみ・たかし
銀河帝国の崩壊byジャスティス
◇「5分で読める！ ひと駅ストーリー 猫の物語」宝島社 2014（宝島社文庫）p189
◇「5分で笑える！ おバカで愉快な物語」宝島社 2016（宝島社文庫）p143

スノーブラザー
◇「5分で読める！ ひと駅ストーリー 冬の記憶西口編」宝島社 2013（宝島社文庫）p101
◇「5分で泣ける！ 胸がいっぱいになる物語」宝島社 2015（宝島社文庫）p77

通りすがりのエイリアン
◇「5分で読める！ ひと駅ストーリー 乗車編」宝島社 2012（宝島社文庫）p89

なつのドン・キホーテたち

おおい

ぼくらのドラム・プリン・プロジェクト
- ◇「5分で読める！ひと駅ストーリー 夏の記憶西口編」宝島社 2013（宝島社文庫）p71
- ◇「5分で読める！ひと駅ストーリー 食の話」宝島社 2015（宝島社文庫）p279

大岩 真理　おおいわ・まり

ほどける双子
- ◇「優秀新人戯曲集 2001」ブロンズ新社 2000 p81

大内 美予子　おおうち・みよこ（1935〜）

おしの
- ◇「血闘！ 新選組」実業之日本社 2016（実業之日本社文庫）p59

大江 健三郎　おおえ・けんざぶろう（1935〜）

揚げソーセージの食べ方
- ◇「戦後短篇小説選―『世界』1946-1999 5」岩波書店 2000 p167

アトミック・エイジの守護神
- ◇「コレクション戦争と文学 19」集英社 2011 p667

泳ぐ男―水のなかの「雨の木（レイン・ツリー）」
- ◇「現代小説クロニクル 1980〜1984」講談社 2014（講談社文芸文庫）p157

河馬に嚙まれる
- ◇「川端康成文学賞全作品 1」新潮社 1999 p243

後退青年研究所
- ◇「戦後短篇小説再発見 1」講談社 2001（講談社文芸文庫）p67

叫び声
- ◇「新装版 全集現代文学の発見 15」學藝書林 2005 p292

狩猟で暮したわれらの先祖
- ◇「日本文学全集 22」河出書房新社 2015 p408

人生の親戚
- ◇「日本文学全集 22」河出書房新社 2015 p5

空の怪物アグイー
- ◇「日本文学100年の名作 6」新潮社 2015（新潮文庫）p51

治療塔
- ◇「日本文学全集 22」河出書房新社 2015 p202

鳥
- ◇「日本文学全集 22」河出書房新社 2015 p393

ナラティヴ、つまりいかに語るかの問題
- ◇「日本文学全集 22」河出書房新社 2015 p499

人間の威厳について
- ◇「日本文学全集 22」河出書房新社 2015 p483

人間の羊
- ◇「近代小説〈都市〉を読む」双文社出版 1999 p211
- ◇「コレクション戦争と文学 10」集英社 2012 p349
- ◇「街娼―パンパン＆オンリー」皓星社 2015（紙礫）p99

鳩
- ◇「新装版 全集現代文学の発見 9」學藝書林 2004 p174

ブラジル風のポルトガル語
- ◇「戦後短篇小説選―『世界』1946-1999 3」岩波書店 2000 p261

大江 賢次　おおえ・けんじ（1905〜1987）

煙草密耕作
- ◇「創刊一〇〇年三田文学名作選」三田文学会 2010 p151

大江 権八　おおえ・ごんぱち

金山平三と大石田
- ◇「山形県文学全集第2期(随筆・紀行編) 4」郷土出版社 2005 p388

大江 豊　おおえ・ゆたか

漂う、国
- ◇「日本海文学大賞―大賞作品集 3」日本海文学大賞運営委員会 2007 p447

大岡 玲　おおおか・あきら（1958〜）

絵文字
- ◇「空を飛ぶ恋―ケータイがつなぐ28の物語」新潮社 2006（新潮文庫）p22

亀をいじめる
- ◇「いじめの時間」朝日新聞社 1997 p33

銀座の穴
- ◇「銀座24の物語」文藝春秋 2001 p245

ピクニック
- ◇「極上掌編小説」角川書店 2006 p41

- ◇「ひと粒の宇宙」角川書店 2009（角川文庫）p43

大岡 昇平　おおおか・しょうへい（1909〜1988）

一寸法師後日譚
- ◇「日本文学全集 18」河出書房新社 2016 p338

お艶殺し
- ◇「ペン先の殺意―文芸ミステリー傑作選」光文社 2005（光文社文庫）p59

オフィーリアの埋葬
- ◇「戦後短篇小説再発見 3」講談社 2001（講談社文芸文庫）p181

来宮心中
- ◇「心中小説名作選」集英社 2008（集英社文庫）p51

清姫
- ◇「怪奇・伝奇時代小説選集 6」春陽堂書店 2000（春陽文庫）p2

黒髪
- ◇「京都府文学全集第1期(小説編) 4」郷土出版社 2005 p306
- ◇「日本文学全集 18」河出書房新社 2016 p352

逆杉
- ◇「温泉小説」アーツアンドクラフツ 2006 p172

サッコとヴァンゼッティ
- ◇「とっておき名短篇」筑摩書房 2011（ちくま文庫）p237

サンホセ野戦病院
- ◇「日本文学全集 18」河出書房新社 2016 p256

出征
- ◇「日本近代短篇小説選 昭和篇2」岩波書店 2012

（岩波文庫）p289

食慾について
◇「日本文学100年の名作 4」新潮社 2014（新潮文庫）p217
◇「もの食う話」文藝春秋 2015（文春文庫）p15

第三夜
◇「文豪てのひら怪談」ポプラ社 2009（ポプラ文庫）p68

鷹
◇「戦後短篇小説選―『世界』1946-1999 2」岩波書店 2000 p27

高杉晋作
◇「歴史小説の世紀 天の巻」新潮社 2000（新潮文庫）p549
◇「人物日本の歴史―時代小説版 幕末維新編」小学館 2004（小学館文庫）p77

焚火
◇「戦後短篇小説再発見 11」講談社 2003（講談社文芸文庫）p113

捉まるまで
◇「コレクション戦争と文学 12」集英社 2013 p15
◇「日本文学全集 18」河出書房新社 2016 p210

「椿姫」ばなし
◇「日本文学全集 18」河出書房新社 2016 p401

二極対立の時代を生き続けたいわたしさ
◇「日本文学全集 18」河出書房新社 2016 p411

沼津
◇「文士の意地―車谷長吉撰短篇小説輯 下巻」作品社 2005 p59

野火
◇「新装版 全集現代文学の発見 8」學藝書林 2003 p246

八月十日
◇「戦後占領期短篇小説コレクション 5」藤原書店 2007 p39

母
◇「丸谷才一編・花柳小説傑作選」講談社 2013（講談社文芸文庫）p148

母と妹と犯し
◇「日本文学全集 18」河出書房新社 2016 p371

春の夜の出来事
◇「人間心理の怪」勉誠出版 2003（べんせいライブラリー）p163

俘虜記
◇「新装版 全集現代文学の発見 10」學藝書林 2004 p8

歩哨の眼について
◇「ことばの織物―昭和短篇珠玉選 2」蒼丘書林 1998 p166
◇「私小説名作選 下」講談社 2012（講談社文芸文庫）p21
◇「永遠の夏―戦争小説集」実業之日本社 2015（実業之日本社文庫）p83

真昼の歩行者
◇「文豪のミステリー小説」集英社 2008（集英社文庫）p151

武蔵野夫人
◇「日本文学全集 18」河出書房新社 2016 p5

『武蔵野夫人』ノート
◇「日本文学全集 18」河出書房新社 2016 p201

吉村虎太郎
◇「戦後短篇小説選―『世界』1946-1999 3」岩波書店 2000 p221

竜馬殺し
◇「新選組読本」光文社 2003（光文社文庫）p377
◇「龍馬の天命―坂本龍馬名手の八篇」実業之日本社 2010 p41

龍馬殺し
◇「江戸三百年を読む―傑作時代小説 シリーズ江戸学 下」角川学芸出版 2009（角川文庫）p225

レイテ戦記
◇「読み聞かせる戦争」光文社 2015 p31

労働
◇「日本文学全集 18」河出書房新社 2016 p273

大岡 信　おおおか・まこと（1931〜2017）

あかつき葉っぱが生きている
◇「日本文学全集 29」河出書房新社 2016 p66

生きる
◇「新装版 全集現代文学の発見 13」學藝書林 2004 p491

可愛想な隣人たち
◇「新装版 全集現代文学の発見 13」學藝書林 2004 p492

詩集 記憶と現在
◇「新装版 全集現代文学の発見 13」學藝書林 2004 p490

詩人の死―エリュアールの追憶のために
◇「新装版 全集現代文学の発見 13」學藝書林 2004 p493

地下水のように
◇「新装版 全集現代文学の発見 13」學藝書林 2004 p493

地名論
◇「日本文学全集 29」河出書房新社 2016 p65

翼あれ 風 おおわが歌
◇「新装版 全集現代文学の発見 13」學藝書林 2004 p495

春のために
◇「新装版 全集現代文学の発見 13」學藝書林 2004 p491

夜の旅
◇「新装版 全集現代文学の発見 13」學藝書林 2004 p490

Présence 第四歌
◇「新装版 全集現代文学の発見 13」學藝書林 2004 p498

大垣 花子　おおがき・はなこ

ワクワク・ドキドキすてきなお泊まり会

◇「小学校たのしい劇の本―英語劇付 中学年」国土社 2007 p160

大垣 ヤスシ　おおがき・やすし
交番へ行こう
　◇「高校演劇Selection 2003 下」晩成書房 2003 p41
ジャンバラヤ
　◇「高校演劇Selection 2001 下」晩成書房 2001 p69
㊣正義の人
　◇「高校演劇Selection 2005 下」晩成書房 2007 p153

大門 高子　おおかど・たかこ（1945～）
ニンポウヘタラカ
　◇「小学生のげき―新小学校演劇脚本集 低学年 1」晩成書房 2010 p145

大上 六郎　おおがみ・ろくろう
旧盆の出来事
　◇「ショートショートの広場 12」講談社 2001（講談社文庫）p192

大鴨居 ひよこ　おおかもい・ひよこ
綾
　◇「超短編の世界」創英社 2008 p64
駄神
　◇「超短編の世界 vol.2」創英社 2009 p60

大川 一夫　おおかわ・かずお
ナイト捜し―問題編・解答編
　◇「綾辻行人と有栖川有栖のミステリ・ジョッキー 2」講談社 2009 p258

大川 俊道　おおかわ・としみち
太陽の傷
　◇「年鑑代表シナリオ集 '06」シナリオ作家協会 2008 p101

大河原 ちさと　おおがわら・ちさと
魅惑の芳香
　◇「てのひら怪談―ビーケーワン怪談大賞傑作選 2」ポプラ社 2007 p218
　◇「てのひら怪談―ビーケーワン怪談大賞傑作選 己丑」ポプラ社 2009（ポプラ文庫）p56

大河原 光廣　おおかわら・みつひろ
加代の結婚
　◇「日本統治期台湾文学集成 4」緑蔭書房 2002 p93
転勤
　◇「日本統治期台湾文学集成 6」緑蔭書房 2002 p349

大木 圭　おおき・けい（1932～）
精霊流し
　◇「現代鹿児島小説大系 3」ジャプラン 2014 p82
シングルファーザー
　◇「現代鹿児島小説大系 3」ジャプラン 2014 p103
トンネルを抜けると
　◇「現代鹿児島小説大系 3」ジャプラン 2014 p124

大喜多 孝治　おおきた・こうじ
ループ・オブ・ザ・リング（勅使川原学）

　◇「the Ring―もっと怖い4つの話」角川書店 1998 p197

大久保 系　おおくぼ・けい（1951～）
アラベスク―西南の彼方で
　◇「現代作家代表作選集 2」鼎書房 2012 p27
砂原利倶楽部―砂漠の薔薇
　◇「現代作家代表作選集 8」鼎書房 2014 p5

大久保 悟朗　おおくぼ・ごろう
雪果幻語
　◇「ゆきのまち幻想文学賞小品集 12」企画集団ぷりずむ 2003 p15

大久保 十造　おおくぼ・じゅうぞう
公害防止策
　◇「ショートショートの広場 11」講談社 2000（講談社文庫）p72

大久保 昌一良　おおくぼ・しょういちろう（1947～2011）
怪し野
　◇「テレビドラマ代表作選集 2004年版」日本脚本家連盟 2004 p305

大久保 智弘　おおくぼ・ともひろ（1947～）
死ねぬ
　◇「散りぬる桜―時代小説招待席」廣済堂出版 2004 p95
天孤の剣―沖田總司
　◇「新選組出陣」廣済堂出版 2014 p321
　◇「新選組出陣」徳間書店 2015（徳間文庫）p321

大熊 信行　おおくま・のぶゆき（1893～1977）
作家志願
　◇「山形県文学全集第2期（随筆・紀行編）1」郷土出版社 2005 p344

大隈 敏　おおくま・びん（1932～1998）
十兵衛の最期
　◇「七人の十兵衛―傑作時代小説」PHP研究所 2007（PHP文庫）p267

大倉 崇裕　おおくら・たかひろ（1968～）
エジプト人がやってきた
　◇「本格推理 10」光文社 1997（光文社文庫）p119
怪獣チェイサー
　◇「怪獣文藝の逆襲」KADOKAWA 2015（〔幽〕BOOKS〕）p27
サインペインター
　◇「名探偵を追いかけろ―シリーズ・キャラクター編」光文社 2004（カッパ・ノベルス）p163
　◇「名探偵を追いかけろ」光文社 2007（光文社文庫）p199
生還者
　◇「ザ・ベストミステリーズ―推理小説年鑑 1999」講談社 1999 p463
　◇「完全犯罪証明書」講談社 2001（講談社文庫）p264
捜索者

◇「川に死体のある風景」東京創元社 2010（創元推理文庫）p127

搜索者——一ノ戸沢
　◇「川に死体のある風景」東京創元社 2006（Crime club）p111

ツール＆ストール
　◇「小説推理新人賞受賞作アンソロジー 2」双葉社 2000（双葉文庫）p97

福家警部補の災難
　◇「本格ミステリー二〇〇七年本格短編ベスト・セレクション 07」講談社 2007（講談社ノベルス）p203

マックス号事件
　◇「法廷ジャックの心理学—本格短編ベスト・セレクション」講談社 2011（講談社文庫）p309

最も賢い鳥
　◇「近藤史恵リクエスト！ ペットのアンソロジー」光文社 2013 p37
　◇「近藤史恵リクエスト！ ペットのアンソロジー」光文社 2014（光文社文庫）p39

やさしい死神
　◇「本格ミステリ 2002」講談社 2002（講談社ノベルス）p425
　◇「死神と雷鳴の暗号—本格短編ベスト・セレクション」講談社 2006（講談社文庫）p79

大倉 燁子　おおくら・てるこ（1899〜1960）
踊る影絵
　◇「探偵小説の風景—トラフィック・コレクション」光文社 2009（光文社文庫）p281

聲なき迫害
　◇「探偵くらぶ—探偵小説傑作選1946〜1958 上」光文社 1997（カッパ・ノベルス）p27

第二の失恋
　◇「甦る推理雑誌 3」光文社 2002（光文社文庫）p75

魔性の女
　◇「女 2」あの出版 2016（GB）p19

まつりの花束
　◇「甦る推理雑誌 10」光文社 2004（光文社文庫）p185

大倉 桃郎　おおくら・とうろう（1879〜1944）
真田大助の死
　◇「大坂の陣—近代文学名作選」岩波書店 2016 p127

我が父強し
　◇「『少年倶楽部』熱血・痛快・時代短篇選」講談社 2015（講談社文芸文庫）p362

大栗 丹後　おおぐり・たんご（1928〜）
大奥やもり奇談
　◇「怪奇・伝奇時代小説選集 2」春陽堂書店 1999（春陽文庫）p61

腰掛茶屋お銀事件帖 二人半兵衛
　◇「捕物時代小説選集 6」春陽堂書店 2000（春陽文庫）p80

大河内 清輝　おおこうち・きよてる
もっと生きたかったけど……
　◇「日本人の手紙 8」リブリオ出版 2004 p86

大河内 常平　おおこうち・つねひら（1925〜1986）
競馬場の殺人
　◇「江戸川乱歩の推理試験」光文社 2009（光文社文庫）p139

サーカス殺人事件
　◇「江戸川乱歩の推理教室」光文社 2008（光文社文庫）p213

暫日の命
　◇「探偵くらぶ—探偵小説傑作選1946〜1958 上」光文社 1997（カッパ・ノベルス）p43

ばくち狂時代
　◇「甦る推理雑誌 6」光文社 2003（光文社文庫）p237

人間（ひと）を二人も
　◇「甦る推理雑誌 7」光文社 2003（光文社文庫）p97

大越 保　おおこし・たもつ
たねまきこびとをたすけだせ
　◇「小学校・全員参加の楽しい学級劇・学年劇脚本集 低学年」黎明書房 2007 p42

大阪 圭吉　おおさか・けいきち（1912〜1945）
石塀幽霊
　◇「江戸川乱歩と13人の新青年〈論理派〉編」光文社 2008（光文社文庫）p131

唄わぬ時計
　◇「悪魔黙示録「新青年」一九三八—探偵小説暗黒の時代へ」光文社 2011（光文社文庫）p39

空中の散歩者—昭和一六年
　◇「日米架空戦記集成—明治・大正・昭和」中央公論新社 2003（中公文庫）p246

灯台鬼
　◇「爬虫館事件—新青年傑作選」角川書店 1998（角川ホラー文庫）p95

白妖
　◇「探偵小説の風景—トラフィック・コレクション 下」光文社 2009（光文社文庫）p251

花束の虫
　◇「幻の探偵雑誌 1」光文社 2000（光文社文庫）p295

幽霊妻
　◇「怪奇探偵小説集 1」角川春樹事務所 1998（ハルキ文庫）p349
　◇「甦る推理雑誌 3」光文社 2002（光文社文庫）p141
　◇「恐怖ミステリーBEST15—こんな幻の傑作が読みたかった！」シーエイチシー 2006 p229

大坂 繁治　おおさか・しげはる
思い出は雪の中へ
　◇「ゆきのまち幻想文学賞小品集 10」企画集団ぷりずむ 2001 p173

おおさ

神様のかくれんぼ
◇「ゆきのまち幻想文学賞小品集 14」企画集団ぷりずむ 2005 p136
暖雪
◇「ゆきのまち幻想文学賞小品集 20」企画集団ぷりずむ 2011 p96
マフラーは赤い糸
◇「ゆきのまち幻想文学賞小品集 19」企画集団ぷりずむ 2010 p80
雪どけ水の頃
◇「ゆきのまち幻想文学賞小品集 24」企画集団ぷりずむ 2015 p105

大崎 梢　おおさき・こずえ
ウェイク・アップ
◇「エール！　1」実業之日本社 2012（実業之日本社文庫）p5
海に吠える
◇「Wonderful Story」PHP研究所 2014 p53
君の歌
◇「驚愕遊園地」光文社 2013（最新ベスト・ミステリー）p121
◇「驚愕遊園地」光文社 2016（光文社文庫）p189
標野にて 君が袖振る
◇「ザ・ベストミステリーズ―推理小説年鑑 2007」講談社 2007 p147
◇「MARVELOUS MYSTERY」講談社 2010（講談社文庫）p241
小暑―7月7日ごろ
◇「君と過ごす季節―春から夏へ、12の暦物語」ポプラ社 2012（ポプラ文庫）p243
ショップtoショップ
◇「大崎梢リクエスト！ 本屋さんのアンソロジー」光文社 2013 p201
◇「大崎梢リクエスト！ 本屋さんのアンソロジー」光文社 2014（光文社文庫）p211
体育館フォーメーション
◇「風色デイズ」角川春樹事務所 2012（ハルキ文庫）p125
灰色のエルミー
◇「近藤史恵リクエスト！ ペットのアンソロジー」光文社 2013 p77
◇「近藤史恵リクエスト！ ペットのアンソロジー」光文社 2014（光文社文庫）p79
箱の中身は
◇「捨てる―アンソロジー」文藝春秋 2015 p7
闇からの予告状
◇「みんなの少年探偵団 2」ポプラ社 2016 p97

大崎 知仁　おおさき・ともひと
ゆっくりさよなら
◇「オトナの片思い」角川春樹事務所 2007 p125
◇「オトナの片思い」角川春樹事務所 2009（ハルキ文庫）p119

大崎 紀夫　おおさき・のりお（1940～）
最上川渡し舟紀行
◇「山形県文学全集第2期（随筆・紀行編）4」郷土出版社 2005 p398

大崎 善生　おおさき・よしお（1957～）
神様捜索隊
◇「極上掌篇小説」角川書店 2006 p49
◇「ひと粒の宇宙」角川書店 2009（角川文庫）p51
バルセロナの窓
◇「そういうものだろ、仕事っていうのは」日本経済新聞出版社 2011 p161
私が私であるための
◇「聖なる夜に君は」角川書店 2009（角川文庫）p59

大沢 在昌　おおさわ・ありまさ（1956～）
あちこちら
◇「名探偵で行こう―最新ベスト・ミステリー」光文社 2001（カッパ・ノベルス）p137
おっとっと
◇「最新「珠玉推理」大全 上」光文社 1998（カッパ・ノベルス）p100
◇「幻惑のラビリンス」光文社 2001（光文社文庫）p143
カモ
◇「賭博師たち」角川書店 1997（角川文庫）p55
◇「牌がささやく―麻雀小説傑作選」徳間書店 2002（徳間文庫）p135
乾いたナイフ
◇「マイ・ベスト・ミステリー 2」文藝春秋 2007（文春文庫）p212
がんがらがん
◇「どたん場で大逆転」講談社 1999（講談社文庫）p389
気つけ薬
◇「自選ショート・ミステリー 2」講談社 2001（講談社文庫）p9
◇「冒険の森へ―傑作小説大全 18」集英社 2016 p8
区立花園公園
◇「短篇ベストコレクション―現代の小説 2012」徳間書店 2012（徳間文庫）p67
◇「奇想博物館」光文社 2013（最新ベスト・ミステリー）p97
五十階で待つ
◇「Anniversary 50―カッパ・ノベルス創刊50周年記念作品」光文社 2009（Kappa novels）p107
再会
◇「短篇ベストコレクション―現代の小説 2007」徳間書店 2007（徳間文庫）p343
12月のジョーカー
◇「男たちの長い旅」徳間書店 2004（TOKUMA NOVELS）p57
ジョーカーとレスラー
◇「事件を追いかけろ―最新ベスト・ミステリー サプライズの花束編」光文社 2004（カッパ・ノベルス）p157
◇「事件を追いかけろ サプライズの花束編」光文社 2009（光文社文庫）p199
ジョーカーの徹夜仕事

ジョーカーの当惑
◇「殺人前線北上中」講談社 1997（講談社文庫）p55
大金
◇「短篇ベストコレクション―現代の小説 2014」徳間書店 2014（徳間文庫）p117
ダックのルール
◇「冒険の森へ―傑作小説大全 9」集英社 2016 p142
ちきこん
◇「わが名はタフガイ―ハードボイルド傑作選」光文社 2006（光文社文庫）p367
毒猿
◇「冒険の森へ―傑作小説大全 12」集英社 2015 p99
二杯目のジンフィズ
◇「冒険の森へ―傑作小説大全 11」集英社 2015 p26
不適切な排除
◇「激動東京五輪1964」講談社 2015 p5
◇「悪意の迷路」光文社 2016（最新ベスト・ミステリー）p89
ぶんぶんぶん
◇「短篇ベストコレクション―現代の小説 2008」徳間書店 2008（徳間文庫）p273
亡霊
◇「現場に臨め」光文社 2010（Kappa novels）p159
◇「現場に臨め」光文社 2014（光文社文庫）p211
村
◇「短篇ベストコレクション―現代の小説 2010」徳間書店 2010（徳間文庫）p545
湯の町オプ
◇「仮面のレクイエム」光文社 1998（光文社文庫）p91
◇「影」文藝春秋 2003（推理作家になりたくて マイベストミステリー）p90
◇「マイ・ベスト・ミステリー 2」文藝春秋 2007（文春文庫）p132
雷鳴
◇「鼓動―警察小説競作」新潮社 2006（新潮文庫）p7
◇「短篇ベストコレクション―現代の小説 2006」徳間書店 2006（徳間文庫）p31
◇「名探偵の奇跡」光文社 2007（Kappa novels）p159
◇「名探偵の奇跡」光文社 2010（光文社文庫）p197
霊園の男
◇「宝石ザミステリー」光文社 2011 p495
六本木・うどん
◇「ときめき―ミステリアンソロジー」廣済堂出版 2005（廣済堂文庫）p5
◇「麺'sミステリー倶楽部―傑作推理小説集」光文社 2012（光文社文庫）p53
分かれ道
◇「ザ・ベストミステリーズ―推理小説年鑑 2016」講談社 2016 p139
◇「短篇ベストコレクション―現代の小説 2016」徳間書店 2016（徳間文庫）p45

大澤 逸足　おおさわ・いっそく
生血曼陀羅
◇「怪奇・伝奇時代小説選集 1」春陽堂書店 1999（春陽文庫）p241

大澤 幸子　おおさわ・さちこ
夢見る椅子
◇「ゆきのまち幻想文学賞小品集 9」企画集団ぷりずむ 2000 p110

大澤 達雄　おおさわ・たつお
⇒金達寿（キム・タルス）を見よ

大澤 博隆　おおさわ・ひろたか
AIは人を救済できるか―ヒューマンエージェントインタラクション研究の視点から
◇「AIと人類は共存できるか？―人工知能SFアンソロジー」早川書房 2016 p332

大路 和子　おおじ・かずこ（1935～）
熊野無情
◇「剣よ月下に舞え」光風社出版 2001（光風社文庫）p325
黒い波濤
◇「星明かり夢街道」光風社出版 2000（光風社文庫）p237
化縁つきぬれば
◇「剣の意地恋の夢―時代小説傑作選」講談社 2000（講談社文庫）p411
小山田庄左衛門の妻・すが
◇「物語妻たちの忠臣蔵」新人物往来社 1998 p121
巫女の海
◇「代表作時代小説 平成16年度」光風社出版 2004 p257
雪の音
◇「代表作時代小説 平成11年度」光風社出版 1999 p79
◇「愛染夢灯籠―時代小説傑作選」講談社 2005（講談社文庫）p87
和佐大八郎の妻
◇「紅葉谷から剣鬼が来る―時代小説傑作選」講談社 2002（講談社文庫）p211

大鹿 卓　おおしか・たく（1898～1959）
野蛮人
◇「コレクション戦争と文学 18」集英社 2012 p290

大下 宇陀児　おおした・うだる（1896～1966）
「悪魔黙示録」について
◇「悪魔黙示録「新青年」一九三八―探偵小説暗黒の時代へ」光文社 2011（光文社文庫）p92
R燈台の悲劇
◇「竹中英太郎 2」皓星社 2016（挿絵叢書）p233
恐ろしき臨終
◇「怪奇探偵小説集 1」角川春樹事務所 1998（ハルキ文庫）p255
◇「恐怖ミステリーBEST15―こんな幻の傑作が読みたかった！」シーエイチシー 2006 p157

思出の夢野久作氏
◇「幻の探偵雑誌」光文社 2002（光文社文庫）p329

奇怪な剝製師
◇「竹中英太郎 3」皓星社 2016（挿絵叢書）p65

危女保護宗同盟
◇「風間光枝探偵日記」論創社 2007（論創ミステリ叢書）p47

殺人迷路（連作探偵小説第二回）
◇「幻の探偵雑誌 8」光文社 2001（光文社文庫）p25

死の愛欲
◇「人間心理の怪」勉誠出版 2003（べんせいライブラリー）p1

死の倒影
◇「恐怖特急」光文社 2002（光文社文庫）p99

情獄
◇「恐怖の花」ランダムハウス講談社 2007 p155
◇「江戸川乱歩と13人の新青年〈文学派〉編」光文社 2008（光文社文庫）p13

慎重令嬢
◇「風間光枝探偵日記」論創社 2007（論創ミステリ叢書）p111

精神分析医の死（江戸川乱歩）
◇「江戸川乱歩の推理試験」光文社 2009（光文社文庫）p319

手錠
◇「罠の怪」勉誠出版 2002（べんせいライブラリー）p95

蛞蝓綺譚
◇「爬虫館事件―新青年傑作選」角川書店 1998（角川ホラー文庫）p253

虹と薔薇
◇「風間光枝探偵日記」論創社 2007（論創ミステリ叢書）p165

犯人は誰だ
◇「江戸川乱歩の推理試験」光文社 2009（光文社文庫）p333

不思議な母
◇「甦る推理雑誌 1」光文社 2002（光文社文庫）p107

柳下家の真理
◇「探偵くらぶ―探偵小説傑作選1946～1958 上」光文社 1997（カッパ・ノベルス）p69

烙印
◇「君らの魂を悪魔に売りつけよ―新青年傑作選」角川書店 2000（角川文庫）p273

吝嗇（りんしょく）の真理
◇「甦る推理雑誌 2」光文社 2002（光文社文庫）p183

老婆三態
◇「幻の探偵雑誌 2」光文社 2000（光文社文庫）p51

大舌 宇奈兒　おおした・うなる
連作怪奇探偵小説　木乃伊の口紅（臙皮乱舞／無理下大損／正気不女給）
◇「日本統治期台湾文学集成 21」緑蔭書房 2007 p103

大嶋 昭彦　おおしま・あきひこ
みんなのたそがれドキッ！
◇「最新中学校創作脚本集 2011」晩成書房 2011 p61

大島 修　おおしま・おさむ
日本海
◇「近代朝鮮文学日本語作品集1939～1945 創作篇 6」緑蔭書房 2001 p285

大島 直次　おおしま・なおつぐ
崖
◇「日本海文学大賞―大賞作品集 3」日本海文学大賞運営委員会 2007 p305

大島 渚　おおしま・なぎさ（1932～2013）
青春残酷物語
◇「新装版 全集現代文学の発見 15」學藝書林 2005 p516

大島 真寿美　おおしま・ますみ（1962～）
甘い記憶
◇「最後の恋プレミアム―つまり、自分史上最高の恋。」新潮社 2011（新潮文庫）p7

一冊の本
◇「本をめぐる物語―栞は夢をみる」KADOKAWA 2014（角川文庫）p5

雨水―2月19日ごろ
◇「君と過ごす季節―春から夏へ、12の暦物語」ポプラ社 2012（ポプラ文庫）p31

カフェスルス
◇「明日町こんぺいとう商店街―招きうさぎと七軒の物語」ポプラ社 2013（ポプラ文庫）p9

カフェスルス―1年後
◇「明日町こんぺいとう商店街―招きうさぎと七軒の物語 3」ポプラ社 2016（ポプラ文庫）p9

小さな誇り
◇「オトナの片思い」角川春樹事務所 2007 p105
◇「オトナの片思い」角川春樹事務所 2009（ハルキ文庫）p101

虹色の傘
◇「忘れない。―贈りものをめぐる十の話」メディアファクトリー 2007 p29

母の恋
◇「本当のうそ」講談社 2007 p171

フィルムの外
◇「ひとなつの。―真夏に読みたい五つの物語」KADOKAWA 2014（角川文庫）p35

ゆめ
◇「セブンティーン・ガールズ」KADOKAWA 2014（角川文庫）p135

大島青松園火星俳句会　おおしませいしょうえんかせいはいくかい
火星人

◇「ハンセン病文学全集 9」皓星社 2010 p91
句集 火星人 第二集
◇「ハンセン病文学全集 9」皓星社 2010 p145

大島青松園邱山会　おおしませいしょうえん　きゅうざんかい
東風 邱山会第二句集
◇「ハンセン病文学全集 9」皓星社 2010 p79

大島青松園邱山俳句会　おおしませいしょうえんきゅうざんはいくかい
句集 聖痕
◇「ハンセン病文学全集 9」皓星社 2010 p115

大島青松園青松歌人会　おおしませいしょうえんせいしょうかじんかい
澪
◇「ハンセン病文学全集 8」皓星社 2006 p153
稜線
◇「ハンセン病文学全集 8」皓星社 2006 p126

大島青松園ひさご川柳会　おおしませいしょうえんひさごせんりゅうかい
ひさご
◇「ハンセン病文学全集 9」皓星社 2010 p347

大島療養所患者慰安会　おおしまりょうようじょかんじゃいあんかい
句集 邱山
◇「ハンセン病文学全集 9」皓星社 2010 p34

大島療養所藻汐短歌会　おおしまりょうようじょもしおたんかかい
白砂集
◇「ハンセン病文学全集 8」皓星社 2006 p97
藻の花
◇「ハンセン病文学全集 8」皓星社 2006 p50

大城 貞俊　おおしろ・さだとし（1949～）
K共同墓地死亡者名簿
◇「現代沖縄文学作品選」講談社 2011（講談社文芸文庫）p14

大城 立裕　おおしろ・たつひろ（1925～）
阿兄性伝
◇「ことばのたくらみ―実作集」岩波書店 2003（21世紀文学の創造）p307
カクテル・パーティー
◇「沖縄文学選―日本文学のエッジからの問い」勉誠出版 2003 p88
◇「コレクション戦争と文学 20」集英社 2012 p220
亀甲墓（かめのこうばか）―実験方言をもつある風土記
◇「コレクション戦争と文学 8」集英社 2011 p439
芝居の神様
◇「文学 1997」講談社 1997 p164
夏草
◇「日本文学100年の名作 8」新潮社 2015（新潮文庫）p397
病棟の窓
◇「文学 2016」講談社 2016 p198
棒兵隊
◇「現代沖縄文学作品選」講談社 2011（講談社文芸文庫）p56
まだか
◇「文学 2006」講談社 2006 p85

大城 竜流　おおしろ・たつる
感応
◇「てのひら怪談―ビーケーワン怪談大賞傑作選 壬辰」ポプラ社 2012（ポプラ文庫）p100
醍醐味
◇「てのひら怪談―ビーケーワン怪談大賞傑作選 壬辰」ポプラ社 2012（ポプラ文庫）p184
引越祝い
◇「てのひら怪談―ビーケーワン怪談大賞傑作選 壬辰」ポプラ社 2012（ポプラ文庫）p72

大杉 栄　おおすぎ・さかえ（1885～1923）
あなたのキッスはずいぶん冷たかった≫伊藤野枝
◇「日本人の手紙 5」リブリオ出版 2004 p31
鎖工場
◇「新装版 全集現代文学の発見 1」學藝書林 2002 p22
◇「アンソロジー・プロレタリア文学 2」森話社 2014 p242
生の拡充
◇「新装版 全集現代文学の発見 1」學藝書林 2002 p17
征服の事実
◇「新装版 全集現代文学の発見 1」學藝書林 2002 p13
奴隷根性論
◇「新装版 全集現代文学の発見 1」學藝書林 2002 p8
日本脱出記
◇「新装版 全集現代文学の発見 1」學藝書林 2002 p27
奴等の力
◇「蘇らぬ朝「大逆事件」以後の文学」インパクト出版会 2010（インパクト選書）p7

大杉 漣　おおすぎ・れん（1951～2018）
洋ちゃん
◇「特別な一日」徳間書店 2005（徳間文庫）p37

大隅 真一　おおすみ・しんいち（1924～）
虫のくに
◇「小学校たのしい劇の本―英語劇付 低学年」国土社 2007 p144

大角 哲寛　おおすみ・てつひろ
親父の夢
◇「Sports stories」埼玉県さいたま市 2010（さいたま市スポーツ文学賞受賞作品集）p221

大田 あさし　おおた・あさし
句集 公孫樹
◇「ハンセン病文学全集 9」皓星社 2010 p60

太田 工兵　おおた・こうへい
告訴状
◇「てのひら怪談―ビーケーワン怪談大賞傑作選 庚寅」ポプラ社 2010（ポプラ文庫）p54

太田 正一　おおた・しょういち
風光る
◇「ハンセン病文学全集 8」皓星社 2006 p336
天のてのひら
◇「ハンセン病文学全集 8」皓星社 2006 p479

太田 威　おおた・たけし
ブナの森は緑のダム
◇「山形県文学全集第2期（随筆・紀行編）6」郷土出版社 2005 p151

太田 健　おおた・たけし
カレーの話
◇「ショートショートの花束 8」講談社 2016（講談社文庫）p30

太田 忠司　おおた・ただし（1959〜）
生きている山田
◇「輝きの一瞬―短くて心に残る30編」講談社 1999（講談社文庫）p293
カタコンベの謎
◇「C・N 25―C・novels創刊25周年アンソロジー」中央公論新社 2007（C novels）p120
硝子の家
◇「悪夢が嗤う瞬間」勁文社 1997（ケイブンシャ文庫）p12
帰郷
◇「ショートショートの缶詰」キノブックス 2016 p205
キリエ
◇「物語のルミナリエ」光文社 2011（光文社文庫）p51
黒い天幕
◇「世紀末サーカス」廣済堂出版 2000（廣済堂文庫）p67
黒い虹
◇「怪獣文藝の逆襲」KADOKAWA 2015（〔幽BOOKS〕）p145
小犬のワルツ
◇「近藤史恵リクエスト！ ペットのアンソロジー」光文社 2013 p241
◇「近藤史恵リクエスト！ ペットのアンソロジー」光文社 2014（光文社文庫）p245
子供という病
◇「チャイルド」廣済堂出版 1998（廣済堂文庫）p411
琥珀の瞳
◇「幻想探偵」光文社 2009（光文社文庫）p263

最後の夜
◇「教室」光文社 2003（光文社文庫）p217
騒がしい男の謎
◇「ミステリ★オールスターズ」角川書店 2010 p323
◇「ミステリ・オールスターズ」角川書店 2012（角川文庫）p373
四角い悪夢
◇「本格ミステリ 2001」講談社 2001（講談社ノベルス）p99
◇「紅い悪夢の夏―本格短編ベスト・セレクション」講談社 2004（講談社文庫）p103
シンボル・ツリー
◇「悪夢が嗤う瞬間」勁文社 1997（ケイブンシャ文庫）p135
双魚宮―万華
◇「十二宮12幻想」エニックス 2000 p315
痩身術
◇「変身」廣済堂出版 1998（廣済堂文庫）p189
タケオ
◇「玩具館」光文社 2001（光文社文庫）p417
罪なき人々vs.ウルトラマン
◇「密室殺人大百科 上」原書房 2000 p47
名前を変える魔法
◇「黄昏ホテル」小学館 2004 p208
冬薔薇の館
◇「たんときれいに召し上がれ―美食文学精選」芸術新聞社 2015 p261
プライベート・ビデオ
◇「悪夢が嗤う瞬間」勁文社 1997（ケイブンシャ文庫）p196
マサが辞めたら
◇「ナゴヤドームで待ちあわせ」ポプラ社 2016 p5
神影荘奇談
◇「名探偵は、ここにいる」角川書店 2001（角川文庫）p7
◇「赤に捧げる殺意」角川書店 2013（角川文庫）p75
八神翁の遺産
◇「血文字パズル」角川書店 2003（角川文庫）p61
夜を売る
◇「ショートショートの缶詰」キノブックス 2016 p35
リカ
◇「帰還」光文社 2000（光文社文庫）p19
ATM
◇「ひとにぎりの異形」光文社 2007（光文社文庫）p43
W3―モナド
◇「手塚治虫COVER エロス篇」徳間書店 2003（徳間デュアル文庫）p43

太田 哲則　おおた・てつのり
フィガロ！
◇「宝塚バウホール公演脚本集―2001年4月―2001年10月」阪急電鉄コミュニケーション事業部 2002 p56

太田 智子　おおた・ともこ
熊野の長藤
◇「『伊豆文学賞』優秀作品集 第19回」羽衣出版 2016 p152

大田 瓢一郎　おおた・ひょういちろう
ある強盗の幻影
◇「怪奇・伝奇時代小説選集 11」春陽堂書店 2000（春陽文庫）p117

太田 美砂子　おおた・みさこ
小鬼
◇「気配―第10回フェリシモ文学賞作品集」フェリシモ 2007 p109

太田 道子　おおた・みちこ
ヤミフクロウを探して
◇「文学 2002」講談社 2002 p121

太田 実　おおた・みのる
カムイエクウチカウシ山残照
◇「Sports stories」埼玉県さいたま市 2009（さいたま市スポーツ文学賞受賞作品集）p195

太田 美穂　おおた・みほ
公平な方法
◇「ショートショートの広場 15」講談社 2004（講談社文庫）p52

太田 裕子　おおた・ゆうこ
雪中鶯
◇「ゆきのまち幻想文学賞小品集 18」企画集団ぷりずむ 2009 p147

大田 洋子　おおた・ようこ（1903〜1963）
過去
◇「短編 女性文学 近代 続」おうふう 2002 p177
屍の街
◇「コレクション戦争と文学 19」集英社 2011 p35
序
◇「コレクション戦争と文学 19」集英社 2011 p198

太田 蘭三　おおた・らんぞう
寒バヤ釣りと消えた女
◇「殺意の海―釣りミステリー傑作選」徳間書店 2003（徳間文庫）p169

太田 良博　おおた・りょうはく（1918〜2002）
黒ダイヤ
◇「戦後占領期短篇小説コレクション 4」藤原書店 2007 p111
◇「コレクション戦争と文学 9」集英社 2012 p187

大田 良馬　おおた・りょうま
圧迫
◇「ショートショートの花束 4」講談社 2012（講談社文庫）p56

太田井 敏夫　おおたい・としお
藤の影
◇「ハンセン病文学全集 8」皓星社 2006 p160

緑の島
◇「ハンセン病文学全集 8」皓星社 2006 p319

大滝 十二郎　おおたき・とおじろう
八・一五からの出発
◇「山形県文学全集第2期（随筆・紀行編）3」郷土出版社 2005 p108

大滝 典雄　おおたき・のりお
端辺原野―草原を超え生きた人々
◇「下ん浜―第2回「草枕文学賞」作品集」文藝春秋企画出版部 2000 p83

大竹 晃子　おおたけ・あきこ
お母さんの海
◇「日本海文学大賞―大賞作品集 3」日本海文学大賞運営委員会 2007 p417

大竹 章　おおたけ・あきら
闘いのうちそと（4）『らいからの解放』出版にあたって
◇「ハンセン病文学全集 5」皓星社 2010 p354

大竹 聡　おおたけ・さとし
ほろ酔いと酩酊の間
◇「辞書、のような物語。」大修館書店 2013 p73

大竹 俊男　おおたけ・としお
吉野川そしてわが軌跡
◇「山形県文学全集第2期（随筆・紀行編）6」郷土出版社 2005 p33

大竹 美鳥　おおたけ・みどり
送уч友帰郷歌（がくいうのききやうするをおくるうた）
◇「新日本古典文学大系 明治編 12」岩波書店 2001 p40
西詩和訳
◇「新日本古典文学大系 明治編 12」岩波書店 2001 p32
代悲白頭翁歌（はくとうをかなしむおきなにかはりしうた）
◇「新日本古典文学大系 明治編 12」岩波書店 2001 p29

大谷 朝子　おおたに・あさこ
りんごの悪魔
◇「気配―第10回フェリシモ文学賞作品集」フェリシモ 2007 p143

大谷 繞石　おおたに・じょうせき（1875〜1933）
屍鬼（小泉八雲〔著〕）
◇「吸血妖鬼譚―ゴシック名訳集成」学習研究社 2008（学研M文庫）p497

大谷 房子　おおたに・ふさこ
レッツエンジョイ乗馬！
◇「Sports stories」埼玉県さいたま市 2009（さいたま市スポーツ文学賞受賞作品集）p355

大谷 祐子　おおたに・ゆうこ
Legend of Green Forest―緑の森の神話

◇「中学生の楽しい英語劇—Let's Enjoy Some Plays」秀文館 2004 p53

大谷 羊太郎　おおたに・ようたろう（1931～）

偶然がくれた運
◇「黒衣のモニュメント」光文社 2000（光文社文庫）p49

豪雨と殺人
◇「あなたが名探偵」講談社 1998（講談社文庫）p129

殺意の演奏
◇「江戸川乱歩賞全集 8」講談社 1999（講談社文庫）p7

殺人時効と来訪者
◇「日本ベストミステリー選集 24」光文社 1997（光文社文庫）p39

三通の短い手紙
◇「自選ショート・ミステリー」講談社 2001（講談社文庫）p102

受賞の言葉 受賞のことば
◇「江戸川乱歩賞全集 8」講談社 1999 p346

卓上の吸い殻
◇「あなたが名探偵」講談社 1998（講談社文庫）p349

ひかり号で消えた
◇「全席死定—鉄道ミステリー名作館」徳間書店 2004（徳間文庫）p151

大多和 粛夫　おおたわ・しずお

放浪者たち
◇「宇宙塵傑作選—日本SFの軌跡 2」出版芸術社 1997 p55

大多和 伴彦　おおたわ・ともひこ

ホラー歌仙 「牛の首」の巻（倉阪鬼一郎）
◇「憑き者—全篇書下ろし傑作ホラーアンソロジー」アスキー 2000（A-novels）p717

大津 高　おおつ・たかし

吾妻の白ザル
◇「山形県文学全集第2期（随筆・紀行編）5」郷土出版社 2005 p284

大津 哲緒　おおつ・てつお

声
◇「ハンセン病文学全集 8」皓星社 2006 p396

大津 光央　おおつ・みつお

満腹亭の謎解きお弁当は今日もホカホカなのよね
◇「10分間ミステリー THE BEST」宝島社 2016（宝島社文庫）p355

大塚 英志　おおつか・えいじ（1958～）

彼女の海岸線
◇「少女の空間」徳間書店 2001（徳間デュアル文庫）p153

ふしぎなメルモ—昨日はもうこない だが明日もまた…
◇「手塚治虫COVER エロス篇」徳間書店 2003（徳間デュアル文庫）p181

大塚 清司　おおつか・きよし

野づらは星あかり
◇「「伊豆文学賞」優秀作品集 第17回」羽衣出版 2014 p55

大塚 楠緒子　おおつか・くすおこ（1875～1910）

あきらめ
◇「「新編」日本女性文学全集 3」菁柿堂 2011 p129

軍事小説 一美人
◇「「新編」日本女性文学全集 3」菁柿堂 2011 p44

いつまで草
◇「「新編」日本女性文学全集 3」菁柿堂 2011 p13

命の親
◇「「新編」日本女性文学全集 3」菁柿堂 2011 p67

応募兵
◇「「新編」日本女性文学全集 3」菁柿堂 2011 p6

カンフル
◇「「新編」日本女性文学全集 3」菁柿堂 2011 p136

客間
◇「「新編」日本女性文学全集 3」菁柿堂 2011 p77

金時計
◇「「新編」日本女性文学全集 3」菁柿堂 2011 p27

虞美人草
◇「「新編」日本女性文学全集 3」菁柿堂 2011 p82

交通遮断
◇「「新編」日本女性文学全集 3」菁柿堂 2011 p88

志のび音
◇「「新編」日本女性文学全集 3」菁柿堂 2011 p19

上下
◇「「新編」日本女性文学全集 3」菁柿堂 2011 p141
◇「日本近代短篇小説選 明治篇2」岩波書店 2013（岩波文庫）p45

寂寞
◇「「新編」日本女性文学全集 3」菁柿堂 2011 p108

はがき
◇「「新編」日本女性文学全集 3」菁柿堂 2011 p148

白馬
◇「「新編」日本女性文学全集 3」菁柿堂 2011 p72

ひかりもの
◇「「新編」日本女性文学全集 3」菁柿堂 2011 p59

みなそこ
◇「「新編」日本女性文学全集 3」菁柿堂 2011 p37

鴫が音
◇「「新編」日本女性文学全集 3」菁柿堂 2011 p102

湯の香
◇「「新編」日本女性文学全集 3」菁柿堂 2011 p51

来賓
◇「「新編」日本女性文学全集 3」菁柿堂 2011 p95

おおつか ここ
　悲劇
　　◇「ゆきのまち幻想文学賞小品集 25」企画集団ぷりずむ 2015 p158

大塚 雅春　おおつか・まさはる（1917〜2000）
　源惣右衛門
　　◇「定本・忠臣蔵四十七人集」双葉社 1998 p60

大塚 勇三　おおつか・ゆうぞう（1921〜）
　スーホの白い馬
　　◇「二時間目国語」宝島社 2008（宝島社文庫）p13

大塚 礫川　おおつか・れきがわ
　伝奇物語 雪女
　　◇「怪奇・伝奇時代小説選集 4」春陽堂書店 2000（春陽文庫）p23

大槻 ケンヂ　おおつき・けんぢ（1966〜）
　アイドル
　　◇「妖女」光文社 2004（光文社文庫）p211
　屋上
　　◇「人間みな病気」ランダムハウス講談社 2007 p45
　怪人明智千代
　　◇「アート偏愛」光文社 2005（光文社文庫）p281
　　◇「江戸川乱歩に愛をこめて」光文社 2011（光文社文庫）p219
　くるぐる使い
　　◇「てのひらの宇宙賞星雲賞短編SF傑作選」東京創元社 2013（創元SF文庫）p345
　　◇「日本SF短篇50 4」早川書房 2013（ハヤカワ文庫JA）p7
　再殺部隊長の回想―ステーシー異聞
　　◇「リテラリーゴシック・イン・ジャパン―文学的ゴシック作品選」筑摩書房 2014（ちくま文庫）p511
　戦国バレンタインデー
　　◇「不思議の扉 時間がいっぱい」角川書店 2010（角川文庫）p45
　なつみさん
　　◇「少女怪談」学習研究社 2000（学研M文庫）p7
　マタンゴ
　　◇「怪獣文学大全」河出書房新社 1998（河出文庫）p188
　モモの愛が綿いっぱい
　　◇「魔地図」光文社 2005（光文社文庫）p233
　龍陳伯宗『秘伝・バリツ式形態護身道』
　　◇「闇電話」光文社 2006（光文社文庫）p345
　ロコ、思うままに
　　◇「オバケヤシキ」光文社 2005（光文社文庫）p353

大津中学校演劇部　おおつちゅうがっこうえんげきぶ
　空を見上げて（本木美優）
　　◇「最新中学校創作脚本集 2010」晩成書房 2010 p5

大坪 砂男　おおつぼ・すなお（1904〜1965）
　赤痣の女
　　◇「探偵くらぶ―探偵小説傑作選1946〜1958 下」光文社 1997（カッパ・ノベルス）p29
　　◇「甦る推理雑誌 9」光文社 2003（光文社文庫）p11
　外套
　　◇「短篇礼讃―忘れかけた名品」筑摩書房 2006（ちくま文庫）p113
　三月十三日午前二時
　　◇「甦る名探偵―探偵小説アンソロジー」光文社 2014（光文社文庫）p191
　天狗
　　◇「『このミス』が選ぶ！ オールタイム・ベスト短編ミステリー 黒」宝島社 2015（宝島社文庫）p195
　憎まれ者
　　◇「冒険の森へ―傑作小説大全 14」集英社 2016 p8
　浴槽
　　◇「悪夢の最終列車―鉄道ミステリー傑作選」光文社 1997（光文社文庫）p81
　零人
　　◇「植物」国書刊行会 1998（書物の王国）p101
　　◇「暗黒のメルヘン」河出書房新社 1998（河出文庫）p219

大手 拓次　おおて・たくじ（1887〜1934）
　藍色の墓
　　◇「美少年」国書刊行会 1997（書物の王国）p63
　　◇「月のものがたり」ソフトバンククリエイティブ 2006 p166
　沈黙の人
　　◇「同性愛」国書刊行会 1999（書物の王国）p134
「毎日の復習」を必らずなさいませ≫和歌雄
　　◇「日本人の手紙 3」リブリオ出版 2004 p148
　洋装した十六の娘
　　◇「もの食う話」文藝春秋 2015（文春文庫）p34

大友 義助　おおとも・ぎすけ
　山形県最上地方の風土と伝説
　　◇「山形県文学全集第2期（随筆・紀行編）6」郷土出版社 2005 p344

大友 啓史　おおとも・けいし
　白洲次郎―第一回カントリージェントルマンへの道
　　◇「テレビドラマ代表作選集 2010年版」日本脚本家連盟 2010 p135

大友 瞬　おおとも・しゅん
　オニオン・クラブ綺譚5 鍵のお告げ
　　◇「本格推理 15」光文社 1999（光文社文庫）p223

大伴 昌司　おおとも・しょうじ（1936〜1973）
　立体映画
　　◇「70年代日本SFベスト集成 3」筑摩書房 2015（ちくま文庫）p149

大西 功　おおにし・いさお
凍てついた暦
◇「さきがけ文学賞選集 4」秋田魁新報社 2016（さきがけ文庫）p97

大西 科学　おおにし・かがく
ふるさとは時遠く
◇「拡張幻想」東京創元社 2012（創元SF文庫）p371
◇「短篇ベストコレクション—現代の小説 2012」徳間書店 2012（徳間文庫）p93

大西 夏奈子　おおにし・かなこ
妻を待つ
◇「ショートショートの広場 15」講談社 2004（講談社文庫）p11

大西 巨人　おおにし・きょじん（1919〜2014）
神聖喜劇
◇「読み聞かせる戦争」光文社 2015 p91
若い生命の喪失をどうすることもできない》江口付治馬
◇「日本人の手紙 2」リブリオ出版 2004 p166

大西 信行　おおにし・のぶゆき（1929〜2016）
怪談 牡丹燈籠
◇「怪奇・伝奇時代小説選集 9」春陽堂書店 2000（春陽文庫）p19
某藩重大事件顛末記
◇「読んで演じたくなるゲキの本 高校生版」幻冬舎 2006 p147
桃太郎は鬼を征伐しなかった
◇「読んで演じたくなるゲキの本 小学生版」幻冬舎 2006 p63
◇「『やるキッズあいち劇場』脚本集 平成21年度」愛知県環境調査センター 2010 p29

大仁田 厚　おおにた・あつし（1957〜）
愛のパワーボム
◇「闘人烈伝—格闘小説・漫画アンソロジー」双葉社 2000 p343

大貫 政明　おおぬき・まさあき
母さんに乾杯！—命のリレー
◇「中学生のドラマ 6」晩成書房 2006 p125

大沼 忠広　おおぬま・ただひろ
恋の刺客—ハルモディオスとアリストゲイトーン
◇「同性愛」国書刊行会 1999（書物の王国）p9

大沼 珠生　おおぬま・たまき
きつね与次郎
◇「ゆきのまち幻想文学賞小品集 17」企画集団ぷりずむ 2008 p15
最後の客
◇「ゆきのまち幻想文学賞小品集 16」企画集団ぷりずむ 2007 p201
続きは十三次元で
◇「ゆきのまち幻想文学賞小品集 18」企画集団ぷりずむ 2009 p78
とんでるじっちゃん
◇「ゆきのまち幻想文学賞小品集 23」企画集団ぷりずむ 2014 p7

大沼 紀子　おおぬま・のりこ
たわいもない祈り—石のまち 金谷
◇「恋の聖地—そこは、最後の恋に出会う場所。」新潮社 2013（新潮文庫）p43
やきとり鳥吉
◇「明日町こんぺいとう商店街—招きうさぎと六軒の物語 2」ポプラ社 2014（ポプラ文庫）p195

大野 一雄　おおの・かずお（1906〜2010）
痛むばかりに澁澤さんの思いがしみこんできます》澁澤龍彦
◇「日本人の手紙 9」リブリオ出版 2004 p84

大野 倭文子　おおの・しずこ
長篇小説 空は紅い
◇「日本統治期台湾文学集成 7」緑蔭書房 2002 p43

大野 尚休　おおの・しょうきゅう
赤い着物の女の子
◇「てのひら怪談—ビーケーワン怪談大賞傑作選」ポプラ社 2007 p196
◇「てのひら怪談—ビーケーワン怪談大賞傑作選」ポプラ社 2008（ポプラ文庫）p206

大野 敏哉　おおの・としや
友達登録
◇「世にも奇妙な物語—小説の特別編 再生」角川書店 2001（角川ホラー文庫）p13

大野 文楽　おおの・ぶんがく
お雪の里
◇「ゆきのまち幻想文学賞小品集 22」企画集団ぷりずむ 2013 p159

大野 林火　おおの・りんか（1904〜1982）
句集 火山麓
◇「ハンセン病文学全集 9」皓星社 2010 p85

大野沢 威徳　おおのさわ・たけのり
もうプロペラがまわっています。兄ちゃんは征きます》大石静恵（大石清）
◇「日本人の手紙 8」リブリオ出版 2004 p153

大庭 さち子　おおば・さちこ（1904〜1997）
小説 愛機に結ぶ
◇「日本統治期台湾文学集成 8」緑蔭書房 2002 p337

大場 さやか　おおば・さやか
冬のしっぽ
◇「ゆきのまち幻想文学賞小品集 23」企画集団ぷりずむ 2014 p179

大庭 武年　おおば・たけとし（1904〜1945）
競馬会前夜
◇「外地探偵小説集 満州篇」せらび書房 2003 p15
◇「幻の名探偵—傑作アンソロジー」光文社 2013

(光文社文庫) p187
13号室の殺人
◇「迷宮の旅行者―本格推理展覧会」青樹社 1999（青樹社文庫）p299
牧師服の男
◇「七人の警部―SEVEN INSPECTORS」廣済堂出版 1998（KOSAIDO BLUE BOOKS）p7
旅客機事件
◇「幻の探偵雑誌 10」光文社 2002（光文社文庫）p167

大庭 鉄太郎　おおば・てつたろう
実説・四谷怪談
◇「怪奇・伝奇時代小説選集 2」春陽堂書店 1999（春陽文庫）p23

大場 博行　おおば・ひろゆき
一石二鳥
◇「山形県文学全集第1期(小説編) 3」郷土出版社 2004 p142

大庭 みな子　おおば・みなこ（1930～2007）
青い狐
◇「日本文学全集 27」河出書房新社 2017 p537
青い鳥
◇「精選女性随筆集 6」文藝春秋 2012 p141
赤い満月
◇「川端康成文学賞全作品 2」新潮社 1999 p289
あなめあなめ
◇「文学 2005」講談社 2005 p133
ある成仏
◇「精選女性随筆集 6」文藝春秋 2012 p220
ある夕ぐれ―川端康成
◇「精選女性随筆集 6」文藝春秋 2012 p186
海にゆらぐ糸
◇「川端康成文学賞全作品 2」新潮社 1999 p139
◇「文学賞受賞・名作集成 4」リブリオ出版 2004 p111
男と女
◇「精選女性随筆集 6」文藝春秋 2012 p131
思い出すままに
◇「精選女性随筆集 6」文藝春秋 2012 p168
面影―円地文子
◇「精選女性随筆集 6」文藝春秋 2012 p202
草むしり
◇「精選女性随筆集 6」文藝春秋 2012 p158
首のない鹿
◇「戦後短篇小説再発見 3」講談社 2001（講談社文芸文庫）p97
幸福な夫婦
◇「精選女性随筆集 6」文藝春秋 2012 p120
言葉の呪縛
◇「精選女性随筆集 6」文藝春秋 2012 p149
子供以外の場を持つすすめ
◇「精選女性随筆集 6」文藝春秋 2012 p152

こんな感じ―水上勉
◇「精選女性随筆集 6」文藝春秋 2012 p190
地獄の配膳
◇「精選女性随筆集 6」文藝春秋 2012 p215
生命の不思議
◇「精選女性随筆集 6」文藝春秋 2012 p166
創作
◇「精選女性随筆集 6」文藝春秋 2012 p181
壮烈な闘い―野間宏
◇「精選女性随筆集 6」文藝春秋 2012 p207
その小径
◇「精選女性随筆集 6」文藝春秋 2012 p239
孫悟空
◇「精選女性随筆集 6」文藝春秋 2012 p137
つながり合うもの
◇「精選女性随筆集 6」文藝春秋 2012 p176
遠い山をみる眼つき
◇「精選女性随筆集 6」文藝春秋 2012 p243
とらわれない男と女の関係
◇「精選女性随筆集 6」文藝春秋 2012 p226
長い思い出―谷崎潤一郎
◇「精選女性随筆集 6」文藝春秋 2012 p198
母の死
◇「精選女性随筆集 6」文藝春秋 2012 p212
番外編 共に生きる
◇「精選女性随筆集 6」文藝春秋 2012 p248
ビョン・ワン・リー
◇「文学 2000」講談社 2000 p155
フィヨルドの鯨
◇「現代小説クロニクル 1990～1994」講談社 2015（講談社文芸文庫）p7
母性愛
◇「精選女性随筆集 6」文藝春秋 2012 p146
ぼやき
◇「精選女性随筆集 6」文藝春秋 2012 p134
みつめるもの
◇「創刊一〇〇年三田文学名作選」三田文学会 2010 p680
むかし女がいた
◇「コレクション戦争と文学 14」集英社 2012 p272
甦るもの
◇「精選女性随筆集 6」文藝春秋 2012 p161
連続する発見―小島信夫著「作家遍歴」を読んで
◇「精選女性随筆集 6」文藝春秋 2012 p194
わたしの子どもだったころ〈遊園地〉
◇「精選女性随筆集 6」文藝春秋 2012 p232

大庭 陽一　おおば・よういち
エンゲキのスヽメ―真夏の夜の夢
◇「最新中学校創作脚本集 2011」晩成書房 2011 p38

大庭 可夫 おおば・よしお
　断種の句碑と共に
　　◇「ハンセン病文学全集 5」皓星社 2010 p560

大場 惑 おおば・わく（1955〜）
　彼らの匂い
　　◇「侵略！」廣済堂出版 1998（廣済堂文庫）p163
　コンタクト・ゲーム
　　◇「宇宙塵傑作選―日本SFの軌跡 1」出版芸術社 1997 p251
　時間鉄道の夜
　　◇「日本SF・名作集成 1」リブリオ出版 2005 p7
　大黒を探せ！
　　◇「GOD」廣済堂出版 1999（廣済堂文庫）p339
　誰もが目を背けるもの
　　◇「ひとにぎりの異形」光文社 2007（光文社文庫）p343
　ニュースおじさん
　　◇「贈る物語Wonder」光文社 2002 p164
　百貫天国
　　◇「SFバカ本 白菜編」ジャストシステム 1997 p27
　　◇「SFバカ本 白菜篇プラス」廣済堂出版 1999（廣済堂文庫）p33
　秒を読まれる
　　◇「SFバカ本 黄金スパム篇」メディアファクトリー 2000 p83
　南、もしくは
　　◇「彗星パニック」廣済堂出版 2000（廣済堂文庫）p235
　夜を駆けるものたち
　　◇「宇宙生物ゾーン」廣済堂出版 2000（廣済堂文庫）p191

大橋 乙羽 おおはし・おとわ（1869〜1901）
　千山萬水（抄）
　　◇「山形県文学全集第2期（随筆・紀行編）1」郷土出版社 2005 p112
　火と水（抄）
　　◇「天変動く大震災と作家たち」インパクト出版会 2011（インパクト選書）p15

大橋 瓢介 おおはし・ひょうすけ
　老の性
　　◇「ショートショートの広場 9」講談社 1998（講談社文庫）p70

大橋 むつお おおはし・むつお（1953〜）
　サクラ・ウメ大戦
　　◇「中学校劇作シリーズ 9」青雲書房 2005 p59
　シャボン玉創立記念日
　　◇「中学校劇作シリーズ 10」青雲書房 2006 p161
　すみれの花咲くころ……宝塚に入りたい物語
　　◇「中学校劇作シリーズ 8」青雲書房 2003 p203
　ダウンロード
　　◇「1人から5人でできる新鮮いちご脚本集 v.2」青雲書房 2002 p47
　たぬきつね物語
　　◇「中学校劇作シリーズ 8」青雲書房 2003 p57
　月にほえる―千年少女かぐや
　　◇「中学校劇作シリーズ 7」青雲書房 2002 p195
　天空の虎巴の緒（トラローブ）
　　◇「中学校劇作シリーズ 9」青雲書房 2005 p3
　ドラゴンリクエスト
　　◇「中学校劇作シリーズ 9」青雲書房 2005 p135
　パリー・ホッタと賢者の石―ゼロからの出発
　　◇「1人から5人でできる新鮮いちご脚本集 v.3」青雲書房 2003 p81
　ユキとねねことルブランと……―栄町犬猫騒動記
　　◇「中学校劇作シリーズ 10」青雲書房 2006 p73

大橋 恭彦 おおはし・やすひこ（1910〜1994）
　わたしは幸せだった。ありがとう≫沢村貞子
　　◇「日本人の手紙 6」リブリオ出版 2004 p228

大濱 方英 おおはま・ほうえい
　懸賞鐵道小説（一等入選作）鉄道人の鉄道
　　◇「日本統治期台湾文学集成 22」緑蔭書房 2007 p145

大林 清 おおばやし・きよし（1908〜1999）
　庄内士族（抄）
　　◇「山形県文学全集第1期（小説編）1」郷土出版社 2004 p370
　むくろ人形の謎
　　◇「捕物時代小説選集 8」春陽堂書店 2000（春陽文庫）p232

大林 宣彦 おおばやし・のぶひこ（1938〜）
　理由（石森史郎）
　　◇「年鑑代表シナリオ集 '04」シナリオ作家協会 2005 p217

大原 克之 おおはら・かつゆき
　綱を引く
　　◇「高校演劇Selection 2001 上」晩成書房 2001 p43

大原 螢 おおはら・けい
　枯木野の色―和紙のぬくもり
　　◇「山形県文学全集第2期（随筆・紀行編）5」郷土出版社 2005 p292
　冬二月・最上川の岸辺で―殉難の碑
　　◇「山形県文学全集第2期（随筆・紀行編）5」郷土出版社 2005 p288

大原 啓子 おおはら・けいこ
　あのふ〜るさとへかえろかな〜
　　◇「ゆきのまち幻想文学賞小品集 15」企画集団ぷりずむ 2006 p85
　雪ん子バージョンアップ！
　　◇「ゆきのまち幻想文学賞小品集 16」企画集団ぷりずむ 2007 p189

大原 富枝 おおはら・とみえ（1912〜2000）
　婉という女

菊女覚書
◇「新装版 全集現代文学の発見 12」學藝書林 2004 p506
◇「歴史小説の世紀 天の巻」新潮社 2000（新潮文庫）p705

こだまとの対話
◇「戦後短篇小説選―『世界』1946–1999 2」岩波書店 2000 p265
◇「コレクション戦争と文学 10」集英社 2012 p379

銃
◇「短編 女性文学 近代 続」おうふう 2002 p111

祝出征
◇「コレクション戦争と文学 14」集英社 2012 p15

大原 久通　おおはら・ひさみち

当たり前
◇「ショートショートの花束 2」講談社 2010（講談社文庫）p259

運動不足の原因
◇「ショートショートの花束 4」講談社 2012（講談社文庫）p174

お笑いバブル
◇「ショートショートの広場 16」講談社 2005（講談社文庫）p79

神の落胆
◇「ショートショートの花束 4」講談社 2012（講談社文庫）p228

共存
◇「ショートショートの花束 7」講談社 2015（講談社文庫）p122

座席ゆずりの上級者
◇「ショートショートの花束 4」講談社 2012（講談社文庫）p163

重要なのは
◇「ショートショートの広場 20」講談社 2008（講談社文庫）p246

正しい認識
◇「ショートショートの広場 17」講談社 2005（講談社文庫）p110

治安立国
◇「ショートショートの花束 3」講談社 2011（講談社文庫）p150

ネットの時代
◇「ショートショートの花束 3」講談社 2011（講談社文庫）p256

残り
◇「ショートショートの花束 1」講談社 2009（講談社文庫）p221

不満電池
◇「ショートショートの広場 19」講談社 2007（講談社文庫）p178

油断大敵
◇「ショートショートの花束 4」講談社 2012（講談社文庫）p98

大原 まり子　おおはら・まりこ（1959〜）

愛撫
◇「屍鬼の血族」桜桃書房 1999 p421

アルザスの天使猫
◇「日本SF短篇50 2」早川書房 2013（ハヤカワ文庫JA）p531

インデペンデンス・デイ・イン・オオサカ―愛はなくとも資本主義
◇「SFバカ本 白菜編」ジャストシステム 1997 p5
◇「SFバカ本 白菜篇プラス」廣済堂出版 1999（廣済堂文庫）p7
◇「笑壺―SFバカ本ナンセンス集」小学館 2006（小学館文庫）p77
◇「てのひらの宇宙―星雲賞短編SF傑作選」東京創元社 2013（創元SF文庫）p429

オは愚か者のオ
◇「SFバカ本 たいやき編」ジャストシステム 1997 p5
◇「SFバカ本 たいやき篇プラス」廣済堂出版 1999（廣済堂文庫）p9
◇「日本SF・名作集成 8」リブリオ出版 2005 p75
◇「笑劇―SFバカ本カタストロフィ集」小学館 2007（小学館文庫）p49

恐怖のカタチ
◇「妖髪鬼談」桜桃書房 1998 p50

銀河ネットワークで歌を歌ったクジラ
◇「日本SF全集 3」出版芸術社 2013 p425

告別のあいさつ
◇「ロボット・オペラ―An Anthology of Robot Fiction and Robot Culture」光文社 2004 p560

胡蝶蘭の夢
◇「恋物語」朝日新聞社 1998 p77

雑草の庭
◇「恋物語」朝日新聞社 1998 p68

13
◇「血」早川書房 1997 p7

初夏の向日葵
◇「恋物語」朝日新聞社 1998 p72

スーパー・リーマン
◇「SFバカ本 たわし篇プラス」廣済堂出版 1998（廣済堂文庫）p89
◇「笑止―SFバカ本シュール集」小学館 2007（小学館文庫）p207

デボロン人の物語・ブチッ
◇「SFバカ本 人類復活篇」メディアファクトリー 2001 p207

溶けてゆく…
◇「変身」廣済堂出版 1998（廣済堂文庫）p519

はぐれ天使 SM派
◇「SFバカ本 電撃ボンバー篇」メディアファクトリー 2002 p161

花モ嵐モ
◇「SFバカ本 だるま篇」廣済堂出版 1999（廣済堂文庫）p201

ハンサムガール

おおひ

◇「ハンサムウーマン」ビレッジセンター出版局 1998 p153

憑依教室
◇「少女怪談」学習研究社 2000（学研M文庫）p323

不思議の聖子羊の美少女
◇「侵略！」廣済堂出版 1998（廣済堂文庫）p383

踏ミ越エテ
◇「チューリップ革命―ネオ・スイート・ドリーム・ロマンス」イースト・プレス 2000 p275

女性型精神構造保持者（メンタルフィメール）
◇「楽園追放rewired―サイバーパンクSF傑作選」早川書房 2014（ハヤカワ文庫 JA）p117

大平 健　おおひら・けん（1949～）

偽患者の経歴
◇「法月綸太郎の本格ミステリ・アンソロジー」角川書店 2005（角川文庫）p313

大平 槇助　おおひら・ていすけ

魚影ざんげ
◇「山形県文学全集第2期（随筆・紀行編）5」郷土出版社 2005 p92

大平 友　おおひら・とも

生きる意味
◇「ショートショートの花束 3」講談社 2011（講談社文庫）p197

大平 光代　おおひら・みつよ（1965～）

父親として、め一杯の愛情を注いでくれた≫西村隆治
◇「日本人の手紙 9」リブリオ出版 2004 p160

大平 ミホ　おおひら・みほ

⇒島尾ミホ（しまお・みほ）を見よ

大間 九郎　おおま・くろう

"女傑"マリエ・ロクサーヌの美しく勇敢な最後
◇「5分で読める！ ひと駅ストーリー 冬の記憶東口編」宝島社 2013（宝島社文庫）p221

斜め上でした
◇「5分で読める！ ひと駅ストーリー 乗車編」宝島社 2012（宝島社文庫）p45
◇「5分で笑える！ おバカで愉快な物語」宝島社 2016（宝島社文庫）p43

比翼連理
◇「5分で読める！ ひと駅ストーリー 食の話」宝島社 2015（宝島社文庫）p219

ぽちゃぽちゃバンビ
◇「5分で読める！ ひと駅ストーリー 夏の記憶東口編」宝島社 2013（宝島社文庫）p151

耳を澄ませば
◇「5分で読める！ ひと駅ストーリー 猫の物語」宝島社 2014（宝島社文庫）p69

大町 桂月　おおまち・けいげつ（1869～1925）

遊羽雑感
◇「山形県文学全集第2期（随筆・紀行編）1」郷土出版社 2005 p157

大見 全　おおみ・たもつ

狼少女（小川智子）
◇「年鑑代表シナリオ集 '05」シナリオ作家協会 2006 p237

大峰 古日　おおみね・こじつ

⇒柳田國男（やなぎた・くにお）を見よ

大牟田 真希　おおむた・まき

雪白蝶の夜
◇「ゆきのまち幻想文学賞小品集 7」NTTメディアスコープ 1997 p93

おおむら しんいち

かな式まちかど
◇「原色の想像力―創元SF短編賞アンソロジー」東京創元社 2010（創元SF文庫）p211

大村 堯　おおむら・たかし

清き空白
◇「ハンセン病文学全集 8」皓星社 2006 p410

大村 益夫　おおむら・ますお（1933～）

留置場で会った男（金史良［著］）
◇「生の深みを覗く―ポケットアンソロジー」岩波書店 2010（岩波文庫別冊）p277

大村 友貴美　おおむら・ゆきみ

キサブロー、帰る
◇「12の贈り物―東日本大震災支援岩手県在住作家自選短編集」荒蝦夷 2011（叢書東北の声）p353

スウィング
◇「あの日から―東日本大震災鎮魂岩手県出身作家短編集」岩手日報社 2015 p395

大森 一樹　おおもり・かずき（1952～）

悲しき天使
◇「年鑑代表シナリオ集 '06」シナリオ作家協会 2008 p191

大森 和哉　おおもり・かずや

何気ない日々が…
◇「たびだち―フェリシモしあわせショートショート」フェリシモ 2000 p159

大森 寿美男　おおもり・すみお（1967～）

15歳の志願兵
◇「テレビドラマ代表作選集 2011年版」日本脚本家連盟 2011 p141

大森 善一　おおもり・ぜんいち

六人の乗客
◇「本格推理 15」光文社 1999（光文社文庫）p365

大森 直樹　おおもり・なおき

人間の本性
◇「ショートショートの花束 5」講談社 2013（講談社文庫）p102

大森 望　おおもり・のぞみ（1961〜）
日本SFが描く戦争—黎明期からSFが見てきた科学技術と戦争の関わり
　◇「コレクション戦争と文学 別巻」集英社 2013 p168

大森 風来子　おおもり・ふうらいし
断種 七草三集
　◇「ハンセン病文学全集 9」皓星社 2010 p375

大森 美香　おおもり・みか
不機嫌なジーン
　◇「テレビドラマ代表作選集 2005年版」日本脚本家連盟 2005 p181

大森 康宏　おおもり・やすひろ
あるゴーストの独白
　◇「立川文学 6」けやき出版 2016 p145

大家 紀代美　おおや・きよみ
やさしい手
　◇「たびだち—フェリシモしあわせショートショート」フェリシモ 2000 p19

大宅 壮一　おおや・そういち（1900〜1970）
酒田—東北の"堺市"
　◇「山形県文学全集第2期（随筆・紀行編）3」郷土出版社 2005 p297

大屋 剛　おおや・つよし
Best Friend—ベストフレンド
　◇「中学生の楽しい英語劇—Let's Enjoy Some Plays」秀文館 2004 p79

大矢 秀樹　おおや・ひでき
温めないカレー
　◇「現代作家代表作選集 9」鼎書房 2015 p5

大矢 風子　おおや・ふうこ
遭難者たち
　◇「ゆきのまち幻想文学賞小品集 9」企画集団ぷりずむ 2000 p84
花びら餅
　◇「ゆきのまち幻想文学賞小品集 10」企画集団ぷりずむ 2001 p5

大家 学　おおや・まなぶ
とりかえしのつかない一日
　◇「かわさきの文学—かわさき文学賞50年記念作品集 2009年」審美社 2009 p84

大屋 幸世　おおや・ゆきよ
助詞一字の誤植—横光利一のために
　◇「誤植文学アンソロジー—校正者のいる風景」論創社 2015 p193

大柳 喜美枝　おおやなぎ・きみえ
一徹返し
　◇「ショートショートの広場 10」講談社 2000（講談社文庫）p118
犬のトレーナー
　◇「ショートショートの広場 11」講談社 2000（講談社文庫）p128

大藪 春彦　おおやぶ・はるひこ（1935〜1996）
雨の露地で
　◇「迷」文藝春秋 2003（推理作家になりたくて マイベストミステリー）p220
　◇「マイ・ベスト・ミステリー 3」文藝春秋 2007（文春文庫）p328
回想録争奪作戦
　◇「男たちのら・ら・ば・い」徳間書店 1999（徳間文庫）p123
野獣死すべし
　◇「冒険の森へ—傑作小説大全 3」集英社 2016 p361
夜明けまで
　◇「江戸川乱歩と13の宝石 2」光文社 2007（光文社文庫）p347
夜に潜む
　◇「わが名はタフガイ—ハードボイルド傑作選」光文社 2006（光文社文庫）p47

大山 功　おおやま・いさお（1904〜1993）
黒森歌舞伎の特色
　◇「山形県文学全集第2期（随筆・紀行編）4」郷土出版社 2005 p406

大山 勘助　おおやま・かんすけ
竹の刃
　◇「遠き雷鳴」桃園書房 2001（桃園文庫）p7

大山 淳子　おおやま・じゅんこ
あずかりやさん
　◇「明日町こんぺいとう商店街—招きうさぎと七軒の物語」ポプラ社 2013（ポプラ文庫）p47
ひだりてさん
　◇「猫とわたしの七日間—青春ミステリーアンソロジー」ポプラ社 2013（ポプラ文庫ピュアフル）p253

大山 誠一郎　おおやま・せいいちろう（1971〜）
赤い十字架
　◇「宝石ザミステリー 3」光文社 2013 p269
うれひは青し空よりも
　◇「悪意の迷路」光文社 2016（最新ベスト・ミステリー）p117
彼女がペイシェンスを殺すはずがない
　◇「本格ミステリ 2003」講談社 2003（講談社ノベルス）p25
　◇「論理学園事件帳—本格短編ベスト・セレクション」講談社 2007（講談社文庫）p29
佳也子の屋根に雪ふりつむ
　◇「不可能犯罪コレクション」原書房 2009（ミステリー・リーグ）p9
　◇「本格ミステリ二〇一〇年本格短編ベスト・セレクション '10」講談社 2010（講談社ノベルス）p103
　◇「凍れる女神の秘密—本格短編ベスト・セレクション」講談社 2014（講談社文庫）p139
求婚者と毒殺者

◇「宝石ザミステリー 2014夏」光文社 2014 p95
雲の上の死
◇「宝石ザミステリー 2014冬」光文社 2014 p483
少年と少女の密室
◇「密室晩餐会」原書房 2011（ミステリー・リーグ）p11
心中ロミオとジュリエット
◇「ベスト本格ミステリ 2015」講談社 2015（講談社ノベルス）p39
聖ディオニシウスのパズル
◇「新・本格推理 03」光文社 2003（光文社文庫）p489
不可能犯罪係自身の事件
◇「蝦蟇倉市事件 1」東京創元社 2010（東京創元社・ミステリ・フロンティア）p121
◇「晴れた日は謎を追って」東京創元社 2014（創元推理文庫）p137
炎
◇「ベスト本格ミステリ 2016」講談社 2016（講談社ノベルス）p277
雪の日の魔術
◇「宝石ザミステリー 2016」光文社 2015 p359

大山 正徳　おおやま・まさのり
愛が冷めなければ
◇「ショートショートの広場 18」講談社 2006（講談社文庫）p93

大湾 雅常　おおわん・がじょう
ある挽歌
◇「沖縄文学選―日本文学のエッジからの問い」勉誠出版 2003 p170

尾賀 京作　おが・きょうさく
さよなら、お助けマン
◇「太宰治賞 2010」筑摩書房 2010 p79

丘 季子　おか・すえこ
太郎くんありがとう、さようなら
◇「小学校・全員参加の楽しい学級劇・学年劇脚本集 中学年」黎明書房 2006 p198

岡 生門　おか・せいもん
句集 生門
◇「ハンセン病文学全集 9」皓星社 2010 p381
生門 第二集
◇「ハンセン病文学全集 9」皓星社 2010 p423
句集 続々々生門
◇「ハンセン病文学全集 9」皓星社 2010 p460

岡 俊雄　おか・としお（1916～1993）
宝探し
◇「ショートショートの花束 2」講談社 2010（講談社文庫）p91
犯罪者たち
◇「ショートショートの花束 2」講談社 2010（講談社文庫）p136

岡 信行　おか・のぶゆき
ケロちゃんとガンちゃんのにんぎょうげき場
◇「小学校・全員参加の楽しい学級劇・学年劇脚本集 低学年」黎明書房 2007 p188
ケロリンぬまの仲間たち
◇「小学校・全員参加の楽しい学級劇・学年劇脚本集 中学年」黎明書房 2006 p8
トラジ
◇「小学校・全員参加の楽しい学級劇・学年劇脚本集 高学年」黎明書房 2007 p156

岡 雅彦　おか・まさひこ（1940～）
梅法師―『一休ばなし』より（一休〔著〕）
◇「超短編アンソロジー」筑摩書房 2002（ちくま文庫）p49

岡井 隆　おかい・たかし（1928～）
思想兵の手記
◇「新装版 全集現代文学の発見 13」學藝書林 2004 p586
少年行
◇「新装版 全集現代文学の発見 13」學藝書林 2004 p589
土地よ、痛みを負え
◇「新装版 全集現代文学の発見 13」學藝書林 2004 p590

岡内 義人　おかうち・よしと
国境なき河
◇「ホワイト・ウェディング」SDP 2007（Angel works）p113

岡江 多紀　おかえ・たき（1953～）
でしゃばりクッキン
◇「七人の女探偵」廣済堂出版 1998（KOSAIDO BLUE BOOKS）p127

岡倉 天心　おかくら・てんしん（1863～1913）
宝石の声なる人に≫プリヤンバダ・デーヴィ
◇「日本人の手紙 4」リブリオ出版 2004 p216

岡崎 二郎　おかざき・じろう（1957～）
雪に願いを
◇「贈る物語Wonder」光文社 2002 p146

岡崎 雪聲　おかざき・せっせい（1854～1921）
子供の霊
◇「文豪怪談傑作選 特別編」筑摩書房 2007（ちくま文庫）p164
死神
◇「文豪怪談傑作選 特別編」筑摩書房 2007（ちくま文庫）p167

岡崎 琢磨　おかざき・たくま（1986～）
可視化するアール・ブリュット
◇「『このミステリーがすごい！』大賞作家書き下ろしBOOK vol.5」宝島社 2014 p87
消えたプレゼント・ダーツ
◇「『このミステリーがすごい！』大賞作家書き下ろしBOOK vol.4」宝島社 2014 p129

午後三時までの退屈な風景
◇『『このミステリーがすごい！』』大賞作家書き下ろしBOOK vol.2」宝島社 2013 p53
このアップルパイはおいしくないね
◇「5分で読める！ ひと駅ストーリー 食の話」宝島社 2015（宝島社文庫）p29
純喫茶タレーランの庭で
◇『『このミステリーがすごい！』』大賞作家書き下ろしBOOK vol.6」宝島社 2014 p91
旅の終着
◇「5分で読める！ ひと駅ストーリー 降車編」宝島社 2012（宝島社文庫）p147
名前も知らない
◇「5分で読める！ ひと駅ストーリー 夏の記憶西口編」宝島社 2013（宝島社文庫）p271
葉桜のタイムカプセル
◇「もっとすごい！ 10分間ミステリー」宝島社 2013（宝島社文庫）p315
◇「5分で泣ける！ 胸がいっぱいになる物語」宝島社 2015（宝島社文庫）p65
◇「5分で驚く！ どんでん返しの物語」宝島社 2016（宝島社文庫）p193
◇「10分間ミステリー THE BEST」宝島社 2016（宝島社文庫）p495
パルヘッタの恋
◇『『このミステリーがすごい！』』大賞作家書き下ろしBOOK vol.3」宝島社 2013 p215
ひとつ、ふたつ
◇「十年交差点」新潮社 2016（新潮文庫）p111

岡崎 始　おかざき・はじめ
起点
◇「つながり—フェリシモしあわせショートショート」フェリシモ 1999 p87

岡崎 弘明　おかざき・ひろあき（1960～）
アンテナおやじ
◇「SFバカ本 宇宙チャーハン篇」メディアファクトリー 2000 p47
怪人影法師
◇「ひとにぎりの異形」光文社 2007（光文社文庫）p138
ぎゅうぎゅう
◇「SFバカ本 たいやき編」ジャストシステム 1997 p159
◇「SFバカ本 たいやき篇プラス」廣済堂出版 1999（廣済堂文庫）p269
◇「笑劇—SFバカ本カタストロフィ集」小学館 2007（小学館文庫）p87
地獄の出会い
◇「SFバカ本 白菜編」ジャストシステム 1997 p115
◇「SFバカ本 白菜篇プラス」廣済堂出版 1999（廣済堂文庫）p125
自転する男
◇「超短編アンソロジー」筑摩書房 2002（ちくま文庫）p38
◇「ショートショートの缶詰」キノブックス 2016 p157

綱渡り
◇「世紀末サーカス」廣済堂出版 2000（廣済堂文庫）p421
とんべい
◇「SFバカ本 黄金スパム篇」メディアファクトリー 2000 p117
ヘル・シアター
◇「彗星パニック」廣済堂出版 2000（廣済堂文庫）p271
惑星ニッポン
◇「物語のルミナリエ」光文社 2011（光文社文庫）p143
われはロケット
◇「SFバカ本 ペンギン篇」廣済堂出版 1999（廣済堂文庫）p47

岡沢 孝雄　おかざわ・たかお
四桂
◇「「宝石」一九五〇—牢家殺人事件：探偵小説傑作集」光文社 2012（光文社文庫）p279
猫の手紙
◇「猫のミステリー」河出書房新社 1999（河出文庫）p225

小笠原 天音　おがさわら・あまね
雪だるマンの恩返し
◇「ゆきのまち幻想文学賞小品集 16」企画集団ぷりずむ 2007 p56

小笠原 京　おがさわら・きょう（1936～2018）
寒桜の恋
◇「撫子が斬る—女性作家捕物帳アンソロジー」光文社 2005（光文社文庫）p47
旗本絵師描留め帳 花の露の間
◇「白刃光る」新潮社 1997 p223

小笠原 貞　おがさわら・さだ（1887～1988）
客
◇「青鞜小説集」講談社 2014（講談社文芸文庫）p33
泥水
◇「青鞜文学集」不二出版 2004 p89

小笠原 幹夫　おがさわら・みきお（1955～）
牛込怪談
◇「全作家短編小説集 9」全作家協会 2010 p163
祭礼の日
◇「全作家短編小説集 8」全作家協会 2009 p72
歳の市雪景
◇「回転ドアから」全作家協会 2015（全作家短編集）p165
戸塚たそがれ散歩道
◇「全作家短編小説集 6」全作家協会 2007 p154
原っぱの怪人
◇「全作家短編小説集 10」のべる出版 2011 p40
原っぱの幽霊
◇「全作家短編集 15」のべる出版企画 2016 p204

岡島 弘子　おかじま・ひろこ（1943〜）
　一人分の平和
　　◇「日本海文学大賞―大賞作品集 3」日本海文学大賞運営委員会 2007 p407

岡嶋 二人　おかじま・ふたり
　焦茶色のパステル
　　◇「江戸川乱歩賞全集 14」講談社 2002（講談社文庫）p377
　受賞の言葉
　　◇「江戸川乱歩賞全集 14」講談社 2002 p784
　電話だけが知っている
　　◇「電話ミステリー倶楽部―傑作推理小説集」光文社 2016（光文社文庫）p183

尾頭　　おかしら。
　クロミミのコボルトは正直なトコロが好き！
　　◇「幻想水滸伝短編集 1」メディアワークス 2000（電撃文庫）p341

岡田 淳　おかだ・あつし（1947〜）
　なんの話
　　◇「それはまだヒミツ―少年少女の物語」新潮社 2012（新潮文庫）p69

岡田 英里子　おかだ・えりこ
　時には星くずのように
　　◇「創作脚本集―60周年記念」岡山県高等学校演劇協議会 2011（おかやまの高校演劇）p297

尾形 亀之助　おがた・かめのすけ（1900〜1942）
　お前たちは自由に男にも女にもなれるのだ≫尾形泉・猟
　　◇「日本人の手紙 1」リブリオ出版 2004 p45
　顔がない
　　◇「超短編アンソロジー」筑摩書房 2002（ちくま文庫）p199
　二月
　　◇「超短編アンソロジー」筑摩書房 2002（ちくま文庫）p17

岡田 耕平　おかだ・こうへい
　悪鬼になったピリト
　　◇「怪奇・伝奇時代小説選集 7」春陽堂書店 2000（春陽文庫）p228

岡田 早苗　おかだ・さなえ
　トランスフォーム
　　◇「万華鏡―第14回フェリシモ文学賞作品集」フェリシモ 2011 p144
　半月
　　◇「万華鏡―第14回フェリシモ文学賞作品集」フェリシモ 2011 p152

岡田 三郎　おかだ・さぶろう（1890〜1954）
　長篇小説 明暗婦人戦線 女給の巻
　　◇「日本統治期台湾文学集成 7」緑蔭書房 2002 p123

岡田 三郎助　おかだ・さぶろうすけ（1869〜1939）
　白い蝶
　　◇「文豪怪談傑作選 特別編」筑摩書房 2007（ちくま文庫）p34

岡田 鯱彦　おかだ・しゃちひこ（1907〜1993）
　死の湖畔
　　◇「探偵くらぶ―探偵小説傑作選1946〜1958 下」光文社 1997（カッパ・ノベルス）p75
　深夜の殺人者
　　◇「江戸川乱歩の推理試験」光文社 2009（光文社文庫）p165
　毒コーヒーの謎
　　◇「江戸川乱歩の推理教室」光文社 2008（光文社文庫）p143
　病院横町の首縊りの家（横溝正史／岡村雄輔）
　　◇「鯉沼家の悲劇―本格推理マガジン 特集・幻の名作」光文社 1998（光文社文庫）p179
　噴火口上の殺人
　　◇「甦る推理雑誌 1」光文社 2002（光文社文庫）p301
　変身術
　　◇「剣が謎を斬る―名作で読む推理小説史 時代ミステリー傑作選」光文社 2005（光文社文庫）p9
　密室の殺人
　　◇「甦る推理雑誌 7」光文社 2003（光文社文庫）p35
　妖奇の鯉魚
　　◇「「宝石」一九五〇―牟家殺人事件：探偵小説傑作集」光文社 2012（光文社文庫）p361

岡田 誠三　おかだ・せいぞう（1913〜1994）
　ニューギニア山岳戦
　　◇「消えた受賞作―直木賞編」メディアファクトリー 2004（ダ・ヴィンチ特別編集）p153

緒方 隆士　おがた・たかし（1905〜1938）
　雁の門
　　◇「「日本浪曼派」集」新学社 2007（新学社近代浪漫派文庫）p324

岡田 隆彦　おかだ・たかひこ（1939〜1997）
　月と河と庭
　　◇「創刊一〇〇年三田文学名作選」三田文学会 2010 p592

岡田 利規　おかだ・としき（1973〜）
　エリナ
　　◇「十年後のこと」河出書房新社 2016 p63
　三月の5日間
　　◇「コレクション戦争と文学 4」集英社 2011 p207
　ショッピングモールで過ごせなかった休日
　　◇「文学 2014」講談社 2014 p109
　女優の魂
　　◇「小説の家」新潮社 2016 p20
　問題の解決

◇「文学 2012」講談社 2012 p239
楽観的な方のケース
　◇「文学 2009」講談社 2009 p138

岡田 智晶　おかだ・ともあき
炎の叫び
　◇「竹筒に花はなくとも―短篇十人集」日曜舎 1997 p162

岡田 望　おかだ・のぞむ
無敵
　◇「優秀新人戯曲集 2000」ブロンズ新社 1999 p111

岡田 秀文　おかだ・ひでふみ（1963〜）
飛びつき鬼
　◇「物語のルミナリエ」光文社 2011（光文社文庫）p210
泡影
　◇「江戸迷宮」光文社 2011（光文社文庫）p463
まぶたの父
　◇「御白洲裁き―時代推理傑作選」徳間書店 2009（徳間文庫）p261
見知らぬ侍
　◇「小説推理新人賞受賞作アンソロジー 2」双葉社 2000（双葉文庫）p153

岡田 一瞳　おかだ・ひとみ
幸福ドミノ（岡山南高校演劇部）
　◇「創作脚本集―60周年記念」岡山県高等学校演劇協議会 2011（おかやまの高校演劇）p155

岡田 睦　おかだ・ぼく（1932〜）
悪魔
　◇「とっておき名短篇」筑摩書房 2011（ちくま文庫）p279
始発電車の女
　◇「文学 1999」講談社 1999 p203

岡田 稔　おかだ・みのる
怪奇、白狼譚
　◇「くノ一、百華―時代小説アンソロジー」集英社 2013（集英社文庫）p109

岡田 八千代　おかだ・やちよ（1883〜1962）
赤剝の顔
　◇「文豪怪談傑作選 特別編」筑摩書房 2007（ちくま文庫）p38
かおり
　◇「青鞜小説集」講談社 2014（講談社文芸文庫）p121
新緑（上）
　◇「「新編」日本女性文学全集 3」菁柿堂 2011 p176
橡の下の信女
　◇「文豪怪談傑作選 特別編」筑摩書房 2007（ちくま文庫）p43
黄楊の櫛
　◇「「新編」日本女性文学全集 3」菁柿堂 2011 p316

岡田 ゆき　おかだ・ゆき
水神の祟
　◇「青鞜文学集」不二出版 2004 p198

岡田 惠和　おかだ・よしかず（1959〜）
ちゅらさん―第1週「美ら海の約束」
　◇「テレビドラマ代表作選集 2002年版」日本脚本家連盟 2002 p183

岡田 理子　おかだ・りこ
赤紙と
　◇「平成28年熊本地震作品集」くまもと文学・歴史館友の会 2016 p9
震災からの贈り物
　◇「平成28年熊本地震作品集」くまもと文学・歴史館友の会 2016 p37

岡戸 武平　おかど・ぶへい（1897〜1986）
下駄
　◇「幻の探偵雑誌 6」光文社 2001（光文社文庫）p117
五体の積木
　◇「怪奇探偵小説集 1」角川春樹事務所 1998（ハルキ文庫）p115
　◇「恐怖ミステリーBEST15―こんな幻の傑作が読みたかった！」シーエイチシー 2006 p51

岡野 弘樹　おかの・ひろき
ある老人の生活
　◇「全作家短編小説集 8」全作家協会 2009 p160
怖いいのち
　◇「全作家短編小説集 9」全作家協会 2010 p180
ぼくたちの目的
　◇「全作家短編小説集 11」全作家協会 2012 p203
煩悩の矢
　◇「全作家短編小説集 7」全作家協会 2008 p191

岡野 弘彦　おかの・ひろひこ（1924〜）
短歌
　◇「コレクション戦争と文学 4」集英社 2011 p281
出羽三山 東国修験道の聖地
　◇「山形県文学全集第2期（随筆・紀行編）5」郷土出版社 2005 p436

岡野 めぐみ　おかの・めぐみ
警邏ニダスの目を逸らしたい現実
　◇「躍進―C★NOVELS大賞作家アンソロジー」中央公論新社 2012（C・NOVELS Fantasia）p32

岡野 玲子　おかの・れいこ（1960〜）
玄象といふ琵琶 鬼のために盗らるること
　◇「七人の安倍晴明」桜桃書房 1998 p85
博雅朝臣宣耀殿の御遊にて背より玄象の離れなくなること
　◇「琵琶綺談」日本出版社 2006 p139

岡部 敦　おかべ・あつし
I am a little girl.
　◇「高校演劇Selection 2003 上」晩成書房 2003 p69

岡部 伊都子　おかべ・いつこ（1923〜2008）
舞楽奉納の山寺―山形・慈恩寺
　◇「山形県文学全集第2期（随筆・紀行編）5」郷土出版社 2005 p144
ふたたび「沖縄の道」
　◇「コレクション戦争と文学 20」集英社 2012 p505

岡部 えつ　おかべ・えつ
縁切り厠
　◇「厠の怪―便所怪談競作集」メディアファクトリー 2010（MF文庫）p189
折り指
　◇「てのひら怪談―ビーケーワン怪談大賞傑作選」ポプラ社 2008（ポプラ文庫）p86
奇木の森
　◇「憑依」光文社 2010（光文社文庫）p37
白壁
　◇「てのひら怪談―ビーケーワン怪談大賞傑作選」ポプラ社 2007 p118
　◇「てのひら怪談―ビーケーワン怪談大賞傑作選」ポプラ社 2008（ポプラ文庫）p122
嫁入り人形
　◇「物語のルミナリエ」光文社 2011（光文社文庫）p398

岡部 紗千代　おかべ・さちよ
たんす・たたーん―新入部員捕獲作戦Z
　◇「中学校創作脚本集 2」晩成書房 2001 p103

岡部 道男　おかべ・みちお
ドラキュラ三話
　◇「屍鬼の血族」桜桃書房 1999 p97

岡松 和夫　おかまつ・かずお（1931〜2012）
異邦人
　◇「コレクション戦争と文学 9」集英社 2012 p268
文科の役目
　◇「文学 2002」講談社 2002 p15

丘美 丈二郎　おかみ・じょうじろう（1918〜2003）
佐門谷
　◇「妖異百物語 2」出版芸術社 1997（ふしぎ文学館）p5
翡翠荘綺談
　◇「甦る推理雑誌 9」光文社 2003（光文社文庫）p139

尾神 ユウア　おがみ・ゆうあ
花嫁
　◇「てのひら怪談―ビーケーワン怪談大賞傑作選 壬辰」ポプラ社 2012（ポプラ文庫）p262

岡村 昭彦　おかむら・あきひこ
南ヴェトナム前線へ
　◇「コレクション戦争と文学 2」集英社 2012 p223

岡村 多佳子　おかむら・たかこ
Is―アイズ
　◇「高校演劇Selection 2005 下」晩成書房 2007 p39
アイズ（中学生版）
　◇「中学校創作脚本集 3」晩成書房 2008 p61

岡村 知鶴子　おかむら・ちづこ
かなくそ坂
　◇「現代鹿児島小説大系 2」ジャプラン 2014 p6
髪結いの亭主
　◇「現代鹿児島小説大系 2」ジャプラン 2014 p46

岡村 春草　おかむら・はるくさ
彌撒旦暮（みさたんぼ）
　◇「ハンセン病文学全集 9」皓星社 2010 p191

岡村 寛子　おかむら・ひろこ
私場所
　◇「高校演劇Selection 2002 下」晩成書房 2002 p89

岡村 雄輔　おかむら・ゆうすけ（1913〜1994）
うるっぷ草の秘密
　◇「甦る名探偵―探偵小説アンソロジー」光文社 2014（光文社文庫）p227
廻廊を歩く女
　◇「探偵くらぶ―探偵小説傑作選1946〜1958 中」光文社 1997（カッパ・ノベルス）p93
暗い海 白い花
　◇「甦る推理雑誌 10」光文社 2004（光文社文庫）p137
病院横町の首縊りの家（横溝正史／岡田鯱彦）
　◇「鯉沼家の悲劇―本格推理マガジン 特集・幻の名作」光文社 1998（光文社文庫）p179
ミデアンの井戸の七人の娘
　◇「絢爛たる殺人―本格推理マガジン 特集・知られざる探偵たち」光文社 2000（光文社文庫）p11

岡村 流生　おかむら・るい
『青い部屋』に消える
　◇「本格推理 13」光文社 1998（光文社文庫）p259

おかもと（仮）　おかもと
空想少女は悶絶中
　◇「5分で読める！ ひと駅ストーリー 乗車編」宝島社 2012（宝島社文庫）p149
　◇「5分で笑える！ おバカで愉快な物語」宝島社 2016（宝島社文庫）p87
『サンタクロースの冬』事件裁判の結果報告―季報ジャパンリーガル『兎コラム』より抜粋
　◇「5分で読める！ ひと駅ストーリー 冬の記憶東口編」宝島社 2013（宝島社文庫）p91
猫か空き巣かマイコォか
　◇「5分で読める！ ひと駅ストーリー 猫の物語」宝島社 2014（宝島社文庫）p29
　◇「5分で笑える！ おバカで愉快な物語」宝島社 2016（宝島社文庫）p33
マジ半端ねぇリア充研究記録
　◇「5分で読める！ ひと駅ストーリー 夏の記憶西口編」宝島社 2013（宝島社文庫）p21

おかも

◇「5分で笑える！ おバカで愉快な物語」宝島社 2016（宝島社文庫）p245

めりーのだいぼうけん
◇「5分で読める！ ひと駅ストーリー 旅の話」宝島社 2015（宝島社文庫）p87

岡本 一平　おかもと・いっぺい（1886〜1948）

かの子の栞―岡本かの子追悼
◇「創刊一〇〇年三田文学名作選」三田文学会 2010 p700

タゴシ、おかあさんは眠られた≫岡本太郎
◇「日本人の手紙 9」リブリオ出版 2004 p97

岡本 かの子　おかもと・かのこ（1889〜1939）

愛
◇「愛」SDP 2009（SDP bunko）p209
◇「新編・日本幻想文学集成 3」国書刊行会 2016 p468

愛のなやみ
◇「ちくま日本文学 37」筑摩書房 2009（ちくま文庫）p420

秋の夜がたり
◇「新編・日本幻想文学集成 3」国書刊行会 2016 p421

汗
◇「新編・日本幻想文学集成 3」国書刊行会 2016 p389

「アンケート集」
◇「精選女性随筆集 4」文藝春秋 2012 p172

異国食餌抄
◇「精選女性随筆集 4」文藝春秋 2012 p191

上田秋成の晩年
◇「新編・日本幻想文学集成 3」国書刊行会 2016 p402

梅・肉体・梅
◇「精選女性随筆集 4」文藝春秋 2012 p159

越年 ETSU-NEN
◇「晩菊―女体についての八篇」中央公論新社 2016（中公文庫）p21

岡本一平の逸話
◇「精選女性随筆集 4」文藝春秋 2012 p144

親の前で祈禱―岡本一平論
◇「精選女性随筆集 4」文藝春秋 2012 p136

母さんの好きなお嫁
◇「精選女性随筆集 4」文藝春秋 2012 p169

過去世
◇「文豪たちが書いた耽美小説短編集」彩図社 2015 p21
◇「新編・日本幻想文学集成 3」国書刊行会 2016 p327

家霊
◇「名短篇、さらにあり」筑摩書房 2008（ちくま文庫）p227
◇「涙の百年文学―もう一度読みたい」太陽出版 2009 p122
◇「ちくま日本文学 37」筑摩書房 2009（ちくま文庫）p185
◇「日本近代短篇小説選 昭和篇1」岩波書店 2012（岩波文庫）p337
◇「女がそれを食べるとき」幻冬舎 2013（幻冬舎文庫）p55
◇「もの食う話」文藝春秋 2015（文春文庫）p138

かろきねたみ
◇「ちくま日本文学 37」筑摩書房 2009（ちくま文庫）p419

川
◇「近代小説〈異界〉を読む」双文社出版 1999 p154
◇「短編名作選―1925-1949 文士たちの時代」笠間書院 1999 p227
◇「短篇礼讃―忘れかけた名品」筑摩書房 2006（ちくま文庫）p50
◇「新編・日本幻想文学集成 3」国書刊行会 2016 p433

河明り
◇「ちくま日本文学 37」筑摩書房 2009（ちくま文庫）p243

狂童女の恋
◇「新編・日本幻想文学集成 3」国書刊行会 2016 p445

金魚撩乱
◇「ちくま日本文学 37」筑摩書房 2009（ちくま文庫）p62

愚なる（?!）母の散文詩
◇「精選女性随筆集 4」文藝春秋 2012 p166

毛皮の難
◇「精選女性随筆集 4」文藝春秋 2012 p186

現代若き女性の気質集
◇「女 2」あの出版 2016（GB）p7

蝙蝠
◇「六人の作家小説選」東銀座出版社 1997（銀選書）p140
◇「新編・日本幻想文学集成 3」国書刊行会 2016 p339

小町の芍薬
◇「新編・日本幻想文学集成 3」国書刊行会 2016 p354

渾沌未分
◇「ちくま日本文学 37」筑摩書房 2009（ちくま文庫）p24
◇「新編・日本幻想文学集成 3」国書刊行会 2016 p471

西行の愛読者―国文学一夕話
◇「精選女性随筆集 4」文藝春秋 2012 p162

島へ遣わしの状
◇「精選女性随筆集 4」文藝春秋 2012 p184

食魔
◇「美食」国書刊行会 1998（書物の王国）p119

雛妓
◇「ちくま日本文学 37」筑摩書房 2009（ちくま文庫）p356

鮨

- ◇「六人の作家小説選」東銀座出版社 1997（銀選書）p117
- ◇「百年小説」ポプラ社 2008 p531
- ◇「ちくま日本文学 37」筑摩書房 2009（ちくま文庫）p154
- ◇「危険なマッチ箱」文藝春秋 2009（文春文庫）p201
- ◇「日本文学100年の名作 3」新潮社 2014（新潮文庫）p273
- ◇「味覚小説名作集」光文社 2016（光文社文庫）p71
- ◇「コーヒーと小説」mille books 2016 p91
- ◇「日本文学全集 26」河出書房新社 2017 p475

鮨――一九三九（昭和一四）年一月
- ◇「BUNGO―文豪短篇傑作選」角川書店 2012（角川文庫）p123

生活の方法を人形に学ぶ
- ◇「精選女性随筆集 4」文藝春秋 2012 p204

跣足礼讃
- ◇「精選女性随筆集 4」文藝春秋 2012 p182

「滞欧中の書簡」（昭和五年）
- ◇「精選女性随筆集 4」文藝春秋 2012 p208

黙って坐る時
- ◇「精選女性随筆集 4」文藝春秋 2012 p180

太郎への手紙
- ◇「ちくま日本文学 37」筑摩書房 2009 p428

蔦の門
- ◇「新編・日本幻想文学集成 3」国書刊行会 2016 p458

手紙ではなく、じかに逢いたいんだよ≫岡本太郎
- ◇「日本人の手紙 1」リブリオ出版 2004 p26

「東京から巴里への書簡」（昭和七年―十三年）
- ◇「精選女性随筆集 4」文藝春秋 2012 p214

扉の彼方へ
- ◇「この愛のゆくえ―ポケットアンソロジー」岩波書店 2011（岩波文庫別冊）p353

夏の夜の夢
- ◇「夢」SDP 2009（SDP bunko）p85
- ◇「新編・日本幻想文学集成 3」国書刊行会 2016 p392

売春婦リゼット
- ◇「創刊一〇〇年三田文学名作選」三田文学会 2010 p166

美少年
- ◇「美少年」国書刊行会 1997（書物の王国）p28

宝永噴火〈抄〉
- ◇「富士山」角川書店 2013（角川文庫）p119

みちのく
- ◇「ちくま日本文学 37」筑摩書房 2009（ちくま文庫）p138
- ◇「新編・日本幻想文学集成 3」国書刊行会 2016 p361

雪
- ◇「新編・日本幻想文学集成 3」国書刊行会 2016 p451

雪の日
- ◇「精選女性随筆集 4」文藝春秋 2012 p198

浴身
- ◇「ちくま日本文学 37」筑摩書房 2009（ちくま文庫）p424

鯉魚
- ◇「幻想小説大全」北宋社 2002 p463
- ◇「ちくま日本文学 37」筑摩書房 2009（ちくま文庫）p9

老妓抄
- ◇「ちくま日本文学 37」筑摩書房 2009（ちくま文庫）p425
- ◇「忘れものの話」筑摩書房 2011（ちくま文学の森）p467
- ◇「10ラブ・ストーリーズ」朝日新聞出版 2011（朝日文庫）p185

老主の一時期
- ◇「新編・日本幻想文学集成 3」国書刊行会 2016 p370

わが最終歌集
- ◇「ちくま日本文学 37」筑摩書房 2009（ちくま文庫）p425

私の散歩道
- ◇「精選女性随筆集 4」文藝春秋 2012 p201

私の日記
- ◇「精選女性随筆集 4」文藝春秋 2012 p147

岡本 起泉　おかもと・きせん（1853〜1882）

沢村田之助曙草紙
- ◇「新日本古典文学大系 明治編 9」岩波書店 2010 p369

岡本 綺堂　おかもと・きどう（1872〜1939）

穴
- ◇「新編・日本幻想文学集成 4」国書刊行会 2016 p425

生き物使い（陶宗儀〔著〕）
- ◇「文豪てのひら怪談」ポプラ社 2009（ポプラ文庫）p112

石燈籠
- ◇「傑作捕物ワールド 1」リブリオ出版 2002 p5

異姓（杜光庭〔著〕）
- ◇「文豪てのひら怪談」ポプラ社 2009（ポプラ文庫）p94

一本足の女
- ◇「屍鬼の血族」桜桃書房 1999 p339
- ◇「怪奇・伝奇時代小説選集 2」春陽堂書店 1999（春陽文庫）p248

異妖編
- ◇「怪奇・伝奇時代小説選集 4」春陽堂書店 2000（春陽文庫）p212

鰻に呪はれた男
- ◇「新編・日本幻想文学集成 4」国書刊行会 2016 p359

鰻に呪われた男

◇「うなぎ―人情小説集」筑摩書房 2016（ちくま文庫）p79

江戸の化物
◇「魑魅魍魎列島」小学館 2005（小学館文庫）p93

置いてけ堀
◇「ちくま日本文学 32」筑摩書房 2009（ちくま文庫）p262
◇「新編・日本幻想文学集成 4」国書刊行会 2016 p485

お照の父
◇「春はやて―時代小説アンソロジー」KADOKAWA 2016（角川文庫）p187

お文の魂
◇「ちくま日本文学 32」筑摩書房 2009（ちくま文庫）p9

温泉雑記（抄）
◇「文豪てのひら怪談」ポプラ社 2009（ポプラ文庫）p150

蚓虫
◇「新編・日本幻想文学集成 4」国書刊行会 2016 p439

影を踏まれた女
◇「怪奇・伝奇時代小説選集 11」春陽堂書店 2000（春陽文庫）p227
◇「新編・日本幻想文学集成 4」国書刊行会 2016 p335

蟹
◇「怪談―24の恐怖」講談社 2004 p441
◇「文豪たちが書いた怖い名作短編集」彩図社 2014 p131
◇「新編・日本幻想文学集成 4」国書刊行会 2016 p390

鐘が淵
◇「怪奇・伝奇時代小説選集 15」春陽堂書店 2000（春陽文庫）p2

兜
◇「怪奇・伝奇時代小説選集 15」春陽堂書店 2000（春陽文庫）p21
◇「新編・日本幻想文学集成 4」国書刊行会 2016 p457

火薬庫
◇「新編・日本幻想文学集成 4」国書刊行会 2016 p413

勘平の死
◇「忠臣蔵コレクション 2」河出書房新社 1998（河出文庫）p233

黄い紙
◇「新編・日本幻想文学集成 4」国書刊行会 2016 p403

菊人形の昔
◇「秋びより―時代小説アンソロジー」KADOKAWA 2014（角川文庫）p103

木曾の旅人
◇「怪奇・伝奇時代小説選集 10」春陽堂書店 2000（春陽文庫）p175
◇「日本怪奇小説傑作集 1」東京創元社 2005（創元推理文庫）p307

脚本大坂城―戯曲淀君集の内
◇「大坂の陣―近代文学名作選」岩波書店 2016 p70

凶宅（陶淵明〔著〕）
◇「文豪てのひら怪談」ポプラ社 2009（ポプラ文庫）p132

魚妖
◇「新編・日本幻想文学集成 4」国書刊行会 2016 p351

桐畑の太夫
◇「ちくま日本文学 32」筑摩書房 2009（ちくま文庫）p195

くろん坊
◇「妖怪」国書刊行会 1999（書物の王国）p138
◇「恐怖の森」ランダムハウス講談社 2007 p137
◇「文豪山怪奇譚―山の怪談名作選」山と渓谷社 2016 p19

五色蟹
◇「幻想小説大全」北宋社 2002 p538
◇「温泉小説」アーツアンドクラフツ 2006 p68

子供役者の死
◇「日本近代短篇小説選 大正篇」岩波書店 2012（岩波文庫）p55

猿の眼
◇「怪奇・伝奇時代小説選集 14」春陽堂書店 2000（春陽文庫）p47
◇「ちくま日本文学 32」筑摩書房 2009（ちくま文庫）p309
◇「新編・日本幻想文学集成 4」国書刊行会 2016 p377

蛇精
◇「怪奇・伝奇時代小説選集 14」春陽堂書店 2000（春陽文庫）p179

十五夜御用心
◇「ちくま日本文学 32」筑摩書房 2009（ちくま文庫）p86

十番雑記
◇「文豪怪談傑作選 大正篇」筑摩書房 2011（ちくま文庫）p359

修禅寺物語
◇「百年小説」ポプラ社 2008 p197
◇「ちくま日本文学 32」筑摩書房 2009（ちくま文庫）p333

震災の記
◇「文豪怪談傑作選 大正篇」筑摩書房 2011（ちくま文庫）p350

水鬼
◇「怪奇・伝奇時代小説選集 1」春陽堂書店 1999（春陽文庫）p122

水鬼続談 清水の井
◇「怪奇・伝奇時代小説選集 1」春陽堂書店 1999（春陽文庫）p153

青蛙堂鬼談（せいあどうきだん）
◇「ちくま日本文学 32」筑摩書房 2009（ちくま文庫）p285

節婦（紀昀〔著〕）
- ◇「文豪てのひら怪談」ポプラ社 2009（ポプラ文庫）p157

相馬の金さん
- ◇「ちくま日本文学 32」筑摩書房 2009（ちくま文庫）p368

父の怪談
- ◇「文豪怪談傑作選 特別編」筑摩書房 2008（ちくま文庫）p114

月の夜がたり
- ◇「月」国書刊行会 1999（書物の王国）p200
- ◇「怪奇・伝奇時代小説選集 7」春陽堂書店 2000（春陽文庫）p24

津の国屋
- ◇「傑作捕物ワールド 9」リブリオ出版 2002 p5

停車場の少女
- ◇「少女怪談」学習研究社 2000（学研M文庫）p167
- ◇「新編・日本幻想文学集成 4」国書刊行会 2016 p449

利根の渡
- ◇「怪奇・怪談傑作集」新人物往来社 1997 p7
- ◇「怪奇・伝奇時代小説選集 12」春陽堂書店 2000（春陽文庫）p86
- ◇「ちくま日本文学 32」筑摩書房 2009（ちくま文庫）p285
- ◇「恐ろしい話」筑摩書房 2011（ちくま文学の森）p267
- ◇「日本文学100年の名作 2」新潮社 2014（新潮文庫）p55

虎
- ◇「冒険の森へ―傑作小説大全 7」集英社 2016 p46

人魚（袁枚〔著〕）
- ◇「文豪てのひら怪談」ポプラ社 2009（ポプラ文庫）p164

人参
- ◇「ちくま日本文学 32」筑摩書房 2009（ちくま文庫）p243

猫騒動
- ◇「怪猫鬼談」人類文化社 1999 p165
- ◇「大江戸猫三昧―時代小説傑作選」徳間書店 2004（徳間文庫）p5

鼠
- ◇「極め付き時代小説選 3」中央公論新社 2004（中公文庫）p53
- ◇「信州歴史時代小説傑作集 4」しなのき書房 2007 p27

白髪鬼
- ◇「妖髪鬼談」桜桃書房 1998 p230
- ◇「文豪のミステリー小説」集英社 2008（集英社文庫）p71

半七捕物帳
- ◇「ちくま日本文学 32」筑摩書房 2009（ちくま文庫）p9

半七捕物帳―お文の魂
- ◇「捕物小説名作選 1」集英社 2006（集英社文庫）p7

番長皿屋敷
- ◇「怪奇・伝奇時代小説選集 13」春陽堂書店 2000（春陽文庫）p2

百物語
- ◇「怪奇・伝奇時代小説選集 8」春陽堂書店 2000（春陽文庫）p15
- ◇「吊るされた男」角川書店 2001（角川ホラー文庫）p67
- ◇「闇夜に怪を語れば―百物語ホラー傑作選」角川書店 2005（角川ホラー文庫）p223

琵琶鬼（干宝〔著〕）
- ◇「文豪てのひら怪談」ポプラ社 2009（ポプラ文庫）p126

筆屋の娘
- ◇「ちくま日本文学 32」筑摩書房 2009（ちくま文庫）p159

冬の金魚
- ◇「ちくま日本文学 32」筑摩書房 2009（ちくま文庫）p46
- ◇「衝撃を受けた時代小説傑作選」文藝春秋 2011（文春文庫）p179

牡丹燈記
- ◇「怪奇・伝奇時代小説選集 9」春陽堂書店 2000（春陽文庫）p246

三浦老人昔話
- ◇「ちくま日本文学 32」筑摩書房 2009（ちくま文庫）p195

山の秘密
- ◇「サンカの民を追って―山窩小説傑作選」河出書房新社 2015（河出文庫）p89

雪達磨
- ◇「ちくま日本文学 32」筑摩書房 2009（ちくま文庫）p134

妖婆
- ◇「怪奇・伝奇時代小説選集 12」春陽堂書店 2000（春陽文庫）p33
- ◇「雪女のキス」光文社 2000（カッパ・ノベルス）p31
- ◇「幽霊怪談」リブリオ出版 2001（怪奇・ホラーワールド）p137

鎧櫃の血
- ◇「血」三天書房 2000（傑作短篇シリーズ）p7
- ◇「ちくま日本文学 32」筑摩書房 2009（ちくま文庫）p218
- ◇「新編・日本幻想文学集成 4」国書刊行会 2016 p471

離魂病
- ◇「怪奇・伝奇時代小説選集 8」春陽堂書店 2000（春陽文庫）p2

鷲
- ◇「怪奇・伝奇時代小説選集 12」春陽堂書店 2000（春陽文庫）p49

オカモト 國ヒコ　おかもと・くにひこ（1974～）

薔薇のある家
- ◇「テレビドラマ代表作選集 2011年版」日本脚本家

連盟 2011 p223

岡本 敬三　おかもと・けいぞう（1950〜）
根府川へ
◇「太宰治賞 2002」筑摩書房 2002 p95
無言歌
◇「太宰治賞 2003」筑摩書房 2003 p113

岡本 賢一　おかもと・けんいち（1964〜）
宇宙親善料理
◇「SFバカ本 宇宙チャーハン篇」メディアファクトリー 2000 p279
言の実
◇「宇宙生物ゾーン」廣済堂出版 2000（廣済堂文庫）p121
サトル
◇「チャイルド」廣済堂出版 1998（廣済堂文庫）p287
死神がえし
◇「夏のグランドホテル」光文社 2003（光文社文庫）p491
死にマル
◇「屍者の行進」廣済堂出版 1998（廣済堂文庫）p469
12人のいかれた男たち
◇「SFバカ本 だるま篇」廣済堂出版 1999（廣済堂文庫）p345
◇「笑壺—SFバカ本ナンセンス集」小学館 2006（小学館文庫）p139
濁流
◇「水妖」廣済堂出版 1998（廣済堂文庫）p135
必修科目
◇「教室」光文社 2003（光文社文庫）p379
闇の羽音
◇「悪夢制御装置—ホラー・アンソロジー」角川書店 2002（角川文庫）p53
◇「青に捧げる悪夢」角川書店 2005 p213
◇「青に捧げる悪夢」角川書店 2013（角川文庫）p369
LE389の任務
◇「ロボットの夜」光文社 2000（光文社文庫）p293

岡本 さとる　おかもと・さとる（1961〜）
風流捕物帖 "きつね"
◇「哀歌の雨」祥伝社 2016（祥伝社文庫）p89

岡本 潤　おかもと・じゅん（1901〜1978）
岡本潤集
◇「新装版 全集現代文学の発見 1」學藝書林 2002 p285
おまへの眼もおれの眼も
◇「新装版 全集現代文学の発見 1」學藝書林 2002 p286
感動した都会
◇「新装版 全集現代文学の発見 1」學藝書林 2002 p283
黄いろい夢
◇「新装版 全集現代文学の発見 1」學藝書林 2002 p280
汽笛と屍骸
◇「新装版 全集現代文学の発見 1」學藝書林 2002 p288
号外
◇「新装版 全集現代文学の発見 1」學藝書林 2002 p283
山頂の火
◇「新装版 全集現代文学の発見 1」學藝書林 2002 p285
贅沢なる乞食のこんたん
◇「新装版 全集現代文学の発見 1」學藝書林 2002 p282
都会の疲労
◇「新装版 全集現代文学の発見 1」學藝書林 2002 p280
白昼無言劇
◇「新装版 全集現代文学の発見 1」學藝書林 2002 p287
波止場
◇「新装版 全集現代文学の発見 1」學藝書林 2002 p284
夜から朝へ
◇「新装版 全集現代文学の発見 1」學藝書林 2002 p280
◇「新装版 全集現代文学の発見 1」學藝書林 2002 p284

岡本 太郎　おかもと・たろう（1911〜1996）
顔の話
◇「創刊一〇〇年三田文学名作選」三田文学会 2010 p684
修験の夜—出羽三山
◇「山形県文学全集第2期（随筆・紀行編）3」郷土出版社 2005 p347
タゴシ、おかあさんは眠られた≫岡本一平
◇「日本人の手紙 9」リブリオ出版 2004 p97

岡本 文弥　おかもと・ぶんや
必死デス、一生ケンメイデス。ぶんや 百一歳≫山野ゆきね
◇「日本人の手紙 8」リブリオ出版 2004 p223

岡本 真知　おかもと・まち
エコなつ！
◇「科学ドラマ大賞 第2回受賞作品集」科学技術振興機構〔2011〕p21

岡本 好古　おかもと・よしふる（1931〜2018）
蜂ガ谷庄
◇「幻想小説大全」北宋社 2002 p376
悲笛伝
◇「必殺天誅剣」光風社出版 1999（光風社文庫）p163

岡安 伸治　おかやす・しんじ（1948〜）
キツネのてぶくろ

岡山 裕美　おかやま・ひろみ
大地震
- ◇「平成28年熊本地震作品集」くまもと文学・歴史館友の会 2016 p6

岡山南高校演劇部　おかやまみなみこうこうえんげきぶ
幸福ドミノ（岡田一瞳）
- ◇「創作脚本集―60周年記念」岡山県高等学校演劇協議会 2011（おかやまの高校演劇）p155

おがわ
解決編
- ◇「超短編の世界 vol.3」創英社 2011 p162

小川 苺　おがわ・いちご
パールウエーブ
- ◇「かわさきの文学―かわさき文学賞50年記念作品集 2009年」審美社 2009 p163

小川 一水　おがわ・いっすい（1975～）
青い星まで飛んでいけ
- ◇「超弦領域―年刊日本SF傑作選」東京創元社 2009（創元SF文庫）p377

アリスマ王の愛した魔物
- ◇「結晶銀河―年刊日本SF傑作選」東京創元社 2011（創元SF文庫）p33

占職術師の希望
- ◇「Fiction zero／narrative zero」講談社 2007 p135

宇宙でいちばん丈夫な糸―The Ladies who have amazing skills at 2030
- ◇「拡張幻想」東京創元社 2012（創元SF文庫）p13

グラスハートが割れないように
- ◇「虚構機関―年刊日本SF傑作選」東京創元社 2008（創元SF文庫）p15

コズミックロマンスカルテットwith E―「結婚してぇん…」全裸女が宇宙船に現れた
- ◇「NOVA―書き下ろし日本SFコレクション 7」河出書房新社 2012（河出文庫）p61

ゴールデンブレッド
- ◇「THE FUTURE IS JAPANESE」早川書房 2012（ハヤカワSFシリーズJコレクション）p169

幸せになる箱庭
- ◇「ぼくの、マシン―ゼロ年代日本SFベスト集成 S」東京創元社 2010（創元SF文庫）p59

町立探偵〈竿竹室士〉「いおり童子」と「こむら返し」
- ◇「SF宝石―ぜーんぶ！　新作読み切り」光文社 2013 p167

時じくの実の宮古へ
- ◇「坂木司リクエスト！　和菓子のアンソロジー」光文社 2013 p219
- ◇「坂木司リクエスト！　和菓子のアンソロジー」光文社 2014（光文社文庫）p221

白鳥熱の朝に
- ◇「日本SF短篇50 5」早川書房 2013（ハヤカワ文庫JA）p233

フリーランチの時代
- ◇「短篇ベストコレクション―現代の小説 2006」徳間書店 2006（徳間文庫）p377

星風よ、淀みに吹け
- ◇「本格ミステリー二〇一〇年本格短編ベスト・セレクション '10」講談社 2010（講談社ノベルス）p291
- ◇「ザ・ベストミステリーズ―推理小説年鑑 2010」講談社 2010 p129
- ◇「Logic真相への回廊」講談社 2013（講談社文庫）p279

御機送る、かなもり堂
- ◇「短篇ベストコレクション―現代の小説 2014」徳間書店 2014（徳間文庫）p173

ろーどそうするず―バイクの寿命はもって十五年だ。おれはミュージーアムに入りたいなあ
- ◇「NOVA―書き下ろし日本SFコレクション 3」河出書房新社 2010（河出文庫）p23

小川 糸　おがわ・いと（1973～）
霜降―10月23日ごろ
- ◇「君と過ごす季節―秋から冬へ、12の暦物語」ポプラ社 2012（ポプラ文庫）p119

パパミルク
- ◇「スタートライン―始まりをめぐる19の物語」幻冬舎 2010（幻冬舎文庫）p209

ひとなつの花
- ◇「てのひらの恋」KADOKAWA 2014（角川文庫）p111

僕の太陽
- ◇「いつか、君へ Boys」集英社 2012（集英社文庫）p31

小川 勝己　おがわ・かつみ（1965～）
愛の遠近法的倒錯
- ◇「金田一耕助に捧ぐ九つの狂想曲」角川書店 2002 p47
- ◇「金田一耕助に捧ぐ九つの狂想曲」角川書店 2012（角川文庫）p47

胡鬼板心中
- ◇「ザ・ベストミステリーズ―推理小説年鑑 2004」講談社 2004 p67
- ◇「孤独な交響曲（シンフォニー）」講談社 2007（講談社文庫）p455

蘆薈
- ◇「紅と蒼の恐怖―ホラー・アンソロジー」祥伝社 2002（Non novel）p159

小川 喜平　おがわ・きへい
農民の人生とは何だったのか。成田農民の抗議文≫村山富市・亀井静香
- ◇「日本人の手紙 10」リブリオ出版 2004 p218

小川 国夫　おがわ・くにお（1927～2008）
逸民

◇「川端康成文学賞全作品 1」新潮社 1999 p373
大亀のいた海岸
◇「創刊一〇〇年三田文学名作選」三田文学会 2010 p451
相良油田
◇「戦後短篇小説再発見 1」講談社 2001（講談社文芸文庫）p101
聖女の出発
◇「コレクション戦争と文学 13」集英社 2011 p481
天の本国
◇「戦後短篇小説再発見 16」講談社 2003（講談社文芸文庫）p164
人間に大切なものは友情ですよ≫丹羽正
◇「日本人の手紙 2」リブリオ出版 2004 p223
プロヴァンスの坑夫
◇「文学 1999」講談社 1999 p208
物と心
◇「わが名はタフガイ―ハードボイルド傑作選」光文社 2006（光文社文庫）p133
物と心／速い馬の流れ
◇「文士の意地―車谷長吉撰短篇小説輯 下巻」作品社 2005 p262

小川 鍵次郎 おがわ・けんじろう
朝貌の花に寄せて学童を奨励す
◇「新日本古典文学大系 明治編 12」岩波書店 2001 p24
寒村夜帰
◇「新日本古典文学大系 明治編 12」岩波書店 2001 p31

小川 幸司 おがわ・こうじ
南京の早春賦
◇「高校演劇Selection 2006 上」晩成書房 2008 p111

小川 栄 おがわ・さかえ
タイ・ブレーク
◇「Sports stories」埼玉県さいたま市 2009（さいたま市スポーツ文学賞受賞作品集）p67

小川 雫 おがわ・しずく
千夜一夜
◇「ゆきのまち幻想文学賞小品集 21」企画集団ぷりずむ 2012 p144

緒川 萄子 おがわ・とうこ
おたまじゃくしは蛙の子
◇「てのひら怪談―ビーケーワン怪談大賞傑作選 辛卯」ポプラ社 2011（ポプラ文庫）p122

小川 智子 おがわ・ともこ
狼少女（大見全）
◇「年鑑代表シナリオ集 '05」シナリオ作家協会 2006 p237

小川 直人 おがわ・なおと
しっぽの友達
◇「バブリーズ・リターン―ソード・ワールド短編集」富士見書房 1999（富士見ファンタジア文庫）p7

小川 直美 おがわ・なおみ
苺の氷水
◇「ゆきのまち幻想文学賞小品集 7」NTTメディアスコープ 1997 p186

小川 直也 おがわ・なおや（1968〜）
直也、俺はお前を信じているからな！ ≫原吉美
◇「日本人の手紙 3」リブリオ出版 2004 p128

小川 信夫 おがわ・のぶお（1926〜）
よみがえれ びょうぶ沼
◇「小学校・全員参加の楽しい学級劇・学年劇脚本集 高学年」黎明書房 2007 p142

小川 白山 おがわ・はくさん
蕪斎筆記（抄）
◇「稲生モノノケ大全 陰之巻」毎日新聞社 2003 p632

小川 英子 おがわ・ひでこ
死ぬのはこわい
◇「妖（あやかし）がささやく」翠琥出版 2015 p49

小川 未明 おがわ・みめい（1882〜1961）
赤いろうそくと人魚
◇「人魚の血―珠玉アンソロジー オリジナル＆スタンダート」光文社 2001（カッパ・ノベルス）p385
◇「文豪たちが書いた怖い名作短編集」彩図社 2014 p71
◇「鬼譚」筑摩書房 2014（ちくま文庫）p43
◇「人魚―mermaid & merman」皓星社 2016（紙礫）p4
◇「冒険の森へ―傑作小説大全 15」集英社 2016 p32
赤い蝋燭と人魚
◇「文豪怪談傑作選 小川未明集」筑摩書房 2008（ちくま文庫）p161
◇「いきものがたり」双文社出版 2013 p109
◇「近代童話（メルヘン）と賢治」おうふう 2014 p23
◇「もっと厭な物語」文藝春秋 2014（文春文庫）p223
悪魔
◇「文豪怪談傑作選 小川未明集」筑摩書房 2008（ちくま文庫）p287
嵐の夜
◇「文豪怪談傑作選 小川未明集」筑摩書房 2008（ちくま文庫）p41
ある男と無花果
◇「超短編アンソロジー」筑摩書房 2002（ちくま文庫）p184
牛女
◇「幻視の系譜」筑摩書房 2013（ちくま文庫）p55
◇「近代童話（メルヘン）と賢治」おうふう 2014 p13
越後の冬
◇「文豪怪談傑作選 小川未明集」筑摩書房 2008（ちくま文庫）p47
大きなかに
◇「奇譚カーニバル」集英社 2000（集英社文庫）p49

おかわ

大きな蟹
◇「近代童話（メルヘン）と賢治」おうふう 2014 p33

お母さんはえらいな
◇「女 1」あの出版 2016（GB）p7

面影──ハーン先生の一周忌に
◇「文豪怪談傑作選 小川未明集」筑摩書房 2008（ちくま文庫）p351

樫の木
◇「文豪てのひら怪談」ポプラ社 2009（ポプラ文庫）p134

貸間を探したとき
◇「文豪怪談傑作選 小川未明集」筑摩書房 2008（ちくま文庫）p363

黄色い晩
◇「文豪怪談傑作選 小川未明集」筑摩書房 2008（ちくま文庫）p87

北の冬
◇「文豪怪談傑作選 小川未明集」筑摩書房 2008（ちくま文庫）p341

君は信ずるか
◇「新装版 全集現代文学の発見 1」學藝書林 2002 p475

金の輪
◇「文豪怪談傑作選 小川未明集」筑摩書房 2008（ちくま文庫）p194
◇「近代童話（メルヘン）と賢治」おうふう 2014 p10

櫛
◇「文豪怪談傑作選 小川未明集」筑摩書房 2008（ちくま文庫）p100

暗い空
◇「文豪怪談傑作選 小川未明集」筑摩書房 2008（ちくま文庫）p231

黒い旗物語
◇「文豪怪談傑作選 小川未明集」筑摩書房 2008（ちくま文庫）p175

黒い人と赤い橇
◇「文豪怪談傑作選 小川未明集」筑摩書房 2008（ちくま文庫）p185

凍える女
◇「文豪怪談傑作選 小川未明集」筑摩書房 2008（ちくま文庫）p132

白い門のある家
◇「文豪怪談傑作選 小川未明集」筑摩書房 2008（ちくま文庫）p198

過ぎた春の記憶
◇「文豪怪談傑作選 小川未明集」筑摩書房 2008（ちくま文庫）p9
◇「文豪たちが書いた怖い名作短編集」彩図社 2014 p86

僧
◇「文豪怪談傑作選 小川未明集」筑摩書房 2008（ちくま文庫）p309

稚子ヶ淵
◇「文豪怪談傑作選 小川未明集」筑摩書房 2008（ちくま文庫）p33

月夜とめがね
◇「ものがたりのお菓子箱」飛鳥新社 2008 p45

月夜と眼鏡
◇「ファイン／キュート素敵かわいい作品選」筑摩書房 2015（ちくま文庫）p142

点
◇「文豪怪談傑作選 小川未明集」筑摩書房 2008（ちくま文庫）p117

扉
◇「文豪怪談傑作選 小川未明集」筑摩書房 2008（ちくま文庫）p267

捕われ人
◇「文豪怪談傑作選 小川未明集」筑摩書房 2008（ちくま文庫）p241

日没の幻影
◇「文豪怪談傑作選 小川未明集」筑摩書房 2008（ちくま文庫）p328

抜髪
◇「文豪怪談傑作選 小川未明集」筑摩書房 2008（ちくま文庫）p103

眠い町
◇「架空の町」国書刊行会 1997（書物の王国）p35
◇「冒険の森へ──傑作小説大全 1」集英社 2016 p29

野ばら
◇「二時間目国語」宝島社 2008（宝島社文庫）p129
◇「コレクション戦争と文学 13」集英社 2011 p15
◇「もう一度読みたい教科書の泣ける名作」学研教育出版 2013 p109
◇「アンソロジー・プロレタリア文学 3」森話社 2015 p330

野薔薇
◇「近代童話（メルヘン）と賢治」おうふう 2014 p19

薔薇と巫女
◇「文豪怪談傑作選 小川未明集」筑摩書房 2008（ちくま文庫）p207
◇「日本近代短篇小説選 明治篇2」岩波書店 2013（岩波文庫）p255

不思議な鳥
◇「文豪怪談傑作選 小川未明集」筑摩書房 2008（ちくま文庫）p70

迷い路
◇「文豪怪談傑作選 小川未明集」筑摩書房 2008（ちくま文庫）p61

森の暗き夜
◇「文豪怪談傑作選 小川未明集」筑摩書房 2008（ちくま文庫）p249

森の妖姫
◇「文豪怪談傑作選 小川未明集」筑摩書房 2008（ちくま文庫）p304

幽霊船
◇「文豪怪談傑作選 小川未明集」筑摩書房 2008（ちくま文庫）p222

百合の花
◇「文豪怪談傑作選 小川未明集」筑摩書房 2008（ちくま文庫）p22

夜の喜び
◇「文豪怪談傑作選 小川未明集」筑摩書房 2008（ちくま文庫）p359
蠟人形
◇「文豪怪談傑作選 小川未明集」筑摩書房 2008（ちくま文庫）p151
老婆
◇「文豪怪談傑作選 小川未明集」筑摩書房 2008（ちくま文庫）p107
私が童話を書く時の心持ち
◇「ひつじアンソロジー 小説編 2」ひつじ書房 2009 p20

尾河 みゆき　おがわ・みゆき
つぎの、つぎの青
◇「さきがけ文学賞選集 3」秋田魁新報社 2015（さきがけ文庫）p5

小川 めい　おがわ・めい
背中
◇「ゆれる―第12回フェリシモ文学賞作品集」フェリシモ 2009 p92

小川 沐雨　おがわ・もくう
朝鮮詩歌集（新井志郎／新井美邑）
◇「近代朝鮮文学日本語作品集1908～1945 セレクション 6」緑蔭書房 2008 p99

小川 雄輝　おがわ・ゆうき
カラスノユメ
◇「忘れがたい者たち―ライトノベル・ジュブナイル選集」創英社 2007 p119
昆虫観察日記
◇「超短編傑作選 v.6」創英社 2007 p83

小川 洋子　おがわ・ようこ（1962～）
海
◇「文学 2005」講談社 2005 p37
お料理教室
◇「おいしい話―料理小説傑作選」徳間書店 2007（徳間文庫）p5
ガイド
◇「街の物語」角川書店 2001（New History）p5
風薫るウィーンの旅六日間
◇「右か、左か」文藝春秋 2010（文春文庫）p9
完璧な病室
◇「中沢けい・多和田葉子・荻野アンナ・小川洋子」角川書店 1998（女性作家シリーズ）p329
ギブスを売る人
◇「ものがたりのお菓子箱」飛鳥新社 2008 p253
巨人の接待
◇「Invitation」文藝春秋 2010 p35
◇「甘い罠―8つの短篇小説集」文藝春秋 2012（文春文庫）p35
黒子羊はどこへ
◇「どうぶつたちの贈り物」PHP研究所 2016 p195
原稿零枚日記（抄）
◇「胞子文学名作選」港の人 2013 p25
再試合
◇「夏休み」KADOKAWA 2014（角川文庫）p125
電話アーティストの甥
◇「秘密。―私と私のあいだの十二話」メディアファクトリー 2005 p69
電話アーティストの恋人
◇「秘密。―私と私のあいだの十二話」メディアファクトリー 2005 p75
妊娠カレンダー
◇「中沢けい・多和田葉子・荻野アンナ・小川洋子」角川書店 1998（女性作家シリーズ）p387
バタフライ和文タイプ事務所
◇「短篇ベストコレクション―現代の小説 2005」徳間書店 2005（徳間文庫）p211
◇「日本文学100年の名作 10」新潮社 2015（新潮文庫）p9
ビーバーの小枝
◇「文学 2013」講談社 2013 p119
ひよこトラック
◇「文学 2007」講談社 2007 p216
◇「現代小説クロニクル 2005～2009」講談社 2015（講談社文芸文庫）p83
物理の館物語
◇「短篇集」ヴィレッジブックス 2010 p220
夜泣き帽子
◇「それでも三月は、また」講談社 2012 p49
老婆J
◇「リテラリーゴシック・イン・ジャパン―文学的ゴシック作品選」筑摩書房 2014（ちくま文庫）p497

小川 好暁　おがわ・よしあき
左手には花を
◇「言葉にできない悲しみ」泰文堂 2015（リンダパブリッシャーズの本）p173

小川 楽喜　おがわ・らくよし
赤に抱かれて
◇「月の舞姫」富士見書房 2001（富士見ファンタジア文庫）p85
廃都に埋もれし孤影
◇「冒険の夜に翔べ！―ソード・ワールド短編集」富士見書房 2003（富士見ファンタジア文庫）p147
日だまりの絵画
◇「許されし偽り―ソード・ワールド短編集」富士見書房 2001（富士見ファンタジア文庫）p157

小川内 初枝　おがわうち・はつえ
緊縛
◇「太宰治賞 2002」筑摩書房 2002 p27

オギ
うたうたい
◇「超短編の世界 vol.3」創英社 2011 p122

荻 一之介　おぎ・かずのすけ
或死刑囚の手記の一節

おき

◇「幻の探偵雑誌 8」光文社 2001（光文社文庫）p447

猪狩殺人事件 八
◇「幻の探偵雑誌 3」光文社 2000（光文社文庫）p103

執念―くちづけ綺談
◇「幻の探偵雑誌 3」光文社 2000（光文社文庫）p25

最後の瞬間(ラスト・モーメント)
◇「幻の探偵雑誌 8」光文社 2001（光文社文庫）p329

沖 義裕　おき・よしひろ
植物たちの企み
◇「縄文4000年の謎に挑む」現代書林 2016 p110

オキシ タケヒコ　(1973～)
イージー・エスケープ
◇「折り紙衛星の伝説」東京創元社 2015（創元SF文庫）p397

エコーの中でもう一度
◇「さよならの儀式」東京創元社 2014（創元SF文庫）p135

What We Want
◇「原色の想像力―創元SF短編賞アンソロジー 2」東京創元社 2012（創元SF文庫）p113

荻田 安静　おぎた・あんせい　(？～1669)
廃寺の化物―萩田安静『宿直草』(須永朝彦〔訳〕)
◇「妖怪」国書刊行会 1999（書物の王国）p100

山姫 (須永朝彦〔訳〕)
◇「文豪てのひら怪談」ポプラ社 2009（ポプラ文庫）p182

興田 募　おきた・ぼ
出目金
◇「てのひら怪談―ビーケーワン怪談大賞傑作選」ポプラ社 2007 p78
◇「てのひら怪談―ビーケーワン怪談大賞傑作選」ポプラ社 2008（ポプラ文庫）p80

荻田 美加　おぎた・みか
板さんの恋
◇「すごい恋愛」泰文堂 2012（リンダブックス）p44

君を忘れない
◇「君を忘れない―恋愛短篇小説集」泰文堂 2012（リンダブックス）p6

こぼしたミルクを嘆いても無駄ではない
◇「君に会いたい―恋愛短篇小説集」泰文堂 2012（リンダブックス）p50

ゆりちゃんを殺しに
◇「恋は、しばらくお休みです。―恋愛短篇小説集」泰文堂 2013（レインブックス）p37

沖縄愛楽園愛楽園句会　おきなわあいらくえんくかい
蘇鉄の実
◇「ハンセン病文学全集 9」皓星社 2010 p148

沖縄愛楽園愛楽短歌会　おきなわあいらくえんあいらくたんかかい
地の上
◇「ハンセン病文学全集 8」皓星社 2006 p337

沖縄愛楽園梯梧琉歌会　おきなわあいらくえんでいごりゅうかかい
竜の都
◇「ハンセン病文学全集 8」皓星社 2006 p237

荻野 アンナ　おぎの・あんな　(1956～)
いいえ 私は
◇「12星座小説集」講談社 2013（講談社文庫）p181

うちのお母んがお茶を飲む
◇「中沢けい・多和田葉子・荻野アンナ・小川洋子」角川書店 1998（女性作家シリーズ）p205

パリ
◇「街物語」朝日新聞社 2000 p103

雪国の踊子
◇「中沢けい・多和田葉子・荻野アンナ・小川洋子」角川書店 1998（女性作家シリーズ）p296

笑うボッシュ
◇「中沢けい・多和田葉子・荻野アンナ・小川洋子」角川書店 1998（女性作家シリーズ）p243

沖野 岩三郎　おきの・いわさぶろう　(1876～1956)
いたづら書
◇「蘇らぬ朝「大逆事件」以後の文学」インパクト出版会 2010（インパクト選書）p187

荻野 鳥子　おぎの・ちょうこ
東風吹かば
◇「お母さんのなみだ」泰文堂 2016（リンダパブリッシャーズの本）p188

荻生 亘　おぎゅう・わたる
DEATH OF A CROSS DRESSER
◇「本格推理 12」光文社 1998（光文社文庫）p317

SNOW BOUND―雪上の足跡
◇「本格推理 10」光文社 1997（光文社文庫）p377

荻世 いをら　おぎよ・いおら
永遠の子ども
◇「文学 2012」講談社 2012 p211

半分透明のきみ
◇「いまのあなたへ―村上春樹への12のオマージュ」NHK出版 2014 p135

双子のLDK
◇「いまのあなたへ―村上春樹への12のオマージュ」NHK出版 2014 p136

荻原 井泉水　おぎわら・せいせんすい　(1884～1976)
月山を下る
◇「山形県文学全集第2期（随筆・紀行編）1」郷土出版社 2005 p330

月山に登る

◇「山形県文学全集第2期（随筆・紀行編）1」郷土出版社 2005 p317

荻原 規子　おぎわら・のりこ（1959〜）
彼女のユニコーン、彼女の猫―西の善き魔女番外篇
◇「C・N 25―C・novels創刊25周年アンソロジー」中央公論新社 2007（C novels）p540

荻原 浩　おぎわら・ひろし（1956〜）
エンドロールは最後まで
◇「最後の恋MEN'S―つまり、自分史上最高の恋。」新潮社 2012（新潮文庫）p263
お母さまのロシアのスープ
◇「ザ・ベストミステリーズ―推理小説年鑑 2005」講談社 2005 p483
◇「仕掛けられた罪」講談社 2008（講談社文庫）p5
サークルゲーム
◇「「いじめ」をめぐる物語」朝日新聞出版 2015 p5
しんちゃんの自転車
◇「短編工場」集英社 2012（集英社文庫）p301
スーパーマンの憂鬱
◇「短篇ベストコレクション―現代の小説 2006」徳間書店 2006（徳間文庫）p99
成人式
◇「短篇ベストコレクション―現代の小説 2016」徳間書店 2016（徳間文庫）p67
空は今日もスカイ
◇「あの日、君と Girls」集英社 2012（集英社文庫）p55
トンネル鏡
◇「短篇ベストコレクション―現代の小説 2010」徳間書店 2010（徳間文庫）p309
長い長い石段の先
◇「眠れなくなる夢十夜」新潮社 2009（新潮文庫）p57
吾輩は猫であるけれど
◇「吾輩も猫である」新潮社 2016（新潮文庫）p97

奥 浩平　おく・こうへい（1943〜1965）
永遠の恋人よ、その魅惑的な唇で愛の言葉を放って≫中原素子
◇「日本人の手紙 4」リブリオ出版 2004 p151

奥 二郎　おく・じろう
奥二郎詩集
◇「ハンセン病文学全集 6」皓星社 2003 p336
晴れた日
◇「ハンセン病文学全集 6」皓星社 2003 p336

緒久 なつ江　おぐ・なつえ
くねくね、ぐるぐるの夏
◇「ショートショートの花束 6」講談社 2014（講談社文庫）p35
美容室
◇「ゆきのまち幻想文学賞小品集 25」企画集団ぷりずむ 2015 p137

奥泉 明日香　おくいずみ・あすか
閻魔様のぱそこん
◇「ショートショートの花束 7」講談社 2015（講談社文庫）p161
しずむせかい
◇「ショートショートの花束 8」講談社 2016（講談社文庫）p102
花の雨
◇「ショートショートの花束 7」講談社 2015（講談社文庫）p133

奥泉 光　おくいずみ・ひかる（1956〜）
石の来歴
◇「コレクション戦争と文学 13」集英社 2011 p513
滝
◇「北村薫のミステリー館」新潮社 2005（新潮文庫）p349
三つ目の鯰（抄）
◇「山形県文学全集第1期（小説編）6」郷土出版社 2004 p250
Arabeske―《ダヴィド同盟》ノート四から
◇「文学 2011」講談社 2011 p280

尾久木 弾歩　おくぎ・だんぽ
生首殺人事件
◇「甦る推理雑誌 4」光文社 2003（光文社文庫）p125

邑久高校新良田教室　おくこうこうにいらだきょうしつ
石と少女
◇「ハンセン病文学全集 6」皓星社 2003 p426

邑久光明園卯の花会　おくこうみょうえんうのはなかい
句集 卯の花 第一集
◇「ハンセン病文学全集 9」皓星社 2010 p75

邑久光明園卯の花句会　おくこうみょうえんうのはなくかい
年輪
◇「ハンセン病文学全集 9」皓星社 2010 p93

邑久光明園楓短歌会　おくこうみょうえんかえでたんかかい
海中石
◇「ハンセン病文学全集 8」皓星社 2006 p191
光明苑
◇「ハンセン病文学全集 8」皓星社 2006 p143

邑久光明園ひかり川柳会　おくこうみょうえんひかりせんりゅうかい
虹のかけ橋
◇「ハンセン病文学全集 9」皓星社 2010 p424

億錦 樹樹　おくしき・じゅじゅ
アプリケーション
◇「ショートショートの花束 7」講談社 2015（講談

社文庫）p169

奥田 哲也　おくだ・てつや（1958～）
アリアドネー―迷宮の女主人
　◇「チャイルド」廣済堂出版 1998（廣済堂文庫）p189
石の女
　◇「恐怖症」光文社 2002（光文社文庫）p363
癒し
　◇「悪夢が嗤う瞬間」勁文社 1997（ケイブンシャ文庫）p48
ウォーター・ミュージック
　◇「水妖」廣済堂出版 1998（廣済堂文庫）p441
受取人
　◇「ミステリ★オールスターズ」角川書店 2010 p217
　◇「ミステリ・オールスターズ」角川書店 2012（角川文庫）p253
運命島
　◇「黒い遊園地」光文社 2004（光文社文庫）p557
大麦畑でつかまえて
　◇「獣人」光文社 2003（光文社文庫）p503
仮面の庭
　◇「マスカレード」光文社 2002（光文社文庫）p157
自殺者
　◇「悪夢が嗤う瞬間」勁文社 1997（ケイブンシャ文庫）p19
ストーリー・テラー
　◇「教室」光文社 2003（光文社文庫）p185
砂の獣
　◇「世紀末サーカス」廣済堂出版 2000（廣済堂文庫）p133
素晴らしきこの世界
　◇「アジアン怪綺」光文社 2003（光文社文庫）p427
ダンシング・イン・ザ・ダーク
　◇「暗闇」中央公論新社 2004（C NOVELS）p57
父帰ル
　◇「物語のルミナリエ」光文社 2011（光文社文庫）p216
時の器
　◇「悪夢が嗤う瞬間」勁文社 1997（ケイブンシャ文庫）p122
ドクター・レンフィールドの日記
　◇「夢魔」光文社 2001（光文社文庫）p101
鳥の囁く夜
　◇「グランドホテル」廣済堂出版 1999（廣済堂文庫）p81
虹の彼方に
　◇「ロボットの夜」光文社 2000（光文社文庫）p531
非業
　◇「伯爵の血族―紅ノ章」光文社 2007（光文社文庫）p429
風聞
　◇「平成都市伝説」中央公論新社 2004（C NOVELS）p103

フニクラ
　◇「妖女」光文社 2004（光文社文庫）p137
船の中の英吉利人
　◇「幽霊船」光文社 2001（光文社文庫）p65
ホーム
　◇「帰還」光文社 2000（光文社文庫）p371
みどりの叫び
　◇「トロピカル」廣済堂出版 1999（廣済堂文庫）p39
誘惑
　◇「ひとにぎりの異形」光文社 2007（光文社文庫）p95
ロッキーを越えて
　◇「十月のカーニヴァル」光文社 2000（カッパ・ノベルス）p239
MUSE
　◇「変身」廣済堂出版 1998（廣済堂文庫）p315

奥田 野月　おくだ・のづき
罠の罠
　◇「罠の怪」勉誠出版 2002（べんせいライブラリー）p183

奥田 登　おくだ・のぼる
咲いた団栗
　◇「かわいい―第16回フェリシモ文学賞優秀作品集」フェリシモ 2013 p71
雪女
　◇「ゆきのまち幻想文学賞小品集 24」企画集団ぷりずむ 2015 p134

奥田 英朗　おくだ・ひでお（1959～）
いてもたっても
　◇「ザ・ベストミステリーズ―推理小説年鑑 2003」講談社 2003 p173
　◇「殺人の教室」講談社 2006（講談社文庫）p85
グレープフルーツ・モンスター
　◇「短篇ベストコレクション―現代の小説 2005」徳間書店 2005（徳間文庫）p419
ここが青山
　◇「短編工場」集英社 2012（集英社文庫）p41
セブンティーン
　◇「聖なる夜に君は」角川書店 2009（角川文庫）p5
ドライブ・イン・サマー
　◇「男たちの長い旅」徳間書店 2004（TOKUMA NOVELS）p159
夏のアルバム
　◇「あの日、君と Boys」集英社 2012（集英社文庫）p97
正雄の秋
　◇「短篇ベストコレクション―現代の小説 2015」徳間書店 2015（徳間文庫）p131

奥田 裕介　おくだ・ゆうすけ
さあ、つぎはどの森を歩こうか
　◇「「伊豆文学賞」優秀作品集 第19回」羽衣出版 2016 p55

奥田　鉄人　おくだ・ろぼっと
夏の写真
　◇「時間怪談」廣済堂出版 1999（廣済堂文庫）p400
METAL KINGDOM
　◇「ロボットの夜」光文社 2000（光文社文庫）p223

奥寺　佐渡子　おくでら・さとこ
天使
　◇「年鑑代表シナリオ集 '06」シナリオ作家協会 2008 p7
時をかける少女（アニメーション）
　◇「年鑑代表シナリオ集 '06」シナリオ作家協会 2008 p67

奥野　信太郎　おくの・しんたろう（1899～1968）
永井壮吉教授─永井荷風追悼
　◇「創刊一〇〇年三田文学名作選」三田文学会 2010 p714

奥野　健男　おくの・たけお（1926～1997）
「政治と文学」理論の破産
　◇「新装版 全集現代文学の発見 4」學藝書林 2003 p510
「三田文学」のこと・『昭和の文人』のこと
　◇「創刊一〇〇年三田文学名作選」三田文学会 2010 p685

小熊　二郎　おぐま・じろう
湖畔の殺人
　◇「甦る推理雑誌 2」光文社 2002（光文社文庫）p329

小熊　秀雄　おぐま・ひでお（1901～1940）
鷲の歌
　◇「新装版 全集現代文学の発見 13」學藝書林 2004 p223
ウラルの狼の直系として─自由詩型否定論者に与う
　◇「新装版 全集現代文学の発見 13」學藝書林 2004 p224
小熊秀雄詩集
　◇「新装版 全集現代文学の発見 13」學藝書林 2004 p216
お月さまと馬賊
　◇「謎のギャラリー─こわい部屋」新潮社 2002（新潮文庫）p80
　◇「こわい部屋」筑摩書房 2012（ちくま文庫）p80
きのうは嵐きょうは晴天
　◇「新装版 全集現代文学の発見 13」學藝書林 2004 p219
舌へ労働を命ず
　◇「新装版 全集現代文学の発見 13」學藝書林 2004 p221
しゃべり捲くれ
　◇「新装版 全集現代文学の発見 13」學藝書林 2004 p220
蹄鉄屋の歌
　◇「新装版 全集現代文学の発見 13」學藝書林 2004 p216
飛ぶ橇─アイヌ民族のために
　◇「〈外地〉の日本語文学選 2」新宿書房 1996 p31
馬上の詩
　◇「新装版 全集現代文学の発見 13」學藝書林 2004 p217
マナイタの化けた話
　◇「謎のギャラリー─こわい部屋」新潮社 2002（新潮文庫）p87
　◇「こわい部屋」筑摩書房 2012（ちくま文庫）p87
焼かれた魚
　◇「教えたくなる名短篇」筑摩書房 2014（ちくま文庫）p271
私はあなたの手を離さない、すてない≫崎本つね子
　◇「日本人の手紙 4」リブリオ出版 2004 p69
我等は行進曲（マーチ）風に歌え
　◇「新装版 全集現代文学の発見 13」學藝書林 2004 p222

奥宮　和典　おくみや・かずのり
おじいさんの内緒
　◇「ザ・ベストミステリーズ─推理小説年鑑 2000」講談社 2000 p435
　◇「罪深き者に罰を」講談社 2002（講談社文庫）p362

奥村　博史　おくむら・ひろし（1889～1964）
愛を確かめる八つの箇条書きの質問≫平塚らいてう
　◇「日本人の手紙 4」リブリオ出版 2004 p116

奥村　吉樹　おくむら・よしき
蠢く第五列（スパイ）
　◇「日本統治期台湾文学集成 14」緑蔭書房 2003 p235

奥山　景布子　おくやま・きょうこ（1966～）
はで彦
　◇「代表作時代小説 平成26年度」光文社 2014 p11

奥山　里志　おくやま・さとし
チェーンメール
　◇「ショートショートの広場 17」講談社 2005（講談社文庫）p16

小倉　斉　おぐら・ひとし（1951～）
鷲狸〔石川鴻斎〔著〕〕
　◇「文豪てのひら怪談」ポプラ社 2009（ポプラ文庫）p106
轆轤首〔石川鴻斎〔著〕〕
　◇「モノノケ大合戦」小学館 2005（小学館文庫）p317

小椋　雅美　おぐら・まさみ
祝い飯
　◇「たびだち─フェリシモしあわせショートショート」フェリシモ 2000 p47

小倉 豊　おぐら・ゆたか
誰かが見ている
◇「the Ring―もっと怖い4つの話」角川書店 1998 p141

小栗 籌子　おぐり・かずこ
⇒加藤籌子（かとう・かずこ）を見よ

小栗 健次　おぐり・けんじ
真景累ケ淵
◇「怪談累ケ淵」勉誠出版 2007 p69

小栗 四海　おぐり・しかい
神の左手
◇「てのひら怪談―ビーケーワン怪談大賞傑作選 百怪繚乱篇」ポプラ社 2008 p88

ディアマント
◇「てのひら怪談―ビーケーワン怪談大賞傑作選 2」ポプラ社 2007 p140
◇「てのひら怪談―ビーケーワン怪談大賞傑作選 己丑」ポプラ社 2009（ポプラ文庫）p232

ブラキアの夜気
◇「てのひら怪談―ビーケーワン怪談大賞傑作選」ポプラ社 2007 p214
◇「てのひら怪談―ビーケーワン怪談大賞傑作選」ポプラ社 2008（ポプラ文庫）p226

ポー・トースター
◇「リトル・リトル・クトゥルー―史上最小の神話小説集」学習研究社 2009 p130

ロス・ペペスの幻影
◇「てのひら怪談―ビーケーワン怪談大賞傑作選 百怪繚乱篇」ポプラ社 2008 p86

COA
◇「てのひら怪談―ビーケーワン怪談大賞傑作選 百怪繚乱篇」ポプラ社 2008 p90

小栗 風葉　おぐり・ふうよう（1875～1926）
片男波
◇「天変動く大震災と作家たち」インパクト出版会 2011（インパクト選書）p35

世間師
◇「日本近代短篇小説選 明治篇2」岩波書店 2013（岩波文庫）p127
◇「サンカの民を追って―山窩小説傑作選」河出書房新社 2015（河出文庫）p55

寝白粉
◇「被差別小説傑作集」河出書房新社 2016（河出文庫）p32
◇「明治深刻悲惨小説集」講談社 2016（講談社文芸文庫）p267

小栗 虫太郎　おぐり・むしたろう（1901～1946）
赤馬旅館
◇「シャーロック・ホームズに再び愛をこめて」光文社 2010（光文社文庫）p261

或る検事の遺書
◇「幻の探偵雑誌 2」光文社 2000（光文社文庫）p141

石神夫意人
◇「同性愛」国書刊行会 1999（書物の王国）p153

猪狩殺人事件 一
◇「幻の探偵雑誌 3」光文社 2000（光文社文庫）p41

火礁海
◇「冒険の森へ―傑作小説大全 1」集英社 2016 p252

完全犯罪
◇「新装版 全集現代文学の発見 16」學藝書林 2005 p184
◇「新編・日本幻想文学集成 4」国書刊行会 2016 p173

紅軍巴蝶を越ゆ
◇「新編・日本幻想文学集成 4」国書刊行会 2016 p226

紅毛傾城
◇「ひとりで夜読むな―新青年傑作選 怪奇編」角川書店 2001（角川ホラー文庫）p47

後光殺人事件
◇「名探偵の憂鬱」青樹社 2000（青樹社文庫）p89

獅子は死せるに非ず（終刊の辞に代えて）
◇「幻の探偵雑誌 3」光文社 2000（光文社文庫）p464

失楽園殺人事件
◇「リテラリーゴシック・イン・ジャパン―文学的ゴシック作品選」筑摩書房 2014（ちくま文庫）p69

白蟻
◇「暗黒のメルヘン」河出書房新社 1998（河出文庫）p137

新宝島綺譚
◇「人外魔境」リブリオ出版 2001（怪奇・ホラーワールド）p211

聖アレキセイ寺院の惨劇
◇「江戸川乱歩と13人の新青年〈論理派〉編」光文社 2008（光文社文庫）p77

絶景万国博覧会
◇「幻の探偵雑誌 1」光文社 2000（光文社文庫）p351

宣言（海野十三／木々高太郎）
◇「幻の探偵雑誌 3」光文社 2000（光文社文庫）p116

その後の「リバルズ」
◇「文豪てのひら怪談」ポプラ社 2009（ポプラ文庫）p206

「探聖」になり損ねた連作
◇「幻の探偵雑誌 3」光文社 2000（光文社文庫）p111

海螺斎沿海州先占記
◇「新編・日本幻想文学集成 4」国書刊行会 2016 p276

方子と末起
◇「恋は罪つくり―恋愛ミステリー傑作選」光文社 2005（光文社文庫）p61
◇「不思議の国のアリス ミステリー館」河出書房新社 2015（河出文庫）p131

マライ西遊記
　◇「人外魔境」リブリオ出版 2001（怪奇・ホラーワールド）p65

小河畑 愛　おごうはた・あい
残骸の夜
　◇「太宰治賞 2004」筑摩書房 2004 p203

長川 千佳子　おさがわ・ちかこ
ポンソンファ
　◇「テレビドラマ代表作選集 2003年版」日本脚本家連盟 2003 p313

尾崎 一雄　おざき・かずお（1899〜1983）
美しい墓地からの眺め
　◇「戦後占領期短篇小説コレクション 3」藤原書店 2007 p7
　◇「富士山」角川書店 2013（角川文庫）p167
玄関風呂
　◇「小説乃湯—お風呂小説アンソロジー」角川書店 2013（角川文庫）p113
　◇「日本文学100年の名作 3」新潮社 2014（新潮文庫）p123
苔
　◇「胞子文学名作選」港の人 2013 p161
処女作回想
　◇「早稲田作家処女作集」講談社 2012（講談社文芸文庫）p245
早春の蜜蜂
　◇「早稲田作家処女作集」講談社 2012（講談社文芸文庫）p229
暢気眼鏡
　◇「短編名作選—1925-1949 文士たちの時代」笠間書院 1999 p189
　◇「文士の意地—車谷長吉撰短編小説輯 上巻」作品社 2005 p360
　◇「百年小説」ポプラ社 2008 p971
　◇「私小説の生き方」アーツ・アンド・クラフツ 2009 p134
　◇「コレクション私小説の冒険 1」勉誠出版 2013 p131
閑な老人
　◇「戦後短篇小説再発見 14」講談社 2003（講談社文芸文庫）p136
虫のいろいろ
　◇「魂がふるえるとき」文藝春秋 2004（文春文庫）p171
　◇「私小説名作選 上」講談社 2012（講談社文芸文庫）p194
　◇「日本近代短篇小説選 昭和篇2」岩波書店 2012（岩波文庫）p209

尾崎 喜八　おざき・きはち（1892〜1974）
兄弟の愛
　◇「『少年倶楽部』短篇選」講談社 2013（講談社文芸文庫）p26
一つの美しい父子の時間でした≫石黒光三・榮子
　◇「日本人の手紙 1」リブリオ出版 2004 p123

尾崎 紅葉　おざき・こうよう（1868〜1903）
青葡萄
　◇「明治の文学 6」筑摩書房 2001 p261
二人比丘尼 色懺悔
　◇「新日本古典文学大系 明治編 19」岩波書店 2003 p1
鬼桃太郎
　◇「響き交わす鬼」小学館 2005（小学館文庫）p71
おぼろ舟
　◇「明治の文学 6」筑摩書房 2001 p100
　◇「新日本古典文学大系 明治編 19」岩波書店 2003 p121
隠形術
　◇「明治の文学 6」筑摩書房 2001 p440
風流 京人形
　◇「明治の文学 6」筑摩書房 2001 p3
硯友社の沿革
　◇「明治の文学 6」筑摩書房 2001 p397
恋山賤（こいのやまがつ）
　◇「新日本古典文学大系 明治編 19」岩波書店 2003 p105
紅子戯語（こうしけご）
　◇「明治の文学 6」筑摩書房 2001 p353
　◇「新日本古典文学大系 明治編 19」岩波書店 2003 p65
心の闇
　◇「明治の文学 6」筑摩書房 2001 p199
　◇「新日本古典文学大系 明治編 19」岩波書店 2003 p337
此ぬし
　◇「明治の文学 6」筑摩書房 2001 p148
金色夜叉
　◇「日本近代文学に描かれた「恋愛」」牧野出版 2001 p49
汝の脳は金剛石なり。早く一人前になれ≫泉鏡花
　◇「日本人の手紙 3」リブリオ出版 2004 p92
二人女房
　◇「新日本古典文学大系 明治編 19」岩波書店 2003 p179
拈華微笑
　◇「短編名作選—1885-1924 小説の曙」笠間書院 2003 p35
　◇「百年小説」ポプラ社 2008 p93
　◇「日本近代短篇小説選 明治篇1」岩波書店 2012（岩波文庫）p177
病骨録
　◇「明治の文学 6」筑摩書房 2001 p414
　◇「明治の文学 6」筑摩書房 2001 p429
文盲手引草
　◇「明治の文学 6」筑摩書房 2001 p384

おさき

尾﨑 士郎 おざき・しろう （1898〜1964）
赤穂浪士
　◇「定本・忠臣蔵四十七人集」双葉社 1998 p422
島左近
　◇「決闘！関ケ原」実業之日本社 2015（実業之日本社文庫）p203
清水一角
　◇「忠臣蔵コレクション 4」河出書房新社 1998（河出文庫）p180
直江山城守
　◇「軍師の生きざま―短篇小説集」作品社 2008 p167
直江山城守―直江兼続
　◇「軍師の生きざま」実業之日本社 2013（実業之日本社文庫）p205
中村遊廓
　◇「名短篇ほりだしもの」筑摩書房 2011（ちくま文庫）p211
蜜柑の皮
　◇「蘇らぬ朝「大逆事件」以後の文学」インパクト出版会 2010（インパクト選書）p210
　◇「読まずにいられぬ名短篇」筑摩書房 2014（ちくま文庫）p189

尾﨑 孝子 おざき・たかこ （1897〜1970）
生きて行く
　◇「日本統治期台湾文学集成 15」緑蔭書房 2003 p203
美はしき背景
　◇「日本統治期台湾文学集成 15」緑蔭書房 2003 p15
巻末に〔美はしき背景〕
　◇「日本統治期台湾文学集成 15」緑蔭書房 2003 p358
臺灣の自然と歌
　◇「日本統治期台湾文学集成 15」緑蔭書房 2003 p269
人間の意志
　◇「日本統治期台湾文学集成 15」緑蔭書房 2003 p131
晩秋賦
　◇「日本統治期台湾文学集成 15」緑蔭書房 2003 p244
船の中
　◇「日本統治期台湾文学集成 15」緑蔭書房 2003 p162
未亡人
　◇「日本統治期台湾文学集成 15」緑蔭書房 2003 p262
山へ登る
　◇「日本統治期台湾文学集成 15」緑蔭書房 2003 p315

尾﨑 太郎 おざき・たろう
赤い大地の上に立ち
　◇「新鋭劇作集 series 17」日本劇団協議会 2005 p159
おちゃらか山荘
　◇「新鋭劇作集 series.19」日本劇団協議会 2007 p99

尾﨑 秀樹 おざき・ひでき （1928〜1999）
荒木又右衛門
　◇「人物日本剣豪伝 3」学陽書房 2001（人物文庫）p81

尾崎 放哉 おざき・ほうさい （1885〜1926）
タバコ一つくらいねだってもよかろう≫荻原井泉水
　◇「日本人の手紙 3」リブリオ出版 2004 p34

尾崎 秀実 おざき・ほつみ （1901〜1944）
大きく目を開いて、時代を見よ。ゾルゲ事件獄中から≫竹内金太郎
　◇「日本人の手紙 10」リブリオ出版 2004 p65

尾崎 翠 おざき・みどり （1896〜1971）
アップルパイの午後
　◇「ちくま日本文学 4」筑摩書房 2007（ちくま文庫）p271
　◇「まんぷく長屋―食欲文学傑作選」新潮社 2014（新潮文庫）p69
キリアム・シヤアプ
　◇「ちくま日本文学 4」筑摩書房 2007（ちくま文庫）p442
神々に捧ぐる詩
　◇「ちくま日本文学 4」筑摩書房 2007（ちくま文庫）p441
こおろぎ嬢
　◇「ちくま日本文学 4」筑摩書房 2007（ちくま文庫）p9
　◇「小川洋子の偏愛短篇箱」河出書房新社 2009 p63
　◇「小川洋子の偏愛短篇箱」河出書房新社 2012（河出文庫）p63
捧ぐる言葉
　◇「ちくま日本文学 4」筑摩書房 2007（ちくま文庫）p432
詩人の靴
　◇「ちくま日本文学 4」筑摩書房 2007（ちくま文庫）p227
新嫉妬価値
　◇「ちくま日本文学 4」筑摩書房 2007（ちくま文庫）p239
新秋名菓―季節のリズム
　◇「たんときれいに召し上がれ―美食文学精選」芸術新聞社 2015 p9
第七官界彷徨
　◇「新装版 全集現代文学の発見 6」學藝書林 2003 p262
　◇「ちくま日本文学 4」筑摩書房 2007（ちくま文庫）p82
　◇「胞子文学名作選」港の人 2013 p263
地下室アントンの一夜
　◇「ちくま日本文学 4」筑摩書房 2007（ちくま文庫）p35
　◇「日本文学100年の名作 2」新潮社 2014（新潮文庫）p325

チヤアリイ・チヤツプリン
　◇「ちくま日本文学 4」筑摩書房 2007（ちくま文庫）p441
杖と帽子の偏執者
　◇「ちくま日本文学 4」筑摩書房 2007（ちくま文庫）p416
途上にて
　◇「ちくま日本文学 4」筑摩書房 2007（ちくま文庫）p245
匂い
　◇「ちくま日本文学 4」筑摩書房 2007（ちくま文庫）p425
初恋
　◇「ちくま日本文学 4」筑摩書房 2007（ちくま文庫）p311
　◇「美しい恋の物語」筑摩書房 2010（ちくま文学の森）p29
花束
　◇「ちくま日本文学 4」筑摩書房 2007（ちくま文庫）p292
歩行
　◇「ちくま日本文学 4」筑摩書房 2007（ちくま文庫）p60
無風帯から
　◇「ちくま日本文学 4」筑摩書房 2007（ちくま文庫）p322
山村氏の鼻
　◇「ちくま日本文学 4」筑摩書房 2007（ちくま文庫）p216

尾崎 豊　おざき・ゆたか（1965～1992）
早く結婚しよう♡愛してるよ≫伊藤繁美
　◇「日本人の手紙 4」リブリオ出版 2004 p7

尾崎 良夫　おざき・よしお
〔きけわだつみのこえ〕尾崎良夫
　◇「新装版 全集現代文学の発見 14」學藝書林 2005 p640

長田 恵子　おさだ・けいこ
夏の終わり
　◇「「伊豆文学賞」優秀作品集 第6回」羽衣出版 2003 p5

長田 午狂　おさだ・ごきょう
乞食夫人
　◇「日本舞踊舞踊劇選集」西川会 2002 p177

おさだ たつや
みんな夢の中
　◇「歌謡曲だよ、人生は―映画監督短編集」メディアファクトリー 2007 p125

長田 弘　おさだ・ひろし（1939～2015）
詩 吊るされたひとに
　◇「コレクション戦争と文学 12」集英社 2013 p436

小山内 恵美子　おさない・えみこ（1975～）
おっぱい貝
　◇「文学 2013」講談社 2013 p65

小山内 薫　おさない・かおる（1881～1928）
今戸狐
　◇「文豪怪談傑作選 特別編」筑摩書房 2007（ちくま文庫）p63
因果
　◇「文豪怪談傑作選 特別編」筑摩書房 2007（ちくま文庫）p60
女の膝
　◇「文豪怪談傑作選 特別編」筑摩書房 2007（ちくま文庫）p56
千駄木の先生
　◇「創刊一〇〇年三田文学名作選」三田文学会 2010 p640
梨の実
　◇「果実」SDP 2009（SDP bunko）p63

長部 日出雄　おさべ・ひでお（1934～2018）
ゴロツキ風雲録
　◇「東北戦国志―傑作時代小説」PHP研究所 2009（PHP文庫）p65
近藤勇の最期
　◇「魔剣くずし秘聞」光風社出版 1998（光風社文庫）p61
　◇「誠の旗がゆく―新選組傑作選」集英社 2003（集英社文庫）p81
死者に近い土地
　◇「みちのく怪談名作選 vol.1」荒蝦夷 2010（叢書東北の声）p141
高坂蔵人の反逆
　◇「士魂の光芒―時代小説最前線」新潮社 1997（新潮文庫）p155
千葉周作
　◇「人物日本剣豪伝 4」学陽書房 2001（人物文庫）p69
天眼の人―行基
　◇「時代小説秀作づくし」PHP研究所 1997（PHP文庫）p29
弘前
　◇「街物語」朝日新聞社 2000 p281
麺要斎言行録
　◇「短篇ベストコレクション―現代の小説 2000」徳間書店 2000 p337
楽園から帰る
　◇「代表作時代小説 平成10年度」光風社出版 1998 p19
　◇「愛染夢灯籠―時代小説傑作選」講談社 2005（講談社文庫）p533

大佛 次郎　おさらぎ・じろう（1897～1973）
帰郷（抄）
　◇「京都府文学全集第1期（小説編）3」郷土出版社 2005 p128
銀簪
　◇「日本怪奇小説傑作集 1」東京創元社 2005（創元推理文庫）p355

おさわ

鞍馬天狗
- 「颯爽登場！ 第一話—時代小説ヒーロー初見参」新潮社 2004（新潮文庫）p109
- 「『少年倶楽部』熱血・痛快・時代短篇選」講談社 2015（講談社文芸文庫）p206

真田の蔭武者
- 「軍師の生きざま—短篇小説集」作品社 2008 p247

真田の蔭武者—真田幸村
- 「軍師の生きざま」実業之日本社 2013（実業之日本社文庫）p309

詩人
- 「日本文学100年の名作 2」新潮社 2014（新潮文庫）p413

スイッチョねこ
- 「ファイン／キュート素敵かわいい作品選」筑摩書房 2015（ちくま文庫）p76

「隅の隠居」の話 猫騒動
- 「猫」中央公論新社 2009（中公文庫）p51

その夜その朝—赤穂浪士討入前夜
- 「忠臣蔵コレクション 4」河出書房新社 1998（河出文庫）p45

台湾パナマ
- 「幻の探偵雑誌 5」光文社 2001（光文社文庫）p175

丹前屏風
- 「疾風怒濤！ 上杉戦記—傑作時代小説」PHP研究所 2008（PHP文庫）p243

手首
- 「文豪のミステリー小説」集英社 2008（集英社文庫）p51

小沢 章友　おざわ・あきとも（1949～）

刺青の女
- 「暗闇（ダークサイド）を追いかけろ—ホラー＆サスペンス編」光文社 2004（カッパ・ノベルス）p123
- 「暗闇（ダークサイド）を追いかけろ」光文社 2008（光文社文庫）p149

吸魄鬼
- 「陰陽師伝奇大全」白泉社 2001 p317

月蝕譚
- 「恐怖のKA・TA・CHI」双葉社 2001（双葉社文庫）p83

極楽鳥
- 「トロピカル」廣済堂出版 1999（廣済堂文庫）p283

魂魄龍
- 「ドラゴン殺し」メディアワークス 1997（電撃文庫）p205

死の天使
- 「輝きの一瞬—短くて心に残る30編」講談社 1999（講談社文庫）p211

シャッテンビルト伯爵
- 「GOD」廣済堂出版 1999（廣済堂文庫）p177

聖痕の花
- 「恐怖のKA・TA・CHI」双葉社 2001（双葉社文庫）p23

地上絵
- 「海外トラベル・ミステリー—7つの旅物語」三笠書房 2000（王様文庫）p209

沈鐘
- 「幽霊船」光文社 2001（光文社文庫）p13

伝説のサラ
- 「俳優」廣済堂出版 1999（廣済堂文庫）p55

秘密
- 「妖女」光文社 2004（光文社文庫）p115

星月夜
- 「ひとにぎりの異形」光文社 2007（光文社文庫）p515

メフィスト・ソナタ
- 「恐怖のKA・TA・CHI」双葉社 2001（双葉社文庫）p9
- 「自選ショート・ミステリー 2」講談社 2001（講談社文庫）p279

夢殿王
- 「歴史の息吹」新潮社 1997 p227

李白一斗詩百篇
- 「酒の夜語り」光文社 2002（光文社文庫）p343

小沢 かのん　おざわ・かのん

雪日まで
- 「ゆきのまち幻想文学賞小品集 7」NTTメディアスコープ 1997 p212

小澤 征良　おざわ・せいら（1971～）

大雪—12月7日ごろ
- 「君と過ごす季節—秋から冬へ、12の暦物語」ポプラ社 2012（ポプラ文庫）p195

小沢 信男　おざわ・のぶお（1927～）

わたしの赤マント
- 「コレクション戦争と文学 14」集英社 2012 p527

小沢 真理子　おざわ・まりこ

たまもの
- 「吟醸掌篇—召しませ短篇小説 vol.1」けいこう舎 2016 p48

天鵞絨屋
- 「紅迷宮—ミステリー・アンソロジー」祥伝社 2002（祥伝社文庫）p221

押井 守　おしい・まもる（1951～）

後席の男
- 「タッグ私の相棒—警察アンソロジー」角川春樹事務所 2015 p147

小鹿 進　おじか・すすむ

赤黒い手
- 「黒の怪」勉誠出版 2002（べんせいライブラリー）p261

押川 國秋　おしかわ・くにあき（1935～）

臨時廻り
- 「しぐれ舟—時代小説招待席」廣済堂出版 2003 p145

押川 春浪　おしかわ・しゅんろう（1876〜1914）
銀山王
- ◇「明治探偵冒険小説 3」筑摩書房 2005（ちくま文庫）p7

月世界競争探検
- ◇「懐かしい未来―甦る明治・大正・昭和の未来小説」中央公論新社 2001 p40
- ◇「冒険の森へ―傑作小説大全 1」集英社 2016 p214

世界武者修行
- ◇「明治探偵冒険小説 3」筑摩書房 2005（ちくま文庫）p205

米国の鉄道怪談
- ◇「文豪てのひら怪談」ポプラ社 2009（ポプラ文庫）p198

魔島の奇跡
- ◇「明治探偵冒険小説 3」筑摩書房 2005（ちくま文庫）p343

忍澤 勉　おしざわ・つとむ
ものみな憩える―第二回創元SF短編賞堀晃賞
- ◇「原色の想像力―創元SF短編賞アンソロジー 2」東京創元社 2012（創元SF文庫）p301

押野 康之　おしの・やすゆき
帰路
- ◇「ゆきのまち幻想文学賞小品集 7」NTTメディアスコープ 1997 p85

尾島 菊子　おじま・きくこ（1879〜1956）
赤坂
- ◇「「新編」日本女性文学全集 3」菁柿堂 2011 p346

妹の縁
- ◇「「新編」日本女性文学全集 3」菁柿堂 2011 p336

老
- ◇「「新編」日本女性文学全集 3」菁柿堂 2011 p354
- ◇「青鞜小説集」講談社 2014（講談社文芸文庫）p65

河原の対面
- ◇「「新編」日本女性文学全集 3」菁柿堂 2011 p358

尾白 未果　おじろ・みか
爐灰を薙ぐおろか者
- ◇「躍進―C★NOVELS大賞作家アンソロジー」中央公論新社 2012（C・NOVELS Fantasia）p110

小瀬 朧　おせ・おぼろ
九十八円
- ◇「てのひら怪談―ビーケーワン怪談大賞傑作選 庚寅」ポプラ社 2010（ポプラ文庫）p222

水筒の湯
- ◇「てのひら怪談―ビーケーワン怪談大賞傑作選 辛卯」ポプラ社 2011（ポプラ文庫）p34

喘鳴
- ◇「てのひら怪談―ビーケーワン怪談大賞傑作選 壬辰」ポプラ社 2012（ポプラ文庫）p88

ヒメジョオン
- ◇「てのひら怪談 癸巳」KADOKAWA 2013（MF文庫ダ・ヴィンチ）p14

分岐点
- ◇「てのひら怪談―ビーケーワン怪談大賞傑作選 庚寅」ポプラ社 2010（ポプラ文庫）p66

窓辺
- ◇「てのひら怪談―ビーケーワン怪談大賞傑作選 壬辰」ポプラ社 2012（ポプラ文庫）p10

冥福を祈る
- ◇「てのひら怪談―ビーケーワン怪談大賞傑作選 庚寅」ポプラ社 2010（ポプラ文庫）p62

尾関 忠雄　おぜき・ただお
京都で、ゴドーを待ちながら
- ◇「全作家短編集 15」のべる出版企画 2016 p36

2015年の孤独王
- ◇「回転ドアから」全作家協会 2015（全作家短編集）p146

MONOLOG
- ◇「扉の向こうへ」全作家協会 2014（全作家短編集）p236

小田 イ輔　おだ・いすけ
穴
- ◇「渚にて―あの日からの〈みちのく怪談〉」荒蝦夷 2016 p49

あの日の話
- ◇「渚にて―あの日からの〈みちのく怪談〉」荒蝦夷 2016 p62

Rさんの体験
- ◇「渚にて―あの日からの〈みちのく怪談〉」荒蝦夷 2016 p56

空に浮くもの
- ◇「渚にて―あの日からの〈みちのく怪談〉」荒蝦夷 2016 p67

四年と十一か月
- ◇「渚にて―あの日からの〈みちのく怪談〉」荒蝦夷 2016 p70

私の話
- ◇「渚にて―あの日からの〈みちのく怪談〉」荒蝦夷 2016 p75

小田 神恵　おだ・かみえ
あめ玉おじさん
- ◇「泣ける！北海道」泰文堂 2015（リンダパブリッシャーズの本）p111

織田 作之助　おだ・さくのすけ（1913〜1947）
アド・バルーン
- ◇「ちくま日本文学 35」筑摩書房 2009（ちくま文庫）p276

馬地獄
- ◇「ちくま日本文学 35」筑摩書房 2009（ちくま文庫）p9

大阪の女
- ◇「大阪ラビリンス」新潮社 2014（新潮文庫）p73

おた

可能性の文学
- ◇「ちくま日本文学 35」筑摩書房 2009（ちくま文庫）p425

勧善懲悪
- ◇「ちくま日本文学 35」筑摩書房 2009（ちくま文庫）p74

木の都
- ◇「近代小説〈都市〉を読む」双文社出版 1999 p178
- ◇「ちくま日本文学 35」筑摩書房 2009（ちくま文庫）p143
- ◇「大阪文学名作選」講談社 2011（講談社文芸文庫）p137
- ◇「日本文学100年の名作 4」新潮社 2014（新潮文庫）p9

競馬
- ◇「戦後占領期短篇小説コレクション 1」藤原書店 2007 p47
- ◇「ちくま日本文学 35」筑摩書房 2009（ちくま文庫）p330

探し人
- ◇「名短篇ほりだしもの」筑摩書房 2011（ちくま文庫）p275

猿飛佐助
- ◇「ちくま日本文学 35」筑摩書房 2009（ちくま文庫）p199
- ◇「忍者だもの―忍法小説五番勝負」新潮社 2015（新潮文庫）p107

神経
- ◇「戦後短篇小説再発見 6」講談社 2001（講談社文芸文庫）p9

世相
- ◇「新装版 全集現代文学の発見 6」學藝書林 2003 p190
- ◇「ちくま日本文学 35」筑摩書房 2009（ちくま文庫）p354

それでも私は行く（抄）
- ◇「京都府文学全集第1期（小説編）3」郷土出版社 2005 p11

旅への誘い
- ◇「文豪たちが書いた泣ける名作短編集」彩図社 2014 p81

天衣無縫
- ◇「名短篇ほりだしもの」筑摩書房 2011（ちくま文庫）p307

ニコ狆（ちん）先生
- ◇「ちくま日本文学 35」筑摩書房 2009（ちくま文庫）p183
- ◇「おかしい話」筑摩書房 2010（ちくま文学の森）p147

人情噺
- ◇「名短篇ほりだしもの」筑摩書房 2011（ちくま文庫）p295

訪問客
- ◇「闇市」皓星社 2015（紙礫）p190

蛍
- ◇「京都府文学全集第1期（小説編）2」郷土出版社 2005 p340
- ◇「ちくま日本文学 35」筑摩書房 2009（ちくま文庫）p161
- ◇「龍馬参上」新潮社 2010（新潮文庫）p105

夫婦善哉
- ◇「ちくま日本文学 35」筑摩書房 2009（ちくま文庫）p13

雪の夜
- ◇「温泉小説」アーツアンドクラフツ 2006 p81

小田 仁二郎　おだ・じんじろう　（1910〜1979）

大イチョウのホラアナ
- ◇「山形県文学全集第2期（随筆・紀行編）3」郷土出版社 2005 p428

からかさ神
- ◇「モノノケ大合戦」小学館 2005（小学館文庫）p297

鯉の巴
- ◇「人魚の血―珠玉アンソロジー オリジナル＆スタンダート」光文社 2001（カッパ・ノベルス）p177
- ◇「幻想小説大全」北宋社 2002 p569

百年のなかの七年
- ◇「山形県文学全集第2期（随筆・紀行編）3」郷土出版社 2005 p433

織田 清七　おだ・せいしち
⇒小栗虫太郎（おぐり・むしたろう）を見よ

小田 隆治　おだ・たかはる

運の悪い男サトウ
- ◇「ショートショートの花束 8」講談社 2016（講談社文庫）p16

偽装火災
- ◇「ショートショートの花束 4」講談社 2012（講談社文庫）p146

織田 卓之　おだ・たくし

残照
- ◇「北日本文学賞入賞作品集 2」北日本新聞社 2002 p139

小田 武雄　おだ・たけお　（1913〜1984）

嘲斎坊とは誰ぞ
- ◇「ひらめく秘太刀」光風社出版 1998（光風社文庫）p199
- ◇「江戸の爆笑力―時代小説傑作選」集英社 2004（集英社文庫）p23

小田 牧央　おだ・まきお

カントールの楽園で
- ◇「新・本格推理 04」光文社 2004（光文社文庫）p393

小田 実　おだ・まこと　（1932〜2007）

「アボジ」を踏む
- ◇「文学 1997」講談社 1997 p196
- ◇「川端康成文学賞全作品 2」新潮社 1999 p325
- ◇「戦後短篇小説再発見 7」講談社 2001（講談社文芸文庫）p256

「三千軍兵」の墓

戦争
　◇「コレクション戦争と文学 19」集英社 2011 p728
　◇「コレクション戦争と文学 2」集英社 2012 p579
高橋和巳よ、ホナ、サイナラ▷高橋和巳
　◇「日本人の手紙 9」リブリオ出版 2004 p192
武器よ、さらば
　◇「文学 1999」講談社 1999 p252
　◇「コレクション戦争と文学 4」集英社 2011 p287

小田 雅久仁　おだ・まさくに（1974〜）
食書
　◇「さよならの儀式」東京創元社 2014（創元SF文庫）p201
明滅
　◇「いじめ」をめぐる物語」朝日新聞出版 2015 p51

おだ みのる
蚊
　◇「ショートショートの広場 10」講談社 2000（講談社文庫）p163
カタログ
　◇「ショートショートの広場 8」講談社 1997（講談社文庫）p166

小田 靖幸　おだ・やすゆき
地球オニごっこ
　◇「『やるキッズあいち劇場』脚本集 平成19年度」愛知県環境調査センター 2008 p73

小田 ゆかり　おだ・ゆかり
海のおくりもの
　◇「ひとにぎりの異形」光文社 2007（光文社文庫）p102
忘れ盆・忘れな盆
　◇「物語のルミナリエ」光文社 2011（光文社文庫）p302

小田 由季子　おだ・ゆきこ
暴走じいちゃん―野球編
　◇「Sports stories」埼玉県さいたま市 2009（さいたま市スポーツ文学賞受賞作品集）p309

小田 由紀子　おだ・ゆきこ
霜降月の庭
　◇「ゆきのまち幻想文学賞小品集 25」企画集団ぷりずむ 2015 p142

尾高 京子　おだか・きょうこ
仔猫の太平洋横断
　◇「猫」中央公論新社 2009（中公文庫）p61

おだR
水のココロ
　◇「ショートショートの花束 7」講談社 2015（講談社文庫）p112

越智 のりと　おち・のりと
主張
　◇「ショートショートの花束 5」講談社 2013（講談社文庫）p222

越智 文比古　おち・ふみひこ（1982〜）
本能
　◇「ショートショートの花束 2」講談社 2010（講談社文庫）p194

越智 優　おち・まさる
七人の部長
　◇「高校演劇Selection 2002 上」晩成書房 2002 p7
夏芙蓉
　◇「高校演劇Selection 2003 下」晩成書房 2003 p75
見送る夏
　◇「高校演劇Selection 2006 下」晩成書房 2008 p31

落合 恵子　おちあい・けいこ（1945〜）
探偵ごっこ
　◇「輝きの一瞬―短くて心に残る30編」講談社 1999（講談社文庫）p91

落合 三郎　おちあい・さぶろう
　⇒佐々木孝丸（ささき・たかまる）を見よ

落合 重信　おちあい・しげのぶ
校正
　◇「誤植文学アンソロジー―校正者のいる風景」論創社 2015 p186

落合 直文　おちあい・なおぶみ（1861〜1903）
孝女白菊の歌
　◇「新日本古典文学大系 明治編 12」岩波書店 2001 p131

落合 正幸　おちあい・まさゆき（1958〜）
おばあちゃん
　◇「世にも奇妙な物語―小説の特別編 悲鳴」角川書店 2002（角川ホラー文庫）p145
心臓の想い出（鈴木勝秀）
　◇「世にも奇妙な物語―小説の特別編 再生」角川書店 2001（角川ホラー文庫）p229
雪山（鈴木勝秀）
　◇「世にも奇妙な物語―小説の特別編」角川書店 2002（角川ホラー文庫）p5

小津 安二郎　おづ・やすじろう（1903〜1963）
小津安二郎芸談
　◇「映画狂時代」新潮社 2014（新潮文庫）p51

乙一　おついち（1978〜）
愛すべき猿の日記
　◇「メアリー・スーを殺して―幻夢コレクション」朝日新聞出版 2016 p7
ある印刷物の行方
　◇「メアリー・スーを殺して―幻夢コレクション」朝日新聞出版 2016 p255
暗黒系―Goth
　◇「リテラリーゴシック・イン・ジャパン―文学的ゴシック作品選」筑摩書房 2014（ちくま文庫）p405
犬 Dog
　◇「ザ・ベストミステリーズ―推理小説年鑑 2003」

おつし

　　講談社 2003 p457
◇「殺人の教室」講談社 2006（講談社文庫）p327

エヴァ・マリー・クロス
◇「メアリー・スーを殺して─幻夢コレクション」朝日新聞出版 2016 p299

階段
◇「悪夢制御装置─ホラー・アンソロジー」角川書店 2002（角川文庫）p159
◇「青に捧げる悪夢」角川書店 2005 p117
◇「青に捧げる悪夢」角川書店 2013（角川文庫）p201

カザリとヨーコ
◇「冒険の森へ─傑作小説大全 17」集英社 2015 p126

神の言葉
◇「ザ・ベストミステリーズ─推理小説年鑑 2002」講談社 2002 p493
◇「トリック・ミュージアム」講談社 2005（講談社文庫）p161

鯨と煙の冒険─『百瀬、こっちを向いて。』番外編
◇「サイドストーリーズ」KADOKAWA 2015（角川文庫）p5

恋する交差点
◇「スタートライン─始まりをめぐる19の物語」幻冬舎 2010（幻冬舎文庫）p59

小梅が通る
◇「セブンティーン・ガールズ」KADOKAWA 2014（角川文庫）p165

この子の絵は未完成
◇「七つの黒い夢」新潮社 2006（新潮文庫）p7

〆
◇「日本文学100年の名作 10」新潮社 2015（新潮文庫）p447

地球に碟にされた男
◇「十年交差点」新潮社 2016（新潮文庫）p7

トランシーバー
◇「メアリー・スーを殺して─幻夢コレクション」朝日新聞出版 2016 p227

夏と花火と私の死体
◇「謎のギャラリー特別室 3」マガジンハウス 1999 p29
◇「謎のギャラリー─こわい部屋」新潮社 2002（新潮文庫）p303
◇「こわい部屋」筑摩書房 2012（ちくま文庫）p303

なみうちぎわ
◇「Love or like─恋愛アンソロジー」祥伝社 2008（祥伝社文庫）p35

陽だまりの詩
◇「逃げゆく物語の話─ゼロ年代日本SFベスト集成F」東京創元社 2010（創元SF文庫）p57
◇「短編工場」集英社 2012（集英社文庫）p215

宗像くんと万年筆事件
◇「いつか、君へ Girls」集英社 2012（集英社文庫）p137
◇「ザ・ベストミステリーズ─推理小説年鑑 2013」

　　講談社 2013 p173
◇「ベスト本格ミステリ 2013」講談社 2013（講談社ノベルス）p51
◇「メアリー・スーを殺して─幻夢コレクション」朝日新聞出版 2016 p131
◇「Esprit機知と企みの競演」講談社 2016（講談社文庫）p291

メアリー・スーを殺して
◇「本をめぐる物語─一冊の扉」KADOKAWA 2014（角川文庫）p5
◇「メアリー・スーを殺して─幻夢コレクション」朝日新聞出版 2016 p193

山羊座の友人
◇「メアリー・スーを殺して─幻夢コレクション」朝日新聞出版 2016 p27

優子
◇「恐ろしき執念」リブリオ出版 2001（怪奇・ホラーワールド）p127

Blue
◇「ファンタジー」リブリオ出版 2001（怪奇・ホラーワールド）p143

Calling You
◇「不思議の扉 時をかける恋」角川書店 2010（角川文庫）p111

Closet
◇「暗闇（ダークサイド）を追いかけろ─ホラー＆サスペンス編」光文社 2004（カッパ・ノベルス）p151
◇「暗闇（ダークサイド）を追いかけろ」光文社 2008（光文社文庫）p187

GOTH─リストカット事件
◇「本格ミステリ 2003」講談社 2003（講談社ノベルス）p211
◇「論理学園事件帳─本格短編ベスト・セレクション」講談社 2007（講談社文庫）p277

SEVEN ROOMS
◇「殺人鬼の放課後」角川書店 2002（角川文庫）p139

ZOO
◇「キネマ・キネマ」光文社 2002（光文社文庫）p57

尾辻 克彦　おつじ・かつひこ
⇒赤瀬川原平（あかせがわ・げんぺい）を見よ

乙川 優三郎　おとかわ・ゆうざぶろう（1953〜）

磯波
◇「花ふぶき─時代小説傑作選」角川春樹事務所 2004（ハルキ文庫）p7

小田原鰹
◇「世話焼き長屋─人情時代小説傑作選」新潮社 2008（新潮文庫）p101

小田原鰹─井伊直弼
◇「江戸の満腹力─時代小説傑作選」集英社 2005（集英社文庫）p37

男の縁
◇「代表作時代小説 平成18年度」光文社 2006 p315

乙路
◇「代表作時代小説 平成19年度」光文社 2007 p287

蟹
　◇「代表作時代小説 平成12年度」光風社出版 2000 p295
甜瓜
　◇「代表作時代小説 平成23年度」光文社 2011 p95
邯鄲
　◇「代表作時代小説 平成15年度」光風社出版 2003 p367
九月の瓜
　◇「代表作時代小説 平成14年度」光風社出版 2002 p283
笹の雪
　◇「代表作時代小説 平成21年度」光文社 2009 p289
柴の家
　◇「代表作時代小説 平成17年度」光文社 2005 p247
　◇「がんこ長屋」新潮社 2013 （新潮文庫）p39
逍遙の季節
　◇「代表作時代小説 平成22年度」光文社 2010 p179
太陽は気を失う
　◇「短篇ベストコレクション―現代の小説 2014」徳間書店 2014 （徳間文庫）p149
散り花
　◇「日本文学100年の名作 9」新潮社 2015 （新潮文庫）p445
後瀬の花
　◇「代表作時代小説 平成13年度」光風社出版 2001 p105
花の顔
　◇「代表作時代小説 平成11年度」光風社出版 1999 p159
　◇「愛染夢灯籠―時代小説傑作選」講談社 2005 （講談社文庫）p173
まるで砂糖菓子
　◇「文学 2016」講談社 2016 p226
向椿山
　◇「代表作時代小説 平成16年度」光風社出版 2004 p131
　◇「赤ひげ横丁―人情時代小説傑作選」新潮社 2009 （新潮文庫）p91

音無 翠嵐　おとなし・すいらん
完璧な政治コンピューター
　◇「ショートショートの広場 16」講談社 2005 （講談社文庫）p84

翁長 求　おなが・もとむ
句集 鷹の里
　◇「ハンセン病文学全集 9」皓星社 2010 p168

尾西 兼一　おにし・けんいち（1955～）
焼け跡のホームランボール
　◇「テレビドラマ代表作選集 2003年版」日本脚本家連盟 2003 p53

小貫 風樹　おぬき・かざき
稷下公案
　◇「新・本格推理 03」光文社 2003 （光文社文庫）p225
とむらい鉄道
　◇「新・本格推理 03」光文社 2003 （光文社文庫）p47
　◇「ザ・ベストミステリーズ―推理小説年鑑 2004」講談社 2004 p127
　◇「孤独な交響曲（シンフォニー）」講談社 2007 （講談社文庫）p503
夢の国の悪夢
　◇「新・本格推理 03」光文社 2003 （光文社文庫）p429

小沼 丹　おぬま・たん（1918～1996）
大泥棒だったヴィクトリア女王の伯父―随筆
　◇「古書ミステリー倶楽部―傑作推理小説集 3」光文社 2015 （光文社文庫）p293
カンチク先生
　◇「戦後短篇小説再発見 15」講談社 2003 （講談社文芸文庫）p57
黒いハンカチ
　◇「謎の部屋」筑摩書房 2012 （ちくま文庫）p313
浄徳寺さんの車
　◇「創刊一〇〇年三田文学名作選」三田文学会 2010 p388
白孔雀のいるホテル
　◇「第三の新人名作選」講談社 2011 （講談社文芸文庫）p70
バルセロナの書盗
　◇「ペン先の殺意―文芸ミステリー傑作選」光文社 2005 （光文社文庫）p217
　◇「古書ミステリー倶楽部―傑作推理小説集 3」光文社 2015 （光文社文庫）p265
指輪
　◇「謎の部屋」筑摩書房 2012 （ちくま文庫）p294
指輪／黒いハンカチ
　◇「謎のギャラリー―謎の部屋」新潮社 2002 （新潮文庫）p293
リヤン王の明察
　◇「江戸川乱歩と13の宝石」光文社 2007 （光文社文庫）p299

小野 伊都子　おの・いつこ
赤い電車は歌い出す
　◇「ゆれる―第12回フェリシモ文学賞作品集」フェリシモ 2009 p151
しあわせちらし
　◇「万華鏡―第14回フェリシモ文学賞作品集」フェリシモ 2011 p132

小野 圭次郎　おの・けいじろう
新選組伊東甲子太郎
　◇「新選組読本」光文社 2003 （光文社文庫）p343

小野 耕世　おの・こうせい（1939～）
逃亡者
　◇「宇宙塵傑作選―日本SFの軌跡 1」出版芸術社 1997 p39

おの

小野 十三郎　おの・とおざぶろう（1903〜1996）

葦の地方
◇「新装版 全集現代文学の発見 13」學藝書林 2004 p232

葦の地方（五）
◇「新装版 全集現代文学の発見 13」學藝書林 2004 p237

明日
◇「新装版 全集現代文学の発見 13」學藝書林 2004 p229

雨季
◇「新装版 全集現代文学の発見 13」學藝書林 2004 p232

詩集 大阪
◇「新装版 全集現代文学の発見 13」學藝書林 2004 p228

大阪（抄）
◇「大阪文学名作選」講談社 2011（講談社文芸文庫）p152

貨物列車
◇「新装版 全集現代文学の発見 13」學藝書林 2004 p231

完全な日常について
◇「新装版 全集現代文学の発見 13」學藝書林 2004 p233

骸炭山（一）
◇「新装版 全集現代文学の発見 13」學藝書林 2004 p230

骸炭山（二）
◇「新装版 全集現代文学の発見 13」學藝書林 2004 p230

重工業抄
◇「新装版 全集現代文学の発見 13」學藝書林 2004 p235

白い炎
◇「新装版 全集現代文学の発見 13」學藝書林 2004 p228

雀
◇「新装版 全集現代文学の発見 13」學藝書林 2004 p231

早春
◇「新装版 全集現代文学の発見 13」學藝書林 2004 p228

大葦原の歌
◇「新装版 全集現代文学の発見 13」學藝書林 2004 p233

焚火
◇「新装版 全集現代文学の発見 13」學藝書林 2004 p230

詩集 風景詩抄
◇「新装版 全集現代文学の発見 13」學藝書林 2004 p233

風景（四）
◇「新装版 全集現代文学の発見 13」學藝書林 2004 p234

風景（五）
◇「新装版 全集現代文学の発見 13」學藝書林 2004 p234

風景（六）
◇「新装版 全集現代文学の発見 13」學藝書林 2004 p235

北港海岸
◇「新装版 全集現代文学の発見 13」學藝書林 2004 p229

北西の葦原
◇「新装版 全集現代文学の発見 13」學藝書林 2004 p236

硫酸の甕
◇「新装版 全集現代文学の発見 13」學藝書林 2004 p235

緒乃 ひろみ　おの・ひろみ

ミステリー・ガーデン
◇「ショートショートの広場 13」講談社 2002（講談社文庫）p183

小野 文朗　おの・ふみお

霧映
◇「日本統治期台湾文学集成 6」緑蔭書房 2002 p37

小野 允雄　おの・まさお

麦藁帽子
◇「現代作家代表作選集 7」鼎書房 2014 p5

小野 正嗣　おの・まさつぐ（1970〜）

悪の花
◇「文学 2015」講談社 2015 p253

「…to watashi, towadashi」
◇「十和田、奥入瀬 水と土地をめぐる旅」青幻舎 2013 p121

片乳
◇「文学 2005」講談社 2005 p47

みのる、一日
◇「文学 2010」講談社 2010 p257
◇「現代小説クロニクル 2010〜2014」講談社 2015（講談社文芸文庫）p76

小野 泰正　おの・やすまさ

他人の記憶
◇「ショートショートの広場 18」講談社 2006（講談社文庫）p120

小野 るみこ　おの・るみこ

里桜
◇「ゆきのまち幻想文学賞小品集 17」企画集団ぷりずむ 2008 p136

尾上 菊五郎　おのえ・きくごろう

お盆に来る幽霊
◇「文豪怪談傑作選 特別編」筑摩書房 2008（ちくま文庫）p207

尾上 柴舟　おのえ・さいしゅう（1876～1957）
　鸚鵡の雀
　　◇「文豪てのひら怪談」ポプラ社 2009（ポプラ文庫）p166

尾上 梅幸〔6代〕　おのえ・ばいこう（1870～1934）
　薄どろどろ
　　◇「文豪怪談傑作選 特別編」筑摩書房 2007（ちくま文庫）p150
　二つの幽霊
　　◇「文豪怪談傑作選 特別編」筑摩書房 2008（ちくま文庫）p204

小野川 洲雄　おのがわ・くにお
　長袖の夏―ヒロシマ
　　◇「中学生のドラマ 3」晩成書房 1996 p7

小野木 康男　おのぎ・やすお
　子供の勘
　　◇「ショートショートの広場 18」講談社 2006（講談社文庫）p11

斧澤 燎　おのさわ・りょう
　新たなる黙示
　　◇「リトル・リトル・クトゥルー―史上最小の神話小説集」学習研究社 2009 p112
　黒衣の神話
　　◇「リトル・リトル・クトゥルー―史上最小の神話小説集」学習研究社 2009 p102
　理想宮奇譚
　　◇「リトル・リトル・クトゥルー―史上最小の神話小説集」学習研究社 2009 p124
　惑星Xの使徒
　　◇「リトル・リトル・クトゥルー―史上最小の神話小説集」学習研究社 2009 p146

小野塚 充博　おのづか・みつひろ
　黄金のりんご
　　◇「ゆきのまち幻想文学賞小品集 25」企画集団ぷりずむ 2015 p124

小野寺 綾　おのでら・あや
　レインボードロップ
　　◇「君がいない―恋愛短篇小説集」泰文堂 2013（リンダブックス）p168

小野寺 公二　おのでら・こうじ（1920～1998）
　算学武士道
　　◇「星明かり夢街道」光風社出版 2000（光風社文庫）p205

小野寺 史宜　おのでら・ふみのり（1968～）
　寒露―10月8日ごろ
　　◇「君と過ごす季節―秋から冬へ、12の暦物語」ポプラ社 2012（ポプラ文庫）p91

小野村 誠　おのむら・まこと
　極上と並の物語
　　◇「全作家短編小説集 10」のべる出版 2011 p48

　嫁ぐ娘たち
　　◇「全作家短編小説集 9」全作家協会 2010 p68

小畑 明日香　おばた・あすか
　手古奈（てこな）―入江の花の物語
　　◇「中学校創作脚本集 2」晩成書房 2001 p57
　春の雨が彼を包む
　　◇「中学校創作シリーズ 9」青雲書房 2005 p113

小畠 美津子　おばた・みつこ
　縦貫線　懸賞鐵道小説（二等一席入選作）
　　◇「日本統治期台湾文学集成 22」緑蔭書房 2007 p153

小原 真澄　おはら・ますみ
　草色の詩（うた）
　　◇「中学校創作脚本集 2」晩成書房 2001 p31

小尾 十三　おび・じゅうぞう（1909～1979）
　登攀
　　◇「〈外地〉の日本語文学選 3」新宿書房 1996 p243

帯 正子　おび・まさこ（1924～2004）
　可愛い娘
　　◇「新装版 全集現代文学の発見 別巻」學藝書林 2005 p416

大日谷 見　おびたに・けん
　ドライブの日
　　◇「超短編傑作選 v.6」創英社 2007 p127

厳 二峯　オム・イボン
　強制収容
　　◇「ハンセン病文学全集 4」皓星社 2003 p291

嚴 星波　オム・ソンパ
　朝顔の花
　　◇「近代朝鮮文学日本語作品集1908～1945 セレクション 4」緑蔭書房 2008 p323

嚴 興燮　オム・フンソプ
　コドモの作文 學校から歸つて
　　◇「近代朝鮮文学日本語作品集1901～1938 評論・随筆篇 3」緑蔭書房 2004 p356

面田 美樹　おもだ・みき
　Disaster Drill
　　◇「最新中学校創作脚本集 2010」晩成書房 2010 p25

小山田 浩子　おやまだ・ひろこ
　うらぎゅう
　　◇「文学 2014」講談社 2014 p72
　　◇「現代小説クロニクル 2010～2014」講談社 2015（講談社文芸文庫）p296
　延長
　　◇「十年後のこと」河出書房新社 2016 p69

小里 清　おり・きよし
　夜警
　　◇「フラジャイル・ファクトリー戯曲集 2」晩成書房 2008 p113

おりい

リヴァイアサン
◇「フラジャイル・ファクトリー戯曲集 1」晩成書房 2008 p103

Hip Hop Typhoon―少女には死にたがるクセがある
◇「優秀新人戯曲集 2001」ブロンズ新社 2000 p5

折井 敏雄　おりい・としお

墓標を捜す女
◇「日本統治期台湾文学集成 6」緑蔭書房 2002 p325

織守 きょうや　おりがみ・きょうや（1980～）

三橋春人は花束を捨てない
◇「ベスト本格ミステリ 2015」講談社 2015（講談社ノベルス）p87

折口 信夫　おりくち・しのぶ（1887～1953）

あかしゃぐま・きじむん
◇「文豪怪談傑作選 折口信夫集」筑摩書房 2009（ちくま文庫）p246

赤彦の死 抄
◇「ちくま日本文学 25」筑摩書房 2008（ちくま文庫）p26

麻布 善福寺
◇「ちくま日本文学 25」筑摩書房 2008（ちくま文庫）p32

朝山 抄（大正八年）
◇「ちくま日本文学 25」筑摩書房 2008（ちくま文庫）p15

飛鳥の村
◇「ちくま日本文学 25」筑摩書房 2008（ちくま文庫）p82

頭の皿
◇「文豪怪談傑作選 折口信夫集」筑摩書房 2009（ちくま文庫）p234

生き口を問う女
◇「文豪怪談傑作選 折口信夫集」筑摩書房 2009（ちくま文庫）p79

生き口を問う女（続稿）
◇「文豪怪談傑作選 折口信夫集」筑摩書房 2009（ちくま文庫）p102

一心寺
◇「ちくま日本文学 25」筑摩書房 2008（ちくま文庫）p40

稲生物怪録
◇「稲生モノノケ大全 陰之巻」毎日新聞社 2003 p455
◇「文豪怪談傑作選 折口信夫集」筑摩書房 2009（ちくま文庫）p9

伊平屋の村
◇「ちくま日本文学 25」筑摩書房 2008（ちくま文庫）p76

今宮中学校
◇「ちくま日本文学 25」筑摩書房 2008（ちくま文庫）p41

いろものせき（大正六年）
◇「ちくま日本文学 25」筑摩書房 2008（ちくま文庫）p15

うしろ
◇「ちくま日本文学 25」筑摩書房 2008（ちくま文庫）p133

海やまのあひだ（抄）
◇「ちくま日本文学 25」筑摩書房 2008（ちくま文庫）p9

梅田
◇「ちくま日本文学 25」筑摩書房 2008（ちくま文庫）p37

ゑいとれす
◇「ちくま日本文学 25」筑摩書房 2008（ちくま文庫）p45

遠来の神
◇「ちくま日本文学 25」筑摩書房 2008（ちくま文庫）p414

お岩と与茂七
◇「文豪怪談傑作選 折口信夫集」筑摩書房 2009（ちくま文庫）p149

大阪詠物集 抄
◇「ちくま日本文学 25」筑摩書房 2008（ちくま文庫）p36

おほやまもり
◇「ちくま日本文学 25」筑摩書房 2008（ちくま文庫）p84

沖縄を憶う
◇「日本文学全集 14」河出書房新社 2015 p319

奥熊野 抄（明治四十四年以後、大正四年以前）
◇「ちくま日本文学 25」筑摩書房 2008（ちくま文庫）p16

おくない様と座敷わらし
◇「文豪怪談傑作選 折口信夫集」筑摩書房 2009（ちくま文庫）p243

小栗外伝（餓鬼阿弥蘇生譚の二）―魂と姿との関係
◇「文豪怪談傑作選 折口信夫集」筑摩書房 2009（ちくま文庫）p309

幼き春
◇「ちくま日本文学 25」筑摩書房 2008（ちくま文庫）p72

お伽及び咄
◇「文豪怪談傑作選 折口信夫集」筑摩書房 2009（ちくま文庫）p170

をとめの島―琉球 抄（大正十年）
◇「ちくま日本文学 25」筑摩書房 2008（ちくま文庫）p11

おにと神と
◇「文豪怪談傑作選 折口信夫集」筑摩書房 2009（ちくま文庫）p204

鬼の話
◇「文豪怪談傑作選 折口信夫集」筑摩書房 2009（ちくま文庫）p204

があたろ
◇「文豪怪談傑作選 折口信夫集」筑摩書房 2009（ちくま文庫）p248

解放を欲する役霊
◇「文豪怪談傑作選 折口信夫集」筑摩書房 2009（ちくま文庫）p249

餓鬼
◇「文豪怪談傑作選 折口信夫集」筑摩書房 2009（ちくま文庫）p297

餓鬼阿弥蘇生譚
◇「文豪怪談傑作選 折口信夫集」筑摩書房 2009（ちくま文庫）p297

餓鬼つき
◇「文豪怪談傑作選 折口信夫集」筑摩書房 2009（ちくま文庫）p306

餓鬼身を解脱すること
◇「文豪怪談傑作選 折口信夫集」筑摩書房 2009（ちくま文庫）p309

かぞへうた
◇「ちくま日本文学 25」筑摩書房 2008（ちくま文庫）p80

肩うたせ居り
◇「ちくま日本文学 25」筑摩書房 2008（ちくま文庫）p23

河童使い
◇「文豪怪談傑作選 折口信夫集」筑摩書房 2009（ちくま文庫）p220

河童の馬曳き
◇「文豪怪談傑作選 折口信夫集」筑摩書房 2009（ちくま文庫）p226

河童の女
◇「文豪怪談傑作選 折口信夫集」筑摩書房 2009（ちくま文庫）p215

河童の正体
◇「文豪怪談傑作選 折口信夫集」筑摩書房 2009（ちくま文庫）p241

河童の話
◇「文豪怪談傑作選 折口信夫集」筑摩書房 2009（ちくま文庫）p214

合邦个辻
◇「ちくま日本文学 25」筑摩書房 2008（ちくま文庫）p40

神のおとずれ
◇「ちくま日本文学 25」筑摩書房 2008（ちくま文庫）p418

神の嫁
◇「文士の意地―車谷長吉撰短篇小説輯 上巻」作品社 2005 p90
◇「文豪怪談傑作選 折口信夫集」筑摩書房 2009（ちくま文庫）p38

神やぶれたまふ
◇「日本文学全集 14」河出書房新社 2015 p332

木地屋
◇「ちくま日本文学 25」筑摩書房 2008（ちくま文庫）p43

きずつけずあれ
◇「ちくま日本文学 25」筑摩書房 2008（ちくま文庫）p109

気多はふりの家 抄
◇「ちくま日本文学 25」筑摩書房 2008（ちくま文庫）p51

木場
◇「ちくま日本文学 25」筑摩書房 2008（ちくま文庫）p31

鏡花との一夕
◇「文豪怪談傑作選 折口信夫集」筑摩書房 2009（ちくま文庫）p339

教授
◇「ちくま日本文学 25」筑摩書房 2008（ちくま文庫）p44

切り通し
◇「ちくま日本文学 25」筑摩書房 2008（ちくま文庫）p36

銀座
◇「ちくま日本文学 25」筑摩書房 2008（ちくま文庫）p32

近代悲傷集（抄）
◇「ちくま日本文学 25」筑摩書房 2008（ちくま文庫）p104

供養塔（大正十二年）
◇「ちくま日本文学 25」筑摩書房 2008（ちくま文庫）p10

くらぼっこ・座敷童子・座敷坊主
◇「文豪怪談傑作選 折口信夫集」筑摩書房 2009（ちくま文庫）p245

黒川能・観点の置き所
◇「山形県文学全集第2期(随筆・紀行編) 2」郷土出版社 2005 p92

軍人
◇「ちくま日本文学 25」筑摩書房 2008（ちくま文庫）p44

けた
◇「ちくま日本文学 25」筑摩書房 2008（ちくま文庫）p412

現代襤褸集（抄）
◇「ちくま日本文学 25」筑摩書房 2008（ちくま文庫）p111

声澄む春
◇「日本文学全集 14」河出書房新社 2015 p325

古代感愛集（抄）
◇「ちくま日本文学 25」筑摩書房 2008（ちくま文庫）p60

「古代研究」追い書き
◇「ちくま日本文学 25」筑摩書房 2008（ちくま文庫）p348

古代生活に見えた恋愛
◇「日本文学全集 14」河出書房新社 2015 p298

乞丐相
◇「ちくま日本文学 25」筑摩書房 2008（ちくま文庫）p64

ごろつき仙人
◇「ちくま日本文学 25」筑摩書房 2008（ちくま文庫）p111

おりく

座敷小僧の話
◇「文豪怪談傑作選 折口信夫集」筑摩書房 2009（ちくま文庫）p243

死者の書
◇「ちくま日本文学 25」筑摩書房 2008（ちくま文庫）p137
◇「幻妖の水脈（みお）」筑摩書房 2013（ちくま文庫）p250
◇「日本文学全集 14」河出書房新社 2015 p185

死者の書（抄）
◇「文豪てのひら怪談」ポプラ社 2009（ポプラ文庫）p146
◇「文豪怪談傑作選 折口信夫集」筑摩書房 2009（ちくま文庫）p25

実川延若讃
◇「ちくま日本文学 25」筑摩書房 2008（ちくま文庫）p290

失業人
◇「ちくま日本文学 25」筑摩書房 2008（ちくま文庫）p46

信太妻の話
◇「文豪怪談傑作選 折口信夫集」筑摩書房 2009（ちくま文庫）p252

島山 抄（大正十三年）
◇「ちくま日本文学 25」筑摩書房 2008（ちくま文庫）p9

上州河原湯 抄
◇「ちくま日本文学 25」筑摩書房 2008（ちくま文庫）p50

生滅
◇「ちくま日本文学 25」筑摩書房 2008（ちくま文庫）p118

昭和職人歌 抄
◇「ちくま日本文学 25」筑摩書房 2008（ちくま文庫）p43

身毒丸
◇「大阪文学名作選」講談社 2011（講談社文芸文庫）p265

水中の友
◇「文豪怪談傑作選 折口信夫集」筑摩書房 2009（ちくま文庫）p331

水中の与太者
◇「文豪怪談傑作選 折口信夫集」筑摩書房 2009（ちくま文庫）p327

涼み芝居と怪談
◇「文豪怪談傑作選 折口信夫集」筑摩書房 2009（ちくま文庫）p151

須田町
◇「ちくま日本文学 25」筑摩書房 2008（ちくま文庫）p35

砂けぶり
◇「ちくま日本文学 25」筑摩書房 2008（ちくま文庫）p123

せめてからの箱をよこしてくれれば……≫藤井巽

◇「日本人の手紙 9」リブリオ出版 2004 p180

千日前
◇「ちくま日本文学 25」筑摩書房 2008（ちくま文庫）p38

怠業工人
◇「ちくま日本文学 25」筑摩書房 2008（ちくま文庫）p48

魂の行きふり
◇「文豪怪談傑作選 折口信夫集」筑摩書房 2009（ちくま文庫）p314

地方に居て試みた民俗研究の方法
◇「ちくま日本文学 25」筑摩書房 2008（ちくま文庫）p423

鎮魂頌
◇「ちくま日本文学 25」筑摩書房 2008（ちくま文庫）p117

追悲荒年歌
◇「ちくま日本文学 25」筑摩書房 2008（ちくま文庫）p60

辻碁うち
◇「ちくま日本文学 25」筑摩書房 2008（ちくま文庫）p45

土車
◇「文豪怪談傑作選 折口信夫集」筑摩書房 2009（ちくま文庫）p325

天王寺中学校
◇「ちくま日本文学 25」筑摩書房 2008（ちくま文庫）p42

独逸には 生れざりしも
◇「ちくま日本文学 25」筑摩書房 2008（ちくま文庫）p104

東京詠物集 抄
◇「ちくま日本文学 25」筑摩書房 2008（ちくま文庫）p31

東京を侮辱するもの
◇「ちくま日本文学 25」筑摩書房 2008（ちくま文庫）p131

東京すていしょん
◇「ちくま日本文学 25」筑摩書房 2008（ちくま文庫）p33

道頓堀
◇「ちくま日本文学 25」筑摩書房 2008（ちくま文庫）p37

十日戎
◇「ちくま日本文学 25」筑摩書房 2008（ちくま文庫）p39

遠野物語―「古代感愛集」より
◇「文豪怪談傑作選 折口信夫集」筑摩書房 2009（ちくま文庫）p366

とがきばかりの脚本
◇「文豪怪談傑作選 折口信夫集」筑摩書房 2009（ちくま文庫）p107

土地の精霊と常世神と
◇「文豪怪談傑作選 折口信夫集」筑摩書房 2009（ちくま文庫）p209

富坂
- ◇「ちくま日本文学 25」筑摩書房 2008（ちくま文庫）p35

夏芝居
- ◇「文豪怪談傑作選 折口信夫集」筑摩書房 2009（ちくま文庫）p127

夏のわかれ 抄
- ◇「ちくま日本文学 25」筑摩書房 2008（ちくま文庫）p28

なもみたくり
- ◇「ちくま日本文学 25」筑摩書房 2008（ちくま文庫）p408

日本橋
- ◇「ちくま日本文学 25」筑摩書房 2008（ちくま文庫）p37

日本文章の発想法の起り
- ◇「ちくま日本文学 25」筑摩書房 2008（ちくま文庫）p332

ぬさと米と
- ◇「文豪怪談傑作選 折口信夫集」筑摩書房 2009（ちくま文庫）p302

根津
- ◇「ちくま日本文学 25」筑摩書房 2008（ちくま文庫）p36

羽沢の家
- ◇「ちくま日本文学 25」筑摩書房 2008（ちくま文庫）p20

花祭りの夜
- ◇「ちくま日本文学 25」筑摩書房 2008（ちくま文庫）p55

妣が国へ・常世へ—異郷意識の起伏
- ◇「ちくま日本文学 25」筑摩書房 2008（ちくま文庫）p386
- ◇「日本文学全集 14」河出書房新社 2015 p287

母 抄（大正九年）
- ◇「ちくま日本文学 25」筑摩書房 2008（ちくま文庫）p14

はるかなる思—長歌并短歌十四首
- ◇「創刊一〇〇年三田文学名作選」三田文学会 2010 p607

春来る鬼
- ◇「ちくま日本文学 25」筑摩書房 2008（ちくま文庫）p403

春のことぶれ
- ◇「ちくま日本文学 25」筑摩書房 2008（ちくま文庫）p56

春のことぶれ（抄）
- ◇「ちくま日本文学 25」筑摩書房 2008（ちくま文庫）p18

飛行機
- ◇「ちくま日本文学 25」筑摩書房 2008（ちくま文庫）p106

人拐ひ
- ◇「ちくま日本文学 25」筑摩書房 2008（ちくま文庫）p107

一つ橋
- ◇「ちくま日本文学 25」筑摩書房 2008（ちくま文庫）p34

平田国学の伝統（抄）
- ◇「稲生モノノケ大全 陰之巻」毎日新聞社 2003 p642
- ◇「文豪怪談傑作選 折口信夫集」筑摩書房 2009（ちくま文庫）p345

貧窮問答
- ◇「ちくま日本文学 25」筑摩書房 2008（ちくま文庫）p129

冬立つ厨 抄
- ◇「ちくま日本文学 25」筑摩書房 2008（ちくま文庫）p18

古き芸文
- ◇「ちくま日本文学 25」筑摩書房 2008（ちくま文庫）p120

盆踊りの話
- ◇「文豪怪談傑作選 折口信夫集」筑摩書房 2009（ちくま文庫）p195

畝傍山耳成山天香山 巻返大倭未来記（まきかえしおおやまとみらいき）
- ◇「文豪怪談傑作選 折口信夫集」筑摩書房 2009（ちくま文庫）p111

祭りに出るおに
- ◇「文豪怪談傑作選 折口信夫集」筑摩書房 2009（ちくま文庫）p205

まれびと
- ◇「ちくま日本文学 25」筑摩書房 2008（ちくま文庫）p403

水牢
- ◇「ちくま日本文学 25」筑摩書房 2008（ちくま文庫）p126

宮城
- ◇「ちくま日本文学 25」筑摩書房 2008（ちくま文庫）p34

むささび——一つの教戒劇
- ◇「文豪怪談傑作選 折口信夫集」筑摩書房 2009（ちくま文庫）p58

もののけ其他
- ◇「文豪怪談傑作選 折口信夫集」筑摩書房 2009（ちくま文庫）p161

谷中清水町（大正十二年）
- ◇「ちくま日本文学 25」筑摩書房 2008（ちくま文庫）p11

山の湯雑記
- ◇「山形県文学全集第2期（随筆・紀行編）2」郷土出版社 2005 p96

雄略紀を循環して—お伽話と長話の二形式
- ◇「文豪怪談傑作選 折口信夫集」筑摩書房 2009（ちくま文庫）p187

雪まつり 抄
- ◇「ちくま日本文学 25」筑摩書房 2008（ちくま文庫）p54

寄席の夕立

◇「文豪怪談傑作選 折口信夫集」筑摩書房 2009（ちくま文庫）p156

夜（大正十年）
◇「ちくま日本文学 25」筑摩書房 2008（ちくま文庫）p12

わが子・我が母
◇「日本文学全集 14」河出書房新社 2015 p312

椀貸し淵
◇「文豪怪談傑作選 折口信夫集」筑摩書房 2009（ちくま文庫）p229

折口 真喜子　おりぐち・まきこ

月兎
◇「代表作時代小説 平成25年度」光文社 2013 p313

織月 かいこ　おりつき・かいこ

雲を飼う
◇「ゆきのまち幻想文学賞小品集 24」企画集団ぷりずむ 2015 p90

織月 冬馬　おりづき・とうま

透明な鍵
◇「本格推理 10」光文社 1997（光文社文庫）p287

折原 一　おりはら・いち（1951〜）

石田黙のある部屋
◇「探偵Xからの挑戦状！」小学館 2009（小学館文庫）p 213, 340

音の正体
◇「ザ・ベストミステリーズ―推理小説年鑑 2009」講談社 2009 p377
◇「Bluff騙し合いの夜」講談社 2012（講談社文庫）p309

傾いた密室
◇「密室―ミステリーアンソロジー」角川書店 1997（角川文庫）p111

危険な乗客
◇「M列車（ミステリートレイン）で行こう」光文社 2001（カッパ・ノベルス）p57

偶然
◇「ザ・ベストミステリーズ―推理小説年鑑 2004」講談社 2004 p415
◇「孤独な交響曲（シンフォニー）」講談社 2007（講談社文庫）p285
◇「電話ミステリー倶楽部―傑作推理小説集」光文社 2016（光文社文庫）p357

五重像
◇「最新「珠玉推理」大全 上」光文社 1998（カッパ・ノベルス）p124
◇「幻惑のラビリンス」光文社 2001（光文社文庫）p181

長編一本分の感動
◇「マイ・ベスト・ミステリー 6」文藝春秋 2007（文春文庫）p191

トロイの密室
◇「密室レシピ」角川書店 2002（角川文庫）p7
◇「赤に捧げる殺意」角川書店 2013（角川文庫）p37

二重誘拐
◇「誘拐―ミステリーアンソロジー」角川書店 1997（角川文庫）p69

眠れない夜のために
◇「ザ・ベストミステリーズ―推理小説年鑑 1999」講談社 1999 p9
◇「密室＋アリバイ＝真犯人」講談社 2002（講談社文庫）p169

眠れ、わが子よ
◇「黒衣のモニュメント」光文社 2000（光文社文庫）p89

不透明な密室
◇「七人の警部―SEVEN INSPECTORS」廣済堂出版 1998（KOSAIDO BLUE BOOKS）p267

不透明な密室―Invisible Man
◇「THE密室―ミステリーアンソロジー」有楽出版社 2014（JOY NOVELS）p113
◇「THE密室」実業之日本社 2016（実業之日本社文庫）p133

北斗星の密室
◇「本格ミステリ 2002」講談社 2002（講談社ノベルス）p61
◇「天使と髑髏の密室―本格短編ベスト・セレクション」講談社 2005（講談社文庫）p117

本陣殺人計画―横溝正史を読んだ男
◇「密室殺人大百科 上」原書房 2000 p111

真夏の誘拐者
◇「ザ・ベストミステリーズ―推理小説年鑑 2000」講談社 2000 p315
◇「嘘つきは殺人のはじまり」講談社 2003（講談社文庫）p263

耳すます部屋
◇「隣りの不安、目前の恐怖」双葉社 2016（双葉文庫）p227

黙の家
◇「アート偏愛」光文社 2005（光文社文庫）p177

わが生涯最大の事件
◇「どたん場で大逆転」講談社 1999（講談社文庫）p249
◇「謎」文藝春秋 2004（推理作家になりたくて マイベストミステリー）p62
◇「マイ・ベスト・ミステリー 6」文藝春秋 2007（文春文庫）p86

織原 みわ　おりはら・みわ

ゲート
◇「絶体絶命！」泰文堂 2011（Linda books！）p167

小流智尼　おるちに

⇒一条栄子（いちじょう・えいこ）を見よ

折多 紗知　おれた・さち

卒婚
◇「現代鹿児島小説大系 4」ジャプラン 2014 p90

蔓
◇「現代鹿児島小説大系 4」ジャプラン 2014 p68

温 又柔　おん・ゆうじゅう（1980～）
線上の子どもたち
　◇「十年後のこと」河出書房新社 2016 p75

恩田 陸　おんだ・りく（1964～）
赤い毬
　◇「七つの黒い夢」新潮社 2006（新潮文庫）p35
あなたと夜と音楽と
　◇「「ABC」殺人事件」講談社 2001（講談社文庫）p97
あなたの善良なる教え子より
　◇「不思議の足跡」光文社 2007（Kappa novels）p85
　◇「不思議の足跡」光文社 2011（光文社文庫）p103
ある映画の記憶
　◇「大密室」新潮社 1999 p35
　◇「映画狂時代」新潮社 2014（新潮文庫）p143
一千一秒殺人事件
　◇「花月夜綺譚—怪談集」集英社 2007（集英社文庫）p33
エアハート嬢の到着
　◇「不思議の扉　時をかける恋」角川書店 2010（角川文庫）p41
往復書簡
　◇「ザ・ベストミステリーズ—推理小説年鑑 2000」講談社 2000 p259
　◇「罪深き者に罰を」講談社 2002（講談社文庫）p423
大きな引き出し
　◇「日本SF・名作集成 10」リブリオ出版 2005 p167
　◇「冒険の森へ—傑作小説大全 4」集英社 2016 p103
オデュッセイア
　◇「短篇ベストコレクション—現代の小説 2002」徳間書店 2002（徳間文庫）p5
　◇「迷」文藝春秋 2003（推理作家になりたくて マイベストミステリー）p32
　◇「マイ・ベスト・ミステリー 3」文藝春秋 2007（文春文庫）p40
思い違い
　◇「驚愕遊園地」光文社 2013（最新ベスト・ミステリー）p151
　◇「驚愕遊園地」光文社 2016（光文社文庫）p239
邂逅について
　◇「凶鳥の黒影—中井英夫へ捧げるオマージュ」河出書房新社 2004 p235
かたつむり注意報
　◇「短篇ベストコレクション—現代の小説 2007」徳間書店 2007（徳間文庫）p129
　◇「日本文学100年の名作 10」新潮社 2015（新潮文庫）p171
給水塔
　◇「不条理な殺人—ミステリー・アンソロジー」祥伝社 1998（ノン・ポシェット）p159
交信
　◇「拡張幻想」東京創元社 2012（創元SF文庫）p67
国境の南
　◇「らせん階段—女流ミステリー傑作選」角川春樹事務所 2003（ハルキ文庫）p7
骰子の七の目
　◇「短篇ベストコレクション—現代の小説 2009」徳間書店 2009（徳間文庫）p419
ジョン・ファウルズを探して
　◇「Story Seller annex」新潮社 2014（新潮文庫）p283
新・D坂の殺人事件
　◇「江戸川乱歩に愛をこめて」光文社 2011（光文社文庫）p65
深夜の食欲
　◇「グランドホテル」廣済堂出版 1999（廣済堂文庫）p165
水晶の夜、翡翠の朝
　◇「殺人鬼の放課後」角川書店 2002（角川文庫）p7
　◇「青に捧げる悪夢」角川書店 2005 p5
　◇「青に捧げる悪夢」角川書店 2013（角川文庫）p5
睡蓮
　◇「蜜の眠り」廣済堂出版 2000（廣済堂文庫）p133
　◇「ファンタジー」リブリオ出版 2001（怪奇・ホラーワールド）p45
線路脇の家
　◇「短篇ベストコレクション—現代の小説 2016」徳間書店 2016（徳間文庫）p121
象と耳鳴り
　◇「最新「珠玉推理」大全 中」光文社 1998（カッパ・ノベルス）p67
　◇「怪しい舞踏会」光文社 2002（光文社文庫）p93
惻隠
　◇「吾輩も猫である」新潮社 2016（新潮文庫）p107
卒業
　◇「午前零時」新潮社 2007 p53
　◇「午前零時—P.S.昨日の私へ」新潮社 2009（新潮文庫）p63
台北小夜曲—DMATのジェネラル
　◇「短篇ベストコレクション—現代の小説 2012」徳間書店 2012（徳間文庫）p139
茶色の小壜
　◇「血の12幻想」エニックス 2000 p305
忠告
　◇「虚構機関—年刊日本SF傑作選」東京創元社 2008（創元SF文庫）p255
東京の日記—都電。キャタピラー。伝書鳩の群れ。桜。とりどりの和菓子。私の見た東京
　◇「NOVA—書き下ろし日本SFコレクション 2」河出書房新社 2010（河出文庫）p115
飛び出す、絵本
　◇「本からはじまる物語」メディアパル 2007 p7
廃園
　◇「悪魔のような女—女流ミステリー傑作選」角川春樹事務所 2001（ハルキ文庫）p49
　◇「恋は罪つくり—恋愛ミステリー傑作選」光文社 2005（光文社文庫）p363

おんち

春よ、こい
◇「時間怪談」廣済堂出版 1999（廣済堂文庫）p17
◇「時の輪廻」リブリオ出版 2001（怪奇・ホラーワールド）p5

柊と太陽
◇「殺意の隘路」光文社 2016（最新ベスト・ミステリー）p169
◇「X'mas Stories――一年でいちばん奇跡が起きる日」新潮社 2016（新潮文庫）p159

梟の昼間
◇「宝石ザミステリー」光文社 2011 p473

弁明
◇「短篇ベストコレクション―現代の小説 2008」徳間書店 2008（徳間文庫）p305

待合室の冒険
◇「全席死定―鉄道ミステリー名作館」徳間書店 2004（徳間文庫）p53

夕飯は七時
◇「逃げゆく物語の話―ゼロ年代日本SFベスト集成 F」東京創元社 2010（創元SF文庫）p13

曜変天目の夜
◇「花迷宮」日本文芸社 2000（日文文庫）p319

ラジオを聴きながら…
◇「迷」文藝春秋 2003（推理作家になりたくて マイベストミステリー）p74
◇「マイ・ベスト・ミステリー 3」文藝春秋 2007（文春文庫）p104

冷凍みかん
◇「GOD」廣済堂出版 1999（廣済堂文庫）p25

私と踊って
◇「短篇ベストコレクション―現代の小説 2013」徳間書店 2013（徳間文庫）p29

悪い春
◇「20の短編小説」朝日新聞出版 2016（朝日文庫）p111

Puzzle
◇「絶海―推理アンソロジー」祥伝社 2002（Non novel）p7

恩知 邦衞　おんち・くにえ
ある台風伝
◇「ショートショートの花束 2」講談社 2010（講談社文庫）p24

ふり
◇「ショートショートの花束 8」講談社 2016（講談社文庫）p186

オン・ワタナベ
⇒渡辺温（わたなべ・おん）を見よ

【か】

柯 設偕　か・せつかい
鐵道小説 R旅客の珍話（踏切のロメオとジュリエット）
◇「日本統治期台湾文学集成 22」緑蔭書房 2007 p29
鐵道小説 E驛長の果報
◇「日本統治期台湾文学集成 22」緑蔭書房 2007 p21
鐵道小説 S車掌の善徳
◇「日本統治期台湾文学集成 22」緑蔭書房 2007 p15
鐵道小説 陥穽の試運転
◇「日本統治期台湾文学集成 22」緑蔭書房 2007 p35
鐵道小説 K機関手の錯覚
◇「日本統治期台湾文学集成 22」緑蔭書房 2007 p9

櫂 悦子　かい・えつこ
謝辞
◇「現代短編小説選―2005～2009」日本民主主義文学会 2010 p26

花衣 沙久羅　かい・さくら
一節切
◇「花月夜綺譚―怪談集」集英社 2007（集英社文庫）p59

甲斐 八郎　かい・はちろう（1918～1987）
飢えの記録
◇「ハンセン病文学全集 2」皓星社 2002 p223
海の上で
◇「ハンセン病文学全集 2」皓星社 2002 p205
崖
◇「ハンセン病文学全集 2」皓星社 2002 p141
九年間
◇「ハンセン病に咲いた花―初期文芸名作選 戦後編」皓星社 2002（ハンセン病叢書）p189
◇「ハンセン病文学全集 2」皓星社 2002 p129
サンルームの風
◇「ハンセン病文学全集 8」皓星社 2006 p334
島比呂志論―汚い小説その他
◇「ハンセン病文学全集 5」皓星社 2010 p473
その日
◇「ハンセン病文学全集 2」皓星社 2002 p171
◇「ハンセン病文学全集 8」皓星社 2006 p427
父
◇「ハンセン病文学全集 4」皓星社 2003 p591
父の遺産
◇「ハンセン病文学全集 4」皓星社 2003 p595
敗れる日
◇「ハンセン病に咲いた花―初期文芸名作選 戦後編」皓星社 2002（ハンセン病叢書）p204

甲斐 文汀　かい・ぶんてい
窓塞ぎ
◇「てのひら怪談―ビーケーワン怪談大賞傑作選 辛卯」ポプラ社 2011（ポプラ文庫）p196

海音寺 ジョー　かいおんじ・じょー
納得できない
◇「超短編の世界 vol.3」創英社 2011 p146

海音寺 潮五郎　かいおんじ・ちょうごろう
（1901〜1977）

あさき夢みし—神崎与五郎
◇「我、本懐を遂げんとす—忠臣蔵傑作選」徳間書店 1998（徳間文庫）p149

一念不退転
◇「武士の本懐—武士道小説傑作選 2」ベストセラーズ 2005（ベスト時代文庫）p93

奥方切腹
◇「女人」小学館 2007（小学館文庫）p51

男一代の記
◇「武士道」小学館 2007（小学館文庫）p69
◇「冒険の森へ—傑作小説大全 20」集英社 2015 p48

唐薯武士
◇「とっておきの話」筑摩書房 2011（ちくま文学の森）p459
◇「日本文学100年の名作 3」新潮社 2014（新潮文庫）p365

城井谷崩れ
◇「軍師の生きざま—短篇小説集」作品社 2008 p99
◇「黒田官兵衛—小説集」作品社 2013 p247

城井谷崩れ—黒田官兵衛
◇「軍師の生きざま」実業之日本社 2013（実業之日本社文庫）p123

岐阜城のお茶々様
◇「八百八町春爛漫」光風社出版 1998（光風社文庫）p311
◇「姫君たちの戦国—時代小説傑作選」PHP研究所 2011（PHP文芸文庫）p7

極楽急行
◇「歴史小説の世紀 天の巻」新潮社 2000（新潮文庫）p247

コーランポーの記
◇「コレクション戦争と文学 18」集英社 2012 p480

酒と女と槍と—内田吐夢監督「酒と女と槍」原作
◇「時代劇原作選集—あの名画を生みだした傑作小説」双葉社 2003（双葉文庫）p41

さむらい魂—三村次郎左衛門
◇「忠臣蔵コレクション 1」河出書房新社 1998（河出文庫）p55

執念谷の物語
◇「真田幸村—小説集」作品社 2015 p53

平清盛
◇「源義経の時代—短篇小説集」作品社 2004 p11

平将門
◇「人物日本の歴史—時代小説 古代中世編」小学館 2004（小学館文庫）p97

武市半平太
◇「龍馬と志士たち—時代小説傑作選」コスミック出版 2009（コスミック・時代文庫）p223

竹中半兵衛
◇「竹中半兵衛—小説集」作品社 2014 p5

忠直卿行状記
◇「江戸三百年を読む—傑作時代小説 シリーズ江戸学 上」角川学芸出版 2009（角川文庫）p35

立花宗茂
◇「九州戦国志—傑作時代小説」PHP研究所 2008（PHP文庫）p305

脱盟の槍—「赤穂浪士伝」より
◇「極め付き時代小説選 1」中央公論新社 2004（中公文庫）p349

脱盟の槍—高田郡兵衛
◇「七つの忠臣蔵」新潮社 2016（新潮文庫）p133

田村騒動
◇「信州歴史時代小説傑作集 2」しなのき書房 2007 p221

千葉周作
◇「日本剣客伝 幕末篇」朝日新聞出版 2012（朝日文庫）p167

天正女合戦
◇「消えた受賞作—直木賞編」メディアファクトリー 2004（ダ・ヴィンチ特別編集）p9

美女と鷹
◇「極め付き時代小説選 2」中央公論新社 2004（中公文庫）p51

人斬り彦斎
◇「幕末の剣鬼たち—時代小説傑作選」コスミック出版 2009（コスミック・時代文庫）p303

武道伝来記
◇「武士の本懐—武士道小説傑作選」ベストセラーズ 2004（ベスト時代文庫）p241

芙蓉湖物語
◇「疾風怒濤！ 上杉戦記—傑作時代小説」PHP研究所 2008（PHP文庫）p61

宮本造酒之助
◇「七人の武蔵」角川書店 2002（角川文庫）p195

村正—村正
◇「名刀伝 2」角川春樹事務所 2015（ハルキ文庫）p157

吉田松陰
◇「野辺に朽ちぬとも—吉田松陰と松下村塾の男たち」集英社 2015（集英社文庫）p7

貝原　かいげん

おそうめん
◇「てのひら怪談—ビーケーワン怪談大賞傑作選 百怪繚乱篇」ポプラ社 2008 p50
◇「てのひら怪談—ビーケーワン怪談大賞傑作選 己丑」ポプラ社 2009（ポプラ文庫）p14

巨獣
◇「てのひら怪談—ビーケーワン怪談大賞傑作選 百怪繚乱篇」ポプラ社 2008 p48
◇「てのひら怪談—ビーケーワン怪談大賞傑作選 己丑」ポプラ社 2009（ポプラ文庫）p172

静かな団地
◇「てのひら怪談—ビーケーワン怪談大賞傑作選 百怪繚乱篇」ポプラ社 2008 p52
◇「てのひら怪談—ビーケーワン怪談大賞傑作選 己丑」ポプラ社 2009（ポプラ文庫）p116

かいこ

授乳
◇「てのひら怪談―ビーケーワン怪談大賞傑作選 壬辰」ポプラ社 2012（ポプラ文庫）p134

焚き火
◇「てのひら怪談―ビーケーワン怪談大賞傑作選 辛卯」ポプラ社 2011（ポプラ文庫）p68

漬物
◇「てのひら怪談―ビーケーワン怪談大賞傑作選 庚寅」ポプラ社 2010（ポプラ文庫）p200

筒穴
◇「てのひら怪談―ビーケーワン怪談大賞傑作選 2」ポプラ社 2007 p184

妖精
◇「てのひら怪談―ビーケーワン怪談大賞傑作選 庚寅」ポプラ社 2010（ポプラ文庫）p48

綿菓子
◇「てのひら怪談 癸巳」KADOKAWA 2013（MF文庫ダ・ヴィンチ）p128

開高 健　かいこう・たけし（1930〜1989）

一匹のサケ
◇「ちくま日本文学 24」筑摩書房 2008（ちくま文庫）p373

イナゴ、ヤモリ、ライギョ
◇「ちくま日本文学 24」筑摩書房 2008（ちくま文庫）p295

エスキモー
◇「コレクション戦争と文学 3」集英社 2012 p245

輝ける闇
◇「日本文学全集 21」河出書房新社 2015 p259

カモシカ、ラクダ
◇「ちくま日本文学 24」筑摩書房 2008（ちくま文庫）p270

河は呼んでいる
◇「ちくま日本文学 24」筑摩書房 2008（ちくま文庫）p399

岸辺の祭り
◇「コレクション戦争と文学 2」集英社 2012 p13

巨人と玩具
◇「経済小説名作選」筑摩書房 2014（ちくま文庫）p127

声だけの人たち
◇「ちくま日本文学 24」筑摩書房 2008（ちくま文庫）p127

裁きは終りぬ
◇「新装版 全集現代文学の発見 10」學藝書林 2004 p460

ジャングルの海に漂う砦と兵と人
◇「ちくま日本文学 24」筑摩書房 2008（ちくま文庫）p205

主題のない合唱
◇「ちくま日本文学 24」筑摩書房 2008（ちくま文庫）p348

姿なき狙撃者！ ジャングル戦
◇「コレクション戦争と文学 2」集英社 2012 p292

すべてがつかれきっている、すべてが…
◇「ちくま日本文学 24」筑摩書房 2008（ちくま文庫）p231

戦場の博物誌
◇「ちくま日本文学 24」筑摩書房 2008（ちくま文庫）p247

玉、砕ける
◇「川端康成文学賞全作品 1」新潮社 1999 p115
◇「戦後短篇小説再発見 9」講談社 2002（講談社文芸文庫）p232
◇「魂がふるえるとき」文藝春秋 2004（文春文庫）p9
◇「現代小説クロニクル 1975〜1979」講談社 2014（講談社文芸文庫）p307

地図のない旅人　田村隆一
◇「日本文学全集 21」河出書房新社 2015 p507

中年男のシックな自炊生活とは
◇「たんときれいに召し上がれ―美食文学精選」芸術新聞社 2015 p17

痛覚からの出発
◇「日本文学全集 21」河出書房新社 2015 p505

掌のなかの海
◇「日本文学100年の名作 8」新潮社 2015（新潮文庫）p281

砦の床下にまでおよび、ベトコンのトンネル
◇「ちくま日本文学 24」筑摩書房 2008（ちくま文庫）p216

二重壁
◇「ちくま日本文学 24」筑摩書房 2008（ちくま文庫）p96

ハゲワシ
◇「ちくま日本文学 24」筑摩書房 2008（ちくま文庫）p247

美味・珍味・奇味・怪味・媚味・魔味・幻味・効味・妖味・天味
◇「くだものだもの」ランダムハウス講談社 2007 p181

ベトナム戦記
◇「ちくま日本文学 24」筑摩書房 2008（ちくま文庫）p205

"ベン・キャット砦"の苦悩
◇「ちくま日本文学 24」筑摩書房 2008（ちくま文庫）p205

まずミミズを釣ること
◇「ちくま日本文学 24」筑摩書房 2008（ちくま文庫）p351

ユーモレスク
◇「戦後短篇小説再発見 15」講談社 2003（講談社文芸文庫）p78

揺れた
◇「戦後短篇小説選―『世界』1946-1999 3」岩波書店 2000 p113

ライギョ、ヤモリ、マメジカ、コオロギ、ヒキガエル、ブタ、トビハゼ、ホタル
◇「ちくま日本文学 24」筑摩書房 2008（ちくま文

流亡記―F・K氏に
◇「ちくま日本文学 24」筑摩書房 2008（ちくま文庫）p9
ロマネ・コンティ・一九三五年
◇「右か、左か」文藝春秋 2010（文春文庫）p177
笑われた
◇「ちくま日本文学 24」筑摩書房 2008（ちくま文庫）p145

回春病院ゆうかり社　かいしゅんびょういんゆうかりしゃ
ゆうかり
◇「ハンセン病文学全集 8」皓星社 2006 p28

廻転寿司　かいてんずし
おばさんの話
◇「てのひら怪談―ビーケーワン怪談大賞傑作選 辛卯」ポプラ社 2011（ポプラ文庫）p62
タヌキ
◇「てのひら怪談―ビーケーワン怪談大賞傑作選 壬辰」ポプラ社 2012（ポプラ文庫）p230
ハトと二挺拳銃とロングコート
◇「恐怖箱 遺伝記」竹書房 2008（竹書房文庫）p182

海渡 英祐　かいと・えいすけ（1934～）
杜若の札
◇「短歌殺人事件―31音律のラビリンス」光文社 2003（光文社文庫）p251
◇「謎―スペシャル・ブレンド・ミステリー 009」講談社 2014（講談社文庫）p189
死の国のアリス
◇「不思議の国のアリス ミステリー館」河出書房新社 2015（河出文庫）p7
受賞の言葉 受賞の言葉
◇「江戸川乱歩賞全集 7」講談社 1999 p362
情念と執念を
◇「江戸川乱歩賞全集 7」講談社 1999 p363
伯林（ベルリン）―一八八八年
◇「江戸川乱歩賞全集 7」講談社 1999（講談社文庫）p7
望郷三番叟
◇「闇の旋風」徳間書店 2000（徳間文庫）p47
「わたくし」は犯人…
◇「有栖川有栖の本格ミステリ・ライブラリー」角川書店 2001（角川文庫）p383

海堂 尊　かいどう・たける（1961～）
カシオペアのエンドロール
◇「このミステリーがすごい！ 四つの謎」宝島社 2014 p201
十枚のエチュード
◇「10分間ミステリー」宝島社 2012（宝島社文庫）p111
修行のタイムリミット
◇「『このミステリーがすごい！』大賞作家書き下ろしBOOK vol.9」宝島社 2015 p75

チェ・ゲバラ、その生と死
◇「『このミステリーがすごい！』大賞作家書き下ろしBOOK」宝島社 2012 p107
チェ・ゲバラ、その生と死 連載第二回 ボリビアのゲバラ
◇「『このミステリーがすごい！』大賞作家書き下ろしBOOK vol.2」宝島社 2013 p85
チェ・ゲバラ、その生と死 連載第三回―アルゼンチン人は時計を合わせない・そしてチェは死んだ。
◇「『このミステリーがすごい！』大賞作家書き下ろしBOOK vol.3」宝島社 2013 p109
虹の飴
◇「もっとすごい！ 10分間ミステリー」宝島社 2013（宝島社文庫）p11
◇「10分間ミステリー THE BEST」宝島社 2016（宝島社文庫）p13
被災地の空へ―DMATのジェネラル
◇「短篇ベストコレクション―現代の小説 2012」徳間書店 2012（徳間文庫）p161
発心のアリバイ
◇「『このミステリーがすごい！』大賞作家書き下ろしBOOK vol.8」宝島社 2015 p5

貝原 仁　かいばら・じん
曖昧な記憶
◇「ショートショートの広場 18」講談社 2006（講談社文庫）p27
こだわり
◇「ショートショートの広場 17」講談社 2005（講談社文庫）p95
資質
◇「ショートショートの広場 18」講談社 2006（講談社文庫）p137

カー・イーブン
いただきます
◇「てのひら怪談―ビーケーワン怪談大賞傑作選 庚寅」ポプラ社 2010（ポプラ文庫）p72

海谷 修子　かいや・ながこ
カッパ カッパ へのカッパ
◇「小学校たのしい劇の本―英語劇付 高学年」国土社 2007 p100
パパお元気ですか
◇「山形市児童劇団脚本集 3」山形市 2005 p327

快楽亭 ブラック〔1代〕　かいらくてい・ぶらっく（1858～1923）
かる業武太郎
◇「明治探偵冒険小説 2」筑摩書房 2005（ちくま文庫）p363
幻燈
◇「明治探偵冒険小説 2」筑摩書房 2005（ちくま文庫）p293
車中の毒針
◇「明治探偵冒険小説 2」筑摩書房 2005（ちくま文

かえる
　庫）p171
流の暁
　◇「明治探偵冒険小説 2」筑摩書房 2005（ちくま文庫）p7

かえるいし
　人生
　◇「ショートショートの花束 6」講談社 2014（講談社文庫）p188

夏音 イオ　かおん・いお
　桜舞い
　◇「大人が読む。ケータイ小説—第1回ケータイ文学賞アンソロジー」オンブック 2007 p97

加賀 淳子　かが・あつこ（1920〜）
　情炎大坂城
　◇「戦国女人十一話」作品社 2005 p255

加賀 乙彦　かが・おとひこ（1929〜）
　くさびら譚
　◇「きのこ文学名作選」港の人 2010 p27
　熊
　◇「文学 2014」講談社 2014 p120
　雪の宿
　◇「コレクション戦争と文学 9」集英社 2012 p641

鏡 明　かがみ・あきら（1948〜）
　楽園の蛇
　◇「日本SF全集 2」出版芸術社 2010 p391

加上 鈴子　かがみ・すずこ
　壁の手
　◇「てのひら怪談—ビーケーワン怪談大賞傑作選 2」ポプラ社 2007 p158
　倫敦
　◇「てのひら怪談—ビーケーワン怪談大賞傑作選 壬辰」ポプラ社 2012（ポプラ文庫）p188

鏡 巧　かがみ・たくみ
　誤字の認印
　◇「ハンセン病文学全集 8」皓星社 2006 p505

加賀美 雅之　かがみ・まさゆき（1959〜2013）
　『首吊り判事』邸の奇妙な犯罪—シャルル・ベルトランの事件簿
　◇「不可能犯罪コレクション」原書房 2009（ミステリー・リーグ）p291
　ジェフ・マールの追想
　◇「密室晩餐会」原書房 2011（ミステリー・リーグ）p225
　聖アレキサンドラ寺院の惨劇
　◇「新・本格推理 特別編」光文社 2009（光文社文庫）p345
　鉄路に消えた断頭吏
　◇「密室と奇蹟—J.D.カー生誕百周年記念アンソロジー」東京創元社 2006 p123
　◇「名探偵と鉄旅—鉄道ミステリー傑作選」光文社 2016（光文社文庫）p229

賀川 敦夫　かがわ・あつお
　紅蓮の闇
　◇「日本海文学大賞—大賞作品集 2」日本海文学大賞運営委員会 2007 p403

かがわ とわ
　激辛
　◇「ショートショートの花束 8」講談社 2016（講談社文庫）p250

かがわ 直子　かがわ・なおこ
　最期のない町
　◇「竹筒に花はなくとも—短篇十人集」日曜舎 1997 p82

夏川 龍治　かがわ・りゅうじ
　悩める父親
　◇「ショートショートの花束 4」講談社 2012（講談社文庫）p141

柿生 ひろみ　かきお・ひろみ
　雨待ち機嫌
　◇「気配—第10回フェリシモ文学賞作品集」フェリシモ 2007 p100

垣根 涼介　かきね・りょうすけ（1966〜）
　コパカバーナの棹師…気取り
　◇「事件の痕跡」光文社 2007（Kappa novels）p201
　◇「事件の痕跡」光文社 2012（光文社文庫）p269
　同窓会—「君たちに明日はない」シリーズ番外編
　◇「サイドストーリーズ」KADOKAWA 2015（角川文庫）p107

垣花 理恵子　かきはな・りえこ
　火曜講義
　◇「フラジャイル・ファクトリー戯曲集 2」晩成書房 2008 p37

垣谷 美雨　かきや・みう（1959〜）
　心の隙間を灯で埋めて
　◇「エール！ 2」実業之日本社 2013（実業之日本社文庫）p163

郭 くるみ　かく・くるみ
　獺—かわうそ—
　◇「超短編傑作選 v.6」創英社 2007 p29

岳 真也　がく・しんや（1947〜）
　龍虎邂逅—近藤勇
　◇「新選組出陣」廣済堂出版 2014 p171
　◇「新選組出陣」徳間書店 2015（徳間文庫）p171

かく たかひろ
　警部補・山倉浩一
　◇「バカミスじゃない!?—史上空前のバカミス・アンソロジー」宝島社 2007 p119
　警部補・山倉浩一 あれだけの事件簿
　◇「奇想天外のミステリー」宝島社 2009（宝島社文庫）p91

加来 はるか　かく・はるか
大地震を生く
◇「平成28年熊本地震作品集」くまもと文学・歴史館友の会 2016 p9

角田 健太郎　かくだ・けんたろう
死の卍
◇「竹中英太郎 1」皓星社 2016（挿絵叢書）p63

角田 諭　かくだ・さとし
船舶王桃太郎の受難
◇「誰も知らない「桃太郎」「かぐや姫」のすべて」明拓出版 2009（創作童話シリーズ）p61

角田 光代　かくた・みつよ（1967〜）
秋のひまわり
◇「短篇ベストコレクション―現代の小説 2003」徳間書店 2003（徳間文庫）p491
いつかの一歩
◇「短篇ベストコレクション―現代の小説 2013」徳間書店 2013（徳間文庫）p53
海まであとどのくらい？
◇「女ともだち」小学館 2010 p5
◇「女ともだち」小学館 2013（小学館文庫）p9
エンジェル
◇「Love songs」幻冬舎 1998 p67
おかあさんのところにやってきた猫
◇「100万分の1回のねこ」講談社 2015 p77
おかえりなさい
◇「最後の恋―つまり、自分史上最高の恋。」新潮社 2008（新潮文庫）p315
男
◇「こどものころにみた夢」講談社 2008 p4
学校ごっこ
◇「現代小説クロニクル 1995〜1999」講談社 2015（講談社文芸文庫）p28
カノジョ
◇「文学 2003」講談社 2003 p17
神さまに会いにいく
◇「文学 2015」講談社 2015 p122
神さまのタクシー
◇「Teen Age」双葉社 2004 p7
神さまの庭
◇「チーズと塩と豆と」ホーム社 2010 p6
◇「チーズと塩と豆と」集英社 2013（集英社文庫）p7
巻末エッセイ 変換のさなか
◇「現代小説クロニクル 1995〜1999」講談社 2015 p266
昨日、今日、明日
◇「めぐり逢い―恋愛小説アンソロジー」角川春樹事務所 2005（ハルキ文庫）p215
くまちゃん
◇「日本文学100年の名作 10」新潮社 2015（新潮文庫）p227
クラスメイト
◇「聖なる夜に君は」角川書店 2009（角川文庫）p33
こどもなし
◇「短篇ベストコレクション―現代の小説 2011」徳間書店 2011（徳間文庫）p83
サイガイホテル
◇「短篇ベストコレクション―現代の小説 2004」徳間書店 2004（徳間文庫）p327
時速四十キロで未来へ向かう
◇「あなたと、どこかへ。」文藝春秋 2008（文春文庫）p31
親しくしていただいている（と自分が思っている）編集者に宛てた、借金申し込みの手紙
◇「教えたくなる名短篇」筑摩書房 2014（ちくま文庫）p23
水曜日の恋人
◇「コイノカオリ」角川書店 2004 p5
◇「コイノカオリ」角川書店 2008（角川文庫）p5
そしてふたたび、私たちのこと
◇「ナナイロノコイ―恋愛小説」角川春樹事務所 2003 p27
卒業旅行
◇「恋のトビラ」集英社 2008 p27
◇「恋のトビラ―好き、やっぱり好き。」集英社 2010（集英社文庫）p35
その、すこやかならざるときも
◇「あの街で二人は―seven love stories」新潮社 2014（新潮文庫）p237
空を蹴る
◇「文学 2005」講談社 2005 p24
空のクロール
◇「いじめの時間」朝日新聞社 1997 p65
地上発、宇宙経由
◇「恋のかたち、愛のいろ」徳間書店 2008 p209
◇「恋のかたち、愛のいろ」徳間書店 2010（徳間文庫）p241
父とガムと彼女
◇「あなたに、大切な香りの記憶はありますか？―短編小説集」文藝春秋 2008 p27
◇「あなたに、大切な香りの記憶はありますか？」文藝春秋 2011（文春文庫）p29
同窓会
◇「短篇ベストコレクション―現代の小説 2009」徳間書店 2009（徳間文庫）p177
トリップ
◇「短篇ベストコレクション―現代の小説 2001」徳間書店 2001（徳間文庫）p223
夏の出口
◇「夏休み」KADOKAWA 2014（角川文庫）p199
猫男
◇「Love stories」水曜社 2004 p225
橋の向こうの墓地
◇「文学で考える〈仕事〉の百年」双文社出版 2010 p189
◇「文学で考える〈仕事〉の百年」翰林書房 2016

かくつ

p189
ピース
 ◇「それでも三月は、また」講談社 2012 p157
ふたり
 ◇「私らしくあの場所へ」講談社 2009（講談社文庫）p7
マザコン
 ◇「文学 2007」講談社 2007 p19
闇の梯子
 ◇「文学 2009」講談社 2009 p256
楽園
 ◇「Joy！」講談社 2008 p55
 ◇「彼の女たち」講談社 2012（講談社文庫）p59
わか葉の恋
 ◇「オトナの片思い」角川春樹事務所 2007 p217
 ◇「オトナの片思い」角川春樹事務所 2009（ハルキ文庫）p205
若紫
 ◇「ナイン・ストーリーズ・オブ・ゲンジ」新潮社 2008 p63
 ◇「源氏物語九つの変奏」新潮社 2011（新潮文庫）p71
わたしとわたしではない女
 ◇「短篇ベストコレクション―現代の小説 2012」徳間書店 2012（徳間文庫）p223

香具土 三鳥　かぐつち・みどり
 ⇒夢野久作（ゆめの・きゅうさく）を見よ

角藤 展久　かくとう・のりひさ
家族募集
 ◇「ショートショートの広場 8」講談社 1997（講談社文庫）p157

香久山 ゆみ　かぐやま・ゆみ
美しい人
 ◇「ショートショートの花束 7」講談社 2015（講談社文庫）p213
美術館の少女
 ◇「ショートショートの花束 8」講談社 2016（講談社文庫）p77

神楽　かぐら
招く狐
 ◇「てのひら怪談―ビーケーワン怪談大賞傑作選 辛卯」ポプラ社 2011（ポプラ文庫）p98

影 洋一　かげ・よういち
ウサギとカメとキツネ
 ◇「ショートショートの花束 5」講談社 2013（講談社文庫）p74
趣味の数字
 ◇「ショートショートの花束 1」講談社 2009（講談社文庫）p263
前方注意
 ◇「ショートショートの花束 3」講談社 2011（講談社文庫）p301
誰だったっけ？
 ◇「ショートショートの花束 4」講談社 2012（講談社文庫）p105
評価の時代
 ◇「ショートショートの花束 8」講談社 2016（講談社文庫）p222
ラブ・ゲーム
 ◇「ショートショートの花束 5」講談社 2013（講談社文庫）p54

影山 影司　かげやま・えいし
祟りちゃん
 ◇「てのひら怪談―ビーケーワン怪談大賞傑作選 庚寅」ポプラ社 2010（ポプラ文庫）p32

影山 匙　かげやま・さじ（1988〜）
君が伝えたかったこと
 ◇「5分で読める！ ひと駅ストーリー 旅の話」宝島社 2015（宝島社文庫）p177
脱走者の行方
 ◇「10分間ミステリー THE BEST」宝島社 2016（宝島社文庫）p387
214の会話
 ◇「5分で読める！ ひと駅ストーリー 本の物語」宝島社 2014（宝島社文庫）p269

景山 セツ子　かげやま・せつこ
めおと独楽（景山晴美）
 ◇「ハンセン病文学全集 9」皓星社 2010 p470

景山 民夫　かげやま・たみお（1947〜1998）
クラシック・パーク
 ◇「恐竜文学大全」河出書房新社 1998（河出文庫）p143
元禄異種格闘技戦
 ◇「冒険の森へ―傑作小説大全 14」集英社 2016 p10
ご町内諜報戦
 ◇「冒険の森へ―傑作小説大全 12」集英社 2015 p21
正月旅行
 ◇「現代の小説 1999」徳間書店 1999 p93
地球防衛軍、ふたたび
 ◇「日本SF・名作集成 8」リブリオ出版 2005 p163
遠い海から来たCOO
 ◇「冒険の森へ―傑作小説大全 15」集英社 2016 p381
ボトムライン
 ◇「冒険の森へ―傑作小説大全 11」集英社 2015 p20
ポルシェが来た
 ◇「冒険の森へ―傑作小説大全 20」集英社 2015 p17
闇のリング
 ◇「闘人烈伝―格闘小説・漫画アンソロジー」双葉社 2000 p241

景山 晴美　かげやま・はるみ
めおと独楽（景山セツ子）
 ◇「ハンセン病文学全集 9」皓星社 2010 p470

蔭山 満美　かげやま・みつよし
夜中―美容院の一部

◇「日本統治期台湾文学集成 21」緑蔭書房 2007 p163

影山 雄作 かげやま・ゆうさく
⇒青山文平（あおやま・ぶんぺい）を見よ

影山 吉則 かげやま・よしのり
ピン！ポン！
◇「最新中学校創作脚本集 2010」晩成書房 2010 p83
りんごの木―後藤竜二・作「りんごの木」より
◇「高校演劇Selection 2004 上」晩成書房 2004 p65

籠 三蔵 かご・さんぞう
狼の社
◇「てのひら怪談 癸巳」KADOKAWA 2013（MF文庫ダ・ヴィンチ）p50

伽古屋 圭市 かこや・けいいち（1972〜）
ある閉ざされた雪の雀荘で
◇「10分間ミステリー」宝島社 2012（宝島社文庫）p263
記念日
◇「もっとすごい！10分間ミステリー」宝島社 2013（宝島社文庫）p89
◇「5分で凍る！ぞっとする怖い話」宝島社 2015（宝島社文庫）p245
◇「5分で驚く！どんでん返しの物語」宝島社 2016（宝島社文庫）p73
◇「10分間ミステリー THE BEST」宝島社 2016（宝島社文庫）p161
利那に見る夢のつづきは
◇「5分で読める！ひと駅ストーリー 冬の記憶西口編」宝島社 2013（宝島社文庫）p111
天使の指輪
◇「5分で読める！ひと駅ストーリー 乗車編」宝島社 2012（宝島社文庫）p223
夏の終わり
◇「5分で読める！ひと駅ストーリー 夏の記憶西口編」宝島社 2013（宝島社文庫）p171
◇「5分で凍る！ぞっとする怖い話」宝島社 2015（宝島社文庫）p89
なないろ金平糖 第一話
◇『このミステリーがすごい！』大賞作家書き下ろしBOOK vol.7」宝島社 2014 p153
なないろ金平糖 第二話
◇『このミステリーがすごい！』大賞作家書き下ろしBOOK vol.8」宝島社 2015 p159
本に閉じ込められた男
◇「5分で読める！ひと駅ストーリー 本の物語」宝島社 2014（宝島社文庫）p49
マヨイガ
◇「5分で読める！ひと駅ストーリー 旅の話」宝島社 2015（宝島社文庫）p369

笠井 潔 かさい・きよし（1948〜）
消えた山荘
◇「吹雪の山荘―赤い死の影の下に」東京創元社 2008（創元クライム・クラブ）p7
◇「吹雪の山荘―リレーミステリ」東京創元社 2014（創元推理文庫）p11
黒いオルフェ
◇「十月のカーニヴァル」光文社 2000（カッパ・ノベルス）p53
中井さんと遇うまで
◇「凶鳥の黒影―中井英夫へ捧げるオマージュ」河出書房新社 2004 p243
本格ミステリに地殻変動は起きているか？
◇「本格ミステリ 2003」講談社 2003（講談社ノベルス）p421
◇「論理学園事件帳―本格短編ベスト・セレクション」講談社 2007（講談社文庫）p565
御輿と黄金のパイン
◇「黄昏ホテル」小学館 2004 p104
ミステリ作家と編集者の八ヶ岳スキーツアー
◇「八ヶ岳「雪密室」の謎」原書房 2001 p6
留守番電話
◇「電話ミステリー倶楽部―傑作推理小説集」光文社 2016（光文社文庫）p309

笠居 誠一 かさい・せいいち
義肢
◇「ハンセン病文学全集 8」皓星社 2006 p249

葛西 善蔵 かさい・ぜんぞう（1887〜1928）
哀しき父
◇「私小説の生き方」アーツ・アンド・クラフツ 2009 p222
◇「読んでおきたい近代日本小説選」龍書房 2012 p183
奇病患者
◇「人間みな病気」ランダムハウス講談社 2007 p171
椎の若葉
◇「読んでおきたい近代日本小説選」龍書房 2012 p190
◇「日本近代短篇小説選 大正篇」岩波書店 2012（岩波文庫）p313
バカスカシ
◇「短編名作選―1925-1949 文士たちの時代」笠間書院 1999 p9
遊動円木
◇「小川洋子の陶酔短篇箱」河出書房新社 2014 p25

笠井 千晃 かさい・ちあき
女心
◇「ショートショートの広場 12」講談社 2001（講談社文庫）p186
驚愕
◇「ショートショートの広場 16」講談社 2005（講談社文庫）p77
慣れてくると…
◇「ショートショートの広場 12」講談社 2001（講談社文庫）p53

葛西 俊和 かさい・としかず
怨念の力

かさき

　◇「怪談四十九夜」竹書房 2016（竹書房文庫）p8
緊急停止
　◇「怪談四十九夜」竹書房 2016（竹書房文庫）p18
賽銭泥棒
　◇「怪談四十九夜」竹書房 2016（竹書房文庫）p28
住宅地、深夜にて
　◇「怪談四十九夜」竹書房 2016（竹書房文庫）p23
触れるもの
　◇「怪談四十九夜」竹書房 2016（竹書房文庫）p13
迎えの光は
　◇「怪談四十九夜」竹書房 2016（竹書房文庫）p32

かさぎ
バスケットゴール
　◇「ゆれる―第12回フェリシモ文学賞作品集」フェリシモ 2009 p134

笠置 英昭　かさぎ・ひであき
古庄帯刀覚書
　◇「現代作家代表作選集 5」鼎書房 2013 p25

風霧 みぞれ　かざきり・みぞれ
うみしみ
　◇「「伊豆文学賞」優秀作品集 第16回」羽衣出版 2013 p113

風越 湊　かざこし・みなと
笛
　◇「ゆきのまち幻想文学賞小品集 9」企画集団ぷりずむ 2000 p115

風空 加純　かざそら・かすみ
美しく咲いていけ
　◇「あの日に戻れたら」主婦と生活社 2007（Junon novels）p61

笠原 卓　かさはら・たく（1933～　）
五十円玉二十個を両替する男―または編集長Ｙ・Ｔ氏の陰謀
　◇「競作五十円玉二十枚の謎」東京創元社 2000（創元推理文庫）p296

笠原 武　かさはら・たけし
かんかんのんの
　◇「竹筒に花はなくとも―短篇十人集」日曜舎 1997 p136

笠原 庸　かさはら・よう
離すな
　◇「ショートショートの広場 16」講談社 2005（講談社文庫）p65

風間 一輝　かざま・いっき（1943～1999）
逃亡の夜は長く
　◇「夢を撃つ男」角川春樹事務所 1999（ハルキ文庫）p75
夜行列車
　◇「悲劇の臨時列車―鉄道ミステリー傑作選」光文社 1998（光文社文庫）p163

風間 林檎　かざま・りんご
現実
　◇「ショートショートの花束 5」講談社 2013（講談社文庫）p212

風巻 絃一　かざまき・げんいち（1924～　）
赤埴源蔵
　◇「定本・忠臣蔵四十七人集」双葉社 1998 p152
髪
　◇「剣光閣を裂く」光風社出版 1997（光風社文庫）p131
妖異きず丹波
　◇「怪奇・伝奇時代小説選集 1」春陽堂書店 1999（春陽文庫）p226

風見 治　かざみ・おさむ（1932～2018）
遂に「不死鳥」は飛ばず―「いのちの初夜」の社会性について
　◇「ハンセン病文学全集 5」皓星社 2010 p554
鼻の周辺
　◇「ハンセン病文学全集 2」皓星社 2002 p239
絆影
　◇「ハンセン病文学全集 2」皓星社 2002 p317
不在の街
　◇「ハンセン病文学全集 2」皓星社 2002 p303
不毛台地
　◇「ハンセン病文学全集 2」皓星社 2002 p261

風見 詩織　かざみ・しおり
店内消失
　◇「本格推理 12」光文社 1998（光文社文庫）p207

風見鳥　かざみどり
母と赤子と少年と
　◇「超短編傑作選 v.6」創英社 2007 p103

花山 みちる　かさん・みちる
陸にあがった人魚
　◇「ひらく―第15回フェリシモ文学賞」フェリシモ 2012 p88

可児 佑　かじ・たすく
社の雪
　◇「ゆきのまち幻想文学賞小品集 10」企画集団ぷりずむ 2001 p90

梶 龍雄　かじ・たつお（1928～1990）
受賞の言葉 受賞のことば
　◇「江戸川乱歩賞全集 11」講談社 2001 p363
透明な季節
　◇「江戸川乱歩賞全集 11」講談社 2001（講談社文庫）p7
母なる殺人者
　◇「湯の街殺人旅情―日本ミステリー紀行」青樹社 2000（青樹社文庫）p77

加地 尚武　かじ・なおたけ（1958～　）
彼方から

◇「短篇ベストコレクション―現代の小説 2010」徳間書店 2010（徳間文庫）p169

梶 よう子　かじ・ようこ（1961～）

何首烏
◇「代表作時代小説 平成23年度」光文社 2011 p57

樫井 眞生　かしい・まさお

青髪と赤髪の白けむり
◇「ゆれる―第12回フェリシモ文学賞作品集」フェリシモ 2009 p103

梶井 基次郎　かじい・もとじろう（1901～1932）

愛撫
◇「ちくま日本文学 28」筑摩書房 2008（ちくま文庫）p36
◇「ものがたりのお菓子箱」飛鳥新社 2008 p65
◇「小川洋子の陶酔短篇箱」河出書房新社 2014 p55
◇「コーヒーと小説」mille books 2016 p123

ある崖上の感情
◇「ちくま日本文学 28」筑摩書房 2008（ちくま文庫）p84

ある心の風景
◇「京都府文学全集第1期（小説編）1」郷土出版社 2005 p478
◇「ちくま日本文学 28」筑摩書房 2008（ちくま文庫）p278

いい作品を書けば、鑑賞してくれる友がいる≫北川冬彦
◇「日本人の手紙 2」リブリオ出版 2004 p203

伊豆湯ヶ島は春まっさかり、茫然とします≫川端康成
◇「日本人の手紙 7」リブリオ出版 2004 p19

温泉（抄）
◇「ちくま日本文学 28」筑摩書房 2008（ちくま文庫）p325
◇「文豪てのひら怪談」ポプラ社 2009（ポプラ文庫）p148

筧の話
◇「ちくま日本文学 28」筑摩書房 2008（ちくま文庫）p336

過古
◇「ちくま日本文学 28」筑摩書房 2008（ちくま文庫）p256

器楽的幻覚
◇「ちくま日本文学 28」筑摩書房 2008（ちくま文庫）p30

奎吉
◇「ちくま日本文学 28」筑摩書房 2008（ちくま文庫）p117

Kの昇天
◇「近代小説〈異界〉を読む」双文社出版 1999 p169
◇「人恋しい雨の夜に―せつない小説アンソロジー」光文社 2006（光文社文庫）p153
◇「とっておきの話」筑摩書房 2011（ちくま文学の森）p79

◇「幻視の系譜」筑摩書房 2013（ちくま文庫）p365

Kの昇天―あるいはKの溺死
◇「ちくま日本文学 28」筑摩書房 2008（ちくま文庫）p70

Kの昇天―或はKの溺死
◇「日本文学100年の名作 2」新潮社 2014（新潮文庫）p81

交尾
◇「ちくま日本文学 28」筑摩書房 2008（ちくま文庫）p57
◇「この愛のゆくえ―ポケットアンソロジー」岩波書店 2011（岩波文庫別冊）p213

桜の樹の下には
◇「櫻憑き」光文社 2001（カッパ・ノベルス）p357
◇「日本近代文学に描かれた「恋愛」」牧野出版 2001 p127
◇「ちくま日本文学 28」筑摩書房 2008（ちくま文庫）p43
◇「読んでおきたい近代日本小説選」龍書房 2012 p337

桜の木の下には
◇「新装版 全集現代文学の発見 7」學藝書林 2003 p8

城のある町にて
◇「ちくま日本文学 28」筑摩書房 2008（ちくま文庫）p159

雪後
◇「ちくま日本文学 28」筑摩書房 2008（ちくま文庫）p261

蒼穹
◇「ちくま日本文学 28」筑摩書房 2008（ちくま文庫）p330

泥濘
◇「ちくま日本文学 28」筑摩書房 2008（ちくま文庫）p207
◇「小説乃湯―お風呂小説アンソロジー」角川書店 2013（角川文庫）p61

手紙
◇「ちくま日本文学 28」筑摩書房 2008（ちくま文庫）p400

橡の花―ある私信
◇「ちくま日本文学 28」筑摩書房 2008（ちくま文庫）p233

大蒜
◇「ちくま日本文学 28」筑摩書房 2008（ちくま文庫）p125

鼠
◇「ちくま日本文学 28」筑摩書房 2008（ちくま文庫）p22

のんきな患者
◇「ちくま日本文学 28」筑摩書房 2008（ちくま文庫）p363

母親 断片
◇「ちくま日本文学 28」筑摩書房 2008（ちくま文庫）p109

冬の蝿
◇「短編名作選―1925-1949 文士たちの時代」笠間書

院 1999 p39
◇「新装版 全集現代文学の発見 14」學藝書林 2005 p8
◇「ちくま日本文学 28」筑摩書房 2008（ちくま文庫）p341

冬の日
◇「ちくま日本文学 28」筑摩書房 2008（ちくま文庫）p297

闇の絵巻
◇「ちくま日本文学 28」筑摩書房 2008（ちくま文庫）p48
◇「百年小説」ポプラ社 2008 p1081
◇「心洗われる話」筑摩書房 2010（ちくま文学の森）p243
◇「日本近代短篇小説選 昭和篇1」岩波書店 2012（岩波文庫）p121

夕凪橋の狸
◇「ちくま日本文学 28」筑摩書房 2008（ちくま文庫）p140

栗鼠（りす）は籠にはいっている
◇「ちくま日本文学 28」筑摩書房 2008（ちくま文庫）p25

檸檬
◇「近代小説〈都市〉を読む」双文社出版 1999 p137
◇「くだものだもの」ランダムハウス講談社 2007 p245
◇「ちくま日本文学 28」筑摩書房 2008（ちくま文庫）p11
◇「果実」SDP 2009（SDP bunko）p7
◇「読んでおきたい近代日本小説選」龍書房 2012 p332
◇「私小説名作選 上」講談社 2012（講談社文芸文庫）p137

檸檬――一九二五（大正一四）年一月
◇「BUNGO―文豪短篇傑作選」角川書店 2012（角川文庫）p111

路上
◇「ちくま日本文学 28」筑摩書房 2008（ちくま文庫）p223

梶尾 真治　かじお・しんじ（1947～）

赤い花を飼う人
◇「侵略！」廣済堂出版 1998（廣済堂文庫）p133

怒りの搾麺
◇「SFバカ本 たわし篇プラス」廣済堂出版 1998（廣済堂文庫）p7
◇「笑壺―SFバカ本ナンセンス集」小学館 2006（小学館文庫）p39

おもかげレガシー
◇「進化論」光文社 2006（光文社文庫）p493

カオルちゃんの糸電話
◇「闇電話」光文社 2006（光文社文庫）p379

カタミタケ汁
◇「ひとにぎりの異形」光文社 2007（光文社文庫）p117

葛城淳一の亡霊
◇「心霊理論」光文社 2007（光文社文庫）p441

奇跡の乗客たち
◇「SFバカ本 だるま篇」廣済堂出版 1999（廣済堂文庫）p43

恐竜ラウレンティスの幻視
◇「てのひらの宇宙―星雲賞短編SF傑作選」東京創元社 2013（創元SF文庫）p277

月下の決闘
◇「彗星パニック」廣済堂出版 2000（廣済堂文庫）p213

幻影の壁画
◇「逆想コンチェルト―イラスト先行・競作小説アンソロジー 奏の1」徳間書店 2010 p134

小壺ちゃん
◇「ロボットの夜」光文社 2000（光文社文庫）p161

再会
◇「教室」光文社 2003（光文社文庫）p607

さびしい奇術師
◇「魔術師」角川書店 2001（角川ホラー文庫）p183

時縛の人
◇「時間怪談」廣済堂出版 1999（廣済堂文庫）p499

すりみちゃん
◇「物語のルミナリエ」光文社 2011（光文社文庫）p33

清太郎出初式
◇「妖異七奇談」双葉社 2005（双葉文庫）p305

その路地へ曲がって
◇「魔地図」光文社 2005（光文社文庫）p107

たゆたいライトニング
◇「アステロイド・ツリーの彼方へ」東京創元社 2016（創元SF文庫）p371

鉄腕アトム―メルモ因子の巻
◇「手塚治虫COVER エロス篇」徳間書店 2003（徳間デュアル文庫）p7

電気パルス聖餐
◇「麺'sミステリー倶楽部―傑作推理小説集」光文社 2012（光文社文庫）p251

時の果の色彩
◇「日本SF・名作集成 1」リブリオ出版 2005 p129

朋恵の夢想時間
◇「少女の空間」徳間書店 2001（徳間デュアル文庫）p261

猫視
◇「猫路地」日本出版社 2006 p181

ノストラダムス病原体
◇「SFバカ 白菜編」ジャストシステム 1997 p231
◇「SFバカ本 白菜編プラス」廣済堂出版 1999（廣済堂文庫）p259
◇「笑止―SFバカ本シュール集」小学館 2007（小学館文庫）p233

百光年ハネムーン
◇「日本SF短篇50 2」早川書房 2013（ハヤカワ文庫JA）p371

ブリラが来た夜
◇「怪獣文藝の逆襲」KADOKAWA 2015（〔幽

BOOKS」）p109
辺境の星で――トワイライトゾーンのおもいでに
◇「SF宝石――すべて新作読み切り！ 2015」光文社 2015 p262
◇「短篇ベストコレクション――現代の小説 2016」徳間書店 2016（徳間文庫）p141
干し若
◇「屍鬼の血族」桜桃書房 1999 p191
◇「血と薔薇の誘う夜に――吸血鬼ホラー傑作選」角川書店 2005（角川ホラー文庫）p91
美酒へ贈る真珠
◇「不思議の扉 時をかける恋」角川書店 2010（角川文庫）p5
◇「日本SF全集 2」出版芸術社 2010 p417
◇「70年代日本SFベスト集成 1」筑摩書房 2014（ちくま文庫）p253
魅の谷
◇「宇宙生物ゾーン」廣済堂出版 2000（廣済堂文庫）p169
もっともな理由
◇「宇宙塵傑作選――日本SFの軌跡 2」出版芸術社 1997 p77
溶岩洞を伝って
◇「未来妖怪」光文社 2008（光文社文庫）p485
玲子の箱宇宙
◇「愛の怪談」角川書店 1999（角川ホラー文庫）p67
わが愛しの口裂け女
◇「平成都市伝説」中央公論新社 2004（C NOVELS）p11

梶雁 金八　かじがね・きんぱち
探偵連作小説 姿なき犯罪（美川紀行／渥美順）
◇「日本統治期台湾文学集成 9」緑蔭書房 2002 p261

樫木 東林　かしき・とうりん
蛙の置物
◇「てのひら怪談――ビーケーワン怪談大賞傑作選 壬辰」ポプラ社 2012（ポプラ文庫）p52
紙
◇「てのひら怪談――ビーケーワン怪談大賞傑作選 辛卯」ポプラ社 2011（ポプラ文庫）p146

梶永 正史　かじなが・まさし
最後の客
◇「10分間ミステリー THE BEST」宝島社 2016（宝島社文庫）p453
仲直り
◇「5分で読める！ ひと駅ストーリー 猫の物語」宝島社 2014（宝島社文庫）p149
ロストハイウェイ
◇「5分で読める！ ひと駅ストーリー 旅の話」宝島社 2015（宝島社文庫）p29
◇「5分で驚く！ どんでん返しの物語」宝島社 2016（宝島社文庫）p103

梶野 千万騎　かじの・ちまき
笛吹き三千石

◇「『少年倶楽部』短篇選」講談社 2013（講談社文芸文庫）p248
ぼくらの英雄
◇「『少年倶楽部』熱血・痛快・時代短篇選」講談社 2015（講談社文芸文庫）p379

加島 祥造　かじま・しょうぞう（1923〜2015）
あの夜
◇「文学 2003」講談社 2003 p201

鹿島 真治　かじま・しんじ
忘却
◇「ショートショートの広場 19」講談社 2007（講談社文庫）p13

鹿島田 真希　かしまだ・まき（1976〜）
女小説家
◇「文学 2006」講談社 2006 p136
ガーデン・ノート
◇「文学 2015」講談社 2015 p52
キョンちゃん
◇「どうぶつたちの贈り物」PHP研究所 2016 p113
波打ち際まで
◇「文学 2013」講談社 2013 p236
◇「現代小説クロニクル 2010〜2014」講談社 2015（講談社文芸文庫）p284

梶本 暁代　かじもと・あきよ（1940〜）
落ちてきた階段
◇「小学生のげき――新小学校演劇脚本集 中学年 1」晩成書房 2011 p7
銀杏組（ぎんなんぐみ）ストーリー
◇「小学生のげき――新小学校演劇脚本集 高学年 1」晩成書房 2011 p129
にこにこ銀座ストーリー！
◇「小学校たのしい劇の本――英語劇付 低学年」国土社 2007 p102
人形館――小学生バージョン
◇「小学校たのしい劇の本――英語劇付 高学年」国土社 2007 p124
ピカピカ金色！ ぼくら
◇「小学生のげき――新小学校演劇脚本集 低学年 1」晩成書房 2010 p37

樫山 隆昭　かしやま・たかあき
熊本地震〜激震の夜〜
◇「平成28年熊本地震作品集」くまもと文学・歴史館 友の会 2016 p38
避難所
◇「平成28年熊本地震作品集」くまもと文学・歴史館 友の会 2016 p7

梶山 俊夫　かじやま・としお（1935〜2015）
だごだごころころ（石黒漢子）
◇「朗読舞台本集 5」玉川大学出版部 2002 p41

梶山 季之　かじやま・としゆき（1930〜1975）
ギャンブラー
◇「熱い賭け」早川書房 2006（ハヤカワ文庫）p69

性欲のある風景
　◇「コレクション戦争と文学 9」集英社 2012 p233
瀬戸のうず潮
　◇「日本縦断世界遺産殺人紀行」有楽出版社 2014（JOY NOVELS）p285
せどり男爵数奇譚
　◇「栞子さんの本棚―ビブリア古書堂セレクトブック」角川書店 2013（角川文庫）p71
族譜
　◇「戦後短篇小説再発見 17」講談社 2003（講談社文芸文庫）p34
　◇「コレクション戦争と文学 17」集英社 2012 p157
那覇心中
　◇「心中小説名作選」集英社 2008（集英社文庫）p181
水無月十三么九
　◇「古書ミステリー倶楽部―傑作推理小説集」光文社 2013（光文社文庫）p151

嘉祥 マーシ　かしょう・まーし
オカルト・タロットの謎
　◇「傑作・推理ミステリー10番勝負」永岡書店 1999 p181
車の中の密室
　◇「傑作・推理ミステリー10番勝負」永岡書店 1999 p109

柏 正甫　かしわ・せいほ
稲生物怪録
　◇「稲生モノノケ大全 陰之巻」毎日新聞社 2003 p679

柏枝 真郷　かしわえ・まさと
ノップスの十戒―PARTNER EX
　◇「C・N 25―C・novels創刊25周年アンソロジー」中央公論新社 2007（C novels）p718

柏木 節子　かしわぎ・せつこ
裏見の滝
　◇「「伊豆文学賞」優秀作品集 第3回」静岡新聞社 2000 p137

柏崎 恵理　かしわざき・えり
ネージュ・パルファム
　◇「ゆきのまち幻想文学賞小品集 10」企画集団ぷりずむ 2001 p39
モグラの冷蔵庫
　◇「ゆきのまち幻想文学賞小品集 9」企画集団ぷりずむ 2000 p42

柏田 道夫　かしわだ・みちお（1953～）
あかり絵燈籠
　◇「遠き雷鳴」桃園書房 2001（桃園文庫）p215
助っ人剣、蝦蟇の油
　◇「蒼茫の海」桃園書房 2001（桃園文庫）p59
大道剣、飛蝶斬り
　◇「風の孤影」桃園書房 2001（桃園文庫）p51
二万三千日の幽霊
　◇「甘美なる復讐」文藝春秋 1998（文春文庫）p301

柏葉 幸子　かしわば・さちこ（1953～）
海から来た子
　◇「あの日から―東日本大震災鎮魂岩手県出身作家短編集」岩手日報社 2015 p103
お地蔵様海へ行く
　◇「あの日から―東日本大震災鎮魂岩手県出身作家短編集」岩手日報社 2015 p91
風待ち岬
　◇「あの日から―東日本大震災鎮魂岩手県出身作家短編集」岩手日報社 2015 p97
桃の花が咲く
　◇「12の贈り物―東日本大震災支援岩手県在住作家自選短編集」荒蝦夷 2011（叢書東北の声）p68

柏原 幻　かしわばら・げん
争いをなくしたい
　◇「ショートショートの花束 7」講談社 2015（講談社文庫）p56

柏原 サダ　かしわばら・さだ
相性
　◇「ショートショートの広場 11」講談社 2000（講談社文庫）p99

柏原 兵三　かしわばら・ひょうぞう（1933～1972）
幼年時代
　◇「教科書名短篇 少年時代」中央公論新社 2016（中公文庫）p165

春日 武彦　かすが・たけひこ（1951～）
一年霊
　◇「憑依」光文社 2010（光文社文庫）p15
ブラジル松
　◇「心霊理論」光文社 2007（光文社文庫）p13

春日井 建　かすがい・けん（1938～）
短歌
　◇「コレクション戦争と文学 18」集英社 2012 p568
弟子
　◇「新装版 全集現代文学の発見 9」學藝書林 2004 p554
奴隷絵図
　◇「新装版 全集現代文学の発見 9」學藝書林 2004 p548
未青年 抄
　◇「新装版 全集現代文学の発見 9」學藝書林 2004 p542
緑素粒
　◇「新装版 全集現代文学の発見 9」學藝書林 2004 p542

春日野 緑　かすがの・みどり
浮気封じ
　◇「幻の探偵雑誌 2」光文社 2000（光文社文庫）p99

かずな

永遠の再会
◇「人は死んだら電柱になる―電柱アンソロジー」遠すぎる未来団 2014 p178

数野 和夫　かずの・かずお

雑兵譚
◇「紅蓮の翼―異彩時代小説秀作撰」叢文社 2007 p43

霞 永二　かすみ・えいじ

春の気配
◇「気配―第10回フェリシモ文学賞作品集」フェリシモ 2007 p24

香住 春吾　かすみ・しゅんご（1909～1993）

暗い墓場
◇「甦る「幻影城」 2」角川書店 1997（カドカワ・エンタテインメント）p183

蔵を開く
◇「犯人は秘かに笑う―ユーモアミステリー傑作選」光文社 2007（光文社文庫）p87

米を盗む
◇「探偵くらぶ―探偵小説傑作選1946～1958 上」光文社 1997（カッパ・ノベルス）p123

二十の扉は何故悲しいか
◇「甦る推理雑誌 3」光文社 2002（光文社文庫）p221

化け猫奇談―片目君の捕物帳
◇「甦る推理雑誌 4」光文社 2003（光文社文庫）p11

香住 春作　かすみ・しゅんさく
⇒香住春吾（かすみ・しゅんご）を見よ

和海 真二　かずみ・しんじ

雨男晴れ女
◇「ショートショートの花束 4」講談社 2012（講談社文庫）p181

香住 泰　かすみ・たい（1951～）

隠蔽屋
◇「ザ・ベストミステリーズ―推理小説年鑑 1999」講談社 1999 p195
◇「殺人買います」講談社 2002（講談社文庫）p178

退屈解消アイテム
◇「小説推理新人賞受賞作アンソロジー 2」双葉社 2000（双葉文庫）p49

霞 流一　かすみ・りゅういち（1959～）

牛去りしのち
◇「自選ショート・ミステリー」講談社 2001（講談社文庫）p156

仮説・秘中の秘
◇「八ヶ岳「雪密室」の謎」原書房 2001 p211

霧の巨塔
◇「本格ミステリ―二〇〇八年本格短編ベスト・セレクション 08」講談社 2008（講談社ノベルス）p185

◇「見えない殺人カード―本格短編ベスト・セレクション」講談社 2012（講談社文庫）p267

首切り監督
◇「本格ミステリ 2003」講談社 2003（講談社ノベルス）p329
◇「論理学園事件帳―本格短編ベスト・セレクション」講談社 2007（講談社文庫）p443

ゴルゴダの密室
◇「0番目の事件簿」講談社 2012 p111

サンタとサタン
◇「探偵Xからの挑戦状！」小学館 2009（小学館文庫）p115, 311

スイカの脅迫状
◇「誘拐―ミステリーアンソロジー」角川書店 1997（角川文庫）p137

杉玉のゆらゆら
◇「本格ミステリ 2006」講談社 2006（講談社ノベルス）p73
◇「珍しい物語のつくり方―本格短編ベスト・セレクション」講談社 2010（講談社文庫）p103

スティーム・コップ
◇「憑き者―全篇書下ろし傑作ホラーアンソロジー」アスキー 2000（A-novels）p501

タワーに死す
◇「密室レシピ」角川書店 2002（角川文庫）p71
◇「赤に捧げる殺意」角川書店 2013（角川文庫）p179

血を吸うマント
◇「名探偵を追いかけろ―シリーズ・キャラクター編」光文社 2004（カッパ・ノベルス）p209
◇「名探偵を追いかけろ」光文社 2007（光文社文庫）p259

左手でバーベキュー
◇「あなたが名探偵」東京創元社 2009（創元推理文庫）p281

ぼくのおじさん
◇「喜劇綺劇」光文社 2009（光文社文庫）p165

本人殺人事件
◇「金田一耕助の新たな挑戦」角川書店 1997（角川文庫）p121

らくだ殺人事件
◇「密室殺人大百科 下」原書房 2000 p151

早稲田満のこと
◇「0番目の事件簿」講談社 2012 p126

わらう公家
◇「本格ミステリ 2002」講談社 2002（講談社ノベルス）p99
◇「天使と髑髏の密室―本格短編ベスト・セレクション」講談社 2005（講談社文庫）p177

BAKABAKAします
◇「バカミスじゃない!?―史上空前のバカミス・アンソロジー」宝島社 2007 p293
◇「奇想天外のミステリー」宝島社 2009（宝島社文庫）p125

粕谷 栄市 かすや・えいいち（1934〜）
箒川
◇「文豪てのひら怪談」ポプラ社 2009（ポプラ文庫）p52

粕谷 知世 かすや・ちせ（1968〜）
人の身として思いつく限り、最高にどでかい望み―弟が連れてきたのは、望みを何でもかなえてくれる神だったんだ
◇「NOVA―書き下ろし日本SFコレクション 8」河出書房新社 2012（河出文庫）p87

加瀬 正二 かせ・しょうじ
最後のキス
◇「恐怖館」青樹社 1999（青樹社文庫）p61

嘉瀬 陽介 かせ・ようすけ
占い
◇「ショートショートの広場 17」講談社 2005（講談社文庫）p50
ピノキオ病
◇「ショートショートの広場 13」講談社 2002（講談社文庫）p177
ふたつの顔
◇「ショートショートの広場 18」講談社 2006（講談社文庫）p35

加清 純子 かせい・じゅんこ（1933〜）
「さようなら」はあまりにも悼ましい火なのだ≫渡辺淳一
◇「日本人の手紙 4」リブリオ出版 2004 p144

風野 真知雄 かぜの・まちお（1951〜）
川風晋之介
◇「斬刃―時代小説傑作選」コスミック出版 2005（コスミック・時代文庫）p221
首切りの鐘
◇「死人に口無し―時代推理傑作選」徳間書店 2009（徳間文庫）p157
戦国ぶっかけ飯
◇「戦国秘史―歴史小説アンソロジー」KADOKAWA 2016（角川文庫）p73
妻は、くの一
◇「遙かなる道」桃園書房 2001（桃園文庫）p175
妻は、くノ一
◇「くノ一、百華―時代小説アンソロジー」集英社 2013（集英社文庫）p151

風野 涼一 かぜの・りょういち
神様のくれたタイムアウト
◇「Sports stories」埼玉県さいたま市 2010（さいたま市スポーツ文学賞受賞作品集）p3

加園 春季 かその・はるき
水に棲む鬼
◇「冷と温―第13回フェリシモ文学賞作品集」フェリシモ 2010 p16

片岡 英子 かたおか・えいこ
ラブユー東京
◇「歌謡曲だよ、人生は―映画監督短編集」メディアファクトリー 2007 p49

片岡 恵美子 かたおか・えみこ
それぞれの夢・それぞれの味（かめおかゆみこ）
◇「中学校創作脚本集 2」晩成書房 2001 p81

片岡 志保美 かたおか・しほみ
薄暮の頃
◇「冷と温―第13回フェリシモ文学賞作品集」フェリシモ 2010 p111

片岡 鉄兵 かたおか・てっぺい（1894〜1944）
赤い首の絵
◇「怪奇探偵小説集 2」角川春樹事務所 1998（ハルキ文庫）p73
龔丁両氏と語る
◇「近代朝鮮文学日本語作品集1939〜1945 評論・随筆篇 1」緑蔭書房 2002 p367
獣をうつ少年
◇「『少年倶楽部』熱血・痛快・時代短篇選」講談社 2015（講談社文芸文庫）p56
猿の絵の運命
◇「『少年倶楽部』短篇選」講談社 2013（講談社文芸文庫）p46
周化人氏らと語る
◇「近代朝鮮文学日本語作品集1939〜1945 評論・随筆篇 1」緑蔭書房 2002 p365

片岡 まみこ かたおか・まみこ
失猫症候群
◇「猫路地」日本出版社 2006 p121

片岡 義男 かたおか・よしお（1940〜）
おでんの卵を半分こ
◇「文学 2016」講談社 2016 p109
おなじ緯度の下で
◇「夏休み」KADOKAWA 2014（角川文庫）p53
音譜五つの春だった
◇「名探偵登場!」講談社 2014 p117
◇「名探偵登場!」講談社 2016（講談社文庫）p139
肩をうしろから見る
◇「愛の交錯」リブリオ出版 2001（ラブミーワールド）p111
◇「恋愛小説・名作集成 9」リブリオ出版 2004 p111
ザプルーダの向かい側
◇「ザ・ベストミステリーズ―推理小説年鑑 2002」講談社 2002 p541
◇「トリック・ミュージアム」講談社 2005（講談社文庫）p199
遠い雷、赤い靴
◇「あなたと、どこかへ。」文藝春秋 2008（文春文庫）p155
ドノヴァン、早く帰ってきて

◇「ミステリマガジン700 国内篇」早川書房 2014（ハヤカワ・ミステリ文庫）p109

ハッピー・エンディング
◇「わが名はタフガイ—ハードボイルド傑作選」光文社 2006（光文社文庫）p299

「吹いていく風のバラッド」より『12』『16』
◇「名短篇ほりだしもの」筑摩書房 2011（ちくま文庫）p31

ミス・リグビーの幸福
◇「冒険の森へ—傑作小説大全 10」集英社 2016 p46

目覚まし時計の電池
◇「極上掌篇小説」角川書店 2006 p57
◇「ひと粒の宇宙」角川書店 2009（角川文庫）p59

片桐 京介　かたぎり・きょうすけ

石を投げる女
◇「信州歴史時代小説傑作集 5」しなのき書房 2007 p241

妙猫
◇「猫路地」日本出版社 2006 p89

片桐 更紗　かたぎり・さらさ

人の為になることを
◇「ショートショートの広場 8」講談社 1997（講談社文庫）p155

片桐 泰志　かたぎり・やすし

風待ち
◇「伊豆の歴史を歩く」羽衣出版 2006（伊豆文学賞歴史小説傑作集）p155
◇「『伊豆文学賞』優秀作品集 第9回」静岡新聞社 2006 p41

片瀬 チヲル　かたせ・ちおる（1990〜）

デニーズでサラダを食べるだけ
◇「いまのあなたへ—村上春樹への12のオマージュ」NHK出版 2014 p230

ナメクジ・チョコレート
◇「いまのあなたへ—村上春樹への12のオマージュ」NHK出版 2014 p229

片瀬 二郎　かたせ・にろう（1967〜）

検索ワード：異次元
◇「NOVA—書き下ろし日本SFコレクション 9」河出書房新社 2013（河出文庫）p199

サムライ・ポテト—駅構内のファーストフード店に立つコンパニオン・ロボットが目覚めたとき
◇「NOVA—書き下ろし日本SFコレクション 7」河出書房新社 2012（河出文庫）p367

深夜会議
◇「NOVA—書き下ろし日本SFコレクション 9」河出書房新社 2013（河出文庫）p214

00：00：00.01pm—時間の静止した世界に閉じこめられた男が狂気とめぐりあう
◇「NOVA—書き下ろし日本SFコレクション 8」河出書房新社 2012（河出文庫）p187

花と少年—第二回創元SF短編賞大森望賞
◇「原色の想像力—創元SF短編賞アンソロジー 2」東京創元社 2012（創元SF文庫）p207

ライフ・オブザリビングデッド—ゾンビの浜田はきょうも出社する
◇「NOVA—書き下ろし日本SFコレクション 10」河出書房新社 2013（河出文庫）p109

加楽 幽明　かたの・ゆうめい

しっぽ
◇「超短編の世界 vol.3」創英社 2011 p136

花火
◇「てのひら怪談—ビーケーワン怪談大賞傑作選 百怪繚乱篇」ポプラ社 2008 p148
◇「てのひら怪談—ビーケーワン怪談大賞傑作選 己丑」ポプラ社 2009（ポプラ文庫）p134

漂流物
◇「リトル・リトル・クトゥルー—史上最小の神話小説集」学習研究社 2009 p192

禍犬様
◇「てのひら怪談—ビーケーワン怪談大賞傑作選 2」ポプラ社 2007 p84
◇「てのひら怪談—ビーケーワン怪談大賞傑作選 己丑」ポプラ社 2009（ポプラ文庫）p68

錬想
◇「てのひら怪談—ビーケーワン怪談大賞傑作選」ポプラ社 2007 p142
◇「てのひら怪談—ビーケーワン怪談大賞傑作選」ポプラ社 2008（ポプラ文庫）p146

佳多山 大地　かたやま・だいち

この世でいちばん珍しい水死人
◇「川に死体のある風景」東京創元社 2006（Crime club）p165
◇「本格ミステリ 2006」講談社 2006（講談社ノベルス）p141
◇「珍しい物語のつくり方—本格短編ベスト・セレクション」講談社 2010（講談社文庫）p205
◇「川に死体のある風景」東京創元社 2010（創元推理文庫）p187

片山 桃里　かたやま・とうり

片山桃里遺稿集
◇「ハンセン病文学全集 8」皓星社 2006 p492
◇「ハンセン病文学全集 9」皓星社 2010 p233

片山 広子　かたやま・ひろこ（1878〜1957）

うちのお稲荷さん
◇「文豪怪談傑作選 特別編」筑摩書房 2008（ちくま文庫）p378

うまれた家（抄）
◇「文豪てのひら怪談」ポプラ社 2009（ポプラ文庫）p70

片山 ふえ　かたやま・ふえ

画家のガガさんのこと
◇「雑話集—ロシア短編集 3」ロシア文学翻訳グループ・クーチカ 2014 p126

片山 龍三　かたやま・りゅうぞう

婚約

◇「全作家短編集 15」のべる出版企画 2016 p114
セーヌ川の畔にて
　◇「扉の向こうへ」全作家協会 2014（全作家短編集）p132
二塔物語
　◇「回転ドアから」全作家協会 2015（全作家短編集）p279
π（パイ）は巡る
　◇「全作家短編小説集 12」全作家協会 2013 p191

勝 海舟　かつ・かいしゅう（1823～1899）
黒船以来、目を覚まし騒然といたし候≫竹口信義
　◇「日本人の手紙 10」リブリオ出版 2004 p7

勝 伸枝　かつ・のぶえ（1905～2002）
嘘
　◇「幻の探偵雑誌 10」光文社 2002（光文社文庫）p219

勝 陸子　かつ・むつこ
姑の木
　◇「現代鹿児島小説大系 2」ジャプラン 2014 p84
踏絵の顔
　◇「現代鹿児島小説大系 2」ジャプラン 2014 p129

勝井 慧　かつい・さと
鰯の飛行
　◇「たびだち―フェリシモしあわせショートショート」フェリシモ 2000 p8

勝栄　かつえ
おかしなまち
　◇「世にも奇妙な物語―小説の特別編 遺留品」角川書店 2002（角川ホラー文庫）p12

香月 桂　かつき・かつら
評判の良いバス
　◇「ショートショートの広場 8」講談社 1997（講談社文庫）p180

甲木 千絵　かつき・ちえ
赤い風船
　◇「あなたが生まれた日―家族の愛が温かな10の感動ストーリー」泰文堂 2013（リンダブックス）p109
姉のコーヒー
　◇「うちへ帰ろう―家族を想うあなたに贈る短篇小説集」泰文堂 2013（リンダブックス）p227
運動会
　◇「母のなみだ―愛しき家族を想う短篇小説集」泰文堂 2012（Linda books！）p87
おたふく
　◇「最後の一日 6月30日―さよならが胸に染みる10の物語」泰文堂 2013（リンダブックス）p84
解答編
　◇「言葉にできない悲しみ」泰文堂 2015（リンダパブリッシャーズの本）p144
タイムカプセル

◇「幽霊でもいいから会いたい」泰文堂 2014（リンダブックス）p66
父の正月
　◇「母のなみだ・ひまわり―愛しき家族を想う短篇小説集」泰文堂 2013（リンダブックス）p129
晩酌ゆうれい
　◇「センチメンタル急行―あの日へ帰る、旅情短篇集」泰文堂 2010（Linda books！）p50
フライドポテト
　◇「あなたが生まれた日―家族の愛が温かな10の感動ストーリー」泰文堂 2013（リンダブックス）p181
回り道
　◇「少年のなみだ」泰文堂 2014（リンダブックス）p201
三日月と三等星
　◇「母のなみだ・ひまわり―愛しき家族を想う短篇小説集」泰文堂 2013（リンダブックス）p175
夢を見る
　◇「少女のなみだ」泰文堂 2014（リンダブックス）p201

勝部 正和　かつべ・まさかず
高島の名医
　◇「われらが青年団 人形劇脚本集」文芸社 2008 p5

勝間田 憲男　かつまた・のりお
一寸先は、光
　◇「立川文学 1」けやき出版 2011 p83

勝目 梓　かつめ・あずさ（1932～）
青い鳥のエレジー
　◇「人獣怪婚」筑摩書房 2000（ちくま文庫）p239
朝焼けは血の色
　◇「闘人烈伝―格闘小説・漫画アンソロジー」双葉社 2000 p559
影の構図
　◇「さらに不安の闇へ―小説推理傑作選」双葉社 1998 p45
家族会議
　◇「短篇ベストコレクション―現代の小説 2013」徳間書店 2013（徳間文庫）p93
死の肖像
　◇「俳句殺人事件―巻頭句の女」光文社 2001（光文社文庫）p407
立ち話
　◇「極上掌小説」角川書店 2006 p69
　◇「ひと粒の宇宙」角川書店 2009（角川文庫）p69
棺の中
　◇「闇に香るもの」新潮社 2004（新潮文庫）p229
火の花壇
　◇「男たちのら・ら・ば・い」徳間書店 1999（徳間文庫）p171
埋葬
　◇「短篇ベストコレクション―現代の小説 2010」徳間書店 2010（徳間文庫）p89

勝本 詩織　かつもと・しおり
とるにたらない
　◇「かわいい─第16回フェリシモ文学賞優秀作品集」フェリシモ 2013 p123

勝山 海百合　かつやま・うみゆり（1967～）
頭だけの男
　◇「女たちの怪談百物語」メディアファクトリー 2010（〔幽books〕）p103
　◇「女たちの怪談百物語」KADOKAWA 2014（角川ホラー文庫）p108
泉のぬし
　◇「女たちの怪談百物語」メディアファクトリー 2010（〔幽books〕）p156
　◇「女たちの怪談百物語」KADOKAWA 2014（角川ホラー文庫）p160
うざね
　◇「てのひら怪談─ビーケーワン怪談大賞傑作選 庚寅」ポプラ社 2010（ポプラ文庫）p204
雄勝石
　◇「てのひら怪談─ビーケーワン怪談大賞傑作選 壬辰」ポプラ社 2012（ポプラ文庫）p24
　◇「渚にて─あの日からの〈みちのく怪談〉」荒蝦夷 2016 p46
神かくし
　◇「女たちの怪談百物語」メディアファクトリー 2010（〔幽books〕）p133
　◇「女たちの怪談百物語」KADOKAWA 2014（角川ホラー文庫）p138
からすみ
　◇「渚にて─あの日からの〈みちのく怪談〉」荒蝦夷 2016 p39
魚怪
　◇「てのひら怪談─ビーケーワン怪談大賞傑作選」ポプラ社 2007 p210
　◇「てのひら怪談─ビーケーワン怪談大賞傑作選」ポプラ社 2008（ポプラ文庫）p222
熊のほうがおっかない
　◇「怪談列島ニッポン─書き下ろし諸国奇談競作集」メディアファクトリー 2009（MF文庫）p229
軍馬の帰還
　◇「てのひら怪談─ビーケーワン怪談大賞傑作選」ポプラ社 2007 p18
　◇「てのひら怪談─ビーケーワン怪談大賞傑作選」ポプラ社 2008（ポプラ文庫）p14
原隊に復帰せず
　◇「てのひら怪談─ビーケーワン怪談大賞傑作選 辛卯」ポプラ社 2011（ポプラ文庫）p134
呉服屋の大旦那さん
　◇「女たちの怪談百物語」メディアファクトリー 2010（〔幽books〕）p267
　◇「女たちの怪談百物語」KADOKAWA 2014（角川ホラー文庫）p274
書聖
　◇「てのひら怪談─ビーケーワン怪談大賞傑作選 百怪繚乱篇」ポプラ社 2008 p206
しらせ
　◇「女たちの怪談百物語」メディアファクトリー 2010（〔幽books〕）p182
　◇「女たちの怪談百物語」KADOKAWA 2014（角川ホラー文庫）p186
信心
　◇「てのひら怪談─ビーケーワン怪談大賞傑作選 辛卯」ポプラ社 2011（ポプラ文庫）p210
小さいサラリーマン（たち）
　◇「女たちの怪談百物語」メディアファクトリー 2010（〔幽books〕）p77
　◇「女たちの怪談百物語」KADOKAWA 2014（角川ホラー文庫）p82
トイレに現れたお祖母ちゃん
　◇「女たちの怪談百物語」メディアファクトリー 2010（〔幽books〕）p46
　◇「女たちの怪談百物語」KADOKAWA 2014（角川ホラー文庫）p53
NOU─能生─
　◇「てのひら怪談─ビーケーワン怪談大賞傑作選 庚寅」ポプラ社 2010（ポプラ文庫）p80
呪いと毒
　◇「てのひら怪談─ビーケーワン怪談大賞傑作選」ポプラ社 2007 p220
　◇「てのひら怪談─ビーケーワン怪談大賞傑作選」ポプラ社 2008（ポプラ文庫）p232
葉書と帰還兵
　◇「女たちの怪談百物語」メディアファクトリー 2010（〔幽books〕）p215
　◇「女たちの怪談百物語」KADOKAWA 2014（角川ホラー文庫）p219
古井戸
　◇「てのひら怪談─ビーケーワン怪談大賞傑作選 2」ポプラ社 2007 p180
　◇「てのひら怪談─ビーケーワン怪談大賞傑作選 己丑」ポプラ社 2009（ポプラ文庫）p40
水の歓び
　◇「リトル・リトル・クトゥルー─史上最小の神話小説集」学習研究社 2009 p56
メガネレンズ
　◇「女たちの怪談百物語」メディアファクトリー 2010（〔幽books〕）p239
　◇「女たちの怪談百物語」KADOKAWA 2014（角川ホラー文庫）p243

桂 英二　かつら・えいじ
小さなビルの裏で
　◇「江戸川乱歩の推理試験」光文社 2009（光文社文庫）p39

桂 枝雀〔2代〕　かつら・しじゃく（1939～1999）
定期券
　◇「超短編アンソロジー」筑摩書房 2002（ちくま文庫）p65

桂 自然坊　かつら・しぜんぼう
句集 寒林
　◇「ハンセン病文学全集 9」皓星社 2010 p211

桂 修司　かつら・しゅうじ（1975〜）
死を呼ぶ勲章
◇「10分間ミステリー」宝島社 2012（宝島社文庫）p177
◇「5分で凍る！ぞっとする怖い話」宝島社 2015（宝島社文庫）p69
◇「10分間ミステリー THE BEST」宝島社 2016（宝島社文庫）p465
十分後に俺は死ぬ
◇「もっとすごい！10分間ミステリー」宝島社 2013（宝島社文庫）p99
赤光の照らす旅
◇「5分で読める！ひと駅ストーリー 旅の話」宝島社 2015（宝島社文庫）p157
断罪の雪
◇「5分で読める！ひと駅ストーリー 冬の記憶西口編」宝島社 2013（宝島社文庫）p241
◇「5分で驚く！どんでん返しの物語」宝島社 2016（宝島社文庫）p31
夏の夜の不幸な連鎖
◇「5分で読める！ひと駅ストーリー 夏の記憶東口編」宝島社 2013（宝島社文庫）p271
猫と博士と愛の死と
◇「5分で読める！ひと駅ストーリー 猫の物語」宝島社 2014（宝島社文庫）p79
本当に無料で乗れます
◇「5分で読める！ひと駅ストーリー 降車編」宝島社 2012（宝島社文庫）p233
◇「5分で凍る！ぞっとする怖い話」宝島社 2015（宝島社文庫）p213

桂 唯史　かつら・ただし
案内人
◇「宇宙塵傑作選―日本SFの軌跡 2」出版芸術社 1997 p81

桂 太郎　かつら・たろう（1848〜1913）
ひとしおにお恨みに候≫安藤照子
◇「日本人の手紙 5」リブリオ出版 2004 p148

桂 文楽〔8代〕　かつら・ぶんらく（1892〜1971）
富久〈安藤鶴夫〔聞書〕〉
◇「賭けと人生」筑摩書房 2011（ちくま文学の森）p55

桂 米朝〔3代〕　かつら・べいちょう（1925〜2015）
不精の代参
◇「怠けものの話」筑摩書房 2011（ちくま文学の森）p205

桂 三木助〔3代〕　かつら・みきすけ（1902〜1961）
芝浜
◇「心洗われる話」筑摩書房 2010（ちくま文学の森）p69
蛇含草

◇「思いがけない話」筑摩書房 2010（ちくま文学の森）p177

桂 芳久　かつら・よしひさ（1929〜2005）
産土
◇「創刊一〇〇年三田文学名作選」三田文学会 2010 p428

桂 玲人　かつら・れいじん
句集 菊守
◇「ハンセン病文学全集 9」皓星社 2010 p153

葛城 輝　かつらぎ・あきら
青い蝶
◇「超短編傑作選 v.6」創英社 2007 p52
海堀り人
◇「超短編傑作選 v.6」創英社 2007 p50
天ぷら供養
◇「超短編の世界」創英社 2008 p144
堂々巡り
◇「超短編傑作選 v.6」創英社 2007 p54
時の澱
◇「超短編の世界」創英社 2008 p140
流れ星
◇「超短編傑作選 v.6」創英社 2007 p33
夜目、逃げ足
◇「超短編の世界」創英社 2008 p142

桂城 和子　かつらぎ・かずこ
風に棲む
◇「北日本文学賞入賞作品集 2」北日本新聞社 2002 p13

門井 慶喜　かどい・よしのぶ（1971〜）
夫のお弁当箱に石をつめた奥さんの話
◇「大崎梢リクエスト！本屋さんのアンソロジー」光文社 2013 p79
◇「大崎梢リクエスト！本屋さんのアンソロジー」光文社 2014（光文社文庫）p85
早朝ねはん
◇「ザ・ベストミステリーズ―推理小説年鑑 2007」講談社 2007 p271
◇「MARVELOUS MYSTERY」講談社 2010（講談社文庫）p115
図書館滅ぶべし
◇「名探偵に訊け」光文社 2010（Kappa novels）p149
◇「名探偵に訊け」光文社 2013（光文社文庫）p197
パラドックス実践
◇「学び舎は血を招く」講談社 2008（講談社ノベルス）p253
◇「ザ・ベストミステリーズ―推理小説年鑑 2009」講談社 2009 p155
◇「Bluff騙し合いの夜」講談社 2012（講談社文庫）p159
仏像をなめる―こちら警視庁美術犯罪捜査班
◇「宝石ザミステリー」光文社 2011 p359
保険会社がゴッホの絵を買う理由―こちら警

視庁美術犯罪捜査班
◇「宝石ザミステリー 2」光文社 2012 p327

加藤 郁乎　かとう・いくや（1929〜2012）
あるたい文
◇「新装版 全集現代文学の発見 13」學藝書林 2004 p619
一回性
◇「新装版 全集現代文学の発見 13」學藝書林 2004 p616
陰画律
◇「新装版 全集現代文学の発見 13」學藝書林 2004 p616
うみのまぐはひ
◇「新装版 全集現代文学の発見 13」學藝書林 2004 p618
オオドレット
◇「新装版 全集現代文学の発見 13」學藝書林 2004 p619
海市祭
◇「新装版 全集現代文学の発見 13」學藝書林 2004 p614
句集 球体感覚
◇「新装版 全集現代文学の発見 13」學藝書林 2004 p614
原型薔薇
◇「新装版 全集現代文学の発見 13」學藝書林 2004 p620
原語科
◇「新装版 全集現代文学の発見 13」學藝書林 2004 p615
候鳥伝
◇「新装版 全集現代文学の発見 13」學藝書林 2004 p620
告別異聞
◇「新装版 全集現代文学の発見 13」學藝書林 2004 p619
参星
◇「新装版 全集現代文学の発見 13」學藝書林 2004 p617
詩法
◇「新装版 全集現代文学の発見 13」學藝書林 2004 p620
咒文紀行
◇「新装版 全集現代文学の発見 13」學藝書林 2004 p615
ゼノン静止
◇「新装版 全集現代文学の発見 13」學藝書林 2004 p617
像
◇「新装版 全集現代文学の発見 13」學藝書林 2004 p614
楕円典
◇「新装版 全集現代文学の発見 13」學藝書林 2004 p617
内耳
◇「新装版 全集現代文学の発見 13」學藝書林 2004 p616
反性
◇「新装版 全集現代文学の発見 13」學藝書林 2004 p619
麦酒篇
◇「新装版 全集現代文学の発見 13」學藝書林 2004 p618
不在
◇「新装版 全集現代文学の発見 13」學藝書林 2004 p614
旧き発信人
◇「新装版 全集現代文学の発見 13」學藝書林 2004 p617
無弦
◇「新装版 全集現代文学の発見 13」學藝書林 2004 p615
メタフィジカ
◇「新装版 全集現代文学の発見 13」學藝書林 2004 p615
GALA
◇「新装版 全集現代文学の発見 13」學藝書林 2004 p614
nostalgia ZÉRO
◇「新装版 全集現代文学の発見 13」學藝書林 2004 p618
★
◇「新装版 全集現代文学の発見 13」學藝書林 2004 p616

加藤 薫　かとう・かおる（1949〜）
雪渓は笑った
◇「山岳迷宮（ラビリンス）―山のミステリー傑作選」光文社 2016（光文社文庫）p197

加藤 一夫　かとう・かずお（1887〜1951）
序
◇「新・プロレタリア文学精選集 5」ゆまに書房 2004
村に襲ふ波
◇「新・プロレタリア文学精選集 5」ゆまに書房 2004 p1

加藤 籌子　かとう・かずこ（1883〜1956）
おきな
◇「「新編」日本女性文学全集 3」菁柿堂 2011 p453
◇「青鞜小説集」講談社 2014（講談社文芸文庫）p72
多事
◇「「新編」日本女性文学全集 3」菁柿堂 2011 p444

加藤 克信　かとう・かつのぶ
誰も知らないMy Revolution
◇「現代作家代表作選集 6」冊書房 2014 p5

加藤 清子　かとう・きよこ
猫のスノウ
◇「ゆきのまち幻想文学賞小品集 20」企画集団ぶりずむ 2011 p37
春を待つクジラ

かとう

◇「ゆきのまち幻想文学賞小品集 21」企画集団ぷりずむ 2012 p15

加藤 三郎 かとう・さぶろう
藤本事件(3)偏見がつくりあげた藤本事件
◇「ハンセン病文学全集 5」皓星社 2010 p280

加藤 周一 かとう・しゅういち（1919〜2008）
狂曇森春雨
◇「戦後短篇小説選―『世界』1946-1999 4」岩波書店 2000 p141

加堂 秀三 かとう・しゅうぞう（1940〜2001）
大津恋坂物語
◇「奇妙な恋の物語」光文社 1998（光文社文庫）p109
芸者染香
◇「短篇ベストコレクション―現代の小説 2002」徳間書店 2002（徳間文庫）p145
丹波おんな布（抄）
◇「京都府文学全集第1期（小説編）5」郷土出版社 2005 p203

加藤 楸邨 かとう・しゅうそん（1905〜1993）
俳句
◇「コレクション戦争と文学 13」集英社 2011 p279
深緑
◇「創刊一〇〇年三田文学名作選」三田文学会 2010 p475

加藤 春城 かとう・しゅんじょう
呉鳳の死（久住栄一／松井実）
◇「日本統治期台湾文学集成 27」緑蔭書房 2007 p323

賀東 招二 がとう・しょうじ（1971〜）
機動アントロイドエーネジェントメタルソルジャー
◇「小説創るぜ！―突撃アンソロジー」富士見書房 2004（富士見ファンタジア文庫）p301

加藤 澄 かとう・すみ
ポートランド発24便
◇「ゆきのまち幻想文学賞小品集 10」企画集団ぷりずむ 2001 p177

加藤 武雄 かとう・たけお（1888〜1956）
雪女
◇「怪奇・伝奇時代小説選集 4」春陽堂書店 2000（春陽文庫）p2

加藤 千恵 かとう・ちえ（1983〜）
青と赤の物語
◇「本をめぐる物語―小説よ、永遠に」KADOKAWA 2015（角川文庫）p41
いつかのメール
◇「いまのあなたへ―村上春樹への12のオマージュ」NHK出版 2014 p120
台湾茶「淡月」
◇「明日町こんぺいとう商店街―招きうさぎと七軒の物語 2」ポプラ社 2014（ポプラ文庫）p117
多肉植物専門店「グリーンライフrei」
◇「明日町こんぺいとう商店街―招きうさぎと七軒の物語 3」ポプラ社 2016（ポプラ文庫）p219
パノラマパーク パノラマガール
◇「あの街で二人は―seven love stories」新潮社 2014（新潮文庫）p53
耳の中の水
◇「あのころの、」実業之日本社 2012（実業之日本社文庫）p149
約束のまだ途中
◇「ラブソングに飽きたら」幻冬舎 2015（幻冬舎文庫）p7
老婆と公園で
◇「いまのあなたへ―村上春樹への12のオマージュ」NHK出版 2014 p119
haircut17
◇「あの日、君と Girls」集英社 2012（集英社文庫）p103

加藤 鉄児 かとう・てつじ（1971〜）
五十六
◇「10分間ミステリー THE BEST」宝島社 2016（宝島社文庫）p117
修学旅行のしおり―完全補完版
◇「5分で読める！ ひと駅ストーリー 旅の話」宝島社 2015（宝島社文庫）p107

加藤 望 かとう・のぞむ
アイスクリームが食べたかった
◇「気配―第10回フェリシモ文学賞作品集」フェリシモ 2007 p54

加藤 一 かとう・はじめ（1967〜）
梅の実食えば百まで長生き
◇「恐怖箱 遺伝記」竹書房 2008（竹書房文庫）p10
Fresh
◇「恐怖箱 遺伝記」竹書房 2008（竹書房文庫）p54

かとう はるな
いろりばた絵巻
◇「ゆきのまち幻想文学賞小品集 23」企画集団ぷりずむ 2014 p150

加藤 秀俊 かとう・ひでとし（1930〜）
雪国の孤独
◇「山形県文学全集第2期（随筆・紀行編）4」郷土出版社 2005 p144

加藤 秀幸 かとう・ひでゆき
オリジナリティ
◇「ショートショートの花束 6」講談社 2014（講談社文庫）p199
空席
◇「ショートショートの広場 19」講談社 2007（講談社文庫）p218
殺人催眠まやかしの口笛
◇「ショートショートの広場 20」講談社 2008（講談社文庫）p191

ストレス社会
◇「ショートショートの花束 2」講談社 2010（講談社文庫）p189
二位の男
◇「ショートショートの花束 2」講談社 2010（講談社文庫）p32

加藤 裕明　かとう・ひろあき
オーロラの夢
◇「成城・学校劇脚本集」成城学園初等学校出版部 2002（成城学園初等学校研究双書）p1

加藤 恕彦　かとう・ひろひこ（1937〜1963）
アルプス男のすきとおった目を見た≫加藤静枝
◇「日本人の手紙 7」リブリオ出版 2004 p175

加藤 博文　かとう・ひろふみ
紙
◇「ショートショートの広場 18」講談社 2006（講談社文庫）p203
点検
◇「ショートショートの花束 2」講談社 2010（講談社文庫）p86

加藤 正和　かとう・まさかず
ゴーストタウン
◇「ショートショートの広場 12」講談社 2001（講談社文庫）p153
催眠術師
◇「ショートショートの広場 10」講談社 2000（講談社文庫）p38

加藤 正人　かとう・まさと
孤高のメス
◇「年鑑代表シナリオ集 '10」シナリオ作家協会 2011 p157
雪に願うこと
◇「年鑑代表シナリオ集 '06」シナリオ作家協会 2008 p37

加藤 雅利　かとう・まさとし
百年後の旅行者
◇「5分で読める！ひと駅ストーリー 旅の話」宝島社 2015（宝島社文庫）p117

加藤 昌美　かとう・まさみ
中国美人
◇「ショートショートの花束 6」講談社 2014（講談社文庫）p62

加藤 実秋　かとう・みあき（1966〜）
ラスカル3
◇「事件の痕跡」光文社 2007（Kappa novels）p235
◇「事件の痕跡」光文社 2012（光文社文庫）p319

加藤 幹也　かとう・みきや（1959〜）
青色夢硝子
◇「鉱物」国書刊行会 1997（書物の王国）p113

加藤 道夫　かとう・みちお（1918〜1953）
「死者の書」と共に―折口信夫追悼
◇「創刊一〇〇年三田文学名作選」三田文学会 2010 p710
なよたけ
◇「美しい恋の物語」筑摩書房 2010（ちくま文学の森）p383
治坊のことを考えて心苦しい≫加藤治子
◇「日本人の手紙 6」リブリオ出版 2004 p148

加藤 みどり　かとう・みどり（1888〜1922）
風吹く日
◇「青鞜文学集」不二出版 2004 p103
執着
◇「「新編」日本女性文学全集 4」菁柿堂 2012 p192
◇「青鞜小説集」講談社 2014（講談社文芸文庫）p173

加藤 みはる　かとう・みはる
子どもとどうぶつのものがたり
◇「小学生のげき―新小学校演劇脚本集 低学年 1」晩成書房 2010 p67

加藤 康男　かとう・やすお
ホワイトメモリーズ
◇「ショートショートの広場 12」講談社 2001（講談社文庫）p32

加藤 幸子　かとう・ゆきこ（1936〜）
海辺暮らし
「吉田知子・森万紀子・吉行理恵・加藤幸子」角川書店 1998（女性作家シリーズ）p323
主人公のいない場所
◇「戦後短篇小説再発見 14」講談社 2003（講談社文芸文庫）p192
翡翠色のメッセージ
◇「吉田知子・森万紀子・吉行理恵・加藤幸子」角川書店 1998（女性作家シリーズ）p421
夢の壁
◇「吉田知子・森万紀子・吉行理恵・加藤幸子」角川書店 1998（女性作家シリーズ）p353

加藤 由美子　かとう・ゆみこ
スノーマン
◇「ゆきのまち幻想文学賞小品集 12」企画集団ぷりずむ 2003 p122
箱庭
◇「ゆきのまち幻想文学賞小品集 9」企画集団ぷりずむ 2000 p119
与兵衛の雪
◇「ゆきのまち幻想文学賞小品集 7」NTTメディアスコープ 1997 p7

加藤 嘉隆　かとう・よしたか
進化
◇「ショートショートの花束 2」講談社 2010（講談社文庫）p142

加藤 陸雄　かとう・りくお
クラリーナ国の陰謀
◇「小学校・全員参加の楽しい学級劇・学年劇脚本集 高学年」黎明書房 2007 p84
にぎやか師たち2
◇「成城・学校劇脚本集」成城学園初等学校出版部 2002（成城学園初等学校研究双書）p171
春風がふいて
◇「小学校たのしい劇の本―英語劇付 高学年」国土社 2007 p154

門倉 信　かどくら・まこと
一部の地域
◇「ショートショートの花束 6」講談社 2014（講談社文庫）p58
禁煙
◇「ショートショートの花束 6」講談社 2014（講談社文庫）p143
消して
◇「ショートショートの花束 7」講談社 2015（講談社文庫）p95
探偵
◇「ショートショートの花束 8」講談社 2016（講談社文庫）p11
路上駐車
◇「ショートショートの花束 8」講談社 2016（講談社文庫）p143

角野 栄子　かどの・えいこ（1935～）
さて…と
◇「十年後のこと」河出書房新社 2016 p81
白猫さん
◇「にゃんそろじー」新潮社 2014（新潮文庫）p225

上遠野 浩平　かどの・こうへい（1968～）
製造人間は頭が固い
◇「アステロイド・ツリーの彼方へ」東京創元社 2016（創元SF文庫）p81
鉄仮面をめぐる論議
◇「少年の時間」徳間書店 2001（徳間デュアル文庫）p11
◇「ぼくの、マシン―ゼロ年代日本SFベスト集成 S」東京創元社 2010（創元SF文庫）p141

カドマリ
春待ち
◇「気配―第10回フェリシモ文学賞作品集」フェリシモ 2007 p140

迦都リーヌ　かとりーぬ
あわてた雪女
◇「ゆきのまち幻想文学賞小品集 17」企画集団ぷりずむ 2008 p61

金井 美恵子　かない・みえこ（1947～）
暗殺者
◇「猫は神さまの贈り物 小説編」有楽出版社 2014 p191

兎
◇「血」三天書房 2000（傑作短篇シリーズ）p233
◇「小川洋子の偏愛短篇箱」河出書房新社 2009 p87
◇「小川洋子の偏愛短篇箱」河出書房新社 2012（河出文庫）p87
◇「リテラリーゴシック・イン・ジャパン―文学的ゴシック作品選」筑摩書房 2014（ちくま文庫）p215
家族アルバム
◇「おいしい話―料理小説傑作選」徳間書店 2007（徳間文庫）p233
昇天
◇「文学 2015」講談社 2015 p136
『月』について、
◇「ことばのたくらみ―実作集」岩波書店 2003（21世紀文学の創造）p143
◇「日本文学全集 28」河出書房新社 2017 p339
猫と暮す―蛇騒動と侵入者
◇「にゃんそろじー」新潮社 2014（新潮文庫）p199
ピヨのこと
◇「ファイン／キュート素敵かわいい作品選」筑摩書房 2015（ちくま文庫）p92
水の色
◇「戦後短篇小説再発見 1」講談社 2001（講談社文芸文庫）p237
耳
◇「妖美―女流ミステリー傑作選」徳間書店 1999（徳間文庫）p43

金井田 英津子　かないだ・えつこ（1955～）
稲生物怪録（折口信夫）
◇「文豪怪談傑作選 折口信夫集」筑摩書房 2009（ちくま文庫）p9

仮名垣 魯文　かながき・ろぶん（1829～1894）
牛店雑談 安愚楽鍋
◇「明治の文学 1」筑摩書房 2002 p267
河童相伝 胡瓜遺
◇「明治の文学 1」筑摩書房 2002 p343
萬国航海 西洋道中膝栗毛（抄）
◇「明治の文学 1」筑摩書房 2002 p3
高橋阿伝夜叉譚（たかはしおでんやしゃものがたり）
◇「新日本古典文学大系 明治編 9」岩波書店 2010 p31

金澤 ぐれい　かなざわ・ぐれい
大男
◇「ショートショートの広場 9」講談社 1998（講談社文庫）p59
先客
◇「ショートショートの広場 10」講談社 2000（講談社文庫）p89
登校拒否
◇「ショートショートの広場 8」講談社 1997（講談社文庫）p125

金沢 真吾　かなざわ・しんご
　日々あらた
　　◇「ハンセン病文学全集 8」皓星社 2006 p512
金澤 正樹　かなざわ・まさき
　花の写真
　　◇「てのひら怪談―ビーケーワン怪談大賞傑作選 辛卯」ポプラ社 2011（ポプラ文庫）p180
金関 丈夫　かなせき・たけお（1897〜1983）
　アイヌにも缺歯の風習があつたか
　　◇「日本統治期台湾文学集成 17」緑蔭書房 2003 p77
　アイヌの腋臭
　　◇「日本統治期台湾文学集成 17」緑蔭書房 2003 p41
　編物
　　◇「日本統治期台湾文学集成 17」緑蔭書房 2003 p272
　或る季節感
　　◇「日本統治期台湾文学集成 17」緑蔭書房 2003 p231
　石田三成の頭蓋
　　◇「日本統治期台湾文学集成 17」緑蔭書房 2003 p197
　鶯歌窯の捲上式製陶法
　　◇「日本統治期台湾文学集成 17」緑蔭書房 2003 p261
　覺え書
　　◇「日本統治期台湾文学集成 17」緑蔭書房 2003 p87
　オールバックは下等である
　　◇「日本統治期台湾文学集成 17」緑蔭書房 2003 p188
　海口の散歩
　　◇「日本統治期台湾文学集成 17」緑蔭書房 2003 p139
　海南島覺え書
　　◇「日本統治期台湾文学集成 17」緑蔭書房 2003 p111
　家具
　　◇「日本統治期台湾文学集成 17」緑蔭書房 2003 p266
　絣の虎
　　◇「日本統治期台湾文学集成 17」緑蔭書房 2003 p239
　鵝鳥
　　◇「日本統治期台湾文学集成 17」緑蔭書房 2003 p176
　閑話十二題
　　◇「日本統治期台湾文学集成 17」緑蔭書房 2003 p185
　木具
　　◇「日本統治期台湾文学集成 17」緑蔭書房 2003 p271
　金工品
　　◇「日本統治期台湾文学集成 17」緑蔭書房 2003 p270
　瓊海雜信
　　◇「日本統治期台湾文学集成 17」緑蔭書房 2003 p130
　建築
　　◇「日本統治期台湾文学集成 17」緑蔭書房 2003 p264
　考古學的小説
　　◇「日本統治期台湾文学集成 17」緑蔭書房 2003 p204
　黄氏鳳姿の「七娘媽生」
　　◇「日本統治期台湾文学集成 17」緑蔭書房 2003 p283
　木閑屎麻呂
　　◇「日本統治期台湾文学集成 17」緑蔭書房 2003 p159
　穀干場のある教會
　　◇「日本統治期台湾文学集成 17」緑蔭書房 2003 p201
　胡人の匂ひ
　　◇「日本統治期台湾文学集成 17」緑蔭書房 2003 p57
　故人の名稱
　　◇「日本統治期台湾文学集成 17」緑蔭書房 2003 p186
　西鶴の五人女に見える甕棺埋葬の記事
　　◇「日本統治期台湾文学集成 17」緑蔭書房 2003 p207
　山東の瓜子姫
　　◇「日本統治期台湾文学集成 17」緑蔭書房 2003 p153
　祝典結び
　　◇「日本統治期台湾文学集成 17」緑蔭書房 2003 p189
　人類及び人種は多源か
　　◇「日本統治期台湾文学集成 17」緑蔭書房 2003 p88
　人類は多源か
　　◇「日本統治期台湾文学集成 17」緑蔭書房 2003 p185
　説骨
　　◇「日本統治期台湾文学集成 17」緑蔭書房 2003 p163
　染織品
　　◇「日本統治期台湾文学集成 17」緑蔭書房 2003 p267
　相命家
　　◇「日本統治期台湾文学集成 17」緑蔭書房 2003 p141
　其他
　　◇「日本統治期台湾文学集成 17」緑蔭書房 2003 p272
　大道直如髮
　　◇「日本統治期台湾文学集成 17」緑蔭書房 2003 p209
　臺南州番子田出土の石丸と關廟庄の扁平後頭
　　◇「日本統治期台湾文学集成 17」緑蔭書房 2003 p80
　臺灣工藝瞥見記

かなほ

　◇「日本統治期台湾文学集成 17」緑蔭書房 2003 p264

臺灣に於ける濱田總長
　◇「日本統治期台湾文学集成 17」緑蔭書房 2003 p215

臺灣の竹製品
　◇「日本統治期台湾文学集成 17」緑蔭書房 2003 p248

竹
　◇「日本統治期台湾文学集成 17」緑蔭書房 2003 p193
　◇「日本統治期台湾文学集成 17」緑蔭書房 2003 p243

竹細工の村
　◇「日本統治期台湾文学集成 17」緑蔭書房 2003 p253

男子の纒足
　◇「日本統治期台湾文学集成 17」緑蔭書房 2003 p69
　◇「日本統治期台湾文学集成 17」緑蔭書房 2003 p193

竹具
　◇「日本統治期台湾文学集成 17」緑蔭書房 2003 p271

纒足の効用
　◇「日本統治期台湾文学集成 17」緑蔭書房 2003 p63

纒足婦人の下腿部
　◇「日本統治期台湾文学集成 17」緑蔭書房 2003 p195

陶器
　◇「日本統治期台湾文学集成 17」緑蔭書房 2003 p269

東征傳繪巻の文身
　◇「日本統治期台湾文学集成 17」緑蔭書房 2003 p211

二枚舌
　◇「日本統治期台湾文学集成 17」緑蔭書房 2003 p187

信長父子の肖像
　◇「日本統治期台湾文学集成 17」緑蔭書房 2003 p197

バシルホールの「大琉球島航海探險記」
　◇「日本統治期台湾文学集成 17」緑蔭書房 2003 p277

バゼへの禮拜
　◇「日本統治期台湾文学集成 17」緑蔭書房 2003 p200

濱田先生の無頓着ぶり
　◇「日本統治期台湾文学集成 17」緑蔭書房 2003 p219

潘さん
　◇「日本統治期台湾文学集成 17」緑蔭書房 2003 p191

B君とG君
　◇「日本統治期台湾文学集成 17」緑蔭書房 2003 p223

豚の皮
　◇「日本統治期台湾文学集成 17」緑蔭書房 2003 p195

包米
　◇「日本統治期台湾文学集成 17」緑蔭書房 2003 p171

饅頭
　◇「日本統治期台湾文学集成 17」緑蔭書房 2003 p139

荔枝
　◇「日本統治期台湾文学集成 17」緑蔭書房 2003 p147

わきくさ物語
　◇「日本統治期台湾文学集成 17」緑蔭書房 2003 p19

草鞋と水滸傳
　◇「日本統治期台湾文学集成 17」緑蔭書房 2003 p235

金堀 常美　かなほり・つねみ
　食事中には読まないで下さい
　◇「ショートショートの広場 10」講談社 2000（講談社文庫）p205
　蛇のしっぽ
　◇「ショートショートの広場 14」講談社 2003（講談社文庫）p238

金村 龍濟　かなむら・りゅうさい
　⇒金龍濟（キム・ヨンジェ）を見よ

金谷 祐子　かなや・ゆうこ（1955～）
　最後の質問
　◇「Love―あなたに逢いたい」双葉社 1997（双葉文庫）p89
　タッくんへ
　◇「Love―あなたに逢いたい」双葉社 1997（双葉文庫）p215

金山 嘉城　かなやま・かじょう
　羚羊
　◇「現代作家代表作選集 5」鼎書房 2013 p45
　小鳥の声
　◇「現代作家代表作選集 10」鼎書房 2015 p5
　匂いすみれ
　◇「現代作家代表作選集 7」鼎書房 2014 p25
　龍子触発
　◇「現代作家代表作選集 9」鼎書房 2015 p31

神奈山 つかさ　かなやま・つかさ
　現地調査について（報告）
　◇「てのひら怪談―ビーケーワン怪談大賞傑作選 辛卯」ポプラ社 2011（ポプラ文庫）p194

蟹 海太郎　かに・うみたろう
　或る駅の怪事件
　◇「無人踏切―鉄道ミステリー傑作選」光文社 2008（光文社文庫）p497

金子 晃典　かねこ・あきのり
晩晴集
　◇「ハンセン病文学全集 9」皓星社 2010 p245
望郷独語
　◇「ハンセン病文学全集 9」皓星社 2010 p198

金子 忍　かねこ・しのぶ
ムササビたちの冒険
　◇「小学校たのしい劇の本―英語劇付 中学年」国土社 2007 p102

我如古 修二　がねこ・しゅうじ
この世の眺め
　◇「北日本文学賞入賞作品集 2」北日本新聞社 2002 p225

金子 兜太　かねこ・とうた（1919～2018）
浦和（昭和二二―二三年）
　◇「新装版 全集現代文学の発見 13」學藝書林 2004 p594
金子兜太句集
　◇「新装版 全集現代文学の発見 13」學藝書林 2004 p601
神戸（昭和二八・九―三三・二）
　◇「新装版 全集現代文学の発見 13」學藝書林 2004 p601
神戸にて（昭和二九―三〇年）
　◇「新装版 全集現代文学の発見 13」學藝書林 2004 p598
句集 少年
　◇「新装版 全集現代文学の発見 13」學藝書林 2004 p594
竹沢村にて（昭和二四―二五年）
　◇「新装版 全集現代文学の発見 13」學藝書林 2004 p596
俳句
　◇「コレクション戦争と文学 18」集英社 2012 p571
半島
　◇「新装版 全集現代文学の発見 13」學藝書林 2004 p601
福島にて（昭和二六―二八年）
　◇「新装版 全集現代文学の発見 13」學藝書林 2004 p597

金子 文子　かねこ・ふみこ（1903～1926）
ここは地獄のどん底≫友
　◇「日本人の手紙 2」リブリオ出版 2004 p190

金子 みすゞ　かねこ・みすず（1903～1930）
さびしいとき
　◇「涙の百年文学―もう一度読みたい」太陽出版 2009 p295

金子 みづは　かねこ・みづは
葦の原
　◇「怪しき我が家―家の怪談競作集」メディアファクトリー 2011（MF文庫）p173
海の箱
　◇「リトル・リトル・クトゥルー―史上最小の神話小説集」学習研究社 2009 p28
燈火星のごとく
　◇「てのひら怪談―ビーケーワン怪談大賞傑作選 庚寅」ポプラ社 2010（ポプラ文庫）p42
根黒の海婚
　◇「リトル・リトル・クトゥルー―史上最小の神話小説集」学習研究社 2009 p38
焼き蛤
　◇「てのひら怪談―ビーケーワン怪談大賞傑作選 2」ポプラ社 2007 p54
　◇「てのひら怪談―ビーケーワン怪談大賞傑作選 己丑」ポプラ社 2009（ポプラ文庫）p50
夢のおとない
　◇「てのひら怪談―ビーケーワン怪談大賞傑作選 百怪繚乱篇」ポプラ社 2008 p184
　◇「てのひら怪談―ビーケーワン怪談大賞傑作選 己丑」ポプラ社 2009（ポプラ文庫）p120

金子 光晴　かねこ・みつはる（1895～1975）
愛情19
　◇「ちくま日本文学 38」筑摩書房 2009（ちくま文庫）p120
愛情53
　◇「ちくま日本文学 38」筑摩書房 2009（ちくま文庫）p121
愛情55
　◇「ちくま日本文学 38」筑摩書房 2009（ちくま文庫）p123
愛情60
　◇「ちくま日本文学 38」筑摩書房 2009（ちくま文庫）p124
愛情69
　◇「ちくま日本文学 38」筑摩書房 2009（ちくま文庫）p120
　◇「ちくま日本文学 38」筑摩書房 2009（ちくま文庫）p125
猪鹿蝶（いのしかちょう）
　◇「ちくま日本文学 38」筑摩書房 2009（ちくま文庫）p306
Oさんの家風
　◇「ちくま日本文学 38」筑摩書房 2009（ちくま文庫）p422
おっとせい
　◇「新装版 全集現代文学の発見 13」學藝書林 2004 p192
おっとせい
　◇「ちくま日本文学 38」筑摩書房 2009（ちくま文庫）p23
おばあちゃん
　◇「ちくま日本文学 38」筑摩書房 2009（ちくま文庫）p116
女への弁
　◇「ちくま日本文学 38」筑摩書房 2009（ちくま文庫）p74
詩集 女たちへのエレジー

◇「新装版 全集現代文学の発見 13」學藝書林 2004 p199
女たちのエレジー
◇「ちくま日本文学 38」筑摩書房 2009（ちくま文庫）p72
女の顔の横っちょに書いてある詩
◇「ちくま日本文学 38」筑摩書房 2009（ちくま文庫）p78
蛾
◇「ひつじアンソロジー 小説編 2」ひつじ書房 2009 p193
◇「ちくま日本文学 38」筑摩書房 2009（ちくま文庫）p62
開墾
◇「ちくま日本文学 38」筑摩書房 2009（ちくま文庫）p387
漢学から文学へ
◇「ちくま日本文学 38」筑摩書房 2009（ちくま文庫）p166
蛾 Ⅰ
◇「ちくま日本文学 38」筑摩書房 2009（ちくま文庫）p62
霧
◇『「少年倶楽部」短篇選』講談社 2013（講談社文芸文庫）p31
くらげの唄
◇「ちくま日本文学 38」筑摩書房 2009（ちくま文庫）p83
胡桃割り
◇「ちくま日本文学 38」筑摩書房 2009（ちくま文庫）p331
こがね虫
◇「ちくま日本文学 38」筑摩書房 2009（ちくま文庫）p13
苔
◇「胞子文学名作選」港の人 2013 p351
ごはん
◇「ちくま日本文学 38」筑摩書房 2009（ちくま文庫）p59
最初の洋行
◇「ちくま日本文学 38」筑摩書房 2009（ちくま文庫）p220
鮫
◇「ちくま日本文学 38」筑摩書房 2009（ちくま文庫）p23
◇「ちくま日本文学 38」筑摩書房 2009（ちくま文庫）p29
詩集 鮫
◇「新装版 全集現代文学の発見 13」學藝書林 2004 p192
しあはせの弁
◇「ちくま日本文学 38」筑摩書房 2009（ちくま文庫）p108
自叙伝について
◇「ちくま日本文学 38」筑摩書房 2009（ちくま文庫）p76

詩人 金子光晴自伝
◇「ちくま日本文学 38」筑摩書房 2009（ちくま文庫）p129
歯朶（しだ）
◇「ちくま日本文学 38」筑摩書房 2009（ちくま文庫）p93
詩のかたちで書かれた一つの物語
◇「ちくま日本文学 38」筑摩書房 2009（ちくま文庫）p86
詩 馬拉加
◇「コレクション戦争と文学 18」集英社 2012 p429
上海灘
◇「ちくま日本文学 38」筑摩書房 2009（ちくま文庫）p291
春慶寺
◇「ちくま日本文学 38」筑摩書房 2009（ちくま文庫）p401
処女詩集の頃
◇「ちくま日本文学 38」筑摩書房 2009（ちくま文庫）p239
詩 Memo―作詩のための
◇「コレクション戦争と文学 18」集英社 2012 p431
――一九四〇年の女たちに
◇「新装版 全集現代文学の発見 13」學藝書林 2004 p201
センブロン河
◇「ちくま日本文学 38」筑摩書房 2009（ちくま文庫）p356
洗面器
◇「新装版 全集現代文学の発見 13」學藝書林 2004 p201
◇「ちくま日本文学 38」筑摩書房 2009（ちくま文庫）p72
◇「日本文学全集 29」河出書房新社 2016 p31
第一の「血のさわぎ」
◇「ちくま日本文学 38」筑摩書房 2009（ちくま文庫）p145
大黒屋の人々
◇「ちくま日本文学 38」筑摩書房 2009（ちくま文庫）p425
大正期の詩人たち
◇「ちくま日本文学 38」筑摩書房 2009（ちくま文庫）p250
大腐爛頌
◇「ちくま日本文学 38」筑摩書房 2009（ちくま文庫）p447
デモクラシー思想の洗礼
◇「ちくま日本文学 38」筑摩書房 2009（ちくま文庫）p208
洞窟に生み落とされて
◇「ちくま日本文学 38」筑摩書房 2009（ちくま文庫）p129
◇「ちくま日本文学 38」筑摩書房 2009（ちくま文庫）p131
答辞に代へて奴隷根性の唄

◇「ちくま日本文学 38」筑摩書房 2009（ちくま文庫）p90

燈台
◇「新装版 全集現代文学の発見 13」學藝書林 2004 p194

どくろ杯
◇「ちくま日本文学 38」筑摩書房 2009（ちくま文庫）p291

どくろ杯（抄）
◇「日本文学全集 26」河出書房新社 2017 p211

ドリアン・グレイとサーニン
◇「ちくま日本文学 38」筑摩書房 2009（ちくま文庫）p187

南方詩集
◇「新装版 全集現代文学の発見 13」學藝書林 2004 p199

肉体
◇「ちくま日本文学 38」筑摩書房 2009（ちくま文庫）p67

二十五歳
◇「ちくま日本文学 38」筑摩書房 2009（ちくま文庫）p13

ニッパ椰子の唄
◇「新装版 全集現代文学の発見 13」學藝書林 2004 p199
◇「日本文学全集 29」河出書房新社 2016 p29

日本人の悲劇
◇「ちくま日本文学 38」筑摩書房 2009（ちくま文庫）p415

日本の脂（やに）と西洋の香気
◇「ちくま日本文学 38」筑摩書房 2009（ちくま文庫）p157

人間の悲劇
◇「ちくま日本文学 38」筑摩書房 2009（ちくま文庫）p76

ねこどりの眼
◇「ちくま日本文学 38」筑摩書房 2009（ちくま文庫）p363

花びら
◇「ちくま日本文学 38」筑摩書房 2009（ちくま文庫）p118

薔薇
◇「創刊一〇〇年三田文学名作選」三田文学会 2010 p589

悲歌
◇「ちくま日本文学 38」筑摩書房 2009（ちくま文庫）p81

風流尸解記（抄）
◇「ひつじアンソロジー 小説編 2」ひつじ書房 2009 p183

ぶらんこ
◇「ちくま日本文学 38」筑摩書房 2009（ちくま文庫）p111

変装狂
◇「ちくま日本文学 38」筑摩書房 2009（ちくま文庫）p407

◇「怠けものの話」筑摩書房 2011（ちくま文学の森）p241

ほりだしもの
◇「ちくま日本文学 38」筑摩書房 2009（ちくま文庫）p401

孫の成長をいつまでもみていたいが……＞森 若葉・夏芽
◇「日本人の手紙 1」リブリオ出版 2004 p132

間島家の人々
◇「ちくま日本文学 38」筑摩書房 2009（ちくま文庫）p415

マレー蘭印紀行
◇「ちくま日本文学 38」筑摩書房 2009（ちくま文庫）p356

まんきい
◇「ちくま日本文学 38」筑摩書房 2009（ちくま文庫）p110

水の流浪
◇「ちくま日本文学 38」筑摩書房 2009（ちくま文庫）p17

「水の流浪」の終り
◇「ちくま日本文学 38」筑摩書房 2009（ちくま文庫）p208
◇「ちくま日本文学 38」筑摩書房 2009（ちくま文庫）p272

無題
◇「新装版 全集現代文学の発見 13」學藝書林 2004 p202

名剣旭丸
◇「『少年倶楽部』熱血・痛快・時代短篇選」講談社 2015（講談社文芸文庫）p109

「明治」という荒地の中で
◇「ちくま日本文学 38」筑摩書房 2009（ちくま文庫）p196

もう一篇の詩
◇「ちくま日本文学 38」筑摩書房 2009（ちくま文庫）p80

もう一つの導火線
◇「ちくま日本文学 38」筑摩書房 2009（ちくま文庫）p176

紋
◇「新装版 全集現代文学の発見 13」學藝書林 2004 p196

夜
◇「ちくま日本文学 38」筑摩書房 2009（ちくま文庫）p379

雷気
◇「ちくま日本文学 38」筑摩書房 2009（ちくま文庫）p371

落下傘
◇「ちくま日本文学 38」筑摩書房 2009（ちくま文庫）p54

若葉のうた
◇「ちくま日本文学 38」筑摩書房 2009（ちくま文

かねこ

　庫）p108
IL
　◇『ちくま日本文学 38』筑摩書房 2009（ちくま文庫）p93

金子 洋子　かねこ・ようこ
以下省略
　◇『ショートショートの広場 12』講談社 2001（講談社文庫）p189

金子 洋文　かねこ・ようぶん（1894～1985）
悪童短篇集
　◇『新・プロレタリア文学精選集 12』ゆまに書房 2004 p109
ある裁判と女
　◇『新・プロレタリア文学精選集 12』ゆまに書房 2004 p146
女
　◇『新・プロレタリア文学精選集 12』ゆまに書房 2004 p99
地獄
　◇『アンソロジー・プロレタリア文学 2』森話社 2014 p12
孫悟空―序篇四場、第一篇四場
　◇『新・プロレタリア文学精選集 12』ゆまに書房 2004 p38
部落と金解禁
　◇『新・プロレタリア文学精選集 12』ゆまに書房 2004 p169
俘虜
　◇『新・プロレタリア文学精選集 12』ゆまに書房 2004 p87
　◇『アンソロジー・プロレタリア文学 3』森話社 2015 p113
家賃値下運動〈五場〉
　◇『新・プロレタリア文学精選集 12』ゆまに書房 2004 p1

金城 一紀　かねしろ・かずき（1968～）
サバイバー
　◇『ザ・ベストミステリーズ―推理小説年鑑 2001』講談社 2001 p341

金城 幸介　かねしろ・こうすけ
ロボットのお役目
　◇『ショートショートの花束 6』講談社 2014（講談社文庫）p109

金田 光司　かねだ・こうじ
シエスタの牛
　◇『ショートショートの花束 8』講談社 2016（講談社文庫）p87

金田 靖子　かねだ・やすこ
句集 冬さうび
　◇『ハンセン病文学全集 9』皓星社 2010 p241

金塚 悦子　かねづか・えつこ
葉子
　◇『優秀新人戯曲集 2009』ブロンズ新社 2008 p53

金原 ひとみ　かねはら・ひとみ（1983～）
葵
　◇『ナイン・ストーリーズ・オブ・ゲンジ』新潮社 2008 p131
　◇『源氏物語九つの変奏』新潮社 2011（新潮文庫）p145
蛇にピアス
　◇『現代小説クロニクル 2000～2004』講談社 2015（講談社文芸文庫）p233
ミンク
　◇『文学 2008』講談社 2008 p17
　◇『リテラリーゴシック・イン・ジャパン―文学的ゴシック作品選』筑摩書房 2014（ちくま文庫）p525
柔らかな女の記憶
　◇『スタートライン―始まりをめぐる19の物語』幻冬舎 2010（幻冬舎文庫）p27
MOBILE AMEBA
　◇『空を飛ぶ恋―ケータイがつなぐ28の物語』新潮社 2006（新潮文庫）p148

金平 純三　かねひら・じゅんぞう
宝は どこだ！
　◇『小学校・全員参加の楽しい学級劇・学年劇脚本集 中学年』黎明書房 2006 p68

金広 賢介　かねひろ・けんすけ
一段消し
　◇『母のなみだ―愛しき家族を想う短篇小説集』泰文堂 2012（Linda books！）p31
海辺にて
　◇『母のなみだ・ひまわり―愛しき家族を想う短篇小説集』泰文堂 2013（リンダブックス）p33
かぞえ歌
　◇『うちへ帰ろう―家族を想うあなたに贈る短篇小説集』泰文堂 2013（リンダブックス）p61
乾杯
　◇『涙がこぼれないように―さよならが胸を打つ10の物語』泰文堂 2014（リンダブックス）p226
終着駅
　◇『センチメンタル急行―あの日へ帰る、旅情短篇集』泰文堂 2010（Linda books！）p100
　◇『涙がこぼれないように―さよならが胸を打つ10の物語』泰文堂 2014（リンダブックス）p128
女王のいた家
　◇『あなたが生まれた日―家族の愛が温かな10の感動ストーリー』泰文堂 2013（リンダブックス）p33
道しるべ
　◇『最後の一日 7月22日―さよならが胸に染みる物語』泰文堂 2012（リンダブックス）p138

金巻 ともこ　かねまき・ともこ
異聞 井戸の茶碗
　◇『てのひら猫語り―書き下ろし時代小説集』白泉社 2014（白泉社招き猫文庫）p177

金松 龍濟　かねまつ・りゅうさい
⇒金龍濟（キム・ヨンジェ）を見よ

金村 八峰　かねむら・はっぽう
　⇒金基鎮（キム・ギジン）を見よ

金本 宗煕　かねもと・しゅうき
　文學評論 新文學の精神的基調
　　◇「近代朝鮮文学日本語作品集1939〜1945 評論・随筆篇 2」緑蔭書房 2002 p357
　青年と文學
　　◇「近代朝鮮文学日本語作品集1939〜1945 評論・随筆篇 1」緑蔭書房 2002 p437
　文學評論 戰爭と文學
　　◇「近代朝鮮文学日本語作品集1939〜1945 評論・随筆篇 2」緑蔭書房 2002 p336

狩野 あざみ　かのう・あざみ（1957〜）
　鶏争
　　◇「黄土の虹―チャイナ・ストーリーズ」祥伝社 2000 p103
　枕中記
　　◇「御伽草子―ホラー・アンソロジー」PHP研究所 2001（PHP文庫）p39

狩野 いくみ　かのう・いくみ
　赤地蔵
　　◇「てのひら怪談―ビーケーワン怪談大賞傑作選 2」ポプラ社 2007 p28
　　◇「てのひら怪談―ビーケーワン怪談大賞傑作選 己丑」ポプラ社 2009（ポプラ文庫）p16
　歌うたい練り歩く
　　◇「てのひら怪談―ビーケーワン怪談大賞傑作選 百怪繚乱篇」ポプラ社 2008 p80
　からころはつぼ
　　◇「てのひら怪談―ビーケーワン怪談大賞傑作選 百怪繚乱篇」ポプラ社 2008 p84
　　◇「てのひら怪談―ビーケーワン怪談大賞傑作選 己丑」ポプラ社 2009（ポプラ文庫）p194
　トイレの河童
　　◇「てのひら怪談―ビーケーワン怪談大賞傑作選 百怪繚乱篇」ポプラ社 2008 p82
　　◇「てのひら怪談―ビーケーワン怪談大賞傑作選 己丑」ポプラ社 2009（ポプラ文庫）p82

加納 一朗　かのう・いちろう（1928〜）
　怨霊高須館
　　◇「怪奇・伝奇時代小説選集 10」春陽堂書店 2000（春陽文庫）p68
　畸人の館
　　◇「怪奇・伝奇時代小説選集 15」春陽堂書店 2000（春陽文庫）p201
　幻覚殺人 明日はもうこない
　　◇「罠の怪」勉誠出版 2002（べんせいライブラリー）p1
　戦国夢道陣
　　◇「怪奇・伝奇時代小説選集 14」春陽堂書店 2000（春陽文庫）p223
　田町三角夢見小路
　　◇「捕物時代小説選集 8」春陽堂書店 2000（春陽文庫）p2

　ダンシング・ロブスターの謎
　　◇「シャーロック・ホームズに愛をこめて」光文社 2010（光文社文庫）p239
　「捕星船業者の消失」事件
　　◇「シャーロック・ホームズの災難―日本版」論創社 2007 p249
　未完成交狂楽
　　◇「喜劇綺劇」光文社 2009（光文社文庫）p537

加能 作次郎　かのう・さくじろう（1885〜1941）
　恭三の父
　　◇「百年小説」ポプラ社 2008 p443
　　◇「早稲田作家処女作集」講談社 2012（講談社文芸文庫）p93
　幸福の持参者
　　◇「日本文学100年の名作 2」新潮社 2014（新潮文庫）p189
　乳の匂い
　　◇「京都府文学全集第1期（小説編）2」郷土出版社 2005 p245

加納 朋子　かのう・ともこ（1966〜）
　裏窓のアリス
　　◇「ザ・ベストミステリーズ―推理小説年鑑 1998」講談社 1998 p295
　　◇「完全犯罪証明書」講談社 2001（講談社文庫）p9
　　◇「謎―スペシャル・ブレンド・ミステリー 009」講談社 2014（講談社文庫）p79
　オレンジの半分
　　◇「不在証明崩壊―ミステリーアンソロジー」角川書店 2000（角川文庫）p111
　鏡の家のアリス
　　◇「ザ・ベストミステリーズ―推理小説年鑑 2003」講談社 2003 p241
　　◇「殺人の教室」講談社 2006（講談社文庫）p477
　ガラスの麒麟
　　◇「犯行現場にもう一度」講談社 1997（講談社文庫）p329
　　◇「文学賞受賞・名作集成 3」リブリオ出版 2004 p105
　子供部屋のアリス
　　◇「本格ミステリ 2001」講談社 2001（講談社ノベルス）p129
　　◇「紅い悪夢の夏―本格短編ベスト・セレクション」講談社 2004（講談社文庫）p151
　最上階のアリス
　　◇「謎」文藝春秋 2004（推理作家になりたくて マイベストミステリー）p134
　　◇「マイ・ベスト・ミステリー 6」文藝春秋 2007（文春文庫）p194
　座敷童と兎と亀と
　　◇「ザ・ベストミステリーズ―推理小説年鑑 2015」講談社 2015 p63
　シンデレラのお城
　　◇「勿忘草―恋愛ホラー・アンソロジー」祥伝社 2003（祥伝社文庫）p291

かのう

セイムタイム・ネクストイヤー
◇「黄昏ホテル」小学館 2004 p191

橘の宿
◇「輝きの一瞬―短くて心に残る30編」講談社 1999（講談社文庫）p171

ダックスフントの憂鬱
◇「不条理な殺人―ミステリー・アンソロジー」祥伝社 1998（ノン・ポシェット）p81

虹の家のアリス
◇「名探偵を追いかけろ―シリーズ・キャラクター編」光文社 2004（カッパ・ノベルス）p231
◇「名探偵を追いかけろ」光文社 2007（光文社文庫）p287

猫の家のアリス
◇「「ABC」殺人事件」講談社 2001（講談社文庫）p141
◇「ねこ！ ネコ！ 猫！―nekoミステリー傑作選」徳間書店 2008（徳間文庫）p79

非合理な論理
◇「マイ・ベスト・ミステリー 6」文藝春秋 2007（文春文庫）p275

ひよこ色の天使
◇「本格ミステリー 2002」講談社 2002（講談社ノベルス）p587
◇「天使と髑髏の密室―本格短編ベスト・セレクション」講談社 2005（講談社文庫）p219

フリージング・サマー
◇「白のミステリー―女性ミステリー作家傑作選」光文社 1997 p337
◇「女性ミステリー作家傑作選 1」光文社 1999（光文社文庫）p119

紫の雲路
◇「らせん階段―女流ミステリー傑作選」角川春樹事務所 2003（ハルキ文庫）p37

モノレールねこ
◇「あのころの宝もの―ほんのり心が温まる12のショートストーリー」メディアファクトリー 2003 p29
◇「にゃんそろじー」新潮社 2014（新潮文庫）p299

螺旋階段のアリス
◇「最新「珠玉推理」大全 中」光文社 1998（カッパ・ノベルス）p75
◇「怪しい舞踏会」光文社 2002（光文社文庫）p105

牟の家のアリス
◇「ミステリア―女性作家アンソロジー」祥伝社 2003（祥伝社文庫）p87

加納 幸一　かのう・ゆきかず
ザ・トリック・バンブー・レディ―騙されたかぐや姫
◇「読んで演じたくなるゲキの本 高校生版」幻冬舎 2006 p51

香納 諒一　かのう・りょういち（1963〜）
雨のなかの犬
◇「最新「珠玉推理」大全 下」光文社 1998（カッパ・ノベルス）p75

◇「闇夜の芸術祭」光文社 2003（光文社文庫）p103

海鳴りの秋
◇「孤狼の絆」角川春樹事務所 1999 p7

歳月
◇「特別な一日」徳間書店 2005（徳間文庫）p317

知らすべからず
◇「誘拐―ミステリーアンソロジー」角川書店 1997（角川文庫）p105
◇「殺人博物館へようこそ」講談社 1998（講談社文庫）p181

世界は冬に終わる
◇「自選ショート・ミステリー 2」講談社 2001（講談社文庫）p318

花を見る日
◇「名探偵で行こう―最新ベスト・ミステリー」光文社 2001（カッパ・ノベルス）p157

ハミングで二番まで
◇「小説推理新人賞受賞作アンソロジー 1」双葉社 2000（双葉文庫）p7

不良の樹
◇「ザ・ベストミステリーズ―推理小説年鑑 2001」講談社 2001 p443
◇「殺人作法」講談社 2004（講談社文庫）p351

庚春都　かのえはると
猫の夢
◇「ゆきのまち幻想文学賞小品集 23」企画集団ぷりずむ 2014 p158

鹿子 七郎　かのこ・しちろう
棒切れ
◇「幻の探偵雑誌 8」光文社 2001（光文社文庫）p371

鹿目 けい子　かのめ・けいこ（1975〜）
体育館ベイビー
◇「屋上の三角形」主婦と生活社 2008（Junon novels）p205

同級生
◇「あの日に戻れたら」主婦と生活社 2007（Junon novels）p193

筆耕屋
◇「ホワイト・ウェディング」SDP 2007（Angel works）p57

鹿目 由紀　かのめ・ゆき（1976〜）
ここまでがユートピア
◇「優秀新人戯曲集 2011」ブロンズ新社 2010 p223

竹もぼくらも生きている
◇「『やるキッズあいち劇場』脚本集 平成19年度」愛知県環境調査センター 2008 p25

地球会議は終わらない（けいこ）
◇「『やるキッズあいち劇場』脚本集 平成20年度」愛知県環境調査センター 2009 p5

鹿屋 めじろ　かのや・めじろ
卒業前、冬の日
◇「飛翔―C★NOVELS大賞作家アンソロジー」中央

公論新社 2013（C・NOVELS Fantasia）p84

樺田 ジェーン　かばた・じぇーん
塔に昇る夢—『高山寺明恵上人行状』より
（義林房喜海〔著〕）
◇「超短編アンソロジー」筑摩書房 2002（ちくま文庫）p20

樺山 三英　かばやま・みつひで（1977～）
庭、庭師、徒弟—地下、密林、川、山、廃墟…無限に続く世界を知るには、歩くしかない
◇「NOVA—書き下ろし日本SFコレクション 6」河出書房新社 2011（河出文庫）p269
ONE PIECES
◇「超弦領域—年刊日本SF傑作選」東京創元社 2009（創元SF文庫）p87

川平 朝申　かびら・ちょうしん（1908～1998）
蓖麻は繫げれり—二幕
◇「日本統治期台湾文学集成 11」緑蔭書房 2003 p337

甲山 羊二　かぶとやま・ようじ（1964～）
赤い屋根
◇「全作家短編小説集 8」全作家協会 2009 p181
あすか
◇「全作家短編小説集 9」全作家協会 2010 p17
草壁正十郎
◇「全作家短編小説集 11」全作家協会 2012 p90
しおばれん
◇「回転ドアから」全作家協会 2015（全作家短編集）p135
しまうま倶楽部
◇「全作家短編小説集 10」のべる出版 2011 p58
対談「かかってきなさい」最終回
◇「全作家短編集 15」のべる出版企画 2016 p50
僕だけのろまん地下
◇「全作家短編小説集 12」全作家協会 2013 p40
The mother
◇「扉の向こうへ」全作家協会 2014（全作家短編集）p274

鏑木 清方　かぶらき・きよかた（1878～1972）
影を追ふ—水上瀧太郎追悼
◇「創刊—〇〇年三田文学名作選」三田文学会 2010 p704
月の絵
◇「月」国書刊行会 1999（書物の王国）p217
庭樹
◇「植物」国書刊行会 1998（書物の王国）p469
一つ螢
◇「文豪怪談傑作選 特別編」筑摩書房 2007（ちくま文庫）p88
幽霊の写生
◇「文豪怪談傑作選 特別編」筑摩書房 2007（ちくま文庫）p91

鏑木 蓮　かぶらぎ・れん（1961～）
かれ草の雪とけたれば
◇「新・本格推理 特別編」光文社 2009（光文社文庫）p417
終章〜タイムオーバー〜
◇「デッド・オア・アライヴ—江戸川乱歩賞作家アンソロジー」講談社 2013 p309
花はこころ
◇「不可能犯罪コレクション」原書房 2009（ミステリー・リーグ）p123
マコトノ草ノ種マケリ
◇「新・本格推理 06」光文社 2006（光文社文庫）p319
水の泡〜死を受けいれるまで
◇「デッド・オア・アライヴ」講談社 2014（講談社文庫）p341

鏑木清方夫人　かぶらききよかたふじん
お山へ行く
◇「文豪怪談傑作選 特別編」筑摩書房 2007（ちくま文庫）p94

壁井 ユカコ　かべい・ゆかこ
おもひでモドキ
◇「Fiction zero／narrative zero」講談社 2007 p161
ヒツギとイオリーママが手配した今度の"友だち"は、最強だった
◇「NOVA—書き下ろし日本SFコレクション 7」河出書房新社 2012（河出文庫）p265

下前津 凛　かまえつ・りん
御利用ありがとうございました。
◇「ショートショートの花束 1」講談社 2009（講談社文庫）p269

鎌田 樹　かまだ・いつき（1960～）
曲物師の娘
◇「武士道切絵図—新鷹会・傑作時代小説選」光文社 2010（光文社文庫）p415
末期の夢
◇「花と剣と侍—新鷹会・傑作時代小説選」光文社 2009（光文社文庫）p351

鎌田 雪里　かまた・せつり
ヴォーリズの石畳
◇「「伊豆文学賞」優秀作品集 第8回」静岡新聞社 2005 p77

鎌田 敏夫　かまた・としお（1937～）
愛のぬくもり
◇「Love—あなたに逢いたい」双葉社 1997（双葉文庫）p7
シューシャインボーイ
◇「テレビドラマ代表作選集 2011年版」日本脚本家連盟 2011 p49
友達の愛人
◇「愛と癒し」リブリオ出版 2001（ラブミーワールド）p162
◇「恋愛小説・名作集成 10」リブリオ出版 2004

かまた

p162

鎌田 直子　かまた・なおこ

クラブヴィクトリア
◇「好きなのに」泰文堂 2013（リンダブックス）p167

八つ葉のクローバー
◇「君を忘れない―恋愛短篇小説集」泰文堂 2012（リンダブックス）p210

上 栄二郎　かみ・えいじろう

ひとり手前の男
◇「宇宙塵傑作選―日本SFの軌跡 2」出版芸術社 1997 p185

上 忠司　かみ・ちゅうじ

秋
◇「日本統治期台湾文学集成 18」緑蔭書房 2003 p226
◇「日本統治期台湾文学集成 18」緑蔭書房 2003 p244

秋近く
◇「日本統治期台湾文学集成 18」緑蔭書房 2003 p242

秋晴れ
◇「日本統治期台湾文学集成 18」緑蔭書房 2003 p286

明けくれ
◇「日本統治期台湾文学集成 18」緑蔭書房 2003 p231
◇「日本統治期台湾文学集成 18」緑蔭書房 2003 p250

朝の漫歩に
◇「日本統治期台湾文学集成 18」緑蔭書房 2003 p295

雨の朝
◇「日本統治期台湾文学集成 18」緑蔭書房 2003 p220

雨のふる日―これを北川原幸朋に
◇「日本統治期台湾文学集成 18」緑蔭書房 2003 p282

雨の夜
◇「日本統治期台湾文学集成 18」緑蔭書房 2003 p213

あはれ夕べとなれば
◇「日本統治期台湾文学集成 18」緑蔭書房 2003 p233

一生
◇「日本統治期台湾文学集成 18」緑蔭書房 2003 p284

うつけものゝ唄
◇「日本統治期台湾文学集成 18」緑蔭書房 2003 p255

風のない朝
◇「日本統治期台湾文学集成 18」緑蔭書房 2003 p218

哀しき父
◇「日本統治期台湾文学集成 18」緑蔭書房 2003 p272

季節の手紙―これを藤原泉三郎に
◇「日本統治期台湾文学集成 18」緑蔭書房 2003 p276

季節の窓
◇「日本統治期台湾文学集成 18」緑蔭書房 2003 p268

喫茶店にて
◇「日本統治期台湾文学集成 18」緑蔭書房 2003 p293

虚心
◇「日本統治期台湾文学集成 18」緑蔭書房 2003 p270

雲
◇「日本統治期台湾文学集成 18」緑蔭書房 2003 p261

苦棟の花
◇「日本統治期台湾文学集成 18」緑蔭書房 2003 p224

郊外停車場
◇「日本統治期台湾文学集成 18」緑蔭書房 2003 p228

故郷
◇「日本統治期台湾文学集成 18」緑蔭書房 2003 p287

孤獨
◇「日本統治期台湾文学集成 18」緑蔭書房 2003 p262

自序〔その日暮しの中から〕
◇「日本統治期台湾文学集成 18」緑蔭書房 2003 p201

寂心
◇「日本統治期台湾文学集成 18」緑蔭書房 2003 p263

水源地にて
◇「日本統治期台湾文学集成 18」緑蔭書房 2003 p238

その日暮しの中から
◇「日本統治期台湾文学集成 18」緑蔭書房 2003 p211

太陽の子
◇「日本統治期台湾文学集成 18」緑蔭書房 2003 p266

旅路
◇「日本統治期台湾文学集成 18」緑蔭書房 2003 p274

たまに街に出た夜は
◇「日本統治期台湾文学集成 18」緑蔭書房 2003 p254

妻を呼ぶ
◇「日本統治期台湾文学集成 18」緑蔭書房 2003 p214

童子球戯圖
◇「日本統治期台湾文学集成 18」緑蔭書房 2003

圖書館にて
- ◇「日本統治期台湾文学集成 18」緑蔭書房 2003 p294

夏の朝
- ◇「日本統治期台湾文学集成 18」緑蔭書房 2003 p222

日曜日
- ◇「日本統治期台湾文学集成 18」緑蔭書房 2003 p246

白雲去來
- ◇「日本統治期台湾文学集成 18」緑蔭書房 2003 p259

花を剪る—妹よ このうたを今は君の霊前に
- ◇「日本統治期台湾文学集成 18」緑蔭書房 2003 p296

花を剪る—詩集「遠い海鳴りが聞こえてくる」の中から
- ◇「日本統治期台湾文学集成 18」緑蔭書房 2003 p291

春風の中で—これを建部豊起に
- ◇「日本統治期台湾文学集成 18」緑蔭書房 2003 p264

春の夕暮
- ◇「日本統治期台湾文学集成 18」緑蔭書房 2003 p216

冬
- ◇「日本統治期台湾文学集成 18」緑蔭書房 2003 p278

冬來る
- ◇「日本統治期台湾文学集成 18」緑蔭書房 2003 p252

山に向ひて
- ◇「日本統治期台湾文学集成 18」緑蔭書房 2003 p234

夕立雨
- ◇「日本統治期台湾文学集成 18」緑蔭書房 2003 p248

夜明け
- ◇「日本統治期台湾文学集成 18」緑蔭書房 2003 p240

落葉する庭
- ◇「日本統治期台湾文学集成 18」緑蔭書房 2003 p280

羅針
- ◇「日本統治期台湾文学集成 18」緑蔭書房 2003 p236

立秋
- ◇「日本統治期台湾文学集成 18」緑蔭書房 2003 p241

上泉 秀信 かみいずみ・ひでのぶ（1897〜1951）

闇箱—三景
- ◇「日本統治期台湾文学集成 11」緑蔭書房 2003 p50

神尾 アルミ かみお・あるみ

終の箱庭
- ◇「ファンタスティック・ヘンジ」変タジー同好会 2012 p17

神尾 タマ子 かみお・たまこ

のはらうたのたんじょうパーティ—工藤直子「のはらのうた」より
- ◇「小学生のげき—新小学校演劇脚本集 低学年 1」晩成書房 2010 p183

よろしくニンジャ〜入学しけんのまき〜
- ◇「小学校たのしい劇の本—英語劇付 低学年」国土社 2007 p64

上温湯 隆 かみおんゆ・たかし（1952〜1975）

サハラにとり憑かれた男の本望です≫菊間秀卓／上温湯幸子
- ◇「日本人の手紙 7」リブリオ出版 2004 p184

神季 佑多 かみき・ゆた

殺したい女
- ◇「ショートショートの花束 2」講談社 2010（講談社文庫）p174

レストランにて
- ◇「ショートショートの広場 13」講談社 2002（講談社文庫）p83

神子島 妙子 かみこしま・たえこ

酢鳥焼きそば
- ◇「ショートショートの広場 10」講談社 2000（講談社文庫）p187

神狛 しず かみこま・しず（1969〜）

悪霊の家
- ◇「怪しき我が家—家の怪談競作集」メディアファクトリー 2011（MF文庫）p129

あの子の気配
- ◇「女たちの怪談百物語」メディアファクトリー 2010（〔幽books〕）p233
- ◇「女たちの怪談百物語」KADOKAWA 2014（角川ホラー文庫）p237

家具・ロフト・残留思念付部屋有りマス
- ◇「女たちの怪談百物語」メディアファクトリー 2010（〔幽books〕）p176
- ◇「女たちの怪談百物語」KADOKAWA 2014（角川ホラー文庫）p180

金鶏郷に死出虫は嗤う
- ◇「はじめての小説（ミステリー）—内田康夫＆東京・北区が選んだ珠玉のミステリー 2」実業之日本社 2013 p9

熊の首
- ◇「女たちの怪談百物語」メディアファクトリー 2010（〔幽books〕）p206
- ◇「女たちの怪談百物語」KADOKAWA 2014（角川ホラー文庫）p210

殺しの兄妹
- ◇「女たちの怪談百物語」メディアファクトリー 2010（〔幽books〕）p296
- ◇「女たちの怪談百物語」KADOKAWA 2014（角

かみこ

自動販売機
- ◇「女たちの怪談百物語」メディアファクトリー 2010（〔幽books〕）p69
- ◇「女たちの怪談百物語」KADOKAWA 2014（角川ホラー文庫）p75

神社を守護するお兄ちゃん
- ◇「女たちの怪談百物語」メディアファクトリー 2010（〔幽books〕）p151
- ◇「女たちの怪談百物語」KADOKAWA 2014（角川ホラー文庫）p155

只今満員です
- ◇「女たちの怪談百物語」メディアファクトリー 2010（〔幽books〕）p34
- ◇「女たちの怪談百物語」KADOKAWA 2014（角川ホラー文庫）p41

藤娘、踊る
- ◇「女たちの怪談百物語」メディアファクトリー 2010（〔幽books〕）p125
- ◇「女たちの怪談百物語」KADOKAWA 2014（角川ホラー文庫）p130

風呂場の女
- ◇「女たちの怪談百物語」メディアファクトリー 2010（〔幽books〕）p95
- ◇「女たちの怪談百物語」KADOKAWA 2014（角川ホラー文庫）p101

魔女の家
- ◇「ゆきのまち幻想文学賞小品集 17」企画集団ぷりずむ 2008 p166

見えない保育士
- ◇「女たちの怪談百物語」メディアファクトリー 2010（〔幽books〕）p262
- ◇「女たちの怪談百物語」KADOKAWA 2014（角川ホラー文庫）p268

上小家 旭　かみこや・あきら

ナナカマド
- ◇「ゆきのまち幻想文学賞小品集 14」企画集団ぷりずむ 2005 p141

神沢 栄三　かみさわ・えいぞう（1930～1998）

鰻のパテ―『当世一百新話』（鈴木信太郎／渡辺一夫〔共訳〕）
- ◇「美食」国書刊行会 1998（書物の王国）p115

上地 ちづ子　かみち・ちづこ（1935～2000）

くさはらのなかまたち
- ◇「小学校たのしい劇の本―英語劇付 低学年」国土社 2007 p172

神近 市子　かみちか・いちこ（1888～1981）

アイデアリストの死―或る男に聞いた話
- ◇「被差別文学全集」河出書房新社 2016（河出文庫）p159

手紙の一つ
- ◇「青鞜小説集」講談社 2014（講談社文芸文庫）p137

上司 小剣　かみつかさ・しょうけん（1874～1947）

石川五右衛門の生立
- ◇「捕物時代小説選集 3」春陽堂書店 2000（春陽文庫）p2

木村重成の妻
- ◇「大坂の陣―近代文学名作選」岩波書店 2016 p191

死刑
- ◇「捕物時代小説選集 3」春陽堂書店 2000（春陽文庫）p189

鱧の皮
- ◇「日本近代短篇小説選 大正篇」岩波書店 2012（岩波文庫）p21
- ◇「味覚小説名作集」光文社 2016（光文社文庫）p5

カミツキレイニー

ファーザータイム
- ◇「冷と温―第13回フェリシモ文学賞作品集」フェリシモ 2010 p48

神永 学　かみなが・まなぶ（1974～）

真夜中の図書館
- ◇「本をめぐる物語―小説よ、永遠に」KADOKAWA 2015（角川文庫）p5

神沼 三平太　かみぬま・さんぺいた

片方
- ◇「てのひら怪談―ビーケーワン怪談大賞傑作選 壬辰」ポプラ社 2012（ポプラ文庫）p44

手話
- ◇「てのひら怪談―ビーケーワン怪談大賞傑作選 辛卯」ポプラ社 2011（ポプラ文庫）p58

神野 オキナ　かみの・おきな

五月二十七日
- ◇「秘神界 歴史編」東京創元社 2002（創元推理文庫）p43

紙舞　かみまい

青い光
- ◇「男たちの怪談百物語」メディアファクトリー 2012（〔幽BOOKS〕）p209

怪しい来客―1
- ◇「男たちの怪談百物語」メディアファクトリー 2012（〔幽BOOKS〕）p177

英会話教室のドア
- ◇「男たちの怪談百物語」メディアファクトリー 2012（〔幽BOOKS〕）p108

おしどり夫婦
- ◇「男たちの怪談百物語」メディアファクトリー 2012（〔幽BOOKS〕）p46

清滝トンネル
- ◇「男たちの怪談百物語」メディアファクトリー 2012（〔幽BOOKS〕）p190

神域
- ◇「男たちの怪談百物語」メディアファクトリー 2012（〔幽BOOKS〕）p81

魂の温度

◇「男たちの怪談百物語」メディアファクトリー 2012（〔幽〕BOOKS）p133
バレー部の夏合宿
◇「男たちの怪談百物語」メディアファクトリー 2012（〔幽〕BOOKS）p13
ふすま
◇「男たちの怪談百物語」メディアファクトリー 2012（〔幽〕BOOKS）p230
ミドリさん
◇「男たちの怪談百物語」メディアファクトリー 2012（〔幽〕BOOKS）p270
盲点
◇「男たちの怪談百物語」メディアファクトリー 2012（〔幽〕BOOKS）p160

上村 一夫　かみむら・かずお（1940～1986）
雛人形夢反故裏
◇「たんときれいに召し上がれ—美食文学精選」芸術新聞社 2015 p193

神村 正史　かみむら・せいし
灌木地帯
◇「ハンセン病文学全集 8」皓星社 2006 p185
道
◇「ハンセン病文学全集 8」皓星社 2006 p254

神村 実希　かみむら・みき
なめくじ
◇「てのひら怪談 癸巳」KADOKAWA 2013（MF文庫ダ・ヴィンチ）p82
夜勤業務の耳
◇「てのひら怪談—ビーケーワン怪談大賞傑作選 壬辰」ポプラ社 2012（ポプラ文庫）p154

神森 繁　かみもり・しげる
カミサマのいた公園
◇「てのひら怪談—ビーケーワン怪談大賞傑作選」ポプラ社 2007 p144
◇「てのひら怪談—ビーケーワン怪談大賞傑作選」ポプラ社 2008（ポプラ文庫）p148
不思議なこと
◇「てのひら怪談—ビーケーワン怪談大賞傑作選 2」ポプラ社 2007 p116
◇「てのひら怪談—ビーケーワン怪談大賞傑作選 己丑」ポプラ社 2009（ポプラ文庫）p214

神谷 久香　かみや・きゅうこう
青楓
◇「ひらく—第15回フェリシモ文学賞」フェリシモ 2012 p104

神家 正成　かみや・まさなり
誰何と星
◇「10分間ミステリー THE BEST」宝島社 2016（宝島社文庫）p485
戦闘糧食
◇「5分で読める！ひと駅ストーリー 食の話」宝島社 2015（宝島社文庫）p139

神谷 美恵子　かみや・みえこ（1914～1979）
夢を実現させていただいて、ただただ有り難い≫神谷宣郎
◇「日本人の手紙 6」リブリオ出版 2004 p199

神谷 養勇軒　かみや・ようゆうけん（1638～1717）
新著聞集・往生篇（抄）（須永朝彦〔訳〕）
◇「奇跡」国書刊行会 2000（書物の王国）p48

神山 和郎　かみやま・かずお
ガジュマルの木の上に
◇「ゆきのまち幻想文学賞小品集 15」企画集団ぶりずむ 2006 p152
桜雪公園ハコノ石段ヲ上ル
◇「ゆきのまち幻想文学賞小品集 24」企画集団ぶりずむ 2015 p71
転校生
◇「ゆきのまち幻想文学賞小品集 16」企画集団ぶりずむ 2007 p70

神山 邦之　かみやま・くにゆき
大石籠左衛門
◇「定本・忠臣蔵四十七人集」双葉社 1998 p318

上山 茂子　かみやま・しげこ
父似
◇「ハンセン病文学全集 9」皓星社 2010 p215

神山 南星　かみやま・なんせい
歌文集 しろたへの牡丹
◇「ハンセン病文学全集 8」皓星社 2006 p318
歌文集 牡丹のあと
◇「ハンセン病文学全集 8」皓星社 2006 p331
短歌は社会復帰したか
◇「ハンセン病文学全集 5」皓星社 2010 p504
知識人のらい参加（1）癩園に於ける二つの性問題論文の対照—イシガ・オサム氏惜別の言葉に代えて
◇「ハンセン病文学全集 5」皓星社 2010 p381

神山 光　かみやま・ひかり
ホームセキュリティ
◇「ショートショートの広場 10」講談社 2000（講談社文庫）p217

神山 由美子　かみやま・ゆみこ（1958～）
海峡を渡るバイオリン（池端俊策）
◇「テレビドラマ代表作選集 2005年版」日本脚本家連盟 2005 p113
対岸の彼女（藤本匡介）
◇「テレビドラマ代表作選集 2007年版」日本脚本家連盟 2007 p65

香村 あゆみ　かむら・あゆみ
いつかオーストラリアへ
◇「たびだち—フェリシモしあわせショートショート」フェリシモ 2000 p147

嘉村 礒多　かむら・いそた（1897〜1933）
足相撲
◇「読んでおきたい近代日本小説選」龍書房 2012 p213
崖の下
◇「新装版 全集現代文学の発見 5」學藝書林 2003 p8
◇「私小説名作選 上」講談社 2012（講談社文芸文庫）p106
業苦
◇「私小説の生き方」アーツ・アンド・クラフツ 2009 p94
◇「読んでおきたい近代日本小説選」龍書房 2012 p197
神前結婚
◇「短編名作選—1925-1949 文士たちの時代」笠間書院 1999 p131
途上
◇「文士の意地—車谷長吉撰短篇小説輯 上巻」作品社 2005 p224

かむろ・たけし
宿題マシーン
◇「山形市児童劇団脚本集 3」山形市 2005 p96
神前混浴
◇「山形県文学全集第2期（随筆・紀行編）4」郷土出版社 2005 p206

亀井 勝一郎　かめい・かついちろう（1907〜1966）
青春の再建と没落
◇「『日本浪曼派』集」新学社 2007（新学社近代浪漫派文庫）p129
春
◇「山形県文学全集第2期（随筆・紀行編）2」郷土出版社 2005 p315

亀井 静香　かめい・しずか（1936〜）
農民の人生とは何だったのか。成田農民の抗議文＞小川喜平
◇「日本人の手紙 10」リブリオ出版 2004 p218

亀井 はるの　かめい・はるの
下町怪異譚
◇「てのひら怪談—ビーケーワン怪談大賞傑作選 庚寅」ポプラ社 2010（ポプラ文庫）p98
ネパールの宿
◇「てのひら怪談—ビーケーワン怪談大賞傑作選 2」ポプラ社 2007 p94
呼ぶ声
◇「てのひら怪談—ビーケーワン怪談大賞傑作選 百怪繚乱篇」ポプラ社 2008 p186

亀尾 佳宏　かめお・よしひろ
お葬式
◇「高校演劇Selection 2006 下」晩成書房 2008 p131
笛男—フエオトコ
◇「高校演劇Selection 2005 下」晩成書房 2007 p7

かめおか ゆみこ
それぞれの夢・それぞれの味（片岡恵美子）
◇「中学校創作脚本集 2」晩成書房 2001 p81
月が見ていた話
◇「中学生のドラマ 5」晩成書房 2004 p29

亀ヶ岡 重明　かめがおか・しげあき
アキバ
◇「てのひら怪談—ビーケーワン怪談大賞傑作選 2」ポプラ社 2007 p156
◇「てのひら怪談—ビーケーワン怪談大賞傑作選 己丑」ポプラ社 2009（ポプラ文庫）p154
式神返し
◇「てのひら怪談—ビーケーワン怪談大賞傑作選 百怪繚乱篇」ポプラ社 2008 p210

亀野 笑　かめの・えみ
頼りたいときに
◇「冷と温—第13回フェリシモ文学賞作品集」フェリシモ 2010 p122

亀山 春樹　かめやま・はるき
南蛮賀留多
◇「日本統治期台湾文学集成 4」緑蔭書房 2002 p283

鴨下 信一　かもした・しんいち
あたま山
◇「日本舞踊舞踊劇選集」西川会 2002 p211

加門 七海　かもん・ななみ（1962〜）
赤い木馬
◇「黒い遊園地」光文社 2004（光文社文庫）p305
明かりを貸してください
◇「文藝百物語」ぶんか 1997 p43
あづさ弓
◇「しぐれ舟—時代小説招待席」廣済堂出版 2003 p179
◇「しぐれ舟—時代小説招待席」徳間書店 2008（徳間文庫）p189
阿房宮
◇「ひとにぎりの異形」光文社 2007（光文社文庫）p456
甘党
◇「女たちの怪談百物語」メディアファクトリー 2010（[幽]books）p137
◇「女たちの怪談百物語」KADOKAWA 2014（角川ホラー文庫）p142
アメ、よこせ
◇「らせん階段—女流ミステリー傑作選」角川春樹事務所 2003（ハルキ文庫）p269
伊豆での話
◇「女たちの怪談百物語」メディアファクトリー 2010（[幽]books）p187
◇「女たちの怪談百物語」KADOKAWA 2014（角川ホラー文庫）p191
犬恋
◇「勿忘草—恋愛ホラー・アンソロジー」祥伝社 2003（祥伝社文庫）p71

美しい家
◇「オバケヤシキ」光文社 2005（光文社文庫）p27
うばたま
◇「文藝百物語」ぶんか社 1997 p84
追いかけられて
◇「文藝百物語」ぶんか社 1997 p34
お稲荷さんの霊威
◇「文藝百物語」ぶんか社 1997 p181
起きろ！　ガチャッ
◇「文藝百物語」ぶんか社 1997 p122
弟
◇「玩具館」光文社 2001（光文社文庫）p71
お婆ちゃんの人形
◇「文藝百物語」ぶんか社 1997 p54
怪談好きと『百物語』
◇「文藝百物語」ぶんか社 1997 p254
加賀の化銀杏
◇「文藝百物語」ぶんか社 1997 p139
火葬場の話
◇「女たちの怪談百物語」メディアファクトリー 2010（〔幽〕books）p243
◇「女たちの怪談百物語」KADOKAWA 2014（角川ホラー文庫）p247
壁に、顔が
◇「文藝百物語」ぶんか社 1997 p166
神棚の顔
◇「文藝百物語」ぶんか社 1997 p245
かみやしろのもり
◇「変身」廣済堂出版 1998（廣済堂文庫）p275
軽井沢での話
◇「女たちの怪談百物語」メディアファクトリー 2010（〔幽〕books）p219
◇「女たちの怪談百物語」KADOKAWA 2014（角川ホラー文庫）p223
喜三郎の憂鬱
◇「時間怪談」廣済堂出版 1999（廣済堂文庫）p423
清滝で日が暮れて
◇「文藝百物語」ぶんか社 1997 p24
金ラベル
◇「夏のグランドホテル」光文社 2003（光文社文庫）p633
くくり姫
◇「京都宵」光文社 2008（光文社文庫）p81
ぐるりよーざ　いんへるの
◇「江戸迷宮」光文社 2011（光文社文庫）p487
軍人の夢
◇「文藝百物語」ぶんか社 1997 p124
Kは恐怖のK
◇「文藝百物語」ぶんか社 1997 p126
恋人
◇「舌づけ―ホラー・アンソロジー」祥伝社 1998（ノン・ポシェット）p217
今年の牡丹―花影
◇「妖かしの宴―わらべ唄の呪い」PHP研究所 1999（PHP文庫）p289
古墳で拾った石
◇「文藝百物語」ぶんか社 1997 p238
左右衛門の夜
◇「花月夜綺譚―怪談集」集英社 2007（集英社文庫）p81
崎川橋にて
◇「あやかしの深川―受け継がれる怪異な土地の物語」猿江商會 2016 p292
実話
◇「妖髪鬼談」桜桃書房 1998 p14
◇「黒髪に恨みは深く―髪の毛ホラー傑作選」角川書店 2006（角川ホラー文庫）p51
自分の顔
◇「文藝百物語」ぶんか社 1997 p227
シーボーン
◇「アート偏愛」光文社 2005（光文社文庫）p127
宿坊の一夜
◇「文藝百物語」ぶんか社 1997 p144
朱の盃
◇「酒の夜語り」光文社 2002（光文社文庫）p595
浄眼
◇「ふるえて眠れ―女流ホラー傑作選」角川春樹事務所 2001（ハルキ・ホラー文庫）p73
心霊写真の私
◇「文藝百物語」ぶんか社 1997 p231
すみだ川
◇「水妖」廣済堂出版 1998（廣済堂文庫）p71
晴明。―暁の星神
◇「七人の安倍晴明」桜桃書房 1998 p185
穿鑿好きな紐（霜島ケイ）
◇「文藝百物語」ぶんか社 1997 p137
続・Kは恐怖のK（霜島ケイ）
◇「文藝百物語」ぶんか社 1997 p132
ゾッとする病室
◇「文藝百物語」ぶんか社 1997 p102
台風中継での話
◇「女たちの怪談百物語」メディアファクトリー 2010（〔幽〕books）p52
◇「女たちの怪談百物語」KADOKAWA 2014（角川ホラー文庫）p58
玉兎
◇「琵琶綺談」日本出版社 2006 p61
誕生日の薔薇
◇「文藝百物語」ぶんか社 1997 p78
小さな祠
◇「GOD」廣済堂出版 1999（廣済堂文庫）p565
ちょうだい
◇「文藝百物語」ぶんか社 1997 p151
蝶の断片
◇「伯爵の血族―紅ノ章」光文社 2007（光文社文庫）p293

調伏キャンプ
  ◇「喜劇綺劇」光文社 2009（光文社文庫）p89
次の番
  ◇「文藝百物語」ぶんか社 1997 p192
テレビの画面を横切る影
  ◇「文藝百物語」ぶんか社 1997 p158
灯籠釣り
  ◇「物語のルミナリエ」光文社 2011（光文社文庫）p275
道路に女がうずくまっていた話
  ◇「女たちの怪談百物語」メディアファクトリー 2010（〔幽〕books）p107
  ◇「女たちの怪談百物語」KADOKAWA 2014（角川ホラー文庫）p112
取り憑かれた姉
  ◇「文藝百物語」ぶんか社 1997 p185
取り憑かれて
  ◇「文藝百物語」ぶんか社 1997 p154
鳥辺野にて
  ◇「心霊理論」光文社 2007（光文社文庫）p559
日本橋観光
  ◇「怪談列島ニッポン—書き下ろし諸国奇談競作集」メディアファクトリー 2009（MF文庫）p191
人形と少女
  ◇「文藝百物語」ぶんか社 1997 p56
人魚の海
  ◇「人魚の血—珠玉アンソロジー オリジナル＆スタンダート」光文社 2001（カッパ・ノベルス）p357
猫火花
  ◇「猫路地」日本出版社 2006 p5
鉢の木
  ◇「響き交わす鬼」小学館 2005（小学館文庫）p121
鳩の来る窓
  ◇「文藝百物語」ぶんか社 1997 p222
ハワイでの話
  ◇「女たちの怪談百物語」メディアファクトリー 2010（〔幽〕books）p272
  ◇「女たちの怪談百物語」KADOKAWA 2014（角川ホラー文庫）p287
百物語をすると…—1
  ◇「女たちの怪談百物語」メディアファクトリー 2010（〔幽〕books）p10
  ◇「女たちの怪談百物語」KADOKAWA 2014（角川ホラー文庫）p16
百物語のテープ
  ◇「文藝百物語」ぶんか社 1997 p208
文月問答
  ◇「稲生モノノケ大全 陽之巻」毎日新聞社 2005 p75
ベッドの下でパタパタパタ
  ◇「文藝百物語」ぶんか社 1997 p217
ベトナム心霊ツアー
  ◇「文藝百物語」ぶんか社 1997 p118
墨円

◇「妖女」光文社 2004（光文社文庫）p513
磨羯宮—二十九日のアパート
  ◇「十二宮12幻想」エニックス 2000 p259
窓の割れ目から
  ◇「文藝百物語」ぶんか社 1997 p173
間に合わない！
  ◇「文藝百物語」ぶんか社 1997 p15
迷い子
  ◇「紫迷宮—ミステリー・アンソロジー」祥伝社 2002（祥伝社文庫）p213
真夜中の住宅街での話
  ◇「女たちの怪談百物語」メディアファクトリー 2010（〔幽〕books）p81
  ◇「女たちの怪談百物語」KADOKAWA 2014（角川ホラー文庫）p87
昔の思い出
  ◇「文豪てのひら怪談」ポプラ社 2009（ポプラ文庫）p24
虫だすく
  ◇「屍者の行進」廣済堂出版 1998（廣済堂文庫）p263
無駄だよ
  ◇「文藝百物語」ぶんか社 1997 p89
桃太郎なんて嫌いです。(霜島ケイ)
  ◇「響き交わす鬼」小学館 2005（小学館文庫）p7
夜行
  ◇「おぞけ—ホラー・アンソロジー」祥伝社 1999（祥伝社文庫）p47
靖国神社での話
  ◇「女たちの怪談百物語」メディアファクトリー 2010（〔幽〕books）p161
  ◇「女たちの怪談百物語」KADOKAWA 2014（角川ホラー文庫）p165
幽霊トンネルの写真
  ◇「文藝百物語」ぶんか社 1997 p164
雪
  ◇「雪女のキス」光文社 2000（カッパ・ノベルス）p397
夜の奥の院
  ◇「文藝百物語」ぶんか社 1997 p213

茅田 砂胡　かやた・すなこ
がんばれ、ブライスくん！—デルフィニア戦記外伝
  ◇「C・N 25—C・novels創刊25周年アンソロジー」中央公論新社 2007（C novels）p738

萱津 宏行　かやつ・ひろゆき
巡る川
  ◇「太宰治賞 2001」筑摩書房 2001 p155

萱野 二十一　かやの・はたかず（1890～1924）
道成寺
  ◇「怪奇・伝奇時代小説選集 6」春陽堂書店 2000（春陽文庫）p62

茅部 ゆきを　かやべ・ゆきお
　春の土
　　◇「ハンセン病文学全集 9」皓星社 2010 p420
香山 滋　かやま・しげる（1909〜1975）
　犬と剃刀
　　◇「犬のミステリー」河出書房新社 1999（河出文庫）p67
　ガブラー海は狂っている
　　◇「怪獣文学大全」河出書房新社 1998（河出文庫）p204
　天牛（かみきり）
　　◇「甦る推理雑誌 2」光文社 2002（光文社文庫）p121
　処女水
　　◇「探偵くらぶ―探偵小説傑作選1946〜1958 上」光文社 1997（カッパ・ノベルス）p147
　水棲人（すいせいじん）
　　◇「甦る推理雑誌 7」光文社 2003（光文社文庫）p11
　タヒチの情火
　　◇「爬虫館事件―新青年傑作選」角川書店 1998（角川ホラー文庫）p331
　月ぞ悪魔
　　◇「人外魔境」リブリオ出版 2001（怪奇・ホラーワールド）p5
　ネンゴ・ネンゴ
　　◇「幻想小説大全」北宋社 2002 p131
　美女と赤蟻
　　◇「人獣怪婚」筑摩書房 2000（ちくま文庫）p135
　美女と大蟻
　　◇「響き交わす鬼」小学館 2005（小学館文庫）p261
　マグノリア
　　◇「怪奇探偵小説集 3」角川春樹事務所 1998（ハルキ文庫）p289
　木乃伊の恋
　　◇「愛の怪談」角川書店 1999（角川ホラー文庫）p33
　緑の蜘蛛
　　◇「冒険の森へ―傑作小説大全 1」集英社 2016 p226
　みのむし
　　◇「江戸川乱歩と13の宝石」光文社 2007（光文社文庫）p377
　妖虫記
　　◇「甦る推理雑誌 3」光文社 2002（光文社文庫）p353
　妖蝶記
　　◇「幻想小説大全」北宋社 2002 p240
香山 末子　かやま・すえこ（1922〜1996）
　愛嬌いっぱいの雀
　　◇「ハンセン病文学全集 7」皓星社 2004 p476
　青いめがね
　　◇「ハンセン病文学全集 7」皓星社 2004 p470
　　◇「ハンセン病文学全集 7」皓星社 2004 p480
　　◇「〈在日〉文学全集 17」勉誠出版 2006 p85
　赤いオートバイ
　　◇「ハンセン病文学全集 7」皓星社 2004 p470
　赤い自転車
　　◇「ハンセン病文学全集 7」皓星社 2004 p481
　赤い漬物
　　◇「ハンセン病文学全集 7」皓星社 2004 p304
　　◇「〈在日〉文学全集 17」勉誠出版 2006 p77
　朝焼け
　　◇「ハンセン病文学全集 7」皓星社 2004 p297
　朝湯
　　◇「ハンセン病文学全集 7」皓星社 2004 p298
　足音
　　◇「ハンセン病文学全集 7」皓星社 2004 p310
　暑い太陽
　　◇「ハンセン病文学全集 7」皓星社 2004 p425
　あの日の別れ
　　◇「ハンセン病文学全集 7」皓星社 2004 p415
　油のように
　　◇「ハンセン病文学全集 7」皓星社 2004 p419
　　◇「〈在日〉文学全集 17」勉誠出版 2006 p84
　ある日の詩話会
　　◇「ハンセン病文学全集 7」皓星社 2004 p421
　いい日も忘れている
　　◇「ハンセン病文学全集 7」皓星社 2004 p472
　苺
　　◇「ハンセン病文学全集 7」皓星社 2004 p308
　薯雑炊
　　◇「ハンセン病文学全集 4」皓星社 2003 p651
　嫌な箱
　　◇「ハンセン病文学全集 7」皓星社 2004 p309
　鶯の啼く地獄谷
　　◇「ハンセン病文学全集 7」皓星社 2004 p412
　梅の花
　　◇「ハンセン病文学全集 7」皓星社 2004 p299
　漆紅葉（一）
　　◇「ハンセン病文学全集 7」皓星社 2004 p425
　漆紅葉（二）
　　◇「ハンセン病文学全集 7」皓星社 2004 p426
　うれしい便り
　　◇「ハンセン病文学全集 7」皓星社 2004 p292
　エプロンのうた
　　◇「〈在日〉文学全集 17」勉誠出版 2006 p71
　エレベーター
　　◇「ハンセン病文学全集 7」皓星社 2004 p423
　演芸会
　　◇「ハンセン病文学全集 7」皓星社 2004 p418
　　◇「〈在日〉文学全集 17」勉誠出版 2006 p82
　大晦日
　　◇「ハンセン病文学全集 7」皓星社 2004 p424
　お母さんの言葉
　　◇「ハンセン病文学全集 7」皓星社 2004 p310

かやま

おじいさんの本
　◇「ハンセン病文学全集 7」皓星社 2004 p416
お寺のお経
　◇「ハンセン病文学全集 4」皓星社 2003 p658
お風呂
　◇「ハンセン病文学全集 7」皓星社 2004 p475
思い出してみると
　◇「ハンセン病文学全集 7」皓星社 2004 p294
風
　◇「ハンセン病文学全集 7」皓星社 2004 p415
髪の毛は真っ黒
　◇「ハンセン病文学全集 7」皓星社 2004 p473
硝子戸と冬
　◇「ハンセン病文学全集 7」皓星社 2004 p312
カラーテレビ
　◇「ハンセン病文学全集 7」皓星社 2004 p420
　◇「〈在日〉文学全集 17」勉誠出版 2006 p93
韓国人の新年会
　◇「ハンセン病文学全集 7」皓星社 2004 p419
　◇「〈在日〉文学全集 17」勉誠出版 2006 p83
韓国の踊り
　◇「ハンセン病文学全集 7」皓星社 2004 p479
　◇「〈在日〉文学全集 17」勉誠出版 2006 p80
韓国の太鼓と兄の想い出
　◇「ハンセン病文学全集 4」皓星社 2003 p645
桔梗
　◇「〈在日〉文学全集 17」勉誠出版 2006 p84
菊
　◇「ハンセン病文学全集 7」皓星社 2004 p422
菊の匂い
　◇「ハンセン病文学全集 7」皓星社 2004 p477
草津アリラン
　◇「ハンセン病文学全集 7」皓星社 2004 p290
くちづけ
　◇「ハンセン病文学全集 7」皓星社 2004 p290
　◇「〈在日〉文学全集 17」勉誠出版 2006 p92
くも子ちゃんの出産
　◇「ハンセン病文学全集 7」皓星社 2004 p296
暗い内から
　◇「ハンセン病文学全集 7」皓星社 2004 p426
暗い原稿
　◇「ハンセン病文学全集 7」皓星社 2004 p421
下駄
　◇「ハンセン病文学全集 7」皓星社 2004 p303
故郷
　◇「ハンセン病文学全集 7」皓星社 2004 p478
　◇「〈在日〉文学全集 17」勉誠出版 2006 p91
故郷韓国
　◇「ハンセン病文学全集 7」皓星社 2004 p291
　◇「〈在日〉文学全集 17」勉誠出版 2006 p72
小遣いの使い方
　◇「ハンセン病文学全集 7」皓星社 2004 p313

小鳥の声に
　◇「ハンセン病文学全集 7」皓星社 2004 p313
在日四十六年
　◇「ハンセン病文学全集 7」皓星社 2004 p420
最良の日を待ちながら
　◇「ハンセン病文学全集 7」皓星社 2004 p425
汐風
　◇「ハンセン病文学全集 7」皓星社 2004 p299
　◇「〈在日〉文学全集 17」勉誠出版 2006 p87
地獄谷を降りると
　◇「ハンセン病文学全集 7」皓星社 2004 p302
　◇「〈在日〉文学全集 17」勉誠出版 2006 p100
上州の風
　◇「ハンセン病文学全集 7」皓星社 2004 p476
白梅
　◇「ハンセン病文学全集 7」皓星社 2004 p307
咳ばらい
　◇「ハンセン病文学全集 7」皓星社 2004 p477
　◇「〈在日〉文学全集 17」勉誠出版 2006 p98
洗濯
　◇「ハンセン病文学全集 7」皓星社 2004 p423
空に坐って
　◇「ハンセン病文学全集 7」皓星社 2004 p305
　◇「〈在日〉文学全集 17」勉誠出版 2006 p95
大好きな先生
　◇「ハンセン病文学全集 4」皓星社 2003 p444
高野桑子先生
　◇「ハンセン病文学全集 7」皓星社 2004 p293
高野桑子先生へ
　◇「ハンセン病文学全集 7」皓星社 2004 p293
高野桑子先生―当時当園内科医として勤務していた
　◇「〈在日〉文学全集 17」勉誠出版 2006 p94
宅急便
　◇「ハンセン病文学全集 7」皓星社 2004 p422
谷間の池で
　◇「ハンセン病文学全集 7」皓星社 2004 p476
旅のこころ
　◇「ハンセン病文学全集 7」皓星社 2004 p308
ため息
　◇「ハンセン病文学全集 7」皓星社 2004 p412
タンポポ
　◇「ハンセン病文学全集 7」皓星社 2004 p307
小さな希望
　◇「ハンセン病文学全集 7」皓星社 2004 p302
　◇「〈在日〉文学全集 17」勉誠出版 2006 p100
蝶々
　◇「〈在日〉文学全集 17」勉誠出版 2006 p102
つつじ公園で
　◇「ハンセン病文学全集 7」皓星社 2004 p309
つつじ公園にて
　◇「ハンセン病文学全集 4」皓星社 2003 p653

手さぐり
◇「ハンセン病文学全集 7」皓星社 2004 p291
手に太陽
◇「ハンセン病文学全集 7」皓星社 2004 p475
◇「〈在日〉文学全集 17」勉誠出版 2006 p96
テレビと洗濯機
◇「ハンセン病文学全集 4」皓星社 2003 p451
点滴のなかで
◇「〈在日〉文学全集 17」勉誠出版 2006 p82
唐辛子のある風景
◇「〈在日〉文学全集 17」勉誠出版 2006 p75
トンソの音は遠い
◇「ハンセン病文学全集 7」皓星社 2004 p300
◇「〈在日〉文学全集 17」勉誠出版 2006 p74
懐しい婦長さん
◇「ハンセン病文学全集 7」皓星社 2004 p473
夏の夕暮
◇「〈在日〉文学全集 17」勉誠出版 2006 p95
何か
◇「〈在日〉文学全集 17」勉誠出版 2006 p99
何かありそうで
◇「ハンセン病文学全集 7」皓星社 2004 p480
入園した頃の思い出
◇「ハンセン病文学全集 4」皓星社 2003 p442
入室
◇「ハンセン病文学全集 4」皓星社 2003 p449
馬車
◇「ハンセン病文学全集 4」皓星社 2003 p656
花
◇「ハンセン病文学全集 7」皓星社 2004 p295
母の面影
◇「ハンセン病文学全集 7」皓星社 2004 p301
◇「〈在日〉文学全集 17」勉誠出版 2006 p88
光と私
◇「ハンセン病文学全集 4」皓星社 2003 p664
秀夫、根気よくガンバレ
◇「ハンセン病文学全集 7」皓星社 2004 p470
病院生活
◇「ハンセン病文学全集 4」皓星社 2003 p447
蕗のとう
◇「ハンセン病文学全集 7」皓星社 2004 p427
ふきのとうと梅の花
◇「ハンセン病文学全集 7」皓星社 2004 p295
腐骨切除
◇「ハンセン病文学全集 7」皓星社 2004 p312
不作
◇「ハンセン病文学全集 7」皓星社 2004 p478
望郷
◇「ハンセン病文学全集 4」皓星社 2003 p648
◇「〈在日〉文学全集 17」勉誠出版 2006 p74
◇「〈在日〉文学全集 17」勉誠出版 2006 p81
本物電話
◇「〈在日〉文学全集 17」勉誠出版 2006 p97
迷子
◇「ハンセン病文学全集 7」皓星社 2004 p427
また浮ぶ嫌な言葉
◇「ハンセン病文学全集 7」皓星社 2004 p298
まっかなトマト
◇「ハンセン病文学全集 7」皓星社 2004 p412
麦踏
◇「〈在日〉文学全集 17」勉誠出版 2006 p76
息子の旅も飽きがくる
◇「ハンセン病文学全集 4」皓星社 2003 p661
面会
◇「ハンセン病文学全集 7」皓星社 2004 p418
◇「〈在日〉文学全集 17」勉誠出版 2006 p90
盲導線今と昔
◇「ハンセン病文学全集 7」皓星社 2004 p474
湯煙のように
◇「ハンセン病文学全集 7」皓星社 2004 p414
夢に出てくる人
◇「ハンセン病文学全集 7」皓星社 2004 p474
夢の中の子供
◇「ハンセン病文学全集 7」皓星社 2004 p301
◇「〈在日〉文学全集 17」勉誠出版 2006 p98
夜の酒
◇「ハンセン病文学全集 7」皓星社 2004 p424
忘れていた韓国
◇「ハンセン病文学全集 7」皓星社 2004 p306
◇「〈在日〉文学全集 17」勉誠出版 2006 p78
忘れていても韓国人
◇「ハンセン病文学全集 7」皓星社 2004 p481
◇「〈在日〉文学全集 17」勉誠出版 2006 p86
私が二十三歳だったとき
◇「ハンセン病文学全集 7」皓星社 2004 p292
◇「〈在日〉文学全集 17」勉誠出版 2006 p86
私の心
◇「ハンセン病文学全集 7」皓星社 2004 p471
わたしの聖歌
◇「ハンセン病文学全集 7」皓星社 2004 p305
私の洗濯
◇「ハンセン病文学全集 7」皓星社 2004 p417
◇「〈在日〉文学全集 17」勉誠出版 2006 p89
私の誕生日
◇「ハンセン病文学全集 7」皓星社 2004 p472
わたしの指と眼
◇「ハンセン病文学全集 7」皓星社 2004 p311
◇「〈在日〉文学全集 17」勉誠出版 2006 p91
私は食いしん坊
◇「ハンセン病文学全集 7」皓星社 2004 p296
◇「〈在日〉文学全集 17」勉誠出版 2006 p73
私は忘れる
◇「ハンセン病文学全集 7」皓星社 2004 p297

香山 光郎　かやま・みつお
⇒李光洙（イ・グァンス）を見よ

家弓 武志　かゆみ・たけし
青年劇 黎明
◇「日本統治期台湾文学集成 10」緑蔭書房 2003 p190

唐 十郎　から・じゅうろう（1940〜）
恋のアマリリス
◇「戦後短篇小説再発見 12」講談社 2003（講談社文芸文庫） p171
見果てぬ夢
◇「少女物語」朝日新聞社 1998 p7
雷魚
◇「幻想小説大全」北宋社 2002 p474

柄澤 潤　からさわ・じゅん
かおるさん
◇「かわいい―第16回フェリシモ文学賞優秀作品集」フェリシモ 2013 p142
銀河鉄道
◇「ひらく―第15回フェリシモ文学賞」フェリシモ 2012 p92

唐沢 なを虫　からさわ・なおむし（1961〜）
鳥人大系―偽鳥人大系
◇「手塚治虫COVER エロス篇」徳間書店 2003（徳間デュアル文庫） p281

柄沢 斉　からさわ・ひとし（1950〜）
百鬼夜行
◇「稲生モノノケ大全 陰之巻」毎日新聞社 2003 p525

柄澤 昌幸　からさわ・まさゆき
だむかん
◇「太宰治賞 2009」筑摩書房 2009 p25
やすぷしん
◇「吟醸掌篇―召しませ短篇小説 vol.1」けいこう舎 2016 p29

辛島 驍　からしま・たけし
"亞細亞詩集"（上）総督賞に決定するまで
◇「近代朝鮮文学日本語作品集1939〜1945 評論・随筆篇 1」緑蔭書房 2002 p411

烏本 拓　からすもと・たく
いいかげん幽霊だと気づいてくれないと面白くないわ
◇「てのひら怪談―ビーケーワン怪談大賞傑作選 百怪繚乱篇」ポプラ社 2008 p72
歌姫の秘石
◇「てのひら怪談―ビーケーワン怪談大賞傑作選 百怪繚乱篇」ポプラ社 2008 p76
電車会社
◇「てのひら怪談―ビーケーワン怪談大賞傑作選 百怪繚乱篇」ポプラ社 2008 p74
◇「てのひら怪談―ビーケーワン怪談大賞傑作選 己丑」ポプラ社 2009（ポプラ文庫） p188
鳥の頭
◇「てのひら怪談―ビーケーワン怪談大賞傑作選 壬辰」ポプラ社 2012（ポプラ文庫） p126
波動
◇「てのひら怪談―ビーケーワン怪談大賞傑作選 庚寅」ポプラ社 2010（ポプラ文庫） p102

狩 久　かり・きゅう（1922〜1977）
壁の中の女
◇「怪奇探偵小説集 3」角川春樹事務所 1998（ハルキ文庫） p237
共犯者
◇「鯉沼家の悲劇―本格推理マガジン 特集・幻の名作」光文社 1998（光文社文庫） p353
訣別―副題 第二のラヴ・レター
◇「甦る推理雑誌 5」光文社 2003（光文社文庫） p45
すとりっぷと・まい・しん
◇「探偵くらぶ―探偵小説傑作選1946〜1958 上」光文社 1997（カッパ・ノベルス） p165
虎よ、虎よ、爛爛と―101番目の密室
◇「密室殺人大百科 下」原書房 2000 p452
見えない足跡
◇「鯉沼家の悲劇―本格推理マガジン 特集・幻の名作」光文社 1998（光文社文庫） p325
山女魚（やまめ）
◇「甦る推理雑誌 6」光文社 2003（光文社文庫） p11
らいふ＆です・おぶ・Q＆ナイン
◇「甦る「幻影城」 2」角川書店 1997（カドカワ・エンタテインメント） p297

狩生 玲子　かりう・れいこ
命が五つ
◇「ショートショートの広場 8」講談社 1997（講談社文庫） p66
お告げ
◇「ショートショートの広場 8」講談社 1997（講談社文庫） p37
カダカダ
◇「ショートショートの花束 5」講談社 2013（講談社文庫） p255
幸せの予約
◇「ショートショートの広場 16」講談社 2005（講談社文庫） p89
診察の結果
◇「ショートショートの花束 8」講談社 2016（講談社文庫） p132
伝説の英雄
◇「ショートショートの広場 8」講談社 1997（講談社文庫） p9

苅米 一志　かりこめ・ひとし
汚濁の槍
◇「蒼茫の海」桃園書房 2001（桃園文庫） p101

鋼の記憶
　◇「風の孤影」桃園書房 2001（桃園文庫）p263

狩俣 繁久　かりまた・しげひさ
ふまれてもふまれても
　◇「日本の少年小説―「少国民」のゆくえ」インパクト出版会 2016（インパクト選書）p225

迦陵頻伽　かりょうびんか
報道センター123
　◇「高校演劇Selection 2006 上」晩成書房 2008 p7

かわい あきよし
ちゃんちゃんこユキダルマ
　◇「ゆきのまち幻想文学賞小品集 15」企画集団ぷりずむ 2006 p169

河合 莞爾　かわい・かんじ
また会おう
　◇「地を這う捜査―「読楽」警察小説アンソロジー」徳間書店 2015（徳間文庫）p53

川合 三良　かわい・さぶろう
受驗票
　◇「日本統治期台湾文学集成 22」緑蔭書房 2007 p282

河井 酔茗　かわい・すいめい（1874～1965）
海草の誇
　◇「胞子文学名作選」港の人 2013 p187

川合 ないる　かわい・ないる
未遂
　◇「てのひら怪談―ビーケーワン怪談大賞傑作選 庚寅」ポプラ社 2010（ポプラ文庫）p116

河内 尚和　かわうち・なおかず（1954～）
シュールな夜の物語
　◇「中学校劇作シリーズ 8」青雲書房 2003 p3
22時22分のうふふふふ
　◇「中学校たのしい劇脚本集―英語劇付 Ⅰ」国土社 2010 p139
星と少女とフルートと
　◇「中学校劇作シリーズ 10」青雲書房 2006 p135
窓辺のファンタジー
　◇「中学校劇作シリーズ 10」青雲書房 2006 p3
モスラが来ます！
　◇「中学校劇作シリーズ 8」青雲書房 2003 p119
雪の鶴
　◇「中学校劇作シリーズ 9」青雲書房 2005 p41
ロマンティック
　◇「中学校劇作シリーズ 7」青雲書房 2002 p3

河岡 潮風　かわおか・ちょうふう
疾風怒涛の諜報戦・日米石油胆力戦争―明治四四年
　◇「日米架空戦記集成―明治・大正・昭和」中央公論新社 2003（中公文庫）p169

川上 宗薫　かわかみ・そうくん（1924～1985）
仮病
　◇「創刊一〇〇年三田文学名作選」三田文学会 2010 p396
残存者
　◇「コレクション戦争と文学 19」集英社 2011 p281

河上 徹太郎　かわかみ・てつたろう（1902～1980）
熊のおもちゃ―丸岡明追悼
　◇「創刊一〇〇年三田文学名作選」三田文学会 2010 p721

川上 徹也　かわかみ・てつや
新しい街で
　◇「キミの笑顔」TOKYO FM出版 2006 p89

川上 直志　かわかみ・なおし
大返しの篝火―黒田如水
　◇「時代小説傑作選 6」新人物往来社 2008 p101

川上 眉山　かわかみ・びざん（1869～1908）
うらおもて
　◇「新日本古典文学大系 明治編 21」岩波書店 2005 p367
大さかずき
　◇「明治深刻悲惨小説集」講談社 2016（講談社文芸文庫）p9
ふところ日記
　◇「新日本古典文学大系 明治編 21」岩波書店 2005 p385

川上 弘美　かわかみ・ひろみ（1958～）
アレルギー
　◇「胞子文学名作選」港の人 2013 p153
運命の恋人
　◇「恋物語」朝日新聞社 1998 p113
　◇「とっておき名短篇」筑摩書房 2011（ちくま文庫）p21
エイコちゃんのしっぽ
　◇「女ともだち」小学館 2010 p129
　◇「女ともだち」小学館 2013（小学館文庫）p147
えいっ
　◇「短篇ベストコレクション―現代の小説 2004」徳間書店 2004（徳間文庫）p583
大きい犬
　◇「文学 2004」講談社 2004 p271
おめでとう
　◇「超短編アンソロジー」筑摩書房 2002（ちくま文庫）p99
海馬
　◇「不思議の扉 ありえない恋」角川書店 2011（角川文庫）p55
一実ちゃんのこと
　◇「短篇ベストコレクション―現代の小説 2002」徳間書店 2002（徳間文庫）p259
　◇「Teen Age」双葉社 2004 p241

形見
- ◇「変愛小説集 日本作家編」講談社 2014 p11

河童玉
- ◇「小川洋子の陶酔短篇箱」河出書房新社 2014 p7

神様
- ◇「日本文学全集 28」河出書房新社 2017 p451

神様 2011
- ◇「それでも三月は、また」講談社 2012 p53
- ◇「拡張幻想」東京創元社 2012（創元SF文庫）p119
- ◇「日本文学全集 28」河出書房新社 2017 p458

川
- ◇「恋物語」朝日新聞社 1998 p118

可哀相
- ◇「感じて。息づかいを。―恋愛小説アンソロジー」光文社 2005（光文社文庫）p225

消える
- ◇「戦後短篇小説再発見 18」講談社 2004（講談社文芸文庫）p176

金と銀
- ◇「甘い記憶」新潮社 2008 p47
- ◇「甘い記憶」新潮社 2011（新潮文庫）p49

小鳥
- ◇「文学 2011」講談社 2011 p33

さやさや
- ◇「日本文学100年の名作 9」新潮社 2015（新潮文庫）p201

センセイの鞄（筒井ともみ〔脚本〕）
- ◇「テレビドラマ代表作選集 2004年版」日本脚本家連盟 2004 p63

天頂より少し下って
- ◇「恋愛小説」新潮社 2005 p7
- ◇「恋愛小説」新潮社 2007（新潮文庫）p7

天にまします吾らが父ヨ、世界人類ガ、幸福デ、ありますヨウニ
- ◇「文学 2007」講談社 2007 p43
- ◇「Invitation」文藝春秋 2010 p67
- ◇「甘い罠―8つの短篇小説集」文藝春秋 2012（文春文庫）p65

20
- ◇「20の短編小説」朝日新聞出版 2016（朝日文庫）p127

ばか
- ◇「恋物語」朝日新聞社 1998 p109

不本意だけど
- ◇「空を飛ぶ恋―ケータイがつなぐ28の物語」新潮社 2006（新潮文庫）p70

蛇を踏む
- ◇「文学 1997」講談社 1997 p71
- ◇「現代小説クロニクル 1995～1999」講談社 2015（講談社文芸文庫）p63

北斎
- ◇「文学 2001」講談社 2001 p212

ほたる
- ◇「恋物語」朝日新聞社 1998 p104

幕間
- ◇「100万分の1回のねこ」講談社 2015 p213

無明
- ◇「日本SF・名作集成 10」リブリオ出版 2005 p79

物語が、始まる
- ◇「こんなにも恋はせつない―恋愛小説アンソロジー」光文社 2004（光文社文庫）p27

椰子・椰子 冬（抄）
- ◇「文豪てのひら怪談」ポプラ社 2009（ポプラ文庫）p62

横倒し厳禁
- ◇「Lovers」祥伝社 2001 p27

夜のドライブ
- ◇「あなたと、どこかへ。」文藝春秋 2008（文春文庫）p177

川上 未映子　かわかみ・みえこ（1976～）

あしたまた昼寝するね
- ◇「文学 2015」講談社 2015 p63

あなたたちの恋愛は瀕死
- ◇「文学 2009」講談社 2009 p84
- ◇「現代小説クロニクル 2005～2009」講談社 2015（講談社文芸文庫）p236

感じる専門家 採用試験
- ◇「文学 2007」講談社 2007 p263

三月の毛糸
- ◇「それでも三月は、また」講談社 2012 p79
- ◇「日本文学全集 28」河出書房新社 2017 p473

死んでる先生死んでる歌手、あらゆる記憶によう耐えた
- ◇「超短編傑作選 v.6」創英社 2007 p12

たけくらべ（樋口一葉〔著〕）
- ◇「日本文学全集 13」河出書房新社 2015 p7

母の目を逃がす
- ◇「超短編傑作選 v.6」創英社 2007 p14

ふたりのものは、みんな燃やして
- ◇「ラブソングに飽きたら」幻冬舎 2015（幻冬舎文庫）p297

ミス・アイスサンドイッチ
- ◇「文学 2014」講談社 2014 p248

わたしには檸檬もないのだったし
- ◇「超短編傑作選 v.6」創英社 2007 p10

河北 峻雄　かわきた・たかお

弾道
- ◇「日本統治期台湾文学集成 21」緑蔭書房 2007 p303

川口 晴美　かわぐち・はるみ（1962～）

壁
- ◇「リテラリーゴシック・イン・ジャパン―文学的ゴシック作品選」筑摩書房 2014（ちくま文庫）p623

川口 裕子　かわぐち・ひろこ

父との会話

◇「たびだち─フェリシモしあわせショートショート」フェリシモ 2000 p100

川口 博次 かわぐち・ひろつぐ
パパは本当に残念だ。日航機墜落中の遺書
◇「日本人の手紙 10」リブリオ出版 2004 p212

川口 松太郎 かわぐち・まつたろう（1899～1985）
浅間追分け
◇「信州歴史時代小説傑作集 4」しなのき書房 2007 p197
おさん茂兵衛
◇「日本舞踊舞踊劇選集」西川会 2002 p231
紅梅振袖
◇「名短篇、さらにあり」筑摩書房 2008（ちくま文庫）p163
燕は帰る
◇「おもかげ行燈」光風社出版 1998（光風社文庫）p219
不動図
◇「名短篇、さらにあり」筑摩書房 2008（ちくま文庫）p149
ママのいない悲しさがにじみ出る≫三益愛子
◇「日本人の手紙 6」リブリオ出版 2004 p210
明治一代女
◇「文士の意地─車谷長吉撰短篇小説輯 上巻」作品社 2005 p308
洛北再会
◇「京都府文学全集第1期（小説編）5」郷土出版社 2005 p170

川崎 彰彦 かわさき・あきひこ（1933～2010）
「芙蓉荘」の自宅校正者
◇「誤植文学アンソロジー──校正者のいる風景」論創社 2015 p101

川崎 七郎 かわさき・しちろう
桐屋敷の殺人事件
◇「竹中英太郎 2」皓星社 2016（挿絵叢書）p11

川崎 信 かわさき・しん
外地の娘
◇「日本統治期台湾文学集成 22」緑蔭書房 2007 p319

川崎 草志 かわさき・そうし
いっしょだから
◇「憑きびと─「読楽」ホラー小説アンソロジー」徳間書店 2016（徳間文庫）p5
署長・田中健一の憂鬱
◇「宝石ザミステリー 3」光文社 2013 p435

川崎 長太郎 かわさき・ちょうたろう（1901～1985）
徴用行
◇「コレクション戦争と文学 15」集英社 2012 p306
裸木

◇「日本文学100年の名作 3」新潮社 2014（新潮文庫）p307
鳳仙花
◇「私小説の生き方」アーツ・アンド・クラフツ 2009 p55
夜の家にて
◇「戦後短篇小説再発見 12」講談社 2003（講談社文芸文庫）p69

川崎 洋 かわさき・ひろし（1930～2004）
あなたに
◇「新装版 全集現代文学の発見 13」學藝書林 2004 p436
往復
◇「新装版 全集現代文学の発見 13」學藝書林 2004 p433
風にしたためて
◇「新装版 全集現代文学の発見 13」學藝書林 2004 p432
川崎洋詩集
◇「新装版 全集現代文学の発見 13」學藝書林 2004 p432
結婚行進曲
◇「新装版 全集現代文学の発見 13」學藝書林 2004 p439
恋人・その他─クレエの絵
◇「新装版 全集現代文学の発見 13」學藝書林 2004 p434
こちらへどうぞ
◇「新装版 全集現代文学の発見 13」學藝書林 2004 p439
生
◇「新装版 全集現代文学の発見 13」學藝書林 2004 p432
どうかして
◇「新装版 全集現代文学の発見 13」學藝書林 2004 p435
日曜日
◇「新装版 全集現代文学の発見 13」學藝書林 2004 p436
ゆうやけの歌
◇「新装版 全集現代文学の発見 13」學藝書林 2004 p437

川崎 牧人 かわさき・まきと
忘れ物
◇「たびだち─フェリシモしあわせショートショート」フェリシモ 2000 p123

川崎 正敏 かわさき・まさとし
埴輪の指跡
◇「「伊豆文学賞」優秀作品集 第8回」静岡新聞社 2005 p151

川島 郁夫 かわしま・いくお
⇒藤村正太（ふじむら・しょうた）を見よ

かわし

川島 悦子 かわしま・えつこ
桃いろの魚
  ◇「たびだち―フェリシモしあわせショートショート」フェリシモ 2000 p170

河嶋 忠 かわしま・ただし
てんくらげ
  ◇「日本海文学大賞―大賞作品集 1」日本海文学大賞運営委員会 2007 p259

川島 正 かわしま・ただし
〔きけわだつみのこえ〕川島正
  ◇「新装版 全集現代文学の発見 14」學藝書林 2005 p616

川島 忠之助 かわしま・ちゅうのすけ（1853～1938）
新説 八十日間世界一周（ジュール・ヴェルヌ〔著〕）
  ◇「新日本古典文学大系 明治編 15」岩波書店 2002 p1

川島 徹 かわしま・てつ
選択
  ◇「全作家短編小説集 8」全作家協会 2009 p191
目白の来る山
  ◇「全作家短編小説集 7」全作家協会 2008 p63

川島 誠 かわしま・まこと（1956～）
クーリング・ダウン
  ◇「Love stories」水曜社 2004 p195
セカンド・ショット
  ◇「それはまだヒミツ―少年少女の物語」新潮社 2012（新潮文庫）p29
ハンド、する？
  ◇「風色デイズ」角川春樹事務所 2012（ハルキ文庫）p85

川島 美絵 かわしま・みえ
メンタルヘルス研修
  ◇「ショートショートの花束 3」講談社 2011（講談社文庫）p88

河島 光広 かわしま・みつひろ
ビリーパック―恐怖の狼人間
  ◇「少年探偵王―本格推理マガジン 特集・ぼくらの推理冒険物語」光文社 2002（光文社文庫）p467

川島 ゆぞ かわしま・ゆぞ
副作用
  ◇「宇宙塵傑作選―日本SFの軌跡 1」出版芸術社 1997 p57

川島 芳子 かわしま・よしこ（1907～1948）
"男装の麗人"獄中から養父へ≫川島浪速
  ◇「日本人の手紙 10」リブリオ出版 2004 p134

川尻 泰司 かわじり・たいじ（1914～1994）
人形劇 牡丹燈籠
  ◇「怪奇・伝奇時代小説選集 9」春陽堂書店 2000
（春陽文庫）p194

かわず まえ
親友の掟
  ◇「ショートショートの花束 7」講談社 2015（講談社文庫）p156
楽しい夢
  ◇「ショートショートの花束 7」講談社 2015（講談社文庫）p187
満月の夜
  ◇「ショートショートの広場 20」講談社 2008（講談社文庫）p265

川田 功 かわだ・いさお（1882～1931）
偽刑事
  ◇「幻の探偵雑誌 10」光文社 2002（光文社文庫）p11
乗合自動車
  ◇「探偵小説の風景―トラフィック・コレクション 上」光文社 2009（光文社文庫）p195

川田 順 かわだ・じゅん（1882～1966）
私が俊子を愛したのは、堕地獄であろうか≫鈴鹿俊子
  ◇「日本人の手紙 5」リブリオ出版 2004 p204

川田 弥一郎 かわだ・やいちろう（1948～）
青い軌跡
  ◇「自選ショート・ミステリー」講談社 2001（講談社文庫）p165
  ◇「冒険の森へ―傑作小説大全 7」集英社 2016 p29
ライフ・サポート
  ◇「乱歩賞作家 赤の謎」講談社 2004 p153

川田 裕美子 かわだ・ゆみこ
横着星
  ◇「ゆきのまち幻想文学賞小品集 16」企画集団ぷりずむ 2007 p7
から恋
  ◇「ゆきのまち幻想文学賞小品集 18」企画集団ぷりずむ 2009 p178
天花炎々
  ◇「ゆきのまち幻想文学賞小品集 25」企画集団ぷりずむ 2015 p76
光の在りか
  ◇「ゆきのまち幻想文学賞小品集 21」企画集団ぷりずむ 2012 p80

河竹 新七〔3代〕 かわたけ・しんしち（1842～1901）
闇梅百物語
  ◇「魑魅魍魎列島」小学館 2005（小学館文庫）p349

河竹 黙阿弥 かわたけ・もくあみ（1816～1893）
天衣紛上野初花（くもにまがふうへの、はつはな）（河内山と直侍）
  ◇「明治の文学 2」筑摩書房 2002 p3

四千両小判梅葉（しせんりやうこばんのうめのは）
◇「明治の文学 2」筑摩書房 2002 p365
島衛月白波（しまちどりつきのしらなみ）
◇「新日本古典文学大系 明治編 8」岩波書店 2001 p145
人間万事金世中（にんげんばんじかねのよのなか）
◇「新日本古典文学大系 明治編 8」岩波書店 2001 p1
風船乗評判高閣（ふうせんのりうわさのたかどの）
◇「新日本古典文学大系 明治編 8」岩波書店 2001 p385

河内 佳代　かわち・かよ
子供の情景
◇「創作脚本集─60周年記念」岡山県高等学校演劇協議会 2011（おかやまの高校演劇）p45

河内 仙介　かわち・せんすけ（1898〜1953）
行間さん
◇「誤植文学アンソロジー──校正者のいる風景」論創社 2015 p2

河内 実加　かわち・みか
消えた裁縫道具
◇「本格ミステリー 2002」講談社 2002（講談社ノベルス）p617
◇「死神と雷鳴の暗号─本格短編ベスト・セレクション」講談社 2006（講談社文庫）p445

川戸 雄毅　かわと・ゆうき
おまじない
◇「ショートショートの花束 1」講談社 2009（講談社文庫）p51

川名 倖世　かわな・こうせい
彼からのプレゼント
◇「ショートショートの広場 15」講談社 2004（講談社文庫）p133
白ヤギさんからのお手紙
◇「ショートショートの広場 15」講談社 2004（講談社文庫）p86

川奈 由季　かわな・ゆき
白い翅
◇「ゆきのまち幻想文学賞小品集 16」企画集団ぷりずむ 2007 p83

カワナカ ミチカズ
彼女の音
◇「てのひら怪談─ビーケーワン怪談大賞傑作選 辛卯」ポプラ社 2011（ポプラ文庫）p54

川西 蘭　かわにし・らん（1960〜）
ふたりの相棒
◇「Love stories」水曜社 2004 p147

川野 京輔　かわの・きょうすけ
愛妻
◇「自選ショート・ミステリー 2」講談社 2001（講談社文庫）p229

川野 順　かわの・じゅん（1915〜1990）
渦の中に
◇「ハンセン病文学全集 4」皓星社 2003 p366
狂いたる磁石盤
◇「ハンセン病文学全集 8」皓星社 2006 p509
母国訪問記
◇「ハンセン病文学全集 4」皓星社 2003 p313

かわの 由貴　かわの・ゆき
愛を売る店
◇「ショートショートの広場 18」講談社 2006（講談社文庫）p113
秋の風景
◇「ショートショートの広場 18」講談社 2006（講談社文庫）p72

川端 裕人　かわばた・ひろと（1964〜）
ラブレターなんてもらわない人生
◇「Love Letter」幻冬舎 2005 p37
◇「Love Letter」幻冬舎 2008（幻冬舎文庫）p41

川端 康成　かわばた・やすなり（1899〜1972）
朝雲
◇「同性愛」国書刊行会 1999（書物の王国）p140
雨傘
◇「贈る物語Wonder」光文社 2002 p99
◇「ちくま日本文学 26」筑摩書房 2008（ちくま文庫）p38
有難う
◇「魂がふるえるとき」文藝春秋 2004（文春文庫）p309
◇「男の涙 女の涙─せつない小説アンソロジー」光文社 2006（光文社文庫）p213
◇「十話」ランダムハウス講談社 2006 p317
◇「ちくま日本文学 26」筑摩書房 2008（ちくま文庫）p22
慰霊歌
◇「日本怪奇小説傑作集 1」東京創元社 2005（創元推理文庫）p389
◇「文豪怪談傑作選 川端康成集」筑摩書房 2006（ちくま文庫）p212
岩に菊
◇「文豪怪談傑作選 川端康成集」筑摩書房 2006（ちくま文庫）p289
美しさと哀しみと（抄）
◇「京都府文学全集第1期（小説編）4」郷土出版社 2005 p11
雲仙の宿で、麻紗子がお嫁に行った夢を見た≫川端麻紗子・秀子
◇「日本人の手紙 7」リブリオ出版 2004 p64
屋上の金魚
◇「文豪怪談傑作選 川端康成集」筑摩書房 2006（ちくま文庫）p85
怪談集1─女
◇「文豪怪談傑作選 川端康成集」筑摩書房 2006（ちくま文庫）p67

怪談集2―恐しい愛
◇「文豪怪談傑作選 川端康成集」筑摩書房 2006（ちくま文庫）p71

怪談集3―歴史
◇「文豪怪談傑作選 川端康成集」筑摩書房 2006（ちくま文庫）p73

顔
◇「冒険の森へ―傑作小説大全 10」集英社 2016 p8

香の樹（『海の火祭』より）
◇「文豪怪談傑作選 特別編」筑摩書房 2008（ちくま文庫）p297

片腕
◇「魂がふるえるとき」文藝春秋 2004（文春文庫）p67
◇「文豪怪談傑作選 川端康成集」筑摩書房 2006（ちくま文庫）p9
◇「ものがたりのお菓子箱」飛鳥新社 2008 p77
◇「不思議の扉 ありえない恋」角川書店 2011（角川文庫）p239
◇「幻視の系譜」筑摩書房 2013（ちくま文庫）p336
◇「日本文学100年の名作 6」新潮社 2015（新潮文庫）p9
◇「文豪たちが書いた耽美小説短編集」彩図社 2015 p186
◇「日本文学全集 27」河出書房新社 2017 p463

合掌
◇「危険なマッチ箱」文藝春秋 2009（文春文庫）p266

神います
◇「温泉小説」アーツアンドクラフツ 2006 p39

木の上
◇「戦後短篇小説再発見 12」講談社 2003（講談社文芸文庫）p167
◇「ちくま日本文学 26」筑摩書房 2008（ちくま文庫）p34

級長の探偵
◇「『少年倶楽部』短篇選」講談社 2013（講談社文芸文庫）p95

禽獣
◇「短編名作選―1925-1949 文士たちの時代」笠間書院 1999 p167

化粧
◇「文士の意地―車谷長吉撰短小説輯 上巻」作品社 2005 p306
◇「ちくま日本文学 26」筑摩書房 2008（ちくま文庫）p40
◇「変身ものがたり」筑摩書房 2010（ちくま文学の森）p403

顕微鏡怪談
◇「文豪怪談傑作選 川端康成集」筑摩書房 2006（ちくま文庫）p89

顕微鏡怪談／白馬
◇「恐怖の花」ランダムハウス講談社 2007 p143

古賀春江
◇「文豪怪談傑作選 川端康成集」筑摩書房 2006（ちくま文庫）p345

故郷
◇「文豪怪談傑作選 川端康成集」筑摩書房 2006（ちくま文庫）p278

最初の人―南部修太郎追悼
◇「創刊一〇〇年三田文学名作選」三田文学会 2010 p699

蚕女
◇「文豪怪談傑作選 川端康成集」筑摩書房 2006（ちくま文庫）p340

地獄
◇「文豪怪談傑作選 川端康成集」筑摩書房 2006（ちくま文庫）p264

自然
◇「山形県文学全集第1期（小説編）2」郷土出版社 2004 p52

死体紹介人
◇「見上げれば星は天に満ちて―心に残る物語―日本文学秀作選」文藝春秋 2005（文春文庫）p83
◇「文豪の探偵小説」集英社 2006（集英社文庫）p127

時代の祝福
◇「文豪怪談傑作選 川端康成集」筑摩書房 2006（ちくま文庫）p351

写真
◇「危険なマッチ箱」文藝春秋 2009（文春文庫）p261

十六歳の日記
◇「大阪文学名作選」講談社 2011（講談社文芸文庫）p283

抒情歌
◇「文豪怪談傑作選 川端康成集」筑摩書房 2006（ちくま文庫）p179

処女作の祟り
◇「文豪怪談傑作選 川端康成集」筑摩書房 2006（ちくま文庫）p60

白い満月
◇「文豪怪談傑作選 川端康成集」筑摩書房 2006（ちくま文庫）p111

心中
◇「文豪怪談傑作選 川端康成集」筑摩書房 2006（ちくま文庫）p76
◇「ちくま日本文学 26」筑摩書房 2008（ちくま文庫）p31
◇「心中小説名作選」集英社 2008（集英社文庫）p7
◇「文豪てのひら怪談」ポプラ社 2009（ポプラ文庫）p160

水月
◇「近代小説〈異界〉を読む」双文社出版 1999 p195

水晶幻想
◇「新装版 全集現代文学の発見 2」學藝書林 2002 p81

滑り岩
◇「温泉小説」アーツアンドクラフツ 2006 p37

生命の樹
◇「戦後占領期短篇小説コレクション 1」藤原書店 2007 p91

葬式の名人
◇「コレクション戦争と文学 8」集英社 2011 p591
◇「ちくま日本文学 26」筑摩書房 2008（ちくま文庫）p9
◇「日本近代短篇小説選 大正篇」岩波書店 2012（岩波文庫）p299
◇「被差別文学全集」河出書房新社 2016（河出文庫）p194

反橋
◇「歴史小説の世紀 天の巻」新潮社 2000（新潮文庫）p191

卵
◇「文豪怪談傑作選 川端康成集」筑摩書房 2006（ちくま文庫）p94

地
◇「冒険の森へ―傑作小説大全 3」集英社 2016 p8

ちよ
◇「文豪怪談傑作選 川端康成集」筑摩書房 2006（ちくま文庫）p41

月
◇「危険なマッチ箱」文藝春秋 2009（文春文庫）p263

掌の小説
◇「ちくま日本文学 26」筑摩書房 2008（ちくま文庫）p22

夏の靴
◇「十夜」ランダムハウス講談社 2006 p13
◇「ちくま日本文学 26」筑摩書房 2008（ちくま文庫）p27

白馬
◇「文豪怪談傑作選 川端康成集」筑摩書房 2006（ちくま文庫）p106

バッタと鈴虫
◇「百年小説」ポプラ社 2008 p961
◇「ショートショートの缶詰」キノブックス 2016 p71

花ある写真
◇「文豪怪談傑作選 川端康成集」筑摩書房 2006（ちくま文庫）p163
◇「小川洋子の偏愛短篇箱」河出書房新社 2009 p153
◇「小川洋子の偏愛短篇箱」河出書房新社 2012（河出文庫）p153

薔薇の幽霊
◇「文豪怪談傑作選 川端康成集」筑摩書房 2006（ちくま文庫）p325

日向
◇「危険なマッチ箱」文藝春秋 2009（文春文庫）p255

貧者の恋人
◇「ちくま日本文学 26」筑摩書房 2008（ちくま文庫）p44

復讐
◇「復讐」国書刊行会 2000（書物の王国）p119

不死
◇「文豪怪談傑作選 川端康成集」筑摩書房 2006（ちくま文庫）p101

富士の初雪
◇「富士山」角川書店 2013（角川文庫）p225

船遊女（上演台本）
◇「日本舞踊舞踊劇選集」西川会 2002 p53

船遊女（第一草稿）
◇「日本舞踊舞踊劇選集」西川会 2002 p25

古里の音
◇「日本舞踊舞踊劇選集」西川会 2002 p245

無言
◇「文豪怪談傑作選 川端康成集」筑摩書房 2006（ちくま文庫）p235

明月
◇「月」国書刊行会 1999（書物の王国）p220

名人生涯
◇「戦後短篇小説選―『世界』1946–1999 2」岩波書店 2000 p47

めずらしい人
◇「戦後短篇小説再発見 5」講談社 2001（講談社文芸文庫）p92

山の音
◇「ちくま日本文学 26」筑摩書房 2008（ちくま文庫）p50

夕景色の鏡
◇「ことばの織物―昭和短篇珠玉選 2」蒼丘書林 1998 p89

弓浦市
◇「文豪怪談傑作選 川端康成集」筑摩書房 2006（ちくま文庫）p253

百合
◇「植物」国書刊行会 1998（書物の王国）p162

離合
◇「文豪怪談傑作選 川端康成集」筑摩書房 2006（ちくま文庫）p301

竜宮の乙姫
◇「冒険の森へ―傑作小説大全 15」集英社 2016 p11

龍宮の乙姫
◇「文豪怪談傑作選 川端康成集」筑摩書房 2006（ちくま文庫）p79

霊柩車
◇「文豪怪談傑作選 川端康成集」筑摩書房 2006（ちくま文庫）p82

わかめ
◇「文人御馳走帖」新潮社 2014（新潮文庫）p239

Oasis of death（ロオド・ダンセイニ）
◇「文豪怪談傑作選 川端康成集」筑摩書房 2006（ちくま文庫）p343

河原 節子　かわはら・せつこ
「オシヨネ」と「アマコ」の話
◇「松江怪談―新作怪談 松江物語」今井印刷 2015 p99

河東 碧梧桐　かわひがし・へきごとう（1873～1937）
三千里（抄）

かわひ

川人 忠明　かわひと・ただあき
黄金の車輪―ファンドリアの闇が呑み込む
◇「へっぽこ冒険者と緑の蔭―ソード・ワールド短編集」富士見書房 2005（富士見ファンタジア文庫）p109
お嬢様の冒険
◇「ゴーレムは証言せず―ソード・ワールド短編集」富士見書房 2000（富士見ファンタジア文庫）p7
鮫の子は鮫
◇「バブリーズ・リターン―ソード・ワールド短編集」富士見書房 1999（富士見ファンタジア文庫）p135
我ら〈不屈のものたち〉！
◇「冒険の夜に翔べ！―ソード・ワールド短編集」富士見書房 2003（富士見ファンタジア文庫）p59

川邊 優子　かわべ・ゆうこ
おばあちゃんチの夏休み
◇「キミの笑顔」TOKYO FM出版 2006 p47

川邊 龍　かわべ・りゅう
新しい時代の明暗（2）二十世紀後半の在り方
◇「ハンセン病文学全集 5」皓星社 2010 p93

川又 千秋　かわまた・ちあき（1948～）
嘘三百日記―Scarlet Dairy
◇「ひとにぎりの異形」光文社 2007（光文社文庫）p358
火星甲殻団
◇「日本SF短篇50 3」早川書房 2013（ハヤカワ文庫JA）p149
企業戦士クレディター
◇「日本SF・名作集成 9」リブリオ出版 2005 p115
指の冬
◇「日本SF全集 2」出版芸術社 2010 p105

川満 信一　かわみつ・しんいち（1932～）
島（Ⅱ）
◇「沖縄文学選―日本文学のエッジからの問い」勉誠出版 2003 p176

川光 俊哉　かわみつ・としや
夏の魔法と少年
◇「太宰治賞 2008」筑摩書房 2008 p97

川村 邦光　かわむら・くにみつ
オトメの祈り
◇「ひつじアンソロジー 小説編 2」ひつじ書房 2009 p102

川村 幸一　かわむら・こういち
國旗袋
◇「日本統治期台湾文学集成 10」緑蔭書房 2003 p121

川村 節　かわむら・せつ
死電区間Ⅱ

◇「創作脚本集―60周年記念」岡山県高等学校演劇協議会 2011（おかやまの高校演劇）p1

川村 均　かわむら・ひとし
伊豆は巨樹王国
◇「「伊豆文学賞」優秀作品集 第16回」羽衣出版 2013 p204

河村 正明　かわむら・まさあき
善意の裏返し
◇「ショートショートの広場 15」講談社 2004（講談社文庫）p107

川本 晶子　かわもと・あきこ
穀雨―4月20日ごろ
◇「君と過ごす季節―春から夏へ、12の暦物語」ポプラ社 2012（ポプラ文庫）p129
刺繍
◇「太宰治賞 2005」筑摩書房 2005 p137
ニケッ
◇「旅を数えて」光文社 2007 p5

河原崎 純　かわらざき・じゅん
呪はれた女身
◇「日本統治期台湾文学集成 9」緑蔭書房 2002 p243

姜 敬愛　カン・キョンエ
長山串（第一回～第五回）
◇「近代朝鮮文学日本語作品集1901～1938 創作篇 4」緑蔭書房 2004 p129

姜 貴男　カン・クィナム
がんがんがん
◇「近代朝鮮文学日本語作品集1908～1945 セレクション 6」緑蔭書房 2008 p63

簡 国賢　かん・こくけん
ひばり娘―六景
◇「日本統治期台湾文学集成 14」緑蔭書房 2003 p411

姜 相鎬　カン・サンホ
父の心配
◇「近代朝鮮文学日本語作品集1901～1938 創作篇 1」緑蔭書房 2004 p221

姜 信哲　カン・シンチョル
春のひびき
◇「近代朝鮮文学日本語作品集1908～1945 セレクション 4」緑蔭書房 2008 p91
まぼろし
◇「近代朝鮮文学日本語作品集1908～1945 セレクション 4」緑蔭書房 2008 p111
優しき夢も
◇「近代朝鮮文学日本語作品集1908～1945 セレクション 4」緑蔭書房 2008 p93

姜 舜　カン・スン（1918～1987）
荒武者よ
◇「〈在日〉文学全集 17」勉誠出版 2006 p38
裏町の雄鳥

◇「〈在日〉文学全集 17」勉誠出版 2006 p15
エビガニの遭難
◇「〈在日〉文学全集 17」勉誠出版 2006 p32
おくりもの
◇「〈在日〉文学全集 17」勉誠出版 2006 p24
帰国船
◇「〈在日〉文学全集 17」勉誠出版 2006 p26
キムチ
◇「〈在日〉文学全集 17」勉誠出版 2006 p19
子供たちよ
◇「〈在日〉文学全集 17」勉誠出版 2006 p14
この郷愁
◇「〈在日〉文学全集 17」勉誠出版 2006 p28
死人に口なし
◇「〈在日〉文学全集 17」勉誠出版 2006 p33
蛇口
◇「〈在日〉文学全集 17」勉誠出版 2006 p22
信頼の重さ
◇「〈在日〉文学全集 17」勉誠出版 2006 p31
その日うちの学校では
◇「〈在日〉文学全集 17」勉誠出版 2006 p13
他意のない来訪
◇「〈在日〉文学全集 17」勉誠出版 2006 p25
断絶への抗議
◇「〈在日〉文学全集 17」勉誠出版 2006 p37
朝鮮部落
◇「〈在日〉文学全集 17」勉誠出版 2006 p20
なるなり
◇「〈在日〉文学全集 17」勉誠出版 2006 p7
号笛（ナルナリ）
◇「〈在日〉文学全集 17」勉誠出版 2006 p8
にぎやかな囃子
◇「〈在日〉文学全集 17」勉誠出版 2006 p35
晩秋
◇「〈在日〉文学全集 17」勉誠出版 2006 p12
パンチョッパリの歌
◇「〈在日〉文学全集 17」勉誠出版 2006 p9

韓 石峯　かん・せきほう
コリアン患者の足跡(1) コリアン患者の足跡
◇「ハンセン病文学全集 5」皓星社 2010 p307
コリアン患者の足跡(2) 在日外国人ハ氏病患者同盟の活動
◇「ハンセン病文学全集 5」皓星社 2010 p316

姜 錫信　カン・ソクシン
國境
◇「近代朝鮮文学日本語作品集1908〜1945 セレクション 6」緑蔭書房 2008 p92

姜 鷺郷　カン・ノヒャン
深夜
◇「近代朝鮮文学日本語作品集1908〜1945 セレクション 4」緑蔭書房 2008 p293

観阿弥　かんあみ（1333〜1384）
松風（野上豊一郎〔編訳〕）
◇「幻視の系譜」筑摩書房 2013（ちくま文庫）p11

神吉 拓郎　かんき・たくろう（1928〜1994）
二ノ橋柳亭
◇「日本文学100年の名作 7」新潮社 2015（新潮文庫）p257

神坂 一　かんざか・はじめ
あしたの大魔王
◇「小説創るぜ！―突撃アンソロジー」富士見書房 2004（富士見ファンタジア文庫）p217

神崎 京介　かんざき・きょうすけ（1959〜）
たわむれ
◇「本当のうそ」講談社 2007 p37

神崎 恒　かんざき・こう
人の夫
◇「青鞜小説集」講談社 2014（講談社文芸文庫）p130

神崎 照子　かんざき・てるこ
スパゲッティー・スノウクリームワールド
◇「ゆきのまち幻想文学賞小品集 13」企画集団ぷりずむ 2004 p35
月白
◇「ゆきのまち幻想文学賞小品集 15」企画集団ぷりずむ 2006 p92
ディアトリマの夜
◇「ゆきのまち幻想文学賞小品集 20」企画集団ぷりずむ 2011 p103
飛開原
◇「ゆきのまち幻想文学賞小品集 7」NTTメディアスコープ 1997 p131
光の中のレモンパイ
◇「ゆきのまち幻想文学賞小品集 16」企画集団ぷりずむ 2007 p62
ほら、またひとつも足跡が
◇「ゆきのまち幻想文学賞小品集 10」企画集団ぷりずむ 2001 p105

神崎 英徳　かんざき・ひでのり
コウショク選挙法
◇「ショートショートの広場 14」講談社 2003（講談社文庫）p66

神沢 利子　かんざわ・としこ（1924〜）
ぽとんぽとんはなんのおと
◇「朗読劇台本集 4」玉川大学出版部 2002 p25

神田 茜　かんだ・あかね
おっぱいブルー
◇「短篇ベストコレクション―現代の小説 2016」徳間書店 2016（徳間文庫）p161

かんだ かこ
都会のもぐら
◇「ゆきのまち幻想文学賞小品集 7」NTTメディア

スコープ」1997 p167
雪の埋葬
　◇「ゆきのまち幻想文学賞小品集 10」企画集団ぷりずむ 2001 p163

神田 孝平　かんだ・たかひら（1830〜1898）
和蘭美政録（おらんだびせいろく）ヨンケル・フアン・ロデレイキ一件（クリステメイエル〔著〕）
　◇「新日本古典文学大系 明治編 15」岩波書店 2002 p349

神田 伯龍　かんだ・はくりゅう
麻布狸穴の婚礼
　◇「魍魅魍魎列島」小学館 2005（小学館文庫）p341
稲生武太夫
　◇「稲生モノノケ大全 陰之巻」毎日新聞社 2003 p132
婚礼の夜
　◇「怪奇・伝奇時代小説選集 11」春陽堂書店 2000（春陽文庫）p247
小夜衣の怨
　◇「怪奇・伝奇時代小説選集 8」春陽堂書店 2000（春陽文庫）p241

巫 夏希　かんなぎ・なつき
私の、たったひとりの友人へ
　◇「人は死んだら電柱になる―電柱アンソロジー」遠すぎる未来図 2014 p120

神無月 渉　かんなづき・わたる
スパイN
　◇「リトル・リトル・クトゥルー―史上最小の神話小説集」学習研究社 2009 p138

甘南備 あさ美　かんなび・あさみ
全集完結に寄せて
　◇「リトル・リトル・クトゥルー―史上最小の神話小説集」学習研究社 2009 p152

管野 須賀子　かんの・すがこ（1881〜1911）
あしたの露
　◇「「新編」日本女性文学全集 2」菁柿堂 2008 p426
おもかげ
　◇「「新編」日本女性文学全集 2」菁柿堂 2008 p433
最後の夢
　◇「「新編」日本女性文学全集 2」菁柿堂 2008 p449
死出の道艸
　◇「「新編」日本女性文学全集 2」菁柿堂 2008 p455
絶交
　◇「「新編」日本女性文学全集 2」菁柿堂 2008 p441
日本魂
　◇「「新編」日本女性文学全集 2」菁柿堂 2008 p445
肱鉄砲
　◇「「新編」日本女性文学全集 2」菁柿堂 2008 p452

菅野 清二　かんの・せいじ
のやまであそぶのってたのしいな
　◇「小学生のげき―新小学校演劇脚本集 低学年 1」晩成書房 2010 p91

菅野 雅貴　かんの・まさき
イエスの教え
　◇「ショートショートの広場 9」講談社 1998（講談社文庫）p67
ジャンキー・モンキー
　◇「ショートショートの広場 20」講談社 2008（講談社文庫）p70
タイムトラベルの不可能性について
　◇「ショートショートの広場 18」講談社 2006（講談社文庫）p51
HERO
　◇「ショートショートの広場 17」講談社 2005（講談社文庫）p160

上林 暁　かんばやし・あかつき（1902〜1980）
遺児
　◇「誤植文学アンソロジー―校正者のいる風景」論創社 2015 p48
禁酒宣言
　◇「戦後占領期短篇小説コレクション 4」藤原書店 2007 p155
散歩者
　◇「百年小説」ポプラ社 2008 p1093
渋柿を嚙る少年
　◇「文士の意地―車谷長吉撰短篇小説輯 上巻」作品社 2005 p394
四万十川幻想
　◇「戦後短篇小説再発見 14」講談社 2003（講談社文芸文庫）p86
聖ヨハネ病院にて
　◇「私小説の生き方」アーツ・アンド・クラフツ 2009 p149
薔薇盗人
　◇「日本文学100年の名作 2」新潮社 2014（新潮文庫）p353
払暁
　◇「創刊一〇〇年三田文学名作選」三田文学会 2010 p202
ブロンズの首
　◇「川端康成文学賞全作品 1」新潮社 1999 p7
　◇「文学賞受賞・名作集成 4」リブリオ出版 2004 p225
　◇「私小説名作選 上」講談社 2012（講談社文芸文庫）p211
歴史の日
　◇「コレクション戦争と文学 8」集英社 2011 p17

神林 周道　かんばやし・しゅうどう
深夜の電鈴（ベル）
　◇「文豪怪談傑作選 特別編」筑摩書房 2007（ちくま文庫）p84

神林 長平　かんばやし・ちょうへい（1953〜）
あなたがわからない
　◇「ヴィジョンズ」講談社 2016 p191

かんべ

意識は蒸発する
◇「日本SF・名作集成 6」リブリオ出版 2005 p79
いま集合的無意識を、
◇「拡張幻想」東京創元社 2012（創元SF文庫）p131
かくも無数の悲鳴―場末の星の酒場にて、人類の希望はおれに託された。日本SF界の巨匠が世界の扉を開く
◇「NOVA―書き下ろし日本SFコレクション 2」河出書房新社 2010（河出文庫）p13
幽かな効能、機能・効果・検出
◇「SFマガジン700 国内篇」早川書房 2014（ハヤカワ文庫 SF）p205
言葉使い師
◇「てのひらの宇宙―星雲賞短編SF傑作選」東京創元社 2013（創元SF文庫）p159
◇「日本SF全集 3」出版芸術社 2013 p69
自・我・像
◇「逆想コンチェルト―イラスト先行・競作小説アンソロジー 奏の1」徳間書店 2010 p6
スフィンクス・マシン
◇「日本SF・名作集成 7」リブリオ出版 2005 p213
ぼくの、マシン
◇「ぼくの、マシン―ゼロ年代日本SFベスト集成 S」東京創元社 2010（創元SF文庫）p433
妖精が舞う
◇「日本SF短篇50 2」早川書房 2013（ハヤカワ文庫 JA）p327
TR4989DA
◇「楽園追放rewired―サイバーパンクSF傑作選」早川書房 2014（ハヤカワ文庫 JA）p79

上林 獣夫　かんばやし・みちお（1914～2001）
詩 戦争が終った時
◇「コレクション戦争と文学 9」集英社 2012 p675

蒲原 有明　かんばら・ありあけ（1876～1952）
白い夢の通夜
◇「月」国書刊行会 1999（書物の王国）p259

神原 孝史　かんばら・たかし
終電が出たあとで
◇「時代の波音―民主文学短編小説集1995年～2004年」日本民主主義文学会 2005 p271

神原 拓生　かんばら・たくお（1930～）
七十八の春
◇「全作家短編小説集 6」全作家協会 2007 p85

神戸 登　かんべ・のぼる
無人列車
◇「無人踏切―鉄道ミステリー傑作選」光文社 2008（光文社文庫）p489

かんべ むさし（1948～）
因果応報
◇「SFバカ本 ペンギン篇」廣済堂出版 1999（廣済堂文庫）p197
笑顔で待つ人

「夢魔」光文社 2001（光文社文庫）p415
液体X
◇「SFバカ本 だるま篇」廣済堂出版 1999（廣済堂文庫）p73
俺たちの円盤
◇「奇譚カーニバル」集英社 2000（集英社文庫）p189
壁、乗り越えて
◇「屍者の行進」廣済堂出版 1998（廣済堂文庫）p211
決戦・日本シリーズ
◇「70年代日本SFベスト集成 4」筑摩書房 2015（ちくま文庫）p137
言語破壊官
◇「日本SF全集 2」出版芸術社 2010 p139
幻夢の邂逅
◇「短篇ベストコレクション―現代の小説 2005」徳間書店 2005（徳間文庫）p491
幸運な犯罪
◇「現代の小説 1997」徳間書店 1997 p425
絞首刑
◇「吊るされた男」角川書店 2001（角川ホラー文庫）p313
サイコロ特攻隊
◇「70年代日本SFベスト集成 5」筑摩書房 2015（ちくま文庫）p109
最良の選択
◇「現代の小説 1999」徳間書店 1999 p107
地獄の始まり
◇「侵略！」廣済堂出版 1998（廣済堂文庫）p15
書斎からの旅
◇「リモコン変化」廣済堂出版 2000（廣済堂文庫）p247
水素製造法
◇「30の神品―ショートショート傑作選」扶桑社 2016（扶桑社文庫）p203
それは確かです
◇「ひとにぎりの異形」光文社 2007（光文社文庫）p302
◇「虚構機関―年刊日本SF傑作選」東京創元社 2008（創元SF文庫）p269
弾丸
◇「冒険の森へ―傑作小説大全 9」集英社 2016 p23
ドス
◇「冒険の森へ―傑作小説大全 18」集英社 2016 p27
内部の異者
◇「宇宙生物ゾーン」廣済堂出版 2000（廣済堂文庫）p443
成程それで合点録
◇「喜劇綺劇」光文社 2009（光文社文庫）p39
庭に植える木
◇「物語のルミナリエ」光文社 2011（光文社文庫）p113

【き】

魏 清徳　ぎ・せいとく
金龍祠
　◇「日本統治期台湾文学集成 25」緑蔭書房 2007
　　p115
傾国恨
　◇「日本統治期台湾文学集成 25」緑蔭書房 2007 p9
法國探偵小説　歯痕
　◇「日本統治期台湾文学集成 25」緑蔭書房 2007
　　p239

気熱家 慈雨吉　きあつか・じうよし
育ての親
　◇「ショートショートの花束 4」講談社 2012（講談
　　社文庫）p137

紀井 敦　きい・あつし
あんよはじょうず
　◇「ショートショートの花束 3」講談社 2011（講談
　　社文庫）p306
一日社長体験
　◇「ショートショートの花束 8」講談社 2016（講談
　　社文庫）p105
立つ鳥あとを濁さず
　◇「ショートショートの花束 6」講談社 2014（講談
　　社文庫）p166
命名権
　◇「ショートショートの花束 8」講談社 2016（講談
　　社文庫）p245

木内 石亭　きうち・せきてい（1724〜1808）
雲根志より〔須永朝彦〔訳〕〕
　◇「鉱物」国書刊行会 1997（書物の王国）p101

木内 錠　きうち・てい（1887〜1919）
老師
　◇「〈新編〉日本女性文学全集 4」菁柿堂 2012 p176
　◇「青鞜小説集」講談社 2014（講談社文芸文庫）
　　p217

木内 昇　きうち・のぼり（1967〜）
蜻橋
　◇「代表作時代小説 平成23年度」光文社 2011 p363
てのひら
　◇「日本文学100年の名作 10」新潮社 2015（新潮文
　　庫）p321
遠眼鏡
　◇「名探偵登場！」講談社 2014 p83
　◇「名探偵登場！」講談社 2016（講談社文庫）p97
呑龍
　◇「時代小説ザ・ベスト 2016」集英社 2016（集英
　　社文庫）p183

喜海　きかい（1178〜1251）
塔に昇る夢─『高山寺明恵上人行状』より
（樺田ジェーン〔現代語訳〕）
　◇「超短編アンソロジー」筑摩書房 2002（ちくま文
　　庫）p20

樹川 さとみ　きかわ・さとみ（1967〜）
ヴィーナス
　◇「チューリップ革命─ネオ・スイート・ドリーム・
　　ロマンス」イースト・プレス 2000 p77

きき
象を捨てる
　◇「超短編の世界」創英社 2008 p72
雑木林の誘い
　◇「超短編の世界 vol.3」創英社 2011 p124
星が流れる
　◇「超短編の世界 vol.3」創英社 2011 p188

木々 高太郎　きぎ・たかたろう（1897〜1969）
赤はぎ指紋の秘密
　◇「風間光枝探偵日記」論創社 2007（論創ミステリ
　　叢書）p67
信天翁通信
　◇「『宝石』一九五〇─牟家殺人事件：探偵小説傑作
　　集」光文社 2012（光文社文庫）p233
医学生と首
　◇「幻の名探偵─傑作アンソロジー」光文社 2013
　　（光文社文庫）p243
ヴェニスの計算狂
　◇「謀」文藝春秋 2003（推理作家になりたくて マイ
　　ベストミステリー）p277
　◇「マイ・ベスト・ミステリー 4」文藝春秋 2007
　　（文春文庫）p425
永遠の女囚
　◇「君らの魂を悪魔に売りつけよ─新青年傑選」角
　　川書店 2000（角川文庫）p5
　◇「鍵」文藝春秋 2004（推理作家になりたくて マイ
　　ベストミステリー）p128
　◇「マイ・ベスト・ミステリー 5」文藝春秋 2007
　　（文春文庫）p188
　◇「悪魔黙示録「新青年」一九三八─探偵小説暗黒の
　　時代へ」光文社 2011（光文社文庫）p277
金冠文字
　◇「風間光枝探偵日記」論創社 2007（論創ミステリ
　　叢書）p129
債権
　◇「幻の探偵雑誌 4」光文社 2001（光文社文庫）
　　p11
死の乳母
　◇「シャーロック・ホームズに愛をこめて」光文社
　　2010（光文社文庫）p139
終刊の辞
　◇「幻の探偵雑誌 3」光文社 2000（光文社文庫）
　　p466
就眠儀式
　◇「幻の探偵雑誌 1」光文社 2000（光文社文庫）

皺の手
◇「怪奇探偵小説集 3」角川春樹事務所 1998（ハルキ文庫）p43

新泉録（1–3）
◇「甦る推理雑誌 1」光文社 2002（光文社文庫）p439

新泉録（4–7）乱歩氏に答える
◇「甦る推理雑誌 1」光文社 2002（光文社文庫）p450

新泉録（8–10）
◇「甦る推理雑誌 1」光文社 2002（光文社文庫）p462

宣言（海野十三／小栗虫太郎）
◇「幻の探偵雑誌 3」光文社 2000（光文社文庫）p116

探偵小説芸術論
◇「幻の探偵雑誌 4」光文社 2001（光文社文庫）p361

探偵小説に於けるフェーアに就いて
◇「幻の探偵雑誌 10」光文社 2002（光文社文庫）p291

人形師の幻想
◇「探偵くらぶ―探偵小説傑作選1946～1958 下」光文社 1997（カッパ・ノベルス）p93

睡り人形
◇「君らの狂気で死を孕ませよ―新青年傑作選」角川書店 2000（角川文庫）p109

犯人は誰だ
◇「江戸川乱歩の推理試験」光文社 2009（光文社文庫）p333

文学少女
◇「謀」文藝春秋 2003（推理作家になりたくて マイベストミステリー）p143
◇「マイ・ベスト・ミステリー 4」文藝春秋 2007（文春文庫）p221

宝石商殺人事件
◇「江戸川乱歩の推理教室」光文社 2008（光文社文庫）p323

網膜脈視症
◇「江戸川乱歩と13人の新青年〈論理派〉編」光文社 2008（光文社文庫）p159
◇「恐ろしい話」筑摩書房 2011（ちくま文学の森）p321

離魂の妻
◇「風間光枝探偵日記」論創社 2007（論創ミステリ叢書）p3

木々津 克久　きぎつ・かつひさ
フランケン・ふらん―OCTOPUS
◇「拡張幻想」東京創元社 2012（創元SF文庫）p321

菊田 英生　きくた・えいせい
こけし
◇「現代作家代表作選集 1」鼎書房 2012 p5

菊池 一郎　きくち・いちろう
春の闇
◇「平成28年熊本地震作品集」くまもと文学・歴史館友の会 2016 p6

水の都で水に苦労する
◇「平成28年熊本地震作品集」くまもと文学・歴史館友の会 2016 p40

菊池 和子　きくち・かずこ
足跡
◇「ゆきのまち幻想文学賞小品集 20」企画集団ぷりずむ 2011 p122

菊池 寛　きくち・かん（1888～1948）
仇討禁止令
◇「ちくま日本文学 27」筑摩書房 2008（ちくま文庫）p300
◇「日本文学100年の名作 3」新潮社 2014（新潮文庫）p71

仇討三態
◇「ちくま日本文学 27」筑摩書房 2008（ちくま文庫）p261
◇「思いがけない話」筑摩書房 2010（ちくま文学の森）p307

ある抗議書
◇「ちくま日本文学 27」筑摩書房 2008（ちくま文庫）p142

入れ札
◇「匠」文藝春秋 2003（推理作家になりたくて マイベストミステリー）p170
◇「文士の意地―車谷長吉撰短篇小説輯 上巻」作品社 2005 p102
◇「十夜」ランダムハウス講談社 2006 p195
◇「マイ・ベスト・ミステリー 1」文藝春秋 2007（文春文庫）p259
◇「ちくま日本文学 27」筑摩書房 2008（ちくま文庫）p120
◇「人生を変えた時代小説傑作選」文藝春秋 2010（文春文庫）p7
◇「賭けと人生」筑摩書房 2011（ちくま文学の森）p507
◇「日本近代短篇小説選 大正篇」岩波書店 2012（岩波文庫）p277

大島が出来る話
◇「この愛のゆくえ―ポケットアンソロジー」岩波書店 2011（岩波文庫別冊）p121

屋上の狂人
◇「ちくま日本文学 27」筑摩書房 2008（ちくま文庫）p402

恩讐の彼方に
◇「ちくま日本文学 27」筑摩書房 2008（ちくま文庫）p211
◇「文豪たちが書いた泣ける名作短編集」彩図社 2014 p143

女強盗
◇「ちくま日本文学 27」筑摩書房 2008（ちくま文庫）p389
◇「悪いやつらの物語」筑摩書房 2011（ちくま文学の

森）p329

女心軽佻
◇「怪奇・伝奇時代小説選集 14」春陽堂書店 2000（春陽文庫）p7

形
◇「教科書に載った小説」ポプラ社 2008 p103
◇「教科書に載った小説」ポプラ社 2012（ポプラ文庫）p95
◇「もう一度読みたい教科書の泣ける名作」学研教育出版 2013 p187
◇「教科書名短篇 人間の情景」中央公論新社 2016（中公文庫）p137

吉良上野の立場
◇「忠臣蔵コレクション 4」河出書房新社 1998（河出文庫）p141
◇「赤穂浪士伝奇」勉誠出版 2002（べんせいライブラリー）p77
◇「七つの忠臣蔵」新潮社 2016（新潮文庫）p213

黒田如水
◇「黒田官兵衛―小説集」作品社 2013 p5

光遠の妹
◇「文豪てのひら怪談」ポプラ社 2009（ポプラ文庫）p180

好色成道
◇「ちくま日本文学 27」筑摩書房 2008（ちくま文庫）p357

好色物語
◇「ちくま日本文学 27」筑摩書房 2008（ちくま文庫）p373

災後雑感
◇「天変動く 大震災と作家たち」インパクト出版会 2011（インパクト選書）p107

真田幸村
◇「真田幸村―小説集」作品社 2015 p193
◇「大坂の陣―近代文学名作選」岩波書店 2016 p179

島原心中
◇「ちくま日本文学 27」筑摩書房 2008（ちくま文庫）p178

勝負事
◇「ちくま日本文学 27」筑摩書房 2008（ちくま文庫）p9

新今昔物語
◇「ちくま日本文学 27」筑摩書房 2008（ちくま文庫）p346

大力物語
◇「ちくま日本文学 27」筑摩書房 2008（ちくま文庫）p373
◇「おかしい話」筑摩書房 2010（ちくま文学の森）p191

忠直卿（ただなおきょう）行状記
◇「ちくま日本文学 27」筑摩書房 2008（ちくま文庫）p33

忠直卿行状記
◇「我等、同じ船に乗り」文藝春秋 2009（文春文庫）p135
◇「衝撃を受けた時代小説傑作選」文藝春秋 2011

（文春文庫）p215
◇「読んでおきたい近代日本小説選」龍書房 2012 p239
◇「迷君に候」新潮社 2015（新潮文庫）p191

父帰る
◇「ちくま日本文学 27」筑摩書房 2008（ちくま文庫）p423
◇「涙の百年文学―もう一度読みたい」太陽出版 2009 p166

父はおん身を子としたるを誇りとす＞菊池英樹・瑠美子・ナナ子
◇「日本人の手紙 8」リブリオ出版 2004 p28

天一坊事件
◇「捕物時代小説選集 6」春陽堂書店 2000（春陽文庫）p179

藤十郎の恋
◇「ちくま日本文学 27」筑摩書房 2008（ちくま文庫）p87
◇「美しい恋の物語」筑摩書房 2010（ちくま文学の森）p295

友よ安らかに眠れ！　＞芥川龍之介
◇「日本人の手紙 9」リブリオ出版 2004 p234

鼠小僧外伝
◇「鼠小僧次郎吉」国書刊行会 2012（義と仁叢書）p39

乃木希典
◇「将軍・乃木希典」勉誠出版 2004 p53

話の屑籠
◇「ちくま日本文学 27」筑摩書房 2008（ちくま文庫）p443

百鬼夜行
◇「文豪山怪奇譚―山の怪談名作選」山と渓谷社 2016 p63

奉行と人相学
◇「捕物時代小説選集 6」春陽堂書店 2000（春陽文庫）p2

弁財天の使
◇「ちくま日本文学 27」筑摩書房 2008（ちくま文庫）p346

三浦右衛門（みうらうえもん）の最後
◇「ちくま日本文学 27」筑摩書房 2008（ちくま文庫）p18
◇「恐ろしい話」筑摩書房 2011（ちくま文学の森）p253

身投げ救助業
◇「短編名作選―1885–1924 小説の曙」笠間書院 2003 p237
◇「京都府文学全集第1期（小説編）1」郷土出版社 2005 p326
◇「読んでおきたい近代日本小説選」龍書房 2012 p233

毛利元就
◇「『少年倶楽部』短篇選」講談社 2013（講談社文芸文庫）p144

私の日常道徳
◇「ちくま日本文学 27」筑摩書房 2008（ちくま文

庫）p449

菊池 三渓　きくち・さんけい（1819〜1891）

家の渓琴に与へて震災を報ずるの書
- 『新日本古典文学大系 明治編 3』岩波書店 2005 p55

市川白猿伝
- 『新日本古典文学大系 明治編 3』岩波書店 2005 p53

一眼寺
- 『新日本古典文学大系 明治編 3』岩波書店 2005 p49

浮島の記
- 『新日本古典文学大系 明治編 3』岩波書店 2005 p72

臙脂虎（えんじこ）伝
- 『新日本古典文学大系 明治編 3』岩波書店 2005 p83

割烹桜
- 『新日本古典文学大系 明治編 1』岩波書店 2004 p342

北林角觝
- 『新日本古典文学大系 明治編 1』岩波書店 2004 p295

木鼠長吉伝
- 『新日本古典文学大系 明治編 1』岩波書店 2004 p13

紀文伝
- 『新日本古典文学大系 明治編 3』岩波書店 2005 p36

嬌賊
- 『新日本古典文学大系 明治編 3』岩波書店 2005 p23

西京伝新記
- 『新日本古典文学大系 明治編 1』岩波書店 2004 p231

四条橋
- 『新日本古典文学大系 明治編 1』岩波書店 2004 p262

四条劇場
- 『新日本古典文学大系 明治編 1』岩波書店 2004 p310

自序〔本朝虞初新誌〕
- 『新日本古典文学大系 明治編 3』岩波書店 2005 p6

島原花街
- 『新日本古典文学大系 明治編 1』岩波書店 2004 p330

小鬘
- 『新日本古典文学大系 明治編 1』岩波書店 2004 p235

女紅場
- 『新日本古典文学大系 明治編 1』岩波書店 2004 p246

序〔西京伝新記〕
- 『新日本古典文学大系 明治編 1』岩波書店 2004 p233

不知火を観るの記
- 『新日本古典文学大系 明治編 1』岩波書店 2004 p294

- 『新日本古典文学大系 明治編 3』岩波書店 2005 p70

新京極
- 『新日本古典文学大系 明治編 1』岩波書店 2004 p272

天女使
- 『新日本古典文学大系 明治編 3』岩波書店 2005 p32

俳優尾上多見蔵伝
- 『新日本古典文学大系 明治編 3』岩波書店 2005 p75

跋〔本朝虞初新誌〕
- 『新日本古典文学大系 明治編 3』岩波書店 2005 p97

本朝虞初新誌（抄）
- 『新日本古典文学大系 明治編 3』岩波書店 2005 p1

弥陀窟記
- 『新日本古典文学大系 明治編 3』岩波書店 2005 p67

八坂神会
- 『新日本古典文学大系 明治編 1』岩波書店 2004 p258

キクチ セイイチ

紙魚の記
- 『超短編傑作選 v.6』創英社 2007 p95

菊地 大　きくち・ひさし

冬の海
- 『現代短編小説選―2005〜2009』日本民主主義文学会 2010 p144

菊地 秀行　きくち・ひでゆき（1949〜）

ああ、やっぱりいた
- 『文藝百物語』ぶんか社 1997 p115

開かずの間
- 『夏のグランドホテル』光文社 2003（光文社文庫）p591

姉が教えてくれた
- 『変身』廣済堂出版 1998（廣済堂文庫）p535

甘い告白
- 『モンスターズ1970』中央公論新社 2004（C NOVELS）p171

雨の町
- 『侵略！』廣済堂出版 1998（廣済堂文庫）p105

ある武士の死
- 『櫻憑き』光文社 2001（カッパ・ノベルス）p117

安住民への手紙
- 『宇宙生物ゾーン』廣済堂出版 2000（廣済堂文庫）p503

石の城
- 『伯爵の血族―紅ノ章』光文社 2007（光文社文庫）p13

きくち

出づるもの
◇「クトゥルー怪異録―邪神ホラー傑作集」学習研究社 2000（学研M文庫）p199

江戸珍鬼草子〔入江鳩斎〔作〕〕
◇「江戸迷宮」光文社 2011（光文社文庫）p287

江戸珍鬼草子〈削りカス〉
◇「物語のルミナリエ」光文社 2011（光文社文庫）p175

オータム・ラン
◇「世紀末サーカス」廣済堂出版 2000（廣済堂文庫）p615

思いつづけろ
◇「酒の夜語り」光文社 2002（光文社文庫）p623

女の館
◇「玩具館」光文社 2001（光文社文庫）p637

介護鬼
◇「代表作時代小説 平成15年度」光風社出版 2003 p35
◇「異色歴史短篇傑作大全」講談社 2003 p135
◇「女人」小学館 2007（小学館文庫）p153
◇「赤ひげ棒丁―人情時代小説傑作選」新潮社 2009（新潮文庫）p47

怪獣都市
◇「怪獣文藝―パートカラー」メディアファクトリー 2013（〔幽BOOKS〕）p17

かけがえのない存在
◇「血」早川書房 1997 p35

風の十字架
◇「変化―書下ろしホラー・アンソロジー」PHP研究所 2000（PHP文庫）p9

彼は怒っているだろうか
◇「凶鳥の黒影―中井英夫へ捧げるオマージュ」河出書房新社 2004 p248

帰還
◇「帰還」光文社 2000（光文社文庫）p541

帰郷
◇「Fの肖像―フランケンシュタインの幻想たち」光文社 2010（光文社文庫）p569

菊地秀行のニッケル・オデオン
◇「黒い遊園地」光文社 2004（光文社文庫）p589

昨日の夏
◇「妖魔ヶ刻―時間怪談傑作選」徳間書店 2000（徳間文庫）p209

求婚者たち
◇「憑き者―全篇書下ろし傑作ホラーアンソロジー」アスキー 2000（A-novels）p697

黒丸
◇「トロピカル」廣済堂出版 1999（廣済堂文庫）p547

化粧
◇「俳優」廣済堂出版 1999（廣済堂文庫）p607

欠陥本
◇「古書ミステリー倶楽部―傑作推理小説集 2」光文社 2014（光文社文庫）p285

幻獣想
◇「怪獣」国書刊行会 1998（書物の王国）p181

才蔵は何処に
◇「散りぬる桜―時代小説招待席」廣済堂出版 2004 p147

さいはての家
◇「獣人」光文社 2003（光文社文庫）p685

逆しま屋敷
◇「稲生モノノケ大全 陽之巻」毎日新聞社 2005 p15

サラ金から参りました
◇「GOD」廣済堂出版 1999（廣済堂文庫）p591

去り行く君に
◇「チャイルド」廣済堂出版 1998（廣済堂文庫）p539

山海民
◇「THE FUTURE IS JAPANESE」早川書房 2012（ハヤカワSFシリーズJコレクション）p227

舌づけ
◇「舌づけ―ホラー・アンソロジー」祥伝社 1998（ノン・ポシェット）p7

しゃべっちゃ駄目
◇「心霊理論」光文社 2007（光文社文庫）p503

蒐集男爵の話
◇「蒐集家（コレクター）」光文社 2004（光文社文庫）p579

白い国から
◇「血と薔薇の誘う夜に―吸血鬼ホラー傑作選」角川書店 2005（角川ホラー文庫）p145

切腹
◇「人魚の血―珠玉アンソロジー オリジナル＆スタンダート」光文社 2001（カッパ・ノベルス）p149

戦場にて
◇「暗闇」中央公論新社 2004（C NOVELS）p161

保が還ってきた
◇「ロボットの夜」光文社 2000（光文社文庫）p107

誰でもいい
◇「二十四粒の宝石―超短編小説傑作集」講談社 1998（講談社文庫）p31

ちょっと奇妙な
◇「屍者の行進」廣済堂出版 1998（廣済堂文庫）p593
◇「日常の呪縛」リブリオ出版 2001（怪奇・ホラーワールド）p121

通行人役
◇「キネマ・キネマ」光文社 2002（光文社文庫）p631

D―ハルマゲドン
◇「屍鬼の血族」桜桃書房 1999 p325

出口
◇「幻想探偵」光文社 2009（光文社文庫）p577

出るか出ないか、或いは出たか
◇「文藝百物語」ぶんか社 1997 p258

逃亡
◇「教室」光文社 2003（光文社文庫）p585

嫁ぐ娘へ
◇「闇電話」光文社 2006（光文社文庫）p407
二階の家族
◇「オバケヤシキ」光文社 2005（光文社文庫）p429
二流
◇「妖女」光文社 2004（光文社文庫）p477
猫のサーカス―シルク・ド・シャ
◇「猫路地」日本出版社 2006 p111
「根無し草」の伝説
◇「ゴースト・ハンターズ」中央公論新社 2004（C NOVELS）p177
ノクターン・ルーム
◇「日本SF全集 3」出版芸術社 2013 p409
残された地図
◇「魔地図」光文社 2005（光文社文庫）p493
のっぺらぼう
◇「文藝百物語」ぶんか社 1997 p156
廃墟線
◇「ひとにぎりの異形」光文社 2007（光文社文庫）p473
這いずり―幽剣抄
◇「代表作時代小説 平成14年度」光風社出版 2002 p197
幕末屍軍団
◇「妖異七奇談」双葉社 2005（双葉文庫）p251
果てしなき航路
◇「逆想コンチェルト―イラスト先行・競作小説アンソロジー 奏の1」徳間書店 2010 p234
早船の死
◇「血の12幻想」エニックス 2000 p7
筆致
◇「アート偏愛」光文社 2005（光文社文庫）p583
ふたりきりの町―根無し草の伝説
◇「怪物團」光文社 2009（光文社文庫）p121
仏像徘徊
◇「文藝百物語」ぶんか社 1997 p47
踏み切り近くの無人駅に下りる子供たちと、老人
◇「時間怪談」廣済堂出版 1999（廣済堂文庫）p571
墓碑銘
◇「ふるえて眠れない―ホラーミステリー傑作選」光文社 2006（光文社文庫）p191
祭にはつきものの…
◇「十月のカーニヴァル」光文社 2000（カッパ・ノベルス）p137
水の記憶
◇「水妖」廣済堂出版 1998（廣済堂文庫）p561
◇「異界への入口」リブリオ出版 2001（怪奇・ホラーワールド）p91
蝕む影
◇「紅と蒼の恐怖―ホラー・アンソロジー」祥伝社 2002（Non novel）p241
夢魔製造業者
◇「夢魔」光文社 2001（光文社文庫）p635
妄執館
◇「喜劇綺劇」光文社 2009（光文社文庫）p417
厄病神
◇「未来妖怪」光文社 2008（光文社文庫）p405
夜想曲
◇「京都宵」光文社 2008（光文社文庫）p349
雪女のできるまで
◇「雪女のキス」光文社 2000（カッパ・ノベルス）p337
指ごこち
◇「グランドホテル」廣済堂出版 1999（廣済堂文庫）p615
◇「幽霊怪談」リブリオ出版 2001（怪奇・ホラーワールド）p31
陽太の日記（抜萃）
◇「憑依」光文社 2010（光文社文庫）p489
夜中に「おい」
◇「文藝百物語」ぶんか社 1997 p45
夜の末裔たち―吸血鬼映画ぎゃらりい
◇「吸血鬼」国書刊行会 1998（書物の王国）p230
6分の1
◇「恐怖症」光文社 2002（光文社文庫）p573
渡し舟
◇「幽霊船」光文社 2001（光文社文庫）p487
HORRORミーティング
◇「怪猫鬼談」人類文化社 1999 p135

菊地 美鶴　きくち・みつる
席取り合戦
◇「ショートショートの広場 17」講談社 2005（講談社文庫）p92
発信暗号くまくまくま
◇「ショートショートの広場 14」講談社 2003（講談社文庫）p113

菊池 幸見　きくち・ゆきみ
海辺のカウンター
◇「あの日から―東日本大震災鎮魂岩手県出身作家短編集」岩手日報社 2015 p365
黄金熊の里
◇「12の贈り物―東日本大震災支援岩手県在住作家自選短編集」荒蝦夷 2011（叢書東北の声）p310

菊地 隆三　きくち・りゅうぞう
じゅうぶいちとうげ
◇「山形県文学全集第2期（随筆・紀行編）5」郷土出版社 2005 p419
はぎまんだら
◇「山形県文学全集第2期（随筆・紀行編）5」郷土出版社 2005 p427

菊池恵楓園光風俳句会　きくちけいふうえんこうふうはいくかい
合同句集 光風
◇「ハンセン病文学全集 9」皓星社 2010 p119

きくち

菊池恵楓園檜の影短歌会　きくちけいふうえん ひのかげたんかかい
菴羅樹
◇「ハンセン病文学全集 8」皓星社 2006 p109
海雪
◇「ハンセン病文学全集 8」皓星社 2006 p229
檜影集
◇「ハンセン病文学全集 8」皓星社 2006 p312

菊亭 香水　きくてい・こうすい（1855〜1942）
自序〔世路日記〕
◇「新日本古典文学大系 明治編 30」岩波書店 2009 p7
惨風悲雨 世路日記
◇「新日本古典文学大系 明治編 30」岩波書店 2009 p1
目録〔世路日記〕
◇「新日本古典文学大系 明治編 30」岩波書店 2009 p9

喜国 雅彦　きくに・まさひこ（1958〜）
赤毛サークル
◇「シャーロック・ホームズの災難―日本版」論創社 2007 p411

菊村 到　きくむら・いたる（1925〜1999）
しかばね衛兵
◇「コレクション戦争と文学 11」集英社 2012 p232
誰かの眼が光る
◇「無人踏切―鉄道ミステリー傑作選」光文社 2008（光文社文庫）p137
幻の蝶が翔ぶ
◇「日本縦断世界遺産殺人紀行」有楽出版社 2014（JOY NOVELS）p125

私市 保彦　きさいち・やすひこ（1933〜）
移動遊園地
◇「十月のカーニヴァル」光文社 2000（カッパ・ノベルス）p81

黄桜緑　きざくらみどり
文句が多い男
◇「ショートショートの花束 7」講談社 2015（講談社文庫）p67

木皿 泉　きざら・いずみ
すいか
◇「テレビドラマ代表作選集 2004年版」日本脚本家連盟 2004 p201
20光年先の神様
◇「20の短編小説」朝日新聞出版 2016（朝日文庫）p147

如月 妃　きさらぎ・きさき
黄昏に沈む、魔術師の助手
◇「新・本格推理 7」光文社 2007（光文社文庫）p161

如月 小春　きさらぎ・こはる（1956〜2000）
猫の事務所
◇「中学生のドラマ 5」晩成書房 2004 p7

如月 光生　きさらぎ・みつお
健康ナビ・カード
◇「ショートショートの花束 2」講談社 2010（講談社文庫）p254

如月 恵　きさらぎ・めぐみ
時を刻む計り
◇「超短編傑作選 v.6」創英社 2007 p17
プリクラ
◇「ショートショートの広場 14」講談社 2003（講談社文庫）p157

木地 雅映子　きじ・かえこ
糖質な彼女
◇「坂木司リクエスト！ 和菓子のアンソロジー」光文社 2013 p179
◇「坂木司リクエスト！ 和菓子のアンソロジー」光文社 2014（光文社文庫）p181

岸 虹岐　きし・こうし
吹雪の夜半の惨劇
◇「幻の探偵雑誌 6」光文社 2001（光文社文庫）p363

岸 周吾　きし・しゅうご
独楽と駒
◇「誰も知らない「桃太郎」「かぐや姫」のすべて」明拓出版 2009（創作童話シリーズ）p75

貴子 潤一郎　きし・じゅんいちろう
眠り姫
◇「不思議の扉 時をかける恋」角川書店 2010（角川文庫）p169

岸 秀子　きし・ひでこ
きらきらデパート 本日かいてん！
◇「小学校・全員参加の楽しい学級劇・学年劇脚本集 低学年」黎明書房 2007 p174

岸 宏子　きし・ひろこ（1922〜2014）
はしりがねの女
◇「日本舞踊舞踊劇選集」西川会 2002 p255
堀部安兵衛の妻・ほり
◇「物語妻たちの忠臣蔵」新人物往来社 1998 p65

貴司 山治　きし・やまじ（1899〜1973）
赤い踊り子
◇「新・プロレタリア文学精選集 14」ゆまに書房 2004 p263
幸福な老人
◇「新・プロレタリア文学精選集 14」ゆまに書房 2004 p171
裁判と盆踊り
◇「新・プロレタリア文学精選集 14」ゆまに書房 2004 p159
借家人組合ニュース

ストライキ戰争
- ◇「新・プロレタリア文学精選集 14」ゆまに書房 2004 p211

チタの烙印
- ◇「新・プロレタリア文学精選集 14」ゆまに書房 2004 p217

貞淑な細君
- ◇「新・プロレタリア文学精選集 14」ゆまに書房 2004 p199

闘士
- ◇「新・プロレタリア文学精選集 14」ゆまに書房 2004 p363

同志愛
- ◇「新・プロレタリア文学精選集 14」ゆまに書房 2004 p1

忍術武勇傳
- ◇「新・プロレタリア文学精選集 14」ゆまに書房 2004 p331

舞踏会事件
- ◇「新装版 全集現代文学の発見 16」學藝書林 2005 p242

舞踏會事件
- ◇「新・プロレタリア文学精選集 14」ゆまに書房 2004 p297

貴志 祐介　きし・ゆうすけ（1959～）

一服ひろばの謎―「防犯探偵・榎本径」シリーズ番外編
- ◇「サイドストーリーズ」KADOKAWA 2015（角川文庫）p31

密室劇場
- ◇「ベスト本格ミステリ 2012」講談社 2012（講談社ノベルス）p185
- ◇「探偵の殺される夜―本格短編ベスト・セレクション」講談社 2016（講談社文庫）p257

ゆるやかな自殺
- ◇「ザ・ベストミステリーズ―推理小説年鑑 2013」講談社 2013 p123
- ◇「Symphony漆黒の交響曲」講談社 2016（講談社文庫）p89

夜の記憶
- ◇「SFマガジン700 国内篇」早川書房 2014（ハヤカワ文庫 SF）p161

岸上 大作　きしがみ・だいさく（1939～1960）

意志表示
- ◇「新装版 全集現代文学の発見 15」學藝書林 2005 p486

国会突入で女学生が殺された。安保闘争≫母
- ◇「日本人の手紙 10」リブリオ出版 2004 p171

十月の理由
- ◇「新装版 全集現代文学の発見 15」學藝書林 2005 p497

しゅったつ
- ◇「新装版 全集現代文学の発見 15」學藝書林 2005 p494

もうひとつの意志表示
- ◇「新装版 全集現代文学の発見 15」學藝書林 2005 p491

黙禱 6月15日・国会南通用門
- ◇「新装版 全集現代文学の発見 15」學藝書林 2005 p493

岸田 今日子　きしだ・きょうこ（1930～2006）

セニスィエンタの家
- ◇「物語の魔の物語―メタ怪談傑作選」徳間書店 2001（徳間文庫）p85

冬休みにあった人
- ◇「30の神品―ショートショート傑作選」扶桑社 2016（扶桑社文庫）p281

岸田 新平　きしだ・しんぺい

順番
- ◇「ショートショートの花束 3」講談社 2011（講談社文庫）p123

岸田 俊子　きしだ・としこ（1863～1901）

同胞姉妹に告ぐ
- ◇「短編 女性文学 近代 続」おうふう 2002 p7

岸田 劉生　きしだ・りゅうせい（1891～1929）

しばらく手紙が恋しい間になったネ≫岸田蓁
- ◇「日本人の手紙 6」リブリオ出版 2004 p124

ほんの少しばかりのお金、絵の具を買って下さい≫椿貞雄
- ◇「日本人の手紙 3」リブリオ出版 2004 p218

岸田 るり子　きしだ・るりこ（1961～）

青い絹の人形
- ◇「ザ・ベストミステリーズ―推理小説年鑑 2013」講談社 2013 p91
- ◇「ベスト本格ミステリ 2013」講談社 2013（講談社ノベルス）p205
- ◇「Esprit機知と企みの競演」講談社 2016（講談社文庫）p65

決して忘れられない夜
- ◇「京都綺談」有楽出版社 2015 p51

父親はだれ？
- ◇「不可能犯罪コレクション」原書房 2009（ミステリー・リーグ）p59

橙島 和　きしま・かず

白虎の径―客室B13号
- ◇「新・本格推理 01」光文社 2001（光文社文庫）p333

木島 次郎　きしま・じろう

桜の花をたてまつれ
- ◇「日本海文学大賞―大賞作品集 3」日本海文学大賞運営委員会 2007 p237

岸本 佐知子　きしもと・さちこ（1960～）

ダース考 着ぐるみフォビア
- ◇「虚構機関―年刊日本SF傑作選」東京創元社 2008（創元SF文庫）p247

きしろ

分数アパート
  ◇「超弦領域―年刊日本SF傑作選」東京創元社 2009（創元SF文庫）p197
マイ富士
  ◇「ファイン／キュート素敵かわいい作品選」筑摩書房 2015（ちくま文庫）p256
枕の中の行軍
  ◇「北村薫のミステリー館」新潮社 2005（新潮文庫）p49
夜枕合戦
  ◇「北村薫のミステリー館」新潮社 2005（新潮文庫）p45
ラプンツェル未遂事件
  ◇「小川洋子の陶酔短篇箱」河出書房新社 2014 p349

木城 ゆきと　きしろ・ゆきと（1967～）
霧界
  ◇「ヴィジョンズ」講談社 2016 p93

季瀬 くすこ　きせ・くすこ
雪の守り
  ◇「ゆきのまち幻想文学賞小品集 7」NTTメディアスコープ 1997 p200

喜瀬 陽介　きせ・ようすけ
反省文
  ◇「ショートショートの広場 15」講談社 2004（講談社文庫）p209

木蘇 穀　きそ・こく（1893～？）
後家殺し
  ◇「幻の探偵雑誌 10」光文社 2002（光文社文庫）p45

北 一輝　きた・いっき（1883～1937）
大輝よ、父はただ法華経のみ汝に残す≫北大輝
  ◇「日本人の手紙 8」リブリオ出版 2004 p35

規田 恵真　きだ・えま
荒川、喫茶、ブルース
  ◇「嘘つきとおせっかい」エムオン・エンタテインメント 2012（SONG NOVELS）p163

木田 元　きだ・げん
青春彷徨
  ◇「山形県文学全集第2期（随筆・紀行編）6」郷土出版社 2005 p358

喜田 貞吉　きた・さだきち（1871～1939）
特殊部落と寺院
  ◇「被差別文学全集」河出書房新社 2016（河出文庫）p150

北 重人　きた・しげと（1948～2009）
歳月の舟
  ◇「代表作時代小説 平成21年度」光文社 2009 p41
二つの鉢花
  ◇「代表作時代小説 平成22年度」光文社 2010 p229

紀田 順一郎　きだ・じゅんいちろう（1935～）
展覧会の客
  ◇「書物愛 日本篇」晶文社 2005 p265
  ◇「古書ミステリー倶楽部―傑作推理小説集」光文社 2013（光文社文庫）p301
  ◇「書物愛 日本篇」東京創元社 2014（創元ライブラリ）p261
明治南島伝奇
  ◇「秘神界 歴史編」東京創元社 2002（創元推理文庫）p499

紀田 祥　きだ・しょう
一番きれいなピンク
  ◇「現代作家代表作選集 2」冊書房 2012 p83

木田 紀生　きだ・のりお
バトル・ロワイアルⅡ 鎮魂歌（レクイエム）（深作健太）
  ◇「年鑑代表シナリオ集 '03」シナリオ作家協会 2004 p99

北 洋　きた・ひろし（1921～1951）
こがね虫の証人
  ◇「甦る推理雑誌 3」光文社 2002（光文社文庫）p175
写真解読者
  ◇「甦る推理雑誌 1」光文社 2002（光文社文庫）p37

喜田 正秋　きだ・まさあき
鵜飼
  ◇「ハンセン病文学全集 9」皓星社 2010 p62

希多 美咲　きた・みさき
お菓子の家と廃屋の魔女
  ◇「新釈グリム童話―めでたし、めでたし？」集英社 2016（集英社オレンジ文庫）p189

喜多 南　きた・みなみ
一年後の夏
  ◇「5分で読める！ ひと駅ストーリー 夏の記憶東口編」宝島社 2013（宝島社文庫）p41
  ◇「5分で泣ける！ 胸がいっぱいになる物語」宝島社 2015（宝島社文庫）p43
着ぐるみのいる風景
  ◇「5分で読める！ ひと駅ストーリー 乗車編」宝島社 2012（宝島社文庫）p191
  ◇「5分で泣ける！ 胸がいっぱいになる物語」宝島社 2015（宝島社文庫）p137
幸福な食卓
  ◇「5分で読める！ ひと駅ストーリー 食の話」宝島社 2013（宝島社文庫）p329
  ◇「5分で驚く！ どんでん返しの物語」宝島社 2016（宝島社文庫）p93
吊り橋効果
  ◇「5分で読める！ ひと駅ストーリー 冬の記憶西口編」宝島社 2013（宝島社文庫）p51
猫の恩返し（妄想）
  ◇「5分で読める！ ひと駅ストーリー 猫の物語」宝

島社 2014（宝島社文庫）p49
 ◇「5分で笑える！ おバカで愉快な物語」宝島社 2016（宝島社文庫）p185

北 杜夫　きた・もりお（1927〜2011）

異形
 ◇「とっておき名短篇」筑摩書房 2011（ちくま文庫）p305

怪猫物語 その一
 ◇「にゃんそろじー」新潮社 2014（新潮文庫）p187

怪猫物語 その二
 ◇「にゃんそろじー」新潮社 2014（新潮文庫）p193

買物
 ◇「冒険の森へ―傑作小説大全 8」集英社 2015 p37

活動写真
 ◇「映画狂時代」新潮社 2014（新潮文庫）p99

神河内
 ◇「戦後短篇小説再発見 1」講談社 2001（講談社文芸文庫）p214

茸
 ◇「きのこ文学名作選」港の人 2010 p209

キングコング
 ◇「怪獣」国書刊行会 1998（書物の王国）p139
 ◇「70年代日本SFベスト集成 3」筑摩書房 2015（ちくま文庫）p7

死
 ◇「戦後短篇小説選―『世界』1946-1999 4」岩波書店 2000 p3

「小園」「白き山」時代（抄）
 ◇「山形県文学全集第2期（随筆・紀行編）3」郷土出版社 2005 p19

女王のおしゃぶり
 ◇「江戸川乱歩に愛をこめて」光文社 2011（光文社文庫）p285

推奨株
 ◇「冒険の森へ―傑作小説大全 7」集英社 2016 p25

贅沢
 ◇「冒険の森へ―傑作小説大全 19」集英社 2015 p27

銭形平次ロンドン捕物帖
 ◇「シャーロック・ホームズの災難―日本版」論創社 2007 p75

箪笥とミカン
 ◇「戦後短篇小説再発見 15」講談社 2003（講談社文芸文庫）p165

月世界征服
 ◇「冒険の森へ―傑作小説大全 4」集英社 2016 p11

禿頭組合
 ◇「シャーロック・ホームズに再び愛をこめて」光文社 2010（光文社文庫）p161

楡家の人びと（抄）
 ◇「山形県文学全集第1期（小説編）3」郷土出版社 2004 p11

遙かな国遠い国
 ◇「冒険の森へ―傑作小説大全 15」集英社 2016 p133

浮漂
 ◇「コレクション戦争と文学 1」集英社 2012 p135

リスボン着。もう少しで会えるのが楽しみ≫辻邦生夫妻
 ◇「日本人の手紙 7」リブリオ出版 2004 p93

喜多 喜久　きた・よしひさ（1979〜）

カナブン
 ◇「5分で読める！ ひと駅ストーリー 夏の記憶東口編」宝島社 2013（宝島社文庫）p281

きっかけ
 ◇「5分で読める！ ひと駅ストーリー 本の物語」宝島社 2014（宝島社文庫）p329

地下鉄異臭事件の顛末
 ◇「5分で読める！ ひと駅ストーリー 乗車編」宝島社 2012（宝島社文庫）p263

父のスピーチ
 ◇「10分間ミステリー」宝島社 2012（宝島社文庫）p307
 ◇「5分で泣ける！ 胸がいっぱいになる物語」宝島社 2015（宝島社文庫）p87
 ◇「10分間ミステリー THE BEST」宝島社 2016（宝島社文庫）p61

冬空の彼方に
 ◇「5分で読める！ ひと駅ストーリー 冬の記憶西口編」宝島社 2013（宝島社文庫）p11
 ◇「5分で驚く！ どんでん返しの物語」宝島社 2016（宝島社文庫）p163

味覚の新世界より
 ◇「5分で読める！ ひと駅ストーリー 食の話」宝島社 2016（宝島社文庫）p349

リケジョ探偵の謎解きラボ
 ◇「このミステリーがすごい！ 三つの迷宮」宝島社 2015（宝島社文庫）p7

リケジョ探偵の謎解きラボ Research01―亡霊に殺された女
 ◇「『このミステリーがすごい！』大賞作家書き下ろしBOOK vol.14」宝島社 2016 p5

リケジョ探偵の謎解きラボ Research02―亡霊に殺された女
 ◇「『このミステリーがすごい！』大賞作家書き下ろしBOOK vol.15」宝島社 2016 p79

Csのために
 ◇「もっとすごい！ 10分間ミステリー」宝島社 2013（宝島社文庫）p57

北浦 真　きたうら・まこと

宇宙からのメッセージ
 ◇「ショートショートの広場 20」講談社 2008（講談社文庫）p135

北江 良雄　きたえ・よしお

人形
 ◇「ハンセン病に咲いた花―初期文芸名作選 戦後編」皓星社 2002（ハンセン病叢書）p63

きたお

北大路 魯山人 きたおおじ・ろさんじん（1883〜1959）
- 趣味の茶漬け
  ◇「たんときれいに召し上がれ―美食文学精選」芸術新聞社 2015 p247

北方 謙三 きたかた・けんぞう（1947〜）
- 熱い痣
  ◇「わが名はタフガイ―ハードボイルド傑作選」光文社 2006（光文社文庫）p257
- 岩
  ◇「短編復活」集英社 2002（集英社文庫）p153
- 梅香る日
  ◇「代表作時代小説 平成19年度」光文社 2007 p193
- 男の小道具
  ◇「闇に香るもの」新潮社 2004（新潮文庫）p165
- 檻
  ◇「冒険の森へ―傑作小説大全 11」集英社 2015 p361
- カウンター
  ◇「冒険の森へ―傑作小説大全 16」集英社 2015 p37
- 行間
  ◇「マイ・ベスト・ミステリー 2」文藝春秋 2007（文春文庫）p265
- 高速道路
  ◇「冒険の森へ―傑作小説大全 20」集英社 2015 p36
- 殺さない程度
  ◇「冒険の森へ―傑作小説大全 14」集英社 2016 p70
- 残像
  ◇「男たちの長い旅」徳間書店 2004（TOKUMA NOVELS）p315
- 試着室
  ◇「二十四粒の宝石―超短編小説傑作集」講談社 1998（講談社文庫）p247
- 熟柿
  ◇「自選ショート・ミステリー」講談社 2001（講談社文庫）p234
- 杖下
  ◇「白刃光る」新潮社 1997 p7
  ◇「時代小説―読切御免 1」新潮社 2004（新潮文庫）p9
- 煙草
  ◇「翳りゆく時間」新潮社 2006（新潮文庫）p25
- どこにも行かない船―観音崎京急ホテル
  ◇「贅沢な恋人たち」幻冬舎 1997（幻冬舎文庫）p79
- 二月二日ホテル
  ◇「海外トラベル・ミステリー―7つの旅物語」三笠書房 2000（王様文庫）p59
- 鳩
  ◇「影」文藝春秋 2003（推理作家になりたくてマイベストミステリー）p144
  ◇「マイ・ベスト・ミステリー 2」文藝春秋 2007（文春文庫）p216
- 暴
  ◇「男たちのら・ら・ば・い」徳間書店 1999（徳間文庫）p207
- 梵鐘
  ◇「士魂の光芒―時代小説最前線」新潮社 1997（新潮文庫）p395
  ◇「時代小説―読切御免 4」新潮社 2005（新潮文庫）p77

北上 秋彦 きたかみ・あきひこ（1950〜）
- 現場痕
  ◇「12の贈り物―東日本大震災支援岩手県在住作家自選短編集」荒蝦夷 2011（叢書東北の声）p225
- 事故の死角
  ◇「あの日から―東日本大震災鎮魂岩手県出身作家短編集」岩手日報社 2015 p39
- 茶の葉とブロッコリー
  ◇「ザ・ベストミステリーズ―推理小説年鑑 2000」講談社 2000 p471
  ◇「嘘つきは殺人のはじまり」講談社 2003（講談社文庫）p213
- 熱帯夜
  ◇「憑き者―全篇書下ろし傑作ホラーアンソロジー」アスキー 2000（A-novels）p593

北川 あゆ きたがわ・あゆ
- ハッピーエンド
  ◇「ショートショートの花束 3」講談社 2011（講談社文庫）p126
- ビンゴ
  ◇「ショートショートの花束 3」講談社 2011（講談社文庫）p207
- わがままな正義
  ◇「ショートショートの広場 20」講談社 2008（講談社文庫）p229

北川 歩実 きたがわ・あゆみ
- 替玉
  ◇「ザ・ベストミステリーズ―推理小説年鑑 2000」講談社 2000 p237
  ◇「嘘つきは殺人のはじまり」講談社 2003（講談社文庫）p140
- 風の誘い
  ◇「ザ・ベストミステリーズ―推理小説年鑑 2001」講談社 2001 p319
  ◇「殺人作法」講談社 2004（講談社文庫）p199
- 心の眼鏡
  ◇「紅と蒼の恐怖―ホラー・アンソロジー」祥伝社 2002（Non novel）p43
- 確かなつながり
  ◇「Mystery Seller」新潮社 2012（新潮文庫）p365
- 月の輝く夜
  ◇「恋は罪つくり―恋愛ミステリー傑作選」光文社 2005（光文社文庫）p327
- 天使の歌声
  ◇「事件を追いかけろ―最新ベスト・ミステリー サプライズの花束編」光文社 2004（カッパ・ノベルス）p181
  ◇「事件を追いかけろ サプライズの花束編」光文社

2009（光文社文庫）p235
長い冬
◇「舌づけ―ホラー・アンソロジー」祥伝社 1998（ノン・ポシェット）p91
僕はモモイロインコ
◇「ザ・ベストミステリーズ―推理小説年鑑 2002」講談社 2002 p515
◇「トリック・ミュージアム」講談社 2005（講談社文庫）p493

北川 千代子　きたがわ・ちよ
世界同盟
◇「ひつじアンソロジー 小説編 2」ひつじ書房 2009 p73
名を護る
◇「日本の少年小説―「少国民」のゆくえ」インパクト出版会 2016（インパクト選書）p69
夏休み日記
◇「ひつじアンソロジー 小説編 2」ひつじ書房 2009 p63

北川 冬彦　きたがわ・ふゆひこ（1900〜1990）
青褪めた公園
◇「新装版 全集現代文学の発見 13」學藝書林 2004 p33
秋
◇「新装版 全集現代文学の発見 13」學藝書林 2004 p33
秋は豊かなる哉
◇「新装版 全集現代文学の発見 13」學藝書林 2004 p32
池の鯉
◇「新装版 全集現代文学の発見 13」學藝書林 2004 p34
腕
◇「新装版 全集現代文学の発見 13」學藝書林 2004 p26
◇「新装版 全集現代文学の発見 13」學藝書林 2004 p29
馬
◇「新装版 全集現代文学の発見 13」學藝書林 2004 p33
壊滅の鉄道
◇「〈外地〉の日本語文学選 2」新宿書房 1996 p96
◇「新装版 全集現代文学の発見 13」學藝書林 2004 p25
剃刀
◇「新装版 全集現代文学の発見 13」學藝書林 2004 p30
機械
◇「新装版 全集現代文学の発見 13」學藝書林 2004 p28
空腹について
◇「新装版 全集現代文学の発見 13」學藝書林 2004 p27
鯨
◇「〈外地〉の日本語文学選 2」新宿書房 1996 p96

◇「新装版 全集現代文学の発見 13」學藝書林 2004 p25
検温器と花・その他―A Fuyue Anzai
◇「新装版 全集現代文学の発見 13」學藝書林 2004 p32
萎びた筒
◇「新装版 全集現代文学の発見 13」學藝書林 2004 p29
砂埃
◇「新装版 全集現代文学の発見 13」學藝書林 2004 p27
絶望の歌―A Tatsuji Miyoshi
◇「新装版 全集現代文学の発見 13」學藝書林 2004 p28
戦争
◇「〈外地〉の日本語文学選 2」新宿書房 1996 p95
◇「新装版 全集現代文学の発見 13」學藝書林 2004 p24
戦争―A Riichi Yokomitsu
◇「新装版 全集現代文学の発見 13」學藝書林 2004 p24
大軍叱咤
◇「〈外地〉の日本語文学選 2」新宿書房 1996 p95
◇「新装版 全集現代文学の発見 13」學藝書林 2004 p25
肉親の章―A Momota Soji
◇「新装版 全集現代文学の発見 13」學藝書林 2004 p29
人間
◇「新装版 全集現代文学の発見 13」學藝書林 2004 p32
灰
◇「新装版 全集現代文学の発見 13」學藝書林 2004 p31
花
◇「新装版 全集現代文学の発見 13」學藝書林 2004 p27
◇「新装版 全集現代文学の発見 13」學藝書林 2004 p31
光について
◇「新装版 全集現代文学の発見 13」學藝書林 2004 p30
◇「新装版 全集現代文学の発見 13」學藝書林 2004 p31
◇「新装版 全集現代文学の発見 13」學藝書林 2004 p32
菱形の脚
◇「新装版 全集現代文学の発見 13」學藝書林 2004 p26
皮膚の経営
◇「新装版 全集現代文学の発見 13」學藝書林 2004 p30
風景
◇「新装版 全集現代文学の発見 13」學藝書林 2004 p27
無題

◇「新装版 全集現代文学の発見 13」學藝書林 2004 p27
◇「新装版 全集現代文学の発見 13」學藝書林 2004 p29

落日
◇「新装版 全集現代文学の発見 13」學藝書林 2004 p33

ラツシユ・アワア
◇「新装版 全集現代文学の発見 13」學藝書林 2004 p30

恋愛の結果
◇「新装版 全集現代文学の発見 13」學藝書林 2004 p30

北國 浩二　きたくに・こうじ

甍の中
◇「虚構機関―年刊日本SF傑作選」東京創元社 2008（創元SF文庫）p139

北阪 昌人　きたさか・まさと

プラットホーム
◇「テレビドラマ代表作選集 2008年版」日本脚本家連盟 2008 p275

北沢 慶　きたざわ・けい（1972～）

クリティカル・クリミナル
◇「ぺらぺらーず漫遊記―ソード・ワールド短編集」富士見書房 2006（富士見ファンタジア文庫）p11

グレートソードは筋肉娘の夢を見るか
◇「集え！へっぽこ冒険者たち―ソード・ワールド短編集」富士見書房 2002（富士見ファンタジア文庫）p131

空ときみとの間には
◇「死者は弁明せず―ソード・ワールド短編集」富士見書房 1997（富士見ファンタジア文庫）p7

天使におまかせ!?
◇「妖精竜（フェアリードラゴン）の花」富士見書房 2000（富士見ファンタジア文庫）p171

ファリス様がみてる!?―ヒースの思い出
◇「踊れ！へっぽこ大祭典―ソード・ワールド短編集」富士見書房 2004（富士見ファンタジア文庫）p127

魔物と仲よくなる方法
◇「砂漠の王」富士見書房 1999（富士見ファンタジア文庫）p85

許されし偽り
◇「許されし偽り―ソード・ワールド短編集」富士見書房 2001（富士見ファンタジア文庫）p7

喜多嶋 隆　きたじま・たかし（1949～）

イエロー・バードと呼ばせて
◇「絶体絶命」早川書房 2006（ハヤカワ文庫）p75

北島 春信　きたじま・はるのぶ（1927～）

うちゅうごっこするもの このゆび止まれ！
◇「小学校・全員参加の楽しい学級劇・学年劇脚本集 低学年」黎明書房 2007 p138

北園 克衛　きたぞの・かつえ（1902～1978）

秋の立体
◇「新装版 全集現代文学の発見 13」學藝書林 2004 p63

暗い四月
◇「新装版 全集現代文学の発見 13」學藝書林 2004 p67

暗い室内
◇「新装版 全集現代文学の発見 13」學藝書林 2004 p62

黒い雨
◇「新装版 全集現代文学の発見 13」學藝書林 2004 p66

黒い鏡
◇「新装版 全集現代文学の発見 13」學藝書林 2004 p67

黒い距離―Une bagatelle à 1950
◇「新装版 全集現代文学の発見 13」學藝書林 2004 p71

黒い肖像
◇「新装版 全集現代文学の発見 13」學藝書林 2004 p68

詩集 黒い火
◇「新装版 全集現代文学の発見 13」學藝書林 2004 p62

死と蝙蝠傘の詩
◇「新装版 全集現代文学の発見 13」學藝書林 2004 p63

単調な立体
◇「新装版 全集現代文学の発見 13」學藝書林 2004 p64

夜の要素
◇「新装版 全集現代文学の発見 13」學藝書林 2004 p72

A une dame
◇「新装版 全集現代文学の発見 13」學藝書林 2004 p69

北田 薄氷　きただ・うすらい（1876～1900）

浅ましの姿
◇「新編」日本女性文学全集 2」菁柿堂 2008 p358

乳母
◇「新日本古典文学大系 明治編 23」岩波書店 2002 p205
◇「新編」日本女性文学全集 2」菁柿堂 2008 p387
◇「明治深刻悲惨小説集」講談社 2016（講談社文芸文庫）p171

鬼千疋
◇「新編」日本女性文学全集 2」菁柿堂 2008 p360

黒眼鏡
◇「新編」日本女性文学全集 2」菁柿堂 2008 p371

三人やもめ
◇「新編」日本女性文学全集 2」菁柿堂 2008 p284

白髪染
◇「新編」日本女性文学全集 2」菁柿堂 2008 p404

北田 由貴子　きただ・ゆきこ
この島を
◇「ハンセン病文学全集 8」皓星社 2006 p379
死角の島
◇「ハンセン病文学全集 8」皓星社 2006 p305
春を待ちつつ
◇「ハンセン病文学全集 8」皓星社 2006 p477

北田 玲一郎　きただ・れいいちろう（1941〜）
機械と太鼓―プロパチンカアの独白
◇「新装版 全集現代文学の発見 別巻」學藝書林 2005 p238

北代 司　きただい・つかさ
チューブ・ライディングの長い夜
◇「Sports stories」埼玉県さいたま市 2009（さいたま市スポーツ文学賞受賞作品集）p259

北詰 渚　きたづめ・なぎさ
カチンコチン
◇「てのひら怪談―ビーケーワン怪談大賞傑作選 庚寅」ポプラ社 2010（ポプラ文庫）p78

木谷 新　きたに・しん
夜の樹
◇「ゆきのまち幻想文学賞小品集 23」企画集団ぷりずむ 2014 p138

木谷 花夫　きたに・はなお
石上の火
◇「ハンセン病文学全集 8」皓星社 2006 p215

北野 恭代　きたの・やすよ
私の芸人
◇「Magma 噴の巻」ソフト商品開発研究所 2016 p85

北野 勇作　きたの・ゆうさく（1962〜）
蟻の行列
◇「贈る物語Wonder」光文社 2002 p116
宇宙からの贈りものたち
◇「多々良島ふたたび―ウルトラ怪獣アンソロジー」早川書房 2015（TSUBURAYA×HAYAKAWA UNIVERSE）p45
大いなるQ
◇「多々良島ふたたび―ウルトラ怪獣アンソロジー」早川書房 2015（TSUBURAYA×HAYAKAWA UNIVERSE）p86
お猿電車
◇「自選ショート・ミステリー 2」講談社 2001（講談社文庫）p180
楽屋で語られた四つの話
◇「俳優」廣済堂出版 1999（廣済堂文庫）p159
かめさん
◇「日本SF短篇50 4」早川書房 2013（ハヤカワ文庫JA）p445
観覧車
◇「量子回廊―年刊日本SF傑作選」東京創元社 2010（創元SF文庫）p305
怖いは狐
◇「恐怖症」光文社 2002（光文社文庫）p399
ザリガニさま
◇「ショートショートの缶詰」キノブックス 2016 p47
潮干狩り
◇「ショートショートの缶詰」キノブックス 2016 p147
社員食堂の恐怖
◇「NOVA―書き下ろし日本SFコレクション 4」河出書房新社 2011（河出文庫）p51
社員たち―得意先から帰ってきたら、会社が地中深くに沈んでいた
◇「NOVA―書き下ろし日本SFコレクション 1」河出書房新社 2009（河出文庫）p13
社内肝試し大会に関するメモ―会社の地下で事故が起こったんだ。で、死んだよ、研究員が
◇「NOVA―書き下ろし日本SFコレクション 7」河出書房新社 2012（河出文庫）p197
蛇腹と電気のダンス
◇「SFバカ本 人類復活篇」メディアファクトリー 2001 p5
◇「笑止―SFバカ本シュール集」小学館 2007（小学館文庫）p179
大卒ポンプ―あっぱれあっぱれ、大卒ポンプ！―あり得べき近未来社会を描いた巻頭作
◇「NOVA―書き下ろし日本SFコレクション 8」河出書房新社 2012（河出文庫）p13
第二箱船荘の悲劇
◇「喜劇綺劇」光文社 2009（光文社文庫）p61
◇「逃げゆく物語の話―ゼロ年代日本SFベスト集成F」東京創元社 2010（創元SF文庫）p339
天国
◇「物語のルミナリエ」光文社 2011（光文社文庫）p189
とんがりとその周辺―あのとんがりは、人を乗せて月まで行ったという
◇「NOVA―書き下ろし日本SFコレクション 6」河出書房新社 2011（河出文庫）p311
肉食
◇「屍者の行進」廣済堂出版 1998（廣済堂文庫）p351
白昼
◇「ひとにぎりの異形」光文社 2007（光文社文庫）p382
はじめての駅で
◇「量子回廊―年刊日本SF傑作選」東京創元社 2010（創元SF文庫）p301
ペットを飼うヒト
◇「現代の小説 1997」徳間書店 1997 p225
ほぼ百字小説
◇「アステロイド・ツリーの彼方へ」東京創元社 2016（創元SF文庫）p431

きたの

味噌樽の中のカブト虫―私の頭の中にはカブト虫がいる
◇「NOVA―書き下ろし日本SFコレクション 10」河出書房新社 2013（河出文庫）p73
螺旋階段
◇「グランドホテル」廣済堂出版 1999（廣済堂文庫）p515

北野 玲　きたの・れい
丸の内メリーゴーランド
◇「丸の内の誘惑」マガジンハウス 1999 p77

北ノ倉 マユミ　きたのくら・まゆみ
犬仏峠の幽霊
◇「ゆきのまち幻想文学賞小品集 10」企画集団ぷりずむ 2001 p47
ゆきばたけ
◇「ゆきのまち幻想文学賞小品集 9」企画集団ぷりずむ 2000 p123

北林 透馬　きたばやし・とうま（1904〜1968）
電話の声
◇「甦る推理雑誌 4」光文社 2003（光文社文庫）p89

北原 亞以子　きたはら・あいこ（1938〜2013）
証
◇「合わせ鏡―女流時代小説傑作選」角川春樹事務所 2003（ハルキ文庫）p309
◇「世話焼き長屋―人情時代小説傑作選」新潮社 2008（新潮文庫）p183
仇討心中
◇「極め付き時代小説選 2」中央公論新社 2004（中公文庫）p135
嵐の前
◇「代表作時代小説 平成19年度」光文社 2007 p145
うさぎ
◇「剣が舞い落花が舞い―時代小説傑作選」講談社 1998（講談社文庫）p281
海の音
◇「代表作時代小説 平成23年度」光文社 2011 p109
臆病者
◇「江戸なごり雨」学研パブリッシング 2013（学研M文庫）p97
お龍
◇「代表作時代小説 平成9年度」光風社出版 1997 p27
◇「龍馬の天命―坂本龍馬名手の八篇」実業之日本社 2010 p235
終りのない階段
◇「江戸浮世風」学習研究社 2004（学研M文庫）p271
帰り花
◇「代表作時代小説 平成21年度」光文社 2009 p385
傷
◇「市井図絵」新潮社 1997 p45
◇「傑作捕物ワールド 10」リブリオ出版 2002 p221
◇「時代小説―読切御免 2」新潮社 2004（新潮文庫）p9
ぎやまん身の上物語
◇「代表作時代小説 平成26年度」光文社 2014 p297
恋知らず
◇「江戸夢あかり」学習研究社 2003（学研M文庫）p57
◇「江戸夢あかり」学研パブリッシング 2013（学研M文庫）p57
恋忘れ草
◇「現代秀作集」角川書店 1999（女性作家シリーズ）p259
◇「江戸色恋坂―市井情話傑作選」学習研究社 2005（学研M文庫）p259
御改革
◇「代表作時代小説 平成17年度」光文社 2005 p131
こはだの鮓
◇「紅葉谷から剣鬼が来る―時代小説傑作選」講談社 2002（講談社文庫）p239
◇「大江戸万華鏡―美味小説傑作選」学研パブリッシング 2014（学研M文庫）p71
最後の晩餐
◇「大江戸万華鏡―美味小説傑作選」学研パブリッシング 2014（学研M文庫）p83
忍ぶ恋
◇「忍ぶ恋」文藝春秋 1999 p25
捨足軽
◇「代表作時代小説 平成22年度」光文社 2010 p255
罪な女
◇「逢魔への誘い」徳間書店 2000（徳間文庫）p51
妬心―ぎやまん物語
◇「代表作時代小説 平成12年度」光風社出版 2000 p415
ともだち
◇「たそがれ長屋―人情時代小説傑作選」新潮社 2008（新潮文庫）p139
残り火
◇「剣の意地恋の夢―時代小説傑作選」講談社 2000（講談社文庫）p33
◇「万年金の世―時代小説傑作選」徳間書店 2006（徳間文庫）p29
橋を渡って
◇「江戸の秘恋―時代小説傑作選」徳間書店 2004（徳間文庫）p37
花冷え
◇「江戸夢日和」学習研究社 2004（学研M文庫）p109
憚りながら日本一
◇「浮き世草紙―女流時代小説傑作選」角川春樹事務所 2002（ハルキ文庫）p263
晩春
◇「鎮守の森に鬼が棲む―時代小説傑作選」講談社 2001（講談社文庫）p103
ひも・紐・ヒモ
◇「忍ぶ恋」文藝春秋 1999 p121

武士の妻
- ◇「代表作時代小説 平成10年度」光風社出版 1998 p335
- ◇「誠の旗がゆく―新選組傑作選」集英社 2003（集英社文庫）p123
- ◇「地獄の無明剣―時代小説傑作選」講談社 2004（講談社文庫）p395

降りしきる
- ◇「新選組興亡録」角川書店 2003（角川文庫）p75

炎
- ◇「志士―吉田松陰アンソロジー」新潮社 2014（新潮文庫）p175

饅頭の皮
- ◇「勝者の死にざま―時代小説選手権」新潮社 1998（新潮文庫）p297

乱れ火―吉原遊女の敵討ち
- ◇「時代小説傑作選 4」新人物往来社 2008 p143

名人かたぎ
- ◇「江戸宵闇しぐれ」学習研究社 2005（学研M文庫）p253
- ◇「江戸めぐり雨」学研パブリッシング 2014（学研M文庫）p41

夜鷹蕎麦十六文
- ◇「鬼火が呼んでいる―時代小説傑作選」講談社 1997（講談社文庫）p99
- ◇「職人気質」小学館 2007（小学館文庫）p137

律儀者
- ◇「撫子が斬る―女性作家捕物帳アンソロジー」光文社 2005（光文社文庫）p117

リリーフ
- ◇「忍ぶ恋」文藝春秋 1999 p219

老梅
- ◇「代表作時代小説 平成25年度」光文社 2013 p201

北原 武夫　きたはら・たけお（1907〜1973）

踊子マリイ・ロオランサン
- ◇「創刊一〇〇年三田文学名作選」三田文学会 2010 p142

嘔気
- ◇「コレクション戦争と文学 8」集英社 2011 p128

魔に憑かれて
- ◇「戦後短篇小説再発見 13」講談社 2003（講談社文芸文庫）p74

北原 なお　きたはら・なお

燠
- ◇「ゆきのまち幻想文学賞小品集 10」企画集団ぷりずむ 2001 p191

手品師
- ◇「ゆきのまち幻想文学賞小品集 13」企画集団ぷりずむ 2004 p74

ノアの住む国
- ◇「ゆきのまち幻想文学賞小品集 9」企画集団ぷりずむ 2000 p13

ゆきんからん
- ◇「ゆきのまち幻想文学賞小品集 12」企画集団ぷりずむ 2003 p117

Identity Lullaby
- ◇「ゆきのまち幻想文学賞小品集 14」企画集団ぷりずむ 2005 p35

北原 尚彦　きたはら・なおひこ（1962〜）

愛書家倶楽部
- ◇「蒐集家（コレクター）」光文社 2004（光文社文庫）p55
- ◇「ザ・ベストミステリーズ―推理小説年鑑 2005」講談社 2005 p321
- ◇「隠された鍵」講談社 2008（講談社文庫）p319
- ◇「古書ミステリー倶楽部―傑作推理小説集 2」光文社 2014（光文社文庫）p81

遺棄船
- ◇「幽霊船」光文社 2001（光文社文庫）p255

映画発明者
- ◇「キネマ・キネマ」光文社 2002（光文社文庫）p167

怪人撥条足男
- ◇「平成都市伝説」中央公論新社 2004（C NOVELS）p79

鏡迷宮
- ◇「アリス殺人事件―不思議の国のアリス ミステリーアンソロジー」河出書房新社 2016（河出文庫）p301

帰去来
- ◇「帰還」光文社 2000（光文社文庫）p285

首狩少女亭
- ◇「酒の夜語り」光文社 2002（光文社文庫）p301
- ◇「ザ・ベストミステリーズ―推理小説年鑑 2003」講談社 2003 p665
- ◇「殺人格差」講談社 2006（講談社文庫）p571

下水道
- ◇「GOD」廣済堂出版 1999（廣済堂文庫）p309

血脈
- ◇「時間怪談」廣済堂出版 1999（廣済堂文庫）p155

殺人ガリデブ
- ◇「シャーロック・ホームズの災難―日本版」論創社 2007 p155

三人の剣製
- ◇「バカミスじゃない!?―史上空前のバカミス・アンソロジー」宝島社 2007 p89
- ◇「天地驚愕のミステリー」宝島社 2009（宝島社文庫）p41

屍衣館怪異譚
- ◇「オバケヤシキ」光文社 2005（光文社文庫）p217

屍者狩り大佐
- ◇「NOVA＋―書き下ろし日本SFコレクション 2」河出書房新社 2015（河出文庫）p173

新人審査
- ◇「俳優」廣済堂出版 1999（廣済堂文庫）p399

人造令嬢
- ◇「ロボットの夜」光文社 2000（光文社文庫）p449

貯金箱
- ◇「玩具館」光文社 2001（光文社文庫）p271

天蓋寝台
　◇「夏のグランドホテル」光文社 2003（光文社文庫）p115
ハドソン夫人の内幕
　◇「物語のルミナリエ」光文社 2011（光文社文庫）p39
朋類
　◇「世紀末サーカス」廣済堂出版 2000（廣済堂文庫）p593
蜜月旅行
　◇「トロピカル」廣済堂出版 1999（廣済堂文庫）p103
憂慮する令嬢の事件
　◇「悪意の迷路」光文社 2016（最新ベスト・ミステリー）p139
ワトスン博士の内幕
　◇「ひとにぎりの異形」光文社 2007（光文社文庫）p73
　◇「シャーロック・ホームズに愛をこめて」光文社 2010（光文社文庫）p129

北原 白秋　きたはら・はくしゅう（1885～1942）
紺屋のおろく
　◇「日本文学全集 29」河出書房新社 2016 p18
邪宗門秘曲
　◇「日本文学全集 29」河出書房新社 2016 p17
雀と人間との相似関係
　◇「ファイン／キュート素敵かわいい作品選」筑摩書房 2015（ちくま文庫）p26
空に真赤な
　◇「日本文学全集 29」河出書房新社 2016 p18
狸の睾丸
　◇「文豪てのひら怪談」ポプラ社 2009（ポプラ文庫）p210
月と胡桃
　◇「月のものがたり」ソフトバンククリエイティブ 2006 p116
月と美童
　◇「美少年」国書刊行会 1997（書物の王国）p143
人形つくり
　◇「人形」国書刊行会 1997（書物の王国）p174
熱烈な新しい抱擁に堕ちようではないか≫福島俊子
　◇「日本人の手紙 5」リブリオ出版 2004 p99
白猫
　◇「怪猫鬼談」人類文化社 1999 p29
ビンビン、ハルビン、腹がすく≫北原隆太郎
　◇「日本人の手紙 1」リブリオ出版 2004 p17
夜
　◇「リテラリーゴシック・イン・ジャパン─文学的ゴシック作品選」筑摩書房 2014（ちくま文庫）p21

北原 秀篤　きたはら・ひであつ
拷問
　◇「ショートショートの広場 9」講談社 1998（講談社文庫）p41

北原 政吉　きたはら・まさよし
夜の森─二幕
　◇「日本統治期台湾文学集成 11」緑蔭書房 2003 p389

北見 越　きたみ・えつ
邪魔者
　◇「ショートショートの広場 18」講談社 2006（講談社文庫）p225
同時進行
　◇「ショートショートの広場 19」講談社 2007（講談社文庫）p195
物語
　◇「ショートショートの広場 19」講談社 2007（講談社文庫）p174

北村 薫　きたむら・かおる（1949～）
朝霧
　◇「ザ・ベストミステリーズ─推理小説年鑑 1998」講談社 1998 p317
　◇「完全犯罪証明書」講談社 2001（講談社文庫）p167
ウィンター・アポカリプス
　◇「吹雪の山荘─赤い死の影の下に」東京創元社 2008（創元クライム・クラブ）p97
　◇「吹雪の山荘─リレーミステリ」東京創元社 2014（創元推理文庫）p109
縁側
　◇「文豪さんへ。」メディアファクトリー 2009（MF文庫）p7
怪奇毒吐き女
　◇「秘密。─私と私のあいだの十二話」メディアファクトリー 2005 p131
解釈
　◇「本をめぐる物語─栞は夢をみる」KADOKAWA 2014（角川文庫）p237
凱旋
　◇「本格ミステリ 2003」講談社 2003（講談社ノベルス）p11
　◇「論理学園事件帳─本格短編ベスト・セレクション」講談社 2007（講談社文庫）p11
　◇「古書ミステリー倶楽部─傑作推理小説集 3」光文社 2015（光文社文庫）p297
かるかや
　◇「事件現場に行こう─最新ベスト・ミステリー カレイドスコープ編」光文社 2001（カッパ・ノベルス）p39
雁の便り
　◇「最新「珠玉推理」大全 上」光文社 1998（カッパ・ノベルス）p153
　◇「幻惑のラビリンス」光文社 2001（光文社文庫）p219
虚栄の市
　◇「ザ・ベストミステリーズ─推理小説年鑑 2003」講談社 2003 p9
　◇「殺人格差」講談社 2006（講談社文庫）p183

くしゅん
◇「9の扉―リレー短編集」マガジンハウス 2009 p7
◇「9の扉」KADOKAWA 2013（角川文庫）p5

黒い手帳
◇「奇想博物館」光文社 2013（最新ベスト・ミステリー）p111

五人の王と昇天する男達の謎
◇「新本格猛虎会の冒険」東京創元社 2003 p11

作品が作品を生む
◇「マイ・ベスト・ミステリー 5」文藝春秋 2007（文春文庫）p223

ざくろ
◇「短篇ベストコレクション―現代の小説 2010」徳間書店 2010（徳間文庫）p207

しりとり
◇「坂木司リクエスト！ 和菓子のアンソロジー」光文社 2013 p293
◇「坂木司リクエスト！ 和菓子のアンソロジー」光文社 2014（光文社文庫）p295

白い本
◇「本迷宮―本を巡る不思議な物語」日本図書設計家協会 2016 p33

彗星との邂逅
◇「凶鳥の黒影―中井英夫へ捧げるオマージュ」河出書房新社 2004 p251

想夫恋
◇「本格ミステリー二〇〇七年本格短編ベスト・セレクション 07」講談社 2007（講談社ノベルス）p155
◇「法廷ジャックの心理学―本格短編ベスト・セレクション」講談社 2011（講談社文庫）p231

続・二銭銅貨
◇「ミステリ★オールスターズ」角川書店 2010 p31
◇「ミステリ・オールスターズ」角川書店 2012（角川文庫）p35

田中潤司語る（田中潤司／有栖川有栖）
◇「北村薫の本格ミステリ・ライブラリー」角川書店 2001（角川文庫）p167

茶の痕跡
◇「短篇ベストコレクション―現代の小説 2016」徳間書店 2016（徳間文庫）p201

月の砂漠をさばさばと
◇「少女物語」朝日新聞社 1998 p111

溶けていく
◇「仮面のレクイエム」光文社 1998（光文社文庫）p129

夏の日々
◇「鉄路に咲く物語―鉄道小説アンソロジー」光文社 2005（光文社文庫）p75

夏目漱石『門』を語る
◇「文豪さんへ。」メディアファクトリー 2009（MF文庫）p19

眠れる森
◇「七つの危険な真実」新潮社 2004（新潮文庫）p289

ビスケット
◇「探偵Xからの挑戦状！ season3」小学館 2012（小学館文庫）p33

百物語
◇「七つの黒い夢」新潮社 2006（新潮文庫）p51

ふっくらと
◇「空を飛ぶ恋―ケータイがつなぐ28の物語」新潮社 2006（新潮文庫）p172

幻の追伸
◇「殺意の隘路」光文社 2016（最新ベスト・ミステリー）p183

水に眠る
◇「小説乃湯―お風呂小説アンソロジー」角川書店 2013（角川文庫）p273

三つ、惚れられ
◇「暗闇を見よ」光文社 2010（Kappa novels）p125
◇「暗闇を見よ」光文社 2015（光文社文庫）p165

ものがたり
◇「鍵」文藝春秋 2004（推理作家になりたくて マイベストミステリー）p114
◇「マイ・ベスト・ミステリー 5」文藝春秋 2007（文春文庫）p166
◇「日本文学100年の名作 8」新潮社 2015（新潮文庫）p457

指
◇「眠れなくなる夢十夜」新潮社 2009（新潮文庫）p81

百合子姫
◇「秘密。―私と私とのあいだの十二話」メディアファクトリー 2005 p125

北村 佳澄　きたむら・かすみ
蝶の影
◇「むすぶ―第11回フェリシモ文学賞作品集」フェリシモ 2008 p28

ハガキの夕暮れ
◇「ゆれる―第12回フェリシモ文学賞作品集」フェリシモ 2009 p86

氷解
◇「冷と温―第13回フェリシモ文学賞作品集」フェリシモ 2010 p115

北村 季吟　きたむら・きぎん（1624〜1705）
岩津々志〔須永朝彦〔訳〕〕
◇「同性愛」国書刊行会 1999（書物の王国）p94

北村 小松　きたむら・こまつ（1901〜1964）
探偵小説
◇「甦る推理雑誌 3」光文社 2002（光文社文庫）p387

湖ホテル
◇「外地探偵小説集 南方篇」せらび書房 2010 p89

北村 四海　きたむら・しかい（1871〜1927）
鬼無菊
◇「文豪怪談傑作選 特別編」筑摩書房 2007（ちくま文庫）p47

頭上の響
　◇「文豪怪談傑作選 特別編」筑摩書房 2007（ちくま文庫）p45
千ヶ寺詣
　◇「文豪怪談傑作選 特別編」筑摩書房 2007（ちくま文庫）p52
闥（ドア）の響
　◇「文豪怪談傑作選 特別編」筑摩書房 2007（ちくま文庫）p49

北村 周一　きたむら・しゅういち
ユーモレスク
　◇「北日本文学賞入賞作品集 2」北日本新聞社 2002 p77

北村 想　きたむら・そう（1952～）
土左衛門
　◇「文豪てのひら怪談」ポプラ社 2009（ポプラ文庫）p54

北村 太郎　きたむら・たろう（1922～1992）
ヨコハマ 一九六〇年夏
　◇「日本文学全集 29」河出書房新社 2016 p53

北村 透谷　きたむら・とうこく（1868～1894）
一夕観
　◇「明治の文学 16」筑摩書房 2002 p423
歌念仏を読みて
　◇「新日本古典文学大系 明治編 26」岩波書店 2002 p277
鬼心非鬼心（実聞）
　◇「明治の文学 16」筑摩書房 2002 p371
客居偶録
　◇「明治の文学 16」筑摩書房 2002 p410
我牢獄
　◇「明治の文学 16」筑摩書房 2002 p332
閑窓茶話
　◇「明治の文学 16」筑摩書房 2002 p401
北村透谷の評論より
　◇「新日本古典文学大系 明治編 26」岩波書店 2002 p275
山庵雑記
　◇「明治の文学 16」筑摩書房 2002 p405
秋窓雑記
　◇「明治の文学 16」筑摩書房 2002 p366
宿魂鏡
　◇「明治の文学 16」筑摩書房 2002 p377
人生に相渉るとは何の謂ぞ
　◇「新日本古典文学大系 明治編 26」岩波書店 2002 p285
星夜
　◇「明治の文学 16」筑摩書房 2002 p340
電影草廬淡話
　◇「明治の文学 16」筑摩書房 2002 p346
内部生命論
　◇「新日本古典文学大系 明治編 26」岩波書店 2002 p300
萬物の声と詩人
　◇「明治の文学 16」筑摩書房 2002 p416
富士山遊びの記臆
　◇「明治の文学 16」筑摩書房 2002 p304
松島に於て芭蕉翁を読む
　◇「明治の文学 16」筑摩書房 2002 p324
三日幻境
　◇「明治の文学 16」筑摩書房 2002 p353
蓮華草
　◇「明治の文学 16」筑摩書房 2002 p330

北村 初雄　きたむら・はつお（1897～1922）
日輪
　◇「日本文学全集 29」河出書房新社 2016 p32

喜多村 緑郎　きたむら・ろくろう（1871～1961）
あけずの間
　◇「文豪怪談傑作選 特別編」筑摩書房 2008（ちくま文庫）p216

北本 和久　きたもと・かずひさ
ロシアン・ルーレット
　◇「ショートショートの花束 8」講談社 2016（講談社文庫）p43

北本 豊春　きたもと・とよはる
悪の壁
　◇「扉の向こうへ」全作家協会 2014（全作家短編集）p342
クリスマス・イブ
　◇「全作家短編小説集 9」全作家協会 2010 p170
黒い絵・絵画の魅力
　◇「全作家短編小説集 11」全作家協会 2012 p114
ゴミ
　◇「全作家短編集 15」のべる出版企画 2016 p266
プリティ大ちゃん
　◇「全作家短編小説集 12」全作家協会 2013 p22
ベートーベン交響曲全曲演奏会
　◇「全作家短編小説集 10」のべる出版 2011 p66

北森 鴻　きたもり・こう（1961～2010）
不帰屋
　◇「大密室」新潮社 1999 p67
　◇「ザ・ベストミステリーズ―推理小説年鑑 2000」講談社 2000 p165
　◇「嘘つきは殺人のはじまり」講談社 2003（講談社文庫）p302
家族写真
　◇「殺人哀モード」講談社 2000（講談社文庫）p347
奇偶論
　◇「本格ミステリー二〇〇八年本格短編ベスト・セレクション 08」講談社 2008（講談社ノベルス）p217
　◇「見えない殺人カード―本格短編ベスト・セレクション」講談社 2012（講談社文庫）p315

鬼子母神の選択肢
◇「新世紀「謎」倶楽部」角川書店 1998 p161
棄神祭
◇「名探偵の奇跡」光文社 2007（Kappa novels）p171
◇「名探偵の奇跡」光文社 2010（光文社文庫）p213
鬼無里
◇「ザ・ベストミステリーズ―推理小説年鑑 2006」講談社 2006 p167
◇「セブンミステリーズ」講談社 2009（講談社文庫）p187
急行銀河・1984
◇「凶鳥の黒影―中井英夫へ捧げるオマージュ」河出書房新社 2004 p55
凶笑面
◇「ザ・ベストミステリーズ―推理小説年鑑 1999」講談社 1999 p303
◇「殺人買います」講談社 2002（講談社文庫）p252
殺人者の赤い手
◇「最新「珠玉推理」大全 中」光文社 1998（カッパ・ノベルス）p101
◇「怪しい舞踏会」光文社 2002（光文社文庫）p141
邪宗仏
◇「ザ・ベストミステリーズ―推理小説年鑑 2001」講談社 2001 p147
◇「本格ミステリ 2001」講談社 2001（講談社ノベルス）p159
◇「鍵」文藝春秋 2004（推理作家になりたくて マイ・ベストミステリー）p156
◇「終日犯罪」講談社 2004（講談社文庫）p121
◇「紅い悪夢の夏―本格短編ベスト・セレクション」講談社 2004（光文社文庫）p197
◇「マイ・ベスト・ミステリー 5」文藝春秋 2007（文春文庫）p228
背表紙の友
◇「名探偵に訊け」光文社 2010（Kappa novels）p191
◇「名探偵に訊け」光文社 2013（光文社文庫）p257
セヴンス・ヘヴン
◇「M列車（ミステリートレイン）で行こう」光文社 2001（カッパ・ノベルス）p91
短編というお仕事
◇「マイ・ベスト・ミステリー 5」文藝春秋 2007（文春文庫）p316
ナマ猫邸事件
◇「金田一耕助に捧ぐ九つの狂想曲」角川書店 2002 p81
◇「金田一耕助に捧ぐ九つの狂想曲」角川書店 2012（角川文庫）p81
根付け供養
◇「ザ・ベストミステリーズ―推理小説年鑑 2002」講談社 2002 p337
◇「零時の犯罪予報」講談社 2005（講談社文庫）p327
はじまりの物語
◇「麺'sミステリー倶楽部―傑作推理小説集」光文社 2012（光文社文庫）p19

バッド テイスト トレイン
◇「ザ・ベストミステリーズ―推理小説年鑑 1998」講談社 1998 p171
◇「完全犯罪証明書」講談社 2001（講談社文庫）p47
花の下にて春死なむ
◇「どたん場で大逆転」講談社 1999（講談社文庫）p327
緋友禅
◇「ザ・ベストミステリーズ―推理小説年鑑 2003」講談社 2003 p275
◇「殺人の教室」講談社 2006（講談社文庫）p209
幇間二人羽織
◇「贋作館事件」原書房 1999 p283
ポートレート
◇「推理小説代表作選集―推理小説年鑑 1997」講談社 1997 p369
憑代忌
◇「本格ミステリ 2004」講談社 2004（講談社ノベルス）p313
◇「暗闇（ダークサイド）を追いかけろ―ホラー&サスペンス編」光文社 2004（カッパ・ノベルス）p179
◇「深夜バス78回転の問題―本格短編ベスト・セレクション」講談社 2008（講談社文庫）p459
◇「暗闇（ダークサイド）を追いかけろ」光文社 2008（光文社文庫）p225
ラストマティーニ
◇「ザ・ベストミステリーズ―推理小説年鑑 2007」講談社 2007 p205
◇「MARVELOUS MYSTERY」講談社 2010（講談社文庫）p351
瑠璃の契
◇「ザ・ベストミステリーズ―推理小説年鑑 2004」講談社 2004 p477
瑠璃の契り
◇「犯人たちの部屋」講談社 2007（講談社文庫）p183

北山 猛邦　きたやま・たけくに（1979～）
恋煩い
◇「忍び寄る闇の奇譚」講談社 2008（講談社ノベルス）p301
さくら炎上
◇「蝦蟇倉市事件 2」東京創元社 2010（東京創元社・ミステリ・フロンティア）p7
◇「街角で謎が待っている」東京創元社 2014（創元推理文庫）p11
一九四一年のモーゼル
◇「ミステリーズ！ extra―《ミステリ・フロンティア》特集」東京創元社 2004（創元社）p116
毒入りバレンタイン・チョコ
◇「名探偵に訊け」光文社 2010（Kappa novels）p215
◇「名探偵に訊け」光文社 2013（光文社文庫）p291
見えないダイイング・メッセージ
◇「本格ミステリ二〇〇八年本格短編ベスト・セレクション 08」講談社 2008（講談社ノベルス）

p321
◇「見えない殺人カード―本格短編ベスト・セレクション」講談社 2012（講談社文庫）p467

きたやま ようこ（1949〜）
けんか
◇「超短編アンソロジー」筑摩書房 2002（ちくま文庫）p150

吉平　きちへい
嫌いなわけ
◇「ショートショートの花束 4」講談社 2012（講談社文庫）p90

木塚 百川　きづか・ももかわ
プロ
◇「ショートショートの広場 20」講談社 2008（講談社文庫）p237

吉川 菜美　きっかわ・なみ
かぞくのひけつ（小林聖太郎）
◇「年鑑代表シナリオ集 '06」シナリオ作家協会 2008 p257

木次 園子　きつぎ・そのこ
アレスケのふとん
◇「ゆきのまち幻想文学賞小品集 24」企画集団ぷりずむ 2015 p39

城戸 シュレイダー　きど・しゅれいだー（1909〜1995）
決闘
◇「怪奇探偵小説集 2」角川春樹事務所 1998（ハルキ文庫）p111
魔石
◇「幻の探偵雑誌 10」光文社 2002（光文社文庫）p189
満州秘事天然人参譚
◇「外地探偵小説集 満州篇」せらび書房 2003 p55

木堂 明　きどう・あきら
カタユキワタリ
◇「ゆきのまち幻想文学賞小品集 14」企画集団ぷりずむ 2005 p128
記憶の点々空
◇「ゆきのまち幻想文学賞小品集 15」企画集団ぷりずむ 2006 p190

喜納 渚　きな・なぎさ
描きおろし作品：Sleep
◇「忘れがたい者たち―ライトノベル・ジュブナイル選集」創英社 2007 p7

喜納 磨佐秋　きな・まさあき
海口の女
◇「日本統治期台湾文学集成 4」緑蔭書房 2002 p303

木夏 真一郎　きなつ・しんいちろう
伊豆堀越御所異聞
◇「「伊豆文学賞」優秀作品集 第15回」羽衣出版 2012 p179

鬼怒川 浩　きぬがわ・ひろし（1913〜1973）
銃弾の秘密
◇「甦る名探偵―探偵小説アンソロジー」光文社 2014（光文社文庫）p85

衣畑 秀樹　きぬはた・ひでき
コンビニ
◇「ショートショートの花束 1」講談社 2009（講談社文庫）p145
同一障害
◇「ショートショートの広場 17」講談社 2005（講談社文庫）p178

キネオラマ
電氣之街
◇「人は死んだら電柱になる―電柱アンソロジー」遠すぎる未来団 2014 p379

木野 和子　きの・かずこ
下ん浜
◇「下ん浜―第2回「草枕文学賞」作品集」文藝春秋企画出版部 2000 p7

木野 工　きの・たくみ（1920〜2008）
樹と雪と甲虫と
◇「経済小説名作選」筑摩書房 2014（ちくま文庫）p261
氷の筏
◇「水の怪」勉誠出版 2003（べんせいライブラリー）p39

木野 裕喜　きの・ゆうき
男は車上にて面影を見る
◇「5分で読める！ ひと駅ストーリー 降車編」宝島社 2012（宝島社文庫）p211
悟りを開きし者
◇「5分で読める！ ひと駅ストーリー 本の物語」宝島社 2014（宝島社文庫）p319
◇「5分で笑える！ オバカで愉快な物語」宝島社 2016（宝島社文庫）p195
擦れ違いトゥルーエンド
◇「5分で読める！ ひと駅ストーリー 夏の記憶西口編」宝島社 2013（宝島社文庫）p151
聖夜にジングルベルが鳴り響く
◇「5分で読める！ ひと駅ストーリー 冬の記憶西口編」宝島社 2013（宝島社文庫）p91
◇「5分で笑える！ オバカで愉快な物語」宝島社 2016（宝島社文庫）p235
わらしべ長者スピンオフ
◇「5分で読める！ ひと駅ストーリー 旅の話」宝島社 2015（宝島社文庫）p57
◇「5分で笑える！ オバカで愉快な物語」宝島社 2016（宝島社文庫）p83

木下 訓成　きのした・くにしげ
じっちゃんの養豚場
◇「日本海文学大賞―大賞作品集 3」日本海文学大賞運営委員会 2007 p3

木下 恵介　きのした・けいすけ（1912〜1998）
からすの子別れ
　◇「日本舞踊舞踊劇選集」西川会 2002 p273

木下 順二　きのした・じゅんじ（1914〜2006）
赤い陣羽織
　◇「日本舞踊舞踊劇選集」西川会 2002 p325
ある終結
　◇「戦後文学エッセイ選 8」影書房 2005 p209
ある文学的事件―金嬉老が訴えたもの
　◇「戦後文学エッセイ選 8」影書房 2005 p81
茨木のり子さん―「が先決」をめぐって
　◇「戦後文学エッセイ選 8」影書房 2005 p145
宇野重吉よ
　◇「戦後文学エッセイ選 8」影書房 2005 p225
おもん藤太
　◇「日本舞踊舞踊劇選集」西川会 2002 p289
加藤周一氏の文体について
　◇「戦後文学エッセイ選 8」影書房 2005 p134
神と人とのあいだ 第1部 審判
　◇「コレクション戦争と文学 10」集英社 2012 p431
カミュ『誤解』を読んで―一九五一年に
　◇「戦後文学エッセイ選 8」影書房 2005 p9
議論しのこしたこと―ウスマン・サンベーヌ氏
　◇「戦後文学エッセイ選 8」影書房 2005 p153
暗い火花
　◇「新装版 全集現代文学の発見 10」學藝書林 2004 p394
芸術家の運命について
　◇「戦後文学エッセイ選 8」影書房 2005 p67
声（あるいは音）
　◇「戦後文学エッセイ選 8」影書房 2005 p217
シェイクスピアの翻訳について―または古典について
　◇「戦後文学エッセイ選 8」影書房 2005 p85
芝居が好きでない
　◇「戦後文学エッセイ選 8」影書房 2005 p221
一九六五年八月十五日の思想
　◇「戦後文学エッセイ選 8」影書房 2005 p30
"断ちもの"の思想
　◇「戦後文学エッセイ選 8」影書房 2005 p112
小さな兆候こそ
　◇「戦後文学エッセイ選 8」影書房 2005 p214
東京裁判が考えさせてくれたこと
　◇「戦後文学エッセイ選 8」影書房 2005 p186
「流される」ということについて
　◇「戦後文学エッセイ選 8」影書房 2005 p26
日本が日本であるためには
　◇「戦後文学エッセイ選 8」影書房 2005 p22
日本ドラマ論序説―そのいわば弁証法的側面について
　◇「戦後文学エッセイ選 8」影書房 2005 p44
花若（はなわか）
　◇「日本舞踊舞踊劇選集」西川会 2002 p307
複式夢幻能をめぐって
　◇「戦後文学エッセイ選 8」影書房 2005 p157
再び「流される」ということについて
　◇「戦後文学エッセイ選 8」影書房 2005 p119
『平家物語』はなぜ劇的か
　◇「戦後文学エッセイ選 8」影書房 2005 p140
丸山先生のこと
　◇「戦後文学エッセイ選 8」影書房 2005 p108
民話について―劇作家として考える
　◇「戦後文学エッセイ選 8」影書房 2005 p13
森有正よ
　◇「戦後文学エッセイ選 8」影書房 2005 p122
『夕鶴』の記憶
　◇「戦後文学エッセイ選 8」影書房 2005 p197
四〇年
　◇「戦後文学エッセイ選 8」影書房 2005 p205
螺旋形の"未来"
　◇「戦後文学エッセイ選 8」影書房 2005 p228
寥廓
　◇「戦後文学エッセイ選 8」影書房 2005 p116
私が決断したとき
　◇「戦後文学エッセイ選 8」影書房 2005 p202

木下 新三郎　きのした・しんざぶろう
仇結奇の赤縄 西洋娘節用（シェイクスピア〔著〕）
　◇「新日本古典文学大系 明治編 14」岩波書店 2013 p361

樹下 太郎　きのした・たろう（1921〜2000）
お墓に青い花を
　◇「江戸川乱歩と13の宝石 2」光文社 2007（光文社文庫）p323
貨車引込線
　◇「江戸川乱歩の推理教室」光文社 2008（光文社文庫）p201
孤独な朝食
　◇「江戸川乱歩の推理試験」光文社 2009（光文社文庫）p59
推理師六段
　◇「犯人は秘かに笑う―ユーモアミステリー傑作選」光文社 2007（光文社文庫）p223
無能な奴
　◇「犬のミステリー」河出書房新社 1999（河出文庫）p45
やさしいお願い
　◇「謎のギャラリー特別室 1」マガジンハウス 1998 p145
　◇「謎のギャラリー―こわい部屋」新潮社 2002（新潮文庫）p135
　◇「こわい部屋」筑摩書房 2012（ちくま文庫）p135
夜に別れを告げる夜
　◇「たそがれゆく未来」筑摩書房 2016（ちくま文

庫）p75

木下 尚江　きのした・なおえ（1869〜1937）
「忠君愛国」の疑問
　◇「明治の文学 18」筑摩書房 2002 p387
火の柱（抄）
　◇「明治の文学 18」筑摩書房 2002 p191

木下 半太　きのした・はんた
バター好きのヘミングウェイ
　◇「Wonderful Story」PHP研究所 2014 p109

木下 古栗　きのした・ふるくり（1981〜）
死者の棲む森
　◇「十年後のこと」河出書房新社 2016 p87
デーモン日暮
　◇「リテラリーゴシック・イン・ジャパン—文学的ゴシック作品選」筑摩書房 2014（ちくま文庫）p549
天使たちの野合
　◇「変愛小説集 日本作家編」講談社 2014 p153
本屋大将
　◇「文学 2012」講談社 2012 p70
ラビアコントロール
　◇「量子回廊—年刊日本SF傑作選」東京創元社 2010（創元SF文庫）p373
globarise
　◇「文学 2016」講談社 2016 p271

木下 昌輝　きのした・まさき（1974〜）
甘粕の退き口
　◇「決戦！ 川中島」講談社 2016 p201
姦雄遊戯
　◇「決戦！ 三國志」講談社 2015 p5
クサリ鎌のシシド
　◇「時代小説ザ・ベスト 2016」集英社 2016（集英社文庫）p275
日ノ本一の兵
　◇「決戦！ 大坂城」講談社 2015 p47
幽斎の悪采
　◇「決戦！ 本能寺」講談社 2015 p191
義元の首
　◇「決戦！ 桶狭間」講談社 2016 p207

木下 径子　きのした・みちこ
二十歳の石段
　◇「現代作家代表作選集 3」鼎書房 2013 p5

木下 杢太郎　きのした・もくたろう（1885〜1945）
北原白秋氏の肖像
　◇「芸術家」国書刊行会 1998（書物の王国）p177
銀杏とGinkgo
　◇「植物」国書刊行会 1998（書物の王国）p176
食後の歌
　◇「創刊一〇〇年三田文学名作選」三田文学会 2010 p566

木下 夕爾　きのした・ゆうじ（1914〜1965）
わが若き日は恥多し
　◇「誤植文学アンソロジー—校正者のいる風景」論創社 2015 p164

木葉 功一　きば・こういち
Drop
　◇「Fiction zero／narrative zero」講談社 2007 p191

木原 浩勝　きはら・ひろかつ（1960〜）
あの中であそぼ（中山市朗）
　◇「文豪てのひら怪談」ポプラ社 2009（ポプラ文庫）p138
怪異蒐集家
　◇「蒐集家（コレクター）」光文社 2004（光文社文庫）p207
『教室』にやぶれる
　◇「教室」光文社 2003（光文社文庫）p13
在子
　◇「黒い遊園地」光文社 2004（光文社文庫）p293
二つの月が出る山
　◇「ファイン／キュート素敵かわいい作品選」筑摩書房 2015（ちくま文庫）p200
間人さま
　◇「獣人」光文社 2003（光文社文庫）p441

貴布 吉申　きふ・きっしん
大切な朝
　◇「かわいい—第16回フェリシモ文学賞優秀作品集」フェリシモ 2013 p109

木部 博巳　きべ・ひろみ
ほら貝の音
　◇「「伊豆文学賞」優秀作品集 第10集」静岡新聞社 2007 p73

木俣 修　きまた・おさむ（1906〜1983）
短歌
　◇「コレクション戦争と文学 13」集英社 2011 p504

君島 慧是　きみしま・けいし
新しい生活
　◇「リトル・リトル・クトゥルー—史上最小の神話小説集」学習研究社 2009 p90
アボイ邸からプロヴィデンス、カリッジ・ストリート六十六番地に送られた走り書き
　◇「リトル・リトル・クトゥルー—史上最小の神話小説集」学習研究社 2009 p92
いばらの孤島へ
　◇「てのひら怪談—ビーケーワン怪談大賞傑作選 辛卯」ポプラ社 2011（ポプラ文庫）p92
いらえ
　◇「リトル・リトル・クトゥルー—史上最小の神話小説集」学習研究社 2009 p94
うるはらすM教授の著述（抜粋）
　◇「てのひら怪談—ビーケーワン怪談大賞傑作選 百怪繚乱篇」ポプラ社 2008 p40
　◇「てのひら怪談—ビーケーワン怪談大賞傑作選 己

丑」ポプラ社 2009（ポプラ文庫）p176
球体関節リナちゃん
　◇「てのひら怪談―ビーケーワン怪談大賞傑作選 庚寅」ポプラ社 2010（ポプラ文庫）p158
柘榴のみち
　◇「てのひら怪談―ビーケーワン怪談大賞傑作選 壬辰」ポプラ社 2012（ポプラ文庫）p114
自我の海
　◇「リトル・リトル・クトゥルー――史上最小の神話小説集」学習研究社 2009 p84
自動口述機ペルセフォネ
　◇「てのひら怪談―ビーケーワン怪談大賞傑作選 壬辰」ポプラ社 2012（ポプラ文庫）p252
樹戒
　◇「てのひら怪談―ビーケーワン怪談大賞傑作選 庚寅」ポプラ社 2010（ポプラ文庫）p212
淳くんの匣
　◇「てのひら怪談―ビーケーワン怪談大賞傑作選」ポプラ社 2007 p74
　◇「てのひら怪談―ビーケーワン怪談大賞傑作選」ポプラ社 2008（ポプラ文庫）p76
それは永く遠い緑
　◇「リトル・リトル・クトゥルー――史上最小の神話小説集」学習研究社 2009 p88
月は緞帳の襞に
　◇「てのひら怪談―ビーケーワン怪談大賞傑作選」ポプラ社 2008（ポプラ文庫）p202
デウス・エクス・リブリス
　◇「てのひら怪談―ビーケーワン怪談大賞傑作選 2」ポプラ社 2007 p38
　◇「てのひら怪談―ビーケーワン怪談大賞傑作選 己丑」ポプラ社 2009（ポプラ文庫）p230
東京駅の質問
　◇「てのひら怪談―ビーケーワン怪談大賞傑作選」ポプラ社 2007 p156
　◇「てのひら怪談―ビーケーワン怪談大賞傑作選」ポプラ社 2008（ポプラ文庫）p160
透明な教室
　◇「てのひら怪談―ビーケーワン怪談大賞傑作選 百怪繚乱篇」ポプラ社 2008 p42
ドームルーペ
　◇「てのひら怪談 癸巳」KADOKAWA 2013（MF文庫ダ・ヴィンチ）p158
泡影行燈
　◇「てのひら怪談―ビーケーワン怪談大賞傑作選 百怪繚乱篇」ポプラ社 2008 p38
　◇「てのひら怪談―ビーケーワン怪談大賞傑作選 己丑」ポプラ社 2009（ポプラ文庫）p36
岬にて
　◇「リトル・リトル・クトゥルー――史上最小の神話小説集」学習研究社 2009 p86
夕陽を跨ぐ友達
　◇「てのひら怪談―ビーケーワン怪談大賞傑作選 百怪繚乱篇」ポプラ社 2008 p44
卵形
　◇「てのひら怪談 癸巳」KADOKAWA 2013（MF文庫ダ・ヴィンチ）p178

君島 夜詩　きみしま・よし（1903～1991）
月桂樹の門に吾待たん
　◇「近代朝鮮文学日本語作品集1908～1945 セレクション 6」緑蔭書房 2008 p240

君塚 良一　きみづか・りょういち（1958～）
携帯忠臣蔵
　◇「世にも奇妙な物語―小説の特別編」角川書店 2000（角川ホラー文庫）p95

黄緑 はやと　きみどり・はやと
恐怖の殺人鬼
　◇「ショートショートの広場 10」講談社 2000（講談社文庫）p206
虫の知らせ
　◇「ショートショートの広場 12」講談社 2001（講談社文庫）p60

金 ××　キム・××
朝鮮から
　◇「近代朝鮮文学日本語作品集1901～1938 評論・随筆篇 3」緑蔭書房 2004 p271
　◇「近代朝鮮文学日本語作品集1908～1945 セレクション 6」緑蔭書房 2008 p315

金 岸曙　キム・アムソ
失せたその日
　◇「近代朝鮮文学日本語作品集1908～1945 セレクション 4」緑蔭書房 2008 p319
京城散歩道 光化門通り
　◇「近代朝鮮文学日本語作品集1908～1945 セレクション 3」緑蔭書房 2008 p305
やなぎのなげき
　◇「近代朝鮮文学日本語作品集1908～1945 セレクション 4」緑蔭書房 2008 p319
友情
　◇「近代朝鮮文学日本語作品集1908～1945 セレクション 4」緑蔭書房 2008 p76
百合の花
　◇「近代朝鮮文学日本語作品集1908～1945 セレクション 4」緑蔭書房 2008 p319
落葉日記 落葉の私語き
　◇「近代朝鮮文学日本語作品集1908～1945 セレクション 3」緑蔭書房 2008 p351

金 萬益　キム・イク
朝鮮映畫製作の實際①②
　◇「近代朝鮮文学日本語作品集1901～1938 評論・随筆篇 1」緑蔭書房 2004 p375

金 嫄　キム・ウォン
皇軍慰問作文佳作（李元熙／崔載敏／金煥秀／李丙璇）
　◇「近代朝鮮文学日本語作品集1901～1938 評論・随筆篇 3」緑蔭書房 2004 p357

金 應熙　キム・ウンヒ
鴨綠江（尹孤雲／柳寅成）

きむ

◇「近代朝鮮文学日本語作品集1908〜1945 セレクション 6」緑蔭書房 2008 p91

金 億　キム・オク
油斷は禁物
◇「近代朝鮮文学日本語作品集1939〜1945 評論・随筆篇 1」緑蔭書房 2002 p388

金 玉先　キム・オクソン
収容所で
◇「ハンセン病文学全集 4」皓星社 2003 p283

金 午星　キム・オソン
金剛山の劫火
◇「近代朝鮮文学日本語作品集1908〜1945 セレクション 3」緑蔭書房 2008 p377

金 基鎮　キム・ギジン（1903〜1985）
麻生久先生足下
◇「近代朝鮮文学日本語作品集1939〜1945 評論・随筆篇 3」緑蔭書房 2002 p104
朝鮮文學の現在…これから（A）〜（C）
◇「近代朝鮮文学日本語作品集1901〜1938 評論・随筆篇 1」緑蔭書房 2004 p351
朝鮮文藝變遷過程（1）〜（32）
◇「近代朝鮮文学日本語作品集1901〜1938 評論・随筆篇 1」緑蔭書房 2004 p161
文化人に檄す
◇「近代朝鮮文学日本語作品集1939〜1945 評論・随筆篇 2」緑蔭書房 2002 p377

金 教喜　キム・キョヒ
灯
◇「近代朝鮮文学日本語作品集1908〜1945 セレクション 6」緑蔭書房 2008 p65

金 教煥　キム・ギョファン
⇒金素雲（キム・ソウン）を見よ

金 耕修　キム・ギョンス
新しき日
◇「近代朝鮮文学日本語作品集1939〜1945 創作篇 1」緑蔭書房 2001 p7

金 鯨波　キム・キョンパ
此の地よ
◇「近代朝鮮文学日本語作品集1908〜1945 セレクション 4」緑蔭書房 2008 p135

金 景熹　キム・キョンヒ
海邊の獨白
◇「近代朝鮮文学日本語作品集1908〜1945 セレクション 4」緑蔭書房 2008 p427
友への手紙
◇「近代朝鮮文学日本語作品集1939〜1945 創作篇 6」緑蔭書房 2001 p270
夏草の章
◇「近代朝鮮文学日本語作品集1939〜1945 創作篇 6」緑蔭書房 2001 p89
夏草之章

◇「近代朝鮮文学日本語作品集1908〜1945 セレクション 4」緑蔭書房 2008 p425
春の抒情
◇「近代朝鮮文学日本語作品集1939〜1945 創作篇 6」緑蔭書房 2001 p84

金 璟麟　キム・キョンリン
故園
◇「近代朝鮮文学日本語作品集1908〜1945 セレクション 4」緑蔭書房 2008 p431
卓上をめぐつて
◇「近代朝鮮文学日本語作品集1908〜1945 セレクション 4」緑蔭書房 2008 p429

金 起林　キム・ギリム
詩におけるモダニズム①②
◇「近代朝鮮文学日本語作品集1901〜1938 評論・随筆篇 1」緑蔭書房 2004 p369
ホテル
◇「近代朝鮮文学日本語作品集1939〜1945 創作篇 6」緑蔭書房 2001 p16

金 吉浩　キム・キルホ
生野アリラン
◇「〈在日〉文学全集 15」勉誠出版 2006 p429

金 管　キム・グァン
音樂隨感
◇「近代朝鮮文学日本語作品集1908〜1945 セレクション 3」緑蔭書房 2008 p177

金 光旭　キム・クァンウク
移住民（全二回）
◇「近代朝鮮文学日本語作品集1901〜1938 創作篇 2」緑蔭書房 2004 p305

金 光均　キム・グァンギュン
殖民地から
◇「近代朝鮮文学日本語作品集1901〜1938 評論・随筆篇 3」緑蔭書房 2004 p247
日本の兄弟よ
◇「近代朝鮮文学日本語作品集1901〜1938 評論・随筆篇 3」緑蔭書房 2004 p243

金 近烈　キム・クンヨル
彼は凝視する（懸賞小説）
◇「近代朝鮮文学日本語作品集1901〜1938 創作篇 2」緑蔭書房 2004 p235

金 健　キム・ゴン
戯曲 瓢（バカチ）
◇「近代朝鮮文学日本語作品集1939〜1945 創作篇 6」緑蔭書房 2001 p323
長谷川町の肉感
◇「近代朝鮮文学日本語作品集1908〜1945 セレクション 3」緑蔭書房 2008 p401
街を語る
◇「近代朝鮮文学日本語作品集1908〜1945 セレクション 3」緑蔭書房 2008 p393
私の新演劇論—新體制を契機として（1）〜

金 士永　キム・サヨン
朝鮮文人協会入選作　兄弟
　◇「近代朝鮮文学日本語作品集1939〜1945 創作篇 4」緑蔭書房 2001 p363

金 史良　キム・サリャン（1914〜1950）
半島作家新人集　月女（ウオルネ）
　◇「近代朝鮮文学日本語作品集1939〜1945 創作篇 3」緑蔭書房 2001 p363

親方コブセ
　◇「近代朝鮮文学日本語作品集1939〜1945 創作篇 4」緑蔭書房 2001 p194

小説 神々の宴
　◇「近代朝鮮文学日本語作品集1939〜1945 創作篇 4」緑蔭書房 2001 p111

箕子林
　◇「近代朝鮮文学日本語作品集1939〜1945 創作篇 2」緑蔭書房 2001 p155

金史良より龍瑛宗宛書簡（直筆）
　◇「近代朝鮮文学日本語作品集1908〜1945 セレクション 6」緑蔭書房 2008 p167

Q伯爵
　◇「近代朝鮮文学日本語作品集1939〜1945 創作篇 4」緑蔭書房 2001 p267

郷愁
　◇「近代朝鮮文学日本語作品集1939〜1945 創作篇 3」緑蔭書房 2001 p391

草深し
　◇「近代朝鮮文学日本語作品集1939〜1945 創作篇 2」緑蔭書房 2001 p239
　◇「〈在日〉文学全集 11」勉誠出版 2006 p93
　◇「コレクション戦争と文学 17」集英社 2012 p107

苦悶
　◇「近代朝鮮文学日本語作品集1908〜1945 セレクション 4」緑蔭書房 2008 p335

光冥
　◇「近代朝鮮文学日本語作品集1939〜1945 創作篇 3」緑蔭書房 2001 p259

故郷を想ふ
　◇「近代朝鮮文学日本語作品集1939〜1945 評論・随筆篇 3」緑蔭書房 2002 p143

故郷を鳴く
　◇「近代朝鮮文学日本語作品集1908〜1945 セレクション 3」緑蔭書房 2008 p450

讀切小説 乞食の墓
　◇「近代朝鮮文学日本語作品集1939〜1945 創作篇 4」緑蔭書房 2001 p348

コブタンネ
　◇「近代朝鮮文学日本語作品集1939〜1945 創作篇 3」緑蔭書房 2001 p187

朝鮮人と半島人
　◇「近代朝鮮文学日本語作品集1908〜1945 セレクション 3」緑蔭書房 2008 p439

朝鮮の作家を語る
　◇「近代朝鮮文学日本語作品集1939〜1945 評論・随筆篇 1」緑蔭書房 2002 p79

天使
　◇「近代朝鮮文学日本語作品集1939〜1945 創作篇 4」緑蔭書房 2001 p69

天馬
　◇「〈外地〉の日本語文学選 3」新宿書房 1996 p129
　◇「近代朝鮮文学日本語作品集1939〜1945 創作篇 2」緑蔭書房 2001 p185
　◇「〈在日〉文学全集 11」勉誠出版 2006 p59

凍原
　◇「近代朝鮮文学日本語作品集1908〜1945 セレクション 4」緑蔭書房 2008 p337

土城廊
　◇「近代朝鮮文学日本語作品集1939〜1945 創作篇 1」緑蔭書房 2001 p173
　◇「近代朝鮮文学日本語作品集1901〜1938 創作篇 4」緑蔭書房 2004 p335
　◇「〈在日〉文学全集 11」勉誠出版 2006 p31

泥棒
　◇「近代朝鮮文学日本語作品集1939〜1945 創作篇 3」緑蔭書房 2001 p327

内地語の文学
　◇「近代朝鮮文学日本語作品集1908〜1945 セレクション 3」緑蔭書房 2008 p160

ナルパラム
　◇「近代朝鮮文学日本語作品集1939〜1945 評論・随筆篇 3」緑蔭書房 2002 p309

南京蟲よ、さよなら
　◇「近代朝鮮文学日本語作品集1908〜1945 セレクション 3」緑蔭書房 2008 p449

荷
　◇「近代朝鮮文学日本語作品集1901〜1938 評論・随筆篇 2」緑蔭書房 2004 p283

鼻
　◇「近代朝鮮文学日本語作品集1939〜1945 創作篇 4」緑蔭書房 2001 p83

光の中に
　◇「近代朝鮮文学日本語作品集1939〜1945 創作篇 1」緑蔭書房 2001 p53
　◇「〈在日〉文学全集 11」勉誠出版 2006 p5

掌篇 蛇
　◇「近代朝鮮文学日本語作品集1939〜1945 創作篇 2」緑蔭書房 2001 p364

無窮一家
　◇「近代朝鮮文学日本語作品集1939〜1945 創作篇 2」緑蔭書房 2001 p367

蟲
　◇「近代朝鮮文学日本語作品集1939〜1945 創作篇 3」緑蔭書房 2001 p371

讀切小説 山の神々
　◇「近代朝鮮文学日本語作品集1939〜1945 創作篇 4」緑蔭書房 2001 p75

きむ

山の神々
　◇「近代朝鮮文学日本語作品集1939〜1945 評論・随筆篇 3」緑蔭書房 2002 p145
尹參奉
　◇「近代朝鮮文学日本語作品集1901〜1938 創作篇 5」緑蔭書房 2004 p189
尹主事
　◇「近代朝鮮文学日本語作品集1939〜1945 創作篇 4」緑蔭書房 2001 p294
嫁
　◇「近代朝鮮文学日本語作品集1939〜1945 創作篇 4」緑蔭書房 2001 p123
留置場で会った男（大村益夫〔訳〕）
　◇「生の深みを覗く―ポケットアンソロジー」岩波書店 2010（岩波文庫別冊）p277

金 相玉　キム・サンオク
冬の夕
　◇「近代朝鮮文学日本語作品集1908〜1945 セレクション 6」緑蔭書房 2008 p63

金 相徳　キム・サンドク
鉛筆に叱られた英植さんの初夢
　◇「近代朝鮮文学日本語作品集1908〜1945 セレクション 6」緑蔭書房 2008 p139
少年小説　恩がへし
　◇「近代朝鮮文学日本語作品集1908〜1945 セレクション 6」緑蔭書房 2008 p143

金 相崙　キム・サンユン
もみぢ
　◇「近代朝鮮文学日本語作品集1908〜1945 セレクション 6」緑蔭書房 2008 p63

金 尚鎔　キム・サンヨン
晴耕
　◇「近代朝鮮文学日本語作品集1939〜1945 創作篇 6」緑蔭書房 2001 p202

金 在喆　キム・ジェチョル
春は來れど
　◇「近代朝鮮文学日本語作品集1908〜1945 セレクション 4」緑蔭書房 2008 p173

金 在南　キム・ジェナム（1932〜）
暗やみの夕顔
　◇「〈在日〉文学全集 15」勉誠出版 2006 p399
　◇「コレクション戦争と文学 19」集英社 2011 p530
鳳仙花のうた
　◇「〈在日〉文学全集 13」勉誠出版 2006 p267

金 時鐘　キム・シジョン（1929〜）
秋の歌
　◇「〈在日〉文学全集 5」勉誠出版 2006 p130
悪夢
　◇「〈在日〉文学全集 5」勉誠出版 2006 p99
明日
　◇「〈在日〉文学全集 5」勉誠出版 2006 p23
あせた乳房
　◇「〈在日〉文学全集 5」勉誠出版 2006 p84
穴
　◇「〈在日〉文学全集 5」勉誠出版 2006 p172
あなたは もう わたしを差配できない
　◇「〈在日〉文学全集 5」勉誠出版 2006 p147
雨と墓と秋と母と―父よ、この静寂はもうあなたのものだ
　◇「〈在日〉文学全集 5」勉誠出版 2006 p178
ある終り
　◇「〈在日〉文学全集 5」勉誠出版 2006 p196
あるひとり
　◇「〈在日〉文学全集 5」勉誠出版 2006 p190
家出
　◇「〈在日〉文学全集 5」勉誠出版 2006 p36
猪飼野二丁目
　◇「〈在日〉文学全集 5」勉誠出版 2006 p75
猪飼野橋
　◇「〈在日〉文学全集 5」勉誠出版 2006 p204
生きのびるもの
　◇「〈在日〉文学全集 5」勉誠出版 2006 p104
生きるつてこと
　◇「〈在日〉文学全集 5」勉誠出版 2006 p96
一万年
　◇「〈在日〉文学全集 5」勉誠出版 2006 p71
一本の錆びたスヱ
　◇「〈在日〉文学全集 5」勉誠出版 2006 p120
犬を喰う
　◇「〈在日〉文学全集 5」勉誠出版 2006 p177
インディアン狩り
　◇「〈在日〉文学全集 5」勉誠出版 2006 p31
飢えた日の記
　◇「〈在日〉文学全集 5」勉誠出版 2006 p127
海の飢餓
　◇「〈在日〉文学全集 5」勉誠出版 2006 p166
浦戸丸浮揚
　◇「〈在日〉文学全集 5」勉誠出版 2006 p39
裏庭
　◇「〈在日〉文学全集 5」勉誠出版 2006 p56
熟れない季節を
　◇「〈在日〉文学全集 5」勉誠出版 2006 p13
運河
　◇「〈在日〉文学全集 5」勉誠出版 2006 p70
大阪港
　◇「〈在日〉文学全集 5」勉誠出版 2006 p152
おそれ考―私と「昭和」
　◇「〈在日〉文学全集 5」勉誠出版 2006 p318
開票
　◇「〈在日〉文学全集 5」勉誠出版 2006 p103
帰る
　◇「〈在日〉文学全集 5」勉誠出版 2006 p208
鍵を持つ手

崖
◇「〈在日〉文学全集 5」勉誠出版 2006 p57
河口
◇「〈在日〉文学全集 5」勉誠出版 2006 p205
化石の夏
◇「〈在日〉文学全集 5」勉誠出版 2006 p184
カメレオン、音をだす
◇「〈在日〉文学全集 5」勉誠出版 2006 p193
かもの群れ
◇「〈在日〉文学全集 5」勉誠出版 2006 p179
涸れた時を佇むもの
◇「〈在日〉文学全集 5」勉誠出版 2006 p43
乾く
◇「〈在日〉文学全集 5」勉誠出版 2006 p153
季期陰象
◇「〈在日〉文学全集 5」勉誠出版 2006 p14
木靴
◇「〈在日〉文学全集 5」勉誠出版 2006 p7
期待
◇「〈在日〉文学全集 5」勉誠出版 2006 p28
木の断章
◇「〈在日〉文学全集 5」勉誠出版 2006 p93
キャメラ―母国朝鮮に捧ぐるの歌
◇「〈在日〉文学全集 5」勉誠出版 2006 p16
距離は苦痛を食つている
◇「〈在日〉文学全集 5」勉誠出版 2006 p107
規律の異邦人
◇「〈在日〉文学全集 5」勉誠出版 2006 p137
謹我新年
◇「〈在日〉文学全集 5」勉誠出版 2006 p82
空席
◇「〈在日〉文学全集 5」勉誠出版 2006 p20
草むらの時
◇「〈在日〉文学全集 5」勉誠出版 2006 p207
苦節の原動力―『ウリ民謡・ユクチャペギの夕べ』に寄せて
◇「〈在日〉文学全集 5」勉誠出版 2006 p305
苦難と人情と在日同胞
◇「〈在日〉文学全集 5」勉誠出版 2006 p309
くりごとえんえん
◇「〈在日〉文学全集 5」勉誠出版 2006 p307
クレメンタインの歌
◇「〈在日〉文学全集 5」勉誠出版 2006 p201
化身
◇「〈在日〉文学全集 5」勉誠出版 2006 p214
故国と在日と文学と―四十八年ぶりの韓国を訪ねて
◇「〈在日〉文学全集 5」勉誠出版 2006 p191
ここより遠く
◇「〈在日〉文学全集 5」勉誠出版 2006 p306
◇「〈在日〉文学全集 5」勉誠出版 2006 p194
巨濟島
◇「〈在日〉文学全集 5」勉誠出版 2006 p142
子供と月
◇「〈在日〉文学全集 5」勉誠出版 2006 p95
この朝に
◇「〈在日〉文学全集 5」勉誠出版 2006 p211
齊藤金作の死に
◇「〈在日〉文学全集 5」勉誠出版 2006 p97
在日朝鮮人
◇「〈在日〉文学全集 5」勉誠出版 2006 p128
「在日」のはざまで
◇「〈在日〉文学全集 5」勉誠出版 2006 p213
さらされるものと、さらすものと―朝鮮語授業の一年半
◇「〈在日〉文学全集 5」勉誠出版 2006 p292
自序〔地平線〕
◇「〈在日〉文学全集 5」勉誠出版 2006 p78
染み
◇「〈在日〉文学全集 5」勉誠出版 2006 p192
自問
◇「〈在日〉文学全集 5」勉誠出版 2006 p197
謝肉祭―葬ってはならないその死者はものが言いたいのだ
◇「〈在日〉文学全集 5」勉誠出版 2006 p46
しゃりっこ
◇「〈在日〉文学全集 5」勉誠出版 2006 p167
驟雨
◇「〈在日〉文学全集 5」勉誠出版 2006 p94
"醜"を生きる思想―金芝河の詩精神
◇「〈在日〉文学全集 5」勉誠出版 2006 p253
祝福
◇「〈在日〉文学全集 5」勉誠出版 2006 p210
除草
◇「〈在日〉文学全集 5」勉誠出版 2006 p29
処分法
◇「〈在日〉文学全集 5」勉誠出版 2006 p72
しらぬ火
◇「〈在日〉文学全集 5」勉誠出版 2006 p183
白い手―オルゴールよ、君はなぜ一ふしの歌しかしらないの?
◇「〈在日〉文学全集 5」勉誠出版 2006 p73
新聞記事より
◇「〈在日〉文学全集 5」勉誠出版 2006 p80
政策発表会
◇「〈在日〉文学全集 5」勉誠出版 2006 p27
一九五一年六月二五日の晩餐会
◇「〈在日〉文学全集 5」勉誠出版 2006 p141
第一回卒業生のみなさんへ
◇「〈在日〉文学全集 5」勉誠出版 2006 p122
耐乏生活
◇「〈在日〉文学全集 5」勉誠出版 2006 p92

きむ

卓の上
◇「〈在日〉文学全集 5」勉誠出版 2006 p126
たしかにそういう目がある
◇「〈在日〉文学全集 5」勉誠出版 2006 p45
タロー
◇「〈在日〉文学全集 5」勉誠出版 2006 p86
知識
◇「〈在日〉文学全集 5」勉誠出版 2006 p88
地平線
◇「〈在日〉文学全集 5」勉誠出版 2006 p77
朝鮮人の人間としての復元
◇「〈在日〉文学全集 5」勉誠出版 2006 p280
梅雨の夜
◇「〈在日〉文学全集 5」勉誠出版 2006 p100
停戦譜
◇「〈在日〉文学全集 5」勉誠出版 2006 p145
手のあわいに
◇「〈在日〉文学全集 5」勉誠出版 2006 p12
道路がせまい
◇「〈在日〉文学全集 5」勉誠出版 2006 p61
遠い朝
◇「〈在日〉文学全集 5」勉誠出版 2006 p17
遠い日
◇「〈在日〉文学全集 5」勉誠出版 2006 p91
年の瀬
◇「〈在日〉文学全集 5」勉誠出版 2006 p125
虎の風景
◇「〈在日〉文学全集 5」勉誠出版 2006 p198
鳥
◇「〈在日〉文学全集 5」勉誠出版 2006 p19
長屋の掟
◇「〈在日〉文学全集 5」勉誠出版 2006 p32
夏の狂詩
◇「〈在日〉文学全集 5」勉誠出版 2006 p139
南京虫
◇「〈在日〉文学全集 5」勉誠出版 2006 p26
日曜日
◇「〈在日〉文学全集 5」勉誠出版 2006 p58
日本語のおびえ―閉ざされた金嬉老の言葉を追って
◇「〈在日〉文学全集 5」勉誠出版 2006 p244
日本の臭い
◇「〈在日〉文学全集 5」勉誠出版 2006 p60
日本風土記
◇「〈在日〉文学全集 5」勉誠出版 2006 p25
ニュールック
◇「〈在日〉文学全集 5」勉誠出版 2006 p65
薄明
◇「〈在日〉文学全集 5」勉誠出版 2006 p78
八月を生きる
◇「〈在日〉文学全集 5」勉誠出版 2006 p161

発情期
◇「〈在日〉文学全集 5」勉誠出版 2006 p49
歯の条理
◇「〈在日〉文学全集 5」勉誠出版 2006 p174
春
◇「〈在日〉文学全集 5」勉誠出版 2006 p119
彼岸花の色あいのなか
◇「〈在日〉文学全集 5」勉誠出版 2006 p9
ひぐらしの歌
◇「〈在日〉文学全集 5」勉誠出版 2006 p115
ひそむ
◇「〈在日〉文学全集 5」勉誠出版 2006 p21
等しければ
◇「〈在日〉文学全集 5」勉誠出版 2006 p189
一つのうた
◇「〈在日〉文学全集 5」勉誠出版 2006 p182
日の底で
◇「〈在日〉文学全集 5」勉誠出版 2006 p8
表彰
◇「〈在日〉文学全集 5」勉誠出版 2006 p68
風船のある場所
◇「〈在日〉文学全集 5」勉誠出版 2006 p11
富士
◇「〈在日〉文学全集 5」勉誠出版 2006 p81
ふところ―生きていて下さるであろうお母さまによせて
◇「〈在日〉文学全集 5」勉誠出版 2006 p111
不眠
◇「〈在日〉文学全集 5」勉誠出版 2006 p199
へだたる「在日」
◇「〈在日〉文学全集 5」勉誠出版 2006 p312
ぼくがぼくであるとき
◇「〈在日〉文学全集 5」勉誠出版 2006 p50
墓碑
◇「〈在日〉文学全集 5」勉誠出版 2006 p90
的を掘る
◇「〈在日〉文学全集 5」勉誠出版 2006 p42
真昼
◇「〈在日〉文学全集 5」勉誠出版 2006 p124
南の島―知られざる死に
◇「〈在日〉文学全集 5」勉誠出版 2006 p87
無風地帯―Rにおくる
◇「〈在日〉文学全集 5」勉誠出版 2006 p67
眼
◇「〈在日〉文学全集 5」勉誠出版 2006 p102
喪
◇「〈在日〉文学全集 5」勉誠出版 2006 p203
盲管銃創
◇「〈在日〉文学全集 5」勉誠出版 2006 p40
山
◇「〈在日〉文学全集 5」勉誠出版 2006 p202

夢みたいなこと
　◇「〈在日〉文学全集 5」勉誠出版 2006 p106
予感
　◇「〈在日〉文学全集 5」勉誠出版 2006 p188
淀川べり
　◇「〈在日〉文学全集 5」勉誠出版 2006 p35
夜の つぶやき
　◇「〈在日〉文学全集 5」勉誠出版 2006 p114
夜の街で
　◇「〈在日〉文学全集 5」勉誠出版 2006 p38
夜よ はよ来い
　◇「〈在日〉文学全集 5」勉誠出版 2006 p85
流民哀歌―または "虐げられたもの" の歌
　◇「〈在日〉文学全集 5」勉誠出版 2006 p116
猟銃
　◇「〈在日〉文学全集 5」勉誠出版 2006 p154
「連帯」ということについて
　◇「〈在日〉文学全集 5」勉誠出版 2006 p267
若いあなたを私は信じた
　◇「〈在日〉文学全集 5」勉誠出版 2006 p62
わが生と詩
　◇「〈在日〉文学全集 5」勉誠出版 2006 p323
私の家
　◇「〈在日〉文学全集 5」勉誠出版 2006 p74
私の出会った人々
　◇「〈在日〉文学全集 5」勉誠出版 2006 p222
私の日本語、その成功と失敗
　◇「〈在日〉文学全集 5」勉誠出版 2006 p324

金 時昌　キム・シチャン
　⇒金史良（キム・サリャン）を見よ

金 重政　キム・ジュンジョン
元山の××的勞働者蹶起について
　◇「近代朝鮮文学日本語作品集1901～1938 評論・随筆篇 3」緑蔭書房 2004 p215

金 鍾漢　キム・ジョンハン（1916～1945）
ありかた談義（一）～（四）
　◇「近代朝鮮文学日本語作品集1939～1945 評論・随筆篇 1」緑蔭書房 2002 p311
一枝について
　◇「〈外地〉の日本語文学選 3」新宿書房 1996 p239
　◇「近代朝鮮文学日本語作品集1939～1945 創作篇 6」緑蔭書房 2001 p107
鰓抒情
　◇「近代朝鮮文学日本語作品集1939～1945 評論・随筆篇 3」緑蔭書房 2002 p253
馬について（鄭芝溶〔著〕）
　◇「近代朝鮮文学日本語作品集1939～1945 創作篇 6」緑蔭書房 2001 p47
園丁
　◇「近代朝鮮文学日本語作品集1939～1945 創作篇 6」緑蔭書房 2001 p226
快癒期
　◇「近代朝鮮文学日本語作品集1939～1945 創作篇 6」緑蔭書房 2001 p296
合唱について
　◇「〈外地〉の日本語文学選 3」新宿書房 1996 p240
　◇「近代朝鮮文学日本語作品集1939～1945 創作篇 6」緑蔭書房 2001 p112
　◇「近代朝鮮文学日本語作品集1939～1945 創作篇 6」緑蔭書房 2001 p229
雷
　◇「近代朝鮮文学日本語作品集1939～1945 創作篇 6」緑蔭書房 2001 p132
歸農詩篇
　◇「近代朝鮮文学日本語作品集1939～1945 創作篇 6」緑蔭書房 2001 p280
急性肺炎
　◇「近代朝鮮文学日本語作品集1939～1945 創作篇 6」緑蔭書房 2001 p295
行狀
　◇「近代朝鮮文学日本語作品集1939～1945 創作篇 6」緑蔭書房 2001 p131
歸路
　◇「近代朝鮮文学日本語作品集1939～1945 創作篇 6」緑蔭書房 2001 p11
　◇「近代朝鮮文学日本語作品集1939～1945 創作篇 6」緑蔭書房 2001 p280
　◇「近代朝鮮文学日本語作品集1908～1945 セレクション 4」緑蔭書房 2008 p388
偶語二題
　◇「近代朝鮮文学日本語作品集1939～1945 評論・随筆篇 1」緑蔭書房 2002 p472
空山明月
　◇「〈外地〉の日本語文学選 3」新宿書房 1996 p241
　◇「近代朝鮮文学日本語作品集1939～1945 創作篇 6」緑蔭書房 2001 p123
百済古甕賦
　◇「近代朝鮮文学日本語作品集1939～1945 創作篇 6」緑蔭書房 2001 p294
金剛山
　◇「近代朝鮮文学日本語作品集1939～1945 創作篇 6」緑蔭書房 2001 p291
雲と老人
　◇「近代朝鮮文学日本語作品集1939～1945 創作篇 6」緑蔭書房 2001 p120
くらいまっくす
　◇「近代朝鮮文学日本語作品集1939～1945 創作篇 6」緑蔭書房 2001 p295
故園の詩
　◇「近代朝鮮文学日本語作品集1908～1945 セレクション 4」緑蔭書房 2008 p386
殺鷄白飯
　◇「近代朝鮮文学日本語作品集1939～1945 創作篇 6」緑蔭書房 2001 p80
四月二題
　◇「近代朝鮮文学日本語作品集1908～1945 セレクション 4」緑蔭書房 2008 p365

きむ

詩人廢業記
◇「近代朝鮮文学日本語作品集1939〜1945 評論・随筆篇 3」緑蔭書房 2002 p237

思想の誕生
◇「近代朝鮮文学日本語作品集1939〜1945 評論・随筆篇 1」緑蔭書房 2002 p433

詩 待機
◇「コレクション戦争と文学 17」集英社 2012 p239

子福
◇「近代朝鮮文学日本語作品集1939〜1945 創作篇 6」緑蔭書房 2001 p114

西關（金億〔著〕）
◇「近代朝鮮文学日本語作品集1939〜1945 創作篇 6」緑蔭書房 2001 p23

染指鳳仙花歌
◇「近代朝鮮文学日本語作品集1939〜1945 創作篇 6」緑蔭書房 2001 p281

善夫孤獨
◇「〈外地〉の日本語文学選 3」新宿書房 1996 p242
◇「近代朝鮮文学日本語作品集1939〜1945 創作篇 6」緑蔭書房 2001 p128

族譜
◇「近代朝鮮文学日本語作品集1939〜1945 創作篇 6」緑蔭書房 2001 p280

待機
◇「〈外地〉の日本語文学選 3」新宿書房 1996 p237
◇「近代朝鮮文学日本語作品集1939〜1945 創作篇 6」緑蔭書房 2001 p98
◇「近代朝鮮文学日本語作品集1908〜1945 セレクション 4」緑蔭書房 2008 p421

たらちねのうた
◇「〈外地〉の日本語文学選 3」新宿書房 1996 p237
◇「近代朝鮮文学日本語作品集1939〜1945 創作篇 6」緑蔭書房 2001 p119

短歌門外観
◇「近代朝鮮文学日本語作品集1939〜1945 評論・随筆篇 1」緑蔭書房 2002 p309

隨筆 朝鮮のこころ
◇「近代朝鮮文学日本語作品集1939〜1945 評論・随筆篇 3」緑蔭書房 2002 p311

朝鮮の詩人たち
◇「近代朝鮮文学日本語作品集1939〜1945 評論・随筆篇 1」緑蔭書房 2002 p448

朝鮮風物誌
◇「近代朝鮮文学日本語作品集1908〜1945 セレクション 4」緑蔭書房 2008 p386

朝鮮風物詩（一）古井戸のある風景
◇「近代朝鮮文学日本語作品集1908〜1945 セレクション 4」緑蔭書房 2008 p359

朝鮮文化の基本姿勢
◇「近代朝鮮文学日本語作品集1939〜1945 評論・随筆篇 1」緑蔭書房 2002 p215

童女
◇「近代朝鮮文学日本語作品集1939〜1945 創作篇 6」緑蔭書房 2001 p104

◇「近代朝鮮文学日本語作品集1908〜1945 セレクション 4」緑蔭書房 2008 p423

なるかみのうた
◇「近代朝鮮文学日本語作品集1939〜1945 創作篇 6」緑蔭書房 2001 p97

瀑布
◇「近代朝鮮文学日本語作品集1939〜1945 創作篇 6」緑蔭書房 2001 p291

哈爾賓驛にて（林學洙〔著〕）
◇「近代朝鮮文学日本語作品集1939〜1945 創作篇 6」緑蔭書房 2001 p24

風俗
◇「近代朝鮮文学日本語作品集1939〜1945 創作篇 6」緑蔭書房 2001 p116
◇「近代朝鮮文学日本語作品集1939〜1945 創作篇 6」緑蔭書房 2001 p232

古井戸のある風景
◇「近代朝鮮文学日本語作品集1939〜1945 創作篇 6」緑蔭書房 2001 p199

古井戸のある風景
◇「〈外地〉の日本語文学選 3」新宿書房 1996 p241
◇「近代朝鮮文学日本語作品集1939〜1945 創作篇 6」緑蔭書房 2001 p124
◇「近代朝鮮文学日本語作品集1908〜1945 セレクション 4」緑蔭書房 2008 p389

文學賞について
◇「近代朝鮮文学日本語作品集1939〜1945 評論・随筆篇 1」緑蔭書房 2002 p421

文化の一年――文化人の眼に映ったもの
◇「近代朝鮮文学日本語作品集1939〜1945 評論・随筆篇 2」緑蔭書房 2002 p6

文壇點描
◇「近代朝鮮文学日本語作品集1939〜1945 評論・随筆篇 1」緑蔭書房 2002 p401

兵制と文學
◇「近代朝鮮文学日本語作品集1939〜1945 評論・随筆篇 1」緑蔭書房 2002 p467

白馬江
◇「近代朝鮮文学日本語作品集1939〜1945 創作篇 6」緑蔭書房 2001 p294

放送局の屋上で
◇「近代朝鮮文学日本語作品集1939〜1945 創作篇 6」緑蔭書房 2001 p268

路は暗きを（朴泰遠〔著〕）
◇「近代朝鮮文学日本語作品集1908〜1945 セレクション 2」緑蔭書房 2008 p215

幼年
◇「〈外地〉の日本語文学選 3」新宿書房 1996 p238
◇「近代朝鮮文学日本語作品集1939〜1945 創作篇 6」緑蔭書房 2001 p101
◇「近代朝鮮文学日本語作品集1939〜1945 創作篇 6」緑蔭書房 2001 p236

幼年、辻詩 海、合唱について、くらいまつくす
◇「文学で考える〈日本〉とは何か」双文社出版 2007 p65

◇「文学で考える〈日本〉とは何か」翰林書房 2016 p65

旅情
◇「近代朝鮮文学日本語作品集1939〜1945 創作篇 6」緑蔭書房 2001 p12

連峯齋雪
◇「近代朝鮮文学日本語作品集1908〜1945 セレクション 4」緑蔭書房 2008 p387

露領の見える街
◇「近代朝鮮文学日本語作品集1908〜1945 セレクション 3」緑蔭書房 2008 p293

金 鍾武　キム・ジョンム
インキ壺の乾盃
◇「近代朝鮮文学日本語作品集1908〜1945 セレクション 4」緑蔭書房 2008 p189

救はれた小姐
◇「近代朝鮮文学日本語作品集1901〜1938 創作篇 1」緑蔭書房 2004 p251

金 振九　キム・ジング
圓山應擧の軸を想ひ出す
◇「近代朝鮮文学日本語作品集1908〜1945 セレクション 3」緑蔭書房 2008 p273

金 信哉　キム・シンジェ
シャーリーと鷗
◇「近代朝鮮文学日本語作品集1908〜1945 セレクション 3」緑蔭書房 2008 p256

金 鎭壽　キム・ジンス
肩掛（ショル）
◇「近代朝鮮文学日本語作品集1901〜1938 創作篇 3」緑蔭書房 2004 p15

夜
◇「近代朝鮮文学日本語作品集1901〜1938 創作篇 3」緑蔭書房 2004 p193

金 晋燮　キム・ジンソプ
京城散歩道 大學通り
◇「近代朝鮮文学日本語作品集1908〜1945 セレクション 3」緑蔭書房 2008 p289

立飲屋のこと
◇「近代朝鮮文学日本語作品集1939〜1945 評論・随筆篇 3」緑蔭書房 2002 p46

金 スチヤン　キム・スチャン
春香傳─移住民観衆の中で
◇「近代朝鮮文学日本語作品集1901〜1938 評論・随筆篇 3」緑蔭書房 2004 p327

金 承久　キム・スング（1914〜1994）
戯曲 希望の家
◇「近代朝鮮文学日本語作品集1939〜1945 創作篇 6」緑蔭書房 2001 p309

春香傳について
◇「近代朝鮮文学日本語作品集1901〜1938 評論・随筆篇 3」緑蔭書房 2004 p323

驀進する朝鮮の演劇
◇「近代朝鮮文学日本語作品集1901〜1938 評論・随筆篇 3」緑蔭書房 2004 p331

金 素雲　キム・ソウン（1908〜1981）
朝
◇「近代朝鮮文学日本語作品集1908〜1945 セレクション 6」緑蔭書房 2008 p62

明日の情緒への尺度『朝鮮口伝民謡集』の上梓に先立って
◇「近代朝鮮文学日本語作品集1908〜1945 セレクション 5」緑蔭書房 2008 p321

「新しき土」を観て
◇「近代朝鮮文学日本語作品集1901〜1938 評論・随筆篇 3」緑蔭書房 2004 p26

「アリラン峠」
◇「近代朝鮮文学日本語作品集1908〜1945 セレクション 5」緑蔭書房 2008 p311

Rへ─あとがきに代へて
◇「近代朝鮮文学日本語作品集1908〜1945 セレクション 5」緑蔭書房 2008 p351

陰陽師と鼠
◇「陰陽師伝奇大全」白泉社 2001 p251

お伽朝鮮童話 果報せむし
◇「近代朝鮮文学日本語作品集1908〜1945 セレクション 6」緑蔭書房 2008 p121

金の網の釣瓶─朝鮮童話
◇「近代朝鮮文学日本語作品集1908〜1945 セレクション 6」緑蔭書房 2008 p123

京城散歩道 鍾路の哀傷
◇「近代朝鮮文学日本語作品集1908〜1945 セレクション 3」緑蔭書房 2008 p269

言草箱に観る朝鮮兒童性片鱗
◇「近代朝鮮文学日本語作品集1908〜1945 セレクション 5」緑蔭書房 2008 p301

時調抄譯
◇「近代朝鮮文学日本語作品集1908〜1945 セレクション 4」緑蔭書房 2008 p240

兒童朝鮮を直視して①〜③
◇「近代朝鮮文学日本語作品集1901〜1938 評論・随筆篇 1」緑蔭書房 2004 p391

挿話一ツ
◇「近代朝鮮文学日本語作品集1908〜1945 セレクション 3」緑蔭書房 2008 p245

朝鮮の農民歌謡
◇「近代朝鮮文学日本語作品集1908〜1945 セレクション 5」緑蔭書房 2008 p87

朝鮮の民謡に就いて
◇「近代朝鮮文学日本語作品集1908〜1945 セレクション 5」緑蔭書房 2008 p199

朝鮮の勞作民謡
◇「近代朝鮮文学日本語作品集1908〜1945 セレクション 5」緑蔭書房 2008 p233

朝鮮民謡
◇「近代朝鮮文学日本語作品集1908〜1945 セレクション 5」緑蔭書房 2008 p327

朝鮮民謡の時代的變遷

きむ

◇「近代朝鮮文学日本語作品集1908～1945 セレクション 5」緑蔭書房 2008 p325

朝鮮民謠の律調—アリランの音樂的形態
◇「近代朝鮮文学日本語作品集1908～1945 セレクション 5」緑蔭書房 2008 p261

蝶と海（金起林〔著〕）
◇「近代朝鮮文学日本語作品集1939～1945 創作篇 6」緑蔭書房 2001 p15

童謠に觀る朝鮮兒童性
◇「近代朝鮮文学日本語作品集1908～1945 セレクション 5」緑蔭書房 2008 p273

釜山埠頭の白衣群
◇「近代朝鮮文学日本語作品集1901～1938 評論・随筆篇 2」緑蔭書房 2004 p235

眼鏡（上）（下）
◇「近代朝鮮文学日本語作品集1901～1938 評論・随筆篇 3」緑蔭書房 2004 p23

やなぎの愚痴
◇「近代朝鮮文学日本語作品集1908～1945 セレクション 6」緑蔭書房 2008 p127

金 瑞奎　キム・ソギュ

白菊
◇「近代朝鮮文学日本語作品集1908～1945 セレクション 6」緑蔭書房 2008 p85

金 錫厚　キム・ソクフ

牛と童兒
◇「近代朝鮮文学日本語作品集1908～1945 セレクション 6」緑蔭書房 2008 p93

金 石範　キム・ソクボム（1925～）

海の底から、地の底から
◇「〈在日〉文学全集 3」勉誠出版 2006 p145

往生異聞
◇「〈在日〉文学全集 3」勉誠出版 2006 p305

鴉の死
◇「〈在日〉文学全集 3」勉誠出版 2006 p5
◇「コレクション戦争と文学 1」集英社 2012 p13

葤茂る幼い墓
◇「〈在日〉文学全集 15」勉誠出版 2006 p97

看守朴書房
◇「〈在日〉文学全集 15」勉誠出版 2006 p59

虚夢譚
◇「戦後短篇小説再発見 9」講談社 2002（講談社文芸文庫）p187

驟雨
◇「〈在日〉文学全集 3」勉誠出版 2006 p277

乳房のない女
◇「コレクション戦争と文学 12」集英社 2013 p663

万德幽霊奇譚
◇「〈在日〉文学全集 3」勉誠出版 2006 p53

金 西鎭　キム・ソジン

朝鮮の詩
◇「近代朝鮮文学日本語作品集1908～1945 セレクション 4」緑蔭書房 2008 p75

金 声均　キム・ソンギュン

昭和十六年の半島文學の回顧
◇「近代朝鮮文学日本語作品集1939～1945 評論・随筆篇 1」緑蔭書房 2002 p281

金 聖七　キム・ソンチル

濟州島の三多
◇「近代朝鮮文学日本語作品集1939～1945 評論・随筆篇 3」緑蔭書房 2002 p111

金 星波　キム・ソンパ

怒濤！ 芝公演の夜
◇「近代朝鮮文学日本語作品集1901～1938 評論・随筆篇 3」緑蔭書房 2004 p211

金 聖珉　キム・ソンミン（1915～1969）

日本の優秀さをかく
◇「近代朝鮮文学日本語作品集1939～1945 評論・随筆篇 3」緑蔭書房 2002 p484

半島の藝術家たち．第1回−第8回
◇「近代朝鮮文学日本語作品集1901～1938 創作篇 4」緑蔭書房 2004 p255

金 達寿　キム・タルス（1919～1997）

をやぢ
◇「近代朝鮮文学日本語作品集1939～1945 創作篇 3」緑蔭書房 2001 p165

肩書きのない男
◇「〈在日〉文学全集 15」勉誠出版 2006 p47

玄海灘
◇「〈在日〉文学全集 1」勉誠出版 2006 p165

公僕異聞
◇「〈在日〉文学全集 1」勉誠出版 2006 p33

塵芥（ごみ）
◇「〈外地〉の日本語文学選 3」新宿書房 1996 p301

族譜
◇「近代朝鮮文学日本語作品集1939～1945 創作篇 4」緑蔭書房 2001 p141

孫令監
◇「〈在日〉文学全集 15」勉誠出版 2006 p33
◇「コレクション戦争と文学 1」集英社 2012 p369

塵
◇「近代朝鮮文学日本語作品集1939～1945 創作篇 4」緑蔭書房 2001 p231

朴達の裁判
◇「〈在日〉文学全集 1」勉誠出版 2006 p103

番地のない部落
◇「〈在日〉文学全集 15」勉誠出版 2006 p7

富士のみえる村
◇「〈在日〉文学全集 1」勉誠出版 2006 p5

矢の津峠
◇「戦後短篇小説選—『世界』1946-1999 1」岩波書店 2000 p239
◇「戦後占領期短篇小説コレクション 5」藤原書店 2007 p63

金 最命　キム・チェミョン
落葉松
◇「近代朝鮮文学日本語作品集1908〜1945 セレクション 6」緑蔭書房 2008 p90
煎薬
◇「近代朝鮮文学日本語作品集1908〜1945 セレクション 6」緑蔭書房 2008 p90

金 蒼生　キム・チャンセン（1951〜）
赤い実
◇「〈在日〉文学全集 10」勉誠出版 2006 p339
歳月―済州島四・三事件一人芝居台本
◇「〈在日〉文学全集 10」勉誠出版 2006 p415
三姉妹
◇「〈在日〉文学全集 10」勉誠出版 2006 p365
ピクニック
◇「〈在日〉文学全集 10」勉誠出版 2006 p387

金 昌南　キム・チャンナム
地下鐵スト萬歲
◇「近代朝鮮文学日本語作品集1908〜1945 セレクション 4」緑蔭書房 2008 p303

金 燦永　キム・チャンヨン
蜻蛉
◇「近代朝鮮文学日本語作品集1908〜1945 セレクション 6」緑蔭書房 2008 p91

金 秋實　キム・チュシル
現代朝鮮短歌集（李順子）
◇「近代朝鮮文学日本語作品集1908〜1945 セレクション 6」緑蔭書房 2008 p95

金 充克　キム・チュンクック
蟬
◇「近代朝鮮文学日本語作品集1908〜1945 セレクション 6」緑蔭書房 2008 p91

金 重明　キム・チュンミョン（1956〜）
三別抄耽羅戦記
◇「代表作時代小説 平成19年度」光文社 2007 p83
皐の民
◇「〈在日〉文学全集 13」勉誠出版 2006 p5

金 哲　キム・チョル
随筆 柿の葉の落つる頃
◇「近代朝鮮文学日本語作品集1908〜1945 セレクション 3」緑蔭書房 2008 p189
冬の宿
◇「近代朝鮮文学日本語作品集1901〜1938 創作篇 5」緑蔭書房 2004 p265

金 井鎭　キム・チョンジン
キムチ禮讃（上）（二）（三）（四）
◇「近代朝鮮文学日本語作品集1901〜1938 評論・随筆篇 2」緑蔭書房 2004 p248
崔鶴松君を悼む（上）（下）
◇「近代朝鮮文学日本語作品集1901〜1938 評論・随筆篇 3」緑蔭書房 2004 p307

金 大均　キム・デギュン
城門
◇「近代朝鮮文学日本語作品集1939〜1945 創作篇 6」緑蔭書房 2001 p297

金 太中　キム・テジュン（1929〜2013）
青い上衣（チョゴリ）のひとに
◇「〈在日〉文学全集 18」勉誠出版 2006 p108
あさ
◇「〈在日〉文学全集 18」勉誠出版 2006 p94
ありありて
◇「〈在日〉文学全集 18」勉誠出版 2006 p102
生きていたい
◇「〈在日〉文学全集 18」勉誠出版 2006 p117
石燈籠
◇「〈在日〉文学全集 18」勉誠出版 2006 p107
海
◇「〈在日〉文学全集 18」勉誠出版 2006 p97
おとずれに
◇「〈在日〉文学全集 18」勉誠出版 2006 p99
海峡
◇「〈在日〉文学全集 18」勉誠出版 2006 p96
奇妙な風景
◇「〈在日〉文学全集 18」勉誠出版 2006 p93
哭
◇「〈在日〉文学全集 18」勉誠出版 2006 p113
告発
◇「〈在日〉文学全集 18」勉誠出版 2006 p110
昇天―祖国よ
◇「〈在日〉文学全集 18」勉誠出版 2006 p98
少年の死
◇「〈在日〉文学全集 18」勉誠出版 2006 p109
序詞〔囚われの街〕
◇「〈在日〉文学全集 18」勉誠出版 2006 p92
初冬の6時は―
◇「〈在日〉文学全集 18」勉誠出版 2006 p114
ソウルで
◇「〈在日〉文学全集 18」勉誠出版 2006 p118
そのとき ことばは凍つた
◇「〈在日〉文学全集 18」勉誠出版 2006 p105
空と海
◇「〈在日〉文学全集 18」勉誠出版 2006 p92
血
◇「〈在日〉文学全集 18」勉誠出版 2006 p95
長興（チャンフン）
◇「〈在日〉文学全集 18」勉誠出版 2006 p115
囚われの街
◇「〈在日〉文学全集 18」勉誠出版 2006 p91
何かがきこえる
◇「〈在日〉文学全集 18」勉誠出版 2006 p111
墓
◇「〈在日〉文学全集 18」勉誠出版 2006 p102

きむ

ぼくらは うたう
◇「〈在日〉文学全集 18」勉誠出版 2006 p104
わが一日の始まり
◇「〈在日〉文学全集 18」勉誠出版 2006 p116
わが記憶のはじまり
◇「〈在日〉文学全集 18」勉誠出版 2006 p119
若きおとめたちに
◇「〈在日〉文学全集 18」勉誠出版 2006 p103
わがふるさとは 湖南(ホナム)の地
◇「〈在日〉文学全集 18」勉誠出版 2006 p101

金 台俊　キム・デジュン
祝高田韜軒洋行並且榮轉
◇「近代朝鮮文学日本語作品集1908〜1945 セレクション 6」緑蔭書房 2008 p28
辨漆園道論
◇「近代朝鮮文学日本語作品集1908〜1945 セレクション 6」緑蔭書房 2008 p43
猥和韜軒先生辭鮮述懷韻
◇「近代朝鮮文学日本語作品集1908〜1945 セレクション 6」緑蔭書房 2008 p27

金 泰生　キム・テセン（1925〜1986）
紅い花
◇「〈在日〉文学全集 15」勉誠出版 2006 p217
ある女の生涯
◇「〈在日〉文学全集 9」勉誠出版 2006 p81
骨片
◇「〈在日〉文学全集 9」勉誠出版 2006 p45
少年
◇「〈在日〉文学全集 9」勉誠出版 2006 p17
旅人伝説
◇「〈在日〉文学全集 9」勉誠出版 2006 p91
童話
◇「〈在日〉文学全集 9」勉誠出版 2006 p5

金 斗鎔　キム・ドゥヨン（1903〜？）
インテリゲンチヤ論は何故擡頭したか
◇「近代朝鮮文学日本語作品集1908〜1945 セレクション 3」緑蔭書房 2008 p99
動く魂と生活
◇「近代朝鮮文学日本語作品集1901〜1938 評論・随筆篇 1」緑蔭書房 2004 p57
火田民・土幕民の話
◇「近代朝鮮文学日本語作品集1901〜1938 評論・随筆篇 2」緑蔭書房 2004 p257
川崎亂鬪事件の眞相
◇「近代朝鮮文学日本語作品集1901〜1938 評論・随筆篇 3」緑蔭書房 2004 p223
劇評「斷層」の批評 眼覺める藝術性—抹殺された階級關係
◇「近代朝鮮文学日本語作品集1901〜1938 評論・随筆篇 3」緑蔭書房 2004 p319
作者の意圖はどこ？—轉向非轉向の比喩劇
◇「近代朝鮮文学日本語作品集1901〜1938 評論・随筆篇 3」緑蔭書房 2004 p315
社會主義的リアリズムか×××リアリズムか
◇「近代朝鮮文学日本語作品集1901〜1938 評論・随筆篇 2」緑蔭書房 2004 p21
魂の哲學
◇「近代朝鮮文学日本語作品集1908〜1945 セレクション 5」緑蔭書房 2008 p123
朝鮮を描け！
◇「近代朝鮮文学日本語作品集1901〜1938 評論・随筆篇 2」緑蔭書房 2004 p233
朝鮮藝術座の近況
◇「近代朝鮮文学日本語作品集1901〜1938 評論・随筆篇 2」緑蔭書房 2004 p95
朝鮮のプロ文學
◇「近代朝鮮文学日本語作品集1901〜1938 評論・随筆篇 1」緑蔭書房 2004 p291
朝鮮のプロ文學の現状—その運動を中心に
◇「近代朝鮮文学日本語作品集1901〜1938 評論・随筆篇 1」緑蔭書房 2004 p295
朝鮮のメーデー
◇「近代朝鮮文学日本語作品集1901〜1938 評論・随筆篇 3」緑蔭書房 2004 p217
同志よ安かに眠れ！
◇「近代朝鮮文学日本語作品集1901〜1938 評論・随筆篇 3」緑蔭書房 2004 p309
農業朝鮮より工業朝鮮へ—植民地大衆へのその影響
◇「近代朝鮮文学日本語作品集1908〜1945 セレクション 3」緑蔭書房 2008 p85
農村に夏は來たれど
◇「近代朝鮮文学日本語作品集1901〜1938 評論・随筆篇 2」緑蔭書房 2004 p33
プロレタリアに春は來たが
◇「近代朝鮮文学日本語作品集1908〜1945 セレクション 3」緑蔭書房 2008 p115
「文化戰線の見透し」を批判す—蔵原氏と北氏の誤謬について
◇「近代朝鮮文学日本語作品集1908〜1945 セレクション 3」緑蔭書房 2008 p91
森山啓君の批判—批評の任務のために
◇「近代朝鮮文学日本語作品集1901〜1938 評論・随筆篇 1」緑蔭書房 2004 p49

金 杜榮　キム・ドゥヨン
かれ木
◇「近代朝鮮文学日本語作品集1908〜1945 セレクション 6」緑蔭書房 2008 p61

金 東林　キム・ドンイム
秋の日に
◇「近代朝鮮文学日本語作品集1939〜1945 創作篇 6」緑蔭書房 2001 p272
應徵士李君へ
◇「近代朝鮮文学日本語作品集1939〜1945 創作篇 6」緑蔭書房 2001 p298

生がすべてゞある
◇「近代朝鮮文学日本語作品集1939～1945 創作篇 6」緑蔭書房 2001 p269
別離の章
◇「近代朝鮮文学日本語作品集1939～1945 創作篇 6」緑蔭書房 2001 p55
◇「近代朝鮮文学日本語作品集1939～1945 創作篇 6」緑蔭書房 2001 p287

金 東仁　キム・ドンイン（1900～1951）
赭い山─ある医師の手記
◇「近代朝鮮文学日本語作品集1908～1945 セレクション 2」緑蔭書房 2008 p89
足指が似て居る
◇「近代朝鮮文学日本語作品集1908～1945 セレクション 2」緑蔭書房 2008 p289
朝鮮近代文藝
◇「近代朝鮮文学日本語作品集1901～1938 評論・随筆篇 1」緑蔭書房 2004 p277
朝鮮文人の生活相①～③
◇「近代朝鮮文学日本語作品集1901～1938 評論・随筆篇 1」緑蔭書房 2004 p364
ペタラギ（舟唄）（一）～（九）
◇「近代朝鮮文学日本語作品集1901～1938 創作篇 3」緑蔭書房 2004 p242
物語的な報告小説を書く─作家の立場から
◇「近代朝鮮文学日本語作品集1908～1945 セレクション 6」緑蔭書房 2008 p179

金 東燮　キム・ドンソプ
朧吟社少年句會
◇「近代朝鮮文学日本語作品集1908～1945 セレクション 6」緑蔭書房 2008 p70

金 東煥　キム・ドンファン（1901～？）
愛國文學に就て（昭和二年五月十九日東亞日報）
◇「近代朝鮮文学日本語作品集1901～1938 評論・随筆篇 1」緑蔭書房 2004 p114
一千兵士の森
◇「近代朝鮮文学日本語作品集1939～1945 創作篇 6」緑蔭書房 2001 p30
皐蘭寺にて
◇「近代朝鮮文学日本語作品集1939～1945 創作篇 6」緑蔭書房 2001 p30
『戰ひの曲』
◇「近代朝鮮文学日本語作品集1939～1945 評論・随筆篇 1」緑蔭書房 2002 p385
朝鮮に忘られぬ人々の思ひ出（1）～（7）
◇「近代朝鮮文学日本語作品集1939～1945 評論・随筆篇 1」緑蔭書房 2002 p133
ぬれぎぬ
◇「近代朝鮮文学日本語作品集1939～1945 創作篇 6」緑蔭書房 2001 p192

金 東鳴　キム・ドンミョン
こゝろ
◇「近代朝鮮文学日本語作品集1939～1945 創作篇 6」緑蔭書房 2001 p86

金 南天　キム・ナムチョン
姉の事件
◇「近代朝鮮文学日本語作品集1908～1945 セレクション 2」緑蔭書房 2008 p269
気概は同じペンと筆
◇「近代朝鮮文学日本語作品集1908～1945 セレクション 6」緑蔭書房 2008 p239
少年行
◇「近代朝鮮文学日本語作品集1908～1945 セレクション 1」緑蔭書房 2008 p431

金 来成　キム・ネソン（1909～1957）
書けるか！
◇「近代朝鮮文学日本語作品集1901～1938 評論・随筆篇 2」緑蔭書房 2004 p281
鐘路の吊鐘
◇「近代朝鮮文学日本語作品集1939～1945 評論・随筆篇 3」緑蔭書房 2002 p43
楕圓形の鏡 新人紹介
◇「近代朝鮮文学日本語作品集1901～1938 創作篇 3」緑蔭書房 2004 p275
特別懸賞募集入選作 探偵小説家の殺人
◇「近代朝鮮文学日本語作品集1901～1938 創作篇 3」緑蔭書房 2004 p335
探偵小説の本質的要件
◇「幻の探偵雑誌 10」光文社 2002（光文社文庫）p303

金 夏日　キム・ハイル（1926～）
いつの日か（一九七〇年）
◇「〈在日〉文学全集 17」勉誠出版 2006 p219
黄土
◇「ハンセン病文学全集 8」皓星社 2006 p404
北朝鮮帰還はじまる（一九五九～六〇年）
◇「〈在日〉文学全集 17」勉誠出版 2006 p196
君子さん
◇「ハンセン病文学全集 4」皓星社 2003 p666
手指の整形手術（一九六四年）
◇「〈在日〉文学全集 17」勉誠出版 2006 p205
父の納骨（一九五二年）─ライ園の納骨堂をかりて父の母を納む
◇「〈在日〉文学全集 17」勉誠出版 2006 p185
朝鮮語の点字を学ぶ（一九五五～五八年）
◇「〈在日〉文学全集 17」勉誠出版 2006 p193
朝鮮戦争休戦（一九五三年）
◇「〈在日〉文学全集 17」勉誠出版 2006 p187
腸の手術受く（一九六二～六五年）
◇「〈在日〉文学全集 17」勉誠出版 2006 p201
点字舌読（一九五四年）
◇「〈在日〉文学全集 17」勉誠出版 2006 p190
点字ハングル
◇「ハンセン病文学全集 4」皓星社 2003 p668
東京にのこりし父（一九五〇年）─朝鮮戦争

勃発す
　◇「〈在日〉文学全集 17」勉誠出版 2006 p179
母、帰国（一九四九年）
　◇「〈在日〉文学全集 17」勉誠出版 2006 p176
父母の訃報（一九五一年）―この年、父母相前後して死去す
　◇「〈在日〉文学全集 17」勉誠出版 2006 p182
眉植毛・旅行（一九六九年）
　◇「〈在日〉文学全集 17」勉誠出版 2006 p213
無窮花
　◇「〈在日〉文学全集 17」勉誠出版 2006 p175
　◇「ハンセン病文学全集 8」皓星社 2006 p283
やよひ
　◇「ハンセン病文学全集 8」皓星社 2006 p507
療園に朝鮮語学校開く（一九六一年）
　◇「〈在日〉文学全集 17」勉誠出版 2006 p198
療舎に帰る（一九六五～六八年）―ベトナム戦争へ韓国兵派遣される
　◇「〈在日〉文学全集 17」勉誠出版 2006 p208

金 波宇　キム・パウ
東京學生藝術座の第一回公演
　◇「近代朝鮮文学日本語作品集1901～1938 評論・随筆篇 3」緑蔭書房 2004 p313
派遣代表の挨拶　朝鮮人として
　◇「近代朝鮮文学日本語作品集1901～1938 評論・随筆篇 3」緑蔭書房 2004 p370

金 鶴泳　キム・ハギョン（1938～1985）
あるこーるらんぷ
　◇「〈在日〉文学全集 6」勉誠出版 2006 p175
石の道
　◇「〈在日〉文学全集 6」勉誠出版 2006 p287
凍える口
　◇「〈在日〉文学全集 6」勉誠出版 2006 p5
錯迷
　◇「〈在日〉文学全集 6」勉誠出版 2006 p229
弾性限界
　◇「〈在日〉文学全集 6」勉誠出版 2006 p327
土の悲しみ
　◇「〈在日〉文学全集 6」勉誠出版 2006 p391
鑿
　◇「〈在日〉文学全集 6」勉誠出版 2006 p359
遊離層
　◇「〈在日〉文学全集 6」勉誠出版 2006 p99

金 八峰　キム・パルボン
　⇒金基鎮（キム・ギジン）を見よ

金 飛兎　キム・ピト
白衣のマドンナ―妻の不貞に泣くT君の為に
　◇「近代朝鮮文学日本語作品集1901～1938 創作篇 2」緑蔭書房 2004 p277

金 煕明　キム・ヒミョン（1903～1977）
異邦哀愁
　◇「〈外地〉の日本語文学選 3」新宿書房 1996 p74
　◇「近代朝鮮文学日本語作品集1908～1945 セレクション 4」緑蔭書房 2008 p116
創作　インテリゲンチヤ
　◇「近代朝鮮文学日本語作品集1901～1938 創作篇 2」緑蔭書房 2004 p369
共同戰線の一方向
　◇「近代朝鮮文学日本語作品集1901～1938 評論・随筆篇 1」緑蔭書房 2004 p81
名作絵物語（1）　クラルテ（アンリ・バルビュス〔原作〕）
　◇「近代朝鮮文学日本語作品集1908～1945 セレクション 6」緑蔭書房 2008 p109
苔の下を行く
　◇「近代朝鮮文学日本語作品集1901～1938 創作篇 1」緑蔭書房 2004 p191
乞食の大將
　◇「近代朝鮮文学日本語作品集1901～1938 創作篇 1」緑蔭書房 2004 p169
幸ひ
　◇「近代朝鮮文学日本語作品集1908～1945 セレクション 4」緑蔭書房 2008 p78
詩調
　◇「近代朝鮮文学日本語作品集1908～1945 セレクション 4」緑蔭書房 2008 p73
朝鮮藝術運動の現段階
　◇「近代朝鮮文学日本語作品集1901～1938 評論・随筆篇 1」緑蔭書房 2004 p119
新潟講演行脚記
　◇「近代朝鮮文学日本語作品集1901～1938 評論・随筆篇 3」緑蔭書房 2004 p305
二月のプロレタリア文學
　◇「近代朝鮮文学日本語作品集1901～1938 評論・随筆篇 1」緑蔭書房 2004 p123
プロ藝術の陣營より―ソヴィエットロシヤの文學的戰跡
　◇「近代朝鮮文学日本語作品集1901～1938 評論・随筆篇 1」緑蔭書房 2004 p83
プロとダダ（レフ）
　◇「近代朝鮮文学日本語作品集1901～1938 評論・随筆篇 1」緑蔭書房 2004 p75
プロ文藝夜話
　◇「近代朝鮮文学日本語作品集1901～1938 評論・随筆篇 2」緑蔭書房 2004 p199
プロレタリア藝術團體の分裂と對立―主に勞藝と前藝に就て
　◇「近代朝鮮文学日本語作品集1901～1938 評論・随筆篇 1」緑蔭書房 2004 p117
メーデーを前にして
　◇「近代朝鮮文学日本語作品集1901～1938 評論・随筆篇 1」緑蔭書房 2004 p85
野獸主義提唱とその不完成なる理論（その1）
　◇「近代朝鮮文学日本語作品集1901～1938 評論・随筆

篇1」緑蔭書房 2004 p77
創作 麗物侮辱の會
  ◇「近代朝鮮文学日本語作品集1901〜1938 創作篇 1」緑蔭書房 2004 p181

金 炳昊　キム・ビョンホ
蘆
  ◇「近代朝鮮文学日本語作品集1908〜1945 セレクション 4」緑蔭書房 2008 p137
色々思ひながら野山を歩く
  ◇「近代朝鮮文学日本語作品集1908〜1945 セレクション 4」緑蔭書房 2008 p132
今日は朝鮮のお盆です
  ◇「近代朝鮮文学日本語作品集1908〜1945 セレクション 4」緑蔭書房 2008 p97
朝鮮民謠意譯
  ◇「近代朝鮮文学日本語作品集1908〜1945 セレクション 4」緑蔭書房 2008 p136

金 炯容　キム・ヒョンヨン
讃映會を××するまで―朝鮮映画人の暴力結社事件の真相
  ◇「近代朝鮮文学日本語作品集1908〜1945 セレクション 6」緑蔭書房 2008 p199
報告 讃映會を××するまで
  ◇「近代朝鮮文学日本語作品集1901〜1938 評論・随筆篇 1」緑蔭書房 2004 p231

金 晃　キム・ファン
おつぱらふやつ
  ◇「近代朝鮮文学日本語作品集1901〜1938 創作篇 1」緑蔭書房 2004 p307

金 煥秀　キム・ファンス
皇軍慰問作文佳作(李元煕／崔載敏／李丙璇／金媛)
  ◇「近代朝鮮文学日本語作品集1901〜1938 評論・随筆篇 3」緑蔭書房 2004 p357

金 海卿　キム・ヘギョン
  ⇒李箱(イ・サン)を見よ

金 復鎭　キム・ボクチン
ことし見た映畫の印象―在城諸氏の回答(崔禹錫／張德祚／柳致眞)
  ◇「近代朝鮮文学日本語作品集1901〜1938 評論・随筆篇 1」緑蔭書房 2004 p350
美術朝鮮の足跡(一)〜(四)
  ◇「近代朝鮮文学日本語作品集1901〜1938 評論・随筆篇 1」緑蔭書房 2004 p355

金 浩永　キム・ホヨン
東京で活躍してゐる半島の人々
  ◇「近代朝鮮文学日本語作品集1939〜1945 評論・随筆篇 1」緑蔭書房 2002 p183

金 鳳元　キム・ボンウォン
山寺の春
  ◇「近代朝鮮文学日本語作品集1908〜1945 セレクション 3」緑蔭書房 2008 p397

金 弘來　キム・ホンレ
がし
  ◇「近代朝鮮文学日本語作品集1908〜1945 セレクション 6」緑蔭書房 2008 p64

金 末子　キム・マルチャ
  ⇒香山末子(かやま・すえこ)を見よ

金 末峰　キム・マルボン（1901〜1961)
苦行(第一回〜第八回)
  ◇「近代朝鮮文学日本語作品集1901〜1938 創作篇 4」緑蔭書房 2004 p115
「第七回全關西婦人聯合會大會代表者會」における発言
  ◇「近代朝鮮文学日本語作品集1901〜1938 評論・随筆篇 3」緑蔭書房 2004 p363

金 萬夏　キム・マンハ
朝鮮俳句選集(抄)
  ◇「近代朝鮮文学日本語作品集1908〜1945 セレクション 6」緑蔭書房 2008 p73

金 命洙　キム・ミョンス
行進曲高らかに
  ◇「近代朝鮮文学日本語作品集1908〜1945 セレクション 6」緑蔭書房 2008 p240

金 明淳　キム・ミョンスン
小説 人生行路難
  ◇「近代朝鮮文学日本語作品集1901〜1938 創作篇 5」緑蔭書房 2004 p225

金 文輯　キム・ムンジブ（1909〜？)
あなたの蟷螂姿―横光利一さんへの私信
  ◇「近代朝鮮文学日本語作品集1908〜1945 セレクション 6」緑蔭書房 2008 p163
祖国に殉じた最初の志願兵 祝ふべき死！―血に生きた李仁錫君
  ◇「近代朝鮮文学日本語作品集1908〜1945 セレクション 6」緑蔭書房 2008 p297
漢陽秋賦 南山展望―他の山を語る
  ◇「近代朝鮮文学日本語作品集1908〜1945 セレクション 3」緑蔭書房 2008 p331
京城異聞
  ◇「近代朝鮮文学日本語作品集1901〜1938 創作篇 4」緑蔭書房 2004 p179
朝鮮文壇人へ―現実と朝鮮民族の問題(1)〜(5)
  ◇「近代朝鮮文学日本語作品集1939〜1945 評論・随筆篇 1」緑蔭書房 2002 p45
朝鮮文壇の特殊性
  ◇「近代朝鮮文学日本語作品集1901〜1938 評論・随筆篇 2」緑蔭書房 2004 p81
武士道と國仙道
  ◇「近代朝鮮文学日本語作品集1908〜1945 セレクション 3」緑蔭書房 2008 p261

金 文煥　キム・ムンファン
夕日

きむ

◇「近代朝鮮文学日本語作品集1908〜1945 セレクション 6」緑蔭書房 2008 p59

金 英一　キム・ヨンイル

アカシヤの樹蔭に沐みする女
◇「近代朝鮮文学日本語作品集1908〜1945 セレクション 3」緑蔭書房 2008 p172

金 龍濟　キム・ヨンジェ（1909〜1994）

愛する大陸よ
◇「近代朝鮮文学日本語作品集1908〜1945 セレクション 4」緑蔭書房 2008 p287

獄中詩集 愛する同志へ
◇「近代朝鮮文学日本語作品集1908〜1945 セレクション 4」緑蔭書房 2008 p349

曉の歌
◇「近代朝鮮文学日本語作品集1908〜1945 セレクション 4」緑蔭書房 2008 p265

アカホシ農民夜學を守れ！
◇「近代朝鮮文学日本語作品集1908〜1945 セレクション 4」緑蔭書房 2008 p245

納涼隨筆 朝ともなれば
◇「近代朝鮮文学日本語作品集1908〜1945 セレクション 3」緑蔭書房 2008 p417

異土（鄭芝溶〔著〕）
◇「近代朝鮮文学日本語作品集1939〜1945 創作篇 6」緑蔭書房 2001 p48

生ひ立つもの
◇「近代朝鮮文学日本語作品集1908〜1945 セレクション 4」緑蔭書房 2008 p351

弟たち
◇「近代朝鮮文学日本語作品集1939〜1945 創作篇 6」緑蔭書房 2001 p267

危險信號に朝燒が
◇「近代朝鮮文学日本語作品集1908〜1945 セレクション 4」緑蔭書房 2008 p295

牛乳配達の朝
◇「近代朝鮮文学日本語作品集1908〜1945 セレクション 4」緑蔭書房 2008 p297

黒い太陽の日
◇「近代朝鮮文学日本語作品集1908〜1945 セレクション 4」緑蔭書房 2008 p353

玄海灘
◇「近代朝鮮文学日本語作品集1908〜1945 セレクション 4」緑蔭書房 2008 p252

獄中から
◇「近代朝鮮文学日本語作品集1901〜1938 評論・随筆篇 3」緑蔭書房 2004 p345

獄中漢詩選
◇「近代朝鮮文学日本語作品集1908〜1945 セレクション 6」緑蔭書房 2008 p31

獄中通信
◇「近代朝鮮文学日本語作品集1901〜1938 評論・随筆篇 3」緑蔭書房 2004 p345

國民文學の黎明期（文藝時評）
◇「近代朝鮮文学日本語作品集1939〜1945 評論・随筆篇 1」緑蔭書房 2002 p273

答へを待つ
◇「近代朝鮮文学日本語作品集1908〜1945 セレクション 4」緑蔭書房 2008 p257

國境
◇「近代朝鮮文学日本語作品集1908〜1945 セレクション 4」緑蔭書房 2008 p289

ゴム紐の感―德永直氏の『闘牛性』と『耕牛性』
◇「近代朝鮮文学日本語作品集1908〜1945 セレクション 6」緑蔭書房 2008 p161

師への言葉・兄への言葉―内鮮一體を強調する文藝的な告白（1）〜（6）
◇「近代朝鮮文学日本語作品集1939〜1945 評論・随筆篇 1」緑蔭書房 2002 p51

失業反對 詩と繪の展覽會の闘争略記
◇「近代朝鮮文学日本語作品集1901〜1938 評論・随筆篇 3」緑蔭書房 2004 p257

總督賞の意義
◇「近代朝鮮文学日本語作品集1939〜1945 評論・随筆篇 1」緑蔭書房 2002 p404

その前夜
◇「近代朝鮮文学日本語作品集1908〜1945 セレクション 4」緑蔭書房 2008 p260

戰ふ乙女
◇「近代朝鮮文学日本語作品集1939〜1945 創作篇 6」緑蔭書房 2001 p283

「地下道の春」について
◇「近代朝鮮文学日本語作品集1908〜1945 セレクション 3」緑蔭書房 2008 p133

朝鮮作家のメッセーヂ
◇「近代朝鮮文学日本語作品集1939〜1945 評論・随筆篇 3」緑蔭書房 2002 p471

鐵窓の春
◇「近代朝鮮文学日本語作品集1908〜1945 セレクション 4」緑蔭書房 2008 p301

日本の朝
◇「近代朝鮮文学日本語作品集1939〜1945 創作篇 6」緑蔭書房 2001 p78

春の朝
◇「近代朝鮮文学日本語作品集1939〜1945 創作篇 6」緑蔭書房 2001 p286

春のアリラン―牢獄の中から
◇「近代朝鮮文学日本語作品集1908〜1945 セレクション 4」緑蔭書房 2008 p256

春は夢から
◇「近代朝鮮文学日本語作品集1908〜1945 セレクション 4」緑蔭書房 2008 p339

晴れ
◇「近代朝鮮文学日本語作品集1908〜1945 セレクション 4」緑蔭書房 2008 p281

◇「近代朝鮮文学日本語作品集1908〜1945 セレクション 4」緑蔭書房 2008 p315

半島文壇と國語の問題―國語創作の足跡と今後の修行
◇「近代朝鮮文学日本語作品集1939〜1945 評論・随筆

篇1」緑蔭書房 2002 p293
文藝政策私語（1）〜（4）
◇「近代朝鮮文学日本語作品集1939〜1945 評論・随筆篇1」緑蔭書房 2002 p349
北鮮紀行
◇「近代朝鮮文学日本語作品集1939〜1945 評論・随筆篇3」緑蔭書房 2002 p445
誇れる行列
◇「近代朝鮮文学日本語作品集1908〜1945 セレクション4」緑蔭書房 2008 p262
焰の街
◇「近代朝鮮文学日本語作品集1908〜1945 セレクション4」緑蔭書房 2008 p279
街の順ちゃん（林和〔著〕）
◇「近代朝鮮文学日本語作品集1908〜1945 セレクション4」緑蔭書房 2008 p321
若返つたおつ母さん
◇「近代朝鮮文学日本語作品集1908〜1945 セレクション4」緑蔭書房 2008 p267
若人に（盧天命〔著〕）
◇「近代朝鮮文学日本語作品集1939〜1945 創作篇6」緑蔭書房 2001 p34

金 永鎮　キム・ヨンジン
迎年祈世
◇「近代朝鮮文学日本語作品集1939〜1945 創作篇6」緑蔭書房 2001 p21
現段階に於ける朝鮮文學の諸問題（1）〜（5）
◇「近代朝鮮文学日本語作品集1939〜1945 評論・随筆篇1」緑蔭書房 2002 p123

金 榮道　キム・ヨンド
餅つき兎
◇「近代朝鮮文学日本語作品集1908〜1945 セレクション6」緑蔭書房 2008 p60

金 永年　キム・ヨンニョン
朴書房（パクソバン）
◇「近代朝鮮文学日本語作品集1901〜1938 創作篇3」緑蔭書房 2004 p87
報告文学入選作 夜
◇「近代朝鮮文学日本語作品集1901〜1938 創作篇3」緑蔭書房 2004 p99

金 榮勳　キム・ヨンフン
故郷
◇「近代朝鮮文学日本語作品集1908〜1945 セレクション4」緑蔭書房 2008 p354

キム・リジャ　（1951〜）
雨のあとに
◇「〈在日〉文学全集 18」勉誠出版 2006 p328
アメリカン・ドリーム
◇「〈在日〉文学全集 18」勉誠出版 2006 p329
瓜
◇「〈在日〉文学全集 18」勉誠出版 2006 p327
鉛筆
◇「〈在日〉文学全集 18」勉誠出版 2006 p330

陰
◇「〈在日〉文学全集 18」勉誠出版 2006 p337
傾く
◇「〈在日〉文学全集 18」勉誠出版 2006 p332
孔雀は飛ぶ
◇「〈在日〉文学全集 18」勉誠出版 2006 p340
欅
◇「〈在日〉文学全集 18」勉誠出版 2006 p326
こどもの喧嘩
◇「〈在日〉文学全集 18」勉誠出版 2006 p341
潮目
◇「〈在日〉文学全集 18」勉誠出版 2006 p335
水仙
◇「〈在日〉文学全集 18」勉誠出版 2006 p333
その前夜
◇「〈在日〉文学全集 18」勉誠出版 2006 p343
谷に降る雪
◇「〈在日〉文学全集 18」勉誠出版 2006 p334
誕生日に
◇「〈在日〉文学全集 18」勉誠出版 2006 p338
泣く男
◇「〈在日〉文学全集 18」勉誠出版 2006 p344
八月の畑
◇「〈在日〉文学全集 18」勉誠出版 2006 p339
醺（はなむけ）
◇「〈在日〉文学全集 18」勉誠出版 2006 p331
火の匂い
◇「〈在日〉文学全集 18」勉誠出版 2006 p346
昼の花火
◇「〈在日〉文学全集 18」勉誠出版 2006 p342

金 寧容　キム・リョンヨン
愛すればこそ
◇「近代朝鮮文学日本語作品集1901〜1938 創作篇4」緑蔭書房 2004 p189

木村 曙　きむら・あけぼの　（1872〜1890）
婦女の鑑
◇「新日本古典文学大系 明治編 23」岩波書店 2002 p33
◇「「新編」日本女性文学全集 1」菁柿堂 2007 p192

木村 功　きむら・いさお　（1923〜1981）
僕にはあなたがあればいい。梢, 梢≫木村梢
◇「日本人の手紙 6」リブリオ出版 2004 p12

木村 巌　きむら・いわお
仲間外れ
◇「ショートショートの広場 11」講談社 2000（講談社文庫）p35

木村 恵利香　きむら・えりか
古寺幻想記
◇「ゆきのまち幻想文学賞小品集 10」企画集団ぷりずむ 2001 p182

きむら

木村 恵理香　きむら・えりか
父の背中
　◇「ゆきのまち幻想文学賞小品集 9」企画集団ぷりずむ 2000 p62

木村 薫　きむら・かおる
眼
　◇「自選ショート・ミステリー」講談社 2001（講談社文庫）p97

木村 学　きむら・がく
「虎じいさんの夜話」より―狐ん子
　◇「ゆきのまち幻想文学賞小品集 12」企画集団ぷりずむ 2003 p93

木村 毅　きむら・き（1894〜1979）
赤穂城最後の日
　◇「忠臣蔵コレクション 1」河出書房新社 1998（河出文庫）p83
兎と妓生と
　◇「コレクション戦争と文学 6」集英社 2011 p331
七人目の虜
　◇「『少年倶楽部』短篇選」講談社 2013（講談社文芸文庫）p171

木村 小鳥　きむら・ことり
腕相撲
　◇「てのひら怪談―ビーケーワン怪談大賞傑作選」ポプラ社 2007 p88
　◇「てのひら怪談―ビーケーワン怪談大賞傑作選」ポプラ社 2008（ポプラ文庫）p92

木村 重道　きむら・じゅうどう（1908〜？）
「川鮭」いつ還る
　◇「山形県文学全集第2期（随筆・紀行編）4」郷土出版社 2005 p260

木村 小舟　きむら・しょうしゅう（1881〜1954）
太陽系統の滅亡
　◇「懐かしい未来―甦る明治・大正・昭和の未来小説」中央公論新社 2001 p67

木村 正太郎　きむら・しょうたろう（1912〜）
母なる最上川
　◇「山形県文学全集第2期（随筆・紀行編）5」郷土出版社 2005 p226

木村 次郎　きむら・じろう（1916〜1988）
あのさま
　◇「人形座脚本集」晩成書房 2005 p95
瓜子姫とあまのじゃく〈影絵〉
　◇「人形座脚本集」晩成書房 2005 p9
さるかに合戦
　◇「人形座脚本集」晩成書房 2005 p23

木村 二郎　きむら・じろう（1949〜）
サムの甥
　◇「自選ショート・ミステリー 2」講談社 2001（講談社文庫）p293

木村 荘十　きむら・そうじゅう（1897〜1967）
雲南守備兵
　◇「消えた受賞作―直木賞編」メディアファクトリー 2004（ダ・ヴィンチ特別編集）p69
国際小説　上海
　◇「外地探偵小説集　上海篇」せらび書房 2006 p85

木村 たかし　きむら・たかし
むかしレンジャーしゅうごう
　◇「小学校・全員参加の楽しい学級劇・学年劇脚本集　低学年」黎明書房 2007 p110
STEP UP
　◇「成城・学校劇脚本集」成城学園初等学校出版部 2002（成城学園初等学校研究双書）p197

木村 千尋　きむら・ちひろ
意趣返し
　◇「ゆきのまち幻想文学賞小品集 22」企画集団ぷりずむ 2013 p150
サンクトペテルブルクの絵画守護官
　◇「ゆきのまち幻想文学賞小品集 25」企画集団ぷりずむ 2015 p115
藩士と珈琲
　◇「ゆきのまち幻想文学賞小品集 23」企画集団ぷりずむ 2014 p59

木村 哲二　きむら・てつじ
春宮冊子畸聞
　◇「捕物時代小説選集 4」春陽堂書店 2000（春陽文庫）p238

木村 登美子　きむら・とみこ
俳句の会
　◇「全作家短編集 15」のべる出版企画 2016 p293

木村 富子　きむら・とみこ（1890〜1944）
長唄新曲 サヨンの鐘―作曲杵屋勝太郎
　◇「日本統治期台湾文学集成 28」緑蔭書房 2007 p589

木村 智佑　きむら・ともひろ
雪猿
　◇「ゆきのまち幻想文学賞小品集 20」企画集団ぷりずむ 2011 p172

木村 宣宣　きむら・のりこ
お父ちゃんと一緒に見た雪景色、一生忘れません》木村光男
　◇「日本人の手紙 9」リブリオ出版 2004 p128

木村 久夫　きむら・ひさお（1921〜1946）
〔きけわだつみのこえ〕木村久夫
　◇「新装版 全集現代文学の発見 14」學藝書林 2005 p645

木村 迪夫　きむら・みちお（1935〜）
教育論をぶつつもりはないが
　◇「山形県文学全集第2期（随筆・紀行編）4」郷土出版社 2005 p415

木村 光治子　きむら・みちこ
みかの魔法の粉
◇「かわいい―第16回フェリシモ文学賞優秀作品集」フェリシモ 2013 p128

木邨 裕志　きむら・ゆうし
イミテーション
◇「ショートショートの広場 8」講談社 1997（講談社文庫）p79
売り上げ
◇「ショートショートの広場 19」講談社 2007（講談社文庫）p58
売りつくし
◇「ショートショートの広場 14」講談社 2003（講談社文庫）p20
急病人
◇「ショートショートの広場 19」講談社 2007（講談社文庫）p162

木村 友祐　きむら・ゆうすけ（1970～）
イサの氾濫
◇「文学 2012」講談社 2012 p263

木村 由樹子　きむら・ゆきこ
出稼ぎ、郷里の娘からの待ち遠しいラブレター≫木村迪夫
◇「日本人の手紙 10」リブリオ出版 2004 p191

木村 良夫　きむら・よしお（生没年不詳）
嵐に抗して
◇「新装版 全集現代文学の発見 3」學藝書林 2003 p155

木村 浪漫　きむら・ろまん
Ignite
◇「マルドゥック・ストーリーズ―公式二次創作集」早川書房 2016（ハヤカワ文庫 JA）p41

木本 雅彦　きもと・まさひこ（1972～）
ぼくとわらう―この自伝はダウン症児の物語ではない。僕個人の物語だ
◇「NOVA―書き下ろし日本SFコレクション 10」河出書房新社 2013（河出文庫）p373
メロンを掘る熊は宇宙で生きろ―不当な拘束、不当な労働、不当な搾取が、鉱山惑星では行われている！
◇「NOVA―書き下ろし日本SFコレクション 9」河出書房新社 2013（河出文庫）p287

木屋 進　きや・すすむ（1920～2001）
巷説闇風魔
◇「捕物時代小説選集 5」春陽堂書店 2000（春陽文庫）p130
船木峠の美女群
◇「捕物時代小説選集 3」春陽堂書店 2000（春陽文庫）p120

喜安 幸夫　きやす・ゆきお（1944～）
山賊和尚
◇「代表作時代小説 平成13年度」光風社出版 2001 p305
乗り遅れた譜代藩の志士
◇「幕末スパイ戦争」徳間書店 2015（徳間文庫）p137
はだしの小源太
◇「遠き雷鳴」桃園書房 2001（桃園文庫）p317
木魚が聞こえる
◇「代表作時代小説 平成16年度」光風社出版 2004 p65
湯屋騒ぎ―木戸番人お江戸日記
◇「代表作時代小説 平成14年度」光風社出版 2002 p63

木山 静太　きやま・しずた
長い髪で帰って来たら、ぶち殺すぞ！≫木山捷平
◇「日本人の手紙 1」リブリオ出版 2004 p165

木山 捷平　きやま・しょうへい（1904～1968）
逢びき
◇「小川洋子の陶酔短篇箱」河出書房新社 2014 p83
うけとり
◇「百年小説」ポプラ社 2008 p1133
軽石
◇「日本文学100年の名作 6」新潮社 2015（新潮文庫）p185
ダイヤの指輪
◇「戦後短篇小説再発見 7」講談社 2001（講談社文芸文庫）p77
父危篤
◇「「日本浪曼派」集」新学社 2007（新学社近代浪漫派文庫）p155
耳学問
◇「私小説名作選 上」講談社 2012（講談社文芸文庫）p229
◇「コレクション戦争と文学 9」集英社 2012 p387

木山 省二　きやま・せいじ
重四郎始末
◇「立川文学 4」けやき出版 2014 p219
丁字饅頭
◇「立川文学 5」けやき出版 2015 p123

伽羅　きゃら
Yさん一家
◇「てのひら怪談―ビーケーワン怪談大賞傑作選 壬辰」ポプラ社 2012（ポプラ文庫）p222

邱 永漢　きゅう・えいかん（1924～2012）
食在廣州―食は広州に在り
◇「もの食う話」文藝春秋 2015（文春文庫）p50
香港
◇「消えた直木賞 男たちの足音編」メディアファクトリー 2005 p9
毛澤西
◇「日本文学100年の名作 5」新潮社 2015（新潮文

きゅう

庫）p91
密入国者の手記
◇「〈外地〉の日本語文学選 1」新宿書房 1996 p261
◇「コレクション戦争と文学 18」集英社 2012 p247

丘 十府　きゅう・じゅうふ
連作小説 四等寝台（荘慶記／国分寺實／麓信仰）
◇「日本統治期台湾文学集成 21」緑蔭書房 2007 p21

牛耳 東風　ぎゅうじ・とうふう
悪魔の憂鬱
◇「ショートショートの花束 7」講談社 2015（講談社文庫）p182

九州療養所　きゅうしゅうりょうようじょ
檜の蔭の聖父
◇「ハンセン病文学全集 9」皓星社 2010 p18

九州療養所草の花会　きゅうしゅうりょうようじょくさのはなかい
草の花句集
◇「ハンセン病文学全集 9」皓星社 2010 p28
句集 草の花 第二集
◇「ハンセン病文学全集 9」皓星社 2010 p66

九州療養所檜の影会　きゅうしゅうりょうようじょひのかげかい
檜の影 第一集
◇「ハンセン病文学全集 8」皓星社 2006 p1
◇「ハンセン病文学全集 9」皓星社 2010 p3
檜の影 第二集
◇「ハンセン病文学全集 8」皓星社 2006 p5
檜の蔭の聖父
◇「ハンセン病文学全集 8」皓星社 2006 p43

九条 紀偉　きゅうじょう・きい
幻狐
◇「てのひら怪談—ビーケーワン怪談大賞傑作選 壬辰」ポプラ社 2012（ポプラ文庫）p186

輝鷹 あち　きょう・あち
浮き石を持つ人へ
◇「ひとにぎりの異形」光文社 2007（光文社文庫）p436
トリッパー
◇「物語のルミナリエ」光文社 2011（光文社文庫）p155

姜 魏堂　きょう・ぎどう（1901～）
生きている虜囚
◇「〈在日〉文学全集 15」勉誠出版 2006 p265

姜 信子　きょう・のぶこ（1961～）
なもあみだんぶーさんせうだゆう
◇「文学 2016」講談社 2016 p279
ミッションインポッシブル
◇「十年後のこと」河出書房新社 2016 p93

姜 裕賛　きょう・ゆうさん
ぼくの収支簿から
◇「ハンセン病文学全集 4」皓星社 2003 p306

京極 夏彦　きょうごく・なつひこ（1963～）
小豆洗い—巷説百物語
◇「御伽草子—ホラー・アンソロジー」PHP研究所 2001（PHP文庫）p119
厭な子供
◇「さむけ—ホラー・アンソロジー」祥伝社 1999（祥伝社文庫）p31
厭な扉
◇「グランドホテル」廣済堂出版 1999（廣済堂文庫）p235
鬼交
◇「エロティシズム12幻想」エニックス 2000 p339
旧耳袋 もう臭わない
◇「稲生モノノケ大全 陽之巻」毎日新聞社 2005 p7
最后の祖父
◇「NOVA—書き下ろし日本SFコレクション 4」河出書房新社 2011（河出文庫）p13
蒐集者の庭（抄）
◇「文豪てのひら怪談」ポプラ社 2009（ポプラ文庫）p12
書物の海から妖怪世界へ（東雅夫）
◇「モノノケ大合戦」小学館 2005（小学館文庫）p7
豆腐小僧
◇「モノノケ大合戦」小学館 2005（小学館文庫）p339
逃げよう
◇「リテラリーゴシック・イン・ジャパン—文学的ゴシック作品選」筑摩書房 2014（ちくま文庫）p467
百鬼夜行 第三夜 目目連
◇「幻想ミッドナイト—日常を破壊する恐怖の断片」角川書店 1997（カドカワ・エンタテインメント）p223
武太夫槌を得る—三次実録物語
◇「稲生モノノケ大全 陰之巻」毎日新聞社 2003 p6
便所の神様
◇「厠の怪—便所怪談競作集」メディアファクトリー 2010（MF文庫）p7
無題
◇「金田一耕助に捧ぐ九つの狂想曲」角川書店 2002 p5
◇「金田一耕助に捧ぐ九つの狂想曲」角川書店 2012（角川文庫）p5

経塚 丸雄　きょうづか・まるお
連弾
◇「年鑑代表シナリオ集 '01」映人社 2002 p63

響堂 新　きょうどう・しん（1960～）
神の手
◇「21世紀本格—書下ろしアンソロジー」光文社 2001（カッパ・ノベルス）p15

今日泊 亜蘭　きょうどまり・あらん（1912～2008）
　カシオペヤの女
　　◇「日本SF全集 1」出版芸術社 2009 p251
　くすり指
　　◇「怪奇探偵小説集 3」角川春樹事務所 1998（ハルキ文庫）p195
　最終戦争
　　◇「あしたは戦争」筑摩書房 2016（ちくま文庫）p325
　地球は赤かった
　　◇「たそがれゆく未来」筑摩書房 2016（ちくま文庫）p199

清岡 卓行　きよおか・たかゆき（1922～2006）
　朝の悲しみ
　　◇「妻を失う―離別作品集」講談社 2014（講談社文芸文庫）p97
　帰途
　　◇「夢」国書刊行会 1998（書物の王国）p48
　恐竜展で
　　◇「恐竜文学大全」河出書房新社 1998（河出文庫）p256
　決闘
　　◇「新装版 全集現代文学の発見 13」學藝書林 2004 p455
　氷った焔
　　◇「新装版 全集現代文学の発見 13」學藝書林 2004 p456
　子守唄のための太鼓
　　◇「新装版 全集現代文学の発見 13」學藝書林 2004 p461
　サハロフ幻想
　　◇「コレクション戦争と文学 16」集英社 2012 p454
　石膏
　　◇「新装版 全集現代文学の発見 13」學藝書林 2004 p454
　土を選べるか
　　◇「文学 2003」講談社 2003 p43
　ハラルからの手紙
　　◇「新装版 全集現代文学の発見 13」學藝書林 2004 p462
　パリと大連
　　◇「戦後短篇小説再発見 6」講談社 2001（講談社文芸文庫）p226
　引揚者たちの海
　　◇「新装版 全集現代文学の発見 13」學藝書林 2004 p459
　不吉な恋人たち
　　◇「新装版 全集現代文学の発見 13」學藝書林 2004 p460
　愉快なシネカメラ
　　◇「新装版 全集現代文学の発見 13」學藝書林 2004 p458

清香 その子　きよか・そのこ
　ユーモア小説 灯台下暗し
　　◇「日本統治期台湾文学集成 7」緑蔭書房 2002 p322

清川 妙　きよかわ・たえ（1921～2014）
　すてきなアドバイスをありがとう＞佐竹まどか
　　◇「日本人の手紙 3」リブリオ出版 2004 p106

曲亭 馬琴　きょくてい・ばきん（1767～1848）
　禍獣―『椿説弓張月』（須永朝彦〔訳〕）
　　◇「怪獣」国書刊行会 1998（書物の王国）p28

清崎 進一　きよさき・しんいち
　路地裏
　　◇「日本海文学大賞―大賞作品集 3」日本海文学大賞運営委員会 2007 p435

清崎 敏郎　きよさき・としお（1922～1999）
　紫陽花
　　◇「創刊一〇〇年三田文学名作選」三田文学会 2010 p475

きよし
　怪談の話し方
　　◇「文豪怪談傑作選 特別編」筑摩書房 2007（ちくま文庫）p254

魚蹴　ぎょしゅう
　橇犬の主
　　◇「リトル・リトル・クトゥルー――史上最小の神話小説集」学習研究社 2009 p62

清田 政信　きよた・まさのぶ（1937～）
　家郷への逆説
　　◇「沖縄文学選―日本文学のエッジからの問い」勉誠出版 2003 p178

清原 つる代　きよはら・つるよ
　クジラの入江
　　◇「南から―南日本文学大賞入賞作品集」南日本新聞社 2001 p97

清松 みゆき　きよまつ・みゆき（1964～）
　赤い鎧Ⅲ―不自然な死
　　◇「許されし偽り―ソード・ワールド短編集」富士見書房 2001（富士見ファンタジア文庫）p219
　赤い鎧Ⅳ―毒を食らわば
　　◇「へっぽこ冒険者とイオドの宝―ソード・ワールド短編集」富士見書房 2005（富士見ファンタジア文庫）p251
　10％の偽情報―バスの遍歴
　　◇「踊れ！へっぽこ大祭典―ソード・ワールド短編集」富士見書房 2004（富士見ファンタジア文庫）p11
　第三話 未完成方程式
　　◇「妖魔夜行―幻の巻」角川書店 2001（角川文庫）p101
　バブリーズ・リターン
　　◇「バブリーズ・リターン―ソード・ワールド短編

集」富士見書房 1999（富士見ファンタジア文庫）p207

パン・マン
◇「ぺらぺらーず漫遊記―ソード・ワールド短編集」富士見書房 2006（富士見ファンタジア文庫）p195

ゆく人くる人
◇「集え！へっぽこ冒険者たち―ソード・ワールド短編集」富士見書房 2002（富士見ファンタジア文庫）p297

清本 一磨　きよもと・かずまろ
足から
◇「ショートショートの花束 6」講談社 2014（講談社文庫）p203

清森 和志　きよもり・かずし
書き出し
◇「ショートショートの広場 18」講談社 2006（講談社文庫）p20

吉来 駿作　きら・しゅんさく（1957～）
嘘をついた
◇「七つの死者の囁き」新潮社 2008（新潮文庫）p153

きりゑ 薫　きりえ・かおる
同居人
◇「てのひら怪談―ビーケーワン怪談大賞傑作選 壬辰」ポプラ社 2012（ポプラ文庫）p76

霧ケ峰 涼　きりがみね・りょう
思い出自販機
◇「ショートショートの花束 7」講談社 2015（講談社文庫）p126

きりぎりす
殺人者
◇「ショートショートの広場 19」講談社 2007（講談社文庫）p30

霧舎 巧　きりしゃ・たくみ（1963～）
鬼ではなかったけれど…
◇「0番目の事件簿」講談社 2012 p89
十五分間の出来事
◇「気分は名探偵―犯人当てアンソロジー」徳間書店 2006 p153
◇「気分は名探偵―犯人当てアンソロジー」徳間書店 2008（徳間文庫）p183
都筑道夫を読んだ男
◇「0番目の事件簿」講談社 2012 p69
まだらの紐、再び
◇「密室殺人大百科 上」原書房 2000 p141

霧承 豊　きりじょう・ゆたか
あるピアニストの憂鬱
◇「本格推理 14」光文社 1999（光文社文庫）p347

桐谷 正　きりたに・ただし
驪山の夢
◇「黄土の群星」光文社 1999（光文社文庫）p95

霧兎 畝弥　きりと・うねや
彼女の翼
◇「ショートショートの広場 12」講談社 2001（講談社文庫）p14

切塗 よしを　きりぬり・よしお
水底の玩具
◇「フラジャイル・ファクトリー戯曲集 1」晩成書房 2008 p175

桐野 夏生　きりの・なつお（1951～）
アンボス・ムンドス
◇「日本文学100年の名作 10」新潮社 2015（新潮文庫）p37
柏木
◇「ナイン・ストーリーズ・オブ・ゲンジ」新潮社 2008 p225
◇「源氏物語九つの変奏」新潮社 2011（新潮文庫）p249
蜘蛛の巣
◇「冒険の森へ―傑作小説大全 16」集英社 2015 p8
グレーテスト・ロマンス
◇「乱歩賞作家 黒の謎」講談社 2004 p55
黒い犬
◇「白のミステリー―女性ミステリー作家傑作選」光文社 1997 p367
◇「女性ミステリー作家傑作選 1」光文社 1999（光文社文庫）p153
告白
◇「Invitation」文藝春秋 2010 p97
◇「甘い罠―8つの短篇小説集」文藝春秋 2012（文春文庫）p95
桜
◇「輝きの一瞬―短くて心に残る30編」講談社 1999（講談社文庫）p101
ジオラマ
◇「冒険の森へ―傑作小説大全 19」集英社 2015 p130
雀
◇「文学 2015」講談社 2015 p145
ソウル
◇「街物語」朝日新聞社 2000 p90
遅刻者の手記
◇「八ヶ岳「雪密室」の謎」原書房 2001 p146
ネオン
◇「最新「珠玉推理」大全 上」光文社 1998（カッパ・ノベルス）p163
◇「幻惑のラビリンス」光文社 2001（光文社文庫）p233
ネズミ
◇「現代の小説 1998」徳間書店 1998 p293
独りにしないで
◇「殺人博物館へようこそ」講談社 1998（講談社文庫）p47
マダガスカル・バナナフランベを20本
◇「20の短編小説」朝日新聞出版 2016（朝日文庫）

p163

桐野 遼　きりの・りょう
花殻とスーツ
　◇「現代短編小説選—2005〜2009」日本民主主義文学会　2010　p129

切原 加恵　きりはら・かえ
ビタークリーミーホイップベイベ
　◇「大人が読む。ケータイ小説—第1回ケータイ文学賞アンソロジー」オンブック　2007　p26

桐山 襲　きりやま・かさね（1949〜）
聖なる夜聖なる穴
　◇「コレクション戦争と文学 20」集英社　2012　p567
リトゥル・ペク
　◇「戦後短篇小説再発見 9」講談社　2002（講談社文芸文庫）p249

桐山 喬平　きりやま・きょうへい
若君神隠し
　◇「遙かなる道」桃園書房　2001（桃園文庫）p213

桐生 典子　きりゅう・のりこ（1956〜）
いちじくの花
　◇「ミステリア—女性作家アンソロジー」祥伝社　2003（祥伝社文庫）p201
まなざしの行方
　◇「紅迷宮—ミステリー・アンソロジー」祥伝社　2002（祥伝社文庫）p123
曼珠沙華
　◇「with you」幻冬舎　2004 p141
緑の手
　◇「蒼迷宮—ミステリー・アンソロジー」祥伝社　2002（祥伝社文庫）p79
雪の降る夜は
　◇「短篇ベストコレクション—現代の小説 2008」徳間書店　2008（徳間文庫）p185
竜が舞うとき
　◇「Love Letter」幻冬舎　2005 p149
　◇「Love Letter」幻冬舎　2008（幻冬舎文庫）p163

桐生 操　きりゅう・みさお（1950〜）
ネロ
　◇「時の輪廻」リブリオ出版　2001（怪奇・ホラーワールド）p119

桐生 悠三　きりゅう・ゆうぞう（1939〜1995）
暗殺犬
　◇「武士道残月抄」光文社　2011（光文社文庫）p427
チェストかわら版
　◇「雪月花・江戸景色」光文社　2013（光文社文庫）p259

吉 鎭燮　キル・ジンソプ
歳晩京城（1）〜（5）
　◇「近代朝鮮文学日本語作品集1939〜1945 評論・随筆篇 3」緑蔭書房　2002 p59
茶房の女
　◇「近代朝鮮文学日本語作品集1939〜1945 評論・随筆篇 3」緑蔭書房　2002 p60
鐘路
　◇「近代朝鮮文学日本語作品集1939〜1945 評論・随筆篇 3」緑蔭書房　2002 p63
昭和通り
　◇「近代朝鮮文学日本語作品集1939〜1945 評論・随筆篇 3」緑蔭書房　2002 p62
徳寿宮
　◇「近代朝鮮文学日本語作品集1939〜1945 評論・随筆篇 3」緑蔭書房　2002 p61
明倫町
　◇「近代朝鮮文学日本語作品集1939〜1945 評論・随筆篇 3」緑蔭書房　2002 p59

金 光淳　きん・こうじゅん
⇒金達寿（キム・タルス）を見よ

金 山泉　きん・さんせん
心紋（崔明翊〔著〕）
　◇「近代朝鮮文学日本語作品集1939〜1945 創作篇 2」緑蔭書房　2001 p319
村の通り道（金東里〔著〕）
　◇「近代朝鮮文学日本語作品集1908〜1945 セレクション 2」緑蔭書房　2008 p231

金 子和　きん・しわ
現代小説に映じた朝鮮的現實—張赫宙論（一）（二）
　◇「近代朝鮮文学日本語作品集1901〜1938 評論・随筆篇 2」緑蔭書房　2004 p65

金 突破　きん・とつは
坤の死
　◇「近代朝鮮文学日本語作品集1908〜1945 セレクション 4」緑蔭書房　2008 p129
創刊の歌
　◇「近代朝鮮文学日本語作品集1908〜1945 セレクション 4」緑蔭書房　2008 p129
被動に踊るな！
　◇「近代朝鮮文学日本語作品集1908〜1945 セレクション 4」緑蔭書房　2008 p133
編輯後記
　◇「近代朝鮮文学日本語作品集1901〜1938 評論・随筆篇 3」緑蔭書房　2004 p304
盲者の叫び
　◇「近代朝鮮文学日本語作品集1908〜1945 セレクション 4」緑蔭書房　2008 p134

金 葉律子　きん・はつこ
童話 ライオンの王様
　◇「近代朝鮮文学日本語作品集1908〜1945 セレクション 6」緑蔭書房　2008 p119

金 真須美　きん・ますみ（1961〜）
羅聖の空
　◇「〈在日〉文学全集 14」勉誠出版　2006 p297
メソッド

燃える草家
　◇「〈在日〉文学全集 14」勉誠出版 2006 p169
燃える草家
　◇「〈在日〉文学全集 14」勉誠出版 2006 p257

金城 漢郎　きんじょう・かんろう
在京半島學生蹶起大會─決議
　◇「近代朝鮮文学日本語作品集1908〜1945 セレクション 6」緑蔭書房 2008 p251

金城 文興　きんじょう・ぶんこう
故山に寄す
　◇「近代朝鮮文学日本語作品集1908〜1945 セレクション 4」緑蔭書房 2008 p465
復舊以前
　◇「近代朝鮮文学日本語作品集1908〜1945 セレクション 4」緑蔭書房 2008 p468
道
　◇「近代朝鮮文学日本語作品集1908〜1945 セレクション 4」緑蔭書房 2008 p461

金城 真悠　きんじょう・まさひさ
千年蒼茫
　◇「文学 2004」講談社 2004 p25

【く】

具 滋均　ク・ジャギュン
別れ行く
　◇「近代朝鮮文学日本語作品集1901〜1938 創作篇 3」緑蔭書房 2004 p165

具 滋吉　ク・ジャギル
『繪のある葉書』
　◇「近代朝鮮文学日本語作品集1939〜1945 創作篇 6」緑蔭書房 2001 p273

具 南順　グ・ナムスン
一人の女
　◇「ハンセン病文学全集 4」皓星社 2003 p269

具 珉　ク・ミン
⇒金史良（キム・サリャン）を見よ

權 悳奎　クォン・ドクギュ
新詩形發見の經路
　◇「近代朝鮮文学日本語作品集1908〜1945 セレクション 5」緑蔭書房 2008 p196

權 炳吉　クォン・ビョンギル
永遠の自由
　◇「近代朝鮮文学日本語作品集1908〜1945 セレクション 4」緑蔭書房 2008 p115

久遠 平太郎　くおん・へいたろう
いこうよ、いこうよ
　◇「てのひら怪談─ビーケーワン怪談大賞傑作選」ポプラ社 2007 p152

　◇「てのひら怪談─ビーケーワン怪談大賞傑作選」ポプラ社 2008（ポプラ文庫）p156
二〇〇七年問題
　◇「てのひら怪談─ビーケーワン怪談大賞傑作選 2」ポプラ社 2007 p60

久我 良三　くが・りょうぞう
ねことねずみの物語Ⅲ
　◇「小学校たのしい劇の本─英語劇付 中学年」国土社 2007 p64

九鬼 澹　くき・たん（1910〜1997）
現場不在証明
　◇「幻の探偵雑誌 10」光文社 2002（光文社文庫）p143
甲賀先生追憶記
　◇「甦る推理雑誌 2」光文社 2002（光文社文庫）p314
疾風魔
　◇「怪奇・伝奇時代小説選集 4」春陽堂書店 2000（春陽文庫）p179
天保怪異竸
　◇「怪奇・伝奇時代小説選集 1」春陽堂書店 1999（春陽文庫）p100
豹助、町を驚ろかす
　◇「甦る推理雑誌 2」光文社 2002（光文社文庫）p225

岫 まりも　くき・まりも
うらない
　◇「ショートショートの花束 7」講談社 2015（講談社文庫）p62
えっち
　◇「ショートショートの花束 8」講談社 2016（講談社文庫）p72

鵠沼 二郎　くげぬま・じろう
陰花の罠
　◇「罠の怪」勉誠出版 2002（べんせいライブラリー）p213

久語 孝雄　くご・たかお
洋平とムーちゃん
　◇「ドラマの森 2009」西日本劇作家の会 2008（西日本戯曲選集）p47

日下 唄　くさか・うた
水面に眠る
　◇「忘れがたい者たち─ライトノベル・ジュブナイル選集」創英社 2007 p135

日下 圭介　くさか・けいすけ（1940〜2006）
疑いの車中
　◇「犯行現場にもう一度」講談社 1997（講談社文庫）p291
木の上の眼鏡
　◇「日本ベストミステリー選集 24」光文社 1997（光文社文庫）p71
仰角の写真

◇「謎―スペシャル・ブレンド・ミステリー 008」講談社 2013（講談社文庫）p235
砕けて殺意
◇「さらに不安の闇へ―小説推理傑作選」双葉社 1998 p79
攫われた奴
◇「不可思議な殺人―ミステリー・アンソロジー」祥伝社 2000（祥伝社文庫）p161
忍び寄る人
◇「最新「珠玉推理」大全 下」光文社 1998（カッパ・ノベルス）p106
◇「闇夜の芸術祭」光文社 2003（光文社文庫）p145
十五年目の客たち
◇「雪国にて―北海道・東北編」双葉社 2015（双葉文庫）p197
受賞の言葉 受賞のことば
◇「江戸川乱歩賞全集 10」講談社 2000 p438
ストライク
◇「自選ショート・ミステリー」講談社 2001（講談社文庫）p148
蝶たちは今…
◇「江戸川乱歩賞全集 10」講談社 2000（講談社文庫）p7
緋色の記憶
◇「謎―スペシャル・ブレンド・ミステリー 001」講談社 2006（講談社文庫）p169
待ち尽くす
◇「冥界プリズン」光文社 1999（光文社文庫）p135

日下 慶太　くさか・けいた
ヌガイエ・ヌガイ
◇「ゆきのまち幻想文学賞小品集 21」企画集団ぷりずむ 2012 p160

久下 ハル　くさか・はる
BABY
◇「かわいい―第16回フェリシモ文学賞優秀作品集」フェリシモ 2013 p114

草下 英明　くさか・ひであき（1924～1991）
カスティリョ・ゴメスの脚
◇「宇宙塵傑作選―日本SFの軌跡 1」出版芸術社 1997 p83

久坂 葉子　くさか・ようこ（1931～1952）
落ちてゆく世界
◇「戦後占領期短篇小説コレクション 5」藤原書店 2007 p231
ドミノのお告げ
◇「新装版 全集現代文学の発見 15」學藝書林 2005 p146
入梅
◇「短編 女性文学 近代 続」おうふう 2002 p197
猫
◇「短篇礼讃―忘れかけた名品」筑摩書房 2006（ちくま文庫）p201
もう一度会って下さい、ほんの五分間だけ≫

北村英三
◇「日本人の手紙 5」リブリオ出版 2004 p67

日下部 四郎太　くさかべ・しろうた（1875～1924）
浮島の説明
◇「山形県文学全集第2期(随筆・紀行編) 1」郷土出版社 2005 p261
三山参詣
◇「山形県文学全集第2期(随筆・紀行編) 1」郷土出版社 2005 p270

久坂部 羊　くさかべ・よう（1955～）
祝葬
◇「ミステリ愛。免許皆伝！」講談社 2010（講談社ノベルス）p63

草上 仁　くさかみ・じん（1959～）
赤と青
◇「キネマ・キネマ」光文社 2002（光文社文庫）p197
頭ひとつ
◇「世紀末サーカス」廣済堂出版 2000（廣済堂文庫）p107
いつの日か、空へ
◇「変身」廣済堂出版 1998（廣済堂文庫）p107
命の武器
◇「侵略！」廣済堂出版 1998（廣済堂文庫）p265
ウォーターレース
◇「絶体絶命」早川書房 2006（ハヤカワ文庫）p125
ウンディ
◇「さよならの儀式」東京創元社 2014（創元SF文庫）p91
オレオレ
◇「物語のルミナリエ」光文社 2011（光文社文庫）p27
川惚れの湯
◇「水妖」廣済堂出版 1998（廣済堂文庫）p189
皮まで愛して
◇「SFバカ本 人類復活篇」メディアファクトリー 2001 p33
缶の中の神
◇「未来妖怪」光文社 2008（光文社文庫）p73
サージャリ・マシン
◇「ロボットの夜」光文社 2000（光文社文庫）p15
◇「ザ・ベストミステリーズ―推理小説年鑑 2001」講談社 2001 p515
◇「終日犯罪」講談社 2004（講談社文庫）p361
スケルトン・フィッシュ
◇「トロピカル」廣済堂出版 1999（廣済堂文庫）p443
スピアボーイ
◇「折り紙衛星の伝説」東京創元社 2015（創元SF文庫）p121
セキュリティ・プロフェッショナル
◇「短篇ベストコレクション―現代の小説 2004」徳

間書店 2004（徳間文庫）p559

ダイエットの方程式
◇「てのひらの宇宙—星雲賞短編SF傑作選」東京創元社 2013（創元SF文庫）p383

誰かいる
◇「ゆきどまり—ホラー・アンソロジー」祥伝社 2000（祥伝社文庫）p127

ディープ・キス
◇「蒐集家（コレクター）」光文社 2004（光文社文庫）p177
◇「ザ・ベストミステリーズ—推理小説年鑑 2005」講談社 2005 p341
◇「仕掛けられた罪」講談社 2008（講談社文庫）p491

どこかの
◇「ひとにぎりの異形」光文社 2007（光文社文庫）p173

トンネル
◇「アジアン怪綺」光文社 2003（光文社文庫）p371

人魚屋
◇「人魚の血—珠玉アンソロジー オリジナル＆スタンダート」光文社 2001（カッパ・ノベルス）p207

パンとワイン
◇「幽霊船」光文社 2001（光文社文庫）p461

秘伝
◇「酒の夜語り」光文社 2002（光文社文庫）p539

ひとつの小さな要素
◇「現代の小説 1998」徳間書店 1998 p123

ミクロイドS—胸の鼓動を聞きながら
◇「手塚治虫COVER タナトス篇」徳間書店 2003（徳間デュアル文庫）p143

虫愛づる老婆
◇「おぞけ—ホラー・アンソロジー」祥伝社 1999（祥伝社文庫）p255

燃える電話
◇「闇電話」光文社 2006（光文社文庫）p13

ゆっくりと南へ
◇「日本SF短篇50 3」早川書房 2013（ハヤカワ文庫JA）p345

予告殺人
◇「短篇ベストコレクション—現代の小説 2013」徳間書店 2013（徳間文庫）p127

ワーク・シェアリング
◇「短篇ベストコレクション—現代の小説 2005」徳間書店 2005（徳間文庫）p535

草苅 亀一郎　くさかり・きいちろう（1918〜）
釣瓶井戸
◇「山形県文学全集第2期（随筆・紀行編）5」郷土出版社 2005 p98

草川 隆　くさかわ・たかし（1935〜）
きずな
◇「宇宙塵傑作選—日本SFの軌跡 2」出版芸術社 1997 p49

幽霊旅館
◇「自選ショート・ミステリー 2」講談社 2001（講談社文庫）p312

草野 京二　くさの・きょうじ
尖窓六句集
◇「ハンセン病文学全集 9」皓星社 2010 p139

草野 心平　くさの・しんぺい（1903〜1988）
青イ花
◇「新装版 全集現代文学の発見 13」學藝書林 2004 p142

秋の夜の会話
◇「新装版 全集現代文学の発見 13」學藝書林 2004 p143

磐城七浜
◇「福島の文学—11人の作家」講談社 2014（講談社文芸文庫）p7

定本 蛙
◇「新装版 全集現代文学の発見 13」學藝書林 2004 p135

蛙は地べたに生きる天国である
◇「新装版 全集現代文学の発見 13」學藝書林 2004 p134

河童と蛙
◇「新装版 全集現代文学の発見 13」學藝書林 2004 p141

上小川村
◇「福島の文学—11人の作家」講談社 2014（講談社文芸文庫）p8

ガリビラ自伝
◇「新装版 全集現代文学の発見 13」學藝書林 2004 p137

ぐりまの死
◇「新装版 全集現代文学の発見 13」學藝書林 2004 p144

ケロッケ自伝
◇「新装版 全集現代文学の発見 13」學藝書林 2004 p137

古虎（こふう）自伝
◇「新装版 全集現代文学の発見 13」學藝書林 2004 p138

ごびらっふの独白
◇「新装版 全集現代文学の発見 13」學藝書林 2004 p135

さやうなら一万年
◇「新装版 全集現代文学の発見 13」學藝書林 2004 p138

詩 マンモスの牙
◇「コレクション戦争と文学 13」集英社 2011 p351

春殖
◇「新装版 全集現代文学の発見 13」學藝書林 2004 p143

詩集 第百階級
◇「新装版 全集現代文学の発見 13」學藝書林 2004 p134

つるんぶ つるん

◇「新装版 全集現代文学の発見 13」學藝書林 2004 p141

聾のるりる
◇「新装版 全集現代文学の発見 13」學藝書林 2004 p139

冬眠
◇「新装版 全集現代文学の発見 13」學藝書林 2004 p143

春の歌
◇「二時間目国語」宝島社 2008（宝島社文庫）p36

梟と蛙
◇「新装版 全集現代文学の発見 13」學藝書林 2004 p141

草野 万理　くさの・まり
花の刻印
◇「ゆれる―第12回フェリシモ文学賞作品集」フェリシモ 2009 p161

草間 小鳥子　くさま・ことりこ
N／65億の孤独
◇「ショートショートの花束 8」講談社 2016（講談社文庫）p197

草間 彌生　くさま・やよい（1949～）
クリストファー男娼窟
◇「幸せな哀しみの話」文藝春秋 2009（文春文庫）p125

草見沢 繁　くさみざわ・しげる
コスモ酒
◇「むすぶ―第11回フェリシモ文学賞作品集」フェリシモ 2008 p52

草森 紳一　くさもり・しんいち（1938～）
歳三の写真
◇「新選組興亡録」角川書店 2003（角川文庫）p301

久慈 瑛子　くじ・えいこ
間引き子・桃太郎、自分捜しの旅へ
◇「誰も知らない『桃太郎』『かぐや姫』のすべて」明拓出版 2009（創作童話シリーズ）p37

久志 富佐子　くし・ふさこ
滅びゆく琉球女の手記
◇「沖縄文学選―日本文学のエッジからの問い」勉誠出版 2003 p54

串田 孫一　くしだ・まごいち（1915～2005）
夏草の匂う頃
◇「山形県文学全集第2期（随筆・紀行編）3」郷土出版社 2005 p98

二人で西の水平線に沈むまで星を見ていましょう≫戸板康二
◇「日本人の手帖 9」リブリオ出版 2004 p20

九条 武子　くじょう・たけこ（1887～1928）
ご用心ご用心ご用心≫佐佐木信綱
◇「日本人の手帖 3」リブリオ出版 2004 p212

九条 菜月　くじょう・なつき
占師と盗賊
◇「躍進―C★NOVELS大賞作家アンソロジー」中央公論新社 2012（C・NOVELS Fantasia）p6

エルの遁走曲―オルデンベルク探偵事務所録外伝
◇「C・N 25―C・novels創刊25周年アンソロジー」中央公論新社 2007（C novels）p418

鯨 統一郎　くじら・とういちろう
アトランティス大陸の秘密
◇「暗闇（ダークサイド）を追いかけろ―ホラー＆サスペンス編」光文社 2004（カッパ・ノベルス）p215
◇「暗闇（ダークサイド）を追いかけろ」光文社 2008（光文社文庫）p275

アニマル色の涙
◇「不透明な殺人―ミステリー・アンソロジー」祥伝社 1999（祥伝社文庫）p59

Aは安楽椅子のA
◇「名探偵は、ここにいる」角川書店 2001（角川文庫）p79
◇「赤に捧げる殺意」角川書店 2013（角川文庫）p211

「神田川」見立て殺人
◇「名探偵で行こう―最新ベスト・ミステリー」光文社 2001（カッパ・ノベルス）p191

屈折した人あつまれ
◇「マスカレード」光文社 2002（光文社文庫）p349

大行進
◇「バカミスじゃない!?―史上空前のバカミス・アンソロジー」宝島社 2007 p251
◇「奇想天外のミステリー」宝島社 2009（宝島社文庫）p45

閉じた空
◇「密室殺人大百科 上」原書房 2000 p185

ナスカの地上絵の不思議
◇「不思議の足跡」光文社 2007（Kappa novels）p99
◇「不思議の足跡」光文社 2011（光文社文庫）p123

ハードボイルドごっこ
◇「C・N 25―C・novels創刊25周年アンソロジー」中央公論新社 2007（C novels）p174

人を知らざることを思う
◇「本格ミステリ 2001」講談社 2001（講談社ノベルス）p203
◇「透明人間の謎―本格短編ベスト・セレクション」講談社 2005（講談社文庫）p47

Bは爆弾のB
◇「殺意の時間割」角川書店 2002（角川文庫）p61

ミステリアス学園
◇「本格ミステリ 2003」講談社 2003（講談社ノベルス）p297
◇「論理学園事件帳―本格短編ベスト・セレクション」講談社 2007（講談社文庫）p395

輪廻の部屋

くじら

◇「八ヶ岳「雪密室」の謎」原書房 2001 p231

「別れても好きな人」見立て殺人
◇「本格ミステリ 2002」講談社 2002（講談社ノベルス）p235
◇「死神と雷鳴の暗号—本格短編ベスト・セレクション」講談社 2006（講談社文庫）p153

クジラマク

赤き丸
◇「てのひら怪談—ビーケーワン怪談大賞傑作選 2」ポプラ社 2007 p16
◇「てのひら怪談—ビーケーワン怪談大賞傑作選 己丑」ポプラ社 2009（ポプラ文庫）p10

置き引き
◇「てのひら怪談—ビーケーワン怪談大賞傑作選」ポプラ社 2008（ポプラ文庫）p162

額縁の部屋
◇「てのひら怪談—ビーケーワン怪談大賞傑作選 百怪繚乱篇」ポプラ社 2008 p18

ガス室
◇「てのひら怪談—ビーケーワン怪談大賞傑作選」ポプラ社 2007 p34
◇「てのひら怪談—ビーケーワン怪談大賞傑作選」ポプラ社 2008（ポプラ文庫）p32

自然薯
◇「てのひら怪談—ビーケーワン怪談大賞傑作選 庚寅」ポプラ社 2010（ポプラ文庫）p50

出席簿
◇「てのひら怪談—ビーケーワン怪談大賞傑作選 百怪繚乱篇」ポプラ社 2008 p16
◇「てのひら怪談—ビーケーワン怪談大賞傑作選 己丑」ポプラ社 2009（ポプラ文庫）p156

新築
◇「てのひら怪談—ビーケーワン怪談大賞傑作選 壬辰」ポプラ社 2012（ポプラ文庫）p82

スクランブル
◇「てのひら怪談—ビーケーワン怪談大賞傑作選 庚寅」ポプラ社 2010（ポプラ文庫）p92

通貨論
◇「てのひら怪談—ビーケーワン怪談大賞傑作選 壬辰」ポプラ社 2012（ポプラ文庫）p112

土星の子供
◇「てのひら怪談—ビーケーワン怪談大賞傑作選 百怪繚乱篇」ポプラ社 2008 p14
◇「てのひら怪談—ビーケーワン怪談大賞傑作選 己丑」ポプラ社 2009（ポプラ文庫）p192

生ゴムマニア
◇「てのひら怪談—ビーケーワン怪談大賞傑作選」ポプラ社 2007 p172
◇「てのひら怪談—ビーケーワン怪談大賞傑作選」ポプラ社 2008（ポプラ文庫）p180

人を喰ったはなし
◇「てのひら怪談—ビーケーワン怪談大賞傑作選」ポプラ社 2007 p146
◇「てのひら怪談—ビーケーワン怪談大賞傑作選」ポプラ社 2008（ポプラ文庫）p150

プラグイン
◇「てのひら怪談—ビーケーワン怪談大賞傑作選 百怪繚乱篇」ポプラ社 2008 p20

寄り来るモノ
◇「てのひら怪談—ビーケーワン怪談大賞傑作選」ポプラ社 2007 p224
◇「てのひら怪談—ビーケーワン怪談大賞傑作選」ポプラ社 2008（ポプラ文庫）p236

久寿 浩永　くす・ひろなが

ある投稿川柳
◇「ショートショートの広場 15」講談社 2004（講談社文庫）p185

天気予報
◇「ショートショートの広場 16」講談社 2005（講談社文庫）p93

崩木 十弐　くずき・じゅうに（1971～）

赤い光
◇「てのひら怪談—ビーケーワン怪談大賞傑作選 壬辰」ポプラ社 2012（ポプラ文庫）p204

従兄の話
◇「渚にて—あの日からの〈みちのく怪談〉」荒蝦夷 2016 p152

お見合い
◇「てのひら怪談—ビーケーワン怪談大賞傑作選 百怪繚乱篇」ポプラ社 2008 p128
◇「てのひら怪談—ビーケーワン怪談大賞傑作選 己丑」ポプラ社 2009（ポプラ文庫）p108

回帰
◇「渚にて—あの日からの〈みちのく怪談〉」荒蝦夷 2016 p153

警備保障
◇「渚にて—あの日からの〈みちのく怪談〉」荒蝦夷 2016 p156

怖いビデオ
◇「てのひら怪談—ビーケーワン怪談大賞傑作選 2」ポプラ社 2007 p144
◇「てのひら怪談—ビーケーワン怪談大賞傑作選 己丑」ポプラ社 2009（ポプラ文庫）p142

妻の不貞
◇「てのひら怪談—ビーケーワン怪談大賞傑作選 辛卯」ポプラ社 2011（ポプラ文庫）p118

テレビの箱
◇「てのひら怪談—ビーケーワン怪談大賞傑作選 辛卯」ポプラ社 2011（ポプラ文庫）p74

二度目の死
◇「渚にて—あの日からの〈みちのく怪談〉」荒蝦夷 2016 p189

残されたもの
◇「渚にて—あの日からの〈みちのく怪談〉」荒蝦夷 2016 p155

腹話術
◇「てのひら怪談—ビーケーワン怪談大賞傑作選 庚寅」ポプラ社 2010（ポプラ文庫）p126

楠田 匡介　くすだ・きょうすけ（1903～1966）

影なき射手
◇「江戸川乱歩の推理教室」光文社 2008（光文社文

庫）p21
硝子妻
　◇「妖異百物語 1」出版芸術社 1997（ふしぎ文学館）p25
完全脱獄
　◇「江戸川乱歩と13の宝石 2」光文社 2007（光文社文庫）p285
第三の穴
　◇「江戸川乱歩の推理試験」光文社 2009（光文社文庫）p29
探偵小説作家
　◇「甦る推理雑誌 7」光文社 2003（光文社文庫）p243
湯紋
　◇「甦る推理雑誌 8」光文社 2003（光文社文庫）p231
破小屋
　◇「探偵くらぶ―探偵小説傑作選1946～1958 中」光文社 1997（カッパ・ノベルス）p149
灯
　◇「甦る推理雑誌 3」光文社 2002（光文社文庫）p399
表装
　◇「江戸川乱歩の推理試験」光文社 2009（光文社文庫）p251
雪
　◇「七人の警部―SEVEN INSPECTORS」廣済堂出版 1998（KOSAIDO BLUE BOOKS）p73
　◇「甦る名探偵―探偵小説アンソロジー」光文社 2014（光文社文庫）p139

楠野 一郎　くすの・いちろう
味ネコ
　◇「超短編の世界 vol.2」創英社 2009 p20
帰還者トーマス
　◇「超短編の世界 vol.2」創英社 2009 p22
茹でハゲ
　◇「超短編の世界 vol.2」創英社 2009 p24

楠木 誠一郎　くすのき・せいいちろう（1960～）
殺人学園祭
　◇「学び舎は血を招く」講談社 2008（講談社ノベルス）p43
蘇生剣
　◇「伝奇城―伝奇時代小説アンソロジー」2005（光文社文庫）p441
理想の物件
　◇「憑き者―全篇書下ろし傑作ホラーアンソロジー」アスキー 2000（A-novels）p113

楠 悠一　くすのき・ゆういち
視線
　◇「ショートショートの広場 18」講談社 2006（講談社文庫）p55

葛原 妙子　くずはら・たえこ（1907～1985）
葛原妙子三十三首

　◇「リテラリーゴシック・イン・ジャパン―文学的ゴシック作品選」筑摩書房 2014（ちくま文庫）p235
芸術家の肖像（須永朝彦〔訳〕）
　◇「芸術家」国書刊行会 1998（書物の王国）p9

久住 栄一　くすみ・えいいち
呉鳳の死（松井実／加藤春城）
　◇「日本統治期台湾文学集成 27」緑蔭書房 2007 p323

楠見 朋彦　くすみ・ともひこ（1972～）
零歳の詩人
　◇「コレクション戦争と文学 4」集英社 2011 p316

楠本 幸男　くすもと・さちお
海王
　◇「ドラマの森 2005」西日本劇作家の会 2004（西日本戯曲選集）p5

楠谷 雄蓬　くすや・ゆうほう
短篇小説 阿里の華
　◇「日本統治期台湾文学集成 7」緑蔭書房 2002 p217

葛山 二郎　くずやま・じろう（1902～1994）
噂と真相
　◇「幻の探偵雑誌 7」光文社 2001（光文社文庫）p43
女と群衆
　◇「幻の探偵雑誌 8」光文社 2001（光文社文庫）p147
杭を打つ音
　◇「江戸川乱歩と13人の新青年〈文学派〉編」光文社 2008（光文社文庫）p155
古銭鑑賞家の死
　◇「幻の名探偵―傑作アンソロジー」光文社 2013（光文社文庫）p161

楠山 正雄　くすやま・まさお（1884～1950）
猫の草紙
　◇「だから猫は猫そのものではない」凱風社 2015 p108

九頭竜 正志　くずりゅう・まさし（1987～）
告知義務法
　◇「ショートショートの花束 6」講談社 2014（講談社文庫）p244

久世 光彦　くぜ・てるひこ（1935～2006）
草の子供
　◇「銀座24の物語」文藝春秋 2001 p33
蔵の中―うつし世は夢
　◇「日本舞踊舞踊劇選集」西川会 2002 p351
囁きの猫
　◇「現代の小説 1998」徳間書店 1998 p63
三本指の男
　◇「情けがからむ朱房の十手―傑作時代小説」PHP研究所 2009（PHP文庫）p225
尼港（ニコライエフスク）の桃

くとう

◇「コレクション戦争と文学 6」集英社 2011 p477

人攫いの午後―ヴィスコンティの男たち
◇「リテラリーゴシック・イン・ジャパン―文学的ゴシック作品選」筑摩書房 2014（ちくま文庫）p395

桃―お葉の匂い
◇「短篇ベストコレクション―現代の小説 2000」徳間書店 2000 p71

工藤 秋子　くどう・あきこ

手紙
◇「ショートショートの広場 12」講談社 2001（講談社文庫）p20

宮藤 官九郎　くどう・かんくろう（1970～）

うぬぼれ刑事―第1話
◇「テレビドラマ代表作選集 2011年版」日本脚本家連盟 2011 p179

GO
◇「年鑑代表シナリオ集 '01」映人社 2002 p285

工藤 さゆり　くどう・さゆり

運命の人
◇「丸の内の誘惑」マガジンハウス 1999 p93

工藤 純子　くどう・じゅんこ（1969～）

働き女子！
◇「ふしぎ日和―「季節風」書き下ろし短編集」インターグロー 2015（すこし不思議文庫）p97

工藤 直子　くどう・なおこ（1935～）

インタビューあんたねこ
◇「100万分の1回のねこ」講談社 2015 p47

ちびへび
◇「ファイン／キュート素敵かわいい作品選」筑摩書房 2015（ちくま文庫）p24

工藤 正樹　くどう・まさき

二人の思惑
◇「ショートショートの花束 1」講談社 2009（講談社文庫）p246

満員御礼の焼き鳥屋
◇「ショートショートの花束 1」講談社 2009（講談社文庫）p155

工藤 正廣　くどう・まさひろ（1943～）

お互い・に向かい・そこで・静かに・聞く―冬の旅より
◇「ことばのたくらみ―実作集」岩波書店 2003（21世紀文学の創造）p233

工藤 実　くどう・みのる

一休ちゃん
◇「ゆきのまち幻想文学賞小品集 17」企画集団ぷりずむ 2008 p49

工藤 庸子　くどう・ようこ（1944～）

語りかける、優しいことば―
◇「ろうそくの炎がささやく言葉」勁草書房 2011 p131

邦 正彦　くに・まさひこ

不思議の国の殺人
◇「不思議の国のアリス ミステリー館」河出書房新社 2015（河出文庫）p113

邦枝 完二　くにえだ・かんじ（1892～1956）

江戸の雪―間新六
◇「我、本懐を遂げんとす―忠臣蔵傑作選」徳間書店 1998（徳間文庫）p199

女間者
◇「忠臣蔵コレクション 1」河出書房新社 1998（河出文庫）p217

甚五郎人形
◇「日本舞踊舞踊劇選集」西川会 2002 p369

乳を刺す
◇「黒門町伝七捕物帳―時代小説競作選」光文社 2015（光文社文庫）p261

二十日月
◇「忠臣蔵コレクション 4」河出書房新社 1998（河出文庫）p7

国枝 史郎　くにえだ・しろう（1888～1943）

隠亡堀
◇「怪奇・伝奇時代小説選集 2」春陽堂書店 1999（春陽文庫）p48

甲州鎮撫隊
◇「新選組興亡録」角川書店 2003（角川文庫）p229

五右衛門と新左
◇「捕物時代小説選集 3」春陽堂書店 2000（春陽文庫）p54

後藤又兵衛
◇「軍師の生きざま―短篇小説集」作品社 2008 p271
◇「軍師の生きざま」実業之日本社 2013（実業之日本社文庫）p337

沙漠の古都
◇「幻の探偵雑誌 7」光文社 2001（光文社文庫）p175

山窩の恋
◇「サンカの民を追って―山窩小説傑作選」河出書房新社 2015（河出文庫）p124

蔦葛木曽桟
◇「栞子さんの本棚―ビブリア古書堂セレクトブック」角川書店 2013（角川文庫）p191

天守閣の音
◇「大岡越前―名奉行裁判説話」廣済堂出版 1998（廣済堂文庫）p205
◇「捕物時代小説選集 2」春陽堂書店 2000（春陽文庫）p182

渡籠雪女郎
◇「信州歴史時代小説傑作集 5」しなのき書房 2007 p175

北斎と幽霊
◇「怪奇・伝奇時代小説選集 5」春陽堂書店 2000（春陽文庫）p242

武蔵の一喝
◇「宮本武蔵―剣豪列伝」廣済堂出版 1997（廣済堂

文庫）p243
「猟奇」の再刊に際して
◇「幻の探偵雑誌 6」光文社 2001（光文社文庫）p360

国木 映雪　くにき・てるゆき
ぼくと新しい神さま
◇「てのひら怪談—ビーケーワン怪談大賞傑作選 庚寅」ポプラ社 2010（ポプラ文庫）p214

国木田 独歩　くにきだ・どっぽ（1871～1908）
欺かざるの記（抄）
◇「新日本古典文学大系 明治編 28」岩波書店 2006 p61
あの時分
◇「明治の文学 22」筑摩書房 2001 p319
今死んでたまるかと、涙がぽろぽろこぼれる≫小杉未醒
◇「日本人の手紙 2」リブリオ出版 2004 p97
親子
◇「明治の文学 22」筑摩書房 2001 p282
鎌倉夫人
◇「明治の文学 22」筑摩書房 2001 p138
窮死
◇「近代小説〈都市〉を読む」双文社出版 1999 p59
◇「明治の文学 22」筑摩書房 2001 p362
◇「短編名作選—1885–1924 小説の曙」笠間書院 2003 p149
牛肉と馬鈴薯
◇「明治の文学 22」筑摩書房 2001 p69
源おぢ
◇「明治の文学 22」筑摩書房 2001 p3
源叔父
◇「新日本古典文学大系 明治編 28」岩波書店 2006 p1
恋を恋する人
◇「明治の文学 22」筑摩書房 2001 p342
◇「日本近代文学に描かれた「恋愛」」牧野出版 2001 p69
号外
◇「明治の文学 22」筑摩書房 2001 p331
巡査
◇「明治の文学 22」筑摩書房 2001 p99
正直者
◇「明治の文学 22」筑摩書房 2001 p228
少年の悲哀
◇「明治探偵冒険小説 4」筑摩書房 2005（ちくま文庫）p245
◇「月のものがたり」ソフトバンククリエイティブ 2006 p170
関山越
◇「山形県文学全集第1期（小説編）1」郷土出版社 2004 p11
節操
◇「明治の文学 22」筑摩書房 2001 p393

空知川の岸辺
◇「明治の文学 22」筑摩書房 2001 p155
第三者
◇「明治の文学 22」筑摩書房 2001 p247
竹の木戸
◇「明治の文学 22」筑摩書房 2001 p402
◇「読んでおきたい近代日本小説選」龍書房 2012 p61
富岡先生
◇「明治の文学 22」筑摩書房 2001 p108
二老人
◇「明治の文学 22」筑摩書房 2001 p427
馬上の友
◇「明治の文学 22」筑摩書房 2001 p210
春の鳥
◇「明治の文学 22」筑摩書房 2001 p297
◇「読んでおきたい近代日本小説選」龍書房 2012 p53
◇「いきものがたり」双文社出版 2013 p11
日の出
◇「明治の文学 22」筑摩書房 2001 p174
非凡なる凡人
◇「明治の文学 22」筑摩書房 2001 p194
帽子
◇「明治の文学 22」筑摩書房 2001 p311
武蔵野
◇「明治の文学 22」筑摩書房 2001 p24
◇「新日本古典文学大系 明治編 28」岩波書店 2006 p27
◇「文学で考える〈日本〉とは何か」双文社出版 2007 p15
◇「百年小説」ポプラ社 2008 p119
◇「日本近代短篇小説選 明治篇1」岩波書店 2012（岩波文庫）p315
◇「文学で考える〈日本〉とは何か」翰林書房 2016 p15
湯ケ原ゆき
◇「明治の文学 22」筑摩書房 2001 p374
忘れえぬ人々
◇「明治の文学 22」筑摩書房 2001 p52
◇「魂がふるえるとき」文藝春秋 2004（文春文庫）p317

国木田 治子　くにきだ・はるこ（1879～1962）
鶉
◇「「新編」日本女性文学全集 3」菁柿堂 2011 p433
モデル
◇「「新編」日本女性文学全集 3」菁柿堂 2011 p426

邦光 史郎　くにみつ・しろう（1922～1996）
海の女戦士
◇「姫君たちの戦国—時代小説傑作選」PHP研究所 2011（PHP文芸文庫）p35
勝海舟と坂本龍馬
◇「龍馬と志士たち—時代小説傑作選」コスミック出版 2009（コスミック・時代文庫）p7

くにみ

西陣模様（抄）
◇「京都府文学全集第1期（小説編）5」郷土出版社 2005 p129

国満 静志　くにみつ・せいし
雨
◇「ハンセン病文学全集 7」皓星社 2004 p400
雨降りいづる
◇「ハンセン病文学全集 7」皓星社 2004 p394
杏の花
◇「ハンセン病文学全集 7」皓星社 2004 p397
径
◇「ハンセン病文学全集 7」皓星社 2004 p390
山茶花
◇「ハンセン病文学全集 7」皓星社 2004 p392
秋刀魚を焼く
◇「ハンセン病文学全集 7」皓星社 2004 p396
蜀黍
◇「ハンセン病文学全集 7」皓星社 2004 p399
早春の譜
◇「ハンセン病文学全集 7」皓星社 2004 p393
椿の花
◇「ハンセン病文学全集 7」皓星社 2004 p391
花をみつめて
◇「ハンセン病文学全集 7」皓星社 2004 p395
漂泊の日に
◇「ハンセン病文学全集 7」皓星社 2004 p390
干柿
◇「ハンセン病文学全集 7」皓星社 2004 p398
ゆすら梅の実は紅く
◇「ハンセン病文学全集 7」皓星社 2004 p400
夜の雲
◇「ハンセン病文学全集 7」皓星社 2004 p396

國本 鐘星　くにもと・しょうせい
童話 春を待つ家
◇「近代朝鮮文学日本語作品集1939～1945 創作篇 6」緑蔭書房 2001 p415

國吉 和子　くによし・かずこ
空色のストケシア―遠い日への誘い
◇「ゆくりなくも」鶴書院 2009（シニア文学秀作選）p89

国吉 史郎　くによし・しろう
赤い女
◇「ゆきのまち幻想文学賞小品集 13」企画集団ぷりずむ 2004 p7
ジョン
◇「ゆきのまち幻想文学賞小品集 14」企画集団ぷりずむ 2005 p161

国吉 信　くによし・しん
秋と石
◇「ハンセン病文学全集 7」皓星社 2004 p406
国吉信詩画集
◇「ハンセン病文学全集 7」皓星社 2004 p406

久野 あやか　くの・あやか
大丈夫
◇「ショートショートの広場 18」講談社 2006（講談社文庫）p172
副作用
◇「ショートショートの広場 18」講談社 2006（講談社文庫）p26

久能 啓二　くの・けいじ（1929～2004）
玩物の果てに
◇「江戸川乱歩と13の宝石」光文社 2007（光文社文庫）p333

久野 徹也　くの・てつや
道程
◇「ショートショートの広場 20」講談社 2008（講談社文庫）p159

久野 豊彦　くの・とよひこ（1896～1971）
虎に化ける
◇「名短篇ほりだしもの」筑摩書房 2011（ちくま文庫）p191

久能 允　くのう・まこと
帰りの雪
◇「ゆきのまち幻想文学賞小品集 18」企画集団ぷりずむ 2009 p139
冬の時計師
◇「ゆきのまち幻想文学賞小品集 19」企画集団ぷりずむ 2010 p144

久能 玲子　くのう・れいこ
輪廻転生
◇「ショートショートの広場 17」講談社 2005（講談社文庫）p28

久保 とみい　くぼ・とみい
あの日、僕たちは一人と一人だった
◇「最新中学校創作脚本集 2009」晩成書房 2009 p140
夏の夜のジュリエット
◇「中学校創作脚本集 2」晩成書房 2001 p115

くぼ ひでき
あの桜
◇「妖（あやかし）がささやく」翠琥出版 2015 p133

窪 美澄　くぼ・みすみ（1965～）
たゆたうひかり―霧ケ峰八島ヶ原湿原
◇「恋の聖地―そこは、最後の恋に出会う場所。」新潮社 2013（新潮文庫）p131
星影さやかな
◇「短篇ベストコレクション―現代の小説 2012」徳間書店 2012（徳間文庫）p247
リーメンビューゲル
◇「あのころの、」実業之日本社 2012（実業之日本社文庫）p5

久保 祐一　くぼ・ゆういち
　癒しの時
　　◇「ショートショートの広場 8」講談社 1997（講談社文庫）p109
　言わずもがな
　　◇「ショートショートの広場 9」講談社 1998（講談社文庫）p50

久保 由美子　くぼ・ゆみこ
　まおうの ともだち
　　◇「小学校・全員参加の楽しい学級劇・学年劇脚本集 低学年」黎明書房 2007 p8

窪川 稲子　くぼかわ・いねこ
　⇒佐多稲子（さた・いねこ）を見よ

窪島 誠一郎　くぼしま・せいいちろう（1941～）
　あなた様の子の「凌」でございます≫水上勉
　　◇「日本人の手紙 1」リブリオ出版 2004 p178

久保園 ひろ子　くぼその・ひろこ
　伽の客
　　◇「現代鹿児島小説大系 4」ジャプラン 2014 p149
　落日
　　◇「現代鹿児島小説大系 4」ジャプラン 2014 p124

窪田 精　くぼた・せい（1921～2004）
　春島物語
　　◇「コレクション戦争と文学 18」集英社 2012 p573
　本所うまや橋
　　◇「時代の波音―民主文学短編小説集1995年～2004年」日本民主主義文学会 2005 p108

久保田 展弘　くぼた・のぶひろ（1941～）
　出羽三山―生死永劫の山
　　◇「山形県文学全集第2期（随筆・紀行編）5」郷土出版社 2005 p357

久保田 万太郎　くぼた・まんたろう（1889～1963）
　朝顔
　　◇「創刊一〇〇年三田文学名作選」三田文学会 2010 p29
　　◇「三田文学短篇選」講談社 2010（講談社文芸文庫）p17
　三の酉
　　◇「日本文学全集 27」河出書房新社 2017 p399

久保田 明聖　くぼた・めいせい
　白色白光
　　◇「ハンセン病文学全集 8」皓星社 2006 p284

久保田 弥代　くぼた・やしろ
　走馬燈、止まるまで
　　◇「玩具館」光文社 2001（光文社文庫）p337

久保寺 健彦　くぼでら・たけひこ（1969～）
　キャッチライト
　　◇「短篇ベストコレクション―現代の小説 2009」徳間書店 2009（徳間文庫）p119

久保之谷 薫　くぼのたに・かおる
　鶴が来た夜
　　◇「ゆきのまち幻想文学賞小品集 21」企画集団ぷりずむ 2012 p42

久保山 愛吉　くぼやま・あいきち（1914～1954）
　死の灰をかぶった第五福龍丸無線長の手紙≫久保山寿々
　　◇「日本人の手紙 10」リブリオ出版 2004 p165

熊井 啓　くまい・けい（1930～2007）
　日本の黒い夏〈冤罪〉
　　◇「年鑑代表シナリオ集 '01」映人社 2002 p29

熊谷 達也　くまがい・たつや（1958～）
　磯笛の島
　　◇「短篇ベストコレクション―現代の小説 2004」徳間書店 2004（徳間文庫）p465
　オヨネン婆の島
　　◇「短篇ベストコレクション―現代の小説 2005」徳間書店 2005（徳間文庫）p449
　潜りさま
　　◇「冒険の森へ―傑作小説大全 15」集英社 2016 p186
　座敷童子の夏
　　◇「短篇ベストコレクション―現代の小説 2001」徳間書店 2001（徳間文庫）p415
　川崎船（ジャッペ）
　　◇「短編工場」集英社 2012（集英社文庫）p331
　ロックとブルースに還る夜
　　◇「あなたに、大切な香りの記憶はありますか？―短編小説集」文藝春秋 2008 p117
　　◇「あなたに、大切な香りの記憶はありますか？」文藝春秋 2011（文春文庫）p123

隈川 清　くまかわ・きよし
　藤本事件(2) 藤本氏の無実の罪であることを信じている私は思う
　　◇「ハンセン病文学全集 5」皓星社 2010 p275

熊崎 洋　くまざき・ひろし
　銀鱗の背に乗って
　　◇「「伊豆文学賞」優秀作品集 第18回」羽衣出版 2015 p55

熊澤 和恵　くまざわ・かずえ
　イヴ
　　◇「つながり―フェリシモしあわせショートショート」フェリシモ 1999 p65

熊手 竜久馬　くまて・たくま
　ジョーカー（原田萌）
　　◇「中学校創作脚本集 3」晩成書房 2008 p159

熊本アララギ会　くまもとあららぎかい
　九州療養所アララギ故人歌集
　　◇「ハンセン病文学全集 8」皓星社 2006 p94

久美 沙織　くみ・さおり（1959〜）
如何なる神酒より甘く
◇「リモコン変化」廣済堂出版 2000（廣済堂文庫）p285
失われた環
◇「帰還」光文社 2000（光文社文庫）p173
N荘の怪
◇「ひとにぎりの異形」光文社 2007（光文社文庫）p234
ガラスの中から
◇「幻想探偵」光文社 2009（光文社文庫）p235
偽悪天使
◇「夢魔」光文社 2001（光文社文庫）p503
首輪
◇「セブンス・アウト―悪夢七夜」童夢舎 2000（Doumノベル）p5
賢者のオークション
◇「あのころの宝もの―ほんのり心が温まる12のショートストーリー」メディアファクトリー 2003 p61
献身
◇「GOD」廣済堂出版 1999（廣済堂文庫）p239
十七年め
◇「鬼瑠璃草―恋愛ホラー・アンソロジー」祥伝社 2003（祥伝社文庫）p85
涼しいのがお好き？
◇「雪女のキス」光文社 2000（カッパ・ノベルス）p201
手仕事
◇「彗星パニック」廣済堂出版 2000（廣済堂文庫）p347
◇「笑劇―SFバカ本カタストロフィ集」小学館 2007（小学館文庫）p259
トリックショット
◇「逆想コンチェルト―イラスト先行・競作小説アンソロジー 奏の1」徳間書店 2010 p82
長靴をはいた犬
◇「あの日から―東日本大震災鎮魂岩手県出身作家短編集」岩手日報社 2015 p203
人形の家2004
◇「蒐集家（コレクター）」光文社 2004（光文社文庫）p369
百万弗の人魚
◇「人魚の血―珠玉アンソロジー オリジナル＆スタンダート」光文社 2001（カッパ・ノベルス）p279
フルベンド
◇「世紀末サーカス」廣済堂出版 2000（廣済堂文庫）p333
星降る草原―連載第1回
◇「グイン・サーガ・ワールド―グイン・サーガ続篇プロジェクト 1」早川書房 2011（ハヤカワ文庫JA）p47
星降る草原―連載第2回
◇「グイン・サーガ・ワールド―グイン・サーガ続篇プロジェクト 2」早川書房 2011（ハヤカワ文庫JA）p47
星降る草原―連載第3回
◇「グイン・サーガ・ワールド―グイン・サーガ続篇プロジェクト 3」早川書房 2011（ハヤカワ文庫JA）p63
星降る草原―最終回
◇「グイン・サーガ・ワールド―グイン・サーガ続篇プロジェクト 4」早川書房 2012（ハヤカワ文庫JA）p43
魔王さまのこどもになってあげる
◇「チャイルド」廣済堂出版 1998（廣済堂文庫）p493
森の王
◇「変身」廣済堂出版 1998（廣済堂文庫）p27
約束の指
◇「危険な関係―女流ミステリー傑作選」角川春樹事務所 2002（ハルキ文庫）p195
わたしはうさぎ―かちかち山
◇「御伽草子―ホラー・アンソロジー」PHP研究所 2001（PHP文庫）p79
HOME AND AWAY
◇「黄昏ホテル」小学館 2004 p129
RESTRICTED
◇「キネマ・キネマ」光文社 2002（光文社文庫）p523

汲田 誠司　くみた・せいじ
企業戦士
◇「ショートショートの広場 10」講談社 2000（講談社文庫）p250
死線
◇「ショートショートの広場 16」講談社 2005（講談社文庫）p73
調教
◇「ショートショートの広場 16」講談社 2005（講談社文庫）p135
不発弾
◇「ショートショートの広場 11」講談社 2000（講談社文庫）p47

汲田 冬峰　くみた・とうほう
大樹の風
◇「ハンセン病文学全集 8」皓星社 2006 p422
木犀
◇「ハンセン病文学全集 8」皓星社 2006 p383

久米 邦武　くめ・くにたけ（1839〜1931）
加利福尼(カリホルニヤ)州鉄道ノ記
「新日本古典文学大系 明治編 5」岩波書店 2009 p78
桑方斯西哥(サンフランシスコ)ノ記上
「新日本古典文学大系 明治編 5」岩波書店 2009 p54
桑方斯西哥(サンフランシスコ)ノ記下
「新日本古典文学大系 明治編 5」岩波書店 2009 p67
市高俄(チカゴ)鉄道ノ記

◇「新日本古典文学大系 明治編 5」岩波書店 2009 p127

市高俄(チカゴ)ヨリ華盛頓(ワシントン)府鉄路ノ記
◇「新日本古典文学大系 明治編 5」岩波書店 2009 p135

新約克(ニューヨーク)府ノ記
◇「新日本古典文学大系 明治編 5」岩波書店 2009 p230

尼哇達(ネヴアタ)州及び「ユタ」部ノ記
◇「新日本古典文学大系 明治編 5」岩波書店 2009 p89

費拉特費(ヒラデルヒヤ)府ノ記
◇「新日本古典文学大系 明治編 5」岩波書店 2009 p211

特命全権大使 米欧回覧実記(抄)
◇「新日本古典文学大系 明治編 5」岩波書店 2009 p43

北部巡覧ノ記上
◇「新日本古典文学大系 明治編 5」岩波書店 2009 p165

北部巡覧ノ記中
◇「新日本古典文学大系 明治編 5」岩波書店 2009 p182

北部巡覧ノ記下
◇「新日本古典文学大系 明治編 5」岩波書店 2009 p194

波土敦(ボストン)府ノ記
◇「新日本古典文学大系 明治編 5」岩波書店 2009 p243

落機(ロッキー)山鉄道ノ記
◇「新日本古典文学大系 明治編 5」岩波書店 2009 p109

華盛頓(ワシントン)府後記
◇「新日本古典文学大系 明治編 5」岩波書店 2009 p207

華盛頓(ワシントン)府ノ記上
◇「新日本古典文学大系 明治編 5」岩波書店 2009 p139

華盛頓(ワシントン)府ノ記中
◇「新日本古典文学大系 明治編 5」岩波書店 2009 p155

華盛頓(ワシントン)府ノ記下
◇「新日本古典文学大系 明治編 5」岩波書店 2009 p158

久米 伸明　くめ・のぶあき

ラストチャンスは二度やってくる(中村達哉)
◇「中学校たのしい劇脚本集―英語劇付 III」国土社 2011 p117

久米 正雄　くめ・まさお（1891〜1952）

鎌倉震災日記
◇「天変動く 大震災と作家たち」インパクト出版会 2011（インパクト選書）p93

嫌疑
◇「文豪のミステリー小説」集英社 2008（集英社文庫）p207

虎
◇「百年小説」ポプラ社 2008 p619
◇「日本近代短篇小説選 大正篇」岩波書店 2012（岩波文庫）p169

螢草(抄)
◇「山形県文学全集第1期(小説編) 1」郷土出版社 2004 p24

流行火事
◇「福島の文学―11人の作家」講談社 2014（講談社文芸文庫）p31

久米 幹文　くめ・もとぶみ（1828〜1894）

詠和気公清磨呂歌(わけこうきよまろをよみしうた)
◇「新日本古典文学大系 明治編 12」岩波書店 2001 p26

粂川 舞衣　くめかわ・まい

Paint
◇「最新中学校創作脚本集 2011」晩成書房 2011 p5

蜘蛛手 緑　くもで・みどり

国貞画夫婦刷鴛娘
◇「幻の探偵雑誌 7」光文社 2001（光文社文庫）p127

蔵内 成実　くらうち・なるみ

爽やかな目覚め
◇「ショートショートの広場 10」講談社 2000（講談社文庫）p20

玉手箱
◇「ショートショートの広場 9」講談社 1998（講談社文庫）p9

倉狩 聡　くらがり・そう（1982〜）

119
◇「5分で読める！ 怖いはなし」宝島社 2014（宝島社文庫）p223

カプグラ
◇「5分で読める！ 怖いはなし」宝島社 2014（宝島社文庫）p151

美術室の実話（1）
◇「5分で読める！ 怖いはなし」宝島社 2014（宝島社文庫）p57

美術室の実話（2）
◇「5分で読める！ 怖いはなし」宝島社 2014（宝島社文庫）p111

美術室の実話（3）
◇「5分で読める！ 怖いはなし」宝島社 2014（宝島社文庫）p189

倉阪 鬼一郎　くらさか・きいちろう（1960〜）

藍染川慕情
◇「大江戸「町」物語 月」宝島社 2014（宝島社文庫）p219

茜村より
◇「GOD」廣済堂出版 1999（廣済堂文庫）p151

頭のなかの鐘

くらさ

◇「綾辻行人と有栖川有栖のミステリ・ジョッキー3」講談社 2012 p160

イグザム・ロッジの夜
◇「秘神界 現代編」東京創元社 2002（創元推理文庫）p269

一
◇「ひとにぎりの異形」光文社 2007（光文社文庫）p420

一年後、砂浜にて
◇「物語のルミナリエ」光文社 2011（光文社文庫）p294

牛男
◇「怪物團」光文社 2009（光文社文庫）p279

裏面
◇「マスカレード」光文社 2002（光文社文庫）p83

階段
◇「自選ショート・ミステリー」講談社 2001（講談社文庫）p223

香り路地
◇「大江戸「町」物語」宝島社 2013（宝島社文庫）p203

影踏み遊び
◇「夏のグランドホテル」光文社 2003（光文社文庫）p557

屍船
◇「トロピカル」廣済堂出版 1999（廣済堂文庫）p69

草笛の鳴る夜
◇「屍者の行進」廣済堂出版 1998（廣済堂文庫）p85
◇「異界への入口」リブリオ出版 2001（怪奇・ホラーワールド）p47

黒い家
◇「ふるえて眠れない—ホラーミステリー傑選」光文社 2006（光文社文庫）p327

黒い手
◇「おぞけ—ホラー・アンソロジー」祥伝社 1999（祥伝社文庫）p87

黒月物語
◇「凶鳥の黒影—中井英夫へ捧げるオマージュ」河出書房新社 2004 p73

最後の一冊
◇「本迷宮—本を巡る不思議な物語」日本図書設計家協会 2016 p41

最終結晶体
◇「逆想コンチェルト—イラスト先行・競作小説アンソロジー 奏の2」徳間書店 2010 p192

死の仮面
◇「黒い遊園地」光文社 2004（光文社文庫）p189

昭和湯の幻
◇「暗闇（ダークサイド）を追いかけろ—ホラー＆サスペンス編」光文社 2004（カッパ・ノベルス）p245
◇「暗闇（ダークサイド）を追いかけろ」光文社 2008（光文社文庫）p317

白い呪いの館
◇「俳優」廣済堂出版 1999（廣済堂文庫）p101

水妖記
◇「水妖」廣済堂出版 1998（廣済堂文庫）p549

赤魔
◇「誤植文学アンソロジー—校正者のいる風景」論創社 2015 p77

它川から
◇「伯爵の血族—紅ノ章」光文社 2007（光文社文庫）p81

鳥雲に
◇「本格ミステリ 2002」講談社 2002（講談社ノベルス）p129
◇「死神と雷鳴の暗号—本格短編ベスト・セレクション」講談社 2006（講談社文庫）p197

爪
◇「血の12幻想」エニックス 2000 p187

天使の指
◇「さむけ—ホラー・アンソロジー」祥伝社 1999（祥伝社文庫）p107

常世舟
◇「江戸迷宮」光文社 2011（光文社文庫）p205

布
◇「恐怖症」光文社 2002（光文社文庫）p195

猫坂
◇「猫路地」日本出版社 2006 p65

鳩が来る家
◇「幽霊船」光文社 2001（光文社文庫）p313

百物語異聞
◇「闇夜に怪を語れば—百物語ホラー傑作選」角川書店 2005（角川ホラー文庫）p293

福助旅館
◇「変身」廣済堂出版 1998（廣済堂文庫）p13

分析不能
◇「紅と蒼の恐怖—ホラー・アンソロジー」祥伝社 2002（Non novel）p213

片靴
◇「夢魔」光文社 2001（光文社文庫）p531

墓碑銘
◇「時間怪談」廣済堂出版 1999（廣済堂文庫）p95

ホラー歌仙 「牛の首」の巻（大多和伴彦）
◇「憑き者—全篇書下ろし傑作ホラーアンソロジー」アスキー 2000（A-novels）p717

廻り橋
◇「大江戸「町」物語 光」宝島社 2014（宝島社文庫）p61

骸列車
◇「帰還」光文社 2000（光文社文庫）p203

雪婦人
◇「グランドホテル」廣済堂出版 1999（廣済堂文庫）p403
◇「異界への入口」リブリオ出版 2001（怪奇・ホラーワールド）p125

夢淡き、酒
◇「酒の夜語り」光文社 2002（光文社文庫）p83

夢の中の宴

◇「世紀末サーカス」廣済堂出版 2000（廣済堂文庫）p85
四
◇「オバケヤシキ」光文社 2005（光文社文庫）p73
猟奇者ふたたび
◇「物語の魔の物語―メタ怪談傑作選」徳間書店 2001（徳間文庫）p35
老年
◇「リテラリーゴシック・イン・ジャパン―文学的ゴシック作品選」筑摩書房 2014（ちくま文庫）p519

倉田 映郎　くらた・えいろう

流氷
◇「水の怪」勉誠出版 2003（べんせいライブラリー）p1

倉田 啓明　くらた・けいめい（1891～？）

死刑執行人の死
◇「怪奇探偵小説集 1」角川春樹事務所 1998（ハルキ文庫）p45
◇「恐怖ミステリーBEST15―こんな幻の傑作が読みたかった！」シーエイチシー 2006 p15

倉田 タカシ　くらた・たかし（1971～）

再突入
◇「AIと人類は共存できるか？―人工知能SFアンソロジー」早川書房 2016 p353
紙片50
◇「量子回廊―年刊日本SF傑作選」東京創元社 2010（創元SF文庫）p341
トーキョーを食べて育った―灰色の空の下、殻をまとってぼくらは駆けた。死せる魂を求めて
◇「NOVA―書き下ろし日本SFコレクション 10」河出書房新社 2013（河出文庫）p323
夕暮にゆうくりなき声満ちて風―世界と地図と連続と不連続と僕。できるだけゆっくりお読み下さい
◇「NOVA―書き下ろし日本SFコレクション 2」河出書房新社 2010（河出文庫）p101

倉田 英之　くらた・ひでゆき（1968～）

アキバ忍法帖
◇「超弦領域―年刊日本SF傑作選」東京創元社 2009（創元SF文庫）p285

倉田 百三　くらた・ひゃくぞう（1891～1943）

出家とその弟子
◇「涙の百年文学―もう一度読みたい」太陽出版 2009 p250
先生よ、恋愛の思い出はありませんか≫西田幾多郎
◇「日本人の手紙 3」リブリオ出版 2004 p51

倉知 淳　くらち・じゅん（1962～）

Aカップの男たち
◇「ミステリ愛。免許皆伝！」講談社 2010（講談社ノベルス）p183

カラスの動物園
◇「名探偵を追いかけろ―シリーズ・キャラクター編」光文社 2004（カッパ・ノベルス）p263
◇「名探偵を追いかけろ」光文社 2007（光文社文庫）p327
桜の森の七分咲きの下
◇「ザ・ベストミステリーズ―推理小説年鑑 2002」講談社 2002 p77
◇「零時の犯罪予報」講談社 2005（講談社文庫）p413
「真犯人を探せ（仮題）」
◇「不在証明崩壊―ミステリーアンソロジー」角川書店 2000（角川文庫）p138
揃いすぎ
◇「大密室」新潮社 1999 p119
猫と死の街
◇「ねこ！ ネコ！ 猫！―nekoミステリー傑作選」徳間書店 2008（徳間文庫）p155
◇「暗闇を見よ」光文社 2010（Kappa novels）p141
◇「暗闇を見よ」光文社 2015（光文社文庫）p191
眠り猫、眠れ
◇「不条理な殺人―ミステリー・アンソロジー」祥伝社 1998（ノン・ポシェット）p189
春 無節操な死人
◇「まほろ市の殺人―推理アンソロジー」祥伝社 2009（Non novel）p9
◇「まほろ市の殺人」祥伝社 2013（祥伝社文庫）p9
闇ニ笑フ
◇「本格ミステリ 2002」講談社 2002（講談社ノベルス）p335
◇「死神と雷鳴の暗号―本格短編ベスト・セレクション」講談社 2006（講談社文庫）p233
若竹賞
◇「競作五十円玉二十枚の謎」東京創元社 2000（創元推理文庫）p113

倉橋 由美子　くらはし・ゆみこ（1935～2005）

あたりまえのこと
◇「精選女性随筆集 3」文藝春秋 2012 p86
アポロンの首
◇「新編・日本幻想文学集成 1」国書刊行会 2016 p350
ある破壊的な夢想―性と私
◇「精選女性随筆集 3」文藝春秋 2012 p171
ある老人の図書館
◇「新編・日本幻想文学集成 1」国書刊行会 2016 p361
安保時代の青春
◇「精選女性随筆集 3」文藝春秋 2012 p70
田舎暮し
◇「精選女性随筆集 3」文藝春秋 2012 p166
インセストについて
◇「精選女性随筆集 3」文藝春秋 2012 p21
ヴァンピールの会
◇「屍鬼の血族」桜桃書房 1999 p293
◇「怪談―24の恐怖」講談社 2004 p69

くらは

◇「血と薔薇の誘う夜に―吸血鬼ホラー傑作選」角川書店 2005（角川ホラー文庫）p41

宇宙人
◇「新編・日本幻想文学集成 1」国書刊行会 2016 p273

英雄の死
◇「精選女性随筆集 3」文藝春秋 2012 p127

女と鑑賞
◇「精選女性随筆集 3」文藝春秋 2012 p178

貝のなか
◇「新編・日本幻想文学集成 1」国書刊行会 2016 p203

鬼の面
◇「誘惑―女流ミステリー傑作選」徳間書店 1999（徳間文庫）p21

巨刹
◇「幻視の系譜」筑摩書房 2013（ちくま文庫）p575

黒猫の家
◇「怪猫鬼談」人類文化社 1999 p51

警官バラバラ事件
◇「ペン先の殺意―文芸ミステリー傑作選」光文社 2005（光文社文庫）p277

『倦怠』について
◇「精選女性随筆集 3」文藝春秋 2012 p92

恋人同士
◇「暗黒のメルヘン」河出書房新社 1998（河出文庫）p423

合成美女
◇「たそがれゆく未来」筑摩書房 2016（ちくま文庫）p373

坂口安吾論
◇「精選女性随筆集 3」文藝春秋 2012 p107

「自己」を知る
◇「精選女性随筆集 3」文藝春秋 2012 p214

澁澤龍彦の世界
◇「精選女性随筆集 3」文藝春秋 2012 p152

囚人
◇「新編・日本幻想文学集成 1」国書刊行会 2016 p222

醜魔たち
◇「リテラリーゴシック・イン・ジャパン―文学的ゴシック作品選」筑摩書房 2014（ちくま文庫）p123

主婦の仕事
◇「精選女性随筆集 3」文藝春秋 2012 p202

純小説と通俗小説
◇「精選女性随筆集 3」文藝春秋 2012 p18

小説の迷路と否定性
◇「精選女性随筆集 3」文藝春秋 2012 p25

白い髪の童女
◇「新編・日本幻想文学集成 1」国書刊行会 2016 p316

死んだ眼
◇「戦後短篇小説再発見 9」講談社 2002（講談社文芸文庫）p125

神秘的な動物
◇「新編・日本幻想文学集成 1」国書刊行会 2016 p355

政治の中の死
◇「精選女性随筆集 3」文藝春秋 2012 p67

青春について
◇「精選女性随筆集 3」文藝春秋 2012 p59

青春の始まりと終り―カミュ『異邦人』とカフカ『審判』
◇「精選女性随筆集 3」文藝春秋 2012 p104

性と文学
◇「精選女性随筆集 3」文藝春秋 2012 p14

性は悪への鍵
◇「精選女性随筆集 3」文藝春秋 2012 p185

隊商宿
◇「新編・日本幻想文学集成 1」国書刊行会 2016 p296

誰でもいい結婚したいとき
◇「精選女性随筆集 3」文藝春秋 2012 p193

月の都
◇「短歌殺人事件―31音律のラビリンス」光文社 2003（光文社文庫）p433

「綱渡り」と仮面について
◇「精選女性随筆集 3」文藝春秋 2012 p97

読者の反応
◇「精選女性随筆集 3」文藝春秋 2012 p81

毒薬としての文学
◇「精選女性随筆集 3」文藝春秋 2012 p45

なぜ書くかということ
◇「精選女性随筆集 3」文藝春秋 2012 p55

なぜ小説が書けないか
◇「精選女性随筆集 3」文藝春秋 2012 p76

夏の終り
◇「戦後短篇小説再発見 11」講談社 2003（講談社文芸文庫）p95

『日本文学を読む』を読む
◇「精選女性随筆集 3」文藝春秋 2012 p147

花の下
◇「櫻憑き」光文社 2001（カッパ・ノベルス）p293

花の雪散る里
◇「たんときれいに召し上がれ―美食文学精選」芸術新聞社 2015 p57

パルタイ
◇「新装版 全集現代文学の発見 4」學藝書林 2003 p286

一〇〇メートル
◇「時よとまれ、君は美しい―スポーツ小説名作選」角川書店 2007（角川文庫）p213

百閒雑感
◇「精選女性随筆集 3」文藝春秋 2012 p159

虫になつたザムザの話
◇「新編・日本幻想文学集成 1」国書刊行会 2016

p345
　やさしさについて
　　◇「精選女性随筆集 3」文藝春秋 2012 p205
　夕顔
　　◇「鬼譚」筑摩書房 2014（ちくま文庫）p345
　夢のなかの街
　　◇「新編・日本幻想文学集成 1」国書刊行会 2016
　　　p248
　妖女であること
　　◇「精選女性随筆集 3」文藝春秋 2012 p199
　吉田健一氏の文章
　　◇「精選女性随筆集 3」文藝春秋 2012 p139
　夜 その過去と現在
　　◇「精選女性随筆集 3」文藝春秋 2012 p219

クラフト・エヴィング商會　くらふと・えうぃ
んぐしょうかい
　誰もが何か隠しごとを持っている、私と私の
　猿以外は
　　◇「短篇集」ヴィレッジブックス 2010 p4
　忘れもの、探しもの
　　◇「猫」中央公論新社 2009（中公文庫）p195

倉光 俊夫　くらみつ・としお（1908〜1985）
　吹雪の夜の終電車
　　◇「甦る推理雑誌 3」光文社 2002（光文社文庫）
　　　p33

倉持 れい子　くらもち・れいこ
　あぜ道
　　◇「「伊豆文学賞」優秀作品集 第18回」羽衣出版
　　　2015 p101

倉本 聰　くらもと・そう（1935〜）
　北の国から2002遺言
　　◇「テレビドラマ代表作選集 2003年版」日本脚本家
　　　連盟 2003 p177
　武州糸くり唄
　　◇「読まずにいられぬ名短篇」筑摩書房 2014（ちく
　　　ま文庫）p339
　若狭宮津浜
　　◇「読まずにいられぬ名短篇」筑摩書房 2014（ちく
　　　ま文庫）p397

倉本 園子　くらもと・そのこ
　ボタン
　　◇「「伊豆文学賞」優秀作品集 第7回」羽衣出版 2004
　　　p3

倉本 由布　くらもと・ゆう（1967〜）
　水の匣
　　◇「Lovers」祥伝社 2001 p169
　恋愛小説を私に
　　◇「Friends」祥伝社 2003 p179

栗生楽泉園高原川柳会　くりうらくせんえんこ
うげんせんりゅうかい
　合同句集 高原

　　◇「ハンセン病文学全集 9」皓星社 2010 p435
栗生楽泉園高原短歌会　くりうらくせんえんこ
うげんたんかかい
　高原短歌会合同歌集
　　◇「ハンセン病文学全集 8」皓星社 2006 p503
　凍雪
　　◇「ハンセン病文学全集 8」皓星社 2006 p425
　冬の花
　　◇「ハンセン病文学全集 8」皓星社 2006 p320
　盲導鈴
　　◇「ハンセン病文学全集 8」皓星社 2006 p193
　山霧
　　◇「ハンセン病文学全集 8」皓星社 2006 p262

栗生楽泉園高原俳句会　くりうらくせんえんこ
うげんはいくかい
　句集 一代畑
　　◇「ハンセン病文学全集 9」皓星社 2010 p178
　句集 花鳥山水譜
　　◇「ハンセン病文学全集 9」皓星社 2010 p216

栗生楽泉園楽泉園俳句会　くりうらくせんえん
らくせんえんはいくかい
　句集 雪割
　　◇「ハンセン病文学全集 9」皓星社 2010 p141

栗木 英章　くりき・ひであき
　佐山家の惜春
　　◇「ドラマの森 2009」西日本劇作家の会 2008（西
　　　日本戯曲選集）p67

栗田 信　くりた・しん
　猫に躍らされた男
　　◇「怪奇・伝奇時代小説選集 1」春陽堂書店 1999
　　　（春陽文庫）p194

栗田 すみ子　くりた・すみこ
　朝の野菜直売所
　　◇「「伊豆文学賞」優秀作品集 第18回」羽衣出版
　　　2015 p184

栗田 海歩瑚　くりた・みほこ
　白いコール
　　◇「むすぶ—第11回フェリシモ文学賞作品集」フェリ
　　　シモ 2008 p156

栗田 有起　くりた・ゆき（1972〜）
　クーデター、やってみないか？
　　◇「29歳」日本経済新聞出版社 2008 p211
　　◇「29歳」新潮社 2012（新潮文庫）p235
　啓蟄—3月6日ごろ
　　◇「君と過ごす季節—春から夏へ、12の暦物語」ポプ
　　　ラ社 2012（ポプラ文庫）p53
　極楽
　　◇「東と西 1」小学館 2009 p158
　　◇「東と西 1」小学館 2012（小学館文庫）p177
　その角を左に曲がって

くりは

◇「女ともだち」小学館 2010 p63
◇「女ともだち」小学館 2013（小学館文庫）p75

泣きっつらにハニー
◇「コイノカオリ」角川書店 2004 p95
◇「コイノカオリ」角川書店 2008（角川文庫）p85

「ぱこ」
◇「短篇集」ヴィレッジブックス 2010 p58

リリー
◇「オトナの片思い」角川春樹事務所 2007 p19
◇「オトナの片思い」角川春樹事務所 2009（ハルキ文庫）p23

栗林 一石路　くりばやし・いっせきろ（1894〜1961）

俳句
◇「コレクション戦争と文学 12」集英社 2013 p228
◇「アンソロジー・プロレタリア文学 1」森話社 2013 p222

栗林 佐知　くりばやし・さち（1963〜）

海の見えない海辺の部屋
◇「吟醸掌篇―召しませ短篇小説 vol.1」けいこう舎 2016 p84

峠の春は
◇「太宰治賞 2006」筑摩書房 2006 p25

栗原 貞子　くりはら・さだこ（1913〜2005）

生ましめんかな
◇「読み聞かせる戦争」光文社 2015 p117

詩 生ましめんかな―原子爆弾秘話
◇「コレクション戦争と文学 19」集英社 2011 p206

栗原 聡　くりはら・さとし（1965〜）

人を超える人工知能は如何にして生まれるのか？―ライブラの集合体は何を思う？
◇「AIと人類は共存できるか？―人工知能SFアンソロジー」早川書房 2016 p168

栗原 省　くりはら・しょう

ハテルマ・ハテルマ
◇「ドラマの森 2009」西日本劇作家の会 2008（西日本戯曲集）p93

栗原 ちひろ　くりはら・ちひろ

魔法使いは王命に従い竜殺しを試みる
◇「ファンタスティック・ヘンジ」変タジー同好会 2012 p33

栗原 裕一郎　くりはら・ゆういちろう（1965〜）

〈小説〉企画とは何だったのか
◇「小説の家」新潮社 2016 p242

栗本 薫　くりもと・かおる（1953〜2009）

伊集院大介の失敗
◇「謎―スペシャル・ブレンド・ミステリー 007」講談社 2012（講談社文庫）p259

犬の眼
◇「私は殺される―女流ミステリー傑作選」角川春樹事務所 2001（ハルキ文庫）p135

お小夜しぐれ
◇「合わせ鏡―女流時代小説傑作選」角川春樹事務所 2003（ハルキ文庫）p271

黴
◇「胞子文学名作選」港の人 2013 p193

奇妙な果実
◇「悪魔のような女―女流ミステリー傑作選」角川春樹事務所 2001（ハルキ文庫）p241

蜘蛛
◇「現代秀作集」角川書店 1999（女性作家シリーズ）p445

月光座―金田一耕助へのオマージュ
◇「金田一耕助に捧ぐ九つの狂想曲」角川書店 2002 p105
◇「金田一耕助に捧ぐ九つの狂想曲」角川書店 2012（角川文庫）p105

受賞の言葉 受賞のことば
◇「江戸川乱歩賞全集 12」講談社 2001 p374

商腹勘兵衛
◇「妖美―女流ミステリー傑作選」徳間書店 1999（徳間文庫）p63

スペードの女王―プロローグ／第1章
◇「グイン・サーガ・ワールド―グイン・サーガ続篇プロジェクト 3」早川書房 2011（ハヤカワ文庫JA）p5

スペードの女王―第1章（つづき）
◇「グイン・サーガ・ワールド―グイン・サーガ続篇プロジェクト 4」早川書房 2012（ハヤカワ文庫JA）p5

スペードの女王―第2章
◇「グイン・サーガ・ワールド―グイン・サーガ続篇プロジェクト 5」早川書房 2012（ハヤカワ文庫JA）p287

スペードの女王―第2章（つづき）
◇「グイン・サーガ・ワールド―グイン・サーガ続篇プロジェクト 6」早川書房 2012（ハヤカワ文庫JA）p285

スペードの女王―第3章
◇「グイン・サーガ・ワールド―グイン・サーガ続篇プロジェクト 7」早川書房 2013（ハヤカワ文庫JA）p279

スペードの女王―第3章（つづき）
◇「グイン・サーガ・ワールド―グイン・サーガ続篇プロジェクト 8」早川書房 2013（ハヤカワ文庫JA）p291

手間のかかる姫君
◇「グイン・サーガ・ワールド―グイン・サーガ続篇プロジェクト 3」早川書房 2011（ハヤカワ文庫JA）p45

時の封土
◇「日本SF全集 3」出版芸術社 2013 p155

ドールの花嫁
◇「グイン・サーガ・ワールド―グイン・サーガ続篇プロジェクト 1」早川書房 2011（ハヤカワ文庫JA）p5

日記より

◇「グイン・サーガ・ワールド―グイン・サーガ続篇プロジェクト 1」早川書房 2011（ハヤカワ文庫JA）p293
◇「グイン・サーガ・ワールド―グイン・サーガ続篇プロジェクト 2」早川書房 2011（ハヤカワ文庫JA）p277
◇「グイン・サーガ・ワールド―グイン・サーガ続篇プロジェクト 3」早川書房 2011（ハヤカワ文庫JA）p295
◇「グイン・サーガ・ワールド―グイン・サーガ続篇プロジェクト 4」早川書房 2012（ハヤカワ文庫JA）p319

氷惑星再び
◇「グイン・サーガ・ワールド―グイン・サーガ続篇プロジェクト 2」早川書房 2011（ハヤカワ文庫JA）p5

袋小路の死神
◇「綾辻行人と有栖川有栖のミステリ・ジョッキー 3」講談社 2012 p13

ぼくらの時代
◇「江戸川乱歩賞全集 12」講談社 2001（講談社文庫）p9

滅びの風
◇「日本SF短篇50 3」早川書房 2013（ハヤカワ文庫JA）p111

ワン・ウェイ・チケット
◇「赤のミステリー―女性ミステリー作家傑作選」光文社 1997 p359
◇「女性ミステリー作家傑作選 1」光文社 1999（光文社文庫）p201

栗本 志津香　くりもと・しづか
ラブ・アフェア for MEN
◇「君が好き―恋愛短篇小説集」泰文堂 2012（リンダブックス）p142

栗本 鋤雲　くりもと・じょうん（1822～1897）
暁窓追録
◇「新日本古典文学大系 明治編 5」岩波書店 2009 p1

栗本 慎一郎　くりもと・しんいちろう（1941～）
同性愛の経済人類学
◇「同性愛」国書刊行会 1999（書物の王国）p219

栗山 竜司　くりやま・りゅうじ
約束
◇「泣ける！ 北海道」泰文堂 2015（リンダパブリッシャーズの本）p97

グリーンドルフィン
おーい
◇「てのひら怪談―ビーケーワン怪談大賞傑作選」ポプラ社 2007 p130
◇「てのひら怪談―ビーケーワン怪談大賞傑作選」ポプラ社 2008（ポプラ文庫）p134

げんまん
◇「てのひら怪談―ビーケーワン怪談大賞傑作選」ポプラ社 2007 p86
◇「てのひら怪談―ビーケーワン怪談大賞傑作選」ポプラ社 2008（ポプラ文庫）p90

（地獄、かな？）
◇「てのひら怪談―ビーケーワン怪談大賞傑作選」ポプラ社 2008（ポプラ文庫）p218

水遊び
◇「てのひら怪談―ビーケーワン怪談大賞傑作選」ポプラ社 2007 p44
◇「てのひら怪談―ビーケーワン怪談大賞傑作選」ポプラ社 2008（ポプラ文庫）p42

火傷
◇「てのひら怪談―ビーケーワン怪談大賞傑作選」ポプラ社 2007 p64
◇「てのひら怪談―ビーケーワン怪談大賞傑作選」ポプラ社 2008（ポプラ文庫）p64

来栖 阿佐子　くるす・あさこ
疑似性健忘症
◇「甦る推理雑誌 8」光文社 2003（光文社文庫）p255

車谷 長吉　くるまたに・ちょうきつ（1945～2015）
悪の手。
◇「文豪てのひら怪談」ポプラ社 2009（ポプラ文庫）p14

木枯し
◇「文士の意地―車谷長吉撰短篇小説輯 下巻」作品社 2005 p385

古墳の話
◇「文学 2004」講談社 2004 p131

花椿
◇「短篇ベストコレクション―現代の小説 2000」徳間書店 2000 p91

変
◇「現代の小説 1999」徳間書店 1999 p351

武蔵丸
◇「感じて。息づかいを。―恋愛小説アンソロジー」光文社 2005（光文社文庫）p45

夜尿
◇「極上掌篇小説」角川書店 2006 p79
◇「ひと粒の宇宙」角川書店 2009（角川文庫）p79

胡桃沢 耕史　くるみざわ・こうし（1925～1994）
東干（トンガン）
◇「コレクション戦争と文学 7」集英社 2011 p13

ビードロを吹く女
◇「江戸宵闇しぐれ」学習研究社 2005（学研M文庫）p181

ぼくの小さな祖国
◇「冒険の森へ―傑作小説大全 9」集英社 2016 p175

久礼 秀夫　くれ・ひでお
獄門台の首
◇「ショートショートの広場 15」講談社 2004（講談社文庫）p153

道を教える
◇「ショートショートの広場 15」講談社 2004（講

くれい

談社文庫）p124

くれい みゆ
カレー
◇「冷と温—第13回フェリシモ文学賞作品集」フェリシモ 2010 p136

暮安 翠　くれやす・みどり
南天と蝶
◇「現代作家代表作選集 5」鼎書房 2013 p67

黒 史郎　くろ・しろう（1974～）
アーカムの河に浮かぶ
◇「リトル・リトル・クトゥルー—史上最小の神話小説集」学習研究社 2009 p242

怪しい来客—2
◇「男たちの怪談百物語」メディアファクトリー 2012（〔幽BOOKS〕）p179

押入れヒラヒラ
◇「怪しき我が家—一家の怪談競作集」メディアファクトリー 2011（MF文庫）p35

怪獣地獄
◇「怪獣文藝—パートカラー」メディアファクトリー 2013（〔幽BOOKS〕）p2

海底からの悪夢
◇「リトル・リトル・クトゥルー—史上最小の神話小説集」学習研究社 2009 p232

書かなかった話
◇「男たちの怪談百物語」メディアファクトリー 2012（〔幽BOOKS〕）p254

蛾鬼
◇「てのひら怪談—ビーケーワン怪談大賞傑作選 百怪繚乱篇」ポプラ社 2008 p49
◇「てのひら怪談—ビーケーワン怪談大賞傑作選 己丑」ポプラ社 2009（ポプラ文庫）p22

ガクン
◇「てのひら怪談—ビーケーワン怪談大賞傑作選 百怪繚乱篇」ポプラ社 2008 p124

口が来た
◇「リトル・リトル・クトゥルー—史上最小の神話小説集」学習研究社 2009 p230

顕微鏡の中の狂気
◇「リトル・リトル・クトゥルー—史上最小の神話小説集」学習研究社 2009 p236

幻夢の少年
◇「リトル・リトル・クトゥルー—史上最小の神話小説集」学習研究社 2009 p234

ゴルゴネイオン
◇「憑依」光文社 2010（光文社文庫）p239

探しもの
◇「男たちの怪談百物語」メディアファクトリー 2012（〔幽BOOKS〕）p224

歯科呪医
◇「てのひら怪談—ビーケーワン怪談大賞傑作選 庚寅」ポプラ社 2010（ポプラ文庫）p154

死神の顔
◇「男たちの怪談百物語」メディアファクトリー 2012（〔幽BOOKS〕）p76

少女遠征
◇「物語のルミナリエ」光文社 2011（光文社文庫）p201

祖父のカセットテープ
◇「てのひら怪談—ビーケーワン怪談大賞傑作選」ポプラ社 2007 p62
◇「てのひら怪談—ビーケーワン怪談大賞傑作選」ポプラ社 2008（ポプラ文庫）p62

堕落の部屋
◇「男たちの怪談百物語」メディアファクトリー 2012（〔幽BOOKS〕）p32

デコチン君
◇「男たちの怪談百物語」メディアファクトリー 2012（〔幽BOOKS〕）p138

天井裏の声
◇「男たちの怪談百物語」メディアファクトリー 2012（〔幽BOOKS〕）p122

トイレ文化博物館のさんざめく怪異
◇「厠の怪—便所怪談競作集」メディアファクトリー 2010（MF文庫）p115

床相撲
◇「てのひら怪談—ビーケーワン怪談大賞傑作選 庚寅」ポプラ社 2010（ポプラ文庫）p150

二十五階
◇「男たちの怪談百物語」メディアファクトリー 2012（〔幽BOOKS〕）p182

爆笑するもの
◇「男たちの怪談百物語」メディアファクトリー 2012（〔幽BOOKS〕）p61

腹の中から
◇「リトル・リトル・クトゥルー—史上最小の神話小説集」学習研究社 2009 p238

フギン＆ムニン
◇「幻想探偵」光文社 2009（光文社文庫）p13

魔女の絵画
◇「リトル・リトル・クトゥルー—史上最小の神話小説集」学習研究社 2009 p240

緑の鳥は終わりを眺め
◇「怪物團」光文社 2009（光文社文庫）p39

山北飢談
◇「怪談列島ニッポン—書き下ろし諸国奇談競作集」メディアファクトリー 2009（MF文庫）p157

夜闇の祭囃子
◇「てのひら怪談—ビーケーワン怪談大賞傑作選 百怪繚乱篇」ポプラ社 2008 p122

ラゴゼ・ヒイヨ
◇「リトル・リトル・クトゥルー—史上最小の神話小説集」学習研究社 2009 p244

黒 次郎　くろ・じろう
足下に寝ている電話の向こう
◇「てのひら怪談—ビーケーワン怪談大賞傑作選 壬辰」ポプラ社 2012（ポプラ文庫）p18

黒井 千次　くろい・せんじ（1932〜）

石の話
◇「日本文学100年の名作 7」新潮社 2015（新潮文庫）p467

椅子
◇「戦後短篇小説再発見 17」講談社 2003（講談社文芸文庫）p158

隠れ鬼
◇「戦後短篇小説再発見 4」講談社 2001（講談社文芸文庫）p140

声の巣
◇「現代小説クロニクル 1995〜1999」講談社 2015（講談社文芸文庫）p7

子供のいる駅
◇「鉄路に咲く物語―鉄道小説アンソロジー」光文社 2005（光文社文庫）p91

聖産業週間
◇「経済小説名作選」筑摩書房 2014（ちくま文庫）p371

多年草
◇「文学 2008」講談社 2008 p49

冷たい仕事
◇「名短篇、ここにあり」筑摩書房 2008（ちくま文庫）p61

電車の中で
◇「文学 2002」講談社 2002 p36

待つ
◇「文豪てのひら怪談」ポプラ社 2009（ポプラ文庫）p158

丸の内
◇「文学 2004」講談社 2004 p64

磨く男
◇「恐怖特急」光文社 2002（光文社文庫）p271

武蔵野
◇「街物語」朝日新聞社 2000 p116

闇の船
◇「『内向の世代』初期作品アンソロジー」講談社 2016（講談社文芸文庫）p99

闇の道
◇「市井図絵」新潮社 1997 p27

黒岩 研　くろいわ・けん（1965〜）

まぎれる
◇「獣人」光文社 2003（光文社文庫）p41

見果てぬ夢
◇「黒い遊園地」光文社 2004（光文社文庫）p149

目
◇「教室」光文社 2003（光文社文庫）p95

黒岩 重吾　くろいわ・じゅうご（1924〜2003）

暗殺者
◇「紅葉谷から剣鬼が来る―時代小説傑作選」講談社 2002（講談社文庫）p7

雨毒
◇「現代の小説 1997」徳間書店 1997 p295

運河のカジノ
◇「賭博師たち」角川書店 1997（角川文庫）p89

影刀
◇「美女峠に星が流れる―時代小説傑作選」講談社 1999（講談社文庫）p309

鬼笛
◇「代表作時代小説 平成9年度」光風社出版 1997 p45

葛城の王者
◇「七人の役小角」小学館 2007（小学館文庫）p17

花毒
◇「現代の小説 1998」徳間書店 1998 p239

幻灯花
◇「短篇ベストコレクション―現代の小説 2001」徳間書店 2001（徳間文庫）p349

左大臣の疑惑
◇「剣が舞い落花が舞い―時代小説傑作選」講談社 1998（講談社文庫）p7
◇「人物日本の歴史―時代小説版 古代中世編」小学館 2004（小学館文庫）p29

ドライバー
◇「短篇ベストコレクション―現代の小説 2000」徳間書店 2000 p217

子麻呂の恋
◇「代表作時代小説 平成11年度」光風社出版 1999 p321

子麻呂道
◇「代表作時代小説 平成10年度」光風社出版 1998 p31
◇「地獄の無明剣―時代小説傑作選」講談社 2004（講談社文庫）p7

野見宿禰
◇「武芸十八般―武道小説傑作選」ベストセラーズ 2005（ベスト時代文庫）p79

裸の背徳者
◇「冒険の森へ―傑作小説大全 3」集英社 2016 p227

埴輪刀
◇「時代小説秀作づくし」PHP研究所 1997（PHP文庫）p7
◇「鎮守の森に鬼が棲む―時代小説傑作選」講談社 2001（講談社文庫）p7

別離
◇「鬼火が呼んでいる―時代小説傑作選」講談社 1997（講談社文庫）p328

牧場の影と春―斑鳩宮始末記
◇「代表作時代小説 平成15年度」光風社出版 2003 p57

洞は語らず
◇「偽りの愛」リブリオ出版 2001（ラブミーワールド）p150
◇「恋愛小説・名作集成 1」リブリオ出版 2004 p150

無声реジ
◇「剣の意地恋の夢―時代小説傑作選」講談社 2000（講談社文庫）p117

闇が蠢いた日

くろい

　　◇「短篇ベストコレクション―現代の小説 2003」徳間書店 2003（徳間文庫）p43

黒岩 理恵子　くろいわ・りえこ
髑髏の雪
　　◇「恐怖のKA・TA・CHI」双葉社 2001（双葉文庫）p301

黒岩 力也　くろいわ・りきや
カナリア
　　◇「優秀新人戯曲集 2004」ブロンズ新社 2003 p53

黒岩 涙香　くろいわ・るいこう（1862～1920）
生命保険
　　◇「明治探偵冒険小説 1」筑摩書房 2005（ちくま文庫）p475
幽霊塔
　　◇「明治探偵冒険小説 1」筑摩書房 2005（ちくま文庫）p7

黒江 勇　くろえ・いさむ
省電車掌
　　◇「アンソロジー・プロレタリア文学 2」森話社 2014 p117

黒形 圭　くろがた・けい
鴉の死
　　◇「てのひら怪談 癸巳」KADOKAWA 2013（MF文庫ダ・ヴィンチ）p74
葬送の夜
　　◇「てのひら怪談 癸巳」KADOKAWA 2013（MF文庫ダ・ヴィンチ）p108

黒川 真之助　くろかわ・しんのすけ
幽霊の手紙
　　◇「甦る推理雑誌 3」光文社 2002（光文社文庫）p415

黒川 創　くろかわ・そう（1961～）
チェーホフの学校
　　◇「文学 2013」講談社 2013 p19

黒川 竜弘　くろかわ・たつひろ
願いがたくさん
　　◇「ショートショートの広場 9」講談社 1998（講談社文庫）p114

黒川 眸　くろかわ・ひとみ
新しき住家
　　◇「ハンセン病文学全集 8」皓星社 2006 p39

黒川 博行　くろかわ・ひろゆき（1949～）
いたまえあなごずし
　　◇「賭博師たち」角川書店 1997（角川文庫）p115
燗り
　　◇「輝きの一瞬―短くて心に残る30編」講談社 1999（講談社文庫）p79
永遠縹渺
　　◇「ザ・ベストミステリーズ―推理小説年鑑 1999」講談社 1999 p61
　　◇「密室＋アリバイ＝真犯人」講談社 2002（講談社文庫）p46
カウント・プラン
　　◇「殺ったのは誰ぞ?!」講談社 1999（講談社文庫）p229
　　◇「影」文藝春秋 2003（推理作家になりたくて マイベストミステリー）p180
　　◇「マイ・ベスト・ミステリー 2」文藝春秋 2007（文春文庫）p270
計算症のリアリティー
　　◇「マイ・ベスト・ミステリー 2」文藝春秋 2007（文春文庫）p406
東風吹かば
　　◇「牌がささやく―麻雀小説傑作選」徳間書店 2002（徳間文庫）p281
錆
　　◇「自選ショート・ミステリー 2」講談社 2001（講談社文庫）p37
左手首
　　◇「最新「珠玉推理」大全 中」光文社 1998（カッパ・ノベルス）p124
　　◇「怪しい舞踏会」光文社 2002（光文社文庫）p173
ぶらっくじゃっく
　　◇「熱い賭け」早川書房 2006（ハヤカワ文庫）p191

黒川 裕子　くろかわ・ゆうこ
ランの一日奇術入門
　　◇「飛翔―C★NOVELS大賞作家アンソロジー」中央公論新社 2013（C・NOVELS Fantasia）p108

黒川 陽子　くろかわ・ようこ
ハルメリ
　　◇「優秀新人戯曲集 2008」ブロンズ新社 2007 p155

黒木 あるじ　くろき・あるじ（1976～）
恐山の宿坊
　　◇「男たちの怪談百物語」メディアファクトリー 2012（〔幽〕BOOKS）p147
おまもり
　　◇「てのひら怪談―ビーケーワン怪談大賞傑作選 庚寅」ポプラ社 2010（ポプラ文庫）p12
怪談の「力」
　　◇「渚にて―あの日からの〈みちのく怪談〉」荒蝦夷 2016 p18
仮説と対策
　　◇「怪談四十九夜」竹書房 2016（竹書房文庫）p60
くろづか
　　◇「渚にて―あの日からの〈みちのく怪談〉」荒蝦夷 2016 p35
傾向と対策
　　◇「怪談四十九夜」竹書房 2016（竹書房文庫）p56
参列者
　　◇「男たちの怪談百物語」メディアファクトリー 2012（〔幽〕BOOKS）p110
視点
　　◇「渚にて―あの日からの〈みちのく怪談〉」荒蝦夷 2016 p33
城跡の病院

◇「男たちの怪談百物語」メディアファクトリー 2012（〔幽BOOKS〕）p84
整頓
◇「渚にて―あの日からの〈みちのく怪談〉」荒蝦夷 2016 p29
急かす店
◇「渚にて―あの日からの〈みちのく怪談〉」荒蝦夷 2016 p32
背中
◇「渚にて―あの日からの〈みちのく怪談〉」荒蝦夷 2016 p20
祖母の話
◇「男たちの怪談百物語」メディアファクトリー 2012（〔幽BOOKS〕）p49
小さい人―3
◇「男たちの怪談百物語」メディアファクトリー 2012（〔幽BOOKS〕）p200
つじさん
◇「てのひら怪談―ビーケーワン怪談大賞傑作選 辛卯」ポプラ社 2011（ポプラ文庫）p226
電話番号
◇「渚にて―あの日からの〈みちのく怪談〉」荒蝦夷 2016 p30
ならわし
◇「てのひら怪談―ビーケーワン怪談大賞傑作選 庚寅」ポプラ社 2010（ポプラ文庫）p172
機織桜
◇「物語のルミナリエ」光文社 2011（光文社文庫）p263
母親たち
◇「男たちの怪談百物語」メディアファクトリー 2012（〔幽BOOKS〕）p274
浮遊物
◇「男たちの怪談百物語」メディアファクトリー 2012（〔幽BOOKS〕）p187
ポーランドの墓地
◇「男たちの怪談百物語」メディアファクトリー 2012（〔幽BOOKS〕）p168
みちのく怪獣探訪録
◇「怪獣文藝―パートカラー」メディアファクトリー 2013（〔幽BOOKS〕）p151
むじな
◇「男たちの怪談百物語」メディアファクトリー 2012（〔幽BOOKS〕）p26
閖上の釣り人
◇「渚にて―あの日からの〈みちのく怪談〉」荒蝦夷 2016 p25
呼声
◇「渚にて―あの日からの〈みちのく怪談〉」荒蝦夷 2016 p14
録画エラー
◇「男たちの怪談百物語」メディアファクトリー 2012（〔幽BOOKS〕）p234

黒木 謳子　くろき・うたこ
あほぞら
◇「日本統治期台湾文学集成 18」緑蔭書房 2003 p486
秋
◇「日本統治期台湾文学集成 18」緑蔭書房 2003 p499
秋と思出と
◇「日本統治期台湾文学集成 18」緑蔭書房 2003 p497
秋と少女
◇「日本統治期台湾文学集成 18」緑蔭書房 2003 p495
秋と少年
◇「日本統治期台湾文学集成 18」緑蔭書房 2003 p493
秋の感傷
◇「日本統治期台湾文学集成 18」緑蔭書房 2003 p491
朝―ファンティジストの朝方の夢
◇「日本統治期台湾文学集成 18」緑蔭書房 2003 p487
あまのじゃく
◇「日本統治期台湾文学集成 18」緑蔭書房 2003 p482
一月の星座
◇「日本統治期台湾文学集成 18」緑蔭書房 2003 p410
丘に憩ふ少年
◇「日本統治期台湾文学集成 18」緑蔭書房 2003 p342
貝殻幻想
◇「日本統治期台湾文学集成 18」緑蔭書房 2003 p378
回轉する季節の色彩
◇「日本統治期台湾文学集成 18」緑蔭書房 2003 p407
夏苑小品
◇「日本統治期台湾文学集成 18」緑蔭書房 2003 p475
影―続成層圏花園
◇「日本統治期台湾文学集成 18」緑蔭書房 2003 p364
果樹園の心臓
◇「日本統治期台湾文学集成 18」緑蔭書房 2003 p340
果樹園の春
◇「日本統治期台湾文学集成 18」緑蔭書房 2003 p332
夏宵
◇「日本統治期台湾文学集成 18」緑蔭書房 2003 p489
哀しき玩具
◇「日本統治期台湾文学集成 18」緑蔭書房 2003 p402
感傷のある風景―河東洸氏に献ぐ
◇「日本統治期台湾文学集成 18」緑蔭書房 2003

くろき

　p505
季節と花束
　◇「日本統治期台湾文学集成 18」緑蔭書房 2003
　　p366
九月の詩心
　◇「日本統治期台湾文学集成 18」緑蔭書房 2003
　　p428
曇つた惜別
　◇「日本統治期台湾文学集成 18」緑蔭書房 2003
　　p506
迎春
　◇「日本統治期台湾文学集成 18」緑蔭書房 2003
　　p440
月下の接吻
　◇「日本統治期台湾文学集成 18」緑蔭書房 2003
　　p370
戀
　◇「日本統治期台湾文学集成 18」緑蔭書房 2003
　　p481
五月の海港
　◇「日本統治期台湾文学集成 18」緑蔭書房 2003
　　p420
五月の傷心
　◇「日本統治期台湾文学集成 18」緑蔭書房 2003
　　p464
五月の心傷
　◇「日本統治期台湾文学集成 18」緑蔭書房 2003
　　p373
古代の夢
　◇「日本統治期台湾文学集成 18」緑蔭書房 2003
　　p336
小供達の惜別
　◇「日本統治期台湾文学集成 18」緑蔭書房 2003
　　p507
砂丘哀唱
　◇「日本統治期台湾文学集成 18」緑蔭書房 2003
　　p501
三月のアンニユイ
　◇「日本統治期台湾文学集成 18」緑蔭書房 2003
　　p416
三月の詩
　◇「日本統治期台湾文学集成 18」緑蔭書房 2003
　　p443
さんぽ
　◇「日本統治期台湾文学集成 18」緑蔭書房 2003
　　p477
山房哀歌
　◇「日本統治期台湾文学集成 18」緑蔭書房 2003
　　p435
　◇「日本統治期台湾文学集成 18」緑蔭書房 2003
　　p437
山房の朝
　◇「日本統治期台湾文学集成 18」緑蔭書房 2003
　　p468
山房の正月

　◇「日本統治期台湾文学集成 18」緑蔭書房 2003
　　p438
四月のエレジイ
　◇「日本統治期台湾文学集成 18」緑蔭書房 2003
　　p418
四月の空
　◇「日本統治期台湾文学集成 18」緑蔭書房 2003
　　p454
試験室の詩
　◇「日本統治期台湾文学集成 18」緑蔭書房 2003
　　p344
自序〔南方の果樹園〕
　◇「日本統治期台湾文学集成 18」緑蔭書房 2003
　　p325
七月の山脈
　◇「日本統治期台湾文学集成 18」緑蔭書房 2003
　　p424
疾走する季節のペーソース
　◇「日本統治期台湾文学集成 18」緑蔭書房 2003
　　p460
十一月の奇蹟
　◇「日本統治期台湾文学集成 18」緑蔭書房 2003
　　p432
十月の寂寥
　◇「日本統治期台湾文学集成 18」緑蔭書房 2003
　　p430
十二月の色彩
　◇「日本統治期台湾文学集成 18」緑蔭書房 2003
　　p433
春花の束
　◇「日本統治期台湾文学集成 18」緑蔭書房 2003
　　p446
春塵
　◇「日本統治期台湾文学集成 18」緑蔭書房 2003
　　p354
序詩〔回轉する季節の色彩〕
　◇「日本統治期台湾文学集成 18」緑蔭書房 2003
　　p409
すぎゆく五月の詩
　◇「日本統治期台湾文学集成 18」緑蔭書房 2003
　　p469
すだまーMOUNTAIN.ELF
　◇「日本統治期台湾文学集成 18」緑蔭書房 2003
　　p380
成層圏花園
　◇「日本統治期台湾文学集成 18」緑蔭書房 2003
　　p357
　◇「日本統治期台湾文学集成 18」緑蔭書房 2003
　　p359
早春ーSECOND, LOVE
　◇「日本統治期台湾文学集成 18」緑蔭書房 2003
　　p470
追憶の薔薇
　◇「日本統治期台湾文学集成 18」緑蔭書房 2003
　　p331

月
◇「日本統治期台湾文学集成 18」緑蔭書房 2003 p457

夏の女
◇「日本統治期台湾文学集成 18」緑蔭書房 2003 p479

南方の果樹園
◇「日本統治期台湾文学集成 18」緑蔭書房 2003 p329
◇「日本統治期台湾文学集成 18」緑蔭書房 2003 p332

二月の薔薇
◇「日本統治期台湾文学集成 18」緑蔭書房 2003 p412

日曜日
◇「日本統治期台湾文学集成 18」緑蔭書房 2003 p458

八月のテラス
◇「日本統治期台湾文学集成 18」緑蔭書房 2003 p426

花園哀唱
◇「日本統治期台湾文学集成 18」緑蔭書房 2003 p363

春來たる
◇「日本統治期台湾文学集成 18」緑蔭書房 2003 p463

不思議な都會の一隅にて
◇「日本統治期台湾文学集成 18」緑蔭書房 2003 p396

ふるさと
◇「日本統治期台湾文学集成 18」緑蔭書房 2003 p478

街空の花、花
◇「日本統治期台湾文学集成 18」緑蔭書房 2003 p376

街には玩具屋がある
◇「日本統治期台湾文学集成 18」緑蔭書房 2003 p382

まひる
◇「日本統治期台湾文学集成 18」緑蔭書房 2003 p485

南風
◇「日本統治期台湾文学集成 18」緑蔭書房 2003 p484

燃ゆる春窓
◇「日本統治期台湾文学集成 18」緑蔭書房 2003 p452

山鳩は今日も來ない
◇「日本統治期台湾文学集成 18」緑蔭書房 2003 p390

山彦
◇「日本統治期台湾文学集成 18」緑蔭書房 2003 p483

夕暮の詩
◇「日本統治期台湾文学集成 18」緑蔭書房 2003 p503

夜霧の街
◇「日本統治期台湾文学集成 18」緑蔭書房 2003 p472

麗日
◇「日本統治期台湾文学集成 18」緑蔭書房 2003 p334

れんとげん室の詩
◇「日本統治期台湾文学集成 18」緑蔭書房 2003 p351

六月
◇「日本統治期台湾文学集成 18」緑蔭書房 2003 p480

六月の鋪道
◇「日本統治期台湾文学集成 18」緑蔭書房 2003 p422

黒木 和雄　くろき・かずお
美しい夏キリシマ（松田正隆）
◇「年鑑代表シナリオ集 '03」シナリオ作家協会 2004 p273

黒木 忍　くろき・しのぶ
生首往生
◇「怪奇・伝奇時代小説選集 10」春陽堂書店 2000（春陽文庫）p2

壁虎呪文
◇「怪奇・伝奇時代小説選集 6」春陽堂書店 2000（春陽文庫）p216

蛇神異変
◇「怪奇・伝奇時代小説選集 5」春陽堂書店 2000（春陽文庫）p147

黒木 嘉克　くろき・よしかつ
ゴッドハンドの憂鬱
◇「ショートショートの広場 17」講談社 2005（講談社文庫）p38

黒木 克修　くろき・よしのぶ
しまの川
◇「山形県文学全集第1期(小説編) 5」郷土出版社 2004 p488

黒崎 薫　くろさき・かおる（1969〜）
死なない兵士
◇「Fの肖像—フランケンシュタインの幻想たち」光文社 2010（光文社文庫）p111

kaworu963
◇「140字の物語—Twitter小説集　twnovel」ディスカヴァー・トゥエンティワン 2009 p97

黒咲 典　くろさき・つかさ
怖ろしいもの祓い
◇「てのひら怪談 癸巳」KADOKAWA 2013（MF文庫ダ・ヴィンチ）p168

黒崎 視音　くろさき・みお（1974〜）
逢魔ケ時
◇「悪夢の行方—「読楽」ミステリーアンソロジー」徳間書店 2016（徳間文庫）p61

くろさ

ノビ師
- ◇「ザ・ベストミステリーズ―推理小説年鑑 2010」講談社 2010 p171
- ◇「Logic真相への回廊」講談社 2013（講談社文庫）p143

黒崎 緑　くろさき・みどり（1958〜）

海の誘（いざな）い
- ◇「白のミステリー―女性ミステリー作家傑作選」光文社 1997 p169
- ◇「女性ミステリー作家傑作選 1」光文社 1999（光文社文庫）p251

溺れるものは久しからず
- ◇「紫迷宮―ミステリー・アンソロジー」祥伝社 2002（祥伝社文庫）p323

甲子園騒動
- ◇「新本格猛虎会の冒険」東京創元社 2003 p145

消失騒動
- ◇「競作五十円玉二十枚の謎」東京創元社 2000（創元推理文庫）p349

猫が消えた
- ◇「探偵Xからの挑戦状！」小学館 2009（小学館文庫）p 75, 298

熱風
- ◇「誘惑―女流ミステリー傑作選」徳間書店 1999（徳間文庫）p31

舞い込んだ天使
- ◇「殺人博物館へようこそ」講談社 1998（講談社文庫）p295
- ◇「花迷宮」日本文芸社 2000（日文文庫）p113

見えない猫
- ◇「ねこ！ ネコ！ 猫！―nekoミステリー傑作選」徳間書店 2008（徳間文庫）p261
- ◇「ザ・ベストミステリーズ―推理小説年鑑 2009」講談社 2009 p233
- ◇「Bluff騙し合いの夜」講談社 2012（講談社文庫）p225

黒崎 裕一郎　くろさき・ゆういちろう（1942〜）

布袋湯の番台
- ◇「斬刃―時代小説傑作選」コスミック出版 2005（コスミック・時代文庫）p175

黒沢 久子　くろさわ・ひさこ

私は猫ストーカー
- ◇「年鑑代表シナリオ集 '09」シナリオ作家協会 2010 p219

黒沢 美貴　くろさわ・みき

蝶々の溜息
- ◇「with you」幻冬舎 2004 p187

黒島 伝治　くろしま・でんじ（1898〜1943）

渦巻ける鳥の群
- ◇「新装版 全集現代文学の発見 3」學藝書林 2003 p33
- ◇「文士の意地―車谷長吉撰短篇小説輯 上巻」作品社 2005 p284
- ◇「百年小説」ポプラ社 2008 p887

- ◇「読んでおきたい近代日本小説選」龍書房 2012 p286
- ◇「日本文学100年の名作 2」新潮社 2014（新潮文庫）p137

女工小唄―1
- ◇「アンソロジー・プロレタリア文学 2」森話社 2014 p87

楷
- ◇「短編名作選―1925–1949 文士たちの時代」笠間書院 1999 p17
- ◇「コレクション戦争と文学 6」集英社 2011 p451
- ◇「アンソロジー・プロレタリア文学 3」森話社 2015 p14

電報
- ◇「読んでおきたい近代日本小説選」龍書房 2012 p279
- ◇「アンソロジー・プロレタリア文学 1」森話社 2013 p86

豚群
- ◇「アンソロジー・プロレタリア文学 2」森話社 2014 p73

黒田 喜夫　くろだ・きお（1926〜1984）

空想のゲリラ
- ◇「新装版 全集現代文学の発見 13」學藝書林 2004 p348

暗い日曜日
- ◇「新装版 全集現代文学の発見 13」學藝書林 2004 p355

毒虫飼育
- ◇「新装版 全集現代文学の発見 13」學藝書林 2004 p352

ハンガリヤの笑い
- ◇「新装版 全集現代文学の発見 13」學藝書林 2004 p349

ハンガリヤの笑い（詩）
- ◇「コレクション戦争と文学 3」集英社 2012 p145

詩集 不安と遊撃
- ◇「新装版 全集現代文学の発見 13」學藝書林 2004 p348

舟唄
- ◇「山形県文学全集第2期（随筆・紀行編）3」郷土出版社 2005 p388

末裔の人々
- ◇「新装版 全集現代文学の発見 13」學藝書林 2004 p354

黒田 圭兎　くろだ・けいと

クラッシュ
- ◇「ショートショートの広場 18」講談社 2006（講談社文庫）p126

黒田 研二　くろだ・けんじ（1969〜）

あなたがほしい
- ◇「黄昏ホテル」小学館 2004 p223

神様の思惑
- ◇「ミステリ愛。免許皆伝！」講談社 2010（講談社ノベルス）p147

コインロッカーから始まる物語
◇「本格ミステリ 2006」講談社 2006（講談社ノベルス）p43
◇「珍しい物語のつくり方―本格短編ベスト・セレクション」講談社 2010（講談社文庫）p59

はだしの親父
◇「本格ミステリ二〇〇八年本格短編ベスト・セレクション 08」講談社 2008（講談社ノベルス）p11
◇「ザ・ベストミステリーズ―推理小説年鑑 2008」講談社 2008 p359
◇「Play推理遊戯」講談社 2011（講談社文庫）p265
◇「見えない殺人カード―本格短編ベスト・セレクション」講談社 2012（講談社文庫）p11

水底の連鎖
◇「川に死体のある風景」東京創元社 2010（創元推理文庫）p65

水底の連鎖―長良川
◇「川に死体のある風景」東京創元社 2006（Crime club）p55

我が家の序列
◇「本格ミステリ二〇一〇年本格短編ベスト・セレクション '10」講談社 2010（講談社ノベルス）p143
◇「凍れる女神の秘密―本格短編ベスト・セレクション」講談社 2014（講談社文庫）p197

黒田 広一郎　くろだ・こういちろう
間一髪
◇「てのひら怪談―ビーケーワン怪談大賞傑作選 百怪繚乱篇」ポプラ社 2008 p136

鳥雲
◇「てのひら怪談―ビーケーワン怪談大賞傑作選 2」ポプラ社 2007 p148
◇「てのひら怪談―ビーケーワン怪談大賞傑作選 己丑」ポプラ社 2009（ポプラ文庫）p136

テスト
◇「てのひら怪談―ビーケーワン怪談大賞傑作選」ポプラ社 2007 p124
◇「てのひら怪談―ビーケーワン怪談大賞傑作選」ポプラ社 2008（ポプラ文庫）p128

黒田 三郎　くろだ・さぶろう（1919～1980）
明日
◇「新装版 全集現代文学の発見 15」學藝書林 2005 p475

あなたも単に
◇「新装版 全集現代文学の発見 15」學藝書林 2005 p480

あなたは行くがいいのだ
◇「新装版 全集現代文学の発見 15」學藝書林 2005 p479

賭け
◇「新装版 全集現代文学の発見 15」學藝書林 2005 p471

そこにひとつの席が
◇「新装版 全集現代文学の発見 15」學藝書林 2005 p477

その時
◇「新装版 全集現代文学の発見 15」學藝書林 2005 p474

それは
◇「新装版 全集現代文学の発見 15」學藝書林 2005 p468

たかが詩人
◇「新装版 全集現代文学の発見 15」學藝書林 2005 p481

突然僕にはわかったのだ
◇「新装版 全集現代文学の発見 15」學藝書林 2005 p482

ひとりの女に
◇「新装版 全集現代文学の発見 15」學藝書林 2005 p468

僕はまるでちがって
◇「新装版 全集現代文学の発見 15」學藝書林 2005 p470

もはやそれ以上
◇「新装版 全集現代文学の発見 15」學藝書林 2005 p469

夕方の三十分
◇「ファイン／キュート素敵かわいい作品選」筑摩書房 2015（ちくま文庫）p134

黒田 夏子　くろだ・なつこ（1937～）
みだれ尺
◇「文学 2015」講談社 2015 p72

黒田 史郎　くろだ・ふみお
あしみ―山の精たちは語った
◇「中学校劇作シリーズ 7」青雲書房 2002 p145

黒武 洋　くろたけ・よう（1964～）
UM
◇「紅と蒼の恐怖―ホラー・アンソロジー」祥伝社 2002（Non novel）p75

黒戸 太郎　くろと・たろう
塩の道の証人
◇「本格推理 12」光文社 1998（光文社文庫）p41

黒沼 健　くろぬま・けん（1902～1985）
白い異邦人
◇「甦る推理雑誌 6」光文社 2003（光文社文庫）p157

探偵小説か？ 推理小説か？
◇「甦る推理雑誌 3」光文社 2002（光文社文庫）p377

黒猫 銀次　くろねこ・ぎんじ
空気女
◇「てのひら怪談―ビーケーワン怪談大賞傑作選 2」ポプラ社 2007 p200

黒埜 形　くろの・けい
熊と人間
◇「ショートショートの花束 7」講談社 2015（講談社文庫）p58

くろは

三葉虫
◇「ショートショートの花束 8」講談社 2016（講談社文庫）p68

黒葉 雅人　くろば・まさと（1967〜）
イン・ザ・ジェリーボール
◇「拡張幻視」東京創元社 2012（創元SF文庫）p297

黒羽 カラス　くろばね・からす（1968〜）
安心感
◇「ショートショートの広場 20」講談社 2008（講談社文庫）p91
そんな職業
◇「ショートショートの広場 14」講談社 2003（講談社文庫）p82
誰であろうと
◇「ショートショートの広場 15」講談社 2004（講談社文庫）p208

黒部 亨　くろべ・とおる（1929〜2014）
胡蝶の舞い—伊賀鍵屋の辻の決闘
◇「時代小説傑作選 4」新人物往来社 2008 p73

黒実 操　くろみ・みさお
ムシイチザの話
◇「怪集 蠱毒—創作怪談発掘大会傑作選」竹書房 2009（竹書房文庫）p6

黒柳 徹子　くろやなぎ・てつこ（1933〜）
『徹子の部屋』待ってますね、みんなで＞高橋悦史
◇「日本人の手紙 2」リブリオ出版 2004 p125

黒柳 尚己　くろやなぎ・なおみ
揺れる少女
◇「ショートショートの花束 5」講談社 2013（講談社文庫）p208

黒柳 紀明　くろやなぎ・のりあき（1940〜）
ママからいただいた大きな大きな収穫＞黒柳朝
◇「日本人の手紙 1」リブリオ出版 2004 p52

黒輪 土風　くろわ・どふう
六人の容疑者
◇「鍵」文藝春秋 2004（推理作家になりたくて マイベストミステリー）p27
◇「マイ・ベスト・ミステリー 5」文藝春秋 2007（文春文庫）p37

桑井 朋子　くわい・ともこ（1932〜）
妬ましい
◇「文学 2008」講談社 2008 p129

桑島 由一　くわしま・よしかず（1977〜）
走り続けるネット世代の早すぎた申し子—ひとりからの脱ライトノベル
◇「Fiction zero／narrative zero」講談社 2007 p027

桑田 繁忠　くわた・しげただ
斬られ役
◇「ショートショートの広場 12」講談社 2001（講談社文庫）p169
自称の詐欺師
◇「ショートショートの広場 9」講談社 1998（講談社文庫）p88
リアリティ
◇「ショートショートの広場 8」講談社 1997（講談社文庫）p161

桑田 忠親　くわた・ただちか（1902〜1987）
上泉伊勢守秀綱
◇「人物日本剣豪伝 1」学陽書房 2001（人物文庫）p35

桑原 加代子　くわはら・かよこ
ベリンガムの青春
◇「現代作家代表作選集 8」鼎書房 2014 p61

群司 次郎正　ぐんじ・じろうまさ（1905〜1973）
穴—踊子オルガ・アルローワ事件—
◇「竹中英太郎 3」皓星社 2016（挿絵叢書）p165
踊子オルガ・アルローワ事件
◇「外地探偵小説集 満州篇」せらび書房 2003 p37

郡司 正勝　ぐんじ・まさかつ（1913〜1998）
児ヶ淵
◇「美少年」国書刊行会 1997（書物の王国）p209

君条 文則　くんじょう・ふみのり
蒼い貌
◇「遠き雷鳴」桃園書房 2001（桃園文庫）p57
安兵衛の血
◇「蒼茫の海」桃園書房 2001（桃園文庫）p211

【け】

敬 蘭芝　けい・らんし
七三一部隊で殺された人の遺族
◇「読み聞かせる戦争」光文社 2015 p223

けいこ
地球会議は終わらない（鹿目由紀）
◇「『やるキッズあいち劇場』脚本集 平成20年度」愛知県環境調査センター 2009 p5

慧皇　けいこう
死人に、首なし
◇「ショートショートの広場 10」講談社 2000（講談社文庫）p115

敬志　けいし
義兄のぼやき
◇「てのひら怪談 癸巳」KADOKAWA 2013（MF文庫ダ・ヴィンチ）p24
酒捻り

京兆 晶　けいちょう・あきら
　母子雪
　　◇「ゆきのまち幻想文学賞小品集 15」企画集団ぷりずむ 2006 p160

ゲイン，マーク　Gayn, Mark（1902～1981　アメリカ）
　ニッポン日記（抄）
　　◇「山形県文学全集第2期（随筆・紀行編）3」郷土出版社 2005 p73

劇団Green Shamrock＆渡部園美　げきだんGreen Shamrock＆わたべそのみ
　The Christmas Bells―天使が鐘を鳴らすとき
　　◇「最新中学校創作脚本集 2011」晩成書房 2011 p128

月光 洗三　げっこう・せんぞう
　南国魔笛城
　　◇「怪奇・伝奇時代小説選集 2」春陽堂書店 1999（春陽文庫）p200

欅館 弘二　けやきかん・こうじ
　父の分骨
　　◇「扉の向こうへ」全作家協会 2014（全作家短編集）p64

玄月　げんげつ（1965～）
　異物
　　◇「〈在日〉文学全集 10」勉誠出版 2006 p175
　蔭の棲みか
　　◇「文学 2000」講談社 2000 p181
　　◇「〈在日〉文学全集 10」勉誠出版 2006 p5
　舞台役者の孤独
　　◇「〈在日〉文学全集 10」勉誠出版 2006 p117
　悪い噂
　　◇「〈在日〉文学全集 10」勉誠出版 2006 p51

剣先 あおり　けんさき・あおり
　わく
　　◇「てのひら怪談 癸巳」KADOKAWA 2013（MF文庫ダ・ヴィンチ）p124

剣先 あやめ　けんさき・あやめ
　冬山で死ぬということ
　　◇「てのひら怪談 癸巳」KADOKAWA 2013（MF文庫ダ・ヴィンチ）p48

源氏 鶏太　げんじ・けいた（1912～1985）
　印度更紗
　　◇「昭和の短篇一人一冊集成 源氏鶏太」未知谷 2008 p211
　英語屋さん
　　◇「文学賞受賞・名作集成 7」リブリオ出版 2004 p223
　　◇「昭和の短篇一人一冊集成 源氏鶏太」未知谷 2008 p53
　黒いゴルフボール
　　◇「怪談―24の恐怖」講談社 2004 p181
　御先代様
　　◇「昭和の短篇一人一冊集成 源氏鶏太」未知谷 2008 p93
　随行さん
　　◇「経済小説名作選」筑摩書房 2014（ちくま文庫）p47
　精力絶倫物語
　　◇「昭和の短篇一人一冊集成 源氏鶏太」未知谷 2008 p121
　続・精力絶倫物語（世にも物凄い話）
　　◇「昭和の短篇一人一冊集成 源氏鶏太」未知谷 2008 p139
　たばこ娘
　　◇「昭和の短篇一人一冊集成 源氏鶏太」未知谷 2008 p5
　初恋物語
　　◇「昭和の短篇一人一冊集成 源氏鶏太」未知谷 2008 p23
　花のサラリーマン
　　◇「昭和の短篇一人一冊集成 源氏鶏太」未知谷 2008 p249
　幽霊になった男
　　◇「ふるえて眠れない―ホラーミステリー傑作選」光文社 2006（光文社文庫）p9
　流氷
　　◇「昭和の短篇一人一冊集成 源氏鶏太」未知谷 2008 p179

ケン月影　けんつきかげ（1941～）
　仇討ち色地獄
　　◇「斬刃―時代小説傑作選」コスミック出版 2005（コスミック・時代文庫）p557

玄侑 宗久　げんゆう・そうきゅう（1956～）
　朝顔の音
　　◇「文学 2002」講談社 2002 p313
　小太郎の義憤
　　◇「文学 2013」講談社 2013 p87
　猫雨
　　◇「極上掌篇小説」角川書店 2006 p83
　　◇「ひと粒の宇宙」角川書店 2009（角川文庫）p83
　Aデール
　　◇「文学 2008」講談社 2008 p203

現朗　げんろう
　奈津子、待つ
　　◇「ショートショートの花束 6」講談社 2014（講談社文庫）p11

こ

【こ】

呉 鬱三　ご・うつさん
⇒呉天賞（ゴ・テンショウ）を見よ

呉 勝浩　ご・かつひろ（1981〜）
オレキバ
◇「所轄―警察アンソロジー」角川春樹事務所 2016（ハルキ文庫）p153

高 史明　コ・サミョン（1932〜）
夜がときの歩みを暗くするとき
◇「〈在日〉文学全集 11」勉誠出版 2006 p167

高 週吉　コ・ジュギル
キノ「サイレン」の成立とその將來
◇「近代朝鮮文学日本語作品集1908〜1945 セレクション 3」緑蔭書房 2008 p81
プロレタリア詩と映画
◇「近代朝鮮文学日本語作品集1908〜1945 セレクション 5」緑蔭書房 2008 p307

高 晶玉　コ・ジョン
シーク
◇「近代朝鮮文学日本語作品集1901〜1938 創作篇 2」緑蔭書房 2004 p447

呉 濁流　ご・だくりゅう
長篇小説 胡志明
◇「日本統治期台湾文学集成 30」緑蔭書房 2007 p5
ポツダム科長
◇「日本統治期台湾文学集成 30」緑蔭書房 2007 p413

高 青　コ・チョン
售狗沽酒
◇「近代朝鮮文学日本語作品集1901〜1938 評論・随筆篇 3」緑蔭書房 2004 p49

呉 天賞　ご・てんしょう（1909〜1947）
蕾
◇「日本統治期台湾文学集成 5」緑蔭書房 2002 p37
野雲雀
◇「日本統治期台湾文学集成 5」緑蔭書房 2002 p157
龍
◇「日本統治期台湾文学集成 5」緑蔭書房 2002 p17

高 漢容　コ・ハニョン
北の國より
◇「近代朝鮮文学日本語作品集1901〜1938 評論・随筆篇 2」緑蔭書房 2004 p184

高 飛　コ・ビ
日本に於ける民族演劇の現勢
◇「近代朝鮮文学日本語作品集1901〜1938 評論・随筆篇 1」緑蔭書房 2004 p293

呉 漫沙　ご・まんさ
愛国小説 莎秧的鐘（サヨンのかね）
◇「日本統治期台湾文学集成 28」緑蔭書房 2007 p7
心的創痕
◇「日本統治期台湾文学集成 25」緑蔭書房 2007 p363
桃花江
◇「日本統治期台湾文学集成 25」緑蔭書房 2007 p263

小池 滋　こいけ・しげる（1931〜）
田園を憂鬱にした汽車の音は何か
◇「有栖川有栖の鉄道ミステリ・ライブラリー」角川書店 2004（角川文庫）p227

小池 修一郎　こいけ・しゅういちろう（1955〜）
カステル・ミラージュ―消えない蜃気楼
◇「宝塚大劇場公演脚本集―2001年4月―2002年4月」阪急電鉄コミュニケーション事業部 2002 p80

小池 タミ子　こいけ・たみこ（1928〜）
ざしきぼっこのはなし
◇「小学生のげき―新小学校演劇脚本集 高学年 1」晩成書房 2011 p191
どんぶらこ・ずんぶらこ
◇「小学生のげき―新小学校演劇脚本集 中学年 1」晩成書房 2011 p131
にげだしたどろほうたち
◇「小学校たのしい劇の本―英語劇付 低学年」国土社 2007 p160

小池 昌代　こいけ・まさよ（1959〜）
青いインク
◇「誤植文学アンソロジー―校正者のいる風景」論創社 2015 p86
浮舟
◇「ナイン・ストーリーズ・オブ・ゲンジ」新潮社 2008 p247
◇「源氏物語九つの変奏」新潮社 2011（新潮文庫）p273
男鹿
◇「変愛小説集 日本作家編」講談社 2014 p227
◇「文学 2015」講談社 2015 p19
タタド
◇「文学 2007」講談社 2007 p180
名前漏らし
◇「極上掌篇小説」角川書店 2006 p91
◇「ひと粒の宇宙」角川書店 2009（角川文庫）p91
箱
◇「短篇集」ヴィレッジブックス 2010 p132
◇「量子回廊―年刊日本SF傑作選」東京創元社 2010（創元SF文庫）p165
船饅頭
◇「代表作時代小説 平成24年度」光文社 2012 p37

小池 真理子　こいけ・まりこ（1952〜）
赤いコートの女

こいけ

◇「銀座24の物語」文藝春秋 2001 p231

足
◇「冒険の森へ—傑作小説大全 17」集英社 2015 p75

生きがい
◇「ゆがんだ闇」角川書店 1998（角川ホラー文庫）p5

一角獣
◇「短篇ベストコレクション—現代の小説 2002」徳間書店 2002（徳間文庫）p339
◇「日本文学100年の名作 9」新潮社 2015（新潮文庫）p357

一炊の夢
◇「短篇ベストコレクション—現代の小説 2007」徳間書店 2007（徳間文庫）p31

彼方へ
◇「恋する男たち」朝日新聞社 1999 p45

彼なりの美学
◇「現代の小説 1997」徳間書店 1997 p251
◇「推理小説代表作選集—推理小説年鑑 1997」講談社 1997 p151
◇「殺人哀モード」講談社 2000（講談社文庫）p9

彼らの静かな日常
◇「事件現場に行こう—最新ベスト・ミステリー カレイドスコープ編」光文社 2001（カッパ・ノベルス）p49

共犯関係
◇「ねこ！ ネコ！ 猫！—nekoミステリー傑作選」徳間書店 2008（徳間文庫）p53

倶楽部フェニックス
◇「with you」幻冬舎 2004 p7

獣の家
◇「犯行現場にもう一度」講談社 1997（講談社文庫）p167

康平の背中
◇「七つの怖い扉」新潮社 1998 p185

静かな妾宅
◇「悪魔のような女—女流ミステリー傑作選」角川春樹事務所 2001（ハルキ文庫）p7
◇「恋は罪つくり—恋愛ミステリー傑作選」光文社 2005（光文社文庫）p219

死体を運んだ男
◇「蒼迷宮—ミステリー・アンソロジー」祥伝社 2002（祥伝社文庫）p7

しゅるしゅる
◇「日常の呪縛」リブリオ出版 2001（怪奇・ホラーワールド）p5

昭和の風景
◇「少女物語」朝日新聞社 1998 p217

親友
◇「現代の小説 1998」徳間書店 1998 p299

過ぎし者の標
◇「ヴィンテージ・セブン」講談社 2007 p61

捨てる
◇「文学 2007」講談社 2007 p117
◇「Invitation」文藝春秋 2010 p121

◇「甘い罠—8つの短篇小説集」文藝春秋 2012（文春文庫）p119

スワン・レイク
◇「あなたに、大切な香りの記憶はありますか？—短編小説集」文藝春秋 2008 p141
◇「あなたに、大切な香りの記憶はありますか？」文藝春秋 2011（文春文庫）p147

贅肉
◇「女がそれを食べるとき」幻冬舎 2013（幻冬舎文庫）p75

千年烈日
◇「短篇ベストコレクション—現代の小説 2006」徳間書店 2006（徳間文庫）p437

玉虫
◇「female」新潮社 2004（新潮文庫）p7

たんぽぽ
◇「短篇ベストコレクション—現代の小説 2000」徳間書店 2000 p241

翼
◇「眠れなくなる夢十夜」新潮社 2009（新潮文庫）p157

妻と未亡人
◇「私は殺される—女流ミステリー傑作選」角川春樹事務所 2001（ハルキ文庫）p287

妻の女友達
◇「短篇集 4」双葉社 2008（双葉文庫）p5

ディオリッシモ
◇「ドッペルゲンガー奇譚集—死を招く影」角川書店 1998（角川ホラー文庫）p47

寺田家の花嫁
◇「金曜の夜は、ラブ・ミステリー」三笠書房 2000（王様文庫）p177

テンと月
◇「短篇ベストコレクション—現代の小説 2015」徳間書店 2015（徳間文庫）p189

天の刻
◇「甘やかな祝祭—恋愛小説アンソロジー」光文社 2004（光文社文庫）p281

倒錯の庭
◇「こんなにも恋はせつない—恋愛小説アンソロジー」光文社 2004（光文社文庫）p85

夏の吐息
◇「恋愛小説」新潮社 2005 p43
◇「恋愛小説」新潮社 2007（新潮文庫）p49

夏祭り
◇「ふるえて眠れ—女流ホラー傑作選」角川春樹事務所 2001（ハルキ・ホラー文庫）p153

虹の彼方に
◇「空を飛ぶ恋—ケータイがつなぐ28の物語」新潮社 2006（新潮文庫）p16

廃墟
◇「短篇ベストコレクション—現代の小説 2010」徳間書店 2010（徳間文庫）p355

バスローブ
◇「てのひらの恋」KADOKAWA 2014（角川文庫）

こいし

p197
花ざかりの家
◇「花迷宮」日本文芸社 2000（日文文庫）p7
薔薇舟
◇「血」早川書房 1997 p69
春爛漫
◇「10ラブ・ストーリーズ」朝日新聞出版 2011（朝日文庫）p255
緋色の家
◇「エクスタシィ―大人の恋の物語り」ベストセラーズ 2003 p29
一人芝居
◇「緋迷宮―ミステリー・アンソロジー」祥伝社 2001（祥伝社文庫）p327
夫婦
◇「二十四粒の宝石―超短編小説傑作集」講談社 1998（講談社文庫）p91
鬼灯
◇「最新『珠玉推理』大全 中」光文社 1998（カッパ・ノベルス）p150
◇「怪しい舞踏会」光文社 2002（光文社文庫）p211
菩薩のような女
◇「危険な関係―女流ミステリー傑作選」角川春樹事務所 2002（ハルキ文庫）p301
岬へ
◇「短篇ベストコレクション―現代の小説 2013」徳間書店 2013（徳間文庫）p151
水無月の墓
◇「誘惑―女流ミステリー傑作選」徳間書店 1999（徳間文庫）p91
ミミ
◇「少女怪談」学習研究社 2000（学研M文庫）p363
◇「怪談―24の恐怖」講談社 2004 p13
百足
◇「読まずにいられぬ名短篇」筑摩書房 2014（ちくま文庫）p291
約束
◇「いつか心の奥へ―小説推理傑作選」双葉社 1997 p65
◇「冥界プリズン」光文社 1999（光文社文庫）p161
夜顔
◇「恋愛小説・名作集成 4」リブリオ出版 2004 p5
四度目の夏
◇「白のミステリー―女性ミステリー作家傑作選」光文社 1997 p7
◇「女性ミステリー作家傑作選 1」光文社 1999（光文社文庫）p287
流山寺
◇「小川洋子の陶酔短篇箱」河出書房新社 2014 p235
ロマンス
◇「奇妙な恋の物語」光文社 1998（光文社文庫）p43
◇「紅迷宮―ミステリー・アンソロジー」祥伝社 2002（祥伝社文庫）p283
悪者は誰？
◇「雪国にて―北海道・東北編」双葉社 2015（双葉文庫）p5

STORM
◇「Love songs」幻冬舎 1998 p225

小石川　こいしがわ
座布団
◇「てのひら怪談―ビーケーワン怪談大賞傑作選 壬辰」ポプラ社 2012（ポプラ文庫）p242

小泉 絵理　こいずみ・えり
少女と龍
◇「ゆきのまち幻想文学賞小品集 17」企画集団ぷりずむ 2008 p162
眠り雪
◇「ゆきのまち幻想文学賞小品集 16」企画集団ぷりずむ 2007 p117

小泉 喜美子　こいずみ・きみこ（1934～1985）
暗いクラブで逢おう
◇「ミステリマガジン700 国内篇」早川書房 2014（ハヤカワ・ミステリ文庫）p133
月下の蘭
◇「いつか心の奥へ―小説推理傑作選」双葉社 1997 p105
コメディアン
◇「ワルツ―アンソロジー」祥伝社 2004（祥伝社文庫）p85
情婦
◇「らせん階段―女流ミステリー傑作選」角川春樹事務所 2003（ハルキ文庫）p247
血の季節―「第一部の続き」より
◇「十月のカーニヴァル」光文社 2000（カッパ・ノベルス）p325
握りしめたオレンジの謎
◇「七人の女探偵」廣済堂出版 1998（KOSAIDO BLUE BOOKS）p41
妬み
◇「悪魔のような女―女流ミステリー傑作選」角川春樹事務所 2001（ハルキ文庫）p201
深い水
◇「赤のミステリー―女性ミステリー作家傑作選」光文社 1997 p129
◇「女性ミステリー作家傑作選 1」光文社 1999（光文社文庫）p329
万引き女のセレナーデ
◇「犯人は秘かに笑う―ユーモアミステリー傑作選」光文社 2007（光文社文庫）p243
洋服箪笥の奥の暗闇
◇「謎―スペシャル・ブレンド・ミステリー 007」講談社 2012（講談社文庫）p7

小泉 信三　こいずみ・しんぞう（1888～1966）
澤木梢君―澤木四方吉追悼
◇「創刊一〇〇年三田文学名作選」三田文学会 2010 p695
太平洋戦争開戦、出征する息子と父が交わした手紙》小泉信吉
◇「日本人の手紙 10」リブリオ出版 2004 p83

ポートサイドの小僧を「ウルセエヤイ」とどなった≫小泉千賀
◇「日本人の手紙 7」リブリオ出版 2004 p82

小泉 セツ　こいずみ・せつ（1891〜1904）
セカイ、イチバンノ、パパサマヘ≫小泉八雲
◇「日本人の手紙 6」リブリオ出版 2004 p19

小泉 孝之　こいずみ・たかゆき
愛のかたち（自然心中の記）其の一
◇「ハンセン病文学全集 1」皓星社 2002 p243
愛のかたち（自然心中の記）其の二
◇「ハンセン病文学全集 1」皓星社 2002 p259
ビラ配り
◇「ハンセン病文学全集 1」皓星社 2002 p275
不完全な人間業
◇「ハンセン病に咲いた花―初期文芸名作選 戦後編」皓星社 2002（ハンセン病叢書）p297

小泉 武夫　こいずみ・たけお
宇田川小三郎
◇「江戸の満腹力―時代小説傑作選」集英社 2005（集英社文庫）p107

小泉 信吉　こいずみ・のぶきち（1853〜1894）
太平洋戦争開戦、出征する息子と父が交わした手紙≫小泉信三
◇「日本人の手紙 10」リブリオ出版 2004 p83

小泉 秀人　こいずみ・ひでと
悪がはびこる理由
◇「ショートショートの花束 7」講談社 2015（講談社文庫）p229
顔のない恋人
◇「ショートショートの花束 5」講談社 2013（講談社文庫）p29
鬼帳面
◇「ショートショートの花束 6」講談社 2014（講談社文庫）p97
逆転
◇「ショートショートの花束 1」講談社 2009（講談社文庫）p83
源流
◇「ショートショートの花束 3」講談社 2011（講談社文庫）p112
シャドウ
◇「ショートショートの花束 4」講談社 2012（講談社文庫）p33
ゼンマイ仕掛けの神
◇「ショートショートの花束 5」講談社 2013（講談社文庫）p125
街を見下ろす
◇「ショートショートの花束 7」講談社 2015（講談社文庫）p15
持ち腐れ
◇「ショートショートの花束 6」講談社 2014（講談社文庫）p15

幽霊の品格
◇「ショートショートの花束 2」講談社 2010（講談社文庫）p181

小泉 凡　こいずみ・ぼん（1961〜）
松江の怪談―インタビュー
◇「松江怪談―新作怪談 松江物語」今井印刷 2015 p30

小泉 雅二　こいずみ・まさじ（1933〜1969）
垢
◇「ハンセン病文学全集 6」皓星社 2003 p431
嵐に吠える
◇「ハンセン病文学全集 6」皓星社 2003 p435
生きていること
◇「ハンセン病文学全集 7」皓星社 2004 p92
嘘つき
◇「ハンセン病文学全集 7」皓星社 2004 p93
海壁
◇「ハンセン病文学全集 6」皓星社 2003 p448
鏡
◇「ハンセン病文学全集 7」皓星社 2004 p96
鏡のぼくと波飛沫の志保子
◇「ハンセン病文学全集 7」皓星社 2004 p88
片恋
◇「ハンセン病文学全集 6」皓星社 2003 p445
カーテン
◇「ハンセン病文学全集 6」皓星社 2003 p433
枯葉の童話
◇「ハンセン病文学全集 6」皓星社 2003 p431
◇「ハンセン病文学全集 6」皓星社 2003 p447
小泉雅二詩集
◇「ハンセン病文学全集 7」皓星社 2004 p86
告白する志保子
◇「ハンセン病文学全集 7」皓星社 2004 p89
……この時刻
◇「ハンセン病文学全集 6」皓星社 2003 p446
逆立ち
◇「ハンセン病文学全集 7」皓星社 2004 p97
五月空
◇「ハンセン病文学全集 7」皓星社 2004 p439
失明
◇「ハンセン病文学全集 7」皓星社 2004 p92
条件反射
◇「ハンセン病文学全集 6」皓星社 2003 p432
焦燥―眼球結節焼切手術
◇「ハンセン病文学全集 7」皓星社 2004 p90
砂の上の家で
◇「ハンセン病文学全集 7」皓星社 2004 p91
代筆
◇「ハンセン病文学全集 7」皓星社 2004 p97
巷
◇「ハンセン病文学全集 6」皓星社 2003 p433

こいす

蝶と野菊と岸壁
　◇「ハンセン病文学全集 6」皓星社 2003 p442
日本―異邦人
　◇「ハンセン病文学全集 6」皓星社 2003 p450
灰皿
　◇「ハンセン病文学全集 6」皓星社 2003 p431
背信
　◇「ハンセン病文学全集 6」皓星社 2003 p434
不存者の詩
　◇「ハンセン病文学全集 7」皓星社 2004 p86
望郷
　◇「ハンセン病文学全集 6」皓星社 2003 p440
ぼくらその人柱か―隔りにむかうぼくら
　◇「ハンセン病文学全集 7」皓星社 2004 p95
めくら犬
　◇「ハンセン病文学全集 7」皓星社 2004 p94
モノローグ
　◇「ハンセン病文学全集 6」皓星社 2003 p435
誘蛾灯
　◇「ハンセン病文学全集 6」皓星社 2003 p436
宵の明星への願い
　◇「ハンセン病文学全集 6」皓星社 2003 p441
猟人―ある女の告白
　◇「ハンセン病文学全集 6」皓星社 2003 p437
旅装
　◇「ハンセン病文学全集 6」皓星社 2003 p444
龍胆の思い出
　◇「ハンセン病文学全集 6」皓星社 2003 p438
わくらば
　◇「ハンセン病文学全集 6」皓星社 2003 p452
わらひ
　◇「ハンセン病文学全集 7」皓星社 2004 p93

小泉 八雲　こいずみ・やくも（1850～1904）

小豆磨ぎ橋（池田雅之〔訳〕）
　◇「文豪てのひら怪談」ポプラ社 2009（ポプラ文庫）p56
　◇「松江怪談―新作怪談 松江物語」今井印刷 2015 p24
ある扇のはなし（平井呈一〔訳〕）
　◇「文豪怪談傑作選 明治編」筑摩書房 2011（ちくま文庫）p89
ある女の日記（平井呈一〔訳〕）
　◇「とっておきの話」筑摩書房 2011（ちくま文学の森）p325
石に書かれた名前（平井呈一〔訳〕）
　◇「文豪怪談傑作選 明治編」筑摩書房 2011（ちくま文庫）p69
遺伝の記憶（平井呈一〔訳〕）
　◇「文豪怪談傑作選 明治編」筑摩書房 2011（ちくま文庫）p53
乳母ざくら（上田和夫〔訳〕）
　◇「植物」国書刊行会 1998（書物の王国）p160
かけひき
　◇「冒険の森へ―傑作小説大全 2」集英社 2016 p8
きまぐれ草（抄）（平井呈一〔訳〕）
　◇「文豪怪談傑作選 明治編」筑摩書房 2011（ちくま文庫）p51
黒いキューピッド（平井呈一〔訳〕）
　◇「文豪怪談傑作選 明治編」筑摩書房 2011（ちくま文庫）p64
こがねの泉（平井呈一〔訳〕）
　◇「文豪怪談傑作選 明治編」筑摩書房 2011（ちくま文庫）p73
こんな晩＜子捨ての話＞（池田雅之〔訳〕）
　◇「松江怪談―新作怪談 松江物語」今井印刷 2015 p28
さまよえる亡者たち―呪われた館について
　◇「文豪怪談傑作選 特別編」筑摩書房 2008（ちくま文庫）p92
屍に乗る人（田部隆次〔訳〕）
　◇「文豪たちが書いた怖い名作短編集」彩図社 2014 p55
屍鬼（大谷繞石〔訳〕）
　◇「吸血妖鬼譚―ゴシック名訳集成」学習研究社 2008（学研M文庫）p497
死後の恋（平井呈一〔訳〕）
　◇「文豪怪談傑作選 明治編」筑摩書房 2011（ちくま文庫）p97
死体にまたがった男（池田雅之〔訳〕）
　◇「陰陽師伝奇大全」白泉社 2001 p269
十六桜
　◇「櫻憑き」光文社 2001（カッパ・ノベルス）p353
小説における超自然の価値（平井呈一〔訳〕）
　◇「西洋伝奇物語―ゴシック名訳集成」学習研究社 2004（学研M文庫）p493
食人鬼
　◇「もの食う話」文藝春秋 2015（文春文庫）p200
俗唄三つ（稲垣巌〔訳〕）
　◇「被差別文学全集」河出書房新社 2016（河出文庫）p69
茶わんのなか（平井呈一〔訳〕）
　◇「謎の物語」筑摩書房 2012（ちくま文庫）p215
茶碗の中（田代三千稔〔訳〕）
　◇「奇譚カーニバル」集英社 2000（集英社文庫）p9
茶碗の中（平井呈一〔訳〕）
　◇「日本怪奇小説傑作集 1」東京創元社 2005（創元推理文庫）p13
停車場で（平井呈一〔訳〕）
　◇「悪いやつの物語」筑摩書房 2011（ちくま文学の森）p481
鳥と少女（平井呈一〔訳〕）
　◇「文豪怪談傑作選 明治編」筑摩書房 2011（ちくま文庫）p83
日本人の微笑（田代三千稔〔訳〕）
　◇「人恋しい雨の夜に―せつない小説アンソロジー」光文社 2006（光文社文庫）p167

はかりごと（田代三千稔〔訳〕）
　◇「法月綸太郎の本格ミステリ・アンソロジー」角川書店 2005（角川文庫）p29
破約（田部隆次〔訳〕）
　◇「怪談―24の恐怖」講談社 2004 p487
　◇「文豪たちが書いた怖い名作短編集」彩図社 2014 p60
見知らぬ人（平井呈一〔訳〕）
　◇「文豪怪談傑作選 明治編」筑摩書房 2011（ちくま文庫）p51
水飴を買う女＜子育て幽霊＞（池田雅之〔訳〕）
　◇「松江怪談―新作怪談 松江物語」今井印刷 2015 p26
耳なし芳一のはなし（上田利夫〔訳〕）
　◇「見上げれば星は天に満ちて―心に残る物語―日本文学秀作選」文藝春秋 2005（文春文庫）p385
耳なし芳一のはなし（平井呈一〔訳〕）
　◇「琵琶綺談」日本出版社 2006 p237
耳無芳一のはなし―『怪談』より（平井呈一〔訳〕）
　◇「幻妖の水脈（みお）」筑摩書房 2013（ちくま文庫）p103
むじな
　◇「冒険の森へ―傑作小説大全 6」集英社 2016 p12
「モンク・ルイス」と恐怖怪奇派（平井呈一〔訳〕）
　◇「西洋伝奇物語―ゴシック名訳集成」学習研究社 2004（学研M文庫）p477
幽霊と化けもの（平井呈一〔訳〕）
　◇「魍魎列島」小学館 2005（小学館文庫）p207
幽霊の接吻（平井呈一〔訳〕）
　◇「文豪怪談傑作選 明治編」筑摩書房 2011（ちくま文庫）p59
雪おんな（平井呈一〔訳〕）
　◇「雪女のキス」光文社 2000（カッパ・ノベルス）p17
MDCCCLIII（平井呈一〔訳〕）
　◇「文豪怪談傑作選 明治編」筑摩書房 2011（ちくま文庫）p92

小泉 陽一朗　こいずみ・よういちろう（1989〜）
ならないリプライ
　◇「星海社カレンダー小説 2012上」星海社 2012（星海社FICTIONS）p59

こーいち。
もじもじのくに
　◇「ショートショートの花束 7」講談社 2015（講談社文庫）p92

小出 正吾　こいで・しょうご（1897〜1990）
太平洋の橋
　◇「『少年倶楽部』熱血・痛快・時代短篇選」講談社 2015（講談社文芸文庫）p413

小出 まゆみ　こいで・まゆみ
鋏とロザリオ
　◇「立川文学 2」けやき出版 2012 p11
夜泣きの岩
　◇「てのひら怪談―ビーケーワン怪談大賞傑作選 2」ポプラ社 2007 p72

行 一震　こう・いちしん
黒く塗ったら
　◇「てのひら怪談―ビーケーワン怪談大賞傑作選 辛卯」ポプラ社 2011（ポプラ文庫）p30
もんがまえ
　◇「てのひら怪談―ビーケーワン怪談大賞傑作選 2」ポプラ社 2007 p44
　◇「てのひら怪談―ビーケーワン怪談大賞傑作選 己丑」ポプラ社 2009（ポプラ文庫）p104

高 秀明　こう・しゅうめい
故郷（李箕永〔著〕）
　◇「近代朝鮮文学日本語作品集1901～1938 創作篇 5」緑蔭書房 2004 p7

高 信太郎　こう・しんたろう（1944〜）
グリーン殺人事件
　◇「山口雅也の本格ミステリ・アンソロジー」角川書店 2007（角川文庫）p173
《コーシン・ミステリイ》より
　◇「山口雅也の本格ミステリ・アンソロジー」角川書店 2007（角川文庫）p155
Zの悲劇
　◇「山口雅也の本格ミステリ・アンソロジー」角川書店 2007（角川文庫）p157
僧正殺人事件
　◇「山口雅也の本格ミステリ・アンソロジー」角川書店 2007（角川文庫）p165

黄 得時　こう・とくじ（1909〜1999）
お便り―二幕
　◇「日本統治期台湾文学集成 12」緑蔭書房 2003 p359
通事呉鳳―三幕
　◇「日本統治期台湾文学集成 11」緑蔭書房 2003 p121
通信簿
　◇「日本統治期台湾文学集成 23」緑蔭書房 2007 p418
模型飛行機（軍報道部提供）
　◇「日本統治期台湾文学集成 23」緑蔭書房 2007 p410

耕 治人　こう・はると（1906〜1988）
案内状
　◇「小説の家」新潮社 2016 p128
軍事法廷
　◇「闇市」皓星社 2015（紙礫）p21
この世に招かれてきた客
　◇「コレクション私小説の冒険 1」勉誠出版 2013 p227
料理
　◇「味覚小説名作集」光文社 2016（光文社文庫）

こう

黄 有才　こう・ゆうさい
凄惨譜
◇「日本統治期台湾文学集成 5」緑蔭書房 2002 p217

断崖の上――一幕
◇「日本統治期台湾文学集成 14」緑蔭書房 2003 p67

甲賀 三郎　こうが・さぶろう（1893〜1945）
愛の為めに
◇「幻の探偵雑誌 5」光文社 2001（光文社文庫）p245

嵐と砂金の因果率
◇「幻の探偵雑誌 2」光文社 2000（光文社文庫）p355

悪戯
◇「怪奇探偵小説集 2」角川春樹事務所 1998（ハルキ文庫）p27

急行十三時間
◇「探偵小説の風景―トラフィック・コレクション 上」光文社 2009（光文社文庫）p47

血液型殺人事件
◇「幻の探偵雑誌 1」光文社 2000（光文社文庫）p9

焦げた聖書
◇「古書ミステリー倶楽部―傑作推理小説集」光文社 2013（光文社文庫）p59

殺人迷路（連作探偵小説第十回）
◇「幻の探偵雑誌 8」光文社 2001（光文社文庫）p113

真珠塔の秘密
◇「幻の探偵雑誌 7」光文社 2001（光文社文庫）p9

惣太の受難
◇「罠の怪」勉誠出版 2002（べんせいライブラリー）p37

探偵小説十講
◇「幻の探偵雑誌 4」光文社 2001（光文社文庫）p397

ニッケルの文鎮
◇「人間心理の怪」勉誠出版 2003（べんせいライブラリー）p33
◇「江戸川乱歩と13人の新青年〈論理派〉編」光文社 2008（光文社文庫）p11

拾った和同開珍
◇「幻の名探偵―傑作アンソロジー」光文社 2013（光文社文庫）p7

四次元の断面
◇「君らの狂気で死を孕ませよ―新青年傑作選」角川書店 2000（角川文庫）p173

罠に掛った人
◇「幻の探偵雑誌 10」光文社 2002（光文社文庫）p13

紅玉 いづき　こうぎょく・いづき（1984〜）
青春離婚
◇「星海社カレンダー小説 2012下」星海社 2012（星海社FICTIONS）p153
◇「カレンダー・ラブ・ストーリー―読むと恋したくなる」星海社 2014（星海社文庫）p179

2Bの黒髪
◇「19（ナインティーン）」アスキー・メディアワークス 2010（メディアワークス文庫）p205

高古堂主人　こうこどうしゅじん
人形奇聞―高古堂主人『新説百物語』（須永朝彦〔訳〕）
◇「人形」国書刊行会 1997（書物の王国）p179

高齋 正　こうさい・ただし（1938〜）
ニュルブルクリングに陽は落ちて
◇「日本SF全集 2」出版芸術社 2010 p313
◇「70年代日本SFベスト集成 1」筑摩書房 2014（ちくま文庫）p317

神坂 次郎　こうさか・じろう（1927〜）
奥羽の鬼姫―伊達政宗の母
◇「東北戦国志―傑作時代小説」PHP研究所 2009（PHP文庫）p45

お馬は六百八十里
◇「江戸の漫遊力―時代小説傑作選」集英社 2008（集英社文庫）p9

おちょくり屋お紺
◇「市井図絵」新潮社 1997 p301
◇「紅葉谷から剣鬼が来る―時代小説傑作選」講談社 2002（講談社文庫）p341

おちょろ丸
◇「彩四季・江戸慕情」光文社 2012（光文社文庫）p319

影男
◇「誠の旗がゆく―新選組傑作選」集英社 2003（集英社文庫）p157

鴉屋敷の怪
◇「人情の往来―時代小説最前線」新潮社 1997（新潮文庫）p135

牛斬り加ト
◇「美女峠に星が流れる―時代小説傑作選」講談社 1999（講談社文庫）p7

金玉百助の来歴
◇「迷君に候」新潮社 2015（新潮文庫）p181

後光譚
◇「鬼火が呼んでいる―時代小説傑作選」講談社 1997（講談社文庫）p153

西郷暗殺の密使―西郷隆盛・大久保利通
◇「人物日本の歴史―時代小説版 幕末維新編」小学館 2004（小学館文庫）p225

最後の忍者
◇「神出鬼没！戦国忍者伝―傑作時代小説」PHP研究所 2009（PHP文庫）p91

さんずん
◇「七人の龍馬―傑作時代小説」PHP研究所 2010（PHP文庫）p177

白井亨
◇「人物日本剣豪伝 4」学陽書房 2001（人物文庫）p191

虱の唄―武林唯七

◇「我、本懐を遂げんとす―忠臣蔵傑作選」徳間書店 1998（徳間文庫）p231
鯛一枚
◇「大江戸万華鏡―美味小説傑作選」学研パブリッシング 2014（学研M文庫）p283
ちょんまげ伝記
◇「剣の意地恋の夢―時代小説傑作選」講談社 2000（講談社文庫）p171
掌のなかの顔
◇「怪奇・怪談傑作集」新人物往来社 1997 p201
女賊お紐の冒険
◇「女人」小学館 2007（小学館文庫）p293
猫之助行状
◇「代表作時代小説 平成12年度」光風社出版 2000 p65
ばてれん兜
◇「疾風怒濤！ 上杉戦記―傑作時代小説」PHP研究所 2008（PHP文庫）p195
花咲ける武士道
◇「江戸の爆笑力―時代小説傑作選」集英社 2004（集英社文庫）p71
◇「しのぶ雨江戸恋慕―新鷹会・傑作時代小説選」光文社 2016（光文社文庫）p311
花の頓狂島
◇「勝者の死にざま―時代小説選手権」新潮社 1998（新潮文庫）p131
秘伝
◇「武士道歳時記―新鷹会・傑作時代小説選」光文社 2008（光文社文庫）p377
兵庫頭の叛乱
◇「主命にござる」新潮社 2015（新潮文庫）p183
兵庫頭の叛乱―由井正雪
◇「人物日本の歴史―時代小説 江戸編 上」小学館 2004（小学館文庫）p167
豚とさむらい
◇「武士道残月抄」光文社 2011（光文社文庫）p389
鰤の音
◇「大江戸殿様列伝―傑作時代小説」双葉社 2006（双葉文庫）p77
臍あわせ太平記
◇「代表作時代小説 平成11年度」光風社出版 1999 p95
◇「愛染夢灯籠―時代小説傑作選」講談社 2005（講談社文庫）p115
仏の荷
◇「武士道切絵図―新鷹会・傑作時代小説選」光文社 2010（光文社文庫）p271
苗字騒動
◇「星明かり夢街道」光風社出版 2000（光風社文庫）p371
猛女記
◇「鍔鳴り疾風剣」光風社出版 2000（光風社文庫）p209

黄氏 鳳姿　こうし・ほうし
『七娘媽生（ちつにうまあしい）』
◇「〈外地〉の日本語文学選 1」新宿書房 1996 p116

黄氏 寶桃　こうし・ほうとう
感情
◇「日本統治期台湾文学集成 5」緑蔭書房 2002 p185
人生
◇「日本統治期台湾文学集成 5」緑蔭書房 2002 p161

抗子青年団　こうしせいねんだん
雨雲晴れて
◇「日本統治期台湾文学集成 10」緑蔭書房 2003 p138

麹町中学校第2学年英語劇実行委員会　こうじまちちゅうがっこうだいにがくねんえいげきじっこういいんかい
Gorsch the Cellist
◇「中学校たのしい劇脚本集―英語劇付 Ⅲ」国土社 2011 p218

紅旬 新　こうしゅん・しん
小説の感想屋
◇「ショートショートの花束 7」講談社 2015（講談社文庫）p108

高城 高　こうじょう・こう（1935～）
賭ける
◇「わが名はタフガイ―ハードボイルド傑作選」光文社 2006（光文社文庫）p9
汚い波紋
◇「冒険の森へ―傑作小説大全 6」集英社 2016 p57
ラ・クカラチャ
◇「江戸川乱歩と13の宝石」光文社 2007（光文社文庫）p167

荒城 美鉾　こうじょう・びほこ
父の指輪
◇「かわいい―第16回フェリシモ文学賞優秀作品集」フェリシモ 2013 p94

幸田 文　こうだ・あや（1904～1990）
浅間山からの手紙―父露伴のこと
◇「ちくま日本文学 5」筑摩書房 2007（ちくま文庫）p211
あしおと
◇「精選女性随筆集 1」文藝春秋 2012 p24
あとみよそわか
◇「精選女性随筆集 1」文藝春秋 2012 p30
あね
◇「ちくま日本文学 5」筑摩書房 2007（ちくま文庫）p313
いのち
◇「精選女性随筆集 1」文藝春秋 2012 p177
お客
◇「ちくま日本文学 5」筑摩書房 2007（ちくま文庫）p335
おくさま
◇「ちくま日本文学 5」筑摩書房 2007（ちくま文庫）p328

こうた

お産
- ◇「ちくま日本文学 5」筑摩書房 2007（ちくま文庫）p379

おねしょ
- ◇「ちくま日本文学 5」筑摩書房 2007（ちくま文庫）p339

おばあさん
- ◇「ちくま日本文学 5」筑摩書房 2007（ちくま文庫）p279

おふゆさんの鯖
- ◇「精選女性随筆集 1」文藝春秋 2012 p138

風の記憶
- ◇「精選女性随筆集 1」文藝春秋 2012 p141

かたな
- ◇「ちくま日本文学 5」筑摩書房 2007（ちくま文庫）p370

髪
- ◇「ちくま日本文学 5」筑摩書房 2007（ちくま文庫）p51

姦声
- ◇「ちくま日本文学 5」筑摩書房 2007（ちくま文庫）p26

きず
- ◇「ちくま日本文学 5」筑摩書房 2007（ちくま文庫）p412

金魚
- ◇「精選女性随筆集 1」文藝春秋 2012 p20
- ◇「精選女性随筆集 1」文藝春秋 2012 p147

崩れ（抄）
- ◇「日本文学全集 28」河出書房新社 2017 p67

黒い裾
- ◇「ちくま日本文学 5」筑摩書房 2007（ちくま文庫）p166
- ◇「私小説の生き方」アーツ・アンド・クラフツ 2009 p248
- ◇「日本近代短篇小説選 昭和篇3」岩波書店 2012（岩波文庫）p65

勲章
- ◇「ちくま日本文学 5」筑摩書房 2007（ちくま文庫）p9

結婚雑談
- ◇「ちくま日本文学 5」筑摩書房 2007（ちくま文庫）p218

堅固なるひと
- ◇「精選女性随筆集 1」文藝春秋 2012 p110

口上
- ◇「ちくま日本文学 5」筑摩書房 2007（ちくま文庫）p407

午後
- ◇「精選女性随筆集 1」文藝春秋 2012 p153

午前二時
- ◇「精選女性随筆集 1」文藝春秋 2012 p180

小猫
- ◇「にゃんそろじー」新潮社 2014（新潮文庫）p49

◇「ファイン／キュート素敵かわいい作品選」筑摩書房 2015（ちくま文庫）p88

このよがくもん
- ◇「精選女性随筆集 1」文藝春秋 2012 p53

最初の教育
- ◇「ちくま日本文学 5」筑摩書房 2007（ちくま文庫）p303

しこまれた動物（抄）
- ◇「読まずにいられぬ名短篇」筑摩書房 2014（ちくま文庫）p16

次女
- ◇「精選女性随筆集 1」文藝春秋 2012 p182

ジフテリヤ
- ◇「ちくま日本文学 5」筑摩書房 2007（ちくま文庫）p390

終焉
- ◇「精選女性随筆集 1」文藝春秋 2012 p97

週間日記
- ◇「精選女性随筆集 1」文藝春秋 2012 p228

酒客
- ◇「ちくま日本文学 5」筑摩書房 2007（ちくま文庫）p359

対談 樹木と語る楽しさ（幸田文, 山中寅文）
- ◇「ちくま日本文学 5」筑摩書房 2007（ちくま文庫）p443

知らない顔
- ◇「精選女性随筆集 1」文藝春秋 2012 p156

すがの
- ◇「精選女性随筆集 1」文藝春秋 2012 p119

杉
- ◇「精選女性随筆集 1」文藝春秋 2012 p211

捨てた男のよさ
- ◇「精選女性随筆集 1」文藝春秋 2012 p164

卒業
- ◇「ちくま日本文学 5」筑摩書房 2007（ちくま文庫）p440

啐啄
- ◇「短編 女性文学 近代 続」おうふう 2002 p163
- ◇「精選女性随筆集 1」文藝春秋 2012 p12

台所のおと
- ◇「文士の意地―車谷長吉撰短篇小説輯 下巻」作品社 2005 p19
- ◇「女がそれを食べるとき」幻冬舎 2013（幻冬舎文庫）p121

鷹
- ◇「ちくま日本文学 5」筑摩書房 2007（ちくま文庫）p383

たてまし
- ◇「ちくま日本文学 5」筑摩書房 2007（ちくま文庫）p347

段
- ◇「ちくま日本文学 5」筑摩書房 2007（ちくま文庫）p60

父の再婚

◇「ちくま日本文学 5」筑摩書房 2007（ちくま文庫）p321

でみず
◇「ちくま日本文学 5」筑摩書房 2007（ちくま文庫）p272

『動物のぞき』より
◇「読まずにいられぬ名短篇」筑摩書房 2014（ちくま文庫）p11

長い時のあと
◇「ちくま日本文学 5」筑摩書房 2007（ちくま文庫）p234

なのはな
◇「ちくま日本文学 5」筑摩書房 2007（ちくま文庫）p345

「なやんでいます」の答え
◇「精選女性随筆集 1」文藝春秋 2012 p234

二月の味
◇「精選女性随筆集 1」文藝春秋 2012 p161

二番г
◇「精選女性随筆集 1」文藝春秋 2012 p207

ぬすみぎき
◇「ちくま日本文学 5」筑摩書房 2007（ちくま文庫）p403

はじまり
◇「ちくま日本文学 5」筑摩書房 2007（ちくま文庫）p251

鳩
◇「ちくま日本文学 5」筑摩書房 2007（ちくま文庫）p139

花見さん
◇「ちくま日本文学 5」筑摩書房 2007（ちくま文庫）p396

はにかみ
◇「精選女性随筆集 1」文藝春秋 2012 p113

はは
◇「ちくま日本文学 5」筑摩書房 2007（ちくま文庫）p255

春の鶯
◇「精選女性随筆集 1」文藝春秋 2012 p78

雛
◇「戦後短篇小説再発見 4」講談社 2001（講談社文芸文庫）p40
◇「ちくま日本文学 5」筑摩書房 2007（ちくま文庫）p83

平ったい期間
◇「精選女性随筆集 1」文藝春秋 2012 p84

笛
◇「ちくま日本文学 5」筑摩書房 2007（ちくま文庫）p103

吹きながし
◇「精選女性随筆集 1」文藝春秋 2012 p185

ふじ
◇「精選女性随筆集 1」文藝春秋 2012 p58

二人の先生
◇「ちくま日本文学 5」筑摩書房 2007（ちくま文庫）p433

蜜柑の花まで
◇「ちくま日本文学 5」筑摩書房 2007（ちくま文庫）p202

水
◇「精選女性随筆集 1」文藝春秋 2012 p39

みそっかす
◇「ちくま日本文学 5」筑摩書房 2007（ちくま文庫）p251

無
◇「ちくま日本文学 5」筑摩書房 2007（ちくま文庫）p400

むしん
◇「精選女性随筆集 1」文藝春秋 2012 p132

申し子
◇「精選女性随筆集 1」文藝春秋 2012 p81

柳川さん
◇「ちくま日本文学 5」筑摩書房 2007（ちくま文庫）p354

ゆかた
◇「ちくま日本文学 5」筑摩書房 2007（ちくま文庫）p417

湯の洗礼
◇「ちくま日本文学 5」筑摩書房 2007（ちくま文庫）p361

リボン
◇「ちくま日本文学 5」筑摩書房 2007（ちくま文庫）p386

類人猿
◇「精選女性随筆集 1」文藝春秋 2012 p188

類人猿（抄）
◇「読まずにいられぬ名短篇」筑摩書房 2014（ちくま文庫）p13

幸田 青緑　こうだ・せいりょく

脚本 呉鳳の死（佐々成雄）
◇「日本統治期台湾文学集成 14」緑蔭書房 2003 p91
◇「日本統治期台湾文学集成 27」緑蔭書房 2007 p139

合田 とくを　ごうだ・とくお

松の花
◇「ハンセン病文学全集 8」皓星社 2006 p103

国府田 智　こうだ・とも

平凡な雨
◇「Magma 噴の巻」ソフト商品開発研究所 2016 p49

幸田 文鳥　こうだ・ぶんちょう

秘密兵器
◇「ショートショートの広場 18」講談社 2006（講談社文庫）p43

幸田 真音　こうだ・まいん（1951〜）

eの悲劇

こうた

幸田 裕子　こうだ・ゆうこ

壺の魚
- ◇「ショートショートの花束 4」講談社 2012（講談社文庫）p85

幸田 露伴　こうだ・ろはん（1867～1947）

あやしやな
- ◇「明治探偵冒険小説 4」筑摩書房 2005（ちくま文庫）p7
- ◇「文豪のミステリー小説」集英社 2008（集英社文庫）p177

いさなとり
- ◇「明治の文学 12」筑摩書房 2000 p3

一口剣
- ◇「短編名作選—1885-1924 小説の曙」笠間書院 2003 p47
- ◇「百年小説」ポプラ社 2008 p61

一国の首都（抄）
- ◇「明治の文学 12」筑摩書房 2000 p249

ウッチャリ拾ひ
- ◇「新編・日本幻想文学集成 2」国書刊行会 2016 p597

艶魔伝（風流魔・風流艶魔伝）
- ◇「新日本古典文学大系 明治編 22」岩波書店 2002 p317

折々草
- ◇「明治の文学 12」筑摩書房 2000 p363

怪談
- ◇「文豪怪談傑作選 幸田露伴集」筑摩書房 2010（ちくま文庫）p273

鶯鳥
- ◇「ちくま日本文学 23」筑摩書房 2008（ちくま文庫）p134

蒲生氏郷
- ◇「ちくま日本文学 23」筑摩書房 2008（ちくま文庫）p265

雁坂越
- ◇「ちくま日本文学 23」筑摩書房 2008（ちくま文庫）p49

観画談
- ◇「奇譚カーニバル」集英社 2000（集英社文庫）p75
- ◇「ちくま日本文学 23」筑摩書房 2008（ちくま文庫）p100
- ◇「文豪怪談傑作選 幸田露伴集」筑摩書房 2010（ちくま文庫）p39
- ◇「幻妖の水脈（みお）」筑摩書房 2013（ちくま文庫）p149

基調作品 ねじくり博士
- ◇「懐かしい未来—甦る明治・大正・昭和の未来小説」中央公論新社 2001 p15

金銀
- ◇「文豪てのひら怪談」ポプラ社 2009（ポプラ文庫）p208

金鵄鏡
- ◇「文豪怪談傑作選 幸田露伴集」筑摩書房 2010（ちくま文庫）p334

硯海水滸伝（けんかいすいこでん）
- ◇「新日本古典文学大系 明治編 22」岩波書店 2002 p289

幻談
- ◇「魂がふるえるとき」文藝春秋 2004（文春文庫）p189
- ◇「日本怪奇小説傑作集 2」東京創元社 2005（創元推理文庫）p181
- ◇「ちくま日本文学 23」筑摩書房 2008（ちくま文庫）p161
- ◇「文豪怪談傑作選 幸田露伴集」筑摩書房 2010（ちくま文庫）p9
- ◇「とっておきの話」筑摩書房 2011（ちくま文学の森）p47
- ◇「日本文学100年の名作 3」新潮社 2014（新潮文庫）p235

今昔物語と剣南詩藁
- ◇「文豪怪談傑作選 幸田露伴集」筑摩書房 2010（ちくま文庫）p328

鹹加減
- ◇「文人御馳走帖」新潮社 2014（新潮文庫）p41

支那に於ける霊的現象
- ◇「文豪怪談傑作選 幸田露伴集」筑摩書房 2010（ちくま文庫）p294

新浦島
- ◇「新日本古典文学大系 明治編 22」岩波書店 2002 p409
- ◇「文豪怪談傑作選 幸田露伴集」筑摩書房 2010（ちくま文庫）p169
- ◇「新編・日本幻想文学集成 2」国書刊行会 2016 p634

神仙道の一先人
- ◇「文豪怪談傑作選 幸田露伴集」筑摩書房 2010（ちくま文庫）p302
- ◇「新編・日本幻想文学集成 2」国書刊行会 2016 p677

それ鷹
- ◇「文豪怪談傑作選 幸田露伴集」筑摩書房 2010（ちくま文庫）p359

対髑髏
- ◇「文豪怪談傑作選 幸田露伴集」筑摩書房 2010（ちくま文庫）p67
- ◇「日本近代短篇小説選 明治篇1」岩波書店 2012（岩波文庫）p193

対髑髏（たいどくろ）（縁外縁）
- ◇「新日本古典文学大系 明治編 22」岩波書店 2002 p249

平将門
- ◇「史談」凱風社 2009（PD叢書）p73

太郎坊
- ◇「ちくま日本文学 23」筑摩書房 2008（ちくま文庫）p9

珍饌会
- ◇「美食」国書刊行会 1998（書物の王国）p51

露団々（つゆだんだん）

伝説の実相
◇「文豪怪談傑作選 幸田露伴集」筑摩書房 2010（ちくま文庫）p351

東方朔とマンモッス
◇「文豪怪談傑作選 幸田露伴集」筑摩書房 2010（ちくま文庫）p325

土偶木偶
◇「文豪怪談傑作選 幸田露伴集」筑摩書房 2010（ちくま文庫）p116
◇「新編・日本幻想文学集成 2」国書刊行会 2016 p603

毒朱唇（どくしゅしん）
◇「新日本古典文学大系 明治編 22」岩波書店 2002 p227

突貫紀行
◇「新日本古典文学大系 明治編 22」岩波書店 2002 p391
◇「文士の意地―車谷長吉撰短篇小説輯 上巻」作品社 2005 p23
◇「ちくま日本文学 23」筑摩書房 2008（ちくま文庫）p81

野道
◇「ちくま日本文学 23」筑摩書房 2008（ちくま文庫）p396

貧乏
◇「ちくま日本文学 23」筑摩書房 2008（ちくま文庫）p27
◇「忘れものの話」筑摩書房 2011（ちくま文学の森）p221

風流悟（ふうりゅうご）
◇「新日本古典文学大系 明治編 22」岩波書店 2002 p369

風流仏
◇「新日本古典文学大系 明治編 22」岩波書店 2002 p159

ふしぎ
◇「文豪怪談傑作選 幸田露伴集」筑摩書房 2010（ちくま文庫）p343

扶鸞之術
◇「文豪怪談傑作選 幸田露伴集」筑摩書房 2010（ちくま文庫）p365

蛇と女
◇「文豪怪談傑作選 幸田露伴集」筑摩書房 2010（ちくま文庫）p330

望樹記
◇「植物」国書刊行会 1998（書物の王国）p18
◇「ちくま日本文学 23」筑摩書房 2008（ちくま文庫）p406
◇「新編・日本幻想文学集成 2」国書刊行会 2016 p570

魔法修行者
◇「文豪怪談傑作選 幸田露伴集」筑摩書房 2010（ちくま文庫）p243

水の味
◇「文人御馳走帖」新潮社 2014（新潮文庫）p47

雪たゝき
◇「新編・日本幻想文学集成 2」国書刊行会 2016 p533

雪たたき
◇「ちくま日本文学 23」筑摩書房 2008（ちくま文庫）p197
◇「思いがけない話」筑摩書房 2010（ちくま文学の森）p453

遊行雑記
◇「山形県文学全集第2期（随筆・紀行編）1」郷土出版社 2005 p82

夢日記
◇「文豪怪談傑作選 幸田露伴集」筑摩書房 2010（ちくま文庫）p102

楊貴妃と香
◇「新編・日本幻想文学集成 2」国書刊行会 2016 p690

芳野山の仙女
◇「新編・日本幻想文学集成 2」国書刊行会 2016 p675

聊斎志異とシカゴエキザミナーと魔法
◇「文豪怪談傑作選 幸田露伴集」筑摩書房 2010（ちくま文庫）p323

香月 日輪　こうづき・ひのわ（1963～2014）
光る海
◇「キラキラデイズ」新潮社 2014（新潮文庫）p209

上月 文青　こうづき・ふみお（1959～）
続きの空
◇「さきがけ文学賞選集 4」秋田魁新報社 2016（さきがけ文庫）p5

高妻 秀樹　こうづま・ひでき（1955～）
赦免花
◇「さきがけ文学賞選集 2」秋田魁新報社 2014（さきがけ文庫）p5

幸徳 秋水　こうとく・しゅうすい（1871～1911）
まずは善人栄えて悪人滅ぶ。宣告の翌日≫堺利彦
◇「日本人の手紙 2」リブリオ出版 2004 p67

郷内 心瞳　ごうない・しんどう（1979～）
海火
◇「渚にて―あの日からの〈みちのく怪談〉」荒蝦夷 2016 p122

帰ろう
◇「渚にて―あの日からの〈みちのく怪談〉」荒蝦夷 2016 p111

来るよ！ 来るよ！
◇「渚にて―あの日からの〈みちのく怪談〉」荒蝦夷 2016 p99

さらば友よ
◇「渚にて―あの日からの〈みちのく怪談〉」荒蝦夷 2016 p95

水難の相

◇「渚にて―あの日からの〈みちのく怪談〉」荒蝦夷 2016 p84
空還り
◇「渚にて―あの日からの〈みちのく怪談〉」荒蝦夷 2016 p97
チェシャ
◇「渚にて―あの日からの〈みちのく怪談〉」荒蝦夷 2016 p103
中州
◇「渚にて―あの日からの〈みちのく怪談〉」荒蝦夷 2016 p119
引き寄せ
◇「渚にて―あの日からの〈みちのく怪談〉」荒蝦夷 2016 p101
見えざる壁
◇「渚にて―あの日からの〈みちのく怪談〉」荒蝦夷 2016 p91
龍
◇「渚にて―あの日からの〈みちのく怪談〉」荒蝦夷 2016 p83

河野 アサ　こうの・あさ
歩む
◇「扉の向こうへ」全作家協会 2014（全作家短編集）p326
黒い雨
◇「全作家短編小説集 11」全作家協会 2012 p108
午後のひととき
◇「全作家短編小説集 10」のべる出版 2011 p77
死者語入
◇「全作家短編小説集 9」全作家協会 2010 p147
塵とってチン
◇「全作家短編小説集 8」全作家協会 2009 p61
時のトンネル
◇「全作家短編小説集 7」全作家協会 2008 p74
三日月
◇「全作家短編小説集 12」全作家協会 2013 p172
約束の虹
◇「全作家短編小説集 6」全作家協会 2007 p225

高野 和己　こうの・かずき
はじまりの日
◇「ゆきのまち幻想文学賞小品集 10」企画集団ぶりずむ 2001 p83
ひの国の話
◇「ゆきのまち幻想文学賞小品集 13」企画集団ぶりずむ 2004 p67

紅野 謙介　こうの・けんすけ（1956～）
序―近代日本の〈戦争と文学〉
◇「コレクション戦争と文学 別巻」集英社 2013 p9
太平洋戦争前後の時代―戦中から占領期への連続と非連続
◇「コレクション戦争と文学 別巻」集英社 2013 p81

河野 多惠子　こうの・たえこ（1926～2015）
明くる日
◇「戦後短篇小説再発見 2」講談社 2001（講談社文芸文庫）p79
歌の声
◇「文学 2015」講談社 2015 p78
逆事
◇「文学 2012」講談社 2012 p21
朱験
◇「ただならぬ午睡―恋愛小説アンソロジー」光文社 2004（光文社文庫）p21
星辰
◇「文学 2005」講談社 2005 p144
その部屋
◇「文学 2010」講談社 2010 p54
鉄の魚
◇「コレクション戦争と文学 14」集英社 2012 p253
遠い夏
◇「コレクション戦争と文学 9」集英社 2012 p23
半所有者
◇「文学 2002」講談社 2002 p69
◇「現代小説クロニクル 2000～2004」講談社 2015（講談社文芸文庫）p88
◇「日本文学全集 28」河出書房新社 2017 p271
骨の肉
◇「愛の交錯」リブリオ出版 2001（ラブミーワールド）p5
◇「恋愛小説・名作集成 9」リブリオ出版 2004 p5
◇「幸せな哀しみの話」文藝春秋 2009（文春文庫）p193
◇「女がそれを食べるとき」幻冬舎 2013（幻冬舎文庫）p167
みち潮
◇「大阪文学名作選」講談社 2011（講談社文芸文庫）p59
雪
◇「誘惑―女流ミステリー傑作選」徳間書店 1999（徳間文庫）p113
◇「恐ろしき執念」リブリオ出版 2001（怪奇・ホラーワールド）p5
◇「恐怖の花」ランダムハウス講談社 2007 p61
幼児狩り
◇「日本文学100年の名作 5」新潮社 2015（新潮文庫）p393

河野 典生　こうの・てんせい（1935～2012）
男たちの夜
◇「男たちのら・ら・ば・い」徳間書店 1999（徳間文庫）p231
彼らの幻の街
◇「70年代日本SFベスト集成 2」筑摩書房 2014（ちくま文庫）p189
かわいい娘
◇「冒険の森へ―傑作小説大全 10」集英社 2016 p25
機関車、草原に

- ◇「日本SF全集 2」出版芸術社 2010 p343
- ◇「60年代日本SFベスト集成」筑摩書房 2013（ちくま文庫）p297
- ◇「たそがれゆく未来」筑摩書房 2016（ちくま文庫）p293

ゴウイング・マイ・ウェイ
- ◇「冒険の森へ―傑作小説大全 18」集英社 2016 p89

トリケラトプス
- ◇「恐竜文学大全」河出書房新社 1998（河出文庫）p264
- ◇「70年代日本SFベスト集成 4」筑摩書房 2015（ちくま文庫）p259

ニッポンカサドリ
- ◇「70年代日本SFベスト集成 3」筑摩書房 2015（ちくま文庫）p21

パストラル
- ◇「70年代日本SFベスト集成 1」筑摩書房 2014（ちくま文庫）p231

ルーツ
- ◇「贈る物語Wonder」光文社 2002 p138

鴻野 元希　こうの・もとき

ばあば新茶マラソンをとぶ
- ◇「『伊豆文学賞』優秀作品集 第16回」羽衣出版 2013 p5

河野 泰生　こうの・やすお

携帯人間関係
- ◇「ショートショートの花束 5」講談社 2013（講談社文庫）p196

徳の通帳
- ◇「ショートショートの花束 3」講談社 2011（講談社文庫）p131

河野 裕　こうの・ゆたか（1984～）

一生ぶんの一分間
- ◇「ブラックミステリーズ―12の黒い謎をめぐる219の質問」KADOKAWA 2015（角川文庫）p19

いつまでも赤
- ◇「ブラックミステリーズ―12の黒い謎をめぐる219の質問」KADOKAWA 2015（角川文庫）p131

渾身のジャンプ
- ◇「ブラックミステリーズ―12の黒い謎をめぐる219の質問」KADOKAWA 2015（角川文庫）p107

初対面
- ◇「ブラックミステリーズ―12の黒い謎をめぐる219の質問」KADOKAWA 2015（角川文庫）p275

満杯の絶望
- ◇「ブラックミステリーズ―12の黒い謎をめぐる219の質問」KADOKAWA 2015（角川文庫）p89

河野 與一　こうの・よいち（1896～1984）

正誤表の話
- ◇「誤植文学アンソロジー―校正者のいる風景」論創社 2015 p199

河野 慶彦　こうの・よしひこ

月光
- ◇「日本統治期台湾文学集成 23」緑蔭書房 2007 p359

年闌けて
- ◇「日本統治期台湾文学集成 4」緑蔭書房 2002 p171

流れ
- ◇「日本統治期台湾文学集成 6」緑蔭書房 2002 p361

羽搏き
- ◇「日本統治期台湾文学集成 23」緑蔭書房 2007 p103

扁柏の蔭
- ◇「日本統治期台湾文学集成 6」緑蔭書房 2002 p423

湯わかし
- ◇「日本統治期台湾文学集成 6」緑蔭書房 2002 p397

香箱　こうはこ

卵
- ◇「てのひら怪談 癸巳」KADOKAWA 2013（MF文庫ダ・ヴィンチ）p120

光明寺 祭人　こうみょうじ・さいと

漢字検定三級の女
- ◇「ショートショートの花束 7」講談社 2015（講談社文庫）p199

皇民奉公会台北州支部芸能指導部　こうみんほうこうかいたいほくしゅうしぶげいのうしどうぶ

序〔青年演劇脚本集 第二輯〕
- ◇「日本統治期台湾文学集成 12」緑蔭書房 2003 p231

青年演劇脚本集 第二輯
- ◇「日本統治期台湾文学集成 12」緑蔭書房 2003 p229

皇民奉公会台北州支部健全娯楽指導班　こうみんほうこうかいたいほくしゅうしぶけんぜんごらくしどうはん

青年演劇脚本集 第一輯
- ◇「日本統治期台湾文学集成 12」緑蔭書房 2003 p5

臺北州下における青年演劇挺身隊の根本理念に就て
- ◇「日本統治期台湾文学集成 12」緑蔭書房 2003 p217

皇民奉公会台北州支部生活部　こうみんほうこうかいたいほくしゅうしぶせいかつぶ

発刊のことば〔青年演劇脚本集 第一輯〕
- ◇「日本統治期台湾文学集成 12」緑蔭書房 2003 p11

港夜 和馬　こうや・かずま

上長の資質
- ◇「ショートショートの花束 7」講談社 2015（講談社文庫）p26

紅林 まるこ　こうりん・まるこ

ただ佇む
- ◇「てのひら怪談―ビーケーワン怪談大賞傑作選 壬辰」ポプラ社 2012（ポプラ文庫）p74

小枝 美月記　こえだ・あづき
　ヒマワリと落陽
　　◇「君に伝えたい―恋愛短篇小説集」泰文堂 2013（リンダブックス）p168

郡 順史　こおり・じゅんし（1922〜2015）
　奥田親子
　　◇「定本・忠臣蔵四十七人集」双葉社 1998 p65
　鬼の道
　　◇「剣侠しぐれ笠」光風社出版 1999（光風社文庫）p253
　春色自雷也異変
　　◇「捕物時代小説選集 1」春陽堂書店 1999（春陽文庫）p2
　二度目の花嫁
　　◇「捕物時代小説選集 8」春陽堂書店 2000（春陽文庫）p159
　忍法一代女
　　◇「忍法からくり伝奇」勉誠出版 2004 p39
　飛猿の女
　　◇「怪奇・伝奇時代小説選集 11」春陽堂書店 2000（春陽文庫）p146
　左利き
　　◇「江戸恋い明け烏」光風社出版 1999（光風社文庫）p223
　身代り切腹
　　◇「代表作時代小説 平成13年度」光風社出版 2001 p403
　妄執の雄叫び
　　◇「宮本武蔵伝奇」勉誠出版 2002（べんせいライブラリー）p123
　幽霊と寝た牢人
　　◇「怪奇・伝奇時代小説選集 1」春陽堂書店 1999（春陽文庫）p66

郡 虎彦　こおり・とらひこ（1890〜1924）
　鉄輪
　　◇「陰陽師伝奇大全」白泉社 2001 p275
　　◇「安倍晴明陰陽師伝奇文学集成」勉誠出版 2001 p45

郡山 千冬　こおりやま・ちふゆ（1910〜1977）
　全裸楽園事件
　　◇「シャーロック・ホームズの災難―日本版」論創社 2007 p211

古閑 章　こが・あきら
　吸金機械
　　◇「現代鹿児島小説大系 1」ジャプラン 2014 p245
　幻影の楯
　　◇「現代鹿児島小説大系 1」ジャプラン 2014 p257
　子供の日
　　◇「現代鹿児島小説大系 1」ジャプラン 2014 p220
　初秋
　　◇「現代鹿児島小説大系 1」ジャプラン 2014 p231
　灰色の世界
　　◇「現代鹿児島小説大系 1」ジャプラン 2014 p239
　蛇
　　◇「現代鹿児島小説大系 1」ジャプラン 2014 p208

古賀 純　こが・じゅん
　黒い雨
　　◇「かわさきの文学―かわさき文学賞50年記念作品集 2009年」審美社 2009 p267

古賀 準二　こが・じゅんじ
　あなた
　　◇「ショートショートの広場 16」講談社 2005（講談社文庫）p153
　生まれ変わり
　　◇「ショートショートの広場 10」講談社 2000（講談社文庫）p74
　縁起かつぎ
　　◇「ショートショートの広場 13」講談社 2002（講談社文庫）p62
　儀式
　　◇「ショートショートの広場 10」講談社 2000（講談社文庫）p202
　五番テーブルの男
　　◇「ショートショートの広場 14」講談社 2003（講談社文庫）p246
　再会
　　◇「ショートショートの広場 10」講談社 2000（講談社文庫）p228
　デートでデジャ・ヴュ
　　◇「ショートショートの広場 13」講談社 2002（講談社文庫）p249
　予想写真
　　◇「ショートショートの広場 8」講談社 1997（講談社文庫）p46
　リックの店
　　◇「ショートショートの広場 14」講談社 2003（講談社文庫）p212

古賀 千穂　こが・ちほ
　もういちどハッピーバースデイ
　　◇「小学校・全員参加の楽しい学級劇・学年劇脚本集 高学年」黎明書房 2007 p8

古賀 朝辰　こが・ちょうしん
　DNA
　　◇「ショートショートの広場 15」講談社 2004（講談社文庫）p182

古賀 宣子　こが・のりこ
　深川形櫛
　　◇「花と剣と侍―新鷹会・傑作時代小説選」光文社 2009（光文社文庫）p327
　密使
　　◇「代表作時代小説 平成17年度」光文社 2005 p405

古賀 牧彦　こが・まきひこ（1930〜）
　愛を忘れたカナリヤ
　　◇「ショートショートの広場 13」講談社 2002（講談社文庫）p28

愛の深さ
　◇「ショートショートの広場 10」講談社 2000（講談社文庫）p65
親心
　◇「ショートショートの広場 12」講談社 2001（講談社文庫）p114
額縁の中
　◇「ショートショートの広場 11」講談社 2000（講談社文庫）p11
彼女の付帯状況
　◇「ショートショートの広場 10」講談社 2000（講談社文庫）p139
幸せな病気
　◇「ショートショートの広場 12」講談社 2001（講談社文庫）p76
信じられない
　◇「ショートショートの広場 12」講談社 2001（講談社文庫）p149
死んでも離れない
　◇「ショートショートの広場 8」講談社 1997（講談社文庫）p40
出稼ぎ
　◇「ショートショートの広場 9」講談社 1998（講談社文庫）p61
藪の中の二人
　◇「ショートショートの広場 9」講談社 1998（講談社文庫）p96

小金井 喜美子　こがねい・きみこ（1871〜1956）
太鼓の音
　◇「青鞜小説集」講談社 2014（講談社文芸文庫）p48

古木 鐵太郎　こき・てつたろう（1899〜1954）
紅いノート
　◇「コレクション私小説の冒険 1」勉誠出版 2013 p43

黒衣　こくい
慈青
　◇「超短編の世界 vol.3」創英社 2011 p88
たぶん好感触
　◇「超短編の世界 vol.3」創英社 2011 p84

国語普及の栞刊行会　こくごふきゅうのしおりかんこうかい
夜明の歌
　◇「日本統治期台湾文学集成 10」緑蔭書房 2003 p5

黒冬　こくとう
宇宙からの返事
　◇「ショートショートの広場 17」講談社 2005（講談社文庫）p141
食ума風景
　◇「ショートショートの広場 17」講談社 2005（講談社文庫）p187

告鳥 友紀　こくとり・ゆき
うつる
　◇「てのひら怪談―ビーケーワン怪談大賞傑作選 庚寅」ポプラ社 2010（ポプラ文庫）p180
小バエ一匹
　◇「てのひら怪談―ビーケーワン怪談大賞傑作選 辛卯」ポプラ社 2011（ポプラ文庫）p126
過ぎゆくもの
　◇「てのひら怪談―ビーケーワン怪談大賞傑作選 壬辰」ポプラ社 2012（ポプラ文庫）p56
百足
　◇「てのひら怪談 癸巳」KADOKAWA 2013（MF文庫ダ・ヴィンチ）p86

国分 一太郎　こくぶん・いちたろう（1911〜1985）
ヒゲソリメイズン
　◇「山形県文学全集第2期（随筆・紀行編）2」郷土出版社 2005 p225
村の祭日
　◇「山形県文学全集第2期（随筆・紀行編）2」郷土出版社 2005 p210
養兎家・種付師・仲介人
　◇「山形県文学全集第2期（随筆・紀行編）2」郷土出版社 2005 p216
若い自画像（抄）
　◇「山形県文学全集第1期（小説編）2」郷土出版社 2004 p262

国分寺 實　こくぶんじ・みのる
連作小説 四等寝台（荘慶記／麓信仰／丘十府）
　◇「日本統治期台湾文学集成 21」緑蔭書房 2007 p21

國米 俊行　こくまい・としゆき
HERO
　◇「創作脚本集―60周年記念」岡山県高等学校演劇協議会 2011（おかやまの高校演劇）p171

国民精神総動員台中州支部　こくみんせいしんそうどういんたいちゅうしゅうしぶ
皇民化劇脚本集 軍夫の妻
　◇「日本統治期台湾文学集成 10」緑蔭書房 2003 p209

古倉 節子　こくら・せつこ
城にのぼる
　◇「全作家短編小説集 8」全作家協会 2009 p198
死のための哲学
　◇「扉の向こうへ」全作家協会 2014（全作家短編集）p101
天皇と星条旗と日の丸
　◇「全作家短編小説集 10」のべる出版 2011 p85
名ごりの夢
　◇「回転ドアから」全作家協会 2015（全作家短編集）p393
ひとり住まい
　◇「全作家短編小説集 7」全作家協会 2008 p85

祭りの日
◇「全作家短編小説集 9」全作家協会 2010 p76
満ち潮がくれば
◇「全作家短編小説集 6」全作家協会 2007 p201
ゆり子の日々
◇「全作家短編小説集 11」全作家協会 2012 p224

こころ 耕作　こころ・こうさく
残金ゼロ
◇「ショートショートの広場 13」講談社 2002（講談社文庫）p11
白刃
◇「ショートショートの広場 19」講談社 2007（講談社文庫）p47

古今亭 志ん生〔5代〕　ここんてい・しんしょう（1890〜1973）
探偵うどん
◇「麺'sミステリー倶楽部―傑作推理小説集」光文社 2012（光文社文庫）p9

小坂 久美子　こさか・くみこ
Eメール
◇「ショートショートの広場 15」講談社 2004（講談社文庫）p132
年頃
◇「ショートショートの広場 17」講談社 2005（講談社文庫）p115

小酒井 不木　こさかい・ふぼく（1890〜1929）
印象
◇「幻の探偵雑誌 10」光文社 2002（光文社文庫）p77
好色破邪顕正
◇「人間心理の怪」勉誠出版 2003（べんせいライブラリー）p67
屍を（江戸川乱歩）
◇「江戸川乱歩に愛をこめて」光文社 2011（光文社文庫）p133
死体蠟燭
◇「怪奇探偵小説集 1」角川春樹事務所 1998（ハルキ文庫）p85
◇「恐怖ミステリーBEST15―こんな幻の傑作が読みたかった！」シーエイチシー 2006 p27
人工心臓
◇「懐かしい未来―甦る明治・大正・昭和の未来小説」中央公論新社 2001 p163
新聞紙の包
◇「探偵小説の風景―トラフィック・コレクション 下」光文社 2009（光文社文庫）p341
段梯子の恐怖
◇「幻の探偵雑誌 2」光文社 2000（光文社文庫）p349
痴人の復讐
◇「ひとりで夜読むな―新青年傑作選 怪奇編」角川書店 2001（角川ホラー文庫）p167
◇「江戸川乱歩と13人の新青年〔論理派〕編」光文社 2008（光文社文庫）p221

◇「冒険の森へ―傑作小説大全 3」集英社 2016 p14
暴風雨の夜
◇「闇夜に怪を語れば―百物語ホラー傑作選」角川書店 2005（角川ホラー文庫）p47
毛髪フェチシズム
◇「黒髪に恨みは深く―髪の毛ホラー傑作選」角川書店 2006（角川ホラー文庫）p281
恋愛曲線
◇「魔の怪」勉誠出版 2002（べんせいライブラリー）p203
◇「恋は罪つくり―恋愛ミステリー傑作選」光文社 2005（光文社文庫）p9
錬金詐欺
◇「幻の探偵雑誌 5」光文社 2001（光文社文庫）p405

小崎 きよみ　こざき・きよみ
お弁当日記
◇「つながり―フェリシモしあわせショートショート」フェリシモ 1999 p169

小桜 ひなた　こざくら・ひなた
逆怨み
◇「てのひら怪談―ビーケーワン怪談大賞傑作選 辛卯」ポプラ社 2011（ポプラ文庫）p56

古沢 良太　こさわ・りょうた（1973〜）
ゴンゾウ〜伝説の刑事―第1話, 第4話, 第5話
◇「テレビドラマ代表作選集 2009年版」日本脚本家連盟 2009 p175

越 一人　こし・かずと（1931〜）
赤白根
◇「ハンセン病文学全集 7」皓星社 2004 p466
雨よ どしゃぶりに降れ
◇「ハンセン病文学全集 7」皓星社 2004 p329
うぐいす
◇「ハンセン病文学全集 7」皓星社 2004 p467
栗生望学園
◇「ハンセン病文学全集 7」皓星社 2004 p328
ゲート・ボール
◇「ハンセン病文学全集 7」皓星社 2004 p342
残光に向かって
◇「ハンセン病文学全集 7」皓星社 2004 p340
白い休息
◇「ハンセン病文学全集 7」皓星社 2004 p464
新年
◇「ハンセン病文学全集 7」皓星社 2004 p341
ストーブのまわりに
◇「ハンセン病文学全集 7」皓星社 2004 p465
一九七三年八月真昼中
◇「ハンセン病文学全集 7」皓星社 2004 p334
それは伝説ではないという
◇「ハンセン病文学全集 7」皓星社 2004 p330
小さな呼吸
◇「ハンセン病文学全集 7」皓星社 2004 p340

違い鷹羽
　◇「ハンセン病文学全集 7」皓星社 2004 p328
天気―風邪ひきの床から
　◇「ハンセン病文学全集 7」皓星社 2004 p337
棗の実
　◇「ハンセン病文学全集 7」皓星社 2004 p344
春
　◇「ハンセン病文学全集 7」皓星社 2004 p336
春の陽を浴びて
　◇「ハンセン病文学全集 7」皓星社 2004 p330
髭
　◇「ハンセン病文学全集 7」皓星社 2004 p331
病棟面会室にて
　◇「ハンセン病文学全集 7」皓星社 2004 p468
復活祭の日に
　◇「ハンセン病文学全集 7」皓星社 2004 p343
ふるさと・いま
　◇「ハンセン病文学全集 7」皓星社 2004 p343
某日断想
　◇「ハンセン病文学全集 7」皓星社 2004 p464
病んでいた夏
　◇「ハンセン病文学全集 7」皓星社 2004 p339
雪が消えたら
　◇「ハンセン病文学全集 7」皓星社 2004 p465
四十一歳某日
　◇「ハンセン病文学全集 7」皓星社 2004 p338
立春の朝
　◇「ハンセン病文学全集 7」皓星社 2004 p333

越谷 オサム　こしがや・おさむ（1971～）
観客席からの眺め
　◇「蝦蟇倉市事件 2」東京創元社 2010（東京創元社・ミステリ・フロンティア）p179
　◇「街角で謎が待っている」東京創元社 2014（創元推理文庫）p203
3コデ5ドル
　◇「最後の恋MEN'S―つまり、自分史上最高の恋。」新潮社 2012（新潮文庫）p63
ジャンピングニー
　◇「この部屋で君と」新潮社 2014（新潮文庫）p101
20センチ先には
　◇「「いじめ」をめぐる物語」朝日新聞出版 2015 p97
ブティックかずさ
　◇「明日町こんぺいとう商店街―招きうさぎと七軒の物語 3」ポプラ社 2016（ポプラ文庫）p49

越谷 友華　こしがや・ともか（1981～）
給食のじかん
　◇「5分で読める！ ひと駅ストーリー 食の話」宝島社 2015（宝島社文庫）p259
刑法第四五条
　◇「10分間ミステリー THE BEST」宝島社 2016（宝島社文庫）p149
二万パーセントの正論
　◇「5分で読める！ ひと駅ストーリー 本の物語」宝島社 2014（宝島社文庫）p249

越谷 蘭　こしがや・らん
幸せの場所
　◇「泣ける！ 北海道」泰文堂 2015（リンダパブリッシャーズの本）p121

越路 吹雪　こしじ・ふぶき（1924～1980）
鳥のようにお金が飛んでく。ロンドン、ローマ≫岩谷時子
　◇「日本人の手紙 7」リブリオ出版 2004 p128

小島 希子　こじま・きいこ
しもやけの神様
　◇「ゆきのまち幻想文学賞小品集 12」企画集団ぷりずむ 2003 p140

小島 健三　こじま・けんぞう
隠密奉行
　◇「捕物時代小説選集 5」春陽堂書店 2000（春陽文庫）p36
紅恋の鬼女
　◇「捕物時代小説選集 3」春陽堂書店 2000（春陽文庫）p242
蛇性の淫
　◇「怪奇・伝奇時代小説選集 14」春陽堂書店 2000（春陽文庫）p152
妖肌秘帖
　◇「捕物時代小説選集 5」春陽堂書店 2000（春陽文庫）p2

小島 小陸　こじま・こりく
一滴の嵐
　◇「太宰治賞 2001」筑摩書房 2001 p27

小島 二朔　こじま・じさく
紅楓累物語（いろもみじかさねものがたり）
　◇「日本舞踊舞踊劇選集」西川会 2002 p385

児島 宗子　こじま・そうじ（1920～）
句集 望郷
　◇「ハンセン病文学全集 9」皓星社 2010 p226

小島 泰介　こじま・たいすけ
移動警察官
　◇「日本統治期台湾文学集成 7」緑蔭書房 2002 p236
郊外地小景
　◇「日本統治期台湾文学集成 7」緑蔭書房 2002 p255
懸賞募集小説特選　西川満選　屍婚
　◇「日本統治期台湾文学集成 7」緑蔭書房 2002 p29
成敗―警察創生記の二
　◇「日本統治期台湾文学集成 7」緑蔭書房 2002 p302
密偵の涙―警察創生記の一
　◇「日本統治期台湾文学集成 7」緑蔭書房 2002 p294
目撃者―或る殉職事件に就いて
　◇「日本統治期台湾文学集成 8」緑蔭書房 2002 p167
山行かば

こしま

◇「日本統治期台湾文学集成 7」緑蔭書房 2002 p161
警察短篇 和睦
◇「日本統治期台湾文学集成 7」緑蔭書房 2002 p151

小嶋 敬行　こじま・たかゆき
流行作家
◇「ショートショートの広場 11」講談社 2000（講談社文庫）p53

小島 達矢　こじま・たつや
僕の夢
◇「ベスト本格ミステリ 2013」講談社 2013（講談社ノベルス）p169

小島 環　こじま・たまき
泣き娘
◇「時代小説ザ・ベスト 2016」集英社 2016（集英社文庫）p105

小島 信夫　こじま・のぶお（1915〜2006）
アメリカン・スクール
◇「文学で考える〈日本〉とは何か」双文社出版 2007 p90
◇「第三の新人名作選」講談社 2011（講談社文芸文庫）p162
◇「文学で考える〈日本〉とは何か」翰林書房 2016 p90

石遊び
◇「生の深みを覗く─ポケットアンソロジー」岩波書店 2010（岩波文庫別冊）p369

馬
◇「戦後短篇小説再発見 10」講談社 2002（講談社文芸文庫）p58

江藤淳著「作家論」
◇「創刊一〇〇年三田文学名作選」三田文学会 2010 p669

燕京大学部隊
◇「戦後占領期短篇小説コレクション 7」藤原書店 2007 p223

小銃
◇「コレクション戦争と文学 13」集英社 2011 p113
◇「日本近代短篇小説選 昭和篇3」岩波書店 2012（岩波文庫）p5

城壁
◇「コレクション戦争と文学 5」集英社 2011 p637

返照
◇「新装版 全集現代文学の発見 5」學藝書林 2003 p390

街
◇「戦後短篇小説選─『世界』1946-1999 4」岩波書店 2000 p33

小島 正樹　こじま・まさき
腕時計
◇「ミステリ★オールスターズ」角川書店 2010 p185
◇「ミステリ・オールスターズ」角川書店 2012（角川文庫）p217

密室からの逃亡者
◇「密室晩餐会」原書房 2011（ミステリー・リーグ）p101

小島 政二郎　こじま・まさじろう（1894〜1994）
江戸節おこん
◇「血汐花に涙降る」光風社出版 1999（光風社文庫）p223

君見ずや満眼の涙─赤垣源蔵
◇「忠臣蔵コレクション 3」河出書房新社 1998（河出文庫）p79

喉の筋肉
◇「創刊一〇〇年三田文学名作選」三田文学会 2010 p112

肘女房
◇「剣俠しぐれ笠」光風社出版 1999（光風社文庫）p137

間男料
◇「剣光闇を裂く」光風社出版 1997（光風社文庫）p261

小島 水青　こじま・みずお（1970〜）
怪しい部屋
◇「男たちの怪談百物語」メディアファクトリー 2012（〔幽〕BOOKS）p202

五つの生首
◇「男たちの怪談百物語」メディアファクトリー 2012（〔幽〕BOOKS）p220

浦和の馬頭観音
◇「男たちの怪談百物語」メディアファクトリー 2012（〔幽〕BOOKS）p242

禍福
◇「男たちの怪談百物語」メディアファクトリー 2012（〔幽〕BOOKS）p24

修学旅行
◇「男たちの怪談百物語」メディアファクトリー 2012（〔幽〕BOOKS）p116

心霊写真
◇「男たちの怪談百物語」メディアファクトリー 2012（〔幽〕BOOKS）p152

千葉のリゾートホテル
◇「男たちの怪談百物語」メディアファクトリー 2012（〔幽〕BOOKS）p66

火戸町上空の決戦
◇「怪獣文藝─パートカラー」メディアファクトリー 2013（〔幽〕BOOKS）p223

幽霊自動車
◇「男たちの怪談百物語」メディアファクトリー 2012（〔幽〕BOOKS）p252

児嶋 都　こじま・みやこ
ばけもの
◇「怪物團」光文社 2009（光文社文庫）p319

小島 モハ　こじま・もは
柿をとる人
◇「てのひら怪談─ビーケーワン怪談大賞傑作選 庚寅」ポプラ社 2010（ポプラ文庫）p24

ドイツ箱の八月
　◇「てのひら怪談―ビーケーワン怪談大賞傑作選 辛卯」ポプラ社 2011（ポプラ文庫）p24
遠くの星の青い花
　◇「てのひら怪談―ビーケーワン怪談大賞傑作選 壬辰」ポプラ社 2012（ポプラ文庫）p60

児嶋 和歌子　こじま・わかこ
鑪の炎は消えて
　◇「立川文学 2」けやき出版 2012 p155

越水 利江子　こしみず・りえこ（1952〜）
洗い屋おゆき
　◇「てのひら猫語り―書き下ろし時代小説集」白泉社 2014（白泉社招き猫文庫）p69
釣りぎつね
　◇「稲生モノノケ大全 陽之巻」毎日新聞社 2005 p101

五條 瑛　ごじょう・あきら
青き旗の元にて
　◇「事件現場に行こう―最新ベスト・ミステリー カレイドスコープ編」光文社 2001（カッパ・ノベルス）p71
偽りの季節
　◇「事件を追いかけろ―最新ベスト・ミステリー サプライズの花束編」光文社 2004（カッパ・ノベルス）p213
　◇「事件を追いかけろ サプライズの花束編」光文社 2009（光文社文庫）p277
神の影
　◇「翠迷宮―ミステリー・アンソロジー」祥伝社 2003（祥伝社文庫）p69
上陸
　◇「ザ・ベストミステリーズ―推理小説年鑑 2001」講談社 2001 p9
　◇「終日犯罪」講談社 2004（講談社文庫）p83
地底に咲く花
　◇「紅迷宮―ミステリー・アンソロジー」祥伝社 2002（祥伝社文庫）p57
　◇「ザ・ベストミステリーズ―推理小説年鑑 2002」講談社 2002 p269
　◇「零時の犯罪予報」講談社 2005（講談社文庫）p119

古城 珠江　こじょう・たまえ
忠勇の一滴を召せ
　◇「近代朝鮮文学日本語作品集1908〜1945 セレクション 6」緑蔭書房 2008 p234

小杉 敬吉　こすぎ・けいきち
ヒューマニズムの虚偽（2）「ある結婚」放映前後
　◇「ハンセン病文学全集 5」皓星社 2010 p369

小杉 健治　こすぎ・けんじ（1947〜）
逢引
　◇「捨て子稲荷―時代アンソロジー」祥伝社 1999（祥伝社文庫）p203

跡取り
　◇「欣喜の風」祥伝社 2016（祥伝社文庫）p79
ある放浪者の最期
　◇「日本ベストミステリー選集 24」光文社 1997（光文社文庫）p97
応援刑事
　◇「宝石ザミステリー Blue」光文社 2016 p171
隠し絵
　◇「さらに不安の闇へ―小説推理傑作選」双葉社 1998 p109
形見
　◇「死人に口無し―時代推理傑作選」徳間書店 2009（徳間文庫）p251
義弟の死
　◇「最新「珠玉推理」大全 上」光文社 1998（カッパ・ノベルス）p185
　◇「幻惑のラビリンス」光文社 2001（光文社文庫）p263
手話法廷
　◇「謎―スペシャル・ブレンド・ミステリー 001」講談社 2006（講談社文庫）p295
　◇「判決―法廷ミステリー傑作集」徳間書店 2010（徳間文庫）p63
退職刑事
　◇「宝石ザミステリー 3」光文社 2013 p473
償い
　◇「京都愛憎の旅―京都ミステリー傑作選」徳間書店 2002（徳間文庫）p169
遠い約束
　◇「不可思議な殺人―ミステリー・アンソロジー」祥伝社 2000（祥伝社文庫）p83
泥棒刑事
　◇「宝石ザミステリー 2」光文社 2012 p257
人情刑事
　◇「宝石ザミステリー 2014冬」光文社 2014 p111
はぐれ角兵衛獅子
　◇「夢を見にけり―時代小説招待席」廣済堂出版 2004 p49
八丁堀の刃
　◇「大江戸「町」物語」宝島社 2013（宝島社文庫）p5
原島弁護士の愛と悲しみ
　◇「文学賞受賞・名作集成 5」リブリオ出版 2004 p5
原島弁護士の処置
　◇「謎」文藝春秋 2004（推理作家になりたくて マイベストミステリー）p87
　◇「マイ・ベスト・ミステリー 6」文藝春秋 2007（文春文庫）p124
表彰刑事
　◇「宝石ザミステリー 2016」光文社 2015 p145
不倫刑事
　◇「宝石ザミステリー」光文社 2011 p187
暴力刑事
　◇「宝石ザミステリー 2014夏」光文社 2014 p119

こすき

骨まで愛した
◇「ザ・ベストミステリーズ―推理小説年鑑 1998」講談社 1998 p65
◇「殺人者」講談社 2000（講談社文庫）p295

三たびの女
◇「M列車（ミステリートレイン）で行こう」光文社 2001（カッパ・ノベルス）p123

迷宮刑事
◇「宝石ザミステリー Red」光文社 2016 p375

柳橋小話
◇「勝者の死にざま―時代小説選手権」新潮社 1998（新潮文庫）p557

小杉 みか　こすぎ・みか

夢現つ
◇「ゆきのまち幻想文学賞小品集 7」NTTメディアスコープ 1997 p172

小隅 黎　こずみ・れい（1926〜2010）

博物館にて
◇「宇宙塵傑作選―日本SFの軌跡 1」出版芸術社 1997 p37

湖西 隼　こせい・はやと

我輩はカモではない
◇「ショートショートの花束 6」講談社 2014（講談社文庫）p41

古銭 信二　こぜに・しんじ

白い死面
◇「白の怪」勉誠出版 2003（べんせいライブラリー）p91

猫じゃ猫じゃ
◇「謎のギャラリー特別室 3」マガジンハウス 1999 p155
◇「謎のギャラリー―謎の部屋」新潮社 2002（新潮文庫）p237
◇「謎の部屋」筑摩書房 2012（ちくま文庫）p237

小薗 彩香　こぞの・あやか

光―繋げたいモノ
◇「最新中学校創作脚本集 2011」晩成書房 2011 p24

小薗 誠　こぞの・まこと

ハッピーコール
◇「ショートショートの広場 8」講談社 1997（講談社文庫）p88

五代 夏夫　ごだい・なつお（1913〜2016）

那覇の木馬
◇「現代鹿児島小説大系 1」ジャプラン 2014 p6

五代 ゆう　ごだい・ゆう（1970〜）

阿弥陀仏よや、をいをい
◇「櫻憑き」光文社 2001（カッパ・ノベルス）p43

雨の聲
◇「時間怪談」廣濟堂出版 1999（廣濟堂文庫）p335

或るロマンセ
◇「帰還」光文社 2000（光文社文庫）p403

うす明かりの道
◇「アジアン怪綺」光文社 2003（光文社文庫）p303

淋しい夜の情景
◇「マスカレード」光文社 2002（光文社文庫）p221

常夜往く
◇「京都宵」光文社 2008（光文社文庫）p415

どっぺる・げんげる
◇「夢魔」光文社 2001（光文社文庫）p177

十環子姫の首
◇「十の恐怖」角川書店 1999 p97

遍歴譚（バラッド）
◇「俳優」廣濟堂出版 1999（廣濟堂文庫）p13

バルンガの日
◇「宇宙生物ゾーン」廣濟堂出版 2000（廣濟堂文庫）p377

パロの暗黒―第1回
◇「グイン・サーガ・ワールド―グイン・サーガ続篇プロジェクト 5」早川書房 2012（ハヤカワ文庫JA）p5

パロの暗黒―第2回
◇「グイン・サーガ・ワールド―グイン・サーガ続篇プロジェクト 6」早川書房 2012（ハヤカワ文庫JA）p5

パロの暗黒―第3回
◇「グイン・サーガ・ワールド―グイン・サーガ続篇プロジェクト 7」早川書房 2013（ハヤカワ文庫JA）p5

パロの暗黒―最終回
◇「グイン・サーガ・ワールド―グイン・サーガ続篇プロジェクト 8」早川書房 2013（ハヤカワ文庫JA）p5

バンパイヤーブロードキャスト49
◇「手塚治虫COVER タナトス篇」徳間書店 2003（徳間デュアル文庫）p7

To・o・ru
◇「グランドホテル」廣濟堂出版 1999（廣濟堂文庫）p115

古平 宏太　こだいら・こうた

嘘つきの僕と、嘘つきの祖母
◇「泣ける！北海道」泰文堂 2015（リンダパブリッシャーズの本）p7

小鷹 信光　こだか・のぶみつ（1936〜2015）

新・探偵物語―失われたブラック・ジャックの秘宝
◇「自選ショート・ミステリー」講談社 2001（講談社文庫）p256

ロス・カボスで天使とデート
◇「わが名はタフガイ―ハードボイルド傑作選」光文社 2006（光文社文庫）p393

小滝 ダイゴロウ　こたき・だいごろう

消えた十二月
◇「ゆきのまち幻想文学賞小品集 25」企画集団ぷりずむ 2015 p33

シュネームジーク

◇「ゆきのまち幻想文学賞小品集 18」企画集団ぷりずむ 2009 p16

小瀧 ひろさと　こたき・ひろさと
天使が雪にかわるまで
◇「ゆきのまち幻想文学賞小品集 13」企画集団ぷりずむ 2004 p188
ホワイト・テンポ
◇「ゆきのまち幻想文学賞小品集 17」企画集団ぷりずむ 2008 p96

小滝 光郎　こたき・みつろう（1933～）
墓地
◇「怪奇探偵小説集 3」角川春樹事務所 1998（ハルキ文庫）p281

木立 嶺　こだち・りょう
僕の遺構と彼女のご意向
◇「物語のルミナリエ」光文社 2011（光文社文庫）p137

小谷 真理　こたに・まり（1958～）
Xの女王
◇「ハンサムウーマン」ビレッジセンター出版局 1998 p139

児玉 花外　こだま・かがい（1874～1943）
英雄の碑
◇「大坂の陣―近代文学名作選」岩波書店 2016 p165
菜の花物語
◇「文豪怪談傑作選 特別編」筑摩書房 2007（ちくま文庫）p316

兒玉 健二　こだま・けんじ（1960～）
くちびる Network21
◇「新世紀犯罪博覧会―連作推理小説」光文社 2001（カッパ・ノベルス）p87
五匹の猫
◇「密室殺人大百科 上」原書房 2000 p245
新・煙突綺譚
◇「新世紀「謎」倶楽部」角川書店 1998 p369

児玉 佐智子　こだま・さちこ
ピラン・パテラ
◇「つながり―フェリシモしあわせショートショート」フェリシモ 1999 p342

兒玉 雄二　こだま・ゆうじ（1932～2014）
朝明け
◇「ハンセン病文学全集 7」皓星社 2004 p23
朝未来
◇「ハンセン病文学全集 7」皓星社 2004 p283
海
◇「ハンセン病文学全集 7」皓星社 2004 p270
鬼の顔
◇「ハンセン病文学全集 7」皓星社 2004 p21
顔痛む
◇「ハンセン病文学全集 7」皓星社 2004 p277
国はおかしたあやまちを謝罪せよ（2）今、問われていること―全患協へ一会員の提言
◇「ハンセン病文学全集 5」皓星社 2010 p450
サチ子
◇「ハンセン病文学全集 7」皓星社 2004 p272
猿と神様とぼく
◇「ハンセン病文学全集 7」皓星社 2004 p21
死ぬふりだけでやめとけや
◇「ハンセン病文学全集 7」皓星社 2004 p275
出発する
◇「ハンセン病文学全集 7」皓星社 2004 p267
病室
◇「ハンセン病文学全集 7」皓星社 2004 p22
◇「ハンセン病文学全集 7」皓星社 2004 p266
病床で
◇「ハンセン病文学全集 7」皓星社 2004 p265
ボクーライ園標本室
◇「ハンセン病文学全集 7」皓星社 2004 p274
ユメとボク
◇「ハンセン病文学全集 7」皓星社 2004 p280
夢の雪の中で
◇「ハンセン病文学全集 7」皓星社 2004 p285
夜はまだ明けぬ
◇「ハンセン病文学全集 7」皓星社 2004 p281
ライは長い旅だから
◇「ハンセン病文学全集 7」皓星社 2004 p265
◇「ハンセン病文学全集 7」皓星社 2004 p276

こっく
闇
◇「人は死んだら電柱になる―電柱アンソロジー」遠すぎる未来団 2014 p93

古丁　こてい（1914～1964）
新京開催を切望
◇「近代朝鮮文学日本語作品集1939～1945 評論・随筆篇 1」緑蔭書房 2002 p366

小手鞠 るい　こでまり・るい（1956～）
クリスマスローズ
◇「忘れない。―贈りものをめぐる十の話」メディアファクトリー 2007 p199
さようなら
◇「てのひらの恋」KADOKAWA 2014（角川文庫）p63
清明―4月5日ごろ
◇「君と過ごす季節―春から夏へ、12の暦物語」ポプラ社 2012（ポプラ文庫）p107
空飛ぶ魚
◇「短篇ベストコレクション―現代の小説 2006」徳間書店 2006（徳間文庫）p521
ページの角の折れた本
◇「本をめぐる物語―一冊の扉」KADOKAWA 2014（角川文庫）p89
星月夜
◇「恋のかたち、愛のいろ」徳間書店 2008 p25

ごとう

◇「恋のかたち、愛のいろ」徳間書店 2010（徳間文庫）p27

湖の聖人
◇「甘い記憶」新潮社 2008 p79
◇「甘い記憶」新潮社 2011（新潮文庫）p81

無人島
◇「恋のかけら」幻冬舎 2008 p123
◇「恋のかけら」幻冬舎 2012（幻冬舎文庫）p135

後藤 一朗　ごとう・いちろう
雪片
◇「ハンセン病文学全集 9」皓星社 2010 p213

後藤 嘉一　ごとう・かいち
沢の文化
◇「山形県文学全集第2期(随筆・紀行編) 6」郷土出版社 2005 p92

後藤 薫　ごとう・かおる
朱い実
◇「日本海文学大賞―大賞作品集 3」日本海文学大賞運営委員会 2007 p429

後藤 紀一　ごとう・きいち（1915～1990）
少年の橋
◇「山形県文学全集第1期(小説編) 2」郷土出版社 2004 p476

蕎麦屋あれこれ
◇「山形県文学全集第2期(随筆・紀行編) 4」郷土出版社 2005 p213

ママさん
◇「山形県文学全集第2期(随筆・紀行編) 4」郷土出版社 2005 p217

胡堂 くるみ　こどう・くるみ
僕はエリコじゃない
◇「ショートショートの広場 13」講談社 2002（講談社文庫）p226

後藤 耕　ごとう・こう
とりかえる
◇「妖(あやかし)がささやく」翠琥出版 2015 p121

後藤 幸次郎　ごとう・こうじろう
湖畔の死
◇「甦る推理雑誌 8」光文社 2003（光文社文庫）p185

後藤 真子　ごとう・しんこ
⇒真帆沁（まほ・しん）を見よ

後藤 利雄　ごとう・としお
蝦夷
◇「山形県文学全集第2期(随筆・紀行編) 5」郷土出版社 2005 p322

後藤 敏春　ごとう・としはる
とおい星
◇「現代作家代表作選集 1」鼎書房 2012 p33

後藤 紀子　ごとう・のりこ
恐怖時代の一事件
◇「新・本格推理 02」光文社 2002（光文社文庫）p95

後藤 房枝　ごとう・ふさえ
蕗童子
◇「ハンセン病文学全集 9」皓星社 2010 p235

後藤 みな子　ごとう・みなこ（1936～）
炭塵のふる町
◇「コレクション戦争と文学 19」集英社 2011 p495

五島 美代子　ごとう・みよこ（1898～1978）
短歌
◇「コレクション戦争と文学 14」集英社 2012 p96

ごとう みわこ
えひろい
◇「つながり―フェリシモしあわせショートショート」フェリシモ 1999 p8

後藤 みわこ　ごとう・みわこ（1961～）
バラの街の転校生
◇「キラキラデイズ」新潮社 2014（新潮文庫）p9

後藤 明生　ごとう・めいせい（1932～1999）
一通の長い母親の手紙
◇「コレクション戦争と文学 17」集英社 2012 p449

私的生活
◇「「内向の世代」初期作品アンソロジー」講談社 2016（講談社文芸文庫）p15

十七枚の写真
◇「現代小説クロニクル 1990～1994」講談社 2015（講談社文芸文庫）p113

しんとく問答
◇「戦後短篇小説再発見 6」講談社 2001（講談社文芸文庫）p240

古処 誠二　こどころ・せいじ（1970～）
九五年の衝動
◇「ザ・ベストミステリーズ―推理小説年鑑 2002」講談社 2002 p397
◇「トリック・ミュージアム」講談社 2005（講談社文庫）p305

糊塗
◇「コレクション戦争と文学 11」集英社 2012 p255
◇「永遠の夏―戦争小説集」実業之日本社 2015（実業之日本社文庫）p159

職業病
◇「ショートショートの広場 12」講談社 2001（講談社文庫）p161

たてがみ
◇「短篇ベストコレクション―現代の小説 2009」徳間書店 2009（徳間文庫）p437

水を飲まない捕虜
◇「短篇ベストコレクション―現代の小説 2014」徳間書店 2014（徳間文庫）p221

ワンテムシンシン

琴平 荘介 ことひら・そうすけ
氷上の歩行者
◇「本格推理 14」光文社 1999（光文社文庫）p311

小泊 フユキ こどまり・ふゆき
お弁当
◇「5分で読める！ ひと駅ストーリー 食の話」宝島社 2015（宝島社文庫）p299
ナポレオンの就職指南
◇「5分で読める！ ひと駅ストーリー 猫の物語」宝島社 2014（宝島社文庫）p269

小中 千昭 こなか・ちあき（1961〜）
藤洲升を覆う影
◇「クトゥルー怪異録―邪神ホラー傑作集」学習研究社 2000（学研M文庫）p19
希望的な怪物 Hopeful Monster
◇「進化論」光文社 2006（光文社文庫）p219
吸血魔の生誕
◇「伯爵の血族―紅ノ章」光文社 2007（光文社文庫）p33
共振周波数
◇「心霊理論」光文社 2007（光文社文庫）p35
恐怖率
◇「秘神界 歴史編」東京創元社 2002（創元推理文庫）p81
幻影怪獣 ジューニガイン登場―東京都「十二階幻想」
◇「日本怪獣侵略伝―ご当地怪獣異聞集」洋泉社 2015 p73
死角
◇「ひとにぎりの異形」光文社 2007（光文社文庫）p180
時化
◇「幽霊船」光文社 2001（光文社文庫）p91
事実に基づいて―Based On The True Events
◇「未来妖怪」光文社 2008（光文社文庫）p385
集団同一夢障害
◇「夢魔」光文社 2001（光文社文庫）p445
十九番目の聖痕
◇「妖女」光文社 2004（光文社文庫）p167
神佑
◇「GOD」廣済堂出版 1999（廣済堂文庫）p135
ストップ・モーション・マン
◇「キネマ・キネマ」光文社 2002（光文社文庫）p37
空を見上げよ
◇「物語のルミナリエ」光文社 2011（光文社文庫）p149
トウキョウ・デスワーム
◇「怪獣文藝の逆襲」KADOKAWA 2015（〔幽〕BOOKS）p233
猫娘夜話
◇「コレクション戦争と文学 9」集英社 2012 p303
獣人
◇「獣人」光文社 2003（光文社文庫）p69
白羊宮―共有される女王
◇「十二宮12幻想」エニックス 2000 p11
部屋で飼っている女
◇「屍者の行進」廣済堂出版 1998（廣済堂文庫）p67
未来の廃墟
◇「黒い遊園地」光文社 2004（光文社文庫）p97
メイクアップ
◇「俳優」廣済堂出版 1999（廣済堂文庫）p559
夜歩く子
◇「侵略！」廣済堂出版 1998（廣済堂文庫）p87
夜はいくつの目を持つ
◇「悪夢が嗤う瞬間」勁文社 1997（ケイブンシャ文庫）p176
0.03フレームの女
◇「時間怪談」廣済堂出版 1999（廣済堂文庫）p301
DEATH WISH
◇「オバケヤシキ」光文社 2005（光文社文庫）p147
You'd be so nice to come home to.
◇「帰還」光文社 2000（光文社文庫）p57

小長谷 建夫 こながや・たつお
前を歩く人―坦庵公との一日
◇「「伊豆文学賞」優秀作品集 第17回」羽衣出版 2014 p5

小西 保明 こにし・やすあき
赤い手袋
◇「ゆきのまち幻想文学賞小品集 16」企画集団ぷりずむ 2007 p136
栗の実おちた
◇「ゆきのまち幻想文学賞小品集 19」企画集団ぷりずむ 2010 p73
三本の弦
◇「ゆきのまち幻想文学賞小品集 18」企画集団ぷりずむ 2009 p134
雪の隠れ里
◇「ゆきのまち幻想文学賞小品集 22」企画集団ぷりずむ 2013 p154

小沼 純一 こぬま・じゅんいち（1959〜）
めいのレッスン
◇「ろうそくの炎がささやく言葉」勁草書房 2011 p123

近衛 文麿 このえ・ふみまろ（1891〜1945）
神の法廷において正義の判決が下されよう
◇「日本人の手紙 8」リブリオ出版 2004 p169

小橋 博 こはし・ひろし（1922〜2000）
地の虫―北賀市市太郎伝
◇「たそがれ江戸暮色」光文社 2014（光文社文庫）p249
落首
◇「夕まぐれ江戸小景」光文社 2015（光文社文庫）p301

小林 勇 こばやし・いさむ（1903〜1981）
なければなくても別にかまいません
　◇「かわさきの文学―かわさき文学賞50年記念作品集 2009年」審美社 2009 p283

小林 一茶 こばやし・いっさ（1763〜1827）
俳句
　◇「月のものがたり」ソフトバンククリエイティブ 2006 p138
　◇「胞子文学名作選」港の人 2013 p76

小林 井津志 こばやし・いつし
竹筏渡し
　◇「日本統治期台湾文学集成 4」緑蔭書房 2002 p387

小林 エリカ こばやし・えりか（1978〜）
「湖底」
　◇「十和田、奥入瀬 水と土地をめぐる旅」青幻舎 2013 p7

小林 修 こばやし・おさむ
換気扇
　◇「てのひら怪談―ビーケーワン怪談大賞傑作選」ポプラ社 2007 p110
　◇「てのひら怪談―ビーケーワン怪談大賞傑作選」ポプラ社 2008（ポプラ文庫）p114
気配
　◇「てのひら怪談―ビーケーワン怪談大賞傑作選 2」ポプラ社 2007 p64

小林 紀晴 こばやし・きせい（1968〜）
トムヤムクン
　◇「文学 2005」講談社 2005 p63
　◇「コレクション戦争と文学 4」集英社 2011 p111
未来から、降り注いだもの。
　◇「十年後のこと」河出書房新社 2016 p99

小林 久三 こばやし・きゅうぞう（1935〜2006）
暗黒告知
　◇「江戸川乱歩賞全集 9」講談社 2000（講談社文庫）p377
思うこと
　◇「かわさきの文学―かわさき文学賞50年記念作品集 2009年」審美社 2009 p264
紀尾井坂殺人事件―大久保利通
　◇「幕末テロリスト列伝」講談社 2004（講談社文庫）p251
受賞の言葉 受賞の言葉
　◇「江戸川乱歩賞全集 9」講談社 2000 p776
妻の秘密
　◇「自選ショート・ミステリー 2」講談社 2001（講談社文庫）p139
鉄道連絡船殺人事件
　◇「悪夢の最終列車―鉄道ミステリー傑作選」光文社 1997（光文社文庫）p225

小林 恭二 こばやし・きょうじ（1957〜）
医学博士
　◇「文豪てのひら怪談」ポプラ社 2009（ポプラ文庫）p78
大相撲の滅亡
　◇「恐竜文学大全」河出書房新社 1998（河出文庫）p123
首の信長
　◇「日本SF・名作集成 2」リブリオ出版 2005 p165
渋谷
　◇「街物語」朝日新聞社 2000 p226
遁世記
　◇「文学 2008」講談社 2008 p74
礫
　◇「戦後短篇小説再発見 16」講談社 2003（講談社文芸文庫）p197

小林 熊吉 こばやし・くまきち
とちの実
　◇「ハンセン病文学全集 8」皓星社 2006 p481

小林 栗奈 こばやし・くりな（1971〜）
最後の授業
　◇「ゆきのまち幻想文学賞小品集 25」企画集団ぷりずむ 2015 p42
春夏秋冬
　◇「ゆきのまち幻想文学賞小品集 25」企画集団ぷりずむ 2015 p14
スノードーム
　◇「ゆきのまち幻想文学賞小品集 20」企画集団ぷりずむ 2011 p61
春の伝言板
　◇「ゆきのまち幻想文学賞小品集 23」企画集団ぷりずむ 2014 p33
メロディ
　◇「ゆきのまち幻想文学賞小品集 22」企画集団ぷりずむ 2013 p164

小林 聖太郎 こばやし・しょうたろう（1971〜）
かぞくのひけつ（吉川菜美）
　◇「年鑑代表シナリオ集 '06」シナリオ作家協会 2008 p257

小林 清華 こばやし・せいか
すってんころりん溝の上
　◇「Sports stories」埼玉県さいたま市 2010（さいたま市スポーツ文学賞受賞作品集）p285

小林 節子 こばやし・せつこ
昼、ロッジ亭オムライス
　◇「お母さんのなみだ」泰文堂 2016（リンダパブリッシャーズの本）p140

小林 多喜二 こばやし・たきじ（1903〜1933）
監獄部屋
　◇「ことばの織物―昭和短篇珠玉選 2」蒼丘書林 1998 p15
救援ニュースNo.18.附録
　◇「この愛のゆくえ―ポケットアンソロジー」岩波書店 2011（岩波文庫別冊）p423
この愛で完全に瀧ちゃんを救ってみせる≫田

口タキ
  ◇「日本人の手紙 4」リブリオ出版 2004 p84
女工小唄—3
  ◇「アンソロジー・プロレタリア文学 2」森話社 2014 p361
一九二八年三月十五日
  ◇「新装版 全集現代文学の発見 3」學藝書林 2003 p61
瀧子其他
  ◇「読んでおきたい近代日本小説選」龍書房 2012 p309
党生活者
  ◇「新装版 全集現代文学の発見 3」學藝書林 2003 p215
母たち
  ◇「日本近代短篇小説選 昭和篇1」岩波書店 2012（岩波文庫）p161
人を殺す犬
  ◇「読んでおきたい近代日本小説選」龍書房 2012 p306
防雪林
  ◇「アンソロジー・プロレタリア文学 2」森話社 2014 p252
龍介と乞食
  ◇「アンソロジー・プロレタリア文学 1」森話社 2013 p10

小林 猛　こばやし・たけし
どう見える？
  ◇「ショートショートの広場 13」講談社 2002（講談社文庫）p31

小林 恒夫　こばやし・つねお
石—終わりのない話
  ◇「ショートショートの広場 10」講談社 2000（講談社文庫）p239

小林 剛　こばやし・つよし
一年の孤独
  ◇「ショートショートの広場 15」講談社 2004（講談社文庫）p177
確認の方法
  ◇「ショートショートの広場 16」講談社 2005（講談社文庫）p67
規則どおりに
  ◇「ショートショートの広場 17」講談社 2005（講談社文庫）p11
酢豚弁当
  ◇「ショートショートの広場 15」講談社 2004（講談社文庫）p92
テロと宇宙人
  ◇「ショートショートの広場 17」講談社 2005（講談社文庫）p107
読書サークル
  ◇「ショートショートの花束 1」講談社 2009（講談社文庫）p240
半額のコース
  ◇「ショートショートの広場 17」講談社 2005（講談社文庫）p52
やぎさん社会の郵便改革
  ◇「ショートショートの広場 17」講談社 2005（講談社文庫）p34
利口な猿
  ◇「ショートショートの広場 16」講談社 2005（講談社文庫）p144

小林 信彦　こばやし・のぶひこ（1932〜）
ババロアばあさん
  ◇「おいしい話—料理小説傑作選」徳間書店 2007（徳間文庫）p169
尾行
  ◇「少女物語」朝日新聞社 1998 p195

小林 秀雄　こばやし・ひでお（1902〜1983）
Xへの手紙
  ◇「文士の意地—車谷長吉撰短篇小説輯 上巻」作品社 2005 p375
蟹まんじゅう
  ◇「たんときれいに召し上がれ—美食文学精選」芸術新聞社 2015 p345
菊池寛—リアリストというもの
  ◇「文豪怪談傑作選 特別編」筑摩書房 2008（ちくま文庫）p345
偶像崇拝
  ◇「日本文学全集 27」河出書房新社 2017 p383
西行
  ◇「短編名作選—1925–1949 文士たちの時代」笠間書院 1999 p243
政治と文学
  ◇「新装版 全集現代文学の発見 4」學藝書林 2003 p468
戦争について
  ◇「コレクション戦争と文学 7」集英社 2011 p112
無常という事
  ◇「新装版 全集現代文学の発見 11」學藝書林 2004 p426

小林 仁美　こばやし・ひとみ
ひっそりとして、残酷な死
  ◇「甘美なる復讐」文藝春秋 1998（文春文庫）p7

小林 弘明　こばやし・ひろあき（1925〜1999）
ある父の死
  ◇「ハンセン病文学全集 7」皓星社 2004 p524
うん、そうだ
  ◇「ハンセン病文学全集 7」皓星社 2004 p487
お茶を飲むように呑む
  ◇「ハンセン病文学全集 7」皓星社 2004 p407
粥
  ◇「ハンセン病文学全集 7」皓星社 2004 p523
空ビンの並ぶ庭
  ◇「ハンセン病文学全集 7」皓星社 2004 p411
記念写真

寄付金と食欲
◇「ハンセン病文学全集 7」皓星社 2004 p408
残骨蒐集作業
◇「ハンセン病文学全集 7」皓星社 2004 p407
歯科室で
◇「ハンセン病文学全集 7」皓星社 2004 p198
弱視の目
◇「ハンセン病文学全集 7」皓星社 2004 p197
ズボンの話
◇「ハンセン病文学全集 7」皓星社 2004 p410
戦争の記憶（二）
◇「ハンセン病文学全集 7」皓星社 2004 p406
退屈しているだけだからいい
◇「ハンセン病文学全集 7」皓星社 2004 p200
闘牛士のように
◇「ハンセン病文学全集 7」皓星社 2004 p406
涙
◇「ハンセン病文学全集 7」皓星社 2004 p409
ねすがた
◇「ハンセン病文学全集 7」皓星社 2004 p488
病室で
◇「ハンセン病文学全集 7」皓星社 2004 p195
不思議な鳥
◇「ハンセン病文学全集 7」皓星社 2004 p196
ほれそれ
◇「ハンセン病文学全集 7」皓星社 2004 p197
元手
◇「ハンセン病文学全集 7」皓星社 2004 p521
闇の中の木立
◇「ハンセン病文学全集 7」皓星社 2004 p486
ライ
◇「ハンセン病文学全集 7」皓星社 2004 p195
リンゴの唄
◇「ハンセン病文学全集 7」皓星社 2004 p522
　
◇「ハンセン病文学全集 7」皓星社 2004 p521

小林 洋　こばやし・ひろし
新しい建設
◇「日本統治期台湾文学集成 4」緑蔭書房 2002 p139
喜劇 馬泥（うまどろ）――一幕
◇「日本統治期台湾文学集成 12」緑蔭書房 2003 p99
舞臺裏――一幕
◇「日本統治期台湾文学集成 14」緑蔭書房 2003 p357

小林 正親　こばやし・まさちか
Talkingdogdays
◇「140字の物語―Twitter小説集　twnovel」ディスカヴァー・トゥエンティワン 2009 p49

小林 勝　こばやし・まさる（1927〜1971）
架橋
◇「コレクション戦争と文学 1」集英社 2012 p477
軍用露語教程
◇「コレクション戦争と文学 15」集英社 2012 p60
フォード・一九二七年
◇「戦後短篇小説再発見 7」講談社 2001（講談社文芸文庫）p42
◇「コレクション戦争と文学 17」集英社 2012 p326

小林 円佳　こばやし・まどか
式根島の蛇は噛まない
◇「中学校劇作シリーズ 10」青雲書房 2006 p103

小林 麻里絵　こばやし・まりえ
ひとりじゃ何も
◇「ショートショートの広場 18」講談社 2006（講談社文庫）p48

小林 ミア　こばやし・みあ
極刑
◇「5分で読める！ ひと駅ストーリー 猫の物語」宝島社 2014（宝島社文庫）p99
西瓜
◇「5分で読める！ ひと駅ストーリー 夏の記憶西口編」宝島社 2013（宝島社文庫）p51
◇「5分で泣ける！ 胸がいっぱいになる物語」宝島社 2015（宝島社文庫）p199
卒業
◇「5分で読める！ ひと駅ストーリー 冬の記憶東口編」宝島社 2013（宝島社文庫）p21
四大義務
◇「5分で読める！ ひと駅ストーリー 食の話」宝島社 2015（宝島社文庫）p89

木林 森　こばやし・もり
超能力
◇「ショートショートの広場 8」講談社 1997（講談社文庫）p130

小林 泰三　こばやし・やすみ（1962〜）
あの日
◇「教室」光文社 2003（光文社文庫）p411
予め決定されている明日
◇「逃げゆく物語の話―ゼロ年代日本SFベスト集成F」東京創元社 2010（創元SF文庫）p365
家に棲むもの
◇「憑き者―全篇書下ろし傑作ホラーアンソロジー」アスキー 2000（A-novels）p229
海を見る人
◇「不思議の扉 ありえない恋」角川書店 2011（角川文庫）p121
◇「日本SF短篇50 4」早川書房 2013（ハヤカワ文庫JA）p275
ウルトラマンは神ではない
◇「多々良島ふたたび―ウルトラ怪獣アンソロジー」早川書房 2015（TSUBURAYA×HAYAKAWA UNIVERSE）p135
大きな森の小さな密室
◇「本格ミステリ 2005」講談社 2005（講談社ノベルス）p11
◇「大きな棺の小さな鍵―本格短編ベスト・セレクション」講談社 2009（講談社文庫）p11

◇「あなたが名探偵」東京創元社 2009（創元推理文庫）p99

影の国
◇「舌づけ—ホラー・アンソロジー」祥伝社 1998（ノン・ポシェット）p45

綺麗な子
◇「玩具館」光文社 2001（光文社文庫）p459

獣の記憶
◇「ザ・ベストミステリーズ—推理小説年鑑 1999」講談社 1999 p147
◇「密室＋アリバイ＝真犯人」講談社 2002（講談社文庫）p283

刻印
◇「蚊—コレクション」メディアワークス 2002（電撃文庫）p91

攫われて
◇「殺人鬼の放課後」角川書店 2002（角川文庫）p57
◇「青に捧げる悪夢」角川書店 2005 p91
◇「青に捧げる悪夢」角川書店 2013（角川文庫）p157

サロゲート・マザー—わたしは遺伝的に繋がりのないこの子たちを産む決心をした
◇「NOVA—書き下ろし日本SFコレクション 9」河出書房新社 2013（河出文庫）p161

時空争奪
◇「超弦領域—年刊日本SF傑作選」東京創元社 2009（創元SF文庫）p121

試作品三号
◇「未来妖怪」光文社 2008（光文社文庫）p243

C市
◇「秘神界 現代編」東京創元社 2002（創元推理文庫）p635

シミュレーション仮説
◇「SF宝石—ぜーんぶ！ 新作読み切り」光文社 2013 p299

ジャンク
◇「屍者の行進」廣済堂出版 1998（廣済堂文庫）p295

十番星
◇「十の恐怖」角川書店 1999 p213

逡巡の二十秒と悔恨の二十年
◇「二十の悪夢」KADOKAWA 2013（角川ホラー文庫）p5

ショゴス
◇「Fの肖像—フランケンシュタインの幻想たち」光文社 2010（光文社文庫）p469

朱雀の池
◇「京都宵」光文社 2008（光文社文庫）p211

草食の楽園
◇「SF JACK」角川書店 2013 p193
◇「SF JACK」KADOKAWA 2016（角川文庫）p119

タルトはいかが？
◇「血の12幻想」エニックス 2000 p29

兆

◇「ゆがんだ闇」角川書店 1998（角川ホラー文庫）p159

超限探偵Σ
◇「SFバカ本 天然パラダイス篇」メディアファクトリー 2001 p211

独裁者の掟
◇「少女の空間」徳間書店 2001（徳間デュアル文庫）p11

時計の中のレンズ
◇「現代の小説 1998」徳間書店 1998 p305

友達
◇「ゆきどまり—ホラー・アンソロジー」祥伝社 2000（祥伝社文庫）p271

脳喰い
◇「夢魔」光文社 2001（光文社文庫）p377

吹雪の朝
◇「毒殺協奏曲」原書房 2016 p251

忘却の侵略—冷静に観察すればわかることだ。姿なき侵略者の攻撃は始まっている
◇「NOVA—書き下ろし日本SFコレクション 1」河出書房新社 2009（河出文庫）p21

ホロ
◇「心霊理論」光文社 2007（光文社文庫）p473

マウンテンピーナッツ
◇「多々良島ふたたび—ウルトラ怪獣アンソロジー」早川書房 2015（TSUBURAYA×HAYAKAWA UNIVERSE）p89

百舌鳥魔先生のアトリエ
◇「逆想コンチェルト—イラスト先行・競作小説アンソロジー 奏の2」徳間書店 2010 p136

ロイス殺し
◇「密室と奇蹟—J.D.カー生誕百周年記念アンソロジー」東京創元社 2006 p159

路上に放置されたパン屑の研究
◇「本格ミステリー二〇〇九年本格短編ベスト・セレクション 09」講談社 2009（講談社ノベルス）p45
◇「空飛ぶモルグ街の研究—本格短編ベスト・セレクション」講談社 2013（講談社文庫）p59

SRP
◇「稲生モノノケ大全 陽之巻」毎日新聞社 2005 p137

小林 勇二　こばやし・ゆうじ
ON AIR
◇「the Ring—もっと怖い4つの話」角川書店 1998 p7

小林 雄次　こばやし・ゆうじ
うそ発見器
◇「ショートショートの広場 10」講談社 2000（講談社文庫）p155

大うそつき
◇「ショートショートの広場 10」講談社 2000（講談社文庫）p11

手話
◇「ショートショートの広場 11」講談社 2000（講

こはや

談社文庫）p132
だるまさんがころんだ
◇「ひとにぎりの異形」光文社 2007（光文社文庫）p350
デジャ・ヴ
◇「ショートショートの広場 11」講談社 2000（講談社文庫）p158
虫
◇「ショートショートの広場 16」講談社 2005（講談社文庫）p17

小林 由香　こばやし・ゆか（1976〜）
サイレン
◇「ザ・ベストミステリーズ―推理小説年鑑 2016」講談社 2016 p149

小林 ゆり　こばやし・ゆり
たゆたふ蠟燭
◇「太宰治賞 2003」筑摩書房 2003 p29

小林 洋子　こばやし・ようこ
出発のワイン
◇「たびだち―フェリシモしあわせショートショート」フェリシモ 2000 p129

小林 義彦　こばやし・よしひこ
雪蛙の宿で
◇「ゆきのまち幻想文学賞小品集 21」企画集団ぷりずむ 2012 p156

小林 禮子　こばやし・れいこ（1939〜1996）
私はあなたのなかに住みはじめている≫小林光一
◇「日本人の手紙 6」リブリオ出版 2004 p153

小原 猛　こはら・たけし（1968〜）
油すまし
◇「男たちの怪談百物語」メディアファクトリー 2012（〔幽BOOKS〕）p120
御嶽の祟り
◇「男たちの怪談百物語」メディアファクトリー 2012（〔幽BOOKS〕）p96
きっかけ
◇「男たちの怪談百物語」メディアファクトリー 2012（〔幽BOOKS〕）p204
告白
◇「男たちの怪談百物語」メディアファクトリー 2012（〔幽BOOKS〕）p72
臭談
◇「男たちの怪談百物語」メディアファクトリー 2012（〔幽BOOKS〕）p145
接待
◇「男たちの怪談百物語」メディアファクトリー 2012（〔幽BOOKS〕）p29
小さい人―1
◇「男たちの怪談百物語」メディアファクトリー 2012（〔幽BOOKS〕）p196
ぬりかべ

◇「男たちの怪談百物語」メディアファクトリー 2012（〔幽BOOKS〕）p228
百物語
◇「男たちの怪談百物語」メディアファクトリー 2012（〔幽BOOKS〕）p268
霊視
◇「男たちの怪談百物語」メディアファクトリー 2012（〔幽BOOKS〕）p244

小日向 台三　こひなた・たいぞう
してやられた男
◇「幻の探偵雑誌 8」光文社 2001（光文社文庫）p263

小檜山 博　こひやま・はく（1937〜）
光る女
◇「文学賞受賞・名作集成 2」リブリオ出版 2004 p137

小伏 史央　こぶせ・ふみお
そらは水槽
◇「人は死んだら電柱になる―電柱アンソロジー」遠すぎる未来団 2014 p302

小舟 勝二　こふね・かつじ
扉は語らず（又は二直線の延長に就て）
◇「幻の探偵雑誌 6」光文社 2001（光文社文庫）p71

古保 カオリ　こぼ・かおり
ギネス級
◇「ショートショートの花束 1」講談社 2009（講談社文庫）p56
クソオヤジ
◇「ショートショートの花束 1」講談社 2009（講談社文庫）p231
幽霊メモ
◇「ショートショートの花束 6」講談社 2014（講談社文庫）p23
NOW ON FAKE！
◇「ショートショートの花束 2」講談社 2010（講談社文庫）p132

小堀 甚二　こぼり・じんじ（1901〜1959）
耳の塩漬
◇「文豪てのひら怪談」ポプラ社 2009（ポプラ文庫）p80

小堀 文一　こぼり・ぶんいち
渡良瀬川啾啾
◇「現代作家代表作選集 6」鼎書房 2014 p57

狛江 四郎　こまえ・しろう
下忍始末記 海鳴り忍法
◇「忍法からくり伝奇」勉誠出版 2004 p173

駒崎 優　こまざき・ゆう
市場にて―バンダル・アード＝ケナード
◇「C・N 25―C・novels創刊25周年アンソロジー」中央公論新社 2007（C novels）p662

駒崎優インタビュー——翻訳シリーズ誕生前夜
◇「C・N 25—C・novels創刊25周年アンソロジー」中央公論新社 2007（C novels）p522

駒沢 直　こまざわ・なお
蟻
◇「てのひら怪談 癸巳」KADOKAWA 2013（MF文庫ダ・ヴィンチ）p88

風呂
◇「てのひら怪談—ビーケーワン怪談大賞傑作選 2」ポプラ社 p132
◇「てのひら怪談—ビーケーワン怪談大賞傑作選 己丑」ポプラ社 2009（ポプラ文庫）p84

もったいない
◇「てのひら怪談—ビーケーワン怪談大賞傑作選 辛卯」ポプラ社 2011（ポプラ文庫）p70

駒田 信二　こまだ・しんじ（1914〜1994）
女菩薩の穴
◇「剣光闇を裂く」光風社出版 1997（光風社文庫）p151

脱出
◇「コレクション戦争と文学 7」集英社 2011 p401

私の中国捕虜体験
◇「読み聞かせる戦争」光文社 2015 p143

小松 エメル　こまつ・えめる（1984〜）
かりそめの家
◇「となりのもののけさん—競作短篇集」ポプラ社 2014（ポプラ文庫ピュアフル）p55

消えた箱の謎
◇「猫とわたしの七日間—青春ミステリーアンソロジー」ポプラ社 2013（ポプラ文庫ピュアフル）p49

件の夢—シロの伊勢道中
◇「妙ちきりん—「読楽」時代小説アンソロジー」徳間書店 2016（徳間文庫）p5

宙色三景
◇「東京ホタル」ポプラ社 2013 p101
◇「東京ホタル」ポプラ社 2015（ポプラ文庫）p99

風来屋の猫
◇「宵越し猫語り—書き下ろし時代小説集」白泉社 2015（白泉社招き猫文庫）p5

与市と望月
◇「江戸猫ばなし」光文社 2014（光文社文庫）p97

頼越人
◇「代表作時代小説 平成26年度」光文社 2014 p303

小松 和彦　こまつ・かずひこ（1947〜）
鬼を操り、鬼となった人びと（内藤正敏）
◇「七人の安倍晴明」桜桃書房 1998 p223

鬼の時代—衰退から復権へ
◇「響き交わす鬼」小学館 2005（小学館文庫）p202

鬼の太鼓—雷神・龍神・翁のイメージから探る
◇「響き交わす鬼」小学館 2005（小学館文庫）p185

琵琶をめぐる怪異の物語
◇「琵琶綺談」日本出版社 2006 p7

魔境・京都（内藤正敏）
◇「鬼譚」筑摩書房 2014（ちくま文庫）p225

小松 左京　こまつ・さきょう（1931〜2011）
歩み去る
◇「日本SF・名作集成 6」リブリオ出版 2005 p191

偉大なる存在
◇「日本SF・名作集成 4」リブリオ出版 2005 p63

ヴォミーサ
◇「てのひらの宇宙—星雲賞短編SF傑作選」東京創元社 2013（創元SF文庫）p111
◇「70年代日本SFベスト集成 5」筑摩書房 2015（ちくま文庫）p433

牛の首
◇「物語の魔の物語—メタ怪談傑作選」徳間書店 2001（徳間文庫）p9
◇「幻妖の水脈（みお）」筑摩書房 2013（ちくま文庫）p591
◇「30の神品—ショートショート傑作選」扶桑社 2016（扶桑社文庫）p391

エスパイ
◇「冒険の森へ—傑作小説大全 4」集英社 2016 p393

大阪の穴
◇「大阪ラビリンス」新潮社 2014（新潮文庫）p103

大坂夢の陣
◇「決戦！ 大坂の陣」実業之日本社 2014（実業之日本社文庫）p433

お召し
◇「謎」文藝春秋 2004（推理作家になりたくて マイベストミステリー）p32
◇「マイ・ベスト・ミステリー 6」文藝春秋 2007（文春文庫）p43
◇「不思議の扉 午後の教室」角川書店 2011（角川文庫）p83

終りなき負債
◇「60年代日本SFベスト集成」筑摩書房 2013（ちくま文庫）p223

怪獣ウワキンの登場
◇「怪獣」国書刊行会 1998（書物の王国）p199

カマガサキ二〇一三年
◇「たそがれゆく未来」筑摩書房 2016（ちくま文庫）p83

逆臣蔵
◇「忠臣蔵コレクション 2」河出書房新社 1998（河出文庫）p131

くだんのはは
◇「血」三天書房 2000（傑作短篇シリーズ）p77
◇「幻想小説大全」北宋社 2002 p191
◇「日本怪奇小説傑作集 3」東京創元社 2005（創元推理文庫）p47
◇「異形の白昼—恐怖小説集」筑摩書房 2013（ちくま文庫）p29
◇「日本文学100年の名作 6」新潮社 2015（新潮文庫）p249

劇場

こまつ

結晶星団
◇「魔術師」角川書店 2001（角川ホラー文庫）p291
◇「70年代日本SFベスト集成 2」筑摩書房 2014（ちくま文庫）p357

高層都市の崩壊
◇「塔の物語」角川書店 2000（角川ホラー文庫）p261

御先祖様万歳
◇「新装版 全集現代文学の発見 16」學藝書林 2005 p380

ゴルディアスの結び目
◇「日本SF短篇50 2」早川書房 2013（ハヤカワ文庫JA）p169
◇「冒険の森へ—傑作小説大全 5」集英社 2015 p160

失敗
◇「京都府文学全集第1期（小説編）4」郷土出版社 2005 p197

召集令状
◇「戦争小説短篇名作選」講談社 2015（講談社文芸文庫）p27
◇「あしたは戦争」筑摩書房 2016（ちくま文庫）p7

新都市建設
◇「綾辻行人と有栖川有栖のミステリ・ジョッキー 2」講談社 2009 p179

戦争はなかった
◇「永遠の夏—戦争小説集」実業之日本社 2015（実業之日本社文庫）p575
◇「暴走する正義」筑摩書房 2016（ちくま文庫）p79

タイム・ジャック
◇「70年代日本SFベスト集成 3」筑摩書房 2015（ちくま文庫）p253

地には平和を
◇「宇宙塵傑作選—日本SFの軌跡 2」出版芸術社 1997 p157

時の顔
◇「日本SF全集 1」出版芸術社 2009 p31

長い部屋
◇「謎—スペシャル・ブレンド・ミステリー 005」講談社 2010（講談社文庫）p341

日本漂流
◇「怪獣文学大全」河出書房新社 1998（河出文庫）p294
◇「魍魎魑魅列島」小学館 2005（小学館文庫）p289

人魚姫の昇天
◇「人魚の血—珠玉アンソロジー オリジナル&スタンダード」光文社 2001（カッパ・ノベルス）p351

沼
◇「冒険の森へ—傑作小説大全 16」集英社 2015 p22

猫の首
◇「猫は神さまの贈り物 小説編」有楽出版社 2014 p115

上る
◇「ショートショートの缶詰」キノブックス 2016 p65

花のこころ
◇「植物」国書刊行会 1998（書物の王国）p66

春の軍隊
◇「コレクション戦争と文学 5」集英社 2011 p183

比丘尼の死
◇「剣鬼らの饗宴」光風社出版 1998（光風社文庫）p309

秘密
◇「人肉嗜食」筑摩書房 2001（ちくま文庫）p63

哲学者の小径（フィロソフィアーズ・レーン）
◇「冒険の森へ—傑作小説大全 8」集英社 2015 p80

返還
◇「日本SF・名作集成 9」リブリオ出版 2005 p71

保護鳥
◇「70年代日本SFベスト集成 1」筑摩書房 2014（ちくま文庫）p81

骨
◇「妖魔ヶ刻—時間怪談傑作選」徳間書店 2000（徳間文庫）p91

むかしばなし
◇「名短篇、ここにあり」筑摩書房 2008（ちくま文庫）p75

女狐
◇「陰陽師伝奇大全」白泉社 2001 p143
◇「安倍晴明陰陽師伝奇文学集成」勉誠出版 2001 p111

闇の中の子供
◇「謎—スペシャル・ブレンド・ミステリー 002」講談社 2007（講談社文庫）p95

幽霊
◇「文豪てのひら怪談」ポプラ社 2009（ポプラ文庫）p44

夜が明けたら
◇「70年代日本SFベスト集成 4」筑摩書房 2015（ちくま文庫）p11

小松 重男　こまつ・しげお（1931〜2017）

一生不犯異聞
◇「歴史の息吹」新潮社 1997 p45
◇「時代小説—読切御免 1」新潮社 2004（新潮文庫）p75

鎌いたち
◇「花ごよみ夢一夜」光風社出版 2001（光風社文庫）p95

蝶の縁側
◇「人物日本の歴史—時代小説 江戸編 下」小学館 2004（小学館文庫）p141

桜田御用屋敷
◇「迷君に候」新潮社 2015（新潮文庫）p153

千両蜜柑異聞
◇「万事金の世—時代小説傑作選」徳間書店 2006（徳間文庫）p137

蚤とり侍
◇「江戸の爆笑力—時代小説傑作選」集英社 2004（集英社文庫）p117

野良猫侍

◇「大江戸猫三昧―時代小説傑作選」徳間書店 2004（徳間文庫）p255

ぺつぽつしましょう
◇「逢魔への誘い」徳間書店 2000（徳間文庫）p89

間男三昧
◇「剣が舞い落花が舞い―時代小説傑作選」講談社 1998（講談社文庫）p115
◇「逆転―時代アンソロジー」祥伝社 2000（祥伝社文庫）p181
◇「江戸夢日和」学習研究社 2004（学研M文庫）p235

よがり泣き
◇「代表作時代小説 平成14年度」光風社出版 2002 p223

小松 立人　こまつ・たちうど
キャンプでの出来事
◇「本格推理 11」光文社 1997（光文社文庫）p195

小松 知佳　こまつ・ちか
おかめ顔
◇「母のなみだ・ひまわり―愛しき家族を想う短篇小説集」泰文堂 2013（リンダブックス）p151

お好み焼きのプライド
◇「あなたが生まれた日―家族の愛が温かな10の感動ストーリー」泰文堂 2013（リンダブックス）p9

戦略会議
◇「失恋前夜―大人のための恋愛短篇集」泰文堂 2013（レインブックス）p109

東京の背骨
◇「センチメンタル急行―あの日へ帰る、旅情短篇集」泰文堂 2010（Linda books！）p170
◇「涙がこぼれないように―さよならが胸を打つ10の物語」泰文堂 2014（リンダブックス）p204

二十歳の誕生日
◇「母のなみだ―愛しき家族を想う短篇小説集」泰文堂 2012（Linda books！）p115

パン屋のケーキ
◇「うちへ帰ろう―家族を想うあなたに贈る短篇小説」泰文堂 2013（リンダブックス）p131

みんなのうそ
◇「恋は、しばらくお休みです。―恋愛短篇小説集」泰文堂 2013（レインブックス）p71

小松 均　こまつ・ひとし
おのれの子（抄）
◇「山形県文学全集第2期（随筆・紀行編）2」郷土出版社 2005 p199

小松 広和　こまつ・ひろかず
プリンセス願望
◇「ショートショートの広場 18」講談社 2006（講談社文庫）p69

小松 光宏　こまつ・みつひろ
すべて売り物
◇「甘美なる復讐」文藝春秋 1998（文春文庫）p161

小松 與志子　こまつ・よしこ
カーン
◇「テレビドラマ代表作選集 2004年版」日本脚本家連盟 2004 p277

奇跡の星
◇「テレビドラマ代表作選集 2005年版」日本脚本家連盟 2005 p269

五味 康祐　ごみ・やすすけ（1921～1980）
葵の風―平家
◇「人物日本の歴史―時代小説 古代中世編」小学館 2004（小学館文庫）p161

雨の日の二筒
◇「牌がささやく―麻雀小説傑作選」徳間書店 2002（徳間文庫）p81

居斬り
◇「血しぶき街道」光風社出版 1998（光風社文庫）p319

一刀斎は背番号6
◇「時よとまれ、君は美しい―スポーツ小説名作集」角川書店 2007（角川文庫）p275

一刀正伝無刀流 山岡鉄舟「山岡鉄舟」
◇「幕末の剣鬼たち―時代小説傑作選」コスミック出版 2009（コスミック・時代文庫）p371

火術師
◇「職人気質」小学館 2007（小学館文庫）p51
◇「江戸しのび雨」学研パブリッシング 2012（学研M文庫）p89
◇「がんこ長屋」新潮社 2013（新潮文庫）p79

国戸田左衛門の切腹
◇「武士の本懐―武士道小説傑作選」ベストセラーズ 2004（ベスト時代文庫）p99

軍師哭く
◇「東北戦国志―傑作時代小説」PHP研究所 2009（PHP文庫）p157

桜を斬る
◇「秘剣舞う―剣豪小説の世界」学習研究社 2002（学研M文庫）p5
◇「人生を変えた時代小説傑作選」文藝春秋 2010（文春文庫）p87

殺人鬼
◇「柳生一族―剣豪列伝」廣済堂出版 1998（廣済堂文庫）p59
◇「柳生の剣、八番勝負」廣済堂出版 2009（廣済堂文庫）p57

鞘師
◇「秘剣闇を斬る」光風社出版 1998（光風社文庫）p277

猿飛佐助の死
◇「信州歴史時代小説傑作集 3」しなのき書房 2007 p269
◇「神出鬼没！ 戦国忍者伝―傑作時代小説」PHP研究所 2009（PHP文庫）p7
◇「真田幸村―小説集」作品社 2015 p217

汐の涙
◇「浜町河岸夕化粧」光風社出版 1998（光風社文

庫）p127

十兵衛と大膳
◇「明暗廻り灯籠」光風社出版 1998（光風社文庫）p349

刺客
◇「幕末剣豪人斬り異聞 佐幕篇」アスキー 1997（Aspect novels）p123
◇「龍馬と志士たち―時代小説傑作選」コスミック出版 2009（コスミック・時代文庫）p193

先意流「浦波」
◇「娘秘剣」徳間書店 2011（徳間文庫）p97

喪神
◇「歴史小説の世紀 地の巻」新潮社 2000（新潮文庫）p169
◇「新装版 全集現代文学の発見 16」學藝書林 2005 p300
◇「賭けと人生」筑摩書房 2011（ちくま文学の森）p485
◇「日本文学100年の名作 4」新潮社 2014（新潮文庫）p433

男色・宮本武蔵
◇「宮本武蔵―剣豪列伝」廣済堂出版 1997（廣済堂文庫）p265

妻よ許せ
◇「躍る影法師」光風社出版 1997（光風社文庫）p265

婆じゃとて
◇「八百八町春爛漫」光風社出版 1998（光風社文庫）p157

秘剣
◇「幻の剣鬼七番勝負―傑作時代小説」PHP研究所 2008（PHP文庫）p7

秘し刀霞落し
◇「七人の十兵衛―傑作時代小説」PHP研究所 2007（PHP文庫）p41

堀主水と宗矩
◇「小説「武士道」」三笠書房 2008（知的生きかた文庫）p115

無刀取り
◇「風の中の剣士」光風社出版 1998（光風社文庫）p119

柳生連也斎
◇「冒険の森へ―傑作小説大全 2」集英社 2016 p95

五味川 純平　ごみかわ・じゅんぺい（1916～1995）

不帰の暦
◇「コレクション戦争と文学 7」集英社 2011 p634

こみき

エイプリルフール
◇「ゆれる―第12回フェリシモ文学賞作品集」フェリシモ 2009 p106

小道 尋佳　こみち・ひろよし

夏の庭
◇「中学校創作脚本集 3」晩成書房 2008 p7

小南 堂居　こみなみ・どうきょ

捜査実話 万久殺し
◇「日本統治期台湾文学集成 9」緑蔭書房 2002 p335

小南カーティス 昌代　こみなみかーてぃす・まさよ

雪ネコ
◇「ゆきのまち幻想文学賞小品集 24」企画集団ぷりずむ 2015 p101

小峯 淳　こみね・じゅん

大学半年生
◇「太宰治賞 2009」筑摩書房 2009 p183

小峰 元　こみね・はじめ（1921～1994）

アルキメデスは手を汚さない
◇「江戸川乱歩賞全集 9」講談社 2000（講談社文庫）p7

受賞の言葉 受賞の言葉
◇「江戸川乱歩賞全集 9」講談社 2000 p362

込宮 明日太　こみや・あすた

備えあれば
◇「ショートショートの花束 5」講談社 2013（講談社文庫）p114

こみや かずお

痛み
◇「ショートショートの広場 14」講談社 2003（講談社文庫）p215

異物混入
◇「ショートショートの広場 15」講談社 2004（講談社文庫）p145

願い
◇「ショートショートの広場 11」講談社 2000（講談社文庫）p38

ヨーグルト
◇「ショートショートの広場 11」講談社 2000（講談社文庫）p22

小宮 民子　こみや・たみこ

おせち料理ンピック
◇「小学校・全員参加の楽しい学級劇・学年劇脚本集 中学年」黎明書房 2006 p176

古宮 昇　こみや・のぼる

自分を取りもどす道
◇「12人のカウンセラーが語る12の物語」ミネルヴァ書房 2010 p167

小宮 英嗣　こみや・ひでつぐ

賢者セント・メーテルの敗北
◇「新・本格推理 8」光文社 2008（光文社文庫）p469

小見山 和夫　こみやま・かずお

小見山和夫歌文集
◇「ハンセン病文学全集 8」皓星社 2006 p255

古村 智　こむら・さとし
年賀状
　◇「ゆきのまち幻想文学賞小品集 13」企画集団ぷりずむ 2004 p133

小村 雪岱　こむら・せったい（1887〜1940）
泉鏡花先生のこと
　◇「芸術家」国書刊行会 1998（書物の王国）p181

小村 義夫　こむら・よしお
午後の凝視
　◇「ハンセン病文学全集 7」皓星社 2004 p193
白い行間をみつめて
　◇「ハンセン病文学全集 7」皓星社 2004 p194
花を活ける女
　◇「ハンセン病文学全集 7」皓星社 2004 p193

小室 屈山　こむろ・くつざん（1858〜1908）
外交の歌
　◇「新日本古典文学大系 明治編 12」岩波書店 2001 p20
花月の歌
　◇「新日本古典文学大系 明治編 12」岩波書店 2001 p15
自由の歌
　◇「新日本古典文学大系 明治編 12」岩波書店 2001 p8

小室 みつ子　こむろ・みつこ
キャッツ・マター
　◇「SFバカ本 人類復活篇」メディアファクトリー 2001 p137
フロム・オヤヂ・ティル・ドーン
　◇「リモコン変化」廣済堂出版 2000（廣済堂文庫）p5
笑壺―SFバカ本ナンセンス集」小学館 2006（小学館文庫）p281

小室 みつ子withうにょーくん　こむろ・みつこwithうにょーくん
実存うにょーくん
　◇「SFバカ本 黄金スパム篇」メディアファクトリー 2000 p331

米谷 ふみ子　こめたに・ふみこ（1930〜）
過越しの祭
　◇「現代秀作集」角川書店 1999（女性作家シリーズ）p203

米俵 みのり　こめだわら・みのり
列車
　◇「ショートショートの広場 15」講談社 2004（講談社文庫）p61

小森 健太朗　こもり・けんたろう（1965〜）
インド・ボンベイ殺人ツアー
　◇「新世紀『謎』倶楽部」角川書店 1998 p37
奥の湯の出来事
　◇「ミステリ★オールスターズ」角川書店 2010 p109
　◇「ミステリ・オールスターズ」角川書店 2012（角川文庫）p125
疑惑の天秤
　◇「新世紀犯罪暴会―連作推理小説」光文社 2001（カッパ・ノベルス）p215
『攻殻機動隊』とエラリイ・クイーン
　◇「本格ミステリ 2006」講談社 2006（講談社ノベルス）p423
『攻殻機動隊』とエラリイ・クイーン―あやつりテーマの交錯
　◇「珍しい物語のつくり方―本格短編ベスト・セレクション」講談社 2010（講談社文庫）p629
黒石館の殺人
　◇「贋作館事件」原書房 1999 p191
新・現代本格ミステリマップ
　◇「本格ミステリ 2001」講談社 2001（講談社ノベルス）p583
　◇「紅い悪夢の夏―本格短編ベスト・セレクション」講談社 2004（講談社文庫）p425
一九八五年の言霊
　◇「新本格猛虎会の冒険」東京創元社 2003 p47
黄昏色の幻影
　◇「黄昏ホテル」小学館 2004 p92
ブラウン神父の日本趣味（芦辺拓）
　◇「贋作館事件」原書房 1999 p37
密室講義の系譜
　◇「密室殺人大百科 下」原書房 2000 p424

小森 淳一郎　こもり・じゅんいちろう
時間よ止まれ
　◇「ショートショートの花束 1」講談社 2009（講談社文庫）p85

古森 美枝　こもり・みえ
その手、握りしめた時
　◇「つながり―フェリシモしあわせショートショート」フェリシモ 1999 p164

こやたか 志緒　こやたか・しお
故郷の大地が揺れて
　◇「平成28年熊本地震作品集」くまもと文学・歴史館友の会 2016 p42

小柳 粒男　こやなぎ・つぶお
フォーティユースボーイ
　◇「新走（アラバシリ）―Powers Selection」講談社 2011（講談社box）p99

小山 いと子　こやま・いとこ（1901〜1989）
執行猶予
　◇「消えた受賞作―直木賞編」メディアファクトリー 2004（ダ・ヴィンチ特別編集）p227

小山 榮雅　こやま・えいが
小糠雨
　◇「現代作家代表作選集 1」鼎書房 2012 p55

小山 清　こやま・きよし（1911〜1965）
犬の生活

◇「短篇礼讃―忘れかけた名品」筑摩書房 2006（ちくま文庫）p7

落穂拾い
◇「新装版 全集現代文学の発見 5」學藝書林 2003 p188
◇「栞子さんの本棚―ビブリア古書堂セレクトブック」角川書店 2013（角川文庫）p37
◇「コレクション私小説の冒険 1」勉誠出版 2013 p87
◇「日本文学100年の名作 4」新潮社 2014（新潮文庫）p355

聖家族
◇「ファイン／キュート素敵かわいい作品選」筑摩書房 2015（ちくま文庫）p58

小山 啓子　こやま・けいこ
赦免船―島椿
◇「武士道歳時記―新鷹会・傑作時代小説選」光文社 2008（光文社文庫）p489
見えない糸
◇「代表作時代小説 平成18年度」光文社 2006 p297

小山 鎮男　こやま・しずお
フミーユの国
◇「ゆきのまち幻想文学賞小品集 15」企画集団ぷりずむ 2006 p185

小山 正　こやま・ただし
それぞれのマラソン
◇「太宰治賞 2011」筑摩書房 2011 p135

小山 禎子　こやま・ていこ
復興のきざし
◇「平成28年熊本地震作品集」くまもと文学・歴史館友の会 2016 p7

小山 龍太郎　こやま・りゅうたろう（1918〜1995）
鬼面変化
◇「怪奇・伝奇時代小説選集 8」春陽堂書店 2000（春陽文庫）p111
二人の内蔵助
◇「赤穂浪士伝奇」勉誠出版 2002（べんせいライブラリー）p1
妄執の女首がとりつく
◇「怪奇・伝奇時代小説選集 15」春陽堂書店 2000（春陽文庫）p142
柳生くノ一
◇「柳生秘剣伝奇」勉誠出版 2002（べんせいライブラリー）p113
恋慕幽霊
◇「怪奇・伝奇時代小説選集 14」春陽堂書店 2000（春陽文庫）p84

是方 那穂子　これかた・なおこ
真珠の価値
◇「邪香草―恋愛ホラー・アンソロジー」祥伝社 2003（祥伝社文庫）p195

是佐 武子　これさ・たけこ
陶芸造り
◇「ゆくりなくも」鶴書院 2009（シニア文学秀作選）p27

権 安理　ごん・あんり
ぶぶぶ
◇「ショートショートの広場 14」講談社 2003（講談社文庫）p53

紺 詠志　こん・えいし
くさいバス
◇「てのひら怪談―ビーケーワン怪談大賞傑作選 辛卯」ポプラ社 2011（ポプラ文庫）p18
パンスカリン
◇「ショートショートの広場 15」講談社 2004（講談社文庫）p14
古井戸とM
◇「てのひら怪談 癸巳」KADOKAWA 2013（MF文庫ダ・ヴィンチ）p166
屋根の上
◇「てのひら怪談―ビーケーワン怪談大賞傑作選 壬辰」ポプラ社 2012（ポプラ文庫）p208
梨園のマネキン
◇「てのひら怪談―ビーケーワン怪談大賞傑作選 庚寅」ポプラ社 2010（ポプラ文庫）p164

今 官一　こん・かんいち（1909〜1983）
治さん、いま、ちっとも、淋しくはないのか＞太宰治
◇「日本人の手紙 9」リブリオ出版 2004 p42

今 東光　こん・とうこう（1898〜1977）
甘い匂いをもつ尼
◇「逆転―時代アンソロジー」祥伝社 2000（祥伝社文庫）p285
旅人西行
◇「ひらめく秘太刀」光風社出版 1998（光風社文庫）p159
闘鶏
◇「賭けと人生」筑摩書房 2011（ちくま文学の森）p315

今 日出海　こん・ひでみ（1903〜1984）
いずれまた「やあ、しばらく」と言うだろう＞小林秀雄
◇「日本人の手紙 9」リブリオ出版 2004 p208
天皇の帽子
◇「戦後占領期短篇小説コレクション 5」藤原書店 2007 p101

権 裕成　ごん・ひろなり
若い人
◇「ハンセン病文学全集 4」皓星社 2003 p275

今田 信一　こんた・しんいち
「べに花の里」―河北町
◇「山形県文学全集第2期（随筆・紀行編）5」郷土出版社 2005 p126

近藤 侃一　こんどう・かんいち（1911〜1976）

新しき古典『最上川舟唄』
◇「山形県文学全集第2期（随筆・紀行編）3」郷土出版社 2005 p321

湯殿にぬるる芭蕉
◇「山形県文学全集第2期（随筆・紀行編）3」郷土出版社 2005 p325

近藤 啓太郎　こんどう・けいたろう（1920〜2002）

赤いパンツ
◇「戦後短篇小説再発見 14」講談社 2003（講談社文芸文庫）p44

海人舟
◇「第三の新人名作選」講談社 2011（講談社文芸文庫）p119

骸骨が花
◇「現代の小説 1999」徳間書店 1999 p231

鼻眼鏡の女
◇「現代の小説 1998」徳間書店 1998 p263

近藤 紘一　こんどう・こういち（1940〜1986）

夫婦そろって動物好き（抄）
◇「もの食う話」文藝春秋 2015（文春文庫）p240

近藤 昭二　こんどう・しょうじ

ニワトリはハダシだ（森崎東）
◇「年鑑代表シナリオ集 '04」シナリオ作家協会 2005 p215

近藤 たまえ　こんどう・たまえ

神の子どもたち
◇「小学校・全員参加の楽しい学級劇・学年劇脚本集 高学年」黎明書房 2007 p46

近藤 那彦　こんどう・ともひこ

The Happy Princess
◇「マルドゥック・ストーリーズ―公式二次創作集」早川書房 2016（ハヤカワ文庫 JA）p153

近藤 博　こんどう・ひろし

探偵Q氏
◇「幻の探偵雑誌 8」光文社 2001（光文社文庫）p351

近藤 史恵　こんどう・ふみえ（1969〜）

あなたがいちばん欲しいもの
◇「ミステリア―女性作家アンソロジー」祥伝社 2003（祥伝社文庫）p231

終わった恋とジェット・ラグ
◇「エール！　1」実業之日本社 2012（実業之日本社文庫）p269

かぐわしい殺人
◇「不条理な殺人―ミステリー・アンソロジー」祥伝社 1998（ノン・ポシェット）p263

過去の絵
◇「白のミステリー―女性ミステリー作家傑作選」光文社 1997 p407
◇「女性ミステリー作家傑作選 2」光文社 1999（光文社文庫）p5

金色の風
◇「シティ・マラソンズ」文藝春秋 2013（文春文庫）p147

この島でいちばん高いところ
◇「絶海―推理アンソロジー」祥伝社 2002（Non novel）p235

ゴールよりももっと遠く
◇「Story Seller 3」新潮社 2011（新潮文庫）p35

コワス
◇「邪香草―恋愛ホラー・アンソロジー」祥伝社 2003（祥伝社文庫）p155

最終章から
◇「不透明な殺人―ミステリー・アンソロジー」祥伝社 1999（祥伝社文庫）p285

幸せのお手本
◇「捨てる―アンソロジー」文藝春秋 2015 p237

シャルロットの友達
◇「悪意の迷路」光文社 2016（最新ベスト・ミステリー）p173

シャルロットの憂鬱
◇「近藤史恵リクエスト！　ペットのアンソロジー」光文社 2013 p297
◇「近藤史恵リクエスト！　ペットのアンソロジー」光文社 2014（光文社文庫）p303

水仙の季節
◇「殺意の時間割」角川書店 2002（角川文庫）p109
◇「青に捧げる悪夢」角川書店 2005 p63
◇「青に捧げる悪夢」角川書店 2013（角川文庫）p109

ダイエット狂想曲
◇「名探偵で行こう―最新ベスト・ミステリー」光文社 2001（カッパ・ノベルス）p223

ダークルーム
◇「ザ・ベストミステリーズ―推理小説年鑑 2012」講談社 2012 p59
◇「Question謎解きの最高峰」講談社 2015（講談社文庫）p241

旅猫
◇「寝過し猫盛り―書き下ろし時代小説集」白泉社 2015（白泉社招き猫文庫）p219

トゥラーダ
◇「Story Seller annex」新潮社 2014（新潮文庫）p103

箱の部屋
◇「午前零時」新潮社 2007 p155
◇「午前零時―P.S.昨日の私へ」新潮社 2009（新潮文庫）p181

不幸せをどうぞ
◇「自選ショート・ミステリー」講談社 2001（講談社文庫）p45

プロトンの中の孤独
◇「Story Seller」新潮社 2009（新潮文庫）p95

窓の下には
◇「あのころの宝もの―ほんのり心が温まる12の

ショートストーリー」メディアファクトリー 2003 p91
マリアージュ
 ◇「紫迷宮―ミステリー・アンソロジー」祥伝社 2002（祥伝社文庫）p57
迷宮の松露
 ◇「坂木司リクエスト！ 和菓子のアンソロジー」光文社 2013 p115
 ◇「坂木司リクエスト！ 和菓子のアンソロジー」光文社 2014（光文社文庫）p117
メゾン・カサブランカ［解決編］
 ◇「探偵Xからの挑戦状！　season2」小学館 2011（小学館文庫）p147
メゾン・カサブランカ［問題編］
 ◇「探偵Xからの挑戦状！　season2」小学館 2011（小学館文庫）p35
吉原雀
 ◇「御白洲裁き―時代推理傑作選」徳間書店 2009（徳間文庫）p65
夜の誘惑
 ◇「黄昏ホテル」小学館 2004 p79
レミング
 ◇「Story Seller 2」新潮社 2010（新潮文庫）p115

近藤 真柄　こんどう・まがら
「大逆帖」覚え書
 ◇「蘇らぬ朝「大逆事件」以後の文学」インパクト出版会 2010（インパクト選書）p283

近藤 芳美　こんどう・よしみ（1913～2006）
短歌
 ◇「コレクション戦争と文学 1」集英社 2012 p99

今野 緒雪　こんの・おゆき（1965～）
ねむり姫の星
 ◇「いつか、君へ Girls」集英社 2012（集英社文庫）p223

紺野 キリフキ　こんの・きりふき
とげ抜き師
 ◇「好き、だった。―はじめての失恋、七つの話」メディアファクトリー 2010（MF文庫）p157

紺野 たくみ　こんの・たくみ
仮面の下
 ◇「幻想水滸伝短編集 4」メディアワークス 2002（電撃文庫）p265
星剣の輝き
 ◇「幻想水滸伝短編集 2」メディアワークス 2001（電撃文庫）p157

紺野 仲右エ門　こんの・なかえもん
まんずまんず
 ◇「ゆきのまち幻想文学賞小品集 22」企画集団ぷりずむ 2013 p33

紺野 夏子　こんの・なつこ
死なない蛸
 ◇「現代作家代表作選集 5」鼎書房 2013 p93

今野 敏　こんの・びん（1955～）
アリバイ
 ◇「激動東京五輪1964」講談社 2015 p163
暗殺予告
 ◇「孤狼の絆」角川春樹事務所 1999 p67
冤罪
 ◇「短篇ベストコレクション―現代の小説 2009」徳間書店 2009（徳間文庫）p281
 ◇「現場に臨め」光文社 2010（Kappa novels）p177
 ◇「現場に臨め」光文社 2014（光文社文庫）p239
カムイコタンの羽衣
 ◇「御伽草子―ホラー・アンソロジー」PHP研究所 2001（PHP文庫）p9
監察―横浜みなとみらい署暴対係
 ◇「短篇ベストコレクション―現代の小説 2012」徳間書店 2012（徳間文庫）p285
眼力
 ◇「宝石ザミステリー 2014冬」光文社 2014 p7
機捜235
 ◇「宝石ザミステリー」光文社 2011 p35
休暇
 ◇「短篇ベストコレクション―現代の小説 2007」徳間書店 2007（徳間文庫）p239
暁光
 ◇「宝石ザミステリー 3」光文社 2013 p551
 ◇「ザ・ベストミステリーズ―推理小説年鑑 2014」講談社 2014 p39
刑事調査官
 ◇「鼓動―警察小説競作」新潮社 2006（新潮文庫）p27
刑事部屋の容疑者たち
 ◇「推理小説代表作選集―推理小説年鑑 1997」講談社 1997 p177
 ◇「殺ったのは誰だ?!」講談社 1999（講談社文庫）p381
光陰
 ◇「タッグ私の相棒―警察アンソロジー」角川春樹事務所 2015 p3
最前線
 ◇「名探偵で行こう―最新ベスト・ミステリー」光文社 2001（カッパ・ノベルス）p247
指揮
 ◇「宝石ザミステリー Blue」光文社 2016 p143
常習犯
 ◇「誇り」双葉社 2010 p5
 ◇「奇想博物館」光文社 2013（最新ベスト・ミステリー）p121
 ◇「警官の貌」双葉社 2014（双葉文庫）p5
人事
 ◇「殺意の隘路」光文社 2016（最新ベスト・ミステリー）p203
推理小説作家の午後
 ◇「輝きの一瞬―短くて心に残る30編」講談社 1999（講談社文庫）p243
スカウト

◇「最新「珠玉推理」大全 上」光文社 1998（カッパ・ノベルス）p211
◇「幻惑のラビリンス」光文社 2001（光文社文庫）p299

惣角流浪
◇「冒険の森へ―傑作小説大全 14」集英社 2016 p283

チャンナン
◇「SF JACK」角川書店 2013 p115
◇「SF JACK」KADOKAWA 2016（角川文庫）p129

薔薇の色
◇「ザ・ベストミステリーズ―推理小説年鑑 2008」講談社 2008 p175
◇「Play推理遊戯」講談社 2011（講談社文庫）p5

パーリ・トゥード
◇「闘人烈伝―格闘小説・漫画アンソロジー」双葉社 2000 p259

部下
◇「ザ・ベストミステリーズ―推理小説年鑑 1999」講談社 1999 p281
◇「密室＋アリバイ＝真犯人」講談社 2002（講談社文庫）p132

不眠
◇「宝石ザミステリー 2016」光文社 2015 p455

防波堤
◇「短篇ベストコレクション―現代の小説 2011」徳間書店 2011（徳間文庫）p423

未完成の怨み
◇「玩具館」光文社 2001（光文社文庫）p573

みぎわ
◇「所轄―警察アンソロジー」角川春樹事務所 2016（ハルキ文庫）p217

紺屋 なろう　こんや・なろう
渚より
◇「好きなのに」泰文堂 2013（リンダブックス）p247

【さ】

佐井 識　さい・しき
最下層フレンズ
◇「万華鏡―第14回フェリシモ文学賞作品集」フェリシモ 2011 p124
ポケットの秘密
◇「ひらく―第15回フェリシモ文学賞」フェリシモ 2012 p108

蔡 順秉　さい・じゅんへい
火事（玄鎮健〔著〕）
◇「近代朝鮮文学日本語作品集1901～1938 創作篇 1」緑蔭書房 2004 p103

蔡 振雄　さい・しんゆう
小説 因襲
◇「日本統治期台湾文学集成 22」緑蔭書房 2007 p285

崔 洋一　さい・よういち（1949～）
血と骨（鄭義信）
◇「年鑑代表シナリオ集 '04」シナリオ作家協会 2005 p175

崔 龍源　さい・りゅうげん（1952～）
在りたい
◇「〈在日〉文学全集 18」勉誠出版 2006 p197
生きる
◇「〈在日〉文学全集 18」勉誠出版 2006 p201
馬の目―ソウルにて
◇「〈在日〉文学全集 18」勉誠出版 2006 p187
渇く―To Hiroshima and Nagasaki
◇「〈在日〉文学全集 18」勉誠出版 2006 p190
木
◇「〈在日〉文学全集 18」勉誠出版 2006 p176
弦
◇「〈在日〉文学全集 18」勉誠出版 2006 p178
サラン
◇「〈在日〉文学全集 18」勉誠出版 2006 p189
潮騒
◇「〈在日〉文学全集 18」勉誠出版 2006 p196
昭和
◇「〈在日〉文学全集 18」勉誠出版 2006 p194
宇宙（そら）―光州異聞
◇「〈在日〉文学全集 18」勉誠出版 2006 p181
手紙
◇「〈在日〉文学全集 18」勉誠出版 2006 p184
鳥はうたった
◇「〈在日〉文学全集 18」勉誠出版 2006 p202
はじらい
◇「〈在日〉文学全集 18」勉誠出版 2006 p192
鳩と少年
◇「〈在日〉文学全集 18」勉誠出版 2006 p188
水
◇「〈在日〉文学全集 18」勉誠出版 2006 p180
無言歌
◇「〈在日〉文学全集 18」勉誠出版 2006 p185
遊行あるいは鎮魂歌
◇「〈在日〉文学全集 18」勉誠出版 2006 p198
夢の影
◇「〈在日〉文学全集 18」勉誠出版 2006 p179

斎賀 琴　さいが・こと
夜汽車
◇「青鞜文学集」不二出版 2004 p127
◇「「新編」日本女性文学全集 4」菁柿堂 2012 p396

さいか

西岸 良平　さいがん・りょうへい（1947～）
江ノ電沿線殺人事件
　◇「有栖川有栖の鉄道ミステリ・ライブラリー」角川書店 2004（角川文庫）p185

斉木 明　さいき・あきら
靴ひも
　◇「むすぶ―第11回フェリシモ文学賞作品集」フェリシモ 2008 p126
光
　◇「万華鏡―第14回フェリシモ文学賞作品集」フェリシモ 2011 p92

彩木 風友子　さいき・ふゆこ
月の船
　◇「ゆきのまち幻想文学賞小品集 10」企画集団ぷりずむ 2001 p159

三枝 昂之　さいぐさ・たかゆき（1944～）
短歌
　◇「コレクション戦争と文学 4」集英社 2011 p153

税所 隆介　さいしょ・りゅうすけ
かえるの子
　◇「甘美なる復讐」文藝春秋 1998（文春文庫）p373

西条 公威　さいじょう・きみたけ（1971～）
「閉じる、夜。」
　◇「長い夜の贈りもの―ホラーアンソロジー」まんだらけ出版部 1999（Live novels）p199

西條 さやか　さいじょう・さやか
思い出万華鏡
　◇「万華鏡―第14回フェリシモ文学賞作品集」フェリシモ 2011 p48

西條 奈加　さいじょう・なか（1964～）
梅枝
　◇「代表作時代小説 平成25年度」光文社 2013 p9
犀の子守歌
　◇「代表作時代小説 平成22年度」光文社 2010 p205
猫の傀儡
　◇「江戸猫ばなし」光文社 2014（光文社文庫）p147
花童
　◇「代表作時代小説 平成21年度」光文社 2009 p425

最相 葉月　さいしょう・はづき（1963～）
幻の絵の先生
　◇「超弦領域―年刊日本SF傑作選」東京創元社 2009（創元SF文庫）p219

西條 八十　さいじょう・やそ（1892～1970）
石
　◇「鉱物」国書刊行会 1997（書物の王国）p174
お菓子の汽車
　◇「もの食う話」文藝春秋 2015（文春文庫）p234
静御前
　◇「源義経の時代―短篇小説集」作品社 2004 p187
曾我兄弟
　◇「復讐」国書刊行会 2000（書物の王国）p130
トミノの地獄
　◇「文豪てのひら怪談」ポプラ社 2009（ポプラ文庫）p86
花束の秘密
　◇「北村薫の本格ミステリ・ライブラリー」角川書店 2001（角川文庫）p235
領土
　◇「謎のギャラリー―謎の部屋」新潮社 2002（新潮文庫）p129
　◇「謎の部屋」筑摩書房 2012（ちくま文庫）p129

西条 りくる　さいじょう・りくる
愛と書いて……
　◇「君に伝えたい―恋愛短篇小説集」泰文堂 2013（リンダブックス）p128
痛女ブログへようこそ
　◇「君がいない―恋愛短篇小説集」泰文堂 2013（リンダブックス）p42
給湯室の女王
　◇「幽霊でもいいから会いたい」泰文堂 2014（リンダブックス）p160

在神 英資　ざいじん・えいすけ
それは知らなくていい
　◇「てのひら怪談 癸巳」KADOKAWA 2013（MF文庫ダ・ヴィンチ）p16
ぶち切レ
　◇「てのひら怪談―ビーケーワン怪談大賞傑作選 辛卯」ポプラ社 2011（ポプラ文庫）p200

再生モスマン　さいせいもすまん
○ちがい電話
　◇「てのひら怪談―ビーケーワン怪談大賞傑作選 百怪繚乱篇」ポプラ社 2008 p102
　◇「てのひら怪談―ビーケーワン怪談大賞傑作選 己丑」ポプラ社 2009（ポプラ文庫）p204
亡妻
　◇「てのひら怪談―ビーケーワン怪談大賞傑作選 百怪繚乱篇」ポプラ社 2008 p100
　◇「てのひら怪談―ビーケーワン怪談大賞傑作選 己丑」ポプラ社 2009（ポプラ文庫）p102
マーくんのごちそう
　◇「てのひら怪談―ビーケーワン怪談大賞傑作選 庚寅」ポプラ社 2010（ポプラ文庫）p202
私の生首
　◇「てのひら怪談―ビーケーワン怪談大賞傑作選 百怪繚乱篇」ポプラ社 2008 p104

財津 種萊　ざいつ・しゅきょう
小草履取―財津種萊『むかしむかし物語』（須永朝彦〔訳〕）
　◇「美少年」国書刊行会 1997（書物の王国）p59

西土 遊　さいと・ゆう
サランへ
　◇「全作家短編小説集 10」のべる出版 2011 p98
寺泊―昭和五十八年晩秋・奇妙珍妙の旅

齊藤 飛鳥　さいとう・あすか
妖と稚児
　◇「妖(あやかし)がささやく」翠琥出版 2015 p33
斎藤 綾子　さいとう・あやこ（1958～）
クルクル私は回転する
　◇「ハンサムウーマン」ビレッジセンター出版局 1998 p209
恋人も濡れる街角
　◇「with you」幻冬舎 2004 p233
スニーカーと一本背負い
　◇「靴に恋して」ソニー・マガジンズ 2004 p67
ハッチアウト
　◇「SFバカ本 たわし篇プラス」廣済堂出版 1998 (廣済堂文庫) p259
　◇「笑止―SFバカ本シュール集」小学館 2007 (小学館文庫) p265
斎藤 勇　さいとう・いさむ（1904～?）
海鳴り
　◇「山形県文学全集第2期(随筆・紀行編) 3」郷土出版社 2005 p421
雪の毬
　◇「山形県文学全集第2期(随筆・紀行編) 3」郷土出版社 2005 p424
齋藤 磯雄　さいとう・いそお（1912～1985）
荘内の関門
　◇「山形県文学全集第2期(随筆・紀行編) 3」郷土出版社 2005 p211
デンクロと川蟹
　◇「山形県文学全集第2期(随筆・紀行編) 3」郷土出版社 2005 p217
齊藤 衣路葉　さいとう・いろは
あなたのタイムカプセル
　◇「ゆきのまち幻想文学賞小品集 12」企画集団ぷりずむ 2003 p145
斎藤 健太　さいとう・けんた
合コン×3(齋藤孝)
　◇「中学校劇作シリーズ 8」青雲書房 2003 p33
齋藤 孝　さいとう・こう
恋する乙女は夢見たがりの
　◇「中学校劇作シリーズ 9」青雲書房 2005 p185
合コン×3(斎藤健太)
　◇「中学校劇作シリーズ 8」青雲書房 2003 p33
ハッピーバレンタイン・ラプソディーフェアリーミモⅡ
　◇「中学校劇作シリーズ 7」青雲書房 2002 p33
斎藤 栄　さいとう・さかえ（1933～）
極楽ツアー殺人
　◇「最新「珠玉推理」大全 中」光文社 1998 (カッパ・ノベルス) p173
　◇「怪しい舞踏会」光文社 2002 (光文社文庫) p241

桜咲く殺意の里
　◇「煌めきの殺意」徳間書店 1999 (徳間文庫) p179
殺人の棋譜
　◇「江戸川乱歩賞全集 6」講談社 1999 (講談社文庫) p333
受賞の言葉 四度目の授賞式
　◇「江戸川乱歩賞全集 6」講談社 1999 p608
瀬戸の花嫁の死
　◇「冥界プリズン」光文社 1999 (光文社文庫) p205
星の上の殺人
　◇「自選ショート・ミステリー 2」講談社 2001 (講談社文庫) p30
ラーメンたぬきの死
　◇「あなたが名探偵」講談社 1998 (講談社文庫) p249
西東 三鬼　さいとう・さんき（1900～1962）
「神戸」より第九話「鱶の湯びき」
　◇「危険なマッチ箱」文藝春秋 2009 (文春文庫) p101
斉藤 志恵　さいとう・しえ
旅の途中に
　◇「ゆきのまち幻想文学賞小品集 24」企画集団ぷりずむ 2015 p64
鎮守様の白い森
　◇「ゆきのまち幻想文学賞小品集 22」企画集団ぷりずむ 2013 p130
齋藤 茂太　さいとう・しげた（1916～2006）
病牀記、解剖記、埋葬記（抄）
　◇「山形県文学全集第2期(随筆・紀行編) 3」郷土出版社 2005 p53
斎藤 準　さいとう・じゅん
√1
　◇「立川文学 6」けやき出版 2016 p213
斎藤 純　さいとう・じゅん（1957～）
あの日の海
　◇「あの日から―東日本大震災鎮魂岩手県出身作家短編集」岩手日報社 2015 p153
甘い引金
　◇「夢を撃つ男」角川春樹事務所 1999 (ハルキ文庫) p109
風のように渡る
　◇「金曜の夜は、ラブ・ミステリー」三笠書房 2000 (王様文庫) p55
コンパス
　◇「輝きの一瞬―短くて心に残る30編」講談社 1999 (講談社文庫) p111
七番目の方角
　◇「12の贈り物―東日本大震災支援岩手県在住作家自選短編集」荒蝦夷 2011 (叢書東北の声) p147
ブルースカイ
　◇「孤狼の絆」角川春樹事務所 1999 p119
ブルーフェイズ

さいと

◇「最新「珠玉推理」大全 上」光文社 1998（カッパ・ノベルス）p235
◇「幻惑のラビリンス」光文社 2001（光文社文庫）p335

ホローポイント
◇「冥界プリズン」光文社 1999（光文社文庫）p265

ル・ジタン
◇「殺人前線北上中」講談社 1997（講談社文庫）p335
◇「短篇集 4」双葉社 2008（双葉文庫）p113

齋藤 仁　さいとう・じん
色町花小路物語り
◇「山形県文学全集第2期（随筆・紀行編）4」郷土出版社 2005 p241

齋藤 愼爾　さいとう・しんじ
夏への扉（抄）
◇「山形県文学全集第2期（随筆・紀行編）5」郷土出版社 2005 p80

斉藤 節子　さいとう・せつこ
I Will Never Forget You─決して忘れない
◇「中学生の楽しい英語劇─Let's Enjoy Some Plays」秀文館 2004 p31

齋藤 想　さいとう・そう
オレンジの家
◇「ショートショートの花束 7」講談社 2015（講談社文庫）p165

サイトウ チエコ
この家につく猫
◇「てのひら怪談─ビーケーワン怪談大賞傑作選 庚寅」ポプラ社 2010（ポプラ文庫）p188

斉藤 てる　さいとう・てる
クレマチスの咲く庭
◇「平成28年熊本地震作品集」くまもと文学・歴史館友の会 2016 p24

大切なもの
◇「平成28年熊本地震作品集」くまもと文学・歴史館友の会 2016 p44

斎藤 利雄　さいとう・としお（1903〜1969）
橘のある風景
◇「福島の文学─11人の作家」講談社 2014（講談社文芸文庫）p238

斉藤 俊雄　さいとう・としお（1960〜）
ザネリ
◇「最新中学校創作脚本集 2009」晩成書房 2009 p116

ときめきよろめきフォトグラフ
◇「中学生のドラマ 7」晩成書房 2007 p33

七つ森
◇「中学校たのしい劇脚本集─英語劇付 III」国土社 2011 p71

魔術
◇「中学校たのしい劇脚本集─英語劇付 I」国土社 2010 p127

斎藤 利世　さいとう・としよ（1919〜1990）
山形の鷗外
◇「山形県文学全集第2期（随筆・紀行編）5」郷土出版社 2005 p260

斉藤 直子　さいとう・なおこ（1966〜）
ゴルコンダ─先輩の奥さん、めちゃめちゃ美人さんだし、こんな状況なら憧れの花びら大回転ですよ
◇「NOVA─書き下ろし日本SFコレクション 1」河出書房新社 2009（河出文庫）p227

白い恋人たち─一部が見えない女体は、完全体よりエロティックなのである
◇「NOVA─書き下ろし日本SFコレクション 6」河出書房新社 2011（河出文庫）p13

禅ヒッキー─お客さまサポートセンターの島袋さん、解脱す
◇「NOVA─書き下ろし日本SFコレクション 9」河出書房新社 2013（河出文庫）p53

ドリフター
◇「NOVA─書き下ろし日本SFコレクション 4」河出書房新社 2011（河出文庫）p81

西東 登　さいとう・のぼる（1917〜1980）
蟻の木の下で
◇「江戸川乱歩賞全集 5」講談社 1999（講談社文庫）p357

受賞の言葉 受賞のことば
◇「江戸川乱歩賞全集 5」講談社 1999 p694

斉藤 伯好　さいとう・はくこう（1935〜2006）
トロイメライ
◇「自選ショート・ミステリー」講談社 2001（講談社文庫）p283

斎藤 肇　さいとう・はじめ（1960〜）
アクロバット
◇「世紀末サーカス」廣済堂出版 2000（廣済堂文庫）p307

圧力
◇「悪夢が嗤う瞬間」勁文社 1997（ケイブンシャ文庫）p96

ありえざる客─贋の黒後家蜘蛛の会
◇「贋作館事件」原書房 1999 p73

裏・表
◇「悪夢が嗤う瞬間」勁文社 1997（ケイブンシャ文庫）p211

屋上から魂を見下ろす
◇「心霊理論」光文社 2007（光文社文庫）p55

変わらずの信号
◇「輝きの一瞬─短くて心に残る30編」講談社 1999（講談社文庫）p303

贋作家事件
◇「贋作館事件」原書房 1999 p347

コガラシとニゲヒメ

答えのない密室
　◇「密室殺人大百科 下」原書房 2000 p191
異なる形
　◇「変身」廣済堂出版 1998（廣済堂文庫）p447
さりげなく大がかりな
　◇「侵略！」廣済堂出版 1998（廣済堂文庫）p353
十年目の決断
　◇「十の恐怖」角川書店 1999 p185
自立する者たち
　◇「ロボットの夜」光文社 2000（光文社文庫）p77
人生の目的
　◇「悪夢が嗤う瞬間」勁文社 1997（ケイブンシャ文庫）p66
シンデレラのチーズ
　◇「グランドホテル」廣済堂出版 1999（廣済堂文庫）p445
足し算できない殺人事件
　◇「自選ショート・ミステリー 2」講談社 2001（講談社文庫）p143
誰そ
　◇「ひとにぎりの異形」光文社 2007（光文社文庫）p146
虫穴
　◇「悪夢が嗤う瞬間」勁文社 1997（ケイブンシャ文庫）p80
つまり誰もいなくならない
　◇「ミステリー★オールスターズ」角川書店 2010 p337
　◇「ミステリ・オールスターズ」角川書店 2012（角川文庫）p389
特別の家
　◇「悪夢が嗤う瞬間」勁文社 1997（ケイブンシャ文庫）p143
名残
　◇「平成都市伝説」中央公論新社 2004（C NOVELS）p149
まったく関係ない者の推理
　◇「八ヶ岳「雪密室」の謎」原書房 2001 p163
密七
　◇「物語のルミナリエ」光文社 2011（光文社文庫）p119
柚累
　◇「俳優」廣済堂出版 1999（廣済堂文庫）p303
夢、かも
　◇「悪夢が嗤う瞬間」勁文社 1997（ケイブンシャ文庫）p37
臨
　◇「チャイルド」廣済堂出版 1998（廣済堂文庫）p335

斎藤 久　さいとう・ひさし
『与平の日記』を歩く
　◇「「伊豆文学賞」優秀作品集 第16回」羽衣出版 2013 p173

◇「魔地図」光文社 2005（光文社文庫）p387

斉藤 ひろし　さいとう・ひろし（1959～）
4TEEN
　◇「テレビドラマ代表作選集 2005年版」日本脚本家連盟 2005 p47
余命1ケ月の花嫁
　◇「年鑑代表シナリオ集 '09」シナリオ作家協会 2010 p121

斉藤 弘志　さいとう・ひろし
ゲームオーバー
　◇「丸の内の誘惑」マガジンハウス 1999 p23

斉藤 洋　さいとう・ひろし（1952～）
ガオーッ
　◇「朗読劇台本集 4」玉川大学出版部 2002 p65

斎藤 史子　さいとう・ふみこ
傷痕
　◇「現代作家代表作選集 4」鼎書房 2013 p5

斎藤 冬海　さいとう・ふゆみ
ティアラ
　◇「現代作家代表作選集 1」鼎書房 2012 p75

斎藤 真琴　さいとう・まこと
ホーム
　◇「創作脚本集—60周年記念」岡山県高等学校演劇協議会 2011（おかやまの高校演劇）p209

さいとう 学　さいとう・まなぶ
風のしらべ
　◇「さきがけ文学賞選集 2」秋田魁新報社 2014（さきがけ文庫）p201

斎藤 澪　さいとう・みお（1944～）
萩狂乱
　◇「金田一耕助の新たな挑戦」角川書店 1997（角川文庫）p161
花のもとにて
　◇「赤のミステリー—女性ミステリー作家傑作選」光文社 1997 p419
　◇「女性ミステリー作家傑作選 2」光文社 1999（光文社文庫）p43

さいとう 美知　さいとう・みゆき
忘れたはずの恋
　◇「君が好き—恋愛短篇小説集」泰文堂 2012（リンダブックス）p94

斎藤 茂吉　さいとう・もきち（1882～1953）
貝殻追放の作者
　◇「創刊一〇〇年三田文学名作選」三田文学会 2010 p656
金瓶村小吟＜抄＞
　◇「みちのく怪談名作選 vol.1」荒蝦夷 2010（叢書東北の声）p239
斎藤茂吉短歌選
　◇「うなぎ一人情小説集」筑摩書房 2016（ちくま文庫）p277
実際たましいはぬけてしまいます≫永井ふ

さ子
◇「日本人の手紙 5」リブリオ出版 2004 p45

新道
◇「みちのく怪談名作選 vol.1」荒蝦夷 2010（叢書東北の声）p233

短歌
◇「コレクション戦争と文学 10」集英社 2012 p375

仁兵衛。スペクトラ
◇「みちのく怪談名作選 vol.1」荒蝦夷 2010（叢書東北の声）p236

念珠集
◇「山形県文学全集第2期（随筆・紀行編）1」郷土出版社 2005 p279

孫
◇「文人御馳走帖」新潮社 2014（新潮文庫）p119

茂吉小話 食／食 つづき
◇「文人御馳走帖」新潮社 2014（新潮文庫）p127

斉藤 友紀　さいとう・ゆき
MY PLACE
◇「中学校劇作シリーズ 8」青雲書房 2003 p175

齋藤 葉子　さいとう・ようこ
冷蔵庫からのおくりもの
◇「ひらく―第15回フェリシモ文学賞」フェリシモ 2012 p96

齊藤 洋大　さいとう・ようだい
恋飛脚遠州往来
◇「「伊豆文学賞」優秀作品集 第19回」羽衣出版 2016 p95

斎藤 吉正　さいとう・よしまさ（1971〜）
血と砂
◇「宝塚バウホール公演脚本集―2001年4月―2001年10月」阪急電鉄コミュニケーション事業部 2002 p80

斎藤 隆介　さいとう・りゅうすけ（1917〜1985）
猫山
◇「朗読劇台本集 4」玉川大学出版部 2002 p93

ベロ出しチョンマ
◇「もう一度読みたい教科書の泣ける名作 再び」学研教育出版 2014 p41

モチモチの木
◇「もう一度読みたい教科書の泣ける名作」学研教育出版 2013 p79

齊藤 綾子　さいとう・りょうこ
馬が来た
◇「ゆきのまち幻想文学賞小品集 21」企画集団ぷりずむ 2012 p136

斎藤 緑雨　さいとう・りょくう（1868〜1904）
油地獄
◇「明治の文学 15」筑摩書房 2002 p236

あま蛙
◇「新日本古典文学大系 明治編 29」岩波書店 2005 p125

上田調
◇「明治の文学 15」筑摩書房 2002 p218

大いに笑ふ
◇「明治の文学 15」筑摩書房 2002 p226

小田原日記
◇「明治の文学 15」筑摩書房 2002 p327

おぼえ帳
◇「明治の文学 15」筑摩書房 2002 p4

かくれんぼ
◇「明治の文学 15」筑摩書房 2002 p298
◇「新日本古典文学大系 明治編 29」岩波書店 2005 p105
◇「日本近代短篇小説選 明治篇1」岩波書店 2012（岩波文庫）p249

『かくれんぼ』故斎藤緑雨君談話
◇「明治の文学 15」筑摩書房 2002 p372

眼前口頭
◇「明治の文学 15」筑摩書房 2002 p128
◇「新日本古典文学大系 明治編 29」岩波書店 2005 p167

「眼前口頭」他より
◇「危険なマッチ箱」文藝春秋 2009（文春文庫）p175

佐々木調
◇「明治の文学 15」筑摩書房 2002 p220

正直正太夫死す
◇「明治の文学 15」筑摩書房 2002 p223

小説八宗
◇「明治の文学 15」筑摩書房 2002 p194

小説評註
◇「明治の文学 15」筑摩書房 2002 p200

小説評註問答
◇「新日本古典文学大系 明治編 29」岩波書店 2005 p153

新体詩見本
◇「明治の文学 15」筑摩書房 2002 p217

青眼白頭
◇「明治の文学 15」筑摩書房 2002 p160

短信（明治31〜36年）
◇「明治の文学 15」筑摩書房 2002 p346

デコさんの記
◇「明治の文学 15」筑摩書房 2002 p314

鉄幹調
◇「明治の文学 15」筑摩書房 2002 p219

外山調
◇「明治の文学 15」筑摩書房 2002 p217

のこり物
◇「天変動く大震災と作家たち」インパクト出版会 2011（インパクト選書）p66

半文銭
◇「明治の文学 15」筑摩書房 2002 p164

ひかへ帳
◇「明治の文学 15」筑摩書房 2002 p67

福羽調
◇「明治の文学 15」筑摩書房 2002 p218
もゝはがき
◇「明治の文学 15」筑摩書房 2002 p360
わたし舟
◇「とっておきの話」筑摩書房 2011（ちくま文学の森）p265

斉藤 倫　さいとう・りん
チェロキー
◇「ファイン／キュート素敵かわいい作品選」筑摩書房 2015（ちくま文庫）p254

才羽 楽　さいば・らく（1983〜）
ロケット花火
◇「10分間ミステリー THE BEST」宝島社 2016（宝島社文庫）p245

最果 タヒ　さいはて・たひ（1986〜）
愛はいかづち。
◇「十年後のこと」河出書房新社 2016 p105
宇宙以前
◇「NOVA―書き下ろし日本SFコレクション 4」河出書房新社 2011（河出文庫）p267
きみはPOP
◇「小説の家」新潮社 2016 p64
最終回
◇「文学 2013」講談社 2013 p173
スパークした
◇「量子回廊―年刊日本SF傑作選」東京創元社 2010（創元SF文庫）p185

柴門 秀文　さいもん・ひでふみ
嘘つきとおせっかい
◇「嘘つきとおせっかい」エムオン・エンタテインメント 2012（SONG NOVELS）p5

柴門 ふみ　さいもん・ふみ（1957〜）
テレビ塔の奇跡―名古屋テレビ塔
◇「恋の聖地―そこは、最後の恋に出会う場所。」新潮社 2013（新潮文庫）p185
動物園跡地
◇「街の物語」角川書店 2001（New History）p53

佐江 衆一　さえ・しゅういち（1934〜）
間の山心中
◇「大岡越前―名奉行裁判説話」廣済堂出版 1998（廣済堂文庫）p5
一会の雪
◇「人情の往来―時代小説最前線」新潮社 1997（新潮文庫）p335
◇「剣の意地恋の夢―時代小説傑作選」講談社 2000（講談社文庫）p389
犬の抜けまいり
◇「犬道楽江戸草紙―時代小説傑作選」徳間書店 2005（徳間文庫）p251
◇「江戸の漫遊力―時代小説傑作選」集英社 2008（集英社文庫）p81

命をはった賭け―大阪商人 天野屋利兵衛
◇「七つの忠臣蔵」新潮社 2016（新潮文庫）p179
いぶし銀の雪
◇「江戸夢あかり」学習研究社 2003（学研M文庫）p7
◇「江戸夢あかり」学研パブリッシング 2013（学研M文庫）p7
動かぬが勝
◇「代表作時代小説 平成16年度」光風社出版 2004 p277
江戸
◇「街物語」朝日新聞社 2000 p126
江戸鍛冶注文帳
◇「代表作時代小説 平成9年度」光風社出版 1997 p335
◇「春宵濡れ髪しぐれ―時代小説傑作選」講談社 2003（講談社文庫）p283
解錠綺譚
◇「秋びより―時代小説アンソロジー」KADOKAWA 2014（角川文庫）p187
亀に乗る
◇「代表作時代小説 平成13年度」光風社出版 2001 p359
木更津余話
◇「代表作時代小説 平成19年度」光文社 2007 p351
急須の源七
◇「代表作時代小説 平成12年度」光風社出版 2000 p375
子づれ兵法者
◇「秘剣舞う―剣豪小説の世界」学習研究社 2002（学研M文庫）p307
思案橋の二人
◇「江戸なごり雨」学研パブリッシング 2013（学研M文庫）p133
猪丸残花剣
◇「剣光、閃く！」徳間書店 1999（徳間文庫）p79
自鳴琴からくり人形
◇「代表作時代小説 平成10年度」光風社出版 1998 p289
◇「地獄の無明剣―時代小説傑作選」講談社 2004（講談社文庫）p321
勝敗に非ず
◇「短篇ベストコレクション―現代の小説 2010」徳間書店 2010（徳間文庫）p503
対の鉋
◇「職人気質」小学館 2007（小学館文庫）p93
◇「江戸めぐり雨」学研パブリッシング 2014（学研M文庫）p193
峠の剣
◇「白刃光る」新潮社 1997 p47
◇「時代小説―読切御免 2」新潮社 2004（新潮文庫）p111
長きこの夜
◇「文学 2004」講談社 2004 p147
日本海の孤島・飛島の海と空

さえき

◇「山形県文学全集第2期(随筆・紀行編)4」郷土出版社 2005 p272

鼻くじり庄兵衛
◇「武芸十八般―武道小説傑作選」ベストセラーズ 2005(ベスト時代文庫)p87

一椀の汁
◇「江戸味わい帖 料理人篇」角川春樹事務所 2015(ハルキ文庫)p37

水明り
◇「江戸なみだ雨―市井稼業小説傑作選」学研パブリッシング 2010(学研M文庫)p227

笑い凧
◇「逆転―時代アンソロジー」祥伝社 2000(祥伝社文庫)p221

サエキ

私が一番欲しいもの
◇「ショートショートの花束 5」講談社 2013(講談社文庫)p179

佐伯 一麦 さえき・かずみ (1959〜)

海からの信号
◇「空を飛ぶ恋―ケータイがつなぐ28の物語」新潮社 2006(新潮文庫)p292

オスロ
◇「街物語」朝日新聞社 2000 p251

俺
◇「文学 2008」講談社 2008 p145

カビ
◇「胞子文学名作選」港の人 2013 p248

クロール
◇「夏休み」KADOKAWA 2014(角川文庫)p31

細かい不幸
◇「文学 2011」講談社 2011 p224

少年詩篇(抄)
◇「文学 1998」講談社 1998 p15

なめし
◇「文学 2001」講談社 2001 p28

二十六夜待ち
◇「12星座小説集」講談社 2013(講談社文庫)p83
◇「文学 2014」講談社 2014 p47

日和山
◇「それでも三月は、また」講談社 2012 p209

むかご
◇「文学 2005」講談社 2005 p156
◇「現代小説クロニクル 2005〜2009」講談社 2015(講談社文芸文庫)p20

焼き鳥とクラリネット
◇「極上掌篇小説」角川書店 2006 p99
◇「ひと粒の宇宙」角川書店 2009(角川文庫)p99

佐伯 俊道 さえき・としみち

長生き競争!
◇「テレビドラマ代表作選集 2010年版」日本脚本家連盟 2010 p31

佐伯 泰英 さえき・やすひで (1942〜)

エチェガライ通り
◇「夢を撃つ男」角川春樹事務所 1999(ハルキ文庫)p145

寒紅おゆう
◇「花ふぶき―時代小説傑作選」角川春樹事務所 2004(ハルキ文庫)p67

手毬
◇「捨て子稲荷―時代アンソロジー」祥伝社 1999(祥伝社文庫)p113

冴桐 由 さえぎり・ゆう (1970〜)

最後の歌を越えて
◇「太宰治賞 1999」筑摩書房 1999 p27

三枝 和子 さえぐさ・かずこ (1929〜2003)

愛に関する男の責任
◇「三枝和子・林京子・富岡多恵子」角川書店 1999(女性作家シリーズ)p141

雨のなか
◇「別れの予感」リブリオ出版 2001(ラブミーワールド)p112
◇「恋愛小説・名作集成 8」リブリオ出版 2004 p112

江口水駅
◇「三枝和子・林京子・富岡多恵子」角川書店 1999(女性作家シリーズ)p50

儀式
◇「三枝和子・林京子・富岡多恵子」角川書店 1999(女性作家シリーズ)p7

夾竹桃窓会
◇「コレクション戦争と文学 13」集英社 2011 p464

野守
◇「三枝和子・林京子・富岡多恵子」角川書店 1999(女性作家シリーズ)p36
◇「戦後短篇小説再発見 13」講談社 2003(講談社文芸文庫)p186

三枝 洋 さえぐさ・ひろし (1956〜)

ミンミン・パラダイス
◇「ザ・ベストミステリーズ―推理小説年鑑 2001」講談社 2001 p423
◇「殺人作法」講談社 2004(講談社文庫)p283

三枝 蠟 さえぐさ・ろう
⇒両角長彦(もろずみ・たけひこ)を見よ

早乙女 勝元 さおとめ・かつもと (1932〜)

母と子でみる東京大空襲
◇「読み聞かせる戦争」光文社 2015 p101

早乙女 まぶた さおとめ・まぶた

暗黙のルール
◇「てのひら怪談―ビーケーワン怪談大賞傑作選 辛卯」ポプラ社 2011(ポプラ文庫)p178

求婚
◇「てのひら怪談―ビーケーワン怪談大賞傑作選 壬辰」ポプラ社 2012(ポプラ文庫)p130

早乙女 貢　さおとめ・みつぐ（1926〜2008）
伊賀のあらしこ
◇「剣鬼無明斬り」光風社出版 1997（光風社文庫）p277
池田屋、祇園祭り宵宮に舞う血刃
◇「幕末テロリスト列伝」講談社 2004（講談社文庫）p93
一夜の客
◇「おもかげ行燈」光風社出版 1998（光風社文庫）p143
外郎と夏の花
◇「代表作時代小説 平成12年度」光風社出版 2000 p83
うわなり討ち
◇「風の中の剣士」光風社出版 1998（光風社文庫）p287
おいらん振袖
◇「逢魔への誘い」徳間書店 2000（徳間文庫）p131
奥羽の鬼姫―伊達政宗の母
◇「姫君たちの戦国―時代小説傑作選」PHP研究所 2011（PHP文芸文庫）p97
大友二階崩れ―大友宗麟
◇「時代小説傑作選 7」新人物往来社 2008 p231
蟹眼の大事
◇「躍る影法師」光風社出版 1997（光風社文庫）p141
河上彦斎、佐久間象山を斬る！
◇「幕末テロリスト列伝」講談社 2004（講談社文庫）p59
絹の女
◇「剣が哭く夜に哭く」光風社出版 2000（光風社文庫）p77
狂熱の人―人斬り彦斎
◇「時代小説秀作づくし」PHP研究所 1997（PHP文庫）p253
首
◇「剣よ月下に舞え」光風社出版 2001（光風社文庫）p69
黒髪心中
◇「代表作時代小説 平成14年度」光風社出版 2002 p77
剣鬼走る
◇「宮本武蔵―剣豪列伝」廣済堂出版 1997（廣済堂文庫）p89
◇「ひらめく秘太刀」光風社出版 1998（光風社文庫）p299
上野介の亡霊
◇「忠臣蔵コレクション 2」河出書房新社 1998（河出文庫）p55
木枯しの村で
◇「鬼火が呼んでいる―時代小説傑作選」1997（講談社文庫）p387
斎藤伝鬼房
◇「人物日本剣豪伝 1」学陽書房 2001（人物文庫）p205

七人目の刺客
◇「士魂の光芒―時代小説最前線」新潮社 1997（新潮文庫）p465
島田虎之助
◇「人物日本剣豪伝 4」学陽書房 2001（人物文庫）p261
霜の朝
◇「明暗廻り灯籠」光風社出版 1998（光風社文庫）p241
銃殺
◇「血しぶき街道」光風社出版 1998（光風社文庫）p49
洲崎の女
◇「代表作時代小説 平成16年度」光風社出版 2004 p153
清一郎は死んだ
◇「鍔鳴り疾風剣」光風社出版 2000（光風社文庫）p35
世良斬殺
◇「必殺天誅剣」光風社出版 1999（光風社文庫）p91
散りてあとなき
◇「新選組烈士伝」角川書店 2003（角川文庫）p291
露カ涙カ―秘剣一ノ太刀
◇「花ごよみ夢一夜」光風社出版 2001（光風社文庫）p115
天誅越後街道
◇「剣が舞い落花が舞い―時代小説傑作選」講談社 1998（講談社文庫）p149
虎の牙
◇「江戸恋い明け烏」光風社出版 1999（光風社文庫）p99
鍋島騒動 血啜りの影
◇「怪奇・伝奇時代小説選集 6」春陽堂書店 2000（春陽文庫）p90
涙橋の女
◇「剣侠しぐれ笠」光風社出版 1999（光風社文庫）p57
「舶来屋」大蔵の死
◇「血汐花に涙降る」光風社出版 1999（光風社文庫）p181
◇「大江戸事件帖―時代推理小説名作選」双葉社 2005（双葉文庫）p67
恥を知る者
◇「夢がたり大川端」光風社出版 1998（光風社文庫）p324
遙かなる慕情
◇「代表作時代小説 平成10年度」光風社出版 1998 p117
◇「地獄の無明剣―時代小説傑作選」講談社 2004（講談社文庫）p105
叛臣伝
◇「秘剣闇を斬る」光風社出版 1998（光風社文庫）p117
秘剣鱗返し
◇「娘秘剣」徳間書店 2011（徳間文庫）p131

さか

秘剣身知らず
　◇「代表作時代小説 平成9年度」光風社出版 1997 p143
　◇「斬刃―時代小説傑作選」コスミック出版 2005（コスミック・時代文庫）p5

平田深喜
　◇「魔剣くずし秘聞」光風社出版 1998（光風社文庫）p101

深川夜雨
　◇「剣の意地恋の夢―時代小説傑作選」講談社 2000（講談社文庫）p319

伏刃記
　◇「紅葉谷から剣鬼が来る―時代小説傑作選」講談社 2002（講談社文庫）p149

伏見の惨劇―寺田屋事変
　◇「時代小説傑作選 3」新人物往来社 2008 p5

堀部弥兵衛
　◇「定本・忠臣蔵四十七人集」双葉社 1998 p103

まよい螢
　◇「鎮守の森に鬼が棲む―時代小説傑作選」講談社 2001（講談社文庫）p275

無明剣客伝
　◇「星明かり夢街道」光風社出版 2000（光風社文庫）p57

無明長夜
　◇「代表作時代小説 平成13年度」光風社出版 2001 p63

雪まろげ
　◇「代表作時代小説 平成11年度」光風社出版 1999 p111

妖艶の谷
　◇「怪奇・伝奇時代小説選集 11」春陽堂書店 2000（春陽文庫）p2

龍馬暗殺
　◇「人物日本の歴史―時代小説 幕末維新編」小学館 2004（小学館文庫）p107

烈風の剣―神子上典膳vs善鬼三介
　◇「時代小説傑作選 2」新人物往来社 2008 p65

嵯峨 大介　さが・おおすけ
　動く「密室」
　◇「本格推理 15」光文社 1999（光文社文庫）p193

佐賀 潜　さが・せん（1909～1970）
　受賞の言葉 感想
　◇「江戸川乱歩賞全集 4」講談社 1998 p520
　清兵衛流極意―明治泥棒物語
　◇「秘剣闇を斬る」光風社出版 1998（光風社文庫）p201
　二本の指―明治掏摸物語
　◇「浜町河岸夕化粧」光風社出版 1998（光風社文庫）p323
　初春鳥追い女
　◇「捕物時代小説選集 1」春陽堂書店 1999（春陽文庫）p217
　華やかな死体
　◇「江戸川乱歩賞全集 4」講談社 1998（講談社文庫）p211

佐賀 久雄　さが・ひさお
　靴
　◇「日本統治期台湾文学集成 6」緑蔭書房 2002 p21
　盲目（入選候補）
　◇「日本統治期台湾文学集成 6」緑蔭書房 2002 p29

坂 りんご　さか・りんご
　アリとキリギリスとアリ
　◇「ショートショートの広場 18」講談社 2006（講談社文庫）p169

酒井 嘉七　さかい・かしち（？～1947）
　京鹿子娘道成寺（河原崎座殺人事件）
　◇「幻の探偵雑誌 4」光文社 2001（光文社文庫）p65
　ながうた勧進帳（稽古屋殺人事件）
　◇「幻の探偵雑誌 10」光文社 2002（光文社文庫）p235
　両面競牡丹（ふたおもてくらべぼたん）
　◇「幻の探偵雑誌 1」光文社 2000（光文社文庫）p327

阪井 久良岐　さかい・くらき（1869～1945）
　川柳
　◇「コレクション戦争と文学 6」集英社 2011 p282

坂井 新一　さかい・しんいち
　裏口
　◇「ハンセン病文学全集 6」皓星社 2003 p16
　五月
　◇「ハンセン病文学全集 6」皓星社 2003 p15
　孤冬
　◇「ハンセン病文学全集 6」皓星社 2003 p15
　残照
　◇「ハンセン病文学全集 6」皓星社 2003 p15
　床を取る
　◇「ハンセン病文学全集 6」皓星社 2003 p16
　繃帯
　◇「ハンセン病文学全集 6」皓星社 2003 p16

酒井 澄夫　さかい・すみお
　愛燃える―呉王夫差
　◇「宝塚大劇場公演脚本集―2001年4月―2002年4月」阪急電鉄コミュニケーション事業部 2002 p67

堺 誠一郎　さかい・せいいちろう（1905～1993）
　曠野の記録
　◇「新装版 全集現代文学の発見 別巻」學藝書林 2005 p10

坂井 大梧　さかい・だいご
　「選挙廓正」教化劇脚本（六篇の中その一）明け行く庄―三幕
　◇「日本統治期台湾文学集成 14」緑蔭書房 2003 p149
　皇民化軍事劇 台湾行進曲―二幕

◇「日本統治期台湾文学集成 14」緑蔭書房 2003 p169

酒井 貴司 さかい・たかし
帰省ラッシュ
◇「ショートショートの花束 8」講談社 2016 (講談社文庫) p159

堺 利彦 さかい・としひこ (1870〜1933)
山窩の夢
◇「サンカの民を追って―山窩小説傑作選」河出書房新社 2015 (河出文庫) p49

酒井 成実 さかい・なるみ
眠る男
◇「かわさきの文学―かわさき文学賞50年記念作品集 2009年」審美社 2009 p373

坂井 信之 さかい・のぶゆき
泳ぐ女
◇「ショートショートの広場 10」講談社 2000 (講談社文庫) p160

阪井 雅子 さかい・まさこ
あたたかな氷
◇「冷と温―第13回フェリシモ文学賞作品集」フェリシモ 2010 p144
白昼のチュー
◇「万華鏡―第14回フェリシモ文学賞作品集」フェリシモ 2011 p148

堺 三保 さかい・みつやす (1963〜)
二キロじゃ足りない
◇「ミステリーズ！ extra―《ミステリ・フロンティア》特集」東京創元社 2004 p90

酒井 康行 さかい・やすゆき
つぐない
◇「ショートショートの広場 19」講談社 2007 (講談社文庫) p84

坂岡 真 さかおか・しん (1961〜)
おしゅん吾嬬杜夜雨
◇「代表作時代小説 平成21年度」光文社 2009 p247
ブラッディ・アイズ
◇「セブンス・アウト―悪夢七夜」童夢舎 2000 (Doumノベル) p145
ホーム・パーティ
◇「恐怖館」青樹社 1999 (青樹社文庫) p5

坂上 恵理 さかがみ・えり
靴ひもデイズ
◇「むすぶ―第11回フェリシモ文学賞作品集」フェリシモ 2008 p151

坂上 弘 さかがみ・ひろし (1936〜)
ある秋の出来事
◇「「内向の世代」初期作品アンソロジー」講談社 2016 (講談社文芸文庫) p237
巻末エッセイ 「杞憂夢」の頃
◇「現代小説クロニクル 1980〜1984」講談社 2014 p270

杞憂夢
◇「現代小説クロニクル 1980〜1984」講談社 2014 (講談社文芸文庫) p116

銀座
◇「街物語」朝日新聞社 2000 p320

台所
◇「川端康成文学賞全作品 2」新潮社 1999 p305

薄暮
◇「文学 2007」講談社 2007 p227

バンド・ボーイ
◇「三田文学短篇選」講談社 2010 (講談社文芸文庫) p235

短い一年
◇「戦後短篇小説再発見 8」講談社 2002 (講談社文芸文庫) p218

阪上 博司 さかがみ・ひろし
悩み
◇「ショートショートの広場 10」講談社 2000 (講談社文庫) p14

坂上 誠 さかがみ・まこと
年下の男の子
◇「ショートショートの花束 2」講談社 2010 (講談社文庫) p119

榊 一郎 さかき・いちろう (1969〜)
ウィークエンドメサイア
◇「小説創るぜ！―突撃アンソロジー」富士見書房 2004 (富士見ファンタジア文庫) p131

榊 京助 さかき・きょうすけ
優秀賞
◇「競作五十円玉二十枚の謎」東京創元社 2000 (創元推理文庫) p205

坂木 司 さかき・つかさ (1969〜)
うつろう宝石
◇「みんなの少年探偵団 2」ポプラ社 2016 p153
神様の作り方
◇「物語のルミナリエ」光文社 2011 (光文社文庫) p362
国会図書館のボルト
◇「大崎梢リクエスト！ 本屋さんのアンソロジー」光文社 2013 p43
◇「奇想博物館」光文社 2013 (最新ベスト・ミステリー) p147
◇「大崎梢リクエスト！ 本屋さんのアンソロジー」光文社 2014 (光文社文庫) p47
ジャグジー・トーク
◇「エール！ 2」実業之日本社 2013 (実業之日本社文庫) p5
女子的生活
◇「この部屋で君と」新潮社 2014 (新潮文庫) p133
先生と僕
◇「名探偵の奇跡」光文社 2007 (Kappa novels) p207

さかき

空の春告鳥
◇「名探偵の奇跡」光文社 2010（光文社文庫）p259
◇「坂木司リクエスト！ 和菓子のアンソロジー」光文社 2013 p7
◇「坂木司リクエスト！ 和菓子のアンソロジー」光文社 2014（光文社文庫）p9

榊 恒夫　さかき・つねお
客
◇「ショートショートの広場 9」講談社 1998（講談社文庫）p35

榊 漠々　さかき・ばくばく
告知
◇「ショートショートの広場 15」講談社 2004（講談社文庫）p95
引き分け
◇「ショートショートの広場 14」講談社 2003（講談社文庫）p235

榊 涼介　さかき・りょうすけ
人斬り
◇「幻想水滸伝短編集 4」メディアワークス 2002（電撃文庫）p99

榊林 銘　さかきばやし・めい（1989～）
十五秒
◇「ザ・ベストミステリーズ―推理小説年鑑 2016」講談社 2016 p177

榊原 史保美　さかきばら・しほみ
運命の花
◇「グランドホテル」廣済堂出版 1999（廣済堂文庫）p493

榊原 美輝　さかきばら・みき
バナナ畑の向こう側
◇「中学生のドラマ 1」晩成書房 1995 p7

榊山 潤　さかきやま・じゅん（1900～1980）
生きていた吉良上野
◇「赤穂浪士伝奇」勉誠出版 2002（べんせいライブラリー）p161
日本のユダ―山田右衛門作
◇「人物日本の歴史―時代小説 江戸編 上」小学館 2004（小学館文庫）p143
細川家浪士係堀内伝右衛門
◇「忠臣蔵コレクション 4」河出書房新社 1998（河出文庫）p29

坂口 安吾　さかぐち・あんご（1906～1955）
ああ無情
◇「新装版 全集現代文学の発見 6」學藝書林 2003 p412
◇「山口雅也の本格ミステリ・アンソロジー」角川書店 2007（角川文庫）p49
青鬼の褌を洗う女
◇「十話」ランダムハウス講談社 2006 p233
◇「日本文学全集 27」河出書房新社 2017 p115
アンゴウ
◇「戦後短篇小説再発見 13」講談社 2003（講談社文芸文庫）p9
◇「コレクション戦争と文学 15」集英社 2012 p435
◇「古書ミステリー倶楽部―傑作推理小説集 2」光文社 2014（光文社文庫）p9
家について
◇「ちくま日本文学 9」筑摩書房 2008（ちくま文庫）p201
石の思い
◇「ちくま日本文学 9」筑摩書房 2008（ちくま文庫）p65
織田信長
◇「史話」凱風社 2009（PD叢書）p7
風と光と二十の私と
◇「ちくま日本文学 9」筑摩書房 2008（ちくま文庫）p97
風博士
◇「ちくま日本文学 9」筑摩書房 2008（ちくま文庫）p9
◇「変身ものがたり」筑摩書房 2010（ちくま文学の森）p11
狂人遺書
◇「大坂の陣―近代文学名作選」岩波書店 2016 p8
梟雄
◇「歴史小説の世紀 天の巻」新潮社 2000（新潮文庫）p485
◇「軍師の生きざま―短篇小説集」作品社 2008 p41
梟雄―斎藤道三
◇「軍師の生きざま」実業之日本社 2013（実業之日本社文庫）p51
金銭無情
◇「ちくま日本文学 9」筑摩書房 2008（ちくま文庫）p291
ぐうたら戦記
◇「怠けものの話」筑摩書房 2011（ちくま文学の森）p375
愚妖
◇「偉人八傑推理帖―名探偵時代小説」双葉社 2004（双葉文庫）p225
黒田如水
◇「軍師の死にざま―短篇小説集」作品社 2006 p175
◇「軍師の生きざま―時代小説傑作選」コスミック出版 2008（コスミック・時代文庫）p147
◇「軍師の死にざま」実業之日本社 2013（実業之日本社文庫）p221
恋をしに行く
◇「この愛のゆくえ―ポケットアンソロジー」岩波書店 2011（岩波文庫別冊）p225
古都
◇「新装版 全集現代文学の発見 14」學藝書林 2005 p350
◇「京都府文学全集第1期（小説編）2」郷土出版社 2005 p312
孤独閑談
◇「京都府文学全集第1期（小説編）2」郷土出版社 2005 p291

桜の森の満開の下
- ◇「暗黒のメルヘン」河出書房新社 1998（河出文庫）p39
- ◇「櫻憑き」光文社 2001（カッパ・ノベルス）p261
- ◇「感じて。息づかいを。―恋愛小説アンソロジー」光文社 2005（光文社文庫）p9
- ◇「ちくま日本文学 9」筑摩書房 2008（ちくま文庫）p416
- ◇「作品で読む20世紀の日本文学」白地社（発売）2008 p69
- ◇「文豪さんへ。」メディアファクトリー 2009（MF文庫）p137
- ◇「悪いやつらの物語」筑摩書房 2011（ちくま文学の森）p293
- ◇「日本近代短篇小説選 昭和篇2」岩波書店 2012（岩波文庫）p95
- ◇「幻妖の水脈（みお）」筑摩書房 2013（ちくま文庫）p488
- ◇「鬼譚」筑摩書房 2014（ちくま文庫）p9

真珠
- ◇「永遠の夏―戦争小説集」実業之日本社 2015（実業之日本社文庫）p61

人生、屁でもないことにて候≫太宰治（田中英光）
- ◇「日本人の手紙 2」リブリオ出版 2004 p7

精神病覚え書
- ◇「人間みな病気」ランダムハウス講談社 2007 p115

選挙殺人事件
- ◇「ペン先の殺意―文芸ミステリー傑作選」光文社 2005（光文社文庫）p189

戦争と一人の女
- ◇「戦後占領期短篇小説コレクション 1」藤原書店 2007 p215
- ◇「我等、同じ船に乗り」文藝春秋 2009（文春文庫）p251

戦争と一人の女 無削除版
- ◇「戦後短篇小説再発見 2」講談社 2001（講談社文芸文庫）p9

俗悪について（人間は人間を）
- ◇「ちくま日本文学 9」筑摩書房 2008（ちくま文庫）p177

続戦争と一人の女
- ◇「我等、同じ船に乗り」文藝春秋 2009（文春文庫）p273
- ◇「文学で考える〈仕事〉の百年」双文社出版 2010 p138
- ◇「文学で考える〈仕事〉の百年」翰林書房 2016 p138

高千穂に冬雨ふれり
- ◇「ちくま日本文学 9」筑摩書房 2008（ちくま文庫）p380

堕落論
- ◇「ちくま日本文学 9」筑摩書房 2008（ちくま文庫）p213

堕落論 続
- ◇「ちくま日本文学 9」筑摩書房 2008（ちくま文庫）p229

探偵小説を截（き）る
- ◇「甦る推理雑誌 2」光文社 2002（光文社文庫）p149

散る日本
- ◇「右か、左か」文藝春秋 2010（文春文庫）p227

道鏡
- ◇「人物日本の歴史―時代小説版 古代中世編」小学館 2004（小学館文庫）p55

直江山城守
- ◇「この時代小説がすごい！ 時代小説傑作選」宝島社 2016（宝島社文庫）p299

直江山城守―直江兼続
- ◇「軍師は死なず」実業之日本社 2014（実業之日本社文庫）p215

波子
- ◇「百年小説」ポプラ社 2008 p1239

握った手――一九五四（昭和二九）年四月
- ◇「BUNGO―文豪短篇傑作選」角川書店 2012（角川文庫）p241

逃げたい心
- ◇「温泉小説」アーツアンドクラフツ 2006 p42

日月様
- ◇「闇市」皓星社 2015（紙礫）p143

「日本的」ということ
- ◇「ちくま日本文学 9」筑摩書房 2008（ちくま文庫）p167

日本文化私観
- ◇「新装版 全集現代文学の発見 11」學藝書林 2004 p430
- ◇「ちくま日本文学 9」筑摩書房 2008（ちくま文庫）p167

二流の人
- ◇「新装版 全集現代文学の発見 12」學藝書林 2004 p350
- ◇「黒田官兵衛―小説集」作品社 2013 p171

白痴
- ◇「新装版 全集現代文学の発見 8」學藝書林 2003 p214
- ◇「ちくま日本文学 9」筑摩書房 2008（ちくま文庫）p245
- ◇「日本文学100年の名作 4」新潮社 2014（新潮文庫）p53

美について
- ◇「ちくま日本文学 9」筑摩書房 2008（ちくま文庫）p204

舞踏会殺人事件
- ◇「捕物小説名作選 2」集英社 2006（集英社文庫）p73

勉強記
- ◇「ちくま日本文学 9」筑摩書房 2008（ちくま文庫）p129
- ◇「おかしい話」筑摩書房 2010（ちくま文学の森）p113

村のひと騒ぎ
- ◇「短編名作選―1925-1949 文士たちの時代」笠間書

院 1999 p117
- ◇「ちくま日本文学 9」筑摩書房 2008（ちくま文庫）p21
- ◇「創刊一〇〇年三田文学名作選」三田文学会 2010 p170
- ◇「三田文学短篇選」講談社 2010（講談社文芸文庫）p99

湯の町エレジー
- ◇「ちくま日本文学 9」筑摩書房 2008（ちくま文庫）p355

夜長姫と耳男
- ◇「コーヒーと小説」mille books 2016 p195

恋愛論
- ◇「愛」SDP 2009（SDP bunko）p251

わが工夫せるオジヤ
- ◇「文人御馳走帖」新潮社 2014（新潮文庫）p325

私は海をだきしめていたい
- ◇「新装版 全集現代文学の発見 9」學藝書林 2004 p146

私は海をだきしめてゐたい
- ◇「文豪たちが書いた耽美小説短編集」彩図社 2015 p170

Farceに就て
- ◇「ちくま日本文学 9」筑摩書房 2008（ちくま文庫）p44

坂口 みちよ　さかぐち・みちよ

ハンカチの花
- ◇「むすぶ—第11回フェリシモ文学賞作品集」フェリシモ 2008 p68

坂口 三千代　さかぐち・みちよ（1923〜1994）

クラクラ日記
- ◇「栞子さんの本棚—ビブリア古書堂セレクトブック」角川書店 2013（角川文庫）p157

坂口 䙥子　さかぐち・れいこ（1914〜2007）

小説 秋夜
- ◇「日本統治期台湾文学集成 22」緑蔭書房 2007 p335

春秋
- ◇「〈外地〉の日本語文学選 1」新宿書房 1996 p168

泣かぬ弟
- ◇「日本統治期台湾文学集成 23」緑蔭書房 2007 p409

母から母へ
- ◇「日本統治期台湾文学集成 23」緑蔭書房 2007 p413

蕃婦ロポウの話
- ◇「コレクション戦争と文学 18」集英社 2012 p392

隣人
- ◇「〈外地〉の日本語文学選 1」新宿書房 1996 p251

坂倉 剛　さかくら・ごう

インスピレーション
- ◇「ショートショートの広場 17」講談社 2005（講談社文庫）p164

えんぴつと消しゴム
- ◇「ショートショートの広場 10」講談社 2000（講談社文庫）p134

ギムネマ
- ◇「ショートショートの花束 4」講談社 2012（講談社文庫）p68

ドーナツの穴
- ◇「ショートショートの広場 19」講談社 2007（講談社文庫）p148

坂崎 紫瀾　さかざき・しらん（1853〜1913）

汗血千里(かんけつせんり)の駒
- ◇「新日本古典文学大系 明治編 16」岩波書店 2003 p27

嵯峨島 昭　さがしま・あきら

ラーメン殺人事件
- ◇「麺'sミステリー倶楽部—傑作推理小説集」光文社 2012（光文社文庫）p217

サカジリ ミズホ

七月の客人
- ◇「稲生モノノケ大全 陽之巻」毎日新聞社 2005 p479

阪田 寛夫　さかた・ひろお（1925〜2005）

歌の作りかた
- ◇「謎のギャラリー特別室 1」マガジンハウス 1998 p149
- ◇「謎のギャラリー—愛の部屋」新潮社 2002（新潮文庫）p61

オーケストラの少年
- ◇「それはまだヒミツ—少年少女の物語」新潮社 2012（新潮文庫）p111

海道東征
- ◇「川端康成文学賞全作品 2」新潮社 1999 p29

菜の花さくら
- ◇「戦後短篇小説再発見 14」講談社 2003（講談社文芸文庫）p175

八月十五日
- ◇「創刊一〇〇年三田文学名作選」三田文学会 2010 p461

わが町（抄）
- ◇「大阪文学名作選」講談社 2011（講談社文芸文庫）p7

坂月 あかね　さかつき・あかね

御伽の街
- ◇「人は死んだら電柱になる—電柱アンソロジー」遠すぎる未来団 2014 p361

酒月 茗　さかづき・めい

恩人
- ◇「てのひら怪談—ビーケーワン怪談大賞傑作選」ポプラ社 2007 p60
- ◇「てのひら怪談—ビーケーワン怪談大賞傑作選」ポプラ社 2008（ポプラ文庫）p60

常連
- ◇「てのひら怪談—ビーケーワン怪談大賞傑作選 庚

寅」ポプラ社 2010（ポプラ文庫）p56
食品汚染
　◇「リトル・リトル・クトゥルー──史上最小の神話小説集」学習研究社 2009 p176
町俤
　◇「てのひら怪談──ビーケーワン怪談大賞傑作選 2」ポプラ社 2007 p128
悪い人
　◇「てのひら怪談──ビーケーワン怪談大賞傑作選 辛卯」ポプラ社 2011（ポプラ文庫）p48

坂永 雄一　さかなが・ゆういち
さえずりの宇宙──第一回創元SF短編賞大森望賞
　◇「原色の想像力──創元SF短編賞アンソロジー」東京創元社 2010（創元SF文庫）p381
ジャングルの物語、その他の物語
　◇「NOVA+─書き下ろし日本SFコレクション 2」河出書房新社 2015（河出文庫）p283
無人の船で発見された手記
　◇「アステロイド・ツリーの彼方へ」東京創元社 2016（創元SF文庫）p133

さかなかな
駅前五目ビル事件
　◇「ショートショートの広場 16」講談社 2005（講談社文庫）p159

坂西 志保　さかにし・しほ
猫に仕えるの記　猫族の紳士淑女
　◇「猫」中央公論新社 2009（中公文庫）p71

嵯峨野 秋彦　さがの・あきひこ
雪女の家
　◇「ゆきのまち幻想文学賞小品集 13」企画集団ぷりずむ 2004 p124

嵯峨野 晶　さがの・あきら（1968〜）
暗殺者の輪舞曲
　◇「幕末スパイ戦争」徳間書店 2015（徳間文庫）p91
誠の桜──市村鉄之助
　◇「新選組出陣」廣済堂出版 2014 p119
　◇「新選組出陣」徳間書店 2015（徳間文庫）p119

阪野 陽花　さかの・はるか
そこはいつも青空
　◇「「伊豆文学賞」優秀作品集 第12回」羽衣出版 2009 p45
野に死に真似の遊びして
　◇「「伊豆文学賞」優秀作品集 第11回」静岡新聞社 2008 p109
花の棲家
　◇「「伊豆文学賞」優秀作品集 第15回」羽衣出版 2012 p55

嵯峨の屋 おむろ　さがのや・おむろ（1863〜1947）
くされたまご
　◇「日本近代文学に描かれた「恋愛」」牧野出版 2001 p7
　◇「日本近代短篇小説選 明治篇1」岩波書店 2012（岩波文庫）p61

坂部 つねお　さかべ・つねお
フロムゴロー
　◇「ショートショートの広場 18」講談社 2006（講談社文庫）p150

坂巻 京悟　さかまき・きょうご
火曜日
　◇「てのひら怪談 癸巳」KADOKAWA 2013（MF文庫ダ・ヴィンチ）p66

坂本 一馬　さかもと・かずま
ひろがる
　◇「魔地図」光文社 2005（光文社文庫）p515
両面雀聖
　◇「ひとにぎりの異形」光文社 2007（光文社文庫）p463

坂本 光一　さかもと・こういち（1953〜）
受賞の言葉　受賞のことば
　◇「江戸川乱歩賞全集 17」講談社 2004 p416
白色の残像
　◇「江戸川乱歩賞全集 17」講談社 2004（講談社文庫）p7

阪本 順治　さかもと・じゅんじ（1958〜）
魂萌え！
　◇「年鑑代表シナリオ集 '07」シナリオ作家協会 2009 p55

坂本 四郎　さかもと・しろう
ブギー
　◇「太宰治賞 2011」筑摩書房 2011 p257

坂本 囃敬史　さかもと・そうけいし
ギフト
　◇「万華鏡─第14回フェリシモ文学賞作品集」フェリシモ 2011 p140

坂本 富三　さかもと・とみぞう
最終バスの乗客
　◇「本格推理 14」光文社 1999（光文社文庫）p211

坂本 奈緒　さかもと・なお
幸いの竜　ルーアン
　◇「21世紀の〈ものがたり〉─『はてしない物語』創作コンクール記念」岩波書店 2002 p129

坂本 直行　さかもと・なおゆき（1906〜1982）
又吉物語
　◇「狩猟文学マスターピース」みすず書房 2011（大人の本棚）p197

坂元 宣博　さかもと・のぶひろ
詐話師
　◇「ショートショートの広場 14」講談社 2003（講談社文庫）p70

三ヵ月コース

さかも

◇「ショートショートの広場 11」講談社 2000（講談社文庫）p177

坂本 誠　さかもと・まこと
散歩の途中で
◇「ショートショートの広場 10」講談社 2000（講談社文庫）p113

坂本 昌穂　さかもと・まさほ
マウンドの津田の闘志溢れる姿に感動した≫津田恒美
◇「日本人の手紙 3」リブリオ出版 2004 p204

阪本 勝　さかもと・まさる
戯曲資本論
◇「新・プロレタリア文学精選集 17」ゆまに書房 2004 p1

坂本 美智子　さかもと・みちこ
海と帆
◇「ゆきのまち幻想文学賞小品集 14」企画集団ぷりずむ 2005 p56
およぐひと
◇「ゆきのまち幻想文学賞小品集 24」企画集団ぷりずむ 2015 p15
風花
◇「ゆきのまち幻想文学賞小品集 21」企画集団ぷりずむ 2012 p7
ゴッホの靴
◇「ゆきのまち幻想文学賞小品集 7」NTTメディアスコープ 1997 p111
正太の太鼓
◇「ゆきのまち幻想文学賞小品集 15」企画集団ぷりずむ 2006 p72
鳥になる日
◇「ゆきのまち幻想文学賞小品集 22」企画集団ぷりずむ 2013 p79
投げろっ
◇「ゆきのまち幻想文学賞小品集 10」企画集団ぷりずむ 2001 p113
バトンタッチ
◇「ゆきのまち幻想文学賞小品集 13」企画集団ぷりずむ 2004 p155
蹄
◇「ゆきのまち幻想文学賞小品集 9」企画集団ぷりずむ 2000 p128
僕のティンカー・ベル
◇「ゆきのまち幻想文学賞小品集 20」企画集団ぷりずむ 2011 p155
牡丹雪
◇「ゆきのまち幻想文学賞小品集 12」企画集団ぷりずむ 2003 p40
雪の花
◇「ゆきのまち幻想文学賞小品集 18」企画集団ぷりずむ 2009 p59

坂元 裕二　さかもと・ゆうじ（1967〜）
わたしたちの教科書（第一話・第二話）
◇「テレビドラマ代表作選集 2008年版」日本脚本家連盟 2008 p215

坂本 与市　さかもと・よいち
もう1つの海峡線
◇「扉の向こうへ」全作家協会 2014（全作家短編集）p80
烈々布二代―私の北海道5
◇「全作家短編集 15」のべる出版企画 2016 p314

坂本 竜馬　さかもと・りょうま（1835〜1867）
ミシミシ物音が……、寺田屋襲撃の実況報告≫坂本権平
◇「日本人の手紙 10」リブリオ出版 2004 p12

相良 敦子　さがら・あつこ（1959〜）
七子と七生―姉と弟になれる日
◇「テレビドラマ代表作選集 2005年版」日本脚本家連盟 2005 p7
にらめっこ
◇「Love―あなたに逢いたい」双葉社 1997（双葉文庫）p111
二人の法則
◇「Love―あなたに逢いたい」双葉社 1997（双葉文庫）p149

相良 翔　さがら・しょう
ぬるま湯父さん
◇「冷と温―第13回フェリシモ文学賞作品集」フェリシモ 2010 p30

サガラ モトコ
たそがれなき
◇「万華鏡―第14回フェリシモ文学賞作品集」フェリシモ 2011 p156

左川 ちか　さがわ・ちか（1911〜1936）
童話風な
◇「夢」国書刊行会 1998（書物の王国）p9

佐川 光晴　さがわ・みつはる（1965〜）
おれたちの青空
◇「文学 2012」講談社 2012 p199
二月
◇「文学 2007」講談社 2007 p272
四本のラケット
◇「あの日、君と Boys」集英社 2012（集英社文庫）p131

佐川 里江　さがわ・りえ
お姉ちゃんのマーくん
◇「最後の一日 3月23日―さよならが胸に染みる10の物語」泰文堂 2013（リンダブックス）p184
スフレケーキ
◇「あなたが生まれた日―家族の愛が温かな10の感動ストーリー」泰文堂 2013（リンダブックス）p133
世界が終わるまえに
◇「最後の一日 7月22日―さよならが胸に染みる物語」泰文堂 2012（リンダブックス）p168

ひろちゃん
◇「最後の一日 6月30日―さよならが胸に染みる10の物語」泰文堂 2013（リンダブックス）p114
ぼくとお母さんとコータロー
◇「少年のなみだ」泰文堂 2014（リンダブックス）p145
ぼくの足の人差し指
◇「お母さんのなみだ」泰文堂 2016（リンダパブリッシャーズの本）p70
ママに伝えてほしいこと
◇「少女のなみだ」泰文堂 2014（リンダブックス）p97

沙岐　さき

逢いたかっただけなのに
◇「リトル・リトル・クトゥルー―史上最小の神話小説集」学習研究社 2009 p36
海縁寺駅降りる
◇「リトル・リトル・クトゥルー―史上最小の神話小説集」学習研究社 2009 p178

沙木 とも子　さき・ともこ（1959～）

移り香
◇「てのひら怪談―ビーケーワン怪談大賞傑作選 2」ポプラ社 2007 p202
◇「てのひら怪談―ビーケーワン怪談大賞傑作選 己丑」ポプラ社 2009（ポプラ文庫）p100
籠の鳥
◇「てのひら怪談―ビーケーワン怪談大賞傑作選 辛卯」ポプラ社 2011（ポプラ文庫）p142
視線
◇「てのひら怪談―ビーケーワン怪談大賞傑作選 庚寅」ポプラ社 2010（ポプラ文庫）p130
失くしもの
◇「てのひら怪談―ビーケーワン怪談大賞傑作選 百怪繚乱篇」ポプラ社 2008 p214
本家の欄間
◇「てのひら怪談―ビーケーワン怪談大賞傑作選 庚寅」ポプラ社 2010（ポプラ文庫）p20
みどりご
◇「リトル・リトル・クトゥルー―史上最小の神話小説集」学習研究社 2009 p30
幽霊の臨終
◇「てのひら怪談 癸巳」KADOKAWA 2013（MF文庫ダ・ヴィンチ）p122

佐木 隆三　さき・りゅうぞう（1937～2015）

奇蹟の市
◇「コレクション戦争と文学 1」集英社 2012 p585
参議の愛妾
◇「歴史の息吹」新潮社 1997 p207
ジャンケンポン協定
◇「新装版 全集現代文学の発見 6」學藝書林 2003 p336

鷺 六平　さぎ・ろくへい

白足袋の謎
◇「白の怪」勉誠出版 2003（べんせいライブラリー）p133

向坂 幸路　さきさか・ゆきじ

バスを待つ間
◇「超短編傑作選 v.6」創英社 2007 p79

鷺沢 萠　さぎさわ・めぐむ（1968～2004）

犬とカエルと銀座の夜
◇「銀座24の物語」文藝春秋 2001 p297
帰れぬ人びと
◇「恋愛小説・名作集成 4」リブリオ出版 2004 p144
駆ける少年
◇「文学賞受賞・名作集成 2」リブリオ出版 2004 p5
故郷の春
◇「人の物語」角川書店 2001（New History）p59
誰かアイダを探して
◇「Love stories」水曜社 2004 p25
ティーンエイジ・サマー
◇「現代小説クロニクル 1990～1994」講談社 2015（講談社文芸文庫）p17
ほんとうの夏
◇「〈在日〉文学全集 14」勉誠出版 2006 p339
りんごの皮
◇「くだものだもの」ランダムハウス講談社 2007 p119
忘れられなくて
◇「二十四粒の宝石―超短編小説傑作集」講談社 1998（講談社文庫）p225

崎村 雅　さきむら・みやび

龍源居の殺人
◇「外地探偵小説集 満州篇」せらび書房 2003 p87

崎村 裕　さきむら・ゆたか

朝霧
◇「全作家短編小説集 8」全作家協会 2009 p116
金子みすゞの死
◇「全作家短編小説集 10」のべる出版 2011 p118
支えられる人
◇「回転ドアから」全作家協会 2015（全作家短編集）p45
少年幸徳秋水
◇「全作家短編小説集 12」全作家協会 2013 p140
室生犀星の生母
◇「全作家短編小説集 7」全作家協会 2008 p7
モンパルナスの鳩
◇「全作家短編小説集 6」全作家協会 2007 p217

崎谷 はるひ　さきや・はるひ

十二時間三十分
◇「てのひらの恋」KADOKAWA 2014（角川文庫）p23

崎山 麻夫　さきやま・あさお

ダバオ巡礼
◇「現代沖縄文学作品選」講談社 2011（講談社文芸

文庫）p79

崎山 多美　さきやま・たみ（1954～）
うんじゅが、ナサキ
◇「文学 2013」講談社 2013 p244
ピグルル風ヌ吹きば
◇「文学 2008」講談社 2008 p117
風水譚
◇「沖縄文学選―日本文学のエッジからの問い」勉誠出版 2003 p384
見えないマチからションカネーが
◇「現代沖縄文学作品選」講談社 2011（講談社文芸文庫）p107

沙霧 ゆう　さきり・ゆう
欠陥住宅
◇「ショートショートの花束 2」講談社 2010（講談社文庫）p104

佐久島 憲司　さくしま・けんじ
屈折の殺意
◇「本格推理 11」光文社 1997（光文社文庫）p35

朔田 有見　さくた・ゆみ
ガールズファイト
◇「人は死んだら電柱になる―電柱アンソロジー」遠すぎる未来団 2014 p64

咲乃 月音　さくの・つきね（1967～）
おさらば食堂
◇「5分で読める！ ひと駅ストーリー 食の話」宝島社 2015（宝島社文庫）p49
お月さんを探して
◇「LOVE & TRIP by LESPORTSAC」宝島社 2013（宝島社文庫）p121
がたんごとん
◇「5分で読める！ ひと駅ストーリー 降車編」宝島社 2012（宝島社文庫）p269
◇「5分で泣ける！ 胸がいっぱいになる物語」宝島社 2015（宝島社文庫）p269
クリスマスローズ
◇「5分で読める！ ひと駅ストーリー 冬の記憶西口編」宝島社 2013（宝島社文庫）p141
◇「5分で泣ける！ 胸がいっぱいになる物語」宝島社 2015（宝島社文庫）p209
ひまわりの朝
◇「5分で読める！ ひと駅ストーリー 夏の記憶東口編」宝島社 2013（宝島社文庫）p141
Bookstore
◇「5分で読める！ ひと駅ストーリー 本の物語」宝島社 2014（宝島社文庫）p79

佐久間 象山　さくま・しょうざん（1811～1864）
佐久間象山の謫居の歌
◇「新日本古典文学大系 明治編 12」岩波書店 2001 p44

朔間 数奇　さくま・すうき
美人湯
◇「ショートショートの花束 5」講談社 2013（講談社文庫）p152

佐久間 勉　さくま・つとむ（1879～1910）
十二時三十分、呼吸非常ニクルシイ
◇「日本人の手紙 8」リブリオ出版 2004 p102

サクラ ヒロ
星と飴玉
◇「太宰治賞 2016」筑摩書房 2016 p81

さくら ももと
いつかのクラス通信
◇「高校演劇Selection 2003 上」晩成書房 2003 p127

桜井 亜美　さくらい・あみ
ソリスティスガール
◇「with you」幻冬舎 2004 p49
I'm proud
◇「Love songs」幻冬舎 1998 p99

桜井 学　さくらい・がく（1926～）
川柳句集 試歩の道
◇「ハンセン病文学全集 9」皓星社 2010 p450
川柳句集 冬の月
◇「ハンセン病文学全集 9」皓星社 2010 p457

桜井 克明　さくらい・かつあき
炬燵のバラード
◇「現代作家代表作選集 3」鼎書房 2013 p77

櫻井 寛治　さくらい・かんじ
伊豆の仁寛
◇「「伊豆文学賞」優秀作品集 第6回」羽衣出版 2003 p147
◇「伊豆の歴史を歩く」羽衣出版 2006（伊豆文学賞歴史小説傑作集）p41

桜井 豪　さくらい・ごう
共同開催
◇「ショートショートの広場 10」講談社 2000（講談社文庫）p247

桜井 忠房　さくらい・ただふさ
ありそうな話
◇「ショートショートの広場 12」講談社 2001（講談社文庫）p24
神は存在するのか
◇「ショートショートの広場 14」講談社 2003（講談社文庫）p139

桜井 哲夫　さくらい・てつお（1924～2011）
かすみ草
◇「ハンセン病文学全集 7」皓星社 2004 p462
風の造形
◇「ハンセン病文学全集 7」皓星社 2004 p454
久遠の花
◇「ハンセン病文学全集 2」皓星社 2002 p365

花道
◇「ハンセン病文学全集 7」皓星社 2004 p461
榛名グラス
◇「ハンセン病文学全集 7」皓星社 2004 p463
一人ごっこ
◇「ハンセン病文学全集 7」皓星社 2004 p453
冬の蛾
◇「ハンセン病文学全集 7」皓星社 2004 p455
冬の手紙
◇「ハンセン病文学全集 7」皓星社 2004 p454
炎
◇「ハンセン病文学全集 7」皓星社 2004 p457
無窮花抄
◇「ハンセン病文学全集 7」皓星社 2004 p453
無窮花の花は何時開く―故村松武司先生におくる
◇「ハンセン病文学全集 7」皓星社 2004 p458
目かくしだあれ
◇「ハンセン病文学全集 7」皓星社 2004 p461
盲目の王将物語
◇「ハンセン病文学全集 2」皓星社 2002 p473
宿り木
◇「ハンセン病文学全集 7」皓星社 2004 p459
雪女
◇「ハンセン病文学全集 7」皓星社 2004 p460

桜井 文規　さくらい・ふみのり
失色
◇「リトル・リトル・クトゥルー―史上最小の神話小説集」学習研究社 2009 p208
生活音
◇「てのひら怪談―ビーケーワン怪談大賞傑作選 百怪繚乱篇」ポプラ社 2008 p160
山神の嫁
◇「てのひら怪談―ビーケーワン怪談大賞傑作選 庚寅」ポプラ社 2010（ポプラ文庫）p36

桜井 まふゆ　さくらい・まふゆ
桜のこころには
◇「超短編傑作選 v.6」創英社 2007 p119

桜伊 美紀　さくらい・みき
雪だるまの種
◇「ゆきのまち幻想文学賞小品集 21」企画集団ぶりずむ 2012 p152

桜井 由　さくらい・ゆう
その彼は、ずっと
◇「万華鏡―第14回フェリシモ文学賞作品集」フェリシモ 2011 p108

櫻井 結花　さくらい・ゆか
シフォン
◇「むすぶ―第11回フェリシモ文学賞作品集」フェリシモ 2008 p138
ドライバナナ
◇「気配―第10回フェリシモ文学賞作品集」フェリシモ 2007 p152

咲良色　さくらいろ
君の恋に心が揺れて
◇「告白」ソフトバンククリエイティブ 2009 p291

桜木 紫乃　さくらぎ・しの（1965～）
海へ
◇「日本文学100年の名作 10」新潮社 2015（新潮文庫）p389
影のない街
◇「短篇ベストコレクション―現代の小説 2014」徳間書店 2014（徳間文庫）p265
かみさまの娘
◇「短編工場」集英社 2012（集英社文庫）p7

桜坂 洋　さくらざか・ひろし（1970～）
エキストラ・ラウンド
◇「ゼロ年代SF傑作選」早川書房 2010（ハヤカワ文庫 JA）p91
狐と踊れ
◇「神林長平トリビュート」早川書房 2009 p11
◇「神林長平トリビュート」早川書房 2012（ハヤカワ文庫 JA）p13
さいたまチェーンソー少女
◇「SFマガジン700 国内篇」早川書房 2014（ハヤカワ文庫 SF）p415
10月はSPAMで満ちている
◇「七つの黒い夢」新潮社 2006（新潮文庫）p153
探求「話法」のゼロ地点―「ギートステイト」とポストセカイ系小説（東浩紀／仲俣暁生）
◇「Fiction zero／narrative zero」講談社 2007 p001
毒入りローストビーフ事件
◇「蝦蟇倉市事件 2」東京創元社 2010（東京創元社・ミステリ・フロンティア）p65
◇「街角で謎が待っている」東京創元社 2014（創元推理文庫）p75

櫻田 智也　さくらだ・ともや（1977～）
サーチライトと誘蛾灯
◇「監獄舎の殺人―ミステリーズ！ 新人賞受賞作品集」東京創元社 2016（創元推理文庫）p125
緑の女
◇「ベスト本格ミステリ 2015」講談社 2015（講談社ノベルス）p235

桜戸 丈司　さくらど・じょうじ
棕櫚の花咲く窓
◇「ハンセン病文学全集 8」皓星社 2006 p256

桜庭 一樹　さくらば・かずき（1971～）
1、2、3、悠久！
◇「午前零時」新潮社 2007 p201
◇「午前零時―P.S.昨日の私へ」新潮社 2009（新潮文庫）p233
五月雨
◇「短篇ベストコレクション―現代の小説 2008」徳

間書店 2008（徳間文庫）p327
じごくゆきっ
◇「短編工場」集英社 2012（集英社文庫）p85
脂肪遊戯
◇「闇電話」光文社 2006（光文社文庫）p205
◇「ザ・ベストミステリーズ―推理小説年鑑 2007」講談社 2007 p125
◇「MARVELOUS MYSTERY」講談社 2010（講談社文庫）p71
ジャングリン・パパの愛撫の手
◇「リテラリーゴシック・イン・ジャパン―文学的ゴシック作品選」筑摩書房 2014（ちくま文庫）p451
少年バンコラン！ 夜歩く犬
◇「密室と奇蹟―J.D.カー生誕百周年記念アンソロジー」東京創元社 2006 p47
暴君
◇「オバケヤシキ」光文社 2005（光文社文庫）p311
◇「不思議の足跡」光文社 2007（Kappa novels）p123
◇「不思議の足跡」光文社 2011（光文社文庫）p157
A
◇「ぼくの、マシン―ゼロ年代日本SFベスト集成 S」東京創元社 2010（創元SF文庫）p291

桜庭 三軒　さくらば・さんけん
きれいな人
◇「かわいい―第16回フェリシモ文学賞優秀作品集」フェリシモ 2013 p104

桜町 静夫　さくらまち・しずお
艶美白孔雀
「捕物時代小説選集 7」春陽堂書店 2000（春陽文庫）p99

座光 東平　ざこう・とうへい（生没年不詳）
犯罪小説 女落語師の死
◇「日本統治期台湾文学集成 9」緑蔭書房 2002 p111
犯罪小説 厳格な家の娘
◇「日本統治期台湾文学集成 9」緑蔭書房 2002 p51
犯罪小説 自縄自縛
◇「日本統治期台湾文学集成 9」緑蔭書房 2002 p133
犯罪小説 凄い切味の女
◇「日本統治期台湾文学集成 9」緑蔭書房 2002 p103
犯罪小説 聖僧の庫裡―背後に絡はる快美人の正體
◇「日本統治期台湾文学集成 9」緑蔭書房 2002 p85
犯罪小説 是耶非耶
◇「日本統治期台湾文学集成 9」緑蔭書房 2002 p69
犯罪小説 露と消ゆる四つの命
◇「日本統治期台湾文学集成 9」緑蔭書房 2002 p97
犯罪小説 強い娘
◇「日本統治期台湾文学集成 9」緑蔭書房 2002 p61
犯罪小説 天譴を蒙る人
◇「日本統治期台湾文学集成 9」緑蔭書房 2002 p123
犯罪小説 謎の夫婦情死
◇「日本統治期台湾文学集成 9」緑蔭書房 2002 p79
探偵小説 人間の裁判
◇「日本統治期台湾文学集成 9」緑蔭書房 2002 p57
犯罪小説 白金坩堝の行衛
◇「日本統治期台湾文学集成 9」緑蔭書房 2002 p141

迫田 紀男　さこだ・のりお
古希のルネサンス
◇「現代鹿児島小説大系 3」ジャプラン 2014 p187
模型飛行機
◇「現代鹿児島小説大系 3」ジャプラン 2014 p146

左近 隆　さこん・たかし（1925～）
朱房の鬼
◇「捕物時代小説選集 1」春陽堂書店 1999（春陽文庫）p23

佐々 成雄　ささ・しげお
脚本 呉鳳の死（幸田青緑）
◇「日本統治期台湾文学集成 14」緑蔭書房 2003 p91
◇「日本統治期台湾文学集成 27」緑蔭書房 2007 p139

笹岡 利宏　ささおか・としひろ
仙女の泉
◇「ショートショートの広場 8」講談社 1997（講談社文庫）p119
発病
◇「ショートショートの広場 11」講談社 2000（講談社文庫）p144

ささがに
テレストリアル・ゲート
◇「リトル・リトル・クトゥルー―史上最小の神話小説集」学習研究社 2009 p200

笹川 佐之　ささがわ・すけゆき
熊笹の道
◇「ハンセン病文学全集 8」皓星社 2006 p342

佐々木 新　ささき・あらた
ガンダムからの文芸キャラクタリズム革命―新ガンダム、「ガンダムユニコーン」の勝算（福井晴敏）
◇「Fiction zero／narrative zero」講談社 2007 p015

佐々木 悦　ささき・えつ（1932～）
八皿人形流し
◇「山形県文学全集第2期（随筆・紀行編）6」郷土出版社 2005 p58

佐々木 江利子　ささき・えりこ
沼の娘
◇「妖（あやかし）がささやく」翠琥出版 2015 p109

佐々木 喜善　ささき・きぜん（1886～1933）
縁女綺聞
◇「文豪怪談傑作選 明治編」筑摩書房 2011（ちくま文庫）p207
奥州のザシキワラシの話（抄）

◇「文豪てのひら怪談」ポプラ社 2009（ポプラ文庫）p18
喜善夢日記（東雅夫〔編〕）
◇「文豪怪談傑作選 明治編」筑摩書房 2011（ちくま文庫）p262
寺
◇「みちのく怪談名作選 vol.1」荒蝦夷 2010（叢書東北の声）p89
長靴
◇「文豪怪談傑作選 明治編」筑摩書房 2011（ちくま文庫）p199
念惑
◇「みちのく怪談名作選 vol.1」荒蝦夷 2010（叢書東北の声）p90
日照雨
◇「みちのく怪談名作選 vol.1」荒蝦夷 2010（叢書東北の声）p87

佐々木 鏡石　ささき・きょうせき
⇒佐々木喜善（ささき・きぜん）を見よ

佐々木 清隆　ささき・きよたか
蓮の花のうら
◇「ひとにぎりの異形」光文社 2007（光文社文庫）p109

佐々木 清美　ささき・きよみ
清美ははじめて弾の中をくぐりました≫佐々木くり
◇「日本人の手紙 8」リブリオ出版 2004 p147

佐々木 邦　ささき・くに（1883〜1964）
おてんば娘日記（抄）
◇「日本の少年小説―「少国民」のゆくえ」インパクト出版会 2016（インパクト選書）p50
にわか英雄
◇「『少年倶楽部』短篇選」講談社 2013（講談社文芸文庫）p293

佐々木 敬祐　ささき・けいすけ
気になるひと
◇「全作家短編小説集 7」全作家協会 2008 p132
首なし馬
◇「全作家短編小説集 9」全作家協会 2010 p25
峠茶屋のだんご婆さん
◇「全作家短編小説集 6」全作家協会 2007 p137
謎のメッセージ
◇「全作家短編小説集 8」全作家協会 2009 p152

佐々木 佐津子　ささき・さつこ
吹雪の夜に
◇「ゆきのまち幻想文学賞小品集 18」企画集団ぶりずむ 2009 p143

佐々木 淳　ささき・じゅん
⇒倉知淳（くらち・じゅん）を見よ

佐々木 淳一　ささき・じゅんいち
北の王
◇「ゆきのまち幻想文学賞小品集 19」企画集団ぶりずむ 2009 p100
津軽にかたむいて
◇「ゆきのまち幻想文学賞小品集 24」企画集団ぶりずむ 2015 p150
雪が降り積もる前の、その僅かな永遠
◇「ゆきのまち幻想文学賞小品集 18」企画集団ぶりずむ 2009 p201

佐々木 俊輔　ささき・しゅんすけ
ゆめのみらい
◇「太宰治賞 2011」筑摩書房 2011 p213

佐々木 譲　ささき・じょう（1950〜）
逸脱
◇「決断―警察小説競作」新潮社 2006（新潮文庫）p91
借りた明日
◇「短篇ベストコレクション―現代の小説 2003」徳間書店 2003（徳間文庫）p313
せめてものディナー
◇「輝きの一瞬―短くて心に残る30編」講談社 1999（講談社文庫）p141
鉄騎兵、跳んだ
◇「冒険の森へ―傑作小説大全 20」集英社 2015 p72
遠い風の音
◇「別れの予感」リブリオ出版 2001（ラブミーワールド）p61
◇「恋愛小説・名作集成 8」リブリオ出版 2004 p61
降るがいい
◇「短篇ベストコレクション―現代の小説 2016」徳間書店 2016（徳間文庫）p235
ベルリン飛行指令
◇「冒険の森へ―傑作小説大全 13」集英社 2016 p245

佐々木 隆　ささき・たかし
住んでいる家で昔起きたこと
◇「てのひら怪談―ビーケーワン怪談大賞傑作選」ポプラ社 2007 p112
◇「てのひら怪談―ビーケーワン怪談大賞傑作選」ポプラ社 2008（ポプラ文庫）p116

佐々木 孝丸　ささき・たかまる（1898〜1986）
勧進帳
◇「新・プロレタリア文学精選集 11」ゆまに書房 2004 p127
慶安太平記後日譚（四幕八場）
◇「新・プロレタリア文学精選集 11」ゆまに書房 2004 p1
地獄の審判（二場）
◇「新・プロレタリア文学精選集 11」ゆまに書房 2004 p155
荷車（一幕）
◇「新・プロレタリア文学精選集 11」ゆまに書房 2004 p138

ささき

佐々木 禎子　ささき・ていこ（1964〜）
猫の目時計
◇「宵越し猫語り―書き下ろし時代小説集」白泉社 2015（白泉社招き猫文庫）p43
夜の虹
◇「となりのもののけさん―競作短篇集」ポプラ社 2014（ポプラ文庫ピュアフル）p117

佐々木 土下座衛門　ささき・どげざえもん
傘を拾った話
◇「てのひら怪談―ビーケーワン怪談大賞傑作選」ポプラ社 2007 p70
◇「てのひら怪談―ビーケーワン怪談大賞傑作選」ポプラ社 2008（ポプラ文庫）p70

佐左木 俊郎　ささき・としろう（1900〜1933）
殺人迷路（連作探偵小説第九回）
◇「幻の探偵雑誌 8」光文社 2001（光文社文庫）p103
三稜鏡（笠松博士の奇怪な外科医術）
◇「幻の探偵雑誌 10」光文社 2002（光文社文庫）p277

佐々木 虎之助　ささき・とらのすけ
紅
◇「ゆきのまち幻想文学賞小品集 24」企画集団ぷりずむ 2015 p109

佐々木 信子　ささき・のぶこ
ルリトカゲの庭
◇「北日本文学賞入賞作品集 2」北日本新聞社 2002 p355

佐佐木 信綱　ささき・のぶつな（1872〜1963）
水師営の会見
◇「将軍・乃木希典」勉誠出版 2004 p1

佐々木 八郎　ささき・はちろう（1898〜1980）
はたして勝つか負けるか、何ともいえない
◇「日本人の手紙 8」リブリオ出版 2004 p137

佐々木 浩　ささき・ひろし
鐵道に立つ男
◇「日本統治期台湾文学集成 22」緑蔭書房 p325

佐佐木 弘綱　ささき・ひろつな（1828〜1891）
明治開化和歌集（抄）
◇「新日本古典文学大系 明治編 4」岩波書店 2003 p1

佐々木 雅博　ささき・まさひろ
老後のたのしみ
◇「ショートショートの広場 20」講談社 2008（講談社文庫）p98

佐々木 味津三　ささき・みつぞう（1896〜1934）
南蛮幽霊
◇「傑作捕物ワールド 2」リブリオ出版 2002 p5
◇「捕物小説名作選 1」集英社 2006（集英社文庫）p7

旗本退屈男
◇「颯爽登場！ 第一話―時代小説ヒーロー初見参」新潮社 2004（新潮文庫）p187
髭
◇「探偵小説の風景―トラフィック・コレクション上」光文社 2009（光文社文庫）p107
幽霊を買った退屈男
◇「傑作捕物ワールド 3」リブリオ出版 2002 p47

佐々木 充郭　ささき・みつひろ
ねぼすけさん
◇「優秀新人戯曲集 2012」ブロンズ新社 2011 p59

佐々木 基成　ささき・もとなり
人生のはじまり、退屈な日々
◇「太宰治賞 2013」筑摩書房 2013 p151

佐々木 ゆう　ささき・ゆう
三尸虫
◇「闇電話」光文社 2006（光文社文庫）p445
鉢頭摩
◇「江戸迷宮」光文社 2011（光文社文庫）p363
命々鳥
◇「アート偏愛」光文社 2005（光文社文庫）p609
家鳴
◇「ひとにぎりの異形」光文社 2007（光文社文庫）p227
山を生きて
◇「立川文学 2」けやき出版 2012 p85

佐々木 裕一　ささき・ゆういち
鬼の目にも泪
◇「欣喜の風」祥伝社 2016（祥伝社文庫）p153
ほおずき
◇「江戸猫ばなし」光文社 2014（光文社文庫）p191

佐佐木 雪子　ささき・ゆきこ
櫂の雫
◇「天変動く大震災と作家たち」インパクト出版会 2011（インパクト選書）p54

佐佐木 陸　ささき・りく
あたらしい奴隷
◇「太宰治賞 2015」筑摩書房 2015 p113

佐々木 林　ささき・りん
兵隊の雨が降る
◇「日本海文学大賞―大賞作品集 3」日本海文学大賞運営委員会 2007 p459

笹倉 朋実　ささくら・ともみ
氷が笑った。
◇「たびだち―フェリシモしあわせショートショート」フェリシモ 2000 p64

笹沢 左保　ささざわ・さほ（1930〜2002）
赤い後ろ姿
◇「人情の往来―時代小説最前線」新潮社 1997（新潮文庫）p549

朝霧に消えた男─八州さま異聞
◇「血しぶき街道」光風社出版 1998（光風社文庫）p229

蛇は一匹なり
◇「俳句殺人事件─巻頭句の女」光文社 2001（光文社文庫）p285

現われない
◇「恋は罪つくり─恋愛ミステリー傑作選」光文社 2005（光文社文庫）p85

遺書欲しや
◇「剣光闇を裂く」光風社出版 1997（光風社文庫）p361
◇「怪奇・怪談傑作集」新人物往来社 1997 p163

何れが欺く者
◇「信州歴史時代小説傑作集 3」しなのき書房 2007 p63

浮世絵の女
◇「江戸浮世風」学習研究社 2004（学研M文庫）p305

海からの招待状
◇「迷宮の旅行者─本格推理展覧会」青樹社 1999（青樹社文庫）p65

快楽の一瞬を待つ
◇「宮本武蔵─剣豪列伝」廣済堂出版 1997（廣済堂文庫）p27

火刑
◇「血汐花に涙降る」光風社出版 1999（光風社文庫）p133

神の正体
◇「現代の小説 1997」徳間書店 1997 p17

消えた生き証人
◇「犬道楽江戸草紙─時代小説傑作選」徳間書店 2005（徳間文庫）p199

鬼神の弱点は何処に
◇「七人の十兵衛─傑作時代小説」PHP研究所 2007（PHP文庫）p165

狂女が唄う信州路
◇「極め付き時代小説選 1」中央公論新社 2004（中公文庫）p111
◇「信州歴史時代小説傑作集 4」しなのき書房 2007 p345

曇り日に影が射す
◇「七人の刑事」廣済堂出版 1998（KOSAIDO BLUE BOOKS）p155

暮坂峠への疾走
◇「江戸の漫遊力─時代小説傑作選」集英社 2008（集英社文庫）p101

惨死
◇「偉人八傑推理帖─名探偵時代小説」双葉社 2004（双葉文庫）p39

塩むすび
◇「感涙─人情時代小説傑作選」ベストセラーズ 2004（ベスト時代文庫）p109

七里の渡し月見船
◇「躍る影法師」光風社出版 1997（光風社文庫）p301

赦免花（しゃめんばな）は散った
◇「謀」文藝春秋 2003（推理作家になりたくて マイ ベストミステリー）p340
◇「マイ・ベスト・ミステリー 4」文藝春秋 2007（文春文庫）p522
◇「冒険の森へ─傑作小説大全 15」集英社 2016 p90
◇「この時代小説がすごい！ 時代小説傑作選」宝島社 2016（宝島社文庫）p79

酒乱
◇「煌めきの殺意」徳間書店 1999（徳間文庫）p237

純愛碑
◇「金曜の夜は、ラブ・ミステリー」三笠書房 2000（王様文庫）p79

峠だけで見た男
◇「代表作時代小説 平成10年度」光風社出版 1998 p53
◇「地獄の無明剣─時代小説傑作選」講談社 2004（講談社文庫）p41

峠に哭いた甲州路
◇「大江戸事件帖─時代推理小説名作選」双葉社 2005（双葉文庫）p237

遠い美少女
◇「悲劇の臨時列車─鉄道ミステリー傑作選」光文社 1998（光文社文庫）p83

笛の女
◇「明暗廻り灯籠」光風社出版 1998（光風社文庫）p29

降って来た赤ン坊
◇「闇の旋風」徳間書店 2000（徳間文庫）p88

幻の賭博師
◇「熱い賭け」早川書房 2006（ハヤカワ文庫）p143

見かえり峠の落日
◇「御白洲裁き─時代推理傑作選」徳間書店 2009（徳間文庫）p341

密室─定廻り同心十二人衆
◇「代表作時代小説 平成15年度」光風社出版 2003 p227

夢剣
◇「江戸三百年を読む─傑作時代小説 シリーズ江戸学 上」角川学芸出版 2009（角川文庫）p75

翌日の別離
◇「京都殺意の旅─京都ミステリー傑作選」徳間書店 2001（徳間文庫）p41

老人の予言
◇「妖魔ヶ刻─時間怪談傑作選」徳間書店 2000（徳間文庫）p285
◇「怪談─24の恐怖」講談社 2004 p213
◇「異形の白昼─恐怖小説集」筑摩書房 2013（ちくま文庫）p235

六本木心中
◇「恋愛小説・名作集成 6」リブリオ出版 2004 p197
◇「甘やかな祝祭─恋愛小説アンソロジー」光文社 2004（光文社文庫）p37
◇「心中小説名作選」集英社 2008（集英社文庫）p117

ささの

笹野 裕子　ささの・ゆうこ
写真の向こう側
◇「藤本義一文学賞 第1回」(大阪)たる出版 2016 p47

笹原 金次郎　ささはら・きんじろう (1920～2004)
桃井春蔵
◇「人物日本剣豪伝 4」学陽書房 2001 (人物文庫) p151

笹原 ひとみ　ささはら・ひとみ
また君に恋をする
◇「100の恋―幸せになるための恋愛短篇集」泰文堂 2010 (Linda books！) p170

笹原 実穂子　ささはら・みほこ
遺書がなくったっていい
◇「扉の向こうへ」全作家協会 2014 (全作家短編集) p333
少女の鏡
◇「全作家短編小説集 8」全作家協会 2009 p38
ジョージと逢う
◇「全作家短編小説集 9」全作家協会 2010 p222
造花
◇「全作家短編小説集 10」のべる出版 2011 p124
小さな紙切れ
◇「全作家短編小説集 7」全作家協会 2008 p93
箱
◇「全作家短編小説集 11」全作家協会 2012 p190
パラレル
◇「全作家短編集 15」のべる出版企画 2016 p145
僕・ミステーク
◇「全作家短編小説集 12」全作家協会 2013 p178
舞衣
◇「回転ドアから」全作家協会 2015 (全作家短編集) p421

嵯々藤 士郎　ささふじ・しろう
記憶喪失
◇「ショートショートの広場 10」講談社 2000 (講談社文庫) p191
光介のお勉強
◇「ショートショートの広場 10」講談社 2000 (講談社文庫) p180

佐々部 清　ささべ・きよし (1958～)
チルソクの夏
◇「年鑑代表シナリオ集 '03」シナリオ作家協会 2004 p67
陽はまた昇る (西岡琢也)
◇「年鑑代表シナリオ集 '02」シナリオ作家協会 2003 p173

笹本 寅　ささもと・とら (1902～1976)
小野寺幸右衛門
◇「定本・忠臣蔵四十七人集」双葉社 1998 p368
雪の子別れ
◇「忠臣蔵コレクション 1」河出書房新社 1998 (河出文庫) p241

笹本 稜平　ささもと・りょうへい (1951～)
犬も歩けば
◇「ザ・ベストミステリーズ―推理小説年鑑 2003」講談社 2003 p305
◇「殺人の教室」講談社 2006 (講談社文庫) p537
和尚の初恋
◇「宝石ザミステリー 2014夏」光文社 2014 p61
ゴロさんのテラス―『春を背負って』番外編
◇「サイドストーリーズ」KADOKAWA 2015 (角川文庫) p187
死人の逆恨み
◇「事件を追いかけろ―最新ベスト・ミステリー サプライズの花束編」光文社 2004 (カッパ・ノベルス) p243
◇「事件を追いかけろ サプライズの花束編」光文社 2009 (光文社文庫) p317
師走の怪談
◇「宝石ザミステリー 2」光文社 2012 p447
任俠ビジネス
◇「宝石ザミステリー 3」光文社 2013 p517
ベルちゃんの憂鬱
◇「宝石ザミステリー 2014冬」光文社 2014 p541
ボス・イズ・バック
◇「宝石ザミステリー」光文社 2011 p155

笹山 量子　ささやま・りょうこ
占い天使
◇「宇宙生物ゾーン」廣済堂出版 2000 (廣済堂文庫) p423
液体の悪魔
◇「SFバカ本 たいやき篇プラス」廣済堂出版 1999 (廣済堂文庫) p289
神様助けて
◇「GOD」廣済堂出版 1999 (廣済堂文庫) p41

佐治 早人　さじ・はやと
闘いのうちそと(2)朝日訴訟をめぐって
◇「ハンセン病文学全集 5」皓星社 2010 p345
友情
◇「ハンセン病文学全集 4」皓星社 2003 p437
らい文学を考える
◇「ハンセン病文学全集 5」皓星社 2010 p79

佐手 英緒　さしゅ・ひでお
ヨリコに吹く風
◇「リトル・リトル・クトゥルー――史上最小の神話小説集」学習研究社 2009 p34

笹生 陽子　さそう・ようこ (1964～)
楽園のつくりかた (中園健司)
◇「テレビドラマ代表作選集 2004年版」日本脚本家連盟 2004 p161

佐多 稲子　さた・いねこ（1904～1998）
あるひとりの妻
　◇「戦後短篇小説選一『世界』1946-1999 1」岩波書店 2000 p195
疵あと
　◇「戦後短篇小説再発見 17」講談社 2003（講談社文芸文庫）p143
キャラメル工場から
　◇「新装版 全集現代文学の発見 3」學藝書林 2003 p19
　◇「日本近代短篇小説選 昭和篇1」岩波書店 2012（岩波文庫）p47
虚偽
　◇「戦後占領期短篇小説コレクション 3」藤原書店 2007 p99
車輪の音
　◇「コレクション戦争と文学 1」集英社 2012 p450
祝辞
　◇「誤植文学アンソロジー――校正者のいる風景」論創社 2015 p63
女店員とストライキ
　◇「アンソロジー・プロレタリア文学 2」森話社 2014 p60
川柳
　◇「アンソロジー・プロレタリア文学 2」森話社 2014 p71
朝鮮の婦人作家のために
　◇「近代朝鮮文学日本語作品集1908～1945 セレクション 6」緑蔭書房 2008 p193
時に佇つ（十一）
　◇「川端康成文学賞全作品 1」新潮社 1999 p41
牡丹のある家
　◇「新装版 全集現代文学の発見 3」學藝書林 2003 p289
松川無罪確定の後
　◇「新装版 全集現代文学の発見 4」學藝書林 2003 p536
水
　◇「文士の意地――車谷長吉撰短篇小説輯 下巻」作品社 2005 p46
　◇「日本文学100年の名作 5」新潮社 2015（新潮文庫）p437
雪の峠
　◇「戦後短篇小説再発見 8」講談社 2002（講談社文芸文庫）p118
夜の記憶
　◇「新装版 全集現代文学の発見 4」學藝書林 2003 p270

佐田 暢子　さだ・のぶこ
大蛇山
　◇「時代の波音―民主主義文学短編小説集1995年～2004年」日本民主主義文学会 2005 p96

さだ まさし（1952～）
片恋
　◇「Story Seller 3」新潮社 2011（新潮文庫）p379

佐多 椋　さた・りょう
可燃性
　◇「てのひら怪談 葵巳」KADOKAWA 2013（MF文庫ダ・ヴィンチ）p62
原因と結果
　◇「超短編の世界 vol.3」創英社 2011 p182
小道具
　◇「てのひら怪談――ビーケーワン怪談大賞傑作選 壬辰」ポプラ社 2012（ポプラ文庫）p178
密室劇場
　◇「超短編の世界」創英社 2008 p56
模倣
　◇「超短編の世界 vol.3」創英社 2011 p190

定金 伸治　さだかね・しんじ（1971～）
黒猫非猫――ユーフォリ・テクニカ0.99.1
　◇「C・N 25―C・novels創刊25周年アンソロジー」中央公論新社 2007（C novels）p74

佐竹 一彦　さたけ・かずひこ
わが羊に草を与えよ
　◇「逆転の瞬間」文藝春秋 1998（文春文庫）p337

佐竹 まどか　さたけ・まどか
すてきなアドバイスをありがとう≫清川妙
　◇「日本人の手紙 3」リブリオ出版 2004 p106

佐竹 美映　さたけ・よしえ
江戸人情涙雪
　◇「ゆきのまち幻想文学賞小品集 18」企画集団ぷりずむ 2009 p84
シベリア幻記
　◇「ゆきのまち幻想文学賞小品集 19」企画集団ぷりずむ 2010 p123

さちよ
ビワのわけ
　◇「たびだち―フェリシモしあわせショートショート」フェリシモ 2000 p25

雑談屋　ざつだんや
富士正晴
　◇「新装版 全集現代文学の発見 6」學藝書林 2003 p166

沙丁　さてい
　⇒呉漫沙（ご・まんさ）を見よ

佐渡 美樹　さど・みき
突き放しの美学
　◇「ショートショートの広場 16」講談社 2005（講談社文庫）p21

佐藤 愛子　さとう・あいこ（1923～）
雨気のお月さん
　◇「短篇ベストコレクション――現代の小説 2012」徳間書店 2012（徳間文庫）p327
渚の風景

さとう

◇「贈る物語Wonder」光文社 2002 p134

佐藤 亜紀 さとう・あき（1962〜）
エステルハージ・ケラー
◇「血」早川書房 1997 p99
白鳥殺し
◇「ハンサムウーマン」ビレッジセンター出版局 1998 p89

佐藤 有記 さとう・あき（1977〜）
ヘヴンズストーリー
◇「年鑑代表シナリオ集 '10」シナリオ作家協会 2011 p225

佐藤 昱 さとう・あきら
土方歳三遺聞
◇「新選組読本」光文社 2003（光文社文庫）p323

佐藤 亜有子 さとう・あゆこ（1969〜）
葡萄
◇「文学 1998」講談社 1998 p30

佐藤 有文 さとう・ありふみ（1939〜）
骨なし村
◇「みちのく怪談名作選 vol.1」荒蝦夷 2010（叢書 東北の声）p325

佐藤 一祥 さとう・いっしょう
歌禱の日日
◇「ハンセン病文学全集 8」皓星社 2006 p309

佐藤 恵吹 さとう・えぶき
変なんです。
◇「ショートショートの広場 9」講談社 1998（講談社文庫）p128

佐藤 一志 さとう・かずし
森の中の診療所
◇「竹筒に花はなくとも―短篇十人集」日曜舎 1997 p182

佐藤 和哉 さとう・かずや
初照
◇「「伊豆文学賞」優秀作品集 第9回」静岡新聞社 2006 p83

佐藤 巌太郎 さとう・がんたろう
啄木鳥
◇「決戦！ 川中島」講談社 2016 p61

佐藤 喜久子 さとう・きくこ
佳子（よしこ）のさくら
◇「フラジャイル・ファクトリー戯曲集 1」晩成書房 2008 p157

佐藤 欽子 さとう・きんこ
白刃の跡
◇「青鞜文学集」不二出版 2004 p218

佐藤 久美子 さとう・くみこ
松ケ根乱射事件（向井康介／山下敦弘）
◇「年鑑代表シナリオ集 '07」シナリオ作家協会 2009 p123

佐藤 賢一 さとう・けんいち（1968〜）
ヴォラーレ―空を飛ぶ
◇「代表作時代小説 平成12年度」光風社出版 2000 p353
女王
◇「ヴィンテージ・セブン」講談社 2007 p105
ルーアン
◇「散りぬる桜―時代小説招待席」廣済堂出版 2004 p183

佐藤 元気 さとう・げんき
鬼
◇「ショートショートの広場 12」講談社 2001（講談社文庫）p146

佐藤 健司 さとう・けんじ
ゴール
◇「ショートショートの広場 19」講談社 2007（講談社文庫）p240
真理
◇「ショートショートの広場 19」講談社 2007（講談社文庫）p96
タクシー
◇「ショートショートの広場 19」講談社 2007（講談社文庫）p128

左頭 弦馬 さとう・げんば
踊り子殺しの哀愁
◇「怪奇探偵小説集 3」角川春樹事務所 1998（ハルキ文庫）p31

佐藤 朔 さとう・さく（1905〜1996）
美しき鎮魂歌―山本健吉追悼
◇「創刊一〇〇年三田文学名作選」三田文学会 2010 p724

佐藤 詩織 さとう・しおり
庭師ウィル
◇「中学校創作脚本集 3」晩成書房 2008 p95

佐藤 治助 さとう・じすけ（1922〜2007）
ドッコギ
◇「山形県文学全集第2期（随筆・紀行編）6」郷土出版社 2005 p240
メジョケネ
◇「山形県文学全集第2期（随筆・紀行編）6」郷土出版社 2005 p244
ワッパ一揆（抄）
◇「山形県文学全集第1期（小説編）5」郷土出版社 2004 p11

佐藤 嗣麻子 さとう・しまこ（1964〜）
アッシュ
◇「血」早川書房 1997 p115
ローズガーデン
◇「黒い遊園地」光文社 2004（光文社文庫）p409

佐藤 駿司 さとう・しゅんじ
紅鶴記
◇「現代作家代表作選集 1」鼎書房 2012 p103

佐藤 正午 さとう・しょうご（1955～）
愛の力を敬え
◇「人の物語」角川書店 2001（New History）p111
イアリング
◇「Love stories」水曜社 2004 p47
学生食堂のテレビで見た男
◇「特別な一日」徳間書店 2005（徳間文庫）p311
きみは誤解している
◇「賭博師たち」角川書店 1997（角川文庫）p155
遠くへ
◇「絶体絶命」早川書房 2006（ハヤカワ文庫）p165
夏の情婦
◇「ただならぬ午睡—恋愛小説アンソロジー」光文社 2004（光文社文庫）p105
ニラタマA
◇「秘密。—私と私のあいだの十二話」メディアファクトリー 2005 p41
ニラタマB
◇「秘密。—私と私のあいだの十二話」メディアファクトリー 2005 p47
真心
◇「オトナの片思い」角川春樹事務所 2007 p195
◇「オトナの片思い」角川春樹事務所 2009（ハルキ文庫）p185

佐藤 章二 さとう・しょうじ
寝台を焼く
◇「全作家短編小説集 11」全作家協会 2012 p137

佐藤 伸 さとう・しん
だあれもいない八月十日
◇「中学生のドラマ 6」晩成書房 2006 p7

佐藤 信一 さとう・しんいち
お日様パー、雨がチョキなら風はグーーイソップより
◇「成城・学校劇脚本集」成城学園初等学校出版部 2002（成城学園初等学校研究双書）p39

佐藤 青南 さとう・せいなん（1975～）
思い出の皿うどん
◇「5分で読める！ ひと駅ストーリー 食の話」宝島社 2015（宝島社文庫）p9
狂おしいほどEYEしてる
◇「『このミステリーがすごい！』大賞作家書き下ろしBOOK vol.7」宝島社 2014 p41
交通鑑識官
◇「地を這う捜査—「読楽」警察小説アンソロジー」徳間書店 2015（徳間文庫）p91
ご近所さんにご用心
◇「『このミステリーがすごい！』大賞作家書き下ろしBOOK vol.11」宝島社 2015 p135
サイレント・ヴォイス アブナい十代
◇「『このミステリーがすごい！』大賞作家書き下ろしBOOK vol.4」宝島社 2014 p215
サイレント・ヴォイス イヤイヤよも隙のうち
◇「『このミステリーがすごい！』大賞作家書き下ろしBOOK vol.3」宝島社 2013 p75
サイレント・ヴォイス トロイの落馬
◇「『このミステリーがすごい！』大賞作家書き下ろしBOOK vol.4」宝島社 2014 p181
消防女子!!横浜消防局・高柳蘭の奮闘〈抄〉
◇「『このミステリーがすごい！』大賞作家書き下ろしBOOK vol.2」宝島社 2013 p173
精霊流し
◇「5分で読める！ ひと駅ストーリー 夏の記憶東口編」宝島社 2013（宝島社文庫）p291
◇「5分で泣ける！ 胸がいっぱいになる物語」宝島社 2015（宝島社文庫）p239
信じる者は足もとをすくわれる
◇「『このミステリーがすごい！』大賞作家書き下ろしBOOK vol.13」宝島社 2016 p161
世界からあなたの笑顔が消えた日
◇「もっとすごい！ 10分間ミステリー」宝島社 2013（宝島社文庫）p35
◇「5分で泣ける！ 胸がいっぱいになる物語」宝島社 2015（宝島社文庫）p107
◇「10分間ミステリー THE BEST」宝島社 2016（宝島社文庫）p475
敵の敵も敵
◇「『このミステリーがすごい！』大賞作家書き下ろしBOOK vol.12」宝島社 2016 p73
ニャン救大作戦
◇「5分で読める！ ひと駅ストーリー 猫の物語」宝島社 2014（宝島社文庫）p19
物騒な世の中
◇「5分で読める！ ひと駅ストーリー 降車編」宝島社 2012（宝島社文庫）p257
ペテン師のポリフォニー
◇「『このミステリーがすごい！』大賞作家書き下ろしBOOK vol.8」宝島社 2015 p119
ホーム・スイート・ホームグラウンド
◇「『このミステリーがすごい！』大賞作家書き下ろしBOOK vol.14」宝島社 2016 p215
目の上のあいつ
◇「『このミステリーがすごい！』大賞作家書き下ろしBOOK vol.10」宝島社 2015 p19
目は口以上にモノをいう
◇「『このミステリーがすごい！』大賞作家書き下ろしBOOK vol.6」宝島社 2014 p29
雪の轍
◇「5分で読める！ ひと駅ストーリー 冬の記憶東口編」宝島社 2013（宝島社文庫）p11
◇「5分で驚く！ どんでん返しの物語」宝島社 2016（宝島社文庫）p123
私のカレーライス
◇「10分間ミステリー」宝島社 2012（宝島社文庫）p317

さとう

◇「5分で凍る！ ぞっとする怖い話」宝島社 2015（宝島社文庫）p121

私はなんでも知っている
◇『『このミステリーがすごい！』大賞作家書き下ろしBOOK」宝島社 2012 p43

佐藤 總右　さとう・そうすけ（1914～1982）

一つの星
◇「山形県文学全集第2期（随筆・紀行編）1」郷土出版社 2005 p377

佐藤 大輔　さとう・だいすけ（1964～）

猫たちの戦野―皇国の守護者外伝
◇「C・N 25―C・novels創刊25周年アンソロジー」中央公論新社 2007（C novels）p158

晴れた日はイーグルにのって
◇「宇宙への帰還―SFアンソロジー」KSS出版 1999（KSS entertainment novels）p137

佐藤 孝夫　さとう・たかお

兄鶯弟鶯
◇「日本統治期台湾文学集成 23」緑蔭書房 2007 p347

心の兄さん（徴兵制実施記念）
◇「日本統治期台湾文学集成 23」緑蔭書房 2007 p371

父から子へ（第一回入営を祝ふ）
◇「日本統治期台湾文学集成 23」緑蔭書房 2007 p427

佐藤 千恵　さとう・ちえ

記憶
◇「超短編の世界 vol.3」創英社 2011 p106

誤作動
◇「超短編の世界」創英社 2008 p76

佐藤 千加子　さとう・ちかこ

メール・イン・ドリーム
◇「小学校・全員参加の楽しい学級劇・学年劇脚本集 中学年」黎明書房 2006 p38

佐藤 哲也　さとう・てつや（1960～）

かにくい
◇「SFバカ本 電撃ボンバー篇」メディアファクトリー 2002 p5

◇「笑止―SFバカ本シュール集」小学館 2007（小学館文庫）p151

天使
◇「短篇ベストコレクション―現代の小説 2007」徳間書店 2007（徳間文庫）p427

よくばり
◇「玩具館」光文社 2001（光文社文庫）p57

佐藤 藤三郎　さとう・とうざぶろう（1935～）

江口江一君の死と山びこ学校
◇「山形県文学全集第2期（随筆・紀行編）4」郷土出版社 2005 p36

佐藤 斗史生　さとう・としお

戦闘報告未記載事項（ウィル小隊）

◇「リトル・リトル・クトゥルー――史上最小の神話小説集」学習研究社 2009 p210

戦闘報告未記載事項（ハルキ小隊）
◇「リトル・リトル・クトゥルー――史上最小の神話小説集」学習研究社 2009 p212

佐藤 利行　さとう・としゆき

ジェネレーション・ギャップ
◇「ショートショートの広場 14」講談社 2003（講談社文庫）p132

燃える闘魂
◇「ショートショートの広場 13」講談社 2002（講談社文庫）p217

佐藤 智明　さとう・ともあき

マーハン
◇「ゆきのまち幻想文学賞小品集 13」企画集団ぷりずむ 2004 p146

佐藤 奈苗　さとう・ななえ

どよ雨(う)びは晴(は)れ
◇「高校演劇Selection 2004 上」晩成書房 2004 p7

佐藤 のぶき　さとう・のぶき

湖が燃えた日
◇「さきがけ文学賞選集 3」秋田魁新報社 2015（さきがけ文庫）p183

佐藤 典利　さとう・のりとし

ひき逃げ事件
◇「ショートショートの花束 8」講談社 2016（講談社文庫）p24

佐藤 肇　さとう・はじめ

MUAK‐VA
◇「トロピカル」廣済堂出版 1999（廣済堂文庫）p269

サトウ ハチロー（1903～1973）

足軽の先祖
◇『『少年倶楽部』短篇選」講談社 2013（講談社文芸文庫）p156

名優のなさけ
◇『『少年倶楽部』熱血・痛快・時代短篇選」講談社 2015（講談社文芸文庫）p76

佐藤 春夫　さとう・はるお（1892～1964）

或る女の幻想
◇「蘇らぬ朝「大逆事件」以後の文学」インパクト出版会 2010（インパクト選書）p53

哀れ
◇「丸谷才一編・花柳小説傑作選」講談社 2013（講談社文芸文庫）p355

今生きているのぞみは、あなたを一目見ることです≫谷崎千代
◇「日本人の手紙 5」リブリオ出版 2004 p163

海の若者
◇「日本文学全集 29」河出書房新社 2016 p27

厭世家の誕生日
◇「文士の意地―車谷長吉撰短篇小説輯 上巻」作品

社 2005 p150
オカアサン
◇「文豪の探偵小説」集英社 2006（集英社文庫）p39
家常茶飯
◇「君らの魂を悪魔に売りつけよ―新青年傑作選」角川書店 2000（角川文庫）p41
カリグラム
◇「日本文学全集 29」河出書房新社 2016 p28
奇談
◇「コレクション戦争と文学 18」集英社 2012 p13
首くくりの部屋
◇「分身」国書刊行会 1999（書物の王国）p241
鸛（蒲松齢〔著〕）
◇「文豪てのひら怪談」ポプラ社 2009（ポプラ文庫）p170
故事二篇
◇「日本文学全集 29」河出書房新社 2016 p26
酒、歌、煙草、また女―三田の学生時代を唄へる歌
◇「創刊一〇〇年三田文学名作選」三田文学会 2010 p581
サーベル礼讃
◇「天変動く 大震災と作家たち」インパクト出版会 2011（インパクト選書）p161
秋刀魚の歌
◇「日本文学全集 29」河出書房新社 2016 p26
山妖海異
◇「魑魅魍魎列島」小学館 2005（小学館文庫）p179
指紋
◇「日本文学100年の名作 1」新潮社 2014（新潮文庫）p47
上人遠流―増上寺なる椎尾大僧正に捧げて叱正を待つ
◇「戦後短篇小説選―『世界』1946-1999 2」岩波書店 2000 p171
少年の日
◇「心洗われる話」筑摩書房 2010（ちくま文学の森）p8
女誡扇綺譚
◇「幻妖の水脈（みお）」筑摩書房 2013（ちくま文庫）p372
◇「日本文学全集 26」河出書房新社 2017 p263
西班牙（スペイン）犬（けん）の家
◇「六人の作家小説選」東銀座出版社 1997（銀選書）p9
◇「近代小説〈異界〉を読む」双文社出版 1999 p44
◇「日本近代短篇小説選 大正篇」岩波書店 2012（岩波文庫）p73
◇「いきものがたり」双文社出版 2013 p49
絶交する覚悟である≫谷崎潤一郎
◇「日本人の手紙 2」リブリオ出版 2004 p137
戦国佐久
◇「歴史小説の世紀 天の巻」新潮社 2000（新潮文庫）p111

◇「信州歴史時代小説傑作集 1」しなのき書房 2007 p107
俗謡「雪をんな」
◇「日本文学全集 29」河出書房新社 2016 p28
大逆事件の思い出
◇「蘇らぬ朝「大逆事件」以後の文学」インパクト出版会 2010（インパクト選書）p297
月かげ
◇「月」国書刊行会 1999（書物の王国）p183
女人焚死
◇「ペン先の殺意―文芸ミステリー傑作選」光文社 2005（光文社文庫）p111
猫と婆さん
◇「猫は神さまの贈り物 小説編」有楽出版社 2014 p97
化物屋敷
◇「日本怪奇小説傑作集 1」東京創元社 2005（創元推理文庫）p457
◇「文豪怪談傑作選 特別編」筑摩書房 2008（ちくま文庫）p264
星
◇「六人の作家小説選」東銀座出版社 1997（銀選書）p20
魔鳥
◇「〈外地〉の日本語文学選 1」新宿書房 1996 p39
窓展く
◇「短編名作選―1885-1924 小説の曙」笠間書院 2003 p281
◇「百年小説」ポプラ社 2008 p661
魔のもの Folk Tales（抄）
◇「文豪てのひら怪談」ポプラ社 2009（ポプラ文庫）p102
F・O・U
◇「新装版 全集現代文学の発見 2」學藝書林 2002 p15

佐藤 博一　さとう・ひろいち
歯が痛い
◇「ショートショートの広場 16」講談社 2005（講談社文庫）p192

さとう ひろこ
抱きしむ
◇「平成28年熊本地震作品集」くまもと文学・歴史館友の会 2016 p11

佐藤 不二雄　さとう・ふじお
卒業式
◇「山形県文学全集第2期（随筆・紀行編）6」郷土出版社 2005 p271

佐藤 正巳　さとう・まさみ
乙女塚
◇「山形県文学全集第2期（随筆・紀行編）5」郷土出版社 2005 p103

佐藤 雅美　さとう・まさよし（1941～）
色でしくじりゃ井上様よ

さとう

「大江戸殿様列伝─傑作時代小説」双葉社 2006（双葉文庫）p103

落ちた玉いくつう
◇「江戸浮世風」学習研究社 2004（学研M文庫）p379

思い立ったが吉日─八州廻り桑山十兵衛
◇「代表作時代小説 平成16年度」光風社出版 2004 p169

強淫弥次郎
◇「人情の往来─時代小説最前線」新潮社 1997（新潮文庫）p187

暫く、暫く、暫く
◇「市井図絵」新潮社 1997 p185
◇「時代小説─読切御免 4」新潮社 2005（新潮文庫）p177

千軍万馬の闇将軍
◇「代表作時代小説 平成11年度」光風社出版 1999 p27
◇「愛染夢灯籠─時代小説傑作選」講談社 2005（講談社文庫）p22

耐える女
◇「江戸の秘恋─時代小説傑作選」徳間書店 2004（徳間文庫）p63

彫物大名の置き土産
◇「代表作時代小説 平成13年度」光風社出版 2001 p221

槍持ち佐五平の首
◇「江戸の漫遊力─時代小説傑作選」集英社 2008（集英社文庫）p151

佐藤 真由美　さとう・まゆみ

紫陽花
◇「恋時雨─恋はときどき泪が出る」メディアファクトリー 2009（〔ダ・ヴィンチブックス〕）p133

ゲーム
◇「恋時雨─恋はときどき泪が出る」メディアファクトリー 2009（〔ダ・ヴィンチブックス〕）p113

通り雨
◇「恋時雨─恋はときどき泪が出る」メディアファクトリー 2009（〔ダ・ヴィンチブックス〕）p123

佐藤 万里　さとう・まり

あなたへの贈り物
◇「母のなみだ・ひまわり─愛しき家族を想う短篇小説集」泰文堂 2013（リンダブックス）p55

あの子のために
◇「言葉にできない悲しみ」泰文堂 2015（リンダパブリッシャーズの本）p229

浄巾掛け
◇「最後の一日 6月30日─さよならが胸に染みる10の物語」泰文堂 2013（リンダブックス）p56

ストレート、ゴー
◇「最後の一日 3月23日─さよならが胸に染みる10の物語」泰文堂 2013（リンダブックス）p124

母の結婚
◇「うちへ帰ろう─家族を想うあなたに贈る短篇小説集」泰文堂 2013（リンダブックス）p35

佐藤 光生　さとう・みつお

ひとときの思い出
◇「ショートショートの広場 15」講談社 2004（講談社文庫）p111

佐藤 光直　さとう・みつなお

蟬を喰う女
◇「Magma 噴の巻」ソフト商品開発研究所 2016 p23

佐藤 モニカ　さとう・もにか

カーディガン
◇「文学 2016」講談社 2016 p126

佐藤 泰志　さとう・やすし（1949〜1990）

美しい夏
◇「日本文学100年の名作 8」新潮社 2015（新潮文庫）p35

大きなハードルと小さなハードル
◇「現代小説クロニクル 1985〜1989」講談社 2015（講談社文芸文庫）p250

青春の記憶
◇「戦争小説短篇名作選」講談社 2015（講談社文芸文庫）p67

さとう ゆう

笑顔の理由
◇「てのひら怪談─ビーケーワン怪談大賞傑作選 壬辰」ポプラ社 2012（ポプラ文庫）p28

さくらの咲くあさ
◇「てのひら怪談─ビーケーワン怪談大賞傑作選 庚寅」ポプラ社 2010（ポプラ文庫）p198

としのころには
◇「てのひら怪談─ビーケーワン怪談大賞傑作選 壬辰」ポプラ社 2012（ポプラ文庫）p196

佐藤 友哉　さとう・ゆうや（1980〜）

555のコッペン
◇「Story Seller 3」新潮社 2011（新潮文庫）p281

333のテッペン
◇「Story Seller」新潮社 2009（新潮文庫）p351

トカトントンコントロール
◇「文学 2010」講談社 2010 p213

ナオコ写本
◇「本をめぐる物語─小説よ、永遠に」KADOKAWA 2015（角川文庫）p211

星の海にむけての夜想曲
◇「星海社カレンダー小説 2012上」星海社 2012（星海社FICTIONS）p163
◇「カレンダー・ラブ・ストーリー─読むと恋したくなる」星海社 2014（星海社文庫）p61

444のイッペン
◇「Story Seller 2」新潮社 2010（新潮文庫）p336

佐藤 弓生　さとう・ゆみお

猫寺物語
◇「猫路地」日本出版社 2006 p77

菩提町日記

◇「稲生モノノケ大全 陽之巻」毎日新聞社 2005 p353

佐藤 洋二郎　さとう・ようじろう（1949〜）
五十猛
　◇「戦後短篇小説再発見 13」講談社 2003（講談社文芸文庫）p222
運動会
　◇「文学 2000」講談社 2000 p76
他人の夏
　◇「文学 1997」講談社 1997 p128
入学式
　◇「文学 2004」講談社 2004 p155
　◇「現代小説クロニクル 2000〜2004」講談社 2015（講談社文芸文庫）p214
湯抱
　◇「温泉小説」アーツアンドクラフツ 2006 p256
綿毛
　◇「文学 2001」講談社 2001 p179

佐藤 善秀　さとう・よしひで
刻の風景
　◇「ゆくりなくも」鶴書院 2009（シニア文学秀作選）p81

佐藤 喜峰　さとう・よしみね
天路歴程 意訳（バニヤン）
　◇「新日本古典文学大系 明治編 14」岩波書店 2013 p143

里内 和也　さとうち・かずや
炊き立てご飯、冷やご飯
　◇「冷と温—第13回フェリシモ文学賞作品集」フェリシモ 2010 p108

サトシ
ジェラシー
　◇「ショートショートの花束 2」講談社 2010（講談社文庫）p235

里田 和登　さとだ・かずと
空蟬のユーリャ
　◇「5分で読める！ ひと駅ストーリー 旅の話」宝島社 2015（宝島社文庫）p349
消えていくその日まで
　◇「5分で読める！ ひと駅ストーリー 夏の記憶西口編」宝島社 2013（宝島社文庫）p41
中継ぎの女
　◇「5分で読める！ ひと駅ストーリー 本の物語」宝島社 2014（宝島社文庫）p89
夏の終わりに
　◇「5分で読める！ ひと駅ストーリー 降車編」宝島社 2012（宝島社文庫）p77
　◇「5分で泣ける！ 胸がいっぱいになる物語」宝島社 2015（宝島社文庫）p21
二人の食卓
　◇「5分で読める！ ひと駅ストーリー 冬の記憶西口編」宝島社 2013（宝島社文庫）p21
　◇「5分で泣ける！ 胸がいっぱいになる物語」宝島社 2015（宝島社文庫）p229

里見 弴　さとみ・とん（1888〜1983）
いろおとこ
　◇「日本文学全集 27」河出書房新社 2017 p67
自惚鏡
　◇「戦後短篇小説選—『世界』1946-1999 1」岩波書店 2000 p113
銀二郎の片腕
　◇「日本近代短篇小説選 大正篇」岩波書店 2012（岩波文庫）p89
小坪の漁師
　◇「名短篇ほりだしもの」筑摩書房 2011（ちくま文庫）p179
椿
　◇「百年小説」ポプラ社 2008 p519
妻を買う経験
　◇「丸谷才一編・花柳小説傑作選」講談社 2013（講談社文芸文庫）p222
俄あれ
　◇「謎のギャラリー特別室 1」マガジンハウス 1998 p55
　◇「謎のギャラリー—謎の部屋」新潮社 2002（新潮文庫）p41
　◇「謎の部屋」筑摩書房 2012（ちくま文庫）p41
　◇「文豪たちが書いた耽美小説短編集」彩図社 2015 p106
河豚
　◇「丸谷才一編・花柳小説傑作選」講談社 2013（講談社文芸文庫）p214
骨
　◇「戦後短篇小説選—『世界』1946-1999 2」岩波書店 2000 p129
みごとな醜聞
　◇「コレクション戦争と文学 16」集英社 2012 p401

里見 蘭　さとみ・らん（1969〜）
絆のふたり
　◇「ベスト本格ミステリ 2013」講談社 2013（講談社ノベルス）p141

里村 欣三　さとむら・きんぞう（1902〜1945）
佐渡の唄
　◇「アンソロジー・プロレタリア文学 1」森話社 2013 p231

里山 はるか　さとやま・はるか
知らぬ顔の半兵衛
　◇「ショートショートの花束 7」講談社 2015（講談社文庫）p47

里山 るつ　さとやま・るつ
屋我地島
　◇「ハンセン病文学全集 8」皓星社 2006 p392

佐中 恭子　さなか・きょうこ
父と卓球
　◇「Sports stories」埼玉県さいたま市 2009（さいたま市スポーツ文学賞受賞作品集）p341

真瀬 いより　さなせ・いより
溶けない結晶
- ◇「ゆきのまち幻想文学賞小品集 23」企画集団ぷりずむ 2014 p183

ひかりさす
- ◇「ゆきのまち幻想文学賞小品集 24」企画集団ぷりずむ 2015 p162

真田 葉奈江　さなだ・はなえ
パレード
- ◇「ゆれる―第12回フェリシモ文学賞作品集」フェリシモ 2009 p154

さねとう あきら（1935〜2016）
大造じいさんとがん
- ◇「小学校たのしい劇の本―英語劇付 高学年」国土社 2007 p40

なめとこ山の熊
- ◇「小学生のげき―新小学校演劇脚本集 中学年 1」晩成書房 2011 p223

佐野 史郎　さの・しろう（1955〜）
怪奇俳優の手帳
- ◇「秘神界 現代編」東京創元社 2002（創元推理文庫）p13

狂い咲き
- ◇「空を飛ぶ恋―ケータイがつなぐ28の物語」新潮社 2006（新潮文庫）p106

曇天の穴
- ◇「クトゥルー怪異録―邪神ホラー傑作集」学習研究社 2000（学研M文庫）p5

ナミ
- ◇「怪獣文藝―パートカラー」メディアファクトリー 2013（[幽]BOOKS）p99

佐野 孝　さの・たかし
能面師の執念
- ◇「怪奇・伝奇時代小説選集 7」春陽堂書店 2000（春陽文庫）p155

佐野 橙子　さの・とうこ
ことだまひろい
- ◇「ゆきのまち幻想文学賞小品集 20」企画集団ぷりずむ 2011 p147

佐野 美津男　さの・みつお（1932〜1987）
浮浪児の栄光（抄）
- ◇「日本の少年小説―「少国民」のゆくえ」インパクト出版会 2016（インパクト選書）p191

佐野 優香里　さの・ゆかり
ギモーヴ
- ◇「ゆきのまち幻想文学賞小品集 25」企画集団ぷりずむ 2015 p150

佐野 洋　さの・よう（1928〜2013）
蟻 蟻 蟻
- ◇「煌めきの殺意」徳間書店 1999（徳間文庫）p273

あり得ること
- ◇「極上掌篇小説」角川書店 2006 p117

ひと粒の宇宙
- ◇「ひと粒の宇宙」角川書店 2009（角川文庫）p117

あるエープリール・フール
- ◇「江戸川乱歩の推理試験」光文社 2009（光文社文庫）p207

一等車の女
- ◇「葬送列車―鉄道ミステリー名作館」徳間書店 2004（徳間文庫）p299

移動指紋
- ◇「殺人博物館へようこそ」講談社 1998（講談社文庫）p391
- ◇「謎―スペシャル・ブレンド・ミステリー 006」講談社 2011（講談社文庫）p203

嘘つきの足
- ◇「ザ・ベストミステリーズ―推理小説年鑑 1999」講談社 1999 p27
- ◇「殺人買います」講談社 2002（講談社文庫）p52

エナメルの靴
- ◇「恐怖特急」光文社 2002（光文社文庫）p193

お試し下さい
- ◇「匠」文藝春秋 2003（推理作家になりたくて マイベストミステリー）p50
- ◇「マイ・ベスト・ミステリー 1」文藝春秋 2007（文春文庫）p72

折鶴の血―折鶴刑事部長シリーズより
- ◇「警察小説傑作短篇集」ランダムハウス講談社 2009（ランダムハウス講談社文庫）p131

愚かな鳩
- ◇「恐怖の旅」光文社 2000（光文社文庫）p131

紙の罪
- ◇「俳句殺人事件―巻頭句の女」光文社 2001（光文社文庫）p209

「切る」
- ◇「仮面のレクイエム」光文社 1998（光文社文庫）p161

銀座の空襲
- ◇「銀座24の物語」文藝春秋 2001 p283

金属音病事件
- ◇「江戸川乱歩と13の宝石 2」光文社 2007（光文社文庫）p377

暗い窓
- ◇「謎―スペシャル・ブレンド・ミステリー 002」講談社 2007（講談社文庫）p181

三人の容疑者
- ◇「江戸川乱歩の推理試験」光文社 2009（光文社文庫）p47

死者の電話
- ◇「謎―スペシャル・ブレンド・ミステリー 003」講談社 2008（講談社文庫）p7

十年後の家族
- ◇「最新「珠玉推理」大全 上」光文社 1998（カッパ・ノベルス）p256
- ◇「幻惑のラビリンス」光文社 2001（光文社文庫）p365

情報漏洩
- ◇「事件現場に行こう―最新ベスト・ミステリー カ

相撲好きの女
◇「殺人前線北上中」講談社 1997（講談社文庫）p413
選挙トトカルチョ
◇「ザ・ベストミステリーズ—推理小説年鑑 2008」講談社 2008 p149
◇「Doubt きりのない疑惑」講談社 2011（講談社文庫）p135
先生の裏わざ
◇「ザ・ベストミステリーズ—推理小説年鑑 2000」講談社 2000 p355
◇「嘘つきは殺人のはじまり」講談社 2003（講談社文庫）p178
爪占い
◇「現場に臨め」光文社 2010（Kappa novels）p199
◇「現場に臨め」光文社 2014（光文社文庫）p273
通夜盗
◇「事件の痕跡」光文社 2007（Kappa novels）p273
◇「事件の痕跡」光文社 2012（光文社文庫）p365
土曜日に死んだ女
◇「江戸川乱歩の推理教室」光文社 2008（光文社文庫）p113
逃げたあと
◇「現代の小説 1997」徳間書店 1997 p279
ヒッチコック劇場の時代
◇「マイ・ベスト・ミステリー 1」文藝春秋 2007（文春文庫）p112
放火した犬
◇「犬のミステリー」河出書房新社 1999（河出文庫）p9
細長い月
◇「いつか心の奥へ—小説推理傑作選」双葉社 1997 p157
本名と偽名
◇「あなたが名探偵」講談社 1998（講談社文庫）p29
名誉キャディー
◇「事件を追いかけろ—最新ベスト・ミステリー サプライズの花束編」光文社 2004（カッパ・ノベルス）p273
◇「事件を追いかけろ サプライズの花束編」光文社 2009（光文社文庫）p355
目撃者が描いた
◇「どたん場で大逆転」講談社 1999（講談社文庫）p55
若いオバアチャマ
◇「自選ショート・ミステリー」講談社 2001（講談社文庫）p56
わざわざの鎖
◇「推理小説代表作選集—推理小説年鑑 1997」講談社 1997 p215
◇「殺人哀モード」講談社 2000（講談社文庫）p421

佐野 洋子　さの・ようこ（1938〜2010）
いまとかあしたとかさっきとかむかしとか
◇「それはまだヒミツ—少年少女の物語」新潮社 2012（新潮文庫）p135
おぼえていろよおおきな木
◇「朗読劇台本集 5」玉川大学出版部 2002 p29

砂能 七行　さのう・しちこう
紫陽花物語
◇「本格推理 13」光文社 1998（光文社文庫）p223
手首を持ち歩く男
◇「本格推理 10」光文社 1997（光文社文庫）p9

サバ, ウンベルト　Saba, Umberto（1883〜1957 イタリア）
詩人とはなにか
◇「日本文学全集 25」河出書房新社 2016 p477

紗原 幻一郎　さはら・げんいちろう
神になりそこねた男
◇「妖異百物語 2」出版芸術社 1997（ふしぎ文学館）p49

砂原 美都　さはら・みと
赤いオープンカーの男
◇「恋は、しばらくお休みです。—恋愛短篇小説集」泰文堂 2013（レインブックス）p197
東京ボーイズラブ
◇「君を忘れない—恋愛短篇小説集」泰文堂 2012（リンダブックス）p128
29バージン
◇「君に会いたい—恋愛短篇小説集」泰文堂 2012（リンダブックス）p210
ヤリタイ女とサマヨウ男
◇「すごい恋愛」泰文堂 2012（リンダブックス）p130

佐飛 通俊　さび・みちとし
カントの憂鬱
◇「文学 1997」講談社 1997 p112

サブ
移動図書館と百年の孤独
◇「5分で読める！ ひと駅ストーリー 本の物語」宝島社 2014（宝島社文庫）p239
ファインダウト
◇「5分で読める！ ひと駅ストーリー 旅の話」宝島社 2015（宝島社文庫）p187

佐分 克敏　さぶり・かつとし
丘の上のハムレットのバカ
◇「優秀新人戯曲集 2001」ブロンズ新社 2000 p47

寒川 光太郎　さむかわ・こうたろう（1908〜1977）
密猟者
◇「文学賞受賞・名作集成 1」リブリオ出版 2004 p155

鮫島 葉月　さめじま・はづき
絆
◇「中学生のドラマ 2」晩成書房 1996 p65

さめた

鮫田 心臓　さめた・しんぞう
嫉妬に火をつけて
　◇「かわいい—第16回フェリシモ文学賞優秀作品集」フェリシモ 2013 p24

狭山 温　さやま・おん
隠密女人の館
　◇「忍法からくり伝奇」勉誠出版 2004 p141
怨霊累ケ淵
　◇「怪談累ケ淵」勉誠出版 2007 p41
夕霧峡秘譚
　◇「怪奇・伝奇時代小説選集 12」春陽堂書店 2000（春陽文庫）p103

小夜 佐知子　さよ・さちこ
合法私刑
　◇「絶体絶命！」泰文堂 2011（Linda books！）p95

沙羅 双樹　さら・そうじゅ（1905～1983）
倉橋伝助と茅野和助
　◇「定本・忠臣蔵四十七人集」双葉社 1998 p135
獄門帳
　◇「極め付き時代小説選 1」中央公論新社 2004（中公文庫）p53

皿洗 一　さらあらい・はじめ
豆腐屋の女房
　◇「てのひら怪談—ビーケーワン怪談大賞傑作選 2」ポプラ社 2007 p198
○×歯科
　◇「てのひら怪談—ビーケーワン怪談大賞傑作選 庚寅」ポプラ社 2010（ポプラ文庫）p152

漸井 宏彰　さらい・ひろあき
基地に咲く花
　◇「立川文学 3」けやき出版 2013 p205

さらだ たまこ（1959～）
赤い花になって
　◇「読んで演じたくなるゲキの本 中学生版」幻冬舎 2006 p43
ダラシの実
　◇「読んで演じたくなるゲキの本 高校生版」幻冬舎 2006 p7

沢 昌子　さわ・まさこ
消えた半夏生
　◇「かわさきの文学—かわさき文学賞50年記念作品集 2009年」審美社 2009 p203

沢井 良太　さわい・りょうた
をとめトランク
　◇「てのひら怪談—ビーケーワン怪談大賞傑作選 庚寅」ポプラ社 2010（ポプラ文庫）p52
首
　◇「てのひら怪談—ビーケーワン怪談大賞傑作選 2」ポプラ社 2007 p92
　◇「てのひら怪談—ビーケーワン怪談大賞傑作選 己丑」ポプラ社 2009（ポプラ文庫）p80

西瓜の穴
　◇「てのひら怪談—ビーケーワン怪談大賞傑作選 辛卯」ポプラ社 2011（ポプラ文庫）p162
まじない
　◇「てのひら怪談—ビーケーワン怪談大賞傑作選 壬辰」ポプラ社 2012（ポプラ文庫）p224
ヨモツヘグリ
　◇「てのひら怪談—ビーケーワン怪談大賞傑作選 百怪繚乱篇」ポプラ社 2008 p216
　◇「てのひら怪談—ビーケーワン怪談大賞傑作選 己丑」ポプラ社 2009（ポプラ文庫）p54
料理屋
　◇「てのひら怪談—ビーケーワン怪談大賞傑作選」ポプラ社 2007 p186
　◇「てのひら怪談—ビーケーワン怪談大賞傑作選」ポプラ社 2008（ポプラ文庫）p194

沢木 耕太郎　さわき・こうたろう（1947～）
男派と女派
　◇「Story Seller 3」新潮社 2011（新潮文庫）p9
マリーとメアリー—ポーカー・フェース
　◇「Story Seller 2」新潮社 2010（新潮文庫）p9

沢木 まひろ　さわき・まひろ（1965～）
カラフル
　◇「5分で読める！ ひと駅ストーリー 旅の話」宝島社 2015（宝島社文庫）p267
ダイヤモンド
　◇「5分で読める！ ひと駅ストーリー 乗車編」宝島社 2012（宝島社文庫）p211
時田風音の受難
　◇「本をめぐる物語—一冊の扉」KADOKAWA 2014（角川文庫）p151
パラダイス・カフェ
　◇「5分で読める！ ひと駅ストーリー 夏の記憶西口編」宝島社 2013（宝島社文庫）p261
　◇「5分で驚く！ どんでん返しの物語」宝島社 2016（宝島社文庫）p143
ファースト・スノウ
　◇「5分で読める！ ひと駅ストーリー 冬の記憶西口編」宝島社 2013（宝島社文庫）p41
　◇「5分で泣ける！ 胸がいっぱいになる物語」宝島社 2015（宝島社文庫）p169
ブルー・ジャーニー
　◇「LOVE & TRIP by LESPORTSAC」宝島社 2013（宝島社文庫）p167
三日で忘れる。
　◇「5分で読める！ ひと駅ストーリー 猫の物語」宝島社 2014（宝島社文庫）p119

澤口 たまみ　さわぐち・たまみ
水仙月の三日
　◇「あの日から—東日本大震災鎮魂岩手県出身作家短編集」岩手日報社 2015 p319

澤島 忠　さわしま・ただし
なごや人形
　◇「日本舞踊舞踊劇選集」西川会 2002 p419

澤田 文　さわだ・あや
マーダー・マップ
◇「絶体絶命！」泰文堂 2011（Linda books！）p225

澤田 育子　さわだ・いくこ
哲学って好きとか言いたいけど全くわかんないよっていう人間によるなにか
◇「超短編の世界 vol.2」創英社 2009 p30
どうでもいい日常とどうでもよくない感情の戦争
◇「超短編の世界 vol.2」創英社 2009 p26
パンクでナースなフェスティバルへようこそ
◇「超短編の世界 vol.2」創英社 2009 p28

沢田 義一　さわだ・ぎいち
せっかく背広も作ったのにもうだめだ
◇「日本人の手紙 8」リブリオ出版 2004 p115

沢田 教一　さわだ・きょういち（1936〜1970）
17度線の激戦地を行く
◇「コレクション戦争と文学 2」集英社 2012 p279

沢田 五郎　さわだ・ごろう（1930〜2008）
青蛙物語
◇「ハンセン病文学全集 1」皓星社 2002 p311
生きものの時
◇「ハンセン病文学全集 1」皓星社 2002 p369
影の告発
◇「ハンセン病文学全集 1」皓星社 2002 p407
風荒き中
◇「ハンセン病文学全集 8」皓星社 2006 p267
転換期の療養所と「惰民論」をめぐって（3）森論文の波紋について
◇「ハンセン病文学全集 5」皓星社 2010 p224
泥えびす
◇「ハンセン病文学全集 1」皓星社 2002 p297
朴の風ぐるま
◇「ハンセン病文学全集 8」皓星社 2006 p346
まなうらの銀河
◇「ハンセン病文学全集 8」皓星社 2006 p519
名草良作
◇「ハンセン病文学全集 1」皓星社 2002 p367
ライ文学は衰退したかどうかに就いて
◇「ハンセン病文学全集 5」皓星社 2010 p75

沢田 閏　さわだ・じゅん
別れ
◇「京都府文学全集第1期(小説編)6」郷土出版社 2005 p224

澤田 瞳子　さわだ・とうこ（1977〜）
夏芒の庭
◇「代表作時代小説 平成24年度」光文社 2012 p233
名残の花
◇「時代小説ザ・ベスト 2016」集英社 2016（集英社文庫）p317
鳴鶴
◇「代表作時代小説 平成26年度」光文社 2014 p157

沢田 徳一　さわだ・とくいち（1926〜）
十字架への道
◇「ハンセン病文学全集 7」皓星社 2004 p151
十字架の血潮
◇「ハンセン病文学全集 7」皓星社 2004 p150
十字架の旗の下に
◇「ハンセン病文学全集 7」皓星社 2004 p145
信仰の言葉
◇「ハンセン病文学全集 7」皓星社 2004 p147
聖書に寄せて
◇「ハンセン病文学全集 7」皓星社 2004 p145
生命の記録
◇「ハンセン病文学全集 7」皓星社 2004 p148
復活祭に寄せて
◇「ハンセン病文学全集 7」皓星社 2004 p147
星と詩人
◇「ハンセン病文学全集 7」皓星社 2004 p143
われエホバをほめ讃えん
◇「ハンセン病文学全集 7」皓星社 2004 p143

澤田 博行　さわだ・ひろゆき
川内原発
◇「平成28年熊本地震作品集」くまもと文学・歴史館友の会 2016 p30

澤田 ふじ子　さわだ・ふじこ（1946〜）
足許の霜
◇「人情の往来—時代小説最前線」新潮社 1997（新潮文庫）p359
あとの桜
◇「江戸の老人力—時代小説傑作選」集英社 2002（集英社文庫）p69
池田屋の虫
◇「撫子が斬る—女性作家捕物帳アンソロジー」光文社 2005（光文社文庫）p149
石田三成—清涼の士
◇「決闘！関ケ原」実業之日本社 2015（実業之日本社文庫）p403
因業な髪
◇「代表作時代小説 平成17年度」光文社 2005 p271
嘘じゃとて
◇「鬼火が呼んでいる—時代小説傑作選」講談社 1997（講談社文庫）p299
石女
◇「現代秀作集」角川書店 1999（女性作家シリーズ）p373
雁の絵
◇「江戸夢あかり」学習研究社 2003（学研M文庫）p379
◇「江戸夢あかり」学研パブリッシング 2013（学研M文庫）p379

さわた

木戸のむこうに
◇「江戸味わい帖 料理人篇」角川春樹事務所 2015（ハルキ文庫）p77

凶妻の絵
◇「ふたり―時代小説夫婦情話」角川春樹事務所 2010（ハルキ文庫）p127

琴瑟の妻―ねね
◇「人物日本の歴史―時代小説版 戦国編」小学館 2004（小学館文庫）p97

後世の月 小野寺十内の妻
◇「江戸色恋坂―市井情話傑作選」学習研究社 2005（学研M文庫）p183

寂野
◇「文学賞受賞・名作集成 9」リブリオ出版 2004 p157

重藤の弓
◇「白刃光る」新潮社 1997 p87

しじみ河岸の女―橋本平左衛門とはつ
◇「忠臣蔵コレクション 4」河出書房新社 1998（河出文庫）p103

地蔵寺の犬
◇「大道楽江戸草紙―時代小説傑作選」徳間書店 2005（徳間文庫）p51

縞揃女油地獄
◇「浮き世草紙―女流時代小説傑作選」角川春樹事務所 2002（ハルキ文庫）p119

嫋々の剣
◇「娘秘剣」徳間書店 2011（徳間文庫）p175

師走狐
◇「極め付き時代小説選 3」中央公論新社 2004（中公文庫）p357
◇「万事金の世―時代小説傑作選」徳間書店 2006（徳間文庫）p169

生死の町―京都おんな貸本屋日記
◇「江戸夕しぐれ―市井稼業小説傑作選」学研パブリッシング 2011（学研M文庫）p173

女衒の供養
◇「代表作時代小説 平成20年度」光文社 2008 p271

千姫絵図
◇「おんなの戦」角川書店 2010（角川文庫）p299
◇「姫君たちの戦国―時代小説傑作選」PHP研究所 2011（PHP文芸文庫）p195

贋の正宗―正宗
◇「名刀伝 2」角川春樹事務所 2015（ハルキ文庫）p101

梅雨の螢
◇「江戸宵闇しぐれ」学習研究社 2005（学研M文庫）p289

蓮見船
◇「京都府文学全集第1期（小説編）5」郷土出版社 2005 p409

花籠に月を入れて
◇「剣が哭く夜に哭く」光風社出版 2000（光風社文庫）p155

不義の御旗
◇「幕末京都血風録―傑作時代小説」PHP研究所 2007（PHP文庫）p205

冬の虹
◇「血汐花に涙降る」光風社出版 1999（光風社文庫）p69

蜜柑庄屋・金十郎
◇「江戸の満腹力―時代小説傑作選」集英社 2005（集英社文庫）p141

水の蛍
◇「江戸の秘恋―時代小説傑作選」徳間書店 2004（徳間文庫）p113

水面の月
◇「七人の龍馬―傑作時代小説」PHP研究所 2010（PHP文庫）p107

無明の宿
◇「女人」小学館 2007（小学館文庫）p95

村雨の首―松永弾正
◇「時代小説傑作選 7」新人物往来社 2008 p119

鳴弦の娘
◇「武芸十八般―武道小説傑作選」ベストセラーズ 2005（ベスト時代文庫）p39

女狐の罠
◇「闇の旋風」徳間書店 2000（徳間文庫）p143

夕鶴恋歌
◇「江戸夢日和」学習研究社 2004（学研M文庫）p75

雪提灯
◇「代表作時代小説 平成9年度」光風社出版 1997 p65
◇「春雨濡れ髪しぐれ―時代小説傑作選」講談社 2003（講談社文庫）p7

吉岡憲法
◇「人物日本剣豪伝 1」学陽書房 2001（人物文庫）p271

夜の橋
◇「情けがからむ朱房の十手―傑作時代小説」PHP研究所 2009（PHP文庫）p125

夜の蜩
◇「逆転―時代アンソロジー」祥伝社 2000（祥伝社文庫）p103

蓮台の月
◇「合わせ鏡―女流時代小説傑作選」角川春樹事務所 2003（ハルキ文庫）p7

沢田 瑞穂　さわだ・みずほ（1912～2002）
髪梳き幽霊
◇「黒髪に恨みは深く―髪の毛ホラー傑作選」角川書店 2006（角川ホラー文庫）p117

後庭花史談
◇「同性愛」国書刊行会 1999（書物の王国）p85

沢渡 咲　さわたり・さき
エンドロール
◇「ゆきのまち幻想文学賞小品集 18」企画集団ぷりずむ 2009 p159

澤渡 貴彦　さわたり・たかひこ
貝殻簪
◇「山形県文学全集第1期(小説編) 1」郷土出版社 2004 p149

澤渡 恒　さわたり・ひさし
親捨
◇「山形県文学全集第1期(小説編) 2」郷土出版社 2004 p72

澤西 祐典　さわにし・ゆうてん（1986〜）
砂糖で満ちてゆく
◇「文学 2014」講談社 2014 p83

澤野 久雄　さわの・ひさお
夜の河
◇「京都府文学全集第1期(小説編) 4」郷土出版社 2005 p97

沢野 ひとし　さわの・ひとし
懐かしの山
◇「富士山」角川書店 2013（角川文庫）p273

澤藤 桂　さわふじ・かつら
蔵
◇「優秀新人戯曲集 2005」ブロンズ新社 2004 p37

澤村 伊智　さわむら・いち
ひとんち
◇「宝石ザミステリー Red」光文社 2016 p139

沢村 浩輔　さわむら・こうすけ
空飛ぶ絨毯
◇「本格ミステリー二〇〇九年本格短編ベスト・セレクション 09」講談社 2009（講談社ノベルス）p161
◇「空飛ぶモルグ街の研究—本格短編ベスト・セレクション」講談社 2013（講談社文庫）p225
夜の床屋
◇「砂漠を走る船の道—ミステリーズ！ 新人賞受賞作品集」東京創元社 2016（創元推理文庫）p185

沢村 貞子　さわむら・さだこ（1908〜1996）
浅草娘
◇「精選女性随筆集 12」文藝春秋 2012 p124
あやとりと思い出
◇「精選女性随筆集 12」文藝春秋 2012 p204
お豆腐の針
◇「精選女性随筆集 12」文藝春秋 2012 p120
駆け落ちの現実
◇「精選女性随筆集 12」文藝春秋 2012 p215
神さまの赤い糸
◇「精選女性随筆集 12」文藝春秋 2012 p208
関東大震災のころ
◇「精選女性随筆集 12」文藝春秋 2012 p144
給料は一つ壺に
◇「精選女性随筆集 12」文藝春秋 2012 p222
女優の仕事と献立日記
◇「精選女性随筆集 12」文藝春秋 2012 p240
たった一つのウソ
◇「精選女性随筆集 12」文藝春秋 2012 p237
長唄のお師匠さん
◇「精選女性随筆集 12」文藝春秋 2012 p133
肉親との距離
◇「精選女性随筆集 12」文藝春秋 2012 p197
母の丸髷
◇「精選女性随筆集 12」文藝春秋 2012 p136
パン屋のしろちゃん
◇「精選女性随筆集 12」文藝春秋 2012 p128
風流戦法
◇「精選女性随筆集 12」文藝春秋 2012 p192
ほおずき市
◇「精選女性随筆集 12」文藝春秋 2012 p140
役に立った前科
◇「精選女性随筆集 12」文藝春秋 2012 p229
留置所というところ
◇「精選女性随筆集 12」文藝春秋 2012 p161

沢村 鐵　さわむら・てつ
もう一人の私へ
◇「あの日から—東日本大震災鎮魂岩手県出身作家短編集」岩手日報社 2015 p425

澤村 文子　さわむら・ふみこ
雨間
◇「ミヤマカラスアゲハ—第三回「草枕文学賞」作品集」文藝春秋企画出版部 2003 p155

沢村 凛　さわむら・りん（1963〜）
人事マン
◇「ザ・ベストミステリーズ—推理小説年鑑 2008」講談社 2008 p267
◇「Play推理遊戯」講談社 2011（講談社文庫）p107
スケジュール
◇「最後の恋—つまり、自分史上最高の恋。」新潮社 2008（新潮文庫）p131
前世の因縁
◇「ザ・ベストミステリーズ—推理小説年鑑 2009」講談社 2009 p233
◇「Bluff騙し合いの夜」講談社 2012（講談社文庫）p109

澤本 等　さわもと・ひとし
第四象限の密室
◇「新・本格推理 8」光文社 2008（光文社文庫）p247
◇「ザ・ベストミステリーズ—推理小説年鑑 2009」講談社 2009 p97
◇「Spiralめくるめく謎」講談社 2012（講談社文庫）p155

傘月　さんげつ
電柱症候群
◇「人は死んだら電柱になる—電柱アンソロジー」遠すぎる未来団 2014 p225

さんさ

山々亭 有人 さんさんてい・ありんど（1832〜1902）
　唐詩作加那（とうしさかな）
　　◇「新日本古典文学大系 明治編 4」岩波書店 2003 p294

賛子 貴之 さんす・たかゆき
　ぼくらの自由
　　◇「「伊豆文学賞」優秀作品集 第10回」静岡新聞社 2007 p3

三田 誠 さんだ・まこと（1977〜）
　幻人ダンテ
　　◇「Fiction zero／narrative zero」講談社 2007 p101
　砂漠の王
　　◇「砂漠の王」富士見書房 1999（富士見ファンタジア文庫）p157
　死者の回廊
　　◇「ゴーレムは証言せず―ソード・ワールド短編集」富士見書房 2000（富士見ファンタジア文庫）p91
　月の舞姫
　　◇「月の舞姫」富士見書房 2001（富士見ファンタジア文庫）p11
　妖精竜の花
　　◇「妖精竜（フェアリードラゴン）の花」富士見書房 2000（富士見ファンタジア文庫）p11

山東 京山 さんとう・きょうざん（1769〜1858）
　馬琴略伝（須永朝彦〔訳〕）
　　◇「芸術家」国書刊行会 1998（書物の王国）p167

三野 恵 さんの・めぐみ
　みずかがみ
　　◇「現代作家代表作選集 1」冊書房 2012 p115

三瓶 登 さんべ・のぼる
　星上山の地蔵
　　◇「松江怪談―新作怪談 松江物語」今井印刷 2015 p94

三遊亭 円朝 さんゆうてい・えんちょう（1839〜1900）
　牛車（うしぐるま）
　　◇「明治の文学 3」筑摩書房 2001 p322
　梅若七兵衛
　　◇「明治の文学 3」筑摩書房 2001 p143
　怪談阿三の森
　　◇「あやかしの深川―受け継がれる怪異な土地の物語」猿江商會 2016 p236
　鰍沢雪の夜噺（小室山の御封、王子酒、熊の膽薬）
　　◇「明治の文学 3」筑摩書房 2001 p387
　華族のお医者
　　◇「明治の文学 3」筑摩書房 2001 p336
　(洋) 金の勘定を什ずに来た
　　◇「明治の文学 3」筑摩書房 2001 p371
　狂言の買冠
　　◇「明治の文学 3」筑摩書房 2001 p364
　黄金餅
　　◇「明治の文学 3」筑摩書房 2001 p353
　指物師名人長二
　　◇「明治の文学 3」筑摩書房 2001 p177
　塩原多助旅日記
　　◇「明治の文学 3」筑摩書房 2001 p394
　塩原多助の怪談（「芸人談叢」より）
　　◇「文豪怪談傑作選 特別編」筑摩書房 2008（ちくま文庫）p106
　詩好の王様と棒縛（ほうしばり）の旅人
　　◇「明治の文学 3」筑摩書房 2001 p373
　士族の商法
　　◇「明治の文学 3」筑摩書房 2001 p340
　七福神詣（まいり）
　　◇「明治の文学 3」筑摩書房 2001 p329
　各嗇家（しわんぼう）
　　◇「明治の文学 3」筑摩書房 2001 p366
　心眼
　　◇「明治の文学 3」筑摩書房 2001 p294
　真景累ケ淵
　　◇「新日本古典文学大系 明治編 6」岩波書店 2006 p1
　真景累ケ淵（しんけいかさねがふち）（抄）
　　◇「明治の文学 3」筑摩書房 2001 p69
　西洋の丁稚
　　◇「明治の文学 3」筑摩書房 2001 p367
　世辞屋
　　◇「明治の文学 3」筑摩書房 2001 p343
　大仏餅。袴着（はかまぎ）の祝。新まへの盲目（めくら）乞食
　　◇「明治の文学 3」筑摩書房 2001 p377
　業平文治漂流奇談（抄）
　　◇「明治の文学 3」筑摩書房 2001 p3
　日本の小僧
　　◇「明治の文学 3」筑摩書房 2001 p370
　にゅう
　　◇「明治の文学 3」筑摩書房 2001 p306
　年始まはり
　　◇「明治の文学 3」筑摩書房 2001 p362
　百物語
　　◇「文豪怪談傑作選 明治編」筑摩書房 2011（ちくま文庫）p9
　文七元結
　　◇「明治の文学 3」筑摩書房 2001 p151
　(和) 茗荷
　　◇「明治の文学 3」筑摩書房 2001 p371
　昔の大名の心意気
　　◇「明治の文学 3」筑摩書房 2001 p365
　明治の地獄
　　◇「明治の文学 3」筑摩書房 2001 p315
　八百屋
　　◇「明治の文学 3」筑摩書房 2001 p332

闇夜の梅
　◇「明治の文学 3」筑摩書房 2001 p34
行倒の商売
　◇「明治の文学 3」筑摩書房 2001 p361
落語の濫觴
　◇「明治の文学 3」筑摩書房 2001 p290

三遊亭 円遊〔3代〕　さんゆうてい・えんゆう
（1878～1945）

鼻毛
　◇「新日本古典文学大系 明治編 6」岩波書店 2006 p397

散葉　さんよう
散歩にうってつけの夕べ
　◇「てのひら怪談―ビーケーワン怪談大賞傑作選 2」ポプラ社 2007 p112

【し】

しいか
まい・ほーむ大作戦！ ～新築庭付き一戸建て幽霊つき～
　◇「中学校たのしい劇脚本集―英語劇付 Ⅱ」国土社 2011 p161

椎崎 篤　しいざき・あつし（1926～）
河童相撲―狂言ふうの小劇
　◇「小学校たのしい劇の本―英語劇付 中学年」国土社 2007 p190

椎名 春介　しいな・しゅんすけ
笑顔でいっぱい
　◇「てのひら怪談―ビーケーワン怪談大賞傑作選 辛卯」ポプラ社 2011（ポプラ文庫）p12
帰り道にて
　◇「てのひら怪談―ビーケーワン怪談大賞傑作選 2」ポプラ社 2007 p150
　◇「てのひら怪談―ビーケーワン怪談大賞傑作選 己丑」ポプラ社 2009（ポプラ文庫）p164
月間約四〇センチメートル
　◇「てのひら怪談―ビーケーワン怪談大賞傑作選 庚寅」ポプラ社 2010（ポプラ文庫）p120

椎名 誠　しいな・まこと（1944～）
いそしぎ
　◇「不思議の扉 ありえない恋」角川書店 2011（角川文庫）p17
屋上の黄色いテント
　◇「東京小説」紀伊國屋書店 2000 p5
屋上の黄色いテント―銀座
　◇「東京小説」日本経済新聞出版社 2013（日経文芸文庫）p45
銀座の貧乏の物語
　◇「銀座24の物語」文藝春秋 2001 p9

きんもくせい
　◇「家族の絆」光文社 1997（光文社文庫）p403
三角洲
　◇「日本SF・名作集成 3」リブリオ出版 2005 p91
シークが来た
　◇「闘人烈伝―格闘小説・漫画アンソロジー」双葉社 2000 p171
真実の焼きうどん
　◇「ブキミな人びと」ランダムハウス講談社 2007 p7
水域
　◇「冒険の森へ―傑作小説大全 15」集英社 2016 p209
生還
　◇「冒険の森へ―傑作小説大全 14」集英社 2016 p52
ナブラ
　◇「空を飛ぶ恋―ケータイがつなぐ"28の物語」新潮社 2006（新潮文庫）p118
日本読書公社
　◇「戦後短篇小説再発見 15」講談社 2003（講談社文芸文庫）p200
猫舐祭
　◇「奇譚カーニバル」集英社 2000（集英社文庫）p283
　◇「短編復活」集英社 2002（集英社文庫）p177
ねずみ
　◇「冒険の森へ―傑作小説大全 13」集英社 2016 p177
ハーケンと夏みかん
　◇「くだものだもの」ランダムハウス講談社 2007 p7
パワン島にて
　◇「海の物語」角川書店 2001（New History）p57
引綱軽便鉄道
　◇「日本SF短篇50 3」早川書房 2013（ハヤカワ文庫JA）p313
漂着者
　◇「冒険の森へ―傑作小説大全 19」集英社 2015 p40
武装島田倉庫
　◇「日本SF・名作集成 6」リブリオ出版 2005 p147

椎名 葉子　しいな・ようこ
太郎といっしょ
　◇「山形市児童劇団脚本集 3」山形市 2005 p38

椎名 麟三　しいな・りんぞう（1911～1973）
神の道化師
　◇「新装版 全集現代文学の発見 5」學藝書林 2003 p200
寒暖計
　◇「戦後短篇小説再発見 11」講談社 2003（講談社文芸文庫）p70
小市民
　◇「戦後占領期短篇小説コレクション 5」藤原書店 2007 p161
深夜の酒宴
　◇「新装版 全集現代文学の発見 7」學藝書林 2003

p138
◇「コレクション戦争と文学 10」集英社 2012 p38

スタヴローギンの現代性
◇「新装版 全集現代文学の発見 7」學藝書林 2003 p508

深尾正治の手記
◇「新装版 全集現代文学の発見 4」學藝書林 2003 p82

松茸めし
◇「もの食う話」文藝春秋 2015（文春文庫）p69

門のある家
◇「戦後短篇小説選─『世界』1946-1999 2」岩波書店 2000 p217

塩田 全美 しおだ・まさみ
去年の雪
◇「現代作家代表作選集 6」鼎書房 2014 p91

塩野 七生 しおの・ななみ（1937～）
嘘と真実
◇「映画狂時代」新潮社 2014（新潮文庫）p279

塩野 米松 しおの・よねまつ（1947～）
天から石が
◇「文学 1997」講談社 1997 p219

汐見 薫 しおみ・かおる（1937～）
黒い服の未亡人
◇「はじめての小説（ミステリー）─内田康夫＆東京・北区が選んだ気鋭のミステリー」実業之日本社 2008 p9

塩谷 隆志 しおや・たかし（1934～1984）
押す
◇「宇宙塵傑作選─日本SFの軌跡 2」出版芸術社 1997 p39

潮山 長三 しおやま・ちょうぞう（1892～1931）
河童白状
◇「捕物時代小説選集 2」春陽堂書店 2000（春陽文庫）p134

雁金
◇「捕物時代小説選集 2」春陽堂書店 2000（春陽文庫）p161

口を縫われた男
◇「怪奇・伝奇時代小説選集 4」春陽堂書店 2000（春陽文庫）p34

鷺娘
◇「怪奇・伝奇時代小説選集 10」春陽堂書店 2000（春陽文庫）p125

五月闇聖天呪殺
◇「怪奇・伝奇時代小説選集 4」春陽堂書店 2000（春陽文庫）p60

毒湯気綺譚
◇「怪奇・伝奇時代小説選集 10」春陽堂書店 2000（春陽文庫）p98

濡事式三番
◇「怪奇・伝奇時代小説選集 7」春陽堂書店 2000（春陽文庫）p68

不動殺生変
◇「怪奇・伝奇時代小説選集 5」春陽堂書店 2000（春陽文庫）p69

三河屋騒動
◇「怪奇・伝奇時代小説選集 11」春陽堂書店 2000（春陽文庫）p29

幽明鏡草紙
◇「怪奇・伝奇時代小説選集 7」春陽堂書店 2000（春陽文庫）p39

時織 深 じおり・ふか
ノベルティーウォッチ
◇「新・本格推理 04」光文社 2004（光文社文庫）p163

般若の目
◇「新・本格推理 06」光文社 2006（光文社文庫）p159

無人島の絞首台
◇「新・本格推理 05」光文社 2005（光文社文庫）p385

枝折 まや子 しおり・まやこ
電柱フレンズ
◇「人は死んだら電柱になる―電柱アンソロジー」遠すぎる未来団 2014 p146

志賀 泉 しが・いずみ
いかりのにがさ
◇「吟醸掌篇─召しませ短篇小説 vol.1」けいこう舎 2016 p2

指の音楽
◇「太宰治賞 2004」筑摩書房 2004 p29

しか をかし
ダレダ
◇「妖（あやかし）がささやく」翠琥出版 2015 p89

志賀 幸一 しが・こういち
天城峠
◇「『伊豆文学賞』優秀作品集 第16回」羽衣出版 2013 p200

曲師
◇「『伊豆文学賞』優秀作品集 第8回」静岡新聞社 2005 p41

四十年目の夏に
◇「『伊豆文学賞』優秀作品集 第7回」羽衣出版 2004 p33

志賀 澤子 しが・さわこ
食卓のない家
◇「新鋭劇作集 series 13」日本劇団協議会 2002 p123

志賀 直哉 しが・なおや（1883～1971）
赤い帯
◇「ちくま日本文学 21」筑摩書房 2008（ちくま文庫）p291

赤西蠣太
◇「ちくま日本文学 21」筑摩書房 2008（ちくま文

庫）p96
◇「とっておきの話」筑摩書房 2011（ちくま文学の森）p433

赤西蠣太—伊丹万作監督「赤西蠣太」原作
◇「時代劇原作選集—あの名画を生みだした傑作小説」双葉社 2003（双葉文庫）p11

網走まで
◇「ちくま日本文学 21」筑摩書房 2008（ちくま文庫）p346

雨蛙
◇「ちくま日本文学 21」筑摩書房 2008（ちくま文庫）p234

荒絹
◇「ちくま日本文学 21」筑摩書房 2008（ちくま文庫）p137

或る朝
◇「ちくま日本文学 21」筑摩書房 2008（ちくま文庫）p9

イヅク川
◇「文豪てのひら怪談」ポプラ社 2009（ポプラ文庫）p50
◇「名短篇ほりだしもの」筑摩書房 2011（ちくま文庫）p159
◇「文豪怪談傑作選 大正篇」筑摩書房 2011（ちくま文庫）p195

怪談
◇「文豪怪談傑作選 大正篇」筑摩書房 2011（ちくま文庫）p255

剃刀
◇「血」三天書房 2000（傑作短篇シリーズ）p255
◇「恐怖特急」光文社 2002（光文社文庫）p279
◇「文士の意地—車谷長吉撰短篇小説輯 上巻」作品社 2005 p71
◇「十夜」ランダムハウス講談社 2006 p23
◇「ちくま日本文学 21」筑摩書房 2008（ちくま文庫）p194
◇「恐ろしい話」筑摩書房 2011（ちくま文学の森）p237
◇「日本近代短篇小説選 明治篇2」岩波書店 2013（岩波文庫）p239
◇「文豪たちが書いた怖い名作短編集」彩図社 2014 p118

奇人脱哉（きじんだっさい）
◇「ちくま日本文学 21」筑摩書房 2008（ちくま文庫）p367

城の崎にて
◇「十話」ランダムハウス講談社 2006 p185
◇「ちくま日本文学 21」筑摩書房 2008（ちくま文庫）p316
◇「私小説の生き方」アーツ・アンド・クラフツ 2009 p21
◇「私小説名作選 上」講談社 2012（講談社文芸文庫）p197

沓掛にて—芥川君のこと
◇「ちくま日本文学 21」筑摩書房 2008（ちくま文庫）p439

黒犬

◇「文豪怪談傑作選 大正篇」筑摩書房 2011（ちくま文庫）p229

クローディアスの日記
◇「短編名作選—1885-1924 小説の曙」笠間書院 2003 p217
◇「ちくま日本文学 21」筑摩書房 2008（ちくま文庫）p146

好人物の夫婦
◇「ちくま日本文学 21」筑摩書房 2008（ちくま文庫）p210

小僧の神様
◇「近代小説〈都市〉を読む」双文社出版 1999 p90
◇「ちくま日本文学 21」筑摩書房 2008（ちくま文庫）p77

昨夜の夢
◇「文豪怪談傑作選 大正篇」筑摩書房 2011（ちくま文庫）p250

瑣事
◇「丸谷才一編・花柳小説傑作選」講談社 2013（講談社文芸文庫）p264

自転車
◇「ちくま日本文学 21」筑摩書房 2008（ちくま文庫）p383

十一月三日午後の事
◇「いきものがたり」双文社出版 2013 p80

白い線
◇「ちくま日本文学 21」筑摩書房 2008（ちくま文庫）p400

白藤
◇「ちくま日本文学 21」筑摩書房 2008（ちくま文庫）p281

正義派
◇「読んでおきたい近代日本小説選」龍書房 2012 p151

清兵衛と瓢箪
◇「ちくま日本文学 21」筑摩書房 2008（ちくま文庫）p68
◇「読んでおきたい近代日本小説選」龍書房 2012 p156

焚火
◇「ちくま日本文学 21」筑摩書房 2008（ちくま文庫）p327
◇「文豪怪談傑作選 大正篇」筑摩書房 2011（ちくま文庫）p210

痴情
◇「京都府文学全集第1期（小説編）1」郷土出版社 2005 p465
◇「丸谷才一編・花柳小説傑作選」講談社 2013（講談社文芸文庫）p282

転生
◇「ちくま日本文学 21」筑摩書房 2008（ちくま文庫）p126

濁った頭
◇「童貞小説集」筑摩書房 2007（ちくま文庫）p287

灰色の月
◇「戦後短篇小説選—『世界』1946-1999 1」岩波書

店 2000 p3
◇「鉄路に咲く物語―鉄道小説アンソロジー」光文社 2005（光文社文庫）p103
◇「ちくま日本文学 21」筑摩書房 2008（ちくま文庫）p361
◇「コレクション戦争と文学 10」集英社 2012 p15

母の死と新しい母
◇「短編で読む恋愛・家族」中部日本教育文化会 1998 p93

速夫の妹
◇「ちくま日本文学 21」筑摩書房 2008（ちくま文庫）p26

鵲
◇「ちくま日本文学 21」筑摩書房 2008（ちくま文庫）p300

范の犯罪
◇「文豪の探偵小説」集英社 2006（集英社文庫）p221
◇「ちくま日本文学 21」筑摩書房 2008（ちくま文庫）p173

病中夢
◇「文豪怪談傑作選 大正篇」筑摩書房 2011（ちくま文庫）p248

梟
◇「文豪怪談傑作選 大正篇」筑摩書房 2011（ちくま文庫）p226

冬の往来
◇「ちくま日本文学 21」筑摩書房 2008（ちくま文庫）p253

真鶴
◇「ちくま日本文学 21」筑摩書房 2008（ちくま文庫）p17
◇「百年小説」ポプラ社 2008 p431

妙な夢
◇「文豪怪談傑作選 大正篇」筑摩書房 2011（ちくま文庫）p252

盲亀浮木（もうきふぼく）
◇「ちくま日本文学 21」筑摩書房 2008（ちくま文庫）p411
◇「文豪怪談傑作選 大正篇」筑摩書房 2011（ちくま文庫）p259

最上川
◇「山形県文学全集第2期（随筆・紀行編）3」郷土出版社 2005 p141

百舌
◇「ちくま日本文学 21」筑摩書房 2008（ちくま文庫）p305

矢島柳堂
◇「ちくま日本文学 21」筑摩書房 2008（ちくま文庫）p281

山形
◇「山形県文学全集第1期（小説編）1」郷土出版社 2004 p173

山科の記憶
◇「京都府文学全集第1期（小説編）1」郷土出版社 2005 p456

◇「丸谷才一編・花柳小説傑作選」講談社 2013（講談社文芸文庫）p273

夢
◇「文豪怪談傑作選 大正篇」筑摩書房 2011（ちくま文庫）p197

夢から憶い出す
◇「文豪怪談傑作選 大正篇」筑摩書房 2011（ちくま文庫）p236

リズム
◇「ちくま日本文学 21」筑摩書房 2008（ちくま文庫）p455

老人
◇「ちくま日本文学 21」筑摩書房 2008（ちくま文庫）p274

時海 結似　じかい・ゆい

着物憑きお紺覚書 緑の袖
◇「てのひら猫語り―書き下ろし時代小説集」白泉社 2014（白泉社招き猫文庫）p119

寺家谷 悦子　じかたに・えつこ

片野の天狗
◇「ゆきのまち幻想文学賞小品集 15」企画集団ぶりずん 2006 p147

志樹 逸馬　しき・いつま（1917〜1959）

秋の小川
◇「ハンセン病文学全集 6」皓星社 2003 p455

秋の畑
◇「ハンセン病文学全集 7」皓星社 2004 p321

朝
◇「ハンセン病文学全集 6」皓星社 2003 p458

石ころ
◇「ハンセン病文学全集 6」皓星社 2003 p456

（大空を仰ぐとき）
◇「ハンセン病文学全集 7」皓星社 2004 p326

（俺だけが）
◇「ハンセン病文学全集 7」皓星社 2004 p324

おれは近ごろ
◇「ハンセン病文学全集 6」皓星社 2003 p458

神さまわたしを
◇「ハンセン病文学全集 7」皓星社 2004 p327

切株
◇「ハンセン病文学全集 7」皓星社 2004 p322

（苦しい時には）
◇「ハンセン病文学全集 7」皓星社 2004 p324

（苦しみを踏み台として）
◇「ハンセン病文学全集 7」皓星社 2004 p326

懸命に
◇「ハンセン病文学全集 6」皓星社 2003 p454

五月
◇「ハンセン病文学全集 7」皓星社 2004 p318

黒人霊歌
◇「ハンセン病文学全集 6」皓星社 2003 p456

志樹逸馬詩集

◇「ハンセン病文学全集 6」皓星社 2003 p454
島の四季
◇「ハンセン病文学全集 7」皓星社 2004 p318
水仙
◇「ハンセン病文学全集 7」皓星社 2004 p318
洗濯
◇「ハンセン病文学全集 7」皓星社 2004 p319
旅人
◇「ハンセン病文学全集 6」皓星社 2003 p457
痴呆の如く
◇「ハンセン病文学全集 7」皓星社 2004 p325
妻のこと
◇「ハンセン病文学全集 6」皓星社 2003 p455
露（二）
◇「ハンセン病文学全集 7」皓星社 2004 p319
手風琴
◇「ハンセン病文学全集 6」皓星社 2003 p460
友を愛することを
◇「ハンセン病文学全集 6」皓星社 2003 p454
とりあえず
◇「ハンセン病文学全集 7」皓星社 2004 p325
（二十八年間）
◇「ハンセン病文学全集 7」皓星社 2004 p323
毎日刻々
◇「ハンセン病文学全集 6」皓星社 2003 p459
曲った手で
◇「ハンセン病文学全集 7」皓星社 2004 p327
虫のなく夜 灯の下で
◇「ハンセン病文学全集 6」皓星社 2003 p460
夜光虫
◇「ハンセン病文学全集 7」皓星社 2004 p320
夕映え
◇「ハンセン病文学全集 7」皓星社 2004 p320
癩者
◇「ハンセン病文学全集 7」皓星社 2004 p322
わたしの存在が
◇「ハンセン病文学全集 6」皓星社 2003 p456

四季 桂子　しき・けいこ（1932～1990）

最後の女学生
◇「甦る推理雑誌 10」光文社 2004（光文社文庫）p323
胎児
◇「妖異百物語 1」出版芸術社 1997（ふしぎ文学館）p41

四季 さとる　しき・さとる

民宿猫岳
◇「神様に一番近い場所―漱石来熊百年記念「草枕文学賞」作品集」文藝春秋企画センター 1998 p55

志木 象　しき・ぞう

夏の化身
◇「太宰治賞 2000」筑摩書房 2000 p113

式 貴士　しき・たかし（1933～1991）

カンタン刑
◇「冒険の森へ―傑作小説大全 8」集英社 2015 p102
◇「暴走する正義」筑摩書房 2016（ちくま文庫）p215
首吊り三味線
◇「吊るされた男」角川書店 2001（角川ホラー文庫）p29
空が泣いた日
◇「宇宙塵傑作選―日本SFの軌跡 2」出版芸術社 1997 p151
死人妻
◇「さよならの儀式」東京創元社 2014（創元SF文庫）p273
窓鴉
◇「贈る物語Wonder」光文社 2002 p61
乱歩を読みすぎた男
◇「乱歩の幻影」筑摩書房 1999（ちくま文庫）p175
われても末に
◇「愛の怪談」角川書店 1999（角川ホラー文庫）p165
◇「日本SF全集 3」出版芸術社 2013 p205

式田 ティエン　しきた・てぃえん（1955～）

秋の水
◇「5分で読める！ ひと駅ストーリー 降車編」宝島社 2012（宝島社文庫）p191
木下闇
◇「5分で読める！ ひと駅ストーリー 食の話」宝島社 2015（宝島社文庫）p289
セブンスターズ、オクトパス
◇「10分間ミステリー」宝島社 2012（宝島社文庫）p43
◇「5分で凍る！ ぞっとする怖い話」宝島社 2015（宝島社文庫）p109
苦潮
◇「5分で読める！ ひと駅ストーリー 夏の記憶西口編」宝島社 2013（宝島社文庫）p81
猫の恋
◇「5分で読める！ ひと駅ストーリー 猫の物語」宝島社 2014（宝島社文庫）p59
ほおずき
◇「もっとすごい！ 10分間ミステリー」宝島社 2013（宝島社文庫）p45
◇「10分間ミステリー THE BEST」宝島社 2016（宝島社文庫）p255
綿虫
◇「5分で読める！ ひと駅ストーリー 冬の記憶東口編」宝島社 2013（宝島社文庫）p51

式亭 三馬　しきてい・さんば（1776～1822）

浮世風呂
◇「小説乃湯―お風呂小説アンソロジー」角川書店 2013（角川文庫）p11

しきよ

時局對應全鮮轉向者聯盟　じきょくたいおうぜんせんてんこうしゃれんめい
　時局對應全鮮轉向者聯盟の結成式擧行──けふ京城府民舘で
　　◇「近代朝鮮文学日本語作品集1901〜1938 評論・随筆篇 3」緑蔭書房 2004 p371

重兼 芳子　しげかね・よしこ（1927〜1993）
　やまあいの煙
　　◇「現代秀作集」角川書店 1999（女性作家シリーズ）p83

重任 雅彦　しげとう・まさひこ
　親友
　　◇「ショートショートの広場 19」講談社 2007（講談社文庫）p46

茂野 信一　しげの・しんいち
　甦へる農村──三場
　　◇「日本統治期台湾文学集成 10」緑蔭書房 2003 p160

シゲノ トモノリ
　許可証
　　◇「ショートショートの花束 3」講談社 2011（講談社文庫）p20

重松 清　しげまつ・きよし（1963〜）
　あの年の秋
　　◇「ノスタルジー1972」講談社 2016 p155
　オーヴァー・ザ・レインボウ
　　◇「空を飛ぶ恋──ケータイがつなぐ28の物語」新潮社 2006（新潮文庫）p34
　おまじない
　　◇「それでも三月は、また」講談社 2012 p23
　ゲルマ
　　◇「短篇ベストコレクション──現代の小説 2003」徳間書店 2003（徳間文庫）p135
　コーヒーもう一杯
　　◇「あなたに、大切な香りの記憶はありますか？──短編小説集」文藝春秋 2008 p167
　　◇「あなたに、大切な香りの記憶はありますか？」文藝春秋 2011（文春文庫）p175
　サマーキャンプへようこそ
　　◇「闇に香るもの」新潮社 2004（新潮文庫）p45
　セッちゃん
　　◇「日本文学100年の名作 9」新潮社 2015（新潮文庫）p241
　それでいい
　　◇「極上掌篇小説」角川書店 2006 p127
　　◇「ひと粒の宇宙」角川書店 2009（角川文庫）p127
　どんぐりのココロ
　　◇「特別な一日」徳間書店 2005（徳間文庫）p49
　ナイフ
　　◇「コレクション戦争と文学 4」集英社 2011 p449
　ホームにて、蕎麦。
　　◇「そういうものだろ、仕事っていうのは」日本経済新聞出版社 2011 p5
　世のけ
　　◇「短篇ベストコレクション──現代の小説 2000」徳間書店 2000 p97

重見 一雄　しげみ・かずお
　遍路
　　◇「ハンセン病文学全集 4」皓星社 2003 p391

重光 寛子　しげみつ・ひろこ
　桐の花
　　◇「現代作家代表作選集 9」鼎書房 2015 p67
　じいちゃんの夢
　　◇「現代作家代表作選集 4」鼎書房 2013 p61

茂山 忠茂　しげやま・ただしげ（1927〜）
　甘蔗畑（ウギバテ）の土
　　◇「現代鹿児島小説大系 2」ジャプラン 2014 p180
　お富の場合
　　◇「現代鹿児島小説大系 2」ジャプラン 2014 p152

地獄熊 マイケル　じごくくま・まいける
　マリア様をみてる
　　◇「てのひら怪談──ビーケーワン怪談大賞傑作選 辛卯」ポプラ社 2011（ポプラ文庫）p130

志崎 鋭　しざき・えい
　新年明けまして、ゆきこです。
　　◇「ゆきのまち幻想文学賞小品集 18」企画集団ぷりずむ 2009 p155

梓崎 優　しざき・ゆう（1983〜）
　嘘つき鼠
　　◇「悪夢の行方──「読楽」ミステリーアンソロジー」徳間書店 2016（徳間文庫）p119
　凍れるルーシー
　　◇「本格ミステリー二〇一〇年本格短編ベスト・セレクション '10」講談社 2010（講談社ノベルス）p241
　　◇「凍れる女神の秘密──本格短編ベスト・セレクション」講談社 2014（講談社文庫）p341
　砂漠を走る船の道
　　◇「砂漠を走る船の道──ミステリーズ！　新人賞受賞作品集」東京創元社 2016（創元推理文庫）p227
　スプリング・ハズ・カム
　　◇「放課後探偵団──書き下ろし学園ミステリ・アンソロジー」東京創元社 2010（創元推理文庫）p271

獅子 文六　しし・ぶんろく（1893〜1969）
　狐よりも賢し
　　◇「温泉小説」アーツアンドクラフツ 2006 p187
　塩百姓
　　◇「賭けと人生」筑摩書房 2011（ちくま文学の森）p299
　　◇「日本文学100年の名作 4」新潮社 2014（新潮文庫）p149
　出る幕
　　◇「コレクション戦争と文学 6」集英社 2011 p232
　無頼の英霊

◇「戦後短篇小説再発見 15」講談社 2003（講談社文芸文庫）p9

獅子宮 敏彦　ししぐう・としひこ
神国崩壊
◇「ザ・ベストミステリーズ―推理小説年鑑 2004」講談社 2004 p437
◇「犯人たちの部屋」講談社 2007（講談社文庫）p401
諏訪堕天使宮
◇「ミステリーズ！ extra―《ミステリ・フロンティア》特集」東京創元社 2004 p34

宍戸 レイ　ししど・れい（1982～）
アパート
◇「女たちの怪談百物語」メディアファクトリー 2010（〔幽books〕）p155
◇「女たちの怪談百物語」KADOKAWA 2014（角川ホラー文庫）p159
蟻
◇「女たちの怪談百物語」メディアファクトリー 2010（〔幽books〕）p266
◇「女たちの怪談百物語」KADOKAWA 2014（角川ホラー文庫）p271
海外の幽霊ホテル
◇「女たちの怪談百物語」メディアファクトリー 2010（〔幽books〕）p180
◇「女たちの怪談百物語」KADOKAWA 2014（角川ホラー文庫）p184
南瓜
◇「女たちの怪談百物語」メディアファクトリー 2010（〔幽books〕）p303
◇「女たちの怪談百物語」KADOKAWA 2014（角川ホラー文庫）p310
コックリさん
◇「女たちの怪談百物語」メディアファクトリー 2010（〔幽books〕）p236
◇「女たちの怪談百物語」KADOKAWA 2014（角川ホラー文庫）p240
心霊スポットにて
◇「女たちの怪談百物語」メディアファクトリー 2010（〔幽books〕）p44
◇「女たちの怪談百物語」KADOKAWA 2014（角川ホラー文庫）p51
編集長の怖い話
◇「女たちの怪談百物語」メディアファクトリー 2010（〔幽books〕）p74
◇「女たちの怪談百物語」KADOKAWA 2014（角川ホラー文庫）p80
露出ムービー
◇「女たちの怪談百物語」メディアファクトリー 2010（〔幽books〕）p101
◇「女たちの怪談百物語」KADOKAWA 2014（角川ホラー文庫）p106
HIDEの話
◇「女たちの怪談百物語」メディアファクトリー 2010（〔幽books〕）p131
◇「女たちの怪談百物語」KADOKAWA 2014（角川ホラー文庫）p136

SMホテル
◇「女たちの怪談百物語」メディアファクトリー 2010（〔幽books〕）p212
◇「女たちの怪談百物語」KADOKAWA 2014（角川ホラー文庫）p217

思想報國聯盟京城支部仁川分會　しそうほうこくれんめいけいじょうしぶじんせんぶんかい
仁川に於ても思想報國の烽火―思想報國聯盟分會結成さる
◇「近代朝鮮文学日本語作品集1901～1938 評論・随筆篇 3」緑蔭書房 2004 p373

下町 遊歩　したまち・ゆうほ（1928～）
読売争議と殺人鬼
◇「全作家短編小説集 6」全作家協会 2007 p245

七佳 弁京　しちか・べんけい
十五年の孤独―人類史上初！ 軌道エレベーター人力登攀
◇「NOVA―書き下ろし日本SFコレクション 6」河出書房新社 2011（河出文庫）p51

七字 幸久　しちじ・ゆきひさ
これが青春だ
◇「歌謡曲だよ、人生は―映画監督短編集」メディアファクトリー 2007 p71

七味 一平　しちみ・いっぺい
ただほど高いものはない
◇「ショートショートの花束 3」講談社 2011（講談社文庫）p27
未練
◇「ショートショートの花束 2」講談社 2010（講談社文庫）p273
名演技
◇「ショートショートの花束 4」講談社 2012（講談社文庫）p46

実川 朋子　じつかわ・ともこ（1969～）
緑の贈り物
◇「つながり―フェリシモしあわせショートショート」フェリシモ 1999 p53

紫藤 ケイ　しどう・けい（1986～）
ジャックと雪化粧の精
◇「5分で読める！ ひと駅ストーリー 冬の記憶東口編」宝島社 2013（宝島社文庫）p111
月の瞳
◇「5分で読める！ ひと駅ストーリー 猫の物語」宝島社 2014（宝島社文庫）p219
◇「5分で泣ける！ 胸がいっぱいになる物語」宝島社 2015（宝島社文庫）p97
トールとロキのもてなし
◇「5分で読める！ ひと駅ストーリー 食の話」宝島社 2015（宝島社文庫）p249
蛍
◇「5分で読める！ ひと駅ストーリー 夏の記憶西口編」宝島社 2013（宝島社文庫）p101

しとう

紫藤 小夜子　しとう・さよこ
桜の咲く頃
　◇「ショートショートの広場 20」講談社 2008（講談社文庫）p269

紫藤 幹子　しどう・みきこ
スノーホワイト
　◇「ゆきのまち幻想文学賞小品集 10」企画集団ぶりずむ 2001 p68

品川 清　しながわ・きよし
さようなら─失格者のノート
　◇「ハンセン病文学全集 7」皓星社 2004 p43
切断した左足の葬いの日に
　◇「ハンセン病文学全集 7」皓星社 2004 p44
その時は─
　◇「ハンセン病文学全集 7」皓星社 2004 p45
断片
　◇「ハンセン病文学全集 7」皓星社 2004 p46
日記──一九四七年最終の記
　◇「ハンセン病文学全集 7」皓星社 2004 p44
日記──わたしの目
　◇「ハンセン病文学全集 7」皓星社 2004 p45
迷路
　◇「ハンセン病文学全集 7」皓星社 2004 p47
山鳥の径
　◇「ハンセン病文学全集 7」皓星社 2004 p43

篠 綾子　しの・あやこ（1971〜）
母子草
　◇「江戸味わい帖 料理人篇」角川春樹事務所 2015（ハルキ文庫）p113

紫野 貴李　しの・きり
哭く戦艦
　◇「Fantasy Seller」新潮社 2011（新潮文庫）p245

篠 鉄夫　しの・てつお
魔女の膏薬
　◇「妖異百物語 2」出版芸術社 1997（ふしぎ文学館）p131

志野 英乃　しの・ひでの
白雪姫？ 〜You can fly！〜
　◇「中学校たのしい劇脚本集─英語劇付 II」国土社 2011 p41
スワローズは夜空に舞って─1978年を、僕は忘れない
　◇「中学生のドラマ 6」晩成書房 2006 p145
卒業のバトン
　◇「中学校劇作シリーズ 10」青雲書房 2006 p183
空のできごと
　◇「中学校たのしい劇脚本集─英語劇付 III」国土社 2011 p9
星に願いを
　◇「中学校劇作シリーズ 10」青雲書房 2006 p31

迷い猫預かってます。
　◇「中学生のドラマ 7」晩成書房 2007 p93

篠崎 淳之介　しのざき・じゅんのすけ
蛾
　◇「幻の探偵雑誌 8」光文社 2001（光文社文庫）p335
復讐
　◇「幻の探偵雑誌 8」光文社 2001（光文社文庫）p413
炉辺奇譚
　◇「幻の探偵雑誌 8」光文社 2001（光文社文庫）p397

篠崎 二郎　しのざき・じろう
愛くるしいきみのまぼろしが浮んで消えない≫篠崎寿子
　◇「日本人の手紙 6」リブリオ出版 2004 p105
〔きけわだつみのこえ〕篠崎二郎
　◇「新装版 全集現代文学の発見 14」學藝書林 2005 p618

篠田 一平　しのだ・いっぺい
好色忍者 非情忍者地獄
　◇「忍法からくり伝奇」勉誠出版 2004 p71

篠田 鉱造　しのだ・こうぞう
大道芸術女砂文字の死
　◇「超短編アンソロジー」筑摩書房 2002（ちくま文庫）p159

篠田 節子　しのだ・せつこ（1955〜）
逢いびき
　◇「M列車（ミステリートレイン）で行こう」光文社 2001（カッパ・ノベルス）p149
青らむ空のうつろのなかに
　◇「迷」文藝春秋 2003（推理作家になりたくて マイベストミステリー）p78
　◇「マイ・ベスト・ミステリー 3」文藝春秋 2007（文春文庫）p108
秋草
　◇「らせん階段─女流ミステリー傑作選」角川春樹事務所 2003（ハルキ文庫）p309
一番抵当権
　◇「血」早川書房 1997 p149
失われた二本の指へ
　◇「紅迷宮─ミステリー・アンソロジー」祥伝社 2002（祥伝社文庫）p151
壁の顔をなぞる
　◇「文藝百物語」ぶんか社 1997 p170
看護婦さん、いたいよぉ
　◇「文藝百物語」ぶんか社 1997 p92
結界内の愉楽
　◇「文藝百物語」ぶんか社 1997 p264
現実が小説を模倣するとき
　◇「文藝百物語」ぶんか社 1997 p171
小羊

◇「ゆがんだ闇」角川書店 1998（角川ホラー文庫）p59

殺された男の霊が
◇「文藝百物語」ぶんか社 1997 p39

コンクリートの巣
◇「ふるえて眠れ―女流ホラー傑作選」角川春樹事務所 2001（ハルキ・ホラー文庫）p7

コンセプション
◇「エクスタシィ―大人の恋の物語り」ベストセラーズ 2003 p95

山月忌
◇「輝きの一瞬―短くて心に残る30編」講談社 1999（講談社文庫）p253

38階の黄泉の国
◇「妖美―女流ミステリー傑作選」徳間書店 1999（徳間文庫）p93
◇「短編復活」集英社 2002（集英社文庫）p191

三人目
◇「文藝百物語」ぶんか社 1997 p103

七人の敵
◇「悪魔のような女―女流ミステリー傑作選」角川春樹事務所 2001（ハルキ文庫）p279

自分と違う影が
◇「文藝百物語」ぶんか社 1997 p226

浄瑠璃寺へ
◇「文藝百物語」ぶんか社 1997 p240

水球
◇「ミステリア―女性作家アンソロジー」祥伝社 2003（祥伝社文庫）p7

誰かがエレベーターに
◇「文藝百物語」ぶんか社 1997 p107

出入りの激しい病室
◇「文藝百物語」ぶんか社 1997 p98

灯油の尽きるとき
◇「ザ・ベストミステリーズ―推理小説年鑑 2000」講談社 2000 p113
◇「嘘つきは殺人のはじまり」講談社 2003（講談社文庫）p33

トマトマジック
◇「短篇ベストコレクション―現代の小説 2012」徳間書店 2012（徳間文庫）p359

ニライカナイ
◇「紫迷宮―ミステリー・アンソロジー」祥伝社 2002（祥伝社文庫）p375

歯
◇「おぞけ―ホラー・アンソロジー」祥伝社 1999（祥伝社文庫）p7

バックヤード
◇「本からはじまる物語」メディアパル 2007 p99

ハッと思うと窓際に
◇「文藝百物語」ぶんか社 1997 p41

春の便り
◇「自選ショート・ミステリー 2」講談社 2001（講談社文庫）p102

ピジョン・ブラッド
◇「緋迷宮―ミステリー・アンソロジー」祥伝社 2001（祥伝社文庫）p177
◇「恋は罪つくり―恋愛ミステリー傑作選」光文社 2005（光文社文庫）p195

ビーフになさいますか、それともポークに…
◇「迷」文藝春秋 2003（推理作家になりたくて マイベストミステリー）p151
◇「マイ・ベスト・ミステリー 3」文藝春秋 2007（文春文庫）p225

ヒーラー
◇「ザ・ベストミステリーズ―推理小説年鑑 2004」講談社 2004 p275
◇「孤独な交響曲（シンフォニー）」講談社 2007（講談社文庫）p135

別荘地の犬 A-side
◇「秘密。―私と私のあいだの十二話」メディアファクトリー 2005 p83

別荘地の犬 B-side
◇「秘密。―私と私のあいだの十二話」メディアファクトリー 2005 p89

操作手
◇「日本SF短篇50 4」早川書房 2013（ハヤカワ文庫JA）p139

幻の穀物危機
◇「鬼瑠璃草―恋愛ホラー・アンソロジー」祥伝社 2003（祥伝社文庫）p335
◇「冒険の森へ―傑作小説大全 19」集英社 2015 p99

見知らぬ自分
◇「文藝百物語」ぶんか社 1997 p230

密会
◇「恋する男たち」朝日新聞社 1999 p5

宮城の蒲団の話
◇「文藝百物語」ぶんか社 1997 p234

野犬狩り
◇「現代の小説 1998」徳間書店 1998 p147
◇「最新「珠玉推理」大全 下」光文社 1998（カッパ・ノベルス）p120
◇「闇夜の芸術祭」光文社 2003（光文社文庫）p165

やどかり
◇「白のミステリー―女性ミステリー作家傑作選」光文社 1997 p269
◇「女性ミステリー作家傑作選 2」光文社 1999（光文社文庫）p83

家鳴り
◇「花迷宮」日本文芸社 2000（日文庫）p341

柔らかい手
◇「ときめき―ミステリアンソロジー」廣済堂出版 2005（廣済堂文庫）p27

夜のジンファンデル
◇「恋愛小説」新潮社 2005 p83
◇「恋愛小説」新潮社 2007（新潮文庫）p95

ライフガード
◇「旅を数えて」光文社 2007 p235

リトル・マーメード

しのた

- ◇「短篇ベストコレクション―現代の小説 2002」徳間書店 2002（徳間文庫）p51
- ◇「ザ・ベストミステリーズ―推理小説年鑑 2002」講談社 2002 p221
- ◇「トリック・ミュージアム」講談社 2005（講談社文庫）p5

篠田 仙果　しのだ・せんか
鹿児島戦争記
- ◇「新日本古典文学大系 明治編 13」岩波書店 2007 p185

篠田 達明　しのだ・たつあき（1937～）
明智光秀の眼鏡
- ◇「士魂の光芒―時代小説最前線」新潮社 1997（新潮文庫）p35

土御門殿の怪
- ◇「鬼火が呼んでいる―時代小説傑作選」講談社 1997（講談社文庫）p228

道長の甘き香り
- ◇「歴史の息吹」新潮社 1997 p89

篠田 浩　しのだ・ひろし
一夜
- ◇「幻の探偵雑誌 8」光文社 2001（光文社文庫）p441

嬰児の復讐
- ◇「幻の探偵雑誌 8」光文社 2001（光文社文庫）p283

篠田 真由美　しのだ・まゆみ（1953～）
赤い実たどって
- ◇「帰還」光文社 2000（光文社文庫）p221

憧れの街、夢の都
- ◇「幻想探偵」光文社 2009（光文社文庫）p325

ウシュクダラのエンジェル
- ◇「名探偵の饗宴」朝日新聞社 1998 p85
- ◇「名探偵の饗宴」朝日新聞出版 2015（朝日文庫）p99

オフィーリア、翔んだ
- ◇「蒼迷宮―ミステリー・アンソロジー」祥伝社 2002（祥伝社文庫）p311

還ってくる
- ◇「水妖」廣済堂出版 1998（廣済堂文庫）p387

完璧な蒐集
- ◇「毒殺協奏曲」原書房 2016 p299

奇蹟
- ◇「GOD」廣済堂出版 1999（廣済堂文庫）p283

君知るや南の国
- ◇「俳優」廣済堂出版 1999（廣済堂文庫）p29

暗い日曜日
- ◇「黄昏ホテル」小学館 2004 p10

虚空より
- ◇「十月のカーニヴァル」光文社 2000（カッパ・ノベルス）p61

三階特別室
- ◇「グランドホテル」廣済堂出版 1999（廣済堂文庫）p61

時の輪廻
- ◇「時の輪廻」リブリオ出版 2001（怪奇・ホラーワールド）p39

十人目の切り裂きジャック
- ◇「新世紀「謎」倶楽部」角川書店 1998 p9
- ◇「十の恐怖」角川書店 1999 p123

砂時計
- ◇「ひとにぎりの異形」光文社 2007（光文社文庫）p478

セラフィーナ
- ◇「少女の空間」徳間書店 2001（徳間デュアル文庫）p109

象牙の愛人
- ◇「玩具館」光文社 2001（光文社文庫）p217

対話
- ◇「逆想コンチェルト―イラスト先行・競作小説アンソロジー 奏の1」徳間書店 2010 p212

ダイイングメッセージ《Y》
- ◇「「Y」の悲劇」講談社 2000（講談社文庫）p85

黄昏の歩廊にて
- ◇「チャイルド」廣済堂出版 1998（廣済堂文庫）p109
- ◇「自選ショート・ミステリー」講談社 2001（講談社文庫）p189

人形遊び
- ◇「ゆきどまり―ホラー・アンソロジー」祥伝社 2000（祥伝社文庫）p53

墓屋
- ◇「物語のルミナリエ」光文社 2011（光文社文庫）p288

薔薇よりも赤く
- ◇「屍者の行進」廣済堂出版 1998（廣済堂文庫）p39
- ◇「恐ろしき執念」リブリオ出版 2001（怪奇・ホラーワールド）p225

双つ蝶
- ◇「アジアン怪綺」光文社 2003（光文社文庫）p15

ふたり遊び
- ◇「悪夢制御装置―ホラー・アンソロジー」角川書店 2002（角川文庫）p7
- ◇「青に捧げる悪夢」角川書店 2005 p159
- ◇「青に捧げる悪夢」角川書店 2013（角川文庫）p271

密林へ！
- ◇「本迷宮―本を巡る不思議な物語」日本図書設計家協会 2016 p57

迷宮に死者は棲む
- ◇「M列車（ミステリートレイン）で行こう」光文社 2001（カッパ・ノベルス）p177

もっとも重い罰は
- ◇「新世紀犯罪博覧会―連作推理小説」光文社 2001（カッパ・ノベルス）p51

DYING MESSAGE《Y》
- ◇「アリス殺人事件―不思議の国のアリス ミステリーアンソロジー」河出書房新社 2016（河出文庫）p109

Flora
◇「トロピカル」廣済堂出版 1999（廣済堂文庫）p313
forgét me nòt
◇「捨てる―アンソロジー」文藝春秋 2015 p107

篠谷 志乃　しのたに・しの
シャーマン・イン・ザ・ダーク―マウナの真実
◇「踊れ！ へっぽこ大祭典―ソード・ワールド短編集」富士見書房 2004（富士見ファンタジア文庫）p221
狙われたヘッポコーズ―冒険者を脅かす
◇「狙われたヘッポコーズ―ソード・ワールド短編集」富士見書房 2004（富士見ファンタジア文庫）p237
へっぽこ冒険者とイオドの宝
◇「へっぽこ冒険者とイオドの宝―ソード・ワールド短編集」富士見書房 2005（富士見ファンタジア文庫）p55
夢見し黄金色―オーファンの光が導く
◇「へっぽこ冒険者と緑の蔭―ソード・ワールド短編集」富士見書房 2005（富士見ファンタジア文庫）p195

篠垤 潔　しのづか・きよし
告知
◇「竹筒に花はなくとも―短篇十人集」日曜舎 1997 p32

篠月 美弥　しのつき・みや
還らざる月、灰緑の月―契火の末裔外伝
◇「C・N 25―C・novels創刊25周年アンソロジー」中央公論新社 2007（C novels）p448

東雲 鷹文　しののめ・たかふみ
優しい坊や
◇「ショートショートの広場 19」講談社 2007（講談社文庫）p60

東雲 長閑　しののめ・のどか
語り手の条件
◇「ショートショートの広場 16」講談社 2005（講談社文庫）p38
マイミーブラヨーツの作り方
◇「ショートショートの広場 16」講談社 2005（講談社文庫）p130

篠原 勝之　しのはら・かつゆき（1942～）
骨風
◇「文学 2014」講談社 2014 p144

篠原 昌裕　しのはら・まさひろ
最低の男
◇「もっとすごい！ 10分間ミステリー」宝島社 2013（宝島社文庫）p77
◇「10分ミステリー THE BEST」宝島社 2016（宝島社文庫）p267
ストラップと猫耳
◇「5分で読める！ ひと駅ストーリー 猫の物語」宝島社 2014（宝島社文庫）p169
卒業旅行ジャック
◇「5分で読める！ ひと駅ストーリー 旅の話」宝島社 2015（宝島社文庫）p339
◇「5分で驚く！ どんでん返しの物語」宝島社 2016（宝島社文庫）p113
電車強盗のリスクパフォーマンス
◇「5分で読める！ ひと駅ストーリー 乗車編」宝島社 2012（宝島社文庫）p77
ヘンタイの汚名は受けたくない
◇「5分で読める！ ひと駅ストーリー 夏の記憶東口編」宝島社 2013（宝島社文庫）p81
◇「5分で笑える！ オバカで愉快な物語」宝島社 2016（宝島社文庫）p175
恋愛白帯女子のクリスマス
◇「5分で読める！ ひと駅ストーリー 冬の記憶西口編」宝島社 2013（宝島社文庫）p121

篠原 正巳　しのはら・まさみ
皇国（みくに）の子供達―三幕
◇「日本統治期台湾文学集成 11」緑蔭書房 2003 p299

信夫 恕軒　しのぶ・じょけん（1835～1910）
岩井半四郎の事を記す
◇「新日本古典文学大系 明治編 2」岩波書店 2004 p311
梅暦を読む
◇「新日本古典文学大系 明治編 2」岩波書店 2004 p352
大沼枕山伝
◇「新日本古典文学大系 明治編 2」岩波書店 2004 p339
観世大夫の事を記す
◇「新日本古典文学大系 明治編 2」岩波書店 2004 p313
義猴の事を記す
◇「新日本古典文学大系 明治編 2」岩波書店 2004 p297
紅勘伝
◇「新日本古典文学大系 明治編 2」岩波書店 2004 p318
三遊亭円朝伝
◇「新日本古典文学大系 明治編 2」岩波書店 2004 p306
恕軒氏七十自序
◇「新日本古典文学大系 明治編 2」岩波書店 2004 p346
恕軒文鈔・恕軒遺稿（抄）
◇「新日本古典文学大系 明治編 2」岩波書店 2004 p295
新門辰五郎伝
◇「新日本古典文学大系 明治編 2」岩波書店 2004 p302
象を記す
◇「新日本古典文学大系 明治編 2」岩波書店 2004 p328

しは

続不亦快哉
◇『新日本古典文学大系 明治編 2』岩波書店 2004 p353

徂徠翁の天狗説を読む
◇『新日本古典文学大系 明治編 2』岩波書店 2004 p298

載痔記
◇『新日本古典文学大系 明治編 2』岩波書店 2004 p349

虎獅子を記す
◇『新日本古典文学大系 明治編 2』岩波書店 2004 p329

俳優田之助伝
◇『新日本古典文学大系 明治編 2』岩波書店 2004 p322

鼻祖柳川一蝶斎伝
◇『新日本古典文学大系 明治編 2』岩波書店 2004 p343

墨水に走舸を観るの記
◇『新日本古典文学大系 明治編 2』岩波書店 2004 p324

洋人の戯馬を観るの記
◇『新日本古典文学大系 明治編 2』岩波書店 2004 p327

芳野薖亭に与ふるの書
◇『新日本古典文学大系 明治編 2』岩波書店 2004 p314

柳北成島先生の碑
◇『新日本古典文学大系 明治編 2』岩波書店 2004 p332

芝 うさぎ　しば・うさぎ

あふひ
◇『てのひら怪談―ビーケーワン怪談大賞傑作選 辛卯』ポプラ社 2011（ポプラ文庫）p22

芝 精　しば・きよし

あその麓に
◇『ハンセン病文学全集 8』皓星社 2006 p394

地場 輝彦　じば・てるひこ

瑞穂の奇祭
◇『現代作家代表作選集 4』鼎書房 2013 p93

芝 夏子　しば・なつこ

雪のカセット
◇『ゆきのまち幻想文学賞小品集 14』企画集団ぷりずむ 2005 p149

芝 憲子　しば・のりこ（1946～）

骨のカチャーシー
◇『沖縄文学選―日本文学のエッジからの問い』勉誠出版 2003 p280

志馬 陸平　しば・りくへい

ラヂオ・ドラマ 花園を荒らすもの
◇『日本統治期台湾文学集成 14』緑蔭書房 2003 p111

司馬 遼太郎　しば・りょうたろう（1923～1996）

アームストロング砲
◇『剣鬼らの饗宴』光風社出版 1998（光風社文庫）p73

ある会津人のこと
◇『剣鬼無明斬り』光風社出版 1997（光風社文庫）p363

ある情熱
◇『教科書名短篇 人間の情景』中央公論新社 2016（中公文庫）p21

王城の護衛者
◇『新選組読本』光文社 2003（光文社文庫）p7
◇『京都府文学全集第1期（小説編）5』郷土出版社 2005 p11

おお、大砲
◇『新装版 全集現代文学の発見 16』學藝書林 2005 p314

沖田総司の恋―「新撰組血風録」より
◇『極め付き時代小説選 2』中央公論新社 2004（中公文庫）p7

女は遊べ物語
◇『戦国女人十一話』作品社 2005 p103

北ノ政所
◇『おんなの戦』角川書店 2010（角川文庫）p241

奇妙な剣客
◇『冒険の森へ―傑作小説大全 1』集英社 2016 p58

奇妙なり八郎―篠田正浩監督「暗殺」原作
◇『時代劇原作選集―あの名画を生みだした傑作小説』双葉社 2003（双葉文庫）p323

俠客万助珍話
◇『歴史小説の世紀 地の巻』新潮社 2000（新潮文庫）p335

京の剣客
◇『七人の武蔵』角川書店 2002（角川文庫）p5

倉敷の若旦那
◇『八百八町春爛漫』光風社出版 1998（光風社文庫）p335
◇『日本文学100年の名作 6』新潮社 2015（新潮文庫）p119

軍師二人
◇『人物日本の歴史―時代小説 戦国編』小学館 2004（小学館文庫）p183
◇『軍師の死にざま―短篇小説集』作品社 2006 p237
◇『信州歴史時代小説傑作集 1』しなのき書房 2007 p293

軍師二人―真田幸村・後藤又兵衛
◇『軍師の死にざま』実業之日本社 2013（実業之日本社文庫）p299

絢爛たる犬
◇『犬道楽江戸草紙―時代小説傑作選』徳間書店 2005（徳間文庫）p5

故郷忘じがたく候
◇『慕情深川しぐれ』光風社出版 1998（光風社文庫）p7

虎徹
　◇「江戸三百年を読む―傑作時代小説 シリーズ江戸学 下」角川学芸出版 2009（角川文庫）p145
戈壁の匈奴
　◇「黄土の群星」光文社 1999（光文社文庫）p285
小室某覚書
　◇「秘剣閣を斬る」光風社出版 1998（光風社文庫）p239
重庵の転々
　◇「風の中の剣士」光風社出版 1998（光風社文庫）p311
睡蓮一花妖譚六
　◇「七人の役小角」小学館 2007（小学館文庫）p67
大楽源太郎の生死
　◇「躍る影法師」光風社出版 1997（光風社文庫）p47
人斬り以蔵
　◇「幕末剣豪人斬り異聞 勤皇篇」アスキー 1997（Aspect novels）p43
前髪の惣三郎
　◇「同性愛」国書刊行会 1999（書物の王国）p175
　◇「剣を斬る―名作で読む推理小説史 時代ミステリー傑作選」光文社 2005（光文社文庫）p223
壬生狂言の夜
　◇「新選組烈士伝」角川書店 2003（角川文庫）p245
無名の人
　◇「教科書名短篇 人間の情景」中央公論新社 2016（中公文庫）p9
村の心中
　◇「心中小説名作選」集英社 2008（集英社文庫）p103
八十島（やそしま）なるなる
　◇「日本舞踊舞踊劇選集」西川会 2002 p429
理心流異聞
　◇「新選組興亡録」角川書店 2003（角川文庫）p5
若江堤の霧
　◇「決戦！大坂の陣」実業之日本社 2014（実業之日本社文庫）p233

芝川 武　しばかわ・たけし
腕の伝蔵
　◇「日本統治期台湾文学集成 9」緑蔭書房 2002 p283

芝木 好子　しばき・よしこ（1914～1991）
洲崎パラダイス
　◇「日本文学100年の名作 5」新潮社 2015（新潮文庫）p29
蝶になるまで
　◇「街娼―パンパン＆オンリー」皓星社 2015（紙礫）p75

柴崎 友香　しばさき・ともか（1973～）
宇宙の日
　◇「文学 2009」講談社 2009 p267
　◇「現代小説クロニクル 2005～2009」講談社 2015（講談社文芸文庫）p284
海沿いの道
　◇「短篇集」ヴィレッジブックス 2010 p180
終わりと始まりのあいだの木曜日
　◇「スタートライン―始まりをめぐる19の物語」幻冬舎 2010（幻冬舎文庫）p115
巻末エッセイ ある場所
　◇「現代小説クロニクル 2005～2009」講談社 2015 p300
雲の下の街
　◇「こどものころにみた夢」講談社 2008 p100
水曜日になれば〈よくある話〉
　◇「本をめぐる物語―栞は夢をみる」KADOKAWA 2014（角川文庫）p41
世界の片隅で
　◇「本からはじまる物語」メディアパル 2007 p77
鳥と進化／声を聞く
　◇「小説の家」新潮社 2016 p4
ハワイへ行きたい
　◇「29歳」日本経済新聞出版社 2008 p49
　◇「29歳」新潮社 2012（新潮文庫）p55
火花 1
　◇「大阪ラビリンス」新潮社 2014（新潮文庫）p349
火花 2
　◇「大阪ラビリンス」新潮社 2014（新潮文庫）p361
メルボルンの想い出―街のクローズが終わるまでは、インターネットも電話も使えません
　◇「NOVA―書き下ろし日本SFコレクション 10」河出書房新社 2013（河出文庫）p49

シバタ カズキ
NKK
　◇「ショートショートの広場 19」講談社 2007（講談社文庫）p143

柴田 勝家　しばた・かついえ（1987～）
南十字星
　◇「伊藤計劃トリビュート」早川書房 2015（ハヤカワ文庫 JA）p141

柴田 紘　しばた・こう
深海の少年
　◇「気配―第10回フェリシモ文学賞作品集」フェリシモ 2012 p81

柴田 翔　しばた・しょう（1935～）
中国人の恋人
　◇「恋愛小説・名作集成 3」リブリオ出版 2004 p132

柴田 宵曲　しばた・しょうきょく（1897～1966）
異形の顔（抄）（平賀白山〔著〕）
　◇「文豪てのひら怪談」ポプラ社 2009（ポプラ文庫）p58
動く石
　◇「鉱物」国書刊行会 1997（書物の王国）p74
大鳥
　◇「怪獣」国書刊行会 1998（書物の王国）p9
大猫・化け猫

◇「怪猫鬼談」人類文化社 1999 p157

再度の怪(抄)(三坂春編〔著〕)
　◇「文豪てのひら怪談」ポプラ社 2009（ポプラ文庫）p124

鼠妖(抄)(堀麦水〔著〕)
　◇「文豪てのひら怪談」ポプラ社 2009（ポプラ文庫）p176

大魚
　◇「怪獣」国書刊行会 1998（書物の王国）p11

地上の龍(抄)(松浦静山〔著〕)
　◇「文豪てのひら怪談」ポプラ社 2009（ポプラ文庫）p156

月の話
　◇「月」国書刊行会 1999（書物の王国）p197

一つ目小僧(抄)(平秩東作〔著〕)
　◇「文豪てのひら怪談」ポプラ社 2009（ポプラ文庫）p128

ものいう人形
　◇「人形」国書刊行会 1997（書物の王国）p201

柴田 つる　しばた・つる

浅黄鹿の子
　◇「文豪怪談傑作選 特別編」筑摩書房 2007（ちくま文庫）p242

柴田 哲孝　しばた・てつたか（1957〜）

賢者のもてなし
　◇「現場に臨め」光文社 2010（Kappa novels）p231
　◇「現場に臨め」光文社 2014（光文社文庫）p319

孤月殺人事件
　◇「タッグ私の相棒―警察アンソロジー」角川春樹事務所 2015 p175

草原に咲く一輪の花―異聞 ノモンハン事件
　◇「永遠の夏―戦争小説集」実業之日本社 2015（実業之日本社文庫）p7

初鰹
　◇「短篇ベストコレクション―現代の小説 2008」徳間書店 2008（徳間文庫）p345
　◇「ザ・ベストミステリーズ―推理小説年鑑 2008」講談社 2008 p189
　◇「Play推理遊戯」講談社 2011（講談社文庫）p155

柴田 哲良　しばた・てつろう

雪のウエディングドレス
　◇「本格推理 15」光文社 1999（光文社文庫）p260

柴田 天馬　しばた・てんま（1872〜1963）

連瑣(蒲松齢〔著〕)
　◇「世界堂書店」文藝春秋 2014（文春文庫）p213

柴田 友美　しばた・ともみ

PEN
　◇「超短編の世界 vol.3」創英社 2011 p46

柴田 杜夜子　しばた・とやこ

濁水の魚
　◇「日本統治期台湾文学集成 7」緑蔭書房 2002 p265

中篇小説 泥靴
　◇「日本統治期台湾文学集成 8」緑蔭書房 2002 p6

柴田 夏子　しばた・なつこ

ピュア
　◇「ゆきのまち幻想文学賞小品集 10」企画集団ぷりずむ 2001 p186

柴田 道司　しばた・みちじ

桜桃盗人
　◇「山形県文学全集第2期（随筆・紀行編）4」郷土出版社 2005 p244

通いなれた小さな道
　◇「山形県文学全集第2期（随筆・紀行編）4」郷土出版社 2005 p253

川の挿話
　◇「山形県文学全集第1期（小説編）4」郷土出版社 2004 p170

柴田 侑宏　しばた・ゆきひろ（1932〜）

飛鳥夕映え―蘇我入鹿
　◇「宝塚歌劇柴田侑宏脚本選 5」阪急コミュニケーションズ 2006 p131

凱旋門―エリッヒ・マリア・レマルクの小説による
　◇「宝塚歌劇柴田侑宏脚本選 5」阪急コミュニケーションズ 2006 p171

仮面のロマネスク
　◇「宝塚歌劇柴田侑宏脚本選 5」阪急コミュニケーションズ 2006 p87

霧のミラノ
　◇「宝塚歌劇柴田侑宏脚本選 5」阪急コミュニケーションズ 2006 p5

琥珀色の雨にぬれて
　◇「宝塚大劇場公演脚本集―2001年4月〜2002年4月」阪急電鉄コミュニケーション事業部 2002 p98

花の業平(なりひら)―忍ぶの乱れ
　◇「宝塚歌劇柴田侑宏脚本選 5」阪急コミュニケーションズ 2006 p45

柴田 よしき　しばた・よしき（1959〜）

ウォーターヒヤシンス
　◇「変化―書下ろしホラー・アンソロジー」PHP研究所 2000（PHP文庫）p31

顔
　◇「憑き者―全篇書下ろし傑作ホラーアンソロジー」アスキー 2000（A-novels）p359

隠されていたもの
　◇「不思議の足跡」光文社 2007（Kappa novels）p153
　◇「不思議の足跡」光文社 2011（光文社文庫）p201

語りかける愛
　◇「秘神界 現代編」東京創元社 2002（創元推理文庫）p405

観覧車
　◇「新世紀「謎」倶楽部」角川書店 1998 p189

貴船菊(きぶねぎく)の白
　◇「白のミステリー―女性ミステリー作家傑作選」光

文社 1997 p439
- ◇「女性ミステリー作家傑作選 2」光文社 1999（光文社文庫）p121

切り取られた笑顔
- ◇「ザ・ベストミステリーズ―推理小説年鑑 1998」講談社 1998 p359
- ◇「不条理な殺人―ミステリー・アンソロジー」祥伝社 1998（ノン・ポシェット）p299
- ◇「完全犯罪証明書」講談社 2001（講談社文庫）p77

金田一耕助最後の事件
- ◇「金田一耕助の新たな挑戦」角川書店 1997（角川文庫）p203

化粧
- ◇「蜜の眠り」廣済堂出版 2000（廣済堂文庫）p149

七月の喧燥
- ◇「京都愛憎の旅―京都ミステリー傑作選」徳間書店 2002（徳間文庫）p45

正太郎と井戸端会議の冒険
- ◇「本格ミステリ 2001」講談社 2001（講談社ノベルス）p235
- ◇「透明な貴婦人の謎―本格短編ベスト・セレクション」講談社 2005（講談社文庫）p99

正太郎と田舎の事件
- ◇「密室殺人大百科 下」原書房 2000 p229

正太郎と冷たい方程式
- ◇「密室レシピ」角川書店 2002（角川文庫）p125

聖夜の憂鬱
- ◇「匠」文藝春秋 2003（推理作家になりたくて マイベストミステリー）p80
- ◇「マイ・ベスト・ミステリー 1」文藝春秋 2007（文春文庫）p116

そこにいた理由
- ◇「恋は罪つくり―恋愛ミステリー傑作選」光文社 2005（光文社文庫）p391

大根の花
- ◇「決断―警察小説競作」新潮社 2006（新潮文庫）p169

誰かに似た人
- ◇「金曜の夜は、ラブ・ミステリー」三笠書房 2000（王様文庫）p139

月夜
- ◇「俳優」廣済堂出版 1999（廣済堂文庫）p201

躑躅幻想
- ◇「京都綺談」有楽出版社 2015 p85

つぶつぶ
- ◇「恐怖症」光文社 2002（光文社文庫）p119

毒殺
- ◇「紅と蒼の恐怖―ホラー・アンソロジー」祥伝社 2002（Non novel）p9

鳥辺野の午後
- ◇「金田一耕助に捧ぐ九つの狂想曲」角川書店 2002 p135
- ◇「金田一耕助に捧ぐ九つの狂想曲」角川書店 2012（角川文庫）p135

どろぼう猫
- ◇「紅迷宮―ミステリー・アンソロジー」祥伝社 2002（祥伝社文庫）p33

2031探偵物語 秘密
- ◇「名探偵で行こう―最新ベスト・ミステリー」光文社 2001（カッパ・ノベルス）p271

願い
- ◇「邪香草―恋愛ホラー・アンソロジー」祥伝社 2003（祥伝社文庫）p7
- ◇「暗闇（ダークサイド）を追いかけろ―ホラー＆サスペンス編」光文社 2004（カッパ・ノベルス）p263
- ◇「暗闇（ダークサイド）を追いかけろ」光文社 2008（光文社文庫）p343

猫は毒殺に関与しない
- ◇「毒殺協奏曲」原書房 2016 p61

花子さんと、捨てられた白い花の冒険
- ◇「捨てる―アンソロジー」文藝春秋 2015 p263

光る爪
- ◇「ねこ！ ネコ！ 猫！―nekoミステリー傑作選」徳間書店 2008（徳間文庫）p221

真夜中の相棒
- ◇「タッグ私の相棒―警察アンソロジー」角川春樹事務所 2015 p73

無限のイマジネーションと日常の小さな謎
- ◇「マイ・ベスト・ミステリー 1」文藝春秋 2007（文春文庫）p224

融雪
- ◇「坂木司リクエスト！ 和菓子のアンソロジー」光文社 2013 p141
- ◇「坂木司リクエスト！ 和菓子のアンソロジー」光文社 2014（光文社文庫）p143

夕焼け小焼け
- ◇「血の12幻想」エニックス 2000 p53

雪を待つ朝
- ◇「暗闇を見よ」光文社 2010（Kappa novels）p185
- ◇「暗闇を見よ」光文社 2015（光文社文庫）p253

LAST LOVE
- ◇「最後の恋―つまり、自分史上最高の恋。」新潮社 2008（新潮文庫）p175

柴田 錬三郎　しばた・れんざぶろう（1917～1978）

赤い怪盗
- ◇「シャーロック・ホームズの災難―日本版」論創社 2007 p267

赤い影法師
- ◇「冒険の森へ―傑作小説大全 2」集英社 2016 p327

浅野家贋首物語
- ◇「我、本懐を遂げんとす―忠臣蔵傑作選」徳間書店 1998（徳間文庫）p303

有馬猫騒動―「江戸八百八町物語」より
- ◇「極め付き時代小説選 3」中央公論新社 2004（中公文庫）p37

イエスの裔
- ◇「戦後占領期短篇小説コレクション 6」藤原書店 2007 p215

しはた

◇「文豪のミステリー小説」集英社 2008（集英社文庫）p227

一の太刀
◇「幻の剣鬼七番勝負—傑作時代小説」PHP研究所 2008（PHP文庫）p59

一心不乱物語
◇「江戸しのび雨」学研パブリッシング 2012（学研M文庫）p305

梅一枝
◇「武士道」小学館 2007（小学館文庫）p247

裏切り左近
◇「信州歴史時代小説傑作集 2」しなのき書房 2007 p87

江戸っ子由来
◇「江戸三百年を読む—傑作時代小説 シリーズ江戸学 上」角川学芸出版 2009（角川文庫）p11

小野次郎右衛門
◇「日本剣客伝 戦国篇」朝日新聞出版 2012（朝日文庫）p227

怪談累ケ淵
◇「秘剣闇を斬る」光風社出版 1998（光風社文庫）p323
◇「怪奇・伝奇時代小説選集 10」春陽堂書店 2000（春陽文庫）p40
◇「怪談累ケ淵」勉誠出版 2007 p9
◇「夏しぐれ—時代小説アンソロジー」角川書店 2013（角川文庫）p197

片腕浪人—明石全登
◇「軍師は死なず」実業之日本社 2014（実業之日本社文庫）p319

かたくり献上
◇「大江戸殿様列伝—傑作時代小説」双葉社 2006（双葉文庫）p151

願流日暮丸
◇「娘秘剣」徳間書店 2011（徳間文庫）p211

消えた兇器
◇「江戸の名探偵—時代推理傑作選」徳間書店 2009（徳間文庫）p317

吸血鬼
◇「屍鬼の血族」桜桃書房 1999 p39
◇「血と薔薇の誘う夜に—吸血鬼ホラー傑作選」角川書店 2005（角川ホラー文庫）p245

首斬り浅右衛門
◇「怪奇・伝奇時代小説選集 7」春陽堂書店 2000（春陽文庫）p87

仮病記
◇「コレクション戦争と文学 11」集英社 2012 p482

剣魔稲妻刀
◇「剣光闇を裂く」光風社出版 1997（光風社文庫）p7
◇「秘剣舞う—剣豪小説の世界」学習研究社 2002（学研M文庫）p29

虎徹—長曾禰虎徹
◇「名刀伝 2」角川春樹事務所 2015（ハルキ文庫）p7

虎徹【虎徹】
◇「刀剣—歴史時代小説名作アンソロジー」中央公論新社 2016（中公文庫）p101

御落胤
◇「人物日本の歴史—時代小説版 江戸編 下」小学館 2004（小学館文庫）p43

斎藤道三残虐譚
◇「人物日本の歴史—時代小説版 戦国編」小学館 2004（小学館文庫）p5

座頭国市
◇「怪奇・伝奇時代小説選集 10」春陽堂書店 2000（春陽文庫）p195

真田十勇士〈柴錬立川文庫〉
◇「信州歴史時代小説傑作集 3」しなのき書房 2007 p237

刺客
◇「浜町河岸夕化粧」光風社出版 1998（光風社文庫）p143

示現流 中村半次郎「純情薩摩隼人」
◇「幕末の剣鬼たち—時代小説傑作選」コスミック出版 2009（コスミック・時代文庫）p325

実説「安兵衛」
◇「忠臣蔵コレクション 3」河出書房新社 1998（河出文庫）p55
◇「七つの忠臣蔵」新潮社 2016（新潮文庫）p103

蜀山人
◇「忍者だもの—忍法小説五番勝負」新潮社 2015（新潮文庫）p49

生命の糧
◇「信州歴史時代小説傑作集 1」しなのき書房 2007 p25

殺生関白
◇「迷君に候」新潮社 2015（新潮文庫）p51

先生の思ひ出—水上瀧太郎追悼
◇「創刊一〇〇年三田文学名作選」三田文学会 2010 p705

曾呂利新左衛門
◇「真田幸村—小説集」作品社 2015 p159

竹中半兵衛
◇「軍師の死にざま—短篇小説集」作品社 2006 p121
◇「軍師の死にざま」実業之日本社 2013（実業之日本社文庫）p155
◇「竹中半兵衛—小説集」作品社 2014 p255

桃花無明剣
◇「春はやて—時代小説アンソロジー」KADOKAWA 2016（角川文庫）p107

長崎奉行始末
◇「剣鬼無明斬り」光風社出版 1997（光風社文庫）p383
◇「武士の本懐—武士道小説傑作選 2」ベストセラーズ 2005（ベスト時代文庫）p197
◇「日本文学100年の名作 7」新潮社 2015（新潮文庫）p45

ぬばたま
◇「恐怖の森」ランダムハウス講談社 2007 p269

幕臣一代
　◇「剣鬼らの饗宴」光風社出版 1998（光風社文庫）p137
人斬り斑平―三隅研次監督「剣鬼」原作
　◇「時代劇原作選集―あの名画を生みだした傑作小説」双葉社 2003（双葉文庫）p369
平山行蔵
　◇「小説「武士道」」三笠書房 2008（知的生きかた文庫）p369
貧乏同心御用帳―南蛮船
　◇「捕物小説名作選 1」集英社 2006（集英社文庫）p123
堀部安兵衛
　◇「定本・忠臣蔵四十七人集」双葉社 1998 p221
三好清海入道
　◇「真田忍者、参上！―隠密伝奇傑作集」河出書房新社 2015（河出文庫）p7
無想正宗
　◇「歴史小説の世紀 地の巻」新潮社 2000（新潮文庫）p71
名人
　◇「職人気質」小学館 2007（小学館文庫）p265
　◇「がんこ長屋」新潮社 2013（新潮文庫）p211
名探偵誕生
　◇「シャーロック・ホームズに再び愛をこめて」光文社 2010（光文社文庫）p17
百々地三太夫
　◇「神出鬼没！ 戦国忍者伝―傑作時代小説」PHP研究所 2009（PHP文庫）p243
柳生五郎右衛門
　◇「柳生一族―剣豪列伝」廣済堂出版 1998（廣済堂文庫）p5
　◇「柳生の剣、八番勝負」廣済堂出版 2009（廣済堂文庫）p5
妖異碓氷峠
　◇「信州歴史時代小説傑作集 3」しなのき書房 2007 p45
四谷怪談・お岩
　◇「怪奇・伝奇時代小説選集 13」春陽堂書店 2000（春陽文庫）p60
浪士組始末
　◇「新選組興亡録」角川書店 2003（角川文庫）p49
わが体験
　◇「文豪怪談傑作選 特別編」筑摩書房 2008（ちくま文庫）p38

柴野 睦人　しばの・むつひと
男か女か
　◇「ショートショートの広場 18」講談社 2006（講談社文庫）p65
日本人間
　◇「ショートショートの広場 14」講談社 2003（講談社文庫）p129
ノア計画
　◇「ショートショートの広場 12」講談社 2001（講談社文庫）p68
フリー
　◇「ショートショートの広場 13」講談社 2002（講談社文庫）p200

柴村 仁　しばむら・じん
×××さんの場合
　◇「19（ナインティーン）」アスキー・メディアワークス 2010（メディアワークス文庫）p99

柴山 隆司　しばやま・たかし
自当番裏始末
　◇「遙かなる道」桃園書房 2001（桃園文庫）p95
飯盛り侍
　◇「風の孤影」桃園書房 2001（桃園文庫）p183

澁川 祐子　しぶかわ・ゆうこ
コロッケ
　◇「たんときれいに召し上がれ―美食文学精選」芸術新聞社 2015 p335

渋沢 孝輔　しぶさわ・たかすけ（1930〜1998）
秋に
　◇「創刊一〇〇年三田文学名作選」三田文学会 2010 p601

澁澤 龍彥　しぶさわ・たつひこ（1928〜1987）
愛の植物学
　◇「ちくま日本文学 18」筑摩書房 2008（ちくま文庫）p281
悪魔の創造
　◇「人形」国書刊行会 1997（書物の王国）p211
遊ばれてこそ玩具
　◇「ちくま日本文学 18」筑摩書房 2008（ちくま文庫）p214
遊びとメタモルフォーズ
　◇「ちくま日本文学 18」筑摩書房 2008（ちくま文庫）p221
穴ノアル肉体ノコト
　◇「ちくま日本文学 18」筑摩書房 2008（ちくま文庫）p450
アンドロギュヌスについて
　◇「ちくま日本文学 18」筑摩書房 2008（ちくま文庫）p389
石の夢
　◇「鉱物」国書刊行会 1997（書物の王国）p9
海胆とペンタグラムマ
　◇「ちくま日本文学 18」筑摩書房 2008（ちくま文庫）p274
エピクロスの肋骨
　◇「新編・日本幻想文学集成 2」国書刊行会 2016 p166
回転する玩具
　◇「ちくま日本文学 18」筑摩書房 2008（ちくま文庫）p235
鏡と影について
　◇「ちくま日本文学 18」筑摩書房 2008（ちくま文庫）p188
　◇「新編・日本幻想文学集成 2」国書刊行会 2016

しふさ

火山に死す―『唐草物語』より
◇「幻妖の水脈（みお）」筑摩書房 2013（ちくま文庫）p554

画美人
◇「新編・日本幻想文学集成 2」国書刊行会 2016 p55

仮面
◇「ちくま日本文学 18」筑摩書房 2008（ちくま文庫）p223

花妖記
◇「恐怖の旅」光文社 2000（光文社文庫）p279

玩具至上主義の玩具
◇「ちくま日本文学 18」筑摩書房 2008（ちくま文庫）p232

玩具のシンボル価値
◇「ちくま日本文学 18」筑摩書房 2008（ちくま文庫）p226

玩具のための玩具
◇「ちくま日本文学 18」筑摩書房 2008（ちくま文庫）p211

玩具のパースペクティヴ
◇「ちくま日本文学 18」筑摩書房 2008（ちくま文庫）p229

奇妙な遊びエボナイト
◇「ちくま日本文学 18」筑摩書房 2008（ちくま文庫）p218

犬狼都市
◇「文士の意地―車谷長吉撰短篇小説輯 下巻」作品社 2005 p267
◇「新編・日本幻想文学集成 2」国書刊行会 2016 p142

狂帝ヘリオガバルスあるいはデカダンスの一考察
◇「ちくま日本文学 18」筑摩書房 2008（ちくま文庫）p337

魚鱗記
◇「幻想小説大全」北宋社 2002 p618

きらら姫
◇「現代小説クロニクル 1980〜1984」講談社 2014（講談社文芸文庫）p242

グリモの午餐会
◇「たんときれいに召し上がれ―美食文学精選」芸術新聞社 2015 p31
◇「もの食う話」文藝春秋 2015（文春文庫）p56

胡桃の中の世界
◇「ちくま日本文学 18」筑摩書房 2008（ちくま文庫）p251

ごっこ、すなわち現実模倣
◇「ちくま日本文学 18」筑摩書房 2008（ちくま文庫）p224

狐媚記
◇「ちくま日本文学 18」筑摩書房 2008（ちくま文庫）p115

護法
◇「ちくま日本文学 18」筑摩書房 2008（ちくま文庫）p153
◇「新編・日本幻想文学集成 2」国書刊行会 2016 p21

サド侯爵
◇「ちくま日本文学 18」筑摩書房 2008（ちくま文庫）p307

儒艮
◇「歴史小説の世紀 地の巻」新潮社 2000（新潮文庫）p559
◇「ちくま日本文学 18」筑摩書房 2008（ちくま文庫）p35

空飛ぶ大納言
◇「ちくま日本文学 18」筑摩書房 2008（ちくま文庫）p9
◇「新編・日本幻想文学集成 2」国書刊行会 2016 p115

ダイダロス
◇「愛の怪談」角川書店 1999（角川ホラー文庫）p93
◇「戦後短篇小説再発見 10」講談社 2002（講談社文芸文庫）p159
◇「新編・日本幻想文学集成 2」国書刊行会 2016 p40

高丘親王航海記
◇「ちくま日本文学 18」筑摩書房 2008（ちくま文庫）p35

宙におどる巻物―『法驗記』巻上より
◇「文豪てのひら怪談」ポプラ社 2009（ポプラ文庫）p88

桃鳩図について
◇「新編・日本幻想文学集成 2」国書刊行会 2016 p77

髑髏盃
◇「呪いの恐怖」リブリオ出版 2001（怪奇・ホラーワールド）p111
◇「酔うて候―時代小説傑作選」徳間書店 2006（徳間文庫）p125

都心ノ病院ニテ幻覚ヲ見タルコト
◇「新編・日本幻想文学集成 2」国書刊行会 2016 p13

鳥と少女
◇「新編・日本幻想文学集成 2」国書刊行会 2016 p129

女体消滅
◇「京都綺談」有楽出版社 2015 p125
◇「新編・日本幻想文学集成 2」国書刊行会 2016 p101

人形変じて女人となる（明恵上人〔著〕）
◇「文豪てのひら怪談」ポプラ社 2009（ポプラ文庫）p189

ねむり姫
◇「京都府文学全集第1期（小説編）6」郷土出版社 2005 p179
◇「我等、同じ船に乗り」文藝春秋 2009（文春文庫）p205

獏園
◇「人獣怪婚」筑摩書房 2000（ちくま文庫）p193

反社会性とは何か
　◇「ちくま日本文学 18」筑摩書房 2008（ちくま文庫）p327
ぶりぶり
　◇「ちくま日本文学 18」筑摩書房 2008（ちくま文庫）p211
ぽろんじ
　◇「日本怪奇小説傑作集 3」東京創元社 2005（創元推理文庫）p387
マドンナの真珠
　◇「暗黒のメルヘン」河出書房新社 1998（河出文庫）p377
三つの髑髏
　◇「王侯」国書刊行会 1998（書物の王国）p79
　◇「陰陽師伝奇大全」白泉社 2001 p49
　◇「安倍晴明陰陽師伝奇文学集成」勉誠出版 2001 p61
ミニアチュールそして積み木
　◇「ちくま日本文学 18」筑摩書房 2008（ちくま文庫）p238
ミューゼアム・オブ・カタクリズム
　◇「ちくま日本文学 18」筑摩書房 2008（ちくま文庫）p241
メタモルフォーシス考
　◇「変身のロマン」学習研究社 2003（学研M文庫）p7
夢ちがえ
　◇「夢」国書刊行会 1998（書物の王国）p173
幼児殺戮者
　◇「リテラリーゴシック・イン・ジャパン―文学的ゴシック作品選」筑摩書房 2014（ちくま文庫）p189
ランプの廻転
　◇「妖怪」国書刊行会 1999（書物の王国）p65
蘭房
　◇「ちくま日本文学 18」筑摩書房 2008（ちくま文庫）p76
ロメーン・ブルックス―アンドロギュヌスに憑かれた世紀末
　◇「両性具有」国書刊行会 1998（書物の王国）p185

渋谷 奈津子　しぶや・なつこ
mental health―病識なき人々
　◇「中学生のドラマ 4」晩成書房 2003 p137

渋谷 典子　しぶや・のりこ
裏切りのロンド
　◇「恐怖のKA・TA・CHI」双葉社 2001（双葉文庫）p225

渋谷 真弓　しぶや・まゆみ
祖母の万華鏡
　◇「万華鏡―第14回フェリシモ文学賞作品集」フェリシモ 2011 p84

渋谷 良一　しぶや・りょういち
悪霊
　◇「ショートショートの広場 19」講談社 2007（講談社文庫）p188
決心
　◇「ショートショートの広場 8」講談社 1997（講談社文庫）p56
効力
　◇「ショートショートの広場 14」講談社 2003（講談社文庫）p164
殺害
　◇「ショートショートの広場 16」講談社 2005（講談社文庫）p30
手術
　◇「ショートショートの広場 19」講談社 2007（講談社文庫）p118
条件
　◇「ショートショートの広場 8」講談社 1997（講談社文庫）p176
審査
　◇「ショートショートの広場 14」講談社 2003（講談社文庫）p196
先祖
　◇「ショートショートの広場 8」講談社 1997（講談社文庫）p140
蘇生
　◇「ショートショートの広場 13」講談社 2002（講談社文庫）p54
治療
　◇「ショートショートの広場 16」講談社 2005（講談社文庫）p52
当選
　◇「ショートショートの広場 14」講談社 2003（講談社文庫）p63
偽者
　◇「ショートショートの花束 3」講談社 2011（講談社文庫）p49
不安
　◇「ショートショートの広場 8」講談社 1997（講談社文庫）p22
分裂
　◇「ショートショートの花束 1」講談社 2009（講談社文庫）p237
毛髪
　◇「ショートショートの広場 12」講談社 2001（講談社文庫）p182
幽霊
　◇「ショートショートの広場 13」講談社 2002（講談社文庫）p221
誘惑
　◇「ショートショートの広場 20」講談社 2008（講談社文庫）p116

志保 龍彦　しほ・たつひこ
Kudanの瞳―第二回創元SF短編賞日下三蔵賞
　◇「原色の想像力―創元SF短編賞アンソロジー 2」東京創元社 2012（創元SF文庫）p265

しま

島 秋人 しま・あきと（1934〜1967）
いちにちがいとおしいと思う。死刑囚だから▷前坂和子
◇「日本人の手紙 2」リブリオ出版 2004 p172

島 久平 しま・きゅうへい（1911〜1983）
怪物
◇「甦る推理雑誌 8」光文社 2003（光文社文庫）p133
硝子の家
◇「硝子の家」光文社 1997（光文社文庫）p11
雲の殺人事件
◇「探偵くらぶ―探偵小説傑作選1946〜1958 中」光文社 1997（カッパ・ノベルス）p171
村の殺人事件
◇「甦る推理雑誌 2」光文社 2002（光文社文庫）p435
夜の殺人事件
◇「名探偵の憂鬱」青樹社 2000（青樹社文庫）p159

島 孝史 しま・たかし
終わらないお別れ会
◇「ゆきのまち幻想文学賞小品集 7」NTTメディアスコープ 1997 p102
しみわたり
◇「ゆきのまち幻想文学賞小品集 9」企画集団ぷりずむ 2000 p132
萌に続く階段
◇「ゆきのまち幻想文学賞小品集 10」企画集団ぷりずむ 2001 p202

志摩 夏次郎 しま・なつじろう
怪樹
◇「妖異百物語 2」出版芸術社 1997（ふしぎ文学館）p39

島 比呂志 しま・ひろし（1918〜2003）
アイリス
◇「ハンセン病文学全集 4」皓星社 2003 p743
「阿母（あんま）」の死
◇「ハンセン病文学全集 4」皓星社 2003 p751
生きてあれば
◇「ハンセン病文学全集 4」皓星社 2003 p754
海の沙
◇「ハンセン病文学全集 3」皓星社 2002 p347
おしめ
◇「ハンセン病文学全集 4」皓星社 2003 p732
カロの位置
◇「ハンセン病文学全集 3」皓星社 2002 p263
奇妙な国
◇「戦後短篇小説再発見 5」講談社 2001（講談社文芸文庫）p25
◇「ハンセン病文学全集 3」皓星社 2002 p231
生存宣言
◇「ハンセン病文学全集 3」皓星社 2002 p295
玉手箱
◇「ハンセン病文学全集 3」皓星社 2002 p329
永田俊作
◇「ハンセン病文学全集 3」皓星社 2002 p251
プロレタリア文学と癩文学
◇「ハンセン病文学全集 5」皓星社 2010 p34
豊満中尉
◇「ハンセン病文学全集 3」皓星社 2002 p279
蛍狩り
◇「ハンセン病文学全集 4」皓星社 2003 p747
マミの死
◇「ハンセン病文学全集 4」皓星社 2003 p736
マミの引越
◇「ハンセン病文学全集 4」皓星社 2003 p728
ライの意識革命と予防法闘争（12）ライの意識革命について
◇「ハンセン病文学全集 5」皓星社 2010 p162
林檎
◇「ハンセン病文学全集 3」皓星社 2002 p219
留守居
◇「ハンセン病文学全集 4」皓星社 2003 p740

島 有子 しま・ゆうこ
お人形じゃなくて人間よ
◇「回転ドアから」全作家協会 2015（全作家短編集）p370
日常の中に咲くものを
◇「全作家短編集 15」のべる出版企画 2016 p295
花には蕾のおもかげが
◇「扉の向こうへ」全作家協会 2014（全作家短編集）p113

島 洋介 しま・ようすけ
白い杖
◇「ハンセン病文学全集 9」皓星社 2010 p413

島内 真知子 しまうち・まちこ
紙ヒコーキ
◇「全作家短編小説集 8」全作家協会 2009 p227

島尾 伸三 しまお・しんぞう（1948〜）
彼の父は私の父の父
◇「小川洋子の偏愛短篇箱」河出書房新社 2009 p217
◇「小川洋子の偏愛短篇箱」河出書房新社 2012（河出文庫）p217

島尾 敏雄 しまお・としお（1917〜1986）
奄美大島から
◇「戦後文学エッセイ選 10」影書房 2007 p45
家の中
◇「私小説名作選 下」講談社 2012（講談社文芸文庫）p32
伊東静雄との通交
◇「戦後文学エッセイ選 10」影書房 2007 p165
うしろ向きの戦後
◇「戦後文学エッセイ選 10」影書房 2007 p193
大鋏

◇「恐怖の森」ランダムハウス講談社 2007 p233
お紀枝
◇「文士の意地―車谷長吉撰短篇小説輯 下巻」作品社 2005 p210
「沖縄」の意味するもの
◇「戦後文学エッセイ選 10」影書房 2007 p29
沖縄らしさ
◇「創刊一〇〇年三田文学名作選」三田文学会 2010 p666
繋りを待ちつつ
◇「戦後文学エッセイ選 10」影書房 2007 p123
書く行為
◇「戦後文学エッセイ選 10」影書房 2007 p227
加計呂麻島
◇「戦後文学エッセイ選 10」影書房 2007 p36
記憶と感情の中へ
◇「戦後文学エッセイ選 10」影書房 2007 p222
滑稽な位置から
◇「戦後文学エッセイ選 10」影書房 2007 p11
孤島夢
◇「我等、同じ船に乗り」文藝春秋 2009（文春文庫）p9
子と共に
◇「戦後短篇小説選―『世界』1946-1999 4」岩波書店 2000 p109
砂嘴の丘にて
◇「福島の文学―11人の作家」講談社 2014（講談社文芸文庫）p294
死をおそれて―文学を志す人びとへ
◇「戦後文学エッセイ選 10」影書房 2007 p94
死の棘
◇「新装版 全集現代文学の発見 5」學藝書林 2003 p240
島の果て
◇「日本文学100年の名作 4」新潮社 2014（新潮文庫）p163
出孤島記
◇「永遠の夏―戦争小説集」実業之日本社 2015（実業之日本社文庫）p409
出発は遂に訪れず
◇「コレクション戦争と文学 8」集英社 2011 p543
◇「日本近代短篇小説選 昭和篇3」岩波書店 2012（岩波文庫）p271
石像歩き出す
◇「戦後占領期短篇小説コレクション 2」藤原書店 2007 p141
想像力を阻むもの
◇「戦後文学エッセイ選 10」影書房 2007 p200
その夏の今は
◇「コレクション戦争と文学 9」集英社 2012 p78
隊長さま、ミホは参りました≫大平ミホ
◇「日本人の手紙 4」リブリオ出版 2004 p225
茅ヶ崎にて
◇「戦後文学エッセイ選 10」影書房 2007 p222

「つげ義春とぼく」書評
◇「戦後文学エッセイ選 10」影書房 2007 p213
妻への祈り
◇「戦後文学エッセイ選 10」影書房 2007 p51
妻への祈り・補遺
◇「戦後文学エッセイ選 10」影書房 2007 p79
特攻隊員の生活―八・一五記念国民集会での発言
◇「戦後文学エッセイ選 10」影書房 2007 p149
飛び越えなければ！
◇「戦後文学エッセイ選 10」影書房 2007 p26
豊島与志雄小論
◇「戦後文学エッセイ選 10」影書房 2007 p136
ニェポカラヌフ修道院
◇「戦後文学エッセイ選 10」影書房 2007 p130
日本語のワルシャワ方言
◇「戦後文学エッセイ選 10」影書房 2007 p161
埴谷雄高と「死霊」
◇「戦後文学エッセイ選 10」影書房 2007 p70
非超現実主義的な超現実主義の覚え書
◇「戦後文学エッセイ選 10」影書房 2007 p75
〈復員〉国破れて
◇「コレクション戦争と文学 9」集英社 2012 p118
舟橋聖一小論
◇「戦後文学エッセイ選 10」影書房 2007 p19
冬の宿り
◇「温泉小説」アーツアンドクラフツ 2006 p159
◇「みちのく怪談名作選 vol.1」荒蝦夷 2010（叢書東北の声）p209
偏倚
◇「戦後文学エッセイ選 10」影書房 2007 p9
摩天楼
◇「暗黒のメルヘン」河出書房新社 1998（河出文庫）p309
◇「塔の物語」角川書店 2000（角川ホラー文庫）p269
◇「戦後短篇小説再発見 6」講談社 2001（講談社文芸文庫）p36
◇「新装版 全集現代文学の発見 8」學藝書林 2003 p190
◇「幻視の系譜」筑摩書房 2013（ちくま文庫）p447
昔ばなしの世界
◇「戦後文学エッセイ選 10」影書房 2007 p185
ヤポネシアの視点
◇「戦後文学エッセイ選 10」影書房 2007 p224
ヤポネシアの根っこ
◇「戦後文学エッセイ選 10」影書房 2007 p90
夢屑
◇「戦後短篇小説再発見 16」講談社 2003（講談社文芸文庫）p90
夢日記（抄）
◇「文豪てのひら怪談」ポプラ社 2009（ポプラ文庫）p84

夢の効用
◇「戦後文学エッセイ選 10」影書房 2007 p226
夢の中での日常
◇「新装版 全集現代文学の発見 8」學藝書林 2003 p196
琉球弧の視点から
◇「戦後文学エッセイ選 10」影書房 2007 p145
私の中の日本人―大平文一郎
◇「戦後文学エッセイ選 10」影書房 2007 p216
私の文学遍歴
◇「戦後文学エッセイ選 10」影書房 2007 p102
われ深きふちより
◇「私小説の生き方」アーツ・アンド・クラフツ 2009 p176
湾内の入江で
◇「川端康成文学賞全作品 1」新潮社 1999 p203
◇「第三の新人名作選」講談社 2011（講談社文芸文庫）p213
◇「現代小説クロニクル 1980〜1984」講談社 2014（講談社文芸文庫）p133

島尾 ミホ　しまお・みほ（1919〜2007）
海辺の生と死
◇「戦後短篇小説再発見 5」講談社 2001（講談社文芸文庫）p124
その夜
◇「我等、同じ船に乗り」文藝春秋 2009（文春文庫）p21
隊長さま、ミホは参りました≫島尾敏雄
◇「日本人の手紙 4」リブリオ出版 2004 p225
御跡慕いて―嵐の海へ
◇「コレクション戦争と文学 9」集英社 2012 p132

島影 盟　しまかげ・ちかい（1902〜1983）
麺麭
◇「アンソロジー・プロレタリア文学 3」森話社 2015 p307

島木 赤彦　しまき・あかひこ（1876〜1926）
出羽ところどころ
◇「山形県文学全集第2期（随筆・紀行編）1」郷土出版 2005 p341

島木 健作　しまき・けんさく（1903〜1945）
黒猫
◇「ことばの織物―昭和短篇珠玉選 2」蒼丘書林 1998 p124
◇「猫愛」凱風社 2008（PD叢書）p129
◇「にゃんそろじー」新潮社 2014（新潮文庫）p33
◇「だから猫は猫そのものではない」凱風社 2015 p53
煙
◇「書物愛 日本篇」晶文社 2005 p35
◇「書物愛 日本篇」東京創元社 2014（創元ライブラリ）p31
黎明
◇「被差別小説傑作集」河出書房新社 2016（河出文庫）p244

島倉 信雄　しまくら・のぶお
探査船、火星へ
◇「ショートショートの花束 4」講談社 2012（講談社文庫）p26

島﨑 一裕　しまざき・かずひろ
いたずらの効果
◇「ショートショートの花束 5」講談社 2013（講談社文庫）p93
往復書簡
◇「ショートショートの広場 14」講談社 2003（講談社文庫）p206
贈り物展示館
◇「ショートショートの広場 15」講談社 2004（講談社文庫）p161
お詫びとお知らせ
◇「ショートショートの花束 4」講談社 2012（講談社文庫）p156
かくれんぼ
◇「ショートショートの花束 5」講談社 2013（講談社文庫）p168
かつ丼
◇「ショートショートの広場 15」講談社 2004（講談社文庫）p73
体で覚えろ
◇「ショートショートの花束 8」講談社 2016（講談社文庫）p114
願掛け
◇「ショートショートの花束 5」講談社 2013（講談社文庫）p48
金貨の行方
◇「ショートショートの花束 1」講談社 2009（講談社文庫）p184
駆除
◇「ショートショートの広場 15」講談社 2004（講談社文庫）p192
午後三時のくしゃみ
◇「ショートショートの広場 14」講談社 2003（講談社文庫）p148
待遇改善
◇「ショートショートの花束 4」講談社 2012（講談社文庫）p40
チャットにはまる
◇「ショートショートの広場 16」講談社 2005（講談社文庫）p50
妻の話
◇「ショートショートの広場 13」講談社 2002（講談社文庫）p208
化けて出る
◇「ショートショートの花束 4」講談社 2012（講談社文庫）p32
パパはサンタクロース
◇「ショートショートの広場 20」講談社 2008（講談社文庫）p86

繁栄の構図
　◇「ショートショートの広場 17」講談社 2005（講談社文庫）p56
拾いもの
　◇「ショートショートの広場 15」講談社 2004（講談社文庫）p54
みたて
　◇「ショートショートの花束 3」講談社 2011（講談社文庫）p290
予感
　◇「ショートショートの広場 15」講談社 2004（講談社文庫）p141

島崎　俊二　しまざき・しゅんじ
女師匠の怨霊！
　◇「怪奇・伝奇時代小説選集 4」春陽堂書店 2000（春陽文庫）p111

島崎　藤村　しまざき・とうそん（1872〜1943）
紅い窓
　◇「明治の文学 16」筑摩書房 2002 p153
秋の一夜
　◇「明治の文学 16」筑摩書房 2002 p194
朝飯(あさはん)
　◇「明治の文学 16」筑摩書房 2002 p110
ある女の生涯
　◇「名短篇、さらにあり」筑摩書房 2008（ちくま文庫）p305
一夜
　◇「明治の文学 16」筑摩書房 2002 p125
　◇「日本近代短篇小説選 明治篇2」岩波書店 2013（岩波文庫）p165
女
　◇「明治の文学 16」筑摩書房 2002 p215
家畜
　◇「明治の文学 16」筑摩書房 2002 p116
汽船の客
　◇「明治の文学 16」筑摩書房 2002 p211
今日は実に書きにくい手紙を書きました≫島崎楠雄
　◇「日本人の手紙 1」リブリオ出版 2004 p144
小諸なる古城のほとり
　◇「日本文学全集 29」河出書房新社 2016 p13
刺繍
　◇「明治の文学 16」筑摩書房 2002 p222
食堂
　◇「日本文学100年の名作 2」新潮社 2014（新潮文庫）p97
津軽海峡
　◇「明治の文学 16」筑摩書房 2002 p94
弟子
　◇「明治の文学 16」筑摩書房 2002 p139
鶏
　◇「明治の文学 16」筑摩書房 2002 p187

伸び支度
　◇「百年小説」ポプラ社 2008 p165
　◇「読んでおきたい近代日本小説選」龍書房 2012 p74
破戒
　◇「涙の百年文学—もう一度読みたい」太陽出版 2009 p272
初恋
　◇「くだものだもの」ランダムハウス講談社 2007 p111
　◇「二時間目国語」宝島社 2008（宝島社文庫）p103
　◇「美しい恋の物語」筑摩書房 2010（ちくま文学の森）p8
　◇「日本文学全集 29」河出書房新社 2016 p13
二人の道を歩みましょう≫加藤静子
　◇「日本人の手紙 5」リブリオ出版 2004 p220
船
　◇「明治の文学 16」筑摩書房 2002 p158
短夜の頃
　◇「創刊一〇〇年三田文学名作選」三田文学会 2010 p649
眼鏡
　◇「明治の文学 16」筑摩書房 2002 p241
椰子の葉蔭
　◇「明治の文学 16」筑摩書房 2002 p77
山国の新平民
　◇「被差別小説傑作集」河出書房新社 2016（河出文庫）p87
⛩(ヤマサ)の愛妾
　◇「明治の文学 16」筑摩書房 2002 p180
老嬢
　◇「明治の文学 16」筑摩書房 2002 p43
若菜集
　◇「日本近代文学に描かれた「恋愛」」牧野出版 2001 p133
藁草履
　◇「明治の文学 16」筑摩書房 2002 p4
　◇「短編名作選—1885-1924 小説の曙」笠間書院 2003 p97

島田　秋夫　しまだ・あきお
シッタンの渡河
　◇「ハンセン病文学全集 8」皓星社 2006 p482
とちのは
　◇「ハンセン病文学全集 8」皓星社 2006 p377

島田　功　しまだ・いさお
悪魔のものさし
　◇「成城・学校劇脚本集」成城学園初等学校出版部 2002（成城学園初等学校研究双書）p54

嶋田　うれ葉　しまだ・うれは
愛のシアワセ
　◇「屋上の三角形」主婦と生活社 2008（Junon novels）p61

しまた

島田 一男　しまだ・かずお（1907〜1996）
黒い旋風
　◇「外地探偵小説集 満州篇」せらび書房 2003 p201
検屍医
　◇「甦る推理雑誌 7」光文社 2003（光文社文庫）p67
芍薬（しゃくやく）の墓
　◇「甦る推理雑誌 2」光文社 2002（光文社文庫）p411
新婚特急の死神
　◇「さよならブルートレイン―寝台列車ミステリー傑作選」光文社 2015（光文社文庫）p125
千人塚の夜
　◇「湯の街殺人旅情―日本ミステリー紀行」青樹社 2000（青樹社文庫）p321
鉄道公安官
　◇「悪夢の最終列車―鉄道ミステリー傑作選」光文社 1997（光文社文庫）p93
泥靴の死神―屍臭を追う男
　◇「江戸川乱歩と13の宝石 2」光文社 2007（光文社文庫）p201
はだぬぎ弁天―同心部屋ご用帳
　◇「傑作捕物ワールド 2」リブリオ出版 2002 p91
部長刑事物語
　◇「七人の刑事」廣済堂出版 1998（KOSAIDO BLUE BOOKS）p7
8・1・8
　◇「甦る推理雑誌 1」光文社 2002（光文社文庫）p165

島田 九輔　しまだ・きゅうすけ
泥の花―泉鏡花作『貧民倶楽部』『化鳥』より
　◇「泉鏡花記念金沢戯曲大賞受賞作品集 第2回」金沢泉鏡花フェスティバル委員会 2003 p43

島田 しげる　しまだ・しげる
美しき非情
　◇「ハンセン病文学全集 8」皓星社 2006 p302

島田 尺草　しまだ・しゃくそう（1904〜1938）
一握の藁を求めつつ
　◇「ハンセン病文学全集 4」皓星社 2003 p54
「櫟の花」巻末記
　◇「ハンセン病文学全集 4」皓星社 2003 p59
島田尺草全集
　◇「ハンセン病文学全集 8」皓星社 2006 p87

島田 淳子　しまだ・じゅんこ
おてもやんをつくった女
　◇「ミヤマカラスアゲハ―第三回「草枕文学賞」作品集」文藝春秋企画出版部 2003 p75
花連
　◇「下ん浜―第2回「草枕文学賞」作品集」文藝春秋企画出版部 2000 p39
碧の子宮
　◇「神様に一番近い場所―漱石来熊百年記念「草枕文学賞」作品集」文藝春秋企画センター 1998 p157

嶋田 純子　しまだ・じゅんこ
月光廃園
　◇「長い夜の贈りもの―ホラーアンソロジー」まんだらけ出版部 1999（Live novels）p7

島田 荘司　しまだ・そうじ（1948〜）
糸ノコとジグザグ
　◇「迷」文藝春秋 2003（推理作家になりたくて マイベストミステリー）p41
　◇「マイ・ベスト・ミステリー 3」文藝春秋 2007（文春文庫）p52
　◇「電話ミステリー倶楽部―傑作推理小説集」光文社 2016（光文社文庫）p129
ゴーグル男の怪
　◇「探偵Xからの挑戦状！　season3」小学館 2012（小学館文庫）p163
死聴率
　◇「江戸川乱歩に愛をこめて」光文社 2011（光文社文庫）p187
失踪する死者
　◇「名探偵の憂鬱」青樹社 2000（青樹社文庫）p9
進々堂世界一周シェフィールド、イギリス
　◇「Anniversary 50―カッパ・ノベルス創刊50周年記念作品」光文社 2009（Kappa novels）p133
進々堂世界一周 戻り橋と悲願花
　◇「Mystery Seller」新潮社 2012（新潮文庫）p9
ドアX
　◇「日本ベストミステリー選集 24」光文社 1997（光文社文庫）p129
発狂する重役
　◇「綾辻行人と有栖川有栖のミステリー・ジョッキー 3」講談社 2012 p182
ヘルター・スケルター
　◇「21世紀本格―書下ろしアンソロジー」光文社 2001（カッパ・ノベルス）p99
乱歩の幻影
　◇「乱歩の幻影」筑摩書房 1999（ちくま文庫）p321

島田 等　しまだ・ひとし（1926〜1995）
無花果
　◇「ハンセン病文学全集 7」皓星社 2004 p484
現在（いま）
　◇「ハンセン病文学全集 7」皓星社 2004 p452
大江満雄論
　◇「ハンセン病文学全集 5」皓星社 2010 p590
回復過程の文学活動
　◇「ハンセン病文学全集 5」皓星社 2010 p84
岸打つ波
　◇「ハンセン病文学全集 7」皓星社 2004 p452
共感と不満―志樹逸馬から受くべきもの
　◇「ハンセン病文学全集 5」皓星社 2010 p517
九月十日―妹死す
　◇「ハンセン病文学全集 7」皓星社 2004 p484
紅葉
　◇「ハンセン病文学全集 7」皓星社 2004 p483

強いられた問い
◇『ハンセン病文学全集 5』皓星社 2010 p579
『諸国の天女』
◇『ハンセン病文学全集 7』皓星社 2004 p485
短歌とは何か
◇『ハンセン病文学全集 5』皓星社 2010 p548
知識人のらい参加 (2) 労働の回復―永丘智郎
◇『ハンセン病文学全集 5』皓星社 2010 p386
知識人のらい参加 (3) 臨床における価値の問題―神谷美恵子
◇『ハンセン病文学全集 5』皓星社 2010 p395
知識人のらい参加 (4) らいにおける福祉の意味―杉村春三
◇『ハンセン病文学全集 5』皓星社 2010 p401
次の冬
◇『ハンセン病文学全集 7』皓星社 2004 p450
遠ざかる神の国 (1) 遠ざかる《神の国》
◇『ハンセン病文学全集 5』皓星社 2010 p419
遠ざかる神の国 (2) らいと天皇制
◇『ハンセン病文学全集 5』皓星社 2010 p425
「治る」かなしみ―小林弘明第二詩集『ズボンの話』を読む
◇『ハンセン病文学全集 4』皓星社 2003 p723
八月
◇『ハンセン病文学全集 7』皓星社 2004 p450
花
◇『ハンセン病文学全集 7』皓星社 2004 p451
◇『ハンセン病文学全集 7』皓星社 2004 p482
花について
◇『ハンセン病文学全集 7』皓星社 2004 p485
花の耳
◇『ハンセン病文学全集 7』皓星社 2004 p482
百人のヨブ
◇『ハンセン病文学全集 7』皓星社 2004 p450
虫の音も
◇『ハンセン病文学全集 7』皓星社 2004 p482
わたしのトロチェフ―詩法におけるナショナルなもの
◇『ハンセン病文学全集 5』皓星社 2010 p585

島田 雅彦　しまだ・まさひこ（1961〜）

須磨
◇『ナイン・ストーリーズ・オブ・ゲンジ』新潮社 2008 p155
◇『源氏物語九つの変奏』新潮社 2011（新潮文庫）p173
大事ななくしもの
◇『空を飛ぶ恋―ケータイがつなぐ28の物語』新潮社 2006（新潮文庫）p10
チェルノディルカ
◇『Love stories』水曜社 2004 p89
透明人間の夢
◇『12星座小説集』講談社 2013（講談社文庫）p299

◇『文学 2014』講談社 2014 p59
未確認尾行物体
◇『人間みな病気』ランダムハウス講談社 2007 p281
ミス・サハラを探して
◇『文学 1998』講談社 1998 p228
◇『戦後短篇小説再発見 7』講談社 2001（講談社文芸文庫）p271
燃えつきたユリシーズ
◇『コレクション戦争と文学 4』集英社 2011 p570
ユダヤ系青二才
◇『現代小説クロニクル 1985〜1989』講談社 2015（講談社文芸文庫）p35
SORAMIMI
◇『戦後短篇小説選―『世界』1946-1999 5』岩波書店 2000 p257

縞田 理理　しまだ・りり

アベラールとエロイーズ
◇『ファンタスティック・ヘンジ』変タジー同好会 2012 p7

島津 緒繰　しまづ・おぐり（1984〜）

アーティフィシャル・ロマンス
◇『5分で読める！ ひと駅ストーリー 冬の記憶東口編』宝島社 2013（宝島社文庫）p261
◇『5分で驚く！ どんでん返しの物語』宝島社 2016（宝島社文庫）p41
ある人気作家の憂鬱
◇『5分で読める！ ひと駅ストーリー 本の物語』宝島社 2014（宝島社文庫）p69
◇『5分で凍る！ ぞっとする怖い話』宝島社 2015（宝島社文庫）p151
◇『5分で驚く！ どんでん返しの物語』宝島社 2016（宝島社文庫）p205
ヨシダと幻食
◇『5分で読める！ ひと駅ストーリー 食の話』宝島社 2015（宝島社文庫）p129

島津 隆子　しまづ・たかこ（1932〜）

寺坂吉右衛門の妻・せん
◇『物語妻たちの忠臣蔵』新人物往来社 1998 p89

嶋津 義忠　しまづ・よしただ（1936〜）

里隠れの娘
◇『勝者の死にざま―時代小説選手権』新潮社 1998（新潮文庫）p59
密書
◇『白刃光る』新潮社 1997 p261

島津 由人　しまづ・よしひと

娘のための大冒険
◇『ショートショートの花束 4』講談社 2012（講談社文庫）p18

島中 冬郎　しまなか・とうろう

沖縄から (3) 読谷高校の本園退園児進学拒否問題について
◇『ハンセン病文学全集 5』皓星社 2010 p334

島永 嘉子　しまなが・よしこ
海の光
◇「「伊豆文学賞」優秀作品集 第4回」静岡新聞社 2001 p3
霧の山伏峠
◇「回転ドアから」全作家協会 2015（全作家短編集）p21

島林 愛　しまばやし・あい
マトリョーシカの鞦韆（ふらここ）
◇「優秀新人戯曲集 2007」ブロンズ新社 2006 p257

島村 静雨　しまむら・せいう
貌
◇「ハンセン病文学全集 6」皓星社 2003 p265
狂つた季節の中で
◇「ハンセン病文学全集 6」皓星社 2003 p264
銃口
◇「ハンセン病文学全集 6」皓星社 2003 p264
猫
◇「ハンセン病文学全集 6」皓星社 2003 p265
裸木になろう
◇「ハンセン病文学全集 6」皓星社 2003 p263
百年の知友のように―病床の友に
◇「ハンセン病文学全集 6」皓星社 2003 p261
冬の旅
◇「ハンセン病文学全集 6」皓星社 2003 p261
牧師
◇「ハンセン病文学全集 6」皓星社 2003 p262

島村 利正　しまむら・としまさ（1912〜1981）
板谷峠
◇「山形県文学全集第1期（小説編）5」郷土出版社 2004 p201

島村 抱月　しまむら・ほうげつ（1871〜1918）
セップしてセップして、死ぬまで接吻して≫松井須磨子
◇「日本人の手紙 5」リブリオ出版 2004 p12

島村 木綿子　しまむら・ゆうこ
たから屋のスタンプ
◇「ゆきのまち幻想文学賞小品集 12」企画集団ぷりずむ 2003 p127

島村 ゆに　しまむら・ゆに
おたぬきさま
◇「てのひら怪談―ビーケーワン怪談大賞傑作選 百怪繚乱篇」ポプラ社 2008 p142
伝手
◇「てのひら怪談―ビーケーワン怪談大賞傑作選 2」ポプラ社 2007 p68
◇「てのひら怪談―ビーケーワン怪談大賞傑作選 己丑」ポプラ社 2009（ポプラ文庫）p202

島村 洋子　しまむら・ようこ（1964〜）
梅の参暮
◇「夢を見にけり―時代小説招待席」廣済堂出版 2004 p97
ぐるぐる
◇「with you」幻冬舎 2004 p93
シンデレラ
◇「ハンサムウーマン」ビレッジセンター出版局 1998 p181
一九二一年・梅雨 稲葉正武
◇「丸谷才一編・花柳小説傑作選」講談社 2013（講談社文芸文庫）p82
一九四一年・春 稲葉正武
◇「丸谷才一編・花柳小説傑作選」講談社 2013（講談社文芸文庫）p113
空
◇「Love Letter」幻冬舎 2005 p21
◇「Love Letter」幻冬舎 2008（幻冬舎文庫）p23
托卵
◇「勿忘草―恋愛ホラー・アンソロジー」祥伝社 2003（祥伝社文庫）p29
七夕の春
◇「Lovers」祥伝社 2001 p109
ツインズ
◇「蜜の眠り」廣済堂出版 2000（廣済堂文庫）p113
天蠍宮―スコーピオン
◇「十二宮12幻想」エニックス 2000 p198
願い
◇「トロピカル」廣済堂出版 1999（廣済堂文庫）p15
猫姫
◇「しぐれ舟―時代小説招待席」廣済堂出版 2003 p209
◇「大江戸猫三昧―時代小説傑作選」徳間書店 2004（徳間文庫）p137
◇「しぐれ舟―時代小説招待席」徳間書店 2008（徳間文庫）p221
ハッピーエッグ
◇「SFバカ本 天然パラダイス篇」メディアファクトリー 2001 p75
ハム列島
◇「らせん階段―女流ミステリー傑作選」角川春樹事務所 2003（ハルキ文庫）p77
紅差し太夫
◇「花月夜綺譚―怪談集」集英社 2007（集英社文庫）p107
八百屋お七異聞
◇「浮き世草紙―女流時代小説傑作選」角川春樹事務所 2002（ハルキ文庫）p167
ルージュ
◇「あのころの宝もの―ほんのり心が温まる12のショートストーリー」メディアファクトリー 2003 p113
Kiss
◇「Friends」祥伝社 2003 p53

島元 要　しまもと・かなめ
出停記念日
◇「高校演劇Selection 2004 上」晩成書房 2004 p33

しみす

島本 春雄　しまもと・はるお
　腰紐呪法
　　◇「怪奇・伝奇時代小説選集 10」春陽堂書店 2000（春陽文庫）p245
　妖呪盲目雛
　　◇「怪奇・伝奇時代小説選集 5」春陽堂書店 2000（春陽文庫）p2

島本 理生　しまもと・りお（1983〜）
　きよしこの夜
　　◇「いつか、君へ Girls」集英社 2012（集英社文庫）p47
　ココア
　　◇「スタートライン―始まりをめぐる19の物語」幻冬舎 2010（幻冬舎文庫）p79
　壊れた妹のためのトリック
　　◇「本をめぐる物語―小説よ、永遠に」KADOKAWA 2015（角川文庫）p73
　最後の教室
　　◇「コイノカオリ」角川書店 2004 p43
　　◇「コイノカオリ」角川書店 2008（角川文庫）p39
　さよなら、猫
　　◇「こどものころにみた夢」講談社 2008 p28
　捨て子たちの午後
　　◇「旅の終わり、始まりの旅」小学館 2012（小学館文庫）p47
　ドイツ料理屋「アイスバイン」
　　◇「明日町こんぺいとう商店街―招きうさぎと七軒の物語 3」ポプラ社 2016（ポプラ文庫）p193
　遠ざかる夜
　　◇「私らしくあの場所へ」講談社 2009（講談社文庫）p73
　ときめき
　　◇「最後の恋プレミアム―つまり、自分史上最高の恋。」新潮社 2011（新潮文庫）p139
　初恋
　　◇「恋のトビラ」集英社 2008 p83
　　◇「恋のトビラ―好き、やっぱり好き。」集英社 2010（集英社文庫）p107
　雪の夜に帰る
　　◇「聖なる夜に君は」角川書店 2009（角川文庫）p79
　Inside
　　◇「Teen Age」双葉社 2004 p211

島守 俊夫　しまもり・としお
　吸血の妖女
　　◇「怪奇・伝奇時代小説選集 11」春陽堂書店 2000（春陽文庫）p167
　吉良家の附人たち
　　◇「定本・忠臣蔵四十七人集」双葉社 1998 p414
　剣鬼清水一学
　　◇「赤穂浪士伝奇」勉誠出版 2002（べんせいライブラリー）p111
　羅切忍者 邪忍法ざくろ
　　◇「忍法からくり伝奇」勉誠出版 2004 p211

島森 遊子　しまもり・ゆうこ
　カラス
　　◇「全作家短編小説集 7」全作家協会 2008 p218

地味井 平造　じみい・へいぞう（1905〜1988）
　煙突奇談
　　◇「幻の探偵雑誌 2」光文社 2000（光文社文庫）p217
　　◇「塔の物語」角川書店 2000（角川ホラー文庫）p143
　人攫い
　　◇「甦る「幻影城」 2」角川書店 1997（カドカワ・エンタテインメント）p21
　水色の目の女
　　◇「爬虫館事件―新青年傑作選」角川書店 1998（角川ホラー文庫）p203

清水 章代　しみず・あきよ
　風にのれ、ブッピー
　　◇「ドラマの森 2005」西日本劇作家の会 2004（西日本戯曲選集）p227

清水 曙美　しみず・あけみ
　光抱く友よ
　　◇「テレビドラマ代表作選集 2007年版」日本脚本家連盟 2007 p31
　ママが飛んだ！
　　◇「読んで演じたくなるゲキの本 小学生版」幻冬舎 2006 p7

清水 一行　しみず・かずゆき（1931〜2010）
　石の塔
　　◇「煌めきの殺意」徳間書店 1999（徳間文庫）p325
　餌食
　　◇「絶体絶命」早川書房 2006（ハヤカワ文庫）p291
　黒い結晶
　　◇「さらに不安の闇へ―小説推理傑作選」双葉社 1998 p145
　修羅場の男―阿佐田哲也の場合
　　◇「賭博師たち」角川書店 1997（角川文庫）p197
　九連宝燈
　　◇「牌がささやく―麻雀小説傑作選」徳間書店 2002（徳間文庫）p355

清水 絹　しみず・きぬ
　カウントダウン
　　◇「全作家短編小説集 7」全作家協会 2008 p125
　缶々
　　◇「全作家短編小説集 8」全作家協会 2009 p210
　天袋
　　◇「全作家短編小説集 6」全作家協会 2007 p113

清水 きよし　しみず・きよし
　やがて静かに海は終わる
　　◇「「伊豆文学賞」優秀作品集 第16回」羽衣出版 2013 p211

清水 紫琴　しみず・しきん（1868～1933）
一青年異様の述懐
- ◇「「新編」日本女性文学全集 1」菁柿堂 2007 p438

移民学園
- ◇「「新編」日本女性文学全集 1」菁柿堂 2007 p442
- ◇「被差別小説傑作集」河出書房新社 2016（河出文庫）p56

女文学者何ぞ出ることの遅きや
- ◇「「新編」日本女性文学全集 1」菁柿堂 2007 p427

こわれ指環
- ◇「「新編」日本女性文学全集 1」菁柿堂 2007 p429
- ◇「日本近代短篇小説選 明治篇1」岩波書店 2012（岩波文庫）p231

泣いて愛する姉妹に告ぐ
- ◇「「新編」日本女性文学全集 1」菁柿堂 2007 p424

泣て愛する姉妹に告ぐ
- ◇「新日本古典文学大系 明治編 23」岩波書店 2002 p197

清水 信　しみず・しん（1920～2017）
短歌
- ◇「アンソロジー・プロレタリア文学 2」森話社 2014 p153

清水 晋　しみず・すすむ
気遣い
- ◇「ショートショートの広場 19」講談社 2007（講談社文庫）p198

チキン
- ◇「ショートショートの広場 15」講談社 2004（講談社文庫）p186

チャット
- ◇「ショートショートの広場 18」講談社 2006（講談社文庫）p167

志水 辰夫　しみず・たつお（1936～）
頭の隅から
- ◇「マイ・ベスト・ミステリー 1」文藝春秋 2007（文春文庫）p276

いまひとたびの
- ◇「特別な一日」徳間書店 2005（徳間文庫）p5

かげろう
- ◇「現代の小説 1999」徳間書店 1999 p181

帰宅
- ◇「短篇ベストコレクション―現代の小説 2000」徳間書店 2000 p353

ダチ
- ◇「殺ったのは誰?!」講談社 1999（講談社文庫）p105
- ◇「匠」文藝春秋 2003（推理作家になりたくて マイベストミステリー）p150

夏の雨
- ◇「マイ・ベスト・ミステリー 1」文藝春秋 2007（文春文庫）p228

夏の雨
- ◇「銀座24の物語」文藝春秋 2001 p83

夏の終わりに
- ◇「十話」ランダムハウス講談社 2006 p73

プレーオフ
- ◇「したたかな女たち」リブリオ出版 2001（ラブミーワールド）p85
- ◇「短編復活」集英社 2002（集英社文庫）p239
- ◇「恋愛小説・名作集成 7」リブリオ出版 2004 p85

岬
- ◇「短篇ベストコレクション―現代の小説 2002」徳間書店 2002（徳間文庫）p359

行きずりの街
- ◇「冒険の森へ―傑作小説大全 16」集英社 2015 p357

清水 奈緒子　しみず・なおこ
夜明け前のバスルーム
- ◇「気配―第10回フェリシモ文学賞作品集」フェリシモ 2007 p161

清水 朔　しみず・はじめ
きんぎょ・すくい
- ◇「たびだち―フェリシモしあわせショートショート」フェリシモ 2000 p13

清水 雅世　しみず・まさよ
夢見の噺
- ◇「はじめての小説（ミステリー）―内田康夫＆東京・北区が選んだ気鋭のミステリー」実業之日本社 2008 p59

清水 優　しみず・まさる
ヒューマ、甘えてもいいんだよ
- ◇「泣ける！北海道」泰文堂 2015（リンダパブリッシャーズの本）p83

清水 益三　しみず・ますぞう
或る患者
- ◇「ショートショートの花束 2」講談社 2010（講談社文庫）p18

強請る女
- ◇「ショートショートの花束 3」講談社 2011（講談社文庫）p33

清水 無記　しみず・むき
うれしい大発明
- ◇「ショートショートの広場 15」講談社 2004（講談社文庫）p87

清水 芽美子　しみず・めみこ
車椅子
- ◇「蒼迷宮―ミステリー・アンソロジー」祥伝社 2002（祥伝社文庫）p269

清水 康江　しみず・やすえ
心の向こうに
- ◇「高校演劇Selection 2004 下」晩成書房 2004 p89

清水 有生　しみず・ゆうき（1954～）
あかね空（山本一力）
- ◇「テレビドラマ代表作選集 2004年版」日本脚本家連盟 2004 p111

清水 義範　しみず・よしのり（1947〜）
赤と黒
◇「絶体絶命」早川書房 2006（ハヤカワ文庫）p49
いわゆるひとつのトータル的な長嶋節
◇「時よとまれ、君は美しい—スポーツ小説名作集」角川書店 2007（角川文庫）p249
永遠のジャック＆ベティ
◇「冒険の森へ—傑作小説大全 16」集英社 2015 p84
鉛筆
◇「恋物語」朝日新聞社 1998 p92
大江戸花見侍
◇「江戸の爆笑力—時代小説傑作選」集英社 2004（集英社文庫）p153
お守り
◇「恋物語」朝日新聞社 1998 p97
笠地蔵峠
◇「士魂の光芒—時代小説最前線」新潮社 1997（新潮文庫）p489
きしめんの逆襲
◇「麺'sミステリー倶楽部—傑作推理小説集」光文社 2012（光文社文庫）p299
苦労判官大変記
◇「短編復活」集英社 2002（集英社文庫）p273
極道温泉
◇「冒険の森へ—傑作小説大全 18」集英社 2016 p20
冴子
◇「ブキミな人びと」ランダムハウス講談社 2007 p225
猿取佐助
◇「冒険の森へ—傑作小説大全 2」集英社 2016 p19
算数の呪い
◇「短篇ベストコレクション—現代の小説 2001」徳間書店 2001（徳間文庫）p5
三人の雀鬼
◇「牌がささやく—麻雀小説傑作選」徳間書店 2002（徳間文庫）p33
識者の意見
◇「電話ミステリー倶楽部—傑作推理小説集」光文社 2016（光文社文庫）p227
シャーロック・ホームズの口寄せ
◇「シャーロック・ホームズに再び愛をこめて」光文社 2010（光文社文庫）p65
旬
◇「くだものだもの」ランダムハウス講談社 2007 p67
全国まずいものマップ
◇「たんときれいに召し上がれ—美食文学精選」芸術新聞社 2015 p303
他小説
◇「短篇ベストコレクション—現代の小説 2000」徳間書店 2000 p391
茶色い部屋の謎
◇「犯人は秘かに笑う—ユーモアミステリー傑作選」光文社 2007（光文社文庫）p365

翼よ、あれは何の灯だ
◇「冒険の森へ—傑作小説大全 13」集英社 2016 p190
名もなく貧しくみすぼらしく
◇「喜劇綺劇」光文社 2009（光文社文庫）p513
野良愛慕異聞
◇「日本SF・名作集成 7」リブリオ出版 2005 p7
花占いの冬
◇「現代の小説 1998」徳間書店 1998 p73
秘湯中の秘湯
◇「小説乃湯—お風呂小説アンソロジー」角川書店 2013（角川文庫）p241
ぶり大根
◇「おいしい話—料理小説傑作選」徳間書店 2007（徳間文庫）p71
プレゼント
◇「恋物語」朝日新聞社 1998 p88
分別ゴミ
◇「二十四粒の宝石—超短編小説傑作集」講談社 1998（講談社文庫）p21
放射能がいっぱい
◇「日本原発小説集」水声社 2011 p13
枕
◇「恋物語」朝日新聞社 1998 p84
また逢う日まで
◇「冒険の森へ—傑作小説大全 8」集英社 2015 p149
待っている
◇「宇宙塵傑作選—日本SFの軌跡 2」出版芸術社 1997 p5
最も愚かで幸せな后の話
◇「代表作時代小説 平成18年度」光文社 2006 p153
山から都へ来た将軍
◇「信州歴史時代小説傑作集 1」しなのき書房 2007 p5

清水次郎長　しみずのじろちょう（1820〜1893）
俠客・清水次郎長の手紙≫山岡鐵舟
◇「日本人の手紙 10」リブリオ出版 2004 p24

紫村 一重　しむら・かずしげ
故夢野先生を悼む
◇「幻の探偵雑誌」光文社 2002（光文社文庫）p340

志村 有弘　しむら・くにひろ（1941〜）
役行者と鬼
◇「七人の役小角」小学館 2007（小学館文庫）p213

霜 康司　しも・やすし
帰り花
◇「新鋭劇作集 series.18」日本劇団協議会 2006 p67

霜川 遠志　しもかわ・えんじ（1916〜1991）
八方峠の怪
◇「怪奇・伝奇時代小説選集 15」春陽堂書店 2000（春陽文庫）p162

下川 香苗　しもかわ・かなえ（1964～）
すみれいろの瞳
◇「鬼瑠璃草―恋愛ホラー・アンソロジー」祥伝社 2003（祥伝社文庫）p127
聖セバスティアヌスの掌
◇「Lovers」祥伝社 2001 p137
迷い蝶
◇「Friends」祥伝社 2003 p79

下川 渉　しもかわ・わたる
生垣の中
◇「てのひら怪談 癸巳」KADOKAWA 2013（MF文庫ダ・ヴィンチ）p110

下楠 昌哉　しもくす・まさや
アイリッシュ・ヴァンパイア
◇「吸血鬼」国書刊行会 1998（書物の王国）p225

下河辺 譲　しもこうべ・ゆずる
別れ道
◇「ハンセン病文学全集 4」皓星社 2003 p343

子母沢 寛　しもざわ・かん（1892～1968）
飯岡の助五郎
◇「座頭市―時代小説英雄烈伝」中央公論新社 2002（中公文庫）p15
裏切った秋太郎
◇「信州歴史時代小説傑作集 4」しなのき書房 2007 p271
玉瘤
◇「江戸三百年を読む―傑作時代小説 シリーズ江戸学 下」角川学芸出版 2009（角川文庫）p249
国定忠治
◇「颯爽登場！ 第一話―時代小説ヒーロー初見参」新潮社 2004（新潮文庫）p239
剣客物語
◇「幕末の剣鬼たち―時代小説傑作選」コスミック出版 2009（コスミック・時代文庫）p245
座頭市物語
◇「座頭市―時代小説英雄烈伝」中央公論新社 2002（中公文庫）p6
◇「時代劇原作選集―あの名画を生みだした傑作小説」双葉社 2003（双葉文庫）p197
◇「冒険の森へ―傑作小説大全 18」集英社 2016 p31
新選組物語
◇「新選組烈士伝」角川書店 2003（角川文庫）p211
隊中美男五人衆
◇「誠の旗がゆく―新選組傑作選」集英社 2003（集英社文庫）p203
ながれ
◇「剣光らの饗宴」光風社出版 1998（光風社文庫）p223
流山の朝
◇「新選組興亡録」角川書店 2003（角川文庫）p267
◇「人物日本の歴史―時代小説 幕末維新編」小学館 2004（小学館文庫）p167
のっぺらぼう

◇「変身ものがたり」筑摩書房 2010（ちくま文学の森）p99
風雲白馬ケ岳
◇「少年小説大系 22」三一書房 1997 p279
名月記
◇「歴史小説の世紀 天の巻」新潮社 2000（新潮文庫）p83
◇「新装版 全集現代文学の発見 16」學藝書林 2005 p280
紋三郎の秀
◇「賭けと人生」筑摩書房 2011（ちくま文学の森）p77
八木為三郎老人壬生ばなし
◇「新選組読本」光文社 2003（光文社文庫）p129

霜島 ケイ　しもじま・けい（1963～）
笑酒
◇「酒の夜語り」光文社 2002（光文社文庫）p247
落とした話
◇「文藝百物語」ぶんか社 1997 p216
鬼の実
◇「響き交わす鬼」小学館 2005（小学館文庫）p145
オフィスの怪談
◇「文藝百物語」ぶんか社 1997 p110
紅魂
◇「人魚の血―珠玉アンソロジー オリジナル＆スタンダート」光文社 2001（カッパ・ノベルス）p125
三角屋敷の怪
◇「文藝百物語」ぶんか社 1997 p58
穿鑿好きな紐（加門七海）
◇「文藝百物語」ぶんか社 1997 p137
続・Kは恐怖のK（加門七海）
◇「文藝百物語」ぶんか社 1997 p132
たんころりん
◇「文藝百物語」ぶんか社 1997 p82
電話の声
◇「文藝百物語」ぶんか社 1997 p16
通りゃんせ―夏、訪れる者
◇「妖かしの宴―わらべ唄の呪い」PHP研究所 1999（PHP文庫）p317
奈良のオシラサマの話
◇「文藝百物語」ぶんか社 1997 p174
人形嫌い
◇「文藝百物語」ぶんか社 1997 p51
猫波
◇「猫路地」日本出版社 2006 p135
婆娑羅
◇「花月夜綺譚―怪談集」集英社 2007（集英社文庫）p127
冥界に遊ぶ夜
◇「文藝百物語」ぶんか社 1997 p268
桃太郎なんて嫌いです。（加門七海）
◇「響き交わす鬼」小学館 2005（小学館文庫）p7

夢憑き
◇『夢魔』光文社 2001（光文社文庫）p29
露天風呂の先客
◇『文藝百物語』ぶんか社 1997 p42

志茂田 景樹　しもだ・かげき（1940〜）
斬り、撃ち、心に棲む―斎藤伝鬼坊vs桜井霞之助
◇『時代小説傑作選 2』新人物往来社 2008 p31
われ奥州をとれ―伊達政宗
◇『時代小説傑作選 7』新人物往来社 2008 p37

霜多 正次　しもた・せいじ（1913〜2003）
波紋
◇『コレクション戦争と文学 9』集英社 2012 p545
虜囚の哭
◇『コレクション戦争と文学 20』集英社 2012 p157

霜月 蒼　しもつき・あおい
異次元からの音、あるいは邪神金属
◇『秘神界 現代編』東京創元社 2002（創元推理文庫）p735

霜月 信二郎　しもつき・しんじろう
炎の結晶
◇『甦る「幻影城」1』角川書店 1997（カドカワ・エンタテインメント）p119

霜鳥 つらら　しもとり・つらら
シリバカの騎士
◇『万華鏡―第14回フェリシモ文学賞作品集』フェリシモ 2011 p100

下永 聖高　しもなが・きよたか
猿が出る
◇『折り紙衛星の伝説』東京創元社 2015（創元SF文庫）p31

下西 啓正　しもにし・ひろまさ
汚い月
◇『優秀新人戯曲集 2006』ブロンズ新社 2005 p5

下畑 卓　しもはた・たく（1916〜1944）
軍曹の手紙
◇『コレクション戦争と文学 8』集英社 2011 p115
◇『日本の少年小説―「少国民」のゆくえ』インパクト出版会 2016（インパクト選書）p175

下村 敦史　しもむら・あつし（1981〜）
死は朝、羽ばたく
◇『ザ・ベストミステリーズ―推理小説年鑑 2015』講談社 2015 p91
◇『ベスト本格ミステリ 2015』講談社 2015（講談社ノベルス）p143

下村 悦夫　しもむら・えつお（1894〜1945）
侠勇鳥毛の大槍
◇『「少年倶楽部」短篇選』講談社 2013（講談社文芸文庫）p209
妖魔千匹猿
◇『怪奇・伝奇時代小説選集 12』春陽堂書店 2000（春陽文庫）p149

下村 四郎　しもむら・しろう
中編小説　渦巻
◇『日本統治期台湾文学集成 9』緑蔭書房 2002 p213

下村 千秋　しもむら・ちあき（1893〜1955）
痛恨街道
◇『コレクション戦争と文学 1』集英社 2012 p391

下山 義孝　しもやま・よしたか
牛タンシチュウ
◇『ショートショートの広場 18』講談社 2006（講談社文庫）p103

詩森 ろば　しもり・ろば
紅き深爪
◇『優秀新人戯曲集 2004』ブロンズ新社 2003 p205

謝 雪漁　しゃ・せつぎょ
偵説　小学生椿孝一（一、二）
◇『日本統治期台湾文学集成 25』緑蔭書房 2007 p247
日華英雌伝
◇『日本統治期台湾文学集成 25』緑蔭書房 2007 p175

釈 迢空　しゃく・ちょうくう
⇒折口信夫（おりくち・しのぶ）を見よ

尺取虫　しゃくとりむし
密室劇場
◇『超短編の世界 vol.2』創英社 2009 p116

釈䯻䯺掌妖精没子富士見英次郎耳目　しゃくのろうこしょうへんようせいぼっこふじみえいじろうみみなこ
多すぎる
◇『ショートショートの花束 5』講談社 2013（講談社文庫）p199

紗那　しゃな
逆襲
◇『男たちの怪談百物語』メディアファクトリー 2012（幽BOOKS）p93
真相
◇『男たちの怪談百物語』メディアファクトリー 2012（幽BOOKS）p42
小さい人―2
◇『男たちの怪談百物語』メディアファクトリー 2012（幽BOOKS）p198
泣き女
◇『男たちの怪談百物語』メディアファクトリー 2012（幽BOOKS）p249
女人禁制
◇『男たちの怪談百物語』メディアファクトリー 2012（幽BOOKS）p54
ハロウィンパーティ
◇『男たちの怪談百物語』メディアファクトリー

憑依
◇「男たちの怪談百物語」メディアファクトリー 2012（〔幽BOOKS〕）p79
ぶるぶる
◇「男たちの怪談百物語」メディアファクトリー 2012（〔幽BOOKS〕）p127
身代わり
◇「男たちの怪談百物語」メディアファクトリー 2012（〔幽BOOKS〕）p142
密談
◇「男たちの怪談百物語」メディアファクトリー 2012（〔幽BOOKS〕）p113
ロシアの廃墟
◇「男たちの怪談百物語」メディアファクトリー 2012（〔幽BOOKS〕）p166

ジャパコミ
支援物資
◇「渚にて―あの日からの〈みちのく怪談〉」荒蝦夷 2016 p220

朱 朝璧　しゅ・ちょうへき
皇民化劇 蓄妾問答――一幕二場
◇「日本統治期台湾文学集成 14」緑蔭書房 2003 p119

朱 南花　しゅ・なんか
友情
◇「日本統治期台湾文学集成 5」緑蔭書房 2002 p203

周 金波　しゅう・きんは（1920～1996）
随筆 言擧げせぬ國
◇「日本統治期台湾文学集成 22」緑蔭書房 2007 p291
志願兵
◇「コレクション戦争と文学 18」集英社 2012 p118
遑しき群像
◇「日本統治期台湾文学集成 23」緑蔭書房 2007 p237
辻小説 横丁之圖
◇「日本統治期台湾文学集成 22」緑蔭書房 2007 p324

重 庄太郎　じゅう・しょうたろう
草迷宮II――泉鏡花作『草迷宮』より
◇「泉鏡花記念金沢戯曲大賞受賞作品集 第2回」金沢泉鏡花フェスティバル委員会 2003 p1

十一谷 義三郎　じゅういちや・ぎさぶろう （1897～1937）
難破船の犬
◇「少年倶楽部」熱血・痛快・時代短篇選」講談社 2015（講談社文芸文庫）p156

自由下僕　じゆうしたぼく
蛇口
◇「優秀新人戯曲集 2002」ブロンズ新社 2001 p89

就実高校演劇部　しゅうじつこうこうえんげきぶ
ハナビーな人たち
◇「創作脚本集―60周年記念」岡山県高等学校演劇協議会 2011（おかやまの高校演劇）p111

十文字 青　じゅうもんじ・あお
私の猫
◇「星海社カレンダー小説 2012上」星海社 2012（星海社FICTIONS）p7

守界　しゅかい
転界
◇「リトル・リトル・クトゥルー――史上最小の神話小説集」学習研究社 2009 p214
何もできなくて、ごめんなさい。
◇「てのひら怪談――ビーケーワン怪談大賞傑作選」ポプラ社 2007 p166
◇「てのひら怪談――ビーケーワン怪談大賞傑作選」ポプラ社 2008（ポプラ文庫）p174

朱川 湊人　しゅかわ・みなと（1963～）
アタシの、いちばん、ほしいもの 真紅――shinku――特別編
◇「ミステリーズ！ extra―《ミステリ・フロンティア》特集」東京創元社 2004 p216
磯幽霊
◇「短篇ベストコレクション―現代の小説 2006」徳間書店 2006（徳間文庫）p193
いちば童子
◇「あなたに、大切な香りの記憶はありますか？―短編小説集」文藝春秋 2008 p61
◇「あなたに、大切な香りの記憶はありますか？」文藝春秋 2011（文春文庫）p65
いっぺんさん
◇「短篇ベストコレクション―現代の小説 2005」徳間書店 2005（徳間文庫）p149
生まれて生きて、死んで呪って
◇「二十の悪夢」KADOKAWA 2013（角川ホラー文庫）p135
お正月奇談
◇「憑きびと―「読楽」ホラー小説アンソロジー」徳間書店 2016（徳間文庫）p47
虚空楽園
◇「ザ・ベストミステリーズ―推理小説年鑑 2005」講談社 2005 p451
◇「隠された鍵」講談社 2008（講談社文庫）p173
死者恋
◇「ザ・ベストミステリーズ―推理小説年鑑 2004」講談社 2004 p35
◇「犯人たちの部屋」講談社 2007（講談社文庫）p225
東京しあわせクラブ
◇「不思議の足跡」光文社 2007（Kappa novels）p181
◇「不思議の足跡」光文社 2011（光文社文庫）p239
遠い夏の記憶
◇「奇想博物館」光文社 2013（最新ベスト・ミステリー）p169

しょう

読書家ロップ
- 「本からはじまる物語」メディアパル 2007 p89

よい子のくに
- 「黒い遊園地」光文社 2004（光文社文庫）p37

夜、飛ぶもの
- 「午前零時」新潮社 2007 p37
- 「午前零時―P.S.昨日の私へ」新潮社 2009（新潮文庫）p43

首藤 瓜於　しゅどう・うりお（1956～）

事故係生稲昇太の多感
- 「ザ・ベストミステリーズ―推理小説年鑑 2001」講談社 2001 p375
- 「終日犯罪」講談社 2004（講談社文庫）p279

物証
- 「ザ・ベストミステリーズ―推理小説年鑑 2002」講談社 2002 p359
- 「トリック・ミュージアム」講談社 2005（講談社文庫）p233

放蕩息子の亀鑑
- 「乱歩賞作家 白の謎」講談社 2004 p269

殊能 将之　しゅのう・まさゆき（1964～2013）

キラキラコウモリ
- 「9の扉―リレー短編集」マガジンハウス 2009 p61
- 「9の扉」KADOKAWA 2013（角川文庫）p55

呪淋陀　じゅりんだ

マムシ
- 「てのひら怪談―ビーケーワン怪談大賞傑作選 2」ポプラ社 2007 p166
- 「てのひら怪談―ビーケーワン怪談大賞傑作選 己丑」ポプラ社 2009（ポプラ文庫）p74

春 光淵　しゅん・こうえん

サヨンの鐘（呉漫沙〔著〕）
- 「日本統治期台湾文学集成 28」緑蔭書房 2007 p169

春園生　しゅんえんせい
⇒李光洙（イ・グァンス）を見よ

春錦亭 柳桜　しゅんきんてい・りゅうおう

仇娘好八丈（あだむすめこのみのはちじょう）
- 「新日本古典文学大系 明治編 7」岩波書店 2008 p223

春小路 胤海　しゅんしょうじ・いんかい

誘拐電話
- 「ショートショートの広場 9」講談社 1998（講談社文庫）p24

春風亭 柳枝　しゅんぷうてい・りゅうし

野晒し
- 「被差別文学全集」河出書房新社 2016（河出文庫）p204

如 佳由　じょ・かゆう

貫鋼白金蛇槍
- 「遙かなる道」桃園書房 2001（桃園文庫）p301

徐 瓊二　じょ・けいじ

或る結婚
- 「日本統治期台湾文学集成 5」緑蔭書房 2002 p191

島都の近代風景
- 「日本統治期台湾文学集成 5」緑蔭書房 2002 p63

徐 振宗　じょ・しんしゅう

辻小説 友情
- 「日本統治期台湾文学集成 22」緑蔭書房 2007 p352

城 郁子　じょう・いくこ

あかね雲
- 「ハンセン病文学全集 8」皓星社 2006 p388

蕭 金鑽　しょう・きんさん

高献栄の若き日
- 「日本統治期台湾文学集成 5」緑蔭書房 2002 p95

城 左門　じょう・さもん（1904～1976）

七十三枚の骨牌
- 「文豪てのひら怪談」ポプラ社 2009（ポプラ文庫）p100

葉 歩月　しょう・ほげつ（1907～1968）

本社懸賞入選小説 一船医の手記
- 「日本統治期台湾文学集成 19」緑蔭書房 2003 p267

連作 鐘は鳴る（L.S.生）
- 「日本統治期台湾文学集成 19」緑蔭書房 2003 p251

結婚記念日
- 「日本統治期台湾文学集成 19」緑蔭書房 2003 p307

日月潭霧社修学旅行記
- 「日本統治期台湾文学集成 19」緑蔭書房 2003 p245

科学小説 長生不老
- 「日本統治期台湾文学集成 19」緑蔭書房 2003 p7

七色の心（葉思婉／周原七朗〔校訂〕）
- 「日本統治期台湾文学集成 20」緑蔭書房 2003 p11

探偵小説 白昼の殺人
- 「日本統治期台湾文学集成 19」緑蔭書房 2003 p179

バンコクの夜
- 「日本統治期台湾文学集成 19」緑蔭書房 2003 p317

夢を失ふ
- 「日本統治期台湾文学集成 19」緑蔭書房 2003

城 昌幸　じょう・まさゆき（1904～1976）

怪奇製造人
- 「怪奇探偵小説集 1」角川春樹事務所 1998（ハルキ文庫）p37
- 「恐怖ミステリーBEST15―こんな幻の傑作が読みたかった！」シーエイチシー 2006 p9
- 「古書ミステリー倶楽部―傑作推理小説集」光文社

しよう

2013（光文社文庫）p51

鑑定料
◇「探偵小説の風景―トラフィック・コレクション 下」光文社 2009（光文社文庫）p357

吸血鬼
◇「屍鬼の血族」桜桃書房 1999 p23
◇「血と薔薇の誘う夜に―吸血鬼ホラー傑作選」角川書店 2005（角川ホラー文庫）p287

金梨子地空鞘判断
◇「傑作捕物ワールド 3」リブリオ出版 2002 p5

月光殺人事件（探偵劇）
◇「甦る推理雑誌 3」光文社 2002（光文社文庫）p115

殺し場雪明り
◇「黒門町伝七捕物帳―時代小説競作選」光文社 2015（光文社文庫）p151

死人に口なし
◇「幻の探偵雑誌 6」光文社 2001（光文社文庫）p293

ジャマイカ氏の実験
◇「江戸川乱歩と13人の新青年〈文学派〉編」光文社 2008（光文社文庫）p369

シャンプオル氏事件の顛末
◇「幻の探偵雑誌 5」光文社 2001（光文社文庫）p191

情熱の一夜
◇「幻の探偵雑誌 10」光文社 2002（光文社文庫）p77

人花
◇「櫻憑き」光文社 2001（カッパ・ノベルス）p187
◇「日本怪奇小説傑作集 2」東京創元社 2005（創元推理文庫）p13

スタイリスト
◇「冒険の森へ―傑作小説大全 11」集英社 2015 p10

絶壁
◇「謎のギャラリー―最後の部屋」マガジンハウス 1999 p73
◇「謎のギャラリー―謎の部屋」新潮社 2002（新潮文庫）p123
◇「謎の部屋」筑摩書房 2012（ちくま文庫）p123

その暴風雨
◇「探偵小説の風景―トラフィック・コレクション 上」光文社 2009（光文社文庫）p243

短銃
◇「幻の探偵雑誌 8」光文社 2001（光文社文庫）p133

道化役
◇「愛の怪談」角川書店 1999（角川ホラー文庫）p57

波の音
◇「恐怖特急」光文社 2002（光文社文庫）p253
◇「怪談―24の恐怖」講談社 2004 p351

二十年前
◇「甦る推理雑誌 2」光文社 2002（光文社文庫）p319

花結び
◇「冒険の森へ―傑作小説大全 6」集英社 2016 p15

秘密結社脱走人に絡（かかわ）る話
◇「幻の探偵雑誌 5」2001（光文社文庫）p161

＋・―
◇「爬虫館事件―新青年傑作選」角川書店 1998（角川ホラー文庫）p83

墓穴
◇「幻の探偵雑誌 2」光文社 2000（光文社文庫）p67

ママゴト
◇「架空の町」国書刊行会 1997（書物の王国）p119
◇「江戸川乱歩と13の宝石 2」光文社 2007（光文社文庫）p127
◇「30の神品―ショートショート傑作選」扶桑社 2016（扶桑社文庫）p337

憂愁の人
◇「甦る推理雑誌 2」光文社 2002（光文社文庫）p13

猟奇商人
◇「悪魔黙示録「新青年」一九三八―探偵小説暗黒の時代へ」光文社 2011（光文社文庫）p7

猟銃
◇「探偵くらぶ―探偵小説傑作選1946～1958 下」光文社 1997（カッパ・ノベルス）p117

若さま侍捕物手帖―お色屋敷
◇「捕物小説名作選 2」集英社 2006（集英社文庫）p41

咲 恵水　しょう・めぐみ

朔日に紅く咲く
◇「優秀新人戯曲集 2011」ブロンズ新社 2010 p101

娘帰る
◇「優秀新人戯曲集 2012」ブロンズ新社 2011 p187

将吉　しょうきち

ハルベリー・メイの十二歳の誕生日
◇「Fiction zero／narrative zero」講談社 2007 p71

上甲 宣之　じょうこう・のぶゆき（1975～）

十二支のネコ
◇「5分で読める！ ひと駅ストーリー 猫の物語」宝島社 2014（宝島社文庫）p279
◇「5分で凍る！ ぞっとする怖い話」宝島社 2015（宝島社文庫）p225

そして鶏はいなくなった
◇「5分で読める！ ひと駅ストーリー 食の話」宝島社 2015（宝島社文庫）p159

手首賽銭
◇「5分で読める！ ひと駅ストーリー 冬の記憶東口編」宝島社 2013（宝島社文庫）p71

防犯心理テスト
◇「10分間ミステリー」宝島社 2012（宝島社文庫）p55
◇「10分間ミステリー THE BEST」宝島社 2016（宝島社文庫）p171

JC科学捜査官 case.2―雛菊こまりと"くねく

ね"殺人事件
◇『『このミステリーがすごい！』大賞作家書き下ろしBOOK vol.6』宝島社 2014 p177
JC科学捜査官 case・3—雛菊こまりと "赤いはんてん着せましょかぁ"殺人事件
◇『『このミステリーがすごい！』大賞作家書き下ろしBOOK vol.7』宝島社 2014 p211
JC科学捜査官 case・4—雛菊こまりと "メリーさんの電話"殺人事件
◇『『このミステリーがすごい！』大賞作家書き下ろしBOOK vol.8』宝島社 2015 p195
JC科学捜査官 case・5—雛菊こまりと "きさらぎ駅"事件
◇『『このミステリーがすごい！』大賞作家書き下ろしBOOK vol.9』宝島社 2015 p167

庄司 永建　しょうじ・えいけん
李君のこと
◇『山形県文学全集第2期(随筆・紀行編) 4』郷土出版社 2005 p175
明治戊辰かく戦えり（抄）
◇『山形県文学全集第1期(小説編) 6』郷土出版社 2004 p118

庄司 薫　しょうじ・かおる（1937〜）
蝶をちぎった男の話
◇『戦後短篇小説再発見 12』講談社 2003（講談社文芸文庫）p114

庄司 勝昭　しょうじ・かつあき
動物翻訳機
◇『ショートショートの花束 4』講談社 2012（講談社文庫）p22

庄司 卓　しょうじ・たかし（1963〜）
5400万キロメートル彼方のツグミ
◇『拡張幻想』東京創元社 2012（創元SF文庫）p39

庄司 肇　しょうじ・はじめ（1924〜2011）
熱のある手
◇『コレクション戦争と文学 9』集英社 2012 p369

祥寺 真帆　しょうじ・まほ
永遠の秘密
◇『万華鏡—第14回フェリシモ文学賞作品集』フェリシモ 2011 p28

小路 幸也　しょうじ・ゆきや（1961〜）
明日を笑う
◇『短篇ベストコレクション—現代の小説 2009』徳間書店 2009（徳間文庫）p207
イッツ・ア・スモール・ワールド
◇『エール！ 1』実業之日本社 2012（実業之日本社文庫）p175
唇に愛を
◇『短篇ベストコレクション—現代の小説 2008』徳間書店 2008（徳間文庫）p513
最後から二番目の恋
◇『七つの死者の囁き』新潮社 2008（新潮文庫）p201
幸せな死神
◇『Happy Box』PHP研究所 2012 p211
◇『Happy Box』PHP研究所 2015（PHP文芸文庫）p211
輝子の恋
◇『眠れなくなる夢十夜』新潮社 2009（新潮文庫）p179
東京の探偵たち
◇『みんなの少年探偵団』ポプラ社 2014 p109
◇『みんなの少年探偵団』ポプラ社 2016（ポプラ文庫）p109
ぬらずみ様
◇『5分で読める！怖いはなし』宝島社 2014（宝島社文庫）p181
蛍の光り
◇『東京ホタル』ポプラ社 2013 p33
◇『東京ホタル』ポプラ社 2015（ポプラ文庫）p33
ラバーズブック
◇『本をめぐる物語—一冊の扉』KADOKAWA 2014（角川文庫）p187
レンズマンの子供—信じられないよ。目が覚めたら、世界は一変してたんだ
◇『NOVA—書き下ろし日本SFコレクション 2』河出書房新社 2010（河出文庫）p49

翔田 寛　しょうだ・かん（1958〜）
影踏み鬼
◇『小説推理新人賞受賞作アンソロジー 2』双葉社 2000（双葉文庫）p207
◇『死人に口無し—時代推理傑作選』徳間書店 2009（徳間文庫）p295
スケッチブックの秘密—チャールズ・ワーグマンの事件簿
◇『ミステリーズ！ extra—《ミステリ・フロンティア》特集』東京創元社 2004 p144
奈落闇恋乃道行
◇『ザ・ベストミステリーズ—推理小説年鑑 2001』講談社 2001 p473
◇『終日犯罪』講談社 2004（講談社文庫）p209
墓石の呼ぶ声
◇『デッド・オア・アライヴ—江戸川乱歩賞作家アンソロジー』講談社 2013 p253
◇『ザ・ベストミステリーズ—推理小説年鑑 2014』講談社 2014 p57
◇『デッド・オア・アライヴ』講談社 2014（講談社文庫）p279
別れの唄
◇『ザ・ベストミステリーズ—推理小説年鑑 2003』講談社 2003 p631
◇『殺人格差』講談社 2006（講談社文庫）p511

正田 篠枝　しょうだ・しのえ（1910〜1965）
短歌
◇『コレクション戦争と文学 19』集英社 2011 p442

しょう

条田 念　じょうた・ねん
占い坂
- ◇「『伊豆文学賞』優秀作品集 第5回」羽衣出版 2002 p121
- ◇「伊豆の歴史を歩く」羽衣出版 2006（伊豆文学賞歴史小説傑作集）p3

省都 正人　しょうと・まさと
完全犯罪
- ◇「ショートショートの花束 3」講談社 2011（講談社文庫）p203

吠える犬
- ◇「ショートショートの花束 3」講談社 2011（講談社文庫）p117

翔内 まいこ　しょうない・まいこ
杉の見る夢
- ◇「ゆきのまち幻想文学賞小品集 17」企画集団ぷりずむ 2008 p119

庄野 英二　しょうの・えいじ（1915〜1993）
船幽霊
- ◇「コレクション戦争と文学 8」集英社 2011 p165

庄野 潤三　しょうの・じゅんぞう（1921〜2009）
相客
- ◇「大阪文学名作選」講談社 2011（講談社文芸文庫）p83

愛撫
- ◇「幸せな哀しみの話」文藝春秋 2009（文春文庫）p293

伊東先生
- ◇「創刊一〇〇年三田文学名作選」三田文学会 2010 p665

蟹
- ◇「戦後短篇小説再発見 4」講談社 2001（講談社文芸文庫）p85

結婚
- ◇「日本近代短篇小説選 昭和篇3」岩波書店 2012（岩波文庫）p99

小えびの群れ
- ◇「私小説名作選 下」講談社 2012（講談社文芸文庫）p94

五人の男
- ◇「小川洋子の陶酔短篇箱」河出書房新社 2014 p261

佐渡
- ◇「味覚小説名作集」光文社 2016（光文社文庫）p207

梨屋のお嫁さん
- ◇「くだものだもの」ランダムハウス講談社 2007 p141

プールサイド小景
- ◇「新装版 全集現代文学の発見 5」學藝書林 2003 p370
- ◇「右か、左か」文藝春秋 2010（文春文庫）p123
- ◇「文学で考える〈仕事〉の百年」双文社出版 2010 p152
- ◇「第三の新人名作選」講談社 2011（講談社文芸文庫）

庫）p240
- ◇「文学で考える〈仕事〉の百年」翰林書房 2016 p152

メリイ・ゴオ・ラウンド
- ◇「戦後占領期短篇小説コレクション 5」藤原書店 2007 p213

笙野 頼子　しょうの・よりこ（1956〜）
イセ市、ハルチ
- ◇「山田詠美・増田みず子・松浦理英子・笙野頼子」角川書店 1999（女性作家シリーズ）p364

虚空人魚
- ◇「山田詠美・増田みず子・松浦理英子・笙野頼子」角川書店 1999（女性作家シリーズ）p347
- ◇「戦後短篇小説再発見 10」講談社 2002（講談社文芸文庫）p200

越乃寒梅泥棒
- ◇「文学 1997」講談社 1997 p184

下落合の向こう
- ◇「山田詠美・増田みず子・松浦理英子・笙野頼子」角川書店 1999（女性作家シリーズ）p436

タイムスリップ・コンビナート
- ◇「現代小説クロニクル 1990〜1994」講談社 2015（講談社文芸文庫）p201

姫と戦争と「庭の雀」
- ◇「文学 2005」講談社 2005 p166
- ◇「コレクション戦争と文学 4」集英社 2011 p590

城之内 名津夫　じょうのうち・なつお
遺体崩壊
- ◇「本格推理 13」光文社 1998（光文社文庫）p79

笑福亭 松鶴　しょうふくてい・しょかく
千両蜜柑
- ◇「くだものだもの」ランダムハウス講談社 2007 p35

情報部演劇係　じょうほうぶえんげきがかり
青年劇の演出方法
- ◇「日本統治期台湾文学集成 11」緑蔭書房 2003 p405

相門 亨　しょうもん・とおる
オレオレサギ
- ◇「ショートショートの広場 20」講談社 2008（講談社文庫）p46

警告
- ◇「ショートショートの広場 19」講談社 2007（講談社文庫）p87

松林 伯円〔2代〕　しょうりん・はくえん（1832〜1905）
天保六花撰
- ◇「新日本古典文学大系 明治編 7」岩波書店 2008 p1

冗談真実　じょーくとぅるー
File No.九十六
- ◇「リトル・リトル・クトゥルー──史上最小の神話小説集」学習研究社 2009 p190

白井 喬二　しらい・きょうじ（1889〜1980）
芍薬奇人
◇「江戸夢あかり」学習研究社 2003（学研M文庫）p243
◇「江戸夢あかり」学研パブリッシング 2013（学研M文庫）p243
第二の巌窟
◇「新装版 全集現代文学の発見 16」學藝書林 2005 p48
柳生の宿
◇「柳生一族―剣豪列伝」廣済堂出版 1998（廣済堂文庫）p99
◇「柳生の剣、八番勝負」廣済堂出版 2009（廣済堂文庫）p97

白井 健三郎　しらい・けんざぶろう（1917〜1998）
はりつけ
◇「新装版 全集現代文学の発見 別巻」學藝書林 2005 p156

白井 浩司　しらい・こうじ
フランス文学科第一回卒業生
◇「創刊一〇〇年三田文学名作選」三田文学会 2010 p673

白井 春星子　しらい・しゅんせいし
句集 喜雨
◇「ハンセン病文学全集 9」皓星社 2010 p203
護身
◇「ハンセン病文学全集 9」皓星社 2010 p242

白井 弓子　しらい・ゆみこ
成人式
◇「結晶銀河―年刊日本SF傑作選」東京創元社 2011（創元SF文庫）p139

白井 米子　しらい・よねこ
青浄土
◇「ハンセン病文学全集 9」皓星社 2010 p225

白石 天羽子　しらいし・あまうこ
句集 雑林（熊倉双葉〔編〕）
◇「ハンセン病文学全集 9」皓星社 2010 p7

白石 維想楼　しらいし・いそうろう
川柳
◇「アンソロジー・プロレタリア文学 2」森話社 2014 p58

白石 一郎　しらいし・いちろう（1931〜2004）
足音が聞えてきた
◇「大江戸犯科帖―時代推理小説名作選」双葉社 2003（双葉文庫）p67
妖しい月
◇「闇の旋風」徳間書店 2000（徳間文庫）p181
犬を飼う武士
◇「犬道楽江戸草紙―時代小説傑作選」徳間書店 2005（徳間文庫）p89

いれずみ国姓爺
◇「明暗廻り灯籠」光風社出版 1998（光風社文庫）p163
鬼姫
◇「血汐花に涙降る」光風社出版 1999（光風社文庫）p255
おんな舟
◇「紅葉谷から剣鬼が来る―時代小説傑作選」講談社 2002（講談社文庫）p383
海峡の使者
◇「花ごよみ夢一夜」光風社出版 2001（光風社文庫）p365
刀財布―堤算二郎金銀山日記
◇「代表作時代小説 平成14年度」光風社出版 2002 p343
観音妖女
◇「鍔鳴り疾風剣」光風社出版 2000（光風社文庫）p139
玉砕―岩屋城
◇「名城伝」角川春樹事務所 2015（ハルキ文庫）p125
霧の中
◇「士魂の光芒―時代小説最前線」新潮社 1997（新潮文庫）p443
幻島記
◇「ひらめく秘太刀」光風社出版 1998（光風社文庫）p245
元禄武士道
◇「武士の本懐―武士道小説傑作選 2」ベストセラーズ 2005（ベスト時代文庫）p51
◇「冒険の森へ―傑作小説大全 5」集英社 2015 p94
孤島茫々 巨船
◇「剣よ月下に舞え」光風社出版 2001（光風社文庫）p353
さいごの一人
◇「九州戦国志―傑作時代小説」PHP研究所 2008（PHP文庫）p99
シャムからきた男
◇「時代小説秀作づくし」PHP研究所 1997（PHP文庫）p201
十人義士
◇「仇討ち」小学館 2006（小学館文庫）p273
水馬の若武者
◇「剣俠しぐれ笠」光風社出版 1999（光風社文庫）p161
叩きのめせ
◇「代表作時代小説 平成10年度」光風社出版 1998 p371
◇「地獄の無明剣―時代小説傑作選」講談社 2004（講談社文庫）p449
月と老人
◇「江戸の老人力―時代小説傑作選」集英社 2002（集英社文庫）p111
出合茶屋
◇「江戸の秘恋―時代小説傑作選」徳間書店 2004

しらい

とんでもヤンキー─横浜異人街事件帖
　◇「代表作時代小説 平成13年度」光風社出版 2001 p81

情けねえ
　◇「代表作時代小説 平成17年度」光文社 2005 p35

ナポレオン芸者
　◇「魔剣くずし秘聞」光風社出版 1998（光風社文庫）p163
　◇「女人」小学館 2007（小学館文庫）p195

秘剣
　◇「冒険の森へ─傑作小説大全 11」集英社 2015 p177

人まね鳥
　◇「江戸恋い明け烏」光風社出版 1999（光風社文庫）p7

庖丁ざむらい
　◇「大江戸万華鏡─美味小説傑作選」学研パブリッシング 2014（学研M文庫）p87

魔笛
　◇「美女峠に星が流れる─時代小説傑作選」講談社 1999（講談社文庫）p185

名人
　◇「江戸夢日和」学習研究社 2004（学研M文庫）p321

やって来た男
　◇「捨て子稲荷─時代アンソロジー」祥伝社 1999（祥伝社文庫）p313

槍は日本号─日本号
　◇「名刀伝」角川春樹事務所 2015（ハルキ文庫）p305

弓は袋へ─福島正則
　◇「人物日本の歴史─時代小説版 江戸編 上」小学館 2004（小学館文庫）p5

白石 一文　しらいし・かずふみ（1958〜）

いま二十歳の貴女たちへ
　◇「20の短編小説」朝日新聞出版 2016（朝日文庫）p179

七月の真っ青な空に
　◇「最後の恋MEN'S─つまり、自分史上最高の恋。」新潮社 2012（新潮文庫）p313

白石 幹希　しらいし・かんき

バイリンガル
　◇「ショートショートの広場 11」講談社 2000（講談社文庫）p130

白石 公子　しらいし・きみこ（1960〜）

メロン
　◇「くだものだもの」ランダムハウス講談社 2007 p73

白石 恵子　しらいし・けいこ

走る
　◇「Sports stories」埼玉県さいたま市 2010（さいたま市スポーツ文学賞受賞作品集）p387

白石 佐代子　しらいし・さよこ

夢も噺も─落語家 三遊亭夢楽の道
　◇「新進作家戯曲集」論創社 2004 p149

白石 すみほ　しらいし・すみほ

峠
　◇「全作家短編小説集 6」全作家協会 2007 p125

白石 竹彦　しらいし・たけひこ

シルクハットの宇宙
　◇「藤本義一文学賞 第1回」（大阪）たる出版 2016 p85

白岩 一郎　しらいわ・いちろう

江戸の海
　◇「剣が舞い落花が舞い─時代小説傑作選」講談社 1998（講談社文庫）p31

白家 太郎　しらが・たろう
　⇒多岐川恭（たきがわ・きょう）を見よ

白貝 睦美　しらかい・むつみ

人形は語らない
　◇「つながり─フェリシモしあわせショートショート」フェリシモ 1999 p103

白樺 香澄　しらかば・かすみ

偽作の証明
　◇「ショートショートの花束 7」講談社 2015（講談社文庫）p234

白壁 裕　しらかべ・ゆたか

フラスコ・ロケット
　◇「高校演劇Selection 2003 上」晩成書房 2003 p35

白神 エマ　しらがみ・えま

虹色のライオン
　◇「21世紀の〈ものがたり〉─『はてしない物語』創作コンクール記念」岩波書店 2002 p153

白川 紺子　しらかわ・こうこ

白雪姫戦争
　◇「新釈グリム童話─めでたし、めでたし？」集英社 2016（集英社オレンジ文庫）p47

白川 幸司　しらかわ・こうじ

温かい猿の手
　◇「ショートショートの広場 12」講談社 2001（講談社文庫）p83

酒とワープロと男と女
　◇「ショートショートの広場 11」講談社 2000（講談社文庫）p75

白川 道　しらかわ・とおる（1945〜2015）

アメリカン・ルーレット
　◇「絶体絶命」早川書房 2006（ハヤカワ文庫）p241

誰がために
　◇「鼓動─警察小説競作」新潮社 2006（新潮文庫）p87

白川 光　しらかわ・ひかり
たらふく
◇「ゆきのまち幻想文学賞小品集 17」企画集団ぷりずむ 2008 p68

白河 久明　しらかわ・ひさあき
おいしい記憶
◇「ショートショートの広場 10」講談社 2000（講談社文庫）p183
…ツキ
◇「物語のルミナリエ」光文社 2011（光文社文庫）p181
どこからか来た男
◇「ひとにぎりの異形」光文社 2007（光文社文庫）p17

白河 三兎　しらかわ・みと
幸運の足跡を追って
◇「どうぶつたちの贈り物」PHP研究所 2016 p51
子の心、サンタ知らず
◇「X'mas Stories——一年でいちばん奇跡が起きる日」新潮社 2016（新潮文庫）p185
自作自演のミルフィーユ
◇「ザ・ベストミステリーズ——推理小説年鑑 2015」講談社 2015 p115
白紙
◇「十年交差点」新潮社 2016（新潮文庫）p49

素木 しづ　しらき・しづ（1895〜1918）
今夜もあなたの寝巻をだいてねむります≫上野山清貢
◇「日本人の手紙 6」リブリオ出版 2004 p130
三十三の死
◇「短編 女性文学 近代 続」おうふう 2002 p55
松葉杖をつく女
◇「「新編」日本女性文学全集 4」菁柿堂 2012 p412

白沢 聡史　しらさわ・さとし
誤解がまねく
◇「ショートショートの広場 10」講談社 2000（講談社文庫）p186

白洲 正子　しらす・まさこ（1910〜1998）
青山二郎
◇「精選女性随筆集 7」文藝春秋 2012 p71
安宅
◇「源義経の時代——短篇小説集」作品社 2004 p291
ある日の梅原さん
◇「精選女性随筆集 7」文藝春秋 2012 p19
『いまなぜ青山二郎なのか』
◇「精選女性随筆集 7」文藝春秋 2012 p37
浮気について
◇「精選女性随筆集 7」文藝春秋 2012 p108
お公家さん
◇「文士の意地——車谷長吉撰短篇小説輯 下巻」作品社 2005 p164
お能を知ること
◇「精選女性随筆集 7」文藝春秋 2012 p187
お能の見かた
◇「精選女性随筆集 7」文藝春秋 2012 p162
お能の幽玄
◇「精選女性随筆集 7」文藝春秋 2012 p197
銀座に生き銀座に死す
◇「精選女性随筆集 7」文藝春秋 2012 p80
幸福について
◇「精選女性随筆集 7」文藝春秋 2012 p116
極楽いぶかしくは
◇「精選女性随筆集 7」文藝春秋 2012 p251
古寺を訪ねる心——はしがきにかえて
◇「精選女性随筆集 7」文藝春秋 2012 p240
小林秀雄
◇「精選女性随筆集 7」文藝春秋 2012 p50
転んだとたん、天が見えて≫田島隆夫
◇「日本人の手紙 2」リブリオ出版 2004 p32
西行のゆくえ
◇「精選女性随筆集 7」文藝春秋 2012 p227
坂のある風景
◇「精選女性随筆集 7」文藝春秋 2012 p232
死
◇「精選女性随筆集 7」文藝春秋 2012 p147
信玄のひょうたん
◇「精選女性随筆集 7」文藝春秋 2012 p216
散ればこそ
◇「創刊一〇〇年三田文学名作選」三田文学会 2010 p658
ツキヨミの思想
◇「精選女性随筆集 7」文藝春秋 2012 p156
鵺
◇「魑魅魍魎列島」小学館 2005（小学館文庫）p311
能面の表情
◇「精選女性随筆集 7」文藝春秋 2012 p184
晩年の祖父
◇「精選女性随筆集 7」文藝春秋 2012 p128
一つの存在
◇「精選女性随筆集 7」文藝春秋 2012 p14
舟弁慶
◇「源義経の時代——短篇小説集」作品社 2004 p279
冬のおとずれ
◇「精選女性随筆集 7」文藝春秋 2012 p102
舞う心
◇「精選女性随筆集 7」文藝春秋 2012 p191
正宗白鳥
◇「精選女性随筆集 7」文藝春秋 2012 p60
明恵上人のこと
◇「精選女性随筆集 7」文藝春秋 2012 p220
無言の言葉
◇「精選女性随筆集 7」文藝春秋 2012 p224

しらす

面について
◇「精選女性随筆集 7」文藝春秋 2012 p206
老木の花
◇「精選女性随筆集 7」文藝春秋 2012 p105
私の墓巡礼
◇「精選女性随筆集 7」文藝春秋 2012 p133

白須賀 六郎　しらすか・りくろう
九人目の殺人
◇「外地探偵小説集 上海篇」せらび書房 2006 p67

白鳥 和也　しらとり・かずや
YAMABUKI
◇「「伊豆文学賞」優秀作品集 第15回」羽衣出版 2012 p119

不知火　しらぬい
短篇小説 ファイン・プレー
◇「日本統治期台湾文学集成 7」緑蔭書房 2002 p145

白縫 いさや　しらぬい・いさや
愛玩動物
◇「超短編の世界」創英社 2008 p98
アルデンテ
◇「超短編の世界 vol.3」創英社 2011 p40
傘の墓場
◇「てのひら怪談—ビーケーワン怪談大賞傑作選 庚寅」ポプラ社 2010（ポプラ文庫）p30
眼球
◇「超短編の世界 vol.3」創英社 2011 p148
300Hzの交信
◇「超短編の世界 vol.3」創英社 2011 p152
春眠
◇「超短編の世界 vol.3」創英社 2011 p56
水溶性
◇「超短編の世界 vol.3」創英社 2011 p143
たまねぎ
◇「超短編の世界 vol.2」創英社 2009 p90
東の眠らない国
◇「てのひら怪談—ビーケーワン怪談大賞傑作選 庚寅」ポプラ社 2010（ポプラ文庫）p238

不知火 京介　しらぬい・きょうすけ（1967〜）
あなたに会いたくて
◇「ザ・ベストミステリーズ—推理小説年鑑 2007」講談社 2007 p101
◇「ULTIMATE MYSTERY—究極のミステリー、ここにあり」講談社 2010（講談社文庫）p205
盗み湯
◇「乱歩賞作家 青の謎」講談社 2004 p263
マーキングマウス
◇「ミステリ愛。免許皆伝！」講談社 2010（講談社ノベルス）p213

白野 佑凪　しらの・ゆうなぎ
ライダー
◇「ショートショートの広場 12」講談社 2001（講談社文庫）p111

白峰 良介　しらみね・りょうすけ（1955〜）
赤目荘の惨劇
◇「探偵Xからの挑戦状！」小学館 2009（小学館文庫）p 31, 292
虎に捧げる密室
◇「新本格猛虎会の冒険」東京創元社 2003 p101
逃げる車
◇「有栖川有栖の本格ミステリ・ライブラリー」角川書店 2001（角川文庫）p51

しりあがり寿　しりあがりことぶき（1958〜）
参上!!ミトッタマン
◇「十年後のこと」河出書房新社 2016 p111
瀕死のエッセイスト
◇「奇譚カーニバル」集英社 2000（集英社文庫）p313

銀 雪人　しろがね・ゆきと
ただいま食事中
◇「ショートショートの広場 18」講談社 2006（講談社文庫）p104
長い梯子
◇「ショートショートの広場 18」講談社 2006（講談社文庫）p39

白黒 たまご　しろくろ・たまご
絵画の真贋
◇「ゆきのまち幻想文学賞小品集 22」企画集団ぷりずむ 2013 p117

白多 仁　しろた・じん
君のいる場所まで
◇「むすぶ—第11回フェリシモ文学賞作品集」フェリシモ 2008 p122

城平 京　しろだいら・きょう（1974〜）
飢えた天使
◇「本格推理 10」光文社 1997（光文社文庫）p319

白鳥 省吾　しろとり・せいご（1890〜1973）
殺戮の殿堂
◇「アンソロジー・プロレタリア文学 3」森話社 2015 p78

城山 三郎　しろやま・さぶろう（1927〜2007）
硫黄島に死す
◇「永遠の夏—戦争小説集」実業之日本社 2015（実業之日本社文庫）p235
隠し芸の男
◇「名短篇、ここにあり」筑摩書房 2008（ちくま文庫）p89
指揮官たちの特攻
◇「読み聞かせる戦争」光文社 2015 p81
死の誘導機
◇「冒険の森へ—傑作小説大全 13」集英社 2016 p117
草原の敵

しん

◇「冒険の森へ─傑作小説大全 9」集英社 2016 p82

調子はずれ
◇「戦後短篇小説再発見 17」講談社 2003（講談社文芸文庫）p124

爆音
◇「コレクション戦争と文学 10」集英社 2012 p549

鳩侍始末
◇「信州歴史時代小説傑作集 2」しなのき書房 2007 p309

輸出
◇「経済小説名作選」筑摩書房 2014（ちくま文庫）p73

城山 真一　しろやま・しんいち（1972～）

境界線
◇「10分間ミステリー THE BEST」宝島社 2016（宝島社文庫）p83

白山 青樹　しろやま・せいじゅ
⇒金東煥（キム・ドンファン）を見よ

城山 昌樹　しろやま・まさき

哀章
◇「近代朝鮮文学日本語作品集1908～1945 セレクション 4」緑蔭書房 2008 p443

秋深き「水豊湖」行
◇「近代朝鮮文学日本語作品集1939～1945 評論・随筆篇 3」緑蔭書房 2002 p165

凍てついた路を
◇「近代朝鮮文学日本語作品集1939～1945 創作篇 6」緑蔭書房 2001 p37

驟雨
◇「近代朝鮮文学日本語作品集1939～1945 創作篇 6」緑蔭書房 2001 p28

羞恥する心について─詩・詩人論2
◇「近代朝鮮文学日本語作品集1939～1945 評論・随筆篇 1」緑蔭書房 2002 p346

白い風景
◇「近代朝鮮文学日本語作品集1939～1945 創作篇 6」緑蔭書房 2001 p37

對象の把握に就いて─詩・詩人論1
◇「近代朝鮮文学日本語作品集1939～1945 評論・随筆篇 1」緑蔭書房 2002 p343

朝鮮情緒
◇「近代朝鮮文学日本語作品集1939～1945 創作篇 6」緑蔭書房 2001 p44

麥秋記
◇「近代朝鮮文学日本語作品集1939～1945 創作篇 6」緑蔭書房 2001 p50

濱邊にて
◇「近代朝鮮文学日本語作品集1939～1945 創作篇 6」緑蔭書房 2001 p27

挽歌
◇「近代朝鮮文学日本語作品集1908～1945 セレクション 4」緑蔭書房 2008 p441

古い苑でうたふ
◇「近代朝鮮文学日本語作品集1939～1945 創作篇 6」緑蔭書房 2001 p44

雪の宵
◇「近代朝鮮文学日本語作品集1939～1945 創作篇 6」緑蔭書房 2001 p77

わかもののうた
◇「近代朝鮮文学日本語作品集1939～1945 創作篇 6」緑蔭書房 2001 p56

城山 眞砂樹　しろやま・まさき
⇒城山昌樹（しろやま・まさき）を見よ

辛 仁出　シン・インチュル

緋に染まる白衣
◇「近代朝鮮文学日本語作品集1901～1938 創作篇 1」緑蔭書房 2004 p313

神 薫　じん・かおる

赤と黒
◇「怪談四十九夜」竹書房 2016（竹書房文庫）p114

彼氏の仕事
◇「怪談四十九夜」竹書房 2016（竹書房文庫）p110

ドアとドア
◇「怪談四十九夜」竹書房 2016（竹書房文庫）p106

バイバイン
◇「怪談四十九夜」竹書房 2016（竹書房文庫）p118

婆汁
◇「怪談四十九夜」竹書房 2016（竹書房文庫）p122

申 建　しん・けん

軍鶏（安懷南〔著〕）
◇「近代朝鮮文学日本語作品集1939～1945 創作篇 1」緑蔭書房 2001 p251

崔老人傳抄録（朴泰遠〔著〕）
◇「近代朝鮮文学日本語作品集1939～1945 創作篇 1」緑蔭書房 2001 p235

苗木（李箕永〔著〕）
◇「近代朝鮮文学日本語作品集1939～1945 創作篇 1」緑蔭書房 2001 p203

農軍（李泰俊〔著〕）
◇「近代朝鮮文学日本語作品集1939～1945 創作篇 1」緑蔭書房 2001 p283

野ばら（金東里〔著〕）
◇「近代朝鮮文学日本語作品集1939～1945 創作篇 1」緑蔭書房 2001 p271

申 鼓頌　シン・コソン

怒りの亞細亞─演劇人總決起芸能祭記
◇「近代朝鮮文学日本語作品集1939～1945 評論・随筆篇 2」緑蔭書房 2002 p397

朝鮮に於ける演劇運動の現情勢
◇「近代朝鮮文学日本語作品集1901～1938 評論・随筆篇 1」緑蔭書房 2004 p273

辛 兌鉉　シン・テヒョン

春香傳上演を観て
◇「近代朝鮮文学日本語作品集1901～1938 評論・随筆篇 2」緑蔭書房 2004 p143

しん

申 南澈　シン・ナムチョル
乳房と蟬
◇「近代朝鮮文学日本語作品集1908〜1945 セレクション 4」緑蔭書房 2008 p178

秦 明燮　しん・めいしょう
豚（トヤジ）（李孝石〔著〕／秦明燮／則武三雄〔共訳〕）
◇「近代朝鮮文学日本語作品集1901〜1938 創作篇 4」緑蔭書房 2004 p249

新海 貴子　しんかい・たかこ
現代仕置人―消えてもらいます
◇「中学生のドラマ 8」晩成書房 2010 p69
変身
◇「中学校たのしい劇脚本集―英語劇付 Ⅲ」国土社 2011 p97
墓地物語〜夏の終わりに〜
◇「中学生のドラマ 4」晩成書房 2003 p7
DIARY〜夢の中へ〜
◇「中学生のドラマ 7」晩成書房 2007 p127

新川 はじめ　しんかわ・はじめ
コッホ島
◇「ゆきのまち幻想文学賞小品集 25」企画集団ぷりずむ 2015 p133

新幹會東京支會々員　しんかんかいとうきょうしかいかいいん
聲明書 全民族的單一戰線破壊陰謀に關し全朝鮮民衆に訴ふ
◇「近代朝鮮文学日本語作品集1901〜1938 評論・随筆篇 3」緑蔭書房 2004 p366

新宮 正春　しんぐう・まさはる（1935〜2004）
あずさ弓
◇「歴史の息吹」新潮社 1997 p245
荒木又右衛門の指
◇「鬼火が呼んでいる―時代小説傑作選」講談社 1997（講談社文庫）p43
安南の六連銭
◇「機略縦横！ 真田戦記―傑作時代小説」PHP研究所 2008（PHP文庫）p121
一字三星紋の流れ旗
◇「紅葉谷から剣鬼が来る―時代小説傑作選」講談社 2002（講談社文庫）p249
甲子太郎の策謀
◇「幕末剣豪人斬り異聞 佐幕篇」アスキー 1997（Aspect novels）p71
巌流小次郎秘剣斬り―武蔵羅切
◇「宮本武蔵伝奇」勉誠出版 2002（べんせいライブラリー）p93
紀州鯨鋸殺法
◇「武芸十八般―武道小説傑作選」ベストセラーズ 2005（ベスト時代文庫）p219
高台寺の間者
◇「代表作時代小説 平成12年度」光風社出版 2000 p219
小太刀崩し―柳生十兵衛
◇「時代小説傑作選 1」新人物往来社 2008 p77
近藤勇の首
◇「血闘！ 新選組」実業之日本社 2016（実業之日本社文庫）p393
坂本龍馬の眉間
◇「龍馬の天命―坂本龍馬名手の八篇」実業之日本社 2010 p205
◇「七人の龍馬―傑作時代小説」PHP研究所 2010（PHP文庫）p223
笹の露
◇「幻の剣鬼七番勝負―傑作時代小説」PHP研究所 2008（PHP文庫）p213
佐兵衛様ご無念
◇「異色忠臣蔵大傑作集」講談社 1999 p157
十太夫の汚名
◇「士魂の光芒―時代小説最前線」新潮社 1997（新潮文庫）p225
十智流 松井甫水
◇「勝者の死にざま―時代小説選手権」新潮社 1998（新潮文庫）p107
少林寺殺法
◇「冒険の森へ―傑作小説大全 14」集英社 2016 p30
吹毛の剣
◇「東北戦国志―傑作時代小説」PHP研究所 2009（PHP文庫）p7
芹沢鴨の最期―雨夜の惨劇
◇「幕末テロリスト列伝」講談社 2004（講談社文庫）p79
創傷九か所あり―護持院ヶ原の敵討ち
◇「時代小説傑作選 4」新人物往来社 2008 p179
高柳又四郎の鍔
◇「秘剣舞う―剣豪小説の世界」学習研究社 2002（学研M文庫）p271
旅の笈
◇「俳句殺人事件―巻頭句の女」光文社 2001（光文社文庫）p363
初しぐれ
◇「江戸宵闇しぐれ」学習研究社 2005（学研M文庫）p219
秘剣笠の下
◇「代表作時代小説 平成10年度」光風社出版 1998 p199
◇「地獄の無明剣―時代小説傑作選」講談社 2004（講談社文庫）p203
秘剣！ 三十六人斬り【不動国行】
◇「刀剣―歴史時代小説名作アンソロジー」中央公論新社 2016（中公文庫）p231
左目の銃痕―雑賀孫市
◇「時代小説傑作選 5」新人物往来社 2008 p215
方士徐福
◇「異色中国短篇傑作大全」講談社 1997 p87
武蔵を倒した男
◇「江戸三百年を読む―傑作時代小説 シリーズ江戸

学 上」角川学芸出版 2009（角川文庫）p119

柳生十兵衛の眼
◇「七人の十兵衛―傑作時代小説」PHP研究所 2007（PHP文庫）p121

柳生友矩の歯
◇「柳生一族―剣豪列伝」廣済堂出版 1998（廣済堂文庫）p175
◇「落日の兇刃―時代アンソロジー」祥伝社 1998（ノン・ポシェット）p141
◇「柳生の剣、八番勝負」廣済堂出版 2009（廣済堂文庫）p173

新宮 みか　しんぐう・みか
父ちゃんを待つあいだ
◇「ゆきのまち幻想文学賞小品集 17」企画集団ぶりずん 2008 p123

神宮寺 秀征　じんぐうじ・ひでゆき
屍蒲団
◇「屍者の行進」廣済堂出版 1998（廣済堂文庫）p141

新熊 昇　しんくま・のぼる
あしたもおいで、サミュエル・パーキンス
◇「リトル・リトル・クトゥルー―史上最小の神話小説集」学習研究社 2009 p194

アルハザードの娘
◇「リトル・リトル・クトゥルー―史上最小の神話小説集」学習研究社 2009 p44

煙猫
◇「てのひら怪談―ビーケーワン怪談大賞傑作選」ポプラ社 2007 p80
◇「てのひら怪談―ビーケーワン怪談大賞傑作選」ポプラ社 2008（ポプラ文庫）p82

残心
◇「てのひら怪談―ビーケーワン怪談大賞傑作選 百怪繚乱篇」ポプラ社 2008 p200

大怪談王
◇「てのひら怪談―ビーケーワン怪談大賞傑作選 壬辰」ポプラ社 2012（ポプラ文庫）p272

母猫の獲物
◇「てのひら怪談 癸巳」KADOKAWA 2013（MF文庫ダ・ヴィンチ）p134

フジ江さんとブチッキーのこと
◇「てのひら怪談 癸巳」KADOKAWA 2013（MF文庫ダ・ヴィンチ）p116

連子窓
◇「てのひら怪談―ビーケーワン怪談大賞傑作選 2」ポプラ社 2007 p86
◇「てのひら怪談―ビーケーワン怪談大賞傑作選 己丑」ポプラ社 2009（ポプラ文庫）p64

新小田 明奈　しんこだ・あきな
万華鏡サングラス
◇「万華鏡―第14回フェリシモ文学賞作品集」フェリシモ 2011 p18

神西 清　じんざい・きよし（1903〜1957）
月見座頭
◇「新装版 全集現代文学の発見 2」學藝書林 2002 p341

雪の宿り
◇「歴史小説の世紀 天の巻」新潮社 2000（新潮文庫）p341
◇「日本文学全集 26」河出書房新社 2017 p37

しんしねこ
死の床の夢の子ら
◇「人は死んだら電柱になる―電柱アンソロジー」遠すぎる未来団 2014 p205

新城 カズマ　しんじょう・かずま
雨ふりマージ
◇「量子回廊―年刊日本SF傑作選」東京創元社 2010（創元SF文庫）p409

あるいは土星に慰めを
◇「SF宝石―すべて新作読み切り！ 2015」光文社 2015 p43

アンジー・クレーマーにさよならを
◇「ゼロ年代SF傑作選」早川書房 2010（ハヤカワ文庫 JA）p51

旧ソビエト連邦・北オセチア自治共和国における<燦爛郷ノ邪眼王>伝承の消長、および"Evenmist Tales"邦訳にまつわる諸事情について
◇「逆想コンチェルト―イラスト先行・競作小説アンソロジー 奏の2」徳間書店 2010 p296

マトリカレント―いずれ貴女もまた耳にするはず、深海の響きを。るぶぶぶぶるううううんんん
◇「NOVA―書き下ろし日本SFコレクション 2」河出書房新社 2010（河出文庫）p275

未来のために
◇「3.11心に残る140字の物語」学研パブリッシング 2011 p83

SinjowKazma
◇「140字の物語―Twitter小説集 twnovel」ディスカヴァー・トゥエンティワン 2009 p33

新章 文子　しんしょう・ふみこ（1922〜2015）
ある老婆の死
◇「赤のミステリー―女性ミステリー作家傑作選」光文社 1997 p53
◇「女性ミステリー作家傑作選 2」光文社 1999（光文社文庫）p157

危険な関係
◇「江戸川乱歩賞全集 3」講談社 1998（講談社文庫）p7

受賞の言葉 受賞の感
◇「江戸川乱歩賞全集 3」講談社 1998 p340

新人　しんじん
冬夜
◇「日本統治期台湾文学集成 25」緑蔭書房 2007 p395

しんし

新進會　しんしんかい
宣言
◇「近代朝鮮文学日本語作品集1901～1938 評論・随筆篇 3」緑蔭書房 2004 p365

伸地 裕子　しんち・ゆうこ
ソールランドを素足の女が
◇「沖縄文学選―日本文学のエッジからの問い」勉誠出版 2003 p278

陣出 達朗　じんで・たつろう（1907～1986）
一矢雲上
◇「信州歴史時代小説傑作集 5」しなのき書房 2007 p5
儒教将軍
◇「剣光闇を裂く」光風社出版 1997（光風社文庫）p179
高遠乙女
◇「夢がたり大川端」光風社出版 1998（光風社文庫）p7
橋を渡って
◇「躍る影法師」光風社出版 1997（光風社文庫）p7
蛇を刺す蛙
◇「江戸浮世風」学習研究社 2004（学研M文庫）p187
雪肌金さん
◇「傑作捕物ワールド 6」リブリオ出版 2002 p111

新藤 兼人　しんどう・かねと（1912～2012）
石内尋常高等小学校 花は散れども
◇「年鑑代表シナリオ集 '08」シナリオ作家協会 2009 p209
ふくろう
◇「年鑑代表シナリオ集 '04」シナリオ作家協会 2005 p7

進藤 小枝子　しんどう・さえこ
赤いぽんでん
◇「ゆきのまち幻想文学賞小品集 17」企画集団ぷりずむ 2008 p55

進藤 壽伯　しんどう・じゅはく
近世風聞・耳の垢（抄）
◇「稲生モノノケ大全 陰之巻」毎日新聞社 2003 p630

真藤 順丈　しんどう・じゅんじょう（1977～）
異文字
◇「物語のルミナリエ」光文社 2011（光文社文庫）p332
餓え
◇「憑依」光文社 2010（光文社文庫）p165
クライクライ
◇「憑きびと―「読楽」ホラー小説アンソロジー」徳間書店 2016（徳間文庫）p93
終末芸人
◇「喜劇綺劇」光文社 2009（光文社文庫）p437
ボルヘスハウス909
◇「怪物園」光文社 2009（光文社文庫）p539
CLASSIC
◇「Fの肖像―フランケンシュタインの幻想たち」光文社 2010（光文社文庫）p37

新藤 卓広　しんどう・たかひろ（1988～）
異星間刑事捜査交流会
◇「5分で読める！ ひと駅ストーリー 食の話」宝島社 2015（宝島社文庫）p69
キャッチボールとサンタクロース
◇「5分で読める！ ひと駅ストーリー 冬の記憶東口編」宝島社 2013（宝島社文庫）p201
趣味は人間観察
◇「5分で読める！ ひと駅ストーリー 夏の記憶東口編」宝島社 2013（宝島社文庫）p131
◇「5分で凍る！ ぞっとする怖い話」宝島社 2015（宝島社文庫）p191
走馬灯
◇「もっとすごい！ 10分間ミステリー」宝島社 2013（宝島社文庫）p293
◇「10分間ミステリー THE BEST」宝島社 2016（宝島社文庫）p343
ネコが死んだ。
◇「5分で読める！ ひと駅ストーリー 猫の物語」宝島社 2014（宝島社文庫）p39

神野 耀雄　じんの・あきお
宇宙の卵
◇「リトル・リトル・クトゥルー―史上最小の神話小説集」学習研究社 2009 p100

新野 剛志　しんの・たけし（1965～）
家路
◇「乱歩賞作家 赤の謎」講談社 2004 p237
公僕の鎖
◇「ザ・ベストミステリーズ―推理小説年鑑 2000」講談社 2000 p375
◇「罪深き者に罰を」講談社 2002（講談社文庫）p153
ねずみと探偵―あぱやん
◇「ザ・ベストミステリーズ―推理小説年鑑 2008」講談社 2008 p231
◇「Play推理遊戯」講談社 2011（講談社文庫）p197

陣野 俊史　じんの・としふみ（1961～）
冷戦の終結と新たな戦争の時代―多用化する戦争文学の流れ
◇「コレクション戦争と文学 別巻」集英社 2013 p123

神保 光太郎　じんぼ・こうたろう（1905～1990）
浅間草春
◇「「日本浪曼派」集」新学社 2007（新学社近代浪漫派文庫）p57
あらがみ集
◇「「日本浪曼派」集」新学社 2007（新学社近代浪漫派文庫）p47
あら神の歌

◇「「日本浪曼派」集」新学社 2007（新学社近代浪漫派文庫）p50

火章
◇「「日本浪曼派」集」新学社 2007（新学社近代浪漫派文庫）p47

業
◇「「日本浪曼派」集」新学社 2007（新学社近代浪漫派文庫）p52

朔太郎生家
◇「「日本浪曼派」集」新学社 2007（新学社近代浪漫派文庫）p58

山行するもの
◇「「日本浪曼派」集」新学社 2007（新学社近代浪漫派文庫）p52

詩・風雨の日―詩苑の問題
◇「「日本浪曼派」集」新学社 2007（新学社近代浪漫派文庫）p60

詩篇
◇「「日本浪曼派」集」新学社 2007（新学社近代浪漫派文庫）p47

上州前橋
◇「「日本浪曼派」集」新学社 2007（新学社近代浪漫派文庫）p56

峠の像
◇「「日本浪曼派」集」新学社 2007（新学社近代浪漫派文庫）p57

童篇
◇「「日本浪曼派」集」新学社 2007（新学社近代浪漫派文庫）p49

波について
◇「「日本浪曼派」集」新学社 2007（新学社近代浪漫派文庫）p54

春の話
◇「「日本浪曼派」集」新学社 2007（新学社近代浪漫派文庫）p48

広瀬河
◇「「日本浪曼派」集」新学社 2007（新学社近代浪漫派文庫）p56

冬の話
◇「「日本浪曼派」集」新学社 2007（新学社近代浪漫派文庫）p51

北方旅章
◇「「日本浪曼派」集」新学社 2007（新学社近代浪漫派文庫）p56

山を越えていくもの
◇「「日本浪曼派」集」新学社 2007（新学社近代浪漫派文庫）p52

神保 朋世　じんぼ・ともよ（1902～1994）
惨虐絵に心血を注ぐ勝川春章
◇「怪奇・伝奇時代小説選集 7」春陽堂書店 2000（春陽文庫）p175

新保 博久　しんぼ・ひろひさ
雨のち殺人
◇「自選ショート・ミステリー 2」講談社 2001（講談社文庫）p66

真保 裕一　しんぽ・ゆういち（1961～）
相棒
◇「最新「珠玉推理」大全 中」光文社 1998（カッパ・ノベルス）p203
◇「怪しい舞踏会」光文社 2002（光文社文庫）p285

暗室
◇「ザ・ベストミステリーズ―推理小説年鑑 2000」講談社 2000 p77
◇「罪深き者に罰を」講談社 2002（講談社文庫）p9
◇「冒険の森へ―傑作小説大全 16」集英社 2015 p155

遺影
◇「影」文藝春秋 2003（推理作家になりたくて マイベストミステリー）p268
◇「マイ・ベスト・ミステリー 2」文藝春秋 2007（文春文庫）p410

黒部の羆
◇「乱歩賞作家 赤の謎」講談社 2004 p95

卒業写真
◇「ザ・ベストミステリーズ―推理小説年鑑 2001」講談社 2001 p113
◇「殺人作法」講談社 2004（講談社文庫）p67

瓢箪から駒
◇「マイ・ベスト・ミステリー 2」文藝春秋 2007（文春文庫）p476

ホワイトアウト
◇「冒険の森へ―傑作小説大全 19」集英社 2015 p171

私に向かない職業
◇「殺人前線北上中」講談社 1997（講談社文庫）p115
◇「謎―スペシャル・ブレンド・ミステリー 005」講談社 2010（講談社文庫）p207

【す】

垂映　すいえい
麗秋の結婚
◇「日本統治期台湾文学集成 5」緑蔭書房 2002 p175

水月堂　すいげつどう
ハッピィバァスディ
◇「人は死んだら電柱になる―電柱アンソロジー」遠すぎる未来団 2014 p220

水棲モスマン　すいせいもすまん
使命
◇「てのひら怪談―ビーケーワン怪談大賞傑作選 2」ポプラ社 2007 p130
◇「てのひら怪談―ビーケーワン怪談大賞傑作選 己丑」ポプラ社 2009（ポプラ文庫）p70

推定モスマン　すいていもすまん
彼女のお姉さん
◇「リトル・リトル・クトゥルー―史上最小の神話小

すいほ

説集」学習研究社 2009 p48
同人誌ネクロノミコン
　◇「リトル・リトル・クトゥルー――史上最小の神話小説集」学習研究社 2009 p98
奉仕種族ショゴスとの邂逅
　◇「リトル・リトル・クトゥルー――史上最小の神話小説集」学習研究社 2009 p172

水没　すいぼつ
深さをはかる
　◇「てのひら怪談―ビーケーワン怪談大賞傑作選 壬辰」ポプラ社 2012（ポプラ文庫）p206

末浦 広海　すえうら・ひろみ
生き証人
　◇「ザ・ベストミステリーズ―推理小説年鑑 2010」講談社 2010 p191
　◇「Logic真相への回廊」講談社 2013（講談社文庫）p359

末永 昭二　すえなが・しょうじ（1964〜）
怪奇美を描く画家・竹中英太郎
　◇「竹中英太郎 1」皓星社 2016（挿絵叢書）p205
名探偵と「初出誌からわかること」
　◇「竹中英太郎 2」皓星社 2016（挿絵叢書）p284

スエヒロ ケイスケ
犬目線／握り締めて
　◇「優秀新人戯曲集 2008」ブロンズ新社 2007 p5

末広 鉄腸　すえひろ・てっちょう（1849〜1896）
政治小説 雪中梅
　◇「新日本古典文学大系 明治編 16」岩波書店 2003 p327

末松 謙澄　すえまつ・けんちょう（1855〜1920）
歌楽論
　◇「新日本古典文学大系 明治編 11」岩波書店 2006 p281

末吉 安吉　すえよし・やすよし
夕の賦
　◇「沖縄文学選―日本文学のエッジからの問い」勉誠出版 2003 p66

周防 正行　すお・まさゆき（1956〜）
それでもボクはやってない
　◇「年鑑代表シナリオ集 '07」シナリオ作家協会 2009 p7

須賀 敦子　すが・あつこ（1929〜1998）
芦屋のころ
　◇「精選女性随筆集 9」文藝春秋 2012 p212
雨のなかを走る男たち
　◇「日本文学全集 25」河出書房新社 2016 p246
『ある家族の会話』訳者あとがき
　◇「日本文学全集 25」河出書房新社 2016 p401
ある日、会って……
　◇「日本文学全集 25」河出書房新社 2016 p209
入口のそばの椅子
　◇「日本文学全集 25」河出書房新社 2016 p8
インセン
　◇「日本文学全集 25」河出書房新社 2016 p201
ヴァレリー
　◇「日本文学全集 25」河出書房新社 2016 p196
ヴェネツィアの宿
　◇「日本文学全集 25」河出書房新社 2016 p213
ウンベルト・サバ
　◇「日本文学全集 25」河出書房新社 2016 p422
　◇「日本文学全集 25」河出書房新社 2016 p455
L夫人
　◇「日本文学全集 25」河出書房新社 2016 p205
大洗濯の日
　◇「精選女性随筆集 9」文藝春秋 2012 p223
大通りの夢芝居
　◇「日本文学全集 25」河出書房新社 2016 p77
重い山仕事のあとみたいに
　◇「精選女性随筆集 9」文藝春秋 2012 p128
オリーヴ林のなかの家
　◇「日本文学全集 25」河出書房新社 2016 p136
オリエント・エクスプレス
　◇「精選女性随筆集 9」文藝春秋 2012 p80
女ともだち
　◇「日本文学全集 25」河出書房新社 2016 p230
家族
　◇「日本文学全集 25」河出書房新社 2016 p125
　◇「日本文学全集 25」河出書房新社 2016 p86
ガッティの背中
　◇「日本文学全集 25」河出書房新社 2016 p177
カティアが歩いた道
　◇「日本文学全集 25」河出書房新社 2016 p213
カラが咲く庭
　◇「精選女性随筆集 9」文藝春秋 2012 p53
ガールの水道橋
　◇「日本文学全集 25」河出書房新社 2016 p278
きらめく海のトリエステ
　◇「日本文学全集 25」河出書房新社 2016 p422
銀の夜
　◇「日本文学全集 25」河出書房新社 2016 p25
木立のなかの神殿
　◇「日本文学全集 25」河出書房新社 2016 p340
コルシア書店の仲間たち
　◇「日本文学全集 25」河出書房新社 2016 p7
さくらんぼと運河とプリアンツァ
　◇「日本文学全集 25」河出書房新社 2016 p361
砂漠を行くものたち
　◇「日本文学全集 25」河出書房新社 2016 p314
しげちゃんの昇天
　◇「精選女性随筆集 9」文藝春秋 2012 p182
書簡「一九六〇年ペッピーノ・リッカ宛」（翻訳・岡本太郎）

◇「精選女性随筆集 9」文藝春秋 2012 p235
死んだ子供の肖像
　◇「精選女性随筆集 9」文藝春秋 2012 p155
スパッカ・ナポリ
　◇「日本文学全集 25」河出書房新社 2016 p259
ダヴィデに
　◇「日本文学全集 25」河出書房新社 2016 p167
旅のあいまに
　◇「日本文学全集 25」河出書房新社 2016 p192
ダンテの人ごみ
　◇「創刊一〇〇年三田文学名作選」三田文学会 2010 p689
小さい妹
　◇「日本文学全集 25」河出書房新社 2016 p113
チェザレの家
　◇「精選女性随筆集 9」文藝春秋 2012 p198
電車道
　◇「精選女性随筆集 9」文藝春秋 2012 p100
遠い霧の匂い
　◇「精選女性随筆集 9」文藝春秋 2012 p12
　◇「日本文学全集 25」河出書房新社 2016 p171
時のかけらたち
　◇「日本文学全集 25」河出書房新社 2016 p259
となり町の山車のように
　◇「精選女性随筆集 9」文藝春秋 2012 p216
トリエステの坂道
　◇「日本文学全集 25」河出書房新社 2016 p246
　◇「日本文学全集 25」河出書房新社 2016 p437
ナタリア・ギンズブルグ
　◇「日本文学全集 25」河出書房新社 2016 p361
なんともちぐはぐな贈り物
　◇「精選女性随筆集 9」文藝春秋 2012 p231
フィレンツェから、愛情をこめて、あなたのあっこ≫ペッピーノ・リッカ
　◇「日本人の手紙 7」リブリオ出版 2004 p210
不運
　◇「日本文学全集 25」河出書房新社 2016 p147
ふつうの重荷
　◇「日本文学全集 25」河出書房新社 2016 p158
フランドルの海
　◇「日本文学全集 25」河出書房新社 2016 p293
ふるえる手
　◇「日本文学全集 25」河出書房新社 2016 p374
プロローグ(『ユルスナールの靴』)
　◇「精選女性随筆集 9」文藝春秋 2012 p146
街
　◇「日本文学全集 25」河出書房新社 2016 p47
マリアの結婚
　◇「精選女性随筆集 9」文藝春秋 2012 p113
マリア・ボットーニの長い旅
　◇「精選女性随筆集 9」文藝春秋 2012 p19
マリ・ルイーズ
　◇「日本文学全集 25」河出書房新社 2016 p192
マルグリット・ユルスナール
　◇「日本文学全集 25」河出書房新社 2016 p293
『マンゾーニ家の人々』訳者あとがき
　◇「日本文学全集 25」河出書房新社 2016 p407
ミラノ霧の風景
　◇「日本文学全集 25」河出書房新社 2016 p171
『モンテ・フェルモの丘の家』訳者あとがき
　◇「日本文学全集 25」河出書房新社 2016 p413
ヤマモトさんの送別会
　◇「精選女性随筆集 9」文藝春秋 2012 p226
夜の会話
　◇「精選女性随筆集 9」文藝春秋 2012 p35
　◇「日本文学全集 25」河出書房新社 2016 p62
私のなかのナタリア・ギンズブルグ
　◇「日本文学全集 25」河出書房新社 2016 p390

菅 慶司　すが・けいじ
城
　◇「平成28年熊本地震作品集」くまもと文学・歴史館友の会 2016 p23

管 啓次郎　すが・けいじろう
川が川に戻る最初の日
　◇「ろうそくの炎がささやく言葉」勁草書房 2011 p190
十和田奥入瀬ノート
　◇「十和田、奥入瀬 水と土地をめぐる旅」青幻舎 2013 p176

須賀 しのぶ　すが・しのぶ（1972～）
凍て蝶
　◇「NOVA─書き下ろし日本SFコレクション 5」河出書房新社 2011（河出文庫）p113

菅 浩江　すが・ひろえ（1963～）
秋祭り
　◇「十月のカーニヴァル」光文社 2000（カッパ・ノベルス）p183
鮮やかなあの色を
　◇「ミステリア─女性作家アンソロジー」祥伝社 2003（祥伝社文庫）p301
永遠の森
　◇「日本SF短篇50 4」早川書房 2013（ハヤカワ文庫JA）p231
英雄と皇帝
　◇「本格ミステリ 2002」講談社 2002（講談社ノベルス）p371
　◇「死神と雷鳴の暗号─本格短編ベスト・セレクション」講談社 2006（講談社文庫）p285
エクステ効果
　◇「ザ・ベストミステリーズ─推理小説年鑑 2007」講談社 2007 p225
　◇「ULTIMATE MYSTERY─究極のミステリー、ここにあり」講談社 2010（講談社文庫）p315
おくどさん
　◇「京都宵」光文社 2008（光文社文庫）p17

奥の間のある店
　◇「ハンサムウーマン」ビレッジセンター出版局 1998 p55
贈り物
　◇「人魚の血―珠玉アンソロジー オリジナル＆スタンダート」光文社 2001（カッパ・ノベルス）p259
言葉のない海
　◇「短篇ベストコレクション―現代の小説 2003」徳間書店 2003（徳間文庫）p277
言葉は要らない
　◇「アステロイド・ツリーの彼方へ」東京創元社 2016（創元SF文庫）p457
子供の領分
　◇「侵略！」廣済堂出版 1998（廣済堂文庫）p475
五人姉妹
　◇「短篇ベストコレクション―現代の小説 2001」徳間書店 2001（徳間文庫）p245
　◇「ぼくの、マシン―ゼロ年代日本SFベスト集成 S」東京創元社 2010（創元SF文庫）p225
桜湯道成寺
　◇「櫻憑き」光文社 2001（カッパ・ノベルス）p17
雪花 散り花
　◇「金田一耕助に捧ぐ九つの狂想曲」角川書店 2002 p167
そばかすのフィギュア
　◇「てのひらの宇宙―星雲賞短編SF傑作選」東京創元社 2013（創元SF文庫）p309
つぐない
　◇「らせん階段―女流ミステリー傑作選」角川春樹事務所 2003（ハルキ文庫）p205
蟷螂の月
　◇「水妖」廣済堂出版 1998（廣済堂文庫）p323
箱の中の猫
　◇「蒼迷宮―ミステリー・アンソロジー」祥伝社 2002（祥伝社文庫）p235
妄想少女―心の中の少女がみずみずしくある限り、私はまだまだ頑張れる
　◇「NOVA―書き下ろし日本SFコレクション 10」河出書房新社 2013（河出文庫）p13
夜陰譚
　◇「変化―書下ろしホラー・アンソロジー」PHP研究所 2000（PHP文庫）p301
雪音
　◇「雪女のキス」光文社 2000（カッパ・ノベルス）p351
雪花散り花
　◇「金田一耕助に捧ぐ九つの狂想曲」角川書店 2012（角川文庫）p167
夜を駆けるドギー
　◇「少年の時間」徳間書店 2001（徳間デュアル文庫）p53
和服継承
　◇「エロティシズム12幻想」エニックス 2000 p53
KAIGOの夜
　◇「ロボットの夜」光文社 2000（光文社文庫）p321
　◇「ロボット・オペラ―An Anthology of Robot Fiction and Robot Culture」光文社 2004 p714

透翅 大　すかしば・だい
海から告げるもの
　◇「てのひら怪談 癸巳」KADOKAWA 2013（MF文庫ダ・ヴィンチ）p28
おじいちゃんのおふとん
　◇「てのひら怪談 癸巳」KADOKAWA 2013（MF文庫ダ・ヴィンチ）p138

菅沼 美代子　すがぬま・みよこ（1953～）
伊豆行き松川湖下車の旅
　◇「「伊豆文学賞」優秀作品集 第17回」羽衣出版 2014 p222

菅野 雪虫　すがの・ゆきむし（1969～）
橘の上の少年
　◇「北日本文学賞入賞作品集 2」北日本新聞社 2002 p377

菅原 貴人　すがわら・たかと
ぐだふたぬん あんど めりいくりすます
　◇「高校演劇Selection 2001 上」晩成書房 2001 p113

菅原 照貴　すがわら・てるたか
さよならプリンセス
　◇「マルドゥック・ストーリーズ―公式二次創作集」早川書房 2016（ハヤカワ文庫 JA）p77

菅原 初　すがわら・はじめ
旬日の友
　◇「青鞜文学集」不二出版 2004 p167

菅原 治子　すがわら・はるこ
困った人
　◇「扉の向こうへ」全作家協会 2014（全作家短編集）p206
母の手
　◇「回転ドアから」全作家協会 2015（全作家短編集）p193

菅原 裕二郎　すがわら・ゆうじろう
眠らせて
　◇「ショートショートの花束 1」講談社 2009（講談社文庫）p171

杉 洋子　すぎ・ようこ（1938～2016）
潮田又之丞の妻・ゆう
　◇「物語妻たちの忠臣蔵」新人物往来社 1998 p175

杉井 光　すぎい・ひかる
超越数トッカータ
　◇「ザ・ベストミステリーズ―推理小説年鑑 2012」講談社 2012 p77
　◇「Junction運命の分岐点」講談社 2015（講談社文庫）p151

杉浦 茂　すぎうら・しげる（1908～2000）
八百八だぬき
　◇「稲生モノノケ大全 陰之巻」毎日新聞社 2003 p537

杉浦 強　すぎうら・つとむ

星浄土
◇「ハンセン病文学全集 9」皓星社 2010 p243

杉浦 日向子　すぎうら・ひなこ（1958〜2005）

怪談
◇「闇夜に怪を語れば—百物語ホラー傑作選」角川書店 2005（角川ホラー文庫）p173

黒髪の怪二話
◇「妖髪鬼談」桜桃書房 1998 p150
◇「黒髪に恨みは深く—髪の毛ホラー傑作選」角川書店 2006（角川ホラー文庫）p149

百物語
◇「奇譚カーニバル」集英社 2000（集英社文庫）p329

杉浦 明平　すぎうら・みんぺい（1913〜2001）

アイヌの人、知里さんの想い出
◇「戦後文学エッセイ選 6」影書房 2008 p35

アララギ校正の夜
◇「誤植文学アンソロジー——校正者のいる風景」論創社 2015 p176

海中の忘れもの
◇「戦後短篇小説再発見 15」講談社 2003（講談社文芸文庫）p192

風吹けばお百姓がモウかる
◇「戦後文学エッセイ選 6」影書房 2008 p132

壁の耳
◇「戦後短篇小説選—『世界』1946-1999 4」岩波書店 2000 p73

花柳幻舟の会
◇「戦後文学エッセイ選 6」影書房 2008 p227

カワハギの肝
◇「戦後文学エッセイ選 6」影書房 2008 p199

巨大な哄笑の衝撃—『ガルガンチュワとパンタグリュエル』
◇「戦後文学エッセイ選 6」影書房 2008 p149

雑草世界の近代化
◇「戦後文学エッセイ選 6」影書房 2008 p220

子規私論序
◇「戦後文学エッセイ選 6」影書房 2008 p171

政治の汚れと証言としての文学
◇「戦後文学エッセイ選 6」影書房 2008 p87

戦乱時代の回想録
◇「新装版 全集現代文学の発見 11」學藝書林 2004 p546

立原道造の思い出
◇「戦後文学エッセイ選 6」影書房 2008 p20

田所太郎のこと
◇「戦後文学エッセイ選 6」影書房 2008 p204

短歌とわたし
◇「戦後文学エッセイ選 6」影書房 2008 p165

ダンテの言葉と翻訳
◇「戦後文学エッセイ選 6」影書房 2008 p154

土屋文明先生の弟子
◇「戦後文学エッセイ選 6」影書房 2008 p79

尚江の朝鮮論
◇「戦後文学エッセイ選 6」影書房 2008 p40

ノン・フィクションと現代
◇「戦後文学エッセイ選 6」影書房 2008 p159

秘事法門
◇「歴史小説の世紀 地の巻」新潮社 2000（新潮文庫）p9
◇「新装版 全集現代文学の発見 12」學藝書林 2004 p482

陽の当らない谷間
◇「戦後文学エッセイ選 6」影書房 2008 p46

文圃堂の人々
◇「戦後文学エッセイ選 6」影書房 2008 p109

ミケランジェロの夕暮
◇「戦後文学エッセイ選 6」影書房 2008 p9

明治文学と下層社会
◇「戦後文学エッセイ選 6」影書房 2008 p27

レオナルド・ドキュメント
◇「戦後文学エッセイ選 6」影書房 2008 p184

論争における魯迅
◇「戦後文学エッセイ選 6」影書房 2008 p63

杉江 唐一　すぎえ・とういち

奇説四谷怪談
◇「怪奇・伝奇時代小説選集 13」春陽堂書店 2000（春陽文庫）p227

啜り泣き変化
◇「怪奇・伝奇時代小説選集 2」春陽堂書店 1999（春陽文庫）p220

杉江 征　すぎえ・まさし

いのちのバトン
◇「12人のカウンセラーが語る12の物語」ミネルヴァ書房 2010 p211

杉江 松恋　すぎえ・まつこい（1968〜）

エンターテインメント小説と戦争—社会を映し、現実を抉り出す想像力
◇「コレクション戦争と文学 別巻」集英社 2013 p144

ケメルマンの閉じた世界
◇「ベスト本格ミステリ 2011」講談社 2011（講談社ノベルス）p401
◇「からくり伝言少女—本格短編ベスト・セレクション」講談社 2015（講談社文庫）p555

杉佐木　すぎさき

連載航空小説 大空の魂
◇「日本統治期台湾文学集成 8」緑蔭書房 2002 p295

杉崎 恒夫　すぎざき・つねお

杉崎恒夫十三首
◇「ファイン／キュート素敵かわいい作品選」筑摩書房 2015（ちくま文庫）p140

杉澤 京子　すぎさわ・きょうこ

手鞠
◇「てのひら怪談 癸巳」KADOKAWA 2013（MF文庫ダ・ヴィンチ）p142

湧く
◇「てのひら怪談―ビーケーワン怪談大賞傑作選 壬辰」ポプラ社 2012（ポプラ文庫）p86

杉田 彩織　すぎた・さおり

真昼に見る夢
◇「創作脚本集―60周年記念」岡山県高等学校演劇協議会 2011（おかやまの高校演劇）p267

杉田 博之　すぎた・ひろゆき

森はみんなのたからもの
◇「成城・学校劇脚本集」成城学園初等学校出版部 2002（成城学園初等学校研究双書）p73

杉原 保史　すぎはら・やすし

殺意の自覚
◇「12人のカウンセラーが語る12の物語」ミネルヴァ書房 2010 p23

事例小説―事例報告でも事例研究でもなく
◇「12人のカウンセラーが語る12の物語」ミネルヴァ書房 2010 p283

杉村 顕道　すぎむら・けんどう（1904～1999）

白鷺の東庵
◇「怪談―24の恐怖」講談社 2004 p429

鳥海山物語
◇「みちのく怪談名作選 vol.1」荒蝦夷 2010（叢書東北の声）p301

椙村 紫帆　すぎむら・しほ

しょっぱい雪
◇「ゆきのまち幻想文学賞小品集 21」企画集団ぷりずむ 2012 p165

杉本 章子　すぎもと・あきこ（1953～）

おすず
◇「代表作時代小説 平成12年度」光風社出版 2000 p7

かくし子
◇「花ふぶき―時代小説傑作選」角川春樹事務所 2004（ハルキ文庫）p125

去年今年
◇「代表作時代小説 平成25年度」光文社 2013 p221

水雷会
◇「撫子が斬る―女性作家捕物帳アンソロジー」光文社 2005（光文社文庫）p183

ちぎれ雲
◇「代表作時代小説 平成23年度」光風社 2011 p213

供先割り
◇「美女峠に星が流れる―時代小説傑作選」講談社 1999（講談社文庫）p207

はやり正月の心中
◇「人情の往来―時代小説最前線」新潮社 1997（新潮文庫）p499

◇「時代小説―読切御免 3」新潮社 2005（新潮文庫）p145
◇「吉原花魁」角川書店 2009（角川文庫）p103

ヤングジャパン・フォーエバー
◇「時代小説秀作づくし」PHP研究所 1997（PHP文庫）p287

夕化粧
◇「鬼火が呼んでいる―時代小説傑作選」講談社 1997（講談社文庫）p200
◇「合わせ鏡―女流時代小説傑作選」角川春樹事務所 2003（ハルキ文庫）p51

夕すずめ
◇「代表作時代小説 平成24年度」光文社 2012 p261

夢は飛ぶ
◇「代表作時代小説 平成15年度」光風社出版 2003 p251

妖花
◇「現代秀作集」角川書店 1999（女性作家シリーズ）p479

杉本 香恵　すぎもと・かえ

蒼の行方
◇「冷と温―第13回フェリシモ文学賞作品集」フェリシモ 2010 p90

杉本 苑子　すぎもと・そのこ（1925～2017）

ああ三百七十里
◇「極め付き時代小説選 3」中央公論新社 2004（中公文庫）p7
◇「江戸の漫遊力―時代小説傑作選」集英社 2008（集英社文庫）p195

姉と妹
◇「剣よ月下に舞え」光風社出版 2001（光風社文庫）p269

一夜の客
◇「市井図絵」新潮社 1997 p145
◇「時代小説―読切御免 2」新潮社 2004（新潮文庫）p145

乳母どの最期―日野富子・今参ノ局
◇「人物日本の歴史―時代小説 古代中世編」小学館 2004（小学館文庫）p269

帰ってきた一人
◇「代表作時代小説 平成10年度」光風社出版 1998 p135

風ぐるま
◇「江戸宵闇しぐれ」学習研究社 2005（学研M文庫）p102

神田悪魔町夜話
◇「大江戸事件帖―時代推理小説名作選」双葉社 2005（双葉文庫）p43

菊畠
◇「おもかげ行燈」光風社出版 1998（光風社文庫）p287

ぎやまん蠟燭
◇「江戸三百年を読む―傑作時代小説 シリーズ江戸学 上」角川学芸出版 2009（角川文庫）p203

くじら裁き

薬玉
  ◇「剣の意地恋の夢―時代小説傑作選」講談社 2000（講談社文庫）p245
櫟の根かた
  ◇「人情の往来―時代小説最前線」新潮社 1997（新潮文庫）p87
校正恐るべし
  ◇「誤植文学アンソロジー―校正者のいる風景」論創社 2015 p171
彩絵花鳥唐櫃
  ◇「必殺天誅剣」光風社出版 1999（光風社文庫）p7
ざくろ地獄
  ◇「血」三天書房 2000（傑作短篇シリーズ）p133
笹鳴き
  ◇「代表作時代小説 平成11年度」光風社出版 1999 p17
  ◇「愛染夢灯籠―時代小説傑作選」講談社 2005（講談社文庫）p7
じじばばの記
  ◇「忠臣蔵コレクション 4」河出書房新社 1998（河出文庫）p289
  ◇「江戸の老人力―時代小説傑作選」集英社 2002（集英社文庫）p133
真説かがみやま
  ◇「仇討ち」小学館 2006（小学館文庫）p223
砂村心中
  ◇「万事金の世―時代小説傑作選」徳間書店 2006（徳間文庫）p227
小さな恋の物語
  ◇「代表作時代小説 平成9年度」光風社出版 1997 p71
  ◇「春宵濡れ髪しぐれ―時代小説傑作選」講談社 2003（講談社文庫）p17
泣かぬ半七
  ◇「躍る影法師」光風社出版 1997（光風社文庫）p93
流れ星
  ◇「時代小説秀作づくし」PHP研究所 1997（PHP文庫）p91
泣けよミイラ坊
  ◇「江戸夢あかり」学習研究社 2003（学研M文庫）p93
  ◇「江戸夢あかり」学研パブリッシング 2013（学研M文庫）p93
鳴るが辻の怪
  ◇「怪奇・怪談傑作集」新人物往来社 1997 p127
眠れドクトル
  ◇「赤ひげ横丁―人情時代小説傑作選」新潮社 2009（新潮文庫）p133
蚤さわぐ
  ◇「慕情深川しぐれ」光風社出版 1998（光風社文庫）p157
  ◇「信州歴史時代小説傑作集 4」しなのき書房 2007 p69

花はさくら木
  ◇「撫子が斬る―女性作家捕物帳アンソロジー」光文社 2005（光文社文庫）p229
悲歌観世音寺
  ◇「剣侠しぐれ笠」光風社出版 1999（光風社文庫）p183
悲劇の風雲児
  ◇「源義経の時代―短篇小説集」作品社 2004 p111
緋ざくら
  ◇「剣鬼無明斬り」光風社出版 1997（光風社文庫）p159
引越し大名の笑い
  ◇「大江戸殿様列伝―傑作時代小説」双葉社 2006（双葉文庫）p179
ピント日本見聞記
  ◇「九州戦国志―傑作時代小説」PHP研究所 2008（PHP文庫）p7
武太夫開眼
  ◇「武芸十八般―武道小説傑作選」ベストセラーズ 2005（ベスト時代文庫）p123
二人の母
  ◇「鍔鳴り疾風剣」光風社出版 2000（光風社文庫）p105
無礼討ち始末
  ◇「信州歴史時代小説傑作集 2」しなのき書房 2007 p379
反古庵と女たち
  ◇「江戸の爆笑力―時代小説傑作選」集英社 2004（集英社文庫）p195
ほたるの庭
  ◇「剣光闇を裂く」光風社出版 1997（光風社文庫）p217
  ◇「犬道楽江戸草紙―時代小説傑作選」徳間書店 2005（徳間文庫）p151
胸に棲む鬼
  ◇「江戸恋い明け鳥」光風社出版 1999（光風社文庫）p31
夜叉神堂の男
  ◇「人肉嗜食」筑摩書房 2001（ちくま文庫）p93
雪うさぎ
  ◇「剣鬼らの饗宴」光風社出版 1998（光風社文庫）p115
世は春じゃ
  ◇「江戸の鈍感力―時代小説傑作選」集英社 2007（集英社文庫）p75
わびすけ
  ◇「浜町河岸夕化粧」光風社出版 1998（光風社文庫）p81

杉本 長夫　すぎもと・たけお
詩に託し一筆まゐらす
  ◇「近代朝鮮文学日本語作品集1908〜1945 セレクション 6」緑蔭書房 2008 p238

杉本 利男　すぎもと・としお
伊豆松崎小景

◇「全作家短編小説集 10」のべる出版 2011 p141
加賀の宴
　◇「全作家短編小説集 9」全作家協会 2010 p7
只見一路と控えの間
　◇「全作家短編小説集 8」全作家協会 2009 p103
不確かな噂
　◇「全作家短編小説集 7」全作家協会 2008 p149
夕立雨
　◇「全作家短編小説集 12」全作家協会 2013 p47
夢うつつ
　◇「全作家短編小説集 6」全作家協会 2007 p236

杉本 正生　すぎもと・まさお
習作の一
　◇「青鞜文学集」不二出版 2004 p61

杉本 増生　すぎもと・ますお
ぬくすけ
　◇「現代作家代表作選集 1」鼎書房 2012 p129

杉元 伶一　すぎもと・れいいち（1963〜）
収監
　◇「二十四粒の宝石―超短編小説傑作集」講談社 1998（講談社文庫）p131

杉本 蓮　すぎもと・れん
蓼食う虫
　◇「少年の時間」徳間書店 2001（徳間デュアル文庫）p155

杉森 久英　すぎもり・ひさひで（1912〜1997）
勝海舟の素顔
　◇「剣鬼無明斬り」光風社出版 1997（光風社文庫）p7
能登の流人
　◇「剣が舞い落花が舞い―時代小説傑作集」講談社 1998（講談社文庫）p333

杉山 早苗　すぎやま・さなえ
伊豆の俳人萩原麦草
　◇「「伊豆文学賞」優秀作品集 第10回」静岡新聞社 2007 p109

杉山 文子　すぎやま・ふみこ
けむり
　◇「ゆれる―第12回フェリシモ文学賞作品集」フェリシモ 2009 p117

杉山 平一　すぎやま・へいいち（1914〜2012）
赤いネクタイ
　◇「甦る推理雑誌 3」光文社 2002（光文社文庫）p159
月の出
　◇「妖異百物語 2」出版芸術社 1997（ふしぎ文学館）p167

杉山 平助　すぎやま・へいすけ（1895〜1946）
一問一答〔対談〕（江戸川乱歩）
　◇「幻の探偵雑誌 4」光文社 2001（光文社文庫）p425

杉山 幌　すぎやま・ほろ
うなさか
　◇「新走（アラバシリ）―Powers Selection」講談社 2011（講談社box）p161

杉山 正和　すぎやま・まさかず
トライアングル
　◇「ゆきのまち幻想文学賞小品集 13」企画集団ぷりずむ 2004 p171
冬のホタル
　◇「ゆきのまち幻想文学賞小品集 18」企画集団ぷりずむ 2009 p130
雪の種蒔き
　◇「ゆきのまち幻想文学賞小品集 12」企画集団ぷりずむ 2003 p60

杉山 良雄　すぎやま・よしお（1915〜1997）
三〇年遅れの結婚指輪です≫杉山きみ子
　◇「日本人の手紙 6」リブリオ出版 2004 p206

杉山 理紀　すぎやま・りき
牛替
　◇「ゆきのまち幻想文学賞小品集 23」企画集団ぷりずむ 2014 p154

助川 あや子　すけがわ・あやこ（1943〜）
白ガッパ物語
　◇「小学生のげき―新小学校演劇脚本集 中学年 1」晩成書房 2011 p103
まん月おどり大会
　◇「小学生のげき―新小学校演劇脚本集 低学年 1」晩成書房 2010 p113

須吾 托矢　すご・たくや
カオリちゃん
　◇「てのひら怪談―ビーケーワン怪談大賞傑作選」ポプラ社 2007 p198
　◇「てのひら怪談―ビーケーワン怪談大賞傑作選」ポプラ社 2008（ポプラ文庫）p208

朱雀 弦一郎　すざく・げんいちろう
つぶて新月
　◇「捕物時代小説選集 5」春陽堂書店 2000（春陽文庫）p247

朱雀門 出　すざくもん・いずる（1967〜）
行き先
　◇「超短編の世界 vol.3」創英社 2011 p131
命の書に封印されしもの
　◇「リトル・リトル・クトゥルー――史上最小の神話小説集」学習研究社 2009 p118
いまからな…
　◇「男たちの怪談百物語」メディアファクトリー 2012（〔幽BOOKS〕）p20
うらみ葛の葉
　◇「男たちの怪談百物語」メディアファクトリー 2012（〔幽BOOKS〕）p87
えげれす日和
　◇「超短編の世界 vol.3」創英社 2011 p194

カミソリを踏む
◇「てのひら怪談―ビーケーワン怪談大賞傑作選 2」ポプラ社 2007 p74

くすくす岩
◇「てのひら怪談―ビーケーワン怪談大賞傑作選 壬辰」ポプラ社 2012（ポプラ文庫）p214

くせいけ
◇「男たちの怪談百物語」メディアファクトリー 2012（〔幽BOOKS〕）p217

コノエさん
◇「男たちの怪談百物語」メディアファクトリー 2012（〔幽BOOKS〕）p264

地蔵憑き
◇「憑依」光文社 2010（光文社文庫）p97

清麗神の復活
◇「リトル・リトル・クトゥルー―史上最小の神話小説集」学習研究社 2009 p216

線香花火
◇「てのひら怪談―ビーケーワン怪談大賞傑作選 庚寅」ポプラ社 2010（ポプラ文庫）p224

ちかしらさん
◇「怪しき我が家―一家の怪談競作集」メディアファクトリー 2011（MF文庫）p111

辻占
◇「男たちの怪談百物語」メディアファクトリー 2012（〔幽BOOKS〕）p193

癲覚
◇「てのひら怪談―ビーケーワン怪談大賞傑作選 辛卯」ポプラ社 2011（ポプラ文庫）p148

望ちゃんの写らぬかげ
◇「物語のルミナリエ」光文社 2011（光文社文庫）p306

のほうさん
◇「てのひら怪談―ビーケーワン怪談大賞傑作選」ポプラ社 2007 p54
◇「てのひら怪談―ビーケーワン怪談大賞傑作選」ポプラ社 2008（ポプラ文庫）p52

プリオン的
◇「てのひら怪談―ビーケーワン怪談大賞傑作選 百怪繚乱篇」ポプラ社 2008 p130
◇「てのひら怪談―ビーケーワン怪談大賞傑作選 己丑」ポプラ社 2009（ポプラ文庫）p110

蛇を遣わします
◇「男たちの怪談百物語」メディアファクトリー 2012（〔幽BOOKS〕）p174

ペロと黒猫
◇「男たちの怪談百物語」メディアファクトリー 2012（〔幽BOOKS〕）p237

もう一つの墓
◇「男たちの怪談百物語」メディアファクトリー 2012（〔幽BOOKS〕）p136

やきかんごふ
◇「男たちの怪談百物語」メディアファクトリー 2012（〔幽BOOKS〕）p118

やまんぶの帯
◇「てのひら怪談―ビーケーワン怪談大賞傑作選 庚寅」ポプラ社 2010（ポプラ文庫）p16

列見の辻
◇「男たちの怪談百物語」メディアファクトリー 2012（〔幽BOOKS〕）p63

図子 慧　ずし・けい（1960～）

愛は、こぼれるqの音色
◇「NOVA―書き下ろし日本SFコレクション 5」河出書房新社 2011（河出文庫）p63

ウツボ
◇「秘神―闇の祝祭者たち」アスキー 1999（アスペクトノベルス）p105

金牛宮―アリアドネ
◇「十二宮12幻想」エニックス 2000 p33

ゴースト
◇「逆想コンチェルト―イラスト先行・競作小説アンソロジー 奏の1」徳間書店 2010 p188

タイスのたずね人
◇「グイン・サーガ・ワールド―グイン・サーガ続篇プロジェクト 5」早川書房 2012（ハヤカワ文庫JA）p153

地下室
◇「憑き者―全篇書下ろし傑作ホラーアンソロジー」アスキー 2000（A-novels）p445

夜の客
◇「勿忘草―恋愛ホラー・アンソロジー」祥伝社 2003（祥伝社文庫）p167

錫 薊二　すず・けいじ

ぬすまれたレール
◇「甦る推理雑誌 10」光文社 2004（光文社文庫）p261

鈴江 俊郎　すずえ・としろう

約束だけ
◇「ドラマの森 2009」西日本劇作家の会 2008（西日本戯曲選集）p165

鈴烏 ポチ丸　すずがらす・ぽちまる

箱
◇「超短編傑作選 v.6」創英社 2007 p139

鱸 安行　すずき・あんこう

ピシャリ！
◇「ショートショートの広場 10」講談社 2000（講談社文庫）p215

鈴木 いづみ　すずき・いづみ（1949～1986）

アイは死を越えない
◇「日本SF全集 2」出版芸術社 2010 p251

カラッポがいっぱいの世界
◇「SFマガジン700 国内篇」早川書房 2014（ハヤカワ文庫 SF）p123

魔女見習い
◇「妖美―女流ミステリー傑作選」徳間書店 1999（徳間文庫）p143

鈴木 英治　すずき・えいじ（1960～）
時読みの女―永倉新八
　◇「新選組出陣」廣済堂出版 2014 p259
　◇「新選組出陣」徳間書店 2015（徳間文庫）p259
廉之助の鯉
　◇「花ふぶき―時代小説傑作選」角川春樹事務所 2004（ハルキ文庫）p171

鈴木 和夫　すずき・かずお（1917～1977）
落葉の炎
　◇「ハンセン病文学全集 8」皓星社 2006 p327

鈴木 風之助　すずき・かぜのすけ
黒いカーテン
　◇「甦る推理雑誌 2」光文社 2002（光文社文庫）p35

鈴木 勝秀　すずき・かつひで（1959～）
心臓の想い出（落合正幸）
　◇「世にも奇妙な物語―小説の特別編 再生」角川書店 2001（角川ホラー文庫）p229
雪山（落合正幸）
　◇「世にも奇妙な物語―小説の特別編」角川書店 2000（角川ホラー文庫）p5

鈴木 輝一郎　すずき・きいちろう（1960～）
会いたいけれど、会いたくない
　◇「孤狼の絆」角川春樹事務所 1999 p169
あとひとつ
　◇「斬刃―時代小説傑作選」コスミック出版 2005（コスミック・時代文庫）p385
あなたのためを思って
　◇「隣人の不安、目前の恐怖」双葉社 2016（双葉文庫）p271
一座存寄書
　◇「異色忠臣蔵大傑作集」講談社 1999 p221
裏切りの遁走曲
　◇「ザ・ベストミステリーズ―推理小説年鑑 1999」講談社 1999 p41
　◇「殺人買います」講談社 2002（講談社文庫）p307
首化粧
　◇「自選ショート・ミステリー」講談社 2001（講談社文庫）p306
元禄御犬奉行
　◇「黒衣のモニュメント」光文社 2000（光文社文庫）p131
御詫に候
　◇「白刃光る」新潮社 1997 p165
　◇「時代小説一読切御免 4」新潮社 2005（新潮文庫）p143
春来る便り
　◇「現代の小説 1999」徳間書店 1999 p249
魔剣 楽して出世する
　◇「士魂の光芒―時代小説最前線」新潮社 1997（新潮文庫）p133
めんどうみてあげるね
　◇「殺人前線北上中」講談社 1997（講談社文庫）

短篇集 4
　◇「短篇集 4」双葉社 2008（双葉文庫）p65
　◇「謎―スペシャル・ブレンド・ミステリー 005」講談社 2010（講談社文庫）p247

鈴木 清美　すずき・きよみ
まつりのあと
　◇「「伊豆文学賞」優秀作品集 第18回」羽衣出版 2015 p5

鈴木 金次郎　すずき・きんじろう
鼠小僧実記―絵本
　◇「鼠小僧次郎吉」国書刊行会 2012（義と仁叢書）p105

鈴木 啓蔵　すずき・けいぞう
大自然の中で育った人
　◇「山形県文学全集第2期（随筆・紀行編）6」郷土出版社 2005 p70

鈴木 謙一　すずき・けんいち（1971～）
LAST SCENE―ラストシーン（中村義洋）
　◇「年鑑代表シナリオ集 '02」シナリオ作家協会 2003 p235

鈴木 券太郎　すずき・けんたろう（1863～1939）
湘南秋信
　◇「新日本古典文学大系 明治編 12」岩波書店 2001 p43

鈴木 光司　すずき・こうじ（1957～）
空に浮かぶ棺
　◇「七つの怖い扉」新潮社 1998 p113
大山
　◇「短篇ベストコレクション―現代の小説 2001」徳間書店 2001（徳間文庫）p447
ナイトダイビング
　◇「ゆがんだ闇」角川書店 1998（角川ホラー文庫）p29
南氷洋
　◇「海の物語」角川書店 2001（New History）p93
熱帯夜
　◇「七つの死者の囁き」新潮社 2008（新潮文庫）p105
ハンター
　◇「午前零時」新潮社 2007 p7
　◇「午前零時―P.S.昨日の私へ」新潮社 2009（新潮文庫）p9
フォーカス・ポイント
　◇「短篇ベストコレクション―現代の小説 2009」徳間書店 2009（徳間文庫）p313
夢の島クルーズ
　◇「幻想ミッドナイト―日常を破壊する恐怖の断片」角川書店 1997（カドカワ・エンタテインメント）p269
　◇「怪談―24の恐怖」講談社 2004 p39

鈴木 鼓村　すずき・こそん（1875～1931）
怪談が生む怪談

◇「文豪怪談傑作選 特別編」筑摩書房 2008（ちくま文庫）p189
狸問答
◇「文豪怪談傑作選 特別編」筑摩書房 2007（ちくま文庫）p30
二面の箏
◇「文豪怪談傑作選 特別編」筑摩書房 2007（ちくま文庫）p12
雪の透く袖
◇「文豪怪談傑作選 特別編」筑摩書房 2007（ちくま文庫）p22

鈴木 五郎　すずき・ごろう
童子女(うない)松原
◇「甦る推理雑誌 8」光文社 2003（光文社文庫）p301

鈴木 才雄　すずき・さいゆう
句集 窓 第五集
◇「ハンセン病文学全集 9」皓星社 2010 p139

鈴木 さくら　すずき・さくら
42
◇「ショートショートの花束 1」講談社 2009（講談社文庫）p130

すずき さちこ
あいつ
◇「気配―第10回フェリシモ文学賞作品集」フェリシモ 2007 p155

鈴木 さちこ　すずき・さちこ
スープ
◇「冷と温―第13回フェリシモ文学賞作品集」フェリシモ 2010 p164

鈴木 智之　すずき・さとし
散乱する虹
◇「太宰治賞 2002」筑摩書房 2002 p119
パンドラの扉
◇「太宰治賞 2005」筑摩書房 2005 p307

鈴木 しづ子　すずき・しづこ（1919～？）
俳句
◇「コレクション戦争と文学 1」集英社 2012 p645

鈴木 淳介　すずき・じゅんすけ
見知らぬ人からの手紙
◇「泣ける！北海道」泰文堂 2015（リンダパブリッシャーズの本）p69

鈴木 泉三郎　すずき・せんざぶろう（1893～1924）
伊右衛門夫婦
◇「怪奇・伝奇時代小説選集 2」春陽堂書店 1999（春陽文庫）p2
生きている小平次
◇「怪奇・伝奇時代小説選集 2」春陽堂書店 1999（春陽文庫）p117
石川五右衛門
◇「捕物時代小説選集 5」春陽堂書店 2000（春陽文庫）p163

鈴木 孝博　すずき・たかひろ
進化したケータイ
◇「ショートショートの広場 20」講談社 2008（講談社文庫）p251

鈴木 敬盛　すずき・たかもり
情けが溶ける最強湧水都市・三島
◇「「伊豆文学賞」優秀作品集 第17回」羽衣出版 2014 p213

寿々木 多呂九平　すずき・たろくへい（1899～1960）
河童小僧
◇「怪奇・伝奇時代小説選集 10」春陽堂書店 2000（春陽文庫）p220

鈴木 強　すずき・つよし
永遠の決闘
◇「ショートショートの広場 9」講談社 1998（講談社文庫）p118
侵入ルート
◇「ショートショートの広場 16」講談社 2005（講談社文庫）p166
ダイエットの神様
◇「ショートショートの広場 11」講談社 2000（講談社文庫）p100
早すぎた春
◇「ショートショートの広場 10」講談社 2000（講談社文庫）p222
ヨッちゃんの将来
◇「ショートショートの広場 10」講談社 2000（講談社文庫）p24

鈴木 禎一　すずき・ていいち
闘いのうちそと(5)共闘について
◇「ハンセン病文学全集 5」皓星社 2010 p359

鈴木 棠三　すずき・とうぞう（1911～1992）
怪異を訪ねて
◇「文豪怪談傑作選 特別編」筑摩書房 2008（ちくま文庫）p244

鈴木 信太郎　すずき・のぶたろう（1895～1970）
鰻のパテ―『当世一百新話』(渡辺一夫／神沢栄三〔共訳〕)
◇「美食」国書刊行会 1998（書物の王国）p115

鈴木 紀子　すずき・のりこ
山になる
◇「回転ドアから」全作家協会 2015（全作家短編集）p57

鈴木 秀彦　すずき・ひでひこ
うばひろい山
◇「山形市児童劇団脚本集 3」山形市 2005 p226
宝探し探偵団

すすき

◇「山形市児童劇団脚本集 3」山形市 2005 p113

鈴木 秀郎　すずき・ひでろう
アルルの秋
◇「甦る推理雑誌 9」光文社 2003（光文社文庫）p339

鈴木 裕子　すずき・ひろこ（1949〜）
ふしぎな森
◇「小学校たのしい劇の本―英語劇付 低学年」国土社 2007 p122

鈴木 文也　すずき・ふみや
円
◇「てのひら怪談―ビーケーワン怪談大賞傑作選 辛卯」ポプラ社 2011（ポプラ文庫）p152
解き放たれたもの
◇「リトル・リトル・クトゥルー――史上最小の神話小説集」学習研究社 2009 p40
二文字
◇「てのひら怪談―ビーケーワン怪談大賞傑作選 壬辰」ポプラ社 2012（ポプラ文庫）p260

鈴木 三重吉　すずき・みえきち（1882〜1936）
たそがれ
◇「文豪怪談傑作選 大正篇」筑摩書房 2011（ちくま文庫）p9
千鳥
◇「奇妙な恋の物語」光文社 1998（光文社文庫）p263
月夜
◇「文豪怪談傑作選 大正篇」筑摩書房 2011（ちくま文庫）p13
やどなし犬
◇「涙の百年文学―もう一度読みたい」太陽出版 2009 p36

鈴木 実　すずき・みのる
〔きけわだつみのこえ〕鈴木実
◇「新装版 全集現代文学の発見 14」學藝書林 2005 p643

鈴木 みは　すずき・みは
みずいろの犬
◇「超短編の世界 vol.3」創英社 2011 p120

鈴木 美春　すずき・みはる
ある日の出来事
◇「「伊豆文学賞」優秀作品集 第14回」静岡新聞社 2011 p222

鈴木 生愛　すずき・みより
男だったら、泣いたり逃げたりするんじゃない≫恋人
◇「日本人の手紙 4」リブリオ出版 2004 p94

鈴木 睦子　すずき・むつこ
夜のおもいで
◇「気配―第10回フェリシモ文学賞作品集」フェリシモ 2007 p60

鈴木 六林男　すずき・むりお（1919〜2004）
俳句
◇「コレクション戦争と文学 12」集英社 2013 p229

鈴木 めい　すずき・めい
高天神の町
◇「「伊豆文学賞」優秀作品集 第14回」静岡新聞社 2011 p218

すずき もえこ
雪傘の日
◇「ゆきのまち幻想文学賞小品集 24」企画集団ぷりずむ 2015 p58

鈴木 夜行　すずき・やこう
紫陽花の呟き
◇「本格推理 10」光文社 1997（光文社文庫）p151

鈴木 靖彦　すずき・やすひこ
寂光
◇「ハンセン病文学全集 8」皓星社 2006 p386

鈴木 康之　すずき・やすゆき（1956〜）
怨と偶然の戯れ
◇「本格推理 11」光文社 1997（光文社文庫）p267

鈴木 雄一郎　すずき・ゆういちろう
女乞食
◇「ショートショートの広場 19」講談社 2007（講談社文庫）p41

鈴木 ゆき江　すずき・ゆきえ
百音の序曲
◇「「伊豆文学賞」優秀作品集 第6回」羽衣出版 2003 p47

鈴木 幸夫　すずき・ゆきお（1912〜1986）
小説・江戸川乱歩の館
◇「江戸川乱歩に愛をこめて」光文社 2011（光文社文庫）p321

鈴木 楽光　すずき・らっこう
冬の光
◇「ハンセン病文学全集 8」皓星社 2006 p358

鈴木 理華　すずき・りか
シンデレラ―クラッシュ・ブレイズ
◇「C・N 25―C・novels創刊25周年アンソロジー」中央公論新社 2007（C novels）p641
スペインイタリア珍道中
◇「C・N 25―C・novels創刊25周年アンソロジー」中央公論新社 2007（C novels）p505

薄田 泣菫　すすきだ・きゅうきん（1877〜1945）
黒猫
◇「猫愛」凱風社 2008（PD叢書）p143
◇「だから猫は猫そのものではない」凱風社 2015 p69
幽霊の芝居見
◇「文豪てのひら怪談」ポプラ社 2009（ポプラ文庫）p42

涼原 みなと　すずはら・みなと
エーラン覚書
◇「飛翔―C★NOVELS大賞作家アンソロジー」中央公論新社 2013（C・NOVELS Fantasia）p58

進 一男　すすむ・かずお（1926〜）
鶏鳴
◇「現代鹿児島小説大系 2」ジャプラン 2014 p244
週の初めの日に
◇「現代鹿児島小説大系 2」ジャプラン 2014 p206
玉乳女童（たまちめらぶ）
◇「現代鹿児島小説大系 2」ジャプラン 2014 p255

雀野 日名子　すずめの・ひなこ
きたぐに母子歌
◇「怪談列島ニッポン―書き下ろし諸国奇談競作集」メディアファクトリー 2009（MF文庫）p129
下魚
◇「物語のルミナリエ」光文社 2011（光文社文庫）p392
中古獣カラゴラン
◇「怪獣文藝―パートカラー」メディアファクトリー 2013（〔幽BOOKS〕）p203
母とクロチョロ
◇「怪しき我が家―一家の怪談競作集」メディアファクトリー 2011（MF文庫）p87
僕たちの焚書まつり
◇「本をめぐる物語―栞は夢をみる」KADOKAWA 2014（角川文庫）p141

涼本 壇児朗　すずもと・だんじろう
黄昏の落とし物
◇「本格推理 13」光文社 1998（光文社文庫）p153

須田 地央　すだ・ちお
リングのある風景
◇「さきがけ文学賞選集 1」秋田魁新報社 2013（さきがけ文庫）p89

須田 刀太郎　すだ・とうたろう（1929〜2014）
むかで横丁（宮原龍雄／山沢晴雄）
◇「絢爛たる殺人―本格推理マガジン 特集・知られざる探偵たち」光文社 2000（光文社文庫）p133

須月 研児　すづき・けんじ
叔父の上着
◇「ショートショートの広場 20」講談社 2008（講談社文庫）p198
夫の帰宅
◇「ショートショートの広場 15」講談社 2004（講談社文庫）p187
画廊にて
◇「ショートショートの広場 14」講談社 2003（講談社文庫）p97
吉報
◇「ショートショートの広場 16」講談社 2005（講談社文庫）p100
合格発表
◇「ショートショートの花束 2」講談社 2010（講談社文庫）p129
小部屋
◇「ショートショートの広場 12」講談社 2001（講談社文庫）p126
十三番目の客
◇「ショートショートの広場 10」講談社 2000（講談社文庫）p264
紹介
◇「ショートショートの広場 19」講談社 2007（講談社文庫）p15
水筒
◇「ショートショートの広場 12」講談社 2001（講談社文庫）p155
旅心
◇「ショートショートの広場 11」講談社 2000（講談社文庫）p137
駐車違反
◇「ショートショートの花束 1」講談社 2009（講談社文庫）p199
蝶
◇「ショートショートの広場 15」講談社 2004（講談社文庫）p38
ヒヨドリ
◇「ショートショートの広場 17」講談社 2005（講談社文庫）p81
ふし穴
◇「ショートショートの広場 11」講談社 2000（講談社文庫）p149
ふんどしの時間
◇「ショートショートの花束 3」講談社 2011（講談社文庫）p97
ベストセラー
◇「ショートショートの広場 20」講談社 2008（講談社文庫）p248
ペット禁止
◇「ショートショートの広場 20」講談社 2008（講談社文庫）p41
部屋
◇「ショートショートの広場 20」講談社 2008（講談社文庫）p184
マサル
◇「ショートショートの広場 11」講談社 2000（講談社文庫）p17
見栄っぱり
◇「ショートショートの広場 13」講談社 2002（講談社文庫）p115
命日
◇「ショートショートの広場 13」講談社 2002（講談社文庫）p13
問題なし
◇「ショートショートの広場 14」講談社 2003（講談社文庫）p202
役者魂
◇「ショートショートの広場 19」講談社 2007（講

すとう

　　談社文庫）p216
やめなさい
　◇「ショートショートの広場 15」講談社 2004（講
　　談社文庫）p118
老人問題
　◇「ショートショートの広場 17」講談社 2005（講
　　談社文庫）p182

須藤 朝菜　すどう・あさな
ハコブネ1995
　◇「中学生のドラマ 1」晩成書房 1995 p67

須藤 文音　すどう・あやね
再会
　◇「渚にて―あの日からの〈みちのく怪談〉」荒蝦夷
　　2016 p141
白い花弁
　◇「渚にて―あの日からの〈みちのく怪談〉」荒蝦夷
　　2016 p137
父とケサランパサラン
　◇「渚にて―あの日からの〈みちのく怪談〉」荒蝦夷
　　2016 p138
父の怪談
　◇「渚にて―あの日からの〈みちのく怪談〉」荒蝦夷
　　2016 p142
ゆく先
　◇「渚にて―あの日からの〈みちのく怪談〉」荒蝦夷
　　2016 p140

須藤 克三　すどう・かつぞう
幼い日の思い出
　◇「山形県文学全集第2期（随筆・紀行編）3」郷土出版
　　社 2005 p244

須藤 翔平　すどう・しょうへい
ぼくら・ともだち・三銃士
　◇「山形市児童劇団脚本集 3」山形市 2005 p284
桃太郎鬼退治！
　◇「山形市児童劇団脚本集 3」山形市 2005 p59
ゆめ・ユメ・夢物語
　◇「山形市児童劇団脚本集 3」山形市 2005 p170

須藤 美貴　すどう・みき
長い拝借
　◇「センチメンタル急行―あの日へ帰る、旅情短篇
　　集」泰文堂 2010（Linda books！）p74

須永 朝彦　すなが・あさひこ　(1947〜)
安倍晴明物語（浅井了意〔著〕）
　◇「陰陽師伝奇大全」白泉社 2001 p69
茨城智雄―石川鴻斎『夜窓鬼談』
　◇「美少年」国書刊行会 1997（書物の王国）p41
岩津々志（北村季吟〔著〕）
　◇「同性愛」国書刊行会 1999（書物の王国）p94
右京と采女―井原西鶴『男色大鑑』
　◇「同性愛」国書刊行会 1999（書物の王国）p120
雲根志より（木内石亭〔著〕）
　◇「鉱物」国書刊行会 1997（書物の王国）p101
影の病―只野真葛『奥州波奈志』
　◇「分身」国書刊行会 1999（書物の王国）p165
禍獣―『椿説弓張月』（曲亭馬琴〔著〕）
　◇「怪獣」国書刊行会 1998（書物の王国）p28
芸術家の肖像（葛原妙子〔著〕）
　◇「芸術家」国書刊行会 1998（書物の王国）p9
月光浴
　◇「月」国書刊行会 1999（書物の王国）p30
　◇「ショートショートの缶詰」キノブックス 2016
　　p85
小草履取―財津種莢『むかしむかし物語』
　◇「美少年」国書刊行会 1997（書物の王国）p59
紫女―井原西鶴『西鶴諸国ばなし』
　◇「吸血鬼」国書刊行会 1998（書物の王国）p165
就眠儀式―Einschlaf・Zauber
　◇「リテラリーゴシック・イン・ジャパン―文学的ゴ
　　シック作品選」筑摩書房 2014（ちくま文庫）
　　p211
新著聞集・往生篇（抄）（神谷養勇軒〔著〕）
　◇「奇跡」国書刊行会 2000（書物の王国）p48
新曼陀羅華綺譚
　◇「植物」国書刊行会 1998（書物の王国）p47
石中蟄竜の事―根岸鎮衛『耳袋』
　◇「鉱物」国書刊行会 1997（書物の王国）p71
千手と三河―橘成季『古今著聞集』
　◇「美少年」国書刊行会 1997（書物の王国）p201
続近世畸人伝（抄）（三熊花顛〔著〕）
　◇「芸術家」国書刊行会 1998（書物の王国）p139
当麻曼陀羅（橘成季〔著〕）
　◇「奇跡」国書刊行会 2000（書物の王国）p59
契
　◇「屍鬼の血族」桜桃書房 1999 p321
　◇「血と薔薇の誘う夜に―吸血鬼ホラー傑作選」角川
　　書店 2005（角川ホラー文庫）p15
智光曼陀羅―慶滋保胤『日本往生極楽記』
　◇「奇跡」国書刊行会 2000（書物の王国）p124
月の形見―室鳩巣『駿台雑話』
　◇「月」国書刊行会 1999（書物の王国）p194
天皇異聞―源顕兼『古事談』
　◇「王侯」国書刊行会 1998（書物の王国）p75
蜻蛉の美―衆道概観
　◇「同性愛」国書刊行会 1999（書物の王国）p117
人形奇filter―高古堂主人『新説百物語』
　◇「人形」国書刊行会 1997（書物の王国）p179
稗史・芝居の美少年
　◇「美少年」国書刊行会 1997（書物の王国）p214
廃寺の化物―萩田安静『宿直草』
　◇「妖怪」国書刊行会 1999（書物の王国）p100
馬琴略伝（山東京山〔著〕）
　◇「芸術家」国書刊行会 1998（書物の王国）p167
白鳥王の夢と真実―ルートヴィッヒ2世とオ

ペラ
◇「王侯」国書刊行会 1998（書物の王国）p190
美童長坂小輪―井原西鶴『男色大鑑』
◇「美少年」国書刊行会 1997（書物の王国）p119
平田本 稲生物怪録
◇「稲生モノノケ大全 陰之巻」毎日新聞社 2003 p72
藤の奇特―井原西鶴『西鶴諸国ばなし』
◇「植物」国書刊行会 1998（書物の王国）p60
ふたなりひらの系譜
◇「両性具有」国書刊行会 1998（書物の王国）p208
武道伝来記（抄）（井原西鶴〔著〕）
◇「復讐」国書刊行会 2000（書物の王国）p131
樅の木の下で―Unter der Tanne
◇「吸血鬼」国書刊行会 1998（書物の王国）p198
山姫（荻田安静〔著〕）
◇「文豪てのひら怪談」ポプラ社 2009（ポプラ文庫）p182
夢路の風車―井原西鶴『西鶴諸国ばなし』
◇「架空の町」国書刊行会 1997（書物の王国）p112

須永 淳　すなが・じゅん（1944～）
隠し水仙―中濱（ジョン）万次郎外伝
◇「全作家短編小説集 11」全作家協会 2012 p48
ジョン（中濱）万次郎外伝―出廷に及ばず
◇「回転ドアから」全作家協会 2015（全作家短編集）p236
ジョン（中濱）万次郎外伝―明治への紙縒
◇「扉の向こうへ」全作家協会 2014（全作家短編集）p377

砂川 しげひさ　すながわ・しげひさ（1941～）
赤毛連盟
◇「シャーロック・ホームズの災難―日本版」論創社 2007 p225

砂子 浩樹　すなご・ひろき
一億円を手に入れた男たち
◇「ショートショートの広場 9」講談社 1998（講談社文庫）p28

砂場　すなば
犬は棒などもう嫌いだ
◇「超短編の世界 vol.2」創英社 2009 p52
化石村
◇「超短編の世界 vol.2」創英社 2009 p100
仮面
◇「超短編の世界」創英社 2008 p102
死ではなかった
◇「超短編の世界 vol.3」創英社 2011 p54
手紙の恋人
◇「超短編の世界 vol.3」創英社 2011 p78
はずれの町
◇「超短編の世界 vol.3」創英社 2011 p157
夜、あける
◇「超短編の世界 vol.3」創英社 2011 p185

砂原 浩太朗　すなはら・こうたろう（1969～）
いのちがけ
◇「決戦！ 桶狭間」講談社 2016 p35

須並 一衛　すなみ・かずえ
海の石
◇「ハンセン病文学全集 9」皓星社 2010 p170
須並一衛集 天籟
◇「ハンセン病文学全集 9」皓星社 2010 p195

洲之内 徹　すのうち・とおる（1913～1987）
棗の木の下
◇「コレクション戦争と文学 11」集英社 2012 p551

洲浜 昌三　すはま・しょうぞう
また夏がきて
◇「高校演劇Selection 2001 下」晩成書房 2001 p103

隅 青鳥　すみ・せいちょう
隅青鳥歌集
◇「ハンセン病文学全集 8」皓星社 2006 p54

角 ひろみ　すみ・ひろみ
螢の光
◇「近松賞」第4回 受賞作品」尼崎市 2008 p1

住井 すゑ　すみい・すえ（1902～1997）
私も、あなたの死を、かんべしてあげるわ≫ 犬田卯
◇「日本人の手紙 9」リブリオ出版 2004 p135

墨谷 渉　すみたに・わたる（1972～）
ナイトウ代理
◇「文学 2010」講談社 2010 p145

すみや主人　すみやしゅじん
弓町の家
◇「文豪怪談傑作選 特別編」筑摩書房 2007（ちくま文庫）p214

菫 優志　すみれ・ゆうし
御御御付
◇「ショートショートの広場 13」講談社 2002（講談社文庫）p190

巣山 ひろみ　すやま・ひろみ
青い手
◇「ゆきのまち幻想文学賞小品集 20」企画集団ぷりずむ 2011 p138
一分間
◇「ゆきのまち幻想文学賞小品集 14」企画集団ぷりずむ 2005 p173
十五歳
◇「ゆきのまち幻想文学賞小品集 13」企画集団ぷりずむ 2004 p167
椿
◇「ゆきのまち幻想文学賞小品集 14」企画集団ぷりずむ 2005 p132
峠の酒蔵

すりよ

◇「ゆきのまち幻想文学賞小品集 19」企画集団ぷりずむ 2010 p119
πの音楽
◇「ゆきのまち幻想文学賞小品集 16」企画集団ぷりずむ 2007 p144
雪玉
◇「ゆきのまち幻想文学賞小品集 18」企画集団ぷりずむ 2009 p190
雪の翼
◇「ゆきのまち幻想文学賞小品集 20」企画集団ぷりずむ 2011 p15
椀の底
◇「ゆきのまち幻想文学賞小品集 21」企画集団ぷりずむ 2012 p66

睡蓮　スリョン
石なりとも
◇「近代朝鮮文学日本語作品集1908〜1945 セレクション 4」緑蔭書房 2008 p222
詩作のあとに
◇「近代朝鮮文学日本語作品集1908〜1945 セレクション 4」緑蔭書房 2008 p221
生の轉換
◇「近代朝鮮文学日本語作品集1908〜1945 セレクション 4」緑蔭書房 2008 p221

駿河山人　するがさんじん
窓七句集 山人・たけ子句集（赤城たけ子）
◇「ハンセン病文学全集 9」皓星社 2010 p140

駿河療養所岳南短歌会　するがりょうようじょがくなんたんかかい
苔龍胆 第一集
◇「ハンセン病文学全集 8」皓星社 2006 p141
苔龍胆 第二集
◇「ハンセン病文学全集 8」皓星社 2006 p155
苔龍胆 第三集
◇「ハンセン病文学全集 8」皓星社 2006 p187
苔龍胆 第四集
◇「ハンセン病文学全集 8」皓星社 2006 p250
苔龍胆 第五集
◇「ハンセン病文学全集 8」皓星社 2006 p293
苔龍胆 第六集
◇「ハンセン病文学全集 8」皓星社 2006 p350

駿河療養所北柳吟社　するがりょうようじょほくりゅうぎんしゃ
浮雲 第三集
◇「ハンセン病文学全集 9」皓星社 2010 p388

駿河療養所窓俳句会　するがりょうようじょまどはいくかい
窓 第二集
◇「ハンセン病文学全集 9」皓星社 2010 p105
窓俳句
◇「ハンセン病文学全集 9」皓星社 2010 p92

諏訪 ちゑ子　すわ・ちえこ
靭猿
◇「捕物時代小説選集 7」春陽堂書店 2000（春陽文庫）p51

諏訪 哲史　すわ・てつし（1969〜）
点点点丸転転丸
◇「本迷宮—本を巡る不思議な物語」日本図書設計家協会 2016 p81
尿意
◇「文学 2011」講談社 2011 p97
無声抄
◇「文学 2016」講談社 2016 p211

【せ】

清家 ゆかり　せいけ・ゆかり
みかりんとわたし
◇「たびだち—フェリシモしあわせショートショート」フェリシモ 2000 p117

省斎　せいさい
社會短篇 労燕双飛記
◇「日本統治期台湾文学集成 25」緑蔭書房 2007 p251

成字 終　せいじ・しゅう
犬
◇「ショートショートの花束 8」講談社 2016（講談社文庫）p168

井水 伶　せいすい・れい
師団坂・六〇
◇「はじめての小説（ミステリー）—内田康夫＆東京・北区が選んだ気鋭のミステリー」実業之日本社 2008 p147

星唐 幾子　せいとう・ちかこ
地球恐怖ツアー
◇「現代の小説 1998」徳間書店 1998 p183

聖バルナバ医院高原社同人　せいばるなばいいんこうげんしゃどうじん
高原歌集
◇「ハンセン病文学全集 8」皓星社 2006 p57

西方 まぁき　せいほう・まぁき
意志のない男
◇「ショートショートの花束 7」講談社 2015（講談社文庫）p153
医者の言葉
◇「ショートショートの花束 6」講談社 2014（講談社文庫）p68
しあわせ恐怖症
◇「ショートショートの花束 6」講談社 2014（講談社文庫）p147

無意識の罪
　◇「ショートショートの花束 7」講談社 2015（講談社文庫）p130

青来 有一　せいらい・ゆういち（1958〜）
釘
　◇「文学 2006」講談社 2006 p57
スズメバチの戦闘機
　◇「文学 2011」講談社 2011 p182
　◇「コレクション戦争と文学 5」集英社 2011 p304
鳥
　◇「テレビドラマ代表作選集 2010年版」日本脚本家連盟 2010 p213
　◇「コレクション戦争と文学 19」集英社 2011 p579

瀬尾 こると　せお・こると
ガリアの地を遠く離れて
　◇「新・本格推理 01」光文社 2001（光文社文庫）p265

瀬尾 つかさ　せお・つかさ
ウェイプスウィード
　◇「極光星群」東京創元社 2013（創元SF文庫）p293

瀬尾 まいこ　せお・まいこ（1974〜）
運命の湯
　◇「運命の人はどこですか？」祥伝社 2013（祥伝社文庫）p111
狐フェスティバル
　◇「Teen Age」双葉社 2004 p49
ゴーストライター
　◇「短篇ベストコレクション―現代の小説 2006」徳間書店 2006（徳間文庫）p265
眺めのいい場所
　◇「短篇ベストコレクション―現代の小説 2004」徳間書店 2004（徳間文庫）p353

瀬川 潮　せがわ・うしお
シュレディンガーの猫
　◇「超短編の世界 vol.3」創英社 2011 p104

瀬川 ことび　せがわ・ことび（1964〜）
心配しないで
　◇「鬼瑠璃草―恋愛ホラー・アンソロジー」祥伝社 2003（祥伝社文庫）p178
ラベンダー・サマー
　◇「悪夢制御装置―ホラー・アンソロジー」角川書店 2002（角川文庫）p109
　◇「青に捧げる悪夢」角川書店 2005 p245
　◇「青に捧げる悪夢」角川書店 2013（角川文庫）p429

瀬川 深　せがわ・しん（1974〜）
mit Tuba
　◇「太宰治賞 2007」筑摩書房 2007 p29

瀬川 隆文　せがわ・たかふみ
思い出さないで
　◇「ゆきのまち幻想文学賞小品集 16」企画集団ぷりずむ 2007 p43

想う故に…。
　◇「ゆきのまち幻想文学賞小品集 23」企画集団ぷりずむ 2014 p73
硝子の雪花
　◇「ゆきのまち幻想文学賞小品集 18」企画集団ぷりずむ 2009 p65
雪客
　◇「ゆきのまち幻想文学賞小品集 19」企画集団ぷりずむ 2010 p157
天国からの贈り物
　◇「ゆきのまち幻想文学賞小品集 22」企画集団ぷりずむ 2013 p176

勢川 びき　せがわ・びき
お天気ロボット
　◇「ショートショートの広場 18」講談社 2006（講談社文庫）p220
危険がいっぱい
　◇「ショートショートの広場 13」講談社 2002（講談社文庫）p254
最後の一日
　◇「ショートショートの広場 8」講談社 1997（講談社文庫）p95
スイッチ
　◇「ショートショートの広場 8」講談社 1997（講談社文庫）p172
父と娘の物語
　◇「ショートショートの広場 13」講談社 2002（講談社文庫）p88
どうぶつむらのぎんこう
　◇「ショートショートの広場 12」講談社 2001（講談社文庫）p78
脇道
　◇「ショートショートの広場 12」講談社 2001（講談社文庫）p172
轍
　◇「ショートショートの広場 13」講談社 2002（講談社文庫）p18

関 明　せき・あきら
トッケビのパンマンイ―韓国の昔話より
　◇「小学校・全員参加の楽しい学級劇・学年劇脚本集 中学年」黎明書房 2006 p190

関 天園　せき・てんえん
怨念
　◇「文豪怪談傑作選 特別編」筑摩書房 2007（ちくま文庫）p232

関 直恵　せき・なおえ
ちいさな夜
　◇「気配―第10回フェリシモ文学賞作品集」フェリシモ 2007 p42

関 宏江　せき・ひろえ
質量不変の法則
　◇「ショートショートの広場 19」講談社 2007（講談社文庫）p208

二人目
◇「ショートショートの広場 19」講談社 2007（講談社文庫）p184

関川 夏央　せきかわ・なつお（1949～）
長谷川辰之助の暇乞い
◇「輝きの一瞬―短くて心に残る30編」講談社 1999（講談社文庫）p231

関口 暁　せきぐち・あきら
スウィート・サイエンス
◇「科学ドラマ大賞 第1回受賞作品集」科学技術振興機構〔2010〕p103

月夜の晩に母と鯛を
◇「最後の一日 7月22日―さよならが胸に染みる物語」泰文堂 2012（リンダブックス）p198

嫁ぐ日まで
◇「母のなみだ―愛しき家族を想う短篇小説集」泰文堂 2012（Linda books！）p57

灯火の消えた暗闇の中で
◇「絶体絶命！」泰文堂 2011（Linda books！）p257

ばかばかしくて楽しくて
◇「うちへ帰ろう―家族を想うあなたに贈る短篇小説集」泰文堂 2013（リンダブックス）p107

バディーゲーム
◇「絶体絶命！」泰文堂 2011（Linda books！）p9

関口 尚　せきぐち・ひさし（1972～）
カウンター・テコンダー
◇「いつか、君へ Girls」集英社 2012（集英社文庫）p101

さよならの白
◇「Colors」ホーム社 2008 p187
◇「Colors」集英社 2009（集英社文庫）p205

晴天のきらきら星
◇「短篇ベストコレクション―現代の小説 2013」徳間書店 2013（徳間文庫）p191

図書室のにおい
◇「短篇ベストコレクション―現代の小説 2008」徳間書店 2008（徳間文庫）p243

マジック・アワー
◇「短篇ベストコレクション―現代の小説 2005」徳間書店 2005（徳間文庫）p269

関口 芙沙恵　せきぐち・ふさえ（1944～）
殺意の花
◇「白のミステリー―女性ミステリー作家傑作選」光文社 1997 p239
◇「女性ミステリー作家傑作選 2」光文社 1999（光文社文庫）p195

関口 光枝　せきぐち・みつえ
雪童子
◇「ゆきのまち幻想文学賞小品集 16」企画集団ぷりずむ 2007 p172

関口 涼子　せきぐち・りょうこ（1970～）
わたしを読んでください。

◇「ろうそくの炎がささやく言葉」勁草書房 2011 p24

石薫生　せきくんせい
⇒李石薫（イ・ソックン）を見よ

関田 達也　せきた・たつや
深刻な問題
◇「ショートショートの広場 17」講談社 2005（講談社文庫）p215

関戸 克己　せきど・かつみ（1962～2002）
小説・読書生活（抄）
◇「文豪てのひら怪談」ポプラ社 2009（ポプラ文庫）p74

関戸 康之　せきど・やすゆき
時の思い
◇「妖魔ヶ刻―時間怪談傑作選」徳間書店 2000（徳間文庫）p129

関根 弘　せきね・ひろし（1920～1994）
絵の宿題
◇「新装版 全集現代文学の発見 13」學藝書林 2004 p330

霧
◇「新装版 全集現代文学の発見 13」學藝書林 2004 p325

靴の歌
◇「新装版 全集現代文学の発見 13」學藝書林 2004 p332

沙漠の木
◇「新装版 全集現代文学の発見 13」學藝書林 2004 p324

実験
◇「新装版 全集現代文学の発見 13」學藝書林 2004 p327

水族館
◇「新装版 全集現代文学の発見 13」學藝書林 2004 p324

背中の目
◇「新装版 全集現代文学の発見 13」學藝書林 2004 p329

なんでも一番
◇「新装版 全集現代文学の発見 13」學藝書林 2004 p326

兵隊
◇「新装版 全集現代文学の発見 13」學藝書林 2004 p332

冒険
◇「新装版 全集現代文学の発見 13」學藝書林 2004 p326

夢の島
◇「新装版 全集現代文学の発見 13」學藝書林 2004 p328

関根 黙庵　せきね・もくあん（1863～1923）
枯尾花
◇「文豪怪談傑作選 特別編」筑摩書房 2007（ちくま

関野 譲治　せきの・じょうじ
　ようこそ、マシンへ
　　◇「扉の向こうへ」全作家協会 2014（全作家短編集）p84

関屋 俊哉　せきや・としや
　ストーカー
　　◇「ショートショートの広場 17」講談社 2005（講談社文庫）p88
　タイムマシン
　　◇「ショートショートの広場 15」講談社 2004（講談社文庫）p45
　メル友
　　◇「ショートショートの広場 17」講談社 2005（講談社文庫）p15

瀬下 耽　せじも・たん（1904～1989）
　海底
　　◇「竹中英太郎 1」皓星社 2016（挿絵叢書）p7
　柘榴病
　　◇「爬虫館事件―新青年傑作選」角川書店 1998（角川ホラー文庫）p135
　　◇「ひとりで夜読むな―新青年傑作選 怪奇編」角川書店 2001（角川ホラー文庫）p181
　　◇「江戸川乱歩と13人の新青年〈文学派〉編」光文社 2008（光文社文庫）p179
　やさしい風
　　◇「甦る「幻影城」 2」角川書店 1997（カドカワ・エンタテインメント）p33
　綱（ロープ）
　　◇「幻の探偵雑誌 10」光文社 2002（光文社文庫）p109

瀬田 一品　せた・いっぽん
　昔年の想い
　　◇「ショートショートの広場 15」講談社 2004（講談社文庫）p102

瀬田 万之助　せた・まんのすけ
　『きけわだつみのこえ』より
　　◇「読み聞かせる戦争」光文社 2015 p25

瀬田 玲　せだ・れい
　タイムマシン
　　◇「ショートショートの広場 17」講談社 2005（講談社文庫）p71

雪枕　せつちん
　退化
　　◇「ショートショートの花束 8」講談社 2016（講談社文庫）p242

瀬戸 英一　せと・えいいち（1892～1934）
　新四谷怪談
　　◇「怪奇・伝奇時代小説選集 13」春陽堂書店 2000（春陽文庫）p129

瀬戸内 寂聴　せとうち・じゃくちょう（1922～）
　石
　　◇「山形県文学全集第1期（小説編）6」郷土出版社 2004 p285
　夫を買った女
　　◇「文学 2014」講談社 2014 p94
　夫を買った女／恋文の値段
　　◇「現代小説クロニクル 2010～2014」講談社 2015（講談社文芸文庫）p314
　乙前
　　◇「美女峠に星が流れる―時代小説傑作選」講談社 1999（講談社文庫）p37
　祇園の男
　　◇「京都府文学全集第1期（小説編）5」郷土出版社 2005 p335
　虚鈴
　　◇「京都府文学全集第1期（小説編）5」郷土出版社 2005 p384
　恋文の値段
　　◇「文学 2014」講談社 2014 p97
　女子大生・曲愛玲
　　◇「コレクション戦争と文学 14」集英社 2012 p153
　多々羅川
　　◇「文学に描かれた戦争―徳島大空襲を中心に」徳島県文化振興財団徳島県立文学書道館 2015（ことのは文庫）p1
　妲妃のお百
　　◇「歴史小説の世紀 地の巻」新潮社 2000（新潮文庫）p217
　吊橋のある駅
　　◇「したたかな女たち」リブリオ出版 2001（ラブミーワールド）p5
　　◇「恋愛小説・名作集成 7」リブリオ出版 2004 p5
　手紙
　　◇「山形県文学全集第2期（随筆・紀行編）5」郷土出版社 2005 p186
　てっせん
　　◇「丸谷才一編・花柳小説傑作選」講談社 2013（講談社文芸文庫）p66
　夏の終り
　　◇「10ラブ・ストーリーズ」朝日新聞出版 2011（朝日文庫）p369
　ふたりとひとり
　　◇「戦後短篇小説再発見 3」講談社 2001（講談社文芸文庫）p114
　約束
　　◇「文学 2009」講談社 2009 p15
　やまもも
　　◇「くだものだもの」ランダムハウス講談社 2007 p103
　霊柩車
　　◇「日本文学100年の名作 5」新潮社 2015（新潮文庫）p511

瀬戸内 晴美　せとうち・はるみ
　⇒瀬戸内寂聴（せとうち・じゃくちょう）を見よ

瀬戸口 寅雄　せとぐち・とらお（1906～1987）
間父子
　◇「定本・忠臣蔵四十七人集」双葉社 1998 p167
舞台に飛ぶ兇刃
　◇「捕物時代小説選集 7」春陽堂書店 2000（春陽文庫）p74

瀬那 和章　せな・かずあき（1983～）
雨上がりに傘を差すように
　◇「ザ・ベストミステリーズ―推理小説年鑑 2015」講談社 2015 p145

瀬名 秀明　せな・ひであき（1968～）
不死の市（イモータルフェア）
　◇「SF JACK」角川書店 2013 p231
眼球の蚊
　◇「恐怖症」光文社 2002（光文社文庫）p241
擬眼
　◇「SF宝石―ぜーんぶ！　新作読み切り」光文社 2013 p7
希望―父は悪魔に身を重ね、科学の力で世界を変えた–希望を継ぐ者はどこへ？
　◇「NOVA―書き下ろし日本SFコレクション 3」河出書房新社 2010（河出文庫）p345
きみに読む物語
　◇「日本SF短篇50 5」早川書房 2013（ハヤカワ文庫JA）p475
新生
　◇「拡張幻想」東京創元社 2012（創元SF文庫）p81
黄昏柱時計
　◇「自選ショート・ミステリー 2」講談社 2001（講談社文庫）p76
光の栞
　◇「Fの肖像―フランケンシュタインの幻想たち」光文社 2010（光文社文庫）p535
　◇「結晶銀河―年刊日本SF傑作選」東京創元社 2011（創元SF文庫）p195
ミシェル―天才ミシェル・ジェラン、立ったまま死んでいるのが発見された–小松左京『虚無回廊』から生まれた新たなる物語
　◇「NOVA―書き下ろし日本SFコレクション 10」河出書房新社 2013（河出文庫）p473
メンツェルのチェスプレイヤー
　◇「21世紀本格―書下ろしアンソロジー」光文社 2001（カッパ・ノベルス）p205
　◇「日本SF・名作集成 7」リブリオ出版 2005 p59
AIR
　◇「物語のルミナリエ」光文社 2011（光文社文庫）p103
For a breath I tarry
　◇「量子回廊―年刊日本SF傑作選」東京創元社 2010（創元SF文庫）p467
　◇「逆想コンチェルト―イラスト先行・競作小説アンソロジー 奏の2」徳間書店 2010 p54
Gene
　◇「ゆがんだ闇」角川書店 1998（角川ホラー文庫）p247
SOW狂想曲
　◇「SFバカ本 電撃ボンバー篇」メディアファクトリー 2002 p183
　◇「笑劇―SFバカ本カタストロフィ集」小学館 2007（小学館文庫）p7
Wonderful World
　◇「極光星群」東京創元社 2013（創元SF文庫）p369

妹尾 アキ夫　せのお・あきお（1892～1962）
オースチンを襲う
　◇「悪魔黙示録「新青年」一九三八―探偵小説暗黒の時代へ」光文社 2011（光文社文庫）p70
恋人を食う
　◇「怪奇探偵小説集 1」角川春樹事務所 1998（ハルキ文庫）p97
　◇「恐怖ミステリーBEST15―こんな幻の傑作が読みたかった！」シーエイチシー 2006 p37
凍るアラベスク
　◇「幻の探偵雑誌 10」光文社 2002（光文社文庫）p135
夜曲（ノクターン）
　◇「竹中英太郎 1」皓星社 2016（挿絵叢書）p93
本牧のヴィナス
　◇「爬虫館事件―新青年傑作選」角川書店 1998（角川ホラー文庫）p279
　◇「ひとりで夜読むな―新青年傑作選 怪奇編」角川書店 2001（角川ホラー文庫）p257
　◇「江戸川乱歩と13人の新青年〈文学派〉編」光文社 2008（光文社文庫）p311
リラの香のする手紙
　◇「シャーロック・ホームズに再び愛をこめて」光文社 2010（光文社文庫）p281

妹尾 津多子　せのお・つたこ
明日の行方は、猫まかせ
　◇「かわさきの文学―かわさき文学賞50年記念作品集 2009年」審美社 2009 p41

妹尾 ゆふ子　せのお・ゆうこ（1966～）
グリム幻視『白鳥』
　◇「ファンタスティック・ヘンジ」変タジー同好会 2012 p47
夢見る神の都
　◇「秘神界 現代編」東京創元社 2002（創元推理文庫）p497

芹沢 光治良　せりざわ・こうじろう（1897～1993）
人間の運命（抄）
　◇「山形県文学全集第1期〈小説編〉3」郷土出版社 2004 p76

世禮 國男　せれい・くにお（1897～1950）
首里城
　◇「沖縄文学選―日本文学のエッジからの問い」勉誠出版 2003 p67

千街 晶之　せんがい・あきゆき（1970～）
本邦ミステリドラマ界の紳士淑女録

◇「ベスト本格ミステリ 2014」講談社 2014（講談社ノベルス）p379
論理の悪夢を視る者たち〈日本篇〉
◇「本格ミステリ 2003」講談社 2003（講談社ノベルス）p403
◇「論理学園事件帳―本格短編ベスト・セレクション」講談社 2007（講談社文庫）p543

仙川 環　せんかわ・たまき（1968〜）
ドナー
◇「短篇ベストコレクション―現代の小説 2011」徳間書店 2011（徳間文庫）p467

全生園多磨盲人会俳句部　ぜんしょうえんたまもうじんかいはいくぶ
合同句集 心開眼
◇「ハンセン病文学全集 9」皓星社 2010 p172

全生病院武蔵野短歌会　ぜんしょうびょういんむさしのたんかかい
東雲のまぶた
◇「ハンセン病文学全集 8」皓星社 2006 p11
曼珠沙華
◇「ハンセン病文学全集 8」皓星社 2006 p40

千田 佳代　せんだ・かよ（1930〜）
ねこじゃらし
◇「姥ヶ辻―小説集」作品社 2003 p62
剥製の鳥
◇「姥ヶ辻―小説集」作品社 2003 p89

千田 光　せんだ・ひかる
海
◇「超短編アンソロジー」筑摩書房 2002（ちくま文庫）p116

仙堂 ルリコ　せんどう・るりこ
靴
◇「てのひら怪談―ビーケーワン怪談大賞傑作選 壬辰」ポプラ社 2012（ポプラ文庫）p50

仙洞田 一彦　せんどうだ・かずひこ（1945〜）
電話は鳴らない
◇「現代短編小説選―2005〜2009」日本民主主義文学会 2010 p232

千鳥 環　せんどり・たまき
仕出しの徳さん
◇「ゆきのまち幻想文学賞小品集 18」企画集団ぷりずむ 2009 p162
雪の大文字
◇「ゆきのまち幻想文学賞小品集 16」企画集団ぷりずむ 2007 p140

仙波 龍英　せんば・りゅうえい（1952〜2000）
百物語
◇「闇夜に怪を語れば―百物語ホラー傑作選」角川書店 2005（角川ホラー文庫）p179

せんべい猫　せんべいねこ
アンブッシュ
◇「恐怖箱 遺伝記」竹書房 2008（竹書房文庫）p161
面影は寂しげに微笑む
◇「怪集 蠱毒―創作怪談発掘大会傑作選」竹書房 2009（竹書房文庫）p126
クロスローダーの轍
◇「怪集 蠱毒―創作怪談発掘大会傑作選」竹書房 2009（竹書房文庫）p52
大好きだよ。
◇「恐怖箱 遺伝記」竹書房 2008（竹書房文庫）p71

【 そ 】

徐 寅植　ソ・インシク
文學と純粹性―兪鎭午対金東の論争（1）〜（5）
◇「近代朝鮮文学日本語作品集1939〜1945 評論・随筆篇 1」緑蔭書房 2002 p87

徐 起鴻　ソ・キホン
アザビの記録
◇「近代朝鮮文学日本語作品集1901〜1938 創作篇 5」緑蔭書房 2004 p239

徐 廷肇　ソ・ジョンジョ
掌篇 梨の花
◇「近代朝鮮文学日本語作品集1939〜1945 評論・随筆篇 3」緑蔭書房 2002 p361

徐 德出　ソ・ドクチュル
春便り
◇「近代朝鮮文学日本語作品集1939〜1945 創作篇 6」緑蔭書房 2001 p413

徐 恒錫　ソ・ハンソク
感謝と誓願
◇「近代朝鮮文学日本語作品集1939〜1945 評論・随筆篇 1」緑蔭書房 2002 p385
最近朝鮮の演劇界
◇「近代朝鮮文学日本語作品集1901〜1938 評論・随筆篇 2」緑蔭書房 2004 p59
朝鮮の劇界と新劇運動①②
◇「近代朝鮮文学日本語作品集1901〜1938 評論・随筆篇 2」緑蔭書房 2004 p416
半島の新劇界を展望する
◇「近代朝鮮文学日本語作品集1939〜1945 評論・随筆篇 1」緑蔭書房 2002 p187

荘 慶記　そう・けいき
連作小説 四等寝台（国分寺實／麓信仰／丘十府）
◇「日本統治期台湾文学集成 21」緑蔭書房 2007 p21

草子　そうこ
スノーグローブ
◇「ゆきのまち幻想文学賞小品集 19」企画集団ぷりずむ 2010 p127
月あかりの庭で子犬のワルツを

そうさ

- ◇「ゆきのまち幻想文学賞小品集 21」企画集団ぷりずむ 2012 p53

そうざ

恩人達
- ◇「超短編傑作選 v.6」創英社 2007 p57

超自傷行為
- ◇「忘れがたい者たち―ライトノベル・ジュブナイル選集」創英社 2007 p107

唯一のもう一つ
- ◇「超短編傑作選 v.6」創英社 2007 p37

痩々亭 骨皮道人　そうそうてい・こっぴどうじん（1861〜1913）

曖昧待合
- ◇「新日本古典文学大系 明治編 29」岩波書店 2005 p239

演説者
- ◇「新日本古典文学大系 明治編 29」岩波書店 2005 p220

奥様
- ◇「新日本古典文学大系 明治編 29」岩波書店 2005 p229

貸坐敷
- ◇「新日本古典文学大系 明治編 29」岩波書店 2005 p223

官権家
- ◇「新日本古典文学大系 明治編 29」岩波書店 2005 p230

官途の論客
- ◇「新日本古典文学大系 明治編 29」岩波書店 2005 p236

妓夫
- ◇「新日本古典文学大系 明治編 29」岩波書店 2005 p225

窮士族
- ◇「新日本古典文学大系 明治編 29」岩波書店 2005 p221

芸者
- ◇「新日本古典文学大系 明治編 29」岩波書店 2005 p227

戯作者
- ◇「新日本古典文学大系 明治編 29」岩波書店 2005 p254

講釈師 落語家
- ◇「新日本古典文学大系 明治編 29」岩波書店 2005 p249

国学者
- ◇「新日本古典文学大系 明治編 29」岩波書店 2005 p248

権妻
- ◇「新日本古典文学大系 明治編 29」岩波書店 2005 p228

差配人
- ◇「新日本古典文学大系 明治編 29」岩波書店 2005 p238

三百代言
- ◇「新日本古典文学大系 明治編 29」岩波書店 2005 p233

自序〔浮世写真 百人百色〕
- ◇「新日本古典文学大系 明治編 29」岩波書店 2005 p211

写真師
- ◇「新日本古典文学大系 明治編 29」岩波書店 2005 p247

出版屋 貸本屋
- ◇「新日本古典文学大系 明治編 29」岩波書店 2005 p253

小学教員
- ◇「新日本古典文学大系 明治編 29」岩波書店 2005 p252

娼妓
- ◇「新日本古典文学大系 明治編 29」岩波書店 2005 p224

緒言〔浮世写真 百人百色〕
- ◇「新日本古典文学大系 明治編 29」岩波書店 2005 p214

新聞記者
- ◇「新日本古典文学大系 明治編 29」岩波書店 2005 p216

新聞の探訪者(たねとり)
- ◇「新日本古典文学大系 明治編 29」岩波書店 2005 p217

新聞の配達人
- ◇「新日本古典文学大系 明治編 29」岩波書店 2005 p219

人力車夫
- ◇「新日本古典文学大系 明治編 29」岩波書店 2005 p234

鍋焼温飩
- ◇「新日本古典文学大系 明治編 29」岩波書店 2005 p237

贋の耶蘇信徒
- ◇「新日本古典文学大系 明治編 29」岩波書店 2005 p240

浮世写真 百人百色（抄）
- ◇「新日本古典文学大系 明治編 29」岩波書店 2005 p209

書肆(ほんや)
- ◇「新日本古典文学大系 明治編 29」岩波書店 2005 p243

民権家
- ◇「新日本古典文学大系 明治編 29」岩波書店 2005 p232

木板師 活版屋
- ◇「新日本古典文学大系 明治編 29」岩波書店 2005 p244

遊芸師匠
- ◇「新日本古典文学大系 明治編 29」岩波書店 2005 p242

洋学者

◇「新日本古典文学大系 明治編 29」岩波書店 2005 p246

楊弓店
◇「新日本古典文学大系 明治編 29」岩波書店 2005 p249

洋服裁縫教授所
◇「新日本古典文学大系 明治編 29」岩波書店 2005 p248

洋癖家
◇「新日本古典文学大系 明治編 29」岩波書店 2005 p255

割烹店(れうりてん)
◇「新日本古典文学大系 明治編 29」岩波書店 2005 p241

左右田 謙　そうだ・けん（1922～）
人蛾物語
◇「妖異百物語 1」出版芸術社 1997（ふしぎ文学館）p199

隣りの夫婦
◇「自選ショート・ミステリー」講談社 2001（講談社文庫）p328

草野 唯雄　そうの・ただお（1917～2008）
架空索道殺人事件
◇「あなたが名探偵」講談社 1998（講談社文庫）p209

皮を剥ぐ
◇「もっと厭な物語」文藝春秋 2014（文春文庫）p111

相馬 雨彦　そうま・あめひこ
地球模型
◇「ショートショートの広場 19」講談社 2007（講談社文庫）p26

相馬 純　そうま・じゅん
記憶屋
◇「ショートショートの広場 18」講談社 2006（講談社文庫）p180

宗谷 真爾　そうや・しんじ（1925～1991）
陰陽師
◇「陰陽師伝奇大全」白泉社 2001 p291
◇「安倍晴明陰陽師伝奇文学集成」勉誠出版 2001 p73

素雲生　そうんせい
⇒金素雲（キム・ソウン）を見よ

添田 健一　そえだ・けんいち（1972～）
磯女
◇「てのひら怪談―ビーケーワン怪談大賞傑作選 庚寅」ポプラ社 2010（ポプラ文庫）p74

食卓の光景
◇「てのひら怪談―ビーケーワン怪談大賞傑作選 2」ポプラ社 2007 p58
◇「てのひら怪談―ビーケーワン怪談大賞傑作選 己丑」ポプラ社 2009（ポプラ文庫）p46

夜間訓練
◇「てのひら怪談―ビーケーワン怪談大賞傑作選 壬辰」ポプラ社 2012（ポプラ文庫）p120

添田 みわこ　そえだ・みわこ
こけし館
◇「むすぶ―第11回フェリシモ文学賞作品集」フェリシモ 2008 p129

曾我 明　そが・あきら
颱風圏
◇「探偵小説の風景―トラフィック・コレクション 上」光文社 2009（光文社文庫）p73

曾我 仁　そが・じん
再会
◇「ショートショートの広場 8」講談社 1997（講談社文庫）p170

曾我 ひとみ　そが・ひとみ（1959～）
幸せの日を早く私にかえして。拉致被害者の訴え
◇「日本人の手紙 10」リブリオ出版 2004 p231

曾我部 マコト　そがべ・まこと
パヴァーヌ
◇「高校演劇Selection 2004 上」晩成書房 2004 p119

ホット・チョコレート
◇「高校演劇Selection 2001 上」晩成書房 2001 p7

則 武史　そく・たけし
十三回忌
◇「ショートショートの広場 12」講談社 2001（講談社文庫）p37

石 東岩　ソク・トンアム
『羽の生えた靴』を観て
◇「近代朝鮮文学日本語作品集1901～1938 評論・随筆篇 3」緑蔭書房 2004 p311

十河 慶子　そごう・けいこ
注文の多い料理店
◇「小学校たのしい劇の本―英語劇付 中学年」国土社 2007 p22

ぼうけん隊だ、ニャン！
◇「小学生のげき―新小学校演劇脚本集 中学年 1」晩成書房 2011 p147

祖田 浩一　そだ・こういち（1935～2005）
逃亡
◇「代表作時代小説 平成9年度」光風社出版 1997 p417
◇「春宵濡れ髪しぐれ―時代小説傑作選」講談社 2003（講談社文庫）p413

外薗 博志　そとぞの・ひろし
逆夢
◇「ショートショートの広場 13」講談社 2002（講談社文庫）p230

曽根 圭介　そね・けいすけ（1967～）

解決屋
- ◇「宝石ザミステリー 2014冬」光文社 2014 p155

義憤
- ◇「ザ・ベストミステリーズ―推理小説年鑑 2011」講談社 2011 p139
- ◇「Shadow闇に潜む真実」講談社 2014（講談社文庫）p153

衝突―国際移民プロジェクトは各地で進行中だが、貧乏くじを引くのはいつも私だ
- ◇「NOVA―書き下ろし日本SFコレクション 2」河出書房新社 2010（河出文庫）p163

腸詰小僧
- ◇「宝石ザミステリー 2」光文社 2012 p417

天誅
- ◇「現場に臨め」光文社 2010（Kappa novels）p257
- ◇「現場に臨め」光文社 2014（光文社文庫）p359

熱帯夜
- ◇「ザ・ベストミステリーズ―推理小説年鑑 2009」講談社 2009 p9
- ◇「Bluff騙し合いの夜」講談社 2012（講談社文庫）p45

妄執
- ◇「ザ・ベストミステリーズ―推理小説年鑑 2013」講談社 2013 p149
- ◇「Esprit機知と企みの競演」講談社 2016（講談社文庫）p245

留守番
- ◇「宝石ザミステリー Red」光文社 2016 p33

老友
- ◇「ザ・ベストミステリーズ―推理小説年鑑 2010」講談社 2010 p215
- ◇「BORDER善と悪の境界」講談社 2013（講談社文庫）p209

曾根 友香　そね・ゆうか

旅先にて―仏像
- ◇「ショートショートの広場 8」講談社 1997（講談社文庫）p43

曽野 綾子　その・あやこ（1931～）

青葉の宿
- ◇「恋愛小説・名作集成 10」リブリオ出版 2004 p204

佳人薄命
- ◇「誘惑―女流ミステリー傑作選」徳間書店 1999（徳間文庫）p163

競売
- ◇「ペン先の殺意―文芸ミステリー傑作選」光文社 2005（光文社文庫）p250

青春の宿
- ◇「愛と癒し」リブリオ出版 2001（ラブミーワールド）p204

只見川
- ◇「戦後短篇小説再発見 13」講談社 2003（講談社文芸文庫）p124

長い暗い冬
- ◇「異形の白昼―恐怖小説集」筑摩書房 2013（ちくま文庫）p211
- ◇「古書ミステリー倶楽部―傑作推理小説集 3」光文社 2015（光文社文庫）p117

園 子温　その・しおん（1961～）

孤独な怪獣
- ◇「怪獣文藝の逆襲」KADOKAWA 2015（〔幽BOOKS〕）p209

園井 敬一郎　そのい・けいいちろう（1921～1995）

句集 日向ぼっこ
- ◇「ハンセン病文学全集 9」皓星社 2010 p462

園生 義人　そのお・よしと

潮田又之丞
- ◇「定本・忠臣蔵四十七人集」双葉社 1998 p176

霧隠仁左衛門 春盗記
- ◇「捕物時代小説選集 1」春陽堂書店 1999（春陽文庫）p50

馬喰とんび
- ◇「怪奇・伝奇時代小説選集 4」春陽堂書店 2000（春陽文庫）p97

園田 修一郎　そのだ・しゅういちろう

ありえざる村の奇跡
- ◇「新・本格推理 04」光文社 2004（光文社文庫）p443

X以前の悲劇―「異邦の騎士」を読んだ男
- ◇「新・本格推理 06」光文社 2006（光文社文庫）p87

作者よ欺かるるなかれ
- ◇「新・本格推理 03」光文社 2003（光文社文庫）p157

シュレーディンガーの雪密室
- ◇「新・本格推理 8」光文社 2008（光文社文庫）p523

東京不思議day
- ◇「新・本格推理 01」光文社 2001（光文社文庫）p403

ドルリー・レーンからのメール
- ◇「本格推理 14」光文社 1999（光文社文庫）p149

7番目の椅子 だから誰もいなくなった
- ◇「新・本格推理 特別編」光文社 2009（光文社文庫）p489

ホワットダニットパズル
- ◇「新・本格推理 7」光文社 2007（光文社文庫）p495

水島のりかの冒険
- ◇「新・本格推理 05」光文社 2005（光文社文庫）p25

園田 信男　そのだ・のぶお

蟬
- ◇「現代鹿児島小説大系 3」ジャプラン 2014 p232

特攻花

◇「現代鹿児島小説大系 3」ジャプラン 2014 p249

園田 洋一郎　そのだ・よういちろう
「平成二十八年熊本地震」に思う
◇「平成28年熊本地震作品集」くまもと文学・歴史館友の会 2016 p46

蘇部 健一　そぶ・けんいち（1961〜）
硝子の向こうの恋人―三年前に死んだ"運命の人"を救うのは、ぼくだ。―王道タイムトラベル・ロマンス
◇「NOVA―書き下ろし日本SFコレクション 6」河出書房新社 2011（河出文庫）p87

杣 ちひろ　そま・ちひろ
ヘラクレイトスの水
◇「太宰治賞 2009」筑摩書房 2009 p259

空 そら
友からの写真
◇「全作家短編小説集 6」全作家協会 2007 p165

空虹 桜　そらにじ・さくら
オン・ザ・ロック
◇「超短編の世界 vol.3」創英社 2011 p42
これでもか
◇「超短編の世界 vol.3」創英社 2011 p18
頭蓋骨を捜せ
◇「超短編の世界 vol.2」創英社 2009 p80
美術室にて
◇「超短編の世界」創英社 2008 p62
ペパーミント症候群
◇「超短編の世界 vol.3」創英社 2011 p38
ボーイスタイル・ガールポップ
◇「超短編の世界 vol.3」創英社 2011 p45
ももの花
◇「超短編の世界 vol.3」創英社 2011 p90

空守 由希子　そらもり・ゆきこ
遅れた死神
◇「てのひら怪談―ビーケーワン怪談大賞傑作選 庚寅」ポプラ社 2010（ポプラ文庫）p138

孫 克敏　ソン・クックミン（1909〜1937）
漢詩
◇「近代朝鮮文学日本語作品集1908〜1945 セレクション 6」緑蔭書房 2008 p33
言忘
◇「近代朝鮮文学日本語作品集1908〜1945 セレクション 6」緑蔭書房 2008 p33
七夕小雨有感
◇「近代朝鮮文学日本語作品集1908〜1945 セレクション 6」緑蔭書房 2008 p33
冬夜客舎有感
◇「近代朝鮮文学日本語作品集1908〜1945 セレクション 6」緑蔭書房 2008 p34

宋 今璇　ソン・クムソン
内地の知識階級に訴へる
◇「近代朝鮮文学日本語作品集1939〜1945 評論・随筆篇 3」緑蔭書房 2002 p103

宋 全璇　ソン・ジョンソン
お日様とお月様（上）（下）
◇「近代朝鮮文学日本語作品集1901〜1938 評論・随筆篇 3」緑蔭書房 2004 p351

孫 晋泰　ソン・ジンテ
古型を固執する時は退歩す 上下
◇「近代朝鮮文学日本語作品集1908〜1945 セレクション 5」緑蔭書房 2008 p195
朝鮮の古歌と朝鮮人
◇「近代朝鮮文学日本語作品集1908〜1945 セレクション 5」緑蔭書房 2008 p49
朝鮮の子守唄と婦謠
◇「近代朝鮮文学日本語作品集1908〜1945 セレクション 5」緑蔭書房 2008 p77
朝鮮の童謠
◇「近代朝鮮文学日本語作品集1908〜1945 セレクション 5」緑蔭書房 2008 p67
天下大將軍の話（1）（2）
◇「近代朝鮮文学日本語作品集1901〜1938 評論・随筆篇 1」緑蔭書房 2004 p372

宋 錫夏　ソン・ソッカ
新協劇團"春香傳"の公演に寄せる（1）（3）（兪鎭午／李基也／鄭寅燮）
◇「近代朝鮮文学日本語作品集1901〜1938 評論・随筆篇 3」緑蔭書房 2004 p51
朝鮮の人形芝居
◇「近代朝鮮文学日本語作品集1901〜1938 評論・随筆篇 1」緑蔭書房 2004 p155
朝鮮の舞踊
◇「近代朝鮮文学日本語作品集1901〜1938 評論・随筆篇 1」緑蔭書房 2004 p421
民衆の情緒と年中行事①〜②
◇「近代朝鮮文学日本語作品集1901〜1938 評論・随筆篇 1」緑蔭書房 2004 p361

成 春慶　ソン・チュンギョン
世さらに
◇「近代朝鮮文学日本語作品集1908〜1945 セレクション 4」緑蔭書房 2008 p140

孫 東村　ソン・ドンチョン
草堂（チヨダン）（佳作）
◇「近代朝鮮文学日本語作品集1901〜1938 創作篇 5」緑蔭書房 2004 p217

宋 惠任　ソン・ヘイム
巫女踊り
◇「近代朝鮮文学日本語作品集1901〜1938 評論・随筆篇 3」緑蔭書房 2004 p22

成 允植　ソン・ユンシク
オモニの壺

朝鮮人部落
　◇「〈在日〉文学全集 15」勉誠出版 2006 p331

【　た　】

田井　吟二楼　　たい・ぎんじろう
　一病息災
　　◇「ハンセン病文学全集 8」皓星社 2006 p228
　泣虫小僧
　　◇「ハンセン病文学全集 4」皓星社 2003 p431

醍醐　亮　　だいご・とおる
　赤富士の浜
　　◇「「伊豆文学賞」優秀作品集　第18回」羽衣出版 2015 p131

大黒天　半太　　だいこくてん・はんた
　嘘八百
　　◇「リトル・リトル・クトゥルー——史上最小の神話小説集」学習研究社 2009 p154
　マジカル・ショッピング
　　◇「リトル・リトル・クトゥルー——史上最小の神話小説集」学習研究社 2009 p180
　約束の書
　　◇「リトル・リトル・クトゥルー——史上最小の神話小説集」学習研究社 2009 p104

大慈　宗一郎　　だいじ・そういちろう（1910〜1992）
　猪狩殺人事件　四
　　◇「幻の探偵雑誌 3」光文社 2000（光文社文庫）p66

橙　貴生　　だいだい・きみ
　深夜呼吸
　　◇「太宰治賞 2014」筑摩書房 2014 p253
　月がゆがんでる
　　◇「太宰治賞 2007」筑摩書房 2007 p177
　続いてゆく、揺れながらも
　　◇「ゆれる——第12回フェリシモ文学賞作品集」フェリシモ 2009 p48

大道　珠貴　　だいどう・たまき（1966〜）
　いも・たこ・なんきん
　　◇「文学 2004」講談社 2004 p215
　気が向いたらおいでね
　　◇「本からはじまる物語」メディアパル 2007 p123
　最初でも最期でもなく
　　◇「本当のうそ」講談社 2007 p55
　裸
　　◇「文学 2001」講談社 2001 p109
　ゆうれいトンネル
　　◇「私らしくあの場所へ」講談社 2009（講談社文庫）p21

大道寺　浩一　　だいどうじ・こういち（1897〜1964）
　ふるさとの馬に
　　◇「山形県文学全集第1期（小説編）1」郷土出版社 2004 p273

大貧民　　だいひんみん
　A型上司
　　◇「ショートショートの花束 4」講談社 2012（講談社文庫）p129
　治療法
　　◇「ショートショートの花束 4」講談社 2012（講談社文庫）p60

タイム　涼介　　たいむ・りょうすけ（1976〜）
　夢の中で宙返りをする方法
　　◇「辞書、のような物語。」大修館書店 2013 p127

大門　剛明　　だいもん・たけあき（1974〜）
　言うな地蔵
　　◇「ザ・ベストミステリーズ——推理小説年鑑 2012」講談社 2012 p103
　　◇「Question謎解きの最高峰」講談社 2015（講談社文庫）p177
　カミソリ狐
　　◇「驚愕遊園地」光文社 2013（最新ベスト・ミステリー）p163
　　◇「驚愕遊園地」光文社 2016（光文社文庫）p259
　この雨が上がる頃
　　◇「ザ・ベストミステリーズ——推理小説年鑑 2010」講談社 2010 p237
　　◇「Logic真相への回廊」講談社 2013（講談社文庫）p409

平　安寿子　　たいら・あすこ（1953〜）
　えれくとり子
　　◇「めぐり逢い——恋愛小説アンソロジー」角川春樹事務所 2005（ハルキ文庫）p63
　タイフーン・メーカー
　　◇「短篇ベストコレクション——現代の小説 2005」徳間書店 2005（徳間文庫）p77
　ロマンスの梯子
　　◇「結婚貧乏」幻冬舎 2003 p5

平良　一洋　　たいら・かずひろ
　句集 盲導線
　　◇「ハンセン病文学全集 9」皓星社 2010 p136

平　金魚　　たいら・きんぎょ（1958〜）
　祈り
　　◇「てのひら怪談——ビーケーワン怪談大賞傑作選 庚寅」ポプラ社 2010（ポプラ文庫）p22
　落ちてゆく
　　◇「てのひら怪談——ビーケーワン怪談大賞傑作選」ポプラ社 2007 p114
　　◇「てのひら怪談——ビーケーワン怪談大賞傑作選」ポプラ社 2008（ポプラ文庫）p118

お兄ちゃんの夜
  ◇「てのひら怪談―ビーケーワン怪談大賞傑作選 庚寅」ポプラ社 2010（ポプラ文庫）p124
魚屋にて
  ◇「リトル・リトル・クトゥルー――史上最小の神話小説集」学習研究社 2009 p174
謝罪の理由
  ◇「てのひら怪談―ビーケーワン怪談大賞傑作選 百怪繚乱篇」ポプラ社 2008 p182
  ◇「てのひら怪談―ビーケーワン怪談大賞傑作選 己丑」ポプラ社 2009（ポプラ文庫）p126
チヤの遺品
  ◇「てのひら怪談―ビーケーワン怪談大賞傑作選 辛卯」ポプラ社 2011（ポプラ文庫）p10
裸の男
  ◇「てのひら怪談―ビーケーワン怪談大賞傑作選 壬辰」ポプラ社 2012（ポプラ文庫）p168
八百年
  ◇「てのひら怪談―ビーケーワン怪談大賞傑作選 庚寅」ポプラ社 2010（ポプラ文庫）p40
ひどいところ
  ◇「てのひら怪談―ビーケーワン怪談大賞傑作選」ポプラ社 2007 p38
  ◇「てのひら怪談―ビーケーワン怪談大賞傑作選」ポプラ社 2008（ポプラ文庫）p36
日々のつみかさね
  ◇「てのひら怪談―ビーケーワン怪談大賞傑作選」ポプラ社 2007 p120
  ◇「てのひら怪談―ビーケーワン怪談大賞傑作選」ポプラ社 2008（ポプラ文庫）p124

平 聡　たいら・さとし
  心療内科
    ◇「ショートショートの花束 2」講談社 2010（講談社文庫）p77

平 繁樹　たいら・しげき
  数
    ◇「ショートショートの広場 11」講談社 2000（講談社文庫）p85
  熱闘大一番
    ◇「ショートショートの広場 12」講談社 2001（講談社文庫）p65
  秘策
    ◇「ショートショートの広場 20」講談社 2008（講談社文庫）p38

平 平之信　たいら・へいのしん
  生まれ変わったら
    ◇「てのひら怪談―ビーケーワン怪談大賞傑作選 2」ポプラ社 2007 p82
  グレムリン
    ◇「てのひら怪談―ビーケーワン怪談大賞傑作選 百怪繚乱篇」ポプラ社 2008 p224
    ◇「てのひら怪談―ビーケーワン怪談大賞傑作選 己丑」ポプラ社 2009（ポプラ文庫）p86

平 宗子　たいら・むねこ
  あの日に帰りたい
    ◇「ショートショートの広場 8」講談社 1997（講談社文庫）p137
  再会
    ◇「ショートショートの広場 9」講談社 1998（講談社文庫）p126

平久 祥恵　たいらく・さちえ
  戦争を知らない子どもたち
    ◇「中学生のドラマ 3」晩成書房 1996 p97

台湾教育会社会教育部　たいわんきょういくかいしゃかいきょういくぶ
  青年劇 大地は育む
    ◇「日本統治期台湾文学集成 10」緑蔭書房 2003 p89
  青年劇 微笑む青空
    ◇「日本統治期台湾文学集成 10」緑蔭書房 2003 p145

台湾総督府　たいわんそうとくふ
  サヨンの鐘
    ◇「日本統治期台湾文学集成 28」緑蔭書房 2007 p617

台湾総督府情報部　たいわんそうとくふじょうほうぶ
  手軽に出来る青少年劇脚本集 第一輯
    ◇「日本統治期台湾文学集成 11」緑蔭書房 2003 p67
  はしがき〔手軽に出来る青少年劇脚本集 第一輯〕
    ◇「日本統治期台湾文学集成 11」緑蔭書房 2003 p69

台湾総督府文教局社会課　だいわんそうとくふぶんきょうきょくしゃかいか
  簡単な青年劇の演出法
    ◇「日本統治期台湾文学集成 11」緑蔭書房 2003 p5
  序〔簡単な青年劇の演出法〕
    ◇「日本統治期台湾文学集成 11」緑蔭書房 2003 p9
  序に代へて〔手軽に出来る青少年劇脚本集 第一輯〕
    ◇「日本統治期台湾文学集成 11」緑蔭書房 2003 p74

ダ・ヴィンチ・恐山　だ・うぃんち・おそれざん
  『アポロ13』借りてきたよ
    ◇「宇宙小説」講談社 2012（講談社文庫）p190

田内 志文　たうち・しもん（1974〜）
  レネの村の辞書
    ◇「辞書、のような物語。」大修館書店 2013 p17
  ローエングリンのビニール傘
    ◇「ろうそくの炎がささやく言葉」勁草書房 2011 p104

田岡 典夫　たおか・のりお（1908〜1982）
  薊野の狸
    ◇「彩四季・江戸慕情」光文社 2012（光文社文庫）p135

お仁王さまとシバテン
◇「七人の龍馬―傑作時代小説」PHP研究所 2010（PHP文庫）p43
白萩の宿
◇「武士道切絵図―新鷹会・傑作時代小説選」光文社 2010（光文社文庫）p131
鳴海の象
◇「しのぶ雨江戸恋慕―新鷹会・傑作時代小説選」光文社 2016（光文社文庫）p217
箱根の山椒魚
◇「夕まぐれ江戸小景」光文社 2015（光文社文庫）p241
弥勒ものがたり
◇「雪月花・江戸景色」光文社 2013（光文社文庫）p243

田岡 嶺雲　たおか・れいうん（1870～1912）
ああ一葉女史逝けるか、悲しいかな≫樋口一葉
◇「日本人の手紙 9」リブリオ出版 2004 p35

高井 鷗　たかい・おう
この世の果て
◇「優秀新人戯曲集 2002」ブロンズ新社 2001 p53

高井 忍　たかい・しのぶ（1975～）
新陰流 "水月"
◇「ベスト本格ミステリ 2016」講談社 2016（講談社ノベルス）p53
新陰流 "月影"
◇「ザ・ベストミステリーズ―推理小説年鑑 2012」講談社 2012 p123
◇「Question謎解きの最高峰」講談社 2015（講談社文庫）p111
聖剣パズル
◇「ベスト本格ミステリ 2011」講談社 2011（講談社ノベルス）p199
◇「からくり伝言少女―本格短編ベスト・セレクション」講談社 2015（講談社文庫）p279
漂流巌流島
◇「砂漠を走る船の道―ミステリーズ！ 新人賞受賞作品集」東京創元社 2016（創元推理文庫）p9

高井 信　たかい・しん（1957～）
女か虎か
◇「物語のルミナリエ」光文社 2011（光文社文庫）p384
神々のビリヤード
◇「アステロイド・ツリーの彼方へ」東京創元社 2016（創元SF文庫）p235
恍惚エスパー
◇「SFバカ本 たわし篇プラス」廣済堂出版 1998（廣済堂文庫）p143
誤用だ！ 御用だ！
◇「喜劇綺461想」光文社 2009（光文社文庫）p205
さかさま
◇「ひとにぎりの異形」光文社 2007（光文社文庫）p311

シミリ現象
◇「ショートショートの缶詰」キノブックス 2016 p117
超人の代償
◇「SFバカ本 宇宙チャーハン篇」メディアファクトリー 2000 p243
狙われた相続人
◇「許されし偽り―ソード・ワールド短編集」富士見書房 2001（富士見ファンタジア文庫）p95
不思議な能力
◇「自選ショート・ミステリー 2」講談社 2001（講談社文庫）p235
楽園の泉
◇「死者は弁明せず―ソード・ワールド短編集」富士見書房 1997（富士見ファンタジア文庫）p155

高井 俊宏　たかい・としひろ
パパ、出ちょうが多いから悲しいよ≫パパ
◇「日本人の手紙 1」リブリオ出版 2004 p101

高井 有一　たかい・ゆういち（1932～2016）
海の幸
◇「家族の絆」光文社 1997（光文社文庫）p241
北の河
◇「私小説の生き方」アーツ・アンド・クラフツ 2009 p266
欅の家
◇「コレクション戦争と文学 15」集英社 2012 p500
木蔭の寝床
◇「文学 2001」講談社 2001 p37
櫻月
◇「文学 2005」講談社 2005 p244
仙石原
◇「私小説名作選 下」講談社 2012（講談社文芸文庫）p204
掌の記憶
◇「戦後短篇小説再発見 5」講談社 2001（講談社文芸文庫）p185
東京西郊
◇「街物語」朝日新聞社 2000 p305
半日の放浪
◇「日本文学100年の名作 8」新潮社 2015（新潮文庫）p93
鱈の踊り
◇「文学 2008」講談社 2008 p61

高家 あさひ　たかいえ・あさひ
消え残るものたち
◇「てのひら怪談 癸巳」KADOKAWA 2013（MF文庫ダ・ヴィンチ）p150
ご信心のおん方さまは
◇「てのひら怪談―ビーケーワン怪談大賞傑作選 壬辰」ポプラ社 2012（ポプラ文庫）p142

高石 恭子　たかいし・きょうこ（1960～）
生きのびるための死

◇「12人のカウンセラーが語る12の物語」ミネルヴァ書房 2010 p1

高市 俊次　たかいち・しゅんじ（1948〜）

藍色の馬
　◇「鍔鳴り疾風剣」光風社出版 2000（光風社文庫）p275

高尾 源三郎　たかお・げんざぶろう

法月賞
　◇「競作五十円玉二十枚の謎」東京創元社 2000（創元推理文庫）p141

高尾 漂一　たかお・ひょういち

秘密の穴
　◇「ショートショートの広場 19」講談社 2007（講談社文庫）p192

高岡 修　たかおか・おさむ（1948〜）

円心の蠅
　◇「現代鹿児島小説大系 1」ジャプラン 2014 p282
泥梨（ないり）
　◇「現代鹿児島小説大系 1」ジャプラン 2014 p294

高岡 啓次郎　たかおか・けいじろう

恥じらう月
　◇「立川文学 5」けやき出版 2015 p183

高木 彬光　たかぎ・あきみつ（1920〜1995）

悪魔の護符
　◇「甦る推理雑誌 3」光文社 2002（光文社文庫）p91
飲醤志願
　◇「おもかげ行燈」光風社出版 1998（光風社文庫）p337
観音江戸を救う
　◇「魔剣くずし秘聞」光風社出版 1998（光風社文庫）p383
吸血魔
　◇「少年探偵王―本格推理マガジン 特集・ぼくらの推理冒険物語」光文社 2002（光文社文庫）p192
クレタ島の花嫁―贋作ヴァン・ダイン
　◇「密室殺人大百科 上」原書房 2000 p489
月世界の女
　◇「君らの魂を悪魔に売りつけよ―新青年傑作選」角川書店 2000（角川文庫）p91
十本の指
　◇「黒門町伝七捕物帳―時代小説競作選」光文社 2015（光文社文庫）p67
邪教の神
　◇「クトゥルー怪異録―邪神ホラー傑作集」学習研究社 2000（学研M文庫）p69
小説 江戸川乱歩
　◇「乱歩の幻影」筑摩書房 1999（ちくま文庫）p7
性痴
　◇「THE名探偵―ミステリーアンソロジー」有楽出版社 2014（JOY NOVELS）p73
中篇 アセトン・シアン・ヒドリン
　◇「甦る推理雑誌」光文社 2003（光文社文庫）p336
罪なき罪人
　◇「名探偵の憂鬱」青樹社 2000（青樹社文庫）p177
毒婦の皮
　◇「夢がたり大川端」光風社出版 1998（光風社文庫）p271
廃屋
　◇「京都綺談」有楽出版社 2015 p147
初雪
　◇「甦る推理雑誌 4」光文社 2003（光文社文庫）p31
火の雨ぞ降る
　◇「たそがれゆく未来」筑摩書房 2016（ちくま文庫）p7
百万両呪縛
　◇「七人の十兵衛―傑作時代小説」PHP研究所 2007（PHP文庫）p215
ミイラ志願
　◇「みちのく怪談名作選 vol.1」荒蝦夷 2010（叢書東北の声）p269
雪おんな
　◇「雪女のキス」光文社 2000（カッパ・ノベルス）p107
妖婦の宿
　◇「『このミス』が選ぶ！ オールタイム・ベスト短編ミステリー 赤」宝島社 2015（宝島社文庫）p83
ロンドン塔の判官
　◇「塔の物語」角川書店 2000（角川ホラー文庫）p205

高城 晃　たかぎ・あきら

立体映写機
　◇「ショートショートの広場 14」講談社 2003（講談社文庫）p87

高木 恭造　たかぎ・きょうぞう（1903〜1987）

晩年
　◇「〈外地〉の日本語文学選 2」新宿書房 1996 p281

高樹 のぶ子　たかぎ・のぶこ（1946〜）

鰻
　◇「うなぎ―人情小説集」筑摩書房 2016（ちくま文庫）p211
運命
　◇「空を飛ぶ恋―ケータイがつなぐ28の物語」新潮社 2006（新潮文庫）p100
崖
　◇「文学 2015」講談社 2015 p156
風の白刃
　◇「愛の交錯」リブリオ出版 2001（ラブミーワールド）p48
恋愛小説・名作集成 9」リブリオ出版 2004 p48
茸
　◇「きのこ文学名作選」港の人 2010 p261
午後のメロン
　◇「エクスタシィ―大人の恋の物語り」ベストセラー

ズ 2003 p7

子猫
◇「短篇ベストコレクション―現代の小説 2005」徳間書店 2005（徳間文庫）p233

水脈（抄）
◇「干刈あがた・高樹のぶ子・林真理子・高村薫」角川書店 1997（女性作家シリーズ）p175

ゼーグロッテの白馬
◇「短篇ベストコレクション―現代の小説 2006」徳間書店 2006（徳間文庫）p139

月日貝
◇「現代の小説 1998」徳間書店 1998 p133

出会った少女
◇「少女物語」朝日新聞社 1998 p175

トマト雑感
◇「くだものだもの」ランダムハウス講談社 2007 p61

トモスイ
◇「日本文学100年の名作 10」新潮社 2015（新潮文庫）p429

ドン・ジョバンニ
◇「こんなにも恋はせつない―恋愛小説アンソロジー」光文社 2004（光文社文庫）p161

何も起きなかった
◇「あなたに、大切な香りの記憶はありますか？―短編小説集」文藝春秋 2008 p199
◇「あなたに、大切な香りの記憶はありますか？」文藝春秋 2011（文春文庫）p207

パラパラザザーー
◇「奇妙な恋の物語」光文社 1998（光文社文庫）p151

光抱く友よ
◇「干刈あがた・高樹のぶ子・林真理子・高村薫」角川書店 1997（女性作家シリーズ）p107

浮揚
◇「戦後短篇小説再発見 3」講談社 2001（講談社文芸文庫）p230

ポンペイアンレッド
◇「文学 2016」講談社 2016 p238

緑かがやく日に
◇「別れの手紙」角川書店 1997（角川文庫）p33

夕陽と珊瑚
◇「Invitation」文藝春秋 2010 p151
◇「甘い罠―8つの短篇小説集」文藝春秋 2012（文春文庫）p147

夜神楽
◇「現代の小説 1997」徳間書店 1997 p379

鷹城 宏　たかき・ひろし（1965～）
作者を探す十二人の登場人物―ミステリのアンダーグラウンド3 『木製の王子』論
◇「本格ミステリ 2001」講談社 2001（講談社ノベルス）p7
◇「紅い悪夢の夏―本格短編ベスト・セレクション」講談社 2004（講談社文庫）p437

中国の箱の謎
◇「本格ミステリ 2002」講談社 2002（講談社ノベルス）p665
◇「天使と髑髏の密室―本格短編ベスト・セレクション」講談社 2005（講談社文庫）p479

高桑 義生　たかくわ・ぎせい（1894～1981）
ひょっとこ絵師
◇「捕物時代小説選集 8」春陽堂書店 2000（春陽文庫）p255

高崎 春月　たかさき・しゅんげつ
曇る鏡
◇「文豪怪談傑作選 特別編」筑摩書房 2007（ちくま文庫）p109

声がした
◇「文豪怪談傑作選 特別編」筑摩書房 2007（ちくま文庫）p107

天凹老爺
◇「文豪怪談傑作選 特別編」筑摩書房 2007（ちくま文庫）p111

高崎 節子　たかさき・せつこ
夢がたり
◇「読み聞かせる戦争」光文社 2015 p235

高崎 正秀　たかさき・まさひで（1901～1982）
雪女の話
◇「妖怪」国書刊行会 1999（書物の王国）p260

高崎 峯　たかさき・みね
世界中の『長い人』に贈る
◇「ショートショートの広場 11」講談社 2000（講談社文庫）p174

高階 杞一　たかしな・きいち（1951～）
夏は夜
◇「超短編アンソロジー」筑摩書房 2002（ちくま文庫）p78

高柴 三聞　たかしば・さんもん
雨の日の邂逅
◇「てのひら怪談―ビーケーワン怪談大賞傑作選 壬辰」ポプラ社 2012（ポプラ文庫）p202

高嶋 邦幸　たかしま・くにゆき
ワタリ
◇「成城・学校劇脚本集」成城学園初等学校出版部 2002（成城学園初等学校研究双書）p230

高嶋 哲夫　たかしま・てつお
帰国
◇「北日本文学賞入賞作品集 2」北日本新聞社 2002 p117

連鎖
◇「悪夢の行方―「読楽」ミステリーアンソロジー」徳間書店 2016（徳間文庫）p157

高島 哲裕　たかしま・てつひろ
ビルの谷間のチョコレート
◇「本格推理 10」光文社 1997（光文社文庫）p185

高島 雄哉　たかしま・ゆうや（1977〜）
　わたしを数える
　　◇「折り紙衛星の伝説」東京創元社 2015（創元SF文庫）p367

鷹将 純一郎　たかしょう・じゅんいちろう
　窮鼠の悲しみ
　　◇「新・本格推理 02」光文社 2002（光文社文庫）p407
　金木犀の香り
　　◇「新・本格推理 04」光文社 2004（光文社文庫）p513
　モーニング・グローリィを君に
　　◇「新・本格推理 05」光文社 2005（光文社文庫）p497

鷹匠 りく　たかしょう・りく
　贈り物
　　◇「てのひら怪談 葵巳」KADOKAWA 2013（MF文庫ダ・ヴィンチ）p156

高須 治助　たかす・じすけ（1859〜1909）
　露国奇聞 花心蝶思録（かしんちょうしろく）（プーシキン）
　　◇「新日本古典文学大系 明治編 15」岩波書店 2002 p291

タカスギ シンタロ
　幸運の確率
　　◇「超短編の世界 vol.3」創英社 2011 p126
　氷の女
　　◇「超短編の世界 vol.3」創英社 2011 p65
　最後の誕生日
　　◇「超短編の世界」創英社 2008 p40
　辞書をたべる
　　◇「超短編の世界 vol.3」創英社 2011 p100
　商談
　　◇「超短編の世界 vol.2」創英社 2009 p56
　そこにいる
　　◇「超短編の世界 vol.2」創英社 2009 p106
　ツノ
　　◇「超短編の世界 vol.2」創英社 2009 p57
　人間ピラミッド
　　◇「超短編の世界 vol.2」創英社 2009 p75
　歯
　　◇「超短編の世界 vol.3」創英社 2011 p41
　花の種
　　◇「超短編の世界 vol.3」創英社 2011 p95
　鼻の欄
　　◇「超短編の世界」創英社 2008 p41
　一つの月
　　◇「物語のルミナリエ」光文社 2011（光文社文庫）p301
　ヘビの埋葬
　　◇「超短編の世界 vol.3」創英社 2011 p118
　物語の物語
　　◇「超短編の世界 vol.3」創英社 2011 p132

高杉 美智子　たかすぎ・みちこ
　紫陽花
　　◇「ハンセン病文学全集 4」皓星社 2003 p465
　おきあがりこぼし
　　◇「ハンセン病文学全集 4」皓星社 2003 p462
　だるま
　　◇「ハンセン病文学全集 4」皓星社 2003 p457
　杖の探検
　　◇「ハンセン病文学全集 4」皓星社 2003 p459
　安らぎを得て
　　◇「ハンセン病文学全集 4」皓星社 2003 p463

高瀬 真次　たかせ・しんじ
　The Monkey and Crabs〜あるサルとカニのものがたり（英語の入った劇）〜
　　◇「小学校たのしい劇の本—英語劇付 高学年」国土社 2007 p182

高瀬 美恵　たかせ・みえ（1966〜）
　右大臣の船
　　◇「幽霊船」光文社 2001（光文社文庫）p33
　エステバカ一代
　　◇「SFバカ本 ペンギン篇」廣済堂出版 1999（廣済堂文庫）p7
　　◇「笑止—SFバカ本シュール集」小学館 2007（小学館文庫）p51
　オペラ座の人魚
　　◇「人魚の血—珠玉アンソロジー オリジナル&スタンダード」光文社 2001（カッパ・ノベルス）p103
　恋のシークレット・コード
　　◇「チューリップ革命—ネオ・スイート・ドリーム・ロマンス」イースト・プレス 2000 p5
　獅子宮—ネメアの猫
　　◇「十二宮12幻想」エニックス 2000 p115
　ベルサイユでポン！
　　◇「SFバカ本 人類復活篇」メディアファクトリー 2001 p171
　繭の妹
　　◇「おぞけ—ホラー・アンソロジー」祥伝社 1999（祥伝社文庫）p219
　夢の果実
　　◇「チャイルド」廣済堂出版 1998（廣済堂文庫）p461
　ゆりあ
　　◇「邪香草—恋愛ホラー・アンソロジー」祥伝社 2003（祥伝社文庫）p47
　籠女—鳥の祝ぎ歌
　　◇「妖かしの宴—わらべ唄の呪い」PHP研究所 1999（PHP文庫）p249
　われはなまはげ
　　◇「SFバカ本 宇宙チャーハン篇」メディアファクトリー 2000 p317

髙田 郁 たかだ・かおる（1959〜）
漆喰くい
◇「きずな―時代小説親子情話」角川春樹事務所 2011（ハルキ文庫）p103

高田 義一郎 たかだ・ぎいちろう（1886〜1945）
人間の卵
◇「懐かしい未来―甦る明治・大正・昭和の未来小説」中央公論新社 2001 p187

高田 崇史 たかだ・たかふみ（1958〜）
バカスヴィル家の犬
◇「0番目の事件簿」講談社 2012 p131
初心（はずかしいこと）忘るべからず
◇「0番目の事件簿」講談社 2012 p142

高田 保 たかだ・たもつ（1895〜1952）
宣伝
◇「アンソロジー・プロレタリア文学 3」森話社 2015 p194

高田 延彦 たかだ・のぶひこ（1962〜）
飲みに行っていいよ。ただし噛みつき禁止＞ 向井亜紀
◇「日本人の手紙 6」リブリオ出版 2004 p159

高田 英明 たかだ・ひであき
水の鼓動を訪ねて―『伊豆の踊子』へのアプローチ
◇「伊豆文学賞」優秀作品集 第3回」静岡新聞社 2000 p171

高田 昌彦 たかだ・まさひこ
嗅覚
◇「ショートショートの花束 6」講談社 2014（講談社文庫）p151
悩みの治療薬
◇「ショートショートの花束 8」講談社 2016（講談社文庫）p35
忘れた記憶
◇「ショートショートの花束 6」講談社 2014（講談社文庫）p156

高館 作夫 たかだて・さくお
ある日突然に
◇「全作家短編小説集 11」全作家協会 2012 p19
川柳をつくって
◇「全作家短編集 15」のべる出版企画 2016 p279
老人のつぶやき（一）
◇「扉の向こうへ」全作家協会 2014（全作家短編集）p297
老人のつぶやき（二）
◇「回転ドアから」全作家協会 2015（全作家短編集）p405

高千穂 遙 たかちほ・はるか（1951〜）
そして誰もしなくなった
◇「日本SF全集 3」出版芸術社 2013 p125

高取 裕 たかとり・ゆう
善人橋の川獺
◇「松江怪談―新作怪談 松江物語」今井印刷 2015 p86

高梨 久 たかなし・ひさし
洒落た罠
◇「罠の怪」勉誠出版 2002（べんせいライブラリー）p147

小鳥遊 ふみ たかなし・ふみ
ある大統領の伝記
◇「ショートショートの花束 4」講談社 2012（講談社文庫）p51
凶刀
◇「ショートショートの花束 3」講談社 2011（講談社文庫）p144
くさり
◇「ショートショートの花束 3」講談社 2011（講談社文庫）p35
人形
◇「ショートショートの花束 5」講談社 2013（講談社文庫）p83
夢判断
◇「ショートショートの花束 3」講談社 2011（講談社文庫）p11

小鳥遊 ミル たかなし・みる
動物霊園の少女
◇「てのひら怪談 癸巳」KADOKAWA 2013（MF文庫ダ・ヴィンチ）p72

高野 明子 たかの・あきこ（1920〜？）
川柳句集 心眼
◇「ハンセン病文学全集 9」皓星社 2010 p466

鷹野 晶 たかの・あきら
雪の博物館
◇「ゆきのまち幻想文学賞小品集 25」企画集団ぷりずむ 2015 p146

高野 悦子 たかの・えつこ（1949〜1969）
旅に出よう ポケットには一箱の煙草と笛をもち
◇「日本人の手紙 8」リブリオ出版 2004 p184

高野 和明 たかの・かずあき（1964〜）
ゼロ
◇「午前零時」新潮社 2007 p103
◇「午前零時―P.S.昨日の私へ」新潮社 2009（新潮文庫）p121
二つの銃口
◇「乱歩賞作家 赤の謎」講談社 2004 p315
六時間後に君は死ぬ
◇「ザ・ベストミステリーズ―推理小説年鑑 2002」講談社 2002 p189
◇「零時の犯罪予報」講談社 2005（講談社文庫）p5

高野 澄　たかの・きよし（1938〜）
　天誅に散る慶喜の懐刀―原市之進
　　◇「幕末テロリスト列伝」講談社 2004（講談社文庫）p237
　松山主水
　　◇「人物日本剣豪伝 3」学陽書房 2001（人物文庫）p263

高野 辰之　たかの・たつゆき（1876〜1947）
　朧月夜
　　◇「月のものがたり」ソフトバンククリエイティブ 2006 p81

高野 紀子　たかの・のりこ
　だれよりも
　　◇「ゆきのまち幻想文学賞小品集 9」企画集団ぷりずむ 2000 p55
　ふたり
　　◇「ゆきのまち幻想文学賞小品集 10」企画集団ぷりずむ 2001 p13

高野 史緒　たかの・ふみお（1966〜）
　悪魔的暗示（Наваждение）
　　◇「デッド・オア・アライヴ―江戸川乱歩賞作家アンソロジー」講談社 2013 p123
　　◇「デッド・オア・アライヴ」講談社 2014（講談社文庫）p133
　イスタンブール―ノット・コンスタンティノープル
　　◇「魔地図」光文社 2005（光文社文庫）p77
　ヴェネツィアの恋人
　　◇「アート偏愛」光文社 2005（光文社文庫）p13
　　◇「日本SF短篇 50 5」早川書房 2013（ハヤカワ文庫 JA）p107
　空忘の鉢
　　◇「アジアン怪綺」光文社 2003（光文社文庫）p499
　小ねずみと童貞と復活した女
　　◇「NOVA+―書き下ろし日本SFコレクション 2」河出書房新社 2015（河出文庫）p69
　　◇「アステロイド・ツリーの彼方へ」東京創元社 2016（創元SF文庫）p31
　錠前屋
　　◇「ロボットの夜」光文社 2000（光文社文庫）p375
　　◇「ザ・ベストミステリーズ―推理小説年鑑 2001」講談社 2001 p535
　　◇「殺人作法」講談社 2004（講談社文庫）p315
　スズダリの鐘つき男
　　◇「マスカレード」光文社 2002（光文社文庫）p529
　パリアッチョ
　　◇「世紀末サーカス」廣済堂出版 2000（廣済堂文庫）p285
　ひな菊
　　◇「短篇ベストコレクション―現代の小説 2010」徳間書店 2010（徳間文庫）p229
　　◇「量子回廊―年刊日本SF傑作選」東京創元社 2010（創元SF文庫）p47
　百万本の薔薇

　　◇「極光星群」東京創元社 2013（創元SF文庫）p161
　ペテルブルクの昼 レニングラードの夜
　　◇「幻想探偵」光文社 2009（光文社文庫）p393
　ミューズ
　　◇「夏のグランドホテル」光文社 2003（光文社文庫）p91
　私のように美しい…
　　◇「キネマ・キネマ」光文社 2002（光文社文庫）p599

高野 哉洋　たかの・やひろ
　レモンティー
　　◇「現代短編小説選―2005〜2009」日本民主主義文学会 2010 p154

高野 裕美子　たかの・ゆみこ（1957〜2008）
　守護天使
　　◇「獣人」光文社 2003（光文社文庫）p539

高野 竜　たかの・りゅう
　とんくらみ―泉鏡花作『歌行燈』『海神別荘』より
　　◇「泉鏡花記念金沢戯曲大賞受賞作品集 第2回」金沢泉鏡花フェスティバル委員会 2003 p263
　ハメルンのうわさ
　　◇「優秀新人戯曲集 2000」ブロンズ新社 1999 p51

高萩 匡智　たかはぎ・まさとも
　川向こうの式典
　　◇「太宰治賞 2015」筑摩書房 2015 p215

高橋 あい　たかはし・あい（1951〜）
　星をひろいに
　　◇「日本海文学大賞―大賞作品集 2」日本海文学大賞運営委員会 2007 p233

高橋 篤子　たかはし・あつこ
　ウプソルを送る
　　◇「現代短編小説選―2005〜2009」日本民主主義文学会 2010 p109

高橋 悦史　たかはし・えつし（1935〜1996）
　『徹子の部屋』待ってますね、みんなで≫黒柳徹子
　　◇「日本人の手紙 2」リブリオ出版 2004 p125

高橋 治　たかはし・おさむ（1929〜2015）
　足
　　◇「銀座24の物語」文藝春秋 2001 p151
　おとこ三界に
　　◇「現代の小説 1997」徳間書店 1997 p325
　骨壺
　　◇「現代の小説 1999」徳間書店 1999 p399
　山頭火と鰻
　　◇「うなぎ―人情小説集」筑摩書房 2016（ちくま文庫）p41
　椿の入墨―神崎省吾事件簿シリーズより
　　◇「警察小説傑作短篇集」ランダムハウス講談社 2009（ランダムハウス講談社文庫）p183

たかは

高橋 和巳　たかはし・かずみ（1931〜1971）
あの花この花
◇「コレクション戦争と文学 15」集英社 2012 p235

革命の化石
◇「戦後短篇小説再発見 9」講談社 2002（講談社文芸文庫）p226

政治と文学
◇「新装版 全集現代文学の発見 4」學藝書林 2003 p544

高橋 克彦　たかはし・かつひこ（1947〜）
愛の記憶
◇「M列車（ミステリートレイン）で行こう」光文社 2001（カッパ・ノベルス）p221
◇「12の贈り物―東日本大震災支援岩手県在住作家自選短編集」荒蝦夷 2011（叢書東北の声）p125

緋い記憶
◇「ふるえて眠れない―ホラーミステリー傑作選」光文社 2006（光文社文庫）p127

悪魔のトリル
◇「江戸川乱歩に愛をこめて」光文社 2011（光文社文庫）p141

梅試合
◇「短編復活」集英社 2002（集英社文庫）p309
◇「万事金の世―時代小説傑作選」徳間書店 2006（徳間文庫）p63

隠れ里
◇「短篇ベストコレクション―現代の小説 2002」徳間書店 2002（徳間文庫）p81

欠けた記憶
◇「ザ・ベストミステリーズ―推理小説年鑑 2000」講談社 2000 p149
◇「嘘つきは殺人のはじまり」講談社 2003（講談社文庫）p8

奇縁
◇「謎―スペシャル・ブレンド・ミステリー 003」講談社 2008（講談社文庫）p203

鬼女の夢
◇「ザ・ベストミステリーズ―推理小説年鑑 2003」講談社 2003 p609
◇「殺人格差」講談社 2006（講談社文庫）p143

傷の記憶
◇「殺人博物館へようこそ」講談社 1998（講談社文庫）p425

昨日の記憶
◇「仮面のレクイエム」光文社 1998（光文社文庫）p183

熊娘―おこう紅絵暦
◇「代表作時代小説 平成15年度」光風社出版 2003 p87

幻影
◇「短篇ベストコレクション―現代の小説 2009」徳間書店 2009（徳間文庫）p339

絞鬼
◇「人情の往来―時代小説最前線」新潮社 1997（新潮文庫）p35

◇「時代小説―読切御免 3」新潮社 2005（新潮文庫）p45

声にしてごらん
◇「短篇ベストコレクション―現代の小説 2003」徳間書店 2003（徳間文庫）p357

子をとろ子とろ
◇「人肉嗜食」筑摩書房 2001（ちくま文庫）p117

この世に幽霊はいる（『黄昏綺譚』より）
◇「文豪怪談傑作選 特別編」筑摩書房 2008（ちくま文庫）p74

さむけ
◇「さむけ―ホラー・アンソロジー」祥伝社 1999（祥伝社文庫）p7

去りゆく精霊
◇「少女物語」朝日新聞社 1998 p133

さるの湯
◇「あの日から―東日本大震災鎮魂岩手県出身作家短編集」岩手日報社 2015 p5

視鬼
◇「七人の安倍晴明」桜桃書房 1998 p7
◇「安倍晴明陰陽師伝奇文学集成」勉誠出版 2001 p1

写楽殺人事件
◇「江戸川乱歩賞全集 13」講談社 2002（講談社文庫）p417

受賞の言葉 受賞のことば
◇「江戸川乱歩賞全集 13」講談社 2002 p828

棄てた記憶
◇「最新「珠玉推理」大全 上」光文社 1998（カッパ・ノベルス）p278
◇「幻惑のラビリンス」光文社 2001（光文社文庫）p395

卒業写真
◇「雪国にて―北海道・東北編」双葉社 2015（双葉文庫）p239

大好きな姉
◇「日本怪奇小説傑作集 3」東京創元社 2005（創元推理文庫）p431

たすけて
◇「極上掌篇小説」角川書店 2006 p137
◇「ひと粒の宇宙」角川書店 2009（角川文庫）p137

短編の妙
◇「謀」文藝春秋 2003（推理作家になりたくてマイベストミステリー）p113
◇「マイ・ベスト・ミステリー 4」文藝春秋 2007（文春文庫）p177

妻を愛す
◇「愛の怪談」角川書店 1999（角川ホラー文庫）p231
◇「死者の復活」リブリオ出版 2001（怪奇・ホラーワールド）p109

天狗殺し
◇「江戸の名探偵―時代推理傑作選」徳間書店 2009（徳間文庫）p141

電話
◇「冒険の森へ―傑作小説大全 17」集英社 2015 p15

◇「電話ミステリー倶楽部─傑作推理小説集」光文社 2016（光文社文庫）p121

盗作の裏側
◇「北村薫のミステリー館」新潮社 2005（新潮文庫）p249

遠い記憶
◇「冒険の森へ─傑作小説大全 16」集英社 2015 p96

とまどい
◇「不思議の足跡」光文社 2007（Kappa novels）p213
◇「不思議の足跡」光文社 2011（光文社文庫）p285

懐かしい夢
◇「二十四粒の宝石─超短編小説傑作集」講談社 1998（講談社文庫）p51

猫清
◇「大江戸猫三昧─時代小説傑作選」徳間書店 2004（徳間文庫）p225

ねじれた記憶
◇「妖魔ヶ刻─時間怪談傑作選」徳間書店 2000（徳間文庫）p16
◇「謀」文藝春秋 2003（推理作家になりたくてマイベストミステリー）p74
◇「怪談─24の恐怖」講談社 2004 p497
◇「マイ・ベスト・ミステリー 4」文藝春秋 2007（文春文庫）p118

眠らない少女
◇「少女怪談」学習研究社 2000（学研M文庫）p111

花火
◇「輝きの一瞬─短くて心に残る30編」講談社 1999（講談社文庫）p263

母の死んだ家
◇「七つの怖い扉」新潮社 1998 p61

飛縁魔
◇「幽霊怪談」リブリオ出版 2001（怪奇・ホラーワールド）p67

百物語
◇「闇夜に怪を語れば─百物語ホラー傑作選」角川書店 2005（角川ホラー文庫）p249

二つ魂
◇「短篇ベストコレクション─現代の小説 2011」徳間書店 2011（徳間文庫）p363

筆合戦
◇「本格ミステリ 2004」講談社 2004（講談社ノベルス）p295
◇「名探偵を追いかけろ─シリーズ・キャラクター編」光文社 2004（カッパ・ノベルス）p319
◇「名探偵を追いかけろ」光文社 2007（光文社文庫）p393
◇「深夜バス78回転の問題─本格短編ベスト・セレクション」講談社 2008（講談社文庫）p431

北斎の罪
◇「謎─スペシャル・ブレンド・ミステリー 001」講談社 2006（講談社文庫）p205

星の塔
◇「塔の物語」角川書店 2000（角川ホラー文庫）p27
◇「みちのく怪談名作選 vol.1」荒蝦夷 2010（叢書東北の声）p93

魅鬼
◇「陰陽師伝奇大全」白泉社 2001 p335

夜光鬼
◇「代表作時代小説 平成9年度」光風社出版 1997 p235
◇「春宵濡れ髪しぐれ─時代小説傑作選」講談社 2003（講談社文庫）p183

ゆがみ
◇「短篇ベストコレクション─現代の小説 2006」徳間書店 2006（徳間文庫）p553

ゆきどまり
◇「幻想ミッドナイト─日常を破壊する恐怖の断片」角川書店 1997（カドカワ・エンタテインメント）p301
◇「ゆきどまり─ホラー・アンソロジー」祥伝社 2000（祥伝社文庫）p7

私のたから
◇「短篇ベストコレクション─現代の小説 2008」徳間書店 2008（徳間文庫）p551

高橋 揆一郎　たかはし・きいちろう（1928～2007）
ぽぷらと軍神
◇「コレクション戦争と文学 14」集英社 2012 p326

高橋 菊江　たかはし・きくえ（1925～）
直美の行方
◇「かわさきの文学─かわさき文学賞50年記念作品集 2009年」審美社 2009 p95

高橋 菊子　たかはし・きくこ（1934～）
羽州街道を行く
◇「山形県文学全集第2期（随筆・紀行編）6」郷土出版社 2005 p323
ころり観音
◇「山形県文学全集第2期（随筆・紀行編）6」郷土出版社 2005 p320

高橋 協子　たかはし・きょうこ（1937～）
メビウスの森
◇「日本海文学大賞─大賞作品集 3」日本海文学大賞運営委員会 2007 p401

高橋 玄　たかはし・げん（1965～）
ポチの告白
◇「年鑑代表シナリオ集 '09」シナリオ作家協会 2010 p37

高橋 謙一　たかはし・けんいち
最優秀賞
◇「競作五十円玉二十枚の謎」東京創元社 2000（創元推理文庫）p221

高橋 源一郎　たかはし・げんいちろう（1951～）
凍りつく
◇「極上掌篇小説」角川書店 2006 p147
◇「ひと粒の宇宙」角川書店 2009（角川文庫）p145
さよならクリストファー・ロビン

◇「文学 2011」講談社 2011 p44
◇「現代小説クロニクル 2010〜2014」講談社 2015（講談社文芸文庫）p122
さらば、ゴヂラ
◇「こどものころにみた夢」講談社 2008 p136
その日
◇「空を飛ぶ恋―ケータイがつなぐ"28の物語」新潮社 2006（新潮文庫）p58
似てないふたり
◇「宇宙小説」講談社 2012（講談社文庫）p98
連続テレビ小説ドラえもん
◇「戦後短篇小説再発見 10」講談社 2002（講談社文芸文庫）p182

高橋 庄次　たかはし・しょうじ（1931〜）
鬼老いて月に泣く―『月に泣く蕪村』より
◇「月」国書刊行会 1999（書物の王国）p213

高橋 城太郎　たかはし・じょうたろう
紅き虚空の下で
◇「新・本格推理 05」光文社 2005（光文社文庫）p575
蛙男島の蜥蜴女
◇「新・本格推理 05」光文社 2005（光文社文庫）p99

高橋 新吉　たかはし・しんきち（1901〜1987）
うちわ
◇「コレクション戦争と文学 5」集英社 2011 p554
一九一一年集
◇「新装版 全集現代文学の発見 1」學藝書林 2002 p250
ダダイスト信吉の詩
◇「新装版 全集現代文学の発見 1」學藝書林 2002 p242
衂血（はなぢ）
◇「新装版 全集現代文学の発見 1」學藝書林 2002 p242

高橋 宗伸　たかはし・そうしん（1928〜）
藤沢周平と短歌
◇「山形県文学全集第2期（随筆・紀行編）6」郷土出版社 2005 p288

高橋 たか子　たかはし・たかこ（1932〜2013）
或る小説
◇「文学 2006」講談社 2006 p185
恋う
◇「川端康成文学賞全作品 1」新潮社 1999 p301
病身
◇「戦後短篇小説再発見 3」講談社 2001（講談社文芸文庫）p160
骨の城
◇「戦後短篇小説再発見 16」講談社 2003（講談社文芸文庫）p48

高橋 知伽江　たかはし・ちかえ（1956〜）
放送を続けよ！ 〜広島中央放送局の8月6日

◇「テレビドラマ代表作選集 2009年版」日本脚本家連盟 2009 p251

高橋 鐵　たかはし・てつ（1907〜1971）
怪船『人魚号』
◇「怪奇探偵小説集 3」角川春樹事務所 1998（ハルキ文庫）p85
◇「人魚の血―珠玉アンソロジー オリジナル＆スタンダート」光文社 2001（カッパ・ノベルス）p17
◇「人魚―mermaid & merman」皓星社 2016（紙礫）p112

高橋 徳義　たかはし・とくよし（1928〜）
いのち救われて
◇「山形県文学全集第2期（随筆・紀行編）6」郷土出版社 2005 p253

高橋 富雄　たかはし・とみお（1921〜2013）
チョウクライロ舞〈鳥海山〉
◇「山形県文学全集第2期（随筆・紀行編）5」郷土出版社 2005 p398

高橋 伴明　たかはし・ともあき（1949〜）
BOX袴田事件 命とは（夏井辰徳）
◇「年鑑代表シナリオ集 '10」シナリオ作家協会 2011 p79

高橋 直樹　たかはし・なおき（1960〜）
家光こと始め
◇「代表作時代小説 平成11年度」光風社出版 1999 p129
一番槍
◇「斬刃―時代小説傑作選」コスミック出版 2005（コスミック・時代文庫）p457
命懸け
◇「異色歴史短篇傑作大全」講談社 2003 p173
織田三七の最期
◇「代表作時代小説 平成10年度」光風社出版 1998 p219
◇「愛染夢灯籠―時代小説傑作選」講談社 2005（講談社文庫）p145
銀の扇
◇「夢を見にけり―時代小説招待席」廣済堂出版 2004 p125
小林平八郎―百年後の士道
◇「武士道」小学館 2007（小学館文庫）p169
錯乱
◇「異色忠臣蔵大傑作集」講談社 1999 p247
死ぬのはごめんだ
◇「輝きの一瞬―短くて心に残る30編」講談社 1999（講談社文庫）p39
城井一族の殉節
◇「九州戦国志―傑作時代小説」PHP研究所 2008（PHP文庫）p129
拾い首
◇「歴史の息吹」新潮社 1997 p187
平家の光源氏
◇「代表作時代小説 平成24年度」光文社 2012 p73

闇の松明―伏見城
　◇「名城伝」角川春樹事務所 2015（ハルキ文庫）p187
弱味
　◇「捨て子稲荷―時代アンソロジー」祥伝社 1999（祥伝社文庫）p281

タカハシ ナオコ
昭和みつぱん伝―浅草・橋場二丁目物語
　◇「高校演劇Selection 2006 下」晩成書房 2008 p105
白犬伝―ある成田物語
　◇「高校演劇Selection 2004 下」晩成書房 2004 p123

高橋 尚子　たかはし・なおこ（1972～）
高校の頃の初心の気持ちを大切に走ります≫中沢正仁
　◇「日本人の手紙 3」リブリオ出版 2004 p120

高橋 直子　たかはし・なおこ
シンデレラハサミSTORY
　◇「中学校たのしい劇脚本集―英語劇付 III」国土社 2011 p169

高橋 ななを　たかはし・ななお
シスターズ
　◇「鬼瑠璃草―恋愛ホラー・アンソロジー」祥伝社 2003（祥伝社文庫）p211

高橋 寛子　たかはし・ひろこ
傷みの通過点
　◇「12人のカウンセラーが語る12の物語」ミネルヴァ書房 2010 p95

高橋 ひろし　たかはし・ひろし
梨花（イファ）
　◇「中学生のドラマ 4」晩成書房 2003 p107
開拓村のかあさんへ
　◇「中学生のドラマ 8」晩成書房 2010 p89

高橋 寛　たかはし・ひろし（1921～）
なぎの窓辺に
　◇「ハンセン病文学全集 8」皓星社 2006 p376

高橋 洋　たかはし・ひろし（1959～）
おろち
　◇「年鑑代表シナリオ集 '08」シナリオ作家協会 2009 p177

高橋 史絵　たかはし・ふみえ
石がものいう話
　◇「てのひら怪談―ビーケーワン怪談大賞傑作選 2」ポプラ社 2007 p30
　◇「てのひら怪談―ビーケーワン怪談大賞傑作選 己丑」ポプラ社 2009（ポプラ文庫）p196
送り線香
　◇「てのひら怪談―ビーケーワン怪談大賞傑作選 辛卯」ポプラ社 2011（ポプラ文庫）p220
水恋
　◇「超短編の世界 vol.3」創英社 2011 p108
トゥング田

　◇「てのひら怪談―ビーケーワン怪談大賞傑作選 百怪繚乱篇」ポプラ社 2008 p196
墓参り
　◇「てのひら怪談―ビーケーワン怪談大賞傑作選」ポプラ社 2007 p48
　◇「てのひら怪談―ビーケーワン怪談大賞傑作選」ポプラ社 2008（ポプラ文庫）p46

高橋 昌男　たかはし・まさお（1935～）
夏草の匂い
　◇「戦後短篇小説再発見 5」講談社 2001（講談社文芸文庫）p129

高橋 まゆみ　たかはし・まゆみ
菅家の庭園を訪ねて
　◇「山形県文学全集第2期（随筆・紀行編）6」郷土出版社 2005 p374
本間家旧本邸を訪ねて
　◇「山形県文学全集第2期（随筆・紀行編）6」郷土出版社 2005 p379

高橋 三千綱　たかはし・みちつな（1948～）
相合傘
　◇「輝きの一瞬―短くて心に残る30編」講談社 1999（講談社文庫）p151
消えた黄昏
　◇「散りぬる桜―時代小説招待席」廣済堂出版 2004 p209
金四郎を待つ女
　◇「勝者の死にざま―時代小説選手権」新潮社 1998（新潮文庫）p439
九月の空
　◇「恋愛小説・名作集成 3」リブリオ出版 2004 p5
パリの君へ
　◇「極上掌篇小説」角川書店 2006 p157
　◇「ひと粒の宇宙」角川書店 2009（角川文庫）p155

高橋 光義　たかはし・みつよし
朝日連峰
　◇「山形県文学全集第2期（随筆・紀行編）5」郷土出版社 2005 p122
最上川（二月）
　◇「山形県文学全集第2期（随筆・紀行編）5」郷土出版社 2005 p116

高橋 三保子　たかはし・みほこ
百年の雪時計
　◇「ゆきのまち幻想文学賞小品集 20」企画集団ぷりずむ 2011 p83

高橋 睦郎　たかはし・むつお（1937～）
姉の島 宗像神話による家族史の試み
　◇「日本文学全集 29」河出書房新社 2016 p97
第九の欠落を含む十の詩篇
　◇「リテラリーゴシック・イン・ジャパン―文学的ゴシック作品選」筑摩書房 2014（ちくま文庫）p157
旅―CATHYのはるかな先達に
　◇「ことばのたくらみ―実作集」岩波書店 2003（21

世紀文学の創造)p77

髙橋 幹子　たかはし・もとこ（1975〜）

かすかなひかり
◇「幽霊でもいいから会いたい」泰文堂 2014（リンダブックス）p128

99通の想い
◇「君に伝えたい―恋愛短篇小説集」泰文堂 2013（リンダブックス）p246

チルドレン
◇「恋は、しばらくお休みです。―恋愛短篇小説集」泰文堂 2013（レインブックス）p131

ホーム
◇「失恋前夜―大人のための恋愛短篇集」泰文堂 2013（レインブックス）p205

高橋 泰邦　たかはし・やすくに（1925〜2015）

ヨット殺人事件
◇「あなたが名探偵」講談社 1998（講談社文庫）p289

高橋 邑治　たかはし・ゆうじ

紅い唇
◇「幻の探偵雑誌 8」光文社 2001（光文社文庫）p359

高橋 順子　たかはし・ゆきこ（1944〜）

ソナチネ山のコインロッカー
◇「文士の意地―車谷長吉撰短篇小説輯 下巻」作品社 2005 p382

髙橋 由太　たかはし・ゆた（1972〜）

一反木綿
◇「『このミステリーがすごい！』大賞作家書き下ろしBOOK」宝島社 2012 p167

オサキ油揚げ泥棒になる
◇「10分間ミステリー」宝島社 2012（宝島社文庫）p275
◇「10分間ミステリー THE BEST」宝島社 2016（宝島社文庫）p139

オサキ宿場町へ
◇「5分で読める！ ひと駅ストーリー 乗車編」宝島社 2012（宝島社文庫）p33
◇「5分で笑える！ おバカで愉快な物語」宝島社 2016（宝島社文庫）p119

オサキぬらりひょんに会う
◇「『このミステリーがすごい！』大賞作家書き下ろしBOOK vol.3」宝島社 2013 p181

オサキぬらりひょんに会う―もののけ本所深川事件帖オサキシリーズ
◇「大江戸「町」物語 風」宝島社 2014（宝島社文庫）p7

オサキまんじゅう大食い合戦へ
◇「『このミステリーがすごい！』大賞作家書き下ろしBOOK vol.12」宝島社 2016 p135

オサキまんじゅう大食い合戦へ 第2回
◇「『このミステリーがすごい！』大賞作家書き下ろしBOOK vol.13」宝島社 2016 p135

オサキまんじゅう大食い合戦へ 第3回
◇「『このミステリーがすごい！』大賞作家書き下ろしBOOK vol.14」宝島社 2016 p175

九回死んだ猫
◇「江戸猫ばなし」光文社 2014（光文社文庫）p237

しゃべる花
◇「物語のルミナリエ」光文社 2011（光文社文庫）p45

周吉が死んじゃった
◇「『このミステリーがすごい！』大賞作家書き下ろしBOOK vol.11」宝島社 2015 p199

もののけ本所深川事件帖オサキと骸骨幽霊〈抄〉
◇「『このミステリーがすごい！』大賞作家書き下ろしBOOK vol.4」宝島社 2014 p95

高橋 洋子　たかはし・ようこ（1953〜）

匂い
◇「エクスタシー―大人の恋の物語り」ベストセラーズ 2003 p197

高橋 葉介　たかはし・ようすけ（1956〜）

煙童女―夢幻紳士 怪奇篇
◇「幻想探偵」光文社 2009（光文社文庫）p221

木乃伊の恋
◇「本格ミステリ 2005」講談社 2005（講談社ノベルス）p363
◇「大きな棺の小さな鍵―本格短編ベスト・セレクション」講談社 2009（講談社文庫）p543

迷宮の森
◇「妖魔ヶ刻―時間怪談傑作選」徳間書店 2000（徳間文庫）p55

高橋 義夫　たかはし・よしお（1945〜）

雨中の凶刃―吉田東洋暗殺
◇「時代小説傑作選 3」新人物往来社 2008 p37

風吹峠（抄）
◇「山形県文学全集第1期（小説編）6」郷土出版社 2004 p176

悍妻懦夫
◇「輝きの一瞬―短くて心に残る30編」講談社 1999（講談社文庫）p69

ぎぎの煮つけ
◇「代表作時代小説 平成9年度」光風社出版 1997 p77
◇「紅葉谷から剣鬼が来る―時代小説傑作選」講談社 2002（講談社文庫）p45

キヨ命
◇「女人」小学館 2007（小学館文庫）p265

苦界
◇「白刃光る」新潮社 1997 p185
◇「時代小説―読切御免 3」新潮社 2005（新潮文庫）p179

御案内
◇「代表作時代小説 平成12年度」光風社出版 2000 p101

殺すとは知らで肥えたり

◇「俳句殺人事件─巻頭句の女」光文社 2001（光文社文庫）p329

野ざらし仙次
◇「人情の往来─時代小説最前線」新潮社 1997（新潮文庫）p213

ははのてがみ
◇「代表作時代小説 平成16年度」光風社出版 2004 p51
◇「花ふぶき─時代小説傑作選」角川春樹事務所 2004（ハルキ文庫）p103

飛燕半兵衛
◇「剣光、閃く！」徳間書店 1999（徳間文庫）p125

彼岸橋
◇「勝者の死にざま─時代小説選手権」新潮社 1998（新潮文庫）p203

ほたる合戦─浄瑠璃坂の仇討ち
◇「時代小説傑作選 4」新人物往来社 2008 p105

燃える水
◇「代表作時代小説 平成13年度」光風社出版 2001 p245

奴さん
◇「捨て子稲荷─時代アンソロジー」祥伝社 1999（祥伝社文庫）p33

龍の置き土産
◇「ふりむけば闇─時代小説招待席」廣済堂出版 2003 p89
◇「ふりむけば闇─時代小説招待席」徳間書店 2007（徳間文庫）p91

高橋 よしの　たかはし・よしの
なずなとあかり
◇「中学生のドラマ 8」晩成書房 2010 p159
ひとみのナツヤスミ
◇「中学生のドラマ 1」晩成書房 1995 p117
森のあるこうえん……
◇「中学生のドラマ 6」晩成書房 2006 p37

高橋 和島　たかはし・わとう（1937〜）
七里飛脚忍法修業
◇「遠き雷鳴」桃園書房 2001（桃園文庫）p137

高畑 啓子　たかはた・けいこ（1949〜）
鬼より怖い生き物に、桃太郎逃げ出す
◇「誰も知らない「桃太郎」「かぐや姫」のすべて」明拓出版 2009（創作童話シリーズ）p13

高畠 藍泉　たかばたけ・らんせん（1838〜1885）
侠客（いさみ）の化物
◇「新日本古典文学大系 明治編 1」岩波書店 2004 p374

怪化百物語
◇「新日本古典文学大系 明治編 1」岩波書店 2004 p355

絞妓（げいしゃ）の化物
◇「新日本古典文学大系 明治編 1」岩波書店 2004 p368

序〔怪化百物語〕
◇「新日本古典文学大系 明治編 1」岩波書店 2004 p359

書生の化物
◇「新日本古典文学大系 明治編 1」岩波書店 2004 p377

総評〔怪化百物語〕
◇「新日本古典文学大系 明治編 1」岩波書店 2004 p390

殿様の化物
◇「新日本古典文学大系 明治編 1」岩波書店 2004 p364

半過通人（なまぎ）の化物
◇「新日本古典文学大系 明治編 1」岩波書店 2004 p369

発端
◇「新日本古典文学大系 明治編 1」岩波書店 2004 p363

麦湯女の化物
◇「新日本古典文学大系 明治編 1」岩波書店 2004 p380

若商（わかだんな）の化物
◇「新日本古典文学大系 明治編 1」岩波書店 2004 p384

高浜 虚子　たかはま・きよし（1874〜1959）
一力
◇「京都府文学全集第1期(小説編) 1」郷土出版社 2005 p45
影法師
◇「京都府文学全集第1期(小説編) 1」郷土出版社 2005 p29
朝鮮（抄）
◇「〈外地〉の日本語文学選 3」新宿書房 1996 p9
風流懺法
◇「京都府文学全集第1期(小説編) 1」郷土出版社 2005 p33
横河
◇「京都府文学全集第1期(小説編) 1」郷土出版社 2005 p33

高原 英理　たかはら・えいり（1959〜）
うさと私（抄）
◇「ファイン／キュート素敵かわいい作品選」筑摩書房 2015（ちくま文庫）p314
かごめ魍魎
◇「十月のカーニヴァル」光文社 2000（カッパ・ノベルス）p255
クリスタリジーレナー
◇「稲生モノノケ大全 陽之巻」毎日新聞社 2005 p365
グレー・グレー
◇「リテラリーゴシック・イン・ジャパン─文学的ゴシック作品選」筑摩書房 2014（ちくま文庫）p631
猫書店
◇「猫路地」日本出版社 2006 p39

たかは

リテラシーゴシック宣言
　◇「リテラリーゴシック・イン・ジャパン—文学的ゴシック作品選」筑摩書房 2014（ちくま文庫）p11

高原 弘吉　たかはら・こうきち（1916〜2002）
二塁手同盟
　◇「自選ショート・ミステリー」講談社 2001（講談社文庫）p205

高松 素子　たかまつ・もとこ
アンリと雪どけ祭り
　◇「ゆきのまち幻想文学賞小品集 18」企画集団ぷりずむ 2009 p171

高丸 もと子　たかまる・もとこ
うそついたら はり千本のーます
　◇「小学校たのしい劇の本―英語劇付 低学年」国土社 2007 p80

高見 順　たかみ・じゅん（1907〜1965）
インテリゲンチア
　◇「新装版 全集現代文学の発見 5」學藝書林 2003 p52
　◇「戦後占領期短篇小説コレクション 6」藤原書店 2007 p83
虚実
　◇「日本近代短篇小説選 昭和篇1」岩波書店 2012（岩波文庫）p303
　◇「コレクション私小説の冒険 2」勉誠出版 2013 p241
故旧忘れ得べき
　◇「新装版 全集現代文学の発見 14」學藝書林 2005 p200
諸民族
　◇「コレクション戦争と文学 18」集英社 2012 p433
ノーカナのこと
　◇「〈外地〉の日本語文学選 1」新宿書房 1996 p24
敗戦日記
　◇「読み聞かせる戦争」光文社 2015 p121
白鳥は来りぬ
　◇「日本舞踊舞踊劇選集」西川会 2002 p455
妖怪
　◇「戦後短篇小説選―『世界』1946-1999 1」岩波書店 2000 p61
夜
　◇「創刊一〇〇年三田文学名作選」三田文学会 2010 p219

田上 純一　たがみ・じゅんいち
時間移動
　◇「ショートショートの広場 9」講談社 1998（講談社文庫）p18

田上 二郎　たがみ・じろう
幽霊部員はここにいる
　◇「高校演劇Selection 2005 上」晩成書房 2007 p39

高見 ゆかり　たかみ・ゆかり（1965〜）
あやかしあそび
　◇「妖（あやかし）がささやく」翠琥出版 2015 p5

高峰 秀子　たかみね・ひでこ（1924〜2010）
愛の告白
　◇「精選女性随筆集 8」文藝春秋 2012 p222
木枯し
　◇「精選女性随筆集 8」文藝春秋 2012 p227
猿まわしの猿
　◇「精選女性随筆集 8」文藝春秋 2012 p136
住所録
　◇「精選女性随筆集 8」文藝春秋 2012 p231
ダイヤモンド
　◇「精選女性随筆集 8」文藝春秋 2012 p210
父・東海林太郎
　◇「精選女性随筆集 8」文藝春秋 2012 p174
つながったタクワン
　◇「精選女性随筆集 8」文藝春秋 2012 p162
土びんのふた
　◇「精選女性随筆集 8」文藝春秋 2012 p149
縫いぐるみのラドン
　◇「精選女性随筆集 8」文藝春秋 2012 p215
母三人・父三人
　◇「精選女性随筆集 8」文藝春秋 2012 p186
ふたつの別れ
　◇「精選女性随筆集 8」文藝春秋 2012 p198
『わたしの渡世日記』
　◇「精選女性随筆集 8」文藝春秋 2012 p135

高宮 恒生　たかみや・つねお
天才の赤ん坊
　◇「ショートショートの広場 8」講談社 1997（講談社文庫）p146
果て
　◇「ショートショートの広場 10」講談社 2000（講談社文庫）p32
マイムマイム
　◇「ショートショートの広場 14」講談社 2003（講談社文庫）p92

髙村 薫　たかむら・かおる（1953〜）
明るい農村
　◇「短篇ベストコレクション―現代の小説 2009」徳間書店 2009（徳間文庫）p83
アルコホリック・ホテル
　◇「誘惑―女流ミステリー傑作選」徳間書店 1999（徳間文庫）p229
田舎教師の独白
　◇「文学 2011」講談社 2011 p57
　◇「現代小説クロニクル 2010〜2014」講談社 2015（講談社文芸文庫）p144
犬の話
　◇「干刈あがた・高樹のぶ子・林真理子・高村薫」角川書店 1997（女性作家シリーズ）p392
街宣車のある風景
　◇「文学 2012」講談社 2012 p251

カワイイ、アナタ
◇「Invitation」文藝春秋 2010 p183
◇「甘い罠―8つの短篇小説集」文藝春秋 2012（文春文庫）p177

ケータイ元年
◇「空を飛ぶ恋―ケータイがつなぐ28の物語」新潮社 2006（新潮文庫）p160

ざらざらしたもの
◇「迷」文藝春秋 2003（推理作家になりたくて マイベストミステリー）p203
◇「マイ・ベスト・ミステリー 3」文藝春秋 2007（文春文庫）p302

愁訴の花
◇「冒険の森へ―傑作小説大全 16」集英社 2015 p50

棕櫚とトカゲ
◇「干刈あがた・高樹のぶ子・林真理子・高村薫」角川書店 1997（女性作家シリーズ）p431
◇「二十四粒の宝石―超短編小説傑作集」講談社 1998（講談社文庫）p111

地を這う虫
◇「犯行現場にもう一度」講談社 1997（講談社文庫）p9
◇「干刈あがた・高樹のぶ子・林真理子・高村薫」角川書店 1997（女性作家シリーズ）p341

晴子情歌（抄）
◇「日本文学全集 26」河出書房新社 2017 p345

みかん
◇「干刈あがた・高樹のぶ子・林真理子・高村薫」角川書店 1997（女性作家シリーズ）p437
◇「迷」文藝春秋 2003（推理作家になりたくて マイベストミステリー）p156
◇「マイ・ベスト・ミステリー 3」文藝春秋 2007（文春文庫）p230

四人組、大いに学習する
◇「短篇ベストコレクション―現代の小説 2013」徳間書店 2013（徳間文庫）p227

わが町の人びと
◇「短篇ベストコレクション―現代の小説 2016」徳間書店 2016（徳間文庫）p253

高村 光太郎 たかむら・こうたろう（1883～1956）

梅酒
◇「文人御馳走帖」新潮社 2014（新潮文庫）p151

元素智恵子
◇「妻を失う―離別作品集」講談社 2014（講談社文芸文庫）p7

こごみの味
◇「文人御馳走帖」新潮社 2014（新潮文庫）p153

十二月八日の記
◇「コレクション戦争と文学 8」集英社 2011 p31

樹下の二人
◇「日本文学全集 29」河出書房新社 2016 p15

智恵子の半生
◇「妻を失う―離別作品集」講談社 2014（講談社文芸文庫）p11

智恵さん、智恵さん≫高村智恵子／長沼せん子／難波田龍起
◇「日本人の手紙 6」リブリオ出版 2004 p141

目前の小さい感情をどしどしのり超えて進むのです≫山本稚彦
◇「日本人の手紙 3」リブリオ出版 2004 p77

米久の晩餐
◇「文人御馳走帖」新潮社 2014（新潮文庫）p145

裸形
◇「妻を失う―離別作品集」講談社 2014（講談社文芸文庫）p9

レモン哀歌
◇「くだものだもの」ランダムハウス講談社 2007 p223
◇「二時間目国語」宝島社 2008（宝島社文庫）p88
◇「もう一度読みたい教科書の泣ける名作 再び」学研教育出版 2014 p159

レモン哀歌／梅酒
◇「涙の百年文学―もう一度読みたい」太陽出版 2009 p302

高村 左文郎 たかむら・さぶろう（1926～）

アリス
◇「名作テレビドラマ集」白河結城刊行会 2007 p172

五重塔
◇「名作テレビドラマ集」白河結城刊行会 2007 p19

出家とその弟子
◇「名作テレビドラマ集」白河結城刊行会 2007 p147

名残の星月夜
◇「名作テレビドラマ集」白河結城刊行会 2007 p3

春は馬車に乗って
◇「名作テレビドラマ集」白河結城刊行会 2007 p163

明暗
◇「名作テレビドラマ集」白河結城刊行会 2007 p32

篁 了 たかむら・りょう

鹿ケ谷
◇「太宰治賞 2004」筑摩書房 2004 p125

高持 鉄泰 たかもち・てつやす

悪運のジョー
◇「ショートショートの広場 11」講談社 2000（講談社文庫）p179

高森 章 たかもり・あきら

まゆみのマーチ
◇「創作脚本集―60周年記念」岡山県高等学校演劇協議会 2011（おかやまの高校演劇）p323

高森 真士 たかもり・しんじ（1940～2012）

真説タイガーマスク 三つの顔
◇「闘人烈伝―格闘小説・漫画アンソロジー」双葉社 2000 p297

高森 美由紀 たかもり・みゆき

カフェオレの湯気の向こうに
◇「ゆきのまち幻想文学賞小品集 21」企画集団ぷり

ずむ 2012 p35

多賀谷 忠生　たがや・ただお
葛飾応為―画狂人の娘
　◇「新鋭劇作集 series 20」日本劇団協議会 2009 p59
逃亡の記憶
　◇「新鋭劇作集 series 15」日本劇団協議会 2004 p123

高谷 信之　たかや・のぶゆき
道
　◇「読んで演じたくなるゲキの本 中学生版」幻冬舎 2006 p81

高屋 緑樹　たかや・りょくじゅ
嘘
　◇「ハンセン病文学全集 4」皓星社 2003 p337

高柳 重信　たかやなぎ・しげのぶ（1923〜1983）
雨
　◇「新装版 全集現代文学の発見 13」學藝書林 2004 p608
風
　◇「新装版 全集現代文学の発見 13」學藝書林 2004 p608
曇
　◇「新装版 全集現代文学の発見 13」學藝書林 2004 p606
罪囚植民地
　◇「新装版 全集現代文学の発見 13」學藝書林 2004 p604
高柳重信十一句
　◇「リテラリーゴシック・イン・ジャパン―文学的ゴシック作品選」筑摩書房 2014（ちくま文庫）p239
晴
　◇「新装版 全集現代文学の発見 13」學藝書林 2004 p604
雪
　◇「新装版 全集現代文学の発見 13」學藝書林 2004 p610

高柳 裕司　たかやなぎ・ゆうじ
高座
　◇「ショートショートの広場 14」講談社 2003（講談社文庫）p104

高柳 芳夫　たかやなぎ・よしお（1931〜）
オーロラの叫び
　◇「海外トラベル・ミステリー―7つの旅物語」三笠書房 2000（王様文庫）p157

高山 明　たかやま・あきら（1969〜）
観光リサーチセンター
　◇「十和田、奥入瀬 水と土地をめぐる旅」青幻舎 2013 p194

高山 あつひこ　たかやま・あつひこ
ギリシャ壺によす
　◇「てのひら怪談―ビーケーワン怪談大賞傑作選 壬辰」ポプラ社 2012（ポプラ文庫）p250
四月一日霧の日の花のスープ
　◇「てのひら怪談―ビーケーワン怪談大賞傑作選 庚寅」ポプラ社 2010（ポプラ文庫）p196

高山 聖史　たかやま・きよし（1971〜）
オデッサの棺
　◇「5分で読める！ ひと駅ストーリー 夏の記憶東口編」宝島社 2013（宝島社文庫）p161
　◇「5分で凍える！ ぞっとする怖い話」宝島社 2015（宝島社文庫）p141
お届けモノ
　◇「もっとすごい！ 10分間ミステリー」宝島社 2013（宝島社文庫）p269
　◇「10分間ミステリー THE BEST」宝島社 2016（宝島社文庫）p365
けもの道
　◇「5分で読める！ ひと駅ストーリー 食の話」宝島社 2015（宝島社文庫）p229
ゴミの問題
　◇「10分間ミステリー」宝島社 2012（宝島社文庫）p145
誉の代償
　◇「5分で読める！ ひと駅ストーリー 本の物語」宝島社 2014（宝島社文庫）p129
真冬の蜂
　◇「5分で読める！ ひと駅ストーリー 冬の記憶西口編」宝島社 2013（宝島社文庫）p131
銘菓
　◇「5分で読める！ ひと駅ストーリー 降車編」宝島社 2012（宝島社文庫）p111

高山 貞夫　たかやま・さだお
たまにはこんなクリスマス
　◇「中学校劇作シリーズ 7」青雲書房 2002 p171
メリークリーニング
　◇「中学校劇作シリーズ 8」青雲書房 2003 p91

高山 樗牛　たかやま・ちょぎゅう（1871〜1902）
滝口入道
　◇「新日本古典文学大系 明治編 30」岩波書店 2009 p309
鳥海山紀行
　◇「山形県文学全集第2期（随筆・紀行編）1」郷土出版社 2005 p33

高山 直也　たかやま・なおや（1966〜）
株式男
　◇「世にも奇妙な物語―小説の特別編 再生」角川書店 2001（角川ホラー文庫）p85

高山 羽根子　たかやま・はねこ（1975〜）
うどんキツネつきの―第一回創元SF短編賞・佳作
　◇「原色の想像力―創元SF短編賞アンソロジー」東京創元社 2010（創元SF文庫）p15
母のいる島―十六人の子宝に恵まれた母の意志を、娘たちは受け継いだ

◇「NOVA―書き下ろし日本SFコレクション 6」河出書房新社 2011（河出文庫）p185

高山 浩 たかやま・ひろし（1965～）
青い波の冒険
　◇「砂漠の王」富士見書房 1999（富士見ファンタジア文庫）p13
魔王と踊れ
　◇「妖精竜（フェアリードラゴン）の花」富士見書房 2000（富士見ファンタジア文庫）p91

高山 文彦 たかやま・ふみひこ（1958～）
海馬
　◇「短篇ベストコレクション―現代の小説 2001」徳間書店 2001（徳間文庫）p283
常世の人
　◇「短篇ベストコレクション―現代の小説 2002」徳間書店 2002（徳間文庫）p421

高山 凡石 たかやま・ぼんせき
新生
　◇「日本統治期台湾文学集成 23」緑蔭書房 2007 p337
光の中に
　◇「日本統治期台湾文学集成 23」緑蔭書房 2007 p19

高良 勉 たから・べん（1949～）
あたびーぬうんじ
　◇「ことばのたくらみ―実作集」岩波書店 2003（21世紀文学の創造）p109
かみぐとう（神事）
　◇「ことばのたくらみ―実作集」岩波書店 2003（21世紀文学の創造）p105
喜屋武岬
　◇「ことばのたくらみ―実作集」岩波書店 2003（21世紀文学の創造）p95
　◇「沖縄文学選―日本文学のエッジからの問い」勉誠出版 2003 p283
詩 アカシア島
　◇「コレクション戦争と文学 20」集英社 2012 p216
老樹騒乱
　◇「ことばのたくらみ―実作集」岩波書店 2003（21世紀文学の創造）p100

宝子 たからこ
夏の温度
　◇「つながり―フェリシモしあわせショートショート」フェリシモ 1999 p146

田川 あい たがわ・あい
いちばん、嬉しい
　◇「ショートショートの広場 18」講談社 2006（講談社文庫）p130

田川 啓介 たがわ・けいすけ
誰
　◇「優秀新人戯曲集 2010」ブロンズ新社 2009 p161

田川 友江 たがわ・ともえ
心むすび
　◇「むすぶ―第11回フェリシモ文学賞作品集」フェリシモ 2008 p135
出世作
　◇「たびだち―フェリシモしあわせショートショート」フェリシモ 2000 p153

田木 繁 たき・しげる（1907～1995）
五十日、六十日
　◇「新装版 全集現代文学の発見 別巻」學藝書林 2005 p500
生活の波
　◇「新装版 全集現代文学の発見 別巻」學藝書林 2005 p508
大同電力春日出発電所八本煙突
　◇「新装版 全集現代文学の発見 別巻」學藝書林 2005 p506
耐える歌
　◇「新装版 全集現代文学の発見 別巻」學藝書林 2005 p498
松ヶ鼻渡しを渡る
　◇「新装版 全集現代文学の発見 別巻」學藝書林 2005 p502
離陸
　◇「超短編アンソロジー」筑摩書房 2002（ちくま文庫）p140

滝 千賀子 たき・ちかこ
鬼子母神
　◇「「伊豆文学賞」優秀作品集 第7回」羽衣出版 2004 p145

滝 ながれ たき・ながれ
おわりの銀、はじまりの金
　◇「幻想水滸伝短編集 1」メディアワークス 2000（電撃文庫）p177
風待ちの竜
　◇「幻想水滸伝短編集 2」メディアワークス 2001（電撃文庫）p67
星を追う人
　◇「幻想水滸伝短編集 4」メディアワークス 2002（電撃文庫）p67
森の詩
　◇「幻想水滸伝短編集 3」メディアワークス 2002（電撃文庫）p59

多岐 亡羊 たき・ぼうよう（1894～1984）
証拠写真による呪いの掛け方と魔法の破り方
　◇「幻想探偵」光文社 2009（光文社文庫）p147
バード・オブ・プレイ
　◇「進化論」光文社 2006（光文社文庫）p187
雪迷子
　◇「ひとにぎりの異形」光文社 2007（光文社文庫）p212
わたしのまちのかわいいねこすぽっと
　◇「魔地図」光文社 2005（光文社文庫）p541

多岐 流太郎 たき・りゅうたろう
　⇒戸部新十郎（とべ・しんじゅうろう）を見よ

瀧井 孝作　たきい・こうさく（1894〜1984）
小猫
◇「猫」中央公論新社 2009（中公文庫）p91
初めての女
◇「文士の意地―車谷長吉撰短篇小説輯 上巻」作品社 2005 p162

滝上 舞　たきがみ・まい
先生の名前
◇「泣ける！北海道」泰文堂 2015（リンダパブリッシャーズの本）p43

タキガワ
蜘蛛の糸
◇「超短編の世界 vol.3」創英社 2011 p116
ゲンゴロさん
◇「超短編の世界 vol.3」創英社 2011 p32
積み木あそび
◇「超短編の世界 vol.3」創英社 2011 p86
天使が通る
◇「超短編の世界 vol.2」創英社 2009 p95
はじまり
◇「超短編の世界 vol.2」創英社 2009 p64
面
◇「超短編の世界」創英社 2008 p93
役回り
◇「超短編の世界 vol.3」創英社 2011 p76
ロケット男爵
◇「超短編の世界 vol.3」創英社 2011 p26

多岐川 恭　たきがわ・きょう（1920〜1994）
網
◇「名短篇、ここにあり」筑摩書房 2008（ちくま文庫）p219
異説・慶安事件
◇「捕物時代小説選集 6」春陽堂書店 2000（春陽文庫）p135
犬を飼う侍―ゆっくり雨太郎捕物控
◇「傑作捕物ワールド 2」リブリオ出版 2002 p59
餌差しの辰
◇「闇の旋風」徳間書店 2000（徳間文庫）p223
夫の首
◇「明暗廻り灯籠」光風社出版 1998（光風社文庫）p261
怨霊ばなし
◇「怪奇・伝奇時代小説選集 6」春陽堂書店 2000（春陽文庫）p176
グリーン寝台車の客
◇「愛憎発殺人行―鉄道ミステリー名作館」徳間書店 2004（徳間文庫）p107
五右衛門処刑
◇「捕物時代小説選集 3」春陽堂書店 2000（春陽文庫）p78
権八伊右衛門
◇「怪奇・伝奇時代小説選集 13」春陽堂書店 2000（春陽文庫）p163
斬また斬
◇「落日の兇刃―時代アンソロジー」祥伝社 1998（ノン・ポシェット）p51
死の席
◇「悪夢の最終列車―鉄道ミステリー傑作選」光文社 1997（光文社文庫）p189
酒神に乾杯
◇「さらに不安の闇へ―小説推理傑作選」双葉社 1998 p185
新入り―江戸の犯科帳
◇「傑作捕物ワールド 7」リブリオ出版 2002 p197
二夜の女
◇「湯の街殺人旅情―日本ミステリー紀行」青樹社 2000（青樹社文庫）p285
濡れた心
◇「江戸川乱歩賞全集 2」講談社 1998（講談社文庫）p289
眠れない夜
◇「江戸川乱歩の推理教室」光文社 2008（光文社文庫）p155
干潟の小屋
◇「江戸川乱歩の推理試験」光文社 2009（光文社文庫）p151
引き汐
◇「あなたが名探偵」講談社 1998（講談社文庫）p169
平山行蔵
◇「人物日本剣豪伝 4」学陽書房 2001（人物文庫）p35
二人の彰義隊士
◇「花ごよみ夢一夜」光風社出版 2001（光風社文庫）p205
みかん山
◇「甦る推理雑誌 9」光文社 2003（光文社文庫）p359
夢魔の寝床―百地丹波
◇「時代小説傑作選 5」新人物往来社 2008 p5
雪の下―源実朝
◇「剣が謎を斬る―名作で読む推理小説史 時代ミステリー傑作選」光文社 2005（光文社文庫）p201
夜逃げ家老
◇「忠臣蔵コレクション 3」河出書房新社 1998（河出文庫）p275
四人の勇者
◇「大江戸犯科帖―時代推理小説名作選」双葉社 2003（双葉文庫）p7
力士の妾宅
◇「御白洲裁き―時代推理傑作選」徳間書店 2009（徳間文庫）p215
蠟燭を持つ犬
◇「犬のミステリー」河出書房新社 1999（河出文庫）p215
私は死んでいる
◇「犯人は秘かに笑う―ユーモアミステリー傑作選」

光文社 2007（光文社文庫）p129

瀧川 駿　たきかわ・しゅん（1906〜1988）
天一坊覚書
◇「捕物時代小説選集 6」春陽堂書店 2000（春陽文庫）p190

瀧口 修造　たきぐち・しゅうぞう（1903〜1979）
影の通路
◇「新装版 全集現代文学の発見 13」學藝書林 2004 p96

五月のスフィンクス
◇「新装版 全集現代文学の発見 13」學藝書林 2004 p94

遮られない休息
◇「新装版 全集現代文学の発見 13」學藝書林 2004 p95

実験室における太陽氏への公開状
◇「新装版 全集現代文学の発見 13」學藝書林 2004 p82

絶対への接吻
◇「新装版 全集現代文学の発見 13」學藝書林 2004 p90

瀧口修造の詩的実験 1927〜1937
◇「新装版 全集現代文学の発見 13」學藝書林 2004 p76

卵形の室内
◇「創刊一〇〇年三田文学名作選」三田文学会 2010 p584

地球創造説
◇「新装版 全集現代文学の発見 13」學藝書林 2004 p76

地上の星
◇「新装版 全集現代文学の発見 13」學藝書林 2004 p91

北斎（シナリオ）
◇「新装版 全集現代文学の発見 11」學藝書林 2004 p274

妖精の距離
◇「新装版 全集現代文学の発見 13」學藝書林 2004 p96

滝口 康彦　たきぐち・やすひこ（1924〜2004）
粟田口の狂女
◇「剣が哭く夜に哭く」光風社出版 2000（光風社文庫）p317

異聞浪人記
◇「素浪人横丁―人情時代小説傑作選」新潮社 2009（新潮文庫）p57
◇「衝撃を受けた時代小説傑作選」文藝春秋 2011（文春文庫）p143
◇「冒険の森へ―傑作小説大全 2」集英社 2016 p36

異聞浪人記―小林正樹監督「切腹」原作
◇「時代劇原作選集―あの名画を生みだした傑作小説」双葉社 2003（双葉文庫）p213

大野修理の娘―大坂城
◇「名城伝」角川春樹事務所 2015（ハルキ文庫）p39

決死の伊賀越え
◇「神出鬼没！ 戦国忍者伝―傑作時代小説」PHP研究所 2009（PHP文庫）p61

権謀の裏
◇「軍師の死にざま―短篇小説集」作品社 2006 p269
◇「関ヶ原・運命を分けた決断―傑作時代小説」PHP研究所 2007（PHP文庫）p99
◇「軍師の生きざま―時代小説傑作選」コスミック出版 2008（コスミック・時代文庫）p317

権謀の裏―鍋島直茂
◇「時代小説傑作選 6」新人物往来社 2008 p199
◇「軍師の死にざま」実業之日本社 2013（実業之日本社文庫）p337

権平けんかのこと
◇「武士の本懐―武士道小説傑作選」ベストセラーズ 2004（ベスト時代文庫）p281

坂崎乱心
◇「鍔鳴り疾風剣」光風社出版 2000（光風社文庫）p309
◇「人物日本の歴史―時代小説版 戦国編」小学館 2004（小学館文庫）p221

猿ケ辻風聞
◇「幕末京都血風録―傑作時代小説」PHP研究所 2007（PHP文庫）p45

曾我兄弟
◇「仇討ち」小学館 2006（小学館文庫）p87

立花闇千代
◇「女城主―戦国時代小説傑作選」PHP研究所 2016（PHP文芸文庫）p151

田中新兵衛の人斬り人生
◇「幕末テロリスト列伝」講談社 2004（講談社文庫）p29

仲秋十五日
◇「武士道」小学館 2007（小学館文庫）p109

鶴姫
◇「酔うて候―時代小説傑作選」徳間書店 2006（徳間文庫）p153

ときは今
◇「本能寺・男たちの決断―傑作時代小説」PHP研究所 2007（PHP文庫）p7

与四郎涙雨
◇「九州戦国志―傑作時代小説」PHP研究所 2008（PHP文庫）p69

拝領妻始末
◇「八百八町春爛漫」光風社出版 1998（光風社文庫）p197
◇「女人」小学館 2007（小学館文庫）p5
◇「主命にござる」新潮社 2015（新潮文庫）p209

旗は六連銭
◇「機略縦横！ 真田戦記―傑作時代小説」PHP研究所 2008（PHP文庫）p71
◇「決戦！ 大坂の陣」実業之日本社 2014（実業之日本社文庫）p319

放し討ち柳の辻
◇「小説「武士道」」三笠書房 2008（知的生きかた文庫）p325

人斬りにあらず―河上彦斎
◇「幕末剣豪人斬り異聞 勤皇篇」アスキー 1997（Aspect novels）p21
幻の九番斬り―柳生宗矩
◇「時代小説傑作選 1」新人物往来社 2008 p35

滝口 悠生 たきぐち・ゆうしょう（1982～）
泥棒
◇「文学 2015」講談社 2015 p230

滝坂 融 たきざか・ゆう
doglike
◇「マルドゥック・ストーリーズ―公式二次創作集」早川書房 2016（ハヤカワ文庫JA）p141

瀧坂 陽之助 たきざか・ようのすけ
噂
◇「日本統治期台湾文学集成 6」緑蔭書房 2002 p9

滝沢 素水 たきざわ・そすい（生没年不詳）
難船崎の怪
◇「明治探偵冒険小説 4」筑摩書房 2005（ちくま文庫）p259

瀧澤 千繪子 たきざわ・ちえこ
夕焼――一幕
◇「日本統治期台湾文学集成 12」緑蔭書房 2003 p291

滝沢 紘子 たきざわ・ひろこ
雪溶けだるま
◇「ゆきのまち幻想文学賞小品集 14」企画集団ぷりずむ 2005 p153

滝沢 文子 たきざわ・ふみこ（1910～1952）
あなたはかけがえのない人≫滝沢修
◇「日本人の手紙 6」リブリオ出版 2004 p61

たきざわ まさかず
ドッカーンなお弁当
◇「ひらく―第15回フェリシモ文学賞」フェリシモ 2012 p124

瀧澤 美恵子 たきざわ・みえこ（1939～）
星霜
◇「鎮守の森に鬼が棲む―時代小説傑作選」講談社 2001（講談社文庫）p127
ドンツク囃子
◇「別れの手紙」角川書店 1997（角川文庫）p59
ネコババのいる町で
◇「現代秀作集」角川書店 1999（女性作家シリーズ）p281
雪見舟
◇「勝者の死にざま―時代小説選手権」新潮社 1998（新潮文庫）p535

滝田 十和男 たきだ・とわお（1924～）
木洩れ陽の森
◇「ハンセン病文学全集 8」皓星社 2006 p400
天河
◇「ハンセン病文学全集 8」皓星社 2006 p162

滝田 真季 たきた・まき
ひぐらりの間
◇「冷と温―第13回フェリシモ文学賞作品集」フェリシモ 2010 p128

滝田 務雄 たきた・みちお（1973～）
田舎の刑事の趣味とお仕事
◇「砂漠を走る船の道―ミステリーズ！ 新人賞受賞作品集」東京創元社 2016（創元推理文庫）p119
田舎の刑事の宝さがし
◇「ベスト本格ミステリ 2013」講談社 2013（講談社ノベルス）p99
不良品探偵
◇「ベスト本格ミステリ 2012」講談社 2012（講談社ノベルス）p277
◇「探偵の殺される夜―本格短編ベスト・セレクション」講談社 2016（講談社文庫）p387

滝原 満 たきはら・みつる（1941～）
さすらい
◇「甦る「幻影城」 1」角川書店 1997（カドカワ・エンタテインメント）p81

滝本 祥生 たきもと・さちお（1978～）
春の遭難者
◇「優秀新人戯曲集 2011」ブロンズ新社 2010 p137

滝本 竜彦 たきもと・たつひこ（1978～）
おじいちゃんの小説塾
◇「星海社カレンダー小説 2012下」星海社 2012（星海社FICTIONS）p99

瀧羽 麻子 たきわ・あさこ（1981～）
おやすみ
◇「てのひらの恋」KADOKAWA 2014（角川文庫）p159
トキちゃん―阿蘇山本堂 西巌殿寺奥之院
◇「恋の聖地―そこは、最後の恋に出会う場所。」新潮社 2013（新潮文庫）p257
ぱりぱり
◇「あのころの、」実業之日本社 2012（実業之日本社文庫）p51
真夏の動物園
◇「ひとなつの。―真夏に読みたい五つの物語」KADOKAWA 2014（角川文庫）p143

田口 運蔵 たぐち・うんぞう（1892～1933）
赤旗の靡くところ
◇「新・プロレタリア文学精選集 7」ゆまに書房 2004 p1

田口 かおり たぐち・かおり
青の魔法
◇「21世紀の〈ものがたり〉―『はてしない物語』創作コンクール記念」岩波書店 2002 p79

田口 静香 たぐち・しずか（1931～）
星のたより
◇「ゆくりなくも」鶴書院 2009（シニア文学秀作

選）p73

田口 ランディ　たぐち・らんでぃ（1959～）
永遠の火
◇「文学 2006」講談社 2006 p225
カミダーリ
◇「本をめぐる物語―栞は夢をみる」KADOKAWA 2014（角川文庫）p209
死の池
◇「コレクション戦争と文学 12」集英社 2013 p408
白い犬のいる家
◇「短篇ベストコレクション―現代の小説 2007」徳間書店 2007（徳間文庫）p473
スッポン
◇「短篇ベストコレクション―現代の小説 2006」徳間書店 2006（徳間文庫）p415
虎
◇「文豪さんへ。」メディアファクトリー 2009（MF文庫）p55
中島敦『山月記』を語る
◇「文豪さんへ。」メディアファクトリー 2009（MF文庫）p69
似島(にのしま)めぐり
◇「コレクション戦争と文学 19」集英社 2011 p747

田久保 英夫　たくぼ・ひでお（1928～2001）
髪の環
◇「現代小説クロニクル 1975～1979」講談社 2014（講談社文芸文庫）p104
死者の庭
◇「創刊一〇〇年三田文学名作選」三田文学会 2010 p590
辻火
◇「川端康成文学賞全作品 1」新潮社 1999 p343
白蠟
◇「文学 2001」講談社 2001 p92
蜜の味
◇「戦後短篇小説再発見 2」講談社 2001（講談社文芸文庫）p142

拓未 司　たくみ・つかさ（1973～）
後追い
◇「5分で読める！ ひと駅ストーリー 夏の記憶西口編」宝島社 2013（宝島社文庫）p61
◇「5分で凍る！ ぞっとする怖い話」宝島社 2015（宝島社文庫）p235
ある雪男の物語
◇「5分で読める！ ひと駅ストーリー 冬の記憶西口編」宝島社 2013（宝島社文庫）p261
澄み渡る青空
◇「10分間ミステリー」宝島社 2012（宝島社文庫）p167
◇「10分間ミステリー THE BEST」宝島社 2016（宝島社文庫）p235
セカンドライフ
◇「5分で読める！ ひと駅ストーリー 本の物語」宝島社 2014（宝島社文庫）p179

母の面影
◇「「もっとすごい！ 10分間ミステリー」宝島社 2013（宝島社文庫）p235
◇「5分で凍る！ ぞっとする怖い話」宝島社 2015（宝島社文庫）p131
晴れのちバイトくん
◇「エール！ 2」実業之日本社 2013（実業之日本社文庫）p107
揺れる最終電車
◇「5分で読める！ ひと駅ストーリー 乗車編」宝島社 2012（宝島社文庫）p21
料理人の価値
◇「5分で読める！ ひと駅ストーリー 食の話」宝島社 2015（宝島社文庫）p79

岳 宏一郎　たけ・こういちろう（1938～）
雨の中の犬―細川忠興
◇「代表作時代小説 平成10年度」光風社出版 1998 p153
◇「地獄の無明剣―時代小説傑作選」講談社 2004（講談社文庫）p131
蝦蟇の恋―江戸役職白書・養育目付
◇「代表作時代小説 平成16年度」光風社出版 2004 p385
ゆめ
◇「代表作時代小説 平成17年度」光文社 2005 p153
吉宗の恋
◇「代表作時代小説 平成20年度」光文社 2008 p419

武井 彩　たけい・あや
採用試験
◇「世にも奇妙な物語―小説の特別編 赤」角川書店 2003（角川ホラー文庫）p13
連載小説
◇「世にも奇妙な物語―小説の特別編 赤」角川書店 2003（角川ホラー文庫）p125

武井 脩　たけい・おさむ
〔きけわだつみのこえ〕武井脩(旧姓花岡)
◇「新装版 全集現代文学の発見 14」學藝書林 2005 p622

武居 隼人　たけい・はやと
失われた書簡
◇「リトル・リトル・クトゥルー―史上最小の神話小説集」学習研究社 2009 p136
SF促進企画
◇「リトル・リトル・クトゥルー―史上最小の神話小説集」学習研究社 2009 p186
虚の双眸
◇「リトル・リトル・クトゥルー―史上最小の神話小説集」学習研究社 2009 p108
白い球体
◇「リトル・リトル・クトゥルー―史上最小の神話小説集」学習研究社 2009 p114

武井 柚史　たけい・ゆし
青柚子

たけう

◇「ハンセン病文学全集 9」皓星社 2010 p12

竹内 郁深　たけうち・いくみ
やっぱり結局
◇「超短編傑作選 v.6」創英社 2007 p111

竹内 治　たけうち・おさむ
戯曲 新しき出発――一幕
◇「日本統治期台湾文学集成 14」緑蔭書房 2003 p191

家――一幕
◇「日本統治期台湾文学集成 14」緑蔭書房 2003 p457

童乱(たんきぃ)何処へ行く――一幕
◇「日本統治期台湾文学集成 11」緑蔭書房 2003 p177

鶏――一幕二場
◇「日本統治期台湾文学集成 14」緑蔭書房 2003 p309

夢の兵舎
◇「日本統治期台湾文学集成 4」緑蔭書房 2002 p363

竹内 勝太郎　たけうち・かつたろう（1894～1935）
贋造の空
◇「新装版 全集現代文学の発見 別巻」學藝書林 2005 p468

詩論一
◇「新装版 全集現代文学の発見 別巻」學藝書林 2005 p472

虎
◇「新装版 全集現代文学の発見 別巻」學藝書林 2005 p460

氷湖
◇「新装版 全集現代文学の発見 別巻」學藝書林 2005 p465

山繭
◇「新装版 全集現代文学の発見 別巻」學藝書林 2005 p462

竹内 健　たけうち・けん（1935～）
紫色の丘
◇「リテラリーゴシック・イン・ジャパン―文学的ゴシック作品選」筑摩書房 2014（ちくま文庫）p265

竹内 浩三　たけうち・こうぞう（1921～1945）
友が死ニ、胃袋ノアタリヲ、秋風ガナガレタ≫野村一雄
◇「日本人の手紙 9」リブリオ出版 2004 p63

竹内 志麻子　たけうち・しまこ（1964～）
むかしむかしこわい未来がありました
◇「時間怪談」廣済堂出版 1999（廣済堂文庫）p275

竹内 正一　たけうち・しょういち（1902～1974）
流離
◇「コレクション戦争と文学 16」集英社 2012 p205

竹内 伸一　たけうち・しんいち
やぐらの上の雨女
◇「ショートショートの花束 1」講談社 2009（講談社文庫）p124

武内 慎之助　たけうち・しんのすけ
暗雲
◇「ハンセン病文学全集 6」皓星社 2003 p337

鬼
◇「ハンセン病文学全集 6」皓星社 2003 p339

釣瓶
◇「ハンセン病文学全集 6」皓星社 2003 p340

裸樹
◇「ハンセン病文学全集 6」皓星社 2003 p337

踏石
◇「ハンセン病文学全集 6」皓星社 2003 p339

冬の虫
◇「ハンセン病文学全集 6」皓星社 2003 p340

みのむし
◇「ハンセン病文学全集 6」皓星社 2003 p337

夜鷹
◇「ハンセン病文学全集 6」皓星社 2003 p338

竹内 大輔　たけうち・だいすけ
労使関係
◇「ショートショートの広場 9」講談社 1998（講談社文庫）p64

竹内 智美　たけうち・ともみ
父と母と私
◇「つながり―フェリシモしあわせショートショート」フェリシモ 1999 p93

竹内 義和　たけうち・よしかず（1955～）
丑の刻参りの女
◇「文藝百物語」ぶんか社 1997 p86

追ってくるもの
◇「文藝百物語」ぶんか社 1997 p178

鬼伝説の山で
◇「文藝百物語」ぶんか社 1997 p66

繰り返す『四谷怪談』
◇「文藝百物語」ぶんか社 1997 p196

結局、何も起こらなかったのである…。
◇「文藝百物語」ぶんか社 1997 p272

嫉妬するマネキン
◇「文藝百物語」ぶんか社 1997 p49

死出の身支度
◇「文藝百物語」ぶんか社 1997 p12

証拠を見せてくれ
◇「文藝百物語」ぶんか社 1997 p224

神社の傀儡師
◇「文藝百物語」ぶんか社 1997 p38

清・少女
◇「秘神界 現代編」東京創元社 2002（創元推理文庫）p77

全校生徒が合掌して
◇「文藝百物語」ぶんか社 1997 p163
先輩の鳩
◇「文藝百物語」ぶんか社 1997 p220
近づく速度
◇「文藝百物語」ぶんか社 1997 p200
一つ目の坊主、河童の写真
◇「文藝百物語」ぶんか社 1997 p29
放送局の怪談
◇「文藝百物語」ぶんか社 1997 p113
目を開けると…
◇「文藝百物語」ぶんか社 1997 p218
よくあることやから
◇「文藝百物語」ぶんか社 1997 p96
リジアの入り江
◇「幽霊船」光文社 2001（光文社文庫）p107
わたしにも聞かせて
◇「文藝百物語」ぶんか社 1997 p202
笑い声がついてくる
◇「文藝百物語」ぶんか社 1997 p21

竹内 好　たけうち・よしみ（1910〜1977）

「阿Q正伝」の世界性
◇「戦後文学エッセイ選 4」影書房 2005 p62
明日（魯迅〔著〕）
◇「生の深みを覗く―ポケットアンソロジー」岩波書店 2010（岩波文庫別冊）p327
インテリ論
◇「戦後文学エッセイ選 4」影書房 2005 p138
花鳥風月
◇「戦後文学エッセイ選 4」影書房 2005 p192
「狂人日記」について
◇「戦後文学エッセイ選 4」影書房 2005 p38
教養主義について
◇「戦後文学エッセイ選 4」影書房 2005 p97
近代主義と民族の問題
◇「戦後文学エッセイ選 4」影書房 2005 p128
屈辱の事件
◇「戦後文学エッセイ選 4」影書房 2005 p168
剣を鍛える話（魯迅〔著〕）
◇「恐ろしい話」筑摩書房 2011（ちくま文学の森）p183
憲法擁護が一切に先行する
◇「戦後文学エッセイ選 4」影書房 2005 p177
故郷（魯迅〔著〕）
◇「教科書名短篇 少年時代」中央公論新社 2016（中公文庫）p211
孔乙己（魯迅〔著〕）
◇「怠けものの話」筑摩書房 2011（ちくま文学の森）p65
前事不忘、後事之師
◇「戦後文学エッセイ選 4」影書房 2005 p220
中国と私
◇「戦後文学エッセイ選 4」影書房 2005 p197
中国文学の政治性
◇「戦後文学エッセイ選 4」影書房 2005 p70
朝鮮語のすすめ
◇「戦後文学エッセイ選 4」影書房 2005 p216
ともに歩みまた別れて
◇「戦後文学エッセイ選 4」影書房 2005 p237
日本共産党批判
◇「新装版 全集現代文学の発見 4」學藝書林 2003 p458
日本共産党論（その1）
◇「戦後文学エッセイ選 4」影書房 2005 p108
ノラと中国―魯迅の婦人解放論
◇「戦後文学エッセイ選 4」影書房 2005 p85
藤野先生
◇「戦後文学エッセイ選 4」影書房 2005 p23
文学の自律性など―国民文学の本質論の中
◇「戦後文学エッセイ選 4」影書房 2005 p157
亡国の歌
◇「戦後文学エッセイ選 4」影書房 2005 p120
村芝居（魯迅〔著〕）
◇「とっておきの話」筑摩書房 2011（ちくま文学の森）p387
吉川英治論
◇「戦後文学エッセイ選 4」影書房 2005 p180
魯迅と許広平
◇「戦後文学エッセイ選 4」影書房 2005 p27
魯迅と日本文学
◇「戦後文学エッセイ選 4」影書房 2005 p49
魯迅と二葉亭
◇「戦後文学エッセイ選 4」影書房 2005 p81
魯迅の死について
◇「戦後文学エッセイ選 4」影書房 2005 p9

武内 涼　たけうち・りょう（1978〜）

伏見燃ゆ 鳥居元忠伝
◇「戦国秘史―歴史小説アンソロジー」KADOKAWA 2016（角川文庫）p123

竹河 聖　たけかわ・せい

衣装を着けろ
◇「キネマ・キネマ」光文社 2002（光文社文庫）p299
海の鳴る宿
◇「水妖」廣済堂出版 1998（廣済堂文庫）p511
鬼子母神
◇「ふるえて眠れ―女流ホラー傑作選」角川春樹事務所 2001（ハルキ・ホラー文庫）p115
貴賓室の婦人
◇「グランドホテル」廣済堂出版 1999（廣済堂文庫）p537
蜘蛛男爵の舞踏会
◇「十月のカーニヴァル」光文社 2000（カッパ・ノベルス）p307

たけし

月光の玉
◇「アジアン怪綺」光文社 2003（光文社文庫）p399
桜、さくら
◇「時間怪談」廣済堂出版 1999（廣済堂文庫）p525
サダオ
◇「危険な関係―女流ミステリー傑作選」角川春樹事務所 2002（ハルキ文庫）p83
サダコ
◇「世紀末サーカス」廣済堂出版 2000（廣済堂文庫）p531
さまよえるオランダ人
◇「幽霊船」光文社 2001（光文社文庫）p419
十歩…二十歩…
◇「十の恐怖」角川書店 1999 p307
死の恋
◇「血の12幻想」エニックス 2000 p125
スパゲッティー
◇「恐怖症」光文社 2002（光文社文庫）p539
青磁
◇「マスカレード」光文社 2002（光文社文庫）p601
父の恋人
◇「京都宵」光文社 2008（光文社文庫）p315
角出しのガブ
◇「ロボットの夜」光文社 2000（光文社文庫）p569
陶人形
◇「俳優」廣済堂出版 1999（廣済堂文庫）p495
ぬるい水
◇「邪香草―恋愛ホラー・アンソロジー」祥伝社 2003（祥伝社文庫）p313
農園
◇「幽霊怪談」リブリオ出版 2001（怪奇・ホラーワールド）p169
瓶
◇「アート偏愛」光文社 2005（光文社文庫）p497
振り向いた女
◇「江戸迷宮」光文社 2011（光文社文庫）p97
古いアパート
◇「宇宙生物ゾーン」廣済堂出版 2000（廣済堂文庫）p345
蛇使いの女
◇「獣人」光文社 2003（光文社文庫）p345
干し首
◇「トロピカル」廣済堂出版 1999（廣済堂文庫）p487
魔
◇「夢魔」光文社 2001（光文社文庫）p555
眼
◇「蒐集家（コレクター）」光文社 2004（光文社文庫）p223
闇桜
◇「櫻憑き」光文社 2001（カッパ・ノベルス）p141
幼虫
◇「チャイルド」廣済堂出版 1998（廣済堂文庫）p247
ワイン猫の憂鬱
◇「酒の夜語り」光文社 2002（光文社文庫）p517
わたしの家
◇「帰還」光文社 2000（光文社文庫）p331
DOG
◇「GOD」廣済堂出版 1999（廣済堂文庫）p369

竹下　敏幸　たけした・としゆき
苦の愉悦―密室発刊に際して
◇「甦る推理雑誌 5」光文社 2003（光文社文庫）p11

武田　亞公　たけだ・あこう（1906〜1992）
港の子供たち
◇「日本の少年小説―「少国民」のゆくえ」インパクト出版会 2016（インパクト選書）p119

武田　綾乃　たけだ・あやの（1992〜）
俺の彼女は人見知り
◇「5分で読める！ ひと駅ストーリー 夏の記憶西口編」宝島社 2013（宝島社文庫）p91
かわいそうなうさぎ
◇「5分で読める！ ひと駅ストーリー 冬の記憶西口編」宝島社 2013（宝島社文庫）p251
◇「5分で凍る！ ぞっとする怖い話」宝島社 2015（宝島社文庫）p79
◇「5分で驚く！ どんでん返しの物語」宝島社 2016（宝島社文庫）p153
クリスマスプレゼント
◇「5分で読める！ ひと駅ストーリー 旅の話」宝島社 2015（宝島社文庫）p359

竹田　右左之島人　たけだ・うさのしまびと
長篇青春小説 夢の紅薔薇
◇「日本統治期台湾文学集成 7」緑蔭書房 2002 p7

竹田　和弘　たけだ・かずひろ
自動娘
◇「優秀新人戯曲集 2005」ブロンズ新社 2004 p5

武田　五郎　たけだ・ごろう（1922〜2010）
回天特攻学徒隊員の記録
◇「読み聞かせる戦争」光文社 2015 p181

武田　繁太郎　たけだ・しげたろう（1919〜1986）
風潮
◇「被差別文学全集」河出書房新社 2016（河出文庫）p219

武田　若千　たけだ・じゃくせん
市松人形
◇「てのひら怪談―ビーケーワン怪談大賞傑作選 庚寅」ポプラ社 2010（ポプラ文庫）p160
おじさん
◇「てのひら怪談 癸巳」KADOKAWA 2013（MF文庫ダ・ヴィンチ）p22
女
「てのひら怪談―ビーケーワン怪談大賞傑作選 2」

ポプラ社 2007 p66
◇「てのひら怪談―ビーケーワン怪談大賞傑作選 己丑」ポプラ社 2009（ポプラ文庫）p26

神様
◇「超短編の世界」創英社 2008 p164

白いライトバン
◇「てのひら怪談 癸巳」KADOKAWA 2013（MF文庫ダ・ヴィンチ）p100

電話
◇「超短編の世界 vol.2」創英社 2009 p88

バックライト
◇「てのひら怪談―ビーケーワン怪談大賞傑作選 辛卯」ポプラ社 2011（ポプラ文庫）p150

隣家の風鈴
◇「てのひら怪談―ビーケーワン怪談大賞傑作選 壬辰」ポプラ社 2012（ポプラ文庫）p66

武田 晋一　たけだ・しんいち

いのししのレスキューたい
◇「小学校・全員参加の楽しい学級劇・学年劇脚本集 低学年」黎明書房 2007 p126

武田 泰淳　たけだ・たいじゅん（1912〜1976）

「愛」のかたち
◇「新装版 全集現代文学の発見 5」學藝書林 2003 p82

『あっは』と『ぷふい』―埴谷雄高『死霊』について
◇「戦後文学エッセイ選 5」影書房 2006 p49

異形の者
◇「新装版 全集現代文学の発見 15」學藝書林 2005 p60

いりみだれた散歩
◇「小川洋子の陶酔短篇箱」河出書房新社 2014 p155

美しさとはげしさ
◇「戦後文学エッセイ選 5」影書房 2006 p17

映画と私
◇「戦後文学エッセイ選 5」影書房 2006 p120

汚職の心理
◇「戦後文学エッセイ選 5」影書房 2006 p92

勧善懲悪について
◇「戦後文学エッセイ選 5」影書房 2006 p54

巨人
◇「戦後短篇小説選―『世界』1946-1999 1」岩波書店 2000 p277

空間の犯罪
◇「戦後短篇小説再発見 11」講談社 2003（講談社文芸文庫）p9

限界状況における人間
◇「戦後文学エッセイ選 5」影書房 2006 p92

「ゴジラ」の来る夜
◇「怪獣」国書刊行会 1998（書物の王国）p154
◇「怪獣文学大全」河出書房新社 1998（河出文庫）p9
◇「コレクション戦争と文学 3」集英社 2012 p309

根源的なるもの
◇「戦後文学エッセイ選 5」影書房 2006 p141

サルトル的知識人について
◇「戦後文学エッセイ選 5」影書房 2006 p129

椎名麟三氏の死のあとに
◇「戦後文学エッセイ選 5」影書房 2006 p212

司馬遷の精神―記録について
◇「戦後文学エッセイ選 5」影書房 2006 p9

女賊の哲学
◇「歴史小説の世紀 天の巻」新潮社 2000（新潮文庫）p685

信念
◇「教科書名短篇 人間の情景」中央公論新社 2016（中公文庫）p143

審判
◇「新装版 全集現代文学の発見 4」學藝書林 2003 p32

すべてのものは変化する
◇「戦後文学エッセイ選 5」影書房 2006 p105

戦場の人間心理
◇「戦後文学エッセイ選 5」影書房 2006 p103

戦争と私
◇「戦後文学エッセイ選 5」影書房 2006 p137

第一のボタン
◇「新装版 全集現代文学の発見 6」學藝書林 2003 p76

竹内好の孤独
◇「戦後文学エッセイ選 5」影書房 2006 p109

谷崎氏の女性
◇「戦後文学エッセイ選 5」影書房 2006 p26

中国の小説と日本の小説
◇「戦後文学エッセイ選 5」影書房 2006 p66

「中国文学」と「近代文学」の不可思議な交流
◇「戦後文学エッセイ選 5」影書房 2006 p221

出羽三山
◇「山形県文学全集第2期（随筆・紀行編）4」郷土出版社 2005 p58

汝の母を！
◇「日本文学全集 27」河出書房新社 2017 p9

人間は平等である
◇「戦後文学エッセイ選 5」影書房 2006 p95

非革命者
◇「戦後占領期短篇小説コレクション 3」藤原書店 2007 p59

ひかりごけ
◇「新装版 全集現代文学の発見 7」學藝書林 2003 p460
◇「迷」文藝春秋 2003（推理作家になりたくて マイベストミステリー）p162
◇「恐怖の森」ランダムハウス講談社 2007 p59
◇「マイ・ベスト・ミステリー 3」文藝春秋 2007（文春文庫）p237
◇「恐ろしい話」筑摩書房 2011（ちくま文学の森）p455

文学を志す人々へ
- ◇「戦後文学エッセイ選 5」影書房 2006 p112

三島由紀夫氏の死ののちに
- ◇「戦後文学エッセイ選 5」影書房 2006 p144

『未来の淫女』自作ノオト
- ◇「戦後文学エッセイ選 5」影書房 2006 p75

無感覚なボタン―帝銀事件について
- ◇「戦後文学エッセイ選 5」影書房 2006 p41

滅亡について
- ◇「新装版 全集現代文学の発見 7」學藝書林 2003 p564
- ◇「戦後文学エッセイ選 5」影書房 2006 p31

もの喰う女
- ◇「戦後短篇小説再発見 2」講談社 2001（講談社文芸文庫）p47
- ◇「魂がふるえるとき」文藝春秋 2004（文春文庫）p155
- ◇「日本近代短篇小説選 昭和篇2」岩波書店 2012（岩波文庫）p229

もの食う女
- ◇「もの食う話」文藝春秋 2015（文春文庫）p77

由井正雪の最期
- ◇「江戸三百年を読む―傑作時代小説 シリーズ江戸学 上」角川学芸出版 2009（角川文庫）p157

流人島にて
- ◇「冒険の森へ―傑作小説大全 5」集英社 2015 p52

魯迅とロマンティシズム
- ◇「戦後文学エッセイ選 5」影書房 2006 p80

わが思索わが風土
- ◇「戦後文学エッセイ選 5」影書房 2006 p153

私の中の地獄
- ◇「戦後文学エッセイ選 5」影書房 2006 p165

竹田 多映子　たけだ・たえこ

おでんや
- ◇「つながりーフェリシモしあわせショートショート」フェリシモ 1999 p97

武田 忠士　たけだ・ただし

写生
- ◇「てのひら怪談―ビーケーワン怪談大賞傑作選 2」ポプラ社 2007 p160

竹田 敏彦　たけだ・としひこ（1891～1961）

牡丹崩れず〔第129回分〕
- ◇「近代朝鮮文学日本語作品集1908～1945 セレクション 6」緑蔭書房 2008 p308

武田 直樹　たけだ・なおき

素顔を聴かせて
- ◇「新鋭劇作集 series 14」日本劇団協議会 2003 p145

竹田 真砂子　たけだ・まさこ（1938～）

かぶき大阿闍梨
- ◇「人情の往来―時代小説最前線」新潮社 1997（新潮文庫）p111
- ◇「逆転―時代アンソロジー」祥伝社 2000（祥伝社文庫）p257

紀州の姫君
- ◇「代表作時代小説 平成11年度」光風社出版 1999 p145

木戸前のあの子
- ◇「代表作時代小説 平成9年度」光風社出版 1997 p403
- ◇「春宵濡れ髪しぐれ―時代小説傑作選」講談社 2003（講談社文庫）p391

献上牡丹
- ◇「勝者の死にざま―時代小説選手権」新潮社 1998（新潮文庫）p155

じょさね
- ◇「代表作時代小説 平成25年度」光文社 2013 p245

千姫と乳酪
- ◇「剣の意地恋の夢―時代小説傑作選」講談社 2000（講談社文庫）p87
- ◇「江戸の満腹力―時代小説傑作選」集英社 2005（集英社文庫）p223

玉手箱
- ◇「代表作時代小説 平成26年度」光文社 2014 p71

綱子の夏
- ◇「現代の小説 1998」徳間書店 1998 p211

柳は緑 花は紅
- ◇「代表作時代小説 平成10年度」光風社出版 1998 p357
- ◇「地獄の無明剣―時代小説傑作選」講談社 2004（講談社文庫）p427

矢来の内
- ◇「市井図絵」新潮社 1997 p261

雪女臙
- ◇「雪女のキス」光文社 2000（カッパ・ノベルス）p87

嫁入り道具
- ◇「逢魔への誘い」徳間書店 2000（徳間文庫）p163

武田 八洲満　たけだ・やすみ（1927～1986）

あぶ、あぶ
- ◇「彩四季・江戸慕情」光文社 2012（光文社文庫）p285

いろはにほへとかたきうち
- ◇「武士道残月抄」光文社 2011（光文社文庫）p345

嘘
- ◇「浜町河岸夕化粧」光風社出版 1998（光風社文庫）p165

海に金色の帆
- ◇「雪月花・江戸景色」光文社 2013（光文社文庫）p213

菊のはなかげ
- ◇「武士道切絵図―新鷹会・傑作時代小説選」光文社 2010（光文社文庫）p197

五人の武士
- ◇「花と剣と侍―新鷹会・傑作時代小説選」光文社 2009（光文社文庫）p191

永見右衛門尉貞愛
◇「武士道歳時記—新鷹会・傑作時代小説選」光文社 2008（光文社文庫）p265
よく忠によく孝に
◇「しのぶ雨江戸恋慕—新鷹会・傑作時代小説選」光文社 2016（光文社文庫）p249

武田 百合子　たけだ・ゆりこ（1925〜1993）
浅草蚤の市
◇「精選女性随筆集 5」文藝春秋 2012 p206
あの頃
◇「精選女性随筆集 5」文藝春秋 2012 p234
上野東照宮
◇「精選女性随筆集 5」文藝春秋 2012 p212
お弁当
◇「精選女性随筆集 5」文藝春秋 2012 p181
牛乳
◇「精選女性随筆集 5」文藝春秋 2012 p175
京都の秋
◇「精選女性随筆集 5」文藝春秋 2012 p199
『ことばの食卓』
◇「精選女性随筆集 5」文藝春秋 2012 p171
椎名さんのこと
◇「精選女性随筆集 5」文藝春秋 2012 p250
世田谷忘年会
◇「精選女性随筆集 5」文藝春秋 2012 p225
夏の終り
◇「精選女性随筆集 5」文藝春秋 2012 p193
花の下
◇「精選女性随筆集 5」文藝春秋 2012 p187
『日日雑記』
◇「精選女性随筆集 5」文藝春秋 2012 p239
『日日雑記』より
◇「映画狂時代」新潮社 2014（新潮文庫）p9
枇杷
◇「くだものだもの」ランダムハウス講談社 2007 p137
◇「精選女性随筆集 5」文藝春秋 2012 p172
◇「もの食う話」文藝春秋 2015（文春文庫）p91
富士山麓の夏
◇「精選女性随筆集 5」文藝春秋 2012 p256
『富士日記』
◇「精選女性随筆集 5」文藝春秋 2012 p9
藪塚ヘビセンター
◇「小川洋子の偏愛短篇箱」河出書房新社 2009 p207
◇「小川洋子の偏愛短篇箱」河出書房新社 2012（河出文庫）p207
◇「精選女性随筆集 5」文藝春秋 2012 p218
『遊覧日記』
◇「精選女性随筆集 5」文藝春秋 2012 p205

武田 喜義　たけだ・よしのり
〔きけわだつみのこえ〕竹田喜義
◇「新装版 全集現代文学の発見 14」學藝書林 2005 p631

武田 麟太郎　たけだ・りんたろう（1904〜1946）
一の酉
◇「日本文学100年の名作 3」新潮社 2014（新潮文庫）p35
井原西鶴
◇「大阪文学名作選」講談社 2011（講談社文芸文庫）p170
手記
◇「コレクション戦争と文学 7」集英社 2011 p205
大凶の籤
◇「怠けものの話」筑摩書房 2011（ちくま文学の森）p397
暴力
◇「新装版 全集現代文学の発見 3」學藝書林 2003 p123

竹谷 友里　たけたに・ゆり
金木犀の風に乗って
◇「むすぶ—第11回フェリシモ文学賞作品集」フェリシモ 2008 p162

武智 弘美　たけち・ひろみ
雪の色屋
◇「ゆきのまち幻想文学賞小品集 14」企画集団ぷりずむ 2005 p69

竹中 あい　たけなか・あい
ピンクの希望
◇「科学ドラマ大賞 第2回受賞作品集」科学技術振興機構 〔2011〕 p6

竹中 郁　たけなか・いく（1904〜1982）
競馬
◇「新装版 全集現代文学の発見 13」學藝書林 2004 p41
詩の行方
◇「新装版 全集現代文学の発見 13」學藝書林 2004 p44
スーチンの雉
◇「新装版 全集現代文学の発見 13」學藝書林 2004 p45
白鳥（スワン）のやうに
◇「新装版 全集現代文学の発見 13」學藝書林 2004 p44
詩集 象牙海岸
◇「新装版 全集現代文学の発見 13」學藝書林 2004 p36
ちよつとした奇蹟
◇「超短編アンソロジー」筑摩書房 2002（ちくま文庫）p75
眠り
◇「新装版 全集現代文学の発見 13」學藝書林 2004 p45
恐慌（パニック）
◇「新装版 全集現代文学の発見 13」學藝書林 2004

p42
ハムマー
◇「新装版 全集現代文学の発見 13」學藝書林 2004 p40
百貨店—à M.Man Ray
◇「新装版 全集現代文学の発見 13」學藝書林 2004 p38
三つのシネポエム
◇「新装版 全集現代文学の発見 13」學藝書林 2004 p36
ラグビイ—アルチユウル・オネガ作曲
◇「新装版 全集現代文学の発見 13」學藝書林 2004 p36

竹西 寛子　たけにし・ひろこ（1929〜）
五十鈴川の鴨
◇「文学 2007」講談社 2007 p239
儀式
◇「戦争小説短篇名作選」講談社 2015（講談社文芸文庫）p83
木になった魚
◇「文学 2003」講談社 2003 p58
神馬
◇「教科書名短篇 少年時代」中央公論新社 2016（中公文庫）p121
椿堂
◇「文学 1999」講談社 1999 p28
◇「現代小説クロニクル 1995〜1999」講談社 2015（講談社文芸文庫）p237
鶴
◇「戦後短篇小説再発見 14」講談社 2003（講談社文芸文庫）p121
兵隊宿
◇「川端康成文学賞全作品 1」新潮社 1999 p163
◇「コレクション戦争と文学 14」集英社 2012 p382
蘭
◇「日本文学100年の名作 7」新潮社 2015（新潮文庫）p527

竹之内 響介　たけのうち・こうすけ
春子の手
◇「最後の一日 3月23日—さよならが胸に染みる10の物語」泰文堂 2013（リンダブックス）p7
ベンチウォーマー
◇「少女のなみだ」泰文堂 2014（リンダブックス）p7
僕のお父さん
◇「少年のなみだ」泰文堂 2014（リンダブックス）p61

竹之内 静雄　たけのうち・しずお（1913〜1997）
ロッダム号の船長
◇「新装版 全集現代文学の発見 別巻」學藝書林 2005 p132
◇「戦後占領期短篇小説コレクション 4」藤原書店 2007 p197

竹之内 博章　たけのうち・ひろあき
雪笛
◇「ゆきのまち幻想文学賞小品集 12」企画集団ぷりずむ 2003 p81

武林 無想庵　たけばやし・むそうあん（1880〜1962）
性慾の触手
◇「新装版 全集現代文学の発見 1」學藝書林 2002 p163

竹久 夢二　たけひさ・ゆめじ（1884〜1934）
わすれな草／かへらぬひと
◇「涙の百年文学—もう一度読みたい」太陽出版 2009 p308
笑ったあなたの笑顔に私はとけてゆく。銚子＞長谷川カタ
◇「日本人の手紙 7」リブリオ出版 2004 p29

竹村 猛児　たけむら・たけじ
三人の日記
◇「幻の探偵雑誌 10」光文社 2002（光文社文庫）p401
試薬第六〇七号
◇「懐かしい未来—甦る明治・大正・昭和の未来小説」中央公論新社 2001 p301
盲腸炎の患者
◇「外地探偵小説集 上海篇」せらび書房 2006 p115

竹村 直伸　たけむら・なおのぶ（1921〜）
タロの死
◇「犬のミステリー」河出書房新社 1999（河出文庫）p149
似合わない指輪
◇「江戸川乱歩と13の宝石 2」光文社 2007（光文社文庫）p241

嶽本 あゆ美　たけもと・あゆみ（1967〜）
かつて東方に国ありき
◇「新鋭劇作集 series 15」日本劇団協議会 2004 p169
ダム
◇「優秀新人戯曲集 2007」ブロンズ新社 2006 p207

竹本 健治　たけもと・けんじ（1954〜）
開かずのドア
◇「教室」光文社 2003（光文社文庫）p23
依存のお茶会
◇「9の扉—リレー短編集」マガジンハウス 2009 p137
◇「9の扉」KADOKAWA 2013（角川文庫）p131
彼ら
◇「凶鳥の黒影—中井英夫へ捧げるオマージュ」河出書房新社 2004 p91
陥穽
◇「甦る「幻影城」 3」角川書店 1998（カドカワ・エンタテインメント）p315
◇「幻影城—【探偵小説誌】不朽の名作」角川書店

2000（角川ホラー文庫）p371
恐怖
◇「綾辻行人と有栖川有栖のミステリ・ジョッキー 1」講談社 2008 p93
狂い壁 狂い窓
◇「綾辻・有栖川復刊セレクション 狂い壁 狂い窓」講談社 2007（講談社ノベルス）p5
個体発生は系統発生を繰り返す
◇「進化論」光文社 2006（光文社文庫）p395
恐い映像
◇「Mystery Seller」新潮社 2012（新潮文庫）p299
騒がしい密室
◇「本格ミステリ 2005」講談社 2005（講談社ノベルス）p93
◇「大きな棺の小さな鍵―本格短編ベスト・セレクション」講談社 2009（講談社文庫）p133
白の果ての扉
◇「GOD」廣済堂出版 1999（廣済堂文庫）p207
世界征服同好会
◇「学び舎は血を招く」講談社 2008（講談社ノベルス）p7
チェス殺人事件
◇「絶体絶命」早川書房 2006（ハヤカワ文庫）p207
月の下の鏡のような犯罪
◇「乱歩の幻影」筑摩書房 1999（ちくま文庫）p129
非時（ときじく）の香（かく）の木の実
◇「エロティシズム12幻想」エニックス 2000 p201
閉じ箱
◇「ミステリマガジン700 国内篇」早川書房 2014（ハヤカワ・ミステリ文庫）p207
羊の王
◇「幻想探偵」光文社 2009（光文社文庫）p353
漂流カーペット―鏡家サーガ
◇「QED鏡家の薬屋探偵―メフィスト賞トリビュート」講談社 2010（講談社ノベルス）p9
フォア・フォーズの素数
◇「玩具館」光文社 2001（光文社文庫）p175
ボクの死んだ宇宙
◇「十月のカーニヴァル」光文社 2000（カッパ・ノベルス）p105
瑠璃と紅玉の女王
◇「NOVA―書き下ろし日本SFコレクション 4」河出書房新社 2011（河出文庫）p249

嶽本 野ばら　たけもと・のばら（1968～）
死霊婚
◇「旅の終わり、始まりの旅」小学館 2012（小学館文庫）p101
プリンセス・プリンセス
◇「Joy！」講談社 2008 p5
◇「彼の女たち」講談社 2012（講談社文庫）p9
流薔園の手品師
◇「凶鳥の黒影―中井英夫へ捧げるオマージュ」河出書房新社 2004 p117
Flying guts

◇「恋のトビラ」集英社 2008 p59
◇「恋のトビラ―好き、やっぱり好き。」集英社 2010（集英社文庫）p77
pearl parable
◇「極上掌篇小説」角川書店 2006 p165
◇「ひと粒の宇宙」角川書店 2009（角川文庫）p163

竹本 博文　たけもと・ひろぶみ
その船に乗ってはいけない
◇「絶体絶命！」泰文堂 2011（Linda books！）p283

竹森 仁之介　たけもり・じんのすけ（1933～）
モン族
◇「全作家短編小説集 6」全作家協会 2007 p221

竹山 広　たけやま・ひろし（1920～2010）
短歌
◇「コレクション戦争と文学 19」集英社 2011 p444

竹山 文夫　たけやま・ふみお
怪異談 牡丹燈籠
◇「怪奇・伝奇時代小説選集 9」春陽堂書店 2000（春陽文庫）p2

竹山 洋　たけやま・よう（1946～）
霧の火～樺太真岡郵便局に散った9人の乙女たち
◇「テレビドラマ代表作選集 2009年版」日本脚本家連盟 2009 p109
SABU―さぶ
◇「テレビドラマ代表作選集 2003年版」日本脚本家連盟 2003 p7
点と線
◇「テレビドラマ代表作選集 2008年版」日本脚本家連盟 2008 p7
秀吉の枕
◇「歴史の息吹」新潮社 1997 p65

竹吉 優輔　たけよし・ゆうすけ（1980～）
イーストウッドに助けはこない
◇「デッド・オア・アライヴ―江戸川乱歩賞作家アンソロジー」講談社 2013 p65
◇「デッド・オア・アライヴ」講談社 2014（講談社文庫）p69

太宰 治　だざい・おさむ（1909～1948）
ア、秋
◇「文豪怪談傑作選 太宰治集」筑摩書房 2009（ちくま文庫）p336
芥川賞をもらえば、人の情けに泣くでしょう≫佐藤春夫
◇「日本人の手紙 10」リブリオ出版 2004 p51
尼
◇「ちくま日本文学 8」筑摩書房 2008（ちくま文庫）p79
尼 「陰火」より
◇「文豪怪談傑作選 太宰治集」筑摩書房 2009（ちくま文庫）p28

たさい

哀蚊
　◇「文豪怪談傑作選　太宰治集」筑摩書房 2009（ちくま文庫）p22

命がけで生きていてください、コイシイ≫太田静子
　◇「日本人の手紙 5」リブリオ出版 2004 p7

陰火
　◇「ちくま日本文学 8」筑摩書房 2008（ちくま文庫）p61

ヴィヨンの妻
　◇「ちくま日本文学 8」筑摩書房 2008（ちくま文庫）p410
　◇「日本文学全集 27」河出書房新社 2017 p233

浦島さん
　◇「京都府文学全集第1期（小説編）3」郷土出版社 2005 p270
　◇「不思議の扉　時をかける恋」角川書店 2010（角川文庫）p197

浦島さん　「お伽草紙」より
　◇「文豪怪談傑作選　太宰治集」筑摩書房 2009（ちくま文庫）p144

黄金風景
　◇「ちくま日本文学 8」筑摩書房 2008（ちくま文庫）p96

黄金風景――一九三九（昭和一四）年三月
　◇「BUNGO―文豪短篇傑作選」角川書店 2012（角川文庫）p153

桜桃
　◇「短編で読む恋愛・家族」中部日本教育文化会 1998 p141
　◇「短編名作選―1925-1949 文士たちの時代」笠間書院 1999 p269
　◇「戦後短篇小説選―『世界』1946-1999 1」岩波書店 2000 p125
　◇「新装版　全集現代文学の発見 5」學藝書林 2003 p44
　◇「くだものだもの」ランダムハウス講談社 2007 p169
　◇「ちくま日本文学 8」筑摩書房 2008（ちくま文庫）p398
　◇「果実」SDP 2009（SDP bunko）p31

お伽草子
　◇「ちくま日本文学 8」筑摩書房 2008（ちくま文庫）p299

音に就いて
　◇「文豪怪談傑作選　太宰治集」筑摩書房 2009（ちくま文庫）p332

怪談
　◇「文豪怪談傑作選　太宰治集」筑摩書房 2009（ちくま文庫）p9

カチカチ山
　◇「ちくま日本文学 8」筑摩書房 2008（ちくま文庫）p299
　◇「悪いやつの物語」筑摩書房 2011（ちくま文学の森）p355

家庭の幸福
　◇「戦後占領期短篇小説コレクション 3」藤原書店 2007 p131

貨幣
　◇「闇市」皓星社 2015（紙礫）p12

紙の鶴
　◇「ちくま日本文学 8」筑摩書房 2008（ちくま文庫）p67

革財布
　◇「文豪怪談傑作選　太宰治集」筑摩書房 2009（ちくま文庫）p343

玩具
　◇「文豪怪談傑作選　太宰治集」筑摩書房 2009（ちくま文庫）p38
　◇「コレクション私小説の冒険 2」勉誠出版 2013 p175

魚服記
　◇「近代小説〈異界〉を読む」双文社出版 1999 p128
　◇「幻想小説大全」北宋社 2002 p558
　◇「変身のロマン」学習研究社 2003（学研M文庫）p131
　◇「ちくま日本文学 8」筑摩書房 2008（ちくま文庫）p9
　◇「文豪怪談傑作選　太宰治集」筑摩書房 2009（ちくま文庫）p47
　◇「変身ものがたり」筑摩書房 2010（ちくま文学の森）p117
　◇「みちのく怪談名作選 vol.1」荒蝦夷 2010（叢書東北の声）p155
　◇「胞子文学名作選」港の人 2013 p41
　◇「文豪山怪奇譚―山の怪談名作選」山と渓谷社 2016 p135

魚服記に就て
　◇「文豪怪談傑作選　太宰治集」筑摩書房 2009（ちくま文庫）p325

きりぎりす
　◇「この愛のゆくえ―ポケットアンソロジー」岩波書店 2011（岩波文庫別冊）p75

グッド・バイ
　◇「別れ」SDP 2009（SDP bunko）p5
　◇「コーヒーと小説」mille books 2016 p9

グッド・バイ――一九四八（昭和二三）年六月
　◇「BUNGO―文豪短篇傑作選」角川書店 2012（角川文庫）p185

結婚は、家庭は、努力であると思います≫井伏鱒二
　◇「日本人の手紙 3」リブリオ出版 2004 p23

五所川原
　◇「文豪怪談傑作選　太宰治集」筑摩書房 2009（ちくま文庫）p341

古典竜頭蛇尾
　◇「文豪怪談傑作選　太宰治集」筑摩書房 2009（ちくま文庫）p326

最後の太閤
　◇「大坂の陣―近代文学名作選」岩波書店 2016 p6

舌切雀　「お伽草紙」より
　◇「文豪怪談傑作選　太宰治集」筑摩書房 2009（ちく

弱者の糧
◇「映画狂時代」新潮社 2014（新潮文庫）p181
十二月八日
◇「文学で考える〈日本〉とは何か」双文社出版 2007 p30
◇「ちくま日本文学 8」筑摩書房 2008（ちくま文庫）p235
◇「文学で考える〈日本〉とは何か」翰林書房 2016 p30
女生徒
◇「山形県文学全集第1期（小説編）1」郷土出版社 2004 p420
◇「ちくま日本文学 8」筑摩書房 2008（ちくま文庫）p151
◇「女 1」あの出版 2016（GB）p94
新釈諸国噺
◇「ちくま日本文学 8」筑摩書房 2008（ちくま文庫）p252
親友交歓
◇「ちくま日本文学 8」筑摩書房 2008（ちくま文庫）p338
水車
◇「ちくま日本文学 8」筑摩書房 2008（ちくま文庫）p75
水仙
◇「我等、同じ船に乗り」文藝春秋 2009（文春文庫）p181
清貧譚
◇「植物」国書刊行会 1998（書物の王国）p82
◇「文豪怪談傑作選 太宰治集」筑摩書房 2009（ちくま文庫）p59
創世記―愛ハ惜シミナク奪ウ。(抄)
◇「文豪怪談傑作選 太宰治集」筑摩書房 2009（ちくま文庫）p191
ダス・ゲマイネ
◇「新装版 全集現代文学の発見 14」學藝書林 2005 p382
たずねびと
◇「コレクション戦争と文学 15」集英社 2012 p363
断崖の錯覚
◇「文豪怪談傑作選 太宰治集」筑摩書房 2009（ちくま文庫）p193
誕生
◇「ちくま日本文学 8」筑摩書房 2008（ちくま文庫）p61
誓いします、生涯に、いちどのおねがいです≫ 淀野隆三
◇「日本人の手紙 2」リブリオ出版 2004 p74
竹青―新曲聊斎志異
◇「文豪怪談傑作選 太宰治集」筑摩書房 2009 p76
ち、畜生のかなしさ。
◇「超短編アンソロジー」筑摩書房 2002（ちくま文庫）p187
千代女

◇「ちくま日本文学 8」筑摩書房 2008（ちくま文庫）p212
◇「女 1」あの出版 2016（GB）p72
津軽（抄）
◇「ちくま日本文学 8」筑摩書房 2008（ちくま文庫）p103
天狗
◇「月のものがたり」ソフトバンククリエイティブ 2006 p188
トカトントン
◇「ちくま日本文学 8」筑摩書房 2008（ちくま文庫）p371
◇「私小説の生き方」アーツ・アンド・クラフツ 2009 p27
◇「文豪怪談傑作選 太宰治集」筑摩書房 2009（ちくま文庫）p302
◇「日本文学100年の名作 4」新潮社 2014（新潮文庫）p103
女人訓戒
◇「文豪怪談傑作選 太宰治集」筑摩書房 2009（ちくま文庫）p230
人魚の海―新釈諸国噺
◇「人魚―mermaid & merman」皓星社 2016（紙礫）p167
人魚の海 「新釈諸国噺」より
◇「文豪怪談傑作選 太宰治集」筑摩書房 2009 p95
薄明
◇「コレクション戦争と文学 15」集英社 2012 p347
葉桜と魔笛
◇「文豪怪談傑作選 太宰治集」筑摩書房 2009（ちくま文庫）p267
破産
◇「ちくま日本文学 8」筑摩書房 2008（ちくま文庫）p270
走れメロス
◇「もう一度読みたい教科書の泣ける名作 再び」学研教育出版 2014 p15
犯人
◇「文豪の探偵小説」集英社 2006（集英社文庫）p201
晩年
◇「栞子さんの本棚―ビブリア古書堂セレクトブック」角川書店 2013（角川文庫）p83
眉山
◇「戦後短篇小説再発見 1」講談社 2001（講談社文芸文庫）p9
◇「特別な一日」徳間書店 2005（徳間文庫）p81
◇「文豪たちが書いた泣ける名作短編集」彩図社 2014 p11
美少女
◇「温泉小説」アーツアンドクラフツ 2006 p62
◇「小説乃湯―お風呂小説アンソロジー」角川書店 2013（角川文庫）p125
◇「女 1」あの出版 2016（GB）p61
一つの約束
◇「文豪怪談傑作選 太宰治集」筑摩書房 2009（ちく

ま文庫）p348

皮膚と心
- ◇「文豪怪談傑作選 太宰治集」筑摩書房 2009（ちくま文庫）p241

貧の意地
- ◇「ちくま日本文学 8」筑摩書房 2008（ちくま文庫）p252
- ◇「心洗われる話」筑摩書房 2010（ちくま文学の森）p103

フォスフォレッスセンス
- ◇「文豪怪談傑作選 太宰治集」筑摩書房 2009（ちくま文庫）p278

富嶽百景
- ◇「百年小説」ポプラ社 2008 p1299
- ◇「私小説名作選 上」講談社 2012（講談社文芸文庫）p146
- ◇「富士山」角川書店 2013（角川文庫）p7

待つ
- ◇「涙の百年文学―もう一度読みたい」太陽出版 2009 p108
- ◇「文豪怪談傑作選 太宰治集」筑摩書房 2009（ちくま文庫）p237
- ◇「コレクション戦争と文学 8」集英社 2011 p13
- ◇「日本近代短篇小説選 昭和篇1」岩波書店 2012（岩波文庫）p359

満願
- ◇「ちくま日本文学 8」筑摩書房 2008（ちくま文庫）p92

未帰還の友に
- ◇「コレクション戦争と文学 9」集英社 2012 p508

むかしの亡者
- ◇「文豪怪談傑作選 太宰治集」筑摩書房 2009（ちくま文庫）p340

雌に就いて
- ◇「文豪怪談傑作選 太宰治集」筑摩書房 2009（ちくま文庫）p219

メリイクリスマス
- ◇「文豪怪談傑作選 太宰治集」筑摩書房 2009（ちくま文庫）p288

雪の夜の話
- ◇「山形県文学全集第1期（小説編）1」郷土出版社 2004 p472

吉野山
- ◇「ちくま日本文学 8」筑摩書房 2008（ちくま文庫）p285

懶惰の歌留多
- ◇「怠けものの話」筑摩書房 2011（ちくま文学の森）p349

懶惰の歌留多（抄）
- ◇「文豪てのひら怪談」ポプラ社 2009（ポプラ文庫）p34

ロマネスク
- ◇「ちくま日本文学 8」筑摩書房 2008（ちくま文庫）p23

多崎 礼　たさき・れい
哭く骸骨
- ◇「飛翔―C★NOVELS大賞作家アンソロジー」中央公論新社 2013（C・NOVELS Fantasia）p6

夜半を過ぎて―煌夜祭前夜
- ◇「C・N 25―C・novels創刊25周年アンソロジー」中央公論新社 2007（C novels）p390

田沢 稲舟　たざわ・いなぶね（1874～1896）
医学修業
- ◇「〈新編〉日本女性文学全集 2」菁柿堂 2008 p213

五大堂
- ◇「新日本古典文学大系 明治編 23」岩波書店 2002 p239
- ◇「〈新編〉日本女性文学全集 2」菁柿堂 2008 p266

しろばら
- ◇「〈新編〉日本女性文学全集 2」菁柿堂 2008 p230

月にうたふさんげのひとふし
- ◇「〈新編〉日本女性文学全集 2」菁柿堂 2008 p210

田沢 五月　たざわ・さつき
山小屋
- ◇「ふしぎ日和―「季節風」書き下ろし短編集」インターグロー 2015（すこし不思議文庫）p209

但馬 戒融　たじま・かいゆう
誘母燈
- ◇「松江怪談―新作怪談 松江物語」今井印刷 2015 p12

田島 金次郎　たじま・きんじろう
船中の幻覚
- ◇「文豪怪談傑作選 特別編」筑摩書房 2007（ちくま文庫）p75

藤森座の怪
- ◇「文豪怪談傑作選 特別編」筑摩書房 2007（ちくま文庫）p72

田島 隆夫　たじま・たかお（1926～1996）
転んだとたん、天が見えて≫白洲正子
- ◇「日本人の手紙 2」リブリオ出版 2004 p32

多島 斗志之　たじま・としゆき（1948～）
〈移情閣〉ゲーム
- ◇「綾辻・有栖川復刊セレクション〈移情閣〉ゲーム」講談社 2007（講談社ノベルス）p3

犬の糞
- ◇「さむけ―ホラー・アンソロジー」祥伝社 1999（祥伝社文庫）p149

追憶列車
- ◇「葬送列車―鉄道ミステリー名作館」徳間書店 2004（徳間文庫）p67

田島 康子　たじま・やすこ
断つ
- ◇「ハンセン病に咲いた花―初期文芸名作選 戦後編」皓星社 2002（ハンセン病叢書）p144

療養所における文学の不振について
- ◇「ハンセン病文学全集 5」皓星社 2010 p48

田尻 敢　たじり・いさむ
俳句三代集
　◇「ハンセン病文学全集 9」皓星社 2010 p44

田尻 實一　たじり・じついち
勝利者
　◇「日本統治期台湾文学集成 10」緑蔭書房 2003 p105

田代 三千稔　たしろ・みちとし（1898〜1984）
茶碗の中（小泉八雲〔著〕）
　◇「奇譚カーニバル」集英社 2000（集英社文庫）p9
日本人の微笑（小泉八雲〔著〕）
　◇「人恋しい雨の夜に─せつない小説アンソロジー」光文社 2006（光文社文庫）p167
はかりごと（小泉八雲〔著〕）
　◇「法月綸太郎の本格ミステリ・アンソロジー」角川書店 2005（角川文庫）p29

多勢 尚一郎　たせ・しょういちろう
大石内蔵助赤穂惜春賦
　◇「定本・忠臣蔵四十七人集」双葉社 1998 p12
沖田総司 青狼の剣
　◇「新選組伝奇」勉誠出版 2004 p85

多田 秀介　ただ・しゅうすけ
どうして犬は
　◇「ショートショートの広場 13」講談社 2002（講談社文庫）p73

多田 智満子　ただ・ちまこ（1930〜2003）
鏡の町または眼の森
　◇「創刊一〇〇年三田文学名作選」三田文学会 2010 p598
かのオルフェウスもいうように
　◇「両性具有」国書刊行会 1998（書物の王国）p12
死刑執行
　◇「文豪てのひら怪談」ポプラ社 2009（ポプラ文庫）p118
シリアの公女たち─ヘリオガバルスをめぐって
　◇「王侯」国書刊行会 1998（書物の王国）p17
蓮喰いびと
　◇「植物」国書刊行会 1998（書物の王国）p211
初夢
　◇「夢」国書刊行会 1998（書物の王国）p22
百ヶ日
　◇「文豪怪談傑作選 特別編」筑摩書房 2008（ちくま文庫）p255
冬の殺人
　◇「日本文学全集 29」河出書房新社 2016 p64
星の戯れ
　◇「日本文学全集 29」河出書房新社 2016 p63

多田 容子　ただ・ようこ（1971〜）
黒船忍者
　◇「幕末スパイ戦争」徳間書店 2015（徳間文庫）p5

すぎすぎ小僧
　◇「夢を見にけり─時代小説招待席」廣済堂出版 2004 p173

正 嘉昭　ただし・よしあき
しばいのすきなえんまさん─日本の民話より
　◇「小学校たのしい劇の本─英語劇付 高学年」国土社 2007 p144
スクールおばけ
　◇「中学校たのしい劇脚本集─英語劇付 Ⅲ」国土社 2011 p56
デゴイチ
　◇「中学生のドラマ 7」晩成書房 2007 p7
閉じこもりし者
　◇「中学生のドラマ 2」晩成書房 1996 p137

只助　ただすけ
赤色ウサギは何を夢見る
　◇「てのひら怪談─ビーケーワン怪談大賞傑作選 百怪繚乱篇」ポプラ社 2008 p138

タタツ シンイチ
奴等（ゼム）
　◇「未来妖怪」光文社 2008（光文社文庫）p417
鋳像
　◇「物語のルミナリエ」光文社 2011（光文社文庫）p81
風神
　◇「江戸迷宮」光文社 2011（光文社文庫）p307

唯野 子猫　ただの・こねこ
雪影のアトリエ
　◇「ゆきのまち幻想文学賞小品集 15」企画集団ぷりずむ 2006 p181

只野 真葛　ただの・まくず（1763〜1825）
「奥州ばなし」より
　◇「みちのく怪談名作選 vol.1」荒蝦夷 2010（叢書東北の声）p351
影の病─只野真葛『奥州波奈志』（須永朝彦〔訳〕）
　◇「分身」国書刊行会 1999（書物の王国）p165

唯野 未歩子　ただの・みあこ（1973〜）
あにいもうと
　◇「100万分の1回のねこ」講談社 2015 p157
17歳
　◇「Joy！」講談社 2008 p111
　◇「彼の女たち」講談社 2012（講談社文庫）p115
握られたくて
　◇「女ともだち」小学館 2010 p91
　◇「女ともだち」小学館 2013（小学館文庫）p105

立川 賢　たちかわ・けん
科学小説 桑港けし飛ぶ─昭和一九年
　◇「日米架空戦記集成─明治・大正・昭和」中央公論新社 2003（中公文庫）p140

立木 和彦　たちき・かずひこ

野原はみんなのパラダイス
- ◇「成城・学校劇脚本集」成城学園初等学校出版部 2002（成城学園初等学校研究双書）p86

橘 あおい　たちばな・あおい

雪迎え
- ◇「山形市児童劇団脚本集 3」山形市 2005 p207

橘 薫　たちばな・かおる

百日紅の家―瓜子姫
- ◇「御伽草子―ホラー・アンソロジー」PHP研究所 2001（PHP文庫）p305

翼あるもの
- ◇「セブンス・アウト―悪夢七夜」童夢舎 2000（Doumノベル）p311

橘 真吾　たちばな・しんご

雨男
- ◇「ショートショートの広場 10」講談社 2000（講談社文庫）p231

三つのお願い
- ◇「ショートショートの広場 8」講談社 1997（講談社文庫）p34

橘 千秋　たちばな・せんしゅう

悲願千人斬り
- ◇「怪奇・伝奇時代小説選集 7」春陽堂書店 2000（春陽文庫）p207

橘 外男　たちばな・そとお（1894～1959）

逗子物語
- ◇「怪奇探偵小説集 2」角川春樹事務所 1998（ハルキ文庫）p301
- ◇「爬虫館事件―新青年傑作選」角川書店 1998（角川ホラー文庫）p417
- ◇「日本怪奇小説傑作集 2」東京創元社 2005（創元推理文庫）p73

マトモッソ渓谷
- ◇「ひとりで夜読むな―新青年傑作選 怪奇編」角川書店 2001（角川ホラー文庫）p307
- ◇「人外魔境」リブリオ出版 2001（怪奇・ホラーワールド）p181
- ◇「冒険の森へ―傑作小説大全 7」集英社 2016 p240

立花 腑楽　たちばな・ふらく

鬼裂
- ◇「てのひら怪談―ビーケーワン怪談大賞傑作選 百怪繚乱篇」ポプラ社 2008 p112
- ◇「てのひら怪談―ビーケーワン怪談大賞傑作選 己丑」ポプラ社 2009（ポプラ文庫）p24

黒い羊
- ◇「超短編の世界 vol.2」創英社 2009 p66

水田に泣く
- ◇「てのひら怪談―ビーケーワン怪談大賞傑作選 壬辰」ポプラ社 2012（ポプラ文庫）p90

中有駅前商店街にて
- ◇「てのひら怪談―ビーケーワン怪談大賞傑作選 百怪繚乱篇」ポプラ社 2008 p108

凋落
- ◇「てのひら怪談―ビーケーワン怪談大賞傑作選 百怪繚乱篇」ポプラ社 2008 p110

天に還る
- ◇「てのひら怪談―ビーケーワン怪談大賞傑作選 辛卯」ポプラ社 2011（ポプラ文庫）p86

夏の終りに
- ◇「てのひら怪談―ビーケーワン怪談大賞傑作選 2」ポプラ社 2007 p120
- ◇「てのひら怪談―ビーケーワン怪談大賞傑作選 己丑」ポプラ社 2009（ポプラ文庫）p146

肉色の森
- ◇「てのひら怪談―ビーケーワン怪談大賞傑作選 庚寅」ポプラ社 2010（ポプラ文庫）p210

吉田爺
- ◇「てのひら怪談―ビーケーワン怪談大賞傑作選」ポプラ社 2007 p24
- ◇「てのひら怪談―ビーケーワン怪談大賞傑作選」ポプラ社 2008（ポプラ文庫）p22

橘 成季　たちばなの・なりすえ（？～1272以前）

千手と三河―橘成季『古今著聞集』（須永朝彦〔訳〕）
- ◇「美少年」国書刊行会 1997（書物の王国）p201

当麻曼陀羅（須永朝彦〔訳〕）
- ◇「奇跡」国書刊行会 2000（書物の王国）p59

立原 えりか　たちはら・えりか（1937～）

くだもののたね
- ◇「くだものだもの」ランダムハウス講談社 2007 p197

立原 透耶　たちはら・とうや（1969～）

赤い絨毯
- ◇「女たちの怪談百物語」メディアファクトリー 2010（〔幽〕books）p170
- ◇「女たちの怪談百物語」KADOKAWA 2014（角川ホラー文庫）p174

生霊
- ◇「女たちの怪談百物語」メディアファクトリー 2010（〔幽〕books）p255
- ◇「女たちの怪談百物語」KADOKAWA 2014（角川ホラー文庫）p259

一両目には乗らない
- ◇「女たちの怪談百物語」メディアファクトリー 2010（〔幽〕books）p90
- ◇「女たちの怪談百物語」KADOKAWA 2014（角川ホラー文庫）p95

おかっぱの女の子
- ◇「女たちの怪談百物語」メディアファクトリー 2010（〔幽〕books）p117
- ◇「女たちの怪談百物語」KADOKAWA 2014（角川ホラー文庫）p123

怪談鍋
- ◇「女たちの怪談百物語」メディアファクトリー 2010（〔幽〕books）p23
- ◇「女たちの怪談百物語」KADOKAWA 2014（角

川ホラー文庫）p30
苦思楽西遊伝
◇「秘神界 歴史編」東京創元社 2002（創元推理文庫）p175
散歩途中で
◇「女たちの怪談百物語」メディアファクトリー 2010（〔幽〕books〕）p228
◇「女たちの怪談百物語」KADOKAWA 2014（角川ホラー文庫）p232
白い服を着た女
◇「女たちの怪談百物語」メディアファクトリー 2010（〔幽〕books〕）p63
◇「女たちの怪談百物語」KADOKAWA 2014（角川ホラー文庫）p69
心霊写真
◇「女たちの怪談百物語」メディアファクトリー 2010（〔幽〕books〕）p145
◇「女たちの怪談百物語」KADOKAWA 2014（角川ホラー文庫）p150
中国での話
◇「女たちの怪談百物語」メディアファクトリー 2010（〔幽〕books〕）p199
◇「女たちの怪談百物語」KADOKAWA 2014（角川ホラー文庫）p204
天使の降る夜
◇「チューリップ革命―ネオ・スイート・ドリーム・ロマンス」イースト・プレス 2000 p155
はざかい
◇「秘神―闇の祝祭者たち」アスキー 1999（アスペクトノベルス）p231
人間違い
◇「女たちの怪談百物語」メディアファクトリー 2010（〔幽〕books〕）p290
◇「女たちの怪談百物語」KADOKAWA 2014（角川ホラー文庫）p297
夢禍
◇「アジアン怪綺」光文社 2003（光文社文庫）p257
迷楼鏡
◇「黒い遊園地」光文社 2004（光文社文庫）p375
右時、三たび負心して活捉せらるること
◇「妖女」光文社 2004（光文社文庫）p267
楽園
◇「物語のルミナリエ」光文社 2011（光文社文庫）p352

立原 正秋　たちはら・まさあき（1926〜1980）
白い罌粟
◇「冒険の森へ―傑作小説大全 3」集英社 2016 p157
剣ヶ崎
◇「〈在日〉文学全集 16」勉誠出版 2006 p273
手
◇「見上げれば星は天に満ちて―心に残る物語―日本文学秀作選」文藝春秋 2005（文春文庫）p367
橘の上
◇「幕末剣豪人斬り異聞 佐幕篇」アスキー 1997（Aspect novels）p55

慕情深川しぐれ」光風社出版 1998（光風社文庫）p217
◇「新選組烈士伝」角川書店 2003（角川文庫）p371
春の病葉
◇「恋愛小説・名作集成 4」リブリオ出版 2004 p66
流鏑馬
◇「失われた空―日本人の涙と心の名作8選」新潮社 2014（新潮文庫）p291
雪のなか
◇「山形県文学全集第1期（小説編）3」郷土出版社 2004 p220

立原 道造　たちはら・みちぞう（1914〜1939）
詩集 暁と夕の詩
◇「新装版 全集現代文学の発見 14」學藝書林 2005 p448
一日
◇「新装版 全集現代文学の発見 14」學藝書林 2005 p452
唄
◇「新装版 全集現代文学の発見 14」學藝書林 2005 p450
晩い日の夕べに
◇「新装版 全集現代文学の発見 14」學藝書林 2005 p443
（かなしみは）
◇「新装版 全集現代文学の発見 14」學藝書林 2005 p440
口笛を吹いてゐる散歩者よ
◇「新装版 全集現代文学の発見 14」學藝書林 2005 p440
雲の祭日
◇「新装版 全集現代文学の発見 14」學藝書林 2005 p445
孤独の日の真昼
◇「新装版 全集現代文学の発見 14」學藝書林 2005 p445
小譚詩
◇「新装版 全集現代文学の発見 14」學藝書林 2005 p448
（少年が）
◇「新装版 全集現代文学の発見 14」學藝書林 2005 p440
初冬
◇「新装版 全集現代文学の発見 14」學藝書林 2005 p449
（それは雨の）
◇「新装版 全集現代文学の発見 14」學藝書林 2005 p441
小さな墓の上に
◇「新装版 全集現代文学の発見 14」學藝書林 2005 p442
天の誘ひ
◇「新装版 全集現代文学の発見 14」學藝書林 2005 p454
詩集 日曜日（未刊詩集）

◇「新装版 全集現代文学の発見 14」學藝書林 2005 p441
眠りの誘ひ
◇「新装版 全集現代文学の発見 14」學藝書林 2005 p448
のちのおもひに
◇「新装版 全集現代文学の発見 14」學藝書林 2005 p444
◇「涙の百年文学―もう一度読みたい」太陽出版 2009 p300
はじめてのものに
◇「新装版 全集現代文学の発見 14」學藝書林 2005 p442
僕たちの愛をいちばん強く信じる≫水戸部アサイ
◇「日本人の手紙 4」リブリオ出版 2004 p26
迷子
◇「新装版 全集現代文学の発見 14」學藝書林 2005 p440
またある夜に
◇「新装版 全集現代文学の発見 14」學藝書林 2005 p443
また落葉林で
◇「新装版 全集現代文学の発見 14」學藝書林 2005 p452
真冬の夜の雨に
◇「新装版 全集現代文学の発見 14」學藝書林 2005 p449
……路の上にしづかな煙のにほひ
◇「新装版 全集現代文学の発見 14」學藝書林 2005 p441
盛岡ノート（抄）
◇「山形県文学全集第2期（随筆・紀行編）2」郷土出版社 2005 p178
詩集 **優しき歌Ⅱ**
◇「新装版 全集現代文学の発見 14」學藝書林 2005 p451
逝く昼の歌
◇「新装版 全集現代文学の発見 14」學藝書林 2005 p446
ゆふすげびと
◇「新装版 全集現代文学の発見 14」學藝書林 2005 p446
夢のあと
◇「新装版 全集現代文学の発見 14」學藝書林 2005 p451
予後
◇「新装版 全集現代文学の発見 14」學藝書林 2005 p447
夜に詠める歌（反歌）
◇「新装版 全集現代文学の発見 14」學藝書林 2005 p450
落葉林で
◇「新装版 全集現代文学の発見 14」學藝書林 2005 p451

旅行
◇「新装版 全集現代文学の発見 14」學藝書林 2005 p441
わかれる昼に
◇「新装版 全集現代文学の発見 14」學藝書林 2005 p444
詩集 **萱草に寄す**
◇「新装版 全集現代文学の発見 14」學藝書林 2005 p442
SONATINE No.1
◇「新装版 全集現代文学の発見 14」學藝書林 2005 p442

日明 恩　たちもり・めぐみ（1967～）
心晴日和
◇「エール！ 3」実業之日本社 2013（実業之日本社文庫）p35
トマどら
◇「坂木司リクエスト！ 和菓子のアンソロジー」光文社 2013 p43
◇「坂木司リクエスト！ 和菓子のアンソロジー」光文社 2014（光文社文庫）p45
山の中の犬
◇「地を這う捜査―「読楽」警察小説アンソロジー」徳間書店 2015（徳間文庫）p137

辰嶋 幸夫　たつしま・ゆきお（1933～）
スガンさんの山羊～ドーデー「風車小屋だより」より～
◇「中学校たのしい劇脚本集―英語劇付 Ⅱ」国土社 2011 p9
まゆみの五月晴れ
◇「中学生のドラマ 4」晩成書房 2003 p157

龍田 力　たつた・ちから
きっと忘れない
◇「最後の一日12月18日―さよならが胸に染みる10の物語」泰文堂 2011（Linda books！）p120
「好き」と言えなくて
◇「最後の一日 7月22日―さよならが胸に染みる物語」泰文堂 2012（リンダブックス）p110
地下と宇宙の出来事
◇「絶体絶命！」泰文堂 2011（Linda books！）p127
浮遊島
◇「絶体絶命！」泰文堂 2011（Linda books！）p367

立田俳壇　たつだはいだん
句集 **日時計**
◇「ハンセン病文学全集 9」皓星社 2010 p14

辰野 九紫　たつの・きゅうし（1892～1962）
青バスの女
◇「探偵小説の風景―トラフィック・コレクション 上」光文社 2009（光文社文庫）p223

巽 鏡一郎　たつみ・きょういちろう
テエブル

◇「てのひら怪談 葵巳」KADOKAWA 2013（MF文庫ダ・ヴィンチ）p144

巽 聖歌　たつみ・せいか（1905～1973）
きみは少年義勇軍
◇「日本の少年小説―「少国民」のゆくえ」インパクト出版会 2016（インパクト選書）p173

辰巳 隆司　たつみ・たかし
人喰い蝦蟇
◇「妖異百物語 1」出版芸術社 1997（ふしぎ文学館）p117

立見 千香　たつみ・ちか
既婚恋愛
◇「100の恋―幸せになるための恋愛短篇集」泰文堂 2010（Linda books！）p218
社内恋愛
◇「100の恋―幸せになるための恋愛短篇集」泰文堂 2010（Linda books！）p6
すべては手の中に
◇「君に会いたい―恋愛短篇小説集」泰文堂 2012（リンダブックス）p248
トライアングル
◇「さよなら、大好きな人―スウィート＆ビターな7ストーリー」泰文堂 2011（Linda books！）p42
ホップ・ステップ・マザー
◇「さよなら、大好きな人―スウィート＆ビターな7ストーリー」泰文堂 2011（Linda books！）p156
ラスト・ドロップ
◇「君を忘れない―恋愛短篇小説集」泰文堂 2012（リンダブックス）p252
ワンルームの奇跡
◇「君が好き―恋愛短篇小説集」泰文堂 2012（リンダブックス）p192

巽 昌章　たつみ・まさあき（1957～）
埋もれた悪意
◇「有栖川有栖の本格ミステリ・ライブラリー」角川書店 2001（角川文庫）p9
宿題を取りに行く
◇「本格ミステリ二〇〇七年本格短編ベスト・セレクション 07」講談社 2007（講談社ノベルス）p413
◇「法廷ジャックの心理学―本格短編ベスト・セレクション」講談社 2011（講談社文庫）p629
東西「覗き」くらべ
◇「ベスト本格ミステリ 2012」講談社 2012（講談社ノベルス）p393
◇「探偵の殺される夜―本格短編ベスト・セレクション」講談社 2016（講談社文庫）p551
雪の中の奇妙な果実
◇「吹雪の山荘―赤い死の影の下に」東京創元社 2008（創元クライム・クラブ）p289
◇「吹雪の山荘―リレーミステリ」東京創元社 2014（創元推理文庫）p323
夜の顔
◇「殺人博物館へようこそ」講談社 1998（講談社文庫）p341

論理の蜘蛛の巣の中で
◇「本格ミステリ 2002」講談社 2002（講談社ノベルス）p683
◇「天使と髑髏の密室―本格短編ベスト・セレクション」講談社 2005（講談社文庫）p503

館 淳一　たて・じゅんいち（1943～）
お熱い本はお好き？
◇「SFバカ本 宇宙チャーハン篇」メディアファクトリー 2000 p351
◇「笑止―SFバカ本シュール集」小学館 2007（小学館文庫）p93

タテ マキコ
花の香る日
◇「ホワイト・ウェディング」SDP 2007（Angel works）p161

舘 有紀　たて・ゆき
赦しの庭
◇「日本海文学大賞―大賞作品集 2」日本海文学大賞運営委員会 2007 p169

建石 明子　たていし・あきこ
紅い華奇談
◇「ゆきのまち幻想文学賞小品集 12」企画集団ぷりずむ 2003 p113
神様のいる場所
◇「ゆきのまち幻想文学賞小品集 14」企画集団ぷりずむ 2005 p88
菱川さんと猫
◇「ゆきのまち幻想文学賞小品集 17」企画集団ぷりずむ 2008 p42
部屋
◇「ゆきのまち幻想文学賞小品集 9」企画集団ぷりずむ 2000 p69
雪時計君時間
◇「ゆきのまち幻想文学賞小品集 13」企画集団ぷりずむ 2004 p60
乱数の雪
◇「ゆきのまち幻想文学賞小品集 16」企画集団ぷりずむ 2007 p49

立石 一夫　たていし・かずお
昭和エレジー
◇「ゆくりなくも」鶴書院 2009（シニア文学秀作選）p35

立石 鉄臣　たていし・てつおみ
随筆 散蓮華の匙
◇「日本統治期台湾文学集成 22」緑蔭書房 2007 p247

立石 富雄　たていし・とみお
さくら日和
◇「現代鹿児島小説大系 1」ジャプラン 2014 p346
静寂な夜の音
◇「現代鹿児島小説大系 1」ジャプラン 2014 p355

盾木 氾　たてき・はん
　手向け草
　　◇「ハンセン病に咲いた花―初期文芸名作選 戦後編」
　　　皓星社 2002（ハンセン病叢書）p33

舘澤 亜紀　たてさわ・あき
　山荘へ向かう道
　　◇「ゆきのまち幻想文学賞小品集 21」企画集団ぷり
　　　ずむ 2012 p74

たてない 明子　たてない・あきこ
　赤鬼の冬
　　◇「ゆきのまち幻想文学賞小品集 15」企画集団ぷり
　　　ずむ 2006 p46

立野 信之　たての・のぶゆき（1903～1971）
　豪雨
　　◇「アンソロジー・プロレタリア文学 3」森話社
　　　2015 p37

立松 和平　たてまつ・わへい（1947～2010）
　浅間大変
　　◇「信州歴史時代小説傑作集 4」しなのき書房 2007
　　　p5
　明日はきっと幸せ
　　◇「空を飛ぶ恋―ケータイがつなぐ28の物語」新潮社
　　　2006（新潮文庫）p88
　蝦夷地円空
　　◇「代表作時代小説 平成15年度」光風社出版 2003
　　　p387
　鉄腕ボトル
　　◇「文学 2011」講談社 2011 p133
　ともに帰るもの
　　◇「三田文学短篇選」講談社 2010（講談社文芸文
　　　庫）p288
　火の川法昌寺百話
　　◇「短篇ベストコレクション―現代の小説 2003」徳
　　　間書店 2003（徳間文庫）p201
　流氷記
　　◇「市井図絵」新潮社 1997 p245

堕天　だてん
　オサナヤ
　　◇「縄文4000年の謎に挑む」現代書林 2016 p272

田戸岡 誠　たどおか・まこと
　カニス・ルプス・ホドピラクス
　　◇「ゆきのまち幻想文学賞小品集 15」企画集団ぷり
　　　ずむ 2006 p66
　白い絵
　　◇「ゆきのまち幻想文学賞小品集 13」企画集団ぷり
　　　ずむ 2004 p54
　箱館・五稜郭・誠
　　◇「ゆきのまち幻想文学賞小品集 12」企画集団ぷり
　　　ずむ 2003 p67

田所 靖二　たどころ・せいじ
　胎動
　　◇「ハンセン病に咲いた花―初期文芸名作選 戦後編」
　　　皓星社 2002（ハンセン病叢書）p7
　鳩笛
　　◇「ハンセン病に咲いた花―初期文芸名作選 戦後編」
　　　皓星社 2002（ハンセン病叢書）p18

田富 りんね　たどみ・りんね
　取りあえず恩返し
　　◇「ショートショートの広場 18」講談社 2006（講
　　　談社文庫）p140

田名 うさこ　たな・うさこ
　ありがとうポッピーノ
　　◇「最新中学校創作脚本集 2010」晩成書房 2010 p67

田中 晶子　たなか・あきこ（1960～）
　サイドカーに犬（真辺克彦）
　　◇「年鑑代表シナリオ集 '07」シナリオ作家協会
　　　2009 p153

田中 明子　たなか・あきこ
　銀化猫
　　◇「ゆきのまち幻想文学賞小品集 18」企画集団ぷり
　　　ずむ 2009 p39
　魂のレコード
　　◇「ゆきのまち幻想文学賞小品集 20」企画集団ぷり
　　　ずむ 2011 p90
　惑星のキオク
　　◇「ゆきのまち幻想文学賞小品集 19」企画集団ぷり
　　　ずむ 2010 p36

田中 アコ　たなか・あこ
　頭の上にカモメをのせて
　　◇「ゆきのまち幻想文学賞小品集 24」企画集団ぷり
　　　ずむ 2015 p112
　君を見る結晶夜
　　◇「ゆきのまち幻想文学賞小品集 21」企画集団ぷり
　　　ずむ 2012 p59
　降る賛美歌
　　◇「ゆきのまち幻想文学賞小品集 25」企画集団ぷり
　　　ずむ 2015 p49

田中 梅吉　たなか・うめきち（1933～）
　あんた 大丈夫かい
　　◇「ハンセン病文学全集 7」皓星社 2004 p537
　一羽のつばめ
　　◇「ハンセン病文学全集 7」皓星社 2004 p539
　暮坂山の星
　　◇「ハンセン病文学全集 7」皓星社 2004 p537
　ぬくもり
　　◇「ハンセン病文学全集 7」皓星社 2004 p538
　夜空
　　◇「ハンセン病文学全集 7」皓星社 2004 p541

田中 栄子　たなか・えいこ
　Genius party & fiction zero 天才たちのシン
　フォニック・コラボレーション
　　◇「Fiction zero／narrative zero」講談社 2007 p049

田中 悦朗　たなか・えつろう
悪戯心
◇「ショートショートの広場 19」講談社 2007（講談社文庫）p11
携帯電話から愛を込めて
◇「ショートショートの広場 18」講談社 2006（講談社文庫）p16
父の推理小説
◇「ショートショートの広場 20」講談社 2008（講談社文庫）p31
チョークの行方
◇「ショートショートの広場 20」講談社 2008（講談社文庫）p141
ばあちゃんの攻防
◇「ショートショートの花束 1」講談社 2009（講談社文庫）p108
白紙のテスト
◇「ショートショートの花束 2」講談社 2010（講談社文庫）p30
補正
◇「ショートショートの花束 2」講談社 2010（講談社文庫）p67
道案内
◇「ショートショートの花束 2」講談社 2010（講談社文庫）p56

田中 京祐　たなか・きょうすけ
あかね雲
◇「ハンセン病文学全集 9」皓星社 2010 p428

田中 きわの　たなか・きわの
納税宣伝映画小説 燃ゆる力
◇「日本統治期台湾文学集成 10」緑蔭書房 2003 p29

田中 謙　たなか・けん
五月の殺人
◇「幻の探偵雑誌 8」光文社 2001（光文社文庫）p277

田中 健治　たなか・けんじ
隣の部屋の殺人
◇「本格推理 15」光文社 1999（光文社文庫）p295

田中 光二　たなか・こうじ（1941～）
大いなる逃亡
◇「冒険の森へ—傑作小説大全 5」集英社 2015 p215
ゴースト・フライト
◇「冒険の森へ—傑作小説大全 13」集英社 2016 p14
最後の狩猟（サファリ）
◇「70年代日本SFベスト集成 3」筑摩書房 2015（ちくま文庫）p313
スフィンクスを殺せ
◇「70年代日本SFベスト集成 4」筑摩書房 2015（ちくま文庫）p193
ドラゴン・トレイル
◇「日本SF・名作集成 3」リブリオ出版 2005 p7
二人だけの珊瑚礁
◇「冒険の森へ—傑作小説大全 15」集英社 2016 p70
マイ・ホット・ロード
◇「男たちのら・ら・ば・い」徳間書店 1999（徳間文庫）p261
メトセラの谷間
◇「日本SF全集 2」出版芸術社 2010 p5

田中 貢太郎　たなか・こうたろう（1880～1941）
赤い鳥と白い鳥
◇「白の怪」勉誠出版 2003（べんせいライブラリー）p213
一握の髪の毛
◇「妖髪鬼談」桜桃書房 1998 p134
宇賀長者物語
◇「怪奇・伝奇時代小説選集 15」春陽堂書店 2000（春陽文庫）p110
累物語
◇「怪奇・伝奇時代小説選集 14」春陽堂書店 2000（春陽文庫）p2
◇「怪談累ケ淵」勉誠出版 2007 p3
鍛冶の母
◇「妖怪」国書刊行会 1999（書物の王国）p186
竈の中の顔
◇「恐ろしい話」筑摩書房 2011（ちくま文学の森）p161
墓の血
◇「日本怪奇小説傑作集 1」東京創元社 2005（創元推理文庫）p233
義猫の塚
◇「猫愛」凱風社 2008（PD叢書）p103
◇「だから猫は猫そのものではない」凱風社 2015 p66
皿屋敷
◇「怪奇・伝奇時代小説選集 13」春陽堂書店 2000（春陽文庫）p57
死体の匂い
◇「文豪怪談傑作選 大正篇」筑摩書房 2011（ちくま文庫）p334
蛇性の姪—雷峰怪蹟
◇「怪奇・伝奇時代小説選集 14」春陽堂書店 2000（春陽文庫）p105
白いシャツの群
◇「白の怪」勉誠出版 2003（べんせいライブラリー）p219
大変災余談
◇「文豪怪談傑作選 大正篇」筑摩書房 2011（ちくま文庫）p321
長者
◇「怪奇・伝奇時代小説選集 15」春陽堂書店 2000（春陽文庫）p126
燈台鬼物語
◇「怪奇・伝奇時代小説選集 15」春陽堂書店 2000（春陽文庫）p75
日本三大怪談集

たなか

這って来る紐
　◇「文豪てのひら怪談」ポプラ社 2009（ポプラ文庫）p90
室の中を歩く石
　◇「鉱物」国書刊行会 1997（書物の王国）p76
牡丹灯籠―牡丹灯記
　◇「怪奇・伝奇時代小説選集 14」春陽堂書店 2000（春陽文庫）p65
魔王物語
　◇「稲生モノノケ大全 陰之巻」毎日新聞社 2003 p464
村の怪談
　◇「魑魅魍魎列島」小学館 2005（小学館文庫）p245
山の怪
　◇「文豪山怪奇譚―山の怪談名作選」山と渓谷社 2016 p13
四谷怪談
　◇「怪奇・伝奇時代小説選集 13」春陽堂書店 2000（春陽文庫）p204

田中 小実昌　　たなか・こみまさ（1925～2000）
悪夢がおわった
　◇「妖異百物語 2」出版芸術社 1997（ふしぎ文学館）p229
鮫鱇の足
　◇「おいしい話―料理小説傑作選」徳間書店 2007（徳間文庫）p99
魚撃ち
　◇「私小説名作選 下」講談社 2012（講談社文芸文庫）p161
からっぽ
　◇「読まずにいられぬ名短篇」筑摩書房 2014（ちくま文庫）p85
岩塩の袋
　◇「戦後短篇小説再発見 8」講談社 2002（講談社文芸文庫）p165
　◇「コレクション戦争と文学 7」集英社 2011 p529
北川はぼくに
　◇「戦争小説短篇名作選」講談社 2015（講談社文芸文庫）p123
ご臨終トトカルチョ
　◇「ワルツーアンソロジー」祥伝社 2004（祥伝社文庫）p175
先払いのユーレイ
　◇「血」三天書房 2000（傑作短篇シリーズ）p207
上陸
　◇「コレクション戦争と文学 1」集英社 2012 p427
夏の日のシェード
　◇「せつない話 2」光文社 1997 p76
北海道にいったときのこと
　◇「文学 1998」講談社 1998 p213
ボロボロ
　◇「現代小説クロニクル 1975～1979」講談社 2014（講談社文芸文庫）p283

　◇「日本文学100年の名作 7」新潮社 2015（新潮文庫）p221
幻の女
　◇「ミステリマガジン700 国内篇」早川書房 2014（ハヤカワ・ミステリ文庫）p53
ミミのこと
　◇「コレクション戦争と文学 10」集英社 2012 p194
むらさき
　◇「短篇ベストコレクション―現代の小説 2001」徳間書店 2001（徳間文庫）p51

田中 哲　　たなか・さとし
父の結婚
　◇「山形県文学全集第2期（随筆・紀行編）5」郷土出版社 2005 p74

田中 成和　　たなか・しげかず（1949～）
歌
　◇「たびだち―フェリシモしあわせショートショート」フェリシモ 2000 p82

田中 潤司　　たなか・じゅんじ（1933～）
田中潤司語る（有栖川有栖／北村薫）
　◇「北村薫の本格ミステリ・ライブラリー」角川書店 2001（角川文庫）p167

田中 春陽　　たなか・しゅんよう
非常識な電話
　◇「ショートショートの広場 10」講談社 2000（講談社文庫）p171

田中 正造　　たなか・しょうぞう（1841～1913）
谷中の亡びはまさに日本の亡びなり≫逸見斧吉・菊枝子
　◇「日本人の手紙 10」リブリオ出版 2004 p32

田中 士郎　　たなか・しろう
救いの神
　◇「ショートショートの広場 10」講談社 2000（講談社文庫）p194

田中 秦高　　たなか・しんこう
鯉の病院
　◇「幻想小説大全」北宋社 2002 p487

田中 慎弥　　たなか・しんや（1972～）
犬と鴉
　◇「コレクション戦争と文学 5」集英社 2011 p483
蛹
　◇「文学 2008」講談社 2008 p158
　◇「現代小説クロニクル 2005～2009」講談社 2015（講談社文芸文庫）p150
聖堂を描く
　◇「文学 2012」講談社 2012 p35

田中 誠一　　たなか・せいいち
皇民化劇 新しき出発
　◇「日本統治期台湾文学集成 14」緑蔭書房 2003 p299

田中 青滋　たなか・せいじ（1902〜？）
宿の月
　◇「日本舞踊舞踊劇選集」西川会 2002 p475

田中 せいや　たなか・せいや
おむかえ
　◇「てのひら怪談―ビーケーワン怪談大賞傑作選 辛卯」ポプラ社 2011（ポプラ文庫）p108
小石おばば
　◇「てのひら怪談―ビーケーワン怪談大賞傑作選 壬辰」ポプラ社 2012（ポプラ文庫）p132
ならわし
　◇「てのひら怪談―ビーケーワン怪談大賞傑作選 壬辰」ポプラ社 2012（ポプラ文庫）p248
パラパラ
　◇「超短編の世界 vol.3」創英社 2011 p166
やわらかな追憶
　◇「てのひら怪談 癸巳」KADOKAWA 2013（MF文庫ダ・ヴィンチ）p36
夢の住人
　◇「超短編の世界 vol.3」創英社 2011 p154

田中 貴尚　たなか・たかのり
乳白温度
　◇「ゆきのまち幻想文学賞小品集 20」企画集団ぷりずむ 2011 p130

田中 隆尚　たなか・たかひさ（1918〜2002）
爐邊の校正
　◇「誤植文学アンソロジー―校正者のいる風景」論創社 2015 p141

田中 孝博　たなか・たかひろ（1965〜）
お兄ちゃん記念日
　◇「うちへ帰ろう―家族を想うあなたに贈る短篇小説集」泰文堂 2013（リンダブックス）p85
十月十日の二人
　◇「母のなみだ・ひまわり―愛しき家族を想う短篇小説集」泰文堂 2013（リンダブックス）p227
そら豆のうた
　◇「最後の一日 12月18日―さよならが胸に染みる10の物語」泰文堂 2011（Linda books！）p94
長い長い帰り道
　◇「最後の一日 3月23日―さよならが胸に染みる10の物語」泰文堂 2013（リンダブックス）p238
日本一、やさしい一日
　◇「最後の一日―さよならが胸に染みる10の物語」泰文堂 2011（Linda books！）p62
夫婦のセンセイ
　◇「愛してるって言えばよかった」泰文堂 2012（リンダブックス）p90
平均点と最高点
　◇「あなたが生まれた日―家族の愛が温かな10の感動ストーリー」泰文堂 2013（リンダブックス）p233
ポテトとキャベツ
　◇「最後の一日 6月30日―さよならが胸に染みる10の物語」泰文堂 2013（リンダブックス）p230
ボンタンアメが好きな人
　◇「センチメンタル急行―あの日へ帰る、旅情短篇集」泰文堂 2010（Linda books！）p126
六畳一間のスイート・ホーム
　◇「母のなみだ―愛しき家族を想う短篇小説集」泰文堂 2013（Linda books！）p171
分かれ道
　◇「最後の一日 3月23日―さよならが胸に染みる10の物語」泰文堂 2013（リンダブックス）p98

田中 健夫　たなか・たけお
迷惑がられるのはイヤなんです
　◇「12人のカウンセラーが語る12の物語」ミネルヴァ書房 2010 p119

田中 辰次　たなか・たつじ
怪物の眼
　◇「幻の探偵雑誌 8」光文社 2001（光文社文庫）p347

田中 千禾夫　たなか・ちかお（1905〜1995）
ぽーぷる・きくた
　◇「創刊一〇〇年三田文学名作選」三田文学会 2010 p544

田中 ちた子　たなか・ちたこ
銃後も耐寒行軍
　◇「近代朝鮮文学日本語作品集1908〜1945 セレクション 6」緑蔭書房 2008 p244

田中 哲弥　たなか・てつや（1963〜）
おかえり
　◇「物語のルミナリエ」光文社 2011（光文社文庫）p387
か
　◇「蚊―コレクション」メディアワークス 2002（電撃文庫）p57
げろめさん
　◇「夢魔」光文社 2001（光文社文庫）p163
猿駅
　◇「トロピカル」廣済堂出版 1999（廣済堂文庫）p421
タイヤキ
　◇「黄昏ホテル」小学館 2004 p116
遠き鼻血の果て
　◇「血の12幻想」エニックス 2000 p207
はかない願い
　◇「憑き者―全篇書下ろし傑作ホラーアンソロジー」アスキー 2000（A-novels）p523
初恋
　◇「GOD」廣済堂出版 1999（廣済堂文庫）p497
羊山羊
　◇「虚構機関―年刊日本SF傑作選」東京創元社 2008（創元SF文庫）p111
夕暮れの音楽室
　◇「ひとにぎりの異形」光文社 2007（光文社文庫）p415

夜なのに
◇「喜劇綺劇」光文社 2009（光文社文庫）p329
◇「量子回廊—年刊日本SF傑作選」東京創元社 2010（創元SF文庫）p271
隣人一家庭を襲い胃を満たし脳に染み入るこの臭い…恐ろしい非常識が越してきた
◇「NOVA—書き下ろし日本SFコレクション 1」河出書房新社 2009（河出文庫）p197

田中 豊久　たなか・とよひさ
河鹿集
◇「ハンセン病文学全集 9」皓星社 2010 p37
河鹿集 第二集
◇「ハンセン病文学全集 9」皓星社 2010 p77
河鹿集 第四輯
◇「ハンセン病文学全集 9」皓星社 2010 p137

たなか なつみ
踊りたいほどベルボトム
◇「超短編の世界 vol.3」創英社 2011 p44
傷
◇「超短編の世界」創英社 2008 p32
告白
◇「超短編の世界 vol.3」創英社 2011 p71
コメディアン
◇「超短編の世界 vol.2」創英社 2009 p118
最高刑
◇「超短編の世界 vol.2」創英社 2009 p120
再生
◇「物語のルミナリエ」光文社 2011（光文社文庫）p92
しっぽ
◇「超短編の世界 vol.3」創英社 2011 p137
出航
◇「超短編の世界」創英社 2008 p34
長い冒険の果ての正しい結末
◇「超短編の世界 vol.3」創英社 2011 p180
二人だけの秘密
◇「超短編の世界 vol.3」創英社 2011 p72
無何有の郷
◇「超短編の世界 vol.3」創英社 2011 p184
めでたしめでたしのその先
◇「超短編の世界 vol.3」創英社 2011 p175
ロマンチック・ラブ
◇「超短編の世界 vol.3」創英社 2011 p62
我が家のだるまさんは転ばない
◇「超短編の世界 vol.2」創英社 2009 p122
笑い坊主
◇「超短編の世界 vol.3」創英社 2011 p145

田中 日佐夫　たなか・ひさお（1932〜2009）
小松均のふるさと
◇「山形県文学全集第2期（随筆・紀行編）5」郷土出版社 2005 p296

田中 英光　たなか・ひでみつ（1913〜1949）
桑名古庵
◇「歴史小説の世紀 天の巻」新潮社 2000（新潮文庫）p745
◇「大坂の陣—近代文学名作選」岩波書店 2016 p196
少女
◇「戦後短篇小説再発見 9」講談社 2002（講談社文芸文庫）p9
◇「戦後占領期短篇小説コレクション 2」藤原書店 2007 p235
人生、屁でもないことにて候≫太宰治（坂口安吾）
◇「日本人の手紙 2」リブリオ出版 2004 p7
鈴の音
◇「コレクション戦争と文学 7」集英社 2011 p227
ただ無念無想、必死になってお願いする≫太宰治
◇「日本人の手紙 3」リブリオ出版 2004 p14
地下室から
◇「新装版 全集現代文学の発見 4」學藝書林 2003 p136
野狐
◇「新装版 全集現代文学の発見 5」學藝書林 2003 p166
碧空見えぬ
◇「コレクション戦争と文学 17」集英社 2012 p143
離魂
◇「短篇礼讃—忘れかけた名品」筑摩書房 2006（ちくま文庫）p242

田中 啓文　たなか・ひろふみ（1962〜）
赤い家
◇「蚊—コレクション」メディアワークス 2002（電撃文庫）p13
あるいはマンボウでいっぱいの海
◇「ひとにぎりの異形」光文社 2007（光文社文庫）p29
ウルトラマン前夜祭
◇「多々良島ふたたび—ウルトラ怪獣アンソロジー」早川書房 2015（TSUBURAYA×HAYAKAWA UNIVERSE）p285
嘔吐した宇宙飛行士
◇「ぼくの、マシーン—ゼロ年代日本SFベスト集成 S」東京創元社 2010（創元SF文庫）p183
◇「日本SF短篇50 4」早川書房 2013（ハヤカワ文庫JA）p351
オヤジノウミ
◇「トロピカル」廣済堂出版 1999（廣済堂文庫）p225
怨臭の彼方に
◇「リモコン変化」廣済堂出版 2000（廣済堂文庫）p201
怪獣ジウス
◇「GOD」廣済堂出版 1999（廣済堂文庫）p451
怪獣ルクスビグラの足型を取った男

◇「多々良島ふたたび―ウルトラ怪獣アンソロジー」早川書房 2015（TSUBURAYA×HAYAKAWA UNIVERSE）p241

怪獣惑星キンゴジ
◇「宝石ザミステリー 2014夏」光文社 2014 p163

牡蠣喰う客
◇「マスカレード」光文社 2002（光文社文庫）p371

辛い飴
◇「Doubtきりのない疑惑」講談社 2011（講談社文庫）p319

辛い飴―永見緋太郎の事件簿
◇「ザ・ベストミステリーズ―推理小説年鑑 2008」講談社 2008 p315

ガラスの地球を救え！―…なにもかも、みな懐かしい…SFを愛する者たちすべての魂に捧ぐ
◇「NOVA―書き下ろし日本SFコレクション 1」河出書房新社 2009（河出文庫）p159

砕けちる褐色
◇「本格ミステリー 2006」講談社 2006（講談社ノベルス）p283
◇「珍しい物語のつくり方―本格短編ベスト・セレクション」講談社 2010（講談社文庫）p415

子は鎹
◇「ザ・ベストミステリーズ―推理小説年鑑 2005」講談社 2005 p291
◇「仕掛けられた罪」講談社 2008（講談社文庫）p277

悟りの化け物
◇「逆想コンチェルト―イラスト先行・競作小説アンソロジー 奏の1」徳間書店 2010 p56

猿の惑星チキュウ
◇「宝石ザミステリー 2016」光文社 2015 p319

三人
◇「宇宙生物ゾーン」廣済堂出版 2000（廣済堂文庫）p259

地獄の新喜劇
◇「喜劇綺劇」光文社 2009（光文社文庫）p237

地獄八景獣人戯
◇「SFバカ本 天然パラダイス篇」メディアファクトリー 2001 p41

渋い夢―永見緋太郎の事件簿
◇「ザ・ベストミステリーズ―推理小説年鑑 2009」講談社 2009 p41
◇「Spiralめくるめく謎」講談社 2012（講談社文庫）p305

邪宗門伝来秘史（序）
◇「秘神界 歴史編」東京創元社 2002（創元推理文庫）p231

集団自殺と百二十億頭のイノシシ
◇「SF宝石―ぜーんぶ！ 新作読み切り」光文社 2013 p129

新鮮なニグ・ジュギペ・グァのソテー。キウイソース掛け
◇「グランドホテル」廣済堂出版 1999（廣済堂文庫）p275
◇「おいしい話―料理小説傑作選」徳間書店 2007（徳間文庫）p249

塵泉の王
◇「おぞけ―ホラー・アンソロジー」祥伝社 1999（祥伝社文庫）p129

救い主
◇「玩具館」光文社 2001（光文社文庫）p487

「スマトラの大ネズミ」事件
◇「ゴースト・ハンターズ」中央公論新社 2004（C NOVELS）p59
◇「シャーロック・ホームズに愛をこめて」光文社 2010（光文社文庫）p261

血の汗流せ
◇「血の12幻想」エニックス 2000 p89

忠臣蔵の密室
◇「密室と奇蹟―J.D.カー生誕百周年記念アンソロジー」東京創元社 2006 p85
◇「本格ミステリー二〇〇七年本格短編ベスト・セレクション 07」講談社 2007（講談社ノベルス）p253
◇「法廷ジャックの心理学―本格短編ベスト・セレクション」講談社 2011（講談社文庫）p391

挑発する赤
◇「ザ・ベストミステリーズ―推理小説年鑑 2006」講談社 2006 p107
◇「セブンミステリーズ」講談社 2009（講談社文庫）p65

天国惑星パライゾ
◇「宝石ザミステリー 2014冬」光文社 2014 p295

時うどん
◇「ザ・ベストミステリーズ―推理小説年鑑 2004」講談社 2004 p527
◇「孤独な交響曲（シンフォニー）」講談社 2007（講談社文庫）p407

にこやかな男
◇「世紀末サーカス」廣済堂出版 2000（廣済堂文庫）p385

ふたつのホテル
◇「黄昏ホテル」小学館 2004 p283

糞臭の村
◇「モンスターズ1970」中央公論新社 2004（C NOVELS）p63

本能寺の大変―巨体がうなるぞ！ 信長勝つか？ 明智勝つか？ 世紀の大決斗
◇「NOVA―書き下ろし日本SFコレクション 9」河出書房新社 2013（河出文庫）p81

まごころを君に
◇「物語のルミナリエ」光文社 2011（光文社文庫）p165

三つ目がとおる―天狗山の秘密
◇「手塚治虫COVER タナトス篇」徳間書店 2003（徳間デュアル文庫）p77

見るなの本
◇「平成都市伝説」中央公論新社 2004（C NOVELS）p129

たなか

輪廻惑星テンショウ
◇「SF宝石―すべて新作読み切り！ 2015」光文社 2015 p327

田中 大也 たなか・ひろや
「運動会」の幕引き
◇「忘れがたい者たち―ライトノベル・ジュブナイル選」創英社 2007 p57

田中 文雄 たなか・ふみお（1941～2009）
浅草霊歌
◇「獣人」光文社 2003（光文社文庫）p313
男の顔
◇「玩具館」光文社 2001（光文社文庫）p245
海賊船長
◇「物語の魔の物語―メタ怪談傑作選」徳間書店 2001（徳間文庫）p139
鏡地獄
◇「帰還」光文社 2000（光文社文庫）p75
キチキチ
◇「妖異百物語 2」出版芸術社 1997（ふしぎ文学館）p93
魚怪
◇「人魚の血―珠玉アンソロジー オリジナル＆スタンダート」光文社 2001（カッパ・ノベルス）p295
木漏れ陽のミューズ
◇「アート偏愛」光文社 2005（光文社文庫）p223
さすらい
◇「ふるえて眠れない―ホラーミステリー傑作選」光文社 2006（光文社文庫）p73
死女の月
◇「十月のカーニヴァル」光文社 2000（カッパ・ノベルス）p273
死の谷を歩む女
◇「俳優」廣済堂出版 1999（廣済堂文庫）p463
シーホークの残照―または「猫船」
◇「幽霊船」光文社 2001（光文社文庫）p513
白い影
◇「恐怖症」光文社 2002（光文社文庫）p515
水中のモーツァルト
◇「水妖」廣済堂出版 1998（廣済堂文庫）p97
旅立ちて 風
◇「魔地図」光文社 2005（光文社文庫）p457
地底湖の怪魚
◇「秘神界 現代編」東京創元社 2002（創元推理文庫）p301
時の落ち葉
◇「妖魔ヶ刻―時間怪談傑作選」徳間書店 2000（徳間文庫）p171
猫恐
◇「怪猫鬼談」人類文化社 1999 p283
猫を焼く
◇「文藝百物語」ぶんか社 1997 p71
母の再婚
◇「チャイルド」廣済堂出版 1998（廣済堂文庫）p119
左利きの大石内蔵助
◇「キネマ・キネマ」光文社 2002（光文社文庫）p87
不思議な子供
◇「文藝百物語」ぶんか社 1997 p100
ふたりの李香蘭
◇「アジアン怪綺」光文社 2003（光文社文庫）p623
冬の織姫
◇「グランドホテル」廣済堂出版 1999（廣済堂文庫）p365
◇「死者の復活」リブリオ出版 2001（怪奇・ホラーワールド）p53
ベルリオーズに乾杯
◇「ひとにぎりの異形」光文社 2007（光文社文庫）p87
森は歌う
◇「伯爵の血族―紅ノ章」光文社 2007（光文社文庫）p471
闇の芳香 怪猫映画
◇「怪猫鬼談」人類文化社 1999 p131
夜明けの女神たち
◇「文藝百物語」ぶんか社 1997 p277
妖髪
◇「妖髪鬼談」桜桃書房 1998 p92

田中 文雄 たなか・ふみお（1911～1979）
新しい時代の明暗（4）ペンに寄せて
◇「ハンセン病文学全集 5」皓星社 2010 p101

田中 万三記 たなか・まさき
C・ルメラの死体
◇「外地探偵小説集 南方篇」せらび書房 2010 p227
破れた生簀（いけす）
◇「甦る推理雑誌 8」光文社 2003（光文社文庫）p209

田中 昌志 たなか・まさし
四角い時間
◇「つながり―フェリシモしあわせショートショート」フェリシモ 1999 p158

田中 雅美 たなか・まさみ（1958～）
暗い夢
◇「勿忘草―恋愛ホラー・アンソロジー」祥伝社 2003（祥伝社文庫）p125

田中 雅也 たなか・まさや
「刑期」を終え、生化学者の道を
◇「誰も知らない「桃太郎」「かぐや姫」のすべて」明拓出版 2009（創作童話シリーズ）p173

田中 満津夫 たなか・まつお（1928～）
花火の夜の出来ごと
◇「捕物時代小説選集 8」春陽堂書店 2000（春陽文庫）p34

田中 美佐夫 たなか・みさお
十月ぐみの歌

◇「ハンセン病文学全集 8」皓星社 2006 p478
視力ない車椅子
◇「ハンセン病文学全集 9」皓星社 2010 p458

田中 みち子　たなか・みちこ
朝露の如し
◇「日本統治期台湾文学集成 22」緑蔭書房 2007 p271

田中 康夫　たなか・やすお（1956～）
伊豆山 蓬莱旅館
◇「温泉小説」アーツアンドクラフツ 2006 p228
昔みたい
◇「戦後短篇小説再発見 1」講談社 2001（講談社文芸文庫）p174

田中 雄一　たなか・ゆういち
箱庭の巨獣
◇「さよならの儀式」東京創元社 2014（創元SF文庫）p349

田中 陽造　たなか・ようぞう（1939～）
ヴィヨンの妻―桜桃とタンポポ
◇「年鑑代表シナリオ集 '09」シナリオ作家協会 2010 p239
最後の忠臣蔵
◇「年鑑代表シナリオ集 '10」シナリオ作家協会 2011 p333

田中 芳樹　たなか・よしき（1952～）
徹音殿の井戸
◇「黄土の虹―チャイナ・ストーリーズ」祥伝社 2000 p149
騎豹女侠
◇「運命の覇者」角川書店 1997 p7
黒竜潭異聞
◇「代表作時代小説 平成12年度」光風社出版 2000 p119
燭怪
◇「代表作時代小説 平成20年度」光文社 2008 p83
人皇王流転
◇「代表作時代小説 平成19年度」光文社 2007 p213
戦場の夜想曲
◇「日本SF短篇50 3」早川書房 2013（ハヤカワ文庫JA）p75
茶王一代記
◇「異色中国短篇傑作大全」講談社 1997 p139
潮音
◇「黄土の群星」光文社 1999（光文社文庫）p323
猫鬼（びょうき）
◇「日本SF・名作集成 10」リブリオ出版 2005 p213
古井戸
◇「Anniversary 50―カッパ・ノベルス創刊50周年記念作品」光文社 2009（Kappa novels）p183
亡国の後
◇「決戦！三國志」講談社 2015 p185
緑の草原に…

◇「甦る「幻影城」 1」角川書店 1997（カドカワ・エンタテインメント）p285
流星航路
◇「日本SF全集 3」出版芸術社 2013 p181

田中 理恵　たなか・りえ（1975～）
アリスinサイエンスワールド
◇「科学ドラマ大賞 第1回受賞作品集」科学技術振興機構〔2010〕p79

タナカ・T
小指の想い出
◇「歌謡曲だよ、人生は―映画監督短編集」メディアファクトリー 2007 p213

棚瀬 美幸　たなせ・みゆき
帰りたいうちに
◇「優秀新人戯曲集 2002」ブロンズ新社 2001 p163

田名場 美雪　たなば・みゆき（1962～）
卒業まであと半年
◇「12人のカウンセラーが語る12の物語」ミネルヴァ書房 2010 p189

田辺 青蛙　たなべ・せいあ（1982～）
あめ玉
◇「てのひら怪談―ビーケーワン怪談大賞傑作選」ポプラ社 2007 p226
◇「てのひら怪談―ビーケーワン怪談大賞傑作選」ポプラ社 2008（ポプラ文庫）p238
生き血
◇「てのひら怪談―ビーケーワン怪談大賞傑作選」ポプラ社 2007 p56
◇「てのひら怪談―ビーケーワン怪談大賞傑作選」ポプラ社 2008（ポプラ文庫）p56
お化けの学校
◇「てのひら怪談―ビーケーワン怪談大賞傑作選」ポプラ社 2007 p206
◇「てのひら怪談―ビーケーワン怪談大賞傑作選」ポプラ社 2008（ポプラ文庫）p216
がんばり入道
◇「てのひら怪談―ビーケーワン怪談大賞傑作選 庚寅」ポプラ社 2010（ポプラ文庫）p86
首吊り屋敷
◇「憑依」光文社 2010（光文社文庫）p271
薫糖
◇「てのひら怪談―ビーケーワン怪談大賞傑作選」ポプラ社 2007 p32
◇「てのひら怪談―ビーケーワン怪談大賞傑作選」ポプラ社 2008（ポプラ文庫）p30
月の味
◇「てのひら怪談―ビーケーワン怪談大賞傑作選 百怪繚乱篇」ポプラ社 2008 p26
てのひら宇宙譚―間借りに来た宇宙人、人面瘡のお見合い…奇妙奇天烈！ 超短編劇場
◇「NOVA―書き下ろし日本SFコレクション 2」河出書房新社 2010（河出文庫）p149
夏の夜
◇「てのひら怪談―ビーケーワン怪談大賞傑作選」ポ

ブラ社 2007 p20
◇「てのひら怪談—ビーケーワン怪談大賞傑作選」ポプラ社 2008（ポプラ文庫）p16

姉やん
◇「てのひら怪談—ビーケーワン怪談大賞傑作選 百怪繚乱篇」ポプラ社 2008 p22
◇「てのひら怪談—ビーケーワン怪談大賞傑作選 己丑」ポプラ社 2009（ポプラ文庫）p38

古い隧道
◇「てのひら怪談—ビーケーワン怪談大賞傑作選 庚寅」ポプラ社 2010（ポプラ文庫）p108

蜜壺
◇「てのひら怪談—ビーケーワン怪談大賞傑作選 百怪繚乱篇」ポプラ社 2008 p24

幽霊画の女
◇「てのひら怪談—ビーケーワン怪談大賞傑作選 2」ポプラ社 2007 p40
◇「てのひら怪談—ビーケーワン怪談大賞傑作選 己丑」ポプラ社 2009（ポプラ文庫）p234

夜の来訪者
◇「憑きびと—「読楽」ホラー小説アンソロジー」徳間書店 2016（徳間文庫）p143

我が家の人形
◇「怪しき我が家—一家の怪談競作集」メディアファクトリー 2011（MF文庫）p61

田辺 聖子　たなべ・せいこ（1928〜2019）

愛の陰陽師
◇「七人の安倍晴明」桜桃書房 1998 p47

愛のロボット
◇「ロボット・オペラ—An Anthology of Robot Fiction and Robot Culture」光文社 2004 p464

おかしな人
◇「ブキミな人びと」ランダムハウス講談社 2007 p143

おそすぎますか？
◇「こんなにも恋はせつない—恋愛小説アンソロジー」光文社 2004（光文社文庫）p195

鬼の歌よみ
◇「鬼譚」筑摩書房 2014（ちくま文庫）p355

恋やつれの鬼
◇「魔剣くずし秘聞」光風社出版 1998（光風社文庫）p185

コンニャク八兵衛
◇「大阪ラビリンス」新潮社 2014（新潮文庫）p197

忍びの者をくどく法
◇「真田忍者、参上！—隠密伝奇傑作集」河出書房新社 2015（河出文庫）p165

ジョゼと虎と魚たち
◇「わかれの船—Anthology」光文社 1998 p141
◇「10ラブ・ストーリーズ」朝日新聞出版 2011（朝日文庫）p223

女帝をくどく法
◇「剣が哭く夜に哭く」光風社出版 2000（光風社文庫）p221

たこやき多情
◇「おいしい話—料理小説傑作選」徳間書店 2007（徳間文庫）p333
◇「女がそれを食べるとき」幻冬舎 2013（幻冬舎文庫）p195

月冴—王朝懶夢譚
◇「美女峠に星が流れる—時代小説傑作選」講談社 1999（講談社文庫）p245

薄情くじら
◇「日本文学100年の名作 8」新潮社 2015（新潮文庫）p139

花の記憶喪失
◇「妖ä—女流ミステリー傑作選」徳間書店 1999（徳間文庫）p173

美男と野獣
◇「愛と癒し」リブリオ出版 2001（ラブミーワールド）p5
◇「恋愛小説・名作集成 10」リブリオ出版 2004 p5

卑弥呼
◇「人物日本の歴史—時代小説版 古代中世編」小学館 2004（小学館文庫）p5

紐
◇「ワルツ—アンソロジー」祥伝社 2004（祥伝社文庫）p7

文明開化
◇「コレクション戦争と文学 14」集英社 2012 p211

三日月
◇「現代の小説 1997」徳間書店 1997 p39

喪服記
◇「浜町河岸夕化粧」光風社出版 1998（光風社文庫）p375

雪の降るまで
◇「せつない話 2」光文社 1997 p52
◇「甘やかな祝祭—恋愛小説アンソロジー」光文社 2004（光文社文庫）p9
◇「小川洋子の偏愛短篇箱」河出書房新社 2009 p295
◇「小川洋子の偏愛短篇箱」河出書房新社 2012（河出文庫）p295

田辺 剛　たなべ・つよし

あたたかい棺桶
◇「優秀新人戯曲集 2003」ブロンズ新社 2002 p119

その赤い点は血だ
◇「優秀新人戯曲集 2006」ブロンズ新社 2005 p69

letters
◇「優秀新人戯曲集 2001」ブロンズ新社 2000 p171

田辺 貞之助　たなべ・ていのすけ（1905〜1984）

海坊主
◇「あやかしの深川—受け継がれる怪異な土地の物語」猿江商會 2016 p288

田辺 十子　たなべ・とおこ

あかいゴム
◇「むすぶ—第11回フェリシモ文学賞作品集」フェリシモ 2008 p8

田辺 利宏　たなべ・としひろ（1915〜1941）
〔きけわだつみのこえ〕田辺利宏
　◇「新装版 全集現代文学の発見 14」學藝書林 2005 p608

田辺 ふみ　たなべ・ふみ
力を合わせて
　◇「ショートショートの花束 8」講談社 2016（講談社文庫）p205

田辺 正幸　たなべ・まさゆき
暗号名『マトリョーシュカ』—ウリヤーノフ暗殺指令（長谷川順子）
　◇「新・本格推理 01」光文社 2001（光文社文庫）p207
「樽の木荘」の悲劇（長谷川順子）
　◇「新・本格推理 02」光文社 2002（光文社文庫）p473
我が友アンリ
　◇「本格推理 14」光文社 1999（光文社文庫）p381

田邊 優　たなべ・ゆう
テリトリー
　◇「ショートショートの広場 16」講談社 2005（講談社文庫）p183

田部 隆次　たなべ・りゅうじ（1875〜1957）
屍に乗る人（小泉八雲〔著〕）
　◇「文豪たちが書いた怖い名作短編集」彩図社 2014 p55
破約（小泉八雲〔著〕）
　◇「怪談—24の恐怖」講談社 2004 p487
　◇「文豪たちが書いた怖い名作短編集」彩図社 2014 p60

谷 敦志　たに・あつし
天然の魔・人造の美—谷敦志パノラマ館
　◇「アート偏愛」光文社 2005（光文社文庫）p313

谷 一生　たに・かずお
まちぼうけ
　◇「てのひら怪談—ビーケーワン怪談大賞傑作選 辛卯」ポプラ社 2011（ポプラ文庫）p50

谷 克二　たに・かつじ（1941〜）
サバンナ
　◇「冒険の森へ—傑作小説大全 10」集英社 2016 p93

谿 溪太郎　たに・けいたろう（1924〜？）
終幕（フィナーレ）殺人事件
　◇「甦る推理雑誌 7」光文社 2003（光文社文庫）p319

谷 幸司　たに・こうじ
きつねのごんた
　◇「小学校たのしい劇の本—英語劇付 中学年」国土社 2007 p50

谷 甲州　たに・こうしゅう（1951〜）
蝕

◇「憑き者—全篇書下ろし傑作ホラーアンソロジー」アスキー 2000（A-novels）p273
高射噴進砲隊—覇者の戦塵
　◇「C・N 25—C・novels創刊25周年アンソロジー」中央公論新社 2007（C novels）p194
五六億七千万年の二日酔い
　◇「SFバカ本 白菜編」ジャストシステム 1997 p55
　◇「SFバカ本 白菜篇プラス」廣済堂出版 1999（廣済堂文庫）p63
錆びたハーケン
　◇「自選ショート・ミステリー 2」講談社 2001（講談社文庫）p83
産医、無医村区に向かう
　◇「逆想コンチェルト—イラスト先行・競作小説アンソロジー 奏の2」徳間書店 2010 p108
灼熱のヴィーナス—金星上空で大事故が発生した。だが、本部から現場への指示は奇妙だった…
　◇「NOVA—書き下ろし日本SFコレクション 7」河出書房新社 2012（河出文庫）p105
スペース・ストーカー
　◇「SFバカ本 宇宙チャーハン篇」メディアファクトリー 2000 p5
　◇「笑壺—SFバカ本ナンセンス集」小学館 2006（小学館文庫）p199
星魂転生
　◇「量子回廊—年刊日本SF傑作選」東京創元社 2010（創元SF文庫）p523
ダマスカス第三工区—不可解な事故だった。この星の氷には、意思があるのか？
　◇「NOVA—書き下ろし日本SFコレクション 9」河出書房新社 2013（河出文庫）p329
繁殖
　◇「宇宙への帰還—SFアンソロジー」KSS出版 1999（KSS entertainment novels）p195
フライデイ
　◇「日本SF・名作集成 1」リブリオ出版 2005 p193
ホーキングはまちがっている・殺人事件
　◇「日本SF・名作集成 9」リブリオ出版 2005 p83
星殺し
　◇「日本SF・名作集成 4」リブリオ出版 2005 p7
　◇「日本SF短篇 50 3」早川書房 2013（ハヤカワ文庫JA）p395
火星鉄道（マーシャル・レイルロード）一九
　◇「てのひらの宇宙—星雲賞短編SF傑作選」東京創元社 2013（創元SF文庫）p191
　◇「日本SF全集 3」出版芸術社 2013 p93
緑の星
　◇「宇宙生物ゾーン」廣済堂出版 2000（廣済堂文庫）p75
　◇「日本SF・名作集成 5」リブリオ出版 2005 p139
メデューサ複合体
　◇「結晶銀河—年刊日本SF傑作選」東京創元社 2011（創元SF文庫）p265
メデューサ複合体—木星の大気中に浮かぶ巨

たに

大構造物は、何かがおかしい…宇宙土木SF、復活
◇「NOVA―書き下ろし日本SFコレクション 3」河出書房新社 2010（河出文庫）p295

谷 譲次　たに・じょうじ（1900〜1935）
安重根―十四の場面
◇「〈外地〉の日本語文学選 2」新宿書房 1996 p121

谷 真介　たに・しんすけ（1935〜）
聖母のかご
◇「奇跡」国書刊行会 2000（書物の王国）p142

谷 孝司　たに・たかし
蟹満寺（かにまんじ）―『京都のむかし話』（京都のむかし話研究会編）より
◇「小学校たのしい劇の本―英語劇付 高学年」国土社 2007 p198

谷 春慶　たに・はるよし（1984〜）
綾瀬美穂
◇「5分で読める！ ひと駅ストーリー 旅の話」宝島社 2015（宝島社文庫）p289
中二ですから
◇「5分で読める！ ひと駅ストーリー 夏の記憶東口編」宝島社 2013（宝島社文庫）p121
メイルシュトローム
◇「5分で読める！ ひと駅ストーリー 降車編」宝島社 2012（宝島社文庫）p99
◇「5分で笑える！ おバカで愉快な物語」宝島社 2016（宝島社文庫）p163

谷 英樹　たに・ひでき
依井賞
◇「競作五十円玉二十枚の謎」東京創元社 2000（創元推理文庫）p164

谷 正純　たに・まさすみ
ミケランジェロ―神になろうとした男
◇「宝塚大劇場公演脚本集―2001年4月〜2002年4月」阪急電鉄コミュニケーション事業部 2002 p22

谷 瑞恵　たに・みずえ
なくしものの名前
◇「新釈グリム童話―めでたし、めでたし？」集英社 2016（集英社オレンジ文庫）p5

谷内 六郎　たにうち・ろくろう（1921〜1981）
夢の話
◇「夢」国書刊行会 1998（書物の王国）p57

谷尾 一歩　たにお・いっぽ
灯籠伝奇
◇「捕物時代小説選集 8」春陽堂書店 2000（春陽文庫）p128

谷川 秋夫　たにがわ・あきお（1924〜2018）
歌文集 花とテープ
◇「ハンセン病文学全集 8」皓星社 2006 p345
国籍は天にあり
◇「ハンセン病文学全集 8」皓星社 2006 p499

谷川 雁　たにがわ・がん（1923〜1995）
おれたちの青い地区
◇「新装版 全集現代文学の発見 13」學藝書林 2004 p364
革命
◇「新装版 全集現代文学の発見 13」學藝書林 2004 p361
恵可
◇「新装版 全集現代文学の発見 13」學藝書林 2004 p365
ゲッセマネの夜
◇「新装版 全集現代文学の発見 13」學藝書林 2004 p367
故郷
◇「新装版 全集現代文学の発見 13」學藝書林 2004 p361
商人
◇「新装版 全集現代文学の発見 13」學藝書林 2004 p360
◇「日本文学全集 29」河出書房新社 2016 p60
隊へ
◇「新装版 全集現代文学の発見 13」學藝書林 2004 p363
大地の商人
◇「新装版 全集現代文学の発見 13」學藝書林 2004 p360
谷川雁詩集
◇「新装版 全集現代文学の発見 13」學藝書林 2004 p360
天山
◇「新装版 全集現代文学の発見 13」學藝書林 2004 p365
◇「新装版 全集現代文学の発見 13」學藝書林 2004 p368
東京へゆくな
◇「新装版 全集現代文学の発見 13」學藝書林 2004 p362
破産の月に
◇「新装版 全集現代文学の発見 13」學藝書林 2004 p363
本郷
◇「新装版 全集現代文学の発見 13」學藝書林 2004 p366
丸太の天国（詩）
◇「コレクション戦争と文学 7」集英社 2012 p287
毛沢東
◇「新装版 全集現代文学の発見 13」學藝書林 2004 p360
わが墓標のオクターヴ
◇「新装版 全集現代文学の発見 13」學藝書林 2004 p369

谷川 俊太郎　たにかわ・しゅんたろう（1931〜）
アイザック・ニュートン
◇「くだものだもの」ランダムハウス講談社 2007 p115

朝のリレー
◇「二時間目国語」宝島社 2008（宝島社文庫）p10
生きる
◇「二時間目国語」宝島社 2008（宝島社文庫）p199
黄いろい詩人
◇「超短編アンソロジー」筑摩書房 2002（ちくま文庫）p182
◇「新装版 全集現代文学の発見 13」學藝書林 2004 p449
今日のアドリブ
◇「新装版 全集現代文学の発見 13」學藝書林 2004 p442
交合
◇「胞子文学名作選」港の人 2013 p115
コップを見る苦痛と快楽について
◇「新装版 全集現代文学の発見 13」學藝書林 2004 p451
言葉
◇「それでも三月は、また」講談社 2012 p7
ことばの円柱
◇「新装版 全集現代文学の発見 13」學藝書林 2004 p447
詩 おしっこ
◇「コレクション戦争と文学 4」集英社 2011 p150
詩人たちの村
◇「新装版 全集現代文学の発見 13」學藝書林 2004 p446
知られざる神への祭壇
◇「新装版 全集現代文学の発見 13」學藝書林 2004 p450
スキャットまで
◇「新装版 全集現代文学の発見 13」學藝書林 2004 p442
そのものの名を呼ばぬ事に関する記述
◇「超短編アンソロジー」筑摩書房 2002（ちくま文庫）p117
タラマイカ偽書残闕
◇「日本文学全集 29」河出書房新社 2016 p73
探偵電子計算機
◇「恐怖特急」光文社 2002（光文社文庫）p147
◇「恐怖の花」ランダムハウス講談社 2007 p53
◇「冒険の森へ―傑作小説大全 12」集英社 2015 p8
沈黙の部屋
◇「新装版 全集現代文学の発見 13」學藝書林 2004 p446
虎白カップル譚
◇「100万分の1回のねこ」講談社 2015 p239
長すぎるリフ
◇「新装版 全集現代文学の発見 13」學藝書林 2004 p444
ネリー
◇「新装版 全集現代文学の発見 13」學藝書林 2004 p445
ひげ
◇「新装版 全集現代文学の発見 13」學藝書林 2004 p442
「ぺ」
◇「ショートショートの缶詰」キノブックス 2016 p79
変則的な散歩
◇「新装版 全集現代文学の発見 13」學藝書林 2004 p448
ポエムアイ
◇「新装版 全集現代文学の発見 13」學藝書林 2004 p449
マリファナ
◇「新装版 全集現代文学の発見 13」學藝書林 2004 p446
見知らぬ詩男
◇「新装版 全集現代文学の発見 13」學藝書林 2004 p448
ろうそくがともされた
◇「ろうそくの炎がささやく言葉」勁草書房 2011 p2
COOL
◇「新装版 全集現代文学の発見 13」學藝書林 2004 p444
GO
◇「新装版 全集現代文学の発見 13」學藝書林 2004 p443
詩集 21
◇「新装版 全集現代文学の発見 13」學藝書林 2004 p442

谷川 徹三　たにかわ・てつぞう（1895〜1989）
あの胸の釘をぬいて来てちょうだい≫長田多喜子
◇「日本人の手紙 4」リブリオ出版 2004 p185

谷川 流　たにがわ・ながる（1970〜）
エンドレスエイト
◇「不思議の扉 時間がいっぱい」角川書店 2010（角川文庫）p99

谷口 綾　たにぐち・あや
信じる者は救われる
◇「本格推理 13」光文社 1998（光文社文庫）p289

谷口 幸子　たにぐち・さちこ
金のがちょう―グリム童話より
◇「小学生のげき―新小学校演劇脚本集 中学年 1」晩成書房 2011 p171
スイミー
◇「小学生のげき―新小学校演劇脚本集 低学年 1」晩成書房 2010 p207

谷口 純　たにぐち・じゅん（1949〜）
わかれ 半兵衛と秀吉
◇「竹中半兵衛―小説集」作品社 2014 p97

谷口 拓也　たにぐち・たくや
得心
◇「ショートショートの広場 8」講談社 1997（講談社文庫）p63

ピエロのゲンさん
◇「ショートショートの広場 11」講談社 2000（講談社文庫）p63

谷口 裕貴　たにぐち・ひろき（1971～）
貂の女伯爵、万年城を攻略す
◇「進化論」光文社 2006（光文社文庫）p363

谷口 弘子　たにぐち・ひろこ
鷹丸は姫
◇「現代作家代表作選集 6」鼎書房 2014 p105

谷口 雅美　たにぐち・まさみ（1969～）
アカンタレの恋
◇「君に会いたい—恋愛短篇小説集」泰文堂 2012（リンダブックス）p166
あなたの嫌いな色
◇「最後の一日 7月22日—さよならが胸に染みる物語」泰文堂 2012（リンダブックス）p80
あなたの背中
◇「言葉にできない悲しみ」泰文堂 2015（リンダパブリッシャーズの本）p63
「妹」は幽霊
◇「幽霊でもいいから会いたい」泰文堂 2014（リンダブックス）p5
うそつき
◇「少年のなみだ」泰文堂 2014（リンダブックス）p7
終わりのまえに
◇「さよなら、大好きな人—スウィート＆ビターな7ストーリー」泰文堂 2011（Linda books！）p196
カワイイ人
◇「好きなのに」泰文堂 2013（リンダブックス）p49
今日が最後の日
◇「最後の一日 3月23日—さよならが胸に染みる10の物語」泰文堂 2013（リンダブックス）p38
結婚の理由
◇「100の恋—幸せになるための恋愛短篇集」泰文堂 2010（Linda books！）p146
告白
◇「センチメンタル急行—あの日へ帰る、旅情短篇集」泰文堂 2010（Linda books！）p28
最後の親孝行
◇「母のなみだ・ひまわり—愛しき家族を想う短篇小説集」泰文堂 2013（リンダブックス）p7
最後の晩餐
◇「最後の一日 7月22日—さよならが胸に染みる物語」泰文堂 2012（リンダブックス）p258
最後のひと
◇「100の恋—幸せになるための恋愛短篇集」泰文堂 2010（Linda books！）p194
しあわせのしっぽ
◇「恋は、しばらくお休みです。—恋愛短篇小説集」泰文堂 2013（レインブックス）p161
喋らない男
◇「失恋前夜—大人のための恋愛短篇集」泰文堂 2013（レインブックス）p7

十年醸造のカタコイ
◇「君が好き—恋愛短篇小説集」泰文堂 2012（リンダブックス）p236
神社ガール
◇「君を忘れない—恋愛短篇小説集」泰文堂 2012（リンダブックス）p166
セメントベビー
◇「少女のなみだ」泰文堂 2014（リンダブックス）p37
走馬灯のように母は。
◇「母のなみだ—愛しき家族を想う短篇小説集」泰文堂 2012（Linda books！）p227
タラレバ
◇「うちへ帰ろう—家族を想うあなたに贈る短篇小説集」泰文堂 2013（リンダブックス）p7
誓いの言葉
◇「愛してるって言えばよかった」泰文堂 2012（リンダブックス）p7
父へ
◇「母のなみだ—愛しき家族を想う短篇小説集」泰文堂 2012（Linda books！）p7
虹
◇「最後の一日—さよならが胸に染みる10の物語」泰文堂 2011（Linda books！）p7
◇「涙がこぼれないように—さよならが胸を打つ10の物語」泰文堂 2014（リンダブックス）p26
母が祈る理由
◇「母のなみだ—愛しき家族を想う短篇小説集」泰文堂 2012（Linda books！）p147
母の言霊
◇「あなたが生まれた日—家族の愛が温かな10の感動ストーリー」泰文堂 2013（リンダブックス）p57
母は同い年
◇「お母さんのなみだ」泰文堂 2016（リンダパブリッシャーズの本）p92
ハレの日に
◇「君がいない—恋愛短篇小説集」泰文堂 2013（リンダブックス）p124
反抗期
◇「センチメンタル急行—あの日へ帰る、旅情短篇集」泰文堂 2010（Linda books！）p150
マシュマロ・マン
◇「さよなら、大好きな人—スウィート＆ビターな7ストーリー」泰文堂 2011（Linda books！）p80
また会う日まで
◇「最後の一日 12月18日—さよならが胸に染みる10の物語」泰文堂 2011（Linda books！）p152
見えない糸
◇「最後の一日—さよならが胸に染みる10の物語」泰文堂 2011（Linda books！）p88
◇「涙がこぼれないように—さよならが胸を打つ10の物語」泰文堂 2014（リンダブックス）p172
「友人」の娘
◇「最後の一日 12月18日—さよならが胸に染みる10の物語」泰文堂 2011（Linda books！）p7
予想外のできごと

◇「最後の一日 6月30日─さよならが胸に染みる10の物語」泰文堂 2013（リンダブックス）p7

谷口 雄三　たにぐち・ゆうぞう
ブリジストン
◇「南から─南日本文学大賞入賞作品集」南日本新聞社 2001 p7

谷口 裕里子　たにぐち・ゆりこ
ステージ（上田和子）
◇「中学生のドラマ 4」晩成書房 2003 p33

谷口 吉生　たにぐち・よしお（1937～）
土門拳記念館の建築
◇「山形県文学全集第2期（随筆・紀行編）5」郷土出版社 2005 p110

谷崎 潤一郎　たにざき・じゅんいちろう（1886～1965）
悪魔
◇「明治の文学 25」筑摩書房 2001 p362

蘆刈
◇「新装版 全集現代文学の発見 16」學藝書林 2005 p8
◇「京都府文学全集第1期（小説編）2」郷土出版社 2005 p55
◇「日本文学全集 15」河出書房新社 2016 p370

或る調書の一節─対話
◇「悪いやつの物語」筑摩書房 2011（ちくま文学の森）p457

鶯姫
◇「安倍晴明陰陽師伝奇文学集成」勉誠出版 2001 p89

小野篁妹に恋する事
◇「歴史小説の世紀 天の巻」新潮社 2000（新潮文庫）p35
◇「日本文学全集 15」河出書房新社 2016 p418

鍵
◇「我等、同じ船に乗り」文藝春秋 2009（文春文庫）p299

覚海上人天狗になる事
◇「モノノケ大合戦」小学館 2005（小学館文庫）p277

鶴唳
◇「新編・日本幻想文学集成 3」国書刊行会 2016 p85

過酸化マンガン水の夢
◇「戦後短篇小説再発見 18」講談社 2004（講談社文芸文庫）p53
◇「小川洋子の偏愛短篇箱」河出書房新社 2009 p131
◇「小川洋子の偏愛短篇箱」河出書房新社 2012（河出文庫）p131

厠のいろいろ
◇「日本文学全集 15」河出書房新社 2016 p458

恐怖
◇「人間みな病気」ランダムハウス講談社 2007 p31

麒麟
◇「明治の文学 25」筑摩書房 2001 p249

言語と文章
◇「ちくま日本文学 14」筑摩書房 2008（ちくま文庫）p385

現代文と古典文
◇「ちくま日本文学 14」筑摩書房 2008（ちくま文庫）p400

魚の李太白
◇「幻想小説大全」北宋社 2002 p578
◇「ものがたりのお菓子箱」飛鳥新社 2008 p7

刺青
◇「明治の文学 25」筑摩書房 2001 p237
◇「短編名作選─1885-1924 小説の曙」笠間書院 2003 p191
◇「ちくま日本文学 14」筑摩書房 2008（ちくま文庫）p9
◇「百年小説」ポプラ社 2008 p503
◇「読んでおきたい近代日本小説選」龍書房 2012 p133
◇「文豪たちが書いた耽美小説短編集」彩図社 2015 p9
◇「あやかしの深川─受け継がれる怪異な土地の物語」猿江商會 2016 p48

実用的な文章と芸術的な文章
◇「ちくま日本文学 14」筑摩書房 2008（ちくま文庫）p390

春琴抄
◇「ちくま日本文学 14」筑摩書房 2008（ちくま文庫）p291

少年
◇「明治の文学 25」筑摩書房 2001 p268

人面疽
◇「日本怪奇小説傑作集 1」東京創元社 2005（創元推理文庫）p111
◇「映画狂時代」新潮社 2014（新潮文庫）p19

西湖の月
◇「日本文学全集 15」河出書房新社 2016 p435

西洋の文章と日本の文章
◇「ちくま日本文学 14」筑摩書房 2008（ちくま文庫）p424

絶交する覚悟である≫佐藤春夫
◇「日本人の手紙 2」リブリオ出版 2004 p137

小さな王国
◇「文学で考える〈仕事〉の百年」双文社出版 2010 p50
◇「生の深みを覗く─ポケットアンソロジー」岩波書店 2010（岩波文庫別冊）p13
◇「日本文学100年の名作 1」新潮社 2014（新潮文庫）p127
◇「文学で考える〈仕事〉の百年」翰林書房 2016 p50

途上
◇「文豪の探偵小説」集英社 2006（集英社文庫）p9

友田と松永の話
◇「ちくま日本文学 14」筑摩書房 2008（ちくま文庫）p95

泣けとおっしゃいましたら泣きます≫根津松子

人魚の嘆き
- ◇「いきものがたり」双文社出版 2013 p59
- ◇「人魚—mermaid & merman」皓星社 2016（紙礫）p79
- ◇「新編・日本幻想文学集成 3」国書刊行会 2016 p30

ねこ 猫—マイペット 客ぎらひ
- ◇「猫」中央公論新社 2009（中公文庫）p97

ハッサン・カンの妖術
- ◇「魔術師」角川書店 2001（角川ホラー文庫）p337

初音の鼓—『吉野葛』より
- ◇「たんときれいに召し上がれ—美食文学精選」芸術新聞社 2015 p117

母を恋うる記
- ◇「ちくま日本文学 14」筑摩書房 2008（ちくま文庫）p55
- ◇「心洗われる話」筑摩書房 2010（ちくま文学の森）p303

母を恋ふる記
- ◇「近代小説〈異界〉を読む」双文社出版 1999 p67

美食倶楽部
- ◇「おかしい話」筑摩書房 2010（ちくま文学の森）p373

秘密
- ◇「近代小説〈都市〉を読む」双文社出版 1999 p70
- ◇「明治の文学 25」筑摩書房 2001 p336
- ◇「謎」文藝春秋 2004（推理作家になりたくて マイベストミステリー）p310
- ◇「見上げれば星は天に満ちて—一心に残る物語—日本文学秀作選」文藝春秋 2005（文春文庫）p33
- ◇「明治探偵冒険小説 4」筑摩書房 2005（ちくま文庫）p385
- ◇「マイ・ベスト・ミステリー 6」文藝春秋 2007（文春文庫）p459
- ◇「ちくま日本文学 14」筑摩書房 2008（ちくま文庫）p24
- ◇「変身ものがたり」筑摩書房 2010（ちくま文学の森）p345
- ◇「日本近代短篇小説選 明治篇2」岩波書店 2013（岩波文庫）p307
- ◇「新編・日本幻想文学集成 3」国書刊行会 2016 p13

飆風
- ◇「創刊一〇〇年三田文学名作選」三田文学会 2010 p56

天鵞絨の夢
- ◇「新編・日本幻想文学集成 3」国書刊行会 2016 p50

武州公秘話 巻之二
- ◇「恐怖の旅」光文社 2000（光文社文庫）p73

富美子の足
- ◇「晩菊—女体についての八篇」中央公論新社 2016（中公文庫）p45

富美子の足——一九一九（大正八）年六—七月
- ◇「BUNGO—文豪短篇傑作選」角川書店 2012（角川文庫）p25

文章読本（抄）
- ◇「ちくま日本文学 14」筑摩書房 2008（ちくま文庫）p385

文章とは何か
- ◇「ちくま日本文学 14」筑摩書房 2008（ちくま文庫）p385

幇間
- ◇「明治の文学 25」筑摩書房 2001 p313
- ◇「怠けものの話」筑摩書房 2011（ちくま文学の森）p249
- ◇「読んでおきたい近代日本小説選」龍書房 2012 p139

魔術師
- ◇「両性具有」国書刊行会 1998（書物の王国）p52
- ◇「幻視の系譜」筑摩書房 2013（ちくま文庫）p81

卍（まんじ）
- ◇「新装版 全集現代文学の発見 9」學藝書林 2004 p8

盲目物語
- ◇「日本舞踊舞踊劇選集」西川会 2002 p487

柳湯の事件
- ◇「ペン先の殺意—文芸ミステリー傑作選」光文社 2005（光文社文庫）p9
- ◇「小説乃湯—お風呂小説アンソロジー」角川書店 2013（角川文庫）p29

夢の浮橋
- ◇「新編・日本幻想文学集成 3」国書刊行会 2016 p102

吉野葛
- ◇「新装版 全集現代文学の発見 11」學藝書林 2004 p8
- ◇「ちくま日本文学 14」筑摩書房 2008（ちくま文庫）p214
- ◇「日本文学全集 15」河出書房新社 2016 p320

乱菊物語
- ◇「日本文学全集 15」河出書房新社 2016 p5

谷崎 淳子 たにざき・じゅんこ

いつか僕をさがして
- ◇「高校演劇Selection 2001 上」晩成書房 2001 p131

桜ひとひら
- ◇「1人から5人でできる新鮮いちご脚本集 v.3」青雲書房 2003 p123

人魚姫
- ◇「1人から5人でできる新鮮いちご脚本集 v.2」青雲書房 2002 p75

谷崎 由依 たにざき・ゆい（1978〜）

鉄塔のある町で
- ◇「いまのあなたへ—村上春樹への12のオマージュ」NHK出版 2014 p29

蜥蜴
- ◇「文学 2015」講談社 2015 p265

走る、訳す、そしてアメリカ
- ◇「いまのあなたへ—村上春樹への12のオマージュ」NHK出版 2014 p30

満ちる部屋

◇「文学 2009」講談社 2009 p95
a yellow room
　◇「名探偵登場！」講談社 2014 p219
　◇「名探偵登場！」講談社 2016（講談社文庫）p263
Jiufenの村は九つぶん
　◇「文学 2013」講談社 2013 p202

谷田 茂　たにだ・しげる
ユウの旅立ち
　◇「たびだち―フェリシモしあわせショートショート」フェリシモ 2000 p58

谷原 秋桜子　たにはら・しょうこ
イタリア国旗の食卓
　◇「本格ミステリー二〇一〇年本格短編ベスト・セレクション '10」講談社 2010（講談社ノベルス）p343
　◇「凍れる女神の秘密―本格短編ベスト・セレクション」講談社 2014（講談社文庫）p413
鏡の迷宮、白い蝶
　◇「ベスト本格ミステリ 2011」講談社 2011（講談社ノベルス）p95
　◇「からくり伝言少女―本格短編ベスト・セレクション」講談社 2015（講談社文庫）p133

谷村 志穂　たにむら・しほ（1962〜）
青い空のダイブ
　◇「Friends」祥伝社 2003 p25
赤い靴のソウル
　◇「靴に恋して」ソニー・マガジンズ 2004 p5
一夜
　◇「めぐり逢い―恋愛小説アンソロジー」角川春樹事務所 2005（ハルキ文庫）p37
恩返し
　◇「空を飛ぶ恋―ケータイがつなぐ28の物語」新潮社 2006（新潮文庫）p82
かさかさと切手
　◇「短篇ベストコレクション―現代の小説 2007」徳間書店 2007（徳間文庫）p199
風になびく青い風船
　◇「私らしくあの場所へ」講談社 2009（講談社文庫）p33
キャメルのコートを私に
　◇「Lovers」祥伝社 2001 p55
こっちへおいで
　◇「眠れなくなる夢十夜」新潮社 2009（新潮文庫）p93
これっきり
　◇「ナナイロノコイ―恋愛小説」角川春樹事務所 2003 p85
ジェリー・フィッシュの夜
　◇「本当のうそ」講談社 2007 p19
ストーブ
　◇「短篇ベストコレクション―現代の小説 2012」徳間書店 2012（徳間文庫）p405
ヒトリシズカ
　◇「最後の恋―つまり、自分史上最高の恋。」新潮社 2008（新潮文庫）p51
娘の誕生日
　◇「あなたと、どこかへ。」文藝春秋 2008（文春文庫）p131
綿菓子と空
　◇「誘惑の香り」講談社 1999（講談社文庫）p67
私にも猫が飼えるかしら
　◇「Love stories」水曜社 2004 p119

谷元 次郎　たにもと・じろう（1926〜）
寒月
　◇「新選組伝奇」勉誠出版 2004 p1

谷屋 充　たにや・みつる（1903〜1989）
横川勘平
　◇「定本・忠臣蔵四十七人集」双葉社 1998 p115

谷山 浩子　たにやま・ひろこ（1956〜）
猫眼鏡
　◇「猫路地」日本出版社 2006 p29

種田 山頭火　たねだ・さんとうか（1882〜1940）
歩く、歩くほかない山頭火。九州・中国路≫荻原井泉水／木村緑平
　◇「日本人の手紙 7」リブリオ出版 2004 p72
小草
　◇「創刊一〇〇年三田文学名作選」三田文学会 2010 p474
白い路
　◇「文人御馳走帖」新潮社 2014（新潮文庫）p137
漬物の味
　◇「文人御馳走帖」新潮社 2014（新潮文庫）p141
俳句
　◇「月のものがたり」ソフトバンククリエイティブ 2006 p138

種村 季弘　たねむら・すえひろ（1933〜2004）
産む石
　◇「鉱物」国書刊行会 1997（書物の王国）p68
永代橋と深川八幡
　◇「あやかしの深川―受け継がれる怪異な土地の物語」猿江商會 2016 p174
器怪の祝祭日
　◇「妖怪」国書刊行会 1999（書物の王国）p124
吸血鬼幻想
　◇「吸血鬼」国書刊行会 1998（書物の王国）p211
吸血鬼入門
　◇「屍鬼の血族」桜桃書房 1999 p471
　◇「血と薔薇の誘う夜に―吸血鬼ホラー傑作選」角川書店 2005（角川ホラー文庫）p53
水中生活者の夢
　◇「恐怖文学大全」河出書房新社 1998（河出文庫）p186
食べる石
　◇「鉱物」国書刊行会 1997（書物の王国）p65

たねむ

天どん物語―蒲田の天どん
◇「たんときれいに召し上がれ―美食文学精選」芸術新聞社 2015 p403

人形幻想
◇「人形」国書刊行会 1997（書物の王国）p9

種村 直樹　たねむら・なおき（1936～2014）
迷路列車
◇「自選ショート・ミステリー」講談社 2001（講談社文庫）p173

田ノ上 淑子　たのうえ・よしこ（1946～）
新寄
◇「南から―南日本文学大賞入賞作品集」南日本新聞社 2001 p51

田端 智子　たばた・ともこ
音のない雨
◇「気配―第10回フェリシモ文学賞作品集」フェリシモ 2007 p146

田端 六六　たばた・ろくろく（1930～2013）
天狗のいたずら
◇「はじめての小説（ミステリー）―内田康夫＆東京・北区が選んだ気鋭のミステリー」実業之日本社 2008 p205

田林 まゆみ　たばやし・まゆみ
『しょうがない』と『なんとかなる』
◇「ショートショートの広場 18」講談社 2006（講談社文庫）p188

田原 浩　たはら・ひろし
北ぐに
◇「ハンセン病文学全集 8」皓星社 2006 p354

田原 玲子　たはら・れいこ（1939～2017）
右隣りの人
◇「脈動―同人誌作家作品選」ファーストワン 2013 p177

田部井 泰　たべい・やす
たんぽぽひらいた
◇「小学生のげき―新小学校演劇脚本集 低学年 1」晩成書房 2010 p169
不思議の国のアリスたち
◇「小学校たのしい劇の本―英語劇付 高学年」国土社 2007 p50

玉岡 かおる　たまおか・かおる（1956～）
花の潮流
◇「別れの手紙」角川書店 1997（角川文庫）p87
文学という贈り物
◇「むすぶ―第11回フェリシモ文学賞作品集」フェリシモ 2008 p170
分水嶺に落ちる雨
◇「海の物語」角川書店 2001（New History）p135
ものがたりをつむぐ人
◇「冷と温―第13回フェリシモ文学賞作品集」フェリシモ 2010 p170

玉川 晶紀　たまがわ・あきのり
翌日の記憶
◇「ショートショートの広場 16」講談社 2005（講談社文庫）p164

玉川 一郎　たまがわ・いちろう（1905～1978）
スーツ・ケース
◇「外地探偵小説集 南方篇」せらび書房 2010 p169

玉木 愛子　たまき・あいこ（1887～1969）
わがいのちわがうた
◇「ハンセン病文学全集 9」皓星社 2010 p207

玉木 重信　たまき・しげのぶ
巷説人肌呪縛
◇「捕物時代小説選集 4」春陽堂書店 2000（春陽文庫）p255
宙を彷徨う魂
◇「怪奇・伝奇時代小説選集 12」春陽堂書店 2000（春陽文庫）p126

田牧 大和　たまき・やまと（1966～）
まぼろし一味陰始末
◇「代表作時代小説 平成23年度」光文社 2011 p139

玉木 凛々　たまき・りんりん
当たり前の世界で
◇「言葉にできない悲しみ」泰文堂 2015（リンダパブリッシャーズの本）p258
オンライン
◇「お母さんのなみだ」泰文堂 2016（リンダパブリッシャーズの本）p6

珠子　たまこ
かいもの
◇「てのひら怪談―ビーケーワン怪談大賞傑作選 庚寅」ポプラ社 2010（ポプラ文庫）p76

玉城 悟　たましろ・さとる
ココロとカラダ（安藤尋）
◇「年鑑代表シナリオ集 '04」シナリオ作家協会 2005 p271

多磨全生園俳句会　たまぜんしょうえんはいくかい
句集 芽生
◇「ハンセン病文学全集 9」皓星社 2010 p97

多磨全生園武蔵野短歌会　たまぜんしょうえんむさしのたんかかい
青葉の森
◇「ハンセン病文学全集 8」皓星社 2006 p398
木がくれの実
◇「ハンセン病文学全集 8」皓星社 2006 p133
開かれた門
◇「ハンセン病文学全集 8」皓星社 2006 p323
輪唱
◇「ハンセン病文学全集 8」皓星社 2006 p218

多麻乃 美須々　たまの・みすず

土塀の向こう
- ◇「てのひら怪談 癸巳」KADOKAWA 2013（MF文庫ダ・ヴィンチ）p56

田丸 久深　たまる・くみ

ポストの神さま
- ◇「5分で読める！ ひと駅ストーリー 旅の話」宝島社 2015（宝島社文庫）p77

田丸 雅智　たまる・まさとも（1987～）

E高生の奇妙な日常
- ◇「短篇ベストコレクション―現代の小説 2015」徳間書店 2015（徳間文庫）p207
- ◇「謎の放課後―学校の七不思議」KADOKAWA 2015（角川文庫）p161

E高テニス部の序列
- ◇「短篇ベストコレクション―現代の小説 2015」徳間書店 2015（徳間文庫）p220
- ◇「謎の放課後―学校の七不思議」KADOKAWA 2015（角川文庫）p174

グラス
- ◇「ショートショートの花束 4」講談社 2012（講談社文庫）p110

桜
- ◇「物語のルミナリエ」光文社 2011（光文社文庫）p231

自転車に乗って
- ◇「短篇ベストコレクション―現代の小説 2015」徳間書店 2015（徳間文庫）p209
- ◇「謎の放課後―学校の七不思議」KADOKAWA 2015（角川文庫）p163

泥酒
- ◇「SF宝石―すべて新作読み切り！ 2015」光文社 2015 p184

ホーム列車
- ◇「折り紙衛星の伝説」東京創元社 2015（創元SF文庫）p233

友人Ｉの勉強法
- ◇「短篇ベストコレクション―現代の小説 2015」徳間書店 2015（徳間文庫）p235
- ◇「謎の放課後―学校の七不思議」KADOKAWA 2015（角川文庫）p188

堽水尾 真由美　たみお・まゆみ

デザイナー
- ◇「ゆきのまち幻想文学賞小品集 12」企画集団ぷりずむ 2003 p88

田宮 沙桜里　たみや・さおり

海辺の家
- ◇「てのひら怪談―ビーケーワン怪談大賞傑作選 百怪繚乱篇」ポプラ社 2008 p162

田宮 虎彦　たみや・とらひこ（1911～1988）

異端の子
- ◇「コレクション戦争と文学 10」集英社 2012 p134

銀心中
- ◇「温泉小説」アーツアンドクラフツ 2006 p138

- ◇「戦後占領期短篇小説コレクション 7」藤原書店 2007 p77
- ◇「心中小説名作選」集英社 2008（集英社文庫）p11

大盗余聞
- ◇「捕物時代小説選集 7」春陽堂書店 2000（春陽文庫）p149

琵琶湖疏水
- ◇「新装版 全集現代文学の発見 14」學藝書林 2005 p534
- ◇「京都府文学全集第1期（小説編）3」郷土出版社 2005 p317

末期の水
- ◇「戦後短編小説選―『世界』1946-1999 1」岩波書店 2000 p217
- ◇「歴史小説の世紀 天の巻」新潮社 2000（新潮文庫）p629

夜―ある手記から
- ◇「コレクション戦争と文学 20」集英社 2012 p479

落城
- ◇「新装版 全集現代文学の発見 12」學藝書林 2004 p412

田宮 光代　たみや・みつよ

直のバカ！ もう二度とやめましょうね≫安部譲二
- ◇「日本人の手紙 6」リブリオ出版 2004 p177

田村 晶子　たむら・あきこ

グラオーグラマーンを救え
- ◇「21世紀の〈ものがたり〉―『はてしない物語』創作コンクール記念」岩波書店 2002 p201

田村 寛三　たむら・かんぞう（1930～2011）

山頭火と酒田
- ◇「山形県文学全集第2期（随筆・紀行編）6」郷土出版社 2005 p211

田村 史朗　たむら・しろう

田村史朗遺歌集
- ◇「ハンセン病文学全集 8」皓星社 2006 p232

田村 泰次郎　たむら・たいじろう（1911～1983）

蝗
- ◇「コレクション戦争と文学 7」集英社 2011 p474
- ◇「永遠の夏―戦争小説集」実業之日本社 2015（実業之日本社文庫）p97

地雷原
- ◇「コレクション戦争と文学 11」集英社 2012 p517

肉体の悪魔
- ◇「戦後占領期短篇小説コレクション 1」藤原書店 2007 p145

鳩の街草話
- ◇「戦後短編小説再発見 2」講談社 2001（講談社文芸文庫）p32

裸女のいる隊列
- ◇「コレクション戦争と文学 12」集英社 2013 p212

田村 俊子　たむら・としこ（1884〜1945）
あなたのお手紙を読んで、涙はらはらと落ちた≫佐多稲子
　◇「日本人の手紙 2」リブリオ出版 2004 p177
あなたの手紙、少し香水の匂いがしていたわ≫岡田八千代
　◇「日本人の手紙 5」リブリオ出版 2004 p80
生血
　◇「青鞜文学集」不二出版 2004 p10
　◇「「新編」日本女性文学全集 4」菁柿堂 2012 p122
女作者
　◇「日本近代短篇小説選 大正篇」岩波書店 2012（岩波文庫）p5
木乃伊の口紅
　◇「「新編」日本女性文学全集 4」菁柿堂 2012 p131

田村 博厚　たむら・ひろあつ
手紙
　◇「ショートショートの広場 11」講談社 2000（講談社文庫）p154

多無良 蒙　たむら・もう
エレベーター
　◇「ショートショートの広場 11」講談社 2000（講談社文庫）p13
電車が来る！
　◇「ショートショートの広場 10」講談社 2000（講談社文庫）p268

田村 悠記　たむら・ゆうき
ひどいにおい
　◇「ショートショートの花束 2」講談社 2010（講談社文庫）p168

田村 隆一　たむら・りゅういち（1923〜1998）
イメジ
　◇「新装版 全集現代文学の発見 13」學藝書林 2004 p276
帰途
　◇「日本文学全集 29」河出書房新社 2016 p59
皇帝
　◇「新装版 全集現代文学の発見 13」學藝書林 2004 p277
再会
　◇「新装版 全集現代文学の発見 13」學藝書林 2004 p279
沈める寺
　◇「新装版 全集現代文学の発見 13」學藝書林 2004 p276
死体にだって見おぼえがあるぞ
　◇「ミステリマガジン700 国内篇」早川書房 2014（ハヤカワ・ミステリ文庫）p165
十月の詩
　◇「新装版 全集現代文学の発見 13」學藝書林 2004 p278
一九四〇年代・夏
　◇「新装版 全集現代文学の発見 13」學藝書林 2004 p280
天使
　◇「日本文学全集 29」河出書房新社 2016 p59
腐刻画
　◇「新装版 全集現代文学の発見 13」學藝書林 2004 p276
幻を見る人 四篇
　◇「日本文学全集 29」河出書房新社 2016 p56
三つの声
　◇「新装版 全集現代文学の発見 13」學藝書林 2004 p283
四千の日と夜
　◇「新装版 全集現代文学の発見 13」學藝書林 2004 p277
立棺
　◇「新装版 全集現代文学の発見 13」學藝書林 2004 p281

袂 春信　たもと・はるのぶ
耳
　◇「甦る推理雑誌 9」光文社 2003（光文社文庫）p251

タモリ（1945〜）
ハナモゲラ語の思想
　◇「奇譚カーニバル」集英社 2000（集英社文庫）p299

田山 花袋　たやま・かたい（1872〜1930）
ある墓
　◇「蘇らぬ朝「大逆事件」以後の文学」インパクト出版 2010（インパクト選書）p49
一夜のうれい
　◇「天変動く 大震災と作家たち」インパクト出版会 2011（インパクト選書）p32
一兵卒
　◇「短編名作選―1885-1924 小説の曙」笠間書院 2003 p161
　◇「コレクション戦争と文学 6」集英社 2011 p110
　◇「日本近代短篇小説選 明治篇2」岩波書店 2013（岩波文庫）p73
田舎教師（抄）
　◇「童貞小説集」筑摩書房 2007（ちくま文庫）p343
縁
　◇「明治の文学 23」筑摩書房 2001 p113
帰国
　◇「サンカの民を追って―山窩小説傑作選」河出書房新社 2015（河出文庫）p9
山水小記（抄）
　◇「山形県文学全集第2期（随筆・紀行編）1」郷土出版社 2005 p216
少女病
　◇「短編で読む恋愛・家族」中部日本教育文化会 1998 p47
　◇「近代小説〈都市〉を読む」双文社出版 1999 p41
　◇「明治の文学 23」筑摩書房 2001 p3

◇「私小説の生き方」アーツ・アンド・クラフツ 2009 p8
◇「私小説名作選 上」講談社 2012（講談社文芸文庫）p7
◇「文豪たちが書いた耽美小説短編集」彩図社 2015 p131

断流
◇「明治深刻悲惨小説集」講談社 2016（講談社文芸文庫）p97

日本一周（抄）
◇「山形県文学全集第2期（随筆・紀行編）1」郷土出版社 2005 p201

蒲団
◇「明治の文学 23」筑摩書房 2001 p25

私のアンナ・マアル
◇「明治の文学 23」筑摩書房 2001 p417

樽合歓　だるねむ

死後は良いとこ一度はおいで
◇「人は死んだら電柱になる—電柱アンソロジー」遠すぎる未来団 2014 p368

太朗 想史郎　たろう・そうしろう（1979～）

神さまと姫さま
◇「10分間ミステリー」宝島社 2012（宝島社文庫）p243
◇「10分間ミステリー THE BEST」宝島社 2016（宝島社文庫）p377

座席と中年
◇「5分で読める！ ひと駅ストーリー 乗車編」宝島社 2012（宝島社文庫）p253

太郎吉野　たろうよしの

さかみち、はたち。
◇「ゆきのまち幻想文学賞小品集 10」企画集団ぷりずむ 2001 p142

多和田 葉子　たわだ・ようこ（1960～）

韋駄天どこまでも
◇「恋愛小説集 日本作家編」講談社 2014 p29

一匹の本／複数の自伝
◇「本迷宮―本を巡る不思議な物語」日本図書設計家協会 2016 p73

犬婿入り
◇「中沢けい・多和田葉子・荻野アンナ・小川洋子」角川書店 1998（女性作家シリーズ）p160

おと・どけ・もの
◇「文学 2010」講談社 2010 p71

かかとを失くして
◇「中沢けい・多和田葉子・荻野アンナ・小川洋子」角川書店 1998（女性作家シリーズ）p419

巻末エッセイ 「光とゼラチンのライプチッヒ」を書いた頃のこと
◇「現代小説クロニクル 1990～1994」講談社 2015 p266

ゴットハルト鉄道
◇「戦後短篇小説再発見 14」講談社 2003（講談社文芸文庫）p204

ころびねこ
◇「文学 2001」講談社 2001 p48

大陸へ出掛けて、また戻ってきた踵
◇「ことばのたくらみ―実作集」岩波書店 2003（21世紀文学の創造）p17

土木計画
◇「文学 2005」講談社 2005 p178

ハンブルク
◇「街物語」朝日新聞社 2000 p239

光とゼラチンのライプチッヒ
◇「現代小説クロニクル 1990～1994」講談社 2015（講談社文芸文庫）p164

不死の島
◇「それでも三月は、また」講談社 2012 p11

胞子
◇「胞子文学名作選」港の人 2013 p121

枕木
◇「文学 2000」講談社 2000 p15

ミス転換の不思議な赤
◇「文学 2015」講談社 2015 p87

雪の練習生（抄）
◇「日本文学全集 28」河出書房新社 2017 p381

俵 万智　たわら・まち（1962～）

先生の机
◇「それはまだヒミツ―少年少女の物語」新潮社（新潮文庫）p125

パールピンクの窓
◇「空を飛ぶ恋―ケータイがつなぐ28の物語」新潮社 2006（新潮文庫）p154

団 鬼六　だん・おにろく（1931～2011）

大切腹
◇「代表作時代小説 平成12年度」光風社出版 2000 p171

瘋癲の果て さくら昇天
◇「男の涙 女の涙―せつない小説アンソロジー」光文社 2006（光文社文庫）p9

檀 一雄　だん・かずお（1912～1976）

上杉謙信
◇「決戦川中島―傑作時代小説」PHP研究所 2007（PHP文庫）p37
◇「信州歴史時代小説傑作集 1」しなのき書房 2007 p47

武田信玄
◇「決戦川中島―傑作時代小説」PHP研究所 2007（PHP文庫）p5

照る陽の庭
◇「コレクション戦争と文学 7」集英社 2011 p334

廃絶させるには惜しい夏の味二つ
◇「文人御馳走帖」新潮社 2014（新潮文庫）p335

白雲悠々
◇「家族の絆」光文社 1997（光文社文庫）p127

花筐

たん

◇「新装版 全集現代文学の発見 14」學藝書林 2005 p408

光る道
◇「歴史小説の世紀 天の巻」新潮社 2000（新潮文庫）p655
◇「戦後短篇小説再発見 3」講談社 2001（講談社文芸文庫）p25
◇「悪いやつの物語」筑摩書房 2011（ちくま文学の森）p263

娘と私
◇「映画狂時代」新潮社 2014（新潮文庫）p357

旦 敬介　だん・けいすけ（1959～）

フルートの話
◇「ろうそくの炎がささやく言葉」勁草書房 2011 p182

弾 射音　だん・しゃのん

かさぶらんか！
◇「ショートショートの広場 12」講談社 2001（講談社文庫）p71

夢の有機生命体
◇「SFバカ本 たいやき篇プラス」廣済堂出版 1999（廣済堂文庫）p265

壇 蜜　だん・みつ（1980～）

ふたつの王国
◇「十年後のこと」河出書房新社 2016 p117

丹下 健太　たんげ・けんた（1978～）

サタデードライバー
◇「12星座小説集」講談社 2013（講談社文庫）p107

談洲楼 燕枝〔1代〕　だんしゅうろう・えんし（1838～1900）

雁風呂（がんぶろ）
◇「新日本古典文学大系 明治編 6」岩波書店 2006 p409

【ち】

崔 仁旭　チェ・イヌク

古本について
◇「近代朝鮮文学日本語作品集1939～1945 評論・随筆篇 3」緑蔭書房 2002 p217

崔 禹錫　チェ・ウソク

ことし見た映画の印象―在城諸氏の回答（金復鎭／張德祚／柳致眞）
◇「近代朝鮮文学日本語作品集1901～1938 評論・随筆篇 3」緑蔭書房 2004 p350

蔡 奎鐸　チェ・キュタク

退溪 李滉
◇「近代朝鮮文学日本語作品集1908～1945 セレクション 6」緑蔭書房 2008 p49

追慕
◇「近代朝鮮文学日本語作品集1908～1945 セレクション 6」緑蔭書房 2008 p30

崔 圭悰　チェ・キュチョン

自由はだだ
◇「近代朝鮮文学日本語作品集1908～1945 セレクション 4」緑蔭書房 2008 p133

崔 載瑞　チェ・ジェソ（1908～1964）

秋風と共に（1）～（6）
◇「近代朝鮮文学日本語作品集1939～1945 評論・随筆篇 1」緑蔭書房 2002 p35

海ゆかば（上）（下）
◇「近代朝鮮文学日本語作品集1939～1945 評論・随筆篇 1」緑蔭書房 2002 p433

旱鬼（朴花城〔著〕）
◇「近代朝鮮文学日本語作品集1901～1938 創作篇 4」緑蔭書房 2004 p379

共同浴場
◇「近代朝鮮文学日本語作品集1908～1945 セレクション 4」緑蔭書房 2008 p177

戰ふ隨筆 決戰下の内地
◇「近代朝鮮文学日本語作品集1939～1945 評論・随筆篇 3」緑蔭書房 2002 p301

決戰朝鮮の急轉換―徵兵制の施行と文学活動
◇「近代朝鮮文学日本語作品集1939～1945 評論・随筆篇 3」緑蔭書房 2002 p494

櫻は植ゑたが（李泰俊〔著〕）
◇「近代朝鮮文学日本語作品集1901～1938 創作篇 4」緑蔭書房 2004 p369

新半島文學の性格
◇「近代朝鮮文学日本語作品集1939～1945 評論・随筆篇 1」緑蔭書房 2002 p443

宣傳の效果
◇「近代朝鮮文学日本語作品集1939～1945 評論・随筆篇 3」緑蔭書房 2002 p267

朝鮮における農村文化の問題
◇「近代朝鮮文学日本語作品集1908～1945 セレクション 3」緑蔭書房 2008 p155

『転換期の朝鮮文學』
◇「近代朝鮮文学日本語作品集1939～1945 評論・随筆篇 2」緑蔭書房 2002 p31

内鮮文學の交流
◇「近代朝鮮文学日本語作品集1939～1945 評論・随筆篇 1」緑蔭書房 2002 p65

半島の徵兵制と文化人6 祖國觀念の自覚
◇「近代朝鮮文学日本語作品集1908～1945 セレクション 3」緑蔭書房 2008 p164

文學新體制化の目標
◇「近代朝鮮文学日本語作品集1939～1945 評論・随筆篇 1」緑蔭書房 2002 p227

兩班道―伝統と表現の相違
◇「近代朝鮮文学日本語作品集1908～1945 セレクション 3」緑蔭書房 2008 p233

崔 載敏　チェ・ジェミン

皇軍慰問作文佳作（李元煕／金煥秀／李丙璇／

金嫄）
◇「近代朝鮮文学日本語作品集1901～1938 評論・随筆篇 3」緑蔭書房 2004 p357

崔 貞熙　チェ・ジョンヒ（1912～1990）
美しいもの
◇「近代朝鮮文学日本語作品集1939～1945 評論・随筆篇 3」緑蔭書房 2002 p123
時局の母親 軍國の子供に感激
◇「近代朝鮮文学日本語作品集1908～1945 セレクション 3」緑蔭書房 2008 p435
情熱のこと
◇「近代朝鮮文学日本語作品集1939～1945 評論・随筆篇 3」緑蔭書房 2002 p124
初秋の手紙（第一信）～（第三信）
◇「近代朝鮮文学日本語作品集1939～1945 評論・随筆篇 3」緑蔭書房 2002 p157
親愛なる内地の作家へ
◇「近代朝鮮文学日本語作品集1939～1945 評論・随筆篇 3」緑蔭書房 2002 p105
讀切小説 靜寂記
◇「近代朝鮮文学日本語作品集1939～1945 創作篇 3」緑蔭書房 2001 p352
ではご無事で
◇「近代朝鮮文学日本語作品集1908～1945 セレクション 6」緑蔭書房 2008 p227
二月十五日の夜
◇「近代朝鮮文学日本語作品集1939～1945 創作篇 4」緑蔭書房 2001 p263
花
◇「近代朝鮮文学日本語作品集1939～1945 評論・随筆篇 3」緑蔭書房 2002 p193
母のこゝろ―子供をもって見れば
◇「近代朝鮮文学日本語作品集1908～1945 セレクション 3」緑蔭書房 2008 p237
林芙美子と私
◇「近代朝鮮文学日本語作品集1939～1945 評論・随筆篇 3」緑蔭書房 2002 p173
晴れた青空
◇「近代朝鮮文学日本語作品集1939～1945 評論・随筆篇 1」緑蔭書房 2002 p387
半島の徴兵制と文化人3 御國の子の母に
◇「近代朝鮮文学日本語作品集1908～1945 セレクション 3」緑蔭書房 2008 p162
日蔭（第一回～第五回）
◇「近代朝鮮文学日本語作品集1901～1938 創作篇 4」緑蔭書房 2004 p63
随筆 二つのお話
◇「近代朝鮮文学日本語作品集1939～1945 評論・随筆篇 3」緑蔭書房 2002 p123
小説 幻の兵士
◇「近代朝鮮文学日本語作品集1939～1945 創作篇 3」緑蔭書房 2001 p291
私の告白
◇「近代朝鮮文学日本語作品集1908～1945 セレクション 3」緑蔭書房 2008 p383

崔 承喜　チェ・スンヒ（1913～1969）
秋の思ひ出
◇「近代朝鮮文学日本語作品集1901～1938 評論・随筆篇 2」緑蔭書房 2004 p274
幾山河故國を想ふ
◇「近代朝鮮文学日本語作品集1908～1945 セレクション 3」緑蔭書房 2008 p429
踊る夏
◇「近代朝鮮文学日本語作品集1901～1938 評論・随筆篇 2」緑蔭書房 2004 p269
故郷に呼びかける 朝鮮によい舞踊を
◇「近代朝鮮文学日本語作品集1908～1945 セレクション 3」緑蔭書房 2008 p181
『春香傳』が見たい
◇「近代朝鮮文学日本語作品集1901～1938 評論・随筆篇 3」緑蔭書房 2004 p52
第二回作品發表に際して
◇「近代朝鮮文学日本語作品集1901～1938 評論・随筆篇 2」緑蔭書房 2004 p247
崔承喜の歐洲だより 巴里より
◇「近代朝鮮文学日本語作品集1908～1945 セレクション 6」緑蔭書房 2008 p317
東京における發表會を前に（1）（2）
◇「近代朝鮮文学日本語作品集1901～1938 評論・随筆篇 2」緑蔭書房 2004 p255
二月二十六日
◇「近代朝鮮文学日本語作品集1901～1938 評論・随筆篇 3」緑蔭書房 2004 p349
"半島の舞姫"の滯米通信
◇「近代朝鮮文学日本語作品集1901～1938 評論・随筆篇 2」緑蔭書房 2004 p297
ふるさとを憶ふ
◇「近代朝鮮文学日本語作品集1901～1938 評論・随筆篇 2」緑蔭書房 2004 p15
文藝映畫と私
◇「近代朝鮮文学日本語作品集1901～1938 評論・随筆篇 2」緑蔭書房 2004 p286
僕の警句
◇「近代朝鮮文学日本語作品集1901～1938 評論・随筆篇 3」緑蔭書房 2004 p349
わたしには
◇「近代朝鮮文学日本語作品集1901～1938 評論・随筆篇 2」緑蔭書房 2004 p265
『私の自序傳』
◇「近代朝鮮文学日本語作品集1901～1938 評論・随筆篇 2」緑蔭書房 2004 p289
私の旅日記から 欧米公演の思ひ出を拾う
◇「近代朝鮮文学日本語作品集1939～1945 評論・随筆篇 3」緑蔭書房 2002 p463

崔 淳文　チェ・スンムン
或夏の夜
◇「近代朝鮮文学日本語作品集1908～1945 セレクション 4」緑蔭書房 2008 p176

崔 碩義　チェ・ソギ
　泗川風景―オッパへの手紙
　　◇「〈在日〉文学全集 16」勉誠出版 2006 p427
　身捨つるほどの祖国はありや
　　◇「〈在日〉文学全集 16」勉誠出版 2006 p405

崔 曙海　チェ・ソヘ（1901〜1932）
　紅焔 (一) 〜 (一〇)
　　◇「近代朝鮮文学日本語作品集1901〜1938 創作篇 3」
　　　緑蔭書房 2004 p253
　二重
　　◇「近代朝鮮文学日本語作品集1901〜1938 創作篇 1」
　　　緑蔭書房 2004 p200

崔 成三　チェ・ソンサム
　御靈祭
　　◇「近代朝鮮文学日本語作品集1908〜1945 セレクショ
　　　ン 6」緑蔭書房 2008 p90

崔 東一　チェ・ドンイル
　惡夢
　　◇「近代朝鮮文学日本語作品集1901〜1938 創作篇 4」
　　　緑蔭書房 2004 p433
　或下男の話―秋の夜長物語
　　◇「近代朝鮮文学日本語作品集1901〜1938 創作篇 5」
　　　緑蔭書房 2004 p191
　渦卷の中
　　◇「近代朝鮮文学日本語作品集1901〜1938 創作篇 4」
　　　緑蔭書房 2004 p7
　狂つた男
　　◇「近代朝鮮文学日本語作品集1901〜1938 創作篇 4」
　　　緑蔭書房 2004 p313
　泥海
　　◇「近代朝鮮文学日本語作品集1901〜1938 創作篇 5」
　　　緑蔭書房 2004 p203

崔 南善　チェ・ナムソン（1890〜1957）
　秋の金剛美
　　◇「近代朝鮮文学日本語作品集1901〜1938 評論・随筆
　　　篇 2」緑蔭書房 2004 p275
　阿部充家宛書簡
　　◇「近代朝鮮文学日本語作品集1901〜1938 評論・随筆
　　　篇 3」緑蔭書房 2004 p340
　賀章
　　◇「近代朝鮮文学日本語作品集1908〜1945 セレクショ
　　　ン 6」緑蔭書房 2008 p267
　神ながらの昔を憶ふ
　　◇「近代朝鮮文学日本語作品集1901〜1938 評論・随筆
　　　篇 1」緑蔭書房 2004 p327
　壽阿部無佛翁七十序
　　◇「近代朝鮮文学日本語作品集1908〜1945 セレクショ
　　　ン 6」緑蔭書房 2008 p267
　諸名士に聞く
　　◇「近代朝鮮文学日本語作品集1901〜1938 評論・随筆
　　　篇 3」緑蔭書房 2004 p349
　朝鮮の古教文獻及び傳奇小説の鼻祖
　　◇「近代朝鮮文学日本語作品集1901〜1938 評論・随筆
　　　篇 1」緑蔭書房 2004 p90
　朝鮮文化當面の問題―（上）（中）（中の2）
　　（下）
　　◇「近代朝鮮文学日本語作品集1901〜1938 評論・随筆
　　　篇 2」緑蔭書房 2004 p123
　朝鮮民謠の概観
　　◇「近代朝鮮文学日本語作品集1908〜1945 セレクショ
　　　ン 6」緑蔭書房 2008 p139
　土曜漫筆 麻姑の手
　　◇「近代朝鮮文学日本語作品集1901〜1938 評論・随筆
　　　篇 2」緑蔭書房 2004 p211
　日本文學に於ける朝鮮の面影
　　◇「近代朝鮮文学日本語作品集1901〜1938 評論・随筆
　　　篇 1」緑蔭書房 2004 p245
　熱狂的感激の連続―出陣激勵の崔南善氏歸城
　　談（京城日報）
　　◇「近代朝鮮文学日本語作品集1908〜1945 セレクショ
　　　ン 6」緑蔭書房 2008 p255
　不咸文化論
　　◇「近代朝鮮文学日本語作品集1908〜1945 セレクショ
　　　ン 3」緑蔭書房 2008 p11
　復興は當然にて當然の復興なり
　　◇「近代朝鮮文学日本語作品集1908〜1945 セレクショ
　　　ン 5」緑蔭書房 2008 p198
　我々は如何に生きて生くべきか（李光洙）
　　◇「近代朝鮮文学日本語作品集1901〜1938 評論・随筆
　　　篇 3」緑蔭書房 2004 p347

崔 南竜　チェ・ナムヨン（1931〜）
　黴
　　◇「ハンセン病文学全集 4」皓星社 2003 p255

崔 鶴松　チェ・ハクソン
　⇒崔曙海（チェ・ソヘ）を見よ

崔 瀚武　チェ・ハンム
　すずむしのこゑ
　　◇「近代朝鮮文学日本語作品集1908〜1945 セレクショ
　　　ン 6」緑蔭書房 2008 p63

崔 秉一　チェ・ビョンイル（1883〜1939）
　愛國班長
　　◇「近代朝鮮文学日本語作品集1939〜1945 創作篇 5」
　　　緑蔭書房 2001 p382
　或る晩
　　◇「近代朝鮮文学日本語作品集1939〜1945 創作篇 5」
　　　緑蔭書房 2001 p7
　安書房
　　◇「近代朝鮮文学日本語作品集1939〜1945 創作篇 5」
　　　緑蔭書房 2001 p227
　啞
　　◇「近代朝鮮文学日本語作品集1939〜1945 創作篇 5」
　　　緑蔭書房 2001 p321
　後記〔梨の木〕
　　◇「近代朝鮮文学日本語作品集1939〜1945 創作篇 5」
　　　緑蔭書房 2001 p431
　山村風景―シナリオ風

◇「近代朝鮮文学日本語作品集1939〜1945 創作篇 5」緑蔭書房 2001 p359
常會
　◇「近代朝鮮文学日本語作品集1939〜1945 創作篇 5」緑蔭書房 2001 p393
旅人
　◇「近代朝鮮文学日本語作品集1939〜1945 創作篇 5」緑蔭書房 2001 p337
便り
　◇「近代朝鮮文学日本語作品集1939〜1945 創作篇 5」緑蔭書房 2001 p447
童話
　◇「近代朝鮮文学日本語作品集1939〜1945 創作篇 5」緑蔭書房 2001 p403
梨の木
　◇「近代朝鮮文学日本語作品集1939〜1945 創作篇 5」緑蔭書房 2001 p151
風景畫
　◇「近代朝鮮文学日本語作品集1939〜1945 創作篇 5」緑蔭書房 2001 p359
村の人
　◇「近代朝鮮文学日本語作品集1939〜1945 創作篇 5」緑蔭書房 2001 p291

崔 華國　チェ・ファグク（1915〜1997）
青馬の猫
　◇「〈在日〉文学全集 17」勉誠出版 2006 p48
阿呆
　◇「〈在日〉文学全集 17」勉誠出版 2006 p46
いつの日にか
　◇「〈在日〉文学全集 17」勉誠出版 2006 p58
うちの国の若者
　◇「〈在日〉文学全集 17」勉誠出版 2006 p59
美しい仇
　◇「〈在日〉文学全集 17」勉誠出版 2006 p45
カンタータ
　◇「〈在日〉文学全集 17」勉誠出版 2006 p52
コーリ・パンズ
　◇「〈在日〉文学全集 17」勉誠出版 2006 p55
作品考
　◇「〈在日〉文学全集 17」勉誠出版 2006 p60
昨今
　◇「〈在日〉文学全集 17」勉誠出版 2006 p50
車窓
　◇「〈在日〉文学全集 17」勉誠出版 2006 p51
蟬
　◇「〈在日〉文学全集 17」勉誠出版 2006 p65
高嶺の花
　◇「〈在日〉文学全集 17」勉誠出版 2006 p43
洛東江
　◇「〈在日〉文学全集 17」勉誠出版 2006 p42
難民有感
　◇「〈在日〉文学全集 17」勉誠出版 2006 p61
母
　◇「〈在日〉文学全集 17」勉誠出版 2006 p64
フィラデルフィアでの花談義
　◇「〈在日〉文学全集 17」勉誠出版 2006 p52
娘泥棒
　◇「〈在日〉文学全集 17」勉誠出版 2006 p53
娘に
　◇「〈在日〉文学全集 17」勉誠出版 2006 p56
もう一つの故郷
　◇「〈在日〉文学全集 17」勉誠出版 2006 p69
嫁三人
　◇「〈在日〉文学全集 17」勉誠出版 2006 p49
驢馬
　◇「〈在日〉文学全集 17」勉誠出版 2006 p66
驢馬の鼻唄
　◇「〈在日〉文学全集 17」勉誠出版 2006 p41

蔡 万植　チェ・マンシク（1902〜1950）
戰線の困苦を偲び
　◇「近代朝鮮文学日本語作品集1908〜1945 セレクション 6」緑蔭書房 2008 p229
童話
　◇「近代朝鮮文学日本語作品集1908〜1945 セレクション 2」緑蔭書房 2008 p39
俘虜の示唆
　◇「近代朝鮮文学日本語作品集1939〜1945 評論・随筆篇 1」緑蔭書房 2002 p386

崔 明翊　チェ・ミョンイク
逆説
　◇「近代朝鮮文学日本語作品集1908〜1945 セレクション 2」緑蔭書房 2008 p61

崔 允秀　チェ・ユンス
廢邑の人々（全三十回）
　◇「近代朝鮮文学日本語作品集1901〜1938 創作篇 1」緑蔭書房 2004 p279

近田 鳶迩　ちかだ・えんじ（1975〜）
かんがえるひとになりかけ
　◇「監獄舎の殺人─ミステリーズ！ 新人賞受賞作品集」東京創元社 2016（創元推理文庫）p65

近松 秋江　ちかまつ・しゅうこう（1876〜1944）
愛着の名残り
　◇「コレクション私小説の冒険 2」勉誠出版 2013 p127
青草
　◇「百年小説」ポプラ社 2008 p199
伊年の屛風
　◇「明治の文学 24」筑摩書房 2001 p97
黒髪
　◇「京都府文学全集第1期（小説） 1」郷土出版社 2005 p282
　◇「私小説の生き方」アーツ・アンド・クラフツ 2009 p68
　◇「私小説名作選 上」講談社 2012（講談社文芸文庫）p37

天災に非ず天譴と思え
　◇「天変動く大震災と作家たち」インパクト出版会 2011（インパクト選書）p85
舞鶴心中
　◇「京都府文学全集第1期（小説編）1」郷土出版社 2005 p205
雪の日
　◇「読んでおきたい近代日本小説選」龍書房 2012 p175
　◇「日本近代短篇小説選 明治篇2」岩波書店 2013（岩波文庫）p221
別れた妻に送る手紙
　◇「明治の文学 24」筑摩書房 2001 p4

近山 知史　ちかやま・ともふみ
レンズの向こう
　◇「万華鏡―第14回フェリシモ文学賞作品集」フェリシモ 2011 p8

筑紫 鯉思　ちくし・こいし
殺人墓を飼う妖将
　◇「怪奇・伝奇時代小説選集 15」春陽堂書店 2000（春陽文庫）p131

千地 隆志　ちじ・たかし
晦
　◇「ゆきのまち幻想文学賞小品集 16」企画集団ぷりずむ 2007 p162

樗木 聡　ちしゃき・さとし
絶対に成就する結婚相談所
　◇「ショートショートの花束 7」講談社 2015（講談社文庫）p21
不思議ラーメン
　◇「ショートショートの花束 1」講談社 2009（講談社文庫）p43
ミスコン
　◇「ショートショートの広場 20」講談社 2008（講談社文庫）p234

治々和 晃芯　ちじわ・こうしん（1937〜）
思い込み
　◇「ショートショートの広場 12」講談社 2001（講談社文庫）p100

治水 尋　ちすい・じん（1965〜）
壁
　◇「ショートショートの花束 8」講談社 2016（講談社文庫）p117

秩父 明水　ちちぶ・めいすい（1908〜1967）
雲遊ぶ山
　◇「ハンセン病文学全集 8」皓星社 2006 p163
美登志・多一郎・保・治子
　◇「ハンセン病文学全集 5」皓星社 2010 p471

秩父 雄峰　ちちぶ・ゆうほう
句集 鬼やらひ
　◇「ハンセン病文学全集 9」皓星社 2010 p237

秩父宮 雍仁　ちちぶのみや・やすひと（1902〜1953）
解剖に附してもらいたい
　◇「日本人の手紙 8」リブリオ出版 2004 p71

ちとせ ゆら
かえるのうた
　◇「ゆきのまち幻想文学賞小品集 12」企画集団ぷりずむ 2003 p136

千梨 らく　ちなし・らく（1972〜）
哀れな男
　◇「5分で読める！ ひと駅ストーリー 乗車編」宝島社 2012（宝島社文庫）p233
菊島直人のいちばんアツい日
　◇「5分で読める！ ひと駅ストーリー 夏の記憶東口編」宝島社 2013（宝島社文庫）p251
最後の料理
　◇「5分で読める！ ひと駅ストーリー 食の話」宝島社 2015（宝島社文庫）p239
小説王子
　◇「5分で読める！ ひと駅ストーリー 本の物語」宝島社 2014（宝島社文庫）p259
とぼけた二人
　◇「5分で読める！ ひと駅ストーリー 冬の記憶東口編」宝島社 2013（宝島社文庫）p191

知念 榮喜　ちねん・えいき（1920〜2005）
優しいたましひは埋葬できない
　◇「沖縄文学選―日本文学のエッジからの問い」勉誠出版 2003 p282

知念 正真　ちねん・せいしん（1941〜）
人類館
　◇「沖縄文学選―日本文学のエッジからの問い」勉誠出版 2003 p244
　◇「コレクション戦争と文学 20」集英社 2012 p80

茅野 研一　ちの・けんいち
蒼白い夢―短篇小説
　◇「日本統治期台湾文学集成 8」緑蔭書房 2002 p271

千野 隆司　ちの・たかし（1951〜）
女すり
　◇「遙かなる道」桃園書房 2001（桃園文庫）p139
形見の箸
　◇「落日の兜刃―時代アンソロジー」祥伝社 1998（ノン・ポシェット）p227
珠箸の夢
　◇「大江戸「町」物語 月」宝島社 2014（宝島社文庫）p81
天真嚇機・剣尖より火輪を発す
　◇「斬刃―時代小説傑作選」コスミック出版 2005（コスミック・時代文庫）p411
山科西野山村
　◇「異色忠臣蔵大傑作集」講談社 1999 p279
夕霞の女
　◇「大江戸「町」物語 風」宝島社 2014（宝島社文

庫）p55
夜の道行
　◇「傑作捕物ワールド 10」リブリオ出版 2002 p127
両国橋から
　◇「逢魔への誘い」徳間書店 2000（徳間文庫）p207

千野 隆之　ちの・たかゆき
人生メモリー
　◇「小学校・全員参加の楽しい学級劇・学年劇脚本集 高学年」黎明書房 2007 p114
THE BAND IN BREMEN—ブレーメンの音楽隊
　◇「小学校・全員参加の楽しい学級劇・学年劇脚本集 高学年」黎明書房 2007 p217

千野 帽子　ちの・ぼうし（1965～）
帰したくなくて夜店の燃えさうな
　◇「夏休み」KADOKAWA 2014（角川文庫）p246
『モルグ街の殺人』はほんとうに元祖ミステリなのか？一読まず嫌い。名作入門五秒前評論
　◇「本格ミステリー二〇〇九年本格短編ベスト・セレクション 09」講談社 2009（講談社ノベルス）p415
ゆるいゆるいミステリの、ささやかな謎のようなもの。
　◇「ベスト本格ミステリ 2015」講談社 2015（講談社ノベルス）p411
読まず嫌い。名作入門五秒前『モルグ街の殺人』はほんとうに元祖ミステリなのか？
　◇「空飛ぶモルグ街の研究―本格短編ベスト・セレクション」講談社 2013（講談社文庫）p581

茅野 雅子　ちの・まさこ（1880～1946）
湖畔の夏
　◇「青鞜小説集」講談社 2014（講談社文芸文庫）p191

茅野 裕城子　ちの・ゆきこ（1955～）
西安の柘榴
　◇「文学 2002」講談社 2002 p45
タイムシェア
　◇「文学 2005」講談社 2005 p286
ペチカ燃えろよ
　◇「文学 2007」講談社 2007 p153
北方交通
　◇「文学 2009」講談社 2009 p183

千葉　ちば
駐車場
　◇「てのひら怪談―ビーケーワン怪談大賞傑作選 壬辰」ポプラ社 2012（ポプラ文庫）p96

千葉 修　ちば・おさむ（1911～？）
長島八景
　◇「ハンセン病文学全集 4」皓星社 2003 p422
遁れ来て
　◇「ハンセン病文学全集 8」皓星社 2006 p417

千葉 暁　ちば・さとし（1960～）
砕牙―聖刻群龍伝
　◇「C・N 25―C・novels創刊25周年アンソロジー」中央公論新社 2007（C novels）p302

千葉 淳平　ちば・じゅんぺい（1924～）
静かなる復讐
　◇「甦る推理雑誌 8」光文社 2003（光文社文庫）p331

千葉 省三　ちば・しょうぞう（1892～1975）
十銭
　◇「ひつじアンソロジー 小説編 2」ひつじ書房 2009 p13
虎ちゃんの日記（抄）
　◇「ひつじアンソロジー 小説編 2」ひつじ書房 2009 p3

千葉 雅子　ちば・まさこ（1962～）
あの夏の日
　◇「キミの笑顔」TOKYO FM出版 2006 p65

千早 茜　ちはや・あかね（1979～）
あかがね色の本
　◇「本をめぐる物語―小説よ、永遠に」KADOKAWA 2015（角川文庫）p277
管狐と桜
　◇「短篇ベストコレクション―現代の小説 2010」徳間書店 2010（徳間文庫）p381
しらかんば―八千穂高原
　◇「恋の聖地―そこは、最後の恋に出会う場所。」新潮社 2013（新潮文庫）p87
チンドン屋
　◇「明日町こんぺいとう商店街―招きうさぎと七軒の物語」ポプラ社 2013（ポプラ文庫）p135

チャップリン竹丸　ちゃっぷりんたけまる
飛行船
　◇「ショートショートの広場 14」講談社 2003（講談社文庫）p230

茶毛　ちゃもう
信珠
　◇「恐怖箱 遺伝記」竹書房 2008（竹書房文庫）p39
淘汰
　◇「恐怖箱 遺伝記」竹書房 2008（竹書房文庫）p107
黙死
　◇「恐怖箱 遺伝記」竹書房 2008（竹書房文庫）p110

張 我軍　チャン・アクン
感情に意見に一致
　◇「近代朝鮮文学日本語作品集1939～1945 評論・随筆篇 1」緑蔭書房 2002 p364

張 孤星　チャン・コソン
朝鮮の藝術よ
　◇「近代朝鮮文学日本語作品集1908～1945 セレクション 4」緑蔭書房 2008 p203

張 德祚　チャン・ドクチョ
行路
◇『近代朝鮮文学日本語作品集1939〜1945 創作篇 5』緑蔭書房 2001 p133
ことし見た映畫の印象―在城諸氏の回答（金復鎭／崔禹錫／柳致眞）
◇『近代朝鮮文学日本語作品集1901〜1938 評論・随筆篇 3』緑蔭書房 2004 p350
子守唄（第一回〜第九回）
◇『近代朝鮮文学日本語作品集1901〜1938 創作篇 4』緑蔭書房 2004 p73

張 赫宙　チャン・ヒョクチュ（1905〜1997）
岩本志願兵
◇『〈在日〉文学全集 11』勉誠出版 2006 p149
◇『コレクション戦争と文学 17』集英社 2012 p33
追はれる人々
◇『近代朝鮮文学日本語作品集1901〜1938 創作篇 3』緑蔭書房 2004 p113
海印寺紀行（上）（下）
◇『近代朝鮮文学日本語作品集1901〜1938 評論・随筆篇 3』緑蔭書房 2004 p137
餓鬼道
◇『〈在日〉文学全集 11』勉誠出版 2006 p115
餓鬼道（入選）
◇『近代朝鮮文学日本語作品集1901〜1938 創作篇 3』緑蔭書房 2004 p29
虚無を感ずる―東京に移住して
◇『近代朝鮮文学日本語作品集1901〜1938 評論・随筆篇 2』緑蔭書房 2004 p285
金剛山雜感
◇『近代朝鮮文学日本語作品集1939〜1945 評論・随筆篇 3』緑蔭書房 2002 p41
作家の感懐2 京城
◇『近代朝鮮文学日本語作品集1939〜1945 評論・随筆篇 3』緑蔭書房 2002 p239
京城の秋と東京の秋
◇『近代朝鮮文学日本語作品集1908〜1945 セレクション 3』緑蔭書房 2008 p327
懸賞小説の思ひ出 埋もれて了つた作家
◇『近代朝鮮文学日本語作品集1901〜1938 評論・随筆篇 3』緑蔭書房 2004 p348
現代朝鮮作家の素描
◇『近代朝鮮文学日本語作品集1901〜1938 評論・随筆篇 3』緑蔭書房 2004 p119
春香傳劇評とその演出―鶴見誠氏と村山知義氏に
◇『近代朝鮮文学日本語作品集1901〜1938 評論・随筆篇 2』緑蔭書房 2004 p129
春香傳について
◇『近代朝鮮文学日本語作品集1901〜1938 評論・随筆篇 3』緑蔭書房 2004 p41
大陸の文壇9 朝鮮の卷上 朝鮮文壇の現役作家
◇『近代朝鮮文学日本語作品集1908〜1945 セレクション 3』緑蔭書房 2008 p151
大陸の文壇10 朝鮮の卷中 半島文壇の中堅作家
◇『近代朝鮮文学日本語作品集1908〜1945 セレクション 3』緑蔭書房 2008 p152
大陸の文壇11 朝鮮の卷下 憂愁すぎる人々
◇『近代朝鮮文学日本語作品集1908〜1945 セレクション 3』緑蔭書房 2008 p153
『旅路』を見て感じたこと
◇『近代朝鮮文学日本語作品集1901〜1938 評論・随筆篇 3』緑蔭書房 2004 p31
父を思ふ
◇『近代朝鮮文学日本語作品集1908〜1945 セレクション 3』緑蔭書房 2008 p387
朝鮮の知識人に訴ふ
◇『近代朝鮮文学日本語作品集1939〜1945 評論・随筆篇 1』緑蔭書房 2002 p13
朝鮮の冬
◇『近代朝鮮文学日本語作品集1901〜1938 評論・随筆篇 3』緑蔭書房 2004 p287
朝鮮文學の將來〔対談〕（兪鎭午）
◇『近代朝鮮文学日本語作品集1939〜1945 評論・随筆篇 3』緑蔭書房 2002 p397
朝鮮文學の新方向―『海女』と『登攀』について
◇『近代朝鮮文学日本語作品集1939〜1945 評論・随筆篇 2』緑蔭書房 2002 p405
朝鮮文壇を背負ふ人
◇『近代朝鮮文学日本語作品集1901〜1938 評論・随筆篇 2』緑蔭書房 2004 p103
朝鮮文壇の作家と作品
◇『近代朝鮮文学日本語作品集1901〜1938 評論・随筆篇 2』緑蔭書房 2004 p99
チヨング・マンソーの話
◇『近代朝鮮文学日本語作品集1901〜1938 評論・随筆篇 2』緑蔭書房 2004 p271
日本の女性
◇『近代朝鮮文学日本語作品集1908〜1945 セレクション 3』緑蔭書房 2008 p187
白揚木
◇『近代朝鮮文学日本語作品集1901〜1938 創作篇 2』緑蔭書房 2004 p459
初めて逢つた文士と當時の思ひ出
◇『近代朝鮮文学日本語作品集1901〜1938 評論・随筆篇 3』緑蔭書房 2004 p349
半島の文學
◇『近代朝鮮文学日本語作品集1908〜1945 セレクション 3』緑蔭書房 2008 p157
文藝時評 優秀より巨大へ
◇『近代朝鮮文学日本語作品集1901〜1938 評論・随筆篇 1』緑蔭書房 2004 p311
僕の文學
◇『近代朝鮮文学日本語作品集1901〜1938 評論・随筆篇 3』緑蔭書房 2004 p251
丸山さんの詩
◇『近代朝鮮文学日本語作品集1908〜1945 セレクショ

ン 3」緑蔭書房 2008 p425
満洲移民について
　◇「近代朝鮮文学日本語作品集1901～1938 評論・随筆篇 3」緑蔭書房 2004 p35
眼
　◇「コレクション戦争と文学 1」集英社 2012 p102
離京の悲しみ
　◇「近代朝鮮文学日本語作品集1901～1938 評論・随筆篇 3」緑蔭書房 2004 p267
ルポルタアジュ 朝鮮人聚落を行く
　◇「近代朝鮮文学日本語作品集1901～1938 評論・随筆篇 3」緑蔭書房 2004 p287
私の場合―わが文学修行
　◇「近代朝鮮文学日本語作品集1908～1945 セレクション 3」緑蔭書房 2008 p207

張 秉演　チャン・ビョンヨン
火田
　◇「近代朝鮮文学日本語作品集1908～1945 セレクション 6」緑蔭書房 2008 p89

張 風雲　チャン・プンウン
水邊の少女
　◇「近代朝鮮文学日本語作品集1908～1945 セレクション 4」緑蔭書房 2008 p198

朱 白鷗　チュ・ペクク
　⇒朱耀翰（チュ・ヨハン）を見よ

朱 耀翰　チュ・ヨハン（1900～1979）
秋の日を
　◇「近代朝鮮文学日本語作品集1908～1945 セレクション 3」緑蔭書房 2008 p169
あくる朝
　◇「近代朝鮮文学日本語作品集1908～1945 セレクション 4」緑蔭書房 2008 p45
あけぼの
　◇「近代朝鮮文学日本語作品集1908～1945 セレクション 4」緑蔭書房 2008 p64
朝
　◇「近代朝鮮文学日本語作品集1908～1945 セレクション 4」緑蔭書房 2008 p46
嵐
　◇「近代朝鮮文学日本語作品集1908～1945 セレクション 4」緑蔭書房 2008 p59
あれから
　◇「近代朝鮮文学日本語作品集1901～1938 評論・随筆篇 2」緑蔭書房 2004 p179
暗黒
　◇「近代朝鮮文学日本語作品集1908～1945 セレクション 4」緑蔭書房 2008 p66
一番血潮
　◇「近代朝鮮文学日本語作品集1939～1945 創作篇 6」緑蔭書房 2001 p253
雨後
　◇「近代朝鮮文学日本語作品集1939～1945 創作篇 6」緑蔭書房 2001 p288

失なはれし者
　◇「近代朝鮮文学日本語作品集1908～1945 セレクション 4」緑蔭書房 2008 p32
馬去りて…
　◇「近代朝鮮文学日本語作品集1908～1945 セレクション 6」緑蔭書房 2008 p69
お春
　◇「近代朝鮮文学日本語作品集1908～1945 セレクション 4」緑蔭書房 2008 p21
をもひで
　◇「近代朝鮮文学日本語作品集1908～1945 セレクション 4」緑蔭書房 2008 p19
及ばないでは…他
　◇「近代朝鮮文学日本語作品集1908～1945 セレクション 6」緑蔭書房 2008 p259
女
　◇「近代朝鮮文学日本語作品集1908～1945 セレクション 4」緑蔭書房 2008 p52
かゞやく太陽
　◇「近代朝鮮文学日本語作品集1908～1945 セレクション 4」緑蔭書房 2008 p37
含滿ヶ淵に迷ふ
　◇「近代朝鮮文学日本語作品集1901～1938 評論・随筆篇 3」緑蔭書房 2004 p55
狂人
　◇「近代朝鮮文学日本語作品集1908～1945 セレクション 4」緑蔭書房 2008 p18
霧と太陽
　◇「近代朝鮮文学日本語作品集1908～1945 セレクション 4」緑蔭書房 2008 p71
九月の詩壇（合評）（豊太郎／泰雄／福督／梨雨公／X／簾吉／浮島）
　◇「近代朝鮮文学日本語作品集1908～1945 セレクション 5」緑蔭書房 2008 p37
藝術の使命
　◇「近代朝鮮文学日本語作品集1901～1938 評論・随筆篇 1」緑蔭書房 2004 p18
月光
　◇「近代朝鮮文学日本語作品集1908～1945 セレクション 4」緑蔭書房 2008 p69
決戦下満洲の藝文態勢―満洲「決戦芸文全国大会」参観記
　◇「近代朝鮮文学日本語作品集1939～1945 評論・随筆篇 2」緑蔭書房 2002 p325
決戦辻詩 日々の忠魂
　◇「近代朝鮮文学日本語作品集1908～1945 セレクション 4」緑蔭書房 2008 p452
五月の詩壇（合評）（簾吉／浮島／豊太郎／泰雄／福督／梨雨公／X）
　◇「近代朝鮮文学日本語作品集1908～1945 セレクション 5」緑蔭書房 2008 p19
五月雨の朝
　◇「近代朝鮮文学日本語作品集1908～1945 セレクション 4」緑蔭書房 2008 p17
三月の詩壇（合評）（豊太郎／泰雄／福督／梨雨

ちゆ

公／X）
◇「近代朝鮮文学日本語作品集1908～1945 セレクション 5」緑蔭書房 2008 p9

三月の詩壇鳥瞰
◇「近代朝鮮文学日本語作品集1908～1945 セレクション 5」緑蔭書房 2008 p45

山腹の…
◇「近代朝鮮文学日本語作品集1908～1945 セレクション 6」緑蔭書房 2008 p69

自畫像
◇「近代朝鮮文学日本語作品集1908～1945 セレクション 4」緑蔭書房 2008 p60

四月の詩壇
◇「近代朝鮮文学日本語作品集1908～1945 セレクション 5」緑蔭書房 2008 p47

四月の詩壇（合評）（豊太郎／泰雄／福督／梨雨公／X／簾吉／浮島）
◇「近代朝鮮文学日本語作品集1908～1945 セレクション 5」緑蔭書房 2008 p13

しづけき夜…
◇「近代朝鮮文学日本語作品集1908～1945 セレクション 6」緑蔭書房 2008 p85

詩壇三十年
◇「近代朝鮮文学日本語作品集1939～1945 評論・随筆篇 2」緑蔭書房 2002 p353

七月の詩壇（豊太郎／泰雄／福督／梨雨公／X）
◇「近代朝鮮文学日本語作品集1908～1945 セレクション 5」緑蔭書房 2008 p29

七月の夜
◇「近代朝鮮文学日本語作品集1908～1945 セレクション 4」緑蔭書房 2008 p61

時調の復興は新詩運動にまで影響
◇「近代朝鮮文学日本語作品集1908～1945 セレクション 5」緑蔭書房 2008 p194

芝清正公
◇「近代朝鮮文学日本語作品集1908～1945 セレクション 4」緑蔭書房 2008 p57

詩部幹事長松村紘一（朱耀翰氏）の発言
◇「近代朝鮮文学日本語作品集1939～1945 評論・随筆篇 2」緑蔭書房 2002 p360

霜の朝
◇「近代朝鮮文学日本語作品集1901～1938 評論・随筆篇 2」緑蔭書房 2004 p175

霜踏みて…
◇「近代朝鮮文学日本語作品集1908～1945 セレクション 6」緑蔭書房 2008 p69

十月の詩壇（合評）（豊太郎／泰雄／福督／梨雨公／X／簾吉／浮島）
◇「近代朝鮮文学日本語作品集1908～1945 セレクション 5」緑蔭書房 2008 p39

食卓
◇「近代朝鮮文学日本語作品集1908～1945 セレクション 4」緑蔭書房 2008 p68

靜謐
◇「近代朝鮮文学日本語作品集1939～1945 創作篇 6」緑蔭書房 2001 p292

前號の詩歌
◇「近代朝鮮文学日本語作品集1908～1945 セレクション 5」緑蔭書房 2008 p17
◇「近代朝鮮文学日本語作品集1908～1945 セレクション 5」緑蔭書房 2008 p35

千年を超えて
◇「近代朝鮮文学日本語作品集1939～1945 創作篇 6」緑蔭書房 2001 p267
◇「近代朝鮮文学日本語作品集1908～1945 セレクション 5」緑蔭書房 2008 p446

卓上の靜物
◇「近代朝鮮文学日本語作品集1908～1945 セレクション 4」緑蔭書房 2008 p51

戰ふ演劇の姿─第二回競演大会を観る
◇「近代朝鮮文学日本語作品集1939～1945 評論・随筆篇 2」緑蔭書房 2002 p342

地の愛
◇「近代朝鮮文学日本語作品集1908～1945 セレクション 4」緑蔭書房 2008 p35

朝鮮歌曲鈔
◇「近代朝鮮文学日本語作品集1908～1945 セレクション 4」緑蔭書房 2008 p69

徴兵制實施即吟
◇「近代朝鮮文学日本語作品集1908～1945 セレクション 6」緑蔭書房 2008 p97

月淡く…
◇「近代朝鮮文学日本語作品集1908～1945 セレクション 6」緑蔭書房 2008 p69

出船の精神
◇「近代朝鮮文学日本語作品集1939～1945 評論・随筆篇 1」緑蔭書房 2002 p453

同義語
◇「近代朝鮮文学日本語作品集1939～1945 創作篇 6」緑蔭書房 2001 p288

眠れる嬰兒
◇「近代朝鮮文学日本語作品集1908～1945 セレクション 4」緑蔭書房 2008 p30

鉢
◇「近代朝鮮文学日本語作品集1908～1945 セレクション 4」緑蔭書房 2008 p445

八月の詩壇（合評）（豊太郎／泰雄／福督／梨雨公／X）
◇「近代朝鮮文学日本語作品集1908～1945 セレクション 5」緑蔭書房 2008 p33

春たつ日の歌
◇「近代朝鮮文学日本語作品集1908～1945 セレクション 4」緑蔭書房 2008 p38

春立つ日の歌
◇「近代朝鮮文学日本語作品集1908～1945 セレクション 4」緑蔭書房 2008 p43

春の頌（合評）
◇「近代朝鮮文学日本語作品集1908～1945 セレクション 5」緑蔭書房 2008 p27

『はるはよみがへる』を讀んで

反省獨語
◇「近代朝鮮文学日本語作品集1908〜1945 セレクション 6」緑蔭書房 2008 p259
反省獨語
◇「近代朝鮮文学日本語作品集1901〜1938 評論・随筆篇 3」緑蔭書房 2004 p303
微光
◇「近代朝鮮文学日本語作品集1908〜1945 セレクション 4」緑蔭書房 2008 p63
晝と夜の祈禱（2）
◇「近代朝鮮文学日本語作品集1908〜1945 セレクション 4」緑蔭書房 2008 p41
晝と夜の祈禱（4）
◇「近代朝鮮文学日本語作品集1908〜1945 セレクション 4」緑蔭書房 2008 p47
葡萄の花
◇「近代朝鮮文学日本語作品集1908〜1945 セレクション 4」緑蔭書房 2008 p29
冬
◇「近代朝鮮文学日本語作品集1908〜1945 セレクション 4」緑蔭書房 2008 p25
ふるさと
◇「近代朝鮮文学日本語作品集1908〜1945 セレクション 4」緑蔭書房 2008 p31
編輯だより 第三信
◇「近代朝鮮文学日本語作品集1901〜1938 評論・随筆篇 3」緑蔭書房 2004 p303
鳳仙花
◇「近代朝鮮文学日本語作品集1939〜1945 創作篇 6」緑蔭書房 2001 p194
星
◇「近代朝鮮文学日本語作品集1908〜1945 セレクション 4」緑蔭書房 2008 p60
まどろむ女
◇「近代朝鮮文学日本語作品集1908〜1945 セレクション 4」緑蔭書房 2008 p57
山をつゝむ…
◇「近代朝鮮文学日本語作品集1908〜1945 セレクション 6」緑蔭書房 2008 p69
夕暮の誘惑
◇「近代朝鮮文学日本語作品集1908〜1945 セレクション 4」緑蔭書房 2008 p51
余が心静に待つ
◇「近代朝鮮文学日本語作品集1908〜1945 セレクション 4」緑蔭書房 2008 p75
欲求
◇「近代朝鮮文学日本語作品集1908〜1945 セレクション 4」緑蔭書房 2008 p28
夜、寝る時
◇「近代朝鮮文学日本語作品集1908〜1945 セレクション 4」緑蔭書房 2008 p47
六月の詩壇（合評）（簾吉／浮島／豊太郎／泰雄／福督／梨雨公／X）
◇「近代朝鮮文学日本語作品集1908〜1945 セレクション 5」緑蔭書房 2008 p23

朱 永渉　チュ・ヨンソプ
新しい詩劇のために
◇「近代朝鮮文学日本語作品集1939〜1945 評論・随筆篇 1」緑蔭書房 2002 p471
大空の詩
◇「近代朝鮮文学日本語作品集1908〜1945 セレクション 4」緑蔭書房 2008 p482
學徒出陣
◇「近代朝鮮文学日本語作品集1908〜1945 セレクション 4」緑蔭書房 2008 p486
黒い河
◇「近代朝鮮文学日本語作品集1908〜1945 セレクション 4」緑蔭書房 2008 p324
康村の春
◇「近代朝鮮文学日本語作品集1908〜1945 セレクション 4」緑蔭書房 2008 p332
ゴムの歌
◇「近代朝鮮文学日本語作品集1908〜1945 セレクション 4」緑蔭書房 2008 p479
詩を讀む心
◇「近代朝鮮文学日本語作品集1939〜1945 評論・随筆篇 2」緑蔭書房 2002 p341
省線―夜12時
◇「近代朝鮮文学日本語作品集1908〜1945 セレクション 4」緑蔭書房 2008 p325
燕の歌
◇「近代朝鮮文学日本語作品集1908〜1945 セレクション 4」緑蔭書房 2008 p483
飛行詩
◇「近代朝鮮文学日本語作品集1908〜1945 セレクション 4」緑蔭書房 2008 p437
冬の思ひ出
◇「近代朝鮮文学日本語作品集1908〜1945 セレクション 4」緑蔭書房 2008 p326
森に歌ふ
◇「近代朝鮮文学日本語作品集1908〜1945 セレクション 4」緑蔭書房 2008 p329
山にて
◇「近代朝鮮文学日本語作品集1908〜1945 セレクション 4」緑蔭書房 2008 p481
驢馬
◇「近代朝鮮文学日本語作品集1939〜1945 創作篇 6」緑蔭書房 2001 p52
◇「近代朝鮮文学日本語作品集1908〜1945 セレクション 4」緑蔭書房 2008 p439

中条 佑弥　ちゅうじょう・ゆうや
誘蛾灯
◇「日本海文学大賞―大賞作品集 3」日本海文学大賞運営委員会 2007 p95

春植　チュンシク
宣言
◇「近代朝鮮文学日本語作品集1901〜1938 評論・随筆篇 3」緑蔭書房 2004 p364

趙 宇植　チョ・ウシク

故郷にて
◇「近代朝鮮文学日本語作品集1939～1945 創作篇 6」緑蔭書房 2001 p57

挺身する文化人2 崔載瑞氏
◇「近代朝鮮文学日本語作品集1939～1945 評論・随筆篇 3」緑蔭書房 2002 p265

東方の神々
◇「近代朝鮮文学日本語作品集1939～1945 創作篇 6」緑蔭書房 2001 p53

濱の詩
◇「近代朝鮮文学日本語作品集1908～1945 セレクション 4」緑蔭書房 2008 p435

挺身する文化人3 俞鎭午氏
◇「近代朝鮮文学日本語作品集1939～1945 評論・随筆篇 3」緑蔭書房 2002 p294

歴程
◇「近代朝鮮文学日本語作品集1908～1945 セレクション 4」緑蔭書房 2008 p433

趙 相範　チョ・サンボム

鮮満俳壇
◇「近代朝鮮文学日本語作品集1908～1945 セレクション 6」緑蔭書房 2008 p78

趙 晶鎬　チョ・ジョンホ

撮影所の窓から―朝鮮ハリウッドの夢
◇「近代朝鮮文学日本語作品集1908～1945 セレクション 3」緑蔭書房 2008 p411

趙 南哲　チョ・ナムチョル（1955～）

あたたかい水
◇「〈在日〉文学全集 18」勉誠出版 2006 p167

雨
◇「〈在日〉文学全集 18」勉誠出版 2006 p136

争い
◇「〈在日〉文学全集 18」勉誠出版 2006 p169

胃
◇「〈在日〉文学全集 18」勉誠出版 2006 p133

石
◇「〈在日〉文学全集 18」勉誠出版 2006 p172

頂
◇「〈在日〉文学全集 18」勉誠出版 2006 p125

市
◇「〈在日〉文学全集 18」勉誠出版 2006 p168

井戸
◇「〈在日〉文学全集 18」勉誠出版 2006 p145

犬
◇「〈在日〉文学全集 18」勉誠出版 2006 p142

丘
◇「〈在日〉文学全集 18」勉誠出版 2006 p122

母（オモニ）
◇「〈在日〉文学全集 18」勉誠出版 2006 p154

オルゴール
◇「〈在日〉文学全集 18」勉誠出版 2006 p166

海岸
◇「〈在日〉文学全集 18」勉誠出版 2006 p137

風の朝鮮
◇「〈在日〉文学全集 18」勉誠出版 2006 p121

瓦
◇「〈在日〉文学全集 18」勉誠出版 2006 p144

傷
◇「〈在日〉文学全集 18」勉誠出版 2006 p138

樹の部落
◇「〈在日〉文学全集 18」勉誠出版 2006 p135

球根
◇「〈在日〉文学全集 18」勉誠出版 2006 p170

金アジメ
◇「〈在日〉文学全集 18」勉誠出版 2006 p152

獄
◇「〈在日〉文学全集 18」勉誠出版 2006 p130

坂
◇「〈在日〉文学全集 18」勉誠出版 2006 p146

座布団
◇「〈在日〉文学全集 18」勉誠出版 2006 p150

島
◇「〈在日〉文学全集 18」勉誠出版 2006 p153

樹葉
◇「〈在日〉文学全集 18」勉誠出版 2006 p163

神経
◇「〈在日〉文学全集 18」勉誠出版 2006 p128

炭
◇「〈在日〉文学全集 18」勉誠出版 2006 p151

政治
◇「〈在日〉文学全集 18」勉誠出版 2006 p155

胎児
◇「〈在日〉文学全集 18」勉誠出版 2006 p132

土
◇「〈在日〉文学全集 18」勉誠出版 2006 p127

鉄橋
◇「〈在日〉文学全集 18」勉誠出版 2006 p149

峠
◇「〈在日〉文学全集 18」勉誠出版 2006 p122

動物園
◇「〈在日〉文学全集 18」勉誠出版 2006 p173

にげる
◇「〈在日〉文学全集 18」勉誠出版 2006 p160

鼻毛
◇「〈在日〉文学全集 18」勉誠出版 2006 p171

春
◇「〈在日〉文学全集 18」勉誠出版 2006 p162

老婆（ハルマシ）
◇「〈在日〉文学全集 18」勉誠出版 2006 p148

火
◇「〈在日〉文学全集 18」勉誠出版 2006 p164

広場

豚
　◇「〈在日〉文学全集 18」勉誠出版 2006 p139
　◇「〈在日〉文学全集 18」勉誠出版 2006 p143
船
　◇「〈在日〉文学全集 18」勉誠出版 2006 p123
吹雪
　◇「〈在日〉文学全集 18」勉誠出版 2006 p124
道
　◇「〈在日〉文学全集 18」勉誠出版 2006 p165
村
　◇「〈在日〉文学全集 18」勉誠出版 2006 p126
指
　◇「〈在日〉文学全集 18」勉誠出版 2006 p156
路地
　◇「〈在日〉文学全集 18」勉誠出版 2006 p140
私を見なさい
　◇「〈在日〉文学全集 18」勉誠出版 2006 p161

趙 南斗　チョ・ナムドゥ
遠くにありて、思うもの
　◇「〈在日〉文学全集 16」勉誠出版 2006 p155

趙 薫　チョ・フン
哀歌
　◇「近代朝鮮文学日本語作品集1939〜1945 創作篇 6」緑蔭書房 2001 p36
郷愁
　◇「近代朝鮮文学日本語作品集1939〜1945 創作篇 6」緑蔭書房 2001 p87
金魚葬
　◇「近代朝鮮文学日本語作品集1939〜1945 創作篇 6」緑蔭書房 2001 p42
召燕歌
　◇「近代朝鮮文学日本語作品集1939〜1945 創作篇 6」緑蔭書房 2001 p82
少女
　◇「近代朝鮮文学日本語作品集1939〜1945 創作篇 6」緑蔭書房 2001 p59
少年
　◇「近代朝鮮文学日本語作品集1939〜1945 創作篇 6」緑蔭書房 2001 p271
翼
　◇「近代朝鮮文学日本語作品集1939〜1945 創作篇 6」緑蔭書房 2001 p45
憧憬
　◇「近代朝鮮文学日本語作品集1939〜1945 創作篇 6」緑蔭書房 2001 p43
冬眠
　◇「近代朝鮮文学日本語作品集1939〜1945 創作篇 6」緑蔭書房 2001 p82
瞳
　◇「近代朝鮮文学日本語作品集1939〜1945 創作篇 6」緑蔭書房 2001 p79
無題
　◇「近代朝鮮文学日本語作品集1939〜1945 創作篇 6」緑蔭書房 2001 p275
譯詩二題
　◇「近代朝鮮文学日本語作品集1939〜1945 創作篇 6」緑蔭書房 2001 p82
駱駝
　◇「近代朝鮮文学日本語作品集1939〜1945 創作篇 6」緑蔭書房 2001 p38

千代 有三　ちよ・ゆうぞう（1912〜1986）
語らぬ沼
　◇「江戸川乱歩の推理教室」光文社 2008（光文社文庫）p101
最後の章
　◇「あなたが名探偵」講談社 1998（講談社文庫）p309
殺人混成曲
　◇「江戸川乱歩の推理試験」光文社 2009（光文社文庫）p111
痴人の宴
　◇「探偵くらぶ―探偵小説傑作選1946〜1958 中」光文社 1997（カッパ・ノベルス）p183

趙 潤濟　チョ・ユンジェ
濟州島の民謡
　◇「近代朝鮮文学日本語作品集1939〜1945 評論・随筆篇 3」緑蔭書房 2002 p149
朝鮮韻文の形態
　◇「近代朝鮮文学日本語作品集1908〜1945 セレクション 5」緑蔭書房 2008 p329

趙 靈出　チョ・ヨンチュル
學びの窓巾
　◇「近代朝鮮文学日本語作品集1939〜1945 創作篇 6」緑蔭書房 2001 p274

趙 演鉉　チョ・ヨンヒョン（1920〜1981）
祛壇の一年
　◇「近代朝鮮文学日本語作品集1939〜1945 評論・随筆篇 2」緑蔭書房 2002 p11
藝術の機能―友への手紙（上）（下）
　◇「近代朝鮮文学日本語作品集1939〜1945 評論・随筆篇 1」緑蔭書房 2002 p457
航海
　◇「近代朝鮮文学日本語作品集1908〜1945 セレクション 4」緑蔭書房 2008 p367
虎
　◇「近代朝鮮文学日本語作品集1908〜1945 セレクション 4」緑蔭書房 2008 p367
ニーチエの創造（上）
　◇「近代朝鮮文学日本語作品集1939〜1945 評論・随筆篇 1」緑蔭書房 2002 p375
ニーチエの創造（下）
　◇「近代朝鮮文学日本語作品集1939〜1945 評論・随筆篇 1」緑蔭書房 2002 p379
文壇現地報告
　◇「近代朝鮮文学日本語作品集1939〜1945 評論・随筆篇 1」緑蔭書房 2002 p474

趙 容萬　チョ・ヨンマン（1909～1995）
車中のこと
　◇「近代朝鮮文学日本語作品集1939～1945 評論・随筆篇 3」緑蔭書房 2002 p197
神經質時代
　◇「近代朝鮮文学日本語作品集1901～1938 創作篇 1」緑蔭書房 2004 p265
端溪の硯
　◇「近代朝鮮文学日本語作品集1939～1945 創作篇 5」緑蔭書房 2001 p437
佛國寺の宿
　◇「近代朝鮮文学日本語作品集1939～1945 創作篇 5」緑蔭書房 2001 p109
ふるさと
　◇「近代朝鮮文学日本語作品集1939～1945 創作篇 4」緑蔭書房 2001 p421
山路
　◇「近代朝鮮文学日本語作品集1908～1945 セレクション 4」緑蔭書房 2008 p187
UNE VIE
　◇「近代朝鮮文学日本語作品集1901～1938 創作篇 2」緑蔭書房 2004 p257

張 栄宗　ちょう・えいしゅう
戯曲 貂蟬―第一幕
　◇「日本統治期台湾文学集成 14」緑蔭書房 2003 p25

張 健次郎　ちょう・けんじろう
雨
　◇「日本統治期台湾文学集成 5」緑蔭書房 2002 p201

長 新太　ちょう・しんた（1927～2005）
犬頭人とは
　◇「文豪てのひら怪談」ポプラ社 2009（ポプラ文庫）p97
ハードボイルド
　◇「それはまだヒミツ―少年少女の物語」新潮社 2012（新潮文庫）p187

張 德順　ちょう・とくじゅん
正子の死
　◇「ハンセン病文学全集 4」皓星社 2003 p299

張 文環　ちょう・ぶんかん（1909～1978）
機關車と美人
　◇「日本統治期台湾文学集成 22」緑蔭書房 2007 p317
芸姐の家
　◇「〈外地〉の日本語文学選 1」新宿書房 1996 p130
山茶花
　◇「日本統治期台湾文学集成 2」緑蔭書房 2002 p5
戦争
　◇「日本統治期台湾文学集成 23」緑蔭書房 2007 p365
泣いてゐた女
　◇「日本統治期台湾文学集成 5」緑蔭書房 2002 p131
迷兒
　◇「日本統治期台湾文学集成 5」緑蔭書房 2002 p343
憂鬱な詩人
　◇「日本統治期台湾文学集成 5」緑蔭書房 2002 p249

張 碧淵　ちょう・へきえん
ローマンス
　◇「日本統治期台湾文学集成 5」緑蔭書房 2002 p55

鳥海 たつみ　ちょうかい・たつみ
指
　◇「ひらく―第15回フェリシモ文学賞」フェリシモ 2012 p160

張氏 碧華　ちょうし・へきか
三日月
　◇「日本統治期台湾文学集成 5」緑蔭書房 2002 p47

超鈴木　ちょうすずき
完全犯罪
　◇「ショートショートの花束 8」講談社 2016（講談社文庫）p49
今年の漢字
　◇「ショートショートの花束 8」講談社 2016（講談社文庫）p110
謎
　◇「ショートショートの花束 8」講談社 2016（講談社文庫）p149

朝鮮プロレタリア藝術同盟　ちょうせんぶろれたりあげいじゅつどうめい
日本プロレタリア作家同盟第五回大會へのメッセーヂ（中央委員會書記局）
　◇「近代朝鮮文学日本語作品集1901～1938 評論・随筆篇 3」緑蔭書房 2004 p368

朝鮮文人協會　ちょうせんぶんじんきょうかい
聖戦四周年 知識人に愬ふ（上）（中）（下）
　◇「近代朝鮮文学日本語作品集1939～1945 評論・随筆篇 3」緑蔭書房 2002 p476
私どもの熱情をどうかお汲み取り下さい
　◇「近代朝鮮文学日本語作品集1908～1945 セレクション 6」緑蔭書房 2008 p225

朝鮮文人報國會　ちょうせんぶんじんほうこくかい
皇軍感謝決議文
　◇「近代朝鮮文学日本語作品集1939～1945 評論・随筆篇 3」緑蔭書房 2002 p480
宣言
　◇「近代朝鮮文学日本語作品集1939～1945 評論・随筆篇 3」緑蔭書房 2002 p480

千桂 賢丈　ちよし・たかひろ（1968～）
被拐取者に発言させない事―誘拐の鉄則
　◇「本格推理 14」光文社 1999（光文社文庫）p9

鄭 仁　チョン・イン
椅子と投身
　◇「〈在日〉文学全集 17」勉誠出版 2006 p139
祈り

うまずめ
　◇「〈在日〉文学全集 17」勉誠出版 2006 p169
運河
　◇「〈在日〉文学全集 17」勉誠出版 2006 p150
影の舞台—不在のヒーローのために
　◇「〈在日〉文学全集 17」勉誠出版 2006 p172
感傷周波
　◇「〈在日〉文学全集 17」勉誠出版 2006 p144
交叉点
　◇「〈在日〉文学全集 17」勉誠出版 2006 p142
証人—映画による映画的殺人
　◇「〈在日〉文学全集 17」勉誠出版 2006 p155
署名する
　◇「〈在日〉文学全集 17」勉誠出版 2006 p165
スラム
　◇「〈在日〉文学全集 17」勉誠出版 2006 p163
一九七九年一二月八日午後3時
　◇「〈在日〉文学全集 17」勉誠出版 2006 p160
空を行く
　◇「〈在日〉文学全集 17」勉誠出版 2006 p148
茶白山
　◇「〈在日〉文学全集 17」勉誠出版 2006 p157
鉄
　◇「〈在日〉文学全集 17」勉誠出版 2006 p153
夏と少年と
　◇「〈在日〉文学全集 17」勉誠出版 2006 p158
夏はめぐりくる
　◇「〈在日〉文学全集 17」勉誠出版 2006 p170
走る
　◇「〈在日〉文学全集 17」勉誠出版 2006 p138
鳩よ 眠るな
　◇「〈在日〉文学全集 17」勉誠出版 2006 p141
風景を計量できるか
　◇「〈在日〉文学全集 17」勉誠出版 2006 p146
ぼくらは一人ぼくらは二人
　◇「〈在日〉文学全集 17」勉誠出版 2006 p156
罠に棲む
　◇「〈在日〉文学全集 17」勉誠出版 2006 p167

鄭 寅燮　チョン・インソプ（1905〜1983）
大いなる曉
　◇「近代朝鮮文学日本語作品集1939〜1945 評論・随筆篇 1」緑蔭書房 2002 p390
時局と朝鮮文學
　◇「近代朝鮮文学日本語作品集1908〜1945 セレクション 3」緑蔭書房 2008 p147
兒童の愛護—呼び覚したい大人の童心
　◇「近代朝鮮文学日本語作品集1908〜1945 セレクション 3」緑蔭書房 2008 p235
新協劇團"春香傳"の公演に寄せる（1）（3）
　　（宋錫夏／兪鎮午／李基也）
　◇「近代朝鮮文学日本語作品集1901〜1938 評論・随筆篇 3」緑蔭書房 2004 p51
世界文學と朝鮮文學①〜③
　◇「近代朝鮮文学日本語作品集1901〜1938 評論・随筆篇 1」緑蔭書房 2004 p379
象の鼻
　◇「近代朝鮮文学日本語作品集1939〜1945 創作篇 6」緑蔭書房 2001 p414
朝鮮の郷土舞踊
　◇「近代朝鮮文学日本語作品集1908〜1945 セレクション 3」緑蔭書房 2008 p71
朝鮮のローカル・カラー
　◇「近代朝鮮文学日本語作品集1939〜1945 評論・随筆篇 3」緑蔭書房 2002 p96
半島の徴兵制と文化人5 形式と内容と
　◇「近代朝鮮文学日本語作品集1908〜1945 セレクション 3」緑蔭書房 2008 p163
冬日通信（1）〜（3）
　◇「近代朝鮮文学日本語作品集1939〜1945 評論・随筆篇 3」緑蔭書房 2002 p169

鄭 人沢　チョン・インテク（1909〜1953）
一票の効能（李孝石〔著〕）
　◇「近代朝鮮文学日本語作品集1939〜1945 創作篇 1」緑蔭書房 2001 p407
かえりみはせじ
　◇「コレクション戦争と文学 17」集英社 2012 p71
傘—大人のお伽噺
　◇「近代朝鮮文学日本語作品集1939〜1945 創作篇 4」緑蔭書房 2001 p259
殻
　◇「近代朝鮮文学日本語作品集1939〜1945 創作篇 4」緑蔭書房 2001 p221
謙虚—金裕貞傳（安懷南〔著〕）
　◇「近代朝鮮文学日本語作品集1939〜1945 創作篇 3」緑蔭書房 2001 p199
國民的信念
　◇「近代朝鮮文学日本語作品集1939〜1945 評論・随筆篇 3」緑蔭書房 2002 p484
靜かなる嵐（上）（下）
　◇「近代朝鮮文学日本語作品集1939〜1945 評論・随筆篇 1」緑蔭書房 2002 p413
書齋など
　◇「近代朝鮮文学日本語作品集1939〜1945 評論・随筆篇 3」緑蔭書房 2002 p185
書齋（上）（下）
　◇「近代朝鮮文学日本語作品集1901〜1938 評論・随筆篇 3」緑蔭書房 2004 p27
雀を燒く
　◇「近代朝鮮文学日本語作品集1939〜1945 創作篇 5」緑蔭書房 2001 p17
清凉里界隈（1）（2）（3）（完）
　◇「近代朝鮮文学日本語作品集1901〜1938 評論・随筆篇 3」緑蔭書房 2004 p33
朝鮮火田民の生活
　◇「近代朝鮮文学日本語作品集1901〜1938 評論・随筆篇 3」緑蔭書房 2004 p277

鉄路 (李泰俊〔著〕／鄭人澤〔訳〕)
　◇「近代朝鮮文学日本語作品集1908～1945 セレクション 2」緑蔭書房 2008 p207
内鮮児童融合の楔子 返事の著(っ)いた日 (山本厚／李金童／山形シヅエ／朴相永／足立良夫)
　◇「近代朝鮮文学日本語作品集1901～1938 評論・随筆篇 3」緑蔭書房 2004 p337
晩年記
　◇「近代朝鮮文学日本語作品集1939～1945 創作篇 4」緑蔭書房 2001 p312
半島小説 不遇先生 (李泰俊〔著〕)
　◇「近代朝鮮文学日本語作品集1939～1945 創作篇 1」緑蔭書房 2001 p43
小説 見果てぬ夢
　◇「近代朝鮮文学日本語作品集1939～1945 創作篇 3」緑蔭書房 2001 p248
連翹
　◇「近代朝鮮文学日本語作品集1939～1945 創作篇 5」緑蔭書房 2001 p443

鄭 仁燮　チョン・インピョン
學舎にも新しい希望の芽が…
　◇「近代朝鮮文学日本語作品集1908～1945 セレクション 6」緑蔭書房 2008 p235

鄭 義信　チョン・ウィシン (1957～)
うみのほたる
　◇「テレビドラマ代表作選集 2006年版」日本脚本家連盟 2006 p7
お父さんのバックドロップ
　◇「年鑑代表シナリオ集 '04」シナリオ作家協会 2005 p143
血と骨 (崔洋一)
　◇「年鑑代表シナリオ集 '04」シナリオ作家協会 2005 p175
僕はあした十八になる
　◇「テレビドラマ代表作選集 2002年版」日本脚本家連盟 2002 p7
六月のさくら
　◇「テレビドラマ代表作選集 2005年版」日本脚本家連盟 2005 p89
OUT
　◇「年鑑代表シナリオ集 '02」シナリオ作家協会 2003 p163

鄭 遇尚　チョン・ウサン
聲
　◇「近代朝鮮文学日本語作品集1901～1938 創作篇 3」緑蔭書房 2004 p319

鄭 玉蓮　チョン・オクヨン
あゝ半島よ
　◇「近代朝鮮文学日本語作品集1908～1945 セレクション 4」緑蔭書房 2008 p205

鄭 貴文　チョン・キムン (1916～?)
透明の街
　◇「〈在日〉文学全集 16」勉誠出版 2006 p193

全 高麗　チョン・コリョ
朝鮮からのたより
　◇「近代朝鮮文学日本語作品集1901～1938 評論・随筆篇 3」緑蔭書房 2004 p203

鄭 在述　チョン・ジェスル
白い凧
　◇「近代朝鮮文学日本語作品集1908～1945 セレクション 6」緑蔭書房 2008 p63

丁 章　チョン・ジャン (1968～)
今来た者と遺されし者
　◇「〈在日〉文学全集 18」勉誠出版 2006 p404
仮想のまつりごと
　◇「〈在日〉文学全集 18」勉誠出版 2006 p402
闊歩
　◇「〈在日〉文学全集 18」勉誠出版 2006 p392
闊歩する在日
　◇「〈在日〉文学全集 18」勉誠出版 2006 p377
記録
　◇「〈在日〉文学全集 18」勉誠出版 2006 p394
蔵入れされる昭和
　◇「〈在日〉文学全集 18」勉誠出版 2006 p407
涸渇した遺産
　◇「〈在日〉文学全集 18」勉誠出版 2006 p385
国旗とエロス
　◇「〈在日〉文学全集 18」勉誠出版 2006 p391
コンビニにキムチ
　◇「〈在日〉文学全集 18」勉誠出版 2006 p389
在日サラムマル
　◇「〈在日〉文学全集 18」勉誠出版 2006 p380
在日の覚悟
　◇「〈在日〉文学全集 18」勉誠出版 2006 p395
ザイニチの分裂から
　◇「〈在日〉文学全集 18」勉誠出版 2006 p383
すりかえ
　◇「〈在日〉文学全集 18」勉誠出版 2006 p387
血の儀式の再来
　◇「〈在日〉文学全集 18」勉誠出版 2006 p408
提起
　◇「〈在日〉文学全集 18」勉誠出版 2006 p400
日本人と恋をして
　◇「〈在日〉文学全集 18」勉誠出版 2006 p378
民族の言葉
　◇「〈在日〉文学全集 18」勉誠出版 2006 p386
めざす島
　◇「〈在日〉文学全集 18」勉誠出版 2006 p396
和サラムの人
　◇「〈在日〉文学全集 18」勉誠出版 2006 p409
和人よ、和民族よ
　◇「〈在日〉文学全集 18」勉誠出版 2006 p405
わたしたちは日本で産まれた

◇「〈在日〉文学全集 18」勉誠出版 2006 p381

鄭 芝溶　チョン・ジヨン（1902〜？）

赤い手
　◇「近代朝鮮文学日本語作品集1939〜1945 創作篇 6」
　　緑蔭書房 2001 p196

馬・1
　◇「近代朝鮮文学日本語作品集1908〜1945 セレクショ
　　ン 4」緑蔭書房 2008 p182

馬・2
　◇「近代朝鮮文学日本語作品集1908〜1945 セレクショ
　　ン 4」緑蔭書房 2008 p182

海
　◇「近代朝鮮文学日本語作品集1908〜1945 セレクショ
　　ン 4」緑蔭書房 2008 p141

歸り路
　◇「近代朝鮮文学日本語作品集1908〜1945 セレクショ
　　ン 4」緑蔭書房 2008 p162

かっふえ・ふらんす
　◇「近代朝鮮文学日本語作品集1908〜1945 セレクショ
　　ン 4」緑蔭書房 2008 p138
　◇「近代朝鮮文学日本語作品集1908〜1945 セレクショ
　　ン 4」緑蔭書房 2008 p201

悲しき印像畫
　◇「近代朝鮮文学日本語作品集1908〜1945 セレクショ
　　ン 4」緑蔭書房 2008 p155

甲板の上
　◇「近代朝鮮文学日本語作品集1908〜1945 セレクショ
　　ン 4」緑蔭書房 2008 p160

郷愁の青馬車
　◇「近代朝鮮文学日本語作品集1908〜1945 セレクショ
　　ン 4」緑蔭書房 2008 p163

玉流洞
　◇「近代朝鮮文学日本語作品集1939〜1945 創作篇 6」
　　緑蔭書房 2001 p166

金ぼたんの哀唱
　◇「近代朝鮮文学日本語作品集1908〜1945 セレクショ
　　ン 4」緑蔭書房 2008 p155

草の上
　◇「近代朝鮮文学日本語作品集1908〜1945 セレクショ
　　ン 4」緑蔭書房 2008 p96

九城洞
　◇「近代朝鮮文学日本語作品集1939〜1945 創作篇 6」
　　緑蔭書房 2001 p158

湖面
　◇「近代朝鮮文学日本語作品集1908〜1945 セレクショ
　　ン 4」緑蔭書房 2008 p156

酒場の夕日
　◇「近代朝鮮文学日本語作品集1908〜1945 セレクショ
　　ン 4」緑蔭書房 2008 p166

眞紅な汽罐車
　◇「近代朝鮮文学日本語作品集1908〜1945 セレクショ
　　ン 4」緑蔭書房 2008 p169

新羅の柘榴
　◇「近代朝鮮文学日本語作品集1908〜1945 セレクショ
　　ン 4」緑蔭書房 2008 p79

旅の朝
　◇「近代朝鮮文学日本語作品集1908〜1945 セレクショ
　　ン 4」緑蔭書房 2008 p171

地圖
　◇「近代朝鮮文学日本語作品集1908〜1945 セレクショ
　　ン 4」緑蔭書房 2008 p411

朝餐
　◇「近代朝鮮文学日本語作品集1939〜1945 創作篇 6」
　　緑蔭書房 2001 p160

長壽山
　◇「近代朝鮮文学日本語作品集1939〜1945 創作篇 6」
　　緑蔭書房 2001 p170

鄭芝溶詩選
　◇「近代朝鮮文学日本語作品集1908〜1945 セレクショ
　　ン 4」緑蔭書房 2008 p410

躑躅
　◇「近代朝鮮文学日本語作品集1939〜1945 創作篇 6」
　　緑蔭書房 2001 p175

手紙一つ
　◇「近代朝鮮文学日本語作品集1908〜1945 セレクショ
　　ン 6」緑蔭書房 2008 p155

遠いレール
　◇「近代朝鮮文学日本語作品集1908〜1945 セレクショ
　　ン 4」緑蔭書房 2008 p161

ながれぼし
　◇「近代朝鮮文学日本語作品集1939〜1945 創作篇 6」
　　緑蔭書房 2001 p185

流れ星
　◇「近代朝鮮文学日本語作品集1908〜1945 セレクショ
　　ン 4」緑蔭書房 2008 p400

瀑布
　◇「近代朝鮮文学日本語作品集1939〜1945 創作篇 6」
　　緑蔭書房 2001 p172

白鹿潭
　◇「近代朝鮮文学日本語作品集1939〜1945 創作篇 6」
　　緑蔭書房 2001 p150

紅疫（はしか）
　◇「近代朝鮮文学日本語作品集1908〜1945 セレクショ
　　ン 4」緑蔭書房 2008 p410

橋の上
　◇「近代朝鮮文学日本語作品集1908〜1945 セレクショ
　　ン 4」緑蔭書房 2008 p170

初春の朝
　◇「近代朝鮮文学日本語作品集1908〜1945 セレクショ
　　ン 4」緑蔭書房 2008 p157

春三月の作文
　◇「近代朝鮮文学日本語作品集1908〜1945 セレクショ
　　ン 6」緑蔭書房 2008 p156

毘盧峯
　◇「近代朝鮮文学日本語作品集1939〜1945 創作篇 6」
　　緑蔭書房 2001 p163

笛
　◇「近代朝鮮文学日本語作品集1908〜1945 セレクショ
　　ン 4」緑蔭書房 2008 p165

冬籠り

◇「近代朝鮮文学日本語作品集1939〜1945 創作篇 6」緑蔭書房 2001 p156
幌馬車
◇「近代朝鮮文学日本語作品集1908〜1945 セレクション 4」緑蔭書房 2008 p158
まひる
◇「近代朝鮮文学日本語作品集1908〜1945 セレクション 4」緑蔭書房 2008 p95
◇「近代朝鮮文学日本語作品集1908〜1945 セレクション 4」緑蔭書房 2008 p161
みなし子の夢
◇「近代朝鮮文学日本語作品集1908〜1945 セレクション 4」緑蔭書房 2008 p153
耳
◇「近代朝鮮文学日本語作品集1908〜1945 セレクション 4」緑蔭書房 2008 p162
夜半
◇「近代朝鮮文学日本語作品集1908〜1945 セレクション 4」緑蔭書房 2008 p162
雪
◇「近代朝鮮文学日本語作品集1908〜1945 セレクション 4」緑蔭書房 2008 p156
豫報
◇「近代朝鮮文学日本語作品集1908〜1945 セレクション 4」緑蔭書房 2008 p401

鄭 秀溶　チョン・スヨン
海
◇「近代朝鮮文学日本語作品集1908〜1945 セレクション 4」緑蔭書房 2008 p369
追憶
◇「近代朝鮮文学日本語作品集1908〜1945 セレクション 4」緑蔭書房 2008 p368

鄭 承博　チョン・スンバク（1923〜2001）
ゴミ捨て場
◇「〈在日〉文学全集 9」勉誠出版 2006 p357
裸の捕虜
◇「〈在日〉文学全集 9」勉誠出版 2006 p223
◇「コレクション戦争と文学 14」集英社 2012 p600
◇「闇市」皓星社 2015（紙礫）p50
松葉売り
◇「〈在日〉文学全集 9」勉誠出版 2006 p259

鄭 石允　チョン・ソクユン
彼の遺せし手帖より
◇「近代朝鮮文学日本語作品集1908〜1945 セレクション 4」緑蔭書房 2008 p191

鄭 之環　チョン・チグン
仞川邑
◇「近代朝鮮文学日本語作品集1908〜1945 セレクション 6」緑蔭書房 2008 p91

鄭 昌漢　チョン・チャンマク
街燈
◇「近代朝鮮文学日本語作品集1908〜1945 セレクション 6」緑蔭書房 2008 p64

宗 秋月　チョン・チュウォル（1944〜2011）
朝顔
◇「〈在日〉文学全集 18」勉誠出版 2006 p46
あぱぁとめんと
◇「〈在日〉文学全集 18」勉誠出版 2006 p36
猪飼野・女・愛・うた
◇「〈在日〉文学全集 18」勉誠出版 2006 p9
猪飼野のんき眼鏡
◇「〈在日〉文学全集 16」勉誠出版 2006 p7
名前(イルン)―朴秋子に贈る
◇「〈在日〉文学全集 18」勉誠出版 2006 p17
おおぎいちゃあらん―子守唄 その1
◇「〈在日〉文学全集 18」勉誠出版 2006 p10
キムチ
◇「〈在日〉文学全集 18」勉誠出版 2006 p29
きんぽうげ
◇「〈在日〉文学全集 18」勉誠出版 2006 p45
ごきぶりだんご
◇「〈在日〉文学全集 18」勉誠出版 2006 p27
子守り唄考
◇「〈在日〉文学全集 18」勉誠出版 2006 p42
これは一つの物語(デジャブー)です―光州まで―光州から
◇「〈在日〉文学全集 18」勉誠出版 2006 p12
酒筵(繰言をする父)―群羊は歩きながら交尾する
◇「〈在日〉文学全集 18」勉誠出版 2006 p40
祖国がみえる
◇「〈在日〉文学全集 18」勉誠出版 2006 p30
蛇経
◇「〈在日〉文学全集 18」勉誠出版 2006 p52
頼母子講
◇「〈在日〉文学全集 18」勉誠出版 2006 p33
チェオギおばさん
◇「〈在日〉文学全集 18」勉誠出版 2006 p31
済州道の母よ
◇「〈在日〉文学全集 18」勉誠出版 2006 p29
新潟港
◇「〈在日〉文学全集 18」勉誠出版 2006 p54
日本海(鳥取からなる)
◇「〈在日〉文学全集 18」勉誠出版 2006 p49
にんご
◇「〈在日〉文学全集 18」勉誠出版 2006 p34
貼子哀史
◇「〈在日〉文学全集 18」勉誠出版 2006 p38
ピラニヤ
◇「〈在日〉文学全集 18」勉誠出版 2006 p47
風景をなぞる
◇「〈在日〉文学全集 18」勉誠出版 2006 p25
ポッタリジャンサ
◇「〈在日〉文学全集 18」勉誠出版 2006 p20

マッコリ・どぶろく・にごり酒
　◇「〈在日〉文学全集 18」勉誠出版 2006 p23
まぼろしのふるさと
　◇「〈在日〉文学全集 18」勉誠出版 2006 p28
睦言
　◇「〈在日〉文学全集 18」勉誠出版 2006 p51
遺言
　◇「〈在日〉文学全集 18」勉誠出版 2006 p11

鄭 秋江　チョン・チュガン
耕土を追はるゝ日
　◇「近代朝鮮文学日本語作品集1908〜1945 セレクション 4」緑蔭書房 2008 p243

全 澤根　チョン・テクグン
お星
　◇「近代朝鮮文学日本語作品集1908〜1945 セレクション 6」緑蔭書房 2008 p64

鄭 泰炳　チョン・テビョン
朝鮮現代童謠選
　◇「近代朝鮮文学日本語作品集1939〜1945 創作篇 6」緑蔭書房 2001 p413

丁 旬希　チョン・ドンヒ
演奏會
　◇「近代朝鮮文学日本語作品集1901〜1938 創作篇 2」緑蔭書房 2004 p253

鄭 飛石　チョン・ピソク（1911〜？）
短篇小説 愛の倫理
　◇「近代朝鮮文学日本語作品集1939〜1945 創作篇 5」緑蔭書房 2001 p77
智識人
　◇「近代朝鮮文学日本語作品集1939〜1945 評論・随筆篇 3」緑蔭書房 2002 p199
村は春と共に
　◇「近代朝鮮文学日本語作品集1939〜1945 創作篇 4」緑蔭書房 2001 p241
短篇小説 山の憩ひ
　◇「近代朝鮮文学日本語作品集1939〜1945 創作篇 5」緑蔭書房 2001 p61
落葉日記 落葉に托す一初冬書信にかへて
　◇「近代朝鮮文学日本語作品集1908〜1945 セレクション 3」緑蔭書房 2008 p357

全 孝根　チョン・ヒョグン
ほたる
　◇「近代朝鮮文学日本語作品集1908〜1945 セレクション 6」緑蔭書房 2008 p64

鄭 黑濤　チョン・フクト
朝鮮の同志に
　◇「近代朝鮮文学日本語作品集1901〜1938 評論・随筆篇 3」緑蔭書房 2004 p195

全 美恵　チョン・ミヘ（1955〜）
イーデアッペソ（梨大前にて）
　◇「〈在日〉文学全集 18」勉誠出版 2006 p351

梨花橋（イホアギョ）
　◇「〈在日〉文学全集 18」勉誠出版 2006 p350
ウリマル
　◇「〈在日〉文学全集 18」勉誠出版 2006 p349
　◇「〈在日〉文学全集 18」勉誠出版 2006 p355
恩津弥勒（ウンジンミルク）
　◇「〈在日〉文学全集 18」勉誠出版 2006 p373
オモニの指
　◇「〈在日〉文学全集 18」勉誠出版 2006 p368
かくれんぼ
　◇「〈在日〉文学全集 18」勉誠出版 2006 p360
クワンホァムネソ（光化門にて）
　◇「〈在日〉文学全集 18」勉誠出版 2006 p354
コケコッコー
　◇「〈在日〉文学全集 18」勉誠出版 2006 p358
姓
　◇「〈在日〉文学全集 18」勉誠出版 2006 p369
1985・赤坂「MUGEN」にて
　◇「〈在日〉文学全集 18」勉誠出版 2006 p365
チェンノエソ（鍾路にて）
　◇「〈在日〉文学全集 18」勉誠出版 2006 p353
肉
　◇「〈在日〉文学全集 18」勉誠出版 2006 p359
ハーフ
　◇「〈在日〉文学全集 18」勉誠出版 2006 p362
ぱん むん ヂョム（板門店）
　◇「〈在日〉文学全集 18」勉誠出版 2006 p367
ビビンパ・パーティー
　◇「〈在日〉文学全集 18」勉誠出版 2006 p372
黄土（ホァント）
　◇「〈在日〉文学全集 18」勉誠出版 2006 p374
ミーティング
　◇「〈在日〉文学全集 18」勉誠出版 2006 p352
民族の衣
　◇「〈在日〉文学全集 18」勉誠出版 2006 p363

鄭 文植　チョン・ムンシク
ソンネット
　◇「近代朝鮮文学日本語作品集1908〜1945 セレクション 4」緑蔭書房 2008 p369

鄭 然圭　チョン・ヨンギュ（1899〜1979）
大澤子爵の遺書
　◇「近代朝鮮文学日本語作品集1901〜1938 創作篇 1」緑蔭書房 2004 p95
血戦の前夜
　◇「近代朝鮮文学日本語作品集1901〜1938 創作篇 1」緑蔭書房 2004 p63
棄てられた屍
　◇「近代朝鮮文学日本語作品集1908〜1945 セレクション 1」緑蔭書房 2008 p11
光子の生
　◇「近代朝鮮文学日本語作品集1901〜1938 創作篇 1」緑蔭書房 2004 p89

咽ぶ涙
◇「近代朝鮮文学日本語作品集1908～1945 セレクション 1」緑蔭書房 2008 p7

鄭 暎惠　チョン・ヨンヘ（1960～）
帰りたい理由
◇「ろうそくの炎がささやく言葉」勁草書房 2011 p49

知里 真志保　ちり・ましほ（1909～1961）
へっぴりおばけ
◇「文豪てのひら怪談」ポプラ社 2009（ポプラ文庫）p130

知里 幸恵　ちり・ゆきえ（1903～1922）
「日記」から
◇「ファイン／キュート素敵かわいい作品選」筑摩書房 2015（ちくま文庫）p44
ローマ字を練習して、ユーカラを書きたい≫ 金田一京助
◇「日本人の手紙 3」リブリオ出版 2004 p158

陳 華培　ちん・かばい
中篇小説 男の気持
◇「日本統治期台湾文学集成 8」緑蔭書房 2002 p97
女親
◇「日本統治期台湾文学集成 7」緑蔭書房 2002 p284
諷刺小説 信女
◇「日本統治期台湾文学集成 8」緑蔭書房 2002 p217
短篇小説 花嫁風俗
◇「日本統治期台湾文学集成 7」緑蔭書房 2002 p310

陳 舜臣　ちん・しゅんしん（1924～2015）
枯草の根
◇「江戸川乱歩賞全集 3」講談社 1998（講談社文庫）p369
キッシング・カズン
◇「謎―スペシャル・ブレンド・ミステリー 006」講談社 2011（講談社文庫）p163
錦瑟と春燕
◇「鎮守の森に鬼が棲む―時代小説傑作選」講談社 2001（講談社文庫）p29
五台山清涼寺
◇「黄土の群星」光文社 1999（光文社文庫）p383
虎符を盗んで―「中国任侠伝」より
◇「極め付き時代小説 3」中央公論新社 2004（中公文庫）p205
終身、薄氷をふむ
◇「鍔鳴り疾風剣」光風社出版 2000（光風社文庫）p381
受賞の言葉 抱負を述べます
◇「江戸川乱歩賞全集 3」講談社 1998 p702
スマトラに沈む
◇「外地探偵小説集 南方篇」せらび書房 2010 p271
西施
◇「剣が舞い落花が舞い―時代小説傑作選」講談社 1998（講談社文庫）p183

薛濤―中国美女伝
◇「代表作時代小説 平成14年度」光風社出版 2002 p383
その人にあらず
◇「コレクション戦争と文学 6」集英社 2011 p201
薫妃
◇「代表作時代小説 平成17年度」光文社 2005 p63
長い話
◇「謎―スペシャル・ブレンド・ミステリー 005」講談社 2010（講談社文庫）p7
梨の花
◇「THE密室―ミステリーアンソロジー」有楽出版社 2014（JOY NOVELS）p147
◇「THE密室」実業之日本社 2016（実業之日本社文庫）p177
日本早春図
◇「謎―スペシャル・ブレンド・ミステリー 007」講談社 2012（講談社文庫）p199
ピポーの音
◇「あなたが名探偵」講談社 1998（講談社文庫）p149
宝蘭と二人の男
◇「謎―スペシャル・ブレンド・ミステリー 004」講談社 2009（講談社文庫）p239
謀略文禄・慶長の役
◇「風の中の剣士」光風社出版 1998（光風社文庫）p353
幻の百花双瞳
◇「日本文学100年の名作 6」新潮社 2015（新潮文庫）p297
幻の不動明王
◇「煌めきの殺意」徳間書店 1999（徳間文庫）p401
名品絶塵
◇「夢がたり大川端」光風社出版 1998（光風社文庫）p299
四人目の香妃
◇「剣が哭く夜に哭く」光風社出版 2000（光風社文庫）p357

秦 瞬星　チン・スンソン
⇒秦學文（チン・ハンムン）を見よ

秦 學文　チン・ハンムン（1894～1974）
秋の石坡亭（全2回）
◇「近代朝鮮文学日本語作品集1901～1938 評論・随筆篇 2」緑蔭書房 2004 p177
阿部充家宛書簡
◇「近代朝鮮文学日本語作品集1901～1938 評論・随筆篇 1」緑蔭書房 2004 p339
小説 叫び
◇「近代朝鮮文学日本語作品集1901～1938 創作篇 1」緑蔭書房 2004 p59
釋王寺へ―鮮人青年の紀行（上）（中）（下）
◇「近代朝鮮文学日本語作品集1901～1938 評論・随筆篇 2」緑蔭書房 2004 p85
鮮人青年のものした『釋王寺夏籠りの記』

◇「近代朝鮮文学日本語作品集1901〜1938 評論・随筆篇 3」緑蔭書房 2004 p89

陳　逢源　ちん・ほうげん（1893〜1982）

<small>感想集</small> 雨窓墨滴
◇「日本統治期台湾文学集成 16」緑蔭書房 2003 p5

盂蘭盆の縁起
◇「日本統治期台湾文学集成 16」緑蔭書房 2003 p94

和蘭及鄭氏時代の開拓
◇「日本統治期台湾文学集成 16」緑蔭書房 2003 p163

漢詩の世界
◇「日本統治期台湾文学集成 16」緑蔭書房 2003 p120

共榮圏建設の基本問題
◇「日本統治期台湾文学集成 16」緑蔭書房 2003 p158

許南英と落華生
◇「日本統治期台湾文学集成 16」緑蔭書房 2003 p71

藝姐の二つ型
◇「日本統治期台湾文学集成 16」緑蔭書房 2003 p117

月華の傳説
◇「日本統治期台湾文学集成 16」緑蔭書房 2003 p106

言論翼賛の翼賛益々重大
◇「日本統治期台湾文学集成 16」緑蔭書房 2003 p151

古都臺南の床しさ
◇「日本統治期台湾文学集成 16」緑蔭書房 2003 p43

詩人呉梅村の逸事
◇「日本統治期台湾文学集成 16」緑蔭書房 2003 p50

周作人の横顔
◇「日本統治期台湾文学集成 16」緑蔭書房 2003 p81

自由主義と自由精神
◇「日本統治期台湾文学集成 16」緑蔭書房 2003 p149

序文〔雨窓墨滴〕
◇「日本統治期台湾文学集成 16」緑蔭書房 2003 p11

新時代の國民性格
◇「日本統治期台湾文学集成 16」緑蔭書房 2003 p160

清朝時代の開拓政策
◇「日本統治期台湾文学集成 16」緑蔭書房 2003 p165

秦淮畫舫の情調
◇「日本統治期台湾文学集成 16」緑蔭書房 2003 p17

大小租の起原と推移
◇「日本統治期台湾文学集成 16」緑蔭書房 2003 p167

大同石佛寺一瞥
◇「日本統治期台湾文学集成 16」緑蔭書房 2003 p33

臺南公園の池畔に立ちて
◇「日本統治期台湾文学集成 16」緑蔭書房 2003 p130

臺灣土地制度の變遷
◇「日本統治期台湾文学集成 16」緑蔭書房 2003 p163

高千穂丸試乗記
◇「日本統治期台湾文学集成 16」緑蔭書房 2003 p137

東亞民族政策の新出發
◇「日本統治期台湾文学集成 16」緑蔭書房 2003 p153

東洋調和精神の高揚
◇「日本統治期台湾文学集成 16」緑蔭書房 2003 p156

熱河喇嘛寺の美観
◇「日本統治期台湾文学集成 16」緑蔭書房 2003 p38

蕃大租と官租の種々相
◇「日本統治期台湾文学集成 16」緑蔭書房 2003 p169

文化時論
◇「日本統治期台湾文学集成 16」緑蔭書房 2003 p147

北京の劇狂と名伶
◇「日本統治期台湾文学集成 16」緑蔭書房 2003 p109

北京禮讚譜
◇「日本統治期台湾文学集成 16」緑蔭書房 2003 p24

忘却されたる臺灣研究
◇「日本統治期台湾文学集成 16」緑蔭書房 2003 p147

澳門の黄昏
◇「日本統治期台湾文学集成 16」緑蔭書房 2003 p133

マルキシズム流行の囘顧
◇「日本統治期台湾文学集成 16」緑蔭書房 2003 p144

劉銘傳の清賦事業
◇「日本統治期台湾文学集成 16」緑蔭書房 2003 p171

梁啓超と臺灣
◇「日本統治期台湾文学集成 16」緑蔭書房 2003 p57

領臺後の大租權整理
◇「日本統治期台湾文学集成 16」緑蔭書房 2003 p174

林語堂の著書より
◇「日本統治期台湾文学集成 16」緑蔭書房 2003 p86

列子と愚公の話
◇「日本統治期台湾文学集成 16」緑蔭書房 2003 p102

【つ】

津井　つい　つい・つい
猫に卵

ついか

◇「猫のミステリー」河出書房新社 1999（河出文庫）p99

椎間 浩二　ついかん・こうじ
急ぎでお願いします
◇「ショートショートの花束 8」講談社 2016（講談社文庫）p20

痛田 三　つうだ・みつ
田んぼ
◇「てのひら怪談―ビーケーワン怪談大賞傑作選」ポプラ社 2007 p178
◇「てのひら怪談―ビーケーワン怪談大賞傑作選」ポプラ社 2008（ポプラ文庫）p186

半券
◇「てのひら怪談―ビーケーワン怪談大賞傑作選」ポプラ社 2007 p68
◇「てのひら怪談―ビーケーワン怪談大賞傑作選」ポプラ社 2008（ポプラ文庫）p68

司 茜　つかさ・あかね（1939～）
若狭に想う
◇「日本海文学大賞―大賞作品集 3」日本海文学大賞運営委員会 2007 p381

司 修　つかさ・おさむ（1936～）
犬―影について・その一
◇「川端康成文学賞全作品 2」新潮社 1999 p235

銀杏
◇「コレクション戦争と文学 14」集英社 2012 p400

純情歌
◇「文学 2001」講談社 2001 p270

司 凍季　つかさ・とき（1958～）
亡霊航路
◇「さよならブルートレイン―寝台列車ミステリー傑作選」光文社 2015（光文社文庫）p271

司 直　つかさ・なお
JKI物語
◇「本格推理 11」光文社 1997（光文社文庫）p95

司 葉子　つかさ・ようこ（1934～）
お花のかわりネクタイ、テレビ映りいかが≫逸見政孝
◇「日本人の手紙 2」リブリオ出版 2004 p121

柄刀 一　つかとう・はじめ（1959～）
ある終末夫婦のレシート
◇「ミステリ★オールスターズ」角川書店 2010 p303
◇「ミステリ・オールスターズ」角川書店 2012（角川文庫）p351

イエローカード
◇「深夜バス78回転の問題―本格短編ベスト・セレクション」講談社 2008（講談社文庫）p333

イエローロード
◇「本格ミステリ 2004」講談社 2004（講談社ノベルス）p227

ウォール・ウィスパー
◇「本格ミステリ二〇〇八年本格短編ベスト・セレクション 08」講談社 2008（講談社ノベルス）p125
◇「見えない殺人カード―本格短編ベスト・セレクション」講談社 2012（講談社文庫）p175

エッシャー世界
◇「本格ミステリ 2001」講談社 2001（講談社ノベルス）p291
◇「紅い悪夢の夏―本格短編ベスト・セレクション」講談社 2004（講談社文庫）p261

エデンは月の裏側に
◇「不透明な殺人―ミステリー・アンソロジー」祥伝社 1999（祥伝社文庫）p243

絵の中で溺れた男
◇「ザ・ベストミステリーズ―推理小説年鑑 2004」講談社 2004 p353
◇「犯人たちの部屋」講談社 2007（講談社文庫）p281

回転ドア
◇「夏のグランドホテル」光文社 2003（光文社庫）p49

仮面人称
◇「マスカレード」光文社 2002（光文社文庫）p409

言語と密室のコンポジション
◇「アリス殺人事件―不思議の国のアリス ミステリーアンソロジー」河出書房新社 2016（河出文庫）p173

最初っからどんでん返し
◇「八ヶ岳「雪密室」の謎」原書房 2001 p189

サイボーグ・アイ
◇「幻想探偵」光文社 2009（光文社文庫）p519

ジョン・D.カーの最終定理
◇「密室と奇蹟―J.D.カー生誕百周年記念アンソロジー」東京創元社 2006 p225

紳士ならざる者の心理学
◇「本格ミステリー二〇〇七年本格短編ベスト・セレクション 07」講談社 2007（講談社ノベルス）p299
◇「法廷ジャックの心理学―本格短編ベスト・セレクション」講談社 2011（講談社文庫）p463

太陽殿のイシス（ゴーレムの檻 現代版）
◇「本格ミステリ 2006」講談社 2006（講談社ノベルス）p101
◇「珍しい物語のつくり方―本格短編ベスト・セレクション」講談社 2010（講談社文庫）p145

チェスター街の日
◇「本格ミステリー二〇〇九年本格短編ベスト・セレクション 09」講談社 2009（講談社ノベルス）p201
◇「空飛ぶモルグ街の研究―本格短編ベスト・セレクション」講談社 2013（講談社文庫）p283

デューラーの瞳
◇「名探偵の奇跡」光文社 2007（Kappa novels）p247
◇「名探偵の奇跡」光文社 2010（光文社文庫）p313

時の結ぶ密室
◇「密室殺人大百科 下」原書房 2000 p291

滲んだ手紙
◇「新世紀犯罪博覧会―連作推理小説」光文社 2001（カッパ・ノベルス）p181
ネコの時間
◇「近藤史恵リクエスト！ ペットのアンソロジー」光文社 2013 p135
◇「近藤史恵リクエスト！ ペットのアンソロジー」光文社 2014（光文社文庫）p137
バグズ・ヘブン
◇「名探偵に訊け」光文社 2010（Kappa novels）p265
◇「名探偵に訊け」光文社 2013（光文社文庫）p363
緋色の紛紜
◇「贋作館事件」原書房 1999 p83
◇「シャーロック・ホームズに愛をこめて」光文社 2010（光文社文庫）p185
光る棺の中の白骨
◇「本格ミステリ 2005」講談社 2005（講談社ノベルス）p285
◇「ザ・ベストミステリーズ―推理小説年鑑 2005」講談社 2005 p407
◇「隠された鍵」講談社 2008（講談社文庫）p235
◇「大きな棺の小さな鍵―本格短編ベスト・セレクション」講談社 2009（講談社文庫）p423
人の降る確率
◇「本格ミステリ 2002」講談社 2002（講談社ノベルス）p151
◇「天使と髑髏の密室―本格短編ベスト・セレクション」講談社 2005（講談社文庫）p263
百匹めの猿
◇「21世紀本格―書下ろしアンソロジー」光文社 2001（カッパ・ノベルス）p275
古き海の……
◇「心霊理論」光文社 2007（光文社文庫）p113
密室の中のジョゼフィーヌ
◇「ザ・ベストミステリーズ―推理小説年鑑 2003」講談社 2003 p329
◇「殺人格差」講談社 2006（講談社文庫）p321
身代金の奪い方
◇「ザ・ベストミステリーズ―推理小説年鑑 2009」講談社 2009 p261
◇「Spiralめくるめく謎」講談社 2012（講談社文庫）p223
幽霊船が消えるまで
◇「M列車（ミステリートレイン）で行こう」光文社 2001（カッパ・ノベルス）p235
龍之介、黄色い部屋に入ってしまう
◇「名探偵を追いかけろ―シリーズ・キャラクター編」光文社 2004（カッパ・ノベルス）p337
◇「名探偵を追いかけろ」光文社 2007（光文社文庫）p417

塚原 渋柿園　つかはら・じゅうしえん（1848～1917）
不老術
◇「大坂の陣―近代文学名作選」岩波書店 2016 p55

塚原 敏夫　つかはら・としお
愛憎
◇「ハンセン病に咲いた花―初期文芸名作選 戦後編」皓星社 2002（ハンセン病叢書）p257

塚本 邦雄　つかもと・くにお（1922～2005）
悪について
◇「新装版 全集現代文学の発見 13」學藝書林 2004 p576
壹越
◇「とっておき名短篇」筑摩書房 2011（ちくま文庫）p29
歌集 装飾樂句（カデンツァ）
◇「新装版 全集現代文学の発見 13」學藝書林 2004 p576
契戀―「戀」より
◇「北村薫のミステリー館」新潮社 2005（新潮文庫）p337
囀りのしばらく前後なかりけり
◇「俳句殺人事件―巻頭句の女」光文社 2001（光文社文庫）p399
聖金曜日
◇「新装版 全集現代文学の発見 13」學藝書林 2004 p580
青晶楽
◇「鉱物」国書刊行会 1997（書物の王国）p216
僧帽筋
◇「リテラリーゴシック・イン・ジャパン―文学的ゴシック作品選」筑摩書房 2014（ちくま文庫）p143
短歌
◇「コレクション戦争と文学 3」集英社 2012 p362
地の創
◇「新装版 全集現代文学の発見 13」學藝書林 2004 p578
塚本邦雄三十三首
◇「リテラリーゴシック・イン・ジャパン―文学的ゴシック作品選」筑摩書房 2014（ちくま文庫）p153
桃夭楽―「黄昏に献ず」
◇「北村薫のミステリー館」新潮社 2005（新潮文庫）p345
靈歌
◇「新装版 全集現代文学の発見 13」學藝書林 2004 p582

塚本 悟　つかもと・さとる（1963～）
三鉄活人剣
◇「さきがけ文学賞選集 4」秋田魁新報社 2016（さきがけ文庫）p201

塚本 修二　つかもと・しゅうじ
加州情話
◇「全作家短編小説集 10」のべる出版 2011 p149
河内のこと
◇「全作家短編小説集 9」全作家協会 2010 p130

つかも

座り心地の良い椅子
　◇「全作家短編小説集 11」全作家協会 2012 p156

塚本 青史　つかもと・せいし（1949～）

最後に明かされた謎―土方歳三
　◇「新選組出陣」廣済堂出版 p203
　◇「新選組出陣」徳間書店 2015（徳間文庫）p203

趙姫
　◇「黄土の虹―チャイナ・ストーリーズ」祥伝社 2000 p63

津川 泉　つがわ・いずみ（1949～）

不思議な四月
　◇「読んで演じたくなるゲキの本 小学生版」幻冬舎 2006 p251

月島 淳之介　つきしま・じゅんのすけ

同期
　◇「ゆれる―第12回フェリシモ文学賞作品集」フェリシモ 2009 p140

月田 茂　つきだ・しげる

⇒金鍾漢（キム・ジョンハン）を見よ

つきだ まさし（1923～）

生きている
　◇「ハンセン病文学全集 7」皓星社 2004 p154

妹の骨を抱いて
　◇「ハンセン病文学全集 7」皓星社 2004 p153

美しい島をさがして―五月一五日に
　◇「ハンセン病文学全集 7」皓星社 2004 p176

沖縄舞踊によせて
　◇「ハンセン病文学全集 7」皓星社 2004 p169

川のない貌
　◇「ハンセン病文学全集 7」皓星社 2004 p153

黒髪小学校問題（1）未感染児童の「未感染」なる用語に対してわたしは抗議する
　◇「ハンセン病文学全集 5」皓星社 2010 p178

削られて私は近づく―第二病棟にて
　◇「ハンセン病文学全集 7」皓星社 2004 p534

告白
　◇「ハンセン病文学全集 7」皓星社 2004 p161

応えられなくて―ある独白
　◇「ハンセン病文学全集 7」皓星社 2004 p532

子供の日に
　◇「ハンセン病文学全集 7」皓星社 2004 p154

三州バスセンターで
　◇「ハンセン病文学全集 7」皓星社 2004 p170

時間の中の眼〈おれは、よく夢の中で殺される〉
　◇「ハンセン病文学全集 7」皓星社 2004 p165

そらしてならぬ―長崎原爆青年乙女の会、辻さん・小幡さんへ
　◇「ハンセン病文学全集 7」皓星社 2004 p156

道路は生活の顔である
　◇「ハンセン病文学全集 7」皓星社 2004 p175

二十九の童貞
　◇「ハンセン病に咲いた花―初期文芸名作選 戦後編」皓星社 2002（ハンセン病叢書）p240

物語・ものがたり
　◇「ハンセン病文学全集 7」皓星社 2004 p532

やがてひたひたと満ちてくるのは
　◇「ハンセン病文学全集 7」皓星社 2004 p536

ゆっくり歩こう―医療の充実要求七・三デモ
　◇「ハンセン病文学全集 7」皓星社 2004 p176

ライの意識革命と予防法闘争（2）ハンゼン氏病の盲点 宮崎恵楓園長、光田愛生園長証言の批判
　◇「ハンセン病文学全集 5」皓星社 2010 p112

ライの意識革命と予防法闘争（5）「癩予防法改正運動についてのわれらの反省」の作者に一言！
　◇「ハンセン病文学全集 5」皓星社 2010 p129

歴史の反復
　◇「ハンセン病文学全集 7」皓星社 2004 p158

六〇年の証言
　◇「ハンセン病文学全集 7」皓星社 2004 p173

月並 凡庸　つきなみ・ぼんよう

北風と太陽と…
　◇「ショートショートの広場 14」講談社 2003（講談社文庫）p109

つきの しずく

ひらひらり
　◇「ひらく―第15回フェリシモ文学賞」フェリシモ 2012 p112

月野 玉子　つきの・たまこ

遅れた誕生日
　◇「ショートショートの花束 7」講談社 2015（講談社文庫）p100

新発明のヘルメット
　◇「ショートショートの花束 6」講談社 2014（講談社文庫）p129

絶対家政婦ロボ・さっちゃん
　◇「ショートショートの花束 8」講談社 2016（講談社文庫）p209

月村 了衛　つきむら・りょうえ（1963～）

機龍警察 火宅
　◇「結晶銀河―年刊日本SF傑作選」東京創元社 2011（創元SF文庫）p167

機龍警察 化生
　◇「NOVA+―書き下ろし日本SFコレクション バベル」河出書房新社 2014（河出文庫）p67

機龍警察 沙弥
　◇「短篇ベストコレクション―現代の小説 2014」徳間書店 2014（徳間文庫）p295

機龍警察 輪廻
　◇「ミステリマガジン700 国内篇」早川書房 2014

（ハヤカワ・ミステリ文庫）p497
水戸黄門 天下の副編集長
　◇「代表作時代小説 平成26年度」光文社 2014 p331
水戸黄門 謎の乙姫御殿
　◇「悪意の迷路」光文社 2016（最新ベスト・ミステリー）p195
連環
　◇「激動東京五輪1964」講談社 2015 p191

築山 桂　つきやま・けい（1969〜）
禁書売り
　◇「撫子が斬る—女性作家捕物帳アンソロジー」光文社 2005（光文社文庫）p269

月枝見 海　つきよみ・かい
わすれもの—Home Sweet Home
　◇「長い夜の贈りもの—ホラーアンソロジー」まんだらけ出版部 1999（Live novels）p165

つくい のぼる
最終列車
　◇「中学生のドラマ 1」晩成書房 1995 p89

佃 典彦　つくだ・のりひこ（1964〜）
サンタが田原にやってきた！
　◇『やるキッズあいち劇場』脚本集 平成20年度」愛知県環境調査センター 2009 p71
精肉工場のミスター・ケチャップ
　◇「優秀新人戯曲集 2001」ブロンズ新社 2000 p93

佃 未音　つくだ・みおん
アムネスティを語る（赤川次郎）
　◇「七つの危険な真実」新潮社 2004（新潮文庫）p307

つくね 乱蔵　つくね・らんぞう
あなたを待ち侘びて
　◇「怪集 蟲」竹書房 2009（竹書房文庫）p77
黒豆と薔薇
　◇「大人が読む。ケータイ小説—第1回ケータイ文学賞アンソロジー」オンブック 2007 p91
触るな
　◇「恐怖箱 遺伝記」竹書房 2008（竹書房文庫）p74
実演販売
　◇「恐怖箱 遺伝記」竹書房 2008（竹書房文庫）p78
失敗したおやすみなさい
　◇「怪集 蟲毒—創作怪談発掘大会傑作選」竹書房 2009（竹書房文庫）p150
地図
　◇「恐怖箱 遺伝記」竹書房 2008（竹書房文庫）p31
発芽
　◇「恐怖箱 遺伝記」竹書房 2008（竹書房文庫）p22
蜜柑と梅干し
　◇「恐怖箱 遺伝記」竹書房 2008（竹書房文庫）p82
楽園
　◇「怪集 蟲毒—創作怪談発掘大会傑作選」竹書房 2009（竹書房文庫）p37

筑波 孔一郎　つくば・こういちろう（1939〜）
密室のレクイエム
　◇「甦る「幻影城」3」角川書店 1998（カドカワ・エンタテインメント）p131
　◇「幻影城—【探偵小説誌】不朽の名作」角川書店 2000（角川ホラー文庫）p153

柘 一輝　つげ・かずき
だるまさんがころんだ
　◇「ショートショートの花束 7」講談社 2015（講談社文庫）p51
ヒトコントローラー
　◇「ショートショートの花束 6」講談社 2014（講談社文庫）p161
不景気万歳
　◇「ショートショートの花束 7」講談社 2015（講談社文庫）p83
編集者の力
　◇「ショートショートの花束 7」講談社 2015（講談社文庫）p201
よりによってこんな日に
　◇「ショートショートの花束 6」講談社 2014（講談社文庫）p92
わたし、飛べるかな？
　◇「ショートショートの花束 6」講談社 2014（講談社文庫）p84

拓植 周子　つげ・ちかこ
薄震ならず
　◇「平成28年熊本地震作品集」くまもと文学・歴史館友の会 2016 p12

柘植 めぐみ　つげ・めぐみ（1967〜）
消えた拳銃
　◇「ブラックミステリーズ—12の黒い謎をめぐる219の質問」KADOKAWA 2015（角川文庫）p67
恋人はさんざん苦労す—エキューの事情
　◇「踊れ！ へっぽこ大祭典—ソード・ワールド短編集」富士見書房 2004（富士見ファンタジア文庫）p67
死はすばらしい
　◇「ブラックミステリーズ—12の黒い謎をめぐる219の質問」KADOKAWA 2015（角川文庫）p253
振り向けばハッピネス
　◇「バブリーズ・リターン—ソード・ワールド短編集」富士見書房 1999（富士見ファンタジア文庫）p79

つげ 義春　つげ・よしはる（1937〜）
猫町紀行
　◇「架空の町」国書刊行会 1997（書物の王国）p136

辻 章　つじ・あきら（1945〜2015）
青山
　◇「文学 1999」講談社 1999 p70

辻 一歩　つじ・いっぽ
たかむら（篁）
　◇「ハンセン病文学全集 8」皓星社 2006 p11

つし

辻 和子　つじ・かずこ
ココナツ
◇「トロピカル」廣済堂出版 1999（廣済堂文庫）p375

辻 邦生　つじ・くにお（1925〜1999）
安土往還記
◇「日本文学全集 19」河出書房新社 2016 p135

叢林の果て
◇「コレクション戦争と文学 3」集英社 2012 p153

旅の終り
◇「戦後短篇小説再発見 7」講談社 2001（講談社文芸文庫）p102

辻 潤　つじ・じゅん（1884〜1944）
小説
◇「コレクション私小説の冒険 2」勉誠出版 2013 p109

ですぺら
◇「新装版 全集現代文学の発見 1」學藝書林 2002 p120

ふもれすく
◇「新装版 全集現代文学の発見 1」學藝書林 2002 p142

文学以外？
◇「新装版 全集現代文学の発見 1」學藝書林 2002 p124

辻 淳子　つじ・じゅんこ
砂埃の向こう
◇「君がいない―恋愛短篇小説集」泰文堂 2013（リンダブックス）p248

二十六年分のドライブ（梅原満知子）
◇「最後の一日―さよならが胸に染みる10の物語」泰文堂 2011（Linda books！）p238

辻 辰麿　つじ・たつま
猫
◇「ハンセン病に咲いた花―初期文芸名作選 戦前編」皓星社 2002（ハンセン病叢書）p275

辻 長風　つじ・ちょうふう
句集 海綿
◇「ハンセン病文学全集 9」皓星社 2010 p107

四十代
◇「ハンセン病文学全集 9」皓星社 2010 p83

辻 まこと　つじ・まこと（1913〜1975）
イヌキのムグ
◇「狩猟文学マスターピース」みすず書房 2011（大人の本棚）p221

幸福
◇「超短編アンソロジー」筑摩書房 2002（ちくま文庫）p124

多摩川探検隊
◇「夏休み」KADOKAWA 2014（角川文庫）p23

辻 真先　つじ・まさき（1932〜）
ああ世は夢かサウナの汗か
◇「小説乃湯―お風呂小説アンソロジー」角川書店 2013（角川文庫）p171

嵐の柩島で誰が死ぬ［解決編］
◇「探偵Xからの挑戦状！ season2」小学館 2011（小学館文庫）p127

嵐の柩島で誰が死ぬ［問題編］
◇「探偵Xからの挑戦状！ season2」小学館 2011（小学館文庫）p9

お座敷列車殺人号
◇「名探偵と鉄旅―鉄道ミステリー傑作選」光文社 2016（光文社文庫）p285

オホーツク心中
◇「ザ・ベストミステリーズ―推理小説年鑑 2001」講談社 2001 p271
◇「殺人作法」講談社 2004（講談社文庫）p237

急行エトロフ殺人事件
◇「綾辻・有栖川復刊セレクション 急行エトロフ殺人事件」講談社 2007（講談社ノベルス）p3

銀座某重大事件
◇「名探偵登場！」講談社 2014 p191
◇「名探偵登場！」講談社 2016（講談社文庫）p229

作者注記
◇「綾辻・有栖川復刊セレクション 急行エトロフ殺人事件」講談社 2007 p241

長篇・異界活人事件
◇「バカミスじゃない!?―史上空前のバカミス・アンソロジー」宝島社 2007 p19
◇「奇想天外のミステリー」宝島社 2009（宝島社文庫）p13

鉄路が錆びてゆく
◇「葬送列車―鉄道ミステリー名作館」徳間書店 2004（徳間文庫）p157

東京鐵道ホテル24号室
◇「江戸川乱歩に愛をこめて」光文社 2011（光文社文庫）p251

名古屋城が燃えた日
◇「あしたは戦争」筑摩書房 2016（ちくま文庫）p373

轢かれる
◇「ベスト本格ミステリ 2012」講談社 2012（講談社ノベルス）p361
◇「探偵の殺される夜―本格短編ベスト・セレクション」講談社 2016（講談社文庫）p505

ブルートレイン殺人号
◇「さよならブルートレイン―寝台列車ミステリー傑作選」光文社 2015（光文社文庫）p187

密室の鬼
◇「ミステリ★オールスターズ」角川書店 2010 p289
◇「ミステリ・オールスターズ」角川書店 2012（角川文庫）p339

三つの占い
◇「自選ショート・ミステリー 2」講談社 2001（講談社文庫）p201

迷犬ルパンと露天風呂
　◇「湯の街殺人旅情—日本ミステリー紀行」青樹社 2000（青樹社文庫）p167
友禅とピエロ
　◇「金沢にて」双葉社 2015（双葉文庫）p197
DMがいっぱい
　◇「探偵Xからの挑戦状！」小学館 2009（小学館文庫）p 11, 287

辻 征夫　つじ・ゆきお（1939～2000）
黒い塀
　◇「文学 1999」講談社 1999 p269
婚約
　◇「日本文学全集 29」河出書房新社 2016 p68
突然の別れの日に
　◇「文豪てのひら怪談」ポプラ社 2009（ポプラ文庫）p140
ボートを漕ぐ不思議なおばさん
　◇「超短編アンソロジー」筑摩書房 2002（ちくま文庫）p36
桃の節句に次女に訓示
　◇「日本文学全集 29」河出書房新社 2016 p68

辻井 喬　つじい・たかし（1927～2013）
狐の嫁入り
　◇「陰陽師伝奇大全」白泉社 2001 p123
コスモス街道
　◇「恋物語」朝日新聞社 1998 p132
椿の寺
　◇「恋物語」朝日新聞社 1998 p124
発見者
　◇「文学 2002」講談社 2002 p56
冬の紅葉
　◇「恋物語」朝日新聞社 1998 p138
夜の向日葵
　◇「恋物語」朝日新聞社 1998 p128

辻内 智貴　つじうち・ともき（1956～）
セイジ
　◇「太宰治賞 1999」筑摩書房 1999 p133
多輝子ちゃん——個の流れ星の夜のために
　◇「太宰治賞 2000」筑摩書房 2000 p25

辻堂 魁　つじどう・かい（1948～）
一期一会—介錯人別所龍玄始末
　◇「大江戸「町」物語 月」宝島社 2014（宝島社文庫）p7
介錯人別所龍玄始末
　◇「大江戸「町」物語」宝島社 2013（宝島社文庫）p77
悲悲…
　◇「大江戸「町」物語 光」宝島社 2014（宝島社文庫）p127

辻堂 ゆめ　つじどう・ゆめ
茶色ではない色
　◇「10分間ミステリー THE BEST」宝島社 2016（宝島社文庫）p517
星天井の下で
　◇「5分で読める！ひと駅ストーリー 旅の話」宝島社 2015（宝島社文庫）p97

辻野 雅彦　つじの・まさひこ
週末はやってくる
　◇「ショートショートの広場 10」講談社 2000（講談社文庫）p167

辻原 登　つじはら・のぼる（1945～）
イタリアの秋の水仙
　◇「文学 2006」講談社 2006 p72
河間女
　◇「文学 2002」講談社 2002 p246
枯葉の中の青い炎
　◇「コレクション戦争と文学 18」集英社 2012 p624
川に沈む夕日
　◇「代表作時代小説 平成18年度」光文社 2006 p371
首飾り
　◇「文学 2016」講談社 2016 p91
ザーサイの甕
　◇「文学 2004」講談社 2004 p120
塩山再訪
　◇「日本文学100年の名作 9」新潮社 2015（新潮文庫）p9
松籟
　◇「戦後短篇小説再発見 17」講談社 2003（講談社文芸文庫）p213
天性の作家 ラフカディオ・ハーン＝小泉八雲
　◇「松江怪談—新作怪談 松江物語」今井印刷 2015 p53
虫王
　◇「文学 2010」講談社 2010 p80

津島 研郎　つしま・けんろう
笑う石
　◇「松江怪談—新作怪談 松江物語」今井印刷 2015 p14

津島 光　つしま・ひかり
メイク・ラブ
　◇「ショートショートの広場 11」講談社 2000（講談社文庫）p62

津志馬 宗麿　つしま・むねまろ
黄昏冒険
　◇「幻の探偵雑誌 6」光文社 2001（光文社文庫）p83

津島 佑子　つしま・ゆうこ（1947～）
妹
　◇「恋物語」朝日新聞社 1998 p226
級友
　◇「恋物語」朝日新聞社 1998 p230
恋しくば

つしむ

◇「文学 2005」講談社 2005 p187
ジャッカ・ドフニ―夏の家
◇「現代小説クロニクル 1985～1989」講談社 2015（講談社文芸文庫）p61
捨て子の話
◇「文学 2001」講談社 2001 p56
黙市
◇「川端康成文学賞全作品 1」新潮社 1999 p227
◇「戦後短篇小説再発見 4」講談社 2001（講談社文芸文庫）p167
電気馬
◇「文学 2009」講談社 2009 p225
鳥の涙
◇「日本文学全集 28」河出書房新社 2017 p223
ニューヨーク、ニューヨーク
◇「変愛小説集 日本作家編」講談社 2014 p273
母の場所
◇「文学 1998」講談社 1998 p246
マルハナバチ
◇「恋物語」朝日新聞社 1998 p234
夢の歌
◇「恋物語」朝日新聞社 1998 p222
夢の体
◇「夢」国書刊行会 1998（書物の王国）p33
粒子
◇「三田文学短篇選」講談社 2010（講談社文芸文庫）p264

辻村 たまき　つじむら・たまき
白の世界から
◇「気配―第10回フェリシモ文学賞作品集」フェリシモ 2007 p149

辻村 深月　つじむら・みづき（1980～）
宇宙姉妹
◇「宇宙小説」講談社 2012（講談社文庫）p6
踊り場の花子
◇「謎の放課後―学校の七不思議」KADOKAWA 2015（角川文庫）p201
サイリウム
◇「いつか、君へ Boys」集英社 2012（集英社文庫）p125
さくら日和
◇「9の扉―リレー短編集」マガジンハウス 2009 p223
◇「9の扉」KADOKAWA 2013（角川文庫）p213
早穂とゆかり
◇「「いじめ」をめぐる物語」朝日新聞出版 2015 p137
七胴落とし
◇「神林長平トリビュート」早川書房 2009 p51
◇「神林長平トリビュート」早川書房 2012（ハヤカワ文庫 JA）p57
十円参り
◇「暗闇を見よ」光文社 2010（Kappa novels）p207
◇「暗闇を見よ」光文社 2015（光文社文庫）p281

芹葉大学の夢と殺人
◇「ザ・ベストミステリーズ―推理小説年鑑 2011」講談社 2011 p161
◇「Guilty殺意の連鎖」講談社 2014（講談社文庫）p5
タイムカプセルの八年
◇「時の罠」文藝春秋 2014（文春文庫）p7
タイムリミット
◇「こどものころにみた夢」講談社 2008 p52
仁志野町の泥棒
◇「日本文学100年の名作 10」新潮社 2015（新潮文庫）p479
美弥谷団地の逃亡者
◇「驚愕遊園地」光文社 2013（最新ベスト・ミステリー）p191
◇「驚愕遊園地」光文社 2016（光文社文庫）p307

辻村 みつ子　つじむら・みつこ
句集 海鳴り
◇「ハンセン病文学全集 9」皓星社 2010 p452

津田 和美　つだ・かずみ
思い出の時間
◇「冷と温―第13回フェリシモ文学賞作品集」フェリシモ 2010 p154

津田 せつ子　つだ・せつこ
哀悼記
◇「ハンセン病文学全集 4」皓星社 2003 p467
紅いけし
◇「ハンセン病文学全集 4」皓星社 2003 p476
あにさん
◇「ハンセン病文学全集 4」皓星社 2003 p471
兄と北條さんと―いのちの火影を読んで
◇「ハンセン病文学全集 4」皓星社 2003 p507
縁（えにし）
◇「ハンセン病文学全集 4」皓星社 2003 p531
おくりもの
◇「ハンセン病文学全集 4」皓星社 2003 p488
思い
◇「ハンセン病文学全集 4」皓星社 2003 p503
K子ひとり
◇「ハンセン病文学全集 4」皓星社 2003 p511
昏迷
◇「ハンセン病文学全集 4」皓星社 2003 p500
無料（タダ）の代償
◇「ハンセン病文学全集 4」皓星社 2003 p498
地に爪痕を残すもの
◇「ハンセン病文学全集 4」皓星社 2003 p527
日記から
◇「ハンセン病文学全集 4」皓星社 2003 p514
花束贈呈
◇「ハンセン病文学全集 4」皓星社 2003 p484
北條さんの思い出
◇「ハンセン病文学全集 4」皓星社 2003 p492

ほおずき
　◇「ハンセン病文学全集 4」皓星社 2003 p480
わが恩人
　◇「ハンセン病文学全集 4」皓星社 2003 p495

津田 剛　つだ・つよし
私の代り川崎弘子を
　◇「近代朝鮮文学日本語作品集1908～1945 セレクション 6」緑蔭書房 2008 p228

津田 治子　つだ・はるこ（1912～1963）
津田治子全歌集
　◇「ハンセン病文学全集 8」皓星社 2006 p361

都田 万葉　つだ・まんよう
家計を織る
　◇「てのひら怪談―ビーケーワン怪談大賞傑作選 百怪繚乱篇」ポプラ社 2008 p168
　◇「てのひら怪談―ビーケーワン怪談大賞傑作選 己丑」ポプラ社 2009（ポプラ文庫）p212
水無月に嫁す
　◇「てのひら怪談―ビーケーワン怪談大賞傑作選 庚寅」ポプラ社 2010（ポプラ文庫）p100
未練の檻
　◇「てのひら怪談―ビーケーワン怪談大賞傑作選 2」ポプラ社 2007 p24
　◇「てのひら怪談―ビーケーワン怪談大賞傑作選 己丑」ポプラ社 2009（ポプラ文庫）p92

土 英雄　つち・ひでお（1925～2017）
切断
　◇「江戸川乱歩と13の宝石 2」光文社 2007（光文社文庫）p179

土ヶ内 照子　つちがうち・てるこ
雪の日のリリィ
　◇「ゆきのまち幻想文学賞小品集 7」NTTメディアスコープ 1997 p150

土田 明人　つちだ・あきひと
ぼくたちの階段
　◇「小学生のげき―新小学校演劇脚本集 高学年 1」晩成書房 2011 p99

土田 耕平　つちだ・こうへい（1895～1940）
お母さんの思ひ出
　◇「涙の百年文学―もう一度読みたい」太陽出版 2009 p188

土田 茂範　つちだ・しげのり
村の一年生ノート
　◇「山形県文学全集第2期（随筆・紀行編）3」郷土出版社 2005 p272

土田 英生　つちだ・ひでお（1967～）
あの人の声が聞こえた
　◇「テレビドラマ代表作選集 2009年版」日本脚本家連盟 2009 p317

土田 峰人　つちだ・みねと
あの人にわたせ

　◇「高校演劇Selection 2005 上」晩成書房 2007 p93
山姥
　◇「高校演劇Selection 2001 下」晩成書房 2001 p125

土屋 北彦　つちや・きたひこ
川姫
　◇「モノノケ大合戦」小学館 2005（小学館文庫）p259

土屋 隆夫　つちや・たかお（1917～2011）
異説・軽井沢心中
　◇「古書ミステリー倶楽部―傑作推理小説集 2」光文社 2014（光文社文庫）p213
Xの被害者
　◇「文学賞受賞・名作集成 6」リブリオ出版 2004 p5
重たい影
　◇「江戸川乱歩と13の宝石 2」光文社 2007（光文社文庫）p87
奇妙な招待状
　◇「七人の警部―SEVEN INSPECTORS」廣済堂出版 1998（KOSAIDO BLUE BOOKS）p117
九十九点の犯罪
　◇「江戸川乱歩の推理試験」光文社 2009（光文社文庫）p73
死者は訴えない
　◇「判決―法廷ミステリー傑作集」徳間書店 2010（徳間文庫）p249
白樺タクシーの男
　◇「自選ショート・ミステリー」講談社 2001（講談社文庫）p241
推理の花道
　◇「甦る推理雑誌 6」光文社 2003（光文社文庫）p193
見えない手
　◇「江戸川乱歩の推理教室」光文社 2008（光文社文庫）p287
密室学入門 最後の密室
　◇「山口雅也の本格ミステリ・アンソロジー」角川書店 2007（角川文庫）p385
りんご裁判
　◇「甦る推理雑誌 7」光文社 2003（光文社文庫）p275

土屋 斗紀雄　つちや・ときお（1952～）
P.S. I love you
　◇「Love―あなたに逢いたい」双葉社 1997（双葉文庫）p49

土屋 望海　つちや・のぞみ
柿田川を見つめて
　◇「「伊豆文学賞」優秀作品集 第19回」羽衣出版 2016 p164

土家 由岐雄　つちや・ゆきお（1904～1999）
かわいそうなぞう（岡田陽〔構成〕）
　◇「朗読舞台本集 5」玉川大学出版部 2002 p109
かわいそうなぞう
　◇「二時間目国語」宝島社 2008（宝島社文庫）p54

◇「もう一度読みたい教科書の泣ける名作」学研教育出版 2013 p57

筒井 悦子　つつい・えつこ

三枚のおふだ（稲田和子）
◇「朗読劇台本集 5」玉川大学出版部 2002 p137

筒井 ともみ　つつい・ともみ（1948～）

センセイの鞄（川上弘美〔原作〕）
◇「テレビドラマ代表作選集 2004年版」日本脚本家連盟 2004 p63

筒井 麻祐子　つつい・まゆこ

写真
◇「ショートショートの広場 17」講談社 2005（講談社文庫）p143

筒井 康隆　つつい・やすたか（1934～）

アニメ的リアリズム
◇「短篇ベストコレクション―現代の小説 2011」徳間書店 2011（徳間文庫）p243

余部さん
◇「短篇ベストコレクション―現代の小説 2003」徳間書店 2003（徳間文庫）p481

池猫
◇「ショートショートの缶詰」キノブックス 2016 p43

色眼鏡の狂詩曲
◇「60年代日本SFベスト集成」筑摩書房 2013（ちくま文庫）p53

虚に棲むひと
◇「短篇ベストコレクション―現代の小説 2001」徳間書店 2001（徳間文庫）p127

エロチック街道
◇「温泉小説」アーツアンドクラフツ 2006 p209
◇「小説乃湯―お風呂小説アンソロジー」角川書店 2013（角川文庫）p137

横領
◇「短篇ベストコレクション―現代の小説 2013」徳間書店 2013（徳間文庫）p257

おれに関する噂
◇「日本SF短篇50 1」早川書房 2013（ハヤカワ文庫JA）p401
◇「70年代日本SFベスト集成 2」筑摩書房 2014（ちくま文庫）p35

怪物たちの夜
◇「幻想ミッドナイト―日常を破壊する恐怖の断片」角川書店 1997（カドカワ・エンタテインメント）p339

科学探偵帆村
◇「名探偵登場！」講談社 2014 p7
◇「さよならの儀式」東京創元社 2014（創元SF文庫）p249
◇「名探偵登場！」講談社 2016（講談社文庫）p9

画家たちの喧嘩
◇「冒険の森へ―傑作小説大全 19」集英社 2015 p36

かくれんぼをした夜
◇「奇譚カーニバル」集英社 2000（集英社文庫）p229

カメロイド文部省
◇「日本SF全集 1」出版芸術社 2009 p117

通いの軍隊
◇「コレクション戦争と文学 5」集英社 2011 p65

環状線
◇「宇宙塵傑作選―日本SFの軌跡 1」出版芸術社 1997 p201
◇「冒険の森へ―傑作小説大全 17」集英社 2015 p26

関節話法
◇「日本SF・名作集成 3」リブリオ出版 2005 p117
◇「冒険の森へ―傑作小説大全 9」集英社 2016 p64

魚籃観音記
◇「日本文学全集 28」河出書房新社 2017 p245

空中喫煙者
◇「短篇ベストコレクション―現代の小説 2004」徳間書店 2004（徳間文庫）p503

熊の木本線
◇「70年代日本SFベスト集成 3」筑摩書房 2015（ちくま文庫）p173

公共伏魔殿
◇「暴走する正義」筑摩書房 2016（ちくま文庫）p7

ここに恐竜あり
◇「恐竜文学大全」河出書房新社 1998（河出文庫）p317

五郎八（ごろはち）航空
◇「日本文学100年の名作 7」新潮社 2015（新潮文庫）p9
◇「冒険の森へ―傑作小説大全 13」集英社 2016 p99

作中の死
◇「日本SF・名作集成 9」リブリオ出版 2005 p21

下の世界
◇「たそがれゆく未来」筑摩書房 2016（ちくま文庫）p241

死にかた
◇「日本SF・名作集成 8」リブリオ出版 2005 p131
◇「鬼譚」筑摩書房 2014（ちくま文庫）p323

ジャズ大名
◇「迷君に候」新潮社 2015（新潮文庫）p7

しゃっくり
◇「不思議の扉 時間がいっぱい」角川書店 2010（角川文庫）p5

出世の首
◇「極上掌篇小説」角川書店 2006 p173
◇「ひと粒の宇宙」角川書店 2009（角川文庫）p171

上下左右
◇「SFマガジン700 国内篇」早川書房 2014（ハヤカワ文庫SF）p111

水蜜桃
◇「冒険の森へ―傑作小説大全 4」集英社 2016 p30

「聖ジェームス病院」を歌う猫
◇「にゃんそろじー」新潮社 2014（新潮文庫）p167

台所にいたスパイ
◇「コレクション戦争と文学 3」集英社 2012 p217

佇むひと
◇「70年代日本SFベスト集成 4」筑摩書房 2015（ちくま文庫）p51

駝鳥
◇「30の神品―ショートショート傑作選」扶桑社 2016（扶桑社文庫）p157

タマゴアゲハのいる里
◇「幻想小説大全」北宋社 2002 p295

血と肉の愛情
◇「人肉嗜食」筑摩書房 2001（ちくま文庫）p229

チューリップ・チューリップ
◇「ドッペルゲンガー奇譚集―死を招く影」角川書店 1998（角川ホラー文庫）p73

つばくろ会からまいりました
◇「短篇ベストコレクション―現代の小説 2012」徳間書店 2012（徳間文庫）p439

天狗の落とし文
◇「短篇ベストコレクション―現代の小説 2002」徳間書店 2002（徳間文庫）p281
◇「超短編アンソロジー」筑摩書房 2002（ちくま文庫）p204

天狗の落し文（抄）
◇「文豪てのひら怪談」ポプラ社 2009（ポプラ文庫）p63

東海道戦争
◇「あしたは戦争」筑摩書房 2016（ちくま文庫）p51

遠い座敷
◇「恐怖の旅」光文社 2000（光文社文庫）p39
◇「戦後短篇小説再発見 10」講談社 2002（講談社文芸文庫）p144
◇「日本怪奇小説傑作集 3」東京創元社 2005（創元推理文庫）p297
◇「現代小説クロニクル 1975～1979」講談社 2014（講談社文芸文庫）p322

逃げ道
◇「短篇ベストコレクション―現代の小説 2005」徳間書店 2005（徳間文庫）p297

二度死んだ少年の記録
◇「仮面のレクイエム」光文社 1998（光文社文庫）p211

如菩薩団
◇「謎―スペシャル・ブレンド・ミステリー 006」講談社 2011（講談社文庫）p315

猫が来るものか
◇「現代の小説 1998」徳間書店 1998 p169

寝る方法
◇「戦後短篇小説再発見 15」講談社 2003（講談社文芸文庫）p151

乗越駅の刑罰
◇「恐怖特急」光文社 2002（光文社文庫）p155

走る取的
◇「ふるえて眠れない―ホラーミステリー傑作選」光文社 2006（光文社文庫）p39
◇「冒険の森へ―傑作小説大全 6」集英社 2016 p34

ハリウッド・ハリウッド
◇「映画狂時代」新潮社 2014（新潮文庫）p187

人喰人種
◇「まんぷく長屋―食欲文学傑作選」新潮社 2014（新潮文庫）p43
◇「もの食う話」文藝春秋 2015（文春文庫）p155

フル・ネルソン
◇「てのひらの宇宙―星雲賞短編SF傑作選」東京創元社 2013（創元SF文庫）p15

母子像
◇「怪談―24の恐怖」講談社 2004 p269
◇「謎―スペシャル・ブレンド・ミステリー 001」講談社実業 2011 p77
◇「異形の白昼―恐怖小説集」筑摩書房 2013（ちくま文庫）p147

ポルノ惑星のサルモネラ人間
◇「人間みな病気」ランダムハウス講談社 2007 p193

万延元年のラグビー
◇「冒険の森へ―傑作小説大全 8」集英社 2015 p129

未来都市
◇「科学の脅威」リブリオ出版 2001（怪奇・ホラーワールド）p107

メタモルフォセス群島
◇「70年代日本SFベスト集成 5」筑摩書房 2015（ちくま文庫）p219

問題外科
◇「冒険の森へ―傑作小説大全 3」集英社 2016 p100

薬菜飯店
◇「たんときれいに召し上がれ―美食文学精選」芸術新聞社 2015 p69

ヤマザキ
◇「歴史小説の世紀 地の巻」新潮社 2000（新潮文庫）p655

誘拐横丁
◇「家族の絆」光文社 1997（光文社文庫）p373

夢の検閲官
◇「夢」国書刊行会 1998（書物の王国）p190

ヨッパ谷への降下
◇「川端康成文学賞全作品 2」新潮社 1999 p161

夜も昼も
◇「男たちのら・ら・ば・い」徳間書店 1999（徳間文庫）p276

Yah！
◇「ブキミな人びと」ランダムハウス講談社 2007 p149

都築 要　つづき・かなめ

お化から授った木槌の不思議―稲生太夫の武芸帳
◇「稲生モノノケ大全 陰之巻」毎日新聞社 2003 p653

都築 直子　つづき・なおこ（1955～）

雪が降る
◇「二十四粒の宝石―超短編小説傑作集」講談社 1998（講談社文庫）p141

つつき

都筑 道夫　つづき・みちお（1929〜2003）

一番は諫鼓鶏
◇「闇の旋風」徳間書店 2000（徳間文庫）p267

風見鶏
◇「恐怖の花」ランダムハウス講談社 2007 p7
◇「幻妖の水脈（みお）」筑摩書房 2013（ちくま文庫）p573

うそつき
◇「日本ベストミステリー選集 24」光文社 1997（光文社文庫）p193

えげれす伊呂波
◇「綾辻・有栖川復刊セレクション 新顎十郎捕物帳」講談社 2007（講談社ノベルス）p73

温泉宿
◇「ミステリマガジン700 国内篇」早川書房 2014（ハヤカワ・ミステリ文庫）p121

鏡の国のアリス
◇「不思議の国のアリス ミステリー館」河出書房新社 2015（河出文庫）p77

かくれんぼ
◇「十月のカーニヴァル」光文社 2000（カッパ・ノベルス）p17

からくり土佐衛門
◇「綾辻・有栖川復刊セレクション 新顎十郎捕物帳」講談社 2007（講談社ノベルス）p105

狐火の湯
◇「魔性の生き物」リブリオ出版 2001（怪奇・ホラーワールド）p197
◇「怪談—24の恐怖」講談社 2004 p99

きつね姫
◇「綾辻・有栖川復刊セレクション 新顎十郎捕物帳」講談社 2007（講談社ノベルス）p133

空港ロビー
◇「冒険の森へ—傑作小説大全 17」集英社 2015 p22

首くくりの木
◇「謎—スペシャル・ブレンド・ミステリー 002」講談社 2007（講談社文庫）p207

首つり御門
◇「怪奇・怪談傑作集」新人物往来社 1997 p61
◇「吊るされた男」角川書店 2001（角川ホラー文庫）p77

黒い扇の踊り子
◇「謎」文藝春秋 2004（推理作家になりたくて マイベストミステリー）p263
◇「マイ・ベスト・ミステリー 6」文藝春秋 2007（文春文庫）p387

高所恐怖症
◇「ドッペルゲンガー奇譚集—死を招く影」角川書店 1998（角川ホラー文庫）p233

五十間川
◇「物語の魔の物語—メタ怪談傑作選」徳間書店 2001（徳間文庫）p95

ごろつき
◇「シャーロック・ホームズの災難—日本版」論創社 2007 p233

ジャケット背広スーツ
◇「煌めきの殺意」徳間書店 1999（徳間文庫）p461
◇「謎」文藝春秋 2004（推理作家になりたくて マイベストミステリー）p190
◇「マイ・ベスト・ミステリー 6」文藝春秋 2007（文春文庫）p280

写真うつりのよい女
◇「七人の刑事」廣済堂出版 1998（KOSAIDO BLUE BOOKS）p191

写真うつりのよい女—退職刑事シリーズより
◇「警察小説傑作短篇集」ランダムハウス講談社 2009（ランダムハウス講談社文庫）p261

終電車
◇「綾辻行人と有栖川有栖のミステリ・ジョッキー 2」講談社 2009 p126

署名本が死につながる
◇「古書ミステリー倶楽部—傑作推理小説集」光文社 2013（光文社文庫）p231

児雷也昇天
◇「綾辻・有栖川復刊セレクション 新顎十郎捕物帳」講談社 2007（講談社ノベルス）p7

新顎十郎捕物帳
◇「綾辻・有栖川復刊セレクション 新顎十郎捕物帳」講談社 2007（講談社ノベルス）

浅草寺消失
◇「綾辻・有栖川復刊セレクション 新顎十郎捕物帳」講談社 2007（講談社ノベルス）p39

駐車場事件
◇「あなたが名探偵」講談社 1998（講談社文庫）p89

出会い
◇「マイ・ベスト・ミステリー 6」文藝春秋 2007（文春文庫）p345

長い長い悪夢
◇「文豪てのひら怪談」ポプラ社 2009（ポプラ文庫）p121

偽家族
◇「冥界プリズン」光文社 1999（光文社文庫）p297

日光写真
◇「謎—スペシャル・ブレンド・ミステリー 009」講談社 2014（講談社文庫）p265

にんぽまにあ
◇「シャーロック・ホームズの災難—日本版」論創社 2007 p239

蠅
◇「塔の物語」角川書店 2000（角川ホラー文庫）p167

はだか川心中
◇「愛の怪談」角川書店 1999（角川ホラー文庫）p151
◇「恐怖特急」光文社 2002（光文社文庫）p239
◇「日本怪奇小説傑作集 3」東京創元社 2005（創元推理文庫）p143

百物語
◇「闇夜に怪を語れば—百物語ホラー傑作選」角川書店 2005（角川ホラー文庫）p233

べらぼう村正
◇「星明かり夢街道」光風社出版 2000（光風社文庫）p165
ホームズもどき
◇「シャーロック・ホームズに再び愛をこめて」光文社 2010（光文社文庫）p229
マジック・ボックス
◇「謎―スペシャル・ブレンド・ミステリー 004」講談社 2009（講談社文庫）p41
まだ日が高すぎる
◇「冒険の森へ―傑作小説大全 6」集英社 2016 p81
みぞれ河岸
◇「謎―スペシャル・ブレンド・ミステリー 008」講談社 2013（講談社文庫）p325
めんくらい凧
◇「情けがからむ朱房の十手―傑作時代小説」PHP研究所 2009（PHP文庫）p177
森の石松
◇「北村薫の本格ミステリ・ライブラリー」角川書店 2001（角川文庫）p273
闇かぐら
◇「綾辻・有栖川復刊セレクション 新顎十郎捕物帳」講談社 2007（講談社ノベルス）p191
闇の儀式
◇「異形の白昼―恐怖小説集」筑摩書房 2013（ちくま文庫）p251
幽霊旗本
◇「綾辻・有栖川復刊セレクション 新顎十郎捕物帳」講談社 2007（講談社ノベルス）p159
夜あけの吸血鬼
◇「屍鬼の血族」桜桃書房 1999 p359
夜の寺
◇「文豪怪談傑作選 特別編」筑摩書房 2008（ちくま文庫）p68
よろいの渡し
◇「謀」文藝春秋 2003（推理作家になりたくて マイ ベストミステリー）p90
◇「文学賞受賞・名作集成 6」リブリオ出版 2004 p85
◇「マイ・ベスト・ミステリー 4」文藝春秋 2007（文春文庫）p143
四十分間の女
◇「悪夢の最終列車―鉄道ミステリー傑作選」光文社 1997（光文社文庫）p47
羅生門河岸
◇「風の中の剣士」光風社出版 1998（光風社文庫）p161
◇「偉人八傑推理帖―名探偵時代小説」双葉社 2004（双葉文庫）p177
らんの花
◇「30の神品―ショートショート傑作選」扶桑社 2016（扶桑社文庫）p245
ランプの宿
◇「最新「珠玉推理」大全 下」光文社 1998（カッパ・ノベルス）p144
◇「闇夜の芸術祭」光文社 2003（光文社文庫）p197

檸檬色の猫がのぞいた
◇「猫のミステリー」河出書房新社 1999（河出文庫）p9
蠟いろの顔
◇「謎―スペシャル・ブレンド・ミステリー 006」講談社 2011（講談社文庫）p239
わからないaとわからないb
◇「日本SF全集 1」出版芸術社 2009 p405

堤 清二　つつみ・せいじ
⇒辻井喬（つじい・たかし）を見よ

綱島 恵一　つなしま・けいいち
中の手
◇「ショートショートの花束 8」講談社 2016（講談社文庫）p181
メッセージ
◇「ショートショートの花束 8」講談社 2016（講談社文庫）p234

綱淵 謙錠　つなぶち・けんじょう（1924～1996）
仇―明治十三年の仇討ち
◇「時代小説傑作選 4」新人物往来社 2008 p217
怪
◇「怪奇・怪談傑作集」新人物往来社 1997 p179
◇「妖怪」国書刊行会 1999（書物の王国）p192
勝海舟と榎本武揚
◇「人物日本の歴史―時代小説 幕末維新編」小学館 2004（小学館文庫）p199
鬼
◇「歴史小説の世紀 地の巻」新潮社 2000（新潮文庫）p392
義
◇「人物日本の歴史―時代小説 戦国編」小学館 2004（小学館文庫）p171
孤
◇「江戸恋い明け烏」光風社出版 1999（光風社文庫）p331
西郷隆盛と坂本龍馬
◇「龍馬参上」新潮社 2010（新潮文庫）p155
榊原鍵吉
◇「人物日本剣豪伝 5」学陽書房 2001（人物文庫）p73
殺―水野十郎左衛門・幡随院長兵衛
◇「人物日本の歴史―時代小説 江戸編 上」小学館 2004（小学館文庫）p191
讐
◇「冒険の森へ―傑作小説大全 2」集英社 2016 p77
閃
◇「明暗廻り灯籠」光風社出版 1998（光風社文庫）p63
蛇（だ）
◇「魔剣くずし秘聞」光風社出版 1998（光風社文庫）p259
◇「極め付き時代小説選 3」中央公論新社 2004（中公文庫）p179

つねか

叛
◇「鬼火が呼んでいる―時代小説傑作選」講談社 1997（講談社文庫）p268
◇「神出鬼没！ 戦国忍者伝―傑作時代小説」PHP研究所 2009（PHP文庫）p115

漂
◇「剣侠しぐれ笠」光風社出版 1999（光風社文庫）p87

憑
◇「必殺天誅剣」光風社出版 1999（光風社文庫）p137

謀―清河八郎暗殺
◇「時代小説傑作選 3」新人物往来社 2008 p67

無刀取りへの道―柳生石舟斎
◇「時代小説傑作選 1」新人物往来社 2008 p5

龍
◇「幕末京都血風録―傑作時代小説」PHP研究所 2007（PHP文庫）p175
◇「龍馬と志士たち―時代小説傑作選」コスミック出版 2009（コスミック・時代文庫）p91

霊
◇「夢がたり大川端」光風社出版 1998（光風社文庫）p59

恒川 光太郎　つねかわ・こうたろう（1973～）

海辺の別荘で
◇「スタートライン―始まりをめぐる19の物語」幻冬舎 2010（幻冬舎文庫）p37

銀の船
◇「二十の悪夢」KADOKAWA 2013（角川ホラー文庫）p45

古入道きたりて
◇「坂木司リクエスト！ 和菓子のアンソロジー」光文社 2013 p265
◇「坂木司リクエスト！ 和菓子のアンソロジー」光文社 2014（光文社文庫）p267

弥勒節
◇「怪談列島ニッポン―書き下ろし諸国奇談競作集」メディアファクトリー 2009（MF文庫）p7

屋根狸狸
◇「謎の放課後―学校のミステリー」KADOKAWA 2013（角川文庫）p223

夕闇地蔵
◇「七つの死者の囁き」新潮社 2008（新潮文庫）p239

庸沢 陵　つねさわ・りょう

ある旅人の譜
◇「ハンセン病文学全集 7」皓星社 2004 p141

犬
◇「ハンセン病文学全集 7」皓星社 2004 p140

孤独の壁
◇「ハンセン病文学全集 7」皓星社 2004 p137

最終列車
◇「ハンセン病文学全集 7」皓星社 2004 p136

砂漠の星座
◇「ハンセン病文学全集 7」皓星社 2004 p135

私の窓近くに
◇「ハンセン病文学全集 7」皓星社 2004 p135

常見 隆滋　つねみ・りゅうじ

理想的な夫
◇「ショートショートの広場 13」講談社 2002（講談社文庫）p119

常見 隆二　つねみ・りゅうじ

不幸の四索
◇「ショートショートの広場 14」講談社 2003（講談社文庫）p57

角田 喜久雄　つのだ・きくお（1906～1994）

浅草の犬
◇「幻の探偵雑誌 10」光文社 2002（光文社文庫）p105

現場不在証明（アリバイ）
◇「江戸川乱歩と13人の新青年〈論理派〉編」光文社 2008（光文社文庫）p391

印度林檎
◇「君らの魂を悪魔に売りつけよ―新青年傑作選」角川書店 2000（角川文庫）p203

加賀美の帰国
◇「甦る推理雑誌 3」光文社 2002（光文社文庫）p382

鬼啾
◇「日本怪奇小説傑作集 2」東京創元社 2005（創元推理文庫）p137

恐水病患者
◇「爬虫館事件―新青年傑作選」角川書店 1998（角川ホラー文庫）p231

くちなし懺悔
◇「黒門町伝七捕物帳―時代小説競作選」光文社 2015（光文社文庫）p131

毛皮の外套を着た男
◇「幻の探偵雑誌 7」光文社 2001（光文社文庫）p25

五人の子供
◇「THE名探偵―ミステリーアンソロジー」有楽出版社 2014（JOY NOVELS）p49

死体昇天
◇「君らの狂気で死を孕ませよ―新青年傑作選」角川書店 2000（角川文庫）p5
◇「山岳迷宮（ラビリンス）―山のミステリー傑作選」光文社 2016（光文社文庫）p123

昇竜変化
◇「極め付き時代小説選 3」中央公論新社 2004（中公文庫）p81

底無沼
◇「怪奇探偵小説集 2」角川春樹事務所 1998（ハルキ文庫）p41

蔦のある家
◇「甦る推理雑誌 2」光文社 2002（光文社文庫）p159

伝七捕物帖

◇「捕物時代小説選集 7」春陽堂書店 2000（春陽文庫）p181

沼垂の女
◇「乱歩の幻影」筑摩書房 1999（ちくま文庫）p107

猫
◇「猫のミステリー」河出書房新社 1999（河出文庫）p165

能面殺人事件
◇「甦る推理雑誌 2」光文社 2002（光文社文庫）p255

ひぐらし蟬
◇「大江戸事件帖―時代推理小説名作選」双葉社 2005（双葉文庫）p7

蛇男
◇「幻の探偵雑誌 1」光文社 2000（光文社文庫）p75

豆菊
◇「幻の探偵雑誌 2」光文社 2000（光文社文庫）p29
◇「探偵小説の風景―トラフィック・コレクション 下」光文社 2009（光文社文庫）p133

緑亭の首吊男
◇「七人の警部―SEVEN INSPECTORS」廣済堂出版 1998（KOSAIDO BLUE BOOKS）p31
◇「甦る推理雑誌 1」光文社 2002（光文社文庫）p63

霊魂の足
◇「探偵くらぶ―探偵小説傑作選1946～1958 中」光文社 1997（カッパ・ノベルス）p215
◇「甦る名探偵―探偵小説アンソロジー」光文社 2014（光文社文庫）p7

和田ホルムス君
◇「幻の探偵雑誌 6」光文社 2001（光文社文庫）p43

佃 幸苗　つのだ・さなえ

満員電車
◇「万華鏡―第14回フェリシモ文学賞作品集」フェリシモ 2011 p89

つのだ じろう（1936～）

金色犬
◇「有栖川有栖の本格ミステリ・ライブラリー」角川書店 2001（角川文庫）p71

椿 八郎　つばき・はちろう（1900～1985）

カメレオン黄金虫
◇「外地探偵小説集 満州篇」せらび書房 2003 p167

贋造犯人
◇「「宝石」一九五〇―牟家殺人事件：探偵小説傑作集」光文社 2012（光文社文庫）p337

くすり指
◇「探偵くらぶ―探偵小説傑作選1946～1958 下」光文社 1997（カッパ・ノベルス）p125

椿 みち子　つばき・みちこ

赤い犬
◇「犬のミステリー」河出書房新社 1999（河出文庫）p187

椿 實　つばき・みのる（1925～2002）

鶴
◇「人獣怪婚」筑摩書房 2000（ちくま文庫）p233

人魚紀聞
◇「暗黒のメルヘン」河出書房新社 1998（河出文庫）p349
◇「人魚の血―珠玉アンソロジー オリジナル＆スタンダード」光文社 2001（カッパ・ノベルス）p81

津原 泰水　つはら・やすみ（1964～）

アクア・ポリス
◇「悪夢が嗤う瞬間」勁文社 1997（ケイブンシャ文庫）p202

甘い風
◇「憑き者―全篇書下ろし傑作ホラーアンソロジー」アスキー 2000（A-novels）p567

アルバトロス
◇「エロティシズム12幻想」エニックス 2000 p253

安珠の水
◇「水妖」廣済堂出版 1998（廣済堂文庫）p381

エリス、聞えるか？
◇「NOVA+―書き下ろし日本SFコレクション 2」河出書房新社 2015（河出文庫）p223

延長コード
◇「逃げゆく物語の話―ゼロ年代日本SFベスト集成 F」東京創元社 2010（創元SF文庫）p309

起鼠記
◇「おぞけ―ホラー・アンソロジー」祥伝社 1999（祥伝社文庫）p297

脛骨
◇「屍者の行進」廣済堂出版 1998（廣済堂文庫）p329

五色の舟
◇「結晶銀河―年刊日本SF傑作選」東京創元社 2011（創元SF文庫）p103

五色の舟――一夜の幻を売る異形の家族に、怪物 "くだん" が見せた未来
◇「NOVA―書き下ろし日本SFコレクション 2」河出書房新社 2010（河出文庫）p311

琥珀みがき
◇「短篇ベストコレクション―現代の小説 2007」徳間書店 2007（徳間文庫）p123

処女宮―玄い森の底から
◇「十二宮12幻想」エニックス 2000 p145

水牛群
◇「グランドホテル」廣済堂出版 1999（廣済堂文庫）p577

聖戦の記録
◇「侵略！」廣済堂出版 1998（廣済堂文庫）p445

玉響
◇「たんときれいに召し上がれ―美食文学精選」芸術新聞社 2015 p423

ちまみれ家族
◇「血の12幻想」エニックス 2000 p329

つふら

土の枕
  ◇「超弦領域—年刊日本SF傑作選」東京創元社 2009（創元SF文庫）p165
  ◇「コレクション戦争と文学 6」集英社 2011 p266

ピカルディの薔薇
  ◇「凶鳥の黒影—中井英夫へ捧げるオマージュ」河出書房新社 2004 p145

微笑面
  ◇「悪夢が嗤う瞬間」勁文社 1997（ケイブンシャ文庫）p42

明滅
  ◇「悪夢が嗤う瞬間」勁文社 1997（ケイブンシャ文庫）p30

夢三十夜
  ◇「稲生モノノケ大全 陽之巻」毎日新聞社 2005 p285

粒来 哲蔵　つぶらい・てつぞう（1928～2017）

わが米沢
  ◇「山形県文学全集第2期（随筆・紀行編）4」郷土出版社 2005 p201

円谷 幸吉　つぶらや・こうきち（1940～1968）

三日とろろ美味しうございました
  ◇「日本人の手紙 8」リブリオ出版 2004 p78

円谷 夏樹　つぶらや・なつき

⇒大倉崇裕（おおくら・たかひろ）を見よ

壺井 栄　つぼい・さかえ（1900～1967）

赤いステッキ
  ◇「短編 女性文学 近代 続」おうふう 2002 p127

おばあさんの誕生日
  ◇「コレクション戦争と文学 14」集英社 2012 p313

小かげ 猫と母性愛
  ◇「猫」中央公論新社 2009（中公文庫）p109

初旅
  ◇「コレクション私小説の冒険 1」勉誠出版 2013 p7

浜辺の四季
  ◇「戦前占領期短篇小説コレクション 2」藤原書店 2007 p85

壺井 繁治　つぼい・しげじ（1897～1975）

頭の中の兵士
  ◇「新装版 全集現代文学の発見 1」學藝書林 2002 p268

崖を登る
  ◇「新装版 全集現代文学の発見 1」學藝書林 2002 p272

勲章
  ◇「新装版 全集現代文学の発見 1」學藝書林 2002 p270

坪井 正五郎　つぼい・しょうごろう（1863～1913）

西詩和訳
  ◇「新日本古典文学大系 明治編 12」岩波書店 2001 p17

坪井 秀人　つぼい・ひでと（1959～）

朝鮮戦争・ベトナム戦争の時代—冷戦と経済成長の中で
  ◇「コレクション戦争と文学 別巻」集英社 2013 p103

坪内 逍遙　つぼうち・しょうよう（1859～1935）

大いに笑ふ淀君
  ◇「大坂の陣—近代文学名作選」岩波書店 2016 p91

諷誡 京わらんべ
  ◇「明治の文学 4」筑摩書房 2002 p294

細君
  ◇「明治の文学 4」筑摩書房 2002 p345
  ◇「新日本古典文学大系 明治編 18」岩波書店 2002 p1
  ◇「日本近代短篇小説選 明治篇1」岩波書店 2012（岩波文庫）p5

春風情話（しゅんぷうじょうわ）（スコット〔著〕）
  ◇「新日本古典文学大系 明治編 18」岩波書店 2002 p59

小説神髄・小説の主眼
  ◇「短編名作選—1885-1924 小説の曙」笠間書院 2003 p9

神変大菩薩伝
  ◇「七人の役小角」小学館 2007（小学館文庫）p269
  ◇「文豪怪談傑作選 明治編」筑摩書房 2011（ちくま文庫）p273

発蒙揜眠 清治湯講釈
  ◇「明治の文学 4」筑摩書房 2002 p3

一読三歎 当世書生気質
  ◇「明治の文学 4」筑摩書房 2002 p29

稗史家略伝（はいしかりゃくでん）并に批評
  ◇「新日本古典文学大系 明治編 18」岩波書店 2002 p133

坪子 理美　つぼこ・さとみ

ふれふれほうず
  ◇「ゆきのまち幻想文学賞小品集 23」企画集団ぷりずむ 2014 p162

坪田 譲治　つぼた・じょうじ（1890～1982）

枝にかかった金輪
  ◇「ひつじアンソロジー 小説編 2」ひつじ書房 2009 p25

お化けの世界
  ◇「変身ものがたり」筑摩書房 2010（ちくま文学の森）p409

包頭（パウトウ）の少女
  ◇「コレクション戦争と文学 16」集英社 2012 p499

森の中の塔
  ◇「冒険の森へ—傑作小説大全 10」集英社 2016 p11

坪田 宏　つぼた・ひろし（1908～1954）

歯
  ◇「甦る名探偵—探偵小説アンソロジー」光文社 2014（光文社文庫）p293

二つの遺書

◇「絢爛たる殺人—本格推理マガジン 特集・知られざる探偵たち」光文社 2000（光文社文庫）p233
緑のペンキ鑵
◇「甦る推理雑誌 10」光文社 2004（光文社文庫）p279

坪田 文　つぼた・ふみ
境界線
◇「超短編の世界」創英社 2008 p14
空白
◇「超短編の世界」創英社 2008 p16
最先端
◇「超短編の世界」創英社 2008 p18

坪谷 京子　つぼたに・きょうこ
空知川の雪おんな
◇「雪女のキス」光文社 2000（カッパ・ノベルス）p25

津村 記久子　つむら・きくこ（1978〜）
うどん屋のジェンダー、またはコルネさん
◇「文学 2011」講談社 2011 p110
◇「現代小説クロニクル 2010〜2014」講談社 2015（講談社文芸文庫）p183
職場の作法
◇「そういうものだろ、仕事っていうのは」日本経済新聞出版社 2011 p263
バンドTシャツと日差しと水分の日
◇「スタートライン—始まりをめぐる19の物語」幻冬舎 2010（幻冬舎文庫）p127
フェリシティの面接
◇「文学 2014」講談社 2014 p295
◇「名探偵登場！」講談社 2014 p65
◇「名探偵登場！」講談社文庫）p77
ペチュニアフォールを知る二十の名所
◇「20の短編小説」朝日新聞出版 2016（朝日文庫）p195
マンイーター
◇「太宰治賞 2005」筑摩書房 2005 p30
牢名主
◇「文学 2016」講談社 2016 p148

津村 秀介　つむら・しゅうすけ（1933〜2000）
伊豆の死角
◇「死を招く乗客—ミステリーアンソロジー」有楽出版社 2015（JOY NOVELS）p205
恵那峡殺人事件
◇「名探偵と鉄旅—鉄道ミステリー傑作選」光文社 2016（光文社文庫）p327
昇仙峡殺人事件
◇「悲劇の臨時列車—鉄道ミステリー傑作選」光文社 1998（光文社文庫）p43
◇「名探偵の憂鬱」青樹社 2000（青樹社文庫）p239
鉄橋—ひかり157号の死者
◇「全席死定—鉄道ミステリー名作館」徳間書店 2004（徳間文庫）p5
◇「鉄ミス倶楽部東海道新幹線50—推理小説アンソロジー」光文社 2014（光文社文庫）p337
背信の空路
◇「不可思議な殺人—ミステリー・アンソロジー」祥伝社 2000（祥伝社文庫）p49

津村 節子　つむら・せつこ（1928〜）
異郷
◇「文学 2011」講談社 2011 p68
新緑の門出
◇「温泉小説」アーツアンドクラフツ 2006 p243
青海波
◇「文学 2003」講談社 2003 p66
初天神
◇「日本文学100年の名作 9」新潮社 2015（新潮文庫）p169
春遠く
◇「山形県文学全集第1期(小説編) 3」郷土出版社 2004 p174
ひめごと
◇「10ラブ・ストーリーズ」朝日新聞出版 2011（朝日文庫）p341

津村 信夫　つむら・のぶお（1909〜1944）
この破滅から、どうか僕を救ってください》小山昌子
◇「日本人の手紙 4」リブリオ出版 2004 p174
私の食卓から
◇「創刊一〇〇年三田文学名作選」三田文学会 2010 p582

津本 陽　つもと・よう（1929〜2018）
市川門太夫
◇「剣が舞い落花が舞い—時代小説傑作選」講談社 1998（講談社文庫）p83
うそつき小次郎と竜馬
◇「剣が哭く夜に哭く」光風社出版 2000（光風社文庫）p187
◇「龍馬と志士たち—時代小説傑作選」コスミック出版 2009（コスミック・時代文庫）p119
**龍馬の天命—坂本龍馬名手の八篇」実業之日本社 2010 p175
**七人の龍馬—傑作時代小説」PHP研究所 2010（PHP文庫）p139
影像なし—柳生連也
◇「時代小説傑作選 1」新人物往来社 2008 p231
老の坂を越えて
◇「人物日本の歴史—時代小説版 戦国編」小学館 2004（小学館文庫）p129
祇園石段下の血闘
◇「血闘！ 新選組」実業之日本社 2016（実業之日本社文庫）p343
鬼骨の人
◇「軍師の生きざま—時代小説傑作選」コスミック出版 2008（コスミック・時代文庫）p119
◇「竹中半兵—小説集」作品社 2014 p39
鬼骨の人—竹中半兵衛
◇「時代小説傑作選 6」新人物往来社 2008 p5

つやま

◇「軍師は死なず」実業之日本社 2014（実業之日本社文庫）p67

公事宿新左
◇「花ごよみ夢一夜」光風社出版 2001（光風社文庫）p143

血税一揆
◇「紅葉谷から剣鬼が来る―時代小説傑作選」講談社 2002（講談社文庫）p133

近藤勇、江戸の日々
◇「鍔鳴り疾風剣」光風社出版 2000（光風社文庫）p413
◇「新選組烈士伝」角川書店 2003（角川文庫）p5
◇「幕末の剣鬼たち―時代小説傑作選」コスミック出版 2009（コスミック・時代文庫）p5

桜田門外・一の太刀―森五六郎
◇「時代小説秀作づくし」PHP研究所 1997（PHP文庫）p235
◇「幕末剣豪人斬り異聞 勤皇篇」アスキー 1997（Aspect novels）p181

佐武伊賀守功名書き
◇「代表作時代小説 平成9年度」光風社出版 1997 p249

死に番
◇「歴史の息吹」新潮社 1997 p7
◇「時代小説―読切御免 2」新潮社 2004（新潮文庫）p211

邪剣の主
◇「秘剣舞う―剣豪小説の世界」学習研究社 2002（学研M文庫）p183

『深重の海』より
◇「狩猟文学マスターピース」みすず書房 2011（大人の本棚）p111

捨身の一撃
◇「江戸恋い明け烏」光風社出版 1999（光風社文庫）p185

殺人刀
◇「代表作時代小説 平成19年度」光文社 2007 p371

寺田屋の散華
◇「幕末京都血風録―傑作時代小説」PHP研究所 2007（PHP文庫）p7

天吹
◇「士魂の光芒―時代小説最前線」新潮社 1997（新潮文庫）p59
◇「時代小説―読切御免 3」新潮社 2005（新潮文庫）p211

睡り猫
◇「鎮守の森に鬼が棲む―時代小説傑作選」講談社 2001（講談社文庫）p307

念流手の内
◇「幻の剣鬼七番勝負―傑作時代小説」PHP研究所 2008（PHP文庫）p253

隼人の太刀風
◇「冒険の森へ―傑作小説大全 2」集英社 2016 p56

ボンベン小僧
◇「剣よ月下に舞え」光風社出版 2001（光風社文庫）p395

密偵
◇「誠の旗がゆく―新選組傑作選」集英社 2003（集英社文庫）p231

宮本武蔵
◇「七人の武蔵」角川書店 2002（角川文庫）p49

無明の剣
◇「代表作時代小説 平成11年度」光風社出版 1999 p411
◇「愛染夢灯籠―時代小説傑作選」講談社 2005（講談社文庫）p492

明治兜割り
◇「人物日本の歴史―時代小説版 幕末維新編」小学館 2004（小学館文庫）p253
◇「武士の本懐―武士道小説傑作選 2」ベストセラーズ 2005（ベスト時代文庫）p269

明治兜割り―胴太貫正国
◇「名刀伝」角川春樹事務所 2015（ハルキ文庫）p193

百舌と雀鷹―塚原卜伝vs梶原長門
◇「時代小説傑作選 2」新人物往来社 2008 p5

柳生十兵衛七番勝負
◇「代表作時代小説 平成15年度」光風社出版 2003 p101

柳生石舟斎宗厳
◇「人物日本剣豪伝 1」学陽書房 2001（人文庫）p87

柳生宗矩
◇「柳生秘剣伝奇」勉誠出版 2002（べんせいライブラリー）p33

藪三左衛門
◇「小説「武士道」」三笠書房 2008（知的生きかた文庫）p93

津山商業高校演劇部　つやましょうぎょうこうこうえんげきぶ
ひとつのキセキ（毒吐きリンゴ（駒井香奈恵））
◇「創作脚本集―60周年記念」岡山県高等学校演劇協議会 2011（おかやまの高校演劇）p137

つゆき おくと
どなたか
◇「ショートショートの広場 13」講談社 2002（講談社文庫）p146

栗花落 典　つゆり・てん
南極海
◇「リトル・リトル・クトゥルー―史上最小の神話小説集」学習研究社 2009 p64

鶴 彬　つる・あきら（1909～1938）
川柳
◇「コレクション戦争と文学 12」集英社 2013 p444
◇「アンソロジー・プロレタリア文学 1」森話社 2013 p83
◇「アンソロジー・プロレタリア文学 2」森話社 2014 p240
◇「アンソロジー・プロレタリア文学 3」森話社 2015 p9

鶴岡 征雄　つるおか・ゆきお
かりん糖
　◇「時代の波音―民主主義文学短編小説集1995年～2004年」日本民主主義文学会 2005 p68

剣 達也　つるぎ・たつや
白いクジラ
　◇「ゆきのまち幻想文学賞小品集 19」企画集団ぷりずむ 2010 p43

蔓葉 信博　つるば・のぶひろ（1975～）
江戸川乱歩と新たな猟奇的エンターテインメント
　◇「ベスト本格ミステリ 2016」講談社 2016（講談社ノベルス）p377

釣巻 礼公　つるまき・れいこう（1951～）
井戸の中
　◇「さむけ―ホラー・アンソロジー」祥伝社 1999（祥伝社文庫）p315

鶴見 俊輔　つるみ・しゅんすけ（1922～2015）
イシが伝えてくれたこと
　◇「日本文学全集 28」河出書房新社 2017 p169
この時
　◇「日本文学全集 29」河出書房新社 2016 p53

鶴身 浩記　つるみ・ひろのり
異星の生物
　◇「ショートショートの広場 18」講談社 2006（講談社文庫）p59
僕の地球に手を出すな
　◇「ショートショートの広場 18」講談社 2006（講談社文庫）p161

鶴屋 南北〔4代〕　つるや・なんぼく（1755～1829）
「髪梳き」の場―『東海道四谷怪談』より
　◇「黒髪に恨みは深く―髪の毛ホラー傑作選」角川書店 2006（角川ホラー文庫）p97

【 て 】

出久根 達郎　でくね・たつろう（1944～）
命毛
　◇「代表作時代小説 平成18年度」光文社 2006 p51
鶯替―御書物同心日記
　◇「代表作時代小説 平成14年度」光風社出版 2002 p301
饂飩命
　◇「短篇ベストコレクション―現代の小説 2001」徳間書店 2001（徳間文庫）p479
四月馬鹿（エープリルフール）
　◇「代表作時代小説 平成23年度」光文社 2011 p161
お湿りなきや

　◇「人情の往来―時代小説最前線」新潮社 1997（新潮文庫）p523
神かくし
　◇「北村薫のミステリー館」新潮社 2005（新潮文庫）p291
　◇「古書ミステリー倶楽部―傑作推理小説集」光文社 2013（光文社文庫）p197
黒い池
　◇「二十四粒の宝石―超短編小説傑作集」講談社 1998（講談社文庫）p235
恋闇沖漁炎佃島
　◇「逢魔への誘い」徳間書店 2000（徳間文庫）p241
忍ぶ恋
　◇「忍ぶ恋」文藝春秋 1999 p37
楽しい厄日
　◇「書物愛 日本篇」晶文社 2005 p147
　◇「書物愛 日本篇」東京創元社 2014（創元ライブラリ）p143
玉手箱
　◇「短篇ベストコレクション―現代の小説 2004」徳間書店 2004（徳間文庫）p143
とっかえこ
　◇「勝者の死にざま―時代小説選手権」新潮社 1998（新潮文庫）p179
猫の縁談
　◇「怪猫鬼談」人類文化社 1999 p75
紐
　◇「現代の小説 1998」徳間書店 1998 p331
ひも・紐・ヒモ
　◇「忍ぶ恋」文藝春秋 1999 p137
春宵相乗舟佃島
　◇「代表作時代小説 平成9年度」光風社出版 1997 p263
　◇「春宵濡れ髪しぐれ―時代小説傑作選」講談社 2003（講談社文庫）p205
八雲作品 背後の世界―小泉セツと作家の妻の役割
　◇「松江怪談―新作怪談 松江物語」今井印刷 2015 p69
リリーフ
　◇「忍ぶ恋」文藝春秋 1999 p237

勅使川原 学　てしかわら・まなぶ
ループ・オブ・ザ・リング（大喜多孝治）
　◇「the Ring―もっと怖い4つの話」角川書店 1998 p197

てしま たけもと
ドイツの石
　◇「ショートショートの広場 8」講談社 1997（講談社文庫）p163

手塚 治虫　てづか・おさむ（1928～1989）
悪魔の開幕
　◇「あしたは戦争」筑摩書房 2016（ちくま文庫）p105

てつか

安達が原
◇「鬼譚」筑摩書房 2014（ちくま文庫）p59

金魚
◇「60年代日本SFベスト集成」筑摩書房 2013（ちくま文庫）p49

そこに指が
◇「60年代日本SFベスト集成」筑摩書房 2013（ちくま文庫）p217

鉄腕アトム サンゴ礁の冒険
◇「ロボット・オペラ―An Anthology of Robot Fiction and Robot Culture」光文社 2004 p255

火の鳥―COM版望郷編
◇「手塚治虫COVER タナトス篇」徳間書店 2003（徳間デュアル文庫）p181

ブラック・ジャック
◇「70年代日本SFベスト集成 5」筑摩書房 2015（ちくま文庫）p65

眞よ、危険な賭に自らを投じるがよい≫手塚眞
◇「日本人の手紙 1」リブリオ出版 2004 p223

緑の果て
◇「SFマガジン700 国内篇」早川書房 2014（ハヤカワ文庫SF）p7

妖蕈譚（ようじんたん）
◇「冒険の森へ―傑作小説大全 5」集英社 2015 p42

手塚 太郎　てつか・たろう
文明の行方
◇「ショートショートの花束 2」講談社 2010（講談社文庫）p148

手塚 眞　てづか・まこと（1961～）
スティンガー
◇「血」早川書房 1997 p181

ハイスクール・ホラー
◇「教室」光文社 2003（光文社文庫）p123

寺崎 知之　てらさき・ともゆき
ホームにて
◇「本格推理 12」光文社 1998（光文社文庫）p279

寺沢 淳子　てらさわ・じゅんこ
雨あがり
◇「ゆれる―第12回フェリシモ文学賞作品集」フェリシモ 2009 p164

寺島 明美　てらじま・あけみ
ミヤハタ！ タイムスリップ
◇「縄文4000年の謎に挑む」現代書林 2016 p22

寺島 直　てらじま・なおし
パタプランとウウララのたまご
◇「21世紀の〈ものがたり〉―『はてしない物語』創作コンクール記念」岩波書店 2002 p175

寺田 瑛　てらだ・あきら
『ペンの内鮮一體』のお知らせ
◇「近代朝鮮文学日本語作品集1908～1945 セレクション 6」緑蔭書房 2008 p232

寺田 旅雨　てらだ・たびう
がんばれ！ ダゴン秘密教団日本支部
◇「リトル・リトル・クトゥルー――史上最小の神話小説集」学習研究社 2009 p156

それゆけ！ ダゴン秘密教団日本支部
◇「リトル・リトル・クトゥルー――史上最小の神話小説集」学習研究社 2009 p158

ティラミスのケーキ
◇「リトル・リトル・クトゥルー――史上最小の神話小説集」学習研究社 2009 p164

とあるペットショップにて
◇「リトル・リトル・クトゥルー――史上最小の神話小説集」学習研究社 2009 p162

ホンダのバイク
◇「リトル・リトル・クトゥルー――史上最小の神話小説集」学習研究社 2009 p166

負けるな！ ダゴン秘密教団日本支部
◇「リトル・リトル・クトゥルー――史上最小の神話小説集」学習研究社 2009 p160

寺田 透　てらだ・とおる（1915～1995）
『和泉式部日記』序
◇「新装版 全集現代文学の発見 11」學藝林 2004 p521

和泉式部論
◇「新装版 全集現代文学の発見 11」學藝林 2004 p488

寺田 寅彦　てらだ・とらひこ（1878～1935）
糸車
◇「ちくま日本文学 34」筑摩書房 2009（ちくま文庫）p31

羽越紀行
◇「山形県文学全集第2期（随筆・紀行編）2」郷土出版社 2005 p11

映画時代
◇「ちくま日本文学 34」筑摩書房 2009（ちくま文庫）p66

映画と連句
◇「ちくま日本文学 34」筑摩書房 2009（ちくま文庫）p419

奥さんの亡くなったことを伝える涙の手紙≫中谷宇吉郎
◇「日本人の手紙 3」リブリオ出版 2004 p183

怪異考
◇「ちくま日本文学 34」筑摩書房 2009（ちくま文庫）p299
◇「文豪怪談傑作選 大正篇」筑摩書房 2011（ちくま文庫）p163

銀座アルプス
◇「ちくま日本文学 34」筑摩書房 2009（ちくま文庫）p94

西鶴と科学
◇「ちくま日本文学 34」筑摩書房 2009（ちくま文庫）p278

自画像
　◇「ちくま日本文学 34」筑摩書房 2009（ちくま文庫）p138
自然界の縞模様
　◇「ちくま日本文学 34」筑摩書房 2009（ちくま文庫）p253
芝刈
　◇「ちくま日本文学 34」筑摩書房 2009（ちくま文庫）p173
震災日記より
　◇「文豪怪談傑作選 大正篇」筑摩書房 2011 p288
神話と地球物理学
　◇「ちくま日本文学 34」筑摩書房 2009（ちくま文庫）p381
すっぽんの鳴き声
　◇「超短編アンソロジー」筑摩書房 2002（ちくま文庫）p144
石油ランプ
　◇「文豪怪談傑作選 大正篇」筑摩書房 2011（ちくま文庫）p282
一八九六年—三陸沖大津波 津波と人間
　◇「天変動く大震災と作家たち」インパクト出版会 2011（インパクト選書）p7
蓄音機
　◇「ちくま日本文学 34」筑摩書房 2009（ちくま文庫）p41
地図を眺めて
　◇「ちくま日本文学 34」筑摩書房 2009（ちくま文庫）p426
追憶の冬夜
　◇「文豪怪談傑作選 大正篇」筑摩書房 2011（ちくま文庫）p148
天災と国防
　◇「ちくま日本文学 34」筑摩書房 2009（ちくま文庫）p439
電車の混雑について
　◇「ちくま日本文学 34」筑摩書房 2009（ちくま文庫）p209
団栗
　◇「文士の意地—車谷長吉撰短篇小説輯 上巻」作品社 2005 p45
　◇「ちくま日本文学 34」筑摩書房 2009（ちくま文庫）p11
　◇「日本近代短篇小説選 明治篇2」岩波書店 2013（岩波文庫）p35
鳶と油揚
　◇「ちくま日本文学 34」筑摩書房 2009（ちくま文庫）p202
日常身辺の物理的諸問題
　◇「ちくま日本文学 34」筑摩書房 2009（ちくま文庫）p226
日本楽器の名称
　◇「ちくま日本文学 34」筑摩書房 2009（ちくま文庫）p340
猫 子猫

◇「猫」中央公論新社 2009（中公文庫）p127
ねずみと猫
　◇「猫愛」凱風社 2008（PD叢書）p75
　◇「だから猫は猫そのものではない」凱風社 2015 p6
俳句の精神
　◇「ちくま日本文学 34」筑摩書房 2009（ちくま文庫）p387
俳句の精神とその習得の反応
　◇「ちくま日本文学 34」筑摩書房 2009（ちくま文庫）p401
俳句の成立と必然性
　◇「ちくま日本文学 34」筑摩書房 2009（ちくま文庫）p387
俳句の独自性
　◇「ちくま日本文学 34」筑摩書房 2009（ちくま文庫）p411
化物の進化
　◇「ちくま日本文学 34」筑摩書房 2009（ちくま文庫）p313
　◇「文豪怪談傑作選 大正篇」筑摩書房 2011（ちくま文庫）p174
比較言語学における統計的研究法の可能性について
　◇「ちくま日本文学 34」筑摩書房 2009（ちくま文庫）p348
ピタゴラスと豆
　◇「文豪怪談傑作選 大正篇」筑摩書房 2011（ちくま文庫）p144
人魂の一つの場合
　◇「ちくま日本文学 34」筑摩書房 2009（ちくま文庫）p334
　◇「文豪怪談傑作選 大正篇」筑摩書房 2011（ちくま文庫）p190
病院の夜明けの物音
　◇「ちくま日本文学 34」筑摩書房 2009（ちくま文庫）p132
　◇「涙の百年文学—もう一度読みたい」太陽出版 2009 p114
物理学圏外の物理的現象
　◇「ちくま日本文学 34」筑摩書房 2009（ちくま文庫）p238
ベルリンで『三四郎』を読んでいる≫夏目漱石／小宮豊隆
　◇「日本人の手紙 7」リブリオ出版 2004 p143
簔虫と蜘蛛
　◇「ちくま日本文学 34」筑摩書房 2009（ちくま文庫）p193
物売りの声
　◇「ちくま日本文学 34」筑摩書房 2009（ちくま文庫）p120
夢
　◇「文豪怪談傑作選 大正篇」筑摩書房 2011（ちくま文庫）p139
夢 「三斜晶系」より
　◇「文豪怪談傑作選 大正篇」筑摩書房 2011（ちくま

夢判断
◇「文豪怪談傑作選 大正篇」筑摩書房 2011（ちくま文庫）p155

竜舌蘭（りゅうぜつらん）
◇「ちくま日本文学 34」筑摩書房 2009（ちくま文庫）p21

寺地 はるな　てらち・はるな（1977～）
こぐまビル
◇「太宰治賞 2014」筑摩書房 2014 p161

寺山 修司　てらやま・しゅうじ（1935～1983）
悪霊とその他の観察
◇「新装版 全集現代文学の発見 15」學藝書林 2005 p502

あの日の船はもう来ない
◇「ちくま日本文学 6」筑摩書房 2007（ちくま文庫）p38

家出のすすめ（抄）
◇「ちくま日本文学 6」筑摩書房 2007（ちくま文庫）p76

家出節
◇「新装版 全集現代文学の発見 15」學藝書林 2005 p513

家出論
◇「ちくま日本文学 6」筑摩書房 2007（ちくま文庫）p105

犬神
◇「新装版 全集現代文学の発見 15」學藝書林 2005 p504

犬地図
◇「ちくま日本文学 6」筑摩書房 2007（ちくま文庫）p188

おさらばという名の黒馬
◇「ちくま日本文学 6」筑摩書房 2007（ちくま文庫）p333

恐山
◇「新装版 全集現代文学の発見 15」學藝書林 2005 p501
◇「みちのく怪談名作選 vol.1」荒蝦夷 2010（叢書東北の声）p265

鬼見る病
◇「ちくま日本文学 6」筑摩書房 2007（ちくま文庫）p430

終りなき学校
◇「新装版 全集現代文学の発見 15」學藝書林 2005 p513

かくれんぼ
◇「ちくま日本文学 6」筑摩書房 2007（ちくま文庫）p46

家畜たち
◇「新装版 全集現代文学の発見 15」學藝書林 2005 p514

悲しき自伝
◇「ちくま日本文学 6」筑摩書房 2007（ちくま文庫）p433

かわいい、なんて書いてちょっとてれくさい＞九條映子
◇「日本人の手紙 4」リブリオ出版 2004 p14

棺桶が歌っている
◇「ちくま日本文学 6」筑摩書房 2007（ちくま文庫）p96

眼球のうらがへる病
◇「ちくま日本文学 6」筑摩書房 2007（ちくま文庫）p429

汽笛
◇「ちくま日本文学 6」筑摩書房 2007（ちくま文庫）p11

希望
◇「ちくま日本文学 6」筑摩書房 2007（ちくま文庫）p71

玉音放送
◇「ちくま日本文学 6」筑摩書房 2007（ちくま文庫）p27
◇「コレクション戦争と文学 14」集英社 2012 p475

きりすと和讃
◇「みちのく怪談名作選 vol.1」荒蝦夷 2010（叢書東北の声）p245

空襲
◇「ちくま日本文学 6」筑摩書房 2007（ちくま文庫）p23

草野球
◇「ちくま日本文学 6」筑摩書房 2007（ちくま文庫）p32

句集
◇「ちくま日本文学 6」筑摩書房 2007（ちくま文庫）p53

首吊人愉快
◇「ちくま日本文学 6」筑摩書房 2007（ちくま文庫）p154

首吊り病
◇「吊るされた男」角川書店 2001（角川ホラー文庫）p225

競馬
◇「ちくま日本文学 6」筑摩書房 2007（ちくま文庫）p62

毛皮のマリー
◇「ちくま日本文学 6」筑摩書房 2007（ちくま文庫）p200

言葉餓鬼
◇「ちくま日本文学 6」筑摩書房 2007（ちくま文庫）p434

子守唄
◇「新装版 全集現代文学の発見 15」學藝書林 2005 p506

小指の辰
◇「ちくま日本文学 6」筑摩書房 2007（ちくま文庫）p299

サーカス
◇「ちくま日本文学 6」筑摩書房 2007（ちくま文

庫）p280
サザエさんの性生活
　◇「ちくま日本文学 6」筑摩書房 2007（ちくま文庫）p85
サファイア
　◇「鉱物」国書刊行会 1997（書物の王国）p78
さよならヒットをもう一度
　◇「ちくま日本文学 6」筑摩書房 2007（ちくま文庫）p321
さはるもののみな毛生える病
　◇「ちくま日本文学 6」筑摩書房 2007（ちくま文庫）p428
自慰
　◇「ちくま日本文学 6」筑摩書房 2007（ちくま文庫）p41
時間割
　◇「ちくま日本文学 6」筑摩書房 2007（ちくま文庫）p375
実感の形而上学
　◇「ちくま日本文学 6」筑摩書房 2007（ちくま文庫）p134
室内楽
　◇「吸血鬼」国書刊行会 1998（書物の王国）p209
十七音
　◇「ちくま日本文学 6」筑摩書房 2007（ちくま文庫）p48
春画
　◇「ちくま日本文学 6」筑摩書房 2007（ちくま文庫）p55
少年時代
　◇「新装版 全集現代文学の発見 15」學藝書林 2005 p501
書簡演劇
　◇「ちくま日本文学 6」筑摩書房 2007（ちくま文庫）p196
新・餓鬼草紙（がきざうし）
　◇「ちくま日本文学 6」筑摩書房 2007（ちくま文庫）p432
新・病草紙（やまひのさうし）（抄）
　◇「ちくま日本文学 6」筑摩書房 2007（ちくま文庫）p428
捨子海峡
　◇「新装版 全集現代文学の発見 15」學藝書林 2005 p506
スポーツ版裏町人生
　◇「ちくま日本文学 6」筑摩書房 2007（ちくま文庫）p288
青蛾館
　◇「ちくま日本文学 6」筑摩書房 2007（ちくま文庫）p174
全骨類の少女たち
　◇「ちくま日本文学 6」筑摩書房 2007（ちくま文庫）p193
戦争論
　◇「ちくま日本文学 6」筑摩書房 2007（ちくま文庫）p58
善人の研究
　◇「ちくま日本文学 6」筑摩書房 2007（ちくま文庫）p432
善の無力
　◇「ちくま日本文学 6」筑摩書房 2007（ちくま文庫）p125
空には本（抄）
　◇「ちくま日本文学 6」筑摩書房 2007（ちくま文庫）p438
誰か故郷を想はざる（抄）
　◇「ちくま日本文学 6」筑摩書房 2007（ちくま文庫）p11
誰でせう
　◇「コレクション戦争と文学 14」集英社 2012 p473
チェスの夏
　◇「ちくま日本文学 6」筑摩書房 2007（ちくま文庫）p185
血と麦（抄）
　◇「ちくま日本文学 6」筑摩書房 2007（ちくま文庫）p444
長歌 指導と忍従
　◇「新装版 全集現代文学の発見 15」學藝書林 2005 p503
長歌 修羅、わが愛
　◇「新装版 全集現代文学の発見 15」學藝書林 2005 p509
長篇叙事詩 李庚順（りこうじゅん）
　◇「ちくま日本文学 6」筑摩書房 2007（ちくま文庫）p386
手相直し
　◇「ちくま日本文学 6」筑摩書房 2007（ちくま文庫）p174
テーブルの上の荒野（くわうや）（抄）
　◇「ちくま日本文学 6」筑摩書房 2007（ちくま文庫）p450
寺山セツの伝記
　◇「新装版 全集現代文学の発見 15」學藝書林 2005 p504
田園に死す
　◇「新装版 全集現代文学の発見 15」學藝書林 2005 p500
田園に死す（抄）
　◇「ちくま日本文学 6」筑摩書房 2007（ちくま文庫）p448
天体の理想
　◇「ちくま日本文学 6」筑摩書房 2007（ちくま文庫）p436
東京
　◇「ちくま日本文学 6」筑摩書房 2007（ちくま文庫）p35
賭博者
　◇「創刊一〇〇年三田文学名作選」三田文学会 2010 p595
友よいずこ

てらや

にせ絵葉書
◇「ちくま日本文学 6」筑摩書房 2007（ちくま文庫）p182

庭
◇「ちくま日本文学 6」筑摩書房 2007（ちくま文庫）p16

猫目電球
◇「ちくま日本文学 6」筑摩書房 2007（ちくま文庫）p191

墓場まで何マイル？
◇「日本人の手紙 8」リブリオ出版 2004 p7

発狂詩集
◇「新装版 全集現代文学の発見 15」學藝書林 2005 p511

母恋(ははこひ)餓鬼
◇「超短編アンソロジー」筑摩書房 2002（ちくま文庫）p83
◇「ちくま日本文学 6」筑摩書房 2007（ちくま文庫）p435

母恋春歌調
◇「ちくま日本文学 6」筑摩書房 2007（ちくま文庫）p81

反歴史の理想
◇「ちくま日本文学 6」筑摩書房 2007（ちくま文庫）p122

封印譚
◇「ちくま日本文学 6」筑摩書房 2007（ちくま文庫）p177

復讐の美学
◇「短歌殺人事件—31音律のラビリンス」光文社 2003（光文社文庫）p419

プロローグ ある一家族の歴史
◇「ちくま日本文学 6」筑摩書房 2007（ちくま文庫）p388

へっぺ
◇「ちくま日本文学 6」筑摩書房 2007（ちくま文庫）p20

変身
◇「超短編アンソロジー」筑摩書房 2002（ちくま文庫）p190

法医学
◇「新装版 全集現代文学の発見 15」學藝書林 2005 p505

忘却の土俵入り
◇「ちくま日本文学 6」筑摩書房 2007（ちくま文庫）p310

暴に与ふる書
◇「新装版 全集現代文学の発見 15」學藝書林 2005 p507

むがしこ
◇「新装版 全集現代文学の発見 15」學藝書林 2005 p510

モンタヴァル一家の血の呪いについて
◇「ちくま日本文学 6」筑摩書房 2007（ちくま文庫）p360

野球少年遊戯
◇「ちくま日本文学 6」筑摩書房 2007（ちくま文庫）p179

山姥
◇「新装版 全集現代文学の発見 15」學藝書林 2005 p510

行きあたりばったりで跳べ
◇「ちくま日本文学 6」筑摩書房 2007（ちくま文庫）p101

行く思想
◇「ちくま日本文学 6」筑摩書房 2007（ちくま文庫）p130

用水
◇「ちくま日本文学 6」筑摩書房 2007（ちくま文庫）p13

「李庚順」のためのコラム
◇「ちくま日本文学 6」筑摩書房 2007（ちくま文庫）p386

歴史（抄）
◇「ちくま日本文学 6」筑摩書房 2007（ちくま文庫）p138

ロング・グッドバイ
◇「ちくま日本文学 6」筑摩書房 2007（ちくま文庫）p378

私は地理が好きだった
◇「ちくま日本文学 6」筑摩書房 2007（ちくま文庫）p13

Beat, Beat, Beat！
◇「ちくま日本文学 6」筑摩書房 2007（ちくま文庫）p76

寺山 よしこ　てらやま・よしこ

小さいな復興
◇「平成28年熊本地震作品集」くまもと文学・歴史館友の会 2016 p25

輝 美津夫　てる・みつお

新宿マーサ
◇「ショートショートの花束 3」講談社 2011（講談社文庫）p237

照井 文　てるい・あや

予言
◇「ショートショートの広場 20」講談社 2008（講談社文庫）p170

照屋 洋　てるや・ひろし

ゲームオーバー
◇「最新中学校創作脚本集 2010」晩成書房 2010 p119

彫刻の森へ
◇「中学生のドラマ 8」晩成書房 2010 p117

転校生はロボット
◇「中学校たのしい劇脚本集—英語劇付 II」国土社 2011 p103

天麗　てん・れい
科学還童術
◇「日本統治期台湾文学集成 25」緑蔭書房 2007 p393

天願 大介　てんがん・だいすけ（1959〜）
AIKI
◇「年鑑代表シナリオ集 '02」シナリオ作家協会 2003 p265
赤い橋の下のぬるい水（今村昌平／冨川元文）
◇「年鑑代表シナリオ集 '01」映人社 2002 p321
暗いところで待ち合わせ
◇「年鑑代表シナリオ集 '06」シナリオ作家協会 2008 p227
十三人の刺客
◇「年鑑代表シナリオ集 '10」シナリオ作家協会 2011 p191
世界で一番美しい夜
◇「年鑑代表シナリオ集 '08」シナリオ作家協会 2009 p93

典厩 五郎　てんきゅう・ごろう（1939〜）
二頭立浪の旗風―斎藤道三
◇「時代小説傑作選 7」新人物往来社 2008 p157

天津 奇常　てんしん・きじょう
邪まな視線
◇「てのひら怪談―ビーケーワン怪談大賞傑作選 百怪繚乱篇」ポプラ社 2008 p134

伝助　でんすけ
輝ける太陽の子
◇「超短編の世界」創英社 2008 p94
性の起源
◇「超短編の世界 vol.2」創英社 2009 p114
道標への道程
◇「超短編の世界 vol.3」創英社 2011 p94

傳田 光洋　でんだ・みつひろ
最後のリサイタル
◇「ひとにぎりの異形」光文社 2007（光文社文庫）p537
そのぬくもりを
◇「心霊理論」光文社 2007（光文社文庫）p581
ゆらぎ
◇「物語のルミナリエ」光文社 2011（光文社文庫）p86

天斗　てんと
兄と弟と一つのベッドで
◇「大人が読む。ケータイ小説―第1回ケータイ文学賞アンソロジー」オンブック 2007 p57

天藤 真　てんどう・しん（1915〜1983）
多すぎる証人
◇甦る「幻影城」3」角川書店 1998（カドカワ・エンタテインメント）p37
◇「幻影城―「探偵小誌」不朽の名作」角川書店 2000（角川ホラー文庫）p39

純情な蠍
◇「謎―スペシャル・ブレンド・ミステリー 003」講談社 2008（講談社文庫）p155
真説・赤城山
◇「大江戸犯科帖―時代推理小説名作選」双葉社 2003（双葉文庫）p179
◇「御白洲裁き―時代推理傑作選」徳間書店 2009（徳間文庫）p321
親友記
◇「犯人は秘かに笑う―ユーモアミステリー傑作選」光文社 2007（光文社文庫）p165
絶命詞
◇「さらに不安の闇へ―小説推理傑作選」双葉社 1998 p219

天堂 晋助　てんどう・しんすけ（1968〜）
会津の隠密
◇「幕末スパイ戦争」徳間書店 2015（徳間文庫）p53
花は桜木―山南敬助
◇「新選組出陣」廣済堂出版 2014 p5
◇「新選組出陣」徳間書店 2015（徳間文庫）p5

天道 正勝　てんどう・まさかつ
歌舞伎町点景
◇「扉の向こうへ」全作家協会 2014（全作家短編集）p163
釜ヶ崎発陸前高田行き
◇「全作家短編小説集 11」全作家協会 2012 p67
幻色回帰
◇「全作家短編小説集 10」のべる出版 2011 p160
龍安寺紅葉狩り
◇「全作家短編小説集 12」全作家協会 2013 p159

天堂 里砂　てんどう・りさ
まいごの×2 おやまのこ
◇「飛翔―C★NOVELS大賞作家アンソロジー」中央公論新社 2013（C・NOVELS Fantasia）p32

【と】

土井 彩子　どい・あやこ
川の中のふしぎな仲間―大ま王をさがして
◇「小学校・全員参加の楽しい学級劇・学年劇脚本集 中学年」黎明書房 2006 p182
みんな大きくなったね
◇「小学校・全員参加の楽しい学級劇・学年劇脚本集 低学年」黎明書房 2007 p34

土肥 英里子　どい・えりこ
巫女舞
◇「ゆきのまち幻想文学賞小品集 7」NTTメディアスコープ 1997 p17

土井 ぎん　どい・ぎん
死んだ女房に生写し

とい

都井 邦彦 とい・くにひこ
遊びの時間は終らない
◇「謎のギャラリー特別室 1」マガジンハウス 1998 p7
◇「謎のギャラリー──謎の部屋」新潮社 2002（新潮文庫）p7
◇「謎の部屋」筑摩書房 2012（ちくま文庫）p67

土井 晩翠 どい・ばんすい（1871～1952）
荒城の月
◇「月のものがたり」ソフトバンククリエイティブ 2006 p80

土井 稔 どい・みのる
青田師の事件
◇「甦る推理雑誌 8」光文社 2003（光文社文庫）p427

戸石 泰一 といし・たいいち（1919～1978）
待ちつづける「兵補」
◇「コレクション戦争と文学 18」集英社 2012 p540

戸板 康二 といた・やすじ（1915～1993）
女形と胡弓
◇「ひらめく秘太刀」光風社出版 1998（光風社文庫）p7
上総楼の兎
◇「剣鬼らの饗宴」光風社出版 1998（光風社文庫）p155
◇「大江戸犯科帖──時代推理小説名作選」双葉社 2003（双葉文庫）p237
句会の短冊
◇「俳句殺人事件──巻頭句の女」光文社 2001（光文社文庫）p47
グリーン車の子供
◇「謎－スペシャル・ブレンド・ミステリー 007」講談社 2012（講談社文庫）p59
車引殺人事件
◇「名探偵の憂鬱」青樹社 2000（青樹社文庫）p211
酒井妙子のリボン
◇「とっておき名短篇」筑摩書房 2011（ちくま文庫）p101
少年探偵
◇「名短篇、ここにあり」筑摩書房 2008（ちくま文庫）p257
團十郎切腹事件
◇「消えた直木賞 男たちの足音編」メディアファクトリー 2005 p237
◇「THE名探偵──ミステリーアンソロジー」有楽出版社 2014（JOY NOVELS）p201
ところてん
◇「明暗廻り灯籠」光風社出版 1998（光風社文庫）p129
等々力座殺人事件
◇「金沢にて」双葉社 2015（双葉文庫）p73

泣きぼくろ
◇「おもかげ行燈」光風社出版 1998（光風社文庫）p173
はんにん
◇「古書ミステリー倶楽部──傑作推理小説集」光文社 2013（光文社文庫）p95
筆屋の養女
◇「慕情深川しぐれ」光風社出版 1998（光風社文庫）p263
振袖と刃物
◇「死人に口無し──時代推理傑作選」徳間書店 2009（徳間文庫）p347
ヘレン・テレスの家
◇「外地探偵小説集 上海篇」せらび書房 2006 p143
明治村の時計
◇「短歌殺人事件──31音律のラビリンス」光文社 2003（光文社文庫）p97
山手線の日の丸
◇「悲劇の臨時列車──鉄道ミステリー傑作選」光文社 1998（光文社文庫）p259
夕立と浪人
◇「忠臣蔵コレクション 2」河出書房新社 1998（河出文庫）p169
列車電話
◇「鉄ミス倶楽部東海道新幹線50──推理小説アンソロジー」光文社 2014（光文社文庫）p73
和木清三郎さんのこと──和木清三郎追悼
◇「創刊一〇〇年三田文学名選」三田文学会 2010 p722

十色 亮一 といろ・りょういち
やっちまった！
◇「ショートショートの広場 12」講談社 2001（講談社文庫）p26

塔 和子 とう・かずこ（1929～2013）
青い炎のように
◇「ハンセン病文学全集 7」皓星社 2004 p508
秋の鳥
◇「ハンセン病文学全集 7」皓星社 2004 p182
ある姿勢
◇「ハンセン病文学全集 7」皓星社 2004 p133
ある怠惰
◇「ハンセン病文学全集 7」皓星社 2004 p18
生きて
◇「ハンセン病文学全集 7」皓星社 2004 p529
いちじく
◇「ハンセン病文学全集 7」皓星社 2004 p507
いのちの宴
◇「ハンセン病文学全集 7」皓星社 2004 p314
今はまだ
◇「ハンセン病文学全集 7」皓星社 2004 p188
馬
◇「ハンセン病文学全集 7」皓星社 2004 p185
エバの裔

とう

◇「ハンセン病文学全集 7」皓星社 2004 p130
嘔吐
◇「ハンセン病文学全集 7」皓星社 2004 p188
画
◇「ハンセン病文学全集 7」皓星社 2004 p181
顔
◇「ハンセン病文学全集 7」皓星社 2004 p84
柿のたね
◇「ハンセン病文学全集 7」皓星社 2004 p526
崖の上
◇「ハンセン病文学全集 7」皓星社 2004 p516
咬まれる
◇「ハンセン病文学全集 7」皓星社 2004 p184
記憶
◇「ハンセン病文学全集 7」皓星社 2004 p515
記憶の川で
◇「ハンセン病文学全集 7」皓星社 2004 p507
◇「ハンセン病文学全集 7」皓星社 2004 p513
金魚
◇「ハンセン病文学全集 7」皓星社 2004 p385
口紅
◇「ハンセン病文学全集 7」皓星社 2004 p17
倉
◇「ハンセン病文学全集 7」皓星社 2004 p511
げっぷ
◇「ハンセン病文学全集 7」皓星社 2004 p388
幸福
◇「ハンセン病文学全集 7」皓星社 2004 p528
光芒
◇「ハンセン病文学全集 7」皓星社 2004 p187
五月
◇「ハンセン病文学全集 7」皓星社 2004 p314
ここは
◇「ハンセン病文学全集 7」皓星社 2004 p511
言葉
◇「ハンセン病文学全集 7」皓星社 2004 p81
言葉の核
◇「ハンセン病文学全集 7」皓星社 2004 p509
さわらないで
◇「ハンセン病文学全集 7」皓星社 2004 p510
師
◇「ハンセン病文学全集 7」皓星社 2004 p389
死
◇「ハンセン病文学全集 7」皓星社 2004 p82
邪悪な鬼
◇「ハンセン病文学全集 7」皓星社 2004 p515
食事
◇「ハンセン病文学全集 7」皓星社 2004 p386
触手
◇「ハンセン病文学全集 7」皓星社 2004 p517
食欲

◇「ハンセン病文学全集 7」皓星社 2004 p529
水仙
◇「ハンセン病文学全集 7」皓星社 2004 p510
生鮮食料品
◇「ハンセン病文学全集 7」皓星社 2004 p182
聖なるものは木
◇「ハンセン病文学全集 7」皓星社 2004 p187
蟬
◇「ハンセン病文学全集 7」皓星社 2004 p316
第一日の孤独
◇「ハンセン病文学全集 7」皓星社 2004 p179
立つ
◇「ハンセン病文学全集 7」皓星社 2004 p189
脱皮
◇「ハンセン病文学全集 7」皓星社 2004 p18
食べる
◇「ハンセン病文学全集 7」皓星社 2004 p191
地球
◇「ハンセン病文学全集 7」皓星社 2004 p132
壺
◇「ハンセン病文学全集 7」皓星社 2004 p132
釣り糸
◇「ハンセン病文学全集 7」皓星社 2004 p507
遠くからの声
◇「ハンセン病文学全集 7」皓星社 2004 p316
夏の夕暮れ
◇「ハンセン病文学全集 7」皓星社 2004 p530
名前
◇「ハンセン病文学全集 7」皓星社 2004 p80
墓
◇「ハンセン病文学全集 7」皓星社 2004 p16
◇「ハンセン病文学全集 7」皓星社 2004 p183
柱
◇「ハンセン病文学全集 7」皓星社 2004 p19
裸
◇「ハンセン病文学全集 7」皓星社 2004 p83
はだか木
◇「ハンセン病文学全集 7」皓星社 2004 p16
花
◇「ハンセン病文学全集 7」皓星社 2004 p386
人
◇「ハンセン病文学全集 7」皓星社 2004 p180
風紋
◇「ハンセン病文学全集 7」皓星社 2004 p315
深い鏡
◇「ハンセン病文学全集 7」皓星社 2004 p527
不出考
◇「ハンセン病文学全集 7」皓星社 2004 p514
舞台
◇「ハンセン病文学全集 7」皓星社 2004 p131
分身

まだある
　◇「ハンセン病文学全集 7」皓星社 2004 p19
水溜り
　◇「ハンセン病文学全集 7」皓星社 2004 p84
未知なる知者よ
　◇「ハンセン病文学全集 7」皓星社 2004 p385
見なかったものは
　◇「ハンセン病文学全集 7」皓星社 2004 p190
無
　◇「ハンセン病文学全集 7」皓星社 2004 p512
虫
　◇「ハンセン病文学全集 7」皓星社 2004 p508
命名
　◇「ハンセン病文学全集 7」皓星社 2004 p525
目覚めたるもの
　◇「ハンセン病文学全集 7」皓星社 2004 p79
行く
　◇「ハンセン病文学全集 7」皓星社 2004 p525
妖精
　◇「ハンセン病文学全集 7」皓星社 2004 p527
欲
　◇「ハンセン病文学全集 7」皓星社 2004 p387
装う
　◇「ハンセン病文学全集 7」皓星社 2004 p513
領土
　◇「ハンセン病文学全集 7」皓星社 2004 p179
私の明日が
　◇「ハンセン病文学全集 7」皓星社 2004 p525

冬華　とうか
まるであの空に愛されるように。
　◇「初めて恋してます。―サナギからチョウへ」主婦と生活社 2010（Junon novels）p81

東海散士　とうかいさんし（1852〜1922）
佳人之奇遇
　◇「新日本古典文学大系 明治編 17」岩波書店 2006 p1

堂垣 園江　どうがき・そのえ（1960〜）
ドン・ベロ
　◇「文学 2000」講談社 2000 p127

峠 三吉　とうげ・さんきち（1917〜1953）
詩 八月六日
　◇「コレクション戦争と文学 19」集英社 2011 p208
八月六日
　◇「読み聞かせる戦争」光文社 2015 p205

峠 八十八　とうげ・やそはち
幽霊まいり
　◇「怪奇・伝奇時代小説選集 13」春陽堂書店 2000（春陽文庫）p270

東郷 隆　とうごう・りゅう（1951〜）
勇の首
　◇「代表作時代小説 平成16年度」光風社出版 2004 p301
初陣物語
　◇「代表作時代小説 平成25年度」光文社 2013 p133
忍城の美女―忍城
　◇「名城伝」角川春樹事務所 2015（ハルキ文庫）p137
髪切り異聞―江戸残剣伝
　◇「代表作時代小説 平成15年度」光風社出版 2003 p185
九原の涙
　◇「異色中国短篇傑作大全」講談社 1997 p169
黒髪の太刀
　◇「代表作時代小説 平成13年度」光風社出版 2001 p185
　◇「戦国女人十一話」作品社 2005 p5
化鳥斬り
　◇「代表作時代小説 平成20年度」光文社 2008 p9
香水
　◇「代表作時代小説 平成9年度」光風社出版 1997 p7
高麗討ち
　◇「代表作時代小説 平成24年度」光文社 2012 p51
小猿主水
　◇「代表作時代小説 平成18年度」光文社 2006 p391
坐視に堪えず
　◇「代表作時代小説 平成19年度」光文社 2007 p237
銃隊
　◇「士魂の光芒―時代小説最前線」新潮社 1997（新潮文庫）p9
　◇「武芸十八般―武道小説傑作選」ベストセラーズ 2005（ベスト時代文庫）p191
墨染
　◇「歴史の息吹」新潮社 1997 p265
　◇「誠の旗がゆく―新選組傑作選」集英社 2003（集英社文庫）p277
　◇「時代小説―読切御免 3」新潮社 2005（新潮文庫）p79
雪中の死
　◇「代表作時代小説 平成17年度」光文社 2005 p357
だいこん畑の女
　◇「代表作時代小説 平成21年度」光文社 2009 p405
竹俣
　◇「疾風怒濤！ 上杉戦記―傑作時代小説」PHP研究所 2008（PHP文庫）p7
竹俣【竹俣兼光】
　◇「刀剣―歴史時代小説名作アンソロジー」中央公論新社 2016（中公文庫）p119
試し胴―大和則長
　◇「名刀伝 2」角川春樹事務所 2015（ハルキ文庫）p25
南天
　◇「異色忠臣蔵大傑作集」講談社 1999 p311

二代目
　◇「代表作時代小説 平成26年度」光文社 2014 p371
にっかり—にっかり青江
　◇「名刀伝」角川春樹事務所 2015（ハルキ文庫）p115
退き口
　◇「関ケ原・運命を分けた決断—傑作時代小説」PHP研究所 2007（PHP文庫）p7
　◇「決闘！関ケ原」実業之日本社 2015（実業之日本社文庫）p327
ハラビィ
　◇「短篇ベストコレクション—現代の小説 2003」徳間書店 2003（徳間文庫）p161
貧窮豆腐
　◇「代表作時代小説 平成11年度」光風社出版 1999 p181
　◇「愛染夢灯籠—時代小説傑作選」講談社 2005（講談社文庫）p208
水の中の犬
　◇「代表作時代小説 平成14年度」光風社出版 2002 p239
屋台の客
　◇「魑魅魍魎列島」小学館 2005（小学館文庫）p107
蓬ケ原
　◇「代表作時代小説 平成22年度」光文社 2010 p159
両口の下女
　◇「妖異七奇談」双葉社 2005（双葉文庫）p209
倭人操指木
　◇「決戦！三國志」講談社 2015 p149

東司 麻里　とうじ・まり
アンビバレンス
　◇「長い夜の贈りもの—ホラーアンソロジー」まんだらけ出版部 1999（Live novels）p97

桐十　とうじゅう
みんな電柱の中にいる
　◇「人は死んだら電柱になる—電柱アンソロジー」遠すぎる未来団 2014 p150

東條 耿一　とうじょう・こういち
霜の花—精神病棟日誌
　◇「ハンセン病に咲いた花—初期文芸名作選 戦前編」皓星社 2002（ハンセン病叢書）p189

東條 康江　とうじょう・やすえ
歌文集 天の国籍
　◇「ハンセン病文学全集 8」皓星社 2006 p527

藤堂 志津子　とうどう・しづこ（1949～）
海辺の貴婦人
　◇「エクスタシィ—大人の恋の物語り」ベストセラーズ 2003 p71
乾いた雨—Hyatt Regency
　◇「贅沢な恋人たち」幻冬舎 1997（幻冬舎文庫）p107
グレーの選択

　◇「別れの手紙」角川書店 1997（角川文庫）p117
　◇「こんなにも恋はせつない—恋愛小説アンソロジー」光文社 2004（光文社文庫）p217
香夢
　◇「誘惑の香り」講談社 1999（講談社文庫）p131
三月の兎
　◇「偽りの愛」リブリオ出版 2001（ラブミーワールド）p221
　◇「恋愛小説・名作集成 1」リブリオ出版 2004 p221
届けもの
　◇「銀座24の物語」文藝春秋 2001 p69
夜のかけら（抄）
　◇「童貞小説集」筑摩書房 2007（ちくま文庫）p395

東野 司　とうの・つかさ（1957～）
攻防、100キログラム！
　◇「SFバカ本 たいやき編」ジャストシステム 1997 p59
　◇「SFバカ本 たいやき篇プラス」廣済堂出版 1999（廣済堂文庫）p63
旅人算の陥穽
　◇「SFバカ本 黄金スパム篇」メディアファクトリー 2000 p203
つるかめ算の逆襲
　◇「彗星パニック」廣済堂出版 2000（廣済堂文庫）p149

東野辺 薫　とうのべ・かおる（1902～1962）
和紙
　◇「福島の文学—11人の作家」講談社 2014（講談社文芸文庫）p154

堂場 瞬一　どうば・しゅんいち（1963～）
あるタブー
　◇「ノスタルジー1972」講談社 2016 p109
去来
　◇「誇り」双葉社 2010 p125
クラッシャー
　◇「風色デイズ」角川春樹事務所 2012（ハルキ文庫）p249
号外
　◇「激動東京五輪1964」講談社 2015 p83

東北新生園新生園慰安会　とうほくしんせいえんしんせいえんいあんかい
句集 巣立
　◇「ハンセン病文学全集 9」皓星社 2010 p111

東北新生園新生編集部　とうほくしんせいえんしんせいへんしゅうぶ
うもれ木
　◇「ハンセン病文学全集 8」皓星社 2006 p225

當間 春也　とうま・しゅんや
子供だから
　◇「ショートショートの花束 4」講談社 2012（講談社文庫）p207
殺人依頼

◇「ショートショートの広場 19」講談社 2007（講談社文庫）p49

脳活性ライフ
◇「ショートショートの花束 1」講談社 2009（講談社文庫）p255

やさしいひとがいた村の話
◇「ショートショートの花束 4」講談社 2012（講談社文庫）p158

百目鬼 恭三郎　どうめき・きょうさぶろう
（1926～1991）

日本にも吸血鬼はいた
◇「血と薔薇の誘う夜に―吸血鬼ホラー傑作選」角川書店 2005（角川ホラー文庫）p321

百目鬼 野干　どうめき・やかん

風
◇「怪談四十九夜」竹書房 2016（竹書房文庫）p160

月番
◇「怪談四十九夜」竹書房 2016（竹書房文庫）p155

微風
◇「怪談四十九夜」竹書房 2016（竹書房文庫）p150

予報
◇「怪談四十九夜」竹書房 2016（竹書房文庫）p146

夜の蟬
◇「怪談四十九夜」竹書房 2016（竹書房文庫）p165

堂本 正樹　どうもと・まさき（1933～）

大樹児伽賀殿
◇「美少年」国書刊行会 1997（書物の王国）p218

童門 冬二　どうもん・ふゆじ（1927～）

石田三成の妻
◇「星明かり夢街道」光風社出版 2000（光風社文庫）p355

稲葉山上の流星―織田信長
◇「時代小説傑作選 7」新人物往来社 2008 p5

江戸城のムツゴロウ
◇「代表作時代小説 平成11年度」光風社出版 1999 p363
◇「愛染夢灯籠―時代小説傑作選」講談社 2005（講談社文庫）p430

甘露の門
◇「浜町河岸夕化粧」光風社出版 1998（光風社文庫）p223

紀の海の大鯨―元禄の豪商・紀伊国屋文左衛門
◇「人物日本の歴史―時代小説 江戸編 下」小学館 2004（小学館文庫）p65

斎藤弥九郎
◇「人物日本剣豪伝 4」学陽書房 2001（人物文庫）p115

信州の勤皇婆さん
◇「信州歴史時代小説傑作集 5」しなのき書房 2007 p293

ソロバン大名の大誤算
◇「代表作時代小説 平成13年度」光風社出版 2001 p127

倒れふすまで萩の原
◇「美女峠に星が流れる―時代小説傑作選」講談社 1999（講談社文庫）p419

戦いの美学
◇「七人の龍馬―傑作時代小説」PHP研究所 2010（PHP文庫）p7

月を斬る座頭市
◇「座頭市―時代小説英雄列伝」中央公論新社 2002（中公文庫）p162

二代目
◇「鎮守の森に鬼が棲む―時代小説傑作選」講談社 2001（講談社文庫）p345

林崎甚助
◇「人物日本剣豪伝 2」学陽書房 2001（人物文庫）p37

腹切って江戸城にもの申す
◇「代表作時代小説 平成16年度」光風社出版 2004 p325

美鷹の爪
◇「疾風怒濤！ 上杉戦記―傑作時代小説」PHP研究所 2008（PHP文庫）p215
◇「軍師の生きざま―時代小説傑作選」コスミック出版 2008（コスミック・時代文庫）p7

放浪の算勘師
◇「代表作時代小説 平成14年度」光風社出版 2002 p117

螢よ死ぬな
◇「志士―吉田松陰アンソロジー」新潮社 2014（新潮文庫）p101

間瀬父子―父 久太夫 子 孫九郎
◇「定本・忠臣蔵四十七人集」双葉社 1998 p183

夢の居酒屋―享保の酒・豊島屋十右衛門
◇「酔うて候―時代小説傑作選」徳間書店 2006（徳間文庫）p197

塔山 郁　とうやま・かおる（1962～）

嵐の夜に
◇「5分で読める！ ひと駅ストーリー 夏の記憶西口編」宝島社 2013（宝島社文庫）p191

イノセントボイス
◇「『このミステリーがすごい！』大賞作家書き下ろしBOOK vol.12」宝島社 2016 p165

獲物
◇「もっとすごい！ 10分間ミステリー」宝島社 2013（宝島社文庫）p155
◇「10分間ミステリー THE BEST」宝島社 2016（宝島社文庫）p313

ダークサイドソウル
◇「『このミステリーがすごい！』大賞作家書き下ろしBOOK vol.10」宝島社 2015 p81

定年
◇「5分で読める！ ひと駅ストーリー 降車編」宝島社 2012（宝島社文庫）p223
◇「5分で驚く！ どんでん返しの物語」宝島社 2016（宝島社文庫）p83

ナイトストーカー（前編）
　◇「『このミステリーがすごい！』大賞作家書き下ろしBOOK vol.13」宝島社 2016 p219
ナイトストーカー（後編）
　◇「『このミステリーがすごい！』大賞作家書き下ろしBOOK vol.14」宝島社 2016 p133
ハンバーガージャンクション
　◇「5分で読める！ ひと駅ストーリー 食の話」宝島社 2015（宝島社文庫）p119
人を殺さば穴みっつ
　◇「10分間ミステリー」宝島社 2012（宝島社文庫）p221
　◇「5分で驚く！ どんでん返しの物語」宝島社 2016（宝島社文庫）p19
ブックケース
　◇「5分で読める！ ひと駅ストーリー 本の物語」宝島社 2014（宝島社文庫）p299
本部から来た男
　◇「ザ・ベストミステリーズ―推理小説年鑑 2011」講談社 2011 p199
　◇「Shadow闇に潜む真実」講談社 2014（講談社文庫）p51
ゆきだるまのしずく
　◇「5分で読める！ ひと駅ストーリー 冬の記憶西口編」宝島社 2013（宝島社文庫）p201
ラブ・アブダクション
　◇「『このミステリーがすごい！』大賞作家書き下ろしBOOK vol.9」宝島社 2015 p219

燈山 文久　とうやま・ふみひさ
蒼穹
　◇「現代短編小説選―2005～2009」日本民主主義文学会 2010 p246

淘山 竜子　とうやま・りゅうこ
恋
　◇「全作家短編小説集 8」全作家協会 2009 p171

遠田 潤子　とおだ・じゅんこ（1966～）
水鏡の虜
　◇「Fantasy Seller」新潮社 2011（新潮文庫）p187

遠野 奈々　とおの・なな
わたしのかたち
　◇「かわいい―第16回フェリシモ文学賞優秀作品集」フェリシモ 2013 p133

遠谷 湊　とおや・みなと
明日のゆくえ
　◇「幻想水滸伝短編集 2」メディアワークス 2001（電撃文庫）p235
紙吹雪の中を
　◇「幻想水滸伝短編集 1」メディアワークス 2000（電撃文庫）p107
消えない足跡
　◇「幻想水滸伝短編集 3」メディアワークス 2002（電撃文庫）p151
空と煙とゼンマイと
　◇「幻想水滸伝短編集 1」メディアワークス 2000（電撃文庫）p219

遠山 絵梨香　とおやま・えりか
オトコに必要な特典は×××
　◇「君を忘れない―恋愛短篇小説集」泰文堂 2012（リンダブックス）p46
君が好き
　◇「君が好き―恋愛短篇小説集」泰文堂 2012（リンダブックス）p6
粉雪が積もる、その前に
　◇「君がいない―恋愛短篇小説集」泰文堂 2013（リンダブックス）p212
サチコとマナブの関係性
　◇「すごい恋愛」泰文堂 2012（リンダブックス）p6
卒業証書
　◇「好きなのに」泰文堂 2013（リンダブックス）p209

通 雅彦　とおり・まさひこ（1935～）
渦（うず）
　◇「全作家短編小説集 12」全作家協会 2013 p118
さびしみの港
　◇「全作家短編小説集 9」全作家協会 2010 p41
少年の海
　◇「全作家短編小説集 8」全作家協会 2009 p247
断港
　◇「全作家短編小説集 10」のべる出版 2011 p171
にたない
　◇「扉の向こうへ」全作家協会 2014（全作家短編集）p51
人間の淵 シリーズその2
　◇「全作家短編集 15」のべる出版企画 2016 p237
人間の淵 シリーズ（一）
　◇「回転ドアから」全作家協会 2015（全作家短編集）p319
人間淵
　◇「全作家短編小説集 6」全作家協会 2007 p173
　◇「全作家短編小説集 7」全作家協会 2008 p118

十返 一　とがえり・はじめ（1914～1963）
希望の評論
　◇「『日本浪曼派』集」新学社 2007（新学社近代浪漫派文庫）p210

戸隠 珠子　とがくし・たまこ
妖鼓変
　◇「稲生モノノケ大全 陽之巻」毎日新聞社 2005 p459

戸賀崎 珠穂　とがさき・たまほ
無題
　◇「超短編の世界 vol.3」創英社 2011 p198

戸梶 圭太　とかじ・けいた（1968～）
悪事の清算
　◇「バカミスじゃない!?―史上空前のバカミス・アンソロジー」宝島社 2007 p129

とかし

- ◇「奇想天外のミステリー」宝島社 2009（宝島社文庫）p103

生き残り
- ◇「5分で読める！ 怖いはなし」宝島社 2014（宝島社文庫）p241

Jの利用法
- ◇「男たちの長い旅」徳間書店 2004（TOKUMA NOVELS）p285

TL（タイムライン）殺人
- ◇「5分で読める！ 怖いはなし」宝島社 2014（宝島社文庫）p101

マイ・スウィート・ファニー・ヘル
- ◇「ザ・ベストミステリーズ―推理小説年鑑 2005」講談社 2005 p43
- ◇「仕掛けられた罪」講談社 2008（講談社文庫）p177

ママ、痛いよ
- ◇「5分で読める！ 怖いはなし」宝島社 2014（宝島社文庫）p161

闇を駆け抜けろ
- ◇「決断―警察小説競作」新潮社 2006（新潮文庫）p247

富樫 倫太郎 とがし・りんたろう（1961～）

十万両を食う
- ◇「決戦！ 大坂城」講談社 2015 p89

わが気をつがんや
- ◇「決戦！ 桶狭間」講談社 2016 p103

戸川 安章 とがわ・あんしょう（1906～2006）

羽黒山の山伏
- ◇「山形県文学全集第2期（随筆・紀行編）3」郷土出版社 2005 p220

戸川 貞雄 とがわ・さだお（1894～1974）

餘燼
- ◇「黒門町伝七捕物帳―時代小説競作選」光文社 2015（光文社文庫）p243

戸川 昌子 とがわ・まさこ（1933～2016）

ウルフなんか怖くない
- ◇「愛の怪談」角川書店 1999（角川ホラー文庫）p203

怨煙嚥下
- ◇「誘惑―女流ミステリー傑作選」徳間書店 1999（徳間文庫）p299

黄金の指
- ◇「昭和の短篇一人一冊集成 戸川昌子」未知谷 2008 p141

大いなる幻影
- ◇「江戸川乱歩賞全集 4」講談社 1998（講談社文庫）p7
- ◇「文学賞受賞・名作集成 10」リブリオ出版 2004 p5

形見わけ
- ◇「昭和の短篇一人一冊集成 戸川昌子」未知谷 2008 p61

仮面の性
- ◇「昭和の短篇一人一冊集成 戸川昌子」未知谷 2008 p115

火の接吻（キス・オブ・ファイア）
- ◇「綾辻・有栖川復刊セレクション 火の接吻」講談社 2007（講談社ノベルス）p4

蜘蛛の糸
- ◇「吊るされた男」角川書店 2001（角川ホラー文庫）p279

黒い餞別
- ◇「昭和の短篇一人一冊集成 戸川昌子」未知谷 2008 p83

黒のステージ
- ◇「赤のミステリー―女性ミステリー作家傑作選」光文社 1997 p149
- ◇「女性ミステリー作家傑作選 2」光文社 1999（光文社文庫）p229

塩の羊
- ◇「昭和の短篇一人一冊集成 戸川昌子」未知谷 2008 p167

受賞の言葉 受賞の言葉
- ◇「江戸川乱歩賞全集 4」講談社 1998 p210

人魚姦図
- ◇「人魚の血―珠玉アンソロジー オリジナル＆スタンダート」光文社 2001（カッパ・ノベルス）p223

眠れる森の醜女
- ◇「謎―スペシャル・ブレンド・ミステリー 003」講談社 2008（講談社文庫）p107

緋の堕胎
- ◇「異形の白昼―恐怖小説集」筑摩書房 2013（ちくま文庫）p289

吹溜り
- ◇「昭和の短篇一人一冊集成 戸川昌子」未知谷 2008 p5

骨の色
- ◇「昭和の短篇一人一冊集成 戸川昌子」未知谷 2008 p29

夜嵐お絹の毒
- ◇「合わせ鏡―女流時代小説傑作選」角川春樹事務所 2003（ハルキ文庫）p229

霊色
- ◇「昭和の短篇一人一冊集成 戸川昌子」未知谷 2008 p229

嗤う衝立
- ◇「私は殺される―女流ミステリー傑作選」角川春樹事務所 2001（ハルキ文庫）p87
- ◇「昭和の短篇一人一冊集成 戸川昌子」未知谷 2008 p255

戸川 安宣 とがわ・やすのぶ（1947～）

『皇帝のかぎ煙草入れ』解析
- ◇「ベスト本格ミステリ 2013」講談社 2013（講談社ノベルス）p393

戸川 唯 とがわ・ゆい

準備する女
- ◇「失恋前夜―大人のための恋愛短篇集」泰文堂 2013（レインブックス）p33

ツリーとタワー
- ◇「恋は、しばらくお休みです。—恋愛短篇小説集」泰文堂 2013（レインブックス）p5

戸川 幸夫　とがわ・ゆきお（1912〜2004）

仇討ち遺聞
- ◇「魔剣くずし秘聞」光風社出版 1998（光風社文庫）p7

宇曾利山犬譚
- ◇「星明かり夢街道」光風社出版 2000（光風社文庫）p273

大石進種次
- ◇「武士道残月抄」光文社 2011（光文社文庫）p233

男谷精一郎信友
- ◇「花と剣と侍—新鷹会・傑作時代小説選」光文社 2009（光文社文庫）p269

影を売った武士
- ◇「怪奇・怪談傑作集」新人物往来社 1997 p237

咬ませ犬
- ◇「冒険の森へ—傑作小説大全 7」集英社 2016 p74

高安犬物語
- ◇「文学賞受賞・名作集成 7」リブリオ出版 2004 p5
- ◇「山形県文学全集第1期（小説編）2」郷土出版社 2004 p106

近藤と土方
- ◇「新選組興亡録」角川書店 2003（角川文庫）p113

榊原健吉
- ◇「幕末の剣鬼たち—時代小説傑作選」コスミック出版 2009（コスミック・時代文庫）p399

サクランボ泥棒
- ◇「山形県文学全集第2期（随筆・紀行編）4」郷土出版社 2005 p359

佐々木唯三郎
- ◇「人物日本剣豪伝 5」学陽書房 2001（人物文庫）p155
- ◇「武士道歳時記—新鷹会・傑作時代小説」光文社 2008（光文社文庫）p85

切腹—八木為三郎翁遺談
- ◇「剣よ月下に舞え」光風社出版 2001（光風社文庫）p95

爪王
- ◇「冒険の森へ—傑作小説大全 13」集英社 2016 p48

謎の人ブラキストン
- ◇「剣が哭く夜に哭く」光風社出版 2000（光風社文庫）p247

ひかり北地に（抄）
- ◇「山形県文学全集第1期（小説編）4」郷土出版社 2004 p259

昔なじみ
- ◇「山形県文学全集第2期（随筆・紀行編）4」郷土出版社 2005 p366

土岐 到　とき・いたる

奇術師
- ◇「妖異百物語 1」出版芸術社 1997（ふしぎ文学館）p161
- ◇「魔術師」角川書店 2001（角川ホラー文庫）p103

土岐 淳一郎　とき・じゅんいちろう

創作 霧の海の記録
- ◇「日本統治期台湾文学集成 8」緑蔭書房 2002 p173

土岐 雄三　とき・ゆうぞう（1907〜1989）

猫じゃ猫じゃ事件
- ◇「猫のミステリー」河出書房新社 1999（河出文庫）p195

鴇家 楽士　ときうち・がくし

種。
- ◇「忘れがたい者たち—ライトノベル・ジュブナイル選集」創英社 2007 p181

時枝 満景　ときえだ・まんけい

受験勉強必勝法
- ◇「ショートショートの広場 16」講談社 2005（講談社文庫）p169

時田 梓　ときた・あずさ

天使と三つの願い事
- ◇「ショートショートの広場 9」講談社 1998（講談社文庫）p83

朱鷺田 祐介　ときた・ゆうすけ

八重洲十三座神楽
- ◇「リトル・リトル・クトゥルー—史上最小の神話小説集」学習研究社 2009 p128

時乃 真帆　ときの・まほ

ハニー・ディップ・ドーナツ
- ◇「100の恋—幸せになるための恋愛短篇集」泰文堂 2010（Linda books！）p70

時村 尚　ときむら・しょう（1961〜）

一杯のカレーライス—薬屋探偵妖綺談
- ◇「QED鏡家の薬屋探偵—メフィスト賞トリビュート」講談社 2010（講談社ノベルス）p207

常盤 陽　ときわ・あきら（1972〜）

一九六〇年のピザとボルシチ
- ◇「宇宙小説」講談社 2012（講談社文庫）p110

常盤 朱美　ときわ・あけみ（1964〜）

十回目には
- ◇「十の恐怖」角川書店 1999 p7

常盤 新平　ときわ・しんぺい（1931〜2013）

各駅停車
- ◇「短篇ベストコレクション—現代の小説 2003」徳間書店 2003（徳間文庫）p79

彼女からの手紙
- ◇「別れの予感」リブリオ出版 2001（ラブミーワールド）p146
- ◇「恋愛小説・名作集成 8」リブリオ出版 2004 p146

セロリの味
- ◇「現代の小説 1997」徳間書店 1997 p47

父の匂い
- ◇「誘惑の香り」講談社 1999（講談社文庫）p7

ときわ

妻恋
◇「銀座24の物語」文藝春秋 2001 p111

遠い昔
◇「現代の小説 1999」徳間書店 1999 p167

薄暮の酒
◇「短篇ベストコレクション—現代の小説 2000」徳間書店 2000 p285

美意識
◇「二十四粒の宝石—超短編小説傑作集」講談社 1998（講談社文庫）p151

冬支度
◇「現代の小説 1998」徳間書店 1998 p352

常盤 奈津子　ときわ・なつこ

アタリ
◇「ショートショートの広場 20」講談社 2008（講談社文庫）p210

教訓
◇「ショートショートの広場 20」講談社 2008（講談社文庫）p62

こちらレシートになります
◇「ショートショートの花束 4」講談社 2012（講談社文庫）p11

五百円分の幸せ
◇「ショートショートの広場 20」講談社 2008（講談社文庫）p19

洗濯の日
◇「ショートショートの広場 15」講談社 2004（講談社文庫）p78

倒れる人
◇「ショートショートの花束 1」講談社 2009（講談社文庫）p17

二五〇一からの手紙
◇「ショートショートの花束 3」講談社 2011（講談社文庫）p77

貧乏が治る薬
◇「ショートショートの花束 2」講談社 2010（講談社文庫）p60

徳川 夢声　とくがわ・むせい（1894〜1971）

歌姫委託殺人事件—あれこれ始末書
◇「江戸川乱歩と13の宝石」光文社 2007（光文社文庫）p199

オベタイ・ブルブル事件
◇「犯人は秘かに笑う—ユーモアミステリー傑作選」光文社 2007（光文社文庫）p9

続 田中河内介
◇「文豪怪談傑作選 特別編」筑摩書房 2008（ちくま文庫）p159

だから酒は有害である
◇「竹中英太郎 3」皓星社 2016（挿絵叢書）p25

田中河内介
◇「文豪怪談傑作選 特別編」筑摩書房 2008（ちくま文庫）p132

連鎖反応—ヒロシマ・ユモレスク
◇「永遠の夏—戦争小説集」実業之日本社 2015（実業之日本社文庫）p363

徳澄 晶　とくすみ・みやこ

潮鳴り
◇「日本統治期台湾文学集成 4」緑蔭書房 2002 p73

徳田 秋声　とくだ・しゅうせい（1871〜1943）

足迹（あしあと）
◇「明治の文学 9」筑摩書房 2002 p123

新世帯（あらじょたい）
◇「明治の文学 9」筑摩書房 2002 p22

一葉女史の作物（さくぶつ）
◇「明治の文学 9」筑摩書房 2002 p377

犬を逐ふ
◇「金沢三文豪掌文庫 いきもの編」金沢文化振興財団 2010 p35

犠牲
◇「明治の文学 9」筑摩書房 2002 p3

喫茶店今昔
◇「金沢三文豪掌文庫 たべもの編」金沢文化振興財団 2011 p29

媾曳（こうびき）
◇「明治の文学 9」筑摩書房 2002 p356

紅葉先生の塾
◇「明治の文学 9」筑摩書房 2002 p369

三文豪俳句抄（泉鏡花／室生犀星）
◇「金沢三文豪掌文庫」金沢文化振興財団 2009 p67
◇「金沢三文豪掌文庫 いきもの編」金沢文化振興財団 2010 p83
◇「金沢三文豪掌文庫 たべもの編」金沢文化振興財団 2011 p87

自己を意識する読書
◇「明治の文学 9」筑摩書房 2002 p401

少年の哀み
◇「金沢三文豪掌文庫」金沢文化振興財団 2009 p21

人生の真の意味（奈何にせば正しき意味を見出し得るか）
◇「明治の文学 9」筑摩書房 2002 p385

涼しい飲食
◇「金沢三文豪掌文庫 たべもの編」金沢文化振興財団 2011 p25

大学界隈（抄）
◇「金沢三文豪掌文庫 たべもの編」金沢文化振興財団 2011 p29

鶫・鮟・鴨など
◇「金沢三文豪掌文庫 たべもの編」金沢文化振興財団 2011 p36

二老婆
◇「日本近代短篇小説選 明治篇2」岩波書店 2013（岩波文庫）p101

風呂桶
◇「百年小説」ポプラ社 2008 p153
◇「私小説名作選 上」講談社 2012（講談社文芸文庫）p29

先ず文芸趣味の普及

町の踊り場
　◇「明治の文学 9」筑摩書房 2002 p382
町の踊り場
　◇「丸谷才一編・花柳小説傑作選」講談社 2013（講談社文芸文庫）p337
見えぬ所、わからぬ奥
　◇「明治の文学 9」筑摩書房 2002 p380
水上瀧太郎のこと
　◇「創刊一〇〇年三田文学名作選」三田文学会 2010 p656
名物の餅菓子
　◇「金沢三文豪掌文庫 たべもの編」金沢文化振興財団 2011 p32
厄払い
　◇「天変動く大震災と作家たち」インパクト出版会 2011（インパクト選書）p69
藪こうじ
　◇「被差別小説傑作集」河出書房新社 2016（河出文庫）p11
　◇「明治深刻悲惨小説集」講談社 2016（講談社文芸文庫）p245
予が半生の文壇生活
　◇「明治の文学 9」筑摩書房 2002 p390
娶（よめ）
　◇「明治の文学 9」筑摩書房 2002 p102

戸口 右亮　とぐち・ゆうすけ
伊藤さん
　◇「ショートショートの花束 8」講談社 2016（講談社文庫）p176

徳冨 愛子　とくとみ・あいこ（1874〜1947）
おてがみに何べんもキスしたよ≫徳冨蘆花
　◇「日本人の手紙 6」リブリオ出版 2004 p35

徳冨 蘇峰　とくとみ・そほう（1863〜1957）
インスピレーション
　◇「新日本古典文学大系 明治編 26」岩波書店 2002 p209
大阪役に就て
　◇「大坂の陣―近代文学名作選」岩波書店 2016 p217
観察
　◇「新日本古典文学大系 明治編 26」岩波書店 2002 p253
基督教の文学
　◇「新日本古典文学大系 明治編 26」岩波書店 2002 p207
近来流行の政治小説を評す
　◇「新日本古典文学大系 明治編 26」岩波書店 2002 p195
社会に於ける思想の三潮流
　◇「新日本古典文学大系 明治編 26」岩波書店 2002 p261
人心の高潮
　◇「新日本古典文学大系 明治編 26」岩波書店 2002 p212
新日本の詩人
　◇「新日本古典文学大系 明治編 26」岩波書店 2002 p221
天地悠々
　◇「新日本古典文学大系 明治編 26」岩波書店 2002 p250
天然と同化せよ！
　◇「新日本古典文学大系 明治編 26」岩波書店 2002 p234
人間にして天使なるを得べき乎
　◇「新日本古典文学大系 明治編 26」岩波書店 2002 p217
人は常に我胸中の秘密を語らんとする者なり
　◇「新日本古典文学大系 明治編 26」岩波書店 2002 p209
非恋愛
　◇「新日本古典文学大系 明治編 26」岩波書店 2002 p244
幽寂
　◇「新日本古典文学大系 明治編 26」岩波書店 2002 p237

徳冨 蘆花　とくとみ・ろか（1868〜1927）
おてがみに何べんもキスしたよ≫徳冨愛子
　◇「日本人の手紙 6」リブリオ出版 2004 p35
黒い眼と茶色の目（抄）
　◇「明治の文学 18」筑摩書房 2002 p5
不如帰
　◇「涙の百年文学―もう一度読みたい」太陽出版 2009 p226
謀叛論（草稿）
　◇「明治の文学 18」筑摩書房 2002 p174
吾家の富
　◇「百年小説」ポプラ社 2008 p111

徳永 幾久　とくなが・きく（1919〜？）
伯爵夫人の下ばき
　◇「山形県文学全集第2期（随筆・紀行編）4」郷土出版社 2005 p294

徳永 圭　とくなが・けい（1982〜）
鳥かごの中身
　◇「この部屋で君と」新潮社 2014（新潮文庫）p175

徳永 真一郎　とくなが・しんいちろう（1914〜2001）
関ケ原忍び風
　◇「神出鬼没！ 戦国忍者伝―傑作時代小説」PHP研究所 2009（PHP文庫）p217
徳川宗春
　◇「夕まぐれ江戸小景」光文社 2015（光文社文庫）p267
宵々山の斬り込み―池田屋の変
　◇「時代小説傑作選 3」新人物往来社 2008 p133

徳永 直　とくなが・すなお（1899〜1958）
先遣隊
　◇「コレクション戦争と文学 16」集英社 2012 p85

とくな

何処へ行く？
◇「新・プロレタリア文学精選集 18」ゆまに書房 2004 p1

徳永 チャルコ とくなが・ちゃるこ
旅の道づれ
◇「気配―第10回フェリシモ文学賞作品集」フェリシモ 2007 p76

篤長 宙史 とくなが・ちゅうし
邪魔
◇「てのひら怪談―ビーケーワン怪談大賞傑作選 辛卯」ポプラ社 2011（ポプラ文庫）p204

徳永 敦世 とくなが・とんせい
美貌の人妻
◇「ショートショートの広場 8」講談社 1997（講談社文庫）p92

徳永 彌 とくなが・わたる
笛吹き瓢六
◇「人形座脚本集」晩成書房 2005 p121

毒吐きリンゴ（駒井香奈恵） どくはきりんご（こまいかなえ）
ひとつのキセキ（津山商業高校演劇部）
◇「創作脚本集―60周年記念」岡山県高等学校演劇協議会 2011（おかやまの高校演劇）p137

徳山 文伯 とくやま・ぶんはく
新しき風俗
◇「近代朝鮮文学日本語作品集1908〜1945 セレクション 4」緑蔭書房 2008 p453
新しき歴史の章
◇「近代朝鮮文学日本語作品集1908〜1945 セレクション 4」緑蔭書房 2008 p457
決戦辻詩 うるほひ
◇「近代朝鮮文学日本語作品集1908〜1945 セレクション 4」緑蔭書房 2008 p452
蒼穹
◇「近代朝鮮文学日本語作品集1908〜1945 セレクション 4」緑蔭書房 2008 p456
ふるさとの雪
◇「近代朝鮮文学日本語作品集1908〜1945 セレクション 4」緑蔭書房 2008 p455

戸倉 正三 とくら・しょうぞう
どこにもいない名優
◇「宇宙塵傑作選―日本SFの軌跡 2」出版芸術社 1997 p105

兎月 カラス とげつ・からす
金色の鬼火矢
◇「縄文4000年の謎に挑む」現代書林 2016 p154

どこかの虫 どこかのむし
夏の火
◇「てのひら怪談―ビーケーワン怪談大賞傑作選 壬辰」ポプラ社 2012（ポプラ文庫）p210

登史 草兵 とし・そうへい（1921〜）
葦
◇「怪奇探偵小説集 2」角川春樹事務所 1998（ハルキ文庫）p239
蟬
◇「幻想小説大全」北宋社 2002 p312

都志 めぐみ とし・めぐみ
靴
◇「つながり―フェリシモしあわせショートショート」フェリシモ 1999 p59

戸四田 トシユキ としだ・としゆき
潮風、長者ケ崎の…
◇「全作家短編集 15」のべる出版企画 2016 p125
小学六年のときにボクがした殺人
◇「回転ドアから」全作家協会 2015（全作家短編集）p120

戸島 竹三 としま・たけぞう
最終面接
◇「ショートショートの広場 9」講談社 1998（講談社文庫）p20

渡島 太郎 としま・たろう
走る"密室"で
◇「甦る推理雑誌 8」光文社 2003（光文社文庫）p355

豊島 ミホ としま・みほ（1982〜）
銀縁眼鏡と鳥の涙
◇「恋のかけら」幻冬舎 2008 p145
◇「恋のかけら」幻冬舎 2012（幻冬舎文庫）p157
僕たちは戦士じゃない
◇「Fiction zero／narrative zero」講談社 2007 p205
真智の火のゆくえ
◇「文芸あねもね」新潮社 2012（新潮文庫）p157
ももいろのおはか
◇「Colors」ホーム社 2008 p75
◇「Colors」集英社 2009（集英社文庫）p107
忘れないでね
◇「セブンティーン・ガールズ」KADOKAWA 2014（角川文庫）p39

戸田 欽堂 とだ・きんどう（1850〜1890）
民権演義 情海波瀾
◇「新日本古典文学大系 明治編 16」岩波書店 2003 p1

戸田 巽 とだ・たつみ（1906〜1992）
第三の証拠
◇「幻の探偵雑誌 10」光文社 2002（光文社文庫）p197
ひと昔
◇「甦る推理雑誌 3」光文社 2002（光文社文庫）p379
幻のメリーゴーラウンド
◇「怪奇探偵小説集 2」角川春樹事務所 1998（ハル

キ文庫）p135
目撃者
◇「探偵小説の風景―トラフィック・コレクション 上」光文社 2009（光文社文庫）p175

戸高 茂雄　とだか・しげお
内気な女
◇「日本統治期台湾文学集成 21」緑蔭書房 2007 p81

十時 直子　ととき・なおこ
海のさきに
◇「センチメンタル急行―あの日へ帰る、旅情短篇集」泰文堂 2010（Linda books！）p192
その手を引いて
◇「最後の一日12月18日―さよならが胸に染みる10の物語」泰文堂 2011（Linda books！）p236

轟　とどろき
無言
◇「超短編傑作選 v.6」創英社 2007 p135

利根川 裕　とねがわ・ゆたか（1927～）
新撰組が恐れた示現流―中村半次郎
◇「幕末テロリスト列伝」講談社 2004（講談社文庫）p45

外岡 立人　とのおか・たつひと（1944～）
メダル
◇「さきがけ文学賞選集 2」秋田魁新報社 2014（さきがけ文庫）p109

外村 繁　とのむら・しげる（1902～1961）
東北
◇「山形県文学全集第1期（小説編）2」郷土出版社 2004 p11
懐かしきわが家のクロスワードパズル≫外村晶
◇「日本人の手紙 1」リブリオ出版 2004 p105

渡馬 直伸　とば・なおのぶ
マルドゥック・クランクイン！
◇「マルドゥック・ストーリーズ―公式二次創作集」早川書房 2016（ハヤカワ文庫JA）p297

鳥羽 亮　とば・りょう（1946～）
怒りの簪
◇「怒髪の雷」祥伝社 2016（祥伝社文庫）p7
首斬御用承候
◇「落日の兜刃―時代アンソロジー」祥伝社 1998（ノン・ポシェット）p93
剣の道殺人事件
◇「江戸川乱歩賞全集 18」講談社 2005（講談社文庫）p7
黒苗
◇「不可思議な殺人―ミステリー・アンソロジー」祥伝社 2000（祥伝社文庫）p123
受賞の言葉　受賞のことば
◇「江戸川乱歩賞全集 18」講談社 2005 p391
死霊の手
◇「乱歩賞作家 白の謎」講談社 2004 p5
蟇と鷺
◇「勝者の死にざま―時代小説選手権」新潮社 1998（新潮文庫）p487
人斬り佐内 秘剣腕落し
◇「斬刃―時代小説傑選」コスミック出版 2005（コスミック・時代文庫）p37

土橋 章宏　どばし・あきひろ
海煙
◇「「伊豆文学賞」優秀作品集 第13回」羽衣出版 2010 p3

土橋 義史　どばし・よしふみ
占い
◇「ショートショートの花束 7」講談社 2015（講談社文庫）p79
紺屋の白袴
◇「ショートショートの花束 8」講談社 2016（講談社文庫）p80

戸原 一飛　とはら・いちひ
深刻な不眠症
◇「ショートショートの花束 8」講談社 2016（講談社文庫）p92
魔法のランプ
◇「ショートショートの花束 4」講談社 2012（講談社文庫）p217

飛 浩隆　とび・ひろたか（1960～）
海の指
◇「ヴィジョンズ」講談社 2016 p51
銀の匙―情報環境へのアクセスが保障された時代にて-天才詩人アリス・ウォン、誕生
◇「NOVA―書き下ろし日本SFコレクション 8」河出書房新社 2012（河出文庫）p41
曠野にて―朝日が差し初め、盤面を奪い合うゲームが始まった-天才詩人アリス・ウォン、五歳
◇「NOVA―書き下ろし日本SFコレクション 8」河出書房新社 2012（河出文庫）p333
自生の夢
◇「THE FUTURE IS JAPANESE」早川書房 2012（ハヤカワSFシリーズJコレクション）p297
◇「日本SF短編50 5」早川書房 2013（ハヤカワ文庫JA）p301
自生の夢―七十三人を死に追いやった稀代の殺人者が、かの怪物を滅ぼすために、いま、召還される
◇「NOVA―書き下ろし日本SFコレクション 1」河出書房新社 2009（河出文庫）p347
ラギッド・ガール
◇「ぼくの、マシーン―ゼロ年代日本SFベスト集成 S」東京創元社 2010（創元SF文庫）p321
La Poésie sauvage
◇「アステロイド・ツリーの彼方へ」東京創元社 2016（創元SF文庫）p215

飛雄　とびお
　朝の予兆
　　◇「てのひら怪談─ビーケーワン怪談大賞傑作選 庚寅」ポプラ社 2010（ポプラ文庫）p10
　いちご人形
　　◇「てのひら怪談─ビーケーワン怪談大賞傑作選 百怪繚乱篇」ポプラ社 2008 p30
　円筒形の幽霊
　　◇「てのひら怪談─ビーケーワン怪談大賞傑作選 百怪繚乱篇」ポプラ社 2008 p32
　　◇「てのひら怪談─ビーケーワン怪談大賞傑作選 己丑」ポプラ社 2009（ポプラ文庫）p30
　オレンジジュース
　　◇「てのひら怪談─ビーケーワン怪談大賞傑作選 辛卯」ポプラ社 2011（ポプラ文庫）p186
　団欒図
　　◇「てのひら怪談─ビーケーワン怪談大賞傑作選 百怪繚乱篇」ポプラ社 2008 p34
　　◇「てのひら怪談─ビーケーワン怪談大賞傑作選 己丑」ポプラ社 2009（ポプラ文庫）p206
　夢の結末
　　◇「てのひら怪談─ビーケーワン怪談大賞傑作選 百怪繚乱篇」ポプラ社 2008 p36
　よそゆき
　　◇「てのひら怪談─ビーケーワン怪談大賞傑作選 2」ポプラ社 2007 p230
　　◇「てのひら怪談─ビーケーワン怪談大賞傑作選 己丑」ポプラ社 2009（ポプラ文庫）p236
　ワゴンの乗客
　　◇「てのひら怪談─ビーケーワン怪談大賞傑作選 庚寅」ポプラ社 2010（ポプラ文庫）p64

飛田 一歩　とびた・かずほ
　万華鏡
　　◇「脈動─同人誌作家作品選」ファーストワン 2013 p69

とびたか・ろう
　大食いコンテスト
　　◇「ショートショートの広場 10」講談社 2000（講談社文庫）p178
　十円もうけ
　　◇「ショートショートの広場 10」講談社 2000（講談社文庫）p150

飛山 裕一　とびやま・ゆういち
　せどり商売
　　◇「5分で読める！ひと駅ストーリー 本の物語」宝島社 2014（宝島社文庫）p279
　当世粗忽長屋
　　◇「5分で読める！ひと駅ストーリー 夏の記憶東口編」宝島社 2013（宝島社文庫）p91
　乱倫巡業
　　◇「5分で読める！ひと駅ストーリー 旅の話」宝島社 2015（宝島社文庫）p237

戸伏 太兵　とぶし・たへい（1903〜1983）
　富森助右衛門
　　◇「定本・忠臣蔵四十七人集」双葉社 1998 p241

戸部 新十郎　とべ・しんじゅうろう（1926〜2003）
　あしの功名
　　◇「武士道切絵図─新鷹会・傑作時代小説選」光文社 2010（光文社文庫）p155
　一眼月の如し─山本勘介
　　◇「信州歴史時代小説傑作集 1」しなのき書房 2007 p81
　　◇「時代小説傑作選 6」新人物往来社 2008 p33
　艶説「くノ一」変化
　　◇「くノ一、百華─時代小説アンソロジー」集英社 2013（集英社文庫）p191
　大山詣り
　　◇「しのぶ雨江戸恋慕─新鷹会・傑作時代小説選」光文社 2016（光文社文庫）p159
　檻の中
　　◇「躍る影法師」光風社出版 1997（光風社文庫）p177
　　◇「夕まぐれ江戸小景」光文社 2015（光文社文庫）p199
　影は窈窕
　　◇「人物日本の歴史─時代小説版 江戸編 下」小学館 2004（小学館文庫）p93
　桂小五郎と坂本竜馬
　　◇「龍馬と志士たち─時代小説傑作選」コスミック出版 2009（コスミック・時代文庫）p155
　　◇「七人の龍馬─傑作時代小説」PHP研究所 2010（PHP文庫）p69
　京の夢
　　◇「花と剣と侍─新鷹会・傑作時代小説選」光文社 2009（光文社文庫）p141
　雲母子
　　◇「必殺天誅剣」光風社出版 1999（光風社文庫）p37
　軍役
　　◇「彩四季・江戸慕情」光文社 2012（光文社文庫）p215
　決闘・巌流島
　　◇「宮本武蔵─剣豪列伝」廣済堂出版 1997（廣済堂文庫）p173
　幻法ダビテの星
　　◇「怪奇・伝奇時代小説選集 1」春陽堂書店 1999（春陽文庫）p30
　五彩の山
　　◇「おもかげ行燈」光風社出版 1998（光風社文庫）p87
　　◇「武士道残月抄」光文社 2011（光文社文庫）p305
　虎乱
　　◇「代表作時代小説 平成11年度」光風社出版 1999 p381
　金剛鈴が鳴る─風魔小太郎
　　◇「時代小説傑作選 5」新人物往来社 2008 p37
　近藤勇 天然理心流
　　◇「幕末の剣鬼たち─時代小説傑作選」コスミック出版 2009（コスミック・時代文庫）p33

金平糖
　◇「士魂の光ぞ―時代小説最前線」新潮社 1997（新潮文庫）p419
笹座
　◇「代表作時代小説 平成14年度」光風社出版 2002 p139
甚四郎剣
　◇「風の中の剣士」光風社出版 1998（光風社文庫）p33
大休
　◇「鬼火が呼んでいる―時代小説傑作選」講談社 1997（講談社文庫）p356
大望の身
　◇「たそがれ江戸暮色」光文社 2014（光文社文庫）p205
手向
　◇「武士道歳時記―新鷹会・傑作時代小説」光文社 2008（光文社文庫）p225
茶巾
　◇「代表作時代小説 平成13年度」光風社出版 2001 p203
富田勢源
　◇「人物日本剣豪伝 1」学陽書房 2001（人物文庫）p115
蜻蛉
　◇「代表作時代小説 平成12年度」光風社出版 2000 p29
根岸兎角
　◇「人物日本剣豪伝 2」学陽書房 2001（人物文庫）p115
睡猫
　◇「時代小説秀作づくし」PHP研究所 1997（PHP文庫）p121
梅林の下には
　◇「明暗廻り灯籠」光風社出版 1998（光風社文庫）p203
花車
　◇「鎮守の森に鬼が棲む―時代小説傑作選」講談社 2001（講談社文庫）p441
放れ駒
　◇「関ヶ原・運命を分けた決断―傑作時代小説」PHP研究所 2007（PHP文庫）p49
半蔵門外の変
　◇「神出鬼没！ 戦国忍者伝―傑作時代小説」PHP研究所 2009（PHP文庫）p287
秘曲
　◇「雪月花・江戸景色」光文社 2013（光文社文庫）p171
秘剣浮鳥
　◇「紅葉谷から剣鬼が来る―時代小説傑作選」講談社 2002（講談社文庫）p183
秘剣 夢枕
　◇「代表作時代小説 平成10年度」光風社出版 1998 p173
　◇「地獄の無明剣―時代小説傑作選」講談社 2004（講談社文庫）p161
秘太刀 "放心の位"
　◇「花ごよみ夢一夜」光風社出版 2001（光風社文庫）p267
秘太刀 "放心の位"―柳生兵庫助
　◇「時代小説傑作選 1」新人物往来社 2008 p195
水鏡
　◇「美女峠に星が流れる―時代小説傑作選」講談社 1999（講談社文庫）p155
　◇「剣光、閃く！」徳間書店 1999（徳間文庫）p161
　◇「武芸十八般―武遊小説傑作選」ベストセラーズ 2005（ベスト時代文庫）p5
　◇「幻の剣鬼七番勝負―傑作時代小説」PHP研究所 2008（PHP文庫）p175
柳生連也斎
　◇「柳生一族―剣豪列伝」廣済堂出版 1998（廣済堂文庫）p151
　◇「柳生の剣、八番勝負」廣済堂出版 2009（廣済堂文庫）p149
龍牙
　◇「代表作時代小説 平成9年度」光風社出版 1997 p287

泊 兆潮　とまり・ちょうちょう
骨捨て
　◇「太宰治賞 2010」筑摩書房 2010 p167

富岡 多惠子　とみおか・たえこ（1935～）
丘に向ってひとは並ぶ
　◇「三枝和子・林京子・富岡多惠子」角川書店 1999（女性作家シリーズ）p249
「女のことば」と「国のことば」
　◇「三枝和子・林京子・富岡多惠子」角川書店 1999（女性作家シリーズ）p391
幸福
　◇「現代小説クロニクル 1975～1979」講談社 2014（講談社文芸文庫）p126
三千世界に梅の花
　◇「京都府文学全集第1期（小説編）6」郷土出版社 2005 p57
詩篇
　◇「三枝和子・林京子・富岡多惠子」角川書店 1999（女性作家シリーズ）p406
芻狗
　◇「三枝和子・林京子・富岡多惠子」角川書店 1999（女性作家シリーズ）p357
立切れ
　◇「三枝和子・林京子・富岡多惠子」角川書店 1999（女性作家シリーズ）p340
　◇「川端康成文学賞全作品 1」新潮社 1999 p75
動物の葬禮
　◇「日本文学100年の名作 7」新潮社 2015（新潮文庫）p123
　◇「日本文学全集 28」河出書房新社 2017 p101
遠い空
　◇「戦後短篇小説再発見 2」講談社 2001（講談社文芸文庫）p195

冥途の家族
　◇「三枝和子・林京子・富岡多恵子」角川書店 1999（女性作家シリーズ）p294

冨岡 美子　とみおか・よしこ
輝く木
　◇「「伊豆文学賞」優秀作品集 第10回」静岡新聞社 2007 p135
守り氷
　◇「「伊豆文学賞」優秀作品集 第13回」羽衣出版 2010 p75

冨川 元文　とみかわ・もとふみ（1949〜）
赤い橋の下のぬるい水（今村昌平／天願大介）
　◇「年鑑代表シナリオ集 '01」映人社 2002 p321
美味しい空気
　◇「読んで演じたくなるゲキの本 高校生版」幻冬舎 2006 p119
ゴミランド
　◇「読んで演じたくなるゲキの本 小学生版」幻冬舎 2006 p177

冨島 健夫　とみしま・たけお（1931〜1998）
魚市場横
　◇「現代の小説 1999」徳間書店 1999 p43
少女の城
　◇「市井図絵」新潮社 1997 p85

富園 ハルク　とみぞの・はるく
お行儀良いね
　◇「てのひら怪談 葵巳」KADOKAWA 2013（MF文庫ダ・ヴィンチ）p132

富田 克也　とみた・かつや（1972〜）
国道20号線（相澤虎之助）
　◇「年鑑代表シナリオ集 '07」シナリオ作家協会 2009 p257

富田 常雄　とみた・つねお（1904〜1967）
刺青
　◇「消えた受賞作―直木賞編」メディアファクトリー 2004（ダ・ヴィンチ特別編集）p197
江戸前にて
　◇「浜町河岸夕化粧」光風社出版 1998（光風社文庫）p349
面
　◇「消えた受賞作―直木賞編」メディアファクトリー 2004（ダ・ヴィンチ特別編集）p209
湯のけむり
　◇「江戸の鈍感力―時代小説傑作選」集英社 2007（集英社文庫）p123

富田 誠　とみた・まこと
脅迫電話
　◇「ショートショートの花束 2」講談社 2010（講談社文庫）p162

富永 一彦　とみなが・かずひこ
浮気
　◇「ショートショートの広場 12」講談社 2001（講談社文庫）p43
うわさ
　◇「ショートショートの広場 14」講談社 2003（講談社文庫）p199
完璧な…
　◇「ショートショートの広場 8」講談社 1997（講談社文庫）p151
最終列車の予言者
　◇「ショートショートの花束 1」講談社 2009（講談社文庫）p53
少子社会
　◇「ショートショートの広場 13」講談社 2002（講談社文庫）p234
白やぎさんからの手紙
　◇「ショートショートの広場 16」講談社 2005（講談社文庫）p48
精霊
　◇「ショートショートの花束 2」講談社 2010（講談社文庫）p127
取引
　◇「ショートショートの広場 18」講談社 2006（講談社文庫）p77
ニュー・コンセプト
　◇「ショートショートの広場 10」講談社 2000（講談社文庫）p130
水溜まり
　◇「ショートショートの花束 1」講談社 2009（講談社文庫）p158
モナリザは二度微笑む
　◇「ショートショートの広場 14」講談社 2003（講談社文庫）p244
予知能力
　◇「ショートショートの広場 16」講談社 2005（講談社文庫）p63

富永 太郎　とみなが・たろう（1901〜1925）
秋の悲歎
　◇「新装版 全集現代文学の発見 13」學藝書林 2004 p180
遺産分配書
　◇「新装版 全集現代文学の発見 13」學藝書林 2004 p188
頌歌
　◇「新装版 全集現代文学の発見 13」學藝書林 2004 p185
焦躁
　◇「新装版 全集現代文学の発見 13」學藝書林 2004 p186
断片
　◇「新装版 全集現代文学の発見 13」學藝書林 2004 p186
鳥獣剥製所――報告書
　◇「新装版 全集現代文学の発見 13」學藝書林 2004 p181
富永太郎詩集 第一集

◇「新装版 全集現代文学の発見 13」學藝書林 2004 p180

恥の歌
◇「新装版 全集現代文学の発見 13」學藝書林 2004 p185

無題―京都
◇「新装版 全集現代文学の発見 13」學藝書林 2004 p180

四行詩
◇「新装版 全集現代文学の発見 13」學藝書林 2004 p185

ランボオへ
◇「新装版 全集現代文学の発見 13」學藝書林 2004 p190

AU RIMBAUD
◇「新装版 全集現代文学の発見 13」學藝書林 2004 p189

富ノ沢 麟太郎　とみのさわ・りんたろう（1899～1925）

あめんちあ
◇「分身」国書刊行会 1999（書物の王国）p170

冨原 眞弓　とみはら・まゆみ

樹のために―
◇「ろうそくの炎がささやく言葉」勁草書房 2011 p154

富安 健夫　とみやす・たけお

美しい姉
◇「てのひら怪談―ビーケーワン怪談大賞傑作選 辛卯」ポプラ社 2011（ポプラ文庫）p160

家族旅行
◇「てのひら怪談―ビーケーワン怪談大賞傑作選 壬辰」ポプラ社 2012（ポプラ文庫）p190

戸村 毅　とむら・つよし

ジ・オリエンタル・トイレット・オブ・ホラーズ
◇「ショートショートの広場 10」講談社 2000（講談社文庫）p78

友朗　ともあき

あわてんぼう
◇「ショートショートの花束 1」講談社 2009（講談社文庫）p163

タイムマシン
◇「ショートショートの花束 3」講談社 2011（講談社文庫）p46

適材適所
◇「ショートショートの花束 5」講談社 2013（講談社文庫）p16

内定
◇「ショートショートの広場 18」講談社 2006（講談社文庫）p108

友井 燕々　ともい・えんえん

涼み売りと三毛猫
◇「てのひら怪談―ビーケーワン怪談大賞傑作選 庚寅」ポプラ社 2010（ポプラ文庫）p186

友井 羊　ともい・ひつじ（1981～）

憧れの白い砂浜
◇「5分で読める！ ひと駅ストーリー 夏の記憶西口編」宝島社 2013（宝島社文庫）p201

朝のミネストローネ
◇「5分で読める！ ひと駅ストーリー 食の話」宝島社 2015（宝島社文庫）p359

『女の人』のいないバレンタイン
◇「5分で読める！ ひと駅ストーリー 冬の記憶西口編」宝島社 2013（宝島社文庫）p181

柿
◇「10分間ミステリー」宝島社 2012（宝島社文庫）p21
◇「5分で泣ける！ 胸がいっぱいになる物語」宝島社 2015（宝島社文庫）p33
◇「5分で驚く！ どんでん返しの物語」宝島社 2016（宝島社文庫）p235
◇「10分間ミステリー THE BEST」宝島社 2016（宝島社文庫）p507

この本は、あなただけのために
◇「5分で読める！ ひと駅ストーリー 本の物語」宝島社 2014（宝島社文庫）p19

シチューのひと
◇「『このミステリーがすごい！』大賞作家書き下ろしBOOK vol.10」宝島社 2015 p57

つゆの朝ごはん 第一話―「ポタージュ・ボン・ファム」
◇「『このミステリーがすごい！』大賞作家書き下ろしBOOK vol.3」宝島社 2013 p181

つゆの朝ごはん 第二話―ヴィーナスは知っている
◇「『このミステリーがすごい！』大賞作家書き下ろしBOOK vol.4」宝島社 2014 p155

つゆの朝ごはん 第三話―「ふくちゃんのダイエット奮闘記」
◇「『このミステリーがすごい！』大賞作家書き下ろしBOOK vol.5」宝島社 2014 p133

つゆの朝ごはん 第四話―日が暮れるまで待って
◇「『このミステリーがすごい！』大賞作家書き下ろしBOOK vol.6」宝島社 2014 p159

忍者☆車窓ラン！
◇「5分で読める！ ひと駅ストーリー 乗車編」宝島社 2012（宝島社文庫）p169

マカロンと女子会
◇「もっとすごい！ 10分間ミステリー」宝島社 2013（宝島社文庫）p121
◇「5分で驚く！ どんでん返しの物語」宝島社 2016（宝島社文庫）p51

モーニング・タイム
◇「『このミステリーがすごい！』大賞作家書き下ろしBOOK vol.9」宝島社 2015 p41

山奥ガール
◇「『このミステリーがすごい！』大賞作家書き下ろ

ともさ

しBOOK vol.11」宝島社 2015 p95

友沢 晃　ともざわ・あきら（1961～）

錯覚
◇「Love―あなたに逢いたい」双葉社 1997（双葉文庫）p69

8000メートルの愛
◇「Love―あなたに逢いたい」双葉社 1997（双葉文庫）p129

巴田 夕虚　ともだ・ゆうきょ

雨女
◇「てのひら怪談 癸巳」KADOKAWA 2013（MF文庫ダ・ヴィンチ）p20

友滝 勇一　ともたき・ゆういち

ある列車にて
◇「ショートショートの広場 14」講談社 2003（講談社文庫）p142

朝永 潔　ともなが・きよし

ひとつの嘘
◇「つながり―フェリシモしあわせショートショート」フェリシモ 1999 p143

友成 純一　ともなり・じゅんいち（1954～）

悪魔の教室
◇「平成都市伝説」中央公論新社 2004（C NOVELS）p173

アサムラール―パリに死す
◇「NOVA―書き下ろし日本SFコレクション 5」河出書房新社 2011（河出文庫）p207

インサイド・アウト
◇「秘神界 現代編」東京創元社 2002（創元推理文庫）p343

ヴァンパイア・ボール
◇「キネマ・キネマ」光文社 2002（光文社文庫）p413

大蜥蜴の島
◇「獣人」光文社 2003（光文社文庫）p655

おごおご
◇「暗闇」中央公論新社 2004（C NOVELS）p133

噛み付き女――月三日夕刻、福岡県春日市に恐怖の噛み付き女、現る！
◇「NOVA―書き下ろし日本SFコレクション 8」河出書房新社 2012（河出文庫）p149

来るべきサーカス
◇「世紀末サーカス」廣済堂出版 2000（廣済堂文庫）p565

狂鬼、走る―人面疽
◇「御伽草子―ホラー・アンソロジー」PHP研究所 2001（PHP文庫）p237

蔵の中のあいつ
◇「ロボットの夜」光文社 2000（光文社文庫）p489

地獄の釜開き
◇「屍者の行進」廣済堂出版 1998（廣済堂文庫）p429

ゾンビ・デーモン
◇「ゴースト・ハンターズ」中央公論新社 2004（C NOVELS）p127

黄昏のゾンビ
◇「俳優」廣済堂出版 1999（廣済堂文庫）p535

爛れ
◇「アジアン怪綺」光文社 2003（光文社文庫）p457

地の底からトンチンカン
◇「帰還」光文社 2000（光文社文庫）p29

地の底の哄笑
◇「クトゥルー怪異録―邪神ホラー傑作集」学習研究社 2000（学研M文庫）p215

血塗れ看護婦
◇「怪物團」光文社 2009（光文社文庫）p481

特別廃棄物
◇「SFバカ本 黄金スパム篇」メディアファクトリー 2000 p245

懐かしい、あの時代
◇「宇宙生物ゾーン」廣済堂出版 2000（廣済堂文庫）p401

バーチャル・カメラ
◇「SFバカ本 ペンギン篇」廣済堂出版 1999（廣済堂文庫）p87

魔物の沼
◇「モンスターズ1970」中央公論新社 2004（C NOVELS）p119

友成 匡秀　ともなり・まさひで

ロンドンの雪
◇「ゆきのまち幻想文学賞小品集 20」企画集団ぷりずむ 2011 p77

友野 詳　ともの・しょう（1964～）

暗闇に一直線
◇「秘神界 現代編」東京創元社 2002（創元推理文庫）p561

第二話 虚無に舞う言の葉
◇「妖魔夜行―幻の巻」角川書店 2001（角川文庫）p55

地の底に響く風の唄
◇「死者は弁明せず―ソード・ワールド短編集」富士見書房 1997（富士見ファンタジア文庫）p89

冒険の夜に翔べ！
◇「冒険の夜に翔べ！―ソード・ワールド短編集」富士見書房 2003（富士見ファンタジア文庫）p205

列車の指跡
◇「ブラックミステリーズ―12の黒い謎をめぐる219の質問」KADOKAWA 2015（角川文庫）p233

ロンドン塔の少女
◇「ブラックミステリーズ―12の黒い謎をめぐる219の質問」KADOKAWA 2015（角川文庫）p185

伴野 朗　ともの・ろう（1936～2004）

藍い幌子
◇「海外トラベル・ミステリー―7つの旅物語」三笠書房 2000（王様文庫）p7

易水去りて

◇「黄土の群星」光文社 1999（光文社文庫）p59
お役所仕事
◇「最新「珠玉推理」大全 下」光文社 1998（カッパ・ノベルス）p150
◇「闇夜の芸術祭」光文社 2003（光文社文庫）p205
汗血馬を見た男
◇「異色中国短篇傑作大全」講談社 1997 p211
五十万年の死角
◇「江戸川乱歩賞全集 10」講談社 2000（講談社文庫）p451
坂本龍馬の写真
◇「龍馬と志士たち―時代小説傑作選」コスミック出版 2009（コスミック・時代文庫）p347
◇「龍馬の天命―坂本龍馬名手の八篇」実業之日本社 2010 p133
三十三時間
◇「冒険の森へ―傑作小説大全 9」集英社 2016 p365
受賞の言葉 受賞のことば
◇「江戸川乱歩賞全集 10」講談社 2000 p772
神木
◇「自選ショート・ミステリー 2」講談社 2001（講談社文庫）p113
放火魔
◇「黒衣のモニュメント」光文社 2000（光文社文庫）p165

土門 拳　どもん・けん（1909〜1990）
自分のこと
◇「山形県文学全集第2期（随筆・紀行編）2」郷土出版社 2005 p324
日和山はうるわし
◇「山形県文学全集第2期（随筆・紀行編）2」郷土出版社 2005 p333

外山 正一　とやま・まさかず（1848〜1900）
演劇改良論私考
◇「新日本古典文学大系 明治編 11」岩波書店 2006 p341
抜刀隊
◇「新日本古典文学大系 明治編 12」岩波書店 2001 p12

戸山 路夫　とやま・みちお
斬華
◇「全作家短編小説集 8」全作家協会 2009 p16

豊川 善一　とよかわ・ぜんいち
サーチライト
◇「コレクション戦争と文学 10」集英社 2012 p327

豊崎 由美　とよざき・ゆみ（1961〜）
『小犬たち』鑑賞エッセイ
◇「ラテンアメリカ五人集」集英社 2011（集英社文庫）p265

豊島 英治　とよしま・えいじ
懸賞鐵道小説（二等二席入選作）消えた切符
◇「日本統治期台湾文学集成 22」緑蔭書房 2007 p161
譜謙小説 出張
◇「日本統治期台湾文学集成 22」緑蔭書房 2007 p261

豊島 与志雄　とよしま・よしお（1890〜1955）
怪異に嫌わる
◇「文豪怪談傑作選 特別編」筑摩書房 2008（ちくま文庫）p362
奇怪な話（抄）
◇「文豪てのひら怪談」ポプラ社 2009（ポプラ文庫）p108
白蛾―近代説話
◇「戦後占領期短篇小説コレクション 1」藤原書店 2007 p195
立札
◇「とっておきの話」筑摩書房 2011（ちくま文学の森）p11
都会の幽気
◇「文豪怪談傑作選 昭和篇」筑摩書房 2011（ちくま文庫）p79
特殊部落の犯罪
◇「被差別小説傑作集」河出書房新社 2016（河出文庫）p189
沼のほとり
◇「文豪怪談傑作選 昭和篇」筑摩書房 2011（ちくま文庫）p97
◇「日本文学100年の名作 4」新潮社 2014（新潮文庫）p31
猫
◇「猫愛」凱風社 2008（PD叢書）p 7, 8
◇「だから猫は猫そのものではない」凱風社 2015 p38
猫先生の弁
◇「猫愛」凱風社 2008（PD叢書）p16
◇「だから猫は猫そのものではない」凱風社 2015 p45
猫性
◇「猫愛」凱風社 2008（PD叢書）p13
◇「だから猫は猫そのものではない」凱風社 2015 p43
復讐
◇「文豪怪談傑作選 昭和篇」筑摩書房 2011（ちくま文庫）p114

とよずみ かなえ
冥冥
◇「平成28年熊本地震作品集」くまもと文学・歴史館友の会 2016 p26

豊田 有恒　とよた・ありつね（1938〜）
過去の翳
◇「恐竜文学大全」河出書房新社 1998（河出文庫）p40
火星で最後の…
◇「冒険の森へ―傑作小説大全 7」集英社 2016 p136
消す

とよた

◇「宇宙塵傑作選―日本SFの軌跡 2」出版芸術社 1997 p35

渋滞
◇「70年代日本SFベスト集成 4」筑摩書房 2015（ちくま文庫）p73

退魔戦記
◇「日本SF短篇50 1」早川書房 2013（ハヤカワ文庫JA）p51

隣りの風車
◇「日本原発小説集」水声社 2011 p27

両面宿儺
◇「日本SF・名作集成 2」リブリオ出版 2005 p7
◇「日本SF全集 1」出版芸術社 2009 p179
◇「70年代日本SFベスト集成 2」筑摩書房 2014（ちくま文庫）p135

渡り廊下
◇「怪談―24の恐怖」講談社 2004 p313
◇「60年代日本SFベスト集成」筑摩書房 2013（ちくま文庫）p83

豊田 一郎　とよだ・いちろう（1932～）

サクレクール寺院の静かな朝
◇「全作家短編小説集 7」全作家協会 2008 p160

死神たちの饗宴
◇「全作家短編小説集 6」全作家協会 2007 p100

驟雨
◇「扉の向こうへ」全作家協会 2014（全作家短編集）p6

新宿夜話
◇「全作家短編小説集 12」全作家協会 2013 p112

晩年
◇「全作家短編集 15」のべる出版企画 2016 p178

ボン・ヴォワイヤージュ
◇「全作家短編小説集 9」全作家協会 2010 p142

マリアの乳房
◇「全作家短編小説集 10」のべる出版 2011 p183

みゆき橋
◇「全作家短編小説集 8」全作家協会 2009 p80

豊田 一夫　とよだ・かずお（1927～2010）

兄の死
◇「ハンセン病文学全集 1」皓星社 2002 p167

ライの意識革命と予防法闘争（11）あなた達に言いたい
◇「ハンセン病文学全集 5」皓星社 2010 p157

豊田 穰　とよだ・じょう（1920～1994）

真珠湾・その生と死
◇「コレクション戦争と文学 8」集英社 2011 p38

山岡鉄舟
◇「人物日本剣豪伝 5」学陽書房 2001（人物文庫）p37

われ特攻に参加せず
◇「冒険の森へ―傑作小説大全 13」集英社 2016 p80

豊田 寿秋　とよだ・としあき

草原の果て
◇「甦る推理雑誌 5」光文社 2003（光文社文庫）p73

豊太郎　とよたろう

九月の詩壇（合評）（朱耀翰／泰雄／福督／梨雨公／X／簾吉／浮島）
◇「近代朝鮮文学日本語作品集1908～1945 セレクション 5」緑蔭書房 2008 p37

五月の詩壇（合評）（朱耀翰／簾吉／浮島／泰雄／福督／梨雨公／X）
◇「近代朝鮮文学日本語作品集1908～1945 セレクション 5」緑蔭書房 2008 p19

三月の詩壇（合評）（朱耀翰／泰雄／福督／梨雨公／X）
◇「近代朝鮮文学日本語作品集1908～1945 セレクション 5」緑蔭書房 2008 p9

四月の詩壇（合評）（朱耀翰／泰雄／福督／梨雨公／X／簾吉／浮島）
◇「近代朝鮮文学日本語作品集1908～1945 セレクション 5」緑蔭書房 2008 p13

七月の詩壇（朱耀翰／泰雄／福督／梨雨公／X）
◇「近代朝鮮文学日本語作品集1908～1945 セレクション 5」緑蔭書房 2008 p29

十月の詩壇（合評）（朱耀翰／泰雄／福督／梨雨公／X／簾吉／浮島）
◇「近代朝鮮文学日本語作品集1908～1945 セレクション 5」緑蔭書房 2008 p39

八月の詩壇（合評）（朱耀翰／泰雄／福督／梨雨公／X）
◇「近代朝鮮文学日本語作品集1908～1945 セレクション 5」緑蔭書房 2008 p33

六月の詩壇（合評）（朱耀翰／簾吉／浮島／泰雄／福督／梨雨公／X）
◇「近代朝鮮文学日本語作品集1908～1945 セレクション 5」緑蔭書房 2008 p23

豊永 青日　とよなが・せいじつ

山村に生きる
◇「日本統治期台湾文学集成 10」緑蔭書房 2003 p127

登米 裕一　とよね・ゆういち（1980～）

スメル
◇「優秀新人戯曲集 2012」ブロンズ新社 2011 p219

豊福 征子　とよふく・せいこ

雪女、ハワイに行く
◇「ゆきのまち幻想文学賞小品集 17」企画集団ぷりずむ 2008 p154

寅之介　とらのすけ

大安吉日
◇「ショートショートの広場 14」講談社 2003（講談社文庫）p118

とり・みき（1958〜）
　宇宙麵
　　◇「宇宙生物ゾーン」廣済堂出版 2000（廣済堂文庫）p301
　木突憑
　　◇「憑き者―全篇書下ろし傑作ホラーアンソロジー」アスキー 2000（A-novels）p687
　遠くへいきたい
　　◇「奇譚カーニバル」集英社 2000（集英社文庫）p305
　ネドコ一九九七年
　　◇「SFバカ本 白菜編」ジャストシステム 1997 p147
　　◇「SFバカ本 白菜篇プラス」廣済堂出版 1999（廣済堂文庫）p159
　万物理論―完全版 SF大将 特別編
　　◇「NOVA―書き下ろし日本SFコレクション 3」河出書房新社 2010（河出文庫）p13
　Mighty TOPIO
　　◇「拡張幻想」東京創元社 2012（創元SF文庫）p107
ドリアン助川　どりあんすけがわ（1962〜）
　影屋の告白
　　◇「ザ・ベストミステリーズ―推理小説年鑑 2006」講談社 2006 p29
　　◇「セブンミステリーズ」講談社 2009（講談社文庫）p287
　愚痴をこぼすなら情況を変える努力をしろ≫
　　乙武洋匡
　　◇「日本人の手紙 2」リブリオ出版 2004 p24
　湖面にて
　　◇「辞書、のような物語。」大修館書店 2013 p57
　箱のはなし
　　◇「ろうそくの炎がささやく言葉」勁草書房 2011 p96
　　◇「それでも三月は、また」講談社 2012 p191
鳥井 架南子　とりい・かなこ（1953〜）
　受賞の言葉 受賞のことば
　　◇「江戸川乱歩賞全集 15」講談社 2003 p308
　天女の末裔
　　◇「江戸川乱歩賞全集 15」講談社 2003（講談社文庫）p7
鳥井 及策　とりい・きゅうさく
　消えた男
　　◇「甦る推理雑誌 9」光文社 2003（光文社文庫）p279
鳥井 文樹　とりい・ふみき
　雪の日
　　◇「ゆきのまち幻想文学賞小品集 7」NTTメディアスコープ 1997 p182
鳥居 榕子　とりい・ようこ
　仏桑華
　　◇「日本統治期台湾文学集成 8」緑蔭書房 2002 p240

鳥海 永行　とりうみ・ひさゆき（1941〜）
　黄金龍の息吹
　　◇「ドラゴン殺し」メディアワークス 1997（電撃文庫）p143
鳥飼 否宇　とりかい・ひう（1960〜）
　ヴァーチャル・ライヴ10・8決戦
　　◇「ナゴヤドームで待ちあわせ」ポプラ社 2016 p97
　呻き淵
　　◇「驚愕遊園地」光文社 2013（最新ベスト・ミステリー）p213
　　◇「驚愕遊園地」光文社 2016（光文社文庫）p343
　敬虔過ぎた狂信者
　　◇「本格ミステリ 2005」講談社 2005（講談社ノベルス）p341
　　◇「大きな棺の小さな鍵―本格短編ベスト・セレクション」講談社 2009（講談社文庫）p509
　死刑囚はなぜ殺される
　　◇「ベスト本格ミステリ 2012」講談社 2012（講談社ノベルス）p319
　　◇「探偵の殺される夜―本格短編ベスト・セレクション」講談社 2016（講談社文庫）p445
　失敗作
　　◇「バカミスじゃない!?―史上空前のバカミス・アンソロジー」宝島社 2007 p227
　　◇「天地驚愕のミステリー」宝島社 2009（宝島社文庫）p13
　大山鳴動して鼠一匹
　　◇「宝石ザミステリー Blue」光文社 2016 p269
　天の狗
　　◇「ベスト本格ミステリ 2011」講談社 2011（講談社ノベルス）p153
　　◇「ザ・ベストミステリーズ―推理小説年鑑 2011」講談社 2011 p217
　　◇「Guilty殺意の連鎖」講談社 2014（講談社文庫）p153
　　◇「からくり伝說少女―本格短編ベスト・セレクション」講談社 2015（講談社文庫）p215
　天網恢恢疎にして漏らさず
　　◇「宝石ザミステリー Red」光文社 2016 p219
　二毛作
　　◇「ミステリ★オールスターズ」角川書店 2010 p93
　　◇「ミステリ・オールスターズ」角川書店 2012（角川文庫）p107
　廃墟と青空
　　◇「本格ミステリ 2004」講談社 2004（講談社ノベルス）p81
　　◇「深夜バス78回転の問題―本格短編ベスト・セレクション」講談社 2008（講談社文庫）p123
　墓守ギャルポの誉れ
　　◇「ベスト本格ミステリ 2013」講談社 2013（講談社ノベルス）p245
　ブラックジョーク
　　◇「9の扉―リレー短編集」マガジンハウス 2009 p85
　　◇「9の扉」KADOKAWA 2013（角川文庫）p79
　眼の池

とりか

◇「ザ・ベストミステリーズ―推理小説年鑑 2010」講談社 2010 p259
◇「BORDER善と悪の境界」講談社 2013 (講談社文庫) p211

幽霊トンネルの怪
◇「密室と奇蹟―J.D.カー生誕百周年記念アンソロジー」東京創元社 2006 p195

鳥潟 詔子　とりがた・のりこ

デッキから手を振った貴方が忘れられない≫恋人
◇「日本人の手紙 4」リブリオ出版 2004 p211

鳥越 碧　とりごえ・みどり（1944～）

霞ヶ谷
◇「輝きの一瞬―短くて心に残る30編」講談社 1999 (講談社文庫) p201

酉島 伝法　とりしま・でんぽう（1970～）

痕の祀り
◇「多々良島ふたたび―ウルトラ怪獣アンソロジー」早川書房 2015 (TSUBURAYA×HAYAKAWA UNIVERSE) p287

洞の街―第二回創元SF短編賞受賞後第一作
◇「原色の想像力―創元SF短編賞アンソロジー 2」東京創元社 2012 (創元SF文庫) p333

皆勤の徒―第二回創元SF短編賞受賞作
◇「結晶銀河―年刊日本SF傑作選」東京創元社 2011 (創元SF文庫) p449

奏で手のヌフレツン
◇「NOVA+―書き下ろし日本SFコレクション バベル」河出書房新社 2014 (河出文庫) p275

環刑錮
◇「折り紙衛星の伝説」東京創元社 2015 (創元SF文庫) p449
◇「短篇ベストコレクション―現代の小説 2015」徳間書店 2015 (徳間文庫) p249

史上最大の侵略
◇「多々良島ふたたび―ウルトラ怪獣アンソロジー」早川書房 2015 (TSUBURAYA×HAYAKAWA UNIVERSE) p329

橡
◇「アステロイド・ツリーの彼方へ」東京創元社 2016 (創元SF文庫) p357

電話中につき、ベス
◇「さよならの儀式」東京創元社 2014 (創元SF文庫) p409

ひとり気味
◇「本迷宮―本を巡る不思議な物語」日本図書設計家協会 2016 p65

土呂 八郎　とろ・はちろう

手摺りの理（ことわり）
◇「幻の探偵雑誌 2」光文社 2000 (光文社文庫) p253

トロチェフ，コンスタンチン　Troutscheff, Constantine（1928～2006）

あにき
◇「ハンセン病文学全集 7」皓星社 2004 p34

雨
◇「ハンセン病文学全集 7」皓星社 2004 p35

うたのあしあと
◇「ハンセン病文学全集 7」皓星社 2004 p518

カプリの夜
◇「ハンセン病文学全集 7」皓星社 2004 p37

きみと山
◇「ハンセン病文学全集 7」皓星社 2004 p39

ここの一年
◇「ハンセン病文学全集 7」皓星社 2004 p518

こころの古里
◇「ハンセン病文学全集 7」皓星社 2004 p41

この世の中
◇「ハンセン病文学全集 7」皓星社 2004 p519

さくらと若さ
◇「ハンセン病文学全集 7」皓星社 2004 p35

サンデー・セレナーデ
◇「ハンセン病文学全集 7」皓星社 2004 p520

凪
◇「ハンセン病文学全集 7」皓星社 2004 p36

ナガサキ しばらく
◇「ハンセン病文学全集 7」皓星社 2004 p39

二重奏
◇「ハンセン病文学全集 7」皓星社 2004 p35

はるのうた
◇「ハンセン病文学全集 7」皓星社 2004 p34

びょういんのさくら
◇「ハンセン病文学全集 7」皓星社 2004 p518

ふるさと
◇「ハンセン病文学全集 7」皓星社 2004 p520

ほかの せかいで またあおう
◇「ハンセン病文学全集 7」皓星社 2004 p37

ぼくのロシア
◇「ハンセン病文学全集 7」皓星社 2004 p34

僕のロシア―十月革命
◇「ハンセン病文学全集 7」皓星社 2004 p41

目
◇「ハンセン病文学全集 7」皓星社 2004 p35

夕方のかげ
◇「ハンセン病文学全集 7」皓星社 2004 p36

ゆき
◇「ハンセン病文学全集 7」皓星社 2004 p519

雪のバレエ
◇「ハンセン病文学全集 7」皓星社 2004 p40

ゆめのせかいの上で
◇「ハンセン病文学全集 7」皓星社 2004 p37

よろこび
◇「ハンセン病文学全集 7」皓星社 2004 p39

十和　とわ

深恋

◇「恋みち―現代版・源氏物語」スターツ出版 2008 p235

十和田 操　とわだ・みさお（1900〜1978）
　押入の中の鏡花先生
　　◇「名短篇、さらにあり」筑摩書房 2008（ちくま文庫）p113

永遠月 心悟　とわづき・しんご
　二十四センチのパンプス
　　◇「ひらく―第15回フェリシモ文学賞」フェリシモ 2012 p144

呑海翁　どんかいおう
　血染めのバット
　　◇「幻の探偵雑誌 7」光文社 2001（光文社文庫）p109

【 な 】

羅 雄　ナ・ウン
　朝鮮映畫の現状―今日及び明日の問題
　　◇「近代朝鮮文学日本語作品集1901〜1938 評論・随筆篇 2」緑蔭書房 2004 p109

内藤 濯　ないとう・あろう（1883〜1977）
　とうとうパリの人になった。夢のようだ≫内藤悠子
　　◇「日本人の手紙 7」リブリオ出版 2004 p103

内藤 和宏　ないとう・かずひろ
　ダイエットな密室
　　◇「本格推理 10」光文社 1997（光文社文庫）p83

内藤 正敏　ないとう・まさとし（1938〜）
　鬼を操り、鬼となった人びと（小松和彦）
　　◇「七人の安倍晴明」桜桃書房 1998 p223
　魔境・京都（内藤正敏）
　　◇「鬼譚」筑摩書房 2014（ちくま文庫）p225

内藤 みか　ないとう・みか（1971〜）
　がんばれるわけは…
　　◇「3.11心に残る140字の物語」学研パブリッシング 2011 p94
　きっとまた会えるから。
　　◇「3.11心に残る140字の物語」学研パブリッシング 2011 p17
　故郷が呼んでいる
　　◇「3.11心に残る140字の物語」学研パブリッシング 2011 p82
　シンデレラのディナー
　　◇「結婚貧乏」幻冬舎 2003 p123
　宝物は何ですか？
　　◇「3.11心に残る140字の物語」学研パブリッシング 2011 p56
　micanaitoh
　　◇「140字の物語―Twitter小説集　twnovel」ディスカヴァー・トゥエンティワン 2009 p9

内藤 了　ないとう・りょう
　戸隠キャンプ場にて
　　◇「てのひら怪談 癸巳」KADOKAWA 2013（MF文庫ダ・ヴィンチ）p44
　踏まれる
　　◇「てのひら怪談―ビーケーワン怪談大賞傑作選 庚寅」ポプラ社 2010（ポプラ文庫）p96
　真夜中に豚汁
　　◇「てのひら怪談―ビーケーワン怪談大賞傑作選 辛卯」ポプラ社 2011（ポプラ文庫）p190

内藤 零　ないとう・れい
　当選者発表
　　◇「ショートショートの広場 16」講談社 2005（講談社文庫）p116

ないりこけし
　堕胎せよ地球の仔
　　◇「人は死んだら電柱になる―電柱アンソロジー」遠すぎる未来団 2014 p76

直　なお
　返して
　　◇「てのひら怪談―ビーケーワン怪談大賞傑作選 壬辰」ポプラ社 2012（ポプラ文庫）p228

直木 三十五　なおき・さんじゅうご（1891〜1934）
　討ום
　　◇「赤穂浪士伝奇」勉誠出版 2002（べんせいライブラリー）p35
　大岡越前の独立
　　◇「傑作捕物ワールド 6」リブリオ出版 2002 p5
　鍵屋の辻
　　◇「新装版 全集現代文学の発見 16」學藝書林 2005 p264
　果物地獄
　　◇「もの食う話」文藝春秋 2015（文春文庫）p268
　近藤勇と科学
　　◇「新選組興亡録」角川書店 2003（角川文庫）p185
　新説天一坊
　　◇「捕物時代小説選集 4」春陽堂書店 2000（春陽文庫）p208
　寺阪吉右衛門の逃亡
　　◇「忠臣蔵コレクション 3」河出書房新社 1998（河出文庫）p159
　日本剣豪列伝―宮本武蔵の巻
　　◇「宮本武蔵伝奇」勉誠出版 2002（べんせいライブラリー）p25
　弁慶と九九九事件
　　◇「源義経の時代―短篇小説集」作品社 2004 p65
　宮本武蔵
　　◇「宮本武蔵―剣豪列伝」廣済堂出版 1997（廣済堂文庫）p2
　　◇「極め付き時代小説選 1」中央公論新社 2004（中

なか

公文庫）p329
ロボットとベッドの重量
◇「懐かしい未来―甦る明治・大正・昭和の未来小説」中央公論新社 2001 p230

中 勘助　なか・かんすけ（1885～1965）
いかるの話
◇「奇跡」国書刊行会 2000（書物の王国）p74
妹の死
◇「百年小説」ポプラ社 2008 p479
銀の匙（抄）
◇「ファイン／キュート素敵かわいい作品選」筑摩書房 2015（ちくま文庫）p116
銀の匙 抜粋
◇「奇妙な恋の物語」光文社 1998（光文社文庫）p253
島守
◇「心洗われる話」筑摩書房 2010（ちくま文学の森）p265
◇「日本文学100年の名作 2」新潮社 2014（新潮文庫）p9
漱石先生と私
◇「創刊一〇〇年三田文学名作選」三田文学会 2010 p618
孟宗の藪（抄）
◇「文豪てのひら怪談」ポプラ社 2009（ポプラ文庫）p110
ゆめ
◇「夢」国書刊行会 1998（書物の王国）p17
◇「人獣怪婚」筑摩書房 2000（ちくま文庫）p223
◇「文豪怪談傑作選 大正篇」筑摩書房 2011（ちくま文庫）p34
夢の日記
◇「文豪怪談傑作選 大正篇」筑摩書房 2011（ちくま文庫）p43
夢の日記から
◇「文豪怪談傑作選 大正篇」筑摩書房 2011（ちくま文庫）p19
◇「文豪山怪奇譚―山の怪談名作選」山と渓谷社 2016 p147

那珂 太郎　なか・たろう（1922～2014）
秋の…
◇「新装版 全集現代文学の発見 13」學藝書林 2004 p408
アメリの雨
◇「新装版 全集現代文学の発見 13」學藝書林 2004 p417
詩集 音楽
◇「新装版 全集現代文学の発見 13」學藝書林 2004 p408
くゆるパイプのけむりの波の…
◇「新装版 全集現代文学の発見 13」學藝書林 2004 p411
〈毛〉のモチイフによる或る展覧会のためのエスキス
◇「新装版 全集現代文学の発見 13」學藝書林 2004 p414
作品A
◇「新装版 全集現代文学の発見 13」學藝書林 2004 p408
作品B
◇「新装版 全集現代文学の発見 13」學藝書林 2004 p409
作品C
◇「新装版 全集現代文学の発見 13」學藝書林 2004 p409
小品
◇「新装版 全集現代文学の発見 13」學藝書林 2004 p417
鎮魂歌
◇「新装版 全集現代文学の発見 13」學藝書林 2004 p412
塔
◇「新装版 全集現代文学の発見 13」學藝書林 2004 p410
透明な鳥籠
◇「新装版 全集現代文学の発見 13」學藝書林 2004 p416
フオオトリエの鳥
◇「新装版 全集現代文学の発見 13」學藝書林 2004 p412
繭
◇「新装版 全集現代文学の発見 13」學藝書林 2004 p409

那珂 良二　なか・りょうじ
海底国境線―昭和一七年
◇「日米架空戦記集成―明治・大正・昭和」中央公論新社 2003（中公文庫）p99

長井 彬　ながい・あきら（1924～2002）
悪女の谷
◇「山岳迷宮（ラビリンス）―山のミステリー傑作選」光文社 2016（光文社文庫）p235
帰り花
◇「謎―スペシャル・ブレンド・ミステリー 003」講談社 2008（講談社文庫）p297
原子炉の蟹
◇「江戸川乱歩賞全集 13」講談社 2002（講談社文庫）p7
受賞の言葉 受賞のことば
◇「江戸川乱歩賞全集 13」講談社 2002 p404
白馬岳の失踪
◇「迷宮の旅行者―本格推理展覧会」青樹社 1999（青樹社文庫）p147

永井 恵理子　ながい・えりこ
もぐらのダッシュ
◇「丸の内の誘惑」マガジンハウス 1999 p111

中井 桜洲　なかい・おうしゅう（1838～1894）
漫遊記程（抄）下

◇「新日本古典文学大系 明治編 5」岩波書店 2009 p359

永井 荷風　ながい・かふう（1879〜1959）

閑地（あきち）
◇「ちくま日本文学 19」筑摩書房 2008（ちくま文庫）p246

秋のちまた
◇「ちくま日本文学 19」筑摩書房 2008（ちくま文庫）p34

畦道
◇「文豪たちが書いた耽美小説短編集」彩図社 2015 p39

雨瀟瀟
◇「文士の意地―車谷長吉撰短篇小説輯 上巻」作品社 2005 p50

あめりか物語
◇「ちくま日本文学 19」筑摩書房 2008（ちくま文庫）p9

淫祠
◇「ちくま日本文学 19」筑摩書房 2008（ちくま文庫）p195

榎物語
◇「とっておきの話」筑摩書房 2011（ちくま文学の森）p233

落葉
◇「ちくま日本文学 19」筑摩書房 2008（ちくま文庫）p19

崖
◇「ちくま日本文学 19」筑摩書房 2008（ちくま文庫）p264

樹
◇「ちくま日本文学 19」筑摩書房 2008（ちくま文庫）p197

狐
◇「近代小説〈異界〉を読む」双文社出版 1999 p30
◇「明治の文学 25」筑摩書房 2001 p142
◇「いきものがたり」双文社出版 2013 p36

乙卯（きのとう）の年晩秋 荷風小史
◇「ちくま日本文学 19」筑摩書房 2008（ちくま文庫）p182

勲章
◇「百年小説」ポプラ社 2008 p413
◇「コレクション戦争と文学 15」集英社 2012 p267

戯作者の死
◇「創刊一〇〇年三田文学名作選」三田文学会 2010 p77

紅茶の後
◇「創刊一〇〇年三田文学名作選」三田文学会 2010 p614

西遊日誌抄
◇「ちくま日本文学 19」筑摩書房 2008（ちくま文庫）p114

坂
◇「ちくま日本文学 19」筑摩書房 2008（ちくま文庫）p278

地獄の花
◇「明治の文学 25」筑摩書房 2001 p5

妾宅
◇「丸谷才一編・花柳小説傑作選」講談社 2013（講談社文芸文庫）p295

妾宅（抄）
◇「もの食う話」文藝春秋 2015（文春文庫）p46

序〔日和下駄〕
◇「ちくま日本文学 19」筑摩書房 2008 p181

西瓜
◇「文人御馳走帖」新潮社 2014（新潮文庫）p97

すみだ川
◇「明治の文学 25」筑摩書房 2001 p177
◇「ちくま日本文学 19」筑摩書房 2008（ちくま文庫）p44

大正七年正月七日―『断腸亭日乗』より
◇「超短編アンソロジー」筑摩書房 2002（ちくま文庫）p194

断腸亭日乗
◇「ちくま日本文学 19」筑摩書房 2008 p441
◇「読み聞かせる戦争」光文社 2015 p113

地図
◇「ちくま日本文学 19」筑摩書房 2008（ちくま文庫）p206

寺
◇「ちくま日本文学 19」筑摩書房 2008（ちくま文庫）p211

曇天
◇「短編名作選―1885-1924 小説の曙」笠間書院 2003 p181

にぎり飯
◇「闇市」皓星社 2015（紙礫）p129

花火
◇「ちくま日本文学 19」筑摩書房 2008（ちくま文庫）p427
◇「蘇らぬ朝「大逆事件」以後の文学」インパクト出版会 2010（インパクト選書）p79
◇「読んでおきたい近代日本小説選」龍書房 2012 p112
◇「丸谷才一編・花柳小説傑作選」講談社 2013（講談社文芸文庫）p323

ひかげの花
◇「魂がふるえるとき」文藝春秋 2004（文春文庫）p221

人妻――一九四九（昭和二四）年一〇月
◇「BUNGO―文豪短篇傑作選」角川書店 2012（角川文庫）p223

日和下駄
◇「ちくま日本文学 19」筑摩書房 2008（ちくま文庫）p182

日和下駄 一名 東京散策記
◇「ちくま日本文学 19」筑摩書房 2008（ちくま文庫）p181

日和下駄 第十一 夕陽 附 富士眺望
◇「富士山」角川書店 2013（角川文庫）p49

なかい

深川の唄
◇「明治の文学 25」筑摩書房 2001 p159
◇「日本近代短篇小説選 明治篇2」岩波書店 2013（岩波文庫）p183

深川の散歩
◇「あやかしの深川―受け継がれる怪異な土地の物語」猿江商會 2016 p164

葡萄棚
◇「丸谷才一編・花柳小説傑作選」講談社 2013（講談社文芸文庫）p333

ふらんす物語
◇「ちくま日本文学 19」筑摩書房 2008（ちくま文庫）p28

濹東綺譚
◇「ちくま日本文学 19」筑摩書房 2008（ちくま文庫）p291

松葉巴
◇「日本文学全集 26」河出書房新社 2017 p157

見下されて長居はかえってお邪魔＞藤蔭静枝
◇「日本人の手紙 6」リブリオ出版 2004 p96

水 附 渡船
◇「ちくま日本文学 19」筑摩書房 2008（ちくま文庫）p223

夕陽 附 富士眺望
◇「ちくま日本文学 19」筑摩書房 2008（ちくま文庫）p284

雪解け
◇「読んでおきたい近代日本小説選」龍書房 2012 p118

羊羹
◇「日本文学100年の名作 4」新潮社 2014（新潮文庫）p133

来訪者
◇「文豪怪談傑作選 昭和篇」筑摩書房 2011（ちくま文庫）p9

林間
◇「ちくま日本文学 19」筑摩書房 2008（ちくま文庫）p9

路地
◇「ちくま日本文学 19」筑摩書房 2008（ちくま文庫）p240

ローン河のほとり
◇「ちくま日本文学 19」筑摩書房 2008（ちくま文庫）p28

永井 豪　ながい・ごう（1945～）

邪神戦記
◇「七人の役小角」小学館 2007（小学館文庫）p101

ススムちゃん大ショック
◇「70年代日本SFベスト集成 1」筑摩書房 2014（ちくま文庫）p285

真夜中の戦士
◇「70年代日本SFベスト集成 4」筑摩書房 2015（ちくま文庫）p287

永井 静夫　ながい・しずお（1906～1998）

冬風の島
◇「ハンセン病文学全集 8」皓星社 2006 p536

永井 するみ　ながい・するみ（1961～）

重すぎて
◇「不透明な殺人―ミステリー・アンソロジー」祥伝社 1999（祥伝社文庫）p209

カラフル
◇「緋迷宮―ミステリー・アンソロジー」祥伝社 2001（祥伝社文庫）p47

洗足の家
◇「らせん階段―女流ミステリー傑作選」角川春樹事務所 2003（ハルキ文庫）p143

ターコイズブルーの温もり
◇「Colors」ホーム社 2008 p121
◇「Colors」集英社 2009（集英社文庫）p157

針
◇「勿忘草―恋愛ホラー・アンソロジー」祥伝社 2003（祥伝社文庫）p243

冬枯れの木
◇「事件現場に行こう―最新ベスト・ミステリー カレイドスコープ編」光文社 2001（カッパ・ノベルス）p117

プレゼント
◇「白のミステリー―女性ミステリー作家傑作選」光文社 1997 p471
◇「女性ミステリー作家傑作選 2」光文社 1999（光文社文庫）p263

マリーゴールド
◇「推理小説代表作選集―推理小説年鑑 1997」講談社 1997 p81
◇「殺人哀モード」講談社 2000（講談社文庫）p261

歪んだ月
◇「悪魔のような女―女流ミステリー傑作選」角川春樹事務所 2001（ハルキ文庫）p77

雪模様
◇「事件を追いかけろ―最新ベスト・ミステリー サプライズの花束編」光文社 2004（カッパ・ノベルス）p297
◇「事件を追いかけろ サプライズの花束編」光文社 2009（光文社文庫）p389

落花
◇「紅迷宮―ミステリー・アンソロジー」祥伝社 2002（祥伝社文庫）p251

隣人
◇「小説推理新人賞受賞作アンソロジー 2」双葉社 2000（双葉文庫）p7

永井 龍男　ながい・たつお（1904～1990）

青梅雨
◇「新装版 全集現代文学の発見 5」學藝書林 2003 p410
◇「見上げれば星は天に満ちて―心に残る物語―日本文学秀作選」文藝春秋 2005（文春文庫）p225
◇「文士の意地―車谷長吉撰短篇小説輯 下巻」作品社 2005 p7

秋
　◇「川端康成文学賞全作品 1」新潮社 1999 p25
朝霧
　◇「日本文学100年の名作 4」新潮社 2014（新潮文庫）p231
ある書き出し
　◇「創刊一〇〇年三田文学名作選」三田文学会 2010 p198
沖田総司
　◇「新選組読本」光文社 2003（光文社文庫）p405
　◇「日本剣客伝 幕末篇」朝日新聞出版 2012（朝日文庫）p317
刈田の畦
　◇「山形県文学全集第1期（小説編）4」郷土出版社 2004 p283
胡桃割り
　◇「日本近代短篇小説選 昭和篇2」岩波書店 2012（岩波文庫）p245
　◇「教科書名短篇 少年時代」中央公論新社 2016（中公文庫）p23
黒い御飯
　◇「少年の眼―大人になる前の物語」光文社 1997（光文社文庫）p433
　◇「もの食う話」文藝春秋 2015（文春文庫）p193
小美術館で
　◇「百年小説」ポプラ社 2008 p1167
竹藪の前
　◇「戦後占領期短篇小説コレクション 1」藤原書店 2007 p67
出口入口
　◇「名短篇、さらにあり」筑摩書房 2008（ちくま文庫）p29
　◇「教科書に載った小説」ポプラ社 2008 p23
　◇「教科書に載った小説」ポプラ社 2012（ポプラ文庫）p23
冬の日
　◇「戦後短篇小説再発見 13」講談社 2003（講談社文芸文庫）p99
へちまの棚
　◇「歴史小説の世紀 天の巻」新潮社 2000（新潮文庫）p411
蜜柑
　◇「魂がふるえるとき」文藝春秋 2004（文春文庫）p101
　◇「丸谷才一編・花柳小説傑作選」講談社 2013（講談社文芸文庫）p177

中井 紀夫　なかい・のりお（1952〜）
宇宙人もいるぼくの街
　◇「SFバカ本 ペンギン篇」廣済堂出版 1999（廣済堂文庫）p121
海辺で出会って
　◇「夏のグランドホテル」光文社 2003（光文社文庫）p13
歓楽街
　◇「時間怪談」廣済堂出版 1999（廣済堂文庫）p351

きれいになった
　◇「変身」廣済堂出版 1998（廣済堂文庫）p67
恋の味
　◇「人魚の血―珠玉アンソロジー オリジナル＆スタンダート」光文社 2001（カッパ・ノベルス）p187
こんなの、はじめて
　◇「ひとにぎりの異形」光文社 2007（光文社文庫）p318
三次会まで
　◇「屍者の行進」廣済堂出版 1998（廣済堂文庫）p171
十一台の携帯電話
　◇「闇電話」光文社 2006（光文社文庫）p65
　◇「電話ミステリー倶楽部―傑作推理小説集」光文社 2016（光文社文庫）p319
ジュラシック・ベイビー
　◇「SFバカ本 たわし篇プラス」廣済堂出版 1998（廣済堂文庫）p183
ジントニックの客
　◇「酒の夜語り」光文社 2002（光文社文庫）p57
ドア
　◇「恐怖症」光文社 2002（光文社文庫）p17
通り魔の夜
　◇「妖女」光文社 2004（光文社文庫）p323
バスタブの湯
　◇「雪女のキス」光文社 2000（カッパ・ノベルス）p131
Vファミ
　◇「リモコン変化」廣済堂出版 2000（廣済堂文庫）p85
深い穴
　◇「帰還」光文社 2000（光文社文庫）p251
見果てぬ風
　◇「日本SF短篇50 3」早川書房 2013（ハヤカワ文庫JA）p203
山の上の交響楽
　◇「日本SF・名作集成 10」リブリオ出版 2005 p7
　◇「てのひらの宇宙―星雲賞短編SF傑作選」東京創元社 2013（創元SF文庫）p233

中井 英夫　なかい・ひでお（1922〜1993）
あるふぁべてぃく
　◇「きのこ文学名作選」港の人 2010 p237
影人（えいじん）
　◇「日本怪奇小説傑作集 3」東京創元社 2005（創元推理文庫）p253
鏡と影の世界―わが"のすたるじあ"
　◇「分身」国書刊行会 1999（書物の王国）p245
鏡に棲む男
　◇「戦後短篇小説再発見 18」講談社 2004（講談社文芸文庫）p110
　◇「たんときれいに召し上がれ―美食文学精選」芸術新聞社 2015 p323
影の狩人
　◇「屍鬼の血族」桜桃書房 1999 p303

なかい

影の舞踏会
- ◇「血と薔薇の誘う夜に―吸血鬼ホラー傑作選」角川書店 2005（角川ホラー文庫）p21

影の舞踏会
- ◇「新編・日本幻想文学集成 1」国書刊行会 2016 p396

火星植物園
- ◇「新編・日本幻想文学集成 1」国書刊行会 2016 p387

被衣
- ◇「新編・日本幻想文学集成 1」国書刊行会 2016 p439

「カーの欠陥本」
- ◇「古書ミステリー倶楽部―傑作推理小説集 2」光文社 2014（光文社文庫）p281

黒塚
- ◇「恐怖の花」ランダムハウス講談社 2007 p113

幻戯
- ◇「魔術師」角川書店 2001（角川ホラー文庫）p199
- ◇「新編・日本幻想文学集成 1」国書刊行会 2016 p455

公園にて
- ◇「少年の眼―大人になる前の物語」光文社 1997（光文社文庫）p199

殺人者の憩いの家
- ◇「甦る「幻影城」 3」角川書店 1998（カドカワ・エンタテインメント）p341
- ◇「幻影城―【探偵小説誌】不朽の名作」角川書店 2000（角川ホラー文庫）p401

銃器店へ
- ◇「新編・日本幻想文学集成 1」国書刊行会 2016 p483

大望ある乗客
- ◇「恐怖特急」光文社 2002（光文社文庫）p47

卵の王子たち
- ◇「新編・日本幻想文学集成 1」国書刊行会 2016 p514

地下街
- ◇「幻視の系譜」筑摩書房 2013（ちくま文庫）p456
- ◇「新編・日本幻想文学集成 1」国書刊行会 2016 p405

天蓋
- ◇「妖蟲ヶ刻―時間怪談傑作選」徳間書店 2000（徳間文庫）p253

日蝕の子ら
- ◇「新編・日本幻想文学集成 1」国書刊行会 2016 p465

人形たちの夜（抄）
- ◇「山形県文学全集第1期（小説編） 5」郷土出版社 2004 p141

廃屋を訪ねて
- ◇「十月のカーニヴァル」光文社 2000（カッパ・ノベルス）p295

薔人
- ◇「新編・日本幻想文学集成 1」国書刊行会 2016 p447

薔薇の縛め
- ◇「リテラリーゴシック・イン・ジャパン―文学的ゴシック作品選」筑摩書房 2014（ちくま文庫）p177
- ◇「新編・日本幻想文学集成 1」国書刊行会 2016 p430

薔薇の獄
- ◇「新編・日本幻想文学集成 1」国書刊行会 2016 p423

干からびた犯罪
- ◇「不思議の国のアリス ミステリー館」河出書房新社 2015（河出文庫）p155

樒館の殺人
- ◇「古書ミステリー倶楽部―傑作推理小説集 2」光文社 2014（光文社文庫）p273

牧神の春
- ◇「変身のロマン」学習研究社 2003（学研M文庫）p179
- ◇「小川洋子の陶酔短篇箱」河出書房新社 2014 p65
- ◇「新編・日本幻想文学集成 1」国書刊行会 2016 p414

星の砕片
- ◇「新編・日本幻想文学集成 1」国書刊行会 2016 p521

街の中にタイムトンネルを見つけた
- ◇「架空の町」国書刊行会 1997（書物の王国）p142

見知らぬ旗
- ◇「コレクション戦争と文学 15」集英社 2012 p13

目をとぢて…
- ◇「俳句殺人事件―巻頭句の女」光文社 2001（光文社文庫）p403

夕映少年
- ◇「新編・日本幻想文学集成 1」国書刊行会 2016 p518

黄泉戸喫
- ◇「凶鳥の黒影―中井英夫へ捧げるオマージュ」河出書房新社 2004 p215

夜への誘い
- ◇「怪猫鬼談」人類文化社 1999 p39

緑青期
- ◇「乱歩の幻影」筑摩書房 1999（ちくま文庫）p139

中居 真麻 なかい・まあさ（1982～）

大塩では、うしろいちりょうのとびらがひらきません
- ◇「5分で読める！ ひと駅ストーリー 降車編」宝島社 2012（宝島社文庫）p201

ガールズトーク
- ◇「LOVE & TRIP by LESPORTSAC」宝島社 2013（宝島社文庫）p219

嫌われ女
- ◇「5分で読める！ ひと駅ストーリー 猫の物語」宝島社 2014（宝島社文庫）p199

月のない夏の夜のこと
- ◇「5分で読める！ ひと駅ストーリー 夏の記憶東口編」宝島社 2013（宝島社文庫）p221

薔薇雪が降るころ
◇「ゆきのまち幻想文学賞小品集 14」企画集団ぷりずむ 2005 p122

中井 正文 なかい・まさふみ（1913～2016）

名前のない男
◇「コレクション戦争と文学 13」集英社 2011 p409

永井 路子 ながい・みちこ（1925～）

足音
◇「江戸恋い明け鳥」光風社出版 1999（光風社文庫）p121

あたしとむじなたち
◇「浜町河岸夕化粧」光風社出版 1998（光風社文庫）p189

雨の香り
◇「人情の往来─時代小説最前線」新潮社 1997（新潮文庫）p61

猪に乗った男
◇「必殺天誅剣」光風社出版 1999（光風社文庫）p259

右京局小夜がたり
◇「歴史小説の世紀 地の巻」新潮社 2000（新潮文庫）p441

卯三次のウ
◇「慕情深川しぐれ」光風社出版 1998（光風社文庫）p291
◇「大江戸犯科帖─時代推理小説名作選」双葉社 2003（双葉文庫）p199

薄闇の桜
◇「剣が舞い落花が舞い─時代小説傑作選」講談社 1998（講談社文庫）p389

海から来た側女
◇「ひらめく秘太刀」光風社出版 1998（光風社文庫）p87

裏切りしは誰ぞ
◇「極め付き時代小説選 1」中央公論新社 2004（中公文庫）p295

お市の三人娘の生存競争
◇「おんなの戦」角川書店 2010（角川文庫）p7

かこめ扇
◇「花ごよみ夢一夜」光風社出版 2001（光風社文庫）p225

からくり紅花
◇「剣が謎を斬る─名作で読む推理小説史 時代ミステリー傑作選」光文社 2005（光文社文庫）p263

寒椿
◇「鬼火が呼んでいる─時代小説傑作選」講談社 1997（講談社文庫）p75

寂光院残照
◇「風の中の剣士」光風社出版 1998（光風社文庫）p7

樹影
◇「美女峠に星が流れる─時代小説傑作選」講談社 1999（講談社文庫）p59

裾野─曾我十郎・五郎
◇「人物日本の歴史─時代小説版 古代中世編」小学館 2004（小学館文庫）p193

青苔記
◇「本能寺・男たちの決断─傑作時代小説」PHP研究所 2007（PHP文庫）p121

関ケ原別記
◇「関ケ原・運命を分けた決断─傑作時代小説」PHP研究所 2007（PHP文庫）p189

その後の大石一家─律女覚え書
◇「忠臣蔵コレクション 4」河出書房新社 1998（河出文庫）p79

寵姫
◇「剣鬼らの饗宴」光風社出版 1998（光風社文庫）p181

敵将に殉じた猛母─淀殿
◇「おんなの戦」角川書店 2010（角川文庫）p8

長崎犯科帳
◇「傑作捕物ワールド 7」リブリオ出版 2002 p5

二人の義経
◇「源義経の時代─短篇小説集」作品社 2004 p137

宝治の乱残葉
◇「鎮守の森に鬼が棲む─時代小説傑作選」講談社 2001（講談社文庫）p157

母子かづら
◇「江戸の秘恋─時代小説傑作選」徳間書店 2004（徳間文庫）p355

無欲にして強運─お江
◇「おんなの戦」角川書店 2010（角川文庫）p37

夢の声
◇「夢がたり大川端」光風社出版 1998（光風社文庫）p23

世渡り上手の知恵者─お初
◇「おんなの戦」角川書店 2010（角川文庫）p25

流転の若鷹
◇「疾風怒濤！ 上杉戦記─傑作時代小説」PHP研究所 2008（PHP文庫）p91

永井 陽子 ながい・ようこ（1951～2000）

永井陽子十三首
◇「ファイン／キュート素敵かわいい作品選」筑摩書房 2015（ちくま文庫）p72

永井 義男 ながい・よしお（1949～）

小便組始末記
◇「捨て子稲荷─時代アンソロジー」祥伝社 1999（祥伝社文庫）p249

中内 かなみ なかうち・かなみ

沈蔵
◇「アジアン怪綺」光文社 2003（光文社文庫）p53

永江 久美子 ながえ・くみこ

白鷺神社白蛇奇話
◇「ゆきのまち幻想文学賞小品集 20」企画集団ぷりずむ 2011 p164

中江 灯子　なかえ・とうこ

埋火
◇「ハンセン病文学全集 9」皓星社 2010 p134

遺句集 **ななかまど**
◇「ハンセン病文学全集 9」皓星社 2010 p186

句集 **冬銀河**
◇「ハンセン病文学全集 9」皓星社 2010 p171

長江 俊和　ながえ・としかず（1966～）

原罪SHOW
◇「ザ・ベストミステリーズ―推理小説年鑑 2012」講談社 2012 p257
◇「Question謎解きの最高峰」講談社 2015（講談社文庫）p275

杜の囚人
◇「Mystery Seller」新潮社 2012（新潮文庫）p453

長尾 宇迦　ながお・うか（1926～2018）

野ざらしの唄
◇「12の贈り物―東日本大震災支援岩手県在住作家自選短編集」荒蝦夷 2011（叢書東北の声）p6

長尾 和男　ながお・かずお

伝記小説 **呉鳳**
◇「日本統治期台湾文学集成 27」緑蔭書房 2007 p159

純情物語愛国乙女 サヨンの鐘
◇「日本統治期台湾文学集成 28」緑蔭書房 2007 p353

中尾 寛　なかお・ひろし（1974～）

梅雨明け鴉
◇「妖女」光文社 2004（光文社文庫）p543

よいどれの子
◇「ひとにぎりの異形」光文社 2007（光文社文庫）p191

仲生 まい　なかお・まい

Private Laughter
◇「冷と温―第13回フェリシモ文学賞作品集」フェリシモ 2010 p125

長尾 豊　ながお・ゆたか（1889～1936）

女に追ひかけられる
◇「陰陽師伝奇大全」白泉社 2001 p239

長尾 由多加　ながお・ゆたか（1952～）

庭の薔薇の紅い花びらの下
◇「逆転の瞬間」文藝春秋 1998（文春文庫）p215

永岡 慶之助　ながおか・けいのすけ（1922～）

甲斐国追放―武田信玄
◇「時代小説傑作選 7」新人物往来社 2008 p77

神崎与五郎
◇「定本・忠臣蔵四十七人集」双葉社 1998 p145

くノ一懺悔―望月千代女
◇「信州歴史時代小説傑作選 3」しなのき書房 2007 p197
◇「時代小説傑作選 5」新人物往来社 2008 p149

剣技凄絶孫四郎の休日
◇「柳生秘剣伝奇」勉誠出版 2002（べんせいライブラリー）p57

諏訪御料人
◇「信州歴史時代小説傑作選 5」しなのき書房 2007 p19

宮崎友禅斎
◇「江戸夢あかり」学習研究社 2003（学研M文庫）p339
◇「江戸夢あかり」学研パブリッシング 2013（学研M文庫）p339

長岡 千代子　ながおか・ちよこ

遠きうす闇
◇「北日本文学賞入賞作品集 2」北日本新聞社 2002 p203

長岡 弘樹　ながおか・ひろき（1969～）

親子ごっこ
◇「奇想博物館」光文社 2013（最新ベスト・ミステリー）p185

オンプタイ
◇「ベスト本格ミステリ 2012」講談社 2012（講談社ノベルス）p11
◇「ザ・ベストミステリーズ―推理小説年鑑 2012」講談社 2012 p191
◇「Junction運命の分岐点」講談社 2015（講談社文庫）p201
◇「探偵の殺される夜―本格短編ベスト・セレクション」講談社 2016（講談社文庫）p11

傍聞き
◇「ザ・ベストミステリーズ―推理小説年鑑 2008」講談社 2008 p9

傍聞き―永見緋太郎の事件簿
◇「Doubtきりのない疑惑」講談社 2011（講談社文庫）p263

最後の良薬
◇「ベスト本格ミステリ 2015」講談社 2015（講談社ノベルス）p11

雑草の道
◇「宝石ザミステリー 2014冬」光文社 2014 p509

実況中継
◇「宝石ザミステリー 2」光文社 2012 p221

夏の終わりの時間割
◇「殺意の隘路」講談社 2016（最新ベスト・ミステリー）p225

涙の成分比
◇「短篇ベストコレクション―現代の小説 2016」徳間書店 2016（徳間文庫）p281

にらみ
◇「宝石ザミステリー 2016」光文社 2015 p381
◇「ベスト本格ミステリ 2016」講談社 2016（講談社ノベルス）p353

白秋の道標
◇「宝石ザミステリー 3」光文社 2013 p299

波形の声
◇「ザ・ベストミステリーズ―推理小説年鑑 2010」

講談社 2010 p299
◇「BORDER善と悪の境界」講談社 2013（講談社文庫）p213
文字板
◇「現場に臨め」光文社 2010（Kappa novels）p283
◇「現場に臨め」光文社 2014（光文社文庫）p399

中上 健次　なかがみ・けんじ（1946〜1992）
犬の私
◇「創刊一〇〇年三田文学名作選」三田文学会 2010 p672
穢土
◇「文士の意地―車谷長吉撰短篇小説輯 下巻」作品社 2005 p372
鬼の話
◇「日本文学全集 23」河出書房新社 2015 p433
赫髪
◇「戦後短篇小説再発見 2」講談社 2001（講談社文芸文庫）p163
勝浦
◇「日本文学全集 23」河出書房新社 2015 p419
紀伊大島
◇「日本文学全集 23」河出書房新社 2015 p457
化粧
◇「幸せな哀しみの話」文藝春秋 2009（文春文庫）p9
古座
◇「日本文学全集 23」河出書房新社 2015 p445
欣求
◇「温泉小説」アーツアンドクラフツ 2006 p199
絶対の尊厳の愛の対象の紀様≫中上紀
◇「日本人の手紙 1」リブリオ出版 2004 p233
隆男と美津子
◇「わかれの船—Anthology」光文社 1998 p209
月と不死
◇「歴史小説の世紀 地の巻」新潮社 2000（新潮文庫）p755
日本語について
◇「コレクション戦争と文学 2」集英社 2012 p414
残りの花
◇「せつない話 2」光文社 1997 p95
半蔵の鳥
◇「日本文学全集 23」河出書房新社 2015 p357
不死
◇「日本文学全集 23」河出書房新社 2015 p404
ふたかみ
◇「戦後短篇小説再発見 11」講談社 2003（講談社文芸文庫）p166
鳳仙花
◇「日本文学全集 23」河出書房新社 2015 p5
岬
◇「現代小説クロニクル 1975〜1979」講談社 2014（講談社文芸文庫）p7
ラプラタ綺譚
◇「日本文学全集 23」河出書房新社 2015 p380

中上 紀　なかがみ・のり（1971〜）
絵葉書
◇「29歳」日本経済新聞出版社 2008 p87
◇「29歳」新潮社 2012（新潮文庫）p99
シンメトリーライフ
◇「あのころの宝もの―ほんのり心が温まる12のショートストーリー」メディアファクトリー 2003 p137
水槽の魚
◇「Love Letter」幻冬舎 2005 p115
◇「Love Letter」幻冬舎 2008（幻冬舎文庫）p125
電話
◇「文学 2011」講談社 2011 p271

中上 正文　なかがみ・まさふみ
贋作たけくらべ
◇「甦る「幻影城」 1」角川書店 1997（カドカワ・エンタテインメント）p337

中川 勇　なかがわ・いさむ
熊狩り夜話
◇「『少年倶楽部』熱血・痛快・時代短篇選」講談社 2015（講談社文芸文庫）p191

中川 キリコ　なかがわ・きりこ
想い出の尻尾
◇「気配―第10回フェリシモ文学賞作品集」フェリシモ 2007 p112

中川 剛　なかがわ・ごう
手つなぎ鬼
◇「泣ける！北海道」泰文堂 2015（リンダパブリッシャーズの本）p55

中川 純子　なかがわ・じゅんこ
それは突然やってくる
◇「12人のカウンセラーが語る12の物語」ミネルヴァ書房 2010 p49

中川 哲雄　なかがわ・てつお
The Dark Side Of The Moon
◇「太宰治賞 2000」筑摩書房 2000 p199

中川 透　なかがわ・とおる
⇒鮎川哲也（あゆかわ・てつや）を見よ

仲川 友康　なかがわ・ともやす
フェロモン
◇「ショートショートの広場 13」講談社 2002（講談社文庫）p244

中川 将幸　なかがわ・まさゆき
清涼飲料水
◇「ショートショートの広場 11」講談社 2000（講談社文庫）p67

中川 將幸　なかがわ・まさゆき
餌食
◇「「伊豆文学賞」優秀作品集 第11回」静岡新聞社 2008 p79

中川 裕朗　なかがわ・ゆうろう（1934～）
ルーマニアの醜聞
◇「シャーロック・ホームズの災難―日本版」論創社 2007 p127

中河 与一　なかがわ・よいち（1897～1994）
吸血鬼
◇「屍鬼の血族」桜桃書房 1999 p15
◇「血と薔薇の誘う夜に―吸血鬼ホラー傑作選」角川書店 2005（角川ホラー文庫）p277
氷る舞踏場
◇「早稲田作家処女作集」講談社 2012（講談社文芸文庫）p 129, 150
セミラミス女王
◇「王侯」国書刊行会 1998（書物の王国）p11

中川 洋子　なかがわ・ようこ
Ｍさんの鮎
◇「「伊豆文学賞」優秀作品集 第18回」羽衣出版 2015 p181
風待港の盆踊り
◇「「伊豆文学賞」優秀作品集 第19回」羽衣出版 2016 p155
連れあって札所めぐり
◇「「伊豆文学賞」優秀作品集 第15回」羽衣出版 2012 p245

中桐 雅夫　なかぎり・まさお（1919～1983）
詩 戦争
◇「コレクション戦争と文学 9」集英社 2012 p672

永倉 萬治　ながくら・まんじ（1948～2000）
叔父さん
◇「短篇ベストコレクション―現代の小説 2001」徳間書店 2001（徳間文庫）p73
シェックスしてるかい？
◇「二十四粒の宝石―超短編小説傑作集」講談社 1998（講談社文庫）p69
東京
◇「街物語」朝日新聞社 2000 p155
匂いの歴史
◇「誘惑の香り」講談社 1999（講談社文庫）p225

中倉 美稀　なかくら・みき
地球にやってきた賢いおてんば娘
◇「誰も知らない「桃太郎」「かぐや姫」のすべて」明拓出版 2009（創作童話シリーズ）p167

長坂 秀佳　ながさか・ひでか（1941～）
浅草エノケン一座の嵐
◇「江戸川乱歩賞全集 17」講談社 2004（講談社文庫）p431
受賞の言葉 受賞のことば
◇「江戸川乱歩賞全集 17」講談社 2004 p910
「密室」作ります
◇「乱歩賞作家 赤の謎」講談社 2004 p5

長崎 謙二郎　ながさき・けんじろう（1903～1968）
勝田新左衛門
◇「定本・忠臣蔵四十七人集」双葉社 1998 p338

中崎 千枝　なかざき・ちえ
てのひら
◇「ゆきのまち幻想文学賞小品集 21」企画集団ぷりずむ 2012 p140

長崎 浩　ながさき・ひろし（1908～1991）
弟から兄へ（第一回入営を祝ふ）
◇「日本統治期台湾文学集成 23」緑蔭書房 2007 p428
義民頼順良――幕二場
◇「日本統治期台湾文学集成 14」緑蔭書房 2003 p327
少年兵の歌
◇「日本統治期台湾文学集成 23」緑蔭書房 2007 p425
収穫（とりいれ）―二幕
◇「日本統治期台湾文学集成 11」緑蔭書房 2003 p81
ぼくらの誓
◇「日本統治期台湾文学集成 23」緑蔭書房 2007 p423

中里 介山　なかざと・かいざん（1885～1944）
詩 乱調激韻
◇「コレクション戦争と文学 6」集英社 2011 p107
大菩薩峠
◇「颯爽登場！ 第一話―時代小説ヒーロー初見参」新潮社 2004（新潮文庫）p9

中里 恒子　なかざと・つねこ（1909～1987）
会うはわかれ
◇「精選女性随筆集 10」文藝春秋 2012 p116
或る作家の日常性
◇「精選女性随筆集 10」文藝春秋 2012 p36
「アンナ・カレーニナ」と女性の恋
◇「精選女性随筆集 10」文藝春秋 2012 p121
家の中
◇「戦後短篇小説再発見 16」講談社 2003（講談社文芸文庫）p140
井戸の中にて
◇「精選女性随筆集 10」文藝春秋 2012 p82
犬と私
◇「精選女性随筆集 10」文藝春秋 2012 p31
尾花と狐
◇「精選女性随筆集 10」文藝春秋 2012 p132
硝子ばり
◇「精選女性随筆集 10」文藝春秋 2012 p93
河上徹太郎さん逝く
◇「精選女性随筆集 10」文藝春秋 2012 p76
閑日月
◇「精選女性随筆集 10」文藝春秋 2012 p14

今朝の夢
　◇「精選女性随筆集 10」文藝春秋 2012 p125
作品以前
　◇「精選女性随筆集 10」文藝春秋 2012 p90
佐多さんとのつながり
　◇「精選女性随筆集 10」文藝春秋 2012 p54
仕事の楽しみ
　◇「精選女性随筆集 10」文藝春秋 2012 p17
室内の花たち
　◇「精選女性随筆集 10」文藝春秋 2012 p43
習性
　◇「精選女性随筆集 10」文藝春秋 2012 p110
生涯一片の山水
　◇「精選女性随筆集 10」文藝春秋 2012 p58
小説のなかの土地
　◇「精選女性随筆集 10」文藝春秋 2012 p98
台所の話
　◇「精選女性随筆集 10」文藝春秋 2012 p26
旅
　◇「精選女性随筆集 10」文藝春秋 2012 p21
食べる・仕事・睡眠
　◇「精選女性随筆集 10」文藝春秋 2012 p38
蝶々
　◇「闇市」皓星社 2015（紙礫）p267
蝶蝶
　◇「戦後占領期短篇小説コレクション 4」藤原書店 2007 p177
手紙
　◇「精選女性随筆集 10」文藝春秋 2012 p85
俳句と小説の差（抄）
　◇「精選女性随筆集 10」文藝春秋 2012 p101
花燈籠
　◇「精選女性随筆集 10」文藝春秋 2012 p111
星
　◇「精選女性随筆集 10」文藝春秋 2012 p24
墓地の春
　◇「日本近代短篇小説選 昭和篇2」岩波書店 2012（岩波文庫）p5
堀辰雄さんの世界
　◇「精選女性随筆集 10」文藝春秋 2012 p71
眉
　◇「精選女性随筆集 10」文藝春秋 2012 p108
横顔
　◇「精選女性随筆集 10」文藝春秋 2012 p50
吉屋信子さんを悼む
　◇「精選女性随筆集 10」文藝春秋 2012 p69

中里 友豪　なかざと・ゆうごう
沈黙の渚
　◇「沖縄文学選―日本文学のエッジからの問い」勉誠出版 2003 p285

中里 友香　なかざと・ゆか
セイヤク
　◇「Fの肖像―フランケンシュタインの幻想たち」光文社 2010（光文社文庫）p361
人魚の肉
　◇「リテラリーゴシック・イン・ジャパン―文学的ゴシック作品選」筑摩書房 2014（ちくま文庫）p585

中沢 敦　なかざわ・あつし
宴の果てに
　◇「リトル・リトル・クトゥルー―史上最小の神話小説集」学習研究社 2009 p218
ウレドの遺産
　◇「リトル・リトル・クトゥルー―史上最小の神話小説集」学習研究社 2009 p110

長沢 樹　ながさわ・いつき（1969〜）
こんど、翔んでみせろ
　◇「宝石ザミステリー 2016」光文社 2015 p71
少しだけ想う、あなたを
　◇「宝石ザミステリー 3」光文社 2013 p391
月夜に溺れる
　◇「宝石ザミステリー Blue」光文社 2016 p429
もし君に、ひとつだけ
　◇「宝石ザミステリー 2014冬」光文社 2014 p233

中沢 けい　なかざわ・けい（1959〜）
犬を焼く
　◇「中沢けい・多和田葉子・荻野アンナ・小川洋子」角川書店 1998（女性作家シリーズ）p100
　◇「現代小説クロニクル 1990〜1994」講談社 2015（講談社文芸文庫）p183
入江を越えて
　◇「戦後短篇小説再発見 1」講談社 2001（講談社文芸文庫）p142
海を感じる時
　◇「中沢けい・多和田葉子・荻野アンナ・小川洋子」角川書店 1998（女性作家シリーズ）p7
金沢八景
　◇「街物語」朝日新聞社 2000 p16
さくらささくれ
　◇「コレクション私小説の冒険 2」勉誠出版 2013 p209
箱の蓋
　◇「中沢けい・多和田葉子・荻野アンナ・小川洋子」角川書店 1998（女性作家シリーズ）p84

中沢 啓治　なかざわ・けいじ
はだしのゲンはピカドンを忘れない
　◇「読み聞かせる戦争」光文社 2015 p133

長沢 志津夫　ながさわ・しづお
退園の日に
　◇「ハンセン病文学全集 4」皓星社 2003 p380

中沢 新一　なかざわ・しんいち（1950〜）
ゴジラの来迎―もう一つの科学史

なかさ

◇「怪獣文学大全」河出書房新社 1998（河出文庫）p319

長沢 節 ながさわ・せつ（1917～1999）
お酒を飲むなら、おしるこのように
◇「たんときれいに召し上がれ—美食文学精選」芸術新聞社 2015 p415

中澤 貴史 なかざわ・たかし
抱っこ
◇「ショートショートの花束 8」講談社 2016（講談社文庫）p239

中澤 秀彬 なかざわ・ひであき（1938～）
アメリカフウの下で
◇「全作家短編小説集 8」全作家協会 2009 p7
如月に生きて
◇「全作家短編小説集 6」全作家協会 2007 p42
櫛形山の月 維新の風
◇「全作家短編小説集 10」のべる出版 2011 p190
櫛形山の月（二）明治の風景
◇「全作家短編小説集 11」全作家協会 2012 p99
湖底の灯
◇「全作家短編小説集 9」全作家協会 2010 p96
旅愁
◇「全作家短編小説集 7」全作家協会 2008 p107

中澤 日菜子 なかざわ・ひなこ
石灯る夜
◇「優秀新人戯曲集 2010」ブロンズ新社 2009 p57
星球
◇「短篇ベストコレクション—現代の小説 2015」徳間書店 2015（徳間文庫）p307

中沢 巠夫 なかざわ・みちお
阿蘇の火祭り
◇「『少年倶楽部』短篇選」講談社 2013（講談社文芸文庫）p324
矢頭右衛門七
◇「定本・忠臣蔵四十七人集」双葉社 1998 p274

永沢 光雄 ながさわ・みつお
大阪近鉄バファローズ！
◇「特別な一日」徳間書店 2005（徳間文庫）p361
グッドモーニング・トーキョー
◇「太宰治賞 2001」筑摩書房 2001 p213
すべて世は事もなし
◇「男の涙 女の涙—せつない小説アンソロジー」光文社 2006（光文社文庫）p149

中沢 ゆかり なかざわ・ゆかり
夏の花
◇「北日本文学賞入賞作品集 2」北日本新聞社 2002 p159

中路 啓太 なかじ・けいた
神慮のまにまに
◇「戦国秘史—歴史小説アンソロジー」KADOKAWA 2016（角川文庫）p183

中島 梓 なかじま・あずさ
⇒栗本薫（くりもと・かおる）を見よ

中島 敦 なかじま・あつし（1909～1942）
穴熊
◇「ちくま日本文学 12」筑摩書房 2008（ちくま文庫）p447
猪（ゐのしし）
◇「ちくま日本文学 12」筑摩書房 2008（ちくま文庫）p448
和歌（うた）でない歌
◇「ちくま日本文学 12」筑摩書房 2008（ちくま文庫）p430
鵜の歌
◇「ちくま日本文学 12」筑摩書房 2008（ちくま文庫）p449
盈虚
◇「黄土の群星」光文社 1999（光文社文庫）p45
◇「ちくま日本文学 12」筑摩書房 2008（ちくま文庫）p264
鸚鵡（あうむ）の歌
◇「ちくま日本文学 12」筑摩書房 2008（ちくま文庫）p449
大青蜥蜴
◇「ちくま日本文学 12」筑摩書房 2008（ちくま文庫）p443
お前たちにあいたくってしかたがない≫中島桓
◇「日本人の手紙 1」リブリオ出版 2004 p7
大蛇
◇「ちくま日本文学 12」筑摩書房 2008（ちくま文庫）p443
河馬
◇「ちくま日本文学 12」筑摩書房 2008（ちくま文庫）p435
河馬の歌
◇「ちくま日本文学 12」筑摩書房 2008（ちくま文庫）p435
カメレオン
◇「ちくま日本文学 12」筑摩書房 2008（ちくま文庫）p448
かめれおん日記
◇「新装版 全集現代文学の発見 14」學藝書林 2005 p22
◇「ちくま日本文学 12」筑摩書房 2008（ちくま文庫）p317
カンガルー
◇「ちくま日本文学 12」筑摩書房 2008（ちくま文庫）p445
環礁—ミクロネシヤ巡島記抄—
◇「日本文学全集 16」河出書房新社 2016 p257
雉
◇「ちくま日本文学 12」筑摩書房 2008（ちくま文庫）p447
狐憑

◇「近代小説〈異界〉を読む」双文社出版 1999 p187
◇「人肉嗜食」筑摩書房 2001（ちくま文庫）p25
◇「見上げれば星は天に満ちて―心に残る物語―日本文学秀作選」文藝春秋 2005（文春文庫）p167
◇「ちくま日本文学 12」筑摩書房 2008（ちくま文庫）p169

牛人
◇「復讐」国書刊行会 2000（書物の王国）p114
◇「ちくま日本文学 12」筑摩書房 2008（ちくま文庫）p282

麒麟の歌
◇「ちくま日本文学 12」筑摩書房 2008（ちくま文庫）p444

孔雀の歌
◇「ちくま日本文学 12」筑摩書房 2008（ちくま文庫）p439

熊
◇「ちくま日本文学 12」筑摩書房 2008（ちくま文庫）p445

黒鯛の歌
◇「ちくま日本文学 12」筑摩書房 2008（ちくま文庫）p451

黒豹（くろへう）
◇「ちくま日本文学 12」筑摩書房 2008（ちくま文庫）p436

幸福
◇「ちくま日本文学 12」筑摩書房 2008（ちくま文庫）p204
◇「ものがたりのお菓子箱」飛鳥新社 2008 p149
◇「生の深みを覗く―ポケットアンソロジー」岩波書店 2010（岩波文庫別冊）p203
◇「読まずにいられぬ名短篇」筑摩書房 2014（ちくま文庫）p263
◇「もの食う話」文藝春秋 2015（文春文庫）p273

蝙蝠（かうもり）
◇「ちくま日本文学 12」筑摩書房 2008（ちくま文庫）p446

小蝦の歌
◇「ちくま日本文学 12」筑摩書房 2008（ちくま文庫）p450

仔獅子
◇「ちくま日本文学 12」筑摩書房 2008（ちくま文庫）p438

悟浄出世
◇「新装版 全集現代文学の発見 7」學藝書林 2003 p50
◇「ちくま日本文学 12」筑摩書房 2008（ちくま文庫）p362
◇「日本文学全集 16」河出書房新社 2016 p312

悟浄歎異
◇「ちくま日本文学 12」筑摩書房 2008（ちくま文庫）p404

悟浄歎異―沙門悟浄の手記―
◇「日本文学全集 16」河出書房新社 2016 p339

仔山羊の歌
◇「ちくま日本文学 12」筑摩書房 2008（ちくま文庫）p451

山月記
◇「変身のロマン」学習研究社 2003（学研M文庫）p119
◇「見上げれば星は天に満ちて―心に残る物語―日本文学秀作選」文藝春秋 2005（文春文庫）p155
◇「月のものがたり」ソフトバンククリエイティブ 2006 p88
◇「作品で読む20世紀の日本文学」白地社（発売）2008 p57
◇「ちくま日本文学 12」筑摩書房 2008（ちくま文庫）p29
◇「二時間目国語」宝島社 2008（宝島社文庫）p136
◇「百年小説」ポプラ社 2008 p1283
◇「文豪さんへ。」メディアファクトリー 2009（MF文庫）p75
◇「変身ものがたり」筑摩書房 2010（ちくま文学の森）p179
◇「冒険の森へ―傑作小説大全 1」集英社 2016 p20

山椒魚（さんせううを）
◇「ちくま日本文学 12」筑摩書房 2008（ちくま文庫）p441

縞馬
◇「ちくま日本文学 12」筑摩書房 2008（ちくま文庫）p440

巡査の居る風景
◇「ちくま日本文学 12」筑摩書房 2008（ちくま文庫）p293

巡査の居る風景――九二三年の一つのスケッチ
◇「〈外地〉の日本語文学選 3」新宿書房 1996 p75
◇「コレクション戦争と文学 17」集英社 2012 p13
◇「日本文学全集 16」河出書房新社 2016 p442

白熊
◇「ちくま日本文学 12」筑摩書房 2008（ちくま文庫）p437

象（ざう）の歌
◇「ちくま日本文学 12」筑摩書房 2008（ちくま文庫）p445

章魚木の下で
◇「日本文学全集 16」河出書房新社 2016 p438

駝鳥（だてう）
◇「ちくま日本文学 12」筑摩書房 2008（ちくま文庫）p442

狸
◇「ちくま日本文学 12」筑摩書房 2008（ちくま文庫）p436

鶴
◇「ちくま日本文学 12」筑摩書房 2008（ちくま文庫）p441

弟子
◇「ちくま日本文学 12」筑摩書房 2008（ちくま文庫）p36
◇「日本文学全集 16」河出書房新社 2016 p356

『南島譚』より
◇「読まずにいられぬ名短篇」筑摩書房 2014（ちく

なかし

鶏
- ◇「ちくま日本文学 12」筑摩書房 2008（ちくま文庫）p232

眠り獅子の歌
- ◇「ちくま日本文学 12」筑摩書房 2008（ちくま文庫）p438

ハイエナ（鬣狗）
- ◇「ちくま日本文学 12」筑摩書房 2008（ちくま文庫）p444

禿鷲
- ◇「ちくま日本文学 12」筑摩書房 2008（ちくま文庫）p440

火喰鳥（ひくいどり）
- ◇「ちくま日本文学 12」筑摩書房 2008（ちくま文庫）p442

夫婦
- ◇「ちくま日本文学 12」筑摩書房 2008（ちくま文庫）p216
- ◇「読まずにいられぬ名短篇」筑摩書房 2014（ちくま文庫）p275
- ◇「日本文学100年の名作 3」新潮社 2014（新潮文庫）p483

梟（ふくろふ）
- ◇「ちくま日本文学 12」筑摩書房 2008（ちくま文庫）p448

再び山椒魚について
- ◇「ちくま日本文学 12」筑摩書房 2008（ちくま文庫）p443

聘珍楼雅懐
- ◇「美食」国書刊行会 1998（書物の王国）p225

ペリカンの歌
- ◇「ちくま日本文学 12」筑摩書房 2008（ちくま文庫）p440

遍歴
- ◇「ちくま日本文学 12」筑摩書房 2008（ちくま文庫）p430

ホロホロ鳥
- ◇「ちくま日本文学 12」筑摩書房 2008（ちくま文庫）p442

マリヤン
- ◇「〈外地〉の日本語文学選 1」新宿書房 1996 p16
- ◇「文学で考える〈日本〉とは何か」双文社出版 2007 p42
- ◇「ちくま日本文学 12」筑摩書房 2008（ちくま文庫）p251
- ◇「文学で考える〈日本〉とは何か」翰林書房 2016 p42

マント狒（ひひ）
- ◇「ちくま日本文学 12」筑摩書房 2008（ちくま文庫）p437

木乃伊（みいら）
- ◇「日本怪奇小説傑作集 2」東京創元社 2005（創元推理文庫）p303
- ◇「恐怖の森」ランダムハウス講談社 2007 p49
- ◇「ちくま日本文学 12」筑摩書房 2008（ちくま文庫）p180

名人伝
- ◇「短編名作選―1925-1949 文士たちの時代」笠間書院 1999 p259
- ◇「ちくま日本文学 12」筑摩書房 2008（ちくま文庫）p9
- ◇「とっておきの話」筑摩書房 2011（ちくま文学の森）p33

文字禍
- ◇「恐怖特急」光文社 2002（光文社文庫）p13
- ◇「文士の意地―車谷長吉撰短篇小説輯 下巻」作品社 2005 p115
- ◇「ちくま日本文学 12」筑摩書房 2008（ちくま文庫）p190
- ◇「日本近代短篇小説選 昭和篇1」岩波書店 2012（岩波文庫）p365
- ◇「幻視の系譜」筑摩書房 2013（ちくま文庫）p382

駱駝
- ◇「ちくま日本文学 12」筑摩書房 2008（ちくま文庫）p439

李陵
- ◇「新装版 全集現代文学の発見 12」學藝書林 2004 p314
- ◇「ちくま日本文学 12」筑摩書房 2008（ちくま文庫）p95

李陵・司馬遷
- ◇「日本文学全集 16」河出書房新社 2016 p393

鰐魚（わに）の歌
- ◇「ちくま日本文学 12」筑摩書房 2008（ちくま文庫）p446

中島 栄次郎　なかじま・えいじろう

浪曼化の機能
- ◇「『日本浪曼派』集」新学社 2007（新学社近代浪漫派文庫）p5

永嶋 恵美　ながしま・えみ

ババ抜き
- ◇「捨てる―アンソロジー」文藝春秋 2015 p205
- ◇「ザ・ベストミステリーズ―推理小説年鑑 2016」講談社 2016 p31

伴奏者
- ◇「毒殺協奏曲」原書房 2016 p5

迷子
- ◇「短篇ベストコレクション―現代の小説 2004」徳間書店 2004（徳間文庫）p187

中島 要　なかじま・かなめ

かくれ鬼
- ◇「江戸迷宮」光文社 2011（光文社文庫）p15

鈴の音
- ◇「江戸猫ばなし」光文社 2014（光文社文庫）p279

ないたカラス
- ◇「代表作時代小説 平成25年度」光文社 2013 p375

永島 かりん　ながしま・かりん

サワジータの部屋
- ◇「むすぶ―第11回フェリシモ文学賞作品集」フェリ

シモ 2008 p40
ブランコからジャンプ
◇「ゆれる―第12回フェリシモ文学賞作品集」フェリシモ 2009 p113

中島 河太郎 なかじま・かわたろう（1917〜1999）
後記〔探偵小説辞典〕
◇「江戸川乱歩賞全集 1」講談社 1998 p566
索引〔探偵小説辞典〕
◇「江戸川乱歩賞全集 1」講談社 1998 p574
受賞の言葉
◇「江戸川乱歩賞全集 1」講談社 1998 p612
推理小説年表
◇「江戸川乱歩賞全集 1」講談社 1998 p611
探偵小説辞典
◇「江戸川乱歩賞全集 1」講談社 1998（講談社文庫）p9
伝記小説 江戸川乱歩
◇「乱歩の幻影」筑摩書房 1999（ちくま文庫）p435
例言〔探偵小説辞典〕
◇「江戸川乱歩賞全集 1」講談社 1998 p8

中嶋 莞爾 なかじま・かんじ
クローンは故郷をめざす
◇「年鑑代表シナリオ集 '09」シナリオ作家協会 2010 p7

中島 京子 なかじま・きょうこ（1964〜）
川端康成が死んだ日
◇「ノスタルジー1972」講談社 2016 p5
砂糖屋綿貫
◇「明日町こんぺいとう商店街―招きうさぎと七軒の物語」ポプラ社 2013（ポプラ文庫）p233
妻が椎茸だったころ
◇「短篇ベストコレクション―現代の小説 2012」徳間書店 2012（徳間文庫）p447
◇「ファイン／キュート素敵かわいい作品選」筑摩書房 2015（ちくま文庫）p168
ポジョとユウちゃんとなぎさドライブウェイ
◇「旅を数えて」光文社 2007 p101
モーガン
◇「あの日、君と Girls」集英社 2012（集英社文庫）p131

中島 国夫 なかじま・くにお
川柳
◇「アンソロジー・プロレタリア文学 3」森話社 2015 p166

中島 さなえ なかじま・さなえ（1964〜）
メントール
◇「「いじめ」をめぐる物語」朝日新聞出版 2015 p197

長嶋 茂雄 ながしま・しげお（1936〜）
ハングリー精神は集中力なんだ≫長嶋一茂
◇「日本人の手紙 1」リブリオ出版 2004 p212

中島 親 なかじま・したし
猪狩殺人事件 二
◇「幻の探偵雑誌 3」光文社 2000（光文社文庫）p49

中島 湘煙 なかじま・しょうえん
山間の名花
◇「「新編」日本女性文学全集 1」菁柿堂 2007 p107
湘煙日記
◇「「新編」日本女性文学全集 1」菁柿堂 2007 p148
同胞姉妹に告ぐ
◇「新日本古典文学大系 明治編 23」岩波書店 2002 p1
◇「「新編」日本女性文学全集 1」菁柿堂 2007 p92

中島 住夫 なかじま・すみお
新しい人間像の形成―ハ氏病文学の方向としてのエッセー
◇「ハンセン病文学全集 5」皓星社 2010 p65

中島 たい子 なかじま・たいこ（1969〜）
いらない人間
◇「短篇ベストコレクション―現代の小説 2015」徳間書店 2015（徳間文庫）p359
おしるこ
◇「スタートライン―始まりをめぐる19の物語」幻冬舎 2010（幻冬舎文庫）p139
彼の宅急便
◇「文学 2006」講談社 2006 p148
親友
◇「SF宝石―すべて新作読み切り！ 2015」光文社 2015 p151
大暑―7月23日ごろ
◇「君と過ごす季節―春から夏へ、12の暦物語」ポプラ社 2012（ポプラ文庫）p261
中古レコード
◇「SF宝石―ぜーんぶ！ 新作読み切り」光文社 2013 p257

中嶋 隆 なかじま・たかし（1952〜）
山の端の月
◇「時代小説ザ・ベスト 2016」集英社 2016（集英社文庫）p151

中島 丈博 なかじま・たけひろ（1935〜）
味噌汁と友情
◇「読んで演じたくなるゲキの本 中学生版」幻冬舎 2006 p147

中島 哲也 なかじま・てつや
下妻物語
◇「年鑑代表シナリオ集 '04」シナリオ作家協会 2005 p75

中島 鉄也 なかじま・てつや
あやかし心中
◇「てのひら怪談―ビーケーワン怪談大賞傑作選 辛卯」ポプラ社 2011（ポプラ文庫）p144

なかし

「怖い話」のメール
◇「てのひら怪談―ビーケーワン怪談大賞傑作選」ポプラ社 2007 p94
◇「てのひら怪談―ビーケーワン怪談大賞傑作選」ポプラ社 2008（ポプラ文庫）p98

中島 俊男　なかじま・としお

お化け――幕
◇「日本統治期台湾文学集成 11」緑蔭書房 2003 p101

中嶋 博行　なかじま・ひろゆき（1954～）

鑑定証拠
◇「推理小説代表作選集―推理小説年鑑 1997」講談社 1997 p185
◇「殺人哀モード」講談社 2000（講談社文庫）p53

鑑定証拠 使用凶器 不明
◇「判決―法廷ミステリー傑作集」徳間書店 2010（徳間文庫）p185

検察捜査・特別篇
◇「乱歩賞作家 白の謎」講談社 2004 p67

措置入院
◇「どたん場で大逆転」講談社 1999（講談社文庫）p87

不法在留
◇「犯行現場にもう一度」講談社 1997（講談社文庫）p69

長島 槙子　ながしま・まきこ（1953～）

あーぶくたった―わらべうた考
◇「厠の怪―便所怪談競作集」メディアファクトリー 2010（MF文庫）p139

異本
◇「稲生モノノケ大全 陽之巻」毎日新聞社 2005 p39

M君のこと
◇「女たちの怪談百物語」メディアファクトリー 2010（〔幽〕books）p248
◇「女たちの怪談百物語」KADOKAWA 2014（角川ホラー文庫）p252

恐山
◇「女たちの怪談百物語」メディアファクトリー 2010（〔幽〕books）p15
◇「女たちの怪談百物語」KADOKAWA 2014（角川ホラー文庫）p21

渓谷の宿
◇「女たちの怪談百物語」メディアファクトリー 2010（〔幽〕books）p55
◇「女たちの怪談百物語」KADOKAWA 2014（角川ホラー文庫）p61

白い馬
◇「女たちの怪談百物語」メディアファクトリー 2010（〔幽〕books）p223
◇「女たちの怪談百物語」KADOKAWA 2014（角川ホラー文庫）p227

雛妓
◇「江戸迷宮」光文社 2011（光文社文庫）p173

聖婚の海
◇「怪談列島ニッポン―書き下ろし諸国奇談競作集」メディアファクトリー 2009（MF文庫）p41

聖餐
◇「リトル・リトル・クトゥルー―史上最小の神話小説集」学習研究社 2009 p220

父の話
◇「女たちの怪談百物語」メディアファクトリー 2010（〔幽〕books）p141
◇「女たちの怪談百物語」KADOKAWA 2014（角川ホラー文庫）p145

鳥獣の宿
◇「女たちの怪談百物語」メディアファクトリー 2010（〔幽〕books）p283
◇「女たちの怪談百物語」KADOKAWA 2014（角川ホラー文庫）p292

ツキ過ぎる
◇「女たちの怪談百物語」メディアファクトリー 2010（〔幽〕books）p112
◇「女たちの怪談百物語」KADOKAWA 2014（角川ホラー文庫）p118

テレビをつけておくと
◇「女たちの怪談百物語」メディアファクトリー 2010（〔幽〕books）p166
◇「女たちの怪談百物語」KADOKAWA 2014（角川ホラー文庫）p170

人間じゃない
◇「女たちの怪談百物語」メディアファクトリー 2010（〔幽〕books）p85
◇「女たちの怪談百物語」KADOKAWA 2014（角川ホラー文庫）p90

猫ノ湯
◇「猫路地」日本出版社 2006 p17

山小屋でのこと
◇「女たちの怪談百物語」メディアファクトリー 2010（〔幽〕books）p191
◇「女たちの怪談百物語」KADOKAWA 2014（角川ホラー文庫）p195

中島 操　なかじま・みさお

改正 小学作文方法（林多一郎）
◇「新日本古典文学大系 明治編 11」岩波書店 2006 p1

中島 桃果子　なかじま・もかこ

はじまりのものがたり
◇「スタートライン―始まりをめぐる19の物語」幻冬舎 2010（幻冬舎文庫）p183

長嶋 有　ながしま・ゆう（1972～）

戒名
◇「文学 2010」講談社 2010 p111

そういう歌
◇「十年後のこと」河出書房新社 2016 p123

フキンシンちゃん
◇「小説の家」新潮社 2016 p89

中島 由美子　なかじま・ゆみこ

スズメの微笑み―バレーボールと歩んだ道

中嶋 洋子　なかじま・ようこ
ひとりで闘病した父は、私の尊敬する人≫父
　◇「日本人の手紙 9」リブリオ出版 2004 p166

中島 らも　なかじま・らも（1952〜2004）
頭にゅるにゅる
　◇「酒の夜語り」光文社 2002（光文社文庫）p371
お父さんのバックドロップ
　◇「闘人烈伝―格闘小説・漫画アンソロジー」双葉社 2000 p77
琴中怪音
　◇「琵琶綺談」日本出版社 2006 p223
クロウリング・キング・スネイク
　◇「冒険の森へ―傑作小説大全 7」集英社 2016 p250
啓蒙かまぼこ新聞―抜粋
　◇「たんときれいに召し上がれ―美食文学精選」芸術新聞社 2015 p363
ココナッツ・クラッシュ
　◇「輝きの一瞬―短くて心に残る30編」講談社 1999（講談社文庫）p9
仔羊ドリー
　◇「現代の小説 1999」徳間書店 1999 p81
コルトナの亡霊
　◇「キネマ・キネマ」光文社 2002（光文社文庫）p141
自転車行
　◇「冒険の森へ―傑作小説大全 20」集英社 2015 p27
白髪急行
　◇「妖髪鬼談」桜桃書房 1998 p262
白いメリーさん
　◇「日本文学100年の名作 8」新潮社 2015（新潮文庫）p343
セルフィネの血
　◇「冒険の森へ―傑作小説大全 15」集英社 2016 p58
超老伝―カポエラをする人
　◇「冒険の森へ―傑作小説大全 14」集英社 2016 p143
沈没都市除霊紀行大阪の悪霊
　◇「ブキミな人びと」ランダムハウス講談社 2007 p109
バッド・チューニング
　◇「短篇ベストコレクション―現代の小説 2005」徳間書店 2005（徳間文庫）p307
日の出通り商店街いきいきデー
　◇「日本SF・名作集成 8」リブリオ出版 2005 p201
ラブ・イン・エレベーター
　◇「冒険の森へ―傑作小説大全 19」集英社 2015 p21
Deco-chin
　◇「蒐集家（コレクター）」光文社 2004（光文社文庫）p453
　◇「ザ・ベストミステリーズ―推理小説年鑑 2005」講談社 2005 p381

　◇「隠された鍵」講談社 2008（講談社文庫）p71

長島愛生園　ながしまあいせいえん
小島に生きる
　◇「ハンセン病文学全集 8」皓星社 2006 p124

長島愛生園川柳七草会　ながしまあいせいえんせんりゅうななくさかい
川柳句集 七草 一集
　◇「ハンセン病文学全集 9」皓星社 2010 p351
七草 第四集
　◇「ハンセン病文学全集 9」皓星社 2010 p383
七草 二集
　◇「ハンセン病文学全集 9」皓星社 2010 p352

長島愛生園長島短歌会　ながしまあいせいえんながしまたんかかい
あかつち
　◇「ハンセン病文学全集 8」皓星社 2006 p189
あらくさ
　◇「ハンセン病文学全集 8」皓星社 2006 p157
海光
　◇「ハンセン病文学全集 8」皓星社 2006 p348
島の角笛
　◇「ハンセン病文学全集 8」皓星社 2006 p32
青磁
　◇「ハンセン病文学全集 8」皓星社 2006 p120
青芝
　◇「ハンセン病文学全集 8」皓星社 2006 p205
楓蔭集
　◇「ハンセン病文学全集 8」皓星社 2006 p60
風光
　◇「ハンセン病文学全集 8」皓星社 2006 p270

長島愛生園萩の花会　ながしまあいせいえんはぎのはなかい
萩の島里
　◇「ハンセン病文学全集 8」皓星社 2006 p90

長島愛生園蕗之芽会　ながしまあいせいえんふきのめかい
合同句集 群礁
　◇「ハンセン病文学全集 9」皓星社 2010 p159
句集 真珠
　◇「ハンセン病文学全集 9」皓星社 2010 p68

長島愛生園蕗の芽句會　ながしまあいせいえんふきのめくかい
蕗の芽句集
　◇「ハンセン病文学全集 9」皓星社 2010 p26

ながす みづき
ありがとう、ごめんなさい
　◇「たびだち―フェリシモしあわせショートショート」フェリシモ 2000 p135
結びの一番
　◇「むすぶ―第11回フェリシモ文学賞作品集」フェリ

シモ 2008 p132

永瀬 清子 ながせ・きよこ（1906〜1995）
あけがたにくる人よ
◇「ファイン／キュート素敵かわいい作品選」筑摩書房 2015（ちくま文庫）p164
苔について
◇「胞子文学名作選」港の人 2013 p9

永瀬 三吾 ながせ・さんご（1902〜1990）
自殺狂夫人
◇「江戸川乱歩の推理教室」光文社 2008（光文社文庫）p275
時計二重奏
◇「探偵くらぶ―探偵小説傑作選1946〜1958 下」光文社 1997（カッパ・ノベルス）p147
四人の同級生
◇「江戸川乱歩の推理教室」光文社 2008（光文社文庫）p81
呼鈴
◇「江戸川乱歩の推理試験」光文社 2009（光文社文庫）p237

永瀬 隼介 ながせ・しゅんすけ
師匠
◇「ザ・ベストミステリーズ―推理小説年鑑 2010」講談社 2010 p327
◇「BORDER善と悪の境界」講談社 2013（講談社文庫）p387
凄腕
◇「ザ・ベストミステリーズ―推理小説年鑑 2016」講談社 2016 p213
薔薇色の人生
◇「宝石ザミステリー Blue」光文社 2016 p43
ロシアン・トラップ
◇「鼓動―警察小説競作」新潮社 2006（新潮文庫）p165

永瀬 直矢 ながせ・なおや
ロミオとインディアナ
◇「太宰治賞 2008」筑摩書房 2008 p27

仲宗根 三重子 なかそね・みえこ
島
◇「日本の少年小説―「少国民」のゆくえ」インパクト出版会 2016（インパクト選書）p223

仲宗根 むつみ なかそね・むつみ
真夜中の散歩道
◇「ゆきのまち幻想文学賞小品集 12」企画集団ぶりずむ 2003 p109

中薗 英助 なかぞの・えいすけ（1920〜2002）
外人部隊を追て
◇「冒険の森へ―傑作小説大全 6」集英社 2016 p105
髭のガートフ
◇「戦後短篇小説選―『世界』1946-1999 5」岩波書店 2000 p141

中園 健司 なかぞの・けんじ
楽園のつくりかた（笹生陽子）
◇「テレビドラマ代表作選集 2004年版」日本脚本家連盟 2004 p161

中薗 倫 なかぞの・とも
優曇華の花咲く頃に
◇「現代作家代表作選集 10」鼎書房 2015 p31

中薗 裕 なかぞの・ひろし
ライの意識革命と予防法闘争（10）癩予防法改正運動について
◇「ハンセン病文学全集 5」皓星社 2010 p153

中薗 ミホ なかぞの・みほ（1959〜）
まひる
◇「Love―あなたに逢いたい」双葉社 1997（双葉文庫）p167

中田 永一 なかた・えいいち
⇒乙一（おついち）を見よ

中田 公敬 なかた・きみたか
懐かしい手
◇「ショートショートの広場 20」講談社 2008（講談社文庫）p274
未来からのEメール
◇「ショートショートの花束 2」講談社 2010（講談社文庫）p225

永田 絃次郎 ながた・げんじろう
故郷に呼びかける 故里今更に懐し
◇「近代朝鮮文学日本語作品集1908〜1945 セレクション 3」緑蔭書房 2008 p183

中田 耕治 なかだ・こうじ（1928〜）
日本海軍の秘密
◇「シャーロック・ホームズの災難―日本版」論創社 2007 p9

長田 多喜子 ながた・たきこ
あの胸の釘をぬいて来てちょうだい≫谷川徹三
◇「日本人の手紙 4」リブリオ出版 2004 p185

中田 直久 なかだ・なおひさ
殺身成仁 通事呉鳳
◇「日本統治期台湾文学集成 26」緑蔭書房 2007 p5

なかた 夏生 なかた・なつお
坊主
◇「てのひら怪談 癸巳」KADOKAWA 2013（MF文庫ダ・ヴィンチ）p42

長田 秀雄 ながた・ひでお（1885〜1949）
牡丹燈籠
◇「怪奇・伝奇時代小説選集 9」春陽堂書店 2000（春陽文庫）p127

長田 穂波 ながた・ほなみ（1891〜1945）
活ける味

◇「ハンセン病文学全集 6」皓星社 2003 p36
異性なる故に
◇「ハンセン病文学全集 6」皓星社 2003 p45
風を吹け吹け
◇「ハンセン病文学全集 6」皓星社 2003 p46
机上のダリヤ
◇「ハンセン病文学全集 6」皓星社 2003 p44
琴は鳴る
◇「ハンセン病文学全集 6」皓星社 2003 p39
この火燃えたらむには
◇「ハンセン病文学全集 6」皓星社 2003 p43
救い主エスへ
◇「ハンセン病文学全集 6」皓星社 2003 p47
生命
◇「ハンセン病文学全集 6」皓星社 2003 p38
人間苦
◇「ハンセン病文学全集 6」皓星社 2003 p42
燃ゆる野火
◇「ハンセン病文学全集 6」皓星社 2003 p47
ラザロ死ねり
◇「ハンセン病文学全集 6」皓星社 2003 p41
霊魂は羽ばたく
◇「ハンセン病文学全集 6」皓星社 2003 p36
若芽は萌ゆる
◇「ハンセン病文学全集 6」皓星社 2003 p40

永田 政雄　ながた・まさお
人肉嗜食
◇「怪奇探偵小説集 3」角川春樹事務所 1998（ハルキ文庫）p333

中田 雅敏　なかだ・まさとし
最後の晩餐
◇「現代作家代表作選集 6」冊書房 2014 p135
文久兵賦令農民報国記事
◇「現代作家代表作選集 3」冊書房 2013 p129

長田 幹彦　ながた・みきひこ（1887〜1964）
祇園
◇「京都府文学全集第1期（小説編）1」郷土出版社 2005 p337
亡父の姿（『霊界五十年』より）
◇「文豪怪談傑作選 特別編」筑摩書房 2008（ちくま文庫）p182
澪
◇「日本近代短篇小説選 明治篇2」岩波書店 2013（岩波文庫）p337
夜
◇「天変動く大震災と作家たち」インパクト出版会 2011（インパクト選書）p169

中田 満之　なかた・みつゆき
ファミリータイム・セミナー
◇「優秀新人戯曲集 2000」ブロンズ新社 1999 p5

永田 宗弘　ながた・むねひろ
光芒
◇「さきがけ文学賞選集 3」秋田魁新報社 2015（さきがけ文庫）p87

長竹 敏子　ながたけ・としこ
すすめ、どろんこ
◇「小学生のげき―新小学校演劇脚本集 低学年 1」晩成書房 2010 p7

中谷 栄一　なかたに・えいいち
夜のロマンツェ
◇「懐かしい未来―甦る明治・大正・昭和の未来小説」中央公論新社 2001 p257

中谷 航太郎　なかたに・こうたろう
縁切榎―隠密牛太郎・小蝶丸
◇「大江戸「町」物語 月」宝島社 2014（宝島社文庫）p155
付け馬―隠密牛太郎・小蝶丸
◇「大江戸「町」物語 風」宝島社 2014（宝島社文庫）p127
とぼけた男
◇「大江戸「町」物語」宝島社 2013（宝島社文庫）p141

中谷 孝雄　なかたに・たかお（1901〜1995）
春の絵巻
◇「京都府文学全集第1期（小説編）2」郷土出版社 2005 p133

中津 文彦　なかつ・ふみひこ（1941〜）
暇乞い
◇「歴史の息吹」新潮社 1997 p127
黄金流砂
◇「江戸川乱歩賞全集 14」講談社 2002（講談社文庫）p7
お菊の皿
◇「最新「珠玉推理」大全 下」光文社 1998（カッパ・ノベルス）p176
◇「闇夜の芸術祭」光文社 2003（光文社文庫）p243
◇「12の贈り物―東日本大震災支援岩手県在住作家自選短編集 荒蝦夷 2011（叢書東北の声）p82
京都発、女難の相
◇「日本ベストミステリー選集 24」光文社 1997（光文社文庫）p207
裂けた脅迫
◇「不可思議な殺人―ミステリー・アンソロジー」祥伝社 2000（祥伝社文庫）p199
山峡の逃亡者
◇「湯の街殺人旅情―日本ミステリー紀行」青樹社 2000（青樹社文庫）p41
受賞の言葉 受賞のことば
◇「江戸川乱歩賞全集 14」講談社 2002 p376
東日流の挽歌
◇「黒衣のモニュメント」光文社 2000（光文社文庫）p203
乗り合わせた客

◇「悲劇の臨時列車—鉄道ミステリー傑作選」光文社 1998（光文社文庫）p129
仏像は見ていた
　◇「日本縦断世界遺産殺人紀行」有楽出版社 2014（JOY NOVELS）p71

長塚 節　ながつか・たかし（1879〜1915）
汽船の客に変な女が乗っていました。対馬より》久保よりえ
　◇「日本人の手紙 7」リブリオ出版 2004 p59

中務 こがね　なかつかさ・こがね
お仲間…
　◇「ショートショートの広場 17」講談社 2005（講談社文庫）p221

長月 遊　ながつき・ゆう
アイネ・クライネ・ナハトムジーク
　◇「回転ドアから」全作家協会 2015（全作家短編集）p258
無限大の快感
　◇「扉の向こうへ」全作家協会 2014（全作家短編集）p15

中辻 日出子　なかつじ・ひでこ
死なせて
　◇「ショートショートの広場 11」講談社 2000（講談社文庫）p123

長門 虹　ながと・こう
小さな出来事
　◇「ショートショートの花束 5」講談社 2013（講談社文庫）p240

長堂 英吉　ながどう・えいきち（1932〜）
伊佐浜心中
　◇「現代沖縄文学作品選」講談社 2011（講談社文芸文庫）p134
海鳴り
　◇「沖縄文学選—日本文学のエッジからの問い」勉誠出版 2003 p211
　◇「コレクション戦争と文学 20」集英社 2012 p19
ランタナの花の咲く頃に
　◇「街娼—パンパン＆オンリー」皓星社 2015（紙礫）p176
我羅馬テント村
　◇「コレクション戦争と文学 9」集英社 2012 p141

中西 伊之助　なかにし・いのすけ（1887〜1958）
朝鮮人のために弁ず
　◇「天変動く 大震災と作家たち」インパクト出版会 2011（インパクト選書）p181
武左衛門一揆（全十五景）
　◇「新・プロレタリア文学精選集 6」ゆまに書房 2004 p1
武左衛門翁に就て
　◇「新・プロレタリア文学精選集 6」ゆまに書房 2004 p1

不逞鮮人
　◇「〈外地〉の日本語文学選 3」新宿書房 1996 p27

中西 悟堂　なかにし・ごどう（1895〜1984）
疎開
　◇「山形県文学全集第2期（随筆・紀行編）2」郷土出版社 2005 p343

中西 智明　なかにし・ともあき（1967〜）
自作解説
　◇「綾辻・有栖川復刊セレクション 消失！」講談社 2007 p256
消失！
　◇「綾辻・有栖川復刊セレクション 消失！」講談社 2007（講談社ノベルス）p3
ひとりじゃ死ねない
　◇「法月綸太郎の本格ミステリ・アンソロジー」角川書店 2005（角川文庫）p222

中西 のぞみ　なかにし・のぞみ
コンピューターランド オブ オズ
　◇「中学校劇作シリーズ 9」青雲書房 2005 p157
ピーターパン
　◇「中学校劇作シリーズ 9」青雲書房 2005 p17
ピノキオ
　◇「中学校劇作シリーズ 9」青雲書房 2005 p73

仲西 則子　なかにし・のりこ
めぐり来る夏の日のために
　◇「中学生のドラマ 6」晩成書房 2006 p105

中西 梅花　なかにし・ばいか（1866〜1898）
新体梅歌詩集
　◇「新日本古典文学大系 明治編 12」岩波書店 2001 p151

なかにし 礼　なかにし・れい（1938〜）
ベル・エポック
　◇「短篇ベストコレクション—現代の小説 2001」徳間書店 2001（徳間文庫）p93

長沼 映子　ながぬま・えいこ
吹雪の夜の一期一会
　◇「泣ける！北海道」泰文堂 2015（リンダパブリッシャーズの本）p31

中根 進　なかね・すすむ
枝打殺人事件
　◇「日本海文学大賞—大賞作品集 1」日本海文学大賞運営委員会 2007 p397

長野 修　ながの・おさむ
朱色の命
　◇「日本海文学大賞—大賞作品集 3」日本海文学大賞運営委員会 2007 p159

中野 圭介　なかの・けいすけ
⇒松本恵子（まつもと・けいこ）を見よ

中野 江漢　なかの・こうかん
世界人肉料理史

◇「竹中英太郎 3」皓星社 2016（挿絵叢書）p93

中野 孝次　なかの・こうじ（1925〜2004）

消えた山伏
◇「山形県文学全集第2期（随筆・紀行編）5」郷土出版社 2005 p167

麦熟るる日に
◇「山形県文学全集第1期（小説編）5」郷土出版社 2004 p252

中野 重治　なかの・しげはる（1902〜1979）

雨の降る品川駅
◇「日本文学全集 29」河出書房新社 2016 p40

歌のわかれ
◇「新装版 全集現代文学の発見 14」學藝書林 2005 p110

おどる男
◇「戦後短篇小説再発見 8」講談社 2002（講談社文芸文庫）p48
◇「コレクション戦争と文学 10」集英社 2012 p247

空想家とシナリオ
◇「新装版 全集現代文学の発見 2」學藝書林 2002 p151

軍人と文学
◇「アンソロジー・プロレタリア文学 3」森話社 2015 p168

交番前
◇「近代小説〈都市〉を読む」双文社出版 1999 p152
◇「アンソロジー・プロレタリア文学 2」森話社 2014 p232

五勺の酒
◇「新装版 全集現代文学の発見 4」學藝書林 2003 p8
◇「戦後占領期短篇小説コレクション 2」藤原書店 2007 p7
◇「日本文学全集 27」河出書房新社 2017 p199

札幌の街を犬がソリをウンショウンショ引く》中野卯女・原泉
◇「日本人の手紙 7」リブリオ出版 2004 p51

司書の死
◇「コレクション戦争と文学 1」集英社 2012 p290

新聞にのつた写真
◇「日本文学全集 29」河出書房新社 2016 p38

太鼓
◇「戦後短篇小説選―『世界』1946−1999 1」岩波書店 2000 p95

第三班長と木島一等兵
◇「戦後短篇小説再発見 17」講談社 2003（講談社文芸文庫）p66

啄木の日をむかえて
◇「蘇らぬ朝「大逆事件」以後の文学」インパクト出版会 2010（インパクト選書）p271

萩のもんかきや
◇「六人の作家小説選」東銀座出版社 1997（銀選書）p165
◇「日本近代短篇小説選 昭和篇3」岩波書店 2012（岩波文庫）p125

春さきの風
◇「短編名作選―1925−1949 文士たちの時代」笠間書院 1999 p53
◇「新装版 全集現代文学の発見 3」學藝書林 2003 p7

批評の人間性
◇「新装版 全集現代文学の発見 4」學藝書林 2003 p428

街あるき
◇「六人の作家小説選」東銀座出版社 1997（銀選書）p178

娘卯女の欠点は両親の欠点の鏡と思え》原泉
◇「日本人の手紙 6」リブリオ出版 2004 p55

村の家
◇「新装版 全集現代文学の発見 3」學藝書林 2003 p309

四人の志願兵
◇「コレクション戦争と文学 9」集英社 2012 p15

わかれ
◇「日本文学全集 29」河出書房新社 2016 p38

中野 逍遙　なかの・しょうよう（1867〜1894）

市川を経
◇「新日本古典文学大系 明治編 2」岩波書店 2004 p412

君を思ふ十首
◇「新日本古典文学大系 明治編 2」岩波書店 2004 p395

狂残銷魂録 第一
◇「新日本古典文学大系 明治編 2」岩波書店 2004 p361

〔狂残痴詩〕おなじく その二
◇「新日本古典文学大系 明治編 2」岩波書店 2004 p366

〔狂残痴詩〕おなじく その三
◇「新日本古典文学大系 明治編 2」岩波書店 2004 p369

〔狂残痴詩〕おなじく その四
◇「新日本古典文学大系 明治編 2」岩波書店 2004 p372

〔狂残痴詩〕おなじく その五
◇「新日本古典文学大系 明治編 2」岩波書店 2004 p375

〔狂残痴詩〕おなじく その六
◇「新日本古典文学大系 明治編 2」岩波書店 2004 p377

〔狂残痴詩〕おなじく その七
◇「新日本古典文学大系 明治編 2」岩波書店 2004 p380

〔狂残痴詩〕おなじく その八
◇「新日本古典文学大系 明治編 2」岩波書店 2004 p382

〔狂残痴詩〕おなじく その九
◇「新日本古典文学大系 明治編 2」岩波書店 2004 p385

〔狂残痴詩〕おなじく その十

なかの

◇「新日本古典文学大系 明治編 2」岩波書店 2004 p388
狂残痴詩 その一
◇「新日本古典文学大系 明治編 2」岩波書店 2004 p364
小金に向かふ
◇「新日本古典文学大系 明治編 2」岩波書店 2004 p412
哭花十律
◇「新日本古典文学大系 明治編 2」岩波書店 2004 p398
下総に入る
◇「新日本古典文学大系 明治編 2」岩波書店 2004 p410
下野を過ぐ
◇「新日本古典文学大系 明治編 2」岩波書店 2004 p410
上州覊旅、感傷十律
◇「新日本古典文学大系 明治編 2」岩波書店 2004 p404
逍遙遺稿（抄）
◇「新日本古典文学大系 明治編 2」岩波書店 2004 p359
関宿に宿す
◇「新日本古典文学大系 明治編 2」岩波書店 2004 p410
千葉に入る
◇「新日本古典文学大系 明治編 2」岩波書店 2004 p413
筑波を望む
◇「新日本古典文学大系 明治編 2」岩波書店 2004 p411
東京に帰る
◇「新日本古典文学大系 明治編 2」岩波書店 2004 p413
燈前
◇「新日本古典文学大系 明治編 2」岩波書店 2004 p411
途上
◇「新日本古典文学大系 明治編 2」岩波書店 2004 p412
落莫六首
◇「新日本古典文学大系 明治編 2」岩波書店 2004 p414
我が思ふ所
◇「新日本古典文学大系 明治編 2」岩波書店 2004 p391

中野 鈴子 なかの・すずこ（1906〜1958）
年をとった娘のうた
◇「新装版 全集現代文学の発見 別巻」學藝書林 2005 p528
途中で
◇「新装版 全集現代文学の発見 別巻」學藝書林 2005 p524
中野鈴子詩集
◇「新装版 全集現代文学の発見 別巻」學藝書林 2005 p524
味噌汁
◇「新装版 全集現代文学の発見 別巻」學藝書林 2005 p526

仲野 鈴代 なかの・すずよ
鹿ん舞の里
◇「「伊豆文学賞」優秀作品集 第19回」羽衣出版 2016 p161

中野 貴雄 なかの・たかお
おせっ怪獣 ヒョウガラヤン登場—大阪府「新喜劇の巨人」
◇「日本怪獣侵略伝—ご当地怪獣異聞集」洋泉社 2015 p125

中野 秀人 なかの・ひでと（1898〜1966）
真田幸村論
◇「新装版 全集現代文学の発見 11」學藝書林 2004 p456
第四階級の文学
◇「新装版 全集現代文学の発見 1」學藝書林 2002 p292
高村光太郎論
◇「新装版 全集現代文学の発見 1」學藝書林 2002 p296

中野 太 なかの・ふとし
薔薇
◇「年鑑代表シナリオ集 '08」シナリオ作家協会 2009 p125

長野 まゆみ ながの・まゆみ（1959〜）
伊皿子の犬とパンと種
◇「文学 2016」講談社 2016 p169
●（クロボシ）
◇「文学 2013」講談社 2013 p131
鉱石倶楽部より
◇「鉱物」国書刊行会 1997（書物の王国）p109
衣がえ
◇「こどものころにみた夢」講談社 2008 p112
花も嵐も春のうち
◇「小説乃湯—お風呂小説アンソロジー」角川書店 2013（角川文庫）p297
ぼくの大伯母さん
◇「名探偵登場！」講談社 2014 p263
◇「名探偵登場！」講談社 2016（講談社文庫）p317
蛇のから
◇「凶鳥の黒影—中井英夫へ捧げるオマージュ」河出書房新社 2004 p256

中野 美代子 なかの・みよこ
海獣人
◇「人魚の血—珠玉アンソロジー オリジナル＆スタンダート」光文社 2001（カッパ・ノベルス）p119
カリヤーンの塔
◇「塔の物語」角川書店 2000（角川ホラー文庫）

p131

中野 睦夫 なかの・むつお
　雪の伝説
　　◇「ゆきのまち幻想文学賞小品集 23」企画集団ぷりずむ 2014 p187

中野 良浩 なかの・よしひろ
　小田原の織社
　　◇「逆転の瞬間」文藝春秋 1998（文春文庫）p269

長野 亘 ながの・わたる
　新庄まつり
　　◇「山形県文学全集第2期（随筆・紀行編）6」郷土出版社 2005 p283

中場 利一 なかば・りいち
　笑わないロボット
　　◇「短篇ベストコレクション─現代の小説 2008」徳間書店 2008（徳間文庫）p87

長浜 清 ながはま・きよし
　自責
　　◇「ハンセン病文学全集 7」皓星社 2004 p99
　過ぎたる幻影
　　◇「ハンセン病文学全集 7」皓星社 2004 p98
　月よ
　　◇「ハンセン病文学全集 7」皓星社 2004 p98
　薬包紙に Ⅲ
　　◇「ハンセン病文学全集 7」皓星社 2004 p100

中林 節三 なかばやし・せつぞう
　丑の刻異変
　　◇「怪奇・伝奇時代小説選集 5」春陽堂書店 2000（春陽文庫）p35

中原 中也 なかはら・ちゅうや（1907～1937）
　朝の歌
　　◇「新装版 全集現代文学の発見 13」學藝書林 2004 p169
　詩集 在りし日の歌
　　◇「新装版 全集現代文学の発見 13」學藝書林 2004 p174
　いちじくの葉
　　◇「くだものだもの」ランダムハウス講談社 2007 p133
　永訣の秋
　　◇「新装版 全集現代文学の発見 13」學藝書林 2004 p174
　帰郷
　　◇「新装版 全集現代文学の発見 13」學藝書林 2004 p170
　　◇「日本文学全集 29」河出書房新社 2016 p44
　北の海
　　◇「人魚─mermaid & merman」皓星社 2016（紙礫）p1
　貴殿は小生をバカにしている≫長谷川泰子
　　◇「日本人の手紙 5」リブリオ出版 2004 p62
　元気です。時は春、京都は桃色≫河上徹太郎
　　◇「日本人の手紙 7」リブリオ出版 2004 p7
　サーカス
　　◇「新装版 全集現代文学の発見 13」學藝書林 2004 p168
　修羅街輓歌 IIII
　　◇「日本文学全集 29」河出書房新社 2016 p46
　少年時
　　◇「新装版 全集現代文学の発見 13」學藝書林 2004 p171
　初期詩篇
　　◇「新装版 全集現代文学の発見 13」學藝書林 2004 p168
　夕照
　　◇「新装版 全集現代文学の発見 13」學藝書林 2004 p171
　月の光 その一
　　◇「新装版 全集現代文学の発見 13」學藝書林 2004 p176
　月の光 その二
　　◇「新装版 全集現代文学の発見 13」學藝書林 2004 p177
　春の夜
　　◇「新装版 全集現代文学の発見 13」學藝書林 2004 p168
　一つのメルヘン
　　◇「新装版 全集現代文学の発見 13」學藝書林 2004 p175
　　◇「ものがたりのお菓子箱」飛鳥新社 2008 p59
　また来ん春……
　　◇「新装版 全集現代文学の発見 13」學藝書林 2004 p176
　みちこ
　　◇「新装版 全集現代文学の発見 13」學藝書林 2004 p173
　村の時計
　　◇「新装版 全集現代文学の発見 13」學藝書林 2004 p177
　盲目の秋
　　◇「新装版 全集現代文学の発見 13」學藝書林 2004 p171
　詩集 山羊の歌
　　◇「新装版 全集現代文学の発見 13」學藝書林 2004 p168
　山羊の歌／在りし日の歌
　　◇「日本近代文学に描かれた「恋愛」」牧野出版 2001 p161
　　◇「月のものがたり」ソフトバンククリエイティブ 2006 p18
　ゆきてかへらぬ─京都
　　◇「新装版 全集現代文学の発見 13」學藝書林 2004 p173
　汚れつちまつた悲しみに…
　　◇「新装版 全集現代文学の発見 13」學藝書林 2004 p173
　　◇「二時間目国語」宝島社 2008（宝島社文庫）p150

◇「日本文学全集 29」河出書房新社 2016 p45
汚れつちまつた悲しみに…／また来ん春…
◇「涙の百年文学—もう一度読みたい」太陽出版 2009 p296
臨終
◇「新装版 全集現代文学の発見 13」學藝書林 2004 p170

中原 裕美　なかはら・ひろみ
これ一台
◇「ショートショートの花束 6」講談社 2014（講談社文庫）p217

中原 文夫　なかはら・ふみお（1949〜）
アミダの住む町
◇「文学 2011」講談社 2011 p287

中原 昌也　なかはら・まさや（1970〜）
声に出して読みたい名前
◇「虚構機関—年刊日本SF傑作選」東京創元社 2008（創元SF文庫）p237
誰も映っていない
◇「文学 2009」講談社 2009 p25
芳子が持ってきたあの写真
◇「十年後のこと」河出書房新社 2016 p129

中原 涼　なかはら・りょう（1957〜）
イタイオンナ
◇「ひとにぎりの異形」光文社 2007（光文社文庫）p324
乾き
◇「水妖」廣済堂出版 1998（廣済堂文庫）p169
小説の神様
◇「物語のルミナリエ」光文社 2011（光文社文庫）p374
地球嫌い
◇「30の神品—ショートショート傑作選」扶桑社 2016（扶桑社文庫）p185

仲間 創　なかま・はじめ
10 years おぼろ月夜
◇「最新中学校創作脚本集 2009」晩成書房 2009 p100
10 years タンポポの誓い
◇「最新中学校創作脚本集 2011」晩成書房 2011 p111

仲俣 暁生　なかまた・あきお
探求「話法」のゼロ地点—「ギートステイト」とポストセカイ系小説（東浩紀／桜坂洋）
◇「Fiction zero／narrative zero」講談社 2007 p001

中町 信　なかまち・しん（1935〜2009）
急行しろやま
◇「愛憎発報人行—鉄道ミステリー名作館」徳間書店 2004（徳間文庫）p193
濁った殺意
◇「迷宮の旅行者—本格推理展覧会」青樹社 1999（青樹社文庫）p105
裸の密室
◇「七人の刑事」廣済堂出版 1998（KOSAIDO BLUE BOOKS）p93

仲町 六絵　なかまち・ろくえ
水晶橋ビルヂング
◇「てのひら怪談—ビーケーワン怪談大賞傑作選 庚寅」ポプラ社 2010（ポプラ文庫）p14
せがきさん
◇「てのひら怪談—ビーケーワン怪談大賞傑作選 2」ポプラ社 2007 p154
鳥の家
◇「てのひら怪談—ビーケーワン怪談大賞傑作選 己丑」ポプラ社 2009（ポプラ文庫）p150
鳥の家
◇「てのひら怪談—ビーケーワン怪談大賞傑作選 庚寅」ポプラ社 2010（ポプラ文庫）p168
目を摘む
◇「てのひら怪談—ビーケーワン怪談大賞傑作選 百怪繚乱篇」ポプラ社 2008 p170
◇「てのひら怪談—ビーケーワン怪談大賞傑作選 己丑」ポプラ社 2009（ポプラ文庫）p210
雪まろの夏
◇「ゆきのまち幻想文学賞小品集 20」企画集団ぷりずむ 2011 p134

中村 彰彦　なかむら・あきひこ（1949〜）
飯盛山の盗賊
◇「歴史の息吹」新潮社 1997 p109
近江屋に来た男—坂本龍馬暗殺
◇「時代小説傑作選 3」新人物往来社 2008 p199
男は多門伝八郎
◇「武士の本懐—武士道小説傑作選」ベストセラーズ 2004（ベスト時代文庫）p165
開城の使者
◇「代表作時代小説 平成9年度」光風社出版 1997 p199
◇「春宵濡れ髪しぐれ—時代小説傑作選」講談社 2003（講談社文庫）p123
開城の使者—鶴ケ城
◇「名城伝」角川春樹事務所 2015（ハルキ文庫）p87
巨体倒るとも
◇「誠の旗がゆく—新選組傑作選」集英社 2003（集英社文庫）p301
五稜郭の夕日
◇「血闘！新選組」実業之日本社 2016（実業之日本社文庫）p429
浄光院さま逸事
◇「信州歴史時代小説傑作選 5」しなのき書房 2007 p83
新選組隊士・斎藤一のこと
◇「新選組読本」光文社 2003（光文社文庫）p261
第二の助太刀
◇「美女峠に星が流れる—時代小説傑作選」講談社 1999（講談社文庫）p339
◇「偉人八傑推理帖—名探偵時代小説」双葉社 2004（双葉文庫）p91

涙橋まで
◇「鎮守の森に鬼が棲む―時代小説傑作選」講談社 2001 (講談社文庫) p367
母恋常珍坊
◇「代表作時代小説 平成10年度」光風社出版 1998 p317
◇「地獄の無明剣―時代小説傑作選」講談社 2004 (講談社文庫) p367
一つ岩柳陰の太刀―柳生宗冬
◇「時代小説傑作選 1」新人物往来社 2008 p157
松野主馬は動かず
◇「決闘！関ヶ原」実業之日本社 2015 (実業之日本社文庫) p233
名君と振袖火事
◇「剣の意地恋の夢―時代小説傑作選」講談社 2000 (講談社文庫) p273
名剣士と照姫さま
◇「剣光、閃く！」徳間書店 1999 (徳間文庫) p195
槍弾正の逆襲
◇「信州歴史時代小説傑作集 1」しなのき書房 2007 p161

中村 晃　なかむら・あきら（1928～）
神仙
◇「怪奇・伝奇時代小説選集 15」春陽堂書店 2000 (春陽文庫) p247
慕情
◇「怪奇・伝奇時代小説選集 12」春陽堂書店 2000 (春陽文庫) p261
夜叉姫
◇「怪奇・伝奇時代小説選集 12」春陽堂書店 2000 (春陽文庫) p138
雪女
◇「怪奇・伝奇時代小説選集 4」春陽堂書店 2000 (春陽文庫) p11

中村 うさぎ　なかむら・うさぎ（1958～）
ア・リトル・ドラゴン
◇「ドラゴン殺し」メディアワークス 1997 (電撃文庫) p17
宇宙尼僧ジャクチョー
◇「SFバカ本 電撃ボンバー篇」メディアファクトリー 2002 p65
幽霊
◇「蜜の眠り」廣済堂出版 2000 (廣済堂文庫) p73

中村 和恵　なかむら・かずえ
ヨウカイだもの
◇「ろうそくの炎がささやく言葉」勁草書房 2011 p16
ワタナベさん
◇「ろうそくの炎がささやく言葉」勁草書房 2011 p19

中村 きい子　なかむら・きいこ（1928～1996）
間引子（うつせご）
◇「コレクション戦争と文学 11」集英社 2012 p446

中村 吉蔵　なかむら・きちぞう（1877～1941）
無籍者（一幕）
◇「サンカの民を追って―山窩小説傑作選」河出書房新社 2015 (河出文庫) p152

中村 草田男　なかむら・くさたお（1901～1983）
俳句
◇「コレクション戦争と文学 9」集英社 2012 p182

中村 邦生　なかむら・くにお（1946～）
月の川を渡る
◇「文学 1998」講談社 1998 p156

中村 敬宇　なかむら・けいう（1832～1891）
愛敬歌
◇「新日本古典文学大系 明治編 2」岩波書店 2004 p166
打鉄匠の歌 ロングフエルロー詩
◇「新日本古典文学大系 明治編 2」岩波書店 2004 p159
榎本雅兄、新たに蝦夷より還る。久別相ひ逢ひて、悲喜交々集まる。聊か賦して一詩を呈し奉る
◇「新日本古典文学大系 明治編 2」岩波書店 2004 p138
大風を紀す。杜少陵の「茅屋、秋風の破る所と為る歌」の韻を用ふ
◇「新日本古典文学大系 明治編 2」岩波書店 2004 p121
大倉喜八郎氏、吾が訳せし所の西国立志編を読みて……
◇「新日本古典文学大系 明治編 2」岩波書店 2004 p190
大森に砲を放つを観る
◇「新日本古典文学大系 明治編 2」岩波書店 2004 p132
鶴林玉露に「山静かに日長し」の一段有り。……
◇「新日本古典文学大系 明治編 2」岩波書店 2004 p134
霞舟先生詩藁を読み、菅詞兄に示す
◇「新日本古典文学大系 明治編 2」岩波書店 2004 p125
感有り
◇「新日本古典文学大系 明治編 2」岩波書店 2004 p145
◇「新日本古典文学大系 明治編 2」岩波書店 2004 p148
◇「新日本古典文学大系 明治編 2」岩波書店 2004 p186
感有り 英国より帰り婦翁の家に寓す
◇「新日本古典文学大系 明治編 2」岩波書店 2004 p150
感有り 二首
◇「新日本古典文学大系 明治編 2」岩波書店 2004 p126

感を書す
◇「新日本古典文学大系 明治編 2」岩波書店 2004 p164
函嶺に風雨に逢ふ
◇「新日本古典文学大系 明治編 2」岩波書店 2004 p152
偶感
◇「新日本古典文学大系 明治編 2」岩波書店 2004 p144
敬宇詩集(抄)
◇「新日本古典文学大系 明治編 2」岩波書店 2004 p115
古賀博士の命を奉じて崎嶴に赴き潞亜使を諭すを送る
◇「新日本古典文学大系 明治編 2」岩波書店 2004 p129
西国立志編(抄)(サミュエル・スマイルズ〔著〕)
◇「新日本古典文学大系 明治編 11」岩波書店 2006 p195
斎藤竹堂の蕃史に題す
◇「新日本古典文学大系 明治編 2」岩波書店 2004 p117
雑詩二十四首
◇「新日本古典文学大系 明治編 2」岩波書店 2004 p171
自叙千字文
◇「新日本古典文学大系 明治編 2」岩波書店 2004 p194
下田巨浸の事を聞き、詩以てこれを紀す
◇「新日本古典文学大系 明治編 2」岩波書店 2004 p142
十月二十一日、都を発す
◇「新日本古典文学大系 明治編 2」岩波書店 2004 p149
進歩の図
◇「新日本古典文学大系 明治編 2」岩波書店 2004 p170
晴郊に散策し挿秧を観る。屑韻を得たり 士徳氏の席上
◇「新日本古典文学大系 明治編 2」岩波書店 2004 p146
蟬を聞く
◇「新日本古典文学大系 明治編 2」岩波書店 2004 p162
その二
◇「新日本古典文学大系 明治編 2」岩波書店 2004 p144
丁卯の元旦 倫敦に在り
◇「新日本古典文学大系 明治編 2」岩波書店 2004 p149
陶淵明集に書す
◇「新日本古典文学大系 明治編 2」岩波書店 2004 p123
渡海行 宮駅より桑名に至る舟中の作
◇「新日本古典文学大系 明治編 2」岩波書店 2004 p148
嘆きを寓す
◇「新日本古典文学大系 明治編 2」岩波書店 2004 p154
汝汝吟
◇「新日本古典文学大系 明治編 2」岩波書店 2004 p183
諾曼頓(ノルマントン)の歌
◇「新日本古典文学大系 明治編 2」岩波書店 2004 p192
冬の暁
◇「新日本古典文学大系 明治編 2」岩波書店 2004 p140
米国政党の害、題詞
◇「新日本古典文学大系 明治編 2」岩波書店 2004 p188
僻村の牧師の歌 英人ゴールドスミスの詩意を訳す
◇「新日本古典文学大系 明治編 2」岩波書店 2004 p156
都を発する日雨ふるの作
◇「新日本古典文学大系 明治編 2」岩波書店 2004 p152
茂木道一、三絶句を示さる。その韻を用ひて、余の近況を詠む。三首
◇「新日本古典文学大系 明治編 2」岩波書店 2004 p185

中村 航 なかむら・こう (1969〜)
インターナショナル・ウチュウ・グランプリ
◇「宇宙小説」講談社 2012 (講談社文庫) p204
さよなら、ミネオ
◇「あの日、君と Boys」集英社 2012 (集英社文庫) p159
はぐれホタル
◇「東京ホタル」ポプラ社 2013 p5
◇「東京ホタル」ポプラ社 2015 (ポプラ文庫) p5
ハミングライフ
◇「Love or like―恋愛アンソロジー」祥伝社 2008 (祥伝社文庫) p99

仲村 孝志 なかむら・こうし
アメリカの大統領
◇「ショートショートの広場 14」講談社 2003 (講談社文庫) p85

中村 暁 なかむら・さとる
大海賊―復讐のカリブ海
◇「宝塚大劇場公演脚本集―2001年4月―2002年4月」阪急電鉄コミュニケーション事業部 2002 p53
マノン
◇「宝塚バウホール公演脚本集―2001年4月―2001年10月」阪急電鉄コミュニケーション事業部 2002 p5

中村 樹基　なかむら・しげき
仇討ちショー
　◇「世にも奇妙な物語―小説の特別編 悲鳴」角川書店 2002（角川ホラー文庫）p59
奇跡の女
　◇「世にも奇妙な物語―小説の特別編 悲鳴」角川書店 2002（角川ホラー文庫）p201
太平洋は燃えているか？
　◇「世にも奇妙な物語―小説の特別編 再生」角川書店 2001（角川ホラー文庫）p153
チェス（星譲）
　◇「世にも奇妙な物語―小説の特別編」角川書店 2000（角川ホラー文庫）p171
トカゲのしっぽ
　◇「世にも奇妙な物語―小説の特別編 遺留品」角川書店 2002（角川ホラー文庫）p71

中村 純　なかむら・じゅん
静かな朝に目覚めて
　◇「コレクション戦争と文学 4」集英社 2011 p275

中村 順一　なかむら・じゅんいち
隠れ村
　◇「現代鹿児島小説大系 2」ジャプラン 2014 p276
さよならだけが人生か
　◇「現代鹿児島小説大系 2」ジャプラン 2014 p306

中村 真一郎　なかむら・しんいちろう（1918～1997）
砕かれた夢
　◇「歴史小説の世紀 地の巻」新潮社 2000（新潮文庫）p97
雲のゆき来―或は「うまく作られた不幸」
　◇「日本文学全集 17」河出書房新社 2015 p265
詩を書く迄―マチネ・ポエチックのこと
　◇「創刊一〇〇年三田文学名作選」三田文学会 2010 p663
頌歌 Ⅷ
　◇「日本文学全集 29」河出書房新社 2016 p47
天使の生活
　◇「戦後短篇小説再発見 4」講談社 2001（講談社文芸文庫）p56
　◇「新装版 全集現代文学の発見 15」學藝書林 2005 p194
発光妖精とモスラ（福永武彦／堀田善衞）
　◇「怪獣文学大全」河出書房新社 1998（河出文庫）p62
森とロールス―或いは没落の領域
　◇「戦後短篇小説選―「世界」1946-1999 4」岩波書店 2000 p191
雪
　◇「戦後占領期短篇小説コレクション 4」藤原書店 2007 p125

中村 星湖　なかむら・せいこ（1884～1974）
処女作の感想
　◇「早稲田作家処女作集」講談社 2012（講談社文芸文庫）p79
町はずれ
　◇「早稲田作家処女作集」講談社 2012（講談社文芸文庫）p55
村の西郷
　◇「日本近代短篇小説選 明治篇2」岩波書店 2013（岩波文庫）p205

中村 苑子　なかむら・そのこ（1913～2001）
山河
　◇「魑魅魍魎列島」小学館 2005（小学館文庫）p23

中村 孝志　なかむら・たかし
願望
　◇「ショートショートの広場 11」講談社 2000（講談社文庫）p182

中村 達哉　なかむら・たつや
ラストチャンスは二度やってくる（久米伸明）
　◇「中学校たのしい劇脚本集―英語劇付 Ⅲ」国土社 2011 p117

中村 地平　なかむら・ちへい（1908～1963）
悪夢
　◇「「日本浪曼派」集」新学社 2007（新学社近代浪派文庫）p189
霧の蕃社
　◇「〈外地〉の日本語文学選 1」新宿書房 1996 p84
　◇「コレクション戦争と文学 18」集英社 2012 p342

中村 汀女　なかむら・ていじょ（1900～1988）
俳句
　◇「コレクション戦争と文学 14」集英社 2012 p98

中村 豊秀　なかむら・とよひで（1923～2008）
白い幽霊
　◇「白の怪」勉誠出版 2003（べんせいライブラリー）p151
柳生隠密記
　◇「柳生秘剣伝奇」勉誠出版 2002（べんせいライブラリー）p149

中村 花芙蓉　なかむら・はなふよう
句集 ひとつぶの露
　◇「ハンセン病文学全集 9」皓星社 2010 p228

中村 春海　なかむら・はるみ
お先に失礼
　◇「回転ドアから」全作家協会 2015（全作家短編集）p333
ラバウルの狐作戦
　◇「全作家短編集 15」のべる出版企画 2016 p245

仲村 はるみ　なかむら・はるみ
月からきたヒロインたち
　◇「誰も知らない「桃太郎」「かぐや姫」のすべて」明拓出版 2009（創作童話シリーズ）p115

中村 啓　なかむら・ひらく（1973～）
永遠のかくれんぼ

なかむ

◇「10分間ミステリー」宝島社 2012（宝島社文庫）p223

緩慢な殺人
◇「5分で読める！ ひと駅ストーリー 冬の記憶東口編」宝島社 2013（宝島社文庫）p151

時空のおっさん
◇「5分で読める！ ひと駅ストーリー 夏の記憶東口編」宝島社 2013（宝島社文庫）p201

途中下車
◇「5分で読める！ ひと駅ストーリー 乗車編」宝島社 2012（宝島社文庫）p201

南風と美女とモテ期
◇「5分で読める！ ひと駅ストーリー 旅の話」宝島社 2015（宝島社文庫）p227

ねこ端会議
◇「5分で読める！ ひと駅ストーリー 猫の物語」宝島社 2014（宝島社文庫）p89

微笑む女
◇「もっとすごい！ 10分間ミステリー」宝島社 2013（宝島社文庫）p211
◇「10分間ミステリー THE BEST」宝島社 2016（宝島社文庫）p409

中村 文則　なかむら・ふみのり（1977〜）
着信
◇「空を飛ぶ恋—ケータイがつなぐ28の物語」新潮社 2006（新潮文庫）p166
洞窟の外
◇「十年後のこと」河出書房新社 2016 p135
火
◇「文学 2008」講談社 2008 p218

中村 ブラウン　なかむら・ぶらうん
捨て猫とホームレス
◇「全作家短編小説集 8」全作家協会 2009 p126
テクマクマヤコン
◇「全作家短編小説集 6」全作家協会 2007 p106
もてないおとこ
◇「全作家短編小説集 7」全作家協会 2008 p37

中村 真　なかむら・まこと
ちょっとした事
◇「ショートショートの広場 13」講談社 2002（講談社文庫）p86

中村 正常　なかむら・まさつね（1901〜1981）
幸福な結婚
◇「名短篇ほりだしもの」筑摩書房 2011（ちくま文庫）p69
三人のウルトラ・マダム
◇「名短篇ほりだしもの」筑摩書房 2011（ちくま文庫）p89
日曜日のホテルの電話
◇「名短篇ほりだしもの」筑摩書房 2011（ちくま文庫）p45

中村 光夫　なかむら・みつお（1911〜1988）
勝本氏を悼む—勝本清一郎追悼

◇「創刊一〇〇年三田文学名作選」三田文学会 2010 p717

鉄兜
◇「アンソロジー・プロレタリア文学 3」森話社 2015 p86

中村 稔　なかむら・みのる（1927〜）
海女
◇「新装版 全集現代文学の発見 13」學藝書林 2004 p300
◇「日本文学全集 29」河出書房新社 2016 p62
雨
◇「新装版 全集現代文学の発見 13」學藝書林 2004 p306
嵐
◇「新装版 全集現代文学の発見 13」學藝書林 2004 p307
ある潟の日没
◇「新装版 全集現代文学の発見 13」學藝書林 2004 p302
海
◇「新装版 全集現代文学の発見 13」學藝書林 2004 p304
◇「新装版 全集現代文学の発見 13」學藝書林 2004 p305
◇「新装版 全集現代文学の発見 13」學藝書林 2004 p307
◇「新装版 全集現代文学の発見 13」學藝書林 2004 p308
おもいで
◇「新装版 全集現代文学の発見 13」學藝書林 2004 p300
筑波郡
◇「新装版 全集現代文学の発見 13」學藝書林 2004 p301
手
◇「新装版 全集現代文学の発見 13」學藝書林 2004 p304
時は尽きず……
◇「新装版 全集現代文学の発見 13」學藝書林 2004 p303
無言歌
◇「新装版 全集現代文学の発見 13」學藝書林 2004 p304
夜
◇「新装版 全集現代文学の発見 13」學藝書林 2004 p306
夜の歌
◇「新装版 全集現代文学の発見 13」學藝書林 2004 p301
わかれなむいまは
◇「新装版 全集現代文学の発見 13」學藝書林 2004 p302

中村 安朗　なかむら・やすろう
句集 埴輪童子
◇「ハンセン病文学全集 9」皓星社 2010 p165

中村 豊　なかむら・ゆたか
　蜆の歌
　　◇「「伊豆文学賞」優秀作品集 第6回」羽衣出版 2003 p115
　遙かなる山のレクイエム
　　◇「下ヶ浜―第2回「草枕文学賞」作品集」文藝春秋企画出版部 2000 p147
中村 義洋　なかむら・よしひろ（1970～）
　LAST SCENE―ラストシーン（鈴木謙一）
　　◇「年鑑代表シナリオ集 '02」シナリオ作家協会 2003 p235
中村 隆資　なかむら・りゅうすけ（1951～）
　獲物
　　◇「輝きの一瞬―短くて心に残る30編」講談社 1999（講談社文庫）p181
　西施と東施―顰みに倣った女
　　◇「異色中国短篇傑作大全」講談社 1997 p247
　武智麻呂の虫
　　◇「勝者の死にざま―時代小説選手権」新潮社 1998（新潮文庫）p9
中本 たか子　なかもと・たかこ（1903～1991）
　帰った人
　　◇「コレクション戦争と文学 14」集英社 2012 p76
永森 裕二　ながもり・ゆうじ
　はじめのいっぽ
　　◇「御子神さん―幸福をもたらす♂三毛猫」竹書房 2010（竹書房文庫）p5
　よし
　　◇「御子神さん―幸福をもたらす♂三毛猫」竹書房 2010（竹書房文庫）p275
中谷 いずみ　なかや・いずみ
　日中戦争の時代―アジア進出と「民衆」の登場
　　◇「コレクション戦争と文学 別巻」集英社 2013 p61
中谷 宇吉郎　なかや・うきちろう（1900～1962）
　イグアノドンの唄
　　◇「とっておきの話」筑摩書房 2011（ちくま文学の森）p365
　イグアノドンの唄―大人のための童話
　　◇「恐竜文学大全」河出書房新社 1998（河出文庫）p167
中屋敷 法仁　なかやしき・のりひと（1984～）
　贋作マクベス
　　◇「高校演劇Selection 2004 上」晩成書房 2004 p159
中山 あい子　なかやま・あいこ（1922～2000）
　新宿酔群
　　◇「現代の小説 1998」徳間書店 1998 p93
中山 秋夫　なかやま・あきお
　一代樹の四季
　　◇「ハンセン病文学全集 9」皓星社 2010 p464
　いのちのうた
　　◇「ハンセン病文学全集 7」皓星社 2004 p544
　囲みの中の歳月
　　◇「ハンセン病文学全集 7」皓星社 2004 p542
　責め
　　◇「ハンセン病文学全集 7」皓星社 2004 p542
　句集 父子獨楽
　　◇「ハンセン病文学全集 9」皓星社 2010 p444
　骨たちよ
　　◇「ハンセン病文学全集 7」皓星社 2004 p545
永山 一郎　ながやま・いちろう（1934～1964）
　現代っ子の底辺（抄）
　　◇「山形県文学全集第2期（随筆・紀行編）3」郷土出版社 2005 p335
　皮癬蜱の唄
　　◇「山形県文学全集第1期（小説編）2」郷土出版社 2004 p449
　　◇「短篇礼讃―忘れかけた名品」筑摩書房 2006（ちくま文庫）p213
　ぶんまわし
　　◇「山形県文学全集第1期（小説編）3」郷土出版社 2004 p102
中山 市朗　なかやま・いちろう（1959～）
　あの中であそぼ（木原浩勝）
　　◇「文豪てのひら怪談」ポプラ社 2009（ポプラ文庫）p138
ナカヤマ カズコ
　しびれものがたり
　　◇「優秀新人戯曲集 2009」ブロンズ新社 2008 p163
中山 可穂　なかやま・かほ（1960～）
　光の毛布
　　◇「あのころの宝もの―ほんのり心が温まる12のショートストーリー」メディアファクトリー 2003 p163
中山 義秀　なかやま・ぎしゅう（1900～1969）
　秋風
　　◇「百年小説」ポプラ社 2008 p1003
　厚物咲
　　◇「日本文学100年の名作 3」新潮社 2014（新潮文庫）p181
　あやめ太刀
　　◇「戦後短篇小説再発見 17」講談社 2003（講談社文芸文庫）p9
　争多き日
　　◇「創刊一〇〇年三田文学名作選」三田文学会 2010 p225
　碑
　　◇「福島の文学―11人の作家」講談社 2014（講談社文芸文庫）p94
　浮世猿
　　◇「江戸夢日和」学習研究社 2004（学研M文庫）

なかや

p361

春日
◇「江戸の鈍感力―時代小説傑作選」集英社 2007（集英社文庫）p155

風に吹かれる裸木
◇「決戦！ 大坂の陣」実業之日本社 2014（実業之日本社文庫）p79

月魄
◇「歴史小説の世紀 天の巻」新潮社 2000（新潮文庫）p205

荒び男
◇「剣鬼らの饗宴」光風社出版 1998（光風社文庫）p7
◇「信州歴史時代小説傑作集 2」しなのき書房 2007 p47

相学奇談
◇「万祝金の世―時代小説傑作選」徳間書店 2006（徳間文庫）p259

テニヤンの末日
◇「戦後占領期短篇小説コレクション 3」藤原書店 2007 p147
◇「コレクション戦争と文学 8」集英社 2011 p258

土佐兵の勇敢な話
◇「新装版 全集現代文学の発見 12」學藝書林 2004 p300

中山安兵衛
◇「我、本懐を遂げんとす―忠臣蔵傑作選」徳間書店 1998（徳間文庫）p113

日本の美しき侍
◇「武士の本懐―武士道小説傑作選」ベストセラーズ 2004（ベスト時代文庫）p131
◇「決闘！ 関ケ原」実業之日本社 2015（実業之日本社文庫）p367

原田甲斐
◇「人物日本の歴史―時代小説版 江戸編 上」小学館 2004（小学館文庫）p223
◇「江戸三百年を読む―傑作時代小説 シリーズ江戸学 上」角川学芸出版 2009（角川文庫）p173

不破数右衛門
◇「忠臣蔵コレクション 3」河出書房新社 1998（河出文庫）p121
◇「定本・忠臣蔵四十七人集」双葉社 1998 p33

都忘れ
◇「戦後短篇小説選―『世界』1946-1999 3」岩波書店 2000 p91

落日
◇「人物日本の歴史―時代小説版 戦国編」小学館 2004（小学館文庫）p269

中山 七里　なかやま・しちり（1961～）

アンゲリカのクリスマスローズ
◇「5分で読める！ ひと駅ストーリー 冬の記憶東口編」宝島社 2013（宝島社文庫）p281
◇「5分で泣ける！ 胸がいっぱいになる物語」宝島社 2015（宝島社文庫）p249
◇「5分で驚く！ どんでん返しの物語」宝島社 2016（宝島社文庫）p245

いつまでもショパン
◇「『このミステリーがすごい！』大賞作家書き下ろしBOOK」宝島社 2012 p3

『馬および他の動物』の冒険
◇「本をめぐる物語―栞は夢をみる」KADOKAWA 2014（角川文庫）p107

オシフィエンチム駅へ
◇「5分で読める！ ひと駅ストーリー 乗車編」宝島社 2012（宝島社文庫）p11
◇「5分で凍る！ ぞっとする怖い話」宝島社 2015（宝島社文庫）p39

好奇心の強いチェルシー
◇「5分で読める！ ひと駅ストーリー 猫の物語」宝島社 2014（宝島社文庫）p329

最後の容疑者
◇「10分間ミステリー」宝島社 2012（宝島社文庫）p253
◇「10分間ミステリー THE BEST」宝島社 2016（宝島社文庫）p27

死ぬか太るか
◇「5分で読める！ ひと駅ストーリー 食の話」宝島社 2015（宝島社文庫）p369
◇「5分で笑える！ おバカで愉快な物語」宝島社 2016（宝島社文庫）p277

どこかでベートーヴェン 第一話
◇「『このミステリーがすごい！』大賞作家書き下ろしBOOK vol.6」宝島社 2014 p5

どこかでベートーヴェン 第二話
◇「『このミステリーがすごい！』大賞作家書き下ろしBOOK vol.7」宝島社 2014 p5

どこかでベートーヴェン 第三話
◇「『このミステリーがすごい！』大賞作家書き下ろしBOOK vol.8」宝島社 2015 p57

どこかでベートーヴェン 第四話
◇「『このミステリーがすごい！』大賞作家書き下ろしBOOK vol.9」宝島社 2015 p131

どこかでベートーヴェン 第五話
◇「『このミステリーがすごい！』大賞作家書き下ろしBOOK vol.10」宝島社 2015 p5

どこかでベートーヴェン 第六話
◇「『このミステリーがすごい！』大賞作家書き下ろしBOOK vol.11」宝島社 2015 p5

どこかでベートーヴェン 第七話
◇「『このミステリーがすごい！』大賞作家書き下ろしBOOK vol.12」宝島社 2016 p5

二十八年目のマレット
◇「もっとすごい！ 10分間ミステリー」宝島社 2013（宝島社文庫）p25

二百十日の風
◇「しあわせなミステリー」宝島社 2012 p55
◇「ほっこりミステリー」宝島社 2014（宝島社文庫）p61

残されたセンリツ
◇「このミステリーがすごい！ 四つの謎」宝島社 2014 p5

ふたり、いつまでも

◇「5分で読める！ 怖いはなし」宝島社 2014（宝島社文庫）p251

平和と希望と―『さよならドビュッシー』番外編
◇「サイドストーリーズ」KADOKAWA 2015（角川文庫）p163

ポセイドンの罰
◇「このミステリーがすごい！ 三つの迷宮」宝島社 2015（宝島社文庫）p97

盆帰り
◇「5分で読める！ ひと駅ストーリー 夏の記憶西口編」宝島社 2013（宝島社文庫）p11
◇「5分で凍る！ ぞっとする怖い話」宝島社 2015（宝島社文庫）p265

連続殺人鬼カエル男ふたたび―集中掲載
◇「『このミステリーがすごい！』大賞作家書き下ろしBOOK vol.13」宝島社 2016 p5

連続殺人鬼カエル男ふたたび・2
◇「『このミステリーがすごい！』大賞作家書き下ろしBOOK vol.15」宝島社 2016 p5

長山 志信　ながやま・しのぶ

ティティカカの向こう側
◇「北日本文学賞入賞作品集 2」北日本新聞社 2002 p289

ドリスの特別な日
◇「「伊豆文学賞」優秀作品集 第5回」羽衣出版 2002 p45

中山 士朗　なかやま・しろう（1930～）

死の影
◇「コレクション戦争と文学 19」集英社 2011 p319

中山 侑　なかやま・すすむ（1909～1959）

戯曲 **美しき建設―三幕**
◇「日本統治期台湾文学集成 14」緑蔭書房 2003 p213

ラヂオ・ドラマ **風―ある蕃地の駐在所風景**
◇「日本統治期台湾文学集成 14」緑蔭書房 2003 p207

簡単な青年劇の演出法
◇「日本統治期台湾文学集成 11」緑蔭書房 2003 p11

軍国爺さん―三幕
◇「日本統治期台湾文学集成 12」緑蔭書房 2003 p155

峠の一軒屋―一幕
◇「日本統治期台湾文学集成 12」緑蔭書房 2003 p187

微笑む青空―三場
◇「日本統治期台湾文学集成 10」緑蔭書房 2003 p147

ラヂオの家―二幕
◇「日本統治期台湾文学集成 11」緑蔭書房 2003 p203

中山 聖子　なかやま・せいこ（1967～）

彼方の雪
◇「ゆきのまち幻想文学賞小品集 17」企画集団ぷりずむ 2008 p75

小鳥でさえも
◇「ゆきのまち幻想文学賞小品集 15」企画集団ぷりずむ 2006 p99

潮の流れは
◇「ゆきのまち幻想文学賞小品集 19」企画集団ぷりずむ 2010 p15

静かな祝福
◇「ゆきのまち幻想文学賞小品集 18」企画集団ぷりずむ 2009 p103

純白―イノセント
◇「ゆきのまち幻想文学賞小品集 14」企画集団ぷりずむ 2005 p75

心音
◇「ゆきのまち幻想文学賞小品集 15」企画集団ぷりずむ 2006 p7

スイート・スノウ
◇「ゆきのまち幻想文学賞小品集 16」企画集団ぷりずむ 2007 p96

中山 ちゑ　なかやま・ちえ

小説 **月來香**
◇「日本統治期台湾文学集成 22」緑蔭書房 2007 p309

相思樹―二幕
◇「日本統治期台湾文学集成 11」緑蔭書房 2003 p149

福壽草
◇「日本統治期台湾文学集成 22」緑蔭書房 2007 p279

中山 千夏　なかやま・ちなつ（1948～）

おぼえておくこと
◇「現代の小説 1999」徳間書店 1999 p149

ランブリン・ローズ
◇「憑き者―全篇書下ろし傑作ホラーアンソロジー」アスキー 2000（A-novels）p331

中山 智幸　なかやま・ともゆき（1975～）

卵かけごはんを彼女が食べてきたわけじゃなく
◇「いまのあなたへ―村上春樹への12のオマージュ」NHK出版 2014 p52

どうしてパレード
◇「いまのあなたへ―村上春樹への12のオマージュ」NHK出版 2014 p51

ふりだしにすすむ
◇「Happy Box」PHP研究所 2012 p111
◇「Happy Box」PHP研究所 2015（PHP文芸文庫）p111

中山 弘明　なかやま・ひろあき

第一次世界大戦の時代―最初の世界戦争と植民地支配
◇「コレクション戦争と文学 別巻」集英社 2013 p38

中山 フミ　なかやま・ふみ
入営する弟に
◇「アンソロジー・プロレタリア文学 3」森話社 2015 p160

中山 美紀　なかやま・みき
過去と将来
◇「ショートショートの広場 9」講談社 1998（講談社文庫）p11

長山 靖生　ながやま・やすお
狼の血と伯爵のコウモリ
◇「吸血鬼」国書刊行会 1998（書物の王国）p222

中山 佳子　なかやま・よしこ
雪の反転鏡
◇「ゆきのまち幻想文学賞小品集 19」企画集団ぷりずむ 2010 p7

永山 驢馬　ながやま・ろば
時計じかけの天使
◇「原色の想像力—創元SF短編賞アンソロジー」東京創元社 2010（創元SF文庫）p97

長与 善郎　ながよ・よしろう（1888〜1961）
誰でも知っている
◇「コレクション戦争と文学 6」集英社 2011 p414
米国は性に合わない▷志賀直哉
◇「日本人の手紙 7」リブリオ出版 2004 p136

長良 鵜一　ながら・ういち
白さぎのいる沼沢
◇「ハンセン病に咲いた花—初期文芸名作選 戦後編」皓星社 2002（ハンセン病叢書）p320

南木 佳士　なぎ・けいし（1951〜）
重い陽光
◇「コレクション戦争と文学 2」集英社 2012 p111
神かくし
◇「きのこ文学名作選」港の人 2010 p308
草すべり
◇「文学 2009」講談社 2009 p33

奈木良 弥太郎　なぎら・やたろう
ユーモア小説 食用鍋牛御難
◇「日本統治期台湾文学集成 7」緑蔭書房 2002 p224

南雲 悠　なぐも・ゆう
猫の手就職事件
◇「本格推理 13」光文社 1998（光文社文庫）p115

梨木 香歩　なしき・かほ（1959〜）
サルスベリ
◇「不思議の扉 ありえない恋」角川書店 2011（角川文庫）p5
本棚にならぶ
◇「本からはじまる物語」メディアパル 2007 p171

名島 照葉　なじま・てるは
七夕の夜

◇「てのひら怪談—ビーケーワン怪談大賞傑作選 辛卯」ポプラ社 2011（ポプラ文庫）p106

梨屋 アリエ　なしや・ありえ（1971〜）
Fleecy Love
◇「好き、だった。—はじめての失恋、七つの話」メディアファクトリー 2010（MF文庫）p69

那須 正幹　なす・まさもと（1942〜）
The End of the World
◇「日本の少年小説—「少国民」のゆくえ」インパクト出版会 2016（インパクト選書）p227

謎村　なぞむら
銀河の間隙の先より
◇「リトル・リトル・クトゥルー—史上最小の神話小説集」学習研究社 2009 p82
ヨミコ
◇「ゆきのまち幻想文学賞小品集 18」企画集団ぷりずむ 2009 p126
ヨミコ・システム
◇「ゆきのまち幻想文学賞小品集 19」企画集団ぷりずむ 2010 p171

南津 泰三　なつ・たいぞう
河童の夏唄
◇「「伊豆文学賞」優秀作品集 第14回」静岡新聞社 2011 p157

夏井 辰徳　なつい・たつのり
BOX袴田事件 命とは（高橋伴明）
◇「年鑑代表シナリオ集 '10」シナリオ作家協会 2011 p79

夏川 草介　なつかわ・そうすけ（1978〜）
寄り道
◇「旅の終わり、始まりの旅」小学館 2012（小学館文庫）p127

夏川 秀樹　なつかわ・ひでき
カッコウの巣
◇「ショートショートの花束 1」講談社 2009（講談社文庫）p77
再会
◇「ショートショートの広場 20」講談社 2008（講談社文庫）p65

なつかわ めりお
最終バスにて
◇「ショートショートの広場 10」講談社 2000（講談社文庫）p99

夏樹 静子　なつき・しずこ（1938〜2016）
暁（あかつき）はもう来ない
◇「赤のミステリー—女性ミステリー作家傑作選」光文社 1997 p209
◇「女性ミステリー作家傑作選 2」光文社 1999（光文社文庫）p285
足の裏
◇「謀」文藝春秋 2003（推理作家になりたくて マイベストミステリー）p118

◇「マイ・ベスト・ミステリー 4」文藝春秋 2007（文春文庫）p182
あなたに似た子
◇「いつか心の奥へ―小説推理傑作選」双葉社 1997 p179
あのひとの髪
◇「事件現場に行こう―最新ベスト・ミステリー カレイドスコープ編」光文社 2001（カッパ・ノベルス）p135
襲われて
◇「七つの危険な真実」新潮社 2004（新潮文庫）p245
陰膳
◇「誘惑―女流ミステリー傑作選」徳間書店 1999（徳間文庫）p347
◇「日常の呪縛」リブリオ出版 2001（怪奇・ホラーワールド）p71
仮説の行方
◇「ザ・ベストミステリーズ―推理小説年鑑 1998」講談社 1998 p133
◇「殺人者」講談社 2000（講談社文庫）p336
暗い玄海灘に
◇「謎―スペシャル・ブレンド・ミステリー 004」講談社 2009（講談社文庫）p85
鼓笛隊
◇「恋は罪つくり―恋愛ミステリー傑作選」光文社 2005（光文社文庫）p107
三通の遺言
◇「最新「珠玉推理」大全 上」光文社 1998（カッパ・ノベルス）p294
山陽自動車道殺人事件
◇「煌めきの殺意」徳間書店 1999（徳間文庫）p495
山陽新幹線殺人事件
◇「葬送列車―鉄道ミステリー名作館」徳間書店 2004（徳間文庫）p5
死刑台のロープウェイ
◇「死を招く乗客―ミステリーアンソロジー」有楽出版社 2015（JOY NOVELS）p7
証言拒否
◇「判決―法廷ミステリー傑作選」徳間書店 2010（徳間文庫）p129
数字のない時計
◇「あなたが名探偵」講談社 1998（講談社文庫）p269
宅配便の女
◇「謎―スペシャル・ブレンド・ミステリー 007」講談社 2012（講談社文庫）p123
短編の出発点
◇「謀」文藝春秋 2003（推理作家になりたくて マイベストミステリー）p165
◇「マイ・ベスト・ミステリー 4」文藝春秋 2007（文春文庫）p256
尽くす女
◇「犯行現場にもう一度」講談社 1997（講談社文庫）p421
橘の下の凶器

◇「幻惑のラビリンス」光文社 2001（光文社文庫）p417
パスポートの秘密
◇「謎―スペシャル・ブレンド・ミステリー 005」講談社 2010（講談社文庫）p153
酷い天罰
◇「悪魔のような女―女流ミステリー傑作選」角川春樹事務所 2001（ハルキ文庫）p109
◇「謎―スペシャル・ブレンド・ミステリー 002」講談社 2007（講談社文庫）p327
普通列車の死
◇「悪夢の最終列車―鉄道ミステリー傑作選」光文社 1997（光文社文庫）p9
ほころび
◇「事件の痕跡」光文社 2007（Kappa novels）p297
◇「事件の痕跡」光文社 2012（光文社文庫）p399
まえ置き
◇「自選ショート・ミステリー」講談社 2001（講談社文庫）p106
燃えがらの証
◇「ときめき―ミステリアンソロジー」廣済堂出版 2005（廣済堂文庫）p77
輸血のゆくえ
◇「冥界ブリズン」光文社 1999（光文社文庫）p321
◇「謀」文藝春秋 2003（推理作家になりたくて マイベストミステリー）p40
◇「マイ・ベスト・ミステリー 4」文藝春秋 2007（文春文庫）p66
リメーク
◇「事件を追いかけろ―最新ベスト・ミステリー サプライズの花束編」光文社 2004（カッパ・ノベルス）p335
◇「事件を追いかけろ サプライズの花束編」光文社 2009（光文社文庫）p439

夏崎 涼　なつざき・りょう
やまゆりの花に託して
◇「伊豆文学賞」優秀作品集 第4回」静岡新聞社 2001 p153

夏野　なつの
しるし
◇「てのひら怪談―ビーケーワン怪談大賞傑作選 辛卯」ポプラ社 2011（ポプラ文庫）p214

夏野 百合　なつの・ゆり
暗室の陰謀
◇「傑作・推理ミステリー10番勝負」永岡書店 1999 p37
透明な十字架
◇「傑作・推理ミステリー10番勝負」永岡書店 1999 p229

夏目 漱石　なつめ・そうせき（1867〜1916）
永日小品
◇「明治の文学 21」筑摩書房 2000 p343
永日小品（抄）
◇「文豪怪談傑作選 明治編」筑摩書房 2011（ちくま

なつめ

思い出す事など(抄)
◇「ちくま日本文学 29」筑摩書房 2008（ちくま文庫）p351

火事
◇「文豪怪談傑作選 明治編」筑摩書房 2011（ちくま文庫）p139

硝子戸の中(抄)
◇「ブキミな人びと」ランダムハウス講談社 2007 p171
◇「文豪てのひら怪談」ポプラ社 2009（ポプラ文庫）p66

紀元節
◇「超短編アンソロジー」筑摩書房 2002（ちくま文庫）p103

霧
◇「文豪怪談傑作選 明治編」筑摩書房 2011（ちくま文庫）p142

草枕(抄)
◇「温泉小説」アーツアンドクラフツ 2006 p9

こころ
◇「二時間目国語」宝島社 2008（宝島社文庫）p166
◇「涙の百年文学―もう一度読みたい」太陽出版 2009 p264

心
◇「文豪怪談傑作選 明治編」筑摩書房 2011（ちくま文庫）p145

琴のそら音
◇「文豪のミステリー小説」集英社 2008（集英社文庫）p9

妻君を正宗の名刀でスパリと斬ってやりたい≫夏目鏡子／鈴木三重吉
◇「日本人の手紙 6」リブリオ出版 2004 p75

三四郎
◇「明治の文学 21」筑摩書房 2000 p3
◇「日本文学全集 13」河出書房新社 2015 p71

三四郎〈抄〉
◇「富士山」角川書店 2013（角川文庫）p37

三四郎(抄録)
◇「読んでおきたい近代日本小説選」龍書房 2012 p80

自転車日記
◇「生の深みを覗く―ポケットアンソロジー」岩波書店 2010（岩波文庫別冊）p95

趣味の遺伝
◇「コレクション戦争と文学 13」集英社 2011 p20

それから
◇「栞子さんの本棚―ビブリア古書堂セレクトブック」角川書店 2013（角川文庫）p7

第七夜
◇「冒険の森へ―傑作小説大全 15」集英社 2016 p8

猫の墓
◇「猫愛」凱風社 2008（PD叢書）p55
◇「にゃんそろじー」新潮社 2014（新潮文庫）p9

◇「だから猫は猫そのものではない」凱風社 2015 p33

文鳥
◇「いきものがたり」双文社出版 2013 p22

蛇
◇「文豪怪談傑作選 明治編」筑摩書房 2011（ちくま文庫）p133

蛇―「永日小品」より
◇「日本怪奇小説傑作集 1」東京創元社 2005（創元推理文庫）p65

坊っちゃん
◇「作品で読む20世紀の日本文学」白地社（発売）2008 p7
◇「ちくま日本文学 29」筑摩書房 2008（ちくま文庫）p9

正岡子規
◇「たんときれいに召し上がれ―美食文学精選」芸術新聞社 2015 p461

モナリサ
◇「文豪怪談傑作選 明治編」筑摩書房 2011（ちくま文庫）p136

門
◇「文豪さんへ。」メディアファクトリー 2009（MF文庫）p25

夢十夜
◇「奇譚カーニバル」集英社 2000（集英社文庫）p17
◇「日本近代文学に描かれた「恋愛」」牧野出版 2001 p43
◇「匠」文藝春秋 2003（推理作家になりたくて マイベストミステリー）p215
◇「マイ・ベスト・ミステリー 1」文藝春秋 2007（文春文庫）p324
◇「ちくま日本文学 29」筑摩書房 2008（ちくま文庫）p312
◇「百年小説」ポプラ社 2008 p23
◇「夢」SDP 2009（SDP bunko）p5
◇「変身ものがたり」筑摩書房 2010（ちくま文学の森）p469
◇「文豪怪談傑作選 明治編」筑摩書房 2011（ちくま文庫）p101
◇「幻妖の水脈（みお）」筑摩書房 2013（ちくま文庫）p118
◇「文豪たちが書いた怖い名作短編集」彩図社 2014 p20

『夢十夜』より 第三夜
◇「もっと眠る物語」文藝春秋 2014（文春文庫）p9

世の中は自分の想像とは全く正反対だ≫鈴木三重吉
◇「日本人の手紙 3」リブリオ出版 2004 p84

倫敦塔
◇「短編名作選―1885-1924 小説の曙」笠間書院 2003 p128
◇「日本近代短篇小説選 明治篇2」岩波書店 2013（岩波文庫）p5

吾輩は猫である(抄)
◇「ちくま日本文学 29」筑摩書房 2008（ちくま文庫）p202

私の個人主義
◇「ちくま日本文学 29」筑摩書房 2008（ちくま文庫）p405

夏目 直　なつめ・ただし
ブラインド
◇「ゆれる―第12回フェリシモ文学賞作品集」フェリシモ 2009 p137

夏目 翠　なつめ・みどり
曙光の円舞曲
◇「躍進―C★NOVELS大賞作家アンソロジー」中央公論新社 2012（C・NOVELS Fantasia）p140

夏目 侑子　なつめ・ゆうこ
忘れ得ぬ夏
◇「竹筒に花はなくとも―短篇十人集」日曜舎 1997 p92

名取 佐和子　なとり・さわこ（1973～）
板垣さんのやせがまん
◇「涙がこぼれないように―さよならが胸を打つ10の物語」泰文堂 2014（リンダブックス）p7
関白宣言ふたたび
◇「愛してるって言えばよかった」泰文堂 2012（リンダブックス）p194
君の卒業式
◇「涙がこぼれないように―さよならが胸を打つ10の物語」泰文堂 2014（リンダブックス）p152
最終電車で
◇「最後の一日12月18日―さよならが胸に染みる10の物語」泰文堂 2011（Linda books！）p38
テンショク
◇「母のなみだ―愛しき家族を想う短篇小説集」泰文堂 2012（Linda books！）p257
ハマナスノ実ヲ飾ル頃
◇「最後の一日12月18日―さよならが胸に染みる10の物語」泰文堂 2011（Linda books！）p206
『マツミヤ』最後の客
◇「涙がこぼれないように―さよならが胸を打つ10の物語」泰文堂 2014（リンダブックス）p52
らっきょう
◇「最後の一日―さよならが胸に染みる10の物語」泰文堂 2011（Linda books！）p34

七尾 あきら　ななお・あきら（1969～）
盗賊剣士エドガー――ノラ猫は後悔しない
◇「運命の覇者」角川書店 1997 p159

七尾 与史　ななお・よし（1969～）
学園諜報部SIA
◇「謎の放課後―学校の七不思議」KADOKAWA 2015（角川文庫）p51
キルキルカンパニー
◇「『このミステリーがすごい！』大賞作家書き下ろしBOOK」宝島社 2012 p137
死亡フラグが立ちましたのずっと前
◇「『このミステリーがすごい！』大賞作家書き下ろしBOOK vol.2」宝島社 2013 p115
全裸刑事チャーリー
◇「10分間ミステリー」宝島社 2012（宝島社文庫）p285
◇「5分で笑える！ オバカで愉快な物語」宝島社 2016（宝島社文庫）p21
◇「10分間ミステリー THE BEST」宝島社 2016（宝島社文庫）p105
全裸刑事チャーリー オシャレな股間!?殺人事件
◇「もっとすごい！ 10分間ミステリー」宝島社 2013（宝島社文庫）p327
◇「5分で笑える！ オバカで愉快な物語」宝島社 2016（宝島社文庫）p255
全裸刑事チャーリー 恐怖の全裸車両
◇「5分で読める！ ひと駅ストーリー 降車編」宝島社 2012（宝島社文庫）p35
◇「5分で笑える！ オバカで愉快な物語」宝島社 2016（宝島社文庫）p131
全裸刑事チャーリー衝撃！ 股間グラビア殺人事件
◇「5分で読める！ ひと駅ストーリー 本の物語」宝島社 2014（宝島社文庫）p9
全裸刑事チャーリー戦慄！ 真冬のアベサダ事件
◇「5分で読める！ ひと駅ストーリー 冬の記憶西口編」宝島社 2013（宝島社文庫）p271
全裸刑事チャーリー 旅の恥は脱ぎ捨て!?事件
◇「5分で読める！ ひと駅ストーリー 旅の話」宝島社 2015（宝島社文庫）p39
全裸刑事チャーリー 真夏の黒い巨塔？ 殺人事件
◇「5分で読める！ ひと駅ストーリー 夏の記憶東口編」宝島社 2013（宝島社文庫）p21
ドS編集長のただならぬ婚活
◇「『このミステリーがすごい！』大賞作家書き下ろしBOOK vol.3」宝島社 2013 p37
僕はもう憑かれたよ 最終話
◇「『このミステリーがすごい！』大賞作家書き下ろしBOOK vol.8」宝島社 2015 p95
僕はもう憑かれたよ 第一話
◇「『このミステリーがすごい！』大賞作家書き下ろしBOOK vol.4」宝島社 2014 p55
僕はもう憑かれたよ 第二話
◇「『このミステリーがすごい！』大賞作家書き下ろしBOOK vol.5」宝島社 2014 p51
僕はもう憑かれたよ 第三話
◇「『このミステリーがすごい！』大賞作家書き下ろしBOOK vol.6」宝島社 2014 p117
僕はもう憑かれたよ 第四話
◇「『このミステリーがすごい！』大賞作家書き下ろしBOOK vol.7」宝島社 2014 p103

七河 迦南　ななかわ・かなん
あやかしの家
◇「新・本格推理 06」光文社 2006（光文社文庫）p459

ななこ

暗黒の海を漂う黄金の林檎
◇「新・本格推理 7」光文社 2007（光文社文庫）p31

悲しみの子
◇「ザ・ベストミステリーズ―推理小説年鑑 2013」講談社 2013 p209
◇「Symphony漆黒の交響曲」講談社 2016（講談社文庫）p139

コンチェルト・コンチェルティーノ
◇「ベスト本格ミステリ 2013」講談社 2013（講談社ノベルス）p365

冷たいホットライン
◇「山岳迷宮（ラビリンス）―山のミステリー傑作選」光文社 2016（光文社文庫）p83

奈々子　ななこ

石のをんな
◇「青鞜文学集」不二出版 2004 p183

七瀬 圭子　ななせ・けいこ

甚兵衛の手
◇「紅蓮の翼―異彩時代小説秀作撰」叢文社 2007 p154

七瀬 ざくろ　ななせ・ざくろ

俺の代理人
◇「ショートショートの広場 19」講談社 2007（講談社文庫）p211

影が薄いひと
◇「ショートショートの広場 18」講談社 2006（講談社文庫）p184

これそれあれどれ
◇「ショートショートの広場 20」講談社 2008（講談社文庫）p167

三年後の俺
◇「ショートショートの広場 20」講談社 2008（講談社文庫）p120

静かにしてくれ！
◇「ショートショートの広場 14」講談社 2003（講談社文庫）p15

スッピン
◇「ショートショートの花束 1」講談社 2009（講談社文庫）p91

超PL法時代
◇「ショートショートの広場 20」講談社 2008（講談社文庫）p55

同窓会
◇「ショートショートの広場 20」講談社 2008（講談社文庫）p186

ね、信じて
◇「ショートショートの広場 19」講談社 2007（講談社文庫）p112

ふたりの予知能力者
◇「ショートショートの広場 19」講談社 2007（講談社文庫）p133

惚れ薬
◇「ショートショートの広場 18」講談社 2006（講談社文庫）p157

リバウンドの法則
◇「ショートショートの花束 1」講談社 2009（講談社文庫）p273

七瀬 七海　ななせ・ななみ

エックス・デイ
◇「ショートショートの花束 5」講談社 2013（講談社文庫）p258

資格社会
◇「ショートショートの花束 2」講談社 2010（講談社文庫）p50

自動小説作成マシーン
◇「ショートショートの花束 3」講談社 2011（講談社文庫）p284

ふりこ
◇「ショートショートの花束 4」講談社 2012（講談社文庫）p232

プレゼント
◇「ショートショートの花束 2」講談社 2010（講談社文庫）p98

七海 千空　ななみ・ちあき

ラムネ売り
◇「ショートショートの花束 4」講談社 2012（講談社文庫）p79

斜斤　ななめきん

遊び
◇「てのひら怪談―ビーケーワン怪談大賞傑作選 庚寅」ポプラ社 2010（ポプラ文庫）p94

口
◇「てのひら怪談―ビーケーワン怪談大賞傑作選 辛卯」ポプラ社 2011（ポプラ文庫）p82

食堂にて
◇「てのひら怪談―ビーケーワン怪談大賞傑作選」ポプラ社 2007 p184
◇「てのひら怪談―ビーケーワン怪談大賞傑作選」ポプラ社 2008（ポプラ文庫）p192

シルエット
◇「てのひら怪談―ビーケーワン怪談大賞傑作選」ポプラ社 2007 p188
◇「てのひら怪談―ビーケーワン怪談大賞傑作選」ポプラ社 2008（ポプラ文庫）p196

スコヴィル幻想
◇「てのひら怪談―ビーケーワン怪談大賞傑作選 2」ポプラ社 2007 p222
◇「てのひら怪談―ビーケーワン怪談大賞傑作選 己丑」ポプラ社 2009（ポプラ文庫）p184

渡し
◇「てのひら怪談―ビーケーワン怪談大賞傑作選 百怪繚乱篇」ポプラ社 2008 p202

七森 はな　ななもり・はな

ミンベルの雪祭り
◇「ゆきのまち幻想文学賞小品集 15」企画集団ぷりずむ 2006 p120

雪見酒
◇「ゆきのまち幻想文学賞小品集 14」企画集団ぷり

ずむ 2005 p7

難波 壱　なにわ・いち
古い背中
　◇「立川文学 4」けやき出版 2014 p259

ナハゼ
簡単な結末
　◇「人は死んだら電柱になる―電柱アンソロジー」遠すぎる未来団 2014 p282

鍋谷 一樹　なべたに・かずき
国中の女性と愛しあった王様
　◇「ショートショートの広場 15」講談社 2004（講談社文庫）p70

生江 健次　なまえ・けんじ（1907～1945）
過程
　◇「新装版 全集現代文学の発見 3」學藝書林 2003 p175

波風 立太郎　なみかぜ・たつたろう
酔い止め薬
　◇「ショートショートの花束 4」講談社 2012（講談社文庫）p167

なみっち
ジンクス
　◇「ショートショートの花束 4」講談社 2012（講談社文庫）p225
誰にも言えない趣味
　◇「ショートショートの花束 4」講談社 2012（講談社文庫）p92

波野 白跳　なみの・はくちょう
⇒大佛次郎（おさらぎ・じろう）を見よ

南宮 壁　ナムグン・ピョク
『覺えがき』より
　◇「近代朝鮮文学日本語作品集1908～1945 セレクション 4」緑蔭書房 2008 p54
孤獨は爾の運命である
　◇「近代朝鮮文学日本語作品集1908～1945 セレクション 4」緑蔭書房 2008 p53
懺悔の涙（一）
　◇「近代朝鮮文学日本語作品集1908～1945 セレクション 4」緑蔭書房 2008 p53
懺悔の涙（二）
　◇「近代朝鮮文学日本語作品集1908～1945 セレクション 4」緑蔭書房 2008 p54
鮮人の草したる寄稿（一）（二）
　◇「近代朝鮮文学日本語作品集1901～1938 評論・随筆篇 1」緑蔭書房 2004 p15
朝鮮統治政策に就いて
　◇「近代朝鮮文学日本語作品集1901～1938 評論・随筆篇 1」緑蔭書房 2004 p21
朝鮮文化史上の光輝點
　◇「近代朝鮮文学日本語作品集1901～1938 評論・随筆篇 1」緑蔭書房 2004 p25
月よ
　◇「近代朝鮮文学日本語作品集1908～1945 セレクション 4」緑蔭書房 2008 p53

行方 行　なめかた・ぎょう
かく
　◇「ショートショートの花束 8」講談社 2016（講談社文庫）p145
旅服
　◇「ショートショートの花束 8」講談社 2016（講談社文庫）p164

奈良 美那　なら・みな（1965～）
頭のお手入れ
　◇「5分で読める！ ひと駅ストーリー 乗車編」宝島社 2012（宝島社文庫）p159
アトラクションの主人公は映画の主人公顔負け
　◇「5分で読める！ ひと駅ストーリー 冬の記憶西口編」宝島社 2013（宝島社文庫）p231
しろくまは愛の味
　◇「5分で読める！ ひと駅ストーリー 夏の記憶西口編」宝島社 2013（宝島社文庫）p111
　◇「5分で凍る！ ぞっとする怖い話」宝島社 2015（宝島社文庫）p49
情けは人のためならず
　◇「5分で読める！ ひと駅ストーリー 旅の話」宝島社 2015（宝島社文庫）p137
ニーハイなんて脱がしてやる
　◇「5分で読める！ ひと駅ストーリー 本の物語」宝島社 2014（宝島社文庫）p149

楢木野 史貴　ならきの・ふみたか
地震と犬たち
　◇「平成28年熊本地震作品集」くまもと文学・歴史館友の会 2016 p48

奈良本 辰也　ならもと・たつや（1913～2001）
男谷精一郎
　◇「人物日本剣豪伝 4」学陽書房 2001（人物文庫）p225

成田 和彦　なりた・かずひこ
天使の休暇願
　◇「ゆきのまち幻想文学賞小品集 22」企画集団ぷりずむ 2013 p52

成野 秋子　なりの・あきこ
お隣さんのミシン
　◇「気配―第10回フェリシモ文学賞作品集」フェリシモ 2007 p71

鳴原 あきら　なりはら・あきら
お母さん
　◇「血の12幻想」エニックス 2000 p159

鳴神月 拓也　なるかみづき・たくや
不断の探究者
　◇「リトル・リトル・クトゥルー―史上最小の神話小説集」学習研究社 2009 p148

なるし

成重奇荘　なるしげきそう
歪んだ鏡
　◇「新・本格推理 7」光文社 2007（光文社文庫）
　　p369

成島 出　なるしま・いずる
笑う蛙
　◇「年鑑代表シナリオ集 '02」シナリオ作家協会
　　2003 p105

成島 柳北　なるしま・りゅうほく（1837〜1884）
有難迷惑ノ眼玉
　◇「新日本古典文学大系 明治編 2」岩波書店 2004
　　p292

家を憶ふ
　◇「新日本古典文学大系 明治編 2」岩波書店 2004
　　p233

思フマヽ
　◇「新日本古典文学大系 明治編 2」岩波書店 2004
　　p270

化石谷
　◇「新日本古典文学大系 明治編 2」岩波書店 2004
　　p230

蒲田の梅園、花に対して旧を話す
　◇「新日本古典文学大系 明治編 2」岩波書店 2004
　　p242

火輪車の歌
　◇「新日本古典文学大系 明治編 2」岩波書店 2004
　　p218

火輪船の歌
　◇「新日本古典文学大系 明治編 2」岩波書店 2004
　　p213

感懐
　◇「新日本古典文学大系 明治編 2」岩波書店 2004
　　p231

関将軍の像に題す
　◇「新日本古典文学大系 明治編 2」岩波書店 2004
　　p222

元旦の賦二絶二律（その四）
　◇「新日本古典文学大系 明治編 2」岩波書店 2004
　　p213

閑忙小言
　◇「新日本古典文学大系 明治編 2」岩波書店 2004
　　p278

詰澀上遊客文
　◇「新日本古典文学大系 明治編 2」岩波書店 2004
　　p264

九月二十日、兵馬を率ゐて太田の営を発ち、江城に帰る。感有りて賦す。
　◇「新日本古典文学大系 明治編 2」岩波書店 2004
　　p234

庚午元日
　◇「新日本古典文学大系 明治編 2」岩波書店 2004
　　p236

航西日乗
　◇「新日本古典文学大系 明治編 5」岩波書店 2009
　　p249

獄中の雑詩
　◇「新日本古典文学大系 明治編 2」岩波書店 2004
　　p240

梧桐の歌
　◇「新日本古典文学大系 明治編 2」岩波書店 2004
　　p237

歳晩、懐ひを書す
　◇「新日本古典文学大系 明治編 2」岩波書店 2004
　　p221

地震行
　◇「新日本古典文学大系 明治編 2」岩波書店 2004
　　p223

市井の女子の私かに色を売ること、及び粧飾塗抹することを禁ずるを聞き、戯れに賦して以て某君に寄す
　◇「新日本古典文学大系 明治編 2」岩波書店 2004
　　p227

秋懐十首
　◇「新日本古典文学大系 明治編 2」岩波書店 2004
　　p237

出獄の詩
　◇「新日本古典文学大系 明治編 2」岩波書店 2004
　　p241

書を売り剣を買ふ歌
　◇「新日本古典文学大系 明治編 2」岩波書店 2004
　　p228

書懐
　◇「新日本古典文学大系 明治編 2」岩波書店 2004
　　p232

新楽府二篇 柳春三が嘱
　◇「新日本古典文学大系 明治編 2」岩波書店 2004
　　p226

震後見る所を書す
　◇「新日本古典文学大系 明治編 2」岩波書店 2004
　　p225

新年の口占
　◇「新日本古典文学大系 明治編 2」岩波書店 2004
　　p243

祭新聞紙文
　◇「新日本古典文学大系 明治編 2」岩波書店 2004
　　p262

新聞大小の別とは何ぞ
　◇「新日本古典文学大系 明治編 2」岩波書店 2004
　　p290

水楼晩涼
　◇「新日本古典文学大系 明治編 2」岩波書店 2004
　　p243

贅人ノ贅語
　◇「新日本古典文学大系 明治編 2」岩波書店 2004
　　p287

西洋各国貨幣帖に題す
　◇「新日本古典文学大系 明治編 2」岩波書店 2004
　　p230

中秋風雨

◇「新日本古典文学大系 明治編 2」岩波書店 2004 p221
陳腐閑語十二号
◇「新日本古典文学大系 明治編 2」岩波書店 2004 p249
丁卯中秋、痾を患ひ、枕上に三律を賦し、藤志州に寄す
◇「新日本古典文学大系 明治編 2」岩波書店 2004 p233
溺潭小言
◇「新日本古典文学大系 明治編 2」岩波書店 2004 p281
夏夜
◇「新日本古典文学大系 明治編 2」岩波書店 2004 p216
八月十一日、関原を過ぎて慨然としてこれを賦す
◇「新日本古典文学大系 明治編 2」岩波書店 2004 p238
文辞ノ弊ヲ論ズ
◇「新日本古典文学大系 明治編 2」岩波書店 2004 p254
丙子歳晩の感懐
◇「新日本古典文学大系 明治編 2」岩波書店 2004 p241
辟易賦
◇「新日本古典文学大系 明治編 2」岩波書店 2004 p257
墨上漁史死す
◇「新日本古典文学大系 明治編 2」岩波書店 2004 p284
戊辰五月に得る所の雑詩
◇「新日本古典文学大系 明治編 2」岩波書店 2004 p235
昔がたり
◇「新日本古典文学大系 明治編 2」岩波書店 2004 p274
無題
◇「新日本古典文学大系 明治編 2」岩波書店 2004 p232
（無題）
◇「新日本古典文学大系 明治編 2」岩波書店 2004 p245
◇「新日本古典文学大系 明治編 2」岩波書店 2004 p259
◇「新日本古典文学大系 明治編 2」岩波書店 2004 p266
夜帰
◇「新日本古典文学大系 明治編 2」岩波書店 2004 p217
湯原の福住楼に宿す
◇「新日本古典文学大系 明治編 2」岩波書店 2004 p236
夜、柳橋を過ぐ
◇「新日本古典文学大系 明治編 2」岩波書店 2004 p225
李白観瀑の図
◇「新日本古典文学大系 明治編 2」岩波書店 2004 p216
新編 柳北詩文集
◇「新日本古典文学大系 明治編 2」岩波書店 2004 p211

成瀬 あゆみ　なるせ・あゆみ
独り身の女
◇「ゆれる―第12回フェリシモ文学賞作品集」フェリシモ 2009 p8

なるせ ゆうせい
いいキッカケ
◇「超短編の世界 vol.2」創英社 2009 p32
計算と放屁
◇「超短編の世界 vol.2」創英社 2009 p34
みにくい子は、聖なる夜に鈍く光る
◇「超短編の世界 vol.2」創英社 2009 p36

鳴海 章　なるみ・しょう（1958～）
撃て、イシモト―冬の狙撃手外伝
◇「宝石ザミステリー」光文社 2011 p323
指定席
◇「短篇ベストコレクション―現代の小説 2002」徳間書店 2002（徳間文庫）p181
のろま君
◇「特別な一日」徳間書店 2005（徳間文庫）p287
花男
◇「乱歩賞作家 黒の謎」講談社 2004 p5

鳴海 丈　なるみ・じょう（1955～）
江戸に消えた男
◇「斬刃―時代小説傑作選」コスミック出版 2005（コスミック・時代文庫）p121
二階の若旦那
◇「勝者の死にざま―時代小説選手権」新潮社 1998（新潮文庫）p321

鳴海 風　なるみ・ふう（1953～）
うどんげの花
◇「代表作時代小説 平成22年度」光文社 2010 p145
大江戸まんじゅう合戦
◇「遠き雷鳴」桃園書房 2001（桃園文庫）p257
◇「彩四季・江戸慕情」光文社 2012（光文社文庫）p361
天連関理府
◇「雪月花・江戸景色」光文社 2013（光文社文庫）p319
木星将に月に入らんとす
◇「たそがれ江戸暮色」光文社 2014（光文社文庫）p331

名和 栄一　なわ・えいいち
蜜柑――一幕二場
◇「日本統治期台湾文学集成 12」緑蔭書房 2003 p47

なわた・あつし
縄田 厚　なわた・あつし
いたずらな妖精
◇「甦る推理雑誌 8」光文社 2003（光文社文庫）p63

縄田 幹治　なわた・かんじ
手紙
◇「ショートショートの広場 11」講談社 2000（講談社文庫）p121

南海 防人　なんかい・さきもり
幸福販売社
◇「ショートショートの広場 8」講談社 1997（講談社文庫）p74

南梓　なんし
祐太のこと
◇「気配―第10回フェリシモ文学賞作品集」フェリシモ 2007 p115

南條 竹則　なんじょう・たけのり（1958～）
浅草の家
◇「怪しき我が家―一家の怪談競作集」メディアファクトリー 2011（MF文庫）p205
魚石譚
◇「水妖」廣済堂出版 1998（廣済堂文庫）p421
金霊
◇「チャイルド」廣済堂出版 1998（廣済堂文庫）p95
コッコの宿
◇「変身」廣済堂出版 1998（廣済堂文庫）p345
ゴルフ場にて
◇「オバケヤシキ」光文社 2005（光文社文庫）p53
チャプスイ
◇「夏のグランドホテル」光文社 2003（光文社文庫）p409
チョウザメ
◇「たんときれいに召し上がれ―美食文学精選」芸術新聞社 2015 p233
八号窖の手
◇「酒の夜語り」光文社 2002（光文社文庫）p37
布袋戯
◇「アジアン怪綺」光文社 2003（光文社文庫）p110
ユアン・スーの夜
◇「秘神界 現代編」東京創元社 2002（創元推理文庫）p165

南條 範夫　なんじょう・のりお（1908～2004）
飯田覚兵衛言置のこと
◇「鍔鳴り疾風剣」光風社出版 2000（光風社文庫）p259
磯貝十郎左衛門
◇「定本・忠臣蔵四十七人集」双葉社 1998 p289
伊藤一刀斎
◇「人物日本剣豪伝 1」学陽書房 2001（人物文庫）p233
江戸のゴリヤードキン氏
◇「剣が哭く夜に哭く」光風社出版 2000（光風社文庫）p103
応天門の変
◇「変事異聞」小学館 2007（小学館文庫）p47
小谷城―横恋慕した家臣
◇「おんなの戦」角川書店 2010（角川文庫）p49
お蘭さまと一十郎
◇「代表作時代小説 平成12年度」光風社出版 2000 p317
願人坊主家康
◇「剣が謎を斬る―名作で読む推理小説史 時代ミステリー傑作選」光文社 2005（光文社文庫）p165
吉川治郎少輔元春
◇「紅葉谷から剣鬼が来る―時代小説傑作選」講談社 2002（講談社文庫）p411
京洛の風雲
◇「幕末京都血風録―傑作時代小説」PHP研究所 2007（PHP文庫）p93
霧の城
◇「東北戦国志―傑作時代小説」PHP研究所 2009（PHP文庫）p115
銀杏の実
◇「花ごよみ夢一夜」光風社出版 2001（光風社文庫）p75
黒い九月の手
◇「綾辻行人と有栖川有栖のミステリ・ジョッキー 1」講談社 2008 p227
閨房禁令
◇「極め付き時代小説選 1」中央公論新社 2004（中公文庫）p261
欅三十郎の生涯
◇「感涙―人情時代小説傑作選」ベストセラーズ 2004（ベスト時代文庫）p117
元亀元年の信長
◇「時代小説秀作づくし」PHP研究所 1997（PHP文庫）p153
剣獣
◇「慕情深川しぐれ」光風社出版 1998（光風社文庫）p233
孤高の剣鬼
◇「幕末剣豪斬り異聞 佐幕篇」アスキー 1997（Aspect novels）p31
◇「幕末テロリスト列伝」講談社 2004（講談社文庫）p165
小五郎さんはペシミスト
◇「野辺に朽ちぬとも―吉田松陰と松下村塾の男たち」集英社 2015（集英社文庫）p269
この不吉な例は破れないか
◇「傑作捕物ワールド 3」リブリオ出版 2002 p209
最後に笑う禿鼠
◇「本能寺・男たちの決断―傑作時代小説」PHP研究所 2007（PHP文庫）p29
殺人鬼岡田以蔵の最期
◇「幕末テロリスト列伝」講談社 2004（講談社文庫）p11
三度殺された女

衆道伝来記
◇「闇の旋風」徳間書店 2000（徳間文庫）p305

衆道伝来記
◇「浜町河岸夕化粧」光風社出版 1998（光風社文庫）p55

女傑への出発
◇「剣の意地恋の夢―時代小説傑作選」講談社 2000（講談社文庫）p7

諏訪城下の夢と幻
◇「信州歴史時代小説傑作集 3」しなのき書房 2007 p135

戦とりかえばや物語
◇「剣光閣を裂く」光風社出版 1997（光風社文庫）p189

双生児の夢入り
◇「江戸恋い明け烏」光風社出版 1999（光風社文庫）p243

ただ一度、一度だけ
◇「江戸の秘恋―時代小説傑作選」徳間書店 2004（徳間文庫）p161

脱走
◇「必殺天誅剣」光風社出版 1999（光風社文庫）p205

短慮暴発
◇「人物日本の歴史―時代小説版 江戸編 下」小学館 2004（小学館文庫）p185

椿堂由来記
◇「歴史の息吹」新潮社 1997 p305

束の間の恋ごころ
◇「剣が舞い落花が舞い―時代小説傑作選」講談社 1998（講談社文庫）p55

塚原卜伝
◇「日本剣客伝 戦国篇」朝日新聞出版 2012（朝日文庫）p9

月は沈みぬ―越国妖怪譚
◇「モノノケ大合戦」小学館 2005（小学館文庫）p31

妻を怖れる剣士
◇「江戸の爆笑力―時代小説傑作選」集英社 2004（集英社文庫）p243

天守閣の久秀
◇「軍師の死にざま―短篇小説集」作品社 2006 p147

天守閣の久秀―松永久秀
◇「軍師の死にざま」実業之日本社 2013（実業之日本社文庫）p187

伝法院裏門前
◇「捕物小説名作選 1」集英社 2006（集英社文庫）p225

東海道を走る剣士
◇「御白洲裁き―時代推理傑作選」徳間書店 2009（徳間文庫）p169

蕩児
◇「逆転―時代アンソロジー」祥伝社 2000（祥伝社文庫）p61

燈台鬼
◇「消えた直木賞 男たちの足音編」メディアファクトリー 2005 p201

徳川軍を二度破った智将
◇「機略縦横！ 真田戦記―傑作時代小説」PHP研究所 2008（PHP文庫）p33

徳川軍を二度破った智将―真田安房守昌幸
◇「信州歴史時代小説傑作集 1」しなのき書房 2007 p199

ねじれ弾正、鬼弾正！
◇「代表作時代小説 平成9年度」光風社出版 1997 p181

被虐の系譜 武士道残酷物語―今井正監督「武士道残酷物語」原作
◇「時代劇原作選集―あの名画を生みだした傑作小説」双葉社 2003（双葉文庫）p251

姫君御姉妹
◇「姫君たちの戦国―時代小説傑作選」PHP研究所 2011（PHP文芸文庫）p171

飛竜剣敗れたり
◇「秘剣舞う―剣豪小説の世界」学習研究社 2002（学研M文庫）p107

備後の畳
◇「代表作時代小説 平成14年度」光風社出版 2002 p53

復讐鬼
◇「復讐」国書刊行会 2000（書物の王国）p26

不肖の弟子
◇「剣鬼無明斬り」光風社出版 1997（光風社文庫）p317

変貌
◇「外地探偵小説集 上海篇」せらび書房 2006 p173

松江城の人柱―松江城
◇「名城記」角川春樹事務所 2015（ハルキ文庫）p79

蝮の道三
◇「代表作時代小説 平成11年度」光風社出版 1999 p53

密林の中のハンギ
◇「代表作時代小説 平成10年度」光風社出版 1998 p63
◇「地獄の無明剣―時代小説傑作選」講談社 2004（講談社文庫）p55

無住心剣流の断絶
◇「士魂の光芒―時代小説最前線」新潮社 1997（新潮文庫）p249

柳沢殿の内意
◇「忠臣蔵コレクション 2」河出書房新社 1998（河出文庫）p261
◇「江戸三百年を読む―傑作時代小説 シリーズ江戸学 上」角川学芸出版 2009（角川文庫）p239

横尾城の白骨
◇「怪奇・伝奇時代小説選集 15」春陽堂書店 2000（春陽文庫）p40

義仲の最期
◇「代表作時代小説 平成13年度」光風社出版 2001 p145

乱世
◇「代表作時代小説 平成17年度」光文社 2005 p85

浪士慕情
　◇「忠臣蔵コレクション 1」河出書房新社 1998（河出文庫）p185

六百七十人の怨霊
　◇「怪奇・伝奇時代小説選集 12」春陽堂書店 2000（春陽文庫）p206

難波 利三　なんば・としぞう（1936〜）

秘密の海
　◇「短篇ベストコレクション─現代の小説 2000」徳間書店 2000 p31

難波 弘之　なんば・ひろゆき（1953〜）

ヴァレンタイン・ミュージック
　◇「グランドホテル」廣済堂出版 1999（廣済堂文庫）p325

ゴースト・パーク
　◇「SFバカ本 だるま篇」廣済堂出版 1999（廣済堂文庫）p165

想夜曲
　◇「マスカレード」光文社 2002（光文社文庫）p447

難波 淑子　なんば・よしこ

飛ぶ日
　◇「ゆきのまち幻想文学賞小品集 13」企画集団ぷりずむ 2004 p89

南原 幹雄　なんばら・みきお（1938〜）

あばれ市松
　◇「信州歴史時代小説傑作集 1」しなのき書房 2007 p341

雨の道行坂
　◇「江戸の秘恋─時代小説傑作選」徳間書店 2004（徳間文庫）p287

命十両
　◇「人情の往来─時代小説最前線」新潮社 1997（新潮文庫）p161

女間者おつな─山南敬助の女
　◇「血闘！ 新選組」実業之日本社 2016（実業之日本社文庫）p249

京しぐれ
　◇「鍔鳴り疾風剣」光風社出版 2000（光風社文庫）p437

蔵宿師
　◇「江戸しのび雨」学研パブリッシング 2012（学研M文庫）p43

廓法度
　◇「代表作時代小説 平成9年度」光風社出版 1997 p83
　◇「春宵濡れ髪しぐれ─時代小説傑作選」講談社 2003（講談社文庫）p25

虚空残月─服部半蔵
　◇「時代小説傑作選 5」新人物往来社 2008 p73

四条河原の決闘
　◇「剣光、閃く！」徳間書店 1999（徳間文庫）p277

初代団十郎暗殺事件
　◇「星明かり夢街道」光風社出版 2000（光風社文庫）p83

　◇「江戸夢あかり」学習研究社 2003（学研M文庫）p291
　◇「江戸夢あかり」学研パブリッシング 2013（学研M文庫）p291

総司が見た
　◇「偉人八傑推理帖─名探偵時代小説」双葉社 2004（双葉文庫）p277

太陽を斬る
　◇「真田幸村─小説集」作品社 2015 p5

血汐首─芹沢鴨の女
　◇「新選組烈士伝」角川書店 2003（角川文庫）p155

爪の代金五十両
　◇「吉原花魁」角川書店 2009（角川文庫）p131

留場の五郎次
　◇「散りぬる桜─時代小説招待席」廣済堂出版 2004 p251
　◇「冬ごもり─時代小説アンソロジー」KADOKAWA 2013（角川文庫）p119

虎之助一代
　◇「九州戦国志─傑作時代小説」PHP研究所 2008（PHP文庫）p233

直江兼続参上
　◇「関ケ原・運命を分けた決断─傑作時代小説」PHP研究所 2007（PHP文庫）p141
　◇「軍師の生きざま─時代小説傑作選」コスミック出版 2008（コスミック・時代文庫）p355
　◇「決闘！ 関ケ原」実業之日本社 2015（実業之日本社文庫）p113

忍法わすれ形見
　◇「信州歴史時代小説傑作集 3」しなのき書房 2007 p331

寝返りの陣
　◇「信州歴史時代小説傑作集 2」しなのき書房 2007 p267

番町牢屋敷
　◇「斬刃─時代小説傑作選」コスミック出版 2005（コスミック・時代文庫）p529

秘伝・毒の華
　◇「必殺天誅剣」光風社出版 1999（光風社文庫）p371

人斬り子守唄
　◇「幕末剣豪斬り異聞 佐幕篇」アスキー 1997（Aspect novels）p169

札差平十郎 蔵前閻魔堂
　◇「勝者の死にざま─時代小説選手権」新潮社 1998（新潮文庫）p83

札差平十郎 決闘小栗坂
　◇「白刃光る」新潮社 1997 p127
　◇「時代小説─読切御免 1」新潮社 2004（新潮文庫）p141

料理八百善
　◇「大江戸万華鏡─美味小説傑作選」学研パブリッシング 2014（学研M文庫）p239

南部 樹未子　なんぶ・きみこ（1930〜2015）
愛の記憶
　◇「猫のミステリー」河出書房新社 1999（河出文庫）p103
悪女昇天
　◇「赤のミステリー―女性ミステリー作家傑作選」光文社 1997 p85
　◇「女性ミステリー作家傑作選 2」光文社 1999（光文社文庫）p325
告白
　◇「金曜の夜は、ラブ・ミステリー」三笠書房 2000（王様文庫）p285

【 に 】

新岡 優哉　にいおか・ゆうや
靴を揃える
　◇「ショートショートの花束 3」講談社 2011（講談社文庫）p296

新久保 賞治　にいくぼ・しょうち
黒菊の女
　◇「黒の怪」勉誠出版 2002（べんせいライブラリー）p209

新栗 達奈　にいくり・たつな
クリスマスの十ヵ月前
　◇「ショートショートの広場 13」講談社 2002（講談社文庫）p41
ショートショートを書かなくちゃ
　◇「ショートショートの広場 14」講談社 2003（講談社文庫）p121

新関 岳雄　にいぜき・たけお（1917〜1986）
羽太鋭治とその娘
　◇「山形県文学全集第2期(随筆・紀行編) 4」郷土出版社 2005 p90
山形中学校
　◇「山形県文学全集第2期(随筆・紀行編) 4」郷土出版社 2005 p94

新津 きよみ　にいつ・きよみ（1957〜）
開けてはならない
　◇「ひとにぎりの異形」光文社 2007（光文社文庫）p131
明日、見た夢
　◇「夢魔」光文社 2001（光文社文庫）p65
うわさの出所
　◇「私は殺される―女流ミステリー傑作選」角川春樹事務所 2001（ハルキ文庫）p57
永遠に恋敵
　◇「ときめき―ミステリアンソロジー」廣済堂出版 2005（廣済堂文庫）p125
お守り
　◇「捨てる―アンソロジー」文藝春秋 2015 p171

思い出を盗んだ女
　◇「現場に臨め」光文社 2010（Kappa novels）p315
　◇「現場に臨め」光文社 2014（光文社文庫）p445
返しそびれて
　◇「ミステリア―女性作家アンソロジー」祥伝社 2003（祥伝社文庫）p53
返す女
　◇「ザ・ベストミステリーズ―推理小説年鑑 2000」講談社 2000 p531
　◇「罪深き者に罰を」講談社 2002（講談社文庫）p137
還って来た少女
　◇「殺人鬼の放課後」角川書店 2002（角川文庫）p99
　◇「青に捧げる悪夢」角川書店 2005 p189
　◇「青に捧げる悪夢」角川書店 2013（角川文庫）p327
彼女に流れる静かな時間
　◇「緋迷宮―ミステリー・アンソロジー」祥伝社 2001（祥伝社文庫）p141
彼女の一言
　◇「蒼迷宮―ミステリー・アンソロジー」祥伝社 2002（祥伝社文庫）p53
傷自慢
　◇「白のミステリー―女性ミステリー作家傑作選」光文社 1997 p95
　◇「女性ミステリー作家傑作選 3」光文社 1999（光文社文庫）p5
奇跡の少女
　◇「妖女」光文社 2004（光文社文庫）p299
緊急連絡網
　◇「闇電話」光文社 2006（光文社文庫）p33
口が堅い女
　◇「ゆきどまり―ホラー・アンソロジー」祥伝社 2000（祥伝社文庫）p85
殺意が見える女
　◇「ザ・ベストミステリーズ―推理小説年鑑 1998」講談社 1998 p381
　◇「殺人者」講談社 2000（講談社文庫）p260
サンルーム
　◇「エロティシズム12幻想」エニックス 2000 p135
時効を待つ女
　◇「ザ・ベストミステリーズ―推理小説年鑑 1999」講談社 1999 p335
　◇「密室+アリバイ=真犯人」講談社 2002（講談社文庫）p96
寿命
　◇「短篇ベストコレクション―現代の小説 2016」徳間書店 2016（徳間文庫）p323
捨てられない秘密
　◇「翠迷宮―ミステリー・アンソロジー」祥伝社 2003（祥伝社文庫）p35
その日まで
　◇「短篇ベストコレクション―現代の小説 2008」徳間書店 2008（徳間文庫）p383
　◇「ザ・ベストミステリーズ―推理小説年鑑 2008」講談社 2008 p211

にいの

◇「Doubtきりのない疑惑」講談社 2011（講談社文庫）p185
タクシーの中で
　◇「俳優」廣済堂出版 1999（廣済堂文庫）p175
種を蒔く女
　◇「事件現場に行こう―最新ベスト・ミステリー カレイドスコープ編」光文社 2001（カッパ・ノベルス）p165
頼まれた男
　◇「最新「珠玉推理」大全 下」光文社 1998（カッパ・ノベルス）p205
　◇「さむけ―ホラー・アンソロジー」祥伝社 1999（祥伝社文庫）p227
　◇「日常の呪縛」リブリオ出版 2001（怪奇・ホラーワールド）p167
　◇「闇夜の芸術祭」光文社 2003（光文社文庫）p281
卵
　◇「憑き者―全篇書下ろし傑作ホラーアンソロジー」アスキー 2000（A-novels）p625
罪を認めてください
　◇「毒殺協奏曲」原書房 2016 p131
二度とふたたび
　◇「事件の痕跡」光文社 2007（Kappa novels）p333
　◇「事件の痕跡」光文社 2012（光文社文庫）p449
拾ったあとで
　◇「紫迷宮―ミステリー・アンソロジー」祥伝社 2002（祥伝社文庫）p255
　◇「事件を追いかけろ―最新ベスト・ミステリー サプライズの花束編」光文社 2004（カッパ・ノベルス）p359
　◇「事件を追いかけろ サプライズの花束編」光文社 2009（光文社文庫）p469
二人旅
　◇「花迷宮」日本文芸社 2000（日文文庫）p81
ぶつかった女
　◇「グランドホテル」廣済堂出版 1999（廣済堂文庫）p13
　◇「時の輪廻」リブリオ出版 2001（怪奇・ホラーワールド）p73
ホーム・パーティー
　◇「自選ショート・ミステリー 2」講談社 2001（講談社文庫）p18
　◇「日本文学100年の名作 9」新潮社 2015（新潮文庫）p223
結ぶ女
　◇「危険な関係―女流ミステリー傑作選」角川春樹事務所 2002（ハルキ文庫）p231
戻って来る女
　◇「雪女のキス」光文社 2000（カッパ・ノベルス）p169
郵便屋さん―タイムカプセル
　◇「妖かしの宴―わらべ唄の呪い」PHP研究所 1999（PHP文庫）p11

新野 哲也　にいの・てつや
嵐の夜の出来事
　◇「短篇ベストコレクション―現代の小説 2007」徳間書店 2007（徳間文庫）p379
港が見える丘
　◇「短篇ベストコレクション―現代の小説 2010」徳間書店 2010（徳間文庫）p413
嫁はきたとね？
　◇「短篇ベストコレクション―現代の小説 2009」徳間書店 2009（徳間文庫）p153

にいの めぐみ
二番打者
　◇「ショートショートの広場 11」講談社 2000（講談社文庫）p104

新美 南吉　にいみ・なんきち（1913～1943）
あかいろうそく
　◇「もう一度読みたい教科書の泣ける名作 再び」学研教育出版 2014 p53
うた時計
　◇「近代童話（メルヘン）と賢治」おうふう 2014 p81
鍛冶屋の子
　◇「文豪たちが書いた泣ける名作短編集」彩図社 2014 p28
狐
　◇「月のものがたり」ソフトバンククリエイティブ 2006 p144
　◇「近代童話（メルヘン）と賢治」おうふう 2014 p92
寓話
　◇「近代童話（メルヘン）と賢治」おうふう 2014 p71
ごん狐
　◇「二時間目国語」宝島社 2008（宝島社文庫）p153
　◇「涙の百年文学―もう一度読みたい」太陽出版 2009 p6
　◇「もう一度読みたい教科書の泣ける名作」学研教育出版 2013 p5
　◇「近代童話（メルヘン）と賢治」おうふう 2014 p73
終業のベルが鳴る
　◇「近代童話（メルヘン）と賢治」おうふう 2014 p69
張紅倫
　◇「コレクション戦争と文学 6」集英社 2011 p247
月は
　◇「近代童話（メルヘン）と賢治」おうふう 2014 p70
手袋を買いに
　◇「文豪さんへ。」メディアファクトリー 2009（MF文庫）p197
　◇「もう一度読みたい教科書の泣ける名作」学研教育出版 2013 p89
　◇「ファイン／キュート素敵かわいい作品選」筑摩書房 2015（ちくま文庫）p16
花をうめる
　◇「櫻憑き」光文社 2001（カッパ・ノベルス）p201
僕は新鮮をもとめて行くよ。どこまでも＞稲生稔彦
　◇「日本人の手紙 2」リブリオ出版 2004 p12

ニウ 充　にう・みつる
伝言板

◇「ショートショートの花束 5」講談社 2013（講談社文庫）p187

にーか
境界線
◇「人は死んだら電柱になる―電柱アンソロジー」遠すぎる未来団 2014 p252

二階堂 玲太　にかいどう・れいた（1943～）
喰らうて、統領
◇「代表作時代小説 平成18年度」光文社 2006 p127
困った奴よ
◇「代表作時代小説 平成19年度」光文社 2007 p265
相剋の血
◇「武士道切絵図―新鷹会・傑作時代小説選」光文社 2010（光文社文庫）p385
信虎の最期
◇「武士道歳時記―新鷹会・傑作時代小説選」光文社 2008（光文社文庫）p459
秘術・身受けの滑り槍
◇「代表作時代小説 平成20年度」光文社 2008 p109

二階堂 黎人　にかいどう・れいと（1959～）
ある蒐集家の死
◇「名探偵の饗宴」朝日新聞社 1998 p121
◇「名探偵の饗宴」朝日新聞出版 2015（朝日文庫）p141
アンドロイド殺し
◇「少女の空間」徳間書店 2001（徳間デュアル文庫）p195
サーカスの怪人
◇「殺ったのは誰だ?!」講談社 1999（講談社文庫）p179
縞模様の宅配便
◇「新世紀「謎」倶楽部」角川書店 1998 p221
素人カースケの赤毛連盟
◇「黄昏ホテル」小学館 2004 p159
素人カースケの世紀の対決
◇「ザ・ベストミステリーズ―推理小説年鑑 1999」講談社 1999 p497
◇「殺人買います」講談社 2002（講談社文庫）p74
白ヒゲの紳士
◇「本からはじまる物語」メディアパル 2007 p41
泥具根博士の悪夢
◇「密室殺人大百科 上」原書房 2000 p299
二階堂黎人の手記（前編）
◇「八ヶ岳「雪密室」の謎」原書房 2001 p46
二階堂黎人の手記（後編）
◇「八ヶ岳「雪密室」の謎」原書房 2001 p112
人間空気
◇「新世紀犯罪博覧会―連作推理小説」光文社 2001（カッパ・ノベルス）p129
火の鳥―アトム編
◇「手塚治虫COVER タナトス篇」徳間書店 2003（徳間デュアル文庫）p233
変装の家
◇「不在証明崩壊―ミステリーアンソロジー」角川書店 2000（角川文庫）p171
◇「名探偵登場！」ベストセラーズ 2004（日本ミステリー名作館）p145
亡霊館の殺人
◇「密室と奇蹟―J.D.カー生誕百周年記念アンソロジー」東京創元社 2006 p305
密室のユリ
◇「密室―ミステリーアンソロジー」角川書店 1997（角川文庫）p145
ルパンの慈善
◇「贋作館事件」原書房 1999 p129
「Y」の悲劇―「Y」がふえる
◇「「Y」の悲劇」講談社 2000（講談社文庫）p143

仁木 一青　にき・いっせい
七夕呪い合戦
◇「てのひら怪談―ビーケーワン怪談大賞傑作選 百怪繚乱篇」ポプラ社 2008 p208
◇「てのひら怪談―ビーケーワン怪談大賞傑作選 己丑」ポプラ社 2009（ポプラ文庫）p148
のぼれのほれ
◇「てのひら怪談―ビーケーワン怪談大賞傑作選 2」ポプラ社 2007 p46
◇「てのひら怪談―ビーケーワン怪談大賞傑作選 己丑」ポプラ社 2009（ポプラ文庫）p106

仁木 悦子　にき・えつこ（1928～1986）
アイボリーの手帖
◇「短歌殺人事件―31音律のラビリンス」光文社 2003（光文社文庫）p9
赤い猫
◇「文学賞受賞・名作集成 3」リブリオ出版 2004 p185
一匹や二匹
◇「謎―スペシャル・ブレンド・ミステリー 003」講談社 2008（講談社文庫）p41
◇「ねこ！ネコ！猫！―nekoミステリー傑作選」徳間書店 2008（徳間文庫）p303
美しの五月
◇「わが名はタフガイ―ハードボイルド傑作選」光文社 2006（光文社文庫）p205
黄色い花
◇「名探偵登場！」ベストセラーズ 2004（日本ミステリー名作館）p187
聖い夜の中で
◇「ミステリマガジン700 国内篇」早川書房 2014（ハヤカワ・ミステリ文庫）p225
倉の中の実験
◇「古書ミステリー倶楽部―傑作推理小説集」光文社 2013（光文社文庫）p349
初秋の死
◇「七人の女探偵」廣済堂出版 1998（KOSAIDO BLUE BOOKS）p7
月夜の時計
◇「江戸川乱歩の推理教室」光文社 2008（光文社文庫）p35

虹色の犬
◇「犬のミステリー」河出書房新社 1999（河出文庫）p225
虹の立つ村
◇「山岳迷宮（ラビリンス）―山のミステリー傑作選」光文社 2016（光文社文庫）p151
猫は知っていた
◇「江戸川乱歩賞全集 2」講談社 1998（講談社文庫）p7
粘土の犬
◇「妖美―女流ミステリー傑作選」徳間書店 1999（徳間文庫）p197
◇「江戸川乱歩と13の宝石 2」光文社 2007（光文社文庫）p9
灰色の手袋
◇「赤のミステリー―女性ミステリー作家傑作選」光文社 1997 p7
◇「女性ミステリー作家傑作選 3」光文社 1999（光文社文庫）p41
◇「THE名探偵―ミステリーアンソロジー」有楽出版社 2014（JOY NOVELS）p151
犯人当て 横丁の名探偵
◇「大江戸事件帖―時代推理小説名作選」双葉社 2005（双葉文庫）p95
◇「死人に口無し―時代推理傑作選」徳間書店 2009（徳間文庫）p233
緋の記憶
◇「現代秀作集」角川書店 1999（女性作家シリーズ）p117
最も高級なゲーム
◇「甦る「幻影城」3」角川書店 1998（カドカワ・エンタテインメント）p279
◇「幻影城―【探偵小説誌】不朽の名作」角川書店 2000（角川ホラー文庫）p329
横町の名探偵
◇「あなたが名探偵」講談社 1998（講談社文庫）p69

仁木 英之　にき・ひでゆき（1973〜）
雷のお届けもの
◇「Fantasy Seller」新潮社 2011（新潮文庫）p73
魔王の子、鬼の娘
◇「妙ちきりん―「読楽」時代小説アンソロジー」徳間書店 2016（徳間文庫）p109
ラッキーストリング
◇「午前零時」新潮社 2007 p211
◇「午前零時―P.S.昨日の私へ」新潮社 2009（新潮文庫）p245

仁木 稔　にき・みのる（1973〜）
神の御名は黙して唱えよ
◇「NOVA＋―書き下ろし日本SFコレクション 2」河出書房新社 2015（河出文庫）p123
完璧な涙
◇「神林長平トリビュート」早川書房 2009 p81
◇「神林長平トリビュート」早川書房 2012（ハヤカワ文庫 JA）p91
にんげんのくに―Le Milieu Humain
◇「伊藤計劃トリビュート」早川書房 2015（ハヤカワ文庫 JA）p297

肉牡丹　にくぼたん
人は死んだら電柱になる
◇「人は死んだら電柱になる―電柱アンソロジー」遠すぎる未来社 2014 p269

ニコル, C.W.　Nicol, Clive W.（1940〜）
男の最良の友、モーガスに乾杯！
◇「たんときれいに召し上がれ―美食文学精選」芸術新聞社 2015 p107

西 秋生　にし・あきお（1954〜2015）
1001の光の物語
◇「物語のルミナリエ」光文社 2011（光文社文庫）p327
チャップリンの幽霊
◇「ひとにぎりの異形」光文社 2007（光文社文庫）p241
時の獄（ひとや）
◇「未来妖怪」光文社 2008（光文社文庫）p517

西 加奈子　にし・かなこ（1977〜）
宇田川のマリア
◇「運命の人はどこですか？」祥伝社 2013（祥伝社文庫）p165
小鳥
◇「眠れなくなる夢十夜」新潮社 2009（新潮文庫）p41
猿に会う
◇「東と西 1」小学館 2009 p76
◇「東と西 1」小学館 2012（小学館文庫）p87
ちょうどいい木切れ
◇「あの日、君と Boys」集英社 2012（集英社文庫）p225
◇「文学 2013」講談社 2013 p40
トロフィー
◇「スタートライン―始まりをめぐる19の物語」幻冬舎 2010（幻冬舎文庫）p173
泣く女
◇「旅の終わり、始まりの旅」小学館 2012（小学館文庫）p7
ヘビ
◇「こどものころにみた夢」講談社 2008 p64
立夏―5月6日ごろ
◇「君と過ごす季節―春から夏へ、12の暦物語」ポプラ社 2012（ポプラ文庫）p165

仁志 耕一郎　にし・こういちろう
医は仁術なり
◇「代表作時代小説 平成26年度」光文社 2014 p203

西尾 維新　にしお・いしん（1981〜）
そっくり
◇「妖怪変化―京極堂トリビュート」講談社 2007 p37

西尾 正　にしお・ただし（1907〜1949）
海蛇
　◇「日本怪奇小説傑作集 2」東京創元社 2005（創元推理文庫）p51
骸骨
　◇「怪奇探偵小説集 1」角川春樹事務所 1998（ハルキ文庫）p299
　◇「恐怖ミステリーBEST15―こんな幻の傑作が読みたかった！」シーエイチシー 2006 p191
陳情書
　◇「幻の探偵雑誌 1」光文社 2000（光文社文庫）p237
放浪作家の冒険
　◇「幻の探偵雑誌 4」光文社 2001（光文社文庫）p113

西尾 雅裕　にしお・まさひろ
鯒
　◇「現代作家代表作選集 1」鼎書房 2012 p145
夏
　◇「現代作家代表作選集 2」鼎書房 2012 p123
夏・冬
　◇「現代作家代表作選集 2」鼎書房 2012 p121
冬
　◇「現代作家代表作選集 2」鼎書房 2012 p135

西岡 琢也　にしおか・たくや（1956〜）
鬼太郎が見た玉砕〜水木しげるの戦争〜
　◇「テレビドラマ代表作選集 2008年版」日本脚本家連盟 2008 p123
沈まぬ太陽
　◇「年鑑代表シナリオ集 '09」シナリオ作家協会 2010 p269
陽はまた昇る（佐々部清）
　◇「年鑑代表シナリオ集 '02」シナリオ作家協会 2003 p73

西奥 隆起　にしおく・りゅうき
遺跡掃除屋2―誰がための気力
　◇「ゴーレムは証言せず―ソード・ワールド短編集」富士見書房 2000（富士見ファンタジア文庫）p169
第四話 孤高
　◇「妖魔夜行―幻の巻」角川書店 2001（角川文庫）p171
ノリスは踊る
　◇「集え！ へっぽこ冒険者たち―ソード・ワールド短編集」富士見書房 2002（富士見ファンタジア文庫）p199

西川 右近　にしかわ・うこん（1939〜）
望月の駒
　◇「日本舞踊舞踊劇選集」西川会 2002 p503

西川 喜作　にしかわ・きさく
いま、私は失意のどん底にいるわけではない
　◇「日本人の手紙 8」リブリオ出版 2004 p211

西川 大貴　にしかわ・だいき
ROBO
　◇「最新中学校創作脚本集 2010」晩成書房 2010 p46

西川 武彦　にしかわ・たけひこ
バリーさんの夢
　◇「ショートショートの花束 7」講談社 2015（講談社文庫）p231

西川 満　にしかわ・みつる（1908〜1999）
青毛獅子―新版「西遊記」一幕
　◇「日本統治期台湾文学集成 11」緑蔭書房 2003 p245
随筆 傀儡戯（かあれえひい）
　◇「日本統治期台湾文学集成 22」緑蔭書房 2007 p299
随筆 切符と井戸
　◇「日本統治期台湾文学集成 22」緑蔭書房 2007 p249
生死の海
　◇「日本統治期台湾文学集成 4」緑蔭書房 2002 p13
跋〔生死の海〕
　◇「日本統治期台湾文学集成 4」緑蔭書房 2002 p223
随筆 百聞百見記
　◇「日本統治期台湾文学集成 22」緑蔭書房 2007 p353
僕たちの台湾を断じて守らう（第一回入営を祝ふ）
　◇「日本統治期台湾文学集成 23」緑蔭書房 2007 p430
木麻黄と甘蔗
　◇「日本統治期台湾文学集成 22」緑蔭書房 2007 p268
ワシントン爆撃（台湾軍報道部提供）
　◇「日本統治期台湾文学集成 23」緑蔭書房 2007 p405

西川 美和　にしかわ・みわ（1974〜）
x＝バリアフリー
　◇「映画狂時代」新潮社 2014（新潮文庫）p131
ディア・ドクター
　◇「年鑑代表シナリオ集 '09」シナリオ作家協会 2010 p179
蛇イチゴ
　◇「年鑑代表シナリオ集 '03」シナリオ作家協会 2004 p193

錦 三郎　にしき・さぶろう（1914〜1997）
遊ぶ糸―あるかなきかの
　◇「山形県文学全集第2期（随筆・紀行編）3」郷土出版社 2005 p436
最上川の終焉
　◇「山形県文学全集第2期（随筆・紀行編）3」郷土出版社 2005 p444

西木 正明　にしき・まさあき（1940〜）
アイアイの眼―バルチック艦隊壊滅秘話

にしく

◇「代表作時代小説 平成16年度」光風社出版 2004 p193

霞町ドランカーズ
◇「現代の小説 1999」徳間書店 1999 p57

虚名
◇「偽りの愛」リブリオ出版 2001（ラブミーワールド）p78
◇「恋愛小説・名作集成 1」リブリオ出版 2004 p78

熊穴いぶし
◇「短篇ベストコレクション—現代の小説 2003」徳間書店 2003（徳間文庫）p103

ケープタウンから来た手紙
◇「冒険の森へ—傑作小説大全 9」集英社 2016 p109

忍ぶ恋
◇「忍ぶ恋」文藝春秋 1999 p53

伝単
◇「短篇ベストコレクション—現代の小説 2010」徳間書店 2010（徳間文庫）p119

ひも・紐・ヒモ
◇「忍ぶ恋」文藝春秋 1999 p151

ファイナル・ストライク
◇「男たちのら・ら・ば・い」徳間書店 1999（徳間文庫）p325

夜、ダウ船で
◇「短篇ベストコレクション—現代の小説 2006」徳間書店 2006（徳間文庫）p229

リリーフ
◇「忍ぶ恋」文藝春秋 1999 p253
◇「短篇ベストコレクション—現代の小説 2000」徳間書店 2000 p179

西国 葡　にしくに・はじめ

紙屋の良介
◇「神様に一番近い場所—漱石来熊百年記念「草枕文学賞」作品集」文藝春秋企画センター 1998 p89

西崎 憲　にしざき・けん（1955〜）

あなたも一週間で歌がうまくなる
◇「ひとにぎりの異形」光文社 2007（光文社文庫）p545

英国短篇小説小史
◇「短篇小説日和—英国異色傑作選」筑摩書房 2013（ちくま文庫）p427

開閉式—母の手の甲には、緑色の扉があった
◇「NOVA—書き下ろし日本SFコレクション 7」河出書房新社 2012（河出文庫）p255

自殺屋
◇「心霊理論」光文社 2007（光文社文庫）p517

週末の諸問題
◇「オバケヤシキ」光文社 2005（光文社文庫）p13

短篇小説とは何か？—定義をめぐって
◇「短篇小説日和—英国異色傑作選」筑摩書房 2013（ちくま文庫）p465

塔をえらんだ男と橋をえらんだ男と港をえらんだ男
◇「物語のルミナリエ」光文社 2011（光文社文庫）p345

奴隷
◇「極光星群」東京創元社 2013（創元SF文庫）p243

廃園の昼餐
◇「短篇ベストコレクション—現代の小説 2014」徳間書店 2014（徳間文庫）p341

ファンタジーとリアリティー
◇「短篇小説日和—英国異色傑作選」筑摩書房 2013（ちくま文庫）p445

行列（プロセッション）—そして絢爛なるものたちが空を渉り、すべては静かに終わる
◇「NOVA—書き下ろし日本SFコレクション 2」河出書房新社 2010（河出文庫）p433

罠の前でひざまずいて
◇「進化論」光文社 2006（光文社文庫）p73

西崎 蓮　にしざき・れん

脱出
◇「ショートショートの広場 15」講談社 2004（講談社文庫）p17

西澤 いその　にしざわ・いその

オリーブの薫りはまだ届かない
◇「かわさきの文学—かわさき文学賞50年記念作品集 2009年」審美社 2009 p219

西沢 周市　にしざわ・しゅういち

西新宿物語
◇「中学校たのしい劇脚本集—英語劇付 Ⅰ」国土社 2010 p55

西澤 保彦　にしざわ・やすひこ（1960〜）

青い奈落
◇「世紀末サーカス」廣済堂出版 2000（廣済堂文庫）p503

アリバイ・ジ・アンビバレンス
◇「殺意の時間割」角川書店 2002（角川文庫）p155
◇「自選THEどんでん返し」双葉社 2016（双葉文庫）p85

家の中
◇「時間怪談」廣済堂出版 1999（廣済堂文庫）p39

印字された不幸の手紙の問題
◇「暗闇（ダークサイド）を追いかけろ—ホラー＆サスペンス編」光文社 2004（カッパ・ノベルス）p291
◇「暗闇（ダークサイド）を追いかけろ」光文社 2008（光文社文庫）p381

腕貫探偵
◇「本格ミステリ 2003」講談社 2003（講談社ノベルス）p181
◇「論理学園事件帳—本格短編ベスト・セレクション」講談社 2007（講談社文庫）p239

お弁当ぐるぐる
◇「あなたが名探偵」東京創元社 2009（創元推理文庫）p53

かえれないふたり—終章 災厄の結実
◇「ミステリ★オールスターズ」角川書店 2010 p402

贋作「退職刑事」
◇「贋作諸事件」原書房 1999 p311

九のつく歳
◇「幻想探偵」光文社 2009（光文社文庫）p111
◇「ザ・ベストミステリーズ—推理小説年鑑 2010」講談社 2010 p357
◇「Logic真相への回廊」講談社 2013（講談社文庫）p179

黒の貴婦人
◇「本格ミステリ 2001」講談社 2001（講談社ノベルス）p365
◇「透明な貴婦人の謎—本格短編ベスト・セレクション」講談社 2005（講談社文庫）p183

恋文
◇「ザ・ベストミステリーズ—推理小説年鑑 2014」講談社 2014 p93

桟敷がたり
◇「七つの黒い夢」新潮社 2006（新潮文庫）p111

死ぬときは意地悪
◇「推理小説代表作選集—推理小説年鑑 1997」講談社 1997 p345
◇「殺ったのは誰だ?!」講談社 1999（講談社文庫）p309

シュガー・エンドレス
◇「忍び寄る闇の奇譚」講談社 2008（講談社ノベルス）p141

外嶋一郎主義—QED
◇「QED鏡家の薬屋探偵—メフィスト賞トリビュート」講談社 2010（講談社ノベルス）p77

チープ・トリック
◇「密室殺人大百科 下」原書房 2000 p365

対の住処
◇「驚愕遊園地」光文社 2013（最新ベスト・ミステリー）p255
◇「驚愕遊園地」光文社 2016（光文社文庫）p411

通りすがりの改造人間
◇「本格ミステリ 2002」講談社 2002（講談社ノベルス）p263
◇「死神と雷鳴の暗号—本格短編ベスト・セレクション」講談社 2006（講談社文庫）p329

時計じかけの小鳥
◇「名探偵は、ここにいる」角川書店 2001（角川文庫）p149
◇「赤に捧げる殺意」角川書店 2013（角川文庫）p147

なつこ、孤島に囚われ。
◇「絶海—推理アンソロジー」祥伝社 2002（Non novel）p159

二十年前から、この芸風
◇「0番目の事件簿」講談社 2012 p186

パズル韜晦
◇「悪意の迷路」光文社 2016（最新ベスト・ミステリー）p231

変奏曲〈白い密室〉
◇「ミステリ・オールスターズ」角川書店 2012（角川文庫）p465

ぼくが彼女にしたこと
◇「少年の時間」徳間書店 2001（徳間デュアル文庫）p193

まちがえられなかった男
◇「ベスト本格ミステリ 2016」講談社 2016（講談社ノベルス）p11

招かれざる死者
◇「名探偵で行こう—最新ベスト・ミステリー」光文社 2001（カッパ・ノベルス）p311

未開封
◇「憑き者—全篇書下ろし傑作ホラーアンソロジー」アスキー 2000（A-novels）p299

見知らぬ督促状の問題
◇「不条理な殺人—ミステリー・アンソロジー」祥伝社 1998（ノン・ポシェット）p121

虫とり
◇「0番目の事件簿」講談社 2012 p145

蓮華の花
◇「新世紀「謎」倶楽部」角川書店 1998 p329

西島 大介　にしじま・だいすけ（1974〜）
Atmosphere
◇「ゼロ年代SF傑作選」早川書房 2010（ハヤカワ文庫 JA）p181

西島 豪宏　にしじま・たけひろ
一億二千万分の一
◇「ショートショートの花束 5」講談社 2013（講談社文庫）p80

西島 ふる　にしじま・ふる
尋ね人
◇「たびだち—フェリシモしあわせショートショート」フェリシモ 2000 p106

西嶋 亮　にしじま・りょう
鉄も銅も鉛もない国
◇「幻の探偵雑誌 1」光文社 2000（光文社文庫）p267

西田 幾多郎　にしだ・きたろう（1870〜1945）
心の中では人知れず泣いておる＞西田外彦
◇「日本人の手紙 1」リブリオ出版 2004 p156

西田 豊子　にしだ・とよこ
宝物をとりもどせ
◇「小学生のげき—新小学校演劇脚本集 中学年 1」晩成書房 2011 p55

西田 直子　にしだ・なおこ
ビタースイート
◇「年鑑代表シナリオ集 '05」シナリオ作家協会 2006 p269

西田 政治　にしだ・まさじ（1893〜1984）
灰燼の彼方の追憶
◇「甦る推理雑誌 3」光文社 2002（光文社文庫）

にした

p311
雑草花園
　◇「甦る推理雑誌 3」光文社 2002（光文社文庫）p269
肢に殺された話
　◇「幻の探偵雑誌 6」光文社 2001（光文社文庫）p485
飛び出す悪魔
　◇「怪奇探偵小説集 1」角川春樹事務所 1998（ハルキ文庫）p333
　◇「恐怖ミステリーBEST15─こんな幻の傑作が読みたかった！」シーエイチシー 2006 p217

西田 有希　にしだ・ゆき

ファン
　◇「ファン」主婦と生活社 2009（Junon novels）p5

西谷 史　にしたに・あや（1955〜）

たこ凧あがれ─とむらい凧
　◇「妖かしの宴─わらべ唄の呪い」PHP研究所 1999（PHP文庫）p97

西谷 鐘治　にしたに・かねはる

いたずら地蔵
　◇「成城・学校劇脚本集」成城学園初等学校出版部 2002（成城学園初等学校研究双書）p105

西谷 富水　にしたに・ふすい

「椅子銘」（可有）
　◇「新日本古典文学大系 明治編 4」岩波書店 2003 p241
「稲妻や」の巻（漣々・富水両吟歌仙）
　◇「新日本古典文学大系 明治編 4」岩波書店 2003 p177
「鶯や」の巻（稲処・富水両吟歌仙）
　◇「新日本古典文学大系 明治編 4」岩波書店 2003 p187
「折ゝは」の巻（文礼・富水両吟歌仙）
　◇「新日本古典文学大系 明治編 4」岩波書店 2003 p196
「開化辞」（素水）
　◇「新日本古典文学大系 明治編 4」岩波書店 2003 p243
「蚊のゐぬも」の巻（富水・木冠両吟歌仙）
　◇「新日本古典文学大系 明治編 4」岩波書店 2003 p161
「蚊屋つりて」の巻（梅友・富水・竹外三吟歌仙）
　◇「新日本古典文学大系 明治編 4」岩波書店 2003 p168
「かはほりや」の巻（松星・湖陽・鬼岬三吟半歌仙）
　◇「新日本古典文学大系 明治編 4」岩波書店 2003 p225
「暮ちかき」の巻（富水・文礼両吟歌仙）
　◇「新日本古典文学大系 明治編 4」岩波書店 2003 p190
「蝙蝠傘の弁」（文礼）
　◇「新日本古典文学大系 明治編 4」岩波書店 2003 p243
「こゝろよき」の巻（而笑・松露表六句）
　◇「新日本古典文学大系 明治編 4」岩波書店 2003 p227
「好もしき」の巻（可金・松雄両吟歌仙）
　◇「新日本古典文学大系 明治編 4」岩波書店 2003 p207
「寂しさを」の巻（文礼・漣々両吟歌仙）
　◇「新日本古典文学大系 明治編 4」岩波書店 2003 p213
「猿叫ぶ」の巻（松屋・富水両吟歌仙）
　◇「新日本古典文学大系 明治編 4」岩波書店 2003 p199
「娼妓初波長男弔敬三文」（富水）
　◇「新日本古典文学大系 明治編 4」岩波書店 2003 p242
人名録
　◇「新日本古典文学大系 明治編 4」岩波書店 2003 p278
「捨石に」の巻（富水・此山両吟歌仙）
　◇「新日本古典文学大系 明治編 4」岩波書店 2003 p158
「石鹸頌」（漣々）
　◇「新日本古典文学大系 明治編 4」岩波書店 2003 p240
「早夏に」の巻（林華・富水両吟歌仙）
　◇「新日本古典文学大系 明治編 4」岩波書店 2003 p171
「近道は」の巻（其峯・富水両吟歌仙）
　◇「新日本古典文学大系 明治編 4」岩波書店 2003 p155
「照り年の」の巻（等栽・富水両吟歌仙）
　◇「新日本古典文学大系 明治編 4」岩波書店 2003 p228
「遠余所に」の巻（蓬宇・五拙両吟歌仙）
　◇「新日本古典文学大系 明治編 4」岩波書店 2003 p219
「兎も角も」の巻（風外・富水・林華・竹外四吟歌仙）
　◇「新日本古典文学大系 明治編 4」岩波書店 2003 p165
「啼たかと」の巻（富水・希翠・不残・千瓢・李仙五吟半歌仙）
　◇「新日本古典文学大系 明治編 4」岩波書店 2003 p202
「寐台銘」（富水）
　◇「新日本古典文学大系 明治編 4」岩波書店 2003 p239
俳諧開化集
　◇「新日本古典文学大系 明治編 4」岩波書店 2003 p147
俳諧連歌
　◇「新日本古典文学大系 明治編 4」岩波書店 2003 p152

「蠅の子の」の巻(富水・亀遊両吟歌仙)
　◇「新日本古典文学大系 明治編 4」岩波書店 2003 p174
「蓮の葉や」の巻(静和・富水両吟歌仙)
　◇「新日本古典文学大系 明治編 4」岩波書店 2003 p216
「初鮭や」の巻(春湖・富水・鴬笠三吟歌仙)
　◇「新日本古典文学大系 明治編 4」岩波書店 2003 p152
「花を見て」の巻(等栽・良大・空狂・舜岱四吟歌仙)
　◇「新日本古典文学大系 明治編 4」岩波書店 2003 p210
「花の香や」の巻(富水・予雲両吟歌仙)
　◇「新日本古典文学大系 明治編 4」岩波書店 2003 p193
「葉のへりを」の巻(詢蕘斎・永機両吟歌仙)
　◇「新日本古典文学大系 明治編 4」岩波書店 2003 p234
「文明開化頌」(正儼)
　◇「新日本古典文学大系 明治編 4」岩波書店 2003 p241
「奉祝御巡幸文」(明斎)
　◇「新日本古典文学大系 明治編 4」岩波書店 2003 p238
(発句)
　◇「新日本古典文学大系 明治編 4」岩波書店 2003 p245
「水鳥や」の巻(喧風・富水両吟歌仙)
　◇「新日本古典文学大系 明治編 4」岩波書店 2003 p183
「名月の」の巻(呉仙・渓泉・閑水三吟歌仙)
　◇「新日本古典文学大系 明治編 4」岩波書店 2003 p222
「名月や」の巻(富水・可洗両吟歌仙)
　◇「新日本古典文学大系 明治編 4」岩波書店 2003 p180
「芽柳や」の巻(富水・藍庭両吟歌仙)
　◇「新日本古典文学大系 明治編 4」岩波書店 2003 p204
「めり〳〵と」の巻(素石・富水両吟歌仙)
　◇「新日本古典文学大系 明治編 4」岩波書店 2003 p231
「郵便辞」(聴松)
　◇「新日本古典文学大系 明治編 4」岩波書店 2003 p240
「洋犬弁」(等栽)
　◇「新日本古典文学大系 明治編 4」岩波書店 2003 p238

西津 弘美　にしづ・ひろみ (1937〜)
宗像怨霊譚
　◇「怪奇・伝奇時代小説選集 8」春陽堂書店 2000 (春陽文庫) p194

西野 辰吉　にしの・たつきち (1916〜1999)
C町でのノート
　◇「新装版 全集現代文学の発見 10」學藝書林 2004 p366
　◇「コレクション戦争と文学 10」集英社 2012 p279
米系日人
　◇「戦後占領期短篇小説コレクション 7」藤原書店 2007 p203

西原 啓　にしはら・けい (1927〜1994)
焦土
　◇「新装版 全集現代文学の発見 14」學藝書林 2005 p554

西原 健次　にしはら・けんじ
姫沙羅
　◇「「伊豆文学賞」優秀作品集 第4回」静岡新聞社 2001 p43

西史 雅美　にしふみ・まさみ
深爪
　◇「ショートショートの広場 10」講談社 2000 (講談社文庫) p127

西穂 梓　にしほ・あずさ
相聞歌
　◇「現代作家代表作選集 10」鼎書房 2015 p83

西村 京太郎　にしむら・きょうたろう (1930〜)
愛犬殺人事件
　◇「最新「珠玉推理」大全 中」光文社 1998 (カッパ・ノベルス) p238
　◇「怪しい舞踏会」光文社 2002 (光文社文庫) p331
あずさ3号殺人事件
　◇「全席死定─鉄道ミステリー名作館」徳間書店 2004 (徳間文庫) p267
阿蘇幻死行
　◇「M列車(ミステリートレイン)で行こう」光文社 2001 (カッパ・ノベルス) p267
阿蘇で死んだ刑事
　◇「悲劇の臨時列車─鉄道ミステリー傑作選」光文社 1998 (光文社文庫) p317
下呂温泉で死んだ女
　◇「湯の街殺人旅情─日本ミステリー紀行」青樹社 2000 (青樹社文庫) p5
恋と殺意ののと鉄道
　◇「仮面のレクイエム」光文社 1998 (光文社文庫) p235
殺人(ころし)は食堂車で
　◇「さよならブルートレイン─寝台列車ミステリー傑作選」光文社 2015 (光文社文庫) p313
最終ひかり号の女
　◇「鉄ミス倶楽部東海道新幹線50─推理小説アンソロジー」光文社 2014 (光文社文庫) p269
殺人はサヨナラ列車
　◇「鉄路に咲く物語─鉄道小説アンソロジー」光文社 2005 (光文社文庫) p111
18時24分東京発の女

にしむ

◇「愛憎発殺人行―鉄道ミステリー名作館」徳間書店 2004（徳間文庫）p373

受賞の言葉 受賞のことば
◇「江戸川乱歩賞全集 6」講談社 1999 p320

白い殉教者
◇「法月綸太郎の本格ミステリ・アンソロジー」角川書店 2005（角川文庫）p104

スーパー特急「かがやき」の殺意
◇「金沢にて」双葉社 2015（双葉文庫）p229

第六太丸の殺人
◇「あなたが名探偵」講談社 1998（講談社文庫）p9

超高層ホテル爆破計画
◇「煌めきの殺意」徳間書店 1999（徳間文庫）p547

天下を狙う―黒田如水
◇「軍師は死なず」実業之日本社 2014（実業之日本社文庫）p283

天使の傷痕
◇「江戸川乱歩賞全集 6」講談社 1999（講談社文庫）p7

花冷えの殺意
◇「京都殺意の旅―京都ミステリー傑作選」徳間書店 2001（徳間文庫）p5

琵琶湖周遊殺人事件
◇「不可思議な殺人―ミステリー・アンソロジー」祥伝社 2000（祥伝社文庫）p7

幻の魚
◇「殺意の海―釣りミステリー傑作選」徳間書店 2003（徳間文庫）p5

水の上の殺人
◇「京都愛憎の旅―京都ミステリー傑作選」徳間書店 2002（徳間文庫）p5

南神威島
◇「謀」文藝春秋 2003（推理作家になりたくて マイ ベストミステリー）p170
◇「マイ・ベスト・ミステリー 4」文藝春秋 2007（文春文庫）p260
◇「冒険の森へ―傑作小説大全 3」集英社 2016 p117

「南神威島」の頃
◇「謀」文藝春秋 2003（推理作家になりたくて マイ ベストミステリー）p237
◇「マイ・ベスト・ミステリー 4」文藝春秋 2007（文春文庫）p366

ゆうづる5号殺人事件
◇「七人の警部―SEVEN INSPECTORS」廣済堂出版 1998（KOSAIDO BLUE BOOKS）p215

雷鳥九号殺人事件
◇「無人踏切―鉄道ミステリー傑作選」光文社 2008（光文社文庫）p11

わが愛 知床に消えた女
◇「日本縦断世界遺産殺人紀行」有楽出版社 2014（JOY NOVELS）p7

ATC作動せず―L特急「わかしお殺人事件」
◇「悪夢の最終列車―鉄道ミステリー傑作選」光文社 1997（光文社文庫）p303

西村 健 にしむら・けん（1965〜）

出戻り
◇「悪夢の行方―「読楽」ミステリーアンソロジー」徳間書店 2016（徳間文庫）p211

点と円
◇「ザ・ベストミステリーズ―推理小説年鑑 2008」講談社 2008 p293
◇「Doubtきりのない疑惑」講談社 2011（講談社文庫）p223

途上
◇「麺'sミステリー倶楽部―傑作推理小説集」光文社 2012（光文社文庫）p181

張込み
◇「タッグ私の相棒―警察アンソロジー」角川春樹事務所 2015 p37

西村 賢太 にしむら・けんた（1967〜）

悪夢―或いは「閉鎖されたレストランの話」
◇「極上掌篇小説」角川書店 2006 p179
◇「ひと粒の宇宙」角川書店 2009（角川文庫）p177

一夜
◇「文学 2006」講談社 2006 p159
◇「コレクション私小説の冒険 1」勉誠出版 2013 p265

肩先に花の香りを残す人
◇「東と西 2」小学館 2010 p78
◇「東と西 2」小学館 2012（小学館文庫）p87

踟躇の門
◇「文学 2014」講談社 2014 p132

廃疾かかえて
◇「文学 2009」講談社 2009 p277

西村 さとみ にしむら・さとみ

レモンの死んだ朝
◇「妖（あやかし）がささやく」翠琥出版 2015 p77

西村 寿行 にしむら・じゅこう（1930〜2007）

海の修羅王
◇「殺意の海―釣りミステリー傑作選」徳間書店 2003（徳間文庫）p79

群狼、峠に満つ
◇「男たちのら・ら・ば・い」徳間書店 1999（徳間文庫）p361

痩牛鬼
◇「迷」文藝春秋 2003（推理作家になりたくて マイ ベストミステリー）p111
◇「マイ・ベスト・ミステリー 3」文藝春秋 2007（文春文庫）p158

崩壊
◇「さらに不安の闇へ―小説推理傑作選」双葉社 1998 p267

滅びの笛
◇「冒険の森へ―傑作小説大全 7」集英社 2016 p269

西村 酔牛 にしむら・すいぎゅう

鬼の財宝で村に「演芸場」をつくる
◇「誰も知らない「桃太郎」「かぐや姫」のすべて」明

拓出版 2009（創作童話シリーズ）p23

西村 充　にしむら・たかし
隣人
◇「超短編の世界」創英社 2008 p148

西村 武訓　にしむら・たけのり
朝日のあたる家〔ラザロ─LAZARUS〕（井土紀州／吉岡文平）
◇「年鑑代表シナリオ集 '07」シナリオ作家協会 2009 p207

西村 忠美　にしむら・ただみ
矢田五郎右衛門
◇「定本・忠臣蔵四十七人集」双葉社 1998 p162

西村 宏　にしむら・ひろし
3分の1
◇「ショートショートの広場 10」講談社 2000（講談社文庫）p255

西村 風池　にしむら・ふうち
猫爺
◇「てのひら怪談─ビーケーワン怪談大賞傑作選 2」ポプラ社 2007 p88
◇「てのひら怪談─ビーケーワン怪談大賞傑作選 己丑」ポプラ社 2009（ポプラ文庫）p66
夜勤の心得
◇「てのひら怪談─ビーケーワン怪談大賞傑作選 百怪繚乱篇」ポプラ社 2008 p218

西村 望　にしむら・ぼう（1926～）
こけ猿
◇「逢魔への誘い」徳間書店 2000（徳間文庫）p281
孫の手
◇「勝者の死にざま─時代小説選選手権」新潮社 1998（新潮文庫）p227

西村 美佳孝　にしむら・みかこ
奈緒
◇「「伊豆文学賞」優秀作品集 第9回」静岡新聞社 2006 p3

西村 亮太郎　にしむら・りょうたろう
蠢く妖虫
◇「怪奇・伝奇時代小説選集 8」春陽堂書店 2000（春陽文庫）p21

西村 玲子　にしむら・れいこ（1942～）
かくれんぼう
◇「謎のギャラリー─最後の部屋」マガジンハウス 1999 p69
◇「謎のギャラリー─愛の部屋」新潮社 2002（新潮文庫）p9

西本 京子　にしもと・きょうこ
時代
◇「ショートショートの広場 11」講談社 2000（講談社文庫）p55

西守 章憲　にしもり・あきのり
滅びゆく日
◇「ショートショートの広場 9」講談社 1998（講談社文庫）p13

西森 幸　にしもり・さち
観察ノート
◇「ショートショートの広場 14」講談社 2003（講談社文庫）p239

西森 涼　にしもり・りょう
これが私の夢の地図
◇「「伊豆文学賞」優秀作品集 第19回」羽衣出版 2016 p158

西山 樹一郎　にしやま・きいちろう
屏風絵
◇「ゆきのまち幻想文学賞小品集 14」企画集団ぶりずむ 2005 p110

西山 繭子　にしやま・まゆこ
でっかい本
◇「辞書、のような物語。」大修館書店 2013 p89

西脇 さやか　にしわき・さやか
おたんじょう日なのに
◇「小学校・全員参加の楽しい学級劇・学年劇脚本集 低学年」黎明書房 2007 p196

西脇 順三郎　にしわき・じゅんざぶろう（1894～1982）
雨
◇「新装版 全集現代文学の発見 13」學藝書林 2004 p48
◇「日本文学全集 29」河出書房新社 2016 p29
風のバラ
◇「新装版 全集現代文学の発見 13」學藝書林 2004 p54
カプリの牧人
◇「新装版 全集現代文学の発見 13」學藝書林 2004 p48
ガラス杯
◇「新装版 全集現代文学の発見 13」學藝書林 2004 p50
ギリシア的抒情詩
◇「新装版 全集現代文学の発見 13」學藝書林 2004 p48
栗の葉
◇「新装版 全集現代文学の発見 13」學藝書林 2004 p49
五月
◇「新装版 全集現代文学の発見 13」學藝書林 2004 p58
コツプの原始性
◇「新装版 全集現代文学の発見 13」學藝書林 2004 p58
皿
◇「新装版 全集現代文学の発見 13」學藝書林 2004 p49
失楽園
◇「新装版 全集現代文学の発見 13」學藝書林 2004

にしわ

菫
　p50
　◇「新装版 全集現代文学の発見 13」學藝書林 2004 p48

世界開闢説
　◇「新装版 全集現代文学の発見 13」學藝書林 2004 p50

セーロン
　◇「新装版 全集現代文学の発見 13」學藝書林 2004 p58

太陽
　◇「新装版 全集現代文学の発見 13」學藝書林 2004 p48

旅人
　◇「新装版 全集現代文学の発見 13」學藝書林 2004 p58
　◇「日本文学全集 29」河出書房新社 2016 p29

手
　◇「新装版 全集現代文学の発見 13」學藝書林 2004 p49

体裁のいゝ景色―人間時代の遺留品
　◇「創刊一〇〇年三田文学名作選」三田文学会 2010 p576

天気
　◇「新装版 全集現代文学の発見 13」學藝書林 2004 p48

内面的に深き日記
　◇「新装版 全集現代文学の発見 13」學藝書林 2004 p52

歯医者
　◇「新装版 全集現代文学の発見 13」學藝書林 2004 p58

薔薇物語
　◇「新装版 全集現代文学の発見 13」學藝書林 2004 p57

ホメロスを読む男
　◇「新装版 全集現代文学の発見 13」學藝書林 2004 p58

眼
　◇「新装版 全集現代文学の発見 13」學藝書林 2004 p49

山の酒
　◇「創刊一〇〇年三田文学名作選」三田文学会 2010 p587

理髪
　◇「新装版 全集現代文学の発見 13」學藝書林 2004 p58

詩集 Ambarvalia
　◇「新装版 全集現代文学の発見 13」學藝書林 2004 p48

西脇 秀之　にしわき・ひでゆき

ホーム
　◇「新鋭劇作集 series 16」日本劇団協議会 2004 p71

西脇 正治　にしわき・まさはる

十才をいわおう・プロジェクトX(テン)―劇とスピーチで家族に感謝を伝えよう
　◇「小学校・全員参加の楽しい学級劇・学年劇脚本集 中学年」黎明書房 2006 p152

似鳥 鶏　にたどり・けい（1981〜）

お届け先には不思議を添えて
　◇「放課後探偵団―書き下ろし学園ミステリ・アンソロジー」東京創元社 2010（創元推理文庫）p9

蹴る鶏の夏休み
　◇「どうぶつたちの贈り物」PHP研究所 2016 p153

十八階のよく飛ぶ神様
　◇「この部屋で君と」新潮社 2014（新潮文庫）p211

7冊で海を越えられる
　◇「大崎梢リクエスト！ 本屋さんのアンソロジー」光文社 2013 p233
　◇「大崎梢リクエスト！ 本屋さんのアンソロジー」光文社 2014（光文社文庫）p243

新田 淳　にった・じゅん

短篇小説 魚鶴
　◇「日本統治期台湾文学集成 22」緑蔭書房 2007 p187

元旦の挿話
　◇「日本統治期台湾文学集成 6」緑蔭書房 2002 p197

池畔の家
　◇「日本統治期台湾文学集成 6」緑蔭書房 2002 p121

芭蕉畑
　◇「日本統治期台湾文学集成 6」緑蔭書房 2002 p139

冬服
　◇「日本統治期台湾文学集成 22」緑蔭書房 2007 p281

新田 次郎　にった・じろう（1912〜1980）

明智光秀の母
　◇「おんなの戦」角川書店 2010（角川文庫）p121

伊賀越え
　◇「本能寺・男たちの決断―傑作時代小説」PHP研究所 2007（PHP文庫）p65

意地ぬ出んじら
　◇「おもかげ行燈」光風社出版 1998（光風社文庫）p201

異説晴信初陣記
　◇「軍師の生きざま―短篇小説集」作品社 2008 p5

異説晴信初陣記―板垣信形
　◇「軍師の生きざま」実業之日本社 2013（実業之日本社文庫）p7

太田道灌の最期―太田道潅
　◇「軍師は死なず」実業之日本社 2014（実業之日本社文庫）p7

おとし穴
　◇「冒険の森へ―傑作小説大全 7」集英社 2016 p121

河童火事
　◇「大江戸犯科帖―時代推理小説名選」双葉社 2003（双葉文庫）p269

着流し同心
◇「傑作捕物ワールド 2」リブリオ出版 2002 p151

駒ヶ岳開山
◇「信州歴史時代小説傑作集 4」しなのき書房 2007 p99

近藤富士
◇「江戸三百年を読む―傑作時代小説 シリーズ江戸学 下」角川学芸出版 2009（角川文庫）p63

佐々成政の北アルプス越え
◇「信州歴史時代小説傑作集 1」しなのき書房 2007 p137

寒戸の婆
◇「恐怖の旅」光文社 2000（光文社文庫）p103

猿智物語
◇「極め付き時代小説選 3」中央公論新社 2004（中公文庫）p247

諏訪二の丸騒動
◇「信州歴史時代小説傑作集 2」しなのき書房 2007 p157

鳥人伝
◇「冒険の森へ―傑作小説大全 13」集英社 2016 p146

時の日
◇「変事異聞」小学館 2007（小学館文庫）p113

豆満江
◇「コレクション戦争と文学 9」集英社 2012 p404

長崎のハナノフ
◇「血汐花に涙降る」光風社出版 1999（光風社文庫）p33
◇「コレクション戦争と文学 6」集英社 2011 p198

猫つきの店
◇「猫のミステリー」河出書房新社 1999（河出文庫）p249

梅雨将軍信長
◇「人物日本の歴史―時代小説版 戦国編」小学館 2004（小学館文庫）p63

八甲田山
◇「戦後短篇小説再発見 17」講談社 2003（講談社文芸文庫）p85

八甲田山死の彷徨
◇「冒険の森へ―傑作小説大全 5」集英社 2015 p397

春富士遭難
◇「富士山」角川書店 2013（角川文庫）p279

冬田の鶴
◇「八百八町春爛漫」光風社出版 1998（光風社文庫）p239

まぼろしの軍師
◇「軍師の死にざま―短篇小説集」作品社 2006 p95
◇「決戦川中島―傑作時代小説」PHP研究所 2007（PHP文庫）p83
◇「軍師の生きざま―時代小説傑作選」コスミック出版 2008（コスミック・時代文庫）p35

まぼろしの軍師―山本勘助
◇「軍師の死にざま」実業之日本社 2013（実業之日本社文庫）p123

鳴弦の賊
◇「剣鬼らの饗宴」光風社出版 1998（光風社文庫）p331

妖尼
◇「江戸の老人力―時代小説傑作選」集英社 2002（集英社文庫）p171

六合目の仇討
◇「江戸の漫遊力―時代小説傑作選」集英社 2008（集英社文庫）p229

新田 泰裕 にった・やすひろ
あぶない
◇「ショートショートの広場 19」講談社 2007（講談社文庫）p18

仁田 義男 にった・よしお（1922～2006）
小吉と朝右衛門
◇「剣よ月下に舞え」光風社出版 2001（光風社文庫）p121
刺青降誕
◇「職人気質」小学館 2007（小学館文庫）p171

弐藤 水流 にとう・みずる
ある奇跡
◇「SF宝石―すべて新作読み切り！ 2015」光文社 2015 p196

ニトラマナミ
ココア火山
◇「冷と温―第13回フェリシモ文学賞作品集」フェリシモ 2010 p8

二宮 陸雄 にのみや・りくお
星伢
◇「異色歴史短篇傑作大全」講談社 2003 p243

二橋 文 にはし・ぶん
ラーメンの好きと、どう違うんだ？
◇「太宰治賞 2006」筑摩書房 2006 p111

仁瓶 ゆき子 にへい・ゆきこ
小さくたって
◇「かわいい―第16回フェリシモ文学賞優秀作品集」フェリシモ 2013 p84

日本戦没学生記念会 にほんせんぼつがくせいきねんかい
きけわだつみのこえ
◇「新装版 全集現代文学の発見 14」學藝書林 2005 p600

日本プロレタリア作家同盟中央委員會書記局 にほんぷろれたりあさっかどうめいちゅうおういいんかいしょききょく
日本プロレタリア作家同盟第五回大會へのメッセーヂ（朝鮮プロレタリア藝術同盟）
◇「近代朝鮮文学日本語作品集1901～1938 評論・随筆篇 3」緑蔭書房 2004 p368

にほん

日本プロレタリア文化聯盟中央協議會　にほんぷろれたりあぶんかれんめいちゅうおうきょうぎかい
朝鮮協議會報告
- ◇「近代朝鮮文学日本語作品集1901〜1938 評論・随筆篇 3」緑蔭書房 2004 p273

新羽 精之　にわ・せいし（1929〜1977）
天童奇蹟
- ◇「甦る「幻影城」 2」角川書店 1997（カドカワ・エンタテインメント）p347
- ◇「剣が謎を斬る—名作で読む推理小説史 時代ミステリー傑選」光文社 2005（光文社文庫）p337

丹羽 文雄　にわ・ふみお（1904〜2005）
鮎
- ◇「早稲田作家処女作集」講談社 2012（講談社文芸文庫）p246
「鮎」に就いて
- ◇「早稲田作家処女作集」講談社 2012（講談社文芸文庫）p267
厭がらせの年齢
- ◇「戦後占領期短篇小説コレクション 2」藤原書店 2007 p41
甲羅類
- ◇「丸谷才一編・花柳小説傑作選」講談社 2013（講談社文芸文庫）p189
三田文学の思い出
- ◇「創刊一〇〇年三田文学名作選」三田文学会 2010 p671

【ぬ】

鵼彦　ぬえひこ
寒い病棟
- ◇「ショートショートの広場 13」講談社 2002（講談社文庫）p112

額田 六福　ぬかだ・むつとみ（1890〜1948）
青貝師
- ◇「捕物時代小説選集 1」春陽堂書店 1999（春陽文庫）p256
天一坊（二幕）
- ◇「捕物時代小説選集 6」春陽堂書店 2000（春陽文庫）p208

貫井 輝　ぬくい・てる
休憩室
- ◇「てのひら怪談—ビーケーワン怪談大賞傑作選」ポプラ社 2007 p190
- ◇「てのひら怪談—ビーケーワン怪談大賞傑作選」ポプラ社 2008（ポプラ文庫）p198
子供靴
- ◇「てのひら怪談—ビーケーワン怪談大賞傑作選 壬辰」ポプラ社 2012（ポプラ文庫）p46

問題教師
- ◇「てのひら怪談—ビーケーワン怪談大賞傑作選 2」ポプラ社 2007 p152
- ◇「てのひら怪談—ビーケーワン怪談大賞傑作選 己丑」ポプラ社 2009（ポプラ文庫）p152

貫井 徳郎　ぬくい・とくろう（1968〜）
あるソムリエの話
- ◇「文豪さんへ。」メディアファクトリー 2009（MF文庫）p89
犬は見ている
- ◇「Wonderful Story」PHP研究所 2014 p209
オレンジの水面—『北天の馬たち』番外編
- ◇「サイドストーリーズ」KADOKAWA 2015（角川文庫）p267
崩れる
- ◇「犯行現場にもう一度」講談社 1997（講談社文庫）p211
子を思う闇
- ◇「推理小説代表作選集—推理小説年鑑 1997」講談社 1997 p9
- ◇「殺ったのは誰?!」講談社 1999（講談社文庫）p349
殺人は難しい
- ◇「探偵Xからの挑戦状！ season3」小学館 2012（小学館文庫）p7
ストックホルムの埋み火
- ◇「決断—警察小説競作」新潮社 2006（新潮文庫）p331
帳尻
- ◇「9の扉—リレー短編集」マガジンハウス 2009 p171
- ◇「9の扉」KADOKAWA 2013（角川文庫）p163
蝶番の問題
- ◇「気分は名探偵—犯人当てアンソロジー」徳間書店 2006 p49
- ◇「気分は名探偵—犯人当てアンソロジー」徳間書店 2008（徳間文庫）p59
- ◇「自薦THEどんでん返し」双葉社 2016（双葉文庫）p141
何もしなかった者の手記
- ◇「八ヶ岳「雪密室」の謎」原書房 2001 p136
葉山嘉樹『セメント樽の中の手紙』を語る
- ◇「文豪さんへ。」メディアファクトリー 2009（MF文庫）p101
分相応
- ◇「午前零時」新潮社 2007 p69
- ◇「午前零時—P.S.昨日の私へ」新潮社 2009（新潮文庫）p81
見ざる、書かざる、言わざる—ハーシュソサエティ
- ◇「痛み」双葉社 2012 p5
- ◇「警官の貌」双葉社 2014（双葉文庫）p237
ミハスの落日
- ◇「大密室」新潮社 1999 p171
目撃者は誰？

◇「本格ミステリ 2003」講談社 2003（講談社ノベルス）p121
◇「論理学園事件帳―本格短編ベスト・セレクション」講談社 2007（講談社文庫）p157
連鎖する数字
◇「「ABC」殺人事件」講談社 2001（講談社文庫）p211

布靴 底江　ぬのくつ・そこえ
老いる
◇「てのひら怪談―ビーケーワン怪談大賞傑作選 壬辰」ポプラ社 2012（ポプラ文庫）p254

沼田 一雅　ぬまた・かずまさ
白い光と上野の鐘
◇「文豪怪談傑作選 特別編」筑摩書房 2007（ちくま文庫）p305
暗夜（やみ）の白髪
◇「文豪怪談傑作選 特別編」筑摩書房 2007（ちくま文庫）p133

沼田 まほかる　ぬまた・まほかる
ひらひらくるくる
◇「憑きびと―「読楽」ホラー小説アンソロジー」徳間書店 2016（徳間文庫）p185

沼田一雅夫人　ぬまたかずまさふじん
雲つく人
◇「文豪怪談傑作選 特別編」筑摩書房 2007（ちくま文庫）p138
執着
◇「文豪怪談傑作選 特別編」筑摩書房 2007（ちくま文庫）p141

【 ね 】

根岸 鎮衛　ねぎし・やすもり（1737〜1815）
赤坂与力の妻亡霊の事
◇「あやかしの深川―受け継がれる怪異な土地の物語」猿江商會 2016 p272
芸州引馬山妖怪の事
◇「稲生モノノケ大全 陰之巻」毎日新聞社 2003 p628
石中蟄竜の事―根岸鎮衛『耳袋』（須永朝彦〔訳〕）
◇「鉱物」国書刊行会 1997（書物の王国）p71

猫亞 阿月　ねこあ・あづき
縁起もん
◇「てのひら怪談―ビーケーワン怪談大賞傑作選 庚寅」ポプラ社 2010（ポプラ文庫）p218

猫吉　ねこきち
安全ポスター
◇「てのひら怪談―ビーケーワン怪談大賞傑作選 辛卯」ポプラ社 2011（ポプラ文庫）p52

刑事収容施設及び……第百二十七条
◇「ショートショートの花束 7」講談社 2015（講談社文庫）p30
諏訪湖奇談
◇「ショートショートの花束 6」講談社 2014（講談社文庫）p254
ツキの変わり目
◇「ショートショートの花束 5」講談社 2013（講談社文庫）p156
秘めたる想い
◇「ショートショートの花束 7」講談社 2015（講談社文庫）p116
冬の蟬
◇「ショートショートの花束 6」講談社 2014（講談社文庫）p75
古本奇譚
◇「てのひら怪談―ビーケーワン怪談大賞傑作選 庚寅」ポプラ社 2010（ポプラ文庫）p156
プレゼント
◇「ショートショートの花束 6」講談社 2014（講談社文庫）p175

猫田 博人（Bact.）　ねこた・ばくと
人は死んだら電柱になる
◇「人は死んだら電柱になる―電柱アンソロジー」遠すぎる未来団 2014 p7

猫乃 ツルギ　ねこの・つるぎ
英猫碑
◇「リトル・リトル・クトゥルー―史上最小の神話小説集」学習研究社 2009 p198
お粗末な召喚
◇「リトル・リトル・クトゥルー―史上最小の神話小説集」学習研究社 2009 p170
夢猫記
◇「リトル・リトル・クトゥルー―史上最小の神話小説集」学習研究社 2009 p196

ねこま
第二の人生
◇「ショートショートの花束 6」講談社 2014（講談社文庫）p79

猫屋 四季　ねこや・しき
怪段
◇「てのひら怪談―ビーケーワン怪談大賞傑作選」ポプラ社 2008 p116
◇「てのひら怪談―ビーケーワン怪談大賞傑作選」ポプラ社 2008（ポプラ文庫）p120

ねこや堂　ねこやどう
紫陽花の
◇「怪集 蠱毒―創作怪談発掘大会傑作選」竹書房 2009（竹書房文庫）p44
拾い物に福来たる
◇「恐怖箱 遺伝記」竹書房 2008（竹書房文庫）p97
蜜柑のある庭
◇「恐怖箱 遺伝記」竹書房 2008（竹書房文庫）p56

ネコヤナギ
桜色の電柱
◇「人は死んだら電柱になる―電柱アンソロジー」遠すぎる未来団 2014 p329
灯
◇「人は死んだら電柱になる―電柱アンソロジー」遠すぎる未来団 2014 p335

根来 育　ねごろ・いく
打ち込まれたままの杭―転換期の詩論
◇「ハンセン病文学全集 5」皓星社 2010 p539
転換期の療養所と「惰民論」をめぐって(7)〈転換期〉という意味
◇「ハンセン病文学全集 5」皓星社 2010 p252
ハ氏病療養所の詩人たち
◇「ハンセン病文学全集 5」皓星社 2010 p523
ヒューマニズムの虚偽(1) ヒューマニズムの虚偽テレビドラマ「この道遠く」について
◇「ハンセン病文学全集 5」皓星社 2010 p365

ネザマフィ，シリン　Nezammafi, Shirin（1979～）
サラム
◇「コレクション戦争と文学 4」集英社 2011 p610

ねじめ 正一　ねじめ・しょういち（1948～）
風の棲む町（抄）
◇「山形県文学全集第1期（小説編）6」郷土出版社 2004 p392
ケーキ屋のおばさん
◇「短篇ベストコレクション―現代の小説 2012」徳間書店 2012（徳間文庫）p475
東京
◇「街物語」朝日新聞社 2000 p3
蜜柑一箱一回二個
◇「くだものだもの」ランダムハウス講談社 2007 p31

根多加 良　ねたか・りょう
おかえり
◇「てのひら怪談―ビーケーワン怪談大賞傑作選 壬辰」ポプラ社 2012（ポプラ文庫）p30
ここは楽園
◇「渚にて―あの日からの〈みちのく怪談〉」荒蝦夷 2016 p195
しこふみ
◇「渚にて―あの日からの〈みちのく怪談〉」荒蝦夷 2016 p198
大好きメーター
◇「渚にて―あの日からの〈みちのく怪談〉」荒蝦夷 2016 p196
たそがれが好きだった
◇「超短編の世界 vol.3」創英社 2011 p16
ちゃぷちゃぷ
◇「超短編の世界 vol.3」創英社 2011 p58
◇「超短編の世界 vol.3」創英社 2011 p66

土とわたし
◇「渚にて―あの日からの〈みちのく怪談〉」荒蝦夷 2016 p205
引き算
◇「超短編の世界」創英社 2008 p63
呼び止めてしまった
◇「てのひら怪談―ビーケーワン怪談大賞傑作選 2」ポプラ社 2007 p20

根室 総一　ねむろ・そういち
タバコわらしべ
◇「「伊豆文学賞」優秀作品集 第13回」羽衣出版 2010 p37

根室 千秋　ねむろ・ちあき
士―二幕
◇「日本統治期台湾文学集成 12」緑蔭書房 2003 p15

根本 勲　ねもと・いさお
亡き妻を恋ふる歌
◇「ゆくりなくも」鶴書院 2009（シニア文学秀作選）p15

根本 美作子　ねもと・みさこ
哀しみの井戸
◇「ろうそくの炎がささやく言葉」勁草書房 2011 p58

【の】

盧 森堡　ノ・サムポ
飛行機の爆音を聴いて
◇「近代朝鮮文学日本語作品集1908～1945 セレクション 4」緑蔭書房 2008 p300

盧 進容　ノ・ジンヨン（1952～）
赤い月
◇「〈在日〉文学全集 18」勉誠出版 2006 p207
神戸に来たら
◇「〈在日〉文学全集 18」勉誠出版 2006 p212
千年後の再会
◇「〈在日〉文学全集 18」勉誠出版 2006 p216
炊き出し
◇「〈在日〉文学全集 18」勉誠出版 2006 p214
長詩 大震災
◇「〈在日〉文学全集 18」勉誠出版 2006 p218
電話、その日
◇「〈在日〉文学全集 18」勉誠出版 2006 p208
涙
◇「〈在日〉文学全集 18」勉誠出版 2006 p217
願い
◇「〈在日〉文学全集 18」勉誠出版 2006 p209
貼り紙
◇「〈在日〉文学全集 18」勉誠出版 2006 p211

ボランティア
　◇「〈在日〉文学全集 18」勉誠出版 2006 p213
マスク
　◇「〈在日〉文学全集 18」勉誠出版 2006 p215
夜明けの灯火
　◇「〈在日〉文学全集 18」勉誠出版 2006 p210

盧 聖錫　ノ・ソンソク
うたかた
　◇「近代朝鮮文学日本語作品集1901～1938 創作篇 3」緑蔭書房 2004 p199
小説『名門の出』
　◇「近代朝鮮文学日本語作品集1901～1938 創作篇 3」緑蔭書房 2004 p211

盧 春城　ノ・チュンソン
放浪の夏
　◇「近代朝鮮文学日本語作品集1901～1938 評論・随筆篇 2」緑蔭書房 2004 p187

盧 天命　ノ・チョンミョン
下宿（第一回～第六回）
　◇「近代朝鮮文学日本語作品集1901～1938 創作篇 4」緑蔭書房 2004 p89

野阿 梓　のあ・あずさ（1954～）
黄昏郷 El Dormido
　◇「日本SF短篇50 3」早川書房 2013（ハヤカワ文庫JA）p279
政治的にもっとも正しいSFパネル・ディスカッション
　◇「SFバカ本 白菜編」ジャストシステム 1997 p205
だるまさんがころんだ症候群
　◇「SFバカ本 白菜篇プラス」廣済堂出版 1999（廣済堂文庫）p219
花狩人
　◇「日本SF全集 3」出版芸術社 2013 p333

野棘 かな　のいばら・かな
かまいたちはみた
　◇「てのひら怪談―ビーケーワン怪談大賞傑作選 2」ポプラ社 2007 p192
ひとゆらり
　◇「てのひら怪談 癸巳」KADOKAWA 2013（MF文庫ダ・ヴィンチ）p114

能島 廉　のうじま・れん
競輪必勝法
　◇「新装版 全集現代文学の発見 別巻」學藝書林 2005 p176

野上 龍雄　のがみ・たつお（1928～2013）
男たちの大和（井上淳一）
　◇「年鑑代表シナリオ集 '05」シナリオ作家協会 2006 p283

野上 徹夫　のがみ・てつお
探偵小説の芸術化
　◇「幻の探偵雑誌 4」光文社 2001（光文社文庫）p369

野上 豊一郎　のがみ・とよいちろう（1883～1950）
松風（觀阿彌〔原作〕）
　◇「幻視の系譜」筑摩書房 2013（ちくま文庫）p11

野上 弥生子　のがみ・やえこ（1885～1985）
秋
　◇「精選女性随筆集 10」文藝春秋 2012 p155
秋ふたたび
　◇「精選女性随筆集 10」文藝春秋 2012 p151
芥川さんに死を勧めた話
　◇「精選女性随筆集 10」文藝春秋 2012 p169
新らしき生命
　◇「青鞜文学集」不二出版 2004 p114
一匹の猫が二匹になった話
　◇「精選女性随筆集 10」文藝春秋 2012 p234
海神丸
　◇「冒険の森へ―傑作小説大全 1」集英社 2016 p96
カナリヤ
　◇「精選女性随筆集 10」文藝春秋 2012 p190
京之助の居睡
　◇「青鞜小説集」講談社 2014（講談社文芸文庫）p9
五月の庭
　◇「精選女性随筆集 10」文藝春秋 2012 p229
この頃ひそかに憂うること
　◇「精選女性随筆集 10」文藝春秋 2012 p205
ゴムまり
　◇「精選女性随筆集 10」文藝春秋 2012 p226
毀れた玩具の馬
　◇「精選女性随筆集 10」文藝春秋 2012 p218
砂糖
　◇「戦後短篇小説再発見―『世界』1946-1999 1」岩波書店 2000 p37
　◇「謎のギャラリー―愛の部屋」新潮社 2002（新潮文庫）p255
山草
　◇「精選女性随筆集 10」文藝春秋 2012 p142
嫉妬
　◇「精選女性随筆集 10」文藝春秋 2012 p223
春狂
　◇「精選女性随筆集 10」文藝春秋 2012 p209
夏目先生の思い出―修善寺にて
　◇「精選女性随筆集 10」文藝春秋 2012 p172
野枝さんのこと
　◇「精選女性随筆集 10」文藝春秋 2012 p160
バウム・クーヘンの話
　◇「精選女性随筆集 10」文藝春秋 2012 p249
ひとりぐらし
　◇「精選女性随筆集 10」文藝春秋 2012 p147
文庫の疎開
　◇「精選女性随筆集 10」文藝春秋 2012 p156

三つの「哀傷〈ピエタ〉」
◇「精選女性随筆集 10」文藝春秋 2012 p196
宮本百合子さんを憶う
◇「精選女性随筆集 10」文藝春秋 2012 p183
燃える過去
◇「天変動く大震災と作家たち」インパクト出版会 2011（インパクト選書）p142
やまびとのたより
◇「精選女性随筆集 10」文藝春秋 2012 p136
山姥独りごと―同年の中央公論について
◇「精選女性随筆集 10」文藝春秋 2012 p244
私の茶三昧
◇「精選女性随筆集 10」文藝春秋 2012 p240

野川 隆　のがわ・たかし（1901～1944）
『九篇詩集』
◇「〈外地〉の日本語文学選 2」新宿書房 1996 p181
狗宝（ゴウボウ）
◇「コレクション戦争と文学 16」集英社 2012 p181
葬式
◇「〈外地〉の日本語文学選 2」新宿書房 1996 p181
どうして窓を開けないの―不開門
◇「〈外地〉の日本語文学選 2」新宿書房 1996 p182
役所の門―衙門口
◇「〈外地〉の日本語文学選 2」新宿書房 1996 p182
賄賂役人―臓官
◇「〈外地〉の日本語文学選 2」新宿書房 1996 p182

野川 紀夫　のがわ・のりお
壁の狭間で
◇「時代の波音―民主文学短編小説集1995年～2004年」日本民主主義文学会 2005 p308

野木 桃花　のぎ・とうか（1946～）
俳句
◇「胞子文学名作選」港の人 2013 p152

乃木 ばにら　のぎ・ばにら
黒い不吉なもの
◇「てのひら怪談―ビーケーワン怪談大賞傑作選 2」ポプラ社 2007 p210
◇「てのひら怪談―ビーケーワン怪談大賞傑作選 己丑」ポプラ社 2009（ポプラ文庫）p88

埜木 ばにら　のぎ・ばにら
鈴
◇「てのひら怪談―ビーケーワン怪談大賞傑作選 庚寅」ポプラ社 2010（ポプラ文庫）p184

乃木 希典　のぎ・まれすけ（1849～1912）
遺体はミイラや粉にしても遺憾なし＞石黒忠悳
◇「日本人の手紙 10」リブリオ出版 2004 p28

野口 雨情　のぐち・うじょう（1882～1945）
雨降りお月さん、十五夜お月さん
◇「月のものがたり」ソフトバンククリエイティブ 2006 p82

少女と海鬼灯
◇「ファイン／キュート素敵かわいい作品選」筑摩書房 2015（ちくま文庫）p126

野口 シカ　のぐち・しか（1853～1918）
はやくかえってきてくだされ＞野口英世
◇「日本人の手紙 1」リブリオ出版 2004 p33

野口 卓　のぐち・たかし
らくだの馬が死んだ
◇「怒髪の雷」祥伝社 2016（祥伝社文庫）p61

野口 祐之　のぐち・ひろゆき
コスモレンジャー ゴー！ ゴゴー！
◇「小学校・全員参加の楽しい学級劇・学年劇脚本集 中学年」黎明書房 2006 p126
THE WOLF AND THE 7 LITTLE GOATS―おおかみと7ひきのこやぎ（木村香〔英訳〕）
◇「小学校・全員参加の楽しい学級劇・学年劇脚本集 中学年」黎明書房 2006 p211

野口 冨士男　のぐち・ふじお（1911～1993）
相生橋煙雨
◇「十夜」ランダムハウス講談社 2006 p233
押花
◇「創刊一〇〇年三田文学名作選」三田文学会 2010 p347
なぎの葉考
◇「川端康成文学賞全作品 1」新潮社 1999 p131
◇「戦後短篇小説再発見 13」講談社 2003（講談社文芸文庫）p149
◇「文学賞受賞・名作集成 4」リブリオ出版 2004 p5

野口 麻衣子　のぐち・まいこ
むかえゆき
◇「ゆきのまち幻想文学賞小品集 7」NTTメディアスコープ 1997 p76

野口 米次郎　のぐち・よねじろう（1875～1947）
われ山上に立つ
◇「創刊一〇〇年三田文学名作選」三田文学会 2010 p574

野口 玲　のぐち・れい
ヒマワリのように咲きます。父へ、母へ＞両親
◇「日本人の手紙 1」リブリオ出版 2004 p80

野坂 昭如　のさか・あきゆき（1930～2015）
あゝ日本大疥癬
◇「コレクション戦争と文学 10」集英社 2012 p170
エロ事師たち
◇「新装版 全集現代文学の発見 9」學藝書林 2004 p356
俺はNOSAKAだ
◇「コレクション私小説の冒険 2」勉誠出版 2013 p43

浣腸とマリア
- ◇『新装版 全集現代文学の発見 16』學藝書林 2005 p460
- ◇『大阪文学名作選』講談社 2011（講談社文芸文庫）p32
- ◇『闇市』皓星社 2015（紙礫）p163

恋自縛
- ◇『短篇ベストコレクション―現代の小説 2000』徳間書店 2000 p299

最後のエロ事師たち
- ◇『現代の小説 1997』徳間書店 1997 p391

凧になったお母さん
- ◇『男の涙 女の涙―せつない小説アンソロジー』光文社 2006（光文社文庫）p197
- ◇『冒険の森へ―傑作小説大全 13』集英社 2016 p72
- ◇『教科書名短篇 人間の情景』中央公論新社 2016（中公文庫）p215

誰よりも妻を――
- ◇『短篇ベストコレクション―現代の小説 2004』徳間書店 2004（徳間文庫）p283

童女入水
- ◇『戦後短篇小説再発見 11』講談社 2003（講談社文芸文庫）p136

八月の風船
- ◇『戦争小説短篇名作選』講談社 2015（講談社文芸文庫）p153

花のお遍路
- ◇『感じて。息づかいを。―恋愛小説アンソロジー』光文社 2005（光文社文庫）p69

ベトナム姐ちゃん
- ◇『日本文学100年の名作 6』新潮社 2015（新潮文庫）p217

火垂るの墓
- ◇『文学で考える〈日本〉とは何か』双文社出版 2007 p72
- ◇『コレクション戦争と文学 15』集英社 2012 p604
- ◇『読み聞かせる戦争』光文社 2015 p193
- ◇『文学で考える〈日本〉とは何か』翰林書房 2016 p72

骨餓身峠死人葛
- ◇『文士の意地―車谷長吉撰短篇小説輯 下巻』作品社 2005 p290
- ◇『冒険の森へ―傑作小説大全 3』集英社 2016 p70

捕虜と女の子
- ◇『冒険の森へ―傑作小説大全 9』集英社 2016 p30

マッチ売りの少女
- ◇『戦後短篇小説再発見 2』講談社 2001（講談社文芸文庫）p121
- ◇『新装版 全集現代文学の発見 6』學藝書林 2003 p444
- ◇『恐怖の森』ランダムハウス講談社 2007 p199

乱離骨灰鬼胎草
- ◇『日本原発小説集』水声社 2011 p47

野坂 陽子　のさか・ようこ

沙漠のうた
- ◇『たびだち―フェリシモしあわせショートショート』フェリシモ 2000 p70

野坂 律子　のさか・りつこ（1967～）

彼女の伝言
- ◇『最後の一日 6月30日―さよならが胸に染みる10の物語』泰文堂 2013（リンダブックス）p248

今日は餃子の日
- ◇『少女のなみだ』泰文堂 2014（リンダブックス）p149

さよならクリスマス
- ◇『お母さんのなみだ』泰文堂 2016（リンダパブリッシャーズの本）p210

幸せな人
- ◇『母のなみだ・ひまわり―愛しき家族を想う短篇小説集』泰文堂 2013（リンダブックス）p81

自慢の息子
- ◇『母のなみだ―愛しき家族を想う短篇小説集』泰文堂 2012（Linda books！）p201

父の背中
- ◇『少年のなみだ』泰文堂 2014（リンダブックス）p93

二枚目のハンカチ
- ◇『最後の一日―さよならが胸に染みる10の物語』泰文堂 2011（Linda books！）p176

嫁の指定席
- ◇『幽霊でもいいから会いたい』泰文堂 2014（リンダブックス）p38

ローマの一日
- ◇『うちへ帰ろう―家族を想うあなたに贈る短篇小説集』泰文堂 2013（リンダブックス）p179

野崎 歓　のざき・かん

地震育ち
- ◇『ろうそくの炎がささやく言葉』勁草書房 2011 p171

野崎 まど　のざき・まど

インタビュウ
- ◇『アステロイド・ツリーの彼方へ』東京創元社 2016（創元SF文庫）p259

第五の地平
- ◇『NOVA＋―書き下ろし日本SFコレクション バベル』河出書房新社 2014（河出文庫）p239

野崎 六助　のざき・ろくすけ（1947～）

鏡の中へ
- ◇『黄昏ホテル』小学館 2004 p175

野澤 匠　のざわ・たくみ

適任人事
- ◇『ショートショートの花束 3』講談社 2011（講談社文庫）p260

野沢 尚　のざわ・ひさし（1960～）

殺されたい女
- ◇『ザ・ベストミステリーズ―推理小説年鑑 1998』講談社 1998 p217
- ◇『殺人者』講談社 2000（講談社文庫）p67

のしま

シュート・ミー
◇「名探偵で行こう—最新ベスト・ミステリー」光文社 2001（カッパ・ノベルス）p337

独占インタビュー
◇「ザ・ベストミステリーズ—推理小説年鑑 1999」講談社 1999 p357
◇「密室＋アリバイ＝真犯人」講談社 2002（講談社文庫）p364

ひたひたと
◇「乱歩賞作家 黒の謎」講談社 2004 p97

能島 龍三　のじま・りゅうぞう

搬送
◇「時代の波音—民主文学短編小説集1995年～2004年」日本民主主義文学会 2005 p330

野尻 抱影　のじり・ほうえい（1885～1977）

馬鈴薯園
◇「幻の探偵雑誌 5」光文社 2001（光文社文庫）p415

三つ星の頃
◇「心洗われる話」筑摩書房 2010（ちくま文学の森）p253

物音・足音
◇「文豪怪談傑作選 特別編」筑摩書房 2008（ちくま文庫）p239

野尻 抱介　のじり・ほうすけ（1961～）

大風呂敷と蜘蛛の糸
◇「短篇ベストコレクション—現代の小説 2007」徳間書店 2007（徳間文庫）p151
◇「ぼくの、マシン—ゼロ年代日本SFベスト集成 S」東京創元社 2010（創元SF文庫）p13

局所流星群
◇「夏のグランドホテル」光文社 2003（光文社文庫）p571

素数の呼び声
◇「SFマガジン700 国内篇」早川書房 2014（ハヤカワ文庫 SF）p241

月に祈るもの
◇「宇宙生物ゾーン」廣済堂出版 2000（廣済堂文庫）p19
◇「日本SF・名作集成 4」リブリオ出版 2005 p149

楽園の杭
◇「進化論」光文社 2006（光文社文庫）p443

野棲 あづこ　のすみ・あづこ

夏の記憶
◇「てのひら怪談—ビーケーワン怪談大賞傑作選 庚寅」ポプラ社 2010（ポプラ文庫）p110

乃田 春海　のた・はるみ

案山子の背中
◇「ゆきのまち幻想文学賞小品集 23」企画集団ぶりずむ 2014 p166

野田 秀樹　のだ・ひでき（1955～）

ミーハーとバナナの時代
◇「くだものだもの」ランダムハウス講談社 2007 p201

野田 牧泉　のだ・ぼくせん

捜査秘帳 阿緱のばらばら事件
◇「日本統治期台湾文学集成 9」緑蔭書房 2002 p181

捜査秘帳 枯れた唐辛子の木（お岩後家殺し事件）
◇「日本統治期台湾文学集成 9」緑蔭書房 2002 p195

野田 昌宏　のだ・まさひろ（1933～2008）

コレクター無惨！
◇「70年代日本SFベスト集成 3」筑摩書房 2015（ちくま文庫）p155

レモン月夜の宇宙船
◇「日本SF全集 2」出版芸術社 2010 p369

OH！ WHEN THE MARTIANS GO MARCHIN' IN
◇「日本SF短篇50 1」早川書房 2013（ハヤカワ文庫JA）p251

野田 真理子　のだ・まりこ（1957～）

孤軍の城
◇「代表作時代小説 平成20年度」光文社 2008 p131

野田 充男　のだ・みつお

イタリア人
◇「ショートショートの広場 17」講談社 2005（講談社文庫）p159

王子様
◇「ショートショートの花束 6」講談社 2014（講談社文庫）p210

家族
◇「ショートショートの花束 2」講談社 2010（講談社文庫）p178

サル
◇「ショートショートの花束 8」講談社 2016（講談社文庫）p214

三字熟語
◇「ショートショートの広場 19」講談社 2007（講談社文庫）p82

死刑
◇「ショートショートの花束 4」講談社 2012（講談社文庫）p75

シャッター
◇「ショートショートの広場 20」講談社 2008（講談社文庫）p36

手術後
◇「ショートショートの花束 6」講談社 2014（講談社文庫）p102

地図
◇「ショートショートの花束 1」講談社 2009（講談社文庫）p217

追試
◇「ショートショートの花束 3」講談社 2011（講談社文庫）p64

憑依
◇「ショートショートの花束 8」講談社 2016（講談

野田 康男 のだ・やすお
辻小説 刀痕
◇「日本統治期台湾文学集成 22」緑蔭書房 2007 p331

野中 ともそ のなか・ともそ
ハバナとピアノ、光の尾
◇「Teen Age」双葉社 2004 p171

野中 柊 のなか・ひいらぎ（1964〜）
あの日。この日。そして。
◇「そういうものだろ、仕事っていうのは」日本経済新聞出版社 2011 p59
サイズ
◇「靴に恋して」ソニー・マガジンズ 2004 p39
柘榴のある風景
◇「眠れなくなる夢十夜」新潮社 2009（新潮文庫）p117
たとえ恋は終わっても
◇「私らしくあの場所へ」講談社 2009（講談社文庫）p47
ドロップ！
◇「いじめの時間」朝日新聞社 1997 p105
二度目の満月
◇「甘い記憶」新潮社 2008 p115
◇「甘い記憶」新潮社 2011（新潮文庫）p117
ひばな。はなび。
◇「29歳」日本経済新聞出版社 2008 p125
◇「29歳」新潮社 2012（新潮文庫）p141
i？箱
◇「十年後のこと」河出書房新社 2016 p141

乃南 アサ のなみ・あさ（1960〜）
泡
◇「妖美—女流ミステリー傑作選」徳間書店 1999（徳間文庫）p231
アンバランス
◇「恋愛小説」新潮社 2005 p117
◇「恋愛小説」新潮社 2007（新潮文庫）p135
かくし味
◇「匠」文藝春秋 2003（推理作家になりたくて マイベストミステリー）p186
◇「マイ・ベスト・ミステリー 1」文藝春秋 2007（文春文庫）p280
キープ
◇「最後の恋—つまり、自分史上最高の恋。」新潮社 2008（新潮文庫）p275
口封じ
◇「舌づけ—ホラー・アンソロジー」祥伝社 1998（ノン・ポシェット）p315
今夜も笑ってる
◇「自選ショート・ミステリー」講談社 2001（講談社文庫）p17
三年目
◇「恋物語」朝日新聞社 1998 p154

指定席
◇「翠迷宮—ミステリー・アンソロジー」祥伝社 2003（祥伝社文庫）p7
早朝の散歩
◇「恋物語」朝日新聞社 1998 p144
それは秘密の
◇「最後の恋プレミアム—つまり、自分史上最高の恋。」新潮社 2011（新潮文庫）p187
彫刻する人
◇「冒険の森へ—傑作小説大全 11」集英社 2015 p92
津軽に舞い翔（と）んだ女
◇「白のミステリー—女性ミステリー作家傑作選」光文社 1997 p127
◇「女性ミステリー作家傑作選 3」光文社 1999（光文社文庫）p95
つむじ
◇「ときめき—ミステリアンソロジー」廣済堂出版 2005（廣済堂文庫）p173
泥眼
◇「蒼迷宮—ミステリー・アンソロジー」祥伝社 2002（祥伝社文庫）p189
とどろきセブン
◇「鼓動—警察小説競作」新潮社 2006（新潮文庫）p277
内緒
◇「恋物語」朝日新聞社 1998 p149
ピンポン
◇「恋物語」朝日新聞社 1998 p160
福の神
◇「七つの危険な真実」新潮社 2004（新潮文庫）p145
二人の思い出
◇「花迷宮」日本文芸社 2000（日文庫）p239
文豪の夢
◇「マイ・ベスト・ミステリー 1」文藝春秋 2007（文春文庫）p355
僕が受験に成功したわけ
◇「female」新潮社 2004（新潮文庫）p119
枕香
◇「私は殺される—女流ミステリー傑作選」角川春樹事務所 2001（ハルキ文庫）p27
山背吹く
◇「紫迷宮—ミステリー・アンソロジー」祥伝社 2002（祥伝社文庫）p7
夕がすみ
◇「七つの怖い扉」新潮社 1998 p83

野々宮 夜猿 ののみや・やえん
光の穴
◇「てのひら怪談—ビーケーワン怪談大賞傑作選」ポプラ社 2007 p26
◇「てのひら怪談—ビーケーワン怪談大賞傑作選」ポプラ社 2008（ポプラ文庫）p24

野々山 敦士 ののやま・あつし
魔法のランプ

◇「ショートショートの広場 15」講談社 2004（講談社文庫）p56

延原 謙　のぶはら・けん（1892〜1977）

氷を砕く
◇「幻の探偵雑誌 10」光文社 2002（光文社文庫）p237

レビウガール殺し
◇「江戸川乱歩と13人の新青年〈文学派〉編」光文社 2008（光文社文庫）p211

野辺 慎一　のべ・しんいち

維新の景
◇「全作家短編小説集 7」全作家協会 2008 p15

一本献上
◇「回転ドアから」全作家協会 2015（全作家短編集）p473

残花
◇「全作家短編小説集 6」全作家協会 2007 p72

鳥の影
◇「全作家短編小説集 8」全作家協会 2009 p27

梵天祭
◇「扉の向こうへ」全作家協会 2014（全作家短編集）p408

登木 夏実　のぼき・なつみ

穴
◇「てのひら怪談―ビーケーワン怪談大賞傑作選 2」ポプラ社 2007 p186

怪談会にて
◇「てのひら怪談―ビーケーワン怪談大賞傑作選 壬辰」ポプラ社 2012（ポプラ文庫）p122

流れ
◇「てのひら怪談―ビーケーワン怪談大賞傑作選」ポプラ社 2007 p126
◇「てのひら怪談―ビーケーワン怪談大賞傑作選」ポプラ社 2008（ポプラ文庫）p130

登 芳久　のぼり・よしひさ

てりむくりの生涯
◇「現代作家代表作選集 4」冊書房 2013 p113

野間 宏　のま・ひろし（1915〜1991）

像（イメージ）と構想
◇「戦後文学エッセイ選 9」影書房 2008 p72

動くもののなかへ―詩人の発想と小説家の着想
◇「戦後文学エッセイ選 9」影書房 2008 p96

顔の中の赤い月
◇「新装版 全集現代文学の発見 4」學藝書林 2003 p56
◇「日本近代短篇小説選 昭和篇2」岩波書店 2012（岩波文庫）p133

感覚と欲望と物について
◇「戦後文学エッセイ選 9」影書房 2008 p148

木下順二の世界
◇「戦後文学エッセイ選 9」影書房 2008 p130

暗い絵
◇「新装版 全集現代文学の発見 8」學藝書林 2003 p126

『暗い絵』の背景
◇「戦後文学エッセイ選 9」影書房 2008 p61

現代と『歎異抄』
◇「戦後文学エッセイ選 9」影書房 2008 p209

現代文明の危機
◇「戦後文学エッセイ選 9」影書房 2008 p201

サルトルの文学
◇「戦後文学エッセイ選 9」影書房 2008 p228

ジイドのラフカディオ
◇「戦後文学エッセイ選 9」影書房 2008 p9

『子午線の祀り』讚
◇「戦後文学エッセイ選 9」影書房 2008 p219

詩に於けるドラマツルギー
◇「戦後文学エッセイ選 9」影書房 2008 p42

象徴詩と革命運動の間
◇「戦後文学エッセイ選 9」影書房 2008 p138

小ムイシュキン・小スタヴローギン
◇「戦後文学エッセイ選 9」影書房 2008 p32

青春放浪―「秘密」は見えなかった
◇「戦後文学エッセイ選 9」影書房 2008 p161

「青年の環」について
◇「戦後文学エッセイ選 9」影書房 2008 p193

綜合的文体―椎名麟三氏の文体
◇「戦後文学エッセイ選 9」影書房 2008 p106

第三十六号
◇「戦後占領期短篇小説コレクション 2」藤原書店 2007 p107
◇「コレクション戦争と文学 11」集英社 2012 p327

立つ男たち
◇「戦後短篇小説再発見 9」講談社 2002（講談社文芸文庫）p86

小さな熔炉
◇「戦後文学エッセイ選 9」影書房 2008 p20

虎の斑
◇「戦後文学エッセイ選 9」影書房 2008 p53

泥海
◇「現代小説クロニクル 1980〜1984」講談社 2014（講談社文芸文庫）p7

『破戒』について
◇「戦後文学エッセイ選 9」影書房 2008 p121

パターン白昼の戦
◇「コレクション戦争と文学 8」集英社 2011 p82

布施杜生のこと
◇「戦後文学エッセイ選 9」影書房 2008 p36

二つの肉体
◇「戦後短篇小説再発見 12」講談社 2003（講談社文芸文庫）p9

崩解感覚
◇「新装版 全集現代文学の発見 15」學藝書林 2005 p8

わが〈心〉の日記
◇「戦後文学エッセイ選 9」影書房 2008 p179

野溝 七生子 のみぞ・なおこ（1897～1987）
灰色の扉
◇「分身」国書刊行会 1999（書物の王国）p214

野村 圭造 のむら・けいぞう
小猫
◇「たびだち―フェリシモしあわせショートショート」フェリシモ 2000 p165

野村 胡堂 のむら・こどう（1882～1963）
赤い紐
◇「傑作捕物ワールド 1」リブリオ出版 2002 p59
◇「捕物小説名作選 2」集英社 2006（集英社文庫）p7

怪談享楽時代
◇「みちのく怪談名作選 vol.1」荒蝦夷 2010（叢書東北の声）p135

斬られた幽霊
◇「黒門町伝七捕物帳―時代小説競作選」光文社 2015（光文社文庫）p199

五月人形
◇「春はやて―時代小説アンソロジー」KADOKAWA 2016（角川文庫）p133

馬上祝言
◇「極め付き時代小説選 3」中央公論新社 2004（中公文庫）p141

瓢箪供養
◇「酔うて候―時代小説傑作選」徳間書店 2006（徳間文庫）p5

飛竜剣
◇「江戸の名探偵―時代推理傑作選」徳間書店 2009（徳間文庫）p65

紅唐紙
◇「古書ミステリー倶楽部―傑作推理小説集 3」光文社 2015（光文社文庫）p313

魔の笛
◇「怪奇・怪談傑作集」新人物往来社 1997 p25

娘軽業師
◇「傑作捕物ワールド 6」リブリオ出版 2002 p57

雪の精
◇「傑作捕物ワールド 9」リブリオ出版 2002 p111

野村 尚吾 のむら・しょうご（1912～1975）
散所の梅
◇「八百八町春爛漫」光風社出版 1998（光風社文庫）p259

野村 敏雄 のむら・としお（1926～2009）
有馬騒動 冥府の密使
◇「怪奇・伝奇時代小説選集 6」春陽堂書店 2000（春陽文庫）p148

死描
◇「武士道哀時記―新鷹会・傑作時代小説選」光文社 2008（光文社文庫）p301

血塗りの呪法
◇「怪奇・伝奇時代小説選集 12」春陽堂書店 2000（春陽文庫）p2

千馬三郎兵衛
◇「定本・忠臣蔵四十七人集」双葉社 1998 p26

人間の情景
◇「花と剣と侍―新鷹会・傑作時代小説選」光文社 2009（光文社文庫）p217

八丈こぶな草
◇「姫君たちの戦国―時代小説傑作選」PHP研究所 2011（PHP文芸文庫）p157

丸目蔵人佐
◇「人物日本剣豪伝 2」学陽書房 2001（人物文庫）p199

野村 正樹 のむら・まさき（1944～）
パリからの便り
◇「自選ショート・ミステリー 2」講談社 2001（講談社文庫）p252

野村 祐子 のむら・ゆうこ
ハケンの姫君
◇「誰も知らない「桃太郎」「かぐや姫」のすべて」明拓出版 2009（創作童話シリーズ）p137

野谷 寛三 のや・かんぞう
内田静生論
◇「ハンセン病文学全集 5」皓星社 2010 p528

精神の喪失
◇「ハンセン病文学全集 5」皓星社 2010 p45

北條民雄論
◇「ハンセン病文学全集 5」皓星社 2010 p479

光田健輔論
◇「ハンセン病文学全集 5」皓星社 2010 p185

光田氏的理念の崩壊
◇「ハンセン病文学全集 5」皓星社 2010 p189

らい文学滅亡論
◇「ハンセン病文学全集 5」皓星社 2010 p52

ライ療養所の論理と倫理（1）ライ療養所の論理と倫理
◇「ハンセン病文学全集 5」皓星社 2010 p185

倫理の形成
◇「ハンセン病文学全集 5」皓星社 2010 p198

倫理の成立とその限界
◇「ハンセン病文学全集 5」皓星社 2010 p193

紀 ゴタロー のり・ごたろー
浮気の代償
◇「ショートショートの広場 14」講談社 2003（講談社文庫）p250

則武 三雄 のりたけ・かずお（1909～1990）
豚（トヤヂ）（李孝石〔著〕／秦明燮／則武三雄〔共訳〕）
◇「近代朝鮮文学日本語作品集1901～1938 創作篇 4」緑蔭書房 2004 p249

のりつ

法月 ゆり　のりづき・ゆり（1963〜）
ビリー砦の決戦
- ◇「文学 2003」講談社 2003 p171

法月 綸太郎　のりづき・りんたろう（1964〜）
イコールYの悲劇
- ◇「「Y」の悲劇」講談社 2000（講談社文庫）p235

縊心伝心
- ◇「ザ・ベストミステリーズ―推理小説年鑑 2003」講談社 2003 p359
- ◇「殺人の教室」講談社 2006（講談社文庫）p265

懐中電灯
- ◇「殺人博物館へようこそ」講談社 1998（講談社文庫）p9

解答編―土曜日の本
- ◇「競作五十円玉二十枚の謎」東京創元社 2000（創元推理文庫）p21

かえれないふたり―第4章 双子の伝承
- ◇「ミステリ★オールスターズ」角川書店 2010 p399
- ◇「ミステリ・オールスターズ」角川書店 2012（角川文庫）p461

重ねて二つ
- ◇「謎―スペシャル・ブレンド・ミステリー 004」講談社 2009（講談社文庫）p11

カット・アウト
- ◇「どたん場で大逆転」講談社 1999（講談社文庫）p137

カニバリズム小論
- ◇「贈る物語Mystery」光文社 2002 p203
- ◇「自薦THEどんでん返し」双葉社 2016（双葉文庫）p189

ギリシャ羊の秘密
- ◇「本格ミステリ―二〇〇八年本格短編ベスト・セレクション 08」講談社 2008（講談社ノベルス）p49
- ◇「ザ・ベストミステリーズ―推理小説年鑑 2008」講談社 2008 p389
- ◇「Play推理遊戯」講談社 2011（講談社文庫）p325
- ◇「見えない殺人カード―本格短編ベスト・セレクション」講談社 2012（講談社文庫）p71

禁じられた遊び
- ◇「名探偵の饗宴」朝日新聞社 1998 p169
- ◇「名探偵の饗宴」朝日新聞出版 2015（朝日文庫）p197

サソリの紅い心臓
- ◇「本格ミステリ―二〇一〇年本格短編ベスト・セレクション '10」講談社 2010（講談社ノベルス）p11

殺人パントマイム
- ◇「0番目の事件簿」講談社 2012 p29

三人の女神の問題
- ◇「凍れる女神の秘密―本格短編ベスト・セレクション」講談社 2014（講談社文庫）p11

背信の交点（シザーズクロッシング）
- ◇「推理小説代表作選集―推理小説年鑑 1997」講談社 1997 p235

- ◇「殺人哀モード」講談社 2000（講談社文庫）p103
- ◇「愛憎発殺人行―鉄道ミステリー名作館」徳間書店 2004（徳間文庫）p299
- ◇「謎―スペシャル・ブレンド・ミステリー 008」講談社 2013（講談社文庫）p349

シャドウ・プレイ
- ◇「最新「珠玉推理」大全 中」光文社 1998（カッパ・ノベルス）p288
- ◇「不在証明崩壊―ミステリーアンソロジー」角川書店 2000（角川文庫）p215
- ◇「怪しい舞踏会」光文社 2002（光文社文庫）p403

使用中
- ◇「ザ・ベストミステリーズ―推理小説年鑑 1999」講談社 1999 p215
- ◇「大密室」新潮社 1999 p219
- ◇「殺人買います」講談社 2002（講談社文庫）p9

しらみつぶしの時計
- ◇「本格ミステリ―二〇〇九年本格短編ベスト・セレクション 09」講談社 2009（講談社ノベルス）p11
- ◇「ザ・ベストミステリーズ―推理小説年鑑 2009」講談社 2009 p71
- ◇「Spiralめくるめく謎」講談社 2012（講談社文庫）p367
- ◇「空飛ぶモルグ街の研究―本格短編ベスト・セレクション」講談社 2013（講談社文庫）p11

素人芸
- ◇「事件現場に行こう―最新ベスト・ミステリー カレイドスコープ編」光文社 2001（カッパ・ノベルス）p191

ゼウスの息子たち
- ◇「ザ・ベストミステリーズ―推理小説年鑑 2005」講談社 2005 p263
- ◇「隠された鍵」講談社 2008（講談社文庫）p121
- ◇「あなたが名探偵」東京創元社 2009（創元推理文庫）p187

ダブル・プレイ
- ◇「不透明な殺人―ミステリー・アンソロジー」祥伝社 1999（祥伝社文庫）p365

中国蝸牛の謎
- ◇「ザ・ベストミステリーズ―推理小説年鑑 2001」講談社 2001 p227
- ◇「本格ミステリ 2001」講談社 2001（講談社ノベルス）p397
- ◇「殺人作法」講談社 2004（講談社文庫）p125
- ◇「透明な貴婦人の謎―本格短編ベスト・セレクション」講談社 2005（講談社文庫）p227

トゥ・オブ・アス
- ◇「不条理な殺人―ミステリー・アンソロジー」祥伝社 1998（ノン・ポシェット）p337

時は来た…
- ◇「吹雪の山荘―赤い死の影の下に」東京創元社 2008（創元クライム・クラブ）p239
- ◇「吹雪の山荘―リレーミステリ」東京創元社 2014（創元推理文庫）p267

都市伝説パズル
- ◇「ザ・ベストミステリーズ―推理小説年鑑 2002」講談社 2002 p9

◇「零時の犯罪予報」講談社 2005（講談社文庫）p65

トランスミッション
◇「誘拐―ミステリーアンソロジー」角川書店 1997（角川文庫）p171

「何故」と「然り」と二十の私と
◇「0番目の事件簿」講談社 2012 p64

盗まれた手紙
◇「本格ミステリ 2004」講談社 2004（講談社ノベルス）p139
◇「ザ・ベストミステリーズ―推理小説年鑑 2004」講談社 2004 p181
◇「犯人たちの部屋」講談社 2007（講談社文庫）p153
◇「深夜バス78回転の問題―本格短編ベスト・セレクション」講談社 2008（講談社文庫）p207

ノックス・マシン
◇「超弦領域―年刊日本SF傑作選」東京創元社 2009（創元SF文庫）p13

バベルの牢獄―甘いバニラの匂いは、紙の本の記憶。前代未聞の脱獄小説、誕生
◇「NOVA―書き下ろし日本SFコレクション 2」河出書房新社 2010（河出文庫）p75

引き立て役倶楽部の陰謀
◇「暗闇を見よ」光文社 2010（Kappa novels）p219
◇「暗闇を見よ」光文社 2015（光文社文庫）p297

ヒュドラ第十の首
◇「気分は名探偵―犯人当てアンソロジー」徳間書店 2006 p245
◇「気分は名探偵―犯人当てアンソロジー」徳間書店 2008（徳間文庫）p291

吹雪物語（―夢と知性）
◇「吹雪の山荘―赤い死の影の下に」東京創元社 2008（創元クライム・クラブ）p185
◇「吹雪の山荘―リレーミステリ」東京創元社 2014（創元推理文庫）p207

まよい猫
◇「9の扉―リレー短編集」マガジンハウス 2009 p31
◇「9の扉」KADOKAWA 2013（角川文庫）p27

緑の扉は危険
◇「古書ミステリー倶楽部―傑作推理小説集 3」光文社 2015（光文社文庫）p67

『ユダの窓』と「長方形の部屋」の間
◇「マイ・ベスト・ミステリー 6」文藝春秋 2007（文春文庫）p431

四色問題
◇「名探偵の奇跡」光文社 2007（Kappa novels）p347
◇「名探偵の奇跡」光文社 2010（光文社文庫）p441

ロス・マクドナルドは黄色い部屋の夢を見るか？
◇「密室―ミステリーアンソロジー」角川書店 1997（角川文庫）p183
◇「謎」文藝春秋 2004（推理作家になりたくてマイベストミステリー）p238
◇「マイ・ベスト・ミステリー 6」文藝春秋 2007（文春文庫）p348

ABCD包囲網
◇「「ABC」殺人事件」講談社 2001（講談社文庫）p292

野呂 邦暢　のろ・くにのぶ（1937〜1980）

壁の絵
◇「コレクション戦争と文学 1」集英社 2012 p517

草のつるぎ
◇「コレクション戦争と文学 3」集英社 2012 p383

恋人
◇「戦後短篇小説再発見 3」講談社 2001（講談社文芸文庫）p143

水晶
◇「短篇礼讃―忘れかけた名品」筑摩書房 2006（ちくま文庫）p144

鳥たちの河口
◇「日本文学100年の名作 6」新潮社 2015（新潮文庫）p461
◇「日本文学全集 28」河出書房新社 2017 p19

本盗人
◇「書物愛 日本篇」晶文社 2005 p109
◇「書物愛 日本篇」東京創元社 2014（創元ライブラリ）p105

若い沙漠
◇「古書ミステリー倶楽部―傑作推理小説集」光文社 2013（光文社文庫）p265

【 は 】

波 は
⇒金突破（きん・とつは）を見よ

夏園 ハ・ウォン
⇒朱耀翰（チュ・ヨハン）を見よ

河 嵩志 ハ・スンジ
詩頂
◇「近代朝鮮文学日本語作品集1908〜1945 セレクション 4」緑蔭書房 2008 p362

倍賞 千恵子　ばいしょう・ちえこ（1941〜）
本当に寂しいよ、お兄ちゃん≫渥美清
◇「日本人の手紙 9」リブリオ出版 2004 p7

灰谷 健次郎　はいたに・けんじろう（1934〜2006）
手
◇「コレクション戦争と文学 20」集英社 2012 p546

日曜日の反逆
◇「少年の眼―大人になる前の物語」光文社 1997（光文社文庫）p91

葉糸 修祐　はいと・しゅうすけ
白い浮標
◇「白の怪」勉誠出版 2003（べんせいライブラ

リー）p177

榛原 朝人　はいばら・あさと
夢を見た
　◇「トロピカル」廣済堂出版 1999（廣済堂文庫）p205

南風野 さきは　はえの・さきは
冬の空
　◇「超短編傑作選 v.6」創英社 2007 p131

芳賀 秀次郎　はが・ひでじろう（1915～1993）
わが暗愚小傳
　◇「山形県文学全集第2期（随筆・紀行編）3」郷土出版社 2005 p145

芳賀 檀　はが・まゆみ（1903～1991）
方法論
　◇「「日本浪曼派」集」新学社 2007（新学社近代浪曼派文庫）p242

ハカウチ マリ
愛の愛情
　◇「超短編の世界 vol.3」創英社 2011 p202
誰よりも速く
　◇「超短編の世界 vol.2」創英社 2009 p68
ノイズレス
　◇「超短編の世界 vol.3」創英社 2011 p164
這い回る蝶々
　◇「超短編の世界」創英社 2008 p86
ポリワタシゼーション
　◇「超短編の世界 vol.3」創英社 2011 p21

伯方 雪日　はかた・ゆきひ（1970～）
Gカップ・フェイント
　◇「蝦蟇倉市事件 1」東京創元社 2010（東京創元社・ミステリ・フロンティア）p253
　◇「晴れた日は謎を追って」東京創元社 2014（創元推理文庫）p285
覆面
　◇「本格ミステリ 2005」講談社 2005（講談社ノベルス）p163
　◇「大きな棺の小さな鍵―本格短編ベスト・セレクション」講談社 2009（講談社文庫）p237

萩 照子　はぎ・てるこ
錯誤
　◇「全作家短編小説集 9」全作家協会 2010 p155

萩 真沙子　はぎ・まさこ
月ヶ瀬
　◇「「伊豆文学賞」優秀作品集 第8回」静岡新聞社 2005 p3

萩尾 望都　はぎお・もと（1949～）
帰ってくる子
　◇「チャイルド」廣済堂出版 1998（廣済堂文庫）p151
集会
　◇「十月のカーニヴァル」光文社 2000（カッパ・ノベルス）p205
バースディ・ケーキ
　◇「虚構機関―年刊日本SF傑作選」東京創元社 2008（創元SF文庫）p279

萩原 澄　はぎはら・とおる（1915～）
今ありて
　◇「ハンセン病文学全集 8」皓星社 2006 p409
光ある方へ
　◇「ハンセン病文学全集 8」皓星社 2006 p299
蓑虫
　◇「ハンセン病文学全集 8」皓星社 2006 p266

萩原 あぎ　はぎわら・あぎ
不況
　◇「ショートショートの花束 4」講談社 2012（講談社文庫）p133
むじな2009
　◇「ショートショートの花束 4」講談社 2012（講談社文庫）p183

萩原 恭次郎　はぎわら・きょうじろう（1899～1938）
愛は終了され
　◇「新装版 全集現代文学の発見 1」學藝書林 2002 p259
首のない男
　◇「新装版 全集現代文学の発見 1」學藝書林 2002 p262
鮭と人間の価五十銭也
　◇「新装版 全集現代文学の発見 1」學藝書林 2002 p261
死縊
　◇「新装版 全集現代文学の発見 1」學藝書林 2002 p262
死刑宣告
　◇「新装版 全集現代文学の発見 1」學藝書林 2002 p258
●装甲弾機
　◇「新装版 全集現代文学の発見 1」學藝書林 2002 p258
踏切り番の薔薇の花
　◇「新装版 全集現代文学の発見 1」學藝書林 2002 p260

萩原 朔太郎　はぎわら・さくたろう（1886～1942）
愛憐
　◇「ちくま日本文学 36」筑摩書房 2009（ちくま文庫）p95
青樹の梢をあふぎて
　◇「ちくま日本文学 36」筑摩書房 2009（ちくま文庫）p106
蒼ざめた馬
　◇「ちくま日本文学 36」筑摩書房 2009（ちくま文庫）p157
青空

◇「ちくま日本文学 36」筑摩書房 2009（ちくま文庫）p157

青猫
◇「ちくま日本文学 36」筑摩書房 2009（ちくま文庫）p126
◇「ちくま日本文学 36」筑摩書房 2009（ちくま文庫）p139

貴方と別れては恐らく生命が危険です≫北原白秋
◇「日本人の手紙 3」リブリオ出版 2004 p41

ありあけ
◇「ちくま日本文学 36」筑摩書房 2009（ちくま文庫）p87

ありぢごく
◇「ちくま日本文学 36」筑摩書房 2009（ちくま文庫）p23

椅子
◇「ちくま日本文学 36」筑摩書房 2009（ちくま文庫）p83

遺伝
◇「ちくま日本文学 36」筑摩書房 2009（ちくま文庫）p160

田舎を恐る
◇「ちくま日本文学 36」筑摩書房 2009（ちくま文庫）p112

言はなければならない事
◇「ちくま日本文学 36」筑摩書房 2009（ちくま文庫）p204

ウォーソン夫人の黒猫
◇「ちくま日本文学 36」筑摩書房 2009（ちくま文庫）p278

大井町
◇「ちくま日本文学 36」筑摩書房 2009（ちくま文庫）p182

大渡橋
◇「ちくま日本文学 36」筑摩書房 2009（ちくま文庫）p40
◇「ちくま日本文学 36」筑摩書房 2009（ちくま文庫）p46

贈物にそへて
◇「ちくま日本文学 36」筑摩書房 2009（ちくま文庫）p94

恐ろしい山
◇「ちくま日本文学 36」筑摩書房 2009（ちくま文庫）p149

恐ろしく憂鬱なる
◇「ちくま日本文学 36」筑摩書房 2009（ちくま文庫）p140

およぐひと
◇「ちくま日本文学 36」筑摩書房 2009（ちくま文庫）p87

女よ
◇「ちくま日本文学 36」筑摩書房 2009（ちくま文庫）p18

貝

◇「ちくま日本文学 36」筑摩書房 2009（ちくま文庫）p89

海水旅館
◇「ちくま日本文学 36」筑摩書房 2009（ちくま文庫）p110

蛙の死
◇「ちくま日本文学 36」筑摩書房 2009（ちくま文庫）p80

蛙よ
◇「ちくま日本文学 36」筑摩書房 2009（ちくま文庫）p107

顔
◇「ちくま日本文学 36」筑摩書房 2009（ちくま文庫）p162

片恋
◇「ちくま日本文学 36」筑摩書房 2009（ちくま文庫）p165

花鳥
◇「ちくま日本文学 36」筑摩書房 2009（ちくま文庫）p30

家庭
◇「ちくま日本文学 36」筑摩書房 2009（ちくま文庫）p193

かなしい遠景
◇「ちくま日本文学 36」筑摩書房 2009（ちくま文庫）p73

かなしい囚人
◇「ちくま日本文学 36」筑摩書房 2009（ちくま文庫）p153

悲しい月夜
◇「ちくま日本文学 36」筑摩書房 2009（ちくま文庫）p75

亀
◇「ちくま日本文学 36」筑摩書房 2009（ちくま文庫）p61

鴉
◇「ちくま日本文学 36」筑摩書房 2009（ちくま文庫）p180

閑雅な食慾
◇「ちくま日本文学 36」筑摩書房 2009（ちくま文庫）p156
◇「文人御馳走帖」新潮社 2014（新潮文庫）p167

感傷の手
◇「ちくま日本文学 36」筑摩書房 2009（ちくま文庫）p66

帰郷
◇「ちくま日本文学 36」筑摩書房 2009（ちくま文庫）p191

危険な散歩
◇「ちくま日本文学 36」筑摩書房 2009（ちくま文庫）p77

きのふけふ
◇「ちくま日本文学 36」筑摩書房 2009（ちくま文庫）p24

昨日にまさる恋しさの

はぎわ

郷愁の詩人与謝蕪村
◇「ちくま日本文学 36」筑摩書房 2009（ちくま文庫）p369

（金魚のうろこは赤けれども）
◇「ちくま日本文学 36」筑摩書房 2009（ちくま文庫）p21

くさつた蛤
◇「ちくま日本文学 36」筑摩書房 2009（ちくま文庫）p92

草の茎
◇「ちくま日本文学 36」筑摩書房 2009（ちくま文庫）p56

国定忠治の墓
◇「ちくま日本文学 36」筑摩書房 2009（ちくま文庫）p196

群集の中を求めて歩く
◇「ちくま日本文学 36」筑摩書房 2009（ちくま文庫）p134

軍隊
◇「ちくま日本文学 36」筑摩書房 2009（ちくま文庫）p172

月光と祈禱
◇「ちくま日本文学 36」筑摩書房 2009（ちくま文庫）p33

恋を恋する人
◇「ちくま日本文学 36」筑摩書房 2009（ちくま文庫）p96

小泉八雲の家庭生活
◇「ちくま日本文学 36」筑摩書房 2009（ちくま文庫）p323

小出新道
◇「ちくま日本文学 36」筑摩書房 2009（ちくま文庫）p38

小出松林
◇「ちくま日本文学 36」筑摩書房 2009（ちくま文庫）p46

公園の椅子
◇「ちくま日本文学 36」筑摩書房 2009（ちくま文庫）p44

五月の貴公子
◇「ちくま日本文学 36」筑摩書房 2009（ちくま文庫）p98

告別
◇「ちくま日本文学 36」筑摩書房 2009（ちくま文庫）p195

こゝろ
◇「ちくま日本文学 36」筑摩書房 2009（ちくま文庫）p17

孤独
◇「ちくま日本文学 36」筑摩書房 2009（ちくま文庫）p110

孤独を懐しむ人
◇「きのこ文学名作選」港の人 2010 p4

◇「ちくま日本文学 36」筑摩書房 2009（ちくま文庫）p202

暦の亡魂
◇「ちくま日本文学 36」筑摩書房 2009（ちくま文庫）p177

再会
◇「ちくま日本文学 36」筑摩書房 2009（ちくま文庫）p27

才川町
◇「ちくま日本文学 36」筑摩書房 2009（ちくま文庫）p37

（桜のしたに人あまた）
◇「ちくま日本文学 36」筑摩書房 2009（ちくま文庫）p19

殺人事件
◇「ちくま日本文学 36」筑摩書房 2009（ちくま文庫）p68
◇「日本文学全集 29」河出書房新社 2016 p19

さびしい人格
◇「涙の百年文学―もう一度読みたい」太陽出版 2009 p310
◇「ちくま日本文学 36」筑摩書房 2009（ちくま文庫）p101

山居
◇「ちくま日本文学 36」筑摩書房 2009（ちくま文庫）p67

死
◇「ちくま日本文学 36」筑摩書房 2009（ちくま文庫）p76

自序〔純情小曲集〕
◇「ちくま日本文学 36」筑摩書房 2009 p11

自然の背後に隠れて居る
◇「ちくま日本文学 36」筑摩書房 2009（ちくま文庫）p163

思想は一つの意匠であるか
◇「ちくま日本文学 36」筑摩書房 2009（ちくま文庫）p159

室内
◇「ちくま日本文学 36」筑摩書房 2009（ちくま文庫）p21

自転車日記
◇「ちくま日本文学 36」筑摩書房 2009（ちくま文庫）p235

品川沖観艦式
◇「ちくま日本文学 36」筑摩書房 2009（ちくま文庫）p193

死なない蛸
◇「超短編アンソロジー」筑摩書房 2002（ちくま文庫）p155
◇「ものがたりのお菓子箱」飛鳥新社 2008 p245
◇「ちくま日本文学 36」筑摩書房 2009（ちくま文庫）p224
◇「変身ものがたり」筑摩書房 2010（ちくま文学の森）p8

地面の底の病気の顔
◇「ちくま日本文学 36」筑摩書房 2009（ちくま文庫）p55

秋宵記（しゅうしょうき）―独身生活について

◇「ちくま日本文学 36」筑摩書房 2009（ちくま文庫）p239
宿命
◇「ちくま日本文学 36」筑摩書房 2009（ちくま文庫）p224
酒精中毒者の死
◇「ちくま日本文学 36」筑摩書房 2009（ちくま文庫）p78
出版に際して
◇「ちくま日本文学 36」筑摩書房 2009（ちくま文庫）p13
春日
◇「ちくま日本文学 36」筑摩書房 2009（ちくま文庫）p32
春宵
◇「ちくま日本文学 36」筑摩書房 2009（ちくま文庫）p170
純情小曲集
◇「ちくま日本文学 36」筑摩書房 2009（ちくま文庫）p11
春夜
◇「ちくま日本文学 36」筑摩書房 2009（ちくま文庫）p83
掌上の種
◇「ちくま日本文学 36」筑摩書房 2009（ちくま文庫）p71
焦心
◇「ちくま日本文学 36」筑摩書房 2009（ちくま文庫）p72
肖像
◇「ちくま日本文学 36」筑摩書房 2009（ちくま文庫）p100
初夏景物
◇「ちくま日本文学 36」筑摩書房 2009（ちくま文庫）p31
抒情詩物語
◇「ちくま日本文学 36」筑摩書房 2009（ちくま文庫）p249
序〔月に吠える〕
◇「ちくま日本文学 36」筑摩書房 2009 p48
白い共同椅子
◇「ちくま日本文学 36」筑摩書房 2009（ちくま文庫）p111
白い月
◇「ちくま日本文学 36」筑摩書房 2009（ちくま文庫）p99
寝台を求む
◇「ちくま日本文学 36」筑摩書房 2009（ちくま文庫）p129
新前橋駅
◇「ちくま日本文学 36」筑摩書房 2009（ちくま文庫）p39
◇「ちくま日本文学 36」筑摩書房 2009（ちくま文庫）p46
すえたる菊
◇「ちくま日本文学 36」筑摩書房 2009（ちくま文庫）p60
その手は菓子である
◇「ちくま日本文学 36」筑摩書房 2009（ちくま文庫）p136
大工の弟子
◇「ちくま日本文学 36」筑摩書房 2009（ちくま文庫）p183
大砲を撃つ
◇「ちくま日本文学 36」筑摩書房 2009（ちくま文庫）p178
ダークあやつり人形印象記
◇「ちくま日本文学 36」筑摩書房 2009（ちくま文庫）p259
竹
◇「ちくま日本文学 36」筑摩書房 2009（ちくま文庫）p57
◇「ちくま日本文学 36」筑摩書房 2009（ちくま文庫）p58
卵
◇「ちくま日本文学 36」筑摩書房 2009（ちくま文庫）p64
地上
◇「ちくま日本文学 36」筑摩書房 2009（ちくま文庫）p28
中学の校庭
◇「ちくま日本文学 36」筑摩書房 2009（ちくま文庫）p35
月に吠える
◇「ちくま日本文学 36」筑摩書房 2009（ちくま文庫）p48
月に吠える、純情小曲集
◇「月のものがたり」ソフトバンククリエイティブ 2006 p130
月の詩情
◇「月のものがたり」ソフトバンククリエイティブ 2006 p10
艶めかしい墓場
◇「ちくま日本文学 36」筑摩書房 2009（ちくま文庫）p150
強い腕に抱かる
◇「ちくま日本文学 36」筑摩書房 2009（ちくま文庫）p132
定本青猫
◇「ちくま日本文学 36」筑摩書房 2009（ちくま文庫）p177
天景
◇「ちくま日本文学 36」筑摩書房 2009（ちくま文庫）p72
◇「日本文学全集 29」河出書房新社 2016 p19
天上縊死
◇「ちくま日本文学 36」筑摩書房 2009（ちくま文庫）p64
利根の松原
◇「ちくま日本文学 36」筑摩書房 2009（ちくま文庫）p43

虎
◇「ちくま日本文学 36」筑摩書房 2009（ちくま文庫）p198
内部に居る人が畸形な病人に見える理由
◇「ちくま日本文学 36」筑摩書房 2009（ちくま文庫）p81
苗
◇「ちくま日本文学 36」筑摩書房 2009（ちくま文庫）p67
握つた手の感覚
◇「ちくま日本文学 36」筑摩書房 2009（ちくま文庫）p212
日清戦争異聞（原田重吉の夢）
◇「ちくま日本文学 36」筑摩書房 2009（ちくま文庫）p271
◇「コレクション戦争と文学 6」集英社 2011 p15
日本への回帰
◇「ちくま日本文学 36」筑摩書房 2009（ちくま文庫）p315
鶏
◇「ちくま日本文学 36」筑摩書房 2009（ちくま文庫）p147
猫
◇「ちくま日本文学 36」筑摩書房 2009（ちくま文庫）p88
◇「日本文学全集 29」河出書房新社 2016 p20
猫町
◇「架空の町」国書刊行会 1997（書物の王国）p126
◇「近代小説〈異界〉を読む」双文社出版 1999 p139
◇「新装版 全集現代文学の発見 2」學藝書林 2002 p107
◇「文士の意地―車谷長吉撰短編小説輯 上巻」作品社 2005 p79
◇「ちくま日本文学 36」筑摩書房 2009（ちくま文庫）p293
◇「変身ものがたり」筑摩書房 2010（ちくま文学の森）p449
◇「いきものがたり」双文社出版 2013 p172
◇「幻視の系譜」筑摩書房 2013（ちくま文庫）p64
◇「日本文学100年の名作 3」新潮社 2014（新潮文庫）p9
猫柳
◇「ちくま日本文学 36」筑摩書房 2009（ちくま文庫）p154
乃木坂倶楽部（のぎざかくらぶ）
◇「ちくま日本文学 36」筑摩書房 2009（ちくま文庫）p189
波宜亭
◇「ちくま日本文学 36」筑摩書房 2009（ちくま文庫）p36
◇「ちくま日本文学 36」筑摩書房 2009（ちくま文庫）p47
ばくてりやの世界
◇「ちくま日本文学 36」筑摩書房 2009（ちくま文庫）p85
薄暮の部屋

◇「ちくま日本文学 36」筑摩書房 2009（ちくま文庫）p126
浜辺
◇「ちくま日本文学 36」筑摩書房 2009（ちくま文庫）p25
春の実体
◇「ちくま日本文学 36」筑摩書房 2009（ちくま文庫）p93
春の実体 憂鬱なる花見
◇「櫻憑き」光文社 2001（カッパ・ノベルス）p305
干からびた犯罪
◇「ちくま日本文学 36」筑摩書房 2009（ちくま文庫）p79
雲雀の巣
◇「ちくま日本文学 36」筑摩書房 2009（ちくま文庫）p114
雲雀料理
◇「ちくま日本文学 36」筑摩書房 2009（ちくま文庫）p70
◇「文人御馳走帖」新潮社 2014（新潮文庫）p157
◇「もの食う話」文藝春秋 2015（文春文庫）p76
氷島
◇「ちくま日本文学 36」筑摩書房 2009（ちくま文庫）p185
漂泊者の歌
◇「ちくま日本文学 36」筑摩書房 2009（ちくま文庫）p185
悲恋の歌人式子内親王
◇「ちくま日本文学 36」筑摩書房 2009（ちくま文庫）p357
広瀬川
◇「ちくま日本文学 36」筑摩書房 2009（ちくま文庫）p42
非論理的性格の悲哀
◇「ちくま日本文学 36」筑摩書房 2009（ちくま文庫）p226
笛
◇「ちくま日本文学 36」筑摩書房 2009（ちくま文庫）p62
◇「ちくま日本文学 36」筑摩書房 2009（ちくま文庫）p122
二子山附近
◇「ちくま日本文学 36」筑摩書房 2009（ちくま文庫）p36
冬
◇「ちくま日本文学 36」筑摩書房 2009（ちくま文庫）p63
（ふらんすへ行きたし）
◇「ちくま日本文学 36」筑摩書房 2009（ちくま文庫）p20
盆景
◇「ちくま日本文学 36」筑摩書房 2009（ちくま文庫）p69
前橋公園
◇「ちくま日本文学 36」筑摩書房 2009（ちくま文庫）p45

前橋中学
　◇「ちくま日本文学 36」筑摩書房 2009（ちくま文庫）p47
見しらぬ犬
　◇「ちくま日本文学 36」筑摩書房 2009（ちくま文庫）p104
みちゆき
　◇「ちくま日本文学 36」筑摩書房 2009（ちくま文庫）p15
（みよすべての扉は）
　◇「ちくま日本文学 36」筑摩書房 2009（ちくま文庫）p59
麦畑の一隅にて
　◇「ちくま日本文学 36」筑摩書房 2009（ちくま文庫）p90
虫
　◇「生の深みを覗く―ポケットアンソロジー」岩波書店 2010（岩波文庫別冊）p181
無用の書物
　◇「ちくま日本文学 36」筑摩書房 2009（ちくま文庫）p200
寄生蟹のうた
　◇「ちくま日本文学 36」筑摩書房 2009（ちくま文庫）p152
山に登る
　◇「ちくま日本文学 36」筑摩書房 2009（ちくま文庫）p109
憂鬱なる花見
　◇「ちくま日本文学 36」筑摩書房 2009（ちくま文庫）p142
夢
　◇「ちくま日本文学 36」筑摩書房 2009（ちくま文庫）p168
　◇「夢」SDP 2009（SDP bunko）p117
夢にみる空家の庭の秘密
　◇「ちくま日本文学 36」筑摩書房 2009（ちくま文庫）p145
陽春
　◇「ちくま日本文学 36」筑摩書房 2009（ちくま文庫）p91
緑蔭
　◇「ちくま日本文学 36」筑摩書房 2009（ちくま文庫）p26
遊園地（るなぱあく）にて
　◇「ちくま日本文学 36」筑摩書房 2009（ちくま文庫）p187

萩原 草吉　はぎわら・そうきち
文明開化
　◇「人は死んだら電柱になる―電柱アンソロジー」遠すぎる未来団 2014 p37

萩原 裕美子　はぎわら・ゆみこ
僕のドラエモン
　◇「ショートショートの広場 11」講談社 2000（講談社文庫）p115

萩原 由男　はぎわら・よしお
駿府瞽女、花
　◇「『伊豆文学賞』優秀作品集 第13回」羽衣出版 2010 p115

朴 元俊　パク・ウォンジュン
鵯（李泰俊〔著〕）
　◇「近代朝鮮文学日本語作品集1908〜1945 セレクション 1」緑蔭書房 2008 p235

朴 玉淳　パク・オクスン
「アルバム」を手にして
　◇「近代朝鮮文学日本語作品集1908〜1945 セレクション 6」緑蔭書房 2008 p149

朴 基采　パク・キチェ
涼風をクロズアップす
　◇「近代朝鮮文学日本語作品集1908〜1945 セレクション 3」緑蔭書房 2008 p303
私共の分まで頼みます
　◇「近代朝鮮文学日本語作品集1908〜1945 セレクション 6」緑蔭書房 2008 p233

朴 奎一　パク・キュイル
鵲
　◇「近代朝鮮文学日本語作品集1908〜1945 セレクション 6」緑蔭書房 2008 p90

ぱく　きょんみ　（1956〜）
この　まちで
　◇「ろうそくの炎がささやく言葉」勁草書房 2011 p77

朴 麒麟　パク・キリン
郷愁
　◇「近代朝鮮文学日本語作品集1939〜1945 創作篇 6」緑蔭書房 2001 p88

朴 相永　パク・サンヨン
内鮮児童融合の楔子　返事の著（っ）いた日（鄭人澤／山本厚／李金童／山形シヅエ／足立良夫）
　◇「近代朝鮮文学日本語作品集1901〜1938 評論・随筆篇 3」緑蔭書房 2004 p337

朴 勝極　パク・スングク　（1909〜？）
村の話 兎（童話体）
　◇「近代朝鮮文学日本語作品集1939〜1945 評論・随筆篇 3」緑蔭書房 2002 p331
牛
　◇「近代朝鮮文学日本語作品集1939〜1945 評論・随筆篇 3」緑蔭書房 2002 p321
田園散話 瓜
　◇「近代朝鮮文学日本語作品集1939〜1945 評論・随筆篇 3」緑蔭書房 2002 p207
農村随筆 蛙
　◇「近代朝鮮文学日本語作品集1939〜1945 評論・随筆篇 3」緑蔭書房 2002 p201
風土記　「叺」
　◇「近代朝鮮文学日本語作品集1939〜1945 評論・随筆

篇3」緑蔭書房 2002 p279
希望の歌
◇「近代朝鮮文学日本語作品集1939〜1945 評論・随筆篇1」緑蔭書房 2002 p475
風土記 草
◇「近代朝鮮文学日本語作品集1939〜1945 評論・随筆篇3」緑蔭書房 2002 p315
隨筆 米
◇「近代朝鮮文学日本語作品集1939〜1945 評論・随筆篇3」緑蔭書房 2002 p229
田園散話『僧』
◇「近代朝鮮文学日本語作品集1939〜1945 評論・随筆篇3」緑蔭書房 2002 p221
朝鮮と文學——一九三五年文壇の回顧
◇「近代朝鮮文学日本語作品集1901〜1938 評論・随筆篇2」緑蔭書房 2004 p55
朝鮮の文學について
◇「近代朝鮮文学日本語作品集1901〜1938 評論・随筆篇1」緑蔭書房 2004 p319
村の便り 土
◇「近代朝鮮文学日本語作品集1939〜1945 評論・随筆篇3」緑蔭書房 2002 p345
『農樂』と蓄音器—朝鮮の文化
◇「近代朝鮮文学日本語作品集1901〜1938 評論・随筆篇1」緑蔭書房 2004 p433
隨筆 墓
◇「近代朝鮮文学日本語作品集1939〜1945 評論・随筆篇3」緑蔭書房 2002 p245
風土記 燈
◇「近代朝鮮文学日本語作品集1939〜1945 評論・随筆篇3」緑蔭書房 2002 p273
風土記 水
◇「近代朝鮮文学日本語作品集1939〜1945 評論・随筆篇3」緑蔭書房 2002 p363
風土記 綿
◇「近代朝鮮文学日本語作品集1939〜1945 評論・随筆篇3」緑蔭書房 2002 p263

朴 承杰　パク・スンゴル
いきること
◇「近代朝鮮文学日本語作品集1908〜1945 セレクション4」緑蔭書房 2008 p328
故郷に春を感ずる
◇「近代朝鮮文学日本語作品集1908〜1945 セレクション4」緑蔭書房 2008 p331

朴 石丁　パク・ソクチョン
朝鮮の兄弟が八百名も動員されたコップ朝鮮協議會主催の「朝鮮の夕」は成功的に闘はれた
◇「近代朝鮮文学日本語作品集1901〜1938 評論・随筆篇1」緑蔭書房 2004 p280

朴 重鎬　パク・チュンホ
回帰
◇「〈在日〉文学全集 12」勉誠出版 2006 p229

朴 泰遠　パク・テウォン
距離
◇「近代朝鮮文学日本語作品集1908〜1945 セレクション2」緑蔭書房 2008 p245

朴 泰鎮　パク・テジン
守錢奴…
◇「近代朝鮮文学日本語作品集1908〜1945 セレクション6」緑蔭書房 2008 p60

朴 東一　パク・ドンイル
於清凉寺
◇「近代朝鮮文学日本語作品集1908〜1945 セレクション6」緑蔭書房 2008 p25
懷友
◇「近代朝鮮文学日本語作品集1908〜1945 セレクション6」緑蔭書房 2008 p25
夜景
◇「近代朝鮮文学日本語作品集1908〜1945 セレクション6」緑蔭書房 2008 p26

朴 南秀　パク・ナムス
赤い機關車
◇「近代朝鮮文学日本語作品集1908〜1945 セレクション4」緑蔭書房 2008 p364
異常な存在
◇「近代朝鮮文学日本語作品集1908〜1945 セレクション4」緑蔭書房 2008 p357
女の風俗史
◇「近代朝鮮文学日本語作品集1908〜1945 セレクション4」緑蔭書房 2008 p355
自畫像
◇「近代朝鮮文学日本語作品集1908〜1945 セレクション4」緑蔭書房 2008 p356
向日葵と太陽
◇「近代朝鮮文学日本語作品集1908〜1945 セレクション4」緑蔭書房 2008 p361

朴 能　パク・ヌン
味方—民主主義を蹴る
◇「近代朝鮮文学日本語作品集1901〜1938 創作篇3」緑蔭書房 2004 p81

朴 魯植　パク・ノシク（1897〜1933）
親日と…
◇「近代朝鮮文学日本語作品集1908〜1945 セレクション6」緑蔭書房 2008 p74
第一回全鮮俳句大會
◇「近代朝鮮文学日本語作品集1908〜1945 セレクション6」緑蔭書房 2008 p71
朝鮮人俳壇
◇「近代朝鮮文学日本語作品集1908〜1945 セレクション6」緑蔭書房 2008 p72
朝鮮人俳壇（上）
◇「近代朝鮮文学日本語作品集1908〜1945 セレクション6」緑蔭書房 2008 p72
朝鮮人俳壇（下）
◇「近代朝鮮文学日本語作品集1908〜1945 セレクショ

ン 6」緑蔭書房 2008 p72
春
　◇「近代朝鮮文学日本語作品集1908〜1945 セレクション 6」緑蔭書房 2008 p77
滿鮮俳句
　◇「近代朝鮮文学日本語作品集1908〜1945 セレクション 6」緑蔭書房 2008 p71
木曜會
　◇「近代朝鮮文学日本語作品集1908〜1945 セレクション 6」緑蔭書房 2008 p73

朴 八陽　パク・パリャン
朝鮮の詩壇を語る①〜③
　◇「近代朝鮮文学日本語作品集1901〜1938 評論・随筆篇 1」緑蔭書房 2004 p396

白 ひびき　はく・ひびき
石に潜む
　◇「てのひら怪談―ビーケーワン怪談大賞傑作選 2」ポプラ社 2007 p34
　◇「てのひら怪談―ビーケーワン怪談大賞傑作選 己丑」ポプラ社 2009（ポプラ文庫）p198
穿ち
　◇「てのひら怪談―ビーケーワン怪談大賞傑作選 辛卯」ポプラ社 2011（ポプラ文庫）p132
踊る婆さん
　◇「てのひら怪談―ビーケーワン怪談大賞傑作選」ポプラ社 2007 p134
　◇「てのひら怪談―ビーケーワン怪談大賞傑作選」ポプラ社 2008（ポプラ文庫）p138
階段
　◇「てのひら怪談―ビーケーワン怪談大賞傑作選」ポプラ社 2007 p28
　◇「てのひら怪談―ビーケーワン怪談大賞傑作選」ポプラ社 2008（ポプラ文庫）p26
ぐにん
　◇「てのひら怪談―ビーケーワン怪談大賞傑作選 壬辰」ポプラ社 2012（ポプラ文庫）p244
蔵
　◇「リトル・リトル・クトゥルー―史上最小の神話小説集」学習研究社 2009 p150
虹蟲
　◇「てのひら怪談―ビーケーワン怪談大賞傑作選 百怪繚乱篇」ポプラ社 2008 p198
銃を置く
　◇「てのひら怪談―ビーケーワン怪談大賞傑作選 壬辰」ポプラ社 2012（ポプラ文庫）p200
空を舞う
　◇「てのひら怪談 癸巳」KADOKAWA 2013（MF文庫ダ・ヴィンチ）p40
山の中のレストラン
　◇「てのひら怪談―ビーケーワン怪談大賞傑作選」ポプラ社 2007 p176
　◇「てのひら怪談―ビーケーワン怪談大賞傑作選」ポプラ社 2008（ポプラ文庫）p184
渡り来るモノ
　◇「リトル・リトル・クトゥルー―史上最小の神話小説集」学習研究社 2009 p68

朴 花城　パク・ファソン
洪水前後（第一回〜第六回）
　◇「近代朝鮮文学日本語作品集1901〜1938 創作篇 4」緑蔭書房 2004 p101
朝鮮女流作家短命記
　◇「近代朝鮮文学日本語作品集1901〜1938 評論・随筆篇 1」緑蔭書房 2004 p414

朴 烈　パク・ヨル
強者の宣言
　◇「近代朝鮮文学日本語作品集1908〜1945 セレクション 4」緑蔭書房 2008 p130

朴 永善　パク・ヨンソン
自由！
　◇「近代朝鮮文学日本語作品集1901〜1938 評論・随筆篇 3」緑蔭書房 2004 p197

朴 英熙　パク・ヨンヒ（1901〜？）
相寄る魂と魂
　◇「近代朝鮮文学日本語作品集1939〜1945 評論・随筆篇 1」緑蔭書房 2002 p370
感謝にむせびつく
　◇「近代朝鮮文学日本語作品集1908〜1945 セレクション 6」緑蔭書房 2008 p227
京城散歩道 義州通り
　◇「近代朝鮮文学日本語作品集1908〜1945 セレクション 3」緑蔭書房 2008 p285
十億が一身に
　◇「近代朝鮮文学日本語作品集1939〜1945 評論・随筆篇 1」緑蔭書房 2002 p399
新體制と文學
　◇「近代朝鮮文学日本語作品集1939〜1945 評論・随筆篇 1」緑蔭書房 2002 p198
聖戰の文學的把握―評論家の立場から
　◇「近代朝鮮文学日本語作品集1908〜1945 セレクション 6」緑蔭書房 2008 p181
半島ペン部隊報告書 戰線を巡りて
　◇「近代朝鮮文学日本語作品集1939〜1945 評論・随筆篇 3」緑蔭書房 2002 p451
戰線紀行（一）（二）
　◇「近代朝鮮文学日本語作品集1939〜1945 評論・随筆篇 3」緑蔭書房 2002 p433
それ故の精進
　◇「近代朝鮮文学日本語作品集1939〜1945 評論・随筆篇 1」緑蔭書房 2002 p403
通俗文學の建設（大正十四年十月五日東亞日報）
　◇「近代朝鮮文学日本語作品集1901〜1938 評論・随筆篇 1」緑蔭書房 2004 p113
半島の徴兵制と文化人1 自慢よりも錬成
　◇「近代朝鮮文学日本語作品集1908〜1945 セレクション 3」緑蔭書房 2008 p161
「文学による大東亞戰完遂の方法」に就いて
　◇「近代朝鮮文学日本語作品集1939〜1945 評論・随筆篇 3」緑蔭書房 2002 p487

文化人よ起て
◇「近代朝鮮文学日本語作品集1939〜1945 評論・随筆篇 1」緑蔭書房 2002 p291
◇「近代朝鮮文学日本語作品集1908〜1945 セレクション 6」緑蔭書房 2008 p311
半島ペン部隊帰る 北支より帰りて—日本精神の世界的勝利
◇「近代朝鮮文学日本語作品集1908〜1945 セレクション 6」緑蔭書房 2008 p207

朴 永浦　パク・ヨンポ
青いチヨツキ
◇「近代朝鮮文学日本語作品集1908〜1945 セレクション 4」緑蔭書房 2008 p345

白雨　はくう
長い階段
◇「てのひら怪談 癸巳」KADOKAWA 2013（MF文庫ダ・ヴィンチ）p130

獏野 行進　ばくの・こうしん
壁の見たもの
◇「本格推理 12」光文社 1998（光文社文庫）p241
ミカエルの心臓
◇「新・本格推理 8」光文社 2008（光文社文庫）p395

葉越 晶　はごし・あきら
細密画
◇「リトル・リトル・クトゥルー—史上最小の神話小説集」学習研究社 2009 p142
山羊の足
◇「てのひら怪談—ビーケーワン怪談大賞傑作選 庚寅」ポプラ社 2010（ポプラ文庫）p182

間 岩男　はざま・いわお
着メロ
◇「ショートショートの花束 2」講談社 2010（講談社文庫）p220

間 遠南　はざま・えんなん
イソメのこと
◇「てのひら怪談—ビーケーワン怪談大賞傑作選 壬辰」ポプラ社 2012（ポプラ文庫）p182
ねばーらんど
◇「てのひら怪談—ビーケーワン怪談大賞傑作選 辛卯」ポプラ社 2011（ポプラ文庫）p110

間 羊太郎　はざま・ようたろう
⇒式貴士（しき・たかし）を見よ

波佐間 義之　はざま・よしゆき
イエスの島で
◇「現代作家代表作選集 3」冊書房 2013 p197

土師 清二　はじ・せいじ（1893〜1977）
馬
◇「捕物時代小説選集 7」春陽堂書店 2000（春陽文庫）p124
大岡越前守
◇「捕物時代小説選集 6」春陽堂書店 2000（春陽文庫）p18
からす金
◇「捕物時代小説選集 4」春陽堂書店 2000（春陽文庫）p127
義士の判決
◇「定本・忠臣蔵四十七人集」双葉社 1998 p404
きつね
◇「怪奇・伝奇時代小説選集 5」春陽堂書店 2000（春陽文庫）p261
内蔵頭治政
◇「武士道残月抄」光文社 2011（光文社文庫）p51
麝香下駄
◇「捕物時代小説選集 5」春陽堂書店 2000（春陽文庫）p185
つるべ心中
◇「剣鬼無明斬り」光風社出版 1997（光風社文庫）p181
万歳栗毛
◇「少年小説大系 22」三一書房 1997 p199
牡丹の雨
◇「たそがれ江戸暮色」光文社 2014（光文社文庫）p175
町奉行再び
◇「捕物時代小説選集 3」春陽堂書店 2000（春陽文庫）p101

橋 てつと　はし・てつと（1949〜）
愛しのジュリエット
◇「扉の向こうへ」全作家協会 2014（全作家短編集）p248
カムイ伝・穴丑
◇「全作家短編小説集 11」全作家協会 2012 p78
頑是ない、約束
◇「全作家短編小説集 6」全作家協会 2007 p29
共業—実在ヒプノ4
◇「全作家短編集 15」のべる出版企画 2016 p88
三百五十万年後の世界頑は ない、約束.後編
◇「全作家短編小説集 7」全作家協会 2008 p179
実存ヒプノ—ジュリエット 二
◇「回転ドアから」全作家協会 2015（全作家短編集）p170

羽志 主水　はし・もんど（1884〜1957）
越後獅子
◇「幻の探偵雑誌 10」光文社 2002（光文社文庫）p93
◇「戦前探偵小説四人集」論創社 2011（論創ミステリ叢書）p23
監獄部屋
◇「江戸川乱歩と13人の新青年〈論理派〉編」光文社 2008（光文社文庫）p355
◇「戦前探偵小説四人集」論創社 2011（論創ミステリ叢書）p13
雁釣り
◇「戦前探偵小説四人集」論創社 2011（論創ミステ

リ叢書）p45
処女作について
　◇「戦前探偵小説四人集」論創社 2011（論創ミステリ叢書）p43
天佑（セミナンセンス）
　◇「戦前探偵小説四人集」論創社 2011（論創ミステリ叢書）p35
唯炎
　◇「戦前探偵小説四人集」論創社 2011（論創ミステリ叢書）p47
蠅の肢
　◇「戦前探偵小説四人集」論創社 2011（論創ミステリ叢書）p3
マイクロフォン
　◇「戦前探偵小説四人集」論創社 2011（論創ミステリ叢書）p51
涙香の思出
　◇「戦前探偵小説四人集」論創社 2011（論創ミステリ叢書）p49

端江田 仗　はしえだ・じょう
猫のチュトラリー
　◇「原色の想像力―創元SF短編賞アンソロジー」東京創元社 2010（創元SF文庫）p61

橋口 いくよ　はしぐち・いくよ（1974～）
アテクシちゃん
　◇「恋時雨―恋はときどき泪が出る」メディアファクトリー 2009（[ダ・ヴィンチブックス]）p99
イッツアスモールワールド
　◇「恋時雨―恋はときどき泪が出る」メディアファクトリー 2009（[ダ・ヴィンチブックス]）p87
されど運命
　◇「恋時雨―恋はときどき泪が出る」メディアファクトリー 2009（[ダ・ヴィンチブックス]）p63
失恋のしかた
　◇「恋時雨―恋はときどき泪が出る」メディアファクトリー 2009（[ダ・ヴィンチブックス]）p75

橋口 亮輔　はしぐち・りょうすけ（1962～）
ハッシュ！
　◇「年鑑代表シナリオ集 '01」映人社 2002 p377

橋爪 貫一　はしづめ・かんいち（1820～1884）
英語都々一
　◇「新日本古典文学大系 明治編 4」岩波書店 2003 p315

橋爪 健　はしづめ・けん（1900～1964）
死の灰は天を覆う―ビキニ被爆漁夫の手記
　◇「コレクション戦争と文学 19」集英社 2011 p631
南極の黄金船
　◇「『少年倶楽部』熱血・痛快・時代短篇選」講談社 2015（講談社文芸文庫）p175

橋爪 彦七　はしづめ・ひこしち（1896～?）
お艶変化暦
　◇「捕物時代小説選集 1」春陽堂書店 1999（春陽文庫）p163

怨讐女夜叉抄
　◇「怪奇・伝奇時代小説選集 6」春陽堂書店 2000（春陽文庫）p117
恋の清姫
　◇「怪奇・伝奇時代小説選集 6」春陽堂書店 2000（春陽文庫）p14

橋部 敦子　はしべ・あつこ（1966～）
夜汽車の男
　◇「世にも奇妙な物語―小説の特別編 遺留品」角川書店 2002（角川ホラー文庫）p157

橋本 顕光　はしもと・あきみつ
ブタの足あと
　◇「『伊豆文学賞』優秀作品集 第19回」羽衣出版 2016 p75

橋本 英吉　はしもと・えいきち（1898～1978）
欅の芽立
　◇「新装版 全集現代文学の発見 3」學藝書林 2003 p357

橋本 延見子　はしもと・えみこ
昔、父が打った電報「美女生れた」＞中井貴恵
　◇「日本人の手紙 1」リブリオ出版 2004 p86

橋本 治　はしもと・おさむ（1948～2019）
安政元年の牡羊座
　◇「12星座小説集」講談社 2013（講談社文庫）p9
枝豆
　◇「文学 2013」講談社 2013 p144
角ざとう
　◇「闘人烈伝―格闘小説・漫画アンソロジー」双葉社 2000 p207
かもめ
　◇「銀座24の物語」文藝春秋 2001 p203
聞く耳
　◇「短篇ベストコレクション―現代の小説 2011」徳間書店 2011（徳間文庫）p45
更にマタンゴを喰ったな
　◇「怪獣」国書刊行会 1998（書物の王国）p195
　◇「怪獣文学大全」河出書房新社 1998（河出文庫）p182
関寺小町
　◇「極上掌篇小説」角川書店 2006 p191
　◇「ひと粒の宇宙」角川書店 2009（角川文庫）p188
マタンゴを喰ったな
　◇「怪獣」国書刊行会 1998（書物の王国）p191
　◇「怪獣文学大全」河出書房新社 1998（河出文庫）p175

橋本 夏鳴　はしもと・かめい
手紙に乗せて
　◇「ひらく―第15回フェリシモ文学賞」フェリシモ 2012 p128

橋本 喜代次　はしもと・きよじ
あの，青い空

はしも

◇「小学校・全員参加の楽しい学級劇・学年劇脚本集 高学年」黎明書房 2007 p128

橋本 五郎　はしもと・ごろう（1903〜1948）

殺人迷路（連作探偵小説第六回）
◇「幻の探偵雑誌 8」光文社 2001（光文社文庫）p73

自殺を買う話
◇「幻の探偵雑誌 2」光文社 2000（光文社文庫）p119

朱楓林の没落
◇「甦る推理雑誌 3」光文社 2002（光文社文庫）p331

小曲
◇「幻の探偵雑誌 8」光文社 2001（光文社文庫）p155

篁筒の中の囚人
◇「竹中英太郎 2」皓星社 2016（挿絵叢書）p203

地図にない街
◇「怪奇探偵小説集 1」角川春樹事務所 1998（ハルキ文庫）p131
◇「恐怖ミステリーBEST15―こんな幻の傑作が読みたかった！」シーエイチシー 2006 p63

撞球室の七人
◇「幻の探偵雑誌 10」光文社 2002（光文社文庫）p93

レテーロ・エン・ラ・カーヴォ
◇「江戸川乱歩と13人の新青年〈文学派〉編」光文社 2008（光文社文庫）p197

橋元 淳一郎　はしもと・じゅんいちろう（1947〜）

エルティブーラの黙示録
◇「短篇ベストコレクション―現代の小説 2000」徳間書店 2000 p191

紫青代の始まり
◇「逆想コンチェルト―イラスト先行・競作小説アンソロジー 奏の2」徳間書店 2010 p32

橋本 紡　はしもと・つむぐ（1967〜）

雨、やみて
◇「本当のうそ」講談社 2007 p153

鋳物の鍋
◇「オトナの片思い」角川春樹事務所 2007 p147
◇「オトナの片思い」角川春樹事務所 2009（ハルキ文庫）p141

風が持っていった
◇「スタートライン―始まりをめぐる19の物語」幻冬舎 2010（幻冬舎文庫）p89

桜に小禽
◇「最後の恋MEN'S―つまり、自分史上最高の恋。」新潮社 2012（新潮文庫）p207

十九になるわたしたちへ
◇「19（ナインティーン）」アスキー・メディアワークス 2010（メディアワークス文庫）p239

薄荷
◇「いつか、君へ Girls」集英社 2012（集英社文庫）p193

橋本 夏実　はしもと・なつみ

またね
◇「丸の内の誘惑」マガジンハウス 1999 p39

橋本 尚夫　はしもと・ひさお

大衆小説 愛よとはに
◇「日本統治期台湾文学集成 7」緑蔭書房 2002 p201

橋本 浩　はしもと・ひろし（1965〜）

死ぬ前に
◇「ショートショートの広場 14」講談社 2003（講談社文庫）p159

橋本 裕志　はしもと・ひろし（1962〜）

官僚たちの夏―第1話, 第2話
◇「テレビドラマ代表作選集 2010年版」日本脚本家連盟 2010 p81

橋本 夢道　はしもと・むどう（1903〜1974）

俳句
◇「アンソロジー・プロレタリア文学 1」森話社 2013 p222

蓮井 三佐男　はすい・みさお（1917〜？）

句集 遠かもめ
◇「ハンセン病文学全集 9」皓星社 2010 p234

句集 一処不動
◇「ハンセン病文学全集 9」皓星社 2010 p200

蓮見 圭一　はすみ・けいいち（1959〜）

秋の歌
◇「短篇ベストコレクション―現代の小説 2008」徳間書店 2008（徳間文庫）p133

そらいろのクレヨン
◇「文学 2005」講談社 2005 p95

ハッピー・クリスマス、ヨーコ
◇「聖なる夜に君は」角川書店 2009（角川文庫）p135

夜光虫
◇「コレクション戦争と文学 8」集英社 2011 p721

蓮見 省五　はすみ・しょうご

夏休みの宿題
◇「成城・学校劇脚本集」成城学園初等学校出版部 2002（成城学園初等学校研究双書）p258

蓮見 仁　はすみ・じん

トーキョー・スカイ・ツリー
◇「立川文学 5」けやき出版 2015 p81

LIFE LIFE
◇「立川文学 4」けやき出版 2014 p73

蓮本 芯　はすもと・しん

木箱
◇「ひらく―第15回フェリシモ文学賞」フェリシモ 2012 p152

長谷 敏司　はせ・さとし（1974〜）

仕事がいつまで経っても終わらない件

◇「AIと人類は共存できるか？―人工知能SFアンソロジー」早川書房 2016 p185

10万人のテリー
◇「折り紙衛星の伝説」東京創元社 2015（創元SF文庫）p13

怠惰の大罪
◇「伊藤計劃トリビュート」早川書房 2015（ハヤカワ文庫 JA）p575

地には豊穣
◇「ゼロ年代SF傑作選」早川書房 2010（ハヤカワ文庫 JA）p249

バベル
◇「NOVA+―書き下ろし日本SFコレクション バベル」河出書房新社 2014（河出文庫）p365

東山屋敷の人々―五十を過ぎて老化をやめた"彼"は、跡継ぎにぼくを指名した
◇「NOVA―書き下ろし日本SFコレクション 3」河出書房新社 2010（河出文庫）p109

震える犬
◇「ヴィジョンズ」講談社 2016 p223

楽園行き
◇「ウルトラQ―dark fantasy」角川書店 2004（角川ホラー文庫）p139

allo, toi, toi
◇「結løs銀河一年刊日本SF傑作選」東京創元社 2011（創元SF文庫）p337

馳 星周　はせ・せいしゅう（1965～）

インベーダー
◇「事件現場に行こう―最新ベスト・ミステリー カレイドスコープ編」光文社 2001（カッパ・ノベルス）p217

笑窪
◇「孤狼の絆」角川春樹事務所 1999 p217
◇「熱い賭け」早川書房 2006（ハヤカワ文庫）p7

午前零時のサラ
◇「午前零時」新潮社 2007 p169
◇「午前零時―P.S.昨日の私へ」新潮社 2009（新潮文庫）p197

死神
◇「ザ・ベストミステリーズ―推理小説年鑑 2001」講談社 2001 p201
◇「終日犯罪」講談社 2004（講談社文庫）p395

世界の終わり
◇「事件の痕跡」光文社 2007（Kappa novels）p359
◇「事件の痕跡」光文社 2012（光文社文庫）p487

伊達邦彦になれなかった男たち
◇「迷」文藝春秋 2003（推理作家になりたくて マイベストミステリー）p244
◇「マイ・ベスト・ミステリー 3」文藝春秋 2007（文春文庫）p366

古惑仔（チンピラ）
◇「迷」文藝春秋 2003（推理作家になりたくて マイベストミステリー）p206
◇「マイ・ベスト・ミステリー 3」文藝春秋 2007（文春文庫）p306

不夜城
◇「冒険の森へ―傑作小説大全 18」集英社 2016 p219

DRIVE UP
◇「暗闇（ダークサイド）を追いかけろ―ホラー＆サスペンス編」光文社 2004（カッパ・ノベルス）p319
◇「暗闇（ダークサイド）を追いかけろ」光文社 2008（光文社文庫）p417

M
◇「最新「珠玉推理」大全 下」光文社 1998（カッパ・ノベルス）p231
◇「闇夜の芸術祭」光文社 2003（光文社文庫）p315

はせ ひろいち

不測の神々
◇「優秀新人戯曲集 2000」ブロンズ新社 1999 p225

僕らの玉手箱―誰も知らない淡水竜宮城伝説
◇「『やるキッズあいち劇場』脚本集 平成21年度」愛知県環境調査センター 2010 p5

長谷川 安佐子　はせがわ・あさこ

何でもやります ぞうの店
◇「小学校・全員参加の楽しい学級劇・学年劇脚本集 低学年」黎明書房 2007 p56

THE MOUSE'S WEDDING―ねずみのよめいり（木村香〔英訳〕）
◇「小学校・全員参加の楽しい学級劇・学年劇脚本集 中学年」黎明書房 2006 p219

長谷川 荒川　はせがわ・あらかわ

覗き見
◇「ショートショートの広場 12」講談社 2001（講談社文庫）p116

長谷川 修　はせがわ・おさむ（1926～1979）

ささやかな平家物語
◇「教えたくなる名短篇」筑摩書房 2014（ちくま文庫）p387

舞踏会の手帖
◇「教えたくなる名短篇」筑摩書房 2014（ちくま文庫）p329

長谷川 賢人　はせがわ・けんと

お気に召すカバーの色
◇「ゆれる―第12回フェリシモ文学賞作品集」フェリシモ 2009 p158

長谷川 幸延　はせがわ・こうえん（1904～1977）

村上浪六
◇「武士道歳時記―新鷹会・傑作時代小説選」光文社 2008（光文社文庫）p331

長谷川 時雨　はせがわ・しぐれ（1879～1941）

糸繰沼（いととりぬま）
◇「文豪怪談傑作選 特別編」筑摩書房 2007（ちくま文庫）p78

時代の娘
◇「コレクション戦争と文学 14」集英社 2012 p58

人魂火
◇「文豪怪談傑作選 特別編」筑摩書房 2007（ちくま文庫）p81

長谷川 修二　はせがわ・しゅうじ（1903～1964）
きゃくちゃ
◇「幻の探偵雑誌 6」光文社 2001（光文社文庫）p95

長谷川 集平　はせがわ・しゅうへい（1955～）
主日に
◇「それはまだヒミツ—少年少女の物語」新潮社 2012（新潮文庫）p201

長谷川 樹里　はせがわ・じゅり
捨てられない
◇「ショートショートの花束 6」講談社 2014（講談社文庫）p229

長谷川 濬　はせがわ・しゅん（1906～1973）
家鴨に乗つた王(ワン)
◇「〈外地〉の日本語文学選 2」新宿書房 1996 p222

長谷川 純子　はせがわ・じゅんこ
夜のかさぶた
◇「忘れない。―贈りものをめぐる十の話」メディアファクトリー 2007 p153

李連杰の妻
◇「喜劇綺劇」光文社 2009（光文社文庫）p131

長谷川 四郎　はせがわ・しろう（1909～1987）
アンリ・ルソー
◇「戦後文学エッセイ選 2」影書房 2006 p183
イワンの馬鹿
◇「戦後文学エッセイ選 2」影書房 2006 p174
馬の微笑
◇「戦後占領期短篇小説コレクション 6」藤原書店 2007 p55
海太郎兄さん
◇「戦後文学エッセイ選 2」影書房 2006 p125
おかし男の歌
◇「おかしい話」筑摩書房 2010（ちくま文学の森）p8
思い出の『アンナ・カレーニナ』
◇「戦後文学エッセイ選 2」影書房 2006 p120
家常茶飯
◇「戦後短篇小説選―『世界』1946-1999 2」岩波書店 2000 p307
『故事新編』と花田清輝
◇「戦後文学エッセイ選 2」影書房 2006 p216
子どもたち
◇「教科書名短篇 少年時代」中央公論新社 2016（中公文庫）p67
詩人の血
◇「戦後文学エッセイ選 2」影書房 2006 p226
詩人ブレヒト
◇「戦後文学エッセイ選 2」影書房 2006 p51
芝居に行きますか
◇「戦後文学エッセイ選 2」影書房 2006 p201
シベリヤの思い出
◇「戦後文学エッセイ選 2」影書房 2006 p34
シベリヤ物語
◇「新装版 全集現代文学の発見 10」學藝書林 2004 p128
シルカ
◇「戦後短篇小説再発見 7」講談社 2001（講談社文芸文庫）p18
『審判』卒読ノート
◇「戦後文学エッセイ選 2」影書房 2006 p38
随筆丹下左膳
◇「戦後文学エッセイ選 2」影書房 2006 p21
菅原克己
◇「戦後文学エッセイ選 2」影書房 2006 p70
炭坑ビスーソ連俘虜記
◇「戦後文学エッセイ選 2」影書房 2006 p9
断食芸人
◇「戦後文学エッセイ選 2」影書房 2006 p87
小さな出来事
◇「戦後文学エッセイ選 2」影書房 2006 p193
小さな礼拝堂
◇「日本近代短篇小説選 昭和篇2」岩波書店 2012（岩波文庫）p331
知恵の悲しみ
◇「戦後文学エッセイ選 2」影書房 2006 p129
駐屯軍演芸大会
◇「日本文学全集 27」河出書房新社 2017 p25
張徳義
◇「コレクション戦争と文学 16」集英社 2012 p373
鶴
◇「ことばの織物―昭和短篇珠玉選 2」蒼丘書林 1998 p193
◇「とっておきの話」筑摩書房 2011（ちくま文学の森）p481
◇「日本文学100年の名作 4」新潮社 2014（新潮文庫）p377
道外的外套の話
◇「戦後文学エッセイ選 2」影書房 2006 p164
"日本のルネッサンス人"の死
◇「戦後文学エッセイ選 2」影書房 2006 p208
はなたきよてる
◇「戦後文学エッセイ選 2」影書房 2006 p197
花田清輝と芝居
◇「戦後文学エッセイ選 2」影書房 2006 p219
パブロ・ネルーダの死を悼む
◇「戦後文学エッセイ選 2」影書房 2006 p170
反共主義
◇「コレクション戦争と文学 3」集英社 2012 p99
否定によって肯定する人
◇「戦後文学エッセイ選 2」影書房 2006 p213

ピラト、手を洗う
　◇「戦後文学エッセイ選 2」影書房 2006 p231
ブレヒトの墓
　◇「戦後文学エッセイ選 2」影書房 2006 p65
変形譚
　◇「戦後文学エッセイ選 2」影書房 2006 p239
柳田國男
　◇「戦後文学エッセイ選 2」影書房 2006 p27
ロルカとスペイン内乱
　◇「戦後文学エッセイ選 2」影書房 2006 p93
わが友 野間宏
　◇「戦後文学エッセイ選 2」影書房 2006 p83
私の翻訳論
　◇「戦後文学エッセイ選 2」影書房 2006 p144

長谷川 伸 はせがわ・しん（1884～1963）
敵討たれに
　◇「武士道残月抄」光文社 2011（光文社文庫）p9
九州と東京の首
　◇「復讐」国書刊行会 2000（書物の王国）p160
蝙蝠安
　◇「捕物時代小説選集 4」春陽堂書店 2000（春陽文庫）p178
小楯の兵蔵騒ぎ
　◇「武士道円絵図―新鷹会・傑作時代小説選」光文社 2010（光文社文庫）p9
戯曲 谷音（こだま）巡査（一幕）
　◇「幻の探偵雑誌 2」光文社 2000（光文社文庫）p313
小林平八郎
　◇「忠臣蔵コレクション 4」河出書房新社 1998（河出文庫）p168
真田範之助
　◇「花と剣と侍―新鷹会・傑作時代小説選」光文社 2009（光文社文庫）p9
三介の面
　◇「怪奇・伝奇時代小説選集 10」春陽堂書店 2000（春陽文庫）p150
脛毛の筆―三浦権太夫
　◇「武士道歳時記―新鷹会・傑作時代小説選」光文社 2008（光文社文庫）p9
関の弥太ッペ
　◇「夕まぐれ江戸小景」光文社 2015（光文社文庫）p9
　◇「冒険の森へ―傑作小説大全 18」集英社 2016 p42
「総穏寺仇撃」の旅
　◇「山形県文学全集第2期（随筆・紀行編）2」郷土出版社 2005 p130
投げ火の伝兵衛
　◇「大岡越前―名奉行裁判説話」廣済堂出版 1998（廣済堂文庫）p139
南方発展史・海の豪族―シナリオ
　◇「日本統治期台湾文学集成 14」緑蔭書房 2003 p253

女賊お君
　◇「悪いやつの物語」筑摩書房 2011（ちくま文学の森）p55
鼻くそ
　◇「もの食う話」文藝春秋 2015（文春文庫）p73
髯題目の政
　◇「たそがれ江戸暮色」光文社 2014（光文社文庫）p9
飛驒の了戒
　◇「雪月花・江戸景色」光文社 2013（光文社文庫）p9
瞼の母
　◇「心洗われる話」筑摩書房 2010（ちくま文学の森）p439
村松三太夫
　◇「定本・忠臣蔵四十七人集」双葉社 1998 p346
名人竿忠
　◇「しのぶ雨江戸恋慕―新鷹会・傑作時代小説選」光文社 2016（光文社文庫）p9
八百蔵吉五郎
　◇「捕物時代小説選集 4」春陽堂書店 2000（春陽文庫）p93
山本孫三郎
　◇「彩四季・江戸慕情」光文社 2012（光文社文庫）p71
　◇「日本文学100年の名作 5」新潮社 2015（新潮文庫）p471
夜もすがら検校
　◇「極め付き時代小説 1」中央公論新社 2004（中公文庫）p181
　◇「感涙―人情時代小説傑作選」ベストセラーズ 2004（ベスト時代文庫）p171

長谷川 卓也 はせがわ・たくや（1925～）
一銭てんぷら
　◇「古書ミステリー倶楽部―傑作推理小説集 3」光文社 2015（光文社文庫）p169

長谷川 也 はせがわ・なりや
ごはんの神様
　◇「5分で読める！ひと駅ストーリー 食の話」宝島社 2015（宝島社文庫）p59
本を売ってくれないか
　◇「5分で読める！ひと駅ストーリー 本の物語」宝島社 2014（宝島社文庫）p39

長谷川 如是閑 はせがわ・にょぜかん（1875～1969）
象やの彖さん
　◇「日本文学100年の名作 1」新潮社 2014（新潮文庫）p261

長谷川 博子 はせがわ・ひろこ
くちなわ坂の赤ん坊
　◇「松江怪談―新作怪談 松江物語」今井印刷 2015 p92

長谷川 不通　はせがわ・ふつう
松林の雪
- ◇「ゆきのまち幻想文学賞小品集 25」企画集団ぷりずむ 2015 p56

長谷川 信　はせがわ・まこと
〔きけわだつみのこえ〕長谷川信
- ◇「新装版 全集現代文学の発見 14」學藝書林 2005 p627

長谷川 昌史　はせがわ・まさし
QC（クオンタム・クレイ）
- ◇「ゆきのまち幻想文学賞小品集 22」企画集団ぷりずむ 2013 p58

長谷川 順子　はせがわ・みちこ
暗号名『マトリョーシュカ』──ウリャーノフ暗殺指令（田辺正幸）
- ◇「新・本格推理 01」光文社 2001（光文社文庫）p207

「樽の木荘」の悲劇（田辺正幸）
- ◇「新・本格推理 02」光文社 2002（光文社文庫）p473

長谷川 穂　はせがわ・みのり
三島夏まつり
- ◇「「伊豆文学賞」優秀作品集 第17回」羽衣出版 2014 p210

長谷川 桃子　はせがわ・ももこ
白い羽
- ◇「21世紀の〈ものがたり〉─『はてしない物語』創作コンクール記念」岩波書店 2002 p103

長谷川 康夫　はせがわ・やすお（1953～）
なぜ君は絶望と闘えたのか─後編（吉本昌弘）
- ◇「テレビドラマ代表作選集 2011年版」日本脚本家連盟 2011 p7

長谷川 龍生　はせがわ・りゅうせい（1928～）
赤ちゃん──擬娩の習慣
- ◇「新装版 全集現代文学の発見 13」學藝書林 2004 p340

キノコのアイディア
- ◇「きのこ文学名作選」港の人 2010 p343

実在のかけ橋
- ◇「新装版 全集現代文学の発見 13」學藝書林 2004 p337

嫉妬──瞠視慾
- ◇「新装版 全集現代文学の発見 13」學藝書林 2004 p338

新テロリスト
- ◇「新装版 全集現代文学の発見 13」學藝書林 2004 p343

夏のきのこ
- ◇「新装版 全集現代文学の発見 13」學藝書林 2004 p342

パウロウの鶴
- ◇「新装版 全集現代文学の発見 13」學藝書林 2004 p336

水鳥の翔び立つとき
- ◇「新装版 全集現代文学の発見 13」學藝書林 2004 p344

夜の甘藍（キャベツ）
- ◇「新装版 全集現代文学の発見 13」學藝書林 2004 p341

支倉 凍砂　はせくら・いすな（1982～）
キタイのアタイ
- ◇「カレンダー・ラブ・ストーリー──読むと恋したくなる」星海社 2014（星海社文庫）p105

ハセベ バクシンオー
転落
- ◇「10分間ミステリー」宝島社 2012（宝島社文庫）p79
- ◇「10分間ミステリー THE BEST」宝島社 2016（宝島社文庫）p129

隣の男
- ◇「5分で読める！ ひと駅ストーリー 降車編」宝島社 2012（宝島社文庫）p179

長谷部 弘明　はせべ・ひろあき
山鳴る里
- ◇「てのひら怪談──ビーケーワン怪談大賞傑作選 2」ポプラ社 2007 p96

秦 和之　はた・かずゆき
親友 B駅から乗った男
- ◇「無人踏切──鉄道ミステリー傑作選」光文社 2008（光文社文庫）p373

羽田 圭介　はだ・けいすけ（1985～）
ウエノモノ
- ◇「20の短編小説」朝日新聞出版 2016（朝日文庫）p215

カタチ
- ◇「いまのあなたへ─村上春樹への12のオマージュ」NHK出版 2014 p76

みせない
- ◇「いまのあなたへ─村上春樹への12のオマージュ」NHK出版 2014 p75

秦 賢助　はた・けんすけ（1896～？）
愛欲の悪魔──蘇生薬事件
- ◇「魔の怪」勉誠出版 2002（べんせいライブラリー）p73

畑 耕一　はた・こういち（1896～1957）
恐ろしき復讐
- ◇「竹中英太郎 1」皓星社 2016（挿絵叢書）p33

怪談
- ◇「闇夜に怪を語れば─百物語ホラー傑作選」角川書店 2005（角川ホラー文庫）p115

小塚ッ原綺聞
- ◇「怪奇・伝奇時代小説選集 8」春陽堂書店 2000（春陽文庫）p131

探偵小説の映画化
- ◇「幻の探偵雑誌 5」光文社 2001（光文社文庫）

はたけ

p387
風雲黒潮隊
◇「少年小説大系 22」三一書房 1997 p385

秦 恒平　はた・こうへい（1935～）
丹波
◇「京都府文学全集第1期（小説編）6」郷土出版社 2005 p308
蝶
◇「文豪てのひら怪談」ポプラ社 2009（ポプラ文庫）p16

旗 順子　はた・じゅんこ
十九歳
◇「ハンセン病文学全集 4」皓星社 2003 p374

葉田 光　はだ・ひかり
妖異女宝島
◇「怪奇・伝奇時代小説選集 11」春陽堂書店 2000（春陽文庫）p88

秦 比左子　はた・ひさこ
涙はいらねえよ。(前川康平)
◇「中学生のドラマ 7」晩成書房 2007 p73

葉多 黙太郎　はた・もくたろう
くぐつの女
◇「怪奇・伝奇時代小説選集 5」春陽堂書店 2000（春陽文庫）p92

羽太 雄平　はた・ゆうへい（1944～）
雨中片手斬り
◇「白刃光る」新潮社 1997 p243
脅し
◇「蒼茫の海」桃園書房 2001（桃園文庫）p7
螢の柩
◇「風の孤影」桃園書房 2001（桃園文庫）p97
蜜の味
◇「斬刃―時代小説傑作選」コスミック出版 2005（コスミック・時代文庫）p317
夢うつつ十人斬り
◇「勝者の死にざま―時代小説選手権」新潮社 1998（新潮文庫）p463

畠 ゆかり　はた・ゆかり
宝永写真館
◇「「伊豆文学賞」優秀作品集 第17回」羽衣出版 2014 p107

畑 裕　はた・ゆたか
砂漠の町の雪
◇「ゆきのまち幻想文学賞小品集 21」企画集団ぷりずむ 2012 p148

畠 祐美子　はたけ・ゆみこ
それどころでない人
◇「新鋭劇作集 series 16」日本劇団協議会 2004 p123

畑川 皓　はたけがわ・こう
坂額と浅利与一
◇「紅蓮の翼―異彩時代小説秀作撰」叢文社 2007 p77

畠中 恵　はたけなか・めぐみ（1959～）
甘み織姫
◇「坂木司リクエスト！ 和菓子のアンソロジー」光文社 2013 p315
◇「坂木司リクエスト！ 和菓子のアンソロジー」光文社 2014（光文社文庫）p317
苺が赤くなったら
◇「恋のかたち、愛のいろ」徳間書店 2008 p59
◇「恋のかたち、愛のいろ」徳間書店 2010（徳間文庫）p65
思い出した…
◇「ザ・ベストミステリーズ―推理小説年鑑 2004」講談社 2004 p157
思い出した
◇「孤独な交響曲（シンフォニー）」講談社 2007（講談社文庫）p243
太郎君、東へ
◇「Fantasy Seller」新潮社 2011（新潮文庫）p9
茶巾たまご
◇「撫子が斬る―女性作家捕物帳アンソロジー」光文社 2005（光文社文庫）p329
◇「江戸の名探偵―時代推理傑選」徳間書店 2009（徳間文庫）p93
引き出物
◇「忘れない。―贈りものをめぐる十の話」メディアファクトリー 2007 p111
一つ足りない
◇「十年交差点」新潮社 2016（新潮文庫）p219
八百万
◇「不思議の足跡」光文社 2007（Kappa novels）p225
◇「不思議の足跡」光文社 2011（光文社文庫）p301

畠山 明徳　はたけやま・あきのり
熊本地震
◇「平成28年熊本地震作品集」くまもと文学・歴史館友の会 2016 p50

畠山 拓　はたけやま・たく
ある殺人
◇「全作家短編小説集 7」全作家協会 2008 p54
溺れる男
◇「全作家短編小説集 12」全作家協会 2013 p68
蜘蛛の巣が揺れる
◇「回転ドアから」全作家協会 2015（全作家短編集）p83
三度の恋
◇「全作家短編小説集 11」全作家協会 2012 p131
静かな関係
◇「全作家短編集 15」のべる出版企画 2016 p4
鳥妻の章

はたけ

「全作家短編小説集 9」全作家協会 2010 p201
ペルソナを剝ぐ
◇「扉の向こうへ」全作家協会 2014（全作家短編集）p44
陽羨鵞籠の事
◇「全作家短編小説集 8」全作家協会 2009 p55
冷血
◇「全作家短編小説集 6」全作家協会 2007 p260
驢馬と女
◇「全作家短編小説集 10」のべる出版 2011 p199

畠山 弘　はたけやま・ひろし
恋の山湯殿山
◇「山形県文学全集第2期(随筆・紀行編) 6」郷土出版社 2005 p353

畑沢 聖悟　はたさわ・せいご（1964～）
修学旅行
◇「高校演劇Selection 2006 上」晩成書房 2008 p135

波多野 健　はたの・けん（1949～）
京極作品は暗号である
◇「本格ミステリ 2002」講談社 2002（講談社ノベルス）p655
◇「死神と雷鳴の暗号―本格短編ベスト・セレクション」講談社 2006（講談社文庫）p483
『ブラッディ・マーダー』／推理小説はクリスティに始まり、後期クイーン・ボルヘス・エーコ・オースターをどう読むかまで
◇「本格ミステリ 2004」講談社 2004（講談社ノベルス）p387
◇「深夜バス78回転の問題―本格短編ベスト・セレクション」講談社 2008（講談社文庫）p567

畑野 智明　はたの・ともあき
剱岳へ
◇「Sports stories」埼玉県さいたま市 2010（さいたま市スポーツ文学賞受賞作品集）p397

畑野 智美　はたの・ともみ（1979～）
黒部ダムの中心で愛を叫ぶ
◇「あの街で二人は―seven love stories」新潮社 2014（新潮文庫）p157

波多野 都　はたの・みやこ
オタクを拾った女の話
◇「すごい恋愛」泰文堂 2012（リンダブックス）p86
最後の夜に
◇「失恋前夜―大人のための恋愛短篇集」泰文堂 2013（レインブックス）p135
二冊の辞書
◇「辞書、のような物語。」大修館書店 2013 p161
夢の終わり
◇「失恋前夜―大人のための恋愛短篇集」泰文堂 2013（レインブックス）p157

畑野 むめ　はたの・むめ（1910～2017）
畑野むめ歌集
◇「ハンセン病文学全集 8」皓星社 2006 p235

波田野 鷹　はたの・よう
大宇宙大相撲
◇「リモコン変化」廣済堂出版 2000（廣済堂文庫）p49

畑山 博　はたやま・ひろし（1935～2001）
3番線ホームの少女
◇「悪夢の最終列車―鉄道ミステリー傑作選」光文社 1997（光文社文庫）p281

蜂飼 耳　はちかい・みみ（1974～）
崖のにおい
◇「文学 2007」講談社 2007 p130
草原愛
◇「めぐり逢い―恋愛小説アンソロジー」角川春樹事務所 2005（ハルキ文庫）p155
冬至―12月22日ごろ
◇「君と過ごす季節―秋から冬へ、12の暦物語」ポプラ社 2012（ポプラ文庫）p221
人間でないことがばれて出て行く女の置き手紙
◇「教えたくなる名短篇」筑摩書房 2014（ちくま文庫）p17
ほたるいかに触る
◇「とっておき名短篇」筑摩書房 2011（ちくま文庫）p15
繭の遊戯
◇「極上掌篇小説」角川書店 2006 p211
◇「ひと粒の宇宙」角川書店 2009（角川文庫）p209

八駒 海桜　はちこま・かいおう
浴葬
◇「てのひら怪談―ビーケーワン怪談大賞傑作選 百怪繚乱篇」ポプラ社 2008 p156

八門奇者　はちもんきしゃ
刺客を詠ずる詩
◇「新日本古典文学大系 明治編 12」岩波書店 2001 p18

蜂谷 涼　はちや・りょう（1961～）
舞燈籠
◇「代表作時代小説 平成22年度」光文社 2010 p63

八覚 正大　はっかく・まさひろ
カウンター
◇「太宰治賞 2000」筑摩書房 2000 p165

初川 渉足　はつかわ・しょうそく
末草寺縁起
◇「ミヤマカラスアゲハ―第三回「草枕文学賞」作品集」文藝春秋企画出版部 2003 p177

葉月 エイ　はづき・えい
特別調査班
◇「ショートショートの広場 14」講談社 2003（講談社文庫）p77

葉月 馨　はづき・かおる
クリスマスの密室

◇「本格推理 13」光文社 1998（光文社文庫）p317
サンタクロースの足跡
◇「本格推理 10」光文社 1997（光文社文庫）p347

服部 応賀　はっとり・おうが（1818〜1890）
青楼半化通（せいろうはんかつう）
◇「新日本古典文学大系 明治編 9」岩波書店 2010 p1

服部 公一　はっとり・こういち
父の教え給いし歌
◇「山形県文学全集第1期(小説編) 6」郷土出版社 2004 p11
やっこらしょ、どっこいしょ
◇「山形県文学全集第2期(随筆・紀行編) 4」郷土出版社 2005 p298

服部 静子　はっとり・しずこ
懐かしい町、伊東
◇「『伊豆文学賞』優秀作品集 第15回」羽衣出版 2012 p242

服部 之総　はっとり・しそう
新撰組
◇「新選組読本」光文社 2003（光文社文庫）p271

服部 正　はっとり・ただし
承久二年五月の夢—明恵上人『明恵上人夢記』(明恵上人〔著〕)
◇「人形」国書刊行会 1997（書物の王国）p181
龍の玉
◇「乱歩の幻影」筑摩書房 1999（ちくま文庫）p263

はっとり ちはる
おてんとうさまが見ているよ
◇「『やるキッズあいち劇場』脚本集 平成19年度」愛知県環境調査センター 2008 p59

服部 撫松　はっとり・ぶしょう（1841〜1908）
浅草橋
◇「新日本古典文学大系 明治編 1」岩波書店 2004 p220
学校
◇「新日本古典文学大系 明治編 1」岩波書店 2004 p3
勧工場
◇「新日本古典文学大系 明治編 1」岩波書店 2004 p199
京橋煉化石
◇「新日本古典文学大系 明治編 1」岩波書店 2004 p32
京鴉（けいあん）家
◇「新日本古典文学大系 明治編 1」岩波書店 2004 p139
芝金杉瓦斯会社
◇「新日本古典文学大系 明治編 1」岩波書店 2004 p149
商会社
◇「新日本古典文学大系 明治編 1」岩波書店 2004 p132

女学校
◇「新日本古典文学大系 明治編 1」岩波書店 2004 p166
緒言〔東京新繁昌記 後編第一〕
◇「新日本古典文学大系 明治編 1」岩波書店 2004 p193
新劇場
◇「新日本古典文学大系 明治編 1」岩波書店 2004 p50
新橋芸者
◇「新日本古典文学大系 明治編 1」岩波書店 2004 p75
新橋鉄道
◇「新日本古典文学大系 明治編 1」岩波書店 2004 p61
新聞社
◇「新日本古典文学大系 明治編 1」岩波書店 2004 p23
人力車
◇「新日本古典文学大系 明治編 1」岩波書店 2004 p14
代言会社
◇「新日本古典文学大系 明治編 1」岩波書店 2004 p176
築地電信局
◇「新日本古典文学大系 明治編 1」岩波書店 2004 p123
東京新繁昌記(抄)
◇「新日本古典文学大系 明治編 1」岩波書店 2004 p1
博覧会
◇「新日本古典文学大系 明治編 1」岩波書店 2004 p86
夜会
◇「新日本古典文学大系 明治編 1」岩波書店 2004 p211
臨時祭
◇「新日本古典文学大系 明治編 1」岩波書店 2004 p112

服部 まゆみ　はっとり・まゆみ（1948〜2007）
最後の楽園
◇「憑き者—全篇書下ろし傑作ホラーアンソロジー」アスキー 2000（A-novels）p9
松竹梅
◇「金田一耕助に捧ぐ九つの狂想曲」角川書店 2002 p201
◇「金田一耕助に捧ぐ九つの狂想曲」角川書店 2012（角川文庫）p201
髑髏指南
◇「金田一耕助の新たな挑戦」角川書店 1997（角川文庫）p235
葡萄酒の色
◇「緋迷宮—ミステリー・アンソロジー」祥伝社 2001（祥伝社文庫）p201

ハットリ ミキ
美しい母
◇「ショートショートの花束 7」講談社 2015（講談社文庫）p75
幸せの占い
◇「ショートショートの花束 6」講談社 2014（講談社文庫）p113
修理人
◇「ショートショートの花束 6」講談社 2014（講談社文庫）p64
ナニー
◇「ショートショートの花束 6」講談社 2014（講談社文庫）p178
母からの電話
◇「ショートショートの花束 7」講談社 2015（講談社文庫）p209
ピースケ・ロス症候群
◇「ショートショートの花束 6」講談社 2014（講談社文庫）p213

服部 元正　はっとり・もとまさ
井上良夫の死
◇「甦る推理雑誌 3」光文社 2002（光文社文庫）p314

初野 晴　はつの・せい（1973～）
エレメントコスモス
◇「ベスト本格ミステリ 2011」講談社 2011（講談社文庫）p313
◇「からくり伝言少女―本格短編ベスト・セレクション」講談社 2015（講談社文庫）p433
兼業で小説家を目指す方々へ
◇「0番目の事件簿」講談社 2012 p248
周波数は77.4MHz
◇「名探偵に訊け」光文社 2010（Kappa novels）p339
◇「名探偵に訊け」光文社 2013（光文社文庫）p465
14
◇「0番目の事件簿」講談社 2012 p191
シレネッタの丘
◇「驚愕遊園地」光文社 2013（最新ベスト・ミステリー）p295
◇「驚愕遊園地」光文社 2016（光文社文庫）p475
退出ゲーム
◇「ザ・ベストミステリーズ―推理小説年鑑 2008」講談社 2008 p77
◇「Play推理遊戯」講談社 2011（講談社文庫）p33
◇「謎の放課後―学校のミステリー」KADOKAWA 2013（角川文庫）p147
トワイライト・ミュージアム
◇「忍び寄る闇の奇譚」講談社 2008（講談社ノベルス）p77
ヘブンリーシンフォニー
◇「エール！ 2」実業之日本社 2013（実業之日本社文庫）p271
理由ありの旧校舎
◇「ベスト本格ミステリ 2015」講談社 2015（講談社ノベルス）p315
理由ありの旧校舎―学園密室？
◇「殺意の隘路」光文社 2016（最新ベスト・ミステリー）p247

バード, イザベラ　Bird, Isabella Lucy（1831～1904　イギリス）
日本奥地紀行（抄）
◇「山形県文学全集第2期(随筆・紀行編) 1」郷土出版社 2005 p11

鳩沢 佐美夫　はとざわ・さみお
証しの空文
◇「文学で考える〈日本〉とは何か」双文社出版 2007 p140
◇「文学で考える〈日本〉とは何か」翰林書房 2016 p140

鳩山 一郎　はどやま・いちろう（1883～1959）
ああ、シスターKissして下さいよ＞寺田薫
◇「日本人の手紙 4」リブリオ出版 2004 p36

羽鳥 敦史　はとり・あつし
遠い昔の贈り物
◇「ショートショートの広場 15」講談社 2004（講談社文庫）p29

羽菜 しおり　はな・しおり
カナダの雪原
◇「ゆきのまち幻想文学賞小品集 16」企画集団ぷりずむ 2007 p176
涙と雪ん子
◇「ゆきのまち幻想文学賞小品集 15」企画集団ぷりずむ 2006 p156
雪便り
◇「ゆきのまち幻想文学賞小品集 14」企画集団ぷりずむ 2005 p101

花井 愛子　はない・あいこ（1956～）
ゆびきりげんまん
◇「セブンス・アウト―悪夢七夜」童夢舎 2000（Doumノベル）p101

花岡 大学　はなおか・だいがく（1909～1988）
百羽のツル
◇「もう一度読みたい教科書の泣ける名作」学研教育出版 2013 p101

花恋　はなこ
手紙
◇「超短編傑作選 v.6」創英社 2007 p87

ハナダ
新幹線の窓から
◇「てのひら怪談 癸巳」KADOKAWA 2013（MF文庫ダ・ヴィンチ）p30
世界の終わり
◇「てのひら怪談―ビーケーワン怪談大賞傑作選 壬辰」ポプラ社 2012（ポプラ文庫）p270
無秩序

◇「てのひら怪談―ビーケーワン怪談大賞傑作選 壬辰」ポプラ社 2012（ポプラ文庫）p160

花田 一三六　はなだ・いさむ（1971～）

帰郷―曙光の誓い後日譚
◇「C・N 25―C・novels創刊25周年アンソロジー」中央公論新社 2007（C novels）p254

豪兵伝
◇「運命の覇者」角川書店 1997 p35

紛失癖
◇「暗闇」中央公論新社 2004（C NOVELS）p37

花田 清輝　はなだ・きよてる（1909～1974）

開かずの箱
◇「新編・日本幻想文学集成 2」国書刊行会 2016 p481

アンリ・ルソーの素朴さ
◇「戦後文学エッセイ選 1」影書房 2005 p69

石山怪談
◇「新編・日本幻想文学集成 2」国書刊行会 2016 p510

伊勢氏家訓
◇「歴史小説の世紀 天の巻」新潮社 2000（新潮文庫）p579
◇「戦後短篇小説再発見 15」講談社 2003（講談社文芸文庫）p132
◇「新編・日本幻想文学集成 2」国書刊行会 2016 p497

歌
◇「新編・日本幻想文学集成 2」国書刊行会 2016 p343

歌―ジョット・ゴッホ・ゴーガン
◇「戦後文学エッセイ選 1」影書房 2005 p15

海について
◇「新編・日本幻想文学集成 2」国書刊行会 2016 p415

大きさは測るべからず―秋元松代『常陸坊海尊』
◇「戦後文学エッセイ選 1」影書房 2005 p208

御伽草子
◇「新編・日本幻想文学集成 2」国書刊行会 2016 p473

男の首
◇「戦後文学エッセイ選 1」影書房 2005 p95

科学小説
◇「怪獣文学大全」河出書房新社 1998（河出文庫）p190

鏡の国の風景
◇「新編・日本幻想文学集成 2」国書刊行会 2016 p387

仮面の表情
◇「戦後文学エッセイ選 1」影書房 2005 p43

飢譜
◇「戦後文学エッセイ選 1」影書房 2005 p9

球面三角
◇「新編・日本幻想文学集成 2」国書刊行会 2016 p357

群猿図
◇「日本近代短篇小説選 昭和篇3」岩波書店 2012（岩波文庫）p175

芸術のいやったらしさ
◇「戦後文学エッセイ選 1」影書房 2005 p73

犬夷評判記
◇「芸術家」国書刊行会 1998（書物の王国）p170

古沼抄
◇「戦後文学エッセイ選 1」影書房 2005 p228

再出発という思想
◇「戦後文学エッセイ選 1」影書房 2005 p105

佐多稲子
◇「戦後文学エッセイ選 1」影書房 2005 p126

沙漠について
◇「新装版 全集現代文学の発見 8」學藝書林 2003 p578

さまざまな「戦後」
◇「戦後文学エッセイ選 1」影書房 2005 p189

「実践信仰」からの解放
◇「戦後文学エッセイ選 1」影書房 2005 p116

「修身斉家」という発想
◇「戦後文学エッセイ選 1」影書房 2005 p165

人生論の流行の意味
◇「戦後文学エッセイ選 1」影書房 2005 p89

蟬噪（せんそう）記
◇「戦後文学エッセイ選 1」影書房 2005 p218

大秘事
◇「新装版 全集現代文学の発見 2」學藝書林 2002 p495

楕円幻想
◇「新編・日本幻想文学集成 2」国書刊行会 2016 p369

鳥獣戯話
◇「新装版 全集現代文学の発見 6」學藝書林 2003 p460

月の道化
◇「新装版 全集現代文学の発見 11」學藝書林 2004 p304

テレザ・パンザの手紙
◇「新編・日本幻想文学集成 2」国書刊行会 2016 p375

読書的自叙伝
◇「戦後文学エッセイ選 1」影書房 2005 p92

泥棒論語（抄）
◇「陰陽師伝奇大全」白泉社 2001 p365

『ドン・キホーテ』註釈
◇「新編・日本幻想文学集成 2」国書刊行会 2016 p365

七
◇「新編・日本幻想文学集成 2」国書刊行会 2016 p427

はなつ

汝の欲するところをなせ―アンデルセン
◇「戦後文学エッセイ選 1」影書房 2005 p33
百物語
◇「闇夜に怪を語れば―百物語ホラー傑作選」角川書店 2005（角川ホラー文庫）p281
風景について
◇「戦後文学エッセイ選 1」影書房 2005 p129
ブレヒト
◇「戦後文学エッセイ選 1」影書房 2005 p180
変形譚
◇「変身のロマン」学習研究社 2003（学研M文庫）p333
舞の本
◇「新編・日本幻想文学集成 2」国書刊行会 2016 p516
もう一つの修羅
◇「戦後文学エッセイ選 1」影書房 2005 p170
ものぐさ太郎
◇「新編・日本幻想文学集成 2」国書刊行会 2016 p462
ものみな歌でおわる
◇「戦後文学エッセイ選 1」影書房 2005 p183
ものみな歌でおわる―第一幕第一景
◇「新編・日本幻想文学集成 2」国書刊行会 2016 p451
柳田国男について
◇「戦後文学エッセイ選 1」影書房 2005 p139
乱世に生きる
◇「戦後文学エッセイ選 1」影書房 2005 p211
力婦伝
◇「文士の意地―車谷長吉撰短篇小説輯 下巻」作品社 2005 p81
林檎に関する一考察
◇「戦後文学エッセイ選 1」影書房 2005 p58
◇「新編・日本幻想文学集成 2」国書刊行会 2016 p379
魯迅
◇「戦後文学エッセイ選 1」影書房 2005 p82
笑い猫
◇「怪猫鬼談」人類文化社 1999 p113

華塚 玲 はなづか・れい
大道廃れて仁義あり
◇「ショートショートの広場 15」講談社 2004（講談社文庫）p204

花登 筺 はなと・こばこ（1928～1983）
恋の呂昇
◇「日本舞踊舞踊劇選集」西川会 2002 p519

英 アタル はなぶさ・あたる
シュレディンガーの猫はポケットの中に
◇「5分で読める！ ひと駅ストーリー 猫の物語」宝島社 2014（宝島社文庫）p209
ヒロインは、ぽっちゃり『刑』

◇「5分で読める！ ひと駅ストーリー 冬の記憶西口編」宝島社 2013（宝島社文庫）p191
ホーリーグラウンド
◇「5分で読める！ ひと駅ストーリー 旅の話」宝島社 2015（宝島社文庫）p147

花房 一景 はなぶさ・いっけい
小人
◇「てのひら怪談―ビーケーワン怪談大賞傑作選 百怪繚乱篇」ポプラ社 2008 p230
◇「てのひら怪談―ビーケーワン怪談大賞傑作選 己丑」ポプラ社 2009（ポプラ文庫）p78

花房 文子 はなぶさ・ふみこ
創作 女二人
◇「日本統治期台湾文学集成 7」緑蔭書房 2002 p155

花村 萬月 はなむら・まんげつ（1955～）
犬の仕組
◇「現代の小説 1999」徳間書店 1999 p335
色色灰色
◇「Colors」ホーム社 2008 p229
◇「Colors」集英社 2009（集英社文庫）p251
悪萬
◇「代表作時代小説 平成19年度」光文社 2007 p391
歓喜の歌
◇「男たちの長い旅」徳間書店 2004（TOKUMA NOVELS）p263
なで肩の狐
◇「冒険の森へ―傑作小説大全 16」集英社 2015 p193
漸く、見えた。
◇「決戦！ 桶狭間」講談社 2016 p259
笑う山崎
◇「冒険の森へ―傑作小説大全 18」集英社 2016 p128

花輪 莞爾 はなわ・かんじ（1936～）
悪夢志願
◇「夢」国書刊行会 1998（書物の王国）p202
海が呑む（Ⅰ）
◇「物語の魔の物語―メタ怪談傑作選」徳間書店 2001（徳間文庫）p211
猫鏡
◇「猫路地」日本出版社 2006 p221

花輪 真衣 はなわ・まい
ブリーチ
◇「北日本文学賞入賞作品集 2」北日本新聞社 2002 p247

埴谷 雄高 はにや・ゆたか（1909～1997）
あまりに近代文学的な
◇「戦後文学エッセイ選 3」影書房 2005 p17
アンケート
◇「戦後文学エッセイ選 3」影書房 2005 p149
アンドロメダ星雲
◇「戦後文学エッセイ選 3」影書房 2005 p65

永久革命者の悲哀
　◇「戦後文学エッセイ選 3」影書房 2005 p71
踊りの伝説
　◇「戦後文学エッセイ選 3」影書房 2005 p105
「お花見会」と「忘年会」
　◇「戦後文学エッセイ選 3」影書房 2005 p201
革命の墓碑銘―エイゼンシュテイン『十月』
　◇「戦後文学エッセイ選 3」影書房 2005 p158
還元的リアリズム
　◇「戦後文学エッセイ選 3」影書房 2005 p52
虚空
　◇「新装版 全集現代文学の発見 2」學藝書林 2002 p315
　◇「戦後占領期短篇小説コレクション 5」藤原書店 2007 p125
　◇「幻視の系譜」筑摩書房 2013（ちくま文庫）p393
三冊の本と三人の人物
　◇「戦後文学エッセイ選 3」影書房 2005 p25
「序曲」の頃―三島由紀夫の追想
　◇「戦後文学エッセイ選 3」影書房 2005 p167
死霊
　◇「新装版 全集現代文学の発見 7」學藝書林 2003 p182
深淵
　◇「暗黒のメルヘン」河出書房新社 1998（河出文庫）p281
　◇「戦後短篇小説再発見 9」講談社 2002（講談社文芸文庫）p98
政治のなかの死
　◇「新装版 全集現代文学の発見 4」學藝書林 2003 p498
戦後文学「殺す者」「殺される者」ベスト・テン
　◇「戦後文学エッセイ選 3」影書房 2005 p224
戦後文学の党派性
　◇「戦後文学エッセイ選 3」影書房 2005 p179
存在と非在とのっぺらぼう
　◇「新装版 全集現代文学の発見 7」學藝書林 2003 p516
　◇「戦後文学エッセイ選 3」影書房 2005 p114
竹内好の追想
　◇「戦後文学エッセイ選 3」影書房 2005 p209
単性生殖
　◇「戦後文学エッセイ選 3」影書房 2005 p103
鎮魂歌のころ―原民喜追悼
　◇「創刊一〇〇年三田文学名作選」三田文学会 2010 p707
追跡の魔
　◇「文士の意地―車谷長吉撰短篇小説輯 下巻」作品社 2005 p126
時は武蔵野の上をも
　◇「戦後文学エッセイ選 3」影書房 2005 p232
何故書くか
　◇「戦後文学エッセイ選 3」影書房 2005 p9

農業綱領と『発達史講座』
　◇「戦後文学エッセイ選 3」影書房 2005 p29
花田清輝との同時代性
　◇「戦後文学エッセイ選 3」影書房 2005 p193
原民喜の回想
　◇「戦後文学エッセイ選 3」影書房 2005 p152
僕は常に母さんの一人息子です＞般若あさ
　◇「日本人の手紙 1」リブリオ出版 2004 p192
無言旅行
　◇「福島の文学―11人の作家」講談社 2014（講談社文芸文庫）p325
闇のなかの黒い馬
　◇「日本近代短篇小説選 昭和篇3」岩波書店 2012（岩波文庫）p327
闇のなかの思想
　◇「戦後文学エッセイ選 3」影書房 2005 p129
夢について―或いは、可能性の作家
　◇「戦後文学エッセイ選 3」影書房 2005 p136
「夜の会」の頃
　◇「戦後文学エッセイ選 3」影書房 2005 p172
歴史のかたちについて
　◇「戦後文学エッセイ選 3」影書房 2005 p38
錬金術師・井上光晴
　◇「戦後文学エッセイ選 3」影書房 2005 p218
私と「戦後」―時は過ぎ行く
　◇「戦後文学エッセイ選 3」影書房 2005 p220

馬場 あき子　ばば・あきこ（1928〜）
青葉の黒川能
　◇「山形県文学全集第2期(随筆・紀行編) 5」郷土出版社 2005 p23
鬼剣舞の夜
　◇「響き交わす鬼」小学館 2005（小学館文庫）p43
鬼の誕生
　◇「鬼譚」筑摩書房 2014（ちくま文庫）p193
黒川の門笛
　◇「山形県文学全集第2期(随筆・紀行編) 5」郷土出版社 2005 p19
切なき勇躍―鬼剣舞の鬼
　◇「響き交わす鬼」小学館 2005（小学館文庫）p48
短歌
　◇「コレクション戦争と文学 12」集英社 2013 p692

馬場 信浩　ばば・のぶひろ（1941〜）
アメリカ・アイス
　◇「謎―スペシャル・ブレンド・ミステリー 003」講談社 2008（講談社文庫）p247

羽場 博行　はば・ひろゆき（1957〜）
私が暴いた殺人
　◇「金田一耕助の新たな挑戦」角川書店 1997（角川文庫）p267

馬場 雄介　ばば・ゆうすけ
たずねびと

◇「ショートショートの広場 12」講談社 2001（講談社文庫）p121

帚木 蓬生　ははきぎ・ほうせい（1947～）
抗命
◇「永遠の夏―戦争小説集」実業之日本社 2015（実業之日本社文庫）p193

百日紅
◇「短篇ベストコレクション―現代の小説 2003」徳間書店 2003（徳間文庫）p455

ぱはば
Take it easy
◇「ショートショートの広場 11」講談社 2000（講談社文庫）p106

葉原 あきよ　はばら・あきよ
間の駅
◇「てのひら怪談―ビーケーワン怪談大賞傑作選 壬辰」ポプラ社 2012（ポプラ文庫）p106

神様を待つ
◇「忘れがたい者たち―ライトノベル・ジュブナイル選集」創英社 2007 p91

昨日、犬が死んだ
◇「超短編の世界 vol.3」創英社 2011 p96

警告
◇「てのひら怪談―ビーケーワン怪談大賞傑作選 辛卯」ポプラ社 2011（ポプラ文庫）p192

狸の葬式
◇「てのひら怪談―ビーケーワン怪談大賞傑作選 庚寅」ポプラ社 2010（ポプラ文庫）p178

納得できない
◇「超短編の世界 vol.2」創英社 2009 p87

ノイズレス
◇「超短編の世界 vol.2」創英社 2009 p86

本命チョコレート
◇「超短編の世界 vol.3」創英社 2011 p14

昔語り
◇「超短編の世界 vol.3」創英社 2011 p178

娘たち
◇「超短編の世界」創英社 2008 p70

雪子たち
◇「超短編の世界 vol.3」創英社 2011 p37

羽原 大介　はばら・だいすけ（1964～）
パッチギ！（井筒和幸）
◇「年鑑代表シナリオ集 '05」シナリオ作家協会 2006 p7

ヒーローショー（井筒和幸／吉田康弘）
◇「年鑑代表シナリオ集 '10」シナリオ作家協会 2011 p115

フラガール（李相日）
◇「年鑑代表シナリオ集 '06」シナリオ作家協会 2008 p163

パ・パラリ
風景

◇「超短編傑作選 v.6」創英社 2007 p157

浜尾 四郎　はまお・しろう（1896～1935）
悪魔の弟子
◇「魔の怪」勉誠出版 2002（べんせいライブラリー）p1

彼が殺したか
◇「君らの魂を悪魔に売りつけよ―新青年傑作選」角川書店 2000（角川文庫）p127
◇「江戸川乱歩と13人の新青年〈論理派〉編」光文社 2008（光文社文庫）p259

殺された天一坊
◇「大岡越前―名奉行裁判説話」廣済堂出版 1998（廣済堂文庫）p109
◇「大江戸犯科帖―時代推理小説名作選」双葉社 2003（双葉文庫）p125
◇「江戸三百年を読む―傑作時代小説 シリーズ江戸学 下」角川学芸出版 2009（角川文庫）p11

殺人狂の話（欧米犯罪実話）
◇「幻の探偵雑誌 10」光文社 2002（光文社文庫）p211

殺人迷路（連作探偵小説第八回）
◇「幻の探偵雑誌 8」光文社 2001（光文社文庫）p95

正義
◇「幻の探偵雑誌 10」光文社 2002（光文社文庫）p157

途上の犯人
◇「探偵小説の風景―トラフィック・コレクション 上」光文社 2009（光文社文庫）p9

浜尾 まさひろ　はまお・まさひろ
ある会話
◇「ショートショートの花束 1」講談社 2009（講談社文庫）p219

浜口 志賀夫　はまぐち・しかお
烏羽玉
◇「ハンセン病文学全集 9」皓星社 2010 p372

濱口 竜介　はまぐち・りゅうすけ（1978～）
PASSION
◇「年鑑代表シナリオ集 '08」シナリオ作家協会 2009 p57

浜田 矯太郎　はまだ・きょうたろう
にせきちがい―福岡直次郎の手記
◇「コレクション戦争と文学 11」集英社 2012 p399

はまだ 語録　はまだ・ごろく（1983～）
船旅『二十年目の憂鬱』
◇「5分で読める！ひと駅ストーリー 旅の話」宝島社 2015（宝島社文庫）p217

浜田 嗣範　はまだ・つぐのり
クロダイと飛行機
◇「日本海文学大賞―大賞作品集 1」日本海文学大賞運営委員会 2007 p161

濱田 隼雄　はまだ・はやお（1909〜1973）
その日（軍報道部提供）
　◇「日本統治期台湾文学集成 23」緑蔭書房 2007 p412
乏（とも）しけれど
　◇「日本統治期台湾文学集成 22」緑蔭書房 2007 p233
随筆 永田靖のこと
　◇「日本統治期台湾文学集成 22」緑蔭書房 2007 p243
萩
　◇「日本統治期台湾文学集成 4」緑蔭書房 2002 p241
圓公園案内係
　◇「日本統治期台湾文学集成 22」緑蔭書房 2007 p301
予備学生
　◇「日本統治期台湾文学集成 23」緑蔭書房 2007 p325
随筆 我が師
　◇「日本統治期台湾文学集成 22」緑蔭書房 2007 p277

濱田 秀三郎　はまだ・ひでさぶろう
征く朝――一幕
　◇「日本統治期台湾文学集成 12」緑蔭書房 2003 p121

浜田 広介　はまだ・ひろすけ（1893〜1973）
五ひきのやもり
　◇「奇跡」国書刊行会 2000（書物の王国）p202
先生の肖像二つ
　◇「山形県文学全集第2期（随筆・紀行編）4」郷土出版社 2005 p161
むく鳥のゆめ
　◇「山形県文学全集第1期（小説編）1」郷土出版社 2004 p79

濱地 文男　はまち・ふみお
明暗
　◇「日本統治期台湾文学集成 8」緑蔭書房 2002 p201

濱手 崇行　はまて・たかゆき
肖像画
　◇「本格推理 10」光文社 1997（光文社文庫）p417

葉真中 顕　はまなか・あき（1976〜）
洞の奥
　◇「地を這う捜査―「読楽」警察小説アンソロジー」徳間書店 2015（徳間文庫）p175
カレーの女神様
　◇「ザ・ベストミステリーズ―推理小説年鑑 2015」講談社 2015 p181
サブマージド
　◇「宝石ザミステリー 2016」光文社 2015 p271

はまも さき
うたたねのあいだ
　◇「冷と温―第13回フェリシモ文学賞作品集」フェリシモ 2010 p101

濱本 七恵　はまもと・ななえ
いつもあなたを見ている
　◇「すごい恋愛」泰文堂 2012（リンダブックス）p172
君に会いたい
　◇「君に会いたい―恋愛短篇小説集」泰文堂 2012（リンダブックス）p6
こかげに咲く
　◇「君を忘れない―恋愛短篇小説集」泰文堂 2012（リンダブックス）p84
サボテンの育て方
　◇「好きなのに」泰文堂 2013（リンダブックス）p5
さよなら、大好きな人
　◇「さよなら、大好きな人―スウィート&ビターな7ストーリー」泰文堂 2011（Linda books！）p234
サランへ 私の彼は韓国人
　◇「100の恋―幸せになるための恋愛短篇集」泰文堂 2010（Linda books！）p30
ずっと一緒にいたい
　◇「君が好き―恋愛短篇小説集」泰文堂 2012（リンダブックス）p48
誓い
　◇「さよなら、大好きな人―スウィート&ビターな7ストーリー」泰文堂 2011（Linda books！）p6
手をつなごう
　◇「君がいない―恋愛短篇小説集」泰文堂 2013（リンダブックス）p84

咸 大勲　ハム・デフン
近代劇と國民演劇(1)〜(5)
　◇「近代朝鮮文学日本語作品集1939〜1945 評論・随筆篇 1」緑蔭書房 2002 p243
現代朝鮮のモボ、モガ風土記一〜三
　◇「近代朝鮮文学日本語作品集1901〜1938 評論・随筆篇 1」緑蔭書房 2004 p410
國民劇樹立の意義(1)〜(3)
　◇「近代朝鮮文学日本語作品集1939〜1945 評論・随筆篇 1」緑蔭書房 2002 p223
朝鮮映畫、演劇における國語使用の問題
　◇「近代朝鮮文学日本語作品集1939〜1945 評論・随筆篇 1」緑蔭書房 2002 p299

咸 和鎮　ハム・ファジン
朝鮮の祭樂
　◇「近代朝鮮文学日本語作品集1908〜1945 セレクション 5」緑蔭書房 2008 p333

葉室 麟　はむろ・りん（1951〜2017）
天草の賦
　◇「代表作時代小説 平成26年度」光文社 2014 p85
梅の影
　◇「代表作時代小説 平成23年度」光文社 2011 p309
乾山晩愁
　◇「代表作時代小説 平成18年度」光文社 2006 p75
孤狼なり

◇「決戦！ 関ケ原」講談社 2014 p269
汐の恋文
◇「代表作時代小説 平成25年度」光文社 2013 p83
鷹、翔ける
◇「決戦！ 本能寺」講談社 2015 p237
女人入眼
◇「代表作時代小説 平成22年度」光文社 2010 p357
鳳凰記
◇「決戦！ 大坂城」講談社 2015 p5
牡丹咲くころ
◇「代表作時代小説 平成24年度」光文社 2012 p285
夜半亭有情
◇「代表作時代小説 平成21年度」光文社 2009 p269

早狩 武志 はやかり・たけし
輝ける閉じた未来
◇「宇宙への帰還―SFアンソロジー」KSS出版 1999（KSS entertainment novels）p105

早川 一路 はやかわ・いちろ
一路集
◇「ハンセン病文学全集 9」皓星社 2010 p64

早川 四郎 はやかわ・しろう
白鳥扼殺
◇「白の怪」勉誠出版 2003（べんせいライブラリー）p51

早川 兎月 はやかわ・とげつ
春眠
◇「ハンセン病文学全集 9」皓星社 2010 p63

早坂 暁 はやさか・あきら（1929～2017）
ぼがあざん―戦艦大和の少女
◇「読んで演じたくなるゲキの本 高校生版」幻冬舎 2006 p183

林 藍 はやし・あい
雪ん子ロロ
◇「山形市児童劇団脚本集 3」山形市 2005 p154

林 絵里沙 はやし・えりさ
ひび割れ
◇「藤本義一文学賞 第1回」（大阪）たる出版 2016 p133

林 乙竜 はやし・おつりゅう
不自由寮
◇「ハンセン病文学全集 4」皓星社 2003 p265

林 京子 はやし・きょうこ（1930～）
空罐
◇「生の深みを覗く―ポケットアンソロジー」岩波書店 2010（岩波文庫別冊）p433
曇り日の行進
◇「戦争小説短篇名選集」講談社 2015（講談社文芸文庫）p169
三界の家
◇「三枝和子・林京子・富岡多惠子」角川書店 1999（女性作家シリーズ）p211
◇「川端康成文学賞全作品 1」新潮社 1999 p263
トリニティからトリニティへ
◇「文学 2001」講談社 2001 p224
雛人形
◇「戦後短篇小説再発見 7」講談社 2001（講談社文芸文庫）p215
ぶーらんこぶうらんこ
◇「文学 2004」講談社 2004 p178
祭りの場
◇「三枝和子・林京子・富岡多惠子」角川書店 1999（女性作家シリーズ）p155
◇「コレクション戦争と文学 19」集英社 2011 p211

林 幸子 はやし・さちこ
ヒロシマの空
◇「読み聞かせる戦争」光文社 2015 p11

林 譲治 はやし・じょうじ（1889～1960）
ある欠陥物件に関する関係者への聞き取り調査
◇「アステロイド・ツリーの彼方へ」東京創元社 2016（創元SF文庫）p351
エウロパの龍
◇「日本SF・名作集成 5」リブリオ出版 2005 p179
女の姿
◇「逆想コンチェルト―イラスト先行・競作小説アンソロジー 奏の1」徳間書店 2010 p108
警視庁吸血犯罪捜査班
◇「NOVA―書き下ろし日本SFコレクション 4」河出書房新社 2011（河出文庫）p201
重力の使命
◇「日本SF短篇50 5」早川書房 2013（ハヤカワ文庫JA）p7
大使の孤独
◇「虚構機関―年刊日本SF傑作選」東京創元社 2008（創元SF文庫）p405

林 翔太 はやし・しょうた
ドリーム・レコーダー
◇「ショートショートの花束 4」講談社 2012（講談社文庫）p177

林 大輔 はやし・だいすけ
雪おとこ
◇「ゆきのまち幻想文学賞小品集 12」企画集団ぷりずむ 2003 p103

林 多一郎 はやし・たいちろう
改正 小学作文方法（中島操）
◇「新日本古典文学大系 明治編 11」岩波書店 2006 p1

林 巧 はやし・たくみ（1961～）
エイミーの敗北
◇「未来妖怪」光文社 2008（光文社文庫）p301
◇「超弦領域―年刊日本SF傑作選」東京創元社 2009（創元SF文庫）p63

カラス書房
◇「ひとにぎりの異形」光文社 2007（光文社文庫）p385
ココヤシ
◇「アジアン怪綺」光文社 2003（光文社文庫）p83
ピアノのそばで
◇「ろうそくの炎がささやく言葉」勁草書房 2011 p119
香港の観覧車
◇「黒い遊園地」光文社 2004（光文社文庫）p15
路環島の冒険
◇「魔地図」光文社 2005（光文社文庫）p13

林 忠由　はやし・ただよし
星大工
◇「現代の小説 1999」徳間書店 1999 p205

林 達夫　はやし・たつお（1896～1984）
反語的精神
◇「新装版 全集現代文学の発見 4」學藝書林 2003 p380

林 知佐子　はやし・ちさこ
ちゃあちゃん
◇「現代作家代表作選集 7」鼎書房 2014 p57

林 千歳　はやし・ちとせ（1892～1962）
乙弥と兄
◇「青鞜文学集」不二出版 2004 p78
◇「青鞜小説集」講談社 2014（講談社文芸文庫）p164

林 てるよし　はやし・てるよし
人助け
◇「ショートショートの広場 11」講談社 2000（講談社文庫）p263

林 吨助　はやし・とんすけ
42.195キロ
◇「ショートショートの広場 20」講談社 2008（講談社文庫）p13

林 望　はやし・のぞむ（1949～）
風の林檎
◇「くだものだもの」ランダムハウス講談社 2007 p125
この山道を…
◇「あなたと、どこかへ。」文藝春秋 2008（文春文庫）p107
「名馬シルヴァー・ブレイズ」後日
◇「シャーロック・ホームズの災難—日本版」論創社 2007 p63

林 八郎　はやし・はちろう
南へ
◇「ハンセン病に咲いた花—初期文芸名作選 戦前編」皓星社 2002（ハンセン病叢書）p290

林 久博　はやし・ひさひろ
おそれ山の赤おに

◇「小学校・全員参加の楽しい学級劇・学年劇脚本集 低学年」黎明書房 2007 p68
RIDE ON THE RAFT—いかだにのって（小川史〔英訳〕）
◇「小学校・全員参加の楽しい学級劇・学年劇脚本集 低学年」黎明書房 2007 p219

林 房雄　はやし・ふさお（1903～1975）
S半島の輿論（十景よりなるメロ・ドラマ）
◇「新・プロレタリア文学精選集 9」ゆまに書房 2004 p355
繪のない繪本
◇「新・プロレタリア文学精選集 9」ゆまに書房 2004 p265
キエフ大劇場の暗殺
◇「新・プロレタリア文学精選集 9」ゆまに書房 2004 p183
黒田九郎氏の愛國心
◇「新・プロレタリア文学精選集 9」ゆまに書房 2004 p319
新いそつぶ物語
◇「新・プロレタリア文学精選集 9」ゆまに書房 2004 p219
シンビリスク號事件
◇「新・プロレタリア文学精選集 9」ゆまに書房 2004 p157
双生真珠
◇「恐怖の花」ランダムハウス講談社 2007 p207
都會双曲線
◇「新・プロレタリア文学精選集 9」ゆまに書房 2004 p1
非常に感傷的な自負—跂にかへて
◇「新・プロレタリア文学精選集 9」ゆまに書房 2004 p409
間米米吉氏の銅像
◇「新・プロレタリア文学精選集 9」ゆまに書房 2004 p331
繭
◇「新・プロレタリア文学精選集 9」ゆまに書房 2004 p299
四つの文字
◇「謎のギャラリー—最後の部屋」マガジンハウス 1999 p17
◇「戦後短篇小説再発見 9」講談社 2002（講談社文芸文庫）p40
◇「謎のギャラリー—こわい部屋」新潮社 2002（新潮文庫）p95
◇「文士の意地—車谷長吉撰短篇小説輯 上巻」作品社 2005 p401
◇「こわい部屋」筑摩書房 2012（ちくま文庫）p95

林 不忘　はやし・ふぼう（1900～1935）
寛永相合傘〔粟田口〕
◇「刀剣—歴史時代小説名作アンソロジー」中央公論新社 2016（中公文庫）p149
釘抜藤吉捕物覚書
◇「捕物時代小説選集 4」春陽堂書店 2000（春陽文

庫）p2
- ◇「幻の探偵雑誌 5」光文社 2001（光文社文庫）p67

元禄十三年
- ◇「忠臣蔵コレクション 2」河出書房新社 1998（河出文庫）p7

丹下左膳
- ◇「颯爽登場！ 第一話―時代小説ヒーロー初見参」新潮社 2004（新潮文庫）p151

林 不木　はやし・ふぼく

神を見る人
- ◇「てのひら怪談―ビーケーワン怪談大賞傑作選」ポプラ社 2007 p208
- ◇「てのひら怪談―ビーケーワン怪談大賞傑作選」ポプラ社 2008（ポプラ文庫）p220

クルークルー
- ◇「リトル・リトル・クトゥルー――史上最小の神話小説集」学習研究社 2009 p72

シミュラクラ
- ◇「てのひら怪談―ビーケーワン怪談大賞傑作選 2」ポプラ社 2007 p142
- ◇「てのひら怪談―ビーケーワン怪談大賞傑作選 己丑」ポプラ社 2009（ポプラ文庫）p200

ランバス・フー・ファイター
- ◇「てのひら怪談―ビーケーワン怪談大賞傑作選 百怪繚乱篇」ポプラ社 2008 p144

林 芙美子　はやし・ふみこ（1903〜1951）

蒼馬を見たり
- ◇「ちくま日本文学 20」筑摩書房 2008（ちくま文庫）p13

蒼馬を見たり（抄）
- ◇「ちくま日本文学 20」筑摩書房 2008（ちくま文庫）p9

赤いマリ
- ◇「ちくま日本文学 20」筑摩書房 2008（ちくま文庫）p16

朝御飯
- ◇「文人御馳走帖」新潮社 2014（新潮文庫）p294

雨
- ◇「コレクション戦争と文学 9」集英社 2012 p477

うなぎ
- ◇「うなぎ―人情小説集」筑摩書房 2016（ちくま文庫）p137

尾道の海の風景が、なつかしく恋しい≫今井篤三郎
- ◇「日本人の手紙 3」リブリオ出版 2004 p7

牡蠣
- ◇「ちくま日本文学 20」筑摩書房 2008（ちくま文庫）p339

柿の実
- ◇「果実」SDP 2009（SDP bunko）p91

河沙魚（かわはぜ）
- ◇「ちくま日本文学 20」筑摩書房 2008（ちくま文庫）p389

魚介
- ◇「ちくま日本文学 20」筑摩書房 2008（ちくま文庫）p257

恋は胸三寸のうち
- ◇「ちくま日本文学 20」筑摩書房 2008（ちくま文庫）p17

幸福の彼方
- ◇「百年小説」ポプラ社 2008 p1107

幸福の彼方――一九四〇（昭和一五）年
- ◇「BUNGO―文豪短篇傑作選」角川書店 2012（角川文庫）p163

魚
- ◇「文人御馳走帖」新潮社 2014（新潮文庫）p289

魚の序文
- ◇「ちくま日本文学 20」筑摩書房 2008（ちくま文庫）p58
- ◇「生の深みを覗く―ポケットアンソロジー」岩波書店 2010（岩波文庫別冊）p155

自序〔蒼馬を見たり〕
- ◇「ちくま日本文学 20」筑摩書房 2008 p9

水仙
- ◇「日本近代短篇小説選 昭和篇2」岩波書店 2012（岩波文庫）p263

清貧の書
- ◇「短編名作選―1925-1949 文士たちの時代」笠間書院 1999 p67
- ◇「ちくま日本文学 20」筑摩書房 2008（ちくま文庫）p84
- ◇「私小説の生き方」アーツ・アンド・クラフツ 2009 p112

下町（ダウン・タウン）
- ◇「戦後短篇小説再発見 6」講談社 2001（講談社文芸文庫）p77
- ◇「ちくま日本文学 20」筑摩書房 2008（ちくま文庫）p233

足袋と鶯
- ◇「六人の作家小説選」東銀座出版社 1997（銀選書）p213

泣虫小僧
- ◇「ちくま日本文学 20」筑摩書房 2008（ちくま文庫）p132

羽柴秀吉
- ◇「歴史小説の世紀 天の巻」新潮社 2000（新潮文庫）p385

パリから私の可愛いくちびるをおくります≫手塚緑敏
- ◇「日本人の手紙 7」リブリオ出版 2004 p116

晩菊
- ◇「戦後占領期短篇小説コレクション 3」藤原書店 2007 p229
- ◇「晩菊―女体についての八篇」中央公論新社 2016（中公文庫）p185

風琴と魚の町
- ◇「六人の作家小説選」東銀座出版社 1997（銀選書）p233
- ◇「ことばの織物―昭和短篇珠玉選 2」蒼丘書林

1998 p57
◇「ちくま日本文学 20」筑摩書房 2008（ちくま文庫）p19
◇「アンソロジー・プロレタリア文学 1」森話社 2013 p54
◇「日本文学100年の名作 2」新潮社 2014（新潮文庫）p283

放牧
◇「温泉小説」アーツアンドクラフツ 2006 p94

骨
◇「名短篇、さらにあり」筑摩書房 2008（ちくま文庫）p45
◇「我等、同じ船に乗り」文藝春秋 2009（文春文庫）p77

夜猿
◇「ちくま日本文学 20」筑摩書房 2008（ちくま文庫）p415

林 麻美子　はやし・まみこ
三分間コマーシャル メダカが出てきてこんにちは！
◇「小学校・全員参加の楽しい学級劇・学年劇脚本集 低学年」黎明書房 2007 p204

林 万理　はやし・まり
晩冬
◇「超短編傑作選 v.6」創英社 2007 p45

林 真理子　はやし・まりこ（1954～）
一年ののち
◇「東京小説」紀伊國屋書店 2000 p47
◇「10ラブ・ストーリーズ」朝日新聞出版 2011（朝日文庫）p427
◇「東京小説」日本経済新聞出版社 2013（日経文芸文庫）p5

悔いる男
◇「甘やかな祝祭—恋愛小説アンソロジー」光文社 2004（光文社文庫）p97

最終便に間に合えば
◇「千刈あがた・高樹のぶ子・林真理子・高村薫」角川書店 1997（女性作家シリーズ）p292

週末の食べ物
◇「くだものだもの」ランダムハウス講談社 2007 p81

初夜
◇「現代の小説 1999」徳間書店 1999 p263

年賀状
◇「日本文学100年の名作 9」新潮社 2015（新潮文庫）p119

花を枯らす
◇「こんなにも恋はせつない—恋愛小説アンソロジー」光文社 2004（光文社文庫）p243

星影のステラ
◇「千刈あがた・高樹のぶ子・林真理子・高村薫」角川書店 1997（女性作家シリーズ）p229

四歳の雌牛
◇「わかれの船—Anthology」光文社 1998 p61

リハーサル
◇「Invitation」文藝春秋 2010 p209
◇「甘い罠—8つの短篇小説集」文藝春秋 2012（文春文庫）p201

林 万太　はやし・まんた
自然薯とニワトリ
◇「優秀新人戯曲集 2000」ブロンズ新社 1999 p141

林 みち子　はやし・みちこ
心よ羽ばたけ
◇「ハンセン病文学全集 8」皓星社 2006 p316

やどりぎ
◇「ハンセン病文学全集 8」皓星社 2006 p269

夕映ながく
◇「ハンセン病文学全集 8」皓星社 2006 p424

林 泰広　はやし・やすひろ
問う男
◇「本格推理 14」光文社 1999（光文社文庫）p237

プロ達の夜会
◇「本格推理 13」光文社 1998（光文社文庫）p9

林 由美子　はやし・ゆみこ（1972～）
祈り捧げる
◇「5分で読める！ひと駅ストーリー 冬の記憶西口編」宝島社 2013（宝島社文庫）p31
◇「5分で泣ける！胸がいっぱいになる物語」宝島社 2015（宝島社文庫）p189

緊急下車
◇「5分で読める！ひと駅ストーリー 降車編」宝島社 2012（宝島社文庫）p47

黒の複合
◇「5分で読める！ひと駅ストーリー 本の物語」宝島社 2014（宝島社文庫）p109

娑婆
◇「5分で読める！怖いはなし」宝島社 2014（宝島社文庫）p171

喉鳴らし
◇「5分で読める！怖いはなし」宝島社 2014（宝島社文庫）p77

バニラ
◇「5分で読める！ひと駅ストーリー 食の話」宝島社 2015（宝島社文庫）p339

ひとでなし
◇「5分で読める！怖いはなし」宝島社 2014（宝島社文庫）p121

まぶしい夜顔
◇「5分で読める！ひと駅ストーリー 夏の記憶東口編」宝島社 2013（宝島社文庫）p51
◇「5分で泣ける！胸がいっぱいになる物語」宝島社 2015（宝島社文庫）p127

林田 新　はやしだ・しん
赤い糸
◇「ショートショートの広場 11」講談社 2000（講談社文庫）p146

林田 遼子　はやしだ・りょうこ（1933〜）
いもうと
- ◇「現代短編小説選―2005〜2009」日本民主主義文学会 2010 p56

踏切
- ◇「時代の波音―民主文学短編小説集1995年〜2004年」日本民主主義文学会 2005 p38

林家 正蔵〔8代〕　はやしや・しょうぞう
（1895〜1982）
あたま山
- ◇「おかしい話」筑摩書房 2010（ちくま文学の森）p179

一眼国
- ◇「魑魅魍魎列島」小学館 2005（小学館文庫）p323

早助 よう子　はやすけ・ようこ
家出
- ◇「文学 2013」講談社 2013 p192

ポイント・カード
- ◇「十年後のこと」河出書房新社 2016 p147

早瀬 詠一郎　はやせ・えいいちろう（1952〜）
地蔵和讃
- ◇「白刃光る」新潮社 1997 p107

石蕗
- ◇「短篇ベストコレクション―現代の小説 2010」徳間書店 2010（徳間文庫）p443

早瀬 馨　はやせ・かおる
眼
- ◇「北日本文学賞入賞作品集 2」北日本新聞社 2002 p269

早瀬 玩具　はやせ・がんぐ
代償
- ◇「ショートショートの花束 3」講談社 2011（講談社文庫）p41

早瀬 耕　はやせ・こう
眠れぬ夜のスクリーニング
- ◇「AIと人類は共存できるか？―人工知能SFアンソロジー」早川書房 2016 p5

早瀬 みづち　はやせ・みづち
殺して、あげる
- ◇「恐怖館」青樹社 1999（青樹社文庫）p151

速瀬 れい　はやせ・れい（？〜2013）
カフェ「水族館」
- ◇「時間怪談」廣済堂出版 1999（廣済堂文庫）p181

金蓮靴
- ◇「アジアン怪綺」光文社 2003（光文社文庫）p561

冥きより
- ◇「GOD」廣済堂出版 1999（廣済堂文庫）p271

三等の幽霊
- ◇「幽霊船」光文社 2001（光文社文庫）p203

上海人形
- ◇「ロボットの夜」光文社 2000（光文社文庫）p475

双頭の鷲
- ◇「獣人」光文社 2003（光文社文庫）p599

蝶の道行
- ◇「ひとにぎりの異形」光文社 2007（光文社文庫）p529

帝都復興祭
- ◇「世紀末サーカス」廣済堂出版 2000（廣済堂文庫）p457

時の通い路
- ◇「妖女」光文社 2004（光文社文庫）p351

のちの雛
- ◇「玩具館」光文社 2001（光文社文庫）p661

不死の人
- ◇「トロピカル」廣済堂出版 1999（廣済堂文庫）p295

プリン・アラモードの夜
- ◇「キネマ・キネマ」光文社 2002（光文社文庫）p223

方相氏
- ◇「マスカレード」光文社 2002（光文社文庫）p569

螢硝子
- ◇「物語のルミナリエ」光文社 2011（光文社文庫）p282

みずいろの十二階
- ◇「黒い遊園地」光文社 2004（光文社文庫）p251

約束の日
- ◇「櫻憑き」光文社 2001（カッパ・ノベルス）p97

夢ちがえの姫君
- ◇「京都宵」光文社 2008（光文社文庫）p439

夢の奈落
- ◇「恐怖症」光文社 2002（光文社文庫）p159

約翰の切首
- ◇「アート偏愛」光文社 2005（光文社文庫）p259

流星雨
- ◇「夏のグランドホテル」光文社 2003（光文社文庫）p517

連鎖劇
- ◇「伯爵の血族―紅ノ章」光文社 2007（光文社文庫）p313

羽山 信樹　はやま・のぶき（1944〜1997）
一期一殺
- ◇「代表作時代小説 平成9年度」光風社出版 1997 p221
- ◇「白刃光る」新潮社 1997 p67
- ◇「春宵濡れ髪しぐれ―時代小説傑作選」講談社 2003（講談社文庫）p161

月山落城
- ◇「代表作時代小説 平成10年度」光風社出版 1998 p237
- ◇「地獄の無明剣―時代小説傑作選」講談社 2004（講談社文庫）p235

架裟掛けの太刀―林崎甚助vs坂上主膳
- ◇「時代小説傑作選 2」新人物往来社 2008 p169

砂塵
　◇「士魂の光芒―時代小説最前線」新潮社 1997（新潮文庫）p179
　◇「柳生一族―剣豪列伝」廣済堂出版 1998（廣済堂文庫）p123
　◇「柳生の剣、八番勝負」廣済堂出版 2009（廣済堂文庫）p121

素浪人 眉間ノ介
　◇「落日の兇刃―時代アンソロジー」祥伝社 1998（ノン・ポシェット）p273

総司の瞬
　◇「鍔鳴り疾風剣」光風社出版 2000（光風社文庫）p7
　◇「誠の旗がゆく―新選組傑作選」集英社 2003（集英社文庫）p351

歳三の瞼
　◇「幕末剣豪人斬り異聞 佐幕篇」アスキー 1997（Aspect novels）p9

抜田吉―粟田口国吉
　◇「名刀伝」角川春樹事務所 2015（ハルキ文庫）p149

信長豪剣記
　◇「変事異聞」小学館 2007（小学館文庫）p225

破門
　◇「秘剣舞う―剣豪小説の世界」学習研究社 2002（学研M文庫）p219
　◇「幻の剣鬼七番勝負―傑作時代小説」PHP研究所 2008（PHP文庫）p277

博文の貌
　◇「野辺に朽ちぬとも―吉田松陰と松下村塾の男たち」集英社 2015（集英社文庫）p297

葉山 弥世　はやま・みよ
朝ごとに
　◇「現代作家代表作選集 7」鼎書房 2014 p85

葉山 由季　はやま・ゆき
ステータス
　◇「ショートショートの花束 4」講談社 2012（講談社文庫）p236

葉山 嘉樹　はやま・よしき（1894～1945）
移動する村落
　◇「アンソロジー・プロレタリア文学 1」森話社 2013 p255

淫売婦
　◇「新装版 全集現代文学の発見 1」學藝書林 2002 p378
　◇「読んでおきたい近代日本小説選」龍書房 2012 p262
　◇「日本近代短篇小説選 大正篇」岩波書店 2012（岩波文庫）p327
　◇「アンソロジー・プロレタリア文学 2」森話社 2014 p192
　◇「女 2」あの出版 2016（GB）p49

死屍を食う男
　◇「ひとりで夜読むな―新青年傑作選 怪奇編」角川書店 2001（角川ホラー文庫）p29

セメント樽の中の手紙
　◇「新装版 全集現代文学の発見 1」學藝書林 2002 p394
　◇「迷」文藝春秋 2003（推理作家になりたくて マイベストミステリー）p23
　◇「恐怖の森」ランダムハウス講談社 2007 p129
　◇「マイ・ベスト・ミステリー 3」文藝春秋 2007（文春文庫）p29
　◇「文豪さんへ。」メディアファクトリー 2009（MF文庫）p107
　◇「文学で考える〈仕事〉の百年」双文社出版 2010 p85
　◇「生の深みを覗く―ポケットアンソロジー」岩波書店 2010（岩波文庫別冊）p363
　◇「読んでおきたい近代日本小説選」龍書房 2012 p276
　◇「幻妖の水脈（みお）」筑摩書房 2013（ちくま文庫）p454
　◇「経済小説名作選」筑摩書房 2014（ちくま文庫）p7
　◇「文学で考える〈仕事〉の百年」翰林書房 2016 p85

出しようのない手紙
　◇「妻を失う―離別作品集」講談社 2014（講談社文芸文庫）p50

凡父子
　◇「サンカの民を追って―山窩小説傑作選」河出書房新社 2015（河出文庫）p198

山の幸
　◇「百年小説」ポプラ社 2008 p713

牢獄の半日
　◇「天変動く 大震災と作家たち」インパクト出版会 2011（インパクト選書）p108

早見 江堂　はやみ・えどう（1953～）
完全無欠の密室への助走
　◇「ミステリ★オールスターズ」角川書店 2010 p311
　◇「ミステリ・オールスターズ」角川書店 2012（角川文庫）p359

死ぬのは誰か
　◇「ザ・ベストミステリーズ―推理小説年鑑 2011」講談社 2011 p251
　◇「Guilty殺意の連鎖」講談社 2014（講談社文庫）p219

早見 和真　はやみ・かずまさ
永遠！ チェンジ・ザ・ワールド
　◇「ノスタルジー1972」講談社 2016 p29

はやみ かつとし
子を運ぶ
　◇「超短編の世界」創英社 2008 p96

二人だけの秘密
　◇「超短編の世界 vol.2」創英社 2009 p45

道草
　◇「超短編の世界 vol.3」創英社 2011 p25

夜想曲炎上
　◇「超短編の世界 vol.3」創英社 2011 p186

隼見 果奈　はやみ・かな
うつぶし
- ◇「太宰治賞 2012」筑摩書房 2012 p29

早見 俊　はやみ・しゅん（1961～）
仇でござる
- ◇「大江戸「町」物語 光」宝島社 2014（宝島社文庫）p207

やっておくれな
- ◇「大江戸「町」物語」宝島社 2013（宝島社文庫）p273

早見 裕司　はやみ・ゆうじ（1961～）
青い夢
- ◇「酒の夜語り」光文社 2002（光文社文庫）p435

アズ・タイム・ゴーズ・バイ
- ◇「黄昏ホテル」小学館 2004 p31

あたしのもの
- ◇「恐怖館」青樹社 1999（青樹社文庫）p177

あのこと
- ◇「ひとにぎりの異形」光文社 2007（光文社文庫）p80

アンタレスに帰る
- ◇「帰還」光文社 2000（光文社文庫）p303

巨蟹宮―月の娘
- ◇「十二宮12幻想」エニックス 2000 p97

決定的な何か
- ◇「俳優」廣済堂出版 1999（廣済堂文庫）p369

後生車
- ◇「時間怪談」廣済堂出版 1999（廣済堂文庫）p121

最後の挨拶
- ◇「物語のルミナリエ」光文社 2011（光文社文庫）p439

【静かな男】ロスコのある部屋
- ◇「ミステリ★オールスターズ」角川書店 2010 p51
- ◇「ミステリ・オールスターズ」角川書店 2012（角川文庫）p59

実家
- ◇「悪夢が嗤う瞬間」勁文社 1997（ケイブンシャ文庫）p129

十一月一日
- ◇「十月のカーニヴァル」光文社 2000（カッパ・ノベルス）p163

終夜図書館
- ◇「蒐集家（コレクター）」光文社 2004（光文社文庫）p147
- ◇「古書ミステリー倶楽部―傑作推理小説集」光文社 2013（光文社文庫）p201

寝台車の夜
- ◇「悪夢が嗤う瞬間」勁文社 1997（ケイブンシャ文庫）p158

スタジオ・フライト
- ◇「恐怖症」光文社 2002（光文社文庫）p475

スローバラード
- ◇「幽霊船」光文社 2001（光文社文庫）p373

整髪
- ◇「変身」廣済堂出版 1998（廣済堂文庫）p355

月の庭
- ◇「水妖」廣済堂出版 1998（廣済堂文庫）p253

罪
- ◇「トロピカル」廣済堂出版 1999（廣済堂文庫）p139

取り憑かれて
- ◇「アジアン怪綺」光文社 2003（光文社文庫）p215

薄煙
- ◇「悪夢が嗤う瞬間」勁文社 1997（ケイブンシャ文庫）p89

バビロンの雨
- ◇「GOD」廣済堂出版 1999（廣済堂文庫）p409

昔恋しい
- ◇「屍者の行進」廣済堂出版 1998（廣済堂文庫）p15

余所の人
- ◇「妖女」光文社 2004（光文社文庫）p237

理想の結婚
- ◇「悪夢が嗤う瞬間」勁文社 1997（ケイブンシャ文庫）p103

速水 螺旋人　はやみ・らせんじん
ラクーンドッグ・フリート
- ◇「アステロイド・ツリーの彼方へ」東京創元社 2016（創元SF文庫）p191

はやみね かおる（1964～）
怪盗道化師―第3話 影を盗む男
- ◇「自選ショート・ミステリー」講談社 2001（講談社文庫）p32

後夜祭で、つかまえて
- ◇「謎の放課後―学校のミステリー」KADOKAWA 2013（角川文庫）p5

少年名探偵WHO―透明人間事件
- ◇「忍び寄る闇の奇譚」講談社 2008（講談社ノベルス）p9

天狗と宿題、幼なじみ
- ◇「殺意の時間割」角川書店 2002（角川文庫）p209
- ◇「青に捧げる悪夢」角川書店 2005 p277
- ◇「青に捧げる悪夢」角川書店 2013（角川文庫）p483

透明人間
- ◇「本格ミステリ 2001」講談社 2001（講談社ノベルス）p453
- ◇「透明な貴婦人の謎―本格短編ベスト・セレクション」講談社 2005（講談社文庫）p309

原 巌　はら・いわお
葛の葉物語
- ◇「安倍晴明陰陽師伝奇文学集成」勉誠出版 2001 p131

原 カバン　はら・かばん
同好の士
- ◇「ショートショートの花束 1」講談社 2009（講談社文庫）p31

原 敬二　はら・けいじ
　老人ホームひまわり園
　　◇「高校演劇Selection 2006 下」晩成書房 2008 p7

原 宏一　はら・こういち
　芒種―6月6日ごろ
　　◇「君と過ごす季節―春から夏へ、12の暦物語」ポプラ社 2012（ポプラ文庫）p197

原 七星　はら・しちせい
　川柳句集 雪の匂い
　　◇「ハンセン病文学全集 9」皓星社 2010 p419

原 民喜　はら・たみき（1905〜1951）
　壊滅の序曲
　　◇「戦後占領期短篇小説コレクション 4」藤原書店 2007 p7
　行列 「死と夢」より
　　◇「文豪怪談傑作選 昭和篇」筑摩書房 2011（ちくま文庫）p265
　死のなかの風景
　　◇「妻を失う―離別作品集」講談社 2014（講談社文芸文庫）p80
　心願の国
　　◇「百年小説」ポプラ社 2008 p1225
　鎮魂歌
　　◇「文豪怪談傑作選 昭和篇」筑摩書房 2011（ちくま文庫）p212
　とうとう僕は雲雀になって消えて行きます≫遠藤周作／祖田祐子
　　◇「日本人の手紙 8」リブリオ出版 2004 p21
　夏の花
　　◇「新装版 全集現代文学の発見 10」學藝書林 2004 p44
　　◇「三田文学短篇選」講談社 2010（講談社文芸文庫）p118
　　◇「コレクション戦争と文学 19」集英社 2011 p13
　　◇「日本近代短篇小説選 昭和篇2」岩波書店 2012（岩波文庫）p67
　　◇「読み聞かせる戦争」光文社 2015 p165
　夏の花／廃墟から
　　◇「創刊一〇〇年三田文学名作選」三田文学会 2010 p250
　不思議
　　◇「『日本浪曼派』集」新学社 2007（新学社近代浪漫派文庫）p258
　夢と人生
　　◇「文豪怪談傑作選 昭和篇」筑摩書房 2011（ちくま文庫）p297
　夢の器
　　◇「文豪怪談傑作選 昭和篇」筑摩書房 2011（ちくま文庫）p282

原 未来子　はら・みきこ
　それは、あきらめに似ている
　　◇「万華鏡―第14回フェリシモ文学賞作品集」フェリシモ 2011 p76

原 美代子　はら・みよこ
　紅い傘
　　◇「松江怪談―新作怪談 松江物語」今井印刷 2015 p10

原 洋司　はら・ようじ
　表彰
　　◇「時代の波音―民主文学短編小説集1995年〜2004年」日本民主主義文学会 2005 p7

原 良子　はら・よしこ
　綯るものなき
　　◇「平成28年熊本地震作品集」くまもと文学・歴史館友の会 2016 p14

原 里佳　はら・りか
　山田浅右衛門覚書―目あき首
　　◇「松江怪談―新作怪談 松江物語」今井印刷 2015 p16

原 寮　はら・りょう（1946〜）
　少年の見た男
　　◇「ミステリマガジン700 国内篇」早川書房 2014（ハヤカワ・ミステリ文庫）p261
　歩道橋の男
　　◇「謎―スペシャル・ブレンド・ミステリー 002」講談社 2007（講談社文庫）p273

原石 寛　はらいし・かん（1921〜）
　ある遺書
　　◇「全作家短編小説集 12」全作家協会 2013 p5
　怨霊三味線
　　◇「怪奇・伝奇時代小説選集 11」春陽堂書店 2000（春陽文庫）p209

原尾 勇貴　はらお・ゆうき
　ゴート・ポストマン
　　◇「ショートショートの花束 6」講談社 2014（講談社文庫）p133

原口 啓一郎　はらぐち・けいいちろう
　ミヤマカラスアゲハ
　　◇「ミヤマカラスアゲハ―第三回「草枕文学賞」作品集」文藝春秋企画出版部 2003 p7

原口 統三　はらぐち・とうぞう（1927〜1946）
　この夜、一人の仲間を葬ったのだ≫橋本一明
　　◇「日本人の手紙 8」リブリオ出版 2004 p175

原口 真智子　はらぐち・まちこ
　電車
　　◇「北日本文学賞入賞作品集 2」北日本新聞社 2002 p97

原子 修　はらこ・おさむ（1932〜）
　人魚
　　◇「全作家短編集 15」のべる出版企画 2016 p188
　龍馬夢一夜
　　◇「回転ドアから」全作家協会 2015（全作家短編集）p456

はらこ

薔薇小路 棘麿　ばらこうじ・とげまろ
⇒鮎川哲也（あゆかわ・てつや）を見よ

原條 あき子　はらじょう・あきこ
娼婦 2
◇「日本文学全集 29」河出書房新社 2016 p55

原田 一身　はらだ・かずみ
句集 朝日子
◇「ハンセン病文学全集 9」皓星社 2010 p187

原田 皐月　はらだ・さつき
獄中の女より男に
◇「青鞜文学集」不二出版 2004 p209

原田 小百合　はらだ・さゆり
フォーチューン・スノー
◇「ゆきのまち幻想文学賞小品集 13」企画集団ぷりずむ 2004 p102

原田 千寿子　はらだ・ちずこ
避難所
◇「平成28年熊本地震作品集」くまもと文学・歴史館友の会 2016 p10

原田 つとむ　はらだ・つとむ
銀座生まれの猫
◇「つながり―フェリシモしあわせショートショート」フェリシモ 1999 p36

原田 ひ香　はらだ・ひか（1970～）
君が忘れたとしても
◇「十年交差点」新潮社 2016（新潮文庫）p171
クラシックカー
◇「12星座小説集」講談社 2013（講談社文庫）p27
立春―2月4日ごろ
◇「君と過ごす季節―春から夏へ、12の暦物語」ポプラ社 2012（ポプラ文庫）p7

原田 裕文　はらだ・ひろふみ
神様
◇「テレビドラマ代表作選集 2003年版」日本脚本家連盟 2003 p285
夕凪の街 桜の国
◇「テレビドラマ代表作選集 2007年版」日本脚本家連盟 2007 p177

原田 裕之　はらだ・ひろゆき
花嫁姿、雲の上からよく見えますよ≫原田由紀子
◇「日本人の手紙 1」リブリオ出版 2004 p66

原田 眞人　はらだ・まさと
「魍魎の匣」変化抄。
◇「妖怪変化―京極堂トリビュート」講談社 2007 p97

原田 益水　はらだ・ますみ
雲は流れる
◇「回転ドアから」全作家協会 2015（全作家短編集）p379
敗戦
◇「全作家短編集 15」のべる出版企画 2016 p327
春の唄
◇「扉の向こうへ」全作家協会 2014（全作家短編集）p261

原田 学　はらだ・まなぶ
離婚ウィルス
◇「ショートショートの花束 5」講談社 2013（講談社文庫）p263

原田 マハ　はらだ・まは（1962～）
ヴィーナスの誕生
◇「エール！ 3」実業之日本社 2013（実業之日本社文庫）p5
幸福駅 二月一日
◇「短篇ベストコレクション―現代の小説 2013」徳間書店 2013（徳間文庫）p273
幸福駅二月一日―愛国駅・幸福駅
◇「恋の聖地―そこは、最後の恋に出会う場所。」新潮社 2013（新潮文庫）p9
砂に埋もれたル・コルビュジエ
◇「本をめぐる物語―一冊の扉」KADOKAWA 2014（角川文庫）p53
旅をあきらめた友と、その母への手紙
◇「小説乃湯―お風呂小説アンソロジー」角川書店 2013（角川文庫）p313
飛梅
◇「吾輩も猫である」新潮社 2016（新潮文庫）p125
ながれぼし
◇「東京ホタル」ポプラ社 2013 p161
◇「東京ホタル」ポプラ社 2015（ポプラ文庫）p159
ブリオッシュのある静物
◇「20の短編小説」朝日新聞出版 2016（朝日文庫）p235
ブルースマンに花束を
◇「恋のかたち、愛のいろ」徳間書店 2008 p91
◇「恋のかたち、愛のいろ」徳間書店 2010（徳間文庫）p103
無用の人
◇「短篇ベストコレクション―現代の小説 2014」徳間書店 2014（徳間文庫）p375

はらだ みずき
おれたちがボールを追いかける理由
◇「風色デイズ」角川春樹事務所 2012（ハルキ文庫）p5

原田 美千代　はらだ・みちよ
句集 觸るる
◇「ハンセン病文学全集 9」皓星社 2010 p190

原田 実　はらだ・みのる（1961～）
現代オカルティズムとラヴクラフト
◇「秘神界 現代編」東京創元社 2002（創元推理文庫）p759

原田 宗典　はらだ・むねのり（1959〜）
　駅のドラマツルギー
　　◇「ブキミな人びと」ランダムハウス講談社 2007 p57
　時間が逆行する砂時計
　　◇「冒険の森へ—傑作小説大全 8」集英社 2015 p21
　少年の夏のスイカ
　　◇「くだものだもの」ランダムハウス講談社 2007 p99
　中途半端な街
　　◇「街の物語」角川書店 2001（New History）p99
　デジャヴの村
　　◇「冒険の森へ—傑作小説大全 17」集英社 2015 p41
　鳥の王の羽
　　◇「冒険の森へ—傑作小説大全 13」集英社 2016 p27
　岬にいた少女
　　◇「冒険の森へ—傑作小説大全 15」集英社 2016 p18
　夜盗香
　　◇「誘惑の香り」講談社 1999（講談社文庫）p37
　レフェリーの勝利
　　◇「冒険の森へ—傑作小説大全 14」集英社 2016 p16

原田 萌　はらだ・もえ
　ジョーカー（熊手竜久馬）
　　◇「中学校創作脚本集 3」晩成書房 2008 p159
　優子
　　◇「最新中学校創作脚本集 2009」晩成書房 2009 p29

原田 康子　はらだ・やすこ（1928〜）
　空巣専門
　　◇「誘惑—女流ミステリー傑作選」徳間書店 1999（徳間文庫）p377
　五月晴朗
　　◇「文学 2009」講談社 2009 p58
　サビタの記憶
　　◇「戦後短篇小説再発見 12」講談社 2003（講談社文芸文庫）p91
　峠
　　◇「悲劇の臨時列車—鉄道ミステリー傑作選」光文社 1998（光文社文庫）p293
　蠟涙
　　◇「文学 2000」講談社 2000 p60

パラリラ
　僕の彼女は○○様
　　◇「かわいい—第16回フェリシモ文学賞優秀作品集」フェリシモ 2013 p119

波理井 穂津太　はりい・ぽった
　物わすれ
　　◇「ショートショートの広場 16」講談社 2005（講談社文庫）p139

針生 一郎　はりう・いちろう（1925〜2010）
　「革命運動の革命的批判」の問題
　　◇「新装版 全集現代文学の発見 4」學藝書林 2003 p526

針村 譲司　はりむら・じょうじ
　ピアノ
　　◇「ショートショートの広場 20」講談社 2008（講談社文庫）p164

張本 勲　はりもと・いさお（1940〜）
　ホームラン、泣きながらベース一周したなあ≫大杉勝男
　　◇「日本人の手紙 9」リブリオ出版 2004 p69

針谷 卓史　はりや・たくし
　ガラパゴス・エフェクト
　　◇「新走（アラバシリ）—Powers Selection」講談社 2011（講談社box）p129

春 みきを　はる・みきお
　全自動家族
　　◇「ショートショートの花束 8」講談社 2016（講談社文庫）p39

春花 夏月　はるか・なつき
　終わる季節のプレリュード
　　◇「君に伝えたい—恋愛短編小説集」泰文堂 2013（リンダブックス）p92

春風 のぶこ　はるかぜ・のぶこ
　あなたに夢中
　　◇「全作家短編小説集 10」のべる出版 2011 p207
　あの頃、浪漫飛行が流れていて
　　◇「扉の向こうへ」全作家協会 2014（全作家短編集）p145
　胃
　　◇「全作家短編小説集 12」全作家協会 2013 p151
　お化け屋敷の猫
　　◇「全作家短編小説集 9」全作家協会 2010 p208
　写真
　　◇「回転ドアから」全作家協会 2015（全作家短編集）p303
　並一丁
　　◇「全作家短編小説集 11」全作家協会 2012 p182

春川 啓示　はるかわ・けいじ
　黒いタオル
　　◇「ショートショートの花束 7」講談社 2015（講談社文庫）p219

春木 静哉　はるき・しずや
　粕漬け
　　◇「脈動—同人誌作家作品選」ファーストワン 2013 p99

春木 シュンボク　はるき・しゅんぼく
　諦めて、鈴木さん
　　◇「ショートショートの花束 6」講談社 2014（講談社文庫）p236
　運命の相手
　　◇「ショートショートの花束 5」講談社 2013（講談社文庫）p25

はるく

完全犯罪
　◇「ショートショートの花束 5」講談社 2013（講談社文庫）p69
批評家
　◇「ショートショートの花束 8」講談社 2016（講談社文庫）p26

春口 裕子　はるぐち・ゆうこ（1970〜）

オーダーメイドウエディング
　◇「結婚貧乏」幻冬舎 2003 p63
カラオケボックス
　◇「翠迷宮—ミステリー・アンソロジー」祥伝社 2003（祥伝社文庫）p271
乗り越し精算
　◇「めぐり逢い—恋愛小説アンソロジー」角川春樹事務所 2005（ハルキ文庫）p107
ホームシックシアター
　◇「ザ・ベストミステリーズ—推理小説年鑑 2007」講談社 2007 p43
　◇「ULTIMATE MYSTERY—究極のミステリー、ここにあり」講談社 2010（講談社文庫）p355
ゆりのゆび
　◇「with you」幻冬舎 2004 p211

晴澤 昭比古　はるさわ・あきひこ

ホムンクルス
　◇「ショートショートの花束 6」講談社 2014（講談社文庫）p208

晴名 泉　はるな・いずみ

背中に乗りな
　◇「太宰治賞 2013」筑摩書房 2013 p103

春名 トモコ　はるな・ともこ

純愛
　◇「超短編の世界 vol.3」創英社 2011 p74
乗車券
　◇「超短編の世界 vol.3」創英社 2011 p156
蝶
　◇「超短編の世界」創英社 2008 p80
手品通り
　◇「超短編の世界 vol.2」創英社 2009 p98
守り神
　◇「超短編の世界 vol.2」創英社 2009 p62
三つ編み研究会
　◇「超短編の世界 vol.2」創英社 2009 p97
夜のキリン
　◇「超短編の世界 vol.3」創英社 2011 p98

春永 保　はるなが・たもつ

悪夢まがいのイリュージョン（宇田俊吾）
　◇「新・本格推理 03」光文社 2003（光文社文庫）p101
湖岸道路のイリュージョン（宇田俊吾）
　◇「新・本格推理 02」光文社 2002（光文社文庫）p207

春乃蒼　はるのあお

迦陵頻伽—極楽鳥になった禿
　◇「てのひら怪談—ビーケーワン怪談大賞傑作選 2」ポプラ社 2007 p76

春原 慶秀　はるはら・けいしゅう

夢の中の男…
　◇「ショートショートの広場 16」講談社 2005（講談社文庫）p207

八峰 學人　ばるぼん・はぎん

⇒金基鎮（キム・ギジン）を見よ

春山 進　はるやま・すすむ

気比の森—庄内蛇神信仰
　◇「山形県文学全集第2期（随筆・紀行編）5」郷土出版社 2005 p409

春山 行夫　はるやま・ゆきお（1902〜1994）

随筆 臺灣の鐵道
　◇「日本統治期台湾文学集成 22」緑蔭書房 2007 p267

晴居 彗星　はれい・すいせい

漫才
　◇「妖（あやかし）がささやく」翠琥出版 2015 p19

韓 遠敎　ハン・ウォンギョ

朧吟社少年句會
　◇「近代朝鮮文学日本語作品集1908〜1945 セレクション 6」緑蔭書房 2008 p70

韓 銀珍　ハン・ウンジン

海に憤れて
　◇「近代朝鮮文学日本語作品集1908〜1945 セレクション 3」緑蔭書房 2008 p255

韓 億洙　ハン・オクス（1927〜）

かささぎ（一）
　◇「ハンセン病文学全集 7」皓星社 2004 p547
かささぎ（二）
　◇「ハンセン病文学全集 7」皓星社 2004 p551
蝶
　◇「ハンセン病文学全集 7」皓星社 2004 p548
恨（ハン）
　◇「ハンセン病文学全集 7」皓星社 2004 p547
　◇「ハンセン病文学全集 7」皓星社 2004 p549
冬の夜
　◇「ハンセン病文学全集 7」皓星社 2004 p552
虫けらのざれごと
　◇「ハンセン病文学全集 7」皓星社 2004 p553

伴 かおり　ばん・かおり

猫が来た日
　◇「ひらく—第15回フェリシモ文学賞」フェリシモ 2012 p28

韓 喬石　ハン・キョソク

初秋
　◇「近代朝鮮文学日本語作品集1908〜1945 セレクショ

ン 4」緑蔭書房 2008 p380

韓 光炫　ハン・クァンヒョン

慰問袋
  ◇「近代朝鮮文学日本語作品集1939～1945 創作篇 6」緑蔭書房 2001 p88

韓 商鎬　ハン・サンホ

妹の自殺
  ◇「近代朝鮮文学日本語作品集1901～1938 創作篇 2」緑蔭書房 2004 p427

春を待つ
  ◇「近代朝鮮文学日本語作品集1901～1938 創作篇 2」緑蔭書房 2004 p361

韓 再熙　ハン・ジェヒ

創作 朝子の死
  ◇「近代朝鮮文学日本語作品集1901～1938 創作篇 1」緑蔭書房 2004 p207

狂想片々（一）～（十八）
  ◇「近代朝鮮文学日本語作品集1901～1938 評論・随筆篇 2」緑蔭書房 2004 p213

從嫂の死（上）（中）（下）
  ◇「近代朝鮮文学日本語作品集1901～1938 創作篇 3」緑蔭書房 2004 p9

韓 植　ハン・シク

飴賣り
  ◇「近代朝鮮文学日本語作品集1901～1938 創作篇 1」緑蔭書房 2004 p185

印度の祈禱
  ◇「近代朝鮮文学日本語作品集1939～1945 創作篇 6」緑蔭書房 2001 p70

黑檀の匣
  ◇「近代朝鮮文学日本語作品集1939～1945 創作篇 6」緑蔭書房 2001 p64

差異と理解
  ◇「近代朝鮮文学日本語作品集1939～1945 評論・随筆篇 3」緑蔭書房 2002 p49

終焉
  ◇「近代朝鮮文学日本語作品集1939～1945 創作篇 6」緑蔭書房 2001 p68

「炭よ燃へてくれ」
  ◇「近代朝鮮文学日本語作品集1908～1945 セレクション 4」緑蔭書房 2008 p131

朝鮮文學と東洋的課題
  ◇「近代朝鮮文学日本語作品集1939～1945 評論・随筆篇 1」緑蔭書房 2002 p257

朝鮮文學の最近の動向（文學通信）
  ◇「近代朝鮮文学日本語作品集1939～1945 評論・随筆篇 1」緑蔭書房 2002 p157

朝鮮文學の展望
  ◇「近代朝鮮文学日本語作品集1939～1945 評論・随筆篇 1」緑蔭書房 2002 p209

朝鮮文壇の近況
  ◇「近代朝鮮文学日本語作品集1939～1945 評論・随筆篇 1」緑蔭書房 2002 p189

墳墓の地
  ◇「近代朝鮮文学日本語作品集1939～1945 創作篇 6」緑蔭書房 2001 p60

「履歴と宣言」
  ◇「近代朝鮮文学日本語作品集1901～1938 評論・随筆篇 3」緑蔭書房 2004 p374

韓 晶東　ハン・ジョンドン

盧笛
  ◇「近代朝鮮文学日本語作品集1939～1945 創作篇 6」緑蔭書房 2001 p414

韓 雪野　ハン・ソリャ（1900～？）

合宿所の夜（上）（下）
  ◇「近代朝鮮文学日本語作品集1901～1938 創作篇 1」緑蔭書房 2004 p175

感謝と不満
  ◇「近代朝鮮文学日本語作品集1901～1938 評論・随筆篇 3」緑蔭書房 2004 p203

暗い世界（一）～（五）
  ◇「近代朝鮮文学日本語作品集1901～1938 創作篇 1」緑蔭書房 2004 p177

白い開墾地
  ◇「近代朝鮮文学日本語作品集1901～1938 創作篇 5」緑蔭書房 2004 p153

大陸
  ◇「近代朝鮮文学日本語作品集1908～1945 セレクション 1」緑蔭書房 2008 p49

大陸文學など（1）～（3）
  ◇「近代朝鮮文学日本語作品集1939～1945 評論・随筆篇 1」緑蔭書房 2002 p191

初戀（上）（中）（下）
  ◇「近代朝鮮文学日本語作品集1901～1938 創作篇 1」緑蔭書房 2004 p173

文學語以前の悩み
  ◇「近代朝鮮文学日本語作品集1939～1945 評論・随筆篇 3」緑蔭書房 2002 p483

韓 鐵鎬　ハン・チョロ

平壤ゴムのゼネスト
  ◇「近代朝鮮文学日本語作品集1901～1938 評論・随筆篇 3」緑蔭書房 2004 p251

方 定煥　バン・チョンファン

兄弟星
  ◇「近代朝鮮文学日本語作品集1939～1945 創作篇 6」緑蔭書房 2001 p413

伴 白胤　ばん・はくいん

猪狩殺人事件 七
  ◇「幻の探偵雑誌 3」光文社 2000（光文社文庫）p87

韓 暁　ハン・ヒョ

國文文學問題—所謂用語觀の固陋性に就て（1）～（6）
  ◇「近代朝鮮文学日本語作品集1939～1945 評論・随筆篇 1」緑蔭書房 2002 p59

はん

伴 道平　ばん・みちへい
遺書
　◇「甦る推理雑誌 1」光文社 2002（光文社文庫）p269

韓 民　ハン・ミン
演劇時感
　◇「近代朝鮮文学日本語作品集1939～1945 評論・随筆篇 2」緑蔭書房 2002 p380

韓 龍雲　ハン・ヨンウン（1879～1944）
雨中獨唫
　◇「近代朝鮮文学日本語作品集1908～1945 セレクション 6」緑蔭書房 2008 p20
閑唫
　◇「近代朝鮮文学日本語作品集1908～1945 セレクション 6」緑蔭書房 2008 p20
唫晴
　◇「近代朝鮮文学日本語作品集1908～1945 セレクション 6」緑蔭書房 2008 p21
郊行
　◇「近代朝鮮文学日本語作品集1908～1945 セレクション 6」緑蔭書房 2008 p22
思郷
　◇「近代朝鮮文学日本語作品集1908～1945 セレクション 6」緑蔭書房 2008 p17
失題
　◇「近代朝鮮文学日本語作品集1908～1945 セレクション 6」緑蔭書房 2008 p20
思夜聽雨
　◇「近代朝鮮文学日本語作品集1908～1945 セレクション 6」緑蔭書房 2008 p21
秋曉
　◇「近代朝鮮文学日本語作品集1908～1945 セレクション 6」緑蔭書房 2008 p22
秋夜聽雨有感
　◇「近代朝鮮文学日本語作品集1908～1945 セレクション 6」緑蔭書房 2008 p22
春夢
　◇「近代朝鮮文学日本語作品集1908～1945 セレクション 6」緑蔭書房 2008 p20
獨窓風雨
　◇「近代朝鮮文学日本語作品集1908～1945 セレクション 6」緑蔭書房 2008 p21
山寺獨夜
　◇「近代朝鮮文学日本語作品集1908～1945 セレクション 6」緑蔭書房 2008 p17

韓 榮淑　ハン・ヨンスク
山國便り（上）（下）
　◇「近代朝鮮文学日本語作品集1901～1938 評論・随筆篇 3」緑蔭書房 2004 p25

ハーン, ラフカディオ
　⇒小泉八雲（こいずみ・やくも）を見よ

半谷 淳子　はんがい・じゅんこ
バラ色の人生

　◇「ゆきのまち幻想文学賞小品集 10」企画集団ぷりずむ 2001 p77

萬歳 淳一　ばんざい・じゅんいち
跳ね馬さま
　◇「ゆきのまち幻想文学賞小品集 25」企画集団ぷりずむ 2015 p69

飯崎 吐詩朗　はんさき・としろう
やすらひ
　◇「ハンセン病文学全集 8」皓星社 2006 p68

飯田 和仁　はんだ・かずひと
隔世遺伝
　◇「超短編傑作選 v.6」創英社 2007 p211
僕はみゆきを探している
　◇「超短編の世界」創英社 2008 p114

半田 浩修　はんだ・こうしゅう
前歯と明日
　◇「ゆれる―第12回フェリシモ文学賞作品集」フェリシモ 2009 p18

番茶川柳会　ばんちゃせんりゅうかい
番茶
　◇「ハンセン病文学全集 9」皓星社 2010 p379

坂東 亜里　ばんどう・あさと
中居の生活
　◇「「伊豆文学賞」優秀作品集 第9回」静岡新聞社 2006 p149

坂堂 功　ばんどう・いさお
マルドゥック・スラップスティック
　◇「マルドゥック・ストーリーズ―公式二次創作集」早川書房 2016（ハヤカワ文庫 JA）p281

坂東 薪左衛門　ばんどう・しんざえもん（1858～1875）
私を悩ました妖怪（ばけもの）
　◇「文豪怪談傑作選 特別編」筑摩書房 2007（ちくま文庫）p264

坂東 眞砂子　ばんどう・まさこ（1958～2014）
巡礼
　◇「短篇ベストコレクション―現代の小説 2010」徳間書店 2010（徳間文庫）p157
正月女
　◇「ふるえて眠れ―女流ホラー傑作選」角川春樹事務所 2001（ハルキ・ホラー文庫）p283
白い過去
　◇「ゆがんだ闇」角川書店 1998（角川ホラー文庫）p107
盛夏の毒
　◇「短編復活」集英社 2002（集英社文庫）p333
　◇「冒険の森へ―傑作小説大全 19」集英社 2015 p76
冷めたい手
　◇「午前零時」新潮社 2007 p21
　◇「午前零時―P.S.昨日の私へ」新潮社 2009（新潮文庫）p25

野火
◇「with you」幻冬舎 2004 p71
パライゾの寺
◇「代表作時代小説 平成18年度」光文社 2006 p263
火鳥
◇「危険な関係―女流ミステリー傑作選」角川春樹事務所 2002（ハルキ文庫）p157
虫の声
◇「代表作時代小説 平成19年度」光文社 2007 p167

半藤 末利子　はんどう・まりこ

漱石夫人は占い好き
◇「にゃんそろじー」新潮社 2014（新潮文庫）p331

伴名 練　はんな・れん（1988～）

一蓮托掌―R・×・ラ×ァ×ィ
◇「折り紙衛星の伝説」東京創元社 2015（創元SF文庫）p287
かみ☆ふぁみ！―彼女の家族が「お前なんぞにうちの子はやらん」と頑なな件 お父さんがね、あなたは「生涯童貞のまま惨たらしく死ぬ」だって
◇「NOVA―書き下ろし日本SFコレクション 10」河出書房新社 2013（河出文庫）p219
ゼロ年代の臨界点
◇「結晶銀河―年刊日本SF傑作選」東京創元社 2011（創元SF文庫）p241
なめらかな世界と、その敵
◇「アステロイド・ツリーの彼方へ」東京創元社 2016（創元SF文庫）p273
フランケンシュタイン三原則、あるいは屍者の簒奪
◇「伊藤計劃トリビュート」早川書房 2015（ハヤカワ文庫JA）p469
美亜羽へ贈る拳銃
◇「拡張幻想」東京創元社 2012（創元SF文庫）p163

半村 良　はんむら・りょう（1933～2002）

赤い酒場を訪れたまえ
◇「日本SF全集 1」出版芸術社 2009 p307
H氏のSF
◇「60年代日本SFベスト集成」筑摩書房 2013（ちくま文庫）p21
黄金伝説
◇「冒険の森へ―傑作小説大全 4」集英社 2016 p177
およね平吉時穴道行（ときあなのみちゆき）
◇「日本SF短篇50 1」早川書房 2013（ハヤカワ文庫JA）p333
◇「冒険の森へ―傑作小説大全 8」集英社 2016 p191
帰ってきた男
◇「人情の往来―時代小説最前線」新潮社 1997（新潮文庫）p385
顔
◇「恐怖特急」光文社 2002（光文社文庫）p293
愚者の街

幸せな哀しみの話
◇「幸せな哀しみの話」文藝春秋 2009（文春文庫）p23
酒
◇「冒険の森へ―傑作小説大全 10」集英社 2016 p31
錯覚屋繁昌記
◇「暴走する正義」筑摩書房 2016（ちくま文庫）p261
収穫
◇「科学の脅威」リブリオ出版 2001（怪奇・ホラーワールド）p141
終末
◇「宇宙塵傑作選―日本SFの軌跡 2」出版芸術社 1997 p191
雀谷
◇「ふるえて眠れない―ホラーミステリー傑作選」光文社 2006（光文社文庫）p119
捨て子稲荷
◇「仮面のレクイエム」光文社 1998（光文社文庫）p307
◇「捨て子稲荷―時代アンソロジー」祥伝社 1999（祥伝社文庫）p7
◇「春宵濡れ髪しぐれ―時代小説傑作選」講談社 2003（講談社文庫）p35
簞笥
◇「異界への入口」リブリオ出版 2001（怪奇・ホラーワールド）p239
◇「戦後短篇小説再発見 10」講談社 2002（講談社文芸文庫）p136
◇「怪談―24の恐怖」講談社 2004 p91
◇「日本怪奇小説傑作集 3」東京創元社 2005（創元推理文庫）p243
◇「恐怖の森」ランダムハウス講談社 2007 p7
◇「30の神品―ショートショート傑作選」扶桑社 2016（扶桑社文庫）p79
ちゃあちゃんの木
◇「ファンタジー」リブリオ出版 2001（怪奇・ホラーワールド）p73
血霊
◇「屍鬼の血族」桜桃書房 1999 p117
となりの宇宙人
◇「名短篇、ここにあり」筑摩書房 2008（ちくま文庫）p7
なおし屋富蔵
◇「酔うて候―時代小説傑作選」徳間書店 2006（徳間文庫）p83
蛞蝓
◇「ショートショートの缶詰」キノブックス 2016 p53
農閑期大作戦
◇「70年代日本SFベスト集成 1」筑摩書房 2014（ちくま文庫）p7
フィックス
◇「70年代日本SFベスト集成 4」筑摩書房 2015（ちくま文庫）p333
ボール箱
◇「文士の意地―車谷長吉撰短篇小説輯 下巻」作品

社 2005 p318
◇「70年代日本SFベスト集成 5」筑摩書房 2015（ちくま文庫）p11

魔女のパスポート
◇「日本SF・名作集成 9」リブリオ出版 2005 p231

村人
◇「70年代日本SFベスト集成 3」筑摩書房 2015（ちくま文庫）p111

忘れ傘
◇「愛に揺れて」リブリオ出版 2001（ラブミーワールド）p44
◇「恋愛小説・名作集成 5」リブリオ出版 2004 p44

漢陽學人　はんやんはぎん
朝鮮藝術賞『モダン』日本への公開狀（1）（2）
◇「近代朝鮮文學日本語作品集1939〜1945 評論・隨筆篇 1」緑蔭書房 2002 p93

万里 さくら　ばんり・さくら
落しの刑事
◇「てのひら怪談—ビーケーワン怪談大賞傑作選 壬辰」ポプラ社 2012（ポプラ文庫）p256

【ひ】

柊 サナカ　ひいらぎ・さなか（1974〜）
選ばれし勇者
◇「5分で読める！ ひと駅ストーリー 本の物語」宝島社 2014（宝島社文庫）p159
◇「5分で笑える！ おバカで愉快な物語」宝島社 2016（宝島社文庫）p225

鏡に消えたライカM3オリーブ
◇「『このミステリーがすごい！』大賞作家書き下ろしBOOK vol.14」宝島社 2016 p77

一柏尾家、ガウディ屋敷の宝さがし
◇「『このミステリーがすごい！』大賞作家書き下ろしBOOK vol.15」宝島社 2016 p177

カメラ売りの野良少女
◇「『このミステリーがすごい！』大賞作家書き下ろしBOOK vol.13」宝島社 2016 p197

靴磨きジャンの四角い永遠
◇「10分間ミステリー THE BEST」宝島社 2016（宝島社文庫）p213

趣味の愉悦
◇「5分で読める！ ひと駅ストーリー 冬の記憶東口編」宝島社 2013（宝島社文庫）p81

ロックスターの正しい死に方
◇「5分で読める！ ひと駅ストーリー 食の話」宝島社 2015（宝島社文庫）p39
◇「5分で笑える！ おバカで愉快な物語」宝島社 2016（宝島社文庫）p65

火浦 功　ひうら・こう（1956〜）
ウラシマ
◇「日本SF全集 3」出版芸術社 2013 p305

馬鹿SFは、こうして作られる
◇「SFバカ本 たわし篇プラス」廣済堂出版 1998（廣済堂文庫）p43

緋衣 ひえ
のこっている
◇「てのひら怪談—ビーケーワン怪談大賞傑作選 辛卯」ポプラ社 2011（ポプラ文庫）p78

八幡様
◇「てのひら怪談—ビーケーワン怪談大賞傑作選 辛卯」ポプラ社 2011（ポプラ文庫）p72

花咲く家
◇「てのひら怪談—ビーケーワン怪談大賞傑作選 壬辰」ポプラ社 2012（ポプラ文庫）p62

稗苗 仁之　ひえなえ・ひとし
蛍の腕輪
◇「新・本格推理 06」光文社 2006（光文社文庫）p519

日置 浩輔　ひおき・こうすけ
ゴトーを待ちながら
◇「創作脚本集—60周年記念」岡山県高等学校演劇協議会 2011（おかやまの高校演劇）p237

比嘉 美代子　ひが・みよこ
ザ・阿麻和利（松野綾子／小波本あゆみ／宮城範子〔訳〕）
◇「ザ・阿麻和利—他」英宝社 2009 p13

ザ・オヤケアカハチ（顧容子〔訳〕）
◇「ザ・阿麻和利—他」英宝社 2009 p139

ザ・殉教者—石垣氷将物語
◇「ザ・阿麻和利—他」英宝社 2009 p79

ザ・仏桑華（照屋貴子／喜屋武昇子〔訳〕）
◇「ザ・阿麻和利—他」英宝社 2009 p189

檜垣 謙之介　ひがき・けんのすけ
黒髪
◇「幻の探偵雑誌 8」光文社 2001（光文社文庫）p179

日影 丈吉　ひかげ・じょうきち（1908〜1991）
ある絵画論
◇「新編・日本幻想文学集成 1」国書刊行会 2016 p581

ある生長
◇「新編・日本幻想文学集成 1」国書刊行会 2016 p654

異説蝶々夫人
◇「両性具有」国書刊行会 1998（書物の王国）p79

浮き草
◇「新編・日本幻想文学集成 1」国書刊行会 2016 p695

王とのつきあい
◇「まんぷく長屋—食欲文学傑作選」新潮社 2014（新潮文庫）p221

かぜひき

◇「新編・日本幻想文学集成 1」国書刊行会 2016 p547

「風邪ひき猫」事件
◇「猫のミステリー」河出書房新社 1999（河出文庫）p277

角の家
◇「新編・日本幻想文学集成 1」国書刊行会 2016 p641

壁の男
◇「新編・日本幻想文学集成 1」国書刊行会 2016 p676

かむなぎうた
◇「迷」文藝春秋 2003（推理作家になりたくて マイベストミステリー）p306
◇「戦後短篇小説再発見 18」講談社 2004（講談社文芸文庫）p9
◇「マイ・ベスト・ミステリー 3」文藝春秋 2007（文春文庫）p459

硝子の章
◇「新編・日本幻想文学集成 1」国書刊行会 2016 p723

枯野
◇「探偵くらぶ―探偵小説傑作選1946〜1958 下」光文社 1997（カッパ・ノベルス）p167

吸血鬼
◇「甦る「幻影城」3」角川書店 1998（カドカワ・エンタテインメント）p11
◇「吸血鬼」国書刊行会 1998（書物の王国）p178
◇「屍鬼の血族」桜桃書房 1999 p67
◇「幻影城―【探偵小説誌】不朽の名作」角川書店 2000（角川ホラー文庫）p11
◇「血」三天書房 2000（傑作短篇シリーズ）p177

好もしい人生
◇「新編・日本幻想文学集成 1」国書刊行会 2016 p614

こわい家
◇「新編・日本幻想文学集成 1」国書刊行会 2016 p672

さんどりよんの唾
◇「新編・日本幻想文学集成 1」国書刊行会 2016 p689

時代
◇「恐怖の花」ランダムハウス講談社 2007 p29

食人鬼
◇「外地探偵小説集 南方篇」せらび書房 2010 p201

飾燈
◇「江戸川乱歩と13の宝石」光文社 2007（光文社文庫）p9

月夜蟹
◇「幻妖の水脈（みお）」筑摩書房 2013（ちくま文庫）p518

虹
◇「コレクション戦争と文学 18」集英社 2012 p209

人形つかい
◇「人形」国書刊行会 1997（書物の王国）p183

鵺の来歴
◇「あやかしの深川―受け継がれる怪異な土地の物語」猿江商會 2016 p58

猫の泉
◇「暗黒のメルヘン」河出書房新社 1998（河出文庫）p247
◇「魔性の生き物」リブリオ出版 2001（怪奇・ホラーワールド）p137
◇「怪談―24の恐怖」講談社 2004 p151
◇「日本怪奇小説傑作集 2」東京創元社 2005（創元推理文庫）p449
◇「新編・日本幻想文学集成 1」国書刊行会 2016 p700

舶来幻術師
◇「美少年」国書刊行会 1997（書物の王国）p125
◇「甦る推理雑誌 7」光文社 2003（光文社文庫）p295
◇「新編・日本幻想文学集成 1」国書刊行会 2016 p626

鳩
◇「ミステリマガジン700 国内篇」早川書房 2014（ハヤカワ・ミステリ文庫）p363

墓碣市民
◇「新編・日本幻想文学集成 1」国書刊行会 2016 p596

屋根の下の気象
◇「新編・日本幻想文学集成 1」国書刊行会 2016 p563

山姫
◇「新編・日本幻想文学集成 1」国書刊行会 2016 p659

幽霊買い度し
◇「傑作捕物ワールド 9」リブリオ出版 2002 p217

夢ばか（抄）
◇「文豪てのひら怪談」ポプラ社 2009（ポプラ文庫）p172

日笠 和彦　ひかさ・かずひこ

月夜
◇「ショートショートの広場 20」講談社 2008（講談社文庫）p111

東 健而　ひがし・けんじ

その後のワトソン博士
◇「シャーロック・ホームズの災難―日本版」論創社 2007 p181

東 孝一　ひがし・こういち

電話ボックス
◇「ショートショートの広場 9」講談社 1998（講談社文庫）p123

東 直子　ひがし・なおこ

マッサージ
◇「ファイン／キュート素敵かわいい作品選」筑摩書房 2015（ちくま文庫）p150

立冬―11月7日ごろ
◇「君と過ごす季節―秋から冬へ、12の暦物語」ポプ

ひかし

東 雅夫　ひがし・まさお（1958〜）
凶宅奇聞
　◇「怪しき我が家—家の怪談競作集」メディアファクトリー 2011（MF文庫）p223
書物の海から妖怪世界へ（京極夏彦）
　◇「モノノケ大合戦」小学館 2005（小学館文庫）p7
匣と陰陽師—京極夏彦と陰陽師文学の系譜
　◇「陰陽師伝奇大全」白泉社 2001 p423

東 峰夫　ひがし・みねお（1938〜）
オキナワの少年
　◇「沖縄文学選—日本文学のエッジからの問い」勉誠出版 2003 p133

東川 篤哉　ひがしがわ・とくや（1968〜）
烏賊神家の一族の殺人
　◇「驚愕遊園地」光文社 2013（最新ベスト・ミステリー）p335
　◇「驚愕遊園地」光文社 2016（光文社文庫）p543
馬の耳に殺人
　◇「どうぶつたちの贈り物」PHP研究所 2016 p5
霧ケ峰涼の逆襲
　◇「本格ミステリ 2006」講談社 2006（講談社ノベルス）p11
　◇「珍しい物語のつくり方—本格短編ベスト・セレクション」講談社 2010（講談社文庫）p11
霧ケ峰涼の屈辱
　◇「本格ミステリ 2004」講談社 2004（講談社ノベルス）p263
　◇「深夜バス78回転の問題—本格短編ベスト・セレクション」講談社 2008（講談社文庫）p385
　◇「謎の放課後—学校のミステリー」KADOKAWA 2013（角川文庫）p55
倉持和哉の二つのアリバイ
　◇「宝石ザミステリー 3」光文社 2013 p165
殺人現場では靴をお脱ぎください
　◇「本格ミステリ二〇〇八年本格短編ベスト・セレクション 08」講談社 2008（講談社ノベルス）p91
　◇「名探偵に訊け」光文社 2010（Kappa novels）p385
　◇「見えない殺人カード—本格ベスト・セレクション」講談社 2012（講談社文庫）p127
　◇「名探偵に訊け」光文社 2013（光文社文庫）p531
死者からの伝言をどうぞ
　◇「ベスト本格ミステリ 2011」講談社 2011（講談社ノベルス）p253
　◇「からくり伝言少女—本格短編ベスト・セレクション」講談社 2015（講談社文庫）p353
死者は溜め息を漏らさない
　◇「宝石ザミステリー 2」光文社 2012 p71
時速四十キロの密室
　◇「新・本格推理 特別編」光文社 2009（光文社文庫）p165
死に至る全力疾走の謎
　◇「宝石ザミステリー」光文社 2011 p59

十年の密室・十分の消失
　◇「新・本格推理 02」光文社 2002（光文社文庫）p31
雀の森の異常な夜
　◇「ベスト本格ミステリ 2012」講談社 2012（講談社ノベルス）p133
　◇「探偵の殺される夜—本格短編ベスト・セレクション」講談社 2016（講談社文庫）p185
竹と死体と
　◇「新・本格推理 01」光文社 2001（光文社文庫）p85
とある密室の始まりと終わり
　◇「宝石ザミステリー Red」光文社 2016 p289
都会の恐怖
　◇「つながり—フェリシモしあわせショートショート」フェリシモ 1999 p31
博士とロボットの不在証明
　◇「宝石ザミステリー 2016」光文社 2015 p405
春の十字架
　◇「ザ・ベストミステリーズ—推理小説年鑑 2014」講談社 2014 p131
被害者とよく似た男
　◇「宝石ザミステリー Blue」光文社 2016 p343
藤枝邸の完全なる密室
　◇「自鷹THEどんでん返し」双葉社 2016（双葉文庫）p229
魔法使いと死者からの伝言
　◇「悪意の迷路」光文社 2016（最新ベスト・ミステリー）p273
南の島の殺人
　◇「本格推理 12」光文社 1998（光文社文庫）p77
ゆるキャラはなぜ殺される
　◇「宝石ザミステリー 2014冬」光文社 2014 p65
　◇「ザ・ベストミステリーズ—推理小説年鑑 2015」講談社 2015 p207

東久留米市立大門中学校演劇部　ひがしくるめしりつだいもんちゅうがっこうえんげきぶ
残された人形
　◇「中学生のドラマ 3」晩成書房 1996 p49

東野 圭吾　ひがしの・けいご（1958〜）
栄光の証言
　◇「闇に香るもの」新潮社 2004（新潮文庫）p91
落下
　◇「ザ・ベストミステリーズ—推理小説年鑑 2007」講談社 2007 p245
　◇「ULTIMATE MYSTERY—究極のミステリー、ここにあり」講談社 2010（講談社文庫）p5
女も虎も
　◇「輝きの一瞬—短くて心に残る30編」講談社 1999（講談社文庫）p273
君の瞳に乾杯
　◇「宝石ザミステリー 2014夏」光文社 2014 p7
クリスマスミステリ
　◇「宝石ザミステリー 2」光文社 2012 p7

ひかり

◇「驚愕遊園地」光文社 2013（最新ベスト・ミステリー）p371

コスタリカの雨は冷たい
◇「海外トラベル・ミステリー―7つの旅物語」三笠書房 2000（王様文庫）p247

壊れた時計
◇「宝石ザミステリー Red」光文社 2016 p7

今夜は一人で雛祭り
◇「宝石ザミステリー 3」光文社 2013 p7

再生魔術の女
◇「仮面のレクイエム」光文社 1998（光文社文庫）p329

サファイアの奇跡
◇「SF宝石―すべて新作読み切り！ 2015」光文社 2015 p487

十年目のバレンタインデー
◇「ザ・ベストミステリーズ―推理小説年鑑 2015」講談社 2015 p243

受賞の言葉 受賞のことば
◇「江戸川乱歩賞全集 15」講談社 2003 p697

正月ミステリ
◇「宝石ザミステリー」光文社 2011 p7

少年期の衝動
◇「マイ・ベスト・ミステリー 5」文藝春秋 2007（文春文庫）p410

水晶の数珠
◇「宝石ザミステリー 2016」光文社 2015 p7

小さな故意の物語
◇「鍵」文藝春秋 2004（推理作家になりたくて マイベストミステリー）p218
◇「マイ・ベスト・ミステリー 5」文藝春秋 2007（文春文庫）p320

超たぬき理論
◇「短編復活」集英社 2002（集英社文庫）p371
◇「冒険の森へ―傑作小説大全 13」集英社 2016 p230

爆ぜる
◇「ザ・ベストミステリーズ―推理小説年鑑 1998」講談社 1998 p261
◇「殺人者」講談社 2000（講談社文庫）p9
◇「謎―スペシャル・ブレンド・ミステリー 009」講談社 2014（講談社文庫）p123

分身
◇「冒険の森へ―傑作小説大全 17」集英社 2015 p171

放課後
◇「江戸川乱歩賞全集 15」講談社 2003（講談社文庫）p323

誘拐天国
◇「冒険の森へ―傑作小説大全 11」集英社 2015 p36

誘拐電話網
◇「最新「珠玉推理」大全 下」光文社 1998（カッパ・ノベルス）p280
◇「闇夜の芸術祭」光文社 2003（光文社文庫）p383

ルーキー登場

◇「殺意の隘路」光文社 2016（最新ベスト・ミステリー）p289

レンタルベビー
◇「SF宝石―ぜーんぶ！ 新作読み切り」光文社 2013 p397

東原 寅雙　ひがしはら・いんしょう
　⇒鄭寅燮（チョン・インソプ）を見よ

東山 彰良　ひがしやま・あきら（1968～）

小雪―11月22日ごろ
◇「君と過ごす季節―秋から冬へ、12の暦物語」ポプラ社 2012（ポプラ文庫）p175

陽のあたる場所
◇「激動東京五輪1964」講談社 2015 p245

マイ・ジェネレーション
◇「短篇ベストコレクション―現代の小説 2010」徳間書店 2010（徳間文庫）p275

東山 魁夷　ひがしやま・かいい（1908～1999）

シルダの馬鹿市民
◇「『少年倶楽部』熱血・痛快・時代短篇選」2015（講談社文芸文庫）p251

東山 白海　ひがしやま・はっかい

クリスマス・プレゼント
◇「ショートショートの広場 13」講談社 2002（講談社文庫）p23

別れ話
◇「ショートショートの広場 19」講談社 2007（講談社文庫）p32

火方 網久　ひかた・あみひさ

愛してる
◇「ショートショートの花束 1」講談社 2009（講談社文庫）p179

氷上 恵介　ひかみ・けいすけ（1923～1984）

大きな矛盾―評論プロレタリア文学と癩文学の島比呂志氏へ
◇「ハンセン病文学全集 5」皓星社 2010 p37

オリオンの哀しみ
◇「ハンセン病に咲いた花―初期文芸名作選 戦後編」皓星社 2002（ハンセン病叢書）p93
◇「ハンセン病文学全集 2」皓星社 2002 p113

孤愁
◇「ハンセン病に咲いた花―初期文芸名作選 戦後編」皓星社 2002（ハンセン病叢書）p74

樋上 拓郎　ひかみ・たくろう

湯葉と文鎮―芥川龍之介小伝
◇「新鋭劇作集 series 13」日本劇団協議会 2002 p157

ひかり

七人目のオトコ
◇「100の恋―幸せになるための恋愛短篇集」泰文堂 2010（Linda books！）p94

ひかり

干刈 あがた　ひかり・あがた（1943〜1992）

ウホッホ探険隊
◇「干刈あがた・高樹のぶ子・林真理子・高村薫」角川書店 1997（女性作家シリーズ）p34

女の印鑑
◇「干刈あがた・高樹のぶ子・林真理子・高村薫」角川書店 1997（女性作家シリーズ）p95

プラネタリウム
◇「干刈あがた・高樹のぶ子・林真理子・高村薫」角川書店 1997（女性作家シリーズ）p7
◇「戦後短篇小説再発見 4」講談社 2001（講談社文芸文庫）p184

ひかるこ

愛あふれて
◇「超短編の世界 vol.3」創英社 2011 p60

悪魔占い
◇「超短編の世界」創英社 2008 p30

祈り
◇「超短編の世界 vol.3」創英社 2011 p176

月に学ぶ
◇「超短編の世界 vol.3」創英社 2011 p28

目玉蒐集人
◇「超短編の世界」創英社 2008 p31

もう僕死ぬの？
◇「超短編の世界 vol.2」創英社 2009 p126

レースのカーテン
◇「超短編の世界 vol.3」創英社 2011 p34

氷川 拓哉　ひかわ・たくや

泡と消えぬ恋
◇「ショートショートの花束 1」講談社 2009（講談社文庫）p110

氷川 透　ひかわ・とおる

AUジョー
◇「21世紀本格―書下ろしアンソロジー」光文社 2001（カッパ・ノベルス）p343

ひかわ 玲子　ひかわ・れいこ（1958〜）

生け贄
◇「GOD」廣済堂出版 1999（廣済堂文庫）p541

黄金の王国
◇「マスカレード」光文社 2002（光文社文庫）p291

草原の風
◇「グイン・サーガ・ワールド―グイン・サーガ続篇プロジェクト 6」早川書房 2012（ハヤカワ文庫JA）p157

猫の風景
◇「ファンタスティック・ヘンジ」変タジー同好会 2012 p27

話してはいけない
◇「宇宙生物ゾーン」廣済堂出版 2000（廣済堂文庫）p317

ビー玉の夢
◇「吊るされた男」角川書店 2001（角川ホラー文庫）p229

氷川 瓏　ひかわ・ろう（1913〜1989）

乳母車
◇「怪奇探偵小説集 1」角川春樹事務所 1998（ハルキ文庫）p327
◇「恐怖ミステリーBEST15―こんな幻の傑作が読みたかった！」シーエイチシー 2006 p213
◇「もっと厭な物語」文藝春秋 2014（文春文庫）p31
◇「冒険の森へ―傑作小説大全 5」集英社 2015 p8

陽炎の家
◇「甦る「幻影城」2」角川書店 1997（カドカワ・エンタテインメント）p159

白い外套の女
◇「探偵くらぶ―探偵小説傑作選1946〜1958 下」光文社 1997（カッパ・ノベルス）p223

白い蝶
◇「甦る推理雑誌 2」光文社 2002（光文社文庫）p95

樋口 明雄　ひぐち・あきお（1960〜）

地底超特急、北へ
◇「SF宝石―すべて新作読み切り！ 2015」光文社 2015 p107

遺され島
◇「SF宝石―ぜーんぶ！ 新作読み切り」光文社 2013 p223

蛍こい―まぼろしの渓奇譚
◇「妖かしの宴―わらべ唄の呪い」PHP研究所 1999（PHP文庫）p139

マヨヒガ
◇「オバケヤシキ」光文社 2005（光文社文庫）p165

モーレン小屋
◇「山岳迷宮（ラビリンス）―山のミステリー傑作選」光文社 2016（光文社文庫）p45

樋口 一葉　ひぐち・いちよう（1872〜1896）

嗚呼是々を如何せん（明治二十二年三月―九月）
◇「新日本古典文学大系 明治編 24」岩波書店 2001 p385

暁月夜（あかつきづくよ）
◇「ちくま日本文学 13」筑摩書房 2008（ちくま文庫）p309

あきあわせ
◇「ちくま日本文学 13」筑摩書房 2008（ちくま文庫）p401

雨の夜
◇「ちくま日本文学 13」筑摩書房 2008（ちくま文庫）p401

うつせみ
◇「明治の文学 17」筑摩書房 2000 p165
◇「新日本古典文学大系 明治編 24」岩波書店 2001 p213
◇「ちくま日本文学 13」筑摩書房 2008（ちくま文庫）p383

うもれ木

ひくち

◇「明治の文学 17」筑摩書房 2000 p11
◇「ちくま日本文学 13」筑摩書房 2008（ちくま文庫）p270

裏紫
◇「新日本古典文学大系 明治編 24」岩波書店 2001 p329
◇「「新編」日本女性文学全集 2」菁柿堂 2008 p133

大つごもり
◇「明治の文学 17」筑摩書房 2000 p82
◇「新日本古典文学大系 明治編 24」岩波書店 2001 p103
◇「短編名作選—1885–1924 小説の曙」笠間書院 2003 p65
◇「ちくま日本文学 13」筑摩書房 2008（ちくま文庫）p112
◇「「新編」日本女性文学全集 2」菁柿堂 2008 p48

雁がね
◇「ちくま日本文学 13」筑摩書房 2008（ちくま文庫）p405

恋歌九首
◇「ちくま日本文学 13」筑摩書房 2008（ちくま文庫）p459

琴の音
◇「明治の文学 17」筑摩書房 2000 p42
◇「新日本古典文学大系 明治編 24」岩波書店 2001 p23
◇「ちくま日本文学 13」筑摩書房 2008（ちくま文庫）p252
◇「「新編」日本女性文学全集 2」菁柿堂 2008 p10

この子
◇「新日本古典文学大系 明治編 24」岩波書店 2001 p299

しのぶぐさ（明治二十五年六月二十四日―八月二十三日）
◇「新日本古典文学大系 明治編 24」岩波書店 2001 p410

十三夜
◇「近代小説〈都市〉を読む」双文社出版 1999 p7
◇「明治の文学 17」筑摩書房 2000 p217
◇「新日本古典文学大系 明治編 24」岩波書店 2001 p273
◇「文士の意地―車谷長吉撰短篇小説輯 上巻」作品社 2005 p32
◇「ちくま日本文学 13」筑摩書房 2008（ちくま文庫）p133
◇「「新編」日本女性文学全集 2」菁柿堂 2008 p113
◇「読んでおきたい近代日本小説選」龍書房 2012 p42

塵中日記（明治二十六年八月）
◇「明治の文学 17」筑摩書房 2000 p366

塵中につ記（明治二十七年三月）
◇「明治の文学 17」筑摩書房 2000 p375

塵中につ記（明治二十七年三月―五月）
◇「新日本古典文学大系 明治編 24」岩波書店 2001 p446

すずろごと
◇「ちくま日本文学 13」筑摩書房 2008（ちくま文庫）p409

たけくらべ
◇「明治の文学 17」筑摩書房 2000 p98
◇「新日本古典文学大系 明治編 24」岩波書店 2001 p125
◇「ちくま日本文学 13」筑摩書房 2008（ちくま文庫）p9
◇「「新編」日本女性文学全集 2」菁柿堂 2008 p58
◇「心洗われる話」筑摩書房 2010（ちくま文学の森）p385
◇「日本文学全集 13」河出書房新社 2015 p7

塵の中
◇「ちくま日本文学 13」筑摩書房 2008（ちくま文庫）p432

塵之中（明治二十六年七月十五日―八月十日）
◇「新日本古典文学大系 明治編 24」岩波書店 2001 p425

ちりの中（明治二十七年二月二十三日）
◇「新日本古典文学大系 明治編 24」岩波書店 2001 p439

月の夜
◇「ちくま日本文学 13」筑摩書房 2008（ちくま文庫）p403

にごりえ
◇「明治の文学 17」筑摩書房 2000 p180
◇「新日本古典文学大系 明治編 24」岩波書店 2001 p231
◇「ちくま日本文学 13」筑摩書房 2008（ちくま文庫）p70
◇「「新編」日本女性文学全集 2」菁柿堂 2008 p92
◇「文学で考える〈仕事〉の百年」双文社出版 2010 p22
◇「とっておきの話」筑摩書房 2011（ちくま文学の森）p271
◇「読んでおきたい近代日本小説選」龍書房 2012 p24
◇「明治深刻悲惨小説集」講談社 2016（講談社文芸文庫）p339
◇「文学で考える〈仕事〉の百年」翰林書房 2016 p22

日記
◇「「新編」日本女性文学全集 2」菁柿堂 2008 p160

にっ記一
◇「ちくま日本文学 13」筑摩書房 2008（ちくま文庫）p412

〔日記〕しのぶぐさ（明治二十五年六月）
◇「明治の文学 17」筑摩書房 2000 p322

〔日記〕塵の中（明治二十六年七月―八月）
◇「明治の文学 17」筑摩書房 2000 p356

日記ちりの中（明治二十七年二月―三月）
◇「明治の文学 17」筑摩書房 2000 p368

〔日記〕水の上（明治二十七年六月）
◇「明治の文学 17」筑摩書房 2000 p378

〔日記〕水の上（明治二十八年五月）
◇「明治の文学 17」筑摩書房 2000 p392

ひくち

〔日記〕水の上(明治二十八年五月—六月)
　◇「明治の文学 17」筑摩書房 2000 p398
〔日記〕水のうへ(明治二十九年一月)
　◇「明治の文学 17」筑摩書房 2000 p411
〔日記〕みづの上(明治二十九年五月—七月)
　◇「明治の文学 17」筑摩書房 2000 p419
〔日記〕道しばのつゆ(明治二十五年十一月)
　◇「明治の文学 17」筑摩書房 2000 p331
につ記(明治二十五年一月—三月)
　◇「明治の文学 17」筑摩書房 2000 p299
につ記(明治二十五年二月四日)
　◇「新日本古典文学大系 明治編 24」岩波書店 2001 p402
日記(明治二十五年三月二十四日)
　◇「新日本古典文学大系 明治編 24」岩波書店 2001 p406
日記(明治二十五年四月—五月)
　◇「明治の文学 17」筑摩書房 2000 p313
につ記(明治二十五年九月—十月)
　◇「明治の文学 17」筑摩書房 2000 p330
につ記(明治二十六年七月)
　◇「明治の文学 17」筑摩書房 2000 p352
〔日記〕若葉かげ(明治二十四年四月—五月)
　◇「明治の文学 17」筑摩書房 2000 p290
軒(のき)もる月
　◇「新日本古典文学大系 明治編 24」岩波書店 2001 p183
　◇「「新編」日本女性文学全集 2」菁柿堂 2008 p88
花ごもり
　◇「新日本古典文学大系 明治編 24」岩波書店 2001 p33
　◇「「新編」日本女性文学全集 2」菁柿堂 2008 p14
水の上日記(明治二十七年六月四日—九日)
　◇「新日本古典文学大系 明治編 24」岩波書店 2001 p450
水の上日記(明治二十八年四月—五月)
　◇「明治の文学 17」筑摩書房 2000 p386
水の上につ記(明治二十八年五月七日—十日)
　◇「新日本古典文学大系 明治編 24」岩波書店 2001 p455
水のうへ日記(明治二十八年十月)
　◇「明治の文学 17」筑摩書房 2000 p407
水のうへ日記(明治二十八年十月七日—三十一日)
　◇「新日本古典文学大系 明治編 24」岩波書店 2001 p474
みづの上日記(明治二十九年五月二日—二十九日)
　◇「新日本古典文学大系 明治編 24」岩波書店 2001 p486
みづの上日記(明治二十九年七月十五日)
　◇「新日本古典文学大系 明治編 24」岩波書店 2001 p495
水の上(明治二十七年十一月九日—十三日)
　◇「新日本古典文学大系 明治編 24」岩波書店 2001 p453
みづのうへ(明治二十八年五月十四日—五月十七日)
　◇「新日本古典文学大系 明治編 24」岩波書店 2001 p462
水の上(明治二十八年五月二十三日・二十四日)
　◇「新日本古典文学大系 明治編 24」岩波書店 2001 p465
水のうへ(明治二十九年一月)
　◇「新日本古典文学大系 明治編 24」岩波書店 2001 p481
みづの上(明治二十九年二月二十日)
　◇「新日本古典文学大系 明治編 24」岩波書店 2001 p484
虫の声
　◇「ちくま日本文学 13」筑摩書房 2008 (ちくま文庫) p406
闇桜
　◇「明治の文学 17」筑摩書房 2000 p3
　◇「新日本古典文学大系 明治編 24」岩波書店 2001 p1
　◇「ちくま日本文学 13」筑摩書房 2008 (ちくま文庫) p260
やみ夜
　◇「明治の文学 17」筑摩書房 2000 p48
　◇「新日本古典文学大系 明治編 24」岩波書店 2001 p61
　◇「ちくま日本文学 13」筑摩書房 2008 (ちくま文庫) p339
　◇「「新編」日本女性文学全集 2」菁柿堂 2008 p28
雪の日
　◇「新日本古典文学大系 明治編 24」岩波書店 2001 p13
　◇「ちくま日本文学 13」筑摩書房 2008 (ちくま文庫) p244
　◇「「新編」日本女性文学全集 2」菁柿堂 2008 p6
ゆく雲
　◇「明治の文学 17」筑摩書房 2000 p149
　◇「新日本古典文学大系 明治編 24」岩波書店 2001 p193
　◇「ちくま日本文学 13」筑摩書房 2008 (ちくま文庫) p159
よもぎふにつ記(明治二十五年十二月二十四日—二十八日)
　◇「新日本古典文学大系 明治編 24」岩波書店 2001 p417
よもぎふにつ記(明治二十五年十二月—二十六年二月)
　◇「明治の文学 17」筑摩書房 2000 p338
よもぎふにつ記(明治二十六年三月)
　◇「明治の文学 17」筑摩書房 2000 p347
蓬生日記(明治二十六年五月)

◇「新日本古典文学大系 明治編 24」岩波書店 2001 p423
わか岬（明治二十四年八月八日）
◇「新日本古典文学大系 明治編 24」岩波書店 2001 p399
若葉かげ（明治二十四年四月十一日―二十六日）
◇「新日本古典文学大系 明治編 24」岩波書店 2001 p387
わかれ道
◇「短編で読む恋愛・家族」中部日本教育文化会 1998 p35
◇「明治の文学 17」筑摩書房 2000 p238
◇「新日本古典文学大系 明治編 24」岩波書店 2001 p313
◇「魂がふるえるとき」文藝春秋 2004（文春文庫）p337
◇「ちくま日本文学 13」筑摩書房 2008（ちくま文庫）p180
◇「「新編」日本女性文学全集 2」菁柿堂 2008 p126
◇「百年小説」ポプラ社 2008 p181
◇「日本近代短篇小説選 明治篇1」岩波書店 2012（岩波文庫）p267
われから
◇「明治の文学 17」筑摩書房 2000 p250
◇「新日本古典文学大系 明治編 24」岩波書店 2001 p337
◇「ちくま日本文学 13」筑摩書房 2008（ちくま文庫）p195
◇「「新編」日本女性文学全集 2」菁柿堂 2008 p136

樋口 修吉　ひぐち・しゅうきち（1938～2001）
世界ポーカー選手権大会の最後の種目
◇「熱い賭け」早川書房 2006（ハヤカワ文庫）p221
鉄道ゲーム
◇「賭博師たち」角川書店 1997（角川文庫）p229

樋口 真嗣　ひぐち・しんじ（1965～）
怪獣二十六号
◇「怪獣文藝の逆襲」KADOKAWA 2015（〔幽〕BOOKS］）p7

樋口 毅宏　ひぐち・たけひろ
人生リングアウト
◇「20の短編小説」朝日新聞出版 2016（朝日文庫）p253

樋口 てい子　ひぐち・ていこ
桜子幻想
◇「ゆきのまち幻想文学賞小品集 12」企画集団ぷりずむ 2003 p98
冬のカンナ
◇「ゆきのまち幻想文学賞小品集 10」企画集団ぷりずむ 2001 p32
雪の降るまで
◇「ゆきのまち幻想文学賞小品集 15」企画集団ぷりずむ 2006 p173

樋口 直哉　ひぐち・なおや
メーカーズマーク
◇「忘れない。―贈りものをめぐる十の話」メディアファクトリー 2007 p51
夜を泳ぎきる
◇「文学 2007」講談社 2007 p140

樋口 摩琴　ひぐち・まこと
明け方に見た夢
◇「てのひら怪談―ビーケーワン怪談大賞傑作選」ポプラ社 2007 p40
◇「てのひら怪談―ビーケーワン怪談大賞傑作選」ポプラ社 2008（ポプラ文庫）p38
奈落より
◇「リトル・リトル・クトゥルー―史上最小の神話小説集」学習研究社 2009 p144

ひこ・田中　ひこたなか（1953～）
roleplay days
◇「キラキラデイズ」新潮社 2014（新潮文庫）p99

ひさうち みちお
京都K船の裏の裏丑覗きの会とはなにか
◇「京都宵」光文社 2008（光文社文庫）p301

久生 十蘭　ひさお・じゅうらん（1902～1957）
生霊
◇「文豪怪談傑作選 昭和篇」筑摩書房 2011（ちくま文庫）p133
猪鹿蝶
◇「電話ミステリー倶楽部―傑作推理小説集」光文社 2016（光文社文庫）p291
うすゆき抄
◇「新編・日本幻想文学集成 3」国書刊行会 2016 p234
奥の海
◇「新編・日本幻想文学集成 3」国書刊行会 2016 p267
カイゼルの白書
◇「王侯」国書刊行会 1998（書物の王国）p200
海難記
◇「新編・日本幻想文学集成 3」国書刊行会 2016 p283
鎌いたち
◇「殺意の海―釣りミステリー傑作選」徳間書店 2003（徳間文庫）p143
紙凧
◇「江戸宵闇しぐれ」学習研究社 2005（学研M文庫）p133
雲の小径
◇「名短篇、さらにあり」筑摩書房 2008（ちくま文庫）p73
黒い手帳
◇「爬虫館事件―新青年傑作選」角川書店 1998（角川ホラー文庫）p385
◇「賭けと人生」筑摩書房 2011（ちくま文学の森）p133

月光と硫酸
　◇「月」国書刊行会 1999（書物の王国）p33
骨仏
　◇「復響」国書刊行会 2000（書物の王国）p9
　◇「文豪たちが書いた怖い名作短編集」彩図社 2014 p104
湖畔
　◇「思いがけない話」筑摩書房 2010（ちくま文学の森）p341
昆虫図
　◇「恐怖特急」光文社 2002（光文社文庫）p7
　◇「文豪たちが書いた怖い名作短編集」彩図社 2014 p100
　◇「冒険の森へ—傑作小説大全 3」集英社 2016 p24
春雪
　◇「短篇礼讃—忘れかけた名品」筑摩書房 2006（ちくま文庫）p88
新西遊記
　◇「新編・日本幻想文学集成 3」国書刊行会 2016 p207
新残酷物語
　◇「新編・日本幻想文学集成 3」国書刊行会 2016 p173
鈴木主水
　◇「歴史小説の世紀 天の巻」新潮社 2000（新潮文庫）p273
捨公方
　◇「捕物小説名作選 1」集英社 2006（集英社文庫）p79
野萩
　◇「コーヒーと小説」mille books 2016 p169
萩寺の女
　◇「偉人八傑推理帖—名探偵時代小説」双葉社 2004（双葉文庫）p133
花合せ
　◇「美食」国書刊行会 1998（書物の王国）p155
葡萄蔓の束
　◇「文豪たちが書いた泣ける名作短編集」彩図社 2014 p93
母子像
　◇「戦後短篇小説再発見 4」講談社 2001（講談社文芸文庫）p25
　◇「新装版 全集現代文学の発見 16」學藝書林 2005 p358
　◇「新編・日本幻想文学集成 3」国書刊行会 2016 p197
無月物語
　◇「京都府文学全集第1期（小説編）3」郷土出版社 2005 p344
　◇「日本文学全集 26」河出書房新社 2017 p7
妖翳記
　◇「日本怪奇小説傑作集 2」東京創元社 2005（創元推理文庫）p211
予言
　◇「恐怖の旅」光文社 2000（光文社文庫）p255

　◇「幻妖の水脈（みお）」筑摩書房 2013（ちくま文庫）p466
黄泉から
　◇「文豪怪談傑作選 昭和篇」筑摩書房 2011（ちくま文庫）p153
　◇「世界堂書店」文藝春秋 2014（文春文庫）p363
両国の大鯨
　◇「傑作捕物ワールド 3」リブリオ出版 2002 p161

久岡 一美　ひさおか・かずみ
都合のいい男
　◇「ショートショートの広場 20」講談社 2008（講談社文庫）p144
夕鶴
　◇「ショートショートの広場 20」講談社 2008（講談社文庫）p203

火坂 雅志　ひさか・まさし（1956～）
井伊の虎
　◇「代表作時代小説 平成25年度」光文社 2013 p153
勇の腰痛
　◇「幕末京都血風録—傑作時代小説」PHP研究所 2007（PHP文庫）p135
石段下の闇
　◇「血闘！ 新選組」実業之日本社 2016（実業之日本社文庫）p301
命、一千枚
　◇「歴史の息吹」新潮社 1997 p285
　◇「時代小説—読切御免 4」新潮社 2005（新潮文庫）p111
　◇「信州歴史時代小説傑作集 2」しなのき書房 2007 p5
おさかべ姫—姫路城
　◇「名城伝」角川春樹事務所 2015（ハルキ文庫）p247
桂籠
　◇「異色忠臣蔵大傑作集」講談社 1999 p397
　◇「仇討ち」小学館 2006（小学館文庫）p5
祇園の女
　◇「誠の旗がゆく—新選組傑作選」集英社 2003（集英社文庫）p381
剣の漢—上泉主水泰綱
　◇「決闘！ 関ヶ原」実業之日本社 2015（実業之日本社文庫）p447
子守唄
　◇「ふりむけば闇—時代小説招待席」廣済堂出版 2003 p127
　◇「代表作時代小説 平成16年度」光風社出版 2004 p235
　◇「ふりむけば闇—時代小説招待席」徳間書店 2007（徳間文庫）p129
石鹸
　◇「軍師の生きざま—短篇小説集」作品社 2008 p135
石鹸—石田三成
　◇「軍師の生きざま」実業之日本社 2013（実業之日本社文庫）p167
関寺小町

◇「ふたり―時代小説夫婦情話」角川春樹事務所 2010（ハルキ文庫）p83
人魚の海
◇「夢を見にけり―時代小説招待席」廣済堂出版 2004 p213
ぬくもり―水原親憲
◇「代表作時代小説 平成21年度」光文社 2009 p361
盗っ人宗悏
◇「本能寺・男たちの決断―傑作時代小説」PHP研究所 2007（PHP文庫）p171
馬上の局
◇「代表作時代小説 平成24年度」光文社 2012 p95
人斬り水野
◇「斬刃―時代小説傑作選」コスミック出版 2005（コスミック・時代文庫）p77
卜伝花斬り
◇「落日の兜刃―時代アンソロジー」祥伝社 1998（ノン・ポシェット）p183
幻の軍師
◇「竹中半兵衛―小説集」作品社 2014 p233
羊羹合戦
◇「異色歴史短篇傑作大全」講談社 2003 p307
◇「疾風怒濤！ 上杉戦記―傑作時代小説」PHP研究所 2008（PHP文庫）p131
◇「まんぷく長屋―食欲文学傑作選」新潮社 2014（新潮文庫）p157
老将
◇「感涙―人情時代小説傑作選」ベストセラーズ 2004（ベスト時代文庫）p195
◇「決戦！ 大坂の陣」実業之日本社 2014（実業之日本社文庫）p277

久田 樹生　ひさだ・たつき
紫陽花
◇「恐怖箱 遺伝記」竹書房 2008（竹書房文庫）p28
細胞記憶
◇「恐怖箱 遺伝記」竹書房 2008（竹書房文庫）p42

久遠 恵　ひさとお・けい（1957～）
ボディ・ダブル
◇「小説推理新人賞受賞作アンソロジー 1」双葉社 2000（双葉文庫）p231

久藤 準　ひさふじ・じゅん
家族の肖像
◇「ショートショートの花束 4」講談社 2012（講談社文庫）p214
扇風機
◇「てのひら怪談―ビーケーワン怪談大賞傑作選 壬辰」ポプラ社 2012（ポプラ文庫）p148

久間 十義　ひさま・じゅうぎ（1953～）
グレーゾーンの人
◇「人はお金をつかわずにはいられない」日本経済新聞出版社 2011 p5
札幌
◇「街物語」朝日新聞社 2000 p212

久道 進　ひさみち・すすむ
回り回って…
◇「ショートショートの広場 17」講談社 2005（講談社文庫）p180

久山 秀子　ひさやま・ひでこ（1905～）
隼（はやぶさ）お手伝い
◇「幻の探偵雑誌 2」光文社 2000（光文社文庫）p137
隼のお正月
◇「探偵小説の風景―トラフィック・コレクション 下」光文社 2009（光文社文庫）p123

飛児 おくら　ひじ・おくら
湯めぐり推理休暇 伊豆湯ケ島温泉編
◇「本格推理 12」光文社 1998（光文社文庫）p113

菱田 信也　ひしだ・しんや（1966～）
いつも煙が目にしみる
◇「「近松賞」第1回 優秀賞作品集」尼崎市 2002 p1

菱田 智子　ひしだ・ともこ
青い帽子
◇「たびだち―フェリシモしあわせショートショート」フェリシモ 2000 p94

緋色 ひしょく
かくて死者は語る
◇「人は死んだら電柱になる―電柱アンソロジー」遠すぎる未来社 2014 p191

聖 龍人　ひじり・りゅうと
三十余戦、無敗の男―仙台藩鴉組 細谷十太夫
◇「幕末スパイ戦争」徳間書店 2015（徳間文庫）p321

翡翠殿 夢宇　ひすいでん・むう
正義の味方
◇「ショートショートの花束 4」講談社 2012（講談社文庫）p240
滝壺
◇「ショートショートの広場 8」講談社 1997（講談社文庫）p97

ピスケン
クジラナミへ
◇「文学 2001」講談社 2001 p130

肥田 知浩　ひだ・ともひろ
どどめジャム
◇「優秀新人戯曲集 2011」ブロンズ新社 2010 p5

日高 紅椿　ひだか・こうちん（1904～1986）
大蛇退治――幕
◇「日本統治期台湾文学集成 11」緑蔭書房 2005 p285

氷高 昌幸　ひだか・まさゆき
ちょっとかなしい日記
◇「ショートショートの広場 12」講談社 2001（講談社文庫）p11

ひたか

日高 佳紀　ひだか・よしき
コラム「ディスカバー・ニッポン」
◇「文学で考える〈日本〉とは何か」双文社出版 2007 p39

左手 参作　ひだりて・さんさく
きっと・あなた〈誓死君〉
◇「竹中英太郎 3」皓星社 2016（挿絵叢書）p185

必須あみのさん　ひっすあみのさん
命札
◇「てのひら怪談—ビーケーワン怪談大賞傑作選 辛卯」ポプラ社 2011（ポプラ文庫）p96

ピッピ
オーラルセックス
◇「超短編の世界」創英社 2008 p60

日出彦　ひでひこ
穴
◇「ショートショートの花束 6」講談社 2014（講談社文庫）p225
ジャンカ
◇「ショートショートの花束 8」講談社 2016（講談社文庫）p54

ビートたけし（1947〜）
星の巣
◇「少年の眼—大人になる前の物語」光文社 1997（光文社文庫）p55

人見 直　ひとみ・なお
教会と魔術と鳥と
◇「青鞜小説集」講談社 2014（講談社文芸文庫）p90

日向川 伊緒　ひながわ・いお
懐ひろ〜い
◇「「伊豆文学賞」優秀作品集 第14号」静岡新聞社 2011 p230

日向 伸夫　ひなた・のぶお
第八号転轍器
◇「〈外地〉の日本語文学選 2」新宿書房 1996 p198

日向 蓬　ひなた・よもぎ
去勢
◇「本当のうそ」講談社 2007 p87

日夏 英太郎　ひなつ・えいたろう（1908〜1952）
『君と僕』朝鮮軍報道部作品
◇「近代朝鮮文学日本語作品集1939〜1945 創作篇 6」緑蔭書房 2001 p329
内鮮一體映画 "君と僕" 制作準備に來鮮して
◇「近代朝鮮文学日本語作品集1908〜1945 セレクション 3」緑蔭書房 2008 p437
流れ
◇「近代朝鮮文学日本語作品集1901〜1938 創作篇 3」緑蔭書房 2004 p71

日夏 耿之介　ひなつ・こうのすけ（1890〜1971）
恠異ぶくろ（抄）
◇「吸血妖鬼譚—ゴシック名訳集成」学習研究社 2008（学研M文庫）p5
吸血鬼譚
◇「吸血妖鬼譚—ゴシック名訳集成」学習研究社 2008（学研M文庫）p511
月世界の男
◇「月」国書刊行会 1999（書物の王国）p209
薄志弱行ノ歌
◇「日本文学全集 29」河出書房新社 2016 p21
魔界頼るるの記
◇「芸術家」国書刊行会 1998（書物の王国）p142

雛村 晶　ひなむら・しょう
タクシー
◇「ショートショートの広場 10」講談社 2000（講談社文庫）p68

日野 アオジ　ひの・あおじ
胸の奥を揺らす声
◇「大人が読む。ケータイ小説—第1回ケータイ文学賞アンソロジー」オンブック 2007 p32

火野 葦平　ひの・あしへい（1907〜1960）
異民族
◇「コレクション戦争と文学 8」集英社 2011 p203
怪談宋館
◇「日本怪奇小説傑作集 2」東京創元社 2005（創元推理文庫）p245
鯉
◇「戦後短篇小説再発見 14」講談社 2003（講談社文芸文庫）p9
新撰組隊長
◇「新選組伝奇」勉誠出版 2004 p31
税金クライデヘコタレルナ、恋女房＞火野良子
◇「日本人の手紙 6」リブリオ出版 2004 p172
千軒岳にて
◇「文豪山怪奇譚—山の怪談名作選」山と渓谷社 2016 p7
煙草と兵隊
◇「コレクション戦争と文学 7」集英社 2011 p213
月かげ
◇「月」国書刊行会 1999（書物の王国）p191
手
◇「冒険の森へ—傑作小説大全 1」集英社 2016 p48
人魚
◇「妖怪」国書刊行会 1999（書物の王国）p177
紅皿
◇「文豪たちが書いた怖い名作短編集」彩図社 2014 p152
南と北
◇「魍魎列島」小学館 2005（小学館文庫）p263

麦と兵隊
◇「読み聞かせる戦争」光文社 2015 p55
詫び証文
◇「江戸川乱歩と13の宝石」光文社 2007（光文社文庫）p49

日野 和彦　ひの・かずひこ
なんで泣くんじゃ！
◇「たびだち―フェリシモしあわせショートショート」フェリシモ 2000 p141

日野 啓三　ひの・けいぞう（1929～2002）
新たなマンハッタン風景を
◇「コレクション戦争と文学 4」集英社 2011 p98
石の花
◇「鉱物」国書刊行会 1997（書物の王国）p137
イメージたちのワルプルギスの夜
◇「日本文学全集 21」河出書房新社 2015 p166
薄青く震える光の中で
◇「文学 2002」講談社 2002 p79
球形の悲しみ
◇「日本文学全集 21」河出書房新社 2015 p210
空白のある白い町
◇「日本文学全集 21」河出書房新社 2015 p97
世界という音―ブライアン・イーノ
◇「日本文学全集 21」河出書房新社 2015 p146
断崖にゆらめく白い掌の群
◇「コレクション私小説の冒険 2」勉誠出版 2013 p271
天窓のあるガレージ
◇「戦後短篇小説再発見 6」講談社 2001（講談社文芸文庫）p194
七千万年の夜警
◇「生の深みを覗く―ポケットアンソロジー」岩波書店 2010（岩波文庫別冊）p399
広場
◇「日本文学全集 21」河出書房新社 2015 p30
ふしぎな球
◇「日本文学全集 21」河出書房新社 2015 p54
「ふたつの千年紀の狭間で」落葉
◇「文学 2001」講談社 2001 p293
"ベトコン"とは何か
◇「日本文学全集 21」河出書房新社 2015 p236
放散虫は深夜のレールの上を漂う
◇「日本文学全集 21」河出書房新社 2015 p110
牧師館
◇「日本文学全集 21」河出書房新社 2015 p80
ホワイトアウト
◇「日本文学全集 21」河出書房新社 2015 p125
みずから動くもの（自然＝機械＝人間）
◇「日本文学全集 21」河出書房新社 2015 p190
向う側
◇「コレクション戦争と文学 2」集英社 2012 p83
◇「日本文学全集 21」河出書房新社 2015 p7

無人地帯
◇「コレクション戦争と文学 1」集英社 2012 p204

日野 草　ひの・そう
グラスタンク
◇「ザ・ベストミステリーズ―推理小説年鑑 2016」講談社 2016 p249

日野 光里　ひの・ひかり
いるみたい
◇「てのひら怪談―ビーケーワン怪談大賞傑作選 辛卯」ポプラ社 2011（ポプラ文庫）p166
お引越し
◇「てのひら怪談 癸巳」KADOKAWA 2013（MF文庫ダ・ヴィンチ）p38
折紙姫
◇「てのひら怪談―ビーケーワン怪談大賞傑作選 壬辰」ポプラ社 2012（ポプラ文庫）p264
角打ちでのこと
◇「てのひら怪談―ビーケーワン怪談大賞傑作選 2」ポプラ社 2007 p164
◇「てのひら怪談―ビーケーワン怪談大賞傑作選 己丑」ポプラ社 2009（ポプラ文庫）p72
炭鉱怪談
◇「てのひら怪談―ビーケーワン怪談大賞傑作選 壬辰」ポプラ社 2012（ポプラ文庫）p258

火野 良子　ひの・よしこ
税金クライデヘコタレルナ、恋女房≫火野葦平
◇「日本人の手紙 6」リブリオ出版 2004 p172

桧 晋平　ひのき・しんぺい
しらさぎ川
◇「日本海文学大賞―大賞作品集 3」日本海文学大賞運営委員会 2007 p413

檜 攝子　ひのき・せつこ
弔問屋
◇「ショートショートの広場 13」講談社 2002（講談社文庫）p33

旭爪 あかね　ひのつめ・あかね
画像のうえの水滴
◇「時代の波音―民主文学短編小説集1995年～2004年」日本民主主義文学会 2005 p161

日野原 康史　ひのはら・こうじ（1921～1945）
五号室
◇「日本統治期台湾文学集成 6」緑蔭書房 2002 p157
十二月八日――一幕
◇「日本統治期台湾文学集成 14」緑蔭書房 2003 p321
白虹
◇「日本統治期台湾文学集成 6」緑蔭書房 2002 p83
夢像の部屋
◇「日本統治期台湾文学集成 6」緑蔭書房 2002 p415

日比 嘉高　ひび・よしたか
コラム「歴史小説と〈日本〉のアイデンティティ」
◇「文学で考える〈日本〉とは何か」双文社出版 2007 p69

ひびき はじめ
痛い本
◇「てのひら怪談 葵巳」KADOKAWA 2013（MF文庫ダ・ヴィンチ）p146
錆びた自転車
◇「てのひら怪談―ビーケーワン怪談大賞傑作選 壬辰」ポプラ社 2012（ポプラ文庫）p162
廃材トラック
◇「てのひら怪談―ビーケーワン怪談大賞傑作選 壬辰」ポプラ社 2012（ポプラ文庫）p98

響 由布子　ひびき・ゆうこ
終わりの始まり―河合耆三郎
◇「新選組出陣」廣済堂出版 2014 p39
◇「新選組出陣」徳間書店 2015（徳間文庫）p39

響野 夏菜　ひびきの・かな（1972〜）
二十年
◇「新釈グリム童話―めでたし、めでたし？」集英社 2016（集英社オレンジ文庫）p89

日比野 碧　ひびの・あお
犬のまくらと鯨のざぶとん
◇「かわいい―第16回フェリシモ文学賞優秀作品集」フェリシモ 2013 p16

ひびの けん
結婚の条件
◇「ショートショートの花束 3」講談社 2011（講談社文庫）p159

日比野 けん　ひびの・けん
アリバイ工作
◇「ショートショートの花束 6」講談社 2014（講談社文庫）p192

日比野 士朗　ひびの・しろう（1903〜1975）
呉淞クリーク
◇「コレクション戦争と文学 7」集英社 2011 p121

ぴぴぽえちゃん
優良少年
◇「ショートショートの花束 2」講談社 2010（講談社文庫）p238

一二三 太郎　ひふみ・たろう
せっかちな友人
◇「ショートショートの広場 16」講談社 2005（講談社文庫）p114
励ましの手紙
◇「ショートショートの広場 19」講談社 2007（講談社文庫）p131

陽未 ひみ
秘恋
◇「恋みち―現代版・源氏物語」スターツ出版 2008 p49

氷見 裕　ひみ・ゆたか
癩文芸現状
◇「ハンセン病文学全集 5」皓星社 2010 p5

氷室 冴子　ひむろ・さえこ（1957〜2008）
あひるの王様
◇「少女物語」朝日新聞社 1998 p159

比女 ひつじ　ひめ・ひつじ
プルルン
◇「ショートショートの広場 17」講談社 2005（講談社文庫）p209

姫野 カオルコ　ひめの・かおるこ（1958〜）
乙女座の星
◇「12星座小説集」講談社 2013（講談社文庫）p129
結婚十年目のとまどい
◇「十年後のこと」河出書房新社 2016 p153
ゴルフ死ね死ね団
◇「ワルツーアンソロジー」祥伝社 2004（祥伝社文庫）p63
探偵物語
◇「ザ・ベストミステリーズ―推理小説年鑑 2002」講談社 2002 p473
◇「零時の犯罪予報」講談社 2005（講談社文庫）p293
「見かけの速度」の求め方
◇「蜜の眠り」廣済堂出版 2000（廣済堂文庫）p105
桃
◇「female」新潮社 2004（新潮文庫）p89

姫野 かずら　ひめの・かずら
メンタル・フィメール
◇「つながり―フェリシモしあわせショートショート」フェリシモ 1999 p152

姫山 ひめやま
指の秘密
◇「明治探偵冒険小説 4」筑摩書房 2005（ちくま文庫）p415

火森 孝実　ひもり・たかみ
あなたに伝えたい
◇「ショートショートの広場 16」講談社 2005（講談社文庫）p102
大きなお世話
◇「ショートショートの花束 7」講談社 2015（講談社文庫）p206
数にご注目
◇「ショートショートの広場 17」講談社 2005（講談社文庫）p103
仕事が終わって
◇「ショートショートの広場 17」講談社 2005（講談社文庫）p185
日本人とコンピューター
◇「ショートショートの花束 2」講談社 2010（講談

ヒモロギ ヒロシ
海辺のサクラ
◇「てのひら怪談―ビーケーワン怪談大賞傑作選 壬辰」ポプラ社 2012（ポプラ文庫）p26
男の世界
◇「てのひら怪談―ビーケーワン怪談大賞傑作選 百怪繚乱篇」ポプラ社 2008 p68
火車とヤンキー
◇「てのひら怪談―ビーケーワン怪談大賞傑作選 百怪繚乱篇」ポプラ社 2008 p64
◇「てのひら怪談―ビーケーワン怪談大賞傑作選 己丑」ポプラ社 2009（ポプラ文庫）p32
さらばマトリョーシカ
◇「てのひら怪談―ビーケーワン怪談大賞傑作選 庚寅」ポプラ社 2010（ポプラ文庫）p44
死霊の盆踊り
◇「てのひら怪談―ビーケーワン怪談大賞傑作選 2」ポプラ社 2007 p232
◇「てのひら怪談―ビーケーワン怪談大賞傑作選 己丑」ポプラ社 2009（ポプラ文庫）p238
水獣モガンボを追え
◇「てのひら怪談―ビーケーワン怪談大賞傑作選 百怪繚乱篇」ポプラ社 2008 p70
◇「てのひら怪談―ビーケーワン怪談大賞傑作選 己丑」ポプラ社 2009（ポプラ文庫）p174
デッドヒート
◇「てのひら怪談―ビーケーワン怪談大賞傑作選」ポプラ社 2007 p122
◇「てのひら怪談―ビーケーワン怪談大賞傑作選」ポプラ社 2008（ポプラ文庫）p126
トロイの人形
◇「てのひら怪談―ビーケーワン怪談大賞傑作選 庚寅」ポプラ社 2010（ポプラ文庫）p162
般若娘
◇「てのひら怪談―ビーケーワン怪談大賞傑作選 百怪繚乱篇」ポプラ社 2008 p66
みずこクラブ
◇「てのひら怪談―ビーケーワン怪談大賞傑作選 壬辰」ポプラ社 2012（ポプラ文庫）p138
夜釣りの心得
◇「てのひら怪談―ビーケーワン怪談大賞傑作選」ポプラ社 2007 p182
◇「てのひら怪談―ビーケーワン怪談大賞傑作選」ポプラ社 2008（ポプラ文庫）p190

桧山 明　ひやま・あきら
電柱の骨
◇「人は死んだら電柱になる―電柱アンソロジー」遠すぎる未来団 2014 p158

冰心女士　ひょうしんじょし
是誰断送了你
◇「日本統治期台湾文学集成 25」緑蔭書房 2007 p391

ひょうた
東おんなに京おんな
社文庫）p36

◇「優秀新人戯曲集 2005」ブロンズ新社 2004 p195
みんなの殺人
◇「新・本格推理 06」光文社 2006（光文社文庫）p219
吾輩は密室である
◇「新・本格推理 04」光文社 2004（光文社文庫）p235

玄 鎭健　ヒョン・ジンゴン（1900～1943）
創作翻訳 朝鮮の顔（小説）
◇「近代朝鮮文学日本語作品集1901～1938 創作篇 1」緑蔭書房 2004 p135
B舎監とラヴレター（一）～（四）
◇「近代朝鮮文学日本語作品集1901～1938 創作篇 3」緑蔭書房 2004 p269

玄 薰　ヒョン・フン
巌
◇「近代朝鮮文学日本語作品集1939～1945 創作篇 5」緑蔭書房 2001 p93

玄民　ヒョン・ミン
⇒兪鎭午（ユ・ジノ）を見よ

玄 永燮　ヒョン・ヨンソプ
近感二題―朝鮮新聞紙の學藝欄
◇「近代朝鮮文学日本語作品集1901～1938 評論・随筆篇 3」緑蔭書房 2004 p20
野良に連れて行かれる女の子
◇「近代朝鮮文学日本語作品集1908～1945 セレクション 4」緑蔭書房 2008 p175
武久を祈―億同胞
◇「近代朝鮮文学日本語作品集1908～1945 セレクション 6」緑蔭書房 2008 p237
二つの立場
◇「近代朝鮮文学日本語作品集1908～1945 セレクション 3」緑蔭書房 2008 p275

玄 永男　ヒョン・ヨンナム
⇒玄永燮（ヒョン・ヨンソプ）を見よ

片 榮魯　ピョン・ヨンノ
時調三章
◇「近代朝鮮文学日本語作品集1939～1945 創作篇 6」緑蔭書房 2001 p22

陽羅 義光　ひら・よしみつ（1946～）
あんなか
◇「全作家短編小説集 6」全作家協会 2007 p7
逢坂おんな殺し
◇「扉の向こうへ」全作家協会 2014（全作家短編集）p186
困惑
◇「全作家短編小説集 12」全作家協会 2013 p13
チェーホフの女
◇「全作家短編小説集 8」全作家協会 2009 p237
非国民
◇「全作家短編小説集 10」のべる出版 2011 p215

房総半島
　◇「全作家短編小説集 7」全作家協会 2008 p142
闇の童話
　◇「全作家短編小説集 11」全作家協会 2012 p214
憂年
　◇「全作家短編集 15」のべる出版企画 2016 p12
ゆくひと
　◇「回転ドアから」全作家協会 2015（全作家短編集）p6
吾輩は病気である
　◇「全作家短編小説集 9」全作家協会 2010 p228

平井 和正　ひらい・かずまさ（1938〜2015）

エスパーお蘭
　◇「冒険の森へ―傑作小説大全 4」集英社 2016 p51
死を蒔く女
　◇「宇宙塵傑作選―日本SFの軌跡 2」出版芸術社 1997 p137
世界の滅びる夜
　◇「冒険の森へ―傑作小説大全 5」集英社 2015 p22
虎は暗闇より
　◇「SFマガジン700 国内篇」早川書房 2014（ハヤカワ文庫 SF）p25
虎は目覚める
　◇「日本SF全集 1」出版芸術社 2009 p143
憎しみの罠
　◇「影」文藝春秋 2003（推理作家になりたくて マイベストミステリー）p41
　◇「マイ・ベスト・ミステリー 2」文藝春秋 2007（文春文庫）p60
レオノーラ
　◇「ロボット・オペラ―An Anthology of Robot Fiction and Robot Culture」光文社 2004 p314
　◇「60年代日本SFベスト集成」筑摩書房 2013（ちくま文庫）p269

平井 金三　ひらい・きんぞう（1859〜1916）

大きな怪物（ばけもの）
　◇「文豪怪談傑作選 特別編」筑摩書房 2007（ちくま文庫）p254

平井 蒼太　ひらい・そうた（1900〜1971）

嫋指
　◇「怪奇探偵小説集 3」角川春樹事務所 1998（ハルキ文庫）p225

平井 呈一　ひらい・ていいち（1902〜1976）

ある扇のはなし（小泉八雲〔著〕）
　◇「文豪怪談傑作選 明治編」筑摩書房 2011（ちくま文庫）p89
ある女の日記（小泉八雲〔著〕）
　◇「とっておきの話」筑摩書房 2011（ちくま文学の森）p325
石に書かれた名前（小泉八雲〔著〕）
　◇「文豪怪談傑作選 明治編」筑摩書房 2011（ちくま文庫）p69
遺伝的記憶（小泉八雲〔著〕）
　◇「文豪怪談傑作選 明治編」筑摩書房 2011（ちくま文庫）p53
きまぐれ草（抄）（小泉八雲〔著〕）
　◇「文豪怪談傑作選 明治編」筑摩書房 2011（ちくま文庫）p51
黒いキューピッド（小泉八雲〔著〕）
　◇「文豪怪談傑作選 明治編」筑摩書房 2011（ちくま文庫）p64
こがねの泉（小泉八雲〔著〕）
　◇「文豪怪談傑作選 明治編」筑摩書房 2011（ちくま文庫）p73
死後の恋（小泉八雲〔著〕）
　◇「文豪怪談傑作選 明治編」筑摩書房 2011（ちくま文庫）p97
嗜屍と永生
　◇「吸血妖鬼譚―ゴシック名訳集成」学習研究社 2008（学研M文庫）p533
小説における超自然の価値（小泉八雲〔著〕）
　◇「西洋伝奇物語―ゴシック名訳集成」学習研究社 2004（学研M文庫）p493
茶わんのなか（小泉八雲〔著〕）
　◇「謎の物語」筑摩書房 2012（ちくま文庫）p215
茶碗の中（小泉八雲〔著〕）
　◇「日本怪奇小説傑作集 1」東京創元社 2005（創元推理文庫）p13
停車場で（小泉八雲〔著〕）
　◇「悪いやつの物語」筑摩書房 2011（ちくま文学の森）p481
鳥と少女（小泉八雲〔著〕）
　◇「文豪怪談傑作選 明治編」筑摩書房 2011（ちくま文庫）p83
見知らぬ人（小泉八雲〔著〕）
　◇「文豪怪談傑作選 明治編」筑摩書房 2011（ちくま文庫）p51
耳なし芳一のはなし（小泉八雲〔著〕）
　◇「琵琶綺譚」日本出版社 2006 p237
耳無芳一のはなし―『怪談』より（小泉八雲〔著〕）
　◇「幻妖の水脈（みお）」筑摩書房 2013（ちくま文庫）p103
「モンク・ルイス」と恐怖怪奇派（小泉八雲〔著〕）
　◇「西洋伝奇物語―ゴシック名訳集成」学習研究社 2004（学研M文庫）p477
幽霊と化けもの（小泉八雲〔著〕）
　◇「魍魎魑魅列島」小学館 2005（小学館文庫）p207
幽霊の接吻（小泉八雲〔著〕）
　◇「文豪怪談傑作選 明治編」筑摩書房 2011（ちくま文庫）p59
雪おんな（小泉八雲〔著〕）
　◇「雪女のキス」光文社 2000（カッパ・ノベルス）p17
MDCCCLIII（小泉八雲〔著〕）
　◇「文豪怪談傑作選 明治編」筑摩書房 2011（ちくま文庫）p92

平井 文子　ひらい・ふみこ
白い歯
　◇「扉の向こうへ」全作家協会 2014（全作家短編集）p174
リセット
　◇「回転ドアから」全作家協会 2015（全作家短編集）p99

平石 亜紗実　ひらいし・あさみ
ケガレゴ
　◇「最新中学校創作脚本集 2009」晩成書房 2009 p5

平石 貴樹　ひらいし・たかき（1948〜）
虹のカマクーラ
　◇「日本原発小説集」水声社 2011 p77

平岩 弓枝　ひらいわ・ゆみえ（1932〜）
青い幸福
　◇「妖美―女流ミステリー傑作選」徳間書店 1999（徳間文庫）p271
赤絵獅子
　◇「忍者だもの―忍法小説五番勝負」新潮社 2015（新潮文庫）p179
或る心中
　◇「恋愛小説・名作集成 6」リブリオ出版 2004 p5
梅屋敷の女
　◇「彩四季・江戸慕情」光文社 2012（光文社文庫）p387
絵島の恋
　◇「人物日本の歴史―時代小説版 江戸編 下」小学館 2004（小学館文庫）p5
　◇「信州歴史時代小説傑作集 5」しなのき書房 2007 p125
江戸の怪猫
　◇「魔剣くずし秘聞」光風社出版 1998（光風社文庫）p135
江戸の精霊流し―御宿かわせみ
　◇「代表作時代小説 平成15年度」光風社出版 2003 p297
江戸の毒蛇―琉球屋おまん
　◇「しのぶ雨江戸恋慕―新鷹会・傑作小説選」光文社 2016（光文社文庫）p361
江戸の娘
　◇「春はやて―時代小説アンソロジー」KADOKAWA 2016（角川文庫）p5
おこう
　◇「江戸なみだ雨―市井稼業小説傑作選」学研パブリッシング 2010（学研M文庫）p71
御守殿おたき―はやぶさ新八御用帳
　◇「傑作捕物ワールド 2」リブリオ出版 2002 p197
御宿かわせみ
　◇「江戸恋い明け烏」光風社出版 1999（光風社文庫）p149
親なし子なし
　◇「きずな―時代小説親子情話」角川春樹事務所 2011（ハルキ文庫）p185

女ぶり
　◇「江戸しのび雨」学研パブリッシング 2012（学研M文庫）p135
寒紅梅
　◇「代表作時代小説 平成11年度」光風社出版 1999 p205
　◇「愛染夢灯籠―時代小説傑作選」講談社 2005（講談社文庫）p251
記憶の中
　◇「銀座24の物語」文藝春秋 2001 p217
狂歌師
　◇「江戸夕しぐれ―市井稼業小説傑作選」学研パブリッシング 2011（学研M文庫）p95
狂言師
　◇「職人気質」小学館 2007（小学館文庫）p5
　◇「雪月花・江戸景色」光文社 2013（光文社文庫）p373
孔雀に乗った女
　◇「琵琶綺談」日本出版社 2006 p29
源太郎の初恋
　◇「代表作時代小説 平成10年度」光風社出版 1998 p73
子を思う闇
　◇「花と剣と侍―新鷹会・傑作時代小説選」光文社 2009（光文社文庫）p381
さいかち坂上の恋人
　◇「江戸浮世風」学習研究社 2004（学研M文庫）p155
桜十字の紋章
　◇「代表作時代小説 平成20年度」光文社 2008 p247
さんま焼く
　◇「慕情深川しぐれ」光風社出版 1998（光風社文庫）p353
　◇「江戸宵闇しぐれ」学習研究社 2005（学研M文庫）p69
邪魔っけ
　◇「親不孝長屋―人情小説傑作選」新潮社 2007（新潮文庫）p43
白萩屋敷の月
　◇「傑作捕物ワールド 10」リブリオ出版 2002 p5
　◇「江戸色恋坂―市井情話傑作選」学習研究社 2005（学研M文庫）p121
象太鼓―平安妖異伝
　◇「代表作時代小説 平成13年度」光風社出版 2001 p7
ちっちゃなかみさん
　◇「八百八町春爛漫」光風社出版 1998（光風社文庫）p171
　◇「歴史小説の世紀 地の巻」新潮社 2000（新潮文庫）p625
　◇「感涙―人情時代小説傑作選」ベストセラーズ 2004（ベスト時代文庫）p235
出島阿蘭陀屋敷
　◇「女人」小学館 2007（小学館文庫）p221
泥棒が笑った

◇「江戸の老人力―時代小説傑作選」集英社 2002（集英社文庫）p195

七化けおさん
◇「武士道歳時記―新鷹会・傑作時代小説選」光文社 2008（光文社文庫）p517

二十六夜待の殺人―『御宿かわせみ』より
◇「夏しぐれ―時代小説アンソロジー」角川書店 2013（角川文庫）p5

猫一匹―御宿かわせみ
◇「代表作時代小説 平成14年度」光風社出版 2002 p157

猫芸者おたま―御宿かわせみ
◇「代表作時代小説 平成16年度」光風社出版 2004 p345

猫姫おなつ
◇「夕まぐれ江戸小景」光文社 2015（光文社文庫）p351

呪いの家
◇「武士道切絵図―新鷹会・傑作時代小説選」光文社 2010（光文社文庫）p455

八丁堀の湯屋
◇「剣が舞い落花が舞い―時代小説傑作選」講談社 1998（講談社文庫）p415

初春の客
◇「撫子が斬る―女性作家捕物帳アンソロジー」光文社 2005（光文社文庫）p373

美男の医者
◇「鍔鳴り疾風剣」光風社出版 2000（光風社文庫）p179

風鈴が切れた
◇「明暗廻り灯籠」光風社出版 1998（光風社文庫）p93

平安妖異伝 花と楽人
◇「代表作時代小説 平成12年度」光風社出版 2000 p245

三つ橋渡った
◇「情けがからむ朱房の十手―傑作時代小説」PHP研究所 2009（PHP文庫）p295

文珠院の僧―花和尚お七
◇「たそがれ江戸暮色」光文社 2014（光文社文庫）p375

薬研堀の猫
◇「大江戸猫三昧―時代小説傑作選」徳間書店 2004（徳間文庫）p283

遊女殺し―太公望のおせん
◇「武士道残月抄」光文社 2011（光文社文庫）p463

吉原大門の殺人
◇「吉原花魁」角川書店 2009（角川文庫）p31

老鬼
◇「土竜の光芒―時代小説最前線」新潮社 1997（新潮文庫）p515
◇「鎮守の森に鬼が棲む―時代小説傑作選」講談社 2001（講談社文庫）p217
◇「時代小説一読切御免 4」新潮社 2005（新潮文庫）p213

平尾 道雄　ひらお・みちお
新撰組
◇「新選組読本」光文社 2003（光文社文庫）p287

平尾 魯僊　ひらお・ろせん（1808～1880）
「谷の響」より
◇「みちのく怪談名作選 vol.1」荒蝦夷 2010（叢書東北の声）p369

平岡 啓二　ひらおか・けいじ
モノの国からの贈り物
◇「中学校劇作シリーズ 7」青雲書房 2002 p117

平岡 篤頼　ひらおか・とくよし（1929～2005）
犯された兎
◇「小川洋子の陶酔短篇箱」河出書房新社 2014 p205

平岡 陽明　ひらおか・ようめい
床屋とプロゴルファー
◇「短篇ベストコレクション―現代の小説 2015」徳間書店 2015（徳間文庫）p411

平賀 白山　ひらが・はくさん（1745～1805）
異形の顔（抄）（柴田宵曲〔訳〕）
◇「文豪てのひら怪談」ポプラ社 2009（ポプラ文庫）p58

平方 イコルスン　ひらかた・いこるすん
とっておきの脇差
◇「極光星群」東京創元社 2013（創元SF文庫）p233

平木 さくら　ひらぎ・さくら
アルクホル・ランプ
◇「ゆれる―第12回フェリシモ文学賞作品集」フェリシモ 2009 p144

ひらさ とよひこ
三次もののけ殺人事件
◇「稲生モノノケ大全 陽之巻」毎日新聞社 2005 p593

平沢 計七　ひらさわ・けいしち（1889～1923）
二人の中尉
◇「アンソロジー・プロレタリア文学 3」森話社 2015 p175

平沢 優美　ひらさわ・ゆみ
離婚
◇「Love―あなたに逢いたい」双葉社 1997（双葉文庫）p191

平瀬 誠一　ひらせ・せいいち（1937～）
父の幻
◇「時代の波音―民主文学短編小説集1995年～2004年」日本民主主義文学会 2005 p251

平田 篤胤　ひらた・あつたね（1776～1843）
仙境異聞（抄）
◇「文豪てのひら怪談」ポプラ社 2009（ポプラ文庫）p184

平田 健　ひらた・けん
スカイ・コンタクト
　◇「忘れがたい者たち―ライトノベル・ジュブナイル選集」創英社 2007 p15

平田 小六　ひらた・ころく（1903〜1976）
長篇 囚はれた大地
　◇「新・プロレタリア文学精選集 20」ゆまに書房 2004 p1

平田 清　ひらた・しん
男と女
　◇「ショートショートの広場 11」講談社 2000（講談社文庫）p167

平田 俊子　ひらた・としこ（1955〜）
いとこ、かずん
　◇「旅を数えて」光文社 2007 p55
殴られた話
　◇「文学 2006」講談社 2006 p249
バスと遺産
　◇「人はお金をつかわずにはいられない」日本経済新聞出版社 2011 p205

平田 弘史　ひらた・ひろし
おのれらに告ぐ
　◇「斬刃―時代小説傑作選」コスミック出版 2005（コスミック・時代文庫）p265

平塚 直隆　ひらつか・なおたか
トラックメロウ
　◇「優秀新人戯曲集 2011」ブロンズ新社 2010 p181

平塚 白銀　ひらつか・はくぎん
猪狩殺人事件 五
　◇「幻の探偵雑誌 3」光文社 2000（光文社文庫）p72
セントルイス・ブルース
　◇「探偵小説の風景―トラフィック・コレクション 下」光文社 2009（光文社文庫）p155

平塚 らいてう　ひらつか・らいちょう（1886〜1971）
愛を確かめる八つの箇条書きの質問＞奥村博史
　◇「日本人の手紙 4」リブリオ出版 2004 p116
元始女性は太陽であった。―青鞜発刊に際して
　◇「青鞜文学集」不二出版 2004 p21
元始女性は太陽であつた。―青鞜発刊に際して
　◇「「新編」日本女性文学全集 4」菁柿堂 2012 p6

平出 真一郎　ひらで・しんいちろう
ペナルティー・キック
　◇「ショートショートの広場 9」講談社 1998（講談社文庫）p134

平出 隆　ひらで・たかし（1950〜）
ある中篇のための七つの書出し
　◇「ことばのたくらみ―実作集」岩波書店 2003（21世紀文学の創造）p23
海の背広
　◇「文学 2005」講談社 2005 p200
猫の客
　◇「文学 2002」講談社 2002 p262

平渡 敏　ひらと・びん
種
　◇「ショートショートの花束 6」講談社 2014（講談社文庫）p28
マナー
　◇「ショートショートの花束 6」講談社 2014（講談社文庫）p50

平戸 廉吉　ひらと・れんきち（1893〜1922）
飛鳥
　◇「新装版 全集現代文学の発見 1」學藝書林 2002 p236
アラベスク
　◇「新装版 全集現代文学の発見 1」學藝書林 2002 p222
丘の会話
　◇「新装版 全集現代文学の発見 1」學藝書林 2002 p223
瓜園
　◇「新装版 全集現代文学の発見 1」學藝書林 2002 p224
空間的立体詩
　◇「新装版 全集現代文学の発見 1」學藝書林 2002 p236
ゴオホの向日葵
　◇「新装版 全集現代文学の発見 1」學藝書林 2002 p226
触手
　◇「新装版 全集現代文学の発見 1」學藝書林 2002 p237
一九二一年に於ける我新詩運動の四種の展開
　◇「新装版 全集現代文学の発見 1」學藝書林 2002 p236
第四側面の詩（FUTURISM + CUBISME = DADAISM = EXPRESSIONISME）
　◇「新装版 全集現代文学の発見 1」學藝書林 2002 p237
小さい詩二つ
　◇「新装版 全集現代文学の発見 1」學藝書林 2002 p235
直情の詩
　◇「新装版 全集現代文学の発見 1」學藝書林 2002 p235
展開
　◇「新装版 全集現代文学の発見 1」學藝書林 2002 p235
洞察

ひらぬ

- ◇「新装版 全集現代文学の発見 1」學藝書林 2002 p233

熱風―A.M.G.D'A.
- ◇「新装版 全集現代文学の発見 1」學藝書林 2002 p230

港の古画
- ◇「新装版 全集現代文学の発見 1」學藝書林 2002 p222

力闘
- ◇「新装版 全集現代文学の発見 1」學藝書林 2002 p230

私の未来主義と実行
- ◇「新装版 全集現代文学の発見 1」學藝書林 2002 p238

MINIMUM_MAXMUM
- ◇「新装版 全集現代文学の発見 1」學藝書林 2002 p225

平沼 文甫　ひらぬま・ぶんぽ

斬込む氣持
- ◇「近代朝鮮文学日本語作品集1939～1945 評論・随筆篇 1」緑蔭書房 2002 p388

唇に歌をもて
- ◇「近代朝鮮文学日本語作品集1939～1945 評論・随筆篇 3」緑蔭書房 2002 p349

戰勝の歲暮
- ◇「近代朝鮮文学日本語作品集1939～1945 創作篇 6」緑蔭書房 2001 p40

創作の一年
- ◇「近代朝鮮文学日本語作品集1939～1945 評論・随筆篇 2」緑蔭書房 2002 p19

平沼 奉周　ひらぬま・ほうしゅう

新嘉坡陷落
- ◇「近代朝鮮文学日本語作品集1939～1945 創作篇 6」緑蔭書房 2001 p41

平野 啓一郎　ひらの・けいいちろう（1975～）

一枚上手
- ◇「空を飛ぶ恋―ケータイがつなぐ28の物語」新潮社 2006（新潮文庫）p124

義足
- ◇「極上掌篇小説」角川書店 2006 p221
- ◇「ひと粒の宇宙」角川書店 2009（角川文庫）p219
- ◇「コレクション戦争と文学 4」集英社 2011 p440

追憶
- ◇「ことばのたくらみ―実作集」岩波書店 2003（21世紀文学の創造）p183

モノクロウムの街と四人の女
- ◇「文学 2007」講談社 2007 p56
- ◇「現代小説クロニクル 2005～2009」講談社 2015（講談社文芸文庫）p36

family affair
- ◇「文学 2014」講談社 2014 p219

平野 謙　ひらの・けん（1907～1978）

政治と文学
- ◇「新装版 全集現代文学の発見 4」學藝書林 2003 p392

平野 小剣　ひらの・しょうけん

関東・武州長瀬事件始末
- ◇「被差別小説傑作集」河出書房新社 2016（河出文庫）p205

平野 直　ひらの・ただし（1902～1986）

貝の火
- ◇「学校放送劇舞台劇脚本集―宮沢賢治名作童話」東洋書院 2008 p143

かしわ林の夜
- ◇「学校放送劇舞台劇脚本集―宮沢賢治名作童話」東洋書院 2008 p217

風の又三郎
- ◇「学校放送劇舞台劇脚本集―宮沢賢治名作童話」東洋書院 2008 p173

雁の童子
- ◇「学校放送劇舞台劇脚本集―宮沢賢治名作童話」東洋書院 2008 p191

銀河鉄道の夜
- ◇「学校放送劇舞台劇脚本集―宮沢賢治名作童話」東洋書院 2008 p93

グスコーブドリの伝記
- ◇「学校放送劇舞台劇脚本集―宮沢賢治名作童話」東洋書院 2008 p267

虔十公園林
- ◇「学校放送劇舞台劇脚本集―宮沢賢治名作童話」東洋書院 2008 p287

水仙月の四日（米内アキ）
- ◇「学校放送劇舞台劇脚本集―宮沢賢治名作童話」東洋書院 2008 p243

セロ弾きのゴーシュ
- ◇「学校放送劇舞台劇脚本集―宮沢賢治名作童話」東洋書院 2008 p33

空の大鳥と赤眼のさそり―ふたごの星・第1話
- ◇「学校放送劇舞台劇脚本集―宮沢賢治名作童話」東洋書院 2008 p7

とっこべとら子（米内アキ）
- ◇「学校放送劇舞台劇脚本集―宮沢賢治名作童話」東洋書院 2008 p255

どんぐりと山猫
- ◇「学校放送劇舞台劇脚本集―宮沢賢治名作童話」東洋書院 2008 p83

なめとこ山の熊
- ◇「学校放送劇舞台劇脚本集―宮沢賢治名作童話」東洋書院 2008 p71

ふたごの星と箒星―ふたごの星・第2話
- ◇「学校放送劇舞台劇脚本集―宮沢賢治名作童話」東洋書院 2008 p7

ペン・ネンネンネン・ネネムの伝記
- ◇「学校放送劇舞台劇脚本集―宮沢賢治名作童話」東洋書院 2008 p57

北守将軍と三人兄弟の医者
- ◇「学校放送劇舞台劇脚本集―宮沢賢治名作童話」東洋書院 2008 p159

祭の晩
◇「学校放送劇舞台劇脚本集─宮沢賢治名作童話」東洋書院 2008 p121

山男の四月
◇「学校放送劇舞台劇脚本集─宮沢賢治名作童話」東洋書院 2008 p45

山なし（朗読用）
◇「学校放送劇舞台劇脚本集─宮沢賢治名作童話」東洋書院 2008 p135

雪渡り
◇「学校放送劇舞台劇脚本集─宮沢賢治名作童話」東洋書院 2008 p229

よだかの星（米内アキ）
◇「学校放送劇舞台劇脚本集─宮沢賢治名作童話」東洋書院 2008 p205

平野 肇　ひらの・はじめ

谷空木
◇「殺意の海─釣りミステリー傑作選」徳間書店 2003（徳間文庫）p231

平林 たい子　ひらばやし・たいこ（1905～1972）

桜の下にて
◇「闇市」皓星社 2015（紙礫）p114

終戦日記（昭和二十年）
◇「戦後占領期短篇小説コレクション 1」藤原書店 2007 p7

人生実験
◇「戦後短篇小説選―『世界』1946-1999 1」岩波書店 2000 p135

施療室にて
◇「新装版 全集現代文学の発見 1」學藝書林 2002 p442
◇「日本近代短篇小説選 昭和篇1」岩波書店 2012（岩波文庫）p5

殴る
◇「新装版 全集現代文学の発見 1」學藝書林 2002 p458

額田女王
◇「歴史小説の世紀 天の巻」新潮社 2000（新潮文庫）p455

ビラの犯人
◇「幻の探偵雑誌 6」光文社 2001（光文社文庫）p61

敷設列車
◇「〈外地〉の日本語文学選 2」新宿書房 1996 p97

北海道千歳の女
◇「街娼─パンパン＆オンリー」皓星社 2015（紙礫）p55

明治の廓
◇「おもかげ行燈」光風社出版 1998（光風社文庫）p315

盲中国兵
◇「戦後短篇小説再発見 8」講談社 2002（講談社文芸文庫）p9

◇「コレクション戦争と文学 12」集英社 2013 p400

私は生きる
◇「ただならぬ午睡─恋愛小説アンソロジー」光文社 2004（光文社文庫）p175

平林 初之輔　ひらばやし・はつのすけ（1892～1931）

頭と足
◇「幻の探偵雑誌 2」光文社 2000（光文社文庫）p307

犠牲者
◇「幻の探偵雑誌 10」光文社 2002（光文社文庫）p45

第四階級の文学
◇「新装版 全集現代文学の発見 1」學藝書林 2002 p334

謎の女
◇「怪奇探偵小説集 1」角川春樹事務所 1998（ハルキ文庫）p191
◇「恐怖ミステリーBEST15─こんな幻の傑作が読みたかった！」シーエイチシー 2006 p109

秘密
◇「君らの狂気で死を孕ませよ─新青年傑作選」角川書店 2000（角川文庫）p145

唯物史観と文学
◇「新装版 全集現代文学の発見 1」學藝書林 2002 p328

予審調書
◇「江戸川乱歩と13人の新青年〈論理派〉編」光文社 2008（光文社文庫）p371

平林 彪吾　ひらばやし・ひょうご（1903～1939）

鶏飼いのコムミュニスト
◇「新装版 全集現代文学の発見 6」學藝書林 2003 p236

平松 恵美子　ひらまつ・えみこ（1967～）

さよなら、クロ（石川勝己／松岡錠司）
◇「年鑑代表シナリオ集 '03」シナリオ作家協会 2004 p133

祖国（荒井雅樹／山田洋次）
◇「テレビドラマ代表作選集 2006年版」日本脚本家連盟 2006 p87

平松 洋子　ひらまつ・ようこ

処暑―8月23日ごろ
◇「君と過ごす季節―秋から冬へ、12の暦物語」ポプラ社 2012（ポプラ文庫）p33

平谷 美樹　ひらや・よしき（1960～）

貸物屋お庸貸し猫探し
◇「てのひら猫語り─書き下ろし時代小説集」白泉社 2014（白泉社招き猫文庫）p5

加奈子
◇「あの日から─東日本大震災鎮魂岩手県出身作家短編集」岩手日報社 2015 p251

黄色いライスカレー
◇「12の贈り物─東日本大震災支援岩手県在住作家自

ひらや

選短編集」荒蝦夷 2011（叢書東北の声）p268
恐怖の形
◇「ひとにぎりの異形」光文社 2007（光文社文庫）p159
黒いエマージェンシーボックス
◇「未来妖怪」光文社 2008（光文社文庫）p137
黒脛巾組始末
◇「幕末スパイ戦争」徳間書店 2015（徳間文庫）p375
すぎたに
◇「教室」光文社 2003（光文社文庫）p59
角と牙
◇「獣人」光文社 2003（光文社文庫）p273
猫
◇「物語のルミナリエ」光文社 2011（光文社文庫）p17
萩供養
◇「江戸迷宮」光文社 2011（光文社文庫）p131
自己相似荘
◇「心霊理論」光文社 2007（光文社文庫）p227
◇「虚構機関――年刊日本SF傑作選」東京創元社 2008（創元SF文庫）p359
量子感染
◇「進化論」光文社 2006（光文社文庫）p101

平山 敏也　ひらやま・としや

将棋
◇「ショートショートの花束 4」講談社 2012（講談社文庫）p222
夢の人
◇「ショートショートの花束 5」講談社 2013（講談社文庫）p148

平山 瑞穂　ひらやま・みずほ（1968～）

棺桶
◇「ザ・ベストミステリーズ――推理小説年鑑 2011」講談社 2011 p273
◇「Guilty殺意の連鎖」講談社 2014（講談社文庫）p261
恋する蘭鋳
◇「未来妖怪」光文社 2008（光文社文庫）p273
六畳ひと間のLA
◇「エール！　1」実業之日本社 2012（実業之日本社文庫）p55

平山 夢明　ひらやま・ゆめあき（1961～）

アナーキー・イン・ザ・UK
◇「キネマ・キネマ」光文社 2002（光文社文庫）p563
あるグレートマザーの告白
◇「Fの肖像――フランケンシュタインの幻想たち」光文社 2010（光文社文庫）p297
或る彼岸の接近
◇「秘神界 現代編」東京創元社 2002（創元推理文庫）p443
祈り

◇「心霊理論」光文社 2007（光文社文庫）p373
異聞耳算用.其の2
◇「江戸迷宮」光文社 2011（光文社文庫）p263
異聞胸算用
◇「伝奇城――伝奇時代小説アンソロジー」光文社 2005（光文社文庫）p51
宇宙飛行士の死
◇「ひとにぎりの異形」光文社 2007（光文社文庫）p259
ウは鵜飼いのウ
◇「怪物園」光文社 2009（光文社文庫）p513
卵男
◇「ロボットの夜」光文社 2000（光文社文庫）p47
オペラントの肖像
◇「アート偏愛」光文社 2005（光文社文庫）p397
◇「不思議の足跡」光文社 2007（Kappa novels）p261
◇「不思議の足跡」光文社 2011（光文社文庫）p351
お遍路
◇「5分で読める！　怖いはなし」宝島社 2014（宝島社文庫）p199
Ωの聖餐
◇「世紀末サーカス」廣済堂出版 2000（廣済堂文庫）p251
怪物のような顔の女と溶けた時計のような頭の男
◇「夢魔」光文社 2001（光文社文庫）p585
柳
◇「蒐集家（コレクター）」光文社 2004（光文社文庫）p407
きちがい便所
◇「厠の怪――便所怪談競作集」メディアファクトリー 2010（MF文庫）p31
けだもの
◇「獣人」光文社 2003（光文社文庫）p153
幻画の女
◇「幻想探偵」光文社 2009（光文社文庫）p421
実験と被験と
◇「教室」光文社 2003（光文社文庫）p439
人類なんて関係ない
◇「ミステリ愛。免許皆伝！」講談社 2010（講談社ノベルス）p9
すき焼き
◇「5分で読める！　怖いはなし」宝島社 2014（宝島社文庫）p261
すまじき熱帯
◇「暗闇（ダークサイド）を追いかけろ――ホラー＆サスペンス編」光文社 2004（カッパ・ノベルス）p355
◇「暗闇（ダークサイド）を追いかけろ」光文社 2008（光文社文庫）p463
それでもおまえは俺のハニー
◇「闇電話」光文社 2006（光文社文庫）p245
托卵

◇「贈る物語Wonder」光文社 2002 p264
他人事
 ◇「ふるえて眠れない―ホラーミステリー傑作選」光文社 2006（光文社文庫）p405
チャコの怪談物語
 ◇「短篇ベストコレクション―現代の小説 2007」徳間書店 2007（徳間文庫）p399
チョ松と散歩
 ◇「短篇ベストコレクション―現代の小説 2013」徳間書店 2013（徳間文庫）p309
出会す
 ◇「文豪てのひら怪談」ポプラ社 2009（ポプラ文庫）p96
テロルの創世
 ◇「少年の時間」徳間書店 2001（徳間デュアル文庫）p107
 ◇「不思議の扉 午後の教室」角川書店 2011（角川文庫）p129
トイレまち
 ◇「5分で読める！ 怖いはなし」宝島社 2014（宝島社文庫）p87
独白するユニバーサル横メルカトル
 ◇「魔地図」光文社 2005（光文社文庫）p331
 ◇「ザ・ベストミステリーズ―推理小説年鑑 2006」講談社 2006 p9
 ◇「曲げられた真相」講談社 2009（講談社文庫）p5
ドリンカーの20分
 ◇「二十の悪夢」KADOKAWA 2013（角川ホラー文庫）p213
吉原首代売女御免帳
 ◇「暗闇を見よ」光文社 2010（Kappa novels）p273
 ◇「暗闇を見よ」光文社 2015（光文社文庫）p369
夏の
 ◇「てのひら怪談―ビーケーワン怪談大賞傑作選 庚寅」ポプラ社 2010（ポプラ文庫）p264
$C_{10}H_{14}N_2$と少年―乞食の老婆
 ◇「御伽草子―ホラー・アンソロジー」PHP研究所 2001（PHP文庫）p273
箸魔
 ◇「憑依」光文社 2010（光文社文庫）p407
ヤープ
 ◇「進化論」光文社 2006（光文社文庫）p415
溶解人間
 ◇「みんなの少年探偵団 2」ポプラ社 2016 p193
D–0
 ◇「憑きびと―「読楽」ホラー小説アンソロジー」徳間書店 2016（徳間文庫）p221
≒0.04%
 ◇「伯爵の血族―紅ノ章」光文社 2007（光文社文庫）p51

平山 らろう　ひらやま・ろろう
レンジのボウボウ
 ◇「つながり―フェリシモしあわせショートショート」フェリシモ 1999 p109

平山 蘆江　ひらやま・ろこう（1882〜1953）
内蔵助道中
 ◇「忠臣蔵コレクション 1」河出書房新社 1998（河出文庫）p155
鈴鹿峠の雨
 ◇「文豪山怪奇譚―山の怪談名作選」山と渓谷社 2016 p91

蛭田 亜紗子　ひるた・あさこ
川田伸子の少し特異なやりくち
 ◇「文芸あねもね」新潮社 2012（新潮文庫）p121

蛭田 直美　ひるた・なおみ
Fの壁
 ◇「少年のなみだ」泰文堂 2014（リンダブックス）p169
止まらない時限爆弾を抱きしめて
 ◇「言葉にできない悲しみ」泰文堂 2015（リンダパブリッシャーズの本）p199
ピンク色の空の中で
 ◇「最後の一日 3月23日―さよならが胸に染みる10の物語」泰文堂 2013（リンダブックス）p148
SING IN THE BATH
 ◇「少女のなみだ」泰文堂 2014（リンダブックス）p65

昼間 寝子　ひるま・ねこ
名殺探訪
 ◇「恐怖箱 遺伝記」竹書房 2008（竹書房文庫）p186

鰭崎 英朋　ひれざき・えいほう（1881〜1968）
嗄れ声
 ◇「文豪怪談傑作選 特別編」筑摩書房 2007（ちくま文庫）p131
九畳敷
 ◇「文豪怪談傑作選 特別編」筑摩書房 2007（ちくま文庫）p122
車上の幽魂
 ◇「文豪怪談傑作選 特別編」筑摩書房 2007（ちくま文庫）p128

ヒロ
鼻毛の人生
 ◇「ショートショートの広場 20」講談社 2008（講談社文庫）p207

ひろ まり
五秒間の真実
 ◇「ショートショートの花束 5」講談社 2013（講談社文庫）p217

広居 歩樹　ひろい・あるき
財布
 ◇「ショートショートの広場 20」講談社 2008（講談社文庫）p151

広井 公司　ひろい・こうじ
トランス・ペアレント
 ◇「太宰治賞 2016」筑摩書房 2016 p179

廣井 直子　ひろい・なおこ
ぼくんち
◇「高校演劇Selection 2002 上」晩成書房 2002 p115

広池 秋子　ひろいけ・あきこ（1919〜）
オンリー達
◇「現代秀作集」角川書店 1999（女性作家シリーズ）p59
◇「街娼―パンパン＆オンリー」皓星社 2015（紙礫）p21

広尾 麿津夫　ひろお・まつお
なでしこ地獄
◇「怪奇・伝奇時代小説選集 14」春陽堂書店 2000（春陽文庫）p27

廣岡 宥樹　ひろおか・ゆうじゅ
花模様
◇「時代の波音―民主文学短編小説集1995年〜2004年」日本民主主義文学会 2005 p148

広小路 尚祈　ひろこうじ・なおき
ドラゴンズ漫談
◇「ナゴヤドームで待ちあわせ」ポプラ社 2016 p135

ヒロコ・ムトー（1945〜）
不忘窯の四季
◇「山形県文学全集第2期（随筆・紀行編）6」郷土出版社 2005 p99

廣重 みか　ひろしげ・みか
逃げるぞ
◇「平成28年熊本地震作品集」くまもと文学・歴史館友の会 2016 p15

広島 友好　ひろしま・ともよし
家族百景 第七景『恋、おばあちゃんの』
◇「ドラマの森 2009」西日本劇作家の会 2008（西日本戯曲選集）p117

廣末 保　ひろすえ・たもつ
盲目の景清
◇「新装版 全集現代文学の発見 11」學藝書林 2004 p564

広瀬 弦　ひろせ・げん
博士とねこ
◇「100万分の1回のねこ」講談社 2015 p231

広瀬 心二郎　ひろせ・しんじろう
のら
◇「吟醸掌篇―召しませ短篇小説 vol.1」けいこう舎 2016 p69

広瀬 正　ひろせ・ただし（1924〜1972）
作品が書けないことのお詫び
◇「宇宙塵傑作選―日本SFの軌跡 2」出版芸術社 1997 p215
タイムマシンはつきるとも
◇「日本SF・名作集成 9」リブリオ出版 2005 p103
二重人格

◇「70年代日本SFベスト集成 1」筑摩書房 2014（ちくま文庫）p187
もの
◇「60年代日本SFベスト集成」筑摩書房 2013（ちくま文庫）p17

廣瀬 績　ひろせ・つづく
"その日"の來るまでお大事に
◇「近代朝鮮文学日本語作品集1908〜1945 セレクション 6」緑蔭書房 2008 p243

広瀬 力　ひろせ・つとむ
自分本位な男
◇「ショートショートの広場 20」講談社 2008（講談社文庫）p282
眠るために生まれてきた男
◇「ショートショートの広場 20」講談社 2008（講談社文庫）p217
ファイヤー・タイガー
◇「ショートショートの広場 19」講談社 2007（講談社文庫）p76

広瀬 松吉　ひろせ・まつよし
星占い
◇「ショートショートの広場 14」講談社 2003（講談社文庫）p225

広瀬 仁紀　ひろせ・よしのり（1931〜1995）
謀略の譜
◇「機略縦横！ 真田戦記―傑作時代小説」PHP研究所 2008（PHP文庫）p7

廣田 希華　ひろた・きか
トマト
◇「気配―第10回フェリシモ文学賞作品集」フェリシモ 2007 p120

弘田 喬太郎　ひろた・きょうたろう
眠り男羅次郎
◇「怪奇探偵小説集 2」角川春樹事務所 1998（ハルキ文庫）p261

広田 淳一　ひろた・じゅんいち
ロクな死に方
◇「優秀新人戯曲集 2012」ブロンズ新社 2011 p5

広津 和郎　ひろつ・かずお（1891〜1968）
甘粕は複数か？
◇「天変動く 大震災と作家たち」インパクト出版会 2011（インパクト選書）p189
ある夜
◇「教科書に載った小説」ポプラ社 2008 p65
◇「教科書に載った小説」ポプラ社 2012（ポプラ文庫）p61
訓練されたる人情
◇「日本文学100年の名作 2」新潮社 2014（新潮文庫）p447
青年期と晩年
◇「戦後短篇小説選―『世界』1946-1999 2」岩波書店 2000 p97

狸
◇「冒険の森へ─傑作小説大全 7」集英社 2016 p8
松川裁判について
◇「新装版 全集現代文学の発見 10」學藝書林 2004 p490
師崎(もろさき)行
◇「日本近代短篇小説選 大正篇」岩波書店 2012（岩波文庫）p117

広津 柳浪　ひろつ・りゅうろう（1861～1928）
浅瀬の波
◇「新日本古典文学大系 明治編 21」岩波書店 2005 p265
雨
◇「明治の文学 7」筑摩書房 2001 p351
◇「日本近代短篇小説選 明治篇1」岩波書店 2012（岩波文庫）p347
今戸心中
◇「明治の文学 7」筑摩書房 2001 p141
幼時(をさなきほど)
◇「明治の文学 7」筑摩書房 2001 p316
亀さん
◇「明治深刻悲惨小説集」講談社 2016（講談社文芸文庫）p201
河内屋
◇「明治の文学 7」筑摩書房 2001 p211
黒蜥蜴
◇「新日本古典文学大系 明治編 21」岩波書店 2005 p227
残菊
◇「明治の文学 7」筑摩書房 2001 p3
変目伝(へめでん)
◇「明治の文学 7」筑摩書房 2001 p53

弘中 麻由　ひろなか・まゆ
きらきら
◇「万華鏡─第14回フェリシモ文学賞作品集」フェリシモ 2011 p96

曠野 すぐり　ひろの・すぐり
ホットひといき
◇「冷と温─第13回フェリシモ文学賞作品集」フェリシモ 2010 p148

ヒロモト 森一　ひろもと・しんいち
Mess
◇「水妖」廣済堂出版 1998（廣済堂文庫）p353

廣安 正光　ひろやす・まさみつ
　⇒安含光（アン・ハムグワン）を見よ

日和 聡子　ひわ・さとこ（1974～）
うらしま
◇「文学 2016」講談社 2016 p67
蛍
◇「ナイン・ストーリーズ・オブ・ゲンジ」新潮社 2008 p195
◇「源氏物語九つの変奏」新潮社 2011（新潮文庫）p217
ゆきおろし
◇「十年後のこと」河出書房新社 2016 p159
行方
◇「文学 2013」講談社 2013 p220
◇「小川洋子の陶酔短篇箱」河出書房新社 2014 p313

檜和田 新　ひわだ・しん
これなあに
◇「ショートショートの広場 13」講談社 2002（講談社文庫）p174

【ふ】

巫 永福　ふ・えいふく（1913～2008）
創作 河辺の女房達
◇「日本統治期台湾文学集成 5」緑蔭書房 2002 p71
首と体
◇「日本統治期台湾文学集成 5」緑蔭書房 2002 p9
戯曲 紅緑賊──一幕
◇「日本統治期台湾文学集成 14」緑蔭書房 2003 p9
山茶花
◇「日本統治期台湾文学集成 5」緑蔭書房 2002 p107

黄 準洪　ファン・ジュンホ
書の月
◇「近代朝鮮文学日本語作品集1908～1945 セレクション 6」緑蔭書房 2008 p61

黄 錫禹　ファン・ソクウ（1895～1960）
妾氣になつて仕様がない
◇「近代朝鮮文学日本語作品集1908～1945 セレクション 4」緑蔭書房 2008 p209
小供の空の上の自然の説明
◇「近代朝鮮文学日本語作品集1908～1945 セレクション 4」緑蔭書房 2008 p210
在東京時代の日文詩
◇「近代朝鮮文学日本語作品集1908～1945 セレクション 4」緑蔭書房 2008 p209
四季の響へ
◇「近代朝鮮文学日本語作品集1908～1945 セレクション 4」緑蔭書房 2008 p212
空が吼える
◇「近代朝鮮文学日本語作品集1908～1945 セレクション 4」緑蔭書房 2008 p219
蝶の靱いてくる花輿
◇「近代朝鮮文学日本語作品集1908～1945 セレクション 4」緑蔭書房 2008 p214
童謡（三篇）
◇「近代朝鮮文学日本語作品集1908～1945 セレクション 4」緑蔭書房 2008 p217
春のお手紙
◇「近代朝鮮文学日本語作品集1908～1945 セレクション 4」緑蔭書房 2008 p213

雲雀さんの答へ
◇「近代朝鮮文学日本語作品集1908～1945 セレクション 4」緑蔭書房 2008 p215
無題
◇「近代朝鮮文学日本語作品集1908～1945 セレクション 4」緑蔭書房 2008 p217

黄 龍伯　ファン・ヨンベク
失はれし日の追憶
◇「近代朝鮮文学日本語作品集1908～1945 セレクション 4」緑蔭書房 2008 p227

風花 雫　ふうか・しずく
エンドレス
◇「ショートショートの花束 5」講談社 2013（講談社文庫）p191

笛木 薫　ふえき・かおる
濁流の音
◇「日本海文学大賞―大賞作品集 1」日本海文学大賞運営委員会 2007 p209

笛地 静恵　ふえち・しずえ
人魚の海
◇「原色の想像力―創元SF短編賞アンソロジー」東京創元社 2010（創元SF文庫）p157

深井 充　ふかい・みつる
雨物語
◇「気配―第10回フェリシモ文学賞作品集」フェリシモ 2007 p129

深尾 須磨子　ふかお・すまこ（1888～1974）
あなたこそは私の夢の明し≫平戸廉吉
◇「日本人の手紙 5」リブリオ出版 2004 p74

深尾 登美子　ふかお・とみこ
蛸つぼ
◇「甦る推理雑誌 10」光文社 2004（光文社文庫）p351

深川 拓　ふかがわ・たく
あのバスに
◇「恐怖症」光文社 2002（光文社文庫）p41
情炎
◇「本格推理 15」光文社 1999（光文社文庫）p75
白血
◇「マスカレード」光文社 2002（光文社文庫）p477
ゆびに・からめる
◇「夢魔」光文社 2001（光文社文庫）p463

深川 徹　ふかがわ・とおる
深川徹遺歌集
◇「ハンセン病文学全集 8」皓星社 2006 p298

深作 健太　ふかさく・けんた（1972～）
バトル・ロワイアルⅡ 鎮魂歌（レクイエム）（木田紀生）
◇「年鑑代表シナリオ集 '03」シナリオ作家協会 2004 p99

深沢 夏衣　ふかさわ・かい（1943～2014）
パルチャ打鈴
◇「〈在日〉文学全集 14」勉誠出版 2006 p103
夜の子供
◇「〈在日〉文学全集 14」勉誠出版 2006 p5

深沢 七郎　ふかざわ・しちろう（1914～1987）
絢爛の椅子
◇「とっておき名短篇」筑摩書房 2011（ちくま文庫）p135
極楽まくらおとし図
◇「日本文学100年の名作 8」新潮社 2015（新潮文庫）p9
月のアペニン山
◇「ものがたりのお菓子箱」飛鳥新社 2008 p213
報酬
◇「とっておき名短篇」筑摩書房 2011（ちくま文庫）p175
無妙記
◇「日本近代短篇小説選 昭和篇3」岩波書店 2012（岩波文庫）p337

深沢 仁　ふかざわ・じん
腐りかけロマンティック
◇「5分で読める！ ひと駅ストーリー 食の話」宝島社 2015（宝島社文庫）p199
聖なる夜に赤く灯るは
◇「5分で読める！ ひと駅ストーリー 冬の記憶東口編」宝島社 2013（宝島社文庫）p41
夏の幻
◇「5分で読める！ ひと駅ストーリー 夏の記憶東口編」宝島社 2013（宝島社文庫）p211
◇「5分で泣ける！ 胸がいっぱいになる物語」宝島社 2015（宝島社文庫）p219
猫を殺すことの残酷さについて
◇「5分で読める！ ひと駅ストーリー 猫の物語」宝島社 2014（宝島社文庫）p289
◇「5分で凍る！ ぞっとする怖い話」宝島社 2015（宝島社文庫）p99
I love you, Teddy
◇「5分で読める！ ひと駅ストーリー 降車編」宝島社 2012（宝島社文庫）p245
◇「5分で泣ける！ 胸がいっぱいになる物語」宝島社 2015（宝島社文庫）p157

深澤 直樹　ふかざわ・なおき
イリュージョン Ver.2009―宮沢賢治「銀河鉄道の夜」より
◇「中学校たのしい劇脚本集―英語劇付 Ⅰ」国土社 2010 p31
Ⅱ年A組とかぐや姫
◇「中学生のドラマ 2」晩成書房 1996 p7
星空に見たイリュージョン
◇「中学生のドラマ 5」晩成書房 2004 p65
夕輝（ゆうき）―ぼくの生きていた証（三好日生）
◇「中学校たのしい劇脚本集―英語劇付 Ⅲ」国土社 2011 p144

深沢 正樹　ふかさわ・まさき（1965～）
　レイクサイドマーダーケース（青山真治）
　　◇「年鑑代表シナリオ集 '05」シナリオ作家協会 2006 p49

深澤 夜　ふかさわ・よる（1979～）
　蝗の村
　　◇「怪集 蟲毒―創作怪談発掘大会傑作選」竹書房 2009（竹書房文庫）p161
　ウミガメのスープ
　　◇「恐怖箱 遺伝記」竹書房 2008（竹書房文庫）p115
　父と子と精霊と
　　◇「怪集 蟲」竹書房 2009（竹書房文庫）p153
　長市の祭
　　◇「恐怖箱 遺伝記」竹書房 2008（竹書房文庫）p138

深田 久弥　ふかだ・きゅうや（1903～1971）
　蔵王山（一八四一米）
　　◇「山形県文学全集第2期〈随筆・紀行編〉3」郷土出版社 2005 p391

深田 孝士　ふかだ・たかし
　私の犯罪実験に就いて
　　◇「幻の探偵雑誌 8」光文社 2001（光文社文庫）p295

深田 亨　ふかだ・とおる
　お迎え
　　◇「てのひら怪談 癸巳」KADOKAWA 2013（MF文庫ダ・ヴィンチ）p136
　空襲
　　◇「物語のルミナリエ」光文社 2011（光文社文庫）p270
　バディ・システム
　　◇「ひとにぎりの異形」光文社 2007（光文社文庫）p541
　ビストロシリカ
　　◇「てのひら怪談―ビーケーワン怪談大賞傑作選 壬辰」ポプラ社 2012（ポプラ文庫）p14
　みによんの幽霊
　　◇「てのひら怪談 癸巳」KADOKAWA 2013（MF文庫ダ・ヴィンチ）p160

深田 祐介　ふかだ・ゆうすけ（1931～2014）
　あざやかなひとびと
　　◇「経済小説名作選」筑摩書房 2014（ちくま文庫）p189

深津 十一　ふかつ・じゅういち（1963～）
　稀有なる食材
　　◇「もっとすごい！10分間ミステリー」宝島社 2013（宝島社文庫）p133
　　◇「10分間ミステリー THE BEST」宝島社 2016（宝島社文庫）p223
　テイスター・キラー
　　◇「5分で読める！ひと駅ストーリー 食の話」宝島社 2015（宝島社文庫）p109
　夏色の残像

　　◇「5分で読める！ひと駅ストーリー 夏の記憶西口編」宝島社 2013（宝島社文庫）p221
　本を愛する人求む
　　◇「5分で読める！ひと駅ストーリー 本の物語」宝島社 2014（宝島社文庫）p59
　闇の世界の証言者
　　◇「5分で読める！ひと駅ストーリー 冬の記憶東口編」宝島社 2013（宝島社文庫）p251
　　◇「5分で驚く！どんでん返しの物語」宝島社 2016（宝島社文庫）p63

深野 佳子　ふかの・よしこ
　きみちゃんの贈り物
　　◇「万華鏡―第14回フェリシモ文学賞作品集」フェリシモ 2011 p165

深堀 骨　ふかぼり・ほね
　逆毛のトメ
　　◇「変愛小説集 日本作家編」講談社 2014 p129

深町 秋生　ふかまち・あきお（1975～）
　碧い育成
　　◇「宝石ザミステリー 2014冬」光文社 2014 p191
　臆病者の流儀
　　◇「10分間ミステリー」宝島社 2012（宝島社文庫）p89
　かわいい子には旅をさせよ
　　◇「5分で読める！ひと駅ストーリー 旅の話」宝島社 2015（宝島社文庫）p379
　昏い追跡
　　◇「宝石ザミステリー 2」光文社 2012 p379
　黒い夜会
　　◇「宝石ザミステリー 2016」光文社 2015 p233
　宿命
　　◇「5分で読める！ひと駅ストーリー 乗車編」宝島社 2012（宝島社文庫）p273
　白い崩壊
　　◇「宝石ザミステリー 3」光文社 2013 p231
　ストリート・ファイティング・マン
　　◇「『このミステリーがすごい！』大賞作家書き下ろしBOOK」宝島社 2012 p187
　なんでもあり
　　◇「もっとすごい！10分間ミステリー」宝島社 2013（宝島社文庫）p175
　　◇「10分間ミステリー THE BEST」宝島社 2016（宝島社文庫）p71
　苦い制裁
　　◇「宝石ザミステリー Red」光文社 2016 p331
　卑怯者の流儀
　　◇「地を這う捜査―「読楽」警察小説アンソロジー」徳間書店 2015（徳間文庫）p223
　ブックよさらば
　　◇「5分で読める！ひと駅ストーリー 本の物語」宝島社 2014（宝島社文庫）p339
　　◇「5分で笑える！オバカで愉快な物語」宝島社 2016（宝島社文庫）p267
　リトル・ゲットー・ボーイ

◇「『このミステリーがすごい！』大賞作家書き下ろしBOOK vol.5」宝島社 2014 p5

深町 眞理子　ふかまち・まりこ（1931～）

シャーシー・トゥームズの悪夢
◇「シャーロック・ホームズに愛をこめて」光文社 2010（光文社文庫）p159

深見 豪　ふかみ・ごう

ケーキ箱
◇「北村薫の本格ミステリ・ライブラリー」角川書店 2001（角川文庫）p185

深海 和　ふかみ・のどか

ある日の蜀山人
◇「全作家短編小説集 11」全作家協会 2012 p28

思ひに永き
◇「全作家短編小説集 8」全作家協会 2009 p91

画像考
◇「全作家短編小説集 9」全作家協会 2010 p109

恐怖の時節
◇「全作家短編小説集 7」全作家協会 2008 p42

元禄馬鹿噺
◇「全作家短編小説集 6」全作家協会 2007 p52

島酒の起こり
◇「回転ドアから」全作家協会 2015（全作家短編集）p216

兆民たちの醜聞
◇「全作家短編集 15」のべる出版企画 2016 p158

信康異聞
◇「扉の向こうへ」全作家協会 2014（全作家短編集）p222

「よし」の人たち
◇「全作家短編小説集 10」のべる出版 2011 p130

我ぞかずかく
◇「全作家短編小説集 12」全作家協会 2013 p129

深見 ヘンリイ　ふかみ・へんりい

ものを言う血
◇「幻の探偵雑誌 5」光文社 2001（光文社文庫）p139

深水 黎一郎　ふかみ・れいいちろう（1963～）

秋は刺殺 夕日のさして血のはいと近うなりたるに
◇「ベスト本格ミステリ 2016」講談社 2016（講談社ノベルス）p235

大癋見警部の事件簿―番外篇
◇「宝石ザミステリー 2011」光文社 2011 p417
◇「宝石ザミステリー 2」光文社 2012 p301

完全犯罪あるいは善人の見えない牙
◇「ミステリ★オールスターズ」角川書店 2010 p11
◇「ミステリ・オールスターズ」角川書店 2012（角川文庫）p11

現場の見取り図 大癋見警部の事件簿
◇「ザ・ベストミステリーズ―推理小説年鑑 2012」講談社 2012 p211

◇「Question謎解きの最高峰」講談社 2015（講談社文庫）p217

シンリガクの実験
◇「奇想博物館」光文社 2013（最新ベスト・ミステリー）p209

生存者一名
◇「宝石ザミステリー Red」光文社 2016 p249

父と子―ピーター・ブリューゲル殺人事件
◇「宝石ザミステリー 3」光文社 2013 p331

適用者一名
◇「宝石ザミステリー Blue」光文社 2016 p297

とある音楽評論家の、註釈の多い死（※1）
◇「宝石ザミステリー 2014冬」光文社 2014 p353

人間の尊厳と八〇〇メートル
◇「Shadow闇に潜む真実」講談社 2014（講談社文庫）p5

人間の尊厳と八〇〇メートル―日本推理作家協会賞短編部門受賞作
◇「ザ・ベストミステリーズ―推理小説年鑑 2011」講談社 2011 p9

もうひとつの10・8
◇「ナゴヤドームで待ちあわせ」ポプラ社 2016 p173

フカミ レン

親父の名前
◇「藤本義一文学賞 第1回」（大阪）たる出版 2016 p27

深緑 野分　ふかみどり・のわき（1983～）

オーブランの少女
◇「ベスト本格ミステリ 2011」講談社 2011（講談社ノベルス）p347
◇「からくり伝言少女―本格短編ベスト・セレクション」講談社 2015（講談社文庫）p483

血塗られていない赤文字
◇「謎の放課後―学校の七不思議」KADOKAWA 2015（角川文庫）p99

深谷 忠記　ふかや・ただき（1943～）

井伊直弼は見ていた？
◇「最新「珠玉推理」大全 中」光文社 1998（カッパ・ノベルス）p313
◇「怪しい舞踏会」光文社 2002（光文社文庫）p435

居眠り刑事
◇「迷宮の旅行者―本格推理展覧会」青樹社 1999（青樹社文庫）p235

蒔いた種
◇「自選ショート・ミステリー 2」講談社 2001（講談社文庫）p172

無意識的転移
◇「事件現場に行こう―最新ベスト・ミステリー カレイドスコープ編」光文社 2001（カッパ・ノベルス）p249

武蔵が教えた
◇「黒衣のモニュメント」光文社 2000（光文社文庫）p245

深谷 延彦　ふかや・のぶひこ
　黄昏の幻想
　　◇「幻の探偵雑誌 8」光文社 2001（光文社文庫）p433
　剝製の刺青（黄金仮面えぴそうど）
　　◇「幻の探偵雑誌 8」光文社 2001（光文社文庫）p381

深山 顕彦　ふかやま・あきひこ
　焼け残った手紙
　　◇「リトル・リトル・クトゥルー――史上最小の神話小説集」学習研究社 2009 p188

蕗谷 塔子　ふきや・とうこ
　タマコ
　　◇「てのひら怪談――ビーケーワン怪談大賞傑作選 庚寅」ポプラ社 2010（ポプラ文庫）p190

福井 健太　ふくい・けんた
　本格ミステリの四つの場面
　　◇「法廷ジャックの心理学――本格短編ベスト・セレクション」講談社 2011（講談社文庫）p609
　本格ミステリ四つの場面
　　◇「本格ミステリ二〇〇七年本格短編ベスト・セレクション 07」講談社 2007（講談社ノベルス）p397

福井 晴敏　ふくい・はるとし（1968～）
　川の深さは
　　◇「冒険の森へ――傑作小説大全 20」集英社 2015 p105
　ガンダムからの文芸キャラクタリズム革命――新ガンダム、「ガンダムユニコーン」の勝算（佐々木新）
　　◇「Fiction zero／narrative zero」講談社 2007 p015
　920を待ちながら
　　◇「乱歩賞作家 白の謎」講談社 2004 p173
　五年目の夜
　　◇「ザ・ベストミステリーズ――推理小説年鑑 2001」講談社 2001 p31
　　◇「殺人作法」講談社 2004（講談社文庫）p9
　サクラ
　　◇「事件現場に行こう――最新ベスト・ミステリー カレイドスコープ編」光文社 2001（カッパ・ノベルス）p281
　畳算
　　◇「ザ・ベストミステリーズ――推理小説年鑑 2000」講談社 2000 p277
　　◇「嘘つきは殺人のはじまり」講談社 2003（講談社文庫）p409

富久一 博　ふくいち・ひろし
　天の河原
　　◇「太宰治賞 2007」筑摩書房 2007 p247

福岡 俊也　ふくおか・しゅんや
　ニカライチの小鳥
　　◇「太宰治賞 2012」筑摩書房 2012 p111

福岡 武　ふくおか・たけし
　石あたたかし
　　◇「ハンセン病文学全集 8」皓星社 2006 p420

福岡 義信　ふくおか・よしのぶ
　かわさき文学賞と我が半生
　　◇「かわさきの文学――かわさき文学賞50年記念作品集 2009年」審美社 2009 p330
　仕舞扇
　　◇「かわさきの文学――かわさき文学賞50年記念作品集 2009年」審美社 2009 p310

ふくきたる
　嫁探し
　　◇「ショートショートの広場 12」講談社 2001（講談社文庫）p46

福澤 徹三　ふくざわ・てつぞう（1962～）
　家が死んどる
　　◇「怪しき我が家――一家の怪談競作集」メディアファクトリー 2011（MF文庫）p19
　逢魔の夏
　　◇「稲生モノノケ大全 陽之巻」毎日新聞社 2005 p231
　お化け屋敷
　　◇「オバケヤシキ」光文社 2005（光文社文庫）p125
　怪談
　　◇「闇夜に怪を語れば――百物語ホラー傑作選」角川書店 2005（角川ホラー文庫）p143
　ごみ屋敷
　　◇「ひとにぎりの異形」光文社 2007（光文社文庫）p124
　最後の礼拝
　　◇「妖女」光文社 2004（光文社文庫）p29
　昭和の夜
　　◇「短篇ベストコレクション――現代の小説 2009」徳間書店 2009（徳間文庫）p247
　ドラキュラの家
　　◇「伯爵の血族――紅ノ章」光文社 2007（光文社文庫）p269
　百物語
　　◇「文豪てのひら怪談」ポプラ社 2009（ポプラ文庫）p212
　憑霊
　　◇「心霊理論」光文社 2007（光文社文庫）p83
　不登校の少女
　　◇「暗闇（ダークサイド）を追いかけろ――ホラー＆サスペンス編」光文社 2004（カッパ・ノベルス）p379
　　◇「暗闇（ダークサイド）を追いかけろ」光文社 2008（光文社文庫）p495
　盆の厠
　　◇「厠の怪――便所怪談競作集」メディアファクトリー 2010（MF文庫）p63
　やどりびと
　　◇「憑依」光文社 2010（光文社文庫）p319

ふくさ

福澤 諭吉　ふくざわ・ゆきち（1834〜1901）
　暗殺の心配
　　◇「新日本古典文学大系 明治編 10」岩波書店 2011 p254
　一身一家経済の由来
　　◇「新日本古典文学大系 明治編 10」岩波書店 2011 p291
　王政維新
　　◇「新日本古典文学大系 明治編 10」岩波書店 2011 p200
　大阪を去て江戸に行く
　　◇「新日本古典文学大系 明治編 10」岩波書店 2011 p110
　大阪修業
　　◇「新日本古典文学大系 明治編 10」岩波書店 2011 p47
　緒方の塾風
　　◇「新日本古典文学大系 明治編 10」岩波書店 2011 p70
　再度米国行
　　◇「新日本古典文学大系 明治編 10」岩波書店 2011 p189
　雑記
　　◇「新日本古典文学大系 明治編 10」岩波書店 2011 p268
　〔攘夷論〕
　　◇「新日本古典文学大系 明治編 10」岩波書店 2011 p161
　長崎遊学
　　◇「新日本古典文学大系 明治編 10」岩波書店 2011 p27
　始めて亜米利加に渡る
　　◇「新日本古典文学大系 明治編 10」岩波書店 2011 p122
　品行家風
　　◇「新日本古典文学大系 明治編 10」岩波書店 2011 p328
　福翁自伝
　　◇「新日本古典文学大系 明治編 10」岩波書店 2011 p1
　幼少の時
　　◇「新日本古典文学大系 明治編 10」岩波書店 2011 p6
　欧羅巴各国に行く
　　◇「新日本古典文学大系 明治編 10」岩波書店 2011 p144
　老余の半生
　　◇「新日本古典文学大系 明治編 10」岩波書店 2011 p347

福士 恵右　ふくし・けいすけ
　自己主張
　　◇「ショートショートの広場 10」講談社 2000（講談社文庫）p59

福士 秀也　ふくし・ひでや
　近松勘六
　　◇「定本・忠臣蔵四十七人集」双葉社 1998 p250

福島 さとる　ふくしま・さとる
　さくさく
　　◇「ゆきのまち幻想文学賞小品集 13」企画集団ぷりずむ 2004 p142

福島 千佳　ふくしま・ちか
　ストロベリーシェイク
　　◇「ゆきのまち幻想文学賞小品集 18」企画集団ぷりずむ 2009 p33
　空に残した想い
　　◇「ゆきのまち幻想文学賞小品集 17」企画集団ぷりずむ 2008 p183
　玉璽からの贈り物
　　◇「ゆきのまち幻想文学賞小品集 20」企画集団ぷりずむ 2011 p188
　マトリョーシカの憂鬱
　　◇「ゆきのまち幻想文学賞小品集 21」企画集団ぷりずむ 2012 p181
　耳、垂れ
　　◇「ゆきのまち幻想文学賞小品集 19」企画集団ぷりずむ 2010 p182

福嶋 伸洋　ふくしま・のぶひろ
　黒く深き眠り
　　◇「太宰治賞 2000」筑摩書房 2000 p71

福島 まさ子　ふくしま・まさこ
　花の香ありて
　　◇「ハンセン病文学全集 8」皓星社 2006 p514

福島 正実　ふくしま・まさみ（1929〜1976）
　過去への電話
　　◇「日本SF短篇50 1」早川書房 2013（ハヤカワ文庫JA）p225
　過去をして過去を―
　　◇「日本SF全集 1」出版芸術社 2009 p219
　離れて遠き
　　◇「ミステリマガジン700 国内篇」早川書房 2014（ハヤカワ・ミステリ文庫）p85
　マタンゴ
　　◇「怪獣文学大全」河出書房新社 1998（河出文庫）p128

福島 康夫　ふくしま・やすお
　人間失角
　　◇「中学校たのしい劇脚本集―英語劇付 Ⅱ」国土社 2011 p123

復生病院落葉社短歌会　ふくせいびょういんらくようしゃたんかかい
　未明の鳥
　　◇「ハンセン病文学全集 8」皓星社 2006 p207

福田 栄一　ふくだ・えいいち（1909〜1975）
　大黒天

◇「蝦蟇倉市事件 1」東京創元社 2010（東京創元社・ミステリ・フロンティア）p185
◇「晴れた日は謎を追って」東京創元社 2014（創元推理文庫）p209
闇に潜みし獣
◇「学び舎は血を招く」講談社 2008（講談社ノベルス）p147
a fortune slip
◇「忘れない。―贈りものをめぐる十の話」メディアファクトリー 2007 p133

福田 和代　ふくだ・かずよ（1967～）
最後のヨカナーン
◇「SF宝石―すべて新作読み切り！ 2015」光文社 2015 p79
シザーズ
◇「痛み」双葉社 2012 p65
◇「警官の貌」双葉社 2014（双葉文庫）p133
捨ててもらっていいですか？
◇「捨てる―アンソロジー」文藝春秋 2015 p71
ぴったりの本あります
◇「本をめぐる物語―栞は夢をみる」KADOKAWA 2014（角川文庫）p71
メンテナンスマン！ つむじの法則
◇「宇宙小説」講談社 2012（講談社文庫）p64
レテの水
◇「SF宝石―ぜーんぶ！ 新作読み切り」光文社 2013 p367

福田 清人　ふくだ・きよと（1904～1995）
たこあげ
◇「『少年倶楽部』短篇選」講談社 2013（講談社文芸文庫）p313

福田 鮭二　ふくだ・けいじ（1958～）
喪妻記
◇「甦る推理雑誌 8」光文社 2003（光文社文庫）p13

福田 修志　ふくだ・しゅうじ
マチクイの詩
◇「優秀新人戯曲集 2010」ブロンズ新社 2009 p231

福田 章二　ふくだ・しょうじ
⇒庄司薫（しょうじ・かおる）を見よ

福田 卓郎　ふくだ・たくろう
クライマーズ
◇「キミの笑顔」TOKYO FM出版 2006 p7

福田 辰男　ふくだ・たつお
偶然の功名
◇「幻の探偵雑誌 5」光文社 2001（光文社文庫）p289

福田 恆存　ふくだ・つねあり（1912～1994）
一匹と九十九匹と
◇「新装版 全集現代文学の発見 4」學藝書林 2003 p412

ニュー・ヨークの燒豆腐
◇「もの食う話」文藝春秋 2015（文春文庫）p283

福田 英子　ふくだ・ひでこ（1865～1927）
妾（わらわ）の半生涯
◇「新日本古典文学大系 明治編 23」岩波書店 2002 p365

福田 昌夫　ふくだ・まさお
連載小説 亜細亜の土
◇「日本統治期台湾文学集成 22」緑蔭書房 2007 p199
探偵小説 二將軍の壁畫
◇「日本統治期台湾文学集成 21」緑蔭書房 2007 p171
魔の椅子事件
◇「日本統治期台湾文学集成 21」緑蔭書房 2007 p215
港町の殺人事件
◇「日本統治期台湾文学集成 21」緑蔭書房 2007 p193
山は裁く
◇「日本統治期台湾文学集成 21」緑蔭書房 2007 p265
若き者の領域
◇「日本統治期台湾文学集成 22」緑蔭書房 2007 p41

福田 善之　ふくだ・よしゆき（1931～）
色好笑蒲焼（いろごのみわらいのかばやき）
◇「日本舞踊舞踊劇選集」西川会 2002 p549
真田風雲録
◇「謎のギャラリー―最後の部屋」マガジンハウス 1999 p79
◇「謎のギャラリー―愛の部屋」新潮社 2002（新潮文庫）p283

福田 蘭童　ふくだ・らんどう（1905～1976）
ダイナマイトを食う山窩
◇「被差別文学全集」河出書房新社 2016（河出文庫）p269

福督　ふくとく
九月の詩壇（合評）（朱耀翰／豊太郎／泰雄／梨雨公／X／簾吉／浮島）
◇「近代朝鮮文学日本語作品集1908～1945 セレクション 5」緑蔭書房 2008 p37
五月の詩壇（合評）（朱耀翰／簾吉／浮島／豊太郎／泰雄／梨雨公／X）
◇「近代朝鮮文学日本語作品集1908～1945 セレクション 5」緑蔭書房 2008 p19
三月の詩壇（合評）（朱耀翰／豊太郎／泰雄／梨雨公／X）
◇「近代朝鮮文学日本語作品集1908～1945 セレクション 5」緑蔭書房 2008 p9
四月の詩壇（合評）（朱耀翰／豊太郎／泰雄／梨雨公／X／簾吉／浮島）
◇「近代朝鮮文学日本語作品集1908～1945 セレクション 5」緑蔭書房 2008 p13

ふくな

七月の詩壇（朱耀翰／豊太郎／泰雄／梨雨公／X）
- ◇「近代朝鮮文学日本語作品集1908〜1945 セレクション 5」緑蔭書房 2008 p29

十月の詩壇（合評）（朱耀翰／豊太郎／泰雄／梨雨公／X／簾吉／浮島）
- ◇「近代朝鮮文学日本語作品集1908〜1945 セレクション 5」緑蔭書房 2008 p39

八月の詩壇（合評）（朱耀翰／豊太郎／泰雄／梨雨公／X）
- ◇「近代朝鮮文学日本語作品集1908〜1945 セレクション 5」緑蔭書房 2008 p33

六月の詩壇（合評）（朱耀翰／簾吉／浮島／豊太郎／泰雄／梨雨公／X）
- ◇「近代朝鮮文学日本語作品集1908〜1945 セレクション 5」緑蔭書房 2008 p23

福永 恭助　ふくなが・きょうすけ（1889〜1971）

科学小説 暴れる怪力線—昭和七年
- ◇「日米架空戦記集成—明治・大正・昭和」中央公論新社 2003（中公文庫）p51

給仕勲八等
- ◇「『少年倶楽部』短篇選」講談社 2013（講談社文芸文庫）p114

福永 信　ふくなが・しん（1972〜）

いくさ 公転 星座から見た地球
- ◇「虚構機関—年刊日本SF傑作選」東京創元社 2008（創元SF文庫）p307

午後
- ◇「文学 2011」講談社 2011 p116

寸劇・明日へのシナリオ
- ◇「文学 2007」講談社 2007 p62

福永 武彦　ふくなが・たけひこ（1918〜1979）

温室事件
- ◇「THE名探偵—ミステリーアンソロジー」有楽出版社 2014（JOY NOVELS）p109

詩法
- ◇「日本文学全集 29」河出書房新社 2016 p48

深淵
- ◇「日本文学全集 17」河出書房新社 2015 p95

世界の終り
- ◇「日本文学全集 17」河出書房新社 2015 p166

飛ぶ男
- ◇「戦後短篇小説再発見 6」講談社 2001（講談社文芸文庫）p97
- ◇「新装版 全集現代文学の発見 2」學藝書林 2002 p367

廃市
- ◇「日本文学全集 17」河出書房新社 2015 p218

発光妖精とモスラ（中村真一郎・堀田善衞）
- ◇「怪獣文学大全」河出書房新社 1998（河出文庫）p62

夜の寂しい顔
- ◇「ひつじアンソロジー 小説編 2」ひつじ書房 2009 p163

福原 陽雪　ふくはら・ようせつ

告白
- ◇「ショートショートの広場 16」講談社 2005（講談社文庫）p95

第二回まばたき選手権
- ◇「ショートショートの広場 15」講談社 2004（講談社文庫）p175

覆面作家　ふくめんさっか

寺坂吉右衛門
- ◇「定本・忠臣蔵四十七人集」双葉社 1998 p191

覆面作家　ふくめんさっか

⇒小栗虫太郎（おぐり・むしたろう）を見よ

福本 和也　ふくもと・かずや（1928〜1997）

幻のハイジャッカー
- ◇「死を招く乗客—ミステリーアンソロジー」有楽出版社 2015（JOY NOVELS）p125

福本 真也　ふくもと・しんや

怪盗シャイン
- ◇「ショートショートの花束 3」講談社 2011（講談社文庫）p186

福元 直樹　ふくもと・なおき

その手紙は海を越えて
- ◇「むすぶ—第11回フェリシモ文学賞作品集」フェリシモ 2008 p159

福本 日南　ふくもと・にちなん

明石全登
- ◇「大坂の陣—近代文学名作選」岩波書店 2016 p167

福家 孝志　ふくや・たかし

正男ちゃんと僕
- ◇「ハンセン病文学全集 4」皓星社 2003 p383

福山 宏牛　ふくやま・こうぎゅう

さっぱりする機械
- ◇「ショートショートの広場 9」講談社 1998（講談社文庫）p68

福山 重博　ふくやま・しげひろ

公園に飛ぶ紙ヒコーキは
- ◇「ショートショートの広場 20」講談社 2008（講談社文庫）p104

灰皿という熱いきっかけ
- ◇「ショートショートの花束 2」講談社 2010（講談社文庫）p19

冨士 玉女　ふじ・たまめ

怒りの矛先
- ◇「怪談四十九夜」竹書房 2016（竹書房文庫）p178

一連の出来事
- ◇「怪談四十九夜」竹書房 2016（竹書房文庫）p170

最後の言葉
- ◇「怪談四十九夜」竹書房 2016（竹書房文庫）p174

墓守の山

ふし

人の最後
- ◇「怪談四十九夜」竹書房 2016（竹書房文庫）p186
- ◇「怪談四十九夜」竹書房 2016（竹書房文庫）p182

富士 正晴　ふじ・まさはる（1913〜1987）

ああせわしなや
- ◇「戦後文学エッセイ選 7」影書房 2006 p160

足の裏
- ◇「戦後短篇小説再発見 17」講談社 2003（講談社文芸文庫）p105

伊東静雄と日本浪曼派
- ◇「戦後文学エッセイ選 7」影書房 2006 p156

大山定一との交際
- ◇「戦後文学エッセイ選 7」影書房 2006 p175

大山定一をなぐり損う事
- ◇「戦後文学エッセイ選 7」影書房 2006 p175

怪を語れば怪至（浅井了意〔著〕）
- ◇「文豪てのひら怪談」ポプラ社 2009（ポプラ文庫）p214

久坂葉子のこと
- ◇「戦後文学エッセイ選 7」影書房 2006 p23

庫田叕大いに心配する事
- ◇「戦後文学エッセイ選 7」影書房 2006 p177

桑原送別会
- ◇「戦後文学エッセイ選 7」影書房 2006 p176

肥え太りたる事
- ◇「戦後文学エッセイ選 7」影書房 2006 p178

最後のビヤホールの事
- ◇「戦後文学エッセイ選 7」影書房 2006 p178

崔長英
- ◇「コレクション戦争と文学 7」集英社 2011 p561

『西遊記』の事
- ◇「戦後文学エッセイ選 7」影書房 2006 p179

子規と虚子
- ◇「戦後文学エッセイ選 7」影書房 2006 p153

死者たち
- ◇「戦後文学エッセイ選 7」影書房 2006 p236

思想・地理・人理—アナキズム特集に応えて
- ◇「戦後文学エッセイ選 7」影書房 2006 p112

私法・中国遠望
- ◇「戦後文学エッセイ選 7」影書房 2006 p164

召集の事
- ◇「戦後文学エッセイ選 7」影書房 2006 p176

植民地根性について
- ◇「戦後文学エッセイ選 7」影書房 2006 p9

杉田久女の人と作品について
- ◇「戦後文学エッセイ選 7」影書房 2006 p233

坐っている
- ◇「怠けものの話」筑摩書房 2011（ちくま文学の森）p427

戦後斎田昭吉現われる事
- ◇「戦後文学エッセイ選 7」影書房 2006 p177

高村さんのこと
- ◇「戦後文学エッセイ選 7」影書房 2006 p146

帝国軍隊に於ける学習・序
- ◇「戦後短篇小説再発見 8」講談社 2002（講談社文芸文庫）p88
- ◇「日本近代短篇小説選 昭和篇3」岩波書店 2012（岩波文庫）p223
- ◇「文学に描かれた戦争—徳島大空襲を中心に」徳島県文化振興財団徳島県立文学書道館 2015（ことのは文庫）p95

道元を読む
- ◇「戦後文学エッセイ選 7」影書房 2006 p31

同人雑誌四十年
- ◇「戦後文学エッセイ選 7」影書房 2006 p182

童貞
- ◇「新装版 全集現代文学の発見 10」學藝書林 2004 p234
- ◇「戦後占領期短篇小説コレクション 7」藤原書店 2007 p7
- ◇「コレクション戦争と文学 12」集英社 2013 p67

俳諧一巻まききれぬ事
- ◇「戦後文学エッセイ選 7」影書房 2006 p175

八方やぶれ
- ◇「戦後文学エッセイ選 7」影書房 2006 p74

『花ざかりの森』のころ
- ◇「戦後文学エッセイ選 7」影書房 2006 p108

春団治と年上の女
- ◇「戦後文学エッセイ選 7」影書房 2006 p50

パロディの思想
- ◇「戦後文学エッセイ選 7」影書房 2006 p127

美貌の花田、今やなし
- ◇「戦後文学エッセイ選 7」影書房 2006 p149

不参加ぐらし
- ◇「戦後文学エッセイ選 7」影書房 2006 p225

ボイス短篇集
- ◇「戦後文学エッセイ選 7」影書房 2006 p231

呆然感想
- ◇「戦後文学エッセイ選 7」影書房 2006 p39

マンマンデーとカイカイデー
- ◇「戦後文学エッセイ選 7」影書房 2006 p144

行方不明の名人の事
- ◇「戦後文学エッセイ選 7」影書房 2006 p178

魯迅と私
- ◇「戦後文学エッセイ選 7」影書房 2006 p97

私の織田作之助像
- ◇「戦後文学エッセイ選 7」影書房 2006 p86

わたしの戦後
- ◇「戦後文学エッセイ選 7」影書房 2006 p55

VIKINGの死者
- ◇「戦後文学エッセイ選 7」影書房 2006 p121

藤 真弓　ふじ・まゆみ

迎えの雪
- ◇「ゆきのまち幻想文学賞小品集 13」企画集団ぶり

ふし

ずむ 2004 p150

藤 水名子　ふじ・みなこ（1964〜）
秋萌えのラプソディー
◇「ふりむけば闇―時代小説招待席」廣済堂出版 2003 p169
◇「ふりむけば闇―時代小説招待席」徳間書店 2007（徳間文庫）p173

エスケイプ
◇「白刃光る」新潮社 1997 p203

黒のスケルツォ
◇「散りぬる桜―時代小説招待席」廣済堂出版 2004 p291

交接法
◇「変身」廣済堂出版 1998（廣済堂文庫）p161

常羊の山
◇「アジアン怪綺」光文社 2003（光文社文庫）p341

惜別姫
◇「撫子が斬る―女性作家捕物帳アンソロジー」光文社 2005（光文社文庫）p413

曹操の死
◇「黄土の群星」光文社 1999（光文社文庫）p209

ついてくる
◇「花月夜綺譚―怪談集」集英社 2007（集英社文庫）p165

范増と樊噲
◇「異色中国短篇傑作大全」講談社 1997 p307

ひらいたひらいた一一番はじめは
◇「妖かしの宴―わらべ唄の呪い」PHP研究所 1999（PHP文庫）p209

フルハウス
◇「夢を見にけり―時代小説招待席」廣済堂出版 2004 p259

牡丹花の白く咲きたる朝
◇「二十四粒の宝石―超短篇小説傑作集」講談社 1998（講談社文庫）p191

ムカつく男
◇「SFバカ本 黄金スパム篇」メディアファクトリー 2000 p159

闇に走る
◇「江戸迷宮」光文社 2011（光文社文庫）p399

リメンバー
◇「しぐれ舟―時代小説招待席」廣済堂出版 2003 p241
◇「しぐれ舟―時代小説招待席」徳間書店 2008（徳間文庫）p257

藤 雪夫　ふじ・ゆきお（1913〜1984）
黒水仙
◇「黒の怪」勉誠出版 2002（べんせいライブラリー）p1

虹の日の殺人
◇「無人踏切―鉄道ミステリー傑作選」光文社 2008（光文社文庫）p169

藤井 彩子　ふじい・あやこ
海とハルオ
◇「気配―第10回フェリシモ文学賞作品集」フェリシモ 2007 p8

藤井 邦夫　ふじい・くにお
不義の証 素浪人稼業
◇「怒髪の雷」祥伝社 2016（祥伝社文庫）p137

藤井 貞和　ふじい・さだかず（1942〜）
詩 アメリカ政府は核兵器を使用する
◇「コレクション戦争と文学 4」集英社 2011 p271

詩の家で―ことばのつえ、ことばのつえ
◇「ことばのたくらみ―実作集」岩波書店 2003（21世紀文学の創造）p47

藤井 重夫　ふじい・しげお（1916〜1979）
虹
◇「消えた受賞作―直木賞編」メディアファクトリー 2004（ダ・ヴィンチ特別編集）p279

藤井 俊　ふじい・しゅん
カワウソ男
◇「ひとにぎりの異形」光文社 2007（光文社文庫）p374

銀のプレート
◇「物語のルミナリエ」光文社 2011（光文社文庫）p243

藤井 青銅　ふじい・せいどう（1955〜）
美しき夢の家族
◇「ひとにぎりの異形」光文社 2007（光文社文庫）p486

占い
◇「辞書、のような物語。」大修館書店 2013 p145

藤井 大介　ふじい・だいすけ
イーハトーヴ夢―宮澤賢治「銀河鉄道の夜」
◇「宝塚バウホール公演脚本集―2001年4月〜2001年10月」阪急電鉄コミュニケーション事業部 2002 p21

藤井 太洋　ふじい・たいよう（1971〜）
ヴァンテアン
◇「20の短編小説」朝日新聞出版 2016（朝日文庫）p269
◇「アステロイド・ツリーの彼方へ」東京創元社 2016（創元SF文庫）p13
◇「短篇ベストコレクション―現代の小説 2016」徳間書店 2016（徳間文庫）p365

公正的戦闘規範
◇「伊藤計劃トリビュート」早川書房 2015（ハヤカワ文庫JA）p11

コラボレーション
◇「さよならの儀式」東京創元社 2014（創元SF文庫）

従卒トム
◇「NOVA+―書き下ろし日本SFコレクション 2」河出書房新社 2015（河出文庫）p13

第二内戦
◇「AIと人類は共存できるか？―人工知能SFアンソロジー」早川書房 2016 p105
常夏の夜
◇「楽園追放rewired―サイバーパンクSF傑作選」早川書房 2014（ハヤカワ文庫 JA）p377
ノー・パラドクス
◇「NOVA+―書き下ろし日本SFコレクション バベル」河出書房新社 2014（河出文庫）p113
不滅のコイル
◇「ショートショートの缶詰」キノブックス 2016 p93

藤井 仁司　ふじい・ひとし
オガンバチ
◇「Sports stories」埼玉県さいたま市 2009（さいたま市スポーツ文学賞受賞作品集）p3
夢追い人
◇「Sports stories」埼玉県さいたま市 2010（さいたま市スポーツ文学賞受賞作品集）p157

藤井 みなみ　ふじい・みなみ
マニキュア
◇「超短編の世界」創英社 2008 p152

藤井 好　ふじい・よし
声恋慕
◇「ショートショートの広場 15」講談社 2004（講談社文庫）p114

藤枝 静男　ふじえだ・しずお（1907〜1993）
一家団欒
◇「戦後短篇小説再発見 10」講談社 2002（講談社文芸文庫）p119
犬の血
◇「コレクション戦争と文学 7」集英社 2011 p277
イペリット眼
◇「新装版 全集現代文学の発見 10」學藝書林 2004 p192
◇「戦後占領期短篇小説コレクション 4」藤原書店 2007 p53
悲しいだけ
◇「感じて。息づかいを。―恋愛小説アンソロジー」光文社 2005（光文社文庫）p247
◇「妻を失う―離別作品集」講談社 2014（講談社文芸文庫）p165
私々小説
◇「私小説の生き方」アーツ・アンド・クラフツ 2009 p289
◇「私小説名作選 下」講談社 2012（講談社文芸文庫）p7
二つの短篇
◇「創刊一〇〇年三田文学名作選」三田文学会 2010 p173
盆切り
◇「文士の意地―車谷長吉撰短篇小説輯 下巻」作品社 2005 p52
みな生きものみな死にもの
◇「現代小説クロニクル 1980〜1984」講談社 2014（講談社文芸文庫）p21

藤枝 丈夫　ふじえだ・たけお
こいつは、誰もさえぎれないのだ（李北風〔著〕）
◇「近代朝鮮文学日本語作品集1908〜1945 セレクション 4」緑蔭書房 2008 p299

藤枝 ちえ　ふじえだ・ちえ
猫騒動
◇「猫のミステリー」河出書房新社 1999（河出文庫）p271

藤岡 一枝　ふじおか・かずえ
初恋
◇「青鞜小説集」講談社 2014（講談社文芸文庫）p202

藤岡 真　ふじおか・しん
達人
◇「闘人烈伝―格闘小説・漫画アンソロジー」双葉社 2000 p379
幻の男
◇「ミステリ★オールスターズ」角川書店 2010 p271
◇「ミステリ・オールスターズ」角川書店 2012（角川文庫）p319

藤岡 正敏　ふじおか・まさとし
おだっくいの国、シゾーカに行かざあ
◇「「伊豆文学賞」優秀作品集 第14回」静岡新聞社 2011 p234

藤岡 美暢　ふじおか・よしのぶ（1962〜）
井戸
◇「the Ring―もっと怖い4つの話」角川書店 1998 p85

藤蔭 静枝　ふじかげ・しずえ
見下されて長居はかえってお邪魔≫永井荷風
◇「日本人の手紙 6」リブリオ出版 2004 p96

藤掛 正邦　ふじかけ・まさくに
眠り姫
◇「夢魔」光文社 2001（光文社文庫）p315

藤川 桂介　ふじかわ・けいすけ（1934〜）
赤い月
◇「トロピカル」廣済堂出版 1999（廣済堂文庫）p341
逢魔ヶ時
◇「恐怖のKA・TA・CHI」双葉社 2001（双葉文庫）p159
逆さま
◇「恐怖のKA・TA・CHI」双葉社 2001（双葉文庫）p201
たまくらを売る女
◇「しぐれ舟―時代小説招待席」廣済堂出版 2003 p291
◇「しぐれ舟―時代小説招待席」徳間書店 2008（徳間文庫）p311

ふしか

橋姫式部
- ◇「恐怖のKA・TA・CHI」双葉社 2001（双葉文庫）p279

ゆきおんな
- ◇「雪女のキス」光文社 2000（カッパ・ノベルス）p297

六道の辻
- ◇「恐怖のKA・TA・CHI」双葉社 2001（双葉文庫）p175

藤川 葉　ふじかわ・よう

シアワセ測定器
- ◇「ショートショートの花束 3」講談社 2011（講談社文庫）p273

藤木 靖子　ふじき・やすこ（1933〜1990）

うすい壁
- ◇「赤のミステリー——女性ミステリー作家傑作選」光文社 1997 p177
- ◇「女性ミステリー作家傑作選 3」光文社 1999（光文社文庫）p143

微笑の憎悪
- ◇「甦る「幻影城」3」角川書店 1998（カドカワ・エンタテインメント）p187
- ◇「幻影城—【探偵小説誌】不朽の名作」角川書店 2000（角川ホラー文庫）p217

藤木 由紗　ふじき・ゆさ

鬼が棲む時
- ◇「回転ドアから」全作家協会 2015（全作家短編集）p353

夜を駆ける女
- ◇「全作家短編集 15」のべる出版企画 2016 p58

藤木 稟　ふじき・りん（1961〜）

常連
- ◇「酒の夜語り」光文社 2002（光文社文庫）p497

水晶の部屋にようこそ
- ◇「憑き者—全篇書下ろし傑作ホラーアンソロジー」アスキー 2000（A-novels）p81

水神
- ◇「花月夜綺譚—怪談集」集英社 2007（集英社文庫）p195

奈落
- ◇「獣人」光文社 2003（光文社文庫）p563

母からの手紙
- ◇「二十の悪夢」KADOKAWA 2013（角川ホラー文庫）p99

藤口 透吾　ふじぐち・とうご（1909〜1970）

艶筆 葛の葉物語
- ◇「安倍晴明陰陽師伝奇文学集成」勉誠出版 2001 p175

藤崎 秋平　ふじさき・しゅうへい

コンポジット・ボム
- ◇「新・本格推理 8」光文社 2008（光文社文庫）p103

風水荘事件
- ◇「本格推理 15」光文社 1999（光文社文庫）p9

藤崎 慎吾　ふじさき・しんご（1962〜）

神の右手
- ◇「進化論」光文社 2006（光文社文庫）p15

暗闇のセブン
- ◇「多々良島ふたたび—ウルトラ怪獣アンソロジー」早川書房 2015（TSUBURAYA×HAYAKAWA UNIVERSE）p239

五月の海と、見えない漂着物—風待町医院異星人科
- ◇「SF宝石—すべて新作読み切り！ 2015」光文社 2015 p377

コスモノートリス
- ◇「ロボット・オペラ—An Anthology of Robot Fiction and Robot Culture」光文社 2004 p729

光の隙間
- ◇「心霊理論」光文社 2007（光文社文庫）p155

変身障害
- ◇「多々良島ふたたび—ウルトラ怪獣アンソロジー」早川書房 2015（TSUBURAYA×HAYAKAWA UNIVERSE）p183

星に願いをピノキオ二〇七六
- ◇「日本SF短篇50 4」早川書房 2013（ハヤカワ文庫JA）p395

藤咲 知治　ふじさき・ともはる

恩返し
- ◇「ショートショートの広場 15」講談社 2004（講談社文庫）p99

こぶとり
- ◇「ショートショートの広場 16」講談社 2005（講談社文庫）p186

十パーセント
- ◇「ショートショートの広場 15」講談社 2004（講談社文庫）p198

マナー違反
- ◇「ショートショートの広場 16」講談社 2005（講談社文庫）p57

藤澤 さなえ　ふじさわ・さなえ（1982〜）

愛があれば大丈夫—神官を導く
- ◇「狙われたヘッポコーズ—ソード・ワールド短編集」富士見書房 2004（富士見ファンタジア文庫）p7

グルービー・ベイビー
- ◇「ぺらぺらーず漫遊記—ソード・ワールド短編集」富士見書房 2006（富士見ファンタジア文庫）p103

ボックス・ボックス
- ◇「へっぽこ冒険者とイオドの宝—ソード・ワールド短編集」富士見書房 2005（富士見ファンタジア文庫）p157

レイニー・メモリー—ロマールの裏が牙剝く
- ◇「へっぽこ冒険者と緑の蔭—ソード・ワールド短編集」富士見書房 2005（富士見ファンタジア文庫）p9

藤沢 周　ふじさわ・しゅう（1959〜）

アス・ホール
◇「文学 1997」講談社 1997 p59

あなめ
◇「文学 2014」講談社 2014 p99

蟻
◇「文学 2006」講談社 2006 p29

草履
◇「文学 2010」講談社 2010 p287

砂と光
◇「文学 1998」講談社 1998 p261

第二列の男
◇「文学 2003」講談社 2003 p76

ナンプ式
◇「戦後短篇小説再発見 11」講談社 2003（講談社文芸文庫）p204

ブエノスアイレス午前零時
◇「文学 1999」講談社 1999 p128

夢観音
◇「空を飛ぶ恋―ケータイがつなぐ28の物語」新潮社 2006（新潮文庫）p94

わたしを見逃してください、主よ
◇「ことばのたくらみ―実作集」岩波書店 2003（21世紀文学の創造）p5

Coffee and Cigarettes 3のトム・ウェイツについて
◇「銀座24の物語」文藝春秋 2001 p177

藤沢 周平　ふじさわ・しゅうへい（1927〜1997）

暗殺剣虎ノ眼
◇「衝撃を受けた時代小説傑作選」文藝春秋 2011（文春文庫）p7

意気地なし
◇「家族の絆」光文社 1997（光文社文庫）p25

裏切り
◇「魔剣くずし秘聞」光風社出版 1998（光風社庫）p285

大はし夕立ち少女
◇「剣が舞い落花が舞い―時代小説傑作選」講談社 1998（講談社文庫）p445

岡安家の犬
◇「人情の往来―時代小説最前線」新潮社 1997（新潮文庫）p237
◇「時代小説―読切御免 4」新潮社 2005（新潮文庫）p9

小川の辺
◇「主命にござる」新潮社 2015（新潮文庫）p139

神谷玄次郎捕物控―春の闇
◇「捕物小説名作選 2」集英社 2006（集英社文庫）p153

暗い鏡
◇「夢がたり大川端」光風社出版 1998（光風社文庫）p357

賽子無宿

「右か、左か」文藝春秋 2010（文春文庫）p283

静かな木
◇「鎮守の森に鬼が棲む―時代小説傑作選」講談社 2001（講談社文庫）p185
◇「たそがれ長屋―人情時代小説傑作選」新潮社 2008（新潮文庫）p263

小さな橋で
◇「少年の眼―大人になる前の物語」光文社 1997（光文社文庫）p125
◇「日本文学100年の名作 7」新潮社 2015（新潮文庫）p173

泣かない女
◇「必殺天誅剣」光風社出版 1999（光風社文庫）p67

にがい再会
◇「剣よ月下に舞え」光風社出版 2001（光風社庫）p45

二天の窟
◇「剣俠しぐれ笠」光風社出版 1999（光風社文庫）p205

驟り雨
◇「歴史小説の世紀 地の巻」新潮社 2000（新潮社）p533
◇「十話」ランダムハウス講談社 2006 p201

深い霧
◇「剣の意地恋の夢―時代小説傑作選」講談社 2000（講談社文庫）p347

吹く風は秋
◇「失われた空―日本人の涙と心の名作8選」新潮社 2014（新潮文庫）p119

三千歳たそがれ天保六花撰ノ内
◇「吉原花魁」角川書店 2009（角川文庫）p229

麦屋町昼下がり
◇「人生を変えた時代小説傑作選」文藝春秋 2010（文春文庫）p111

山桜
◇「血汐花に涙降る」光風社出版 1999（光風社庫）p111

雪間草
◇「鍔鳴り疾風剣」光風社出版 2000（光風社文庫）p67

老年
◇「贈る物語Wonder」光文社 2002 p122

藤澤 清造　ふじさわ・せいぞう

一夜
◇「コレクション私小説の冒険 1」勉誠出版 2013 p69

われ地獄路をめぐる
◇「天変動く大震災と作家たち」インパクト出版会 2011（インパクト選書）p149

藤沢 ナツメ　ふじさわ・なつめ

蒲焼日和
◇「ひらく―第15回フェリシモ文学賞」フェリシモ 2012 p84

さくらと毛糸玉

ふしさ

◇「ゆれる―第12回フェリシモ文学賞作品集」フェリシモ 2009 p40

藤沢 恵　ふじさわ・めぐみ
虹色スペクトル
◇「科学ドラマ大賞 第1回受賞作品集」科学技術振興機構 〔2010〕p33

藤澤 衛彦　ふじさわ・もりひこ
蟹族妖婚譚
◇「響き交わす鬼」小学館 2005（小学館文庫）p237

藤島 一虎　ふじしま・いっこ（1895～1977）
楳本法神と法神流
◇「武士道歳時記―新鷹会・傑作時代小説選」光文社 2008（光文社文庫）p437
岡野金右衛門
◇「定本・忠臣蔵四十七人集」双葉社 1998 p81

藤島 七海　ふじしま・ななみ
星を食べる
◇「ショートショートの花束 6」講談社 2014（講談社文庫）p55

藤島 誠夫　ふじしま・のぶお
青年劇に就いて
◇「日本統治期台湾文学集成 23」緑蔭書房 2007 p377

藤瀬 雅輝　ふじせ・まさてる
四月四日午前四時四十四分、山手線某駅にて
◇「5分で読める！ ひと駅ストーリー 猫の物語」宝島社 2014（宝島社文庫）p129
ローカルアイドル吾妻ケ岡ゆりりの思考の軌跡
◇「5分で読める！ ひと駅ストーリー 食の話」宝島社 2015（宝島社文庫）p169

藤田 愛子　ふじた・あいこ
渇いた梢
◇「文学 2015」講談社 2015 p197
俳優
◇「全作家短編小説集 12」全作家協会 2013 p199
別れの海
◇「全作家短編小説集 11」全作家協会 2012 p230

藤田 佳奈子　ふじた・かなこ
お好み焼き屋の娘
◇「ショートショートの花束 1」講談社 2009（講談社文庫）p223

藤田 薫水　ふじた・くんすい
句集 杖
◇「ハンセン病文学全集 9」皓星社 2010 p74

藤田 三四郎　ふじた・さんしろう（1926～）
秋
◇「ハンセン病文学全集 7」皓星社 2004 p402
雑草の叫び
◇「ハンセン病文学全集 7」皓星社 2004 p491

散歩道から
◇「ハンセン病文学全集 7」皓星社 2004 p402
四月一日の朝
◇「ハンセン病文学全集 7」皓星社 2004 p404
出会い
◇「ハンセン病文学全集 7」皓星社 2004 p490
匂い
◇「ハンセン病文学全集 7」皓星社 2004 p490
方舟の櫂
◇「ハンセン病文学全集 7」皓星社 2004 p402
満月
◇「ハンセン病文学全集 7」皓星社 2004 p405

藤田 詩朗　ふじた・しろう
ライの意識革命と予防法闘争（15）本当の偏見はどこにあるのだろう―悲観的な啓蒙運動
◇「ハンセン病文学全集 5」皓星社 2010 p174

藤田 貴大　ふじた・たかひろ
コアラの袋詰め
◇「十年後のこと」河出書房新社 2016 p165

藤田 武司　ふじた・たけし
増毛の魚
◇「日本海文学大賞一大賞作品集 2」日本海文学大賞運営委員会 2007 p311

藤田 哲夫　ふじた・てつお
手作りのグラブ
◇「Sports stories」埼玉県さいたま市 2010（さいたま市スポーツ文学賞受賞作品集）p375

藤田 東湖　ふじた・とうこ（1806～1855）
故里の益子がもとより蘭に長歌そへておこされければ
◇「新日本古典文学大系 明治編 12」岩波書店 2001 p20

藤田 知浩　ふじた・ともひろ
探偵小説的南方案内
◇「外地探偵小説集 南方篇」せらび書房 2010 p7

藤田 雅矢　ふじた・まさや（1961～）
暖かなテント
◇「世紀末サーカス」廣済堂出版 2000（廣済堂文庫）p195
エンゼルフレンチ―ひとり深宇宙に旅立ったあなたと、もっとミスドでおしゃべりしてたくて
◇「NOVA―書き下ろし日本SFコレクション 1」河出書房新社 2009（河出文庫）p75
おちゃめ
◇「物語のルミナリエ」光文社 2011（光文社文庫）p314
鬼になる
◇「短篇ベストコレクション―現代の小説 2000」徳間書店 2000 p321

釘拾い
◇「京都宵」光文社 2008（光文社文庫）p143
計算の季節
◇「日本SF短篇50 4」早川書房 2013（ハヤカワ文庫JA）p207
世界玉
◇「帰還」光文社 2000（光文社文庫）p501
トキノフウセンカズラ
◇「短篇ベストコレクション—現代の小説 2009」徳間書店 2009（徳間文庫）p359
植物標本集（ハーバリウム）—昭和初期に建てられた温室の地下から発見された、伝説のトビスミレ
◇「NOVA—書き下ろし日本SFコレクション 7」河出書房新社 2012（河出文庫）p225
舞花
◇「櫻憑き」光文社 2001（カッパ・ノベルス）p239
RAIN
◇「SFバカ本 電撃ボンバー篇」メディアファクトリー 2002 p33
◇「日本SF・名作集成 9」リブリオ出版 2005 p185

藤田 優　ふじた・ゆう
ぼたん雪
◇「ゆきのまち幻想文学賞小品集 18」企画集団ぷりずむ 2009 p175

藤田 勇次郎　ふじた・ゆうじろう
アシガヤの故郷
◇「ゆきのまち幻想文学賞小品集 14」企画集団ぷりずむ 2005 p118
星の粉
◇「ゆきのまち幻想文学賞小品集 15」企画集団ぷりずむ 2006 p60

藤田 宜永　ふじた・よしなが（1950〜）
あなたについてゆく
◇「激動東京五輪1964」講談社 2015 p49
あの人は誰？
◇「宝石ザミステリー 2」光文社 2012 p477
生きた証拠
◇「犯行現場にもう一度」講談社 1997（講談社文庫）p375
イザベル
◇「短篇ベストコレクション—現代の小説 2002」徳間書店 2002（徳間文庫）p459
一億円の幸福
◇「最新「珠玉推理」大全 上」光文社 1998（カッパ・ノベルス）p331
◇「幻惑のラビリンス」光文社 2001（光文社文庫）p473
選ばれた人
◇「殺ったのは誰だ?!」講談社 1999（講談社文庫）p135
黄色い冬
◇「Colors」ホーム社 2008 p5
◇「短篇ベストコレクション—現代の小説 2008」徳間書店 2008（徳間文庫）p219
◇「Colors」集英社 2009（集英社文庫）p33
銀座の猫
◇「銀座24の物語」文藝春秋 2001 p257
剣士たちのパリ祭
◇「冒険の森へ—傑作小説大全 16」集英社 2015 p120
コルシカの愛に
◇「自選ショート・ミステリー」講談社 2001（講談社文庫）p139
じっとこのまま—ルート66
◇「偽りの愛」リブリオ出版 2001（ラブミーワールド）p5
◇「恋愛小説・名作集成 1」リブリオ出版 2004 p5
◇「恋は罪つくり—恋愛ミステリー傑作選」光文社 2005（光文社文庫）p261
少女は踊らない
◇「仮面のレクイエム」光文社 1998（光文社文庫）p355
じんじん
◇「空を飛ぶ恋—ケータイがつなぐ28の物語」新潮社 2006（新潮文庫）p64
潜入調査
◇「悪意の迷路」光文社 2016（最新ベスト・ミステリー）p329
タクシー・ボーイ
◇「海外トラベル・ミステリー—7つの旅物語」三笠書房 2000（王様文庫）p99
探偵・竹花と命の電話
◇「ザ・ベストミステリーズ—推理小説年鑑 2013」講談社 2013 p231
◇「Esprit機知と企みの競演」講談社 2016（講談社文庫）p5
デカダンな旧友
◇「男たちの長い旅」徳間書店 2004（TOKUMA NOVELS）p119
天からの贈り物
◇「ときめき—ミステリアンソロジー」廣済堂出版 2005（廣済堂文庫）p227
白球
◇「二十四粒の宝石—超短編小説傑作集」講談社 1998（講談社文庫）p203
左腕の猫
◇「甘やかな祝祭—恋愛小説アンソロジー」光文社 2004（光文社文庫）p119
ピンク色の霊安室
◇「宝石ザミステリー」光文社 2011 p263
窓ガラス越しのマドンナ
◇「夢を撃つ男」角川春樹事務所 1999（ハルキ文庫）p191
命日の恋
◇「ザ・ベストミステリーズ—推理小説年鑑 1998」講談社 1998 p189
◇「殺人者」講談社 2000（講談社文庫）p181

ふした

藤谷 治　ふじたに・おさむ（1963〜）
解散二十面相
- ◇「みんなの少年探偵団」ポプラ社 2014 p191
- ◇「みんなの少年探偵団」ポプラ社 2016（ポプラ文庫）p191

古書卯月
- ◇「明日町こんぺいとう商店街─招きうさぎと六軒の物語 2」ポプラ社 2014（ポプラ文庫）p9

ささくれ紀行
- ◇「ひとなつの。─真夏に読みたい五つの物語」KADOKAWA 2014（角川文庫）p191

小満─5月21日ごろ
- ◇「君と過ごす季節─春から夏へ、12の暦物語」ポプラ社 2012（ポプラ文庫）p183

新刊小説の滅亡
- ◇「本をめぐる物語─小説よ、永遠に」KADOKAWA 2015（角川文庫）p313

すみだ川
- ◇「東と西 1」小学館 2009 p234
- ◇「東と西 1」小学館 2012（小学館文庫）p259

続すみだ川
- ◇「東と西 2」小学館 2010 p108
- ◇「東と西 2」小学館 2012（小学館文庫）p119

その男と私
- ◇「スタートライン─始まりをめぐる19の物語」幻冬舎 2010（幻冬舎文庫）p163

藤富 保男　ふじとみ・やすお（1928〜）
一杯
- ◇「新装版 全集現代文学の発見 13」學藝書林 2004 p544

仕方が泣く頃
- ◇「新装版 全集現代文学の発見 13」學藝書林 2004 p543

推理
- ◇「新装版 全集現代文学の発見 13」學藝書林 2004 p547

正確な曖昧
- ◇「新装版 全集現代文学の発見 13」學藝書林 2004 p549

説明
- ◇「新装版 全集現代文学の発見 13」學藝書林 2004 p541

駄目
- ◇「新装版 全集現代文学の発見 13」學藝書林 2004 p548

適当
- ◇「新装版 全集現代文学の発見 13」學藝書林 2004 p540

出そうで出ない話
- ◇「新装版 全集現代文学の発見 13」學藝書林 2004 p545

一人一人
- ◇「新装版 全集現代文学の発見 13」學藝書林 2004 p547

本当
- ◇「新装版 全集現代文学の発見 13」學藝書林 2004 p541

まだ迄
- ◇「新装版 全集現代文学の発見 13」學藝書林 2004 p546

藤波 浩　ふじなみ・こう
失われた夜の罠
- ◇「罠の怪」勉誠出版 2002（べんせいライブラリー）p119

藤沼 香子　ふじぬま・かおるこ
いらっしゃいませ
- ◇「てのひら怪談 癸巳」KADOKAWA 2013（MF文庫ダ・ヴィンチ）p152

藤野 碧　ふじの・あおい
ななかまどの咲く里
- ◇「現代作家代表作選集 9」鼎書房 2015 p101

雪舞
- ◇「現代作家代表作選集 4」鼎書房 2013 p135

藤野 可織　ふじの・かおり（1980〜）
おはなしして子ちゃん
- ◇「文學 2013」講談社 2013 p160

今日の心霊
- ◇「リテラリーゴシック・イン・ジャパン─文学的ゴシック作品選」筑摩書房 2014（ちくま文庫）p569
- ◇「さよならの儀式」東京創元社 2014（創元SF文庫）p183

胡蝶蘭
- ◇「超弦領域─年刊日本SF傑作選」東京創元社 2009（創元SF文庫）p183

大自然
- ◇「夏休み」KADOKAWA 2014（角川文庫）p39

はじめての性行為
- ◇「いまのあなたへ─村上春樹への12のオマージュ」NHK出版 2014 p184

ピエタとトランジ
- ◇「文學 2014」講談社 2014 p157

美人は気合い
- ◇「12星座小説集」講談社 2013（講談社文庫）p275

ファイナルガール
- ◇「いまのあなたへ─村上春樹への12のオマージュ」NHK出版 2014 p183

わたしとVと刑事C
- ◇「名探偵登場！」講談社 2014 p99
- ◇「名探偵登場！」講談社 2016（講談社文庫）p117

藤野 千夜　ふじの・ちや（1962〜）
愛の手紙
- ◇「文學 2003」講談社 2003 p208

アメリカを連れて
- ◇「あのころの宝もの─ほんのり心が温まる12のショートストーリー」メディアファクトリー 2003 p185

おしゃべり怪談
◇「文学 1999」講談社 1999 p89
主婦と交番
◇「東京小説」紀伊國屋書店 2000 p83
主婦と交番―下高井戸
◇「東京小説」日本経済新聞出版社 2013（日経文芸文庫）p91
春休みの乱
◇「Teen Age」双葉社 2004 p93
ビルの中
◇「ナナイロノコイ―恋愛小説」角川春樹事務所 2003 p109

椹野 道流　ふしの・みちる
薬剤師とヤクザ医師の長い夜―QED
◇「QED鏡家の薬屋探偵―メフィスト賞トリビュート」講談社 2010（講談社ノベルス）p129
ローウェル骨董店の事件簿―秘密の小箱
◇「名探偵だって恋をする」角川書店 2013（角川文庫）p5

藤八 景　ふじはち・けい（1991〜）
植木鉢少女の枯れる季節
◇「5分で読める！ ひと駅ストーリー 冬の記憶東口編」宝島社 2013（宝島社文庫）p171
スイカ割りの男
◇「5分で読める！ ひと駅ストーリー 夏の記憶東口編」宝島社 2013（宝島社文庫）p61
◇「5分で凍る！ ぞっとする怖い話」宝島社 2015（宝島社文庫）p29
濃縮レストラン
◇「5分で読める！ ひと駅ストーリー 食の話」宝島社 2015（宝島社文庫）p99
マヨイガの姫君
◇「5分で読める！ ひと駅ストーリー 猫の物語」宝島社 2014（宝島社文庫）p239

藤林 靖晃　ふじばやし・せいこう
存生
◇「文学 2000」講談社 2000 p227

藤平 吉則　ふじひら・よしのり
嫌われ者
◇「ショートショートの広場 20」講談社 2008（講談社文庫）p50

藤巻 一保　ふじまき・かずほ
役小角の伝説
◇「七人の役小角」小学館 2007（小学館文庫）p77

藤巻 久継　ふじまき・ひさつぐ
広告商売
◇「ショートショートの広場 18」講談社 2006（講談社文庫）p198

藤巻 元彦　ふじまき・もとひこ
新幹線の車窓から
◇「「伊豆文学賞」優秀作品集 第15回」羽衣出版 2012 p236

富士松 加賀太夫　ふじまつ・かがたゆう
不生女の乳
◇「文豪怪談傑作選 特別編」筑摩書房 2007（ちくま文庫）p248

藤見 郁　ふじみ・いく
お龍月夜笠
◇「捕物時代小説選集 8」春陽堂書店 2000（春陽文庫）p108

伏見 健二　ふしみ・けんじ
少女、去りし
◇「ゆきどまり―ホラー・アンソロジー」祥伝社 2000（祥伝社文庫）p211
ルシャナビ通り
◇「秘神界 現代編」東京創元社 2002（創元推理文庫）p137

伏見 完　ふしみ・たもつ
仮想の在処
◇「伊藤計劃トリビュート」早川書房 2015（ハヤカワ文庫 JA）p95

伏見 憲明　ふしみ・のりあき
デブの惑星
◇「SFバカ本 たいやき編」ジャストシステム 1997 p39
◇「SFバカ本 たいやき篇プラス」廣済堂出版 1999（廣済堂文庫）p43

藤宮 和奏　ふじみや・わかな
君を想う
◇「君に伝えたい―恋愛短篇小説集」泰文堂 2013（リンダブックス）p50

藤村　ふじむら
あじさいを
◇「てのひら怪談―ビーケーワン怪談大賞傑作選 壬辰」ポプラ社 2012（ポプラ文庫）p220
ほらねんね
◇「てのひら怪談―ビーケーワン怪談大賞傑作選 辛卯」ポプラ社 2011（ポプラ文庫）p208

藤村 いずみ　ふじむら・いずみ
美しき遺産相続人
◇「翠迷宮―ミステリー・アンソロジー」祥伝社 2003（祥伝社文庫）p109

藤村 耕造　ふじむら・こうぞう（1953〜）
陪審法廷異聞 消失した死体
◇「金田一耕助の新たな挑戦」角川書店 1997（角川文庫）p299

藤村 正太　ふじむら・しょうた（1924〜1977）
或る自白
◇「甦る推理雑誌 10」光文社 2004（光文社文庫）p47
影の殺意
◇「甦る「幻影城」 3」角川書店 1998（カドカワ・エンタテインメント）p245
◇「幻影城―【探偵小説誌】不朽の名作」角川書店

2000（角川ホラー文庫）p289
孤独なアスファルト
◇「江戸川乱歩賞全集 5」講談社 1999（講談社文庫）p7
受賞の言葉 受賞のことば
◇「江戸川乱歩賞全集 5」講談社 1999 p342
深夜の目撃者
◇「あなたが名探偵」講談社 1998（講談社文庫）p229
接吻物語
◇「探偵くらぶ―探偵小説傑作選1946～1958 中」光文社 1997（カッパ・ノベルス）p115
脱文明の犯罪
◇「あなたが名探偵」講談社 1998（講談社文庫）p369
乳房に猫はなぜ眠る
◇「猫のミステリー」河出書房新社 1999（河出文庫）p35
肌冷たき妻
◇「妖異百物語 1」出版芸術社 1997（ふしぎ文学館）p15

藤村 洋　ふじむら・なみ
船番
◇「ゆきのまち幻想文学賞小品集 21」企画集団ぷりずむ 2012 p123

藤本 義一　ふじもと・ぎいち（1933～2012）
赤い風に舞う
◇「血闘！新選組」実業之日本社 2016（実業之日本社文庫）p151
Nの話
◇「現代の小説 1998」徳間書店 1998 p113
樹になりたい僕
◇「藤本義一文学賞 第1回」(大阪) たる出版 2016 p217
口説北斎
◇「代表作時代小説 平成9年度」光風社出版 1997 p361
◇「春宵濡れ髪しぐれ―時代小説傑作選」講談社 2003（講談社文庫）p325
下手人
◇「人情の往来―時代小説最前線」新潮社 1997（新潮文庫）p477
坂
◇「藤本義一文学賞 第1回」(大阪) たる出版 2016 p207
二代吉野
◇「時代小説秀作づくし」PHP研究所 1997（PHP文庫）p177
夕焼けの中に消えた
◇「誠の旗がゆく―新選組傑作選」集英社 2003（集英社文庫）p421
世之介誕生
◇「代表作時代小説 平成14年度」光風社出版 2002 p325

藤本 匡介　ふじもと・きょうすけ
対岸の彼女（神山由美子）
◇「テレビドラマ代表作選集 2007年版」日本脚本家連盟 2007 p65

藤本 泉　ふじもと・せん（1923～）
受賞の言葉 受賞のことば
◇「江戸川乱歩賞全集 11」講談社 2001 p758
時をきざむ潮
◇「江戸川乱歩賞全集 11」講談社 2001（講談社文庫）p365
ひきさかれた街
◇「70年代日本SFベスト集成 2」筑摩書房 2014（ちくま文庫）p273

藤本 とし　ふじもと・とし（1901～1987）
アカシヤの土堤
◇「ハンセン病文学全集 4」皓星社 2003 p674
秋
◇「ハンセン病文学全集 4」皓星社 2003 p689
足あと
◇「ハンセン病文学全集 4」皓星社 2003 p670
ある朝
◇「ハンセン病文学全集 4」皓星社 2003 p682
生きている
◇「ハンセン病文学全集 4」皓星社 2003 p677
音と声から
◇「ハンセン病文学全集 4」皓星社 2003 p686
くだける
◇「ハンセン病文学全集 4」皓星社 2003 p672
光芒
◇「ハンセン病文学全集 4」皓星社 2003 p680
地面の底がぬけたんです
◇「ハンセン病文学全集 4」皓星社 2003 p3
謎
◇「ハンセン病文学全集 4」皓星社 2003 p684
福音
◇「ハンセン病文学全集 4」皓星社 2003 p691
ほしかげ
◇「ハンセン病文学全集 4」皓星社 2003 p697
盲友
◇「ハンセン病文学全集 4」皓星社 2003 p694

藤本 ひとみ　ふじもと・ひとみ（1951～）
毒薬
◇「代表作時代小説 平成18年度」光文社 2006 p9

藤本 松夫　ふじもと・まつお
獄中歌
◇「ハンセン病文学全集 8」皓星社 2006 p234

冨士本 由紀　ふじもと・ゆき（1955～）
氷砂糖
◇「ザ・ベストミステリーズ―推理小説年鑑 1999」講談社 1999 p123
◇「殺人買います」講談社 2002（講談社文庫）p213

藤森 いずみ　ふじもり・いずみ
無用の森
◇「読んで演じたくなるゲキの本 小学生版」幻冬舎 2006 p217

藤森 成吉　ふじもり・せいきち（1892〜1977）
争ふ二つのもの
◇「新・プロレタリア文学精選集 19」ゆまに書房 2004 p1
雲雀
◇「百年小説」ポプラ社 2008 p681

藤森 ますみ　ふじもり・ますみ
"赤電"に乗って
◇「「伊豆文学賞」優秀作品集 第18回」羽衣出版 2015 p174

藤吉 外登夫　ふじよし・そとお
加賀野浄土
◇「日本海文学大賞―大賞作品集 3」日本海文学大賞運営委員会 2007 p363

藤原 伊織　ふじわら・いおり（1948〜2007）
オルゴール
◇「ヴィンテージ・セブン」講談社 2007 p139
銀の塩
◇「殺ったのは誰だ?!」講談社 1999（講談社文庫）p9
台風
◇「特別な一日」徳間書店 2005（徳間文庫）p195
ダナエ
◇「乱歩賞作家 青の謎」講談社 2004 p69
トマト
◇「輝きの一瞬―短くて心に残る30編」講談社 1999（講談社文庫）p29
雪が降る
◇「影」文藝春秋 2003（推理作家になりたくて マイベストミステリー）p227
◇「マイ・ベスト・ミステリー 2」文藝春秋 2007（文春文庫）p345
◇「冒険の森へ―傑作小説大全 11」集英社 2015 p119

藤原 宰　ふじわら・おさむ
キャッチ・フレーズ
◇「甦る推理雑誌 8」光文社 2003（光文社文庫）p105

藤原 審爾　ふじわら・しんじ（1921〜1984）
赤毛
◇「昭和の短篇一人一冊集成 藤原審爾」未知谷 2008 p31
繪本の騎士
◇「昭和の短篇一人一冊集成 藤原審爾」未知谷 2008 p238
逢魔の辻
◇「逢魔への誘い」徳間書店 2000（徳間文庫）p329
狼よ、はなやかに翔べ
◇「冒険の森へ―傑作小説大全 7」集英社 2016 p159
尾張の宮本武蔵
◇「宮本武蔵伝奇」勉誠出版 2002（べんせいライブラリー）p1
鏡の間
◇「昭和の短篇一人一冊集成 藤原審爾」未知谷 2008 p157
殺しの手順
◇「男たちのら・ら・ば・い」徳間書店 1999（徳間文庫）p411
さかまき万子
◇「昭和の短篇一人一冊集成 藤原審爾」未知谷 2008 p129
千仞峡谷の妖怪
◇「魔剣くずし秘聞」光風社出版 1998（光風社文庫）p323
前夜
◇「昭和の短篇一人一冊集成 藤原審爾」未知谷 2008 p109
罪な女
◇「昭和の短篇一人一冊集成 藤原審爾」未知谷 2008 p5
殿様と口紅
◇「昭和の短篇一人一冊集成 藤原審爾」未知谷 2008 p46
泥だらけの純情
◇「昭和の短篇一人一冊集成 藤原審爾」未知谷 2008 p61
復讐の論理
◇「七人の刑事」廣済堂出版 1998（KOSAIDO BLUE BOOKS）p31
紅バラお君
◇「昭和の短篇一人一冊集成 藤原審爾」未知谷 2008 p227
真夜中の狩人
◇「昭和の短篇一人一冊集成 藤原審爾」未知谷 2008 p191
宮本武蔵
◇「人物日本剣豪伝 2」学陽書房 2001（人物文庫）p275
妖恋魔譚
◇「夢がたり大川端」光風社出版 1998（光風社文庫）p189
◇「モノノケ大合戦」小学館 2005（小学館文庫）p153
若い刑事―新宿警察シリーズより
◇「警察小説傑作短篇集」ランダムハウス講談社 2009（ランダムハウス講談社文庫）p13

藤原 月彦　ふじわら・つきひこ（1952〜）
藤原月彦三十三句
◇「リテラリーゴシック・イン・ジャパン―文学的ゴシック作品選」筑摩書房 2014（ちくま文庫）p343

藤原 てい　ふじわら・てい（1918〜2016）
襁褓

ふしわ

◇「コレクション戦争と文学 14」集英社 2012 p192
三十八度線の夜
◇「コレクション戦争と文学 9」集英社 2012 p347

藤原 智美 ふじわら・ともみ（1955～）
R51・ルール
◇「文学 2005」講談社 2005 p256

藤原 緋沙子 ふじわら・ひさこ（1947～）
秋つばめ―逢坂・秋
◇「秋びより―時代小説アンソロジー」KADOKAWA 2014（角川文庫）p39
雨上がり
◇「撫子が斬る―女性作家捕物帳アンソロジー」光文社 2005（光文社文庫）p469
かえるが飛んだ
◇「哀歌の雨」祥伝社 2016（祥伝社文庫）p167
梅香餅
◇「時代小説ザ・ベスト 2016」集英社 2016（集英社文庫）p9
ひぐらし―『隅田川御用帳』より
◇「夏しぐれ―時代小説アンソロジー」角川書店 2013（角川文庫）p41
夜明けの雨―聖坂・春
◇「春はやて―時代小説アンソロジー」KADOKAWA 2016（角川文庫）p47
葭切
◇「代表作時代小説 平成25年度」光文社 2013 p261

藤原 正文 ふじわら・まさふみ
謎の大捜査線
◇「中学校たのしい劇脚本集―英語劇付 II」国土社 2011 p145

ふじわら もりす
れんさ―村の大へび退治
◇「つながり―フェリシモしあわせショートショート」フェリシモ 1999 p127

藤原 遊子 ふじわら・ゆうこ
コスモスの鉢
◇「新・本格推理 05」光文社 2005（光文社文庫）p169
手のひらの名前
◇「新・本格推理 06」光文社 2006（光文社文庫）p27
密室の石棒
◇「新・本格推理 7」光文社 2007（光文社文庫）p271

フジワラ ヨウコウ
或ル挿絵画家ノ所有スル魍魎ノ函
◇「妖怪変化―京極堂トリビュート」講談社 2007 p279

布施 謙一 ふせ・けんいち
布施謙一の手記（前編）
◇「八ヶ岳「雪密室」の謎」原書房 2001 p12

布施謙一の手記（後編）
◇「八ヶ岳「雪密室」の謎」原書房 2001 p67

布施 辰治 ふせ・たつじ（1880～1953）
その夜の刑務所訪問
◇「天変動く大震災と作家たち」インパクト出版会 2011（インパクト選書）p123

布勢 博一 ふせ・ひろいち（1931～）
あした、まってるからね
◇「読んで演じたくなるゲキの本 小学生版」幻冬舎 2006 p41
引きこもりのススメ
◇「読んで演じたくなるゲキの本 中学生版」幻冬舎 2006 p7

布施 円 ふせ・まどか
やっと君のことが好きなんだって判ったよ≫好きな人
◇「日本人の手紙 4」リブリオ出版 2004 p139

二上 圭司 ふたがみ・けいじ
以心伝心
◇「ショートショートの広場 15」講談社 2004（講談社文庫）p19

二木 麻里 ふたき・まり
サヴァイヴァーズ・スイート
◇「トロピカル」廣済堂出版 1999（廣済堂文庫）p393

二ツ川 日和 ふたつがわ・ひより
蒲生村日記
◇「全作家短編集 15」のべる出版企画 2016 p105

双葉 志伸 ふたば・しのぶ
虎杖の花
◇「ハンセン病文学全集 8」皓星社 2006 p301

双葉 十三郎 ふたば・じゅうざぶろう（1910～2009）
匂う密室
◇「甦る推理雑誌 3」光文社 2002（光文社文庫）p55
密室の魔術師
◇「甦る推理雑誌 2」光文社 2002（光文社文庫）p71

二葉亭 四迷 ふたばてい・しめい（1864～1909）
あいびき
◇「短編で読む恋愛・家族」中部日本教育文化会 1998 p1
◇「日本近代文学に描かれた「恋愛」」牧野出版 2001 p25
◇「読んでおきたい近代日本小説選」龍書房 2012 p7
あひびき（ツルゲーネフ〔著〕）
◇「明治の文学 5」筑摩書房 2000 p375
あひびき 改訳（ツルゲーネフ〔著〕）
◇「明治の文学 5」筑摩書房 2000 p391

浮雲
◇「明治の文学 5」筑摩書房 2000 p3
◇「新日本古典文学大系 明治編 18」岩波書店 2002 p197

嫉妬する夫の手記
◇「コーヒーと小説」mille books 2016 p149

小説総論
◇「短編名作選―1885-1924 小説の曙」笠間書院 2003 p21

平凡
◇「明治の文学 5」筑摩書房 2000 p221

平凡(抄)
◇「童貞小説集」筑摩書房 2007（ちくま文庫）p147

マルセーユ着、病状に異なりたることなし≫長谷川柳子
◇「日本人の手紙 7」リブリオ出版 2004 p152

余が言文一致の由来
◇「明治の文学 5」筑摩書房 2000 p413

予が半生の懺悔
◇「明治の文学 5」筑摩書房 2000 p424

余が飜訳の標準
◇「明治の文学 5」筑摩書房 2000 p405

私は懐疑派だ
◇「明治の文学 5」筑摩書房 2000 p416

二見 恵理子　ふたみ・えりこ
南の島の……夢？
◇「小学校・全員参加の楽しい学級劇・学年劇脚本集 高学年」黎明書房 2007 p58

二見 晃司　ふたみ・こうじ
鉛筆を削る男
◇「本格推理 10」光文社 1997（光文社文庫）p49

文月 悠光　ふづき・ゆみ（1991～）
月夜のくだもの
◇「ろうそくの炎がささやく言葉」勁草書房 2011 p149

ふつみ
愛してるを三回
◇「告白」ソフトバンククリエイティブ 2009 p5

浮島　ふとう
九月の詩壇（合評）（朱耀翰／豊太郎／泰雄／福督／梨雨公／X／簾吉）
◇「近代朝鮮文学日本語作品集1908～1945 セレクション 5」緑蔭書房 2008 p37

五月の詩壇（合評）（朱耀翰／簾吉／豊太郎／泰雄／福督／梨雨公／X）
◇「近代朝鮮文学日本語作品集1908～1945 セレクション 5」緑蔭書房 2008 p19

四月の詩壇（合評）（朱耀翰／豊太郎／泰雄／福督／梨雨公／X／簾吉）
◇「近代朝鮮文学日本語作品集1908～1945 セレクション 5」緑蔭書房 2008 p13

十月の詩壇（合評）（朱耀翰／豊太郎／泰雄／福督／梨雨公／X／簾吉）
◇「近代朝鮮文学日本語作品集1908～1945 セレクション 5」緑蔭書房 2008 p39

六月の詩壇（合評）（朱耀翰／簾吉／豊太郎／泰雄／福督／梨雨公／X）
◇「近代朝鮮文学日本語作品集1908～1945 セレクション 5」緑蔭書房 2008 p23

不動 信夫　ふどう・のぶお
杖國
◇「ハンセン病文学全集 9」皓星社 2010 p193

船越 百恵　ふなこし・ももえ
乙女的困惑
◇「バカミスじゃない!?―史上空前のバカミス・アンソロジー」宝島社 2007 p151
◇「天地驚愕のミステリー」宝島社 2009（宝島社文庫）p75

船越 義彰　ふなこし・よしあき（1926～2007）
カボチャと山鳩
◇「コレクション戦争と文学 13」集英社 2011 p258

船戸 一人　ふなと・かずひと
リビング・オブ・ザ・デッド―高校演劇部をめぐる三人の女。うち二人は死んだ。これは殺人の告白だ
◇「NOVA―書き下ろし日本SFコレクション 6」河出書房新社 2011（河出文庫）p213

船戸 与一　ふなど・よいち（1944～2015）
からっ風の街
◇「闘人烈伝―格闘小説・漫画アンソロジー」双葉社 2000 p9
◇「冒険の森へ―傑作小説大全 14」集英社 2016 p91

キラー・ストリート
◇「夢を撃つ男」角川春樹事務所 1999（ハルキ文庫）p235

深夜ドライブ
◇「冒険の森へ―傑作小説大全 20」集英社 2015 p8

東京難民戦争・前史―運河の流れに
◇「男たちのら・ら・ば・い」徳間書店 1999（徳間文庫）p447

メビウスの時の刻（とき）
◇「冒険の森へ―傑作小説大全 17」集英社 2015 p152

夜叉鴉
◇「歴史の息吹」新潮社 1997 p147
◇「時代小説―読切御免 1」新潮社 2004（新潮文庫）p209

夜のオデッセイア
◇「冒険の森へ―傑作小説大全 10」集英社 2016 p301

舟橋 聖一　ふなはし・せいいち（1904～1976）
華燭
◇「戦後短篇小説再発見 15」講談社 2003（講談

ふなや

　　文芸文庫）p25
◇「名短篇、さらにあり」筑摩書房 2008（ちくま文庫）p7

霧また霧の遠景
◇「京都府文学全集第1期（小説編）4」郷土出版社 2005 p330

作家同士の友情
◇「近代朝鮮文学日本語作品集1939〜1945 評論・随筆篇 1」緑蔭書房 2002 p366

撞木町
◇「忠臣蔵コレクション 1」河出書房新社 1998（河出文庫）p113

三嶋菊
◇「日本舞踊舞踊劇選集」西川会 2002 p577

船山 馨　ふなやま・かおる（1914〜1981）

雨夜の暗殺
◇「新選組興亡録」角川書店 2003（角川文庫）p145
◇「誠の旗がゆく—新選組傑作選」集英社 2003（集英社文庫）p455

今井信郎
◇「幕末剣豪人斬り異聞 佐幕篇」アスキー 1997（Aspect novels）p145

刺客の娘
◇「歴史小説の世紀 地の巻」新潮社 2000（新潮文庫）p45
◇「龍馬と志士たち—時代小説傑作選」コスミック出版 2009（コスミック・時代文庫）p397
◇「龍馬参上」新潮社 2010（新潮文庫）p127

薄野心中
◇「秘剣闇を斬る」光風社出版 1998（光風社文庫）p255
◇「新選組烈士伝」角川書店 2003（角川文庫）p393

吹雪 舞桜　ふぶき・まお

夏色に沁みる記憶
◇「好きなのに」泰文堂 2013（リンダブックス）p89

夫馬 基彦　ふま・もとひこ（1943〜）

籠抜け
◇「文学 2001」講談社 2001 p249

行きゆきて玄界灘
◇「文学 2010」講談社 2010 p227

文 てつ也　ふみ・てつや

不況とヌマヨククビカメ
◇「つながり—フェリシモしあわせショートショート」フェリシモ 1999 p82

文月 奈緒子　ふみづき・なおこ

風の通る場所
◇「優秀新人戯曲集 2002」ブロンズ新社 2001 p123

麓 花冷　ふもと・かれい

手紙
◇「ハンセン病に咲いた花—初期文芸名作選 戦前編」皓星社 2002（ハンセン病叢書）p165

土曜日
◇「ハンセン病に咲いた花—初期文芸名作選 戦前編」皓星社 2002（ハンセン病叢書）p175

冬 敏之　ふゆ・としゆき（1935〜2002）

渦
◇「ハンセン病文学全集 3」皓星社 2002 p21

埋もれる日々
◇「ハンセン病文学全集 3」皓星社 2002 p95

高原の療養所にて
◇「ハンセン病文学全集 3」皓星社 2002 p81

その年の夏
◇「ハンセン病文学全集 3」皓星社 2002 p109
◇「コレクション戦争と文学 14」集英社 2012 p431

たね
◇「ハンセン病文学全集 3」皓星社 2002 p3

長靴の泥
◇「ハンセン病文学全集 3」皓星社 2002 p135

ハンセン病療養所
◇「ハンセン病文学全集 3」皓星社 2002 p189

病醜のダミアンをめぐって（1）「病醜のダミアン」像
◇「ハンセン病文学全集 5」皓星社 2010 p410

街の中で
◇「ハンセン病文学全集 3」皓星社 2002 p165

冬川 文子　ふゆかわ・ふみこ

遺書
◇「ゆきのまち幻想文学賞小品集 13」企画集団ぷりずむ 2004 p176

祖母が帰る朝
◇「ゆきのまち幻想文学賞小品集 10」企画集団ぷりずむ 2001 p168

遠い記憶
◇「ゆきのまち幻想文学賞小品集 12」企画集団ぷりずむ 2003 p7

ぼたん雪 落ちる
◇「ゆきのまち幻想文学賞小品集 9」企画集団ぷりずむ 2000 p137

冬木 荒之介　ふゆき・こうのすけ
⇒井上靖（いのうえ・やすし）を見よ

冬木 憑　ふゆき・ひょう

和人（シーシャ）
◇「コレクション戦争と文学 17」集英社 2012 p507

冬野 翔子　ふゆの・しょうこ

うどん処「天徳屋」
◇「ゆきのまち幻想文学賞小品集 13」企画集団ぷりずむ 2004 p81

茶房「ゆきうさぎ」
◇「ゆきのまち幻想文学賞小品集 14」企画集団ぷりずむ 2005 p106

波の華
◇「ゆきのまち幻想文学賞小品集 12」企画集団ぷりずむ 2003 p74

冬村 温　ふゆむら・おん
　赤靴をはいたリル
　　◇「外地探偵小説集 上海篇」せらび書房 2006 p129
フラン
　思ひ出の君は死せり
　　◇「人は死んだら電柱になる―電柱アンソロジー」遠すぎる未来団 2014 p372
古井 由吉　ふるい・よしきち（1937〜）
　赤牛
　　◇「コレクション戦争と文学 15」集英社 2012 p521
　秋雨の最上川
　　◇「山形県文学全集第2期（随筆・紀行編）4」郷土出版社 2005 p158
　苺
　　◇「文学 2000」講談社 2000 p236
　円陣を組む女たち
　　◇「「内向の世代」初期作品アンソロジー」講談社 2016（講談社文芸文庫）p301
　お見合い
　　◇「恋物語」朝日新聞社 1998 p21
　親坂
　　◇「戦後短篇小説―『世界』1946-1999 5」岩波書店 2000 p23
　厠の静まり
　　◇「歴史小説の世紀 地の巻」新潮社 2000（新潮文庫）p685
　格子戸の内
　　◇「恋物語」朝日新聞社 1998 p8
　子供の行方
　　◇「文学 2012」講談社 2012 p184
　先導獣の話
　　◇「戦後短篇小説再発見 9」講談社 2002（講談社文芸文庫）p155
　　◇「新装版 全集現代文学の発見 別巻」學藝書林 2005 p394
　早春の香り
　　◇「恋物語」朝日新聞社 1998 p17
　中山坂
　　◇「川端康成文学賞全作品 2」新潮社 1999 p7
　始まり
　　◇「文学 2006」講談社 2006 p207
　春の坂道
　　◇「文学 2015」講談社 2015 p181
　眉雨
　　◇「リテラリーゴシック・イン・ジャパン―文学的ゴシック作品選」筑摩書房 2014（ちくま文庫）p355
　人ちがい
　　◇「恋物語」朝日新聞社 1998 p12
　不軽
　　◇「文学 1998」講談社 1998 p121
　　◇「現代小説クロニクル 1995〜1999」講談社 2015（講談社文芸文庫）p178

古川 薫　ふるかわ・かおる（1925〜2018）
　青梅
　　◇「江戸三百年を読む―傑作時代小説 シリーズ江戸 下」角川学芸出版 2009（角川文庫）p181
　裏庭からの客
　　◇「江戸恋い明け烏」光風社出版 1999（光風社文庫）p261
　汚名
　　◇「代表作時代小説 平成11年度」光風社出版 1999 p285
　　◇「愛染夢灯籠―時代小説傑選」講談社 2005（講談社文庫）p342
　海潮寺境内の仇討ち
　　◇「士魂の光芒―時代小説最前線」新潮社 1997（新潮文庫）p371
　カペレン海峡の絵馬
　　◇「歴史の息吹」新潮社 1997 p167
　帰郷
　　◇「代表作時代小説 平成13年度」光風社出版 2001 p319
　黒兵衛行きなさい
　　◇「大江戸猫三昧―時代小説傑選」徳間書店 2004（徳間文庫）p39
　三条河原町の遭遇
　　◇「野辺に朽ちぬとも―吉田松陰と松下村塾の男たち」集英社 2015（集英社文庫）p143
　サンフランシスコの晩餐会
　　◇「変事異聞」小学館 2007（小学館文庫）p39
　春雪の門
　　◇「女人」小学館 2007（小学館文庫）p325
　だれが広沢参議を殺したか
　　◇「星明かり夢街道」光風社出版 2000（光風社文庫）p125
　刀痕記
　　◇「血汐花に涙降る」光風社出版 1999（光風社文庫）p289
　時計が停まる
　　◇「現代の小説 1997」徳間書店 1997 p119
　流れるを斬る
　　◇「剣光、閃く！」徳間書店 1999（徳間文庫）p317
　野山獄相聞抄
　　◇「夢がたり大川端」光風社出版 1998（光風社文庫）p89
　　◇「短歌殺人事件―31音律のラビリンス」光文社 2003（光文社文庫）p359
　萩城下贋札殺人事件
　　◇「大江戸犯科帖―時代推理小説名作選」双葉社 2003（双葉文庫）p151
　白露記
　　◇「美女峠に星が流れる―時代小説傑選」講談社 1999（講談社文庫）p267
　見事な御最期
　　◇「剣俠しぐれ笠」光風社出版 1999（光風社文庫）p115
　婿入りの夜

◇「江戸の鈍感力―時代小説傑作選」集英社 2007（集英社文庫）p185
吉田松陰の恋
◇「人物日本の歴史―時代小説版 江戸編 下」小学館 2004（小学館文庫）p229
◇「志士―吉田松陰アンソロジー」新潮社 2014（新潮文庫）p9

古川 猛雄　ふるかわ・たけお
友情
◇「ショートショートの広場 12」講談社 2001（講談社文庫）p80

古川 時夫　ふるかわ・ときお（1918～？）
明日へ
◇「ハンセン病文学全集 7」皓星社 2004 p353
兄への土産
◇「ハンセン病文学全集 7」皓星社 2004 p364
怒り
◇「ハンセン病文学全集 7」皓星社 2004 p358
一枚の年賀状
◇「ハンセン病文学全集 7」皓星社 2004 p351
馬
◇「ハンセン病文学全集 7」皓星社 2004 p350
おれのふるさと
◇「ハンセン病文学全集 7」皓星社 2004 p349
カズコ
◇「ハンセン病文学全集 7」皓星社 2004 p366
カニューレ
◇「ハンセン病文学全集 7」皓星社 2004 p347
消えた指
◇「ハンセン病文学全集 7」皓星社 2004 p349
義眼の奥の風景
◇「ハンセン病文学全集 7」皓星社 2004 p351
義眼の中に花が散る
◇「ハンセン病文学全集 7」皓星社 2004 p364
高原は四月
◇「ハンセン病文学全集 7」皓星社 2004 p348
三月の風花
◇「ハンセン病文学全集 7」皓星社 2004 p359
重監房跡地にて
◇「ハンセン病文学全集 7」皓星社 2004 p362
招福ダルマ
◇「ハンセン病文学全集 7」皓星社 2004 p360
爪切り
◇「ハンセン病文学全集 7」皓星社 2004 p363
ながれ
◇「ハンセン病文学全集 7」皓星社 2004 p346
流れ
◇「ハンセン病文学全集 7」皓星社 2004 p357
流れ星
◇「ハンセン病文学全集 7」皓星社 2004 p365
春の雪
◇「ハンセン病文学全集 7」皓星社 2004 p352

春は遠いのに
◇「ハンセン病文学全集 7」皓星社 2004 p347
日めくり
◇「ハンセン病文学全集 7」皓星社 2004 p356
姫ライラックの花より
◇「ハンセン病文学全集 7」皓星社 2004 p354
白檀の首飾り
◇「ハンセン病文学全集 7」皓星社 2004 p359
プロミン
◇「ハンセン病文学全集 7」皓星社 2004 p346
ボウリング大会
◇「ハンセン病文学全集 7」皓星社 2004 p369
牡丹の花
◇「ハンセン病文学全集 7」皓星社 2004 p361
松蟬のうた
◇「ハンセン病文学全集 7」皓星社 2004 p355
身不知柿
◇「ハンセン病文学全集 8」皓星社 2006 p307
耳
◇「ハンセン病文学全集 7」皓星社 2004 p348
めまい
◇「ハンセン病文学全集 7」皓星社 2004 p368
柳行李
◇「ハンセン病文学全集 7」皓星社 2004 p370
雪
◇「ハンセン病文学全集 7」皓星社 2004 p358
私と印鑑
◇「ハンセン病文学全集 7」皓星社 2004 p369
私のオーロラ
◇「ハンセン病文学全集 7」皓星社 2004 p364
私のくす玉
◇「ハンセン病文学全集 7」皓星社 2004 p353

古川 紀　ふるかわ・とし
惚れてしまった沼津さんへ
◇「「伊豆文学賞」優秀作品集 第15回」羽衣出版 2012 p248

古川 直樹　ふるかわ・なおき
おとといマニア
◇「ショートショートの広場 12」講談社 2001（講談社文庫）p38
刷り込み
◇「ショートショートの広場 11」講談社 2000（講談社文庫）p169

古川 日出男　ふるかわ・ひでお（1966～）
あたしたち、いちばん偉い幽霊捕るわよ
◇「極上掌篇小説」角川書店 2006 p229
◇「ひと粒の宇宙」角川書店 2009（角川文庫）p225
鯨や東京や三千の修羅や
◇「文学 2015」講談社 2015 p208
十六年後に泊まる
◇「それでも三月は、また」講談社 2012 p177

図説東方恐怖譚―その屋敷を覆う、覆す、覆う
  ◇「小説の家」新潮社 2016 p199
タワー／タワーズ
  ◇「短篇ベストコレクション―現代の小説 2007」徳間書店 2007（徳間文庫）p299
デーモン
  ◇「Fiction zero／narrative zero」講談社 2007 p3
マザー、ロックンロール、ファーザー
  ◇「ザ・ベストミステリーズ―推理小説年鑑 2006」講談社 2006 p73
  ◇「曲げられた真相」講談社 2009（講談社文庫）p141
赦されるために
  ◇「ろうそくの炎がささやく言葉」勁草書房 2011 p7

古川 緑波　ふるかわ・ろっぱ（1903～1961）
神戸
  ◇「たんときれいに召し上がれ―美食文学精選」芸術新聞社 2015 p43
悲食記（抄）―昭和十九年の日記から
  ◇「もの食う話」文藝春秋 2015（文春文庫）p209

古沢 太希　ふるさわ・たき
正解
  ◇「ショートショートの花束 3」講談社 2011（講談社文庫）p228

古澤 健　ふるさわ・たけし
あのこのこと
  ◇「辞書、のような物語。」大修館書店 2013 p1

古澤 雅子　ふるさわ・まさこ
ニキータのリボン
  ◇「むすぶ―第11回フェリシモ文学賞作品集」フェリシモ 2008 p97

古沢 良一　ふるさわ・りょういち
太郎のクラムボン
  ◇「中学生のドラマ 5」晩成書房 2004 p93
蝶
  ◇「中学生のドラマ 2」晩成書房 1996 p157
街角の碑（いしぶみ）
  ◇「中学校のたのしい劇脚本集―英語劇付 II」国土社 2011 p27
無言のさけび
  ◇「中学生のドラマ 3」晩成書房 1996 p29

古巣 夢太郎　ふるす・ゆめたろう
腕すり呪文
  ◇「怪奇・伝奇時代小説選集 8」春陽堂書店 2000（春陽文庫）p45
人肌屏風
  ◇「怪奇・伝奇時代小説選集 11」春陽堂書店 2000（春陽文庫）p186

古田 紹欽　ふるた・しょうきん
尿前の関
  ◇「山形県文学全集第2期（随筆・紀行編）6」郷土出版社 2005 p218

古田 隆子　ふるた・たかこ
知らない街
  ◇「ゆきのまち幻想文学賞小品集 19」企画集団ぷりずむ 2010 p148

降田 天　ふるた・てん
命の旅
  ◇「5分で読める！ ひと駅ストーリー 旅の話」宝島社 2015（宝島社文庫）p49
初天神
  ◇「10分間ミステリー THE BEST」宝島社 2016（宝島社文庫）p49
冬、来たる
  ◇「このミステリーがすごい！ 三つの迷宮」宝島社 2015（宝島社文庫）p181

古田 莉都　ふるた・りつ
降着円盤
  ◇「太宰治賞 2010」筑摩書房 2010 p203

古鳥 くあ　ふるどり・くあ
喧嘩の後は
  ◇「冷と温―第13回フェリシモ文学賞作品集」フェリシモ 2010 p150

古野 まほろ　ふるの・まほろ
消えたロザリオ―聖アリスガワ女学校の事件簿 1
  ◇「名探偵だって恋をする」角川書店 2013（角川文庫）p147
敵翼同惜少年春
  ◇「学び舎は血を招く」講談社 2008（講談社ノベルス）p97

古橋 智　ふるはし・とも
季節よ、せめて緩やかに流れよ
  ◇「立川文学 1」けやき出版 2011 p199

古橋 秀之　ふるはし・ひでゆき（1971～）
ある日、爆弾がおちてきて
  ◇「逃げゆく物語の話―ゼロ年代日本SFベスト集成 F」東京創元社 2010（創元SF文庫）p91
三時間目のまどか
  ◇「不思議の扉 午後の教室」角川書店 2011（角川文庫）p15

古畑 種基　ふるはた・たねもと（1891～1975）
指紋
  ◇「幻の探偵雑誌 5」光文社 2001（光文社文庫）p267

古畑 享　ふるはた・とおる
小説 女所帯
  ◇「日本統治期台湾文学集成 22」緑蔭書房 2007 p343
辻小説 信頼
  ◇「日本統治期台湾文学集成 22」緑蔭書房 2007

ふるま

p323

古厩 智之　ふるまや・ともゆき
まぶだち
◇「年鑑代表シナリオ集 '01」映人社 2002 p349

古屋 賢一　ふるや・けんいち
コラボ
◇「てのひら怪談—ビーケーワン怪談大賞傑作選 辛卯」ポプラ社 2011（ポプラ文庫）p14

古家 嘉彦　ふるや・よしひこ
「癩文学」の起源と意味
◇「ハンセン病文学全集 5」皓星社 2010 p1

古谷 喜史　ふるや・よしふみ
えいゆう
◇「ショートショートの広場 17」講談社 2005（講談社文庫）p44

古山 高麗雄　ふるやま・こまお（1920〜2002）
蟻の自由
◇「日本文学100年の名作 6」新潮社 2015（新潮文庫）p395
今夜、死ぬ
◇「読み聞かせる戦争」光文社 2015 p63
白い田圃
◇「コレクション戦争と文学 12」集英社 2013 p164
セミの追憶
◇「川端康成文学賞全作品 2」新潮社 1999 p247
◇「戦後短篇小説再発見 2」講談社 2001（講談社文芸文庫）p239
◇「現代小説クロニクル 1990〜1994」講談社 2015（講談社文芸文庫）p134
妻の部屋
◇「文学 2001」講談社 2001 p170
物皆物申し候
◇「文学 2003」講談社 2003 p129
幽霊のような女
◇「勝者の死にざま—時代小説選手権」新潮社 1998（新潮文庫）p275
雪の夜語り—今朝太郎渡世旅
◇「剣鬼無明斬り」光風社出版 1997（光風社文庫）p121

不狼児　ふろうじ
雨
◇「超短編の世界」創英社 2008 p65
嘯く
◇「超短編の世界 vol.2」創英社 2009 p70
キ・テイル・ク・エ・キエル・ケ
◇「リトル・リトル・クトゥルー—史上最小の神話小説集」学習研究社 2009 p224
肝だめし
◇「てのひら怪談—ビーケーワン怪談大賞傑作選 2」ポプラ社 2007 p228
◇「てのひら怪談—ビーケーワン怪談大賞傑作選 己丑」ポプラ社 2009（ポプラ文庫）p144

夏の最後の晩餐
◇「てのひら怪談—ビーケーワン怪談大賞傑作選 庚寅」ポプラ社 2010（ポプラ文庫）p232
猫を殺すには猫をもってせよ
◇「リトル・リトル・クトゥルー—史上最小の神話小説集」学習研究社 2009 p206
猫である
◇「てのひら怪談—ビーケーワン怪談大賞傑作選」ポプラ社 2007 p30
◇「てのひら怪談—ビーケーワン怪談大賞傑作選」ポプラ社 2008（ポプラ文庫）p28
母
◇「てのひら怪談—ビーケーワン怪談大賞傑作選 百怪繚乱篇」ポプラ社 2008 p178
飛脚の夢
◇「てのひら怪談—ビーケーワン怪談大賞傑作選 壬辰」ポプラ社 2012（ポプラ文庫）p136
ピサの斜塔はなぜ傾いたのか
◇「リトル・リトル・クトゥルー—史上最小の神話小説集」学習研究社 2009 p126
一口怪談
◇「超短編の世界 vol.3」創英社 2011 p15
猫笑
◇「てのひら怪談—ビーケーワン怪談大賞傑作選」ポプラ社 2007 p212
◇「てのひら怪談—ビーケーワン怪談大賞傑作選」ポプラ社 2008（ポプラ文庫）p224
祭の夜
◇「てのひら怪談—ビーケーワン怪談大賞傑作選」ポプラ社 2007 p222
◇「てのひら怪談—ビーケーワン怪談大賞傑作選」ポプラ社 2008（ポプラ文庫）p234
マンゴープリン・オルタナティヴ
◇「てのひら怪談—ビーケーワン怪談大賞傑作選」ポプラ社 2007 p228
◇「てのひら怪談—ビーケーワン怪談大賞傑作選」ポプラ社 2008（ポプラ文庫）p240
無頭人十四号
◇「リトル・リトル・クトゥルー—史上最小の神話小説集」学習研究社 2009 p134
指切り
◇「てのひら怪談—ビーケーワン怪談大賞傑作選」ポプラ社 2007 p84
◇「てのひら怪談—ビーケーワン怪談大賞傑作選」ポプラ社 2008（ポプラ文庫）p88
楽園
◇「超短編の世界 vol.3」創英社 2011 p112
領土
◇「超短編の世界 vol.3」創英社 2011 p35
「・」
◇「てのひら怪談—ビーケーワン怪談大賞傑作選 辛卯」ポプラ社 2011（ポプラ文庫）p216

文学奉公会劇文学研究部会員一同　ぶんがくほうこうかいげきぶんがくけんきゅうぶかいいんいちどう
　序のことば〔一つの矢弾〕
　　◇「日本統治期台湾文学集成 13」緑蔭書房 2003 p179

【へ】

裵　雲成　ペ・うんそん
　京城の黄昏
　　◇「近代朝鮮文学日本語作品集1939～1945 評論・随筆篇 3」緑蔭書房 2002 p305

裵　鍾奕　ペ・じょんいく
　車掌と人々
　　◇「近代朝鮮文学日本語作品集1908～1945 セレクション 4」緑蔭書房 2008 p371

平　戸生　へい・こせい
　推薦の詩について
　　◇「近代朝鮮文学日本語作品集1908～1945 セレクション 4」緑蔭書房 2008 p65

白　信愛　ペク・シネ（1908～1939）
　インテリ女性の家（A）～（C）
　　◇「近代朝鮮文学日本語作品集1901～1938 評論・随筆篇 1」緑蔭書房 2004 p347
　女流随筆 春光を浴びて
　　◇「近代朝鮮文学日本語作品集1908～1945 セレクション 3」緑蔭書房 2008 p211
　旅は道伴れ
　　◇「近代朝鮮文学日本語作品集1908～1945 セレクション 3」緑蔭書房 2008 p247
　短篇小説 顎富者（テオクブヂャ）（一）～（六）
　　◇「近代朝鮮文学日本語作品集1901～1938 創作篇 4」緑蔭書房 2004 p52
　わたしのシベリヤ放浪記
　　◇「近代朝鮮文学日本語作品集1908～1945 セレクション 3」緑蔭書房 2008 p219

白　世哲　ペク・セチョル
　⇒白鉄（ペク・チョル）を見よ

白　石　ペク・ソク（1912～1996）
　安東
　　◇「近代朝鮮文学日本語作品集1939～1945 創作篇 6」緑蔭書房 2001 p218
　南瓜の種子
　　◇「近代朝鮮文学日本語作品集1939～1945 創作篇 6」緑蔭書房 2001 p214
　髪の毛
　　◇「近代朝鮮文学日本語作品集1939～1945 創作篇 6」緑蔭書房 2001 p186
　澡塘にて
　　◇「近代朝鮮文学日本語作品集1939～1945 創作篇 6」緑蔭書房 2001 p210
　焚火
　　◇「近代朝鮮文学日本語作品集1939～1945 創作篇 6」緑蔭書房 2001 p190
　湯薬
　　◇「近代朝鮮文学日本語作品集1939～1945 創作篇 6」緑蔭書房 2001 p188
　杜甫や李白の如く
　　◇「近代朝鮮文学日本語作品集1939～1945 創作篇 6」緑蔭書房 2001 p206

白　鉄　ペク・チョル（1908～1985）
　妹よ
　　◇「近代朝鮮文学日本語作品集1908～1945 セレクション 4」緑蔭書房 2008 p223
　鷗群
　　◇「近代朝鮮文学日本語作品集1908～1945 セレクション 4」緑蔭書房 2008 p238
　彼等だって……
　　◇「近代朝鮮文学日本語作品集1908～1945 セレクション 4」緑蔭書房 2008 p225
　公判の朝
　　◇「近代朝鮮文学日本語作品集1908～1945 セレクション 4」緑蔭書房 2008 p307
　國境を越えて
　　◇「近代朝鮮文学日本語作品集1908～1945 セレクション 4」緑蔭書房 2008 p253
　×された仲間へ
　　◇「近代朝鮮文学日本語作品集1908～1945 セレクション 4」緑蔭書房 2008 p237
　三月一日のために
　　◇「近代朝鮮文学日本語作品集1908～1945 セレクション 4」緑蔭書房 2008 p249
　隅田川、夕陽
　　◇「近代朝鮮文学日本語作品集1908～1945 セレクション 4」緑蔭書房 2008 p236
　窓外散見
　　◇「近代朝鮮文学日本語作品集1908～1945 セレクション 3」緑蔭書房 2008 p173
　朝鮮の作家と批評家
　　◇「近代朝鮮文学日本語作品集1939～1945 評論・随筆篇 1」緑蔭書房 2002 p177
　朝鮮文學通信
　　◇「近代朝鮮文学日本語作品集1939～1945 評論・随筆篇 1」緑蔭書房 2002 p164
　朝鮮文學通信—知識と創造
　　◇「近代朝鮮文学日本語作品集1939～1945 評論・随筆篇 1」緑蔭書房 2002 p151
　追悼
　　◇「近代朝鮮文学日本語作品集1908～1945 セレクション 4」緑蔭書房 2008 p229
　妻
　　◇「近代朝鮮文学日本語作品集1939～1945 評論・随筆篇 3」緑蔭書房 2002 p67
　春と×はれた同志

◇「近代朝鮮文学日本語作品集1908〜1945 セレクション 4」緑蔭書房 2008 p241

反逆と接吻
◇「近代朝鮮文学日本語作品集1908〜1945 セレクション 4」緑蔭書房 2008 p233

雹の降つた日
◇「近代朝鮮文学日本語作品集1908〜1945 セレクション 4」緑蔭書房 2008 p207

プロレタリア詩の現實問題について—色々な都合で、出来るだけ簡略
◇「近代朝鮮文学日本語作品集1908〜1945 セレクション 5」緑蔭書房 2008 p293

プロレタリア詩論の具體的檢討
◇「近代朝鮮文学日本語作品集1908〜1945 セレクション 5」緑蔭書房 2008 p297

文學の理想性（一）（二）
◇「近代朝鮮文学日本語作品集1939〜1945 評論・随筆篇 1」緑蔭書房 2002 p325

松林
◇「近代朝鮮文学日本語作品集1908〜1945 セレクション 4」緑蔭書房 2008 p242

唯物辯證法的理解と詩の創作—その序論として
◇「近代朝鮮文学日本語作品集1908〜1945 セレクション 5」緑蔭書房 2008 p313

白 默石　ペク・ムクソク
一小事件
◇「近代朝鮮文学日本語作品集1901〜1938 創作篇 4」緑蔭書房 2004 p139

白鷗　ペクク
⇒朱耀翰（チュ・ヨハン）を見よ

臍皮 乱舞　へそがわ・らんぶ
連作怪奇探偵小説　木乃伊の口紅（大舌宇奈兒／無理下大損／正気不女給）
◇「日本統治期台湾文学集成 21」緑蔭書房 2007 p103

別所 真紀子　べっしょ・まきこ
浜藻歌仙留書
◇「大江戸事件帖—時代推理小説名作選」双葉社 2005（双葉文庫）p113

別水軒　べつすいけん
鏡
◇「てのひら怪談—ビーケーワン怪談大賞傑作選 2」ポプラ社 2007 p134

平秩 東作　へづつ・とうさく（1726〜1789）
一つ目小僧（抄）（柴田宵曲〔訳〕）
◇「文豪てのひら怪談」ポプラ社 2009（ポプラ文庫）p128

別役 実　べつやく・みのる（1937〜）
【あずまおとこにきょうおんな】—『ことわざ悪魔の辞典』より
◇「超短編アンソロジー」筑摩書房 2002（ちくま文庫）p186

愚者の石
◇「ショートショートの缶詰」キノブックス 2016 p169

鞍馬天狗
◇「稲生モノノケ大全 陰之巻」毎日新聞社 2003 p124

すなかけばば
◇「モノノケ大合戦」小学館 2005（小学館文庫）p309

とりかわりねこ
◇「猫路地」日本出版社 2006 p207

なにもないねこ
◇「謎のギャラリー特別室 1」マガジンハウス 1998 p85
◇「謎のギャラリー—愛の部屋」新潮社 2002（新潮文庫）p23

猫
◇「怪猫鬼談」人類文化社 1999 p5

六連続殺人事件
◇「綾辻行人と有栖川有栖のミステリ・ジョッキー 2」講談社 2009 p250

紅生 姜子　べにお・しょうこ
⇒宮野叢子（みやの・むらこ）を見よ

卞 春子　べん・はるこ
二十三歳
◇「ハンセン病文学全集 4」皓星社 2003 p304

逸見 広　へんみ・ひろし（1899〜1971）
悪童（抄）
◇「山形県文学全集第1期（小説編）1」郷土出版社 2004 p85

死児を焼く二人
◇「早稲田作家処女作集」講談社 2012（講談社文芸文庫）p202

「死児を焼く二人」顛末記
◇「早稲田作家処女作集」講談社 2012（講談社文芸文庫）p227

逸見 猶吉　へんみ・ゆうきち（1907〜1946）
檻
◇「新装版 全集現代文学の発見 13」學藝林 2004 p151

曝ラサレタ歌
◇「新装版 全集現代文学の発見 13」學藝林 2004 p149

死ト現象（ウルトラマリン第三）
◇「新装版 全集現代文学の発見 13」學藝林 2004 p148

詩 歴史—大東亜戦下、再び建国の佳説にあひて
◇「コレクション戦争と文学 16」集英社 2012 p174

厲シイ天幕
◇「新装版 全集現代文学の発見 13」學藝林 2004 p152

兜牙利的（ウルトラマリン第二）
　◇「新装版 全集現代文学の発見 13」學藝書林 2004 p147
冬ノ吃水
　◇「新装版 全集現代文学の発見 13」學藝書林 2004 p150
ベエリング―親愛の人G・Bに
　◇「新装版 全集現代文学の発見 13」學藝書林 2004 p153
逸見猶吉詩集
　◇「新装版 全集現代文学の発見 13」學藝書林 2004 p146
報告（ウルトラマリン第一）
　◇「新装版 全集現代文学の発見 13」學藝書林 2004 p146

辺見 庸　へんみ・よう（1944～）
コンソメ
　◇「おいしい話―料理小説傑作選」徳間書店 2007（徳間文庫）p221
迷い旅
　◇「コレクション戦争と文学 2」集英社 2012 p154
ゆで卵
　◇「コレクション戦争と文学 4」集英社 2011 p502

片理 誠　へんり・まこと
妖精の止まり木
　◇「物語のルミナリエ」光文社 2011（光文社文庫）p423
妖精の環
　◇「黒い遊園地」光文社 2004（光文社文庫）p519

【ほ】

許 仁穆　ホ・インモク
久々の…他
　◇「近代朝鮮文学日本語作品集1908～1945 セレクション 6」緑蔭書房 2008 p79

許 慶子　ホ・キョンジャ
泉尾高女の友に
　◇「近代朝鮮文学日本語作品集1908～1945 セレクション 6」緑蔭書房 2008 p150

許 俊　ホ・ジュン
國語と生活の一致
　◇「近代朝鮮文学日本語作品集1939～1945 評論・随筆篇 3」緑蔭書房 2002 p484
習作部屋から
　◇「近代朝鮮文学日本語作品集1939～1945 創作篇 3」緑蔭書房 2001 p157

許 南麒　ホ・ナムギ（1918～1988）
アメリカについて
　◇「〈在日〉文学全集 2」勉誠出版 2006 p229
アリア
　◇「〈在日〉文学全集 2」勉誠出版 2006 p238
アル詩人ノ願イ
　◇「〈在日〉文学全集 2」勉誠出版 2006 p268
居酒屋
　◇「〈在日〉文学全集 2」勉誠出版 2006 p92
犬
　◇「〈在日〉文学全集 2」勉誠出版 2006 p156
　◇「〈在日〉文学全集 2」勉誠出版 2006 p218
いま、ぼくは
　◇「〈在日〉文学全集 2」勉誠出版 2006 p66
牛
　◇「〈在日〉文学全集 2」勉誠出版 2006 p117
海
　◇「〈在日〉文学全集 2」勉誠出版 2006 p242
　◇「〈在日〉文学全集 2」勉誠出版 2006 p260
恩津（ウンジン）弥勒
　◇「〈在日〉文学全集 2」勉誠出版 2006 p108
映画
　◇「〈在日〉文学全集 2」勉誠出版 2006 p68
大村駅
　◇「〈在日〉文学全集 2」勉誠出版 2006 p248
大村紀行
　◇「〈在日〉文学全集 2」勉誠出版 2006 p248
おくりもの
　◇「〈在日〉文学全集 2」勉誠出版 2006 p177
贈りもの
　◇「〈在日〉文学全集 2」勉誠出版 2006 p148
檻ノ中デウタウ歌
　◇「〈在日〉文学全集 2」勉誠出版 2006 p224
追われる者のうた
　◇「〈在日〉文学全集 2」勉誠出版 2006 p234
火山島
　◇「〈在日〉文学全集 2」勉誠出版 2006 p94
風の中を
　◇「〈在日〉文学全集 2」勉誠出版 2006 p140
壁
　◇「〈在日〉文学全集 2」勉誠出版 2006 p249
かゆ
　◇「〈在日〉文学全集 2」勉誠出版 2006 p116
記憶
　◇「〈在日〉文学全集 2」勉誠出版 2006 p262
帰心
　◇「〈在日〉文学全集 2」勉誠出版 2006 p247
傷口
　◇「〈在日〉文学全集 2」勉誠出版 2006 p240
傷だらけの詩にあたえる歌
　◇「〈在日〉文学全集 2」勉誠出版 2006 p62
共犯
　◇「〈在日〉文学全集 2」勉誠出版 2006 p251
慶州（キョンジュ）駅

ほ

慶州市
　◇「〈在日〉文学全集 2」勉誠出版 2006 p76
慶州（キョンジュ）詩集
　◇「〈在日〉文学全集 2」勉誠出版 2006 p75
京釜（キョンプ）線
　◇「〈在日〉文学全集 2」勉誠出版 2006 p69
寓話
　◇「〈在日〉文学全集 2」勉誠出版 2006 p254
光州
　◇「〈在日〉文学全集 2」勉誠出版 2006 p101
光州（クワンジュ）駅
　◇「〈在日〉文学全集 2」勉誠出版 2006 p98
光州（クワンジュ）詩集
　◇「〈在日〉文学全集 2」勉誠出版 2006 p95
鶏林（ゲリム）
　◇「〈在日〉文学全集 2」勉誠出版 2006 p77
こころを送る
　◇「〈在日〉文学全集 2」勉誠出版 2006 p152
巨済島
　◇「〈在日〉文学全集 2」勉誠出版 2006 p271
古蹟案内
　◇「〈在日〉文学全集 2」勉誠出版 2006 p104
これが　おれたちの学校だ
　◇「〈在日〉文学全集 2」勉誠出版 2006 p142
雑草原
　◇「〈在日〉文学全集 2」勉誠出版 2006 p128
山脈
　◇「〈在日〉文学全集 2」勉誠出版 2006 p137
山脈詩集
　◇「〈在日〉文学全集 2」勉誠出版 2006 p129
詩 京釜線
　◇「コレクション戦争と文学 17」集英社 2012 p231
詩法
　◇「〈在日〉文学全集 2」勉誠出版 2006 p194
詩法―呉東輝に
　◇「〈在日〉文学全集 2」勉誠出版 2006 p264
シヤンソン
　◇「〈在日〉文学全集 2」勉誠出版 2006 p261
十月詩集
　◇「〈在日〉文学全集 2」勉誠出版 2006 p125
十月（一）
　◇「〈在日〉文学全集 2」勉誠出版 2006 p125
十月（二）
　◇「〈在日〉文学全集 2」勉誠出版 2006 p125
十月（三）
　◇「〈在日〉文学全集 2」勉誠出版 2006 p126
十月（四）
　◇「〈在日〉文学全集 2」勉誠出版 2006 p126
十月（五）
　◇「〈在日〉文学全集 2」勉誠出版 2006 p127

十月（六）
　◇「〈在日〉文学全集 2」勉誠出版 2006 p128
十五年という歳月について
　◇「〈在日〉文学全集 2」勉誠出版 2006 p196
銃のうた
　◇「〈在日〉文学全集 2」勉誠出版 2006 p129
春窮詩集
　◇「〈在日〉文学全集 2」勉誠出版 2006 p115
春香伝
　◇「〈在日〉文学全集 2」勉誠出版 2006 p103
商品論
　◇「〈在日〉文学全集 2」勉誠出版 2006 p124
　◇「〈在日〉文学全集 2」勉誠出版 2006 p215
抒情詩集
　◇「〈在日〉文学全集 2」勉誠出版 2006 p139
序説
　◇「〈在日〉文学全集 2」勉誠出版 2006 p200
新聞
　◇「〈在日〉文学全集 2」勉誠出版 2006 p256
順天（スンチョン）
　◇「〈在日〉文学全集 2」勉誠出版 2006 p93
青年について
　◇「〈在日〉文学全集 2」勉誠出版 2006 p203
一九四九年十一月二日
　◇「〈在日〉文学全集 2」勉誠出版 2006 p144
遭遇
　◇「〈在日〉文学全集 2」勉誠出版 2006 p243
ソウル讃歌
　◇「〈在日〉文学全集 2」勉誠出版 2006 p109
ソウル詩集
　◇「〈在日〉文学全集 2」勉誠出版 2006 p109
ソウル大学
　◇「〈在日〉文学全集 2」勉誠出版 2006 p115
　◇「〈在日〉文学全集 2」勉誠出版 2006 p214
ソウル地下鉄
　◇「〈在日〉文学全集 2」勉誠出版 2006 p163
石窟庵（ソククルアム）
　◇「〈在日〉文学全集 2」勉誠出版 2006 p81
そのお母さんたちに
　◇「〈在日〉文学全集 2」勉誠出版 2006 p153
その土くれ
　◇「〈在日〉文学全集 2」勉誠出版 2006 p192
達城（タルソン）公園にて
　◇「〈在日〉文学全集 2」勉誠出版 2006 p88
弾丸
　◇「〈在日〉文学全集 2」勉誠出版 2006 p150
膽星台
　◇「〈在日〉文学全集 2」勉誠出版 2006 p79
朝鮮海峡
　◇「〈在日〉文学全集 2」勉誠出版 2006 p233
　◇「〈在日〉文学全集 2」勉誠出版 2006 p260

ほ

朝鮮と日本のあいだの海
　◇「〈在日〉文学全集 2」勉誠出版 2006 p227
朝鮮冬物語
　◇「〈在日〉文学全集 2」勉誠出版 2006 p61
眺望
　◇「〈在日〉文学全集 2」勉誠出版 2006 p65
　◇「〈在日〉文学全集 2」勉誠出版 2006 p246
追悼歌
　◇「〈在日〉文学全集 2」勉誠出版 2006 p212
対馬詩集
　◇「〈在日〉文学全集 2」勉誠出版 2006 p246
土くれのうた
　◇「〈在日〉文学全集 2」勉誠出版 2006 p221
大邱駅前
　◇「〈在日〉文学全集 2」勉誠出版 2006 p85
大邱警察署
　◇「〈在日〉文学全集 2」勉誠出版 2006 p87
大邱(テエグ)詩集
　◇「〈在日〉文学全集 2」勉誠出版 2006 p83
大邱林檎
　◇「〈在日〉文学全集 2」勉誠出版 2006 p84
太白山脈
　◇「〈在日〉文学全集 2」勉誠出版 2006 p131
東京ノ鍵
　◇「〈在日〉文学全集 2」勉誠出版 2006 p254
動物園
　◇「〈在日〉文学全集 2」勉誠出版 2006 p121
動物詩集
　◇「〈在日〉文学全集 2」勉誠出版 2006 p121
独立門
　◇「〈在日〉文学全集 2」勉誠出版 2006 p113
ともしび合唱団のひとたちに
　◇「〈在日〉文学全集 2」勉誠出版 2006 p160
　◇「〈在日〉文学全集 2」勉誠出版 2006 p206
奴隷のしるし
　◇「〈在日〉文学全集 2」勉誠出版 2006 p161
　◇「〈在日〉文学全集 2」勉誠出版 2006 p204
トロボウ
　◇「〈在日〉文学全集 2」勉誠出版 2006 p146
東莱(トンネ)温泉場
　◇「〈在日〉文学全集 2」勉誠出版 2006 p73
洛東江の舟曳きうた
　◇「〈在日〉文学全集 2」勉誠出版 2006 p167
南原(ナムウォン)遠望
　◇「〈在日〉文学全集 2」勉誠出版 2006 p102
南大門
　◇「〈在日〉文学全集 2」勉誠出版 2006 p111
日本の法律
　◇「〈在日〉文学全集 2」勉誠出版 2006 p149
にわとり
　◇「〈在日〉文学全集 2」勉誠出版 2006 p140

烽火
　◇「〈在日〉文学全集 2」勉誠出版 2006 p135
博物館
　◇「〈在日〉文学全集 2」勉誠出版 2006 p78
火縄銃の歌
　◇「〈在日〉文学全集 2」勉誠出版 2006 p7
標的
　◇「〈在日〉文学全集 2」勉誠出版 2006 p209
ビール瓶の歌
　◇「〈在日〉文学全集 2」勉誠出版 2006 p120
釜山(ブサン)詩集
　◇「〈在日〉文学全集 2」勉誠出版 2006 p69
釜山第二商業学校
　◇「〈在日〉文学全集 2」勉誠出版 2006 p72
扶蘇山(ブソサン)
　◇「〈在日〉文学全集 2」勉誠出版 2006 p105
仏国寺
　◇「〈在日〉文学全集 2」勉誠出版 2006 p80
船
　◇「〈在日〉文学全集 2」勉誠出版 2006 p90
扶余(ブヨ)詩集
　◇「〈在日〉文学全集 2」勉誠出版 2006 p104
白馬江
　◇「〈在日〉文学全集 2」勉誠出版 2006 p108
望郷詩集
　◇「〈在日〉文学全集 2」勉誠出版 2006 p64
許南麒詩集
　◇「〈在日〉文学全集 2」勉誠出版 2006 p191
凡一(ボムイル)洞
　◇「〈在日〉文学全集 2」勉誠出版 2006 p74
また光州駅
　◇「〈在日〉文学全集 2」勉誠出版 2006 p99
また太白山脈
　◇「〈在日〉文学全集 2」勉誠出版 2006 p133
また動物園
　◇「〈在日〉文学全集 2」勉誠出版 2006 p123
また船
　◇「〈在日〉文学全集 2」勉誠出版 2006 p92
またまた落花巌
　◇「〈在日〉文学全集 2」勉誠出版 2006 p107
また木浦港
　◇「〈在日〉文学全集 2」勉誠出版 2006 p91
また栄山江
　◇「〈在日〉文学全集 2」勉誠出版 2006 p97
また落花巌
　◇「〈在日〉文学全集 2」勉誠出版 2006 p106
窓
　◇「〈在日〉文学全集 2」勉誠出版 2006 p252
水のうた
　◇「〈在日〉文学全集 2」勉誠出版 2006 p174
明洞(ミョンドン)―日本が支配していたとき

は、本町通りと呼んだ。
◇「〈在日〉文学全集 2」勉誠出版 2006 p112
麦畑が黄色くなると
◇「〈在日〉文学全集 2」勉誠出版 2006 p115
木浦港
◇「〈在日〉文学全集 2」勉誠出版 2006 p89
木浦(モッポ)詩集
◇「〈在日〉文学全集 2」勉誠出版 2006 p89
薬令市
◇「〈在日〉文学全集 2」勉誠出版 2006 p83
屋根
◇「〈在日〉文学全集 2」勉誠出版 2006 p118
夜中の歌声
◇「〈在日〉文学全集 2」勉誠出版 2006 p64
夜来る者のためにうたううた
◇「〈在日〉文学全集 2」勉誠出版 2006 p213
夜来る者のためにうたう歌
◇「〈在日〉文学全集 2」勉誠出版 2006 p263
栄山江(ヨンサンガン)
◇「〈在日〉文学全集 2」勉誠出版 2006 p95
烙印
◇「〈在日〉文学全集 2」勉誠出版 2006 p207
落花巌(ラクファアム)
◇「〈在日〉文学全集 2」勉誠出版 2006 p105
臨津江の渡しで
◇「〈在日〉文学全集 2」勉誠出版 2006 p165
わたしの故郷が
◇「〈在日〉文学全集 2」勉誠出版 2006 p216
Pied Noir
◇「〈在日〉文学全集 2」勉誠出版 2006 p266

宝亀 道隆　ほうき・みちたか
サヴェーリョの庭
◇「現代鹿児島小説大系 3」ジャプラン 2014 p320
西の彼方
◇「現代鹿児島小説大系 3」ジャプラン 2014 p300

峯紅　ほうこう
好きな地理の勉強のために月を出たかぐや姫
◇「誰も知らない「桃太郎」「かぐや姫」のすべて」明拓出版 2009（創作童話シリーズ）p107

法坂 一広　ほうさか・いっこう（1973〜）
新手のセールストーク
◇「10分間ミステリー」宝島社 2012（宝島社文庫）p11
◇「10分間ミステリー THE BEST」宝島社 2016（宝島社文庫）p203
愚痴の多い相談者
◇「もっとすごい！ 10分間ミステリー」宝島社 2013（宝島社文庫）p265
サマータイム
◇「5分で読める！ ひと駅ストーリー 夏の記憶西口編」宝島社 2013（宝島社文庫）p251
終着駅のむこう側
◇「5分で読める！ ひと駅ストーリー 旅の話」宝島社 2015（宝島社文庫）p277
それでもキミはやってない
◇「5分で読める！ ひと駅ストーリー 降車編」宝島社 2012（宝島社文庫）p67
福岡国際マラソンに出る方法
◇「5分で読める！ ひと駅ストーリー 冬の記憶西口編」宝島社 2013（宝島社文庫）p151
六法全書は語る
◇「5分で読める！ ひと駅ストーリー 本の物語」宝島社 2014（宝島社文庫）p209

暮木 椎哉　ほうしき・しいや
阿吽の衝突
◇「てのひら怪談―ビーケーワン怪談大賞傑作選 2」ポプラ社 2007 p32
◇「てのひら怪談―ビーケーワン怪談大賞傑作選 己丑」ポプラ社 2009（ポプラ文庫）p18
畸骨譚
◇「てのひら怪談―ビーケーワン怪談大賞傑作選 辛卯」ポプラ社 2011（ポプラ文庫）p112
昼下がりに
◇「てのひら怪談―ビーケーワン怪談大賞傑作選 壬辰」ポプラ社 2012（ポプラ文庫）p266
木乃伊
◇「てのひら怪談―ビーケーワン怪談大賞傑作選」ポプラ社 2007 p76
◇「てのひら怪談―ビーケーワン怪談大賞傑作選」ポプラ社 2008（ポプラ文庫）p78
止まない雨
◇「てのひら怪談―ビーケーワン怪談大賞傑作選」ポプラ社 2007 p202
◇「てのひら怪談―ビーケーワン怪談大賞傑作選」ポプラ社 2008（ポプラ文庫）p212

宝珠 なつめ　ほうじゅ・なつめ
棲息域
◇「暗闇」中央公論新社 2004（C NOVELS）p107
猫と三日月―熱砂の星パライソ外伝
◇「C・N 25―C・novels創刊25周年アンソロジー」中央公論新社 2007（C novels）p682

北條 純貴　ほうじょう・じゅんき
学歴主義
◇「ショートショートの花束 8」講談社 2016（講談社文庫）p202
人格者
◇「ショートショートの花束 7」講談社 2015（講談社文庫）p149

北條 民雄　ほうじょう・たみお（1914〜1937）
いのちの初夜
◇「ハンセン病に咲いた花―初期文芸名作選 戦前編」皓星社 2002（ハンセン病叢書）p7
◇「ハンセン病文学全集 1」皓星社 2002 p3
◇「新装版 全集現代文学の発見 7」學藝書林 2003 p18
◇「文士の意地―車谷長吉撰短篇小説輯 下巻」作品社 2005 p184

重病室日誌
◇「ハンセン病文学全集 4」皓星社 2003 p226
続重病室日誌
◇「ハンセン病文学全集 4」皓星社 2003 p234
続癩院記憶
◇「ハンセン病文学全集 4」皓星社 2003 p554
猫料理
◇「ハンセン病文学全集 4」皓星社 2003 p572
発病
◇「ハンセン病文学全集 4」皓星社 2003 p567
柊の垣のうちから
◇「ハンセン病文学全集 4」皓星社 2003 p579
吹雪の産声
◇「ハンセン病文学全集 1」皓星社 2002 p87
望郷歌
◇「ハンセン病に咲いた花—初期文芸名作選 戦前編」皓星社 2002 (ハンセン病叢書) p42
◇「ハンセン病文学全集 1」皓星社 2002 p129
間木老人
◇「ハンセン病文学全集 1」皓星社 2002 p29
癩院記録
◇「ハンセン病文学全集 4」皓星社 2003 p542
癩院受胎
◇「ハンセン病文学全集 1」皓星社 2002 p49
癩家族
◇「ハンセン病文学全集 1」皓星社 2002 p107
癩文学といふこと
◇「ハンセン病文学全集 5」皓星社 2010 p18

北條 秀司　ほうじょう・ひでじ（1902〜1996）
仇ゆめ（あだゆめ）
◇「日本舞踊舞踊劇選集」西川会 2002 p643
生霊—物怪の女
◇「日本舞踊舞踊劇選集」西川会 2002 p589
いとはん
◇「日本舞踊舞踊劇選集」西川会 2002 p611
花影抄（上演台本）
◇「日本舞踊舞踊劇選集」西川会 2002 p857
鬼女の扇（最終稿）
◇「日本舞踊舞踊劇選集」西川会 2002 p889

芳地 隆介　ほうち・りゅうすけ
美しきめまい
◇「ドラマの森 2009」西日本劇作家の会 2008 (西日本戯曲選集) p213

坊丸 一平　ぼうまる・いっぺい
新・絵本西遊記
◇「高校演劇Selection 2002 上」晩成書房 2002 p151

保木本 佳子　ほきもと・けいこ
女かくし
◇「「近松賞」第3回 優秀賞作品集」尼崎市 2006

◇「日本近代短篇小説選 昭和篇1」岩波書店 2012 (岩波文庫) p231

p103

朴 学信　ぼく・がくしん
遠い記憶
◇「ハンセン病文学全集 4」皓星社 2003 p278

朴 湘錫　ぼく・しょうしゃく
病棟雑感
◇「ハンセン病文学全集 4」皓星社 2003 p635

北東 尚子　ほくとう・なおこ
涙雨
◇「太宰治賞 1999」筑摩書房 1999 p283

北部保養院北柳吟社　ほくぶほよういんほくりゅうぎんしゃ
浮雲
◇「ハンセン病文学全集 9」皓星社 2010 p335

矛先 盾一　ほこさき・じゅんいち
恩返し
◇「ショートショートの花束 1」講談社 2009 (講談社文庫) p140
すみません
◇「ショートショートの花束 1」講談社 2009 (講談社文庫) p37
となりの雨男
◇「ショートショートの花束 3」講談社 2011 (講談社文庫) p83
ひとごろし
◇「ショートショートの花束 1」講談社 2009 (講談社文庫) p120
本物そっくり
◇「ショートショートの広場 20」講談社 2008 (講談社文庫) p125

保坂 和志　ほさか・かずし（1956〜）
生きる歓び
◇「文学 2000」講談社 2000 p161
◇「にゃんそろじー」新潮社 2014 (新潮文庫) p249
◇「現代小説クロニクル 2000〜2004」講談社 2015 (講談社文芸文庫) p7
夏、訃報、純愛
◇「文学 2016」講談社 2016 p34

穂坂 コウジ　ほさか・こうじ
期限切れの言葉
◇「超短編の世界 vol.3」創英社 2011 p134
月面炎上
◇「超短編の世界」創英社 2008 p78
その他多数
◇「超短編の世界 vol.3」創英社 2011 p36
チョコ痕
◇「超短編の世界 vol.3」創英社 2011 p139
隣りの隣り
◇「超短編の世界 vol.2」創英社 2009 p92
間に合わない
◇「超短編の世界 vol.3」創英社 2011 p102

G
　◇「超短編の世界 vol.3」創英社 2011 p82

保坂 純子　ほさか・すみこ
機関車物語〈影絵〉
　◇「人形座脚本集」晩成書房 2005 p49

保坂 弘之　ほさか・ひろゆき
王様の命令
　◇「成城・学校劇脚本集」成城学園初等学校出版部 2002（成城学園初等学校研究双書）p125
どうぶつの森にあらしがきた
　◇「小学校・全員参加の楽しい学級劇・学年劇脚本集 中学年」黎明書房 2006 p82

穂崎 円　ほさき・えん
そしてまた夜は
　◇「人は死んだら電柱になる―電柱アンソロジー」遠すぎる未来団 2014 p238

星 アガサ　ほし・あがさ
美しきブランコ乗り
　◇「ショートショートの花束 2」講談社 2010（講談社文庫）p268

星 寛治　ほし・かんじ（1935～）
まほろばの里からのたより（抄）
　◇「山形県文学全集第2期（随筆・紀行編）6」郷土出版社 2005 p187

保志 成晴　ほし・しげはる
シャボン玉
　◇「てのひら怪談―ビーケーワン怪談大賞傑作選 百怪繚乱篇」ポプラ社 2008 p192
千住が原からの眺め
　◇「てのひら怪談―ビーケーワン怪談大賞傑作選 2」ポプラ社 2007 p182
　◇「てのひら怪談―ビーケーワン怪談大賞傑作選 己丑」ポプラ社 2009（ポプラ文庫）p170

星 新一　ほし・しんいち（1926～1997）
ああ祖国よ
　◇「あしたは戦争」筑摩書房 2016（ちくま文庫）p417
足あとのなぞ
　◇「山口雅也の本格ミステリ・アンソロジー」角川書店 2007（角川文庫）p91
あれ
　◇「怪談―24の恐怖」講談社 2004 p135
おーいでてこーい
　◇「日本SF・名作集成 9」リブリオ出版 2005 p45
　◇「危険なマッチ箱」文藝春秋 2009（文春文庫）p115
　◇「日本文学100年の名作 5」新潮社 2015（新潮文庫）p175
　◇「30の神品―ショートショート傑作選」扶桑社 2016（扶桑社文庫）p103
おみやげ
　◇「二時間目国語」宝島社 2008（宝島社文庫）p84
解放の時代
　◇「60年代日本SFベスト集成」筑摩書房 2013（ちくま文庫）p7
鍵
　◇「新装版 全集現代文学の発見 16」學藝書林 2005 p370
　◇「日本SF短篇50 1」早川書房 2013（ハヤカワ文庫JA）p211
　◇「ショートショートの缶詰」キノブックス 2016 p179
火星航路
　◇「宇宙塵傑作選―日本SFの軌跡 1」出版芸術社 1997 p151
紙の城
　◇「躍る影法師」光風社出版 1997（光風社文庫）p215
霧の星で
　◇「冒険の森へ―傑作小説大全 19」集英社 2015 p14
元禄お犬さわぎ
　◇「犬田楽江戸草紙―時代小説傑作選」徳間書店 2005（徳間文庫）p271
交代制
　◇「70年代日本SFベスト集成 3」筑摩書房 2015（ちくま文庫）p11
午後の恐竜
　◇「恐竜文学大全」河出書房新社 1998（河出文庫）p9
殺人者さま
　◇「物語の魔の物語―メタ怪談傑作選」徳間書店 2001（徳間文庫）p185
さまよう犬
　◇「異形の白昼―恐怖小説集」筑摩書房 2013（ちくま文庫）p7
使者
　◇「70年代日本SFベスト集成 1」筑摩書房 2014（ちくま文庫）p79
　◇「冒険の森へ―傑作小説大全 11」集英社 2015 p8
シャーロック・ホームズの内幕
　◇「シャーロック・ホームズに愛をこめて」光文社 2010（光文社文庫）p115
重要な部分
　◇「70年代日本SFベスト集成 5」筑摩書房 2015（ちくま文庫）p35
常識
　◇「冒険の森へ―傑作小説大全 17」集英社 2015 p33
処刑
　◇「江戸川乱歩と13の宝石」光文社 2007（光文社文庫）p267
　◇「日本SF全集 1」出版芸術社 2009 p5
　◇「暴走する正義」筑摩書房 2016（ちくま文庫）p43
白い服の男
　◇「コレクション戦争と文学 5」集英社 2011 p426
竹取物語〈口語訳〉〈抄〉
　◇「富士山」角川書店 2013（角川文庫）p97
たたり
　◇「文豪てのひら怪談」ポプラ社 2009（ポプラ文

庫）p36
超能力
　◇「冒険の森へ─傑作小説大全 4」集英社 2016 p8
月の光
　◇「危険なマッチ箱」文藝春秋 2009（文春文庫）p124
時の渦
　◇「不思議の扉 時間がいっぱい」角川書店 2010（角川文庫）p181
ネコ
　◇「猫は神さまの贈り物 小説編」有楽出版社 2014 p205
ねらわれた星
　◇「冒険の森へ─傑作小説大全 5」集英社 2015 p11
ピーターパンの島
　◇「戦後短篇小説再発見 18」講談社 2004（講談社文芸文庫）p72
ひとつの装置
　◇「贈る物語Wonder」光文社 2002 p336
復讐
　◇「冒険の森へ─傑作小説大全 6」集英社 2016 p25
ふしぎなネコ
　◇「にゃんそろじー」新潮社 2014（新潮文庫）p127
不満
　◇「冒険の森へ─傑作小説大全 7」集英社 2016 p37
ボッコちゃん
　◇「ロボット・オペラ─An Anthology of Robot Fiction and Robot Culture」光文社 2004 p277
　◇「ものがたりのお菓子箱」飛鳥新社 2008 p137
もたらされた文明
　◇「冒険の森へ─傑作小説大全 10」集英社 2016 p41
門のある家
　◇「日本怪奇小説傑作集 3」東京創元社 2005（創元推理文庫）p213
　◇「70年代日本SFベスト集成 2」筑摩書房 2014（ちくま文庫）p7
薬草の栽培法
　◇「忠臣蔵コレクション 2」河出書房新社 1998（河出文庫）p105
有名
　◇「70年代日本SFベスト集成 4」筑摩書房 2015（ちくま文庫）p129
夢の未来へ
　◇「冒険の森へ─傑作小説大全 8」集英社 2015 p23
四で割って
　◇「絶体絶命」早川書房 2006（ハヤカワ文庫）p105
来訪者
　◇「日本SF・名作集成 9」リブリオ出版 2005 p7

星 哲朗　ほし・てつろう
雨の殺人者─空港
　◇「ショートショートの花束 1」講談社 2009（講談社文庫）p115
たそがれの階段
　◇「ショートショートの花束 3」講談社 2011（講談社文庫）p165
鶴子
　◇「ショートショートの花束 1」講談社 2009（講談社文庫）p204
天気予報
　◇「ショートショートの花束 3」講談社 2011（講談社文庫）p106
東京みやげ
　◇「ショートショートの花束 7」講談社 2015（講談社文庫）p178
同窓会
　◇「ショートショートの花束 2」講談社 2010（講談社文庫）p262
フライデー
　◇「ショートショートの花束 3」講談社 2011（講談社文庫）p231
竜宮城
　◇「ショートショートの花束 2」講談社 2010（講談社文庫）p248

星 雪江　ほし・ゆきえ
母の毛糸玉
　◇「ゆきのまち幻想文学賞小品集 22」企画集団ぷりずむ 2013 p138

星 譲　ほし・ゆずる（1958〜）
チェス（中村樹基）
　◇「世にも奇妙な物語─小説の特別編」角川書店 2000（角川ホラー文庫）p171

星田 三平　ほしだ・さんぺい（1913〜1963）
米国の戦慄
　◇「戦前探偵小説四人集」論創社 2011（論創ミステリ叢書）p309
エル・ベチヨオ
　◇「ひとりで夜読むな─新青年傑作選 怪奇編」角川書店 2001（角川ホラー文庫）p279
エル・ベチヨオ
　◇「戦前探偵小説四人集」論創社 2011（論創ミステリ叢書）p289
偽視界
　◇「戦前探偵小説四人集」論創社 2011（論創ミステリ叢書）p343
せんとらる地球市建設記録
　◇「戦前探偵小説四人集」論創社 2011（論創ミステリ叢書）p197
探偵殺害事件
　◇「戦前探偵小説四人集」論創社 2011（論創ミステリ叢書）p245
落下傘嬢（パラシュートガール）殺害事件
　◇「戦前探偵小説四人集」論創社 2011（論創ミステリ叢書）p265
もだん・しんごう
　◇「戦前探偵小説四人集」論創社 2011（論創ミステリ叢書）p331

ほした

星谷 仁 ほしたに・ひとし（1958〜）
暗示効果
◇「ショートショートの広場 10」講談社 2000（講談社文庫）p123

星塚敬愛園麦笛句会 ほしづかけいあいえんむぎぶえくかい
句集 麦笛
◇「ハンセン病文学全集 9」皓星社 2010 p124

星野 朱實 ほしの・あけみ
お母様と天下晴れてお呼びできます＞星野菊枝
◇「日本人の手紙 1」リブリオ出版 2004 p69

星野 和也 ほしの・かずや
プラネタリウム
◇「つながり―フェリシモしあわせショートショート」フェリシモ 1999 p137

星野 すぴか ほしの・すぴか
まばたき選手権
◇「ショートショートの広場 15」講談社 2004（講談社文庫）p83
レース
◇「ショートショートの広場 17」講談社 2005（講談社文庫）p22

星野 相河 ほしの・そうか
力と文化（1）〜（4）
◇「近代朝鮮文学日本語作品集1939〜1945 評論・随筆篇 1」緑蔭書房 2002 p251
躍動半島2 春支度
◇「近代朝鮮文学日本語作品集1939〜1945 評論・随筆篇 3」緑蔭書房 2002 p243

星野 富弘 ほしの・とみひろ（1946〜）
きょうは菜の花をおとどけします＞友人
◇「日本人の手紙 2」リブリオ出版 2004 p115

星野 智幸 ほしの・ともゆき（1965〜）
クエルボ
◇「変愛小説集 日本作家編」講談社 2014 p249
◇「文学 2015」講談社 2015 p31
定年旅行
◇「空を飛ぶ恋―ケータイがつなぐ28の物語」新潮社 2006（新潮文庫）p130
ててなし子クラブ
◇「文学 2007」講談社 2007 p91
人間バンク
◇「人はお金をつかわずにはいられない」日本経済新聞出版社 2011 p159
雛
◇「極上掌篇小説」角川書店 2006 p239
◇「ひと粒の宇宙」角川文庫 2009 p235
煉獄ロック
◇「コレクション戦争と文学 5」集英社 2011 p347
われら猫の子

◇「文学 2002」講談社 2002 p103
◇「現代小説クロニクル 2000〜2004」講談社 2015（講談社文芸文庫）p58

星野 道夫 ほしの・みちお（1952〜1996）
新しい旅
◇「狩猟文学マスターピース」みすず書房 2011（大人の本棚）p81

星野 光浩 ほしの・みつひろ
あなたが好きよ光線
◇「ショートショートの広場 16」講談社 2005（講談社文庫）p148
サッチャン攻略本
◇「ショートショートの広場 16」講談社 2005（講談社文庫）p201
ショートショート
◇「ショートショートの広場 12」講談社 2001（講談社文庫）p92

星野 幸雄 ほしの・ゆきお
うきつ
◇「物語のルミナリエ」光文社 2011（光文社文庫）p411
丼小僧
◇「ひとにぎりの異形」光文社 2007（光文社文庫）p219

星野 之宣 ほしの・ゆきのぶ
雷鳴
◇「折り紙衛星の伝説」東京創元社 2015（創元SF文庫）p69

星野 良一 ほしの・りょういち
ある薬指の話
◇「ショートショートの花束 6」講談社 2014（講談社文庫）p32
痩せる石鹸
◇「ショートショートの広場 20」講談社 2008（講談社文庫）p128

細島 喜美 ほそじま・よしみ
野性の女
◇「サンカの民を追って―山窩小説傑作選」河出書房新社 2015（河出文庫）p212

細田 龍彦 ほそだ・たつひこ
錆
◇「ハンセン病に咲いた花―初期文芸名作選 戦前編」皓星社 2002（ハンセン病叢書）p224

細田 民樹 ほそだ・たみき（1892〜1972）
運命の醜さ
◇「天変動く大震災と作家たち」インパクト出版会 2011（インパクト選書）p162
日露のおじさん
◇「コレクション戦争と文学 11」集英社 2012 p13

細田 博子 ほそだ・ひろこ
雪解け
◇「ゆきのまち幻想文学賞小品集 9」企画集団ぷりず

む 2000 p142

細見 和之　ほそみ・かずゆき
今回の震災に記憶の地層を揺さぶられて
　◇「ろうそくの炎がささやく言葉」勁草書房 2011 p38

細谷 幸子　ほそや・さちこ
友情と伊豆
　◇「「伊豆文学賞」優秀作品集 第14回」静岡新聞社 2011 p225

細谷地 真由美　ほそやち・まゆみ
福梅
　◇「ゆきのまち幻想文学賞小品集 15」企画集団ぷりずむ 2006 p39

穂高 明　ほだか・あきら（1975〜）
大寒―1月20日ごろ
　◇「君と過ごす季節―秋から冬へ、12の暦物語」ポプラ社 2012（ポプラ文庫）p279
夏のはじまりの満月
　◇「東京ホタル」ポプラ社 2013 p71
　◇「東京ホタル」ポプラ社 2015（ポプラ文庫）p69

穂田川 洋山　ほたかわ・ようさん
二人の複数
　◇「文学 2012」講談社 2012 p53

堀田 あけみ　ほった・あけみ（1964〜）
姉妹の事情
　◇「少女物語」朝日新聞社 1998 p89

堀田 善衞　ほった・よしえ（1918〜1998）
インドは心臓である―アジャンタ壁画集によせて
　◇「戦後文学エッセイ選 11」影書房 2007 p70
美はしきもの見し人は
　◇「戦後文学エッセイ選 11」影書房 2007 p187
怪異・西行法師
　◇「戦後文学エッセイ選 11」影書房 2007 p219
海景
　◇「創刊一〇〇年三田文学名作選」三田文学会 2010 p586
樫の木の下の民主主義に栄えあれ！
　◇「戦後文学エッセイ選 11」影書房 2007 p157
奇妙な一族の記録
　◇「戦後文学エッセイ選 11」影書房 2007 p48
曇り日
　◇「新装版 全集現代文学の発見 10」學藝書林 2004 p284
軍備外注
　◇「戦後文学エッセイ選 11」影書房 2007 p227
芸術家の運命について
　◇「戦後文学エッセイ選 11」影書房 2007 p130
現代から中世を見る
　◇「戦後文学エッセイ選 11」影書房 2007 p174
個人的な記憶二つ
　◇「戦後文学エッセイ選 11」影書房 2007 p37
国家消滅
　◇「戦後文学エッセイ選 11」影書房 2007 p195
今年の秋
　◇「戦後文学エッセイ選 11」影書房 2007 p105
ゴヤと怪物
　◇「戦後文学エッセイ選 11」影書房 2007 p88
ゴヤの墓
　◇「戦後文学エッセイ選 11」影書房 2007 p124
こんてむつす、むん地―私の古典
　◇「戦後文学エッセイ選 11」影書房 2007 p116
サラエヴォ・ノート
　◇「戦後文学エッセイ選 11」影書房 2007 p207
世界・世の中・世間
　◇「戦後文学エッセイ選 11」影書房 2007 p162
誰も不思議に思わない
　◇「戦後文学エッセイ選 11」影書房 2007 p184
断層
　◇「戦後短篇小説再発見 9」講談社 2002（講談社文芸文庫）p63
　◇「戦後占領期短篇小説コレクション 7」藤原書店 2007 p109
鶴のいた庭
　◇「魂がふるえるとき」文藝春秋 2004（文春文庫）p114
名を削る青年
　◇「コレクション戦争と文学 2」集英社 2012 p521
中村君の回想について
　◇「戦後文学エッセイ選 11」影書房 2007 p93
発光妖精とモスラ（中村真一郎／福永武彦）
　◇「怪獣文学大全」河出書房新社 1998（河出文庫）p62
母なる思想―Une Confession
　◇「戦後文学エッセイ選 11」影書房 2007 p13
彼岸西風―武田泰淳と中国
　◇「戦後文学エッセイ選 11」影書房 2007 p138
広場の孤独
　◇「コレクション戦争と文学 3」集英社 2012 p534
二葉亭四迷氏と堀田善右衛門氏
　◇「戦後文学エッセイ選 11」影書房 2007 p191
ベイルートとダマスカス
　◇「戦後文学エッセイ選 11」影書房 2007 p203
方丈記その他について
　◇「戦後文学エッセイ選 11」影書房 2007 p41
堀辰雄のこと
　◇「戦後文学エッセイ選 11」影書房 2007 p32
源実朝
　◇「戦後文学エッセイ選 11」影書房 2007 p211
モーツァルト頌
　◇「戦後文学エッセイ選 11」影書房 2007 p199
物いわぬ人
　◇「戦後文学エッセイ選 11」影書房 2007 p9

ラ・バンデラ・ローハ！（赤旗の歌）
　◇「戦後文学エッセイ選 11」影書房 2007 p152
流血
　◇「戦後文学エッセイ選 11」影書房 2007 p25
良平と重治―『梨の花』中野重治
　◇「戦後文学エッセイ選 11」影書房 2007 p76
ルイス・カトウ・カトウ君
　◇「戦後短篇小説再発見 15」講談社 2003（講談社文芸文庫）p99
歴史の長い影
　◇「戦後文学エッセイ選 11」影書房 2007 p170
魯迅の墓その他
　◇「戦後文学エッセイ選 11」影書房 2007 p63
若き日の詩人たちの肖像（抄）
　◇「日本文学全集 26」河出書房新社 2017 p407

穂積 驚　ほづみ・みはる（1912〜1980）

うさぶろう
　◇「血汐花に涙降る」光風社出版 1999（光風社文庫）p205
ボロ家老は五十五歳
　◇「江戸の老人力―時代小説傑作選」集英社 2002（集英社文庫）p237

保戸田 時子　ほとだ・ときこ（1951〜）

元禄光琳模様
　◇「「近松賞」第2回 受賞作品」尼崎市 2004 p1

骨櫚 ほねろ

道端に死が落ちてゐる
　◇「人は死んだら電柱になる―電柱アンソロジー」遠すぎる未来団 2014 p263

ぼへみ庵　ぼへみあん

改革の旗
　◇「ショートショートの広場 19」講談社 2007（講談社文庫）p222
幸運な家族
　◇「ショートショートの広場 13」講談社 2002（講談社文庫）p140
入国初日
　◇「ショートショートの広場 19」講談社 2007（講談社文庫）p122
ベストセラー
　◇「ショートショートの花束 1」講談社 2009（講談社文庫）p228

帆村 乙馬　ほむら・おつま

助けて！
　◇「ショートショートの広場 16」講談社 2005（講談社文庫）p142

穂村 弘　ほむら・ひろし（1962〜）

愛の暴走族
　◇「とっておき名短篇」筑摩書房 2011（ちくま文庫）p9
おしっこを夢から出すな
　◇「こどものころにみた夢」講談社 2008 p124

超強力磁石
　◇「文豪てのひら怪談」ポプラ社 2009（ポプラ文庫）p200

堀 晃　ほり・あきら（1944〜）

暗黒星団
　◇「70年代日本SFベスト集成 5」筑摩書房 2015（ちくま文庫）p399
アンドロメダ占星術
　◇「日本SF全集 2」出版芸術社 2010 p165
渦の底で
　◇「短篇ベストコレクション―現代の小説 2008」徳間書店 2008（徳間文庫）p449
宇宙縫合
　◇「SF JACK」角川書店 2013 p337
　◇「SF JACK」KADOKAWA 2016（角川文庫）p339
梅田地下オデッセイ
　◇「大阪ラビリンス」新潮社 2014（新潮文庫）p121
開封
　◇「ひとにぎりの異形」光文社 2007（光文社文庫）p296
　◇「虚構機関―年刊日本SF傑作選」東京創元社 2008（創元SF文庫）p261
逆行進化
　◇「進化論」光文社 2006（光文社文庫）p473
巨星
　◇「拡張幻想」東京創元社 2012（創元SF文庫）p71
虚空の噴水
　◇「日本SF・名作集成 5」リブリオ出版 2005 p7
最後の接触
　◇「ロボット・オペラ―An Anthology of Robot Fiction and Robot Culture」光文社 2004 p476
再生
　◇「折り紙衛星の伝説」東京創元社 2015（創元SF文庫）p205
時間虫
　◇「宇宙生物ゾーン」廣済堂出版 2000（廣済堂文庫）p523
　◇「日本SF・名作集成 4」リブリオ出版 2005 p191
死人茶屋
　◇「物語の魔の物語―メタ怪談傑作選」徳間書店 2001（徳間文庫）p17
順応性（堀龍之）
　◇「宇宙塵傑作選―日本SFの軌跡 1」出版芸術社 1997 p145
背赤後家蜘蛛の夜
　◇「ロボットの夜」光文社 2000（光文社文庫）p271
崩壊
　◇「物語のルミナリエ」光文社 2011（光文社文庫）p93
笑う闇
　◇「超弦領域―年刊日本SF傑作選」東京創元社 2009（創元SF文庫）p347

ほり

堀 潮　ほり・うしお

コーリング・ユー
  ◇「中学生のドラマ 1」晩成書房 1995 p29
ジョバンニの二番目の丘
  ◇「中学生のドラマ 5」晩成書房 2004 p143
ラン・ベイビーズ・ラン
  ◇「中学校たのしい劇脚本集―英語劇付 Ⅲ」国土社 2011 p34
リトルボーイズ・カミング
  ◇「中学生のドラマ 4」晩成書房 2003 p55

堀 和久　ほり・かずひさ（1931～）

恩讎の剣―根岸兎角vs岩間小熊
  ◇「時代小説傑作選 2」新人物往来社 2008 p131
陰の謀鬼―本多正信
  ◇「時代小説傑作選 6」新人物往来社 2008 p133
片倉小十郎―片倉景綱
  ◇「軍師は死なず」実業之日本社 2014（実業之日本社文庫）p191
城崎有情
  ◇「人情の往来―時代小説最前線」新潮社 1997（新潮文庫）p571
廃藩奇話
  ◇「大江戸殿様列伝―傑作時代小説」双葉社 2006（双葉文庫）p215

堀 かの子　ほり・かのこ

金木犀の香り
  ◇「気配―第10回フェリシモ文学賞作品集」フェリシモ 2007 p135

堀 慎二郎　ほり・しんじろう（1968～）

少年忍者奮戦記〜リーダーなんてぶっ飛ばせ！
  ◇「幻想水滸伝短編集 2」メディアワークス 2001（電撃文庫）p99
誓いの斧
  ◇「幻想水滸伝短編集 1」メディアワークス 2000（電撃文庫）p13
闇に見えた希望
  ◇「幻想水滸伝短編集 3」メディアワークス 2002（電撃文庫）p93
ラベンダー・ビレッジ殺人事件
  ◇「幻想水滸伝短編集 4」メディアワークス 2002（電撃文庫）p195

堀 辰雄　ほり・たつお（1904～1953）

赤ままの花
  ◇「ちくま日本文学 39」筑摩書房 2009（ちくま文庫）p297
曠野（あらの）
  ◇「ちくま日本文学 39」筑摩書房 2009（ちくま文庫）p422
  ◇「別れ」SDP 2009（SDP bunko）p87
無花果のある家
  ◇「ちくま日本文学 39」筑摩書房 2009（ちくま文庫）p278
エピロオグ
  ◇「ちくま日本文学 39」筑摩書房 2009（ちくま文庫）p353
姨捨
  ◇「ことばの織物―昭和短篇珠玉選 2」蒼丘書林 1998 p106
  ◇「ちくま日本文学 39」筑摩書房 2009（ちくま文庫）p398
恢復期
  ◇「新装版 全集現代文学の発見 14」學藝書林 2005 p46
  ◇「ちくま日本文学 39」筑摩書房 2009（ちくま文庫）p113
顔
  ◇「短編名作選―1925-1949 文士たちの時代」笠間書院 1999 p149
かげろうの日記
  ◇「日本文学全集 17」河出書房新社 2015 p7
風立ちぬ
  ◇「涙の百年文学―もう一度読みたい」太陽出版 2009 p222
  ◇「ちくま日本文学 39」筑摩書房 2009（ちくま文庫）p150
口髭
  ◇「ちくま日本文学 39」筑摩書房 2009（ちくま文庫）p342
洪水
  ◇「ちくま日本文学 39」筑摩書房 2009（ちくま文庫）p324
死の素描
  ◇「日本近代短篇小説選 昭和篇1」岩波書店 2012（岩波文庫）p69
樹下
  ◇「ちくま日本文学 39」筑摩書房 2009（ちくま文庫）p447
小学校
  ◇「ちくま日本文学 39」筑摩書房 2009（ちくま文庫）p346
水族館
  ◇「近代小説〈都市〉を読む」双文社出版 1999 p161
芒の中
  ◇「ちくま日本文学 39」筑摩書房 2009（ちくま文庫）p334
聖家族
  ◇「百年小説」ポプラ社 2008 p1185
  ◇「読んでおきたい近代日本小説選」龍書房 2012 p339
父と子
  ◇「ちくま日本文学 39」筑摩書房 2009（ちくま文庫）p288
鳥料理
  ◇「文人御馳走帖」新潮社 2014（新潮文庫）p303
鳥料理 A Parody
  ◇「ちくま日本文学 39」筑摩書房 2009（ちくま文庫）p9

ほり

入道雲
◇「ちくま日本文学 39」筑摩書房 2009（ちくま文庫）p310
花を持てる女
◇「ちくま日本文学 39」筑摩書房 2009（ちくま文庫）p357
法隆寺の壁画、あんまり美しいので切なかった≫堀多恵子
◇「日本人の手紙 7」リブリオ出版 2004 p10
僕は君をなんといったって愛しているんだ≫神西清
◇「日本人の手紙 2」リブリオ出版 2004 p19
ほととぎす
◇「日本文学全集 17」河出書房新社 2015 p50
麦藁帽子
◇「ちくま日本文学 39」筑摩書房 2009（ちくま文庫）p57
◇「夏休み」KADOKAWA 2014（角川文庫）p93
◇「日本文学100年の名作 2」新潮社 2014（新潮文庫）p375
燃ゆる頬
◇「ちくま日本文学 39」筑摩書房 2009（ちくま文庫）p93
◇「美しい恋の物語」筑摩書房 2010（ちくま文学の森）p11
◇「この愛のゆくえ——ポケットアンソロジー」岩波書店 2011（岩波文庫別冊）p27
幼稚園
◇「ちくま日本文学 39」筑摩書房 2009（ちくま文庫）p336
幼年時代
◇「ちくま日本文学 39」筑摩書房 2009（ちくま文庫）p278
ルウベンスの偽画
◇「新装版 全集現代文学の発見 2」學藝書林 2002 p135
◇「ちくま日本文学 39」筑摩書房 2009（ちくま文庫）p29

堀 龍之　ほり・たつゆき
順応性（堀晃）
◇「宇宙塵傑作選——日本SFの軌跡 1」出版藝術社 1997 p145

堀 敏実　ほり・としみ
塔
◇「塔の物語」角川書店 2000（角川ホラー文庫）p281
窓
◇「物語のルミナリエ」光文社 2011（光文社文庫）p250

堀 麦水　ほり・ばくすい（1718〜1783）
鼠妖（抄）（柴田宵曲〔訳〕）
◇「文豪てのひら怪談」ポプラ社 2009（ポプラ文庫）p176

堀 燐太郎　ほり・りんたろう（1952〜）
ウェルメイド・オキュパイド
◇「新・本格推理 8」光文社 2008（光文社文庫）p29
ジグソー失踪パズル
◇「新・本格推理 02」光文社 2002（光文社文庫）p269
ドールズ密室ハウス
◇「ザ・ベストミステリーズ——推理小説年鑑 2015」講談社 2015 p263

堀井 紗由美　ほりい・さゆみ
坂をのぼって
◇「てのひら怪談——ビーケーワン怪談大賞傑作選 庚寅」ポプラ社 2010（ポプラ文庫）p228
庭園
◇「リトル・リトル・クトゥルー——史上最小の神話小説集」学習研究社 2009 p76
歯
◇「リトル・リトル・クトゥルー——史上最小の神話小説集」学習研究社 2009 p122
秘密基地
◇「てのひら怪談——ビーケーワン怪談大賞傑作選」ポプラ社 2007 p140
◇「てのひら怪談——ビーケーワン怪談大賞傑作選」ポプラ社 2008（ポプラ文庫）p144
マシロのいた夏
◇「てのひら怪談——ビーケーワン怪談大賞傑作選 百怪繚乱篇」ポプラ社 2008 p146
◇「てのひら怪談——ビーケーワン怪談大賞傑作選 己丑」ポプラ社 2009（ポプラ文庫）p158

堀池 重雄　ほりいけ・しげお
島ざくら——一幕
◇「日本統治期台湾文学集成 12」緑蔭書房 2003 p329

堀内 興一　ほりうち・こういち
トシ坊とコロポックルの話
◇「朗読劇台本集 5」玉川大学出版部 2002 p187

堀内 公太郎　ほりうち・こうたろう（1972〜）
いただきますを言いましょう
◇「5分で読める！ ひと駅ストーリー 食の話」宝島社 2015（宝島社文庫）p309
浮いている男
◇「5分で読める！ ひと駅ストーリー 乗車編」宝島社 2012（宝島社文庫）p101
◇「5分で笑える！ おバカで愉快な物語」宝島社 2016（宝島社文庫）p97
恋する消しゴム
◇「5分で読める！ ひと駅ストーリー 冬の記憶西口編」宝島社 2013（宝島社文庫）p61
公開処刑人 森のくまさん2——お嬢さん、お逃げなさい（抄）
◇「『このミステリーがすごい！』大賞作家書き下ろしBOOK vol.5」宝島社 2014 p183
隣の黒猫、僕の子猫
◇「5分で読める！ ひと駅ストーリー 猫の物語」宝

島社 2014（宝島社文庫）p109
- ◇「5分で凍る！ ぞっとする怖い話」宝島社 2015（宝島社文庫）p171
- ◇「5分で驚く！ どんでん返しの物語」宝島社 2016（宝島社文庫）p215

夏祭りのリンゴ飴は甘くて酸っぱい味がする
- ◇「5分で読める！ ひと駅ストーリー 夏の記憶西口編」宝島社 2013（宝島社文庫）p31

ゆうしゃのゆううつ
- ◇「もっとすごい！ 10分間ミステリー」宝島社 2013（宝島社文庫）p281
- ◇「10分間ミステリー THE BEST」宝島社 2016（宝島社文庫）p441

堀内 胡悠　ほりうち・こゆう

時間を売る男
- ◇「本格推理 14」光文社 1999（光文社文庫）p179

僕の友人
- ◇「本格推理 12」光文社 1998（光文社文庫）p149

堀内 万寿夫　ほりうち・ますお（1949～）

曲亭馬琴
- ◇「紅蓮の翼―異彩時代小説秀作撰」叢文社 2007 p135

武蔵と小次郎
- ◇「紅蓮の翼―異彩時代小説秀作撰」叢文社 2007 p104

堀江 敏幸　ほりえ・としゆき（1964～）

樫の木の向こう側
- ◇「極上掌篇小説」角川書店 2006 p247
- ◇「ひと粒の宇宙」角川書店 2009（角川文庫）p243

滑走路へ
- ◇「文学 2008」講談社 2008 p30

巻末エッセイ 喪服の行方
- ◇「現代小説クロニクル 2000～2004」講談社 2015 p322

黒電話―A
- ◇「秘密。―私と私のあいだの十二話」メディアファクトリー 2005 p111

黒電話―B
- ◇「秘密。―私と私のあいだの十二話」メディアファクトリー 2005 p117

スタンス・ドット
- ◇「日本文学全集 28」河出書房新社 2017 p289

砂売りが通る
- ◇「文学 2001」講談社 2001 p189
- ◇「現代小説クロニクル 2000～2004」講談社 2015（講談社文芸文庫）p41

月の裏側
- ◇「空を飛ぶ恋―ケータイがつなぐ28の物語」新潮社 2006（新潮文庫）p40

天文台クリニック
- ◇「ろうそくの炎がささやく言葉」勁草書房 2011 p159

トンネルのおじさん
- ◇「文学 2005」講談社 2005 p212

ハントヘン
- ◇「こどものころにみた夢」講談社 2008 p88

ピラニア
- ◇「日本文学100年の名作 9」新潮社 2015（新潮文庫）p417

堀江 朋子　ほりえ・ともこ

川のわかれ
- ◇「現代作家代表作選集 7」鼎書房 2014 p107

堀川 アサコ　ほりかわ・あさこ（1964～）

暗いバス
- ◇「Fantasy Seller」新潮社 2011（新潮文庫）p151

堀川 茂進　ほりかわ・しげしん

プチ
- ◇「ショートショートの花束 1」講談社 2009（講談社文庫）p174

堀川 正美　ほりかわ・まさみ（1931～）

秋
- ◇「新装版 全集現代文学の発見 13」學藝書林 2004 p519

牛
- ◇「新装版 全集現代文学の発見 13」學藝書林 2004 p517

神々の黄昏
- ◇「新装版 全集現代文学の発見 13」學藝書林 2004 p517

月道から日道へ
- ◇「新装版 全集現代文学の発見 13」學藝書林 2004 p518

行為と実在
- ◇「新装版 全集現代文学の発見 13」學藝書林 2004 p523

声
- ◇「新装版 全集現代文学の発見 13」學藝書林 2004 p522

木霊
- ◇「新装版 全集現代文学の発見 13」學藝書林 2004 p516

白の必要
- ◇「新装版 全集現代文学の発見 13」學藝書林 2004 p520

新鮮で苦しみおおい日々
- ◇「新装版 全集現代文学の発見 13」學藝書林 2004 p524

親和力
- ◇「新装版 全集現代文学の発見 13」學藝書林 2004 p521

詩集 太平洋
- ◇「新装版 全集現代文学の発見 13」學藝書林 2004 p516

人間
- ◇「新装版 全集現代文学の発見 13」學藝書林 2004 p518

八月

ほりく

◇「新装版 全集現代文学の発見 13」學藝書林 2004 p516

半月の植物
◇「新装版 全集現代文学の発見 13」學藝書林 2004 p519

堀口 大學　ほりぐち・だいがく（1892〜1981）

一私窩児の死
◇「創刊一〇〇年三田文学名作選」三田文学会 2010 p568

海の風景
◇「日本文学全集 29」河出書房新社 2016 p24

うんこはもうすみましたか。とうたん≫堀口廣胖
◇「日本人の手紙 1」リブリオ出版 2004 p22

シャンパンの泡
◇「もの食う話」文藝春秋 2015（文春文庫）p14

初夜
◇「日本文学全集 29」河出書房新社 2016 p25

砂の枕
◇「日本文学全集 29」河出書房新社 2016 p23

蟬
◇「怠けものの話」筑摩書房 2011（ちくま文学の森）p8

魂よ
◇「日本文学全集 29」河出書房新社 2016 p23

昔
◇「日本文学全集 29」河出書房新社 2016 p25

堀崎 繁喜　ほりさき・しげき

犯人は誰だ
◇「江戸川乱歩の推理試論」光文社 2009（光文社文庫）p333

堀部 利之　ほりべ・としゆき

秘密
◇「ショートショートの広場 8」講談社 1997（講談社文庫）p20

洪 思容　ホン・サヨン

火祭の歌
◇「近代朝鮮文学日本語作品集1939〜1945 創作篇 6」緑蔭書房 2001 p180

洪 淳昶　ホン・スンチャン

秋夕
◇「近代朝鮮文学日本語作品集1908〜1945 セレクション 3」緑蔭書房 2008 p421

洪 奭鉉　ホン・ソッキョン

早稲田在學中の感
◇「近代朝鮮文学日本語作品集1901〜1938 評論・随筆篇 2」緑蔭書房 2004 p227

洪 性善　ホン・ソンソン

闇の谷間の記憶
◇「近代朝鮮文学日本語作品集1939〜1945 創作篇 6」緑蔭書房 2001 p13

洪 海星　ホン・ヘソン（1893〜1957）

朝鮮演劇の今昔 ―演出家としての回顧と待望①②
◇「近代朝鮮文学日本語作品集1901〜1938 評論・随筆篇 1」緑蔭書房 2004 p403

『若き漂泊者の夢』
◇「近代朝鮮文学日本語作品集1901〜1938 評論・随筆篇 2」緑蔭書房 2004 p183

洪 命憙　ホン・ミョンヒ（1888〜1968）

開城杜門洞の史蹟
◇「近代朝鮮文学日本語作品集1908〜1945 セレクション 5」緑蔭書房 2008 p229

新幹會の使命
◇「近代朝鮮文学日本語作品集1901〜1938 評論・随筆篇 1」緑蔭書房 2004 p82

百折不撓、所信に邁進
◇「近代朝鮮文学日本語作品集1901〜1938 評論・随筆篇 3」緑蔭書房 2004 p213

民族的總力量を集中する實行方法
◇「近代朝鮮文学日本語作品集1901〜1938 評論・随筆篇 3」緑蔭書房 2004 p348

洪 永杓　ホン・ヨンピョ

犠牲（イケニヘ）
◇「近代朝鮮文学日本語作品集1901〜1938 創作篇 3」緑蔭書房 2004 p179

本城 雅人　ほんじょう・まさと（1965〜）

コーチ人事
◇「ザ・ベストミステリーズ―推理小説年鑑 2014」講談社 2014 p173

持出禁止
◇「短篇ベストコレクション―現代の小説 2016」徳間書店 2016（徳間文庫）p385

本庄 陸男　ほんじょう・むつお（1905〜1939）

白い壁
◇「日本の少年小説―「少国民」のゆくえ」インパクト出版会 2016（インパクト選書）p82

団体
◇「新装版 全集現代文学の発見 3」學藝書林 2003 p333

本田 緒生　ほんだ・おせい（1900〜1983）

危機
◇「幻の探偵雑誌 10」光文社 2002（光文社文庫）p367

視線
◇「探偵小説の風景―トラフィック・コレクション 上」光文社 2009（光文社文庫）p165

謎
◇「幻の探偵雑誌 5」光文社 2001（光文社文庫）p235

謎の殺人
◇「甦る「幻影城」2」角川書店 1997（カドカワ・エンタテインメント）p11

呪われた真珠

◇「幻の探偵雑誌 7」光文社 2001（光文社文庫）p61
美の誘惑
◇「幻の探偵雑誌 7」光文社 2001（光文社文庫）p77
拾った遺書
◇「幻の探偵雑誌 6」光文社 2001（光文社文庫）p27
蒔かれし種 秋月の日記
◇「幻の名探偵―傑作アンソロジー」光文社 2013（光文社文庫）p39
ローマンス
◇「幻の探偵雑誌 2」光文社 2000（光文社文庫）p151

本田 倖　ほんだ・こう
雪
◇「ゆきのまち幻想文学賞小品集 7」NTTメディアスコープ 1997 p163

本多 秋五　ほんだ・しゅうご（1908〜2001）
芸術・歴史・人間
◇「新装版 全集現代文学の発見 4」學藝書林 2003 p348

本田 親二　ほんだ・しんじ
□本居士
◇「文豪怪談傑作選 特別編」筑摩書房 2007（ちくま文庫）p196

本多 孝好　ほんだ・たかよし（1971〜）
言えない言葉─the words in a capsule
◇「ザ・ベストミステリーズ─推理小説年鑑 2014」講談社 2014 p201
エースナンバー
◇「あの日、君と Girls」集英社 2012（集英社文庫）p167
ここじゃない場所
◇「Story Seller」新潮社 2009（新潮文庫）p553
十一月の約束
◇「本からはじまる物語」メディアパル 2007 p17
日曜日のヤドカリ
◇「Story Seller 2」新潮社 2010（新潮文庫）p451
眠りの海
◇「小説推理新人賞受賞作アンソロジー 1」双葉社 2000（双葉文庫）p175
Dear
◇「Love or like─恋愛アンソロジー」祥伝社 2008（祥伝社文庫）p155
WISH─「MOMENT」より
◇「ザ・ベストミステリーズ─推理小説年鑑 2003」講談社 2003 p97
◇「殺人格差」講談社 2006（講談社文庫）p373

本田 忠勝　ほんだ・ただかつ
合い言葉はもったいない
◇「『やるキッズあいち劇場』脚本集 平成19年度」愛知県環境調査センター 2008 p5

誉田 哲也　ほんだ・てつや（1969〜）
アンダーカヴァー
◇「宝石ザミステリー」光文社 2011 p97
インデックス
◇「宝石ザミステリー 2」光文社 2012 p151
お裾分け
◇「宝石ザミステリー 3」光文社 2013 p69
落としの玲子─「姫川玲子」シリーズ番外編
◇「サイドストーリーズ」KADOKAWA 2015（角川文庫）p239
彼女のいたカフェ
◇「大崎梢リクエスト！ 本屋さんのアンソロジー」光文社 2013 p171
◇「大崎梢リクエスト！ 本屋さんのアンソロジー」光文社 2014（光文社文庫）p179
帰省
◇「東と西 2」小学館 2010 p166
◇「東と西 2」小学館 2012（小学館文庫）p181
最後の街
◇「C・N 25─C・novels創刊25周年アンソロジー」中央公論新社 2007（C novels）p48
三十九番
◇「痛み」双葉社 2012 p153
◇「警官の貌」双葉社 2014（双葉文庫）p55
シンメトリー
◇「現場に臨め」光文社 2010（Kappa novels）p339
◇「現場に臨め」光文社 2014（光文社文庫）p481
それが嫌なら無人島
◇「宝石ザミステリー Blue」光文社 2016 p7
天使のレシート
◇「七つの黒い夢」新潮社 2006（新潮文庫）p65
初仕事はゴムの味
◇「奇想博物館」光文社 2013（最新ベスト・ミステリー）p237

本田 博子　ほんだ・ひろこ
子ども便利屋さん
◇「小学校・全員参加の楽しい学級劇・学年劇脚本集 高学年」黎明書房 2007 p20

本田 和子　ほんだ・ますこ（1931〜）
異文化としての子ども
◇「ひつじアンソロジー 小説編 2」ひつじ書房 2009 p126

本田 稔　ほんだ・みのる
野良のクロちゃん
◇「ハンセン病文学全集 4」皓星社 2003 p707
花見ずし─車椅子とマンガと
◇「ハンセン病文学全集 4」皓星社 2003 p709
一すじの絹雲─朝の散歩に
◇「ハンセン病文学全集 4」皓星社 2003 p714
墓標を抱く草花
◇「ハンセン病文学全集 4」皓星社 2003 p699

ほんた

本田 モカ　ほんだ・もか
　最後の旅支度
　　◇「てのひら怪談―ビーケーワン怪談大賞傑作選 壬辰」ポプラ社 2012（ポプラ文庫）p232
　3
　　◇「超短編の世界 vol.2」創英社 2009 p96
　スクリーン・ヒーロー
　　◇「超短編の世界 vol.3」創英社 2011 p150
　スープ
　　◇「超短編の世界 vol.2」創英社 2009 p107
　チョコ痕
　　◇「超短編の世界 vol.3」創英社 2011 p138

誉田 龍一　ほんだ・りゅういち
　二百六十八年目の失意―苦無花お初外伝
　　◇「幕末スパイ戦争」徳間書店 2015（徳間文庫）p215

本調 有香　ほんちょう・ゆか
　人のセックスを笑うな（井口奈己）
　　◇「年鑑代表シナリオ集 '08」シナリオ作家協会 2009 p7
　blue
　　◇「年鑑代表シナリオ集 '03」シナリオ作家協会 2004 p7

本渡 章　ほんど・あきら（1952～）
　飛ぶ男
　　◇「冒険の森へ―傑作小説大全 13」集英社 2016 p33

本堂 平四郎　ほんどう・へいしろう（1870～1954）
　秋葉長光―虚空に嘲るもの
　　◇「文豪山怪奇譚―山の怪談名作選」山と渓谷社 2016 p55

凡夫生　ぼんぷせい
　彼女の日記
　　◇「幻の探偵雑誌」光文社 2001（光文社文庫）p317

本間 海奈　ほんま・かいな
　死んだ人の話
　　◇「ショートショートの花束 4」講談社 2012（講談社文庫）p109

本間 田麻誉　ほんま・たまよ
　猿神の贄
　　◇「探偵くらぶ―探偵小説傑作選1946～1958 下」光文社 1997（カッパ・ノベルス）p233
　罪な指（シン・フィンガー）
　　◇「甦る推理雑誌 9」光文社 2003（光文社文庫）p69

本間 浩　ほんま・ひろし
　おじいのわらぐつ
　　◇「ゆきのまち幻想文学賞小品集 24」企画集団ぶりずむ 2015 p116

本間 真琴　ほんま・まこと
　アパートの男
　　◇「全作家短編集 15」のべる出版企画 2016 p301

本間 祐　ほんま・ゆう
　うらホテル
　　◇「グランドホテル」廣済堂出版 1999（廣済堂文庫）p473
　おまつり
　　◇「超短編アンソロジー」筑摩書房 2002（ちくま文庫）p162
　恐怖六面体
　　◇「恐怖症」光文社 2002（光文社文庫）p149
　赤道の下に罪は
　　◇「トロピカル」廣済堂出版 1999（廣済堂文庫）p183
　第三半球映画館
　　◇「キネマ・キネマ」光文社 2002（光文社文庫）p283
　飛ぶ男
　　◇「超短編アンソロジー」筑摩書房 2002（ちくま文庫）p26
　俳優が来る
　　◇「俳優」廣済堂出版 1999（廣済堂文庫）p253
　僕の半分の死
　　◇「屍者の行進」廣済堂出版 1998（廣済堂文庫）p247
　星に願いを
　　◇「帰還」光文社 2000（光文社文庫）p491
　真夜中の庭で
　　◇「ロボットの夜」光文社 2000（光文社文庫）p519
　屋根裏のアリス
　　◇「チャイルド」廣済堂出版 1998（廣済堂文庫）p383

【ま】

馬 海松　マ・ヘソン（1905～1966）
　雑記
　　◇「近代朝鮮文学日本語作品集1939～1945 評論・随筆篇 3」緑蔭書房 2002 p107
　満月臺
　　◇「近代朝鮮文学日本語作品集1901～1938 評論・随筆篇 2」緑蔭書房 2004 p209

舞城 王太郎　まいじょう・おうたろう（1973～）
　バット男
　　◇「文学 2003」講談社 2003 p146
　ピコーン！
　　◇「ザ・ベストミステリーズ―推理小説年鑑 2003」講談社 2003 p539
　　◇「殺人格差」講談社 2006（講談社文庫）p269
　ほにゃららサラダ
　　◇「文学 2011」講談社 2011 p240

前を向いて歩こう　まえをむいてあるこう
コラージュ：富士夜のでんしんばしら
◇「人は死んだら電柱になる―電柱アンソロジー」遠すぎると未来団 2014 p380

前川 亜希子　まえかわ・あきこ
河童と見た空
◇「ゆきのまち幻想文学賞小品集 18」企画集団ぷりずむ 2009 p7

前川 麻子　まえかわ・あさこ（1967～）
きぬかつぎ
◇「鬼瑠璃草―恋愛ホラー・アンソロジー」祥伝社 2003（祥伝社文庫）p301
恋する、ふたり
◇「Friends」祥伝社 2003 p119
ニューヨークの亜希ちゃん
◇「旅を数えて」光文社 2007 p147
ミルフイユ
◇「Love Letter」幻冬舎 2005 p77
◇「Love Letter」幻冬舎 2008（幻冬舎文庫）p85
わたしたち
◇「あのころの宝もの―ほんのり心が温まる12のショートストーリー」メディアファクトリー 2003 p215

前川 康平　まえかわ・こうへい
涙はいらねえよ。(秦比左子)
◇「中学生のドラマ 7」晩成書房 2007 p73

前川 佐美雄　まえかわ・さみお（1903～1990）
短歌
◇「胞子文学名作選」港の人 2013 p255

前川 生子　まえかわ・せいこ
お先にどうぞ
◇「ゆきのまち幻想文学賞小品集 17」企画集団ぷりずむ 2008 p132
本を探して
◇「ゆきのまち幻想文学賞小品集 20」企画集団ぷりずむ 2011 p176

前川 知大　まえかわ・ともひろ
鬼の頭
◇「文学 2012」講談社 2012 p85

前川 誠　まえかわ・まこと
新しいメガネ
◇「ショートショートの花束 1」講談社 2009（講談社文庫）p24
人間になりたい
◇「ショートショートの花束 8」講談社 2016（講談社文庫）p59

前川 由衣　まえかわ・ゆい
甘骨山不戦協定
◇「ゆきのまち幻想文学賞小品集 24」企画集団ぷりずむ 2015 p121
かみがかり
◇「ゆきのまち幻想文学賞小品集 22」企画集団ぷりずむ 2013 p121
シバタの飛べる服
◇「ゆきのまち幻想文学賞小品集 23」企画集団ぷりずむ 2014 p95
レディー・シュガーに寄せる
◇「ゆきのまち幻想文学賞小品集 10」企画集団ぷりずむ 2001 p138

前川 裕　まえかわ・ゆたか
Excessive洋上の告白
◇「宝石ザミステリー Red」光文社 2016 p101

前川 洋一　まえかわ・よういち（1958～）
大麦畑でつかまえて
◇「テレビドラマ代表作選集 2007年版」日本脚本家連盟 2007 p7

前島 千恵子　まえじま・ちえこ
書き出しの問題
◇「ショートショートの広場 14」講談社 2003（講談社文庫）p39

前田 和司　まえだ・かずし
エレベーター
◇「ショートショートの広場 12」講談社 2001（講談社文庫）p138
倫理
◇「ショートショートの広場 11」講談社 2000（講談社文庫）p56

前田 健太郎　まえだ・けんたろう
ボットル落とし屋の六さん
◇「「伊豆文学賞」優秀作品集 第4回」静岡新聞社 2001 p81

前田 剛力　まえだ・ごうりき
聞き耳頭巾
◇「ショートショートの花束 7」講談社 2015（講談社文庫）p34
便乗値上げ
◇「ショートショートの花束 6」講談社 2014（講談社文庫）p139

前田 曙山　まえだ・しょざん（1871～1941）
蝗（いなご）うり
◇「新日本古典文学大系 明治編 21」岩波書店 2005 p335
◇「明治深刻悲惨小説集」講談社 2016（講談社文芸文庫）p73

前田 司郎　まえだ・しろう
嫌な話
◇「文学 2009」講談社 2009 p72

前田 純敬　まえだ・すみのり（1922～2004）
夏草
◇「コレクション戦争と文学 15」集英社 2012 p553

前田 茉莉子　まえだ・まりこ
歴史は繰り返す

前田 美幸　まえだ・みゆき
シロー先輩の告白
- ◇「かわいい―第16回フェリシモ文学賞優秀作品集」フェリシモ 2013 p57

前田 六月　まえだ・むつき
夏の思い出を思い出すこと
- ◇「人は死んだら電柱になる―電柱アンソロジー」遠すぎる未来団 2014 p354

前田河 廣一郎　まえだこう・ひろいちろう
(1888〜1957)

三等船客
- ◇「新装版 全集現代文学の発見 1」學藝書林 2002 p341

創作 大暴風雨時代
- ◇「新・プロレタリア文学精選集 4」ゆまに書房 2004 p1

前山 博茂　まえやま・ひろしげ
はよう寝んか明日が来るぞ
- ◇「「伊豆文学賞」優秀作品集 第14回」静岡新聞社 2011 p3

まえり
日曜とワンピース
- ◇「ゆれる―第12回フェリシモ文学賞作品集」フェリシモ 2009 p89

真魚子　まおこ
なんだ、そうか。
- ◇「てのひら怪談 癸巳」KADOKAWA 2013（MF文庫ダ・ヴィンチ）p46

籬 讒臓　まがき・ざんぞう
DRAIN
- ◇「時間怪談」廣済堂出版 1999（廣済堂文庫）p245

真壁 和子　まかべ・かずこ
筆とキーの序曲
- ◇「新鋭劇作集 series 14」日本劇団協議会 2003 p91

真壁 仁　まかべ・じん（1907〜1984）
べにばなの里
- ◇「山形県文学全集第2期（随筆・紀行編）5」郷土出版社 2005 p47

六十里越海道
- ◇「山形県文学全集第2期（随筆・紀行編）5」郷土出版社 2005 p37

真木 和泉　まき・いずみ
もう一度選ぶなら
- ◇「現代短編小説選―2005〜2009」日本民主主義文学会 2010 p161

牧 逸馬　まき・いつま（1900〜1935）
百日紅
- ◇「探偵小説の風景―トラフィック・コレクション 下」光文社 2009（光文社文庫）p95

助五郎余罪
- ◇「幻の探偵雑誌 2」光文社 2000（光文社文庫）p331

肉屋に化けた人鬼
- ◇「人肉嗜食」筑摩書房 2001（ちくま文庫）p195

白仙境
- ◇「白の怪」勉誠出版 2003（べんせいライブラリー）p1

ヤトラカン・サミ博士の椅子
- ◇「ひとりで夜読むな―新青年傑作選 怪奇編」角川書店 2001（角川ホラー文庫）p5

夜汽車
- ◇「幻の探偵雑誌 5」光文社 2001（光文社文庫）p153

槇 敏雄　まき・としお
テスト
- ◇「宇宙塵傑作選―日本SFの軌跡 1」出版芸術社 1997 p107

牧 洋　まき・ひろし
⇒李石薫（イ・ソックン）を見よ

マキ ヒロチ
10年目の告白
- ◇「あの街で二人は―seven love stories」新潮社 2014（新潮文庫）p143

麻城 ゆう　まき・ゆう
今日の出来事
- ◇「SFバカ本 たいやき編」ジャストシステム 1997 p191
- ◇「SFバカ本 たいやき篇プラス」廣済堂出版 1999（廣済堂文庫）p203

老人憐みの令
- ◇「リモコン変化」廣済堂出版 2000（廣済堂文庫）p169

牧 ゆうじ　まき・ゆうじ
思い出
- ◇「てのひら怪談―ビーケーワン怪談大賞傑作選 百怪繚乱篇」ポプラ社 2008 p176
- ◇「てのひら怪談―ビーケーワン怪談大賞傑作選 己丑」ポプラ社 2009（ポプラ文庫）p130

灯台
- ◇「てのひら怪談―ビーケーワン怪談大賞傑作選 2」ポプラ社 2007 p48

真木 由紹　まき・よしつぐ
唾棄しめる
- ◇「太宰治賞 2012」筑摩書房 2012 p61

蒔田 淳一　まきた・じゅんいち
釣聖
- ◇「「伊豆文学賞」優秀作品集 第11回」静岡新聞社 2008 p3

蒔田 敏雄　まきた・としお
とらねこ大河（たいが）
- ◇「小学校・全員参加の楽しい学級劇・学年劇脚本集

中学年」黎明書房 2006 p54

蒔田 俊史　まきた・としふみ

キミと風
◇「Sports stories」埼玉県さいたま市 2010（さいたま市スポーツ文学賞受賞作品集）p83

牧南 恭子　まきなみ・やすこ

あいつ
◇「恐怖館」青樹社 1999（青樹社文庫）p123

向日葵―夏よ、あなたを抱きしめるため、わたしはできるだけ大きくなろうとする。
◇「変化―書下ろしホラー・アンソロジー」PHP研究所 2000（PHP文庫）p107

牧野 修　まきの・おさむ（1958～）

或る芸人の記録
◇「SFバカ本 天然パラダイス篇」メディアファクトリー 2001 p109

いかにして夢を見るか
◇「夢魔」光文社 2001（光文社文庫）p333

いつか、僕は
◇「魔地図」光文社 2005（光文社文庫）p263

インキュバス言語
◇「エロティシズム12幻想」エニックス 2000 p5

ウエダチリコはへんな顔
◇「未来妖怪」光文社 2008（光文社文庫）p183

演歌の黙示録
◇「SFバカ本 ペンギン篇」廣済堂出版 1999（廣済堂文庫）p159

踊るバビロン
◇「SFバカ本 だるま篇」廣済堂出版 1999（廣済堂文庫）p231

おもひで女
◇「時間怪談」廣済堂出版 1999（廣済堂文庫）p371
◇「不思議の扉 時間がいっぱい」角川書店 2010（角川文庫）p67

俺たちに明日はないかもね―でも生きるけど
◇「物語のルミナリエ」光文社 2011（光文社文庫）p223

怪物癖
◇「変化―書下ろしホラー・アンソロジー」PHP研究所 2000（PHP文庫）p263

斯くしてコワイモノシラズは誕生する
◇「恐怖症」光文社 2002（光文社文庫）p325

穢い國から
◇「怪獣文藝―パートカラー」メディアファクトリー 2013（〔幽BOOKS〕）p53

コドモポリス
◇「黒い遊園地」光文社 2004（光文社文庫）p333

サクリファイス先輩
◇「ひとにぎりの異形」光文社 2007（光文社文庫）p422

屍の懐剣
◇「秘神界 現代編」東京創元社 2002（創元推理文庫）p177

死者の日
◇「アート偏愛」光文社 2005（光文社文庫）p455

沈む子供
◇「怪物園」光文社 2009（光文社文庫）p413

終末のマコト
◇「ゆきどまり―ホラー・アンソロジー」祥伝社 2000（祥伝社文庫）p167

スキンダンスへの階梯
◇「マスカレード」光文社 2002（光文社文庫）p187

砂浜怪談
◇「稲生モノノケ大全 陽之巻」毎日新聞社 2005 p191

血を吸う掌編
◇「伯爵の血族―紅ノ章」光文社 2007（光文社文庫）p169

チチとクズの国
◇「坂木司リクエスト！ 和菓子のアンソロジー」光文社 2013 p77
◇「坂木司リクエスト！ 和菓子のアンソロジー」光文社 2014（光文社文庫）p79

虫文
◇「蚊―コレクション」メディアワークス 2002（電撃文庫）p123

罪と罰の機械
◇「侵略！」廣済堂出版 1998（廣済堂文庫）p49

電撃海女ゴーゴー作戦
◇「彗星パニック」廣済堂出版 2000（廣済堂文庫）p31

電獄仏法本線毒特急じぐり326号の殺人
◇「短篇ベストコレクション―現代の小説 2003」徳間書店 2003（徳間文庫）p373

伝説の男
◇「平成都市伝説」中央公論新社 2004（C NOVELS）p203

ドギィダギィ
◇「GOD」廣済堂出版 1999（廣済堂文庫）p427

ドキュメント・ロード
◇「紅と蒼の恐怖―ホラー・アンソロジー」祥伝社 2001（Non novel）p129

逃げゆく物語の話
◇「逃げゆく物語の話―ゼロ年代日本SFベスト集成 F」東京創元社 2010（創元SF文庫）p395

ハリガミ（水玉螢之丞）
◇「憑き者―全篇書下ろし傑作ホラーアンソロジー」アスキー 2000（A-novels）p189

ビッグX―揺るぎなき正義
◇「手塚治虫COVER エロス篇」徳間書店 2003（徳間デュアル文庫）p87

僕がもう死んでいるってことは内緒だよ―二年にわたりおいらの家は燃えている
◇「NOVA―書き下ろし日本SFコレクション 6」河出書房新社 2011（河出文庫）p337

魔王子の召喚
◇「グイン・サーガ・ワールド―グイン・サーガ続篇プロジェクト 7」早川書房 2013（ハヤカワ文庫

JA）p151
水のアルマスティ
◇「獣人」光文社 2003（光文社文庫）p471
めいどの仕事
◇「夏のグランドホテル」光文社 2003（光文社文庫）p603
メロディー・フィアー
◇「SFバカ本 宇宙チャーハン篇」メディアファクトリー 2000 p203
◇「笑劇―SFバカ本カタストロフィ集」小学館 2007（小学館文庫）p327
朦朧記
◇「妖怪変化―京極堂トリビュート」講談社 2007 p203
問題画家
◇「逆想コンチェルト―イラスト先行・競作小説アンソロジー 奏の2」徳間書店 2010 p222
山藤孝一の『笑っちゃだめヨ!!』
◇「喜劇綺劇」光文社 2009（光文社文庫）p475
夜明け、彼は妄想より来る
◇「帰還」光文社 2000（光文社文庫）p445
螺旋文書
◇「日本SF短編50 4」早川書房 2013（ハヤカワ文庫JA）p317
ランチュウの誕生
◇「進化論」光文社 2006（光文社文庫）p263
リアード武侠傳奇・伝―連載第1回
◇「グイン・サーガ・ワールド―グイン・サーガ続篇プロジェクト 1」早川書房 2011（ハヤカワ文庫JA）p139
リアード武侠傳奇・伝―連載第2回
◇「グイン・サーガ・ワールド―グイン・サーガ続篇プロジェクト 2」早川書房 2011（ハヤカワ文庫JA）p125
リアード武侠傳奇・伝―連載第3回
◇「グイン・サーガ・ワールド―グイン・サーガ続篇プロジェクト 3」早川書房 2011（ハヤカワ文庫JA）p141
リアード武侠傳奇・伝―最終回
◇「グイン・サーガ・ワールド―グイン・サーガ続篇プロジェクト 4」早川書房 2012（ハヤカワ文庫JA）p135
黎明コンビニ血祭り実話SP―戦え！ 対既知外生命体殲滅部隊ジューシーフルーツ!!
◇「NOVA―書き下ろし日本SFコレクション 1」河出書房新社 2009（河出文庫）p255
悪い客
◇「黄昏ホテル」小学館 2004 p255
ワルツ
◇「変身」廣済堂出版 1998（廣済堂文庫）p253

牧野 信一　まきの・しんいち（1896〜1936）
鬼涙村
◇「短編名作選―1925-1949 文士たちの時代」笠間書院 1999 p209

繰舟で往く家
◇「短篇礼讃―忘れかけた名品」筑摩書房 2006（ちくま文庫）p39
西瓜喰う人
◇「コレクション私小説の冒険 2」勉誠出版 2013 p185
ゼーロン
◇「新装版 全集現代文学の発見 2」學藝書林 2002 p119
◇「百年小説」ポプラ社 2008 p801
◇「日本近代短篇小説選 昭和篇1」岩波書店 2012（岩波文庫）p131
父を売る子
◇「私小説の生き方」アーツ・アンド・クラフツ 2009 p230
爪
◇「早稲田作家処女作集」講談社 2012（講談社文芸文庫）p115
風媒結婚
◇「小川洋子の偏愛短篇箱」河出書房新社 2009 p113
◇「小川洋子の偏愛短篇箱」河出書房新社 2012（河出文庫）p113
ラガド大学参観記
◇「おかしい話」筑摩書房 2010（ちくま文学の森）p435

牧野 すずらん　まきの・すずらん
アドバイス
◇「ショートショートの広場 11」講談社 2000（講談社文庫）p92

牧野 房　まきの・ふさ
桔梗咲く野を
◇「山形県文学全集第2期（随筆・紀行編）6」郷土出版社 2005 p223

牧港 篤三　まきみなと・とくぞう（1912〜2004）
村 その一・村 その二
◇「沖縄文学選―日本文学のエッジからの問い」勉誠出版 2003 p168

牧村 泉　まきむら・いずみ
ドールハウス
◇「ミステリア―女性作家アンソロジー」祥伝社 2003（祥伝社文庫）p131

万城目 学　まきめ・まなぶ（1976〜）
インタヴュー
◇「短篇ベストコレクション―現代の小説 2014」徳間書店 2014（徳間文庫）p403
永遠
◇「みんなの少年探偵団」ポプラ社 2014 p5
◇「みんなの少年探偵団」ポプラ社 2016（ポプラ文庫）p5
トシ＆シュン
◇「時の罠」文藝春秋 2014（文春文庫）p81
長持の恋
◇「不思議の扉 ありえない恋」角川書店 2011（角川

魔コごろし
　◇「スタートライン―始まりをめぐる19の物語」幻冬舎 2010（幻冬舎文庫）p197
夜明け前―注目の作家が明かす、作家のはじまり…
　◇「Fiction zero／narrative zero」講談社 2007 p039
ローマ風の休日
　◇「夏休み」KADOKAWA 2014（角川文庫）p145

間倉 巳堂　まくら・みどう
白髪汁
　◇「てのひら怪談―ビーケーワン怪談大賞傑作選 2」ポプラ社 2007 p52
　◇「てのひら怪談―ビーケーワン怪談大賞傑作選 己丑」ポプラ社 2009（ポプラ文庫）p48
道連れ柳
　◇「てのひら怪談―ビーケーワン怪談大賞傑作選 庚寅」ポプラ社 2010（ポプラ文庫）p128

魔子 鬼一　まこ・きいち
牟家殺人事件
　◇「「宝石」一九五〇―牟家殺人事件：探偵小説傑作集」光文社 2012（光文社文庫）p7
若鮎丸殺人事件
　◇「探偵小説の風景―トラフィック・コレクション 下」光文社 2009（光文社文庫）p317

まこと
おかんの涙
　◇「告白」ソフトバンククリエイティブ 2009 p267

政石 蒙　まさいし・もう（1923〜2009）
生きているような眼
　◇「ハンセン病文学全集 4」皓星社 2003 p614
海―わが歴程
　◇「ハンセン病文学全集 4」皓星社 2003 p624
帰郷まで
　◇「ハンセン病文学全集 4」皓星社 2003 p618
逃げない小鳥
　◇「ハンセン病文学全集 4」皓星社 2003 p602
花までの距離
　◇「ハンセン病文学全集 4」皓星社 2003 p599
　◇「ハンセン病文学全集 8」皓星社 2006 p332
遥かなれども
　◇「ハンセン病文学全集 8」皓星社 2006 p493
駱駝
　◇「ハンセン病文学全集 4」皓星社 2003 p610
寮父の手帖
　◇「ハンセン病文学全集 4」皓星社 2003 p605

正岡 子規　まさおか・しき（1867〜1902）
愛身、愛郷
　◇「新日本古典文学大系 明治編 27」岩波書店 2003 p47
愛友
　◇「新日本古典文学大系 明治編 27」岩波書店 2003 p125
赤
　◇「文豪怪談傑作選 明治編」筑摩書房 2011（ちくま文庫）p13
朝皃（あさがほ）
　◇「新日本古典文学大系 明治編 27」岩波書店 2003 p46
朝大尽夕書生
　◇「新日本古典文学大系 明治編 27」岩波書店 2003 p138
足のしびれぬ法
　◇「新日本古典文学大系 明治編 27」岩波書店 2003 p340
暗黒
　◇「新日本古典文学大系 明治編 27」岩波書店 2003 p16
ゐざり車
　◇「明治の文学 20」筑摩書房 2001 p85
一学科の区域
　◇「新日本古典文学大系 明治編 27」岩波書店 2003 p153
一九（いっく）の迷惑
　◇「新日本古典文学大系 明治編 27」岩波書店 2003 p180
一天
　◇「新日本古典文学大系 明治編 27」岩波書店 2003 p19
遺伝
　◇「新日本古典文学大系 明治編 27」岩波書店 2003 p237
　◇「新日本古典文学大系 明治編 27」岩波書店 2003 p277
犬
　◇「文豪怪談傑作選 明治編」筑摩書房 2011（ちくま文庫）p29
妹と背鏡
　◇「新日本古典文学大系 明治編 27」岩波書店 2003 p98
歌よみに与うる書
　◇「ちくま日本文学 40」筑摩書房 2009（ちくま文庫）p324
英雄と馬鹿
　◇「新日本古典文学大系 明治編 27」岩波書店 2003 p18
英和小説家
　◇「新日本古典文学大系 明治編 27」岩波書店 2003 p58
演説
　◇「新日本古典文学大系 明治編 27」岩波書店 2003 p343
演説会第二
　◇「新日本古典文学大系 明治編 27」岩波書店 2003 p400
演説の効能
　◇「新日本古典文学大系 明治編 27」岩波書店 2003

まさお

円朝の話
◇『新日本古典文学大系 明治編 27』岩波書店 2003 p103

横着
◇『新日本古典文学大系 明治編 27』岩波書店 2003 p19

大三十日の借金始末
◇『新日本古典文学大系 明治編 27』岩波書店 2003 p214

小川尚義氏より来簡
◇『新日本古典文学大系 明治編 27』岩波書店 2003 p385

百足(オサムシ)の歩行法
◇『新日本古典文学大系 明治編 27』岩波書店 2003 p34

可恐者
◇『新日本古典文学大系 明治編 27』岩波書店 2003 p46

己レノ顔
◇『新日本古典文学大系 明治編 27』岩波書店 2003 p30

お百度第十
◇『新日本古典文学大系 明治編 27』岩波書店 2003 p414

お百度参り
◇『新日本古典文学大系 明治編 27』岩波書店 2003 p376

お百度参り第五
◇『新日本古典文学大系 明治編 27』岩波書店 2003 p381

お百度参り第七
◇『新日本古典文学大系 明治編 27』岩波書店 2003 p400

学問の深浅
◇『新日本古典文学大系 明治編 27』岩波書店 2003 p20

かけはしの記
◇『明治の文学 20』筑摩書房 2001 p34

雅号
◇『新日本古典文学大系 明治編 27』岩波書店 2003 p367

片腹いたい
◇『新日本古典文学大系 明治編 27』岩波書店 2003 p395

歌舞伎座
◇『新日本古典文学大系 明治編 27』岩波書店 2003 p219

過不及
◇『新日本古典文学大系 明治編 27』岩波書店 2003 p30

鎌倉行
◇『新日本古典文学大系 明治編 27』岩波書店 2003 p58

関係
◇『新日本古典文学大系 明治編 27』岩波書店 2003 p33

漢字の構造
◇『新日本古典文学大系 明治編 27』岩波書店 2003 p54

漢字ノ利害
◇『新日本古典文学大系 明治編 27』岩波書店 2003 p88

雁翎の連歌第二
◇『新日本古典文学大系 明治編 27』岩波書店 2003 p415

器械的人間
◇『新日本古典文学大系 明治編 27』岩波書店 2003 p107

帰化外国語
◇『新日本古典文学大系 明治編 27』岩波書店 2003 p155

帰郷中目撃事件
◇『新日本古典文学大系 明治編 27』岩波書店 2003 p101

木屑録
◇『新日本古典文学大系 明治編 27』岩波書店 2003 p135

きたないことを奇麗にいふ法
◇『新日本古典文学大系 明治編 27』岩波書店 2003 p195

君ニハ大責任ガアル。率先シテ村ヲ開イテイケ〉長塚節
◇『日本人の手紙 3』リブリオ出版 2004 p100

齣引八卦
◇『新日本古典文学大系 明治編 27』岩波書店 2003 p64

求心力
◇『新日本古典文学大系 明治編 27』岩波書店 2003 p20

九たび歌よみに与うる書
◇『ちくま日本文学 40』筑摩書房 2009（ちくま文庫）p356

挙一隅反之
◇『新日本古典文学大系 明治編 27』岩波書店 2003 p22

仰臥漫録一二
◇『たんときれいに召し上がれ—美食文学精選』芸術新聞社 2015 p469

空間
◇『新日本古典文学大系 明治編 27』岩波書店 2003 p15

空気を抽象して
◇『新日本古典文学大系 明治編 27』岩波書店 2003 p16

偶然
◇『新日本古典文学大系 明治編 27』岩波書店 2003 p56

九月十四日 曇―『仰臥漫録』より
◇『超短編アンソロジー』筑摩書房 2002（ちくま文

九月十四日の朝
　◇「明治の文学 20」筑摩書房 2001 p146
　◇「ちくま日本文学 40」筑摩書房 2009（ちくま文庫）p119
くだもの
　◇「ちくま日本文学 40」筑摩書房 2009（ちくま文庫）p99
　◇「文人御馳走帖」新潮社 2014（新潮文庫）p69
熊手と提灯
　◇「明治の文学 20」筑摩書房 2001 p97
　◇「ちくま日本文学 40」筑摩書房 2009（ちくま文庫）p52
雲の日記
　◇「ちくま日本文学 40」筑摩書房 2009（ちくま文庫）p43
苦楽太(くらた)氏の手簡
　◇「新日本古典文学大系 明治編 27」岩波書店 2003 p299
車を無難に顛覆せしむる法
　◇「新日本古典文学大系 明治編 27」岩波書店 2003 p31
クヮ
　◇「新日本古典文学大系 明治編 27」岩波書店 2003 p242
芸道
　◇「新日本古典文学大系 明治編 27」岩波書店 2003 p352
下宿がへ
　◇「新日本古典文学大系 明治編 27」岩波書店 2003 p84
言語と人気、気候
　◇「新日本古典文学大系 明治編 27」岩波書店 2003 p46
言語の一致
　◇「新日本古典文学大系 明治編 27」岩波書店 2003 p34
言語の変遷
　◇「新日本古典文学大系 明治編 27」岩波書店 2003 p258
言志会第四会
　◇「新日本古典文学大系 明治編 27」岩波書店 2003 p410
玄祖父
　◇「新日本古典文学大系 明治編 27」岩波書店 2003 p172
謙遜
　◇「新日本古典文学大系 明治編 27」岩波書店 2003 p82
見聞以外
　◇「新日本古典文学大系 明治編 27」岩波書店 2003 p83
言文一致第二
　◇「新日本古典文学大系 明治編 27」岩波書店 2003 p205
言文一致の利害
　◇「新日本古典文学大系 明治編 27」岩波書店 2003 p165
行軍
　◇「新日本古典文学大系 明治編 27」岩波書店 2003 p203
交際
　◇「新日本古典文学大系 明治編 27」岩波書店 2003 p130
高鼻の利害
　◇「新日本古典文学大系 明治編 27」岩波書店 2003 p246
故郷の雁がね
　◇「新日本古典文学大系 明治編 27」岩波書店 2003 p378
故郷の暖気
　◇「新日本古典文学大系 明治編 27」岩波書店 2003 p298
五たび歌よみに与うる書
　◇「ちくま日本文学 40」筑摩書房 2009（ちくま文庫）p340
碁と将棊
　◇「新日本古典文学大系 明治編 27」岩波書店 2003 p56
子供の教育
　◇「新日本古典文学大系 明治編 27」岩波書店 2003 p363
古白の通信
　◇「新日本古典文学大系 明治編 27」岩波書店 2003 p262
五友の離散
　◇「新日本古典文学大系 明治編 27」岩波書店 2003 p235
碁論
　◇「新日本古典文学大系 明治編 27」岩波書店 2003 p92
婚姻
　◇「新日本古典文学大系 明治編 27」岩波書店 2003 p36
酒
　◇「明治の文学 20」筑摩書房 2001 p84
　◇「ちくま日本文学 40」筑摩書房 2009（ちくま文庫）p51
　◇「文人御馳走帖」新潮社 2014（新潮文庫）p57
悟り
　◇「新日本古典文学大系 明治編 27」岩波書店 2003 p403
三光日月星
　◇「新日本古典文学大系 明治編 27」岩波書店 2003 p231
字余りの和歌俳句
　◇「明治の文学 20」筑摩書房 2001 p250
詩歌舞踏
　◇「新日本古典文学大系 明治編 27」岩波書店 2003 p36

子規子
◇「明治の文学 20」筑摩書房 2001 p4
地口
◇「新日本古典文学大系 明治編 27」岩波書店 2003 p197
詩句の見立
◇「新日本古典文学大系 明治編 27」岩波書店 2003 p338
試験のずる
◇「新日本古典文学大系 明治編 27」岩波書店 2003 p356
試験の点数
◇「新日本古典文学大系 明治編 27」岩波書店 2003 p170
死後
◇「明治の文学 20」筑摩書房 2001 p132
◇「ちくま日本文学 40」筑摩書房 2009（ちくま文庫）p85
◇「文豪怪談傑作選 明治編」筑摩書房 2011（ちくま文庫）p31
地震に火の用心
◇「新日本古典文学大系 明治編 27」岩波書店 2003 p39
自炊（千代萩）
◇「新日本古典文学大系 明治編 27」岩波書店 2003 p110
七変人の離散
◇「新日本古典文学大系 明治編 27」岩波書店 2003 p236
自著
◇「新日本古典文学大系 明治編 27」岩波書店 2003 p87
室号
◇「新日本古典文学大系 明治編 27」岩波書店 2003 p232
支那語
◇「新日本古典文学大系 明治編 27」岩波書店 2003 p372
忍びの術
◇「新日本古典文学大系 明治編 27」岩波書店 2003 p134
芝居役割
◇「新日本古典文学大系 明治編 27」岩波書店 2003 p62
清水則遠氏
◇「新日本古典文学大系 明治編 27」岩波書店 2003 p312
清水則遠氏第二
◇「新日本古典文学大系 明治編 27」岩波書店 2003 p337
車上所見
◇「ちくま日本文学 40」筑摩書房 2009（ちくま文庫）p34
車上の春光
◇「明治の文学 20」筑摩書房 2001 p118

車夫のすゝめぬ方
◇「新日本古典文学大系 明治編 27」岩波書店 2003 p114
洒落の極意
◇「新日本古典文学大系 明治編 27」岩波書店 2003 p394
習字
◇「新日本古典文学大系 明治編 27」岩波書店 2003 p19
修飾
◇「新日本古典文学大系 明治編 27」岩波書店 2003 p137
十たび歌よみに与うる書
◇「ちくま日本文学 40」筑摩書房 2009（ちくま文庫）p360
姑の有無
◇「新日本古典文学大系 明治編 27」岩波書店 2003 p366
十二円の外套
◇「新日本古典文学大系 明治編 27」岩波書店 2003 p143
十二月帰省
◇「新日本古典文学大系 明治編 27」岩波書店 2003 p234
十年の宰相
◇「新日本古典文学大系 明治編 27」岩波書店 2003 p23
主客
◇「新日本古典文学大系 明治編 27」岩波書店 2003 p20
春水の文
◇「新日本古典文学大系 明治編 27」岩波書店 2003 p300
小園の記
◇「ちくま日本文学 40」筑摩書房 2009（ちくま文庫）p27
上京紀行
◇「新日本古典文学大系 明治編 27」岩波書店 2003 p301
小説の嗜好
◇「新日本古典文学大系 明治編 27」岩波書店 2003 p95
小説の文体
◇「新日本古典文学大系 明治編 27」岩波書店 2003 p342
少尊老卑
◇「新日本古典文学大系 明治編 27」岩波書店 2003 p145
勝田（しょうだ）氏手状
◇「新日本古典文学大系 明治編 27」岩波書店 2003 p284
松蘿玉液（抄）
◇「ちくま日本文学 40」筑摩書房 2009（ちくま文庫）p123
女子の教育

まさお

◇「新日本古典文学大系 明治編 27」岩波書店 2003 p365

書生気質人物割付
◇「新日本古典文学大系 明治編 27」岩波書店 2003 p340

書生臭気、三区の比較
◇「新日本古典文学大系 明治編 27」岩波書店 2003 p146

書目十種
◇「新日本古典文学大系 明治編 27」岩波書店 2003 p82

女流の発句
◇「新日本古典文学大系 明治編 27」岩波書店 2003 p357

尻馬
◇「新日本古典文学大系 明治編 27」岩波書店 2003 p151

身心
◇「新日本古典文学大系 明治編 27」岩波書店 2003 p15

新年雑記
◇「明治の文学 20」筑摩書房 2001 p108

人物評論
◇「新日本古典文学大系 明治編 27」岩波書店 2003 p133

随筆の文章
◇「新日本古典文学大系 明治編 27」岩波書店 2003 p98

図引
◇「新日本古典文学大系 明治編 27」岩波書店 2003 p324

数字のしやれ
◇「新日本古典文学大系 明治編 27」岩波書店 2003 p390

静渓先生の手簡
◇「新日本古典文学大系 明治編 27」岩波書店 2003 p269

生徒の尊称
◇「新日本古典文学大系 明治編 27」岩波書店 2003 p134

政略の神
◇「新日本古典文学大系 明治編 27」岩波書店 2003 p378

世界と日本、日本と四国
◇「新日本古典文学大系 明治編 27」岩波書店 2003 p45

是空子
◇「新日本古典文学大系 明治編 27」岩波書店 2003 p132

仙湖の手簡
◇「新日本古典文学大系 明治編 27」岩波書店 2003 p277

仙人的思想
◇「新日本古典文学大系 明治編 27」岩波書店 2003 p12

漱石の書簡
◇「新日本古典文学大系 明治編 27」岩波書店 2003 p278

漱石の書簡第二 附余の返事
◇「新日本古典文学大系 明治編 27」岩波書店 2003 p285

曾祖父
◇「新日本古典文学大系 明治編 27」岩波書店 2003 p172

ゾラと春水
◇「新日本古典文学大系 明治編 27」岩波書店 2003 p99

退化
◇「新日本古典文学大系 明治編 27」岩波書店 2003 p54

太閤
◇「新日本古典文学大系 明治編 27」岩波書店 2003 p21

大小
◇「新日本古典文学大系 明治編 27」岩波書店 2003 p35

蕈狩
◇「きのこ文学名作選」港の人 2010 p257

タチツテト
◇「新日本古典文学大系 明治編 27」岩波書店 2003 p217

多病才子
◇「新日本古典文学大系 明治編 27」岩波書店 2003 p184

短歌
◇「ちくま日本文学 40」筑摩書房 2009（ちくま文庫）p434

探偵
◇「新日本古典文学大系 明治編 27」岩波書店 2003 p386

探幽の失敗
◇「新日本古典文学大系 明治編 27」岩波書店 2003 p164

力、物ほしをぬく
◇「新日本古典文学大系 明治編 27」岩波書店 2003 p373

智仁勇
◇「新日本古典文学大系 明治編 27」岩波書店 2003 p410

地図的観念と絵画的観念
◇「明治の文学 20」筑摩書房 2001 p244

父
◇「新日本古典文学大系 明治編 27」岩波書店 2003 p173

地方の風俗人情
◇「新日本古典文学大系 明治編 27」岩波書店 2003 p161

茶の湯
◇「新日本古典文学大系 明治編 27」岩波書店 2003 p364

忠臣蔵役割
　◇「新日本古典文学大系 明治編 27」岩波書店 2003 p78

蝶
　◇「ちくま日本文学 40」筑摩書房 2009（ちくま文庫）p47
　◇「いきものがたり」双文社出版 2013 p7

枕上の山水
　◇「新日本古典文学大系 明治編 27」岩波書店 2003 p186

対句
　◇「新日本古典文学大系 明治編 27」岩波書店 2003 p232

月夜に釜ぬく
　◇「新日本古典文学大系 明治編 27」岩波書店 2003 p372

出合ノ津を渡りて
　◇「新日本古典文学大系 明治編 27」岩波書店 2003 p105

啼血始末
　◇「明治の文学 20」筑摩書房 2001 p7

啼血始末序
　◇「明治の文学 20」筑摩書房 2001 p6

哲学の発足
　◇「新日本古典文学大系 明治編 27」岩波書店 2003 p41

手習の時代
　◇「新日本古典文学大系 明治編 27」岩波書店 2003 p362

塡字
　◇「新日本古典文学大系 明治編 27」岩波書店 2003 p210

天爵ト人爵
　◇「新日本古典文学大系 明治編 27」岩波書店 2003 p374

点数表
　◇「新日本古典文学大系 明治編 27」岩波書店 2003 p59

諂諛（てんゆ）
　◇「新日本古典文学大系 明治編 27」岩波書店 2003 p22

同音借用
　◇「新日本古典文学大系 明治編 27」岩波書店 2003 p104

東海
　◇「新日本古典文学大系 明治編 27」岩波書店 2003 p16

東京へ初旅
　◇「新日本古典文学大系 明治編 27」岩波書店 2003 p11

当惜分陰
　◇「新日本古典文学大系 明治編 27」岩波書店 2003 p128

道中の佳景
　◇「新日本古典文学大系 明治編 27」岩波書店 2003 p221

道中の雪
　◇「新日本古典文学大系 明治編 27」岩波書店 2003 p310

道徳の標準
　◇「新日本古典文学大系 明治編 27」岩波書店 2003 p181

東都ノ四時
　◇「新日本古典文学大系 明治編 27」岩波書店 2003 p17

童謡
　◇「新日本古典文学大系 明治編 27」岩波書店 2003 p177

常盤の芸くらべ
　◇「新日本古典文学大系 明治編 27」岩波書店 2003 p200

読書弁
　◇「明治の文学 20」筑摩書房 2001 p23

読書弁自序
　◇「明治の文学 20」筑摩書房 2001 p23

豊島氏手簡
　◇「新日本古典文学大系 明治編 27」岩波書店 2003 p275

謎句
　◇「新日本古典文学大系 明治編 27」岩波書店 2003 p343

夏の夜の音
　◇「ちくま日本文学 40」筑摩書房 2009（ちくま文庫）p17

七たび歌よみに与うる書
　◇「ちくま日本文学 40」筑摩書房 2009（ちくま文庫）p348

南塘先生の手書
　◇「新日本古典文学大系 明治編 27」岩波書店 2003 p273

二銭又は無銭にて書きとめ郵便を出す法
　◇「新日本古典文学大系 明治編 27」岩波書店 2003 p421

二幅対
　◇「新日本古典文学大系 明治編 27」岩波書店 2003 p110

日本語
　◇「新日本古典文学大系 明治編 27」岩波書店 2003 p22

日本語ノ利害
　◇「新日本古典文学大系 明治編 27」岩波書店 2003 p90

日本の小説
　◇「新日本古典文学大系 明治編 27」岩波書店 2003 p148

日本の人代名詞
　◇「新日本古典文学大系 明治編 27」岩波書店 2003 p139

人相学
　◇「新日本古典文学大系 明治編 27」岩波書店 2003

盗に大小あり美醜あり
◇「新日本古典文学大系 明治編 27」岩波書店 2003 p392

根岸草廬記事
◇「明治の文学 20」筑摩書房 2001 p93

眠起
◇「新日本古典文学大系 明治編 27」岩波書店 2003 p20

のぼせぬ法
◇「新日本古典文学大系 明治編 27」岩波書店 2003 p206

俳諧大要
◇「明治の文学 20」筑摩書房 2001 p261

俳諧と武事
◇「明治の文学 20」筑摩書房 2001 p253

俳諧一口話
◇「明治の文学 20」筑摩書房 2001 p207

俳句
◇「月のものがたり」ソフトバンククリエイティブ 2006 p138
◇「ちくま日本文学 40」筑摩書房 2009（ちくま文庫）p450

俳句と俳諧
◇「新日本古典文学大系 明治編 27」岩波書店 2003 p100

俳句問答
◇「ちくま日本文学 40」筑摩書房 2009（ちくま文庫）p365

俳人蕪村
◇「明治の文学 20」筑摩書房 2001 p343

墓
◇「文豪怪談傑作選 明治編」筑摩書房 2011（ちくま文庫）p16

博言学
◇「新日本古典文学大系 明治編 27」岩波書店 2003 p169

麦緑菜黄
◇「新日本古典文学大系 明治編 27」岩波書店 2003 p298

芭蕉翁の一鷩
◇「明治の文学 20」筑摩書房 2001 p150

芭蕉雑談
◇「明治の文学 20」筑摩書房 2001 p153

趣り帳
◇「新日本古典文学大系 明治編 27」岩波書店 2003 p10

八たび歌よみに与うる書
◇「ちくま日本文学 40」筑摩書房 2009（ちくま文庫）p352

八犬伝
◇「新日本古典文学大系 明治編 27」岩波書店 2003 p28

八犬伝第二
◇「新日本古典文学大系 明治編 27」岩波書店 2003 p65

八犬伝第三
◇「新日本古典文学大系 明治編 27」岩波書店 2003 p80

初夢
◇「明治の文学 20」筑摩書房 2001 p124

はて知らずの記
◇「明治の文学 20」筑摩書房 2001 p46
◇「山形県文学全集第2期(随筆・紀行編) 1」郷土出版社 2005 p42

話しずき
◇「新日本古典文学大系 明治編 27」岩波書店 2003 p125

春廼舎(はるのや)氏
◇「新日本古典文学大系 明治編 27」岩波書店 2003 p96

繁華
◇「新日本古典文学大系 明治編 27」岩波書店 2003 p106

蟠松への返書
◇「新日本古典文学大系 明治編 27」岩波書店 2003 p297

蟠松氏よりの来簡
◇「新日本古典文学大系 明治編 27」岩波書店 2003 p260

半生の喜悲
◇「新日本古典文学大系 明治編 27」岩波書店 2003 p49

煩悶
◇「明治の文学 20」筑摩書房 2001 p143
◇「ちくま日本文学 40」筑摩書房 2009（ちくま文庫）p115

比較
◇「新日本古典文学大系 明治編 27」岩波書店 2003 p22

比較譬喩的詩歌
◇「新日本古典文学大系 明治編 27」岩波書店 2003 p187

批圏
◇「新日本古典文学大系 明治編 27」岩波書店 2003 p88

美人の笑顔
◇「新日本古典文学大系 明治編 27」岩波書店 2003 p345

美人の出生地
◇「新日本古典文学大系 明治編 27」岩波書店 2003 p176

一口話し
◇「新日本古典文学大系 明治編 27」岩波書店 2003 p382

緋ノ蕪
◇「新日本古典文学大系 明治編 27」岩波書店 2003 p370

非凡氏手翰

譬喩活喩
◇「新日本古典文学大系 明治編 27」岩波書店 2003 p270

譬喩活喩
◇「新日本古典文学大系 明治編 27」岩波書店 2003 p14

病気見舞
◇「新日本古典文学大系 明治編 27」岩波書店 2003 p222

病牀六尺（抄）
◇「ちくま日本文学 40」筑摩書房 2009（ちくま文庫）p222

瓢簞
◇「新日本古典文学大系 明治編 27」岩波書店 2003 p21

藤野叔手状
◇「新日本古典文学大系 明治編 27」岩波書店 2003 p284

扶桑名媛
◇「新日本古典文学大系 明治編 27」岩波書店 2003 p206

蕪村寺再建縁起
◇「文豪怪談傑作選 明治編」筑摩書房 2011（ちくま文庫）p43

再び歌よみに与うる書
◇「ちくま日本文学 40」筑摩書房 2009（ちくま文庫）p328

降ってくる声
◇「ひらく―第15回フェリシモ文学賞」フェリシモ 2012 p136

筆まか勢 第一編
◇「新日本古典文学大系 明治編 27」岩波書店 2003 p3

筆任勢 第二編
◇「新日本古典文学大系 明治編 27」岩波書店 2003 p247

古池の吟
◇「新日本古典文学大系 明治編 27」岩波書店 2003 p108

古池の句の弁
◇「ちくま日本文学 40」筑摩書房 2009（ちくま文庫）p398

文章の繁簡
◇「新日本古典文学大系 明治編 27」岩波書店 2003 p152

文明の極度
◇「新日本古典文学大系 明治編 27」岩波書店 2003 p14

下手の長談義
◇「新日本古典文学大系 明治編 27」岩波書店 2003 p346

法医工文理の順序
◇「新日本古典文学大系 明治編 27」岩波書店 2003 p71

放歌
◇「新日本古典文学大系 明治編 27」岩波書店 2003 p49

方言
◇「新日本古典文学大系 明治編 27」岩波書店 2003 p200

方言第二
◇「新日本古典文学大系 明治編 27」岩波書店 2003 p203

褒貶
◇「新日本古典文学大系 明治編 27」岩波書店 2003 p371

亡友山寺梅龕
◇「明治の文学 20」筑摩書房 2001 p239

墨汁一滴（抄）
◇「ちくま日本文学 40」筑摩書房 2009（ちくま文庫）p156

僕ハモーダメニナッテシマッタ＞夏目漱石
◇「日本人の手紙 2」リブリオ出版 2004 p84

細井氏手紙
◇「新日本古典文学大系 明治編 27」岩波書店 2003 p274

賄征伐
◇「新日本古典文学大系 明治編 27」岩波書店 2003 p324

正岡易占
◇「新日本古典文学大系 明治編 27」岩波書店 2003 p379

松山会
◇「新日本古典文学大系 明治編 27」岩波書店 2003 p223

松山の雁
◇「新日本古典文学大系 明治編 27」岩波書店 2003 p418

豆と山
◇「新日本古典文学大系 明治編 27」岩波書店 2003 p16

曼珠沙華
◇「被差別文学全集」河出書房新社 2016（河出文庫）p11

右手左手
◇「新日本古典文学大系 明治編 27」岩波書店 2003 p30

三たび歌よみに与うる書
◇「ちくま日本文学 40」筑摩書房 2009（ちくま文庫）p332

三ツ子の魂百まで
◇「新日本古典文学大系 明治編 27」岩波書店 2003 p246

三並氏手翰
◇「新日本古典文学大系 明治編 27」岩波書店 2003 p270

昔まつこ
◇「新日本古典文学大系 明治編 27」岩波書店 2003 p196

夢醒
◇「新日本古典文学大系 明治編 27」岩波書店 2003

まさお

夢中ノ詩
◇「新日本古典文学大系 明治編 27」岩波書店 2003 p10
明治三十三年十月十五日記事
◇「ちくま日本文学 40」筑摩書房 2009（ちくま文庫）p64
名実
◇「新日本古典文学大系 明治編 27」岩波書店 2003 p106
明治二十三年初春の祝猿
◇「新日本古典文学大系 明治編 27」岩波書店 2003 p254
飯待つ間
◇「明治の文学 20」筑摩書房 2001 p90
◇「ちくま日本文学 40」筑摩書房 2009（ちくま文庫）p22
毛髪髭鬚
◇「新日本古典文学大系 明治編 27」岩波書店 2003 p390
柳生流の書類
◇「新日本古典文学大系 明治編 27」岩波書店 2003 p312
役不足
◇「新日本古典文学大系 明治編 27」岩波書店 2003 p183
弥次喜多
◇「新日本古典文学大系 明治編 27」岩波書店 2003 p24
宿屋の改良
◇「新日本古典文学大系 明治編 27」岩波書店 2003 p409
病
◇「明治の文学 20」筑摩書房 2001 p102
◇「ちくま日本文学 40」筑摩書房 2009（ちくま文庫）p9
闇汁図解
◇「文人御馳走帖」新潮社 2014（新潮文庫）p64
愉快
◇「新日本古典文学大系 明治編 27」岩波書店 2003 p37
柚味噌会
◇「文人御馳走帖」新潮社 2014（新潮文庫）p59
夢
◇「新日本古典文学大系 明治編 27」岩波書店 2003 p17
◇「ちくま日本文学 40」筑摩書房 2009（ちくま文庫）p46
◇「文豪怪談傑作選 明治編」筑摩書房 2011（ちくま文庫）p12
夢ト
◇「新日本古典文学大系 明治編 27」岩波書店 2003 p19
夢の国
◇「新日本古典文学大系 明治編 27」岩波書店 2003 p18
◇「文豪怪談傑作選 明治編」筑摩書房 2011（ちくま文庫）p12
夢の場所
◇「新日本古典文学大系 明治編 27」岩波書店 2003 p233
夢不絶
◇「新日本古典文学大系 明治編 27」岩波書店 2003 p48
余
◇「新日本古典文学大系 明治編 27」岩波書店 2003 p175
妖怪談
◇「新日本古典文学大系 明治編 27」岩波書店 2003 p15
◇「文豪怪談傑作選 明治編」筑摩書房 2011（ちくま文庫）p11
寄席
◇「新日本古典文学大系 明治編 27」岩波書店 2003 p31
四たび歌よみに与うる書
◇「ちくま日本文学 40」筑摩書房 2009（ちくま文庫）p336
落語家遺漏
◇「新日本古典文学大系 明治編 27」岩波書店 2003 p185
落語連相撲
◇「新日本古典文学大系 明治編 27」岩波書店 2003 p114
羅丁語（らてんご）と日本語
◇「新日本古典文学大系 明治編 27」岩波書店 2003 p85
ランプの影
◇「明治の文学 20」筑摩書房 2001 p114
◇「ちくま日本文学 40」筑摩書房 2009（ちくま文庫）p59
「らん」と「らし」
◇「新日本古典文学大系 明治編 27」岩波書店 2003 p396
ランプの影
◇「文豪怪談傑作選 明治編」筑摩書房 2011（ちくま文庫）p25
流行歌
◇「新日本古典文学大系 明治編 27」岩波書店 2003 p74
歴史の教授法
◇「新日本古典文学大系 明治編 27」岩波書店 2003 p86
連歌
◇「新日本古典文学大系 明治編 27」岩波書店 2003 p385
錬卿の書簡
◇「新日本古典文学大系 明治編 27」岩波書店 2003 p266
六たび歌よみに与うる書
◇「ちくま日本文学 40」筑摩書房 2009（ちくま文庫）p344

我身、、、、、、ハテ、我身
　◇『新日本古典文学大系 明治編 27』岩波書店 2003 p135
Base—Ball
　◇『新日本古典文学大系 明治編 27』岩波書店 2003 p52
over—fence
　◇『新日本古典文学大系 明治編 27』岩波書店 2003 p50

正木 香子　まさき・きょうす
スノウ
　◇『ゆきのまち幻想文学賞小品集 7』NTTメディアスコープ 1997 p177

正木 ジュリ　まさき・じゅり
納得しました
　◇『ショートショートの花束 5』講談社 2013（講談社文庫）p43

正木 俊行　まさき・としゆき
名人傳
　◇『つながり―フェリシモしあわせショートショート』フェリシモ 1999 p132

正気 不女給　まさき・ふじょきゅう
連作怪奇探偵小説 木乃伊の口紅（臍皮乱舞／大舌宇奈兒／無理下大損）
　◇『日本統治期台湾文学集成 21』緑蔭書房 2007 p103

真樹 操　まさき・みさお（1949〜）
屈原鎮魂
　◇『異色中国短篇傑作大全』講談社 1997 p349

優友　まさとも
逆上がり
　◇『ショートショートの花束 6』講談社 2014（講談社文庫）p222
日本分の一
　◇『ショートショートの花束 7』講談社 2015（講談社文庫）p38

正宗 白鳥　まさむね・はくちょう（1879〜1962）
今年の秋
　◇『戦後短篇小説再発見 5』講談社 2001（講談社文芸文庫）p9
今年の春
　◇『私小説の生き方』アーツ・アンド・クラフツ 2009 p243
死者生者
　◇『百年小説』ポプラ社 2008 p357
所感
　◇『創刊一〇〇年三田文学名作選』三田文学会 2010 p658
塵埃
　◇『文学で考える〈仕事〉の百年』双文社出版 2010 p42
　◇『日本近代短篇小説選 明治篇2』岩波書店 2013（岩波文庫）p59
　◇『文学で考える〈仕事〉の百年』翰林書房 2016 p42
寂寞
　◇『早稲田作家処女作集』講談社 2012（講談社文芸文庫）p17
戦災者の悲しみ
　◇『私小説名作選 上』講談社 2012（講談社文芸文庫）p80
狸の腹鼓
　◇『戦後短篇小説再発見 15』講談社 2003（講談社文芸文庫）p44
何処へ
　◇『明治の文学 24』筑摩書房 2001 p128
泥人形
　◇『明治の文学 24』筑摩書房 2001 p219
本能寺の信長
　◇『歴史小説の世紀 天の巻』新潮社 2000（新潮文庫）p9

正本 壽美　まさもと・すみ
新幹線
　◇『てのひら怪談―ビーケーワン怪談大賞傑作選』ポプラ社 2007 p160
　◇『てのひら怪談―ビーケーワン怪談大賞傑作選』ポプラ社 2008（ポプラ文庫）p166

真境名 安興　まじきな・あんこう
〈琉歌〉
　◇『沖縄文学選―日本文学のエッジからの問い』勉誠出版 2003 p65

増登 春行　ましと・はるゆき
興国寺城遺聞―康景出奔
　◇『「伊豆文学賞」優秀作品集 第17回』羽衣出版 2014 p155

間嶋 稔　まじま・みのる（1930〜）
海鳴りの丘
　◇『日本海文学大賞―大賞作品集 1』日本海文学大賞運営委員会 2007 p117

真下 五一　ましも・ごいち（1906〜1979）
暖簾
　◇『京都府文学全集第1期(小説編) 2』郷土出版社 2005 p160
仏間会議
　◇『京都府文学全集第1期(小説編) 2』郷土出版社 2005 p213

真下 光一　ましも・こういち
運のいい人
　◇『ショートショートの広場 15』講談社 2004（講談社文庫）p143
恩と仇
　◇『ショートショートの花束 1』講談社 2009（講談社文庫）p260
切り札
　◇『ショートショートの花束 1』講談社 2009（講談社文庫）p100
損をしない自動販売機

◇「ショートショートの花束 4」講談社 2012（講談社文庫）p150
能力
◇「ショートショートの広場 20」講談社 2008（講談社文庫）p60

真下 飛泉　ましも・ひせん（1878〜1926）
額の玉
◇「京都府文学全集第1期(小説編) 1」郷土出版社 2005 p11

真城 昭　ましろ・あきら
壁
◇「宇宙塵傑作選―日本SFの軌跡 2」出版芸術社 1997 p113
砂漠の幽霊船
◇「70年代日本SFベスト集成 4」筑摩書房 2015（ちくま文庫）p115

増 葦雄　ます・あしお（1917〜？）
句集 天涯の座
◇「ハンセン病文学全集 9」皓星社 2010 p204
俳句における「癩」の用語問題
◇「ハンセン病文学全集 5」皓星社 2010 p565
藤本事件（4）藤本事件について
◇「ハンセン病文学全集 5」皓星社 2010 p286

眞住居 明代　ますい・あきよ
おっぱいぱい
◇「藤本義一文学賞 第1回」（大阪）たる出版 2016 p109

増岡 敏和　ますおか・としかず（1928〜2010）
谷春十四郎先生
◇「竹筒に花はなくとも―短篇十人集」日曜舎 1997 p192

真杉 静枝　ますぎ・しずえ（1901〜1955）
南方の言葉
◇「コレクション戦争と文学 18」集英社 2012 p102
深い霧
◇「コレクション戦争と文学 13」集英社 2011 p168

ますくど
飼育の秘
◇「5分で読める！ ひと駅ストーリー 夏の記憶東口編」宝島社 2013（宝島社文庫）p171

増島 美由輝　ますじま・みゆき
変そう！ 王様フィーバー
◇「小学校・全員参加の楽しい学級劇・学年劇脚本集 中学年」黎明書房 2006 p24

増田 俊也　ますだ・としなり
恋のブランド
◇「10分間ミステリー」宝島社 2012（宝島社文庫）p157
◇「10分間ミステリー THE BEST」宝島社 2016（宝島社文庫）p529
土星人襲来―シャワーや一般的なサービスは必要ありません。僕は土星人なんです
◇「NOVA―書き下ろし日本SFコレクション 7」河出書房新社 2012（河出文庫）p157

増田 修男　ますだ・のぶお
学級委員
◇「ショートショートの広場 13」講談社 2002（講談社文庫）p87
癌治療
◇「ショートショートの花束 5」講談社 2013（講談社文庫）p52
ゴルフの特訓
◇「ショートショートの花束 5」講談社 2013（講談社文庫）p66

増田 みず子　ますだ・みずこ（1948〜）
クラゲ
◇「恋物語」朝日新聞社 1998 p31
声
◇「恋物語」朝日新聞社 1998 p35
死後の関係
◇「山田詠美・増田みず子・松浦理英子・笙野頼子」角川書店 1999（女性作家シリーズ）p159
誕生
◇「恋物語」朝日新聞社 1998 p26
独身病
◇「現代小説クロニクル 1980〜1984」講談社 2014（講談社文芸文庫）p81
ナガレボシ
◇「文学 2004」講談社 2004 p75
橋
◇「恋物語」朝日新聞社 1998 p39
一人家族
◇「山田詠美・増田みず子・松浦理英子・笙野頼子」角川書店 1999（女性作家シリーズ）p206
◇「戦後短篇小説再発見 4」講談社 2001（講談社文芸文庫）p216
分身
◇「ドッペルゲンガー奇譚集―死を招く影」角川書店 1998（角川ホラー文庫）p105
柳絮
◇「恋物語」朝日新聞社 1998 p43

増田 瑞穂　ますだ・みずほ
湖西連峰の山寺跡
◇「「伊豆文学賞」優秀作品集 第15回」羽衣出版 2012 p251
浜名湖一周の旅
◇「「伊豆文学賞」優秀作品集 第16回」羽衣出版 2013 p194

枡野 浩一　ますの・こういち（1968〜）
toiimasunomo
◇「140字の物語―Twitter小説集 twnovel」ディスカヴァー・トゥエンティワン 2009 p109

升野 英知　ますの・ひでとも（1975〜）
来世不動産

◇「東と西 2」小学館 2010 p34
◇「東と西 2」小学館 2012（小学館文庫）p39

ますむら ひろし（1952〜）
霧にむせぶ夜
◇「70年代日本SFベスト集成 3」筑摩書房 2015（ちくま文庫）p83

間瀬 純子　ませ・じゅんこ（1967〜）
揚羽蝶の島
◇「短篇ベストコレクション―現代の小説 2012」徳間書店 2012（徳間文庫）p503
新しい街
◇「アート偏愛」光文社 2005（光文社文庫）p637
黄色い花粉都市
◇「ひとにぎりの異形」光文社 2007（光文社文庫）p288
死の谷
◇「伯爵の血族―紅ノ章」光文社 2007（光文社文庫）p461
ジャンヌからの電話
◇「闇電話」光文社 2006（光文社文庫）p417
蛇平高原行きのロープウェイ
◇「物語のルミナリエ」光文社 2011（光文社文庫）p237
ミライゾーン
◇「未来妖怪」光文社 2008（光文社文庫）p651
野鳥の森
◇「Fの肖像―フランケンシュタインの幻想たち」光文社 2010（光文社文庫）p203

又吉 栄喜　またよし・えいき（1947〜）
カーニバル闘牛大会
◇「現代沖縄文学作品選」講談社 2011（講談社文芸文庫）p163
果報は海から
◇「文学 1998」講談社 1998 p41
ギンネム屋敷
◇「コレクション戦争と文学 20」集英社 2012 p298
コイン
◇「極上掌篇小説」角川書店 2006 p255
◇「ひと粒の宇宙」角川書店 2009（角川文庫）p251
ジョージが射殺した猪
◇「コレクション戦争と文学 2」集英社 2012 p377
松明綱引き
◇「文学 2015」講談社 2015 p99
ターナーの耳
◇「文学 2008」講談社 2008 p170
豚の報い
◇「沖縄文学選―日本文学のエッジからの問い」勉誠出版 2003 p306

町井 登志夫　まちい・としお（1964〜）
ギーワン
◇「アジアン怪綺」光文社 2003（光文社文庫）p125
スキール

◇「憑依」光文社 2010（光文社文庫）p457
3D
◇「キネマ・キネマ」光文社 2002（光文社文庫）p439
人魚伝説
◇「夏のグランドホテル」光文社 2003（光文社文庫）p335
蛇
◇「獣人」光文社 2003（光文社文庫）p197
ヘリカル
◇「恐怖症」光文社 2002（光文社文庫）p425
マスク
◇「マスカレード」光文社 2002（光文社文庫）p127

町井 由起夫　まちい・ゆきお
公共事業
◇「ショートショートの広場 12」講談社 2001（講談社文庫）p17
親愛なる娘へ
◇「ショートショートの広場 12」講談社 2001（講談社文庫）p104
狭き門
◇「ショートショートの広場 13」講談社 2002（講談社文庫）p102

まちだ けいや
願いごと
◇「ショートショートの広場 8」講談社 1997（講談社文庫）p86

町田 康　まちだ・こう（1962〜）
逆水戸
◇「文学 2004」講談社 2004 p89
◇「現代小説クロニクル 2000〜2004」講談社 2015（講談社文芸文庫）p178
屈辱ポンチ
◇「文学 1999」講談社 1999 p222
末摘花
◇「ナイン・ストーリーズ・オブ・ゲンジ」新潮社 2008 p85
◇「源氏物語九つの変奏」新潮社 2011（新潮文庫）p95
断崖で着信する
◇「空を飛ぶ恋―ケータイがつなぐ28の物語」新潮社 2006（新潮文庫）p142
猫について喋って自死
◇「にゃんそろじー」新潮社 2014（新潮文庫）p231
百万円もらった男
◇「100万分の1回のねこ」講談社 2015 p109
文久二年閏八月の怪異
◇「名探偵登場！」講談社 2014 p29
◇「名探偵登場！」講談社 2016（講談社文庫）p35
ホワイトハッピー・ご覧のスポン
◇「文学 2007」講談社 2007 p248
模様
◇「文豪てのひら怪談」ポプラ社 2009（ポプラ文

庫）p117
山羊経
◇「12星座小説集」講談社 2013（講談社文庫）p237
宿屋めぐり
◇「文学 2002」講談社 2002 p144
私の秋、ポチの秋
◇「ファイン／キュート素敵かわいい作品選」筑摩書房 2015（ちくま文庫）p96

松 音戸子　まつ・おとこ
アイス墓地
◇「てのひら怪談―ビーケーワン怪談大賞傑作選 2」ポプラ社 2007 p220
◇「てのひら怪談―ビーケーワン怪談大賞傑作選 己丑」ポプラ社 2009（ポプラ文庫）p182
海外フェスの話
◇「てのひら怪談―ビーケーワン怪談大賞傑作選 庚寅」ポプラ社 2010（ポプラ文庫）p84
クチコミ
◇「てのひら怪談―ビーケーワン怪談大賞傑作選 辛卯」ポプラ社 2011（ポプラ文庫）p198
ご時世
◇「てのひら怪談―ビーケーワン怪談大賞傑作選」ポプラ社 2007 p90
◇「てのひら怪談―ビーケーワン怪談大賞傑作選」ポプラ社 2008（ポプラ文庫）p94
2011
◇「リトル・リトル・クトゥルー―史上最小の神話小説集」学習研究社 2009 p184
百十の手なぐさみ
◇「てのひら怪談―ビーケーワン怪談大賞傑作選 壬辰」ポプラ社 2012（ポプラ文庫）p238

まつ はるか
浴衣の裾が
◇「大人が読む。ケータイ小説―第1回ケータイ文学賞アンソロジー」オンブック 2007 p145

松井 今朝子　まつい・けさこ（1953〜）
阿呆
◇「合わせ鏡―女流時代小説傑作選」角川春樹事務所 2003（ハルキ文庫）p129
勝ちは、勝ち
◇「代表作時代小説 平成24年度」光文社 2012 p119
急用札の男
◇「撫子が斬る―女性作家捕物帳アンソロジー」光文社 2005（光文社文庫）p539
恋じまい
◇「吉原花魁」角川書店 2009（角川文庫）p277
明治の耶蘇祭典―銀座開化事件帖
◇「代表作時代小説 平成16年度」光風社出版 2004 p409

松井 周　まつい・しゅう（1972〜）
通過
◇「優秀新人戯曲集 2004」ブロンズ新社 2003 p147
私のいる風景

◇「十年後のこと」河出書房新社 2016 p171
ワールドプレミア
◇「優秀新人戯曲集 2006」ブロンズ新社 2005 p103

松井 秀夜　まつい・しゅうや
風と花
◇「ハンセン病に咲いた花―初期文芸名作選 戦前編」皓星社 2002（ハンセン病叢書）p256

松居 松葉　まつい・しょうよう（1870〜1933）
玉藻前
◇「安倍晴明陰陽師伝奇文学集成」勉誠出版 2001 p283

松居 桃楼　まつい・とうる（1910〜1994）
大稲埕の朝
◇「日本統治期台湾文学集成 23」緑蔭書房 2007 p369
高砂島の俳優達
◇「日本統治期台湾文学集成 14」緑蔭書房 2003 p477
若きもの我等―一幕
◇「日本統治期台湾文学集成 12」緑蔭書房 2003 p399

松井 実　まつい・みのる
呉鳳の死（久住栄一／加藤春城）
◇「日本統治期台湾文学集成 27」緑蔭書房 2007 p323

松井 雪子　まつい・ゆきこ
道くさ、道づれ、道なき道
◇「旅を数えて」光文社 2007 p197

松浦 篤男　まつうら・あつお
朝光の島
◇「ハンセン病文学全集 8」皓星社 2006 p486

松浦 茂　まつうら・しげる
十年一瞬
◇「たびだち―フェリシモしあわせショートショート」フェリシモ 2000 p41

松浦 泉三郎　まつうら・せんざぶろう
怪奇小説 甲板の妖人
◇「日本統治期台湾文学集成 9」緑蔭書房 2002 p235
死の釣舟
◇「捕物時代小説選集 2」春陽堂書店 2000（春陽文庫）p258

松浦 節　まつうら・たかし
伊奈半十郎上水記
◇「代表作時代小説 平成15年度」光風社出版 2003 p121

松浦 寿輝　まつうら・ひさき（1954〜）
石蹴り
◇「文学 2016」講談社 2016 p42
宝篋
◇「少女怪談」学習研究社 2000（学研M文庫）p271

塔
- ◇「文学 2011」講談社 2011 p84
- ◇「現代小説クロニクル 2010〜2014」講談社 2015（講談社文芸文庫）p161

四人目の男
- ◇「名探偵登場！」講談社 2014 p291
- ◇「名探偵登場！」講談社 2016（講談社文庫）p351

singes／signes
- ◇「ことばのたくらみ―実作集」岩波書店 2003（21世紀文学の創造）p261

松浦 美寿一　まつうら・みすいち

B墓地事件
- ◇「怪奇探偵小説集 1」角川春樹事務所 1998（ハルキ文庫）p61
- ◇「江戸川乱歩と13人の新青年〈文学派〉編」光文社 2008（光文社文庫）p237

松浦 理英子　まつうら・りえこ（1958〜）

葬儀の日
- ◇「山田詠美・増田みず子・松浦理英子・笙野頼子」角川書店 1999（女性作家シリーズ）p225

ナチュラル・ウーマン
- ◇「山田詠美・増田みず子・松浦理英子・笙野頼子」角川書店 1999（女性作家シリーズ）p271

帚木
- ◇「ナイン・ストーリーズ・オブ・ゲンジ」新潮社 2008 p7
- ◇「源氏物語九つの変奏」新潮社 2011（新潮文庫）p9

松尾 あつゆき　まつお・あつゆき

俳句
- ◇「コレクション戦争と文学 19」集英社 2011 p627

松尾 聡子　まつお・さとこ

背中
- ◇「ショートショートの広場 17」講談社 2005（講談社文庫）p194

嘆き
- ◇「ショートショートの広場 18」講談社 2006（講談社文庫）p24

松尾 詩朗　まつお・しろう

原子を裁く核酸
- ◇「21世紀本格―書下ろしアンソロジー」光文社 2001（カッパ・ノベルス）p423

認定
- ◇「ショートショートの広場 13」講談社 2002（講談社文庫）p162

松尾 芭蕉　まつお・ばしょう（1644〜1694）

俳句
- ◇「月のものがたり」ソフトバンククリエイティブ 2006 p138
- ◇「胞子文学名作選」港の人 2013 p73

松尾 未来　まつお・みらい

金魚姫
- ◇「水妖」廣済堂出版 1998（廣済堂文庫）p225

逆しまの王国
- ◇「秘神界 歴史編」東京創元社 2002（創元推理文庫）p111

松尾 由美　まつお・ゆみ（1960〜）

恐ろしい絵
- ◇「危険な関係―女流ミステリー傑作選」角川春樹事務所 2002（ハルキ文庫）p127

落としもの―紫の海の砂浜で拾った人間の眼鏡は、どこから落ちてきたの？
- ◇「NOVA―書き下ろし日本SFコレクション 8」河出書房新社 2012（河出文庫）p59

オリエント急行十五時四十分の謎
- ◇「本格ミステリ 2001」講談社 2001（講談社ノベルス）p491
- ◇「透明な貴婦人の謎―本格短編ベスト・セレクション」講談社 2005（講談社文庫）p369

亀腹同盟
- ◇「シャーロック・ホームズに再び愛をこめて」光文社 2010（光文社文庫）p89

走る目覚まし時計の問題
- ◇「本格ミステリ 2004」講談社 2004（講談社ノベルス）p351
- ◇「ザ・ベストミステリーズ―推理小説年鑑 2004」講談社 2004 p583
- ◇「犯人たちの部屋」講談社 2007（講談社文庫）p355
- ◇「深夜バス78回転の問題―本格短編ベスト・セレクション」講談社 2008（講談社文庫）p517

バルーン・タウンの裏窓
- ◇「名探偵の饗宴」朝日新聞社 1998 p257
- ◇「名探偵の饗宴」朝日新聞出版 2015（朝日文庫）p295

バルーン・タウンの手毬唄
- ◇「ザ・ベストミステリーズ―推理小説年鑑 2003」講談社 2003 p55
- ◇「殺人の教室」講談社 2006（講談社文庫）p401

不透明なロックグラスの問題
- ◇「ベスト本格ミステリ 2016」講談社 2016（講談社ノベルス）p145

マンホールより愛をこめて
- ◇「恋する男たち」朝日新聞社 1999 p125

横縞町綺譚
- ◇「紫迷宮―ミステリー・アンソロジー」祥伝社 2002（祥伝社文庫）p167

ロボットと俳句の問題
- ◇「不思議の足跡」光文社 2007（Kappa novels）p287
- ◇「不思議の足跡」光文社 2011（光文社文庫）p387

わたしは鏡
- ◇「最後の恋―つまり、自分史上最高の恋。」新潮社 2008（新潮文庫）p225

松岡 あきら　まつおか・あきら

川柳句集 偏平足の唄
- ◇「ハンセン病文学全集 9」皓星社 2010 p442

松岡 和夫　まつおか・かずお
　十五夜月
　　◇「ハンセン病文学全集 8」皓星社 2006 p488
松岡 弘一　まつおか・こういち（1947〜）
　海賊船ドクター・サイゾー
　　◇「花と剣と侍―新鷹会・傑作時代小説選」光文社 2009（光文社文庫）p297
　餓狼剣
　　◇「蒼茫の海」桃園書房 2001（桃園文庫）p185
　道中便利屋
　　◇「遠き雷鳴」桃園書房 2001（桃園文庫）p175
松岡 静雄　まつおか・しずお
　南国の思出
　　◇「コレクション戦争と文学 6」集英社 2011 p406
松岡 錠司　まつおか・じょうじ（1961〜）
　さよなら、クロ（石川勝己／平松恵美子）
　　◇「年鑑代表シナリオ集 '03」シナリオ作家協会 2004 p133
松岡 由美　まつおか・ゆみ
　じぃちゃんの秘密
　　◇「冷と温―第13回フェリシモ文学賞作品集」フェリシモ 2010 p94
松丘保養園白樺短歌会　まつおかほようえんしらかばたんかかい
　白樺 第一集
　　◇「ハンセン病文学全集 8」皓星社 2006 p199
　白樺 第二集
　　◇「ハンセン病文学全集 8」皓星社 2006 p239
　白樺 第三集
　　◇「ハンセン病文学全集 8」皓星社 2006 p289
　白樺 第四集
　　◇「ハンセン病文学全集 8」皓星社 2006 p390
松丘保養園俳句の会　まつおかほようえんはいくのかい
　句集 松風
　　◇「ハンセン病文学全集 9」皓星社 2010 p129
松丘保養園北柳吟社　まつおかほようえんほくりゅうぎんしゃ
　浮雲 第二集
　　◇「ハンセン病文学全集 9」皓星社 2010 p364
　浮雲 第四集
　　◇「ハンセン病文学全集 9」皓星社 2010 p431
松川 碧泉　まつかわ・へきせん
　深川七不思議
　　◇「あやかしの深川―受け継がれる怪異な土地の物語」猿江商會 2016 p18
松木 信　まつき・しん
　⇒松本馨（まつもと・かおる）を見よ

松樹 剛史　まつき・たけし
　真っ黒星のナイン
　　◇「Colors」ホーム社 2008 p51
　　◇「Colors」集英社 2009（集英社文庫）p81
真継 伸彦　まつぎ・のぶひこ（1932〜2016）
　石こそ語れ
　　◇「新装版 全集現代文学の発見 4」學藝書林 2003 p304
まつぐ
　網戸の外
　　◇「てのひら怪談―ビーケーワン怪談大賞傑作選 壬辰」ポプラ社 2012（ポプラ文庫）p54
　添い寝
　　◇「てのひら怪談 癸巳」KADOKAWA 2013（MF文庫ダ・ヴィンチ）p70
マックあっこ
　べるリング
　　◇「全作家短編小説集 6」全作家協会 2007 p194
松坂 俊夫　まつざか・としお
　田沢稲舟と樋口一葉
　　◇「山形県文学全集第2期（随筆・紀行編）6」郷土出版社 2005 p249
松坂 礼子　まつざか・れいこ
　ジモトのひと
　　◇「ゆきのまち幻想文学賞小品集 16」企画集団ぷりずむ 2007 p185
松崎 水星　まつざき・すいせい
　樅の木
　　◇「ハンセン病文学全集 8」皓星社 2006 p246
松崎 昇　まつざき・のぼる
　伝説
　　◇「恐怖館」青樹社 1999（青樹社文庫）p207
松崎 美弥子　まつざき・みやこ
　サイトウさん
　　◇「つながり―フェリシモしあわせショートショート」フェリシモ 1999 p20
松崎 有理　まつざき・ゆうり（1972〜）
　あがり―第一回創元SF短編賞受賞作
　　◇「量子回廊―年刊日本SF傑作選」東京創元社 2010（創元SF文庫）p543
　架空論文投稿計画―あらゆる意味ででっちあげられた数章
　　◇「SF宝石―すべて新作読み切り！ 2015」光文社 2015 p445
　超現実な彼女―代書屋ミクラの初仕事 すべてがなぞでいみふめい―超純情な青年の唄
　　◇「NOVA―書き下ろし日本SFコレクション 6」河出書房新社 2011（河出文庫）p135
　ぼくの手のなかでしずかに―第一回創元SF短編賞受賞後第一作
　　◇「原色の想像力―創元SF短編賞アンソロジー」東京

まつし

創元社 2010（創元SF文庫）p411

まつじ
あるこどものおはなし
◇「超短編の世界 vol.3」創英社 2011 p196
ごはんが食べられない
◇「超短編の世界 vol.2」創英社 2009 p82
水溶性
◇「超短編の世界 vol.3」創英社 2011 p142
ずんぐり
◇「超短編の世界 vol.2」創英社 2009 p81

松下 早穂　まつした・さほ
アイゴー・アミーゴ
◇「「伊豆文学賞」優秀作品集 第9回」静岡新聞社 2006 p113

松下 信雄　まつした・のぶお
千年のこだま
◇「山形市児童劇団脚本集 3」山形市 2005 p18

松下 雛子　まつした・ひなこ
雲のサーフィン
◇「むすぶ—第11回フェリシモ文学賞作品集」フェリシモ 2008 p18
伝言
◇「ゆれる—第12回フェリシモ文学賞作品集」フェリシモ 2009 p127

松下 曜子　まつした・ようこ
瀧をやぶる
◇「「伊豆文学賞」優秀作品集 第10回」静岡新聞社 2007 p41

松下 竜一　まつした・りゅういち（1937〜2004）
絵本
◇「教科書に載った小説」ポプラ社 2008 p41
◇「教科書に載った小説」ポプラ社 2012（ポプラ文庫）p39

松嶋 ひとみ　まつしま・ひとみ
おじさんの隠しポケット
◇「ゆきのまち幻想文学賞小品集 15」企画集団ぷりずむ 2006 p201
胸に降る雪
◇「ゆきのまち幻想文学賞小品集 13」企画集団ぷりずむ 2004 p137
◇「ゆきのまち幻想文学賞小品集 14」企画集団ぷりずむ 2005 p15

松田 青子　まつだ・あおこ（1979〜）
「あなたお医者さま？」のこと
◇「いまのあなたへ—村上春樹への12のオマージュ」NHK出版 2014 p160
おにいさんがこわい
◇「文学 2012」講談社 2012 p99
履歴書
◇「十年後のこと」河出書房新社 2016 p177
わたしはお医者さま？

◇「いまのあなたへ—村上春樹への12のオマージュ」NHK出版 2014 p159

松田 秋兎死　まつだ・あきとし
羽黒寂光 井泉水師と共に
◇「山形県文学全集第2期（随筆・紀行編）2」郷土出版社 2005 p193

松田 清志　まつだ・きよし
風穴
◇「優秀新人戯曲集 2007」ブロンズ新社 2006 p129

松田 国男　まつだ・くにお
神事にみる農工の幻影『馬冷やし』
◇「山形県文学全集第2期（随筆・紀行編）5」郷土出版社 2005 p302

松田 幸緒　まつだ・さちお
完璧なママ
◇「はじめての小説（ミステリー）—内田康夫&東京・北区が選んだ珠玉のミステリー 2」実業之日本社 2013 p107

松田 詩織　まつだ・しおり
ファミレスかちりかちり
◇「万華鏡—第14回フェリシモ文学賞作品集」フェリシモ 2011 p128

松田 志乃ぶ　まつだ・しのぶ
のばらノスタルジア
◇「新釈グリム童話—めでたし、めでたし？」集英社 2016（集英社オレンジ文庫）p133

松田 十刻　まつだ・じゅっこく
愛那の場合—呑ん兵衛横丁の事件簿より
◇「あの日から—東日本大震災鎮魂岩手県出身作家短編集」岩手日報社 2015 p113
パラオ残照
◇「12の贈り物—東日本大震災支援岩手県在住作家自選短編集」荒蝦夷 2011（叢書東北の声）p185

松田 甚次郎　まつだ・じんじろう
愛郷愛土 土に叫ぶ
◇「山形県文学全集第2期（随筆・紀行編）2」郷土出版社 2005 p184

松田 解子　まつだ・ときこ（1905〜2004）
ある坑道にて
◇「時代の波音—民主文学短編小説集1995年〜2004年」日本民主主義文学会 2005 p241

松田 文鳥　まつだ・ぶんちょう
壁抜け男
◇「ショートショートの広場 20」講談社 2008（講談社文庫）p223
記憶をなくした女
◇「ショートショートの花束 1」講談社 2009（講談社文庫）p11
最高の価値
◇「ショートショートの広場 19」講談社 2007（講談社文庫）p227

特技
　◇「ショートショートの広場 18」講談社 2006（講談社文庫）p133

松田 正隆　まつだ・まさたか（1962〜）
美しい夏キリシマ（黒木和雄）
　◇「年鑑代表シナリオ集 '03」シナリオ作家協会 2004 p273

松田 有未　まつだ・ゆみ
奇妙な道連れ
　◇「ゆきのまち幻想文学賞小品集 14」企画集団ぷりずむ 2005 p114

松田 芳勝　まつだ・よしかつ
赤い花
　◇「宇宙塵傑作選―日本SFの軌跡 1」出版芸術社 1997 p99

松谷 健二　まつたに・けんじ
沢登り
　◇「山形県文学全集第2期（随筆・紀行編）6」郷土出版社 2005 p62
山鳴り
　◇「山形県文学全集第2期（随筆・紀行編）6」郷土出版社 2005 p67

松谷 みよ子　まつたに・みよこ（1926〜2015）
学校の便所の怪談
　◇「厠の怪―便所怪談競作集」メディアファクトリー 2010（MF文庫）p215
死者からのたのみ（抄）
　◇「文豪てのひら怪談」ポプラ社 2009（ポプラ文庫）p144

松殿 理央　まつどの・りお
蛇蜜
　◇「秘神界 歴史編」東京創元社 2002（創元推理文庫）p385

松苗 あけみ　まつなえ・あけみ（1956〜）
薔薇十字猫探偵社
　◇「妖怪変化―京極堂トリビュート」講談社 2007 p291

松永 安芸　まつなが・あき
美術室より愛を込めて
　◇「高校演劇Selection 2004 下」晩成書房 2004 p7

松永 延造　まつなが・えんぞう（1895〜1938）
アリア人の孤独
　◇「百年小説」ポプラ社 2008 p781
職工と微笑
　◇「新装版 全集現代文学の発見 1」學藝書林 2002 p483

松永 佳子　まつなが・けいこ
ホタル
　◇「むすぶ―第11回フェリシモ文学賞作品集」フェリシモ 2008 p94

松永 伍一　まつなが・ごいち（1930〜）
叫び声
　◇「読み聞かせる戦争」光文社 2015 p73

松永 ヒビキ　まつなが・ひびき
えんむすびの神様
　◇「むすぶ―第11回フェリシモ文学賞作品集」フェリシモ 2008 p116

松永 不二子　まつなが・ふじこ
出会ひ
　◇「ハンセン病文学全集 8」皓星社 2006 p521

松長 良樹　まつなが・よしき
幽霊の見える眼鏡
　◇「ショートショートの花束 5」講談社 2013（講談社文庫）p173

松濤 明　まつなみ・あきら（1922〜1949）
サイゴマデ タタカウモイノチ
　◇「日本人の手紙 8」リブリオ出版 2004 p125

松波 太郎　まつなみ・たろう
アーノルド
　◇「文學 2010」講談社 2010 p162

松野 志保　まつの・しほ（1973〜）
黒い本を探して
　◇「本迷宮―本を巡る不思議な物語」日本図書設計家協会 2016 p49

松原 晃　まつばら・あきら
直助権兵衛
　◇「捕物時代小説選集 7」春陽堂書店 2000（春陽文庫）p33

松原 岩五郎　まつばら・いわごろう（1866〜1935）
下層の噴火線
　◇「新日本古典文学大系 明治編 30」岩波書店 2009 p299
飢寒窟の日計
　◇「新日本古典文学大系 明治編 30」岩波書店 2009 p268
木賃宿
　◇「新日本古典文学大系 明治編 30」岩波書店 2009 p229
最暗黒の東京（抄）
　◇「新日本古典文学大系 明治編 30」岩波書店 2009 p219
最暗黒裡の怪物
　◇「新日本古典文学大系 明治編 30」岩波書店 2009 p280
残飯屋
　◇「新日本古典文学大系 明治編 30」岩波書店 2009 p247
住居および家具
　◇「新日本古典文学大系 明治編 30」岩波書店 2009 p235

新網町
　◇「新日本古典文学大系 明治編 30」岩波書店 2009 p264
生活の戦争
　◇「新日本古典文学大系 明治編 30」岩波書店 2009 p295
天然の臥床(ねどこ)と木賃宿
　◇「新日本古典文学大系 明治編 30」岩波書店 2009 p232
日雇周旋
　◇「新日本古典文学大系 明治編 30」岩波書店 2009 p243
貧街の稼業
　◇「新日本古典文学大系 明治編 30」岩波書店 2009 p240
貧街(ひんかい)の夜景
　◇「新日本古典文学大系 明治編 30」岩波書店 2009 p226
貧民倶楽部
　◇「新日本古典文学大系 明治編 30」岩波書店 2009 p255
貧民と食物
　◇「新日本古典文学大系 明治編 30」岩波書店 2009 p251
夜業車夫
　◇「新日本古典文学大系 明治編 30」岩波書店 2009 p285
やどぐるま
　◇「新日本古典文学大系 明治編 30」岩波書店 2009 p289
融通
　◇「新日本古典文学大系 明治編 30」岩波書店 2009 p271
老耄(ろうもう)車夫
　◇「新日本古典文学大系 明治編 30」岩波書店 2009 p292

松原 雀人　まつばら・じゃくじん
雀人句集
　◇「ハンセン病文学全集 9」皓星社 2010 p184

松原 敏春　まつばら・としはる（1947～2001）
天国までの百マイル
　◇「テレビドラマ代表作選集 2002年版」日本脚本家連盟 2002 p85

松原 直美　まつばら・なおみ
キノコ
　◇「ショートショートの広場 19」講談社 2007（講談社文庫）p23

松原 仁　まつばら・ひとし（1959～）
芸術と人間と人工知能
　◇「AIと人類は共存できるか？—人工知能SFアンソロジー」早川書房 2016 p418

松宮 彰子　まつみや・あきこ
雑木林
　◇「Magma 噴の巻」ソフト商品開発研究所 2016 p111

松宮 信男　まつみや・のぶお
美し過ぎる人
　◇「立川文学 6」けやき出版 2016 p11

松村 英一　まつむら・えいいち（1889～1981）
「笑い」と掏摸
　◇「幻の探偵雑誌 5」光文社 2001（光文社文庫）p375

松村 栄子　まつむら・えいこ（1961～）
三波呉服店―2005
　◇「明日町こんぺいとう商店街―招きうさぎと七軒の物語」ポプラ社 2013（ポプラ文庫）p167

松村 永渉　まつむら・えいしょう
　⇒朱永渉（チュ・ヨンソプ）を見よ

松村 憲一　まつむら・けんいち
沖縄から（1）療友に訴う―より良き療養への道程を求めて
　◇「ハンセン病文学全集 5」皓星社 2010 p324

松村 紘一　まつむら・こういち
　⇒朱耀翰（チュ・ヨハン）を見よ

松村 進吉　まつむら・しんきち（1975～）
ある記事の齟齬
　◇「恐怖箱 遺伝記」竹書房 2008（竹書房文庫）p132
言えない話
　◇「男たちの怪談百物語」メディアファクトリー 2012（〔幽〕BOOKS）p129
カイロにて
　◇「男たちの怪談百物語」メディアファクトリー 2012（〔幽〕BOOKS）p157
カンボジアの骨
　◇「男たちの怪談百物語」メディアファクトリー 2012（〔幽〕BOOKS）p171
小春小町
　◇「怪集 蟲」竹書房 2009（竹書房文庫）p3
さなぎのゆめ
　◇「怪獣文藝―パートカラー」メディアファクトリー 2013（〔幽〕BOOKS）p8
三センチ
　◇「男たちの怪談百物語」メディアファクトリー 2012（〔幽〕BOOKS）p247
子孫
　◇「男たちの怪談百物語」メディアファクトリー 2012（〔幽〕BOOKS）p232
巡回
　◇「男たちの怪談百物語」メディアファクトリー 2012（〔幽〕BOOKS）p37
通過するもの
　◇「男たちの怪談百物語」メディアファクトリー 2012（〔幽〕BOOKS）p212
守り神

◇「男たちの怪談百物語」メディアファクトリー 2012（〔幽BOOKS〕）p90
水音
◇「男たちの怪談百物語」メディアファクトリー 2012（〔幽BOOKS〕）p222
山火事
◇「男たちの怪談百物語」メディアファクトリー 2012（〔幽BOOKS〕）p57

松村 俊哉　まつむら・としや
あーたん・ばーたん
◇「中学生のドラマ 8」晩成書房 2010 p37

松村 比呂美　まつむら・ひろみ
うそでしょう
◇「ショートショートの広場 17」講談社 2005（講談社文庫）p18
学歴詐称
◇「ショートショートの広場 14」講談社 2003（講談社文庫）p99
溶ける日
◇「憑依」光文社 2010（光文社文庫）p71
ナザル
◇「毒殺協奏曲」原書房 2016 p207
蜜腺
◇「捨てる—アンソロジー」文藝春秋 2015 p33

松村 やす子　まつむら・やすこ
思いやり
◇「ショートショートの広場 10」講談社 2000（講談社文庫）p212

松村 佳直　まつむら・よしなお
カメラ
◇「てのひら怪談—ビーケーワン怪談大賞傑作選 庚寅」ポプラ社 2010（ポプラ文庫）p82
停電の夜に
◇「てのひら怪談—ビーケーワン怪談大賞傑作選 壬辰」ポプラ社 2012（ポプラ文庫）p36
抜けるので
◇「てのひら怪談—ビーケーワン怪談大賞傑作選 辛卯」ポプラ社 2011（ポプラ文庫）p120
ばしゅん
◇「リトル・リトル・クトゥルー——史上最小の神話小説集」学習研究社 2009 p182

松本 馨　まつもと・かおる（1918〜2005）
国はおかしたあやまちを謝罪せよ（1）いのちの重み
◇「ハンセン病文学全集 5」皓星社 2010 p435
国はおかしたあやまちを謝罪せよ（3）国はおかしたあやまちを謝罪せよ
◇「ハンセン病文学全集 5」皓星社 2010 p456
転換期の療養所と「惰民論」をめぐって（5）世界医療センター——療養所の終末
◇「ハンセン病文学全集 5」皓星社 2010 p262
ヒューマニズムの虚偽（4）二つの鎖
◇「ハンセン病文学全集 5」皓星社 2010 p375

松本 楽志　まつもと・がくし（1977〜）
海を集める
◇「蒐集家（コレクター）」光文社 2004（光文社文庫）p585
煙突
◇「超短編の世界 vol.3」創英社 2011 p48
カメラオブスキュラ
◇「超短編の世界 vol.3」創英社 2011 p170
観覧草
◇「超短編の世界 vol.3」創英社 2011 p128
きのこ
◇「超短編の世界 vol.2」創英社 2009 p46
空白の石版
◇「リトル・リトル・クトゥルー——史上最小の神話小説集」学習研究社 2009 p80
氷売り
◇「てのひら怪談—ビーケーワン怪談大賞傑作選 壬辰」ポプラ社 2012（ポプラ文庫）p212
生者・死者・物怪
◇「稲生モノノケ大全 陽之巻」毎日新聞社 2005 p445
黄昏の下の図書室
◇「ひとにぎりの異形」光文社 2007（光文社文庫）p401
てのひら
◇「てのひら怪談—ビーケーワン怪談大賞傑作選 百怪繚乱篇」ポプラ社 2008 p116
◇「てのひら怪談—ビーケーワン怪談大賞傑作選 己丑」ポプラ社 2009（ポプラ文庫）p96
時計は祝う
◇「物語のルミナリエ」光文社 2011（光文社文庫）p254
ネロル婆さん
◇「超短編の世界 vol.3」創英社 2011 p80
培地ども
◇「リトル・リトル・クトゥルー——史上最小の神話小説集」学習研究社 2009 p74
はかのうらへまわる
◇「超短編の世界」創英社 2008 p22
罰
◇「超短編の世界 vol.3」創英社 2011 p87
氷川丸の夜
◇「てのひら怪談—ビーケーワン怪談大賞傑作選 辛卯」ポプラ社 2011（ポプラ文庫）p94
皮膚
◇「魔地図」光文社 2005（光文社文庫）p205
まっぷたつ
◇「てのひら怪談—ビーケーワン怪談大賞傑作選 百怪繚乱篇」ポプラ社 2008 p114
むすびめ
◇「超短編の世界」創英社 2008 p24
結び目

明滅する家族
◇「てのひら怪談―ビーケーワン怪談大賞傑作選 庚寅」ポプラ社 2010（ポプラ文庫）p104
盲蛇の子
◇「てのひら怪談―ビーケーワン怪談大賞傑作選 百怪繚乱篇」ポプラ社 2008 p118
模写
◇「超短編の世界 vol.3」創英社 2011 p153
物語の物語
◇「超短編の世界 vol.3」創英社 2011 p133
厄
◇「てのひら怪談―ビーケーワン怪談大賞傑作選 2」ポプラ社 2007 p42
◇「てのひら怪談―ビーケーワン怪談大賞傑作選 己丑」ポプラ社 2009（ポプラ文庫）p180
ユゴスの瞳
◇「リトル・リトル・クトゥルー――史上最小の神話小説集」学習研究社 2009 p50
ゆびおり
◇「てのひら怪談―ビーケーワン怪談大賞傑作選 庚寅」ポプラ社 2010（ポプラ文庫）p142
略一族のはんらん
◇「超短編の世界 vol.2」創英社 2009 p48
龍宮の手
◇「てのひら怪談―ビーケーワン怪談大賞傑作選 壬辰」ポプラ社 2012（ポプラ文庫）p16
ロケット男爵
◇「超短編の世界 vol.3」創英社 2011 p27
BOUDOIR
◇「超短編の世界 vol.3」創英社 2011 p172

松本 寛大　まつもと・かんだい
最後の夏
◇「ミステリ★オールスターズ」角川書店 2010 p227
◇「ミステリ・オールスターズ」角川書店 2012（角川文庫）p265

松本 喜久夫　まつもと・きくお
忠臣蔵異聞・討ち入り前夜
◇「ドラマの森 2009」西日本劇作家の会 2008（西日本戯曲選集）p141

松本 浄　まつもと・きよし
戦友の光
◇「てのひら怪談―ビーケーワン怪談大賞傑作選 庚寅」ポプラ社 2010（ポプラ文庫）p26

松本 恵子　まつもと・けいこ（1891～1976）
子供の日記
◇「妖異百物語 2」出版芸術社 1997（ふしぎ文学館）p79
白い手
◇「探偵小説の風景――トラフィック・コレクション 下」光文社 2009（光文社文庫）p113
万年筆の由来
◇「幻の探偵雑誌 5」光文社 2001（光文社文庫）p211

松本 健一　まつもと・けんいち（1946～）
土方歳三と闘いの組織
◇「幕末テロリスト列伝」講談社 2004（講談社文庫）p147

松本 幸子　まつもと・さちこ（1931～）
三村次郎左衛門の妻
◇「物語妻たちの忠臣蔵」新人物往来社 1998 p149

松本 しづか　まつもと・しづか
惨敗
◇「回転ドアから」全作家協会 2015（全作家短編集）p211
乱気流
◇「扉の向こうへ」全作家協会 2014（全作家短編集）p154

松本 清張　まつもと・せいちょう（1909～1992）
穴の中の護符
◇「死人に口無し―時代推理傑作選」徳間書店 2009（徳間文庫）p7
天城越え
◇「鍵」文藝春秋 2004（推理作家になりたくて マイベストミステリー）p249
◇「マイ・ベスト・ミステリー 5」文藝春秋 2007（文春文庫）p370
或る「小倉日記」伝
◇「創刊一〇〇年三田文学名作選」三田文学会 2010 p311
いびき
◇「剣が謎を斬る―名作で読む推理小説史 時代ミステリー傑作選」光文社 2005（光文社文庫）p95
運慶
◇「歴史小説の世紀 天の巻」新潮社 2000（新潮文庫）p601
絵島・生島
◇「江戸三百年を読む―傑作時代小説 シリーズ江戸学 上」角川学芸出版 2009（角川文庫）p287
厭戦
◇「コレクション戦争と文学 11」集英社 2012 p498
奥羽の二人
◇「東北戦国志―傑作時代小説」PHP研究所 2009（PHP文庫）p187
顔
◇「京都愛憎の旅―京都ミステリー傑作選」徳間書店 2002（徳間文庫）p211
◇「文学賞受賞・名作集成 3」リブリオ出版 2004 p5
◇「京都府文学全集第1期（小説編）4」郷土出版社 2005 p135
◇「映画狂時代」新潮社 2014（新潮文庫）p289
川中島の戦
◇「決戦川中島―傑作時代小説」PHP研究所 2007（PHP文庫）p119
巻頭句の女
◇「俳句殺人事件―巻頭句の女」光文社 2001（光文社文庫）p13

記憶
◇「ペン先の殺意―文芸ミステリー傑作選」光文社 2005（光文社文庫）p161
◇「三田文学短篇選」講談社 2010（講談社文芸文庫）p140

木々作品のロマン性
◇「謀」文藝春秋 2003（推理作家になりたくて マイ ベストミステリー）p292
◇「マイ・ベスト・ミステリー 4」文藝春秋 2007（文春文庫）p449

菊枕
◇「我等、同じ船に乗り」文藝春秋 2009（文春文庫）p49

鬼畜
◇「冒険の森へ―傑作小説大全 3」集英社 2016 p38

奇妙な被告
◇「判決―法廷ミステリー傑作集」徳間書店 2010（徳間文庫）p5

くるま宿
◇「日本文学100年の名作 4」新潮社 2014（新潮文庫）p319

黒地の絵
◇「コレクション戦争と文学 1」集英社 2012 p306

甲府在番
◇「冬ごもり―時代小説アンソロジー」KADOKAWA 2013（角川文庫）p63

誤訳
◇「名短篇、ここにあり」筑摩書房 2008（ちくま文庫）p275

西郷札
◇「謀」文藝春秋 2003（推理作家になりたくて マイ ベストミステリー）p242
◇「見上げれば星は天に満ちて―心に残る物語―日本文学秀作選」文藝春秋 2005（文春文庫）p285
◇「マイ・ベスト・ミステリー 4」文藝春秋 2007（文春文庫）p370

佐渡流人行
◇「人生を変えた時代小説傑作選」文藝春秋 2010（文春文庫）p27
◇「主命にござる」新潮社 2015（新潮文庫）p73

山椒魚
◇「江戸夢日和」学習研究社 2004（学研M文庫）p169

三人の留守居役
◇「江戸なごり雨」学研パブリッシング 2013（学研M文庫）p209

自分の磁石を持っていて下さい≫井上ひさし
◇「日本人の手紙 3」リブリオ出版 2004 p231

白い闇
◇「雪国にて―北海道・東北編」双葉社 2015（双葉文庫）p127

新開地の事件
◇「謎―スペシャル・ブレンド・ミステリー 001」講談社 2006（講談社文庫）p7

関ケ原の戦
◇「決闘！ 関ケ原」実業之日本社 2015（実業之日本社文庫）p9

背伸び―安国寺恵瓊
◇「軍師は死なず」実業之日本社 2014（実業之日本社文庫）p163

戦国権謀
◇「軍師の死にざま―短篇小説集」作品社 2006 p301

戦国権謀―本多正純
◇「軍師の死にざま」実業之日本社 2013（実業之日本社文庫）p377

たづたづし
◇「短歌殺人事件―31音律のラビリンス」光文社 2003（光文社文庫）p51

断碑
◇「文士の意地―車谷長吉撰短篇小説輯 下巻」作品社 2005 p134

電筆
◇「とっておき名短篇」筑摩書房 2011（ちくま文庫）p197

七種粥
◇「江戸浮世風」学習研究社 2004（学研M文庫）p83

二冊の同じ本
◇「古書ミステリー倶楽部―傑作推理小説集」光文社 2003（光文社文庫）p9

ハノイからの報告
◇「コレクション戦争と文学 2」集英社 2012 p325

張込み
◇「読まずにいられぬ名短篇」筑摩書房 2014（ちくま文庫）p305

左の腕
◇「親不孝長屋―人情時代傑作選」新潮社 2007（新潮文庫）p81

左の腕―無宿人別帳
◇「傑作捕物ワールド 7」リブリオ出版 2002 p141

秀頼走路
◇「変事異聞」小学館 2007（小学館文庫）p157
◇「決戦！ 大坂の陣」実業之日本社 2014（実業之日本社文庫）p407

火の記憶
◇「戦後短篇小説再発見 11」講談社 2003（講談社文芸文庫）p32

怖妻の棺
◇「大江戸犯科帖―時代推理小説名作選」双葉社 2003（双葉文庫）p31

町の島帰り
◇「江戸めぐり雨」学研パブリッシング 2014（学研M文庫）p81

蓆
◇「信州歴史時代小説傑作集 2」しなのき書房 2007 p25

眼の気流
◇「殺意の海―釣りミステリー傑作選」徳間書店 2003（徳間文庫）p275

柳生一族

まつも

- ◇「七人の十兵衛─傑作時代小説」PHP研究所 2007（PHP文庫）p7

理外の理
- ◇「謎─スペシャル・ブレンド・ミステリー 004」講談社 2009（講談社文庫）p145

松本 泰　まつもと・たい（1887〜1939）

詐欺師
- ◇「外地探偵小説集 上海篇」せらび書房 2006 p39

P丘の殺人事件
- ◇「幻の探偵雑誌 5」光文社 2001（光文社文庫）p13

日蔭の街
- ◇「幻の探偵雑誌 5」光文社 2001（光文社文庫）p319

秘められたる挿話
- ◇「探偵小説の風景─トラフィック・コレクション 上」光文社 2009（光文社文庫）p205

松本 威　まつもと・たけし

かくれんぼ
- ◇「ショートショートの広場 10」講談社 2000（講談社文庫）p157

松本 富生　まつもと・とみお（1937〜）

野薔薇の道
- ◇「〈在日〉文学全集 16」勉誠出版 2006 p367

松本 裕子　まつもと・ゆうこ

輝きの海で
- ◇「むすぶ─第11回フェリシモ文学賞作品集」フェリシモ 2008 p46

松本 侑子　まつもと・ゆうこ（1963〜）

動かぬ証拠
- ◇「SFバカ本 天然パラダイス篇」メディアファクトリー 2001 p147

サイバー帝国滞在記
- ◇「SFバカ本 だるま篇」廣済堂出版 1999（廣済堂文庫）p125
- ◇「笑劇─SFバカ本カタストロフィ集」小学館 2007（小学館文庫）p165

性遍歴
- ◇「蜜の眠り」廣済堂出版 2000（廣済堂文庫）p227

葉桜
- ◇「めぐり逢い─恋愛小説アンソロジー」角川春樹事務所 2005（ハルキ文庫）p133

初恋
- ◇「ハンサムウーマン」ビレッジセンター出版局 1998 p29

引き潮
- ◇「人の物語」角川書店 2001（New History）p167

葡萄の置き手紙
- ◇「くだものだもの」ランダムハウス講談社 2007 p157

防波堤
- ◇「別れの手紙」角川書店 1997（角川文庫）p145

ぼくのひめやかな年上の恋人
- ◇「結婚貧乏」幻冬舎 2003 p209

松本 零士　まつもと・れいじ（1938〜）

おいどんの地球
- ◇「たそがれゆく未来」筑摩書房 2016（ちくま文庫）p115

セクサロイド
- ◇「70年代日本SFベスト集成 2」筑摩書房 2014（ちくま文庫）p103

セクサロイド in THE DINOSAUR ZONE
- ◇「SFマガジン700 国内篇」早川書房 2014（ハヤカワ文庫 SF）p77

松山 善三　まつやま・ぜんぞう（1925〜2016）

鮭─母あわれ
- ◇「日本舞踊舞踊劇選集」西川会 2002 p669

白い蓮
- ◇「日本舞踊舞踊劇選集」西川会 2002 p693

松山 幸民　まつやま・ゆきたみ

鬼夢
- ◇「「伊豆文学賞」優秀作品集 第14集」静岡新聞社 2011 p109

松山 隆治　まつやま・りゅうじ

理想の恋人
- ◇「ショートショートの広場 18」講談社 2006（講談社文庫）p84

松吉 久美子　まつよし・くみこ

森に冬がやってきた
- ◇「山形市児童劇団脚本集 3」山形市 2005 p77

雪の上の足音
- ◇「ゆきのまち幻想文学賞小品集 7」NTTメディアスコープ 1997 p41

松浦 静山　まつら・せいざん（1760〜1841）

地上の龍（抄）（柴田宵曲〔訳〕）
- ◇「文豪てのひら怪談」ポプラ社 2009（ポプラ文庫）p156

円居 挽　まどい・ばん（1983〜）

定跡外の誘拐
- ◇「殺意の隘路」光文社 2016（最新ベスト・ミステリー）p325

ディテクティブ・ゼミナール─第3問
- ◇「ベスト本格ミステリ 2014」講談社 2014（講談社ノベルス）p237

BBDB（バイバイデイビイ）
- ◇「新走（アラバシリ）─Powers Selection」講談社 2011（講談社box）p7

圓 眞美　まどか・まみ

安全な恋
- ◇「超短編の世界」創英社 2008 p58

糸？
- ◇「超短編の世界 vol.3」創英社 2011 p30

からくり
- ◇「てのひら怪談─ビーケーワン怪談大賞傑作選 2」

ポプラ社 2007 p196
◇「てのひら怪談―ビーケーワン怪談大賞傑作選 己丑」ポプラ社 2009（ポプラ文庫）p98
至高の恋
◇「超短編の世界 vol.3」創英社 2011 p75
たまねぎ
◇「超短編の世界 vol.2」創英社 2009 p103
たまゆら
◇「てのひら怪談―ビーケーワン怪談大賞傑作選 庚寅」ポプラ社 2010（ポプラ文庫）p118
捩レ飴細工
◇「超短編の世界 vol.3」創英社 2011 p192
果つるところ
◇「てのひら怪談―ビーケーワン怪談大賞傑作選 辛卯」ポプラ社 2011（ポプラ文庫）p158
蛇が出る
◇「てのひら怪談―ビーケーワン怪談大賞傑作選 百怪繚乱篇」ポプラ社 2008 p172
床下の骨
◇「てのひら怪談―ビーケーワン怪談大賞傑作選 壬辰」ポプラ社 2012（ポプラ文庫）p240
夜の散歩
◇「てのひら怪談 癸巳」KADOKAWA 2013（MF文庫ダ・ヴィンチ）p10

窓宮 荘介　まどみや・そうすけ
妻の気配り
◇「ショートショートの花束 3」講談社 2011（講談社文庫）p31
若いお巡りさん
◇「ショートショートの花束 4」講談社 2012（講談社文庫）p244

真辺 克彦　まなべ・かつひこ（1969〜）
サイドカーに犬（田中晶子）
◇「年鑑代表シナリオ集 '07」シナリオ作家協会 2009 p153

真鍋 正志　まなべ・ただし
冬休みの宿題
◇「ゆきのまち幻想文学賞小品集 21」企画集団ぷりずむ 2012 p111

真鍋 道尾　まなべ・みちお
五軒家の谷の曲がったトンネル
◇「太宰治賞 1999」筑摩書房 1999 p183

真鍋 元之　まなべ・もとゆき（1910〜1987）
怪盗ハイカラ小僧
◇「捕物時代小説選集 2」春陽堂書店 2000（春陽文庫）p83
身はたとひ
◇「武士道切絵図―新鷹会・傑作時代小説選」光文社 2010（光文社文庫）p235

真乃 ソロ　まの・そろ
ミカエルの卒業試験
◇「ショートショートの広場 13」講談社 2002（講談社文庫）p49

真野 朋子　まの・ともこ（1957〜）
ダブルフィーチャー
◇「with you」幻冬舎 2004 p163
次はあなたの番ね
◇「結婚貧乏」幻冬舎 2003 p151

真伏 修三　まぶせ・しゅうぞう
わかれ道
◇「Love or like―恋愛アンソロジー」祥伝社 2008（祥伝社文庫）p239

摩文仁 朝信　まぶに・とものぶ
〈短歌〉
◇「沖縄文学選―日本文学のエッジからの問い」勉誠出版 2003 p65

真船 均　まふね・ひとし
青の時代
◇「全作家短編小説集 11」全作家協会 2012 p7

真船 豊　まふね・ゆたか（1902〜1977）
水芭蕉
◇「福島の文学―11人の作家」講談社 2014（講談社文芸文庫）p264

まほ
聞いても、いい？
◇「ショートショートの広場 8」講談社 1997（講談社文庫）p50
職業病
◇「ショートショートの広場 8」講談社 1997（講談社文庫）p135

真帆 沁　まほ・しん
穢れなき薔薇は降る
◇「ゆきのまち幻想文学賞小品集 17」企画集団ぷりずむ 2008 p35
顕一郎という名の少年
◇「ゆきのまち幻想文学賞小品集 14」企画集団ぷりずむ 2005 p82
讃歌
◇「ゆきのまち幻想文学賞小品集 19」企画集団ぷりずむ 2010 p49
白い枇杷
◇「「伊豆文学賞」優秀作品集 第12回」羽衣出版 2009 p107
聖夜のメール
◇「ゆきのまち幻想文学賞小品集 12」企画集団ぷりずむ 2003 p159
セルリアン・シード
◇「ゆきのまち幻想文学賞小品集 13」企画集団ぷりずむ 2004 p15
桃次郎の鈴
◇「ゆきのまち幻想文学賞小品集 15」企画集団ぷりずむ 2006 p164
ゆめじ白天目
◇「ゆきのまち幻想文学賞小品集 21」企画集団ぷり

まみ

ずむ 2012 p47

麻見 和臣　まみ・かずおみ
乗り物ギライ
- ◇「てのひら怪談―ビーケーワン怪談大賞傑作選 2」ポプラ社 2007 p174

真実井 房子　まみい・ふさこ
菜の花と千羽鶴
- ◇「竹筒に花はなくとも―短篇十人集」日曜舎 1997 p62

間宮 緑　まみや・みどり
ひとりになる
- ◇「本迷宮―本を巡る不思議な物語」日本図書設計家協会 2016 p17

豆塚 エリ　まめつか・えり
いつだって溺れるのは
- ◇「太宰治賞 2016」筑摩書房 2016 p273

麻耶 雄嵩　まや・ゆたか（1969〜）
秋　闇雲A子と憂鬱刑事
- ◇「まほろ市の殺人―推理アンソロジー」祥伝社 2009（Non novel）p173
- ◇「まほろ市の殺人」祥伝社 2013（祥伝社文庫）p239

おみくじと紙切れ
- ◇「宝石ザミステリー」光文社 2011 p443
- ◇「驚愕遊園地」光文社 2013（最新ベスト・ミステリー）p395
- ◇「驚愕遊園地」光文社 2016（光文社文庫）p593

加速度円舞曲
- ◇「本格ミステリー二〇〇九年本格短編ベスト・セレクション 09」講談社 2009（講談社ノベルス）p79
- ◇「空飛ぶモルグ街の研究―本格短編ベスト・セレクション」講談社 2013（講談社文庫）p109

旧友
- ◇「殺意の隘路」光文社 2016（最新ベスト・ミステリー）p369

交換殺人
- ◇「21世紀本格―書下ろしアンソロジー」光文社 2001（カッパ・ノベルス）p491

白きを見れば
- ◇「ベスト本格ミステリ 2012」講談社 2012（講談社ノベルス）p37
- ◇「探偵の殺される夜―本格短編ベスト・セレクション」講談社 2016（講談社文庫）p49

水難
- ◇「名探偵の饗宴」朝日新聞社 1998 p39
- ◇「名探偵の饗宴」朝日新聞出版 2015（朝日文庫）p145

トリッチ・トラッチ・ポルカ
- ◇「本格ミステリ 2002」講談社 2002（講談社ノベルス）p473
- ◇「天使と髑髏の密室―本格短編ベスト・セレクション」講談社 2005（講談社文庫）p333

失くした御守

- ◇「Mystery Seller」新潮社 2012（新潮文庫）p509

バッド・テイスト
- ◇「9の扉―リレー短編集」マガジンハウス 2009 p111
- ◇「9の扉」KADOKAWA 2013（角川文庫）p105

バレンタイン昔語り
- ◇「ベスト本格ミステリ 2013」講談社 2013（講談社ノベルス）p11

氷山の一角
- ◇「血文字パズル」角川書店 2003（角川文庫）p117
- ◇「赤に捧げる殺意」角川書店 2013（角川文庫）p247

二つの凶器
- ◇「気分は名探偵―犯人当てアンソロジー」徳間書店 2006 p91
- ◇「気分は名探偵―犯人当てアンソロジー」徳間書店 2008（徳間文庫）p109

ヘリオスの神像
- ◇「あなたが名探偵」東京創元社 2009（創元推理文庫）p139

ホワイト・クリスマス
- ◇「不透明な殺人―ミステリー・アンソロジー」祥伝社 1999（祥伝社文庫）p325

真山 雪彦　まやま・ゆきひこ
彗星
- ◇「ゆきのまち幻想文学賞小品集 24」企画集団ぷりずむ 2015 p130

まゆ
パズル
- ◇「ゆきのまち幻想文学賞小品集 19」企画集団ぷりずむ 2010 p165

黛 汎海　まゆずみ・ひろみ
ダイヤモンドダスト
- ◇「ゆきのまち幻想文学賞小品集 16」企画集団ぷりずむ 2007 p149

眉村 卓　まゆむら・たく（1934〜）
青い空
- ◇「物語のルミナリエ」光文社 2011（光文社文庫）p73

暗証番号
- ◇「自選ショート・ミステリー 2」講談社 2001（講談社文庫）p166

屋上
- ◇「70年代日本SFベスト集成 4」筑摩書房 2015（ちくま文庫）p7

キガテア
- ◇「宇宙生物ゾーン」廣済堂出版 2000（廣済堂文庫）p525

危険な人間
- ◇「ひとにぎりの異形」光文社 2007（光文社文庫）p153

来たければ来い
- ◇「本迷宮―本を巡る不思議な物語」日本図書設計家協会 2016 p9

帰途
◇「冒険の森へ―傑作小説大全 10」集英社 2016 p19

豪邸の住人
◇「現代の小説 1999」徳間書店 1999 p209

サバントとボク
◇「ロボットの夜」光文社 2000（光文社文庫）p245

じきに、こけるよ
◇「結晶銀河―年刊日本SF傑作選」東京創元社 2011（創元SF文庫）p423

仕事ください
◇「怪談―24の恐怖」講談社 2004 p295
◇「異形の白昼―恐怖小説集」筑摩書房 2013（ちくま文庫）p127

自殺卵
◇「たそがれゆく未来」筑摩書房 2016（ちくま文庫）p159

拾得物
◇「冒険の森へ―傑作小説大全 11」集英社 2015 p15

草原の人形
◇「贈る物語Wonder」光文社 2002 p130

空飛ぶ円盤・二対一
◇「日本SF・名作集成 9」リブリオ出版 2005 p57

通りすぎた奴
◇「日本SF全集 1」出版芸術社 2009 p93
◇「70年代日本SFベスト集成 3」筑摩書房 2015（ちくま文庫）p47

名残の雪
◇「日本SF短篇50 2」早川書房 2013（ハヤカワ文庫JA）p47

ヌジ
◇「ふりむけば闇―時代小説招待席」廣済堂出版 2003 p229

走る
◇「冒険の森へ―傑作小説大全 20」集英社 2015 p22

話を読む
◇「男の涙 女の涙―せつない小説アンソロジー」光文社 2006（光文社文庫）p63

原っぱのリーダー
◇「少年の眼―大人になる前の物語」光文社 1997（光文社文庫）p279
◇「それはまだヒミツ―少年少女の物語」新潮社 2012（新潮文庫）p231

ピーや
◇「ミステリマガジン700 国内篇」早川書房 2014（ハヤカワ・ミステリ文庫）p45
◇「冒険の森へ―傑作小説大全 4」集英社 2016 p23
◇「30の神品―ショートショート傑作選」扶桑社 2016（扶桑社文庫）p133

評判悪いよ
◇「日本ベストミステリー選集 24」光文社 1997（光文社文庫）p239

ペケ投げ―近頃、不思議なことが、ときどき起こっているようである
◇「NOVA―書き下ろし日本SFコレクション 9」河出書房新社 2013（河出文庫）p13

真昼の断層
◇「70年代日本SFベスト集成 1」筑摩書房 2014（ちくま文庫）p61

辞めた会社
◇「現代の小説 1998」徳間書店 1998 p433

夢の花
◇「現代の小説 1997」徳間書店 1997 p63

歴史関数
◇「宇宙塵傑作選―日本SFの軌跡 1」出版芸術社 1997 p131

わがパキーネ
◇「人獣怪婚」筑摩書房 2000（ちくま文庫）p45
◇「60年代日本SFベスト集成」筑摩書房 2013（ちくま文庫）p31

Cloneと虹
◇「ふりむけば闇―時代小説招待席」徳間書店 2007（徳間文庫）p235

毬 まり
小さな魔法の降る日に
◇「ゆきのまち幻想文学賞小品集 25」企画集団ぷりずむ 2015 p7

真梨 幸子　まり・ゆきこ（1964〜）
ジョージの災難
◇「5分で読める！ 怖いはなし」宝島社 2014（宝島社文庫）p35

ネイルアート
◇「忍び寄る闇の奇譚」講談社 2008（講談社ノベルス）p183

ハッピーエンドの掟
◇「Happy Box」PHP研究所 2012 p167
◇「Happy Box」PHP研究所 2015（PHP文芸文庫）p167

リリーの災難
◇「5分で読める！ 怖いはなし」宝島社 2014（宝島社文庫）p21

丸井 妙子　まるい・たえこ（1918〜）
海員
◇「日本統治期台湾文学集成 17」緑蔭書房 2003 p439

開田作業
◇「日本統治期台湾文学集成 17」緑蔭書房 2003 p467

春日村
◇「日本統治期台湾文学集成 17」緑蔭書房 2003 p491

漁村の移民達
◇「日本統治期台湾文学集成 17」緑蔭書房 2003 p519

くろがね
◇「日本統治期台湾文学集成 17」緑蔭書房 2003 p537

虎尾と屏東
◇「日本統治期台湾文学集成 17」緑蔭書房 2003 p453

まるお

採鑛記
◇「日本統治期台湾文学集成 17」緑蔭書房 2003 p305
總督さんに會ふの記
◇「日本統治期台湾文学集成 17」緑蔭書房 2003 p407
太平山
◇「日本統治期台湾文学集成 17」緑蔭書房 2003 p413
竹細工を作る村
◇「日本統治期台湾文学集成 17」緑蔭書房 2003 p345
た丶かひの蔭に
◇「日本統治期台湾文学集成 17」緑蔭書房 2003 p291
◇「日本統治期台湾文学集成 17」緑蔭書房 2003 p353
探坑記
◇「日本統治期台湾文学集成 17」緑蔭書房 2003 p501
轉進する移民
◇「日本統治期台湾文学集成 17」緑蔭書房 2003 p381
燈臺行
◇「日本統治期台湾文学集成 17」緑蔭書房 2003 p371
能高越え開鑿
◇「日本統治期台湾文学集成 17」緑蔭書房 2003 p399
緋櫻の記
◇「日本統治期台湾文学集成 17」緑蔭書房 2003 p477
富士・櫻・霧社・日月潭
◇「日本統治期台湾文学集成 17」緑蔭書房 2003 p304
ブユマの魂
◇「日本統治期台湾文学集成 17」緑蔭書房 2003 p545
浴みする高砂族
◇「日本統治期台湾文学集成 17」緑蔭書房 2003 p511

丸岡 明　まるおか・あきら（1907〜1968）
掌の風景
◇「戦後短篇小説選―「世界」1946-1999 3」岩波書店 2000 p149

丸岡 九華　まるおか・きゅうか（1865〜1927）
硯友社文学運動の追憶
◇「新日本古典文学大系 明治編 21」岩波書店 2005 p1

丸川 雄一　まるかわ・ゆういち
繭
◇「ショートショートの広場 17」講談社 2005 （講談社文庫）p151
物思う下水道
◇「ひとにぎりの異形」光文社 2007（光文社文庫）p273
遣り残し
◇「闇電話」光文社 2006（光文社文庫）p475
轆轤首の子供
◇「オバケヤシキ」光文社 2005（光文社文庫）p503

丸木 砂土　まるき・さど（1892〜1956）
四谷快談
◇「怪奇・伝奇時代小説選集 13」春陽堂書店 2000（春陽文庫）p216

丸亭 素人　まるてい・そじん（？〜1913）
化物屋敷
◇「明治探偵冒険小説 4」筑摩書房 2005（ちくま文庫）p117

丸野 麻万　まるの・まま
生きものかんさつ
◇「ショートショートの花束 1」講談社 2009（講談社文庫）p250

丸藤 時生　まるふじ・ときお
楽して儲ける男
◇「ショートショートの花束 6」講談社 2014（講談社文庫）p249

丸谷 才一　まるや・さいいち（1925〜2012）
今は何時ですか？
◇「文学 2000」講談社 2000 p30
贈り物
◇「戦後短篇小説再発見 3」講談社 2001（講談社文芸文庫）p80
子供ごころ
◇「山形県文学全集第2期(随筆・紀行編) 4」郷土出版社 2005 p123
三四郎と東京と富士山〈抄〉
◇「富士山」角川書店 2013（角川文庫）p57
樹影譚
◇「川端康成文学賞全作品 2」新潮社 1999 p85
◇「日本文学全集 19」河出書房新社 2016 p435
秘密
◇「山形県文学全集第1期(小説編) 3」郷土出版社 2004 p243
丸やぎ左衛門のこと
◇「山形県文学全集第2期(随筆・紀行編) 4」郷土出版社 2005 p118
横しぐれ
◇「日本文学全集 19」河出書房新社 2016 p319

丸山 薫　まるやま・かおる（1899〜1974）
哀傷
◇「新装版 全集現代文学の発見 13」學藝書林 2004 p119
アシカ
◇「新装版 全集現代文学の発見 13」學藝書林 2004 p114
錨

嘘
◇「新装版 全集現代文学の発見 13」學藝書林 2004 p110

顔のMEMO
◇「新装版 全集現代文学の発見 13」學藝書林 2004 p116

河口
◇「新装版 全集現代文学の発見 13」學藝書林 2004 p114

風
◇「新装版 全集現代文学の発見 13」學藝書林 2004 p110

鷗が歌つた
◇「新装版 全集現代文学の発見 13」學藝書林 2004 p112

鴉
◇「新装版 全集現代文学の発見 13」學藝書林 2004 p111

汽車に乗つて
◇「新装版 全集現代文学の発見 13」學藝書林 2004 p117

曲馬団一景
◇「新装版 全集現代文学の発見 13」學藝書林 2004 p117

霧
◇「新装版 全集現代文学の発見 13」學藝書林 2004 p112

詩集 十年
◇「新装版 全集現代文学の発見 13」學藝書林 2004 p114

象と陽かげ
◇「新装版 全集現代文学の発見 13」學藝書林 2004 p110

弾道
◇「新装版 全集現代文学の発見 13」學藝書林 2004 p115

弔歌
◇「新装版 全集現代文学の発見 13」學藝書林 2004 p116

翼
◇「新装版 全集現代文学の発見 13」學藝書林 2004 p113

鶴
◇「新装版 全集現代文学の発見 13」學藝書林 2004 p118

鶴の葬式
◇「新装版 全集現代文学の発見 13」學藝書林 2004 p113

破片
◇「新装版 全集現代文学の発見 13」學藝書林 2004 p118 p119

破片
◇「新装版 全集現代文学の発見 13」學藝書林 2004 p113

春来るまで
◇「山形県文学全集第2期（随筆・紀行編）3」郷土出版社 2005 p125

火
◇「新装版 全集現代文学の発見 13」學藝書林 2004 p119

光
◇「新装版 全集現代文学の発見 13」學藝書林 2004 p118

風雨の言葉
◇「新装版 全集現代文学の発見 13」學藝書林 2004 p114

冬
◇「新装版 全集現代文学の発見 13」學藝書林 2004 p115

噴水
◇「新装版 全集現代文学の発見 13」學藝書林 2004 p114

砲壘
◇「新装版 全集現代文学の発見 13」學藝書林 2004 p113

帆が歌つた
◇「新装版 全集現代文学の発見 13」學藝書林 2004 p110

帆・ランプ・鷗
◇「新装版 全集現代文学の発見 13」學藝書林 2004 p110

水の精神
◇「新装版 全集現代文学の発見 13」學藝書林 2004 p119

病める庭園（には）
◇「新装版 全集現代文学の発見 13」學藝書林 2004 p117

夕暮
◇「新装版 全集現代文学の発見 13」學藝書林 2004 p118

幼年
◇「新装版 全集現代文学の発見 13」學藝書林 2004 p116

夜
◇「新装版 全集現代文学の発見 13」學藝書林 2004 p118

ランプが歌つた
◇「新装版 全集現代文学の発見 13」學藝書林 2004 p111

ランプと信天翁（あはうどり）
◇「新装版 全集現代文学の発見 13」學藝書林 2004 p111

離愁
◇「新装版 全集現代文学の発見 13」學藝書林 2004 p111

丸山 杏子　まるやま・きょうこ

白を歩く
◇「ゆきのまち幻想文学賞小品集 15」企画集団ぷりずむ 2006 p177

まるや

丸山 健二　まるやま・けんじ（1943～）
　チャボと湖
　　◇「戦後短篇小説再発見 14」講談社 2003（講談社文芸文庫）p155
　バス停
　　◇「戦後短篇小説再発見 1」講談社 2001（講談社文芸文庫）p121
　夜釣り
　　◇「戦後短篇小説選―『世界』1946-1999 5」岩波書店 2000 p115

丸山 聡美　まるやま・さとみ
　電影の唇
　　◇「ゆきのまち幻想文学賞小品集 7」NTTメディアスコープ 1997 p159

丸山 昇一　まるやま・しょういち（1948～）
　夜を賭けて
　　◇「年鑑代表シナリオ集 '02」シナリオ作家協会 2003 p293

丸山 はじめ　まるやま・はじめ
　特別サービス
　　◇「ショートショートの広場 19」講談社 2007（講談社文庫）p65

丸山 眞男　まるやま・まさお（1914～1996）
　せつに諸君の健闘を祈る≫ゼミ卒業生
　　◇「日本人の手紙 3」リブリオ出版 2004 p240

丸山 政也　まるやま・まさや
　青い炎
　　◇「てのひら怪談 癸巳」KADOKAWA 2013（MF文庫ダ・ヴィンチ）p96
　黒松の盆栽
　　◇「てのひら怪談―ビーケーワン怪談大賞傑作選 壬辰」ポプラ社 2012（ポプラ文庫）p226
　ワンピースの女
　　◇「てのひら怪談―ビーケーワン怪談大賞傑作選 辛卯」ポプラ社 2011（ポプラ文庫）p170

円山 まどか　まるやま・まどか
　木の葉に回すフィルム
　　◇「新走（アラバシリ）―Powers Selection」講談社 2011（講談社box）p283

丸山 由美子　まるやま・ゆみこ
　地震と少女
　　◇「平成28年熊本地震作品集」くまもと文学・歴史館友の会 2016 p28

漫沙　まんさ
　⇒呉漫沙（ご・まんさ）を見よ

萬歳 邦昭　まんざい・くにあき
　薄化粧
　　◇「扉の向こうへ」全作家協会 2014（全作家短編集）p352
　清次郎
　　◇「回転ドアから」全作家協会 2015（全作家短編集）p443

万田 邦敏　まんだ・くにとし（1956～）
　接吻（万田珠実）
　　◇「年鑑代表シナリオ集 '08」シナリオ作家協会 2009 p33
　UNLOVED（万田珠実）
　　◇「年鑑代表シナリオ集 '02」シナリオ作家協会 2003 p45

万田 珠実　まんだ・たまみ
　接吻（万田邦敏）
　　◇「年鑑代表シナリオ集 '08」シナリオ作家協会 2009 p33
　UNLOVED（万田邦敏）
　　◇「年鑑代表シナリオ集 '02」シナリオ作家協会 2003 p45

萬暮雨　まんぼう
　風水
　　◇「てのひら怪談 癸巳」KADOKAWA 2013（MF文庫ダ・ヴィンチ）p .162

【み】

三浦 明博　みうら・あきひろ（1959～）
　声
　　◇「乱歩賞作家 黒の謎」講談社 2004 p139

三浦 綾子　みうら・あやこ（1922～1999）
　くちづけ、セキズイをぬかれたようにへなへなに≫前川正
　　◇「日本人の手紙 4」リブリオ出版 2004 p57

三浦 衣良　みうら・いら（1980～）
　丸窓の女
　　◇「物語の魔の物語―メタ怪談傑作選」徳間書店 2001（徳間文庫）p71

三浦 協子　みうら・きょうこ
　希望とは何か
　　◇「現代短編小説選―2005～2009」日本民主主義文学会 2010 p73

三浦 けん　みうら・けん
　ルーツ
　　◇「ショートショートの広場 16」講談社 2005（講談社文庫）p44

三浦 幸太郎　みうら・こうたろう
　霊は輝やく 義人呉鳳
　　◇「日本統治期台湾文学集成 26」緑蔭書房 2007 p163

三浦 さんぽ　みうら・さんぽ
　潮騒
　　◇「てのひら怪談―ビーケーワン怪談大賞傑作選 辛卯」ポプラ社 2011（ポプラ文庫）p90

弔問
- ◇「てのひら怪談 癸巳」KADOKAWA 2013（MF文庫ダ・ヴィンチ）p106

名前
- ◇「てのひら怪談 癸巳」KADOKAWA 2013（MF文庫ダ・ヴィンチ）p118

三浦 しをん　みうら・しをん（1976～）

永遠に完成しない二通の手紙
- ◇「Love Letter」幻冬舎 2005 p169
- ◇「Love Letter」幻冬舎 2008（幻冬舎文庫）p185

お江戸に咲いた灼熱の花
- ◇「秘密。—私と私のあいだの十二話」メディアファクトリー 2005 p153

思い出の銀幕
- ◇「映画狂時代」新潮社 2014（新潮文庫）p213

荒野の果てに
- ◇「X'mas Stories―一年でいちばん奇跡が起きる日」新潮社 2016（新潮文庫）p245

胡蝶
- ◇「短篇ベストコレクション―現代の小説 2016」徳間書店 2016（徳間文庫）p437

骨片
- ◇「あのころの宝もの―ほんのり心が温まる12のショートストーリー」メディアファクトリー 2003 p263

残酷な力に抗うために
- ◇「凶鳥の黒影―中井英夫へ捧げるオマージュ」河出書房新社 2004 p259

春太の毎日
- ◇「最後の恋―つまり、自分史上最高の恋。」新潮社 2008（新潮文庫）p7

純白のライン
- ◇「シティ・マラソンズ」文藝春秋 2013（文春文庫）p7

聖域の火―宮島弥山 消えずの霊火堂
- ◇「恋の聖地―そこは、最後の恋に出会う場所。」新潮社 2013（新潮文庫）p211

多田便利軒、探偵業に挑戦する―「まほろ駅前」シリーズ番外編
- ◇「サイドストーリーズ」KADOKAWA 2015（角川文庫）p295

ダーリンは演技派
- ◇「秘密。—私と私のあいだの十二話」メディアファクトリー 2005 p159

てっぺん信号
- ◇「いつか、君へ Girls」集英社 2012（集英社文庫）p7

冬の一等星
- ◇「日本文学100年の名作 10」新潮社 2015（新潮文庫）p197

ペーパークラフト
- ◇「短篇ベストコレクション―現代の小説 2007」徳間書店 2007（徳間文庫）p435

森を歩く
- ◇「結婚貧乏」幻冬舎 2003 p95

三浦 朱門　みうら・しゅもん（1926～2017）

礁湖
- ◇「戦後短篇小説再発見 8」講談社 2002（講談社文芸文庫）p57
- ◇「コレクション戦争と文学 8」集英社 2011 p323

冥府山水図
- ◇「歴史小説の世紀 地の巻」新潮社 2000（新潮文庫）p471
- ◇「第三の新人名作選」講談社 2011（講談社文芸文庫）p271

［幽霊見参記］遠藤の布団の中に…
- ◇「文豪怪談傑作選 特別編」筑摩書房 2008（ちくま文庫）p19

三浦 実夫　みうら・つかお

金の卵の骨
- ◇「フラジャイル・ファクトリー戯曲集 2」晩成書房 2008 p75

三浦 哲郎　みうら・てつお（1931～2010）

おおるり
- ◇「日本文学100年の名作 7」新潮社 2015（新潮文庫）p103

お菊
- ◇「怪談―24の恐怖」講談社 2004 p333
- ◇「みちのく怪談名作選 vol.1」荒蝦夷 2010（叢書東北の声）p191

海村異聞
- ◇「剣が哭く夜に哭く」光風社出版 2000（光風社文庫）p7

川べり
- ◇「わかれの船―Anthology」光文社 1998 p130

拳銃
- ◇「私小説名作選 下」講談社 2012（講談社文芸文庫）p190

じねんじょ
- ◇「川端康成文学賞全作品 2」新潮社 1999 p175

忍ぶ川
- ◇「私小説の生き方」アーツ・アンド・クラフツ 2009 p191

驟雨
- ◇「恐怖の森」ランダムハウス講談社 2007 p237

初夜
- ◇「戦後短篇小説再発見 12」講談社 2003（講談社文芸文庫）p140

せせらぎ亭
- ◇「幻想小説大全」北宋社 2002 p440

楕円形の故郷（こきょう）
- ◇「日本怪奇小説傑作集 3」東京創元社 2005（創元推理文庫）p181

乳房
- ◇「コレクション戦争と文学 15」集英社 2012 p126

乳房―一九六六（昭和四一）年五月
- ◇「BUNGO―文豪短篇傑作選」角川書店 2012（角川文庫）p267

とんかつ

◇「教科書に載った小説」ポプラ社 2008 p9
◇「教科書に載った小説」ポプラ社 2012（ポプラ文庫）p9

にきび
◇「妻を失う―離別作品集」講談社 2014（講談社文芸文庫）p154

贋お上人略伝
◇「歴史小説の世紀 地の巻」新潮社 2000（新潮文庫）p595
◇「山形県文学全集第1期（小説編）4」郷土出版社 2004 p89

贋まさざね記
◇「東北戦国志―傑作時代小説」PHP研究所 2009（PHP文庫）p221

恥の譜
◇「家族の絆」光文社 1997（光文社文庫）p59

ヒカダの記憶
◇「戦後短篇小説再発見 5」講談社 2001（講談社文芸文庫）p224

盆土産
◇「人恋しい雨の夜に―せつない小説アンソロジー」光文社 2006（光文社文庫）p135
◇「教科書名短篇 少年時代」中央公論新社 2016（中公文庫）p147

みのむし
◇「川端康成文学賞全集作品 2」新潮社 1999 p277
◇「小川洋子の偏愛短篇箱」河出書房新社 2009 p251
◇「小川洋子の偏愛短篇箱」河出書房新社 2012（河出文庫）p251

わくらば
◇「文学 2001」講談社 2001 p71

三浦 大　みうら・まさる

鮎川哲也を読んだ男
◇「無人踏切―鉄道ミステリー傑作選」光文社 2008（光文社文庫）p467

三浦 真奈美　みうら・まなみ

あれから3年―翼は碧空を翔けて
◇「C・N 25―C・novels創刊25周年アンソロジー」中央公論新社 2007（C novels）p610

三浦 ヨーコ　みうら・よーこ

下味
◇「ショートショートの花束 3」講談社 2011（講談社文庫）p135

ぬこちゃんねる
◇「ショートショートの花束 3」講談社 2011（講談社文庫）p153

三浦 理子　みうら・りこ

宅配便
◇「ショートショートの広場 16」講談社 2005（講談社文庫）p47

御於 紗馬　みお・しょうま

苦談
◇「てのひら怪談―ビーケーワン怪談大賞傑作選 庚寅」ポプラ社 2010（ポプラ文庫）p170

くだん抄
◇「てのひら怪談―ビーケーワン怪談大賞傑作選 辛卯」ポプラ社 2011（ポプラ文庫）p136

みか

抹茶アイス
◇「大人が読む。ケータイ小説―第1回ケータイ文学賞アンソロジー」オンブック 2007 p61

美佳　みか

倖せな結末
◇「ショートショートの広場 12」講談社 2001（講談社文庫）p158

三日月 拓　みかづき・ひらく

ボート
◇「文芸あねもね」新潮社 2012（新潮文庫）p377

三日月 理音　みかづき・りおん

五連闘争
◇「マルドゥック・ストーリーズ―公式二次創作集」早川書房 2016（ハヤカワ文庫 JA）p339

みかの あい

感じの悪い店
◇「ショートショートの広場 14」講談社 2003（講談社文庫）p31

三上 洸　みかみ・あきら（1967～）

スペインの靴
◇「ザ・ベストミステリーズ―推理小説年鑑 2007」講談社 2007 p327
◇「MARVELOUS MYSTERY」講談社 2010（講談社文庫）p183

三上 延　みかみ・えん（1971～）

足塚不二雄『UTOPIA最後の世界大戦』（鶴書房）
◇「ザ・ベストミステリーズ―推理小説年鑑 2012」講談社 2012 p223
◇「Question謎解きの最高峰」講談社 2015（講談社文庫）p5

月の沙漠を
◇「この部屋で君と」新潮社 2014（新潮文庫）p253

三上 於菟吉　みかみ・おときち（1891～1944）

艶容万年若衆
◇「美少年」国書刊行会 1997（書物の王国）p155

嬲られる
◇「竹中英太郎 3」皓星社 2016（挿絵叢書）p35

雪之丞変化
◇「颯爽登場！ 第一話―時代小説ヒーロー初見参」新潮社 2004（新潮文庫）p265

みかみ ちひろ

三寸ノ喜び
◇「ひらく―第15回フェリシモ文学賞」フェリシモ 2012 p80

ライン
◇「むすぶ―第11回フェリシモ文学賞作品集」フェリ

シモ 2008 p60

三神 房子　みかみ・ふさこ
かかしのあずかりもの
　◇「山形市児童劇団脚本集 3」山形市 2005 p342
キャベツはだれのもの?
　◇「小学校たのしい劇の本―英語劇付 低学年」国土社 2007 p8

美川 紀行　みかわ・のりゆき
探偵連作小説 姿なき犯罪(渥美順／梶雁金八)
　◇「日本統治期台湾文学集成 9」緑蔭書房 2002 p261

三川 祐　みかわ・ゆう
海と雨と「理解者」
　◇「妖女」光文社 2004（光文社文庫）p19
首なし
　◇「ショートショートの広場 17」講談社 2005（講談社文庫）p200
混血の夜の子供とその兄弟達
　◇「伯爵の血族―紅ノ章」光文社 2007（光文社文庫）p399
新月の獣
　◇「SF宝石―すべて新作読み切り! 2015」光文社 2015 p274
蝶を食った男の話
　◇「ひとにぎりの異形」光文社 2007（光文社文庫）p448
闇の中から生まれるもの達
　◇「物語のルミナリエ」光文社 2011（光文社文庫）p447
　◇「ショートショートの缶詰」キノブックス 2016 p161

三木 愛花　みき・あいか（1861〜1933）
情天比翼縁
　◇「新日本古典文学大系 明治編 3」岩波書店 2005 p173
序〔情天比翼縁〕
　◇「新日本古典文学大系 明治編 3」岩波書店 2005 p175

深木 章子　みき・あきこ（1947〜）
犯人は私だ!
　◇「ベスト本格ミステリ 2014」講談社 2014（講談社ノベルス）p349

三木 喬太郎　みき・きょうたろう
天晴れ黄八幡兄弟
　◇『少年倶楽部』熱血・痛快・時代短篇選」講談社 2015（講談社文芸文庫）p315

三木 清　みき・きよし（1897〜1945）
パパイヤ、うらやましいでしょう。フィリピン≫三木洋子
　◇「日本人の手紙 7」リブリオ出版 2004 p163

三木 四郎　みき・しろう
願い事

　◇「ショートショートの広場 18」講談社 2006（講談社文庫）p118
フリーズ
　◇「ショートショートの広場 18」講談社 2006（講談社文庫）p230

三木 聖子　みき・せいこ
親分のこより
　◇「むすぶ―第11回フェリシモ文学賞作品集」フェリシモ 2008 p104
初雪の日
　◇「ゆきのまち幻想文学賞小品集 20」企画集団ぶりずむ 2011 p126

三木 卓　みき・たく（1935〜）
逢いびき
　◇「戦後短篇小説選―『世界』1946-1999 5」岩波書店 2000 p3
鎌倉
　◇「街物語」朝日新聞社 2000 p31
咳
　◇「文学 2013」講談社 2013 p258
転居
　◇「戦後短篇小説再発見 6」講談社 2001（講談社文芸文庫）p174
八月
　◇「夏休み」KADOKAWA 2014（角川文庫）p85
鵜
　◇「コレクション戦争と文学 14」集英社 2012 p481
ボトル
　◇「戦後短篇小説再発見 12」講談社 2003（講談社文芸文庫）p218
炎に追われて
　◇「童貞小説集」筑摩書房 2007（ちくま文庫）p11
耳
　◇「文学 2003」講談社 2003 p87
胸
　◇「家族の絆」光文社 1997（光文社文庫）p151
われらアジアの子
　◇「コレクション戦争と文学 16」集英社 2012 p283

三木 等詠　みき・とうえい
幻の花
　◇「太宰治賞 2006」筑摩書房 2006 p75

三木 直大　みき・なおたけ（1951〜）
シャングリラ（張系国〔著〕）
　◇「世界堂書店」文藝春秋 2014（文春文庫）p51

三木 央　みき・なかば
無人島
　◇「ショートショートの広場 13」講談社 2002（講談社文庫）p92

美木 麻里　みき・まり
青山先生
　◇「最後の一日 3月23日―さよならが胸に染みる10の

みき

物語」泰文堂 2013（リンダブックス）p68
恋もたけなわ
◇「失恋前夜―大人のための恋愛短篇集」泰文堂 2013（レインブックス）p231
不完全なランナー
◇「最後の一日 6月30日―さよならが胸に染みる10の物語」泰文堂 2013（リンダブックス）p36
忘れてもいいよ
◇「あなたが生まれた日―家族の愛が温かな10の感動ストーリー」泰文堂 2013（リンダブックス）p83

三木 裕　みき・ゆたか
サングラス
◇「ショートショートの広場 11」講談社 2000（講談社文庫）p73
野菜談義
◇「ショートショートの広場 10」講談社 2000（講談社文庫）p235

右来 左往　みぎき・さおう（1962～）
はじまりの歌
◇『やるキッズあいち劇場』脚本集 平成19年度』愛知県環境調査センター 2008 p45

みきはうす店主　みきはうすてんしゅ
拷問
◇「超短編傑作選 v.6」創英社 2007 p62
忠告
◇「超短編傑作選 v.6」創英社 2007 p64
ナナハンライダー
◇「超短編傑作選 v.6」創英社 2007 p66

三木原 慧一　みきはら・けいいち（1967～）
我等が猫たちの最良の年
◇「C・N 25―C・novels創刊25周年アンソロジー」中央公論新社 2007（C novels）p274

美キやま　みきやま
俺が小学生!?
◇「告白」ソフトバンククリエイティブ 2009 p89

汀 こるもの　みぎわ・こるもの（1977～）
裁かれるのは誰か？
◇「0番目の事件簿」講談社 2012 p306
水密密室！
◇「ミステリ★オールスターズ」角川書店 2010 p73
◇「ミステリ・オールスターズ」角川書店 2012（角川文庫）p83
パッチワーク・ジャングル
◇「近藤史恵リクエスト！ ペットのアンソロジー」光文社 2013 p167
◇「近藤史恵リクエスト！ ペットのアンソロジー」光文社 2014（光文社文庫）p169
Judgment
◇「0番目の事件簿」講談社 2012 p277

三邦 利秀　みくに・としひで
愛の行方
◇「ショートショートの広場 13」講談社 2002（講談社文庫）p69

三國 礼　みくに・ひろ
雪降る公園にて。―dedicated to…
◇「ゆきのまち幻想文学賞小品集 17」企画集団ぷりずむ 2008 p158

三国 亮　みくに・まこと
待つ女
◇「ショートショートの広場 16」講談社 2005（講談社文庫）p123

三熊 花顛　みぐま・かてん（1730～1794）
続近世畸人伝（抄）（須永朝彦〔訳〕）
◇「芸術家」国書刊行会 1998（書物の王国）p139

三雲 岳斗　みくも・がくと（1970～）
結婚前夜
◇「拡張幻想」東京創元社 2012（創元SF文庫）p349
二つの鍵
◇「本格ミステリ 2005」講談社 2005（講談社ノベルス）p229
◇「ザ・ベストミステリーズ―推理小説年鑑 2005」講談社 2005 p219
◇「仕掛けられた罠」講談社 2008（講談社文庫）p407
◇「大きな棺の小さな鍵―本格短編ベスト・セレクション」講談社 2009（講談社文庫）p339
無貌の王国（『名もなき王のための遊戯』を改題）
◇「ミステリ魂。校歌斉唱！」講談社 2010（講談社ノベルス）p7
龍の遺跡と黄金の夏
◇「本格ミステリ 2001」講談社 2001（講談社ノベルス）p545
◇「紅い悪夢の夏―本格短編ベスト・セレクション」講談社 2004（講談社文庫）p371

美倉 健治　みくら・けんじ（1941～）
因習祓い
◇「全作家短編小説集 12」全作家協会 2013 p166
仲違い
◇「扉の向こうへ」全作家協会 2014（全作家短編集）p41
母親の形見
◇「全作家短編小説集 9」全作家協会 2010 p34

三坂 春編　みさか・はるよし
再度の怪（抄）（柴田宵曲〔訳〕）
◇「文豪てのひら怪談」ポプラ社 2009（ポプラ文庫）p124

三崎 亜記　みさき・あき（1970～）
確認済飛行物体
◇「量子回廊―年刊日本SF傑作選」東京創元社 2010（創元SF文庫）p325
彼女の痕跡展
◇「逃げゆく物語の話―ゼロ年代日本SFベスト集成 F」東京創元社 2010（創元SF文庫）p35

緊急自爆装置
　◇「折り紙衛星の伝説」東京創元社 2015（創元SF文庫）p307
「欠陥」住宅
　◇「短篇ベストコレクション―現代の小説 2007」徳間書店 2007（徳間文庫）p51
鼓笛隊の襲来
　◇「コレクション戦争と文学 5」集英社 2011 p286
スノードーム
　◇「不思議の扉 ありえない恋」角川書店 2011（角川文庫）p111
戦争体験館
　◇「短篇ベストコレクション―現代の小説 2006」徳間書店 2006（徳間文庫）p301
妻の一割
　◇「短篇ベストコレクション―現代の小説 2013」徳間書店 2013（徳間文庫）p339
バスジャック
　◇「ザ・ベストミステリーズ―推理小説年鑑 2006」講談社 2006 p217
　◇「セブンミステリーズ」講談社 2009（講談社文庫）p119
街の記憶
　◇「スタートライン―始まりをめぐる19の物語」幻冬舎 2010（幻冬舎文庫）p49
闇
　◇「短篇ベストコレクション―現代の小説 2011」徳間書店 2011（徳間文庫）p499
私
　◇「短篇ベストコレクション―現代の小説 2012」徳間書店 2012（徳間文庫）p529
Enak！
　◇「オトナの片思い」角川春樹事務所 2007 p81
　◇「オトナの片思い」角川春樹事務所 2009（ハルキ文庫）p79
The Book Day
　◇「本からはじまる物語」メディアパル 2007 p205

岬 兄悟　みさき・けいご（1954〜）

インナー・チャイルド
　◇「チャイルド」廣済堂出版 1998（廣済堂文庫）p421
薄皮一枚
　◇「SFバカ本 だるま篇」廣済堂出版 1999（廣済堂文庫）p279
　◇「笑止―SFバカ本シュール集」小学館 2007（小学館文庫）p7
鏡の中の他人
　◇「侵略！」廣済堂出版 1998（廣済堂文庫）p409
家庭内重力
　◇「SFバカ本 天然パラダイス篇」メディアファクトリー 2001 p245
　◇「笑壺―SFバカ本ナンセンス集」小学館 2006（小学館文庫）p103
記憶玉
　◇「蒐集家（コレクター）」光文社 2004（光文社文庫）p337

吸血Pの伝説
　◇「SFバカ本 たわし篇プラス」廣済堂出版 1998（廣済堂文庫）p217
収穫
　◇「SFバカ本 黄金スパム篇」メディアファクトリー 2000 p285
遭難者
　◇「SFバカ本 ペンギン篇」廣済堂出版 1999（廣済堂文庫）p275
堕落
　◇「彗星パニック」廣済堂出版 2000（廣済堂文庫）p307
出口君
　◇「リモコン変化」廣済堂出版 2000（廣済堂文庫）p321
　◇「笑劇―SFバカ本カタストロフィ集」小学館 2007（小学館文庫）p213
テレストーカー
　◇「SFバカ本 たいやき編」ジャストシステム 1997 p211
　◇「SFバカ本 たいやき篇プラス」廣済堂出版 1999（廣済堂文庫）p225
もちつもたれつ
　◇「SFバカ本 宇宙チャーハン篇」メディアファクトリー 2000 p125
闇変身
　◇「SFバカ本 電撃ボンバー篇」メディアファクトリー 2002 p125
闇夜の狭間
　◇「変身」廣済堂出版 1998（廣済堂文庫）p213
誘蛾灯なおれ
　◇「ひとにぎりの異形」光文社 2007（光文社文庫）p331
床下世界
　◇「SFバカ本 人類復活篇」メディアファクトリー 2001 p65
夜明けのない朝
　◇「日本SF全集 3」出版芸術社 2013 p261
流転
　◇「SFバカ本 白菜編」ジャストシステム 1997 p83
　◇「SFバカ本 白菜篇プラス」廣済堂出版 1999（廣済堂文庫）p91

岬 多可子　みさき・たかこ（1967〜）

白い闇のほうへ
　◇「ろうそくの炎がささやく言葉」勁草書房 2011 p34

三崎 曜　みさき・よう

悪友
　◇「ショートショートの広場 15」講談社 2004（講談社文庫）p66

美崎 理恵　みさき・りえ（1964〜）

カツコ美容室
　◇「母のなみだ・ひまわり―愛しき家族を想う短篇小

携帯が終わる日
　◇「言葉にできない悲しみ」泰文堂 2015（リンダパブリッシャーズの本）p89
幸せな風景
　◇「少年のなみだ」泰文堂 2014（リンダブックス）p117
どうした、田部ちゃん
　◇「失恋前夜―大人のための恋愛短篇集」泰文堂 2013（レインブックス）p87
どんぐりの木
　◇「お母さんのなみだ」泰文堂 2016（リンダパブリッシャーズの本）p52
ビュリダンのロバ
　◇「少女のなみだ」泰文堂 2014（リンダブックス）p175
不思議なちから
　◇「あなたが生まれた日―家族の愛が温かな10の感動ストーリー」泰文堂 2013（リンダブックス）p157
幽霊の時計
　◇「幽霊でもいいから会いたい」泰文堂 2014（リンダブックス）p96

三砂 ちづる　みさご・ちづる（1958～）
夏至―6月21日ごろ
　◇「君と過ごす季節―春から夏へ、12の暦物語」ポプラ社 2012（ポプラ文庫）p219

三里 顕　みさと・あきら
眼球
　◇「超短編の世界 vol.3」創英社 2011 p149
期限切れの言葉
　◇「超短編の世界 vol.3」創英社 2011 p135
恋人ができた日
　◇「超短編の世界 vol.3」創英社 2011 p107
納得できない
　◇「超短編の世界 vol.3」創英社 2011 p147
母親になれない
　◇「超短編傑作選 v.6」創英社 2007 p107
ピアノ
　◇「超短編の世界 vol.3」創英社 2011 p64

三澤 未来　みさわ・みき
Dance
　◇「超短編の世界 vol.2」創英社 2009 p84

三沢 充男　みさわ・みつお
あずき団子
　◇「脈動―同人誌作家作品選」ファーストワン 2013 p7

みじかび 朝日　みじかび・あさひ
黒い手
　◇「てのひら怪談―ビーケーワン怪談大賞傑作選 辛卯」ポプラ社 2011（ポプラ文庫）p164

三島 浩司　みしま・こうじ（1969～）
ミレニアム・パヴェ
　◇「短篇ベストコレクション―現代の小説 2012」徳間書店 2012（徳間文庫）p543

三島 由紀夫　みしま・ゆきお（1925～1970）
悪魔的なもの
　◇「ちくま日本文学 10」筑摩書房 2008（ちくま文庫）p410
朝顔
　◇「文豪怪談傑作選」筑摩書房 2007（ちくま文庫）p9
雨のなかの噴水
　◇「少年の眼―大人になる前の物語」光文社 1997（光文社文庫）p185
　◇「戦後短篇小説再発見 1」講談社 2001（講談社文芸文庫）p88
　◇「ものがたりのお菓子箱」飛鳥新社 2008 p119
　◇「この愛のゆくえ―ポケットアンソロジー」岩波書店 2011（岩波文庫別冊）p55
泉鏡花『日本の文学4』解説より抄録
　◇「文豪怪談傑作選」筑摩書房 2007（ちくま文庫）p249
雨月物語について
　◇「文豪怪談傑作選」筑摩書房 2007（ちくま文庫）p239
内田百閒『日本の文学34』解説より抄録
　◇「文豪怪談傑作選」筑摩書房 2007（ちくま文庫）p261
海と夕焼
　◇「ちくま日本文学 10」筑摩書房 2008（ちくま文庫）p9
栄養料理「ハウレンサウ」
　◇「たんときれいに召し上がれ―美食文学精選」芸術新聞社 2015 p295
英霊の声
　◇「文豪怪談傑作選」筑摩書房 2007（ちくま文庫）p97
　◇「コレクション戦争と文学 8」集英社 2011 p624
折口信夫氏のこと―折口信夫追悼
　◇「創刊一〇〇年三田文学名作選」三田文学会 2010 p709
女方
　◇「戦後短篇小説選―『世界』1946-1999 2」岩波書店 2000 p237
怪物
　◇「文士の意地―車谷長吉撰短篇小説輯 下巻」作品社 2005 p246
花山院
　◇「王侯」国書刊行会 1998（書物の王国）p90
　◇「陰陽師伝奇大全」白泉社 2001 p37
　◇「安倍晴明陰陽師伝奇文学集成」勉誠出版 2001 p53
家族合せ
　◇「ちくま日本文学 10」筑摩書房 2008（ちくま文庫）p123

鴉
◇「文豪怪談傑作選」筑摩書房 2007（ちくま文庫）p84

川端氏の「抒情歌」について
◇「文豪怪談傑作選」筑摩書房 2007（ちくま文庫）p269

切符
◇「文豪怪談傑作選」筑摩書房 2007（ちくま文庫）p61

孔雀
◇「美少年」国書刊行会 1997（書物の王国）p188
◇「文豪怪談傑作選」筑摩書房 2007（ちくま文庫）p184
◇「日本文学全集 27」河出書房新社 2017 p493

月澹荘綺譚
◇「文豪怪談傑作選」筑摩書房 2007（ちくま文庫）p210
◇「リテラリーゴシック・イン・ジャパン―文学的ゴシック作品選」筑摩書房 2014（ちくま文庫）p97

剣
◇「時よとまれ、君は美しい―スポーツ小説名作集」角川書店 2007（角川文庫）p5

幸福という病気の療法
◇「ちくま日本文学 10」筑摩書房 2008（ちくま文庫）p159

告白するなかれ
◇「ちくま日本文学 10」筑摩書房 2008（ちくま文庫）p437

古典的平静
◇「ちくま日本文学 10」筑摩書房 2008（ちくま文庫）p412

独楽
◇「ちくま日本文学 10」筑摩書房 2008（ちくま文庫）p444

根本的な破滅への衝動
◇「ちくま日本文学 10」筑摩書房 2008（ちくま文庫）p420

三原色
◇「ちくま日本文学 10」筑摩書房 2008（ちくま文庫）p206

潮騒
◇「作品で読む20世紀の日本文学」白地社（発売）2008 p83

志賀寺上人の恋
◇「歴史小説の世紀 地の巻」新潮社 2000（新潮文庫）p419

邪教
◇「文豪怪談傑作選」筑摩書房 2007（ちくま文庫）p155

終末感からの出発―昭和二十年の自画像
◇「ちくま日本文学 10」筑摩書房 2008（ちくま文庫）p406

小説とは何か
◇「文豪怪談傑作選」筑摩書房 2007（ちくま文庫）p281

真珠
◇「ちくま日本文学 10」筑摩書房 2008（ちくま文庫）p186

親切な機械
◇「戦後占領期短篇小説コレクション 4」藤原書店 2007 p229

煙草
◇「翳りゆく時間」新潮社 2006（新潮文庫）p193

中世
◇「ちくま日本文学 10」筑摩書房 2008（ちくま文庫）p25

中世に於ける一殺人常習者の遺せる哲学的日記の抜萃
◇「悪いやつの物語」筑摩書房 2011（ちくま文学の森）p247

月
◇「戦後短篇小説選―『世界』1946-1999 3」岩波書店 2000 p67

翼―ゴーティエ風の物語
◇「ことばの織物―昭和短篇珠玉選 2」蒼丘書林 1998 p177

伝説
◇「冒険の森へ―傑作小説大全 15」集英社 2016 p25

とうとう魅死魔幽鬼夫になりました≫ドナルド・キーン
◇「日本人の手紙 8」リブリオ出版 2004 p194

仲間
◇「暗黒のメルヘン」河出書房新社 1998（河出文庫）p341
◇「屍鬼の血族」桜桃書房 1999 p287
◇「血と薔薇の誘う夜に―吸血鬼ホラー傑作選」角川書店 2005（角川ホラー文庫）p7
◇「文豪怪談傑作選」筑摩書房 2007（ちくま文庫）p178
◇「幻妖の水脈（みお）」筑摩書房 2013（ちくま文庫）p548

博覧会
◇「文豪怪談傑作選」筑摩書房 2007（ちくま文庫）p160

橋づくし
◇「近代小説〈都市〉を読む」双文社出版 1999 p191
◇「日本舞踊舞踊劇選集」西川会 2002 p719

花火
◇「文豪怪談傑作選」筑摩書房 2007（ちくま文庫）p42
◇「冒険の森へ―傑作小説大全 17」集英社 2015 p63

人に迷惑をかけて死ぬべし
◇「ちくま日本文学 10」筑摩書房 2008（ちくま文庫）p424

雛の宿
◇「文豪怪談傑作選」筑摩書房 2007（ちくま文庫）p16

百万円煎餅
◇「日本文学100年の名作 5」新潮社 2015（新潮文庫）p283

みすい

復讐
◇「復讐」国書刊行会 2000（書物の王国）p87
◇「戦後短篇小説再発見 11」講談社 2003（講談社文芸文庫）p55
◇「日本怪奇小説傑作集 2」東京創元社 2005（創元推理文庫）p335
◇「文豪の探偵小説」集英社 2006（集英社文庫）p81

二つのものの総合
◇「ちくま日本文学 10」筑摩書房 2008（ちくま文庫）p415

不道徳教育講座
◇「ちくま日本文学 10」筑摩書房 2008（ちくま文庫）p424

文弱柔弱を旨とすべし
◇「ちくま日本文学 10」筑摩書房 2008（ちくま文庫）p431

ポップコーンの心霊術—横尾忠則論
◇「文豪怪談傑作選」筑摩書房 2007（ちくま文庫）p274

柳田國男「遠野物語」—名著再発見
◇「文豪怪談傑作選」筑摩書房 2007（ちくま文庫）p245

熊野
◇「創刊一〇〇年三田文学名作選」三田文学会 2010 p557

夜の仕度
◇「ちくま日本文学 10」筑摩書房 2008（ちくま文庫）p83

喜びの琴
◇「ちくま日本文学 10」筑摩書房 2008（ちくま文庫）p241

蘭陵王
◇「日本近代短篇小説選 昭和篇3」岩波書店 2012（岩波文庫）p361

六世中村歌右衛門序説
◇「芸術家」国書刊行会 1998（書物の王国）p233

わが魅せられたるもの
◇「ちくま日本文学 10」筑摩書房 2008（ちくま文庫）p410

私の遍歴時代（抄）
◇「ちくま日本文学 10」筑摩書房 2008（ちくま文庫）p371

F104
◇「コレクション戦争と文学 3」集英社 2012 p367

水池 亘　みずいけ・わたる
スクリーン・ヒーロー
◇「超短編の世界 vol.3」創英社 2011 p151
ボロボロ
◇「超短編の世界」創英社 2008 p71

水上 幻一郎　みずかみ・げんいちろう（1916〜2001）
火山観測所殺人事件
◇「甦る推理雑誌 1」光文社 2002（光文社文庫）p131

水上 洪一　みずかみ・こういち
最後の竹細工
◇「伊豆の江戸を歩く」伊豆新聞本社 2004（伊豆文学賞歴史小説傑作集）p11

水上 準也　みずかみ・じゅんや（1916〜）
蛇穴谷の美女
◇「怪奇・伝奇時代小説選集 5」春陽堂書店 2000（春陽文庫）p184

水上 勉　みずかみ・つとむ（1919〜2004）
赤い自転車
◇「現代の小説 1997」徳間書店 1997 p85
越後つついし親不知
◇「新装版 全集現代文学の発見 16」學藝書林 2005 p480
越前竹人形
◇「日本舞踊舞踊劇選集」西川会 2002 p735
慧能
◇「紅葉谷から剣鬼が来る—時代小説傑作選」講談社 2002（講談社文庫）p53
金槌の話
◇「コレクション戦争と文学 19」集英社 2011 p705
佐渡の埋れ火
◇「慕情深川しぐれ」光風社出版 1998（光風社文庫）p67
猿
◇「文学 2002」講談社 2002 p195
猿籠の牡丹
◇「わかれの船—Anthology」光文社 1998 p305
小孩（しょうはい）
◇「コレクション戦争と文学 16」集英社 2012 p264
清富記
◇「剣の意地恋の夢—時代小説傑作選」講談社 2000（講談社文庫）p63
太市
◇「魂がふるえるとき」文藝春秋 2004（文春文庫）p27
◇「文士の意地—車谷長吉撰短篇小説輯 下巻」作品社 2005 p214
寺泊
◇「川端康成文学賞全作品 1」新潮社 1999 p59
◇「私小説名作選 下」講談社 2012（講談社文芸文庫）p61
◇「味覚小説名作集」光文社 2016（光文社文庫）p135
てんぐさお峯
◇「明暗廻り灯籠」光風社出版 1998（光風社文庫）p7
天正の橋
◇「歴史小説の世紀 地の巻」新潮社 2000（新潮文庫）p127
棗
◇「戦後短篇小説選—『世界』1946–1999 4」岩波書店 2000 p217
西陣の蝶

踏切
　◇「京都綺談」有楽出版社 2015 p165
　◇「せつない話 2」光文社 1997 p35
筈川
　◇「戦後短篇小説再発見 12」講談社 2003（講談社文芸文庫）p197
方臘
　◇「戦後短篇小説選―『世界』1946–1999 5」岩波書店 2000 p277
最上の紅花
　◇「山形県文学全集第2期(随筆・紀行編) 4」郷土出版社 2005 p23
山寺
　◇「京都府文学全集第1期(小説編) 6」郷土出版社 2005 p30
由良川心中
　◇「京都府文学全集第1期(小説編) 6」郷土出版社 2005 p11
リヤカーを曳いて
　◇「戦後短篇小説再発見 8」講談社 2002（講談社文芸文庫）p139

水川 圭子　みずかわ・けいこ
流れの中より
　◇「ハンセン病文学全集 4」皓星社 2003 p350

水川 裕雄　みずかわ・やすお（1941～）
幕末写真帖・イサム
　◇「1人から5人でできる新鮮いちご脚本集 v.3」青雲書房 2003 p45
古池や……
　◇「1人から5人でできる新鮮いちご脚本集 v.2」青雲書房 2002 p123

瑞木 加奈　みずき・かな
雪写し
　◇「ゆきのまち幻想文学賞小品集 22」企画集団ぷりずむ 2013 p72
雪の音
　◇「ゆきのまち幻想文学賞小品集 19」企画集団ぷりずむ 2010 p139
侘助ひとつ
　◇「ゆきのまち幻想文学賞小品集 24」企画集団ぷりずむ 2015 p7

水木 京太　みずき・きょうた（1894～1948）
あの日・あの時―小山内薫追悼
　◇「創刊一〇〇年三田文学名作選」三田文学会 2010 p692

水木 しげる　みずき・しげる（1922～2015）
悪魔くん(抄)
　◇「もの食う話」文藝春秋 2015（文春文庫）p250
雨女
　◇「御伽草子―ホラー・アンソロジー」PHP研究所 2001（PHP文庫）p181
宇宙虫
　◇「たそがれゆく未来」筑摩書房 2016（ちくま文庫）p275
おばあさんの死んだ日
　◇「文豪怪談傑作選 特別編」筑摩書房 2008（ちくま文庫）p259
こどもの国
　◇「暴走する正義」筑摩書房 2016（ちくま文庫）p107
ぬらりひょん
　◇「モノノケ大合戦」小学館 2005（小学館文庫）p287
猫又
　◇「怪猫鬼談」人類文化社 1999 p13
猫又の恋
　◇「変化―書下ろしホラー・アンソロジー」PHP研究所 2000（PHP文庫）p135
ノツゴ
　◇「魑魅魍魎列島」小学館 2005（小学館文庫）p373
妖怪さま
　◇「妖怪」国書刊行会 1999（書物の王国）p9

水生 大海　みずき・ひろみ
五度目の春のヒヨコ
　◇「エール！ 2」実業之日本社 2013（実業之日本社文庫）p49
　◇「ザ・ベストミステリーズ―推理小説年鑑 2014」講談社 2014 p231
まねき猫狂想曲
　◇「猫とわたしの七日間―青春ミステリーアンソロジー」ポプラ社 2013（ポプラ文庫ピュアフル）p101
もういいかい
　◇「ショートショートの花束 1」講談社 2009（講談社文庫）p58

水槻 真希子　みずき・まきこ
矩形の青
　◇「太宰治賞 2013」筑摩書房 2013 p229

水城 洋子　みずき・ようこ
なつやすみ
　◇「ゆれる―第12回フェリシモ文学賞作品集」フェリシモ 2009 p110

水木 洋子　みずき・ようこ（1910～2003）
はげやまちゃんちき
　◇「日本舞踊舞踊劇選集」西川会 2002 p745

水城 嶺子　みずき・れいこ（1960～）
紙の妖精と百円の願いごと
　◇「自選ショート・ミステリー」講談社 2001（講談社文庫）p71
ママ
　◇「憑き者―全篇書下ろし傑作ホラーアンソロジー」アスキー 2000（A-novels）p43

水樹 和佳子　みずき・わかこ（1953～）
規格はずれ
　◇「チューリップ革命―ネオ・スイート・ドリーム・

みすさ

ロマンス」イースト・プレス 2000 p117
二〇〇〇年三月九日
◇「蜜の眠り」廣済堂出版 2000（廣済堂文庫）p185

水沢 いおり　みずさわ・いおり（1975〜）
優しい風
◇「気配―第10回フェリシモ文学賞作品集」フェリシモ 2007 p126

水沢 謙一　みずさわ・けんいち（1910〜1994）
赤いききみみずきん
◇「朗読劇台本集 4」玉川大学出版部 2002 p179

水澤 世都子　みずさわ・せつこ
回帰
◇「脈動―同人誌作家作品選」ファーストワン 2013 p145

水沢 龍樹　みずさわ・たつき（1957〜）
陰陽師・安倍保昌
◇「安倍晴明陰陽師伝奇文学集成」勉誠出版 2001 p309
慶長淫魔譚
◇「遙かなる道」桃園書房 2001（桃園文庫）p253
魂虫譚
◇「安倍晴明陰陽師伝奇文学集成」勉誠出版 2001 p291
平中淫花譚
◇「風の孤影」桃園書房 2001（桃園文庫）p313

水沢 雪夫　みずさわ・ゆきお
伝奇狒々族呪縛
◇「怪奇・伝奇時代小説選集 11」春陽堂書店 2000（春陽文庫）p65

水嶋 大悟　みずしま・だいご
於布津弁天
◇「ゆほのまち幻想文学賞小品集 21」企画集団ぷりずむ 2012 p169

水島 爾保布　みずしま・におう（1884〜1958）
偽雷神（支那の探偵奇譚）
◇「幻の探偵雑誌 5」光文社 2001（光文社文庫）p395

水島 裕子　みずしま・ゆうこ
人形の脳みそ
◇「ブキミな人びと」ランダムハウス講談社 2007 p211

水田 広　みずた・ひろし
奉仕作業
◇「ハンセン病文学全集 4」皓星社 2003 p409

水田 美意子　みずた・みいこ（1992〜）
うどんをゆでるあいだに
◇「5分で読める！ ひと駅ストーリー 食の話」宝島社 2015（宝島社文庫）p189
占いの館
◇「5分で読める！ ひと駅ストーリー 夏の記憶西口編」宝島社 2013（宝島社文庫）p181
七月七日に逢いましょう
◇「10分間ミステリー」宝島社 2012（宝島社文庫）p123
◇「10分間ミステリー THE BEST」宝島社 2016（宝島社文庫）p333
猫の密室
◇「5分で読める！ ひと駅ストーリー 猫の物語」宝島社 2014（宝島社文庫）p249
ひと駅間の隠し場所
◇「5分で読める！ ひと駅ストーリー 降車編」宝島社 2012（宝島社文庫）p123
雪のせい
◇「5分で読める！ ひと駅ストーリー 冬の記憶西口編」宝島社 2013（宝島社文庫）p221
私の彼は男前
◇「もっとすごい！ 10分間ミステリー」宝島社 2013（宝島社文庫）p223

水谷 佐和子　みずたに・さわこ
お下がり
◇「ショートショートの広場 19」講談社 2007（講談社文庫）p70

水谷 準　みずたに・じゅん（1904〜2001）
R夫人の横顔
◇「探偵くらぶ―探偵小説傑作選1946〜1958 上」光文社 1997（カッパ・ノベルス）p189
お・それ・みお―私の太陽よ、大空の彼方に
◇「冒険の森へ―傑作大全 13」集英社 2016 p36
カメレオン
◇「幻の探偵雑誌 8」光文社 2001（光文社文庫）p141
棺桶相合傘
◇「捕物時代小説選集 8」春陽堂書店 2000（春陽文庫）p208
胡桃園の青白き番人
◇「江戸川乱歩と13人の新青年〈文学派〉編」光文社 2008（光文社文庫）p333
恋人を喰べる話
◇「怪奇探偵小説集 2」角川春樹事務所 1998（ハルキ文庫）p57
◇「幻の探偵雑誌 2」光文社 2000（光文社文庫）p85
酒壜の中の手記
◇「探偵小説の風景―トラフィック・コレクション 上」光文社 2009（光文社文庫）p263
砂丘
◇「探偵小説の風景―トラフィック・コレクション 下」光文社 2009（光文社文庫）p303
殺人迷路（連作探偵小説第四回）
◇「幻の探偵雑誌 8」光文社 2001（光文社文庫）p47
七つの閨
◇「爬虫館事件―新青年傑作選」角川書店 1998（角川ホラー文庫）p33
のぞきからくり

◇「竹中英太郎 3」皓星社 2016（挿絵叢書）p113
化けの皮の幸福
　◇「竹中英太郎 3」皓星社 2016（挿絵叢書）p9
鼻欠き供養
　◇「捕物時代小説選集 5」春陽堂書店 2000（春陽文庫）p72
故郷の波止場で（書類第四一五号の秘密）
　◇「雪国にて―北海道・東北編」双葉社 2015（双葉文庫）p99
宝石商殺人事件
　◇「江戸川乱歩の推理教室」光文社 2008（光文社文庫）p323
僕の「日本探偵小説史」
　◇「幻の探偵雑誌 8」光文社 2001（光文社文庫）p205
四枚の年賀状
　◇「幻の探偵雑誌」光文社 2002（光文社文庫）p332
われは英雄
　◇「犯人は秘かに笑う―ユーモアミステリー傑作選」光文社 2007（光文社文庫）p43

水谷 俊之　みずたに・としゆき（1955〜）
ざんげの値打ちもない
　◇「歌謡曲だよ、人生は―映画監督短編集」メディアファクトリー 2007 p265

水谷 美佐　みずたに・みさ
塩むすび
　◇「むすぶ―第11回フェリシモ文学賞作品集」フェリシモ 2008 p108

水谷 唯那　みずたに・ゆいな
屋上の三角形
　◇「屋上の三角形」主婦と生活社 2008（Junon novels）p5

水玉 螢之丞　みずたま・けいのじょう（1959〜2014）
ハリガミ（牧野修）
　◇「憑き者―全篇書下ろし傑作ホラーアンソロジー」アスキー 2000（A-novels）p189

水野 一雄　みずの・かずお
残影
　◇「ハンセン病に咲いた花―初期文芸名作選 戦後編」皓星社 2002（ハンセン病叢書）p280

水野 次郎　みずの・じろう
海師の子
　◇「「伊豆文学賞」優秀作品集 第11回」静岡新聞社 2008 p45

水野 仙子　みずの・せんこ（1888〜1919）
輝ける朝
　◇「福島の文学―11人の作家」講談社 2014（講談社文芸文庫）p14
神樂阪の半襟
　◇「短編 女性文学 近代 続」おうふう 2002 p39
女医の話
　◇「「新編」日本女性文学全集 3」菁柿堂 2011 p422
　◇「青鞜小説集」講談社 2014（講談社文芸文庫）p44
徒労
　◇「「新編」日本女性文学全集 3」菁柿堂 2011 p376
娘
　◇「「新編」日本女性文学全集 3」菁柿堂 2011 p399
四十余日
　◇「「新編」日本女性文学全集 3」菁柿堂 2011 p383

水野 竹声　みずの・ちくせい
露草
　◇「ハンセン病文学全集 9」皓星社 2010 p41

水野 宏伸　みずの・ひろのぶ
生ひ立ちの歌
　◇「ゆきのまち幻想文学賞小品集 10」企画集団ぷりずむ 2001 p155

水野 葉舟　みずの・ようしゅう（1883〜1947）
跫音
　◇「文豪怪談傑作選 明治編」筑摩書房 2011（ちくま文庫）p179
嵐の後
　◇「文豪怪談傑作選 明治編」筑摩書房 2011（ちくま文庫）p160
一夜
　◇「文豪怪談傑作選 明治編」筑摩書房 2011（ちくま文庫）p155
怪談
　◇「文豪怪談傑作選 明治編」筑摩書房 2011（ちくま文庫）p183
怪談会
　◇「闇夜に怪を語れば―百物語ホラー傑作選」角川書店 2005（角川ホラー文庫）p101
　◇「文豪怪談傑作選 明治編」筑摩書房 2011（ちくま文庫）p189
月下
　◇「文豪怪談傑作選 明治編」筑摩書房 2011（ちくま文庫）p170
月夜峠
　◇「文豪怪談傑作選 特別編」筑摩書房 2007（ちくま文庫）p148
手
　◇「文豪怪談傑作選 明治編」筑摩書房 2011（ちくま文庫）p164
テレパシー
　◇「文豪怪談傑作選 特別編」筑摩書房 2007（ちくま文庫）p144
取り交ぜて
　◇「文豪怪談傑作選 特別編」筑摩書房 2007（ちくま文庫）p282
取り交ぜて（抄）
　◇「文豪てのひら怪談」ポプラ社 2009（ポプラ文庫）p136
春の夜
　◇「文豪怪談傑作選 明治編」筑摩書房 2011（ちくま文庫）p173

みすの

響（抄）付「跫音」
◇「文豪怪談傑作選 明治編」筑摩書房 2011（ちくま文庫）p149
盆踊り
◇「文豪怪談傑作選 明治編」筑摩書房 2011（ちくま文庫）p152
闇
◇「文豪怪談傑作選 明治編」筑摩書房 2011（ちくま文庫）p162
老婆
◇「文豪怪談傑作選 明治編」筑摩書房 2011（ちくま文庫）p149
老爺
◇「文豪怪談傑作選 明治編」筑摩書房 2011（ちくま文庫）p163

水野 良　みずの・りょう（1963～）
ロードス島伝説―幻影の王子
◇「運命の覇者」角川書店 1997 p211

水原 紫苑　みずはら・しおん（1959～）
このゆふべ城に近づく蜻蛉あり武者はをみなを知らざりしかば
◇「文豪てのひら怪談」ポプラ社 2009（ポプラ文庫）p168

水原 秀策　みずはら・しゅうさく（1966～）
君といつまでも
◇「5分で読める！ ひと駅ストーリー 旅の話」宝島社 2015（宝島社文庫）p207
地獄の沙汰も顔次第
◇「5分で読める！ ひと駅ストーリー 夏の記憶東口編」宝島社 2013（宝島社文庫）p191
猫型ロボット
◇「5分で読める！ ひと駅ストーリー 猫の物語」宝島社 2014（宝島社文庫）p299
ベストセラー作家
◇「10分間ミステリー」宝島社 2012（宝島社文庫）p99
◇「5分で凍る！ ぞっとする怖い話」宝島社 2015（宝島社文庫）p201
部屋と手錠と私
◇「もっとすごい！ 10分間ミステリー」宝島社 2013（宝島社文庫）p187
◇「10分間ミステリー THE BEST」宝島社 2016（宝島社文庫）p397
Happy Xmas
◇「5分で読める！ ひと駅ストーリー 冬の記憶東口編」宝島社 2013（宝島社文庫）p181

水見 稜　みずみ・りょう（1957～）
オーガニック・スープ
◇「日本SF全集 3」出版芸術社 2013 p283
市庁舎の幽霊
◇「塔の物語」角川書店 2000（角川ホラー文庫）p69

水村 美苗　みずむら・みなえ（1951～）
パリ
◇「街物語」朝日新聞社 2000 p141

水守 亀之助　みずもり・かめのすけ（1886～1958）
不安と騒擾と影響と
◇「天変動く 大震災と作家たち」インパクト出版会 2011（インパクト選書）p145

水森 サトリ　みずもり・さとり（1970～）
銀の匙キラキラ
◇「Colors」ホーム社 2008 p165
◇「Colors」集英社 2009（集英社文庫）p181

溝口 勲　みぞぐち・いさお
チキン・カレー
◇「高校演劇Selection 2005 上」晩成書房 2007 p123

溝口 さと子　みぞぐち・さとこ
借景
◇「かわいい―第16回フェリシモ文学賞優秀作品集」フェリシモ 2013 p32

溝口 貴子　みぞぐち・たかこ
逃亡者―夢を追いかけて
◇「中学生のドラマ 1」晩成書房 1995 p143

美空 ひばり　みそら・ひばり（1937～1989）
生きる事に向って歩みます＞加藤和也
◇「日本人の手紙 8」リブリオ出版 2004 p201
日本一の父と大声でさけびたい＞加藤増吉
◇「日本人の手紙 1」リブリオ出版 2004 p60

三田 つばめ　みた・つばめ（1965～）
ケンジ
◇「二十四粒の宝石―超短編小説傑作集」講談社 1998（講談社文庫）p215

三田 とりの　みた・とりの
主婦と排水溝
◇「てのひら怪談―ビーケーワン怪談大賞傑作選 辛卯」ポプラ社 2011（ポプラ文庫）p114

ミタ ヒツヒト
森川空のルール 番外編
◇「星海社カレンダー小説 2012上」星海社 2012（星海社FICTIONS）p107
◇「カレンダー・ラブ・ストーリー―読むと恋したくなる」星海社 2014（星海社文庫）p7

三田 誠広　みた・まさひろ（1948～）
彼女の重み
◇「極上掌編小説」角川書店 2006 p271
◇「ひと粒の宇宙」角川書店 2009（角川文庫）p267
巻末エッセイ 「僕って何」のころ
◇「現代小説クロニクル 1975～1979」講談社 2014 p336
鹿の王
◇「戦後短篇小説再発見 16」講談社 2003（講談社文芸文庫）p177
鹿の菌

◇「奇跡」国書刊行会 2000（書物の王国）p225
僕って何
◇「現代小説クロニクル 1975〜1979」講談社 2014（講談社文芸文庫）p144

美田 羅堂　みた・らどう
調査員
◇「ショートショートの広場 11」講談社 2000（講談社文庫）p102

三谷 晶子　みたに・あきこ（1979〜）
尻軽罰当たらない女―腹黒い11人の女
◇「君に会いたい―恋愛短篇小説集」泰文堂 2012（リンダブックス）p86
一粒の奇跡の砂
◇「君がいない―恋愛短篇小説集」泰文堂 2013（リンダブックス）p6
ホームレスの神さま
◇「好きなのに」泰文堂 2013（リンダブックス）p129
真綿で首を絞めるような愛撫
◇「すごい恋愛」泰文堂 2012（リンダブックス）p220

三谷 智子　みたに・さとこ
長男
◇「優秀新人戯曲集 2009」ブロンズ新社 2008 p101

三谷 祥介　みたに・しょうすけ
第二巡査の報告 おつたの死
◇「日本統治期台湾文学集成 9」緑蔭書房 2002 p323

三谷 るみ　みたに・るみ
傾くまでの月を見しかな
◇「新鋭劇作集 series 17」日本劇団協議会 2005 p75
元禄夜討心中
◇「優秀新人戯曲集 2012」ブロンズ新社 2011 p117

三田村 鳶魚　みたむら・えんぎょ（1870〜1952）
有馬の猫騒動
◇「怪猫鬼談」人類文化社 1999 p225

三田村 信行　みたむら・のぶゆき（1939〜）
かべは知っていた
◇「響き交わする鬼」小学館 2005（小学館文庫）p311

三田村 連　みたむら・れん
斑腰ひも
◇「捕物時代小説選集 8」春陽堂書店 2000（春陽文庫）p189

御手洗 紀穂　みたらい・きほ
赤に憑かれる
◇「Magma 噴の巻」ソフト商品開発研究所 2016 p77

御手洗 辰男　みたらい・たつお
主人公
◇「ショートショートの広場 9」講談社 1998（講談社文庫）p104

御手洗 徹　みたらい・とおる
野犬と女優
◇「犬のミステリー」河出書房新社 1999（河出文庫）p89

道尾 秀介　みちお・しゅうすけ（1975〜）
暗がりの子供
◇「奇想博物館」光文社 2013（最新ベスト・ミステリー）p265
◇「Story Seller annex」新潮社 2014（新潮文庫）p9
オ
◇「ザ・ベストミステリーズ―推理小説年鑑 2009」講談社 2009 p131
◇「Spiralめくるめく謎」講談社 2012（講談社文庫）p5
橘の寺
◇「ザ・ベストミステリーズ―推理小説年鑑 2011」講談社 2011 p303
◇「Shadow闇に潜む真実」講談社 2014（講談社文庫）p255
流れ星のつくり方
◇「本格ミステリ 2006」講談社 2006（講談社ノベルス）p181
◇「ザ・ベストミステリーズ―推理小説年鑑 2006」講談社 2006 p197
◇「七つの死者の囁き」新潮社 2008（新潮文庫）p55
◇「曲げられた真相」講談社 2009（講談社文庫）p341
◇「珍しい物語のつくり方―本格短編ベスト・セレクション」講談社 2010（講談社文庫）p263
夏の光
◇「Anniversary 50―カッパ・ノベルス創刊50周年記念作品」光文社 2009（Kappa novels）p215
◇「ザ・ベストミステリーズ―推理小説年鑑 2010」講談社 2010 p379
◇「BORDER善と悪の境界」講談社 2013（講談社文庫）p51
箱詰めの文字
◇「不思議の足跡」光文社 2007（Kappa novels）p333
◇「不思議の足跡」光文社 2011（光文社文庫）p451
春の蝶
◇「日本文学100年の名作 10」新潮社 2015（新潮文庫）p337
光の箱
◇「Story Seller」新潮社 2009（新潮文庫）p453
冬の鬼
◇「暗闇を見よ」光文社 2010（Kappa novels）p299
◇「暗闇を見よ」光文社 2015（光文社文庫）p407
盲蛾
◇「眠れなくなる夢十夜」新潮社 2009（新潮文庫）p139
やさしい風の道
◇「あの日、君と Girls」集英社 2012（集英社文庫）p199

みちは

ゆがんだ子供
　◇「短編工場」集英社 2012（集英社文庫）p33
弓投げの崖を見てはいけない
　◇「蝦蟇倉市事件 1」東京創元社 2010（東京創元社・ミステリ・フロンティア）p7
　◇「晴れた日は謎を追って」東京創元社 2014（創元推理文庫）p11
病葉
　◇「短篇ベストコレクション―現代の小説 2011」徳間書店 2011（徳間文庫）p317

道林 はる子　みちばやし・はるこ
気配
　◇「姥ヶ辻―小説集」作品社 2003 p120
水の街
　◇「姥ヶ辻―小説集」作品社 2003 p144

道又 紀子　みちまた・のりこ
夕暮れ
　◇「12人のカウンセラーが語る12の物語」ミネルヴァ書房 2010 p237

三井 快　みつい・かい
漂流物
　◇「新鋭劇作集 series.18」日本劇団協議会 2006 p5
　◇「フラジャイル・ファクトリー戯曲集 2」晩成書房 2008 p193
円山町幻花
　◇「新鋭劇作集 series 17」日本劇団協議会 2005 p5

三井 多和　みつい・たわ
天覧
　◇「立川文学 3」けやき出版 2013 p63

光井 雄二郎　みつい・ゆうじろう
悲剣月影崩し
　◇「柳生秘剣伝奇」勉誠出版 2002（べんせいライブラリー）p193

光石 介太郎　みついし・かいたろう（1910～1984）
綺譚六三四一
　◇「探偵小説の風景―トラフィック・コレクション下」光文社 2009（光文社文庫）p217
皿山の異人屋敷
　◇「幻の探偵雑誌 4」光文社 2001（光文社文庫）p141
三番館の蒼蠅
　◇「甦る「幻影城」 2」角川書店 1997（カドカワ・エンタテインメント）p75
夜霧の夜
　◇「怪奇探偵小説集 2」角川春樹事務所 1998（ハルキ文庫）p161

光岡 明　みつおか・あきら（1932～2004）
行ったり来たり
　◇「戦後短篇小説再発見 7」講談社 2001（講談社文芸文庫）p239
鱛涙
　◇「文学 1998」講談社 1998 p91

光岡 芳枝　みつおか・よしえ（？～1976）
或る日の眩き
　◇「ハンセン病文学全集 4」皓星社 2003 p453
病室点描
　◇「ハンセン病文学全集 4」皓星社 2003 p455
みづきの花
　◇「ハンセン病文学全集 8」皓星社 2006 p314

光岡 良二　みつおか・りょうじ（1911～1995）
愛禽
　◇「ハンセン病文学全集 7」皓星社 2004 p287
葦笛にのせて―訳詩風の断章
　◇「ハンセン病文学全集 7」皓星社 2004 p202
池
　◇「ハンセン病文学全集 7」皓星社 2004 p206
祈る少女
　◇「ハンセン病文学全集 7」皓星社 2004 p215
風に寄せるソネット
　◇「ハンセン病文学全集 7」皓星社 2004 p288
家族図
　◇「ハンセン病に咲いた花―初期文芸名作選 戦前編」皓星社 2002（ハンセン病叢書）p124
鵞毛
　◇「ハンセン病文学全集 7」皓星社 2004 p201
色彩画家（カラリスト）の日誌
　◇「ハンセン病文学全集 7」皓星社 2004 p203
草津高原にて
　◇「ハンセン病文学全集 7」皓星社 2004 p213
古代微笑
　◇「ハンセン病文学全集 8」皓星社 2006 p268
散文について―小説美論序説
　◇「ハンセン病文学全集 5」皓星社 2010 p23
少年
　◇「ハンセン病文学全集 7」皓星社 2004 p209
女王戴冠
　◇「ハンセン病文学全集 7」皓星社 2004 p216
新春祝詞
　◇「ハンセン病文学全集 7」皓星社 2004 p210
深冬
　◇「ハンセン病文学全集 8」皓星社 2006 p214
青年
　◇「ハンセン病に咲いた花―初期文芸名作選 戦前編」皓星社 2002（ハンセン病叢書）p136
聖母子
　◇「ハンセン病文学全集 7」皓星社 2004 p289
爪
　◇「ハンセン病文学全集 7」皓星社 2004 p288
転換期の療養所と「惰民論」をめぐって（2）　惰民論の観念性―森幹郎氏の論稿によせて
　◇「ハンセン病文学全集 5」皓星社 2010 p217
転換期の療養所と「惰民論」をめぐって（6）

戦後療養所論
　◇「ハンセン病文学全集 5」皓星社 2010 p248
伝説
　◇「ハンセン病文学全集 7」皓星社 2004 p211
　◇「ハンセン病文学全集 7」皓星社 2004 p287
菜の花
　◇「ハンセン病文学全集 7」皓星社 2004 p204
フラグメント
　◇「ハンセン病文学全集 7」皓星社 2004 p209
水はさらさら流れてゐた
　◇「ハンセン病文学全集 7」皓星社 2004 p201
貉
　◇「ハンセン病に咲いた花―初期文芸名作選 戦前編」皓星社 2002（ハンセン病叢書）p152
夕ぐれのスケッチ
　◇「ハンセン病文学全集 7」皓星社 2004 p212
ライの意識革命と予防法闘争（1）レプラ・コンプレックス
　◇「ハンセン病文学全集 5」皓星社 2010 p108
ライの意識革命と予防法闘争（7）強制収容・懲戒検束の廃止なくして、新しき療養所なし
　◇「ハンセン病文学全集 5」皓星社 2010 p138
ライの意識革命と予防法闘争（9）人間になる日―或る書翰
　◇「ハンセン病文学全集 5」皓星社 2010 p149
癩文学に於ける私小説性
　◇「ハンセン病文学全集 5」皓星社 2010 p21
六月への頌歌
　◇「ハンセン病文学全集 7」皓星社 2004 p207
別れのあとに
　◇「ハンセン病文学全集 7」皓星社 2004 p205

神城 耀　みつき・あかる
空に架かる橋
　◇「超短編傑作選 v.6」創英社 2007 p91

三津木 春影　みつぎ・しゅんえい（1881～1915）
汽車中の殺人
　◇「明治探偵冒険小説 4」筑摩書房 2005（ちくま文庫）p345

水月 聖司　みづき・せいじ
闇鍋
　◇「てのひら怪談―ビーケーワン怪談大賞傑作選 壬辰」ポプラ社 2012（ポプラ文庫）p116

未月 美緒　みづき・みお
小さなお願い
　◇「丸の内の誘惑」マガジンハウス 1999 p149

光郷 輝紀　みつさと・てるき（1969～）
歴史
　◇「全作家短編小説集 9」全作家協会 2010 p235

光瀬 龍　みつせ・りゅう（1928～1999）
暁の砦
　◇「現代の小説 1999」徳間書店 1999 p127
イリ・エネルギー販売店
　◇「宇宙塵傑作選―日本SFの軌跡 1」出版芸術社 1997 p123
幹線水路二〇六一年
　◇「60年代日本SFベスト集成」筑摩書房 2013（ちくま文庫）p335
消えた神の顔
　◇「日本SF・名作集成 2」リブリオ出版 2005 p95
決闘
　◇「日本SF全集 1」出版芸術社 2009 p69
坂本龍馬暗殺の謎
　◇「幕末テロリスト列伝」講談社 2004（講談社文庫）p267
市(シティ)二二二〇年
　◇「暴走する正義」筑摩書房 2016（ちくま文庫）p391
女忍小袖始末
　◇「神出鬼没！ 戦国忍者伝―傑作時代小説」PHP研究所 2009（PHP文庫）p153
戦士たち
　◇「贈る物語Wonder」光文社 2002 p323
多聞寺討伐
　◇「70年代日本SFベスト集成 1」筑摩書房 2014（ちくま文庫）p113
人形武蔵
　◇「宮本武蔵―剣豪列伝」廣済堂出版 1997（廣済堂文庫）p201
　◇「七人の武蔵」角川書店 2002（角川文庫）p129
忍法短冊しぐれ―加藤段蔵
　◇「時代小説傑作選 5」新人物往来社 2008 p115
化猫武蔵
　◇「怪猫鬼談」人類文化社 1999 p193
　◇「宮本武蔵伝奇」勉誠出版 2002（べんせいライブラリー）p53
　◇「大江戸猫三昧―時代小説傑作選」徳間書店 2004（徳間文庫）p173
辺境五三二〇年
　◇「たそがれゆく未来」筑摩書房 2016（ちくま文庫）p39
墓碑銘二〇〇七年
　◇「日本SF短篇50 1」早川書房 2013（ハヤカワ文庫JA）p11
マグラ！
　◇「怪獣文学大全」河出書房新社 1998（河出文庫）p231
夕陽の割符―直江兼続
　◇「時代小説傑作選 6」新人物往来社 2008 p167
幽霊武蔵
　◇「必殺天誅剣」光風社出版 1999（光風社文庫）p335

三津田 信三　みつだ・しんぞう（1978〜）
赫眼
　◇「伯爵の血族─紅ノ章」光文社 2007（光文社文庫）p111
合わせ鏡の地獄
　◇「未来妖怪」光文社 2008（光文社文庫）p349
依頼から本作を書き上げるまで
　◇「多々良島ふたたび─ウルトラ怪獣アンソロジー」早川書房 2015（TSUBURAYA×HAYAKAWA UNIVERSE）p180
後ろ小路の町家
　◇「京都宵」光文社 2008（光文社文庫）p111
怪奇写真作家
　◇「ミステリマガジン700 国内篇」早川書房 2014（ハヤカワ・ミステリ文庫）p445
影が来る
　◇「多々良島ふたたび─ウルトラ怪獣アンソロジー」早川書房 2015（TSUBURAYA×HAYAKAWA UNIVERSE）p139
死を以て貴しと為す
　◇「幻想探偵」光文社 2009（光文社文庫）p45
G坂の殺人事件
　◇「ベスト本格ミステリ 2016」講談社 2016（講談社ノベルス）p107
死霊の如く歩くもの
　◇「新・本格推理 特別編」光文社 2009（光文社文庫）p17
隙魔の如く覗くもの
　◇「名探偵に訊け」光文社 2010（Kappa novels）p417
　◇「名探偵に訊け」光文社 2013（光文社文庫）p573
ついてくるもの
　◇「憑依」光文社 2010（光文社文庫）p131
迷家の如く動くもの
　◇「本格ミステリ─二〇〇九年本格短編ベスト・セレクション 09」講談社 2009（講談社ノベルス）p311
　◇「空飛ぶモルグ街の研究─本格短編ベスト・セレクション」講談社 2013（講談社文庫）p437
見下ろす家
　◇「オバケヤシキ」光文社 2005（光文社文庫）p97
屋根裏の同居者
　◇「悪意の迷路」光文社 2016（最新ベスト・ミステリー）p381
よなかのでんわ
　◇「闇電話」光文社 2006（光文社文庫）p277

光波 耀子　みつなみ・ようこ
黄金珊瑚
　◇「妖異百物語 1」出版芸術社 1997（ふしぎ文学館）p179
聖母再現
　◇「宇宙塵傑作選─日本SFの軌跡 1」出版芸術社 1997 p185

光野 桃　みつの・もも
猫
　◇「にゃんそろじー」新潮社 2014（新潮文庫）p239

三羽 省吾　みつば・しょうご（1968〜）
アプセットメイカー
　◇「風色デイズ」角川春樹事務所 2012（ハルキ文庫）p171
1620
　◇「スタートライン─始まりをめぐる19の物語」幻冬舎 2010（幻冬舎文庫）p17
鉄の手
　◇「短篇ベストコレクション─現代の小説 2005」徳間書店 2005（徳間文庫）p187

三橋 一夫　みつはし・かずお（1908〜1995）
帰郷─昭和一六年
　◇「日米架空戦記集成─明治・大正・昭和」中央公論新社 2003（中公文庫）p266
駒形通り
　◇「愛の怪談」角川書店 1999（角川ホラー文庫）p5
土蜘蛛
　◇「捕物時代小説選集 2」春陽堂書店 2000（春陽文庫）p2
戸田良彦
　◇「分身」国書刊行会 1999（書物の王国）p227
猫柳の下にて
　◇「爬虫館事件─新青年傑作選」角川書店 1998（角川ホラー文庫）p357
　◇「怪談─24の恐怖」講談社 2004 p361
幽霊（『日本の奇怪』より）
　◇「文豪怪談傑作選 特別編」筑摩書房 2008（ちくま文庫）p59
夢
　◇「夢」国書刊行会 1998（書物の王国）p72
　◇「日本怪奇小説傑作集 2」東京創元社 2005（創元推理文庫）p291
　◇「コレクション戦争と文学 13」集英社 2011 p159

三橋 敏雄　みつはし・としお（1920〜2001）
俳句
　◇「コレクション戦争と文学 19」集英社 2011 p626

光原 百合　みつはら・ゆり（1964〜）
ある女王の物語
　◇「毒殺協奏曲」原書房 2016 p337
ある人妻の物語
　◇「毒殺協奏曲」原書房 2016 p362
ある姫君の物語
　◇「毒殺協奏曲」原書房 2016 p345
花影
　◇「自選ショート・ミステリー 2」講談社 2001（講談社文庫）p160
かえれないふたり─第2章 失われた記憶
　◇「ミステリ★オールスターズ」角川書店 2010 p392
　◇「ミステリ・オールスターズ」角川書店 2012（角川文庫）p453

消えた指輪
◇「本格推理 12」光文社 1998（光文社文庫）p177
帰省
◇「スタートライン―始まりをめぐる19の物語」幻冬舎 2010（幻冬舎文庫）p7
希望の形
◇「事件の痕跡」光文社 2007（Kappa novels）p403
◇「事件の痕跡」光文社 2012（光文社文庫）p547
三人の女の物語
◇「毒殺協奏曲」原書房 2016 p335
十八の夏
◇「ザ・ベストミステリーズ―推理小説年鑑 2002」講談社 2002 p41
◇「トリック・ミュージアム」講談社 2005（講談社文庫）p93
黄昏飛行
◇「エール！ 2」実業之日本社 2013（実業之日本社文庫）p217
ツバメたち
◇「捨てる―アンソロジー」文藝春秋 2015 p150
届いた絵本
◇「あのころの宝もの―ほんのり心が温まる12のショートストーリー」メディアファクトリー 2003 p243
橋を渡るとき
◇「紅迷宮―ミステリー・アンソロジー」祥伝社 2002（祥伝社文庫）p95
バー・スイートメモリーへようこそ
◇「捨てる―アンソロジー」文藝春秋 2015 p156
花をちぎれないほど…
◇「事件を追いかけろ―最新ベスト・ミステリー サプライズの花束編」光文社 2004（カッパ・ノベルス）p387
花をちぎれない程…
◇「事件を追いかけろ サプライズの花束編」光文社 2009（光文社文庫）p503
花散る夜に
◇「新・本格推理 特別編」光文社 2009（光文社文庫）p95
戻る人形
◇「捨てる―アンソロジー」文藝春秋 2015 p139
夢捨て場
◇「捨てる―アンソロジー」文藝春秋 2015 p162
わが麗しのきみよ…
◇「翠迷宮―ミステリー・アンソロジー」祥伝社 2003（祥伝社文庫）p141

三藤 英二　みつふじ・えいじ（1935～）
家に帰ろう
◇「ショートショートの広場 15」講談社 2004（講談社文庫）p128
親父の悪戯
◇「ショートショートの花束 1」講談社 2009（講談社文庫）p194
俺達、ボランティア
◇「ショートショートの広場 13」講談社 2002（講談社文庫）p130
会社ごっこ
◇「ショートショートの花束 1」講談社 2009（講談社文庫）p48
かぐや姫
◇「ショートショートの広場 9」講談社 1998（講談社文庫）p46
混線
◇「ショートショートの広場 10」講談社 2000（講談社文庫）p224
自己責任
◇「ショートショートの広場 16」講談社 2005（講談社文庫）p188
ショートカット
◇「ショートショートの花束 2」講談社 2010（講談社文庫）p214
ずる休み
◇「ショートショートの広場 8」講談社 1997（講談社文庫）p127
バイトに夢中
◇「ショートショートの広場 12」講談社 2001（講談社文庫）p63
フェリーがやってきた
◇「ショートショートの花束 3」講談社 2011（講談社文庫）p71
「不自由な時間」
◇「ショートショートの広場 12」講談社 2001（講談社文庫）p97
餅は餅屋
◇「ショートショートの広場 14」講談社 2003（講談社文庫）p49

満淵 正明　みつぶち・まさあき
何にしても敗れたものは弱い。BC級戦犯の本音≫満淵昭彦
◇「日本人の手紙 10」リブリオ出版 2004 p119

美都 曉子　みと・あきこ
水族館で逢いましょう
◇「大人が読む。ケータイ小説―第1回ケータイ文学賞アンソロジー」オンブック 2007 p65

水戸 城仙　みと・じょうせん
役者の化物
◇「捕物時代小説選集 3」春陽堂書店 2000（春陽文庫）p172

ミトサキ
きょうだい
◇「忘れがたい者たち―ライトノベル・ジュブナイル選集」創英社 2007 p33

三友 大五郎　みとも・だいごろう（1934～）
小さな声から
◇「小学校・全員参加の楽しい学級劇・学年劇脚本集 中学年」黎明書房 2006 p98

三友 隆司　みとも・りゅうじ（1949〜）
　丹い波
　　◇「立川文学 3」けやき出版 2013 p283
　池尻の下女
　　◇「立川文学 2」けやき出版 2012 p223
　泉光院回国日記―愛染明王の闇
　　◇「立川文学 1」けやき出版 2011 p9

緑川 京介　みどりかわ・きょうすけ
　ぴんしょの女
　　◇「遠き雷鳴」桃園書房 2001（桃園文庫）p93
　魔性の餌食
　　◇「蒼茫の海」桃園書房 2001（桃園文庫）p263

緑川 聖司　みどりかわ・せいじ
　ある山荘の殺人
　　◇「本格推理 13」光文社 1998（光文社文庫）p355
　家庭環境
　　◇「ショートショートの広場 12」講談社 2001（講談社文庫）p205
　ストーカー
　　◇「ショートショートの広場 11」講談社 2000（講談社文庫）p44
　多重人格
　　◇「ショートショートの広場 10」講談社 2000（講談社文庫）p105
　どうやって？
　　◇「ショートショートの広場 9」講談社 1998（講談社文庫）p80
　見えない悪意
　　◇「ザ・ベストミステリーズ―推理小説年鑑 2003」講談社 2003 p425
　　◇「殺人の教室」講談社 2006（講談社文庫）p579
　わたしの本―「晴れた日は図書館へ行こう」より
　　◇「北村薫のミステリー館」新潮社 2005（新潮文庫）p213

緑川 貢　みどりかわ・みつぐ（1912〜1997）
　町工場
　　◇「「日本浪曼派」集」新学社 2007（新学社近代浪漫派文庫）p20

三奈 加江郎　みな・かえろう
　裸で走る正当性
　　◇「ショートショートの広場 10」講談社 2000（講談社文庫）p23

南方 熊楠　みなかた・くまぐす（1867〜1941）
　巨樹の翁の話
　　◇「植物」国書刊行会 1998（書物の王国）p191
　神社合祀に関する意見〈白井光太郎宛書簡〉
　　◇「日本文学全集 14」河出書房新社 2015 p9

水上 瀧太郎　みなかみ・たきたろう（1887〜1940）
　遺産
　　◇「日本文学100年の名作 2」新潮社 2014（新潮文庫）p225
　貝殻追放
　　◇「創刊―〇〇年三田文学名作選」三田文学会 2010 p631
　山の手の子
　　◇「創刊―〇〇年三田文学名作選」三田文学会 2010 p42
　　◇「三田文学短篇選」講談社 2010（講談社文芸文庫）p44
　　◇「日本近代短篇小説選 明治篇2」岩波書店 2013（岩波文庫）p273

水上 呂理　みなかみ・ろり（1902〜1989）
　蹄の衝動
　　◇「戦前探偵小説四人集」論創社 2011（論創ミステリ叢書）p87
　石は語らず
　　◇「甦る「幻影城」 2」角川書店 1997（カドカワ・エンタテインメント）p45
　　◇「戦前探偵小説四人集」論創社 2011（論創ミステリ叢書）p163
　犬の芸当
　　◇「戦前探偵小説四人集」論創社 2011（論創ミステリ叢書）p111
　お問合せ
　　◇「戦前探偵小説四人集」論創社 2011（論創ミステリ叢書）p192
　驚き盤
　　◇「戦前探偵小説四人集」論創社 2011（論創ミステリ叢書）p145
　処女作の思ひ出
　　◇「戦前探偵小説四人集」論創社 2011（論創ミステリ叢書）p191
　精神分析
　　◇「君らの狂気で死を孕ませよ―新青年傑作選」角川書店 2000（角川文庫）p33
　　◇「戦前探偵小説四人集」論創社 2011（論創ミステリ叢書）p55
　麻痺性痴呆患者の犯罪工作
　　◇「戦前探偵小説四人集」論創社 2011（論創ミステリ叢書）p127
　燃えない焰
　　◇「戦前探偵小説四人集」論創社 2011（論創ミステリ叢書）p193

皆川 志保乃　みながわ・しほの
　雪のひと
　　◇「ゆきのまち幻想文学賞小品集 16」企画集団ぶりずむ 2007 p153

皆川 博子　みながわ・ひろこ（1930〜）
　薊と洋燈
　　◇「短篇ベストコレクション―現代の小説 2011」徳間書店 2011（徳間文庫）p383
　穴
　　◇「ひとにぎりの異形」光文社 2007（光文社文庫）p500

アンティゴネ
◇「永遠の夏―戦争小説集」実業之日本社 2015（実業之日本社文庫）p337

泉の姫
◇「日本舞踊舞踊劇選集」西川会 2002 p777

疫病船
◇「煌めきの殺意」徳間書店 1999（徳間文庫）p585

エレエヌ
◇「恋物語」朝日新聞社 1998 p186

丘の上の宴会
◇「ファンタジー」リブリオ出版 2001（怪奇・ホラーワールド）p5

お七
◇「恋物語」朝日新聞社 1998 p191
◇「短歌殺人事件―31音律のラビリンス」光文社 2003（光文社文庫）p413

想ひ出すなよ
◇「ミステリア―女性作家アンソロジー」祥伝社 2003（祥伝社文庫）p337

鏡の国への招待
◇「赤のミステリー―女性ミステリー作家傑作選」光文社 1997 p319
◇「女性ミステリー作家傑作選 3」光文社 1999（光社文庫）p179
◇「翠迷宮―ミステリー・アンソロジー」祥伝社 2003（祥伝社文庫）p343

影を買う店
◇「凶鳥の黒影―中井英夫へ捧げるオマージュ」河出書房新社 2004 p177

影かくし
◇「鎮守の森に鬼が棲む―時代小説傑作選」講談社 2001（講談社文庫）p323

風
◇「日本怪奇小説傑作集 3」東京創元社 2005（創元推理文庫）p423
◇「冒険の森へ―傑作小説大全 16」集英社 2015 p17

風の猫
◇「勝者の死にざま―時代小説選手権」新潮社 1998（新潮文庫）p415

カッサンドラ
◇「恋物語」朝日新聞社 1998 p182

川
◇「現代の小説 1997」徳間書店 1997 p429

桔梗合戦
◇「ドッペルゲンガー奇譚集―死を招く影」角川書店 1998（角川ホラー文庫）p191

吉様いのち
◇「浮き世草紙―女流時代小説傑作選」角川春樹事務所 2002（ハルキ文庫）p237

『希望』
◇「近藤史恵リクエスト！ ペットのアンソロジー」光文社 2013 p273
◇「近藤史恵リクエスト！ ペットのアンソロジー」光文社 2014（光文社文庫）p279

雲母橋
◇「代表作時代小説 平成9年度」光風社出版 1997 p325
◇「春宵濡れ髪しぐれ―時代小説傑作選」講談社 2003（講談社文庫）p267

釘屋敷／水屋敷
◇「怪しき我が家―一家の怪談競作集」メディアファクトリー 2011（MF文庫）p7

黒猫
◇「代表作時代小説 平成12年度」光風社出版 2000 p335

月蝕領彷徨
◇「伯爵の血族―紅ノ章」光文社 2007（光文社文庫）p511

漕げよマイケル
◇「誘惑―女流ミステリー傑作選」徳間書店 1999（徳間文庫）p415

骨董屋
◇「妖魔ヶ刻―時間怪談傑作選」徳間書店 2000（徳間文庫）p67

琴のそら音
◇「短篇ベストコレクション―現代の小説 2000」徳間書店 2000 p45

こま
◇「時間怪談」廣済堂出版 1999（廣済堂文庫）p295

使者
◇「黒い遊園地」光文社 2004（光文社文庫）p201

獣舎のスキャット
◇「人獣怪婚」筑摩書房 2000（ちくま文庫）p267

春怨
◇「金沢にて」双葉社 2015（双葉文庫）p119

城館
◇「塔の物語」角川書店 2000（角川ホラー文庫）p111
◇「ミステリマガジン700 国内篇」早川書房 2014（ハヤカワ・ミステリ文庫）p343

新宿薔薇戦争
◇「ノスタルジー1972」講談社 2016 p207

心臓売り
◇「現代の小説 1998」徳間書店 1998 p283

砂嵐
◇「自選ショート・ミステリー」講談社 2001（講談社文庫）p198

聖女の島
◇「綾辻・有栖川復刊セレクション 聖女の島」講談社 2007（講談社ノベルス）p3

そ、そら、そらそら、兎のダンス
◇「物語のルミナリエ」光文社 2011（光文社文庫）p236

断章
◇「水妖」廣済堂出版 1998（廣済堂文庫）p315

チャーリーの受難
◇「代表作時代小説 平成24年度」光風社 2012 p309

土場浄瑠璃の
◇「市井図絵」新潮社 1997 p105

みなか

◇「時代小説―読切御免 1」新潮社 2004（新潮文庫）p175

トマト・ゲーム
◇「ふるえて眠れ―女流ホラー傑作選」角川春樹事務所 2001（ハルキ・ホラー文庫）p221

トリスタン
◇「恋物語」朝日新聞社 1998 p196

猫座流星群
◇「玩具館」光文社 2001（光文社文庫）p35

猫舌男爵
◇「古書ミステリー倶楽部―傑作推理小説集 2」光文社 2014（光文社文庫）p115

艀
◇「短篇ベストコレクション―現代の小説 2006」徳間書店 2006（徳間文庫）p73

花の眉間尺
◇「代表作時代小説 平成10年度」光風社出版 1998 p187
◇「地獄の無明剣―時代小説傑作選」講談社 2004（講談社文庫）p183

春の滅び
◇「リテラリーゴシック・イン・ジャパン―文学的ゴシック作品選」筑摩書房 2014（ちくま文庫）p375

美童
◇「花ごよみ夢一夜」光風社出版 2001（光風社文庫）p247

冰蝶
◇「鍔鳴り疾風剣」光風社出版 2000（光風社文庫）p353

陽はまた昇る
◇「黄昏ホテル」小学館 2004 p297

文月の使者
◇「黒髪に恨みは深く―髪の毛ホラー傑作選」角川書店 2006（角川ホラー文庫）p287

紅地獄
◇「エクスタシィ―大人の恋の物語り」ベストセラーズ 2003 p131

骨笛
◇「愛の交錯」リブリオ出版 2001（ラブミーワールド）p173
◇「恋愛小説・名作集成 9」リブリオ出版 2004 p173

魔王―遠い日の童話劇風に
◇「稲生モノノケ大全 陽之巻」毎日新聞社 2005 p391

水色の煙
◇「冥界プリズン」光文社 1999（光文社文庫）p367

水引草
◇「本迷宮―本を巡る不思議な物語」日本図書設計家協会 2016 p25

蜜猫
◇「猫路地」日本出版社 2006 p213

結ぶ
◇「最新「珠玉推理」大全 中」光文社 1998（カッパ・ノベルス）p345

◇「怪しい舞踏会」光文社 2002（光文社文庫）p477

迷路
◇「銀座24の物語」文藝春秋 2001 p21

宿かせと刀投げ出す雪吹哉―蕪村―
◇「江戸迷宮」光文社 2011（光文社文庫）p521

夕陽が沈む
◇「怪物團」光文社 2009（光文社文庫）p581
◇「量子回廊―年刊日本SF傑作選」東京創元社 2010（創元SF文庫）p155

雪女郎
◇「雪女のキス」光文社 2000（カッパ・ノベルス）p71

妖笛
◇「剣よ月下に舞え」光風社出版 2001（光風社文庫）p299

妖瞳
◇「美女峠に星が流れる―時代小説傑作選」講談社 1999（講談社文庫）p87

夜のリフレーン
◇「贈る物語Wonder」光文社 2002 p126
◇「冒険の森へ―傑作小説大全 3」集英社 2016 p28

渡し舟
◇「人情の往来―時代小説最前線」新潮社 1997（新潮文庫）p453

U Bu Me
◇「現代の小説 1999」徳間書店 1999 p277

皆川 舞子　みながわ・まいこ

布団
◇「てのひら怪談―ビーケーワン怪談大賞傑作選 庚寅」ポプラ社 2010（ポプラ文庫）p132

皆川 ゆか　みなかわ・ゆか（1965～）

荒野の基督
◇「エロティシズム12幻想」エニックス 2000 p89

湊 かなえ　みなと・かなえ（1973～）

インコ先生
◇「不思議の扉 午後の教室」角川書店 2011（角川文庫）p5

少女探偵団
◇「みんなの少年探偵団」ポプラ社 2014 p65
◇「みんなの少年探偵団」ポプラ社 2016（ポプラ文庫）p65

罪深き女
◇「宝石ザミステリー 2014夏」光文社 2014 p31

長井優介へ
◇「奇想博物館」光文社 2013（最新ベスト・ミステリー）p317
◇「時の罠」文藝春秋 2014（文春文庫）p173

蚤取り
◇「宝石ザミステリー 2」光文社 2012 p39

ベストフレンド
◇「宝石ザミステリー 3」光文社 2013 p33

ポイズン・ドーター
◇「宝石ザミステリー 2016」光文社 2015 p35

望郷、海の星
　◇「ザ・ベストミステリーズ―推理小説年鑑 2012」講談社 2012 p9
　◇「Junction運命の分岐点」講談社 2015（講談社文庫）p5
約束
　◇「Story Seller annex」新潮社 2014（新潮文庫）p305
優しい人
　◇「宝石ザミステリー 2014冬」光文社 2014 p35
　◇「悪意の迷路」光文社 2016（最新ベスト・ミステリー）p403
楽園
　◇「Story Seller 3」新潮社 2011（新潮文庫）p77

湊 邦三　みなと・くにぞう（1898～？）
元禄武士道
　◇「忠臣蔵コレクション 4」河出書房新社 1998（河出文庫）p227
逆潮
　◇「彩四季・江戸慕情」光文社 2012（光文社文庫）p157
初幟
　◇「武士道残月抄」光文社 2011（光文社文庫）p263
花骨牌
　◇「武士道歳時記―新鷹会・傑作時代小説選」光文社 2008（光文社文庫）p123

湊 崇暢　みなと・たかのぶ
赤い道標
　◇「たびだち―フェリシモしあわせショートショート」フェリシモ 2000 p76

港 岳彦　みなと・たけひこ（1974～）
イサク
　◇「年鑑代表シナリオ集 '09」シナリオ作家協会 2010 p83

湊 菜海　みなと・なみ
梅雨明け
　◇「かわいい―第16回フェリシモ文学賞優秀作品集」フェリシモ 2013 p6

南 綾子　みなみ・あやこ（1981～）
インドはむりか
　◇「運命の人はどこですか？」祥伝社 2013（祥伝社文庫）p213
ばばあのば
　◇「文芸あねもね」新潮社 2012（新潮文庫）p317
雪女のブレス
　◇「恋のかけら」幻冬舎 2008 p99
　◇「恋のかけら」幻冬舎 2012（幻冬舎文庫）p109

南 じゅんけい　みなみ・じゅんけい（1953～）
夢のなかで
　◇「ショートショートの広場 19」講談社 2007（講談社文庫）p151

南 伸坊　みなみ・しんぼう（1947～）
家の怪―森銑三『物いふ小箱』より
　◇「こわい部屋」筑摩書房 2012（ちくま文庫）p19
巨きな蛤―中国民話より
　◇「こわい部屋」筑摩書房 2012（ちくま文庫）p11
寒い日―『異苑』より
　◇「こわい部屋」筑摩書房 2012（ちくま文庫）p27
チャイナ・ファンタジー
　◇「謎のギャラリー特別室 1」マガジンハウス 1998 p91
　◇「謎のギャラリー―こわい部屋」新潮社 2002（新潮文庫）p9
　◇「こわい部屋」筑摩書房 2012（ちくま文庫）p9

南 貴幸　みなみ・たかゆき
僕と彼女の事情
　◇「ショートショートの花束 5」講談社 2013（講談社文庫）p245

南 達夫　みなみ・たつお（1931～）
背信
　◇「甦る推理雑誌 9」光文社 2003（光文社文庫）p179

南 智子　みなみ・ともこ（1959～2017）
Flush（水洗装置）
　◇「エロティシズム12幻想」エニックス 2000 p165

南 もも　みなみ・もも
駅のある風景
　◇「ひらく―第15回フェリシモ文学賞」フェリシモ 2012 p116

南 桃平　みなみ・ももへい
呪われた沼
　◇「怪奇探偵小説集 3」角川春樹事務所 1998（ハルキ文庫）p257

南 幸夫　みなみ・ゆきお（1896～1964）
くらがり坂の怪
　◇「幻の探偵雑誌 5」光文社 2001（光文社文庫）p277

南大沢 健　みなみおおさわ・けん
二番札
　◇「ザ・ベストミステリーズ―推理小説年鑑 2016」講談社 2016 p281

南川 潤　みなみかわ・じゅん（1913～1955）
魔法
　◇「創刊一〇〇年三田文学名作選」三田文学会 2010 p180

南沢 十七　みなみざわ・じゅうしち（1905～1982）
超γ線とQ家
　◇「懐かしい未来―甦る明治・大正・昭和の未来小説」中央公論新社 2001 p76
動物園殺人事件
　◇「幻の探偵雑誌 8」光文社 2001（光文社文庫）

みなみ

p197

氷人
◇「爬虫館事件―新青年傑作選」角川書店 1998（角川ホラー文庫）p307

蛭
◇「怪奇探偵小説集 1」角川春樹事務所 1998（ハルキ文庫）p231
◇「恐怖ミステリーBEST15―こんな幻の傑作が読みたかった！」シーエイチシー 2006 p137

南島 砂江子　みなみしま・さえこ（1958～）

道連れ
◇「殺人者」講談社 2000（講談社文庫）p228

源 顕兼　みなもと・あきかね（1160～1215）

天皇異聞―源顕兼『古事談』（須永朝彦〔訳〕）
◇「王侯」国書刊行会 1998（書物の王国）p75

源 靜夫　みなもと・しずお

沖縄から（2）今後の癩予防法に要望して
◇「ハンセン病文学全集 5」皓星社 2010 p327

源 祥子　みなもと・しょうこ

縁切り旅行は二人で
◇「恋は、しばらくお休みです。―恋愛短篇小説集」泰文堂 2013（レインブックス）p97

おばあちゃん、もう一回だけ
◇「少年のなみだ」泰文堂 2014（リンダブックス）p37

飼い猫の掟、申し送ります
◇「少女のなみだ」泰文堂 2014（リンダブックス）p125

最後の運動会
◇「最後の一日 6月30日―さよならが胸に染みる10の物語」泰文堂 2013（リンダブックス）p176

さよなら、俺のマタニティブルー
◇「うちへ帰ろう―家族を想うあなたに贈る短篇小説集」泰文堂 2013（リンダブックス）p157

シュッ、シュッ、シュシュシュッ！
◇「言葉にできない悲しみ」泰文堂 2015（リンダパブリッシャーズの本）p115

ただいま、見守り休暇中
◇「幽霊でもいいから会いたい」泰文堂 2014（リンダブックス）p190

父、猫を飼う
◇「お母さんのなみだ」泰文堂 2016（リンダパブリッシャーズの本）p28

バイバイ、増田くん
◇「失恋前夜―大人のための恋愛短篇集」泰文堂 2013（レインブックス）p63

ママの恋
◇「あなたが生まれた日―家族の愛が温かな10の感動ストーリー」泰文堂 2013（リンダブックス）p205

もう一度、娘と
◇「母のなみだ・ひまわり―愛しき家族を想う短篇小説集」泰文堂 2013（リンダブックス）p105

リリーはボクの妹だから

◇「最後の一日 3月23日―さよならが胸に染みる10の物語」泰文堂 2013（リンダブックス）p214

源 條悟　みなもと・じょうご

explode scape goat
◇「マルドゥック・ストーリーズ―公式二次創作集」早川書房 2016（ハヤカワ文庫 JA）p13

水沫 流人　みなわ・りゅうと（1957～）

生駒山の秘密会
◇「男たちの怪談百物語」メディアファクトリー 2012（〔幽BOOKS〕）p39

川辺の儀式
◇「男たちの怪談百物語」メディアファクトリー 2012（〔幽BOOKS〕）p154

こっちだよ
◇「男たちの怪談百物語」メディアファクトリー 2012（〔幽BOOKS〕）p214

隠処
◇「厠の怪―便所怪談競作集」メディアファクトリー 2010（MF文庫）p165

蜃気楼
◇「男たちの怪談百物語」メディアファクトリー 2012（〔幽BOOKS〕）p125

水難
◇「男たちの怪談百物語」メディアファクトリー 2012（〔幽BOOKS〕）p239

層
◇「怪談列島ニッポン―書き下ろし諸国奇談競作集」メディアファクトリー 2009（MF文庫）p73

祖母の贈り物
◇「男たちの怪談百物語」メディアファクトリー 2012（〔幽BOOKS〕）p257

晩酌
◇「男たちの怪談百物語」メディアファクトリー 2012（〔幽BOOKS〕）p206

谷中の美術館
◇「男たちの怪談百物語」メディアファクトリー 2012（〔幽BOOKS〕）p69

山田さんのこと
◇「男たちの怪談百物語」メディアファクトリー 2012（〔幽BOOKS〕）p103

峰 隆一郎　みね・りゅういちろう（1931～2000）

京洛の斬刃剣
◇「幕末剣豪人斬り異聞 佐幕篇」アスキー 1997（Aspect novels）p95

体中剣殺法―樋口定次vs村上権左衛門
◇「時代小説傑作選 2」新人物往来社 2008 p99

流れ灌頂
◇「剣光、閃く！」徳間書店 1999（徳間文庫）p343

灰神楽
◇「代表作時代小説 平成13年度」光風社出版 2001 p25

八辻ケ原
◇「素浪人横丁―人情時代小説傑作選」新潮社 2009（新潮文庫）p155

落日の兇刃
◇「落日の兇刃―時代アンソロジー」祥伝社 1998（ノン・ポシェット）p7

峯岸 可弥　みねぎし・よしや
あなた
◇「超短編の世界 vol.3」創英社 2011 p20
祈り
◇「超短編の世界 vol.3」創英社 2011 p92
解凍（或いは「仕事」）
◇「超短編の世界 vol.3」創英社 2011 p68
隠れた男
◇「超短編の世界 vol.2」創英社 2009 p108
川
◇「超短編の世界 vol.3」創英社 2011 p195
キス
◇「物語のルミナリエ」光文社 2011（光文社文庫）p313
猿
◇「超短編の世界 vol.2」創英社 2009 p49
世界のどこに宙ぶらりんとしているのかは知らないけれど、もうつまずいて怪我をすることはないな、判るか？
◇「超短編の世界 vol.3」創英社 2011 p79
天狗
◇「てのひら怪談―ビーケーワン怪談大賞傑作選 庚寅」ポプラ社 2010（ポプラ文庫）p38
墓を掘り返す
◇「超短編の世界」創英社 2008 p44
橋を渡る
◇「てのひら怪談―ビーケーワン怪談大賞傑作選 2」ポプラ社 2007 p176
眼鏡
◇「超短編の世界」創英社 2008 p42
message in a bottle
◇「超短編の世界 vol.3」創英社 2011 p177

峯野 嵐　みねの・あらし
おかえり
◇「てのひら怪談―ビーケーワン怪談大賞傑作選」ポプラ社 2007 p50
◇「てのひら怪談―ビーケーワン怪談大賞傑作選」ポプラ社 2008（ポプラ文庫）p48
ハンター
◇「てのひら怪談―ビーケーワン怪談大賞傑作選 2」ポプラ社 2007 p216
◇「てのひら怪談―ビーケーワン怪談大賞傑作選 己丑」ポプラ社 2009（ポプラ文庫）p168

蓑 修吉　みの・しゅうきち
鰍突きの夏
◇「立川文学 6」けやき出版 2016 p83

美濃 信太郎　みの・しんたろう
過客
◇「日本統治期台湾文学集成 6」緑蔭書房 2002 p249

蓑田 正治　みのだ・まさはる（1928〜2015）
一枚の写真
◇「小学校・全員参加の楽しい学級劇・学年劇脚本集 高学年」黎明書房 2007 p184
たんじょう日　おめでとう
◇「小学校・全員参加の楽しい学級劇・学年劇脚本集 低学年」黎明書房 2007 p208

身延深敬園渓風俳句会　みのぶしんけいえんけいふうはいくかい
河鹿集 第三集
◇「ハンセン病文学全集 9」皓星社 2010 p103

身延深敬園鷹取短歌会　みのぶしんけいえんたかとりたんかかい
河鹿集 第二輯
◇「ハンセン病文学全集 8」皓星社 2006 p128
河鹿集 第三輯
◇「ハンセン病文学全集 8」皓星社 2006 p209
河鹿集 第四輯
◇「ハンセン病文学全集 8」皓星社 2006 p242

身延深敬病院　みのぶしんけいびょういん
河鹿集
◇「ハンセン病文学全集 8」皓星社 2006 p71

見延 典子　みのべ・のりこ（1955〜）
竈さらえ
◇「浮き世草紙―女流時代小説傑作選」角川春樹事務所 2002（ハルキ文庫）p205
非利法権天
◇「代表作時代小説 平成21年度」光文社 2009 p309

ミノリ・ミノル
解決金
◇「ショートショートの広場 17」講談社 2005（講談社文庫）p203

三橋 たかし　みはし・たかし
至福のとき
◇「ショートショートの広場 20」講談社 2008（講談社文庫）p260

三原 淳子　みはら・じゅんこ
短篇小説 よろこび
◇「日本統治期台湾文学集成 22」緑蔭書房 2007 p195

三原 光尋　みはら・みつひろ（1964〜）
女のみち
◇「歌謡曲だよ、人生は―映画監督短編集」メディアファクトリー 2007 p5

三間 祥平　みま・しょうへい
夜の訪問者
◇「最後の一日 6月30日―さよならが胸に染みる10の物語」泰文堂 2013（リンダブックス）p146

三松 道尚　みまつ・みちたか
雨の一日

◇「かわさきの文学―かわさき文学賞50年記念作品集 2009年」審美社 2009 p183

耳目 みみ・まなこ

ありふれた殺人事件
◇「ショートショートの広場 16」講談社 2005 (講談社文庫) p180

アルクマン
◇「ショートショートの花束 8」講談社 2016 (講談社文庫) p193

おじいちゃん
◇「ショートショートの広場 11」講談社 2000 (講談社文庫) p52

落し物
◇「ショートショートの花束 1」講談社 2009 (講談社文庫) p26

北風と太陽
◇「ショートショートの広場 10」講談社 2000 (講談社文庫) p262

北風と太陽は語り継がれる
◇「ショートショートの花束 6」講談社 2014 (講談社文庫) p106

決勝進出
◇「ショートショートの花束 2」講談社 2010 (講談社文庫) p38

勝訴
◇「ショートショートの広場 9」講談社 1998 (講談社文庫) p120

第38巻6月12日号
◇「ショートショートの花束 3」講談社 2011 (講談社文庫) p169

宝くじのトキメキ
◇「ショートショートの花束 3」講談社 2011 (講談社文庫) p277

騙され易さチェック
◇「ショートショートの花束 1」講談社 2009 (講談社文庫) p95

貯金箱
◇「ショートショートの広場 13」講談社 2002 (講談社文庫) p195

腹の中
◇「ショートショートの花束 4」講談社 2012 (講談社文庫) p187

分離独立
◇「ショートショートの広場 10」講談社 2000 (講談社文庫) p208

ポスト
◇「ショートショートの広場 12」講談社 2001 (講談社文庫) p177

魔法の杖
◇「ショートショートの花束 1」講談社 2009 (講談社文庫) p148

冥海
◇「ショートショートの広場 10」講談社 2000 (講談社文庫) p102

優先席
◇「ショートショートの花束 2」講談社 2010 (講談社文庫) p282

領収書
◇「ショートショートの広場 12」講談社 2001 (講談社文庫) p132

SSの妖精
◇「ショートショートの広場 14」講談社 2003 (講談社文庫) p182

実村 文 みむら・あや

沈める町
◇「新鋭劇作集 series.19」日本劇団協議会 2007 p5

三村 千鶴 みむら・ちづる

潮騒の彼方から
◇「テレビドラマ代表作選集 2002年版」日本脚本家連盟 2002 p245

三村 雅子 みむら・まさこ

満月
◇「北日本文学賞入賞作品集 2」北日本新聞社 2002 p181

雅 孝司 みや・こうじ

一つだけのイアリング
◇「黄昏ホテル」小学館 2004 p145

宮 柊二 みや・しゅうじ (1912～1986)

子どもは生れたか。母子ともに大事にせよ＞宮英子
◇「日本人の手紙 6」リブリオ出版 2004 p7

宮 林太郎 みや・りんたろう (1911～2003)

死霊
◇「怪奇探偵小説集 3」角川春樹事務所 1998 (ハルキ文庫) p319

宮内 勝典 みやうち・かつすけ (1944～)

ガンジー像下の「イマジン」
◇「コレクション戦争と文学 4」集英社 2011 p141

正義病のアメリカ
◇「コレクション戦争と文学 4」集英社 2011 p136

ニューヨーク
◇「街物語」朝日新聞社 2000 p169

ポスト9・11
◇「コレクション戦争と文学 4」集英社 2011 p136

若者の死を悼む―幸田証生君の死
◇「コレクション戦争と文学 4」集英社 2011 p144

宮内 寒弥 みやうち・かんや (1912～1983)

感想
◇「早稲田作家処女作集」講談社 2012 (講談社文芸文庫) p304

蜃気楼
◇「早稲田作家処女作集」講談社 2012 (講談社文芸文庫) p297

中央高地
◇「〈外地〉の日本語文学選 2」新宿書房 1996 p11

宮内 悠介　みやうち・ゆうすけ（1979～）
　青葉の盤
　　◇「ザ・ベストミステリーズ―推理小説年鑑 2013」講談社 2013 p261
　　◇「Symphony漆黒の交響曲」講談社 2016（講談社文庫）p181
　アニマとエーファ
　　◇「ヴィジョンズ」講談社 2016 p129
　薄ければ薄いほど
　　◇「折り紙衛星の伝説」東京創元社 2015（創元SF文庫）p239
　かぎ括弧のようなもの
　　◇「短篇ベストコレクション―現代の小説 2014」徳間書店 2014（徳間文庫）p411
　スペース金融道
　　◇「NOVA―書き下ろし日本SFコレクション 5」河出書房新社 2011（河出文庫）p269
　スペース珊瑚礁
　　◇「NOVA＋―書き下ろし日本SFコレクション バベル」河出書房新社 2014（河出文庫）p181
　スペース地獄篇―高利貸しや神を蔑ろにする者は地獄に封じられる‐ダンテ『神曲』地獄篇
　　◇「NOVA―書き下ろし日本SFコレクション 7」河出書房新社 2012（河出文庫）p181
　スペース蜃気楼―アンドロイドの紳士の社交場、空飛ぶラスベガスでの大勝負
　　◇「NOVA―書き下ろし日本SFコレクション 9」河出書房新社 2013（河出文庫）p231
　星間野球
　　◇「極光星群」東京創元社 2013（創元SF文庫）p13
　空蜘蛛
　　◇「名探偵だって恋をする」角川書店 2013（角川文庫）p121
　超動く家にて
　　◇「拡張幻想」東京創元社 2012（創元SF文庫）p273
　人間の王Most Beautiful Program
　　◇「日本SF短篇50 5」早川書房 2013（ハヤカワ文庫JA）p423
　盤上の夜―第一回創元SF短編賞山田正紀賞
　　◇「原色の想像力―創元SF短編賞アンソロジー」東京創元社 2010（創元SF文庫）p343
　百匹目の火神
　　◇「短篇ベストコレクション―現代の小説 2013」徳間書店 2013（徳間文庫）p357
　法則
　　◇「20の短編小説」朝日新聞出版 2016（朝日文庫）p287
　　◇「アステロイド・ツリーの彼方へ」東京創元社 2016（創元SF文庫）p115
　ムイシュキンの脳髄
　　◇「さよならの儀式」東京創元社 2014（創元SF文庫）p419

宮内 洋子　みやうち・ようこ
　壁の中の新居
　　◇「現代鹿児島小説大系 4」ジャプラン 2014 p205
　千葉（せんば）の祠
　　◇「現代鹿児島小説大系 4」ジャプラン 2014 p184
　野蒜の母
　　◇「現代鹿児島小説大系 4」ジャプラン 2014 p226

宮尾 登美子　みやお・とみこ（1926～2014）
　自害
　　◇「失われた空―日本人の涙と心の名作8選」新潮社 2014（新潮文庫）p211
　満州往来について
　　◇「コレクション戦争と文学 16」集英社 2012 p576

宮岡 博英　みやおか・ひろひで
　ベルリンからの手紙
　　◇「ショートショートの広場 12」講談社 2001（講談社文庫）p213

宮川 健郎　みやかわ・たけお（1955～）
　現代児童文学の語るもの
　　◇「ひつじアンソロジー 小説編 2」ひつじ書房 2009 p158

宮木 あや子　みやぎ・あやこ（1976～）
　会心幕張
　　◇「スタートライン―始まりをめぐる19の物語」幻冬舎 2010（幻冬舎文庫）p103
　鞄の中
　　◇「短篇ベストコレクション―現代の小説 2016」徳間書店 2016（徳間文庫）p495
　校閲ガール
　　◇「本をめぐる物語――一冊の扉」KADOKAWA 2014（角川文庫）p215
　皇帝の宿―『校閲ガール』番外編
　　◇「サイドストーリーズ」KADOKAWA 2015（角川文庫）p55
　水流と砂金
　　◇「文芸あねもね」新潮社 2012（新潮文庫）p89
　憧憬☆カトマンズ
　　◇「29歳」日本経済新聞出版社 2008 p299
　　◇「29歳」新潮社 2012（新潮文庫）p331
　はじめてのお葬式
　　◇「好き、だった。―はじめての失恋、七つの話」メディアファクトリー 2010（MF文庫）p189

宮木 喜久雄　みやぎ・きくお（1905～?）
　勲章
　　◇「アンソロジー・プロレタリア文学 3」森話社 2015 p264

宮城 淳　みやぎ・じゅん
　ガマの中で
　　◇「中学生のドラマ 3」晩成書房 1996 p123
　とうふ島へ
　　◇「小学生のげき―新小学校演劇脚本集 高学年 1」晩成書房 2011 p67

宮木 広由　みやき・ひろよし
プレゼント
　◇「万華鏡―第14回フェリシモ文学賞作品集」フェリシモ 2011 p 13+
焼きおにぎり
　◇「冷と温―第13回フェリシモ文学賞作品集」フェリシモ 2010 p40

宮城 道雄　みやぎ・みちお（1894～1956）
夢の姿
　◇「夢」国書刊行会 1998（書物の王国）p212

宮城谷 昌光　みやぎたに・まさみつ（1945～）
越の范蠡
　◇「代表作時代小説 平成17年度」光文社 2005 p181
玉人
　◇「人情の往来―時代小説最前線」新潮社 1997（新潮文庫）p9
　◇「時代小説―読切御免 4」新潮社 2005（新潮文庫）p43
歳月
　◇「代表作時代小説 平成9年度」光風社出版 1997 p89
長城のかげ
　◇「鎮守の森に鬼が棲む―時代小説傑作選」講談社 2001（講談社文庫）p49
二つの街
　◇「現代の小説 1997」徳間書店 1997 p91
豊饒の門
　◇「黄土の群星」光文社 1999（光文社文庫）p7
　◇「美女峠に星が流れる―時代小説傑作選」講談社 1999（講談社文庫）p115
指
　◇「異色中国短篇傑作大全」講談社 1997 p7
　◇「歴史小説の世紀 地の巻」新潮社 2000（新潮文庫）p719
　◇「紅葉谷から剣鬼が来る―時代小説傑作選」講談社 2002（講談社文庫）p79

宮国 敏弘　みやくに・としひろ
やくそく―涙をこえて
　◇「最新中学校創作脚本集 2010」晩成書房 2010 p134

三宅 エミ　みやけ・えみ
母恋し―泉鏡花作『名媛記』『一之巻～六之巻・誓之巻』より
　◇「泉鏡花記念金沢戯曲大賞受賞作品集 第2回」金沢泉鏡花フェスティバル委員会 2003 p223

三宅 花圃　みやけ・かほ（1868～1943）
しのぶ草
　◇「新日本古典文学大系 明治編 23」岩波書店 2002 p273
露のよすが
　◇「短編 女性文学 近代 続」おうふう 2002 p23
電報
　◇「天変動く 大震災と作家たち」インパクト出版会 2011（インパクト選書）p60
萩桔梗
　◇「「新編」日本女性文学全集 1」菁柿堂 2007 p70
八重桜
　◇「「新編」日本女性文学全集 1」菁柿堂 2007 p40
藪の鶯
　◇「「新編」日本女性文学全集 1」菁柿堂 2007 p6

京 利幸　みやこ・としゆき
すばらしき仲間に支えられて
　◇「かわさきの文学―かわさき文学賞50年記念作品集 2009年」審美社 2009 p371
八朔祭
　◇「かわさきの文学―かわさき文学賞50年記念作品集 2009年」審美社 2009 p357

宮越 郷平　みやこし・きょうへい
冬の航跡
　◇「さきがけ文学賞選集 1」秋田魁新報社 2013（さきがけ文庫）p167

宮越 理恵　みやこし・りえ
貪食
　◇「ショートショートの花束 3」講談社 2011（講談社文庫）p100

宮崎 一雨　みやざき・いちう（1889～？）
火の玉と割符
　◇「文豪怪談傑作選 特別編」筑摩書房 2007（ちくま文庫）p220

宮崎 湖処子　みやざき・こしょし（1864～1922）
帰省
　◇「新日本古典文学大系 明治編 28」岩波書店 2006 p33

宮崎 修二朗　みやざき・しゅうじろう（1922～）
植字校正老若問答
　◇「誤植文学アンソロジー―校正者のいる風景」論創社 2015 p189

宮崎 誉子　みやざき・たかこ（1972～）
春分―3月21日ごろ
　◇「君と過ごす季節―春から夏へ、12の暦物語」ポプラ 2012（ポプラ文庫）p77
ミルフィーユ
　◇「文学 2007」講談社 2007 p104

宮崎 惇　みやざき・つとむ（1933～1981）
愛
　◇「宇宙塵傑作選―日本SFの軌跡 1」出版芸術社 1997 p49
甲賀の若様 虚身変幻秘帖
　◇「忍法からくり伝奇」勉誠出版 2004 p99
神変卍飛脚
　◇「真田忍者、参上！―隠密伝奇傑作集」河出書房新社 2015（河出文庫）p83

宮崎 直介 みやざき・なおすけ
美しい災難
◇「日本統治期台湾文学集成 21」緑蔭書房 2007 p297
短篇 坑道
◇「日本統治期台湾文学集成 21」緑蔭書房 2007 p7
創作 冬
◇「日本統治期台湾文学集成 21」緑蔭書房 2007 p69

宮崎 駿 みやざき・はやお（1941〜）
千と千尋の神隠し（アフレコ台本）
◇「年鑑代表シナリオ集 '01」映人社 2002 p93

宮崎 真由美 みやざき・まゆみ
鬼書きの夜
◇「ミヤマカラスアゲハ—第三回「草枕文学賞」作品集」文藝春秋企画出版部 2003 p211

宮崎 充治 みやざき・みちはる
王様の耳はロバの耳—あるいは、ぼくらの言葉は行方をもとめて宙(そら)を彷徨(さまよ)う
◇「小学校たのしい劇の本—英語劇付 高学年」国土社 2007 p68
オトナたちに告ぐ！
◇「小学生のげき—新小学校演劇脚本集 高学年 1」晩成書房 2011 p249
レクイエム 一九四五夏 二〇一五秋 二〇三五冬……春よ
◇「中学校創作脚本集 2」晩成書房 2001 p141

宮崎 裕一 みやざき・ゆういち
今日は死亡予定日
◇「テレビドラマ代表作選集 2011年版」日本脚本家連盟 2011 p253

宮崎 有紀 みやざき・ゆき
勇気と喧嘩と神さまのすゝめ
◇「最新中学校創作脚本集 2011」晩成書房 2011 p93

宮崎 龍介 みやざき・りゅうすけ（1892〜1971）
妻として最後の手紙を差し上げるのです≫柳原白蓮
◇「日本人の手紙 5」リブリオ出版 2004 p130

宮里 政充 みやざと・まさみつ
三途の川亡者殺し事件
◇「全作家短編小説集 12」全作家協会 2013 p87
センチメンタル・ブラームス
◇「全作家短編小説集 10」のべる出版 2011 p223
行方不明
◇「扉の向こうへ」全作家協会 2014（全作家短編集）p28
李雷は未来へ
◇「全作家短編小説集 9」全作家協会 2010 p85

宮沢 章夫 みやざわ・あきお（1956〜）
探さないでください

◇「名短篇ほりだしもの」筑摩書房 2011（ちくま文庫）p21
だめに向かって
◇「名短篇ほりだしもの」筑摩書房 2011（ちくま文庫）p11
夏に出会う女
◇「12星座小説集」講談社 2013（講談社文庫）p209

宮澤 伊織 みやざわ・いおり
神々の歩法
◇「折り紙衛星の伝説」東京創元社 2015（創元SF文庫）p497

宮沢 賢治 みやざわ・けんじ（1896〜1933）
青森挽歌
◇「新装版 全集現代文学の発見 13」學藝書林 2004 p125
◇「ちくま日本文学 3」筑摩書房 2007（ちくま文庫）p436
朝に就ての童話的構図
◇「きのこ文学名作選」港の人 2010 p295
〔雨ニモ負ケズ〕
◇「近代童話（メルヘン）と賢治」おうふう 2014 p110
有明
◇「新装版 全集現代文学の発見 13」學藝書林 2004 p123
蠕虫舞手
◇「近代童話（メルヘン）と賢治」おうふう 2014 p107
石川善助追悼文
◇「日本文学全集 16」河出書房新社 2016 p253
泉ある家
◇「日本文学全集 16」河出書房新社 2016 p177
岩手山
◇「新装版 全集現代文学の発見 13」學藝書林 2004 p123
◇「ちくま日本文学 3」筑摩書房 2007（ちくま文庫）p420
永訣の朝
◇「新装版 全集現代文学の発見 13」學藝書林 2004 p124
◇「ちくま日本文学 3」筑摩書房 2007（ちくま文庫）p425
◇「二時間目国語」宝島社 2008（宝島社文庫）p78
◇「涙の百年文学—もう一度読みたい」太陽出版 2009 p290
◇「栞子さんの本棚—ビブリア古書堂セレクトブック」角川書店 2013（角川文庫）p375
狼森と笊森、盗森
◇「日本文学全集 16」河出書房新社 2016 p122
オツベルとぞう
◇「もう一度読みたい教科書の泣ける名作 再び」学研教育出版 2014 p163
オツベルと象
◇「ちくま日本文学 3」筑摩書房 2007（ちくま文庫）p256

「オホーツク挽歌」
　◇「ちくま日本文学 3」筑摩書房 2007（ちくま文庫）p436
貝の火
　◇「鉱物」国書刊行会 1997（書物の王国）p19
かしわばやしの夜
　◇「月のものがたり」ソフトバンククリエイティブ 2006 p32
風のなかを自由にあるけるとか……≫保阪嘉内／柳原昌悦
　◇「日本人の手紙 2」リブリオ出版 2004 p45
風の又三郎
　◇「ちくま日本文学 3」筑摩書房 2007（ちくま文庫）p29
月天子
　◇「近代童話（メルヘン）と賢治」おうふう 2014 p111
ガドルフの百合
　◇「ことばの織物─昭和短篇珠玉選 2」蒼丘書林 1998 p5
烏の北斗七星
　◇「コレクション戦争と文学 5」集英社 2011 p173
雁の童子
　◇「日本文学全集 16」河出書房新社 2016 p163
革トランク
　◇「ちくま日本文学 3」筑摩書房 2007（ちくま文庫）p11
河原坊
　◇「文豪山怪奇譚─山の怪談名作選」山と溪谷社 2016 p47
饑餓陣営
　◇「ちくま日本文学 3」筑摩書房 2007（ちくま文庫）p271
鬼言（幻聴）／同 先駆形
　◇「文豪てのひら怪談」ポプラ社 2009（ポプラ文庫）p60
気のいい火山弾
　◇「ちくま日本文学 3」筑摩書房 2007（ちくま文庫）p101
　◇「日本文学全集 16」河出書房新社 2016 p114
〔今日は一日あかるくにぎやかな雪降りです〕
　◇「近代童話（メルヘン）と賢治」おうふう 2014 p109
グスコーブドリの伝記
　◇「ちくま日本文学 3」筑摩書房 2007（ちくま文庫）p353
蜘蛛となめくじと狸
　◇「ちくま日本文学 3」筑摩書房 2007（ちくま文庫）p218
「グランド電柱」
　◇「ちくま日本文学 3」筑摩書房 2007（ちくま文庫）p417
虔十公園林
　◇「近代童話（メルヘン）と賢治」おうふう 2014 p162

高原
　◇「新装版 全集現代文学の発見 13」學藝書林 2004 p123
シグナルとシグナレス
　◇「近代童話（メルヘン）と賢治」おうふう 2014 p141
鹿踊りのはじまり
　◇「ちくま日本文学 3」筑摩書房 2007（ちくま文庫）p185
疾中
　◇「日本文学全集 16」河出書房新社 2016 p13
十月の末
　◇「ひつじアンソロジー 小説編 2」ひつじ書房 2009 p49
十六日
　◇「日本文学全集 16」河出書房新社 2016 p183
序
　◇「ちくま日本文学 3」筑摩書房 2007（ちくま文庫）p408
真空溶媒
　◇「栞子さんの本棚─ビブリア古書堂セレクトブック」角川書店 2013（角川文庫）p281
水仙月の四日
　◇「日本文学全集 16」河出書房新社 2016 p57
　◇「コーヒーと小説」mille books 2016 p61
スタンレー探険隊に対する二人のコンゴー土人の演説
　◇「日本文学全集 16」河出書房新社 2016 p44
昴
　◇「栞子さんの本棚─ビブリア古書堂セレクトブック」角川書店 2013（角川文庫）p278
生徒諸君に寄せる
　◇「日本文学全集 16」河出書房新社 2016 p50
セロ弾きのゴーシュ
　◇「ちくま日本文学 3」筑摩書房 2007（ちくま文庫）p141
　◇「近代童話（メルヘン）と賢治」おうふう 2014 p181
一〇八二〔あすこの田はねえ〕
　◇「ちくま日本文学 3」筑摩書房 2007（ちくま文庫）p432
大菩薩峠の歌
　◇「ちくま日本文学 3」筑摩書房 2007（ちくま文庫）p456
種山ケ原
　◇「みちのく怪談名作選 vol.1」荒蝦夷 2010（叢書東北の声）p169
注文の多い料理店
　◇「ちくま日本文学 3」筑摩書房 2007（ちくま文庫）p203
　◇「二時間目国語」宝島社 2008（宝島社文庫）p39
　◇「ひつじアンソロジー 小説編 2」ひつじ書房 2009 p58
　◇「もう一度読みたい教科書の泣ける名作」学研教育出版 2013 p21

注文の多い料理店――一九二一（大正一〇）年
一一月
　◇「BUNGO―文豪短篇傑作選」角川書店 2012（角川文庫）p95

『注文の多い料理店』序／注文の多い料理店
　◇「近代童話（メルヘン）と賢治」おうふう 2014 p121

土神ときつね
　◇「この愛のゆくえ―ポケットアンソロジー」岩波書店 2011（岩波文庫別冊）p181
　◇「日本文学全集 16」河出書房新社 2016 p147

毒もみのすきな署長さん
　◇「ちくま日本文学 3」筑摩書房 2007（ちくま文庫）p20
　◇「リテラリーゴシック・イン・ジャパン―文学的ゴシック作品選」筑摩書房 2014（ちくま文庫）p35

どんぐりと山猫
　◇「ちくま日本文学 3」筑摩書房 2007（ちくま文庫）p169
　◇「猫は神さまの贈り物 小説編」有楽出版社 2014 p175

なめとこ山の熊
　◇「狩猟文学マスターピース」みすず書房 2011（大人の本棚）p231
　◇「近代童話（メルヘン）と賢治」おうふう 2014 p171

楢ノ木大学士の野宿（抄）
　◇「恐竜文学大全」河出書房新社 1998（河出文庫）p216

二十六夜
　◇「月」国書刊行会 1999（書物の王国）p243
　◇「ちくま日本文学 3」筑摩書房 2007（ちくま文庫）p306
　◇「心洗われる話」筑摩書房 2010（ちくま文学の森）p339

猫の事務所
　◇「ちくま日本文学 3」筑摩書房 2007（ちくま文庫）p240
　◇「猫愛」凱風社 2008（PD叢書）p61
　◇「にゃんそろじー」新潮社 2014（新潮文庫）p17

猫の事務所 ある小さな官衙に関する幻想
　◇「だから猫は猫そのものではない」凱風社 2015 p95
　◇「冒険の森へ―傑作小説大全 7」集英社 2016 p65

農学校歌
　◇「日本文学全集 16」河出書房新社 2016 p48

茨海小学校
　◇「ちくま日本文学 3」筑摩書房 2007（ちくま文庫）p112

原体剣舞連（はらたいけんばひれん）
　◇「ちくま日本文学 3」筑摩書房 2007（ちくま文庫）p421

春と修羅
　◇「ちくま日本文学 3」筑摩書房 2007（ちくま文庫）p408
　◇「ちくま日本文学 3」筑摩書房 2007（ちくま文庫）p413
　◇「栞子さんの本棚―ビブリア古書堂セレクトブック」角川書店 2013（角川文庫）p273
　◇「日本文学全集 16」河出書房新社 2016 p9

詩集 春と修羅 第一集
　◇「新装版 全集現代文学の発見 13」學藝書林 2004 p122

「春と修羅 第三集」
　◇「ちくま日本文学 3」筑摩書房 2007（ちくま文庫）p432

春と修羅（mental sketch modified）
　◇「新装版 全集現代文学の発見 13」學藝書林 2004 p122

春 変奏曲
　◇「胞子文学名作選」港の人 2013 p243

ひかりの素足
　◇「幻視の系譜」筑摩書房 2013（ちくま文庫）p305
　◇「日本文学全集 16」河出書房新社 2016 p67

風景観察官
　◇「ちくま日本文学 3」筑摩書房 2007（ちくま文庫）p418

葡萄水
　◇「果実」SDP 2009（SDP bunko）p73
　◇「文人御馳走帖」新潮社 2014（新潮文庫）p225

報告
　◇「ちくま日本文学 3」筑摩書房 2007（ちくま文庫）p417

北守将軍と三人兄弟の医者
　◇「日本文学全集 16」河出書房新社 2016 p95

星めぐりの歌
　◇「ちくま日本文学 3」筑摩書房 2007（ちくま文庫）p454
　◇「日本文学全集 16」河出書房新社 2016 p40

ポラーノの広場
　◇「日本文学全集 16」河出書房新社 2016 p190

マグノリアの木
　◇「奇跡」国書刊行会 2000（書物の王国）p193

祭の晩
　◇「十月のカーニヴァル」光文社 2000（カッパ・ノベルス）p175

無声慟哭
　◇「ちくま日本文学 3」筑摩書房 2007（ちくま文庫）p425
　◇「ちくま日本文学 3」筑摩書房 2007（ちくま文庫）p429

やまなし
　◇「くだものだもの」ランダムハウス講談社 2007 p147
　◇「ちくま日本文学 3」筑摩書房 2007（ちくま文庫）p344
　◇「いきものがたり」双文社出版 2013 p121
　◇「もう一度読みたい教科書の泣ける名作」学研教育出版 2013 p67
　◇「近代童話（メルヘン）と賢治」おうふう 2014 p134

みやし

雪渡り
◇「日本文学全集 16」河出書房新社 2016 p133
よだかの星
◇「ちくま日本文学 3」筑摩書房 2007（ちくま文庫）p294
◇「涙の百年文学—もう一度読みたい」太陽出版 2009 p22
◇「近代童話（メルヘン）と賢治」おうふう 2014 p113
◇「文豪たちが書いた泣ける名作短編集」彩図社 2014 p116
◇「もう一度読みたい教科書の泣ける名作 再び」学研教育出版 2014 p75
〔わたくしどもは〕
◇「近代童話（メルヘン）と賢治」おうふう 2014 p109
われらひとしく丘に立ち
◇「日本文学全集 16」河出書房新社 2016 p42

宮地 彩　みやじ・あや
温冷御礼
◇「冷と温—第13回フェリシモ文学賞作品集」フェリシモ 2010 p87

宮地 佐一郎　みやじ・さいちろう（1924〜2005）
海援隊誕生記
◇「龍馬参上」新潮社 2010（新潮文庫）p25
坂本龍馬
◇「人物日本剣豪伝 5」学陽書房 2001（人物文庫）p221

宮地 水位　みやじ・すいい（1852〜1904）
異境備忘録（抄）
◇「稲生モノノケ大全 陰之巻」毎日新聞社 2003 p640

宮司 孝男　みやじ・たかお
雨の中の如来
◇「「伊豆文学賞」優秀作品集 第18回」羽衣出版 2015 p188
海を渡る風
◇「「伊豆文学賞」優秀作品集 第5回」羽衣出版 2002 p81
「英魂」の碑
◇「「伊豆文学賞」優秀作品集 第19回」羽衣出版 2016 p167
遠州大念仏の夜
◇「「伊豆文学賞」優秀作品集 第17回」羽衣出版 2014 p216
湖西焼き物考
◇「「伊豆文学賞」優秀作品集 第16回」羽衣出版 2013 p208
遠い裾野
◇「「伊豆文学賞」優秀作品集 第15回」羽衣出版 2012 p239

宮下 幻一郎　みやした・げんいちろう（1921〜）
片岡源五右衛門
◇「定本・忠臣蔵四十七人集」双葉社 1998 p330
宮本武蔵
◇「宮本武蔵伝奇」勉誠出版 2002（べんせいライブラリー）p199

宮下 知子　みやした・ともこ
雪中花
◇「ホワイト・ウェディング」SDP 2007（Angel works）p215

宮下 奈都　みやした・なつ（1967〜）
楽団兄弟
◇「宇宙小説」講談社 2012（講談社文庫）p158
空の青さを
◇「Colors」ホーム社 2008 p29
◇「Colors」集英社 2009（集英社文庫）p9
旅立ちの日に
◇「本をめぐる物語——一冊の扉」KADOKAWA 2014（角川文庫）p43
なつかしいひと
◇「大崎梢リクエスト！ 本屋さんのアンソロジー」光文社 2013 p269
◇「大崎梢リクエスト！ 本屋さんのアンソロジー」光文社 2014（光文社文庫）p281
日をつなぐ
◇「コイノカオリ」角川書店 2004 p189
◇「コイノカオリ」角川書店 2008（角川文庫）p171
No.2—『スコーレNo.4』より
◇「セブンティーン・ガールズ」KADOKAWA 2014（角川文庫）p73

宮下 麻友子　みやした・まゆこ
ひらき屋
◇「ひらく—第15回フェリシモ文学賞」フェリシモ 2012 p120

宮下 和雅子　みやした・わかこ（1975〜）
リンダリンダリンダ（向井康介／山下敦弘）
◇「年鑑代表シナリオ集 '05」シナリオ作家協会 2006 p137

宮嶋 資夫　みやじま・すけお（1886〜1951）
仮想者の恋
◇「京都府文学全集第1期（小説編）1」郷土出版社 2005 p357
坑夫
◇「新装版 全集現代文学の発見 1」學藝書林 2002 p55

宮島 俊夫　みやじま・としお（1917〜1955）
新しい時代の明暗（3）悲しいこと
◇「ハンセン病文学全集 5」皓星社 2010 p99
或る往復書翰（厚木叡）
◇「ハンセン病文学全集 5」皓星社 2010 p27
檻のなかに
◇「ハンセン病文学全集 1」皓星社 2002 p217

崖の上
　◇「ハンセン病に咲いた花—初期文芸名作選　戦後編」
　　皓星社　2002（ハンセン病叢書）p219
金看板
　◇「ハンセン病文学全集 4」皓星社　2003 p415
続往復書翰（厚木叡）
　◇「ハンセン病文学全集 5」皓星社　2010 p29
猫の目
　◇「ハンセン病文学全集 4」皓星社　2003 p418
癩夫婦
　◇「ハンセン病文学全集 1」皓星社　2002 p183

宮島　春松　みやじま・はるまつ（1848〜1904）
欧洲小説　哲烈禍福譚（てれまくかふくものがたり）
　　　　　（フェヌロン）
　◇「新日本古典文学大系　明治編 14」岩波書店　2013
　　p1

宮嶋　康彦　みやじま・やすひこ（1951〜）
とつき十日の前世
　◇「文学 2000」講談社　2000 p280

宮島　竜治　みやじま・りゅうじ
乙女のワルツ
　◇「歌謡曲だよ、人生は—映画監督短編集」メディア
　　ファクトリー 2007 p29

宮田　亜佐　みやた・あさ（1928〜）
お精霊舟
　◇「甦る「幻影城」3」角川書店　1998（カドカワ・
　　エンタテインメント）p87
　◇「幻影城—【探偵小説誌】不朽の名作」角川書店
　　2000（角川ホラー文庫）p97

宮田　一生　みやた・かずお
光明
　◇「万華鏡—第14回フェリシモ文学賞作品集」フェリ
　　シモ　2011 p116

宮田　真司　みやた・しんじ
踊りたいほどベルボトム
　◇「超短編の世界」創英社　2008 p88
逆襲
　◇「超短編の世界 vol.2」創英社　2009 p110
くるくる
　◇「超短編の世界 vol.3」創英社　2011 p174
仕事
　◇「超短編の世界 vol.2」創英社　2009 p54
蝶の回転
　◇「超短編の世界 vol.3」創英社　2011 p50
人見さんは眠れない
　◇「超短編の世界 vol.2」創英社　2009 p112
星を逃げる
　◇「物語のルミナリエ」光文社　2011（光文社文庫）
　　p249

宮田　そら　みやた・そら
鯖街道を、とおってな
　◇「気配—第10回フェリシモ文学賞作品集」フェリシ
　　モ　2007 p32

宮田　たえ　みやた・たえ
猫の手
　◇「超短編傑作選 v.6」創英社　2007 p203
モノトーン
　◇「超短編の世界」創英社　2008 p118

宮田　俊行　みやた・としゆき
取材ノートのマンモス
　◇「現代鹿児島小説大系 2」ジャプラン　2014 p334

宮田　登　みやた・のぼる（1936〜2000）
女の髪
　◇「妖髪鬼談」桜桃書房　1998 p6
　◇「黒髪に恨みは深く—髪の毛ホラー傑作選」角川書
　　店　2006（角川ホラー文庫）p89
大都市のポルターガイスト
　◇「稲生モノノケ大全　陰之巻」毎日新聞社　2003
　　p660

宮田　正夫　みやた・まさお
闇から光
　◇「ハンセン病文学全集 8」皓星社　2006 p501

宮武　外骨　みやたけ・がいこつ（1867〜1955）
『幸徳一派大逆事件顛末』「自序」および
「自跋」
　◇「蘇らぬ единый「大逆事件」以後の文学」インパクト出
　　版会　2010（インパクト選書）p231
『震災画報』より
　◇「天変動く大震災と作家たち」インパクト出版会
　　2011（インパクト選書）p134

宮地　嘉六　みやち・かろく（1884〜1958）
ある職工の手記
　◇「アンソロジー・プロレタリア文学 1」森話社
　　2013 p22
　◇「日本文学100年の名作 1」新潮社　2014（新潮文
　　庫）p181
煤煙の臭い
　◇「アンソロジー・プロレタリア文学 3」森話社
　　2015 p270

宮津　弘子　みやづ・ひろこ
まるで地獄でした。長崎被爆女学生の声≫柳
原英子
　◇「日本人の手紙 10」リブリオ出版　2004 p105

宮寺　清一　みやでら・せいいち（1935〜2013）
跫音
　◇「時代の波音—民主文学短編小説集1995年〜2004
　　年」日本民主主義文学会　2005 p134

宮永　愛子　みやなが・あいこ（1974〜）
時の広がり
　◇「十和田、奥入瀬　水と土地をめぐる旅」青幻舎
　　2013 p186

宮西 建礼　みやにし・けんれい（1989〜）
銀河風帆走―第四回創元SF短編賞受賞作
◇「極光星群」東京創元社 2013（創元SF文庫）p415

宮西 達也　みやにし・たつや（1956〜）
きょうはなんてうんがいいんだろう
◇「朗読劇台本集 4」玉川大学出版部 2002 p51

宮野 周一　みやの・しゅういち
建設義勇軍
◇「懐かしい未来―甦る明治・大正・昭和の未来小説」中央公論新社 2001 p123

宮野 叢子　みやの・むらこ（1917〜1990）
大蛇物語
◇「怪奇・伝奇時代小説選集 5」春陽堂書店 2000（春陽文庫）p120
柿の木
◇「幻の探偵雑誌 3」光文社 2000（光文社文庫）p417
記憶
◇「探偵くらぶ―探偵小説傑選1946〜1958 下」光文社 1997（カッパ・ノベルス）p305
鯉沼家の悲劇
◇「鯉沼家の悲劇―本格推理マガジン 特集・幻の名作」光文社 1998（光文社文庫）p9
薔薇の処女（おとめ）
◇「甦る推理雑誌 10」光文社 2004（光文社文庫）p115
満州だより
◇「外地探偵小説集 満洲篇」せらび書房 2003 p115
夢の中の顔
◇「甦る推理雑誌 7」光文社 2003（光文社文庫）p141

宮野 村子　みやの・むらこ（1917〜1990）
手紙
◇「江戸川乱歩と13の宝石」光文社 2007（光文社文庫）p81

宮ノ川 顕　みやのがわ・けん
芋虫
◇「てのひら怪談―ビーケーワン怪談大賞傑作選 辛卯」ポプラ社 2011（ポプラ文庫）p124

宮原 昭夫　みやはら・あきお（1932〜）
炎の子守唄
◇「コレクション戦争と文学 12」集英社 2013 p625

宮原 惣一　みやはら・そういち
⇒金聖珉（キム・ソンミン）を見よ

宮原 龍雄　みやはら・たつお（1915〜2008）
葦のなかの犯罪
◇「甦る推理雑誌 8」光文社 2003（光文社文庫）p161
五つの紐
◇「迷宮の旅行者―本格推理展覧会」青樹社 1999（青樹社文庫）p279

消えた井原老人
◇「江戸川乱歩の推理教室」光文社 2008（光文社文庫）p127
首吊り道成寺
◇「「宝石」一九五〇―一年家殺人事件：探偵小説傑作集」光文社 2012（光文社文庫）p251
凧師
◇「探偵くらぶ―探偵小説傑選1946〜1958 中」光文社 1997（カッパ・ノベルス）p277
新納の棺
◇「山口雅也の本格ミステリ・アンソロジー」角川書店 2007（角川文庫）p331
ニッポン・海鷹
◇「絢爛たる殺人―本格推理マガジン 特集・知られざる探偵たち」光文社 2000（光文社文庫）p291
マクベス殺人事件
◇「甦る「幻影城」 2」角川書店 1997（カドカワ・エンタテインメント）p229
むかで横丁（須田刀太郎／山沢晴雄）
◇「絢爛たる殺人―本格推理マガジン 特集・知られざる探偵たち」光文社 2000（光文社文庫）p133
湯壺の中の死体
◇「江戸川乱歩の推理試験」光文社 2009（光文社文庫）p193

雅　みやび
イニシャル占い
◇「万華鏡―第14回フェリシモ文学賞作品集」フェリシモ 2011 p160

雅 洋　みやび・ひろし
道を尋ねられる男
◇「ショートショートの広場 13」講談社 2002（講談社文庫）p157

宮部 和子　みやべ・かずこ
歌は西北の風に乗って
◇「扉の向こうへ」全作家協会 2014（全作家短編集）p365
雑踏の中を
◇「全作家短編小説集 8」全作家協会 2009 p216
セメントのでこぼこ道
◇「全作家短編小説集 9」全作家協会 2010 p120
梅雨の合い間の夢
◇「回転ドアから」全作家協会 2015（全作家短編集）p309

宮部 みゆき　みやべ・みゆき（1960〜）
いしまくら
◇「事件現場に行こう―最新ベスト・ミステリー カレイドスコープ編」光文社 2001（カッパ・ノベルス）p309
いつも二人で
◇「人恋しい雨の夜に―せつない小説アンソロジー」光文社 2006（光文社文庫）p37
言わずにおいて
◇「幻想ミッドナイト―日常を破壊する恐怖の断片」角川書店 1997（カドカワ・エンタテインメント）

p345

梅の雨降る
◇「代表作時代小説 平成12年度」光風社出版 2000 p199

置いてけ堀
◇「傑作捕物ワールド 9」リブリオ出版 2002 p165

お勢殺し
◇「江戸の満腹力—時代小説傑作選」集英社 2005（集英社文庫）p255

おたすけぶち
◇「緋迷宮—ミステリー・アンソロジー」祥伝社 2001（祥伝社文庫）p7
◇「ふるえて眠れない—ホラーミステリー傑作選」光文社 2006（光文社文庫）p213

鬼は外
◇「名探偵を追いかけろ—シリーズ・キャラクター編」光文社 2004（カッパ・ノベルス）p379
◇「名探偵を追いかけろ」光文社 2007（光文社文庫）p469

オモチャ
◇「玩具館」光文社 2001（光文社文庫）p611

女の首
◇「浮き世草紙—女流時代小説傑作選」角川春樹事務所 2002（ハルキ文庫）p7

海神の裔
◇「NOVA＋—書き下ろし日本SFコレクション 2」河出書房新社 2015（河出文庫）p329

勝ち逃げ
◇「日本ベストミステリー選集 24」光文社 1997（光文社文庫）p249

鰹千両
◇「撫子が斬る—女性作家捕物帳アンソロジー」光文社 2005（光文社文庫）p581
◇「情けがからむ朱房の十手—傑作時代小説」PHP研究所 2009（PHP文庫）p41

神無月
◇「江戸夢あかり」学習研究社 2003（学研M文庫）p135
◇「親不孝長屋一人情時代小説傑作選」新潮社 2007（新潮文庫）p161
◇「江戸夢あかり」学研パブリッシング 2013（学研M文庫）p135
◇「日本文学100年の名作 8」新潮社 2015（新潮文庫）p427

鬼子母火
◇「きずな—時代小説親子情話」角川春樹事務所 2011（ハルキ文庫）p7
◇「冬ごもり—時代小説アンソロジー」KADOKAWA 2013（角川文庫）p33

朽ちてゆくまで
◇「日本SF短篇50 4」早川書房 2013（ハヤカワ文庫JA）p49

首吊り御本尊
◇「江戸夕しぐれ—市井稼業小説傑作選」学研パブリッシング 2011（学研M文庫）p143

車坂

◇「自選ショート・ミステリー 2」講談社 2001（講談社文庫）p95
◇「冒険の森へ—傑作小説大全 19」集英社 2015 p8

決して見えない
◇「匠」文藝春秋 2003（推理作家になりたくて マイベストミステリー）p240
◇「マイ・ベスト・ミステリー 1」文藝春秋 2007（文春文庫）p360

小袖の手
◇「妖異七奇談」双葉社 2005（双葉文庫）p185

この子誰の子
◇「闇に香るもの」新潮社 2004（新潮文庫）p7

サボテンの花
◇「謎—スペシャル・ブレンド・ミステリー 001」講談社 2006（講談社文庫）p359

さよなら、キリハラさん
◇「短編復活」集英社 2002（集英社文庫）p395
◇「隣りの不安、目前の恐怖」双葉社 2016（双葉文庫）p307

さよならの儀式
◇「SF JACK」角川書店 2013 p367
◇「さよならの儀式」東京創元社 2014（創元SF文庫）p13
◇「SF JACK」KADOKAWA 2016（角川文庫）p373

騒ぐ刀【国広】
◇「刀剣—歴史時代小説名作アンソロジー」中央公論新社 2016（中公文庫）p259

時雨鬼
◇「ザ・ベストミステリーズ—推理小説年鑑 2001」講談社 2001 p91
◇「終日犯罪」講談社 2004（講談社文庫）p9
◇「あやかしの深川—受け継がれる怪奇な土地の物語」猿江商會 2016 p86

十年計画
◇「悪魔のような女—女流ミステリー傑作選」角川春樹事務所 2001（ハルキ文庫）p155

十六夜髑髏
◇「人情の往来—時代小説最前線」新潮社 1997（新潮文庫）p285
◇「時代小説—読切御免 3」新潮社 2005（新潮文庫）p9

祝・殺人
◇「蒼迷宮—ミステリー・アンソロジー」祥伝社 2002（祥伝社文庫）p353

庄助の夜着
◇「失われた空—日本人の涙と心の名作8選」新潮社 2014（新潮文庫）p81

白い騎士は歌う
◇「アリス殺人事件—不思議の国のアリス ミステリーアンソロジー」河出書房新社 2016（河出文庫）p39

過ぎたこと
◇「仮面のレクイエム」光文社 1998（光文社文庫）p395

スナーク狩り

みやま

◇「冒険の森へ―傑作小説大全 20」集英社 2015 p353

砂村新田
◇「最新「珠玉推理」大全 下」光文社 1998（カッパ・ノベルス）p296
◇「闇夜の芸術祭」光文社 2003（光文社文庫）p405

聖痕―「少年Aは人間を超えた存在になる」そう信じる人々がいた。怒濤の展開、驚愕の問題作
◇「NOVA―書き下ろし日本SFコレクション 2」河出書房新社 2010（河出文庫）p347

戦闘員
◇「NOVA+―書き下ろし日本SFコレクション バベル」河出書房新社 2014（河出文庫）p13

たった一人
◇「夢」国書刊行会 1998（書物の王国）p112

"旅人"を待ちながら
◇「短篇ベストコレクション―現代の小説 2008」徳間書店 2008（徳間文庫）p25

だるま猫
◇「怪奇・怪談傑作集」新人物往来社 1997 p207
◇「剣が謎を斬る―名作で読む推理小説史 時代ミステリー傑作選」光文社 2005（光文社文庫）p365

チヨ子
◇「短篇ベストコレクション―現代の小説 2005」徳間書店 2005（徳間文庫）p33
◇「不思議の足跡」光文社 2007（Kappa novels）p355
◇「不思議の足跡」光文社 2011（光文社文庫）p481
◇「短編工場」集英社 2012（集英社文庫）p161

手袋の花
◇「文豪さんへ。」メディアファクトリー 2009（MF文庫）p175

ドルシネアにようこそ
◇「危険な関係―女流ミステリー傑作選」角川春樹事務所 2002（ハルキ文庫）p7

なけなし三昧
◇「ザ・ベストミステリーズ―推理小説年鑑 2003」講談社 2003 p497
◇「殺人の教室」講談社 2006（講談社文庫）p5

新美南吉『手袋を買いに』を語る
◇「文豪さんへ。」メディアファクトリー 2009（MF文庫）p189

野槌の墓
◇「奇想博物館」光文社 2013（最新ベスト・ミステリー）p345

のっぽのドロレス
◇「殺人前線北上中」講談社 1997（講談社文庫）p9
◇「古書ミステリー倶楽部―傑作推理小説集 3」光文社 2015（光文社文庫）p9

謀りごと
◇「市井図絵」新潮社 1997 p7
◇「時代小説―読切御免 1」新潮社 2004（新潮文庫）p41

博打眼
◇「Anniversary 50―カッパ・ノベルス創刊50周年記念作品」光文社 2009（Kappa novels）p259

八月の雪
◇「冒険の森へ―傑作小説大全 12」集英社 2015 p38

燔祭
◇「冒険の森へ―傑作小説大全 4」集英社 2016 p119

ピカリと閃いて
◇「マイ・ベスト・ミステリー 1」文藝春秋 2007（文春文庫）p411

人質カノン
◇「どたん場で大逆転」講談社 1999（講談社文庫）p9
◇「謎―スペシャル・ブレンド・ミステリー 007」講談社 2012（講談社文庫）p333

布団部屋
◇「七つの怖い扉」新潮社 1998 p31

不文律
◇「私は殺される―女流ミステリー傑作選」角川春樹事務所 2001（ハルキ文庫）p7

返事はいらない
◇「七つの危険な真実」新潮社 2004（新潮文庫）p85

保安官の明日―人口八二三人の町に起きた、女子大生の拉致監禁事件。カードがまた揃ったか…
◇「NOVA―書き下ろし日本SFコレクション 6」河出書房新社 2011（河出文庫）p377

星に願いを
◇「ヴィジョンズ」講談社 2016 p5

迷い鳩
◇「死人に口無し―時代推理傑作選」徳間書店 2009（徳間文庫）p37

歪んだ鏡
◇「書物愛 日本篇」晶文社 2005 p193
◇「書物愛 日本篇」東京創元社 2014（創元ライブラリ）p189

雪ン子
◇「雪女のキス」光文社 2000（カッパ・ノベルス）p375

弓子の後悔
◇「白のミステリー―女性ミステリー作家傑作選」光文社 1997 p63
◇「女性ミステリー作家傑作選 3」光文社 1999（光文社文庫）p227

我らが隣人の犯罪
◇「逆転の瞬間」文藝春秋 1998（文春文庫）p149
◇「誘惑―女流ミステリー傑作選」徳間書店 1999（徳間文庫）p479
◇「謎―スペシャル・ブレンド・ミステリー 009」講談社 2014（講談社文庫）p7

宮間 波　みやま・なみ

深夜の騒音
◇「てのひら怪談―ビーケーワン怪談大賞傑作選 2」ポプラ社 2007 p26

深山 亮　みやま・りょう（1973〜）
紙一重
　◇「ベスト本格ミステリ 2014」講談社 2014（講談社ノベルス）p307

宮前 和代　みやまえ・かずよ
冷蔵庫のキミ
　◇「冷と温―第13回フェリシモ文学賞作品集」フェリシモ 2010 p132

宮本 章子　みやもと・あきこ
万華鏡の紐
　◇「万華鏡―第14回フェリシモ文学賞作品集」フェリシモ 2011 p104

宮本 晃宏　みやもと・あきひろ
眠りたいの？　眠りたくないの？
　◇「ショートショートの広場 16」講談社 2005（講談社文庫）p34
ままごと
　◇「ショートショートの広場 15」講談社 2004（講談社文庫）p146
論理的な幽霊
　◇「ショートショートの広場 15」講談社 2004（講談社文庫）p199

宮本 正培　みやもと・せいばい
決戦辻詩 みんなもう一度
　◇「近代朝鮮文学日本語作品集1908〜1945 セレクション 4」緑蔭書房 2008 p452

宮本 常一　みやもと・つねいち（1907〜1981）
愛情は子供と共に
　◇「ちくま日本文学 22」筑摩書房 2008（ちくま文庫）p393
海女たち 生活の記録3
　◇「日本文学全集 14」河出書房新社 2015 p400
ある老人の死
　◇「ちくま日本文学 22」筑摩書房 2008（ちくま文庫）p288
家出 生活の記録11
　◇「日本文学全集 14」河出書房新社 2015 p480
家のまわり
　◇「ちくま日本文学 22」筑摩書房 2008（ちくま文庫）p247
石垣を築く
　◇「ちくま日本文学 22」筑摩書房 2008（ちくま文庫）p293
石焼き味噌汁
　◇「ちくま日本文学 22」筑摩書房 2008（ちくま文庫）p225
磯あそび
　◇「ちくま日本文学 22」筑摩書房 2008（ちくま文庫）p283
いそしむ人々
　◇「ちくま日本文学 22」筑摩書房 2008（ちくま文庫）p126
イモ食いのなげき
　◇「ちくま日本文学 22」筑摩書房 2008（ちくま文庫）p362
海をひらいた人びと
　◇「ちくま日本文学 22」筑摩書房 2008（ちくま文庫）p174
浦賀というところ
　◇「ちくま日本文学 22」筑摩書房 2008（ちくま文庫）p318
江戸を見た人
　◇「ちくま日本文学 22」筑摩書房 2008（ちくま文庫）p367
絵馬
　◇「ちくま日本文学 22」筑摩書房 2008（ちくま文庫）p265
大島ボイト
　◇「ちくま日本文学 22」筑摩書房 2008（ちくま文庫）p343
女の世間
　◇「ちくま日本文学 22」筑摩書房 2008（ちくま文庫）p41
女の相続 生活の記録10
　◇「日本文学全集 14」河出書房新社 2015 p471
梶田富五郎翁
　◇「ちくま日本文学 22」筑摩書房 2008（ちくま文庫）p101
　◇「日本文学全集 14」河出書房新社 2015 p362
風と海と
　◇「ちくま日本文学 22」筑摩書房 2008（ちくま文庫）p290
風の音と波の音
　◇「ちくま日本文学 22」筑摩書房 2008（ちくま文庫）p267
カニとたわむる
　◇「ちくま日本文学 22」筑摩書房 2008（ちくま文庫）p280
皮つきの猪肉
　◇「ちくま日本文学 22」筑摩書房 2008（ちくま文庫）p207
記念日と芝居小屋
　◇「ちくま日本文学 22」筑摩書房 2008（ちくま文庫）p260
木の実
　◇「ちくま日本文学 22」筑摩書房 2008（ちくま文庫）p252
行商 生活の記録7
　◇「日本文学全集 14」河出書房新社 2015 p444
キリタンポ
　◇「ちくま日本文学 22」筑摩書房 2008（ちくま文庫）p232
眷竜寺の僧
　◇「ちくま日本文学 22」筑摩書房 2008（ちくま文庫）p384
御一新のあとさき（抄）
　◇「ちくま日本文学 22」筑摩書房 2008（ちくま文庫）p318

みやも

弘法堂
◇「ちくま日本文学 22」筑摩書房 2008（ちくま文庫）p373

高野豆腐小屋
◇「ちくま日本文学 22」筑摩書房 2008（ちくま文庫）p126

子供をさがす
◇「ちくま日本文学 22」筑摩書房 2008（ちくま文庫）p36

子供の世界
◇「ちくま日本文学 22」筑摩書房 2008（ちくま文庫）p393

子に生きる
◇「ちくま日本文学 22」筑摩書房 2008（ちくま文庫）p157

ゴヘイモチ
◇「ちくま日本文学 22」筑摩書房 2008（ちくま文庫）p228

コンニャクのさしみ
◇「ちくま日本文学 22」筑摩書房 2008（ちくま文庫）p239

最近の変化
◇「ちくま日本文学 22」筑摩書房 2008（ちくま文庫）p315

サツマのあばれ食い
◇「ちくま日本文学 22」筑摩書房 2008（ちくま文庫）p243

塩たき
◇「ちくま日本文学 22」筑摩書房 2008（ちくま文庫）p356

地侍羽鳥家
◇「ちくま日本文学 22」筑摩書房 2008（ちくま文庫）p325

写真
◇「日本文学全集 14」河出書房新社 2015 p498

小学校
◇「ちくま日本文学 22」筑摩書房 2008（ちくま文庫）p263

小心者
◇「ちくま日本文学 22」筑摩書房 2008（ちくま文庫）p388

女工たち 生活の記録6
◇「日本文学全集 14」河出書房新社 2015 p433

新開地と店屋
◇「ちくま日本文学 22」筑摩書房 2008（ちくま文庫）p309

神宮寺と西方寺
◇「ちくま日本文学 22」筑摩書房 2008（ちくま文庫）p378

新宮島
◇「ちくま日本文学 22」筑摩書房 2008（ちくま文庫）p170

人身売買 生活の記録8
◇「日本文学全集 14」河出書房新社 2015 p453

すばらしい食べ方
◇「ちくま日本文学 22」筑摩書房 2008（ちくま文庫）p203

戦後の女性 生活の記録12
◇「日本文学全集 14」河出書房新社 2015 p489

タイ茶漬
◇「ちくま日本文学 22」筑摩書房 2008（ちくま文庫）p210

タラ飯
◇「ちくま日本文学 22」筑摩書房 2008（ちくま文庫）p218

小さな島の歴史
◇「ちくま日本文学 22」筑摩書房 2008（ちくま文庫）p286

月小屋と娘宿 生活の記録9
◇「日本文学全集 14」河出書房新社 2015 p462

対馬にて
◇「ちくま日本文学 22」筑摩書房 2008（ちくま文庫）p9

出稼ぎと旅 生活の記録4
◇「日本文学全集 14」河出書房新社 2015 p411

田楽
◇「ちくま日本文学 22」筑摩書房 2008（ちくま文庫）p214

時国家（ときくにけ）のもてなし
◇「ちくま日本文学 22」筑摩書房 2008（ちくま文庫）p236

土佐源氏
◇「ちくま日本文学 22」筑摩書房 2008（ちくま文庫）p69
◇「心洗われる話」筑摩書房 2010（ちくま文学の森）p487
◇「日本文学全集 14」河出書房新社 2015 p341

飛島 北前船ともらい子（山形県）
◇「山形県文学全集第2期（随筆・紀行編）3」郷土出版社 2005 p395

共稼ぎ 生活の記録2
◇「日本文学全集 14」河出書房新社 2015 p389

鳥・蟬・烏
◇「ちくま日本文学 22」筑摩書房 2008（ちくま文庫）p249

トロロソバ
◇「ちくま日本文学 22」筑摩書房 2008（ちくま文庫）p221

渚に来るもの
◇「ちくま日本文学 22」筑摩書房 2008（ちくま文庫）p278

渚にて
◇「ちくま日本文学 22」筑摩書房 2008（ちくま文庫）p270

凩（な）ぎの海
◇「ちくま日本文学 22」筑摩書房 2008（ちくま文庫）p301

萩の花
◇「ちくま日本文学 22」筑摩書房 2008（ちくま文庫）p419

化物の出る場所
◇「ちくま日本文学 22」筑摩書房 2008（ちくま文庫）p313
干潟の生きもの
◇「ちくま日本文学 22」筑摩書房 2008（ちくま文庫）p273
一人の娘
◇「ちくま日本文学 22」筑摩書房 2008（ちくま文庫）p307
百姓喜右衛門
◇「ちくま日本文学 22」筑摩書房 2008（ちくま文庫）p333
貧乏なくらし
◇「ちくま日本文学 22」筑摩書房 2008（ちくま文庫）p347
ふだん着の婚礼 生活の記録1
◇「日本文学全集 14」河出書房新社 2015 p378
船の家
◇「ちくま日本文学 22」筑摩書房 2008（ちくま文庫）p174
故里だより
◇「ちくま日本文学 22」筑摩書房 2008（ちくま文庫）p290
負けいくさの後始末
◇「ちくま日本文学 22」筑摩書房 2008（ちくま文庫）p351
味噌ブタ
◇「ちくま日本文学 22」筑摩書房 2008（ちくま文庫）p203
見習い奉公 生活の記録5
◇「日本文学全集 14」河出書房新社 2015 p422
宮の森
◇「ちくま日本文学 22」筑摩書房 2008（ちくま文庫）p247
民謡
◇「ちくま日本文学 22」筑摩書房 2008（ちくま文庫）p22
昔の商法
◇「ちくま日本文学 22」筑摩書房 2008（ちくま文庫）p303
村の家
◇「ちくま日本文学 22」筑摩書房 2008（ちくま文庫）p303
文字の世界
◇「ちくま日本文学 22」筑摩書房 2008（ちくま文庫）p339
森の古木
◇「ちくま日本文学 22」筑摩書房 2008（ちくま文庫）p257
山より下る
◇「ちくま日本文学 22」筑摩書房 2008（ちくま文庫）p297
寄りあい
◇「ちくま日本文学 22」筑摩書房 2008（ちくま文庫）p9

忘れられた日本人
◇「ちくま日本文学 22」筑摩書房 2008（ちくま文庫）p9
私のふるさと
◇「ちくま日本文学 22」筑摩書房 2008（ちくま文庫）p247

宮本 輝　みやもと・てる（1947〜）
暑い道
◇「わかれの船―Anthology」光文社 1998 p163
◇「戦後短篇小説再発見 1」講談社 2001（講談社文芸文庫）p193
駅
◇「愛に揺れて」リブリオ出版 2001（ラブミーワールド）p121
◇「恋愛小説・名作集成 5」リブリオ出版 2004 p121
◇「鉄路に咲く物語―鉄道小説アンソロジー」光文社 2005（光文社文庫）p159
小旗
◇「戦後短篇小説選―『世界』1946-1999 5」岩波書店 2000 p97
力
◇「家族の絆」光文社 1997（光文社文庫）p7
紫頭巾
◇「戦後短篇小説再発見 11」講談社 2003（講談社文芸文庫）p182
◇「コレクション戦争と文学 3」集英社 2012 p509
夜桜
◇「せつない話 2」光文社 1997 p109
◇「甘やかな祝祭―恋愛小説アンソロジー」光文社 2004（光文社文庫）p171
力道山の弟
◇「小川洋子の偏愛短篇箱」河出書房新社 2009 p267
◇「小川洋子の偏愛短篇箱」河出書房新社 2012（河出文庫）p267
◇「日本文学100年の名作 8」新潮社 2015（新潮文庫）p233

宮本 徳蔵　みやもと・とくぞう（1930〜）
高麗屏風
◇「美女峠に星が流れる―時代小説傑作選」講談社 1999（講談社文庫）p289

宮本 紀子　みやもと・のりこ
千年のはじめ
◇「ゆきのまち幻想文学賞小品集 19」企画集団ぷりずむ 2010 p152
約束
◇「代表作時代小説 平成26年度」光文社 2014 p33
両国橋物語
◇「宵越し猫語り―書き下ろし時代小説集」白泉社 2015（白泉社招き猫文庫）p105

宮本 裕志　みやもと・ひろし
友達0人
◇「ゆきのまち幻想文学賞小品集 18」企画集団ぷりずむ 2009 p122

宮本 正清　みやもと・まさきよ（1898〜1982）
戦争はおしまいになった
　◇「読み聞かせる戦争」光文社 2015 p247

宮本 昌孝　みやもと・まさたか（1955〜）
秋篠新次郎
　◇「ふりむけば闇―時代小説招待席」廣済堂出版 2003 p265
　◇「ふりむけば闇―時代小説招待席」徳間書店 2007（徳間文庫）p271
一の人、自裁剣
　◇「異色歴史短篇傑作大全」講談社 2003 p361
うつけの影
　◇「決戦！ 川中島」講談社 2016 p249
金色の涙
　◇「Colors」ホーム社 2008 p143
　◇「Colors」集英社 2009（集英社文庫）p227
紅風子の恋
　◇「捨て子稲荷―時代アンソロジー」祥伝社 1999（祥伝社文庫）p163
紅楓子の恋
　◇「軍師の生きざま―短篇小説集」作品社 2008 p67
紅楓子の恋―山本勘助
　◇「軍師の生きざま」実業之日本社 2013（実業之日本社文庫）p85
瘤取り作兵衛
　◇「武士の本懐―武士道小説傑作選 2」ベストセラーズ 2005（ベスト時代文庫）p217
最期の赤備え
　◇「代表作時代小説 平成10年度」光風社出版 1998 p95
　◇「地獄の無明剣―時代小説傑作選」講談社 2004（講談社文庫）p69
春風仇討行
　◇「仇討ち」小学館 2006（小学館文庫）p127
　◇「娘嫁剣」徳間書店 2011（徳間文庫）p293
水魚の心
　◇「決戦！ 本能寺」講談社 2015 p145
長命水と桜餅―影十手活殺帖
　◇「夢を見にけり―時代小説招待席」廣済堂出版 2004 p299
非足の人
　◇「決戦！ 桶狭間」講談社 2016 p155
武商諜人
　◇「戦国秘史―歴史小説アンソロジー」KADOKAWA 2016（角川文庫）p235
前髪公方
　◇「代表作時代小説 平成9年度」光風社出版 1997 p379
　◇「春宵濡れ髪しぐれ―時代小説傑作選」2003（講談社文庫）p353
義輝異聞 遺恩
　◇「代表作時代小説 平成13年度」光風社出版 2001 p159
蘭丸、叛く

◇「白刃光る」新潮社 1997 p27
◇「時代小説―読切御免 3」新潮社 2005（新潮文庫）p113
◇「本能寺・男たちの決断―傑作時代小説」PHP研究所 2007（PHP文庫）p95
龍吟の剣
　◇「機略縦横！ 真田戦記―傑作時代小説」PHP研究所 2008（PHP文庫）p57

宮本 幹也　みやもと・みきや（1913〜1993）
前原伊助
　◇「定本・忠臣蔵四十七人集」双葉社 1998 p322

宮本 百合子　みやもと・ゆりこ（1899〜1951）
杏の若葉
　◇「果実」SDP 2009（SDP bunko）p21
風に乗って来るコロポックル
　◇「日本文学全集 26」河出書房新社 2017 p175
三郎爺
　◇「福島の文学―11人の作家」講談社 2014（講談社文芸文庫）p46
三月の第四日曜
　◇「日本文学100年の名作 3」新潮社 2014（新潮文庫）p391
　◇「アンソロジー・プロレタリア文学 3」森話社 2015 p122
女工小唄―2
　◇「アンソロジー・プロレタリア文学 2」森話社 2014 p226
築地河岸
　◇「日本近代短篇小説選 昭和篇1」岩波書店 2012（岩波文庫）p283
投函されなかった遺書≫宮本顕治
　◇「日本人の手紙 6」リブリオ出版 2004 p188
舗道
　◇「アンソロジー・プロレタリア文学 2」森話社 2014 p155
貧しき人々の群
　◇「アンソロジー・プロレタリア文学 1」森話社 2013 p120
夜の若葉
　◇「愛」SDP 2009（SDP bunko）p217

宮森 さつき　みやもり・さつき
十六夜―いざよい
　◇「「近松賞」第1回 優秀賞作品集」尼崎市 2002 p35

宮良 ルリ　みやら・るり（1926〜）
私のひめゆり戦記
　◇「読み聞かせる戦争」光文社 2015 p41

宮脇 俊三　みやわき・しゅんぞう（1926〜2003）
殺意の風景 樹海の巻
　◇「日本縦断世界遺産殺人紀行」有楽出版社 2014（JOY NOVELS）p111
雪見列車は舟で終る
　◇「山形県文学全集第2期(随筆・紀行編) 6」郷土出版社 2005 p125

明恵　みょうえ（1173～1232）
承久二年五月の夢―明恵上人『明恵上人夢記』（服部正〔訳〕）
◇「人形」国書刊行会 1997（書物の王国）p181
人形変じて女人となる（澁澤龍彥〔訳〕）
◇「文豪てのひら怪談」ポプラ社 2009（ポプラ文庫）p189
明恵上人月輪歌抄
◇「月」国書刊行会 1999（書物の王国）p236

明神 しじま　みょうじん・しじま（1989～）
あれは子どものための歌
◇「ベスト本格ミステリ 2014」講談社 2014（講談社ノベルス）p191

明神 ちさと　みょうじん・ちさと
網目温泉
◇「怪談四十九夜」竹書房 2016（竹書房文庫）p134
炎天
◇「てのひら怪談―ビーケーワン怪談大賞傑作選 庚寅」ポプラ社 2010（ポプラ文庫）p226
換気口
◇「怪談四十九夜」竹書房 2016（竹書房文庫）p142
ソロキャンプツーリング
◇「怪談四十九夜」竹書房 2016（竹書房文庫）p126
二の舞
◇「てのひら怪談―ビーケーワン怪談大賞傑作選 壬辰」ポプラ社 2012（ポプラ文庫）p108
生者でなしVSヒトデナシ
◇「怪談四十九夜」竹書房 2016（竹書房文庫）p138
録音ボタン
◇「怪談四十九夜」竹書房 2016（竹書房文庫）p130

明神 慈　みょうじん・やす
ピン・ポン
◇「優秀新人戯曲集 2003」ブロンズ新社 2002 p57

三好 一光　みよし・いっこう（1908～1990）
百両牡丹
◇「捕物時代小説選集 1」春陽堂書店 1999（春陽文庫）p76

三好 修　みよし・おさむ
新撰組余談 花の小五郎
◇「新選組伝奇」勉誠出版 2004 p159

三好 京三　みよし・きょうぞう（1931～2007）
えみしの姫君
◇「江戸恋い明け烏」光風社出版 1999（光風社文庫）p293

三好 しず九　みよし・しずく
携帯
◇「超短編傑作選 v.6」創英社 2007 p144
待ち合わせ
◇「超短編傑作選 v.6」創英社 2007 p146

三好 十郎　みよし・じゅうろう（1902～1958）
胎内
◇「新装版 全集現代文学の発見 8」學藝書林 2003 p480

三好 想山　みよし・そうざん（？～1850）
想山著聞奇集（抄）
◇「稲生モノノケ大全 陰之巻」毎日新聞社 2003 p629

三好 創也　みよし・そうや
こだわり
◇「ショートショートの花束 2」講談社 2010（講談社文庫）p231
ふれあい
◇「ショートショートの花束 2」講談社 2010（講談社文庫）p122
無人ホテル
◇「ショートショートの花束 2」講談社 2010（講談社文庫）p114

三好 達治　みよし・たつじ（1900～1964）
池に向へる朝餉
◇「新装版 全集現代文学の発見 13」學藝書林 2004 p102
甃（いし）のうへ
◇「新装版 全集現代文学の発見 13」學藝書林 2004 p98
◇「日本文学全集 29」河出書房新社 2016 p37
乳母車
◇「新装版 全集現代文学の発見 13」學藝書林 2004 p98
◇「日本文学全集 29」河出書房新社 2016 p37
落葉
◇「新装版 全集現代文学の発見 13」學藝書林 2004 p100
落葉やんで
◇「新装版 全集現代文学の発見 13」學藝書林 2004 p101
鴉
◇「新装版 全集現代文学の発見 13」學藝書林 2004 p103
雉
◇「新装版 全集現代文学の発見 13」學藝書林 2004 p107
郷愁
◇「新装版 全集現代文学の発見 13」學藝書林 2004 p108
漁家
◇「創刊一〇〇年三田文学名作選」三田文学会 2010 p583
草の上
◇「新装版 全集現代文学の発見 13」學藝書林 2004 p104
湖水
◇「新装版 全集現代文学の発見 13」學藝書林 2004 p99

十一月の視野に於て
◇「新装版 全集現代文学の発見 13」學藝書林 2004 p107

秋夜弄筆
◇「新装版 全集現代文学の発見 13」學藝書林 2004 p101

少年
◇「新装版 全集現代文学の発見 13」學藝書林 2004 p99

詩集 測量船
◇「新装版 全集現代文学の発見 13」學藝書林 2004 p98

春
◇「新装版 全集現代文学の発見 13」學藝書林 2004 p100

春の岬
◇「新装版 全集現代文学の発見 13」學藝書林 2004 p98
◇「日本文学全集 29」河出書房新社 2016 p36

冬の日
◇「新装版 全集現代文学の発見 13」學藝書林 2004 p102

僕も友人に恥じないような仕事をしたい＞桑原武夫
◇「日本人の手紙 2」リブリオ出版 2004 p216

僕は
◇「新装版 全集現代文学の発見 13」學藝書林 2004 p106

村
◇「新装版 全集現代文学の発見 13」學藝書林 2004 p100

雪
◇「新装版 全集現代文学の発見 13」學藝書林 2004 p98

Enfance finie
◇「新装版 全集現代文学の発見 13」學藝書林 2004 p106

三好 徹　みよし・とおる（1931～）

ある心中未遂
◇「黒衣のモニュメント」光文社 2000（光文社文庫）p311

貴船山心中
◇「京都殺意の旅―京都ミステリー傑作選」德間書店 2001（德間文庫）p151

西郷暗殺
◇「日本ベストミステリー選集 24」光文社 1997（光文社文庫）p291

さらば新選組―土方歳三
◇「誠の旗がゆく―新選組傑作選」集英社 2003（集英社文庫）p489

私説・沖田総司
◇「新選組烈士伝」角川書店 2003（角川文庫）p95

雀鬼
◇「牌がささやく―麻雀小説傑作選」德間書店 2002（德間文庫）p241

真説平手造酒
◇「血しぶき街道」光風社出版 1998（光風社文庫）p71

スカイジャック
◇「死を招く乗客―ミステリーアンソロジー」有楽出版社 2015（JOY NOVELS）p167

聖少女
◇「消えた直木賞 男たちの足音編」メディアファクトリー 2005 p289

天命の人
◇「代表作時代小説 平成20年度」光文社 2008 p367

歳三、五稜郭に死す
◇「幕末の剣鬼たち―時代小説傑作選」コスミック出版 2009（コスミック・時代文庫）p193

二度の岐路に立つ
◇「代表作時代小説 平成19年度」光文社 2007 p313

八郎、仆れたり
◇「新選組読本」光文社 2003（光文社文庫）p555

人斬り稼業
◇「龍馬と志士たち―時代小説傑作選」コスミック出版 2009（コスミック・時代文庫）p51

迷子の天使
◇「煌めきの殺意」德間書店 1999（德間文庫）p625

湖に死す
◇「海外トラベル・ミステリー―7つの旅物語」三笠書房 2000（王様文庫）p289

幽霊銀座を歩く―銀座警察シリーズより
◇「警察小説傑作短篇集」ランダムハウス講談社 2009（ランダムハウス講談社文庫）p305

ラスヴェガスにて
◇「熱い賭け」早川書房 2006（ハヤカワ文庫）p275

三好 豊一郎　みよし・とよいちろう（1920～1992）

荒地詩集
◇「新装版 全集現代文学の発見 13」學藝書林 2004 p267

いけにえ
◇「新装版 全集現代文学の発見 13」學藝書林 2004 p273

写絵
◇「新装版 全集現代文学の発見 13」學藝書林 2004 p267

壁
◇「新装版 全集現代文学の発見 13」學藝書林 2004 p264

抗議 Ⅰ
◇「新装版 全集現代文学の発見 13」學藝書林 2004 p268

抗議 Ⅱ
◇「新装版 全集現代文学の発見 13」學藝書林 2004 p269

荒誕
◇「新装版 全集現代文学の発見 13」學藝書林 2004 p267

四月馬鹿
◇「新装版 全集現代文学の発見 13」學藝書林 2004 p265
囚人
◇「新装版 全集現代文学の発見 13」學藝書林 2004 p264
肖像
◇「新装版 全集現代文学の発見 13」學藝書林 2004 p272
わが友よ おれは……
◇「新装版 全集現代文学の発見 13」學藝書林 2004 p271

三好 日生　みよし・ひなせ
夕輝（ゆうき）―ぼくの生きていた証（深澤直樹）
◇「中学校たのしい劇脚本集―英語劇付 Ⅲ」国土社 2011 p144

ミーヨン
くらげ
◇「ナナイロノコイ―恋愛小説」角川春樹事務所 2003 p131

三和 みわ
蛇女
◇「てのひら怪談―ビーケーワン怪談大賞傑作選 辛卯」ポプラ社 2011（ポプラ文庫）p138
夕焼け観覧
◇「てのひら怪談―ビーケーワン怪談大賞傑作選 辛卯」ポプラ社 2011（ポプラ文庫）p174

美輪 明宏　みわ・あきひろ（1935～）
戦
◇「コレクション戦争と文学 19」集英社 2011 p467

美輪 和音　みわ・かずね（1966～）
強欲な羊
◇「監獄舎の殺人―ミステリーズ！ 新人賞受賞作品集」東京創元社 2016（創元推理文庫）p9

三輪 チサ　みわ・ちさ（1965～）
雨の日に触ってはいけない
◇「女たちの怪談百物語」メディアファクトリー 2010（〔幽〕books）p19
◇「女たちの怪談百物語」KADOKAWA 2014（角川ホラー文庫）p25
今もいる
◇「女たちの怪談百物語」メディアファクトリー 2010（〔幽〕books）p58
◇「女たちの怪談百物語」KADOKAWA 2014（角川ホラー文庫）p64
鬼子母神の話
◇「女たちの怪談百物語」メディアファクトリー 2010（〔幽〕books）p195
◇「女たちの怪談百物語」KADOKAWA 2014（角川ホラー文庫）p199
旧街道の話
◇「女たちの怪談百物語」メディアファクトリー 2010（〔幽〕books）p224
◇「女たちの怪談百物語」KADOKAWA 2014（角川ホラー文庫）p228
公衆もしくは共同の
◇「てのひら怪談―ビーケーワン怪談大賞傑作選 壬辰」ポプラ社 2012（ポプラ文庫）p80
作業服の男
◇「女たちの怪談百物語」メディアファクトリー 2010（〔幽〕books）p168
◇「女たちの怪談百物語」KADOKAWA 2014（角川ホラー文庫）p172
人身事故の話
◇「女たちの怪談百物語」メディアファクトリー 2010（〔幽〕books）p87
◇「女たちの怪談百物語」KADOKAWA 2014（角川ホラー文庫）p93
ぬいぐるみの話
◇「女たちの怪談百物語」メディアファクトリー 2010（〔幽〕books）p115
◇「女たちの怪談百物語」KADOKAWA 2014（角川ホラー文庫）p120
百物語をすると……2
◇「女たちの怪談百物語」メディアファクトリー 2010（〔幽〕books）p143
◇「女たちの怪談百物語」KADOKAWA 2014（角川ホラー文庫）p148
船影
◇「てのひら怪談―ビーケーワン怪談大賞傑作選 壬辰」ポプラ社 2012（ポプラ文庫）p32
ホテルの話
◇「女たちの怪談百物語」メディアファクトリー 2010（〔幽〕books）p288
◇「女たちの怪談百物語」KADOKAWA 2014（角川ホラー文庫）p295
緑の庭の話
◇「女たちの怪談百物語」メディアファクトリー 2010（〔幽〕books）p251
◇「女たちの怪談百物語」KADOKAWA 2014（角川ホラー文庫）p255

みわ みつる（1956～）
個性的な彼女
◇「ショートショートの花束 3」講談社 2011（講談社文庫）p195
許されぬ恋
◇「ショートショートの広場 19」講談社 2007（講談社文庫）p238

閔 牛歩　ミン・ウポ
沈滞の運命をもつた復興か
◇「近代朝鮮文学日本語作品集1908～1945 セレクション 5」緑蔭書房 2008 p194

閔 雲植　ミン・ウンシク
朝鮮少女
◇「近代朝鮮文学日本語作品集1908～1945 セレクション 6」緑蔭書房 2008 p89

閔 龍兒　ミン・ヨンア
戯曲「シヤクンタラー姫」を讀みて

閔生　みんせい
朝鮮から
　◇「近代朝鮮文学日本語作品集1901〜1938 評論・随筆篇 3」緑蔭書房 2004 p237

【む】

向井 亜紀　むかい・あき（1964〜）
飲みに行っていいよ。ただし嚙みつき禁止≫髙田延彦
　◇「日本人の手紙 6」リブリオ出版 2004 p159

向井 康介　むかい・こうすけ（1977〜）
俺たちに明日はないッス
　◇「年鑑代表シナリオ集 '08」シナリオ作家協会 2009 p235
ばかのハコ船（山下敦弘）
　◇「年鑑代表シナリオ集 '03」シナリオ作家協会 2004 p33
松ケ根乱射事件（佐藤久美子／山下敦弘）
　◇「年鑑代表シナリオ集 '07」シナリオ作家協会 2009 p123
リンダリンダリンダ（宮下和雅子／山下敦弘）
　◇「年鑑代表シナリオ集 '05」シナリオ作家協会 2006 p137

向井 成子　むかい・しげこ
サンザシの実
　◇「日本海文学大賞―大賞作品集 3」日本海文学大賞運営委員会 2007 p419

向井 湘吾　むかい・しょうご（1989〜）
指数犬
　◇「みんなの少年探偵団」ポプラ社 2014 p151
　◇「みんなの少年探偵団」ポプラ社 2016（ポプラ文庫）p149

向井 豊昭　むかい・とよあき（1933〜2008）
ゴドーを尋ねながら
　◇「ことばのたくらみ―実作集」岩波書店 2003（21世紀文学の創造）p255
　◇「日本文学全集 28」河出書房新社 2017 p313

向井 野海絵　むかい・のみえ
大樹
　◇「てのひら怪談―ビーケーワン怪談大賞傑作選」ポプラ社 2007 p218
　◇「てのひら怪談―ビーケーワン怪談大賞傑作選」ポプラ社 2008（ポプラ文庫）p230

向井 万起男　むかい・まきお（1947〜）
ウィキペディアより宇宙のこと、知ってるよ―1
　◇「宇宙小説」講談社 2012（講談社文庫）p60

ウィキペディアより宇宙のこと、知ってるよ―2
　◇「宇宙小説」講談社 2012（講談社文庫）p106
ウィキペディアより宇宙のこと、知ってるよ―3
　◇「宇宙小説」講談社 2012（講談社文庫）p154
ウィキペディアより宇宙のこと、知ってるよ―4
　◇「宇宙小説」講談社 2012（講談社文庫）p200

向井 ゆき子　むかい・ゆきこ
繊月
　◇「平成28年熊本地震作品集」くまもと文学・歴史館友の会 2016 p16

向井 吉人　むかい・よしひと（1948〜）
トトロの森のことば遊びバトル
　◇「小学校たのしい劇の本―英語劇付 低学年」国土社 2007 p192

麦田 譲　むぎた・ゆずる
龍
　◇「日本海文学大賞―大賞作品集 3」日本海文学大賞運営委員会 2007 p397

椋 鳩十　むく・はとじゅう（1905〜1987）
アジサイ
　◇「もう一度読みたい教科書の泣ける名作」学研教育出版 2013 p137
一反木綿
　◇「響き交わす鬼」小学館 2005（小学館文庫）p253
片耳の大シカ
　◇「冒険の森へ―傑作小説大全 7」集英社 2016 p56
大造じいさんとガン
　◇「もう一度読みたい教科書の泣ける名作」学研教育出版 2013 p39
　◇「『少年倶楽部』熱血・痛快・時代短篇選」講談社 2015（講談社文芸文庫）p401
盲目の春
　◇「サンカの民を追って―山窩小説傑作選」河出書房新社 2015（河出文庫）p187
山の太郎熊
　◇「『少年倶楽部』短篇選」講談社 2013（講談社文芸文庫）p227

無下衛門　むげえもん
ここは
　◇「平成28年熊本地震作品集」くまもと文学・歴史館友の会 2016 p29
益城中学
　◇「平成28年熊本地震作品集」くまもと文学・歴史館友の会 2016 p17

向日 一日　むこう・かずひ
成長の儀式
　◇「太宰治賞 2012」筑摩書房 2012 p211

向田 邦子　むこうだ・くにこ（1929～1981）
青い目脂
　◇「精選女性随筆集 11」文藝春秋 2012 p146
魚の目は泪
　◇「精選女性随筆集 11」文藝春秋 2012 p39
お手本
　◇「精選女性随筆集 11」文藝春秋 2012 p249
お弁当
　◇「精選女性随筆集 11」文藝春秋 2012 p175
お八つの時間
　◇「もの食う話」文藝春秋 2015（文春文庫）p258
女を斬るな狐を斬れ 男のやさしさ考
　◇「精選女性随筆集 11」文藝春秋 2012 p76
かわうそ
　◇「影」文藝春秋 2003（推理作家になりたくて マイベストミステリー）p301
　◇「マイ・ベスト・ミステリー 2」文藝春秋 2007（文春文庫）p461
きず
　◇「精選女性随筆集 11」文藝春秋 2012 p223
傷だらけの茄子
　◇「精選女性随筆集 11」文藝春秋 2012 p217
キャベツ猫
　◇「精選女性随筆集 11」文藝春秋 2012 p151
草津の犬
　◇「精選女性随筆集 11」文藝春秋 2012 p115
「食らわんか」
　◇「精選女性随筆集 11」文藝春秋 2012 p188
子供たちの夜
　◇「精選女性随筆集 11」文藝春秋 2012 p61
ごはん
　◇「コレクション戦争と文学 14」集英社 2012 p552
　◇「精選女性随筆集 11」文藝春秋 2012 p50
字のない葉書
　◇「コレクション戦争と文学 14」集英社 2012 p549
　◇「精選女性随筆集 11」文藝春秋 2012 p35
勝負服
　◇「精選女性随筆集 11」文藝春秋 2012 p71
職員室
　◇「精選女性随筆集 11」文藝春秋 2012 p181
新宿のライオン
　◇「精選女性随筆集 11」文藝春秋 2012 p130
ダウト
　◇「右か、左か」文藝春秋 2010（文春文庫）p265
父の詫び状
　◇「精選女性随筆集 11」文藝春秋 2012 p90
寺内貫太郎の母
　◇「精選女性随筆集 11」文藝春秋 2012 p20
テレビドラマの茶の間
　◇「精選女性随筆集 11」文藝春秋 2012 p16
隣りの女
　◇「愛に揺られて」リブリオ出版 2001（ラブミーワールド）p151
　◇「恋愛小説・名作集成 5」リブリオ出版 2004 p151
隣りの神様
　◇「精選女性随筆集 11」文藝春秋 2012 p104
中野のライオン
　◇「精選女性随筆集 11」文藝春秋 2012 p119
泣き虫
　◇「精選女性随筆集 11」文藝春秋 2012 p225
名附け親
　◇「精選女性随筆集 11」文藝春秋 2012 p30
箸置
　◇「精選女性随筆集 11」文藝春秋 2012 p156
パセリ
　◇「精選女性随筆集 11」文藝春秋 2012 p163
花の名前
　◇「戦後短篇小説再発見 12」講談社 2003（講談社文芸文庫）p182
　◇「10ラブ・ストーリーズ」朝日新聞出版 2011（朝日文庫）p297
春が来た
　◇「家族の絆」光文社 1997（光文社文庫）p89
反芻旅行
　◇「精選女性随筆集 11」文藝春秋 2012 p213
ヒコーキ
　◇「精選女性随筆集 11」文藝春秋 2012 p237
襞
　◇「精選女性随筆集 11」文藝春秋 2012 p170
普通の人
　◇「映画狂時代」新潮社 2014（新潮文庫）p205
鮒
　◇「ことばの織物—昭和短篇珠玉選 2」蒼丘書林 1998 p276
　◇「わかれの船—Anthology」光文社 1998 p271
　◇「日本文学100年の名作 7」新潮社 2015（新潮文庫）p503
ポロリ
　◇「精選女性随筆集 11」文藝春秋 2012 p157
マハシャイ・マミオ殿
　◇「精選女性随筆集 11」文藝春秋 2012 p118
耳
　◇「小川洋子の偏愛短篇箱」河出書房新社 2009 p233
　◇「小川洋子の偏愛短篇箱」河出書房新社 2012（河出文庫）p233
ミンク
　◇「精選女性随筆集 11」文藝春秋 2012 p231
胸毛
　◇「精選女性随筆集 11」文藝春秋 2012 p141
桃太郎の責任
　◇「精選女性随筆集 11」文藝春秋 2012 p243
ゆでたまご
　◇「精選女性随筆集 11」文藝春秋 2012 p87
夜中の薔薇
　◇「精選女性随筆集 11」文藝春秋 2012 p202

むさし

武蔵野 次郎　むさしの・じろう（1921〜1997）
いぬ侍
　◇「八百八町春爛漫」光風社出版 1998（光風社文庫）p7
大石進
　◇「人物日本剣豪伝 5」学陽書房 2001（人物文庫）p191
騒がしい波
　◇「水の怪」勉誠出版 2003（べんせいライブラリー）p91

武者小路 実篤　むしゃのこうじ・さねあつ（1885〜1976）
愛と死
　◇「10ラブ・ストーリーズ」朝日新聞出版 2011（朝日文庫）p5
ある彫刻家
　◇「戦後短篇小説選―『世界』1946-1999 1」岩波書店 2000 p9
お目出たき人（抄）
　◇「童貞小説集」筑摩書房 2007（ちくま文庫）p97
君といとこの逢う機会をつくりたい＞志賀直哉
　◇「日本人の手紙 2」リブリオ出版 2004 p157
空想
　◇「小川洋子の陶酔短篇箱」河出書房新社 2014 p301
久米仙人
　◇「百年小説」ポプラ社 2008 p469
黒田如水
　◇「黒田官兵衛―小説集」作品社 2013 p283
宮本武蔵
　◇「七人の武蔵」角川書店 2002（角川文庫）p171

夢生　むせい
未来の死体
　◇「ショートショートの花束 2」講談社 2010（講談社文庫）p47

無着 成恭　むちゃく・せいきょう（1927〜）
八月十五日前後
　◇「山形県文学全集第2期（随筆・紀行編）2」郷土出版社 2005 p371

無月 火炎　むつき・ほむら
冬ごもり
　◇「ゆきのまち幻想文学賞小品集 19」企画集団ぶりずむ 2010 p131

睦月 羊子　むつき・ようこ
ハル子さんの胸
　◇「かわいい―第16回フェリシモ文学賞優秀作品集」フェリシモ 2013 p38

武藤 直治　むとう・なおはる（1896〜1955）
蘇らぬ朝
　◇「蘇らぬ朝「大逆事件」以後の文学」インパクト出版会 2010（インパクト選書）p89

宗像 和重　むなかた・かずしげ（1953〜）
日清・日露戦争の時代―近代的な国民国家へ変貌するなかで
　◇「コレクション戦争と文学 別巻」集英社 2013 p17

宗像 道子　むなかた・みちこ
とんでけ パラシュート
　◇「小学校・全員参加の楽しい学級劇・学年劇脚本集 低学年」黎明書房 2007 p164

棟田 博　むねた・ひろし（1908〜1988）
軍犬一等兵
　◇「コレクション戦争と文学 7」集英社 2011 p594
軍犬疾風号
　◇「『少年倶楽部』短篇選」講談社 2013（講談社文芸文庫）p387

夢魅 あきと　むみ・あきと
人は死ヌト
　◇「人は死んだら電柱になる―電柱アンソロジー」遠すぎる未来団 2014 p365

村井 曉　むらい・あかつき
みぞれ
　◇「ハンセン病に咲いた花―初期文芸名作選 戦後編」皓星社 2002（ハンセン病叢書）p160

村井 さだゆき　むらい・さだゆき（1964〜）
縄文怪獣 ドキラ登場―新潟県「ヨビコの文様」
　◇「日本怪獣侵略伝―ご当地怪獣異聞集」洋泉社 2015 p7

むらい みゆ
純粋培養
　◇「たびだち―フェリシモしあわせショートショート」フェリシモ 2000 p52

村尾 悦子　むらお・えつこ
ホーム・カミング・ロード
　◇「フラジャイル・ファクトリー戯曲集 2」晩成書房 2008 p171

村尾 慎吾　むらお・しんご
暗殺街
　◇「新選組伝奇」勉誠出版 2004 p119

村岡 圭三　むらおか・けいぞう（1936〜）
乾谷
　◇「甦る「幻影城」1」角川書店 1997（カドカワ・エンタテインメント）p11

村上 あつこ　むらかみ・あつこ
苺の家
　◇「かわいい―第16回フェリシモ文学賞優秀作品集」フェリシモ 2013 p99
サテンの靴
　◇「ひらく―第15回フェリシモ文学賞」フェリシモ 2012 p100

むらか

村上 修　むらかみ・おさむ（1951〜）

ターン
◇「年鑑代表シナリオ集 '01」映人社 2002 p255

村上 玄一　むらかみ・げんいち（1949〜）

愛の封印 1
◇「Magma 噴の巻」ソフト商品開発研究所 2016 p133

村上 元三　むらかみ・げんぞう（1910〜2006）

足利尊氏
◇「人物日本の歴史—時代小説 古代中世編」小学館 2004（小学館文庫）p231

艶説鴨南蛮
◇「麺'sミステリー倶楽部—傑作推理小説集」光文社 2012（光文社文庫）p271

桶屋の鬼吉
◇「武士道歳時記—新鷹会・傑作時代小説選」光文社 2008（光文社文庫）p27

尾張様の長煙管
◇「血汐花に涙降る」光風社出版 1999（光風社文庫）p7

上総風土記
◇「江戸の鈍感力—時代小説傑作選」集英社 2007（集英社文庫）p217

加田三七捕物そば屋・幻の像
◇「捕物小説名作選 2」集英社 2006（集英社文庫）p125

河童将軍
◇「モノノケ大合戦」小学館 2005（小学館文庫）p73

河童武者
◇「剣が哭く夜に哭く」光風社出版 2000（光風社文庫）p51

河童役者
◇「躍る影法師」光風社出版 1997（光風社文庫）p137
◇「雪月花・江戸景色」光文社 2013（光文社文庫）p73

紙衣の天狗
◇「剣鬼無明斬り」光風社出版 1997（光風社文庫）p235

義士饅頭
◇「忠臣蔵コレクション 2」河出書房新社 1998（河出文庫）p203

近眼の新兵衛
◇「夢がたり大川端」光風社出版 1998（光風社文庫）p141
◇「信州歴史時代小説傑作集 2」しなのき書房 2007 p195

公卿侍
◇「星明かり夢街道」光風社出版 2000（光風社文庫）p381

首
◇「魔剣くずし秘聞」光風社出版 1998（光風社文庫）p363

恋文道中

◇「勝者の死にざま—時代小説選手権」新潮社 1998（新潮文庫）p251
◇「紅葉谷から剣鬼が来る—時代小説傑作選」講談社 2002（講談社文庫）p111

五十八歳の童女
◇「江戸の老人力—時代小説傑作選」集英社 2002（集英社文庫）p257

此ノ件厳秘ノ事
◇「武士道切絵図—新鷹会・傑作時代小説」光文社 2010（光文社文庫）p39

酒樽の謎
◇「黒門町伝七捕物帳—時代小説競作選」光文社 2015（光文社文庫）p23

サヨンの鐘（一幕）—台湾總督府情報部推薦
◇「日本統治期台湾文学集成 28」緑蔭書房 2007 p569

三度目の顔
◇「しのぶ雨江戸恋慕—新鷹会・傑作時代小説選」光文社 2016（光文社文庫）p75

山王死人祭
◇「傑作捕物ワールド 3」リブリオ出版 2002 p119

白子屋騒動
◇「大岡越前一名奉行裁判説話」廣済堂出版 1998（廣済堂文庫）p83

泉岳寺の白明
◇「忠臣蔵コレクション 4」河出書房新社 1998（河出文庫）p275
◇「江戸めぐり雨」学研パブリッシング 2014（学研M文庫）p131

戦国狸
◇「極め付き時代小説選 3」中央公論新社 2004（中公文庫）p319

そろばん侍
◇「必殺天誅剣」光風社出版 1999（光風社文庫）p229

大名料理—長編小説『千両鯉』より
◇「大江戸万華鏡—美味小説傑作選」学研パブリッシング 2014（学研M文庫）p313

高柳又四郎
◇「日本剣客伝 幕末篇」朝日新聞出版 2012（朝日文庫）p9

武林唯七
◇「定本・忠臣蔵四十七人集」双葉社 1998 p255

終の栖
◇「剣鬼らの饗宴」光風社出版 1998（光風社文庫）p23

辻無外
◇「血しぶき街道」光風社出版 1998（光風社文庫）p7
◇「人物日本剣豪伝 3」学陽書房 2001（人物文庫）p187

殿中にて
◇「士魂の光芒—時代小説最前線」新潮社 1997（新潮文庫）p323
◇「剣の意地恋の夢—時代小説傑作選」講談社 2000（講談社文庫）p195

作家名から引ける日本文学全集案内 第III期　871

◇「酔うて候―時代小説傑作選」徳間書店 2006（徳間文庫）p243

東海道 抜きつ抜かれつ
◇「剣光闇を裂く」光風社出版 1997（光風社文庫）p31
◇「江戸の漫遊力―時代小説傑作選」集英社 2008（集英社文庫）p259

利根の川霧
◇「武士道残月抄」光文社 2011（光文社文庫）p81

捕物蕎麦
◇「たそがれ江戸暮色」光文社 2014（光文社文庫）p59

能登国野干物語
◇「おもかげ行燈」光風社出版 1998（光風社文庫）p43

八丁堀の狐
◇「闇の旋風」徳間書店 2000（徳間文庫）p347

花の名残
◇「信州歴史時代小説傑作集 4」しなのき書房 2007 p183

ひとり狼
◇「花と剣と侍―新鷹会・傑作時代小説選」光文社 2009（光文社文庫）p23

ひとり狼―池広一夫監督「ひとり狼」原作
◇「時代劇原作選集―あの名画を生みだした傑作小説」双葉社 2003（双葉文庫）p443

深川雪景色
◇「明暗廻り灯籠」光風社出版 1998（光風社文庫）p383
◇「夕まぐれ江戸小景」光文社 2015（光文社文庫）p63

肥った鼠
◇「浜町河岸夕化粧」光風社出版 1998（光風社文庫）p7
◇「彩四季・江戸慕情」光文社 2012（光文社文庫）p37

鬼灯遊女
◇「江戸浮世風」学習研究社 2004（学研M文庫）p53

骨折り和助
◇「鬼火が呼んでいる―時代小説傑作選」講談社 1997（講談社文庫）p416
◇「万事金の世―時代小説傑作選」徳間書店 2006（徳間文庫）p201
◇「世話焼き長屋―人情時代小説傑作選」新潮社 2008（新潮文庫）p221

雪の菅笠
◇「美女峠に星が流れる―時代小説傑作選」講談社 1999（講談社文庫）p393

夜鷹三味線
◇「情けがからむ朱房の十手―傑作時代小説」PHP研究所 2009（PHP文庫）p91

村上 多一郎　むらかみ・たいちろう

村上多一郎歌集
◇「ハンセン病文学全集 8」皓星社 2006 p106

村上 貴史　むらかみ・たかし（1964～）

地上最高のゲーム道場―『本格』シリーズの功績
◇「新・本格推理 特別編」光文社 2009（光文社文庫）p321

村上 浪六　むらかみ・なみろく（1865～1944）

震災後の感想
◇「天変動く大震災と作家たち」インパクト出版会 2011（インパクト選書）p79

三日月
◇「新日本古典文学大系 明治編 30」岩波書店 2009 p141

村上 信彦　むらかみ・のぶひこ（1909～1983）

永遠の植物
◇「妖異百物語 1」出版芸術社 1997（ふしぎ文学館）p211

青衣（せいい）の画像
◇「甦る推理雑誌 6」光文社 2003（光文社文庫）p37

村上 春樹　むらかみ・はるき（1949～）

アイロンのある風景
◇「日本文学100年の名作 9」新潮社 2015（新潮文庫）p297

鏡
◇「怪談―24の恐怖」講談社 2004 p81
◇「闇夜に怪を語れば―百物語ホラー傑作選」角川書店 2005（角川ホラー文庫）p319

牛乳
◇「超短編アンソロジー」筑摩書房 2002（ちくま文庫）p76

恋するザムザ
◇「恋しくて―Ten Selected Love Stories」中央公論新社 2013 p327
◇「恋しくて―Ten Selected Love Stories」中央公論新社 2016（中公文庫）p329

午後の最後の芝生
◇「文学で考える〈仕事〉の百年」双文社出版 2010 p169
◇「文学で考える〈仕事〉の百年」翰林書房 2016 p169
◇「日本文学全集 28」河出書房新社 2017 p137

新聞
◇「文豪てのひら怪談」ポプラ社 2009（ポプラ文庫）p114

象の消滅
◇「現代小説クロニクル 1985～1989」講談社 2015（講談社文芸文庫）p7

ゾンビ
◇「ペン先の殺意―文芸ミステリー傑作選」光文社 2005（光文社文庫）p405

動物園襲撃（あるいは要領の悪い虐殺）
◇「コレクション戦争と文学 16」集英社 2012 p424

猫の自殺
◇「にゃんそろじー」新潮社 2014（新潮文庫）p293

バースデイ・ガール
◇「バースデイ・ストーリーズ」中央公論新社 2002 p211
パン屋再襲撃
◇「ことばの織物―昭和短篇珠玉選 2」蒼丘書林 1998 p295
葡萄
◇「くだものだもの」ランダムハウス講談社 2007 p165
めくらやなぎと眠る女
◇「少年の眼―大人になる前の物語」光文社 1997（光文社文庫）p7
レキシントンの幽霊
◇「文学 1997」講談社 1997 p205
◇「戦後短篇小説再発見 6」講談社 2001（講談社文芸文庫）p281
レーダーホーゼン
◇「右か、左か」文藝春秋 2010（文春文庫）p391

村上 兵衛　むらかみ・ひょうえ（1923〜2003）
連隊旗手
◇「コレクション戦争と文学 11」集英社 2012 p175

村上 龍　むらかみ・りゅう（1952〜）
地獄の黙示録
◇「コレクション戦争と文学 2」集英社 2012 p564
◇「映画狂時代」新潮社 2014（新潮文庫）p69
シャトー・マルゴー
◇「ただならぬ午睡―恋愛小説アンソロジー」光文社 2004（光文社文庫）p155
白鳥―ホテルヨーロッパ
◇「贅沢な恋人たち」幻冬舎 1997（幻冬舎文庫）p31
ハワイアン・ラプソディ
◇「戦後短篇小説再発見 18」講談社 2004（講談社文芸文庫）p122
ユーカリの小さな葉
◇「それでも三月は、また」講談社 2012 p245
OFF
◇「戦後短篇小説再発見 2」講談社 2001（講談社文芸文庫）p226

村上 了介　むらかみ・りょうすけ
とつけむにゃーこつ
◇「平成28年熊本地震作品集」くまもと文学・歴史館友の会 2016 p18

村上 るみ子　むらかみ・るみこ
雪明かり
◇「ゆきのまち幻想文学賞小品集 12」企画集団ぷりずむ 2003 p150

村木 直　むらき・なお
海士（あま）
◇「新鋭劇作集 series.19」日本劇団協議会 2007 p53
◇「フラジャイル・ファクトリー戯曲集 1」晩成書房 2008 p5
神の井
◇「新鋭劇作集 series.18」日本劇団協議会 2006 p121

村木 嵐　むらき・らん（1967〜）
いすず橋
◇「代表作時代小説 平成23年度」光文社 2011 p185
仕官の花
◇「代表作時代小説 平成25年度」光文社 2013 p289
昼とんび
◇「代表作時代小説 平成26年度」光文社 2014 p183

村越 化石　むらこし・かせき（1922〜2014）
村越化石自選八十句
◇「ハンセン病文学全集 9」皓星社 2010 p246

村崎 守毅　むらさき・もりき
菅谷半之丞
◇「定本・忠臣蔵四十七人集」双葉社 1998 p129

村崎 友　むらさき・ゆう（1973〜）
紅い壁
◇「忍び寄る闇の奇譚」講談社 2008（講談社ノベルス）p251
あの無邪気さが羨ましい
◇「0番目の事件簿」講談社 2012 p273
四月の風はさくら色
◇「忘れない。―贈りものをめぐる十の話」メディアファクトリー 2007 p91
富望荘で人が死ぬのだ
◇「0番目の事件簿」講談社 2012 p251
密室の本―真知博士五十番目の事件
◇「蝦蟇倉市事件 2」東京創元社 2010（東京創元社・ミステリ・フロンティア）p117
◇「街角で謎が待っている」東京創元社 2014（創元推理文庫）p135
鎧塚邸はなぜ軋む
◇「ミステリ愛。免許皆伝！」講談社 2010（講談社ノベルス）p233

紫式部　むらさきしきぶ（978〜1014）
夕顔―『源氏物語』より（円地文子〔訳〕）
◇「幻妖の水脈（みお）」筑摩書房 2013（ちくま文庫）p15

村雨 貞郎　むらさめ・さだお（1949〜）
砂上の記録
◇「小説推理新人賞受賞作アンソロジー 1」双葉社 2000（双葉文庫）p117

村雨 退二郎　むらさめ・たいじろう（1903〜1959）
柳生の五郎左
◇「柳生秘剣伝奇」勉誠出版 2002（べんせいライブラリー）p93

村瀬 継弥　むらせ・つぐや（1956〜）
暖かな病室
◇「本格推理 13」光文社 1998（光文社文庫）p395
教授の色紙
◇「本格推理 14」光文社 1999（光文社文庫）p417

むらた

姿勢の良い若者
- ◇「ショートショートの広場 14」講談社 2003（講談社文庫）p179

藤田先生と人間消失
- ◇「殺人前線北上中」講談社 1997（講談社文庫）p265

藤田先生、指一本で巨石を動かす
- ◇「新世紀「謎」倶楽部」角川書店 1998 p119

星空へ行く密室
- ◇「ミステリ★オールスターズ」角川書店 2010 p127
- ◇「ミステリ・オールスターズ」角川書店 2012（角川文庫）p147

ミス・マープルとマザーグース事件
- ◇「贋作館事件」原書房 1999 p7

夢羅多 むらた

赤い太陽
- ◇「日本統治期台湾文学集成 7」緑蔭書房 2002 p277

村田 青 むらた・あお

カイブン
- ◇「ショートショートの花束 1」講談社 2009（講談社文庫）p214

村田 和文 むらた・かずふみ

裏木戸の向こうから
- ◇「ふしぎ日和—「季節風」書き下ろし短編集」インターグロー 2015（すこし不思議文庫）p137

村田 喜代子 むらた・きよこ（1945〜）

からだ
- ◇「文学 2004」講談社 2004 p167

巻末エッセイ タイプライターのころ
- ◇「現代小説クロニクル 1985〜1989」講談社 2015 p276

北九州
- ◇「街物語」朝日新聞社 2000 p74

茸類
- ◇「きのこ文学名作選」港の人 2010 p97

鋼索電車
- ◇「鉄路に咲く物語—鉄道小説アンソロジー」光文社 2005（光文社文庫）p179

望潮
- ◇「川端康成文学賞全作品 2」新潮社 1999 p341
- ◇「文士の意地—車谷長吉撰短篇小説輯 下巻」作品社 2005 p341
- ◇「日本文学100年の名作 9」新潮社 2015（新潮文庫）p139

鍋の中
- ◇「現代小説クロニクル 1985〜1989」講談社 2015（講談社文芸文庫）p86

生え出ずる黒髪
- ◇「黒髪に恨みは深く—髪の毛ホラー傑作選」角川書店 2006（角川ホラー文庫）p159

百のトイレ
- ◇「戦後短篇小説再発見 18」講談社 2004（講談社文芸文庫）p153

耳の塔
- ◇「戦後短篇小説再発見 5」講談社 2001（講談社文芸文庫）p236

夜のヴィーナス
- ◇「文学 1999」講談社 1999 p172

ワニ月夜
- ◇「ことばのたくらみ—実作集」岩波書店 2003（21世紀文学の創造）p113

村田 沙耶香 むらた・さやか（1979〜）

赤ずきんちゃんと新宿のオオカミ
- ◇「いまのあなたへ—村上春樹への12のオマージュ」NHK出版 2014 p205

巻末エッセイ 日本橋を徘徊した日々
- ◇「現代小説クロニクル 2010〜2014」講談社 2015 p322

午前二時の朝食
- ◇「いまのあなたへ—村上春樹への12のオマージュ」NHK出版 2014 p206

トリプル
- ◇「変愛小説集 日本作家編」講談社 2014 p71

街を食べる
- ◇「文学 2010」講談社 2010 p239
- ◇「現代小説クロニクル 2010〜2014」講談社 2015（講談社文芸文庫）p45

村田 基 むらた・もとい（1950〜）

アロママジック
- ◇「侵掠！」廣済堂出版 1998（廣済堂文庫）p293

黄沙子
- ◇「屍者の行進」廣済堂出版 1998（廣済堂文庫）p373

個性化教育モデル校
- ◇「SFバカ本 たわし篇プラス」廣済堂出版 1998（廣済堂文庫）p55

白い少女
- ◇「少女怪談」学習研究社 2000（学研M文庫）p71
- ◇「人獣怪婚」筑摩書房 2000（ちくま文庫）p99

楽しい通販生活
- ◇「彗星パニック」廣済堂出版 2000（廣済堂文庫）p7

貯水槽
- ◇「水妖」廣済堂出版 1998（廣済堂文庫）p47

土神の贄
- ◇「秘神界 現代編」東京創元社 2002（創元推理文庫）p105

ナイトメア・ワールド
- ◇「夢魔」光文社 2001（光文社文庫）p349

人形の家
- ◇「玩具館」光文社 2001（光文社文庫）p433

ヘルシー家族
- ◇「SFバカ本 宇宙チャーハン篇」メディアファクトリー 2000 p171

ベンチ
- ◇「時間怪談」廣済堂出版 1999（廣済堂文庫）p317

猛獣使い
  ◇「世紀末サーカス」廣済堂出版 2000（廣済堂文庫）p371

村田 義清　むらた・よしきよ
盤谷丸
  ◇「日本統治期台湾文学集成 6」緑蔭書房 2002 p225

村野 四郎　むらの・しろう（1901〜1975）
秋
  ◇「新装版 全集現代文学の発見 13」學藝書林 2004 p244
秋の犬
  ◇「新装版 全集現代文学の発見 13」學藝書林 2004 p240
牛
  ◇「新装版 全集現代文学の発見 13」學藝書林 2004 p247
過失
  ◇「新装版 全集現代文学の発見 13」學藝書林 2004 p247
枯草のなかで
  ◇「新装版 全集現代文学の発見 13」學藝書林 2004 p242
黒い歌
  ◇「新装版 全集現代文学の発見 13」學藝書林 2004 p242
コスモスの夜
  ◇「新装版 全集現代文学の発見 13」學藝書林 2004 p245
魚における虚無
  ◇「新装版 全集現代文学の発見 13」學藝書林 2004 p240
さんたんたる鮟鱇―へんな運命が私をみつめている
  ◇「新装版 全集現代文学の発見 13」學藝書林 2004 p246
鹿
  ◇「新装版 全集現代文学の発見 13」學藝書林 2004 p248
詩集 実在の岸辺
  ◇「新装版 全集現代文学の発見 13」學藝書林 2004 p240
詩法について
  ◇「新装版 全集現代文学の発見 13」學藝書林 2004 p243
抽象の城
  ◇「新装版 全集現代文学の発見 13」學藝書林 2004 p246
夏草
  ◇「新装版 全集現代文学の発見 13」學藝書林 2004 p243
肉体
  ◇「新装版 全集現代文学の発見 13」學藝書林 2004 p241
肉屋のオルフェ
  ◇「新装版 全集現代文学の発見 13」學藝書林 2004 p248
花を持った人
  ◇「新装版 全集現代文学の発見 13」學藝書林 2004 p240
春の漂流
  ◇「新装版 全集現代文学の発見 13」學藝書林 2004 p244
晩年
  ◇「創刊一〇〇年三田文学名作選」三田文学会 2010 p594
不眠の夜
  ◇「新装版 全集現代文学の発見 13」學藝書林 2004 p249
塀のむこう
  ◇「新装版 全集現代文学の発見 13」學藝書林 2004 p248
亡羊記
  ◇「新装版 全集現代文学の発見 13」學藝書林 2004 p248
無神論
  ◇「新装版 全集現代文学の発見 13」學藝書林 2004 p245

村野 独太　むらの・どくた
月面兎がえし
  ◇「ショートショートの広場 14」講談社 2003（講談社文庫）p23

村正 朱鳥　むらまさ・しゅちょう
猪狩殺人事件 六
  ◇「幻の探偵雑誌 3」光文社 2000（光文社文庫）p80

村松 暎　むらまつ・えい（1923〜2008）
奥野先生と私―奥野信太郎追悼
  ◇「創刊一〇〇年三田文学名作選」三田文学会 2010 p719

村松 駿吉　むらまつ・しゅんきち（1902〜1986）
嫉刃の血首
  ◇「怪奇・伝奇時代小説選集 8」春陽堂書店 2000（春陽文庫）p91

村松 友視　むらまつ・ともみ（1940〜）
危険なアリア―京都ブライトンホテル
  ◇「贅沢な恋人たち」幻冬舎 1997（幻冬舎文庫）p185
偽装
  ◇「二十四粒の宝石―超短編小説傑作集」講談社 1998（講談社文庫）p59
時代屋の女房
  ◇「文学賞受賞・名作集成 7」リブリオ出版 2004 p109
忍ぶ恋
  ◇「忍ぶ恋」文藝春秋 1999 p69
タイトルマッチ
  ◇「現代の小説 1997」徳間書店 1997 p157

むらま

泪雨
◇「散りぬる桜―時代小説招待席」廣済堂出版 2004 p331

名も知らぬ女
◇「短篇ベストコレクション―現代の小説 2005」徳間書店 2005（徳間文庫）p333

奈落の案内人
◇「闘人烈伝―格闘小説・漫画アンソロジー」双葉社 2000 p101

ひも・紐・ヒモ
◇「忍ぶ恋」文藝春秋 1999 p183

夢子
◇「東京小説」紀伊國屋書店 2000 p131

夢子―深川
◇「東京小説」日本経済新聞出版社 2013（日経文芸文庫）p143

リリーフ
◇「忍ぶ恋」文藝春秋 1999 p269

老眼鏡
◇「銀座24の物語」文藝春秋 2001 p311

村松 真理　むらまつ・まり（1979～）

地下鉄の窓
◇「文学 2009」講談社 2009 p102

野百合
◇「文学 2013」講談社 2013 p98

村山 槐多　むらやま・かいた（1896～1919）

ああ私の心は愛の廃園です
◇「日本人の手紙 8」リブリオ出版 2004 p40

悪魔の舌
◇「怪奇探偵小説集 1」角川春樹事務所 1998（ハルキ文庫）p9
◇「人肉嗜食」筑摩書房 2001（ちくま文庫）p7
◇「魔の怪」勉誠出版 2002（べんせいライブラリー）p55
◇「日本怪奇小説傑作集 1」東京創元社 2005（創元推理文庫）p93
◇「たんときれいに召し上がれ―美食文学精選」芸術新聞社 2015 p219
◇「冒険の森へ―傑作小説大全 5」集英社 2015 p32

槐多の歌へる
◇「日本近代文学に描かれた「恋愛」」牧野出版 2001 p151

血の小姓
◇「美少年」国書刊行会 1997（書物の王国）p203

鉄の童子
◇「文豪山怪奇譚―山の怪談名作選」山と渓谷社 2016 p73

村山 早紀　むらやま・さき（1963～）

赤い林檎と金の川
◇「となりのもののけさん―競作短篇集」ポプラ社 2014（ポプラ文庫ピュアフル）p231

踊る黒猫
◇「猫とわたしの七日間―青春ミステリーアンソロジー」ポプラ社 2013（ポプラ文庫ピュアフル）p209

村山 潤一　むらやま・じゅんいち

FAERIE TAILS
◇「水妖」廣済堂出版 1998（廣済堂文庫）p279

Strangers
◇「グランドホテル」廣済堂出版 1999（廣済堂文庫）p219

村山 知義　むらやま・ともよし（1901～1977）

市電の兄弟
◇「新・プロレタリア文学精選集 16」ゆまに書房 2004 p329

ジャンヌ・ダルク 五幕九場
◇「新・プロレタリア文学精選集 16」ゆまに書房 2004 p101

序
◇「新・プロレタリア文学精選集 16」ゆまに書房 2004 p1

勝利の記録―三幕七場（左翼劇場第二十回公演臺本）
◇「新・プロレタリア文学精選集 16」ゆまに書房 2004 p1

處女地
◇「新・プロレタリア文学精選集 16」ゆまに書房 2004 p207

血と學生
◇「新・プロレタリア文学精選集 16」ゆまに書房 2004 p279

朝鮮の戯曲家に寄す
◇「近代朝鮮文学日本語作品集1908～1945 セレクション 6」緑蔭書房 2008 p191

ツエツペリン事件（喜劇）一幕三場
◇「新・プロレタリア文学精選集 16」ゆまに書房 2004 p175

何が道徳的か――一つの美しい思い出
◇「新装版 全集現代文学の発見 1」學藝書林 2002 p314

兵士について――名、如何にしてキエフの女学生は処女にして金をもうけるか？
◇「新装版 全集現代文学の発見 1」學藝書林 2002 p308

辨當屋の女中
◇「新・プロレタリア文学精選集 16」ゆまに書房 2004 p313

理髪
◇「新・プロレタリア文学精選集 16」ゆまに書房 2004 p321

村山 ひで　むらやま・ひで（1908～2001）

米騒動
◇「山形県文学全集第2期（随筆・紀行編）1」郷土出版社 2005 p233

村山 由佳　むらやま・ゆか（1964～）

アンビバレンス
◇「あの街で二人は―seven love stories」新潮社

2014（新潮文庫）p9
イエスタデイズ
◇「あの日、君と Girls」集英社 2012（集英社文庫）p241
◇「短篇ベストコレクション―現代の小説 2013」徳間書店 2013（徳間文庫）p401
猫の神さま
◇「吾輩も猫である」新潮社 2016（新潮文庫）p151
約束
◇「短編工場」集英社 2012（集英社文庫）p385
TSUNAMI
◇「最後の恋プレミアム―つまり、自分史上最高の恋。」新潮社 2011（新潮文庫）p161

霧梨 椎奈　むり・しいな
経済新聞
◇「ショートショートの花束 4」講談社 2012（講談社文庫）p66
診察室にて
◇「ショートショートの広場 16」講談社 2005（講談社文庫）p128
頭痛のタネ
◇「ショートショートの広場 17」講談社 2005（講談社文庫）p42
未来テレビ
◇「ショートショートの広場 16」講談社 2005（講談社文庫）p119

無理下 大損　むりした・おおぞん
連作怪奇探偵小説　木乃伊の口紅（臍皮乱舞／大舌宇奈兒／正気不女給）
◇「日本統治期台湾文学集成 21」緑蔭書房 2007 p103

無留行 久志　むるぎょう・ひさし
償い
◇「ショートショートの広場 20」講談社 2008（講談社文庫）p24

牟礼 淳　むれ・じゅん
日蔭蘿
◇「日本統治期台湾文学集成 8」緑蔭書房 2002 p283

群 ようこ　むれ・ようこ（1954～）
キャンパスの掟
◇「短編復活」集英社 2002（集英社文庫）p463
母とムスメ
◇「銀座24の物語」文藝春秋 2001 p137

室 鳩巣　むろ・きゅうそう（1658～1734）
月は世々の形見―室鳩巣『駿台雑話』（須永朝彦〔訳〕）
◇「月」国書刊行会 1999（書物の王国）p194

室井 滋　むろい・しげる（1960～）
趣味
◇「ブキミな人びと」ランダムハウス講談社 2007 p179

室井 光広　むろい・みつひろ（1955～）
どしょまくれ
◇「戦後短篇小説再発見 18」講談社 2004（講談社文芸文庫）p205

室井 佑月　むろい・ゆづき（1972～）
太陽のみえる場所まで
◇「female」新潮社 2004（新潮文庫）p65

室岩 里衣子　むろいわ・りいこ
背もたれごしの
◇「気配―第10回フェリシモ文学賞作品集」フェリシモ 2007 p158

室生 朝子　むろう・あさこ（1923～2002）
竹村俊郎さん―紅い犬の顔の袋
◇「山形県文学全集第2期（随筆・紀行編）4」郷土出版社 2005 p265

室生 犀星　むろう・さいせい（1889～1962）
愛猫
◇「猫は神さまの贈り物 小説編」有楽出版社 2014 p95
あじゃり
◇「文豪怪談傑作選 室生犀星集」筑摩書房 2008（ちくま文庫）p221
あにいもうと
◇「六人の作家小説選」東銀座出版社 1997（銀選書）p69
◇「日本近代短篇小説選 昭和篇1」岩波書店 2012（岩波文庫）p199
尼―きれぎれに聞いたとして
◇「奇跡」国書刊行会 2000（書物の王国）p181
あまご
◇「金沢三文豪掌文庫 たべもの編」金沢文化振興財団 2011 p78
あゆ
◇「金沢三文豪掌文庫 たべもの編」金沢文化振興財団 2011 p65
いわな
◇「金沢三文豪掌文庫 たべもの編」金沢文化振興財団 2011 p80
うぐい
◇「金沢三文豪掌文庫 たべもの編」金沢文化振興財団 2011 p48
うなぎ
◇「金沢三文豪掌文庫 たべもの編」金沢文化振興財団 2011 p69
お小姓児太郎
◇「美少年」国書刊行会 1997（書物の王国）p147
◇「文豪たちが書いた耽美小説短編集」彩図社 2015 p90
蛾
◇「文豪怪談傑作選 室生犀星集」筑摩書房 2008（ちくま文庫）p167
かげろうの日記遺文
◇「新装版 全集現代文学の発見 11」學藝書林 2004

むろう

p50

川魚の記(抄)
◇「金沢三文豪掌文庫 たべもの編」金沢文化振興財団 2011 p47

かわえび
◇「金沢三文豪掌文庫 たべもの編」金沢文化振興財団 2011 p55

かわがに
◇「金沢三文豪掌文庫 たべもの編」金沢文化振興財団 2011 p83

汽車賃だけ持って来たまえ≫堀辰雄
◇「日本人の手紙 3」リブリオ出版 2004 p198

昨日いつしつて下さい
◇「日本文学全集 29」河出書房新社 2016 p20

螽虫斯の記
◇「金沢三文豪掌文庫 いきもの編」金沢文化振興財団 2010 p75

幻影の都市
◇「文豪怪談傑作選 室生犀星集」筑摩書房 2008（ちくま文庫）p305

五位鷺
◇「金沢三文豪掌文庫 いきもの編」金沢文化振興財団 2010 p65

香炉を盗む
◇「文豪怪談傑作選 室生犀星集」筑摩書房 2008（ちくま文庫）p267

ごり
◇「金沢三文豪掌文庫 たべもの編」金沢文化振興財団 2011 p60

さけ
◇「金沢三文豪掌文庫 たべもの編」金沢文化振興財団 2011 p81

三階の家
◇「文豪怪談傑作選 室生犀星集」筑摩書房 2008（ちくま文庫）p243

三文豪俳句抄(泉鏡花／徳田秋聲)
◇「金沢三文豪掌文庫」金沢文化振興財団 2009 p67
◇「金沢三文豪掌文庫 いきもの編」金沢文化振興財団 2010 p83
◇「金沢三文豪掌文庫 たべもの編」金沢文化振興財団 2011 p87

舌を嚙み切った女
◇「血」三天書房 2000（傑作短篇シリーズ）p111
◇「歴史小説の世紀 天の巻」新潮社 2000（新潮文庫）p57

釈迢空
◇「芸術家」国書刊行会 1998（書物の王国）p192

しゃりこうべ
◇「文豪怪談傑作選 室生犀星集」筑摩書房 2008（ちくま文庫）p353

生涯の垣根
◇「百年小説」ポプラ社 2008 p593
◇「日本文学100年の名作 4」新潮社 2014（新潮文庫）p461

旅にて
◇「金沢三文豪掌文庫」金沢文化振興財団 2009 p45

天狗
◇「魑魅魍魎列島」小学館 2005（小学館文庫）p169
◇「文豪怪談傑作選 室生犀星集」筑摩書房 2008（ちくま文庫）p185

悼詩
◇「ファイン／キュート素敵かわいい作品選」筑摩書房 2015（ちくま文庫）p56

童子
◇「文豪怪談傑作選 室生犀星集」筑摩書房 2008（ちくま文庫）p31

童話
◇「文豪怪談傑作選 室生犀星集」筑摩書房 2008（ちくま文庫）p7

遠めがねの春
◇「新装版 全集現代文学の発見 9」學藝書林 2004 p158

日録
◇「天変動く 大震災と作家たち」インパクト出版会 2011（インパクト選書）p89

猫のうた
◇「猫は神さまの贈り物 小説編」有楽出版社 2014 p94

後の日の童子
◇「日本怪奇小説傑作集 1」東京創元社 2005（創元推理文庫）p271
◇「文豪怪談傑作選 室生犀星集」筑摩書房 2008（ちくま文庫）p98

鮠の子
◇「六人の作家小説選」東銀座出版社 1997（銀選書）p93
◇「日本文学全集 27」河出書房新社 2017 p443

はりうお
◇「金沢三文豪掌文庫 たべもの編」金沢文化振興財団 2011 p51

不思議な国の話
◇「文豪怪談傑作選 室生犀星集」筑摩書房 2008（ちくま文庫）p199

不思議な魚
◇「文豪怪談傑作選 室生犀星集」筑摩書房 2008（ちくま文庫）p211

ふな
◇「金沢三文豪掌文庫 たべもの編」金沢文化振興財団 2011 p71

ます
◇「金沢三文豪掌文庫 たべもの編」金沢文化振興財団 2011 p75

みずうみ
◇「文豪怪談傑作選 室生犀星集」筑摩書房 2008（ちくま文庫）p132

蜜のあわれ
◇「幻視の系譜」筑摩書房 2013（ちくま文庫）p150

みみじゃこ
◇「金沢三文豪掌文庫 たべもの編」金沢文化振興財団 2011 p58

めら

ゆめの話
　◇「文豪怪談傑作選 室生犀星集」筑摩書房 2008（ちくま文庫）p192
夜までは
　◇「思いがけない話」筑摩書房 2010（ちくま文学の森）p8

室津 圭　むろつ・けい
僕の妹
　◇「てのひら怪談―ビーケーワン怪談大賞傑作選 2」ポプラ社 2007 p178
　◇「てのひら怪談―ビーケーワン怪談大賞傑作選 己丑」ポプラ社 2009（ポプラ文庫）p160

室町 たけお　むろまち・たけお
超犯罪多発国
　◇「ショートショートの花束 3」講談社 2011（講談社文庫）p109

室山 恭子　むろやま・きょうこ
つがるのタンポポ
　◇「たびだち―フェリシモしあわせショートショート」フェリシモ 2000 p35

夢渡 渡夢　むわたり・とむ
ハイテク戦争
　◇「ショートショートの広場 11」講談社 2000（講談社文庫）p161

文 一平　ムン・イルピョン（1888〜1939）
朝鮮の古典文学 新羅郷歌（しらぎのひやんが）の青春性（うつくしさ）
　◇「近代朝鮮文学日本語作品集1908〜1945 セレクション 4」緑蔭書房 2008 p407

文 藝峰　ムン・エボン（1917〜1999）
落葉日記 枯葉散る木蔭―志願兵撮影の一日
　◇「近代朝鮮文学日本語作品集1908〜1945 セレクション 3」緑蔭書房 2008 p353

文 哲兒　ムン・チョルア
戦場
　◇「近代朝鮮文学日本語作品集1908〜1945 セレクション 4」緑蔭書房 2008 p363

【め】

鳴弦楼主人　めいげんろうしゅじん
肉弾相搏つ巨人
　◇「『少年倶楽部』熱血・痛快・時代短篇選」講談社 2015（講談社文芸文庫）p140

名生 良介　めいしょう・りょうすけ
私と彼女となんとなく
　◇「ショートショートの花束 8」講談社 2016（講談社文庫）p217

迷跡　めいせき
消えた絵日記
　◇「リトル・リトル・クトゥルー―史上最小の神話小説集」学習研究社 2009 p78
樹上の人
　◇「てのひら怪談―ビーケーワン怪談大賞傑作選 辛卯」ポプラ社 2011（ポプラ文庫）p176

メイルマン
3割7分8厘
　◇「超短編傑作選 v.6」創英社 2007 p99

目黒 晃　めぐろ・あきら
〔きけわだつみのこえ〕目黒晃
　◇「新装版 全集現代文学の発見 14」學藝書林 2005 p605

目黒 考二　めぐろ・こうじ（1946〜）
春分の日
　◇「輝きの一瞬―短くて心に残る30編」講談社 1999（講談社文庫）p161

目崎 剛　めざき・つよし
K-1
　◇「中学校創作脚本集 3」晩成書房 2008 p29

女銭 外二　めぜに・そとじ
⇒橋本五郎（はしもと・ごろう）を見よ

目取真 俊　めどるま・しゅん（1960〜）
コザ
　◇「街物語」朝日新聞社 2000 p200
水滴
　◇「文学 1998」講談社 1998 p135
　◇「沖縄文学選―日本文学のエッジからの問い」勉誠出版 2003 p361
　◇「文学で考える〈日本〉とは何か」双文社出版 2007 p117
　◇「コレクション戦争と文学 13」集英社 2011 p647
　◇「現代小説クロニクル 1995〜1999」講談社 2015（講談社文芸文庫）p201
　◇「文学で考える〈日本〉とは何か」翰林書房 2016 p117
軍鶏
　◇「現代沖縄文学作品選」講談社 2011（講談社文芸文庫）p186
伝令兵
　◇「文学 2005」講談社 2005 p268
　◇「永遠の夏―戦争小説集」実業之日本社 2015（実業之日本社文庫）p539
　◇「戦争小説短篇名作選」講談社 2015（講談社文芸文庫）p205
平和通りと名付けられた街を歩いて
　◇「コレクション戦争と文学 20」集英社 2012 p401

目羅 晶男　めら・あきお
黄金の指
　◇「本格推理 11」光文社 1997（光文社文庫）p65
溺れた人魚

◇「本格推理 14」光文社 1999（光文社文庫）p277

【 も 】

毛利 亘宏　もうり・のぶひろ（1975～）
妖刀・籠釣瓶
　◇「妙ちきりん―「読楽」時代小説アンソロジー」徳間書店 2016（徳間文庫）p203

毛利 元貞　もうり・もとさだ（1964～）
哀夢
　◇「俳優」廣済堂出版 1999（廣済堂文庫）p235
マバヤカ
　◇「トロピカル」廣済堂出版 1999（廣済堂文庫）p161

萌 清香　もえ・きよか
サンタのおくりもの
　◇「ゆきのまち幻想文学賞小品集 18」企画集団ぶりずむ 2009 p151

萌木 美月　もえぎ・みづき
共鳴者と熱帯魚
　◇「君に伝えたい―恋愛短篇小説集」泰文堂 2013（リンダブックス）p6

最上 一平　もがみ・いっぺい（1957～）
銀のうさぎ
　◇「山形県文学全集第1期（小説編）5」郷土出版社 2004 p511

茂木 秀幸　もぎ・ひでゆき
いたずらがきがとびだした
　◇「成城・学校劇脚本集」成城学園初等学校出版部 2002（成城学園初等学校研究双書）p142

もくだい ゆういち
狐の嫁入り
　◇「ショートショートの花束 5」講談社 2013（講談社文庫）p225
飛び首
　◇「ショートショートの花束 7」講談社 2015（講談社文庫）p144
ハッピー日記
　◇「ショートショートの花束 2」講談社 2010（講談社文庫）p44
バレンタイン作戦
　◇「ショートショートの花束 3」講談社 2011（講談社文庫）p94
ひまつぶし
　◇「ショートショートの花束 7」講談社 2015（講談社文庫）p196
本好きの二人
　◇「ショートショートの花束 2」講談社 2010（講談社文庫）p26

物集 和　もずめ・かず（1888～1979）
お葉
　◇「青鞜文学集」不二出版 2004 p51

物集 高音　もずめ・たかね（1964～）
坂ヲ跳ネ往ク髑髏
　◇「本格ミステリ 2002」講談社 2002（講談社ノベルス）p503
　◇「天使と髑髏の密室―本格短編ベスト・セレクション」講談社 2005（講談社文庫）p379
ナウマンの地図 Mappa Mundi
　◇「魔地図」光文社 2005（光文社文庫）p415
疥
　◇「暗闇（ダークサイド）を追いかけろ―ホラー＆サスペンス編」光文社 2004（カッパ・ノベルス）p405
　◇「暗闇（ダークサイド）を追いかけろ」光文社 2008（光文社文庫）p529
面売り Lia Fail
　◇「マスカレード」光文社 2002（光文社文庫）p15

持田 敏　もちだ・さとし
遺書
　◇「幻の探偵雑誌 10」光文社 2002（光文社文庫）p27

望月 絵里　もちづき・えり
いとおしいひと
　◇「現代鹿児島小説大系 4」ジャプラン 2014 p271
時の神様
　◇「現代鹿児島小説大系 4」ジャプラン 2014 p246
未婚裁判
　◇「現代鹿児島小説大系 4」ジャプラン 2014 p295

望月 桜　もちづき・さくら
きらきら
　◇「御子神さん―幸福をもたらす♂三毛猫」竹書房 2010（竹書房文庫）p55
にせもの
　◇「御子神さん―幸福をもたらす♂三毛猫」竹書房 2010（竹書房文庫）p249

望月 誠　もちづき・まこと
最後のハッピーバースデー
　◇「大人が読む。ケータイ小説―第1回ケータイ文学賞アンソロジー」オンブック 2007 p152

望月 羚　もちづき・れい
雨の街、夜の部屋
　◇「高校演劇Selection 2001 上」晩成書房 2001 p75

元岡 正嘉　もとおか・まさよし
南端―十九歳の記憶
　◇「日本統治期台湾文学集成 6」緑蔭書房 2002 p103

元木 國雄　もとき・くにお（1914～1992）
分教場の冬
　◇「山形県文学全集第1期（小説編）1」郷土出版社 2004 p186

本木 美優 もとき・みゆう
空を見上げて（大津中学校演劇部）
◇「最新中学校創作脚本集 2010」晩成書房 2010 p5

元長 柾木 もとなが・まさき（1975～）
デイドリーム、鳥のように
◇「ゼロ年代SF傑作選」早川書房 2010（ハヤカワ文庫 JA）p135
我語りて世界あり
◇「神林長平トリビュート」早川書房 2009 p209
◇「神林長平トリビュート」早川書房 2012（ハヤカワ文庫 JA）p233

本谷 有希子 もとや・ゆきこ（1979～）
哀しみのウェイトトレーニー
◇「文学 2013」講談社 2013 p54
無重力系ゆるふわコラム かっこいい宇宙？
◇「宇宙小説」講談社 2012（講談社文庫）p146
藁の夫
◇「変愛小説集 日本作家編」講談社 2014 p51
◇「文学 2015」講談社 2015 p42

本山 荻舟 もとやま・てきしゅう（1881～1958）
子供忠臣蔵
◇「忠臣蔵コレクション 3」河出書房新社 1998（河出文庫）p223
妖女人面人心
◇「怪奇・伝奇時代小説選集 4」春陽堂書店 2000（春陽文庫）p237
両国橋邂逅―富森助右衛門と俳人偵佐
◇「忠臣蔵コレクション 4」河出書房新社 1998（河出文庫）p255

物上 敬 ものがみ・たかし
妾宅奉行
◇「捕物時代小説選集 7」春陽堂書店 2000（春陽文庫）p2

モブ・ノリオ（1970～）
既知との遭遇
◇「コレクション戦争と文学 5」集英社 2011 p159

樅山 秀幸 もみやま・ひでゆき
ビンを砕く
◇「万華鏡―第14回フェリシモ文学賞作品集」フェリシモ 2011 p112

桃川 如燕〔1代〕 ももかわ・じょえん（1832～1898）
百猫伝
◇「新日本古典文学大系 明治編 7」岩波書店 2008 p405

桃川 春日子 ももかわ・はるひこ
秘密の女王会議―原作：荻原規子『西の善き魔女』
◇「C・N 25―C・novels創刊25周年アンソロジー」中央公論新社 2007（C novels）p581

ももくちそらミミ
お座敷の鰐
◇「ゆきのまち幻想文学賞小品集 21」企画集団ぷりずむ 2012 p115
たあちゃんへ
◇「ゆきのまち幻想文学賞小品集 23」企画集団ぷりずむ 2014 p15
体感温度はもっと高いはずだ
◇「てのひら怪談―ビーケーワン怪談大賞傑作選 壬辰」ポプラ社 2012（ポプラ文庫）p156
夏に見た雪
◇「ゆきのまち幻想文学賞小品集 19」企画集団ぷりずむ 2010 p67

百瀬 明治 ももせ・めいじ（1941～）
堀部安兵衛
◇「人物日本剣豪伝 3」学陽書房 2001（人物文庫）p225

百田 宗治 ももた・そうじ（1893～1955）
朝鮮の詩人に与へる
◇「近代朝鮮文学日本語作品集1908～1945 セレクション 6」緑蔭書房 2008 p187

森 晶麿 もり・あきまろ（1979～）
人魚姫の泡沫
◇「ザ・ベストミステリーズ―推理小説年鑑 2014」講談社 2014 p261
花酔いロジック
◇「名探偵だって恋をする」角川書店 2013（角川文庫）p49

森 朝美 もり・あさみ
花屋の花よりきれいな花
◇「ひらく―第15回フェリシモ文学賞」フェリシモ 2012 p148
ビーフシチウーでもいいかしら
◇「かわいい―第16回フェリシモ文学賞優秀作品集」フェリシモ 2013 p76

森 明日香 もり・あすか
永遠に解けない雪
◇「泣ける！北海道」泰文堂 2015（リンダパブリッシャーズの本）p135

森 敦 もり・あつし（1912～1989）
月山
◇「山形県文学全集第1期(小説編) 4」郷土出版社 2004 p329
浄土
◇「山形県文学全集第2期(随筆・紀行編) 4」郷土出版社 2005 p352
庄内の里ざと
◇「山形県文学全集第2期(随筆・紀行編) 4」郷土出版社 2005 p344
遥かなる月山
◇「山形県文学全集第2期(随筆・紀行編) 4」郷土出版社 2005 p332
弥助

◇「戦後短篇小説再発見 7」講談社 2001（講談社文芸文庫）p199

森 詠　もり・えい（1941〜）
青大将
◇「特別な一日」徳間書店 2005（徳間文庫）p257
霧の街
◇「夢を撃つ男」角川春樹事務所 1999（ハルキ文庫）p285
わが祈りを聞け
◇「冒険の森へ—傑作小説大全 10」集英社 2016 p69

森 英津子　もり・えつこ（1931〜）
掌編二題
◇「全作家短編小説集 7」全作家協会 2008 p172

森 絵都　もり・えと（1968〜）
彼女の彼の特別な日
◇「秘密。—私と私のあいだの十二話」メディアファクトリー 2005 p27
彼の彼女の特別な日
◇「秘密。—私と私のあいだの十二話」メディアファクトリー 2005 p33
東の果つるところ
◇「東と西 1」小学館 2009 p306
◇「東と西 1」小学館 2012（小学館文庫）p339
ブレノワール
◇「チーズと塩と豆と」ホーム社 2010 p98
◇「チーズと塩と豆と」集英社 2013（集英社文庫）p95
放課後の巣
◇「セブンティーン・ガールズ」KADOKAWA 2014（角川文庫）p5
本物の恋
◇「恋のトビラ」集英社 2008 p107
◇「恋のトビラ—好き、やっぱり好き。」集英社 2010（集英社文庫）p139
豆を煮る男
◇「短篇ベストコレクション—現代の小説 2009」徳間書店 2009（徳間文庫）p107
ヨハネスブルグのマフィア
◇「最後の恋プレミアム—つまり、自分史上最高の恋。」新潮社 2011（新潮文庫）p59
ラストシーン
◇「短篇ベストコレクション—現代の小説 2011」徳間書店 2011（徳間文庫）p461
竜宮
◇「短篇ベストコレクション—現代の小説 2012」徳間書店 2012（徳間文庫）p567
Dahlia
◇「十年後のこと」河出書房新社 2016 p183

森 鷗外　もり・おうがい（1862〜1922）
慰籍（いしゃ）（アンデルセン〔著〕）
◇「新日本古典文学大系 明治編 25」岩波書店 2004 p213
ヰタ・セクスアリス

◇「明治の文学 14」筑摩書房 2000 p71
うたかたの記
◇「明治の文学 14」筑摩書房 2000 p29
◇「新日本古典文学大系 明治編 25」岩波書店 2004 p33
歌女（うため）（アンデルセン〔著〕）
◇「新日本古典文学大系 明治編 25」岩波書店 2004 p162
をかしき楽劇（オペラ）（アンデルセン〔著〕）
◇「新日本古典文学大系 明治編 25」岩波書店 2004 p172
己（おれ）の葬（とぶらい）（エーヴェルス）
◇「文豪怪談傑作選 森鷗外集」筑摩書房 2006（ちくま文庫）p324
影と形（煤烟の序に代うる対話）
◇「文豪怪談傑作選 森鷗外集」筑摩書房 2006（ちくま文庫）p306
影（煤烟の序に代うる対話）
◇「文豪怪談傑作選 森鷗外集」筑摩書房 2006（ちくま文庫）p298
カズイスチカ
◇「短編名作選—1885-1924 小説の曙」笠間書院 2003 p203
かのやうに
◇「明治の文学 14」筑摩書房 2000 p261
かのように
◇「ちくま日本文学 17」筑摩書房 2008（ちくま文庫）p105
雁
◇「明治の文学 14」筑摩書房 2000 p236
◇「作品で読む20世紀の日本文学」白地社（発売）2008 p23
寒山拾得
◇「ちくま日本文学 17」筑摩書房 2008（ちくま文庫）p370
◇「日本文学100年の名作 1」新潮社 2014（新潮文庫）p27
◇「冒険の森へ—傑作小説大全 1」集英社 2016 p36
感動（アンデルセン〔著〕）
◇「新日本古典文学大系 明治編 25」岩波書店 2004 p400
旧鞜靻（きうきてき）（アンデルセン〔著〕）
◇「新日本古典文学大系 明治編 25」岩波書店 2004 p269
帰途（アンデルセン〔著〕）
◇「新日本古典文学大系 明治編 25」岩波書店 2004 p326
牛鍋
◇「文人御馳走帖」新潮社 2014（新潮文庫）p13
◇「たんときれいに召し上がれ—美食文学精選」芸術新聞社 2015 p451
◇「もの食う話」文藝春秋 2015（文春文庫）p133
教育（アンデルセン〔著〕）
◇「新日本古典文学大系 明治編 25」岩波書店 2004 p335

梟首（アンデルセン〔著〕）
◇「新日本古典文学大系 明治編 25」岩波書店 2004 p376
魚玄機
◇「ちくま日本文学 17」筑摩書房 2008（ちくま文庫）p298
苦言（アンデルセン〔著〕）
◇「新日本古典文学大系 明治編 25」岩波書店 2004 p279
颶風（ぐふう）（アンデルセン〔著〕）
◇「新日本古典文学大系 明治編 25」岩波書店 2004 p390
考古学士の家（アンデルセン〔著〕）
◇「新日本古典文学大系 明治編 25」岩波書店 2004 p217
航西日記
◇「新日本古典文学大系 明治編 5」岩波書店 2009 p407
古市（こし）（アンデルセン〔著〕）
◇「新日本古典文学大系 明治編 25」岩波書店 2004 p234
護持院原の敵討
◇「ちくま日本文学 17」筑摩書房 2008（ちくま文庫）p154
古祠（こし）、瞽女（アンデルセン〔著〕）
◇「新日本古典文学大系 明治編 25」岩波書店 2004 p286
破落戸（ごろつき）の昇天（モルナール）
◇「文豪怪談傑作選 森鷗外集」筑摩書房 2006（ちくま文庫）p248
金毘羅
◇「文豪怪談傑作選 森鷗外集」筑摩書房 2006（ちくま文庫）p145
最後の一句
◇「ちくま日本文学 17」筑摩書房 2008（ちくま文庫）p327
◇「賭けと人生」筑摩書房 2011（ちくま文学の森）p465
◇「読んでおきたい近代日本小説選」龍書房 2012 p103
◇「教科書名短篇 人間の情景」中央公論新社 2016（中公文庫）p33
杯
◇「百年小説」ポプラ社 2008 p11
流離（さすらひ）（アンデルセン〔著〕）
◇「新日本古典文学大系 明治編 25」岩波書店 2004 p436
佐橋甚五郎
◇「文豪怪談傑作選 森鷗外集」筑摩書房 2006（ちくま文庫）p56
サフラン
◇「植物」国書刊行会 1998（書物の王国）p173
山椒大夫
◇「京都府文学全集第1期(小説編) 1」郷土出版社 2005 p164
◇「ちくま日本文学 17」筑摩書房 2008（ちくま文庫）p247
桟橋
◇「明治の文学 14」筑摩書房 2000 p193
じいさんばあさん
◇「ちくま日本文学 17」筑摩書房 2008（ちくま文庫）p206
沙羅の木
◇「ちくま日本文学 17」筑摩書房 2008（ちくま文庫）p453
正体（フォルメラー）
◇「文豪怪談傑作選 森鷗外集」筑摩書房 2006（ちくま文庫）p11
常談（ファルケ）
◇「文豪怪談傑作選 森鷗外集」筑摩書房 2006（ちくま文庫）p9
小尼公（アンデルセン〔著〕）
◇「新日本古典文学大系 明治編 25」岩波書店 2004 p344
刺絡（シュトローブル）
◇「文豪怪談傑作選 森鷗外集」筑摩書房 2006（ちくま文庫）p200
人火天火（アンデルセン〔著〕）
◇「新日本古典文学大系 明治編 25」岩波書店 2004 p260
神曲、吾友なる貴公子（アンデルセン〔著〕）
◇「新日本古典文学大系 明治編 25」岩波書店 2004 p132
心疾身病（アンデルセン〔著〕）
◇「新日本古典文学大系 明治編 25」岩波書店 2004 p447
心中
◇「文豪怪談傑作選 森鷗外集」筑摩書房 2006（ちくま文庫）p308
隧道、ちご（アンデルセン〔著〕）
◇「新日本古典文学大系 明治編 25」岩波書店 2004 p109
鈴木藤吉郎
◇「被差別小説傑作集」河出書房新社 2016（河出文庫）p97
青年
◇「日本文学全集 13」河出書房新社 2015 p333
絶交書（アンデルセン〔著〕）
◇「新日本古典文学大系 明治編 25」岩波書店 2004 p226
戦時糧餉談
◇「文人御馳走帖」新潮社 2014（新潮文庫）p19
蘇生（アンデルセン〔著〕）
◇「新日本古典文学大系 明治編 25」岩波書店 2004 p323
即興詩人（抄）（アンデルセン〔著〕）
◇「新日本古典文学大系 明治編 25」岩波書店 2004 p93
即興詩の作りぞめ（アンデルセン〔著〕）
◇「新日本古典文学大系 明治編 25」岩波書店 2004 p184

そめちがえ
◇「明治の文学 14」筑摩書房 2000 p55
戴冠詩人
◇「王侯」国書刊行会 1998（書物の王国）p198
大発見
◇「ちくま日本文学 17」筑摩書房 2008（ちくま文庫）p9
高瀬舟
◇「ちくま日本文学 17」筑摩書房 2008（ちくま文庫）p348
◇「二時間目国語」宝島社 2008（宝島社文庫）p61
◇「涙の百年文学―もう一度読みたい」太陽出版 2009 p146
◇「文豪たちが書いた泣ける名作短編集」彩図社 2014 p127
◇「もう一度読みたい教科書の泣ける名作 再び」学研教育出版 2014 p183
◇「京都綺談」有楽出版社 2015 p221
◇「教科書名短篇 人間の情景」中央公論新社 2016（中公文庫）p57
高瀬舟――一九一六（大正五）年一月
◇「BUNGO―文豪短篇傑作選」角川書店 2012（角川文庫）p7
高瀬舟―高瀬舟縁起
◇「文豪の探偵小説」集英社 2006（集英社文庫）p241
たつまき（アンデルセン〔著〕）
◇「新日本古典文学大系 明治編 25」岩波書店 2004 p311
旅の貴婦人（アンデルセン〔著〕）
◇「新日本古典文学大系 明治編 25」岩波書店 2004 p203
妻のおのろけを書いてやった＞森志げ
◇「日本人の手紙 6」リブリオ出版 2004 p26
田楽豆腐
◇「明治の文学 14」筑摩書房 2000 p392
電車の窓
◇「生の深みを覗く―ポケットアンソロジー」岩波書店 2010（岩波文庫別冊）p267
燈籠、わが生涯の一転機（アンデルセン〔著〕）
◇「新日本古典文学大系 明治編 25」岩波書店 2004 p195
独身
◇「明治の文学 14」筑摩書房 2000 p175
なきあと（アンデルセン〔著〕）
◇「新日本古典文学大系 明治編 25」岩波書店 2004 p370
二瓣髏（ミョリスヒョフェル）
◇「文豪怪談傑作選 森鷗外集」筑摩書房 2006（ちくま文庫）p68
鼠坂
◇「文豪怪談傑作選 森鷗外集」筑摩書房 2006（ちくま文庫）p234
◇「ちくま日本文学 17」筑摩書房 2008（ちくま文庫）p28
◇「コレクション戦争と文学 6」集英社 2011 p234

嚢家（なうか）（アンデルセン〔著〕）
◇「新日本古典文学大系 明治編 25」岩波書店 2004 p245
乃木将軍
◇「将軍・乃木希典」勉誠出版 2004 p47
墓ハ森林太郎墓ホカ一字モ彫ルベカラズ
◇「日本人の手紙 8」リブリオ出版 2004 p232
初舞台（アンデルセン〔著〕）
◇「新日本古典文学大系 明治編 25」岩波書店 2004 p252
羽鳥千尋
◇「とっておきの話」筑摩書房 2011（ちくま文学の森）p407
花子
◇「芸術家」国書刊行会 1998（書物の王国）p80
花子 カズイスチカ
◇「明治の文学 14」筑摩書房 2000 p210
半日
◇「短編で読む恋愛・家族」中部日本教育文化会 1998 p67
美小鬟、即興詩人（アンデルセン〔著〕）
◇「新日本古典文学大系 明治編 25」岩波書店 2004 p117
百物語
◇「闇夜に怪を語れば―百物語ホラー傑作選」角川書店 2005（角川ホラー文庫）p185
◇「見上げれば星は天に満ちて―心に残る物語―日本文学秀作選」文藝春秋 2005（文春文庫）p9
◇「文豪怪談傑作選 森鷗外集」筑摩書房 2006（ちくま文庫）p358
◇「ちくま日本文学 17」筑摩書房 2008（ちくま文庫）p78
服乳の注意
◇「文人御馳走帖」新潮社 2014（新潮文庫）p26
不思議な鏡
◇「文豪怪談傑作選 森鷗外集」筑摩書房 2006（ちくま文庫）p340
普請中
◇「明治の文学 14」筑摩書房 2000 p200
◇「文学で考える〈日本〉とは何か」双文社出版 2007 p8
◇「別れ」SDP 2009（SDP bunko）p113
◇「創刊一〇〇年三田文学名作選」三田文学会 2010 p10
◇「三田文学短篇選」講談社 2010（講談社文芸文庫）p7
◇「読んでおきたい近代日本小説選」龍書房 2012 p98
◇「文学で考える〈日本〉とは何か」翰林書房 2016 p8
文づかひ
◇「新日本古典文学大系 明治編 25」岩波書店 2004 p65
◇「ちくま日本文学 17」筑摩書房 2008（ちくま文庫）p389
噴火山（アンデルセン〔著〕）
◇「新日本古典文学大系 明治編 25」岩波書店 2004

p240
分身（ハイネ〔著〕）
◇「文豪怪談傑作選 森鷗外集」筑摩書房 2006（ちくま文庫）p356
蛇
◇「日本怪奇小説傑作集 1」東京創元社 2005（創元推理文庫）p71
◇「文豪怪談傑作選 森鷗外集」筑摩書房 2006（ちくま文庫）p261
ボンジュール、アンヌ！ ≫森茉莉・杏奴・類
◇「日本人の手紙 1」リブリオ出版 2004 p92
舞姫
◇「明治の文学 14」筑摩書房 2000 p3
◇「新日本古典文学大系 明治編 25」岩波書店 2004 p1
◇「ちくま日本文学 17」筑摩書房 2008（ちくま文庫）p418
◇「日本近代短篇小説選 明治篇1」岩波書店 2012（岩波文庫）p145
負けたる人（ショルツ）
◇「文豪怪談傑作選 森鷗外集」筑摩書房 2006（ちくま文庫）p105
魔睡
◇「文豪怪談傑作選 森鷗外集」筑摩書房 2006（ちくま文庫）p80
◇「コレクション私小説の冒険 2」勉誠出版 2013 p7
末路（アンデルセン〔著〕）
◇「新日本古典文学大系 明治編 25」岩波書店 2004 p407
水の都（アンデルセン〔著〕）
◇「新日本古典文学大系 明治編 25」岩波書店 2004 p385
未錬（アンデルセン〔著〕）
◇「新日本古典文学大系 明治編 25」岩波書店 2004 p373
夢幻境（アンデルセン〔著〕）
◇「新日本古典文学大系 明治編 25」岩波書店 2004 p317
めぐりあひ、尼君（アンデルセン〔著〕）
◇「新日本古典文学大系 明治編 25」岩波書店 2004 p147
妄想
◇「明治の文学 14」筑摩書房 2000 p220
◇「新日本古典文学大系 明治編 25」岩波書店 2004 p380
◇「ちくま日本文学 17」筑摩書房 2008（ちくま文庫）p46
もゆる河（アンデルセン〔著〕）
◇「新日本古典文学大系 明治編 25」岩波書店 2004 p266
問答のうた
◇「天変動く 大震災と作家たち」インパクト出版会 2011（インパクト選書）p14
夜襲（アンデルセン〔著〕）
◇「新日本古典文学大系 明治編 25」岩波書店 2004 p295

安井夫人
◇「ちくま日本文学 17」筑摩書房 2008（ちくま文庫）p220
有楽門
◇「明治の文学 14」筑摩書房 2000 p66
夢
◇「夢」SDP 2009（SDP bunko）p105
好機会（よきおり）（アンデルセン〔著〕）
◇「新日本古典文学大系 明治編 25」岩波書店 2004 p229
落飾（アンデルセン〔著〕）
◇「新日本古典文学大系 明治編 25」岩波書店 2004 p359
例言〔即興詩人（抄）〕（アンデルセン〔著〕）
◇「新日本古典文学大系 明治編 25」岩波書店 2004 p95
琅玕洞（ろうかんどう）（アンデルセン〔著〕）
◇「新日本古典文学大系 明治編 25」岩波書店 2004 p454
わが最初の境界（アンデルセン〔著〕）
◇「新日本古典文学大系 明治編 25」岩波書店 2004 p97
忘れて来たシルクハット（ダンセイニ）
◇「文豪怪談傑作選 森鷗外集」筑摩書房 2006（ちくま文庫）p281
「我百首」より二十五首
◇「文豪怪談傑作選 森鷗外集」筑摩書房 2006（ちくま文庫）p379

森 馨由 もり・かおる（1974〜）
春の鯨
◇「優秀新人戯曲集 2008」ブロンズ新社 2007 p275

森 香奈 もり・かな
プラス1
◇「冷と温—第13回フェリシモ文学賞作品集」フェリシモ 2010 p118

森 康作 もり・こうさく
マリンスノー
◇「ゆきのまち幻想文学賞小品集 9」企画集団ぷりずむ 2000 p151

森 公洋 もり・こうゆう
銀のお盆
◇「小学校・全員参加の楽しい学級劇・学年劇脚本集 高学年」黎明書房 2007 p190

森 猿彦 もり・さるひこ（1948〜）
神様の招待
◇「幻想小説大全」北宋社 2002 p593

森 しげ もり・しげ（1880〜1936）
おそろひ
◇「「新編」日本女性文学全集 3」菁柿堂 2011 p163
おはま
◇「「新編」日本女性文学全集 3」菁柿堂 2011 p167
死の家

もり

- ◇「青鞜小説集」講談社 2014（講談社文芸文庫）p155

内証事
- ◇「「新編」日本女性文学全集 3」菁柿堂 2011 p158

森 春濤　もり・しゅんとう（1819〜1889）

藍川送別図巻 片野南陽に嘱題さる
- ◇「新日本古典文学大系 明治編 2」岩波書店 2004 p83

藍川の旗亭に宮野生の伊勢に之くを送る
- ◇「新日本古典文学大系 明治編 2」岩波書店 2004 p25

秋雨歎（三首うち二首）
- ◇「新日本古典文学大系 明治編 2」岩波書店 2004 p113

維鵲有巣集
- ◇「新日本古典文学大系 明治編 2」岩波書店 2004 p43

一月二十七日、雨、東京よりの信に接し写真四張を得たり。おのおの一絶を題して悶を遣る。
- ◇「新日本古典文学大系 明治編 2」岩波書店 2004 p100

倚竹書龕の詩
- ◇「新日本古典文学大系 明治編 2」岩波書店 2004 p98

乙酉元旦 乙酉
- ◇「新日本古典文学大系 明治編 2」岩波書店 2004 p104

糸雨残梅集
- ◇「新日本古典文学大系 明治編 2」岩波書店 2004 p21

牛背英雄集
- ◇「新日本古典文学大系 明治編 2」岩波書店 2004 p32

内村鱸香六十寿言
- ◇「新日本古典文学大系 明治編 2」岩波書店 2004 p85

雲漢霓裳集
- ◇「新日本古典文学大系 明治編 2」岩波書店 2004 p91

雲如山人の伊香保に游ぶを送る（二首うち一首）
- ◇「新日本古典文学大系 明治編 2」岩波書店 2004 p29

詠史二首（うち一首）
- ◇「新日本古典文学大系 明治編 2」岩波書店 2004 p20

画に題す
- ◇「新日本古典文学大系 明治編 2」岩波書店 2004 p60

王琴仙の清国に還るを送り、兼ねて金甌を懐ひ、葉松石を懐ひ、二子に寄す
- ◇「新日本古典文学大系 明治編 2」岩波書店 2004 p80

懐ひを大沼枕山に寄す
- ◇「新日本古典文学大系 明治編 2」岩波書店 2004 p36

海荘晩晴
- ◇「新日本古典文学大系 明治編 2」岩波書店 2004 p46

海門釣庵集
- ◇「新日本古典文学大系 明治編 2」岩波書店 2004 p12

笠岡途上
- ◇「新日本古典文学大系 明治編 2」岩波書店 2004 p102

夏島の別業、韻を分かちて山字を得たり
- ◇「新日本古典文学大系 明治編 2」岩波書店 2004 p112

花南少丞の秋日雑感の韻に次す
- ◇「新日本古典文学大系 明治編 2」岩波書店 2004 p67

花南の韻に次す
- ◇「新日本古典文学大系 明治編 2」岩波書店 2004 p57

駕に従ひて北征す。時に予は本営の斥候たり。
- ◇「新日本古典文学大系 明治編 2」岩波書店 2004 p55

髪を蓄へて拙堂翁に呈す
- ◇「新日本古典文学大系 明治編 2」岩波書店 2004 p34

元日偶成 庚子
- ◇「新日本古典文学大系 明治編 2」岩波書店 2004 p16

嬉春絶句
- ◇「新日本古典文学大系 明治編 2」岩波書店 2004 p26

岐阜竹枝二首 以下岐阜に在る時の作（うち一首）
- ◇「新日本古典文学大系 明治編 2」岩波書店 2004 p3

己卯新正 六十一自祝（三首うち一首）
- ◇「新日本古典文学大系 明治編 2」岩波書店 2004 p82

峡雲嶽雪集
- ◇「新日本古典文学大系 明治編 2」岩波書店 2004 p93

嬌笑楼に題す
- ◇「新日本古典文学大系 明治編 2」岩波書店 2004 p94

旭荘翁鄰松院晩眺の詩を手録して寄せらるこれをもつて謝す
- ◇「新日本古典文学大系 明治編 2」岩波書店 2004 p28

九月某日 国島氏を娶りて継室と為す
- ◇「新日本古典文学大系 明治編 2」岩波書店 2004 p43

久米村途上
- ◇「新日本古典文学大系 明治編 2」岩波書店 2004

もり

閨秀国島氏和歌を善くす。予、人を介して近詠を乞ひ、その暮春に杜若を詠ぜし一章を得たり。すなはち二十八字を賦してもつて謝す
◇『新日本古典文学大系 明治編 2』岩波書店 2004 p40

閨秀藤氏の梧竹書房に題す
◇『新日本古典文学大系 明治編 2』岩波書店 2004 p16

元遺山集を読む
◇『新日本古典文学大系 明治編 2』岩波書店 2004 p27

港雲楼雨集
◇『新日本古典文学大系 明治編 2』岩波書店 2004 p52

香魚水裔盧はこれ余の岐阜の故寓の扁字なり。また二扁有り。九十九峰軒と曰ひ、三十六湾書楼と曰ふ。今茲癸未冬月、再び岐阜に游ぶ。門人勅使河原生、余に請ひて曰く、……
◇『新日本古典文学大系 明治編 2』岩波書店 2004 p95

江山有待集
◇『新日本古典文学大系 明治編 2』岩波書店 2004 p98

甲子七月念一の夕、京中十九日の変を聞き、感激して寐ねず、詩もつて事を紀す
◇『新日本古典文学大系 明治編 2』岩波書店 2004 p47

甲戌十月十五日まさに岐阜を発せんとして留題す
◇『新日本古典文学大系 明治編 2』岩波書店 2004 p64

江城二月の謡 癸卯
◇『新日本古典文学大系 明治編 2』岩波書店 2004 p24

江上の酒家 轆轤韻
◇『新日本古典文学大系 明治編 2』岩波書店 2004 p12

甲辰四月二日 名古屋客中の作
◇『新日本古典文学大系 明治編 2』岩波書店 2004 p26

甲府に留別し帰雲の送別の韻に次す
◇『新日本古典文学大系 明治編 2』岩波書店 2004 p94

黄葉青山集
◇『新日本古典文学大系 明治編 2』岩波書店 2004 p64

紅蘭張氏の谿山の雪景
◇『新日本古典文学大系 明治編 2』岩波書店 2004 p43

児を悼む（二首うち一首）
◇『新日本古典文学大系 明治編 2』岩波書店 2004 p30

九日雨ふる。子文の過ぎられ、対酌して詠を成す
◇『新日本古典文学大系 明治編 2』岩波書店 2004 p20

湖亭に湖山翁と別を話す
◇『新日本古典文学大系 明治編 2』岩波書店 2004 p93

児の真を哭す 三月六日
◇『新日本古典文学大系 明治編 2』岩波書店 2004 p38

孤舫
◇『新日本古典文学大系 明治編 2』岩波書店 2004 p7

孤舫双檠二詠
◇『新日本古典文学大系 明治編 2』岩波書店 2004 p7

小仏村に宿す
◇『新日本古典文学大系 明治編 2』岩波書店 2004 p93

細香女史に贈る
◇『新日本古典文学大系 明治編 2』岩波書店 2004 p29

歳晩 壁に題してみづから遺る（五首うち一首）
◇『新日本古典文学大系 明治編 2』岩波書店 2004 p110

さきごろ内子の書を得ていまだ報せず。まさに福井を発せんとしてこれを書して郵に附す
◇『新日本古典文学大系 明治編 2』岩波書店 2004 p51

去るに臨み諸弟妹に似す
◇『新日本古典文学大系 明治編 2』岩波書店 2004 p5

三月三十日 故の二月十三日なり 先室国島女教師の大祥忌に児泰を拉して往きて墓に哭す
◇『新日本古典文学大系 明治編 2』岩波書店 2004 p62

三十六湾集
◇『新日本古典文学大系 明治編 2』岩波書店 2004 p3

詩酒逢迎集
◇『新日本古典文学大系 明治編 2』岩波書店 2004 p95

詩魔自詠ならびに引（八首うち二首）
◇『新日本古典文学大系 明治編 2』岩波書店 2004 p84

写照自賛
◇『新日本古典文学大系 明治編 2』岩波書店 2004 p82

周華甲子集
◇『新日本古典文学大系 明治編 2』岩波書店 2004 p82

十月望日 藤本鉄石過ぎらる
◇『新日本古典文学大系 明治編 2』岩波書店 2004 p32

秋感

秋日児泰姪民徳を拉して金華山に上る
◇「新日本古典文学大系 明治編 2」岩波書店 2004 p62

秋蝶二首（うち一首）
◇「新日本古典文学大系 明治編 2」岩波書店 2004 p8

十二月一日湖亭の小集、韻を分ちて先を得たり
◇「新日本古典文学大系 明治編 2」岩波書店 2004 p68

十二月十四日 先室の小祥忌
◇「新日本古典文学大系 明治編 2」岩波書店 2004 p34

舟夜酒醒む
◇「新日本古典文学大系 明治編 2」岩波書店 2004 p49

舟夜次韻
◇「新日本古典文学大系 明治編 2」岩波書店 2004 p102

舟夜 秋虫を聴く
◇「新日本古典文学大系 明治編 2」岩波書店 2004 p60

潤在正月集
◇「新日本古典文学大系 明治編 2」岩波書店 2004 p20

春寒
◇「新日本古典文学大系 明治編 2」岩波書店 2004 p21

春月
◇「新日本古典文学大系 明治編 2」岩波書店 2004 p18

春郊帰牧
◇「新日本古典文学大系 明治編 2」岩波書店 2004 p56

春山
◇「新日本古典文学大系 明治編 2」岩波書店 2004 p22

春日藍川即囑 甲午
◇「新日本古典文学大系 明治編 2」岩波書店 2004 p3

春日雜興
◇「新日本古典文学大系 明治編 2」岩波書店 2004 p35

春星
◇「新日本古典文学大系 明治編 2」岩波書店 2004 p23

春雪
◇「新日本古典文学大系 明治編 2」岩波書店 2004 p18

春昼
◇「新日本古典文学大系 明治編 2」岩波書店 2004 p48

春天（二首うち一首）
◇「新日本古典文学大系 明治編 2」岩波書店 2004 p17

春濤詩鈔（抄）
◇「新日本古典文学大系 明治編 2」岩波書店 2004 p1

春晩雜句（十首うち二首）
◇「新日本古典文学大系 明治編 2」岩波書店 2004 p15

春夜笛を聞く
◇「新日本古典文学大系 明治編 2」岩波書店 2004 p23

畳韻
◇「新日本古典文学大系 明治編 2」岩波書店 2004 p88

松雨荘人集
◇「新日本古典文学大系 明治編 2」岩波書店 2004 p17

城西散策
◇「新日本古典文学大系 明治編 2」岩波書店 2004 p45

女香雨を拉して墨上に散策す
◇「新日本古典文学大系 明治編 2」岩波書店 2004 p111

白髪飄蕭集
◇「新日本古典文学大系 明治編 2」岩波書店 2004 p87

深山看花集
◇「新日本古典文学大系 明治編 2」岩波書店 2004 p40

辛巳七月、まさに新潟に游ばんとしてこれを賦し東京の諸同好に留別す。
◇「新日本古典文学大系 明治編 2」岩波書店 2004 p87

人日草堂集
◇「新日本古典文学大系 明治編 2」岩波書店 2004 p15

辛酉二月十二日児を挙げ喜びを紀す 辛酉
◇「新日本古典文学大系 明治編 2」岩波書店 2004 p39

新暦謠 癸酉（四首うち二首）
◇「新日本古典文学大系 明治編 2」岩波書店 2004 p61

隋二世
◇「新日本古典文学大系 明治編 2」岩波書店 2004 p20

星巌先生に謁しにはかに賦して呈政す
◇「新日本古典文学大系 明治編 2」岩波書店 2004 p28

青山白鷗集
◇「新日本古典文学大系 明治編 2」岩波書店 2004 p5

絶句
◇「新日本古典文学大系 明治編 2」岩波書店 2004 p113

拙堂翁の美濃に游ぶを聞き往きて之を訪ふ。翁、谿山琴興詩を示さる。よりてその韻に次して賦して呈す
◇「新日本古典文学大系 明治編 2」岩波書店 2004 p33

千里帰来集
　◇「新日本古典文学大系 明治編 2」岩波書店 2004 p104

桑三軒後集
　◇「新日本古典文学大系 明治編 2」岩波書店 2004 p55

桑三軒集
　◇「新日本古典文学大系 明治編 2」岩波書店 2004 p45

双漿
　◇「新日本古典文学大系 明治編 2」岩波書店 2004 p8

送別二首
　◇「新日本古典文学大系 明治編 2」岩波書店 2004 p4

太陽開暦集
　◇「新日本古典文学大系 明治編 2」岩波書店 2004 p61

台麓湖干集
　◇「新日本古典文学大系 明治編 2」岩波書店 2004 p66

高山竹枝（四十首うち五首）
　◇「新日本古典文学大系 明治編 2」岩波書店 2004 p41

宅を売り戯れに門帖に題す
　◇「新日本古典文学大系 明治編 2」岩波書店 2004 p110

たまたま題す
　◇「新日本古典文学大系 明治編 2」岩波書店 2004 p112

丁亥元旦、鳴門観潮歌 丁亥
　◇「新日本古典文学大系 明治編 2」岩波書店 2004 p107

枕上に風鈴を聴く
　◇「新日本古典文学大系 明治編 2」岩波書店 2004 p50

九十九橋集
　◇「新日本古典文学大系 明治編 2」岩波書店 2004 p51

冬晩雑句（六首うち二首）
　◇「新日本古典文学大系 明治編 2」岩波書店 2004 p13

悼亡（四首うち二首）
　◇「新日本古典文学大系 明治編 2」岩波書店 2004 p33
　◇「新日本古典文学大系 明治編 2」岩波書店 2004 p40

悼亡 壬申
　◇「新日本古典文学大系 明治編 2」岩波書店 2004 p58

七十自述 戊子（二首うち一首）
　◇「新日本古典文学大系 明治編 2」岩波書店 2004 p111

七十老翁何の求むる所ぞ、星巌翁を追悼す 翁時に七十、印にこの語を用ふ
　◇「新日本古典文学大系 明治編 2」岩波書店 2004 p37

南海游覧集
　◇「新日本古典文学大系 明治編 2」岩波書店 2004 p106

新潟竹枝（五十四首うち三首）
　◇「新日本古典文学大系 明治編 2」岩波書店 2004 p90

新潟に抵り阪口五峰の宅に寓す。五峰に春濤詩鈔を読むの詩有り、次韻す。
　◇「新日本古典文学大系 明治編 2」岩波書店 2004 p88

二十八日寅を古市場村の国島西圃の宅に移す
　◇「新日本古典文学大系 明治編 2」岩波書店 2004 p96

丹羽花南の韻に次す 己巳
　◇「新日本古典文学大系 明治編 2」岩波書店 2004 p56

念七日東京に入るに、即夜石埭至り、予が為に栖息の地を謀る。喜びを賦す。
　◇「新日本古典文学大系 明治編 2」岩波書店 2004 p65

梅花一笑集
　◇「新日本古典文学大系 明治編 2」岩波書店 2004 p84

梅花処処に開く 甲子
　◇「新日本古典文学大系 明治編 2」岩波書店 2004 p46

敗柳残荷集
　◇「新日本古典文学大系 明治編 2」岩波書店 2004 p59

曝書
　◇「新日本古典文学大系 明治編 2」岩波書店 2004 p57

八月十四日大風あり、老杜の「茅屋の秋風の破る所と為る歌」の韻を用ふ
　◇「新日本古典文学大系 明治編 2」岩波書店 2004 p11

八鶴湖に游ぶ、梁星巌先生の原韻を用ふ（三首うち一首）
　◇「新日本古典文学大系 明治編 2」岩波書店 2004 p91

二十日豊橋駅に宿す。この夜雨ふる
　◇「新日本古典文学大系 明治編 2」岩波書店 2004 p65

春を惜しむ
　◇「新日本古典文学大系 明治編 2」岩波書店 2004 p48

遥かに星巌先生の墓を奠す、如意山人の韻を用ふ（二首うち一首）
　◇「新日本古典文学大系 明治編 2」岩波書店 2004 p80

春草
　◇「新日本古典文学大系 明治編 2」岩波書店 2004 p19

春の詩百題 二十五を存す
　◇「新日本古典文学大系 明治編 2」岩波書店 2004

もり

p21

舟にて木曾川を下る
- ◇「新日本古典文学大系 明治編 2」岩波書店 2004 p59

文敬師の美濃に還るを送り兼ねて寄せて藤城老人を哭す
- ◇「新日本古典文学大系 明治編 2」岩波書店 2004 p30

丙戌十月まさに南海諸州に游ばんとして留別す九首 丙戌(うち四首)
- ◇「新日本古典文学大系 明治編 2」岩波書店 2004 p106

閉門高臥集
- ◇「新日本古典文学大系 明治編 2」岩波書店 2004 p110

墨水観月歌
- ◇「新日本古典文学大系 明治編 2」岩波書店 2004 p73

また蘇老泉の韻を用ひて某に寄す。越後の軍営に在り。
- ◇「新日本古典文学大系 明治編 2」岩波書店 2004 p55

茉莉凹巷集
- ◇「新日本古典文学大系 明治編 2」岩波書店 2004 p78

茉莉祠下の作
- ◇「新日本古典文学大系 明治編 2」岩波書店 2004 p72

三国港竹枝(五十首うち七首)
- ◇「新日本古典文学大系 明治編 2」岩波書店 2004 p52

三日 江上所見
- ◇「新日本古典文学大系 明治編 2」岩波書店 2004 p25

無題
- ◇「新日本古典文学大系 明治編 2」岩波書店 2004 p45

夢入青山集
- ◇「新日本古典文学大系 明治編 2」岩波書店 2004 p36

村瀬氏期を過ぎて嫁せず。その意を聞くに書生の余のごとき者を得んと欲するなり。すなはち聘して継室と為す
- ◇「新日本古典文学大系 明治編 2」岩波書店 2004 p36

夜涼に笛を聞く
- ◇「新日本古典文学大系 明治編 2」岩波書店 2004 p59

游蹤 乙未
- ◇「新日本古典文学大系 明治編 2」岩波書店 2004 p4

姚志梁の清国に帰るを送る
- ◇「新日本古典文学大系 明治編 2」岩波書店 2004 p104

横浜竹枝 永阪石塘に和す(十二首うち三首)
- ◇「新日本古典文学大系 明治編 2」岩波書店 2004 p78

好し去れの行
- ◇「新日本古典文学大系 明治編 2」岩波書店 2004 p9

吉原避災詞(八首うち三首)
- ◇「新日本古典文学大系 明治編 2」岩波書店 2004 p76

予まさに東京に赴かんとして児泰の留別の詩の韻に次し寓舎の壁に題す
- ◇「新日本古典文学大系 明治編 2」岩波書店 2004 p63

落花啼鳥集
- ◇「新日本古典文学大系 明治編 2」岩波書店 2004 p28

陸放翁が心太平庵硯、王漁洋の畢通州の為に賦すの韻を引用して日下部内史の為に賦す
- ◇「新日本古典文学大系 明治編 2」岩波書店 2004 p69

梨堂相公の対鷗荘雅集、席上に恭賦して奉呈す
- ◇「新日本古典文学大系 明治編 2」岩波書店 2004 p83

林下柴門集
- ◇「新日本古典文学大系 明治編 2」岩波書店 2004 p23

隣居詩、大沼枕山に贈る
- ◇「新日本古典文学大系 明治編 2」岩波書店 2004 p68

零蟬落雁集
- ◇「新日本古典文学大系 明治編 2」岩波書店 2004 p25

老春虐後集
- ◇「新日本古典文学大系 明治編 2」岩波書店 2004 p112

蘆花漁笛集
- ◇「新日本古典文学大系 明治編 2」岩波書店 2004 p7

六月十八日、白鷗社の諸子、同盟を招集して、柳北仙史を追弔す。すなはち賦してもつて奠す。
- ◇「新日本古典文学大系 明治編 2」岩波書店 2004 p105

鷲津法官に招飲さる。小野湖山たまたま至る 甲戌
- ◇「新日本古典文学大系 明治編 2」岩波書店 2004 p66

森 真二 もり・しんじ
サスケといっしょ
- ◇「小学校・全員参加の楽しい学級劇・学年劇脚本集 高学年」黎明書房 2007 p204

森 澄枝 もり・すみえ
彼女によろしく
- ◇「中学校たのしい劇脚本集―英語劇付 Ⅰ」国土社 2010 p103

森 青花　もり・せいか（1958〜）

あおいちゃん
- ◇「邪香草―恋愛ホラー・アンソロジー」祥伝社 2003（祥伝社文庫）p83

ヴェンデッタ
- ◇「夏のグランドホテル」光文社 2003（光文社文庫）p155

砲丸のひと
- ◇「紅と蒼の恐怖―ホラー・アンソロジー」祥伝社 2002（Non novel）p109

ムラサキくん
- ◇「紫迷宮―ミステリー・アンソロジー」祥伝社 2002（祥伝社文庫）p131

闇鍋
- ◇「短篇ベストコレクション―現代の小説 2002」徳間書店 2002（徳間文庫）p163

龍の壺
- ◇「短篇ベストコレクション―現代の小説 2006」徳間書店 2006（徳間文庫）p457

tableau vivant 活人画
- ◇「教室」光文社 2003（光文社文庫）p259

森 銑三　もり・せんぞう（1895〜1985）

猫が物いふ話
- ◇「文士の意地―車谷長吉撰短篇小説輯 上巻」作品社 2005 p221

昼日中
- ◇「悪いやつらの物語」筑摩書房 2011（ちくま文学の森）p13

森鷗外の「百物語」
- ◇「闇夜に怪を語れば―百物語ホラー傑作選」角川書店 2005（角川ホラー文庫）p207

老賊譚
- ◇「悪いやつらの物語」筑摩書房 2011（ちくま文学の森）p19

森 荘已池　もり・そういち（1907〜1999）

蛾と笹舟
- ◇「消えた受賞作―直木賞編」メディアファクトリー 2004（ダ・ヴィンチ特別編集）p119

山畠
- ◇「消えた受賞作―直木賞編」メディアファクトリー 2004（ダ・ヴィンチ特別編集）p131

杜 地都　もり・ちと

「うん、そうだね」
- ◇「てのひら怪談―ビーケーワン怪談大賞傑作選 壬辰」ポプラ社 2012（ポプラ文庫）p128

ココアのおばちゃん
- ◇「てのひら怪談―ビーケーワン怪談大賞傑作選 辛卯」ポプラ社 2011（ポプラ文庫）p184

世話
- ◇「てのひら怪談―ビーケーワン怪談大賞傑作選」ポプラ社 2007 p52
- ◇「てのひら怪談―ビーケーワン怪談大賞傑作選」ポプラ社 2008（ポプラ文庫）p50

月夜
- ◇「てのひら怪談―ビーケーワン怪談大賞傑作選 百鬼繚乱篇」ポプラ社 2008 p152
- ◇「てのひら怪談―ビーケーワン怪談大賞傑作選 己丑」ポプラ社 2009（ポプラ文庫）p132

電話
- ◇「てのひら怪談―ビーケーワン怪談大賞傑作選」ポプラ社 2007 p104
- ◇「てのひら怪談―ビーケーワン怪談大賞傑作選」ポプラ社 2008（ポプラ文庫）p108

風呂敷包み
- ◇「てのひら怪談―ビーケーワン怪談大賞傑作選 壬辰」ポプラ社 2012（ポプラ文庫）p40

分割払い
- ◇「てのひら怪談―ビーケーワン怪談大賞傑作選 2」ポプラ社 2007 p226

森 輝喜　もり・てるき

エクイノツィオの奇跡
- ◇「新・本格推理 8」光文社 2008（光文社文庫）p589

壊れた時計
- ◇「本格推理 14」光文社 1999（光文社文庫）p77

殺人の陽光
- ◇「新・本格推理 04」光文社 2004（光文社文庫）p93

森 奈津子　もり・なつこ（1966〜）

哀愁の女主人、情熱の女奴隷
- ◇「SFバカ本 たわし篇プラス」廣済堂出版 1998（廣済堂文庫）p113
- ◇「笑壺―SFバカ本ナンセンス集」小学館 2006（小学館文庫）p7

あたしたちの王国
- ◇「逆想コンチェルト―イラスト先行・競作小説アンソロジー 奏の2」徳間書店 2010 p166

一郎と一馬
- ◇「チャイルド」廣済堂出版 1998（廣済堂文庫）p319

エロチカ79
- ◇「チューリップ革命―ネオ・スイート・ドリーム・ロマンス」イースト・プレス 2000 p235

お面の告白
- ◇「ハンサムウーマン」ビレッジセンター出版局 1998 p105

過去の女
- ◇「夏のグランドホテル」光文社 2003（光文社文庫）p467

家族対抗カミングアウト合戦
- ◇「喜劇綺劇」光文社 2009（光文社文庫）p357

語る石
- ◇「屍者の行進」廣済堂出版 1998（廣済堂文庫）p399

カンヅメ
- ◇「黄昏ホテル」小学館 2004 p61

グラスの中の世界一周
- ◇「酒の夜語り」光文社 2002（光文社文庫）p107

もり

西城秀樹のおかげです
◇「SFバカ本 たいやき編」ジャストシステム 1997 p121
◇「SFバカ本 たいやき篇プラス」廣済堂出版 1999（廣済堂文庫）p129
◇「笑劇―SFバカ本カタストロフィ集」小学館 2007（小学館文庫）p123

シロツメクサ、アカツメクサ
◇「櫻憑き」光文社 2001（カッパ・ノベルス）p209

人馬宮―美しい獲物
◇「十二宮12幻想」エニックス 2000 p223

タタミ・マットとゲイシャ・ガール
◇「蚊―コレクション」メディアワークス 2002（電撃文庫）p167

地球娘による地球外クッキング
◇「SFバカ本 白菜編」ジャストシステム 1997 p169
◇「SFバカ本 白菜篇プラス」廣済堂出版 1999（廣済堂文庫）p183

天国発ごみ箱行き
◇「SFバカ本 ペンギン篇」廣済堂出版 1999（廣済堂文庫）p239

長屋の幽霊
◇「花月夜綺譚―怪談集」集英社 2007（集英社文庫）p225

ナルキッソスたち
◇「量子回廊―年刊日本SF傑作選」東京創元社 2010（創元SF文庫）p89

ナルキッソスの娘
◇「ワルツーアンソロジー」祥伝社 2004（祥伝社文庫）p213

人形草
◇「勿忘草―恋愛ホラー・アンソロジー」祥伝社 2003（祥伝社文庫）p195

ババアと駄犬と私
◇「近藤史恵リクエスト！ ペットのアンソロジー」光文社 2013 p7
◇「近藤史恵リクエスト！ ペットのアンソロジー」光文社 2014（光文社文庫）p9

美少女復活
◇「闇電話」光文社 2006（光文社文庫）p305

マゾ界転生
◇「SFバカ本 宇宙チャーハン篇」メディアファクトリー 2000 p.81

百合君と百合ちゃん―満二十八歳までに結婚することが国民の義務となりました
◇「NOVA―書き下ろし日本SFコレクション 10」河出書房新社 2013（河出文庫）p289

翼人たち
◇「エロティシズム12幻想」エニックス 2000 p267

ラッキーな記憶喪失
◇「自選ショート・ミステリー」講談社 2001（講談社文庫）p87

リボンの騎士―電脳王子サファイア
◇「手塚治虫COVER エロス篇」徳間書店 2003（徳間デュアル文庫）p133

森 春樹　もり・はるき（1915～1991）
いけにえ
◇「ハンセン病文学全集 2」皓星社 2002 p57
音
◇「ハンセン病文学全集 6」皓星社 2003 p268
柿
◇「ハンセン病文学全集 6」皓星社 2003 p267
巨大なる石
◇「ハンセン病文学全集 6」皓星社 2003 p266
蛍光
◇「ハンセン病文学全集 2」皓星社 2002 p35
サボテンの花
◇「ハンセン病文学全集 6」皓星社 2003 p270
弱肉強食
◇「ハンセン病文学全集 2」皓星社 2002 p81
夏の日
◇「ハンセン病文学全集 6」皓星社 2003 p266
ペンダコ
◇「ハンセン病文学全集 6」皓星社 2003 p271
微笑まなかった男
◇「ハンセン病文学全集 6」皓星社 2003 p269
祭の前夜
◇「ハンセン病文学全集 2」皓星社 2002 p13
雪の花は
◇「ハンセン病文学全集 2」皓星社 2002 p65
汚れた金色
◇「ハンセン病文学全集 2」皓星社 2002 p3
私の窓におきたい花
◇「ハンセン病文学全集 6」皓星社 2003 p267

森 治美　もり・はるみ（1947～）
海の衣を纏う日
◇「読んで演じたくなるゲキの本 中学生版」幻冬舎 2006 p187
迷い星
◇「読んで演じたくなるゲキの本 高校生版」幻冬舎 2006 p79

森 日向太　もり・ひなた
遺書
◇「ショートショートの花束 5」講談社 2013（講談社文庫）p21
二〇五九年
◇「ショートショートの花束 5」講談社 2013（講談社文庫）p46

森 博嗣　もり・ひろし（1957～）
いつ入れ替わった？―An exchange of tears for smiles
◇「名探偵を追いかけろ―シリーズ・キャラクター編」光文社 2004（カッパ・ノベルス）p421
◇「名探偵を追いかけろ」光文社 2007（光文社文庫）p517
石塔の屋根飾り
◇「ザ・ベストミステリーズ―推理小説年鑑 1999」

講談社 1999 p383
　◇「密室＋アリバイ＝真犯人」講談社 2002（講談社文庫）p9
トロイの木馬
　◇「21世紀本格—書下ろしアンソロジー」光文社 2001（カッパ・ノベルス）p555
ナイン・ライブス—スカイ・クロラ番外篇
　◇「Ｃ・Ｎ 25—Ｃ・novels創刊25周年アンソロジー」中央公論新社 2007（C novels）p218
マン島の蒸気鉄道
　◇「M列車（ミステリートレイン）で行こう」光文社 2001（カッパ・ノベルス）p303
　◇「愛憎発殺人行—鉄道ミステリー名作館」徳間書店 2004（徳間文庫）p55

森 浩美　もり・ひろみ（1960〜）
最後のお便り
　◇「短篇ベストコレクション—現代の小説 2013」徳間書店 2013（徳間文庫）p433
車輪の空気
　◇「短篇ベストコレクション—現代の小説 2012」徳間書店 2012（徳間文庫）p591

森 万紀子　もり・まきこ（1934〜1992）
単独者
　◇「吉田知子・森万紀子・吉行理恵・加藤幸子」角川書店 1998（女性作家シリーズ）p113
伝説の湯・小野川
　◇「山形県文学全集第2期（随筆・紀行編）4」郷土出版社 2005 p224
密約
　◇「吉田知子・森万紀子・吉行理恵・加藤幸子」角川書店 1998（女性作家シリーズ）p164
雪女（抄）
　◇「山形県文学全集第1期（小説編）5」郷土出版社 2004 p407
私のふるさと
　◇「山形県文学全集第2期（随筆・紀行編）4」郷土出版社 2005 p221

森 真沙子　もり・まさこ（1944〜）
赤い窓
　◇「獣人」光文社 2003（光文社文庫）p15
足首に蛇が
　◇「文藝百物語」ぶんか社 1997 p193
あと十分
　◇「十の恐怖」角川書店 1999 p31
海辺の宿で
　◇「文藝百物語」ぶんか社 1997 p142
エイプリル・シャワー
　◇「ドッペルゲンガー奇譚集—死を招く影」角川書店 1998（角川ホラー文庫）p139
大鴉
　◇「夢魔」光文社 2001（光文社文庫）p247
お坊さんが車内を
　◇「文藝百物語」ぶんか社 1997 p27
お見舞いの薔薇
　◇「文藝百物語」ぶんか社 1997 p79
還り雛
　◇「花迷宮」日本文芸社 2000（日文庫）p191
ガーベラの精
　◇「文藝百物語」ぶんか社 1997 p77
かもめ
　◇「緋迷宮—ミステリー・アンソロジー」祥伝社 2001（祥伝社文庫）p83
クローゼットの中に
　◇「文藝百物語」ぶんか社 1997 p117
原爆公園で
　◇「文藝百物語」ぶんか社 1997 p243
コールドルーム
　◇「雪女のキス」光文社 2000（カッパ・ノベルス）p151
定信公始末
　◇「江戸迷宮」光文社 2011（光文社文庫）p431
死神の絵
　◇「文藝百物語」ぶんか社 1997 p17
四方猫
　◇「猫路地」日本出版社 2006 p195
白い胎児の影
　◇「文藝百物語」ぶんか社 1997 p159
深夜のホテルで
　◇「文藝百物語」ぶんか社 1997 p135
水妖譚
　◇「妖髪鬼談」桜桃書房 1998 p186
黄昏のオー・ソレ・ミオ
　◇「翠迷宮—ミステリー・アンソロジー」祥伝社 2003（祥伝社文庫）p195
チェンジング・パートナー
　◇「グランドホテル」廣済堂出版 1999（廣済堂文庫）p179
チャルメラの音が
　◇「文藝百物語」ぶんか社 1997 p19
釣りの怪談
　◇「文藝百物語」ぶんか社 1997 p212
肉体の休暇
　◇「俳優」廣済堂出版 1999（廣済堂文庫）p65
人形を焼く
　◇「いつか心の奥へ—小説推理傑作選」双葉社 1997 p213
猫ヲ探ス
　◇「魔地図」光文社 2005（光文社文庫）p143
猫と同じ色の闇
　◇「怪猫鬼談」人類文化社 1999 p319
白蛇の化石
　◇「文藝百物語」ぶんか社 1997 p236
花や今宵の…
　◇「櫻憑き」光文社 2001（カッパ・ノベルス）p71
薔薇のさざめき

もり

孕み画
◇「文藝百物語」ぶんか社 1997 p375
春浅き古都の宵は…
◇「アート偏愛」光文社 2005（光文社文庫）p91
百一番目の恐怖
◇「伯爵の血族—紅ノ章」光文社 2007（光文社文庫）p233
昼顔
◇「文藝百物語」ぶんか社 1997 p281
偏奇館幻影
◇「オバケヤシキ」光文社 2005（光文社文庫）p385
墓地見晴亭
◇「ふるえて眠れ—女流ホラー傑作選」角川春樹事務所 2001（ハルキ・ホラー文庫）p183
魔道の夜
◇「凶鳥の黒影—中井英夫へ捧げるオマージュ」河出書房新社 2004 p193
水の牢獄
◇「京都宵」光文社 2008（光文社文庫）p497
無闇坂
◇「水妖」廣済堂出版 1998（廣済堂文庫）p471
Uターン
◇「江戸川乱歩に愛をこめて」光文社 2011（光文社文庫）p21
夜の鳩
◇「ゆきどまり—ホラー・アンソロジー」祥伝社 2000（祥伝社文庫）p245
ライター
◇「鬼瑠璃草—恋愛ホラー・アンソロジー」祥伝社 2003（祥伝社文庫）p261
楽園
◇「闇電話」光文社 2006（光文社文庫）p359
霊安室に呼ばれて
◇「屍者の行進」廣済堂出版 1998（廣済堂文庫）p111
六本木の寂しさ
◇「文藝百物語」ぶんか社 1997 p106
笑うウサギ
◇「文藝百物語」ぶんか社 1997 p244
◇「紅迷宮—ミステリー・アンソロジー」祥伝社 2002（祥伝社文庫）p185

森 まゆみ　もり・まゆみ（1954〜）
谷中おぼろ町
◇「恋する男たち」朝日新聞社 1999 p213

森 茉莉　もり・まり（1903〜1987）
怒りの蟲
◇「精選女性随筆集 2」文藝春秋 2012 p104
エロティシズムと魔と薔薇
◇「精選女性随筆集 2」文藝春秋 2012 p70
鷗外の味覚
◇「たんときれいに召し上がれ—美食文学精選」芸術新聞社 2015 p457
幼い日々
◇「精選女性随筆集 2」文藝春秋 2012 p16
川端康成の死
◇「精選女性随筆集 2」文藝春秋 2012 p125
気違いマリア
◇「戦後短篇小説再発見 6」講談社 2001（講談社文芸文庫）p125
金色の蛇
◇「美少年」国書刊行会 1997（書物の王国）p64
曇った硝子
◇「晩菊—女体についての八篇」中央公論新社 2016（中公文庫）p139
黒猫ジュリエットの話
◇「誘惑—女流ミステリー傑作選」徳間書店 1999（徳間文庫）p543
◇「猫は神さまの贈り物 小説編」有楽出版社 2014 p7
恋人たちの森
◇「古典BL小説集」平凡社 2015（平凡社ライブラリー）p195
最後の晩餐
◇「精選女性随筆集 2」文藝春秋 2012 p74
好きなもの
◇「精選女性随筆集 2」文藝春秋 2012 p62
贅沢貧乏
◇「コレクション私小説の冒険 1」勉誠出版 2013 p179
◇「日本文学100年の名作 5」新潮社 2015（新潮文庫）p313
続・怒りの蟲
◇「精選女性随筆集 2」文藝春秋 2012 p107
父の帽子
◇「芸術家」国書刊行会 1998（書物の王国）p185
椿
◇「精選女性随筆集 2」文藝春秋 2012 p77
独逸の本屋
◇「創刊一〇〇年三田文学名作選」三田文学会 2010 p651
道徳の栄え
◇「精選女性随筆集 2」文藝春秋 2012 p79
巴里の想い出
◇「精選女性随筆集 2」文藝春秋 2012 p97
ビスケット
◇「もの食う話」文藝春秋 2015（文春文庫）p235
二人の天使
◇「小川洋子の偏愛短篇箱」河出書房新社 2009 p199
◇「小川洋子の偏愛短篇箱」河出書房新社 2012（河出文庫）p199
「蛇と卵」—私の結婚前後
◇「精選女性随筆集 2」文藝春秋 2012 p88
ほんものの贅沢
◇「精選女性随筆集 2」文藝春秋 2012 p84
三島由紀夫の死と私
◇「精選女性随筆集 2」文藝春秋 2012 p118

三つの嗜好品
　◇「精選女性随筆集 2」文藝春秋 2012 p65
もう一度先生にペンをお持たせしたい≫室生朝子
　◇「日本人の手紙 3」リブリオ出版 2004 p164
森の中の木葉梟
　◇「精選女性随筆集 2」文藝春秋 2012 p130
恋愛
　◇「精選女性随筆集 2」文藝春秋 2012 p137
老書生犀星の「あはれ」
　◇「精選女性随筆集 2」文藝春秋 2012 p110

森 深紅　もり・みくれ（1978〜）
魂の駆動体
　◇「神林長平トリビュート」早川書房 2009 p149
　◇「神林長平トリビュート」早川書房 2012（ハヤカワ文庫 JA）p167
マッドサイエンティストへの手紙
　◇「NOVA―書き下ろし日本SFコレクション 4」河出書房新社 2011（河出文庫）p147
ラムネ氏ノコト―詰まらぬ物事に命を賭した男が遺したものが、今や駄菓子屋で売られているのだよ
　◇「NOVA―書き下ろし日本SFコレクション 9」河出書房新社 2013（河出文庫）p119

森 三千代　もり・みちよ（1901〜1977）
国違い
　◇「コレクション戦争と文学 18」集英社 2012 p455
どんげん
　◇「〈外地〉の日本語文学選 1」新宿書房 1996 p11

森 美都子　もり・みつこ
さくらからの手がみ
　◇「小学校・全員参加の楽しい学級劇・学年劇脚本集 低学年」黎明書房 2007 p24

森 ゆうこ　もり・ゆうこ
白い永遠
　◇「ゆきのまち幻想文学賞小品集 16」企画集団ぷりずむ 2007 p35

森 由右子　もり・ゆうこ
猫の散歩
　◇「気配―第10回フェリシモ文学賞作品集」フェリシモ 2007 p16

森 瑤子　もり・ようこ（1940〜1993）
アンフィニ
　◇「こんなにも恋はせつない―恋愛小説アンソロジー」光文社 2004（光文社文庫）p265
イヤリング
　◇「別れの予感」リブリオ出版 2001（ラブミーワールド）p5
　◇「恋愛小説・名作集成 8」リブリオ出版 2004 p5
嘘
　◇「妖美―女流ミステリー傑作選」徳間書店 1999（徳間文庫）p315

香水
　◇「闇に香るもの」新潮社 2004（新潮文庫）p179
死者の声
　◇「戦後短篇小説再発見 16」講談社 2003（講談社文芸文庫）p219
東京ステーションホテル―東京ステーションホテル
　◇「贅沢な恋人たち」幻冬舎 1997（幻冬舎文庫）p161
東京発千夜一夜 第百三十五話―私立探偵竜門・捨てたつもりが捨てられて…
　◇「文士の意地―車谷長吉撰短篇小説輯 下巻」作品社 2005 p339
朋あり遠方より来たる
　◇「おいしい話―料理小説傑作選」徳間書店 2007（徳間文庫）p197
凪の光景
　◇「10ラブ・ストーリーズ」朝日新聞出版 2011（朝日文庫）p317
招かれなかった女
　◇「奇妙な恋の物語」光文社 1998（光文社文庫）p235
マンション・ダ・モール
　◇「せつない話 2」光文社 1997 p129

森 与志男　もり・よしお（1930〜2015）
叫び声
　◇「時代の波音―民主文学短編小説集1995年〜2004年」日本民主主義文学会 2005 p286

森 義隆　もり・よしたか（1979〜）
ひゃくはち
　◇「年鑑代表シナリオ集 '08」シナリオ作家協会 2009 p141

森 らいみ　もり・らいみ
風花
　◇「年鑑代表シナリオ集 '01」映人社 2002 p5

杜 李梨　もり・りり
ミルイヒ様の優雅でない一日
　◇「幻想水滸短編集 1」メディアワークス 2000（電撃文庫）p149
臨界点
　◇「幻想水滸短編集 3」メディアワークス 2002（電撃文庫）p219

森 禮子　もり・れいこ（1928〜2014）
モッキングバードのいる町
　◇「現代秀作集」角川書店 1999（女性作家シリーズ）p151

杜 伶二　もり・れいじ
葉巻煙草（シガー）に救われた話
　◇「幻の探偵雑誌 5」光文社 2001（光文社文庫）p55

森内 俊雄　もりうち・としお（1936〜）
雨祭

もりえ

火星巡暦
　◇「文学 2008」講談社 2008 p248

爪
　◇「恐怖の旅」光文社 2000（光文社文庫）p173

梨の花咲く町で
　◇「文学 2012」講談社 2012 p154

二億という名の町
　◇「文学 2001」講談社 2001 p200

庭
　◇「恐怖特急」光文社 2002（光文社文庫）p217

眉山
　◇「文学に描かれた戦争―徳島大空襲を中心に」徳島県文化振興財団徳島県立文学書道館 2015（ことのは文庫）p31

門を出て
　◇「戦後短篇小説再発見 4」講談社 2001（講談社文芸文庫）p105

森江 賢二　もりえ・けんじ

アリバイ
　◇「ショートショートの花束 1」講談社 2009（講談社文庫）p103

あれ？
　◇「ショートショートの広場 14」講談社 2003（講談社文庫）p33

浮気の証拠
　◇「ショートショートの花束 1」講談社 2009（講談社文庫）p202

今日は何の日？
　◇「ショートショートの広場 17」講談社 2005（講談社文庫）p76

助手席の女
　◇「ショートショートの広場 19」講談社 2007（講談社文庫）p103

慎重派
　◇「ショートショートの花束 1」講談社 2009（講談社文庫）p65

ストーカー
　◇「ショートショートの広場 19」講談社 2007（講談社文庫）p164

誕生日
　◇「ショートショートの広場 16」講談社 2005（講談社文庫）p87

注意書き
　◇「ショートショートの花束 2」講談社 2010（講談社文庫）p157

つく女
　◇「ショートショートの広場 14」講談社 2003（講談社文庫）p178

偽札
　◇「ショートショートの広場 14」講談社 2003（講談社文庫）p136

睨む女
　◇「ショートショートの広場 18」講談社 2006（講談社文庫）p177

盗む女
　◇「ショートショートの花束 1」講談社 2009（講談社文庫）p71

百年に一度の雪
　◇「ゆきのまち幻想文学賞小品集 13」企画集団ぷりずむ 2004 p159

分別
　◇「ショートショートの花束 5」講談社 2013（講談社文庫）p11

未熟者
　◇「ショートショートの広場 17」講談社 2005（講談社文庫）p118

私の妻
　◇「ショートショートの広場 16」講談社 2005（講談社文庫）p157

森岡 隆司　もりおか・たかし

思いのまま
　◇「松江怪談―新作怪談 松江物語」今井印刷 2015 p18

森岡 浩之　もりおか・ひろゆき（1962～）

想い出の家―現実を拡張する―進化したメガネのもつ、重要な機能だ
　◇「NOVA―書き下ろし日本SFコレクション 3」河出書房新社 2010（河出文庫）p73

孤島のニョロニョロ
　◇「逆想コンチェルト―イラスト先行・競作小説アンソロジー 奏の2」徳間書店 2010 p272

呪殺者の肖像
　◇「SFバカ本 天然パラダイス篇」メディアファクトリー 2001 p179

代官
　◇「日本SF・名作集成 3」リブリオ出版 2005 p163

パートナー
　◇「宇宙生物ゾーン」廣済堂出版 2000（廣済堂文庫）p97

光の王
　◇「短篇ベストコレクション―現代の小説 2004」徳間書店 2004（徳間文庫）p77
　◇「逃げゆく物語の話―ゼロ年代日本SFベスト集成 F」東京創元社 2010（創元SF文庫）p129

普通の子ども
　◇「現代の小説 1997」徳間書店 1997 p239

夢の樹が接げたなら
　◇「日本SF短篇50 3」早川書房 2013（ハヤカワ文庫JA）p431

A Boy Meets Girl
　◇「宇宙への帰還―SFアンソロジー」KSS出版 1999（KSS entertainment novels）p71

森岡 康行　もりおか・やすゆき

森岡康行遺歌集
　◇「ハンセン病文学全集 8」皓星社 2006 p413

森上 至晃　もりがみ・よしあき
漂空民
◇「全作家短編集 15」のべる出版企画 2016 p69

森川 恵美子　もりかわ・えみこ
轍
◇「竹筒に花はなくとも―短篇十人集」日曜舎 1997 p118

森川 成美　もりかわ・しげみ（1957～）
うたう湯釜
◇「ふしぎ日和―「季節風」書き下ろし短編集」インターグロー 2015（すこし不思議文庫）p53
こねきねまー『宿屋の富』余話
◇「宵越し猫語り―書き下ろし時代小説集」白泉社 2015（白泉社招き猫文庫）p165

森川 潤　もりかわ・じゅん
飛ぶ首
◇「恐怖のKA・TA・CHI」双葉社 2001（双葉文庫）p343

森川 譲　もりかわ・じょう（1910～2000）
ホロゴン
◇「コレクション戦争と文学 16」集英社 2012 p511

森川 楓子　もりかわ・ふうこ（1966～）
今ひとたび
◇「もっとすごい！10分間ミステリー」宝島社 2013（宝島社文庫）p67
◇「5分で泣ける！胸がいっぱいになる物語」宝島社 2015（宝島社文庫）p259
◇「10分間ミステリー THE BEST」宝島社 2016（宝島社文庫）p95
北風と太陽
◇「5分で読める！ひと駅ストーリー 旅の話」宝島社 2015（宝島社文庫）p67
さらば愛しき書
◇「5分で読める！ひと駅ストーリー 本の物語」宝島社 2014（宝島社文庫）p29
◇「5分で笑える！オバカで愉快な物語」宝島社 2016（宝島社文庫）p215
十一月の客
◇「10分間ミステリー」宝島社 2012（宝島社文庫）p187
二本早い電車で。
◇「5分で読める！ひと駅ストーリー 降車編」宝島社 2012（宝島社文庫）p57
猫斬り
◇「5分で読める！ひと駅ストーリー 夏の記憶東口編」宝島社 2013（宝島社文庫）p31
雪夜の出来事
◇「5分で読める！ひと駅ストーリー 冬の記憶東口編」宝島社 2013（宝島社文庫）p271

森川 茉乃　もりかわ・まの
キラキラ
◇「ゆきのまち幻想文学賞小品集 18」企画集団ぷりずむ 2009 p96

森坂 よしの　もりさか・よしの
熊本市地震
◇「平成28年熊本地震作品集」くまもと文学・歴史館友の会 2016 p52

森崎 東　もりさき・あずま（1927～）
ニワトリはハダシだ（近藤昭二）
◇「年鑑代表シナリオ集 '04」シナリオ作家協会 2005 p215

森崎 和江　もりさき・かずえ（1927～）
土塀
◇「コレクション戦争と文学 17」集英社 2012 p428

森重 孝昭　もりしげ・たかあき
指定席
◇「ショートショートの広場 9」講談社 1998（講談社文庫）p72

森重 裕美　もりしげ・ひろみ
キャッシュレス
◇「ショートショートの広場 11」講談社 2000（講談社文庫）p95
私の自慢料理
◇「ショートショートの広場 8」講談社 1997（講談社文庫）p31

森下 雨村　もりした・うそん（1890～1965）
青蛇の帯皮
◇「竹中英太郎 2」皓星社 2016（挿絵叢書）p77
温故録
◇「甦る推理雑誌 3」光文社 2002（光文社文庫）p239
彼、今在らばー
◇「甦る推理雑誌 3」光文社 2002（光文社文庫）p307
殺人迷路（連作探偵小説第一回）
◇「幻の探偵雑誌 8」光文社 2001（光文社文庫）p15
天国の少年
◇「『少年倶楽部』短篇選」講談社 2013（講談社文芸文庫）p9
悼惜、辞なし
◇「幻の探偵雑誌」光文社 2002（光文社文庫）p323
悲恋
◇「探偵くらぶ―探偵小説傑作選1946～1958 上」光文社 1997（カッパ・ノベルス）p211

森下 うるり　もりした・うるり
マンティスの祈り
◇「怪集 蠱毒―創作怪談発掘大会傑作選」竹書房 2009（竹書房文庫）p16

森下 一仁　もりした・かつひと（1951～）
おだやかな侵入
◇「侵略！」廣済堂出版 1998（廣済堂文庫）p201
階段
◇「ひとにぎりの異形」光文社 2007（光文社文庫）p442

黒洞虫
◇「宇宙生物ゾーン」廣済堂出版 2000（廣済堂文庫）p51
若草の星
◇「日本SF全集 3」出版芸術社 2013 p233

森下 静夫 もりした・しずお
固定されし椅子
◇「ハンセン病文学全集 8」皓星社 2006 p384

森下 翠 もりした・すい
天鵝
◇「黄土の虹―チャイナ・ストーリーズ」祥伝社 2000 p7

森下 征二 もりした・せいじ
燕王の都
◇「現代作家代表作選集 7」冊書房 2014 p127

森嶋 也砂子 もりしま・やすこ
染屋の女房（にょうぼ）
◇「新鋭劇作集 series 20」日本劇団協議会 2009 p5

森田 功 もりた・いさお
残像
◇「北日本文学賞入賞作品集 2」北日本新聞社 2002 p55

森田 一二 もりた・かつじ（1892〜1979）
川柳
◇「アンソロジー・プロレタリア文学 3」森話社 2015 p84

森田 勝也 もりた・かつなり
消えた八月
◇「中学生のドラマ 3」晩成書房 1996 p73
貧乏神物語
◇「小学校・全員参加の楽しい学級劇・学年劇脚本集 高学年」黎明書房 2007 p100
わたしはわたし
◇「中学生のドラマ 2」晩成書房 1996 p117

森田 季節 もりた・きせつ（1984〜）
赤い森
◇「NOVA―書き下ろし日本SFコレクション 4」河出書房新社 2011（河出文庫）p115

森田 啓子 もりた・けいこ
にごり酒
◇「ゆきのまち幻想文学賞小品集 19」企画集団ぷりずむ 2010 p135

森田 浩平 もりた・こうへい
足を洗う
◇「ショートショートの花束 6」講談社 2014（講談社文庫）p170
走馬灯
◇「ショートショートの花束 5」講談社 2013（講談社文庫）p228
タイムスリップ
◇「ショートショートの花束 5」講談社 2013（講談社文庫）p108

森田 貞子 もりた・さだこ
こぶし山に花がさく
◇「小学校・全員参加の楽しい学級劇・学年劇脚本集 中学年」黎明書房 2006 p110

森田 思軒 もりた・しけん（1861〜1897）
探偵ユーベル（ヴィクトル・ユゴー〔著〕）
◇「新日本古典文学大系 明治編 15」岩波書店 2002 p397
付 訳文探偵ユーベルの後に書す
◇「新日本古典文学大系 明治編 15」岩波書店 2002 p454
訪事日録
◇「新日本古典文学大系 明治編 5」岩波書店 2009 p455

森田 草太 もりた・そうた
複製の廃墟〔ラザロ―LAZARUS〕（井土紀州／遠藤昌）
◇「年鑑代表シナリオ集 '07」シナリオ作家協会 2009 p193

森田 竹次 もりた・たけじ（1910〜1977）
オームの国からの解放―島比呂志氏に答えて
◇「ハンセン病文学全集 5」皓星社 2010 p41
現実と文学―文学における抽象性と普遍性
◇「ハンセン病文学全集 5」皓星社 2010 p60
静かなる情熱―癩院通信
◇「ハンセン病に咲いた花―初期文芸名作選 戦前編」皓星社 2002（ハンセン病叢書）p307
絶望の文学―北條民雄の文学の評価
◇「ハンセン病文学全集 5」皓星社 2010 p496
転換期の療養所と「惰民論」をめぐって（1）「惰民」には誰がした―社会復帰をはばむもの
◇「ハンセン病文学全集 5」皓星社 2010 p210
転換期の療養所と「惰民論」をめぐって（4）ひとつの段階のしめくくり―社会復帰問題の解決のために
◇「ハンセン病文学全集 5」皓星社 2010 p229
藤本事件（6）偏見・予断・処刑／藤本松夫氏の死刑に抗議する
◇「ハンセン病文学全集 5」皓星社 2010 p294
文学の功罪―とくに社会的偏見と文学の関係をめぐって
◇「ハンセン病文学全集 5」皓星社 2010 p69
山桜誌に寄せて
◇「ハンセン病文学全集 5」皓星社 2010 p13
ライの意識革命と予防法闘争（14）特権意識と劣等意識―社会的偏見の反映としての
◇「ハンセン病文学全集 5」皓星社 2010 p169
癩文学私論
◇「ハンセン病文学全集 5」皓星社 2010 p9

森田 たま　もりた・たま（1894〜1970）
酢のはなし
◇「もの食う話」文藝春秋 2015（文春文庫）p226

森田 照之　もりた・てるゆき
特急列車
◇「ショートショートの広場 9」講談社 1998（講談社文庫）p38
ペット
◇「ショートショートの広場 10」講談社 2000（講談社文庫）p153

もりた なるお（1926〜2016）
頂
◇「文学賞受賞・名作集成 8」リブリオ出版 2004 p113
俠盗の菌
◇「代表作時代小説 平成11年度」光風社出版 1999 p419
◇「愛染夢灯籠—時代小説傑作選」講談社 2005（講談社文庫）p505
国境線上の兵士
◇「二十四粒の宝石—超短編小説傑作集」講談社 1998（講談社文庫）p101
谷風の憂鬱
◇「勝者の死にざま—時代小説選手権」新潮社 1998（新潮文庫）p369
物相飯とトンカツ
◇「コレクション戦争と文学 6」集英社 2011 p264

森田 博　もりた・ひろし（1932〜）
伊藤聡後援会ニュース
◇「ショートショートの広場 14」講談社 2003（講談社文庫）p108

森田 水香　もりた・みずか
ダイヤモンドの瞳
◇「ゆきのまち幻想文学賞小品集 23」企画集団ぷりずむ 2014 p171

盛田 隆二　もりた・りゅうじ（1954〜）
アジール
◇「街の物語」角川書店 2001（New History）p151
きみがつらいのは、まだあきらめていないから
◇「そういうものだろ、仕事っていうのは」日本経済新聞出版社 2011 p207
新宿の果実
◇「東京小説」紀伊國屋書店 2000 p169
新宿の果実—新宿
◇「東京小説」日本経済新聞出版社 2013（日経芸文庫）p185
ふたりのルール
◇「聖なる夜に君は」角川書店 2009（角川文庫）p105

守友 恒　もりとも・ひさし（1903〜1983）
青い服の男
◇「幻の名探偵—傑作アンソロジー」光文社 2013（光文社文庫）p271
燻製シラノ
◇「幻の探偵雑誌 10」光文社 2002（光文社文庫）p423

守永 愛子　もりなが・あいこ
京城の風の夜に書く
◇「近代朝鮮文学日本語作品集1908〜1945 セレクション 6」緑蔭書房 2008 p241

森永 利恵　もりなが・りえ
エスケイプスペイス
◇「超短編傑作選 v.6」創英社 2007 p41

森野 樹　もりの・いつき
転転転校生生生
◇「新走（アラバシリ）—Powers Selection」講談社 2011（講談社box）p191

森福 都　もりふく・みやこ（1963〜）
蛙吹泉
◇「異色中国短篇傑作大全」講談社 1997 p387
黄鶏帖の名跡
◇「本格ミステリ 2006」講談社 2006（講談社ノベルス）p207
◇「珍しい物語のつくり方—本格短編ベスト・セレクション」講談社 2010（講談社文庫）p303
グッドマリアージュ
◇「結婚貧乏」幻冬舎 2003 p179
香獣
◇「黄土の虹—チャイナ・ストーリーズ」祥伝社 2000 p177
再会
◇「Love Letter」幻冬舎 2005 p61
◇「Love Letter」幻冬舎 2008（幻冬舎文庫）p67
十八面の骰子
◇「ザ・ベストミステリーズ—推理小説年鑑 2002」講談社 2002 p109
◇「トリック・ミュージアム」講談社 2005（講談社文庫）p423
殿
◇「黄土の群星」光文社 1999（光文社文庫）p249
第三の女
◇「らせん階段—女流ミステリー傑作選」角川春樹事務所 2003（ハルキ文庫）p101
デジカメ・ダイエット
◇「鬼瑠璃草—恋愛ホラー・アンソロジー」祥伝社 2003（祥伝社文庫）p43
妬忌津
◇「暗闇（ダークサイド）を追いかけろ—ホラー＆サスペンス編」光文社 2004（カッパ・ノベルス）p417
◇「暗闇（ダークサイド）を追いかけろ」光文社 2008（光文社文庫）p545

守部 小竹　もりべ・こたけ
六花

もりま

◇「ゆきのまち幻想文学賞小品集 21」企画集団ぷりずむ 2012 p119

森町 歩　もりまち・あゆむ

山のヒーロー
◇「泣ける！北海道」泰文堂 2015（リンダパブリッシャーズの本）p19

森見 登美彦　もりみ・とみひこ（1979〜）

蝸牛の角
◇「短篇ベストコレクション—現代の小説 2008」徳間書店 2008（徳間文庫）p419

グッド・バイ
◇「短篇ベストコレクション—現代の小説 2011」徳間書店 2011（徳間文庫）p253

この文章を読んでも富士山に登りたくなりません
◇「富士山」角川書店 2013（角川文庫）p85

聖なる自動販売機の冒険
◇「SF宝石—すべて新作読み切り！ 2015」光文社 2015 p220
◇「アステロイド・ツリーの彼方へ」東京創元社 2016（創元SF文庫）p177

廿世紀ホテル
◇「20の短編小説」朝日新聞出版 2016（朝日文庫）p307

迷走恋の裏路地
◇「不思議の扉 午後の教室」角川書店 2011（角川文庫）p57

郵便少年
◇「ひとなつの。—真夏に読みたい五つの物語」KADOKAWA 2014（角川文庫）p5

宵山姉妹
◇「日本文学100年の名作 10」新潮社 2015（新潮文庫）p279

四畳半世界放浪記
◇「Fantasy Seller」新潮社 2011（新潮文庫）p137

森水 陽一郎　もりみず・よういちろう

沖縄の雪
◇「ゆきのまち幻想文学賞小品集 24」企画集団ぷりずむ 2015 p45

森村 誠一　もりむら・せいいち（1933〜）

青の魔性
◇「少女怪談」学習研究社 2000（学研M文庫）p17

うぐいす殺人事件
◇「黒衣のモニュメント」光文社 2000（光文社文庫）p333

運命の出会い
◇「謀」文藝春秋 2003（推理作家になりたくて マイベストミステリー）p382
◇「マイ・ベスト・ミステリー 4」文藝春秋 2007（文春文庫）p587

永遠のマフラー
◇「悪意の迷路」光文社 2016（最新ベスト・ミステリー）p429

大奥情炎事件〈人間の剣〉
◇「信州歴史時代小説傑作集 5」しなのき書房 2007 p155

音の告発
◇「あなたが名探偵」講談社 1998（講談社文庫）p109

神風の殉愛
◇「謎—スペシャル・ブレンド・ミステリー 008」講談社 2013（講談社文庫）p55

企業特訓殺人事件
◇「謎—スペシャル・ブレンド・ミステリー 002」講談社 2007（講談社文庫）p51

休眠用心棒
◇「士魂の光芒—時代小説最前線」新潮社 1997（新潮文庫）p299

虚偽の雪渓
◇「山岳迷宮（ラビリンス）—山のミステリー傑作選」光文社 2016（光文社文庫）p295

魚葬
◇「謀」文藝春秋 2003（推理作家になりたくて マイベストミステリー）p296
◇「マイ・ベスト・ミステリー 4」文藝春秋 2007（文春文庫）p454

吉良上野介御用足
◇「夢を見にけり—時代小説招待席」廣済堂出版 2004 p343

銀座カップル
◇「銀座24の物語」文藝春秋 2001 p125

剣菓
◇「江戸の老人力—時代小説傑作選」集英社 2002（集英社文庫）p287
◇「血闘！新選組」実業之日本社 2016（実業之日本社文庫）p455

高層の死角
◇「江戸川乱歩賞全集 7」講談社 1999（講談社文庫）p391

殺意の接点
◇「さよならブルートレイン—寝台列車ミステリー傑作選」光文社 2015（光文社文庫）p61

山魔
◇「M列車（ミステリートレイン）で行こう」光文社 2001（カッパ・ノベルス）p337

受賞の言葉
◇「江戸川乱歩賞全集 7」講談社 1999 p728

人生の駐輪場
◇「短篇ベストコレクション—現代の小説 2011」徳間書店 2011（徳間文庫）p123

溯死水系
◇「殺意の海—釣りミステリー傑作選」徳間書店 2003（徳間文庫）p39
◇「雪国にて—北海道・東北編」双葉社 2015（双葉文庫）p57

ただ一人の幻影
◇「奇想博物館」光文社 2013（最新ベスト・ミステリー）p387

魂なき暗殺者
　◇「幕末剣豪人斬り異聞 勤皇篇」アスキー 1997 (Aspect novels) p89
致死鳥
　◇「煌めきの殺意」徳間書店 1999（徳間文庫）p671
天の配猫
　◇「Anniversary 50—カッパ・ノベルス創刊50周年記念作品」光文社 2009（Kappa novels）p333
猫のご落胤
　◇「大江戸猫三昧—時代小説傑作選」徳間書店 2004（徳間文庫）p49
棟居刑事の占術
　◇「七人の刑事」廣済堂出版 1998（KOSAIDO BLUE BOOKS）p257
歪んだ空白
　◇「葬送列車—鉄道ミステリー名作館」徳間書店 2004（徳間文庫）p317
　◇「鉄ミス倶楽部東海道新幹線50—推理小説アンソロジー」光文社 2014（光文社文庫）p5
余計な正義
　◇「最新「珠玉推理」大全 下」光文社 1998（カッパ・ノベルス）p316
　◇「闇夜の芸術祭」光文社 2003（光文社文庫）p431
余命の正義
　◇「日本ベストミステリー選集 24」光文社 1997（光文社文庫）p323

杜村 眞理子 もりむら・まりこ
母子草
　◇「「伊豆文学賞」優秀作品集 第8回」静岡新聞社 2005 p113
　◇「伊豆の歴史を歩く」羽衣出版 2006（伊豆文学賞歴史小説傑作集）p115

森村 怜 もりむら・れい
エピファネイア（公現祭）
　◇「ゆきのまち幻想文学賞小品集 25」企画集団ぷりずむ 2015 p95
君帰入口
　◇「ゆきのまち幻想文学賞小品集 17」企画集団ぷりずむ 2008 p174
雪迎え
　◇「ゆきのまち幻想文学賞小品集 14」企画集団ぷりずむ 2005 p62
SNOW COUNTRY TALES
　◇「ゆきのまち幻想文学賞小品集 23」企画集団ぷりずむ 2014 p192

森本 和子 もりもと・かずこ
百点を十回とれば
　◇「朗読劇台本集 4」玉川大学出版部 2002 p79

森本 ねこ もりもと・ねこ
人は死んだら電柱になる
　◇「人は死んだら電柱になる—電柱アンソロジー」遠すぎる未来団 2014 p115

森本 正昭 もりもと・まさあき
新・松山鏡
　◇「全作家短編集 15」のべる出版企画 2016 p19

森谷 明子 もりや・あきこ（1961～）
糸織草子
　◇「ザ・ベストミステリーズ—推理小説年鑑 2006」講談社 2006 p333
　◇「曲げられた真相」講談社 2009（講談社文庫）p203
霜降―花薄光る。
　◇「ミステリーズ！ extra—《ミステリ・フロンティア》特集」東京創元社 2004 p4
少しの幸運
　◇「ミステリ★オールスターズ」角川書店 2010 p197
　◇「ミステリ・オールスターズ」角川書店 2012（角川文庫）p231
ラブ・ミー・テンダー
　◇「エール！ 3」実業之日本社 2013（実業之日本社文庫）p89

守矢 帝 もりや・みかど
冷たい夏
　◇「本格推理 10」光文社 1997（光文社文庫）p251

森山 一兵 もりやま・いっぺい
畑堂任（バツトンニム）
　◇「近代朝鮮文学日本語作品集1939～1945 創作篇 4」緑蔭書房 2001 p329

森山 うたろ もりやま・うたろ
幼馴染み
　◇「ショートショートの広場 13」講談社 2002（講談社文庫）p66

森山 栄三 もりやま・えいぞう
楠若葉の島
　◇「ハンセン病文学全集 8」皓星社 2006 p537

森山 啓 もりやま・けい（1904～1991）
野菊の露
　◇「剣鬼らの饗宴」光風社出版 1998（光風社文庫）p359

森山 透 もりやま・とおる
風呂敷包み
　◇「現代作家代表作選集 9」鼎書房 2015 p137

森山 東 もりやま・ひがし（1958～）
生きじびき
　◇「辞書、のような物語。」大修館書店 2013 p107
衿替
　◇「京都宵」光文社 2008（光文社文庫）p237
鑑
　◇「超短編の世界 vol.2」創英社 2009 p105
口づけ
　◇「超短編の世界 vol.3」創英社 2011 p19
クリスマスまでに
　◇「超短編の世界 vol.3」創英社 2011 p13
子供の病気
　◇「超短編の世界 vol.2」創英社 2009 p104

今昔物語異聞
◇『超短編の世界』創英社 2008 p26
シベリアの猫
◇『超短編の世界』創英社 2008 p28
約束
◇『物語のルミナリエ』光文社 2011（光文社文庫）p269

森山 雅史　もりやま・まさし
愛情úss
◇「ショートショートの広場 9」講談社 1998（講談社文庫）p16

森脇 辰彦　もりわき・たつひこ
エトス——ethos
◇『創作脚本集—60周年記念』岡山県高等学校演劇協議会 2011（おかやまの高校演劇）p91

諸井 佳文　もろい・よしぶみ
Ribbon
◇「ひらく—第15回フェリシモ文学賞」フェリシモ 2012 p164

両角 長彦　もろずみ・たけひこ（1960〜）
宇宙の修行者
◇「SF宝石—ぜーんぶ！　新作読み切り」光文社 2013 p285
帰れない理由
◇「ショートショートの広場 18」講談社 2006（講談社文庫）p32
かたづけられない
◇「ショートショートの広場 16」講談社 2005（講談社文庫）p26
この手500万
◇『ザ・ベストミステリーズ—推理小説年鑑 2012』講談社 2012 p255
◇「Junction運命の分岐点」講談社 2015（講談社文庫）p107
最後の光景
◇「ショートショートの広場 18」講談社 2006（講談社文庫）p208
そうだよなあ
◇「ショートショートの広場 20」講談社 2008（講談社文庫）p182
頼れるカーナビ
◇『短篇ベストコレクション—現代の小説 2016』徳間書店 2016（徳間文庫）p537
なかみがでちゃう
◇「ショートショートの広場 13」講談社 2002（講談社文庫）p36
にんげんじゃないもん
◇「憑きびと—『読楽』ホラー小説アンソロジー」徳間書店 2016（徳間文庫）p295
不可触
◇『ザ・ベストミステリーズ—推理小説年鑑 2015』講談社 2015 p295
ふたつと同じ結晶は
◇「ゆきのまち幻想文学賞小品集 13」企画集団ぷりずむ 2004 p120
蛇の箱
◇「SF宝石—すべて新作読み切り！　2015」光文社 2015 p230
わが家の伝統
◇「ショートショートの広場 18」講談社 2006（講談社文庫）p147

諸田 玲子　もろた・れいこ（1954〜）
打役
◇「江戸夕しぐれ—市井稼業小説傑作選」学研パブリッシング 2011（学研M文庫）p219
似非侍
◇「夏しぐれ—時代小説アンソロジー」角川書店 2013（角川文庫）p115
お蝶
◇「花ふぶき—時代小説傑作選」角川春樹事務所 2004（ハルキ文庫）p41
女たらし
◇「代表作時代小説 平成20年度」光文社 2008 p35
紙漉
◇「江戸めぐり雨」学研パブリッシング 2014（学研M文庫）p149
川沿いの道
◇「代表作時代小説 平成19年度」光文社 2007 p413
雲助の恋
◇「浮き世草紙—女流時代小説傑作選」角川春樹事務所 2002（ハルキ文庫）p85
◇「江戸色恋坂—市井情話傑作選」学習研究社 2005（学研M文庫）p347
黒豆
◇「短篇ベストコレクション—現代の小説 2008」徳間書店 2008（徳間文庫）p41
瞽女の顔
◇「捨て子稲荷—時代アンソロジー」祥伝社 1999（祥伝社文庫）p75
地獄の目利き
◇「撫子が斬る—女性作家捕物帳アンソロジー」光文社 2005（光文社文庫）p621
◇「江戸の名探偵—時代推理傑作選」徳間書店 2009（徳間文庫）p213
子竜
◇「代表作時代小説 平成17年度」光文社 2005 p381
千客万来
◇「合わせ鏡—女流時代小説傑作選」角川春樹事務所 2003（ハルキ文庫）p81
大兵政五郎
◇「代表作時代小説 平成13年度」光風社出版 2001 p265
高輪泉岳寺
◇「異色忠臣蔵大傑作集」講談社 1999 p443
蓼食う虫も
◇「代表作時代小説 平成25年度」光文社 2013 p351
釜中の魚
◇「異色歴史短篇傑作大全」講談社 2003 p397

◇「江戸三百年を読む―傑作時代小説 シリーズ江戸学 下」角川学芸出版 2009（角川文庫）p85
蛍の行方―お鳥見女房
◇「代表作時代小説 平成14年度」光風社出版 2002 p175
やどかりびと
◇「代表作時代小説 平成23年度」光文社 2011 p331
よりにもよって
◇「代表作時代小説 平成21年度」光文社 2009 p169

諸星 大二郎 もろほし・だいじろう（1949〜）
加奈の失踪
◇「折り紙衛星の伝説」東京創元社 2015（創元SF文庫）p333
生物都市
◇「70年代日本SFベスト集成 4」筑摩書房 2015（ちくま文庫）p83
百鬼夜行イン
◇「妖怪変化―京極堂トリビュート」講談社 2007 p315
不安の立像
◇「70年代日本SFベスト集成 3」筑摩書房 2015（ちくま文庫）p229

門賀 美央子 もんが・みおこ（1971〜）
深川七不思議（伊東潮花〔口演〕）
◇「あやかしの深川―受け継がれる怪異な土地の物語」猿江商會 2016 p22

門前 清一 もんぜん・せいいち
贖罪
◇「ショートショートの花束 5」講談社 2013（講談社文庫）p61

門前 典之 もんぜん・のりゆき（1957〜）
神々の大罪
◇「ミステリ★オールスターズ」角川書店 2010 p349
◇「ミステリ・オールスターズ」角川書店 2012（角川文庫）p403
天空からの死者
◇「不可能犯罪コレクション」原書房 2009（ミステリー・リーグ）p179

門田 充宏 もんでん・みつひろ（1967〜）
風牙―第五回創元SF短編賞受賞作
◇「さよならの儀式」東京創元社 2014（創元SF文庫）p549

文部省 もんぶしょう
呉鳳
◇「日本統治期台湾文学集成 27」緑蔭書房 2007 p327
◇「日本統治期台湾文学集成 27」緑蔭書房 2007 p351

文部省音楽取締掛 もんぶしょうおんがくとりしまりかかり
小学唱歌集
◇「新日本古典文学大系 明治編 11」岩波書店 2006 p97

門馬 昌道 もんま・まさみち（1958〜）
ハートエイド
◇「かわいい―第16回フェリシモ文学賞優秀作品集」フェリシモ 2013 p52

紋屋 ノアン もんや・のあん
真夜中の潜水艇
◇「ゆきのまち幻想文学賞小品集 20」企画集団ぷりずむ 2011 p151

【 や 】

やいね さや
裏切り
◇「ショートショートの広場 17」講談社 2005（講談社文庫）p98
リストラ
◇「ショートショートの広場 18」講談社 2006（講談社文庫）p22

八重瀬 けい やえせ・けい
茶毘
◇「現代作家代表作選集 8」鼎書房 2014 p111

矢川 澄子 やがわ・すみこ（1930〜2002）
ヴッケル氏とその犬
◇「戦後短篇小説再発見 18」講談社 2004（講談社文芸文庫）p41

八木 圭一 やぎ・けいいち（1979〜）
愛国発、地獄行きの切符
◇「5分で読める！ ひと駅ストーリー 旅の話」宝島社 2015（宝島社文庫）p309
あちらのお客様からの…
◇「5分で読める！ ひと駅ストーリー 本の物語」宝島社 2014（宝島社文庫）p229
"けあらし"に潜む殺意
◇「10分間ミステリー THE BEST」宝島社 2016（宝島社文庫）p291

八木 健威 やぎ・けんい
水の記憶
◇「本格推理 13」光文社 1998（光文社文庫）p187

八木 重吉 やぎ・じゅうきち（1898〜1927）
あめの日
◇「きのこ文学名作選」港の人 2010 p137
富子、お前に逢いたい、早く来てくれ≫八木登美子
◇「日本人の手紙 6」リブリオ出版 2004 p119
花がふつてくると思ふ／母の瞳／蟲
◇「涙の百年文学―もう一度読みたい」太陽出版 2009 p306

矢樹 純 やぎ・じゅん（1976〜）
ずっと、欲しかった女の子

やき

- ◇「もっとすごい！10分間ミステリー」宝島社 2013（宝島社文庫）p145
- ◇「5分で凍る！ぞっとする怖い話」宝島社 2015（宝島社文庫）p161
- ◇「10分間ミステリー THE BEST」宝島社 2016（宝島社文庫）p193

通快バタフライエフェクト
- ◇「5分で読める！ひと駅ストーリー 乗車編」宝島社 2012（宝島社文庫）p57

八木 ナガハル　やぎ・ながはる
無限登山
- ◇「量子回廊—年刊日本SF傑作選」東京創元社 2010（創元SF文庫）p381

八木 義徳　やぎ・よしのり（1911〜1999）
青い儀式
- ◇「戦後短篇小説再発見 13」講談社 2003（講談社文芸文庫）p203

海豹
- ◇「早稲田作家処女作集」講談社 2012（講談社文芸文庫）p268

異物
- ◇「幸せな哀しみの話」文藝春秋 2009（文春文庫）p341

かわさき文学賞コンクールの三十年
- ◇「かわさきの文学—かわさき文学賞50年記念作品集 2009年」審美社 2009 p259

紫竹と梅の花
- ◇「山形県文学全集第1期（小説編）5」郷土出版社 2004 p524

処女作の思い出
- ◇「早稲田作家処女作集」講談社 2012（講談社文芸文庫）p296

母子鎮魂
- ◇「戦後占領期短篇小説コレクション 1」藤原書店 2007 p237

劉広福
- ◇「コレクション戦争と文学 16」集英社 2012 p228

八木 隆一郎　やぎ・りゅういちろう（1906〜1965）
狐飛脚
- ◇「日本舞踊舞踊劇選集」西川会 2002 p801

八木原 一恵　やぎはら・かずえ
ラジエール
- ◇「妖（あやかし）がささやく」翠琥出版 2015 p63

矢桐 重八　やきり・じゅうはち（1930〜2013）
幽霊陰陽師
- ◇「捕物時代小説選集 5」春陽堂書店 2000（春陽文庫）p100

妖異お告げ狸
- ◇「捕物時代小説選集 3」春陽堂書店 2000（春陽文庫）p214

八切 止夫　やぎり・とめお（1916〜1987）
ごますり大名
- ◇「風の中の剣士」光風社出版 1998（光風社文庫）p75

寸法武者
- ◇「八百八町春爛漫」光風社出版 1998（光風社文庫）p75

だるま吉五郎
- ◇「血しぶき街道」光風社出版 1998（光風社文庫）p161

南方探偵局
- ◇「外地探偵小説集 南方篇」せらび書房 2010 p151

耶止 説夫　やぎり・とめお
⇒八切止夫（やぎり・とめお）を見よ

矢口 絢葉　やぐち・けんよう
透明を探す
- ◇「ゆきのまち幻想文学賞小品集 15」企画集団ぶりずむ 2006 p139

矢口 慧　やぐち・さとり
ここにいる
- ◇「てのひら怪談—ビーケーワン怪談大賞傑作選 壬辰」ポプラ社 2012（ポプラ文庫）p102

今年から、雪に林檎が香る理由
- ◇「ゆきのまち幻想文学賞小品集 17」企画集団ぶりずむ 2008 p127

『幸せにね』
- ◇「てのひら怪談—ビーケーワン怪談大賞傑作選 辛卯」ポプラ社 2011（ポプラ文庫）p44

矢口 史靖　やぐち・しのぶ（1967〜）
逢いたくて逢いたくて
- ◇「歌謡曲だよ、人生は—映画監督短編集」メディアファクトリー 2007 p153

スウィングガールズ
- ◇「年鑑代表シナリオ集 '04」シナリオ作家協会 2005 p113

矢口 泰介　やぐち・たいすけ
好ききらい禁止法
- ◇「ショートショートの広場 10」講談社 2000（講談社文庫）p18

矢口 知矢　やぐち・ともや
キリギリスのうた
- ◇「ショートショートの花束 7」講談社 2015（講談社文庫）p87

見えない少女
- ◇「ショートショートの花束 6」講談社 2014（講談社文庫）p118

薬丸 岳　やくまる・がく（1969〜）
オムライス
- ◇「ザ・ベストミステリーズ—推理小説年鑑 2007」講談社 2007 p305
- ◇「MARVELOUS MYSTERY」講談社 2010（講談社文庫）p307

休日
- ◇「ザ・ベストミステリーズ—推理小説年鑑 2010」

講談社 2010 p405
◇「Logic真相への回廊」講談社 2013（講談社文庫）p5

黒い履歴
◇「ザ・ベストミステリーズ―推理小説年鑑 2008」講談社 2008 p335
◇「Doubtきりのない疑惑」講談社 2011（講談社文庫）p5

黄昏
◇「所轄―警察アンソロジー」角川春樹事務所 2016（ハルキ文庫）p7

償い
◇「現場に臨め」光文社 2010（Kappa novels）p367
◇「現場に臨め」光文社 2014（光文社文庫）p521

ハートレス
◇「ザ・ベストミステリーズ―推理小説年鑑 2009」講談社 2009 p355
◇「Spiralめくるめく謎」講談社 2012（講談社文庫）p417

不惑
◇「デッド・オア・アライヴ―江戸川乱歩賞作家アンソロジー」講談社 2013 p5
◇「ザ・ベストミステリーズ―推理小説年鑑 2014」講談社 2014 p299
◇「デッド・オア・アライヴ」講談社 2014（講談社文庫）p9

八雲 滉　やくも・ひろし（1921〜）

新釈娘道成寺
◇「怪奇・伝奇時代小説選集 6」春陽堂書店 2000（春陽文庫）p27

八坂 通武　やさか・みちたけ

舞曲に擬して作る
◇「新日本古典文学大系 明治編 12」岩波書店 2001 p7

矢崎 昭盛　やざき・あきもり

欲
◇「成城・学校劇脚本集」成城学園初等学校出版部 2002（成城学園初等学校研究双書）p159

矢崎 存美　やざき・ありみ（1964〜）

あたしの家
◇「キネマ・キネマ」光文社 2002（光文社文庫）p115

生きている鏡
◇「変身」廣済堂出版 1998（廣済堂文庫）p133

ウミガメの夢
◇「ひとにぎりの異形」光文社 2007（光文社文庫）p521

グリーンベルト
◇「チャイルド」廣済堂出版 1998（廣済堂文庫）p15

幸福
◇「悪夢が嗤う瞬間」勁文社 1997（ケイブンシャ文庫）p112

笑面
◇「恐怖のKA・TA・CHI」双葉社 2001（双葉文庫）p327

その橋の袂で
◇「物語のルミナリエ」光文社 2011（光文社文庫）p307

誕生
◇「悪夢が嗤う瞬間」勁文社 1997（ケイブンシャ文庫）p184

願う少女
◇「俳優」廣済堂出版 1999（廣済堂文庫）p263

はなのゆくえ
◇「SFバカ本 黄金スパム篇」メディアファクトリー 2000 p43
◇「笑止―SFバカ本ナンセンス集」小学館 2006（小学館文庫）p241

片頭痛の恋
◇「SFバカ本 人類復活篇」メディアファクトリー 2001 p103
◇「笑止―SFバカ本シュール集」小学館 2007（小学館文庫）p307

矢崎麗夜の夢日記
◇「喜劇綺劇」光文社 2009（光文社文庫）p261

柔らかな奇跡
◇「夏のグランドホテル」光文社 2003（光文社文庫）p375

夜の味
◇「悪夢が嗤う瞬間」勁文社 1997（ケイブンシャ文庫）p164

冷蔵庫の中で
◇「雪女のキス」光文社 2000（カッパ・ノベルス）p221

野咲 野良　やさき・のら

爪に爪なし猫に爪あり
◇「かわいい―第16回フェリシモ文学賞優秀作品集」フェリシモ 2013 p89

屋敷 あずさ　やしき・あずさ

血天井
◇「てのひら怪談―ビーケーワン怪談大賞傑作選 辛卯」ポプラ社 2011（ポプラ文庫）p84

つゆくさ
◇「てのひら怪談―ビーケーワン怪談大賞傑作選 庚寅」ポプラ社 2010（ポプラ文庫）p144

椰子野 郷　やしの・ごう

ボイスコントロール
◇「ショートショートの広場 12」講談社 2001（講談社文庫）p142

矢島 忠　やじま・ちゅう（1924〜）

鳥海
◇「ハンセン病文学全集 8」皓星社 2006 p491

八島 徹　やしま・とおる

三方一両得
◇「ショートショートの広場 19」講談社 2007（講談社文庫）p232

やしま

矢島 文夫 やじま・ふみお（1928〜2006）
クマルビの神話
◇「鉱物」国書刊行会 1997（書物の王国）p131

矢島 誠 やじま・まこと（1954〜）
かえらない夜
◇「セブンス・アウト―悪夢七夜」童夢舎 2000（Doumノベル）p59
くりかえす夢
◇「恐怖館」青樹社 1999（青樹社文庫）p31
時を奪う者
◇「傑作・推理ミステリー10番勝負」永岡書店 1999 p9
中庭の出来事
◇「傑作・推理ミステリー10番勝負」永岡書店 1999 p205
花いちもんめ―そして誰もいなくなる
◇「妖かしの宴―わらべ唄の呪い」PHP研究所 1999（PHP文庫）p47

矢島 正雄 やじま・まさお（1950〜）
実験
◇「読んで演じたくなるゲキの本 中学生版」幻冬舎 2006 p109
零のかなたへ〜THE WINDS OF GOD〜
◇「テレビドラマ代表作選集 2006年版」日本脚本家連盟 2006 p33

矢島 麟太郎 やじま・りんたろう
さわがしい兇器
◇「本格推理 11」光文社 1997（光文社文庫）p167

屋代 浩二郎 やしろ・こうじろう（1931〜）
杉本茂十郎
◇「紅蓮の翼―異彩時代小説秀作撰」叢文社 2007 p107

靖 邦子 やす・くにこ
最後の庭
◇「むすぶ―第11回フェリシモ文学賞作品集」フェリシモ 2008 p165

安井 多恵子 やすい・たえこ
アレキシサイミアの父と
◇「万華鏡―第14回フェリシモ文学賞作品集」フェリシモ 2011 p80

泰雄 やすお
九月の詩壇（合評）（朱耀翰／豊太郎／福督／梨雨公／X／簾吉／浮島）
◇「近代朝鮮文学日本語作品集1908〜1945 セレクション 5」緑蔭書房 2008 p37
五月の詩壇（合評）（朱耀翰／簾吉／浮島／豊太郎／福督／梨雨公／X）
◇「近代朝鮮文学日本語作品集1908〜1945 セレクション 5」緑蔭書房 2008 p19
三月の詩壇（合評）（朱耀翰／豊太郎／福督／梨雨公／X）
◇「近代朝鮮文学日本語作品集1908〜1945 セレクション 5」緑蔭書房 2008 p9
四月の詩壇（合評）（朱耀翰／豊太郎／福督／梨雨公／X／簾吉／浮島）
◇「近代朝鮮文学日本語作品集1908〜1945 セレクション 5」緑蔭書房 2008 p13
七月の詩壇（朱耀翰／豊太郎／福督／梨雨公／X）
◇「近代朝鮮文学日本語作品集1908〜1945 セレクション 5」緑蔭書房 2008 p29
十月の詩壇（合評）（朱耀翰／豊太郎／福督／梨雨公／X／簾吉／浮島）
◇「近代朝鮮文学日本語作品集1908〜1945 セレクション 5」緑蔭書房 2008 p39
八月の詩壇（合評）（朱耀翰／豊太郎／福督／梨雨公／X）
◇「近代朝鮮文学日本語作品集1908〜1945 セレクション 5」緑蔭書房 2008 p33
六月の詩壇（合評）（朱耀翰／簾吉／浮島／豊太郎／福督／梨雨公／X）
◇「近代朝鮮文学日本語作品集1908〜1945 セレクション 5」緑蔭書房 2008 p23

安岡 章太郎 やすおか・しょうたろう（1920〜2013）
愛玩
◇「戦後短篇小説再発見 4」講談社 2001（講談社文芸文庫）p9
陰気な愉しみ
◇「私小説名作選 下」講談社 2012（講談社文芸文庫）p78
海辺の光景
◇「新装版 全集現代文学の発見 5」學藝書林 2003 p292
伯父の墓地
◇「川端康成文学賞全作品 2」新潮社 1999 p187
◇「文士の意地―車谷長吉撰短篇小説輯 下巻」作品社 2005 p220
カーライルの家
◇「文学 2003」講談社 2003 p97
ガラスの靴
◇「短編で読む恋愛・家族」中部日本教育文化会 1998 p153
◇「新装版 全集現代文学の発見 15」學藝書林 2005 p176
◇「戦後占領期短篇小説コレクション 6」藤原書店 2007 p125
◇「第三の新人名作選」講談社 2011（講談社文芸文庫）p293
◇「コレクション戦争と文学 10」集英社 2012 p256
サアカスの馬
◇「魂がふるえるとき」文藝春秋 2004（文春文庫）p141
◇「教科書名短篇 少年時代」中央公論新社 2016（中公文庫）p87
逆立

◇「三田文学短篇選」講談社 2010（講談社文芸文庫）p196
質屋の女房
◇「ことばの織物―昭和短篇珠玉選 2」蒼丘書林 1998 p233
◇「日本文学全集 27」河出書房新社 2017 p81
球の行方
◇「時よとまれ、君は美しい―スポーツ小説名作集」角川書店 2007（角川文庫）p103
◇「日本文学100年の名作 6」新潮社 2015（新潮文庫）p439
何よりも耐え難いのは、古い友人に死なれることだ≫遠藤周作
◇「日本人の手紙 9」リブリオ出版 2004 p224
秘密
◇「怪獣」国書刊行会 1998（書物の王国）p111
緑色の豚
◇「恐怖の花」ランダムハウス講談社 2007 p257
夕陽の河岸
◇「現代小説クロニクル 1990〜1994」講談社 2015（講談社文芸文庫）p71
離島にて
◇「戦後短篇小説選―『世界』1946-1999 5」岩波書店 2000 p51

安岡 由紀子　やすおか・ゆきこ
イオ
◇「宇宙塵傑作選―日本SFの軌跡 2」出版芸術社 1997 p199

安川 朝子　やすかわ・あさこ
ふすまの向こう側
◇「ひらく―第15回フェリシモ文学賞」フェリシモ 2012 p46

八杉 将司　やすぎ・まさよし（1972〜）
うつろなテレポーター
◇「虚構機関―年刊日本SF傑作選」東京創元社 2008（創元SF文庫）p319
産おと
◇「未来妖怪」光文社 2008（光文社文庫）p103
俺たちの冥福
◇「心霊理論」光文社 2007（光文社文庫）p193
夏がきた
◇「ひとにぎりの異形」光文社 2007（光文社文庫）p268
ぼくの時間、きみの時間
◇「物語のルミナリエ」光文社 2011（光文社文庫）p131
娘の望み
◇「進化論」光文社 2006（光文社文庫）p141

安田 墩　やすだ・とん
懸賞鐵道小説特選作 職場に生きる
◇「日本統治期台湾文学集成 22」緑蔭書房 2007 p137

安田 均　やすだ・ひとし（1950〜）
ゲームにおけるクトゥルフ
◇「秘神界 歴史編」東京創元社 2002（創元推理文庫）p705
放浪王の帰還
◇「月の舞姫」富士見書房 2001（富士見ファンタジア文庫）p169

安田 洋平　やすだ・ようへい
相談所
◇「ショートショートの花束 1」講談社 2009（講談社文庫）p68

保田 與重郎　やすだ・よじゅうろう（1910〜1981）
日本の橋
◇「新装版 全集現代文学の発見 11」學藝書林 2004 p396
日本浪曼派のために
◇「創刊一〇〇年三田文学名作選」三田文学会 2010 p476
文芸の大衆化について
◇「「日本浪曼派」集」新学社 2007（新学社近代浪漫派文庫）p82

ヤスダハル
万年筆の催眠術
◇「ゆれる―第12回フェリシモ文学賞作品集」フェリシモ 2009 p147

安成 美純　やすなり・よしずみ
選抜
◇「ショートショートの広場 16」講談社 2005（講談社文庫）p59

安原 輝彦　やすはら・てるひこ
寒ブリ
◇「日本海文学大賞―大賞作品集 3」日本海文学大賞運営委員会 2007 p453

安水 稔和　やすみず・としかず（1931〜）
頭のなかの小さな土地
◇「新装版 全集現代文学の発見 13」學藝書林 2004 p529
恐ろしいのは
◇「新装版 全集現代文学の発見 13」學藝書林 2004 p533
言葉
◇「新装版 全集現代文学の発見 13」學藝書林 2004 p535
言葉と動作
◇「新装版 全集現代文学の発見 13」學藝書林 2004 p533
魚
◇「新装版 全集現代文学の発見 13」學藝書林 2004 p529
たとえば今日は
◇「新装版 全集現代文学の発見 13」學藝書林 2004 p535

たどる
　◇「新装版 全集現代文学の発見 13」學藝書林 2004 p536
遅刻しなかった・遅刻しない
　◇「新装版 全集現代文学の発見 13」學藝書林 2004 p530
動詞の話
　◇「新装版 全集現代文学の発見 13」學藝書林 2004 p531
鳥
　◇「新装版 全集現代文学の発見 13」學藝書林 2004 p528
花火
　◇「新装版 全集現代文学の発見 13」學藝書林 2004 p533
はみだすことを
　◇「新装版 全集現代文学の発見 13」學藝書林 2004 p534
真夏に真夏の詩を
　◇「新装版 全集現代文学の発見 13」學藝書林 2004 p536
罠のなか
　◇「新装版 全集現代文学の発見 13」學藝書林 2004 p532
笑い
　◇「新装版 全集現代文学の発見 13」學藝書林 2004 p531

安室 昌代　やすむろ・まさよ
アクシデント・アイランド
　◇「小学校・全員参加の楽しい学級劇・学年劇脚本集 中学年」黎明書房 2006 p162

矢田 挿雲　やだ・そううん（1882～1961）
海嘯が生んだ怪談
　◇「あやかしの深川―受け継がれる怪異な土地の物語」猿江商會 2016 p274

矢田 津世子　やだ・つせこ（1907～1944）
茶粥の記
　◇「日本文学100年の名作 3」新潮社 2014（新潮文庫）p447
　◇「味覚小説名作集」光文社 2016（光文社文庫）p39

矢多 真沙香　やだ・まさか
優秀賞
　◇「競作五十円玉二十枚の謎」東京創元社 2000（創元推理文庫）p185

矢田部 良吉　やたべ・りょうきち（1851～1899）
ハムレット
　◇「新日本古典文学大系 明治編 12」岩波書店 2001 p10

谷津 矢車　やつ・やぐるま（1986～）
紀尾井坂の残照
　◇「代表作時代小説 平成26年度」光文社 2014 p397

八塚 顔高　やつか・かおたか
みんなの願い
　◇「ショートショートの広場 8」講談社 1997（講談社文庫）p115

梛月 美智子　やづき・みちこ（1970～）
イモリのしっぽ
　◇「Teen Age」双葉社 2004 p131
ゴールデンアスク
　◇「本をめぐる物語―小説よ、永遠に」KADOKAWA 2015（角川文庫）p115
三泊四日のサマーツアー
　◇「ひとなつの。―真夏に読みたい五つの物語」KADOKAWA 2014（角川文庫）p83
デイドリーム オブ クリスマス
　◇「ラブソングに飽きたら」幻冬舎 2015（幻冬舎文庫）p45

矢富 彦二郎　やとみ・ひこじろう
笄井戸
　◇「松江怪談―新作怪談 松江物語」今井印刷 2015 p102

宿里 禮子　やどり・れいこ
吾亦紅
　◇「ハンセン病文学全集 8」皓星社 2006 p534

柳井 寛　やない・かん
日かげぐさ
　◇「日本海文学大賞―大賞作品集 2」日本海文学大賞運営委員会 2007 p79

柳井 祥緒　やない・さちお（1979～）
花と魚
　◇「優秀新人戯曲集 2012」ブロンズ新社 2011 p265

柳井 蘭子　やない・らんこ
魚の夢
　◇「ゆきのまち幻想文学賞小品集 12」企画集団ぷりずむ 2003 p131

矢内 りんご　やない・りんご
牛殺し
　◇「てのひら怪談―ビーケーワン怪談大賞傑作選 百怪繚乱篇」ポプラ社 2008 p222
閲覧者
　◇「リトル・リトル・クトゥルー―史上最小の神話小説集」学習研究社 2009 p140
怪談サイトの怪
　◇「てのひら怪談―ビーケーワン怪談大賞傑作選」ポプラ社 2007 p96
　◇「てのひら怪談―ビーケーワン怪談大賞傑作選」ポプラ社 2008（ポプラ文庫）p100
緑の碑文
　◇「リトル・リトル・クトゥルー―史上最小の神話小説集」学習研究社 2009 p106
火傷と根付
　◇「てのひら怪談―ビーケーワン怪談大賞傑作選」ポプラ社 2007 p66

◇「てのひら怪談―ビーケーワン怪談大賞傑作選」ポプラ社 2008（ポプラ文庫）p66

柳川 春葉　やながわ・しゅんよう（1877〜1918）

怪物屋敷
◇「文豪怪談傑作選 特別編」筑摩書房 2007（ちくま文庫）p154

神の裁判
◇「天変動く大震災と作家たち」インパクト出版会 2011（インパクト選書）p46

青銅鬼
◇「文豪怪談傑作選 特別編」筑摩書房 2007（ちくま文庫）p162

一つ枕
◇「文豪怪談傑作選 特別編」筑摩書房 2007（ちくま文庫）p160

柳 広司　やなぎ・こうじ（1967〜）

カランポーの悪魔
◇「名探偵の奇跡」光文社 2007（Kappa novels）p373
◇「名探偵の奇跡」光文社 2010（光文社文庫）p473

熊王ジャック
◇「本格ミステリー二〇〇七年本格短編ベスト・セレクション 07」講談社 2007（講談社ノベルス）p11
◇「ザ・ベストミステリーズ―推理小説年鑑 2007」講談社 2007 p377
◇「ULTIMATE MYSTERY―究極のミステリー、ここにあり」講談社 2010（講談社文庫）p67
◇「法廷ジャックの心理学―本格短編ベスト・セレクション」講談社 2011（講談社文庫）p11

雲の南
◇「本格ミステリ 2005」講談社 2005（講談社ノベルス）p211
◇「大きな棺の小さな鍵―本格短編ベスト・セレクション」講談社 2009（講談社文庫）p313

失楽園
◇「ベスト本格ミステリ 2012」講談社 2012（講談社ノベルス）p235
◇「探偵の殺される夜―本格短編ベスト・セレクション」講談社 2016（講談社文庫）p329

すーぱー・すたじあむ
◇「あの日、君と Boys」集英社 2012（集英社文庫）p255

日本推理作家協会賞殺人事件
◇「短篇ベストコレクション―現代の小説 2010」徳間書店 2010（徳間文庫）p341

百万のマルコ
◇「本格ミステリ 2003」講談社 2003（講談社ノベルス）p99
◇「論理学園事件帳―本格短編ベスト・セレクション」講談社 2007（講談社文庫）p129

ろくろ首
◇「暗闇を見よ」光文社 2010（Kappa novels）p311
◇「暗闇を見よ」光文社 2015（光文社文庫）p425

ロビンソン
◇「本格ミステリー二〇〇九年本格短編ベスト・セレクション 09」講談社 2009（講談社ノベルス）p117
◇「空飛ぶモルグ街の研究―本格短編ベスト・セレクション」講談社 2013（講談社文庫）p163

柳 霧津子　やなぎ・むつこ

一大決心
◇「ショートショートの花束 8」講談社 2016（講談社文庫）p188

柳 宗悦　やなぎ・むねよし（1889〜1961）

手仕事の日本（抄）
◇「山形県文学全集第2期（随筆・紀行編）3」郷土出版社 2005 p130

柳迫 国広　やなぎさこ・くにひろ

生きがい
◇「ショートショートの広場 9」講談社 1998（講談社文庫）p78

いたずら
◇「ショートショートの広場 13」講談社 2002（講談社文庫）p153

黒ずくめの医者
◇「ショートショートの広場 8」講談社 1997（講談社文庫）p107

柳澤 健　やなぎさわ・けん（1889〜1953）

同胞と非同胞
◇「天変動く大震災と作家たち」インパクト出版会 2011（インパクト選書）p175

柳澤 学　やなぎさわ・まなぶ

四十七
◇「高校演劇Selection 2005 上」晩成書房 2007 p7

柳田 國男　やなぎた・くにお（1875〜1962）

兄嫁の思い出
◇「ちくま日本文学 15」筑摩書房 2008（ちくま文庫）p434

尼子氏
◇「文豪怪談傑作選 柳田國男集」筑摩書房 2007（ちくま文庫）p221

ある神秘な暗示
◇「文豪怪談傑作選 柳田國男集」筑摩書房 2007（ちくま文庫）p324

あわれなる浪
◇「文豪怪談傑作選 柳田國男集」筑摩書房 2007（ちくま文庫）p369

家の寿命
◇「ちくま日本文学 15」筑摩書房 2008（ちくま文庫）p440

生きているかと思う場合多かりし事
◇「ちくま日本文学 15」筑摩書房 2008（ちくま文庫）p198

池袋の石打と飛騨の牛蒡種『巫女考』より
◇「文豪怪談傑作選 柳田國男集」筑摩書房 2007（ちくま文庫）p165

一人前の話
◇「ちくま日本文学 15」筑摩書房 2008（ちくま文

今も少年の往々にして神に隠さるる事
　◇「ちくま日本文学 15」筑摩書房 2008（ちくま文庫）p145

兎の耳
　◇「ちくま日本文学 15」筑摩書房 2008（ちくま文庫）p231

嘘を加味した怪談
　◇「文豪怪談傑作選 柳田國男集」筑摩書房 2007（ちくま文庫）p10

ウソと子供
　◇「ちくま日本文学 15」筑摩書房 2008（ちくま文庫）p341

内郷村の竹串
　◇「文豪怪談傑作選 柳田國男集」筑摩書房 2007（ちくま文庫）p93

姥甲斐ない
　◇「文豪怪談傑作選 柳田國男集」筑摩書房 2007（ちくま文庫）p212

姥ヶ火と勘五郎火
　◇「文豪怪談傑作選 柳田國男集」筑摩書房 2007（ちくま文庫）p218

馬の砂糖
　◇「ちくま日本文学 15」筑摩書房 2008（ちくま文庫）p234

うわなりの池
　◇「文豪怪談傑作選 柳田國男集」筑摩書房 2007（ちくま文庫）p208

絵具花
　◇「ちくま日本文学 15」筑摩書房 2008（ちくま文庫）p251

大庄屋の家に
　◇「ちくま日本文学 15」筑摩書房 2008（ちくま文庫）p444

岡田蒼溟著『動物界霊異誌』
　◇「文豪怪談傑作選 柳田國男集」筑摩書房 2007（ちくま文庫）p357

鬼の子の里に産れし事
　◇「ちくま日本文学 15」筑摩書房 2008（ちくま文庫）p211

己が命の早使
　◇「文豪怪談傑作選 特別編」筑摩書房 2007（ちくま文庫）p184

海上の道
　◇「日本文学全集 14」河出書房新社 2015 p55

怪談の研究
　◇「文豪怪談傑作選 柳田國男集」筑摩書房 2007（ちくま文庫）p9

怪談の書物
　◇「文豪怪談傑作選 柳田國男集」筑摩書房 2007（ちくま文庫）p12

学問はいまだこの不思議を解釈し得ざる事
　◇「ちくま日本文学 15」筑摩書房 2008（ちくま文庫）p220

影
　◇「文豪怪談傑作選 柳田國男集」筑摩書房 2007（ちくま文庫）p370

影取山の縁起
　◇「文豪怪談傑作選 柳田國男集」筑摩書房 2007（ちくま文庫）p214

籠の鶯
　◇「文豪怪談傑作選 柳田國男集」筑摩書房 2007（ちくま文庫）p368

河童
　◇「超短編アンソロジー」筑摩書房 2002（ちくま文庫）p157

河童駒引―『山島民譚集』より
　◇「河童のお弟子」筑摩書房 2014（ちくま文庫）p215

川童の話
　◇「河童のお弟子」筑摩書房 2014（ちくま文庫）p306

川童の渡り
　◇「河童のお弟子」筑摩書房 2014（ちくま文庫）p308

川童祭懐古
　◇「河童のお弟子」筑摩書房 2014（ちくま文庫）p330

神隠し
　◇「文豪怪談傑作選 柳田國男集」筑摩書房 2007（ちくま文庫）p326

神隠しに遭いやすき気質あるかと思う事
　◇「ちくま日本文学 15」筑摩書房 2008（ちくま文庫）p151

神隠しに奇異なる約束ありし事
　◇「ちくま日本文学 15」筑摩書房 2008（ちくま文庫）p185

神隠しの国
　◇「文豪怪談傑作選 柳田國男集」筑摩書房 2007（ちくま文庫）p13

かはたれ時
　◇「文豪怪談傑作選 柳田國男集」筑摩書房 2007（ちくま文庫）p307

饑饉の体験
　◇「ちくま日本文学 15」筑摩書房 2008（ちくま文庫）p426

狐の剃刀
　◇「ちくま日本文学 15」筑摩書房 2008（ちくま文庫）p242

魚王行乞譚
　◇「文豪怪談傑作選 柳田國男集」筑摩書房 2007（ちくま文庫）p175

『近世奇談全集』序言
　◇「文豪怪談傑作選 柳田國男集」筑摩書房 2007（ちくま文庫）p383

草の名と子供
　◇「ちくま日本文学 15」筑摩書房 2008（ちくま文庫）p227

草もみじ
　◇「文豪怪談傑作選 柳田國男集」筑摩書房 2007（ち

くま文庫）p375

熊谷弥惣左衛門の話
◇「文豪怪談傑作選 柳田國男集」筑摩書房 2007（ちくま文庫）p135

幻覚の実験
◇「文豪怪談傑作選 柳田國男集」筑摩書房 2007（ちくま文庫）p311

故郷を離れたころ
◇「ちくま日本文学 15」筑摩書房 2008（ちくま文庫）p406

故郷七十年（抄）
◇「文豪怪談傑作選 柳田國男集」筑摩書房 2007（ちくま文庫）p319
◇「ちくま日本文学 15」筑摩書房 2008（ちくま文庫）p406

ことに若き女のしばしば隠されし事
◇「ちくま日本文学 15」筑摩書房 2008（ちくま文庫）p193

酒田節
◇「山形県文学全集第2期（随筆・紀行編）2」郷土出版社 2005 p235

酒の飲みようの変遷
◇「ちくま日本文学 15」筑摩書房 2008（ちくま文庫）p287
◇「日本文学全集 14」河出書房新社 2015 p153

三途河の婆
◇「文豪怪談傑作選 柳田國男集」筑摩書房 2007（ちくま文庫）p229

死者に対する祖先の考え
◇「文豪怪談傑作選 柳田國男集」筑摩書房 2007（ちくま文庫）p98

這箇鏡花観
◇「文豪怪談傑作選 柳田國男集」筑摩書房 2007（ちくま文庫）p361

小児の言によって幽界を知らんとせし事
◇「ちくま日本文学 15」筑摩書房 2008（ちくま文庫）p156

昌文小学校のことなど
◇「ちくま日本文学 15」筑摩書房 2008（ちくま文庫）p416

唱門師の話
◇「被差別文学全集」河出書房新社 2016（河出文庫）p138

緒言
◇「ちくま日本文学 15」筑摩書房 2008 p227

鈴木鼓村著『耳の趣味』
◇「文豪怪談傑作選 柳田國男集」筑摩書房 2007（ちくま文庫）p348

鈴の森神社
◇「ちくま日本文学 15」筑摩書房 2008（ちくま文庫）p431

雀の袴
◇「ちくま日本文学 15」筑摩書房 2008（ちくま文庫）p238

鈴森神社

◇「文豪怪談傑作選 柳田國男集」筑摩書房 2007（ちくま文庫）p321

童摘みし里の子
◇「文豪怪談傑作選 柳田國男集」筑摩書房 2007（ちくま文庫）p367

清光館哀史
◇「ちくま日本文学 15」筑摩書房 2008（ちくま文庫）p14
◇「日本文学全集 14」河出書房新社 2015 p124

「西播怪談実記」など
◇「文豪怪談傑作選 柳田國男集」筑摩書房 2007（ちくま文庫）p329

関寺小町
◇「文豪怪談傑作選 柳田國男集」筑摩書房 2007（ちくま文庫）p232

せきのおば様
◇「文豪怪談傑作選 柳田國男集」筑摩書房 2007（ちくま文庫）p224

仙人出現の理由を研究すべき事
◇「ちくま日本文学 15」筑摩書房 2008（ちくま文庫）p163

祖先のこと
◇「文豪怪談傑作選 柳田國男集」筑摩書房 2007（ちくま文庫）p319
◇「ちくま日本文学 15」筑摩書房 2008（ちくま文庫）p428

大和尚に化けて廻国せし狸の事
◇「ちくま日本文学 15」筑摩書房 2008（ちくま文庫）p174

ダイダラ坊の足跡
◇「妖怪」国書刊行会 1999（書物の王国）p203

狸とデモノロジー
◇「文豪怪談傑作選 柳田國男集」筑摩書房 2007（ちくま文庫）p154

玉串の由緒
◇「文豪怪談傑作選 柳田國男集」筑摩書房 2007（ちくま文庫）p97

魂の行くえ
◇「文豪怪談傑作選 柳田國男集」筑摩書房 2007（ちくま文庫）p102

霊迎え精霊送り
◇「文豪怪談傑作選 柳田國男集」筑摩書房 2007（ちくま文庫）p100

小さき星
◇「文豪怪談傑作選 柳田國男集」筑摩書房 2007（ちくま文庫）p372

築地の老女石像
◇「文豪怪談傑作選 柳田國男集」筑摩書房 2007（ちくま文庫）p227

爪紅草
◇「ちくま日本文学 15」筑摩書房 2008（ちくま文庫）p264

涕泣史談
◇「ちくま日本文学 15」筑摩書房 2008（ちくま文庫）p304

東京への旅
◇「ちくま日本文学 15」筑摩書房 2008（ちくま文庫）p409
東京の印象
◇「ちくま日本文学 15」筑摩書房 2008（ちくま文庫）p412
同郷の人々
◇「ちくま日本文学 15」筑摩書房 2008（ちくま文庫）p453
遠野物語
◇「文豪怪談傑作選 柳田國男集」筑摩書房 2007（ちくま文庫）p24
◇「ちくま日本文学 15」筑摩書房 2008（ちくま文庫）p26
遠野物語（抄）
◇「文豪てのひら怪談」ポプラ社 2009（ポプラ文庫）p26
『遠野物語』より
◇「天変動く 大震災と作家たち」インパクト出版会 2011（インパクト選書）p73
◇「幻妖の水脈（みお）」筑摩書房 2013（ちくま文庫）p246
土俗の荒廃と葬儀
◇「文豪怪談傑作選 柳田國男集」筑摩書房 2007（ちくま文庫）p92
どら猫観察記 猫の島
◇「猫」中央公論新社 2009（中公文庫）p167
何を着ていたか
◇「日本文学全集 14」河出書房新社 2015 p141
女人の山に入る者多き事
◇「ちくま日本文学 15」筑摩書房 2008（ちくま文庫）p128
人間必ずしも住家を持たざる事
◇「ちくま日本文学 15」筑摩書房 2008（ちくま文庫）p116
布川のこと
◇「ちくま日本文学 15」筑摩書房 2008（ちくま文庫）p422
根岸守信編『耳袋』
◇「文豪怪談傑作選 柳田國男集」筑摩書房 2007（ちくま文庫）p336
猫の枕
◇「ちくま日本文学 15」筑摩書房 2008（ちくま文庫）p241
根の国の話
◇「日本文学全集 14」河出書房新社 2015 p94
念仏を感ずる池
◇「文豪怪談傑作選 柳田國男集」筑摩書房 2007（ちくま文庫）p206
念仏水由来
◇「文豪怪談傑作選 柳田國男集」筑摩書房 2007（ちくま文庫）p203
野辺の小草
◇「ちくま日本文学 15」筑摩書房 2008（ちくま文庫）p460

野辺のゆきゝ
◇「ちくま日本文学 15」筑摩書房 2008（ちくま文庫）p458
ハゴジャ
◇「ちくま日本文学 15」筑摩書房 2008（ちくま文庫）p256
発見と埋没と
◇「文豪怪談傑作選 柳田國男集」筑摩書房 2007（ちくま文庫）p317
母の里
◇「ちくま日本文学 15」筑摩書房 2008（ちくま文庫）p437
浜の月夜
◇「ちくま日本文学 15」筑摩書房 2008（ちくま文庫）p9
一目小僧
◇「文豪怪談傑作選 柳田國男集」筑摩書房 2007（ちくま文庫）p235
人に別るとて
◇「ちくま日本文学 15」筑摩書房 2008（ちくま文庫）p458
比翼の鳥
◇「文豪怪談傑作選 柳田國男集」筑摩書房 2007（ちくま文庫）p373
不幸なる芸術
◇「ちくま日本文学 15」筑摩書房 2008（ちくま文庫）p388
仏教の教理と俗信の妥協
◇「文豪怪談傑作選 柳田國男集」筑摩書房 2007（ちくま文庫）p95
ぺんぺん草
◇「ちくま日本文学 15」筑摩書房 2008（ちくま文庫）p248
発端
◇「文豪怪談傑作選 柳田國男集」筑摩書房 2007（ちくま文庫）p203
凡人遁世の事
◇「ちくま日本文学 15」筑摩書房 2008（ちくま文庫）p120
盆過ぎメドチ談
◇「河童のお弟子」筑摩書房 2014（ちくま文庫）p314
桝割草
◇「ちくま日本文学 15」筑摩書房 2008（ちくま文庫）p269
町にも不思議なる迷子ありし事
◇「ちくま日本文学 15」筑摩書房 2008（ちくま文庫）p138
真似の鑑定
◇「文豪怪談傑作選 柳田國男集」筑摩書房 2007（ちくま文庫）p9
稀に再び山より還る者ある事
◇「ちくま日本文学 15」筑摩書房 2008（ちくま文庫）p124
『耳袋』とその著者

◇「文豪怪談傑作選 柳田國男集」筑摩書房 2007（ちくま文庫）p332

深山の婚姻の事
　◇「ちくま日本文学 15」筑摩書房 2008（ちくま文庫）p206

目はりごんぼ
　◇「ちくま日本文学 15」筑摩書房 2008（ちくま文庫）p271

最上川の歌仙
　◇「日本文学全集 14」河出書房新社 2015 p164

木綿以前の事
　◇「ちくま日本文学 15」筑摩書房 2008（ちくま文庫）p274
　◇「日本文学全集 14」河出書房新社 2015 p132

山男は山に住む者
　◇「文豪怪談傑作選 柳田國男集」筑摩書房 2007（ちくま文庫）p14

山に埋（うず）もれたる人生ある事
　◇「ちくま日本文学 15」筑摩書房 2008（ちくま文庫）p113

山の神に嫁入りすという事
　◇「ちくま日本文学 15」筑摩書房 2008（ちくま文庫）p132

山の人生（抄）
　◇「ちくま日本文学 15」筑摩書房 2008（ちくま文庫）p113

山の筆
　◇「ちくま日本文学 15」筑摩書房 2008（ちくま文庫）p259

山人外伝資料（山男・山女・山丈・山姥・山童・山姫の話）
　◇「文豪山怪奇譚―山の怪談名作選」山と渓谷社 2016 p161

山人の研究
　◇「文豪怪談傑作選 柳田國男集」筑摩書房 2007（ちくま文庫）p16

幽冥談
　◇「文豪怪談傑作選 柳田國男集」筑摩書房 2007（ちくま文庫）p115

幽霊思想の変遷
　◇「文豪怪談傑作選 柳田國男集」筑摩書房 2007（ちくま文庫）p92

雪の下
　◇「ちくま日本文学 15」筑摩書房 2008（ちくま文庫）p228

逝く水
　◇「ちくま日本文学 15」筑摩書房 2008（ちくま文庫）p460

夢がたり
　◇「文豪怪談傑作選 柳田國男集」筑摩書房 2007（ちくま文庫）p367

妖怪種目
　◇「文豪怪談傑作選 柳田國男集」筑摩書房 2007（ちくま文庫）p298

幼児の読書
　◇「ちくま日本文学 15」筑摩書房 2008（ちくま文庫）p419

私の生家
　◇「ちくま日本文学 15」筑摩書房 2008（ちくま文庫）p414

笑の本願
　◇「ちくま日本文学 15」筑摩書房 2008（ちくま文庫）p365

柳田 功作　やなぎだ・こうさく
ついでの男
　◇「ショートショートの広場 10」講談社 2000（講談社文庫）p43

取引
　◇「ショートショートの花束 6」講談社 2014（講談社文庫）p20

柳原 和音　やなぎはら・かずね
テンマ船の行方
　◇「優秀新人戯曲集 2008」ブロンズ新社 2007 p117

柳原 慧　やなぎはら・けい（1957～）
数字男
　◇「もっとすごい！ 10分間ミステリー」宝島社 2013（宝島社文庫）p245

電話ボックス
　◇「10分間ミステリー」宝島社 2012（宝島社文庫）p67
　◇「10分間ミステリー THE BEST」宝島社 2016（宝島社文庫）p431

脳を旅する男
　◇「5分で読める！ ひと駅ストーリー 旅の話」宝島社 2015（宝島社文庫）p247

凶々しい声
　◇「5分で読める！ ひと駅ストーリー 冬の記憶西口編」宝島社 2013（宝島社文庫）p71

闇に向かう電車
　◇「5分で読める！ ひと駅ストーリー 乗車編」宝島社 2012（宝島社文庫）p113

ループする悪意
　◇「5分で読める！ ひと駅ストーリー 本の物語」宝島社 2014（宝島社文庫）p99

柳原 タケ　やなぎはら・たけ
今度は力いっぱい抱きしめて絶対はなさないで≫天国の夫
　◇「日本人の手紙 6」リブリオ出版 2004 p114

柳原 白蓮　やなぎはら・びゃくれん（1885～1967）
妻として最後の手紙を差し上げるのです≫宮崎龍介／伊藤伝右衛門
　◇「日本人の手紙 5」リブリオ出版 2004 p130

柳本 博　やなぎもと・ひろし
恐怖のズンドコ
　◇「高校演劇Selection 2006 上」晩成書房 2008 p53

柳家 喬太郎　やなぎや・きょうたろう（1963～）
　粗忽の死神
　　◇「妖怪変化―京極堂トリビュート」講談社 2007 p237

柳家 小さん〔3代〕　やなぎや・こさん（1857～1930）
　しの字嫌ひ
　　◇「新日本古典文学大系 明治編 6」岩波書店 2006 p431

梁瀬 陽子　やなせ・ようこ
　恋よりも
　　◇「気配―第10回フェリシモ文学賞作品集」フェリシモ 2007 p86

梁取 敏子　やなとり・としこ
　ボトルレター
　　◇「つながり―フェリシモしあわせショートショート」フェリシモ 1999 p121

矢野 一也　やの・かずや（1919～？）
　誰殺了（しゅいしあら）
　　◇「コレクション戦争と文学 6」集英社 2011 p289

矢野 隆　やの・たかし（1976～）
　首ひとつ
　　◇「決戦！桶狭間」講談社 2016 p69
　死地奔槍
　　◇「戦国秘史―歴史小説アンソロジー」KADOKAWA 2016（角川文庫）p289
　焔の首級
　　◇「決戦！本能寺」講談社 2015 p69
　凡夫の瞳
　　◇「決戦！川中島」講談社 2016 p135
　丸に十文字
　　◇「決戦！関ヶ原」講談社 2014 p179

矢野 徹　やの・てつ（1923～2004）
　折紙宇宙船の伝説
　　◇「日本SF短篇50 2」早川書房 2013（ハヤカワ文庫 JA）p131
　　◇「70年代日本SFベスト集成 5」筑摩書房 2015（ちくま文庫）p183
　海月状ристика汚染
　　◇「妖異百物語 2」出版芸術社 1997（ふしぎ文学館）p61
　孤島ひとりぼっち
　　◇「ロボット・オペラ―An Anthology of Robot Fiction and Robot Culture」光文社 2004 p386
　さまよえる騎士団の伝説
　　◇「日本SF全集 1」出版芸術社 2009 p229
　　◇「70年代日本SFベスト集成 3」筑摩書房 2015（ちくま文庫）p199
　ぼくの名は…
　　◇「冒険の森へ―傑作小説大全 8」集英社 2015 p12
　耳鳴山由来
　　◇「たそがれゆく未来」筑摩書房 2016（ちくま文庫）p211

矢野 龍王　やの・りゅうおう（1965～）
　三猿ゲーム
　　◇「ミステリ魂。校歌斉唱！」講談社 2010（講談社ノベルス）p231

矢野 龍溪　やの・りゅうけい（1851～1931）
　浮城物語立案の始末
　　◇「新日本古典文学大系 明治編 11」岩波書店 2006 p553
　日本文体文字新論
　　◇「新日本古典文学大系 明治編 11」岩波書店 2006 p377

矢作 俊彦　やはぎ・としひこ（1950～）
　リンゴォ・キッドの休日
　　◇「冒険の森へ―傑作小説大全 10」集英社 2016 p185
　globefish
　　◇「極上掌篇小説」角川書店 2006 p281
　　◇「ひと粒の宇宙」角川書店 2009（角川文庫）p275

矢矧 零士　やはぎ・れいじ
　⇒坂岡真（さかおか・しん）を見よ

八筈 栄　やはず・えい
　ざれごと
　　◇「全作家短編小説集 12」全作家協会 2013 p189

八尋 舜右　やひろ・しゅんすけ（1935～）
　伊庭八郎
　　◇「人物日本剣豪伝 5」学陽書房 2001（人物文庫）p113
　竹中半兵衛 生涯一軍師にて候
　　◇「竹中半兵衛―小説集」作品社 2014 p61

藪内 広之　やぶうち・ひろゆき（1963～）
　ごきげんいかが？ テディベア
　　◇「テレビドラマ代表作選集 2002年版」日本脚本家連盟 2002 p141

矢吹 みさ　やぶき・みさ（1981～）
　サンガツビヨリ
　　◇「ファン」主婦と生活社 2009（Junon novels）p121

矢部 嵩　やべ・たかし（1986～）
　教室
　　◇「折り紙衛星の伝説」東京創元社 2015（創元SF文庫）p277

野暮 粋平　やぼ・いきへい
　酒場にて
　　◇「てのひら怪談―ビーケーワン怪談大賞傑作選 2」ポプラ社 2007 p162
　　◇「てのひら怪談―ビーケーワン怪談大賞傑作選 己丑」ポプラ社 2009（ポプラ文庫）p190

や―ま
　君は死んだら電柱になる

◇「人は死んだら電柱になる―電柱アンソロジー」遠すぎる未来団 2014 p144

山藍 紫姫子　やまあい・しきこ

クロウ人
◇「変化―書下ろしホラー・アンソロジー」PHP研究所 2000（PHP文庫）p165

タリオ
◇「邪香草―恋愛ホラー・アンソロジー」祥伝社 2003（祥伝社文庫）p277

願い石
◇「SFバカ本　たいやき編」ジャストシステム 1997 p91
◇「SFバカ本　たいやき篇プラス」廣済堂出版 1999（廣済堂文庫）p99

やまうち くみこ

アナザー
◇「優秀新人戯曲集 2006」ブロンズ新社 2005 p145

山内 健司　やまうち・けんじ（1958～）

マンホール
◇「世にも奇妙な物語―小説の特別編 遺留品」角川書店 2002（角川ホラー文庫）p207

山内 弘行　やまうち・ひろゆき

おばあちゃんのボタン
◇「高校演劇Selection 2005 下」晩成書房 2007 p121

山内 マリコ　やまうち・まりこ（1980～）

アメリカ人とリセエンヌ
◇「文芸あねもね」新潮社 2012（新潮文庫）p9

彼女との、最初の一年
◇「吾輩も猫である」新潮社 2016（新潮文庫）p183

超遅咲きDJの華麗なるセットリスト全史
◇「ラブソングに飽きたら」幻冬舎 2015（幻冬舎文庫）p85

ドレスを着た日
◇「十年後のこと」河出書房新社 2016 p189

もう二十代ではないことについて
◇「20の短編小説」朝日新聞出版 2016（朝日文庫）p323

山浦 由香利　やまうら・ゆかり

うるさくて
◇「ショートショートの広場 16」講談社 2005（講談社文庫）p132

砂漠
◇「ショートショートの広場 14」講談社 2003（講談社文庫）p162

山尾 悠子　やまお・ゆうこ（1955～）

遠近法
◇「架空の町」国書刊行会 1997（書物の王国）p90
◇「日本SF全集 2」出版芸術社 2010 p225

月齢
◇「月」国書刊行会 1999（書物の王国）p17

支那の吸血鬼
◇「吸血鬼」国書刊行会 1998（書物の王国）p194

通夜の客
◇「少女怪談」学習研究社 2000（学研M文庫）p281

傳説
◇「リテラリーゴシック・イン・ジャパン―文学的ゴシック作品選」筑摩書房 2014（ちくま文庫）p347

山岡 荘八　やまおか・そうはち（1907～1978）

一両二分の屋敷
◇「夕まぐれ江戸小景」光文社 2015（光文社文庫）p127

おふうの賭
◇「戦国女人十一話」作品社 2005 p139

黒船懐胎
◇「江戸の爆笑力―時代小説傑作選」集英社 2004（集英社文庫）p281

五両金心中
◇「雪月花・江戸景色」光文社 2013（光文社文庫）p43

親鸞の末裔たち
◇「たそがれ江戸暮色」光文社 2014（光文社文庫）p145

月の輪鼻毛
◇「八百八町春爛漫」光風社出版 1998（光風社文庫）p129

鉄腕の歌
◇「『少年倶楽部』短篇選」講談社 2013（講談社文芸文庫）p352

一つ目達磨
◇「浜町河岸夕化粧」光風社出版 1998（光風社文庫）p103

宮本武蔵の女
◇「宮本武蔵―剣豪列伝」廣済堂出版 1997（廣済堂文庫）p203
◇「七人の武蔵」角川書店 2002（角川文庫）p73
◇「武士道残月抄」光文社 2011（光文社文庫）p151

柳生十兵衛
◇「日本剣客伝 江戸篇」朝日新聞出版 2012（朝日文庫）p9

柳生の金魚
◇「柳生一族―剣豪列伝」廣済堂出版 1998（廣済堂文庫）p219
◇「柳生の剣、八番勝負」廣済堂出版 2009（廣済堂文庫）p217

山吹女房
◇「秘剣闇を斬る」光風社出版 1998（光風社文庫）p67
◇「彩四季・江戸慕情」光文社 2012（光文社文庫）p9

頼朝勘定―源頼朝・北条政子
◇「人物日本の歴史―時代小説 古代中世編」小学館 2004（小学館文庫）p131

山岡 響　やまおか・ひびき

憩の汀
◇「ハンセン病文学全集 8」皓星社 2006 p516

遠き山河
　◇『ハンセン病文学全集 8』皓星社 2006 p526
梨
　◇『ハンセン病に咲いた花―初期文芸名作選 戦前編』皓星社 2002（ハンセン病叢書）p241
三冬月
　◇『ハンセン病文学全集 8』皓星社 2006 p383
雪椿の里
　◇『ハンセン病文学全集 8』皓星社 2006 p402

山岡 都　やまおか・みやこ
メルヘン
　◇『ミステリー―女性作家アンソロジー』祥伝社 2003（祥伝社文庫）p267

山鹿 和恵　やまが・かずえ
一六年後、夢の第一希望は国語教師！ ≫川田安雄
　◇『日本人の手紙 3』リブリオ出版 2004 p139

やまかがし恐竜　やまかがしきょうりゅう
私は、夢みる、シャンソン人形
　◇『ショートショートの広場 17』講談社 2005（講談社文庫）p135

山形 暁子　やまがた・あきこ（1940〜）
一夜飾り
　◇『時代の波音―民主文学短編小説集1995年〜2004年』日本民主主義文学会 2005 p52

山形 シヅエ　やまがた・しづえ
内鮮兒童融合の楔子 返事の著(つ)いた日（鄭人澤／山本厚／李金童／朴相永／足立良夫）
　◇『近代朝鮮文学日本語作品集1901〜1938 評論・随筆篇 3』緑蔭書房 2004 p297

山上 たつひこ　やまがみ・たつひこ（1947〜）
サドルは謳う
　◇『輝きの一瞬―短くて心に残る30編』講談社 1999（講談社文庫）p121
〆切だからミステリーでも勉強しよう
　◇『山口雅也の本格ミステリ・アンソロジー』角川書店 2007（角川文庫）p181
春に縮む
　◇『日本SF・名作集成 8』リブリオ出版 2005 p7

山上 藤悟　やまがみ・とうご
豆州測量始末
　◇『「伊豆文学賞」優秀作品集 第3回』静岡新聞社 2000 p29
　◇『伊豆の江戸を歩く』伊豆新聞本社 2004（伊豆文学賞歴史小説傑作集）p141

山川 元　やまかわ・げん（1957〜）
東京原発
　◇『年鑑代表シナリオ集 '04』シナリオ作家協会 2005 p37

山川 健一　やまかわ・けんいち（1953〜）
太陽とシーツ
　◇『誘惑の香り』講談社 1999（講談社文庫）p193
ドライヴと愛の哲学に関する若干の考察―ホテル・ハイランドリゾート
　◇『贅沢な恋人たち』幻冬舎 1997（幻冬舎文庫）p133

山川 サキ　やまかわ・さき
心やさしき「からゆきさん」からのお便り≫山崎朋子
　◇『日本人の手紙 10』リブリオ出版 2004 p196

山川 方夫　やまかわ・まさお（1930〜1965）
愛のごとく
　◇『新装版 全集現代文学の発見 15』學藝書林 2005 p430
煙突
　◇『創刊一〇〇年三田文学名作選』三田文学会 2010 p355
お守り
　◇『分身』国書刊行会 1999（書物の王国）p234
　◇『日本怪奇小説傑作集 3』東京創元社 2005（創元推理文庫）p13
　◇『十話』ランダムハウス講談社 2006 p53
他人の夏
　◇『ことばの織物―昭和短篇珠玉選 2』蒼丘書林 1998 p250
　◇『短篇礼讃―忘れかけた名品』筑摩書房 2006（ちくま文庫）p136
夏の葬列
　◇『少年の眼―大人になる前の物語』光文社 1997（光文社文庫）p421
　◇『贈る物語Wonder』光文社 2002 p25
　◇『日本近代短編小説選 昭和篇3』岩波書店 2012（岩波文庫）p259
　◇『教科書名短篇 少年時代』中央公論新社 2016（中公文庫）p133
箱の中のあなた
　◇『恐怖特急』光文社 2002（光文社文庫）p137
昼の花火
　◇『戦後短篇小説再発見 3』講談社 2001（講談社文芸文庫）p9
　◇『時よとまれ、君は美しい―スポーツ小説名作集』角川書店 2007（角川文庫）p123
　◇『危険なマッチ箱』文藝春秋 2009（文春文庫）p299
待っている女
　◇『ドッペルゲンガー奇譚集―死を招く影』角川書店 1998（角川ホラー文庫）p175
　◇『日本文学100年の名作 5』新潮社 2015（新潮文庫）p453
　◇『30の神品―ショートショート傑作選』扶桑社 2016（扶桑社文庫）p355
ロンリー・マン
　◇『ペン先の殺意―文芸ミステリー傑作選』光文社 2005（光文社文庫）p245

山川 彌千枝　やまかわ・やちえ（1917〜1933）
ぞうり

山川 瑤子　やまかわ・ようこ
地球の怒り
　◇「平成28年熊本地震作品集」くまもと文学・歴史館友の会 2016 p19

八巻 大樹　やまき・だいじゅ
現実の軛、夢への飛翔―栗本薫／中島梓論序説 第1回
　◇「グイン・サーガ ワールド―グイン・サーガ続篇プロジェクト 5」早川書房 2012（ハヤカワ文庫JA）p235
現実の軛、夢への飛翔―栗本薫／中島梓論序説 第2回
　◇「グイン・サーガ ワールド―グイン・サーガ続篇プロジェクト 6」早川書房 2012（ハヤカワ文庫JA）p227
現実の軛、夢への飛翔―栗本薫／中島梓論序説 第3回
　◇「グイン・サーガ ワールド―グイン・サーガ続篇プロジェクト 7」早川書房 2013（ハヤカワ文庫JA）p233
現実の軛、夢への飛翔―栗本薫／中島梓論序説 最終回
　◇「グイン・サーガ ワールド―グイン・サーガ続篇プロジェクト 8」早川書房 2013（ハヤカワ文庫JA）p245

山木 美里　やまき・みさと
⇒神狛しず（かみこま・しず）を見よ

山木 野夢　やまき・やむ
ひじきごはん
　◇「ゆれる―第12回フェリシモ文学賞作品集」フェリシモ 2009 p96

山岸 外史　やまぎし・がいし（1904〜1977）
新自然主義的提唱
　◇「「日本浪曼派」集」新学社 2007（新学社近代浪漫派文庫）p111

山岸 藪鶯　やまぎし・やぶおう（1867〜1937）
破靴
　◇「天変動く大震災と作家たち」インパクト出版会 2011（インパクト選書）p41

山岸 行輝　やまぎし・ゆきてる
さようなら
　◇「ゆきのまち幻想文学賞小品集 22」企画集団ぷりずむ 2013 p126
水底異聞
　◇「ゆきのまち幻想文学賞小品集 23」企画集団ぷりずむ 2014 p134
めだぬき
　◇「ゆきのまち幻想文学賞小品集 25」企画集団ぷりずむ 2015 p119

◇「ファイン／キュート素敵かわいい作品選」筑摩書房 2015（ちくま文庫）p132

山岸 龍太郎　やまぎし・りゅうたろう（1916〜1986）
夢二断章
　◇「山形県文学全集第2期（随筆・紀行編）5」郷土出版社 2005 p276

山岸 凉子　やまぎし・りょうこ（1947〜）
夜叉御前
　◇「鬼譚」筑摩書房 2014（ちくま文庫）p119

山際 淳司　やまぎわ・じゅんじ（1948〜1995）
海の香る島にて
　◇「誘惑の香り」講談社 1999（講談社文庫）p163

山際 響　やまぎわ・ひびき
奇妙なマーク
　◇「ショートショートの花束 6」講談社 2014（講談社文庫）p89

山口 海旋風　やまぐち・かいせんぷう（1885〜？）
破壊神（シヴァ）の第三の眼
　◇「外地探偵小説集 南方篇」せらび書房 2010 p27
雪花殉情記
　◇「幻の探偵雑誌 6」光文社 2001（光文社文庫）p103

山口 晃二　やまぐち・こうじ
東京ラプソディ
　◇「歌謡曲だよ、人生は―映画監督短編集」メディアファクトリー 2007 p183

山口 さかな　やまぐち・さかな（1979〜）
放課後探偵倶楽部 消えた文字の秘密
　◇「初めて恋してます。―サナギからチョウへ」主婦と生活社 2010（Junon novels）p169

山口 悟　やまぐち・さとる
蝶の囁き
　◇「現代鹿児島小説大系 3」ジャプラン 2014 p394
土砂崩れの道
　◇「現代鹿児島小説大系 3」ジャプラン 2014 p366

山口 充一　やまぐち・じゅういち
青少年劇 子供は国の宝―一幕一場
　◇「日本統治期台湾文学集成 14」緑蔭書房 2003 p339
晴れた青空―二幕
　◇「日本統治期台湾文学集成 10」緑蔭書房 2003 p114

山口 修司　やまぐち・しゅうじ
ばけものつかい（竜王町青年学級人形劇コース）
　◇「われらが青年団 人形劇脚本集」文芸社 2008 p31

山口 翔太　やまぐち・しょうた
アマレット
　◇「君に伝えたい―恋愛短篇小説集」泰文堂 2013（リンダブックス）p208

山口 タオ　やまぐち・たお
地球人が微笑む時
◇「ひとにぎりの異形」光文社 2007（光文社文庫）p281
どこか遠くへ
◇「物語のルミナリエ」光文社 2011（光文社文庫）p404
マリオのいる教室
◇「チャイルド」廣済堂出版 1998（廣済堂文庫）p61

山口 年子　やまぐち・としこ　(1934～)
かぐや変生
◇「妖異百物語 2」出版芸術社 1997（ふしぎ文学館）p189

やまぐち はなこ
心臓カテーテル室で
◇「てのひら怪談―ビーケーワン怪談大賞傑作選」ポプラ社 2007 p192
◇「てのひら怪談―ビーケーワン怪談大賞傑作選」ポプラ社 2008（ポプラ文庫）p200

山口 秀男　やまぐち・ひでお　(1927～)
山もみぢ
◇「ハンセン病文学全集 8」皓星社 2006 p475

山口 瞳　やまぐち・ひとみ　(1926～1995)
穴―考える人たち
◇「名短篇、ここにあり」筑摩書房 2008（ちくま文庫）p195
一緒に生活出来ることをどんなに希んでいるか＞古谷治子
◇「日本人の手紙 4」リブリオ出版 2004 p197
繁蔵御中
◇「浜町河岸夕化粧」光風社出版 1998（光風文庫）p259
伝法水滸伝
◇「家族の絆」光文社 1997（光文社文庫）p273
貧乏遺伝説
◇「コレクション私小説の冒険 1」勉誠出版 2013 p157

山口 正明　やまぐち・まさあき
木瓜―二幕
◇「日本統治期台湾文学集成 11」緑蔭書房 2003 p319

山口 雅也　やまぐち・まさや　(1954～)
アリバイの泡
◇「不在証明崩壊―ミステリーアンソロジー」角川書店 2000（角川文庫）p239
カバは忘れない―ロンドン動物園殺人事件（オリジナル版）
◇「シャーロック・ホームズの災難―日本版」論創社 2007 p283
靴の中の死体―クリスマスの密室
◇「密室―ミステリーアンソロジー」角川書店 1997（角川文庫）p225

◇「探偵Xからの挑戦状！」小学館 2009（小学館文庫）p 245, 348
孤独の島の島
◇「最新『珠玉推理』大全 上」光文社 1998（カッパ・ノベルス）p357
◇「幻惑のラビリンス」光文社 2001（光文社文庫）p509
さらわれた幽霊
◇「誘拐―ミステリーアンソロジー」角川書店 1997（角川文庫）p213
執事の血
◇「冥界プリズン」光文社 1999（光文社文庫）p381
蒐集の鬼
◇「殺人前線北上中」講談社 1997（講談社文庫）p149
半熟卵(ソフトボイルド)にしてくれと探偵は言った
◇「バカミスじゃない!?―史上空前のバカミス・アンソロジー」宝島社 2007 p51
◇「天地驚愕のミステリー」宝島社 2009（宝島社文庫）p157
黄昏時に鬼たちは
◇「本格ミステリ 2005」講談社 2005（講談社ノベルス）p41
◇「ザ・ベストミステリーズ―推理小説年鑑 2005」講談社 2005 p75
◇「仕掛けられた罪」講談社 2008（講談社文庫）p101
◇「大きな棺の小さな鍵―本格短編ベスト・セレクション」講談社 2009（講談社文庫）p55
卵の恐怖
◇「マイ・ベスト・ミステリー 5」文藝春秋 2007（文春文庫）p461
人形の館の館
◇「大密室」新潮社 1999 p261
鼠が耳をすます時
◇「名探偵の饗宴」朝日新聞社 1998 p7
◇「名探偵の饗宴」朝日新聞出版 2015（朝日文庫）p7
不在のお茶会
◇「アリス殺人事件―不思議の国のアリス ミステリーアンソロジー」河出書房新社 2016（河出文庫）p235
「むしゃむしゃ、ごくごく」殺人事件―THE "VICTUALS AND DRINK" MURDER CASE
◇「名探偵の憂鬱」青樹社 2000（青樹社文庫）p279
群れ
◇「極光星群」東京創元社 2013（創元SF文庫）p129
モルグ氏の素晴らしきクリスマス・イヴ
◇「不条理な殺人―ミステリー・アンソロジー」祥伝社 1998（ノン・ポシェット）p7
湯煙のごとき事件
◇「M列車(ミステリートレイン)で行こう」光文社 2001（カッパ・ノベルス）p369
『私が犯人だ』

◇「ミステリマガジン700 国内篇」早川書房 2014（ハヤカワ・ミステリ文庫）p307
割れた卵のような
◇「鍵」文藝春秋 2004（推理作家になりたくて マイベストミステリー）p278
◇「マイ・ベスト・ミステリー 5」文藝春秋 2007（文春文庫）p414

山口 道子　やまぐち・みちこ
薄墨色の刻
◇「現代作家代表作選集 9」册書房 2015 p153

山口 庸理　やまぐち・やすまさ
こうして生きている
◇「回転ドアから」全作家協会 2015（全作家短編集）p297
ダイガクジン 2
◇「扉の向こうへ」全作家協会 2014（全作家短編集）p312

山口 勇子　やまぐち・ゆうこ（1916〜2000）
おこりじぞう
◇「もう一度読みたい教科書の泣ける名作 再び」学研教育出版 2014 p91
木かげの父
◇「竹筒に花はなくとも—短篇十人集」日曜舎 1997 p4

山口 幸雄　やまぐち・ゆきお
群馬県から来た男
◇「ショートショートの広場 12」講談社 2001（講談社文庫）p201

山口 洋子　やまぐち・ようこ（1937〜2014）
アメリカ橋
◇「現代の小説 1999」徳間書店 1999 p411
木と話す女
◇「したたかな女たち」リブリオ出版 2001（ラブミーワールド）p144
◇「恋愛小説・名作集成 7」リブリオ出版 2004 p144
忍ぶ恋
◇「忍ぶ恋」文藝春秋 1999 p85
白い炎
◇「二十四粒の宝石―超短編小説傑作集」講談社 1998（講談社文庫）p41
ひも
◇「現代の小説 1998」徳間書店 1998 p341
ひも・紐・ヒモ
◇「忍ぶ恋」文藝春秋 1999 p183
ムーン・ボウ
◇「現代の小説 1997」徳間書店 1997 p349
リリーフ
◇「忍ぶ恋」文藝春秋 1999 p285

山﨑 伊知郎　やまさき・いちろう
クロワッサン
◇「中学校たのしい劇脚本集―英語劇付 I」国土社 2010 p81

チキチキ☆チキンハート
◇「中学生のドラマ 7」晩成書房 2007 p185

山崎 海平　やまざき・かいへい
南郷エロ探偵社長
◇「竹中英太郎 3」皓星社 2016（挿絵叢書）p131

山崎 佳代子　やまさき・かよこ（1956〜）
祈りの夜
◇「ろうそくの炎がささやく言葉」勁草書房 2011 p43

山崎 巌　やまざき・がん（1929〜1997）
勝海舟探索控 華魁小紫
◇「勝者の死にざま―時代小説選手権」新潮社 1998（新潮文庫）p583
勝海舟探索控 太陽暦騒動
◇「市井図絵」新潮社 1997 p125
勝海舟探索控 米欧回覧笑記
◇「士魂の光芒―時代小説最前線」新潮社 1997（新潮文庫）p539

山咲 千里　やまさき・せんり（1962〜）
わたしと同じ靴
◇「靴に恋して」ソニー・マガジンズ 2004 p183

山崎 豊子　やまさき・とよこ（1924〜2013）
船場狂い
◇「大阪文学名作選」講談社 2011（講談社文芸文庫）p106

山崎 ナオコーラ　やまざき・なおこーら（1978〜）
あたしはヤクザになりたい
◇「小説の家」新潮社 2016 p46
越境と逸脱
◇「文学 2016」講談社 2016 p187
秋分―9月23日ごろ
◇「君と過ごす季節―秋から冬へ、12ヶ月の暦物語」ポプラ社 2012（ポプラ文庫）p77
正直な子ども
◇「いつか、君へ Boys」集英社 2012（集英社文庫）p171
電車を乗り継いで大人になりました
◇「恋のかけら」幻冬舎 2008 p29
◇「恋のかけら」幻冬舎 2012（幻冬舎文庫）p33
誇りに関して
◇「人はお金をつかわずにはいられない」日本経済新聞出版社 2011 p119
物語の完結
◇「文学 2009」講談社 2009 p123
私の人生は56億7000万年
◇「29歳」日本経済新聞出版社 2008 p5
◇「29歳」新潮社 2012（新潮文庫）p7

山﨑 七生　やまさき・ななお
相合傘
◇「ショートショートの花束 4」講談社 2012（講談

社文庫」p152

山崎 文男　やまざき・ふみお（1937～）
ああ、そうなんだ
◇「全作家短編小説集 10」のべる出版 2011 p234
あの日の続きが
◇「扉の向こうへ」全作家協会 2014（全作家短編集）p390
Mの湯温泉
◇「全作家短編小説集 12」全作家協会 2013 p78
桜花に
◇「全作家短編小説集 8」全作家協会 2009 p131
おやおや
◇「全作家短編小説集 11」全作家協会 2012 p40
月見草
◇「現代作家代表作選集 5」鼎書房 2013 p135
ぼんやりとした風景
◇「全作家短編小説集 7」全作家協会 2008 p202
松ぼっくり
◇「全作家短編小説集 9」全作家協会 2010 p191

山崎 マキコ　やまざき・まきこ（1967～）
音のない海
◇「Love Letter」幻冬舎 2005 p99
◇「Love Letter」幻冬舎 2008（幻冬舎文庫）p109
ちょっと変わった守護天使
◇「恋のかけら」幻冬舎 2008 p77
◇「恋のかけら」幻冬舎 2012（幻冬舎文庫）p85

山崎 正一　やまざき・まさかず（1927～1970）
監視の時代
◇「ショートショートの花束 3」講談社 2011（講談社文庫）p266

山崎 康晴　やまざき・やすはる
セミの声
◇「ショートショートの広場 15」講談社 2004（講談社文庫）p181

山崎 友紀　やまざき・ゆき
闇
◇「ショートショートの広場 9」講談社 1998（講談社文庫）p56

山崎 洋子　やまざき・ようこ（1947～）
熱い闇
◇「謎—スペシャル・ブレンド・ミステリー 004」講談社 2009（講談社文庫）p177
あの道が黄金色に染まる頃
◇「日本ベストミステリー選集 24」光文社 1997（光文社文庫）p265
◇「金曜の夜は、ラブ・ミステリー」三笠書房 2000（王様文庫）p321
いとしのアン
◇「愚か者—全篇書下ろし傑作ホラーアンソロジー」アスキー 2000（A-novels）p649
狂女
◇「撫子が斬る—女性作家捕物帳アンソロジー」光文社 2005（光文社文庫）p683
柘榴の人
◇「しぐれ舟—時代小説招待席」廣済堂出版 2003 p337
◇「しぐれ舟—時代小説招待席」徳間書店 2008（徳間文庫）p359
受賞の言葉 受賞のことば（再掲）
◇「江戸川乱歩賞全集 16」講談社 2003 p376
ドル箱
◇「夢を見にけり—時代小説招待席」廣済堂出版 2004 p373
長虫
◇「花月夜綺譚—怪談集」集英社 2007（集英社文庫）p263
ねずみ
◇「輝きの一瞬—短くて心に残る30編」講談社 1999（講談社文庫）p49
のっとり
◇「舌づけ—ホラー・アンソロジー」祥伝社 1998（ノン・ポシェット）p131
花園の迷宮
◇「江戸川乱歩賞全集 16」講談社 2003（講談社文庫）p7
翡翠
◇「事件現場に行こう—最新ベスト・ミステリー カレイドスコープ編」光文社 2001（カッパ・ノベルス）p345
秘めたる憂い
◇「京都府文学全集第1期（小説編）6」郷土出版社 2005 p276
ブルーロータス
◇「最新「珠玉推理」大全 中」光文社 1998（カッパ・ノベルス）p355
◇「怪しい舞踏会」光文社 2002（光文社文庫）p491
三日月
◇「いつか心の奥へ—小説推理傑作選」双葉社 1997 p251
メッセージ
◇「本からはじまる物語」メディアパル 2007 p147
焼肉屋のゆううつな夏
◇「黒衣のモニュメント」光文社 2000（光文社文庫）p375
ラブレター
◇「妖美—女流ミステリー傑作選」徳間書店 1999（徳間文庫）p335
リボルバー
◇「ふりむけば闇—時代小説招待席」廣済堂出版 2003 p315
◇「ふりむけば闇—時代小説招待席」徳間書店 2007（徳間文庫）p321
わたしが会った殺人鬼
◇「女性ミステリー作家傑作選 3」光文社 1999（光文社文庫）p265
私が会った殺人鬼
◇「白のミステリー—女性ミステリー作家傑作選」光文社 1997 p43

山沢 晴雄　やまざわ・はるお（1924〜2013）
　砧最初の事件
　　◇「無人踏切―鉄道ミステリー傑作選」光文社 2008（光文社文庫）p419
　神技（しんぎ）
　　◇「甦る推理雑誌 10」光文社 2004（光文社文庫）p239
　深夜の客
　　◇「ミステリ★オールスターズ」角川書店 2010 p147
　　◇「ミステリ・オールスターズ」角川書店 2012（角川文庫）p171
　離れた家
　　◇「硝子の家」光文社 1997（光文社文庫）p257
　見えない時間
　　◇「本格推理 14」光文社 1999（光文社文庫）p113
　むかで横丁（宮原龍雄／須田刀太郎）
　　◇「絢爛たる殺人―本格推理マガジン 特集・知られざる探偵たち」光文社 2000（光文社文庫）p133
　罠
　　◇「甦る推理雑誌 5」光文社 2003（光文社文庫）p17

山路 愛山　やまじ・あいざん（1865〜1917）
　維新政府の緩和攻略。大隈重信の驚歎。最初の新教会。
　　◇「新日本古典文学大系 明治編 26」岩波書店 2002 p369
　井上哲次郎と基督教会
　　◇「新日本古典文学大系 明治編 26」岩波書店 2002 p481
　所謂国家教育論者の勝利
　　◇「新日本古典文学大系 明治編 26」岩波書店 2002 p488
　英学派＝経験主義
　　◇「新日本古典文学大系 明治編 26」岩波書店 2002 p424
　欧化主義に対する最初の反動。福沢諭吉論
　　◇「新日本古典文学大系 明治編 26」岩波書店 2002 p416
　欧化主義の勃興
　　◇「新日本古典文学大系 明治編 26」岩波書店 2002 p448
　海外教会の大勢日本の基督教会に影響す
　　◇「新日本古典文学大系 明治編 26」岩波書店 2002 p493
　基督教会振はず
　　◇「新日本古典文学大系 明治編 26」岩波書店 2002 p490
　基督教の将来は悲観すべきものにあらず
　　◇「新日本古典文学大系 明治編 26」岩波書店 2002 p495
　現代日本教会史論
　　◇「新日本古典文学大系 明治編 26」岩波書店 2002 p349
　　◇「新日本古典文学大系 明治編 26」岩波書店 2002 p351
　「国民之友」及び「女学雑誌」
　　◇「新日本古典文学大系 明治編 26」岩波書店 2002 p451
　実業熱の勃興と基督教
　　◇「新日本古典文学大系 明治編 26」岩波書店 2002 p492
　将来の基督教
　　◇「新日本古典文学大系 明治編 26」岩波書店 2002 p503
　緒言
　　◇「新日本古典文学大系 明治編 26」岩波書店 2002 p351
　神学論の紛争（一）
　　◇「新日本古典文学大系 明治編 26」岩波書店 2002 p459
　神学論の紛争（二）
　　◇「新日本古典文学大系 明治編 26」岩波書店 2002 p466
　新神学に対する教会の態度、公明ならず
　　◇「新日本古典文学大系 明治編 26」岩波書店 2002 p470
　精神的革命は時代の陰より出づ
　　◇「新日本古典文学大系 明治編 26」岩波書店 2002 p375
　大学派の運動、進化論、不可思議論
　　◇「新日本古典文学大系 明治編 26」岩波書店 2002 p437
　東京大学派対基督教会
　　◇「新日本古典文学大系 明治編 26」岩波書店 2002 p444
　同志社大学の運動
　　◇「新日本古典文学大系 明治編 26」岩波書店 2002 p453
　中村正直論
　　◇「新日本古典文学大系 明治編 26」岩波書店 2002 p378
　新島襄の事業が有したる欠典
　　◇「新日本古典文学大系 明治編 26」岩波書店 2002 p457
　新島襄論
　　◇「新日本古典文学大系 明治編 26」岩波書店 2002 p401
　日本人民の醒覚（一）
　　◇「新日本古典文学大系 明治編 26」岩波書店 2002 p352
　日本人民の醒覚（二）
　　◇「新日本古典文学大系 明治編 26」岩波書店 2002 p357
　花岡山盟約
　　◇「新日本古典文学大系 明治編 26」岩波書店 2002 p409
　仏学派＝権利論
　　◇「新日本古典文学大系 明治編 26」岩波書店 2002 p422
　保守政策の結果

やまし

◇「新日本古典文学大系 明治編 26」岩波書店 2002 p433

保守的反動＝政府の政策
◇「新日本古典文学大系 明治編 26」岩波書店 2002 p428

保守的反動（一）
◇「新日本古典文学大系 明治編 26」岩波書店 2002 p472

保守的反動（二）
◇「新日本古典文学大系 明治編 26」岩波書店 2002 p475

矛盾したる社会的現象
◇「新日本古典文学大系 明治編 26」岩波書店 2002 p408

安井息軒の宇宙観
◇「新日本古典文学大系 明治編 26」岩波書店 2002 p398

安井息軒の「弁妄」（一）
◇「新日本古典文学大系 明治編 26」岩波書店 2002 p382

安井息軒の「弁妄」（二）
◇「新日本古典文学大系 明治編 26」岩波書店 2002 p385

安井息軒の「弁妄」（三）
◇「新日本古典文学大系 明治編 26」岩波書店 2002 p388

耶蘇教徒の態度
◇「新日本古典文学大系 明治編 26」岩波書店 2002 p435

四種の思想。人才の分離作用。
◇「新日本古典文学大系 明治編 26」岩波書店 2002 p420

山路 芳範　やまじ・よしのり

お迎え
◇「中学校劇作シリーズ 8」青雲書房 2003 p147

山下 歩　やました・あゆみ（1962〜）

凶音窟
◇「はじめての小説（ミステリー）―内田康夫＆東京・北区が選んだ珠玉のミステリー 2」実業之日本社 2013 p213

山下 悦夫　やました・えつお

海の祈り
◇「「伊豆文学賞」優秀作品集 第3回」静岡新聞社 2000 p99

山下 景光　やました・かげみつ

捜査実話 或る変態性欲者の犯罪
◇「日本統治期台湾文学集成 9」緑蔭書房 2002 p303

基隆のバラバラ事件
◇「日本統治期台湾文学集成」緑蔭書房 2002 p315

亭主に殺された食菜人
◇「日本統治期台湾文学集成 9」緑蔭書房 2002 p291

山下 清　やました・きよし（1922〜1971）

富士山
◇「富士山」角川書店 2013（角川文庫）p147

ぼくのお化け
◇「文豪怪談傑作選 特別編」筑摩書房 2008（ちくま文庫）p i

ヤマシタ クニコ

自動筆記
◇「超短編の世界 vol.3」創英社 2011 p73

相談
◇「超短編の世界 vol.2」創英社 2009 p78

メール
◇「超短編の世界 vol.2」創英社 2009 p76

山下 定　やました・さだむ（1959〜）

アカシャの花
◇「宇宙生物ゾーン」廣済堂出版 2000（廣済堂文庫）p43

異界網
◇「闇電話」光文社 2006（光文社文庫）p115

石女の母
◇「時間怪談」廣済堂出版 1999（廣済堂文庫）p67

おれのものはおれのもの
◇「彗星パニック」廣済堂出版 2000（廣済堂文庫）p79

コウノトリ
◇「平成都市伝説」中央公論新社 2004（C NOVELS）p33

ゼウスがくれた
◇「GOD」廣済堂出版 1999（廣済堂文庫）p513

たまのり
◇「世紀末サーカス」廣済堂出版 2000（廣済堂文庫）p165

デスメイト―死は我が友
◇「ゴースト・ハンターズ」中央公論新社 2004（C NOVELS）p9

テロリスト
◇「オバケヤシキ」光文社 2005（光文社文庫）p283

瓶の中
◇「酒の夜語り」光文社 2002（光文社文庫）p137

ブラインドタッチ
◇「暗闇」中央公論新社 2004（C NOVELS）p83

暴力団の夢見る頃
◇「侵略！」廣済堂文庫 1998（廣済堂文庫）p323

夜が降る
◇「ひとにぎりの異形」光文社 2007（光文社文庫）p261

リストラ・アサシン
◇「SFバカ本 だるま篇」廣済堂出版 1999（廣済堂文庫）p7

リターンマッチ
◇「帰還」光文社 2000（光文社文庫）p119

山下 紫春　やました・ししゅん

川柳集 夫婦道
◇「ハンセン病文学全集 9」皓星社 2010 p446

山下 昇平　やました・しょうへい
　Mさんの犬
　　◇「てのひら怪談―ビーケーワン怪談大賞傑作選 辛卯」ポプラ社 2011（ポプラ文庫）p36

山下 敬　やました・たかし
　土の塵―第一回創元SF短編賞日下三蔵賞
　　◇「原色の想像力―創元SF短編賞アンソロジー」東京創元社 2010（創元SF文庫）p295

山下 貴光　やました・たかみつ（1975〜）
　オー・マイ・ゴッド
　　◇「もっとすごい！ 10分間ミステリー」宝島社 2013（宝島社文庫）p257
　　◇「10分間ミステリー THE BEST」宝島社 2016（宝島社文庫）p301
　女の勘
　　◇「10分間ミステリー」宝島社 2012（宝島社文庫）p199
　　◇「5分で凍る！ ぞっとする怖い話」宝島社 2015（宝島社文庫）p255
　快速マリンライナー
　　◇「5分で読める！ ひと駅ストーリー 乗車編」宝島社 2012（宝島社文庫）p137
　婚活電車
　　◇「5分で読める！ ひと駅ストーリー 夏の記憶東口編」宝島社 2013（宝島社文庫）p241
　単身赴任の夜
　　◇「5分で読める！ ひと駅ストーリー 冬の記憶東口編」宝島社 2013（宝島社文庫）p61
　猫の目
　　◇「5分で読める！ ひと駅ストーリー 猫の物語」宝島社 2014（宝島社文庫）p179
　ひとり旅
　　◇「5分で読める！ ひと駅ストーリー 旅の話」宝島社 2015（宝島社文庫）p127

山下 奈美　やました・なみ
　ジュノ
　　◇「ゆきのまち幻想文学賞小品集 17」企画集団ぷりずむ 2008 p187
　天の犬
　　◇「ゆきのまち幻想文学賞小品集 16」企画集団ぷりずむ 2007 p167
　真昼の花火
　　◇「さきがけ文学賞選集 5」秋田魁新報社 2016（さきがけ文庫）p107

山下 敦弘　やました・のぶひろ（1976〜）
　ばかのハコ船（向井康介）
　　◇「年鑑代表シナリオ集 '03」シナリオ作家協会 2004 p33
　松ケ根乱射事件（佐藤久美子／向井康介）
　　◇「年鑑代表シナリオ集 '07」シナリオ作家協会 2009 p123
　リンダリンダリンダ（宮下和雅子／向井康介）
　　◇「年鑑代表シナリオ集 '05」シナリオ作家協会 2006 p137

山下 明生　やました・はるお（1937〜）
　親指魚
　　◇「謎のギャラリー特別室 2」マガジンハウス 1998 p131
　　◇「謎のギャラリー―愛の部屋」新潮社 2002（新潮文庫）p79
　　◇「それはまだヒミツ―少年少女の物語」新潮社 2012（新潮文庫）p218

山下 みゆき　やました・みゆき
　スノーモンスター
　　◇「ゆきのまち幻想文学賞小品集 24」企画集団ぷりずむ 2015 p126

山下 有子　やました・ゆうこ
　生中継
　　◇「ショートショートの広場 10」講談社 2000（講談社文庫）p240

山下 善隆　やました・よしたか
　解雇の理由
　　◇「ショートショートの広場 9」講談社 1998（講談社文庫）p91

山下 芳信　やました・よしのぶ
　歩いた道
　　◇「かわさきの文学―かわさき文学賞50年記念作品集 2009年」審美社 2009 p333
　かわさき文学賞と私
　　◇「かわさきの文学―かわさき文学賞50年記念作品集 2009年」審美社 2009 p355

山下 欣宏　やました・よしひろ
　ドリーム・アレイの錬金術師
　　◇「はじめての小説（ミステリー）―内田康夫＆東京・北区が選んだ気鋭のミステリー」実業之日本社 2008 p97

山下 利三郎　やました・りさぶろう（1892〜1952）
　朱色の祭壇
　　◇「幻の探偵雑誌 6」光文社 2001（光文社文庫）p207
　素晴らしや亮吉
　　◇「幻の名探偵―傑作アンソロジー」光文社 2013（光文社文庫）p133
　誘拐者
　　◇「幻の探偵雑誌 7」光文社 2001（光文社文庫）p93
　流転
　　◇「幻の探偵雑誌 2」光文社 2000（光文社文庫）p107

山白 朝子　やましろ・あさこ
　⇒乙一（おついち）を見よ

山城 正忠　やましろ・せいちゅう（1884〜1949）
　九年母
　　◇「沖縄文学選―日本文学のエッジからの問い」勉誠出版 2003 p26

山世 孝幸　やませ・たかゆき
宇宙がみえる空
◇「ゆきのまち幻想文学賞小品集 24」企画集団ぷりずむ 2015 p93

山田 あかね　やまだ・あかね（1959〜）
やさしい背中
◇「オトナの片思い」角川春樹事務所 2007 p59
◇「オトナの片思い」角川春樹事務所 2009（ハルキ文庫）p59

山田 章博　やまだ・あきひろ（1957〜）
人魚變生
◇「人魚血―珠玉アンソロジー オリジナル＆スタンダード」光文社 2001（カッパ・ノベルス）p43

山田 彩人　やまだ・あやと（1967〜）
ボールが転がる夏
◇「ベスト本格ミステリ 2014」講談社 2014（講談社ノベルス）p47

山田 榮助　やまだ・えいすけ
風土と愛情（一）（二）
◇「近代朝鮮文学日本語作品集1939〜1945 評論・随筆篇 3」緑蔭書房 2002 p335

山田 詠美　やまだ・えいみ（1959〜）
オニオンブレス
◇「わかれの船―Anthology」光文社 1998 p7
間食
◇「女がそれを食べるとき」幻冬舎 2013（幻冬舎文庫）p237
唇から蝶（"Butterfly Was Born"）
◇「せつない話 2」光文社 1997 p149
検温
◇「短篇ベストコレクション―現代の小説 2001」徳間書店 2001（徳間文庫）p29
シャンプー
◇「短篇ベストコレクション―現代の小説 2002」徳間書店 2002（徳間文庫）p293
ソウル・ミュージック・ラバーズ・オンリー
◇「山田詠美・増田みず子・松浦理英子・笙野頼子」角川書店 1999（女性作家シリーズ）p7
天国の右の手
◇「贅沢な恋人たち」幻冬舎 1997（幻冬舎文庫）p7
◇「こんなにも恋はせつない―恋愛小説アンソロジー」光文社 2004（光文社文庫）p285
◇「翳りゆく時間」新潮社 2006（新潮文庫）p169
眠りの材料
◇「文学 1998」講談社 1998 p198
花火
◇「戦後短篇小説再発見 3」講談社 2001（講談社文芸文庫）p202
晩年の子供
◇「現代小説クロニクル 1990〜1994」講談社 2015（講談社文芸文庫）p55

100万回殺したいハニー、スウィートダーリン
◇「100万分の1回のねこ」講談社 2015 p179
ひよこの眼
◇「日本文学100年の名作 8」新潮社 2015（新潮文庫）p317
ぼくの味
◇「Love stories」水曜社 2004 p3
マグネット
◇「現代の小説 1999」徳間書店 1999 p67
虫やしない
◇「文学 2015」講談社 2015 p111
夕餉
◇「文学 2005」講談社 2005 p77
涙腺転換
◇「短篇ベストコレクション―現代の小説 2008」徳間書店 2008（徳間文庫）p119
Jay-Walk
◇「山田詠美・増田みず子・松浦理英子・笙野頼子」角川書店 1999（女性作家シリーズ）p140

山田 一夫　やまだ・かずお（1894〜1973）
或夜の無画庵
◇「京都府文学全集第1期（小説編）2」郷土出版社 2005 p36
夢を孕む女
◇「京都府文学全集第1期（小説編）2」郷土出版社 2005 p11

山田 かん　やまだ・かん（1930〜2003）
詩 浦上へ
◇「コレクション戦争と文学 19」集英社 2011 p275

山田 耕大　やまだ・こうた（1954〜）
ごめん
◇「年鑑代表シナリオ集 '02」シナリオ作家協会 2003 p135

山田 里　やまだ・さと
永遠のラブレター
◇「大人が読む。ケータイ小説―第1回ケータイ文学賞アンソロジー」オンブック 2007 p130

山田 深夜　やまだ・しんや（1961〜）
リターンズ
◇「ザ・ベストミステリーズ―推理小説年鑑 2009」講談社 2009 p405
◇「Bluff騙し合いの夜」講談社 2012（講談社文庫）p267

山田 静考　やまだ・せいこう（1928〜）
島の土
◇「ハンセン病文学全集 9」皓星社 2010 p154

山田 太一　やまだ・たいち（1934〜）
小泉八雲の思い―「科学」の進歩と人の心
◇「松江怪談―新作怪談 松江物語」今井印刷 2015 p38

◇「コレクション戦争と文学 6」集英社 2011 p21

再会
　◇「テレビドラマ代表作選集 2002年版」日本脚本家連盟 2002 p47
少し早めのランチへ
　◇「銀座24の物語」文藝春秋 2001 p45
本当と嘘とテキーラ
　◇「テレビドラマ代表作選集 2009年版」日本脚本家連盟 2009 p49

山田 たかし　やまだ・たかし
とうかんやのお小遣い
　◇「ゆきのまち幻想文学賞小品集 7」NTTメディアスコープ 1997 p155

山田 知佐枝　やまだ・ちさえ
濃密な部屋
　◇「気配―第10回フェリシモ文学賞作品集」フェリシモ 2007 p66

山田 智彦　やまだ・ともひこ（1936〜2001）
特別休暇
　◇「経済小説名作選」筑摩書房 2014（ちくま文庫）p409
吉野の嵐
　◇「源義経の時代―短篇小説集」作品社 2004 p161

山田 敦心　やまだ・とんしん
キンコブの夢
　◇「ミヤマカラスアゲハ―第三回「草枕文学賞」作品集」文藝春秋企画出版部 2003 p41

やまだ ないと（1965〜）
「それは彼の靴」
　◇「靴に恋して」ソニー・マガジンズ 2004 p235

山田 奈津子　やまだ・なつこ
あの日に戻れたら
　◇「あの日に戻れたら」主婦と生活社 2007（Junon novels）p3

山田 野理夫　やまだ・のりお（1922〜2012）
オトロシその他の怪―『東北怪談の旅』より
　◇「響き交わす鬼」小学館 2005（小学館文庫）p301
狐とり弥左衛門
　◇「みちのく怪談名作選 vol.1」荒蝦夷 2010（叢書東北の声）p321
きりない話
　◇「文豪てのひら怪談」ポプラ社 2009（ポプラ文庫）p120
黒船
　◇「みちのく怪談名作選 vol.1」荒蝦夷 2010（叢書東北の声）p319

山田 春夜　やまだ・はるよ（1931〜）
秋霖
　◇「藤本義一文学賞 第1回」（大阪）たる出版 2016 p11

山田 美妙　やまだ・びみょう（1868〜1910）
柿山伏
　◇「明治の文学 10」筑摩書房 2001 p81
言文一致論概略
　◇「明治の文学 10」筑摩書房 2001 p281
蝴蝶
　◇「明治の文学 10」筑摩書房 2001 p176
　◇「新日本古典文学大系 明治編 21」岩波書店 2005 p131
この子
　◇「日本近代短篇小説選 明治篇1」岩波書店 2012（岩波文庫）p81
竪琴草紙（前）
　◇「明治の文学 10」筑摩書房 2001 p3
嘲戒小説天狗
　◇「新日本古典文学大系 明治編 21」岩波書店 2005 p99
戸隠山紀行
　◇「明治の文学 10」筑摩書房 2001 p315
日記（明治二四年九月〜明治二五年七月）
　◇「明治の文学 10」筑摩書房 2001 p359
日本辞書編纂法私見
　◇「明治の文学 10」筑摩書房 2001 p337
「日本大辞書」おくがき
　◇「明治の文学 10」筑摩書房 2001 p355
花ぐるま
　◇「明治の文学 10」筑摩書房 2001 p93
骨は独逸肉は美妙 花の茨、茨の花
　◇「新日本古典文学大系 明治編 21」岩波書店 2005 p115
人鬼（ひとおに）（抄）
　◇「明治の文学 10」筑摩書房 2001 p221
峰の残月
　◇「明治の文学 10」筑摩書房 2001 p197
武蔵野
　◇「明治の文学 10」筑摩書房 2001 p57
　◇「史話」凱風社 2009（PD叢書）p137
明治文壇叢話
　◇「明治の文学 10」筑摩書房 2001 p297

山田 風太郎　やまだ・ふうたろう（1922〜2001）
赤い靴
　◇「綾辻行人と有栖川有栖のミステリ・ジョッキー 3」講談社 2012 p121
赤穂飛脚
　◇「江戸の漫遊力―時代小説傑選」集英社 2008（集英社文庫）p309
跫音
　◇「異界への入口」リブリオ出版 2001（怪奇・ホラーワールド）p149
伊賀の散歩者
　◇「乱歩の幻影」筑摩書房 1999（ちくま文庫）p51
伊賀の聴恋器
　◇「極め付き時代小説選 2」中央公論新社 2004（中公文庫）p205

やまた

大いなる伊賀者
◇「剣光、閃く！」徳間書店 1999（徳間文庫）p399

刑部忍法陣
◇「真田幸村―小説集」作品社 2015 p111

俺も四十七士
◇「忠臣蔵コレクション 3」河出書房新社 1998（河出文庫）p245

怪異投込寺
◇「剣が謎を斬る―名作で読む推理小説史 時代ミステリー傑作選」光文社 2005（光文社文庫）p125

ガリヴァー忍法島―天叢雲剣
◇「名刀伝 2」角川春樹事務所 2015（ハルキ文庫）p191

眼中の悪魔
◇「文学賞受賞・名作集成 6」リブリオ出版 2004 p147

黄色い下宿人
◇「贈る物語Mystery」光文社 2002 p59
◇「シャーロック・ホームズに愛をこめて」光文社 2010（光文社文庫）p7

くノ一紅騎兵
◇「軍師の死にざま―短篇小説集」作品社 2006 p195
◇「くノ一、百華―時代小説アンソロジー」集英社 2013（集英社文庫）p231

くノ一紅騎兵―直江兼続
◇「軍師の死にざま」実業之日本社 2013（実業之日本社文庫）p247

くノ一地獄変
◇「血しぶき街道」光風社出版 1998（光風社文庫）p355

首
◇「江戸川乱歩と13の宝石」光文社 2007（光文社文庫）p223

首―井伊直弼
◇「人物日本の歴史―時代小説版 幕末維新編」小学館 2004（小学館文庫）p31

黒百合抄
◇「戦国女人十一話」作品社 2005 p299

慶長大食漢
◇「江戸の満腹力―時代小説傑作選」集英社 2005（集英社文庫）p297
◇「まんぷく長屋―食欲文学傑作選」新潮社 2014（新潮文庫）p91

剣鬼と遊女
◇「吉原花魁」角川書店 2009（角川文庫）p185
◇「江戸なごり雨」学研パブリッシング 2013（学研M文庫）p273

幻妖桐の葉おとし
◇「決戦！大坂の陣」実業之日本社 2014（実業之日本社文庫）p7

甲賀忍法帖
◇「冒険の森へ―傑作小説大全 2」集英社 2016 p137

黒衣の聖母
◇「コレクション戦争と文学 10」集英社 2012 p98

殺人蔵
◇「大岡越前―名奉行裁judgement説」廣済堂出版 1998（廣済堂文庫）p169

さようなら
◇「恐怖特急」光文社 2002（光文社文庫）p371

笊ノ目万兵衛門外へ
◇「躍る影法師」光風社出版 1997（光風社文庫）p351
◇「武士道」小学館 2007（小学館文庫）p285
◇「人生を変えた時代小説傑作選」文藝春秋 2010（文春文庫）p185
◇「主命にござる」新潮社 2015（新潮文庫）p259
◇「この時代小説がすごい！時代小説傑作選」宝島社 2016（宝島社文庫）p231

地獄
◇「古書ミステリー倶楽部―傑作推理小説集 2」光文社 2014（光文社文庫）p184

死ぬこと自体、人間最大の滑稽ごと
◇「日本人の手紙 8」リブリオ出版 2004 p14

呪恋の女
◇「呪いの恐怖」リブリオ出版 2001（怪奇・ホラーワールド）p219

春本太平記
◇「古書ミステリー倶楽部―傑作推理小説集 2」光文社 2014（光文社文庫）p175

随筆「ある古本屋」
◇「古書ミステリー倶楽部―傑作推理小説集 2」光文社 2014（光文社文庫）p209

正義の政府はあり得るか
◇「衝撃を受けた時代小説傑作選」文藝春秋 2011（文春文庫）p49

潜艦呂号99浮上せず
◇「永遠の夏―戦争小説集」実業之日本社 2015（実業之日本社文庫）p293

先生に教えていただいたのが小学四年五年ころ＞前田一三
◇「日本人の手紙 3」リブリオ出版 2004 p132

蟲臣蔵
◇「我、本懐を遂げんとす―忠臣蔵傑作選」徳間書店 1998（徳間文庫）p71
◇「復讐」国書刊行会 2000（書物の王国）p141

筒を売る忍者
◇「逢魔への誘い」徳間書店 2000（徳間文庫）p363

天衣無縫
◇「逆転―時代アンソロジー」祥伝社 2000（祥伝社文庫）p7

天明の判官
◇「大江戸事件帖―時代推理小説名作選」双葉社 2005（双葉文庫）p187

東京南町奉行
◇「傑作捕物ワールド 6」リブリオ出版 2002 p161

どろん六連銭の巻
◇「真田忍者、参上！―隠密伝奇傑作集」河出書房新社 2015（河出文庫）p45

人間華
◇「植物」国書刊行会 1998（書物の王国）p114
◇「日本怪奇小説傑作集 2」東京創元社 2005（創元推理文庫）p313

人間臨終図巻―円谷幸吉
◇「たんときれいに召し上がれ―美食文学精選」芸術新聞社 2015 p101

忍者明智十兵衛
◇「魔術師」角川書店 2001（角川ホラー文庫）p135

忍者玉虫内膳
◇「血」三天書房 2000（傑作短篇シリーズ）p51

忍者服部半蔵
◇「忍者だもの―忍法小説五番勝負」新潮社 2015（新潮文庫）p219

忍者六道銭
◇「信州歴史時代小説傑作集 3」しなのき書房 2007 p357
◇「御白洲裁き―時代推理傑作選」徳間書店 2009（徳間文庫）p7

蚤の浮かれ噺
◇「古書ミステリー倶楽部―傑作推理小説集 2」光文社 2014（光文社文庫）p204

巴里に雪のふるごとく
◇「偉人八傑推理帖―名探偵時代小説」双葉社 2004（双葉文庫）p327

バルカン戦争
◇「古書ミステリー倶楽部―傑作推理小説集 2」光文社 2014（光文社文庫）p190

叛の忍法帖―明智光秀
◇「軍師は死なず」実業之日本社 2014（実業之日本社文庫）p95

人を騙す
◇「迷」文藝春秋 2003（推理作家になりたくて マイベストミステリー）p278
◇「マイ・ベスト・ミステリー 3」文藝春秋 2007（文春文庫）p415

吹雪心中
◇「全席死定―鉄道ミステリー名作館」徳間書店 2004（徳間文庫）p83

踏絵の軍師
◇「竹中半兵衛―小説集」作品社 2014 p283

まぼろしの恋妻
◇「迷」文藝春秋 2003（推理作家になりたくて マイベストミステリー）p248
◇「マイ・ベスト・ミステリー 3」文藝春秋 2007（文春文庫）p370

万太郎の耳
◇「探偵くらぶ―探偵小説傑作選1946～1958 下」光文社 1997（カッパ・ノベルス）p323

みささぎ盗賊
◇「歴史小説の世紀 地の巻」新潮社 2000（新潮文庫）p191
◇「甦る推理雑誌 1」光文社 2002（光文社文庫）p145

水揚帳
◇「古書ミステリー倶楽部―傑作推理小説集 2」光文社 2014（光文社文庫）p197

武蔵忍法旅
◇「宮本武蔵―剣豪列伝」廣済堂出版 1997（廣済堂文庫）p119

摸牌試合
◇「牌がささやく―麻雀小説傑作選」徳間書店 2002（徳間文庫）p171

ヤマトフの逃亡
◇「剣光闇を裂く」光風社出版 1997（光風社文庫）p75

雪女
◇「雪女のキス」光文社 2000（カッパ・ノベルス）p49

妖剣林田左文
◇「幻の剣鬼七番勝負―傑作時代小説」PHP研究所 2008（PHP文庫）p101

四畳半襖の下張
◇「古書ミステリー倶楽部―傑作推理小説集 2」光文社 2014（光文社文庫）p176

羅妖の秀康
◇「おもかげ行燈」光風社出版 1998（光風社文庫）p367

わが愛しの妻よ
◇「恐怖の旅」光文社 2000（光文社文庫）p5

笑う道化師
◇「十月のカーニヴァル」光文社 2000（カッパ・ノベルス）p119

万人坑（ワンインカン）
◇「冒険の森へ―傑作小説大全 17」集英社 2015 p50

山田 正紀　やまだ・まさき（1950～）

青い骨
◇「舌づけ―ホラー・アンソロジー」祥伝社 1998（ノン・ポシェット）p175

悪魔の辞典
◇「短篇ベストコレクション―現代の小説 2006」徳間書店 2006（徳間文庫）p313
◇「不思議の足跡」光文社 2007（Kappa novels）p371
◇「不思議の足跡」光文社 2011（光文社文庫）p505

あやかし
◇「妖異七奇談」双葉社 2005（双葉文庫）p115

石に漱ぎて滅びなば
◇「NOVA+―書き下ろし日本SFコレクション 2」河出書房新社 2015（河出文庫）p245

一匹の奇妙な獣
◇「宇宙生物ゾーン」廣済堂出版 2000（廣済堂文庫）p143

エスケープ フロム ア クラスルーム
◇「教室」光文社 2003（光文社文庫）p567

オクトーバーソング
◇「十月のカーニヴァル」光文社 2000（カッパ・ノベルス）p29

おどり喰い

やまた

- ◇「秘神界 歴史編」東京創元社 2002（創元推理文庫）p15

溺れた金魚
- ◇「水妖」廣済堂出版 1998（廣済堂文庫）p297

かまどの火
- ◇「日本SF全集 2」出版芸術社 2010 p37

「虚無への供物」への供物
- ◇「凶鳥の黒影─中井英夫へ捧げるオマージュ」河出書房新社 2004 p263

銀の弾丸
- ◇「クトゥルー怪異録─邪神ホラー傑作集」学習研究社 2000（学研M文庫）p139

雲のなかの悪魔─クールでシャープな生まれついての革命少女、難攻不落の流刑星より大脱走
- ◇「NOVA─書き下ろし日本SFコレクション 8」河出書房新社 2012（河出文庫）p219

薫煙肉のなかの鉄
- ◇「人肉嗜食」筑摩書房 2001（ちくま文庫）p243

経理課心中
- ◇「推理小説代表作選集─推理小説年鑑 1997」講談社 1997 p29
- ◇「殺人哀モード」講談社 2000（講談社文庫）p381

獣の群れ
- ◇「黒衣のモニュメント」光文社 2000（光文社文庫）p405

交差点の恋人
- ◇「日本SF短篇50 3」早川書房 2013（ハヤカワ文庫JA）p7

コンセスター
- ◇「逆想コンチェルト─イラスト先行・競作小説アンソロジー 奏の1」徳間書店 2010 p30

札幌ジンギスカンの謎
- ◇「本格ミステリー二〇一〇年本格短編ベスト・セレクション '10」講談社 2010（講談社ノベルス）p55
- ◇「凍れる女神の秘密─本格短編ベスト・セレクション」講談社 2014（講談社文庫）p71

さなぎ
- ◇「最新「珠玉推理」大全 下」光文社 1998（カッパ・ノベルス）p339
- ◇「闇夜の芸術祭」光文社 2003（光文社文庫）p463

襲撃
- ◇「不思議の国のアリス ミステリー館」河出書房新社 2015（河出文庫）p185

襲撃のメロディ
- ◇「70年代日本SFベスト集成 5」筑摩書房 2015（ちくま文庫）p257

屍蝋
- ◇「現代の小説 1997」徳間書店 1997 p411

ゼリービーンズの日々
- ◇「少年の時間」徳間書店 2001（徳間デュアル文庫）p243

短編作家への道
- ◇「迷」文藝春秋 2003（推理作家になりたくて マイ・ベストミステリー）p327
- ◇「マイ・ベスト・ミステリー 3」文藝春秋 2007（文春文庫）p490

伝奇城異聞
- ◇「伝奇城─伝奇時代小説アンソロジー」光文社 2005（光文社文庫）p181

トワイライト・ジャズ・バンド
- ◇「黄昏ホテル」小学館 2004 p239

逃げようとして
- ◇「グランドホテル」廣済堂出版 1999（廣済堂文庫）p145
- ◇「呪いの恐怖」リブリオ出版 2001（怪奇・ホラーワールド）p181

バットランド
- ◇「NOVA─書き下ろし日本SFコレクション 4」河出書房新社 2011（河出文庫）p329

バーバー
- ◇「憑き者─全篇書下ろし傑作ホラーアンソロジー」アスキー 2000（A─novels）p673

ハブ
- ◇「名探偵を追いかけろ─シリーズ・キャラクター編」光文社 2004（カッパ・ノベルス）p461
- ◇「名探偵を追いかけろ」光文社 2007（光文社文庫）p569

原宿消えた列車の謎
- ◇「名探偵に訊け」光文社 2010（Kappa novels）p473
- ◇「名探偵に訊け」光文社 2013（光文社文庫）p653

フェイス・ゼロ
- ◇「短篇ベストコレクション─現代の小説 2011」徳間書店 2011（徳間文庫）p179

別荘の犬
- ◇「謎─スペシャル・ブレンド・ミステリー 004」講談社 2009（講談社文庫）p307

別の世界は可能かもしれない。
- ◇「SF JACK」角川書店 2013 p141
- ◇「SF JACK」KADOKAWA 2016（角川文庫）p159

魔王
- ◇「チャイルド」廣済堂出版 1998（廣済堂文庫）p477

魔神ガロン
- ◇「手塚治虫COVER タナトス篇」徳間書店 2003（徳間デュアル文庫）p47

松井清衞門、推参つかまつる
- ◇「怪獣文藝─パートカラー」メディアファクトリー 2013（〔幽〕BOOKS）p167

麺とスープと殺人と
- ◇「本格ミステリ 2002」講談社 2002（講談社ノベルス）p531
- ◇「死神と雷鳴の暗号─本格短編ベスト・セレクション」講談社 2006（講談社文庫）p365
- ◇「麺'sミステリー倶楽部─傑作推理小説集」光文社 2012（光文社文庫）p75

雪のなかのふたり
- ◇「奇譚カーニバル」集英社 2000（集英社文庫）

p143
　◇「迷」文藝春秋 2003（推理作家になりたくて マイ ベストミステリー）p282
　◇「マイ・ベスト・ミステリー 3」文藝春秋 2007（文春文庫）p418
夢はやぶれて―あるリストラの記録より
　◇「夢魔」光文社 2001（光文社文庫）p143
竜の侍
　◇「日本SF・名作集成 1」リブリオ出版 2005 p81
竜の眠る浜辺
　◇「冒険の森へ―傑作小説大全 8」集英社 2015 p233
TEN SECONDS
　◇「ひとにぎりの異形」光文社 2007（光文社文庫）p391

山田 稔　やまだ・みのる（1930～）
糺の森
　◇「京都府文学全集第1期（小説編）6」郷土出版社 2005 p250

山田 宗樹　やまだ・むねき（1965～）
蟷螂の気持ち
　◇「さむけ―ホラー・アンソロジー」祥伝社 1999（祥伝社文庫）p269
スッキリさせたい
　◇「憑き者―全篇書下ろし傑作ホラーアンソロジー」アスキー 2000（A-novels）p537
代体
　◇「短篇ベストコレクション―現代の小説 2015」徳間書店 2015（徳間文庫）p465

八岐 次　やまた・やどる
マルドゥック・ヴェロシティ"コンフェッション"―予告篇―
　◇「マルドゥック・ストーリーズ―公式二次創作集」早川書房 2016（ハヤカワ文庫 JA）p117

山田 洋次　やまだ・ようじ（1931～）
祖国（荒井雅樹／平松恵美子）
　◇「テレビドラマ代表作選集 2006年版」日本脚本家連盟 2006 p87
たそがれ清兵衛（朝間義隆）
　◇「年鑑代表シナリオ集 '02」シナリオ作家協会 2003 p199

山田 耀平　やまだ・ようへい
雪子
　◇「ゆきのまち幻想文学賞小品集 23」企画集団ぷりずむ 2014 p175

山田 吉孝　やまだ・よしたか
アルマゲドン
　◇「ショートショートの広場 13」講談社 2002（講談社文庫）p186
アンドロメダの女王様
　◇「ショートショートの広場 14」講談社 2003（講談社文庫）p123

山田 涼子　やまだ・りょうこ
篠笛とカグヤ姫

　◇「誰も知らない「桃太郎」「かぐや姫」のすべて」明拓出版 2009（創作童話シリーズ）p153

山田山　やまだやま
緑の壷
　◇「つながり―フェリシモしあわせショートショート」フェリシモ 1999 p71

やまち かずひろ
靴
　◇「ショートショートの広場 20」講談社 2008（講談社文庫）p11

山蔦 正躬　やまつた・まさみ（1911～1986）
荒沢部落（抄）
　◇「山形県文学全集第1期（小説編）2」郷土出版社 2004 p305

山手 一郎　やまて・いちろう
いなさ参ろう
　◇「「伊豆文学賞」優秀作品集 第12回」羽衣出版 2009 p3

山手 樹一郎　やまて・きいちろう（1899～1978）
一年余日
　◇「武士の本懐―武士道小説傑作選 2」ベストセラーズ 2005（ベスト時代文庫）p155
うどん屋剣法
　◇「逆転―時代アンソロジー」祥伝社 2000（祥伝社文庫）p139
　◇「感涙―人情時代小説傑作選」ベストセラーズ 2004（ベスト時代文庫）p263
江戸へ逃げる女
　◇「夕まぐれ江戸小景」光文社 2015（光文社文庫）p95
大石主税白梅紅梅
　◇「定本・忠臣蔵四十七人集」双葉社 1998 p384
きつね美女
　◇「極め付き時代小説 1」中央公論新社 2004（中公文庫）p235
霧の中
　◇「花と剣と侍―新鷹会・傑作時代小説選」光文社 2010（光文社文庫）p75
櫛
　◇「黒門町伝七捕物帳―時代小説競作選」光文社 2015（光文社文庫）p5
下郎の夢
　◇「武士道切絵図―新鷹会・傑作時代小説選」光文社 2010（光文社文庫）p77
恋の酒
　◇「酔うて候―時代小説傑作選」徳間書店 2006（徳間文庫）p49
後家の春
　◇「江戸の老人力―時代小説傑作選」集英社 2002（集英社文庫）p341
ざんぎり
　◇「武士道残月抄」光文社 2011（光文社文庫）p121

死神
◇「武士道歳時記―新鷹会・傑作時代小説選」光文社 2008（光文社文庫）p61
春風街道
◇「江戸の漫遊力―時代小説傑作選」集英社 2008（集英社文庫）p425
師走十五日―元禄いろは硯
◇「我、本懐を遂げんとす―忠臣蔵傑作選」徳間書店 1998（徳間文庫）p7
生命の灯
◇「変事異聞」小学館 2007（小学館文庫）p183
竹光と女房と
◇「たそがれ江戸暮色」光文社 2014（光文社文庫）p123
錦の旗風
◇「少年小説大系 22」三一書房 1997 p99
福の神だという女
◇「雪月花・江戸景色」光文社 2013（光文社文庫）p105
桃太郎侍
◇「颯爽登場！ 第一話―時代小説ヒーロー初見参」新潮社 2004（新潮文庫）p301
夜馬車
◇「彩四季・江戸慕情」光文社 2012（光文社文庫）p103
弥生十四日
◇「忠臣蔵コレクション 1」河出書房新社 1998（河出文庫）p7
余香抄
◇「忠臣蔵コレクション 3」河出書房新社 1998（河出文庫）p181
浪人まつり
◇「素浪人横丁―人情時代小説傑作選」新潮社 2009（新潮文庫）p181
◇「しのぶ雨江戸恋慕―新鷹会・傑作時代小説選」光文社 2016（光文社文庫）p103

山手 二郎　やまて・じろう
伊豆縄地マリア観音
◇「伊豆の江戸を歩く」伊豆新聞社 2004（伊豆文学賞歴史小説傑作集）p55

山寺 美恵　やまでら・みえ
斐子―あやこ
◇「全作家短編小説集 11」全作家協会 2012 p13

邪魔斗 多蹴　やまと・たける
体温計
◇「ショートショートの花束 2」講談社 2010（講談社文庫）p201

山戸 結希　やまと・ゆうき（1989～）
君を得る
◇「十年後のこと」河出書房新社 2016 p195

山中 貞雄　やまなか・さだお（1909～1938）
「人情紙風船」が遺作ではチトサビシイ≫井上金太郎
◇「日本人の手紙 8」リブリオ出版 2004 p160

やまなか しほ
オピウム
◇「超短編の世界 vol.3」創風社 2011 p168
誰も知らない言葉
◇「超短編の世界」創風社 2008 p74
楽園のアンテナ
◇「超短編の世界 vol.2」創風社 2009 p94

山中 智恵子　やまなか・ちえこ（1925～2006）
草枕の露―最後の群行 愷子内親王
◇「王侯」国書刊行会 1998（書物の王国）p100
短歌
◇「コレクション戦争と文学 13」集英社 2011 p684

山中 兆子　やまなか・ちょうこ
製糸女工の唄
◇「アンソロジー・プロレタリア文学 2」森話社 2014 p9

山中 寅文　やまなか・とらふみ（1926～2003）
対談 樹木と語る楽しさ（幸田文、山中寅文）
◇「ちくま日本文学 5」筑摩書房 2007（ちくま文庫）p443

山中 久義　やまなか・ひさよし
尊厳死
◇「ショートショートの広場 9」講談社 1998（講談社文庫）p99

山中 摹太郎　やまなか・まねたろう
怪犯人の行方
◇「シャーロック・ホームズの災難―日本版」論創社 2007 p323

山中 峯太郎　やまなか・みねたろう（1885～1966）
小指一本の大試合
◇「『少年倶楽部』短篇選」講談社 2013（講談社文芸文庫）p132
南洋に君臨せる日本少年王
◇「日本の少年小説―「少国民」のゆくえ」インパクト出版会 2016（インパクト選書）p31
東の雲晴れて
◇「日本の少年小説―「少国民」のゆくえ」インパクト出版会 2016（インパクト選書）p150

山成 嘉津江　やまなり・かつえ
喜怒哀楽!?年賀状
◇「ショートショートの広場 17」講談社 2005（講談社文庫）p123

山根 正通　やまね・まさみち
悪人抹殺機
◇「ショートショートの広場 18」講談社 2006（講談社文庫）p176

山野 浩一　やまの・こういち（1939～2017）
渦巻

- ◇「宇宙塵傑作選—日本SFの軌跡 1」出版芸術社 1997 p179

X電車で行こう
- ◇「日本SF全集 1」出版芸術社 2009 p331
- ◇「60年代日本SFベスト集成」筑摩書房 2013（ちくま文庫）p161

革命狂詩曲—Rapsodia Revolucionaria
- ◇「暴走する正義」筑摩書房 2016（ちくま文庫）p333

恐竜
- ◇「恐竜文学大全」河出書房新社 1998（河出文庫）p289

地獄八景—ただいまから地獄にご案内いたします—山野浩一、三十三年ぶりの新作
- ◇「NOVA—書き下ろし日本SFコレクション 10」河出書房新社 2013（河出文庫）p131

戦場からの電話—Telephone Call from the Field
- ◇「あしたは戦争」筑摩書房 2016（ちくま文庫）p47

メシメリ街道
- ◇「日本SF短篇50 2」早川書房 2013（ハヤカワ文庫JA）p7
- ◇「70年代日本SFベスト集成 2」筑摩書房 2014（ちくま文庫）p65

山之内 宏一　やまのうち・こういち

宮さんのくんち
- ◇「優秀新人戯曲集 2007」ブロンズ新社 2006 p67

山内 久　やまのうち・ひさし（1925〜2015）

果てしなき欲望（今村昌平）
- ◇「新装版 全集現代文学の発見 6」學藝書林 2003 p518

山内 封介　やまのうち・ほうすけ（1888〜？）

鮮人事件、大杉事件の露国に於ける輿論
- ◇「天変動く大震災と作家たち」インパクト出版会 2011（インパクト選書）p194

山ノ内 真樹子　やまのうち・まきこ

大きな木
- ◇「ゆきのまち幻想文学賞小品集 22」企画集団ぷりずむ 2013 p7

スノードーム
- ◇「ゆきのまち幻想文学賞小品集 23」企画集団ぷりずむ 2014 p87

山之内 正文　やまのうち・まさふみ（1955〜）

エンドコール・メッセージ
- ◇「ザ・ベストミステリーズ—推理小説年鑑 2002」講談社 2002 p147
- ◇「トリック・ミュージアム」講談社 2005（講談社文庫）p243

吉次のR69
- ◇「ミステリーズ！ extra—《ミステリ・フロンティア》特集」東京創元社 2004 p168

山之内 まつ子　やまのうち・まつこ（1950〜）

逆回り
- ◇「現代鹿児島小説大系 4」ジャプラン 2014 p362

癖
- ◇「現代鹿児島小説大系 4」ジャプラン 2014 p322

山之内 芳枝　やまのうち・よしえ

ユリイカ
- ◇「忘れがたい者たち—ライトノベル・ジュブナイル選集」創英社 2007 p153

山之口 貘　やまのくち・ばく（1903〜1963）

妹へおくる手紙
- ◇「沖縄文学選—日本文学のエッジからの問い」勉誠出版 2003 p68
- ◇「新装版 全集現代文学の発見 13」學藝書林 2004 p209

沖縄よどこへ行く
- ◇「沖縄文学選—日本文学のエッジからの問い」勉誠出版 2003 p71
- ◇「読み聞かせる戦争」光文社 2015 p173

思ひ出
- ◇「新装版 全集現代文学の発見 13」學藝書林 2004 p212

会話
- ◇「沖縄文学選—日本文学のエッジからの問い」勉誠出版 2003 p69
- ◇「新装版 全集現代文学の発見 13」學藝書林 2004 p208
- ◇「日本文学全集 29」河出書房新社 2016 p42

加藤清正
- ◇「新装版 全集現代文学の発見 13」學藝書林 2004 p204

玩具
- ◇「新装版 全集現代文学の発見 13」學藝書林 2004 p209

汲取屋になった詩人
- ◇「コレクション私小説の冒険 1」勉誠出版 2013 p105

結婚
- ◇「新装版 全集現代文学の発見 13」學藝書林 2004 p213

現金
- ◇「新装版 全集現代文学の発見 13」學藝書林 2004 p210

詩 沖縄よどこへ行く
- ◇「コレクション戦争と文学 20」集英社 2012 p13

春愁
- ◇「新装版 全集現代文学の発見 13」學藝書林 2004 p210

数学
- ◇「新装版 全集現代文学の発見 13」學藝書林 2004 p206

存在
- ◇「新装版 全集現代文学の発見 13」學藝書林 2004 p207

畳
- ◇「新装版 全集現代文学の発見 13」學藝書林 2004 p211

やまの

友引の日
◇「新装版 全集現代文学の発見 13」學藝書林 2004 p213

野宿
◇「現代沖縄文学作品選」講談社 2011（講談社文芸文庫）p237

僕の詩
◇「新装版 全集現代文学の発見 13」學藝書林 2004 p207

檻棲は寝てゐる
◇「新装版 全集現代文学の発見 13」學藝書林 2004 p204

喪のある景色
◇「新装版 全集現代文学の発見 13」學藝書林 2004 p210

山之口貘詩集
◇「新装版 全集現代文学の発見 13」學藝書林 2004 p204

世はさまざま
◇「新装版 全集現代文学の発見 13」學藝書林 2004 p211

来意
◇「新装版 全集現代文学の発見 13」學藝書林 2004 p205
◇「日本文学全集 29」河出書房新社 2016 p41

山之口 洋　やまのぐち・よう（1960〜）
最後のSETISSION
◇「短篇ベストコレクション―現代の小説 2002」徳間書店 2002（徳間文庫）p495

プロパー・タイム
◇「本当のうそ」講談社 2007 p135

山入端 信子　やまのは・のぶこ
鬼火
◇「現代沖縄文学作品選」講談社 2011（講談社文芸文庫）p210

山野辺 昇月　やまのべ・しょうげつ（1915〜？）
川柳句集 きさらぎ
◇「ハンセン病文学全集 9」皓星社 2010 p415

山村 信男　やまむら・のぶお
晩涛記
◇「日本海文学大賞―大賞作品集 3」日本海文学大賞運営委員会 2007 p273

山村 暮鳥　やまむら・ぼちょう（1884〜1924）
あさがお
◇「もの食う話」文藝春秋 2015（文春文庫）p192

蟻railway
◇「悪いやつの物語」筑摩書房 2011（ちくま文学の森）p8

風景
◇「植物」国書刊行会 1998（書物の王国）p163

山村 正夫　やまむら・まさお（1931〜1999）
海猫岬

◇「謎―スペシャル・ブレンド・ミステリー 006」講談社 2011（講談社文庫）p35

オフェリアは誰も殺さない
◇「悲劇の臨時列車―鉄道ミステリー傑作選」光文社 1998（光文社文庫）p213
◇「鉄ミス倶楽部東海道新幹線50―推理小説アンソロジー」光文社 2014（光文社文庫）p95

畸形児
◇「妖異百物語 2」出版芸術社 1997（ふしぎ文学館）p171

吸血蝙蝠
◇「血の12幻想」エニックス 2000 p223

孔雀夫人の誕生日
◇「江戸川乱歩の推理教室」光文社 2008（光文社文庫）p239

暗い唄声
◇「無人踏切―鉄道ミステリー傑作選」光文社 2008（光文社文庫）p529

絞刑吏（こうけいり）
◇「甦る推理雑誌 7」光文社 2003（光文社文庫）p355

後篇 青鬚と二人の女
◇「甦る推理雑誌」光文社 2003（光文社文庫）p356

降霊術
◇「THE密室―ミステリーアンソロジー」有楽出版社 2014（JOY NOVELS）p191
◇「THE密室」実業之日本社 2016（実業之日本社文庫）p231

災厄への奉仕
◇「黒衣のモニュメント」光文社 2000（光文社文庫）p443

獅子
◇「江戸川乱歩と13の宝石 2」光文社 2007（光文社文庫）p41

乗車拒否
◇「最新「珠玉推理」大全 上」光文社 1998（カッパ・ノベルス）p393
◇「幻惑のラビリンス」光文社 2001（光文社文庫）p555

廃園の遺書
◇「怪談―24の恐怖」講談社 2004 p229

魔性の猫
◇「怪猫鬼談」人類文化社 1999 p247
◇「魔性の生き物」リブリオ出版 2001（怪奇・ホラーワールド）p67

密室の兇器
◇「江戸川乱歩の推理試験」光文社 2009（光文社文庫）p227

密室の毒蛾
◇「あなたが名探偵」講談社 1998（講談社文庫）p189

見晴台の惨劇
◇「江戸川乱歩の推理試験」光文社 2009（光文社文庫）p91

夜泣き電話

◇「日本ベストミステリー選集 24」光文社 1997（光文社文庫）p399

山村 美紗　やまむら・みさ　（1934〜1996）

一条戻り橋殺人事件
◇「仮面のレクイエム」光文社 1998（光文社文庫）p419

偽装の回路
◇「電話ミステリー倶楽部―傑作推理小説集」光文社 2016（光文社文庫）p235

京都・十二単衣殺人事件
◇「不可思議な殺人―ミステリー・アンソロジー」祥伝社 2000（祥伝社文庫）p309

グルメ列車殺人事件
◇「鉄ミス倶楽部東海道新幹線50―推理小説アンソロジー」光文社 2014（光文社文庫）p191

黒枠の写真
◇「煌めきの殺意」徳間書店 1999（徳間文庫）p719

高齢の使用人
◇「現代の小説 1997」徳間書店 1997 p97

嵯峨野トロッコ列車殺人事件
◇「全席死定―鉄道ミステリー名作館」徳間書店 2004（徳間文庫）p207

桜の寺殺人事件
◇「日本縦断世界遺産殺人紀行」有楽出版社 2014（JOY NOVELS）p253

殺意のまつり
◇「妖美―女流ミステリー傑作選」徳間書店 1999（徳間文庫）p379

残酷な旅路
◇「諜」文藝春秋 2003（推理作家になりたくて マイベストミステリー）p209
◇「マイ・ベスト・ミステリー 4」文藝春秋 2007（文春文庫）p321

時代祭に人が死ぬ
◇「京都殺意の旅―京都ミステリー傑作選」徳間書店 2001（徳間文庫）p255

少女は密室で死んだ
◇「七人の女探偵」廣済堂出版 1998（KOSAIDO BLUE BOOKS）p97

ストリーカーが死んだ
◇「THE密室―ミステリーアンソロジー」有楽出版社 2014（JOY NOVELS）p233
◇「THE密室」実業之日本社 2016（実業之日本社文庫）p283

特急列車は死を乗せて
◇「名探偵と鉄旅―鉄道ミステリー傑作選」光文社 2016（光文社文庫）p387

憎しみの回路
◇「赤のミステリー―女性ミステリー作家傑作選」光文社 1997 p283
◇「女性ミステリー作家傑作選 3」光文社 1999（光文社文庫）p289

虹への疾走
◇「綾辻行人と有栖川有栖のミステリー・ジョッキー 3」講談社 2012 p46

呪われた密室
◇「私は殺される―女流ミステリー傑作選」角川春樹事務所 2001（ハルキ文庫）p241

山村 幽星　やまむら・ゆうせい

影を求めて
◇「てのひら怪談―ビーケーワン怪談大賞傑作選 2」ポプラ社 2007 p114
◇「てのひら怪談―ビーケーワン怪談大賞傑作選 己丑」ポプラ社 2009（ポプラ文庫）p224

崖の石段
◇「てのひら怪談―ビーケーワン怪談大賞傑作選 百怪繚乱篇」ポプラ社 2008 p188

幻を追って
◇「てのひら怪談―ビーケーワン怪談大賞傑作選 辛卯」ポプラ社 2011（ポプラ文庫）p102

路地の猫
◇「てのひら怪談―ビーケーワン怪談大賞傑作選 壬辰」ポプラ社 2012（ポプラ文庫）p146

ロータリーに立つ影
◇「てのひら怪談 癸巳」KADOKAWA 2013（MF文庫ダ・ヴィンチ）p102

山本 厚　やまもと・あつし

内鮮児童融合の楔子 返事の著(っ)いた日（鄭人澤／李金童／山形シヅエ／朴相永／足立良夫）
◇「近代朝鮮文学日本語作品集1901〜1938 評論・随筆篇 3」緑蔭書房 2004 p337

山本 五十六　やまもと・いそろく　（1884〜1943）

あなたの懐ろに飛びこみたい≫河合千代子
◇「日本人の手紙 5」リブリオ出版 2004 p86

山本 一力　やまもと・いちりき　（1948〜）

あかね空（清水有生）
◇「テレビドラマ代表作選集 2004年版」日本脚本家連盟 2004 p111

ありの足音
◇「江戸めぐり雨」学研パブリッシング 2014（学研M文庫）p243

いっぽん桜
◇「たそがれ長屋―人情時代小説傑作選」新潮社 2008（新潮文庫）p53

永代橋帰帆
◇「冬ごもり―時代小説アンソロジー」KADOKAWA 2013（角川文庫）p217
◇「七つの忠臣蔵」新潮社 2016（新潮文庫）p247

閻魔堂の虹
◇「本からはじまる物語」メディアパル 2007 p111
◇「古書ミステリー倶楽部―傑作推理小説集 3」光文社 2015（光文社文庫）p55

銀子三枚
◇「代表作時代小説 平成22年度」光文社 2010 p311

そして、さくら湯―深川黄表紙掛取り帖
◇「代表作時代小説 平成15年度」光風社出版 2003

p315
代替わり
◇「花ふぶき―時代小説傑作選」角川春樹事務所 2004（ハルキ文庫）p251
たもと石
◇「代表作時代小説 平成24年度」光文社 2012 p323
端午のとうふ
◇「御白洲裁き―時代推理傑作選」徳間書店 2009（徳間文庫）p393
端午のとうふ―黄表紙掛取り帖
◇「ザ・ベストミステリーズ―推理小説年鑑 2001」講談社 2001 p557
◇「殺人作法」講談社 2004（講談社文庫）p401
長い串
◇「江戸の満腹力―時代小説傑作選」集英社 2005（集英社文庫）p343
仲町の夜雨
◇「江戸なみだ雨―市井稼業小説傑作選」学研パブリッシング 2010（学研M文庫）p119
逃げ水
◇「代表作時代小説 平成17年度」光文社 2005 p301
鈍色だすき
◇「散りぬる桜―時代小説招待席」廣済堂出版 2004 p361
のぼりうなぎ
◇「江戸夕しぐれ―市井稼業小説傑作選」学研パブリッシング 2011（学研M文庫）p325
菱あられ
◇「江戸しのび雨」学研パブリッシング 2012（学研M文庫）p255

山本 勝一　やまもと・かついち（1929～）
宇賀神いるか（伊藤正福）
◇「命つなぐ愛―佐渡演劇グループいごねり創作演劇脚本集」新潟日報事業社 2007 p63
おせんの恋（伊藤正福）
◇「命つなぐ愛―佐渡演劇グループいごねり創作演劇脚本集」新潟日報事業社 2007 p91
君に会えたら聞いてみたいこと（伊藤正福）
◇「命つなぐ愛―佐渡演劇グループいごねり創作演劇脚本集」新潟日報事業社 2007 p127
朱鷺の舞う空
◇「命つなぐ愛―佐渡演劇グループいごねり創作演劇脚本集」新潟日報事業社 2007 p7

山本 鍛　やまもと・きたえ
踏切
◇「ゆきのまち幻想文学賞小品集 15」企画集団ぷりずむ 2006 p143

山本 恵一郎　やまもと・けいいちろう
黒鼻ホテルの小さなロビー
◇「「伊豆文学賞」優秀作品集 第6回」羽衣出版 2003 p83

山本 兼一　やまもと・けんいち（1956～2014）
ヴァリニャーノの思惑

◇「代表作時代小説 平成22年度」光文社 2010 p93
うわき国広―堀川国広
◇「名刀伝」角川春樹事務所 2015（ハルキ文庫）p69
からこ夢幻
◇「代表作時代小説 平成23年度」光文社 2011 p279
酒しぶき清麿
◇「代表作時代小説 平成20年度」光文社 2008 p57
心中むらくも村正
◇「代表作時代小説 平成19年度」光文社 2007 p433
心中むらくも村正【村正】
◇「刀剣―歴史時代小説名作アンソロジー」中央公論新社 2016（中公文庫）p57

山本 健吉　やまもと・けんきち（1907～1988）
美しき鎮魂歌―『死者の書』を読みて
◇「創刊一〇〇年三田文学名作選」三田文学会 2010 p485

山本 巧次　やまもと・こうじ（1960～）
大江戸科学捜査 八丁堀のおゆう―千両富くじ根津の夢
◇「『このミステリーがすごい！』大賞作家書き下ろしBOOK vol.15」宝島社 2016 p149
しらさぎ14号の悪夢
◇「5分で読める！ ひと駅ストーリー 旅の話」宝島社 2015（宝島社文庫）p19
その朝のアリバイは
◇「10分間ミステリー THE BEST」宝島社 2016（宝島社文庫）p421

山本 才三郎　やまもと・さいざぶろう
海嘯遭難実況談
◇「天変動く大震災と作家たち」インパクト出版会 2011（インパクト選書）p20

山本 茂男　やまもと・しげお
ストップ ザ 脳内レボリューション
◇「小学校・全員参加の楽しい学級劇・学年劇脚本集 高学年」黎明書房 2007 p32
作ろう！ イメージングゆうえんち
◇「小学校・全員参加の楽しい学級劇・学年劇脚本集 低学年」黎明書房 2007 p150

山本 周五郎　やまもと・しゅうごろう（1903～1967）
あとのない仮名
◇「たそがれ長屋―人情時代小説傑作選」新潮社 2008（新潮文庫）p175
鴉片のパイプ
◇「現代の小説 1997」徳間書店 1997 p133
雨あがる
◇「素浪人横丁―人情時代小説傑作選」新潮社 2009（新潮文庫）p7
◇「ふたり―時代小説夫婦情話」角川春樹事務所 2010（ハルキ文庫）p151
安政三天狗
◇「少年小説大系 22」三一書房 1997 p9

生キテイルノカ死ンデイルノカ。返事ヨコセ▷土岐雄三
◇「日本人の手紙 3」リブリオ出版 2004 p63

いさましい話
◇「江戸の老人力―時代小説傑作選」集英社 2002（集英社文庫）p375

糸車
◇「きずな―時代小説親子情話」角川春樹事務所 2011（ハルキ文庫）p157

糸車〈日本婦道記〉
◇「信州歴史時代小説傑作集 5」しなのき書房 2007 p221

牛一「平安喜遊集」より
◇「極め付き時代小説選 3」中央公論新社 2004（中公文庫）p273

裏の木戸はあいている
◇「歴史小説の世紀 天の巻」新潮社 2000（新潮文庫）p301

大炊介始末
◇「危険なマッチ箱」文藝春秋 2009（文春文庫）p317

かあちゃん
◇「江戸夕しぐれ―市井稼業小説傑作選」学研パブリッシング 2011（学研M文庫）p5

金五十両
◇「極め付き時代小説選 1」中央公論新社 2004（中公文庫）p207
◇「感涙―人情時代小説傑作選」ベストセラーズ 2004（ベスト時代文庫）p303

愚鈍物語
◇「江戸の鈍感力―時代小説傑作選」集英社 2007（集英社文庫）p265

内蔵允留守
◇「教科書名短篇 人間の情景」中央公論新社 2016（中公文庫）p105

笄堀
◇「女城主―戦国時代小説傑作選」PHP研究所 2016（PHP文芸文庫）p171

湖畔の人々
◇「鎮守の森に鬼が棲む―時代小説傑作選」講談社 2001（講談社文庫）p241

こんち午の日
◇「江戸なみだ雨―市井稼業小説傑作選」学研パブリッシング 2010（学研M文庫）p5
◇「江戸味わい帖 料理人篇」角川春樹事務所 2015（ハルキ文庫）p153

三十ふり袖
◇「極め付き時代小説選 2」中央公論新社 2004（中公文庫）p303

しじみ河岸
◇「剣が謎を斬る―名作で読む推理小説 時代ミステリー傑作選」光文社 2005（光文社文庫）p43

城中の霜
◇「志士―吉田松陰アンソロジー」新潮社 2014（新潮文庫）p213

城中の霜―橋本左内
◇「人物日本の歴史―時代小説 幕末維新編」小学館 2004（小学館文庫）p5

白魚橋の仇討
◇「紅葉谷から剣鬼が来る―時代小説傑作選」講談社 2002（講談社文庫）p323

城を守る者
◇「軍師の死にざま―短篇小説集」作品社 2006 p77
◇「疾風怒濤！ 上杉戦記―傑作時代小説」PHP研究所 2008（PHP文庫）p37
◇「軍師の生きざま―時代小説傑作選」コスミック出版 2008（コスミック・時代文庫）p97

城を守る者―千坂対馬
◇「軍師の死にざま」実業之日本社 2013（実業之日本社文庫）p99

その木戸を通って
◇「日本怪奇小説傑作集 2」東京創元社 2005（創元推理文庫）p383
◇「右か、左か」文藝春秋 2010（文春文庫）p77
◇「読まずにいられぬ名短篇」筑摩書房 2014（ちくま文庫）p35
◇「日本文学100年の名作 5」新潮社 2015（新潮文庫）p227

だんまり伝九
◇「『少年倶楽部』短篇選」講談社 2013（講談社文芸文庫）p189

月の出峠
◇「信州歴史時代小説傑作集 2」しなのき書房 2007 p361

鼓くらべ
◇「もう一度読みたい教科書の泣ける名作 再び」学研教育出版 2014 p133
◇「教科書名短篇 人間の情景」中央公論新社 2016（中公文庫）p81

釣忍
◇「親不孝長屋―人情時代小説傑作選」新潮社 2007（新潮文庫）p119

出来ていた青
◇「文豪のミステリー小説」集英社 2008（集英社文庫）p109

徒労に賭ける
◇「赤ひげ横丁―人情時代小説傑作選」新潮社 2009（新潮文庫）p7

なんの花か薫る
◇「江戸夢あかり」学習研究社 2003（学研M文庫）p161
◇「江戸夢あかり」学研パブリッシング 2013（学研M文庫）p161
◇「江戸なごり雨」学研パブリッシング 2013（学研M文庫）p319

日日平安―黒沢明監督「椿三十郎」原作
◇「時代劇原作選集―あの名画を生みだした傑作小説」双葉社 2003（双葉文庫）p137

備前名弓伝
◇「武士の本懐―武士道小説傑作選」ベストセラーズ 2004（ベスト時代文庫）p53

ひとごろし
- ◇「見上げれば星は天に満ちて―心に残る物語―日本文学秀作選」文藝春秋 2005（文春文庫）p179
- ◇「冒険の森へ―傑作小説大全 6」集英社 2016 p133

風流化物屋敷
- ◇「稲生モノノケ大全 陽之巻」毎日新聞社 2005 p625

武家草鞋
- ◇「がんこ長屋」新潮社 2013（新潮文庫）p173

不断草
- ◇「山形県文学全集第1期（小説編）1」郷土出版社 2004 p348
- ◇「失われた空―日本人の涙と心の名作8選」新潮社 2014（新潮文庫）p55

武道宵節句
- ◇「万事金の世―時代小説傑作選」徳間書店 2006（徳間文庫）p5

へちまの木
- ◇「剣鬼らの饗宴」光風社出版 1998（光風社文庫）p255

ほろと釵
- ◇「酔うて候―時代小説傑作選」徳間書店 2006（徳間文庫）p271

藪の蔭〈日本婦道記〉
- ◇「信州歴史時代小説傑作集 5」しなのき書房 2007 p201

ゆうれい貸屋
- ◇「江戸夢日和」学習研究社 2004（学研M文庫）p7

宵闇の義賊
- ◇「江戸宵闇しぐれ」学習研究社 2005（学研M文庫）p7

義経の女
- ◇「源義経の時代―短篇小説集」作品社 2004 p249

よじょう
- ◇「七人の武蔵」角川書店 2002（角川文庫）p227
- ◇「怠けものの話」筑摩書房 2011（ちくま文学の森）p299

夜の辛夷
- ◇「江戸色恋坂―市井情話傑作選」学習研究社 2005（学研M文庫）p7

わたくしです物語
- ◇「江戸の爆笑力―時代小説傑作選」集英社 2004（集英社文庫）p403

山本 大介　やまもと・だいすけ
窓
- ◇「12人のカウンセラーが語る12の物語」ミネルヴァ書房 2010 p77

山本 崇雄　やまもと・たかお
A Little Shining Star―あの輝く星のために
- ◇「中学生の楽しい英語劇―Let's Enjoy Some Plays」秀文館 2004 p109

Rainbow Maker～The Invisible Things～虹を紡ぐ人
- ◇「中学校たのしい劇脚本集―英語劇付 Ⅱ」国土社 2011 p194

Under the Same Sky～How to Make a Shooting Star～同じソラの下で
- ◇「中学校たのしい劇脚本集―英語劇付 Ⅰ」国土社 2010 p185

山本 貴士　やまもと・たかし
エコー、傷
- ◇「優秀新人戯曲集 2004」ブロンズ新社 2003 p235

山本 太郎　やまもと・たろう（1925～1988）
かるちえ・じゃぽね―ある男の一日
- ◇「新装版 全集現代文学の発見 13」學藝書林 2004 p312

山本 直哉　やまもと・なおや
酔眠
- ◇「神様に一番近い場所―漱石来熊百年記念「草枕文学賞」作品集」文藝春秋企画センター 1998 p193

山本 禾太郎　やまもと・のぎたろう（1889～1951）
仙人掌の花
- ◇「幻の探偵雑誌 6」光文社 2001（光文社文庫）p393

少年と一万円
- ◇「探偵小説の風景―トラフィック・コレクション 上」光文社 2009（光文社文庫）p137

抱茗荷の説
- ◇「怪奇探偵小説集 3」角川春樹事務所 1998（ハルキ文庫）p55

探偵小説思い出話
- ◇「甦る推理雑誌 2」光文社 2002（光文社文庫）p309

閉鎖を命ぜられた妖怪館
- ◇「君らの狂気で死を孕ませよ―新青年傑作選」角川書店 2000（角川文庫）p209
- ◇「江戸川乱歩と13人の新青年〈論理派〉編」光文社 2008（光文社文庫）p329

山本 修雄　やまもと・のぶお
ウコンレオラ
- ◇「暗黒のメルヘン」河出書房新社 1998（河出文庫）p439

山本 肇　やまもと・はじめ（1916～1988）
山本肇第三句集 海の音
- ◇「ハンセン病文学全集 9」皓星社 2010 p210

山本肇集 最終船
- ◇「ハンセン病文学全集 9」皓星社 2010 p195

山本肇句集
- ◇「ハンセン病文学全集 9」皓星社 2010 p150

山本 幡男　やまもと・はたお（1908～1954）
シベリア・強制収容所で書かれた望郷≫山本マサト・モジミ
- ◇「日本人の手紙 10」リブリオ出版 2004 p152

山本 宏明　やまもと・ひろあき
青いヴェールに包まれて
◇「科学ドラマ大賞 第2回受賞作品集」科学技術振興機構〔2011〕p39

山本 ひろし　やまもと・ひろし
依頼
◇「ショートショートの広場 15」講談社 2004（講談社文庫）p136
印象の薄い男
◇「ショートショートの広場 17」講談社 2005（講談社文庫）p168
ウイルス
◇「ショートショートの広場 18」講談社 2006（講談社文庫）p89

山本 弘　やまもと・ひろし（1956〜）
アリスへの決別
◇「結晶銀河—一年刊日本SF傑作選」東京創元社 2011（創元SF文庫）p315
奪うことあたわぬ宝
◇「へっぽこ冒険者とイオドの宝—ソード・ワールド短編集」富士見書房 2005（富士見ファンタジア文庫）p9
オルダーセンの世界
◇「日本SF短篇50 5」早川書房 2013（ハヤカワ文庫JA）p375
ゴーレムは証言せず
◇「ゴーレムは証言せず—ソード・ワールド短編集」富士見書房 2000（富士見ファンタジア文庫）p267
死者は弁明せず
◇「死者は弁明せず—ソード・ワールド短編集」富士見書房 1997（富士見ファンタジア文庫）p207
第一話 まぼろし模型
◇「妖魔夜行—幻の巻」角川書店 2001（角川文庫）p7
第五話 どっきり！ 私の学校は魔空基地？
◇「妖魔夜行—幻の巻」角川書店 2001（角川文庫）p221
大正航時機綺譚—「ええ金儲けのネタを思いついたんや」「金儲けって、また詐欺かいな」
◇「NOVA—書き下ろし日本SFコレクション 10」河出書房新社 2013（河出文庫）p167
多々良島ふたたび
◇「多々良島ふたたび—ウルトラ怪獣アンソロジー」早川書房 2015（TSUBURAYA×HAYAKAWA UNIVERSE）p5
七パーセントのテンムー
◇「虚構機関—一年刊日本SF傑作選」東京創元社 2008（創元SF文庫）p73
七歩跳んだ男—その男は死んでいた。初の月面殺人事件か？ 本格SF的と学会的本格ミステリ開幕
◇「NOVA—書き下ろし日本SFコレクション 1」河出書房新社 2009（河出文庫）p97
廃都の怪神
◇「怪獣文藝の逆襲」KADOKAWA 2015（〔幽〕BOOKS）p69
密林の巨龍
◇「ドラゴン殺し」メディアワークス 1997（電撃文庫）p81
闇が落ちる前に、もう一度
◇「逃げゆく物語の話—ゼロ年代日本SFベスト集成F」東京創元社 2010（創元SF文庫）p165
四四年前の中二病
◇「多々良島ふたたび—ウルトラ怪獣アンソロジー」早川書房 2015（TSUBURAYA×HAYAKAWA UNIVERSE）p43
リアリストたち
◇「SF JACK」角川書店 2013 p271
◇「SF JACK」KADOKAWA 2016（角川文庫）p263
リトルガールふたたび
◇「コレクション戦争と文学 5」集英社 2011 p447

山本 博美　やまもと・ひろみ
嫁入り前夜
◇「失恋前夜—大人のための恋愛短編集」泰文堂 2013（レインブックス）p179

山本 文緒　やまもと・ふみお（1962〜）
いるか療法—〈突発性難聴〉
◇「短篇復活」集英社 2002（集英社文庫）p487
子供おばさん
◇「文芸あねもね」新潮社 2012（新潮文庫）p415
これが私の生きる道
◇「Love songs」幻冬舎 1998 p33
20×20
◇「20の短編小説」朝日新聞出版 2016（朝日文庫）p341
庭
◇「日本文学100年の名作 9」新潮社 2015（新潮文庫）p345
バヨリン心中
◇「あの街で二人は—seven love stories」新潮社 2014（新潮文庫）p97
ブラック・ティー
◇「鉄路に咲く物語—鉄道小説アンソロジー」光文社 2005（光文社文庫）p229
また夢をゆく
◇「短篇ベストコレクション—現代の小説 2000」徳間書店 2000 p141

山本 真紀　やまもと・まき
人生はバラ色だ—なっちゃん空を飛ぶ
◇「優秀新人戯曲集 2005」ブロンズ新社 2004 p169

山本 昌代　やまもと・まさよ（1960〜）
さ蕨
◇「現代秀作集」角川書店 1999（女性作家シリーズ）p561

山本 眞裕　やまもと・まひろ
ひょうたんのイヲ
　◇「太宰治賞 2009」筑摩書房 2009 p119

山本 水城　やまもと・みずき
初詣
　◇「てのひら怪談─ビーケーワン怪談大賞傑作選 壬辰」ポプラ社 2012（ポプラ文庫）p144

山本 ゆうじ　やまもと・ゆうじ
蚊帳の外
　◇「てのひら怪談─ビーケーワン怪談大賞傑作選 2」ポプラ社 2007 p98

山本 有三　やまもと・ゆうぞう（1887〜1974）
チョコレート
　◇「短編名作選─1925-1949 文士たちの時代」笠間書院 1999 p97

山本 幸久　やまもと・ゆきひさ（1966〜）
クール
　◇「エール！ 3」実業之日本社 2013（実業之日本社文庫）p139
舌のさきで
　◇「本当のうそ」講談社 2007 p103
天使
　◇「Happy Box」PHP研究所 2012 p57
　◇「Happy Box」PHP研究所 2015（PHP文芸文庫）p57
ネコ・ノ・デコ
　◇「Love or like─恋愛アンソロジー」祥伝社 2008（祥伝社文庫）p283
野和田さん家のツグヲさん
　◇「短篇ベストコレクション─現代の小説 2007」徳間書店 2007（徳間文庫）p311
マニアの受難
　◇「あの日、君と Boys」集英社 2012（集英社文庫）p285
雪が降る
　◇「忘れない。─贈りものをめぐる十の話」メディアファクトリー 2007 p179

山本 吉徳　やまもと・よしのり
すゞめの爪音
　◇「ハンセン病文学全集 8」皓星社 2006 p529
ふゆの草
　◇「ハンセン病文学全集 8」皓星社 2006 p403

山本 芳郎　やまもと・よしろう
完全な殺人
　◇「ショートショートの広場 14」講談社 2003（講談社文庫）p168
手紙
　◇「ショートショートの広場 14」講談社 2003（講談社文庫）p44

山本 良吉　やまもと・りょうきち（1917〜1977）
熟さない木の実
　◇「ハンセン病文学全集 9」皓星社 2010 p417
遺句集 夜の夢昼の夢
　◇「ハンセン病文学全集 9」皓星社 2010 p430

山本 留実　やまもと・るみ
どんどん どきどき きらきら ひかる
　◇「小学校・全員参加の楽しい学級劇・学年劇脚本集 低学年」黎明書房 2007 p82

山脇 千史　やまわき・ちふみ
陽だまりの幽霊
　◇「吟醸掌篇─召しませ短篇小説 vol.1」けいこう舎 2016 p21

夜宵　やよい
朝のうちにやるいくつかのこと
　◇「人は死んだら電柱になる─電柱アンソロジー」遠すぎる未来団 2014 p59

八芳 邦雄　やよし・くにお
霊媒の巫女に殺されたお岩
　◇「怪奇・伝奇時代小説選集 2」春陽堂書店 1999（春陽文庫）p32

楊 逸　ヤン・イー（1964〜）
ココナツの樹のある家
　◇「文学 2016」講談社 2016 p80
たなごころ
　◇「文学 2012」講談社 2012 p42
ワンちゃん
　◇「文学 2008」講談社 2008 p266
　◇「現代小説クロニクル 2005〜2009」講談社 2015（講談社文芸文庫）p168

梁 淳祐　ヤン・スヌ
追憶とともに
　◇「〈在日〉文学全集 16」勉誠出版 2006 p125
半日本人
　◇「〈在日〉文学全集 16」勉誠出版 2006 p139

梁 石日　ヤン・ソギル（1936〜）
運河
　◇「〈在日〉文学全集 7」勉誠出版 2006 p67
共同生活
　◇「〈在日〉文学全集 7」勉誠出版 2006 p43
祭祀
　◇「〈在日〉文学全集 7」勉誠出版 2006 p57
さかしま
　◇「コレクション 戦争と文学 12」集英社 2013 p556
新宿にて
　◇「〈在日〉文学全集 7」勉誠出版 2006 p31
迷走
　◇「〈在日〉文学全集 7」勉誠出版 2006 p5

夢の回廊
　◇「短篇ベストコレクション—現代の小説 2000」徳間書店 2000 p127
夜を賭けて
　◇「〈在日〉文学全集 7」勉誠出版 2006 p91

梁 柱東　ヤン・チュドン（1903～1977）
漢臭的内容を破打しやう
　◇「近代朝鮮文学日本語作品集1908～1945 セレクション 5」緑蔭書房 2008 p197

楊 美林　ヤン・ミリム
童話劇 燕の脚—三幕五場
　◇「近代朝鮮文学日本語作品集1908～1945 セレクション 6」緑蔭書房 2008 p131

【ゆ】

柳 寅成　ユ・インソン（1916～1991）
一塊の雪
　◇「近代朝鮮文学日本語作品集1908～1945 セレクション 4」緑蔭書房 2008 p474
鴨綠江（尹孤雲／金應熙）
　◇「近代朝鮮文学日本語作品集1908～1945 セレクション 6」緑蔭書房 2008 p91
郷土訪問飛行
　◇「近代朝鮮文学日本語作品集1908～1945 セレクション 4」緑蔭書房 2008 p473
鮮女
　◇「近代朝鮮文学日本語作品集1908～1945 セレクション 6」緑蔭書房 2008 p89
ふるさとの乙女たち
　◇「近代朝鮮文学日本語作品集1908～1945 セレクション 4」緑蔭書房 2008 p476
夜間飛行
　◇「近代朝鮮文学日本語作品集1908～1945 セレクション 4」緑蔭書房 2008 p471

劉 光石　ユ・グァンソク
雪夜
　◇「〈在日〉文学全集 16」勉誠出版 2006 p75

兪 鎭午　ユ・ジノ（1906～1987）
"亞細亞詩集"（下）総督賞に決定するまで
　◇「近代朝鮮文学日本語作品集1939～1945 評論・随筆篇 1」緑蔭書房 2002 p411
新しき創造へ—朝鮮文學の現段階（1）～（3）
　◇「近代朝鮮文学日本語作品集1939～1945 評論・随筆篇 1」緑蔭書房 2002 p105
李孝石について
　◇「近代朝鮮文学日本語作品集1939～1945 評論・随筆篇 3」緑蔭書房 2002 p270
所謂 "二重過歲"（1）～（3）
　◇「近代朝鮮文学日本語作品集1939～1945 評論・随筆篇 1」緑蔭書房 2002 p41

欧洲大戦から何を学ぶか（柳致眞／李孝石）
　◇「近代朝鮮文学日本語作品集1908～1945 セレクション 6」緑蔭書房 2008 p305
大いなる拍車
　◇「近代朝鮮文学日本語作品集1939～1945 評論・随筆篇 1」緑蔭書房 2002 p406
大いなる融和—決戦文学の理念確立
　◇「近代朝鮮文学日本語作品集1939～1945 評論・随筆篇 3」緑蔭書房 2002 p493
かち栗
　◇「近代朝鮮文学日本語作品集1908～1945 セレクション 1」緑蔭書房 2008 p231
小説 汽車の中
　◇「近代朝鮮文学日本語作品集1939～1945 創作篇 3」緑蔭書房 2001 p251
金講師とT教授
　◇「近代朝鮮文学日本語作品集1901～1938 創作篇 5」緑蔭書房 2004 p131
舊友と語る
　◇「近代朝鮮文学日本語作品集1939～1945 評論・随筆篇 3」緑蔭書房 2002 p307
慶州と金剛山
　◇「近代朝鮮文学日本語作品集1908～1945 セレクション 3」緑蔭書房 2008 p467
京城の電車車掌
　◇「近代朝鮮文学日本語作品集1939～1945 評論・随筆篇 3」緑蔭書房 2002 p25
個人的接觸の機會
　◇「近代朝鮮文学日本語作品集1939～1945 評論・随筆篇 3」緑蔭書房 2002 p473
作家と氣魄（文藝時評）
　◇「近代朝鮮文学日本語作品集1939～1945 評論・随筆篇 1」緑蔭書房 2002 p415
詩調から
　◇「近代朝鮮文学日本語作品集1908～1945 セレクション 4」緑蔭書房 2008 p88
主題から見た朝鮮の國民文學
　◇「近代朝鮮文学日本語作品集1939～1945 評論・随筆篇 1」緑蔭書房 2002 p353
『人格』について
　◇「近代朝鮮文学日本語作品集1908～1945 セレクション 3」緑蔭書房 2008 p369
新協劇團 "春香傳" の公演に寄せる（1）（3）（宋錫夏／李基也／鄭寅燮）
　◇「近代朝鮮文学日本語作品集1901～1938 評論・随筆篇 1」緑蔭書房 2004 p51
新月を歌へる（ロバート・ブリッジェス〔著〕）
　◇「近代朝鮮文学日本語作品集1908～1945 セレクション 4」緑蔭書房 2008 p84
綜合された新文化の造立へ—兪鎭午氏抱負を語る
　◇「近代朝鮮文学日本語作品集1908～1945 セレクション 3」緑蔭書房 2008 p312
滄浪亭記
　◇「近代朝鮮文学日本語作品集1908～1945 セレクショ

ゆ

大東亞精神の基調
◇「近代朝鮮文学日本語作品集1939～1945 評論・随筆篇1」緑蔭書房 2002 p363

「大東亞精神の強化普及」に就いて
◇「近代朝鮮文学日本語作品集1939～1945 評論・随筆篇1」緑蔭書房 2002 p486

大東亞文学者大会と朝鮮の作家たち
◇「近代朝鮮文学日本語作品集1939～1945 評論・随筆篇1」緑蔭書房 2002 p397

大東亞文學者大會に列して
◇「近代朝鮮文学日本語作品集1939～1945 評論・随筆篇1」緑蔭書房 2002 p399

張赫宙氏へ——朝鮮の一知識人として
◇「近代朝鮮文学日本語作品集1939～1945 評論・随筆篇1」緑蔭書房 2002 p29

蝶
◇「近代朝鮮文学日本語作品集1939～1945 創作篇2」緑蔭書房 2001 p291

朝鮮人とユーモア
◇「近代朝鮮文学日本語作品集1939～1945 評論・随筆篇3」緑蔭書房 2002 p255

朝鮮文學通信
◇「近代朝鮮文学日本語作品集1939～1945 評論・随筆篇1」緑蔭書房 2002 p409

朝鮮文學の將來〔対談〕(張赫宙)
◇「近代朝鮮文学日本語作品集1939～1945 評論・随筆篇3」緑蔭書房 2002 p397

朝鮮文壇一年を顧る(1)～(5)
◇「近代朝鮮文学日本語作品集1939～1945 評論・随筆篇1」緑蔭書房 2002 p393

朝鮮文壇の傾向—その日本文壇への依存と乖離
◇「近代朝鮮文学日本語作品集1901～1938 評論・随筆篇2」緑蔭書房 2004 p127

朝鮮文壇の現状
◇「近代朝鮮文学日本語作品集1939～1945 評論・随筆篇1」緑蔭書房 2002 p57

朝鮮文壇の水準向上
◇「近代朝鮮文学日本語作品集1939～1945 評論・随筆篇1」緑蔭書房 2002 p473

月と星と
◇「近代朝鮮文学日本語作品集1908～1945 セレクション4」緑蔭書房 2008 p124

杜鵑に寄す
◇「近代朝鮮文学日本語作品集1908～1945 セレクション4」緑蔭書房 2008 p81

夏
◇「近代朝鮮文学日本語作品集1939～1945 創作篇2」緑蔭書房 2001 p267

日本語の普及
◇「近代朝鮮文学日本語作品集1939～1945 評論・随筆篇1」緑蔭書房 2002 p371

半島の地を踏まれる機を望みます
◇「近代朝鮮文学日本語作品集1908～1945 セレクション6」緑蔭書房 2008 p231

燈が破れたならば(ロバート・ブリッジェス〔著〕)
◇「近代朝鮮文学日本語作品集1908～1945 セレクション4」緑蔭書房 2008 p85

葡萄園の主人の話
◇「近代朝鮮文学日本語作品集1939～1945 評論・随筆篇2」緑蔭書房 2002 p75

決戦から決戦へ 文化篇 文化亦戰爭と共に
◇「近代朝鮮文学日本語作品集1939～1945 評論・随筆篇2」緑蔭書房 2002 p27

平凡人の世界—西洋のモラルと東洋の道徳
◇「近代朝鮮文学日本語作品集1908～1945 セレクション3」緑蔭書房 2008 p229

半島作家新人集 福男伊(ポクナミ)
◇「近代朝鮮文学日本語作品集1939～1945 創作篇3」緑蔭書房 2001 p367

滅びゆくものの美
◇「近代朝鮮文学日本語作品集1939～1945 評論・随筆篇3」緑蔭書房 2002 p85

満洲作家諸氏へ
◇「近代朝鮮文学日本語作品集1939～1945 評論・随筆篇3」緑蔭書房 2002 p491

漫想
◇「近代朝鮮文学日本語作品集1901～1938 評論・随筆篇2」緑蔭書房 2004 p243

南谷先生
◇「〈外地〉の日本語文学選3」新宿書房 1996 p192

ミューズを尋ねて
◇「近代朝鮮文学日本語作品集1901～1938 評論・随筆篇2」緑蔭書房 2004 p29

兪鎭午氏に聞く朝鮮文學の現状
◇「近代朝鮮文学日本語作品集1939～1945 評論・随筆篇1」緑蔭書房 2002 p153

豊かなる季節—関西旅行の印象
◇「近代朝鮮文学日本語作品集1939～1945 評論・随筆篇3」緑蔭書房 2002 p299

立派な軍人へ精進せよ—文人兪鎭午氏談(京城日報)
◇「近代朝鮮文学日本語作品集1908～1945 セレクション6」緑蔭書房 2008 p256

ロバート、ブリッジェズの詩より
◇「近代朝鮮文学日本語作品集1908～1945 セレクション4」緑蔭書房 2008 p84

我等必ず勝つ
◇「近代朝鮮文学日本語作品集1939～1945 評論・随筆篇2」緑蔭書房 2002 p375

兪 鎭贊 ユ・ジンチャン
聖戰誠詩集序
◇「近代朝鮮文学日本語作品集1908～1945 セレクション6」緑蔭書房 2008 p35

柳 致眞 ユ・チジン (1905～1974)
欧洲大戦から何を学ぶか(兪鎭午／李孝石)
◇「近代朝鮮文学日本語作品集1908～1945 セレクショ

ン 6」緑蔭書房 2008 p305
京城散歩道 南大門通りと南大門と
　◇「近代朝鮮文学日本語作品集1908〜1945 セレクション 3」緑蔭書房 2008 p297
ことし見た映畫の印象—在城諸氏の回答（金復鎭／崔禹錫／張德祚）
　◇「近代朝鮮文学日本語作品集1901〜1938 評論・随筆篇 3」緑蔭書房 2004 p350
"春香傳"を見る—新協劇團渡來の意義
　◇「近代朝鮮文学日本語作品集1901〜1938 評論・随筆篇 2」緑蔭書房 2004 p139
朝鮮新劇界一瞥—劇研座を中心として（上）（下）
　◇「近代朝鮮文学日本語作品集1901〜1938 評論・随筆篇 2」緑蔭書房 2004 p135
半島の徴兵制と文化人完 先づ尚武の精神
　◇「近代朝鮮文学日本語作品集1908〜1945 セレクション 3」緑蔭書房 2008 p165
片想
　◇「近代朝鮮文学日本語作品集1908〜1945 セレクション 3」緑蔭書房 2008 p389

柳 致環　ユ・チファン（1908〜1967）
首
　◇「近代朝鮮文学日本語作品集1939〜1945 創作篇 6」緑蔭書房 2001 p221

庾 妙達　ユ・ミョダル（1933〜1996）
アリラン峠（コゲ）
　◇「〈在日〉文学全集 18」勉誠出版 2006 p82
ウリマル 母國語
　◇「〈在日〉文学全集 18」勉誠出版 2006 p72
オッコルム
　◇「〈在日〉文学全集 18」勉誠出版 2006 p71
オムニム 母よ
　◇「〈在日〉文学全集 18」勉誠出版 2006 p65
玄界灘
　◇「〈在日〉文学全集 18」勉誠出版 2006 p68
ソンピョン 松餅
　◇「〈在日〉文学全集 18」勉誠出版 2006 p84
チマ・チョゴリ
　◇「〈在日〉文学全集 18」勉誠出版 2006 p88
チュムイ 巾着
　◇「〈在日〉文学全集 18」勉誠出版 2006 p60
チョンヂ 天池
　◇「〈在日〉文学全集 18」勉誠出版 2006 p70
鶴
　◇「〈在日〉文学全集 18」勉誠出版 2006 p64
陶祖「李參平」
　◇「〈在日〉文学全集 18」勉誠出版 2006 p74
ハヌニム 天空神
　◇「〈在日〉文学全集 18」勉誠出版 2006 p83
ハラボヂ 祖父
　◇「〈在日〉文学全集 18」勉誠出版 2006 p67
パンソリ 歌劇
　◇「〈在日〉文学全集 18」勉誠出版 2006 p79
文箱
　◇「〈在日〉文学全集 18」勉誠出版 2006 p62
マヌル 大蒜
　◇「〈在日〉文学全集 18」勉誠出版 2006 p86
李朝秋草
　◇「〈在日〉文学全集 18」勉誠出版 2006 p58
李朝白磁
　◇「〈在日〉文学全集 18」勉誠出版 2006 p78

劉 影三　ユ・ヨンサム
朝鮮映画への不満と期待
　◇「近代朝鮮文学日本語作品集1908〜1945 セレクション 3」緑蔭書房 2008 p145

柳 龍夏　ユ・ヨンハ
青蝗の歌
　◇「近代朝鮮文学日本語作品集1908〜1945 セレクション 4」緑蔭書房 2008 p323

柳 完熙　ユ・ワニ
朝鮮の新興文學運動（一）〜（十五）
　◇「近代朝鮮文学日本語作品集1901〜1938 評論・随筆篇 1」緑蔭書房 2004 p91

湯浅 克衛　ゆあさ・かつえ（1910〜1982）
カンナニ
　◇「コレクション戦争と文学 17」集英社 2012 p242
棗
　◇「〈外地〉の日本語文学選 3」新宿書房 1996 p108

湯浅 弘子　ゆあさ・ひろこ
潮境
　◇「日本海文学大賞—大賞作品集 2」日本海文学大賞運営委員会 2007 p3

湯浅 吉郎　ゆあさ・よしお（1858〜1943）
十二の石塚
　◇「新日本古典文学大系 明治編 12」岩波書店 2001 p47

由井 鮎彦　ゆい・あゆひこ
会えなかった人
　◇「太宰治賞 2011」筑摩書房 2011 p29

由比 俊之介　ゆい・しゅんのすけ
魔術師の夜
　◇「本格推理 11」光文社 1997（光文社文庫）p303

唯川 恵　ゆいかわ・けい（1955〜）
青の使者
　◇「悪魔のような女—女流ミステリー傑作選」角川春樹事務所 2001（ハルキ文庫）p177
　◇「短篇復活」集英社 2002（集英社文庫）p509
あね、いもうと
　◇「短篇ベストコレクション—現代の小説 2007」徳間書店 2007（徳間文庫）p71
言い分

ゆう

◇「奇妙な恋の物語」光文社 1998（光文社文庫）p85

いやな女
◇「紅迷宮―ミステリー・アンソロジー」祥伝社 2002（祥伝社文庫）p7

大人の恋
◇「空を飛ぶ恋―ケータイがつなぐ28の物語」新潮社 2006（新潮文庫）p46

女友達
◇「短篇ベストコレクション―現代の小説 2006」徳間書店 2006（徳間文庫）p349

過去が届く午後
◇「ザ・ベストミステリーズ―推理小説年鑑 1998」講談社 1998 p119
◇「完全犯罪証明書」講談社 2001（講談社文庫）p242
◇「謎―スペシャル・ブレンド・ミステリー 009」講談社 2014（講談社文庫）p239

彼女の躓き
◇「Friends」祥伝社 2003 p239

月光の果て
◇「こんなにも恋はせつない―恋愛小説アンソロジー」光文社 2004（光文社文庫）p307

ごめん。
◇「恋のかたち、愛のいろ」徳間書店 2008 p5
◇「短篇ベストコレクション―現代の小説 2009」徳間書店 2009（徳間文庫）p65
◇「恋のかたち、愛のいろ」徳間書店 2010（徳間文庫）p5

桜舞
◇「短篇ベストコレクション―現代の小説 2004」徳間書店 2004（徳間文庫）p215

消息
◇「Love songs」幻冬舎 1998 p5

終の季節
◇「恋する男たち」朝日新聞社 1999 p81

手のひらの雪のように
◇「ナナイロノコイ―恋愛小説」角川春樹事務所 2003 p161

〈ヒロコ〉
◇「秘密。―私と私のあいだの十二話」メディアファクトリー 2005 p103

プラチナ・リング
◇「Lovers」祥伝社 2001 p233

降り暮らす
◇「短篇ベストコレクション―現代の小説 2005」徳間書店 2005（徳間文庫）p241

分身
◇「ゆきどまり―ホラー・アンソロジー」祥伝社 2000（祥伝社文庫）p315

みんな半分ずつ
◇「短篇ベストコレクション―現代の小説 2008」徳間書店 2008（徳間文庫）p161

闇に挿す花
◇「恋は罪つくり―恋愛ミステリー傑作選」光文社 2005（光文社文庫）p303

ユキ
◇「秘密。―私と私のあいだの十二話」メディアファクトリー 2005 p97

雪おんな―金沢ニューグランドホテル
◇「贅沢な恋人たち」幻冬舎 1997（幻冬舎文庫）p49

夜の舌先
◇「female」新潮社 2004（新潮文庫）p31

ラテを飲みながら
◇「恋のかけら」幻冬舎 2008 p5
◇「恋のかけら」幻冬舎 2012（幻冬舎文庫）p7

ゆう

ブルー
◇「ゆきのまち幻想文学賞小品集 7」NTTメディアスコープ 1997 p195

柳 美里　ゆう・みり（1968～）

あなたと再会できるのは書くことによってです≫東由多加
◇「日本人の手紙 9」リブリオ出版 2004 p120

家族シネマ
◇「文学 1997」講談社 1997 p252
◇「現代小説クロニクル 1995～1999」講談社 2015（講談社文芸文庫）p109

潮合い
◇「いじめの時間」朝日新聞社 1997 p175

7時間35分
◇「空を飛ぶ恋―ケータイがつなぐ28の物語」新潮社 2006（新潮文庫）p136

パキラのコップ
◇「29歳」日本経済新聞出版社 2008 p251
◇「29歳」新潮社 2012（新潮文庫）p279

游 美媛　ユウ・メイエン

伊豆は第三の故郷
◇「「伊豆文学賞」優秀作品集 第17回」羽衣出版 2014 p226

夕方 理恵子　ゆうがた・りえこ

ごめんなさい
◇「ショートショートの広場 8」講談社 1997（講談社文庫）p82

湧川 新一　ゆうかわ・しんいち

島葛
◇「ハンセン病文学全集 9」皓星社 2010 p209

ユウキ

春先になると
◇「ショートショートの花束 8」講談社 2016（講談社文庫）p172

結城 哀草果　ゆうき・あいそうか（1893～1974）

赤旗を焼く
◇「山形県文学全集第2期（随筆・紀行編）2」郷土出版社 2005 p42

出産二つ

（文春文庫）p88
初不動地獄の証文
  ◇「闇の旋風」徳間書店 2000（徳間文庫）p365
不可抗力
  ◇「闇に香るもの」新潮社 2004（新潮文庫）p201
骨の音
  ◇「冒険の森へ―傑作小説大全 16」集英社 2015 p27
娘のいのち濡れ手で千両
  ◇「死人に口無し―時代推理傑作選」徳間書店 2009（徳間文庫）p103
森の石松が殺された夜
  ◇「大江戸犯科帖―時代推理小説名作選」双葉社 2003（双葉文庫）p309
夜が暗いように
  ◇「わが名はタフガイ―ハードボイルド傑作選」光文社 2006（光文社文庫）p137
老後
  ◇「恐怖の森」ランダムハウス講談社 2007 p17

結城 信一　ゆうき・しんいち（1916〜1984）
鶴の書
  ◇「コレクション戦争と文学 15」集英社 2012 p456
落葉亭
  ◇「戦後短篇小説再発見 5」講談社 2001（講談社文芸文庫）p97

由木 星　ゆうき・せい
写真
  ◇「ショートショートの広場 15」講談社 2004（講談社文庫）p22

結城 はに　ゆうき・はに
うきだあまん
  ◇「ゆきのまち幻想文学賞小品集 22」企画集団ぷりずむ 2013 p13
人魚は百年眠らない
  ◇「ゆきのまち幻想文学賞小品集 23」企画集団ぷりずむ 2014 p53
幕を上げて
  ◇「ゆきのまち幻想文学賞小品集 21」企画集団ぷりずむ 2012 p132

結城 充考　ゆうき・みつたか（1970〜）
雨が降る頃
  ◇「ザ・ベストミステリーズ―推理小説年鑑 2010」講談社 2010 p425
  ◇「BORDER善と悪の境界」講談社 2013（講談社文庫）p101
交錯
  ◇「ミステリマガジン700 国内篇」早川書房 2014（ハヤカワ・ミステリ文庫）p481
ソラ
  ◇「SF宝石―ぜーんぶ！　新作読み切り」光文社 2013 p205
  ◇「短篇ベストコレクション―現代の小説 2014」徳間書店 2014（徳間文庫）p439

◇「山形県文学全集第2期（随筆・紀行編）2」郷土出版社 2005 p36
冬の農家
  ◇「山形県文学全集第2期（随筆・紀行編）2」郷土出版社 2005 p16

結城 新　ゆうき・あらた
目覚まし時計
  ◇「ショートショートの花束 7」講談社 2015（講談社文庫）p42

優騎 洸　ゆうき・こう
論理の犠牲者
  ◇「新・本格推理 8」光文社 2008（光文社文庫）p177

結城 昌治　ゆうき・しょうじ（1927〜1996）
熱い死角―結城昌治自選傑作短篇集より
  ◇「警察小説傑作短篇集」ランダムハウス講談社 2009（ランダムハウス講談社文庫）p89
おまわりなんか知るもんかい
  ◇「冒険の森へ―傑作小説大全 12」集英社 2015 p13
替玉計画
  ◇「匠」文藝春秋 2003（推理作家になりたくて マイベストミステリー）p29
  ◇「マイ・ベスト・ミステリー 1」文藝春秋 2007（文春文庫）p40
寒中水泳
  ◇「ミステリマガジン700 国内篇」早川書房 2014（ハヤカワ・ミステリ文庫）p7
孤独なカラス
  ◇「異形の白昼―恐怖小説集」筑摩書房 2013（ちくま文庫）p93
小指のサリー
  ◇「奇妙な恋の物語」光文社 1998（光文社文庫）p177
怖い贈り物
  ◇「恐怖特急」光文社 2002（光文社文庫）p25
紺の彼方
  ◇「俳句殺人事件―巻頭句の女」光文社 2001（光文社文庫）p181
残酷な夕日
  ◇「男たちのら・ら・ば・い」徳間書店 1999（徳間文庫）p495
従軍免脱
  ◇「コレクション戦争と文学 11」集英社 2012 p286
終着駅（抄）
  ◇「日本文学全集 27」河出書房新社 2017 p177
司令官逃避
  ◇「冒険の森へ―傑作小説大全 9」集英社 2016 p39
喘息療法
  ◇「犯人は秘かに笑う―ユーモアミステリー傑作選」光文社 2007（光文社文庫）p197
葬式紳士
  ◇「匠」文藝春秋 2003（推理作家になりたくて マイベストミステリー）p61
  ◇「マイ・ベスト・ミステリー 1」文藝春秋 2007

柚木 緑子　ゆうき・みどりこ
　背守りの花
　◇「太宰治賞 2008」筑摩書房 2008 p225

結城 よしを　ゆうき・よしお（1920〜1985）
　土筆の海道
　◇「山形県文学全集第2期(随筆・紀行編) 2」郷土出版社 2005 p309

結城 嘉美　ゆうき・よしみ（1904〜1996）
　エノキの径
　◇「山形県文学全集第2期(随筆・紀行編) 4」郷土出版社 2005 p422

遊座 守　ゆうざ・まもる
　世界の一隅
　◇「Sports stories」埼玉県さいたま市 2009（さいたま市スポーツ文学賞受賞作品集）p133

遊馬 足搔　ゆうま・あがき（1978〜）
　或る夏のディレールメント
　◇「5分で読める！ ひと駅ストーリー 夏の記憶西口編」宝島社 2013（宝島社文庫）p121
　田舎旅行
　◇「5分で読める！ ひと駅ストーリー 旅の話」宝島社 2015（宝島社文庫）p257
　紙が語りかけます。ええか、ええのんか
　◇「5分で読める！ ひと駅ストーリー 本の物語」宝島社 2014（宝島社文庫）p169
　真っ白な甲子園
　◇「5分で読める！ ひと駅ストーリー 冬の記憶西口編」宝島社 2013（宝島社文庫）p211

夕村　ゆうむら
　マンホール
　◇「てのひら怪談―ビーケーワン怪談大賞傑作選 辛卯」ポプラ社 2011（ポプラ文庫）p116

ユエミチタカ
　となりのヴィーナス
　◇「アステロイド・ツリーの彼方へ」東京創元社 2016（創元SF文庫）p325

遊川 和彦　ゆかわ・かずひこ（1955〜）
　さとうきび畑の唄
　◇「テレビドラマ代表作選集 2004年版」日本脚本家連盟 2004 p7
　女王の教室
　◇「テレビドラマ代表作選集 2006年版」日本脚本家連盟 2006 p207

湯川 聖司　ゆかわ・せいじ
　⇒緑川聖司（みどりかわ・せいじ）を見よ

湯川 恒美　ゆかわ・つねみ
　新しい時代の明暗 (1) 二十世紀後半の救癩事業に望м
　◇「ハンセン病文学全集 5」皓星社 2010 p91
　新しい時代の明暗 (5) 癩を治そうとする努力が尚一層払われなければ駄目だ
　◇「ハンセン病文学全集 5」皓星社 2010 p106
　ライの意識革命と予防法闘争 (3) ライ予防法の改正は何故必要か
　◇「ハンセン病文学全集 5」皓星社 2010 p117

ゆき
　忍恋
　◇「恋みち―現代版・源氏物語」スターツ出版 2008 p181

由起 しげ子　ゆき・しげこ（1900〜1969）
　女の中の悪魔
　◇「新装版 全集現代文学の発見 16」學藝書林 2005 p536
　告別
　◇「戦後占領期短篇小説コレクション 6」藤原書店 2007 p17
　◇「百年小説」ポプラ社 2008 p1031
　女中ッ子
　◇「山形県文学全集第1期(小説編) 2」郷土出版社 2004 p177
　本の話
　◇「書物愛 日本篇」晶文社 2005 p63
　◇「書物愛 日本篇」東京創元社 2014（創元ライブラリ）p59

柚木崎 寿久　ゆきざき・としひさ
　うっかり同盟
　◇「ショートショートの広場 19」講談社 2007（講談社文庫）p170
　お姉さん
　◇「ショートショートの広場 18」講談社 2006（講談社文庫）p206
　首太郎
　◇「ショートショートの広場 19」講談社 2007（講談社文庫）p92
　参観日の作戦
　◇「ショートショートの花束 1」講談社 2009（講談社文庫）p244
　ソフトクリーム
　◇「ショートショートの広場 20」講談社 2008（講談社文庫）p280
　大仏さん
　◇「ショートショートの花束 2」講談社 2010（講談社文庫）p15
　ペテン師
　◇「ショートショートの広場 10」講談社 2000（講談社文庫）p92

雪舟 えま　ゆきふね・えま（1974〜）
　電
　◇「ファイン／キュート素敵かわいい作品選」筑摩書房 2015（ちくま文庫）p262
　トリィ＆ニニギ輸送社とファナ・デザイン
　◇「本をめぐる物語―栞は夢をみる」KADOKAWA 2014（角川文庫）p175
　渡りに月の船

◇「十年後のこと」河出書房新社 2016 p201

雪村 音於　ゆきむら・ねお
嘘つきな猫
◇「ショートショートの広場 16」講談社 2005（講談社文庫）p120
少年と熟女
◇「ショートショートの広場 15」講談社 2004（講談社文庫）p159

雪柳 妙　ゆきやなぎ・みょう
過去夢
◇「ショートショートの花束 3」講談社 2011（講談社文庫）p182

行多 未帆子　ゆくた・みほこ
テレポーテーション
◇「本格推理 15」光文社 1999（光文社文庫）p327

柚 かおり　ゆず・かおり
遠い海
◇「全作家短編小説集 6」全作家協会 2007 p145

ゆずき
いじっぱり
◇「御子神さん—幸福をもたらす♂三毛猫」竹書房 2010（竹書房文庫）p115
ふくのかみ
◇「御子神さん—幸福をもたらす♂三毛猫」竹書房 2010（竹書房文庫）p89

柚木 麻子　ゆずき・あさこ（1981〜）
終わりを待つ季節
◇「あのころの、」実業之日本社 2012（実業之日本社文庫）p233
残業バケーション
◇「運命の人はどこですか？」祥伝社 2013（祥伝社文庫）p263
白露—9月8日ごろ
◇「君と過ごす季節—秋から冬へ、12の暦物語」ポプラ社 2012（ポプラ文庫）p55
私にふさわしいホテル
◇「文芸あねもね」新潮社 2012（新潮文庫）p283

譲原 昌子　ゆずりはら・まさこ（1911〜1949）
朔北の闘い
◇「〈外地〉の日本語文学選 2」新宿書房 1996 p51
朝鮮ヤキ
◇「コレクション戦争と文学 17」集英社 2012 p538

ユズル
初めて恋してます。
◇「初めて恋してます。—サナギからチョウへ」主婦と生活社 2010（Junon novels）p5

由田 匡　ゆた・はこ
仮通夜
◇「てのひら怪談—ビーケーワン怪談大賞傑作選 2」ポプラ社 2007 p102
◇「てのひら怪談—ビーケーワン怪談大賞傑作選 己丑」ポプラ社 2009（ポプラ文庫）p218
人魂
◇「てのひら怪談—ビーケーワン怪談大賞傑作選 庚寅」ポプラ社 2010（ポプラ文庫）p206

柚月 裕子　ゆづき・ゆうこ（1968〜）
愛しのルナ
◇「5分で読める！ ひと駅ストーリー 猫の物語」宝島社 2014（宝島社文庫）p9
◇「5分で凍る！ ぞっとする怖い話」宝島社 2015（宝島社文庫）p181
恨みを刻む
◇「所轄—警察アンソロジー」角川春樹事務所 2016（ハルキ文庫）p103
「お薬増やしておきますね」
◇「もっとすごい！ 10分間ミステリー」宝島社 2013（宝島社文庫）p351
影にそう
◇「5分で読める！ ひと駅ストーリー 旅の話」宝島社 2015（宝島社文庫）p9
原稿取り
◇「5分で読める！ ひと駅ストーリー 降車編」宝島社 2012（宝島社文庫）p11
◇「5分で笑える！ おバカで愉快な物語」宝島社 2016（宝島社文庫）p9
業をおろす
◇「『このミステリーがすごい！』大賞作家書き下ろしBOOK」宝島社 2012 p215
心を捗う
◇「しあわせなミステリー」宝島社 2012 p115
◇「ザ・ベストミステリーズ—推理小説年鑑 2013」講談社 2013 p287
◇「ほっこりミステリー」宝島社 2014（宝島社文庫）p125
◇「Symphony漆黒の交響曲」講談社 2016（講談社文庫）p233
サクラ・サクラ
◇「10分間ミステリー」宝島社 2012（宝島社文庫）p209
◇「5分で泣ける！ 胸がいっぱいになる物語」宝島社 2015（宝島社文庫）p9
◇「10分間ミステリー THE BEST」宝島社 2016（宝島社文庫）p549
裁きを望む
◇「『このミステリーがすごい！』大賞作家書き下ろしBOOK vol.15」宝島社 2016 p193
死命を賭ける—《死命》刑事部編
◇「『このミステリーがすごい！』大賞作家書き下ろしBOOK vol.2」宝島社 2013 p5
背負う者
◇「悪意の迷路」光文社 2016（最新ベスト・ミステリー）p437
チョウセンアサガオの咲く夏
◇「5分で読める！ ひと駅ストーリー 夏の記憶東口編」宝島社 2013（宝島社文庫）p11
◇「5分で凍る！ ぞっとする怖い話」宝島社 2015（宝島社文庫）p19

ゆとう

◇「5分で驚く！ どんでん返しの物語」宝島社 2016（宝島社文庫）p173

泣き虫の鈴
◇「短篇ベストコレクション―現代の小説 2014」徳間書店 2014（徳間文庫）p467

初孫
◇「5分で読める！ 怖いはなし」宝島社 2014（宝島社文庫）p45

柚刀 郁茶　ゆとう・いくさ
立川トワイライトゾーン
◇「立川文学 1」けやき出版 2011 p135

湯菜岸 時也　ゆなぎし・ときや
怪鳥
◇「てのひら怪談―ビーケーワン怪談大賞傑作選 2」ポプラ社 2007 p214

ちゃんばらテッチャン
◇「てのひら怪談―ビーケーワン怪談大賞傑作選 辛卯」ポプラ社 2011（ポプラ文庫）p212

偵察
◇「てのひら怪談―ビーケーワン怪談大賞傑作選 壬辰」ポプラ社 2012（ポプラ文庫）p42

干潟
◇「てのひら怪談 癸巳」KADOKAWA 2013（MF文庫ダ・ヴィンチ）p26

ママ
◇「てのひら怪談―ビーケーワン怪談大賞傑作選 庚寅」ポプラ社 2010（ポプラ文庫）p28

弓場 貴子　ゆば・たかこ
願うはあなたの幸せだけを
◇「ひらく―第15回フェリシモ文学賞」フェリシモ 2012 p132

愈采子　ゆはんし
伊們的衣裳（上）（下）
◇「日本統治期台湾文学集成 25」緑蔭書房 2007 p377

弓田 京　ゆみた・きょう
早い者負け
◇「ショートショートの広場 11」講談社 2000（講談社文庫）p184

弓場 剛　ゆみば・つよし
白い帆は光と陰をはらみて
◇「「伊豆文学賞」優秀作品集 第7回」羽衣出版 2004 p73
◇「伊豆の歴史を歩く」羽衣出版 2006（伊豆文学賞歴史小説傑作集）p79

夢座 海二　ゆめざ・かいじ（1905～1995）
消えた貨車
◇「無人踏切―鉄道ミステリー傑作選」光文社 2008（光文社文庫）p205

偽装魔
◇「魔の怪」勉誠出版 2002（べんせいライブラリー）p93

どんたく囃子
◇「探偵くらぶ―探偵小説傑作選1946～1958 上」光文社 1997（カッパ・ノベルス）p229

変身
◇「妖異百物語 1」出版芸術社 1997（ふしぎ文学館）p75

遺言（ゆいごん）映画
◇「甦る推理雑誌 7」光文社 2003（光文社文庫）p175

夢野 久作　ゆめの・きゅうさく（1889～1936）
悪魔祈禱書
◇「書物愛 日本篇」晶文社 2005 p11
◇「書物愛 日本篇」東京創元社 2014（創元ライブラリ）p7

あやかしの鼓
◇「新装版 全集現代文学の発見 16」學藝書林 2005 p130

縊死体
◇「幻の探偵雑誌 8」光文社 2001（光文社文庫）p173

一年後の東京
◇「天変動く 大震災と作家たち」インパクト出版会 2011（インパクト選書）p202

一ぷく三杯
◇「ちくま日本文学 31」筑摩書房 2009（ちくま文庫）p14
◇「もの食う話」文藝春秋 2015（文春文庫）p41

いなか、の、じけん
◇「幻の探偵雑誌 2」光文社 2000（光文社文庫）p175

いなか、の、じけん（抄）
◇「ちくま日本文学 31」筑摩書房 2009（ちくま文庫）p9
◇「おかしい話」筑摩書房 2010（ちくま文学の森）p163

難船小僧（S・O・S・BOY）
◇「日本怪奇小説傑作集 1」東京創元社 2005（創元推理文庫）p413
◇「新編・日本幻想文学集成 4」国書刊行会 2016 p102

X光線
◇「ちくま日本文学 31」筑摩書房 2009（ちくま文庫）p20

お菓子の大舞踏会
◇「たんときれいに召し上がれ―美食文学精選」芸術新聞社 2015 p139

押絵の奇蹟
◇「江戸川乱歩と13人の新青年〈文学派〉編」光文社 2008（光文社文庫）p59
◇「ちくま日本文学 31」筑摩書房 2009（ちくま文庫）p43

オシャベリ姫
◇「女 2」あの出版 2016（GB）p82

骸骨の黒穂
◇「被差別小説傑作集」河出書房新社 2016（河出文庫）p215

怪夢
◇「新編・日本幻想文学集成 4」国書刊行会 2016 p69
聴き手は注意して択むべき事
◇「ちくま日本文学 31」筑摩書房 2009（ちくま文庫）p423
きのこ会議
◇「きのこ文学名作選」港の人 2010 p17
奇妙な遠眼鏡
◇「月のものがたり」ソフトバンククリエイティブ 2006 p62
キャラメルと飴玉
◇「たんときれいに召し上がれ―美食文学精選」芸術新聞社 2015 p137
空を飛ぶパラソル
◇「探偵小説の風景―トラフィック・コレクション下」光文社 2009（光文社文庫）p55
◇「竹中英太郎 1」皓星社 2016（挿絵叢書）p133
空中
◇「分身」国書刊行会 1999（書物の王国）p211
月蝕
◇「月」国書刊行会 1999（書物の王国）p12
けむりを吐かぬ煙突
◇「竹中英太郎 1」皓星社 2016（挿絵叢書）p175
氷の涯
◇「ちくま日本文学 31」筑摩書房 2009（ちくま文庫）p171
殺人迷路（連作探偵小説第七回）
◇「幻の探偵雑誌 8」光文社 2001（光文社文庫）p83
死後の恋
◇「魔の怪」勉誠出版 2002（べんせいライブラリー）p167
◇「恋は罪つくり―恋愛ミステリー傑作選」光文社 2005（光文社文庫）p31
◇「恐ろしい話」筑摩書房 2011（ちくま文学の森）p287
◇「新編・日本幻想文学集成 4」国書刊行会 2016 p22
白菊
◇「新編・日本幻想文学集成 4」国書刊行会 2016 p86
スイートポテトー
◇「ちくま日本文学 31」筑摩書房 2009（ちくま文庫）p11
杉山茂丸
◇「ちくま日本文学 31」筑摩書房 2009（ちくま文庫）p429
木魂（すだま）
◇「幻の探偵雑誌 1」光文社 2000（光文社文庫）p91
◇「幻視の系譜」筑摩書房 2013（ちくま文庫）p112
◇「新編・日本幻想文学集成 4」国書刊行会 2016 p131
スットントン
◇「ちくま日本文学 31」筑摩書房 2009（ちくま文庫）p9
卵
◇「鍵」文藝春秋 2004（推理作家になりたくて マイベストミステリー）p303
◇「マイ・ベスト・ミステリー 5」文藝春秋 2007（文春文庫）p453
◇「文豪たちが書いた怖い名作短編集」彩図社 2014 p11
◇「新編・日本幻想文学集成 4」国書刊行会 2016 p45
鉄鎚
◇「ひとりで夜読むな―新青年傑作選 怪奇編」角川書店 2001（角川ホラー文庫）p111
童貞
◇「新編・日本幻想文学集成 4」国書刊行会 2016 p50
人間腸詰
◇「ちくま日本文学 31」筑摩書房 2009（ちくま文庫）p361
人間レコード
◇「懐かしい未来―甦る明治・大正・昭和の未来小説」中央公論新社 2001 p272
人の顔
◇「爬虫館事件―新青年傑作選」角川書店 1998（角川ホラー文庫）p153
◇「恐怖特急」光文社 2002（光文社文庫）p85
◇「新編・日本幻想文学集成 4」国書刊行会 2016 p13
瓶詰地獄
◇「ちくま日本文学 31」筑摩書房 2009（ちくま文庫）p26
◇「日本文学100年の名作 2」新潮社 2014（新潮文庫）p205
◇「文豪たちが書いた耽美小説短編集」彩図社 2015 p154
瓶詰の地獄
◇「暗黒のメルヘン」河出書房新社 1998（河出文庫）p121
◇「近代小説〈異界〉を読む」双文社出版 1999 p92
◇「幻の探偵雑誌 6」光文社 2001（光文社文庫）p11
◇「迷」文藝春秋 2003（推理作家になりたくて マイベストミステリー）p268
◇「マイ・ベスト・ミステリー 3」文藝春秋 2007（文春文庫）p400
◇「冒険の森へ―傑作小説大全 1」集英社 2016 p8
微笑
◇「文豪てのひら怪談」ポプラ社 2009（ポプラ文庫）p192
◇「新編・日本幻想文学集成 4」国書刊行会 2016 p43
夢中運動の事
◇「ちくま日本文学 31」筑摩書房 2009（ちくま文庫）p427
謡曲嫌いの事
◇「ちくま日本文学 31」筑摩書房 2009（ちくま文庫）p418

謡曲黒白談
◇「ちくま日本文学 31」筑摩書房 2009（ちくま文庫）p418
謡曲の廃物利用の事
◇「ちくま日本文学 31」筑摩書房 2009（ちくま文庫）p422
猟奇歌
◇「ちくま日本文学 31」筑摩書房 2009（ちくま文庫）p407

夢野 旅人　ゆめの・たびと
楽園
◇「ショートショートの花束 8」講談社 2016（講談社文庫）p120

夢野 竹輪　ゆめの・ちくわ
一人暮らし
◇「てのひら怪談―ビーケーワン怪談大賞傑作選 辛卯」ポプラ社 2011（ポプラ文庫）p42

夢乃 鳥子　ゆめの・とりこ
海底の都
◇「てのひら怪談―ビーケーワン怪談大賞傑作選 百怪繚乱篇」ポプラ社 2008 p194
◇「てのひら怪談―ビーケーワン怪談大賞傑作選 己丑」ポプラ社 2009（ポプラ文庫）p228
クトゥルーの夢
◇「リトル・リトル・クトゥルー―史上最小の神話小説集」学習研究社 2009 p204
黒白映画
◇「てのひら怪談 癸巳」KADOKAWA 2013（MF文庫ダ・ヴィンチ）p176
双生児
◇「リトル・リトル・クトゥルー―史上最小の神話小説集」学習研究社 2009 p52
鳥居の家
◇「てのひら怪談―ビーケーワン怪談大賞傑作選 壬辰」ポプラ社 2012（ポプラ文庫）p12
にらめっこ
◇「てのひら怪談―ビーケーワン怪談大賞傑作選 庚寅」ポプラ社 2010（ポプラ文庫）p112
花の娘
◇「てのひら怪談―ビーケーワン怪談大賞傑作選 壬辰」ポプラ社 2012（ポプラ文庫）p58
万華鏡
◇「てのひら怪談―ビーケーワン怪談大賞傑作選 辛卯」ポプラ社 2011（ポプラ文庫）p46
矢
◇「てのひら怪談―ビーケーワン怪談大賞傑作選」ポプラ社 2007 p16
◇「てのひら怪談―ビーケーワン怪談大賞傑作選」ポプラ社 2008（ポプラ文庫）p12
約束
◇「てのひら怪談―ビーケーワン怪談大賞傑作選 庚寅」ポプラ社 2010（ポプラ文庫）p146

夢野 まりあ　ゆめの・まりあ
魔夢
◇「夏のグランドホテル」光文社 2003（光文社文庫）p541

夢之木 直人　ゆめのき・なおと
ご請求書
◇「ショートショートの広場 20」講談社 2008（講談社文庫）p74

夢枕 獏　ゆめまくら・ばく（1951～）
蒼い旅籠で
◇「日本SF全集 3」出版芸術社 2013 p51
青鬼の背に乗りたる男の譚
◇「代表作時代小説 平成11年度」光風社出版 1999 p395
◇「愛染夢灯籠―時代小説傑作選」講談社 2005（講談社文庫）p462
安義橋の鬼、人を噉らう語
◇「七つの怖い扉」新潮社 1998 p153
あんまさまおおいに驚く
◇「冒険の森へ―傑作小説大全 18」集英社 2016 p16
陰慝の家
◇「SF JACK」角川書店 2013 p399
◇「SF JACK」KADOKAWA 2016（角川文庫）p409
おいでおいでの手と人形の話（抄）
◇「文豪てのひら怪談」ポプラ社 2009（ポプラ文庫）p20
踊るお人形
◇「シャーロック・ホームズに愛をこめて」光文社 2010（光文社文庫）p57
陰陽師鏡童子
◇「京都宵」光文社 2008（光文社文庫）p363
陰陽師 花の下に立つ女
◇「文豪さんへ。」メディアファクトリー 2009（MF文庫）p115
陰陽師 蚓喰法師
◇「蒐集家（コレクター）」光文社 2004（光文社文庫）p13
鉄輪
◇「安倍晴明陰陽師伝奇文学集成」勉誠出版 2001 p23
餓狼伝Ⅰ
◇「冒険の森へ―傑作小説大全 14」集英社 2016 p443
かわいい生贄
◇「屍鬼の血族」桜桃書房 1999 p401
◇「血と薔薇の誘う夜に―吸血鬼ホラー傑作選」角川書店 2005（角川ホラー文庫）p67
黒川主
◇「妖異七奇談」双葉社 2005（双葉文庫）p7
ゲイシャガール失踪事件
◇「シャーロック・ホームズの災難―日本版」論創社 2007 p257
下衆法師
◇「七人の安倍晴明」桜桃書房 1998 p253
拳屋・ナックルビジネス

◇「闘人烈伝―格闘小説・漫画アンソロジー」双葉社 2000 p483

骨董屋
◇「時の輪廻」リブリオ出版 2001（怪奇・ホラーワールド）p153

ことろの首
◇「人肉嗜食」筑摩書房 2001（ちくま文庫）p157

坂口安吾『桜の森の満開の下』を語る
◇「文豪さんへ。」メディアファクトリー 2009（MF文庫）p129

沙羅姫晴明 三国伝来玄象譚 二幕三場
◇「陰陽師伝奇大全」白泉社 2001 p177

死闘の掟
◇「男たちのら・ら・ば・い」徳間書店 1999（徳間文庫）p543

清明、道満と覆物（おおいもの）の中身を占うこと
◇「日本SF・名作集成 10」リブリオ出版 2005 p113

血吸い女房
◇「血」早川書房 1997 p223

どもごつうあんどえす
◇「冒険の森へ―傑作小説大全 14」集英社 2016 p20

何度も雪の中に埋めた死体の話
◇「物語の魔の物語―メタ怪談傑作選」徳間書店 2001（徳間文庫）p195

二階で縫いものをしていた祖母の話
◇「冒険の森へ―傑作小説大全 6」集英社 2016 p22

ねこひきのオルオラネ
◇「日本SF短篇50 2」早川書房 2013（ハヤカワ文庫JA）p287

ぼく
◇「それはまだヒミツ―少年少女の物語」新潮社 2012（新潮文庫）p275

八十六百五十三円の女
◇「幻想ミッドナイト―日常を破壊する恐怖の断片」角川書店 1997（カドカワ・エンタテインメント）p383

檜垣
◇「琵琶綺談」日本出版社 2006 p171

檜垣―闇法師
◇「鬼譚」筑摩書房 2014（ちくま文庫）p267

もののけ街
◇「さむけ―ホラー・アンソロジー」祥伝社 1999（祥伝社文庫）p355

山奥の奇妙なやつ
◇「冒険の森へ―傑作小説大全 17」集英社 2015 p102

柔らかい家
◇「奇譚カーニバル」集英社 2000（集英社文庫）p241

1/60秒の女
◇「幽霊怪談」リブリオ出版 2001（怪奇・ホラーワールド）p5

湯本 香樹実　ゆもと・かずみ（1959～）
アンタロマの爺さん
◇「文学 2004」講談社 2004 p195
マジック・フルート
◇「恋する男たち」朝日新聞社 1999 p171
リターン・マッチ
◇「いじめの時間」朝日新聞社 1997 p133

尹 基鼎　ユン・ギジョン
氷庫（小説）
◇「近代朝鮮文学日本語作品集1901～1938 創作篇 1」緑蔭書房 2004 p197

尹 孤雲　ユン・コウン
鴨綠江（柳寅成／金應熙）
◇「近代朝鮮文学日本語作品集1908～1945 セレクション 6」緑蔭書房 2008 p91
温突
◇「近代朝鮮文学日本語作品集1908～1945 セレクション 6」緑蔭書房 2008 p89

尹 石重　ユン・ソクチュン（1911～2003）
内地に得る
◇「近代朝鮮文学日本語作品集1908～1945 セレクション 3」緑蔭書房 2008 p447

尹 德祚　ユン・ドクジョ
帰郷
◇「〈外地〉の日本語文学選 3」新宿書房 1996 p209
『歌集 月陰山（タルウムサン）』
◇「〈外地〉の日本語文学選 3」新宿書房 1996 p209

尹 興福　ユン・フンボク
小さき勞働者よ
◇「近代朝鮮文学日本語作品集1908～1945 セレクション 4」緑蔭書房 2008 p181

尹 白南　ユン・ベンナム（1888～1954）
小説 口笛
◇「近代朝鮮文学日本語作品集1901～1938 創作篇 3」緑蔭書房 2004 p135
ソロバンと劇場①～③
◇「近代朝鮮文学日本語作品集1901～1938 評論・随筆篇 1」緑蔭書房 2004 p343
破鏡符合
◇「近代朝鮮文学日本語作品集1901～1938 創作篇 3」緑蔭書房 2004 p187

尹 敏哲　ユン・ミンチョル（1952～）
祈り―「光州市民蜂起の記録」より
◇「〈在日〉文学全集 18」勉誠出版 2006 p293
狼のように
◇「〈在日〉文学全集 18」勉誠出版 2006 p291
震災
◇「〈在日〉文学全集 18」勉誠出版 2006 p280
追憶
◇「〈在日〉文学全集 18」勉誠出版 2006 p275
火の命

よいこ

炎
　◇「〈在日〉文学全集 18」勉誠出版 2006 p273
窓
　◇「〈在日〉文学全集 18」勉誠出版 2006 p296
息子に
　◇「〈在日〉文学全集 18」勉誠出版 2006 p274
　◇「〈在日〉文学全集 18」勉誠出版 2006 p279

【よ】

よいこぐま
　海の上を走る
　　◇「てのひら怪談 癸巳」KADOKAWA 2013（MF文庫ダ・ヴィンチ）p34
　坊主の行列
　　◇「てのひら怪談―ビーケーワン怪談大賞傑作選 壬辰」ポプラ社 2012（ポプラ文庫）p94

宵野 ゆめ　よいの・ゆめ（1961～）
　サイロンの挽歌―第1回
　　◇「グイン・サーガ・ワールド―グイン・サーガ続篇プロジェクト 5」早川書房 2012（ハヤカワ文庫JA）p81
　サイロンの挽歌―第2回
　　◇「グイン・サーガ・ワールド―グイン・サーガ続篇プロジェクト 6」早川書房 2012（ハヤカワ文庫JA）p81
　サイロンの挽歌―第3回
　　◇「グイン・サーガ・ワールド―グイン・サーガ続篇プロジェクト 7」早川書房 2013（ハヤカワ文庫JA）p75
　サイロンの挽歌―最終回
　　◇「グイン・サーガ・ワールド―グイン・サーガ続篇プロジェクト 8」早川書房 2013（ハヤカワ文庫JA）p91
　宿命の宝冠―連載第1回
　　◇「グイン・サーガ・ワールド―グイン・サーガ続篇プロジェクト 1」早川書房 2011（ハヤカワ文庫JA）p215
　宿命の宝冠―連載第2回
　　◇「グイン・サーガ・ワールド―グイン・サーガ続篇プロジェクト 2」早川書房 2011（ハヤカワ文庫JA）p199
　宿命の宝冠―連載第3回
　　◇「グイン・サーガ・ワールド―グイン・サーガ続篇プロジェクト 3」早川書房 2011（ハヤカワ文庫JA）p217
　宿命の宝冠―最終回
　　◇「グイン・サーガ・ワールド―グイン・サーガ続篇プロジェクト 4」早川書房 2012（ハヤカワ文庫JA）p223

楊 雲萍　よう・うんへい（1906～2000）
　秋
　　◇「日本統治期台湾文学集成 18」緑蔭書房 2003 p572
　泉
　　◇「日本統治期台湾文学集成 18」緑蔭書房 2003 p522
　賣れない詩
　　◇「日本統治期台湾文学集成 18」緑蔭書房 2003 p567
　開山神社―南遊雑詩のうち。同神社は記すまでもなく、延平郡王鄭成功を祀れるなり
　　◇「日本統治期台湾文学集成 18」緑蔭書房 2003 p546
　風
　　◇「日本統治期台湾文学集成 18」緑蔭書房 2003 p542
　寒厨
　　◇「日本統治期台湾文学集成 18」緑蔭書房 2003 p563
　曇り日
　　◇「日本統治期台湾文学集成 18」緑蔭書房 2003 p565
　巷上盛夏
　　◇「日本統治期台湾文学集成 18」緑蔭書房 2003 p533
　忽忙
　　◇「日本統治期台湾文学集成 18」緑蔭書房 2003 p556
　子供
　　◇「日本統治期台湾文学集成 22」緑蔭書房 2007 p315
　山河
　　◇「日本統治期台湾文学集成 18」緑蔭書房 2003 p511
　猩々―動物園詩抄のうち
　　◇「日本統治期台湾文学集成 18」緑蔭書房 2003 p550
　小病
　　◇「日本統治期台湾文学集成 18」緑蔭書房 2003 p544
　初夏
　　◇「日本統治期台湾文学集成 18」緑蔭書房 2003 p531
　新年志感
　　◇「日本統治期台湾文学集成 18」緑蔭書房 2003 p520
　新町―南遊雑詩のうち。新町は台南市の町名、狭斜の巷なり。一夜、旅館のあるじに案内されて見物す
　　◇「日本統治期台湾文学集成 18」緑蔭書房 2003 p548
　炊事の詩―妻の留守に、われ炊事をなしけるに詠める
　　◇「日本統治期台湾文学集成 18」緑蔭書房 2003 p528
　村居小詩

◇「日本統治期台湾文学集成 18」緑蔭書房 2003 p570
月夜
　◇「日本統治期台湾文学集成 18」緑蔭書房 2003 p524
月夜 二
　◇「日本統治期台湾文学集成 18」緑蔭書房 2003 p527
妻よ
　◇「日本統治期台湾文学集成 18」緑蔭書房 2003 p554
陶淵明
　◇「日本統治期台湾文学集成 18」緑蔭書房 2003 p561
部落日記
　◇「日本統治期台湾文学集成 5」緑蔭書房 2002 p383
マンゴーの木
　◇「日本統治期台湾文学集成 18」緑蔭書房 2003 p538
道
　◇「日本統治期台湾文学集成 18」緑蔭書房 2003 p540
裏巷黄昏
　◇「日本統治期台湾文学集成 18」緑蔭書房 2003 p559
鰐―動物園詩抄のうち
　◇「日本統治期台湾文学集成 18」緑蔭書房 2003 p552

楊 逵　よう・き（1905～1985）
赤い鼻
　◇「日本統治期台湾文学集成 23」緑蔭書房 2007 p381
お薩の饗宴
　◇「日本統治期台湾文学集成 23」緑蔭書房 2007 p341
騎馬戦
　◇「日本統治期台湾文学集成 23」緑蔭書房 2007 p401
新聞配達夫
　◇「〈外地〉の日本語文学選 1」新宿書房 1996 p53
増産の蔭に―呑気な爺さんの話
　◇「コレクション戦争と文学 18」集英社 2012 p159
鳶と油揚
　◇「日本統治期台湾文学集成 23」緑蔭書房 2007 p415
ラバウルの空を見よ（軍報道部提供）
　◇「日本統治期台湾文学集成 23」緑蔭書房 2007 p408

楊 天曦　よう・てんぎ（1965～）
肌色のことば
　◇「文学 1999」講談社 1999 p119

葉 陶　よう・とう（1905～1970）
コント 愛の結晶
　◇「日本統治期台湾文学集成 5」緑蔭書房 2002 p171

謠堂　ようどう
遺念蟬
　◇「怪集 蠱毒―創作怪談発掘大会傑作選」竹書房 2009（竹書房文庫）p15
虫のある家庭
　◇「怪集 蠱毒―創作怪談発掘大会傑作選」竹書房 2009（竹書房文庫）p31

横井 司　よこい・つかさ（1962～）
泡坂ミステリ考―亜愛一郎シリーズを中心に
　◇「本格ミステリー二〇一〇年本格短編ベスト・セレクション '10」講談社 2010（講談社ノベルス）p397
　◇「凍れる女神の秘密―本格短編ベスト・セレクション」講談社 2014（講談社文庫）p493
日本の密室ミステリ案内
　◇「密室殺人大百科 下」原書房 2000 p435

横尾 忠則　よこお・ただのり（1936～）
お岩様と尼僧
　◇「文豪てのひら怪談」ポプラ社 2009（ポプラ文庫）p38
十年後のいま
　◇「十年後のこと」河出書房新社 2016 p207
ぶるうらんど
　◇「文学 2008」講談社 2008 p236

横尾 優子　よこお・ゆうこ
芸術家
　◇「ショートショートの広場 14」講談社 2003（講談社文庫）p156

横倉 辰次　よこくら・たつじ（1904～1983）
蝦夷のけもの道
　◇「武士道切絵図―新鷹会・傑作時代小説選」光文社 2010（光文社文庫）p327

横関 大　よこぜき・だい（1975～）
クイズ＆ドリーム
　◇「デッド・オア・アライヴ―江戸川乱歩賞作家アンソロジー」講談社 2013 p165
　◇「デッド・オア・アライヴ」講談社 2014（講談社文庫）p181
パピーウォーカー
　◇「Wonderful Story」PHP研究所 2014 p157

横田 清　よこた・きよし
最後の一瓶となったジャムの妻のメッセージ≫妻
　◇「日本人の手紙 9」リブリオ出版 2004 p115

横田 順彌　よこた・じゅんや（1945～2019）
恐怖病
　◇「恐怖症」光文社 2002（光文社文庫）p215
曲馬団
　◇「世紀末サーカス」廣済堂出版 2000（廣済堂文庫）p215

よこた

古書狩り
◇「書物愛 日本篇」晶文社 2005 p161
◇「書物愛 日本篇」東京創元社 2014（創元ライブラリ）p157

最後と最初
◇「ひとにぎりの異形」光文社 2007（光文社文庫）p295

少年の双眼鏡
◇「自選ショート・ミステリー 2」講談社 2001（講談社文庫）p304

姿なき怪盗
◇「冥界ブリズン」光文社 1999（光文社文庫）p419
◇「古書ミステリー倶楽部―傑作推理小説集 2」光文社 2014（光文社文庫）p51

大正三年十一月十六日
◇「日本SF短篇50 2」早川書房 2013（ハヤカワ文庫JA）p255

木偶人
◇「ロボットの夜」光文社 2000（光文社文庫）p415

昇り龍、参上
◇「奇譚カーニバル」集英社 2000（集英社文庫）p103

花菖蒲
◇「侵略！」廣済堂出版 1998（廣済堂文庫）p509

飛胡蝶
◇「俳優」廣済堂出版 1999（廣済堂文庫）p329

麻雀西遊記
◇「牌がささやく―麻雀小説傑作選」徳間書店 2002（徳間文庫）p201

真鱈の肝
◇「シャーロック・ホームズの災難―日本版」論創社 2007 p379

真夜中の訪問者
◇「日本SF全集 2」出版芸術社 2010 p85

綿花大怪獣・ドテラ
◇「宇宙塵傑作選―日本SFの軌跡 2」出版芸術社 1997 p133

遊神女
◇「GOD」廣済堂出版 1999（廣済堂文庫）p63

幽霊船
◇「幽霊船」光文社 2001（光文社文庫）p225

来訪者
◇「宇宙生物ゾーン」廣済堂出版 2000（廣済堂文庫）p465

横田 創　よこた・はじめ（1970～）
無頭鰯
◇「文学 2009」講談社 2009 p153

横田 文子　よこた・ふみこ（1909～1985）
北風南風
◇「「日本浪曼派」集」新学社 2007（新学社近代浪漫派文庫）p280

横田 雄司　よこた・ゆうじ
おかしな仏像
◇「ショートショートの広場 8」講談社 1997（講談社文庫）p174

横塚 克明　よこつか・かつあき
黍団子に頼らない真の格闘家に成長
◇「誰も知らない「桃太郎」「かぐや姫」のすべて」明拓出版 2009（創作童話シリーズ）p49

横浜 聡子　よこはま・さとこ（1978～）
ウルトラミラクルラブストーリー
◇「年鑑代表シナリオ集 '09」シナリオ作家協会 2010 p151

ジャーマン＋雨
◇「年鑑代表シナリオ集 '07」シナリオ作家協会 2009 p273

横溝 正史　よこみぞ・せいし（1902～1981）
一週間
◇「悪魔黙示録「新青年」一九三八―探偵小説暗黒の時代へ」光文社 2011（光文社文庫）p241

面影双紙
◇「爬虫館事件―新青年傑作選」角川書店 1998（角川ホラー文庫）p7
◇「江戸川乱歩と13人の新青年〈文学派〉編」光文社 2008（光文社文庫）p261
◇「大阪ラビリンス」新潮社 2014（新潮文庫）p43

かいやぐら物語
◇「日本怪奇小説傑作集 2」東京創元社 2005（創元推理文庫）p29
◇「リテラリーゴシック・イン・ジャパン―文学的ゴシック作品選」筑摩書房 2014（ちくま文庫）p49

神楽太夫
◇「探偵くらぶ―探偵小説傑作選1946～1958 中」光文社 1997（カッパ・ノベルス）p321
◇「謎」文藝春秋 2004（推理作家になりたくて マイベストミステリー）p294
◇「マイ・ベスト・ミステリー 6」文藝春秋 2007（文春文庫）p436

花粉（『笹井夫妻と殺人事件』の内）
◇「甦る推理雑誌 1」光文社 2002（光文社文庫）p11

首
◇「湯の街殺人旅情―日本ミステリー紀行」青樹社 2000（青樹社文庫）p207

首吊り三代記
◇「吊るされた男」角川書店 2001（角川ホラー文庫）p329
◇「幻の探偵雑誌 10」光文社 2002（光文社文庫）p37

首吊船
◇「探偵小説の風景―トラフィック・コレクション 上」光文社 2009（光文社文庫）p279

蔵の中
◇「君らの魂を悪魔に売りつけよ―新青年傑作選」角川書店 2009（角川文庫）p231

現代小説 慰問文―昭和一七年
◇「日米架空戦記集成―明治・大正・昭和」中央公論新社 2003（中公文庫）p223

建築家の死
◇「幻の探偵雑誌 8」光文社 2001（光文社文庫）p189
蝙蝠と蛞蝓
◇「名探偵の憂鬱」青樹社 2000（青樹社文庫）p129
◇「名探偵登場！」ベストセラーズ 2004（日本ミステリー名作館）p227
殺人迷路（連作探偵小説第三回）
◇「幻の探偵雑誌 8」光文社 2001（光文社文庫）p35
鈴木と河越の話
◇「物語の魔の物語―メタ怪談傑作選」徳間書店 2001（徳間文庫）p173
素敵なステッキの話
◇「幻の探偵雑誌 2」光文社 2000（光文社文庫）p11
前篇 プロローグ
◇「甦る推理雑誌」光文社 2003（光文社文庫）p321
谷崎先生と日本探偵小説
◇「マイ・ベスト・ミステリー 6」文藝春秋 2007（文春文庫）p484
探偵小説
◇「鍵」文藝春秋 2004（推理作家になりたくて マイベストミステリー）p81
◇「マイ・ベスト・ミステリー 5」文藝春秋 2007（文春文庫）p119
詰将棋
◇「甦る推理雑誌 2」光文社 2002（光文社文庫）p387
通り魔
◇「黒門町伝七捕物帳―時代小説競作選」光文社 2015（光文社文庫）p85
捕物三つ巴
◇「傑作捕物ワールド 1」リブリオ出版 2002 p109
百物語の夜
◇「江戸の名探偵―時代推理傑作選」徳間書店 2009（徳間文庫）p167
病院横町の首縊りの家（岡田鯱彦／岡村雄輔）
◇「鯉沼家の悲劇―本格推理マガジン 特集・幻の名作」光文社 1998（光文社文庫）p179
曲がりくねった露地の奥 ねえ！ 泊まってらっしゃいよ
◇「竹中英太郎 3」皓星社 2016（挿絵叢書）p19
面
◇「血」三天書房 2000（傑作短篇シリーズ）p27
夢の浮橋―『人形佐七捕物帳』より
◇「夏しぐれ―時代小説アンソロジー」角川書店 2013（角川文庫）p159

横光 利一　よこみつ・りいち（1898〜1947）

愛の栄光
◇「少年倶楽部」短篇選」講談社 2013（講談社文芸文庫）p77
頭ならびに腹
◇「読んでおきたい近代日本小説選」龍書房 2012 p328
御身
◇「早稲田作家処女作集」講談社 2012（講談社文芸文庫）p151
機械
◇「六人の作家小説選」東銀座出版社 1997（銀選書）p283
◇「百年小説」ポプラ社 2008 p845
◇「日本近代短篇小説選 昭和篇1」岩波書店 2012（岩波文庫）p81
◇「経済小説名作選」筑摩書房 2014（ちくま文庫）p15
◇「日本文学全集 26」河出書房新社 2017 p315
君のいる所 人はみな幸福を感じた≫片岡鉄兵
◇「日本人の手紙 9」リブリオ出版 2004 p188
滑稽な復讐
◇「ひつじアンソロジー 小説編 2」ひつじ書房 2009 p131
こんなに女房が恋しいものかと驚く≫横光千代
◇「日本人の手紙 6」リブリオ出版 2004 p45
作家と家について
◇「創刊一〇〇年三田文学名作選」三田文学会 2010 p647
時間
◇「新装版 全集現代文学の発見 2」學藝書林 2002 p65
静かなる羅列
◇「新装版 全集現代文学の発見 2」學藝書林 2002 p56
七階の運動
◇「コーヒーと小説」mille books 2016 p131
ナポレオンと田虫
◇「六人の作家小説選」東銀座出版社 1997（銀選書）p267
蠅
◇「新装版 全集現代文学の発見 2」學藝書林 2002 p50
◇「教科書に載った小説」ポプラ社 2008 p145
◇「二冊目国語」宝島社 2008（宝島社文庫）p118
◇「読んでおきたい近代日本小説選」龍書房 2012 p323
◇「教科書に載った小説」ポプラ社 2012（ポプラ文庫）p131
花園の思想
◇「別れ」SDP 2009（SDP bunko）p49
春は馬車に乗って
◇「短編で読む恋愛・家族」中部日本教育文化会 1998 p121
◇「小川洋子の偏愛短篇箱」河出書房新社 2009 p173
◇「涙の百年文学―もう一度読みたい」太陽出版 2009 p280
◇「この愛のゆくえ―ポケットアンソロジー」岩波書店 2011（岩波文庫別冊）p263
◇「小川洋子の偏愛短篇箱」河出書房新社 2012（河

出文庫）p173
◇「文豪たちが書いた泣ける名作短編集」彩図社 2014 p53
◇「妻を失う―離別作品集」講談社 2014（講談社文芸文庫）p59

比叡
◇「京都府文学全集第1期（小説編）2」郷土出版社 2005 p116

街の底
◇「近代小説〈都市〉を読む」双文社出版 1999 p145

盲腸
◇「人間みな病気」ランダムハウス講談社 2007 p51

夢もろもろ
◇「夢」SDP 2009（SDP bunko）p127

夜の靴（抄）
◇「山形県文学全集第1期（小説編）1」郷土出版社 2004 p480

横森 理香　よこもり・りか（1963～）

虞美人草
◇「邪香草―恋愛ホラー・アンソロジー」祥伝社 2003（祥伝社文庫）p117

ダイナマイト
◇「Love songs」幻冬舎 1998 p135

旅猫
◇「Lovers」祥伝社 2001 p201

テイスティング
◇「蜜の眠り」廣済堂出版 2000（廣済堂文庫）p25

ハイヒール
◇「靴に恋して」ソニー・マガジンズ 2004 p105

夫婦逆転
◇「ワルツ―アンソロジー」祥伝社 2004（祥伝社文庫）p147

プリビアス・ライフ
◇「あのころの宝もの―ほんのり心が温まる12のショートストーリー」メディアファクトリー 2003 p291

Chocolate
◇「Friends」祥伝社 2003 p209

横山 悦子　よこやま・えつこ

こころ日和
◇「ゆくりなくも」鶴書院 2009（シニア文学秀作選）p45

横山 一真　よこやま・かずま（1964～）

眠れぬ夜の戯れ
◇「新鋭劇作集 series 16」日本劇団協議会 2004 p195

横山 銀吉　よこやま・ぎんきち（1887～1975）

不思議なノートブック
◇「『少年倶楽部』熱血・痛快・時代短篇選」講談社 2015（講談社文芸文庫）p28

よこやま さよ

雨の匂いと風の味
◇「現代作家代表作選集 7」鼎書房 2014 p179

横山 石鳥　よこやま・せきちょう（1925～）

転換期の療養所と「惰民論」をめぐって（5）社会復帰の障害について
◇「ハンセン病文学全集 5」皓星社 2010 p239

としつの音
◇「ハンセン病文学全集 8」皓星社 2006 p303

ライの意識革命と予防法闘争（8）「ライ予防法案」は何故悪いか
◇「ハンセン病文学全集 5」皓星社 2010 p144

横山 拓也　よこやま・たくや（1977～）

エダニク
◇「優秀新人戯曲集 2010」ブロンズ新社 2009 p5

横山 信義　よこやま・のぶよし（1958～）

星喰い鬼（プラネット・オーガー）
◇「宇宙への帰還―SFアンソロジー」KSS出版 1999（KSS entertainment novels）p7

闇の底の狩人
◇「C・N 25―C・novels創刊25周年アンソロジー」中央公論新社 2007（C novels）p100

横山 秀夫　よこやま・ひでお（1957～）

赤い名刺
◇「ザ・ベストミステリーズ―推理小説年鑑 2001」講談社 2001 p297
◇「殺人作法」講談社 2004（講談社文庫）p477

暗箱
◇「決断―警察小説競作」新潮社 2006（新潮文庫）p413

永遠の時効
◇「名探偵の奇跡」光文社 2007（Kappa novels）p411
◇「名探偵の奇跡」光文社 2010（光文社文庫）p521

眼前の密室
◇「本格ミステリ 2004」講談社 2004（講談社ノベルス）p11
◇「深夜バス78回転の問題―本格短編ベスト・セレクション」講談社 2008（講談社文庫）p11

黒い線
◇「冒険の森へ―傑作小説大全 12」集英社 2015 p67

第三の時効
◇「ザ・ベストミステリーズ―推理小説年鑑 2003」講談社 2003 p141
◇「殺人格差」講談社 2006（講談社文庫）p81
◇「『このミス』が選ぶ！ オールタイム・ベスト短編ミステリー 黒」宝島社 2015（宝島社文庫）p127

第四の殺意
◇「ザ・ベストミステリーズ―推理小説年鑑 2004」講談社 2004 p553
◇「孤独な交響曲（シンフォニー）」講談社 2007（講談社文庫）p79

沈黙のアリバイ
◇「ザ・ベストミステリーズ―推理小説年鑑 2002」講談社 2002 p239
◇「トリック・ミュージアム」講談社 2005（講談社文庫）p37

罪つくり
◇「ザ・ベストミステリーズ─推理小説年鑑 2007」講談社 2007 p9
◇「MARVELOUS MYSTERY」講談社 2010（講談社文庫）p5

動機
◇「ザ・ベストミステリーズ─推理小説年鑑 2000」講談社 2000 p199
◇「罪深き者に罰を」講談社 2002（講談社文庫）p69

二人半立て
◇「宝石ザミステリー Blue」光文社 2016 p219

墓標
◇「現場に臨め」光文社 2010（Kappa novels）p393
◇「現場に臨め」光文社 2014（光文社文庫）p559

魔女狩り
◇「名探偵で行こう─最新ベスト・ミステリー」光文社 2001（カッパ・ノベルス）p357

密室の抜け穴
◇「事件を追いかけろ─最新ベスト・ミステリー サプライズの花束編」光文社 2004（カッパ・ノベルス）p427
◇「事件を追いかけろ サプライズの花束編」光文社 2009（光文社文庫）p553

密室の人
◇「判決─法廷ミステリー傑作集」徳間書店 2010（徳間文庫）p299

未来の花
◇「Anniversary 50─カッパ・ノベルス創刊50周年記念作品」光文社 2009（Kappa novels）p385
◇「ザ・ベストミステリーズ─推理小説年鑑 2010」講談社 2010 p449
◇「Logic真相への回廊」講談社 2013（講談社文庫）p45

横山・M.嘉平次　よこやま・M・かへいじ
不要なファイル
◇「ショートショートの広場 20」講談社 2008（講談社文庫）p44

与謝 蕪村　よさ・ぶそん（1716〜1783）
俳句
◇「月のものがたり」ソフトバンククリエイティブ 2006 p138

与謝野 晶子　よさの・あきこ（1878〜1942）
晶子牡丹園
◇「植物」国書刊行会 1998（書物の王国）p99

似非普通選挙運動
◇「『新編』日本女性文学全集 4」菁柿堂 2012 p105

臙脂紫
◇「新日本古典文学大系 明治編 23」岩波書店 2002 p289

折々の感想
◇「『新編』日本女性文学全集 4」菁柿堂 2012 p76

「女らしさ」とは何か
◇「女 1」あの出版 2016（GB）p13

母さんは夢であなたを呼んでいます。イギリスより≫与謝野光（与謝野鉄幹）
◇「日本人の手紙 7」リブリオ出版 2004 p123

教育の民主主義化を要求す
◇「『新編』日本女性文学全集 4」菁柿堂 2012 p52

激動の中を行く
◇「『新編』日本女性文学全集 4」菁柿堂 2012 p19

建築と衣服
◇「『新編』日本女性文学全集 4」菁柿堂 2012 p56

こわいこわいと身ぶるいするのですよ≫小林雄子
◇「日本人の手紙 2」リブリオ出版 2004 p184

堺枯川様に
◇「『新編』日本女性文学全集 4」菁柿堂 2012 p110

雑記帳より
◇「『新編』日本女性文学全集 4」菁柿堂 2012 p38

詩歌を愛せぬ生活
◇「『新編』日本女性文学全集 4」菁柿堂 2012 p62

詩 君死にたまふこと勿れ
◇「コレクション戦争と文学 6」集英社 2011 p103

資本と労働
◇「『新編』日本女性文学全集 4」菁柿堂 2012 p69

春思
◇「新日本古典文学大系 明治編 23」岩波書店 2002 p349

女子の智力を高めよ
◇「『新編』日本女性文学全集 4」菁柿堂 2012 p73

白百合
◇「新日本古典文学大系 明治編 23」岩波書店 2002 p321

生活の消極主義を排す
◇「『新編』日本女性文学全集 4」菁柿堂 2012 p46

そぞろごと
◇「青鞜文学集」不二出版 2004 p5
◇「『新編』日本女性文学全集 4」菁柿堂 2012 p16

男子も先づ「人」となれ
◇「『新編』日本女性文学全集 4」菁柿堂 2012 p116

デモクラシイに就て私の考察
◇「『新編』日本女性文学全集 4」菁柿堂 2012 p41

天変動く
◇「天変動く大震災と作家たち」インパクト出版会 2011（インパクト選書）p77

蓮の花船
◇「新日本古典文学大系 明治編 23」岩波書店 2002 p308

はたち妻
◇「新日本古典文学大系 明治編 23」岩波書店 2002 p328

非人道的な媾和条件
◇「『新編』日本女性文学全集 4」菁柿堂 2012 p91

敏感の欠乏
◇「『新編』日本女性文学全集 4」菁柿堂 2012 p59

不浄─五十首

婦人改造の基礎的考察
  ◇「『新編』日本女性文学全集 4」菁柿堂 2012 p28
婦人雑誌の妥協的傾向
  ◇「『新編』日本女性文学全集 4」菁柿堂 2012 p94
婦人の禁酒運動に反対す
  ◇「『新編』日本女性文学全集 4」菁柿堂 2012 p84
婦人も参政権を要求す
  ◇「『新編』日本女性文学全集 4」菁柿堂 2012 p94
二つの質問
  ◇「『新編』日本女性文学全集 4」菁柿堂 2012 p89
普通選挙と女子参政権
  ◇「『新編』日本女性文学全集 4」菁柿堂 2012 p100
舞姫
  ◇「新日本古典文学大系 明治編 23」岩波書店 2002 p344
松井須磨子さんの死
  ◇「『新編』日本女性文学全集 4」菁柿堂 2012 p114
自ら責めよ
  ◇「『新編』日本女性文学全集 4」菁柿堂 2012 p87
みだれ髪
  ◇「日本近代文学に描かれた「恋愛」」牧野出版 2001 p171
  ◇「新日本古典文学大系 明治編 23」岩波書店 2002 p287
屋根の草
  ◇「『新編』日本女性文学全集 4」菁柿堂 2012 p117
夢の影響
  ◇「夢」SDP 2009（SDP bunko）p111
理性的婦人と感情的婦人
  ◇「『新編』日本女性文学全集 4」菁柿堂 2012 p71
私達労働婦人の理想
  ◇「『新編』日本女性文学全集 4」菁柿堂 2012 p64
私と宗教
  ◇「『新編』日本女性文学全集 4」菁柿堂 2012 p116

与謝野 鉄幹　よさの・てっかん（1873～1935）

母さんは夢であなたを呼んでいます。イギリスより≫与謝野光（与謝野晶子）
  ◇「日本人の手紙 7」リブリオ出版 2004 p123

吉井 勇　よしい・いさむ（1886～1960）

貴船石
  ◇「京都府文学全集第1期（小説編）4」郷土出版社 2005 p79
島原狐―座頭久都の話
  ◇「京都府文学全集第1期（小説編）4」郷土出版社 2005 p62
春寒抄
  ◇「創刊一〇〇年三田文学名作選」三田文学会 2010 p606
炎の女
  ◇「日本舞踊舞踊劇選集」西川会 2002 p823
  ◇「創刊一〇〇年三田文学名作選」三田文学会 2010 p602

吉井 惠璃子　よしい・えりこ

神様に一番近い場所
  ◇「神様に一番近い場所―漱石来熊百年記念「草枕文学賞」作品集」文藝春秋企画センター 1998 p17
山童の風
  ◇「南から―南日本文学大賞入賞作品集」南日本新聞社 2001 p139

吉井 晴一　よしい・せいいち

夜と女の死
  ◇「幻の探偵雑誌 3」光文社 2000（光文社文庫）p407

吉井 春樹　よしい・はるき

harukiyoshii
  ◇「140字の物語―Twitter小説集　twnovel」ディスカヴァー・トゥエンティワン 2009 p73

義井 優　よしい・ゆう

ミサコと婿入り息子
  ◇「お母さんのなみだ」泰文堂 2016（リンダパブリッシャーズの本）p160

吉井 涼　よしい・りょう

私のめんどうで大切なものたち
  ◇「ゆれる―第12回フェリシモ文学賞作品集」フェリシモ 2009 p28

よしお てつ

描かれた蓮
  ◇「てのひら怪談―ビーケーワン怪談大賞傑作選 壬辰」ポプラ社 2012（ポプラ文庫）p84

吉岡 愛　よしおか・あい

夏花火
  ◇「創作脚本集―60周年記念」岡山県高等学校演劇協議会 2011（おかやまの高校演劇）p21

吉岡 忍　よしおか・しのぶ（1948～）

綿の木の嘘
  ◇「コレクション戦争と文学 2」集英社 2012 p194

吉岡 秀隆　よしおか・ひでたか（1970～）

尾崎伝説は、はじまったばかりなのです≫尾崎豊
  ◇「日本人の手紙 9」リブリオ出版 2004 p14

吉岡 平　よしおか・ひとし（1960～）

ハウザーモンキー
  ◇「宇宙への帰還―SFアンソロジー」KSS出版 1999（KSS entertainment novels）p43

吉岡 文平　よしおか・ぶんぺい（1968～）

朝日のあたる家〔ラザロ―LAZARUS〕（井土紀州／西村武訓）
  ◇「年鑑代表シナリオ集 '07」シナリオ作家協会 2009 p27

吉岡 実　よしおか・みのる（1919～1990）

犬の肖像
  ◇「新装版 全集現代文学の発見 13」學藝書林 2004

過去
◇「新装版 全集現代文学の発見 13」學藝書林 2004 p474

感傷
◇「新装版 全集現代文学の発見 9」學藝書林 2004 p524

寓話
◇「新装版 全集現代文学の発見 13」學藝書林 2004 p472

固形
◇「新装版 全集現代文学の発見 9」學藝書林 2004 p522

讚歌
◇「新装版 全集現代文学の発見 13」學藝書林 2004 p470

死児
◇「新装版 全集現代文学の発見 9」學藝書林 2004 p530

聖家族
◇「新装版 全集現代文学の発見 9」學藝書林 2004 p523

静物
◇「新装版 全集現代文学の発見 13」學藝書林 2004 p466
◇「新装版 全集現代文学の発見 13」學藝書林 2004 p467

僧侶
◇「新装版 全集現代文学の発見 9」學藝書林 2004 p514
◇「リテラリーゴシック・イン・ジャパン—文学的ゴシック作品選」筑摩書房 2014（ちくま文庫）p169
◇「日本文学全集 29」河出書房新社 2016 p49

僧侶 抄
◇「新装版 全集現代文学の発見 9」學藝書林 2004 p512

卵
◇「新装版 全集現代文学の発見 13」學藝書林 2004 p468

単純
◇「新装版 全集現代文学の発見 9」學藝書林 2004 p519

夏の絵
◇「新装版 全集現代文学の発見 13」學藝書林 2004 p469

夏 Y.Wに
◇「新装版 全集現代文学の発見 9」學藝書林 2004 p520

挽歌
◇「新装版 全集現代文学の発見 13」學藝書林 2004 p471

冬の歌
◇「新装版 全集現代文学の発見 13」學藝書林 2004 p468

冬の絵
◇「新装版 全集現代文学の発見 9」學藝書林 2004 p512

牧歌
◇「新装版 全集現代文学の発見 9」學藝書林 2004 p513

吉開 那津子　よしかい・なつこ（1940〜）

ツクチェの春
◇「時代の波音―民主文学短編小説集1995年〜2004年」日本民主主義文学会 2005 p183

とこしえの光
◇「現代短編小説選―2005〜2009」日本民主主義文学会 2010 p212

吉上 亮　よしがみ・りょう（1989〜）

塋域の偽聖者
◇「AIと人類は共存できるか？―人工知能SFアンソロジー」早川書房 2016 p255

人類暦の預言者
◇「マルドゥック・ストーリーズ―公式二次創作集」早川書房 2016（ハヤカワ文庫 JA）p267

パンツァークラウンレイヴズ
◇「楽園追放rewired—サイバーパンクSF傑作選」早川書房 2014（ハヤカワ文庫 JA）p283

未明の晩餐
◇「伊藤計劃トリビュート」早川書房 2015（ハヤカワ文庫 JA）p213

吉川 潮　よしかわ・うしお（1948〜）

借金鳥
◇「現代の小説 1999」徳間書店 1999 p367

吉川 英治　よしかわ・えいじ（1892〜1962）

大谷刑部―大谷吉継
◇「軍師は死なず」実業之日本社 2014（実業之日本社文庫）p237

大妻籠無極の太刀風
◇「信州歴史時代小説傑作集 3」しなのき書房 2007 p5

鬼
◇「冒険の森へ―傑作小説大全 1」集英社 2016 p74

からくり琉球館の巻
◇「大坂の陣―近代文学名作選」岩波書店 2016 p141

銀河まつり
◇「信州歴史時代小説傑作集 4」しなのき書房 2007 p131

武田菱誉れの初陣
◇「『少年倶楽部』熱血・痛快・時代短篇選」講談社 2015（講談社文芸文庫）p9

べんがら炬燵
◇「忠臣蔵コレクション 1」河出書房新社 1998（河出文庫）p285
◇「失われた空―日本人の涙と心の名作8選」新潮社 2014（新潮文庫）p155
◇「七つの忠臣蔵」新潮社 2016（新潮文庫）p7

よき生涯を棋盤としてください＞升田静尾
◇「日本人の手紙 3」リブリオ出版 2004 p225

よしか

吉川 英梨　よしかわ・えり（1977～）
海天警部の憂鬱
　◇「5分で読める！ ひと駅ストーリー 乗車編」宝島社 2012（宝島社文庫）p125
　◇「5分で笑える！ おバカで愉快な物語」宝島社 2016（宝島社文庫）p75
クリスマスとイブ
　◇「5分で読める！ ひと駅ストーリー 冬の記憶東口編」宝島社 2013（宝島社文庫）p241
18番テーブルの幽霊
　◇「しあわせなミステリー」宝島社 2012 p179
　◇「ほっこりミステリー」宝島社 2014（宝島社文庫）p193
心霊特急
　◇「5分で読める！ ひと駅ストーリー 夏の記憶西口編」宝島社 2013（宝島社文庫）p211
猫物件
　◇「5分で読める！ ひと駅ストーリー 猫の物語」宝島社 2014（宝島社文庫）p259

吉川 さちこ　よしかわ・さちこ
リカコSOS
　◇「科学ドラマ大賞 第2回受賞作品集」科学技術振興機構〔2011〕p55

吉川 トリコ　よしかわ・とりこ（1977～）
カサブランカ洋装店
　◇「明日町こんぺいとう商店街—招きうさぎと六軒の物語 2」ポプラ社 2014（ポプラ文庫）p159
寄生妹
　◇「甘い記憶」新潮社 2008 p151
　◇「甘い記憶」新潮社 2011（新潮文庫）p153
キッチン田中
　◇「明日町こんぺいとう商店街—招きうさぎと七軒の物語」ポプラ社 2013（ポプラ文庫）p201
少女病近親者・ユキ
　◇「文芸あねもね」新潮社 2012（新潮文庫）p445
1996年のヒッピー
　◇「ラブソングに飽きたら」幻冬舎 2015（幻冬舎文庫）p265
冷やし中華にマヨネーズ
　◇「この部屋で君と」新潮社 2014（新潮文庫）p285
ママはダンシング・クイーン
　◇「ナゴヤドームで待ちあわせ」ポプラ社 2016 p47

吉川 永青　よしかわ・ながはる（1968～）
応報の士
　◇「決戦！ 三國志」講談社 2015 p109
笹を嚙ませよ
　◇「決戦！ 関ケ原」講談社 2014 p67
捨て身の思慕
　◇「決戦！ 川中島」講談社 2016 p97
天竺の甘露
　◇「代表作時代小説 平成24年度」光文社 2012 p349
春の夜の夢
　◇「戦国秘史—歴史小説アンソロジー」

KADOKAWA 2016（角川文庫）p337

吉川 楡井　よしかわ・ゆい
煙火
　◇「てのひら怪談—ビーケーワン怪談傑作選 壬辰」ポプラ社 2012（ポプラ文庫）p34

吉川 由香子　よしかわ・ゆかこ
オーディション
　◇「小学生のげき—新小学校演劇脚本集 高学年 1」晩成書房 2011 p7
ダーエダーエてんからてんのてん
　◇「山形市児童劇団脚本集 3」山形市 2005 p135
野ねずみたちの森
　◇「小学校たのしい劇の本—英語劇付 低学年」国土社 2007 p34

吉川 良太郎　よしかわ・りょうたろう（1976～）
青髭の城で
　◇「Fの肖像—フランケンシュタインの幻想たち」光文社 2010（光文社文庫）p17
吸血花
　◇「短篇ベストコレクション—現代の小説 2009」徳間書店 2009（徳間文庫）p535
黒猫ラ・モールの歴史観と意見
　◇「SF JACK」角川書店 2013 p55
　◇「SF JACK」KADOKAWA 2016（角川文庫）p61
ドリアン・グレイの画仙女
　◇「アート偏愛」光文社 2005（光文社文庫）p339
苦艾の繭
　◇「酒の夜語り」光文社 2002（光文社文庫）p159

吉阪 市造　よしさか・いちぞう
風小僧
　◇「ゆきのまち幻想文学賞小品集 17」企画集団ぷりずむ 2008 p149

芳﨑 洋子　よしざき・ようこ
風に刻む
　◇「テレビドラマ代表作選集 2010年版」日本脚本家連盟 2010 p185
桜桃ごっこ（さくらんぼごっこ）
　◇「優秀新人戯曲集 2001」ブロンズ新社 2000 p129
沙羅（サラ）、すべり
　◇「優秀新人戯曲集 2002」ブロンズ新社 2001 p5
ゆらゆらと水
　◇「優秀新人戯曲集 2003」ブロンズ新社 2002 p71

吉沢 景介　よしざわ・けいすけ
カラス
　◇「ひとにぎりの異形」光文社 2007（光文社文庫）p483

吉澤 有貴　よしざわ・ゆうき
遺影と鍵
　◇「怪談四十九夜」竹書房 2016（竹書房文庫）p190
川の向こう

◇「怪談四十九夜」竹書房 2016（竹書房文庫）p195
　浣腸祈禱
　　◇「怪談四十九夜」竹書房 2016（竹書房文庫）p200
　ずっと一緒
　　◇「怪談四十九夜」竹書房 2016（竹書房文庫）p214
　竹藪の彼
　　◇「怪談四十九夜」竹書房 2016（竹書房文庫）p209
　柱時計とロボット
　　◇「怪談四十九夜」竹書房 2016（竹書房文庫）p205
慶滋 保胤　よししげの・やすたね（？ ～1002）
　智光曼陀羅―慶滋保胤『日本往生極楽記』（須永朝彦〔訳〕）
　　◇「奇跡」国書刊行会 2000（書物の王国）p124
吉住 侑子　よしずみ・ゆうこ（1928～2014）
　遊ぶ子どもの声きけば
　　◇「北日本文学賞入賞作品集 2」北日本新聞社 2002 p35
　　◇「姥ヶ辻一小説集」作品社 2003 p247
　もどかしい日
　　◇「姥ヶ辻一小説集」作品社 2003 p200
吉田 篤司　よしだ・あつし
　ほしのねがい
　　◇「『やるキッズあいち劇場』脚本集 平成20年度」愛知県環境調査センター 2009 p31
吉田 篤弘　よしだ・あつひろ（1962～）
　イヤリング
　　◇「本当のうそ」講談社 2007 p71
　曇ったレンズの磨き方
　　◇「極上掌篇小説」角川書店 2006 p297
　　◇「ひと粒の宇宙」角川書店 2009（角川文庫）p291
　梯子の上から世界は何度だって生まれ変わる
　　◇「変愛小説集 日本作家編」講談社 2014 p201
吉田 雨　よしだ・あめ
　ある疑惑
　　◇「ショートショートの花束 5」講談社 2013（講談社文庫）p140
　ニッケルの月
　　◇「ショートショートの花束 6」講談社 2014（講談社文庫）p232
吉田 一穂　よしだ・いっすい（1898～1973）
　曙
　　◇「新装版 全集現代文学の発見 13」學藝書林 2004 p156
　暗星系
　　◇「新装版 全集現代文学の発見 13」學藝書林 2004 p163
　泉
　　◇「新装版 全集現代文学の発見 13」學藝書林 2004 p162
　岩の上
　　◇「新装版 全集現代文学の発見 13」學藝書林 2004 p160
　詩集 海の聖母
　　◇「新装版 全集現代文学の発見 13」學藝書林 2004 p156
　海郷
　　◇「新装版 全集現代文学の発見 13」學藝書林 2004 p156
　海市
　　◇「新装版 全集現代文学の発見 13」學藝書林 2004 p158
　海鳥
　　◇「新装版 全集現代文学の発見 13」學藝書林 2004 p160
　家系樹
　　◇「日本文学全集 29」河出書房新社 2016 p35
　鴉を飼ふツァラトゥストラ
　　◇「新装版 全集現代文学の発見 13」學藝書林 2004 p160
　魚歌
　　◇「新装版 全集現代文学の発見 13」學藝書林 2004 p161
　極の誘い
　　◇「新装版 全集現代文学の発見 8」學藝書林 2003 p564
　業
　　◇「新装版 全集現代文学の発見 13」學藝書林 2004 p159
　洪水前
　　◇「新装版 全集現代文学の発見 13」學藝書林 2004 p158
　詩集 故園の書
　　◇「新装版 全集現代文学の発見 13」學藝書林 2004 p159
　暦
　　◇「新装版 全集現代文学の発見 13」學藝書林 2004 p156
　酒神
　　◇「新装版 全集現代文学の発見 13」學藝書林 2004 p162
　少年
　　◇「新装版 全集現代文学の発見 13」學藝書林 2004 p157
　序〔未來者〕
　　◇「新装版 全集現代文学の発見 13」學藝書林 2004 p161
　砂
　　◇「新装版 全集現代文学の発見 13」學藝書林 2004 p160
　鎮魂歌
　　◇「新装版 全集現代文学の発見 13」學藝書林 2004 p162
　天隕
　　◇「新装版 全集現代文学の発見 13」學藝書林 2004 p163
　都市素描

よした

◇「新装版 全集現代文学の発見 13」學藝書林 2004 p162

トラピスト修道院 わがふるさとはNotre Dame de Phareのほとり
◇「日本文学全集 29」河出書房新社 2016 p35

泥
◇「新装版 全集現代文学の発見 13」學藝書林 2004 p160

詩集 稗子傳
◇「新装版 全集現代文学の発見 13」學藝書林 2004 p160

白鳥
◇「新装版 全集現代文学の発見 13」學藝書林 2004 p163

母
◇「新装版 全集現代文学の発見 13」學藝書林 2004 p156
◇「日本文学全集 29」河出書房新社 2016 p35

薔薇篇
◇「新装版 全集現代文学の発見 13」學藝書林 2004 p156

帆船
◇「新装版 全集現代文学の発見 13」學藝書林 2004 p157

水邊悲歌
◇「新装版 全集現代文学の発見 13」學藝書林 2004 p162

詩集 未來者
◇「新装版 全集現代文学の発見 13」學藝書林 2004 p161

VENDANGE
◇「もの食う話」文藝春秋 2015（文春文庫）p272

吉田 甲子太郎　よしだ・きねたろう（1894〜1957）

白い封筒
◇「涙の百年文学―もう一度読みたい」太陽出版 2009 p76

吉田 健一　よしだ・けんいち（1912〜1977）

新しいということ
◇「日本文学全集 20」河出書房新社 2015 p140

或る田舎町の魅力
◇「新編・日本幻想文学集成 2」国書刊行会 2016 p212

生きる喜び
◇「日本文学全集 20」河出書房新社 2015 p155

石川淳
◇「日本文学全集 20」河出書房新社 2015 p397

田舎もの
◇「日本文学全集 20」河出書房新社 2015 p420

空蟬
◇「新編・日本幻想文学集成 2」国書刊行会 2016 p257

海坊主
◇「コレクション私小説の冒険 2」勉誠出版 2013 p33
◇「新編・日本幻想文学集成 2」国書刊行会 2016 p197

宴会
◇「日本文学全集 20」河出書房新社 2015 p428

お化け
◇「日本文学全集 20」河出書房新社 2015 p501

邯鄲
◇「新編・日本幻想文学集成 2」国書刊行会 2016 p245

饗宴
◇「危険なマッチ箱」文藝春秋 2009（文春文庫）p183
◇「もの食う話」文藝春秋 2015（文春文庫）p176
◇「新編・日本幻想文学集成 2」国書刊行会 2016 p202

銀座界隈
◇「日本文学全集 20」河出書房新社 2015 p415

食い倒れの都、大阪
◇「日本文学全集 20」河出書房新社 2015 p432

現実
◇「日本文学全集 20」河出書房新社 2015 p127

小泉さんのこと―小泉信三追悼
◇「創刊一〇〇年三田文学名作選」三田文学会 2010 p716

硬軟両派
◇「日本文学全集 20」河出書房新社 2015 p50

古典の権威
◇「日本文学全集 20」河出書房新社 2015 p81

孤独
◇「日本文学全集 20」河出書房新社 2015 p171

酒談義
◇「日本文学全集 20」河出書房新社 2015 p442

酒の精
◇「新編・日本幻想文学集成 2」国書刊行会 2016 p277

シェイクスピア詩集十四行詩抄
◇「日本文学全集 20」河出書房新社 2015 p519

時間―より第Ⅰ章
◇「新編・日本幻想文学集成 2」国書刊行会 2016 p320

詩と散文
◇「日本文学全集 20」河出書房新社 2015 p34

酒宴
◇「日本文学全集 20」河出書房新社 2015 p472

西洋
◇「日本文学全集 20」河出書房新社 2015 p97

大學の文学科の文学
◇「日本文学全集 20」河出書房新社 2015 p5

辰三の場合
◇「文士の意地―車谷長吉撰短篇小説輯 下巻」作品社 2005 p172
◇「日本文学全集 20」河出書房新社 2015 p487

月
◇「月」国書刊行会 1999（書物の王国）p224
ディラン・トオマス詩集
◇「日本文学全集 20」河出書房新社 2015 p384
何の役に立つのか
◇「日本文学全集 20」河出書房新社 2015 p111
逃げる話
◇「新編・日本幻想文学集成 2」国書刊行会 2016 p229
沼
◇「恐竜文学大全」河出書房新社 1998（河出文庫）p238
◇「新編・日本幻想文学集成 2」国書刊行会 2016 p217
母について
◇「日本文学全集 20」河出書房新社 2015 p412
汎水論
◇「日本文学全集 20」河出書房新社 2015 p424
東と西
◇「日本文学全集 20」河出書房新社 2015 p65
一人旅
◇「戦後短篇小説再発見 16」講談社 2003（講談社文芸文庫）p74
百鬼の会
◇「幻視の系譜」筑摩書房 2013（ちくま文庫）p429
『ファニー・ヒル』訳者あとがき
◇「日本文学全集 20」河出書房新社 2015 p365
「ブライズヘッド再訪」
◇「日本文学全集 20」河出書房新社 2015 p371
文学の楽しみ
◇「日本文学全集 20」河出書房新社 2015 p5
ホレス・ワルポオル
◇「新編・日本幻想文学集成 2」国書刊行会 2016 p307
マクナマス氏行状記
◇「日本文学100年の名作 5」新潮社 2015（新潮文庫）p125
水の音
◇「日本文学全集 20」河出書房新社 2015 p426
道端
◇「新編・日本幻想文学集成 2」国書刊行会 2016 p291
幽霊
◇「日本怪奇小説傑作集 3」東京創元社 2005（創元推理文庫）p273
ヨオロッパの世紀末
◇「日本文学全集 20」河出書房新社 2015 p180
読める本
◇「日本文学全集 20」河出書房新社 2015 p20
ロッホ・ネスの怪獣
◇「怪獣」国書刊行会 1998（書物の王国）p50
ロンドン訪問記
◇「日本文学全集 20」河出書房新社 2015 p466

吉田 絃二郎　よしだ・げんじろう（1886～1956）
処女作を出したころ
◇「早稲田作家処女作集」講談社 2012（講談社文芸文庫）p92
清作の妻
◇「コレクション戦争と文学 11」集英社 2012 p365
出羽三山行の記
◇「山形県文学全集第2期（随筆・紀行編）2」郷土出版社 2005 p76
蜥蜴
◇「早稲田作家処女作集」講談社 2012（講談社文芸文庫）p80
捕虜の子
◇「涙の百年文学―もう一度読みたい」太陽出版 2009 p96

吉田 香春　よしだ・こうしゅん
句集 蓼の花
◇「ハンセン病文学全集 9」皓星社 2010 p230

吉田 小五郎　よしだ・こごろう（1902～1983）
或る会話
◇「ショートショートの広場 14」講談社 2003（講談社文庫）p91

吉田 小次郎　よしだ・こじろう
救急車
◇「ショートショートの花束 7」講談社 2015（講談社文庫）p104
写真
◇「ショートショートの広場 12」講談社 2001（講談社文庫）p210
たまご
◇「ショートショートの広場 13」講談社 2002（講談社文庫）p239

吉田 小夏　よしだ・こなつ（1976～）
雨と猫といくつかの嘘
◇「優秀新人戯曲集 2010」ブロンズ新社 2009 p121
うちのだりあの咲いた日に
◇「優秀新人戯曲集 2003」ブロンズ新社 2002 p5
おやすみ、枇杷の木
◇「優秀新人戯曲集 2008」ブロンズ新社 2007 p219
時計屋の恋
◇「優秀新人戯曲集 2005」ブロンズ新社 2004 p125

吉田 三郎　よしだ・さぶろう（1923～）
三角山の印象
◇「山形県文学全集第2期（随筆・紀行編）6」郷土出版社 2005 p183
最上川の三難所
◇「山形県文学全集第2期（随筆・紀行編）6」郷土出版社 2005 p179

吉田 茂　よしだ・しげる（1878～1967）
敗戦、東条は潜伏中。ざまみろと留飲をさげ

よした

る▶来栖三郎
　◇「日本人の手紙 10」リブリオ出版 2004 p145

吉田 修一　よしだ・しゅういち（1968～）
　芥川龍之介『トロッコ』を語る
　　◇「文豪さんへ。」メディアファクトリー 2009（MF文庫）p219
　乙女座の夫、蠍座の妻。
　　◇「あなたと、どこかへ。」文藝春秋 2008（文春文庫）p9
　ご不在票―Out-side
　　◇「秘密。―私と私のあいだの十二話」メディアファクトリー 2005 p13
　ご不在票―In-side
　　◇「秘密。―私と私のあいだの十二話」メディアファクトリー 2005 p19
　少年前夜
　　◇「いつか、君へ Boys」集英社 2012（集英社文庫）p213
　ストロベリーソウル
　　◇「文学 2011」講談社 2011 p141
　日曜日の新郎たち
　　◇「短篇ベストコレクション―現代の小説 2003」徳間書店 2003（徳間文庫）p517
　荷解き
　　◇「空を飛ぶ恋―ケータイがつなぐ28の物語」新潮社 2006（新潮文庫）p76
　パーク・ライフ
　　◇「文学 2003」講談社 2003 p260
　風来温泉
　　◇「日本文学100年の名作 10」新潮社 2015（新潮文庫）p93
　みんなのグラス
　　◇「翳りゆく時間」新潮社 2006（新潮文庫）p71
　洋館
　　◇「文豪さんへ。」メディアファクトリー 2009（MF文庫）p207
　りんご
　　◇「文学 2008」講談社 2008 p86
　　◇「現代小説クロニクル 2005～2009」講談社 2015（講談社文芸文庫）p101

吉田 純子　よしだ・じゅんこ（1946～）
　正義の味方 ヘルメットマン
　　◇「ふしぎ日和―「季節風」書き下ろし短編集」インターグロー 2015（すこし不思議文庫）p7

吉田 スエ子　よしだ・すえこ
　嘉間良(かまーら)心中
　　◇「沖縄文学選―日本文学のエッジからの問い」勉誠出版 2003 p193
　　◇「コレクション戦争と文学 20」集英社 2012 p371
　　◇「街娼―パンパン＆オンリー」皓星社 2015（紙礫）p145

吉田 漱　よしだ・すすぐ（1922～2001）
　短歌
　　◇「コレクション戦争と文学 1」集英社 2012 p284

吉田 大成　よしだ・たいせい
　新婚すれ違い
　　◇「ショートショートの花束 8」講談社 2016（講談社文庫）p231

吉田 利之　よしだ・としゆき
　美味しい牛タン
　　◇「ショートショートの広場 18」講談社 2006（講談社文庫）p144
　漂流者たち
　　◇「ショートショートの広場 16」講談社 2005（講談社文庫）p195

吉田 知子　よしだ・ともこ（1934～）
　大広間
　　◇「リテラリーゴシック・イン・ジャパン―文学的ゴシック作品選」筑摩書房 2014（ちくま文庫）p245
　拝む人
　　◇「文学 2013」講談社 2013 p270
　お供え
　　◇「吉田知子・森万紀子・吉行理恵・加藤幸子」角川書店 1998（女性作家シリーズ）p86
　　◇「川端康成文学賞全作品 2」新潮社 1999 p207
　　◇「戦後短篇小説再発見 10」講談社 2002（講談社文芸文庫）p221
　　◇「小川洋子の偏愛短篇箱」河出書房新社 2009 p325
　　◇「小川洋子の偏愛短篇箱」河出書房新社 2012（河出文庫）p325
　手術室
　　◇「文豪てのひら怪談」ポプラ社 2009（ポプラ文庫）p122
　人蕈
　　◇「文学 2004」講談社 2004 p15
　豊原
　　◇「コレクション戦争と文学 17」集英社 2012 p559
　ニュージーランド
　　◇「戦後短篇小説選―『世界』1946-1999 4」岩波書店 2000 p269
　猫
　　◇「怪猫鬼談」人類文化社 1999 p67
　猫閻
　　◇「猫路地」日本出版社 2006 p149
　箱の夫
　　◇「この愛のゆくえ―ポケットアンソロジー」岩波書店 2011（岩波文庫別冊）p459
　浜松
　　◇「街物語」朝日新聞社 2000 p292
　訪問
　　◇「文学 2014」講談社 2014 p171
　ほくろ毛
　　◇「変愛小説集 日本作家編」講談社 2014 p105
　無明長屋
　　◇「吉田知子・森万紀子・吉行理恵・加藤幸子」角川

書店 1998（女性作家シリーズ）p7

吉田 直樹　よしだ・なおき（1954〜）
スノウ・バレンタイン
◇「不透明な殺人―ミステリー・アンソロジー」祥伝社 1999（祥伝社文庫）p137

吉田 直哉　よしだ・なおや（1931〜2008）
百足殺せし女の話（抄）
◇「読まずにいられぬ名短篇」筑摩書房 2014（ちくま文庫）p295

吉田 奈都子　よしだ・なつこ
Timer Family―悲劇の家族
◇「中学校創作脚本集 2」晩成書房 2001 p7

吉田 紀子　よしだ・のりこ（1959〜）
抱きしめたい
◇「テレビドラマ代表作選集 2003年版」日本脚本家連盟 2003 p99

吉田 訓子　よしだ・のりこ
お年頃
◇「ショートショートの広場 17」講談社 2005（講談社文庫）p25
証明
◇「ショートショートの広場 18」講談社 2006（講談社文庫）p155
掃除嫌い
◇「ショートショートの広場 15」講談社 2004（講談社文庫）p151
ドリームレター
◇「ショートショートの広場 17」講談社 2005（講談社文庫）p62
間の悪い人
◇「ショートショートの広場 17」講談社 2005（講談社文庫）p171

吉田 則子　よしだ・のりこ
眠りの干しリンゴ
◇「中学校創作シリーズ 7」青雲書房 2002 p57

吉田 博　よしだ・ひろし
最期のいたずら
◇「ショートショートの広場 10」講談社 2000（講談社文庫）p145

吉田 真司　よしだ・まさし
わたぬき文庫の人々
◇「言葉にできない悲しみ」泰文堂 2015（リンダパブリッシャーズの本）p7

吉田 正之　よしだ・まさゆき
短くて長い夜
◇「ショートショートの広場 15」講談社 2004（講談社文庫）p48

吉田 美枝子　よしだ・みえこ（1928〜1996）
蓮井三佐男のこと
◇「ハンセン病文学全集 4」皓星社 2003 p322

吉田 満　よしだ・みつる（1923〜1979）
戦艦大和ノ最期
◇「新装版 全集現代文学の発見 10」學藝書林 2004 p58
戦艦大和ノ最期（初出形）
◇「コレクション戦争と文学 8」集英社 2011 p499

吉田 未有　よしだ・みゆ
ゆきじぞうとおにまんじゅう
◇「ゆきのまち幻想文学賞小品集 9」企画集団ぷりずむ 2000 p146

吉田 康弘　よしだ・やすひろ（1979〜）
ヒーローショー（井筒和幸／羽原大介）
◇「年鑑代表シナリオ集 '10」シナリオ作家協会 2011 p115

吉田 悠軌　よしだ・ゆうき
通夜
◇「てのひら怪談―ビーケーワン怪談大賞傑作選 2」ポプラ社 2007 p104
◇「てのひら怪談―ビーケーワン怪談大賞傑作選 己丑」ポプラ社 2009（ポプラ文庫）p220

吉田 有希　よしだ・ゆうき
父親ゆずり
◇「丸の内の誘惑」マガジンハウス 1999 p167

吉高 寿男　よしたか・としお
メッセージ
◇「ショートショートの花束 2」講談社 2010（講談社文庫）p84

吉永 南央　よしなが・なお（1964〜）
シンプル・マインド
◇「エール！ 3」実業之日本社 2013（実業之日本社文庫）p203

吉成 稔　よしなり・みのる（1920〜1967）
甘藷
◇「ハンセン病文学全集 1」皓星社 2002 p151
闘いのうちそと（1）ハ氏病盲人の訴え
◇「ハンセン病文学全集 5」皓星社 2010 p337
盲目夫婦
◇「ハンセン病文学全集 4」皓星社 2003 p358

吉野 あや　よしの・あや
あかいいと
◇「てのひら怪談―ビーケーワン怪談大賞傑作選 辛卯」ポプラ社 2011（ポプラ文庫）p28
丑三つ時に
◇「てのひら怪談―ビーケーワン怪談大賞傑作選 庚寅」ポプラ社 2010（ポプラ文庫）p236
朧車
◇「てのひら怪談―ビーケーワン怪談大賞傑作選」ポプラ社 2007 p162
◇「てのひら怪談―ビーケーワン怪談大賞傑作選」ポプラ社 2008（ポプラ文庫）p168
父、悩む

よしの

◇「てのひら怪談―ビーケーワン怪談大賞傑作選 2」ポプラ社 2007 p170
◇「てのひら怪談―ビーケーワン怪談大賞傑作選 己丑」ポプラ社 2009（ポプラ文庫）p128

枕
◇「てのひら怪談―ビーケーワン怪談大賞傑作選 百怪繚乱篇」ポプラ社 2008 p212

吉埜 一生　よしの・かずお

刑吏シュミット
◇「太宰治賞 2005」筑摩書房 2005 p209

ノイラートの船
◇「太宰治賞 2003」筑摩書房 2003 p145

吉野 賛十　よしの・さんじゅう（1903〜1973）

鼻
◇「甦る推理雑誌 6」光文社 2003（光文社文庫）p265

吉野 せい　よしの・せい（1899〜1977）

鉛の旅
◇「コレクション戦争と文学 14」集英社 2012 p172
◇「福島の文学―11人の作家」講談社 2014（講談社文芸文庫）p218

洟をたらした神
◇「心洗われる話」筑摩書房 2010（ちくま文学の森）p373
◇「コレクション私小説の冒険 1」勉誠出版 2013 p31

麦と松のツリーと
◇「戦後短篇小説再発見 8」講談社 2002（講談社文芸文庫）p152

吉野 弘　よしの・ひろし（1926〜2014）

思い出の先生
◇「山形県文学全集第2期（随筆・紀行編）5」郷土出版社 2005 p157

音楽
◇「新装版 全集現代文学の発見 13」學藝書林 2004 p428

記録
◇「新装版 全集現代文学の発見 13」學藝書林 2004 p420

工場
◇「新装版 全集現代文学の発見 13」學藝書林 2004 p426

詩 消息
◇「新装版 全集現代文学の発見 13」學藝書林 2004 p420

奈々子に
◇「新装版 全集現代文学の発見 13」學藝書林 2004 p421

初めての児に
◇「新装版 全集現代文学の発見 13」學藝書林 2004 p422

母のこと
◇「山形県文学全集第2期（随筆・紀行編）5」郷土出版社 2005 p160

ハミング――一九五九年メーデーのために
◇「新装版 全集現代文学の発見 13」學藝書林 2004 p425

幻・方法
◇「新装版 全集現代文学の発見 13」學藝書林 2004 p427

夕焼け
◇「新装版 全集現代文学の発見 13」學藝書林 2004 p429

私のワンパク時代
◇「山形県文学全集第2期（随筆・紀行編）5」郷土出版社 2005 p163

burst―花ひらく
◇「新装版 全集現代文学の発見 13」學藝書林 2004 p420

I was born
◇「新装版 全集現代文学の発見 13」學藝書林 2004 p423

吉野 万理子　よしの・まりこ（1970〜）

マリン・ロマンティスト
◇「好き、だった。―はじめての失恋、七つの話」メディアファクトリー 2010（MF文庫）p131

約束は今も届かなくて
◇「あのころの、」実業之日本社 2012（実業之日本社文庫）p95

ロバのサイン会
◇「大崎梢リクエスト！ 本屋さんのアンソロジー」光文社 2013 p141
◇「大崎梢リクエスト！ 本屋さんのアンソロジー」光文社 2014（光文社文庫）p146

吉野 ゆり　よしの・ゆり

冬の沼
◇「冷と温―第13回フェリシモ文学賞作品集」フェリシモ 2010 p105

吉原 幸子　よしはら・さちこ（1932〜2002）

詩 空襲
◇「コレクション戦争と文学 14」集英社 2012 p309

吉原 みどり　よしはら・みどり

おいしーのが好き！
◇「中学生のドラマ 6」晩成書房 2006 p55

吉見 周子　よしみ・かねこ（1928〜）

浅野内匠頭の妻・阿久里
◇「物語妻たちの忠臣蔵」新人物往来社 1998 p201

吉光 伝　よしみつ・でん

密航者
◇「宇宙塵傑作選―日本SFの軌跡 2」出版芸術社 1997 p19

吉村 あかね　よしむら・あかね

戦いの構造
◇「小学校・全員参加の楽しい学級劇・学年劇脚本集 高学年」黎明書房 2007 p72

吉村 昭　よしむら・あきら（1927～2006）
　青い街
　　◇「戦後短篇小説選―『世界』1946-1999 4」岩波書店 2000 p161
　梅の蕾
　　◇「日本文学100年の名作 9」新潮社 2015（新潮文庫）p41
　コロリ
　　◇「剣鬼無明斬り」光風社出版 1997（光風社文庫）p87
　　◇「歴史小説の世紀 地の巻」新潮社 2000（新潮文庫）p495
　山茶花
　　◇「文学 2007」講談社 2007 p170
　時間
　　◇「文学 2001」講談社 2001 p78
　少女架刑
　　◇「名短篇、ここにあり」筑摩書房 2008（ちくま文庫）p103
　　◇「幻視の系譜」筑摩書房 2013（ちくま文庫）p496
　少年の夏
　　◇「教科書に載った小説」ポプラ社 2008 p73
　　◇「教科書に載った小説」ポプラ社 2012（ポプラ文庫）p67
　手首の記憶
　　◇「コレクション戦争と文学 8」集英社 2011 p678
　で十条
　　◇「誤植文学アンソロジー―校正者のいる風景」論創社 2015 p168
　遠い幻影
　　◇「文学 1999」講談社 1999 p35
　　◇「コレクション戦争と文学 12」集英社 2013 p644
　虹
　　◇「戦争小説短篇名作選」講談社 2015（講談社文芸文庫）p241
　鯊釣り
　　◇「現代小説クロニクル 1980～1984」講談社 2014（講談社文芸文庫）p57
　飛行機雲
　　◇「失われた空―日本人の涙と心の名作8選」新潮社 2014（新潮文庫）p263
　星と葬礼
　　◇「少年の眼―大人になる前の物語」光文社 1997（光文社文庫）p291
　前野良沢
　　◇「教科書名短篇 人間の情景」中央公論新社 2016（中公文庫）p161
　闇にひらめく
　　◇「うなぎ―人情小説集」筑摩書房 2016（ちくま文庫）p173

好村 兼一　よしむら・けんいち（1949～）
　青江の太刀
　　◇「代表作時代小説 平成21年度」光文社 2009 p75
　青江の太刀【青江】
　　◇「刀剣―歴史時代小説名作アンソロジー」中央公論新社 2016（中公文庫）p171
　朝右衛門の刀箪笥―和泉守兼定
　　◇「名刀伝」角川春樹事務所 2015（ハルキ文庫）p231
　闇中斎剣法書
　　◇「代表作時代小説 平成22年度」光文社 2010 p275
　別式女
　　◇「代表作時代小説 平成24年度」光文社 2012 p135

芳村 香道　よしむら・こうどう
　⇒朴英熙（パク・ヨンヒ）を見よ

吉村 敏　よしむら・さとし
　演出覚え書
　　◇「日本統治期台湾文学集成 13」緑蔭書房 2003 p376
　演出参考
　　◇「日本統治期台湾文学集成 13」緑蔭書房 2003 p353
　鬼の眼 二幕
　　◇「日本統治期台湾文学集成 13」緑蔭書房 2003 p184
　辻小説 傷の毛
　　◇「日本統治期台湾文学集成 22」緑蔭書房 2007 p350
　創作 軍事郵便
　　◇「日本統治期台湾文学集成 6」緑蔭書房 2002 p243
　藝能奉公團について
　　◇「日本統治期台湾文学集成 13」緑蔭書房 2003 p381
　光栄に帰る――一幕
　　◇「日本統治期台湾文学集成 12」緑蔭書房 2003 p81
　護郷兵―タタの巻 二幕六景
　　◇「日本統治期台湾文学集成 13」緑蔭書房 2003 p15
　護郷兵―マズルンの巻 三幕二景
　　◇「日本統治期台湾文学集成 13」緑蔭書房 2003 p107
　小説 小春日和
　　◇「日本統治期台湾文学集成 6」緑蔭書房 2002 p189
　南海秘話 コン島物語
　　◇「日本統治期台湾文学集成 8」緑蔭書房 2002 p321
　床母――二幕
　　◇「日本統治期台湾文学集成 14」緑蔭書房 2003 p443
　序言〔護郷兵〕
　　◇「日本統治期台湾文学集成 13」緑蔭書房 2003 p13
　清純
　　◇「日本統治期台湾文学集成 23」緑蔭書房 2007 p329
　杣山の母 一幕
　　◇「日本統治期台湾文学集成 13」緑蔭書房 2003 p337
　宣誓詩 台湾兵制史つはものへの途
　　◇「日本統治期台湾文学集成 12」緑蔭書房 2003

よしむ

p237
敵愾心
◇「日本統治期台湾文学集成 6」緑蔭書房 2002 p387
鉄石の志
◇「日本統治期台湾文学集成 23」緑蔭書房 2007 p406
辻小説 鐵路
◇「日本統治期台湾文学集成 22」緑蔭書房 2007 p351
泥 二幕
◇「日本統治期台湾文学集成 13」緑蔭書房 2003 p273
はしがき〔護郷兵〕
◇「日本統治期台湾文学集成 13」緑蔭書房 2003 p11
發刊のことば—第二輯刊行に際して〔青年演劇脚本集 第二輯〕
◇「日本統治期台湾文学集成 12」緑蔭書房 2003 p233
波紋 一幕
◇「日本統治期台湾文学集成 13」緑蔭書房 2003 p305
悲運の鄭氏
◇「日本統治期台湾文学集成 8」緑蔭書房 2002 p309
芸能奉公団上演用脚本集 一つの矢弾
◇「日本統治期台湾文学集成 13」緑蔭書房 2003 p173
百姓志願——一幕
◇「日本統治期台湾文学集成 12」緑蔭書房 2003 p451
みちしほ 一幕
◇「日本統治期台湾文学集成 13」緑蔭書房 2003 p245
み船造り 一幕
◇「日本統治期台湾文学集成 13」緑蔭書房 2003 p219
みんなよい子——一幕
◇「日本統治期台湾文学集成 11」緑蔭書房 2003 p267
小説 山路
◇「日本統治期台湾文学集成 6」緑蔭書房 2002 p175

吉村 滋　よしむら・しげる

東京双六
◇「現代作家代表作選集 2」鼎書房 2012 p145

吉村 正一郎　よしむら・しょういちろう（1904～1977）

伊賀組の反乱
◇「士魂の光芒—時代小説最前線」新潮社 1997（新潮文庫）p107

吉村 達也　よしむら・たつや（1952～）

京都大学殺人事件
◇「京都殺意の旅—京都ミステリー傑選」徳間書店 2001（徳間文庫）p101
深夜バスの女

◇「死を招く乗客—ミステリーアンソロジー」有楽出版社 2015（JOY NOVELS）p99
誰の眉？
◇「誘拐—ミステリーアンソロジー」角川書店 1997（角川文庫）p247
蒲団
◇「ザ・ベストミステリーズ—推理小説年鑑 2000」講談社 2000 p9
◇「罪深き者に罰を」講談社 2002（講談社文庫）p244

吉村 貞司　よしむら・ていじ（1908～1986）

神霊と慈覚大師
◇「山形県文学全集第2期（随筆・紀行編）5」郷土出版社 2005 p208

吉村 萬壱　よしむら・まんいち（1961～）

希望
◇「十年後のこと」河出書房新社 2016 p213
前世は兎
◇「文学 2016」講談社 2016 p254
不浄道
◇「文学 2010」講談社 2010 p92
別の存在
◇「怪獣文藝—パートカラー」メディアファクトリー 2013（〔幽BOOKS〕）p245
微塵島にて
◇「東と西 2」小学館 2010 p226
◇「東と西 2」小学館 2012（小学館文庫）p247

吉村 康　よしむら・やすし（1939～）

父の列車
◇「教科書に載った小説」ポプラ社 2008 p119
◇「教科書に載った小説」ポプラ社 2012（ポプラ文庫）p107

吉本 隆明　よしもと・たかあき（1924～2012）

桜について
◇「山形県文学全集第2期（随筆・紀行編）6」郷土出版社 2005 p267
詩 一九四九年冬
◇「コレクション戦争と文学 10」集英社 2012 p655
遥かな米沢ロード
◇「山形県文学全集第2期（随筆・紀行編）6」郷土出版社 2005 p260

吉本 ばなな　よしもと・ばなな（1964～）

アーティチョーク
◇「恋愛小説」新潮社 2005 p159
◇「恋愛小説」新潮社 2007（新潮文庫）p183
スポンジ
◇「文学 2012」講談社 2012 p168
田所さん
◇「日本文学100年の名作 9」新潮社 2015（新潮文庫）p331
とかげ
◇「感じて。息づかいを。—恋愛小説アンソロジー」光文社 2005（光文社文庫）p97

熱のある時の夢（抄）
　◇「文豪てのひら怪談」ポプラ社 2009（ポプラ文庫）p82
バナナの秘密
　◇「くだものだもの」ランダムハウス講談社 2007 p191
幽霊の家
　◇「女がそれを食べるとき」幻冬舎 2013（幻冬舎文庫）p275

吉本　昌弘　よしもと・まさひろ（1957〜）
なぜ君は絶望と闘えたのか―後編（長谷川康夫）
　◇「テレビドラマ代表作選集 2011年版」日本脚本家連盟 2011 p7

吉屋　信子　よしや・のぶこ（1896〜1973）
生霊
　◇「文豪怪談傑作選 吉屋信子集」筑摩書房 2006（ちくま文庫）p7
井戸の底
　◇「文豪怪談傑作選 吉屋信子集」筑摩書房 2006（ちくま文庫）p145
宇野千代言行録
　◇「精選女性随筆集 2」文藝春秋 2012 p223
馬と私
　◇「精選女性随筆集 2」文藝春秋 2012 p238
宴会
　◇「文豪怪談傑作選 吉屋信子集」筑摩書房 2006（ちくま文庫）p124
嫗の幻想
　◇「コレクション私小説の冒険 2」勉誠出版 2013 p87
黄梅院様
　◇「文豪怪談傑作選 吉屋信子集」筑摩書房 2006（ちくま文庫）p161
鬼火
　◇「戦後占領期短篇小説コレクション 6」藤原書店 2007 p7
　◇「名短篇、さらにあり」筑摩書房 2008（ちくま文庫）p193
海潮音
　◇「文豪怪談傑作選 吉屋信子集」筑摩書房 2006（ちくま文庫）p341
かくれんぼ
　◇「文豪怪談傑作選 吉屋信子集」筑摩書房 2006（ちくま文庫）p219
純徳院芙蓉清美大姉〈林芙美子と私〉
　◇「精選女性随筆集 2」文藝春秋 2012 p163
鍾乳洞のなか
　◇「文豪怪談傑作選 吉屋信子集」筑摩書房 2006（ちくま文庫）p421
生死
　◇「文豪怪談傑作選 吉屋信子集」筑摩書房 2006（ちくま文庫）p41
　◇「コレクション戦争と文学 13」集英社 2011 p185

関屋敏子
　◇「芸術家」国書刊行会 1998（書物の王国）p225
底のぬけた柄杓〈尾崎放哉〉
　◇「精選女性随筆集 2」文藝春秋 2012 p192
逞しき童女〈岡本かの子と私〉
　◇「精選女性随筆集 2」文藝春秋 2012 p142
誰かが私に似ている
　◇「文豪怪談傑作選 吉屋信子集」筑摩書房 2006（ちくま文庫）p81
小さき者
　◇「青鞜文学集」不二出版 2004 p228
茶碗
　◇「文豪怪談傑作選 吉屋信子集」筑摩書房 2006（ちくま文庫）p105
憑かれる
　◇「文豪怪談傑作選 吉屋信子集」筑摩書房 2006（ちくま文庫）p194
鶴
　◇「文豪怪談傑作選 吉屋信子集」筑摩書房 2006（ちくま文庫）p235
夏鶯
　◇「文豪怪談傑作選 吉屋信子集」筑摩書房 2006（ちくま文庫）p259
廿一年前
　◇「精選女性随筆集 2」文藝春秋 2012 p249
梅雨
　◇「文豪怪談傑作選 吉屋信子集」筑摩書房 2006（ちくま文庫）p415
花物語―鈴蘭 月見草 白萩 白百合
　◇「短編 女性文学 近代 続」おうふう 2002 p75
ヒヤシンス
　◇「文学で考える〈仕事〉の百年」双文社出版 2010 p76
　◇「文学で考える〈仕事〉の百年」翰林書房 2016 p76
福寿草
　◇「ひつじアンソロジー 小説編 2」ひつじ書房 2009 p88
冬雁
　◇「文豪怪談傑作選 吉屋信子集」筑摩書房 2006（ちくま文庫）p303
フリージア（Freesia）
　◇「ひつじアンソロジー 小説編 2」ひつじ書房 2009 p83
本郷森川町
　◇「精選女性随筆集 2」文藝春秋 2012 p216
奥謝野晶子
　◇「精選女性随筆集 2」文藝春秋 2012 p185
霊魂
　◇「文豪怪談傑作選 吉屋信子集」筑摩書房 2006（ちくま文庫）p418
忘れな草
　◇「日本の少年小説―「少国民」のゆくえ」インパクト出版会 2016（インパクト選書）p62
私の泉鏡花

よしゆ

◇「文豪怪談傑作選 吉屋信子集」筑摩書房 2006（ちくま文庫）p411

吉行 淳之介　よしゆき・じゅんのすけ（1924〜1994）

あいびき
◇「北村薫の本格ミステリ・ライブラリー」角川書店 2001（角川文庫）p323

あしたの夕刊
◇「名短篇、ここにあり」筑摩書房 2008（ちくま文庫）p173

ある情事
◇「昭和の短篇一人一冊集成 吉行淳之介」未知谷 2008 p43

藺草の匂い
◇「コレクション戦争と文学 11」集英社 2012 p462

いのししの肉
◇「おいしい話―料理小説傑作選」徳間書店 2007（徳間文庫）p307
◇「昭和の短篇一人一冊集成 吉行淳之介」未知谷 2008 p293

蛾
◇「文豪てのひら怪談」ポプラ社 2009（ポプラ文庫）p196

菓子祭
◇「現代小説クロニクル 1980〜1984」講談社 2014（講談社文芸文庫）p43

華麗な夕暮
◇「戦争小説短篇名作選」講談社 2015（講談社文芸文庫）p275

奇妙な関係
◇「昭和の短篇一人一冊集成 吉行淳之介」未知谷 2008 p61

子供の領分
◇「少年の眼―大人になる前の物語」光文社 1997（光文社文庫）p163

鮭ぞうすい製造法
◇「冒険の森へ―傑作小説大全 9」集英社 2016 p8

札幌夫人
◇「昭和の短篇一人一冊集成 吉行淳之介」未知谷 2008 p151

驟雨
◇「新装版 全集現代文学の発見 15」學藝書林 2005 p216
◇「第三の新人名作選」講談社 2011（講談社文芸文庫）p318
◇「日本近代短篇小説選 昭和篇3」岩波書店 2012（岩波文庫）p27

娼婦の部屋
◇「丸谷才一編・花柳小説傑作選」講談社 2013（講談社文芸文庫）p7

食卓の光景
◇「私小説名作選 下」講談社 2012（講談社文芸文庫）p149

死んだ兵隊さん
◇「恐怖特急」光文社 2002（光文社文庫）p265

砂の上の植物群
◇「新装版 全集現代文学の発見 9」學藝書林 2004 p204

たすけてください。一しょに考えてください≫宮城まり子
◇「日本人の手紙 5」リブリオ出版 2004 p53

立っている肉
◇「昭和の短篇一人一冊集成 吉行淳之介」未知谷 2008 p279

谷間
◇「創刊一〇〇年三田文学名作選」三田文学会 2010 p333
◇「三田文学短篇選」講談社 2010（講談社文芸文庫）p168

騙す
◇「昭和の短篇一人一冊集成 吉行淳之介」未知谷 2008 p193

鳥獣虫魚
◇「わかれの船―Anthology」光文社 1998 p76
◇「影」文藝春秋 2003（推理作家になりたくて マイ ベストミステリー）p154
◇「マイ・ベスト・ミステリー 2」文藝春秋 2007（文春文庫）p231
◇「日本文学全集 27」河出書房新社 2017 p349

追跡者
◇「異形の白昼―恐怖小説集」筑摩書房 2013（ちくま文庫）p285
◇「冒険の森へ―傑作小説大全 6」集英社 2016 p8

出口
◇「日本怪奇小説傑作集 3」東京創元社 2005（創元推理文庫）p29
◇「もの食う話」文藝春秋 2015（文春文庫）p118
◇「うなぎ―人情小説集」筑摩書房 2016（ちくま文庫）p155

手品師
◇「魔術師」角川書店 2001（角川ホラー文庫）p265

電話
◇「昭和の短篇一人一冊集成 吉行淳之介」未知谷 2008 p101
◇「電話ミステリー倶楽部―傑作推理小説集」光文社 2016（光文社文庫）p275

童謡
◇「教科書名短篇 少年時代」中央公論新社 2016（中公文庫）p97

都会の雪女
◇「雪女のキス」光文社 2000（カッパ・ノベルス）p189

扉のむこう
◇「冒険の森へ―傑作小説大全 8」集英社 2015 p8

長い崖上
◇「昭和の短篇一人一冊集成 吉行淳之介」未知谷 2008 p229

謎
◇「ただならぬ午睡―恋愛小説アンソロジー」光文社 2004（光文社文庫）p9

悩ましき土地

◇「昭和の短篇一人一冊集成 吉行淳之介」未知谷 2008 p5

猫踏んじゃった
◇「ワルツ―アンソロジー」祥伝社 2004（祥伝社文庫）p287
◇「昭和の短篇一人一冊集成 吉行淳之介」未知谷 2008 p213

寝台の舟
◇「戦後短篇小説再発見 2」講談社 2001（講談社文芸文庫）p61
◇「右か、左か」文藝春秋 2010（文春文庫）p157
◇「丸谷才一編・花柳小説傑作選」講談社 2013（講談社文芸文庫）p35
◇「日本文学100年の名作 5」新潮社 2015（新潮文庫）p151

寝たままの男
◇「恐怖の旅」光文社 2000（光文社文庫）p55

廃墟の眺め
◇「コレクション戦争と文学 10」集英社 2012 p156

蠅
◇「戦後短篇小説再発見 18」講談社 2004（講談社文芸文庫）p106
◇「ものがたりのお菓子箱」飛鳥新社 2008 p203

花畠
◇「櫻憑き」光文社 2001（カッパ・ノベルス）p235

花嫁と警笛
◇「昭和の短篇一人一冊集成 吉行淳之介」未知谷 2008 p23

ハーバー・ライト
◇「昭和の短篇一人一冊集成 吉行淳之介」未知谷 2008 p135

薔薇販売人
◇「戦後占領期短篇小説コレクション 5」藤原書店 2007 p7

百メートルの樹木
◇「昭和の短篇一人一冊集成 吉行淳之介」未知谷 2008 p265

不意の出来事
◇「魂がふるえるとき」文藝春秋 2004（文春文庫）p39

風景と女と
◇「昭和の短篇一人一冊集成 吉行淳之介」未知谷 2008 p81

焰の中
◇「コレクション戦争と文学 15」集英社 2012 p84

堀部安兵衛
◇「日本剣客伝 江戸篇」朝日新聞出版 2012（朝日文庫）p179

八重歯
◇「昭和の短篇一人一冊集成 吉行淳之介」未知谷 2008 p117

吉行 理恵　よしゆき・りえ（1939～2006）

記憶のなかに
◇「吉田知子・森万紀子・吉行理恵・加藤幸子」角川書店 1998（女性作家シリーズ）p221

雲とトンガ
◇「猫は神さまの贈り物 小説編」有楽出版社 2014 p63
◇「にゃんそろじー」新潮社 2014（新潮文庫）p137

詩篇
◇「吉田知子・森万紀子・吉行理恵・加藤幸子」角川書店 1998（女性作家シリーズ）p313

小さな貴婦人
◇「吉田知子・森万紀子・吉行理恵・加藤幸子」角川書店 1998（女性作家シリーズ）p252

梨の花の揺れた時
◇「超短編アンソロジー」筑摩書房 2002（ちくま文庫）p92

猫の殺人
◇「妖美―女流ミステリー傑作選」徳間書店 1999（徳間文庫）p425

迷路の双子
◇「吉田知子・森万紀子・吉行理恵・加藤幸子」角川書店 1998（女性作家シリーズ）p285

与粋 鷗歌　よすい・おうか

夕暮れ
◇「超短編傑作選 v.6」創英社 2007 p149

依田 学海　よだ・がっかい（1833～1909）

伊庭八郎
◇「新日本古典文学大系 明治編 3」岩波書店 2005 p165

奇妓首信
◇「新日本古典文学大系 明治編 3」岩波書店 2005 p108

俠妓小柳
◇「新日本古典文学大系 明治編 3」岩波書店 2005 p113

俠盗忠二
◇「新日本古典文学大系 明治編 3」岩波書店 2005 p120

巨盃
◇「新日本古典文学大系 明治編 3」岩波書店 2005 p103

小倉庵長治
◇「新日本古典文学大系 明治編 3」岩波書店 2005 p156

私鋳
◇「新日本古典文学大系 明治編 3」岩波書店 2005 p162

竹村悔斎
◇「新日本古典文学大系 明治編 3」岩波書店 2005 p160

為永春水
◇「新日本古典文学大系 明治編 3」岩波書店 2005 p148

譚海（抄）
◇「新日本古典文学大系 明治編 3」岩波書店 2005 p101

那珂梧楼 榊原琴洲

◇「新日本古典文学大系 明治編 3」岩波書店 2005 p152
夫婦併命
◇「新日本古典文学大系 明治編 3」岩波書店 2005 p142
仏国演戯
◇「新日本古典文学大系 明治編 3」岩波書店 2005 p128
墓僻
◇「新日本古典文学大系 明治編 3」岩波書店 2005 p118
横浜貞婦
◇「新日本古典文学大系 明治編 3」岩波書店 2005 p116
老僕清吉
◇「新日本古典文学大系 明治編 3」岩波書店 2005 p136

依田 照彦　よだ・てるひこ（1912〜1971）
短歌の表現に就いて（文芸祭講演）
◇「ハンセン病文学全集 5」皓星社 2010 p463
依田照彦歌集
◇「ハンセン病文学全集 8」皓星社 2006 p291

依田 柳枝子　よだ・やえこ
やまと健男
◇「天変動く 大震災と作家たち」インパクト出版会 2011（インパクト選書）p352

四谷 シモーヌ　よつや・しもーぬ
シッポのはえた王子さま
◇「チューリップ革命—ネオ・スイート・ドリーム・ロマンス」イースト・プレス 2000 p195

夜釣 十六　よづり・じゅうろく
楽園
◇「太宰治賞 2016」筑摩書房 2016 p29

淀谷 悦一　よどたに・よしかず
キャッチ・アンド・リリース
◇「ショートショートの広場 13」講談社 2002（講談社文庫）p214
幸運
◇「ショートショートの広場 14」講談社 2003（講談社文庫）p36
工事中
◇「ショートショートの広場 15」講談社 2004（講談社文庫）p84
社内にて
◇「ショートショートの広場 14」講談社 2003（講談社文庫）p227
スーツケース
◇「ショートショートの広場 14」講談社 2003（講談社文庫）p187
日本製
◇「ショートショートの広場 11」講談社 2000（講談社文庫）p59
ペット
◇「ショートショートの広場 15」講談社 2004（講談社文庫）p121

米内 アキ　よない・あき
水仙月の四日（平野直）
◇「学校放送劇舞台劇脚本集—宮沢賢治名作童話」東洋書院 2008 p243
とっこべとら子（平野直）
◇「学校放送劇舞台劇脚本集—宮沢賢治名作童話」東洋書院 2008 p255
よだかの星（平野直）
◇「学校放送劇舞台劇脚本集—宮沢賢治名作童話」東洋書院 2008 p205

与那覇 幹夫　よなは・みきお（1939〜）
死骸の海
◇「沖縄文学選—日本文学のエッジからの問い」勉誠出版 2003 p287

米一 和哉　よねいち・かずや
チョコミントドーナツとキャラメルシナモンドーナツ
◇「ゆれる—第12回フェリシモ文学賞作品集」フェリシモ 2009 p124

米川 京　よねかわ・きょう
蜘蛛の糸
◇「てのひら怪談—ビーケーワン怪談大賞傑作選 2」ポプラ社 2007 p70
◇「てのひら怪談—ビーケーワン怪談大賞傑作選 己丑」ポプラ社 2009（ポプラ文庫）p216
時計
◇「てのひら怪談—ビーケーワン怪談大賞傑作選」ポプラ社 2007 p92
◇「てのひら怪談—ビーケーワン怪談大賞傑作選」ポプラ社 2008（ポプラ文庫）p96

米澤 翔　よねざわ・しょう
死ぬまで、生きよう
◇「ショートショートの花束 8」講談社 2016（講談社文庫）p97

米澤 穂信　よねざわ・ほのぶ（1978〜）
おいしいココアの作り方
◇「謎の放課後—学校のミステリー」KADOKAWA 2013（角川文庫）p103
怪盗Xからの挑戦状
◇「探偵Xからの挑戦状！　season3」小学館 2012（小学館文庫）p91
川越にやってください
◇「ミステリマガジン700 国内篇」早川書房 2014（ハヤカワ・ミステリ文庫）p431
913
◇「いつか、君へ Boys」集英社 2012（集英社文庫）p237
◇「驚愕遊園地」光文社 2013（最新ベスト・ミステリー）p417
◇「驚愕遊園地」光文社 2016（光文社文庫）p629
心あたりのある者は
◇「本格ミステリ二〇〇七年本格短編ベスト・セレ

クション 07」講談社 2007（講談社ノベルス）p369
◇「ザ・ベストミステリーズ―推理小説年鑑 2007」講談社 2007 p357
◇「ULTIMATE MYSTERY―究極のミステリー、ここにあり」講談社 2010（講談社文庫）p163
◇「法廷ジャックの心理学―本格短編ベスト・セレクション」講談社 2011（講談社文庫）p567

柘榴
◇「Mystery Seller」新潮社 2012（新潮文庫）p247

シェイク・ハーフ
◇「本格ミステリ 2006」講談社 2006（講談社ノベルス）p395
◇「珍しい物語のつくり方―本格短編ベスト・セレクション」講談社 2010（講談社文庫）p585

死人宿
◇「ザ・ベストミステリーズ―推理小説年鑑 2012」講談社 2012 p277
◇「Junction運命の分岐点」講談社 2015（講談社文庫）p57

下津山縁起
◇「時の罠」文藝春秋 2014（文春文庫）p139

シャルロットだけはぼくのもの
◇「ザ・ベストミステリーズ―推理小説年鑑 2006」講談社 2006 p285
◇「セブンミステリーズ」講談社 2009（講談社文庫）p141

玉野五十鈴の誉れ
◇「Story Seller」新潮社 2009（新潮文庫）p277

綱渡りの成功例
◇「悪意の迷路」光文社 2016（最新ベスト・ミステリー）p475

ナイフを失われた思い出の中に
◇「蝦墓倉市事件 2」東京創元社 2010（東京創元社・ミステリ・フロンティア）p267
◇「街角で謎が待っている」東京創元社 2014（創元推理文庫）p301

満願
◇「Story Seller 3」新潮社 2011（新潮文庫）p217
◇「ザ・ベストミステリーズ―推理小説年鑑 2011」講談社 2011 p343
◇「Guilty殺意の連鎖」講談社 2014（講談社文庫）p315

万灯
◇「Story Seller annex」新潮社 2014（新潮文庫）p183

身内に不幸がありまして
◇「本格ミステリー二〇〇八年本格短編ベスト・セレクション 08」講談社 2008（講談社ノベルス）p243
◇「暗闇を見よ」光文社 2010（Kappa novels）p339
◇「見えない殺人カード―本格短編ベスト・セレクション」講談社 2012（講談社文庫）p353
◇「暗闇を見よ」光文社 2015（光文社文庫）p465

リカーシブルリブート
◇「Story Seller 2」新潮社 2010（新潮文庫）p263

Do you love me？

◇「ミステリーズ！ extra―《ミステリ・フロンティア》特集」東京創元社 2004 p194
◇「犯人は秘かに笑う―ユーモアミステリー傑作選」光文社 2007（光文社文庫）p443
◇「不思議の足跡」光文社 2007（Kappa novels）p397
◇「不思議の足跡」光文社 2011（光文社文庫）p541

米沢 嘉博　よねざわ・よしひろ（1953〜2006）
ラヴクラフトの居る風景
◇「秘神界 歴史編」東京創元社 2002（創元推理文庫）p675

米田 華舡　よねだ・かこう（1905〜1982）
白蝋鬼事件
◇「幻の探偵雑誌 5」光文社 2001（光文社文庫）p301
掠奪結婚者の死
◇「外地探偵小説集 上海篇」せらび書房 2006 p49

米田 三星　よねだ・さんせい（1905〜2000）
生きている皮膚
◇「怪奇探偵小説集 1」角川春樹事務所 1998（ハルキ文庫）p161
◇「恐怖ミステリーBEST15―こんな幻の傑作が読みたかった！」シーエイチシー 2006 p87
生きてゐる皮膚
◇「戦前探偵小説四人集」論創社 2011（論創ミステリ叢書）p363
蜘蛛
◇「江戸川乱歩と13人の新青年〈論理派〉編」光文社 2008（光文社文庫）p235
◇「戦前探偵小説四人集」論創社 2011（論創ミステリ叢書）p385
血劇
◇「戦前探偵小説四人集」論創社 2011（論創ミステリ叢書）p423
児を産む死人
◇「戦前探偵小説四人集」論創社 2011（論創ミステリ叢書）p430
告げ口心臓
◇「ひとりで夜読むな―新青年傑作選 怪奇編」角川書店 2001（角川ホラー文庫）p199
◇「戦前探偵小説四人集」論創社 2011（論創ミステリ叢書）p401
森下雨村さんと私
◇「戦前探偵小説四人集」論創社 2011（論創ミステリ叢書）p437

米田 誠司　よねだ・せいじ
濃霧注意報
◇「ショートショートの花束 6」講談社 2014（講談社文庫）p126

米長 邦雄　よねなが・くにお（1943〜2012）
失敗や挫折の後で、どのような努力をするか▷小学生ファン
◇「日本人の手紙 3」リブリオ出版 2004 p73

米原 万里　よねはら・まり（1950〜2006）
　バグダッドの靴磨き
　　◇「コレクション戦争と文学 4」集英社 2011 p191

米山 公啓　よねやま・きみひろ（1952〜）
　遺伝子チップ
　　◇「自選ショート・ミステリー」講談社 2001（講談社文庫）p118
　白い診療所
　　◇「憑き者―全篇書下ろし傑作ホラーアンソロジー」アスキー 2000（A-novels）p467

詠坂 雄二　よみさか・ゆうじ（1979〜）
　残響ばよえ〜ん
　　◇「ザ・ベストミステリーズ―推理小説年鑑 2012」講談社 2012 p303
　Junction運命の分岐点
　　◇「Junction運命の分岐点」講談社 2015（講談社文庫）p239
　ドクターミンチにあいましょう
　　◇「Fの肖像―フランケンシュタインの幻想たち」光文社 2010（光文社文庫）p441

廉 尚燮　ヨム・サンソプ
　⇒廉想渉（ヨム・サンソプ）を見よ

廉 想渉　ヨム・サンソプ（1897〜1963）
　自殺未遂
　　◇「近代朝鮮文学日本語作品集1908〜1945 セレクション 2」緑蔭書房 2008 p311
　朝鮮の文壇を語る①〜③
　　◇「近代朝鮮文学日本語作品集1901〜1938 評論・随筆篇 1」緑蔭書房 2004 p387
　朝野の諸公に訴ふ
　　◇「近代朝鮮文学日本語作品集1901〜1938 評論・随筆篇 1」緑蔭書房 2004 p19
　どうして疑問がありますか 上下
　　◇「近代朝鮮文学日本語作品集1908〜1945 セレクション 5」緑蔭書房 2008 p193

廉 庭權　ヨム・チョンクォン
　覊思
　　◇「近代朝鮮文学日本語作品集1908〜1945 セレクション 6」緑蔭書房 2008 p23

よもぎ
　アルデンテ
　　◇「超短編の世界」創英社 2008 p61

依井 貴裕　よりい・たかひろ（1964〜）
　解答
　　◇「競作五十円玉二十枚の謎」東京創元社 2000（創元推理文庫）p70
　奇跡
　　◇「自選ショート・ミステリー 2」講談社 2001（講談社文庫）p209

【ら】

頼 慶　らい・けい
　妾御難
　　◇「日本統治期台湾文学集成 5」緑蔭書房 2002 p25

頼 明弘　らい・めいこう（1915〜1958）
　結婚した男
　　◇「日本統治期台湾文学集成 5」緑蔭書房 2002 p231

頼氏 雪紅　らいし・せつこう
　夏日抄
　　◇「日本統治期台湾文学集成 5」緑蔭書房 2002 p311

来福堂　らいふくどう
　ちくわのあな
　　◇「てのひら怪談 癸巳」KADOKAWA 2013（MF文庫ダ・ヴィンチ）p80

樂天子　らくてんし
　国語小説 饅頭賣ノ子供（全三回）
　　◇「近代朝鮮文学日本語作品集1901〜1938 創作篇 1」緑蔭書房 2004 p21

らくのたね
　身代わり
　　◇「ショートショートの広場 16」講談社 2005（講談社文庫）p85

ラザロ・恩田原　らざろ・おんだわら
　⇒松本馨（まつもと・かおる）を見よ

らびっと
　シトラスな時間
　　◇「超短編の世界」創英社 2008 p156

蘭 郁二郎　らん・いくじろう（1913〜1944）
　息を止める男
　　◇「幻の探偵雑誌 8」光文社 2001（光文社文庫）p255
　猪狩殺人事件 三
　　◇「幻の探偵雑誌 3」光文社 2000（光文社文庫）p58
　休刊的終刊〔シュピオ小史〕
　　◇「幻の探偵雑誌 3」光文社 2000（光文社文庫）p468
　人造恋愛
　　◇「懐かしい未来―甦る明治・大正・昭和の未来小説」中央公論新社 2001 p211
　地図にない島
　　◇「人外魔境」リブリオ出版 2001（怪奇・ホラーワールド）p131
　　◇「冒険の森へ―傑作小説大全 15」集英社 2016 p41
　蝶と処方箋
　　◇「悪魔黙示録「新青年」一九三八―探偵小説暗黒の

時代へ」光文社 2011（光文社文庫）p313
白日鬼
◇「幻の探偵雑誌 3」光文社 2000（光文社文庫）p119
魔像
◇「怪奇探偵小説集 2」角川春樹事務所 1998（ハルキ文庫）p175
鱗粉
◇「幻の探偵雑誌 4」光文社 2001（光文社文庫）p163

蘭 光生　らん・こうせい
⇒式貴士（しき・たかし）を見よ

藍 紅緑　らん・こうりょく
慈善家―四幕
◇「日本統治期台湾文学集成 14」緑蔭書房 2003 p53

乱雨　らんう
自動販売機
◇「てのひら怪談―ビーケーワン怪談大賞傑作選 壬辰」ポプラ社 2012（ポプラ文庫）p110

【り】

李 逸涛　り・いっとう
侠鴛鴦
◇「日本統治期台湾文学集成 24」緑蔭書房 2007 p9
蛮花記
◇「日本統治期台湾文学集成 24」緑蔭書房 2007 p231
留学奇縁（上）（下）
◇「日本統治期台湾文学集成 25」緑蔭書房 2007 p235

李 絳　り・こう
トンネルを抜けて
◇「「伊豆文学賞」優秀作品集 第12回」羽衣出版 2009 p143

李 素峽　り・そきょう
福徳房（李泰俊〔著〕）
◇「近代朝鮮文学日本語作品集1908〜1945 セレクション 1」緑蔭書房 2008 p219

リー・テツ
屍精絲・リズム
◇「近代朝鮮文学日本語作品集1908〜1945 セレクション 4」緑蔭書房 2008 p139

李 蒙雄　り・もうゆう
地脈（崔貞熙〔著〕）
◇「近代朝鮮文学日本語作品集1939〜1945 創作篇 3」緑蔭書房 2001 p7
摸索（韓雪野〔著〕）
◇「近代朝鮮文学日本語作品集1939〜1945 創作篇 3」緑蔭書房 2001 p75

梨雨公　りうこう
九月の詩壇（合評）（朱耀翰／豊太郎／泰雄／福督／X／簾吉／浮島）
◇「近代朝鮮文学日本語作品集1908〜1945 セレクション 5」緑蔭書房 2008 p37
五月の詩壇（合評）（朱耀翰／簾吉／浮島／豊太郎／泰雄／福督／X）
◇「近代朝鮮文学日本語作品集1908〜1945 セレクション 5」緑蔭書房 2008 p19
三月の詩壇（合評）（朱耀翰／豊太郎／泰雄／福督／X）
◇「近代朝鮮文学日本語作品集1908〜1945 セレクション 5」緑蔭書房 2008 p9
四月の詩壇（合評）（朱耀翰／豊太郎／泰雄／福督／X／簾吉／浮島）
◇「近代朝鮮文学日本語作品集1908〜1945 セレクション 5」緑蔭書房 2008 p13
七月の詩壇（朱耀翰／豊太郎／泰雄／福督／X）
◇「近代朝鮮文学日本語作品集1908〜1945 セレクション 5」緑蔭書房 2008 p29
十月の詩壇（合評）（朱耀翰／豊太郎／泰雄／福督／X／簾吉／浮島）
◇「近代朝鮮文学日本語作品集1908〜1945 セレクション 5」緑蔭書房 2008 p39
八月の詩壇（合評）（朱耀翰／豊太郎／泰雄／福督／X）
◇「近代朝鮮文学日本語作品集1908〜1945 セレクション 5」緑蔭書房 2008 p33
六月の詩壇（合評）（朱耀翰／簾吉／浮島／豊太郎／泰雄／福督／X）
◇「近代朝鮮文学日本語作品集1908〜1945 セレクション 5」緑蔭書房 2008 p23

六道 慧　りくどう・けい
小角伝説―飛鳥霊異記
◇「七人の役小角」小学館 2007（小学館文庫）p161

律心　りつしん
雨降り美人と下心
◇「ショートショートの花束 5」講談社 2013（講談社文庫）p219
カレーの日
◇「ショートショートの花束 6」講談社 2014（講談社文庫）p72
青春効果
◇「ショートショートの花束 7」講談社 2015（講談社文庫）p137
存在観
◇「ショートショートの花束 3」講談社 2011（講談社文庫）p54
バリアフリー時代
◇「ショートショートの花束 5」講談社 2013（講談社文庫）p233
真夏の鼻

りとう

◇「ショートショートの花束 7」講談社 2015（講談社文庫）p174

私と牡蠣
◇「ショートショートの花束 8」講談社 2016（講談社文庫）p227

悪い夢
◇「ショートショートの花束 5」講談社 2013（講談社文庫）p119

狸洞 快　りどう・かい

案山子
◇「さきがけ文学賞選集 5」秋田魁新報社 2016（さきがけ文庫）p5

李家 漢稷　りのいえ・かんしょく

ひとつの願
◇「近代朝鮮文学日本語作品集1939〜1945 創作篇 6」緑蔭書房 2001 p279

リービ 英雄　りーび・ひでお（1950〜）

コネチカット・アベニュー
◇「文学 2006」講談社 2006 p125

千々にくだけて
◇「コレクション戦争と文学 4」集英社 2011 p15

天安門
◇「文学 1997」講談社 1997 p33

仲間
◇「文学で考える〈日本〉とは何か」双文社出版 2007 p165
◇「文学で考える〈日本〉とは何か」翰林書房 2016 p165

理山 貞二　りやま・ていじ（1964〜）

折り紙衛星の伝説
◇「折り紙衛星の伝説」東京創元社 2015（創元SF文庫）p111

すべての夢｜果てる地で—第三回創元SF短編賞受賞作
◇「拡張幻想」東京創元社 2012（創元SF文庫）p523

龍 瑛宗　りゅう・えいそう（1911〜1999）

新しき天長斷崖
◇「日本統治期台湾文学集成 16」緑蔭書房 2003 p351

ある女の記録
◇「日本統治期台湾文学集成 22」緑蔭書房 2007 p253

妹から兄へ（第一回入営を祝ふ）
◇「日本統治期台湾文学集成 23」緑蔭書房 2007 p431

歌
◇「日本統治期台湾文学集成 5」緑蔭書房 2002 p423

美しき田園―二幕
◇「日本統治期台湾文学集成 11」緑蔭書房 2003 p227

夫ドストエーフスキー回想
◇「日本統治期台湾文学集成 16」緑蔭書房 2003 p268

邂逅
◇「〈外地〉の日本語文学選 1」新宿書房 1996 p193

鶏肋抄
◇「日本統治期台湾文学集成 16」緑蔭書房 2003 p267

紅塵
◇「日本統治期台湾文学集成 1」緑蔭書房 2002 p5

ゴオゴリとその作品
◇「日本統治期台湾文学集成 16」緑蔭書房 2003 p195

孤獨な蠹魚
◇「日本統治期台湾文学集成 16」緑蔭書房 2003 p179
◇「日本統治期台湾文学集成 16」緑蔭書房 2003 p373

作家と讀者
◇「日本統治期台湾文学集成 16」緑蔭書房 2003 p293

詩の鑑賞
◇「日本統治期台湾文学集成 16」緑蔭書房 2003 p309

拾錢の問題
◇「日本統治期台湾文学集成 16」緑蔭書房 2003 p367
◇「日本統治期台湾文学集成 22」緑蔭書房 2007 p307

白い山脈
◇「日本統治期台湾文学集成 5」緑蔭書房 2002 p259

「城のある町にて」（梶井基次郎）
◇「日本統治期台湾文学集成 16」緑蔭書房 2003 p253

臺北におけるアンドレ・ジイド風景
◇「日本統治期台湾文学集成 16」緑蔭書房 2003 p262

臺灣文學の展望
◇「日本統治期台湾文学集成 16」緑蔭書房 2003 p287

ナポレオンと横光利一
◇「日本統治期台湾文学集成 16」緑蔭書房 2003 p277

薄々社の饗宴
◇「日本統治期台湾文学集成 16」緑蔭書房 2003 p357

バルザックといふ男
◇「日本統治期台湾文学集成 16」緑蔭書房 2003 p235

二つの「狂人日記」
◇「日本統治期台湾文学集成 16」緑蔭書房 2003 p187

文學襍記帖
◇「日本統治期台湾文学集成 16」緑蔭書房 2003 p261

文學の在り方
◇「日本統治期台湾文学集成 16」緑蔭書房 2003 p303

ベリンスキーについて
- 「日本統治期台湾文学集成 16」緑蔭書房 2003 p264

辻小説 街にて
- 「日本統治期台湾文学集成 22」緑蔭書房 2007 p332

ラ・ロシュフコオについて
- 「日本統治期台湾文学集成 16」緑蔭書房 2003 p272

呂君の結婚
- 「日本統治期台湾文学集成 23」緑蔭書房 2007 p333

若い海
- 「コレクション戦争と文学 18」集英社 2012 p143

笑ふ清風荘
- 「日本統治期台湾文学集成 22」緑蔭書房 2007 p365

隆 慶一郎　りゅう・けいいちろう（1923～1989）

異説猿ヶ辻の変
- 「幕末剣豪人斬り異聞 勤皇篇」アスキー 1997（Aspect novels）p119
- 「龍馬の天命―坂本龍馬名手の八篇」実業之日本社 2010 p107

異説猿ヶ辻の変―姉小路公知暗殺
- 「時代小説傑作選 3」新人物往来社 2008 p99

慶安御前試合
- 「花ごよみ夢一夜」光風社出版 2001（光風社文庫）p173
- 「日本文学100年の名作 8」新潮社 2015（新潮文庫）p187

三番勝負 片車〈鬼麿斬人剣〉
- 「信州歴史時代小説傑作集 3」しなのき書房 2007 p103

時代小説の愉しみ
- 「我、本懐を遂げんとす―忠臣蔵傑作選」徳間書店 1998（徳間文庫）p333

死出の雪―崇禅寺馬場の敵討ち
- 「時代小説傑作選 4」新人物往来社 2008 p5

氷柱折り
- 「秘剣舞う―剣豪小説の世界」学習研究社 2002（学研M文庫）p135

氷柱折り【清麿】
- 「刀剣―歴史時代小説名作アンソロジー」中央公論新社 2016（中公文庫）p7

握り飯
- 「たんときれいに召し上がれ―美食文学精選」芸術新聞社 2015 p65

張りの吉原
- 「吉原花魁」角川書店 2009（角川文庫）p5

ぼうふらの剣
- 「冒険の森へ―傑作小説大全 11」集英社 2015 p157

柳生刺客状
- 「剣よ目下に舞え」光風社出版 2001（光風社文庫）p209
- 「軍師の生きざま―短篇小説集」作品社 2008 p193

柳生刺客状―柳生宗矩
- 「軍師の生きざま」実業之日本社 2013（実業之日本社文庫）p239

柳生の鬼
- 「柳生秘剣伝奇」勉誠出版 2002（べんせいライブラリー）p1
- 「七人の十兵衛―傑作時代小説」PHP研究所 2007（PHP文庫）p87

柳枝の剣
- 「柳生一族―剣豪列伝」廣済堂出版 1998（廣済堂文庫）p303
- 「歴史小説の世紀 地の巻」新潮社 2000（新潮文庫）p359
- 「小説「武士道」」三笠書房 2008（知的生きかた文庫）p53
- 「柳生の剣、八番勝負」廣済堂出版 2009（廣済堂文庫）p299

柳枝の剣―柳生友矩
- 「時代小説傑作選 1」新人物往来社 2008 p121

柳 虎次郎　りゅう・けんじろう

河
- 「近代朝鮮文学日本語作品集1908～1945 セレクション 4」緑蔭書房 2008 p447

劉 捷　りゅう・しょう（1911～2004）

芸妲
- 「日本統治期台湾文学集成 5」緑蔭書房 2002 p165

龍 悠吉　りゅう・ゆうきち

怪人
- 「幻の探偵雑誌 2」光文社 2000（光文社文庫）p271

龍淵 灯　りゅうえん・とう

聖夜の贄
- 「ショートショートの花束 7」講談社 2015（講談社文庫）p216

竜王町青年学級人形劇コース　りゅうおうちょうせいねんがっきゅうにんぎょうげきこーす

俵藤太物語
- 「われらが青年団 人形劇脚本集」文芸社 2008 p55

竹生島のナマズ
- 「われらが青年団 人形劇脚本集」文芸社 2008 p109

ばけものつかい（山口修司）
- 「われらが青年団 人形劇脚本集」文芸社 2008 p31

やさしいあくま
- 「われらが青年団 人形劇脚本集」文芸社 2008 p79

龍造寺 信　りゅうぞうじ・しん

三島宿
- 「「伊豆文学賞」優秀作品集 第13回」羽衣出版 2010 p155

龍膽寺 旻　りゅうたんじ・びん（1900～1976）

小豆洗い

りゅう

◇「モノノケ大合戦」小学館 2005（小学館文庫）p265

龍胆寺 雄　りゅうたんじ・ゆう（1901〜1992）
機関車に巣喰う
◇「日本文学100年の名作 2」新潮社 2014（新潮文庫）p259
塔
◇「文豪てのひら怪談」ポプラ社 2009（ポプラ文庫）p186

龍野 智子　りゅうの・ともこ
同郷
◇「ショートショートの花束 5」講談社 2013（講談社文庫）p143

龍風 文哉　りゅうふう・ふみや
初詣
◇「てのひら怪談 癸巳」KADOKAWA 2013（MF文庫ダ・ヴィンチ）p76

リュカ
カエルの子
◇「てのひら怪談──ビーケーワン怪談大賞傑作選 辛卯」ポプラ社 2011（ポプラ文庫）p172

量 雨江　りょう・うこう
遺句集 海紅豆
◇「ハンセン病文学全集 9」皓星社 2010 p156

寮 美千子　りょう・みちこ（1955〜）
花喰い猫
◇「猫路地」日本出版社 2006 p51
平気の平太郎 魔王の館の巻
◇「稲生モノノケ大全 陽之巻」毎日新聞社 2005 p307
螢万華鏡
◇「キラキラデイズ」新潮社 2014（新潮文庫）p149

領家 高子　りょうけ・たかこ（1956〜）
千本桜
◇「異色歴史短篇傑作大全」講談社 2003 p457

呂人白　りょじんはく
日曜日（上）（下）
◇「日本統治期台湾文学集成 25」緑蔭書房 2007 p379

林 輝焜　りん・きこん（1902〜1959）
争へぬ運命
◇「日本統治期台湾文学集成 3」緑蔭書房 2002 p5

林 敬璋　りん・けいしょう
写真禍
◇「日本統治期台湾文学集成 5」緑蔭書房 2002 p89

林 秋興　りん・しゅうこう
軽便
◇「日本統治期台湾文学集成 5」緑蔭書房 2002 p351

林 貞六　りん・ていろく（1886〜1968）
推序〔一つの矢弾〕
◇「日本統治期台湾文学集成 13」緑蔭書房 2003 p177

林 南山　りん・なんざん
小説 飢餓と殺戮（崔曙海〔著〕）
◇「近代朝鮮文学日本語作品集1901〜1938 創作篇 1」緑蔭書房 2004 p143
ピアーノ（玄鎮健〔著〕）
◇「近代朝鮮文学日本語作品集1901〜1938 創作篇 1」緑蔭書房 2004 p161

林 博秋　りん・はくしゅう（1920〜1998）
戯曲 高砂館──一幕
◇「日本統治期台湾文学集成 14」緑蔭書房 2003 p367

【る】

流川 透明　るかわ・とうめい
花の地図
◇「超短編の世界 vol.3」創英社 2011 p130

るどるふ
予知夢
◇「ショートショートの花束 2」講談社 2010（講談社文庫）p154

瑠璃　るり
いとしのプロビッチ
◇「冷と温──第13回フェリシモ文学賞作品集」フェリシモ 2010 p140

【れ】

來 在守　レ・ジェス
冬
◇「近代朝鮮文学日本語作品集1908〜1945 セレクション 6」緑蔭書房 2008 p64

令丈 ヒロ子　れいじょう・ひろこ
めっちゃ、ピカピカの、人たち。
◇「キラキラデイズ」新潮社 2014（新潮文庫）p55
リベザル童話『メフィストくん』──薬屋探偵妖綺談
◇「QED鏡家の薬屋探偵──メフィスト賞トリビュート」講談社 2010（講談社ノベルス）p173

レフ
プロとダダ（金熙明）
◇「近代朝鮮文学日本語作品集1901〜1938 評論・随筆篇 1」緑蔭書房 2004 p75

蓮　れん
届かぬ報い
◇「恐怖箱 遺伝記」竹書房 2008（竹書房文庫）p60

簾吉　れんきち
九月の詩壇（合評）（朱耀翰／豊太郎／泰雄／福督／梨雨公／X／浮島）
◇「近代朝鮮文学日本語作品集1908〜1945 セレクション 5」緑蔭書房 2008 p37
五月の詩壇（合評）（朱耀翰／浮島／豊太郎／泰雄／福督／梨雨公／X）
◇「近代朝鮮文学日本語作品集1908〜1945 セレクション 5」緑蔭書房 2008 p19
四月の詩壇（合評）（朱耀翰／豊太郎／泰雄／福督／梨雨公／X／浮島）
◇「近代朝鮮文学日本語作品集1908〜1945 セレクション 5」緑蔭書房 2008 p13
十月の詩壇（合評）（朱耀翰／豊太郎／泰雄／福督／梨雨公／X／浮島）
◇「近代朝鮮文学日本語作品集1908〜1945 セレクション 5」緑蔭書房 2008 p39
六月の詩壇（合評）（朱耀翰／浮島／豊太郎／泰雄／福督／梨雨公／X）
◇「近代朝鮮文学日本語作品集1908〜1945 セレクション 5」緑蔭書房 2008 p23

連城 三紀彦　れんじょう・みきひこ（1948〜2013）
足音
◇「奇妙な恋の物語」光文社 1998（光文社文庫）p73
カイン
◇「いつか心の奥へ―小説推理傑作選」双葉社 1997 p287
帰り道
◇「恋物語」朝日新聞社 1998 p53
花虐の賦
◇「恋は罪つくり―恋愛ミステリー傑作選」光文社 2005（光文社文庫）p141
過去からの声
◇「贈る物語Mystery」光文社 2002 p285
◇「七つの危険な真実」新潮社 2004（新潮文庫）p197
消えた新幹線
◇「鉄ミス倶楽部東海道新幹線50―推理小説アンソロジー」光文社 2014（光文社文庫）p143
桔梗の宿
◇「『このミス』が選ぶ！ オールタイム・ベスト短編ミステリー 赤」宝島社 2015（宝島社文庫）p263
菊の塵
◇「大江戸犯科帖―時代推理小説名作選」双葉社 2003（双葉文庫）p399
絹婚式
◇「銀座24の物語」文藝春秋 2001 p165
桐の柩
◇「わかれの船―Anthology」光文社 1998 p220

黒髪
◇「煌めきの殺意」徳間書店 1999（徳間文庫）p753
◇「謎―スペシャル・ブレンド・ミステリー 004」講談社 2009（講談社文庫）p333
恋の時間
◇「恋物語」朝日新聞社 1998 p57
ゴースト・トレイン
◇「愛憎発殺人行―鉄道ミステリー名作館」徳間書店 2004（徳間文庫）p5
裁かれる女
◇「推理小説代表作選集―推理小説年鑑 1997」講談社 1997 p311
◇「殺ったのは誰だ?!」講談社 1999（講談社文庫）p393
◇「謎―スペシャル・ブレンド・ミステリー 008」講談社 2013（講談社文庫）p165
白い言葉
◇「恋物語」朝日新聞社 1998 p48
親愛なるエス君へ
◇「綾辻行人と有栖川有栖のミステリ・ジョッキー 2」講談社 2009 p201
男女の幾何学
◇「金曜の夜は、ラブ・ミステリー」三笠書房 2000（王様文庫）p7
小さな異邦人
◇「現場に臨め」光文社 2010（Kappa novels）p409
◇「現場に臨め」光文社 2014（光文社文庫）p583
日曜日
◇「ワルツーアンソロジー」祥伝社 2004（祥伝社文庫）p127
敗北への凱旋
◇「綾辻・有栖川復刊セレクション 敗北への凱旋」講談社 2007（講談社ノベルス）p3
白雨
◇「ザ・ベストミステリーズ―推理小説年鑑 2006」講談社 2006 p251
◇「曲げられた真相」講談社 2009（講談社文庫）p41
初恋
◇「恋物語」朝日新聞社 1998 p62
ひとつ蘭
◇「現代の小説 1998」徳間書店 1998 p364
ヒロインへの招待状
◇「事件の痕跡」光文社 2007（Kappa novels）p435
◇「事件の痕跡」光文社 2012（光文社文庫）p591
変調二人羽織
◇「甦る「幻影城」 1」角川書店 1997（カドカワ・エンタテインメント）p171
ぼくを見つけて
◇「謎―スペシャル・ブレンド・ミステリー 001」講談社 2006（講談社文庫）p259
戻り川心中
◇「短歌殺人事件―31音律のラビリンス」光文社 2003（光文社文庫）p189
◇「ときめき―ミステリアンソロジー」廣済堂出版 2005（廣済堂文庫）p285

ろ

◇「『このミス』が選ぶ！ オールタイム・ベスト短編ミステリー 赤」宝島社 2015（宝島社文庫）p9

夕萩心中
◇「恋愛小説・名作集成 6」リブリオ出版 2004 p45

宵待草夜情
◇「文学賞受賞・名作集成 9」リブリオ出版 2004 p5

夜の自画像
◇「ザ・ベストミステリーズ―推理小説年鑑 2009」講談社 2009 p427
◇「Bluff騙し合いの夜」講談社 2012（講談社文庫）p363

夜の二乗
◇「犯行現場にもう一度」講談社 1997（講談社文庫）p125
◇「謎―スペシャル・ブレンド・ミステリー 005」講談社 2010（講談社文庫）p293

忘れ草
◇「京都愛憎の旅―京都ミステリー傑作選」徳間書店 2002（徳間文庫）p151

◇「てのひら怪談―ビーケーワン怪談大賞傑作選 百怪繚乱篇」ポプラ社 2008 p158
◇「てのひら怪談―ビーケーワン怪談大賞傑作選 己丑」ポプラ社 2009（ポプラ文庫）p186

姑のハンドバッグ
◇「てのひら怪談―ビーケーワン怪談大賞傑作選 2」ポプラ社 2007 p204

手ぬぐい
◇「てのひら怪談―ビーケーワン怪談大賞傑作選」ポプラ社 2008（ポプラ文庫）p20

泣き石
◇「てのひら怪談―ビーケーワン怪談大賞傑作選」ポプラ社 2007 p72
◇「てのひら怪談―ビーケーワン怪談大賞傑作選」ポプラ社 2008（ポプラ文庫）p74

六文 誠　ろくもん・まこと
目には目を
◇「ショートショートの花束 7」講談社 2015（講談社文庫）p141

【ろ】

呂 赫若　ろ・かくじゃく（1914～1951頃）
挨拶状
◇「日本統治期台湾文学集成 23」緑蔭書房 2007 p367
畦道（軍報道部提供）
◇「日本統治期台湾文学集成 23」緑蔭書房 2007 p407
婚約奇談
◇「日本統治期台湾文学集成 5」緑蔭書房 2002 p139
山川草木
◇「日本統治期台湾文学集成 5」緑蔭書房 2002 p359
月夜
◇「日本統治期台湾文学集成 5」緑蔭書房 2002 p325
微笑
◇「日本統治期台湾文学集成 23」緑蔭書房 2007 p353
風水（ホンスイ）
◇「〈外地〉の日本語文学選 1」新宿書房 1996 p204

琅 石生　ろう・せきせい
頬
◇「日本統治期台湾文学集成 5」緑蔭書房 2002 p223
闇
◇「日本統治期台湾文学集成 5」緑蔭書房 2002 p81

麓 信仰　ろく・しんこう
連作小説 四等寝台（荘慶記／国分寺實／丘十府）
◇「日本統治期台湾文学集成 21」緑蔭書房 2007 p21

六條 靖子　ろくじょう・やすこ
きぇー

【わ】

ワカ
素直じゃない私
◇「大人が読む。ケータイ小説―第1回ケータイ文学賞アンソロジー」オンブック 2007 p140

若合 春侑　わかい・すう（1958～）
微熱語り
◇「文学 2004」講談社 2004 p109

若木 未生　わかぎ・みお（1968～）
ルードウィヒ・B―或る小さなソナタ
◇「手塚治虫COVER タナトス篇」徳間書店 2003（徳間デュアル文庫）p117

若草田 ひずる　わかくさだ・ひずる
カラス
◇「扉の向こうへ」全作家協会 2014（全作家短編集）p284

若桑 正人　わかくわ・まさと
こっちにくるな
◇「ショートショートの広場 11」講談社 2000（講談社文庫）p125

若狭 明美　わかさ・あけみ
「　」とさけびました。
◇「中学校たのしい劇脚本集―英語劇付 Ⅰ」国土社 2010 p151

若杉 鳥子　わかすぎ・とりこ（1892～1937）
棄てる金
◇「アンソロジー・プロレタリア文学 1」森話社 2013 p226

若竹 七海　わかたけ・ななみ（1963〜）
開けるな
◇「危険な関係―女流ミステリー傑作選」角川春樹事務所 2002（ハルキ文庫）p43
あなただけを見つめる
◇「犯人は秘かに笑う―ユーモアミステリー傑作選」光文社 2007（光文社文庫）p407
海の底
◇「七人の女探偵」廣済堂出版 1998（KOSAIDO BLUE BOOKS）p235
贈り物
◇「闇夜に怪を語れば―百物語ホラー傑作選」角川書店 2005（角川ホラー文庫）p309
お嬢様出帆
◇「ザ・ベストミステリーズ―推理小説年鑑 1999」講談社 1999 p405
◇「密室＋アリバイ＝真犯人」講談社 2002（講談社文庫）p200
女探偵の夏休み
◇「ザ・ベストミステリーズ―推理小説年鑑 2000」講談社 2000 p337
◇「罪深き者に罰を」講談社 2002（講談社文庫）p213
母さん助けて
◇「宝石ザミステリー 2016」光文社 2015 p191
家族への手紙
◇「黒衣のモニュメント」光文社 2000（光文社文庫）p479
きれいごとじゃない
◇「宝石ザミステリー Blue」光文社 2016 p383
暗い越流
◇「宝石ザミステリー 2」光文社 2012 p191
◇「ザ・ベストミステリーズ―推理小説年鑑 2013」講談社 2013 p325
◇「Symphony漆黒の交響曲」講談社 2016（講談社文庫）p5
暗闇の猫はみんな黒猫
◇「白のミステリー―女性ミステリー作家傑作選」光文社 1997 p301
◇「女性ミステリー作家傑作選 3」光文社 1999（光文社文庫）p331
黒い袖
◇「宝石ザミステリー Red」光文社 2016 p169
交換炒飯
◇「本格ミステリ 2002」講談社 2002（講談社ノベルス）p197
◇「天使と髑髏の密室―本格短編ベスト・セレクション」講談社 2005（講談社文庫）p421
声たち
◇「密室―ミステリーアンソロジー」角川書店 1997（角川文庫）p263
五十円玉二十枚の謎 問題編
◇「競作五十円玉二十枚の謎」東京創元社 2000（創元推理文庫）p12
ゴブリンシャークの目
◇「宝石ザミステリー 2014冬」光文社 2014 p443

◇「ザ・ベストミステリーズ―推理小説年鑑 2015」講談社 2015 p327
殺しても死なない
◇「ザ・ベストミステリーズ―推理小説年鑑 2002」講談社 2002 p419
◇「零時の犯罪予報」講談社 2005（講談社文庫）p157
再生
◇「私は殺される―女流ミステリー傑作選」角川春樹事務所 2001（ハルキ文庫）p171
サンタクロースのせいにしよう
◇「殺人前線北上中」講談社 1997（講談社文庫）p189
幸せの家
◇「宝石ザミステリー 3」光文社 2013 p125
詩人の死
◇「名探偵の饗宴」朝日新聞社 1998 p193
◇「名探偵の饗宴」朝日新聞出版 2015（朝日文庫）p223
静かな炎天
◇「ザ・ベストミステリーズ―推理小説年鑑 2016」講談社 2016 p313
白い顔
◇「最新「珠玉推理」大全 下」光文社 1998（カッパ・ノベルス）p354
◇「闇夜の芸術祭」光文社 2003（光文社文庫）p483
船上にて
◇「ミステリマガジン700 国内篇」早川書房 2014（ハヤカワ・ミステリ文庫）p385
船上の悪女
◇「緋迷宮―ミステリー・アンソロジー」祥伝社 2001（祥伝社文庫）p275
副島さんは言っている―十月
◇「殺意の隘路」光文社 2016（最新ベスト・ミステリー）p401
タッチアウト
◇「花迷宮」日本文芸社 2000（日文文庫）p51
手紙嫌い
◇「殺人博物館へようこそ」講談社 1998（講談社文庫）p211
◇「謎―スペシャル・ブレンド・ミステリー 006」講談社 2011（講談社文庫）p7
◇「教えたくなる名短篇」筑摩書房 2014（ちくま文庫）p29
鉄格子の女
◇「事件現場に行こう―最新ベスト・ミステリー カレイドスコープ編」光文社 2001（カッパ・ノベルス）p373
泥棒稼業
◇「不条理な殺人―ミステリー・アンソロジー」祥伝社 1998（ノン・ポシェット）p227
濃紺の悪魔
◇「蒼迷宮―ミステリー・アンソロジー」祥伝社 2002（祥伝社文庫）p147
蠅男
◇「名探偵に訊け」光文社 2010（Kappa novels）

わかつ

p517
- ◇「名探偵に訊け」光文社 2013（光文社文庫）p715

バベル島
- ◇「憑き者—全篇書下ろし傑作ホラーアンソロジー」アスキー 2000（A-novels）p419
- ◇「ザ・ベストミステリーズ—推理小説年鑑 2001」講談社 2001 p181
- ◇「終日犯罪」講談社 2004（講談社文庫）p177

砒素とネコと粉ミルク
- ◇「猫とわたしの七日間—青春ミステリーアンソロジー」ポプラ社 2013（ポプラ文庫ピュアフル）p7

みたびのサマータイム
- ◇「血文字パズル」角川書店 2003（角川文庫）p181
- ◇「青に捧げる悪夢」角川書店 2005 p33
- ◇「青に捧げる悪夢」角川書店 2013（角川文庫）p57

容疑者が消えた
- ◇「吹雪の山荘—赤い死の影の下に」東京創元社 2008（創元クライム・クラブ）p145
- ◇「吹雪の山荘—リレーミステリ」東京創元社 2014（創元推理文庫）p163

OL倶楽部にようこそ
- ◇「不透明な殺人—ミステリー・アンソロジー」祥伝社 1999（祥伝社文庫）p179

わかつき ひかる

ニートな彼とキュートな彼女
- ◇「原色の想像力—創元SF短編賞アンソロジー 2」東京創元社 2012（創元SF文庫）p85

若林 一郎　わかばやし・いちろう（1931〜）

よだかの星
- ◇「小学生のげき—新小学校演劇脚本集 高学年 1」晩成書房 2011 p219

若林 一男　わかばやし・かずお

なにげ
- ◇「高校演劇Selection 2006 下」晩成書房 2008 p67

若林 真　わかばやし・しん（1929〜2000）

心の通い合う場
- ◇「創刊一〇〇年三田文学名作選」三田文学会 2010 p691

若林 つや　わかばやし・つや（1905〜1998）

断崖
- ◇「「日本浪曼派」集」新学社 2007（新学社近代浪漫派文庫）p225

若林 優稀　わかばやし・ゆうき

弓ケ浜での思い出
- ◇「「伊豆文学賞」優秀作品集 第15回」羽衣出版 2012 p254

わかはら あつ子　わかはら・あつこ

夏のすきま
- ◇「かわいい—第16回フェリシモ文学賞優秀作品集」フェリシモ 2013 p80

若久 恵二　わかひさ・けいじ

灰色の鳥
- ◇「ゆきのまち幻想文学賞小品集 17」企画集団ぷりずむ 2008 p145

若松 賤子　わかまつ・しずこ（1864〜1896）

小公子
- ◇「「新編」日本女性文学全集 1」菁柿堂 2007 p267

花嫁のベール
- ◇「「新編」日本女性文学全集 1」菁柿堂 2007 p264

忘れ形見
- ◇「新日本古典文学大系 明治編 23」岩波書店 2002 p181

倭神 祐子　わかみ・ゆうこ

銀幕
- ◇「ショートショートの広場 11」講談社 2000（講談社文庫）p28

若山 牧水　わかやま・ぼくすい（1885〜1928）

羽後酒田港
- ◇「山形県文学全集第2期（随筆・紀行編）1」郷土出版社 2005 p224

四辺の山より富士を仰ぐ記
- ◇「富士山」角川書店 2013（角川文庫）p153

抱いてあなたとともに泣き叫びたい≫石井貞子
- ◇「日本人の手紙 5」リブリオ出版 2004 p189

別離
- ◇「日本近代文学に描かれた「恋愛」」牧野出版 2001 p177

若山牧水
- ◇「涙の百年文学—もう一度読みたい」太陽出版 2009 p316

脇田 正　わきだ・ただし

室瀬川の雪
- ◇「ゆきのまち幻想文学賞小品集 20」企画集団ぷりずむ 2011 p142

雪の子
- ◇「ゆきのまち幻想文学賞小品集 21」企画集団ぷりずむ 2012 p127

脇山 俊男　わきやま・としお

壊れ始めた電化製品
- ◇「ショートショートの広場 12」講談社 2001（講談社文庫）p55

便利なファックス
- ◇「ショートショートの広場 14」講談社 2003（講談社文庫）p220

未来日記
- ◇「ショートショートの広場 14」講談社 2003（講談社文庫）p26

和久 峻三　わく・しゅんぞう（1930〜2018）

仮面法廷
- ◇「江戸川乱歩賞全集 8」講談社 1999（講談社文庫）p375

受賞の言葉 受賞の言葉
◇『江戸川乱歩賞全集 8』講談社 1999 p788
天下に恥じず
◇『黒衣のモニュメント』光文社 2000（光文社文庫）p513
破産者の鎖
◇『日本ベストミステリー選集 24』光文社 1997（光文社文庫）p435

和久井 清水　わくい・きよみ（1961～）
風のように水のように―宮畑遺跡物語
◇『縄文4000年の謎に挑む』現代書林 2016 p183

和公 梵字　わこう・ぼんじ（1922～）
句集 黄鐘
◇『ハンセン病文学全集 9』皓星社 2010 p182
声
◇『ハンセン病文学全集 4』皓星社 2003 p433
盆踊
◇『ハンセン病文学全集 4』皓星社 2003 p435

和坂 しょろ　わさか・しょろ
送り娘
◇『ショートショートの花束 2』講談社 2010（講談社文庫）p184
夏休みの自由課題
◇『ショートショートの花束 3』講談社 2011（講談社文庫）p243
二十年後診断
◇『ショートショートの花束 2』講談社 2010（講談社文庫）p71
良い知らせと悪い知らせ
◇『ショートショートの花束 5』講談社 2013（講談社文庫）p183
ライオン退治
◇『ショートショートの花束 3』講談社 2011（講談社文庫）p213

鷲尾 雨工　わしお・うこう（1892～1951）
黒田如水
◇『黒田官兵衛―小説集』作品社 2013 p19
元禄義挙の翌日
◇『忠臣蔵コレクション 1』河出書房新社 1998（河出文庫）p265

鷲尾 三郎　わしお・さぶろう（1908～1989）
生きている屍（しかばね）
◇『甦る推理雑誌 6』光文社 2003（光文社文庫）p103
ガラスの眼
◇『江戸川乱歩の推理教室』光文社 2008（光文社文庫）p171
姦魔
◇『探偵くらぶ―探偵小説傑作選1946～1958 上』光文社 1997（カッパ・ノベルス）p253
魚臭
◇『妖異百物語 1』出版芸術社 1997（ふしぎ文学館）p5
銀の匙
◇『江戸川乱歩と13の宝石』光文社 2007（光文社文庫）p121
死の超特急
◇『江戸川乱歩の推理教室』光文社 2008（光文社文庫）p227
雪崩
◇『水の怪』勉誠出版 2003（べんせいライブラリー）p121
バッカスの眠り
◇『江戸川乱歩の推理試験』光文社 2009（光文社文庫）p177
風魔
◇『絢爛たる殺人―本格推理マガジン 特集・知られざる探偵たち』光文社 2000（光文社文庫）p407

和喰 博司　わじき・ひろし（1961～）
休眠打破
◇『はじめての小説（ミステリー）―内田康夫&東京・北区が選んだ珠玉のミステリー 2』実業之日本社 2013 p257

鷲巣 義明　わしず・よしあき（1961～）
映画におけるクトゥルー神話
◇『秘神界 歴史編』東京創元社 2002（創元推理文庫）p689

鷲羽 大介　わしゅう・だいすけ（1975～）
水辺のふたり
◇『渚にて―あの日からの〈みちのく怪談〉』荒蝦夷 2016 p121

和田 勝一　わだ・かついち（1900～1993）
もんぺ村――一幕
◇『日本統治期台湾文学集成 11』緑蔭書房 2003 p43

和田 恵子　わだ・けいこ
迷子鈴
◇『現代作家代表作選集 8』鼎書房 2014 p153

和田 澄子　わだ・すみこ（1932～）
昏れてなお銀杏黄葉（いちょうもみじ）の…
◇『ドラマの森 2005』西日本劇作家の会 2004（西日本戯曲選集）p105

和田 崇　わだ・たかし
セロ弾きのゴーシュ
◇『中学生のドラマ 5』晩成書房 2004 p117

和田 知見　わだ・ともみ
平和ボケ
◇『ショートショートの花束 3』講談社 2011（講談社文庫）p17

和田 信子　わだ・のぶこ
ミッドナイト・コール
◇『現代作家代表作選集 5』鼎書房 2013 p161

和田 はつ子　わだ・はつこ（1952～）
鰯の子

◇「江戸味わい帖 料理人篇」角川春樹事務所 2015（ハルキ文庫）p205

鬼が見える
◇「大江戸「町」物語 風」宝島社 2014（宝島社文庫）p189

風流雪見鍋
◇「大江戸万華鏡―美味小説傑作選」学研パブリッシング 2014（学研M文庫）p169

和田 誠　わだ・まこと（1936～）

おさる日記
◇「日本文学100年の名作 6」新潮社 2015（新潮文庫）p173
◇「30の神品―ショートショート傑作選」扶桑社 2016（扶桑社文庫）p15

和田 芳恵　わだ・よしえ（1906～1977）

暗い血
◇「創刊一〇〇年三田文学名作選」三田文学会 2010 p285

祝煙
◇「誤植文学アンソロジー―校正者のいる風景」論創社 2015 p25

接木の台
◇「私小説名作選 上」講談社 2012（講談社文芸文庫）p247

螢とぶ肌
◇「山形県文学全集第1期（小説編）3」郷土出版社 2004 p310

雪女
◇「川端康成文学賞全作品 1」新潮社 1999 p95
◇「文学賞受賞・名作集成 4」リブリオ出版 2004 p187

和田 宜久　わだ・よしひさ

忘れるのが恐い
◇「妖異百物語 1」出版芸術社 1997（ふしぎ文学館）p89

渡瀬 咲良　わたせ・さくら

冷蔵庫の中に
◇「超短編傑作選 v.6」創英社 2007 p123

渡辺 あや　わたなべ・あや（1970～）

ジョゼと虎と魚たち
◇「年鑑代表シナリオ集 '03」シナリオ作家協会 2004 p223

火の魚
◇「テレビドラマ代表作選集 2010年版」日本脚本家連盟 2010 p7

渡邊 一功　わたなべ・いっこう（1972～）

White Phase
◇「新鋭劇作集 series 13」日本劇団協議会 2002 p5

渡辺 えり子　わたなべ・えりこ（1955～）

星の村
◇「山形県文学全集第2期（随筆・紀行編）6」郷土出版社 2005 p175

水の種の伝説
◇「山形県文学全集第2期（随筆・紀行編）6」郷土出版社 2005 p170

渡辺 温　わたなべ・おん（1902～1930）

可哀想な姉
◇「ひとりで夜読むな―新青年傑作選 怪奇編」角川書店 2001（角川ホラー文庫）p93
◇「短篇礼讃―忘れかけた名品」筑摩書房 2006（ちくま文庫）p69

氷れる花嫁
◇「爬虫館事件―新青年傑作選」角川書店 1998（角川ホラー文庫）p299

父を失う話
◇「怪奇探偵小説集 2」角川春樹事務所 1998（ハルキ文庫）p101
◇「探偵小説の風景―トラフィック・コレクション 上」光文社 2009（光文社文庫）p253
◇「幻視の系譜」筑摩書房 2013（ちくま文庫）p376

兵人と女優
◇「幻の探偵雑誌 2」光文社 2000（光文社文庫）p299

兵隊の死
◇「シャーロック・ホームズに再び愛をこめて」光文社 2010（光文社文庫）p225
◇「冒険の森へ―傑作小説大全 9」集英社 2016 p27

渡辺 一夫　わたなべ・かずお（1901～1975）

鰻のパテー『当世一百新話』（鈴木信太郎／神沢栄三［共訳］）
◇「美食」国書刊行会 1998（書物の王国）p115

渡邊 霞亭　わたなべ・かてい（1864～1926）

大阪城
◇「大坂の陣―近代文学名作選」岩波書店 2016 p115

渡辺 清　わたなべ・きよし（1925～1981）

海の城 第3章
◇「コレクション戦争と文学 11」集英社 2012 p101

渡辺 清仁　わたなべ・きよひと

お茶菓子
◇「ショートショートの広場 11」講談社 2000（講談社文庫）p120

渡辺 啓助　わたなべ・けいすけ（1901～2002）

偽眼のマドンナ
◇「江戸川乱歩と13人の新青年〈文学派〉編」光文社 2008（光文社文庫）p287

壁の中の男
◇「怪奇探偵小説集 2」角川春樹事務所 1998（ハルキ文庫）p199
◇「怪談―24の恐怖」講談社 2004 p409

金魚
◇「妖異百物語 1」出版芸術社 1997（ふしぎ文学館）p97

血笑婦
◇「爬虫館事件―新青年傑作選」角川書店 1998（角川ホラー文庫）p59

黒衣マリ

◇「黒の怪」勉誠出版 2002（べんせいライブラリー）p181

聖悪魔
◇「ひとりで夜読むな―新青年傑作選 怪奇編」角川書店 2001（角川ホラー文庫）p229

たちあな探検隊
◇「外地探偵小説集 満州篇」せらび書房 2003 p139

血のロビンソン
◇「幻の探偵雑誌 4」光文社 2001（光文社文庫）p43

寝衣（ネグリジェ）
◇「江戸川乱歩と13の宝石 2」光文社 2007（光文社文庫）p143

母の秘密
◇「罠の怪」勉誠出版 2002（べんせいライブラリー）p61

薔薇悪魔の話
◇「悪魔黙示録「新青年」一九三八―探偵小説暗黒の時代へ」光文社 2011（光文社文庫）p23

魔女物語
◇「探偵くらぶ―探偵小説傑作選1946〜1958 上」光文社 1997（カッパ・ノベルス）p315

湖のニンフ
◇「甦る推理雑誌 3」光文社 2002（光文社文庫）p13

渡辺 剣次　わたなべ・けんじ（1919〜1976）

とどめを刺す
◇「江戸川乱歩の推理試験」光文社 2009（光文社文庫）p13

渡辺 浩弐　わたなべ・こうじ（1962〜）

高校教師・恋人・共犯者―〈1999年のゲーム・キッズ〉シリーズより
◇「ロボット・オペラ―An Anthology of Robot Fiction and Robot Culture」光文社 2004 p650

これは小説ではない
◇「ひとにぎりの異形」光文社 2007（光文社文庫）p57

親愛なるお母さまへ
◇「星海社カレンダー小説 2012下」星海社 2012（星海社FICTIONS）p63

2999年2月29日
◇「ロボットの夜」光文社 2000（光文社文庫）p347

ブログアイドル♡ちょこたん♡の秘密（^_^）
◇「未来妖怪」光文社 2008（光文社文庫）p447

渡辺 聡　わたなべ・さとし

セブンティーン
◇「ショートショートの花束 3」講談社 2011（講談社文庫）p172

渡辺 茂　わたなべ・しげる

幸福（しあわせ）**芝居**
◇「中学校たのしい劇脚本集―英語劇付 I」国土社 2010 p9

渡辺 淳一　わたなべ・じゅんいち（1933〜2014）

項の貌
◇「ひらめく秘太刀」光風社出版 1998（光風社文庫）p355

かさぶた宗建
◇「剣鬼無明斬り」光風社出版 1997（光風社文庫）p41

ガラスの棺
◇「恐怖の森」ランダムハウス講談社 2007 p317

さよなら、さよなら
◇「奇妙な恋の物語」光文社 1998（光文社文庫）p365

握る手
◇「短篇ベストコレクション―現代の小説 2002」徳間書店 2002（徳間文庫）p113

腑分け絵師甚平秘聞
◇「剣光闇を裂く」光風社出版 1997（光風社文庫）p293

沃子誕生
◇「異色歴史短篇傑作大全」講談社 2003 p7

渡辺 順三　わたなべ・じゅんぞう（1894〜1972）

短歌
◇「アンソロジー・プロレタリア文学 1」森話社 2013 p7
◇「アンソロジー・プロレタリア文学 2」森話社 2014 p250

渡辺 城山　わたなべ・じょうざん

渡辺城山遺句集 **闘病鬼**
◇「ハンセン病文学全集 9」皓星社 2010 p196

渡辺 紳一郎　わたなべ・しんいちろう（1900〜1978）

花の巴里の橘や
◇「芸術家」国書刊行会 1998（書物の王国）p228

渡辺 信二　わたなべ・しんじ

シッカイヤ蘭子の冒険
◇「縄文4000年の謎に挑む」現代書林 2016 p225

渡邊 大輔　わたなべ・だいすけ（1982〜）

自生する知と自壊する謎―森博嗣論
◇「本格ミステリー二〇〇八年本格短編ベスト・セレクション 08」講談社 2008（講談社ノベルス）p365
◇「見えない殺人カード―本格短編ベスト・セレクション」講談社 2012（講談社文庫）p537

渡辺 毅　わたなべ・たけし（1934〜）

ぼくたちの〈日露〉戦争
◇「コレクション戦争と文学 17」集英社 2012 p592

渡辺 綱　わたなべ・つな

明治奇獄 掃魔の曙
◇「新日本古典文学大系 明治編 13」岩波書店 2007 p323

渡邉 德太郎　わたなべ・とくたろう（1870〜1946）
仙山線と初乗記
　◇「山形県文学全集第2期（随筆・紀行編）2」郷土出版社 2005 p158

渡辺 白泉　わたなべ・はくせん（1913〜1969）
俳句
　◇「コレクション戦争と文学 12」集英社 2013 p231

渡辺 秀明　わたなべ・ひであき
朝の賭け
　◇「ショートショートの広場 17」講談社 2005（講談社文庫）p46
国際再雇用研修
　◇「ショートショートの広場 16」講談社 2005（講談社文庫）p40
ヘッドハンティング
　◇「ショートショートの広場 15」講談社 2004（講談社文庫）p88

渡辺 浩　わたなべ・ひろし
因果はめぐる
　◇「ショートショートの花束 7」講談社 2015（講談社文庫）p238
本気なの
　◇「ショートショートの花束 5」講談社 2013（講談社文庫）p237

渡辺 裕之　わたなべ・ひろゆき（1957〜）
ストレンジャー――沖縄県警外国人対策課
　◇「所轄――警察アンソロジー」角川春樹事務所 2016（ハルキ文庫）p49

渡辺 文子　わたなべ・ふみこ（1906〜1965）
地獄に結ぶ恋
　◇「幻の探偵雑誌 10」光文社 2002（光文社文庫）p261
復讐の書
　◇「竹中英太郎 3」皓星社 2016（挿絵叢書）p245

渡辺 光昭　わたなべ・みつあき
落下傘花火
　◇「現代作家代表選集 4」鼎書房 2013 p157

渡辺 やよい　わたなべ・やよい
Watanabeyayoi
　◇「140字の物語――Twitter小説集　twnovel」ディスカヴァー・トゥエンティワン 2009 p61

渡辺 祐司　わたなべ・ゆうじ
液体X
　◇「ショートショートの広場 10」講談社 2000（講談社文庫）p259

渡辺 容子　わたなべ・ようこ（1959〜）
去年の福袋
　◇「ザ・ベストミステリーズ――推理小説年鑑 1998」講談社 1998 p9
　◇「殺人者」講談社 2000（講談社文庫）p141

ターニング・ポイント
　◇「乱歩賞作家 青の謎」講談社 2004 p135
右手に秋風
　◇「推理小説代表作選集――推理小説年鑑 1997」講談社 1997 p279
　◇「殺ったのは誰だ?!」講談社 1999（講談社文庫）p51
ロープさん
　◇「私は殺される――女流ミステリー傑作選」角川春樹事務所 2001（ハルキ文庫）p211

渡邊 能江　わたなべ・よしえ
晩夏
　◇「かわさきの文学――かわさき文学賞50年記念作品集 2009年」審美社 2009 p62

渡辺 玲子　わたなべ・れいこ
合宿の夜に怪しばむ
　◇「現代作家代表作選集 10」鼎書房 2015 p139

渡橋 すあも　わたはし・すあも
アンドロイドは柱を跨ぐ
　◇「人は死んだら電柱になる――電柱アンソロジー」遠すぎる未来団 2014 p43

渡部 園美　わたべ・そのみ
Halloween Rhapsody――ハロウィン狂詩曲
　◇「最新中学校創作脚本集 2009」晩成書房 2009 p67

亘星 恵風　わたぼし・えふ
プラナリアン
　◇「原色の想像力――創元SF短編賞アンソロジー 2」東京創元社 2012（創元SF文庫）p173
ママはユビキタス
　◇「原色の想像力――創元SF短編賞アンソロジー」東京創元社 2010（創元SF文庫）p241

綿矢 りさ　わたや・りさ（1984〜）
インストール
　◇「文学 2002」講談社 2002 p203
　◇「現代小説クロニクル 2000〜2004」講談社 2015（講談社文芸文庫）p105
黒ねこ
　◇「100万分の1回のねこ」講談社 2015 p199
こたつのUFO
　◇「文学 2015」講談社 2015 p167
憤死
　◇「文学 2012」講談社 2012 p224

渡会 三郎　わたらい・さぶろう
父の日の金目鯛
　◇「「伊豆文学賞」優秀作品集 第17回」羽衣社 2014 p219
四十一年目の富士山
　◇「「伊豆文学賞」優秀作品集 第18回」羽衣社 2015 p178

渡理 五月　わたり・さつき
祝福

◇「ゆきのまち幻想文学賞小品集 25」企画集団ぷりずむ 2015 p128

輪渡 颯介　わたり・そうすけ（1972〜）
あけずのくらの
◇「妙ちきりん―「読楽」時代小説アンソロジー」徳間書店 2016（徳間文庫）p157

渡野 玖美　わたりの・くみ
五里峠
◇「日本海文学大賞―大賞作品集 1」日本海文学大賞運営委員会 2007 p11

和辻 哲郎　わつじ・てつろう（1889〜1960）
アスアサハジ コウベ ニック。船上≫和辻照
◇「日本人の手紙 7」リブリオ出版 2004 p224
文化的創造に携わる者の立場
◇「コレクション戦争と文学 7」集英社 2011 p107
夢のさめぎは
◇「文士の意地―車谷長吉撰短篇小説輯 上巻」作品社 2005 p113

和辻 照　わつじ・てる（1889〜1977）
アスアサハジ コウベ ニック。船上≫和辻哲郎
◇「日本人の手紙 7」リブリオ出版 2004 p224

鰐梨　わになし
静かな海で
◇「リトル・リトル・クトゥルー―史上最小の神話小説集」学習研究社 2009 p226

倭野 薫　わの・かおり
SAVE THE EARTH
◇「つながり―フェリシモしあわせショートショート」フェリシモ 1999 p25

和巻 耿介　わまき・こうすけ（1926〜1997）
髑髏屋敷
◇「怪奇・伝奇時代小説選集 2」春陽堂書店 1999（春陽文庫）p174

藁生田 亘　わらうだ・わたる
水神
◇「縄文4000年の謎に挑む」現代書林 2016 p67

割田 剛雄　わりた・たけお（1944〜）
義賊としての鼠小僧―巻末特集
◇「鼠小僧次郎吉」国書刊行会 2012（義と仁叢書）p249

【 ABC 】

ak2
花鳥諷詠
◇「超短編の世界」創英社 2008 p136

Beat of blues
僕らは夜空を眺めていた
◇「人は死んだら電柱になる―電柱アンソロジー」遠すぎる未来団 2014 p19

BLANC
オタ恋
◇「さよなら、大好きな人―スウィート＆ビターな7ストーリー」泰文堂 2011（Linda books！）p118

Boichi（1973〜）
全てはマグロのためだった
◇「超弦領域―年刊日本SF傑作選」東京創元社 2009（創元SF文庫）p233

C生　Cせい
新人風土―朱永渉
◇「近代朝鮮文学日本語作品集1939〜1945 評論・随筆篇 1」緑蔭書房 2002 p250

Chaco
狂恋
◇「恋みち―現代版・源氏物語」スターツ出版 2008 p137

Comes in a Box
朝の記憶
◇「短篇集」ヴィレッジブックス 2010 p96

D坂ノボル　Dさかのぼる
増殖
◇「ショートショートの花束 7」講談社 2015（講談社文庫）p71

D生　Dせい
新人風土―金信哉
◇「近代朝鮮文学日本語作品集1939〜1945 評論・随筆篇 1」緑蔭書房 2002 p250

F十五　Fじゅうご
カイダン
◇「ショートショートの広場 12」講談社 2001（講談社文庫）p108
幸運がやってくる
◇「ショートショートの広場 10」講談社 2000（講談社文庫）p87
三匹の猫
◇「ショートショートの広場 16」講談社 2005（講談社文庫）p175
シャッターを押さないポートレート
◇「ショートショートの広場 17」講談社 2005（講談社文庫）p154
しりとり
◇「ショートショートの広場 12」講談社 2001（講談社文庫）p49
少しだけ未来
◇「ショートショートの広場 12」講談社 2001（講談社文庫）p198
正義ノ味方求ム
◇「ショートショートの広場 13」講談社 2002（講談社文庫）p97

助ける男
◇「ショートショートの広場 11」講談社 2000（講談社文庫）p15

次から次
◇「ショートショートの広場 11」講談社 2000（講談社文庫）p112

月の輝く夜に
◇「ショートショートの広場 13」講談社 2002（講談社文庫）p133

中身
◇「ショートショートの広場 8」講談社 1997（講談社文庫）p120

まだ夢の中
◇「ショートショートの広場 10」講談社 2000（講談社文庫）p237

ganzi
アービアス
◇「新走（アラバシリ）―Powers Selection」講談社 2011（講談社box）p221

i.vv.3
私って素直じゃない
◇「大人が読む。ケータイ小説―第1回ケータイ文学賞アンソロジー」オンブック 2007 p143

IZUMI
あたたかい涙
◇「冷と温―第13回フェリシモ文学賞作品集」フェリシモ 2010 p98

J・M
火葬場にて
◇「ショートショートの広場 10」講談社 2000（講談社文庫）p175

自供
◇「ショートショートの広場 10」講談社 2000（講談社文庫）p142

しゃべる犬
◇「ショートショートの広場 9」講談社 1998（講談社文庫）p53

優先順位
◇「ショートショートの広場 9」講談社 1998（講談社文庫）p132

K記者　Kきしゃ
詩人が語つた「新しさ」について
◇「近代朝鮮文学日本語作品集1908～1945 セレクション 3」緑蔭書房 2008 p296

讀書室
◇「近代朝鮮文学日本語作品集1908～1945 セレクション 3」緑蔭書房 2008 p295

K.羽音　K.はのん
架空の月
◇「海の物語」角川書店 2001（New History）p5

Kay
砂漠のラジオ
◇「超短編の世界 vol.3」創英社 2011 p200

KAYA
長寿
◇「ショートショートの広場 13」講談社 2002（講談社文庫）p149

km
カタツムリのジレンマ
◇「人は死んだら電柱になる―電柱アンソロジー」遠すぎる未来団 2014 p49

KSイワキ
さようなら、オレンジ
◇「太宰治賞 2013」筑摩書房 2013 p29

leemin
ふわりと咲いた
◇「かわいい―第16回フェリシモ文学賞優秀作品集」フェリシモ 2013 p138

LiLy（1981～）
一点突破
◇「ラブソングに飽きたら」幻冬舎 2015（幻冬舎文庫）p169

L.S.生　L.S.せい
連作　鐘は鳴る（葉歩月）
◇「日本統治期台湾文学集成 19」緑蔭書房 2003 p251

M
ポインセチア
◇「ゆれる―第12回フェリシモ文学賞作品集」フェリシモ 2009 p100

MASATO
テレビ路線図
◇「ショートショートの広場 19」講談社 2007（講談社文庫）p73

Mayumi
誰よりもキミを
◇「大人が読む。ケータイ小説―第1回ケータイ文学賞アンソロジー」オンブック 2007 p72

McCOY
盲点
◇「ショートショートの花束 3」講談社 2011（講談社文庫）p248

NARUMI
赤き花
◇「平成28年熊本地震作品集」くまもと文学・歴史館友の会 2016 p13

カテゴリー
◇「平成28年熊本地震作品集」くまもと文学・歴史館友の会 2016 p27

nirva=laeva
「師弟」
◇「人は死んだら電柱になる―電柱アンソロジー」遠すぎる未来団 2014 p208

ORANGE TREE
WASURERU動物園

◇「ショートショートの花束 6」講談社 2014（講談社文庫）p183

O・T
しゃべる豚
◇「ショートショートの広場 19」講談社 2007（講談社文庫）p157

reY
禁恋
◇「恋みち―現代版・源氏物語」スターツ出版 2008 p7

sainos
人は死んだら、電柱になるという話
◇「人は死んだら電柱になる―電柱アンソロジー」遠すぎる未来団 2014 p253

SNOWGAME
食べるな
◇「超短編の世界」創英社 2008 p92

マメ
◇「超短編の世界 vol.2」創英社 2009 p89

tamax
a long <S>mile
◇「超短編の世界 vol.2」創英社 2009 p72

TH生　THせい
其利那
◇「近代朝鮮文学日本語作品集1901～1938 評論・随筆篇 2」緑蔭書房 2004 p182

Tomo
神犬
◇「GOD」廣済堂出版 1999（廣済堂文庫）p103

TOUGARASHI
TOUGARASHI'S BAR『last kissは私に…』
◇「大人が読む。ケータイ小説―第1回ケータイ文学賞アンソロジー」オンブック 2007 p126

X
九月の詩壇（合評）（朱耀翰／豊太郎／泰雄／福督／梨雨公／簾吉／浮島）
◇「近代朝鮮文学日本語作品集1908～1945 セレクション 5」緑蔭書房 2008 p37

五月の詩壇（合評）（朱耀翰／簾吉／浮島／豊太郎／泰雄／福督／梨雨公）
◇「近代朝鮮文学日本語作品集1908～1945 セレクション 5」緑蔭書房 2008 p19

三月の詩壇（合評）（朱耀翰／豊太郎／泰雄／福督／梨雨公）
◇「近代朝鮮文学日本語作品集1908～1945 セレクション 5」緑蔭書房 2008 p9

四月の詩壇（合評）（朱耀翰／豊太郎／泰雄／福督／梨雨公／簾吉／浮島）
◇「近代朝鮮文学日本語作品集1908～1945 セレクション 5」緑蔭書房 2008 p13

七月の詩壇（朱耀翰／豊太郎／泰雄／福督／梨雨公）
◇「近代朝鮮文学日本語作品集1908～1945 セレクション 5」緑蔭書房 2008 p29

十月の詩壇（合評）（朱耀翰／豊太郎／泰雄／福督／梨雨公／簾吉／浮島）
◇「近代朝鮮文学日本語作品集1908～1945 セレクション 5」緑蔭書房 2008 p39

八月の詩壇（合評）（朱耀翰／豊太郎／泰雄／福督／梨雨公）
◇「近代朝鮮文学日本語作品集1908～1945 セレクション 5」緑蔭書房 2008 p33

六月の詩壇（合評）（朱耀翰／簾吉／浮島／豊太郎／泰雄／福督／梨雨公）
◇「近代朝鮮文学日本語作品集1908～1945 セレクション 5」緑蔭書房 2008 p23

XYZ
⇒大下宇陀児（おおした・うだる）を見よ

Y・N
新興宗教
◇「ショートショートの広場 15」講談社 2004（講談社文庫）p167

リモコン
◇「ショートショートの広場 16」講談社 2005（講談社文庫）p121

Yumi
Laugh
◇「ファン」主婦と生活社 2009（Junon novels）p73

【 記号類 】

15
リビングデッド・ユース
◇「人は死んだら電柱になる―電柱アンソロジー」遠すぎる未来団 2014 p215

24号
髙橋さん
◇「てのひら怪談―ビーケーワン怪談大賞傑作選 百怪繚乱篇」ポプラ社 2008 p220

417
沈黙こそ弔辞
◇「人は死んだら電柱になる―電柱アンソロジー」遠すぎる未来団 2014 p135

@ahaharui
3日分の笑顔
◇「3.11心に残る140字の物語」学研パブリッシング 2011 p49

@aioushii
魔女のたくらみ
◇「3.11心に残る140字の物語」学研パブリッシング 2011 p13

@akihito_i
停電の夜の乾杯

◇「3.11心に残る140字の物語」学研パブリッシング
　　2011 p32
@amamuta
アールグレイ
◇「3.11心に残る140字の物語」学研パブリッシング
　　2011 p57
@another_signal
自分支援
◇「3.11心に残る140字の物語」学研パブリッシング
　　2011 p85
ラジオのおかげ
◇「3.11心に残る140字の物語」学研パブリッシング
　　2011 p60
@ANya52lily
たくさんのありがとう
◇「3.11心に残る140字の物語」学研パブリッシング
　　2011 p41
@aquall
学び舎を前に
◇「3.11心に残る140字の物語」学研パブリッシング
　　2011 p116
忘れたくない
◇「3.11心に残る140字の物語」学研パブリッシング
　　2011 p126
@Asatoiro
日々が戻っても
◇「3.11心に残る140字の物語」学研パブリッシング
　　2011 p88
@BlackFox17
震源地
◇「3.11心に残る140字の物語」学研パブリッシング
　　2011 p62
@bttftag
贈り物を袋につめて
◇「3.11心に残る140字の物語」学研パブリッシング
　　2011 p12
切符一枚あれば
◇「3.11心に残る140字の物語」学研パブリッシング
　　2011 p66
コンビニのありがたさ
◇「3.11心に残る140字の物語」学研パブリッシング
　　2011 p96
@buu_kohan
精一杯の支援
◇「3.11心に残る140字の物語」学研パブリッシング
　　2011 p71
@chiho_yoshino
明日も笑顔で
◇「3.11心に残る140字の物語」学研パブリッシング
　　2011 p122
ただ生きているだけで
◇「3.11心に残る140字の物語」学研パブリッシング
　　2011 p45

何も言えないけれど。
◇「3.11心に残る140字の物語」学研パブリッシング
　　2011 p125
@chimada
ふたりで分かち合う
◇「3.11心に残る140字の物語」学研パブリッシング
　　2011 p46
@chocolatesity
未来の友へ。
◇「3.11心に残る140字の物語」学研パブリッシング
　　2011 p48
@churchdevil
僕らが勇者になる。
◇「3.11心に残る140字の物語」学研パブリッシング
　　2011 p117
@Cyai_Cyai
メールの行き先
◇「3.11心に残る140字の物語」学研パブリッシング
　　2011 p35
@dropletter
かぐや姫
◇「3.11心に残る140字の物語」学研パブリッシング
　　2011 p8
@harayosy
エイプリルフール
◇「3.11心に残る140字の物語」学研パブリッシング
　　2011 p34
激励
◇「3.11心に残る140字の物語」学研パブリッシング
　　2011 p36
@haruhill
未来があるから。
◇「3.11心に残る140字の物語」学研パブリッシング
　　2011 p97
@hedekupauda
命の繰り返し
◇「3.11心に残る140字の物語」学研パブリッシング
　　2011 p115
@hiro_kinako
愛の桜だより
◇「3.11心に残る140字の物語」学研パブリッシング
　　2011 p105
@ideimachi
明日元気になあれ
◇「3.11心に残る140字の物語」学研パブリッシング
　　2011 p22
避難記念日
◇「3.11心に残る140字の物語」学研パブリッシング
　　2011 p14
@in_youth
遠い背中
◇「3.11心に残る140字の物語」学研パブリッシング
　　2011 p55

@jun50r
止った時を再び
◇「3.11心に残る140字の物語」学研パブリッシング
2011 p58
水を買い占めない。
◇「3.11心に残る140字の物語」学研パブリッシング
2011 p70
譲り合いの心
◇「3.11心に残る140字の物語」学研パブリッシング
2011 p63
ラブカウンター
◇「3.11心に残る140字の物語」学研パブリッシング
2011 p77

@kamoe1983
繰り返されても
◇「3.11心に残る140字の物語」学研パブリッシング
2011 p90

@kandayudai
震災を越えて
◇「3.11心に残る140字の物語」学研パブリッシング
2011 p108
節電新商法
◇「3.11心に残る140字の物語」学研パブリッシング
2011 p67

@kiyomin
安心しておやすみ。
◇「3.11心に残る140字の物語」学研パブリッシング
2011 p29

@kiyosei2
気持ち届け。
◇「3.11心に残る140字の物語」学研パブリッシング
2011 p120
メールでつながる心
◇「3.11心に残る140字の物語」学研パブリッシング
2011 p31

@k_you_nagi
一円玉も集まれば
◇「3.11心に残る140字の物語」学研パブリッシング
2011 p26
うさぎの差し入れ
◇「3.11心に残る140字の物語」学研パブリッシング
2011 p27
幼子を守る竜
◇「3.11心に残る140字の物語」学研パブリッシング
2011 p18
涙こらえて
◇「3.11心に残る140字の物語」学研パブリッシング
2011 p37
花のなぐさめ
◇「3.11心に残る140字の物語」学研パブリッシング
2011 p21
ボランティアしよう。
◇「3.11心に残る140字の物語」学研パブリッシング
2011 p81

歴史をつくろう。
◇「3.11心に残る140字の物語」学研パブリッシング
2011 p64

@Lico_citrus
日だまりの幸せ
◇「3.11心に残る140字の物語」学研パブリッシング
2011 p68

@literaryace
ドリームレスキュー
◇「3.11心に残る140字の物語」学研パブリッシング
2011 p24

@lotoman
今だから会いたい。
◇「3.11心に残る140字の物語」学研パブリッシング
2011 p19

@megumegu69
震災がくれたもの
◇「3.11心に残る140字の物語」学研パブリッシング
2011 p111

@mick004
生きる理由
◇「3.11心に残る140字の物語」学研パブリッシング
2011 p106

@mumei7c
東北を味わおう。
◇「3.11心に残る140字の物語」学研パブリッシング
2011 p98

@nagi_tter
二十年後にはきっと。
◇「3.11心に残る140字の物語」学研パブリッシング
2011 p110

@nara_kuragen
奇跡
◇「3.11心に残る140字の物語」学研パブリッシング
2011 p39

@nayotaf
エール
◇「3.11心に残る140字の物語」学研パブリッシング
2011 p38
プロポーズ急増
◇「3.11心に残る140字の物語」学研パブリッシング
2011 p30

@negi_a
きっと、守ってくれる
◇「3.11心に残る140字の物語」学研パブリッシング
2011 p9

@nona140c
先は長くても。
◇「3.11心に残る140字の物語」学研パブリッシング
2011 p91

@oboroose
朝の風景

◇「3.11心に残る140字の物語」学研パブリッシング 2011 p50

@onaishigeo
命のつかいかた
　◇「3.11心に残る140字の物語」学研パブリッシング 2011 p104

@Orihika
千円鶴
　◇「3.11心に残る140字の物語」学研パブリッシング 2011 p99
歯車重ねて
　◇「3.11心に残る140字の物語」学研パブリッシング 2011 p84

@panda_adnap1
もう一度始めよう。
　◇「3.11心に残る140字の物語」学研パブリッシング 2011 p121

@ruka00
上を向いてみよう。
　◇「3.11心に残る140字の物語」学研パブリッシング 2011 p101
キャンディ
　◇「3.11心に残る140字の物語」学研パブリッシング 2011 p42
ずっと、おぼえてるから。
　◇「3.11心に残る140字の物語」学研パブリッシング 2011 p124

@sakuyue
書くと楽になる
　◇「3.11心に残る140字の物語」学研パブリッシング 2011 p74

@Sasa_haru77
自分を応援したい
　◇「3.11心に残る140字の物語」学研パブリッシング 2011 p119

@schpertor_kaien
救援物資
　◇「3.11心に残る140字の物語」学研パブリッシング 2011 p92

@senzaluna
歌で励まそう
　◇「3.11心に残る140字の物語」学研パブリッシング 2011 p114
再起を誓おう
　◇「3.11心に残る140字の物語」学研パブリッシング 2011 p80

@setugetufuka
ひとりじゃないよ
　◇「3.11心に残る140字の物語」学研パブリッシング 2011 p43

@shinichikudoh
究極の節電
　◇「3.11心に残る140字の物語」学研パブリッシング 2011 p72
夢の節電エアコン
　◇「3.11心に残る140字の物語」学研パブリッシング 2011 p76

@shin1960
募金活動を
　◇「3.11心に残る140字の物語」学研パブリッシング 2011 p102

@shortshortshort
買い占めたいもの
　◇「3.11心に残る140字の物語」学研パブリッシング 2011 p73

@silly_cats
もう会えない人
　◇「3.11心に残る140字の物語」学研パブリッシング 2011 p53

@simmmonnnn
空っぽの棚
　◇「3.11心に残る140字の物語」学研パブリッシング 2011 p95

@stdaux
或る王子の死
　◇「人は死んだら電柱になる―電柱アンソロジー」遠すぎる未来団 2014 p110

@takao_rival
余震ありすぎて
　◇「3.11心に残る140字の物語」学研パブリッシング 2011 p78

@takesuzume
前進しよう。
　◇「3.11心に残る140字の物語」学研パブリッシング 2011 p112
光を見つめて
　◇「3.11心に残る140字の物語」学研パブリッシング 2011 p109

@terueshinkawa
再会
　◇「3.11心に残る140字の物語」学研パブリッシング 2011 p59

@ti_clocks
将来の夢
　◇「3.11心に残る140字の物語」学研パブリッシング 2011 p44

@tokoya
生まれたつながり
　◇「3.11心に残る140字の物語」学研パブリッシング 2011 p87

@verself
経験を糧に
　◇「3.11心に残る140字の物語」学研パブリッシング 2011 p89

@wacpre
明日はまた来る

◇「3.11心に残る140字の物語」学研パブリッシング
2011 p51

@windcreator
ヒーロー
◇「3.11心に残る140字の物語」学研パブリッシング
2011 p52

負けないぞ日本
◇「3.11心に残る140字の物語」学研パブリッシング
2011 p103

@ykdawn
神様がいるところ
◇「3.11心に残る140字の物語」学研パブリッシング
2011 p10

心配していたよ。
◇「3.11心に残る140字の物語」学研パブリッシング
2011 p20

花見の決意
◇「3.11心に残る140字の物語」学研パブリッシング
2011 p127

@yu_oshikiri
買い支えよう
◇「3.11心に残る140字の物語」学研パブリッシング
2011 p25

@100_m
お見舞い前線
◇「3.11心に残る140字の物語」学研パブリッシング
2011 p15

作家名から引ける
日本文学全集案内 第Ⅲ期

2019年8月25日　第1刷発行

発　行　者／大高利夫
編集・発行／日外アソシエーツ株式会社
　　　　　　〒140-0013 東京都品川区南大井6-16-16 鈴中ビル大森アネックス
　　　　　　電話 (03)3763-5241（代表）　FAX(03)3764-0845
　　　　　　URL　http://www.nichigai.co.jp/
発　売　元／株式会社紀伊國屋書店
　　　　　　〒163-8636 東京都新宿区新宿3-17-7
　　　　　　電話 (03)3354-0131（代表）
　　　　　　ホールセール部（営業）電話 (03)6910-0519

電算漢字処理／日外アソシエーツ株式会社
印刷・製本／株式会社平河工業社

不許複製・禁無断転載　　　《中性紙三菱クリームエレガ使用》
〈落丁・乱丁本はお取り替えいたします〉
ISBN978-4-8169-2791-1　　Printed in Japan,2019

本書はデジタルデータでご利用いただくことができます。詳細はお問い合わせください。

作品名から引ける日本文学全集案内 第Ⅲ期
A5・940頁　定価(本体13,500円+税)　2018.7刊

作品名から引ける世界文学全集案内 第Ⅲ期
A5・400頁　定価(本体8,200円+税)　2018.8刊

ある作品がどの全集・アンソロジーに収録されているかがわかる総索引。

作家名から引く 短編小説作品総覧
短編小説の作家名から、作品名と収録図書を調べることができる図書目録。読みたい作家の短編小説が、どの本に載っているかがわかる。「作品名索引」付き。

日本のSF・ホラー・ファンタジー
A5・510頁　定価(本体9,250円+税)　2018.1刊

夏目漱石、星新一、栗本薫、上橋菜穂子など1,025人の作品を収録。

日本のミステリー
A5・520頁　定価(本体9,250円+税)　2018.2刊

江戸川乱歩、松本清張、夏樹静子、湊かなえなど609人の作品を収録。

海外の小説
A5・720頁　定価(本体9,250円+税)　2018.2刊

O.ヘンリー、サキ、カズオ・イシグロ、莫言など2,052人の作品を収録。

歴史時代小説 文庫総覧
歴史小説・時代小説の文庫本を、作家ごとに一覧できる図書目録。他ジャンルの作家が書いた歴史小説も掲載。書名・シリーズ名から引ける「作品名索引」付き。

昭和の作家
A5・610頁　定価(本体9,250円+税)　2017.1刊

吉川英治、司馬遼太郎、池波正太郎、平岩弓枝など作家200人を収録。

現代の作家
A5・670頁　定価(本体9,250円+税)　2017.2刊

佐伯泰英、鳴海丈、火坂雅志、宮部みゆきなど平成の作家345人を収録。

データベースカンパニー
日外アソシエーツ
〒140-0013　東京都品川区南大井6-16-16
TEL.(03)3763-5241　FAX.(03)3764-0845　http://www.nichigai.co.jp/